方沪鸣 著

红楼梦

破解与鉴赏

上

上海文艺出版社

Shanghai Literature & Art Publishing House

自 序

《红楼梦》太好看了，《红楼梦》很难读懂。

"一书读懂《红楼梦》！"是本书的写作目标。

年轻时我读了许多红学专著、论文，关于时代背景的、曹家的、题材来源的、作者身世的，主题论、人物论、结构论、艺术论、续作论，以及版本、脂批、诗词鉴赏、大观园赏析等等，才渐入《红楼梦》门道。那时盼望：假如有一本书，将所有知识汇集，读了它就能理解《红楼梦》，那多好！不承想，几十年后我自己来做这事。本书的宗旨自然是，让看过《红楼梦》原作一遍以上的读者，读完本书，欣然颔首："《红楼梦》，我懂了。"

本书名《红楼梦破解与鉴赏》，用"破解"一词，并非夸张，实在是曹雪芹设置了太多密码。不破解这些密码，游走在小说浮面，难得《红楼梦》真谛、曹雪芹初衷。比如，宝玉的名字，前一字给宝钗，后一字给黛玉，造成三个名字的互联，意蕴何在？而宝玉的祖父，竟用上清代开国重臣"代善"这个名字！曹雪芹为何甘冒这杀头的风险？还有"贾赦"这怪名字，"赦"是赦罪，中国人取名字求吉利寄愿景，"赦"字自古以来没人用作名字的，曹雪芹用它，什么用意？此外薛宝钗住所称作"梨香院""蘅芜苑"，是何寓意？又如，六七岁的小女孩只能说被父亲送走，怎么能说是林黛玉"抛父"进京城？还标为回目？"抛父"刺痛了曹雪芹哪根神经？诸如此类俯拾皆是，亟须破解。

本书又名"鉴赏"，不止鉴赏情节、人物、场面、细节，还要赏析微细节。这还是次要的，本书更侧重文字背后隐藏意蕴的揭示，还要解析曹雪芹的灵感来源、设计意图，以及写作手法、艺术成就等。总之，要让读者既看懂《红楼梦》书内的、明面的，也明白书外的、暗寓的。

至于《红楼梦》的后四十回，尽管受尽指责，却从来没有得到真正的、全面的鉴别。本书对它的鉴赏文字近四十万，可能创了纪录。续作与原作，边比较边鉴赏，给出的评价可能与别人很不一样。

本书一些重要观点都与流行的不同，且自成体系。比如《红楼梦》的背景、曹雪芹的写作缘由，我认为是曹雪芹寄居姑妈家郡王府的生涯，让他熟悉王公贵族的生活和做派，因而才能刻画出贾府；才让一部小说中有那么多寄居者——林黛玉、薛宝钗、史湘云、妙玉、薛宝琴、邢岫烟、李纨、李琦等，把《红楼梦》写成一部中外罕见的"寄居小说"。

十多年前发表的论文《掀翻百年铁案"红楼梦取材曹家"说——兼述贾府原型的新发现》，稍作修改附于书前，它是本书的一块基石，也是敲门砖。敬请读者先阅。

如果说本书有什么特色，那便是从小说切入，对曹雪芹"追踪蹑迹"，在《红楼梦》文本中时时寻觅曹公的身影，处处倾听曹公的心声，且对原作的瑕疵也予指出并探索其原因。这属于创作研究吧，是红学的薄弱环节。我的初衷是，看完本书，读者心中庶几可有曹雪芹的音容笑貌。

本书结尾是："如果生命可以重来，《红楼梦》中这些主人公们，会如何选择？而两百多年后的我们，又能够给他们什么建议？"这是《红楼梦》给我们的启迪和沉思。

最后感谢上海文艺出版社，相继出版我两部《红楼梦》鉴赏书。

感谢陈蔡编辑的辛勤付出。

封面图案具有"江宁织造"的本色，这要感谢孙玥华女士的设计。

书中凡有错谬之处，欢迎读者指正。

本人邮箱：13621969311@163.com

方沪鸣

2022 年 4 月

目录

《红楼梦》不可能取材曹家

——兼述贾府原型的新发现

方沪鸣

一、本文缘起

前无古人后无来者的《红楼梦》自诞生起，就引发种种猜测：它所本何事？取材何家？宝玉写何人？贾府射何事？其后一百多年，众说纷纭，莫衷一是。1921 年胡适先生发表《红楼梦考证》，以史料考证出曹雪芹家世的大致情况，进而得出结论：曹雪芹"生于极富贵之家，身经极繁华绮丽的生活"；"甄贾两宝玉，即是曹雪芹自己的化身；甄贾两府即是当日曹家的影子。"[1] 此论一出如秋风扫叶红日驱暗，各种关于《红楼梦》取材别处的说法立即偃旗息鼓，从此退出论坛。胡适先生"《红楼梦》取材曹家"这个基本观点，近百年来，成为铁论、定论。不仅如此，它实际上成为研究《红楼梦》和曹雪芹的一个大前提或出发点，从而影响到红学研究的方法和成果。兹事体大。

胡适先生以史实考证方法，揭示曹家概况，得出曹雪芹是《红楼梦》作者的结论，开创了新红学，功勋彪炳。但他"《红楼梦》取材曹家"的结论大可商榷。如果说，当年由于一般学者无法接触一手史料，难以考较，那么 1975 年出版的故宫博物院编《关于江宁织造曹家档案史料》（以下简作《曹家档案》），它足以证明《红楼梦》不可能取材曹家。这是最坚实的史料。

本文主要依据《曹家档案》，并结合其他史料，包括《红楼梦》中的材料，论证《红楼梦》不可能取材曹家，曹家没资格做贾府的原型。

二、曹家无成为贾府原形的资格

胡适及其后的研究者论定"贾府取材于曹家"、《红楼梦》取材曹家，其基本论据有如下几个：

（一）曹家世代为江宁织造，且受康熙恩宠，极富贵，后又被抄家，同贾府相似。

（二）曹雪芹少年时"经极繁华绮丽的生活"，同贾宝玉相似。

（三）历史上曹家数次接驾，宠贵至极，又与作品中凤姐、赵嬷嬷所言接驾事吻合。

（四）曹寅之女嫁给平郡王纳尔苏成为"王妃"，同元春封妃相似。

（五）曹家曾有极大的"西花园"，同大观园近似。

（六）脂批透露出书中一些细节是作者、批者或他们共同的故事，可知取材曹家。

以上六点看似充分、有力，而且相互支持。但是，它们在真实史料面前，都显得苍白无力，错误迭出。试讨论如下。

1. 曹家同贾府的身份地位根本不相称

众所周知，曹家原是汉人，后被满人俘获而成为"包衣人"，即满族人的家奴。由于曹家辗转归入正白旗，清朝建国后成为皇帝的家奴，直属内务府管理。曹家发迹于曹振彦，官任大同知府，官阶从四品。其子曹玺，《江宁府志·曹玺传》说他早年有军功而升二等侍卫，其阶为正四品武官，但在权威的故宫档案中内务府称他"今管理江宁织造郎中曹玺"[2]，是五品。曹玺的妻子曾任康熙的保姆，故曹玺颇得康熙的信任，但曹玺任织造官二十一年直至病故于任上，并未升过官职。后其子曹寅，其孙曹颙、曹頫都继任江宁织造，曹寅为五品郎中，曹颙、曹頫都是六品主事。可见，曹家历代都只是中下级官员。

有许多论者将"江宁织造"看作很显贵的职位，认为曹家三代四人连任五六十年的江宁织造，非常荣耀，极为罕见。因而，本文有必要探讨一下江宁织造官的职位权限和影响。江宁织造署，为内务府派出机构，全国共有江宁、杭州、苏州三处，其织造官通常由郎中担任，其职责主要为督理纺织事务，向朝廷贡奉宫廷及各级官员的官服等丝织品，也督造宫中其他用品。织造官既无军事权，也无行政、财政、或民事判决等权，不是政府机要部门，属于后勤系统，没什么权势。而其机构设置中人员也少得难以想象，如康熙三十七年《巡抚安徽陈汝器奏销江宁织造支过俸饷文册》中，列出江宁织造的人员俸银开销：

计开：

织造一员曹寅，每年应支俸银一百五十两外，全年心红纸张（即办公用品）一百八十两，奉裁不支，理合登明，月支白米五斗；

物林达（司库，正七品）一员马宝柱，每年应支俸银六十两，月支白米五斗；

柒品笔贴式张问政，每年应支付俸银四十五两，月支白米五斗；

物林人一员戚式，无品笔贴式一员李巴士，每员月支廪银四两，白米五斗；

新任物林人一员桑格色……每月应支廪银四两。

跟役、家口六十二名口，每名口月支仓米二斗五升；

马二十五匹，每匹春冬季日各支豆叁升，草贰束……[3]

仅此而已。这一开销同康熙十七年俸饷文册基本一致，可见其人员编制、开销大致固定。至于织造官，在内务府总管眼里乃"微末之人"。[4]此外，曹家无一人出身科甲，直系中多是自小以包衣身份在内务府当差起步，至五品郎中封顶。

至此，曹家的家世基本清晰：皇室包衣人出身，世代隶属内务府，子孙自幼起在内务府中当差，成年后由内务府外派为织造官，负责纺织事务，官居中下级，五品至六品，相当于现在的局级、处级。这样的身份地位，红学界常言曹家"极富贵"，这"贵"字肯定不妥，"富"字后文再论。曹家的身份地位，同贾府天差地远。

《红楼梦》中的贾府，宁荣二公皆因军功封为"一等公"爵。在清代，封"王"的是皇室或外藩，及个别带了大量明军投降并立下殊勋的汉人。"公"是所有爵位中最高等级，"公"及以下的"侯""伯"为"超品"；"子"，正一品；"男"，正二品；这些才是真正的大贵族。可见，贾府的"一等公"，较之曹家的五品郎中，相差近十个等级，几同云泥。此外，宁荣二公应是旗下的一级军事长官，或者说是最高级别汉人军官，是汉人贵族中的贵族。满清一朝的汉人，除了三位明代高级叛将吴三桂等封王，其余人们熟悉的年羹尧，一等公；曾国藩，一等侯；左宗棠，二等侯；李鸿章，一等伯。有这些人物参照，我们才知道贾府是什么门第。五品郎中、江宁织造的曹家，岂可望贾府之项背？

贾府第二代，宁公之子贾代化原任京营节度使（相当于首都军区司令），世袭一等将军。第三代贾敬进士出身，因修道而由子贾珍袭职。第四代贾珍为三品爵威烈将军（因世代递降）。荣府与之近似。那么贾府这样的世家处于什么社会地位呢？第2回中当过从四品知府（与曹振彦相同）的贾雨村说：贾府虽然"是同谱，但他那等荣耀，我们不便去攀扯"。后来贾雨村凭林如海一封荐书而"攀扯"上贾政，贾政当时虽然只是个从五品员外郎，但经他"竭力内中协助，起奏之日，（雨村）轻轻谋了一个复职候缺，不上两个月，金陵应天府缺出，便谋补了此缺，拜辞了贾政，择日上任去了"。可见贾府的权势与能量。相反，曹家三代四人几十年都未跨过五品郎中这道坎，遑论"协助"他人谋取知府（从四品）。

2.曹家与贾府的社会关系和经济状况有几个"级差"

曹家历来被看作"极富贵",可比贾府,前已论证曹家本身并不"贵",现在看看他家的社会关系是否可同贾府相比,以及是否算得上"极富"。

贾府是京城豪族,出入宫廷,结交王侯,其姻亲王子腾历任京营节度使、九省统制、九省都检点、内阁大学士,是一、二品大员。贾母的史家是保龄侯上书令之后,尚书令在唐代为正二品。贾府仅仅死了个一无官职的贾蓉之妻秦可卿,前来送殡的王侯公卿就难以胜数。——这还是在元春封妃之前,无疑,封妃以后贾府的威势更大。

相比之下,曹家几代人都在远离京城的江宁任五六品小官,江宁城中最大的官员大约为巡抚,官阶二品,较之京城的王侯公卿已逊色不少,但恐怕凭曹家的地位仍难与其交往。相信如果曹家死个媳妇,巡抚大人绝不会来路祭。诚然,曹寅之女嫁为王爷福晋,但那是由康熙指婚,实属高攀。即使如此,嫁与娶有别,康熙到底没有替曹寅、曹颙、曹頫指婚一位贵族小姐,他们的夫人都是无名之辈。这同贾府娶侯门贾母、伯爵之后王夫人,差之太远。

曹家之所以被众多论者看作"极贵",根本原因恐怕还是出于康熙的恩宠有加,尤其是赐药和擢拔曹颙、曹頫等事。然而事实是,康熙始终没给曹家真正的"贵"职,被红学界认为备受康熙宠幸的曹寅,在五品郎中这个职级效劳几十年,终究没有升过哪怕一级,至死还是郎中。不过,康熙确实把很大的肥缺授予曹寅,一是让曹寅操办铸币用的铜筋事务,二是让曹寅同妻舅李煦"轮流坐庄"十年主管两淮盐务。曹寅每年经手的银子数百万计,但不知究竟什么原因,曹寅非但没有暴富,反而背下了几十万两公帑的巨债,并最终祸及子孙。

曹寅有没有公款私肥呢?显然没有,因为他不但背下巨债,家资也不太大。我们所知他私人的大花销仅一笔,即捐款二万为康熙造行宫。至于他的家财,从两份基本吻合的史料可知概貌。康熙五十四年曹頫的奏折中有:

> 奴才到任以来,亦曾细为查检,所有遗存产业,惟京中住房二所,外城鲜鱼口空房一所,通州典地六百亩,张家湾当铺一所,本银七千两,江南含山县田二百余亩,奴才问母亲及家下管事人等,皆云奴才父亲在日费用很多,不能顾家。[5]

康熙对曹家情况较熟,曹頫应不敢、也没必要隐瞒。雍正六年,曹家被抄后继任江宁织造官绥赫德奏折:

> 窃奴才荷蒙皇上天高地厚洪恩,特命管理江宁织造。未来到之先,总督范时绎已将曹頫家管事数人拿去,来讯监禁,所有房产什物,一并查清,造册封固。及奴才到后,

细查其房屋并家人住房十三处，共计四百八十三间，地八处，共十九顷零六十七亩。家人大小男女共一百十四口。余则桌椅、床机、旧衣零星等件及当票六百张外，并无别项，与总督所查册内仿佛。又家人供出外有所欠曹頫之银，连本利共计三万二千余两。奴才即将欠户询问明白，皆承应偿还。

再，曹頫所有田产房屋人口等项，奴才荷蒙皇上浩荡天恩特加赏赉，宠荣已极。曹頫家人蒙恩谕少留房屋以资养赡，今其家不久回京，奴才应将在京房屋人口酌量拨给。【6】

仅看数字，曹家田产房屋很多，但价值几何呢？此份绥赫德奏折告诉我们：雍正把曹家所有的资产连人口全部赏给了继任江宁织造绥赫德。绥赫德何许人也？他并非高官大员，仅是五品郎中，按内务部的说法，"查绥赫德系微末之人"，而雍正随意就把曹家所有家产赏给了他，可知曹家的资产在当时绝对算不上是"巨资"，如果财产很大必入国库。再看绥赫德将曹家在江南的田地房产全部变卖仅得五千余两【7】，我们虽不知曹家北京的产业值多少，但从《曹家档案》已可判断绥赫德回京后并不曾大富，因此可以肯定：曹家的总资产绝对算不上很大。不妨再作一横向比较。同曹寅地位相当的苏州织造李煦曾同曹寅轮流主管两淮盐务十年，曹寅死后是他一手帮着曹家偿还债务。他于雍正元年即被罢官抄家，其总资产为十二万八千两。雍正下旨：

李煦亏空官帑，着将其家物估价，抵偿欠银，并将其房屋赏给年羹尧。【8】

按，年羹尧时为雍正第一红人，位居大将军封爵一等公，他也不能得李煦十二万余资产的全部，只得到其中的房产部分。可知，"微末之人"的绥赫德竟得赏曹家全部资产，则可推断曹家资产远小于十二万之数。

至此，我们已可得出结论：曹家在当时绝对称不上"极富"，连"大富"也称不上。当年胡适先生提出曹家"极富贵"的时候，他所见资料有限，发生偏差也情有可原；现在，当我们掌握的资料已经远远超过他时，我们自应在现有史料的基础上作出新的评价。

我们再算算贾府的经济账。第4回《护官符》云："贾不假，白玉为堂金作马。"虽不无夸张，但贾府上代豪富无疑。经几代人的奢侈挥霍到作品展开时，贾府"内囊已尽上来了"，但遇家中大事，如秦可卿之死所花即以万计；元妃省亲及所造大观园更是把银子花得淌海水似的；平日随便来个太监，开口就是一千两；王熙凤克扣例钱放贷就得七八万之巨；贾母个人所积也以万计；其历年开销总额我们简直无法计算。贾府历年所花去的不算，仅以人人得见的荣宁二处房屋及家具摆设、首饰器皿，还有出租的十几个庄子，所剩至少以百万计。

所以从经济上分析，以曹家作底子是无法写出贾府的气势景象的，曹雪芹必另有所本。

3. "王妃"同"皇妃"不可同日而语

曹寅之女曹佳氏（雪芹姑妈）嫁给礼亲王代善之五代孙纳尔苏为福晋，论者常称为"王妃"，这桩婚烟同《红楼梦》中元春封为皇妃有类似之处，故有论者认为这是曹雪芹将曹家事搬入作品的一个明证，说明"贾府取材曹家"。这个观点初看颇有道理，细察则有时代差错的问题。"王妃"同"皇妃"一字之差，但在"普天之下莫非王（皇）土"的封建帝制社会，一个福晋同皇帝的贵妃之间的差距，正如皇帝同王爷的身份地位根本无法比较一样。

其次，清代虽也封王，但"王"的权势地位已大大不同于唐代以前的王。清代实行"诸王不赐土，而其封号但予嘉名，不加郡国"[9]。而汉唐等朝的王，不仅有郡国、有臣民、有财政收入，还有军队；清代之王则仅有"嘉号"、没有"王权"了，其妻子的地位当然也随之大大降低。

其三，中国历史上出现过一人封妃，一族俱荣，后妃家族形成一个很大的内戚集团，甚至权倾朝野。典型代表是杨贵妃杨国忠兄妹。贵妃引发政治风波的事件在历史上常有，以至于有"女人祸国"说，而王爷的妻室根本没有这样的政治能量。

最后，我们再将《红楼梦》中元春的影响，同实际生活中的曹佳氏作个直接的对比。曹家被革职查抄，罪名是可笑的"勒索驿站"，可说是很小的罪。此时，身为姐姐的曹佳氏即使仍为福晋，恐怕除了眼睁睁看着，帮不上任何忙。而《红楼梦》中，抄家时元春已逝，但后来皇帝因见考生贾宝玉、贾兰是王妃一族，大笔一挥就把贾家的"罪名免了"，仍世袭祖爵。（此节虽不出于曹雪芹之笔，也完全符合封建社会规则。）

"皇妃"同"王妃"天差地远，深谙历史又身经其事的曹雪芹，他怎会以"皇妃"去影射"王妃"？从作品看，元春省亲情节在《红楼梦》中意义，与曹佳氏毫无关系。

4. 接驾的并不是"曹家"

《红楼梦》第16回赵嬷嬷说贾府"预备接驾过一次，"江南甄府"接驾四次"，凤姐说，"我们王府已也预备过一次"。历史上康熙六次南巡四次驻跸江宁织造署，所以研究者把两者联系起来，既以此推定"曹家为贾府原型"，又作为曹家"极富"

的一个证明。但如果将现有史料仔细一查，就可得出结论：康熙虽然驻跸江宁织造署，但那不是"曹家"；曹寅一家住在织造署中。

胡适在《红楼梦考证》中，引证材料与得出结论之间，出现误差，导致误会。他所引材料说：

（顾）颉刚又考得"康熙南巡，除第一次到南京驻跸将军署外，余五次均把织造署当行宫。"这五次之中，曹寅当了四次接驾的差。[10]

但是胡适在写"结论"时，写的却是：

当康熙南巡时，他家曾办过四次以上的接驾的差。[11]

胡适先生此处书写不严谨，他将曹寅在"织造署"当差接驾，改写成"他家"办接驾！这一或许无意的移花接木，此后一直被误导成这样的概念："曹寅在家中接驾四次"；又在这个前提下推导出"曹家极富贵极得宠"的判断，并进一步推出结论："曹家是贾府的原型。"而且多年来这一概念连判断带结论实际上"固化"了，没有人怀疑，更没有人细究。真所谓"失之毫厘而差之千里"也。

康熙驻跸"织造署"还是"曹家"，曹寅是以织造官身份在织造署"当接驾的差"，还是以主人身份在家中接待皇帝，不仅有本质的差别，而且对红学研究有重大的导引作用。如果是驻跸"曹家"，那么曹家不仅"极富"——达到行宫的水准，而且极大——康熙仅侍从就有三百余人，更是极尊贵极得宠——江宁有多少官署皇帝都不住，偏要到他"家"来住。因此，"曹家接驾"说，是个百年大误会，大错案。

至于康熙选择驻跸织造署的原因，也还需客观分析。皇帝驻跸何处乃出于多种因素的综合考虑。笔者以为他之所以选择驻跸织造署缘由如下。

（1）织造署为内务府特派机构，而皇帝驻跸事宜是由内务府主理。既然江宁有织造署，这是内务府自己的地盘，只要符合驻跸条件，则它本就是首选，一切操作和安排都较其他官署方便。

（2）更为重要的是要符合皇帝出巡的宗旨。康熙每次出巡都强调以考察地方政务民生为主，一切接待事务必须从简，并严令不得干扰地方行政和百姓生活，前来汇报政务的官员无事不需陪送，早返任所。如他第一次南巡往丹阳途中，即谕江宁巡抚汤文斌：

朕欲知地方风俗，小民生计，有事巡幸，凡需用之物，皆自内储备，秋毫不取民间，恐地方或有不肖官员，借端妄派，以致扰害穷民，尔其加意严禁。如有此等，即指名题参，从重治罪，其沿途供役牵夫，及闻朕巡幸至此远来聚观百姓，恐离家已遥，不能自归，尔逐一详察，多方区画，令其还家。尔巡抚率布政使即从此回，料理此事，不必前送。[12]

第二次南巡至扬州时，康熙"亲制上谕"给总督巡抚：

> 朕因省察黎庶疾苦，兼阅河工，巡幸江南，便道至浙，观问风俗，简从仪卫，卤簿（仪仗队）不设，扈从者仅三百余人。顷经维扬，民间结彩欢迎，盈衢溢巷。虽出其恭敬之诚，恐致稍损物力，甚是惜。朕视寓内编氓，皆吾赤子，惟使比户丰饶，即不张结彩幔，朕心亦所嘉悦。前途经历诸郡邑，宜体朕意，悉为停止。又见百姓老幼男妇奔走杂还，瞻望恐后，未免喧哗拥塞。念此行原以为民，不严禁跸，但人众无所区别，高崖水次，或有倾跌之虞，一夫不获其所，足轸朕怀。此后止于夹道跪迎，勿得紊乱追趋，致有诸患。着即详加晓喻，使知朕爱民切实，咸为遵行。特谕。[13]

到杭州，见多处有碑亭歌颂皇恩，他十分开明地指出："未免致伤民力，诚使闾阎殷阜，则神益良多，碑亭何与焉！嗣后亦宜停止。"到江宁，他见彩船又发谕旨：

> 过后湖，见地方官装饰舟船，预备以待。朕自出京以来，自牵夫之外，所需一切皆出帑金采办，不许分毫派取民间，以为预备。所御沙船，将发库银修造。扈从人等所用小舡，俱就以官价。故于今日地方官预备之船，非惟不舆，亦未临观。欲尔等共悉此意，故尔谕知，并传谕江南江西总督付腊塔等，伊等舟船空劳准备，朕初来就视，但恐朕回銮后，故为声扬，云此船乃朕所曾御，妄令存贮。着将装饰物料俱行拆毁，于应用处用之。[14]

抱此态度巡视的康熙，不住其他官署，应有不打扰地方之用意，其选择与世无干的织造署，自然而又妥当，未见得因宠爱曹寅而去。

（3）纵观康熙行事，精明细致远过常人。这样一位皇帝，怎么会仅仅因为宠爱曹寅而连续四次驻跸织造署，留下把柄，损害自己的声誉之外，又冷落各级地方高官，令曹寅遭嫉妒？

（4）安排领导人住宿，还有安全、环境、生活习惯等方面的考虑。比如康熙就觉得"杭州地湿，水土不甚相宜"[15]，不肯逗留。

所以，康熙连续四次驻跸江宁织造署，的确引人注目，在当时确实可能引发独宠曹寅的种种说法，但我们将其纳入学术探讨时，必须依据史料，做出实是求事的分析和评论，免失偏颇。

5. "西花园"不是曹家的

由于《红楼梦》中大观园的描写出神入化，尤其是脂评在大观园的"大"字旁批了何不直写"西"字，令读者作出种种猜想；同时曹寅又的确建造过"西花园"，于是不少论者以为曹家有过偌大的一个"西花园"，堪与大观园媲美。因此它也成了"曹家是贾府原型"的证据之一。不过又是《曹家档案》把"西花园"问题彻底澄清了。

康熙五十一年《内务府奏乌罗图查算西花园工程用银不实应予议处折》：

> 分司乌罗图折奏，曹寅在修建西花园房屋，挖河，堆泊岸等项工程，共用银十一万六千五百七十九两九钱七厘，等因。奉旨：交内务府总管查奏。钦此钦遵。经将分司乌罗图之销算册，依照修建工程核算，实际用银多出八百六十七两余。再，修建房屋、亭子、船只、雨搭、廉子等项又用银七万七千八百八十五两余。等因具奏。[16]

此园共用银近十余万两，挖河造船，还建有寺院（见另一奏折）等，确确实实是一个类似大观园的豪华花园。不过奏折中"销算册"三字即今之"报销单"，它明白无误地告诉我们，这是为皇室建造的皇家花园，而不是曹家的私家花园。而且，该园不在江宁而在北京西郊海淀地区。笔者以为曹雪芹之所以能为读者描绘出万古奇景大观园，"西花园"依然功不可没，虽然这类皇家园林他难以入园一睹全貌，但凭其祖父做工程的资料和经验，加上他能够细品详察郡王府花园等高级园林，以及他天才的艺术想象力、创造力，才终于创造出了融万园于一炉的大观园。另，清朝对各级别官员房屋庭院的营造格式都有明确而严格的规定，曹家不可能有西花园这样规模的私家花园。

6. 关于脂批的解读

脂砚斋、畸笏叟等在曹雪芹创作的同时或稍后就批下许多文字，其中透露有不少细节为雪芹和批书人过去的实际经历，对其真实性我们无可怀疑。众多研究者也正因读了脂批才相信或更加坚定地相信"宝玉是雪芹的影子，曹家是贾府的原型"。不过，脂批并不能证明"红楼梦取材曹家"。

首先，脂批所指一些细节的真实性，是其本身的真实性，即作者与批书人确实经历过某些事情，但不可因此就证明这些事必然发生在"曹家"。生活的细节在小说中可以移用、嫁接，我们不可因作家所写了乙地就证明他一定是取材于甲地。我们讨论贾府是否取材于曹家，指的是其基本情况和主体风貌，而不是指一枝一叶的生活细节。所以即使有曹家生活的细节被描写到贾府，是不可得出贾府取材曹家之结论的。何况，脂砚斋、畸笏叟并未被证明就是曹家的人，如果他们是曹家的亲戚如表兄弟或姑夫，而曹雪芹又在亲戚家生活过一段时间，那么这些细节就发生在曹家以外了。我们也可以这样判断：脂批之所以这样深情地缅怀这些细节，正因为这些是发生在"他们家"的事。

讨论至此，我们把"红楼梦取材贾府"的主要论点逐一进行了检验，事实和数据验明它们一个都无法成立。现在还剩下曹雪芹和贾宝玉的生平事迹有多大相似这个问题，即，宝玉有没有可能充当雪芹化身。此题重大，故专辟一节讨论。

三、曹雪芹与贾宝玉之比较

假如"曹家是贾府原型"不能成立，那么贾宝玉同曹雪芹的"依附关系"也就基本解除了。但这是一个深入人心的观念，而且宝玉身上又确实具有雪芹的某些思想理念，所以还需作一番深入的分析与论证。我们要证明的是：曹雪芹同贾宝玉所过的生活完全不可相提并论，曹雪芹根本当不了贾宝玉的原型，贾宝玉也不可能成为曹雪芹的"影子"。

1. 曹雪芹从来不曾有过贾宝玉的生活处境

前文已论证了曹家的整个生活风貌完全不同于贾府。曹寅死后，曹家更是急转直下。曹雪芹出生在曹寅死后六七年（按逝年 45 岁推），此前曹颙也病逝。这两位都是康熙很信赖的人。康熙说："曹颙系朕眼看自幼长成，此子甚可惜。朕所用之包衣子嗣中，尚无一人如他者。是个文武全才。他在织造上很谨慎，朕对他曾寄予很大的希望。"[17]但他对曹頫就不太看重了。在曹頫请安折上批：

> 朕安。尔虽无知小孩，但所关非细。念尔父出力年久，故特恩如此。虽不管地方事，亦可以所闻大小事，照尔父密密奏闻，是与非朕自有洞鉴。就是笑话也罢，叫老主子笑笑也好。[18]

康熙语气轻蔑且不寄希望。康熙态度一变，整个官场及社会的态度必然也变，曹家的外境艰难了。

1722 年康熙去世，这年曹雪芹才三四岁。这三四年，还是曹雪芹一生中最轻松的日子，但曹家已处在重债如山的压迫之下。曹寅、曹颙还不了的巨债，曹頫又能到哪里去弄这么多银子来还？当时全靠康熙又给李煦任盐务从中弄钱帮曹家归还，曹家的压力之大不难想象。但与后面的日子相比，曹家这几年简直是在天堂。

"一朝天子一朝臣"。康熙死后雍正上台，当年就逮捕曹家的姻亲李煦，抄没家产，家人变卖。曹家自然难逃一劫。雍正虽未对曹家立即下手，但态度是一日坏一日，一年凶一年。雍正二年，他在曹頫敬贺年羹尧作战大胜的奏折中批："此篇奏表，文拟甚有趣，简而备，诚而切，是个大通家作的。"[19]雍正竟不顾皇帝之尊严，尖刻挖苦讽刺一名小吏。在另一奏折上又批："只要心口相应。若果能如此，大造化人了！"[20]在曹頫的请安折上则写下长达数百字的朱批，既有警告又有威胁："你若不作法，凭谁不能与你作福。不要乱跑门路，费心思力量买罪受。""你们向来混帐风俗惯了。"最后，简直杀气毕露："少乱一点。坏朕名声，朕就要重重处分，王子（按：怡亲王）也救你不下了。特谕。"[21]我们设身处地想想，接到这份"特谕"，曹家将吓成什么样子！此外，他还对曹頫所办之事横挑鼻子竖挑眼。雍正二年，他说曹頫所卖宫中人参"价钱为何如此贱"？四年三月雍正说丝绸织得不好，要曹頫照数赔补，罚俸一年；十一月曹頫赔来，雍正批文要内务府"着将曹頫所交丝绸内轻薄者，完全加细挑出交伊织赔。若内务府总管及库上官员徇情，不加细查出，仍将轻薄绸缎入库，若经朕查出后，则将内务府总管及库上官员决不轻轻放过也"[22]。很明显他已决心拿下曹頫了。五年，曹頫因"勒索驿站交部严查"，悬了五年的剑终于落下。我们不妨想想，时时被皇帝喝骂处罚的曹頫，即使再"混帐风俗惯了"，此刻还敢去勒索驿站吗？

中国封建社会中，还有什么比遭到皇帝亲口喝骂、亲手挑剔更令人恐惧之事？我们无法想象这五年曹家是怎么熬过来的。抄家时曹雪芹十岁左右，他的童年就处在龙颜大怒的风暴之中。以雪芹之敏感，童年的他真正是"焦首朝朝还暮暮，煎心日日复年年"（宝钗诗），他到哪里去做一天宝玉那样的"富贵闲人"？

说宝玉是雪芹的化身，在不掌握史料的时候只是误会，在真相大白于天下时，那就成了笑话。

2. 如何解释作品开头的"作者自云"？

《红楼梦》开卷有一段"作者自云"：

> 当此，则自欲将已往所赖天恩祖德，锦衣纨绔之时，饫甘餍肥之日，背父兄教育之恩，负师友规谈之德，以至于今日一技无成、半生潦倒之罪，编述一集，以告天下人。

这不是作者"自云"将"已往"之事亲手"编述"吗？书中一号人物宝玉不就是作者雪芹的"影子"吗？——如果这样理解，未免简单了。

作者大言据自己经历"编述"，恐怕主要是出于艺术需要，即根据中国人好史尚真的阅读趣味，造成"自传"的假象，以提高作品的"可信度"和感染力，吸引读者。中外小说以第一人称写作，或自言是"实所经历"或"来自真实事件"很普遍，其中"假"的多多。小说非传记或史书，作者有权利这样写，读者在阅读中将其当"真"地来感受来体验以获得艺术的享受也无可厚非，但研究者若也将它当作作者的真实经历或信史，难免出现偏差。何况，曹雪芹在前数回中着重塑造的是真中有假、假中有真的虚虚实实的艺术氛围，更两次大书"假作真时真亦假，无为有处有还无"，来"提醒阅者眼目"。他手中高举的是正反两面不同的"风月宝鉴"，我们需要留一份清醒留一份醉，抱辩证灵活的态度，信其可信，不信其不可信。如果一概不信，那只好远离《红楼梦》；如果字字当真，不信有假，恐怕难得作品之妙缔。

3. 宝玉身上确有雪芹的某些投影

上面论述了雪芹与宝玉的童年处境大相径庭，说明宝玉绝对当不了雪芹的化身，这是从基本面貌、总体形象而言，但我们却不能因此而否认宝玉身上确实有雪芹的某些投影。一位终生磨一剑的小说家，更不能不把他对人生最重要的感悟，集中投入到他唯一的作品之中，寄托在个别主要人物的身上。《红楼梦》是曹雪芹唯一的长篇小说，创作时间长达十年以上，雪芹为之呕心沥血，泪尽而亡，他谢世时作品尚未完成。苍天不假时日，曹雪芹不能不把自己最重要的人生感受和理念大量倾注到作品之中。宝玉是头号男主人公，也是雪芹注入心血最多的艺术结晶，他把自己的某些感悟、品性投放到宝玉身上，自然而又必然，如宝玉的善良、敏感、多情、不好儒经而好老庄，等等。雪芹甚至顾不及艺术规律，而明显牵强地将他的重要理念硬塞给宝玉，如"禄蠹"说、"文死谏武死战"说，等等，造成宝玉的"小人大思想"现象。由于宝玉是作品中唯一的正面男主角，雪芹别无选择。

必须补充的是，曹雪芹并不曾把他所有的身世，尤其是他完全不同于宝玉的经历及由此带来的人生体验寄托到宝玉身上，而是寄托在、或者说分别寄托在其他一些人的身上，因不关系到此节主要论题，只能另文讨论。

总体而言，曹雪芹没有过上一天贾宝玉的生活，宝玉绝对当不了雪芹的影子。

四、贾府很可能取材平郡王府

1.《红楼梦》中出现代善！

《曹家档案》附录二《有关纳尔苏的世系及其生平简历史料》中，出现"代善"这个名字。稍知满清开国历史的人，对代善都耳熟能详；但是代善与曹家有关系，却未受到红学界的关注。这有些不可思议。

《红楼梦》中，贾宝玉祖父名"代善"，与清代开国大臣重名。此事非同小可，因曹雪芹对人物名字皆刻意经营。而代善的历史和评价是由皇家谍谱和正史书写的，将"代善"命名为贾宝玉的祖父，曹雪芹显然冒着杀头的风险。——他为什么要这样做？

笔者以为，曹雪芹意在"提醒阅者眼目"。他精心设计这一点睛之笔，意在披露一、贾府的描写并非"假语村言"凭空捏造，而是实有原型的；二、暗示读者，贾府的原型是平郡王府。曹公冒如此大风险，出于无奈。中国文化"重史尚真"，纯属虚构的文学作品易遭读者的轻视，难以千古流传。《史记》《战国》的不胫而走，《三国演义》《水浒传》的家喻户晓，神怪如《西游记》依然纳入唐僧取经的真实故事等，都是缘于"史实"。为使作品深入人心，他不得不以"有所本"来证明作品的"真实性"。二百多年来持续不断的"索隐"和"考证"，证实了我国读者是何等重视这种"真实"，也证明了曹雪芹所虑非妄。至于他为什么将"代善"之名藏得那么隐秘，恐怕是出于安全考虑，太明显的话会招来大祸。

2. 两个"代善"决非偶然重名

历史人物代善与曹雪芹确实有某种联系，他是曹雪芹姑父的上祖。代善是清朝奠基者努尔哈赤次子，清代的开国元勋、三朝元老。他年纪很小即征战各方，功勋卓著。由于长子褚英被努尔哈赤幽禁致死，从此代善成为努尔哈赤众多儿子中的长兄。代善军功显赫，1616年"封和硕贝勒，以序称大贝勒"。此时皇太极为四贝勒，二贝勒阿敏，三贝勒芒古尔泰，合称"四大贝勒"，代善的地位在皇太极之上。1626年，"太祖（努尔哈赤）崩，岳托（代善之子）与弟萨哈璘告代善，请奉太宗（皇太极）嗣位，代善曰：'是吾心也！'告诸贝勒定策。太宗辞让再三，代善等请益坚，乃即位。"封代善"和硕兄礼亲王"。[23]代善秩序长于皇太极，且战功显赫而不居傲，深受皇太极的尊敬。1639年，"从上（皇太极）猎于叶赫，射獐，马仆，伤足。上下马为裹创，酌金卮劳之，因泣曰：'朕以兄年高不可驰马，兄奈何不自爱？'罢猎，还，命乘舆缓行，日十余里，护以归。"[24]1643年皇太极崩，清世祖顺治帝福临即位，"命（代善）上殿勿拜，着为例"。[25]顺治五年代善"薨，年六十，赐祭葬，立碑纪功。康熙十年，追谥"。[26]

如此一位德高望重的开国元勋、三朝重臣，又是曹雪芹姑父的上代，其辞世距曹雪芹的出生相隔不过五十多年。可以想象，他的事迹曹雪芹必倒背如流，他的英名在曹雪芹心目中占有突出的地位。雪芹以"代善"作为宝玉祖父之名，必有深意焉。

其次，众所周知，曹雪芹为《红楼梦》中人物取名多包含特殊之含义，如"贾雨村"（假语村言，假语存）、"甄士隐"（真事隐），"元、迎、探、惜"（原应叹息），三位主人公宝玉、黛玉、宝钗，则用"宝玉"二字拆分组合成"黛玉""宝钗"。可见曹公为人物取名用尽心计，这不仅成为小说一大艺术特色，更重要的是他借人名来表达人物个性命运以至于作品意旨。既如此，他把"代善"这个英名用于宝玉的祖父，大有文章！

其三，曹雪芹用意最深的是"真（甄）""假（贾）"一对反义词，并以此作为整部作品寓意的一双眼睛，为此他不惜大违常理地设计艺术对照，如"贾（假）府"对应"甄（真）府"，"贾（假）宝玉"对应"甄（真）宝玉"，太虚幻境用"假作真时真亦假"为醒目的对联。如此种种，煞费苦心，或许是为提醒读者：见到"贾（假）"，应注意可能对应着"甄（真）"。——那么见到"贾（假）代善"，理所当然须联想到真"代善"；"贾（假）代善"后代的故事，应该对应着真"代善"后代的生活。

其四，曹雪芹在作品中特意安排了一个"重名"的细节：第54回说书的女先生所说《凤求鸾》中有位公子名叫"王熙凤"，贾母笑道："这重了我们的凤丫头了。"女先生忙道："我们该死了，不知是奶奶的讳。"凤姐笑道："怕什么，你们只管说罢，重名重姓的多呢。"这一笔绝非闲笔，雪芹如此写，正是"草蛇灰线"，意在提醒我们关注作品中人名有可能同真实生活中人名相重，"假"中有真；同时又是为自己预设一个开脱，万一当局追究到"代善"一节，又可推脱为无意的重名。

其五，真代善是次子，《红楼梦》中荣国公也是老二，"贾代善"在同辈中也小于堂兄贾代化，仍是老二。

其六，代善出生入死，军功赫赫，以军功封王；贾府宁荣二公也是因军功封爵。

由此可见，小说设计"贾"同"甄"的一一对应，"假作真时真亦假"等，都是一个个指示符号和路标，它们共同的作用是引导读者发现那个"贾代善"的背后，隐藏着历史上的真"代善"，是作者非常含蓄地披露：贾府的故事，取材于代善一族的平郡王府。

3. 曹雪芹为何要以郡王府作为贾府的素材

作品的题材同所表达的意蕴究竟何者先行是文学理论的一个老问题，仁者见仁。但题材的最终选择取决于主题意蕴，恐怕没人异议。曹雪芹意存高远，统摄全书的《好了歌》及注，所否定的是中国人数千年来的所有梦想：功名、金银、娇妻、儿孙。很明显，作者是要对中国人传统的人生观、世界观、价值观、荣辱观作一彻底的检讨与批判。它不是对某个时代、某个阶层、某种生活方式、某种价值观念等层面的检讨，而是要对中国文化总层面或中国文化的主流层面作一醍醐灌顶的大总结，对中国人最基本的人生理念来个振聋发聩的大了断。据此意旨，曹家那样的"平常仕宦人家"，在题材的分量上尚嫌不足，而以仕途极致的王公贵族家庭作题材，方能满足作品意旨表达的需要，才可表达出"忽喇喇似大厦倾""落了片白茫茫大地真干净"这种震撼人心的艺术效果。

《红楼梦》中的贾府公爵世袭，钟鸣鼎食峥嵘轩峻，不可一世。要将这样一个家族的做派气度纹丝不乱地表达出来，同时将数百个不同角色的人物写的声口如闻，如果没有与之相类似的真实家族做底子，如果作家对这个家族未达烂熟于胸的程度，是根本不可能的。也正因为此，托尔斯泰笔下的贵族生活，比司汤达、巴尔扎克笔下的丰满生动得多，巴金、张爱玲笔下的大族、老舍笔下的旗人，非其他作家可比。曹雪芹姑父的郡王府，其规格声势可同贾府媲美。相反，曹家仅为五品织造官，难堪大任。所以，曹雪芹取材郡王府，不仅必要，而且恰当。

4. 曹雪芹应在郡王府生活过

郡王府足以堪当贾府原型是一方面，但另一方面，曹雪芹有没有可能对郡王府的生活细节、人物声貌都烂熟于胸呢？换句话说，曹雪芹有没有可能经常出入郡王府，甚至在其中居住、生活过一段时间？笔者将史料同作品结合研究的结论是：他理应在郡王府生活过。

（1）按常情推理：雪芹应常在郡王府走动

曹家在江宁被削职抄家后，家人被赏给了继任者，直系亲属迁往北京。在京房屋仅"少留"以供居住，估计较偏促。此时雪芹父亲曹頫在狱中，曹家已失去生计。曹雪芹十来岁，按常理，在京城的姑妈会给予相当的照顾，并招呼曹家的独苗雪芹常去走走甚至居住，如小说中史湘云走贾府那样。十来岁的雪芹，按《红楼梦》的写法，童年无忌，可同表兄弟姐妹们一起读书玩耍，连同闺阁也可出入，所以对郡王府生活相当熟稔，所以像宝玉、贾琏以及迎、探、钗、黛这些形象都把握有原型。

（2）第一手史料："曹家人往老平郡王家行走"

《曹家档案》中雍正十一年《庄亲王允禄奏审讯绥赫德钻营老平郡王折》，记载一段有关曹家同郡王府交往的史料极为重要，是几乎唯一的有关曹家北迁后在京生活的第一手史料，值得我们高度重视。绥赫德继任江宁织造不久，就被"革退织造"回京。雍正十一年他被参"钻营老平郡王"受到逮捕审讯。请看他的供词。他说已被革职的老平郡王纳尔苏派小儿子等来他家取走一个宝月瓶，讲好价钱四十两：

> 后来我想，小阿哥是原任织造曹寅的女儿所生之子，奴才荷蒙皇上洪恩，将曹寅家产都赏了奴才，若为这四十两银子，紧着催讨不合。因此不要了是实。【27】

绥赫德的话，直接联系到曹家，他显然将老王爷纳尔苏的索财，看作是追索他得了曹家的家产。那么纳尔苏是否有此意？请看绥赫德后面的交代：

> 奴才来京时，曾将官赏的扬州地方所有房产，卖银五千余两。我原要带回京城养赡人口。老平郡王差人来说，要借银五千两使用，奴才一时糊涂，只将所剩银三千八百两送去借给是实……奴才如今已七十余岁，岂有求托王爷图做官之意？【28】

注意金额，不多不少，老王爷纳尔苏开口"借"的正是绥赫德变卖曹家房产之数。那么绥赫德何以仅给"所剩银三千八两"？原来此前两人已有两次精彩的"交易"。请看同案古董商沈四的供词：

> 老平郡王将我叫到府里说，你替我借几两银子使用。我说无处去借，有原任织造绥赫德家有许多古董，（引者按：是曹家原有之物？）何不到他家要几件，当些银子使用？老平郡王说好，着六阿哥同你去，我同六阿哥到绥赫德家，将那玉如意、铜鼎拿出当了五十两银子，六阿哥拿进去了。第二日，老平郡王说，我给绥赫德送几样饽饽去，可好么？我说好，他必定感念王爷的恩。随差赵姓太监送了四盒饽饽，绥赫德家又回送了回件古董………这六七日前，老平郡王向我说，我因无银子使用，将绥赫德银子使了三四千两。【29】

说这交易精彩，因为他们显然把"原任织造绥赫德"当作欠债人，曹寅女婿、老王爷纳尔苏则像债权人，要银子可随时去拿；精彩之二是绥赫德似乎也认同债务人的角色，随要随给；精彩之三是四盒饽饽换四件古董，绝妙的买卖！而笔者推测，绥赫德后来之所以只送去三千八百两，是这六件古董在他的心理价位是一千二百两，两数相加，正好五千两。

不过，最最关键的是：这出闹剧之中，曹家本身是否参预？

在不那么狡猾的绥赫德之子富璋的供词中，终于有欲言还休的一句，那是他整个供词的第一句话：

> 从前曹家人往老平郡王家行走，后来沈四带六阿哥并赵姓太监到我家看古董，二次老平郡王又使六阿哥同赵姓太监到我家，向我父亲借银使用……【30】

这吞吐含糊的供词里，却明白无疑表露出在绥赫德一家心目中，是"曹家"在幕后有动作，而出面的是纳尔苏一家。一句"从前"与"后来"之间，有因果关系。绥赫德家的臆测我们无法坐实，但其举出的现象应该属实，即："曹家往老平郡王家行走。"——这一句话，对《红楼梦》研究弥足珍贵！至今为止，曹家回北京以后的生活，只有这一段实实在在的记载。它也提供了切切实实的根据，证实了我们前面以常理所作的推测：回京后，曹家常去平郡王府、曹雪芹姑妈家。——而曹雪芹是独子，"曹家人"中必定有他！

（3）《红楼梦》提供的内证：曹雪芹应有寄居生活

我们先来想象一下：当曹雪芹"往老平郡王家行走"时，他自己家是一贫如洗，虽为至亲，但当他像刘姥姥家的板儿一样跨进巍峨的王府门阙时，他的心情是如何的？要知道，他不仅有板儿的穷困，还是罪人之子，王府中各色人等的脸色可想而知。不曾亲身经历的人，那滋味很难体会。恰恰，《红楼梦》中各种人生滋味写的最苍凉最感人泣下的，正是这种篱下之苦！《红楼梦》中写到投亲寄靠，简直一发而不可收：林黛玉独自来寄居，薛宝钗一家来投靠，史湘云隔三岔五来小住，妙玉单身来修行，还有邢岫烟、李纹姐妹，等等。如此大书而特书，乃古今中外小说之唯一。显然，作者是借小说吐出胸中块垒，道出心底的隐痛。

这些人物中，作者笔墨最多、最为感人的无疑是林黛玉，但作为真正的寄居者，薛宝钗更值得关注。她身上寄托着曹雪芹浓重的身影。首先，薛家的身份同曹家颇有相似之处。小说中贾史王薛"四大家族"，贾史王三家乃"公""侯""伯"之后，现今也各居高官显职；但薛家上代为"紫薇舍人"，是五品左右的小官，同曹家相当；薛家是"帑银行商"，替内务府办事，更与曹家近似。其次，薛家也正是在金陵（即江宁）犯了官司，为避祸而投奔京中的贵族亲戚，而曹家犯事北迁返京，"往老平郡王家行走"；薛家投靠的娘家姐姐，为姨表亲，曹家"行走"的是父亲的妹妹，为姑表亲，其遭际何其相似。曹雪芹在姑妈家，同薛宝钗在姨妈家的身份地位几乎一致。宝钗在贾府身份尴尬，"寡言少语"，谨慎压抑，连丫头也不敢得罪一个。第27回宝钗"金蝉脱壳"这个细节，写尽宝钗的尴尬为难。宝钗这种尴尬，是不是曹雪芹自己经历的投影？一部小说写如此众多的寄居，极不寻常，它是不是作家曹雪芹的"夫子自道"？

（4）曹雪芹寄居郡王府的外证——敦敏敦诚兄弟和张宜泉的诗文

至今为止，影影绰绰为人们提供曹雪芹后期生活和性情的，唯有他的朋友敦敏、敦诚兄弟和张宜泉。他们都对曹雪芹很是钦佩，诗文中嘉言连连。然而敦诚的《寄怀曹雪芹霑》中有两句令我们十分惊讶，简直像在写另一个曹雪芹：

　　　　劝君莫弹食客铗，劝君莫叩富儿门。
　　　　残杯冷炙有德色，不如著书黄叶村。[31]

——这是怎么回事？敦敏《题芹圃画石》不是说："傲骨如君世已奇，嶙峋更见此知离。醉余奋扫如椽笔，写出胸中块垒时！"【32】张宜泉也说，雪芹"字梦阮"（阮籍），"素性放达"。这样一位自比阮籍、傲骨嶙峋的曹雪芹，怎么可能去"富家"食"残杯冷炙"，看人"德色"？然而敦诚又不可能无故而"劝"，更不会向曹雪芹脸上抹黑。笔者以前读此诗即有存疑，但苦于没有资料，现在，对曹家与郡王府的关系有了新的史料，疑问如雪消融。曹雪芹这样骄傲的人，不可能去叩别人家的"富儿门"；反之，他"行走"或寄居姑妈家的郡王府，就完全可能了，因是至亲。但是，天长日久，姑妈家的某些人难免面有"德色"，骄傲而敏感的雪芹或向朋友有所泄露，因此敦敏兄弟才会直言相"劝"。如果再印证《红楼梦》中对寄居之情的绵绵宣泄，可知所谓"富儿"，并不是外人，而是至亲；正因是至亲，雪芹才会去住。

五、本文结论

讨论至此，我们大致可以做出如下结论：

（一）《红楼梦》中的贾府不可能取材曹家，曹家的家世格局绝对撑不起贾府。两家在政治地位、家族身份、社会关系、经济实力等所有方面，相去太远。

（二）曹家北迁之后，经常往曹雪芹姑妈家郡王府"行走"；至于曹雪芹，必当在郡王府中生活过一段时间，得见王府的尊荣富贵、人情世故和内府生活，也尝尽寄居的苦辣酸甜。这段生活为他创作《红楼梦》奠定坚实的基础，使他有可能创作出"贾府"，同时写出寄居富贵人家的种种况味。

（三）郡王府与贾府基本对等，它才是贾府真正的原型。然而在创作过程中，雪芹又非唯郡王府是写，他调动起自己所有的生活经验和阅历，包括曹家的一些历史，把它们有机地融入作品之中，所以《红楼梦》中又不乏作者及其家族的一些经历和观念。

（四）至于曹雪芹本人，其童年、少年是罪犯之子，家族破败，他不曾有过一天宝玉那样"富贵闲人"的生活，他同宝玉分属两个不同的阶层，所以贾宝玉的原型也不可能是曹雪芹。

（五）在曹雪芹的幼年、童年，即抄家之前的五年，曹家一直处于雍正帝的白色恐怖中，他家不可能有林黛玉、薛宝钗、史湘云、妙玉等那样的寄居者；即使他有姐妹，她们也不可能过上迎春、探春、惜春那般华贵的日子。《红楼梦》中"当日所有之女子"，以及贾政、王夫人、贾母、凤姐等人的原型，大多来自曹家以外。他们或许来源于郡王府中，或许来自曹雪芹人生途中其他的深入接触者。

　　本文一破一立两个论题都较大，既用到史料考证的方法，又以《红楼梦》本身作为内证，使本文成为"文学的考证，而非历史的考证"（套用余英时语）。但笔者能力有限，错误难免，诚待读者指正。找到贾府的真正原型，使《红楼梦》的研究更上一层楼，是所有红学研究者的共同心愿。

　　　　　　　　　　　　　　　　　本人邮箱：13621969311@163.com

　　　　　　　　　　　　　　　　　2006 年发表，2022 年修改

注　释

【1】郭豫适，《红楼梦》研究文选，上海，华东师范大学出版社，1988，第 222、223 页

【2】故宫博物院明清档案部，关于江宁织造曹家档案史料，北京，中华书局，1975，第 2 页

【3】同上，第 11 页

【4】同上，第 196 页

【5】同上，第 132 页

【6】同上，第 187 页

【7】同上，第 195 页

【8】同上，第 206 页

【9】赵尔巽，清史稿，北京，中华书局，1977，卷 161

【10】同【1】，第 210 页

【11】同上，第 211 页

【12】中国第一历史档案馆，康熙起居注，北京，中华书局，1984，第 1245 页

【13】同上，第 1831 页

【14】同上，第 1842 页

【15】同上，第 1935 页

【16】同【2】，第 109 页

【17】同上，第 125 页

【18】同上，第 149 页

【19】同上，第 158 页

【20】同上，第 157 页

【21】同上，第 165 页

【22】同上，第 177 页

【23】同【9】，卷 216

【24】同上

【25】同上

【26】同上

【27】同【2】，第 193 页

【28】同上，第 195 页

【29】同上，第 194 页

【30】同上，第 195 页

【31】同【1】，第 3 页

【32】同上，第 1 页

第一回
甄士隐梦幻识通灵　贾雨村风尘怀闺秀

我们将开启漫长、美妙、风光旖旎的旅程，去鉴赏这世界上最精致的艺术品。不过开头三回有点难，因为曹雪芹在此中设置了大量密码，这些密码不破解，就无法得到《红楼梦》的真谛和曹雪芹的初衷。一些看似单纯的地名、人名、物名，却隐藏着极其重要的信息，诸如作者的创作意图、题材来源、主旨意蕴、人物命运和情节走向等。通常人们认为第5回最难理解，其实不然。一者薄命司的判词和《红楼梦曲子》用的是"明码"，二者其中大多数已经被翻译、注释。而这三回用的是"密码"和"密码组合"，其中许多尚未被发现。我们需要耐心和细致，我们很快就会体验密码破解后的眼前一亮和豁然开朗。我们在前五回的工作主要是解释小说的多个头绪，真正的鉴赏要从第6回开始。

小说家无不注重开头。《红楼梦》的开头真是美轮美奂，"还泪故事"不知迷倒多少读者。说实话，仅仅这第1回给我们的美学享受和人生启迪，就超过某些长篇小说。世界文学名著中，我找不出一个开头能够望《红楼梦》项背的。不过，细阅第1回可看出，曹雪芹为这开头不知花了多少心血，但是直到最后，都没修改完善，留下了破绽。由于这个破绽关系到作品的美学品味和意旨走向，所以后面会指出并分析其产生原因。我们热爱《红楼梦》崇拜曹雪芹，但鉴赏《红楼梦》还是必须客观，实事求是。后面我们经常会指出《红楼梦》的某些瑕疵，尽管瑕不掩瑜。

第1回由四个部分组成。第一部分，作者自云，即曹雪芹告诉我们写书缘起；第二部分，《石头记》的来历；第三部分，曹雪芹谈文学；第四部分，甄士隐的故事。

第一部分作者自云，相当于一个"序言"，是曹雪芹交代写书的缘由。有的研究者认为这不是作品原文，而是一段脂批。我赞成大多数研究者的意见，认为它是原文。它是一篇文言文的杰作，绝对应该放进中学课本，是学习文言文的最佳教材，也是朗读的最佳篇什。我们原汁原味欣赏一下：

> 此开卷第一回也。作者自云：因曾历过一番梦幻之后，故将真事隐去，而借"通灵"之说，撰此《石头记》一书也。故曰"甄士隐"云云。但书中所记何事何人？自又云："今风尘碌碌，一事无成，忽念及当日所有之女子，一一细考较去，觉其行止见识，皆出于我之上。何我堂堂须眉，诚不若彼裙钗哉？实愧则有余，悔又无益之大无可如何之日也！当此，则自欲将已往所赖天恩祖德，锦衣纨绔之时，饫甘餍肥之日，背父兄教育之恩，负师友规谈之德，以至于今日一技无成，半生潦倒之罪，编述一集，以告天下人：我之罪固不免，然闺阁中本自历历有人，万不可因我之不肖，自护己短，一并使其泯灭也。虽今日之茅椽蓬牖，瓦灶绳床，其晨夕风露，阶柳庭花，亦未有妨我之襟怀笔墨者。虽我未学，下笔无文，又何妨用假语村言，敷演出一段故事来，亦可使闺阁昭传，复可悦世之目，破人愁闷，不亦宜乎？"故曰"贾雨村"云云。

大家听得出，这段文字节奏感极强，抑扬顿挫，朗朗上口。本来"作者自云"这话，在小说中是犯忌讳的，不该出现的。由于中国历史的特殊原因，小说一直是不入流的，与历史著作、诗歌、散文有天上地下的区别，所以小说家都不愿署名，以至于我国几大名著的作者究竟是谁都需要考证。很显然，曹雪芹实在抑制不住而站到前台发表一通宣言，由是有了这"作者自云"，他借此直接吐露慷慨悲凉的胸臆，所以感情特别深沉饱满，也特别苍凉。朋友们有时间自己认认真真朗读一遍，感受会很不一样。

那么曹雪芹告诉我们一些什么呢？第一层意思，他非常明确地说，写此书是"因曾历过一番梦幻"而写，但在文字上进行了模糊处理，就是所谓"将真事隐去"，实际上作品中有真实的故事。由于他这么说，加上从前人们对"创作型作品"与"记叙型作品"之间的界限不是很清楚，所以一直有"《红楼梦》是叙述曹家家世"的说法。但是曹雪芹是何等人物？他会被"家世"这个范围束缚住吗？不可能！他玩的是"真中有假假中有真"，经历过"梦幻"，也就是人生的大挫折，是真实的；因为这个"梦幻"而让他耿耿于怀不吐不快，因而拿起笔来写小说，也是真的；但小说里面的内容，就未必是他自己的真实经历了。真正的大师都是坦荡荡的，他在后文清清楚楚告诉读者："又何妨用假语村言，敷演出一段故事来"。所谓"假语村言"，就是虚构；所谓"敷演"，就是在真实的基础上进行创作。他说得多明白：《红楼梦》是含有虚构的艺术创作。所以我们解读《红楼梦》就需要两副目光，一副用来钩沉其"历过"的"一番梦幻"，即曹雪芹真实的家世和经历，那是不能公开展现、却又是他一定要表达的内容，但被他改头换面化入了作品。作者所经历的"梦幻"是他创作《红楼梦》的原动力，有他家族或个人抱屈衔冤的内容，他要借小说情节人物来鸣冤叫屈，发泄忧愤，抒发心结，这就使得《红楼梦》确实带有几分"自传"色彩，与其他小说有某种质的区别。因此《红楼梦》鉴赏必须比其他小说多出一份工作，那就是要找到、区别出作者的"自传"部分，鉴赏到作者特殊的主旨和思想感情，这也是本书比较着重阐发的部分。当然，《红楼梦》的虚构部分更加重要，所以另一副目光用来看纯粹的虚构故事，那是曹雪芹对人生、对生命、对命运、对世界的总体认识和体会的艺术表现，是《红楼梦》更宏阔而深沉的内涵主旨，要真正领会它们并以鉴赏的方式表达出来，也比其他小说鉴赏困难许多。

　　作者自云的第二层意思，是说明本书的内容和目的，其内容是写一群杰出女子，当年她们曾经同曹雪芹朝夕相伴，"其行止见识，皆出于我之上"，让作者深深佩服，终身难忘，写这本书就是要为"闺阁昭传"，让她们流传百世。曹雪芹实现了自己的愿望，林黛玉、薛宝钗、史湘云、贾探春、王熙凤、袭人、平儿、鸳鸯、香菱等女子的"行为举止"，永远留在千千万万读者的心中了。

　　作者自云的第三层意思，是告诉我们曹雪芹大致的身世。他年少时曾经当过锦衣纨裤的公子，但今日穷困潦倒，过着"茅椽蓬牖，瓦灶绳床"的生活，即住茅草房，睡粗陋床，烧的是几块破瓦片拼合的炉子。

　　这段最后，"故曰贾雨村云云"，是说贾雨村这个人名代表假语村言，与前文"真事隐去"呼应，提示我们《红楼梦》的一个重要艺术手法是作者故意在情节和人物中真假混合。这个提示对理解全书十分重要。

　　这段作者自云，引来无数的索引、考证和争论，对于曹雪芹的身世，究竟怎么理解、看待？我的看法是，我们不能不信，但也不必抠字眼。作家下笔总有艺术夸张，比如他写了"背父兄教育之恩，负师友规谈之德"，难道他就真的是个"不良青年"？估计不是，真的那样，他哪来这么广博深厚的功底？但是大致身世他不会骗我们，他曾经富贵，但后半生穷困，是在"茅椽蓬牖，瓦灶绳床"的生活状况下，艰难创作，终于写出惊天地泣鬼神的《红楼梦》来。

　　以上这段作者自云，仅有 305 个字，却像交响乐一样时而缠绵幽怨时而铿锵激越，起伏跌宕，感人至深，其苍凉如太史公的《报任安书》，其气势可追贾谊的《过秦论》，其朗朗上口一如汉赋，而"其晨夕风露，阶柳庭花"，实在不让位于柳永的名句"今宵酒醒何处，杨柳岸，晓风残月"。这作者自云，真真堪称"无韵之离骚"。不过，说到离骚，我们把这"作者自云"编排为离骚体的话，也未尝不可，第一节 5 行，第二节 17 行，第三节 8 行，共 25 行。朋友们可以试试。总之，如此妙文，若将其编入中学语文课本，老师略加引导，那将有多少孩子会张开双臂拥抱曹雪芹？会跑步进入《红楼梦》？我们期待选编语文课本的专家。

本回的第二部分是石头的故事。作者借用女娲补天的经典神话，让一号主人公以天仙的面目出场，说女娲在大荒山无稽崖补天练成的石头有三万六千零一块，补天用去三万六千块，单单遗留一块，令这块石头自怨自叹，日夜悲号，某天遇见两位神仙，一个和尚一个道士，就请他们带他下到红尘世界，"在那富贵场中，温柔乡里享受几年"。神仙劝他别去，没意思的，他一定要去，于是和尚把这石头变成一块小小的玉石，飘然而去。许多年以后，空空道人路过大荒山，看见那块石头上写着他去到红尘，历尽悲欢离合炎凉世态的故事，把它抄了下来，成为《石头记》。

在这里，有几个看点。看点一，石头"无才可去补苍天，枉入红尘若许年"，联系到曹雪芹的身世，这显然是他吐露的心声。说"无才"那是虚头，正因为他太有才，在那个科举制度中他绝对能够中举甚至考个进士，但他什么都没有。至于他是不是去应试过我们不知道，没有资料。没有"补天"的机会就是"枉入红尘"，很明显他实际上想在社会中一展身手，干点实事。这很正常，历史上多少仁人志士就因为被降了职务而郁闷一辈子，大家比较熟悉的有苏轼的《水调歌头》，"我欲乘风归去，又恐琼楼玉宇，高处不胜寒"。苏轼仅仅从京官贬为地方官，还时时想着哪天回京城，何况曹雪芹一官半职全无，他能不郁闷吗？

说到曹雪芹有治理社会的理想，顺便带一个话题。这几十年有个说法，说《红楼梦》是反封建小说，此观点影响极大。这个说法是否妥当，朋友们各自思考。我说一下个人意见。曹雪芹写作时间是乾隆年，当时就世界来说，中国是世界经济的头号大国，产值比大英帝国大好多倍；就本国历史而言，那是康熙、雍正、乾隆三朝盛世，国泰民安，不存在反封建的气候土壤；同样，当时中国并没有新的经济模式和政治理论出现，曹雪芹拿什么来反封建？如果说要反掉封建制度，那么建立什么新制度呢？根本没有方向。我们贴近作品来看，《红楼梦》反礼教是有的，对社会黑暗面的抨击也很有力，那是作者希望政治能够清明，人伦制度、习俗风气能够改善。可以说这是希望社会改革，属于体制内的探讨，称不上反封建。

石头记故事看点二，是和尚道士对人世间的评语："善哉，善哉！那红尘中有却有些乐事，但不能永远依恃，况又有'美中不足，好事多魔'八个字紧相连属，瞬息间则又乐极悲生，人非物换，究竟是到头一梦，万境归空，倒不如不去的好。"他们把人间、把做人看得没什么意思。注意，话是和尚说的，但这是《红楼梦》的主题之一；作品基本情节，就是印证和尚的话。贾府从钟鸣鼎食走向呼喇喇大厦倒塌，贾宝玉从温柔乡富贵场落到"寒冬噎酸齑，雪夜围破毡"（脂批语），在某种意义上看，富贵、荣华、理想、奋斗，岂非全部都是徒劳？即使抛开作品，我们翻翻历史，秦朝多么强悍，唐代何等雄壮，但不是一个个忽然间就灰飞烟灭了？再看世界，第一个世界统治者，号称太阳不落的大英帝国，曾几何时，风华不再。再看个人，多少英雄豪杰，转眼间，俱往矣，他们走了，太阳照样升起，地球依旧在转。正如下面《好了歌注》唱的："陋室空堂，当年笏满床；衰草枯杨，曾为歌舞场。"世界瞬息万变，何时何处不是"人非物换，究竟是到头一梦，万境归空"？《红楼梦》的深刻，就是它揭示了人生和世界的某种本质，令我们顶礼膜拜。这种当头棒喝、醍醐灌顶的警醒，是其他小说都缺乏的。不过，人生虽短，生命不过几十年，我们更要积极进取，活出点意义来，人类正是在生生息息中一步步发展，社会正是在痛苦磨难中坚定前行，文明正是在前人的辛勤耕耘中一点点积累，以至于于我们可以开着汽车、乘着飞机周游世界，可以拿个手机与万里之外的亲人朋友相互问候，一起聊天，这是过去的帝王也无法享受的。

　　石头记故事看点三是，作者创设的"大荒山无稽崖青埂峰"。曹雪芹只写了个地名，不做任何解释交代，如果没有注释，读者根本不会在意。但是，大家一定要注意，曹雪芹对于命名，不管是人名、地名，乃至器物的名称，都用心良苦，常含寓意。此处"大荒山无稽崖"，"大荒"者，大谎言也；"无稽"者，无处可查；意思是，什么女娲补天，什么三万六千零一块石头，什么石头从天上去到红尘，全是谎言！不过我们若知道了他的身世，知道了故事与清代开国元勋有关，那么他就绝不是故意逗我们玩了。把代善家族、曹家故事化入小说，是要冒杀头灭族风险的：写代善家族一朝覆灭，那是攻击皇族污蔑开国元勋；写自己家，那是对皇上不满妄想翻案，都是绝对不行的，所以他这里来个"此地无银"的说明，后面还要加上"朝代年纪，地舆邦国，失落无考"，全是为了规避政治风险。了解到这一层，我们才知道曹雪芹的创作是何等凶险。至于"青埂峰"，那是"情根"的谐音，暗喻宝玉天生是个情痴情种。一个地名包含这么多意思，却无任何说明，真潇洒。

　　本回的第三部分是曹雪芹谈文学，他谈了两个方面。一是自己这部作品，他毫不谦虚，借石头作出自评："新奇别致"，可以"令世人换新眼目"，就是让你耳目一新。文学史上，有几个作家敢如此自诩？那么这部小说好在哪里？他说一个是真实：来源真实，所谓"半世亲睹亲闻的几个女子"；写作也真实，所谓"追踪蹑迹，不敢稍加穿凿"。进入 21 世纪了，我们知道小说是怎么回事。所以，我们既要搞清楚他创作的题材来源，也深信作品中寄托了他本人的某些身世和情怀；同时，我们是把《红楼梦》当小说读，确认其中有大量的虚构或移植。

曹雪芹说《红楼梦》的另一个优点是艺术性、趣味性强，"可以喷饭供酒"，这里他倒是谦虚了，《红楼梦》的功力何止于此？如果仅仅就这点能量，它与《三国演义》《水浒传》《西游记》就差不多档次了。关于《红楼梦》的艺术魔力，我们有得欣赏，这里先打住。

我们对曹雪芹要有两手准备，因为他有时极其诚恳，有时又狡猾透顶。这段唯一的自评，他就用了一明一暗两套手段。尤其那套暗的，还没什么人议论。我们来欣赏一下。

作品写道空空道人担心，这石头记无朝代年月可以考证，恐怕世人不爱看。石头笑道："我师何太痴耶！若云无朝代可考，今我师竟假借汉唐等年纪添缀，又有何难？"多么豪迈的口气！我们只听说"放之四海而皆准"，他却说放之历代而皆准。可是，谁也不能说他骄傲，因为他是在回答空空道人为朝代犯难，表面上是说可以通融一把，很低调的呢。曹雪芹就这么狡猾！当然，他说这话完全有底气，《红楼梦》解剖的是人性，注目的是人生，贾府的故事、宝玉的人生，确确实实具有普遍性，永恒性。

再看他那明的：

> 满纸荒唐言，一把辛酸泪！
> 都云作者痴，谁解其中味？

读到这首诗，大家是否感觉到一丝悲凉？随着你对小说的理解越来越深，尤其是看了无数红学评论以后，你才真正体会到作者是何等痛苦和忧伤；你才理解曹雪芹对国人的了解是何等深刻，才知道他像神仙一样未卜先知，至少知道二百多年！神人啊！首句"满纸荒唐言"，你别以为这是自嘲，仅仅指小说的缘起、内容有些荒唐，实际上它是对读者的尖锐讽刺，开宗明义：你们读不懂我，你们不能理解《红楼梦》！他凭什么说这话？他刚说过，社会上充斥着的、人们喜欢的，都是庸俗无聊荒诞下流的作品，他看清这个现实，所以不抱幻想。是啊，满世界都生长着荒草毒草的地方，一棵灵芝孤零零地冒出来，谁认识它？谁理解它？现代优秀作家沈从文说过与曹雪芹类似的话：你们能够读懂我的文字，但你们读不懂我背后的意思；你们能读懂我的故事，却看不到我背后的眼泪。第二句"一把辛酸泪"，人们通常理解是，《红楼梦》饱含着曹雪芹的心血和泪水，这样理解没错；而且，脂批还告诉我们，"书未成，芹为泪尽而逝"。不过我觉得，"一把辛酸泪"，另一层意思，指《红楼梦》的内容是一部辛酸史，来自作者的坎坷生活，读了让人哀伤不已。第三句"都云作者痴"，关键是"痴"字，又是双层含义：不理解他的，说他精神有病；能够理解他的，说他这样投入是否值得？为一部书送命，似乎有点傻吧？最后一句是重点，前面三句全是为这一句铺垫的："谁解其中味？"他辛辛苦苦、流血流泪，甚至付出生命写出来的作品，他忧心：最后别是白忙一场，没人理解！这才是作家最大的悲哀！一部作品，人家可以赞成也可以反对，不管怎么样，作品的功效发挥了，作家的写作值了；唯有人家看不懂，那才叫一个苦。曹雪芹的担忧，不幸成为事实，二百多年来，误解、曲解《红楼梦》的，太多了，我们后面会有一些具体讨论，做一些纠正。许多人把《红楼梦》看作爱情小说、政治小说、家族史小说；一些戏剧，把《红楼梦》改编成宝玉黛玉的爱情故事，曹雪芹在天上，不知是哭还是笑。

这谈文学一段的另一方面，是对文艺状况的猛烈批判。曹雪芹着重指出历代野史专门写那些奸淫凶恶，误人子弟的东西；风月作品是胡牵乱扯，糟蹋笔墨；才子佳人作品则千部一面，淫烂下流，远远不如他的小说。猖傲的曹雪芹。

本回第四部分，是甄士隐的故事。这个部分的篇幅占第 1 回的三分之二，包含三个小故事。

第一个小故事是甄士隐梦见神仙。甄士隐是苏州一个乡绅，小日子过得还不错，老来得女儿，叫甄英莲，才三岁，自然宝贝。甄英莲，谐音"真应怜"。这天甄士隐白日做梦，听一僧一道在讲风流案子，说西天赤霞宫的神瑛侍者，眼看一棵小绛珠草要干死了，就每天浇甘露救活了它，那小草后来变个仙女，听说神瑛侍者要下凡，就跟着下凡，想着用一生的眼泪来报答灌溉之恩。甄士隐好奇，上去搭讪，问那男的变成啥模样去人间，和尚给他看了，原来是块美玉，刻着"通灵宝玉"四字。他就跟着和尚道士，来到"太虚幻境"，有对联写着"假作真时真亦假，无为有处有还无"，刚想进去梦醒了。于是他抱着女儿出去玩，走到街上碰见一个和尚一个道士，那和尚一见甄士隐就说："你这女儿命运很差哦，不如给我算了。"甄士隐不理他，回头走开，和尚指着他大笑，并念道：

惯养娇生笑你痴，菱花空对雪澌澌。
好防佳节元宵后，便是烟消火灭时。

这个小故事中的神瑛侍者和绛珠草，就是后来的宝玉和黛玉，还泪的故事很美很动人。真佩服曹雪芹的奇思妙想。不过在赞美他的同时，我们要对曹雪芹先生来个质疑：他刚刚告诉我们，宝玉就是大荒山青埂峰下那块被遗弃的石头，这里又说宝玉是赤霞宫的神瑛侍者。那么，这神瑛侍者同那块石头，到底是同一个人，还是两个人？这关系不小：石头是哀怨孤独的，神瑛侍者是天宫的侍卫，不仅官场得意还情场得意。石头的经历类似曹雪芹，《石头记》是怨愤、坎坷之作；而神瑛侍者到人间是去谈情说爱，还没起身就有美女相伴，确实美丽动人，但在沉郁悲凉方面，就不能与《石头记》同日而语了。——到底，宝玉来源于谁呢？从后面宝玉黛玉见面的情景，我们知道曹雪芹用的是神瑛侍者与绛珠草的故事，但在这里，这个全书开头，曹雪芹自己摆了一个乌龙，出现明显的破绽。我们指出来，从而知道在《红楼梦》中曹雪芹也有败笔，也有破绽。曹雪芹是位天才作家，但他是人，不要把他当神。我想说的是，两个故事各有千秋，但属于两种不同的美。如果曹雪芹是将自己的某些经历和情怀寄托给宝玉，那么石头的故事更贴切；如果他是以某个贵族公子的身世来写宝玉的，那么还泪的故事比较合身。但是贾宝玉不能来自两个不相干的人，两种开头不能并存，肯定是破绽。于是需要解答：两种开头的破绽是怎么产生的？我的看法是，"还泪故事"是后加的，是一种备选，可惜曹雪芹还没有选定哪一个好，还没有修改完善整部作品，他已撒手人寰，留下了矛盾的开头。我的理由一，"还泪故事"只有第3回宝玉与黛玉相互觉得面熟，和第5回提到"绛珠妹子的生魂"这两处有呼应，但是在后面漫长岁月和无数描写中，宝玉和黛玉再也没有曾经相识的感觉，"还泪故事"也没了影子。显然作者在改拟"还泪故事"后只做了第3、5回的两处简单修改。理由二，相反，"石头故事"则统摄全书，即使在第5回最重要的薄命司册子和《红楼梦曲子》中体现的也是"石头故事"，和尚道士去到人间也只说："青埂峰一别，展眼已过十三载矣！"并无"还泪"的痕迹。理由三，宝玉的个性身份，与"赤霞宫侍者"很不般配，同样黛玉名字的表面意思是黑色的玉，更与"绛珠草"完全相反。我猜测是作品大致写完，可能脂砚斋等人看到林黛玉一生都在流泪，他们向曹雪芹建议把开头也改成"还泪故事"，于是曹雪芹拟了一个，并做了第3、5回两个简单改动，但他并未撤销"石头故事"，于是遗稿中出现两种开头的瑕疵。以上是甄士隐梦见神仙故事中值得谈的第一点。

第二点要谈的，是关于太虚幻境。首先，它是曹雪芹虚拟的天界地名，"太虚"带有道家色彩，但在道家的典籍中似乎没有这个地方。曹雪芹借其中的"虚""幻"二字，表示人间虚幻如梦，故事虚构非真，暗示贾宝玉的红尘之旅、所有人的人生之旅，都是一场白忙，是虚幻之旅。其次注意那副对联，"假作真时真亦假，无为有处有还无"。这两句话包含着佛教、道教的真谛，也是《红楼梦》的主题之一，曹雪芹借此表达世事难定，凡事要看穿，要想明白，不必太较真；同时巧妙地暗示《红楼梦》的内容，有真有假。当前网络上有句常用语，"重要的事情说三遍"，同样，曹雪芹把这幅对联作为小说的重要意蕴，它后面还会反复出现。

第三点要说的是和尚念的那首诗，这是和尚暗暗递给甄士隐两条消息，一条是甄英莲将落入薛蟠之手，终生不幸，菱花即英莲，后改名香菱；雪，"薛"的谐音，指薛蟠。另一条消息告诉甄士隐，小心元宵节，而且节后还要遭受火灾。用诗词暗示人物命运，透露作品情节，构成谶语，这是曹雪芹写作的基本手法之一。

甄士隐故事中的第二个小故事，是他资助贾雨村赴京赶考。曹雪芹真会来事，他设计的两个怪人名已够稀奇了，还偏偏让他们做了朋友。贾雨村，"假语存焉"或假语村言，这已经够捉弄人了；但曹雪芹不过瘾，还特地交代他单名一个"化"字，表字时飞。姓名贾化，谐音"假话"，他身上都是假，与假语村言配套。这下该过瘾了吧？还没有，他又给贾雨村的家乡安排到胡州，谐音"胡诌"；这胡州的"胡"字，给个三点水，就是真实地名湖州，没了三点水，就一胡说八道的胡，我国根本没这地名。可见曹雪芹捉弄起人来，有多刻薄。类似的名字后面还有的是。贾雨村有才华，考个贡士、进士应该没问题，可惜他家穷，身上没钱困在了苏州。甄士隐心好，知贾雨村困难，经常请他到家里喝酒。这是《红楼梦》第一次写喝酒。中国人的日常生活离不开酒，文人雅士更是无酒不成话，有酒才有兴致。这种风气今天还到处可见。雨村见到甄家一个丫鬟长得不错，暗暗动心。中秋节这天甄士隐又请他，借着酒兴，他作了几首很有气概的诗，这种诗是宝玉之辈不肯写，贾政之流写不出的。甄士隐听了拍手叫好，说雨村必有大好前途。雨村乘机说想赴京会考，可惜没了盘缠，甄士隐立即拿出五十两银子交到雨村手上，雨村不客气，笑纳了。第二天老好人甄士隐特地写一封推荐信送去，可是那贾雨村已经远走高飞，奔赴京城去了。

这个故事简单，没什么可多说的。只是其中贾雨村"高吟一联"，关涉复杂。

> 玉在椟中求善价，
> 钗于奁内待时飞。

此联通常被解释为贾雨村在等待时机飞黄腾达，表面看意思好像十分明白。但是，此联是曹雪芹写的一个十分重要的谶语，它暗寓着黛玉、宝钗的命运结局，而且简直骇人听闻，足以颠覆我们对黛玉、宝钗的认知，甚至颠覆我们对现行《红楼梦》的认知。尤其，迄今为止，尚未见到有对此谶语的系统解说。兹事体大，需要详说，而且还关联到后面的诗歌。为了不打断本回的内容鉴赏，我们放到本回最后，再详加破解。

甄士隐故事中第三个小故事是，他遇祸出家当道士。元宵节那晚，家人霍启带英莲去看花灯，不小心把英莲弄丢了。霍启，"祸起"的谐音。甄士隐丢失了女儿，悲伤得病，没想到三月十五这天，隔壁庙里失火，把甄士隐家烧成一片瓦砾。无家可住的甄士隐去投靠丈人封肃。封肃，谐音"逢宿"，逢遇宿命要倒霉。几年下来在丈人家受尽窝囊气，一天，甄士隐碰到一个道士，听道士唱了一首《好了歌》，把人世的追求批了个底朝天，遂大彻大悟，回了一首《好了歌注》。于是两人对面大笑，接着勾肩搭背，飘飘而去。他夫人封氏找不见丈夫，只能带着两个丫鬟靠卖针线度日。某日，新任知府到任从街上走过，那丫鬟只觉得这新知府好面熟。晚上正要睡觉，忽然家门被打得像擂鼓一般，外面乱叫：本府太爷传人问话！封家的人吓得目瞪口呆。

这小故事又有两点要讲。一点是甄士隐的身世，与后面贾府的大故事几乎毫无关系，曹雪芹为什么要放到开头第一回来写？莫非这甄士隐的身世，就是曹雪芹自己身世的某种变形？所以名字叫"甄士隐"，把自家真实的事情隐藏起来。甄士隐与曹雪芹，到底有多大的关联？甄士隐是苏州人氏，于是有的研究者认为苏州织造李煦，与曹家是亲戚，李煦家事就是《红楼梦》中史家的蓝本。值得探究。

第二点要讲的，就是著名的《好了歌》。它总论人生高屋建瓴，具有普遍意义。在中国，人活一辈子到底为什么？请听听：

　　《好了歌》：
　　　世人都晓神仙好，惟有功名忘不了！
　　　古今将相在何方？荒冢一堆草没了。
　　　世人都晓神仙好，只有金银忘不了！
　　　终朝只恨聚无多，及到多时眼闭了。
　　　世人都晓神仙好，只有姣妻忘不了！
　　　君生日日说恩情，君死又随人去了。
　　　世人都晓神仙好，只有儿孙忘不了！
　　　痴心父母古来多，孝顺儿孙谁见了？

　　《好了歌注》：
　　　陋室空堂，当年笏满床；

衰草枯杨，曾为歌舞场。

蛛丝儿结满雕梁，绿纱今又糊在蓬窗上。

说什么脂正浓、粉正香，如何两鬓又成霜？

昨日黄土陇头送白骨，今宵红灯帐底卧鸳鸯。

金满箱，银满箱，展眼乞丐人皆谤。

正叹他人命不长，那知自己归来丧！

训有方，保不定日后作强梁。

择膏粱，谁承望流落在烟花巷！

因嫌纱帽小，致使锁枷杠，

昨怜破袄寒，今嫌紫蟒长：

乱烘烘你方唱罢我登场，反认他乡是故乡。

甚荒唐，到头来都是为他人作嫁衣裳！

《好了歌》概括了我们中国男人活一辈子就为了四件事：功名、金银、娇妻、子孙。

功名，是男人的基本出路，因为儒家这么倡导了两千年，活着就是干一番利国利民的事业，那就是功名。功名就是事业，就是当官。当了官会上瘾，只想着往上爬，最后爬进监狱。《红楼梦》中"功名"的典型人物主要是贾雨村，他几起几落，最后逃进了空门。不过大家要注意，曹雪芹好像把功名彻底否定了，但前面石头说"无才可去补苍天，枉人红尘若许年"，曹雪芹真心还是要利国利民的。

《好了歌》鞭笞的第二项"金银"，那简直不得了，如果在古代它排在欲望的第二位，那么今天它就是绝对的第一位。可是利益熏心，"终朝只恨聚无多，及到多时眼闭了"，有意思吗？

《好了歌》鞭笞的第三个追求是娇妻。曹雪芹用词精确，他不说妻子，而是"娇妻"，年轻美貌。可惜"娇妻"会老去，再找一个也会老，怎么办？再换？古往今来有钱的人七八十岁了还找妙龄女郎，结果红杏出墙的、打官司分财产的，多了去了。《好了歌》说"君生日日说恩情，君死又随人去了"，已经算很好的结局，现实中多少人夫妻反目，妻离子散。

《好了歌》批判的儿孙观念，"孝顺儿孙谁见了"。世界各国中，我国的"孝"理念以及制度，堪称特产，后面我们会说到。现代国人已经不指望子女孝顺，但空巢老人成为新的社会问题。

曹雪芹用《好了歌》，把中国人数千年来的种种追求，统统否决了。他奉劝人们，把人生看淡些，热衷追求的话，是自寻烦恼。他把人生这层纸捅破了，想把做着好梦的人摇醒。《好了歌》具有强大的警醒作用。而且这首歌同《红楼梦》的整个情节是节节相扣、互为印证的，这就让《好了歌》很难被怀疑。最后两句"乱哄哄你方唱罢我登场，反认他乡是故乡。甚荒唐，到头来都是为他人作嫁衣裳"，今天已经成为熟语警句，可见它的穿透性、持久性是多么惊人！

《好了歌》很幸运，它凭借《红楼梦》而家喻户晓。其实明代就有类似的歌词传颂，曹雪芹吸收其精华再创，尤其是配上甄士隐了悟出家的小故事和《红楼梦》的大悲剧，令《好了歌》魅力无限。

现在我们回头详说曹雪芹对黛玉、宝钗的预设谶语："玉在椟中求善价，钗于奁内待时飞。"

《红楼梦》的三位主角宝玉、黛玉、宝钗的最后结局：宝玉、宝钗大婚当天，黛玉悲伤绝望病故，宝玉看破红尘出家，宝钗怀着身孕成为寡妇。这个结局已经深入人心，即使是学术界也较少质疑，大多认为这个重大情节基本符合曹雪芹的预设。

然而，曹雪芹的这一预设，与续作大相径庭。这个预设并非没人注意到，但一者由于探索不深入、未能自圆其说，二者由于这谶语几乎匪夷所思，三者有专家发声，说不要钻牛角尖，于是人们放弃了探索。本人经多年研究，对这处似乎无法解释的谶语做出一些探索和解释。

所谓谶语，它预示的内涵，连说的、写的人自己都不知道。

一、谶语成立的理由和所指对象

我认为它是谶语，先说三条比较明显的理由。第一条，这是一副对联。对联有什么稀奇的？稀奇在它是曹雪芹笔下人物唯一的咏怀对联。曹雪芹不轻易让男人作诗的，连贾政都没一首。宝玉作过几副对联，那是贾政逼着作的，还是状景的，与这副咏怀对联完全两码事。宝玉都没作过，其他人更没有。物以稀为贵，可见这副对联的稀奇。它可能有特别的寓意。第二条，这第1回中除了曹雪芹自己那首"满纸荒唐言"，共有八首诗歌或对联，其余七首全部具有谶语性质，第1回几乎就是个谶语的世界。那么，这副对联很可能也是谶语。第三条，由于怕人们忽略了背后的意思，曹雪芹故意在对联中留下一个明显的破绽，勾引人们的注意和探索。（这是曹雪芹的惯用手段，《红楼梦》中有很多，比如"代善"是不许用的，"贾赦"是不该用的。）破绽在哪里，下面马上说到。

先说这副对联预言什么。通行的注释，说是贾雨村以"玉""钗"自比，写他等待时机飞黄腾达。这注释肯定错了，因为"钗"是女性用的发叉，"钗"通常也代指女性；"奁"是女人用的梳妆匣子。贾雨村学识深厚、自视极高，他怎么可能用"钗""奁"代指自己这个堂堂须眉？这就是曹雪芹故意留下的"破绽"，意在提醒思索。不过，假如就字论字，"玉"指贾雨村，"钗"指甄家丫鬟娇杏，那倒说得通，因为"时飞"两字，曹雪芹刚刚介绍是贾雨村的表字。但是句意"娇杏在翘首等待我贾雨村"，就太浅显、太庸俗，不像贾雨村这样才高志远者的对联。而小说本身也证明"钗"不指娇杏：

> 恰值士隐走来听见，笑道："雨村兄真抱负不浅也！"雨村忙笑道："不过偶吟前人之句，何敢狂诞至此。"

显然他们都不认为"钗"是指娇杏，而是据字面理解为雨村的抱负，但是他们也不点破那个破绽，这是曹雪芹行笔狡猾之处。专家们的注释之所以出错，恐怕很受这两句对话的影响，同时，恐怕还受续作先入为主的影响，因为这个谶语同续作相比简直匪夷所思，令注释的人不敢想象。

好，现在确定，"钗"不可能指雨村自己，也不是娇杏。那么"钗"是谁？脂批说是宝钗。脂批（甲戌本）在对联后写：

> "前用二玉合传，今用二宝合传，自是书中正眼。"
> "表过黛玉，则紧接宝钗。"

我以为脂批并非胡猜，因为写脂批的人比较了解曹雪芹的构思，他们也没读过续作，不受影响，因而更具思辨力。更何况，一开始就为解读作品指明道路的，就是脂批将"原、迎、探、惜"，一语道破为"原应叹息"。有时候，脂批就是曹雪芹的传声筒，把曹雪芹晦涩的含意直接告诉读者。

"钗"指宝钗确定了，那么"钗于奁内待时飞"，意思相当明显：宝钗在某种情况下等待着贾雨村！——真是骇人听闻！！

既然"钗"是宝钗，那么"玉"又是何人？

对联中将"玉""钗"并举，这在《红楼梦》中通常指黛玉和宝钗，或者宝玉和宝钗。我判断这里的"玉"是黛玉。理由一，贾雨村与黛玉本就是师生，又是他护送黛玉进贾府的，他们早有渊源。理由二，第16回有个细节，黛玉回乡安葬父亲回来，偏巧贾雨村也进京，"与贾琏是同宗兄弟，又与黛玉有师徒之谊，故同路作伴而来"。过去，我以为曹雪芹这么安排似无必要，因为已经有贾琏护送，何必又加入一个雨村？如此累赘，没理由啊。现在明白，原来曹雪芹是"草蛇灰线"千里埋伏：借此强调、突出黛玉与雨村的关系！因为实在机会难得，黛玉平时在贾府，不可能与贾雨村接近。理由三，宝玉与贾雨村没什么关系，至少前八十回中没有布置任何线索。所以，"玉在椟中求善价"中的"玉"，不是宝玉，而是黛玉。

那么"求善价"如何解？"价"，有两解，一是谐音"嫁"，善嫁，嫁个好人。不过《终身误》告诉我们，宝玉已经与宝钗成婚，黛玉不可能另有善嫁的希求。所以谐"嫁"字不当。另一种，古代"價""賈"两字通用，那么"价"（價）就是指贾雨村。"善价"，好心的贾雨村，或者贾雨村发善心。"求善价"，黛玉有求于贾雨村。如此，"善价"与"时飞"就对上了，都指贾雨村，符合对联要求。

黛玉和宝钗都希求、期待贾雨村！莫非天方夜谭？! 请看下文。

二、谶语的内涵和意义

谶语的对象搞清楚了，下面我们探讨两层，一是这谶语为什么重要，二是这谶语的颠覆性内涵，两层互相关联。

第一层，这两句谶语的重要性在哪里？概括说，它提供了具体线索和情节走向，比第5回诗词的谶语更加具体化，对于探索黛玉、宝钗的结局，乃至整部小说的结局，意义重大。说明一下，谶语暗寓的内容，时间上应晚于《终身误》，早于《枉凝眉》。

在第5回中对黛玉、宝钗的谶语，判词为"玉带林中挂，金簪雪里埋"，暗示两人总体结局很不幸。但是她们怎么会沦落到这地步？中间经过什么变故？没有线索。然后，《终身误》曲子，写的是宝玉、宝钗婚后若干时候的情况，算是稍微具体一些，说此时黛玉是"寂寞林"，过得很"寂寞"。那么黛玉显然是活着（与续作大不一样），令宝玉时刻牵挂。而宝钗，则与宝玉"举案齐眉"，相敬相爱。到了《枉凝眉》，描述的是比《终身误》晚至少几个月的状况，应该也是小说快要结尾了，此时宝玉与宝钗也已分离，宝玉、黛玉、宝钗天各一方，互相思念，泪水长流。但中间经过什么变故，也没线索。所以总体看，第5回的谶语都是已然的画面，是静止的结果，没有过程性和情节性线索。

相对而言，"玉在椟中求善价，钗于奁内待时飞"，提供了线索，具有未然性质；尤其是出现了贾雨村这个命运相关者，蕴含着某种情节，具有动态性质，其内涵比第5回具体而丰富。——黛玉为什么"求善价"？她处于什么状况？究竟求什么？

还有，宝钗怎么会等待贾雨村？宝钗处于什么状况？等来了贾雨村，又会出现什么结果？这些内涵与续作天差地别；而且，其中有非常大的想象空间，有值得推测的前景，因而更值得探索和研究。这就是重要性。

对于认定黛玉早死的人们，提醒一下，细看曹雪芹所有的预设，都不能确定林黛玉已死，这与续作很不同。册子上画"两株枯木"，象征境况甚糟，并不等于黛玉早故，就如画袭人"一床破席"，并不意味着袭人早死。枯木，常言有"枯木逢春"，可见未必就死。在《终身误》中，写宝玉结婚一段时间后，黛玉是"寂寞林"，应该也是活着。直到《枉凝眉》中，仍将黛玉与宝钗并叙，似乎两人都活着。所以，曹雪芹预设的林黛玉有可能活了较长时间，甚至小说临近结束都还活着。这对我们后面的探索，是个很重要的前提。

第二层，探讨"玉在椟中求善价，钗于奁内待时飞"所提示的颠覆性内涵。我的意思是，它把现有的续作彻底颠覆，把我们对《红楼梦》的理解彻底颠覆，它展露出完全不同的气象，和复杂、开阔得多的情节内容，这才是曹雪芹构思的《红楼梦》！我们探索如下。

1. 情节内容的颠覆

谶语揭示八十回以后的情节，极其复杂而残酷，与续作相比，堪称骇人听闻。"玉在椟中求善价，钗于奁内待时飞"，"椟中""奁内"，指黛玉、宝钗都陷于困境，都指望着贾雨村。只不过黛玉的"求"比宝钗的"待"稍微主动。

能够让黛玉、宝钗同时陷入困境，并且都指望贾雨村出手相助，她们遭遇了什么变故？假如说黛玉想到向贾雨村求救，够奇怪但还有一点理由，因为她是雨村的学生，她父亲林如海更有恩于雨村。而宝钗也在等待贾雨村，那就非常古怪了，她与贾雨村非亲非故，说明中间的变故必定非常大。什么变故呢？依据第5回的预示，可能是"忽喇喇似大厦倾"，是贾府被抄没了。提醒一下，这可不是续作中那种半吊子抄家，而是像曹家，甚至李煦（曹寅妻舅）家的那种抄没：一，贾政、贾赦、贾珍、贾琏、宝玉等男主人，统统或入狱，或充军发配，或发入"辛者库"（清代旗人的一个组织），成为戴罪的奴才服劳役；二，贾府的家产全部没收；三，贾府中的女人，则拨给其他官员为奴。据《枉凝眉》，宝钗已嫁给宝玉；至于黛玉，如果仍在贾府，则她们两人都难逃此劫；如果黛玉已经离开贾府，则逃过一劫。

那么，黛玉、宝钗为什么都指望贾雨村呢？贾雨村此时是什么角色？这副对联后面还有贾雨村的一首五绝："天上一轮才捧出，人间万姓仰头看。"预示他官做得很大，手握主宰万姓的大权。第53回写"贾雨村补授了大司马，协理军机参赞朝政"，成为朝廷要员。或许，贾府抄没时，他是主审贾府的官员之一；也或许，宝钗，甚至黛玉都被拨给他为奴，两人都在他控制中。因而，黛玉求这位昔日的老师发善心，而宝钗只能等待贾雨村的发落。

以上情节是我们的推测，它对我们已有的对《红楼梦》的概念，是否颠覆？

2. 作品深度、广度的颠覆

谶语显示，曹雪芹的预设比续作的舞台、气象宽广的多。《红楼梦》续作虽然写得很不错，但是，宝玉、黛玉、宝钗三人的故事依然局限在贾府之内；虽然也写了抄家，但黛玉、宝钗的命运，与抄家没什么关系，决定于、并仅仅决定于几位家长的意志，与社会的风云几无瓜葛，可以说舞台相当狭窄。确实，前八十回的天地也主要在贾府，但曹雪芹的小说具有诗性，上阕写的细腻温柔，下阕势必风云激荡。依据"玉在椟中求善价，钗于奁内待时飞"的预设，宝玉、黛玉、宝钗的故事，将不再是单纯的公子与小姐、父母与子女的小故事，而是介入了社会因素，有不可抗拒的大情节。那时，"一片白茫茫大地真干净"，并非形容和夸张，场景的确有那么广阔，情节的确有那么苍凉。

其实，曹雪芹从一开始就在布局，布惨局。而到了七十回以后，他加速展现荣府内部二房与长房的矛盾，以及二房内部正室与姜室的矛盾，贾府内部已经山雨欲来，一旦贾母倒下，贾府就将分崩离析。那时，林黛玉如何立足？薛宝钗又何去何从？很可惜，续作没有将曹雪芹的布局展开，反而收起了。但是，依据曹雪芹的预设"玉在椟中求善价，钗于奁内待时飞"，那将是什么样的后半部啊！庚辰本第22回有探春灯谜的脂批："使此人不远去，诸子孙不至流散也，悲哉伤哉！"可知后半部情节发展到"子孙流散"，"玉在椟中求善价，钗于奁内待时飞"与之完全吻合。

三、黛玉的结局

"玉在椟中求善价，钗于奁内待时飞"，关涉整个贾府以及贾雨村，我们先探讨黛玉和宝钗。

先说林黛玉。读者看了续作，都认为林黛玉的命运太惨了，但是谁能想到，这已经是续作者的"慈悲"和肤浅，原作者曹雪芹给黛玉的命运更可能生不如死！

我们联系小说情节。曹雪芹在第 75 回"开夜宴异兆发悲音"，第 76 回"凸碧堂品笛感凄情"，集中描写贾母开始老迈迷糊，依稀有谢世的光景，很可能，第 80 回后不久老太太就走了，八十多岁的老人是说走就走的。到那个时候，我们不难想象，贾赦、邢夫人将成为贾府最高主人，他们将主导贾府并决定其命运。其中，除了争权夺利，更有报复！——读者都看明白，邢夫人一生遭贾母鄙弃和羞辱，令她满腔怨恨。其实，贾赦也一直受父母的冷遇，他是嫡长子，还袭了爵位，但他的房子居然在贾府的边上，正房由贾政居住，父母的分配很不公平。第 75 回，贾赦酒后吐真言，当面对贾母说出母亲偏心的笑话，将贾母噎得够呛。另外，贾赦、贾政的性格相去甚远，作品中除了陪贾母两人在一起，平时向来各管各，兄弟俩甚至从未坐下来喝杯茶。相反，倒是有反唇相讥的场面。第 75 回宝玉、贾环、贾兰三人作诗，贾政说贾环的诗很糟，"贾赦乃要诗瞧了一遍，连声赞好，道：'这诗据我看甚是有骨气。'"还说："以后就这么做去，方是咱们的口气，将来这世袭的前程定跑不了你袭呢。"几乎明着在挑拨二房，笼络侄儿贾环。那么，到后面他会放出什么手段，只有天知道。注意，他的名字叫贾赦，历史上国人从来不用"赦"做名字，而从贾赦对待鸳鸯、石呆子、贾琏诸事，他后面做出十恶不赦之事，也不奇怪。比如，假使他与邢夫人力主，要把黛玉嫁出贾府之外，谁能阻止？

林黛玉嫁给别人，可能吗？天方夜谭吧？读者一定觉得不可思议。但是，看看文本，原作的后十回曹雪芹再三暗示，林黛玉是嫁出贾府的！

第 63 回宝玉生日大家喝酒抽签，而花签都是抽到者的谶语。轮到林黛玉：

> 黛玉默默的想道："不知还有什么好的被我掣着方好。"一面伸手取了一根，只见上面画着一枝芙蓉，题着"风露清愁"四字，那面一句旧诗，道是：
>
> "莫怨东风当自嗟。"

"一枝芙蓉，题着'风露清愁'"，象征黛玉的孤苦与清高。"莫怨东风当自嗟"，怎么理解？该句出自欧阳修诗词《明妃曲》。我们看欧阳修原作：

> 汉宫有佳人，天子初未识，
> 一朝随汉使，远嫁单于国。
> 绝色天下无，一失难再得，
> 虽能杀画工，于事竟何益？
> 耳目所及尚如此，万里安能制夷狄！

> 汉计诚已拙，女色难自夸。
>
> 明妃去时泪，洒向枝上花。
>
> 狂风日暮起，飘泊落谁家。
>
> 红颜胜人多薄命，莫怨东风当自嗟。

　　欧阳修写的是王昭君故事。汉朝皇帝为和睦匈奴，命宫女王昭君嫁给单于；单于死后，汉帝再命王昭君嫁给单于儿子，最后昭君终老于匈奴。欧诗紧扣王昭君"远嫁单于国"故事，突出其"绝色天下无"却落得"飘泊"一生的结局。曹雪芹似乎用王昭君的生世来暗寓林黛玉。"莫怨东风当自嗟"，"自嗟"，自作自受，自己去哀叹。欧阳修原指汉帝，此处应指贾府和宝玉该"自嗟"自叹。但是，花签单取这一句，结合抽签环境，"自嗟"也可指黛玉本人，可看作曹雪芹对黛玉的劝慰，甚或警示。弄清楚"莫怨东风当自嗟"的来龙去脉，我们明白，曹雪芹是用王昭君的远嫁故事来类比林黛玉。这里，已经有黛玉将嫁出贾府的暗寓。当然，孤证是不够的，我们继续看。

　　第70回黛玉的柳絮词。先说明一下，曹雪芹在《红楼梦》中，对小说人物所作的诗、词、曲、令有所分工：诗，表达作者的个性情趣，词、曲、灯谜、酒令等则用来暗示人物的命运。诗社以前从未填过词，到了第70回最后一次诗社活动，曹雪芹让他们填词，词的内容是再次预示各人命运，呼应小说开头。请看黛玉的《唐多令》：

> 粉堕百花洲，香残燕子楼。
>
> 一团团逐对成毬。
>
> 飘泊亦如人命薄，空缱绻，说风流。
>
> 草木也知愁，韶华竟白头！
>
> 叹今生谁舍谁收？
>
> 嫁与东风春不管，凭尔去，忍淹留。

　　该词写柳絮被大风吹离柳树后四处飘散，这是谶语，暗示黛玉后面的命运。"飘泊亦如人命薄，空缱绻，说风流。"这里突出了"漂泊"，这漂泊，是指林黛玉从扬州来京城？还是从贾府漂泊至外？"空缱绻，说风流"，指白白相好一场，即她与宝玉恋爱成空，可知漂泊是从贾府再次漂泊出去。曹雪芹似乎还嫌不够明确，最后特别点明："叹今生谁舍谁收？嫁与东风春不管，凭尔去，忍淹留。"这几乎就是欧阳修《明妃曲》中"飘泊落谁家。红颜胜人多薄命，莫怨东风当自嗟"的翻版。尤其是"嫁与东风春不管"，这个"嫁"字，最明白不过表明：黛玉是嫁出贾府的，此后贾府对她"不管"，她在外"淹留"余生。

黛玉似乎对此也有预感。她后期的诗歌，透露出她的隐忧。

第 64 回，黛玉写了《五美吟》。遗憾的是，当今对这五首诗的注解，可以说很不理想，因为许多注解仅仅把它们当作"诗词"来注解，而且把每一首分割为独立部分注解，没有把它们作为整体去理解。这也罢了，更遗憾的是，许多注解洋洋几千字，却没有说明：林黛玉为什么要写它们？曹雪芹又为何要让林黛玉去写它们？它们与林黛玉究竟有什么关系？它们与整部小说又形成什么关系？一片阙如。顺便插一句，《红楼梦》中诗词的注解，都是一些诗词研究的专家做的，他们功底深厚，对辞语典故发幽探微十分出色，为人们扫除阅读障碍并指明方向；但是，他们往往不是专门的小说研究者，注解往往与小说的人物情节结合得不够密切。回到《五美吟》。一直以来，人们只把它当作黛玉对历代美女发出的感慨，而且是把五首诗割裂开来解释的。但这五首诗是一个整体，五位美人的投靠、身世和结局，是《五美吟》的共同指向。黛玉之所以写她们，显然不是抒发泛泛的感慨，而是以史为鉴，流露出她对自己身世的思考和深忧。须知，黛玉此时已经十五岁左右，早该有人提亲了，但她没有。

《五美吟》

西施

一代倾城逐浪花，吴宫空自忆儿家。

效颦莫笑东村女，头白溪边尚浣纱。

虞姬

肠断乌骓夜啸风，虞兮幽恨对重瞳。

黥彭甘受他年醢，饮剑何如楚帐中。

明妃

绝艳惊人出汉宫，红颜命薄古今同。

君王纵使轻颜色，予夺权何畀画工？

绿珠

瓦砾明珠一例抛，何曾石尉重娇娆。

都缘顽福前生造，更有同归慰寂寥。

红拂

长揖雄谈态自殊，美人巨眼识穷途。

尸居余气杨公幕，岂得羁縻女丈夫。

"一代倾城逐浪花，吴宫空自忆儿家"，咏西施因为美貌而被用于政治阴谋，被从吴国送去越国，她如一朵浪花消失后，吴宫中的人即使想起她已是枉然。咏虞姬，随爱人项羽被汉军包围，四面楚歌，"饮剑何如楚帐中"，宁同爱人饮剑自尽，绝不受黥布彭越那种耻辱。咏王昭君"绝艳惊人出汉宫，红颜命薄古今同"，此诗非但与前一回的"莫怨东风当自嗟"相互呼应，更是点出"古今同"三字，黛玉想到了当今，想到了自己。咏绿珠，"都缘顽福前生造，更有同归慰寂寥"，即使跳楼而死，但与石崇在阴间也可相慰。咏红拂慧眼识得英雄李靖，"岂得羁縻女丈夫"，红拂赫然与李靖私奔而去。

归纳一下，第一，咏五美，都侧重其所投男人与结局，四美结局惨淡，唯红拂获得幸福。但是，黛玉心知，她和宝玉并无私奔的气魄和可能。第二，五美，都不是闺阁中的闺秀，她们的命运都与社会风云相激荡。第三，诗为心声，黛玉显然开始思考自己命运的种种可能，她的思绪已经飞出贾府以外，而并不像续作所描写的，眼睛只盯住贾母、王夫人、薛姨妈和宝钗！黛玉没那么小家子气、那么傻。第四，"红颜命薄古今同"是她强烈的认知，她隐隐觉得自己前途不妙。

与《五美吟》呼应的，有前不久第62回黛玉的酒令：

> 落霞与孤鹜齐飞，风急江天过雁哀，
> 却是一只折足雁，叫的人九回肠，
> ——这是鸿雁来宾。

这幅场景开阔的画，突出一只断了足的大雁，在风急浪高的江面上"叫的人九回肠"。黛玉脱口而出的，不是眼前大观园内气象，不是花前月下，而是开阔的野外和受伤大雁不停哀鸣。这是她忧虑心理的映射。

第70回，黛玉写了《桃花行》。此诗比从前的《葬花吟》《秋窗风雨夕》更加悲哀，不再有期望和怨愤，一片绝望，令宝玉看了眼泪直流。《桃花行》与柳絮词出现在同一回，表明黛玉自觉的忧虑与不自知的谶语，高度统一。

好了，到这里，我们已经证明，曹雪芹的预设是，林黛玉会被嫁出贾府。至此又有两种可能，一种，黛玉求雨村的时候，她是已经出嫁在外。那么，她是自由的，她所求者，应该是要贾雨村放过宝玉。另一种，她尚未出嫁而随着贾府的抄没沦为他人奴婢，那么，她求雨村的是放过自己和宝玉，雨村有可能救出黛玉，但也不过是逃过奴婢的身份，她再也回不到贾府，也见不到宝玉，她最后的结局类似西施、王昭君。

如此看来，不管黛玉落得两种结局中哪一种，曹雪芹的预设与续作差别巨大，黛玉的结局没有续作那么纤柔、凄迷和动人，却更加现实、更加坚硬苍凉，给予读者的思考也更加开阔和深刻。

四、宝钗的结局

曹雪芹对薛宝钗的设计，其实比林黛玉更复杂，此话题现在不展开，只探讨"钗于奁内待时飞"。续作者给宝钗的结局是结婚两年内就失去丈夫，宝玉因黛玉之死而看破红尘、出家为僧，宝钗等于守寡；续作者大约不忍心，又让她有了身孕，不仅让宝钗后面的生活有一丝光亮，也让小说不那么绝情。于是，宝钗的结局比黛玉好的多。

但是，在曹雪芹的预设"玉在椟中求善价，钗于奁内待时飞"中，宝钗的处境似乎比黛玉更糟糕。黛玉与雨村是师生，林如海更是雨村的举荐人，有恩于雨村，所以黛玉可以"求"，雨村这位老师施以援手的可能性也并非不存在。而宝钗与雨村非亲非故，从来没有任何瓜葛，所以她没有"求"的资格，只能"待"，她是完全被动、彻底无奈。退一步，即使黛玉没有嫁出去，抄没贾府时与宝钗一样被籍没，然而，黛玉并非贾府之人，只是罪犯的亲戚，贾雨村给予出路的难度较小；宝钗则是贾府的媳妇，是货真价实的罪犯家人，很难豁免。黛玉若还在贾府，理应未婚，这就多了一条嫁人的出路；而宝钗非但已婚，可能还有子女，她豁免的希望很渺茫。——所以尽管后事究竟如何我们不知道，但道理上来说，"钗于奁内待时飞"，恐怕等不来好结果。

不过，曹雪芹又给了宝钗一丝希望。与写黛玉一样，曹雪芹也写了宝钗的花签，还有柳絮词。其中是否另有暗寓？请看文本第63回。

宝钗便笑道："我先抓，不知抓出个什么来。"说着，将筒摇了一摇，伸手掣出一根，大家一看，只见签上画着一支牡丹，题着"艳冠群芳"四字，下面又有镌的小字一句唐诗，道是：

任是无情也动人。

又注着："在席共贺一杯，此为群芳之冠，随意命人，不拘诗词雅谑，道一则以侑酒。"众人看了，都笑说："巧的很，你也原配牡丹花。"

表面看，宝钗这花签很好，牡丹是百花之首，符合宝钗在大观园中的地位。"无情也动人"，说她虽稳重端庄依然动人。但是，同黛玉的花签一样，曹雪芹引的是一句诗，用意却是整首诗的主题，用了隐前歇后的手法，这是解读《红楼梦》较难的地方，人们常常被迷惑。谶语的真正意思，请看唐代罗隐原诗《牡丹花》：

似共东风别有因，绛罗高卷不胜春。

若教解语应倾国，任是无情亦动人。

芍药与君为近侍，芙蓉何处避芳尘。

可怜韩令功成后，辜负秾华过此身。

此诗前三联极写牡丹的美丽和高贵，"任是无情亦动人"，因为牡丹有"倾国"的风韵。尾联急转："可怜韩令功成后，辜负秾华过此身"。韩令，即韩弘，他因功入朝为中书令，当时长安盛行赏牡丹，他却把居所的牡丹全部砍掉，令美艳花朵遭辜负。曹雪芹以此诗暗寓年轻高雅的宝钗将突遭不幸。这方面，宝钗与黛玉的遭遇一致，她们本就是薄命司人物。

对于宝钗花签的分析和鉴赏文章，通常到这里都结束了。确实，作为诗句，鉴赏到这一步已经完成任务。但是，我们真正要鉴赏的并不是一句或一首诗词，我们鉴赏的是小说。因而我们不该忽略了曹雪芹接下来一笔特别意味深长的描写，其中的意义可能不亚于这句诗。花签注文，花签主人可随意命人作诗唱歌，宝钗笑道："芳官唱一支我们听罢。"芳官便唱了一支《赏花时》。大家侧耳倾听，但是，宝玉却完全走神了！

> 宝玉却只管拿着那签，口内颠来倒去念"任是无情也动人"，听了这曲子，眼看着芳官不语。湘云忙一手夺了，掷于宝钗。

宝玉很少这样扫众人兴致，近日他更与芳官打得火热，而芳官轻易是不肯唱曲子的，今日她唱了保留曲，而且是"细细的唱"，然而，宝玉非但无动于衷，甚至充耳不闻。芳官一曲唱完需多少时间？"宝玉却只管拿着那签，口内颠来倒去念'任是无情也动人'"。显然，"任是无情也动人"深深触动了宝玉的心底，他看呆了。曹雪芹笔下如此特殊的描写，是在用力提醒读者注意，然而又不写明宝玉究竟想到了什么，这正是《红楼梦》区别于其他小说的地方，是需要探究的地方。曹雪芹为什么要来这么神龙见首不见尾的一笔？宝玉又为何如此走神？如此失态？这是《红楼梦》鉴赏不可回避之处。我们试做探讨。

曹公如此写，我想有两方面用意。一是用这副特殊笔墨，暗示读者，这里写的花签，不是随便写的，而是抽到者的谶语。二是告诉我们，宝玉的心灵被触动了，他隐隐约约感受到这花签非同一般，他很想破解，但又一时破解不了；甚或他有所领悟，但他又不敢相信自己的判断，那简直太不可思议，太悲惨了！——大家看，当麝月抽到"开到荼蘼花事了。注云：'在席各饮三杯送春。'麝月问怎么讲，宝玉愁眉忙将签藏了说：'咱们且喝酒。'说着大家吃了三口，以充三杯之数。"宝玉看出了花签中的凶兆，他急得把花签藏了！很显然，前面的"任是无情也动人"，已经令他警觉。

这句话可能勾起宝玉的回忆，在太虚幻境他曾经听到《枉凝眉》："一个是阆苑仙葩，一个是美玉无瑕。"牡丹花、"任是无情也动人"，可能让他联想到"阆苑仙葩"。宝钗很少动情，但宝玉至少见识过三次：当年看"通灵宝玉"时一次，宝玉挨打后宝钗来探望时一次，还有一次是宝玉看红麝串时。这三次，宝钗确实"动人"，无比的"动人"！"阆苑仙葩"的故事那么遥远，眼前的人物却如此鲜明，宝玉不由得陷入深深的追忆和思索，夹带着迷茫。他发呆、走神。很可能，"任是无情也动人"，不仅勾起宝玉对太虚幻境的模糊记忆，他还联想到罗隐原诗《牡丹花》，感悟到"可怜韩令功成后，辜负秾华过此身"。他内心极恐，又不敢相信。而曹雪芹这意味深长的一笔，实际上也是在提示读者，要像宝玉一样去思考、去回味"任是无情也动人"，去联系罗隐的原诗。

讨论到这里，可能有人提出两点疑问：一，为什么只有宝玉领会，像黛玉、宝钗那么冰雪聪明、机智过人都不懂？二，既然宝玉领会了，那么他后面怎么不记得？我简单回答。只有宝玉领会，因为他在太虚幻境见识过。别人不懂，因为这些是众钗的命运，众钗是被展示者，所以她们不懂，"天机"是专门泄露给宝玉的，他才是看客，一如在太虚幻境。至于第二个疑问，宝玉为什么后来不记得，从文本看，曹雪芹巧妙安排宝玉当晚喝醉了，可以理解为醉后忘了。当然，是暂时遗忘，将来他会想起。

讨论至此的答案是，宝钗已经厄运难逃。但是小说到第70回，宝钗的柳絮词又暗寓转机。在宝钗之前，湘云、探春、黛玉、宝琴的柳絮词已公布，全是哀怜情调。

> 宝钗笑道："终不免过于丧败。我想，柳絮原是一件轻薄无根无绊的东西，然依我的主意，偏要把他说好了，才不落套。所以我诌了一首来，未必合你们的意思。"众人笑道："不要太谦。我们且赏鉴，自然是好的。"因看这一首《临江仙》道是：
> 白玉堂前春解舞，东风卷得均匀。
> 湘云先笑道："好一个'东风卷得均匀'！这一句就出人之上了。"又看底下道：
> 蜂团蝶阵乱纷纷。
> 几曾随逝水，岂必委芳尘。

> 万缕千丝终不改，任他随聚随分。
>
> 韶华休笑本无根。
>
> 好风频借力，送我上青云！
>
> 众人拍案叫绝，都说："果然翻得好气力，自然是这首为尊。"

宝钗这首词，虽然书中人物都拍案叫绝，但是近百年来的主流学派却是拍案叫骂，说"好风频借力，送我上青云"流露出宝钗觊觎宝二奶奶宝座的野心。我不赞成这个观点，因为当上宝二奶奶，对于宝钗算不得"上青云"。按照续作的写法，是宝玉病重，贾府欲借大婚来冲喜，来挽救宝玉的性命，强行成婚。宝钗是委屈下嫁一个生死未卜的重病人，是贾母、王夫人、凤姐联手向薛姨妈施压胁迫的结果，宝钗知道大概后就委屈地哭了。所以哪怕按续作的描述，宝钗也算不得"上青云"。"好风频借力，送我上青云"具有谶语性，词中描写柳絮眼看要"随逝水""委芳尘"，但突然一股强风把她送上青云。——这是否暗示，"待时飞"的宝钗，果然得到贾雨村的助力？这是我们关注的重点。

另外，"青云"，人们通常理解为"平步青云""青云直上"，有飞黄腾达的意思。其实，"青云"的基本意义是天空。柳絮被风吹上空空荡荡的天空，未必就如何幸运；况且，那也不是它最后的归宿，它在青云中飞舞一阵后，终究还是要掉入尘土。同样，宝钗即使"待"到了贾雨村的助力，脱离了没籍为婢的境遇，然而，她此后的生活，恐怕也只能布衣荆钗，再也回不到过去。

那么宝钗有哪些出路呢？近年有学者阐明，在明清两代，知识女性中的少数人走上了私塾女教师的道路。假如机遇凑巧，这算是宝钗的一条上佳出路。然而，以她的品格才华，以及与过去的岁月相比较，即使她有幸当上一名私塾女教师，这位"山中高士晶莹雪"，也只能算是"金簪雪里埋"。

以上是我把"玉在椟中求善价，钗于奁内待时飞"看作谶语的解读。如果这个谶语成立，那么，黛玉、宝钗的结局与续作是大不相同的，她们两人的形象意义也将大大改变，整部小说的主题内涵也需要重新认识和评价。这些，超出了我们的讨论范围，不再展开。

第二回

贾夫人仙逝扬州城　冷子兴演说荣国府

上一回结尾的"且听下回分解",是用来吊起听众的胃口,这是说书的惯用手法,我国的小说是从说书演变而来的,保留了一些说书的手法,《红楼梦》也未能免俗。本回是紧接着上一回的"断截面"展开,这种手法在现代小说中已经消失。

原来公差们是来找甄士隐。封肃没办法,只得跟着公差去知府衙门。那新任的知府就是贾雨村,那年他到京城考取进士,现在放了外任,今日白天他在轿子里见到当年的甄家丫鬟,所以派人找来。请看封肃回家后。

> "我一一将原故回明,那太爷倒伤感叹息了一回,又问外孙女儿,我说看灯丢了。太爷说:'不妨,我自使番役务必探访回来。'说了一回话,临走倒送了我二两银子。"甄家娘子听了,不免心中伤感。一宿无话。

> 至次日,早有雨村遣人送了两封银子、四匹锦缎,答谢甄家娘子;又寄一封密书与封肃,转托问甄家娘子要那娇杏作二房。封肃喜的屁滚尿流,巴不得去奉承,便在女儿前一力撺掇成了,乘夜只用一乘小轿,便把娇杏送进去了。雨村欢喜,自不必说,乃封百金赠封肃,外谢甄家娘子许多物事,令其好生养赡,以待寻访女儿下落。封肃回家无话。

> 却说娇杏这丫鬟,便是那年回顾雨村者。因偶然一顾,便弄出这段事来,亦是自己意料不到之奇缘。谁想他命运两济,不承望自到雨村身边,只一年便生了一子,又半载,雨村嫡妻忽染疾下世,雨村便将他扶侧作正室夫人了。

以上便是第2回的第一段情节。

这段情节有几个鉴赏点。一,从贾雨村的命运变化,看到我国古代的科举考试制度的合理性,一个穷书生,只要有真才实学,通过考试,立即可以得到国家的认可,并委以重任。至今我们还说"有人辞官归故里,有人星夜赶考场",这考场太关键了。但是大家知道,我国"五四运动"以来,古代的无数观念、制度都被否定了,包括科举。而实际上,科举制度是中国人的创举,是人类第一次实行相对公开、公平、公正地选拔官员。它从隋唐开始实行直至清代,前后经历一千余年。看看一千年前的世界:一千年前,美国还没有诞生,北美还处于很原始的状态;而"五四"以后被奉若神明的欧洲当时处于中世纪,官员由国王赐予,官员都是贵族,平民很难有机会。后来，传教士们把我国古代的科举制度介绍到欧洲，一批有识之士，包括法国启蒙思想家伏尔泰等都赞美中国古代的科举制度。受此影响，欧洲开始废弃赐官制，确立从竞争性考试中选拔文职官员制度。所以我国古代的科举制度对人类的进步是做出贡献的。即使今天，我国的公务员考试、包括企业的招聘都需要文凭，实际上还是沿用了科举考试的某些方面。

第一段情节的第二个看点是贾雨村的为人。从他对甄士隐的惋惜、对甄夫人的关心，和要找到走失的英莲等细节，可见他没有忘恩更没有负义。他娶甄家丫鬟，后来扶为正夫人，见出他很有点反世俗的气概。要知道，他可是一个堂堂知府大老爷，有多少人当了官就把糟糠之妻扔掉了，何况丫鬟！在当时，别说丫鬟，即使是探春那样庶出的小姐，许多人都不愿娶。所以贾雨村是有点气概，有点超越精神的。许多评论把贾雨村评得一无是处，恐怕有违曹雪芹的本意。

本回的第二段情节是贾雨村云游到扬州，当了林黛玉的老师。作品写雨村：

> 虽才干优长，未免有些贪酷之弊；且又恃才侮上，那些官员皆侧目而视。不上一年，便被上司寻了个空隙，作成一本，参他"生情狡猾……"等语。龙颜大怒，即批革职。该部文书一到，本府官员无不喜悦。那雨村心中虽十分惭恨，却面上全无一点怨色，仍是嘻笑自若；交代过公事，将历年做官积的些资本并家小人属送至原籍，安排妥协，却是自己担风袖月，游览天下胜迹。"

可见贾雨村还是有股文人气，他不理会官场规矩，不拍马屁，被革去官职。这是《红楼梦》中第一次写官场，后面还有好多次。不过贾雨村也非等闲之辈，丢了官并不垂头丧气，"仍是嘻笑自若，交代过公事"，然后"担风袖月，游览天下胜迹"，很有气度。我国历来崇尚豁达潇洒。一个人可以犯错，可以失败，但不可以猥琐，更不可以卑贱。一个很矛盾很特殊、很有中国特色的名词就这么来的，叫作"奸雄"。这名称几分是赞美，几分是厌恶？很难说清。脂批就把雨村评为奸雄。曹雪芹"担风袖月，游览天下胜迹"十个字，写出了雨村的担当和胸怀，带着某种欣赏。近来网上一封辞职信，也是十个字："世界这么大，我想去看看。"此话在网上一出现就引发轰动，因为它体现出一种情怀。

这贾雨村担风袖月，信步来到了扬州。注意，曹雪芹选择地点是有原因的，为什么要选择扬州？我推测两个原因，一是扬州不仅风光秀丽，而且当时是全国的经济、文化中心，贾雨村当然要来游览。另一个恐怕有曹雪芹个人的心结，因为扬州是他的另一个故乡，他的祖父曹寅当年在这里多年，曾经管过盐务，这是国家重要的经济来源；在扬州，曹寅结交了一大批江南文坛领袖，与他们诗歌唱和，结为朋友，缓和了当时汉族士人与满清的民族关系；还是在这里，曹寅刻印了《全唐诗》，为唐诗的出版传播做出了贡献；最后，曹寅病故在扬州。我们在前言中讲到的《曹家档案》还记载着，曹家虽然做的江宁织造，但一直到抄家，在江宁并没有房产，曹家的房产主要在扬州。——这么一说，朋友们就明白曹雪芹为什么要写扬州了。

扬州是个发达城市，物价自然不低，贾雨村来到这里偶感风寒又囊中羞涩，只得找一份差使。朋友介绍盐务官林如海家正要聘请家庭教师，于是雨村应聘了。这位现任的盐务官，就是林黛玉的父亲。林家上代曾经是侯爵，到了林如海已经不能袭位，所以他是考取进士走上仕途。不幸的是林家子孙不发达，林如海是独子，生了个儿子三岁就死了，女儿也只有黛玉一人，年方五岁，要请教师上门。才教了一年，黛玉母亲又病故。黛玉体弱多病，经常不能上课。所以贾雨村时常出去游览。

这段情节，作者主要是通过贾雨村带出林黛玉家，交代林家的背景状况。值得注意的是，曹雪芹让林如海也当盐政官，而且支脉不盛子孙很少，儿子又早死。这就与曹家很相似，曹雪芹祖父曹寅也是只有一个儿子，儿子也二十来岁就死了。再加上后面林黛玉告别父亲投靠京城外婆家，更同曹雪芹北上京城寄居姑妈家殊途同归。把曹家的历史化用部分到林黛玉家，已经很有意思；更有意思的是，又把曹家的另一个影子投影到薛宝钗家！曹雪芹为什么这么做？后面细说。

本回第三个情节是冷子兴演说荣国府。由贾雨村写起。

> 这日，偶至郭外，意欲赏鉴那村野风光。忽信步至一山环水旋、茂林深竹之处，隐隐的有座庙宇，门巷倾颓，墙垣朽败，门前有额，题着"智通寺"三字，门旁又有一副旧破的对联，曰：
>
> 身后有余忘缩手，眼前无路想回头。
>
> 雨村看了，因想到："这两句话，文虽浅近，其意则深。我也曾游过些名山大刹，倒不曾见过这话头，其中想必有个翻过筋斗来的亦未可知，何不进去试试。"想着走入，只有一个龙钟老僧在那里煮粥。雨村见了，便不在意。及至问他两句话，那老僧既聋且昏，齿落舌钝，所答非所问。
>
> 雨村不耐烦，便仍出来，意欲到那村肆中沽饮三杯，以助野趣，于是款步行来。

明明要写冷子兴演说荣国府，为什么插写游破庙呢？因为后面类似的写法常有，所以鉴赏一下。曹雪芹写游庙，短短几行字，却很有用意，很有艺术。其用意是，后面贾雨村就要同冷子兴谈天说地挥斥公侯，一派意气风发，偏偏先在这里给他浇浇冷水。"身后有余忘缩手，眼前无路想回头"，是专门警告雨村，他若有所悟，也想到庙里有高人；但只因那老和尚言语不伶俐，就不愿与他说话，失去了领教机会。刻画雨村虽有才华但有点浮躁、势力眼，虽然机敏但缺少大智慧，不够深沉，将来危险。说这写法有艺术，是说就情节安排而言，后面雨村同冷子兴意兴风发高谈阔论，因而这里安排一个比较晦暗抑郁的调子；后面谈论贾府似乎旁观者清，这里雨村自己却不明智。前后映衬，起伏跌宕，多姿多彩。细品了就明白，曹雪芹安排的每一个小细节都是很有讲究的，你可不能囫囵吞枣，你细嚼慢咽，处处都有好东西。

贾雨村抛下破庙，来到一座乡村酒家，要喝几杯助助野趣。刚巧遇见老朋友古董商人冷子兴，他乡遇故旧，自然欢喜，于是两人边喝边聊，主要话题是京城名门望族贾府的现状。冷子兴说贾府：

> "主仆上下，安富尊荣者尽多，运筹谋画者无一；其日用排场费用，又不能将就省俭，如今外面的架子虽未甚倒，内囊却也尽上来了。这还是小事。更有一件大事：谁知这样钟鸣鼎食之家，翰墨诗书之族，如今的儿孙，竟一代不如一代了！"

接着介绍贾府分宁国府、荣国府两房，长房宁国府中该当家的是贾敬，但贾敬一心想当神仙，把爵位让给儿子贾珍，自己当道士炼丹去了。炼丹，道家认为吃丹丸可以长寿，明代有皇帝为了炼丹把国事都放一边去了。宁国府的当家贾珍"那里肯读书，只一味高乐不了，把宁国府竟翻了过来"。高乐，拼命吃喝嫖赌。显然，宁国府没指望了。

那么荣国府呢？

> "自荣公死后，长子贾代善袭了官，娶的也是金陵世勋史侯家的小姐为妻，生了两个儿子：长子贾赦，次子贾政。如今代善早已去世，太夫人尚在，长子贾赦袭着官；次子贾政，自幼酷喜读书，祖父最疼，原欲以科甲出身的，不料代善临终时遗本一上，皇上因恤先臣，即时令长子袭官外，问还有几子，立刻引见，遂额外赐了这政老爹一个主事之衔。"

注意！贾府出现两个特别奇特的人名，惹人关注。考虑到曹雪芹专门在人名上下功夫寄意味，认真的读者就不能不思考了。这两个名字是代善，贾赦，是父子。这两个名字本来绝对不该出现在《红楼梦》中，却偏偏出现！由此引起我的思考并得出重要结论。我的思考、推论过程如下。

一，某次重读《红楼梦》，发现"代善"与故宫收藏的《曹家档案》中记载的代善重名。《曹家档案》中的代善是清代开国重臣，平郡王的先祖。

二，平郡王纳尔苏，正是曹雪芹的姑父。

三，"贾赦"这名字很刺目，"赦"字绝对不可用作人名。中国人取名字图吉利、寄期望，但是，"赦"这个字的意思是赦罪、赦免，没有别的意思；它岂止不吉利，简直充满晦气、象征灾祸。这个字，再没文化的人家也绝对不会用在人名上。这个不可能的名字，显示曹雪芹在故意卖破绽。——由"贾赦"的古怪，警示读者留意、思考。

四，"贾赦"谐音"假设"，意思是这名字不妥当、不该有、仅是摆设。不该有而偏要设，显然是逼着读者关注、思考，诱导读者从"贾赦"这个摆设关注到他父亲的名字"代善"。

五，代善娶史姓妻子，再暗示代善与历史有关联。曹雪芹如此设置机关和关联密码，也证明"代善"这个名字必有寄寓。

六，《曹家档案》有两条重要史料：一是曹家被抄家后不久，家属从江宁回到北京。二是"曹家人往老平郡王家行走"。王府福晋是曹雪芹姑母，曹雪芹又是曹家独苗，"行走"的应该主要是曹雪芹。

七，曹雪芹是独苗，父亲入狱曹家被抄，姑妈必然招其入王府，曹雪芹或者像史湘云、或者像林黛玉那样寄居王府。

八，这段寄居经历让曹雪芹对王公贵族生活非常熟悉，并据此创作出贾府和《红楼梦》。寄居生活的辛酸，排遣到《红楼梦》中，结果寄居人物多到超乎寻常，令《红楼梦》成为一部"寄居小说"。

九，曹雪芹冒着灭族风险塞进"代善"这个名字，自然有重要目的：一是证明《红楼梦》并非无源之水而是有真实材料，二是透露贾府的某种原型就是平郡王府，三是证明"我半世亲睹亲闻这几个女子"，"追踪蹑迹"，黛玉宝钗探春湘云一干人物具有真实性。须知，我国具有浓厚的重史传统，从小说的发端《世说新语》到四大名著都有真实历史的背景，纯虚构的作品被认为是无稽之谈毫无地位。因而曹雪芹无论如何要证明作品的真实性，增强说服力。

以上推论我比较自信。另外一条不太自信的也供读者参考。怪名字"贾赦"同辈的五个人，贾敷、贾敬、贾赦、贾政、贾敏，似乎可以用"元迎探惜"的方法解读，他们的名字从长到幼连读，"敷、敬、赦、政、敏"，一个有意思的谐音句子飘然入耳："附近设真名"。贾府文字辈附近，暗设了一个真实人物的名字。他是谁？当然是"代善"。

回到作品。关于贾政的身份，因为他是作品中的重要人物，我们必须说几句。曹雪芹写的很巧妙而又含糊，贾政"自幼酷喜读书，原欲以科甲出身的"，却因为皇上体恤功臣的后代，"遂额外赐了这政老爹一个主事之衔"。这话巧妙在哪呢？巧在究竟是贾政科举考不中，还是他根本就没有考？含糊。明白人都知道，如果能够考中，何必要皇帝恩赐？恩赐往往是给那些不考、或者考了没有中试的人；凡自己有能力考中的，是不愿意走恩赐道路的，因为你不是科班出身，将来晋级就很困难。我们现在常用语"科班出身"，就是从这里来的。这恐怕也同曹雪芹的家世有关联。我们在前言中介绍过，曹家是包衣人出身，是皇室的家奴，他们家没人走科举道路，子孙都是从内务府的底层做起，慢慢往上升，但升到郎中（五品）就封顶。其祖父曹寅深受康熙皇帝信任，君臣私交密切，也只能做到郎中，毕竟曹寅不是科班出身，毕竟是包衣身份！曹寅的亲儿子曹颙，和过继的儿子、即曹雪芹的父亲曹頫，同样没参加科举，两人都是被康熙恩赐、突击提拔为"主事"（六品）的。明白了这段历史，或许可以理解曹雪芹为什么让贾政受恩赐为主事了。

我们继续。冷子兴讲到我们的主人公贾宝玉了：

"这政老爹的夫人王氏，头胎生的公子，名唤贾珠，十四岁进学，不到二十岁就娶了妻生了子，一病死了；第二胎生了一位小姐，生在大年初一，这就奇了；不想后来又生一位公子，说来更奇，一落胎胞，嘴里便衔下一块五彩晶莹的玉来，上面还有许多字迹，就取名叫作宝玉。你道是新奇异事不是？"

不用说，曹雪芹设计的"衔玉而生"是很费思量的。不过，为什么要这么复杂？宝钗的金锁是和尚送上门，简单多了。为什么不让林黛玉也衔一朵花落胎？或许，或许曹雪芹就是借这宝玉衔玉的"不合理"，提示我们：这贾（假）宝玉是假借的，假借了生活中某个真实公子来创作的；宝玉并非作者，不是曹雪芹。这是我的推想。供参考。

继续听冷子兴说宝玉。

"那年周岁时，政老爹便要试他将来的志向，便将那世上所有之物摆了无数，与他抓取。谁知他一概不取，伸手只把些脂粉钗环抓来。政老爹便大怒了，说：'将来酒色之徒耳！'因此便大不喜悦。独那史老太君还是命根一样。说来又奇，如今长了七八岁，虽然淘气异常，但其聪明乖觉处，百个不及他一个。说起孩子话来也奇怪，他说：'女儿是水作的骨肉，男人是泥作的骨肉。我见了女儿，我便清爽；见了男子，便觉浊臭逼人。'你道好笑不好笑？将来色鬼无疑了！"

贾政让宝玉抓周，宝玉只抓那些女孩子物件，这并不可笑，可笑的倒是这老爹贾政。他自幼酷爱读书的人，应该颇有见解，可是他却迷信，凭抓周来判断将来志向，已经糊涂；抓了，不合胃口，一笑也就过去了，可是这位老爹却大动肝火，认定儿子"将来酒色之徒耳"；到这里收手也就罢了，但他却从此不喜欢儿子了，那就不止是糊涂，而且偏执愚昧。这是作品第一次写贾政，字里行间已经透露出作者对贾政的不恭维。

再谈谈宝玉那几句足够把他老爹气死的妙话："见了女儿，我便清爽；见了男子，便觉浊臭逼人。"这话不算稀奇，异性相吸嘛。后面那句才非同寻常："女儿是水作的骨肉，男人是泥作的骨肉"！宝玉说这话时才七八岁，怎么能说出这话？什么叫水做的？什么叫泥做的？泥做出来的怎么就是个男人，水做出来的怎么就是个女人？他怎么能懂得？只怕宝玉也不懂，可是却说出这话来了。谁教他的？他是哪来的这话？答案只有一个，曹雪芹教他的，是曹雪芹让他说的。好，这就是我们要的结论：一、宝玉的有些话，其实是曹雪芹自己的，我们只可听着，当真话听，当真话信，不然我们只有丢下《红楼梦》不读了。第二，宝玉这些话，从美学角度是不该说的，它破坏了《红楼梦》的美学气氛；曹雪芹也知道他在踩踏美学的红线，但他就是要踩。他为什么要这么做？只有一个答案：曹雪芹借宝玉的嘴，传播他自己的妙言。第三，宝玉这句话是一块个性化招牌，它把宝玉同所有的人区分开来了，他对女孩子的崇敬和喜爱，超出了常人。

接下来，贾雨村与冷子兴又聊到金陵的甄家，这甄家与贾府是老亲戚，世代交好，两家来往极亲热的。偏偏这甄家的儿子也叫宝玉，这甄宝玉同贾宝玉比双胞胎还要像，说出来的话与贾宝玉一模一样。挨打时嘴里就喊姐姐妹妹，一叫竟然能够忘了疼痛！我们单凭这句对话，就知道这是《红楼梦》，因为任何作家都想不到如此绝妙的话语。有的作品靠大场面，靠扣人心弦的情节，靠感天动地的语言来表现人物性格，但曹雪芹只用平平常常、简简单单的一句话、一个动作，就让人物一下子丰满而且独一无二，这种艺术家几百年才出一位。所以，能够读到《红楼梦》这样的书，是我们的福分；但只有领会到它的妙处，才是真正的享受。

继续听冷子兴的介绍：

　　"政老爹的长女，名元春，现因贤孝才德，选入宫作女史去了。二小姐乃赦老爹之妾所出，名迎春；三小姐乃政老爹之庶出，名探春；四小姐乃宁府珍爷之胞妹，名唤惜春。因史老夫人极爱孙女，都跟在祖母这边一处读书，听得个个不错。"雨村道："更妙在甄家的风俗，女儿之名，亦皆从男子之名命字，不似别家另外用这些'春''红''香''玉'等艳字的。何得贾府亦乐此俗套？"子兴道："不然。只因现今大小姐是正月初一日所生，故名元春，余者方从了'春'字。"

此处推出贾府四位小姐，元春、迎春、探春、惜春，贾雨村便问名字怎么也是"春"啊"玉"的，如此俗套？曹雪芹特意让贾雨村问这些名字，那么名字必有古怪。最后还是脂批指出元、迎、探、惜四字要连读，形成"原应叹息"，四位小姐将来都不幸。到这里，问题好像全部解决了。其实不对，曹雪芹在下一盘更大的棋。

细想，小姐们用"春"字为名，仅仅俗气了一点，贾雨村便问了，那么贾赦的那个"赦"字，明显不能做名字的，贾雨村居然没问；更有，"代善"这个名字，是问不得的。好在，脂批特别指引了一种名字的连读方法，这是否在引导我们，把贾府文字辈的名字也用连读方法来破解密码，形成"附近设真名"，把读者引向"代善"这个焦点？

我们提出这一系列的疑问，有的朋友可能会感到太繁琐太深奥，我说不要紧，你听着听着就会深入下去的，就像学外语一样。《红楼梦》本身暗藏密码，不钻研深入，不破解这些密码，就把握不到它的真谛。我们这本书，就是要破解这些密码，要听到曹雪芹的心声，感受《红楼梦》的大美。不然，写《红楼梦》的图书多了，我们没必要再写一本。

再回书中。冷子兴又讲到贾琏和王熙凤。

> 子兴道："政公既有玉儿之后，其妾又生了一个，倒不知其好歹。只眼前现有二子一孙，却不知将来如何。若问那赦公，也有二子，长名贾琏，今已二十来往了，亲上作亲，娶的就是政老爹夫人王氏之内侄女，今已娶了二年。这位琏爷身上现捐的是个同知，也是不肯读书，于世路上好机变，言谈去的，所以如今只在乃叔政老爷家住着，帮着料理些家务。谁知自娶了他令夫人之后，倒上下无一人不称颂他夫人的，琏爷倒退了一射之地。——说模样又极标致，言谈又爽利，心机又极深细，竟是个男人万不及一的。"

此处曹雪芹又自摆乌龙了，说贾赦有两个儿子，贾琏是老大，但全书再没出现那位老二，也没说明解释；同时，贾琏一直被称呼"琏二爷"，贾琏究竟是长子还是次子？我们糊涂了。由此可见，曹雪芹确实在修改稿子的阶段就逝世了，他连第1、第2回都没有修改完，落下一个个硬伤。

对贾琏只有一句描述"不肯读书，于世路上好机变，言谈去的"，后面刻画的贾琏大致就这么样。

这里描写贾琏其实是一种修辞上的让步，就是以贾琏为引子，借他推出王熙凤，以他衬托王熙凤。凤姐进门后，贾琏"退了一射之地"，他的地位、形象相形见绌。紧接着就过渡到凤姐的叙述，"说模样又极标致，言谈又爽利，心机又极深细，竟是个男人万不及一的。"这是对凤姐的初次介绍，寥寥几笔，大致轮廓就出来了。凤姐是个特殊人物，曹雪芹写她的文字，比宝钗多得多，仅次于黛玉，是全书用笔第三多的，所以这里主要情节还没开始，就先画出她的轮廓了。

本回的第三部分冷子兴演说荣国府到此结束，这一回也写完了。下面我们小结一下。这第 2 回相比第 1 回简单多了，第 1 回头绪太多，曹雪芹既要交代他的身世，又要说明他为什么写这部书，以及书的主要内容、宝玉的来源、《红楼梦》的主题、作者自己的评价和担忧，还要写甄士隐的故事，简直千头万绪。这一回则只有一根线索，就盯住贾雨村一个人，先写他怎么娶丫鬟娇杏当夫人，然后交代他被罢官，担风袖月来到扬州当了林黛玉的老师，外出碰到冷子兴聊起贾府，就这么简单。唯一复杂的是贾府的状况，但一顿海聊，把大致情况告诉读者，任务完成，于是很自然结束了。

这一回的艺术特点相当突出，就是用侧面叙述的方法、喝酒聊天的方式来交代贾府状况。贾府几代人的历史、宁荣两大府第众多的人员、无人谋划管理日益走向衰微的趋势，这些内容如果用作者直接交代的方法，那不仅麻烦而且十分乏味。西方的小说往往就是这样一个叙述占几十个页面，读者实在受不了只能翻过去。曹雪芹精明巧妙，拉来两个局外人边喝酒边聊天，轻松而又有趣地闲谈介绍，读者一点不觉得沉闷，不知不觉就把故事听完，对贾府状况大致了解。这就是艺术。

我们说得细一点，冷、贾搭档把酒闲谈，并非一个人从头说到底，而是一问一答，娓娓道来，对话长达四千字而读者并不觉得长。对话有问有答，有笑有叹，有轻描淡写，有悍颜厉色，有客观叙述，更有评论毁誉，层次分明，节奏变化，详略讲究，言语生动，是小说叙述艺术的典范。举个例子吧。当贾雨村得知林黛玉的母亲就是荣国公的孙女，不觉动容：

> "怪道我这女学生言语举止另是一样，不与近日女子相同，度其母必不凡，方得其女，今知为荣府之孙，又不足罕矣，——可伤上月竟亡故了。"子兴叹道："老姊妹四个，这一个是极小的，又没了。长一辈的姊妹，一个也没了。只看这小一辈的，将来之东床如何呢。"

两位局外人，虽然喝着自己的酒聊着别人家的事，但并非毫无感情，而是怀着同情之心恻隐之情；他们的唏嘘哀叹又传导给读者，令读者也不能冷眼旁观，也是含着感情读下去，哪里还会觉得无聊呢？

第三回

贾雨村夤缘复旧职 林黛玉抛父进京都

我们要进入《红楼梦》的正戏了，前两回都属于开场，我们好不容易要见到我们望眼欲穿的贾宝玉、林黛玉。回目中的"夤缘"，即攀附关系，说贾雨村依靠贾政的关系，恢复了官职。

本回由贾雨村护送黛玉上京城、黛玉进贾府、黛玉和宝玉相会三部分构成。

开头叙述贾雨村进京缘由。他同冷子兴正要离开酒店，有人叫他说"雨村兄，恭喜了"。语村一看是当年一同被革职的张如圭。注意，这又是个谐音名字，如圭，谐音"如鬼"，暗喻贾雨村的朋友是牛鬼蛇神、魑魅魍魉，一个名字就表达出曹雪芹的厌恶。原来是朝廷决定重新启用被革职的官员，雨村自是欢喜。冷子兴又劝雨村回去托林如海向贾政求情帮忙，雨村回去查看了邸报，就是官府的内部文件，才放了心。第二天他就与林如海说起此事，林如海非但答应帮忙，还说岳母早就派人派船来接黛玉，现在正好请雨村送黛玉进京，路费和官场打点的钱一概不用雨村操心。下面的描写就有意思了：

> 雨村一面打恭，谢不释口，一面又问："不知令亲大人现居何职？只怕晚生草率，不敢骤然入都干渎。"如海笑道："若论舍亲，与尊兄犹系同谱，乃荣公之孙：大内兄现袭一等将军，名赦，字恩侯，二内兄名政，字存周，现任工部员外郎，其为人谦恭厚道，大有祖父遗风，非膏粱轻薄仕宦之流，故弟方致书烦托。否则不但有污尊兄之清操，即弟亦不屑为矣。"雨村听了，心下方信了昨日子兴之言，于是又谢了林如海。如海乃说："已择了出月初二日小女入都，尊兄即同路而往，岂不两便？"雨村唯唯听命，心中十分得意。如海遂打点礼物并饯行之事，雨村一一领了。

两人对话，不再是雨村同冷子兴那样平等随意，雨村心有所虑，低声下气，"一面打恭，谢不释口"，但问的却是要害。昨天冷子兴告诉他贾政升了员外郎，相当于现今副局长。雨村再问清林如海才放心，写出他心思缜密。但他问得很圆滑，我们知道，问人家的职务是有点犯忌的，所以雨村解释说"只怕晚生草率，不敢骤然入都干渎"，意思是怕贾政职务太高，他在礼数上冒犯了；而实际是他怕贾政职务太低，帮不上忙，但说出来的话多动听；林如海又说贾政谦恭厚道乐于助人，这是雨村最最在意的，官再大，不肯帮忙就没用。这下雨村疑虑全消，心中十分得意，表面依然唯唯诺诺。仅仅这几笔，贾雨村内心外表跃然纸上，显然他已经今非昔比，再不是当年那个"恃才侮上"的贾知府，革职以后，他变乖巧，变圆滑了。官场改变人很快。

林如海同贾雨村约定了北上京城的日子，曹雪芹的笔终于转到林黛玉身上。黛玉已经失去母亲，现在父亲让她去投奔外祖母，她不忍心抛下父亲。林如海劝她，外婆家有外婆照应，还有一批表姐妹，你去了就有伴了，不比在家孤独，也免了我担忧。我们看原文：

> 黛玉听了，方洒泪拜别，随了奶娘及荣府几个老妇人登舟而去。雨村另有一只船，带两个小童，依附黛玉而行。

这里表现出黛玉年纪虽小，却很懂事，她这么小已经先顾念父亲，很懂事；但父亲以理相劝，她也就顺从了。"洒泪拜别"四字，言简意赅，很有回味。

再看雨村，他同黛玉分开，另有一艘船，"依附黛玉而行"。这六个字，写尽雨村行状。他拿定主意摆正位置，把自己当黛玉的随从，依附而行。我们看看，当官的也真可怜，贾雨村大小当过知府，眼看马上就要官复原职；黛玉也不过是盐务官的女儿，清代的盐法道也不过是四品，比知府的从四品仅仅高一级；即使黛玉的舅舅们实际官位也不比雨村高，但是，人家是一等公的后代、豪门的外孙女，雨村就得当她是主子，自己是随从。这种官场的人际关系，很有特色。那么一路上的情景，应该写写吧？扬州到北京，运河近两千里，船行一日六十里的话，行程一个多月。这一路上山光水色、旅途状况，曹雪芹竟然一个字不写，整个旅途就"依附黛玉而行"六个字。奇怪啊，为什么不写？曹雪芹自己走过这条水路的，他们家几辈人也在这条水路上不知走了多少次，他绝对不会写不出。显然，他是故意不写。为什么？我思索很久，认为只有一个理由：他不愿让冰清玉洁的黛玉同虎狼之辈的雨村"同框"，怕亵渎了黛玉。正因此，大家去翻翻书，虽然雨村是黛玉的老师，自然天天见面，但是曹雪芹有本事一个字不写。他像严格的影视剧的审片官，凡是有碍的镜头，一律剪除。曹雪芹对女孩子的那份痴心，一点不比宝玉逊色。继续看，到了北京，也不写雨村如何送黛玉进贾府，连告别镜头也不给一个。曹雪芹做得真绝！中外小说，没这个写法的。——所以，不要认为《红楼梦》就是事无巨细娓娓而谈，恰恰相反，想写的，曹雪芹泼墨如注洋洋洒洒不放过任何细节；不愿写的，他惜墨如金吝啬得简直不通情理。他有详有略，张弛有度。

好，北京到了，曹雪芹草草打发掉贾雨村，集中精力描写黛玉进贾府。

> 有日到了都中，进入神京，雨村先整了衣冠，带了小童，拿着宗侄的名帖，至荣府的门前投了。彼时贾政已看了妹丈之书，即忙请入相会。见雨村相貌魁伟，言语不俗，且这贾政最喜读书人，礼贤下士，济弱扶危，大有祖风；况又系妹丈致意，因此优待雨村，更又不同，便竭力内中协助，题奏之日，轻轻谋了一个复职候缺，不上两个月，金陵应天府缺出，便谋补了此缺，拜辞了贾政，择日上任去了。不在话下

我们看，贾雨村拿"宗侄"的名帖去拜见，把自己放在小一辈的身份，实际上天知道他与贾政的辈分谁大谁小，他让贾政感觉棒棒的。至于两人谈些什么，曹雪芹又是一字不写，只写"优待雨村"四字，可见雨村的谈吐让贾政很欣赏。文人看重学问，贾政我们前面说了，连举人都考不上的，现在一个进士在自己面前恭恭敬敬，什么感觉？文人还喜欢当面考较，弄一两个知识点切磋一下，看看对方几斤几两，估计贾政免不了要考考雨村，而雨村露了一两手，令贾政刮目相看，就像他当着甄士隐吟出几首诗，让甄士隐五体投地一样。总之，他不仅让贾政服了，在朝廷中一番活动后让他不到两个月就得到应天府知府一职。对此曹雪芹使用略写，但就这几句话也隐含着看点。贾政自己是员外郎，从五品的级别，但他稍微活动一下，能让雨村谋得知府职位，比自己还高两个级别，用今天话说，一位副局长替人搞到一个副部长位子，很不可思议。但这就是中国古代的官场文化，所以古话说"侯门深似海"。贾政职位虽低，但其能量不是以职位可以估算的。

到这里，贾雨村引出主要人物的作用，暂时告一段落。他让读者初步认识贾府，又把黛玉引入贾府，可以说没功劳也有苦劳，但曹雪芹有点"不地道"，用完了人就草草扔开。某种意义上贾雨村是"结构人物"。

我们把目光转向林黛玉。先说说黛玉的故乡苏州，这是她将来苦苦思念的地方，是形成她性格为人的一块心病，我们需要搞清楚。黛玉是从扬州北上京城的，但她的故乡是苏州。她离开苏州时五岁，照理应该是扬州的岁月记得更清楚，但她只怀念苏州，很有意思。她父亲是独子，所以她连堂的、表的兄妹一概没有，想来她自小就很孤独。这身世与曹雪芹本人有点相似。这一联系才好解释本回的回目，"林黛玉抛父进京都"。黛玉抛开、抛弃父亲，似乎有点语病？林如海在扬州当官，而且是晋升不久，当的又是最肥沃的盐务官，应当春风得意，即使妻子亡故，黛玉上北京外婆家，怎么能说是黛玉"抛父"？要理解"抛父"二字，只能回到曹雪芹自己的身世。曹雪芹也是独苗，当他离开父亲北上京城的时候，年龄与黛玉仿佛；但是

境况不同，他父亲曹頫，那时正在江宁的监狱中，曹家的家产已被剥夺干净，连家人也一起沦为别人的奴才，在这种境况下，曹雪芹离开监狱中的父亲出走千里之外，那才用得上一个"抛"字。所以，回目里这"抛"字，是一种曲笔，一种张冠李戴；写的是黛玉"抛父"，寄寓的是曹雪芹本人童年的噩梦，隐含着他一生的痛。这么分析下来，我们说曹雪芹把自己的一部分身世化用到了黛玉身上，能否说通？还有，黛玉念念不忘的苏州，那是曹雪芹的祖父曹寅出任第一个织造官苏州织造府所在地，曹寅从苏州转任江宁织造后，是曹寅的妻舅李煦接任，自此以后几十年曹寅和李煦一直担任两地的织造官，而且妹夫与大舅子关系极其密切，江宁与苏州相距不远，两亲戚家的来往自然稠密。所以幼年的曹雪芹可能经常跟着奶奶去苏州，对苏州留下了不可磨灭的记忆。作品中他把自己对苏州的缅怀，化成黛玉的思念。

看作品。

　　且说黛玉自那日弃舟登岸时，便有荣国府打发了轿子并拉行李的车辆久候了。这林黛玉常听得母亲说过，他外祖母与别家不同。他近日所见的这几个三等仆妇，吃穿用度，已是不凡了，何况今至其家。因此步步留心，时时在意，不肯轻易多说一句话，多行一步路，惟恐被人耻笑了他去。

这里描写的是黛玉进贾府之前的心理。第一句："自那日弃舟登岸时，便有荣国府打发了轿子并拉行李的车辆久候了。"什么气派，人还没到，车辆轿子仆人一大堆等在那里，就为一个未满十岁的女孩，这种阵势是黛玉第一次见识，而且她就是被迎候的那个女孩。接着看到那几个三等仆妇吃穿用度都不凡，黛玉感到某种紧张。现在要讨论一下黛玉的年龄。贾雨村任教时黛玉五岁，"堪堪又是一载的光阴，谁知女学生之母贾氏夫人一疾而终"，黛玉六岁。她上北京前如果守孝一年是七岁，守三年则是九岁，到北京的时候，应在七至十岁之间。而冷子兴说宝玉"如今长了七八岁"，给予冷子兴一年的误差，宝玉大则九岁，反推黛玉小一岁则当时最大七岁。林如海说"已择了出月初二日小女入都"，考虑到不会安排在路途过年，黛玉到北京六七岁。这个年龄不会太错，但其后的年龄文本语焉不详，专家们各有不同的推算，我们也只能取个大概。比如宝玉中邪和尚来救时说"一别十三载"，宝钗过十五岁生日，以这些明确的年龄来推测。六七岁的黛玉早熟懂事，比自家富贵得多的豪门亲戚更让她紧张，她告诫自己要"步步留心，时时在意"，不让人耻笑。插一句：这种紧张和小心，曹雪芹自己是亲历过的。当初他从江宁来北京，步入他姑妈家那巍峨的郡王府时，他必定也是这心情，或者更加自卑，因为他还是一个罪犯的儿子! ——好了，我们要记住黛玉此时的心思，看看她后来又变成什么样。继续看原文：

> 自上了轿，进入城中；从纱窗向外瞧了一瞧，其街市之繁华，人烟之阜盛，自与别处不同。又行了半日，忽见街北蹲着两个大石狮子，三间兽头大门，门前列坐着十来个华冠丽服之人。正门却不开，只有东西两角门有人出入。正门之上有一匾，匾上大书"敕造宁国府"五个大字。黛玉想道：这必是外祖之长房了。想着，又往西行，不多远，照样也是三间大门，方是荣国府了。却不进正门，只进了西边角门。那轿夫抬进去，走了一射之地，将转弯时，便歇下退出去了。后面的婆子们已都下了轿，赶上前来。另换了三四个衣帽周全十七八岁的小厮上来，复抬起轿子。众婆子步下围随至一垂花门前落下。众小厮退出，众婆子上来打起轿帘，扶黛玉下轿。林黛玉扶着婆子的手，进了垂花门，两边是抄手游廊，当中是穿堂，当地放着一个紫檀架子大理石的大插屏。转过插屏，小小的三间厅，厅后就是后面的正房大院。正面五间上房，皆雕梁画栋，两边穿山游廊厢房，挂着各色鹦鹉、画眉等鸟雀。台矶之上，坐着几个穿红着绿的丫头，一见他们来了，便忙都笑迎上来，说："刚才老太太还念呢，可巧就来了。"于是三四人争着打起帘笼，一面听得人回话："林姑娘到了。"

曹雪芹详细描写贾府下人如何迎接以及房屋厅堂的建筑气势，既表现出贾府对黛玉的隆重，也暗示黛玉感受的压力，她在如此气派的气氛下进入贾府，什么压力！还好，外婆贾母出现了。这是《红楼梦》中最动人最真切的场面，我们不敢叙述，必须引用原文。

> 黛玉方进入房时，只见两个人搀着一位鬓发如银的老母迎上来，黛玉便知是他外祖母。方欲拜见时，早被他外祖母一把搂入怀中，心肝儿肉叫着大哭起来。当下地下侍立之人，无不掩面涕泣，黛玉也哭个不住。一时众人慢慢解劝住了，黛玉方拜见了外祖母。——此即冷子兴所云之史氏太君，贾赦贾政之母也。当下贾母一一指与黛玉："这是你大舅母；这是你二舅母；这是你先珠大哥的媳妇珠大嫂子。"黛玉一一拜见过。贾母又说："请姑娘们来。今日远客才来，可以不必上学去了。"众人答应了一声，便去了两个。

我们看到是文字，假如把它转化为电影电视，那么前面一段都是静穆无声的画面，直到贾母的出现打破了这种肃穆，她"心肝儿肉叫着大哭"，将画面气氛一下改变。贾母的叫和哭，表达了她对女儿和外孙女的疼爱，让黛玉绷紧的神经一下松懈了。同时这哭叫声，也传达出贾母是这庞大家族的首领，只有她可以无拘无束。在她的庇护下，小心翼翼的黛玉也爆发了，放声大哭。这个场面是如此真切，贾母身为贾府领袖，平时何等自重身份，但今天、现在，她搂住黛玉心啊肉啊乱叫乱哭！——她最疼爱的、唯一的女儿远远嫁到几千里外的苏州，很可能出嫁后再没见过一面，突然没了，就剩这外孙女，现在这骨血来到面前，她还顾什么场合礼数！

曹雪芹写贾母的哭，还有一个意思——这一哭，哭出了一个全新的林黛玉。贾母的痛哭，让贾府上上下下都明白：这外孙女是贾母的心头肉，是绝对不能怠慢、不能得罪的。谁都懂了，该怎么对待、怎么服侍这位新来的林小姐。

贾母止住哭后的话，我们又不得不啰唆几句，"请姑娘们来。今日远客才来，可以不必上学去了。"第一，这话告诉我们，贾母眼里心里，几个媳妇、孙媳妇都不在话下，几个孙女儿才是她注重的。第二，我们不得不再一次挑曹公的刺了，他仅仅在这里说姑娘们在上学，后面他似乎忘了，迎春、探春、惜春好像谁都不上学，她们天天在家里玩。她们到底上不上学？她们在哪里上学？曹雪芹一概未写，我们一概不知道。曹公又出纰漏了。

接着，三位贾府千金登场。

> 不一时，只见三个奶嬷嬷并五六个丫鬟，簇拥着三个姊妹来了。第一个肌肤微丰，合中身材，腮凝新荔，鼻腻鹅脂，温柔沉默，观之可亲。第二个削肩细腰，长挑身材，鸭蛋脸面，俊眼修眉，顾盼神飞，文彩精华，见之忘俗。第三个身量未足，形容尚小。其钗环裙袄，三人皆是一样的妆饰。黛玉忙起身迎上来见礼，互相厮认过，大家归了坐。

三姐妹进来是先后有序的，曹雪芹写着"第一第二第三"的排序，读者或许不注意，但这是贵族规矩大家风范，首次见远客必须按部就班出场。迎春写得简单，突出其温柔沉默。探春就不一样了，"削肩细腰，长挑身材，鸭蛋脸面"，这三句是实写；"俊眼修眉"，半虚半实，眉毛细长是实写，眼睛俊秀是形容；而"顾盼神飞，文彩精华，见之忘俗"，用了一连串高级赞美词，全部是虚写，我国美学术语叫写神不写形。我们以为，这是曹雪芹外貌描写的重要方法，他把《诗经》《史记》以来的"写神"水准，提高到一个新的档次。写惜春更简单只有八个字，"身量未足，形容尚小"，作者暂时还不准备刻画她。三姐妹的描写用力不一样，主次分明。接着，王熙凤出场了。

> 一语未了，只听后院中有人笑声，说："我来迟了，不曾迎接远客！"黛玉纳罕道："这些人个个皆敛声屏气，恭肃严整如此，这来者系谁，这样放诞无礼？"心下想时，只见一群媳妇丫鬟围拥着一个人从后房门进来。这个人打扮与众姑娘不同，彩绣辉煌，恍若神妃仙子。

大呼小叫着出场的，只能是王熙凤。一群媳妇丫鬟围拥着，与在场人们的恭敬肃穆形成强烈对比，真是好不气派！黛玉不认识她，不知怎么称呼，老太太解围："你不认得他，他是我们这里有名的一个泼皮破落户儿，南省俗谓作'辣子'，你只叫他'凤辣子'就是了。"贾母与这孙媳妇开起了玩笑，可见她对这凤辣子的宠爱。

接着王熙凤开始她的第一场表演。

> 黛玉忙陪笑见礼，以"嫂"呼之。这熙凤携着黛玉的手，上下细细打谅了一回，仍送至贾母身边坐下，因笑道："天下真有这样标致的人物，我今儿才算见了！况且这通身的气派，竟不象老祖宗的外孙女儿，竟是个嫡亲的孙女，怨不得老祖宗天天口头心头一时不忘。只可怜我这妹妹这样命苦，怎么姑妈偏就去世了！"说着，便用帕拭泪。贾母笑道："我才好了，你倒来招我。你妹妹远路才来，身子又弱，也才劝住了，快再休提前话。"这熙凤听了，忙转悲为喜道："正是呢！我一见了妹妹，一心都在他身上了，又是喜欢，又是伤心，竟忘记了老祖宗。该打，该打！"又忙携黛玉之手，问："妹妹几岁了？可也上过学？现吃什么药？在这里不要想家，想要什么吃的、什么玩的，只管告诉我；丫头老婆们不好了，也只管告诉我。"一面又问婆子们："林姑娘的行李东西可搬进来了？带了几个人来？你们赶早打扫两间下房，让他们去歇歇。"

凤姐的表演太连贯太紧密，我们想要评论都插不进嘴。她一个人把舞台占满了，旁若无人，演得很投入、很精彩，这一屋子人想来都看得迷住了。不得不说，凤姐演得非常精彩；但是，她演砸了。首先，凤姐的出场是精心准备的，她显然故意晚一步到场，以便单独登场，赚足眼球。后面我们看她表演多了就会明白。第二，她就是要从门外大呼小叫地进来，就像戏剧中的主角登场那样，想来她看了不少戏，很懂得"未见其人先闻其声"的舞台效果。第三，她要的全部得到了，贾母也配合得很默契甘当配角，她似乎赚得盆满钵满；不过她真正得到的全是虚的，大家哄赏一番而已。第四，她赢了人气，输了人情。她似乎忘了她的婆婆在这里，婆婆站得毕恭毕敬，媳妇却在那里耀武扬威，婆婆什么感受？第五，她如果仅仅演一些滑稽场面也就罢了，她偏偏还要显示她的权利："想要什么吃的、什么玩的，只管告诉我；丫头老婆们不好了，也只管告诉我。"第六，她有些戏份演得太假，"林姑娘的行李东西可搬进来了？带了几个人来？你们赶早打扫两间下房，让他们去歇歇。"颐指气使、发号施令也就罢了，但这明显是在做假，是在摆谱、耍威风。黛玉进屋半天了，哪有行李还没搬进来的道理？既然有人去接船，怎么可能还没打扫？但是，凤姐就要这么演，这，就是王熙凤，一个聪明得要命，糊涂得更加要命的王熙凤！——凤姐出场几分钟，就把她的戏路子、调子，都交代了。我们不得不说，曹雪芹实在厉害！

对了，凤姐的肖像画我们也欣赏一遍。"一双丹凤三角眼，两弯柳叶吊梢眉，身量苗条，体格风骚，粉面含春威不露，丹唇未启笑先闻。"三句实写三句虚写，把个凤姐儿画到了骨头里面。三角眼，吊梢眉，是凶相、无情，翻脸不认人的；但身材又那么苗条风骚，要迷死人；粉面含春威不露，丹唇未启笑先闻，这是动态描写了，写尽她的拿腔拿调、装模作样，更有她的笑里藏刀、自鸣得意。用虚写的方法来画肖像，是中国传统，可以画出人的精气神。

接下来王夫人开口了："月钱放过了不曾？"请注意，曹雪芹开始布置经济线索，凤姐管家是有经济嫌疑的。曹雪芹从一开始就把作品往经济上引。我国历来不注重经济，"经史子集"都不谈钱，以致今日要了解经济史也很难，没有数据。曹雪芹独辟蹊径，第一个在小说中大写经济，数据确凿。当前一些清史学家、经济学家还要到《红楼梦》中去摘取数据。

接着贾母命黛玉去见两个舅舅，于是邢夫人领着黛玉走了。

众小厮退出，方打起车帘，邢夫人挽着黛玉的手，进入院中。黛玉度其房屋院宇，必是荣府中花园隔断过来的。进入三层仪门，果见正房厢庑游廊，悉皆小巧别致，不似方才那边轩峻壮丽；且院中随处之树木山石皆在。一时进入正室，早有许多盛妆丽服之姬妾丫鬟迎着，邢夫人让黛玉坐了，一面命人到外面书房去请贾赦。一时人来回话说："老爷说了：'连日身上不好，见了姑娘彼此倒伤心，暂且不忍相见。劝姑娘不要伤心想家，跟着老太太和舅母，即同家里一样。姊妹们虽拙，大家一处伴着，亦可以解些烦闷。或有委屈之处，只管说得，不要外道才是。'"黛玉忙站起来，一一听了。再坐一刻，便告辞。邢夫人苦留吃过晚饭去，黛玉笑回道："舅母爱惜赐饭，原不应辞，只是还要过去拜见二舅舅，恐领了赐去不恭，异日再领，未为不可。望舅母容谅。"邢夫人听说，笑道："这倒是了。"遂令两三个嬷嬷"用方才的车好生送了姑娘过去。"于是黛玉告辞。

这里透露贾赦的生活状况："早有许多盛妆丽服之姬妾丫鬟迎着"，贾赦品味立现。大舅舅贾赦显然不愿意见这位前来投靠的外甥女，找个理由回避。不用说，他将来对外甥女的事情更加不闻不问。常言不是一家人不进一扇门。邢夫人她为了表示热情，苦留黛玉吃过晚饭再走，这就让黛玉发噱，只能笑着说，二舅舅还没见呢，先在这里吃饭恐怕不礼貌啊，邢夫人才如梦方醒。仅仅这一笔，写出邢夫人的不着边际。

下面看看贾政居住的地方。

一时黛玉进了荣府，下了车。众嬷嬷引着，便往东转弯，穿过一个东西的穿堂，向南大厅之后，仪门内大院落，上面五间大正房，两边厢房鹿顶耳房钻山，四通八达，轩昂壮丽，比贾母处不同。黛玉便知这方是正经正内室，一条大甬路，直接出大门的。进入堂屋中，抬头迎面先看见一个赤金九龙青地大匾，匾上写着斗大的三个大字，是"荣禧堂"，后有一行小字："某年月日，书赐荣国公贾源"，又有"万几宸翰之宝"。大紫檀雕螭案上，设着三尺来高青绿古铜鼎，悬着待漏随朝墨龙大画，一边是金蝰彝，一边是玻璃hai。地下两溜十六张楠木交椅，又有一副对联，乃乌木联牌，镶着錾银的字迹，道是：

座上珠玑昭日月，堂前黼黻焕烟霞。

下面一行小字，道是："同乡世教弟勋袭东安郡王穆莳拜手书"。

这里有点奇怪，贾赦住在荣国府边上。贾赦是长子又袭了勋位，是这个家的法定主人，他怎么会住到一边去？相反次子贾政倒住在正室，难解。以上的描写，都是突出荣国府的轩昂壮丽。注意皇帝恩赐的"荣禧堂"匾额，令人想到康熙南巡到江宁织造府，见到自己幼年时的保姆，即曹寅的母亲孙氏，口称"吾家老人也"，并题了"萱瑞堂"匾。所以我说，贾府虽然不可能以曹家做材料，但曹家的某些事迹，尤其是像康熙题匾这样的光辉事迹，曹雪芹还是无法忘怀，并且在作品中表现出来。

看看曹雪芹又使"小促狭"。王爷送的对联"座上珠玑昭日月，堂前黼黻焕烟霞"，对仗工整，文采华丽，虽然官场味浓了些，还是很大气。它的意思是荣禧堂内往来的都是大官，他们挂的珠玉光耀日月，官服补子的纹饰蔚如烟霞。贾政一定很欣赏所以挂出来。但是曹雪芹偏偏还点明作者："同乡世教弟勋袭东安郡王穆莳拜手书"。王爷的姓名穆莳，谐音"暮时"。常言"夕阳无限好，只是近黄昏"。"暮时"，连黄昏都过了，暗喻贾府即将进入黑暗。

我们继续看作品。黛玉来到贾政和王夫人的居室。

老嬷嬷们让黛玉炕上坐，炕沿上却有两个锦褥对设，黛玉度其位次，便不上炕，只向东边椅子上坐了。本房内的丫鬟忙捧上茶来。黛玉一面吃茶，一面打谅这些丫鬟们，妆饰衣裙，举止行动，果亦与别家不同。

正房炕上横设一张炕桌，桌上磊着书籍茶具，靠东壁面西设着半旧的青缎靠背引枕。王夫人却坐在西边下首，亦是半旧的青缎靠背坐褥。见黛玉来了，便往东让。黛玉心中料定这是贾政之位。因见挨炕一溜三张椅子上，也搭着半旧的弹墨椅袱，黛玉便向椅上坐了。王夫人再四携他上炕，他方挨王夫人坐了。王夫人因说："你舅舅今日斋戒去了，再见罢。只是有一句话嘱咐你：你三个姊妹倒都极好，以后一处念书认字学针线，或是偶一顽笑，都有尽让的。但我不放心的最是一件：我有一个孽根祸胎，是家里的'混世魔王'，今日因庙里还愿去了，尚未回来，晚间你看见便知了。你只以后不要睬他，你这些姊妹都不敢沾惹他的。"

这里又要仔细看才能体会《红楼梦》特有的味道。第一，这里的摆设与贾赦房里不一样，桌上垒着书，明示贾政好读书；坐蓐椅垫全是半旧的，颜色是青黑色，都表现出贾政和王夫人的节约和收敛，这是儒家提倡的生活之道。第二，黛玉是小辈，但是今日第一次上门，给予优待，所以王夫人再四携她上炕。黛玉便挨着王夫人坐了，表示亲近，黛玉既懂礼貌，情商也高。第三，王夫人开门见山告知为什么贾政没有会见，然后直接说要对宝玉多多担待，表现出王夫人很实在，也很得体，不像邢夫人不着边际。第四，她说贾政是"斋戒"去了所以改日再见，此话有些问题，因为后面我们从来没见过贾政做斋戒，而且他不信这一套的。从王夫人一贯的为人看，她不爱说谎，而且这里没说谎的必要，所以这里是曹雪芹出了纰漏。第五，王夫人张口就直接嘱咐黛玉别去沾惹宝玉，几乎是一种失礼，但她顾不得，她知道宝玉一会儿就要来了，立马可能惹事，知儿莫如母，她只能抢夺先机。这表明她已经担心很久了，也表明处事的果断。

好了，宝玉即将登场，曹雪芹开始做最后的铺垫。如果说冷子兴讲宝玉是画轮廓，那么王夫人讲的"孽根祸胎，混世魔王"是初次皴染，下面还要皴染几次，才正式表演。

> 黛玉亦常听得母亲说过，二舅母生的有个表兄，乃衔玉而诞，顽劣异常，极恶读书，最喜在内帏厮混，外祖母又极溺爱，无人敢管。今见王夫人如此说，便知说的是这表兄了。因陪笑道："舅母说的，可是衔玉所生的这位哥哥？在家时亦曾听见母亲常说，这位哥哥比我大一岁，小名就唤宝玉，虽极憨顽，说在姊妹情中极好的。况我来了，自然只和姊妹同处，兄弟们自是别院另室的，岂得去沾惹之理？"王夫人笑道："你不知道原故：他与别人不同，自幼因老太太疼爱，原系同姊妹们一处娇养惯了的。若姊妹们有日不理他，他倒还安静些，纵然他没趣，不过出了二门，背地里拿着他两个小幺儿出气，咕唧一会子就完了。若这一日姊妹们和他多说一句话，他心里一乐，便生出多少事来。所以嘱咐你别睬他。他嘴里一时甜言蜜语，一时有天无日，一时又疯疯傻傻，只休信他。"

黛玉回想母亲的话，是对宝玉的第二次皴染，王夫人说"一时甜言蜜语"等则是第三次皴染。已经打好几层底色，一般作家怎么也得让人物出场了，可曹雪芹偏偏还要让他冷一冷，偏偏旁出一笔去写黛玉陪贾母吃饭，把调子从高处降下来，以便等会儿有更大的上升空间。曹雪芹很从容，去吃饭的路上还写王夫人："这是你凤姐姐的屋子，回来你好往这里找他来，少什么东西，你只管和他说就是了。"这娘儿俩手携着手，不紧不慢来到贾母这里。曹雪芹又腾出手来描写吃饭情景，这吃饭专写程序。贾母在桌子上一坐，两个孙媳妇李纨捧饭、凤姐递筷子、媳妇王夫人上菜——王夫人是自己当奶奶的人了，还要站在底下侍候！俗语"媳妇熬成婆"，这个"熬"，可能是半辈子，可能没熬出头自己先过世了。吃完饭喝了茶，贾母便说："你们去罢，让我们自在说话儿。"王夫人她们走后，气氛松弛下来。

> 贾母因问黛玉念何书。黛玉道："只刚念了《四书》。"黛玉又问姊妹们读何书。贾

母道:"读的是什么书,不过是认得两个字,不是睁眼的瞎子罢了!"一语未了,只听外面一阵脚步响,丫鬟进来笑道:"宝玉来了!"

曹雪芹把气氛降到最松弛最平缓的时候,才让一号人物宝玉登场。"一语未了,只听外面一阵脚步响",宝玉来得很突然,很刺激,大家有体会。但更有意思的是:"丫鬟进来笑道:'宝玉来了!'"典型的曹雪芹笔法。首先,这小丫鬟"笑"什么?须知她本该规规矩矩回话的,她却笑了。宝玉来了有什么可笑的?他是这儿的公子、就住这儿,他回来有什么可笑?因为小丫鬟知道,有好戏看了。什么好戏?她在这儿当差,她见到黛玉,凭直觉她知道有好戏了。因为她还是个孩子,眼见好戏要来,她激动,她好奇,所以情不自禁地笑了。——这就是曹雪芹那十个字的妙处。只有曹雪芹,能够发现、体察最底层、最卑微小人物的内在感情,并满怀深情地去刻画她们。啰唆半天,我们看正文:

黛玉心中正疑惑着:"这个宝玉,不知是怎生个惫赖人物,懵懂顽童?"——倒不见那蠢物也罢了。心中想着,忽见丫鬟话未报完,已进来了一位年轻的公子:头上戴着束发嵌宝紫金冠,齐眉勒着二龙抢珠金抹额,穿一件二色金百蝶穿花大红箭袖,束着五彩丝攒花结长穗宫绦,外罩石青起花八团倭锻排穗褂,登着青缎粉底小朝靴。面若中秋之月,色如春晓之花,鬓若刀裁,眉如墨画,面如桃瓣,目若秋波。虽怒时而若笑,即瞋视而有情。项上金螭璎珞,又有一根五色丝绦,系着一块美玉。黛玉一见,便吃一大惊,心下想道:"好生奇怪,倒象在那里见过一般,何等眼熟到如此!"

宝玉已经走到门口,曹雪芹还要玩一手,让黛玉想象宝玉是个"惫赖人物,懵懂顽童",以此反衬她见到的宝玉是何等美貌。后面那句"倒不见那蠢物也罢了",明显是脂砚斋一类的批语,但几乎所有的版本都把它当曹雪芹的正文收了进来。曹雪芹对宝玉的肖像描写有点类似凤姐,先详细描写其穿着——这是曹雪芹的特色、强项,他当然要写,只是苦了读者,别说当代读者,即使是清代的读者,恐怕没几个能够搞清楚宝玉他们究竟穿了些什么。不过他这么写也有一点道理,因为这是从黛玉的眼睛里看到的,是黛玉在乎的、注意的,宝玉、凤姐珠光宝气的穿着,让黛玉多少觉得自愧不如。而对宝玉的长相,曹雪芹依然用诗化的语言写神。"面若中秋之月,色如春晓之花,鬓若刀裁,眉如墨画,面如桃瓣,目若秋波。虽怒时而若笑,即瞋视而有情。"写得抽象而又含蓄。黛玉一见,便吃一大惊,觉得此人眼熟,这句描写将我们的心弦狠狠拨动一下,立即联想到绛珠仙草与神瑛侍者。这是一个绝佳的呼应,天上人间打通了。读者正屏住呼吸看下面的好戏,要命的曹雪芹居然把剧情割断,让宝玉走人了!他还要玩我们一下,挥笔写道:"只见这宝玉向贾母请了安,贾母便命:'去见你娘来。'宝玉即转身去了。"曹雪芹为什么这样恶作剧?显然是要吊足胃口。可怜宝玉熬到现在，终于见到那个林妹妹，就站在他旁边，居然他眼睛都不瞟一下，招呼不打一个，调转屁股就走人！这还是宝玉吗？要让他走人，可以，他老子贾政坐在这里，那他没办法只能走。可是贾政并不在呀，他怎么可能就这么离开黛玉？所以我说，曹雪芹他老人家玩得过头了，忘记了宝玉的性格，又一次出现败笔。

还算好，曹雪芹只是把宝玉支走一会儿就让他回来了。下面，他写出了令人惊叹的场面，我们欣赏原文：

> 一时回来，再看，已换了冠带……越显得面如敷粉，唇若施脂；转盼多情，语言常笑。天然一段风骚，全在眉梢；平生万种情思，悉堆眼角。看其外貌最是极好，却难知其底细。后人有《西江月》二词，批宝玉极恰，其词曰：

> 无故寻愁觅恨，有时似傻如狂。
> 纵然生得好皮囊，腹内原来草莽。
> 潦倒不通世务，愚顽怕读文章。
> 行为偏僻性乖张，那管世人诽谤！

> 富贵不知乐业，贫穷难耐凄凉。
> 可怜辜负好韶光，于国于家无望。
> 天下无能第一，古今不肖无双。
> 寄言纨绔与膏粱：莫效此儿形状！

> 贾母因笑道："外客未见，就脱了衣裳，还不去见你妹妹！"宝玉早已看见多了一个姊妹，便料定是林姑妈之女，忙来作揖。厮见毕归坐，细看形容，与众各别：两弯似蹙非蹙胃烟眉，一双似喜非喜含情目。态生两靥之愁，娇袭一身之病。泪光点点，娇喘微微。闲静时如姣花照水，行动处似弱柳扶风。心较比干多一窍，病如西子胜三分。宝玉看罢，因笑道："这个妹妹我曾见过的。"贾母笑道："可又是胡说，你又何曾见过他？"宝玉笑道："虽然未曾见过他，然我看着面善，心里就算是旧相识，今日只作远别重逢，亦未为不可。"贾母笑道："更好，更好，若如此，更相和睦了。"宝玉便走近黛玉身边坐下，又细细打量一番，因问："妹妹可曾读书？"黛玉道："不曾读，只上了一年学，些须认得几个字。"宝玉又道："妹妹尊名是那两个字？"黛玉便说了名。宝玉又问表字。黛玉道："无字。"宝玉笑道："我送妹妹一妙字，莫若'颦颦'二字极妙。"探春便问何出。宝玉道："《古今人物通考》上说：'西方有石名黛，可代画眉之墨。'况这林妹妹眉尖若蹙，用取这两个字，岂不两妙！"探春笑道："只恐又是你的杜撰。"宝玉笑道："除《四书》外，杜撰的太多，偏只我是杜撰不成？"又问黛玉："可也有玉没有？"众人不解其语，黛玉便忙度着因他有玉，故问我有也无，因答道："我没有那个。想来那玉是一件罕物，岂能人人有的。"宝玉听了，登时发作起痴狂病来，摘下那玉，

就狠命摔去，骂道："什么罕物，连人之高低不择，还说'通灵'不'通灵'呢！我也不要这劳什子了！"吓的众人一拥争去拾玉。贾母急的搂了宝玉道："孽障！你生气，要打骂人容易，何苦摔那命根子！"宝玉满面泪痕泣道："家里姐姐妹妹都没有，单我有，我说没趣，如今来了这们一个神仙似的妹妹也没有，可知这不是个好东西。"贾母忙哄他道："你这妹妹原有这个来的，因你姑妈去世时，舍不得你妹妹，无法处，遂将他的玉带了去了：一则全殉葬之礼，尽你妹妹之孝心；二则你姑妈之灵，亦可权作见了女儿之意。因此他只说没有这个，不便自己夸张之意。你如今怎比得他？还不好生慎重带上，仔细你娘知道了。"说着，便向丫鬟手中接来，亲与他带上。宝玉听如此说，想一想大有情理，也就不生别论了。

一下子引这么多原文，实在因为这是一个完整的场面，无法割裂。我们讲两个要点，第一首诗词最后一句"那管世人诽谤"，似乎超越了宝玉的境界，倒有点夫子自道的味道：曹雪芹本人有这气概，他朋友敦敏等人说他有"傲骨"像阮籍。另一个要点，"富贵不知乐业，贫穷难耐凄凉"，后面这句，关系重大，它直接透露了宝玉的后半生，弥足珍贵。宝玉的后半生，我们只知道脂批那句"寒冬噎酸齑，雪夜围破毡"，但脂批不是《红楼梦》文本，只有参考价值不能当作定论。这句"贫穷难耐凄凉"是曹雪芹亲笔，可以确定宝玉后来确确实实落魄到贫穷的境地。

下面勉强解释对黛玉的描写，他用诗化的语言，从外貌写到性格。上来就突出黛玉的眉毛眼睛，眉毛永远半皱着，眼睛始终含情含泪，脸上两个酒窝永远盛着忧愁，身子弱如柳枝，喘息时身子如柳枝颤动；标准的西施坯子，但浑身透出聪明。描写的文字很少，但把黛玉的品貌勾勒全面。

接下来的场面，即使在《红楼梦》中，也是最出色的。宝玉一开口就石破天惊："这个妹妹我曾见过的。"想想吧，那一屋子人，恐怕都张大了嘴，再也合不拢；而黛玉，必然雷轰一般。其实两人都认识对方，为什么宝玉实话实说而黛玉只在心里吃惊？曹雪芹不会告诉我们。

宝玉说认识黛玉，贾母只是笑笑："可又是胡说，你又何曾见过他？"然后说，好，好，这可以更和睦。假如黛玉说曾见过宝玉，恐怕连贾母都要侧过脸去。往下看。"因问：'妹妹可曾读书？'黛玉道：'不曾读，只上了一年学，些须认得几个字。'"宝玉问得自然，黛玉回答得拘谨。宝玉又问黛玉的名字，这是明知故问，他会不知道表妹黛玉的名字？——他无非是见了黛玉的眉毛眼睛来了灵感，要推出那个小名"颦颦"。又问黛玉："可也有玉没有？"这世界上，大约只有贾宝玉问得出这么荒唐的问题！问的岂止是荒唐！但是，他会问、一定会问，因为，他已经把目光转向了远方：他希望他拥有的一切黛玉一样拥有，两个人没有差异，一切对等！

这么多人面前，黛玉不能不回答的。她忖度着因宝玉有玉，故问她有也无，"因答道：'我没有那个。想来那玉是一件罕物，岂能人人有的。'"大家细细品味，黛玉同刚才不一样了，开始语带讽刺。

宝玉显然没听出黛玉的讽刺：

> 宝玉听了，登时发作起痴狂病来，摘下那玉，就狠命摔去，骂道："什么罕物，连人之高低不择，还说'通灵'不'通灵'呢！我也不要这劳什子了！"吓的众人一拥争去拾玉。贾母急的搂了宝玉道："孽障！你生气，要打骂人容易，何苦摔那命根子！"宝玉满面泪痕……

爆炸了，没有征兆和理由，宝玉发作了，还泪流满面，所有人一片混乱。

按照宝玉的逻辑，妹妹是神仙似的，所以她没有的东西都是坏东西。这么高深的理论，只能称作"宝玉原理"。前面"男人是泥做的女儿是水做的""叫着姐姐妹妹就不疼"都是典型的"宝玉原理"。贾母最懂"宝玉原理"，一顿哄骗后亲与他带上。宝玉想一想大有情理，也就不生别论了。妙，贾母的解释，完全按照"宝玉原理"展开，而宝玉也以为大有情理。一场风暴，真是来也无影去也无踪，"宝玉原理"支配了一切。

下面曹雪芹不写别的，挑了个安排床位的细节，很琐碎，请看原文：

> 当下，奶娘来请问黛玉之房舍。贾母说："今将宝玉挪出来，同我在套间暖阁儿里，把你林姑娘暂安置碧纱橱里。等过了残冬，春天再与他们收拾房屋，另作一番安置罢。"宝玉道："好祖宗，我就在碧纱橱外的床上很妥当，何必又出来闹的老祖宗不得安静。"贾母想了一想说："也罢了。"每人一个奶娘并一个丫头照管，余者在外间上夜听唤。一面早有熙凤命人送了一顶藕合色花帐，并几件锦被缎褥之类。

"碧纱橱"同"套间暖阁儿"有点伤脑经的，有的专家解释"碧纱橱"是一张床，有的解释是一个小隔间；它同"套间暖阁儿"的关系、方位也闹不清楚。我们不去轧这热闹，大体知道：贾母起先要把宝玉弄到自己卧室里，同黛玉隔开房间；但在宝玉的要求下，她把宝玉同黛玉安排在同一个房间，中间只有一层槅扇或者布帘子，这对表兄妹从此开始"日则同行同坐，夜则同息同止"的小伙伴生活。当时黛玉七岁，宝玉八九岁。可知由于贾母的妥协，给宝玉和黛玉提供了超常规的便利。曹雪芹挑出来写住宿安排，好像有这意思。

以上便是本回的主要内容，黛玉进贾府的所见所闻和所遇。

最后是黛玉夜哭。先介绍了黛玉身边的仆人，顺便讲到袭人。

> 是晚，宝玉李嬷嬷已睡了，他见里面黛玉和鹦哥犹未安息，他自卸了妆，悄悄进来，笑问："姑娘怎么还不安息？"黛玉忙让："姐姐请坐。"袭人在床沿上坐了。鹦哥

笑道："林姑娘正在这里伤心，自己淌眼抹泪的说：'今儿才来，就惹出你家哥儿的狂病，倘或摔坏了那玉，岂不是因我之过！'因此便伤心，我好容易劝好了"。袭人道："姑娘快休如此，将来只怕比这个更奇怪的笑话儿还有呢！若为他这种行止，你多心伤感，只怕你伤感不了呢。快别多心！"黛玉道："姐姐们说的，我记着就是了。究竟那玉不知是怎么个来历？上面还有字迹？"袭人道："连一家子也不知来历，上头还有现成的眼儿，听得说，落草时是从他口里掏出来的。等我拿来你看便知。"黛玉忙止道："罢了，此刻夜深，明日再看也不迟。"大家又叙了一回，方才安歇。

这也是袭人第一次接触黛玉，初显袭人的善良。另外，黛玉开始抹眼泪，初来乍到，感受到压力。再关注一点，黛玉第一天就询问那块古怪而神奇的玉！她应该早就听母亲说过了，但她想再听听贾府中人是什么说法。这是一个埋伏，与后面宝钗要看玉相呼应。

说到这里，我们不禁又要抓一下曹公的小辫子：从此以后，黛玉和宝玉一起失忆，两人都忘了似曾相识的感受，而如此重要而又关键的话题，宝玉怎能抛下不提？黛玉怎会置诸脑后？

这一回本该到此结束，但曹雪芹好像有点急急忙忙，他横出一杠子，硬是拖了个薛家出事情的尾巴，这在艺术上很是糟糕，哪有这么巧，林妹妹进贾府第二天，宝姐姐家就出事，也要往贾府赶了。显然，曹雪芹急不可耐要安排三号人物宝钗登场。他为什么这么急？我们以后再说。

第3回，是主人公登场的第一回、《红楼梦》正式情节展开的第一回，我们的鉴赏足够多了，简单小结一下。这一回继承前一回贾雨村得到朝廷启用革职官员的消息，便委婉请求林如海引荐贾政，林如海正要让女儿去京城外婆家，于是贾雨村护送黛玉进京，这是过渡。然后作品着重描写黛玉进贾府，一天中黛玉的所见所闻所遇。作者借用黛玉的观察描写贾府的建筑和摆设，为后文铺就背景。人物则着重描写了凤姐、贾母、宝玉。凤姐竭尽全能表现自己，能说会道，指手画脚，却不懂这样做的后果，这是她一生的一个缩影。宝玉一片赤诚，对黛玉一见钟情，为黛玉没有通灵宝玉大哭大闹，将"一时甜言蜜语一时有天无日"演绎了一遍；但贾母却一味包容，甚至答应他睡在黛玉隔壁的非礼要求，作品一开始就写明"混世魔王"成长的土壤与环境。而黛玉，经历了一天的小心谨慎，终于在见到宝玉时放松了心情，对宝玉进行轻微的讽刺；但宝玉对"神仙妹妹"的表白，震撼了她，她急不可耐地想了解通灵宝玉的秘密，她的心乱了。初次见面，宝玉黛玉就擦出火花，不，绽放出火焰。好戏就这样开头了。

　　本回展露了曹雪芹三方面的艺术特色，一是特别爱好"借东风"，这一回借用黛玉的眼睛来写景物，而上一回是借冷子兴的嘴来介绍贾府，他擅长借人物来交代，后面很多。这种鲜明的艺术倾向在西方小说很罕见，在我国其他小说中没有这么浓厚和巧妙。特色二是描写人物实际容貌和神情气质为主，这也是我国美学的特点。前面已经说了，不再重复。特色三是特别讲究人物的出场方式，巧妙借用我国戏剧的人物登台方式。凤姐的登台是"未见其人先闻其声"，宝玉则是登台后稍一亮相又下台去了，换完行头重新登台开始正式表演。

第四回

薄命女偏逢薄命郎　葫芦僧乱判葫芦案

本回回目与内容有点出入，从内容来看，这一回主要写了两项内容，前半回写的是贾雨村判案子，后半回则是写薛家投奔贾府。回目与内容不很符合，或许是曹雪芹没有来得及改定。

这一回的开头依然是紧接着上一回展开，写黛玉进贾府后的第二天去见王夫人，而王夫人的妹妹家出了人命官司，不方便，所以黛玉回到了李纨那里。由此，作者顺便介绍了李纨的情况。李纨也是书香出身，她的丈夫贾珠早死，她就死心塌地管教儿子，其他一概不闻不问。这一段的最后一句我们需要读一下："今黛玉虽客寄于斯，日有这般姐妹相伴，除老父外，余者也都无庸虑及了。"这里出现了一个关键词："客寄"！请大家记住它。

先说贾雨村审案子。他刚刚上任应天府，官府所在地金陵也称南京，就遇到了一件人命案，案情是两家争夺一个女孩，一方将另一方打死，逃走了。雨村因此大怒，当即要发海捕文书，就是现代的通缉令。这时一个门子向他使眼色，"门子"，就是现在的办事员。原来这门子是与雨村赋闲时相识。两人进入密室一番交谈，门子说当年甄英莲被拐卖，这案子就为争夺英莲而起，打死人的叫薛蟠，但薛家与贾府是亲戚，在金陵有张"护官符"，即官员不可触犯的豪门。又献策：

"老爷何不顺水行舟，作个整人情，将此案了结，日后也好去见贾府王府。"……"小的在暗中调停，令他们报个暴病身亡……薛家有的是钱，老爷断一千也可，五百也可，与冯家作烧埋之费。那冯家也无甚要紧的人，不过为的是钱，见有了这个银子，想来也就无话了。老爷细想此计如何？"雨村笑道："不妥，不妥。等我再斟酌斟酌，或可压服口声。"

是门子给重新步入官场的雨村上了一课，官场的潜规则致使雨村堕落。

雨村便徇情枉法，胡乱判断了此案。冯家得了许多烧埋银子，也就无甚话说了。雨村断了此案，急忙作书信二封，与贾政并京营节度使王子腾，不过说"令甥之事已完，不必过虑"等语。此事皆由葫芦庙内之沙弥新门子所出，雨村又恐他对人说出当日贫贱时的事来，因此心中大不乐业，后来到底寻了个不是，远远的充发了他才罢。

官司的策划者小门子，既没有得到银子，也没有得到升官，他得到的只是充军发配。《红楼梦》中正面描写的审判就只这么一桩，官场之黑暗触目惊心。

下面讲几个要点。第一个，被打死的人名字叫冯渊，谐音"逢冤"。曹雪芹对人名就这么在意，这么注重。

第二，我们探讨一下护官符，它与整个小说之间内在的关系。护官符由四句歌词构成，每一句后面还有注释。

贾不假，白玉为堂金作马。宁国荣国二公之后，共二十房分，宁荣亲派八房在都外，现原籍住者十二房。

阿房宫，三百里，住不下金陵一个史。保龄侯尚书令史公之后，房分共十八，都中现住者十房，原籍现居八房。

东海缺少白玉床，龙王来请金陵王。都太尉统制县伯王公之后，共十二房，都中二房，余在籍。

丰年好大雪，珍珠如土金如铁。紫薇舍人薛公之后，现领内府帑银行商，共八房分。

有趣的是歌词都是说钱财，而且带有明显的夸大，而注释性的小字才是家族的实际身份和地位。曹雪芹往往就是这样声东击西，记得上一回那副王爷的对联吗？要害也在小字。我们才读了四回，但已经需要归纳一些曹雪芹的写作手段。他擅长运用艺术的明暗、虚实、对比、掩映等手法，还将道家的阴阳、谋略家的韬略、军事家的兵法综合用到小说写作中。他写的是人间生活，却从天界开笔；他要表现的是贾府，却先写神仙，然后是甄士隐的落魄出家、贾雨村的赶考当官；他可以正面叙述贾府，但却让冷子兴来演说；本回写薛家，又让门子侧面介绍；王爷的对联和这里的《好了歌》，都把要害藏到不显眼的小字中；第5回的太虚幻境看册子，也是先看又副册再看正册。这就是《红楼梦》笔法，声东击西围魏救赵，处处有埋伏遍地是机关，比较复杂奇异，却也魅力无穷。

仔细分析那些小字发现，贾史王薛四家，前面的贾史王三家是真正的豪门大户，而薛家则不是。贾家是一等公之后，不用说了；史家是尚书令之后，尚书令相当于宰相；王家，是都太尉之后，都太尉在秦汉两朝是最高武官，类似于当今国防部长。按爵位看，贾、史、王三家，恰好是公爵、侯爵、伯爵，所以这三家是正宗望族。但是，薛家不能称豪门，最阔的一代只不过是紫薇舍人，是五品官员，把薛家与贾史王三家并列，严格来讲是有问题的。但是，我们换一个角度，或许可以找到如此安排的理由。请看，薛家最高是五品级别，正好与曹雪芹的祖上一样；而且薛家也在内务府下面经商，与曹家的江宁织造有些类似。所以，薛家虽然门庭够不上，但它是作者曹家的投影，是小说叙述的第二重要家族，所以把薛家勉强排入。曹雪芹把曹家的家世分别化入林家和薛家，是值得研究的课题。

第三，我们要探讨一下贾雨村，尤其是他作为"结构人物"的使用。全书到现在只进行到第4回，唯一一个贯穿这四回的人物，就是雨村先生，真是荣幸。第1回中写他交结甄士隐，形成真真假假的意蕴；第2回写他与冷子兴演说荣国府，把贾府的基本情况介绍给我们；第3回又是他赶往林家任教，给我们带出林黛玉，还护送黛玉到京城；第4回还是他，审案中引出薛家。全书的第一、二、三号主人公都是由他带到读者面前。这就造成疑问：曹雪芹是否把贾雨村用得过分了？作为"结构人物"，前三回他早已经超负荷；本回又派他去引进三号人物薛宝钗，大大违背常规了。为什么？我判断，由于急着要让薛宝钗登场，而一时间又没有很好的引荐人选，因此，曹雪芹一不做二不休，就抓住贾雨村"再跑一趟"，引荐薛家也让他干，完了才让他走人。——为此不惜牺牲作品的美学水准。至于为什么曹雪芹要急急忙忙推出薛宝钗，我们后面再说。

本回的后半回写薛家进贾府。

薛家进贾府写得水到渠成，就接着雨村判案展开。先写薛蟠，介绍薛家也是书香门第，他父亲死得早，薛蟠是独子，所以母亲比较溺爱。第二层介绍他家的经济状况，原有百万之富，他们家是"皇商"，替内务府为皇室采购，这在今天叫作特许经营，有一定垄断性，所以本该是很好赚钱的，皇室的东西只要质量好，对价格并不那么计较。但中国有句老话，遍地是黄金，也要你弯腰去捡，而这位薛公子恰恰就是不会弯腰去捡，反而撩起脚来踢。看原文。

> 五岁上就性情奢侈，言语傲慢。虽也上过学，不过略识几字，终日惟有斗鸡走马，游山玩水而已。虽是皇商，一应经济世事，全然不知，不过赖祖父之旧情分，户部挂虚名，支领钱粮，其余事体，自有伙计老家人等措办。
>
> 自薛蟠父亲死后，各省中所有的买卖承局、总管、伙计人等，见薛蟠年轻不谙世事，便趁时拐骗起来，京都中几处生意，渐亦消耗。

可见薛家已经走了一大段下坡路。财富的积累是比较慢的，但遭人拐骗起来则去得特别快。所以即使他们家原来有百万之富，这几年下来，大概也被骗去一半了，而且还在流失中；再加几场官司，剩余的家产就会耗尽。这是薛家的经济情况。

作品接着介绍薛姨妈和宝钗。

> 寡母王氏乃现任京营节度使王子腾之妹，与荣国府贾政的夫人王氏，是一母所生的姐妹，今年方四十上下年纪，只有薛蟠一子。还有一女，比薛蟠小两岁，乳名宝钗，生得肌骨莹润，举止娴雅。当日他父亲在日，酷爱此女，令其读书识字，较之乃兄竟高过十倍。自父亲死后，见哥哥不能依贴母怀，他便不以书字为事，只留心针黹家计等

事，好为母亲分忧解劳。

这一段文字，薛姨妈是一笔带过，主要是介绍宝钗：她十三四岁（按，《红楼梦》中许多人的年龄曹雪芹没有写明确，而且前后龃龉，许多专家研究多年还是得不到统一结论。不知是曹雪芹的疏忽还是故意含糊），美丽而又典雅，禀赋很高，很小就死了父亲，因哥哥不成人，宝钗为了母亲，主动放下书本笔墨，投身到针线家务之中。曹雪芹初次描写宝钗形象：有知识有才干，体贴人顾大局，颇有担当，但受家庭拖累。

接着作品描述薛家为什么去京城，里面有点蹊跷。

> 近因今上崇诗尚礼，征采才能，降不世出之隆恩，除聘选妃嫔外，凡仕宦名家之女，皆亲名达部，以备选为公主郡主入学陪侍，充为才人赞善之职……薛蟠素闻得都中乃第一繁华之地，正思一游，便趁此机会，一为送妹待选，二为望亲，三因亲自入部销算旧帐，再计新支，——其实则为游览上国风光之意。

这里写薛蟠原来就要送妹妹进京备选，这倒符合选秀女的规定，明清两代都规定十三岁备选。据此判断宝钗十三岁左右。但是，宝钗的这个年龄似乎与宝玉黛玉相冲突。黛玉进贾府时七岁，宝玉八岁，宝钗约比宝玉大两岁。第3回写黛玉进贾府第二天，就听说王夫人接到薛家遭官司的报信，即使薛家隔年到京，则宝钗十岁左右，与十三岁有三年的时间差。两种交代，文本出了偏差。这三年时差怎么造成的？无法定论。大致两种可能：一种是为了突出宝钗与黛玉接踵而至的效果，曹公把两三年后的薛家官司前置到第4回末尾；另一种可能是宝钗进贾府没到待选年龄，曹公随意加了"送妹待选"一言，造成误差。我个人倾向于后一种，理由是，文本仅仅在这里写了一笔"待选"，后面再没提及选秀字样，更无任何相关情节。供参考。

进京原因交代完了，接下来描写母子暗斗——到京城住哪里？薛蟠本就为了"游览上国"，他是来玩的，但京城里面有舅舅和姨夫，可能对他有制约，所以他要避开；而薛姨妈生怕这儿子进了京城再闯祸，所以坚决主张住贾府，一来让薛蟠有约束，二来可以躲在贾府的保护伞下。其实从血缘关系、社会习俗说，更应去王子腾家。长期寄居姨夫家，令宝钗十分尴尬。薛蟠尽管呆霸，但对母亲还是比较顺从，所以最后按照母亲的意愿住到贾府。

投奔亲戚家，表面看亲亲热热，暗地里却很有一番讲究。请看原文：

> 那时王夫人已知薛蟠官司一事，亏贾雨村维持了结，才放了心。又见哥哥升了边缺，正愁又少了娘家的亲戚来往，略加寂寞。过了几日，忽家人传报："姨太太带了哥儿姐儿，合家进京，正在门外下车。"喜的王夫人忙带了女媳人等，接出大厅，将薛姨妈等接了进去。姊妹们暮年相会，自不必说悲喜交集，泣笑叙阔一番。忙又引了拜见贾

母，将人情土物各种酬献了。合家俱厮见过，忙又治席接风。

薛蟠已拜见过贾政，贾琏又引着拜见了贾赦、贾珍等。贾政便使人上来对王夫人说："姨太太已有了春秋，外甥年轻不知世路，在外住着恐有人生事。咱们东北角上梨香院一所十来间房，白空闲着，打扫了，请姨太太和姐儿哥儿住了甚好。"王夫人未及留，贾母也就遣人来说"请姨太太就在这里住下，大家亲密些"等语。薛姨妈正要同居一处，方可拘紧些儿子；若另住在外，又恐他纵性惹祸，遂忙言谢应允。又私与王夫人说明："一应日费供给一概免却，方是处常之法。"王夫人知他家不难于此，遂亦从其愿。从此后薛家母子就在梨香院住了。

这段叙述不长，但需要分层次，也就是把各人分别细赏，才能得其三味。

第一层写的是王夫人，她刚刚有哥哥远离京城，暮年之人正在感伤，忽然妹妹一家前来，自然欢喜。老姐妹想必多年未见，现在妹妹等于是逃难而来，所以姐妹俩又是高兴，又是流泪。但是，这贾府是贾家的，当时社会与今日大不一样，王夫人在这家里没有多大的话语权，尽管她很想让妹妹一家长期住下来，但她没有说这话的权利，这家里的名誉家长是贾母，实际做主的是贾政。所以她只能带着妹妹去拜见贾母，一切要听贾母和贾政的。

第二层，贾母的态度。这是最值得看的看点，通常我们可能会忽略。仔细看，拜见贾母的具体情景作者一字未写，但是反过来推敲一下。第一，作者不写，可见没有什么特别之处，换句话说是平平常常，可以不写。所谓平平常常，就是相互寒暄一番而已，也就是说，贾母没有表现出特别的热情。

第二，贾母没有当面挽留薛姨妈住下来，而是在过了一段时间之后，贾政已经请他们住下，然后贾母才派人来说，请留下。——为什么见面的时候不说呢？这就是老太太的架势了。她当然知道薛家是逃难而来，她更清楚薛家是要来依靠贾府这顶保护伞，她不当面挽留，从好的一面想，是给薛姨妈留点脸面，免得薛姨妈当面感激涕零；另一方面也可以说，她存心让贾政先说，让儿子做好人，让媳妇王夫人显得有脸面；从不那么好的一面来说，她不愿意当面挽留，或许是要把客人晾一晾摆摆架子，让客人知道一点分量。不管从哪一面来看，老太太都表现出公侯之家的气势。再体味她那话："请姨太太就在这里住下，大家亲密些。"这里面听不出有太大的热情，甚至可以说有点不冷不热。"就在这里住下"，意思是来了就住下吧，而不是热情留客说必须住下。古往今来，对前来投奔的亲戚，留客的话大约就是这么说的吧。听到这样的话，来客就明白以后在这家里怎么说话，怎么做人了。但王夫人是她喜爱的媳妇，所以她后面加了半句，"大家亲密些"。尽管从这话中实在听不出有多大的亲密，但既显出她的大度，又给薛姨妈留了脸面，给王夫人长了脸面。

什么叫待客之道，什么叫公侯之家，什么叫家长做派，这一句话，全出来了！好一个老太太！再看曹雪芹的文字表达，他写的是贾母交待了什么什么"等语"，这个"等语"，在我们汉语的表达格式中，表示不够重视，马马虎虎。所以曹雪芹要告诉我们的是，贾母表达的意思并不怎么郑重热情，只是意思意思。

第三，我们没有看见贾母对宝钗有任何评价。这很不像贾母的为人。我们知道，贾母是非常喜欢漂亮姑娘的，凡有所见，她都会表达出相当的热情，甚至当面赞美，这些我们在后面都可看到。那么在这里，曹雪芹没有写，应该不是他遗漏，而是贾母确实没有什么表现。这是为什么呢？宝钗的美丽放在那里，贾母不会视而不见。那么，有没有可能问题出在宝钗那里？我想也不可能，宝钗不可能因为初次到来，而表现得有失风度；相反，她的娴雅，在这种场合会表现得更加鲜明，而那恰恰是贾母最喜欢的。所以，原因恐怕还出在老太太的贵夫人气度。我们设想，一家地位低下、又是避难前来投奔的亲戚，可能要在这里住上一段不短的时间，后面双方怎么相处，那可能是老太太考虑的重点。作为一家之长，她既不能表现得太冷，但她也不会表现得太过热情，她要自重身份，表现出一定的矜持。所以，她尽管看到了宝钗的美，但这个时候不是她赞美的时候，她非常明白这一点。贾母可不是一个有什么就说什么、想到什么就说什么的老太太！由此我们知道，宝钗进贾府与黛玉进贾府的区别有多大。

下面第三层，是贾政的态度。这回可以说贾政表现得相当不一般。第一，他或许是知道了贾母没有留客，他就挺身而出，主动挽留薛姨妈。后面我们看到的贾政，一般是不管这种家务事的，这一类的主意都是贾母拿。但今天来的是小姨子一家，贾母没有留客，他就必须要留，不然王夫人太没脸了。当然，或许他也明白这是贾母特意留给他来做主，让他在小姨子一家面前长脸。如果确实是这个原因，那么他与贾母就呼应得很默契。可惜后面我们再也没有看到贾政有这么漂亮的手段。第二，我们来看看贾政的那段话，说得真是滴水不漏。第一句"姨太太已有了春秋"，就说得相当好，意思是老姐妹俩一把年纪了，多年未见，薛姨妈远途来投，应该姐妹俩住在一起，所以薛姨妈住下来一点也没有难堪。第二句说得更妙，"外甥年轻不知世路"，他明明知道这外甥是个闯祸坏子，却说是不知世路，好像薛蟠还是个懵懂少年，真是给足了薛姨妈脸面。第三句简直是妙语，"在外住着恐有人生事"，妙在先堵住薛蟠的嘴，别跟我说你家有房子，我知道；其次说在外住着恐怕有麻烦，但他不说这外甥可能去惹事，而说恐怕人家来生事，这一来一去说得太妙了。当然他这话也没错，京城地方很复杂，什么样的鸟都有，所以他这话没问题。关键是，薛姨妈听了不用害臊，薛蟠听了更是无话可答，所以贾政这话是圆圆满满。再看后面那话，"咱们东北角上梨香院一所十来间房，白空闲着，打扫了，请姨太太和姐儿哥儿住了甚好。"这话很漂亮，点明梨香院的房子有十来间，不算少了，足够住的下，并不是马马虎虎地收留难民；又说白空闲着，所以薛姨妈不用不好意思；现在已经打扫好了，更显出主人的热情；最后那句话，他不说姨太太一家，而是分开一个一个地说，等于是点名道姓，其实就是点着薛蟠说，你别想溜。作为姨父，贾政有资格点名，但他点得很巧妙，不是单点薛蟠一个，而是一起点，给外甥留下了脸面，而薛蟠想逃也逃不了。所以我说，贾政这段话讲得非常有艺术。

这里，我们还要说一说这套房子的名称，梨香院，它又是一个谐音，是背井离乡的"离乡院"，其寓意很明显，就是薛家此次前来投靠，是背井离乡万般无奈，他们再也无法回到自己的故乡了。仅仅三个字，给薛家的这次远行定了性。

第四层是薛姨妈的态度。听到贾政和贾母的挽留，薛姨妈"遂忙道谢应允"，我们今天的话就是"谢谢，谢谢，那我们就住下了，我们就住下了"。因为她实在害怕，如果主人不留他们，失去了贾府的保护伞，薛蟠就有被逮捕法办的可能。人到落难了就没有尊严可言。好在薛姨妈还不缺钱，在经济上她还能够自立，她必须保留一点尊严，所以她又私与王夫人说明："一应日费供给一概免却，方是处常之法。"意思是日常费用全部由她家自己承担。这很重要，经济上自给自足不依赖人。但"方是处常之法"，又拖带了一层意思，就是她要长期寄居在贾府，这是要点。她家已经离不开贾府的保护，趁着贾母和贾政都不在，老姐妹两个无需脸面，安全第一。曹雪芹这里写的薛姨妈还是很理智的，现实中许多人落到这处境，其言行表现会闯出理智的控制，说出来的话往往不是自己想要说的。大家去看看托尔斯泰的《安娜卡列尼娜》和陀思妥耶夫斯基的《卡拉马佐夫兄弟》，里面有很多。

第五层是薛蟠的感受。他真真是喜出望外：

> 薛蟠起初之心，原不欲在贾宅居住者，但恐姨父管约拘禁，料必不自在的；无奈母亲执意在此，且宅中又十分殷勤苦留，只得暂且住下，一面使人打扫出自己的房屋，再移居过去的。谁知自从在此住了不上一月的光景，贾宅族中凡有的子侄，俱已认熟了一半，凡是那些纨绔气习者，莫不喜与他来往，今日会酒，明日观花，甚至聚赌嫖娼，渐渐无所不至，引诱的薛蟠比当日更坏了十倍。

由此可见，贾政并非虚话，京城的纨绔子弟比外省别有天地，用我们今天的话来说，大都市就是个大染缸，年轻人如果自己修炼不到位，进了这个染缸是很难不被染黑的。何况薛蟠老兄，本来就黑。

　　第六层是宝钗的表现。曹雪芹的描写只有短短的一句话：

　　　宝钗日与黛玉迎春姊妹等一处，或看书下棋，或作针黹，倒也十分乐业。

　　但这句话却值得我们回味。第一，来到贾府，宝钗可能比自己家更快乐，因为在这里有一批志同道合的姐妹，反而不再孤寂。第二，与姐妹们一起琴棋书画，让她回到了童年的幸福时光，甚至比那时更幸福。即使做针线女红，有姐妹们相伴，就不再是孤独的劳动，甚至成为少女们竞赛手艺，体会生命的美好活动，所以她十分乐业。第三，宝钗的天性，使她很自然地融入到姐妹中，她不需要过渡期，因为她没有与人冲突的锋芒。到这里，我们体会到曹雪芹前面所用的"娴雅"两个字来概括宝钗，是非常准确的。

　　总之，由于王夫人和贾政的欢迎，以及贾母的接纳，薛家从此在贾府住了下来。薛姨妈是求之不得，宝钗是随遇而安，薛蟠更是得其所矣。此后薛家一直没有要离开的打算。需要指出的是，薛家这样长期寄居在贾府，非常不合我国古代的风俗习惯，因为王夫人是贾府媳妇，媳妇的家人一般不会来寄居，即使来，那么通常是孤老或孤儿，比如像史湘云，像薛家这样拖家带口的几乎没有。如果说薛家为避难躲官司求保护，那么也只能临时居住，通常不会超过一年。所以薛家这种寄居是极其违背风俗人情的，薛家这么长期寄居，哪怕开销薛家自负，依然背负极大的舆论压力和实际尴尬。这也罢了，后面薛蟠结婚居然把媳妇娶进贾府，现实生活中绝对行不通，这不仅关系家族利益还牵涉到宗族问题，我们到时候再说。了解了这一层，我们对薛宝钗的种种为人处事才会有比较切实的评价。

　　最后归纳一下。这第4回主要写薛家，前半回是侧面描写，由贾雨村审案交代薛蟠案情的来龙去脉，曹雪芹则乘机将司法审判状况暴露一番，尤其是那个护官符，完全是曹雪芹的"发明"。——据研究，历史上没有出现过这玩意。下半部正面描写薛家进贾府的整个过程。贾府，严格来说是荣国府，从此打开了大门，开始陆陆续续收留那些前来投靠的亲戚，有如一个避难所。林黛玉和薛家，是第一、二批寄居者。从今以后这个避难所里，主人与寄居者将共同上演一幕幕感天地、动鬼神的剧情。

　　通常，这一回鉴赏到这里就结束了，但我们认为还不够，因为还没挖掘到这些情节的寓意。尤其这第4回，上下两部分内在的联系究竟是什么？假如仅仅理解为上半部分写审案子就为说明薛家赴京城的原因，那么我们还没有看懂《红楼梦》。我们一直强调《红楼梦》是一部顶级艺术品，而不是一般小说。真正的艺术品都有一个共同点，那就是艺术品内各个元素，都是相互呼应的，你中有我我中有他，相互组成一个整体，而且相互协调。比如一幅画中，这里一棵树，你不能单单看这棵树，它是同对面的房子、后面的河流、远处的山脉相呼应的，它的形状、大小、色彩、风格，必须与其他元素融合统一。音乐中也是如此。《红楼梦》这一回的前半部分，完全在贾府以外进行，但我们说，它好就好在在贾府以外。什么意思？我的意思是，小说从此以后将着重描写贾府以内，甚至是大观园以内的生活，但是曹雪芹要描写的、《红楼梦》要表现的，绝不仅仅是大观园或者贾府，更不仅仅是宝玉、黛玉、宝钗之间的爱情故事，曹雪芹的眼光很远，《红楼梦》的内容是苍茫的。这部小说要表现的是人生、社会、历史，是人的生命形态，以及生命的意义，所以，大观园与贾府，贾府与社会，社会与历史，相互之间都是关联的。因此从艺术上说，大观园之外的社会，贾府外面的天地，必须有所表现，而且是深刻的展现。从这个意义上看，贾雨村的审案判案，就不是一段独立的情节，它是大观园以外、贾府以外的大背景、大气候。作品后面描写的大观园，确实是一派风和日丽儿女情长，但是这段审案告诉我们，外面的世界很现实、很无奈，天空乌云滚滚，到处尔虞我诈。大观园的气候无法改变外界，相反，终有一天，那些乌云会飘临到大观园的上空，到那时候，腥风血雨终究会降落在大观园。所以在温柔乡大观园展开以前，曹雪芹有必要让我们领略一番那个坚硬而又冰冷的世界。——我们这样来理解这第 4 回的上半部分，是不是更准确、更深刻、更合理一些呢？

最后欣赏一下贾母。描写不多，但其一招一式颇可玩味。薛家来投奔，于习俗属于出格。但权力已经转到儿子媳妇手中，贾母不便干涉；然而作为家族领袖她又必须表态，其不早不晚的留客表态、不冷不热的留客话语，实在蕴含着几十年的内功。我们把这里的贾母同上一回抱住黛玉痛哭的那个老太太复合起来，就看得出她内涵有多丰富，这位老太太绝对不简单！

第五回
游幻境指迷十二钗　饮仙醪曲演红楼梦

这回的回目在不同的版本有几种写法，我们采用人民文学出版社1982年的版本。这是全书中极其重要的一回，在这一回中，曹雪芹安排了《红楼梦》中主要女性的命运结局，还安排了贾宝玉和贾府的结局。本来已经够重要，又由于八十回以后的原作遗失，所以曹雪芹设计的结局，只能依靠这一回来进行推测，它的意义可想而知。同时，由于这一回中用大量的诗词来暗示人物的命运，所以对读者来说理解、领会的难度更大。

这一回主要内容当然就是宝玉梦游太虚幻境，从中透露各人命运；在这之前还有两部分，第一部分非常短就一小段，但内容却非常重要，曹雪芹叙述了宝玉黛玉宝钗的三人关系；第二部分是宝玉入睡秦可卿房间。

本回第一段："第四回中既将薛家母子在荣府内寄居等事略已表明，此回则暂不能写矣。"这一句理当是后人的点评，却被误作原文，可见《红楼梦》抄本情况之复杂。本书不做版本研究，就此仅说明一句。

第二段才是正文，十分重要。

> 如今且说林黛玉自在荣府以来，贾母万般怜爱，寝食起居，一如宝玉，迎春、探春、惜春三个亲孙女倒且靠后；便是宝玉和黛玉二人之亲密友爱处，亦自较别个不同，日则同行同坐，夜则同息同止，真是言和意顺，略无参商。不想如今忽然来了一个薛宝钗，年岁虽大不多，然品格端方，容貌丰美，人多谓黛玉所不及。而且宝钗行为豁达，随分从时，不比黛玉孤高自许，目无下尘，故比黛玉大得下人之心。便是那些小丫头子们，亦多喜与宝钗去顽。因此黛玉心中便有些悒郁不忿之意，宝钗却浑然不觉。那宝玉亦在孩提之间，况自天性所禀来的一片愚拙偏僻，视姊妹弟兄皆出一意，并无亲疏远近之别。其中因与黛玉同随贾母一处坐卧，故略比别个姊妹熟惯些。既熟惯，则更觉亲密；既亲密，则不免一时有求全之毁，不虞之隙。这日不知为何，他二人言语有些不合起来，黛玉又气的独在房中垂泪，宝玉又自悔言语冒撞，前去俯就，那黛玉方渐渐的回转来。

这一段非常突出地交代黛玉、宝钗、宝玉三人关系。宝钗的到来使得黛玉在贾府的形象和地位受到冲击。依据文本此处的描写，并非宝钗去挑战黛玉，而是她

"品格端方，容貌丰美，人多谓黛玉所不及"，再加她与下人很随和，故又"大得下人之心"，文本写的颇有"桃李不言，下自成蹊"的意思。黛玉很敏感，所以她"心中便有些恼郁不忿之意"。但她的"恼郁不忿"暂时还没有表现，要到第7回送宫花才有表现。至于"宝钗却浑然不觉"，是她没有料到会引起黛玉的不满；她本是来避难的，能够"日与黛玉迎春姊妹等一处，或看书下棋，或作针黹，倒也十分乐业"，她很满意呢。宝玉同黛玉则是典型的小儿女关系，言语稍有不合黛玉垂泪宝玉附就，三来两去就形成固定模式。三人间的关系还未完全成型，宝玉同宝钗的关系作品要留到第8回"比通灵"再描写，到那时才形成一个有趣的三角关系。

　　小说三位主人公都已到齐，宝钗还没正式亮相，曹雪芹就急不可耐地点出三人之间的微妙关系。

　　那么曹雪芹构思的三人之间究竟是什么关系？我们有必要先从他精心设计的这三个人名中，做一番鉴赏。宝玉、黛玉、宝钗三人是全书主人公，为他们的名字，曹雪芹煞费苦心，想出一个奇特的、绝无仅有的命名方法：将"宝玉"一分为二，"宝"字给宝钗，"玉"字给黛玉，这样在字面上，就造成以宝玉为核心、宝玉黛玉宝钗三人组成密不可分的三角关系，形成"金玉三角共同体"。浩瀚深广的《红楼梦》正是围绕这个"金玉三角共同体"展开。这个共同体寄寓了曹雪芹创作的基本意蕴，包含着《红楼梦》的重大主题，这些我们将来再说。

　　先说"宝玉"这个名字。人们大多认为"宝玉"这名字很自然，因为他出生的时候嘴里衔着一块玉，第二回中冷子兴就这么说。曹雪芹绞尽脑汁、为一号主人公命名，恐怕不止如此简单。宝玉落草时嘴含"五彩晶莹的玉"，玩过和田玉的人都知道，天然的和田籽玉没有"五彩晶莹"的，有三种皮色就了不得，只有出土古玉中偶然有"五彩晶莹"，极其稀少。曹雪芹寓意的是不是古玉呢？相当可能。所谓出土古玉，是在古人下葬时的随葬品，下葬前它来到人间"生活过"，又被埋入土中；出土，是它第二次来到人间。宝玉呢？他本来在大荒山青埂峰过天上的日子，转投人世是获得第二重生命，同古玉的出土正好是一回事。由此推想，曹雪芹构思的寓意是：宝玉像出土古玉一样，"转世"来到这世间。还需要认识到，中国的玉文化非常古老，迄今达八千年，时间长度超过青铜器一倍。玉文化是最具中国特色的文化，其内涵与西方的宝石有根本区别，中国人以玉象征人的道德品质，孔子曰："君子比德于玉焉……诗云：言念君子，温其如玉。故君子贵之也。"和氏璧的故事更是人人知道，那就是一块宝玉。而西方人对宝石没有这层文化内涵。曹雪芹写作《红楼梦》的乾隆时代更是中国玉文化的顶峰，上至皇帝贵族下到文人庶民都对玉喜爱到疯狂的地步。曹雪芹给宝玉的这个名字自然是对宝玉精神品质的一种定位，且有浓厚的文化色彩。

次说"黛玉"。字面看，就是黑色的玉。这就奇怪了。第一，我国传统上对玉有明确的品级归类，白玉最珍贵，所以《护官符》中四大家族有两家以白玉形容，"白玉为堂金作马""龙王缺少白玉床"。黑色的玉属于差等，不是人们追求的目标，大家去故宫和其他博物馆罕见黑色的玉。不过请注意，和田玉中纯黑的墨玉，则又是比白玉更稀少的好玉。其次，我国古代女性的名字用"黛"字的罕见，找到唐代白居易《长恨歌》"六宫粉黛无颜色"，"粉黛"指宫女，显然这也不是"黛玉"的寓意；反而是近代翻译外国女性的名字用得比较多，然后我国现代女性才有用"黛"字作名字。所以"黛玉"这名字不能看字面，它别有寄托。我研究后的心得一，"黛"指黛玉黑色的眉毛，她的眉毛非常特别，宝玉就为这眉毛给她取名"颦颦"，"黛"字可以理解为，突出她那"两弯似蹙非蹙罥烟眉"。这至少符合作品的描写。心得二，"六宫粉黛无颜色"，"粉黛"原意涂脂抹粉、画眉描目，因而具有"美女"的意思，书中见多识广的凤姐看见黛玉，曾感叹道："天下真有这样标致的人物，我今儿才算见了！"那么"黛"可以比喻美女。我们理解透了"黛"字，把几个含义融合在一起，那么"黛玉"的涵义是：犹如墨玉，是非常罕见的奇女子；黛玉的眉毛非同常人，足以取名；黛玉是个绝代美人。因此取名"黛玉"。

再说"宝钗"。宝钗"这个名字，两个常用字，看上去很平常，似乎比理解"黛玉"两字容易多了。——假如你是这个想法，很遗憾，你肯定错了。曹雪芹在"宝玉""黛玉"两个名字上下那么多功夫，绕那么多弯，对"宝钗"两字，岂肯随随便便就落笔了？我们来做做曹雪芹这道考题。首先，就像"黛玉"的"玉"字不用多解，"宝钗"的"宝"字，也是直接从"宝玉"两字中分得的，不必花工夫。我们要解的是"钗"字。

1."钗"字的本义。

钗，是妇女用的头发叉子。发叉又有两种，单股的叫簪，双股的叫钗。

2."钗"的比喻义，美女，多指年轻美女。这是"钗"字最常用的比喻意思，《红楼梦》中的"金陵十二钗"就是此意。贵族富豪人家用金钗、银钗、玉钗做发叉，所以古代常以"金钗"比喻高贵的妇女；穷人用树枝、木条、竹条做发叉，所以"荆钗"比喻穷人家妇女，也比喻妇女朴素的服饰。

3."钗"的象征义："分离"。

"钗"，由于它是由一分为二的两股，因而汉语有"分钗"一词，专门用于夫妻或情人分离，如成语"破镜分钗""分钗断带"。由此，"宝钗"这个名字又有第二种含义：她将与情人或者丈夫分离。

4."钗"字的寄情义、纪念义。

"钗"，在我国古代不仅是一种饰物，它还是一种寄情的表物。古代恋人或夫妻之间有一种赠别的习俗：女子将头上的钗一分为二，一半赠给对方，一半自留，待到他日重见，再将断离的两股合在一起。白居易的《长恨歌》有"唯将旧物表深情，钿合金钗寄将去。钗留一股合一扇"；辛弃疾词《祝英台近晚春》中的"宝钗分，桃叶渡，烟柳暗南浦"，即在表述这种离情和痛楚。——由此，"宝钗"的第三个含义是，宝钗与情人或丈夫依依惜别，期盼重逢和团圆。

可见，"钗"字除本义外，还有美女、分离、寄情三个含义。遗憾的是，学术界只取"分离"义，对美女、寄情二义缺乏关照。他们如此做的依据何在？两个依据，第一个是小说中有"金簪雪里埋"；第二个是跟着续作者高鹗走，高鹗让宝钗被宝玉遗弃。实际上，高鹗写遗弃，也是依据"金簪雪里埋"，所以，学术界取"分离"义的依据最终还是"金簪雪里埋"。但是，如果"金簪雪里埋"表示抛弃，那么"玉带林中挂"也就是抛弃了，宝玉抛弃林黛玉，可能吗？所以把"金簪雪里埋"理解为遗弃，显然不合作品的总体描述。我这样理解"金簪雪里埋"：

一，"金簪"深藏雪中未被发现，一件宝物被人们错过、被忽视了；

二，被非故意地遗失；

三，被迫放弃。

那么对于宝钗这个形象，三者该取哪一说呢？我以为将这三个意思结合起来理解比较妥当。取第一说完全符合宝钗形象，也与另一句"山中高士晶莹雪"意境相合。第二说也没错，宝玉因某种原因，阴差阳错与宝钗分开了。取第三说就与另一诗宝玉感叹伤悲黛玉、宝钗，"一个是水中月，一个是镜中花"，为她们泪流不尽的意境相合。假如存心遗弃她，哪来这许多悲伤？所以我不同意"遗弃"说。

我们的结论是，与第5回诗文结合起来理解："宝钗"者，一位美貌无比、才华卓杰、品格端方、性情温和的奇女子，她是件"宝"物，却深藏雪中未被发现，或被错过、被忽视了；或者因某种缘故，她与丈夫或情人被外界强迫分离。这，就是"宝钗"名字的含义。

到这里，曹雪芹对三位主角名字的设计，将"宝玉"一分为二，"宝"字给宝钗，"玉"字给黛玉，作者的意图我们清楚了：宝玉的品质，与黛玉、宝钗相同或相近，所以名字相连；三位高贵如金玉，他们都是曹雪芹要表现的"正面人物"。至于三人的爱情婚姻悲剧如何造成，意义何在，后面我们会详细解说。

　　本回第二部分，宝玉入睡秦可卿房间。缘起是这样的，宁府花园里梅花盛开，贾珍的妻子尤氏请贾母王夫人等去赏花，贾母当然带了宝玉一起去。请看原文。

　　　　一时宝玉倦怠，欲睡中觉，贾母命人好生哄着，歇一回再来。贾蓉之妻秦氏便忙笑回道："我们这里有给宝叔收拾下的屋子，老祖宗放心，只管交与我就是了。"又向宝玉的奶娘丫鬟等道："嬷嬷，姐姐们，请宝叔随我这里来。"贾母素知秦氏是个极妥当的人，生的袅娜纤巧，行事又温柔和平，乃重孙媳中第一个得意之人，见他去安置宝玉，自是安稳的。

　　这是秦可卿第一次出场，她是怎样的一个人呢？评论界有各种各样的说法，那也难怪，因为曹雪芹几次改动，秦可卿这个形象有了不同的面貌。那么我们怎么看待她呢？我的观点是，以曹雪芹的定本为准，初稿中有些内容既然他已经改掉，那就没有评论的意义，只对研究写作过程有意义。看作品，贾母要人带宝玉去午睡的时候，秦可卿主动提出由她带去，这有问题吗？没问题，虽然更应贾蓉来带，但贾蓉不在秦可卿在，便接受贾母指令，这是侍奉贾母的一部分。曹雪芹借贾母的眼睛来写，说秦可卿是个极妥当的人，贾母那双眼睛不会看错，可以说曹雪芹最后改定的秦可卿就是如此的形象。

　　这里需要特别说明一句，以上都属于写实部分，而宝玉进入秦可卿的房间以后，小说的写作基调变了，变得相当浪漫，甚至达到象征主义、魔幻现实主义的程度。秦可卿先是把宝玉领到上房内间，宁府招待客人的房间，里面的书画对联都是劝人读书上进的，宝玉见了就头疼，坚决不住。

　　　　秦氏听了笑道："这里还不好，可往那里去呢？不然往我屋里去吧。"宝玉点头微笑。有一个嬷嬷说道："那里有个叔叔往侄儿房里睡觉的理？"秦氏笑道："嗳哟哟，不怕他恼。他能多大呢，就忌讳这些个！上月你没看见我那个兄弟来了，虽然与宝叔同年，两个人若站在一处，只怕那个还高些呢。"宝玉道："我怎么没见过？你带他来我瞧瞧。"众人笑道："隔着二三十里，往那里带去，见的日子有呢。"说着大家来至秦氏房中。刚至房门，便有一股细细的甜香袭人而来。宝玉觉得眼饧骨软，连说"好香！"

　　秦可卿该不该把宝玉领到她的房间里，宝玉又该不该进去睡，各人有各人的看法，我们不做评论，因为在我看来，这里开始的描写已经不那么现实主义了，我们的评论也就失去了原有的基础。关于秦可卿房间里面的布置摆设，明显具有淫欲色彩，是不是在侧写秦可卿的淫荡，或者是不是未修改的原稿面貌，我们也不参与争论，因为很难有结论。

我们更关注宝玉梦游太虚幻境，先考虑两个小细节。一，宝玉是随着秦可卿、或者说是由秦可卿导引宝玉去到太虚幻境的，至于曹雪芹为什么这么设计，可以仁者见仁。不过有一点比较确定：宝玉走进秦可卿的房间，就开始意乱情迷，房间里浓厚的情欲摆设是诱因，秦可卿"生的袅娜纤巧"，恐怕也是诱因。宝玉刚刚进入青春期，面对如此美丽的侄媳妇，难免心有所动。二，警幻仙姑这个人物代表着、象征着什么。我的看法是，警幻仙姑没什么象征意义，仅仅是情节需要才勾勒出这么一位仙女，她作为可卿或者兼美的姐姐，也看不出特别的象征意味。至于她同宁荣二公的对话，则多少有点令人失望，"使彼跳出迷人圈子，然后入于正路，亦吾兄弟之幸矣"。这么一看，宁荣二公虽然成了仙，也依然不懂宝玉，比贾政不见得高明。

宝玉来到太虚幻境，看到那副我们见识过的对联，"假作真时真亦假，无为有处有还无"，这是对第1回的照应，也是对这幅对联的强调。接着他就来到了薄命司，贾府的小姐少妇丫鬟们全部归入这个司，其区分仅仅是，小姐奶奶归在正册，二房三房归入副册，丫鬟仆人归入又副册，三个等级。天上也等级森严，有人说天上是人间的反应，不无道理。对女子们的命运描述由图画和题诗词组合而成，请鉴赏。

> 宝玉便伸手先将"又副册"厨开了，拿出一本册来，揭开一看，只见这首页上画着一幅画，又非人物，也无山水，不过是水墨渝染的满纸乌云浊雾而已。后有几行字迹，写的是：
>
> 霁月难逢，彩云易散。
> 心比天高，身为下贱。
> 风流灵巧招人怨，
> 寿夭多因毁谤生，多情公子空牵念。

这是说晴雯。霁，雨后放晴；彩云，就是晴雯那个雯字，这两句点出她名字。后面几句说，晴雯人长得风流，心气很高，因而招来他人的怨恨；她的生命很短暂，是在别人的毁谤中结束的，宝玉对她白白挂念。画面上"满纸乌云浊雾"，象征晴雯命运不佳，她的名字是晴天加彩云，但上天给她的恰恰是乌云浊雾。指出一下，这里有个奇怪的现象：其他人的命运都是用诗写的，偏偏晴雯一个人用的长短句，是曹雪芹给她独特的待遇吗？又为什么？存疑。

第二位是袭人。

> 后面画着一簇鲜花，一床破席，也有几句言词，写道是：
> 枉自温柔和顺，空云似桂如兰，
> 堪羡优伶有福，谁知公子无缘。

画鲜花，袭人姓花；破席，席谐音袭。这里诗和画的意思都很浅显，但依然引发了评论界争议。有人认为席子是破的，暗示袭人人品不好；"枉自""空云"二词，有人认为含着的讽刺。我不同意这种观点，破席子，正如前面晴雯的乌云浊雾，后面香菱的"莲枯藕败"一样，象征着袭人的命运不好，而不是人品不好。评价人物的标准应该统一，如果因人而异那么评论如何服人？最鲜明的是"有福"两字，突出袭人"温柔和顺"，让优伶蒋玉菡享福了，宝玉与她最终无缘，"枉自""空云"两个词，表达惋惜之情。比较一下，写晴雯"风流灵巧"是美丽机智，写袭人"温柔和顺"是性情方面，很难分出高低。

第三位是香菱，由于香菱出身于甄士隐家，并非丫鬟出身，所以她归在副册，而不是又副册。

> 只见画着一株桂花，下面有一池沼，其中水涸泥干，莲枯藕败，后面书云：
> 根并荷花一茎香，平生遭际实堪伤。
> 自从两地生孤木，致使香魂返故乡。

池塘里水都快干了，"莲枯藕败"，香菱本名英莲，莲花暗喻香菱；"两地生孤木"，木字边旁加两个土字，是桂字，诗词的意思是遇到夏金桂以后，香菱被迫害致死。

接下来是交代《红楼梦》十二正钗。大家特别注意，曹雪芹打破常规，使用一种独特的呈现方法：十二钗其他十人每人一幅诗画，但是，黛玉和宝钗却合并在同一幅诗画中。而且这并非偶然或心血来潮，因为后文的十二支《红楼梦曲子》，也是把黛玉和宝钗两个人合并在一起写了两支曲子，而其他人则每个人单独一支。曹雪芹如此鲜明的"区别对待"，体现出他的良苦用心。因为诗画和曲子的呈现是根据人物的重要性安排先后的，比如探春湘云就排在迎春惜春之前。曹雪芹将钗黛合并，显然就是要回避两人排序的先后，是明确表示：钗黛两人没有轻重之分，两人都是我的最爱。曹公大费心血，做出如此奇特、惹眼的安排，他就差站出来直白宣告了。但是非常遗憾，两百年来，许多读者都在"拥黛"或"拥钗"，非要把黛玉和宝钗分出好坏优劣，这实在是辜负了曹公的良苦用心，正应了那句"谁解其中味"。请看原文：

> 宝玉再去取"正册"看，只见头一页上便画着两株枯木，木上悬着一围玉带，又有一堆雪，雪下一股金簪。也有四句言词，道是：
> 可叹停机德，堪怜咏絮才。
> 玉带林中挂，金簪雪里埋。

整幅诗画是惋惜黛玉和宝钗如此出色的两个姑娘偏偏遭遇不幸命运。"可叹停机德，堪怜咏絮才。"是说黛玉和宝钗的品德才华，都非常出众。不少书上，把停机德归为宝钗，咏絮才归为黛玉，我以为不妥。最简单的理由，第70回诗社填柳絮词，宝钗《临江仙》被众人评"自然是这首为尊"，是压倒黛玉的。可知咏絮才归为黛玉明显不妥。"玉带林中挂，金簪雪里埋。"说两人结果都离开了宝玉，都遭遇不幸。许多评论单独抓住"金簪雪里埋"，说是宝钗遭宝玉厌弃，舍弃。这种说法最明显的破绽是：不顾前面有"玉带林中挂"，难道表示宝玉主动抛弃黛玉？可能吗？另外，"金簪"这簪，是单股的，而"钗"则由一股分为两股，所以许多人引"破镜分钗""分钗断带"来表示宝玉最终抛弃宝钗，是没有弄清"簪"恰恰是单股、不分叉的，所以论据都不妥当，论点无法成立。那么"金簪雪里埋"究竟怎么解释呢？我这样理解，"金簪"被埋在雪中，表示一件宝物被埋没了、可惜了，暗喻宝钗的命运不佳。"玉带林中挂"暗喻的意思也一样。从大的方面说，曹公已经将钗黛合并在一幅诗画中，人们还要去区分高低良莠，已经没意思，不妥当了。"玉带林中挂，金簪雪里埋"合起来表示宝玉错过了两位十分优秀的少女；这两位少女分不出高低，又被同一位男子错过，所以曹雪芹把她们合并起来写，这就是我的理解。不过，真正令薛宝钗遭彻底误解的致命句子，是《终身误》中的"纵然是齐眉举案，到底意难平"，我们后面会解释。

第三位写的是元春。

> 只见画着一张弓，弓上挂着香橼。也有一首歌词云：
> 二十年来辨是非，榴花开处照宫闱。
> 三春争及初春景，虎兕相逢大梦归。

弓，谐音宫廷，弓上挂着香橼，橼字谐音元春，第二句就直接点明元春是在宫廷中生活，她的生命不长。"二十年来辨是非"，只有二十多年的生命。第三句"三春争及初春景"，暗示元春的荣华达到顶点，最后那句"虎兕相逢大梦归"，是说她的死亡，但"虎兕相逢"的含义存在各种解释，通常理解为虎年与兔年相交之时元春逝世。总之，元春虽然达到一个女子在社会中的最高点，可谓荣华至极，但她的整个生命依然是不幸的。

第四位写的是探春而不是迎春，可知曹雪芹的排序不是按照长幼，而是根据人物在作品中的地位和重要性。

> 后面又画着两人放风筝，一片大海，一只大船，船中有一女子掩面泣涕之状。也有四句写云：
> 才自精明志自高，生于末世运偏消。
> 清明涕送江边望，千里东风一梦遥。

一片大海一只大船，应该是海船，暗示探春远嫁要出海，"千里东风一梦遥"，应该是她出嫁后再也没有回来过，只是梦里思念父母而已。从探春的诗看，"才自精明志自高"，既讲到她的才华，又说到她的志向，可见曹雪芹对她的钦佩，这在其他人的诗中几乎没有的。

第五位写湘云，湘云的出场要到 19 回，是元春省亲以后，但在这里的排名却如此靠前，可见其在作者心中分量。

> 后面又画几缕飞云，一湾逝水。其词曰：
> 富贵又何为，襁褓之间父母违。
> 展眼吊斜晖，湘江水逝楚云飞。

几缕飞云，暗含湘云的云字，一湾逝水，应该就是湘江，暗含湘云的湘字，同后面的诗词呼应。诗词前两句说，湘云虽然出身富贵，但她还在婴儿的时候，父母就离她而去，最后一句除了再点她的名字，湘江流逝，白云飞走，斜晖暗示湘云的好时光非常短。

第六位写妙玉。在前八十回中妙玉的笔墨不多，但排位却在迎春惜春之前。给她"玉"字为名，曹公必有一番思考。

> 后面又画着一块美玉，落在泥垢之中。其断语云：
> 欲洁何曾洁，云空未必空。
> 可怜金玉质，终陷淖泥中。

画面和诗词完全一致，都是美玉掉落污泥之中，暗示妙玉最后落到世俗风尘中。体味"欲洁何曾洁，云空未必空"两句，作者表达的同情色彩不怎么浓郁，相反倒是有点调侃意味，这与描写其他人略有不同。

第七位写迎春。

> 后面忽见画着个恶狼，追扑一美女，欲啖之意。其书云：
> 子系中山狼，得志便猖狂。
> 金闺花柳质，一载赴黄粱。

注意，这里的诗和画都没有反映迎春名字，迎春、惜春和巧姐三人的诗画，没有照顾到她们的姓名（"缁衣顿改昔年妆"的"昔"似乎没人以为谐"惜"）。是否这三人分量较轻，所以曹公这么做？迎春丈夫叫孙绍祖，"子系中山狼"，子和系合成一个字就是孙，把它比喻为中山狼，因为他恩将仇报。"一载赴黄粱"，迎春嫁给他不到一年就被折磨死了。这幅画和诗词，实在没有诗情画意，很直白，也无回味，或许是曹公对孙绍祖太恨了。我猜测曹雪芹的真实生活中有一位类似孙绍祖这样的人。

第八位是惜春。

后面便是一所古庙，里面有一美人在内看经独坐。其判云：

勘破三春景不长，缁衣顿改昔年妆。

可怜绣户侯门女，独卧青灯古佛旁。

诗和画都是说明惜春将遁入空门，诗词说明她出家的原因，"勘破三春景不长"，三位姐姐的命让她看穿了。画面中她看经独坐，或许她很平静很安宁，但曹公从世人的角度着眼，认为她这样做不值，"可怜绣户侯门女，独卧青灯古佛旁"。

第九位是凤姐。凤姐是已嫁之人，排在未嫁小姐后面，唯元春地位独特，故又前置。

后面便是一片冰山，上面有一只雌凤。其判曰：

凡鸟偏从末世来，都知爱慕此生才。

一从二令三人木，哭向金陵事更哀。

凤立冰山，暗喻居非其所，根基不牢，凤姐是长房媳妇却在二房管事。凡鸟拼合为"凤"字，判词前两句说凤姐极有才干，可惜生不逢时。第三句"一从二令三人木"，一从，一开始顺从；二令，合成"冷"字；人木合成"休"字，说贾琏对她由听从、到冷淡、到休妻，末句说她回金陵娘家后更哀苦，可知曹公构思是凤姐被休后返回金陵，后事悲惨。

第十位是巧姐。巧姐不重要，排名顺附在其母之后。

后面又是一座荒村野店，有一美人在那里纺绩。其判云：

势败休云贵，家亡莫论亲。

偶因济刘氏，巧得遇恩人。

画面和诗词告诉我们，贾家败落以后，巧姐儿可能受到家族内部人的排挤，是曾经得到凤姐恩遇的刘姥姥，解救了巧姐儿，巧姐从此成为一名村姑，再也不是豪门千金。

第十一位是李纨。

后面又画着一盆茂兰，旁有一位凤冠霞帔的美人。也有判云：

桃李春风结子完，到头谁似一盆兰。

如冰水好空相妒，枉与他人作笑谈。

一盆茂兰，凤冠霞帔的美人，点出李纨的儿子是贾兰，后来考取功名，李纨成为诰封夫人。桃李春风结子完，桃李，有李字；完，纨。"到头谁似一盆兰"，是说贾兰考取功名超越了家族中其他人。后面两句说功名荣华转眼消失，犹如冰化为水，所以李纨虽然凤冠霞帔，但人们还是笑话她，用一辈子的辛苦换来短暂的虚名，不值。请注意，曹公设计有贾兰考取功名，李纨凤冠霞帔，所以，后四十回写兰桂齐芳贾门复职，也不能算彻底的空穴来风。

第十二位是秦可卿。

> 后面又画着高楼大厦，有一美人悬梁自缢。其判云：
>
> 情天情海幻情身，情既相逢必主淫。
>
> 漫言不肖皆荣出，造衅开端实在宁。

画面中那个悬梁自缢的自杀美人，暗示秦可卿自杀，诗词前两句，出现四个情字，因为她的姓名中三个字就有两个"情"字的谐音，后一句说她有淫乱的事情。诗的下半首说，贾府的不肖子孙最早是出在宁府。这里对秦可卿的描写就与前面的叙述不合了，怎么回事呢？实际上了解一点红学的人都知道，曹雪芹原来设计的秦可卿就是因为有乱伦暴露而自杀的，后来听取脂砚斋等人的意见修改了。但是这里的诗词和画面，他似乎还没有修改，留下原稿的痕迹。——那么问题就来了，我们作为读者，对于两个形象完全不同的秦可卿，我们信哪一个呢？我前面说了，我们应该更相信用散文叙述中的那个秦可卿，"行事又温柔和平"的、"极妥当的"秦可卿。我的理由是：《红楼梦》是一部小说，我们更看重用小说文体塑造的秦可卿；那个用诗歌体裁设计的秦可卿，如果与散文体中的秦可卿不一致，我们就只能把它撇开，至多做一个参考。因为，我们毕竟在读小说。这里，我们讨论"漫言不肖皆荣出，造衅开端实在宁"。开端在宁府，按照辈分和年龄，贾珍都不够格，他的辈分年龄都比贾赦低，只有贾敬才担得起"造衅开端实在宁"。但是作品里面没有贾敬"造衅"的描述。看来，这首诗确实是初稿、原稿，但凭此诗，我有点怀疑在曹公原稿中贾敬的事迹可能有点不堪，以至于于贾敬出家修道炼丹去了。现在的"定稿"中可能删除了贾敬的事迹，一如删除秦可卿"情既相逢必主淫"的事迹。然而留下的，是贾敬莫名其妙的出家。我们想想，贾敬是贾府中唯一的进士，他既然科举，可见其仕途之愿，为什么就当道士去了呢？作品语焉不详。可是根据"漫言不肖皆荣出，造衅开端实在宁"，宁府的罪孽是早于荣府、大于荣府的，堪当此任的只有贾敬。尤其是，后面曲子点名："箕裘颓堕皆从敬。"留此存疑。

十二正钗的命运叙述完毕，有意思的是这十二个人的排序，很值得我们琢磨。而且后面《红楼梦》十二支曲子的排序，同这里完全一样。我们有必要弄明白，曹雪芹排序的标准是什么？

从这个排名看，曹雪芹的排序不是只有一个标准，而是有几个标准。第一个标准是人物在小说中的重要性，而这个重要性又同一号主人宝玉有密切关系，宝玉最关心、关系最密切、对宝玉影响最大的人排在前面。第二个标准是未婚女子优先，结了婚的靠后，这个标准是《红楼梦》的"独家专利"。宝玉说过，女人结了婚就变味，再老了就成了死鱼的眼睛，这话有宝玉疯癫的一面，但同时恐怕也多少含有曹雪芹本人的意思。曹雪芹要探讨完整的生命，而一个女子结了婚，等于前半辈子结束了，探索的价值只剩了一半。所以未婚者排在前面，就很自然。第三个标准是贤惠者优先，这里的贤惠包括品德高尚，见识高超，还包括精明能干等。第四个标准是贾府的人优先，其中又是荣府优先，与宝玉血缘最近的人优先，当血缘关系相同，则考虑长幼顺序。

我们挑两个特别的分析一下。先说湘云，她不是贾府的小姐，但她是贾母的侄孙女，在贾府中也算半个小姐，何况她还有一系列故事，所以她排在探春的后面，却又放在妙玉的前面。曹雪芹给湘云的这个排位，对研究湘云也有重要意义，比如有的专家推测说，八十回以后湘云同宝玉结了婚，因为前面有一个金麒麟的情节。但是，根据这个排位，我们就可以确认湘云没有同宝玉结婚之类的情节。如果湘云最后与宝玉成婚，那么不说她是否排在黛玉、宝钗前面，至少她必定排在探春之前。利用十二钗的排名，可以基本解决一个红学界争论多年的问题。可知十二钗的排位绝对值得研究，它是一把解开人物关系的钥匙。

再看妙玉。妙玉的名字排在第六，许多人觉得不可思议，因为她在作品中确实没有多少情节，甚至有人认为宝琴更应该占据这个位子。人们的这个看法不无道理。关于宝琴，我们到时候会给出解释。现在说曹公凭什么把妙玉排在这里。首先，曹雪芹设计的这个妙玉，是一个女子的标杆，美貌和才华的标杆，不包括脾气。"气质美如兰，才华阜比仙"，这个评价不下于黛玉和宝钗，而在栊翠庵品茶那一回，连黛玉见到妙玉都服服帖帖没了脾气，后面黛玉同湘云比赛联诗，妙玉一出手就把她们两个都降服了，可见其才华之高。其次，她的名字用上了"玉"字，这个名字曹公不可能随便给，用上"玉"字，意味着某种程度上她就同宝玉、黛玉在一个层面，这是一种极高的"待遇"。其三，她同宝玉的关系有点特殊，第一次在栊翠庵品茶，她同宝玉的对话就十分奇特；后来，宝玉生日她又送来贺卡，令宝玉受宠若惊大呼小叫。这些描写表明，两人的关系超过了宝玉同湘云之辈。而且，这些描写应该只是铺垫，80回以后，她同宝玉应当还有一些事情发生。基于这些，妙玉排在迎春惜春之前，也就不算奇怪。实际上大家看看，十二钗中，唯独妙玉一个人，不是贾府的后代或亲戚。这是多么不容易！

十二钗的第三层次是凤姐、巧姐、李纨、秦可卿四位，其中三位是贾府的少妇，巧姐一个少女夹杂在里面，因为她在书中的地位无足轻重，所以就跟着母亲凤姐排了。

　　凤姐列到第三层次，同她在作品中的地位作用很不相称，小说中描写凤姐的文字超过宝钗，略少于黛玉；从个性的饱满、层次的丰富来看，凤姐甚至超过黛玉和宝钗，仅次于宝玉。从这个意义上，她至少应该排在第二层次。不过，曹公把凤姐归入第三层次，自有他的道理，因为十二钗中唯独她是没有文化的，迎春虽然不能写诗，没有才华和诗情，但作为贾府的小姐她是上过学有文化的，而且，十二钗一个个那么高雅，唯独凤姐那么俗气，甚至有劣迹、有罪行、双手沾上了鲜血。如果不是曹公对她特别偏爱，她根本进不了十二正钗，只能与金桂秋桐之流为伍。

　　凤姐的女儿巧姐儿，说实话她是最不应该排进十二钗的，但她毕竟是贾府的孙女儿，而且小说最后还要通过她，来表现贾府落败后的凄凉状况，这才让她进了十二钗。

　　李纨排进十二钗则名正言顺，她是贾府的孙媳妇，又是大观园的"班主任"，许多情节中都有她，还因为她培养的贾兰最后当了官，十二钗中自然有李纨。

　　秦可卿放在十二钗最后，一方面她不是少女，也不是荣府的人；另一方面她在书中的分量也比较轻，排在最后并不奇怪。值得说一下的是，评论界对秦可卿的议论相当多，无非是因为她与贾珍的爬灰和自杀，但在我看来那不值得议论太多，因为曹雪芹已经删除了爬灰和自杀的情节，就没有什么爬灰自杀了。曹公把秦可卿放到十二正钗的最后，明白无误地说明了秦可卿在全书中不那么重要。

　　我们花了点力气弄清楚十二钗的排名原因，让大家对小说的重点和各个人物的重要程度，有个大致的了解。

　　接着作品描写警幻仙姑与宁荣二公的对话等，我觉得意义不大。我们还是去听《红楼梦曲子》吧。

　　　　携了宝玉入室。但闻一缕幽香，竟不知其所焚何物。宝玉遂不禁相问。警幻冷笑道："此香尘世中既无，尔何能知！此香乃系诸名山胜境内初生异卉之精，合各种宝林珠树之油所制，名'群芳髓'。"宝玉听了，自是羡慕而已。

　　这里的香作为一种象征物，所谓"宝林珠树"，宝，宝钗；林，黛玉；珠，诸位；树，姝，美女；所谓"群芳髓"，就是宝钗黛玉等美丽之花被碾碎，是这些女孩子美丽生命的牺牲做成香，让宝玉享受；而"宝玉听了，自是羡慕而已"，他并不懂得他的享受是诸多女孩的牺牲造就的，这是一层象征；另一层，花朵的碾碎象征这些女子命运的不幸。后面上来的茶和酒，同这香是一样的意思，茶的名称叫"千红一窟"，"窟"谐音哭；酒的名称叫"万艳同杯"，这个"杯"，谐音悲，都暗示这群女子的不幸命运。可惜宝玉一概不懂，他还在那里喝茶饮酒，点头称赞！

> 饮酒间，又有十二个舞女上来，请问演何词曲。警幻道："就将新制《红楼梦》十二支演上来。"

请注意，这本小说叫《红楼梦》，就是来源于这个曲子名称。前面第 1 回中写的是，"空空道人改《石头记》为《情僧录》。东鲁孔梅溪则题曰《风月宝鉴》。后因曹雪芹于悼红轩中披阅十载，增删五次，纂成目录，分出章回，则题曰《金陵十二钗》"，里面出现了四个书名，并没有《红楼梦》。在程伟元用木板印刷小说以前，各种抄本中多名为《石头记》，是程伟元的印刷出版物命名"红楼梦"，才使得《红楼梦》成为民间广泛流行的小说，从此以后，《红楼梦》就成为这部小说的正规名称，"石头记"反倒成了它的曾用名和别名。那么，《红楼梦》《石头记》《情僧录》《风月宝鉴》《金陵十二钗》五个书名，哪个最好呢？我以为是《红楼梦》。《石头记》显得包容性不够大，因为小说并不是写宝玉的个人传记；《金陵十二钗》的缺陷与《石头记》类似，它漏却了宝玉这个主人公，当然不行；《情僧录》《风月宝鉴》则根本不能反映小说深广的内涵，甚至将小说庸俗化了。"红楼梦"这个名字，则不仅能概括小说的深广内容，还反映出无可奈何的情调，相当好。何况，它出自曹雪芹命名的曲子，当然选它。

《红楼梦曲子》，反应十二金钗的命运。实际上书中有十四支曲子，第一支《引子》起引发、铺垫的作用，最后一支《收尾》，是总结和哀叹，中间的十二支曲子是写十二位金钗。但是曹雪芹是如何分配的呢？他把《终身误》《枉凝眉》两支曲子都用来合写黛玉和宝钗，这样，不仅在数量上保证了十二钗一人一曲，很平均；而且，由于是两支曲子都合写黛玉和宝钗，感觉上，两人都占有两支曲子；这样，不仅在表现的数量上，黛玉和宝钗比其他金钗占优，而且在质量上、在内容方面，也比其他金钗更有分量；与此同时，在形式上，只有她俩是合写的，如此则同其他金钗明显划清了界限，拉开了档次，从而突出了黛玉和宝钗的特殊地位。

回到作品。

【《红楼梦》引子】

开辟鸿蒙，谁为情种？

都只为风月情浓。

趁着这奈何天，伤怀日，寂寥时，试遣愚衷。

因此上，演出这怀金悼玉的《红楼梦》。

这首引子是个总起，短短几句话，却有两个重要的意义。第一，它定下了一个悲伤的基调，"奈何天，伤怀日，寂寥时"，满是无奈感伤寂寥，"演出这怀金悼玉的《红楼梦》"，更是明确说这是挽歌，悼念曲，这些曲子要感怀的十二金钗明明活得好好的，而且还十分年轻，但是，歌词看到的是她们那不幸的未来。小说开头人生"究竟是到头一梦，万境归空"，在这里得到了强烈的回响，从而将整部作品笼罩在浓郁的悲剧氛围之中。第二，这支总起作用的引子曲，明确告诉我们这十几支曲子的对象，而且还突出了重点，"这怀金悼玉的《红楼梦》"，怀金悼玉，以金玉代称宝钗和黛玉，又泛称十二人。可见在曹雪芹的心目中，宝钗和黛玉是核心人物；而且，在这里宝钗和黛玉又一次并列，我们不能忽视曹公的一而再再而三的这份眷眷的情怀。还有，怀金悼玉，是谁来缅怀？谁在追悼？表面上是这些唱曲子的仙女们，实质上是宝玉！仙女们是唱给宝玉听的，她们表现的是若干年以后宝玉的感受。这种感受，在《终身误》和《枉凝眉》两支曲子中有直接的表达。区分清楚谁在"怀金悼玉"十分必要，这让我们明白，宝玉本人不是曲子陈述的"对象"，他是观众，他听了会有所感，但他不是"对象"。有了这层区别，不混淆对象，对我们理解《终身误》《枉凝眉》大有帮助，对理解宝玉、黛玉、宝钗的关系，以至于整部小说，大有益处。

> 【终身误】
>
> 都道是金玉良姻，俺只念木石前盟。
>
> 空对着，山中高士晶莹雪；
>
> 终不忘，世外仙姝寂寞林。
>
> 叹人间，美中不足今方信：
>
> 纵然是齐眉举案，到底意难平。

　　这里有个问题：本回前面已有画册和《判词》，后面又有《枉凝眉》，这三首诗词之间是什么关系？各种《红楼梦》读本和注解读物，对这个问题都没有任何说明，似乎它们是同时的、平面的、重复的。我认为这三首诗词有总有分、有前有后，这一点对理解它们、不误解它们很要紧。《判词》"玉带林中挂，金簪雪里埋"，是总说黛玉、宝钗的命运；这首《终身误》表现的是宝玉与宝钗婚后一段时间（半年或一年）的情景，夫妻"举案齐眉"很和谐，同时，黛玉处于"寂寞"状态，宝玉觉得愧对黛玉；而《枉凝眉》则是小说结尾前，贾府遭遇变故，宝玉与宝钗被迫分离，宝玉、黛玉、宝钗三人天各一方，宝玉痛定思痛，既牵挂黛玉和宝钗，又十分无奈，万分慨叹。文本把《终身误》放在《枉凝眉》前面，不是并列，而是曹雪芹的有心安排，显示了其表现内容的前后之别。

　　说明一下，我认为以往人们对这支曲子的注释有较大的误差。《终身误》，是曹雪芹自创的曲子，取"终身误"为名，十分沉痛，因为误了终身的不是林黛玉一个，而是宝玉、黛玉、宝钗三个的终身！"都道是金玉良姻，俺只念木石前盟。"这一句的意思浅显易懂，它表现的是宝玉的爱情选择，他选择木石前盟，也就是林黛玉，他不愿意选择宝钗。这一句没问题。问题出在"空对着，山中高士晶莹雪"。"空对着"这三个字，许多人把它理解为宝玉对宝钗麻木、不满。确实，"空对着"一词原可解读为不满、麻木。但是，语言、词汇更准确的解读是联系上下文以及通篇文字的语言环境。在这里，"空对着"的对象是"山中高士晶莹雪"，这就不可能表达不满、麻木。因为山中高士这个词，在汉语的流传中，几千年来都是一个最高级的褒义词，是对文人雅士的最高称赞；"晶莹雪"，说宝钗的心灵纯洁如冰雪，是对"山中高士"的进一步补充。宝玉也是性情中人，对这样一位女子，他怎么可能会不满或者麻木呢？此诗写的，应该是宝玉结婚几年后的情况，而且这时黛玉并没有死，所以宝玉"终不忘，世外仙姝寂寞林"。如果黛玉已经死了，就不是"寂寞林"。黛玉处于"寂寞"之中，应该是过得很不幸。而宝玉同宝钗婚后，夫妻和谐，达到"齐眉举案"的程度，这本应该是幸福美满的。只是，这婚姻不仅不是恋爱的结果，而且是以黛玉的"寂寞"为代价，所以，宝玉深感愧疚。"空对着"，并非说宝钗不好或者他对宝钗不满；相反，正因为宝钗太好，是"山中高士"，本来应该"喜对着""欢对着"的；却因为黛玉的不幸，使他无法欢欣，所以才说是"空对着"。有那么美好的一段婚姻，却无法享受，无法安心，只能"空对着"，这才是"空对着"的真正含义。"空对着，山中高士晶莹雪"，包含着对宝钗的抱歉，因为造成不幸的不是宝钗的原因，而是宝玉这方面的原因，因为他记挂着"寂寞林"，使一段本该美满的婚姻变得不美满，甚至成为人生的最大遗憾。

再看后面两句，"叹人间，美中不足今方信：纵然是齐眉举案，到底意难平"。前面我们说了，最关键的是"到底意难平"，它被认为是宝玉对宝钗个人、对与宝钗婚姻不满的鲜明表现。确确实实，单读这一句的话，有那意思；但纵观全曲，这个说法恐怕难以成立。

第一，领出此句的上一句是："叹人间，美中不足今方信"。显然，"美中不足"是大前提，"美中不足"，表明宝玉同宝钗的婚姻总体是"美"的，"不足"的是在这美好的婚姻之外，有个"寂寞林"。所以，尽管夫妻双方相敬相爱"齐眉举案"，宝玉"到底意难平"。"难平"之"意"，并非对宝钗不满，而是对黛玉的愧疚。

第二，"今方信"三字始终被人们忽略。"今方信"，表明此前应该有相当长一段时间，宝玉没料到他同宝钗的婚姻会"美中不足"。必须提醒大家：需要抛弃高鹗策划的"调包计"造成的先入之见。假如宝玉、宝钗的婚姻是诸如"调包计"之类的产物，或者明显是以牺牲黛玉为前提，那么，宝玉绝不会至"今"才"方信"有"美中不足"，他从结婚的第一天就会抱恨，从第一天就"意难平"。根据《终身误》《枉凝眉》两支曲子表达的情境，可以推测出：一，宝玉宝钗的结婚，应该没有直接导致黛玉的不幸（诸如"调包计"那样），或许黛玉抱病卧床，或许黛玉已然被逼结婚在前。二，黛玉一直活着，而不是高鹗版那样宝玉结婚当天黛玉夭亡；三，不管黛玉是否已婚，宝玉却一直期望黛玉能过得好，但是自己结婚几年了，直到"今"，看见黛玉依然很"寂寞"，他才"信""美中不足"，才"意难平"。

第三，如前所述，宝玉既然直至今日还称宝钗"山中高士晶莹雪"，在衷心赞美，又哪来不满？正因为他对宝钗全无不满，只有钦佩，所以他才"到底意难平"，他内心感到遗憾，却又不能有所表露。——因为他告诫自己，千万不能再伤害到宝钗。假如他对宝钗不满，他的表达就不会如此委婉低沉；假如没有对黛玉、宝钗的双重愧疚，他反而可以爽快地倾吐。当然，没有这样的双重悲剧、双重愧疚，《红楼梦》也就达不到现在这样前无古人后无来者的深度，我们读者的心也不会如此沉重，如此悲凉。

第四，"叹人间，美中不足今方信"，表达的是深深的感叹和无奈，是一种两难、多难的意境。两难，一方面他深感愧对黛玉；另一方面，宝钗不仅一无错处，而且她像黛玉一样是人间最难得的好女子，他同宝钗也是青梅竹马，感情深厚，更何况，现在已经结成婚姻；宝玉最怕的是，他已然造成了黛玉的不幸，千万不能再作孽又伤害到宝钗。所以他才"叹人间，美中不足"。一生中同时得到两个人间最好的女子，却非但不能让她们双双幸福，反而造成了她们两两不幸！——这，才是《红楼梦》表现的爱情婚姻悲剧，人生最无奈的悲剧，人间最深刻的悲剧。假如宝玉真的对宝钗有所不满，那么，哪怕他公然表达，甚至弃之而去，他都轻松许多。不过，那样的悲剧就与一般爱情婚姻小说相差无几，悲剧的深度就失去了一大半，就不是《红楼梦》了。

说了这么多，关键就一句："到底意难平"，难平者，既愧对黛玉，又怕再伤害到宝钗！《终身误》与下面《枉凝眉》以及前面册子上的诗画可以互证，联系起来就明白了。当然，联系全书的描写更加通透。

下面讲《枉凝眉》。

【枉凝眉】

　　一个是阆苑仙葩，一个是美玉无瑕。

> 若说没奇缘，今生偏又遇着他；
>
> 若说有奇缘，如何心事终虚化？
>
> 一个枉自嗟呀，一个空劳牵挂；
>
> 一个是水中月，一个是镜中花。
>
> 想眼中能有多少泪珠儿，怎经得秋流到冬尽，春流到夏！

《枉凝眉》曲子也是曹公自度的。面对已然的悲剧，白白地、徒然皱眉，追悔，叹息。前面说过，这首曲子写的对象是黛玉和宝钗，而不是像普遍注释的写宝玉和黛玉。"阆苑仙葩"指宝钗；"美玉无瑕"指黛玉。想一想，《红楼梦曲子》是专门演给宝玉一个人看的，本曲中更掺揉着宝玉本人的情怀，若"美玉无瑕"指宝玉自己，岂非当面吹捧宝玉，那岂止肉麻，更成何体统？其次，刚刚仙姑们还问："何故反引这浊物来污染这清净女儿之境？"可知在她们眼里宝玉实在称不得"美玉无瑕"。其三，宝玉一向把自己看作"泥猪癞狗"，"男人是泥做的"，看到人家称他"美玉无瑕"，岂不晕过去？那么"阆苑仙葩"指宝钗，是不是说得通呢？是不是符合这支曲子，以至于整部小说的描写呢？完全说的通。宝钗的名字虽然同金子有关联，但作者却常用花卉来暗示、象征她。宝玉生日那日大家抽签，她抽到牡丹花签，上题"艳冠群芳"，众人都笑道也只有她才配得上。又如她的"冷香丸"，是春天的牡丹、夏天的荷花、秋天的芙蓉、冬天的梅花四种花蕊做的（此处象征的意味后面探

讨）。更显著的是大观园中，唯有宝钗居住的蘅芜苑，满栽各种名花仙草，其中多有从屈原"离骚"中援引的，连贾政都不认得，曹雪芹正是以这些花草来象征宝钗的人品气质。所以"阆苑仙葩"比喻宝钗很是贴切。下面，"若说没奇缘，今生偏又遇着他；若说有奇缘，如何心事终虚化？""没奇缘""遇着他"指宝玉与宝钗因缘际会最终成婚；"有奇缘""终虚化"指宝玉与黛玉两心相印却无果而终。"一个枉自嗟呀，一个空劳牵挂；一个是水中月，一个是镜中花。""枉自嗟呀"说婚后见宝玉天天为黛玉伤心，令宝钗也只能嗟叹。"空劳牵挂"，指黛玉始终牵挂宝玉，宝玉婚后她依然牵挂；但她只能牵挂而已，别无他法，所以叫"空劳牵挂"。不过，把"一个枉自嗟呀，一个空劳牵挂；一个是水中月，一个是镜中花"两句，理解为共指黛玉、宝钗二人，或许更符合宝玉的意兴——这黛玉、宝钗两个"冤家"，谁是"月"？谁又是"花"？！最后三句，"想眼中能有多少泪珠儿，怎经得秋流到冬尽，春流到夏"可以做两种理解。一种，领字"想"，是宝玉设想自己，一生中能遇见"阆苑仙葩""美玉无瑕"两个天下罕见的奇女子，这决非一般缘分，属真正的"有奇缘"；自己却非但没能让其中任何一个得到幸福，反弄得"一个枉自嗟呀，一个空劳牵

挂"，自己真是作了什么孽？悲剧铸成，无可挽回，多情而不善处世的宝玉，只好"泪珠儿""秋流到冬尽，春流到夏"。另一解，宝玉设想对方，设想黛玉和宝钗两人，由于遇到宝玉，最终都掉入到不幸的深渊，在余生中，她们只能眼泪长流。两种理解都行。此曲表现出宝玉对黛玉、宝钗同样地抱歉和追悔，所以可与《终身误》互证，绝不存在宝玉厌弃宝钗。

十四支曲子，《终身误》《枉凝眉》的理解有歧义，我们提出了自己的见解，花了一些笔墨。后面的曲子就简单了。

【恨无常】

喜荣华正好，恨无常又到。

眼睁睁，把万事全抛。

荡悠悠，把芳魂消耗。

望家乡，路远山高。

故向爹娘梦里相寻告：

儿命已入黄泉，

天伦呵，须要退步抽身早！

此曲说元春，从内容来看，应该是她过世后的感慨。值得讨论的是最后一句，"天伦呵，须要退步抽身早！"这是元春对父母发出的劝告，可是从作品来看，贾政和王夫人并没有走上什么歧路迷途，所以这句比较空洞。贾政和王夫人往哪里退？又抽身到哪里去？看不出。

下面写探春。

【分骨肉】

一帆风雨路三千，把骨肉家园齐来抛闪。

恐哭损残年。

告爹娘，休把儿悬念。

自古穷通皆有定，离合岂无缘？

从今分两地，各自保平安。

奴去也，莫牵连。

这里模拟的应该是探春出嫁时候的心情。要嫁到千里以外去了，她担心父母会"哭损残年"，她的劝告比元春来得贴切。"自古穷通皆有定，离合岂无缘？"这是带有哲理性的看法，比元春要高明些。"从今分两地，各自保平安。"命运无法改变，只要各自平安就行。这位三小姐似乎比大小姐明智。

下面是湘云的。

【乐中悲】

襁褓中，父母叹双亡。

纵居那绮罗丛，谁知娇养？

幸生来，英豪阔大宽宏量，从未将儿女私情略萦心上。

好一似，霁月光风耀玉堂。

厮配得才貌仙郎，博得个地久天长，

准折得幼年时坎坷形状。

终久是，云散高唐，水涸湘江。

这是尘寰中消长数应当，何必枉悲伤！

从湘云幼年不幸开始说起，一直到丈夫死后。湘云确实有意思，是所有金钗中唯一赞赏自己的，"幸生来，英豪阔大宽宏量"，女孩子这么自称较罕见。后面说的是命运有的时候会开玩笑，她"从未将儿女私情略萦心上"，上天却偏偏让她"厮配得才貌仙郎"；但当她想要与丈夫好好厮守，"博得个地久天长"，人生却来了个"云散高唐，水涸湘江"。丈夫或是年轻轻就得病，甚或是很早夭折。但湘云的气度确实很大，"这是尘寰中消长数应当，何必枉悲伤"，她看得很开，想得很彻底，尽管也无奈。她确实是"英豪阔大宽宏量"。她与探春相似。

再看妙玉。

【世难容】

气质美如兰，才华阜比仙。

天生成孤癖人皆罕。

你道是啖肉食腥膻，视绮罗俗厌，

却不知太高人愈妒，过洁世同嫌。

可叹这，青灯古殿人将老；

辜负了，红粉朱楼春色阑。

到头来，依旧是风尘肮脏违心愿。

好一似，无瑕白玉遭泥陷；

又何须，王孙公子叹无缘。

曲子名称值得注意，"世难容"，它似乎透露妙玉是因为才华太高，相貌太美，受到了某些人的排挤，才最终招致不幸。"气质美如兰，才华阜比仙"，此评语几乎可与黛玉、宝钗相提并论。但她的缺点十分明显，"天生成孤癖人皆罕"，孤僻，招来妒忌和嫌弃，最后是"风尘肮脏违心愿"。——她到底有什么心愿？从最后一句"王孙公子叹无缘"，以及前八十回的描写看，曹雪芹是要安排她与宝玉擦出一些火花的，最后的无缘，应该就是同宝玉无缘。假如不是同宝玉有什么瓜葛，像妙玉这样既不是贾府小姐，也不是亲戚，她是很难进入正十二钗的。

下面是迎春。

【喜冤家】

中山狼，无情兽，全不念当日根由。

一味的骄奢淫荡贪还媾。

觑着那，侯门艳质同蒲柳，

作践的，公府千金似下流。

叹芳魂艳魄，一载荡悠悠。

"中山狼，无情兽"，此曲上来就破口大骂，几乎不像曲子，这在《红楼梦》中很少见，可见曹雪芹简直按捺不住自己的怒气，怀疑曹雪芹真实生活中有这样一位中山狼。"一味的骄奢淫荡贪还媾"，这句是写孙绍祖的行为做派，后面两句，"觑着那，侯门艳质同蒲柳，作践的，公府千金似下流"，说孙绍祖作践迎春。这两句话也反映出曹雪芹浓厚的门第观念，侯门公府的千金，在他的眼里，比蒲柳人家的村姑金贵的多。

再看惜春。

【虚花悟】

将那三春看破，桃红柳绿待如何？

把这韶华打灭，觅那清淡天和。

说什么，天上夭桃盛，云中杏蕊多。

到头来，谁把秋捱过？

则看那，白杨村里人呜咽，青枫林下鬼吟哦。

更兼着，连天衰草遮坟墓。

这的是，昨贫今富人劳碌，春荣秋谢花折磨。

似这般，生关死劫谁能躲？

闻说道，西方宝树唤婆娑，上结着长生果。

"将那三春看破，桃红柳绿待如何？"这里的三春，既指的是自然界的桃红柳绿，更指惜春的三位姐姐，元春富贵至极，二十来岁就谢世；迎春老实善良，被人折磨致死；探春精明强干，远嫁后再也见不到父母亲人。这三种人生颇具代表性，惜春看在眼里，她决定，"把这韶华打灭，觅那清淡天和"，就是出家去修道养性。后面的"夭桃盛，杏蕊多"，比喻荣华，或者说惜春看来是浮华，都没有意义。最后两句表示要皈依佛教，修成正果。在国人的传统观念中，出家皈依佛教，往往是一种消极行为，是看破红尘，认为俗世没有意义，选择进入佛门。此后念经、修生、养性，自己只管自己，不再过问尘世间的事情，他们并不去普渡众生。惜春走的就是这样一条道路。

我们再看凤姐。

【聪明累】

机关算尽太聪明，反算了卿卿性命。

生前心已碎，死后性空灵。

家富人宁，终有个家亡人散各奔腾。

枉费了，意悬悬半世心；

好一似，荡悠悠三更梦。

忽喇喇似大厦倾，昏惨惨似灯将尽。

呀！一场欢喜忽悲辛。

叹人世，终难定！

"机关算尽太聪明，反算了卿卿性命。"第一句话就概括了凤姐的一生，凤姐是聪明反被聪明误，所以实际上是不聪明。但曹雪芹对凤姐相当喜欢十分包容，从整首诗来看，满含同情之心，并无批判指责，最后那句"叹人世，终难定"，似乎替凤姐开脱，一切都是命。但作品后面的情节告诉我们，凤姐的悲剧跟其他金钗不一样，她是自作自受，是作孽的报应。另外，"忽喇喇似大厦倾，昏惨惨似灯将尽"，通常被认为是对整个贾府覆灭的形容，我个人以为，家族的覆灭应该是体现在最后的那支收尾曲子，这里指的还是凤姐个人，形容她从荣华富贵、权柄在握、高高在上的位置，一下栽倒，忽然覆灭。

下面看巧姐。

【留余庆】

留余庆，留余庆，忽遇恩人；

幸娘亲，幸娘亲，积得阴功。

劝人生，济困扶穷，

休似俺那爱银钱忘骨肉的狠舅奸兄！

正是乘除加减，上有苍穹。

巧姐这个形象的意义，由曲子的题目体现了，"留余庆"，凤姐接济过刘姥姥，使她女儿得到好报，逃脱了灭顶的灾难。这支曲子的价值在于，它把巧姐儿的遇险内容具体化，点明要加害巧姐儿的是"狠舅奸兄"，高鹗的续作就是据此而写的。

我们再看李纨。

【晚韶华】

镜里恩情，更那堪梦里功名！

那美韶华去之何迅！再休提绣帐鸳衾。

只这带珠冠，披凤袄，

也抵不了无常性命。

虽说是，人生莫受老来贫，也须要阴骘积儿孙。

气昂昂头戴簪缨，气昂昂头戴簪缨，光灿灿胸悬金印；

威赫赫爵禄高登，威赫赫爵禄高登，昏惨惨黄泉路近。

问古来将相可还存？也只是虚名儿与后人钦敬。

"镜里恩情"，说李纨丈夫早死，没有享受到夫妇恩情；"梦里功名"，说她儿子刚刚取得功名她就死了，也没有享受到荣华富贵，中间几句是把这个意思形象地展开，最后说她忙了一辈子，也只是得到一个虚名而已。

最后一位秦可卿。

【好事终】

画梁春尽落香尘。

擅风情，秉月貌，便是败家的根本。

箕裘颓堕皆从敬，家事消亡首罪宁。

"画梁春尽落香尘"，说秦可卿年纪轻轻吊死在梁上。"擅风情，秉月貌，便是败家的根本"，说她美貌，而且风流不检点，导致宁府败落。这个说法明显是曹雪芹原来稿子的写法，关于这个前面已经说过了，不再累赘。我以为这支曲子中非常重要的一句值得商榷："箕裘颓堕皆从敬"。第一，箕裘颓堕，家业败坏；皆从敬，都是跟着贾敬学的。可见贾敬是有罪孽的，我怀疑原稿中贾敬是做了一番孽，然后才出家，"箕裘颓堕皆从敬"是原稿遗留。第二，宁荣两府贾敬是长孙，由于他的上梁不正，不仅带坏了儿子贾珍，而且败坏了整个家族的风气，影响到荣府的贾赦、贾琏等，所以有最后那句"家事消亡首罪宁"。因为贾珍比贾赦不仅小一辈，而且年龄也小，不可能是他带坏荣府。以前多种版本注释为，贾敬没有管教好贾珍、纵容了贾珍，这样的解释似乎不合整支曲子的意思。第三，还有一个佐证，就是第7回焦大的骂："蓉哥儿，你别在焦大跟前使主子性儿。别说你这样儿的，就是你爹，你爷爷，也不敢和焦大挺腰子！"这里很明显，焦大根本不把贾敬放在眼里，反倒是贾敬有点怕焦大，就像贾珍一样。之所以如此，恐怕不仅因为焦大功劳大，还由于贾敬有明显的劣迹。再看下面，"我要往祠堂里哭太爷去。那里承望到如今生下这些畜牲来！每日家偷狗戏鸡，爬灰的爬灰，养小叔子的养小叔子，我什么不知道？咱们'胳膊折了往袖子里藏'！"焦大要到祠堂去哭太爷，而不说去报告贾敬；"那里承望到如今生下这些畜牲来"，这些畜生，那就不止一个两个，而宁府中通共只有贾敬、贾珍、贾蓉这一脉单传的三位，那么焦大眼里的畜生，应该包括了贾敬。第四，把贾敬写入秦可卿的曲子，本身就非常怪异，中间隔两代了。莫非原稿中秦可卿的自杀与贾敬也有牵连？存疑。

最后看收尾曲。

> 【收尾·飞鸟各投林】
> 为官的，家业凋零；
> 富贵的，金银散尽；
> 有恩的，死里逃生；
> 无情的，分明报应。
> 欠命的，命已还；
> 欠泪的，泪已尽。
> 冤冤相报实非轻，分离聚合皆前定。
> 欲知命短问前生，老来富贵也真侥幸。
> 看破的，遁入空门；
> 痴迷的，枉送了性命。
> 好一似食尽鸟投林，落了片白茫茫大地真干净！

这支收尾曲，相当于总结。关于这首曲子有两种解释，一种说此曲概括十二钗以及整个贾府的结局，另一种说是，其中每一句分别指一位金钗。我同意前一种说法，理由比较简单，这组《红楼梦曲子》一共十四支，它是一个完整的整体，中间的十二支分别指十二位金钗，开头的引子和这最后的收尾，是对这十二金钗，以及以她们为代表的所有年轻女性的命运，甚至贾府命运的一个总概括、总结论。再远一点，此曲也是对《好了歌》的一个呼应，表达了作者对作品，对人生的一个基本看法。曲子的最后一句，"好一似食尽鸟投林，落了片白茫茫大地真干净"应该是整部小说结局的一个预告。现在的后四十回受到指责，最关键的原因就是不符合这个预告。

舞台上《红楼梦曲子》演完了，宝玉却一点听不懂，甚至昏昏沉沉几乎睡着，于是警幻仙姑把他带到一个房间内，里面赫然有个女子，"其鲜艳妩媚，有似乎宝钗，风流袅娜，则又如黛玉"。警幻仙姑介绍这是她妹妹，名字叫"兼美"。所谓"兼美"，就是兼有黛玉和宝钗的美貌；而她，就是秦可卿，可知秦可卿确实美到极致。警幻仙姑"秘授以云雨之事，推宝玉入房，将门掩上自去。那宝玉恍恍惚惚，依警幻所嘱之言，未免有儿女之事"。宝玉与秦可卿虽是梦中发生的性关系，他对秦可卿的性欲已经很明显。另一方面，宝玉已经性成熟，但他依然同袭人、晴雯、麝月等睡在一张床上，甚至一个被窝里，那么他们之间发生一些像他同袭人这样的云雨情，就很难避免。王夫人对宝玉与黛玉之间的担忧可谓情有可原。

回到作品。梦里宝玉被夜叉拖下水，他"失声喊叫：'可卿救我！'吓得袭人辈众丫鬟忙忙上来搂住，叫：'宝玉别怕，我们在这里！'却说秦氏正在房外嘱咐小丫头们好生看着猫儿狗儿打架，忽听宝玉在梦中唤他的小名，因纳闷道：'我的小名这里从没人知道的，他如何知道，在梦里叫出来？'"曹雪芹非常巧妙，他让秦可卿纳闷宝玉怎么知道她的名字，从而把梦里梦外的两个"可卿"坐实为同一个人，让作品回味无穷。

第5回的描写到此结束。下面我们总结一下。

这一回的内容，最主要的就是预告各位年轻女性的命运，正所谓"千红一哭""万艳同悲"，所预告的女性一共十五位，她们的结局大多不幸，有的很悲惨。我们统计一下，其中年轻轻就死去的有七位，她们是晴雯、香菱、元春、迎春、凤姐、李纨、秦可卿。其余的八位中黛玉（据《枉凝眉》她没有早逝，"秋流到冬尽，春流到夏"，有年复一年之意）不知是否嫁人，活得很不幸。宝钗、湘云两位婚后非常不幸，其丈夫死的死走的走。妙玉更加倒霉，掉入风尘之中，真不知道她怎么度过余生。剩下的四位稍好一些，探春远嫁，再也见不到父母这边的亲人；惜春出家，"独卧青灯古佛旁"；巧姐逃出舅舅的魔掌，从此成为一位村姑农妇；袭人则阴差阳错，嫁给了唱戏的蒋玉菡，当时戏子属于下流社会。

十五位女子的命运，既是书中绝大部分人的命运，也是贾府的命运，这样全书情节就定下了调子，鲁迅先生用"悲凉之雾，遍被华林"来概括，很是精当。第5回以后，无非是把这些预定的命运，展开而已。从这个意义上说，第5回确实是全书的一部总纲。

本回有三个鲜明艺术特点。第一个特点是再次描写天界，问题是，曹雪芹为什么要再次写仙界？第1回已经写过，才刚第5回又回到天上，似乎频繁了点，从艺术上来说有些重复。但曹雪芹宁可冒犯一些艺术忌讳，也要重新回天上去，可见他认为十分必要。我理解为他是要借重天界的威望，来加强这个预告的确定性、权威性。人们对预告是如此的坚信不疑，可见曹雪芹百分之百地达到目的，以致后四十回与预告不合，不管他写的是否合情合理，几乎所有人都不认同。

第二个艺术特点是图画和诗词曲子的大量运用。小说应该用散文体裁来表达的，曹雪芹却偏偏将最重要的内容，以韵文的方式来交代，这还嫌不够，还要加上图画。这样散文韵文结合写法，在古今中外的经典小说中，只有日本的《源氏物语》与其相似。不过将图画与诗歌结合来表达谶语预言，在世界小说史上十分罕见。

　　本回第三个特点是连篇累牍的象征和暗示。对金钗们命运的预告，不管是薄命司的册子还是《红楼梦曲子》，统统都用象征和暗示，当然这同第二个特点有联系。诗词曲子也罢，图画也罢，都是象征暗喻，曹雪芹把这些手段用得炉火纯青，在暗示人物不幸命运的同时，又制造出浓烈的悲剧氛围；不仅令读者满怀同情，更吊起他们的胃口。这是高超的象征主义手法。《红楼梦》是十八世纪中叶的作品，那时西方文学还没产生长篇小说；说到象征主义，《红楼梦》比《堂吉诃德》领先半个多世纪，领先《浮士德》一个半世纪。

第六回
贾宝玉初试云雨情　刘姥姥一进荣国府

《红楼梦》前五回，相当于全书的开头，曹雪芹忙于布局，我们的精力更多的是花在讨论背景、题材、作者方面。从这回开始，我们可以着重鉴赏情节、人物。

这一回的开头实际上是第5回的一个尾巴，宝玉从梦中醒来，袭人来替他穿衣服，摸到宝玉大腿上沾湿一片。

> 宝玉含羞央告道："好姐姐，千万别告诉人。"袭人亦含羞笑问道："你梦见什么故事了？是那里流出来的那些脏东西？"宝玉道："一言难尽。"说着便把梦中之事细说与袭人听了。然后说至警幻所授云雨之情，羞的袭人掩面伏身而笑。宝玉亦素喜袭人柔媚娇俏，遂强袭人同领警幻所训云雨之事。袭人素知贾母已将自己与了宝玉的，今便如此，亦不为越礼，遂和宝玉偷试一番，幸得无人撞见。自此宝玉视袭人更比别个不同，袭人待宝玉更为尽心。暂且别无话说。

宝玉与袭人，一个少年公子一个贴身丫鬟，自古以来多的是这种结果，哪怕到了现代，著名的话剧《雷雨》中侍萍与四凤母女俩就接连上演了两回。宝玉与袭人都清楚各自的地位，袭人并无多大的野心，能够服侍宝玉一辈子她就心满意足，有个妾的名分她会喜出望外；宝玉对袭人，至多把她当作妾的人选；宝玉算得清纯，但要说到婚姻，他只会选择千金小姐，至少小家碧玉。所以尽管自此以后，"宝玉视袭人更比别个不同"，但也仅此而已。

不过，曹雪芹为什么要写这个情节？我想首先是表现人性，自然而正常的人性。孔子说："饮食男女，人之大欲存焉。"孟子也说"食色，性也"。宝玉与袭人，一对少男少女，到这个年龄在这个场合中，他们做出了最自然的事情。其次，曹雪芹也表现出一定的社会性，宝玉同袭人做的事情，他同黛玉、宝钗就不会做，他同晴雯也不曾做。所以宝玉天天嘴里说女儿女儿，似乎女儿都是一样的，但实际上他是区分得很清楚的，对袭人他会强求做这些事，对黛玉、宝钗他还不敢，对晴雯他可能就没想到要做。再次，小说对宝玉的描写严格来讲还没有真正展开，前面只写了他同黛玉的初次见面，这里刚刚是他第二次出场，曹雪芹就专挑他的性成熟来写，梦里一次、现实生活中再来一次，我想曹雪芹是在告诉我们，在后面的几年里，宝玉天天在女孩子堆里厮混，是有很大问题的：要么，他又干了一些与袭人这样的事情，要么，他就是在承受着煎熬。他经常傻傻的痴痴的，对流水发呆，对花儿鸟儿说话，正是这种压抑的扭曲反映。所以这也算一种伏脉千里吧。此后写了宝玉许多年，却再也没有写他与女性之间的性关系，反而写宝玉与男性秦钟之间的关系。显然曹公认为已经交代够了，他把想象的空间交给了读者。

下面我们说刘姥姥。很有趣的是，在刘姥姥出场之前，曹雪芹写了一段为什么会选择刘姥姥，这是《红楼梦》中交代最详细的一次构思吐露。

> 按荣府中一宅人合算起来，人口虽不多，从上至下也有三四百丁；虽事不多，一天也有一二十件，竟如乱麻一般，并无个头绪可作纲领。正寻思从那一件事自那一个人写起方妙，恰好忽从千里之外，芥荳之微，小小一个人家，因与荣府略有些瓜葛，这日正往荣府中来，因此便就此一家说来，倒还是头绪。你道这一家姓甚名谁，又与荣府有甚瓜葛？且听细讲。

这段话说出了选材的困难，难怪曹雪芹要吐吐苦水。《红楼梦》是巨作，仅仅构思就千辛万苦，后面的写作和修改，直接耗尽了他的心血。

刘姥姥的女婿狗儿家的祖上，同王夫人的王家认过亲，眼下经济拮据，就想着找哪门子有钱的亲戚去寻接济。刘姥姥想到了王夫人。作者借刘姥姥的嘴写出了王夫人的过去："着实响快，会待人，倒不拿大。""如今上了年纪，越发怜贫恤老，最爱斋僧敬道，舍米舍钱的。"评论家对王夫人有各种各样的说法，但文本给我们的是这样一位。

要进贾府大门可不容易，靠一个小孩指点她才终于找到了周瑞家，又大费周折终于见到真佛——凤姐。她们的见面非常精彩。

> 平儿站在炕沿边，捧着小小的一个填漆茶盘，盘内一个小盖钟。凤姐也不接茶，也不抬头，只管拨手炉内的灰，慢慢的问道："怎么还不请进来？"

这里平儿是一个衬托，她恭恭敬敬地捧着茶盘，一言不出，一动不动，造成了肃穆的氛围。凤姐呢？"凤姐也不接茶，也不抬头"，装模作样，摆足威风；"只管拨手炉内的灰"，这是典型的凤姐动作，她要表示没看见你，一定会做出她在关注别的事物，所以"只管拨手炉内的灰"。她还不够老道，更缺乏坦荡。至少拨了一两分钟，她才"慢慢的问道：'怎么还不请进来？'"她不会说："客人还没进来吗？"凤姐必须要带着责备别人的口气说话，来表现她的威风。

> 一面抬身要茶时，只见周瑞家的已带了两个人在地下站着呢。这才忙欲起身，犹未起身时，满面春风的问好，又嗔着周瑞家的怎么不早说。刘姥姥在地下已是拜了数拜，

问姑奶奶安。凤姐忙说："周姐姐，快挽起来，别拜罢，请坐。我年轻，不大认得，可也不知是什么辈数，不敢称呼。"周瑞家的忙回道："这就是我才回的那姥姥了。"凤姐点头。刘姥姥已在炕沿上坐了。板儿便躲在背后，百般的哄他出来作揖，他死也不肯。

客人早进来了，凤姐装没看到，但不能无限制地装下去，时间有限，所以她以"抬身要茶"这动作来假装"发现"。"这才忙欲起身，犹未起身时，满面春风的问好"，她的表情就像川剧表演中的变脸，连问好也要装出仓促模样。"又嗔着周瑞家的怎么不早说"，她明明在摆威风装糊涂，却一定还要装热情！凤姐就这么爱演戏，黛玉进贾府她已经大演一场。初次进贾府的刘姥姥是真吓住了，"刘姥姥在地下已是拜了数拜，问姑奶奶安"。眼看着刘姥姥捣蒜一般磕头，凤姐想必满意，暗暗给自己打了一个高分。于是她从装模作样的情境中走出来，说上一句半真半假的："周姐姐，快挽起来，别拜罢，请坐。我年轻，不大认得，可也不知是什么辈数，不敢称呼。"说带点真意，是她叫周瑞家的去挽起来，让刘姥姥坐下，这话是真的，刘姥姥一直这么磕，看着也烦；"可也不知是什么辈数"，已是假话，她是不愿扯上亲戚名分，也不愿叫一声"老奶奶"，哪怕称一句"老人家"！所以周瑞家的告诉："这就是我才回的那姥姥了。"凤姐点头，依然不称呼一声。

不过刘姥姥的那通磕头到底还是让凤姐觉得舒服，所以她开始对刘姥姥说话，还笑着说。

> 凤姐儿笑道："亲戚们不大走动，都疏远了。知道的呢，说你们弃厌我们，不肯常来；不知道的那起小人，还只当我们眼里没人似的。"刘姥姥忙念佛道："我们家道艰难，走不起，来了这里，没的给姑奶奶打嘴，就是管家爷们看着也不象。"凤姐儿笑道："这话没的叫人恶心。不过借赖着祖父虚名，作了穷官儿，谁家有什么，不过是个旧日的空架子。俗语说，'朝廷还有三门子穷亲戚'呢，何况你我。"说着，又问周瑞家的回了太太了没有。周瑞家的道："如今等奶奶的示下。"凤姐道："你去瞧瞧，要是有人有事就罢，得闲儿呢就回，看怎么说。"周瑞家的答应着去了。

凤姐不但是笑着说话了，而且主动提出"亲戚"这个概念（注意，不是刘姥姥提的），她的态度眼看改变了，但要她不刻薄像刘姥姥这样的人，很难。"知道的呢，说你们弃厌我们，不肯常来；不知道的那起小人，还只当我们眼里没人似的。"往别人头上扣个屎盆子她就高兴。凤姐的话很难接嘴，许多人会僵在那里，好在刘姥姥是个滚地板的，不怕出丑不怕丢人，或许她看出凤姐喜欢挤兑人，不，喜欢践踏人，这对刘姥姥是个好消息，她没有别的东西，但如果扔掉人格可以让凤姐高兴，那她可以全部扔光！她忙念佛道："我们家道艰难，走不起，来了这里，没的给姑奶奶打嘴，就是管家爷们看着也不象。"这话对凤姐的胃口，这次她开心地笑了。"凤姐儿笑道:'这话没的叫人恶心。'"听听,她开始调侃,她的心弦松开了。当然她还要演戏,但她从冰冷的角色换成活跃的。她说,"不过借赖着祖父虚名,作了穷官儿,谁家有什么,不过是个旧日的空架子。"这话,与其说是在装穷,不如说是在摆阔,这对凤姐来说是一种游戏,很好玩的游戏,她得到乐趣。她高兴了,对刘姥姥有了某种认可:"俗语说,'朝廷还有三门子穷亲戚'呢,何况你我。"终于,凤姐认可了这门亲戚。

刘姥姥是成功了,至少从她的目的和愿望来说,她是成功的,因为凤姐出现了变化,向刘姥姥所期望的那个方向变化。接着,凤姐一面叫人去请示王夫人,一面留刘姥姥吃饭。得到王夫人的授意之后,凤姐说:

> 今儿你既老远的来了,又是头一次见我张口,怎好叫你空回去呢。可巧昨儿太太给我的丫头们做衣裳的二十两银子,我还没动呢,你若不嫌少,就暂且先拿了去罢。"

凤姐继续在演,但毕竟给出了银子。

> 那刘姥姥先听见告艰难,只当是没有,心里便突突的,后来听见给他二十两,喜的又浑身发痒起来,说道:"嗳,我也是知道艰难的。但俗语说的:'瘦死的骆驼比马大',凭他怎样,你老拔根寒毛比我们的腰还粗呢!"周瑞家的见他说的粗鄙,只管使眼色止他。凤姐看见,笑而不睬,只命平儿把昨儿那包银子拿来,再拿一吊钱来,都送到刘姥姥的跟前。凤姐乃道:"这是二十两银子,暂且给这孩子做件冬衣罢。若不拿着,就真是怪我了。这钱雇车坐罢。改日无事,只管来逛逛,方是亲戚们的意思。天也晚了,也不虚留你们了,到家里该问好的问个好儿罢。"一面说,一面就站了起来。刘姥姥只管千恩万谢的,拿了银子钱,随了周瑞家的来至外面。

刘姥姥有她的策略,"你老拔根寒毛比我们的腰还粗呢!"很难说不是故意出洋相,她已经看出凤姐就好这一口。对刘姥姥这样的人,凤姐除了必须的捉弄,并无太大的恶意。她过完了瘾,不但收手了,而且内心多少有一丝抱歉。"若不拿着,就真是怪我了。"已经有了诚意。那一吊钱,数量不大,但那是为了不让刘姥姥把那二十两银子拆散了,专门提供给她坐车的,这周到是真诚的。"天也晚了,也不虚留你们了,到家里该问好的问个好儿罢。"完全是亲戚的告别话语,没多大虚伪成分。曹雪芹对凤姐的描写,是最客观的,他把凤姐的方方面面,包括很隐私的方面,都展示给我们,不包庇也不诋毁,不像他写贾母、贾政,甚至黛玉、宝钗,都笔下留情、有所保留,他把一个聪明反被聪明误的凤姐写绝了。

刘姥姥得到二十两银子,应该是超出了她的预想,所以她要分一点给周瑞家的,以示报答。当她坐着驴车回到村子里,向乡亲们吹嘘,这是贾府的姑奶奶为她叫的车,她将何等的风光。

一场对手戏演完，谁赢谁输？刘姥姥赢了，她达到了战略目标；凤姐输了，她原先想赶紧打发掉这老婆子的目标失败了，尽管她占尽优势！当然，这样表演一番，捉弄一番，她很得意。

回顾一个细节，那是曹雪芹的飞来之笔。当凤姐会见刘姥姥的时候，天上掉下个美少年，把她们打断了。

> 刚说到这里，只听二门上小厮们回说："东府里的小大爷进来了。"凤姐忙止刘姥姥："不必说了。"一面便问："你蓉大爷在那里呢？"只听一路靴子脚响，进来了一个十七八岁的少年，面目清秀，身材俊俏，轻裘宝带，美服华冠。刘姥姥此时坐不是，立不是，藏没处藏。凤姐笑道："你只管坐着，这是我侄儿。"刘姥姥方扭扭捏捏在炕沿上坐了。
>
> 贾蓉笑道："我父亲打发我来求婶子，说上回老舅太太给婶子的那架玻璃炕屏，明日请一个要紧的客，借了略摆一摆就送过来。"凤姐道："说迟了一日，昨儿已经给了人了。"贾蓉听着，嘻嘻的笑着，在炕沿上半跪道：'婶子若不借，又说我不会说话了，又挨一顿好打呢。婶子只当可怜侄儿罢。"凤姐笑道："也没见你们，王家的东西都是好的不成？你们那里放着那些好东西，只是看不见，偏我的就是好的。"贾蓉笑道："那里有这个好呢！只求开恩罢。"凤姐道："若碰一点儿，你可仔细的皮！"因命平儿拿了楼房的钥匙，传几个妥当人抬去。贾蓉喜的眉开眼笑，说："我亲自带了人拿去，别由他们乱碰。"说着便起身出去了。
>
> 这里凤姐忽又想起一事来，便向窗外叫："蓉哥回来。"外面几个人接声说："蓉大爷快回来。"贾蓉忙复身转来，垂手侍立，听何指示。那凤姐只管慢慢的吃茶，出了半日的神，又笑道："罢了，你且去罢。晚饭后你来再说罢。这会子有人，我也没精神了。"贾蓉应了一声，方慢慢的退去。

说这是曹雪芹的飞来之笔，出于两个理由，一个是这里写的是王熙凤见刘姥姥，笔墨相当的集中，突然插进这么一曲，必然有其特殊的用意。另一个理由是，这里把凤姐与贾蓉的关系写的非常暧昧，但是这种插曲后面却没有结果；不仅如此，在曹雪芹笔下的八十回中，非但没凤姐与贾蓉的瓜葛，也没有出现与别的男人的暧昧。换句话说，凤姐是个很正统很规矩的女人。因此，这个插曲就显得更加奇怪，甚至很突兀。曹雪芹为什么要写呢？很难解释。有可能，曹雪芹又删除了凤姐和贾蓉之间的一些故事。

下面我们将本回小结一下。本回实际上就写了两件事情，一件是宝玉同袭人的云雨情，文字很短，但回目的上半联就点明此事，说明它的重要性。前面说了，这件事说明宝玉已经性成熟，为后文提供了背景。

另一个情节是刘姥姥进贾府，实际上就是刘姥姥见凤姐。刘姥姥来的目的就是请求接济，俗话叫打秋风。她好不容易见到了凤姐，靠着自己的委曲求全甚至装疯卖傻，她赢得冷若冰霜的凤姐的一丝怜悯，得到了二十两银子，在她看来算得满载而归。这是刘姥姥第一次进贾府，后面她还有第二次第三次。曹雪芹之所以选择刘姥姥这样一个人物来描写，一个是情节的需要，就是让凤姐积一点德，最后女儿巧姐得到回报，这正是第 5 回预设的，巧姐最后面临迫害时，正是刘姥姥帮她脱险。曹雪芹的第二个目的，应该是《红楼梦》表现内容的需要。全书的主要内容是写贾府为代表的上流社会的生活；但是，《红楼梦》的目的是反映社会反思人生，如果单单只写上流社会，就无法达成主题，所以曹雪芹一方面写了贾府中的许多下人，另一方面他又跳出贾府，写了以刘姥姥为代表的贫苦人家，这样《红楼梦》才能反映一个相对完整的社会。这就是刘姥姥之所以成为重要角色的原因。曹雪芹的第三个目的，是要让刘姥姥作为一个见证人，她前两次进贾府，看到的贾府是如此高贵豪华的，而到她第三次来的时候，贾府已经一片凋零。富贵豪华是如此轻易就灭了，而刘姥姥这样一个乡村的穷老太太，却依然故我，两相对比，真让人感慨无限。从这样三个方面来看待刘姥姥，或能得到《红楼梦》的真谛。

另外，刘姥姥这第一次进贾府，曹雪芹有意无意之间造成了同黛玉进贾府、薛宝钗家进贾府之间的对比。黛玉到来时，先是贾母派人派船赶到扬州去接；进贾府的时候是车拉轿子抬，前呼后拥，受尽尊敬；贾母一顿感天动地的痛哭，终于将黛玉的地位牢牢地确定了下来。薛家就不一样了，他们是不请自来，避罪而来，急急忙忙，颇为尴尬。进了贾府，一号主人贾母是不冷不热；还好贾政出面留客，然后贾母才说你们就住下吧；薛姨妈几乎是感激涕零，一家人从此躲在贾府的保护伞下，看人脸色过日子。而这一次刘姥姥前来，又是另外一番景象，先是连门都进不了，还受看门人的捉弄；接着是面对冷若冰霜的凤姐，刘姥姥受尽羞辱，作好作歹，才博得凤姐的一点怜悯。曹雪芹在短短几乎相连的章回里，连续写三批人进贾府，不同的身份、不同的地位、不同的遭遇，社会人情、世态炎凉，带给读者很多联想和思考。

我们再深入一步，曹雪芹为什么对跨进贾府大门的镜头如此热衷，一连写三次？我在想，这是不是因为他自己内心有一个深深的结？前面我们说过，黛玉进贾府的年龄，同曹雪芹自己第一次进姑妈家是相仿的，还有，宝钗进贾府的年龄也差不多。我们猜想，很可能，黛玉进贾府时贾母的痛哭，是来自曹雪芹进郡王府时，他姑妈的伤心；同样，宝钗进贾府时，背着哥哥犯罪的包袱，而曹雪芹进郡王府时，背着父亲犯罪的包袱。换句话说，曹雪芹在黛玉、宝钗的身上，寄托着自己进郡王府的两种不同的感受。那么，有没有可能，刘姥姥的进贾府，寄托着曹雪芹进郡王府的另外一种感受呢？我们看，刘姥姥是带着外孙板儿，以亲戚的名义来到贾府的，板儿年龄是五岁。前面我们说过，曹雪芹来到北京的年龄大约在六到十二岁之间，所以，曹雪芹与板儿也有某种相似。我们想象一下，他第一次去姑妈家，很可能是一个老家人领去的，那么，他们在王府门口的遭遇，很可能就同刘姥姥一样。要真正理解《红楼梦》，对作者曹雪芹本人的经历必须有一个大致的了解，在我们的鉴赏中，曹雪芹的经历是一个重要的砝码。

下面谈谈本回的艺术特点。

本回主要的艺术特点，是曹雪芹把两种完全不同的心理，就是由刘姥姥的焦虑急切和凤姐的作态装傻放在一起，让它们对撞，其不断腾起的火花，造成很强的戏剧效果。在两人见面以前，作者先就进行了酝酿，他借周瑞家的嘴，先向刘姥姥介绍凤姐的为人，"我的姥姥，告诉不得你呢。这位凤姑娘年纪虽小，行事却比世人都大呢。如今出挑的美人一样的模样儿，少说些有一万个心眼子。再要赌口齿，十个会说话的男人也说他不过。回来你见了就信了。就只一件，待下人未免太严些个。"这些话增加了刘姥姥的压力，也让她对凤姐有了心理准备。所以见面的时候，她大气也不敢出；而凤姐则对刘姥姥视而不见，两眼盯着手炉中的炉灰，仿佛那炉灰中有一个很好玩的世界。她以此来激发刘姥姥更大的害怕和焦急，像热锅上的蚂蚁，凤姐看在眼里乐在心中。过了大半天，她才像发现新大陆一样发现了刘姥姥；刘姥姥手里没有其他的牌，最大的牌就是磕头卖傻。磕头，在中国古代的礼仪中，是表示自己卑微，同时向对方表示最大的诚恳、最大的哀求。凤姐二十岁，刘姥姥七十来岁，在中国古代的礼仪中，她们本该是倒过来的，现在这种颠倒人伦，让凤姐感到了莫大的享受。末了凤姐施给一点同情。但她又在同情的前面，先说上一大通艰难，弄得刘姥姥心中突突的，然后凤姐突然说出可以给二十两银子，让刘姥姥心中着实痒痒，而凤姐再次得到快乐和享受。曹雪芹就是这样，抓住两个人物的心理来描写情节，刻画人物，这很有点像《三国演义》中诸葛亮玩弄鲁肃，场面形成了很大的心理张力，又充满戏剧性。曹雪芹得到了他想要的效果。

本回主要刻画凤姐和刘姥姥，前面分析较多，不再另作人物欣赏。只补充一句：记住刘姥姥今天是什么样的，后面刘姥姥第二次进贾府的时候，我们展开对比。

第七回

送宫花贾琏戏熙凤　　宴宁府宝玉会秦钟

　　本回下半回宝玉会秦钟，内容很集中；而上半回的送宫花，则体现出曹雪芹高妙的构思，他利用一个很小很小的细节——送宫花，就先后让正十二钗的七位女子，分别上了镜头。这样的小说描写，几乎相当于电影剧本。大家知道，当前有许多小说被改编为电影，其中最困扰人的就是怎么把小说改编为电影剧本。哪位编剧看到像第 7 回这样的小说一定会喜欢，因为几乎不需要改编就是剧本。曹雪芹在电影没有诞生以前，好像就已经懂得了电影语言，而且写得那么好。

　　这回一上来，曹公就让上一回忙了半天的周瑞家的加班加点，让她在本回中作为一个结构人物去串联情节。周瑞家的送走刘姥姥来向王夫人回话，然后到里间与宝钗闲聊。这里，宝钗就第一次登场了。前面第 4 回写薛家来贾府，曹公在回末带了一句："宝钗日与黛玉迎春姊妹等一处，或看书下棋，或作针黹，倒也十分乐业。"第 5 回的开头，又简单交代"宝钗行为豁达，随分从时"等语，既没让宝钗登台亮相，也没有同宝玉、黛玉见面，更没写宝钗是如何见贾母的，什么都没写。所以到目前为止，我们未曾谋面宝钗。现在曹公终于让宝钗亮相了。看看宝钗的第一个镜头：

　　　　只见薛宝钗穿着家常衣服，头上只散挽着纂儿，坐在里边，伏在小炕桌上同丫鬟莺儿正描花样子呢。

　　这就是宝钗的第一个镜头。千呼万唤才亮相，这个镜头要告诉我们什么呢？一，宝钗穿着家常衣服，她没怎么打扮。后面我们会知道，她不是今天没打扮，而是从来就不怎么打扮，她不喜欢打扮，不讲究穿着。第二，她同丫头一起在描花样子，很认真，伏在炕上，这是在劳动。常言说"男耕女织"，但织布属于农村妇女的劳动，要有田地有棉花；古代城市中女人的劳作，更多的是绣花，那是很劳神的活，永远做不完。描花样子是绣花的前道工序。第一个镜头宝钗正好在干活，这是碰巧吗？读了后面几回我们就会明白，这不是碰巧，自从家道中落，宝钗就一直在帮着母亲干活，所以这是宝钗生活的一个常态。

　　一个镜头就能告诉我们这些，但一组镜头就有更多的意味了，曹公连续的一组镜头，拍摄了十二钗中的七个女子，我们不妨提前浏览一下这组镜头。时间，当天下午。迎春同探春在下围棋，惜春在同小尼姑聊天，李纨在睡午觉，凤姐正同贾琏寻欢作乐，最后一位黛玉，在宝玉房间里玩游戏。曹雪芹给出的这组镜头中，七位女子，其他人都在休闲娱乐，只有宝钗在干活。贾府的女孩子可以不干活，而宝钗不行，后面我们会看到，宝钗一个人在家里的时候天天都要干活，而且做到深夜。

现在我们继续看作品，见到周瑞家的进来——

宝钗才放下笔，转过身来，满面堆笑让："周姐姐坐。"周瑞家的也忙陪笑问："姑娘好？"一面炕沿上坐了，因说："这有两三天也没见姑娘到那边逛逛去，只怕是你宝兄弟冲撞了你不成？"宝钗笑道："那里的话。只因我那种病又发了，所以这两天没出屋子。"周瑞家的道："正是呢，姑娘到底有什么病根儿，也该趁早儿请个大夫来，好生开个方子，认真吃几剂，一势儿除了根才是。小小的年纪倒作下个病根儿，也不是顽的。"

有的评论说宝钗满面堆笑地招待是因为周瑞家的在贾府是个有地位的管家，所以宝钗要奉承她，这个说法值得讨论。我想如果说宝钗要攀附谁依靠谁，可能还轮不到周瑞家的，除了王夫人，现成的主子兼管家凤姐，是宝钗姑表姐姐，宝钗可以经常去串联，她有没有这样做呢？作品中可没有这样的描写。曹公笔下的宝钗不是这种人。接着写了宝钗的病和药，带有很强的象征暗示作用，值得我们探讨。

宝钗听了便笑道："再不要提吃药。为这病请大夫吃药，也不知白花了多少银子钱呢。凭你什么名医仙药，从不见一点儿效。后来还亏了一个癞头和尚，说专治无名之症，因请他看了。他说我这是从胎里带来的一股热毒，幸而先天壮，还不相干；若吃寻常药，是不中用的。他就说了一个海上方，又给了一包药末子作引子，异香异气的，不知是那里弄了来的。他说发了时吃一丸就好。倒也奇怪，吃他的药倒验些。"

周瑞家的因问："不知是个什么海上方儿？姑娘说了，我们也记着，说与人知道，倘遇见这样病，也是行好的事。"宝钗见问，乃笑道："不用这方儿还好，若用了这方儿，真真把人琐碎死。东西药料一概都有限，只难得'可巧'二字：要春天开的白牡丹花蕊十二两，夏天开的白荷花蕊十二两，秋天的白芙蓉蕊十二两，冬天的白梅花蕊十二两。将这四样花蕊，于次年春分这日晒干，和在药末子一处，一齐研好。又要雨水这日的雨水十二钱，……"周瑞家的忙道："嗳哟！这么说来，这就得三年的工夫。倘或雨水这日竟不下雨，这却怎处呢？"宝钗笑道："所以说那里有这样可巧的雨，便没雨也只好再等罢了。白露这日的露水十二钱，霜降这日的霜十二钱，小雪这日的雪十二钱。把这四样水调匀，和了药，再加十二钱蜂蜜，十二钱白糖，丸了龙眼大的丸子，盛在旧磁坛内，埋在花根底下。若发了病时，拿出来吃一丸，用十二分黄柏煎汤送下。"

周瑞家的听了笑道："阿弥陀佛，真坑死人的事儿！等十年未必都这样巧的呢。"宝钗道："竟好，自他说了去后，一二年间可巧都得了，好容易配成一料。如今从南带至北，现在就埋在梨花树底下呢。"周瑞家的又问道："这药可有名子没有呢？"宝钗道：

"有。这也是那癞头和尚说下的，叫作'冷香丸'。"周瑞家的听了点头儿，因又说："这病发了时到底觉怎么着？"宝钗道："也不觉甚怎么着，只不过喘嗽些，吃一丸下去也就好些了。"

冷香丸的配方如此奇特，直到当今中医专家都难以解释，曹公弄得很玄，必有用意。我们一层层分析，先弄清楚宝钗得的什么病。"凭你什么名医仙药，从不见一点儿效……说我这是从胎里带来的一股热毒。"显然宝钗得的不是一般的病，而是太虚幻境给她摊上的病，只有癞头和尚能治，他后面还救过宝玉和凤姐。自然他是手到病除，这一点都不奇怪。这是第一层。第二层，和尚说宝钗"是从胎里带来的一股热毒"，只有"冷香丸"才能治好，这就更有意思了，一个叫热毒，一个叫冷香，这一热一冷，曹公似乎暗示：宝钗先天是"热"的，可称天性，这种先天的热让她无法适应后天的世界，如果要活下去，她就需要清热。但是名医仙药一概无用，只有冷香丸才能够清她的热。冷香丸由四季的花卉合成，白牡丹、白荷花、白芙蓉、白梅花。这就有意思了，这些花在我国文化中都有特殊的含义，我国古代的文学艺术尤其是诗歌和美术，对这些花都有大量的刻画，在这些文艺表现中，与其说它们是一种花、一种植物，倒不如说它们是一种人品、一种精神，是明确无误的象征。牡丹象征着高贵高雅；荷花芙蓉出污泥而不染，象征着洁身自好；梅花傲冰雪而开放，在万花凋零的冰天雪地中，孤独地绽放，散发出清香，它象征的是不随波逐流，在恶劣的环境中孤芳自赏。四种花还必须白色的，白色象征清白、雅致。到这里已经很有意思了。但曹公的配方还有讲究：需要四种天然的水，雨水那日的雨，白露的露，霜降的霜，小雪的雪。这四种水纯出天然，还限定时间，极其难得。如此奇特的冷香丸，我想，曹雪芹是在用一种独特的方式提醒我们，这冷香丸并非是一种药，而是一个象征物、一个意象。它象征着中国传统文化中最高雅、最纯粹、最难得的层面。简单说：以最高雅难得的后天之物来清除宝钗天然的热。曹公委婉深奥的用意，我理解为：胎里带来的热毒（注意，中医的热毒可不是"毒害"的意思），象征着宝钗天生热心、热忱，但她来到的世界，是一个热心者无法生存的世界，她必须清除她的热度，以较冷的方式生存，以千百年来"山中高士"们所秉持的方式，像牡丹那样高雅，像芙蓉、荷花洁身自好，像梅花那样在冰天雪地里孤独地绽放。正所谓"山中高士晶莹雪"。

曹雪芹对宝钗的刻画刀法奇特。人物首次出场就用了如此奇特深奥的象征，第16回写蘅芜苑又以屈原诗赋中的各种奇花异草作暗喻，弄得贾政都不认得，以为此处无趣；而对宝钗的心海，则一笔不写彻底关闭，导致人们对宝钗理解困难。曹公这番心血值吗?

这个话题我们先打住，继续欣赏作品。

周瑞媳妇临走，薛姨妈托她带去十二枝宫廷出来的娟花。

　　"你家的三位姑娘，每人一对，剩下的六枝，送林姑娘两枝，那四枝给了凤哥罢。"王夫人道："留着给宝丫头戴罢，又想着他们作什么。"薛姨妈道："姨娘不知道，宝丫头古怪着呢，他从来不爱这些花儿粉儿的。"

宫廷出来的花特别名贵，当今拍卖行常有拍卖，价格昂贵，在当时的普通人家女孩是可望而不可得的，一般贵族人家也不是随手可得。薛家是替内务府办事的，所以一下子弄到十二枝。薛姨妈一家长期居住在贾府，感恩不尽，这些宫花聊表心意而已，贾府有元春在宫里，宫花在他们家并不稀罕。薛姨妈的分配方案也得体的，贾府的三位姑娘和黛玉每人两枝，一碗水端平，凤姐得四枝，凤姐有家室，还有对外的人情交往，不是吗，凤姐当场就送了两枝给秦可卿。薛姨妈没留一枝给宝钗，因为宝钗"从来不爱这些花儿粉儿的"。曹雪芹借着闲聊，悄悄透露了宝钗的一个特性。一个姑娘不爱好鲜花和脂粉较少见，但在宝钗的身上却很自然的，她不讲究穿着和摆设，闺房里一片素雅，这些习性综合起来形成一种特有的品性和志趣，文人雅士的品位志趣。

接下来周瑞家的就去送花了。曹雪芹开始了他两百多年前的电影镜头式表演。第一个特写镜头是顺带性地给了香菱。通过周瑞媳妇同金钏的对话，我们方才知道香菱的面貌居然有点像秦可卿，这是否对宝玉形成某种诱惑? 好事的周瑞媳妇想打听一些香菱的往事，香菱统统回答记不得了，当然是在回避。这个镜头是曹雪芹顺手赚来的，它对本回没什么意义，但对以前和往后都有说明作用。镜头跟着周瑞媳妇的脚步一路摇过去，曹雪芹用旁白的方式告诉我们，贾母为了给宝玉和黛玉腾地方，把迎春、探春、惜春都打发到王夫人那边去了，一方面强调了贾母对黛玉的宠爱，另一方面为马上要展开的小高潮进行了铺垫。

第二个特写镜头给了迎春和探春。

　　进入内房，只见迎春探春二人正在窗下围棋。周瑞家的将花送上，说明缘故。二人忙住了棋，都欠身道谢，命丫鬟们收了。

这应该是个有声的镜头，迎春和探春的道谢是有语言的，但曹雪芹却进行了无声的处理，因为她们的道谢很平常，意义不大，曹公毫不客气地把她们的声音隐去。

为什么？为的是有详有略，为的是有突出。

第三个特写镜头给的惜春。

> 只见惜春正同水月庵的小姑子智能儿一处顽耍呢，见周瑞家的进来，惜春便问他何事。周瑞家的便将花匣打开，说明原故。惜春笑道："我这里正和智能儿说，我明儿也剃了头同他作姑子去呢，可巧又送了花儿来，若剃了头，可把这花儿戴在那里呢？"说着，大家取笑一回，惜春命丫鬟入画来收了。

这里的描写，可能绝大多数读者都没有细读、回味。其实看似平常的描写，背后是蕴含着内容的。惜春的对话很有个性很有意味，是后面情节和人物发展的重要伏笔。但是，在这对话描写之前，惜春的个性就已经被曹雪芹展现了。我们回顾一下。"见周瑞家的进来，惜春便问他何事。"这个"便"字用得太好了，它表明惜春既没有问好，也没有让座，更没有像宝钗那样堆着笑脸，或像迎春和探春忙住了棋，都欠身道谢。——大家看，惜春的个性、为人，是不是已经出来了？同样，当时周瑞媳妇的心情也出来了。"周瑞家的便将花匣打开，说明原故。"这里又出现了一个"便"字。见到惜春不那么热情、礼貌，周瑞家的也不高兴，但她不能说什么，所以就不说什么，默默地把花匣子打开，然后"说明原故"。作为下人，她只能以此来表达自己的不快，因为她在贾府也算有点地位，而这送花的事本来不该是她的差事，她干着比她低几个级别的人干的事，而小姐却一点不热情，这让她没脸。接着，惜春一番很幽默地说笑话，看上去有些孩子气，但这番话，既显示惜春不那么讲究人情客套，因为这话不仅让周瑞媳妇的工作显得白做，也让薛姨妈的一番好意显得多余，这番话还显示了惜春的幽默和联想才华，那至少是迎春和探春不具备的。惜春与她的两位姐姐，一下子拉开了距离。曹雪芹真是厉害呀！

第四个镜头是李纨，镜头比较短，也是无声的。

> 穿夹道从李纨后窗下过，隔着玻璃窗户，见李纨在炕上歪着睡觉呢。

镜头虽短，但也不无意义。在这天下午，李纨一个人悠然自得地睡着觉，她不需要像凤姐那么忙碌，也不像那批小姑子喜欢娱乐，在偌大的贾府中，她是最悠闲的。

第五个镜头是凤姐，这个镜头更有特色，用了侧面描写方法，凤姐并没有出现在镜头中。

> 走至堂屋，只见小丫头丰儿坐在凤姐房中门槛上，见周瑞家的来了，连忙摆手儿叫他往东屋里去。周瑞家的会意，忙蹑手蹑足往东边房里来，只见奶子正拍着大姐儿睡觉呢。周瑞家的悄问奶子道："姐儿睡中觉呢？也该请醒了。"奶子摇头儿。正说着，只听那边一阵笑声，却有贾琏的声音。接着房门响处，平儿拿着大铜盆出来。叫丰儿舀水进去。

作者一个字也没有写凤姐，但读者一看就明白，凤姐刚同贾琏在行房事。年轻夫妻白天行房事，在当代社会很正常，但曹雪芹写的可是清代，而且凤姐并不是同贾琏两个人悄悄地干，他们要一群丫头们服侍的，那就是大白天公开行乐。这在当年是要被人笑话的。曹雪芹写出凤姐和贾琏的张扬，不爱惜自己的羽毛，当然同时也表现出他们性欲的旺盛，这一切，都为后文埋下了伏笔。

或许曹公觉得这一连串镜头有点长，仅用一枝宫花串联这么多人显得有点薄弱，也可能他觉得让周瑞媳妇从上一回忙到现在，没有一点自己的故事，有点冤，所以他中间插进一个不相干的镜头，那是周瑞的女儿来找母亲，说她丈夫面临官司，甚至可能被递解还乡。

> 周瑞家的听了道："这有什么大不了的事！你且家去等我，我给林姑娘送了花儿去就回家去。此时太太二奶奶都不得闲儿，你回去等我。这有什么，忙的如此。"女儿听说，便回去了，又说："妈，好歹快来。"周瑞家的道："是了。小人儿家没经过什么事，就急得你这样了。"

多大的口气，可能被判递解还乡的官司，触犯法条了，但在周瑞媳妇看来小事一桩，根本不用理它，果然她后面求了一下凤姐，这官司便化为乌有了。

送宫花的第六个镜头，也是最后一个，给了黛玉，并且把宝玉也拍进去作为陪衬。这个压轴的镜头比较长，我们看原文。

> 说着，便到黛玉房中去了。谁知此时黛玉不在自己房中，却在宝玉房中大家解九连环顽呢。周瑞家的进来笑道："林姑娘，姨太太着我送花儿与姑娘带来了。"宝玉听说，便先问："什么花儿？拿来给我。"一面早伸手接过来了。开匣看时，原来是宫制堆纱新巧的假花儿。黛玉只就宝玉手中看了一看，便问道："还是单送我一人的，还是别的姑娘们都有呢？"周瑞家的道："各位都有了，这两枝是姑娘的了。"黛玉冷笑道："我就知道，别人不挑剩下的也不给我。"周瑞家的听了，一声儿不言语。宝玉便问道："周姐姐，你作什么到那边去了。"周瑞家的因说："太太在那里，因回话去了，姨太太就顺便叫我带来了。"宝玉道："宝姐姐在家作什么呢？怎么这几日也不过这边来？"周瑞家的道："身上不大好呢。"宝玉听了，便和丫头说："谁去瞧瞧？只说我与林姑娘打发了来请姨太太姐姐安，问姐姐是什么病，现吃什么药。论理我该亲自来的，就说才从学里来，也着了些凉，异日再亲来看罢。"

大家看，或许是知道黛玉的脾气，或许是从惜春那里吸取了教训，周瑞媳妇一进来就张开笑脸，才同黛玉说话。但是没用，黛玉并不热情，"只就宝玉手中看了一看"。她之所以这么冷淡，或许因为这花是薛家送的，她早就对宝钗"悒郁不忿"，这宫花在她眼里代表着薛家有钱有门路，所以她不仅不喜欢，连欣赏的劲头都没有。"还是单送我一人的，还是别的姑娘们都有呢？"这句问话很出乎我们的意料，周瑞媳妇大概也不知道黛玉的用意，她据实回答："各位都有了，这两枝是姑娘的了。"黛玉冷笑道："我就知道，别人不挑剩下的也不给我。"这话是冤枉周瑞媳妇了，曹公好像专为这里做了伏笔，他把周瑞媳妇的线路写的清清楚楚，是顺路送花的。而贾府的那些千金，哪个会在这种小事上挑肥拣瘦？"周瑞家的听了，一声儿不言语。"周瑞媳妇也在赌气，她不做任何说明和解释，也不陪笑申辩，她以沉默表达自己的态度。她是个下人，她只能这样表达无声的抗议。另一方面，我们看到黛玉同她刚进贾府时抱定的宗旨——不多说一句话，不多走一步路——背道而驰了，黛玉的言行处事发生了很大的变化。这个变化是怎么来的呢？其实曹雪芹写得很明白，很详细。第一，来贾府之前，她记住母亲的话把自己放得很低。但来到贾府以后，外祖母对她的宠爱高出迎春姐妹，几乎与宝玉不相上下。这种实际地位的改变，让黛玉的心态自然而然改变了。第二是宝玉，宝玉对她的唯命是从万般迁就，更让黛玉孤高自傲、出言不逊，尤其是当着宝玉的面，黛玉不仅要表现自己，还要借各种机会撒娇。恋爱中的女孩往往都这样。第三个原因是宝钗的到来，第5回写道，"人多谓黛玉所不及"，令黛玉"恺郁不忿"，黛玉担心的是，宝钗和她一样都是宝玉的表姐妹，宝钗会不会夺走宝玉。今天这送花的场合，如果宝玉不在，黛玉未必会把话说得那么难听；偏偏宝玉也在，薛家这宫花不仅显示出他们家的地位，也反衬出黛玉无家的孤苦，令黛玉愤恨，霎那间失去了控制做出了过激的反应。这种反应有意无意，也可以称之为潜意识。最了解黛玉的是宝玉，他一看这场面僵住了，立即扯开话题。我们说宝玉机敏，首先，他明明是要问候宝钗，却把薛姨妈一起拖在里面；其次，宝玉把自己的问候也带上了黛玉；其三，宝玉自己不去问候，却编了两个小谎言，一个是说刚从学校回来，第二个说着了凉。这些黛玉都看在眼里，敏感的心受到了安抚，她不再说什么。一场风波平息了，这是曹雪芹写的这三人之间第一场风波，它为后面无数次的风波定下了形式和格调。

本回的下半部是宝玉会秦钟。宝玉是跟着凤姐去宁国府的，而凤姐是受到贾珍的夫人尤氏的邀请。我们先说说曹雪芹对宁国府人物结构的设计安排。宁国府人丁不盛，与贾母同一辈的贾代化只有两个儿子，贾敷、贾敬，贾敷童年夭折，只剩贾敬一脉，贾敬又只有一个儿子贾珍。曹雪芹又特意设计，宁国府中不仅与贾母同一辈的老太太死了，而且比贾母小一辈的夫人也都死了。曹公这样设计，大概就是为了让贾母在宁荣两府中一人独尊独大，如果宁国府也有一两个老太太，那贾母就管不到那边了。不仅如此，曹雪芹还把贾敬赶到庙里当道士去了，于是宁国府中贾珍成为老大，而他是"玉"字辈，在荣国府中还只是孙子一代与宝玉一个辈分，没地位。再加又让贾珍的原配夫人也死了，续娶的尤氏不仅出身贫寒，人也不能干，所以在宁国府中贾珍是老子天下第一。这样，宁国府的男长辈出家，女长辈死得干干净净的，荣国府原本是二房，现在却彻底压倒长房的宁国府，别说贾母作为老祖宗可以凌驾其上，凤姐到那里也可以作威作福飞扬跋扈。一句话，让荣府压倒宁府。这恐怕就是曹雪芹一番设计的用意。至于曹雪芹为什么要设立宁国府、荣国府两府并存的格局，我们后面会有探讨。

再说说凤姐的身份。凤姐是荣国府的实际管家，但她这地位来得有点名不正言不顺。荣国府中，有贾赦、贾政两房，由于贾母健在，这两兄弟虽然分了户却没有彻底分家，贾母年纪大了，不管具体事情，按顺序应该是长门媳妇管事，但邢夫人不是贾赦原配，而且出身寒门，再加上贾母不喜欢，所以她被晾在一边。整个荣国府的家族事务，贾母是让王夫人打理，但王夫人年岁上去以后，开始吃斋念佛，有点力不从心。刚好，凤姐既是王夫人的侄女儿，又精明能干，王夫人就委托凤姐主管家务事。凤姐这人逞强好能，又贪图钱财，所以她接管了权力之后，一方面显示她的威风，另一方面趁机贪污克扣。但是毕竟，她头上有贾母、邢夫人、王夫人三座大山，所以她的心很累；再加上什么事情都要亲力亲为，她的身子也很累。

宁国府的尤氏深知凤姐辛苦忙碌，邀请她去宁国府玩玩，休息一下。

> 一时进入宁府。早有贾珍之妻尤氏与贾蓉之妻秦氏婆媳两个，引了多少姬妾丫鬟媳妇等接出仪门。那尤氏一见了凤姐，必先笑嘲一阵，一手携了宝玉同入上房来归坐。秦氏献茶毕，凤姐因说："你们请我来作什么？有什么好东西孝敬我，就快献上来，我还有事呢。"尤氏秦氏未及答话，地下几个姬妾先就笑说："二奶奶今儿不来就罢，既来了就依不得二奶奶了。"

我们看，来到宁国府，凤姐威风八面，几乎就是老大。然后她们妯娌们玩骨牌，现在叫牌九。这天秦可卿的弟弟秦钟也在宁国府，凤姐是长辈，初次见面，平儿赶紧送了一份厚礼。而宝玉见到秦钟长得十分娇美，有点想入非非；秦钟见宝玉形容出众，举止不凡，也十分倾慕。两人聊起来，宝玉就请秦钟来他家的私塾一起读书，秦钟家里贫穷，也正有此意，两人商定由宝玉去求凤姐和贾母，让秦钟来贾府的私塾上学。

晚上，凤姐和宝玉刚要回家，宁国府出事故了。老仆人焦大，曾经在战场上救过宁国公的命，眼下正在那里开骂。

> "有了好差事就派别人，象这等黑更半夜送人的事，就派我。没良心的王八羔子！

瞎充管家！你也不想想，焦大太爷跷跷脚，比你的头还高呢。二十年头里的焦大太爷眼里有谁？别说你们这一起杂种王八羔子们！"正骂的兴头上，贾蓉送凤姐的车出去，众人喝他不听，贾蓉忍不得，便骂了他两句，使人捆起来，"等明日酒醒了，问他还寻死不寻死了！"那焦大那里把贾蓉放在眼里，反大叫起来，赶着贾蓉叫："蓉哥儿，你别在焦大跟前使主子性儿。别说你这样儿的，就是你爹，你爷爷，也不敢和焦大挺腰子！不是焦大一个人，你们就做官儿享荣华受富贵？你祖宗九死一生挣下这家业，到如今了，不报我的恩，反和我充起主子来了。不和我说别的还可，若再说别的，咱们红刀子进去白刀子出来！"

刚刚还是风和日丽打牌娱乐，突然间暴发出如此凶狠的叫骂声，它是《红楼梦》中一座高峰。——在整部小说中，正面、公然的对抗，甚至谩骂主子的，只有焦大这一次。被人们看作最有反叛性的鸳鸯、晴雯，没有一个敢当面指责主子的，更不要说咒骂。曹雪芹这看似信手拈来的一笔，至少有五个作用。一，用焦大的嘴揭示出宁国府中的乱象。二，表现出宁国府管理松散混乱，为后面凤姐整顿宁府埋下了伏笔。三，它让我们看到了奴才抗议（还说不上反抗）的闪光。四，它也反衬出，荣国府管理比较人性化，所以那里的仆人都不愿离开，那里才会诞生大观园这样一个散发出人性光辉的小世界。五，曹公故意把宝玉拉到宁国府来听到这些谩骂，还问什么叫扒灰，我想曹公不会没有用意，或许，它对宝玉的转变、出家，有点化作用。人们常用"一石三鸟"来赞美曹雪芹的手段高明，这个小细节告诉我们，他何止一石三鸟！类似这样的细节在《红楼梦》中比比皆是，我们的赏析无法面面俱到，请大家自己在阅读中细细体会，享受阅读的乐趣，只有阅读《红楼梦》才有的乐趣。

这一回以凤姐和宝玉离开宁国府作为结束。下面我们小结一下。

这一回按照标题是两个内容，一个是送宫花，一个是宝玉会秦钟，但在末尾又出现了焦大夜骂，所以实际上形成了三个内容。送宫花之前，宝钗头回出场，她同周瑞媳妇闲聊她的病因和药方，其中讲到了癞头和尚，透露出宝钗同太虚幻境的微妙关系；而那个冷香丸，更是暗示宝钗绣口锦心。这是我个人的见解。

送宫花的过程，曹雪芹运用了类似拍电影的一组连续镜头，让目前已经在贾府的正十二钗都出场了，如果把凤姐女儿巧姐儿也算上，那上镜头的就有八位之多。这组镜头的时间不长，但其镜头语言所表现的多样性复杂性，其镜头衔接的精妙程度，可能不输给现在的电影大师。表现形式也多姿多样，第一个镜头中的迎春和探春，那应该是有声的镜头却被做了无声化的处理，以此来突出第二个镜头中惜春的对话；第三个镜头中李纨在睡觉，那是原本就无声的；第四个表现凤姐的镜头更加特别，凤姐既没有出场也没有她的画外音，是用无人来表现有人；而尤其出人意外的是，那个不相干的外插镜头，也可以称之为过渡镜头，周瑞女儿得到的时间最长，对话最多；最后那个黛玉的镜头，是对话较多的一个，不仅黛玉说话，宝玉也说，周瑞媳妇也直接同他们对话，在前面的镜头中，周瑞媳妇都没有直接同各位金钗对话。所以这一组镜头的有声无声处理，如同梅花间竹，变化有序。就各人的反应而言，迎春和探春是恭恭敬敬地道谢，惜春则幽默谐谑了一番，凤姐是收下花以后随手就送了秦可卿两枝，而黛玉，非但不想要，还发了一通牢骚。可见同样是收到礼物，各人的反应完全不一样。就对话的内容而言，惜春的幽默一语成谶，恐怕她自己都没想到最后会真的当了尼姑；黛玉的对话是整组镜头的高潮，她虽然只说了短短两句话，却成为一场重戏的开头，宝玉、黛玉、宝钗三人之间的感情纠纷，就此拉开帷幕。此外，其中还有无言的对话镜头，就是我们前面说到过的，"周瑞家的听了，一声儿不言语"。这是一个无声的特写镜头，无声的画面里包含了周瑞媳妇不能说的话语，无法表达的情感。

曹雪芹选的题材是那么普通，就是送几枝假花给姑娘们，太平常的事了，但这一组送花的镜头，却用了如此丰富的表现手段，承载了如此丰富的情节内容。《红楼梦》的艺术高度实在令人难以置信。

关于宝玉会秦钟的一段，实际上也仅仅是第二次正面描写宝玉，前一次是第3回他与黛玉的见面，那次描写出彩的是宝玉摔通灵宝玉，表现出宝玉率性的一面。这次见秦钟，最出彩的是他的痴想，见到面貌娇美的、带着女性美的秦钟，宝玉陷入了痴想，他对秦钟无限仰慕和推崇，却把自己看作泥猪癞狗，这又展现出宝玉性格重要的一面，就是敬重别人，低看自己，轻视自己，这是一种很高的精神境界。当然，宝玉对秦钟的这段痴情还含有另一种成分，这个我们以后再说。

说到出彩，实际上这一回最出彩的，除了黛玉之外，那就是焦大的叫骂。深夜的宁国府中突然爆发的这段叫骂，将道貌岸然的宁国府铅华洗尽，露出偷狗戏鸡箕裘颓堕的真实面目，还抖出贾府祖上九死一生的背景，令今日子孙的胡作非为多出若干意味。俗话说富不过三代，《好了歌》说，"陋室空堂，当年笏满床；衰草枯杨，曾为歌舞场。"宁国府子孙的所作所为，让我们隐隐约约看到，巍峨的宁国府正走向"陋室空堂""衰草枯杨"。

第八回

比通灵金莺微露意　探宝钗黛玉半含酸

　　本回的回目较好，把这一回的内容基本概括，"微露意""半含酸"，较好地传递出这一回的特殊气氛和味道。本回是《红楼梦》中最赏心悦目的篇章之一，评论也比较多。但文本中那些看似普普通通的文字背后的神奇意趣，许多人忽略了。所以我们要欣赏得比较细。

　　上次从宁国府回来以后，凤姐又哄着贾母也去宁国府看戏，中午过后贾母回荣府，宝玉送贾母回来。"因想起近日薛宝钗在家养病，未去亲候，意欲去望他一望。"宁国府有戏不看，即将下雪的天气，宝玉悄悄去探望宝钗。半路上遇见贾政的几个门客和管事的，这些人的名字曹雪芹一律用谐音恶意嘲弄，詹光谐音"沾光"，单聘仁谐"擅骗人"，这是往贾政脸上抹黑，他交结的尽是无耻之徒。这几个一望而知的谐音名字，似乎是在提醒我们注意这里另有谐音，因为他们告诉宝玉，贾政正在名叫梦坡斋的书房里午睡。"梦坡斋"，谐音"梦破"，再加是睡午觉，标准的白日做梦，痴心妄想！与这类宵小为伍，怎么能不"梦破"呢？

　　宝玉摆脱了那些人的纠缠，来到薛家居住的梨香院，"梨香"者，"离乡"也，表示薛家再也回不到故乡了。曹雪芹这个院名，是对薛家的感慨，或许也有他自己离开江宁老家的遗憾。我们看作品。

　　　　且说宝玉来至梨香院中，先入薛姨妈室中来，正见薛姨妈打点针黹与丫鬟们呢。宝玉忙请了安，薛姨妈忙一把拉了他，抱入怀内，笑说："这们冷天，我的儿，难为你想着来，快上炕来坐着罢。"命人倒滚滚的茶来。宝玉因问："哥哥不在家？"薛姨妈叹道："他是没笼头的马，天天忙不了，那里肯在家一日。"宝玉道："姐姐可大安了？"

　　注意，曹雪芹的笔第一次伸进了梨香院，描写薛家的生活。第一个镜头：薛姨妈带领全家做针线。记得吗？上一回写宝钗的第一个镜头，也是在劳动，描花样子，等会儿我们马上要看到，此时宝钗也在做针线。宝钗、整个薛家都在劳动。曹雪芹的镜头语言明明白白：薛家虽然还有店铺甚至当铺，但在薛蟠的管理下，可能已经没有什么利润，如果说贾府都已经内囊尽上来了，那么薛家更可能是徒有其表！再加薛蟠受人欺骗玩弄，自己又挥霍无度，导致薛家的太太和小姐，都需要亲自参加劳动，才能维持比较像样的生活。曹雪芹不会无的放矢，可是很遗憾，人们对这些镜头好像没有理会，凡是说到宝钗，人们都只记得"丰年好大雪，珍珠如土金如铁"，说薛家如何富贵，宝钗的生活如何优越。这些看法如果是时代原因造成的，那么到了今天，我们就需重新理解。

此处宝玉的表现也堪称礼貌周全，进来先给薛姨妈请安，完了先问哥哥在不在家，最后才问"姐姐可大安了"，尽管他实际上就是来看宝钗一人的，但这套礼数很周到。大多数评论文章里，宝玉似乎一直是一个痴痴的傻傻的或者有点叛逆的形象，实际上，在一般社交场合，宝玉是个讨人喜欢的世家子弟。后文贾母就明确说过宝玉很懂事。

下面，本回的、也是全书的一个高潮到来了。

> 薛姨妈道："可是呢，你前儿又想着打发人来瞧他。他在里间不是，你去瞧他，里间比这里暖和，那里坐着，我收拾收拾就进去和你说话儿。"宝玉听说，忙下了炕来至里间门前，只见吊着半旧的红绸软帘。宝玉掀帘一迈步进去，先就看见薛宝钗坐在炕上作针线，头上挽着漆黑油光的纂儿，蜜合色棉袄，玫瑰紫二色金银鼠比肩褂，葱黄绫棉裙，一色半新不旧，看去不觉奢华。唇不点而红，眉不画而翠，脸若银盆，眼如水杏。罕言寡语，人谓藏愚；安分随时，自云守拙。

可知宝玉对宝钗很关心，前日打发人来问候，今日又亲自上门。细看宝玉的动作："忙下了炕来至里间门前"。一个"忙"字，表现出宝玉心情的急切。然后宝玉观察得很仔细，先看到门帘是半旧的。他是去看人的，怎么会发现门帘是半旧的呢？恐怕是因为他自己家里到处都是新的，所以这半旧的门帘让他觉得有点特别吧。进了房间，看到宝钗正在炕上做针线，这很自然；但接着看到的就太多了：宝钗的发型、头发上漆黑的油光、服饰等。"一色半新不旧，看去不觉奢华。"尤其是："罕言寡语，人谓藏愚；安分随时，自云守拙。"曹雪芹借宝玉的眼睛，第一次描写了宝钗的容貌、神态、穿着、气质。

其实，上一回宝钗就出场了，却没有写她的容貌等，是特意留给宝玉的眼睛的，很讨巧。宝钗当然是个美女，"脸若银盆"，比黛玉丰满。看关键词：藏愚、守拙。过去的评论中，多理解为虚伪、装傻，带贬义。我认为这解释错得厉害，错到颠倒。"藏愚、守拙"，是大智若愚、大巧若拙的缩写，源于《老子》一书，那是"道"的高级境界。在中国几千年的语言环境中，"藏愚、守拙"都是用在那些兼具较高的文化修养和品德修为的雅士身上；确实，这两个词很少用在女士身上。但现在曹雪芹却用了，在第5回的《红楼梦曲子》中，已经写过"山中高士晶莹雪"，同这里的评价前后吻合，可见曹雪芹构想中的薛宝钗就是这样一个形象。一个十几岁的女孩子如何表现，才能符合如此高深的形象呢？很可惜，我们看不到八十回以后的薛宝钗，不知道在那里她有怎样的高风亮节，也不知道"金簪雪里埋"最后是如何埋法。而在高鹗的后四十回中，宝钗没有达到"山中高士晶莹雪"的高度。好在有前八十回，我们可以在这漫漫长途中追踪蹑迹，看看宝钗是不是走在一条通往"山中高士"的道路上。

观察完，宝玉该说话了。

> 宝玉一面看，一面问："姐姐可大愈了？"宝钗抬头只见宝玉进来，连忙起身含笑答说："已经大好了，倒多谢记挂着。"说着，让他在炕沿上坐了，即命莺儿斟茶来。一面又问老太太姨娘安，别的姐妹们都好。一面看宝玉头上戴着累丝嵌宝紫金冠，额上勒着二龙抢珠金抹额，身上穿着秋香色立蟒白狐腋箭袖，系着五色蝴蝶鸾绦，项上挂着长命锁，记名符，另外一块落草时衔下来的宝玉。宝钗因笑说道："成日家说你的这玉，究竟未曾细细的赏鉴，我今儿倒要瞧瞧。"说着便挪近前来。宝玉亦凑了上去，从项上摘了下来，递在宝钗手内。宝钗托于掌上，只见大如雀卵，灿若明霞，莹润如酥，五色花纹缠护。这就是大荒山中青埂峰下的那块顽石的幻相。

宝钗应该没想到宝玉会来，外面天寒地冻，公子小姐一般不外出。所以她起身含笑说道"倒多谢记挂着"，此话是带着感激的。这里我们注意曹雪芹写明白的一个细节：宝钗自己是在炕上做针线，他让宝玉坐在炕沿上，这样，宝钗与宝玉相隔大概就是一个炕桌，距离最多三尺吧，我们记住这个距离。北方的冬天，客人来了都是上炕坐，这本来不稀奇。但是，一个女孩刚刚病愈，一个男孩冒着严寒前来探望，用薛姨妈的话说，"这么冷天，我的儿，难为你想着来"；而且，房间里就他们两人，没有其他姐妹，在这样的境况下，三尺的空间距离，难免会产生一些不同于平时的亲密感。我们看，宝钗也打量了宝玉一番，但是与宝玉打量她不一样，宝钗看的主要是穿着，而不是容貌；从头上的紫金冠开始一直看到项上戴着的那块玉，看到这，"宝钗因笑说道：'成日家说你的这玉，究竟未曾细细的赏鉴，我今儿倒要瞧瞧。'"显然，宝钗以前还未曾仔细看过这块玉，但这块玉是如此神奇，不仅来得古怪，而且贾母更说这是宝玉的命根子；那癞头和尚则跟薛姨妈说过，宝钗命中只能配一个有玉的，那么宝钗更加要看了。为什么以前没看，偏偏今天才要看呢？有生活经验的人都知道，病人对前来探望的人特别容易感激，尤其是那些赶了远路，冒着寒暑前来探望的人。何况今天是在自己家里，再加上没有其他人在眼前，宝钗会同平时不一样一些。宝钗这种微妙的心理变化，曹雪芹逮得非常准，字里行间都体现出来。我们听宝钗的言语和口气，"我今儿倒要瞧瞧"，这语气不仅自信，简直有点豪迈，同她平时的口气相差很大。苏东坡说，"老夫聊发少年狂"，宝钗今天有点"少女聊发少年狂"。被关怀的愉悦、甜蜜和自信，不经意之间就流露出来。还不止于此，我们看她细小的动作："说着便挪近前来"。不问宝玉同意不同意，高兴不高兴，"便挪近前来"。如此主动，甚至有点冒昧，这在宝钗太罕见了。果然，我们看："宝玉亦凑了上去，从项上摘了下来，递在宝钗手内"。两人非常默契。

我们啰唆一句，宝钗已经表现得非常出格，但她毕竟不是黛玉，如果是黛玉，早就自己伸手去摘那玉了；但宝钗还不至于，这就是宝钗同黛玉的区别。等会儿黛玉替宝玉带上斗笠的神情动作，同这里做一番对照，你就更加体会，曹雪芹对于细微区别的把握是如此精准。

接着，曹雪芹给了宝钗一个特写镜头："宝钗托于掌上"。换做别人，可能会低下头来看，或急切地看，激动地看，但那就不是宝钗了。"托于掌上"，这个细微的动作，展现了宝钗的雍容大气、从容不迫，同前面"我倒要看看"的口气神情一脉相承；此外，"托于掌上"细细凝视，又写出了宝钗此时的认真、专注、郑重。——毕竟这块玉里面，可能暗藏着她一生的命运！

当宝钗看到"莫失莫忘，仙寿恒昌"，她内心的震撼，我们可想而知，这八个字与自己金锁上的"不离不弃，芳龄永继"正好是一对！这一霎那，宝钗已然明白，冥冥之中早就有一双无形的巨手把她同宝玉的命运扭结在一起。——宝玉，正是当年癞头和尚告诉她要嫁的那个人！宝钗是个十四五岁的少女，她会不会喜上眉梢或热泪盈眶呢？

　　宝钗看毕，又从新翻过正面来细看，口内念道："莫失莫忘，仙寿恒昌。"念了两遍，乃回头向莺儿笑道："你不去倒茶，也在这里发呆作什么？"莺儿嘻嘻笑道："我听这两句话，倒象和姑娘的项圈上的两句话是一对儿。"

好一个宝钗，定力吓人。我们不知道她的心是不是在狂跳，我们只知道她没有脸红，也没有发呆，没有激动。她只是正面反面连续看了两遍以后，"口内念道：'莫失莫忘，仙寿恒昌。'"如果说她有所失态，也就仅此而已，她把自己控制住了，但还是念出了声。或许是听到自己念出的声音，她有点醒过来，知道自己不知不觉中泄露了内心的波动；而最能够听出她秘密的莺儿正在旁边，所以她赶紧支使莺儿去倒茶。可是已经来不及了！天真的莺儿一口道出了她的秘密，从而引发了宝玉的追索。有的评论说宝钗念那八个字，是故意念给莺儿听，引诱莺儿说出是一对。这种说法，这种应变能力，只有当代被称为神剧的谍战剧当中才有，宝钗没有受过专业训练，她肯定达不到这水平，毕竟她只是个十多岁的少女。当然，我们上面的讲解也只是一种猜测，因为曹雪芹没有写宝钗内心的真实感受和想法。须知，有关宝钗对宝玉的真心，曹雪芹是一概不写，一字不吐，后面我们会明白。

　　宝玉是个什么样的人？今天宝钗这样和他打破成规，无拘无束，他早就该有反应了。现在听到莺儿那句"和姑娘的项圈上的两句话是一对儿"，他岂能放过？

> 　　宝玉听了，忙笑道："原来姐姐那项圈上也有八个字，我也赏鉴赏鉴。"宝钗道："你别听他的话，没有什么字。"宝玉笑央："好姐姐，你怎么瞧我的了呢。"宝钗被缠不过，因说道："也是个人给了两句吉利话儿，所以錾上了，叫天天带着；不然，沉甸甸的有什么趣儿。"一面说，一面解了排扣，从里面大红袄上将那珠宝晶莹黄金灿烂的璎珞掏将出来。

　　宝钗骗宝玉说那金锁上没有字，宝玉那么好糊弄？他岂肯罢休？当然是死缠烂打，"好姐姐"不知叫了几次；"宝钗被缠不过，因说道：'也是个人给了两句吉利话儿，所以錾上了，叫天天带着；不然，沉甸甸的有什么趣儿。'"宝钗只得承认金锁上有字，但是加了这句说明词，这在她本人，是给自己找个台阶找个理由；而在曹雪芹，则是顺带告诉我们，"不离不弃、芳龄永继"这八个字是癞头和尚给的，而且还关照必须天天带着。很有意思，宝钗作为一个少女，连花儿都不喜欢戴，偏偏被强制性地戴着这把金锁，而且要每天戴不离身，人生常常就是这么矛盾、荒谬，不由自主。我们细看：宝钗"一面说，一面解了排扣，从里面大红袄上将那珠宝晶莹黄金灿烂的璎珞掏将出来"。按照当时的礼节，宝钗作为一个少女，当着一个少男解开自己外衣的扣子往里掏东西，这是很失礼的。宝钗是个注重礼节的少女，但曹雪芹偏偏要她在这个时候把礼节轻轻抛开。接下来呢？

> 　　宝玉看了，也念了两遍，又念自己的两遍，因笑问："姐姐这八个字倒真与我的是一对。"莺儿笑道："是个癞头和尚送的，他说必须錾在金器上——"宝钗不待说完，便嗔他不去倒茶，一面又问宝玉从那里来。
>
> 　　宝玉此时与宝钗就近，只闻一阵阵凉森森甜丝丝的幽香，竟不知系何香气，遂问："姐姐熏的是什么香？我竟从未闻见过这味儿。"宝钗笑道："我最怕熏香，好好的衣服，熏的烟燎火气的。"宝玉道："既如此，这是什么香？"宝钗想了一想，笑道："是了，是我早起吃了丸药的香气。"宝玉笑道："什么丸药这么好闻？好姐姐，给我一丸尝尝。"宝钗笑道："又混闹了，一个药也是混吃的？"

　　莺儿说金锁是癞头和尚送的，文字也是和尚叫刻上去的。莺儿从小跟着宝钗，了解实情。我们为什么要说这个细节呢？因为以前有些评论家说，金玉良缘是薛家传出来的风声，是薛家杜撰的，以此来蒙骗贾府。按文本看，金玉良缘完全是癞头和尚一手炮制。何况，薛家从哪里去知道有个癞头和尚？如何杜撰？

当时莺儿还要说下去，那就要点到金玉良缘这关键话题，被宝钗阻止住了，显然宝钗不愿意让宝玉知道。为什么不让宝玉知道呢？这是宝钗性格决定的，她怎能当宝玉的面谈自己的婚姻？但是，即使把后面的关键话题掩盖掉了，宝钗也尽量表现得平淡、理智，但此时此地、此情此景，已经令宝玉陶醉。他开始惹事，竟然说："什么丸药这么好闻？好姐姐，给我一丸尝尝。"死乞白赖，他显然有点意乱情迷。好在宝钗还很清醒，她想要降温。"又混闹了，一个药也是混吃的？"我们可以猜想，宝玉绝不会善罢甘休，如果不出现意外，他的"混闹"绝不会到此结束。

以上这段是第一次描写宝玉和宝钗单独相处，也仅仅是宝钗的第二次出场。从这段描写来看，这对表姐表弟，两个少男少女，相处得亲密无间，甚至可以说情投意合，两情相悦。曹雪芹的这段描写，想要告诉读者什么呢？我的想法是，他似乎是要告诉我们，假如没有林黛玉，宝玉、宝钗两人关系的发展，有可能进入恋爱。但是，他偏偏安排了个林黛玉，他笔下《红楼梦》中的人物从来都不能遂人愿，命运永远都不在自己手中。宝玉、宝钗的这次私密交谈，曹雪芹是专门让我们看，他们是如何被中断、被阻止、被粉碎的。他们刚谈到这里，黛玉来了，她像一阵风暴，"呼"一下刮进来。宝玉、宝钗还没来得及反应，他们刚刚产生的亲情蜜意，就风流云散了。

一场智斗开始了。中国人最喜欢看智斗，从"鸿门宴"到"三国"，文学作品和历史作品中比比皆是，而戏剧中更多，《沙家浜》中的那场智斗，更是人人耳熟能详。曹雪芹描写的是智斗中的绝品，我们好好欣赏。

> 一语未了，忽听外面人说："林姑娘来了。"话犹未了，林黛玉已摇摇的走了进来，一见了宝玉，便笑道"嗳哟，我来的不巧了！"宝玉等忙起身笑让坐，宝钗因笑道："这话怎么说？"黛玉笑道："早知他来，我就不来了。"宝钗道："我更不解这意。"黛玉笑道："要来一群都来，要不来一个也不来，今儿他来了，明儿我再来，如此间错开了来着，岂不天天有人来了？也不至于太冷落，也不至于太热闹了。姐姐如何反不解这意思？"

大家注意，林黛玉是直闯龙门，她不等通报，不给通报的时间就进来了。曹雪芹在这里没有写黛玉进来时候的心情，但是，他在"走了进来"四个字之前加了一个小小的修饰语，"摇摇的"，就三个字。不过，仅仅这三个字，就透露出黛玉的心理和心情。"摇摇的"，身子摇晃，步子不稳，这不是黛玉那样受过良好教育的大家闺秀走路的样子。俗话说"站有站相坐有坐相"，走路，尤其是女子的走路，在贾府那样的侯门公府虽无明文规定，却有严格要求，其中最重要的一点就是，上身必须保持相当的稳定，这被看作是女子自重、自守的一个基本动作。如果贾母见到黛玉走路"摇摇的"，贾母会讶异到说不出话，因为这表明黛玉放弃最起码的自律自尊，她已经废了。可见"摇摇的走了进来"，在黛玉是相当不正常的，她已经暂时失去了对肢体的控制，她的心很乱，乱得厉害。她的心为什么会乱？曹雪芹只肯委婉透露。

大家看，黛玉"一见了宝玉，便笑道：'嗳哟，我来的不巧了！'宝玉等忙起身笑让坐，宝钗因笑道：'这话怎么说？'黛玉笑道：'早知他来，我就不来了。'"这说明她前面的心乱同宝玉有关。很显然，她先前得到消息，知道宝玉在这里，她赶来，要第一时间看"现场"。那么她应该是大步流星快步进入，怎么会"摇摇的走了进来"？曹雪芹太懂得人的心理了，他用"摇摇的"三个字，精准捕捉到了这一刻黛玉的神态：她急急忙忙赶过来，却不知道如何面对，她在想象、在思考、在分析、在想主意，所以走路"摇摇的"。——黛玉内心的波澜，尽在这三字之中。

现在，她跨进房间了，她看到了第一现场：宝玉在宝钗的闺房里，仅仅他们两人，薛蟠不在，连薛姨妈也不在！这种场合正是她担心的。而且，可想而知，看到她闯进来，宝玉的神态是何其尴尬。因此黛玉第一句话就脱口而出："嗳哟，我来的不巧了！"黛玉的第一句话就讽刺。她本来就不是一个克制的人，今日她更要闹点名堂。但是她出身诗书之家，不能胡来，她可不是凤姐。

黛玉虽然来得匆忙，但毕竟这一路上有准备时间，何况天生机敏。她这"不巧"是个鱼钩，看哪条鱼上钩。宝玉识相，无语。宝钗则一反常态变傻了，常言幸福的人儿容易傻，几秒钟前她还在同宝玉温情脉脉，突然之间她还没反应过来，她居然会笑着问："这话怎么说？"这正如李商隐揭示的："此情可待成追忆，只是当时已惘然。"过于甜蜜的时光会令人犯糊涂。鱼儿上钩，大大助长了黛玉的信心，她后面一席话，真是"谈笑间，强虏灰飞烟灭"。

> 黛玉笑道："早知他来，我就不来了。"宝钗道："我更不解这意。"黛玉笑道："要来一群都来，要不来一个也不来，今儿他来了，明儿我再来，如此间错开了来着，岂不天天有人来了？也不至于太冷落，也不至于太热闹了。姐姐如何反不解这意思？"

"姐姐如何反不解这意思？"把黛玉的得意之情表露无遗，那句"姐姐"，叫的是如此辛辣！如果说一开始宝钗就被打蒙的话，那么现在黛玉这套组合拳，更是将宝钗打得摇摇欲倒。

如果这个场子里面只有黛玉和宝钗两人，那倒也罢了，至此胜负已分，可以收场了。问题是，旁边还有一位大公子宝玉！我们不难想象，面对这个阵势，宝玉比宝钗更痛苦更尴尬；宝钗代他受责也令他内疚。要命的是，宝玉一句话也不能说，说不得。眼看宝钗被打得如此狼狈，黛玉则意犹未尽，宝玉既不能劝，更不能替宝钗讨情求饶，怎么办？好在宝玉并不是真的呆子，真的傻子，他还懂得三十六计走为上计：撤离。所以他问："下雪了么？""取了我的斗篷来不曾？"他想赶紧逃离。然而这小把戏被黛玉一眼识破，顺嘴就一句："是不是，我来了他就该去了。"将宝玉噎得半死，立马打出白旗，不逃了。

这时，不知情的薛姨妈还热情地端出了酒菜留客。于是，战火依然。奇怪的是，经过这么长一段时间，宝钗依然糊涂，她又一次自作聪明，劝宝玉别喝冷酒，还讲了一通养生道理。黛玉看来，这是严重的挑衅，宝钗居然当着她的面对宝玉耳提面命！更有甚者，宝玉竟然对宝钗言听计从！如何应对？"黛玉磕着瓜子儿，只抿着嘴笑。"非常简单的一笔，曹雪芹写出了黛玉的以笑为恨、以嗑瓜子假装悠闲，成竹在胸，伺机下手。于是就有了下面的"手炉事件"：

> "也亏你倒听他的话。我平日和你说的，全当耳旁风；怎么他说了你就依，比圣旨还快些！"

利剑出手。难道，她就不担心宝玉反戈一击？显然她知道宝玉是几斤几两。果然："宝玉听这话，知是黛玉借此奚落他，也无回复之词，只嘻嘻的笑两阵罢了。"骂不还口，打不还手，好男人。

好在宝钗终于醒了："宝钗素知黛玉是如此惯了的，也不去睬他。"注意，"素知"两字，不仅写出宝钗已恢复状态，更重要的是写出了在三人之间，已经发生过多次这样的故事。而实际上这是第一次描写三人的故事，是第一次写三人出现在同一场合，但给我们的感觉是，他已经写了无数次。这就是曹雪芹的用笔，我们叹服。

这时拎不清的薛姨妈又跑出来说，"你素日身子弱，禁不得冷的，他们记挂着你倒不好？"薛姨妈的话，给了黛玉再次借题发挥的机会，她先是虚晃一枪，说什么巴巴地从家里送手炉来，末了是狠狠一刀，"还只当我素日是这等轻狂惯了呢"！这是骂宝钗：轻狂到当着我的面来管宝玉的健康！

至此，三大战役打完，江山归属已定。于是黛玉做出胜利者的标志性动作：

　　黛玉站在炕沿上道："罗唆什么，过来，我瞧瞧罢。"宝玉忙就近前来。黛玉用手整理，轻轻笼住束发冠，将笠沿掖在抹额之上，将那一颗核桃大的绛绒簪缨扶起，颤巍巍露于笠外。整理已毕，端相了端相，说道："好了，披上斗篷罢。"宝玉听了，方接了斗篷披上。

　　然后，黛玉带着宝玉，就像押解一个战利品一样，摇摇摆摆离开了薛家。

　　通常，小说到这里必须交代一下宝钗的感受。她刚刚经历了冰火两重天，人非草木岂能无情？读者盼望知道她的感受。可惜，我们碰到了曹雪芹，他像一个赖债的商人一样，就是不写，一字不写，我们能奈何？《红楼梦》，就这样特立独行，大家只能自己去揣摩。

　　顺便说一下，曹雪芹行文太独特、太新奇，对主要人物宝钗的内心一概不写，整八十回都不写，读者也好，研究者也罢，多对宝钗产生失察、失算，造成的结果是误解、误判。这该怪谁呢？

　　到这里，我们要讨论一个重要话题，就是关于黛玉和宝钗在书中的地位。许多读者包括专家认为黛玉比宝钗重要得多。理由是：一，《红楼梦》是描写宝玉和黛玉的爱情小说；二，作品开头就有黛玉还泪故事；三，写黛玉的文字比宝钗多得多。我的观点则是两人同等重要。一，《红楼梦》可不是爱情小说。二，还泪故事仅具"吸引眼球"作用，对全书没有多大意义。三，人物的重要性虽然同描写的多少有关，但不是绝对的，描写文字略少的人物，其重要性可能一样。何况，中国艺术强调留白和点睛之笔，我国传统绘画中往往八九成的面积是次要的，是为了烘托那不到一两成的部分；一大幅画中，一个高不足一寸的人物，甚至只画一个背影，但这小小的背影，却是整幅画作的核心，是点睛之笔。我想说的是，整部《红楼梦》中，宝玉、黛玉、宝钗构成的三角关系，是全书的核心。宝玉是一号人物，黛玉与宝钗是同一等次。黛玉是宝玉的恋爱对象，宝钗则是宝玉的婚姻伴侣，她们并无轻重高低。曹雪芹对她们有所分工，黛玉身上侧重于情感的表达，她同宝玉爱得刻骨铭心，黛玉被塑造成爱情的经典。而宝钗则侧重于理性方面，曹雪芹在宝钗身上寄托着大量的中国文化意义，以至于于在宝钗身上体现的中国文人情怀和操守，要比宝玉还多。至于许多读者十分关注的宝玉同宝钗之间有没有爱情，后面再讲。最明显的是，曹雪芹把宝玉的名字分拆，"宝"字给宝钗，"玉"字给黛玉，这种起名字的方法，已经确定了宝钗和黛玉对于宝玉同等重要，两人地位相当。再看，黛玉是第3回来到贾府，紧跟着第4回就写宝钗来了，几乎是前后脚。最重要的是第5回中太虚幻境的图册、诗词、曲子，都把黛玉和宝钗完全并列。这一切，都表明黛玉和宝钗地位相当。总之，过去人们对宝钗的评价与文本的实际描写相去甚远，曹雪芹塑造宝钗的良苦用心，人们理解得远远不够。

回到小说。宝玉离开薛家回去后，作品还写了一些内容，都不太重要，我们只讲几个要点。一个是晴雯第一次出场，宝玉同她在院子里看门斗上"绛云轩"三个大字。天很冷，宝玉就握着她的手替她取暖。这个小小的细节告诉我们，他们关系比较亲密，而晴雯的个性比较外露，不拘小节，这就为后文留下了伏笔。而"绛云轩"这个名称，同天上的"赤霞宫"以及后文的"怡红院"，都是以红颜色命名，"怡红院"的"怡红"，意思是让女孩子快乐。第二个要点是宝玉对李嬷嬷不满，为后文李嬷嬷同袭人之间的矛盾埋下伏笔。第三个要点是秦钟进入贾府的私塾上学，作者趁机介绍了一下秦家的情况，秦钟的父亲虽然是个小官，却没什么钱，但想到"那贾家上上下下都是一双富贵眼睛，容易拿不出来，为儿子的终身大事，说不得东拼西凑的恭恭敬敬封了二十四两贽见礼，亲自带了秦钟，来代儒家拜见了"。这是全书第一次写贾府"上上下下都是一双富贵眼睛"，为后文贾府内部矛盾的展开，打下了伏笔。

第 8 回的内容到此结束，本回的艺术特点我们在前面的赏析中已经有所涉及。这里再强调一下，曹雪芹的人物刻画达到"化境"，人物冲突有声有色，趣味盎然。曹雪芹刻画人物能够达到一笔现形的奇妙效果，他信手拈来几个最平常的字，就让人物及其复杂而微妙的心态、神态跃然纸上。"摇摇的"已经详细说了；"黛玉磕着瓜子儿，只抿着嘴笑"，最常见的动作，最普通的词汇，却画出黛玉将对手当作猎物，看着他们不知所措无路可逃时候的特殊快感，堪称惟妙惟肖。

不过需要指出，曹雪芹的用力有点过，为了有趣，他让宝钗的智慧降级，与全书的宝钗形象产生龃龉，付出了艺术代价。

下面我们赏析人物。

1.黛玉。本回的的风头被黛玉抢尽，她的性格在这第一场重头戏中展现得淋漓尽致。黛玉一向将宝钗看作潜在的情敌，所以当她眼见宝玉、宝钗单独在一起，她自然而然地爆发了。她要示威，要让宝钗记住：别碰宝玉，他是我的！所以她一进门就开始冷嘲热讽，哪怕宝钗毫不还手，她依然穷追猛打。当然，她也借此向"花心"的宝玉发出最强烈的抗议和警告。但黛玉的身份决定她不会像没修养的女孩那般撒泼，也不会像凤姐那样不顾脸面，她只能借题发挥旁敲侧击，这令她的进攻饱含诙谐意味，而她的机智和口才让她长袖善舞，让进攻变成了一场戏耍，最终大胜而归。黛玉赢得了战役性的胜利，但是，战略上她很成问题——她如此尖刻的作为，王夫人、贾政，甚至贾母能否接受？而他们才是宝玉婚姻的决定性人物。

从人物走势看，第3回黛玉进贾府是"步步留心，时时在意，不肯多说一句话"；到第5回；黛玉变成"有些恼郁不忿"，时常要宝玉"前去附就"；第7回送宫花，黛玉开始对周瑞家的耍性子刁难；本回则炮火连天，肆无忌惮。黛玉变得很快，很彻底。

2. 宝钗。作者的笔两次伸进梨香院，首先描绘的都是宝钗穿着朴素地在做女红，她平静安详，以自己的绵力帮母亲分担着家务。这是作者对她的某种定型。本回描写的是她同宝玉的亲密接触，前面已有赏析。这里要强调的是作者既没有描写宝钗要看玉的动机，也不肯透露她见到玉上的文字后内心的感想，只写她反复看后念了两遍。她显然不愿让宝玉知道她的内心，至于她的动机是不愿生事，还是出于少女特有的羞涩，抑或像有的论者所说是在"藏奸"——丢开没有婚姻决定权的宝玉，暗中在贾母、王夫人身上下功夫？我认为最后这种说法不符合作品描写的实际。以后我们再说。

从这一回看，宝钗似乎默认黛玉对宝玉的"所有权"，面对黛玉声张和捍卫这"权利"时，宝钗没有反击。我认为其原因是，到这时为止，宝钗并不爱宝玉，所以没反击的必要。即使她对宝玉有所动心，以她"山中高士"的个性也不屑于这种争夺战，她会主动退出竞争。此外，宝钗作为一个外来的寄居者，也不能同黛玉这个贾母的外孙女在贾府展开厮杀。或许是今天这场风波让宝钗彻底明白了黛玉的心思，所以从此以后她很注意同宝玉保持距离，并以一个旁观者的眼光来看待宝玉和黛玉爱情的风风雨雨。然而，"无心插柳柳成荫"，她的仁厚、大度和宽容，聪明的贾母、王夫人看在眼里，会记在心上。

还要指出一点，曹雪芹为宝钗专门创造了一种心理描写手法——"心理留白"，即对人物内心不直接描写，不正面透露。可见作者用心良苦。但手法太新颖，以至于人们没读懂，造成许多误解。

3. 宝玉。宝玉对宝钗怀有明显的好感，所以他冒寒前来探望。同宝钗单独接触，尤其是看到金锁上的吉祥语同他自己玉石上的文字恰好成对，宝玉的情感有所波动。宝钗口中"一阵阵凉森森甜丝丝的幽香"对他刺激很大，他有些情不自已，甜甜地叫着"好姐姐"，甚至要讨药丸吃！好在宝钗拒绝的同时，黛玉杀到，此后的宝玉像被抓获的犯人，不管黛玉如何发作他要么一声不吭，要么傻笑，一副忍气吞声的可怜相，最后乖乖地被黛玉领走。他的尴尬已经注定，后面他的路不好走。

　　看了本回我们知道：在我国的封建社会，男女恋爱时女孩子一样可以掌控男孩。

第九回

恋风流情友入家塾　起嫌疑顽童闹学堂

这一回主要写两个内容，一是宝玉告别家人去上学，二是学生们大闹学堂，让我们见识了当年私塾的景象。

宝玉告别家人这一段曹雪芹的选材很特别，照我们的想法他应该写宝玉如何告别贾母、贾政、王夫人以及林黛玉，贾母、王夫人如何殷切嘱咐，但曹公的选材与我们的设想差别很大，我们设想的这四位人物有两位他完全是虚写，贾母和王夫人的话一句都没写，同黛玉的告别也写得很简单，写得最详细的居然是袭人！但曹公却写的相当感人。我们认为贾母、王夫人要嘱咐的话，偏偏都是由袭人来说；我们设想贾政会有一通勉励和告诫，谁承望来了一番讽刺嘲笑，刻薄得可怕；我们想象与黛玉的告别可能会缠绵悱恻，结果场面却非常简洁干脆，黛玉的表现简直可以称得上洒脱。曹雪芹的奇思妙想，我们实在无法预料。

我们先来看看写袭人那一段。学校是贾府办的私塾，必在贾府附近，而且每天回家，但袭人却当作远赴千里一般。

> 是日一早，宝玉起来时，袭人早已把书笔文物包好，收拾的停停妥妥，坐在床沿上发闷。见宝玉醒来，只得伏侍他梳洗。宝玉见他闷闷的，因笑问道："好姐姐，你怎么又不自在了？难道怪我上学去丢的你们冷清了不成？"袭人笑道："这是那里话。读书是极好的事，不然就潦倒一辈子，终久怎么样呢。但只一件：只是念书的时节想着书，不念的时节想着家些。别和他们一处顽闹，碰见老爷不是顽的。虽说是奋志要强，那工课宁可少些，一则贪多嚼不烂，二则身子也要保重。这就是我的意思，你可要体谅。"袭人说一句，宝玉应一句。袭人又道："大毛衣服我也包好了，交出给小子们去了。学里冷，好歹想着添换，比不得家里有人照顾。脚炉手炉的炭也交出去了，你可着他们添。那一起懒贼，你不说，他们乐得不动，白冻坏了你。"宝玉道："你放心，出外头我自己都会调停的。你们也别闷死在这屋里，长和林妹妹一处去顽笑着才好。"

宝玉急着去和秦钟相会，估计也起得很早，但他睁眼时袭人早就打好了包袱，不知道袭人是几点钟起床的，或者这一晚她是否睡过。她正"坐在床沿上发闷"，宝玉以为是怕自己去上学，她们会冷清无聊。而袭人则一心为宝玉。"读书是极好的事，不然就潦倒一辈子，终久怎么样呢"。她首先想的是宝玉一辈子的前途，确实，那个时代一个男孩不读书就会潦倒一辈子，宝玉这次积极要求去上学，她很高兴，她哪里想到宝玉打着读书的幌子是为了去会秦钟？俗话说，可怜天下父母心，我们只好说可怜这丫鬟心。袭人的担心太多：第一，她怕宝玉的成绩不好，"只是念书的时节想着书"；第二，她怕宝玉表现不佳，"不念的时节想着家些。别和他们一处顽闹，碰见老爷不是顽的"；第三，她怕宝玉累坏了身子，"虽说是奋志要强，那工课宁可少些，一则贪多嚼不烂，二则身子也要保重"。有这三层忧虑，她当然发闷。最后那句话更是语重心长，"这就是我的意思，你可要体谅"。这哪里像个丫鬟？简直是母亲、贤妻。有这样一个女孩在身边真是男人的福分。所以"袭人说一句，宝玉应一句"。这还不够，袭人又交代出门后的细节，"大毛衣服我也包好了，交出给小子们去了。学里冷，好歹想着添换，比不得家里有人照顾。脚炉手炉的炭也交出去了，你可着他们添。那一起懒贼，你不说，他们乐得不动，白冻坏了你"。想得如此细致周到，如此多虑，她这一晚上能睡着吗？

　　如果说袭人的话，让我们略感意外却深深感动，那么贾政的一番话就让我们有点不敢恭维。"你如果再提'上学'两个字，连我也羞死了。依我的话，你竟顽你的去是正理。仔细站脏了我这地，靠脏了我的门！"

　　接着又对宝玉的跟班李贵训斥道：

　　　　"你们成日家跟他上学，他到底念了些什么书！倒念了些流言混语在肚子里，学了些精致的淘气。等我闲一闲，先揭了你的皮，再和那不长进的算帐！"吓的李贵忙双膝跪下，摘了帽子，碰头有声。

　　贾政这番话尖酸刻薄，杀气腾腾。他为什么会说出这样的话？想来是以前宝玉很不长进，令他失望以至于绝望。但毕竟宝玉今天是去上学，作为父亲该不该说这样的话呢？这样发泄一通对宝玉又有什么帮助呢？我们今天有个常用词，叫作正能量，贾政这样的训斥能不能转化为正能量？不过，曹雪芹这里写的却是中国传统父亲最常见的面孔，俗语"严父慈母"，千百年来，做父亲的对儿子讲究严格、严肃、严厉，以至于暴力，有所谓"棍棒底下出孝子"的说法。我们这一代男子年轻时都领教过父亲的棍棒，甚至小伙伴们私下里都是抱怨、怀恨父亲的多。可知严父式的教育即使有一定效果，但并不算得成功，肯定不是最佳。千百年来中国传统父子间的对立是普遍的，对话很少，平心静气、推心置腹的对话罕见，通常父子关系是紧张的。语文课本中朱自清的《背影》大写父子情深，殊不知那正是朱自清同父亲关系破裂、几年不通音讯后，刚刚修复的一幕。

　　我们责备贾政如此讽刺威吓儿子毫无道理，却不幸他是正确的，他有先见之明！马上我们会看到宝玉学的何止是"流言混语""精致的淘气"！

实际上，曹雪芹写了贾政的刻薄话；写了他很不屑的眼神，但没说贾政内心究竟怎么想的。我们欣赏作品，尤其是欣赏《红楼梦》，千万不能把看到的听到的都当真，曹公很刁滑，他往往把真的东西都埋藏、掩饰起来。想要找出真实的东西，我们必须结合整个场面的描写，还要联系整部作品的前前后后。当时，贾政是在书房里见宝玉，周围是一群门客，所以贾政的表现主要是给他们看，带有表演性质，他其实不那么真实，没那么本色。看实况，他的讽刺话还未落地——

> 众清客相公们都早起身笑道："老世翁何必又如此。今日世兄一去，三二年就可显身成名的了，断不似往年仍作小儿之态了。天也将饭时，世兄竟快请罢。"说着便有两个年老的携了宝玉出去。

很明显，贾政的一番话主要是说给清客们听，是与他们在玩游戏。"仔细站脏了我这地，靠脏了我的门！"就带有明显的夸张、做作成分，甚至可以说是在卖弄嘴皮子。心理学告诉我们，每个人都有表演欲望，有的时候那些表演是情不自禁的、潜意识的、很难克制。贾政修为一般，哪能免俗？贾政对宝玉并非毫无感情，有时他会为宝玉骄傲自豪，有时为宝玉忧伤流泪，这些在后文有明明白白的描写。

宝玉比我们聪明，他知道父亲是在演戏，所以根本没把老爸的话当回事。一走出贾政房间，宝玉就笑着安慰李贵："好哥哥，你别委曲，我明儿请你。"真是"知父莫如儿"。

宝玉又去贾母那边打了个转，就赶忙来到黛玉房里。

> 彼时黛玉才在窗下对镜理妆，听宝玉说上学去，因笑道："好，这一去，可定是要'蟾宫折桂'去了。我不能送你了。"宝玉道："好妹妹，等我下了学再吃饭。和胭脂膏子也等我来再制。"劳叨了半日，方撤身去了。黛玉忙又叫住问道："你怎么不去辞辞你宝姐姐呢？"宝玉笑而不答，一径同秦钟上学去了。

我们看，黛玉的情绪很好，不像袭人那般担心这担心那，她通共只说了两句话，第一句简短有力干脆，含着揶揄，她倒是与贾政不谋而合。不过她最多以为宝玉上学是应付贾政，她哪里想得到宝玉是为了去会秦钟？她的第二句话则是带着警告和讽刺，"宝姐姐"前面还加上个"你"，透露出黛玉的自信和得意。宝玉则心领神会，一笑了之。曹雪芹用这么一个简单而且小得不能再小的细节，写出探病风波后两人之间的新格局、新面貌。

这段宝玉辞别，全是一些零零散散的细节，然而，就凭这堆东拉西扯的细节，写活了袭人和贾政，交代出宝玉和黛玉的新关系，有声有色情趣盎然，为后面情节的展开做好了铺垫。这是曹公的看门本领，人人知道，却很难学会。

本回的下半回写打架，而且是群殴混战。曹雪芹好像是要证明自己是个全能作家，不仅文戏写得好，武戏照样拿手。宝玉和秦钟好不容易上学去了，按我们预想，应该写老师教什么，怎么教，宝玉和同学们怎么学。可曹雪芹志不在此，教学情况一句没写，一上来就交代学生们的同性恋，侧重写的是由此引起的打群架，先从宝玉和秦钟写起。

宝玉终是不安本分之人，竟一味的随心所欲，因此又发了癖性，又特向秦钟悄说道："咱们俩个人一样的年纪，况又是同窗，以后不必论叔侄，只论弟兄朋友就是了。"先是秦钟不肯，当不得宝玉不依，只叫他"兄弟"，或叫他的表字"鲸卿"，秦钟也只得混着乱叫起来。

原来宝玉有同性恋癖！我们更加想不到的是，同性恋倾向如此普遍，贾府的私塾中竟蔚然成风！

原来这学中虽都是本族人丁与些亲戚的子弟，俗语说的好："一龙生九种，种种各别。"未免人多了，就有龙蛇混杂、下流人物在内。自宝、秦二人来了，都生的花朵儿一般的模样，又见秦钟腼腆温柔，未语面先红，怯怯羞羞，有女儿之风；宝玉又是天生成惯能作小服低，赔身下气，情性体贴，话语绵缠，因此二人更加亲厚，也怨不得那起同窗人起了疑，背地里你言我语，诟谇谣诼，布满书房内外。

看以上描写，这学校简直就是色情场所，宝玉和秦钟走进学校，同学们首先关注这两人是不是同性恋。看见两人亲密缠绵，立即疑心是一对同性恋，于是谣言四起，书房内外传得沸沸扬扬。这样的场所，自然少不了薛蟠，凭着银钱吃穿和凶狠霸道，被他哄上手的，也不知道多少。他看中的别人不敢动。其中有两个外号"香怜""玉爱"的，同宝玉、秦钟对上了口味，四个人的情状曹雪芹三言两语就写的入木三分：

香、玉二人心中，也一般的留情与宝、秦。因此四人心中虽有情意，只未发迹。每日一入学中，四处各坐，却八目勾留，或设言托意，或咏桑寓柳，遥以心照，却外面自为避人眼目。不意偏又有几个滑贼看出形景来，都背后挤眉弄眼，或咳嗽扬声，这也非止一日。

终于有一天，因为争风吃醋而起了冲突。这天，秦钟同香怜悄悄约到厕所里说了几句体己话，一个叫金荣的就大声起哄，引起争吵。金荣一口咬定说："方才明明的撞见他两个在后院子里亲嘴摸屁股，一对一夤，撅草根儿抽长短，谁长谁先干。"双方闹得不可开交，于是，一位好汉出手了。

这贾蔷外相既美，内性又聪明，虽然应名上学，亦不过虚掩眼目而已。仍是斗鸡走狗，赏花玩柳。总恃上有贾珍溺爱，下有贾蓉匡助，因此族人谁敢来触逆于他。他既和贾蓉最好，今见有人欺负秦钟，如何肯依？如今自己要挺身出来报不平，心中却忖度一番，想道："金荣贾瑞一干人，都是薛大叔的相知，向日我又与薛大叔相好，倘或我一出头，他们告诉了老薛，我们岂不伤和气？待要不管，如此谣言，说的大家没趣。如今何不用计制伏，又止息口声，又伤不了脸面。"想毕，也装作出小恭，走至外面，悄悄的把跟宝玉的书童名唤茗烟者唤到身边，如此这般，调拨他几句。

这茗烟乃是宝玉第一个得用的，且又年轻不谙世事，如今听贾蔷说金荣如此欺负秦钟，连他爷宝玉都干连在内，不给他个利害，下次越发狂纵难制了。这茗烟无故就要欺压人的，如今得了这个信，又有贾蔷助着，便一头进来找金荣，也不叫金相公了，只说"姓金的，你是什么东西！"贾蔷遂跺一跺靴子，故意整整衣服，看看日影儿说："是时候了。"遂先向贾瑞说有事要早走一步。贾瑞不敢强他，只得随他去了。这里茗烟先一把揪住金荣，问道："我们贪屁股不贪屁股，管你鸡巴相干，横竖没贪你爹去罢了！你是好小子，出来动一动你茗大爷！"唬的满屋中子弟都怔怔的痴望。贾瑞忙吆喝："茗烟不得撒野！"金荣气黄了脸，说："反了！奴才小子都敢如此，我只和你主子说。"便夺手要去抓打宝玉秦钟。尚未去时，从脑后飕的一声，早见一方砚瓦飞来，并不知系何人打来的，幸未打着，却又打在旁人的座上，这座上乃是贾兰贾菌。

这贾菌亦系荣国府近派的重孙，其母亦少寡，独守着贾菌。这贾菌与贾兰最好，所以二人同桌而坐。谁知贾菌年纪虽小，志气最大，极是淘气不怕人的。他在座上冷眼看见金荣的朋友暗助金荣，飞砚来打茗烟，偏没打着茗烟，便落在他桌上，正打在面前，将一个磁砚水壶打了个粉碎，溅了一书黑水。贾菌如何依得，便骂："好囚攮的们，这不都动了手了么！"骂着，也便抓起砚砖来要打回去。贾兰是个省事的，忙按住砚，极口劝道："好兄弟，不与咱们相干。"贾菌如何忍得住，便两手抱起书匣子来，照那边抡了去。终是身小力薄，却抢不到那里，刚到宝玉秦钟桌案上就落了下来。只听哗啷啷一声，砸在桌上，书本纸片等至于笔砚之物撒了一桌，又把宝玉的一碗茶也砸得碗碎茶流。贾菌便跳出来，要揪打那一个飞砚的。金荣此时随手抓了一根毛竹大板在手，地狭人多，那里经得舞动长板。茗烟早吃了一下，乱嚷："你们还不来动手！"宝玉还有三个小厮：一名锄药，一名扫红，一名墨雨。这三个岂有不淘气的，一齐乱嚷："小妇养的！动了兵器了！"墨雨遂掇起一根门闩，扫红锄药手中都是马鞭子，蜂拥而上。贾瑞急的拦一回这个，劝一回那个，谁听他的话，肆行大闹。众顽童也有趁势帮着打太平拳助乐的，也有胆小藏在一边的，也有直立在桌上拍着手儿乱笑，喝着声儿叫打的。登时间鼎沸起来。

这一场混战，曹雪芹写得风云滚动，电闪雷鸣，绝对不逊色于《三国演义》《水浒传》，但又有《红楼梦》自己的特色。那位贾蔷虽然只有十六岁，其挑拨策划似有诸葛亮、吴用的风范，不过他"跺一跺靴子，故意整整衣服，看看日影儿说：'是时候了。'"那全身而退、悄悄溜走的做派，又同《三国演义》《水浒传》中的英雄好汉判然有别；而宝玉的跟班茗烟除了武功太差，俨然就是张飞、李逵；至于贾菌这位小一号的拼命三郎，连《三国演义》《水浒传》中都一时找不出来。总体而言，这场混战写得煞是好看，它同后面的柳湘莲、倪二等人，为《红楼梦》抹上了一层别样的色彩。

这场小孩子混战，最后还是以身份地位来决定胜负，在宝玉以上告贾母的胁迫下，金荣一派只能低头认输，赔礼道歉还不行，宝玉逼着金荣向秦钟磕头认错才算完事。

需要思考的是，曹雪芹为什么要写这样一场混战？各人会有不同的答案。但是有一点是肯定的，宝玉在私塾中不但学到了"精致的淘气"，还沾染上当时最大的恶习——同性恋。我们不知道贾政小时候上的是不是这所私塾，以及他上学的时候学校里的风气，不过从后面贾母说贾政小时候也被他老子暴打的情形来判断，那时的学校风气也好不到哪里。

看过一些资料，说清代同性恋很风靡，上层社会以此为荣，有的更是名声在外，朝廷竟然不予追究。一些著名文人不仅喜好男风，而且还将此事写进诗词文章日记，当作风流雅事传播。而其中大多数不是真正的同性恋者，属于双性恋。乾隆时期喜好男风的社会风气达到高峰。了解这个社会背景来看《红楼梦》，或许有些帮助。

值得一提的是，这场打架，曹雪芹好像写完就忘记了，后文对此非但全无照应，而且当事人竟然也对此彻底失忆，相互之间再也没有提起这些事。这场混战中的阴谋家、点火者贾蔷，在后文也变得毫无智慧。总体来看，这场校园暴力事件显得有点突兀、有点孤立，像是从外面插进去的，与小说的情节关联性较少，同小说千丝万缕总相连的艺术风格格格不入。

第十回

金寡妇贪利权受辱　张太医论病细穷源

本回主要写秦可卿的病，只不过前面的过渡比较复杂，从上一回打架的引发者金荣写起，兜了个圈子才到达秦可卿这里。

秦可卿是个值得探讨的形象，她在《红楼梦》中虽然占的篇幅很少，出场没几次，到第13回就死了，但曹雪芹对她大约也伤透脑筋，先设计她"情既相逢必主淫"，"擅风情，秉月貌，便是败家的根本"。她到底与谁"相逢"，文本和脂批都没有说清楚，但是一般评论都把这屎盆子扣在贾珍头上，依据主要是焦大骂的"爬灰"，以及贾珍的痛哭。这依据并不充分。曹雪芹修改后的文本中，上述诗词依然保留着，但情节描写中秦可卿却成为贾府中的模范，是贾母最得意的重孙媳妇。不过，又实实在在写明，宝玉进了秦可卿的房间就浑身酥了，梦中则同她云雨了一番，这倒有些落实了"情既相逢必主淫"，宝玉是个最多情的情圣，他与这位多情的侄儿媳妇到底在梦里云雨了。总之，作品本身就是矛盾的，我们看明白就行，再怎么争论都难有统一意见。至于有的解说者说秦可卿是来自皇宫的公主等，这同我们把《红楼梦》作为小说来鉴赏，作为艺术品来鉴赏，差距较大，我们不做讨论。

曹雪芹是相当辣手的，第5回秦可卿那么健康活跃，才几天，就让她病殃殃了，这病说来就来。至于秦可卿的病因病理作品写得非常详细，我们不多说了。

由于秦可卿的焦点就是她同公公贾珍的关系，那么，要搞清楚这件事，我们只需细究贾珍、尤氏、贾蓉、秦可卿父子婆媳四人是如何相处的，关系是不是正常，应该就能明白。先说贾珍和尤氏。从文本看，贾府当中最关心秦可卿、最着急心焦的，是婆婆尤氏。在贾珍出场之前，尤氏就对璜大奶奶诉说媳妇的病。这是两个女人之间、一对妯娌之间的私聊，两人没有利益冲突，所以她们的对话比较能够反应人物的真实态度和内心实际。

> 说了些闲话，方问道："今日怎么没见蓉大奶奶？"尤氏说道："他这些日子不知怎么着，经期有两个多月没来。叫大夫瞧了，又说并不是喜。那两日，到了下半天就懒待

动，话也懒待说，眼神也发眩。我说他：'你且不必拘礼，早晚不必照例上来，你就好生养养罢。就是有亲戚一家儿来，有我呢。就有长辈们怪你，等我替你告诉。'连蓉哥我都嘱咐了，我说：'你不许累掯他，不许招他生气，叫他静静的养养就好了。他要想什么吃，只管到我这里取来。倘或我这里没有，只管望你琏二婶子那里去。倘或他有个好和歹，你再要娶这么一个媳妇，这么个模样儿，这么个性情的人儿，打着灯笼也没地方找去。'他这为人行事，那个亲戚，那个一家的长辈不喜欢他？所以我这两日好不烦心，焦的我了不得。"

妯娌之间的私聊，尤氏似乎不存在装假、放风的意图，更何况，"他这为人行事，那个亲戚，那个一家的长辈不喜欢他？"这样的评语，对一个了解底细的亲戚是无法编造的。从中得知两点，一，秦可卿是实实在在的好媳妇；二，尤氏真心担忧秦可卿的病，对儿媳妇没有任何怀疑和不满。我们再看下面贾珍尤氏夫妻的对话。是尤氏主动说到秦可卿。

"如今且说媳妇这病，你到那里寻一个好大夫来与他瞧瞧要紧，可别耽误了。现今咱们家走的这群大夫，那里要得，一个个都是听着人的口气儿，人怎么说，他也添几句文话儿说一遍。可倒殷勤的很，三四个人一日轮流着倒有四五遍来看脉。他们大家商量着立个方子，吃了也不见效，倒弄得一日换四五遍衣裳，坐起来见大夫，其实于病人无益。"贾珍说道："可是。这孩子也糊涂，何必脱脱换换的，倘再着了凉，更添一层病，那还了得。衣裳任凭是什么好的，可又值什么，孩子的身子要紧，就是一天穿一套新的，也不值什么。我正进来要告诉你：方才冯紫英来看我，他见我有些抑郁之色，问我是怎么了。我才告诉他说，媳妇忽然身子有好大的不爽快，因为不得个好太医，断不透是喜是病，又不知有妨碍无妨碍，所以我这两日心里着实急。冯紫英因说起他有一个幼时从学的先生，姓张名友士，学问最渊博的，更兼医理极深，且能断人的生死。今年是上京给他儿子来捐官，现在他家住着呢。这么看来，竟是合该媳妇的病在他手里除灾亦未可知。我即刻差人拿我的名帖请去了。今日倘或天晚了不能来，明日想必一定来。况且冯紫英又即刻回家亲自去求他，务必叫他来瞧瞧。等这个张先生来瞧了再说罢。"尤氏听了，心中甚喜……

夫妻对话诚恳，对儿媳的关怀都一样自然、真切、忧心忡忡，我们实在看不出有爬灰的迹象。最后，是以作者的口吻写："尤氏听了，心中甚喜。"它足以打消我们任何疑虑。有人或许说，尤氏有可能被瞒着。假如真如此，那么作者会有后文表达。既然一直到秦可卿死后，文本都没写任何秦可卿的丑事，后面反而让秦可卿以天使的身份忠告凤姐，那么人们实在不该再去怀疑。我们还是要尊重文本，既然作者将稿子修改成这样，我们只有接受。

接下来小说话题转换，从秦可卿重病转到贾敬做寿。这个转换跨度较大。贾珍说：

"等这个张先生来瞧了再说罢。"

尤氏听了，心中甚喜，因说道："后日是太爷的寿日，到底怎么办？"

从儿媳重病接口说公公做寿，是犯忌的，不吉利。再看看第 63 回的描写，又出现了。那天宝玉刚过完生日。

正顽笑不绝，忽见东府中几个人慌慌张张跑来说："老爷宾天了。"众人听了，唬了一大跳。

而第 63 回的回目："寿怡红群芳开夜宴　死金丹独艳理亲丧"，"寿"同"死"做成对仗，是故意突出。我们不免联想：贾敬首次出场是为做寿，孙媳妇却忽然重病，而且不久死了；贾敬暴毙之日，恰恰是宝玉在做寿。作者设计两次类似的巧合，其中有没有名堂？供大家参考。

贾敬在作品中是第一次说话，而且并没有出面，但我们不得不说，尽管他没有露面，几句对话就把他的精气神写的活灵活现。更可笑的是贾珍，自己也是做公公的人了，还是怕他老子，"如此说了又说，后日我是再不敢去的了"，其流露的单纯可笑，颇有点像薛蟠。

本回下半部分，张太医替秦可卿看病。这位张太医不是真正的太医院的医生，称呼"太医"是客气。他职业是教师，医生是业余的，名字叫张友士，注意这名字，"友士"，"有事"也。这事情不小，是秦可卿的性命。病还没看，曹公已经暗示了，尽管张医生医术高明。

张医生诊脉看病的一节写得颇有意思。

且说次日午间，人回道："请的那张先生来了。"贾珍遂延入大厅坐下。茶毕，方开言道："昨承冯大爷示知老先生人品学问，又兼深通医学，小弟不胜钦仰之至。"张先生道："晚生粗鄙下士，本知见浅陋，昨因冯大爷示知，大人家第谦恭下士，又承呼唤，敢不奉命。但毫无实学，倍增颜汗。"贾珍道："先生何必过谦。就请先生进去看看儿妇，仰仗高明，以释下怀。"

注意这里的相互称呼，再比较下文的贾蓉，就有点名堂。贾珍称张医生为"老先生"，自称"小弟"；张医生则叫贾珍"大人"，自称"晚生"。我国古代崇尚谦虚，文人更甚，相互不太熟悉的文人一般将对方称为兄，自称弟，哪怕年龄比对方大许多，以示尊敬礼貌。这种习俗，在今天的文人书信中还存留着。这里描写初次见面，更需特别客气；贾珍是贵族，对方是平民，所以就从年龄出发尊称对方为"老先生""先生"，而张医生称贾珍为"大人"，这是从贾珍的身份出发，尊称对方。至于两人的实际年龄，可能相差不大，两人的称呼都很得体。但是接下来，曹公就出贾蓉的洋相了。

于是，贾蓉同了进去。到了贾蓉居室，见了秦氏，向贾蓉说道："这就是尊夫人了？"贾蓉道："正是。请先生坐下，让我把贱内的病说一说再看脉如何？"那先生道："依小弟的意思，竟先看过脉再说的为是。我是初造尊府的，本也不晓得什么，但是我们冯大爷务必叫小弟过来看看，小弟所以不得不来。如今看了脉息，看小弟说的是不是，再将这些日子的病势讲一讲，大家斟酌一个方儿，可用不可用，那时大爷再定夺。"贾蓉道："先生实在高明，如今恨相见之晚。就请先生看一看脉息，可治不可治，以便使家父母放心。"

张医生先开口，"这就是尊夫人了？"张医生实际上比贾蓉长一辈；但是我们看贾蓉说话，"正是。请先生坐下"，第一句没问题，但是我们看第二句"让我把贱内的病说一说再看脉如何"，这里他说的是"让我"，这是第一次自称，面对长辈，他应该自称"晚辈"等，但他自称"我"，而贾珍尚且自称"小弟"，可见贾蓉这个"我"字，僭越辈分、是失礼的。张医生对此是不是在意？他学问渊博医理极深，能断人的生死，对贾蓉这种纨绔子弟见得多了，他当然不会计较；但文人都有一股傲气，贾蓉问是不是先说病再诊脉，张医生就坚决要求先诊脉，由他来道出病况，他要露一手以维护尊严。"我是初造尊府的，本也不晓得什么，但是我们冯大爷务必叫小弟过来看看，小弟所以不得不来。"像是说明，更像是声明、声辩。"如今看了脉息，看小弟说的是不是，再将这些日子的病势讲一讲"，这话听上去是谦虚，骨子里却带着讽刺。"大家斟酌一个方儿"，贾蓉和贾珍，能够斟酌出什么方子？"可用不可用，那时大爷再定夺"，这话或许是医生常用的客气话，但我们把他上两句话联系起来，他在这里就多少有些赌气成分。

我们为什么要在这里分析得这么细致？因为我们读的是《红楼梦》，作者曹雪芹本人，就学问渊博兼通医理，我们不知道曹公是否替官宦人家诊过病，是否遭遇过贾蓉之流的失礼，但是我们知道一点，曹公一生怀才不遇，他在《红楼梦》中多有寄托和排遣。我个人觉得，如果只看到文字的表面，看到张医生医术的高明、脉理的深奥，却没有读到他情感的起伏、心理的变化，那就失于浮表了。

虽然张医生对贾蓉有所不满，但是作为一名医生，他对待病人，依然极其认真，极其负责。他陈述病况时，在一旁听着的老婆子惊呼，"何尝不是这样呢。真正先生说的如神，倒不用我们告诉了。"张医生的医术确实是高明。其实中国几千年来，正是由于一代一代医师的传承和中药的神奇，才让中华民族战胜了无数的疾病和瘟疫，才保证了中国人口的高成活率和较高的寿命，保证了中国成为第一人口大国。各位有兴趣，可以读读原中国中医学会副会长任应秋先生的文章，他不仅对《红楼梦》

中各个医药案例都一一做了研究，甚至对人们认为是仅仅出于趣味性而写的"冷香丸"也进行论证，说那是切实可行的药方，而不是虚构，只不过霜雪雨水不一定要某天某时那么苛求。

可惜秦可卿被那些正宗的太医们耽误了，已经病入膏肓。最后，曹雪芹用尤氏的话来反衬那些太医，"从来大夫不象他说的这么痛快，想必用的药也不错"。曹雪芹用张医生来证明"高手在民间"。是否隐含着曹雪芹的积怨？

本回最奇特的是曹雪芹的表现手段。这回主要就写秦可卿的病，但曹公有本事从头至尾没让秦可卿露一面，说一句话；非但没说一句话，甚至没露一下脸。这种彻彻底底的侧写手法，在古今中外的小说中很难找到。这是超高难度的写作方法，至于曹雪芹为什么要用这样的手法，我们还真的说不明白。只能勉强地说，这种方法比较节约笔墨，它不受时空限制，比较容易展开来写。当然也可说，曹公在玩技术、玩艺术，把侧写玩到极致，玩到前无古人后无来者，在小说艺术史上立下一个标杆。就像京剧当中把跟斗翻到极致、把高音唱到极致、把水袖舞到极致，你要问他们在戏剧当中起什么作用？就是这作用。这个侧写，就是本回的艺术特点。

本回的核心人物是秦可卿。她讨得贾府上下一致喜欢，却也付出了健康的代价。尤氏说她："虽则见了人有说有笑，会行事儿，他可心细，心又重，不拘听见个什么话儿，都要度量个三日五夜才罢。这病就是打这个秉性上头思虑出来的。"张医生也说，"大奶奶是个心性高强聪明不过的人；聪明忒过，则不如意事常有；不如意事常有，则思虑太过。"用现在的话来说，是性格决定健康，最后决定命运。我们周围确实都有这样的人，他们过于谨慎细心，过于注重周围环境，过于在乎他人的反应，自己虽做得好，但太累了，往往患有神经官能症，失眠多，吃饭少，寿命一般不长。秦可卿便是这类人物的典型。

最后我们探讨本回在整部作品中的作用。本回最大的作用就是，它在贾府内部奏响了悲凉之音。许多人都认为，《红楼梦》的前半部是写兴旺荣盛，后半部写衰弱灭亡，抄检大观园是走向衰亡的标志。这观点总体没错。不过在我看来，更准确的描述是：《红楼梦》自始至终都是悲喜交集，哪怕是在上半部，每隔三两回曹雪芹都会敲一下沉重、悲凉的暮鼓。第1回开卷就是苍凉的，作者自云"风尘碌碌，一事无成"；石头"无材不堪入选，遂自怨自叹，日夜悲号惭愧"；和尚道士的口头禅是，红尘中"瞬息间则又乐极悲生，人非物换，究竟是到头一梦，万境归空"；镜头转到人间，甄士隐女儿被拐、火灾、遭丈人嫌弃、贫病交加，"渐渐的露出那下世的光景来"，绝望出家。第 2 回，林黛玉母亲早逝；贾雨村遭人陷害被削去官职。第3 回，六七岁的林黛玉，抛父投奔千里之外的贾府，从此寄人篱下。第 4 回，香菱落入人贩子手中，冯渊被打死，门子被发放。第 5 回，尽管太虚幻境风光绮丽但上演的却是"薄命"曲。现在，才刚刚到了第 10 回，十二正钗之一的秦可卿，忽然得了绝症，曹雪芹在贾府内部，敲响了丧钟，这是第一声丧钟。后面，但凡作品有一场繁华欢乐，紧接着必是一番悲凉，整部作品就这么交织推进。到第 53 回祭宗祠开夜宴，已经请不来族中男女，贾母感慨人员不全，悲凉的基调渐占上风；第 63 回群芳开夜宴是最后的狂欢，当夜贾敬死亡。此后贾府中很难再造欢乐的场面。作品这种悲喜交织的格局，在本回正式确立。

第十一回

庆寿辰宁府排家宴　　见熙凤贾瑞起淫心

回目"排家宴"，就是为贾敬做寿，但实际内容却是在家宴的框架下，实写秦可卿的病情，下半回写的是贾瑞调戏王熙凤，这整个一回中，秦可卿的病情占了大部分，是重点。

这一回，看上去很简单，从文字到内容、到人物、到故事，没有任何读不懂的地方。这回的框架是为宁府的家长贾敬庆寿，中国的所谓庆寿，就是祝福寿星健康长寿，这是对生命向美好一面的推动；但曹雪芹却偏偏安排在这庆寿宴中，大谈特谈秦可卿的病，而且是病入膏肓、奄奄一息，那是对生命的破坏、毁灭。曹雪芹把这绝然对立的两个范畴、或者可以称之为生命的两极——生与死，放在一起来写，那就意味深长了。曹雪芹这样写的用意究竟是什么？我们这里提供两个思路。第一个是比较有把握的，那就是他故意要让悲喜同步，甚至是悲喜混合。第二个思路，我揣测，似乎是要把两个人物、理应是不相干的人物贾敬同秦可卿，联系起来。第5回秦可卿命运的诗词里面已经写了，"擅风情，秉月貌，便是败家的根本。箕裘颓堕皆从敬，家事消亡首罪宁"。本回再次把两人合写，一而再再而三，曹公葫芦里究竟想卖什么药？请有志于《红楼梦》研究的朋友参详。

最难最深的、或许也是比较有价值的问题我们提出了，下面我们进入一般层面的欣赏。这一回是从贾珍、贾蓉父子对话写起的，我们欣赏原文。

> 话说是日贾敬的寿辰，贾珍先将上等可吃的东西，稀奇些的果品，装了十六大捧盒，着贾蓉带领家下人等与贾敬送去，向贾蓉说道："你留神看太爷喜欢不喜欢，你就行了礼来。你说：'我父亲遵太爷的话未敢来，在家里率领合家都朝上行了礼了。'"贾蓉听罢，即率领家人去了。

贾珍还算孝敬，他老子不许他这儿子去，他就叫孙子去，并关照贾蓉，"留神看太爷喜欢不喜欢"，贾珍这样做儿子的似乎也够孝敬。接着曹雪芹笔头一转，写到贾琏等人。

> 这里渐渐的就有人来了。先是贾琏，贾蔷到来，先看了各处的座位，并问："有什么顽意儿没有？"家人答道："我们爷原算计请太爷今日来家来，所以未敢预备顽意儿。

前日听见太爷又不来了，现叫奴才们找了一班小戏儿并一档子打十番的，都在园子里戏台上预备着呢。"

当天的主题是为贾敬庆寿，但是贾琏他们显然不是奔着为大伯健康长寿来的，他们的目标是"顽意儿"，也就是吃喝嫖赌那一套。很显然，贾珍主管的宁国府就是专玩这一套的，所以这所谓的庆寿宴，从一开始就变味了。接着邢夫人、王夫人、凤姐、宝玉等人也来了。紧接着，王夫人就把话题转到了秦可卿的病情上。

王夫人道："前日听见你大妹妹说，蓉哥儿媳妇儿身上有些不大好，到底是怎么样？"尤氏道："他这个病得的也奇。上月中秋还跟着老太太，太太们顽了半夜，回家来好好的。到了二十后，一日比一日觉懒，也懒待吃东西，这将近有半个多月了。经期又有两个月没来。"邢夫人接着说道："别是喜罢？"

这里值得注意两点，一点是显然王夫人在掌控局面，邢夫人完全是个搭配。本来在贾府这样讲究礼数的人家，邢夫人是长门媳妇，贾母不在她应该是老大，无奈她不是原配，家庭背景比起王家来又实在差得太远，所以她只能屈居王夫人之后。这对老一辈妯娌的地位就这样。另一点我们前面说的，在这庆祝宴会中，王夫人一上来就直奔秦可卿的病去，有点不合常理。接下来的看点就是凤姐了。我们看原文。

这里尤氏方说道："从前大夫也有说是喜的。昨日冯紫英荐了他从学过的一个先生，医道很好，瞧了说不是喜，竟是很大的一个症候。昨日开了方子，吃了一剂药，今日头眩的略好些，别的仍不见怎么样大见效。"凤姐儿道："我说他不是十分支持不住，今日这样的日子，再也不肯不扎挣着来。"尤氏道："你是初三日在这里见他的，他强扎挣了半天，也是因你们娘儿两个好的上头，他才恋恋的舍不得去。"凤姐儿听了，眼圈儿红了半天，半日方说道："真是'天有不测风云，人有旦夕祸福'。这个年纪，倘或就因这个病上怎么样了，人还活着有甚么趣儿！"

凤姐，贾母说她是凤辣子，在人们的印象中，她也是以泼辣凶狠著称，但这只是凤姐的一个侧面，她的另一面也是很柔情的，曹雪芹对凤姐把握得非常精准，写的非常丰满。"凤姐儿听了，眼圈儿红了半天。"想一想，按照秦可卿的情形，她嫁到宁府应该不会超过三年，从辈分上来说她是凤姐的侄媳妇，从门第来说她比凤姐是差得太远，而且一个在宁府一个在荣府，见面不是那么容易，但就在这不长的时间内，凤姐竟同秦可卿结为知己，感情如此深厚，可见凤姐性格的另一面。大家设想一下，像秦可卿这样的人，身份关系类似的探春会不会去同她亲近？会不会给她那么多的关怀和同情？所以凤姐内心有不同的侧面，并且每个侧面都很深厚，而曹雪芹把凤姐不同侧面的深度和厚度，都完满展现了出来。

吃完饭，贾蓉进来报告。

　　"老爷们并众位叔叔哥哥兄弟们也都吃了饭了。大老爷说家里有事，二老爷是不爱听戏又怕人闹的慌，都去了。别的一家子爷们都被琏二叔并蔷兄弟让过去听戏去了。方才南安郡王、东平郡王、西宁郡王、北静郡王四家王爷，并镇国公牛府等六家，忠靖侯史府等八家，都差人持了名帖送寿礼来，俱回了我父亲，先收在帐房里了，礼单都上上档子了。老爷的领谢的名帖都交给各来人了，各来人也都照旧例赏了，众来人都让吃了饭才去。母亲该请二位太太、老娘、婶子都过园子里坐着去罢。"

　　这段话曹雪芹写得这么详细，因为他要借此交代贾府的社交圈。这社交圈有点意思，最高级的是四家郡王，下面是六家公府和八家侯府。四家郡王之外，既没有更高级的亲王，也没有较低级别的贝勒、贝子等，中间是脱节的，而且数字是四、六、八，是不是有点意思呢？

　　贾蓉报告完以后就请王夫人他们到园子里去看戏，凤姐说她要先去瞧瞧秦可卿，尤氏道："好妹妹，媳妇听你的话，你去开导开导他，我也放心。"这里尤氏的接话也非常自然，再次显示出她同秦可卿婆媳之间毫无参商。宝玉提出他也要去看看秦可卿，王夫人道："你看看就过去罢，那是侄儿媳妇。"按礼数宝玉是不能进去的，好在他只有十二三岁，王夫人勉强同意。

　　秦可卿已经瘦得脱了形，所以凤姐一见，竟然说："我的奶奶！怎么几日不见，就瘦的这么着了！"这句话既显示出凤姐的亲密，也可见有点口不择言，探望病人最忌讳的就是这样的话。凤姐一惯能说会道八面玲珑，但她的自我把控能力还是差口气。

　　　　秦氏拉着凤姐儿的手，强笑道："这都是我没福。这样人家，公公婆婆当自己的女孩儿似的待。婶娘的侄儿虽说年轻，却也是他敬我，我敬他，从来没有红过脸儿。就是一家子的长辈同辈之中，除了婶子倒不用说了，别人也从无不疼我的，也无不和我好的。这如今得了这个病，把我那要强的心一分也没了。公婆跟前未得孝顺一天；就是婶娘这样疼我，我就有十分孝顺的心，如今也不能够了。我自想着，未必熬的过年去呢。"

　　　　宝玉正眼瞅着那《海棠春睡图》并那秦太虚写的"嫩寒锁梦因春冷，芳气笼人是酒香"的对联，不觉想起在这里睡晌觉梦到"太虚幻境"的事来。正自出神，听得秦氏说了这些话，如万箭攒心，那眼泪不知不觉就流下来了。

　　曹雪芹非常巧妙地借秦可卿自己的话，来介绍秦可卿在贾府中的人缘、地位。与此同时再一次描写宝玉同秦可卿的关系，真是耐人寻味，"如万箭攒心，那眼泪不知不觉就流下来了"。还有，后面第13回他听到秦可卿的死讯，"只觉心中似戳了一刀的不忍，哇的一声，直奔出一口血来"。他的悲痛无疑超过了贾珍。至于曹雪芹为什么要安排宝玉同秦可卿有这样的关系，我到现在没有找到一个满意的答案。我们承认自己的研究能力有限。我们必须像胡适先生所说的，有几分材料说几分话。

凤姐看到宝玉流泪，就把宝玉支出去了。然后她又再三劝慰秦可卿好好养病，秦可卿很坦率地对凤姐说："任凭神仙也罢，治得病治不得命。婶子，我知道我这病不过是挨日子。"但凤姐临走时她又说了，"婶子，恕我不能跟过去了。闲了时候还求婶子常过来瞧瞧我，咱们娘儿们坐坐，多说几遭话儿。"凤姐儿听了，不觉得又眼圈儿一红。这里曹雪芹把秦可卿的性格写得很鲜明，温柔坦率，通情达理；同样，凤姐也是情深意重，真切待人。这两位少妇，虽然隔了一代。

以上内容就是本回的前半部分。

第 11 回的下半部分，写贾瑞调戏凤姐。不知道为什么，在这段并不复杂的情节后面，曹雪芹犯下了技术性错误。因为贾瑞同凤姐的这桩事情，过后，在整个小说中，再也没有一点它的影子，它对后面的情节和人物没有留下任何影响，这完全不符合《红楼梦》气血处处贯通的艺术风格。参与其事的凤姐也好，贾蓉、贾蔷也罢，统统忘记了，就好像这事情没发生过。暂且看原文。

> 凤姐儿正自看园中的景致，一步步行来赞赏。猛然从假山石后走过一个人来，向前对凤姐儿说道："请嫂子安。"凤姐儿猛然见了，将身子望后一退，说道："这是瑞大爷不是？"贾瑞说道："嫂子连我也不认得了？不是我是谁！"凤姐儿道："不是不认得，猛然一见，不想到是大爷到这里来。"贾瑞道："也是合该我与嫂子有缘。我方才偷出了席，在这个清净地方略散一散，不想就遇见嫂子也从这里来。这不是有缘么？"一面说着，一面拿眼睛不住的觑着凤姐儿。

> 凤姐儿是个聪明人，见他这个光景，如何不猜透八九分呢，因向贾瑞假意含笑道："怨不得你哥哥时常提你，说你很好。今日见了，听你说这几句话儿，就知道你是个聪明和气的人了。这会子我要到太太们那里去，不得和你说话儿，等闲了咱们再说话儿罢。"

作品想要突出凤姐的机智，因为凤姐是单身一人，她看出贾瑞不怀好意，为了不吃眼前亏，她才与贾瑞虚与周旋，一方面稳住贾瑞，不让他有冒失的举动，另一方面是要趁机尽快脱身。这确实写得很像凤姐。不过问题来了，前面刚刚写得清清楚楚，"于是凤姐儿带领跟来的婆子丫头并宁府的媳妇婆子们，从里头绕进园子的便门来。"她可不是一个人走的，后面跟着一大帮子呢！宁府的媳妇婆子们可能送出门就回去了，但她自己带来的婆子丫头，应该环绕在她身前身后。根据凤姐的性格为人，那群婆子丫头谁都不敢远离一步。但是作品这里却写道，那群婆子丫头都扔下凤姐自顾自跑得很远很远，一个都不在身边，直到凤姐同贾瑞周旋完了，她们才回头。这种写法是刻意把那些婆子丫头们调走，破坏了艺术完美性，留下又一个瑕疵。

凤姐与贾瑞这段情节，其描写的戏剧性、滑稽性以及刻薄性，读过《红楼梦》的人都终生难忘。历来的评论，也都认为贾瑞是小丑加流氓，死得罪有应得。我本人年轻时也这么认为，但随着年岁的增加我的看法逐渐变化。据文本描写，客观来看，贾瑞从头至尾，实在没犯什么大罪，更谈不上死罪；相反，在这中间，凤姐至少有很大的过错，如果不算她有罪过的话。我们来还原一下。

"凤姐儿正自看园中的景致，一步步行来赞赏。猛然从假山石后走过一个人来，向前对凤姐儿说道：'请嫂子安。'"注意这里的描写，"猛然从假山石后走过一个人来"，贾瑞是走过来的，不是冲过来的，更不是扑上来的。然后他向前对凤姐儿说道："请嫂子安。"请安这个动作是半下跪，是日常礼仪，应当也没有攻击性、危险性。招呼打完，后面贾瑞的话确实具有调戏性质："也是合该我与嫂子有缘。我方才偷出了席，在这个清净地方略散一散，不想就遇见嫂子也从这里来。这不是有缘么？"一面说着，一面拿眼睛不住地觑着凤姐儿。假如说贾瑞有过错的话，他最大的过错也就在这里，他想占凤姐的便宜。但是园子也就那么大，宴会刚结束，不远处正在演戏，看戏的人很多，凤姐自己的婆子丫鬟，应该在更近的地方，凤姐大叫一声她便听得见的。因此，凤姐并没有处在严重的危险中，贾瑞也并没有任何威胁性的动作和话语。根据全书的描写看，贾瑞也并非危险人物，他属于那种比较软的男人，身上不具备攻击性、强暴性。所以这时候就看凤姐怎么应对了。假如凤姐庄严地，甚至冷面相对，不给贾瑞任何希望，然后只要大声喊一句："平儿回来！"或许贾瑞就灰溜溜走人，事情也就过去了。但作品不是这样描写。或许凤姐是为安全脱身计，她采取的对策是给贾瑞希望，同贾瑞搭讪、调情，甚至挑逗。

> 向贾瑞假意含笑道："怨不得你哥哥时常提你，说你很好。今日见了，听你说这几句话儿，就知道你是个聪明和气的人了。这会子我要到太太们那里去，不得和你说话儿，等闲了咱们再说话儿罢。"贾瑞道："我要到嫂子家里去请安，又恐怕嫂子年轻，不肯轻易见人。"凤姐儿假意笑道："一家子骨肉，说什么年轻不年轻的话。"贾瑞听了这话，再不想到今日得这个奇遇，那神情光景亦发不堪难看了。凤姐儿说道："你快入席去罢，仔细他们拿住罚你酒。"贾瑞听了，身上已木了半边，慢慢的一面走着，一面回过头来看。

凤姐这些话，都不能说是半推半就、顺水推舟，而简直就像是在抛绣球。她表达的是她早就心仪贾瑞，甚至相当肉麻地表示她还心疼贾瑞被人罚酒。从凤姐的言语来看，她非常熟悉情场的套路，俨然是个调情高手，甚至可以说她比贾瑞更熟练、更精通。贾瑞这人，说得好听点是个老实人，说难听点是个低能儿，他哪是凤姐的对手，凤姐的一番鬼话他立马当真，被骗得晕晕乎乎，痴痴颠颠！如果事情就发展到这一步，贾瑞并没有重大过错，而凤姐也可以说是机智脱身，也没有大错。事情也可以到此为止，或者事后凤姐告知贾琏，让丈夫教训贾瑞一顿也就完了。

但是，凤姐却已经起了杀心！

凤姐儿故意地把脚步放迟了些儿，见他去远了，心里暗忖道："这才是知人知面不知心呢，那里有这样禽兽的人呢。他如果如此，几时叫他死在我的手里，他才知道我的手段！"

这可大大出乎我们的意料。照我们看来，低能的贾瑞，并没有犯罪，更谈不上死罪；凤姐的杀心，或称之为杀人的欲望，比起贾瑞调戏她的言语，罪过并不见得小。那么，为什么人们都把同情心给予凤姐，而同样认为贾瑞该死呢？说到底，无非因为凤姐的高贵，贾瑞的低贱，就像平儿说的，一个是凤凰，一个是癞蛤蟆，癞蛤蟆对凤凰动动歪脑子都该死，凤凰杀死无罪的癞蛤蟆都应该！实际上，人们不知不觉地站到贵族优先的地步上，不那么可取。

更加重要的是：作者曹雪芹在描写这段情节时，他所流露的情感、观念，是不是也认为贾瑞该死呢？从作品的表面来看，似乎就是这样。不过，我前面经常提醒大家，曹雪芹是很狡猾、圆滑的，读《红楼梦》，绝对不能只读表面。关于凤姐与贾瑞的公案，我们不能忽略一个很容易被忽略的细节，那是贾瑞病重以后，跛足道人送给他的风月宝鉴，当时道士再三嘱咐："千万不可照正面，只照他的背面，要紧，要紧！"我以为，"千万不可照正面，只照他的背面"，是不是曹雪芹在暗喻，在提示读者，这桩官司，不能简单地只看表面，也要反思它的背面。

回到作品中。凤姐上了看戏的楼阁，邢夫人、王夫人说她们都点过戏了，叫凤姐也点几出，凤姐点了《还魂》、《弹词》两出，递过戏单去说："现在唱的这《双官诰》，唱完了，再唱这两出，也就是时候了。"曹雪芹再次展现借题发挥、借戏寓意的手段。《双官诰》说的是诰封故事，这里暗喻贾府将有封妃；《还魂》是《牡丹亭》中写杜丽娘死而复生与柳梦梅结为夫妻，这里是暗示宝玉同宝钗历经磨难结为夫妻；《弹词》指《长生殿》中李龟年在"安史之乱"后卖唱为生，唱的是唐玄宗与杨贵妃的悲欢离合和唐王朝的盛衰故事，这里暗示贾府败亡、宝玉流浪。三出戏，分别暗喻《红楼梦》的前期、中期、后期三个阶段，三出戏唱完"也就是时候了"，暗喻《红楼梦》就将结束。为了加强效果，还让王夫人作应和，王夫人道："可不是呢。"

凤姐虽然点了戏，却没心思看，她的注意力在贾琏身上。

凤姐儿立起身来望楼下一看，说："爷们都往那里去了？"旁边一个婆子道："爷们才到凝曦轩，带了打十番的那里吃酒去了。"凤姐儿说道："在这里不便宜，背地里又不知干什么去了！"尤氏笑道："那里都象你这么正经人呢。"

可见来到宁府，贾琏就同贾珍、贾蓉等人去干一些见不得人的勾当，凤姐深知其中奥妙，所以紧盯防守。后面曹雪芹继续抓住秦可卿和贾瑞来写。秦氏也有几日好些，也有几日仍是那样。贾珍、尤氏、贾蓉好不焦心。且说贾瑞到荣府来了几次，偏都没遇见凤姐。而秦可卿的病是越来越重，贾珍、尤氏已经在预备后事，尤氏嘱咐凤姐：

> "你可缓缓的说，别吓着老太太。"凤姐儿道："我知道。"于是凤姐儿就回来了。到了家中，见了贾母，说："蓉哥儿媳妇请老太太安，给老太太磕头，说他好些了，求老祖宗放心罢。他再略好些，还要给老祖宗磕头请安来呢。"贾母道："你看他是怎么样？"凤姐儿说："暂且无妨，精神还好呢。"贾母听了，沉吟了半日，因向凤姐儿说："你换换衣服歇歇去罢。"

这位老太太着实不容易，全家上上下下几十口人，她都要关心到，尤其令人感动的是，她只论人品而并不怎么讲究亲疏远近，其实秦可卿同她的关系已经比较远了，是隔房的侄重孙媳妇，但她的忧伤是那么深切，关怀是那么细腻。贾母的心胸确实令人景仰，她在贾府中的地位，除了辈分和身份的原因，其人格也是重要因素。

曹雪芹的行文永远会令人意外，这一回的最后一段，他简简单单几个字就加进了一个重要内容，我们看。

> 凤姐儿答应着出来，见过了王夫人，到了家中，平儿将烘的家常的衣服给凤姐儿换了。凤姐儿方坐下，问道："家里没有什么事么？"平儿方端了茶来，递了过去，说道："没有什么事。就是那三百银子的利银，旺儿媳妇送进来，我收了。再有瑞大爷使人来打听奶奶在家没有，他要来请安说话。"凤姐儿听了，哼了一声，说道："这畜生合该作死，看他来了怎么样！"平儿因问道："这瑞大爷是因什么只管来？"凤姐儿遂将九月里宁府园子里遇见他的光景，他说的话，都告诉了平儿。平儿说道："癞蛤蟆想天鹅肉吃，没人伦的混帐东西，起这个念头，叫他不得好死！"凤姐儿道："等他来了，我自有道理。"不知贾瑞来时作何光景，且听下回分解。

注意"那三百银子的利银，旺儿媳妇送进来，我收了"。平儿此话前面没有任何铺垫，这里也不加任何说明，像是天上掉下来一样。曹雪芹要的就是这种"原生态"，不加修饰的原生生活。凤姐听了一句话也没说，就这么过去了。曹公这么轻轻松松就埋下一颗地雷，它最后炸毁了王熙凤。她们接着聊到贾瑞，凤姐立即起反应，"这畜生合该作死，看他来了怎么样！"凤姐杀心再起，"等他来了，我自有道理。"她要恶搞贾瑞，至于怎么恶搞，那是下一回交代的事了。

第 11 回到此结束。曹公的表现艺术让人回味。这一回都是断断续续的细节，即使是"见熙凤贾瑞起淫心",也没有连续性的描写,但作者写得细腻生动,饶有风致。尤其是凤姐、贾母对秦可卿的那份诚挚深切的心意。不过曹公写起来似乎一点不花力气,所谓轻描淡写。他两次写贾母,第一次,"贾母说:'可是呢,好个孩子,要是有些原故,可不叫人疼死。'说着,一阵心酸。""一阵心酸",心理描写,就这么四个字。第二次写,"贾母听了,沉吟了半日,因向凤姐儿说:'你换换衣服歇歇去罢。'""沉吟了半日",神态描写,只有五个字。心理描写和神态描写,用的都是最寻常、最普通的词语,但传达给读者的,是那么沉重、那么伤心、那么悲凉,也不知道曹公在这九个字上施了什么魔法。不过,这还是读者能够理解的写法,而像我们刚才说到的,"那三百银子的利银,旺儿媳妇送进来,我收了",这种兀然而起无头无尾的写法是其他书中找不见的,全无呼应的写法,那才是曹公的绝技,别人无法学、学不像的。

另外,作品对凤姐的塑造简直是自我矛盾,刚写了凤姐对秦可卿的深情厚谊,立马就写她对贾瑞的凶恶。作品对凤姐的刻画才刚起步,却在人物前后不到半小时内展现出她"一半是天使一半是魔鬼"的两副面貌。凤姐性格的两端天地宽广,我们可以期待,一个性格内涵的丰富性"打破纪录"的女性形象最终能够诞生。

第十二回

王熙凤毒设相思局　贾天祥正照风月鉴

回目"王熙凤毒设相思局"，曹雪芹用"毒设"两字，意思非常明白，可知"贾天祥正照风月鉴"属于中计，有受害的意思，可惜评论很少照顾到这意思。

这一回紧接着上回展开。很巧，凤姐与平儿正说到贾瑞，贾瑞来了。这个带有巧合性的开头，预示着这一回是充满戏剧性，以至于滑稽的一回，同《红楼梦》的其他文字，不太协调。关于这个问题，我们到最后艺术欣赏的部分再探讨。凤姐是怎么设局的呢？我们来看作品的描写。

> 话说凤姐正与平儿说话，只见有人回说："瑞大爷来了。"凤姐急命"快请进来。"贾瑞见往里让，心中喜出望外，急忙进来，见了凤姐，贾瑞见凤姐如此打扮，亦发酥倒，因饧了眼道："二哥哥怎么还不回来？"凤姐道："不知什么原故。"贾瑞笑道："别是路上有人绊住了脚了，舍不得回来也未可知？"凤姐道："也未可知。男人家见一个爱一个也是有的。"贾瑞笑道："嫂子这话说错了，我就不这样。"凤姐笑道："象你这样的人能有几个呢，十个里也挑不出一个来。"贾瑞听了喜的抓耳挠腮，又道："嫂子天天也闷的很。"凤姐道："正是呢，只盼个人来说话解解闷儿。"贾瑞笑道："我倒天天闲着，天天过来替嫂子解解闲闷可好不好？"凤姐笑道："你哄我呢，你那里肯往我这里来。"贾瑞道："我在嫂子跟前，若有一点谎话，天打雷劈！只因素日闻得人说，嫂子是个利害人，在你跟前一点也错不得，所以唬住了我。如今见嫂子最是个有说有笑极疼人的，我怎么不来，——死了也愿意！"凤姐笑道："果然你是个明白人，比贾蓉两个强远了。我看他那样清秀，只当他们心里明白，谁知竟是两个胡涂虫，一点不知人心。"

凤姐的态度写得一清二楚，不用多说。只是，"贾瑞见凤姐如此打扮，亦发酥倒"，凤姐是怎么打扮的？曹雪芹没有写，那就有两种推测，一种是凤姐穿着家常衣服，就是上一回写的，平儿为她烘暖的是居家衣服，在贾瑞的眼中或许看作不把他当外人，而是当"内人"，他如何不"酥倒"？另一种推测，凤姐听说贾瑞来了，特意浓妆艳抹，打扮得很风骚，以此来勾引贾瑞。不管是哪一种，都足以让贾瑞"酥倒"，"因饧了眼道：'二哥哥怎么还不回来？'"投石问路，贾瑞想弄明白，留给他和凤姐两人单独相处的时间有多少。凤姐是个中老手，一步步继续引诱，甚至说出："只盼个人来说话解解闷儿。""你哄我呢，你那里肯往我这里来。"引诱得贾瑞对天赌咒。如果说最后的一切都是贾瑞自讨苦吃，因为是他主动找上凤姐的门的，但进了这扇门以后，主动权都在凤姐手里。假如把两个对话人的名字换掉，读者们可能就认为是这女的在勾引人，这女的至少要负一半责任。然而就因为一个是凤姐，一个是贾瑞，人们就把责任全部推到了贾瑞头上。接着，还是凤姐提出了今晚约会，时间地点都是凤姐提的，贾瑞当然是喜之不尽。接着的描写，就更具有戏剧性。

> 盼到晚上，果然黑地里摸入荣府，趁掩门时，钻入穿堂。果见漆黑无一人，往贾母那边去的门户已倒锁，只有向东的门未关。贾瑞侧耳听着，半日不见人来，忽听咯噔一声，东边的门也倒关了。贾瑞急的也不敢则声，只得悄悄的出来，将门撼了撼，关的铁桶一般。此时要求出去亦不能够，南北皆是大房墙，要跳亦无攀援。这屋内又是过门风，空落落，现是腊月天气，夜又长，朔风凛凛，侵肌裂骨，一夜几乎不曾冻死。好容易盼到早晨，只见一个老婆子先将东门开了，进去叫西门。贾瑞瞅他背着脸，一溜烟抱着肩跑了出来，幸而天气尚早，人都未起，从后门一径跑回去。

> 原来贾瑞父母早亡，只有他祖父代儒教养。那代儒素日教训最严，不许贾瑞多走一步，生怕他在外吃酒赌钱，有误学业。今忽见他一夜不归，只料定他在外非饮即赌，嫖娼宿妓，那里想到这段公案，因此气了一夜。贾瑞也捻着一把汗，少不得回来撒谎，只说："往舅舅家去了，天黑了，留我住了一夜。"代儒道："自来出门，非禀我不敢擅出，如何昨日私自去了？据此亦该打，何况是撒谎。"因此，发狠到底打了三四十板，不许吃饭，令他跪在院内读文章，定要补出十天的工课来方罢。贾瑞直冻了一夜，今又遭了苦打，且饿着肚子，跪着在风地里读文章，其苦万状。

为了突出戏剧性，作者把各种巧合因素都凑到了一起。这一晚，贾瑞实际上什么都没做，他受了一夜的冻，早早逃回家里，偏偏他的祖父发现了，又偏偏"只料定他在外非饮即赌，嫖娼宿妓"，偏偏"发狠到底打了三四十板，不许吃饭，令他跪在院内读文章"。所有倒霉的事情都凑齐了找到贾瑞头上。

虽然其苦万状，但贾瑞并不死心，更没想到是凤姐在捉弄他，他的智商简直不如五岁小孩！过两天他又去找凤姐。

> 凤姐故意抱怨他失信，贾瑞急的赌身发誓。凤姐因见他自投罗网，少不得再寻别计令他知改，故又约他道："今日晚上，你别在那里了。你在我这房后小过道子里那间空屋里等我，可别冒撞了。"贾瑞道："果真？"凤姐道："谁可哄你，你不信就别来。"贾瑞道："来，来，来。死也要来！"

凤姐确实聪明，还懂心理学，更会耍诡计，她抓住并充分利用了贾瑞的弱点，再次主动提出今晚约会。虽然曹雪芹加了一句话，"少不得再寻别计令他知改"，似乎凤姐是出于善意，但这句弱不禁风的话与后面大量的事实比较起来，它显得空洞而缺乏说服力，换句话说，凤姐此时并没有多少善意，几乎满脑子都是恶念。我们看作品接下来的描写，这一段既好看又有几点可以探讨的。

> 凤姐道："这会子你先去罢。"贾瑞料定晚间必妥，此时先去了。凤姐在这里便点兵派将，设下圈套。
>
> 那贾瑞只盼不到晚上，偏生家里亲戚又来了，直等吃了晚饭才去，那天已有掌灯时候。又等他祖父安歇了，方溜进荣府，直往那夹道中屋子里来等着，热锅上的蚂蚁一般，只是干转。左等不见人影，右听也没声响，心下自思："别是又不来了，又冻我一夜不成？"正自胡猜，只见黑魆魆的来了一个人，贾瑞便意定是凤姐，不管皂白，饿虎一般，等那人刚至门前，便如猫捕鼠的一般，抱住叫道："亲嫂子，等死我了。"说着，抱到屋里炕上就亲嘴扯裤子，满口里"亲娘""亲爹"的乱叫起来。那人只不作声。贾瑞拉了自己裤子，硬帮帮的就想顶入。忽见灯光一闪，只见贾蔷举着个捻子照道："谁在屋里？"只见炕上那人笑道："瑞大叔要臊我呢。"贾瑞一见，却是贾蓉，真臊的无地可入，不知要怎么样才好，回身就要跑，被贾蔷一把揪住道："别走！如今琏二嫂已经告到太太跟前，说你无故调戏他。他暂用了个脱身计，哄你在这边等着，太太气死过去，因此叫我来拿你。刚才你又拦住他，没的说，跟我去见太太！"贾瑞听了，魂不附体。

接着，作品又写贾蔷、贾蓉乘机做好做歹要来两张五十两银子的欠据，又浇了贾瑞一头大粪才放他走。

> 贾瑞如得了命，三步两步从后门跑到家里，天已三更，只得叫门。开门人见他这般景况，问是怎的。少不得扯谎说："黑了，失脚掉在茅厕里了。"一面到了自己房中更衣洗濯，心下方想到是凤姐顽他，因此发一回恨；再想想凤姐的模样儿，又恨不得一时搂在怀内，一夜竟不曾合眼。

这一段的描写颇有《水浒传》的味道，动作性强，滑稽可笑，又比较极端。整个情节都是凤姐事先策划的，这计谋确实比较周密，连写借条的纸笔都准备好了，当然还有那一桶大粪。凤姐要的是什么效果呢？显然是越狠越好，腊月里一桶大粪浇头，已经够人半死，还要逼迫欠下一屁股债，这已经足以要贾瑞半条命。而贾瑞有如着了魔，明知凤姐在陷害她，依然沉缅于凤姐那妖娆的影子，"未免有那指头告了消乏"。一年下来，病入膏肓。眼看着不中用了，忽然来了一位跛足道士，送上风月宝鉴，说是照了反面就可以救命，但反面眼见是骷髅。

> 又将正面一照，只见凤姐站在里面招手叫他。贾瑞心中一喜，荡悠悠的觉得进了镜子，与凤姐云雨一番，凤姐仍送他出来。到了床上，哎哟了一声，一睁眼，镜子从手里掉过来，仍是反面立着一个骷髅。贾瑞自觉汗津津的，底下已遗了一滩精。心中到底不足，又翻过正面来，只见凤姐还招手叫他，他又进去。如此三四次。到了这次，刚要出镜子来，只见两个人走来，拿铁锁把他套住，拉了就走。贾瑞叫道："让我拿了镜子再走。"——只说了这句，就再不能说话了。

　　贾瑞就这么被折磨死了。贾瑞在梦中同凤姐云雨，过后就死了，这不免让我们想起宝玉同秦可卿的梦中云雨，不久秦可卿就得了不治之症。两段描写中间暗喻着什么意思？值得思考。

　　贾瑞的丧事，贾府中从贾赦起，各人送了多少银子，都有交代，甚至连他的同窗凑的份子一共多少两都写明了；偏偏害死他的凤姐究竟出没出银子，作品不提；贾瑞死后，作品也没有交代凤姐的反应，包括她的两个帮凶贾蓉、贾蔷也没交代。这些都有违《红楼梦》一贯的风格。不仅如此，在小说的后面再也没有提起过这件事，也没有出现过凤姐、贾瑞这桩官司的任何影响，这同本书"一喉两歌""手挥目送""牵一发而动全身"的严密作风背道而驰。令人怀疑这个故事颇有"外来者"的风貌，像是插进《红楼梦》中的一个精彩短篇，同全书的大情节和总体内容明显脱节。红学界历来有关于《风月宝鉴》同《红楼梦》关系的讨论，许多人认为秦可卿的故事可能出自《风月宝鉴》。假如真有《风月宝鉴》故事搬入《红楼梦》，那么，凤姐和贾瑞的故事更应是《风月宝鉴》某一段的镶入。临近的第9回顽童闹学堂也是过后就没有任何痕迹和涟漪，对此，合理的解释就是，这两段都是后面镶嵌进来的。

　　由于插入而未能修改完善，曹公付出了一连串艺术代价。第一，贾瑞形象有些走形。第9回闹学堂时贾瑞虽坏，却颇有头脑的，决不低能。而这里他被凤姐玩弄，遭贾蓉、贾蔷欺负敲诈，他还是一头往圈套里钻，低能得厉害。第二，作品中出现了一个小小硬伤：前面写得明明白白，"原来贾瑞父母早亡，只有他祖父代儒教养"，但是贾瑞死后却写道"代儒夫妇哭的死去活来"，忽然多出一个祖母来。第三，人物及人物关系前后乱套。

　　本回写了，贾蓉、贾蔷是凤姐"点兵派将，设下圈套"，他们能够参与凤姐的超级隐私，应该同凤姐关系非常，或者说是她的死党。经过此事，他们与凤姐的关系应该更加密切，这次秘密行动在他们后来的关系中应有所反映，哪怕是像贾雨村发配门子那样，有个回响。但作品的描写却像此事没发生一样，这三人竟没事人一般对这番合作彻底失忆。贾蔷再次出场是第16回，虽然凤姐帮了贾蔷一把，但很被动，看不出是凤姐死党，反而像是隔着肚子的买卖，相互计较，相互算计，毫无默契。贾蓉也一样，后面尤二姐的风波中凤姐对贾蓉的打骂作践，毫无交情。第四，贾琏以及合府上下居然全不知情。照理这事在凤姐个人以至于整个贾府都不算小，更何况带有色情，它势必造成满府流言，凤姐的死对头赵姨娘等必有所发挥，贾琏更是会有较激烈的反应，可惜一概没有，就像浮云一般飘走后没了影子。

　　我们详细探讨此事，因为它不仅牵涉到作品的艺术完整性，牵涉到对某些形象的评价，还牵涉到《红楼梦》成书的某些事实。这样来看，凤姐同贾瑞的风流事件，就颇有研究的价值。

另外值得一提的是，贾瑞临死前的一个刻画，"刚要出镜子来，只见两个人走来，拿铁锁把他套住，拉了就走。贾瑞叫道：'让我拿了镜子再走。'——只说了这句，就再不能说话了。"他临死前的最后一句话"让我拿了镜子再走"同巴尔扎克笔下的葛朗台非要灭了灯草才咽气，可谓异曲同工。巴尔扎克这一笔刻画可是全世界公认的绝妙之笔，在世界文学史上一直被津津乐道，被认为是小说人物刻画的创新。《红楼梦》比《欧也妮·葛朗台》早了半个多世纪，世界文学史早晚会记上这一笔。

假如说贾瑞故事有"游戏笔墨"的色彩，导致贾瑞形象有所走形，那也罢了，他只是个微不足道的边缘人物。但是，在这故事的描写中，曹公显然进入对凤姐"恶"的一面的挖掘。凤姐刚刚欠下一条人命，不久她又要再次作恶再整死两条年轻的生命。

下面看这一回的尾巴。

> 谁知这年冬底，林如海的书信寄来，却为身染重疾，写书特来接林黛玉回去。贾母听了，未免又加忧闷，只得忙忙的打点黛玉起身。宝玉大不自在，争奈父女之情，也不好拦劝。于是贾母定要贾琏送他去，仍叫带回来。一应土仪盘缠，不消烦说，自然要妥帖。作速择了日期，贾琏与林黛玉辞别了贾母等，带领仆从，登舟往扬州去了。

林黛玉才进贾府多久？林如海忽然得病，显然是作者对黛玉形象刻画有了迫切的要求，或者说有了新的调整。

但是这个结尾，又造成了作品的时间差错。我们算一算，贾瑞从得病到死亡，作品的时间线索比较清楚，腊月里被冻，"诸如此症，不上一年都添全了"。于是开始看医吃药，接着交代，"倏又腊尽春回，这病更又沉重"。可见贾瑞是病了一年多后死的。现在作品这结尾段第一句又交代了时间，"谁知这年冬底，林如海的书信寄来"。倒推算来，从凤姐去探望秦可卿遭遇贾瑞算起，到林如海来信，中间有两年的时间，也就是说第11、12回中间花去了两年。第13回开场，是贾琏已经去了苏州一段时间，这样前后加起来就是两年多。第13回上来就写秦可卿托梦凤姐以及死亡。这么算来，秦可卿的病应该又拖了两年多，但是从第13回的描写来看，其情节应该距离第11回凤姐探望秦可卿以后半年。由此可见，由于曹公未修改完毕而驾鹤西去，造成小说的时间有些混乱。因此，《红楼梦》中情节前后的时间距离、人物的年龄，不能生搬硬套，需要某种将就和宽容。

第十三回

秦可卿死封龙禁尉　王熙凤协理宁国府

　　回目大致把第 13 回的内容交代了。这回一上来就是秦可卿的突然死亡，以及她死后整个贾府的种种反应和后事料理。这一回的描写很细腻，甚至可以说很繁琐，连和尚道士做水陆道场上的榜文都一字不落，连上后面的第 14 回，曹雪芹把贵族人家的丧葬礼仪非常细致完整地展现了出来，其风俗画的经典性足以同历史上的《韩熙载夜宴图》和《清明上河图》相媲美，是《红楼梦》的现实主义经典画面。但很有趣的是，在展开这幅现实主义的场景之前，却先来了个小小的浪漫主义，确切说是梦幻主义。我们看作品。

　　这日夜间，正和平儿灯下拥炉倦绣，早命浓薰绣被，二人睡下，屈指算行程该到何处，不知不觉已交三鼓。平儿已睡熟了。凤姐方觉星眼微朦，恍惚只见秦氏从外走来，含笑说道："婶子好睡！我今日回去，你也不送我一程。因娘儿们素日相好，我舍不得婶子，故来别你一别。还有一件心愿未了，非告诉婶子，别人未必中用。"

　　凤姐听了，恍惚问道："有何心愿？你只管托我就是了。"秦氏道："婶婶，你是个脂粉队里的英雄，连那些束带顶冠的男子也不能过你，你如何连两句俗语也不晓得？常言'月满则亏，水满则溢'；又道是'登高必跌重'。如今我们家赫赫扬扬，已将百载，一日倘或乐极悲生，若应了那句'树倒猢狲散'的俗语，岂不虚称了一世的诗书旧族了！"凤姐听了此话，心胸大快，十分敬畏，忙问道："这话虑的极是，但有何法可以永保无虞？"秦氏冷笑道："婶子好痴也。否极泰来，荣辱自古周而复始，岂人力能可保常的。但如今能于荣时筹画下将来衰时的世业，亦可谓常保永全了。即如今日诸事都妥，只有两件未妥，若把此事如此一行，则后日可保永全了。"

　　凤姐便问何事。秦氏道："目今祖茔虽四时祭祀，只是无一定的钱粮；第二，家塾虽立，无一定的供给。依我想来，如今盛时固不缺祭祀供给，但将来败落之时，此二项有何出处？莫若依我定见，趁今日富贵，将祖茔附近多置田庄房舍地亩，以备祭祀供给之费皆出自此处，将家塾亦设于此。合同族中长幼，大家定了则例，日后按房掌管这一年的地亩、钱粮、祭祀、供给之事。如此周流，又无争竞，亦不有典卖诸弊。便是有了罪，凡物可入官，这祭祀产业连官也不入的。便败落下来，子孙回家读书务农，也有个退步，祭祀又可永继。若目今以为荣华不绝，不思后日，终非长策。眼见不日又有一件非常喜事，真是烈火烹油，鲜花着锦之盛。要知道，也不过是瞬间的繁华，一时的欢乐，万不可忘了那'盛筵必散'的俗语。此时若不早为后虑，临期只恐后悔无益了。"凤姐忙问："有何喜事？"秦氏道："天机不可泄漏。只是我与婶子好了一场，临别赠你两句话，须要记着。"因念道：

三春过后诸芳尽，各自须寻各门门。

凤姐还欲问时，只听二门上传事云板连叩四下，将凤姐惊醒。人回："东府蓉大奶奶没了。"凤姐闻听，吓了一身冷汗，出了一回神，只得忙忙的穿衣，往王夫人处来。

这里开头两句背景交代，让我们看到凤姐也是个很有情的女人。贾琏一离开家，凤姐便觉得日子无趣，天天晚上计算行程，到半夜都没睡着，挂念深切。正在这时候秦可卿前来托梦。托梦，在我国的古典文学中以至于于历史著作中都经常出现，以致民间很相信有这种事实，秦可卿的托梦正是基于这样一种民俗观念，所以不仅曹雪芹写的很自信很自然，许多读者也都把它当真。秦可卿来出了一个主意，她劝凤姐赶紧在祖坟附近买进田地，把这些田地都归到祭祀田地的名下。这可很有经济和法律视野。我国历来敬重祖先，祭祀祖先是履行孝道的基本方法，清代法律保护祭祀田地，这一类的田产，官方不得没收，子孙也不许卖出，大清会典中明文规定，凡子孙倒卖祖上的祭祀田地，五十亩以上要发配充军，五十亩以下按倒卖官地治罪。用今天的话来说，秦可卿是劝凤姐钻法律的空子，打政策的擦边球。秦可卿之所以出这个主意，是因为她看到贾府不久就会败落，所有的家产都会被抄家充公，多买一些祭祀田地，可以最低限度地保证吃饭和上学的经济来源。对贾府来说这不过是一条下下策而已，因为它并不能真正解救贾府。本来这算不得什么，秦可卿的这个主意之所以吸引我们的眼球，一个是她的立意非常高，看得相当远，相当透彻。其中"树倒胡孙散"这句话，据说还是曹雪芹的祖父曹寅的口头禅，因而引起研究者的关注。而"乐极悲生"等则呼应了第1回和尚道士的话，这是《红楼梦》的主旋律，相隔十多回了，曹雪芹让它再一次响起，有呼应强调的作用。有关经济方面的重大的话题，为什么安排让秦可卿来说？谈谈我的理解。第一，秦可卿是正十二钗之一，从她出场到现在还没什么出彩的地方，如果这么死了，她的形象就过于单薄。所以分给她此项"重任"，提高秦可卿的分量。第二，曹雪芹对贾府的男人和女人，就是要来个颠倒。贾府中的男人没有一个可以指望的。相反，在曹公笔下，贾府的女流之辈倒不乏考虑经济事务的，所谓"堂堂须眉诚不若彼裙钗"。贾母、宝钗、探春大家都熟知，黛玉也看出贾府入不敷出，秦可卿被赋予重任，也就不奇怪。

贴上买田地这层金箔，曹公生怕分量还不够，他又让秦可卿悄悄泄露了一桩天机，以增添她的高贵神秘色彩。"眼见不日又有一件非常喜事，真是烈火烹油，鲜花着锦之盛。"至此，曹公算是完成了对秦可卿的正面塑造，余下的再留给后文的侧面烘托。

凤姐吓出一身冷汗来很正常，我们更想探讨的是宝玉的反应。

> 却说宝玉因近日林黛玉回去，剩得自己孤恓，也不和人顽耍，每到晚间便索然睡了。如今从梦中听见说秦氏死了，连忙翻身爬起来，只觉心似戳了一刀的不忍，哇的一声，直奔出一口血来。袭人等慌慌忙忙上来搂扶，问怎么样，又要回贾母来请大夫。宝玉笑道："不用忙，不相干，这是急火攻心，血不归经。"说着便爬起来，要衣服换了，来见贾母，即时要过去。袭人见他如此，心中虽放不下，又不敢拦，只是由他罢了。贾母见他要去，因说："才咽气的人，那里不干净；二则夜里风大，等明早再去不迟。"宝玉那里肯依。贾母命人备车，多派跟随人役，拥护前来。

秦可卿生病良久，对她的病逝宝玉应早有预期，但是他竟然至于喷血，很是让人讶异。而曹雪芹不写秦可卿丈夫贾蓉的反应，偌大的贾府中却偏偏把镜头对准了宝玉，这就更加耐人寻味！回想一下，宝玉上次去探望的时候，想到太虚幻境的云雨他如万箭穿心，眼泪直流；而这一次更是口喷鲜血。把两段情节联系起来，可见曹公文笔周密，用心良深，不过他究竟要表现什么深意，真的很难找到一个满意的答案。

来到宁府，面对秦可卿宝玉狠狠地痛哭了一场。而整个宁府也是哭声震天，作品中描写的贾珍和尤氏的反应又引起评论者的猜疑。写尤氏的一句是："谁知尤氏正犯了胃疼旧疾，睡在床上。"有的评论者认为尤氏故意推病不起，她可能发现了扒灰。这种猜测难以成立，因为前面写尤氏的笔墨已经足够说明一切。至于写贾珍：

> 贾珍哭的泪人一般，正和贾代儒等说道："合家大小，远近亲友，谁不知我这媳妇比儿子还强十倍。如今伸腿去了，可见这长房内绝灭无人了。"说着又哭起来。众人忙劝："人已辞世，哭也无益，且商议如何料理要紧。"贾珍拍手道："如何料理，不过尽我所有罢了！"

我认为这里的写法同前面写贾珍爱惜儿媳妇一致，况且他心疼得也不无道理："谁不知我这媳妇比儿子还强十倍"，"长房内绝灭无人了"。贾珍再胡闹，传宗接代这人生第一大事他不会含糊，宁府三代单传了，"绝灭无人"，他自然痛哭。至于说要"尽我所有"，那也不过说说而已，他这类贵族好面子，爱风光，要虚荣，这是事实，但他哪里就弄得倾家荡产了呢？倒是后面一句写的严重："此时贾珍恨不能代秦氏之死，这话如何肯听？"往好里想是写贾珍犟驴一头、意气用事，往坏处想，那就什么都可以。

接下来一段着力描写大明宫掌宫内相戴权，或许是曹雪芹别有想法。贾珍要替贾蓉捐个官名，本来凭贾府的势力财力应该不难，但曹公笔走偏锋，让贾珍去拜托内府的太监。作品把这事情写的风轻云淡，似乎一切正常，但是熟悉中国历史的人都知道，清代的太监是没什么权势的。出于前代的教训，明朝初年朱元璋特旨："内臣不得干预政事，逾者斩！"可惜从永乐发端、到中后期宦官专政成为明代的特色，也是明朝衰亡的原因之一。清代汲取明朝的教训，攻占北京后就把明朝的十万太监削减到只剩一千。康熙对太监十分蔑视，说："太监最为下贱，虫蚁一般之人。"雍正对宦官任职的具体权限做了严密的规定，形成了制度。乾隆则明文规定，太监不得与王公大臣有来往。在历史上，清代的宦官并无专权现象。但曹雪芹却偏偏写太监头子"戴权"，谐音"大权"，大权在握，飞扬跋扈。

> 贾珍因想着贾蓉不过是个黉门监，灵幡经榜上写时不好看，便是执事也不多，因此心下甚不自在。可巧这日正是首七第四日，早有大明宫掌宫内相戴权，先备了祭礼遣人来，次后坐了大轿，打伞鸣锣，亲来上祭。贾珍忙接着，让至逗蜂轩献茶。贾珍心中打算定了主意，因而趁便就说要与贾蓉捐个前程的话。戴权会意，因笑道："想是为丧礼上风光些。"贾珍忙笑道："老内相所见不差。"戴权道："事倒凑巧，正有个美缺，如今三百员龙禁尉短了两员，昨儿襄阳侯的兄弟老三来求我，现拿了一千五百两银子，送到我家里。你知道，咱们都是老相与，不拘怎么样，看着他爷爷的分上，胡乱应了。还剩了一个缺，谁知永兴节度使冯胖子来求，要与他孩子捐，我就没工夫应他。既是咱们的孩子要捐，快写个履历来。"贾珍听说，忙吩咐："快命书房里人恭敬写了大爷的履历来。"小厮不敢怠慢，去了一刻，便拿了一张红纸来与贾珍。贾珍看了，忙送与戴权。看时，上面写道：
>
> 江南江宁府江宁县监生贾蓉，年二十岁。
>
> 曾祖，原任京营节度使世袭一等神威将军贾代化；祖，乙卯科进士贾敬；父，世袭三品爵威烈将军贾珍。
>
> 戴权看了，回手便递与一个贴身的小厮收了，说道："回来送与户部堂官老赵，说我拜上他，起一张五品龙禁尉的票，再给个执照，就把这履历填上，明儿我来兑银子送去。"小厮答应了，戴权也就告辞了。贾珍十分款留不住，只得送出府门。临上轿，贾珍因问："银子还是我到部兑，还是一并送入老内相府中？"戴权道："若到部里，你又吃亏了。不如平准一千二百两银子，送到我家就完了。"贾珍感谢不尽，只说："待服满后，亲带小犬到府叩谢。"于是作别。

注意写了戴权前来的排场，"坐了大轿，打伞鸣锣"，极其招摇。贾珍对他是恭恭敬敬言听计从。更有甚者戴权对朝廷一品大员，简直视如猪狗："谁知永兴节度使冯胖子来求，要与他孩子捐，我就没工夫应他。"骄横跋扈到何等地步！节度使在历史上是一方诸侯，是最有权势的地方官，清代本没有节度使，最大地方官是总督，比节度使的权势差了不少，却是正二品的官级，与内务府总管相当。太监属于内务府管理，最大的太监是总管太监，也不过四品级别；满清一代的太监都没有职权，岂能同总督相提并论。但曹雪芹偏偏写这位戴权太监，连节度使都要来求他，他还没工夫搭理，简直一手遮天。假如单独考察这一情节，看到宦官机构写作大明宫，似乎暗示是明朝；但《红楼梦》中铺天盖地的都是清代气息，显然它反应的是清代生活。

不过，作为一个艺术形象，戴权是我所见小说中最生动的太监。古往今来的文学作品中，我们见过无数的太监，但他们大多刻化得虚弱干瘪，多多少少都被丑化、标签化、脸谱化，相反，这位戴权举手投足都是那么活生生的，音容笑貌，如见如闻。尤其是那句"既是咱们的孩子要捐，快写个履历来"，"咱们的孩子"，这称呼是何其自然而又亲切。没有对太监的真切了解，很难写出如此自然的口吻。"快写个履历来"，则反映了戴权言语爽快，办事干脆，其性格一下就凸显出来。塑造太监形象，曹雪芹得天独厚。曹家世代是皇室包衣人，他们从小就生活在皇宫中，同那些太监一起生活，一起工作，可能休息娱乐也在一起。曹公对太监太熟悉了，近水楼台，得天独厚，这可能促使他务必要刻画一下太监。几百年来，写太监的作家虽多，但他们能有几个真正见过太监？熟悉太监？前来贾府吊唁的官员很多，作者一律忽略，他将笔墨集中于戴权一人，结果为我国文学长廊塑造了一位不朽的太监形象。戴权虽然没什么文化，但其腹中功夫和言谈做派确有老内相的气度。一般小说中那些或跋扈或猥琐的太监难望其项背。

这段情节中还有一个要点："祖，乙卯科进士贾敬。"看似不经意的一笔，却是《红楼梦》前八十回中唯一的、牢靠的纪年，弥足珍贵。乙卯年应该是康熙十四年，也就是1675年。贾敬登上进士榜的时间到小说描写的当下，应该相距十多年，在康熙的中后期。

履历表中只写"祖，乙卯科进士贾敬"，没有填写任何官方职务，这意味着贾敬从来没有出仕当官，因为这是不能瞒报的。常言道"读书做官"，贾敬既然不谋求做官而去考进士，似乎有点浪费。这又让我们不得不想到曹家。曹家几代人看上去轰轰烈烈，但他们家却没有一个考上进士，轰轰烈烈、才识双全的曹寅没有，曹颙、曹頫更没有。至于曹雪芹自己，他虽然才高八斗，可能连科举的资格都没有。进士可能是曹雪芹的一个心结。好歹在他的作品中出了一位，但中了进士却不出仕。这中间的弯弯曲曲，无言胜有言吧？

我们回到作品中。贾蓉买到了五品龙禁卫的名头，所谓龙禁卫就是宫廷侍卫。但贾蓉买的是虚衔，并没有实际职务，也不能去皇宫值班，有了这个虚衔可以表面好看些："灵前供用执事等物俱按五品职例。灵牌疏上皆写'天朝诰授贾门秦氏恭人之灵位'"。这里秦可卿被称作"恭人"，这名头就更虚了，因为"恭人"是诰封的四品夫人，五品夫人应该叫"宜人"。贾珍又虚抬一级。其他的排场不用说都是竭力铺张，说到底就为一个面子。

这场丧事贾珍竭力要办大、大办，前来吊唁的客人也成百上千，这就牵涉到一个接待的问题，尤其是女眷。尤氏病倒了，没人接待、操持，为此贾珍十分烦恼，宝玉见此就向贾珍推荐让凤姐来帮着办。所以这一回的后半回写的就是贾珍请凤姐帮忙。

> 那凤姐素日最喜揽事办，好卖弄才干，虽然当家妥当，也因未办过婚丧大事，恐人还不伏，巴不得遇见这事。今见贾珍如此一来，他心中早已欢喜。先见王夫人不允，后见贾珍说的情真，王夫人有活动之意，便向王夫人道："大哥哥说的这么恳切，太太就依了罢。"

贾珍也是个爽快的，他立马将宁国府的对牌交给凤姐，让凤姐全权处理一切。凤姐虽然爱出人头地，但她还是相当务实的，当晚她就开始整理头绪。

> 因想：头一件是人口混杂，遗失东西；第二件，事无专执，临期推委；第三件，需用过费，滥支冒领；第四件，任无大小，苦乐不均；第五件，家人豪纵，有脸者不服钤束，无脸者不能上进。此五件实是宁国府中风俗，不知凤姐如何处治，且听下回分解。

作品这回到此就结束了。在《红楼梦》早期的手抄本"庚辰本"中，有一条脂批写在凤姐所开列的五条文字的旁边："读五件事未完，余不禁失声大哭。三十年前作书人在何处耶？""甲戌本"则批道："旧族后辈受此五病者颇多，余家更甚。三十年前事见知于三十年后，令余悲恸，血泪盈面。"两个抄本的批语应该出于同一个人，一般认为这条脂批是曹雪芹的长辈写的。另外据推算，写批语的时间正好是曹家被抄之后三十年，如此看来这五条就是曹雪芹总结曹家败落的五条教训。果真如此的话，那么曹家至少在曹頫当家的时代，家庭内部管理是很糟糕的，批书人看到这五条深感悲痛。那么恐怕糟糕的还不止于此，因为这五条陈述的都是下人的问题，如果仅仅只有这些问题，至多只是管理不善，不至于令人血泪盈面。导致血泪盈面这样深切的悲痛，应该是管理者本身有自己的问题，不止于管理经验不足、管理水平不高，而是主观上、作风上有较大的问题。我们前面说过，宝玉的长辈和平辈的堂兄表兄，像贾赦、贾珍、贾琏、薛蟠，没有一个是正派人物，其父亲贾政看上去很正派，但在小说的侧面烘托里，贾政非但无能，而且他所结交的、所信任的都是阿谀拍马之流。同时我们说过，《红楼梦》具有"某种"自传性，开卷自云，"自欲将已往所赖天恩祖德，锦衣纨绔之时，饫甘餍肥之日，背父兄教育之恩，负师友规谈之德，以至于今日一技无成，半生潦倒之罪，编述一集，以告天下人。"所以宝玉的那些父兄叔伯，都多多少少寄托着曹雪芹自己父兄们的影子，而他们没有一个算得上是正面的形象。可见，曹雪芹对自己的长辈们是多么失望。雍正曾经骂曹頫，"你们一向混账风俗惯了"，这话可能不是无的放矢空穴来风。康熙同曹寅是奶兄弟，那么雍正同曹頫也就是同一辈，他们都住在宫中，互相了解。雍正以皇帝之尊不至于污蔑曹頫，由此说来曹頫年轻时候的为人行事可能不怎么样。正因为如此，批书人才会"血泪盈面"。如上分析是基于曹家家世。其实我本人更倾向于"贾府是郡王府的影子"。一者，郡王府才有贾府峥嵘轩峻的格局气象，这是主要的。二者，曹家三代单传，到曹雪芹更是绝了后代，人口状况与贾府不合；而郡王府老王爷纳尔苏有兄弟六人，纳尔苏本人则有三个儿子成人，长子福彭袭封王位，福彭又有两个儿子。这样的人口支脉才与贾府相符。以上这些补充和分析，供大家参考。

第十四回
林如海捐馆扬州城　　贾宝玉路谒北静王

回目中"捐馆"，字面意义是舍弃房屋，它是死亡的委婉含蓄说法。路谒，半路上拜见。严格来讲，这回的回题是题不符文的，因为这回写林如海只有一句话，他几月几号死亡；写宝玉拜见北静王，只有几行字，而且只交代了背景，还没正式拜见，拜见的文字留到了下一回。这回其实写的是两件事，一件是凤姐料理宁国府的丧事，一方面表现家务管理的繁杂性，另一方面较充分地展现凤姐的才能和性格。第二件是出殡，人们可以说作者意在突出贾府的挥霍排场，也可以说是写人们对死者的敬重和对生命的最终关怀，或者说是对丧葬这种传统礼仪的如实刻画。

本回是用侧写凤姐的方式开始的。

> 话说宁国府中都总管来升闻得里面委请了凤姐，因传齐同事人等说道："如今请了西府里琏二奶奶管理内事，倘或他来支取东西，或是说话，我们须要比往日小心些。每日大家早来晚散，宁可辛苦这一个月，过后再歇着，不要把老脸丢了。那是个有名的烈货，脸酸心硬，一时恼了，不认人的。"众人都道："有理。"又有一个笑道："论理，我们里面也须得他来整治整治，都忒不像了。"

可见凤姐名声在外，而且形象不是那种温柔善良的女人，来升形容得非常好："那是个有名的烈货，脸酸心硬，一时恼了，不认人的。"把凤姐的无情刻画了出来。然后才是凤姐亲自登场。

> 凤姐即命彩明钉造簿册。即时传来升媳妇，兼要家口花名册来查看，又限于明日一早传齐家人媳妇进来听差等语。大概点了一点数目单册，问了来升媳妇几句话，便坐车回家。一宿无话。

就像当代企业新到的总经理，第一桩事情就是查看职工名单和档案，然后是询问人事经理，接着是安排第二天全员大会，并发表任职讲话。看看她的任职宣言。

> 至次日，卯正二刻便过来了。那宁国府中婆娘媳妇闻得到齐，只见凤姐正与来升媳妇分派，众人不敢擅入，只在窗外听觑。只听凤姐与来升媳妇道："既托了我，我就说不得要讨你们嫌了。我可比不得你们奶奶好性儿，由着你们去。再不要说你们'这府里原是这样'的话，如今可要依着我行，错我半点儿，管不得谁是有脸的，谁是没脸的，一例现清白处治。"说着，便吩咐彩明念花名册，按名一个一个的唤进来看视。

卯正二刻，早晨六点半，如果洗漱化妆一小时，吃饭半小时，再加上从荣国府过来的时间，可知凤姐四五点钟就要起床了，她对待工作可谓非常认真。她对来升媳妇发话，属于内部的、对中层干部讲话，但显然凤姐知道外面一个个都竖起耳朵在窃听，她这话一定是提高了嗓门说的。凤姐懂点心理学，她知道有的话让人暗中听来，具有放大效应，比当面听见还要让人害怕，何况是"错我半点儿，管不得谁是有脸的，谁是没脸的，一例现清白处治"这种恶狠狠的话。不仅如此，她更懂得，一个人单独面对领导，比一群人在一起更加害怕，所以"便吩咐彩明念花名册，按名一个一个的唤进来看视"。最后两个字，"看视"，什么意思？就是把你叫进来，叫你在她面前走一圈，她坐在高处两只眼睛冷冷地打量你，却不出一声，这是标准的、典型的心理威慑。等会儿我们还会看到更严重的。一个个走完了，她宣布进行组织调整，或十个或二十个或六个人一组，做自己的专项工作，打碎一个茶杯、少了一个扫帚，谁犯的事谁赔。

> "来升家的每日揽总查看，或有偷懒的，赌钱吃酒的，打架拌嘴的，立刻来回我；你有徇情，经我查出，三四辈子的老脸就顾不成了。如今都有定规，以后那一行乱了，只和那一行说话。素日跟我的人，随身自有钟表，不论大小事，我是皆有一定的时辰。横竖你们上房里也有时辰钟。卯正二刻我来点卯，已正吃早饭，凡有领牌回事的，只在午初刻。戌初烧过黄昏纸，我亲到各处查一遍，回来上夜的交明钥匙。第二日仍是卯正二刻过来。说不得咱们大家辛苦这几日罢，事完了，你们家大爷自然赏你们。"

从人事组织到任务分配，从上班时间、交班手续，从监督管理到惩罚措施，一一交代明白。她自己以身作则，并且专门点名来升家的，只要有一点隐瞒徇情，"经我查出，三四辈子的老脸就顾不成了"。凤姐这一番整改纪律相当严明，很有点像《三国演义》中诸葛亮出任军师的所作所为。不仅如此，"那凤姐不畏勤劳，天天于卯正二刻就过来点卯理事，独在抱厦内起坐，不与众姊妮合群，便有堂客来往，也不迎会。"凤姐特地把自己同宁国府中其他人进行隔离，把那小小的抱厦搞得像雍正皇帝的军机处，独立、神秘而又威严。但正如诸葛亮上任后要灭关羽、张飞的威风来树立自己的威信，宁国府中一个倒霉的女人稍微迟到了一点，被凤姐抓住杀鸡儆猴。而且杀鸡的过程很有讲究，我们来看看。

> 按名查点，各项人数都已到齐，只有迎送亲客上的一人未到。即命传到，那人已张惶愧惧。凤姐冷笑道："我说是谁误了，原来是你！你原比他们有体面，所以才不听我的话。"那人道："小的天天都来的早，只有今儿，醒了觉得早些，因又睡迷了，来迟了一步，求奶奶饶过这次。"正说着，只见荣国府中的王兴媳妇来了，在前探头。

可想而知，凤姐早就等着有这么个杀鸡儆猴的机会，现在终于逮到一个，想来应该立刻严惩。不过凤姐就是凤姐，她可不是诸葛亮。凤姐做事，个人利益第一、个人威风、个人脸面第一。所以逮到了犯事的人，她说："你原比他们有体面，所以才不听我的话。"然后就把她扔到一边，只管处理事务，让她在那里担惊受怕，暂不予以处罚，而开始心理折磨。处理完了三四桩事情以后，那位犯事者已经心理崩溃，凤姐似乎才想起这事，最后自然是一顿打。与当年把刘姥姥晾在一边相比，凤姐的做派有过之而无不及，她的性格被曹公拿捏死了。

不过正如我们之前所说的，曹公对凤姐还是非常偏爱的，他写了这么一段凤姐的无情，立马就用好几段凤姐的有情、以至于深情，来进行弥补和挽回。写的什么呢？他妙笔一转，转到宝玉身上来，着重刻画凤姐同宝玉的姐弟情。

> 一时登记交牌。秦钟因笑道："你们两府里都是这牌，倘或别人私弄一个，支了银子跑了，怎样？"凤姐笑道："依你说，都没王法了。"宝玉因道："怎么咱们家没人领牌子做东西？"凤姐道："人家来领的时候，你还做梦呢。我且问你，你们这夜书多早晚才念呢？"宝玉道："巴不得这如今就念才好，他们只是不快收拾出书房来，这也无法。"凤姐笑道："你请我一请，包管就快了。"宝玉道："你要快也不中用，他们该作到那里的，自然就有了。"凤姐笑道："便是他们作，也得要东西，搁不住我不给对牌是难的。"宝玉听说，便猴向凤姐身上立刻要牌，说："好姐姐，给出牌子来，叫他们要东西去。"凤姐道："我乏的身子上生疼，还搁的住揉搓。你放心罢，今儿才领了纸裱糊去了，他们该要的还等叫去呢，可不傻了？"宝玉不信，凤姐便叫彩明查册子与宝玉看了。

这里侧写凤姐的辛苦，为了这个家，她付出了那么多；还刻画凤姐对亲人的有情，以及有趣。"猴向凤姐身上立刻要牌"，动词"猴向"，我们在别的书上没有见过，在《红楼梦》里好像也是唯一的一次，它画出姐弟俩的亲密以至于亲昵。凤姐还说："我乏的身子上生疼，还搁的住揉搓。"请看，凤姐是如此有情有趣，同刚才那个"脸酸心硬，不认人的"凤姐，反差是如此之大。

为了进一步柔化、美化凤姐，曹雪芹又插进贾琏的跟班昭儿回来送信。作品借昭儿的嘴说了一个重要的信息，"林姑老爷是九月初三日巳时没的"，林黛玉的父亲过世了。除了这句话，写的全是凤姐对贾琏的思念和担心。

> 凤姐见昭儿回来，因当着人未及细问贾琏，心中自是记挂，待要回去，争奈事情繁杂，一时去了，恐有延迟失误，惹人笑话。少不得耐到晚上回来，复令昭儿进来，细问一路平安信息。连夜打点大毛衣服，和平儿亲自检点包裹，再细细追想所需何物，一并包藏交付昭儿。又细细吩咐昭儿："在外好生小心伏侍，不要惹你二爷生气，时时劝他少吃酒，别勾引他认得混帐老婆，——回来打折你的腿"等语。赶乱完了，天已四更将尽，总睡下又走了困，不觉天明鸡唱，忙梳洗过宁府中来。

我国古代有许多刻画女子思念丈夫在外的诗词图画，以至于有"思妇诗"这个中国特有的诗词类别。曹公将"思妇诗"散文化、小说化了：凤姐是连打点衣物都用的是睡觉的时间，一夜没睡，天没亮又要赶往宁国府去。这位思妇不仅贤惠，而且才干出众！——这一来，不单单替凤姐洒了香水，她浑身上下被漂洗、漂染了一遍，恨妇、悍妇变为思妇、贤妇。曹公真有点石成金、翻手为云覆手为雨的本事！他对凤姐有偏爱。

四十九天终于就要到了，贾珍为这出殡在外面忙得几乎手脚并用，但作品对贾珍是略写，只写了他去铁槛寺踏看寄灵的场所一桩事情，几句话就完了。重点写的是凤姐在里面如何忙得席不暇暖。

> 刚到了宁府，荣府的人又跟到宁府，既回到荣府，宁府的人又找到荣府。凤姐见如此，心中倒十分欢喜，并不偷安推托，恐落人褒贬，因此日夜不暇，筹划得十分的整肃。于是合族上下无不称叹者。

我们知道凤姐也不过二十来岁，虽然赢得合族上下无不称叹，但可以想象她的身心疲劳到什么程度，后面她的病倒就不可避免。所以尽管凤姐有这样那样的缺点，曹雪芹依然偏爱她。

丧事办了四十多天，人已经非常非常疲劳了，但出殡前一晚还要守夜。守夜，从最朴实的道理来讲，是亲人们舍不得死者，想要多陪陪他；还有就是守护着尸体，不让老鼠等动物来伤害他。守夜形成制度和风俗，还有一个道理，说是亡故后的三天或者七天，死者的灵魂还没有去到阴间，他还要回家来看看，因此家人还等着他来团聚最后一次。这种风俗至今还在中国大地上延续着。贾府中的守夜，无疑是凤姐最忙碌的一夜，但也是她最能发挥、最要表现的高光时刻，她是既辛苦又享受。

> 这日伴宿之夕，里面两班小戏并要百戏的与亲朋堂客伴宿，尤氏犹卧于内室，一应张罗款待，独是凤姐一人周全承应。合族中虽有许多妯娌，但或有羞口的，或有羞脚的，或有不惯见人的，或有惧贵怯官的，种种之类，俱不及凤姐举止舒徐，言语慷慨，珍贵宽大，因此也不把众人放在眼里，挥霍指示，任其所为，目若无人。一夜中灯明火彩，客送官迎，那百般热闹，自不用说的。

这一回接下来转向描写亲友的送殡和路祭。送殡的客人着重介绍六位国公爷的后代，"这六家与宁荣二家，当日所称'八公'"的便是。曹雪芹这里的写法有点奇特，因为"八公"只有西晋时代有过，比清代早了一千多年；清代并没有"八公"，但是清代有赫赫有名的"八王"，那是1636年皇太极登极称帝时封的八位王爷，后来被称为"八大铁帽子王"，在整个清代始终被津津乐道。从曹雪芹个人角度来说，这八大王爷更是令他无法忘怀，因为这八顶铁帽子中除了礼亲王代善自己占去一顶，另有两顶是戴在代善的两个儿孙头上，也就是说，曹雪芹姑父的上祖代善一家，在八大铁帽子王中占了三位，在满清一代这是何等的荣耀！所以我疑心，曹雪芹在这里写的所谓"八公"，就是在暗指清代的"八王"。供参考。

前来送葬的，除了"八公"以外，当然还有许多王侯的子孙，作品做了简单的交代以后，着重描写的是排场之大，气势之盛。"诸王孙公子，不可枚数。堂客算来亦有十来顶大轿，三四十小轿，连家下大小轿车辆，不下百余十乘。连前面各色执事、陈设、百耍，浩浩荡荡，一带摆三四里远。"人们对类似排场的注重和追求由来已久，直到今天，我们还经常能看到这样的报道，某个婚礼或者丧礼，几十上百辆汽车一字排开，蜿蜒长达几里路，造成公共交通瘫痪。

小说这一回的最后，描写的是路祭。如果说出殡送葬，这在世界各国都很普遍，尽管仪式各有不同；但是路祭，可能更是中国特色风俗。在路上设祭的，是贾府社交圈中最尊贵最顶层的四位王爷，贾珍的得意和满足感更是可想而知。王爷们赶来为一位二十岁监生的夫人半道祭祀，这确实是降尊纡贵到了极点，所以只能让王府的长府官代行祭奠礼。

曹雪芹给贾珍的脸面也就到这里为止，他的笔尖轻轻一转，开始重点刻画北静王水溶，描写北静王对宝玉的心仪和欣赏，从而让这位对贾府非常重要的人物堂而皇之地登场。

> 原来这四王，当日惟北静王功高，及今子孙犹袭王爵。现今北静王水溶年未弱冠，生得形容秀美，情性谦和。近闻宁国公冢孙妇告殂，因想当日彼此祖父相与之情，同难同荣，未以异姓相视，因此不以王位自居，上日也曾探丧上祭，如今又设路奠，命麾下各官在此伺候。自己五更入朝，公事一毕，便换了素服，坐大轿鸣锣张伞而来，至棚前落轿。手下各官两旁拥侍，军民人众不得往还。

"子孙犹袭王爵"，清代只有八位"铁帽子王"有这特权。二十来岁的北静王水溶，或是取材于曹雪芹的姑表兄平郡王福朋。曹公的这段描写，充满了溢美之情：论功劳是北静王的祖上功劳最大；论长相，他是"形容秀美"；论性格为人，他又是"情性谦和"；今日更是"不以王位自居"。作品虽然介绍东、南、西、北四位郡王全来了，但另外三位纯是摆设一字不提，只描写北静王一人。作品描写他同贾政、贾赦他们只有一句对话，就把话题转向了宝玉，原来他此次前来也存有一份私心，要乘机见一见宝玉。

> 水溶十分谦逊，因问贾政道："那一位是衔宝而诞者？几次要见一见，都为杂冗所阻，想今日是来的，何不请来一会。"贾政听说，忙回去，急命宝玉脱去孝服，领他前

来。那宝玉素日就曾听得父兄亲友人等说闲话时，赞水溶是个贤王，且生得才貌双全，风流潇洒，每不以官俗国体所缚。每思相会，只是父亲拘束严密，无由得会，今见反来叫他，自是欢喜。一面走，一面早瞥见那水溶坐在轿内，好个仪表人材。不知近看时又是怎样，且听下回分解。

北静王"几次要见一见"，心仪很长久了，之所以心仪应该不单单是因为宝玉衔了块玉出生，而是他更听说了宝玉种种的聪明俊秀和痴呆古怪，这种种古怪又恰恰符合水溶的兴趣和口味，所以他才一定要见见这位比他小许多的少年。王爷要见宝玉，贾政自然是受宠若惊，政老爹亲自赶回去叫宝玉来见，而宝玉早也想见水溶，"只是父亲拘束严密，无由得会"。还没到跟前，他就像偷看女孩子一样，"一面走，一面早瞥见那水溶坐在轿内，好个仪表人材"。宝玉会有如何的反应，我们只有到15回再说了。

下面谈谈本回的艺术特点。本回与前面的第13回合在一起，有一个鲜明的特点，就是用文字刻画出一幅中国人——当然这里是贵族——丧葬的历史性画卷，比一般的历史、民俗类的书籍和绘画，都更详细、更形象、更生动、更感人，它已经并永远成为我国古代丧事的经典画卷，为人们的利用和研究，提供取之不尽的价值。

再说一说这几回作为小说结构的一个特点。将近三回连起来，那么我们会发现这几回怎么总是在死人？第12回死的是贾瑞，第13回是秦可卿，第14回死的是林黛玉的父亲林如海，三回接连死人。很明显这不是偶然的，而是曹公的一个精心的布局。曹雪芹为什么要布这样的一个局呢？不用冥思苦想、深文周纳，简单些，打开《红楼梦》目录扫一扫就明白：作品即将进入贾府"烈火喷油"的鼎盛期，从格调上来讲，将进入一个高潮，一片亮色。而曹雪芹在整部作品中不管是大周期还是小周期，有一招百用不厌的调节手段：凡要进入高潮，必然先造一个低潮；眼看太阳将要升起，他必先洒一片乌云。第16回元春将"才选凤藻宫"，18、19回还要"归省庆元宵"，那么结论自己就跑出来了：在元春封妃的高潮到来之前，奏响一段低沉悲凉的旋律，甚至搭上几个冤魂屈鬼。这几回是"命里注定"。所以从技术上来讲，贾瑞、秦可卿、林如海都是牺牲品。《红楼梦》的乐调是"交响"的，每一段欢快的前后都伴随着一段悲伤，如此推进，而演变的方向是欢快的调子越来越低、越来越短，直到悲凉的调子占彻底的统治地位。大家掌握曹雪芹的这个规律，小说的许多结构问题就容易理解。

第十五回
王凤姐弄权铁槛寺　秦鲸卿得趣馒头庵

　　回目概括了两桩事情，一桩是凤姐受贿包打官司，另一桩是秦钟与智能儿偷欢。但是回目却把地点写错，凤姐弄权的地点是水月庵，也叫馒头庵，不是铁槛寺。书中写的清清楚楚，"水月庵……离铁槛寺不远"，所以它不是铁槛寺，也不属于铁槛寺的一部分。不明白曹公为什么会写错。

　　本回接着上回写宝玉拜见北静王水溶。水溶见宝玉长得一表人才，不禁夸奖："名不虚传，果然如'宝'似'玉'。"大家注意，这是《红楼梦》中第一次将宝玉这个名字，分拆开来；后面还有一次，是第 22 回，黛玉对宝玉问道："宝玉，我问你：至贵者是'宝'，至坚者是'玉'。尔有何贵？尔有何坚？"宝玉竟不能答。还有第 62 回，宝钗射覆一个"宝"字，让宝玉解释。这或许是曹雪芹在提示：宝玉这个名字可以一分为二。据此，把"宝"字给宝钗，把"玉"字给黛玉，这种奇怪的名字互用的方法，把宝玉、黛玉、宝钗三人组成一个特殊的共同体。所以我们认为，宝玉的婚姻爱情，只同黛玉、宝钗有关联，其他人都没戏。

　　水溶又问：

> 　　"衔的那宝贝在那里？"宝玉见问，连忙从衣内取了递与过去。水溶细细的看了，又念了那上头的字，因问："果灵验否？"贾政忙道："虽如此说，只是未曾试过。"水溶一面极口称奇道异，一面理好彩绦，亲自与宝玉带上，又携手问宝玉几岁，读何书。宝玉一一的答应。

　　水溶问灵验不灵验，因为第 8 回写过了，玉上面有"一除邪祟二疗冤疾三知祸福"，但他这么一问，可把贾政急坏了，封建朝廷最忌讳的就是这类玩意，历史上造反的人，往往都会假托上天有什么兆头，这种兆头往往就显示在一块石头上一本书上，所以贾政忙道："虽如此说，只是未曾试过。"这是为了避嫌避祸。这种事被人奏上一本，那就非常危险。水溶又称赞宝玉聪明，"将来'雏凤清于老凤声'"，又提出要宝玉经常去王府走走。

> 　　水溶又将腕上一串念珠卸了下来，递与宝玉道："今日初会，仓促竟无敬贺之物，此是前日圣上亲赐鹡鸰香念珠一串，权为贺敬之礼。"宝玉连忙接了，回身奉与贾政。

贾政与宝玉一齐谢过。

这里的鹡鸰香念珠，即某种香料做的手串。鹡鸰香，香料书上没有记载，应是曹公杜撰；鹡鸰，在中国的传统语境中，常喻兄弟。或许这串念珠在八十回后有什么奥妙。

北静王水溶走了以后，作品简要交代出殡的队伍来到了城外，然后笔锋一转，抛开了出殡队伍，专门写凤姐、宝玉和秦钟。凤姐儿因记挂着宝玉，"惟恐有个失闪，难见贾母"，要他坐到自己车上。宝玉又把秦钟也叫来。宝玉来到农村，所以曹公插上了一段公子哥五谷不分的情节。

> 宝玉一见了锹、镢、锄、犁等物，皆以为奇，不知何项所使，其名为何。小厮在旁一一的告诉了名色，说明原委。宝玉听了，因点头叹道："怪道古人诗上说，'谁知盘中餐，粒粒皆辛苦'，正为此也。"一面说，一面又至一间房前，只见炕上有个纺车，宝玉又问小厮们："这又是什么？"小厮们又告诉他原委。宝玉听说，便上来拧转作耍，自为有趣。

这个细节曹公写得很动情，写出了生活圈子的差距，阶级的分野。宝玉来到农庄见了农具，如此感慨，这恐怕也是曹雪芹自己的感慨。我们来算一算，宝玉这时十来岁，他第一次走进农家，见到农具；曹雪芹本人可能也是这个年龄才第一次走进农家，见到农具。曹雪芹小时候生活在江宁织造府中，虽然织造府远不如贾府那么豪华，但它也有相当大的规模，又是在繁华城市中，所以幼年的曹雪芹可能一直都在这个封闭的圈子中过日子，没有见识过真正的农家；一直到他十来岁，曹家被抄以后，他从江宁去到北京，很可能就是在去北京的路上，他也像宝玉这样半路借宿农家，才第一次看到农民的生活景象，第一次见识农具。曹雪芹处于人生的一个分水岭，他当时的感慨，可能正如同宝玉，在创作时很自然地把这段童年的记忆写入作品。品赏《红楼梦》，能够体会到曹雪芹落笔时的心态，才能真正理解《红楼梦》。

回到作品。宝玉正要摆弄纺车时——

> 只见一个约有十七八岁的村庄丫头跑了来乱嚷："别动坏了！"众小厮忙断喝拦阻。宝玉忙丢开手，陪笑说道："我因为没见过这个，所以试他一试。"那丫头道："你们那里会弄这个，站开了，我纺与你瞧。"秦钟暗拉宝玉笑道："此卿大有意趣。"宝玉一把推开，笑道："该死的！再胡说，我就打了。"说着，只见那丫头纺起线来。宝玉正要说话时，只听那边老婆子叫道："二丫头，快过来！"那丫头听见，丢下纺车，一径去了。

这又是一个很小的细节，但在曹雪芹的笔下，它却有一石三鸟的作用。一是写出宝玉毫无地位尊卑的偏见和对少女的尊重，二是刻画出一个充满生气、落落大方、完全不同于大观园中小姐丫头的农家女孩的风貌，三是写出秦钟的境界和品格，他的姐姐还睡在棺材里，他是来给姐姐送葬的，但在这送葬的路上，他却觉得"此卿大有意趣"。

不单单是秦钟一个人，在这送葬的夜晚，与死者秦可卿情谊最好的三个人，凤姐、宝玉、秦钟，曹雪芹的镜头就专门盯着他们三个，在这个理应庄严、肃穆、悲痛的夜晚，他们都做了些什么呢？他们都做着本来就不该做的、在这个夜晚更是绝对干不得的、亵渎亡者的勾当！

先看凤姐。当晚，贾府的人们大多都住在铁槛寺，这是当年宁荣二公专门修建来寄存灵柩的地方，凤姐挑剔，认为铁槛寺人不干净，她带着宝玉、秦钟住到不远处的水月庵，也叫馒头庵。这两个庙庵的名字，曹公就取得不无寓意。南宋范成大有诗云："纵有千年铁门限，终须一个土馒头。"意思是你家的门第再怎么高，也不能让你活到千年，而最终都是一个土坟葬了，同别人一样。曹雪芹非常巧妙地把这两句诗，化用到寺庙庵堂的名字上，说明人生就那么几十年，富贵不可能永久。他又偏偏让凤姐在馒头庵中以权枉法贪求金钱，不无讽刺意味。当然，这其中老尼姑净虚的挑动起了很坏的作用。她告诉凤姐，有一桩婚姻官司，她正要去求王夫人，如果肯帮忙，对方愿意倾家荡产来送礼。

> 凤姐听了笑道："这事倒不大，只是太太再不管这样的事。"老尼道："太太不管，奶奶也可以主张了。"凤姐听说笑道："我也不等银子使，也不做这样的事。"净虚听了，打去妄想，半晌叹道："虽如此说，张家已知我来求府里，如今不管这事，张家不知道没工夫管这事，不希罕他的谢礼，倒象府里连这点子手段也没有的一般。"
>
> 凤姐听了这话，便发了兴头，说道："你是素日知道我的，从来不信什么是阴司地狱报应的，凭是什么事，我说要行就行。你叫他拿三千银子来，我就替他出这口气。"老尼听说，喜不自禁，忙说："有，有！这个不难。"凤姐又道："我比不得他们扯篷拉牵的图银子。这三千银子，不过是给打发说去的小厮作盘缠，使他赚几个辛苦钱，我一个钱也不要他的。便是三万两，我此刻也拿的出来。"老尼连忙答应，又说道："既如此，奶奶明日就开恩也罢了。"

我们看凤姐和净虚，一个假装干净，一个拼命激将，最后一拍即合。第二天凤姐就假冒贾琏的名义写了一封信，送给长安节度使，事情就这么搞定了。尼姑净虚老谋深算，她拿准了凤姐的两个死穴，一个是要钱一个是要面子，所以她用钱来勾引，用"这点子手段也没有"来激将。而凤姐呢，听到人家有重金相谢，早就起了贪心，但她还要装模作样，不过净虚激将一下，凤姐就跳了起来，"你是素日知道我的，从来不信什么是阴司地狱报应的，凭是什么事，我说要行就行。你叫他拿三千银子来，我就替他出这口气"。为了三千银子，凤姐什么阴司地狱都不管了，更不管害死两条人命！秦可卿黄泉路上走到一半，还特地赶来告诫"登高必跌重""乐极悲生"，但就在为秦可卿送葬的路上，凤姐却干下了伤天害理之事！

比凤姐更亵渎秦可卿的还有她的弟弟秦钟。白天送葬路上，秦钟已经开始调笑，到了晚上，他更是了得！

> 谁想秦钟趁黑无人，来寻智能。刚至后面房中，只见智能独在房中洗茶碗，秦钟跑来便搂着亲嘴。智能急的跺脚说："这算什么！再这么我就叫唤。"秦钟求道："好人，我已急死了。你今儿再不依，我就死在这里。"智能道："你想怎样？除非等我出了这牢坑，离了这些人，才依你。"秦钟道："这也容易，只是远水救不得近渴。"说着，一口吹了灯，满屋漆黑，将智能抱到炕上，就云雨起来。那智能百般的挣挫不起，又不好叫的，少不得依他了。

当时有守丧制度，大清律："兄、姊丧而嫁娶者，杖八十。"八十板不打死也打残。即使现代，还是有停止娱乐活动以纪念死者的习俗。秦钟在姐姐的丧葬途中，强行与智能儿发生关系，真是禽兽不如。

事情远没有结束，我们的一号主人宝玉也粉墨登场了！

> 正在得趣，只见一人进来，将他二人按住，也不则声。二人不知是谁，唬的不敢动一动。只听那人嗤的一声，掌不住笑了，二人听声方知是宝玉。秦钟连忙起来，抱怨道："这算什么？"宝玉笑道："你倒不依，咱们就叫喊起来。"羞的智能趁黑地跑了。宝玉拉了秦钟出来道："你可还和我强？"秦钟笑道："好人，你只别嚷的众人知道，你要怎样我都依你。"宝玉笑道："这会子也不用说，等一会睡下，再细细的算帐。"一时宽衣安歇的时节，凤姐在里间，秦钟宝玉在外间，满地下皆是家下婆子，打铺坐更。凤姐因怕通灵玉失落，便等宝玉睡下，命人拿来塞在自己枕边。宝玉不知与秦钟算何帐目，未见真切，未曾记得，此是疑案，不敢纂创。

宝玉似乎捉奸专家，后面还现抓茗烟。他同秦钟是什么关系？叔侄、同学，宝玉调整为兄弟、朋友。四种关系，都做不出这样行为。宝玉内心深处，恐怕四种都不是。秦钟问"这算什么？"宝玉笑道："你倒不依，咱们就叫喊起来。"宝玉要秦钟"依"的另一种关系这是一种什么关系呢？秦钟心里明镜似的，立刻改称"好人"。还说，"你要怎样我都依你。"笑着说的。宝玉追了一句："你可还和我强？""还"字可知以前曾经提出过，当时秦钟还强过。曹雪芹就是有这本事，用一两句话，甚至就几个字，可以让你读出许多没写的事。后几句则是小说史上从未有过的："一时宽衣安歇的时节……宝玉不知与秦钟算何帐目，未见真切，未曾记得，此是疑案，不敢纂创。"孔子有"春秋笔法"，"述而不作"，曹雪芹来个"作而不述"。注意，他写"算何帐目"，是肯定"算"，所谓"此是疑案，不敢纂创"，号召读者想象。这种写法，旷古绝今，可取名"耍无赖写法"。不过只有名人可以创新写法。鲁迅有过："在我的后园，可以看见墙外有两株树，一株是枣树，还有一株也是枣树。"人们赞叹：写的好，太妙了。至此宝玉至少"三进宫"：可卿，袭人，秦钟。

第15回值得探究的并不是它的内容，而是作者为什么把这些内容放在这个时间节点、这个出殡的场合。凤姐、秦钟、宝玉的好事，什么时候不可行？偏偏把它们安排到出殡过程中。那么作者想表达什么呢？

第一，他用这种特殊的场合来塑造这三位人物。凤姐，她真的是越走越远。凤姐的第一次出场是黛玉进入贾府，设定凤姐爱显摆底色。第二次出场接待刘姥姥，显摆自己的高贵。后来，写了她对秦可卿的情谊，治理宁府的辛劳与才干，还有对丈夫的思念和关怀，为她添一些亮色。今日她跨出这一步，将来什么都有可能。

秦钟，秦可卿知道家里穷，安排弟弟拜见凤姐、结识宝玉，但这弟弟却在她出殡的时候侮辱了姐姐。长期以来，人们认为"秦钟"是"钟情"的意思，意思是他为情而生为情而死。这个解释，恐怕把秦钟抬举了，染红了。今天他的名字是"禽种"。到下一回我们再看。

最后谈谈宝玉。他是一号人物，对他的理解失之毫厘谬之千里，我们错不起。说实话，不是文本上白纸黑字，我们无法相信这是宝玉；我们无法相信，曹雪芹舍得让凝聚他一生心血的宝玉，做出这样的事。既然这些文字是曹雪芹亲笔，是他刻意谋划的，那么需要更深刻的理解。宝玉同秦可卿血缘关系都不那么相近，但是，他同秦可卿有梦里云雨，秦可卿是他的性启蒙者，可卿病重他潸然泪下，可卿病逝他喷出鲜血。然而，到底是要表现人走茶凉？还是要表明，像宝玉这样的男孩子有时候就会不知不觉地走上歪路？对宝玉的刻画才刚刚开始，他后面还有无数笔墨来千皴万染，这个形象会越来越浑厚，色调会非常丰富。但是在这里，曹公给他上的这层灰色，我们可以原谅，但我不能无视。有许多评论把宝玉说得太单纯，太明亮，恐怕不合曹公原意。后面宝玉同蒋玉菡、妓院云儿有亲密的关系，此外金钏死后、晴雯被赶出大观园的描写，都是曹公笔下的宝玉，一样的灰暗。

第二，曹公写出殡之夜，更深刻一些来看，或者反过来，更平实一些来看，它是在诉说着生与死的关系，诉说着生命的某些形态，这些形态，并不是我们想象的，理所应当的，而是相当复杂，甚至触目惊心。死者已死，活人在活，哪怕死者的尸体就在旁边，活人也能对它视若无物，他们该怎么活还怎么活。曹公对凤姐、宝玉、秦钟的描写，是把生态原原本本地画了出来。——与我们想象的完全不一样，但现实中就是这样。我们都参加过追悼会，有哪一次会后的酒桌上，人们不是谈笑风生、杯觥交错？《好了歌》早就大声唱过："昨日黄土陇头送白骨，今宵红灯帐底卧鸳鸯。"只不过前头读者把它当歌曲、当好玩来听。曹雪芹今日又演绎了一遍。

第十六回

贾元春才选凤藻宫　秦鲸卿夭逝黄泉路

这回两项内容，一项是元春封妃，凭什么封的？凭她的知识才华，所以叫"才选凤藻宫"。尤其值得注意的是，曹雪芹借写封妃，洗刷一个曹家家族的污点。本回另一项写秦钟的病死，充满戏剧性。

本回接着上一回，写秦钟和凤姐。

> 话说宝玉见收拾了外书房，约定与秦钟读夜书。偏那秦钟秉赋最弱，因在郊外受了些风霜，又与智能儿偷期缱绻，未免失于调养，回来时便咳嗽伤风，懒进饮食，大有不胜之状，遂不敢出门，只在家中养息。宝玉便扫了兴头，只得付于无可奈何，且自静候大愈时再约。

秦钟的身子作者就这么简单交代几句，放下留到后面再写。接着是交代凤姐。

> 那凤姐儿已是得了云光的回信，俱已妥协。老尼达知张家，果然那守备忍气吞声的受了前聘之物。谁知那张家父母如此爱势贪财，却养了一个知义多情的女儿，闻得父母退了前夫，他便一条麻绳悄悄的自缢了。那守备之子闻得金哥自缢，他也是个极多情的，遂也投河而死，不负妻义。张李两家没趣，真是人财两空。这里凤姐却坐享了三千两，王夫人等连一点消息也不知道。自此凤姐胆识愈壮，以后有了这样的事，便恣意的作为起来，也不消多记。

到这里，不过全书的十分之一多，凤姐的手里已经欠下三条人命，即使贾瑞罪有应得，这对年轻男女则毫无罪过。死讯凤姐自然听到，但无追悔无同情，反而"自此凤姐胆识愈壮，以后有了这样的事，便恣意的作为起来，也不消多记"。可知类似的事情凤姐还做了不少。《红楼梦》中主要人物最早展开性格的是凤姐，到这回为止，她的笔墨远远超过黛玉和宝钗，与宝玉也不相上下。

上一回的凤姐、秦钟交代完，作品才转到元春封妃。在贾政生日宴中宫廷来宣即刻进宫，吓得贾府中人魂飞天外。贾政急忙进宫，"贾母等合家人等心中皆惶惶不定，不住的使人飞马来往报信"。

元春封妃，对贾府来说是个天大的喜讯，本应写贾府的欣喜，但曹公偏偏换了一副笔墨，突出描写贾府的惊慌和紧张。为什么这样写？不弄明白，《红楼梦》是没法解透的。我想，促使作者这样描写的原因至少三个。第一个大家容易想到，伴君如伴虎，平地一声"皇上降旨"，贾府本能的反应就惊慌害怕。当官的除了要有各种技能，还要有一颗强大的心，不然根本受不了；即使你受得了，可能你的家人受不了。这就是当官的境遇。第二个原因，我又要说到曹公的家世。雍正上台以后，他降给曹家的圣旨，不是讽刺挖苦，就是谩骂。可以想象，曹家每一次接旨时全家人处于什么状态。当时曹雪芹十岁左右，但已经能够领受到这份紧张、惊惶了。这一回写贾赦、贾政等进宫去了以后，他专门写贾母、王夫人等的"惶惶不定"，我疑心这是曹雪芹调动了当年自己家的切身感受，虽然他家那时不在京城，但接旨的时候那份惊惶，则成为挥之不去的噩梦，永远缠绕在曹雪芹的心头。本回的描写，似乎是他的一种排遣吧。第三个原因则非常简单，就是造成这一回的前后对比。听到降旨，贾府是那么惊惶，但是好消息一到，又是另一番情景。

> 贾母等听了方心神安定，不免又都洋洋喜气盈腮。于是都按品大妆起来。贾母带领邢夫人、王夫人、尤氏、一共四乘大轿入朝。贾赦、贾珍亦换了朝服，带领贾蓉、贾蔷奉侍贾母大轿前往。于是宁荣两处上下里外，莫不欣然踊跃，个个面上皆有得意之状，言笑鼎沸不绝。

人就是这样，一分钟前个个是胆战心惊、惶惶不安，一分钟后就变得欣然踊跃、得意洋洋，何止是好了伤疤忘了疼！曹公做前后对比，未必是想要讽刺贾府的上下，相反，当他写下这些文字的时候，他的心可能很沉、很重。

看下去。

> 谁知近日水月庵的智能私逃进城，找至秦钟家下看视秦钟，不意被秦业知觉，将智能逐出，将秦钟打了一顿，自己气的老病发作，三五日光景呜呼死了。秦钟本自怯弱，又带病未愈，受了笞杖，今见老父气死，此时悔痛无及，更又添了许多症候。因此宝玉心中怅然如有所失。虽闻得元春晋封之事，亦未解得愁闷。贾母等如何谢恩，如何回家，亲朋如何来庆贺，宁荣两处近日如何热闹，众人如何得意，独他一个皆视有如无，毫不曾介意。因此众人嘲他越发呆了。

这段交代的是秦钟，但曹公意在宝玉。全家一片欢腾、无不得意的时候，"独他一个皆视有如无，毫不曾介意"。本来，宝玉应该十分欢心，因为他是元春一手带大，是元春给他启蒙识字，姐弟俩应感情特别深厚。如今姐姐封了皇妃，而且不久就要回家省亲，宝玉应何等地激动和期盼。要他"视有如无，毫不曾介意"，未免有点难为他，因而曹公设计了秦钟病重，有个理由，有个原因，不然宝玉就成了无情无义之人。曹公费了这么多心思，无非是让他的一号人物视富贵若无物。说得更准确一点，这更是曹公自己的态度。

接下来的一段叙述，看上去非常简单。

> 且喜贾琏与黛玉回来，先遣人来报信，明日就可到家，宝玉听了，方略有些喜意。细问原由，方知贾雨村亦进京陛见，皆由王子腾累上保本，此来后补京缺，与贾琏是同宗弟兄，又与黛玉有师从之谊，故同路作伴而来。

读着这一段，我始终有个疑问，为什么这次又安排贾雨村同黛玉一起进京？如果说第一次是凑巧，而且还有一点必要，那时黛玉太小，贾府去接的人也没有一个得力的，所以林如海就托贾雨村一路照应，合情合理。但是现在，有贾琏护送，完全没有必要再加一个贾雨村。黛玉这一辈子也就两次进京，偏偏两次曹公都安排贾雨村同行，本次可称毫无理由的强行搭配，这里面似乎有他的一点用心。到底是什么用心呢？我到今天也找不出一个令自己满意的解释。让人不敢想象的是，莫非曹公又在布线？莫非"玉在椟中求善价，钗于奁内待时飞"也是谶语？如果真是那样，那么贾雨村就绝非"结构人物"，而是关联到两位女主人公的重要角色，那么八十回以后的情节以至于作品的最后结果，都将大大出乎人们的意外。不至于吧？

林黛玉终于回到了贾府，她这一个来回路程加上料理父亲的后事，大约半年时间。

> 见面时彼此悲喜交接，未免又大哭一阵，后又致喜庆之词。宝玉心中品度黛玉，越发出落的超逸了。黛玉又带了许多书籍来，忙着打扫卧室，安插器具，又将些纸笔等物分送宝钗、迎春、宝玉等人。宝玉又将北静王所赠鹡鸰香串珍重取出来，转赠黛玉。黛玉说："什么臭男人拿过的！我不要他。"遂掷而不取。宝玉只得收回，暂且无话。

黛玉还是很懂事的，虽然她刚刚失去父亲，现在父母双亡成了真正的孤儿，但进门"又大哭一阵，后又致喜庆之词"，她刚刚收起眼泪，就赶紧表达祝贺喜庆的话语。她可不像有些评论所说的一味孤高，她很知道也很体贴贾母、王夫人此时的心情。黛玉也带礼品给姐妹们，只是不像宝钗那么多，更不会贾环都送。所以黛玉也是个颇明事理、讨人喜爱的女孩子。当然，在宝玉面前就不一样了，北静王送的手串，宝玉珍重收藏，黛玉一到立即转赠，却不想引发了黛玉的小姐脾气，说这是臭男人的东西，还扔掉了。宝玉只能当一回好男孩，"只得收回，暂且无话"，碰一鼻子灰，却不敢说什么。

黛玉回来，就这么一小段交代完了。连贾母都没有一个镜头，宝玉也没有一句话，我们比照一下黛玉第一次进贾府描写的多么详细，而在这里写的这么简单，这就是曹雪芹的讲究，他不允许自己有雷同。我国的篆刻和书法中的行书草书作品，其中同一个字出现三遍的话，就有三种写法，出现五遍就有五种模样，绝不雷同。

曹公写的是小说，但同样讲究，黛玉的两次进贾府，同宝钗、湘云等人的进贾府做一个对比，就更能体会。所以我们说《红楼梦》同别的小说是不一样的，其他小说没这么讲究，而它处处都讲究艺术，讲究美学，我们用心去体会，就有享受不尽的美。

接下来的情节实际上是这一回的主体。就其内容来说是元春封妃的一连串涟漪，但曹公的笔墨却盯住凤姐来写，用凤姐来展现这些涟漪，涟漪在荡漾中闪耀出多彩的奇异光辉，这是很难、很有创意的一种写法。我们看作品。

> 且说贾琏自回家参见过众人，回至房中。正值凤姐近日多事之时，无片刻闲暇之工，见贾琏远路归来，少不得拨冗接待，房内无外人，便笑道："国舅老爷大喜！国舅老爷一路风尘辛苦。小的听见昨日的头起报马来报，说今日大驾归府，略预备了一杯水酒掸尘，不知赐光谬领否？"贾琏笑道："岂敢岂敢，多承多承。"一面平儿与众丫鬟参拜毕，献茶。贾琏遂问别后家中的诸事，又谢凤姐的操持劳碌。凤姐道："我那里照管得这些事！见识又浅，口角又笨，心肠又直率，人家给个棒槌，我就认作'针'。脸又软，搁不住人给两句好话，心里就慈悲了。况且又没经历过大事，胆子又小，太太略有些不自在，就吓的我连觉也睡不着了。我苦辞了几回，太太又不容辞，倒反说我图受用，不肯习学了。殊不知我是捻着一把汗儿呢。一句也不敢多说，一步也不敢多走。你是知道的，咱们家所有的这些管家奶奶们，那一位是好缠的？错一点儿他们就笑话打趣，偏一点儿他们就指桑说槐的报怨。'坐山观虎斗'，'借剑杀人'，'引风吹火'，'站干岸儿'，'推倒油瓶不扶'，都是全挂子的武艺。况且我年纪轻，头等不压众，怨不得不放我在眼里。更可笑那府里忽然蓉儿媳妇死了，珍大哥又再三再四的在太太跟前跪着讨情，只要请我帮他几日，我是再四推辞，太太断不依，只得从命。依旧被我闹了个马仰人翻，更不成个体统，至今珍大哥哥还抱怨后悔呢。你这一来了，明儿你见了他，好歹描补描补，就说我年纪小，原没见过世面，谁叫大爷错委他的。"

凤姐完全进入演戏状态。她在这个家中的实际地位并不高，但被她自己放大了。先不说贾母、邢夫人、王夫人三座大山，更不说贾赦、贾政，仅就夫妻关系而言，贾琏的实际地位也比她高得多，所以她这取悦贾琏，并非完全演戏，只不过是把本来就必须的家庭事务汇报，加进一些幽默、滑稽的调料而已。而曹公也趁机对管家奶奶们的心机手段，做了一番侧面交代。

接着作品又告诉我们，凤姐挪用贾府的公款去放高利贷，她是瞒着贾琏的，所得的利息是她一个人的私房钱，贾琏并不知情。这对夫妻存在相当的隔阂。在安排谁出去做采购、谁做工程的人选问题上，夫妻两人又各有算盘，而贾蓉、贾蔷等人则利用这隔阂来达到自己的目的。凤姐本来就势单力薄，再同丈夫离心离德甚至公然反目，那么她的前途和命运，就不可能有什么好结果了。这一回看完，凤姐的命运基本注定。

凤姐在大庭广众下常常飞扬跋扈，但回到家里，面对丈夫，她的私生活究竟是怎么样的呢？我们看作品。

> 说话时贾琏已进来，凤姐便命摆上酒馔来，夫妻对坐。凤姐虽善饮，却不敢任兴，只陪侍着贾琏。一时贾琏的乳母赵嬷嬷走来，贾琏凤姐忙让吃酒，令其上炕去。赵嬷嬷执意不肯。平儿等早于炕沿下设下一机，又有一小脚踏，赵嬷嬷在脚踏上坐了。贾琏向桌上拣两盘肴馔与他放在机上自吃。凤姐又道："妈妈很嚼不动那个，倒没的矼了他的牙。"因向平儿道："早起我说那一碗火腿炖肘子很烂，正好给妈妈吃，你怎么不拿了去赶着叫他们热来？"又道："妈妈，你尝一尝你儿子带来的惠泉酒。"赵嬷嬷道："我喝呢，奶奶也喝一盅，怕什么？只不要过多了就是了。我这会子跑了来，倒也不为饮酒，倒有一件正经事，奶奶好歹记在心里，疼顾我些罢。我们这爷，只是嘴里说的好，到了跟前就忘了我们。幸亏我从小儿奶了你这么大。我也老了，有的是那两个儿子，你就另眼照看他们些，别人也不敢吡牙儿的。我还再四的求了你几遍，你答应的倒好，到如今还是燥屎。这如今又从天上跑出这一件大喜事来，那里用不着人？所以倒是来和奶奶来说是正经，靠着我们爷，只怕我还饿死了呢。"

> 凤姐笑道："妈妈你放心，两个奶哥哥都交给我。你从小儿奶的儿子，你还有什么不知他那脾气的？拿着皮肉倒往那不相干的外人身上贴。可是现放着奶哥哥，那一个不比人强？你疼顾照看他们，谁敢说个'不'字儿？没的白便宜了外人。

看得很清楚，凤姐的真实地位简直有点可怜巴巴，家里吃饭喝酒，她只能敬丈夫贾琏喝酒，自己却不敢喝，甚至奶妈赵嬷嬷喝了，她都不能主动喝，还要赵嬷嬷劝她才喝；同样，凤姐还要借着赵嬷嬷的事由来讨好贾琏。这才是凤姐在家里的实际地位，不看到这一番描写，我们简直不能相信。这正如中国的谚语所说，"金玉其外，败絮其中"，平日里凤姐的神气活现、颐指气使，都是虚假，而在一般情况下，贾琏也给她脸，让她装，但回到家里，就只能一是一，二是二，回归妇道。——说到这里，我们不禁要问，在贾琏的心目中，凤姐到底占有什么样的地位呢？他对凤姐的情感又是如何呢？我们且不说后面贾琏怎么玩别的女人，即使在这里，凤姐两次使尽十八般武艺的讨好、奉承，贾琏的反应却是淡淡的，"贾琏此时没好意思，只是讪笑吃酒，说'胡说'二字，——'快盛饭来，吃碗子还要往珍大爷那边去商议事呢。'"如果说此时是碍于有外人赵嬷嬷在，贾琏不便表现得怎么多情，那么前面只有他们夫妻俩在房间里，凤姐说了那么一大通不无真情的话语，也没有能激起贾琏的连锁反应，我们可以说他已经习惯了凤姐这一套。但是常言小别胜新婚，贾琏离开凤姐半年左右，假如他依然爱凤姐、思念凤姐的话，那他回到家里应该有所表现。

但是没有，只有凤姐一个人在那里唱独角戏。显然，贾琏对凤姐的感情，远远不如凤姐对他。或者说两人口味不对，说不到一块。

曹雪芹非常详细地描写这场夫妻对酌，除了表现贾琏、凤姐夫妻关系外，更加重要的是借此道出元春省亲的事情，又借元春省亲的事情，说明曹家当年为了接驾，耗费了巨额的钱款。

> 凤姐道："可是别误了正事。才刚老爷叫你作什么？"贾琏道："就为省亲。"凤姐忙问道："省亲的事竟准了不成？"贾琏笑道："虽不十分准，也有八分准了。"凤姐笑道："可见当今的隆恩。历来听书看戏，古时从未有的。"赵嬷嬷又接口道："可是呢，我也老糊涂了。我听见上上下下吵嚷了这些日子，什么省亲不省亲，我也不理论他去，如今又说省亲，到底是怎么个原故？"贾琏道："如今当今贴体万人之心，世上至大莫如'孝'字，想来父母儿女之性，皆是一理，不是贵贱上分别的。当今自为日夜侍奉太上皇、皇太后，尚不能略尽孝意，因见宫里嫔妃才人等皆是入宫多年，抛离父母音容，岂有不思想之理？在儿女思想父母，是分所应当。想父母在家，若只管思念女儿，竟不能见，倘因此成疾致病，甚至死亡，皆由朕躬禁锢，不能使其遂天伦之愿，亦大伤天和之事。故启奏太上皇、皇太后，每月逢二六日期，准其椒房眷属入宫请候看视。于是太上皇、皇太后大喜，深赞当今至孝纯仁，体天格物。因此二位老圣人又下旨意，说椒房眷属入宫，未免有国体仪制，母女尚不能惬怀。竟大开方便之恩，特降谕诸椒房贵戚，除二六日入宫之恩外，凡有重宇别院之家，可以驻跸关防之外，不妨启请内廷鸾舆入其私第，庶可略尽骨肉私情，天伦中之至性。此旨一下，谁不踊跃感戴？现今周贵人的父亲已在家里动了工了，修盖省亲别院呢。又有吴贵妃的父亲吴天祐家，也往城外踏看地方去了。这岂不有八九分了？"

这是全书中贾琏一口气说的最长的一段话，这也实在难为他，是曹公硬塞给他说的，因为省亲一事太重大，必须交代清楚来由。不过我们要特别说明一下，在我国的历史上并没有省亲制度，清朝更不曾有过，这完全是曹雪芹的一厢情愿，是他的杜撰。那么曹公为什么一厢情愿，而其他作家从来都没有？许多评论都认为，曹雪芹之所以会有这样一个奇怪的构思，是因为他家出了一个王妃。我个人以为，这样的说法不一定妥帖。因为王爷的妃子，在清朝称福晋，她们并不需要省亲，她们本来就没有被关在宫廷里，凡重大事项，如寿诞、产子，王爷可以宣召福晋的父母进王府，福晋的母亲可以在王府小住几天。王妃同皇妃根本不是一回事。所以曹公的姑妈身为王妃，同他构思省亲没有关系。曹公之所以产生省亲的设想，恐怕还是同他的家世有关。我们多次说过，曹家几代人都在内务府当差，曹雪芹的曾祖母就是康熙的保姆；康熙也说，他是眼看着曹寅的儿子曹颙长大的，雍正也说曹頫"一向混账风俗"，由此可知曹家人长期在宫中生活、工作，他们对宫廷生活非常熟悉，后宫宫女们的真实故事，曹家人相当了解。可能正因为如此，才促使曹雪芹对那些宫女的人生产生关注和思考，而《红楼梦》中省亲的情节正是他这种思考的反映。不过，后宫制度是一个极其敏感的政治话题，不是曹公可以随便发表意见的，他只能借圣上自己说：

> 宫里嫔妃才人等皆是入宫多年，抛离父母音容，岂有不思想之理？在儿女思想父母，是分所应当。想父母在家，若只管思念女儿，竟不能见，倘因此成疾致病，甚至死亡，皆由朕躬禁锢，不能使其遂天伦之愿，亦大伤天和之事。

这位圣上轻描淡写的几句话，却揭露出中国几千年来最荒谬、最惨无人道伤天害理的后宫制度。我国封建制度中其他不合理的方面，都有作品进行过反思和批判，但这项最不合理的后宫制度，却没有作品进行正面的批判，更没有改良的设想。究其原因，可能是事情太大，而且天高皇帝远，一般作家都难以顾及。但是对于曹雪芹来说，天虽然高，皇帝却并不那么远；皇宫，甚至后宫的事情他都了解；可能有无数宫女的悲惨故事，一直叩击着他的心灵。他长期、深入思考的结果，是找到了省亲这样一个改革措施，借着小说《红楼梦》，委婉地表达出他的设想。虽然省亲制度只是他的美好愿望、理想，更确切地说是梦想，但由此我们看到，曹雪芹的心是多么大，《红楼梦》是多么深。直到今天还有人把《红楼梦》看作是爱情小说、家族小说，那是远远不够的。

小说接下去的描写，谈到皇帝南巡和四次接驾的问题，这种内容对《红楼梦》研究非常重要，实际上对我们理解曹雪芹，认识他的创作思路，也非常有意义。我们继续看作品。

> 赵嬷嬷道："阿弥陀佛！原来如此。这样说，咱们家也要预备接咱们大小姐了？"贾琏道："这何用说呢！不然，这会子忙的是什么？"凤姐笑道："若果如此，我可也见个大世面了。可恨我小几岁年纪，若早生二三十年，如今这些老人家也不薄我没见世面了。说起当年太祖皇帝仿舜巡的故事，比一部书还热闹，我偏没造化赶上。"赵嬷嬷道："唉哟哟，那可是千载希逢的！那时候我才记事儿，咱们贾府正在姑苏扬州一带监造海舫，修理海塘，只预备接驾一次，把银子都花的淌海水似的！说起来……"凤姐忙接道："我们王府也预备过一次。那时我爷爷单管各国进贡朝贺的事，凡有的外国人来，都是我们家养活。粤、闽、滇、浙所有的洋船货物都是我们家的。"
>
> 赵嬷嬷道："那是谁不知道的？如今还有个口号儿呢，说'东海少了白玉床，龙王来请江南王'，这说的就是奶奶府上了。还有如今现在江南的甄家，嗳哟哟，好势派！独他家接驾四次，若不是，告诉谁谁也不信的。别讲银子成了土泥，凭是世上所有的，没有不是堆山塞海的，'罪过可惜'四个字竟顾不得了。"凤姐道："常听见我们太爷们

也这样说，岂有不信的。只纳罕他家怎么就这么富贵呢？"赵嬷嬷道："告诉奶奶一句话，也不过是拿着皇帝家的银子往皇帝身上使罢了！谁家有那些钱买这个虚热闹去？"

这段对话明显的特点，就是突出银子花的多。有的评论以为，这是曹雪芹在炫耀自己的上代怎么富有，我认为不是的，恰恰相反，他是旨在暴露接驾的巨大耗费，他用赵嬷嬷这个过来人进行了总结和归纳："别讲银子成了土泥，凭是世上所有的，没有不是堆山塞海的，'罪过可惜'四个字竟顾不得了。"如果说未曾经历而又好大喜功、喜欢炫耀的凤姐，确实有点自鸣得意的话，那么亲身经历过的、上了年纪见过沧桑的赵嬷嬷则多少含有批判和指责的态度。而就曹雪芹本人来说，揭露和指责皇帝南巡耗资巨大，可能尚在其次；他更迫切的愿望，是要为自己祖上的污点和罪名进行洗刷，所以他让凤姐提问："只纳罕他家怎么就这么富贵呢？"然后让赵嬷嬷一语道破："告诉奶奶一句话，也不过是拿着皇帝的银子往皇帝身上使罢了！谁家有那些钱买这个虚热闹去？"这句话干脆利落、斩钉截铁、坚定不移，不让你有任何怀疑。其实这句话从赵嬷嬷的嘴里出来，是不那么妥当的，赵嬷嬷仅仅是贾府的一个奶妈，她怎么搞得清接驾的费用从哪里来？但是曹雪芹已经顾不得这一层了，他要的就是这样一句话。这种不顾一切的态度，反过来也证明了曹公心情的迫切。那么他到底要说明什么呢？大家注意赵嬷嬷是用宣告的语气说"告诉奶奶一句话"；然后是她的观点："也不过是拿着皇帝家的银子往皇帝身上使罢了！谁家有那些钱买这个虚热闹去？"这是赵嬷嬷在向凤姐宣告？还是曹雪芹在向全世界宣告？大家仔细辨别、体味。最后那两句话，我们要把秩序颠倒一下，第一句："谁家有那些钱买这个虚热闹去？"这是非常明确地说，曹家当年，根本没有那个经济能力去完成接驾的排场开销，曹家也没必要去干这样的事，因为它仅仅是个"虚热闹"而已！然而，这个"虚热闹"却又不得不去凑、去办，那是无法拒绝、无法违抗的，办不了也得办！怎么个办法呢？就是第二句话了："也不过是拿着皇帝家的银子往皇帝身上使罢了！"这句话才是关键里的关键，要害中的要害！这句话的前半句是坦然承认，曹寅接驾的费用"是拿着皇帝家的银子"；后半句是公然宣告，这些银子"往皇帝身上使罢了"，曹家并没有用到这银子。它是曹雪芹让贾琏、凤姐、赵嬷嬷三个人，绕这么大一个圈子、说了半天话的最终目的。曹雪芹为什么要苦心孤诣地说这番话呢？我们在介绍曹家家世的时候说过，曹寅在晚年欠下了几十万两的官帑。官帑，今称国库银。若干年后，康熙在给曹寅的圣旨中，多次催促曹寅赶紧把这银子还了，曹寅也多次几乎是声泪俱下地说，他在想尽一切办法还。可惜他还了若干年，直到他病故，依然没有还清。此后，曹颙、曹頫也一直接着在还，曹家的亲戚、苏州织造府的李煦也一直帮着还，最后当曹頫被逮捕、曹家被抄家的时候，这笔银子是不是还清，史料没有记载。因而，挪用巨额公款，成为曹家历史上一个巨大的污点，成为一个众所周知的丑闻。康熙一直容忍曹寅拖欠这么大一笔官帑，他老人家自己心知肚明，知道曹寅"也不过是拿着皇帝家的银子往皇帝身上使罢了"。不过，康熙似乎不便于公开承认这钱是花在他自己身上，因为他第一次南巡时，就公然宣告：

> "朕欲知地方风俗，小民生计，有事巡幸，凡需用之物，皆自内储备，秋毫不取民间，恐地方或有不肖官员，借端妄派，以致扰害穷民，尔其加意严禁。如有此等，即指名题参，从重治罪。"（引自《康熙起居注》）

讲得多么明确，所有费用物资，都由内务府准备，"秋毫不取民间"，甚至预先打招呼，不许各级官员借此罗列、摊派费用。第二次南巡，他又发圣谕：

> "朕因省察黎庶疾苦，兼阅河工，巡幸江南，便道至浙，观问风俗，简从仪卫，卤簿（仪仗队）不设，扈从者仅三百余人。"（同上）

我们看看康熙是多么的廉洁节约，堂堂皇帝出来南巡，居然连仪仗队都不用，他已经节约到何等地步！我相信康熙说的不是假话，他确实这样做到了，从康熙的方方面面来看，这位皇帝在我国历史上确实可以称得上是明君。但是，有些经济开销可能不是他作为皇帝能够那么准确地预算到、控制住的，何况我们都知道，预算与决算是两回事，有了预算，在过程中不严格控制，那么决算可能是预算的一倍甚至几倍。康熙作为皇帝，他是不可能来进行这方面的控制；而曹寅作为接待官员，他只有接待好的责任，却没有控制接待经费的权力，这样一来，他的开销就是个无底洞。大家知道，织造署是内务府的派出机构，而皇帝的开销都属于内务府打理。既然康熙对南巡唱了高调，很可能内务府就不便公然拨出一笔巨款，这可能导致曹寅的接驾费用无法报销。可能的情况是，曹寅动用了织造署的公款，内务府也知道这笔钱用在哪里，所以他们并不追究，仅要求曹寅把账目轧平。康熙多次要求曹寅把账目还清，还要求李煦从苏州织造府抽银子还款，大概也是这个用意。但是，外界并不知道内部的隐衷，亏欠官帑的事实摆在那里，那就是挪用公款，甚至是贪污。作为曹家子孙的曹雪芹，很可能一辈子都背着这样的恶名声，他即使有一千张嘴，又能向何人说?! 哪怕他死了，他的儿子、孙子，也依然要背负这个恶名。国人历来重视家族的名声、声望，曹雪芹如果了解祖父所受的委屈、欠款事件的隐衷，那么纵有千难万险，他也会洗刷家族的声望。小说中的这段对话，应该就是他的洗刷举措。当然有多少人能够接受他这个说法，能够原谅曹家当年的行为，这也只能听天由命。顺着这个思路，看作品中元春省亲的大量工程费及其他费用，曹雪芹都尽量交代明白，似乎是在某种程度上对当年康熙南巡的某种模拟，让大家看到，一位贵妃，回一次在京城里面的娘家，就那么一两个时辰，就耗费多少万银子，那么可以想象，皇帝带上三百多人马在江宁织造署驻跸，前后四次，每次好多天，那将会花费多少银子？

小说中有关皇帝南巡的话题，在赵嬷嬷宣告"也不过是拿着皇帝家的银子往皇帝身上使罢了"后话题就此结束，可见曹雪芹写这段对话的重点，正在这句宣告。曹雪芹担心再写什么会冲淡这个宣告，所以不但对话结束，三人小聚也戛然而止。——文本的这个形式也很说明问题。

小说接下来的描写转入省亲花园，即大观园的建设、采办方面。大观园的周长达到三里半，这在江南比村庄还大，相当于一个州府级别的古镇；其开支的费用，仅仅"下姑苏聘请教习，采买女孩子，置办乐器行头等事"，以及"置办花烛彩灯并各色帘栊帐幔的使费"，预算就是五万两银子，其总费用可能远远超过十万两。贾珍把去江南采购的事情交给贾蔷负责。

> 贾琏听了，将贾蔷打谅了打谅，笑道："你能在这一行么？这个事虽不算甚大，里头大有藏掖的。"贾蔷笑道："只好学习着办罢了。"

> 贾蓉在身旁灯影下悄拉凤姐的衣襟，凤姐会意，因笑道："你也太操心了，难道大爷比咱们还不会用人？偏你又怕他不在行了。谁都是在行的？孩子们已长的这么大了，'没吃过猪肉，也看见过猪跑'。大爷派他去，原不过是个坐纛旗儿，难道认真的叫他去讲价钱会经纪去呢！依我说就很好。"贾琏道："自然是这样。并不是我驳回，少不得替他算计算计。"

贾琏和凤姐两人的隔膜被贾蓉和贾蔷利用了，不过，这么大油水，凤姐绝对不会不插一手，她趁机也塞进两个人，虽然是赵嬷嬷的儿子，这人情却是凤姐的。凤姐临走：

> 贾蓉忙送出来，又悄悄的向凤姐道："婶子要什么东西，吩咐我开个帐给蔷兄弟带了去，叫他按帐置办了来。"凤姐笑道："别放你娘的屁！我的东西还没处撂呢，希罕你们鬼鬼祟祟的？"说着一径去了。

> 这里贾蔷也悄问贾琏："要什么东西？顺便织来孝敬。"贾琏笑道："你别兴头。才学着办事，倒先学会了这把戏。我短了什么，少不得写信来告诉你，且不要论到这里。"说毕，打发他二人去了。

大家看，事情还没开办，安插人员、暗吃回扣的事情已经开始了。回来省亲的是元春，贾政是元春的父亲，所以虽然他在家里是老二，但这省亲的事该是由他管，往江南采办，他就派了单聘仁、卜固修两个清客相公一同前往，这两个人去办采购，可想而知，其中的贪污克扣是多么厉害。这个家族的决策人员无知无能，管理人员和办事人员则几乎是半公开的贪污贿赂，开销无疑会被放大若干倍。造房子加上对外采购，这是我国古代最经典的腐败滋生温床，贾府经过这次折腾，将几代人的积蓄几乎消耗殆尽。所以元妃省亲，既是贾府政治上、名声上烈火喷油、锦上着花的时刻，也是贾府经济掉头向下的转折点。——当年曹家接驾，是不是家族史上的转折期？我隐隐约约觉得就是这么回事。如果真如此的话，那么曹雪芹刻意创设元妃省亲情节，用意就更加深刻、更加晦涩了。

　　本回后一个情节是秦钟之死。宝玉听说秦钟不好了，连忙赶去探视。在以下描写中，曹雪芹充分运用了讽刺嘲弄，甚至带点漫画性质的辛辣，这在《红楼梦》全书中除了写贾瑞之外，并不多见。

　　　　那秦钟早已魂魄离身，只剩得一口悠悠余气在胸，正见许多鬼判持牌提索来捉他。那秦钟魂魄那里肯就去，又记念着家中无人掌管家务，又记挂着父亲还有留积下的三四千两银子，又记挂着智能尚无下落，因此百般求告鬼判。无奈这些鬼判都不肯徇私，反叱咤秦钟道："亏你还是读过书的人，岂不知俗语说的：'阎王叫你三更死，谁敢留人到五更。'我们阴间上下都是铁面无私的，不比你们阳间瞻情顾意，有许多的关碍处。"

　　　　正闹着，那秦钟魂魄忽听见"宝玉来了"四字，便忙又央求道："列位神差，略发慈悲，让我回去，和这一个好朋友说一句话就来的。"众鬼道："又是什么好朋友？"秦钟道："不瞒列位，就是荣国公的孙子，小名宝玉。"都判官听了，先就唬慌起来，忙喝骂鬼使道："我说你们放了他回去走走罢，你们断不依我的话，如今只等他请出个运旺时盛的人来才罢。"众鬼见都判如此，也都忙了手脚，一面又抱怨道："你老人家先是那等雷霆电雹，原来见不得'宝玉'二字。依我们愚见，他是阳，我们是阴，怕他们也无益于我们。"都判道："放屁！俗语说的好，'天下官管天下事'，自古人鬼之道却是一般，阴阳并无二理。别管他阴也罢，阳也罢，还是把他放回没有错的。"众鬼听说，只得将秦魂放回。哼了一声，微开双目，见宝玉在侧，乃勉强叹道："怎么不肯早来？再迟一步也不能见了。"宝玉忙携手垂泪道："有什么话留下两句。"秦钟道："并无别话。以前你我见识自为高过世人，我今日才知自误了。以后还该立志功名，以荣耀显达为是。"说毕，便长叹一声，萧然长逝了。

　　我们先看秦钟，他已经到了魂兮悠悠的地步，却还惦记着"家中无人掌管家务，又记挂着父亲还有留积下的三四千两银子，又记挂着智能尚无下落，因此百般求告鬼判"。这里出现两个思考点。第一，在秦钟的灵魂深处，并没有宝玉。宝玉为他，连姐姐封妃这样的大事都不管不顾，心心念念只记挂着他，但是秦钟临终记挂的一堆事情里，却没有宝玉。两人的友情不对称。第二，秦钟"记挂着父亲还有留积下的三四千两银子"而不肯咽气，曹雪芹的讽刺意味已经相当浓厚；但是，秦家哪里冒出来如此巨额的银子？秦钟的父亲连学费都付不起，怎会有这么一笔巨款？曹公这么写，很可能为了刻薄秦钟，随手写下一个金额，结果是不但弄脏了秦钟，也导致了小说的失真。不管怎么说，从这里反映出曹公对秦钟相当反感，甚至厌恶。可是，宝玉怎么会把这样猥琐的人物当好友？末了他又劝宝玉"立志功名，以荣耀显达为是"，宝玉也不生气？此处的描写漏洞迭出，完全不像是曹公笔墨，就艺术性而言，它比一般的小说都不及。我怀疑这一段也是曹公临时加上去的，还未及修改完毕。

　　下一回就要建造大观园、宝玉题额以及元妃省亲了。到这里，我们需要来一个小结了。从内容和结构来分析，这里是全书的一道分水岭。前面这整个十六回，如果按一百二十回来算，只占十五分之二，它们对全书来说，只能说是一个开头部分，以打仗来比喻的话，有点像是外围性的战役，小说还没有进入核心情节。在这个部分，除了凤姐，连宝玉都没有连续性的描写和情节，黛玉也只露了几次面，宝钗就更少，而湘云、李纨、妙玉、鸳鸯等都还没有登场。从情节内容来说，所有的情节都不够集中，缺乏连续性，东一榔头西一棒。回顾一下，开头写宝玉、黛玉的渊源，其中穿插着贾雨村和甄士隐的故事，然后是黛玉进贾府、薛蟠的命案以及薛家来到贾府，接着是宝玉梦游太虚幻境，然后是刘姥姥初入贾府，宝钗看通灵玉惹黛玉吃醋，宝玉秦钟入学堂闹事，接着就是秦可卿生病，贾瑞与凤姐的故事，最后是秦可卿的病故以及办丧事，以及本回的元春封妃。这么多情节，从地点来说，忽然天上忽然人间，时而在贾府时而在外；从人物来说，一个个都在跑龙套，刚上场就下场；从情节内容来说，更是散散漫漫一大堆，没有中心没有连续，相信绝大多数读者，对前十六回的印象，除了宝玉梦游太虚幻境，只剩下宝钗家中那场智斗，其他大多模模糊糊。所以说《红楼梦》写了十六回，都还是在做铺垫工作。从下一回开始就要进入核心情节，开始有集中的、连续的情节，作品中的主要人物，都会有比较完整的展现。所以这整整十六回都属于小说的第一部分，用一篇文章来比拟，其中第一回相当于文章的第一句话，前五回相当于文章的第一段。这是我个人的看法，供大家参考。

　　另外，前十六回也完成了小说气氛、氛围的营造。《红楼梦》上演的是悲剧，全书的大调子是悲凉的。下一回贾府就要"烈火喷油、锦上着花"，小说将展开浓烈、喜庆的调子，为了形成对比平衡，在这之前需要一连串悲凉的调子。悲凉的气氛来自人生的不幸，而人生最大的不幸，就是生病和死亡。于是前十六回，就有接二连三的生病和死人。第1回，甄士隐丢失了女儿，又遭火灾，投奔岳父遭嫌，抑郁得病，几乎死去，最后出家；第2回，黛玉的母亲病亡，不过三十来岁；第4回，冯渊被打死，约二十来岁；第10回，秦可卿开始生病；第12回，贾瑞被弄死，二十来岁；第13回秦可卿病故，二十来岁，还有瑞珠自杀；第14回，林如海病故，刚刚步入中年；到了本回，简直是死亡的高潮，一对年轻人被害死，秦钟和他父亲也接连亡故。前十六回中居然死了十个人，大半是十几、二十岁。我国传统美学上有个词语，叫作"梅花间竹"，而曹雪芹则用十条生命来间隔十六回内容，平均一回半死一个人。他们是悲凉基调和元春封妃的牺牲品。我们说过，实际上早在第1回就定下苍凉的基调；后面也一样，每隔若干回都会响起悲凉的声音。读者对这种氛围和格调，要有所把握。

第十七至十八回
大观园试才题对额　荣国府归省庆元宵

读者会问，怎么两回合并在一起？因为《红楼梦》抄本中，有的版本是这两回并在一起，有的版本缺少这两回，有的虽然把它们分开，但各自的分隔部位不一致，回目标题也不一样。专家认为，分的不好还不如不分。所以现在出版的多数版本，这两回都没有分开。至于这两回为什么在有的抄本中没有分开，专家们研究多年都得不到满意的结论。

这第17、18两回，虽然只有一个回目，却把情节内容大致概括了，这两回主要写两桩事情，一桩是大观园即将落成，贾政带着宝玉和清客们进园观赏并题写匾额对联，另一桩就是元春回家省亲。大观园为省亲而造，但真正作用是为宝玉及众钗辟出一个半封闭的环境，对他们乃至整部小说可谓功德无量，故本回大书特书。元春归省是全书高潮，又是家族第一盛事，在"盛极而衰"的大主题中举足轻重，故写的极其详细。在艺术方面，这两段也是中外小说的顶峰之作。

写观赏大观园，曹雪芹主要从三个方面着手，一是大观园的景色、建筑；二是展现贾政、宝玉的父子关系，这是作品第一次正面描写；三是展现宝玉的知识才华和个性。

大观园不仅仅是《红楼梦》的一个场景，而且成为中国园林的经典，中国美学、中国文化的物质体现，成为国人对园林景致的最高追求和梦想。大观园景致是小说的重要内容。曹雪芹要超越一切实有的和虚拟的园林，同时为宝玉和众姐妹创造一个美丽清新、与外界氛围完全不同的"特殊世界"，既可烘托又可熏陶人物，使人与景相得益彰。这些目的，他不仅达到了，而且超越了。两百年来大观园已经像"桃花源"一样，成为一个特殊名词，具有特殊的含义。许多人忍不住去考证大观园的原型，最后不得不承认谁都没有找到；许多画家忍不住描绘它的奇妙景色，结果连他们自己都无一满意；近年更有上海北京等地投入巨资仿造大观园，得到的大多是游客的诟病。

大观园不可能凭空塑造，曹雪芹成功的原因，大致有如下几条：一是他的天才；二是他祖父替皇家造过园林，有家族渊源；三是中国美学和建筑学的别具一格；四是园中人物为大观园增色；五是文学的虚化园林较实际园林更易发挥，山水花鸟招之即来挥之即去，南方北地的花木可以并肩生长。——可以断定，让曹公本人来设计建造一个真实的大观园，一定也没有他的文学大观园优美迷人。大观园引发读者无限的想象，这种想象超越了工程建造的实际可能，所以大观园永远只能是我们想象中的大观园，它是无法还原建造的。大观园同宝玉、黛玉、宝钗、探春等人组成"另一个世界"，这些人一旦离开，那么即使园林依旧，它就再也不是"大观园"了。

清朝时期皇家园林的建设趋于成熟，康熙时期更是建造高潮，到乾隆时期暂告一段落。那时，从海淀镇到香山，共分布着圆明园、畅春园、西花园等几十座皇家园林，连绵二十余里。它们是中国皇家园林几千年来的结晶。如此众多的皇家园林，想必每一座都有它自己的特色，要将这些特色采选出来汇聚到一座园子里，在技术上是不可能的，但是在文字描写的虚拟花园中，却是可以合并的。曹雪芹就是汇集了这些皇家园林的特色，再加上他所熟悉的江南园林特色，融合成了大观园。所以这大观园，只能书中有，难以世上建。理解了这一点，我们就可以从大观园是谁家的、在哪里之类的争论中超脱出来。

大观园更妙的是各个院舍完全都为它的主人量身定做，每一个庭院的特色，都同主人的性格融为一体，这样的情况在小说世界中独一无二。房舍庭院同主人的性格完全吻合，在我的记忆中，只有日本的《源氏物语》有这个倾向。在这里我要顺带说说《红楼梦》同《源氏物语》。至今我都认为，《红楼梦》同《源氏物语》这两部小说、贾宝玉同源氏这两个人物，实在太相像了。为此我一直想弄清楚曹雪芹有没有可能读过《源氏物语》，可惜我一直找不到有说服力的材料。在曹雪芹生活的十八世纪，日本的出版业并不发达，能够流传到中国来的《源氏物语》可能屈指可数，即使到曹雪芹手上，曹雪芹怎么可能读懂古日语呢？我只能让自己相信，《红楼梦》同《源氏物语》属于跨国、跨几个世纪的撞车，曹雪芹同紫式部是想到了一起。

最后要说明一下，清代对私人宅院的规模有法律限制，所以在城市中并不存在那么大的园林，尤其是京城北京，连王府的规模都不及贾府的十分之一。曹雪芹是以皇家园林的规模来塑造大观园的，现实社会中可能园子还没造完主人就被法办了。

下面讲第二个话题，贾政同宝玉的父子关系。在曹雪芹的笔下，尤其是在这一回中，贾政同宝玉的父子关系，要说有多扭曲就有多扭曲。不过如果你真正理解中国人是怎么做父亲的，也就觉得自然。

大观园工程竣工，贾珍请贾政去查看验收，并准备匾额对联。清客们吹捧贾政，说他来题写必然很好。

> 贾政笑道："你们不知，我自幼于花鸟山水题咏上就平平，如今上了年纪，且案牍劳烦，于这怡情悦性文章上更生疏了。纵拟了出来，不免迂腐古板，反不能使花柳园亭生色，似不妥协，反没意思。"

贾政虽然无才而又迂腐，但颇有自知之明。何况他们只是拟稿子，最后呈元春朱笔定夺，如果元春知道这是自己老爹拟的，那你叫她是修改好还是不改好？这不尴尬了？于是贾政想到了宝玉，"贾政近因闻得塾掌称赞宝玉专能对对联，虽不喜读书，偏倒有些歪才情似的，今日偶然撞见这机会，便命他跟来"。贾政的意思，一是当面考一考宝玉；二是要让宝玉在众清客面前显显能耐，这也是任何一个当爹的免不了的虚荣。大家注意，这里的人物组成了三角关系，贾政和宝玉为两角，第三个就是清客们。曹雪芹在这里的写法很奇怪，清客们姓何名谁一概没有，笼统的叫"众人"，这个"众人"或指一群，或指一人；假如他们出现意见分歧，就用"一人""又一人"来表达，反正就是不写他们的名字。这种写法在其他小说中罕见，在《红楼梦》中也是偶尔出现。曹公不写具体姓名，就是忽视、蔑视他们，他们自己愿意当丑角，曹公就成全他们，更不惜刻薄他们。比如怡红院有一棵奇怪的海棠花，贾政看出是外国品种，叫"女儿棠"，宝玉解释这奇怪名称的由来：

> "大约骚人咏士，以此花之色红晕若施脂，轻弱似扶病，大近乎闺阁风度，所以以'女儿'命名。想因被世间俗恶听了，他便以野史纂入为证，以俗传俗，以讹传讹，都认真了。"众人都摇身赞妙。

曹雪芹创造了一个新词，"摇身赞妙"。"摇身"，摇动全身，但人很少"摇身"，动物才有；更是没见过用"摇身"来修饰称赞的。设想一下，称赞别人时，一面喊"妙"一面浑身乱摇，多么丑陋？一词画出哈巴狗模样。三岁幼儿都理解的简单动词"摇"，被曹雪芹又一次用神了，大家记得第8回："林黛玉已摇摇的走了进来"。曹公化用文字，确实到了摘叶飞花皆可杀人的地步。

当然，在贾政、宝玉和清客这个三角中清客们只是陪衬，作者重点描写的还是贾政和宝玉。贾政这个当爹的明明是要让儿子显能耐，却偏偏做得要捉儿子的把柄似的，这就是当爹的别扭。众清客心知肚明，他们明白自己的角色，竭力配合贾政演戏。为了掩饰要显摆儿子，每来到一个景点，贾政总叫清客们题词；清客们心照不宣，故意胡题乱写，为宝玉留下空间；每当宝玉回答得十分好，贾政心里自然得意，但他始终不夸奖，甚至假装不承认；宝玉如果发挥得充分一些，娓娓道来，贾政就要骂"畜生""业障"，说他狂妄。整个游戏就在这样的基调中上演。我很怀疑，外国的朋友看到这一段，会心里不舒服，会犯糊涂，怀疑这爹怎么当的？这像爹吗？但上了点年纪的中国人都知道，中国传统的爹历来就是这么当的，父子关系从来就这么扭曲。当爹必须严，没笑脸，不夸奖儿子，只有打骂。曹公写出了几千年的中国传统父子关系，我相信曹公的父亲，也是这么对待他的。

曹公很用心地刻画着贾政，也是第一次正面、详细的刻画。贾政的文化修养出来了，而且具有不错的园林鉴赏和文学批判能力。贾政也表现出典型的中国古代文人的气质和追求。在稻香村，他根据此处的农家景色亲自设计："此处都妙极，只是还少一个酒幌。明日竟作一个，不必华丽，就依外面村庄的式样作来，用竹竿挑在树梢。"这是一个有点创意而又典雅的设计，小小一个酒幌挑在树梢所造就的意境，是中国传统文化特色的结晶。见到潇湘馆的清幽，令贾政感叹"若能月夜坐此窗下读书，不枉虚生一世"。来到稻香村，他说："倒是此处有些道理。固然系人力穿凿，此时一见，未免勾引起我归农之意。"他的这些话或许略有夸张，但没有什么作假的成分。贾政并不追求富贵荣华也不在意花天酒地，他追随着中国文人的口味向往着诗书和田园，对他这样一个没有个人触角的官员，是很自然的事情。通过这一段描写，贾政的形象基本确立。

下面我们谈谈宝玉。小说至此为止，这是描写宝玉最长、最连贯、最全面的一段，更是展现他在家庭中、在最害怕的父亲面前，如何表现的一段。说句老实话，宝玉在这里展现出来的学养和才华令我们吃惊，他几乎有一肚子的诗文和典故，在他那个年龄，实属难能可贵；更加可贵的是，他对景物的鉴赏能力和知识的活用能力，简直可称小才子，他值得贾政显摆。宝玉实际上是个文艺青年，这是宝玉个性的最基本的方面，过往的评论中对这一点不够重视。宝玉如果不是这样一位文艺青年，像贾琏、贾蓉那样没文化，林黛玉怎么会爱上他？薛宝钗又怎么会亲近他？只是山外有山楼外有楼，他有幸碰到了黛玉、宝钗这些可以称得上才女的女子，让他相形见绌。当然，正如前面贾政所说，知识不等于才华，才华又各有门道，如果你叫他写命题作文命题诗，他就不擅长，所以等会儿元春令他作诗的时候，他就冒冷汗。

宝玉也很机灵："原来众客心中早知贾政要试宝玉的功业进益如何，只将些俗套来敷衍。宝玉亦料定此意。"他知道老子的目的，没有心理压力，发挥得特别好。他不仅配合得很好，还临场发挥，大胆地加演了一出"牛心"戏，当众顶撞、批驳贾政。

步入茆堂，里面纸窗木榻，富贵气象一洗皆尽。贾政心中自是欢喜，却瞅宝玉道。

"此处如何？"众人见问，都忙悄悄的推宝玉，教他说好。宝玉不听人言，便应声道："不及'有凤来仪'多矣。"贾政听了道："无知的蠢物！你只知朱楼画栋、恶赖富丽为佳，那里知道这清幽气象。终是不读书之过！"宝玉忙答道："老爷教训的固是，但古人常云'天然'二字，不知何意？"

众人见宝玉牛心，都怪他呆痴不改。今见问"天然"二字，众人忙道："别的都明白，为何连'天然'不知？'天然'者，天之自然而有，非人力之所成也。"宝玉道："却又来！此处置一田庄，分明见得人力穿凿扭捏而成。远无邻村，近不负郭，背山山无脉，临水水无源，高无隐寺之塔，下无通市之桥，峭然孤出，似非大观。争似先处有自然之理，得自然之气，虽种竹引泉，亦不伤于穿凿。古人云'天然图画'四字，正畏非其地而强为地，非其山而强为山，虽百般精而终不相宜……"未及说完，贾政气的喝命："又出去，"刚出去，又喝命："回来！"命再题一联："若不通，一并打嘴！"宝玉只得念道：

新涨绿添浣葛处，好云香护采芹人。

贾政听了，摇头说："更不好。"一面引人出来。

这对父子演得太像了，连众清客都被骗过。看看全书从头到尾，宝玉哪一次敢顶撞他老子？连正眼都不敢看；今天他不仅否定贾政的观点，甚至语带讽刺，这可急坏了清客；可宝玉心里有数，他从容不迫侃侃而谈，几乎突破贾政的底线，让他老脸有点挂不住。为了配合儿子，"贾政气的喝命：'又出去，'刚出去，又喝命：'回来！'"这一下到底露出了马脚：既然叫"又出去"，手下人真的把宝玉又出去，这不演砸了吗？所以贾政自己来收场，又喝命："回来！"有趣的是曹公很狡猾，他不写当时宝玉是不是害怕，而是用情节来告诉我们。重复一遍，贾政"命再题一联：'若不通，一并打嘴！'宝玉只得念道：'新涨绿添浣葛处，好云香护采芹人。'"宝玉如果怕了，走神泄气，后面那副精妙的对联绝对写不出来。这父子俩心有灵犀，对手戏演得出神入化，天衣无缝，而且并不曾排练。到这里，我们才知道宝玉有多机灵。是啊，如果宝玉没有这么机灵，他拿什么去同林黛玉谈恋爱？两个人能对得上话吗？他如果像贾环那么傻傻的，不知好歹，又怎么能够讨得贾母如此的欢心？实际上宝玉也经常忽悠贾母，只不过他用的方法同王熙凤相反，看上去很老实罢了。理解了这些，我们就明白，曹雪芹在这里对宝玉的刻画是相当细腻、相当成功的。

特别说说曹雪芹对蘅芜苑的描写。因为蘅芜苑本身就特别，曹公的描写手法又非常曲折，他在这里的寓意很深。在这一回中，曹公着重描写的是大观楼、潇湘馆、稻香村、蘅芜苑和怡红院五处，另四处的布局和寓意，大家都看出来了，但是蘅芜苑的寓意，人们的理解还有所欠缺。

从一开头，曹公就暗示，蘅芜苑可不好理解。

> 于是要进港洞时，又想起有船无船。贾珍道："采莲船共四只，座船一只，如今尚未造成。"贾政笑道："可惜不得入了。"贾珍道："从山上盘道亦可以进去。"说毕，在前导引，大家攀藤抚树过去。只见水上落花愈多，其水愈清，溶溶荡荡，曲折萦迂。池边两行垂柳，杂着桃杏，遮天蔽日，真无一些尘土。忽见柳阴中又露出一个折带朱栏板桥来，度过桥去，诸路可通，便见一所清凉瓦舍，一色水磨砖墙，清瓦花堵。那大主山所分之脉，皆穿墙而过。

这一组描写告诉我们，要进入蘅芜苑，可不容易，需要"从山上盘道，攀藤抚树"，相当的曲折困难；即使来到门前，"两行垂柳，杂着桃杏，遮天蔽日"，你依然见不到蘅芜院的真面貌，你需要仔细寻找，才能够"忽见柳阴中又露出一个折带朱栏板桥来，度过桥去，诸路可通，便见一所清凉瓦舍，一色水磨砖墙，清瓦花堵"。这里写明白了，要见识蘅芜苑的真面貌，费了那么大周折以后，还需要走过一座桥，过了这座桥，就"诸路可通"，就可以见到"一所清凉瓦舍"。这座桥，是一个象征，一个意象，它的寓意是，你必须找到一条独特的路径，才可能见识薛宝钗。然而，这才是刚刚开始。接下来的描写，那才叫幽深，才叫复杂。

> 度过桥去，诸路可通，便见一所清凉瓦舍，一色水磨砖墙，清瓦花堵。那大主山所分之脉，皆穿墙而过。
>
> 贾政道："此处这所房子，无味的很。"

贾政说这房子无味令我们意外，房子是比较朴素，但贾政不是很喜欢朴素的吗？他对稻香村不是大加赞赏吗？是什么让他觉得无味呢？而且贾政多年来一直供职工部，从主事升到员外郎，相当于现在建设部的处长升为副司长，他应该是建筑行家，他说"无味"必有他的道理。道理何在呢？原来，曹公是用贾政这位专家来做个反面典型，意在告诉我们，蘅芜苑这所房子从外面看，是看不出奥妙，看不到它的美的，只有当你进入里面以后，才能发现它的美妙。

> 因而步入门时，忽迎面突出插天的大玲珑山石来，四面群绕各式石块，竟把里面所有房屋悉皆遮住，而且一株花木也无。只见许多异草：或有牵藤的，或有引蔓的，或垂山巅，或穿石隙，甚至垂檐绕柱，萦砌盘阶，或如翠带飘飘，或如金绳盘屈，或实若丹砂，或花如金桂，味芬气馥，非花香之可比。贾政不禁笑道："有趣！只是不大认识。"

蘅芜苑果然独特，它是小姐的住所，却是"四面群绕各式石块，竟把里面所有房屋悉皆遮住，而且一株花木也无"。这景观让人猜测它的主人，大多会猜雅士住的。至此，曹公犹嫌不够，他又一次让贾政当反衬。苑中的那许多花草，"味芬气馥，非花香之可比"，贾政也觉得它们非常有趣，知道是好东西，"只是不大认识！"

天啊，连贾政都不认识！那么，这是些什么花草呢？还是宝玉出来解释，原来它们是《离骚》、《文选》等书上所有的那些异草"。大家知道，屈原在《离骚》中正是以这些奇花异草来象征自己的品质和志向的。那么曹公的意向也就清楚了，他是以这些奇花异草，来象征蘅芜苑主人宝钗的性格和品质。到这里，曹公对薛宝钗的定位和构想也就十分明确，他把宝钗归类到屈原一类，属于历史上文人骚客的最高级别，也是最受人们尊敬的人物。可见写下"山中高士晶莹雪"并非下笔过重。

那么，蘅芜苑中的这些奇花异草既然贾政不认识，宝玉凭什么会认识？莫非他的知识已超过乃父？我的看法，当然不可能，只能说曹公在这里用了曲笔，让宝玉说出了超越其知识范畴的话，是一种无奈之举，因为曹公要解决两个问题：一个是，要挑明蘅芜苑中这些奇花异草的意味，这个任务在当下，只有让宝玉来完成，他不愿意让贾政来完成；另一个更加重要，他要让读者看到，宝玉是懂得、理解宝钗的品性的，不然的话，宝玉同宝钗就没有相思乃至成婚的思想基础和品格条件，这两位主要人物将来就无法走到一起。这样解读蘅芜院的象征意味，才算比较完整周到地理解曹公的用心。

说到这里，很自然地我们必须要对"蘅芜苑"这个名称做一番解释，红学界一直没有很好地解答过。我个人理解，"蘅芜苑"还是用了谐音的方法。一种解释是"很无缘"或者"恨无缘"，意思是宝钗同宝玉虽然有婚姻，但缘分还是不够，所以最终分开。不过这样解释的话，"蘅芜苑"三个字中两个字都变了音，有点勉强。另一种解释，"蘅"谐音"恒"，"恒无缘"，她同宝玉终究无缘。这个解释还有一个佐证，诗社中宝钗别号"蘅芜君"，谐音"恒无君"，终究无丈夫，一人孀居。当然也可说"恒无怨"，终身无怨无悔，虽然婚姻失败，但宝钗对此无怨无悔，她认定宝玉值得嫁，认为这桩婚姻虽然短暂，但在自己的生命中有它独特的价值。这几种谐音供大家思考。这样解释当然不是单单凭谐音得来，重要的是这样的解释符合宝钗静观世变、听天由命的个性，符合整部作品的描写。宝钗前住"离乡院"，背井离乡，后面婚姻无缘，有一条清晰的内在逻辑。我们是过度的解读还是切中肯綮？请大家自己判断。

作品对于大观园的描写，本回是第一次，它突出的是大格局，主要描写整个园林与建筑之气象，主人公们都还没有入住，房屋里面还没有家具摆设。等到人们入住以后，作者还会多次描写，这正是曹公的写作风格，一再皴染。大观园太大太复杂，一次根本写不完。他不是像一般作家，尤其是西方作家那样，进行直接的景物描写，而是借用贾政、宝玉等人的一次游览，用他们的眼睛、他们的嘴、他们的心，用他们的对话交流、争论，进行侧面的景物描写，其优点是不言自明的。读者跟着贾政、宝玉一路走下来，看得非常有趣，不知不觉中，就把一个大园子写了一大半；同时，贾政和宝玉这对父子的性格，也第一次如此鲜明地展现出来，读者看得上瘾、意犹未尽，曹公却收工了，他已经写了好几千字。就我个人而言，更喜欢这种"中式"写法，它活泼有趣，情景交融。但反观我国现代作家，似乎更喜欢"西式"的描写，一场景物描写可达几万字，如果用电影镜头来交代的话，那么这个无声镜头要长达好几分钟。这当然也见功力，很能展现个人风格的。但是曹公对侧面描写情有独钟。前面两次写贾府，分别借用林黛玉和刘姥姥的眼睛及感受；而后面他还会再次安排刘姥姥进大观园，再借用刘姥姥的眼睛。——这从美学上来说几乎属于犯规。至于曹雪芹为什么如此情有独钟于侧面描写，还没有人做过深入的探讨。

　　宝玉总算通过了贾政的考试，走出贾政的书房。

　　　　就有跟贾政的几个小厮上来拦腰抱住，都说："今儿亏我们，老爷才喜欢，老太太打发人出来问了几遍，都亏我们回说喜欢，不然，若老太太叫你进去，就不得展才了。人人都说，你才那些诗比世人的都强。今儿得了这样的彩头。该赏我们了。"宝玉笑道："每人一吊钱。"众人道："谁没见那一吊钱！把这荷包赏了罢。"说着，一个上来解荷包，那一个就解扇囊，不容分说，将宝玉所佩之物尽行解去。

　　这段很小的情节描写，非常亲切生动，展现了宝玉洒脱随和的性格，也活活地画出他的生活环境。不仅如此，它还是接下来宝玉同黛玉之间一段小闹剧的引子。

　　　　少时袭人倒了茶来，见身边佩物一件无存，因笑道："带的东西又是那起没脸的东西们解了去了。"林黛玉听说，走来瞧瞧，果然一件无存，因向宝玉道："我给的那个荷包也给他们了？你明儿再想我的东西，可不能够了！"说毕，赌气回房，将前日宝玉所烦他作的那个香袋儿——才做了一半——赌气拿过来就铰。宝玉见他生气，便知不妥，忙赶过来，早剪破了。宝玉已见过这香囊，虽尚未完，却十分精巧，费了许多工夫。今见无故剪了，却也可气。因忙把衣领解了，从里面红袄襟上将黛玉所给的那荷包解了下来，递与黛玉瞧道："你瞧瞧，这是什么！我那一回把你的东西给人了？"林黛玉见他如此珍重，带在里面，可知是怕人拿去之意，因此又自悔莽撞，未见皂白，就剪了香袋。因此又愧又气，低头一言不发。宝玉道："你也不用剪，我知道你是懒待给我东西。我连这荷包奉还，何如？"说着，掷向他怀中便走。黛玉见如此，越发气起来，声咽气堵，又汪汪的滚下泪来，拿起荷包来又剪。宝玉见他如此，忙回身抢住，笑道："好妹妹，饶了他罢！"黛玉将剪子一摔，拭泪说道："你不用同我好一阵歹一阵的，要恼，就撂开手。这当了什么。"说着，赌气上床，面向里倒下拭泪。禁不住宝玉上来"妹妹"

长“妹妹”短赔不是。

黛玉的脾气似乎又长了，这或许是失去父亲造成的。我们关心的是，曹公为什么在这里要写这个小闹剧？我的看法是，前面十六回情节都不够集中，像黛玉和宝钗这样的主要人物笔墨也不多，被冷落了很久，而后面，当宝玉和姑娘们都住进大观园以后，作者将浓墨重彩地表现他们的故事；那么，在前面这么散漫的情节同后面非常集中的故事之间，需要有个过渡；所以我以为，这段小闹剧就是曹雪芹需要的那艘渡船。这艘小小的渡船上现在坐着宝玉和黛玉，等会儿还要强行把宝钗也拉上来，一号二号三号主人公一起过渡。作品是这么描写的，宝玉同黛玉闹完了。

宝玉道：“好妹妹，明儿另替我作个香袋儿罢。”黛玉道：“那也只瞧我高兴罢了。”一面说，一面二人出房，到王夫人上房中去了，可巧宝钗亦在那里。

这是一个很奇怪的写法。王夫人房间中有许多人，而且正忙着，但曹公却不写其他人，偏偏点明“可巧宝钗亦在那里”。因为通常如果这么写的话，后面应该写宝钗；但实际上没有，作品写的都是王夫人房间中忙着的家务事，同宝钗无关。既然如此，为什么要写“可巧宝钗亦在那里”呢？找不出其他解释，唯一的解释就是我们上面说的，曹公是故意把宝钗也拉上这艘渡船。从这个片段的描写来看，曹雪芹这么写是不妥当的，但放在大的结构上来看，他这么写是十分必要的，因为他确实已经好久没有写到宝钗了，这么轻轻的一笔，就算弥补上了。这种细枝末节，一般读小说的人不会注意，而写小说的人，却往往要费一番周折才能构思落笔。这个小小的细节，可以说是对《红楼梦》的欣赏达到还是没有达到的一个边界：达到了，你就乐趣无穷。类似的细节太多了，我们不可能一一指出，还请各位在欣赏中自己品味。

接着欣赏下一个看点。

此时王夫人那边热闹非常。原来贾蔷已从姑苏采买了十二个女孩子，并聘了教习，以及行头等事来了。那时薛姨妈另迁于东北上一所幽静房舍居住，将梨香院早已腾挪出来，另行修理了，就令教习在此教演女戏。

薛家又搬家了，毕竟是寄人篱下，主人家这房子要另派用场，他们就只能搬走。另外，没有写薛家所居住的房子名称，因为已经不重要，宝钗即将要搬入蘅芜苑。

作品接着交代为省亲所做的准备工作，曹雪芹重点交代的是妙玉。借林之孝家的嘴把妙玉的来龙去脉都介绍了，比履历表更加清晰详细。妙玉的名字就带了个“玉”字，这就暗示她与宝玉关系非常。妙玉这样一个孤傲的人，要把她撺掇进贾府也真是有点难为了曹雪芹。他第一步让妙玉自幼多病，不得不走进庵堂；第二步更加牵强，说什么妙玉追慕京城有观音遗迹，便来到了京城；第三步让妙玉父母双亡，无家可归，这是曹雪芹的撒手锏，他对林黛玉、史湘云等许多人都用了这招；第四步让妙玉的师傅劝说她，天意让她留在京城，将来自有结果；还有第五步，让王夫人下请帖去请她，说实话，王夫人凭什么要去请这个既没名气又没瓜葛的小尼姑来？曹雪芹如此大费周折，总算勉勉强强把妙玉弄进来了。但是他还是没有写清楚，妙玉凭什么放弃独立和自由，去贾府寄人篱下呢？曹雪芹大费心思但很是勉强。

下面的描写，有的读者会觉得琐碎。

> 王夫人等日日忙乱，直到十月将尽，幸皆全备：各处监管都交清账目，各处古董文玩，皆已陈设齐备，采办鸟雀的，自仙鹤、孔雀以及鹿、兔、鸡、鹅等类，悉已买全，交于园中各处像景饲养；贾蔷那边也演出二十出杂戏来，小尼姑，道姑也都学会了念几卷经咒。

不能把这里的叙述当作啰唆琐碎，要知道，从这里开始一直到元春回家，曹雪芹正是利用他们家曾经接过驾的得天独厚优势，大展拳脚，极其细腻地描写出皇家外出的种种礼仪细节。这种礼仪，即使是古代作家也很少有人能描写，所以它非常难能可贵。就动物而言，"自仙鹤、孔雀以及鹿、兔、鸡、鹅等类"，居然要色色俱全，仅此一点，就是其他小说家无法想象的，更别说后面的太监们怎么一批一批地出场、站位、讲话、动作等，这是一幅活生生的皇家出行图，比郎世宁画的《乾隆大阅图》等画作更加详细生动。

为了迎接元春，贾府忙乱了至少大半年，到十月底才准备得差不多了，于是贾政打报告，皇帝当天就批复准奏，贾府又冲刺一般地忙了两个半月，连年也不曾好好过。太监们出来一番现场指导，连元春怎么上厕所都有具体规定。那么，贾府这几百号人接下来的排练有多麻烦，可想而知。贾府的人们千盼万盼，正月十五这一天终于来到，前一天晚上，这几百号人没有一个能睡觉的，别人倒也罢了，贾母七十多岁的人，真够她熬的。尽管此前太监们已经做了许多指导工作，但是贾母他们毕竟不懂规矩，全家人一大早就起来，有爵位的都穿上了官服去迎接，"贾赦等在西街门外，贾母等在荣府大门外"。大家想一想，正月十五的北京城，站在街上自然是寒风刺骨。更冤枉的是他们在大风中等了大半天，"正等的不耐烦，忽一太监坐大马而来，贾母忙接入，问其消息。太监道：'早多着呢！未初刻用过晚膳，未正二刻还到宝灵宫拜佛，酉初刻进大明宫领宴看灯方请旨，只怕戌初才起身呢。'"戌初，就是晚上七点多，贾府这老老少少的，一整天白白受罪！曹雪芹为什么要写这？无非是要突出接待皇家是何等艰难。我们再联系他的家世，他祖父曹寅曾经在金陵和扬州五次接驾，那需要花上多少心血?!有人认为曹雪芹是炫耀自己家族接驾的恩荣，不过我从字里行间读到的却是艰辛和苦涩。钱锺书先生有句名言，人就是这么矛盾，城外的人都想进城，城里的人却想出去。曹家五次接驾，如果要说荣耀，那么别人早都看到了，几十年后，曹雪芹似乎不用再来炫耀，他现在要倾诉的，恰恰可能是浮华与虚荣背后那份人所不知的艰辛和苦涩。他选用贾母等人在寒风中白等大半天这个材料，以及太监带着讥讽的口吻道："早多着呢!"作者的倾向已经够明白了。

接下来实际归省的场面，曹雪芹全部用的是正面描写，写得很仔细、扎实，像长镜头慢移的手法，交代得相当清晰。

> 一时传人一担一担的挑进蜡烛来，各处点灯。方点完时，忽听外边马跑之声。一时，有十来个太监都喘吁吁跑来拍手儿。这些太监会意，都知道是"来了，来了"，各按方向站住。贾赦领合族子侄在西街门外，贾母领合族女眷在大门外迎接。半日静悄悄的。忽见一对红衣太监骑马缓缓的走来，至西街门下了马，将马赶出围幕之外，便垂手面西站住。半日又是一对，亦是如此。少时便来了十来对，方闻得隐隐细乐之声。一对对龙旌凤翣，雉羽夔头，又有销金提炉焚着御香，然后一把曲柄七凤黄金伞过来，便是冠袍带履。又有值事太监捧着香、绣帕、漱盂、拂尘等类。一队队过完，后面方是八个太监抬着一顶金顶金黄绣凤版舆，缓缓行来。

这一段描写，不是对内宫礼仪十分熟悉，根本不敢下笔。太监出场有具体数据，先是十来个，后是十来对，有先后出场的程序，还有太监服装颜色的区别，更有拍手的暗号。元春的仪仗用器，更是器物化的特定身份，一点也错不得。内宫礼仪的繁文缛节，即使要杜撰也无从下手。曹雪芹得天独厚的家世，才掌握这套内宫秘密。他有把秘密公之于众的内心愿望，读者则是托他的福，得以见到帷幕里面的仪式。

在元春登场之前，作品描写了大量的背景和实物，但是到元春出场后，曹雪芹就彻底换了一副笔墨。大家回忆一下，元春的容貌、身材以及穿戴，你好像想不起来，为什么? 因为你没有看到过，因为曹雪芹一个字都没写过。曹公把镜头调转过来，拍摄元春的目光所及，他要表现的不是景，而是元春的感情。这种镜头的切换，在艺术上取得极大的成功，元春出场不久就让我们热泪盈眶。我们看他的描写。

"且说贾妃在轿内看此园内外如此豪华，因默默叹息奢华过费。"正面写元春的第一笔，就突出她"默默叹息奢华过费"，突出元春的品格境界。元春对父母如此奢华的装饰，并不满意。其所以叹息，一是家庭经济耗费，二是家族风气的奢靡，三是，她已经看尽奢华，她可能更想看到原汁原味的家，那个"梦里见他千百度"，那个她出生、成长，收藏着无数童年故事的家。

接着，作品补叙了一段元春同宝玉的关系。

> 当日这贾妃未入宫时，自幼亦系贾母教养。后来添了宝玉，贾妃乃长姊，宝玉为弱弟，贾妃之心上念母年将迈，始得此弟，是以怜爱宝玉，与诸弟待之不同。且同随祖母，刻未暂离。那宝玉未入学堂之先，三四岁时，已得贾妃手引口传，教授了几本书，数千字在腹内了。其名分虽系姊弟，其情状有如母子。自入宫后，时时带信出来与父母说："千万好生扶养，不严不能成器，过严恐生不虞，且致父母之忧。"眷念切爱之心，刻未能忘。

从写作角度来说，这是一段从天上掉下来的文字，有点突兀，作品在前面没有任何铺垫，读者根本不知道姐弟俩有这样的关系。不仅如此，作品又补叙，因为体恤到元春与宝玉的感情，贾政把园中所有匾额和对联，都用了宝玉的作品，"这本家风味有趣。更使贾妃见之，知系其爱弟所为，亦或不负其素日切望之意"。

然后是亲人见面，那真叫肝肠欲断。元春的车轿进家门的时候，"贾母等连忙路旁跪下。早飞跑过几个太监来，扶起贾母、邢夫人、王夫人来"。这个侧面映衬非常成功，表面上写的是太监，但反映的是元春的急切。进入大观园以后，亲人们必须以国礼相见，哪怕她的祖母都要跪下磕头，元春自然不忍心，赶紧免除这些见面礼。终于，元春同贾母、王夫人以及姐妹们面叙。这场面叙从时间上来说该有个把小时；从对话来说，元春同亲人们说了至少几十、上百句吧。但是我们看，作品仅仅记录了三句，其他一概不写。

> 茶已三献，贾妃降座，乐止。退入侧殿更衣，方备省亲车驾出园。至贾母正室，欲行家礼，贾母等俱跪止不迭。贾妃满眼垂泪，方彼此上前厮见，一手搀贾母，一手搀王夫人，三个人满心里皆有许多话，只是俱说不出，只管呜咽对泣。邢夫人、李纨、王熙凤、迎、探、惜三姊妹等，俱在旁围绕，垂泪无言。半日，贾妃方忍悲强笑，安慰贾母、王夫人道："当日既送我到那不得见人的去处，好容易今日回家娘儿们一会，不说说笑笑，反倒哭起来。一会子我去了，又不知多早晚才来！"说到这句，不禁又哽咽起来。邢夫人等忙上来解劝。贾母等让贾妃归座，又逐次一一见过，又不免哭泣一番。然后东西两府掌家执事人丁在厅外行礼，及两府掌家执事媳妇领丫鬟等行礼毕。贾妃因问："薛姨妈、宝钗、黛玉因何不见？"王夫人启曰："外眷无职，未敢擅入。"贾妃听了，忙命快请。一时，薛姨妈等进来，欲行国礼，亦命免过，上前各叙阔别寒温。

两句元春的话，第一句不无埋怨，埋怨家长们把她送进了皇宫——那个见不得人的地方，这是元春回家所说的主题，等会儿她对父亲还会说出相同的话。第二句是元春问："薛姨妈、宝钗、黛玉因何不见？"第三句是王夫人回答，"外眷无职，未敢擅入。"母女祖孙姐妹，那么多家常话，曹公只选了三句！第一句关系到主题，我们能够理解，但是第二、第三句为什么选这个话题？如果不思考我们毫无感觉；但你如果想一想也许会默默颔首：有道理啊，有道理。确实，就两句对话，我们能看到曹公的大局观。元春地位崇高，在这一回中她是主人公，但在整部小说中，黛玉、宝钗才是更重要的人物，需要把她们同元春联系起来，但又不愿随便就联系上，所以让元春点名，使得黛玉、宝钗师出有名，这是一方面。另一方面，这里显示出元春对黛玉、宝钗的重视，这就为后面的情节奠定了基础。所以作品中元春同其他人的对话统统被曹公忽略掉，只写"薛姨妈、宝钗、黛玉因何不见"，筛选高明！

贾母和王夫人等虽然伤心，但她们是女眷，好歹可以手挽手坐在一起叙几句家常；贾政就没有这份荣幸了，虽是亲爹，也不能一见，只能隔着帘子对话。这场对话，引来许多评论家们的批评，他们认为，贾政只知道愚忠，有点愚蠢。这说法可取不可取呢？我们看作品。

> 又有贾政至帘外问安，贾妃垂帘行参等事。又隔帘含泪谓其父曰："田舍之家，虽齑盐布帛，终能聚天伦之乐，今虽富贵已极，骨肉各方，然终无意趣！"

元春很开放，上来就直接对父亲说"终无意趣"，这可是抱怨后宫制度。贾政不能接这个话题，而是发表了一大通感谢皇恩的言辞。——父女俩的对话简直牛头不对马嘴。是贾政迂腐，甚至愚蠢吗？我以为，要判断任何言语都离不开身份和环境。元春是皇妃，可以说是半个国母，她可以对朝廷、对后宫发点牢骚，"骨肉各方，然终无意趣！"这种话她甚至可以对皇帝当面说。贾政不行，他虽然是皇妃的父亲，也只是个臣子，哪里有资格对后宫制度说三道四，更不准许公开埋怨。所以元春说着"终无意趣"，贾政即使满腹委屈，也只能含着眼泪，劝女儿牢记皇恩，不要以父母为念。当下场合，他只能说这话，并不是他不懂感情，不理解女儿，也谈不上对朝廷愚忠。贾政无奈。

在这里，曹雪芹提出了一个关于人生幸福的话题。元春认为"天伦之乐"是人生最主要的幸福，哪怕日子过得穷些，依然幸福的；相反，哪怕富贵已极，享不到天伦之乐，终无意趣。我们中国人确实是把天伦之乐看得很重、很高，古代的诗文和美术作品中，表现天伦之乐的主题非常多。亲人们平时天各一方，过年过节，全家人一定要团聚，几代同堂是最大的幸福。但是，天伦之乐对于作者曹雪芹来说，是一个扎心的话题。从他个人来说，可能从幼年以后就再也无法得到天伦之乐，他十岁左右父亲就进了监狱，最后父亲是不是活着出来我们不知道；至于他母亲和其他亲人的状况，我们也一概不知，没有资料。但他朋友们的诗词批露，他曾有一段时期寄居在别人家里；到了中年他的生活非常落魄，周围似乎没有亲人；他在四十岁左右娶妻生了一个儿子，不久儿子就夭折了。据此推测，自从幼年父亲入狱以后，曹雪芹就没有三代亲人一起相处过，可能直到中年他才娶妻。所以纵观其一生，"天伦之乐"四个字对曹雪芹不仅是梦想，更是心底的隐痛。一个小说家具有这样的人生背景和心理特质，很难不在小说中反映出来。元春含泪突出"天伦之乐"四字，曹公一定是滴泪而书。

曹雪芹凭空杜撰出省亲情节，又借元春的嘴抨击后宫制度，目的达到之后，他就不再花气力塑造元春，甚至没让她再回家一次。如果说赵嬷嬷大谈接驾"银子都花的淌海水似的"，"也不过是拿着皇帝家的银子往皇帝身上使罢了"，是曹雪芹在洗刷曹家亏欠帑银的名声，那么这里借元春的嘴猛烈抨击后宫制度，是不是曹雪芹在发泄曹家世代为皇宫包衣奴才的怨愤？他实在没有别的渠道发泄，只能杜撰省亲情节，在小说中发泄。脂批"借省亲事写南巡，出脱心中多少忆昔感今"，很中肯。

回到作品。

> 贾政又启："园中所有亭台轩馆，皆系宝玉所题，如果有一二稍可寓目者，请别赐名为幸。"元妃听了宝玉能题，便含笑说："果进益了。"贾政退出。贾妃见宝、林二人亦发比别姊妹不同，真是姣花软玉一般。因问："宝玉为何不进见？"贾母乃启："无谕，外男不敢擅入。"元妃命快引进来。小太监出去引宝玉进来，先行国礼毕，元妃命他进前，携手拦于怀内，又抚其头颈笑道："比先竟长了好些……"一语未终，泪如雨下。

元春泪如雨下，读者也难免热泪盈眶。曹雪芹写元春的笔墨并不太多，虽然没有写她的外貌，但是她的感情、她的内心，都已经像高山流水一样，永远留存在读者的心头。"'比先竟长了好些……'一语未终，泪如雨下。"这样的言语神态，令人联想到曹雪芹回到北京面见姑母的场景。

然后元春进大观园赴宴，眼见"一处处铺陈不一，一桩桩点缀新奇。贾妃极加奖赞，又劝：'以后不可太奢，此皆过分之极。'"元春一而再再而三地劝诫，可见她的忧虑。宴会中元春提出，今天这么高兴的日子，请妹妹们也各自题写匾额诗一首，宝玉则为四处庄园各题一首，实际上是当面考较一下弟妹们的才情。我们还没见过黛玉和宝钗她们赋诗，不知道她们的才华，狡猾的曹雪芹在这里又耍了一计，他用侧面描写的方式把她们的高低定了调。"迎、探、惜三人之中，要算探春又出于姊妹之上，然自忖亦难与薛林争衡，只得勉强随众塞责而已。"曹雪芹借用探春的心思告诉我们，黛玉和宝钗的水平要比她们高出一大截。六个人的作品都呈上。

　　贾妃看毕，称赏一番，又笑道："终是薛林二妹之作与众不同，非愚姊妹可同列者。"原来林黛玉安心今夜大展奇才，将众人压倒，不想贾妃只命一匾一咏，倒不好违谕多作，只胡乱作一首五言律应景罢了。

　　这里特意突出黛玉的性格，然后笔墨集中到宝玉、黛玉、宝钗三人身上，写的很有趣味，也颇有意味。

　　彼时宝玉尚未作完，只刚作了"潇湘馆"与"蘅芜苑"二首，正作"怡红院"一首，起草内有"绿玉春犹卷"一句。宝钗转眼瞥见，便趁众人不理论，急忙回身悄推他道："他因不喜'红香绿玉'四字，改了'怡红快绿'，你这会子偏用'绿玉'二字，岂不是有意和他争驰了？况且蕉叶之说也颇多，再想一个字改罢。"宝玉见宝钗如此说，便拭汗道："我这会子总想不起什么典故出处来。"宝钗笑道："你只把'绿玉'的'玉'字改作'蜡'字就是了。"宝玉道："'绿蜡'可有出处？"宝钗见问，悄悄的咂嘴点头笑道："亏你今夜不过如此，将来金殿对策，你大约连'赵钱孙李'都忘了呢！唐钱珝咏芭蕉诗头一句：'冷烛无烟绿蜡乾'，你都忘了不成？"宝玉听了，不觉洞开心臆，笑道："该死，该死！现成眼前之物偏倒想不起来了，真可谓'一字师'了。从此后我只叫你师父，再不叫姐姐了。"宝钗亦悄悄的笑道："还不快作上去，只管姐姐妹妹的。谁是你姐姐？那上头穿黄袍的才是你姐姐，你又认我这姐姐来了。"一面说笑，因说笑又怕他耽延工夫，遂抽身走开了。宝玉只得续成，共有了三首。

　　宝玉有歪才，但对命题诗有点力不从心，都急出了汗，尤其元春刚刚把"红香绿玉"中的"绿玉"删改掉，他却又写"绿玉春犹卷"。有趣的是，别人都没管这事，偏偏宝钗看在眼里，急忙过来帮宝玉作弊。又说："还不快作上去，只管姐姐妹妹的。谁是你姐姐？那上头穿黄袍的才是你姐姐，你又认我这姐姐来了。"这玩笑开得相当亲密。宝钗今天活跃、风趣，兴致很高，"咂嘴点头"，在宝钗更是不多见的。有许多评论，把宝钗今天的活跃，看作是她为了讨好元春，甚至说她最关心的是那件黄袍。我以为这个说法有点过了，宝钗替宝玉改的诗句，元春并不知道，她看了这诗高兴，只是为弟弟高兴，所以就谈不上宝钗在讨好了。当然，曹雪芹牢牢地捕捉住这组镜头，自然不无用意。至于他的用意，我想还是为了突出宝玉、黛玉、宝钗三人的微妙关系，前面写了黛玉"要将众人压倒"，这里接写宝钗。从写作的角度来看，通过这个镜头，曹雪芹也把三人之间的才华高低定了性。

　　写了宝玉同宝钗的插曲，下面必然有黛玉，这是曹公的一贯手法。我们看作品。

　　此时林黛玉未得展其抱负，自是不快。因见宝玉独作四律，大费神思，何不代他作两首，也省他些精神不到之处。想着，便也走至宝玉案旁，悄问："可都有了？"宝玉道："才有了三首，只少'杏帘在望'一首了。"黛玉道："既如此，你只抄录前三首罢。赶你写完那三首，我也替你作出这首了。"说毕，低头一想，早已吟成一律，便写在纸条上，搓成个团子，掷在他跟前。宝玉打开一看，只觉此首比自己所作的三首高过十倍，真是喜出望外，遂忙恭楷呈上。

《红楼梦》真有趣，宝玉做这几首诗，宝钗和黛玉接连替他作弊，三人关系惹人注目。对此，俞平伯先生有个非常精辟的说法，"书中钗黛每每并提，若两峰对峙、双水分流，各尽其妙莫能相下。必如此，方极情场之盛；必如此，方尽文章之妙"。"极情场之盛"，说的是情节内容达到极点，感人至深；"尽文章之妙"，是指小说艺术达到最高峰，成为杰作。正因为黛玉和宝钗不相上下，才使得小说如此吸引人，才使得小说达到如此高的境界，成为完美的艺术杰作。

我们回到作品。宝钗黛玉的作弊帮忙，效果显著。宝玉的四首诗呈交上去，"贾妃看毕，喜之不尽，说：'果然进益了！'又指'杏帘'一首为前三首之冠，"她哪里知道，恰恰这一首不是她弟弟写的。古往今来，当领导的常常是要被蒙蔽、被欺骗的。诗词交流、考核，到此结束。诗词的风气由此氤氲。曹雪芹把大好事都推到了元春身上：贾府中的乐园——大观园，是拜元春所赐，也是她点名要弟弟妹妹们住进去的；宝玉和金钗们的精神乐园——诗会，也是从她今天的诗会滥觞的。至于曹公为何会这样安排，还没有人好好探讨过。有兴趣的朋友可以试试。

办完了诗会，就是看戏了。元春点的四出戏，"第一出，《豪宴》；第二出，《乞巧》；第三出，《仙缘》；第四出，《离魂》"。关于这四出戏，研究者有许多论文，探讨这些戏是什么名堂。我个人以为，或许这四出戏的内容并不重要，曹公要的就是这四出戏名，借喻贾府和宝玉将来的状况。戏看完以后，"太监跪启：'赐物俱齐，请验等例。'乃呈上略节。贾妃从头看了，俱甚妥协，即命照此遵行。太监听了，下来一一发放"。曹公将礼品写的非常具体，每一个人的礼物都写的一清二楚。为什么？因为他有底气，他们家有五次接驾，皇家怎么发放礼品，他心里有数，因此他把这些东西一一罗列出来。

接着是本回的最后一段。

> 众人谢恩已毕，执事太监启道："时已丑正三刻，请驾回銮。"贾妃听了，不由的满眼又滚下泪来。却又勉强堆笑，拉住贾母、王夫人的手，紧紧的不忍释放，再四叮咛："不须挂念，好生自养。如今天恩浩荡，一月许进内省视一次，见面是尽有的，何必伤惨。倘明岁天恩仍许归省，万不可如此奢华靡费了！"贾母等已哭的哽噎难言了。贾妃虽不忍别，怎奈皇家规范，违错不得，只得忍心上舆去了。这里诸人好容易将贾母、王夫人安慰解劝，方才扶出园门进上房去了。要知端的，且看下回。

这一段写告别，镜头又对准了元春。"贾妃听了，不由的满眼又滚下泪来。却又勉强堆笑。"再次突出悲伤。这是整个情节的基调。这第17、18回内容非常丰满，到底还是结束了。

这两回中最大的奇怪，就是空缺，几乎可以说是漏写。从一号人物宝玉说起，元春将宝玉"携手拦于怀内，又抚其头颈笑道：'比先竟长了好些……'一语未终，泪如雨下"。照理，接下来该写宝玉了，宝玉是什么状态？怎么个反应？是不是也泪如雨下？然而，一个字也没有。后面，元春对宝玉的诗大加赞赏，"贾妃看毕，喜之不尽，说：'果然进益了！'"元春如此激动，宝玉是什么反应呢？连一句简单的交代也不写！从头到底，写这姐弟俩都是单向的，元春一个人在那里激动、感慨、流泪、赞美，弟弟却没见到任何反应。这是本回最大的奇特之处。

同样奇怪的，贾母和王夫人都没有什么对话，并且也没有任何具体的描写。还有凤姐，彻底消失，为这场省亲最忙碌的就是贾珍、贾琏和凤姐，贾珍和贾琏没描写可以理解，但是凤姐，在这个重大的家庭场合，连影子都没有出现，这是我们预料不到的。可见曹雪芹对于元春的构思中，元春的周围活跃着贾母、贾政、王夫人、宝玉、黛玉和宝钗的身影，这其中有两个是外人，是表妹；相反，她自己的亲妹妹、亲弟弟、亲嫂子，都不在元春心目中。根据这么一组人物图，我们有理由进一步推测，黛玉和宝钗是元春有所关注的，后来元春是参与宝玉的婚姻决策的。她后面送的礼物，宝玉与宝钗相同，而黛玉则与其他姐妹相同，并非偶然。本回我们看到，元春对发放礼物十分重视，太监呈上的礼物清单她是从头到尾审阅的。所以，她给宝玉和宝钗相同的礼物，是她某种心意的表达。

第十九回

情切切良宵花解语　意绵绵静日玉生香

回目告知，本回写宝玉同两人的温情，一位是丫头，一位是小姐，一位是已经云雨过的，一位正处于追求中。——更有趣的是，曹雪芹挑选宝玉和这两位偏偏又都是床头交谈。那么，面对两位心爱的女子，他们交流的内容和形式，有哪些相同？又有哪些不同呢？

本回的时间紧接着上一回，还是正月里，宁府的贾珍来请看戏，"宝玉听了，便命换衣裳。才要去时，忽又有贾妃赐出糖蒸酥酪来；宝玉想上次袭人喜吃此物，便命留与袭人了。自己回过贾母，过去看戏"。贾珍请的自然是妖魔武打类的戏，宝玉看了一会儿就扫兴，想着到哪里去玩。

> 因想"这里素日有个小书房，内曾挂着一轴美人，极画的得神。今日这般热闹，想那里自然无人，那美人也自然是寂寞的，须得我去望慰他一回。"想着，便往书房里来。刚到窗前，闻得房内有呻吟之韵。宝玉倒唬了一跳：敢是美人活了不成？乃乍着胆子，舔破窗纸，向内一看——那轴美人却不曾活，却是茗烟按着一个女孩子，也干那警幻所训之事。宝玉禁不住大叫："了不得！"一脚踹进门去，将那两个唬开了，抖衣而颤。
>
> 茗烟见是宝玉，忙跪求不迭。宝玉道："青天白日，这是怎么说！珍大爷知道，你是死是活？"一面看那丫头，虽不标致，倒还白净，些微亦有动人处，羞的脸红耳赤，低首无言。宝玉跺脚道："还不快跑！"一语提醒了那丫头，飞也似去了。宝玉又赶出去，叫道："你别怕，我是不告诉人的。"急的茗烟在后叫："祖宗，这是分明告诉人了！"宝玉因问："那丫头十几岁了？"茗烟道："大不过十六七岁了。"宝玉道："连他的岁属也不问问，别的自然越发不知了。可见他白认得你了。可怜，可怜！"又问："名字叫什么？"茗烟大笑道："若说出名字来话长，真真新鲜奇文，竟是写不出来的。据他说，他母亲养他的时节做了个梦，梦见得了一匹锦，上面是五色富贵不断头卍字的花样，所以他的名字叫作卍儿。"宝玉听了笑道："真也新奇，想必他将来有些造化。"说着，沉思一会。

曹雪芹似乎犯了重复的毛病，第15回刚写过宝玉活捉了秦钟和智能儿，才过了五回，就又撞见茗烟这事儿，好像宝玉周围都在干这事，他一不小心就会撞见。曹公好像也知道这两件事离得太近，有点重复，所以他尽量采取差异化的处理：前一件是黑夜，这里是白天；前一件是宝玉溜进来的，这里写宝玉撞见；前一件是宝宝一声不响，将两人按住，这里是"宝玉禁不住大叫"；前一件是智能儿害羞溜走，这里是宝玉提醒女孩赶紧跑。这些明显的差异化处理表明，曹公自己也有点打鼓，他当然忌讳重复。

再从茗烟的角度来谈谈这事。我们说过，《红楼梦》是我国古代小说中，第一部把仆人也当作主角来写的小说，写仆人不单是与主人的关系，也写仆人的吃喝拉撒，哀怨情仇。由于题材的关系，《红楼梦》写女仆较多，写男仆较少，茗烟是宝玉的贴身小厮，他的镜头相对多一点。前面闹学堂的场面中，茗烟就有精彩表现，现在写他同丫头的云雨之事，就茗烟的形象塑造来说，也是很重要的一笔。俗语："虾有虾路，蟹有蟹路。"公子少爷宝玉、秦钟做过的事情，下人小厮茗烟一样也做，虽然他们性格不同，行事方法不一样，但内容却差不多。——在那个年龄的少男少女们，他们最基本的要求和欲望都一样，只不过大多数作家不去展现他们，曹雪芹则有意要展现。茗烟确实是粗人，事到如今连女孩子的确切年龄都没搞清楚；但他也有自己的仔细，卍儿的名字来源，他就搞得清清楚楚。他的兴趣、口味，他的注意点，同宝玉完全不一样，这才是小厮茗烟。他的大胆、乐观、粗线条、敢出头、有主见、能说会道，可能正是卍儿喜欢他的原因，卍儿不是黛玉、宝钗，也不是袭人、晴雯，她有自己的喜好和标准。正如鲁迅先生所说，焦大是不会爱上林妹妹的。茗烟今天的表现，让我们看清了他，永远记住他了。

宝玉撞见茗烟这段情节，除了它本身的意义以外，在这一回中，它还是一个引子。我们说过，这一回主要写宝玉同袭人、黛玉的亲密关系，那么曹雪芹为何先写茗烟呢？仔细回味，就知道茗烟这段情节是个导火索。"宝玉听了笑道：'真也新奇，想必他将来有些造化。'说着，沉思一会。"宝玉"沉思一会"，这就写明，卍儿的名字和身世，卍儿同茗烟这桩事，不仅刺激了宝玉的大脑皮层，还引起了他的沉思，他往心里去了。接着，茗烟问宝玉现在去哪里？"宝玉笑道：'依我的主意，咱们竟找你花大姐姐去，瞧他在家作什么呢。'"大家看看前面的描写，宝玉并没有想到要去看袭人，现在茗烟问他去哪儿，他就笑道找袭人去。袭人刚回家几个时辰，而且一会儿就要回来，照理宝玉不会想到要去她家。显然宝玉是临时起兴，突然想到去袭人家的。心理学告诉我们，所有的灵光一闪，其实都有它的心理基础，是心理堆积、发酵的结果，只不过有些思绪是沉淀在心理的底层，在灵光一闪的时候，人们对自己并没有清晰的认知，没有意识到那闪出的灵光，是心底窜出的火花。宝玉可能就处于这种状况，他或许自己都不知道怎么会突然想到要去袭人家。但是，曹雪芹却是想到的，他一路铺垫，水到渠成。宝玉忽然想到袭人，正是受到了茗烟同卍儿的刺激，这个刺激很强烈。宝玉也是发育成熟不久的男孩，这样赤裸裸的场面，直接刺激了他的男性系统。过后，他自己同袭人的云雨场面会自然而然地映现出来。所以，当茗烟问他去哪里时，宝玉笑道"找你花大姐姐去"。他又下意识地要隐藏自己的心思，所以补了一句，"瞧他在家作什么呢"。曹公对人物心理的产生和外部表现，包括下意识潜意识的层面，把握得多么精准！通过这样一番还原，本回两段大情节同一段小情节之间的逻辑关系，就真相大白。

关于茗烟这段情节，还有一个话题：茗烟怎么敢于在光天化日之下，行此大逆不道之事？而且被宝玉撞见以后，也不见有任何处罚，然后两人就有说有笑地商量着下一站到哪里去玩，这主仆二人是怎么回事？我想，其实这也正是曹雪芹要告诉我们的：宝玉同茗烟，既是主仆，又是小兄弟，有许多所谓的秘密，在他们之间是可以公开的。宝玉是位公子，在家里，在大观园中，他主要同女性接触，这时候他不怎么需要茗烟；但他毕竟是要出门的，那时茗烟对他就十分重要了，尤其是他要做许多见不得人的事，没有茗烟的帮忙干不成事。所以人人知道，茗烟是他的第一心腹干将。同时，宝玉并不是那种"只许州官放火，不许百姓点灯"的主子，他是个通达平和的人，对于丫头小厮们的追求、享受和小小幸福，他是乐见其成，还恨不能帮上一把。这里他不就在帮？"宝玉跺脚道：'还不快跑！'一语提醒了那丫头，飞也似去了。宝玉又赶出去，叫道：'你别怕，我是不告诉人的。'"宝玉既然是这么个态度，茗烟还有什么可怕的？所以通过这段情节的描写，曹公补上了宝玉形象的另一面。他将宝玉刻画得越来越饱满了。

继续看作品。袭人家离得并不远，宝玉骑马一会儿就到。袭人见到宝玉突然出现，自然是又惊又喜，当然少不得也骂了茗烟几句。这就是袭人，换作晴雯可能就不会骂茗烟。袭人的哥哥花自芳当然也高兴，但他又觉得为难：

> "只是茅檐草舍，又窄又脏，爷怎么坐呢？"袭人之母也早迎了出来。袭人拉了宝玉进去。宝玉见房中三五个女孩儿，见他进来，都低了头，羞惭惭的。花自芳母子两个百般怕宝玉冷，又让他上炕，又忙另摆果桌，又忙倒好茶。袭人笑道："你们不用白忙，我自然知道。果子也不用摆，也不敢乱给东西吃。"一面说，一面将自己的坐褥拿了铺在一个炕上，宝玉坐了；用自己的脚炉垫了脚；向荷包内取出两个梅花香饼儿来，又将自己的手炉掀开焚上，仍盖好，放与宝玉怀内；然后将自己的茶杯斟了茶，送与宝玉。彼时他母兄已是忙另齐齐整整摆上一桌子果品来。袭人见总无可吃之物，因笑道："既来了，没有空去之理，好歹尝一点儿，也是来我家一趟。"说着，便拈了几个松子穰，吹去细皮，用手帕托着送与宝玉。

　　大家注意曹公在这里写什么，怎么写。这里写宝玉的只有一句，他看到房中有三五个女孩；其余的全部描写袭人和她的家人，写他们如何招待宝玉。换句话说，曹公侧重描写的是宝玉到来后花家的反应，而不是写宝玉的所见所闻所感。这同以前不一样，屈指算来，这是曹雪芹第三次把宝玉放到贾府以外来描写。第一次是写上学校，写的是宝玉、秦钟怎么引发同学间的争风吃醋，闹成群殴。第二次写为秦可卿送灵，写了两件事，一件是对农家的所见所闻，包括农家女孩二丫头；第二件是宝玉活捉了秦钟同智能儿。可知前两次在贾府之外，都是写宝玉的行为，是与在家里完全不一样的宝玉。而这一次，曹公不侧重写宝玉，写的是别人如何接待这位大公子。主要写的是袭人怎么接待，曹公要浓墨重彩地刻画这位丫头。

　　袭人问清楚宝玉是怎么来的，然后说：

　　　　"坐一坐就回去罢，这个地方不是你来的。"宝玉笑道："你就家去才好呢，我还替你留着好东西呢。"袭人悄笑道："悄悄的，叫他们听着什么意思。"一面又伸手从宝玉项上将通灵玉摘了下来，向他姊妹们笑道："你们见识见识。时常说起来都当希罕，恨不能一见，今儿可尽力瞧了。再瞧什么希罕物儿，也不过是这么个东西。"说毕，递与他们传看了一遍，仍与宝玉挂好。又命他哥哥去或雇一乘小轿，或雇一辆小车，送宝玉回去。

　　袭人当然知道宝玉是因为思念她而来，她的得意和甜蜜，不经意间流露出来，其表现就是将宝玉的那块通灵宝玉摘下来，给她的表姐妹们看，"你们见识见识。时常说起来都当希罕，恨不能一见，今儿可尽力瞧了。再瞧什么希罕物儿，也不过是这么个东西"。听听，袭人的语气语调中那份矜持和自负，在贾府中很难听到的。想必是这块通灵宝玉在袭人家的周围，早就像神话一样传遍了，今天，能够随手摘下这块神奇的玉让姐妹们经手看看，在袭人是一种荣耀；当然，她真正炫耀的，其实是她同宝玉的这层关系。不过还是那句话，袭人是个稳重谨慎的姑娘，她所做的仅此而已，接着就鸣金收兵，让宝玉回去了。袭人的形象已丰满了许多。

　　曹公好像故意要敲打袭人别得意得太早，笔锋一转就写到了宝玉的奶妈李嬷嬷。这位李嬷嬷虽然已经退休，但她的心却不肯退下来，她尤其见不得袭人在宝玉屋里掌管一切，对袭人忌妒得难受。今天她来到宝玉房间里，看着一切都不顺眼。

　　　　因叹道："只从我出去了，不大进来，你们越发没个样儿了，别的妈妈们越不敢说你们了。那宝玉是个丈八的灯台——照见人家，照不见自家的。只知嫌人家脏，这是他的屋子，由着你们糟塌，越不成体统了。"

　　可惜小丫头们对于这位退休老人不怎么买账，爱理不理的，更有的说："好一个讨厌的老货！"老婆子自然血压升高，火气更大，她看见一碗酥酪就要吃。

　　一个丫头道："快别动！那是说了给袭人留着的，回来又惹气了。你老人家自己承认，别带累我们受气。"李嬷嬷听了，又气又愧，便说道："我不信他这样坏了。别说我吃了一碗牛奶，就是再比这个值钱的，也是应该的。难道待袭人比我还重？难道他不想想怎么长大了？我的血变的奶，吃的长这么大，如今我吃他一碗牛奶，他就生气了？我偏吃了，看怎么样！你们看袭人不知怎样，那是我手里调理出来的毛丫头，什么阿物儿！"一面说，一面赌气将酥酪吃尽。

　　这段插曲告诉我们，每一个风光的人物都有他自己的烦恼，袭人走到今天已经非常不容易，但她后面的路或许更加艰难，因为她开始挡了别人的道，占着别人的机会。

　　那么这一次，袭人怎么趟过这个雷区呢？我们看袭人回来后。

　　宝玉命取酥酪来，丫鬟们回说："李奶奶吃了。"宝玉才要说话，袭人便忙笑道："原来是留的这个，多谢费心。前儿我吃的时候好吃，吃过了好肚子疼，足闹的吐了才好。他吃了倒好，搁在这里倒白遭塌了。我只想风干栗子吃，你替我剥栗子，我去铺床。"宝玉听了信以为真，方把酥酪丢开。

　　花袭人不枉为"花解语"，她发现前面有人埋了雷，她采取大事化小小事化了，避免宝玉发火；她不声不响，绕道而过。这种委曲求全的女人，让男人省心好多。不过袭人虽然省事，但不是无知；她相当内秀，真要言谈起来，也颇有口才和思路。下面一段对话很私密，宝玉还真不是她对手。先看第一回合。

　　宝玉笑问袭人道："今儿那个穿红的是你什么人？"袭人道："那是我两姨妹子。"宝玉听了，赞叹了两声。袭人道："叹什么？我知道你心里的缘故，想是说他那里配红的。"宝玉笑道："不是，不是。那样的不配穿红的，谁还敢穿。我因为见他实在好的很，怎么也得他在咱们家就好了。"袭人冷笑道："我一个人是奴才命罢了，难道连我的亲戚都是奴才命不成？定还要拣实在好的丫头才往你家来。"宝玉听了，忙笑道："你又多心了。我说往咱们家来，必定是奴才不成？说亲戚就使不得？"袭人道："那也搬配不上。"宝玉便不肯再说，只是剥栗子。袭人笑道："怎么不言语了？想是我才冒撞冲犯了你，明儿赌气花几两银子买他们进来就是了。"宝玉笑道："你说的话，怎么叫我答言呢。我不过是赞他好，正配生在这深堂大院里，没的我们这种浊物倒生在这里。"袭人道："他虽没这造化，倒也是娇生惯养的呢，我姨爹姨娘的宝贝。如今十七岁，各样的嫁妆都齐备了，明年就出嫁。"

　　我们看，袭人步步进攻，句句要害，要不看名字的话我们还以为是晴雯呢！"叹什么？我知道你心里的缘故，想是说他那里配红的。"这分明是故意栽赃。"我一个人是奴才命罢了，难道连我的亲戚都是奴才命不成？"这句反问几乎是拍案而起，愤怒抗议。"怎么不言语了？想是我才冒撞冲犯了你，明儿赌气花几两银子买他们进来就是了。"简直是恶语相加。——今天真是奇了怪了，袭人怎么了？没理由啊，白天宝玉特地去她家看望，她还幸福满满很得意的，现在怎么憋了口气似的？曹公有没有搞错？曹公一点没写错，他对袭人的心路摸得很准，写得更加准确。袭人的火气并非没有道理，第一，李嬷嬷对袭人是作践再三，袭人虽然一味地忍让，但她的内心怎会不窝火？刚才她虽然骗宝玉说喝了酥酪会肚子疼，但她不可能骗过自己。第二，宝玉一上来就问："今儿那个穿红的是你什么人？"袭人很清楚，宝玉又在动她表妹的脑筋，袭人气量再大毕竟是个姑娘，怎能不吃醋？第三，这可能是最重要的，后文马上会说到，原来今天在家里，她的母亲和哥哥说要赎她回去，这可让她急坏了，她早就打定主意要跟宝玉一辈子，家人让她又气恼又伤心。以上这些不如意，令她向宝玉好好发作了一通！——不向宝玉发作，她向谁发作？经过这样一番分析，我们明白，曹公写得非但一点没错，而且极其精准。同时他也让我们知道袭人并不是不会说话，平时她不过是隐忍而已，真要发作起来她也够厉害。

　　再看第二回合。

　　　　又听袭人叹道："只从我来这几年，姊妹们都不得在一处。如今我要回去了，他们又都去了。"宝玉听这话内有文章，不觉吃一惊，忙丢下栗子，问道："怎么，你如今要回去了？"袭人道："我今儿听见我妈和哥哥商议，教我再耐烦一年，明年他们上来，就赎我出去的呢。"宝玉听了这话，越发怔了，因问："为什么要赎你？"袭人道："这话奇了！我又比不得是你这里的家生子儿，一家子都在别处，独我一个人在这里，怎么是个了局？"宝玉道："我不叫你去也难。"袭人道："从来没这道理。便是朝廷官里，也有个定例，或几年一选，几年一入，也没有个长远留下人的理，别说你了！"

　　　　宝玉想一想，果然有理。又道："老太太不放你也难。"袭人道："为什么不放？我果然是个最难得的，或者感动了老太太，老太太必不放我出去，设或多给我们家几两银子，留下我，然或有之；其实我也不过是个平常的人，比我强的多而且多。自我从小儿来了，跟着老太太，先伏侍了史大姑娘几年，如今又伏侍了你几年。如今我们家来赎，正是该叫去的，只怕连身价也不要，就开恩叫我去呢。若说为伏侍的你好，不叫我去，断然没有的事。那伏侍的好，是分内应当的，不是什么奇功。我去了，仍旧有好的来了，不是没了我就不成事。"宝玉听了这些话，竟是有去的理，无留的理，心内越发急了，因又道："虽然如此说，我只一心留下你，不怕老太太不和你母亲说，多多给你母亲些银子，他也不好意思接你了；"袭人道："我妈自然不敢强。且漫说和他好说，又多给银子，就便不好和他说，一个钱也不给，安心要强留下我，他也不敢不依。但只是咱们家从没干过这倚势杖贵霸道的事。这比不得别的东西，因为你喜欢，加十倍利弄了来给你，那卖的人不得吃亏，可以行得。如今无故平空留下我，于你又无益，反叫我们骨肉分离，这件事，老太太、太太断不肯行的。"宝玉听了，思忖半晌，乃说道："依你说，你是去定了？"袭人道："去定了。"宝玉听了，自思道："谁知这样一个人，这样薄情无义。"乃叹道："早知道都是要去的，我就不该弄了来，临了剩我一个孤鬼儿。"说着，便赌气上床睡去了。

如果说第一回合袭人言语尖锐、口气冷峻，那么这一回合，袭人更是有理有据、长篇大论，把宝玉说得哑口无言。想来这一下午袭人是做了精心的准备，宝玉的那点想法、套路，全在她预料之中，所以宝玉说一句，她化解一句，语调很平和；这份从容不迫令宝玉不寒而栗，束手无策。其实袭人的话中有非常明显的破绽，她说，"便是朝廷宫里，也有个定例，或几年一选，几年一人，也没有个长远留下人的理"，这是彻头彻尾的假话，或者是出于她的无知、想当然。可惜此时宝玉已经头晕，哪里辨别得了？

看第三回合。这次在交手之前，曹公先来一大段说明，原来是袭人坚决拒绝了母兄为她赎身，在伤心之余，她想到了怎么劝宝玉改邪归正。袭人想好了，先用蒙骗的方式压倒宝玉的气性，然后实施劝告。显然她是有备而来。她前面的冷峻、薄情，都是假装的，目的是为了先将宝玉压倒，让他能听自己的话。这里显示出袭人有点智谋，有点心计。我们也看到，在曹公笔下那些被其他作家看不起、不愿意多花笔墨的下人们，其实一样有他们的智慧。一个看似老实巴交、勤勤恳恳的丫头，照样有她的思想，甚至有她的行动计划。看看袭人实施计划的结果。

只见宝玉泪痕满面，袭人便笑道："这有什么伤心的，你果然留我，我自然不出去了。"宝玉见这话有文章，便说道："你倒说说，我还要怎么留你，我自己也难说了。"袭人笑道："咱们素日好处，再不用说。但今日你安心留我，不在这上头。我另说出两三件事来，你果然依了我，就是你真心留我了，刀搁在脖子上，我也是不出去的了。"

宝玉忙笑道："你说，那几件？我都依你。好姐姐，好亲姐姐，别说两三件，就是两三百件，我也依。只求你们同看着我，守着我，等我有一日化成了飞灰，——飞灰还不好，灰还有形有迹，还有知识。——等我化成一股轻烟，风一吹便散了的时候，你们也管不得我，我也顾不得你们了。那时凭我去，我也凭你们爱那里去就去了。"话未说完，急的袭人忙握他的嘴，说："好好的，正为劝你这些，倒更说的狠了。"宝玉忙说道："再不说这话了。"袭人道："这是头一件要改的。"宝玉道："改了，再要说，你就拧嘴。还有什么？"

袭人道："第二件，你真喜读书也罢，假喜也罢，只是在老爷跟前或在别人跟前，你别只管批驳诮谤，只作出个喜读书的样子来，也教老爷少生些气，在人前也好说嘴。他心里想着，我家代代读书，只从有了你，不承望你不喜读书，已经他心里又气又愧了。而且背前背后乱说那些混话，凡读书上进的人，你就起个名字叫作'禄蠹'；又说只除'明明德'外无书，都是前人自己不能解圣人之书，便另出己意，混编纂出来的。这些话，怎么怨得老爷不气，不时时打你。叫别人怎么想你？"宝玉笑道："再不说了。

那原是那小时不知天高地厚，信口胡说，如今再不敢说了。还有什么？"

袭人道："再不可毁僧谤道，调脂弄粉。还有更要紧的一件，再不许吃人嘴上擦的胭脂了，与那爱红的毛病儿。"宝玉道："都改，都改。再有什么，快说。"袭人笑道："再也没有了。只是百事检点些，不任意任情的就是了。你若果都依了，便拿八人轿也抬不出我去了。"宝玉笑道："你在这里长远了，不怕没八人轿你坐。"袭人冷笑道："这我可不希罕的。有那个福气，没有那个道理。纵坐了，也没甚趣。"

现在一切都明白了，袭人行使的是"欲擒故纵"之计，实际上她是想留下同宝玉好好过一辈子的。她绕个大圈子劝告宝玉主要就是两件事，一件是做出个读书的样子来，让贾政有脸面好做人；第二件是别在女孩子里混得太不像样。袭人真可谓用心良苦，她虽然赢得了宝玉的一连串承诺，但到底有多大的实际效果呢？人们可以说袭人是枉费心机，但作为一个丫头，她也只能想到这个地步了。倒过来看，即使是黛玉、宝钗、王夫人、贾母、贾政，又有什么高明的对策？古往今来，想要改变一个人、塑造一个人，有几个是真正成功的？所谓"谋事在人，成事在天"，人们也只能尽到自己的心意罢了。其实袭人对宝玉的要求并不高，而她自己的欲望更不大，当宝玉说："你在这里长远了，不怕没八人轿你坐。"袭人冷笑道："这我可不希罕的。有那个福气，没有那个道理。纵坐了，也没甚趣。"我相信袭人说的是心里话，她对八人大轿之类的表面富贵，还真不那么在意。宝玉有点小瞧她了。

三个回合下来，我们对袭人真是刮目相看，这个丫头不简单，即使她活在两百多年后的今天，照样不能被人小瞧。曹雪芹这一回写的是袭人和黛玉，但是写袭人的笔墨几乎是黛玉的一倍；从内容看，写黛玉的那一段也逊色得多。我个人看法，其实这一回只写袭人一个的话，从内容到分量都足够撑得起；曹公之所以要把黛玉也安排进来，说得简单点，还是因为袭人的地位不够；但从艺术上探讨的话，曹公可能是为了显示宝玉对待黛玉和袭人之间的区别，写出两种不同的关系，不同的气氛和味道。

第二天，袭人有点感冒，宝玉让她睡着出汗，自己来到黛玉房中。

彼时黛玉自在床上歇午，丫鬟们皆出去自便，满屋内静悄悄的，宝玉揭起绣线软帘，进入里间，只见黛玉睡在那里，忙走上来推他道："好妹妹，才吃了饭，又睡觉。"

黛玉说自己想睡一会儿，让宝玉先出去玩，宝玉推她道："我往那去呢，见了别人就怪腻的。"

黛玉听了，嗤的一声笑道："你既要在这里，那边去老老实实的坐着，咱们说话儿。"宝玉道："我也歪着。"黛玉道："你就歪着。"宝玉道："没有枕头，咱们在一个枕头上。"黛玉道:"放屁!外头不是枕头?拿一个来枕着。"宝玉出至外间,看了一看,回来笑道:"那个我不要,也不知是那个脏婆子的。"黛玉听了,睁开眼,起身笑道:"真真你就是我命中的'天魔星'!请枕这一个。"说着,将自己枕的推与宝玉,又起身将自己的再拿了一个来,自己枕了,二人对面倒下。

大家看,这两个人的说话,与宝玉同袭人完全不一样,他们是大致平等的,黛玉根本不需要苦思冥想,搞什么欲擒故纵,她表现得十分的随意和自然,觉得好笑就"嗤的一声笑",想骂就直接爆粗口,"放屁!"想说,就毫不顾忌地直说,"真真你就是我命中的'天魔星'!"一点不需遮遮掩掩,一派自然。其原因不仅在于性格,更在于地位。更有趣的是,曹公选择的重点对话,居然与袭人大致相同。

黛玉因看见宝玉左边腮上有钮扣大小的一块血渍,便欠身凑近前来,以手抚之细看,又道:"这又是谁的指甲刮破了?"宝玉侧身,一面躲,一面笑道:"不是刮的,只怕是才刚替他们淘漉胭脂膏子,蹭上了一点儿。"说着,便找手帕子要揩拭。黛玉便用自己的帕子替他揩拭了,口内说道:"你又干这些事了。干也罢了,必定还要带出幌子来。便是舅舅看不见,别人看见了,又当奇事新鲜话儿去学舌讨好儿,吹到舅舅耳朵里,又该大家不干净惹气。"

黛玉担心的,也是宝玉的不正经事儿传到贾政耳朵里,惹得贾政不高兴,同袭人想到了一起。不过黛玉是由于缺少心眼?还是无所顾忌?她自己现在同宝玉的所作所为,更是一个女孩子家最犯忌讳的。房间里没有别人,这对少男少女居然同睡一床,接着我们还会看到,宝玉"伸手向黛玉膈肢窝内两肋下乱挠",黛玉就不怕别人传到王夫人、贾母、贾政的耳朵里?在讲究男女授受不亲的诗书大族里,这种肌肤相亲简直就是丑闻。宝玉对此习以为常也就罢了;黛玉作为一个女孩子,一个十分细心的女孩子,她绝对不会不懂,我们怎么理解她这些行为呢?只能说她是我行我素,肆无忌惮。由于她的身份,别人当然奈何她不得;但她应该知道,如此行事,当贾母、贾政、王夫人选择宝玉的妻子时,她将丢掉多少分数?黛玉一心想要得到宝玉,但她的行为却是背道而驰,她最后的结局可想而知。曹雪芹写出黛玉如此的矛盾,想必就是为最后结局做铺垫吧。

我们回到作品。

宝玉总未听见这些话,只闻得一股幽香,却是从黛玉袖中发出,闻之令人醉魂酥骨。宝玉一把便将黛玉的袖子拉住,要瞧笼着何物。黛玉笑道:"冬寒十月,谁带什么香呢。"宝玉笑道:"既然如此,这香是那里来的?"黛玉道:"连我也不知道。想必是柜子里头的香气,衣服上熏染的也未可知。"宝玉摇头道:"未必,这香的气味奇怪,不是那些香饼子、香毬子、香袋子的香。"黛玉冷笑道:"难道我也有什么'罗汉''真人'给我些香不成?便是得了奇香,也没有亲哥哥亲兄弟弄了花儿、朵儿、霜儿、雪儿替我炮制。我有的是那些俗香罢了。"

　　宝玉笑道："凡我说一句，你就拉上这么些，不给你个利害，也不知道，从今儿可不饶你了。"说着翻身起来，将两只手呵了两口，便伸手向黛玉膈肢窝内两肋下乱挠。黛玉素性触痒不禁，宝玉两手伸来乱挠，便笑的喘不过气来，口里说："宝玉，你再闹，我就恼了。"宝玉方住了手，笑问道："你还说这些不说了？"黛玉笑道："再不敢了。"一面理鬓笑道："我有奇香，你有'暖香'没有？"

　　宝玉见问，一时解不来，因问："什么'暖香'？"黛玉点头叹笑道："蠢才，蠢才！你有玉，人家就有金来配你；人家有'冷香'，你就没有'暖香'去配？"宝玉方听出来。宝玉笑道："方才求饶，如今更说狠了。"说着，又去伸手。黛玉忙笑道："好哥哥，我可不敢了。"宝玉笑道："饶便饶你，只把袖子我闻一闻。"说着，便拉了袖子笼在面上，闻个不住。黛玉夺了手道："这可该去了。"宝玉笑道："去，不能。咱们斯斯文文的躺着说话儿。"说着，复又倒下。黛玉也倒下。用手帕子盖上脸。宝玉有一搭没一搭的说些鬼话，黛玉只不理。

　　曹公再次选择了宝玉、黛玉、宝钗三人关系的题材，宝玉闻到黛玉身上的香，黛玉便借题发挥，讽刺宝钗的冷香丸。由此，曹公抖出了林黛玉心底那挥之不去的梦魇，她对宝钗高度警戒。就这里的场面描写来说真的非常生动，两人的情绪真是如见如闻。有些词语用得真是简单至极，妙到毫巅。"说着，复又倒下。黛玉也倒下。用手帕子盖上脸。宝玉有一搭没一搭的说些鬼话，黛玉只不理。"这组镜头真是妙极了，动静搭配，动得妙，静得也妙。用字不多，却趣味无穷，其中连用两个"倒下"，四个字活活画出两人的轻松、愉悦；"鬼话"两字，更是神笔。

　　最后一段是宝玉讲了一个笑话，并不怎么生动有趣，其中假如没有什么特别寓意的话，那么曹雪芹用了这么多文字，似乎有点得不偿失。如果说有什么寓意，我们却看不出来。曹雪芹似乎也觉得这里不太成功，所以他又紧急把宝钗调了过来，这三个人在一起，多少弄出了一点趣味。本回以听到宝玉房中一片吵闹作为结束，以利前后两回的衔接。

　　这一回欣赏下来，大家是不是觉得与前面的十八回有所不同，儿女情趣成为主要情节，精雕细琢的细节成为主流。在《红楼梦》的结构上，到这里出现了分野。此后，镜头将主要集中在大观园和贾府，作品将以宝玉和十二钗为主要描写内容，贾府以外的镜头将大大减少，大开大阖的情节也将少见。

第二十回

王熙凤正言弹妒意　林黛玉俏语谑娇音

　　"王熙凤正言弹妒意"是说王熙凤出面弹压赵姨娘和贾环，"林黛玉俏语谑娇音"是说林黛玉对史湘云和薛宝钗的嫉妒。实际上这个回目还漏说一个内容，即李嬷嬷蹂躏花袭人。这三段情节，黛玉那一段是老生常谈，另外两段，可以说是曹雪芹同时引爆了荣府中的两颗地雷。它们的爆炸，就荣府所受的损坏来说，李嬷嬷仅仅造成微型损害，赵姨娘和贾环造成的损害也只是小型的；但是，他们作为曹雪芹表现人和人的关系来说，却达到中量级别。我们看作品。

　　　　忽听他房中嚷起来，大家侧耳听了一听，林黛玉先笑道："这是你妈妈和袭人叫嚷呢。那袭人也罢了，你妈妈再要认真排场他，可见老背晦了。"
　　　　宝玉忙要赶过来，宝钗忙一把拉住道："你别和你妈妈吵才是，他老糊涂了，倒要让他一步为是。"宝玉道："我知道了。"

　　这里曹公用了几句很短的描写，把三人个性非常明确地区别出来。黛玉反应机敏，她首先听出来是怎么回事，并立即作出评价性的判断，黛玉的心直口快不计后果十分明显，她说李嬷嬷是"老背晦了"，判断是没有错，但是她没考虑宝玉本来就对李嬷嬷有怨气，她这句"老背晦"很可能会火上浇油，令宝玉更加冲动。果然，"宝玉忙要赶过来"，这里表现出宝玉的无心无计。他过去能做什么？怎么做？恐怕他一点没考虑。相反，宝钗的话反映出，她对事态有所估计，她对宝玉更是一眼看到底。其实她的判断同黛玉一样，是李嬷嬷"老糊涂"；但她首先顾虑的是宝玉别去同李嬷嬷吵，并立即做出了行动，"一把拉住"宝玉；方案也很明确，"倒要让他一步为是"。这等于给宝玉吃了一颗降压药，"宝玉道：'我知道了。'"所以这三个人几秒钟之内做出的不同反应，将不同的个性展露无遗。曹公真是厉害。我们看下去。

　　　　说毕走来，只见李嬷嬷拄着拐棍，在当地骂袭人："忘了本的小娼妇！我抬举起你来，这会子我来了，你大模大样的躺在炕上，见我来也不理一理。一心只想妆狐媚子哄宝玉，哄的宝玉不理我，听你们的话。你不过是几两臭银子买来的毛丫头，这屋里你就作耗，如何使得！好不好拉出去配一个小子，看你还妖精似的哄宝玉不哄！"袭人先只道李嬷嬷不过为他躺着生气，少不得分辨说"病了，才出汗，蒙着头，原没看见你老人家"等语。后来只管听他说"哄宝玉"，"妆狐媚"，又说"配小子"等，由不得又愧又委屈，禁不住哭起来。

李嬷嬷确实够凶的，不仅骂得恶毒，而且打到袭人最痛处："好不好拉出去配一个小子！"不过我们倒不能说她完全是无理取闹，其攻击的核心，"一心只想妆狐媚子哄宝玉"，倒不算怎么冤枉袭人，上一回我们确实看到袭人"妆狐媚子哄宝玉"。当然李嬷嬷也有个根本的错误，那就是袭人的用心只是为宝玉好。但这些东西谁理的清楚？所以中国有句俗语特别让人欣赏："清官难断家务事。"李嬷嬷年老身重，袭人只能哭不能回话；宝玉劝一句，李嬷嬷便发作得更凶；黛玉、宝钗也劝不住。当然这家里有管得住她的，只是曹公为了情节的缘故，没让王夫人和贾母她们出场，而是调来了凤姐。即使是凤姐，对李嬷嬷也不好硬性打压，而是半压半哄。

> 拉了李嬷嬷，笑道："好妈妈，别生气。大节下，老太太才喜欢了一日，你是个老人家，别人高声，你还要管他们呢；难道你反不知道规矩，在这里嚷起来，叫老太太生气不成？你只说谁不好，我替你打他。我家里烧的滚热的野鸡，快来跟我吃酒去。"一面说，一面拉着走，又叫："丰儿，替你李奶奶拿着拐棍子，擦眼泪的手帕子。"那李嬷嬷脚不沾地跟了凤姐走了。

这段描写真是精彩极了，凤姐恩威并施，说是叫李嬷嬷去喝酒实际上是强拉硬拽；李嬷嬷在贾府几十年她到底明白自己是几斤几两，见到凤姐只能赶紧收场，"脚不沾地跟了凤姐走了"。"脚不沾地"，对一个裹脚的老太太够狼狈的。曹雪芹似乎还嫌不够风趣，又加了一句，"后面宝钗黛玉随着，见凤姐儿这般，都拍手笑道：'亏这一阵风来，把个老婆子撮了去了。'"曹公写的是"都拍手笑道"，但我们一看就明白，这肯定是黛玉说的而不是宝钗说的，宝钗不会吐出"老婆子"这个词。

通过以上这段描写，曹雪芹第一次深入地展现了贾府下人之间的矛盾和斗争，从李嬷嬷的表现来看，那简直是你死我活。但是我们稍加理性地分析，李嬷嬷的斗争目标究竟是什么呢？实际上她并没有明确的斗争纲领。但是如果她能够做到的话，她真的会把袭人卖掉赶出贾府。这里，曹公在向我们展示了人性惨淡的一面。再冷静点推敲的话其惨淡还有另一面：正因为袭人太好说话，太软弱太心慈，令得李嬷嬷更放肆更凶狠更欲置对方于死地；相反，如果把袭人换作晴雯，尤其是鸳鸯，那么李嬷嬷就要考量一下，是不是值得弄个两败俱伤，甚至同归于尽？而结果她可能就大为收敛，甚至倒过来笑脸相迎。真所谓"人善被人欺，马善被人骑"。只要看看李嬷嬷如何迎合凤姐，就知道她绝对不是焦大那种一根筋到底的人，她的斗志其实很有限。但碰上了袭人，她就变得那么斗志旺盛。——曹公展开的故事、展开的情节、表现的人物，我们可以不思考，看完觉得有趣就过去了；但我们也可以深入思考，直到把人性看透。

不过把人性看透倒不难，更难的是这样的日子还要过下去。袭人说："要为这些事生气，这屋里一刻还站不得了。但只是天长日久，只管这样，可叫人怎么样才好呢。"怎么样才好呢？我们真还回答不出来，恐怕连曹公都回答不出来。

不过他告诉我们，有人以另一种方法过日子。袭人睡下了，别的丫头都出去玩。

> 独见麝月一个人在外间房里灯下抹骨牌。宝玉笑问道："你怎不同他们顽去？"麝月道："没有钱。"宝玉道："床底下堆着那么些，还不够你输的？"麝月道："都顽去了，这屋里交给谁呢？那一个又病了。满屋里上头是灯，地下是火。那些老妈妈子们，老天拔地，伏侍一天，也该叫他们歇歇；小丫头子们也是伏侍了一天，这会子还不叫他们顽顽去。所以让他们都去罢，我在这里看着。"

> 宝玉听了这话，公然又是一个袭人。因笑道："我在这里坐着，你放心去罢。"麝月道："你既在这里，越发不用去了，咱们两个说话顽笑岂不好？"宝玉笑道："咱两个作什么呢？怪没意思的，也罢了，早上你说头痒，这会子没什么事，我替你篦头罢。"麝月听了便道："就是这样。"说着，将文具镜匣搬来，卸去钗钏，打开头发，宝玉拿了篦子替他一一的梳篦。只篦了三五下，只见晴雯忙忙走进来取钱。一见了他两个，便冷笑道："哦，交杯盏还没吃，倒上头了！"宝玉笑道："你来，我也替你篦一篦。"晴雯道："我没那么大福"。说着，拿了钱，便摔帘子出去了。

> 宝玉在麝月身后，麝月对镜，二人在镜内相视。宝玉便向镜内笑道："满屋里就只是他磨牙。"麝月听说，忙向镜中摆手，宝玉会意。忽听唿一声帘子响，晴雯又跑进来问道："我怎么磨牙了？咱们倒得说说。"麝月笑道："你去你的罢，又来问人了。"晴雯笑道："你又护着。你们那瞒神弄鬼的，我都知道。等我捞回本儿来再说话。"说着，一径出去了。

我们看，袭人觉得日子难熬，"公然又是一个袭人"的麝月则在类似袭人的路上安居乐业，如果说是因为袭人在上面遮着，暂时还没有风雨打到她的头上；那么晴雯，则在另一条道路上忙得风生水起，不亦乐乎，谁若是挡了她的道，哪怕稍微评判她一句，她都不依不饶。日子就这么一天天地过，她们终究会怎么样呢？曹公会慢慢地告诉我们。

第二天，宝玉房间里消停了，他便去薛姨妈家里玩。哪知道一波刚平，另一波又起。曹雪芹似乎突然对贾府内部的矛盾来了兴趣，他抓住不放了。我们看。

> 贾环也过来顽，正遇见宝钗、香菱、莺儿三个赶围棋作耍，贾环见了也要顽。宝钗素习看他亦如宝玉，并没他意。今儿听他要顽，让他上来坐了一处。一磊十个钱，头一回自己赢了，心中十分欢喜。后来接连输了几盘，便有些着急。赶着这盘正该自己掷

骰子，若掷个七点便赢，若掷个六点，下该莺儿掷三点就赢了。因拿起骰子来，狠命一掷，一个作定了五，那一个乱转。莺儿拍着手只叫"幺"，贾环便瞪着眼，"六——七——八"混叫。那骰子偏生转出幺来。贾环急了，伸手便抓起骰子来，然后就拿钱，说是个六点。莺儿便说："分明是个幺！"宝钗见贾环急了，便瞅莺儿说道："越大越没规矩，难道爷们还赖你？还不放下钱来呢！"莺儿满心委曲，见宝钗说，不敢则声，只得放下钱来，口内嘟囔说："一个作爷的，还赖我们这几个钱，连我也不放在眼里。前儿我和宝二爷顽，他输了那些，也没着急。下剩的钱，还是几个小丫头子们一抢，他一笑就罢了。"宝钗不等说完，连忙断喝。贾环道："我拿什么比宝玉呢。你们怕他，都和他好，都欺负我不是太太养的。"说着，便哭了。宝钗忙劝他："好兄弟，快别说这话，人家笑话你。"又骂莺儿。

　　这是贾环第一次出场，一出场就闹出了矛盾。从这里看出，贾环一直有自卑的阴影，而且眼皮子很浅，赶围棋这样的小玩意也要耍赖，确实同宝玉大不一样。输钱耍赖倒也罢了可谓人之常情；问题是他自己耍赖还要反咬一口说别人欺负他，那正如凤姐所说是个下流坏子。现在宝玉来了，正好撞见这事。

　　宝钗恐怕宝玉教训他，倒没意思，便连忙替贾环掩饰。宝玉道："大正月里哭什么？这里不好，你别处顽去。你天天念书，倒念糊涂了。比如这件东西不好，横竖那一件好，就弃了这件取那个。难道你守着这个东西哭一会子就好了不成？你原是来取乐顽的，既不能取乐，就往别处去再寻乐顽去。哭一会子，难道算取乐顽了不成？倒招自己烦恼，不如快去为是。"贾环听了，只得回来。

　　赵姨娘见他这般，因问："又是那里垫了踹窝来了？"一问不答，再问时，贾环便说："同宝姐姐顽的，莺儿欺负我，赖我的钱，宝玉哥哥撵我来了。"赵姨娘啐道："谁叫你上高台盘去了？下流没脸的东西！那里顽不得？谁叫你跑了去讨没意思！"

　　宝玉对弟弟的开导教训实在高明了一点，不知道贾环能不能听懂。贾环向赵姨娘汇报说是莺儿欺负他，还扯上了宝钗和宝玉，赵姨娘听了则一下子把矛盾上升到了嫡与庶的高度，"谁叫你上高台盘去了？"意思是贾环本来就不该去薛姨妈家。仅仅一句话，就把她与王夫人的矛盾、连带与薛姨妈的矛盾和盘托出。从作品来看，王夫人是一向瞧不起赵姨娘，而赵姨娘则心怀怨恨，这种正妻同妾的矛盾，恐怕全世界都存在。能不能处理好她们的关系，不仅仅是她们双方的问题，还包括贾政、贾母以及双方子女，甚至亲戚如薛姨妈、凤姐、宝钗等在内，可以说是一个系统问题，难度很大。我们看，现在凤姐就加了进来。

　　正说着，可巧凤姐在窗外过。都听在耳内。便隔窗说道："大正月又怎么了？环兄弟小孩子家，一半点儿错了，你只教导他，说这些淡话作什么！凭他怎么去，还有太太老爷管他呢，就大口啐他！他现是主子，不好了，横竖有教导他的人，与你什么相干！

环兄弟，出来，跟我顽去。"贾环素日怕凤姐比怕王夫人更甚，听见叫他，忙唯唯的出来。赵姨娘也不敢则声。凤姐向贾环道："你也是个没气性的！时常说给你：要吃，要喝，要顽，要笑，只爱同那一个姐姐妹妹哥哥嫂子顽，就同那个顽。你不听我的话，反叫这些人教的歪心邪意，狐媚子霸道的。自己不尊重，要往下流走，安着坏心，还只管怨人家偏心。输了几个钱？就这么个样儿！"贾环见问，只得诺诺的回说："输了一二百。"凤姐道："亏你还是爷，输了一二百钱就这样！"回头叫丰儿："去取一吊钱来，姑娘们都在后头顽呢，把他送了顽去。——你明儿再这么下流狐媚子，我先打了你，打发人告诉学里，皮不揭了你的！为你这个不尊重，恨的你哥哥牙根痒痒，不是我拦着，窝心脚把你的肠子窝出来了。"喝命："去罢！"贾环诺诺的跟了丰儿，得了钱，自己和迎春等顽去。不在话下。

大家看，王夫人一位侄女一位外甥女，在这方面表现完全不一样，曹公前面写过，"宝钗素习看他亦如宝玉，并没他意"。这不仅是替王夫人减少矛盾，尊重每一个人更是宝钗的待人准则；而凤姐是没风浪都要掀风浪的人，如果说王夫人是打压赵姨娘，她就是踩踏赵姨娘，而且使劲踩。这样王、赵之间的矛盾自然加深。贾环现在还小，只能任凤姐为所欲为，但他有长大的一天，到时候一切就难说了。

曹公展现这对矛盾相当艺术。"风起于青萍之末"，曹公用的就是这样的艺术。这之前，他没有透露过王赵、嫡庶之间的矛盾，现在只是写了贾环同莺儿玩牌闹口角，读者并没有当回事。但风暴开始积聚，先是卷进宝钗，再卷进宝玉，然后是赵姨娘，最后是凤姐，风暴越卷越大越强，直到赵姨娘与凤姐的话出口，我们才明白这矛盾的根源在王夫人和赵姨娘身上。这种不交代背景直写矛盾的方法是比较难的，容易让读者坠入云里雾里；曹公找了一个小得不能再小的细节，轻描淡写入手，然后层层扩大，但主要人物王夫人始终没出现。这种独特的表现艺术，说起来容易，学起来很难。

前面我们说了，像李嬷嬷同袭人之间的矛盾对当事人是很痛苦，但对于贾府却造成不了多大的伤害；可是王夫人同赵姨娘、宝玉同贾环之间的矛盾，却有可能对贾府家族造成根本性的伤害，如果再扯上王夫人同邢夫人、邢夫人同凤姐、凤姐同贾琏之间的矛盾，它们集体爆发的话，就有可能摧毁整个贾府。所以本回的描写，仅仅是这些矛盾的第一次揭示，后面将好戏连台。

下面我们看本回的第三段情节。

　　且说宝玉正和宝钗顽笑，忽见人说："史大姑娘来了。"宝玉听了，抬身就走。宝钗笑道："等着，咱们两个一齐走，瞧瞧他去。"说着，下了炕，同宝玉一齐来至贾母这边。只见史湘云大笑大说的，见他两个来，忙问好厮见。正值林黛玉在旁，因问宝玉："在那里的？"宝玉便说："在宝姐姐家的。"黛玉冷笑道："我说呢，亏在那里绊住，不然早就飞了来了。"宝玉笑道："只许同你顽，替你解闷儿。不过偶然去他那里一趟，就说这话。"林黛玉道："好没意思的话！去不去管我什么事，我又没叫你替我解闷儿。可许你从此不理我呢！"说着，便赌气回房去了。

　　黛玉这次生气，让所有人猝不及防。第一，昨天她同宝玉一起躺在床上，讲故事挠痒痒那么温情，今天应该心情蛮好的。第二，史湘云刚到，她多少也该照顾一下湘云的面子。第三，现在一共四个人，"黛玉冷笑道：'我说呢，亏在那里绊住，不然早就飞了来了。'"她这一开口，把湘云、宝玉、宝钗三个人统统开涮，出人意外。或许正是太意外了，宝玉随口笑道，"只许同你顽，替你解闷儿。"宝玉不是大胆而是无心，但话语却扎扎实实。黛玉当然不可能一笑了之，于是赌气回房。风云突变，宝玉只能跟着过来赔礼道歉。眼看黛玉已经回心转意，却不料宝钗来了，"正说着，宝钗走来道：'史大妹妹等你呢。'说着，便推宝玉走了。这里黛玉越发气闷，只向窗前流泪。"接着宝玉又回来，再次"打叠起千百样的款语温言来劝慰"，黛玉才算又好了。没想到史湘云又来插上一杠子。

　　　　二人正说着，只见湘云走来，笑道："二哥哥，林姐姐，你们天天一处顽，我好容易来了，也不理我一理儿。"黛玉笑道："偏是咬舌子爱说话，连个'二'哥哥也叫不出来，只是'爱'哥哥'爱'哥哥的。回来赶围棋儿，又该你闹'幺爱三四五'了。"宝玉笑道："你学惯了他，明儿连你还咬起来呢。"史湘云道："他再不放人一点儿，专挑人的不好。你自己便比世人好，也不犯着见一个打趣一个。指出一个人来，你敢挑他，我就伏你。"黛玉忙问是谁。湘云道："你敢挑宝姐姐的短处，就算你是好的。我算不如你，他怎么不及你呢？"黛玉听了，冷笑道："我当是谁，原来是他！我那里敢挑他呢。"宝玉不等说完，忙用话岔开。湘云笑道："这一辈子我自然比不上你。我只保佑着明儿得一个咬舌的林姐夫，时时刻刻你可听'爱''厄'去。阿弥陀佛，那才现在我眼里！"

　　这里的描写，从情节上来说是推波助澜，将情节一而再再而三地推向高潮。这或许是读者希望看到的。但我们不得不说，曹公可能是一时兴起硬是将情节这么往上推，但这么硬推却牺牲了艺术，造成人物把握上的偏差，而且接连两次。第一次是把宝钗写得走样了。前面在贾母那边，黛玉是赌气回房的，宝玉也在场，她当时应该很尴尬，她也深知黛玉的性子，明白黛玉正是因为她在吃醋。所以按照宝钗的性格，她至少一时半会儿不会再来撩得黛玉不高兴。但作品却写道，正当宝玉在劝黛玉时，宝钗走来硬把宝玉推走了，令黛玉更加生气。以宝钗的为人，不劝也罢了，她怎么会来把宝玉硬生生推走？这不成了当面抢夺，火上浇油？矜持自重的宝钗岂肯如此轻薄？第二次偏差的是史湘云。在作品中湘云虽然是第一次出场，但是依照作品的整个描写来看，湘云实际上是经常来贾府的，她同黛玉、宝钗已经非常熟悉，她也应该很明白宝玉、黛玉、宝钗三人的微妙关系，知道黛玉为什么生气，可她偏偏要黛玉去挑宝钗的短处，硬往枪口上面撞。这就不是豪爽天真的史湘云，近乎呆头呆脑的傻大姐了。曹公在这短短的文字当中，连犯两次失误，或许是不够仔细吧。（当然，诸如此类的情况如果出现在后四十回，我们一定归咎续作者水平不够。）不过，湘云的天真活泼整体上塑造得不错，"二哥哥，林姐姐，你们天天一处顽，我好容易来了，也不理我一理儿"。这种话只有湘云才会说，别说黛玉和宝钗，就是迎春和惜春都不会说、不肯说的。所以湘云的出场总体是成功的。

最后我们要说一说，本回前半部分对下层人物的描写，体现曹雪芹独到的视野。虽然写的是李嬷嬷的大闹、晴雯的斗气，但她们此时处于舞台的中央，而不是陪衬，体现出曹雪芹对下层人物的关怀，仆人的爱憎悲欢写得一样用心。相比较而言，即使在西方十九世纪小说中描写贵族的作品，对仆人的关怀深度也远远不如曹雪芹。正是这种对芸芸众生的普遍关怀，使《红楼梦》对人间的思考在深度和广度上都独步文坛。下层的冲突与纠纷，无疑将生活内在的矛盾揭示得更加丰富而真实，为作品添加了新的层次。

第二十一回

贤袭人娇嗔箴宝玉　俏平儿软语救贾琏

本回将两个丫头作为回目，可见曹雪芹对使女丫鬟的关心并不少于小姐奶奶，其实这一回中也写黛玉、宝钗，也写凤姐、贾琏，但回目告诉我们，曹雪芹在这里更关注袭人、平儿。而且，在整部《红楼梦》中，袭人、平儿、晴雯、鸳鸯、紫鹃等"副钗"的笔墨并不少于迎春、惜春、可卿等"正钗"，尤其是她们的品格、气质、智慧、才能更被塑造得超越许多小姐奶奶。

袭人"娇嗔"的起因是这样的，宝玉同黛玉、湘云她们玩到二更才回房，其间袭人已经来催过多次；翌日天刚亮，宝玉披了件衣服，鞋子趿拉着就去了黛玉房中，那时黛玉和湘云还没醒呢。宝玉把她们吵醒后，黛玉、湘云起来梳洗。

湘云洗了面，翠缕便拿残水要泼，宝玉道："站着，我趁势洗了就完了，省得又过去费事。"说着便走过来，弯腰洗了两把。紫鹃递过香皂去，宝玉道："这盆里的就不少，不用搓了。"再洗了两把，便要手巾。翠缕道："还是这个毛病儿，多早晚才改。"丫头翠缕的话让我们知道，钻进女孩子洗过脸的水中洗脸，是宝玉的一种毛病，惯病。接着宝玉求湘云：

"好妹妹，替我梳上头罢。"湘云道："这可不能了。"宝玉笑道："好妹妹，你先时怎么替我梳了呢？"湘云道："如今我忘了，怎么梳呢？"宝玉道："横竖我不出门，又不带冠子勒子，不过打几根散辫子就完了。"说着，又千妹妹万妹妹的央告。湘云只得扶过他的头来，一一梳篦。……因镜台两边俱是妆奁等物，顺手拿起来赏玩，不觉又顺手拈了胭脂，意欲要往口边送，因又怕史湘云说。正犹豫间，湘云果在身后看见，一手掠着辫子，便伸手来"拍"的一下，从手中将胭脂打落，说道："这不长进的毛病儿，多早晚才改过！"

一语未了，只见袭人进来，看见这般光景，知是梳洗过了，只得回来自己梳洗。忽见宝钗走来，因问："宝兄弟那去了？"袭人含笑道："宝兄弟那里还有在家里的工夫！"宝钗听说，心中明白。又听袭人叹道："姊妹们和气，也有个分寸礼节，也没个黑家白日闹的！凭人怎么劝，都是耳旁风。"宝钗听了，心中暗忖道："倒别看错了这个丫头，听他说话，倒有些识见。"宝钗便在炕上坐了，慢慢的闲言中套问他年纪家乡等语，留神窥察，其言语志量深可敬爱。

宝玉又犯了另一个毛病，偷吃胭脂。虽然这两桩袭人都没有看见，但袭人还是生气了，为了宝玉"黑家白日闹的"，超越了姐妹们的"分寸礼节"。实指的就是昨夜宝玉回来太晚不算，今早黛玉和湘云还在睡觉，宝玉鞋子都来不及穿好又去了。不过袭人虽然不快活，但在黛玉房间里她可什么话都没说，那里没她说话的地位。这个我们可以理解，不过令我们多少有点惊讶的是，她怎么会对宝钗说出这么重的话呢？向别人抱怨自己少爷同别的女孩子失去了分寸礼节，这在一个丫头可不是闹着玩的，她要承担很大风险，弄得不好是要被赶出家门、身败名裂的。曹公没写袭人的内心，我们揣测，一个原因是袭人刚好在气头上忍不住就发泄了；但另两个更为重要，一个是在她的眼里，宝钗比较遵守姐妹们的"分寸礼节"，在这方面获得她的认可；另一个是她长期观察下来，深信宝钗为人厚道处事得当，可以谈点心里话。所以是她首先向宝钗敞开了内心的大门。果然，宝钗也对袭人的这番话感到很意外，但不是觉得袭人多嘴，而是感觉"其言语志量深可敬爱"。宝钗内心的具体描写，全书都很少。曹雪芹把这一过程的来龙去脉写得非常明白。我们为什么要强调这一点呢？因为许多人说，宝钗为了得到宝玉暗中拉拢袭人，然后两人内外勾结，打击黛玉，左右宝玉。但依据文本，似乎还是袭人先拉拢宝钗呢，宝钗倒是刚刚认识袭人的"言语志量"。这里的关键词是"深可敬爱"，作品表达的是她们相互敬爱，惺惺相惜，而不是相互勾结，狼狈为奸。当然要判断她们的关系，仅仅看这里是远远不够的，关键的是看她们后面的表现。但是翻遍整部《红楼梦》，都没写过她们怎么相互利用，除了这里以外，她们连议论黛玉的话都没有一句。

回到作品。袭人这回是真生气了，当然，她只能以赌气的方式来表达。

> 一时宝玉来了，宝钗方出去。宝玉便问袭人道："怎么宝姐姐和你说的这么热闹，见我进来就跑了？"问一声不答，再问时，袭人方道："你问我么？我那里知道你们的原故。"宝玉听了这话，见他脸上气色非往日可比，便笑道："怎么动了真气？"袭人冷笑道："我那里敢动气！只是从今以后别再进这屋子了。横竖有人伏侍你，再别来支使我。我仍旧还伏侍老太太去。"一面说，一面便在炕上合眼倒下。

袭人搬出了弹药库里最重的武器，也就如此。不过用来对付宝玉已经足够。这里我们来回答一下宝玉的疑问，怎么他一回来宝钗就走了？是宝钗说了什么而心虚回避吗？我想应该不是，如果她真的说了什么，以她的气度智慧，反倒会坐着不走了，走了反招人怀疑。她应当是在回避，她知道袭人会赌气，她留下来反而不便，因为她同袭人只是初次谈得深一点，连袭人的"年纪家乡"才刚刚了解，她还没有到可以坐下来劝解袭人和宝玉的地步，所以她知趣走了。我以为这样的解释比较符合宝钗的一贯为人。

我们说下去。宝玉很郁闷，麝月也是同袭人一个鼻孔出气，所以这天宝玉连麝月也一起拒绝，只用小丫头。

> 一个大些儿的生得十分水秀，宝玉便问："你叫什么名字？"那丫头便说："叫蕙香。"宝玉便问："是谁起的？"蕙香道："我原叫芸香的，是花大姐姐改了蕙香。"宝玉道："正经该叫'晦气'罢了，什么蕙香呢！"又问："你姊妹几个？"蕙香道："四个。"宝玉道："你第几？"蕙香道："第四。"宝玉道："明儿就叫'四儿'，不必什么'蕙香''兰气'的。那一个配比这些花，没的玷辱了好名好姓。"一面说，一面命他倒了茶来吃。袭人和麝月在外间听了抿嘴而笑。

到了晚上，宝玉喝了点酒。

> 冷清清的一人对灯，好没兴趣。待要赶了他们去，又怕他们得了意，以后越发来劝；若拿出做上的规矩来镇唬，似乎无情太甚。说不得横心只当他们死了，横竖自然也要过的。便权当他们死了，毫无牵挂，反能怡然自悦。因命四儿剪灯烹茶，自己看了一回《南华经》。

这《南华经》上的一段，是说人不该去刻意追求，越追求越烦恼，不追求反而心安。这正好符合宝玉此时的心意。

> 趁着酒兴，不禁提笔续曰：
>
> 焚花散麝，而闺阁始人含其劝矣，戕宝钗之仙姿，灰黛玉之灵窍，丧减情意，而闺阁之美恶始相类矣。彼含其劝，则无参商之虞矣；戕其仙姿，无恋爱之心矣；灰其灵窍，无才思之情矣。彼钗、玉、花、麝者，皆张其罗而穴其隧，所以迷眩缠陷天下者也。

这段话的意思是，把袭人麝月这些人都赶走，房间里就再也没人来劝诫了；毁掉宝钗的美貌和黛玉的机智，不去关注她们，闺阁中的姑娘也就没那么吸引人了；宝钗不那么美丽，黛玉不那么机智，我就不会对她们如此动心。宝钗、黛玉、袭人、麝月她们，都是以美貌声色来迷惑天下男人，直至坠落她们的陷阱。

这段绝情文字，恐怕一半是靠了酒的力量。人都很难超脱自己，但喝了酒，情绪思想都会发生变化，会超脱平时，所以许多诗人、画家，他们最好的作品都来自酒后。不喝点酒，宝玉绝对不会写出这样的文字。但这醉语还是有一个奇怪点，就是他对宝钗、黛玉的评价，"宝钗之仙姿，黛玉之灵窍"，他是不是把两人错换了？读者心目中是黛玉最美丽，宝钗最机智，宝玉怎么会这么写呢？这究竟是酒后吐真言，在他的心目中，宝钗之美丽并不逊黛玉？还是醉得厉害而词不达意？

当然酒一醒，宝玉又彻底复原。第二天醒来，"只见袭人和衣睡在衾上。宝玉将昨日的事已付与度外，便推他说道：'起来好生睡，看冻着了。'"既然他如此，袭人自然见好就收，于是两人和好如初。

这是近三回的篇幅中，接连写袭人两次撒娇，她的名字两次写入回目，并定性为"贤袭人"，可见她在曹雪芹心中的分量，也反映出曹公急于将袭人塑造出眉目，以便后面情节发展。我们再换个角度来看，元春省亲后这三回，曹雪芹的镜头都是在宝玉、黛玉的房间里面转，表明他的写作内容和重心，实现转移。

更让人意外的是黛玉，她见了宝玉"戕宝钗之仙姿，灰黛玉之灵窍"的随笔，竟然不气反笑，还提笔续了一绝："无端弄笔是何人，作践南华《庄子因》。不悔自己无见识，却将丑语怪他人！"然后没事人一般走了。如果黛玉经常如此洒脱豁达，她哪来那么多怨愁？又怎会把身子弄到那么糟？

下面曹雪芹笔锋一转，开始写凤姐、贾琏一家。凤姐的女儿患上痘疹，也叫天花病，有生命危险。凤姐便根据当地的风俗，为辟邪打扫房屋供奉痘疹娘娘，让家里人都穿上红衣服，她与贾琏也分床隔离十二日以上。没想到这就闹出故事。"那个贾琏，只离了凤姐便要寻事，独寝了两夜，便十分难熬，便暂将小厮们内有清俊的选来出火。"然后又勾搭上伙夫的女人多姑娘。

> 贾琏便溜了来相会。进门一见其态，早已魄飞魂散，也不用情谈款叙，便宽衣动作起来。谁知这媳妇有天生的奇趣，一经男子挨身，便觉遍身筋骨瘫软，使男子如卧绵上；更兼淫态浪言，压倒娼妓，诸男子至此岂有惜命者哉。那贾琏恨不得连身子化在他身上。那媳妇故作浪语，在下说道："你家女儿出花儿，供着娘娘，你也该忌两日，倒为我脏了身子。快离了我这里罢。"贾琏一面大动，一面喘吁吁答道："你就是娘娘！我那里管什么娘娘！"那媳妇越浪，贾琏越丑态毕露。一时事毕，两个又海誓山盟，难分难舍，此后遂成相契。

这里的描写作者显然怀着非常鄙视的态度，贾琏简直像个畜生。因女儿重病凤姐忧虑忙碌，贾琏非但不管事反而乘机玩女人。——按当时观念，这会犯冲鬼神，令女儿丧命。连多姑娘都说供着娘娘他该忌两日，他却说："你就是娘娘！我那里管什么娘娘！"男人有不疼媳妇的，但这样连女儿性命都不管的男人，简直丧心病狂。到这里，作品写男女云雨之事，大约有五六次，宝玉两次，其余是贾瑞、秦钟、茗烟，从曹雪芹的描写笔调来看，贾琏同贾瑞非常不堪，一样可恶。

女儿病好了以后，贾琏搬回凤姐的房间，平儿收拾铺盖时枕套里抖出一束头发，便拿来悄悄地问贾琏该怎么谢她。正说着凤姐来了，问平儿可有什么发现，平儿瞒她说什么都没有，凤姐走了。

> 平儿指着鼻子，晃着头笑道："这件事怎么回谢我呢？"喜的个贾琏身痒难挠，跑

上来搂着，"心肝肠肉"乱叫乱谢。平儿仍拿了头发笑道："这是我一生的把柄了。好就好，不好就抖露出这事来。"贾琏笑道："你只好生收着罢，千万别叫他知道。"口里说着，瞅他不防，便抢了过来，笑道："你拿着终是祸患，不如我烧了他完事了。"一面说着，一面便塞于靴掖内。平儿咬牙道："没良心的东西，过了河就拆桥，明儿还想我替你撒谎！"贾琏见他娇俏动情，便搂着求欢，被平儿夺手跑了，急的贾琏弯着腰恨道："死促狭小淫妇！一定浪上人的火来，他又跑了。"平儿在窗外笑道："我浪我的，谁叫你动火了？难道图你受用一回，叫他知道了，又不待见我。"贾琏道："你不用怕他，等我性子上来，把这醋罐打个稀烂，他才认得我呢！他防我象防贼的，只许他同男人说话，不许我和女人说话，我和女人略近些，他就疑惑，他不论小叔子侄儿，大的小的，说说笑笑，就不怕我吃醋了。以后我也不许他见人！"平儿道："他醋你使得，你醋他使不得。他原行的正走的正；你行动便有个坏心，连我也不放心，别说他了。"贾琏道："你两个一口贼气。都是你们行的是，我凡行动都有坏心。多早晚都死在我手里！"

贾琏在作品中已经出场多次，前面他还人模狗样的，到这里曹公才把他写透了，他非但没有丈夫气概，心眼子小，而且不知好歹，胡乱狠毒，居然有"多早晚都死在我手里"的念头。像平儿这样的女孩堪称百里挑一，贾琏非但不珍惜，整天在外面混把平儿根本不当回事。真是一朵鲜花插在牛粪上。

上面的描写已经非常出彩，曹公意犹未尽，再次加进凤姐。

　　一句未了，凤姐走进院来，因见平儿在窗外，就问道："要说话两个人不在屋里说，怎么跑出一个来，隔着窗子，是什么意思？"贾琏在窗内接道："你可问他，倒象屋里有老虎吃他呢。"平儿道："屋里一个人没有，我在他跟前作什么？"凤姐儿笑道："正是没人才好呢。"平儿听说，便说道："这话是说我呢？"凤姐笑道："不说你说谁？"平儿道："别叫我说出好话来了。"说着，也不打帘子让凤姐，自己先摔帘子进来，往那边去了。凤姐自掀帘子进来，说道："平儿疯魔了。这蹄子认真要降伏我，仔细你的皮要紧！"贾琏听了，已绝倒在炕上，拍手笑道："我竟不知平儿这么利害，从此倒伏他了。"凤姐道："都是你惯的他，我只和你说！"贾琏听说忙道："你两个不卯，又拿我来作人。我躲开你们。"凤姐道："我看你躲到那里去。"

这短短的一段把个小家庭的关系和前景基本揭示了。三人中凤姐貌似最强势，她对贾琏像防贼一样紧，但她只知道堵截不知道疏通，甚至连平儿也不许贾琏上手，这等于把贾琏往外推，让他走得更远。而一旦贾琏走远凤姐其实对他没什么办法，男人有特定优势和权利。贾琏这样的男人凤姐显然管不住，她不善开导和笼络，小家庭里风波几乎天天都有，风暴也在所难免。其中最可怜的自然是平儿，她夹在凤姐和贾琏中间，没有任何动弹的余地。

这一回，曹公有意无意把宝玉、袭人同贾琏、平儿并列着写，袭人同平儿、宝玉同贾琏形成鲜明对比。显然，在平儿心里可能非常羡慕袭人。看到这里读者都会作出判断：平儿跟着贾琏这一辈子算是完了，袭人同宝玉则肯定幸福满满。恐怕曹公要的就是这个效果，他就是要给我们这么一个感觉。然而曹公给出的结局，却令所有人大跌眼镜，此是后话。此外，这组对比性描写，也为后文"喜出望外平儿理妆"打开了窗户。

这段描写曹公兴致很高，文字也趣味横生。贾琏与多姑娘一段虽粗俗，但意味浓厚，贾琏简直像个动物。更具漫画性质的是"贾琏在凤姐身后，只望着平儿杀鸡抹脖使眼色儿"，把贾琏的焦急和丑态写神了。而"平儿指着鼻子，晃着头笑道：'这件事怎么回谢我呢'"也是惟妙惟肖。同样，"凤姐儿笑道：'正是没人才好呢'"也栩栩如生。这段戏剧化情节与第8回"探宝钗黛玉半含酸"一样活泼俏皮，曹公此时的写作状态特别好，恐怕像宝玉一样处于微醺。

曹雪芹又一次把镜头摇到凤姐房里，可见他对这个小家庭的眷顾。凤姐、贾琏一家在《红楼梦》中所占的篇幅相当多，迄今为止已经写了好几次，反观迎春、探春、惜春几乎还没怎么露脸，史湘云才第一次登场。如果把贾府拆分了看，除了贾政、王夫人宝玉这个核心家庭以外，故事相对完整而具有持续性的，也就两个家庭，即凤姐、贾琏这一家和薛姨妈家。宝钗后面成了宝玉的妻子，所以写薛家的笔墨也可以归入宝玉的圈子，那么相对故事独立的也就凤姐、贾琏这一家。站得更高看，所谓四大家族，史家就史湘云一人独来独往，史家其他人都没出过镜，王家只有王仁的影子晃了晃，王子腾夫人哪怕进了贾府也没给她一个镜头。所以贾琏、凤姐这个小家庭，尤其是凤姐，让曹雪芹花如此多的心血，一定有它独特的意义。这个我们以后再说。

第二十二回
听曲文宝玉悟禅机　制灯谜贾政悲谶语

这一回主要叙述两个内容，一个是宝钗过生日引发的事情，其中心是宝玉领悟禅机；另一个是贾府众人制作的灯谜，其浓烈的谶语性令贾政悲伤。

这回一上来，曹雪芹就向我们透露了一个重要的消息，对我们理解贾府中的人物，尤其是上层决策者，曹公做了一个非常难得的暗示，可惜没有引起人们的注意。

> 贾琏听凤姐儿说有话商量，因止步问是何话。凤姐道："二十一是薛妹妹的生日，你到底怎么样呢？"贾琏道："我知道怎么样！你连多少大生日都料理过了，这会子倒没了主意？"凤姐道："大生日料理，不过是有一定的则例在那里。如今他这生日，大又不是，小又不是，所以和你商量。"贾琏听了，低头想了半日道："你今儿糊涂了。现有比例，那林妹妹就是例。往年怎么给林妹妹过的，如今也照依给薛妹妹过就是了。"凤姐听了，冷笑道："我难道连这个也不知道？我原也这么想定了。但昨儿听见老太太说，问起大家的年纪生日来，听见薛大妹妹今年十五岁，虽不是整生日，也算得将笄之年。老太太说要替他作生日。想来若果真替他作，自然比往年与林妹妹的不同了。"贾琏道："既如此，比林妹妹的多增些。"凤姐道："我也这们想着，所以讨你的口气。我若私自添了东西，你又怪我不告诉明白你了。"贾琏笑道："罢，罢，这空头情我不领。你不盘察我就够了，我还怪你！"说着，一径去了，不在话下。

大家注意，这里是凤姐问贾琏替宝钗做生日怎么做好，从表面来看这是小事一桩，里面没有什么需要考量的，贾琏就这么认为。"往年怎么给林妹妹过的，如今也照依给薛妹妹过就是了。"凤姐难道不知道吗？她之所以问自有她的道理，因为里面牵涉到几重关系。第一重是贾母，是贾母要替宝钗做生日，"自然比往年与林妹妹的不同了"。凤姐是个操办者，怎么做才让贾母满意？第二层关系——黛玉与宝钗，正因为黛玉和宝钗都是寄居在贾府，身份接近，凤姐要让她们也满意，就要做得特别的平衡、妥当。但说起来容易做起来难，这两个人怎么才算平衡呢？黛玉是贾母的外孙女，是半个自家人；宝钗是王夫人的外甥女，在贾府是客，实际上就是外人。对两人一样对待，还是稍有区别？稍错一点，都可能产生严重后果，别说黛玉和宝钗两位当事人会不高兴，还会引起贾母、王夫人不满意，贾琏不满意，一家子上上下下都不满意，那么凤姐就没办法做人了。凤姐还不能直接去问贾母究竟怎么办，难处就在这里。我们在单位里办事，都明白一个道理，领导交给你的事就是让你去办，你不能事事去问领导，许多尺寸要你自己去拿捏；不过你办差了，就是你的责任。何况，一个是黛玉一个是宝钗，你让贾母告诉你对黛玉好点，还是对宝钗好点？更难办的是，"薛大妹妹今年十五岁"，这生日不大不小的，还没有参照，因为林黛玉还没到十五岁，迎春应该做过，但迎春是自家人，无法参照。"我也这们想着，所以讨你的口气。我若私自添了东西，你又怪我不告诉明白你了。"这句话又牵出第三重关系：凤姐是想多添点东西，但她怕贾琏不舒服，因为黛玉是贾琏的表妹，而宝钗则是凤姐的表妹，凤姐需要避讳，怕贾琏乃至整个贾府的人都说她的胳膊朝着王家拐！这才是凤姐如此为难的根本原因。等会儿我们就看到黛玉的吃醋，我们就知道凤姐这事的难办。

说到这里，我讲一句有点绕口的话：曹雪芹让凤姐问贾琏，实际上，曹雪芹不是让凤姐问贾琏。——这句话怎么说？我的意思是，曹雪芹是要"让读者看到"凤姐问贾琏！再深一步，曹雪芹正是要让我们想一想，凤姐为什么要问贾琏？通过这个小小的细节，曹雪芹告诉我们，黛玉和宝钗这两位寄居者，不仅她们在贾府过得尴尬，而且引发与她们有关系的人，都有各种尴尬和为难。处理与她们有关的事情，有时是在刀尖上跳舞，一个不小心就会皮破血流。该怎样对待黛玉和宝钗，最高主宰者贾母并不表态，王夫人更不好表态，连凤姐都左右为难。曹雪芹在这里向我们递送了一个非常重要的消息，那就是：贾母、王夫人、凤姐，这几个当家人之间，她们并不正面谈论黛玉和宝钗的问题，这个问题在她们中间是个忌讳，不便谈论。这就是为什么我们一直没有看到，贾母和王夫人对黛玉、宝钗有什么表态，包括好几次，黛玉同宝玉闹矛盾直闹到宝玉大病一场，贾母虽然哭了，都没对黛玉有任何表态。贾母怎么肯在王夫人面前说自己外孙女的不是，尤其有宝钗，这王夫人的外甥女正是宝玉媳妇的候选人。

说到这里，我们又要回应一种以前很有市场的说法，认为王夫人、凤姐，还有薛姨妈，一直围着贾母推销宝钗。这种说法不仅亵渎了宝钗，不认"山中高士晶莹雪"，也把贾母看扁了。贾母什么红眉毛绿眼睛的人没见过？她能允许别人左右她？越是向她推销，可能越是适得其反。

回到作品。现在，贾母第一次当众明确表达，她喜欢宝钗。"谁想贾母自见宝钗来了，喜他稳重和平，正值他才过第一个生辰，便自己蠲资二十两，唤了凤姐来，交与他置酒戏。"作品写的明明白白，贾母"喜他稳重和平"，就是性格稳重，待人和气，没有小性子，也没有势利眼。贾母那双眼睛是不会看错人的。她观察宝钗几年才说出此语，贾母也很沉稳（后面贾母见了宝琴有点失态）。回想一下当年薛家来到贾府，贾母的态度是不冷不热的，也没见她赞赏宝钗一句，她直到今日才开金口。不过贾母在这里表示的，只是对宝钗的欣赏和喜爱，并不含有选取宝钗做孙媳妇的意思，宝钗才十五岁，宝玉只有十三岁左右，还没到谈婚论嫁的阶段，贾母没那么急。以上是本回的一个细节，曹公写得非常简单，但在整部小说中却有重要意义。

我们看下去。

> 凤姐凑趣笑道："一个老祖宗给孩子们作生日，不拘怎样，谁还敢争，又办什么酒戏。既高兴要热闹，就说不得自己花上几两。巴巴的找出这霉烂的二十两银子来作东道，这意思还叫我赔上。果然拿不出来也罢了，金的、银的、圆的、扁的，压塌了箱子底，只是勒掯我们。举眼看看，谁不是儿女？难道将来只有宝兄弟顶了你老人家上五台山不成？那些梯己只留于他，我们如今虽不配使，也别苦了我们。这个够酒的？够戏的？"说的满屋里都笑起来。

凤姐是在说笑话，但笑话当中却指出了贾母的偏心，这是凤姐潜意识的流露，贾母对宝玉的这种偏爱，相信贾琏这辈子也没享受过一天。子孙虽然不说，但内心自然有想法。这份偏爱是不是一个埋伏，到最后会成为贾府内斗的一个导火索？比如贾琏、贾环对宝玉的攻击？可惜八十回以后不是曹雪芹写的，我们无从得知。

凤姐最怕的就是黛玉和宝钗之间一碗水难以端平，她够小心了，但黛玉还是不高兴。

> 这日早起，宝玉因不见林黛玉，便到他房中来寻，只见林黛玉歪在炕上。宝玉笑道："起来吃饭去，就开戏了。你爱看那一出？我好点。"林黛玉冷笑道："你既这样说，你特叫一班戏来，拣我爱的唱给我看。这会子犯不上跐着人借光儿问我。"

大家再细心一点的话就会发现，贾母也担心黛玉会不快，她也在搞平衡。

> 吃了饭点戏时，贾母一定先叫宝钗点。宝钗推让一遍，无法，只得点了一折《西游记》。贾母自是欢喜，然后便命凤姐点。凤姐亦知贾母喜热闹，更喜谑笑科诨，便点了一出《刘二当衣》。贾母果真更又喜欢，然后便命黛玉点。黛玉因让薛姨妈王夫人等。贾母道："今日原是我特带着你们取笑，咱们只管咱们的，别理他们。我巴巴的唱戏摆酒，为他们不成？他们在这里白听白吃，已经便宜了，还让他们点呢！"说着，大家都笑了。黛玉方点了一出。

贾母让人点戏的顺序有点奥妙，第一个让宝钗点，这个很自然，宝钗今天是主客。但是第二个让凤姐点，这就有点不合顺序了，按照长幼顺序的话，应该轮到李纨；如果按照平时吃饭那样，未出阁的小姐优先，那么应该轮到迎春；现在贾母让凤姐第二个点，似乎是犒劳凤姐的辛苦，这也罢了。第三个贾母让黛玉点，这就找不出顺序的理由了，如果说把黛玉也当作客人，那么她应该是第二个，在凤姐前面；

如果当作自家人，那么她应该在迎春后面；现在安排她第三，这是不是贾母在做安抚、搞平衡呢？——当然，我们本来不知道他们的先后次序，曹雪芹本来也可以不写得这么明确，但是曹雪芹偏偏写得这么明确，那么他是特意要我们留心这个次序。我们再看看林黛玉，她有点不敢当，太优先，甚至僭越了，所以她就让薛姨妈和王夫人先点，然后贾母用一番冠冕堂皇的理由，逼着黛玉先点，"黛玉方点了一出"。冰雪聪明的黛玉应该感受到了贾母的安抚。由此我们也可见，贾母统辖家人的手段何其高明，简直就是个纵横家。

继续看下去。

　　宝钗点了一出《鲁智深醉闹五台山》。宝玉道："只好点这些戏。"宝钗道："你白听了这几年的戏，那里知道这出戏的好处，排场又好，词藻更妙。"宝玉道："我从来怕这些热闹。"宝钗笑道："要说这一出热闹，你还算不知戏呢。你过来，我告诉你，这一出戏热闹不热闹。——是一套北《点绛唇》，铿锵顿挫，韵律不用说是好的了；只那词藻中有一支《寄生草》，填的极妙，你何曾知道。"宝玉见说的这般好，便凑近来央告："好姐姐，念与我听听。"宝钗便念道：

　　漫揾英雄泪，相离处士家。

　　谢慈悲剃度在莲台下。

　　没缘法转眼分离乍。

　　赤条条来去无牵挂。

　　那里讨烟蓑雨笠卷单行？

　　一任俺芒鞋破钵随缘化！

　　宝玉听了，喜的拍膝画圈，称赏不已，又赞宝钗无书不知。林黛玉道："安静看戏罢，还没唱《山门》，你倒《妆疯》了。"说的湘云也笑了。于是大家看戏。

这一段描写不但精彩，而且十分的风趣。我们再次看到了宝钗同宝玉在文化修养方面的差距，这在元春回来命宝玉作诗的时候我们稍有领教，但在这里他们的差距更加清晰、更加巨大。宝钗对戏剧的欣赏，远远超出了情节内容的范畴，她还关注曲调韵律的特色、唱词的艺术层面，这些都是宝玉未曾涉足的。不过我们再三说过曹雪芹特别狡猾，心计特别深，在描写角色人物嘻嘻哈哈的时候，在读者轻松愉悦喜不自禁的时候，他可能乘机悄悄地种下了一颗苦果！宝钗今天心情特别好，碰上宝玉说出那样外行的话，她便兴致上来了，"你还算不知戏呢。你过来，我告诉你，这一出戏热闹不热闹。"她连身边黛玉那双虎视眈眈的眼睛也一时忘却，兴致勃勃地向宝玉讲述那支《寄生草》。这支曲子确实好，苍凉豪阔的意蕴同鲁智深此时此刻的境遇、心情融合一致，感人至深。但是读者有没有想过，宝钗，一个年仅十五岁的女孩，怎么会对如此悲凉的曲子情有独钟？"赤条条来去无牵挂。一任俺芒鞋破钵随缘化！"那是一种历经沧桑、身心绝望的成人心境，宝钗居然与之产生强烈的共鸣，莫非她的心已经这么老?! 莫非她对自己的前程已经不抱希望?! 这是曹公暗中递送的第一层意思。他还有第二层意思：宝玉是第一次听到这支曲子，也可能是第一次受到佛道思想如此深刻的震撼，从此他的心底埋下了佛根。这，是拜宝钗所赐！而按照曹公的构思，宝玉最终的境遇正如鲁智深的出家，而他赤条条离开所抛下的，恰恰是同他"举案齐眉"的妻子宝钗！——如此看来，岂非是"种豆得豆"：宝钗今日得意洋洋向宝玉讲戏布道，怎承望，将来正是她自己吃下"焦首朝朝还暮暮，煎心日日复年年"的苦果。这世间，就这么加减乘除，阴差阳错！

黛玉已经郁闷好几天了，现在看到宝钗和宝玉如此亲近，宝玉更是"喜的拍膝画圈"，几乎疯疯癫癫，这叫黛玉如何看得下去？她冷冷地砸出一句："'安静看戏罢，还没唱《山门》，你倒《妆疯》了。'说的湘云也笑了。于是大家看戏。"虽然大家不再说话，但黛玉的内心大家可想而知。偏偏，凤姐又多出一桩事情来，说那个演小旦的孩子很像一个人。

宝钗心里也知道，便只一笑不肯说。宝玉也猜着了，亦不敢说。史湘云接着笑道："倒象林妹妹的模样儿。"宝玉听了，忙把湘云瞅了一眼，使个眼色。众人却都听了这话，留神细看，都笑起来了，说果然不错。一时散了。

晚间，湘云更衣时，便命翠缕把衣包打开收拾，都包了起来。翠缕道："忙什么，等去的日子再包不迟。"湘云道："明儿一早就走。在这里作什么？——看人家的鼻子眼睛，什么意思！"宝玉听了这话，忙赶近前拉他说道："好妹妹，你错怪了我。林妹妹是个多心的人。别人分明知道，不肯说出来，也皆因怕他恼。谁知你不防头就说了出来，他岂不恼你。我是怕你得罪了他，所以才使眼色。你这会子恼我，不但辜负了我，而且反倒委曲了我。若是别人，那怕他得罪了十个人，与我何干呢？"湘云摔手道："你那花言巧语别哄我。我也原不如你林妹妹，别人说他，拿他取笑都使得，只我说了就有不是。我原不配说他。他是小姐主子，我是奴才丫头，得罪了他，使不得！"宝玉急的说道："我倒是为你，反为出不是来了。我要有外心，立刻就化成灰，叫万人践踏！"湘云道："大正月里，少信嘴胡说。这些没要紧的恶誓、散话、歪话，说给那些小性儿、行动爱恼的人，会辖治你的人听去！别叫我啐你。"说着，一径至贾母里间，忿忿的躺着去了。

这里有好几个看点。第一，人人都看到了，湘云的直爽。她本是来做客的，遇到不爽，就走人！非但走人，还对宝玉扔下一句掷地有声的："少信嘴胡说。这些没要紧的恶誓、散话、歪话，说给那些小性儿、行动爱恼的人，会辖治你的人听去！别叫我啐你。"真是"英豪阔大宽宏量，从未将儿女私情略萦心上"。湘云的性格，到这儿完全出来了，确实与众不同。不过湘云在这里敢作敢为，还是同她的身份和环境有关。湘云是贾母的侄孙女，是贾母唯一喜欢的史家亲戚，隔三岔五贾母就会派人去接她来，换句话说，她是史家的一个代表，是贾母显示她娘家身份、体面的一个标志。所以湘云来不来贾府，不是贾府中任何人可以摆布的，她是贾母的脸面，谁敢动她？所以湘云可以无所忌惮。关于这一层，评论家们似乎都没关注到，所以我们着重说一说。

第二个看点，宝玉受尽委屈，但宝玉毕竟是宝玉，所有的委屈他自己吞下，他并没有对湘云发火，这位少爷也真不容易。

第三个看点，黛玉很容易得罪人，湘云才来几天，已经第二次被她得罪了。长此以往，她会把所有人都得罪。但是，没有评论家问过这么一个问题：黛玉可从来没有得罪过迎春、探春、惜春，这是为什么？黛玉同贾氏三姐妹天天在一起，照理来说，同她们之间更容易引发矛盾啊。再深入思考一番，事情就更清楚了：黛玉并不是乱发脾气的女孩，她还是有原则的，她有她的底线，有她的界限。她很明白，贾氏三姐妹对她没有根本的威胁；她也清楚，贾氏三姐妹不是她可以随便得罪的。想想也是，得罪了她们，黛玉怎么在贾府立足呢？所以黛玉是小事任性，但是大的界限还是划得清清楚楚不含糊的。那么她为什么会如此频繁地得罪湘云呢？答案不难寻求，因为湘云同宝玉也是表姐妹，来到贾府，湘云同宝钗一样也是客人，黛玉得罪得起。当然更关键原因在于，湘云同宝玉是青梅竹马，而且现在还是那么亲呢，前天宝玉抢着湘云的洗脸水洗面，然后又是梳头又是打手，如此种种令黛玉不能不警惕。这种疑心和警惕，偶尔爆发出来，就成为小冲突。

第四个看点，曹雪芹有没有这样的意思：用湘云的话语行为，造成湘云同宝钗的鲜明对比。我们看，面对黛玉的攻击，宝钗从来没说过要离开贾府，至今也没说过"小性儿、行动爱恼的人"这种针对黛玉的重话。曹公在这里有没有将湘云同宝钗对比的意思？如果有，那么除了湘云的性格大大不同于宝钗，还有没有这个意思：湘云要走就走，想说就说，因为她毕竟有条退路，可以回家，尽管那个家不怎么样；同时，如上所述，湘云回家去，过不了几天贾母就会派人去接来；但宝钗却无家可归，薛家早就无路可走才投奔贾府，薛蟠是杀人的重案犯人；或者，即使薛家在贾府以外另有住所，但宝钗一旦生气回去，是没有人再去接回来的；所以宝钗不可以说声走就使性子走了，她要照顾到薛家一家子人，因而她在贾府凡事能忍就忍，能避开就避开，除非忍无可忍才会爆发。——这个我们后面就会见识到。所以曹公通过这里的写湘云，实际上暗中也对比了宝钗，透露出宝钗比湘云还要尴尬的境地，从而揭示出宝钗所作所为的隐衷、苦衷。宝玉的三位表姐妹，黛玉、宝钗、湘云，三个人都在他眼前晃，三人在贾府的表现完全不同，这种不同除了个性原因，还由于三人的背景、地位也不一样。这一点，是必须要懂得的，不然我们就无法理解这三人，也不能真正理解《红楼梦》。

我们继续。在湘云那边碰了钉子：

> 宝玉没趣，只得又来寻黛玉。刚到门槛前，黛玉便推出来，将门关上。宝玉又不解其意，在窗外只是吞声叫"好妹妹"。黛玉总不理他。宝玉闷闷的垂头自审。袭人早知端的，当此时断不能劝。那宝玉只是呆呆的站在那里。黛玉只当他回房去了，便起来开门，只见宝玉还站在那里。黛玉反不好意思，不好再关，只得抽身上床躺着。宝玉随进来问道："凡事都有个原故，说出来，人也不委曲。好好的就恼了，终是什么原故起的？"林黛玉冷笑道："问的我倒好，我也不知为什么原故。我原是给你们取笑的，——拿我比戏子取笑。"宝玉道："我并没有比你，我并没笑，为什么恼我呢？"黛玉道："你还要比？你还要笑？你不比不笑，比人比了笑了的还利害呢！"宝玉听说，无可分辩，不则一声。

> 黛玉又道："这一节还恕得。再你为什么又和云儿使眼色？这安的是什么心？莫不是他和我顽，他就自轻自贱了？他原是公侯的小姐，我原是贫民的丫头，他和我顽，设若我回了口，岂不他自惹人轻贱呢？是这主意不是？这却也是你的好心，只是那一个偏又不领你这好情，一般也恼了。你又拿我作情，倒说我小性儿，行动肯恼。你又怕他得罪了我，我恼他。——我恼他，与你何干？他得罪了我，又与你何干？"

> 宝玉见说，方才与湘云私谈，他也听见了。细想自己原为他二人，怕生隙恼，方在中调和，不想并未调和成功，反已落了两处的贬谤。正合着前日所看《南华经》上，有"巧者劳而智者忧，无能者无所求，饱食而遨游，汎若不系之舟"；又曰"山木自寇，源泉自盗"等语。因此越想越无趣。再细想来，目下不过这两个人，尚未应酬妥协，将来犹欲为何？想到其间，也无庸分辩回答，自己转身回房来。林黛玉见他去了，便知回思无趣，赌气去了，一言也不曾发，不禁自己越发添了气，便说道："这一去，一辈子也别来，也别说话。"

一个善良的老实人，夹在几个女子中间，难免要受窝囊气，宝玉正是这样的人。他并不擅言辞，更不擅手段，也不懂腾挪闪避，受了气只会憋着，这时候佛道思想就不由自主潜入心头。佛教、道教在我国千年不衰，其理论特色是一个原因，更主要的原因还在于大众的需要。黛玉那些话已经近乎胡搅蛮缠和恶语中伤，宝玉确实很受伤。黛玉今天的火气如此旺，湘云说她像戏子，宝玉使眼色，恐怕都是次要的；最关键的还是贾母出面为宝钗做生日，搞得如此热烈，还有宝玉对宝钗的言听计从、奉若圭皋，这些才是黛玉刺心刺骨的。她对贾母无法发作，一腔怨愤只能撒在宝玉头上。曹雪芹在描写的过程中，还不忘加一个侧面烘托，"袭人早知端的，当此时断不能劝"。这是告诉我们，袭人有这方面的经验教训，越劝，黛玉的火气越大，躲开是唯一的方法。

受了莫大的窝囊气，宝玉回到房里，袭人试着来劝，说道：

"他们既随和，你也随和，岂不大家彼此有趣。"宝玉道："什么是'大家彼此'！他们有'大家彼此'，我是'赤条条来去无牵挂'。"谈及此句，不觉泪下。袭人见此光景，不肯再说。宝玉细想这句趣味，不禁大哭起来，翻身起来至案，遂提笔立占一偈云：

你证我证，心证意证。

是无有证，斯可云证。

无可云证，是立足境。

写毕，自虽解悟，又恐人看此不解，因此亦填一支《寄生草》，也写在偈后。自己又念一遍，自觉无挂碍，中心自得，便上床睡了。

所谓偈，是佛经中的唱词。宝玉此偈的意思是，越是沟通求得谅解，越是麻烦，不如不求谅解，表达了他对感情纠缠的灰心。他填写的《寄生草》：

无我原非你，从他不解伊。

肆行无碍凭来去。

茫茫着甚悲愁喜，纷纷说甚亲疏密。

从前碌碌却因何，

到如今，回头试想真无趣！

此曲表达要远离感情纠缠的意思。这里看出宝钗推荐的那支《寄生草》对宝玉的影响很大。宝玉发泄完了倒头就睡，黛玉却睡不着了，她假借找袭人的名义来看动静。袭人悄悄把宝玉写的东西给黛玉看，黛玉拿回去给湘云看。第二天又给宝钗看，宝钗笑道："这个人悟了。都是我的不是，都是我昨儿一支曲子惹出来的。这些道书禅机最能移性。"三人决定去查问宝玉。

一进来，黛玉便笑道："宝玉，我问你：至贵者是'宝'，至坚者是'玉'。尔有何贵？尔有何坚？"宝玉竟不能答。三人拍手笑道："这样钝愚，还参禅呢。"

于是四人和好如初。这正应了那句俗语：大姑娘的脸说变就变。当然这里有个前提，就是这群小儿女当中，宝玉的性子要特别好，换了贾琏、贾蓉、贾环等，那么女孩子也够受。

接着，宝钗又讲了一段佛教史中的经典，我们由此知道宝钗对佛教不仅涉猎，而且有一定的研究。曹公对宝钗的学问和思想倾向，做了进一步的披露，也为后面的灯谜做着铺垫。

　　作品随后进入本回另一个情节。忽然元春命人送来灯谜让姐妹们猜，还要求大家也写一个进去让她猜。表面上，作品写的是正月里的年事活动，骨子里曹雪芹要借此对众人的命运做再一次的宣告。在第5回中，"天上"对众钗们做过一次预告，而现在，人们对自己写出一个谶语，从而形成"天人合一"的预告。其效果是：瞧，冥冥之中他们自己都认了！于是他们的命运敲钉转角、无可怀疑、不可改变。其次，在艺术上也是一次必要的反复，因为距离第5回已经很久，人间的戏剧也一幕幕展开了许多，主要悲剧人物也已经登场，而元春省亲那么轰轰烈烈，读者可能很兴奋很乐观，甚至已经淡忘了天上的警告，曹雪芹要给读者兜头一盆冷水降降温。

　　另外，大家注意作品的行文，从编排格式到出场人物都有点不寻常。明明是元春的灯谜在前，但是作品中出现的第一个灯谜却是贾环的。什么道理？究其原因，一是贾环并非主角，而且是作者很厌恶的一位，曹公大概很不愿意让贾环的作品同他心爱的人物放在一起，就像贾雨村两次同黛玉一起从扬州到北京却始终没有"同框"的镜头，一个道理。其次，这样安排是为了气势大一点，主要人物的灯谜排列在一起，所以他把元春的灯谜挪后处理，同众位姐妹放到一起。其三，难得曹公让贾母和贾政也各做一个灯谜，与众姐妹同场表演，这在全书中极其罕见。曹公为什么做这样安排？这里面有他的苦心孤诣：为了使灯谜更具权威性，他特意把贾府的两位最高家长拉来助威壮声势，三代人共同谱写谶语；两位家长的灯谜立意更高预示整个家族；第三代的灯谜则只预言自己；这样总起来，所有谶语的预兆性质才更加确信不疑。

　　下面我们谈谈各人的灯谜。贾环那个，词意就不通达，把枕头和兽头放在一起，更是胡扯，整首诗不伦不类，曹公分明是在讽刺贾环为人的胡来和偏狭。此诗没有人解释对贾环命运有什么预兆。我想，既然其他人的灯谜都是预兆，这一首也不该例外，此是一。其二，我们说过《红楼梦》中灯谜花签酒令牌令之类，都隐喻象征命运，不同于其他诗词，所以贾环这诗，应该有所预兆。其三，后面贾政灯谜明确告诉我们"有言必应"，那么贾环这个灯谜自然也有应验。但这个谜确实难解，我这里只是说说自己的理解，仅供各位参考。此诗说的枕头"只在床上坐"，似乎在说一种爱好、志向，或是暗指宝玉胸无大志、整天在闺阁中混，最后坐失江山；兽头"爱在房上蹲"，似乎指贾环自己，爬墙上屋，爱折腾，占据房屋，预示着贾环将有霸占宝玉家产的一天。但是屋顶的兽头并非真的野兽，它是糊上去的，徒有样子而已，所以贾环占有家产也不过一时云烟，最后落空。这里的"大哥""二哥"与宝玉、贾环的老二、老三身份不合，或可理解为贾环文笔糟糕、牵强附会、乱按榫头。

贾母的灯谜：

> 猴子身轻站树梢。
>
> ——打一果名。

"站树梢"即"立于枝头"，谐音水果"荔枝"，荔枝音近"离枝"，离开树枝则果物死亡，也有"支离破碎"的意思。另外，据说曹雪芹祖父曹寅有句口头禅"树倒猢狲散"，猴子立于树梢，正有此意。贾母是辈分最高家长，她这个灯谜暗示整个家族将走向败亡。

贾政的灯谜：

> 身自端方，体自坚硬。
>
> 虽不能言，有言必应。
>
> ——打一用物。

谜底是砚台。"身自端方，体自坚硬"暗喻贾政人品端正，但此诗的关键词是"有言必应"。这是明确宣告，这里的灯谜都要应验的。贾政与贾母是家长，而且一把年纪无需什么兆头了，曹公把他们调来是为强化灯谜的谶语性质，让贾母发出家族走势的预言，让贾政像法官一样宣布谶语的有效性。——曹雪芹给这两位家长的分工真是太绝了！想想人活在这世上，有时真不知道自己都在干什么。大正月里，贾母高高兴兴领着孙子孙女们猜灯谜庆新年，贾政见母亲兴致这么高也赶来承欢取乐，哪知道说出来的全是诅咒家族和子孙的谶语？

元春的灯谜：

> 能使妖魔胆尽摧，身如束帛气如雷。
>
> 一声震得人方恐，回首相看已化灰。

谜底是炮竹。暗喻元春像炮竹一样声名震耳、气势惊人，但好景短暂，不久逝世。元春是今日灯谜会的始作俑者，她在宫里想引弟妹们一起欢乐起来，想出了灯谜游戏，特地以身作则写了这个炮竹谜语，表面看完全融合节日氛围，但"回首相看已化灰"，竟是如此不吉详。更糟糕的是她似乎还引领着方向，把弟妹们统统引入歧途，她真是做梦都想不到啊！

迎春灯谜：

> 天运人功理不穷，有功无运也难逢。
>
> 因何镇日纷纷乱，只为阴阳数不同。

谜底是算盘。灯谜暗喻迎春家境人品都很好，但婚后境遇却"镇日纷纷乱"，一塌糊涂，冥冥中命运已经注定，无可逃脱。若说可怜，迎春几乎比丫头还要可怜，母亲早死，父亲贾赦好像没这女儿，从来不管不问，哥哥贾琏也没见同她说过一句话。老实人迎春从来就没高兴过，即使探春、惜春、黛玉、宝钗好像与她也没有一句女孩子家的悄悄话，甚至连个贴心的丫头也没有。袭人、平儿、鸳鸯，哪怕小红这样的丫头也有个知己，迎春却什么都没有。在娘家就这么寂寞，嫁个丈夫又是披着人皮的狼，她短短的一生，可能都不知道欢乐是何滋味。

探春灯谜：

> 阶下儿童仰面时，清明妆点最堪宜。
> 游丝一断浑无力，莫向东风怨别离。

谜底是风筝。诗词同探春的名字很切合，清明时节正是春天的好时节，再加上探春出嫁也是这时节，诗意加深了一层；画面选用放风筝，风筝断了线就永远回不来了，所谓"游丝一断浑无力，莫向东风怨别离"。在众多女孩子中，曹公给探春的命是最好的，"清明妆点最堪宜"，她嫁的丈夫不错，家境也好，唯一欠缺是夫家遥远，一去就成永别。高鹗的续书中让探春又回家一次，与曹公构思有出入。从全书看，曹公写探春总怀着一份敬意，诗社由她发起，大观园改革由她主持，其个性、见识连凤姐都有敬畏之心。最后曹公也手下留情，让探春的生活接近幸福，成为《红楼梦》中唯一的逃离不幸的人物。

惜春灯谜：

> 前身色相总无成，不听菱歌听佛经。
> 莫道此生沉黑海，性中自有大光明。

谜底是佛像前的大油灯，也叫长明灯，暗喻惜春出家为尼。第一句说惜春在尘世中没有任何满意之处，无人关怀无人爱。色相，一切有形物，也可指女子长相。第二句说她向往佛教。菱歌，代尘世的欢乐。后两句说出家后虽无俗世的欢乐，却能得到佛的真谛。黑海，世人眼中的僧尼生活黑暗无边；大光明，指佛。那么，惜春也算是求道得道。

宝钗灯谜：

> 朝罢谁携两袖烟，琴边衾里总无缘。
> 晓筹不用鸡人报，五夜无烦侍女添。
> 焦首朝朝还暮暮，煎心日日复年年。
> 光阴荏苒须当惜，风雨阴晴任变迁。

谜底是更香，每根香点完的长度对应时间的长度，用于夜晚标示时间。此诗暗喻宝钗同宝玉虽然成婚，但最终无缘，宝玉离家出走后，宝钗更是日夜煎熬，长年孤寂；尾联意思翻转，说青春本当惜年华，就听凭世事变幻罢。首句"朝罢谁携两袖烟"，朝罢，原指早朝归来；携两袖烟，是说两手空空一无所得；"琴边衾里总无缘"：此句表面是说更香不能用作弹琴的炉香，或熏被褥用的熏香，象征最终无夫妻缘分。琴边衾里，比喻夫妻生活。"晓筹不用鸡人报，五夜无烦侍女添"：两句说深夜不需要报晓人报时和侍女添加更香，因为自己本就失眠。晓筹，计时的竹签，代指早晨时刻；鸡人，报晓的人；五夜，五更时候。"焦首朝朝还暮暮，煎心日日复年年"：两句以时时刻刻燃烧的更香，巧喻长年身心煎熬。焦首，更香燃烟在香顶；煎心，更香中心的竹梗燃烧。"光阴荏苒须当惜，风雨阴晴任变迁"：青春在慢慢度过实在应当珍惜，遭遇风云变幻那就一切听命吧。此诗预兆的悲苦凄凉程度不下于迎春，只是尾联使用主人公的口吻，表达宝钗对生活的看透和达观，翻出另一个境界。

看完宝钗这一首，贾政：

> 大有悲戚之状，因而将适才的精神减去十分之八九，只垂头沉思。贾母见贾政如此光景，想到或是他身体劳乏亦未可定，又兼之恐拘束了众姊妹不得高兴顽耍，即对贾政云："你竟不必猜了，去安歇罢。让我们再坐一会，也好散了。"贾政一闻此言，连忙答应几个"是"字，又勉强劝了贾母一回酒，方才退出去了。回至房中只是思索，翻来复去竟难成寐，不由伤悲感慨，不在话下。

现在我们见到的版本，就这几个灯谜。红学界有个说法，作品中原本还有黛玉、凤姐、李纨等人的灯谜，因这里接近回末，后面几页遗失了；或说是原作中的这一页被撕去半页。这个说法只能存疑了，没有扎实的资料可以证明这说法的是或不是。我在本回最后谈个人看法。

还有人认为，最后的更香灯谜不是曹雪芹原作中的，而是别人添加的；或者说这灯谜不是宝钗的，而是黛玉的。对此我认为，作品中灯谜应该、而且只能是出于宝钗之手，因为这首诗预兆的完全是宝钗的人生，同黛玉很是不同。同时我也认为它应该是曹雪芹原作。它同宝钗太贴切了，前面三联将宝钗的遭际形容得入木三分，这，除了作者曹雪芹，没人能够写的出，因为这需要潜入宝钗的心灵很深、很久；而尾联的翻新，不仅表现出宝钗的诗作功底，更是宝钗的性格、气度、人生观直接而鲜明的体现，这比前三联更难，需要对人物气息的把握绝对精准，不能差一厘一毫；而且，这种把握是对宝钗一生的把握，因为宝钗到本回，还没有展现出这种气度，要到很后面才一步一步展现出来。所以说，除了曹雪芹，别人是无法达到的。退一步说，如果它是别人补作的，那么这位补作者必然连黛玉、凤姐、李纨等人的灯谜一起补完，何必只补宝钗一首呢？所以我认为这应该是曹公的原作。

回到作品。这一回的最后一段，这个结尾意味深长，它有相当特别的意义。请看：

　　且说贾母见贾政去了，便道："你们可自在乐一乐罢。"一言未了，早见宝玉跑至围屏灯前，指手画脚，满口批评，这个这一句不好，那一个破的不恰当，如同开了锁的猴子一般。宝钗便道："还象适才坐着，大家说说笑笑，岂不斯文些儿。"凤姐自里间忙出来插口道："你这个人，就该老爷每日令你寸步不离方好。适才我忘了，为什么不当着老爷，撺掇叫你也作诗谜儿。若果如此，怕不得这会子正出汗呢。"说的宝玉急了，扯着凤姐儿，扭股儿糖似的只是厮缠。贾母又与李宫裁并众姊妹说笑了一会，也觉有些困倦起来。听了听已是漏下四鼓，命将食物撤去，赏散与众人，随起身道："我们安歇罢。明日还是节下，该当早起。明日晚间再玩罢。"且听下回分解。

　　这里表面上写的是贾政离开以后大家的活跃场面，其实曹公用这个场面告诉我们：这批年轻人自己并不知道自己写了些什么，还在做着欢乐梦，真是少女不知凶兆现，"隔岸犹唱后庭花"。曹公用了对比手法，贾政悲从中来、夜不能寐，同众人的轻松欢快、犹在梦中形成强烈对比。其次，说宝玉"如同开了锁的猴子一般"，刚巧呼应了贾母的灯谜和曹寅的口头禅"树倒猢狲散"，从而造成一个有意味的意象。

　　另外，凤姐明说："适才我忘了，为什么不当着老爷，撺掇叫你也作诗谜儿。"证明宝玉没有作灯谜。这确实有点矛盾，前面明明交代"各人拈一物作成一谜，恭楷写了，挂在灯上"，这矛盾怎么造成的？我以为好解释。作品中但凡写众人命运，往往不含宝玉，他只是看客，是局外人，看"千红一哭""万艳同悲"，作品要展现的是众钗的命运，让宝玉看了醒悟。这也反证《枉凝眉》中的"美玉无瑕"是写黛玉而不是宝玉，他在太虚幻境里更是写明了的看客。

第二十三回

西厢记妙词通戏语　牡丹亭艳曲警芳心

这一回的内容是尊元春之命，宝玉和姐妹们入住大观园。这个没有其他男人的特殊环境，让进入少年期的宝玉觉得窒息，他开始看爱情作品来排解。某日他同黛玉一起读了《西厢记》，两人产生强烈的共鸣，就是所谓"西厢记妙词通戏语"。

一般小说，可能就从这些情节开始写起，但这不是曹雪芹的风格，他要的不是情节，而是生活，是人生和人性。所以在他的笔下，重心是倒过来的，情节反而成为生活和人性的介入手段。所以他一上来交代了贾政怎么打理园子，安排管理人员，着重交代贾芹的母亲周氏来求凤姐替贾芹安排一份差事，然后展开凤姐与贾琏夫妻之间的描写。这些"情节"本身的意义不大，它们是为主题意旨服务的。

贾政派人来叫贾琏，

当下贾琏正同凤姐吃饭，一闻呼唤，不知何事，放下饭便走。凤姐一把拉住，笑道："你且站住，听我说话。若是别的事我不管，若是为小和尚们的事，好歹依我这么着。"如此这般教了一套话。贾琏笑道："我不知道，你有本事你说去。"凤姐听了，把头一梗，把筷子一放，腮上似笑不笑的瞅着贾琏道："你当真的，是玩话？"贾琏笑道："西廊下五嫂子的儿子芸儿来求了我两三遭，要个事情管管。我依了，叫他等着。好容易出来这件事，你又夺了去。"凤姐儿笑道："你放心。园子东北角子上，娘娘说了，还叫多多的种松柏树，楼底下还叫种些花草。等这件事出来，我管保叫芸儿管这件工程。"贾琏道："果这样也罢了。只是昨儿晚上，我不过是要改个样儿，你就扭手扭脚的。"凤姐儿听了，嗤的一声笑了，向贾琏啐了一口，低下头便吃饭。

贾琏已经笑着去了，到了前面见了贾政，果然是小和尚一事。贾琏便依了凤姐主意，说道："如今看来，芹儿倒大大的出息了，这件事竟交与他去管办。横竖照在里头的规例，每月叫芹儿支领就是了。"贾政原不大理论这些事，听贾琏如此说，便如此依了。贾琏回到房中告诉凤姐儿，凤姐即命人去告诉了周氏。贾芹便来见贾琏夫妻两个，感谢不尽。凤姐又作情央贾琏先支三个月的，叫他写了领字，贾琏批票画了押，登时发了对牌出去。银库上按数发出三个月的供给来，白花花二三百两。贾芹随手拈一块，撂与掌平的人，叫他们吃茶罢。于是命小厮拿回家，与母亲商议。登时雇了大脚驴，自己骑上；又雇了几辆车，至荣国府角门，唤出二十四个人来，坐上车，一径往城外铁槛寺去了。

大家看，曹雪芹追求的是这些东西。第一，他再次写出，凤姐和贾琏夫妇相互争权夺利，把家族事务作为相互交易的筹码；第二，他半明半暗地交代了他们性生活的某些细节，但写法又同《金瓶梅》很不一样，不像《金瓶梅》那么赤裸裸无节制；第三，他写出了贾政这位书生型的家长，很不耐烦家务事的细枝末节，实际上被凤姐和贾琏架空利用，成为他们争权夺利徇私舞弊的挡箭牌；第四，他写出贾芹这样的没落公子，一旦权力在手，就那么挥霍嚣张，暗示我们，那二三百两白花花的银子，必定被贪污滥用；第五，他写明贾府某个单项开销，二十四个和尚道士三个月的费用要二三百两，那么一年要一千两左右，平摊到每一位则年度费用是四十两。这些细节，将整个生活撑得相当饱满，表现出当时生活的原生态。

然后作品进入正题。

> 　　且说贾元春，因在宫中自编大观园题咏之后，忽想起那大观园中景致，自己幸过之后，贾政必定敬谨封锁，不敢使人进去骚扰，岂不寥落。况家中现有几个能诗会赋的姊妹，何不命他们进去居住，也不使佳人落魄，花柳无颜。却又想到宝玉自幼在姊妹丛中长大，不比别的兄弟，若不命他进去，只怕他冷清了，一时不大畅快，未免贾母王夫人愁虑，须得也命他进园居住方妙。想毕，遂命太监夏守忠到荣国府来下一道谕，命宝钗等只管在园中居住，不可禁约封锢，命宝玉仍随进去读书。

> 　　贾政、王夫人接了这谕，待夏守忠去后，便来回明贾母，遣人进去各处收拾打扫，安设帘幔床帐。

大家知道，为宝玉和金钗们构筑一个与外界相对隔离的小世界，以便同外面的大世界进行对比，这是曹雪芹刻意的安排和构思，也是《红楼梦》一个别具一格的关键点。但是，这个小世界的生成总得有个理由，尤其是宝玉这样一个已经比较成熟的男孩，要让他单独一个人住在女儿世界中，更需要一个理由。好在当时是一个专制社会，那个社会里一切都听命于权力，狡猾的曹雪芹就利用了这个权力。——这个半封闭的小世界，是因为元春而封闭的；宝玉住进去，又是元春直接下达懿旨，只不过让元春稍微拐了个弯；小小的弯子里面，又给元春设计了两个借口，一个是宝玉冷清了不畅快，另一个怕贾母和王夫人愁虑。于是大功告成。由此可见，曹雪芹也知道创立这么个"小世界"在艺术上有点牵强，他不得不在这里当一回补锅匠，给了几个说法，把艺术上的裂缝勉强弥补上了。

不过，曹雪芹就是曹雪芹，他一面心虚着在补裂缝，一面又在忙里偷闲为后文做着铺垫——让金钏露个脸，给我们见识见识。贾政不得不执行娘娘的懿旨，但要训导宝玉几句，便派人传来。

宝玉只得前去，一步挪不了三寸，蹭到这边来。可巧贾政在王夫人房中商议事情，金钏儿、彩云、彩霞、绣鸾、绣凤等众丫鬟都在廊檐底下站着呢，一见宝玉来，都抿着嘴笑。金钏一把拉住宝玉，悄悄的笑道："我这嘴上是才擦的香浸胭脂，你这会子可吃不吃了？"彩云一把推开金钏，笑道："人家正心里不自在，你还奚落他。趁这会子喜欢，快进去罢。"宝玉只得挨进门去。

众丫鬟"一见宝玉来，都抿着嘴笑"。笑什么？笑宝玉的扭捏样子，可见她们同宝玉非常随便。但是其中一个更大胆、更调皮的，那就是金钏！其他女孩子不过笑笑而已，金钏却很放肆。她要捉弄宝玉，指指自己嘴唇说说也就罢了，够意思了，竟然还"一把拉住宝玉"！她不仅动嘴还动手，她根本不管宝玉会不会恼羞成怒，更放肆的是，贾政、王夫人都在房间里，金钏居然敢在门外走廊上拉住宝玉，还进行挑逗！稍微弄出点响动，贾政、王夫人就听见了，岂非闯祸？别说一般丫头，即使是胆子最大的鸳鸯恐怕都不敢！——金钏第一次亮相，就特立独行，光彩夺目。曹公极为精确地抓住了人物的特点，当然也为后面情节打下埋伏。

宝玉见父亲一段，曹公换了一个角度，他不写宝玉怎么见老子，而写贾政怎么看儿子。这一段对一位中国式父亲刻画得很真挚、带有较强的感情色彩。曹雪芹看重的、要表现的，就是人到中年的父亲心态。

贾政一举目，见宝玉站在跟前，神彩飘逸，秀色夺人；看看贾环，人物委琐，举止荒疏；忽又想起贾珠来，再看看王夫人只有这一个亲生的儿子，素爱如珍，自己的胡须将已苍白：因这几件上，把素日嫌恶处分宝玉之心不觉减了八九。半晌说道："娘娘吩咐说，你日日外头嬉游，渐次疏懒，如今叫禁管，同你姊妹在园里读书写字。你可好生用心习学，再如不守分安常，你可仔细！"宝玉连连的答应了几个"是"。王夫人便拉他在身旁坐下。

贾政的心理片刻之内打了几个弯：一举目，见宝玉"神彩飘逸，秀色夺人"，心里一阵欣喜——一个父亲见到儿子长相如此出色，谁能不欢欣？更何况我国古代还有"面相学"，坚信长相不仅决定性格，还暗含着命运！《史记》中就有无数类似故事，《三国演义》中刘备、魏延的相貌更是给人们上了一课。贾政又看看贾环，一个转弯；再想到贾珠，又一个弯。然后这位老子开始哄骗："娘娘吩咐说，你日日外头嬉游，渐次疏懒，如今叫禁管，同你姊妹在园里读书写字。"也不知道老子说这话时脸红不红，更不知道宝玉信不信，反正宝玉连着答应几个"是"，父子两人都算走过场了。

宝玉一出来，先向金钏伸伸舌头，算是对先前的回应，然后就去同林黛玉商量各人住哪儿。于是宝玉住进怡红院，黛玉住进潇湘馆，宝钗入住蘅芜苑，其余迎春、探春、惜春、李纨都各有所选，免不了统统钻进曹雪芹为她们"个性化"设计好的宅子。

大观园风光无限好，可惜里面全部是女性，独有宝玉一个男孩。这事说好是绝对好，宝玉美梦成真进入彻底的"女儿世界"；但说不好也实在不好，因为这让他怎么也无法安心。当然，促狭的曹雪芹不会这么直接明白告诉我们，他只是写、只管写宝玉的难受和郁闷，许多读者都不明白他在写什么。其实曹公写的就是性郁闷、性骚动。曹公对性心理的描写，相比西方著名的弗洛伊德的性理论阐述，各具千秋，但领先一个多世纪。我们鉴赏一番。

> 且说宝玉自进花园以来，心满意足，再无别项可生贪求之心。每日只和姊妹丫头们一处，或读书，或写字，或弹琴下棋，作画吟诗，以至于描鸾刺凤，斗草簪花，低吟悄唱，拆字猜枚，无所不至，倒也十分快乐。……谁想静中生烦恼，忽一日不自在起来，这也不好，那也不好，出来进去只是闷闷的。园中那些人多半是女孩儿，正在混沌世界，天真烂熳之时，坐卧不避，嬉笑无心，那里知宝玉此时的心事。那宝玉心内不自在，便懒在园内，只在外头鬼混，却又痴痴的。

促狭的曹雪芹，他什么都点到了，却一处也不肯点透！宝玉从进入大观园的兴奋、快乐到烦恼、不自在，这个心理过程同经典的心理理论完全吻合。曹雪芹点到："园中那些人多半是女孩儿，正在混沌世界，天真烂熳之时，坐卧不避，嬉笑无心，那里知宝玉此时的心事。"何为"坐卧不避，嬉笑无心"，曹公不写，留给读者去思考、去体会。园子里女孩子随便就那么一躺，内衣随便往哪里一挂，对刚刚发育的宝玉，都是要命的。他躲无可躲避无可避，或者说他既想躲避又不愿躲避，甚至还很享受那些不该见的东西，这是何等的撕裂和痛苦。更苦恼的是心中的别扭无处可诉、无人可吐，只能自我压制，结果是"不自在起来，这也不好，那也不好，出来进去只是闷闷的"。他也曾想到外出解闷，但外出能够有多久？所以"在外头鬼混"完了，"却又痴痴的"。

这段描写中还有一个要点，就是交代了宝玉的年龄，十二三岁。因为是外人赞赏宝玉诗词写的好，按照中国人的习惯，总是往年岁小里夸，所以应该是十三岁。前面宝钗刚过十五岁生日，宝玉小两岁。

宝玉如此神魂颠倒，其小厮茗烟看了难受，脑子一动，买了一堆小说和剧本来让宝玉消遣。一个不识字的孩子会想到买书，会懂得书籍能替人消遣，曹公想得够妙的！

> 宝玉何曾见过这些书，一看见了便如得了珍宝。茗烟又嘱咐他不可拿进园去，"若叫人知道了，我就吃不了兜着走呢。"宝玉那里舍的不拿进去，踟蹰再三，单把那文理细密的拣了几套进去，放在床顶上，无人时自己密看。

所谓无心插柳柳成荫，茗烟小子做梦也没想到，他居然成了宝玉文艺启蒙的"引路人"！茗烟小子更加想不到，他还成了黛玉间接的文艺启蒙"引路人"，还成了宝玉和黛玉爱情剖白的促成者。宝玉把那些书偷偷带进大观园，不难想象，黛玉早晚会见到。但曹公不愿轻易达成这桩好事，他又玩了一手花头，让这好事儿委婉曲折、富有诗意地完成，从而让那个场面成为《红楼梦》中最动人、最难忘的一个。欣赏一下曹公的手艺和构建场面的过程，并留心看看他用了哪些"调味品"。

> 那一日正当三月中浣，早饭后，宝玉携了一套《会真记》，走到沁芳闸桥边桃花底下一块石上坐着，展开《会真记》，从头细玩。正看到"落红成阵"，只见一阵风过，把树头上桃花吹下一大半来，落的满身满书满地皆是。宝玉要抖将下来，恐怕脚步践踏了，只得兜了那花瓣，来至池边，抖在池内。那花瓣浮在水面，飘飘荡荡，竟流出沁芳闸去了。

注意曹公的挑选。第一，季节——三月中旬，最美的春天。第二，地点，大观园本就是美如仙境的园林，曹公还要挑里面最精致的地点"沁芳闸桥边桃花底下一块石上坐着"，这是我国古代无数经典画作中的经典图案。第三，背景，桃花漫天飞舞——正是我们千千万万旅游者、摄影家梦寐以求的场景，宝玉就在这样的环境中看《西厢记》。曹公把能给的都拿了出来。不仅如此，第四，他还安排宝玉同黛玉在这精致的场景里"偶然撞见"，共读《西厢》。还有更绝的，第五，葬花，那是中国历代画家都没画过、《西厢记》《牡丹亭》等戏曲中都没有出现过的，曹公把它写入小说，使其不仅成为一种美谈，而且后人多有效仿。场面是曹公精心设计刻意打造的，成为经典中的经典。我们也做一点细致的鉴赏，讨论深入一点。

> 回来只见地下还有许多，宝玉正踟蹰间，只听背后有人说道："你在这里作什么？"宝玉一回头，却是林黛玉来了，肩上担着花锄，锄上挂着花囊，手内拿着花帚。宝玉笑道："好，好，来把这个花扫起来，撂在那水里。我才撂了好些在那里呢。"林黛玉道："撂在水里不好。你看这里的水干净，只一流出去，有人家的地方脏的臭的混倒，仍旧把花遭塌了。那畸角上我有一个花冢，如今把他扫了，装在这绢袋里，拿土埋上，日久不过随土化了，岂不干净。"宝玉听了喜不自禁，笑道："待我放下书，帮你来收拾。"

很有意思。宝玉已经够痴的了，对散落身上的桃花满怀怜惜，"恐怕脚步践踏了，只得兜了那花瓣，来至池边，抖在池内"。用今天的话叫实行水葬。这行径如果那些老嬷嬷们看见后又要笑他痴呆了。可是还有比他更痴的！黛玉竟郑重其事批评他："撂在水里不好。你看这里的水干净，只一流出去，有人家的地方脏的臭的混倒，仍旧把花遭塌了。"她提出还是土葬干净，并且她已经领先一步，早就挖了一个花冢。宝玉听了"喜不自禁"，认为黛玉比他更细心、更体贴、更高明。如此一对痴情男女，恐怕天下再无第二对。确确实实，宝玉和黛玉在不少方面都是情投意合、息息相通，堪称天造地设的一对。比较起来，宝钗则没有那么痴，相对理性一些，但后面宝钗扑蝴蝶可以追到香汗淋漓，说明什么？我们以后再说。

　　我们讨论一个读者通常不思考的问题。黛玉说："你看这里的水干净，只一流出去，有人家的地方脏的臭的混倒，仍旧把花遭塌了。"这句话，似乎另有深意，不是黛玉别有含义，而是曹公可能包藏着另一个很深的话题。他用一条水流，把大观园内外，也就是余英时先生所说的"两个世界"连了起来，或者说打通了。这条水流可以看作是一个象征、一个意象：它在大观园中是那么清澈、那么干净，但它"毕竟东流去"，终究要流到外面的世界，"只一流出去，有人家的地方脏的臭的混倒"，这流水也立即变得又脏又臭。这话有没有宿命的、讽刺的意味？——千辛万苦营造起来的大观园，自以为独成一个干净清洁别致高雅的"小世界"，可是它何曾能够真正同外界隔离？即使今日隔离得了，明天呢？住进大观园中的人儿，宝玉也好，姑娘们也罢，他们终究是要出去的；他们在园中再清高，但一出这个园子，世俗的空气和风雨，立马就会侵袭他们，他们根本无可拒绝、无法抵挡，最后"欲洁何曾洁"，像那股流水一样变得又脏又臭！这岂非"究竟是到头一梦，万境归空"！曹雪芹有没有这意思？大家自己体会。另外，曹公偏偏让最自重、最清高的黛玉来点破这层皮，有没有"一语惊'不醒'梦中人"的意味？他们兀自在大观园中饮酒谈情、赏花作诗，这种无知和无视，究竟是幸运？还是不幸？

　　再说说葬花。据说宋代就有人葬花，但是没有看到史料，唐诗宋词似乎也无葬花的描写。据说明代的唐伯虎庭院中多种牡丹，花开时邀朋友在花下饮酒赋诗，有时大喊大哭；至花落，将花瓣装入锦囊，葬于药栏东畔，还作落花诗悼念。另外明代冯梦龙的小说《醒世恒言》描写了一位老头：看着花谢则累日叹息，常至坠泪，还收拾落花置于盘中观玩，至干枯则装入干净的陶罐，到装满之日，再用茶酒浇奠，然后深埋长堤之下，谓之"葬花"。倘有花片，被雨打泥污的，必以清水再三洗涤，然后送入湖中，谓之"浴花"。到了清代，曹雪芹祖父曹寅的《楝亭诗钞》中就有"百年孤冢葬桃花"的诗句。我们说这些，是让大家知道曹公创作的渊源。这种独特而美丽的文化仪式，饱含着中国人细腻的情感，对大自然无限的关爱，对美丽而短暂生命的高度怜惜和人性化处理，可能激起千层浪。好了，我们继续欣赏作品。

　　黛玉道："什么书？"宝玉见问，慌的藏之不迭，便说道："不过是《中庸》《大学》。"黛玉笑道："你又在我跟前弄鬼。趁早儿给我瞧，好多着呢。"宝玉道："好妹妹，若论你，我是不怕的。你看了，好歹别告诉别人去。真真这是好书！你要看了，连饭也

不想吃呢。"一面说，一面递了过去。

很显然，在这里"弄鬼"的不仅有宝玉，更有曹雪芹！他设计了这么一套桥段，使得宝玉"被发觉"，在这诗情画意的场所中被黛玉抓了现场，让黛玉得到《西厢记》的过程显得"自然"。

> 林黛玉把花具且都放下，接书来瞧，从头看去，越看越爱看，不到一顿饭工夫，将十六出俱已看完，自觉词藻警人，余香满口。虽看完了书，却只管出神，心内还默默记诵。

这黛玉比宝玉更疯狂，一口气看了十六出，看完了还"只管出神默默记诵"，把宝玉凉在一边早忘了。宝玉当然不会生气，他在欣赏黛玉的全神贯注，他的"出神"大概不亚于黛玉。终于他开口了。

> 宝玉笑道："妹妹，你说好不好？"林黛玉笑道："果然有趣。"宝玉笑道："我就是个'多愁多病身'，你就是那'倾国倾城貌'。"林黛玉听了，不觉带腮连耳通红，登时直竖起两道似蹙非蹙的眉，瞪了两只似睁非睁的眼，微腮带怒，薄面含嗔，指宝玉道："你这该死的胡说！好好的把这淫词艳曲弄了来，还学了这些混话来欺负我。我告诉舅舅舅母去。"说到"欺负"两个字上，早又把眼睛圈儿红了，转身就走。宝玉着了急，向前拦住说道："好妹妹，千万饶我这一遭，原是我说错了。若有心欺负你，明儿我掉在池子里，教个癞头鼋吞了去，变个大忘八，等你明儿做了'一品夫人'病老归西的时候，我往你坟上替你驮一辈子的碑去。"说的林黛玉嗤的一声笑了，揉着眼睛，一面笑道："一般也唬的这个调儿，还只管胡说。'呸，原来是苗而不秀，是个银样镴枪头。'"宝玉听了，笑道："你这个呢？我也告诉去。"林黛玉笑道："你说你会过目成诵，难道我就不能一目十行么？"

宝玉终于当黛玉的面说出了对她的爱，近因是他从《西厢记》中汲取了力量，或者说借了半个胆子，远因则是他已经闭闷得太久，太难受了，尤其是进入大观园以后，他受着全方位的刺激，他日日夜夜都在想着向黛玉倾吐情愫。——到这里我们才明白曹雪芹为什么在本回前面大写特写宝玉的不自在、闷闷的、神魂颠倒，他全是在为这一刻、为这一句"我就是个'多愁多病身'，你就是那'倾国倾城貌'"蓄势、打底。这个老谋深算的曹雪芹，带我们兜了多大一个圈子！

不过，宝玉的这一切我们可以理解，他的吐露和剖白是早晚的事；而黛玉的反应，有些出乎我们意外。她脸红耳热、她急、说宝玉欺负她、说告诉舅舅舅母去，都还可以想象，毕竟，她是书香门第小姐，自幼受到礼教成套规矩的束缚，而且父母早逝，她时时告诫自己要自尊，要小心被人欺负；虽然爱着宝玉，也明明看出宝玉对她的爱，相信她白天夜里都无数次想象着他们怎么互相表白。可惜她太单纯、太封闭，连《西厢记》也才刚刚见到，连最起码的文艺启蒙都没有经过，所以当宝玉忽然表白时，她手足失措，这都可以理解。难以理解的是，"说到'欺负'两个字上，早又把眼睛圈儿红了，转身就走。"她真的哭了，而且为"欺负"两个字而哭，我们愕然。作品从开头写到这里，我们一路看来，千真万确还没人欺负过黛玉，倒是她经常欺负、或者客气些说是挤兑宝玉、宝钗和湘云。偌大的贾府，真正当家的是贾母，太后一般，把黛玉当作心头肉，偏爱、宠溺到把滴亲孙女扔到一边。贾母如此，谁敢得罪黛玉半点？实际掌管家务的王夫人，对这外甥女客客气气，和和蔼蔼；具体管事的凤姐，观颜察色，对这位表妹尊敬有加，除了拍马就是奉承，何曾有过半句重话；只有湘云气不过时，对宝玉说过"小性儿、行动爱恼的人，会辖治你的人"。除此之外，再也没有欺负过黛玉的描写。但是黛玉说到"欺负"两字，早把眼圈红了，她是真哭了。黛玉是个真诚快意的人，她不会更不愿作假，她是真伤心、真委屈。这就让我们疑惑：既然没有人欺负过她，她怎么能够伤心到瞬间流泪？黛玉是不是已经产生"臆想症"，或者臆想症的前兆？黛玉会走向何方？说得更实在些，曹雪芹将把黛玉带向何方？我们拭目以待。

好在黛玉的眼泪流得并不多、并不久，因为宝玉一叠声道歉了。

> 林黛玉嗤的一声笑了，揉着眼睛，一面笑道："一般也唬的这个调儿，还只管胡说。'呸，原来是苗而不秀，是个银样镴枪头。'"

黛玉笑了，而且还接过宝玉的话头，同样运用《西厢记》的曲文来嘲笑宝玉，简直是异口同声、互唱双簧。这说明，黛玉的委屈并没那么严重，没那么深沉。黛玉这么一笑，宝玉还有什么话说？两人即刻同归于好，于是两人一起葬完了花，各自回去。

> 这里林黛玉见宝玉去了，又听见众姊妹也不在房，自己闷闷的。正欲回房，刚走到梨香院墙角上，只听墙内笛韵悠扬，歌声婉转。林黛玉便知是那十二个女孩子演习戏文呢。只是林黛玉素习不大喜看戏文，便不留心，只管往前走。偶然两句吹到耳内，明明白白，一字不落，唱道是："原来姹紫嫣红开遍，似这般都付与断井颓垣。"林黛玉听了，倒也十分感慨缠绵，便止住步侧耳细听，又听唱道是："良辰美景奈何天，赏心乐事谁家院。"听了这两句，不觉点头自叹，心下自思道："原来戏上也有好文章。可惜世人只知看戏，未必能领略这其中的趣味。"想毕，又后悔不该胡想，耽误了听曲子。又侧耳时，只听唱道："则为你如花美眷，似水流年……"林黛玉听了这两句，不觉心动神摇。又听道："你在幽闺自怜"等句，亦发如醉如痴，站立不住，便一蹲身坐在一块山子石上，细嚼"如花美眷，似水流年"八个字的滋味。忽又想起前日见古人诗中有"水流花谢两无情"之句，再又有词中有"流水落花春去也，天上人间"之句，又兼方才所见《西厢记》中"花落水流红，闲愁万种"之句，都一时想起来，凑聚在一处。仔

细忖度，不觉心痛神痴，眼中落泪。

这一段描写，是黛玉看了《西厢记》以后，再次听到梨香院中那些孩子们唱《牡丹亭》，感受与以前大不一样，她一面如痴如醉，一面体会到："原来戏上也有好文章。可惜世人只知看戏，未必能领略这其中的趣味。"这里曹雪芹写的是黛玉受到文艺启蒙，产生了心灵的冲击感。其实梨香院中早就在排练这些曲目，早在唱这些曲子，黛玉先前没有感应、没有在意而已。曹雪芹表现的是，黛玉此前太单纯、太幼稚，未经启蒙，不曾开眼。相比较而言，宝钗后面对黛玉说，她七八岁时，家里"弟兄们也有爱诗的，也有爱词的，诸如这些'西厢''琵琶'以及'元人百种'，无所不有。他们是偷背着我们看，我们却也偷背着他们看。"看来宝钗接受文艺启蒙的年龄比宝玉、黛玉早，她很早就"出道"了，今日的宝玉、黛玉或许是在步她的后尘。

总之，借助《西厢记》，宝玉第一次向黛玉当面表达了爱情。

第二十四回

醉金刚轻财尚义侠　痴女儿遗帕惹相思

这一回的主人公是贾芸和红玉，先写贾芸谋差事，并偶尔见到红玉，心有所动；后写红玉受到挫折，打消对宝玉的念头，转而投向贾芸。但是贾芸只露过几面，红玉还没有登过场，所以本回开头自然要从别处写起。

开头写了一段黛玉遇见香菱，是从上一回过渡，也是为后面两人的故事打埋伏。第二段写宝玉回房，引出鸳鸯，这是鸳鸯第一次登场，这个女孩是曹雪芹很欣赏的，也是读者、红学界倍加赞美的。看她的初次表演。

> 如今且说宝玉因被袭人找回房去，果见鸳鸯歪在床上看袭人的针线呢，见宝玉来了，便说道："你往那里去了？老太太等着你呢，叫你过那边请大老爷的安去。还不快换了衣服走呢。"袭人便进房去取衣服。宝玉坐在床沿上，褪了鞋等靴子穿的工夫，回头见鸳鸯穿着水红绫子袄儿，青缎子背心，束着白绉绸汗巾儿，脸向那边低着头看针线，脖子上戴着花领子。宝玉便把脸凑在他脖项上，闻那香油气，不住用手摩挲，其白腻不在袭人之下，便猴上身去涎皮笑道："好姐姐，把你嘴上的胭脂赏我吃了罢。"一面说着，一面扭股糖似的粘在身上。鸳鸯便叫道："袭人，你出来瞧瞧。你跟他一辈子，也不劝劝，还是这么着。"袭人抱了衣服出来，向宝玉道："左劝也不改，右劝也不改，你到底是怎么样？你再这么着，这个地方可就难住了。"一边说，一边催他穿了衣服，同鸳鸯往前面来见贾母。

看看曹公让鸳鸯亮相的姿态，"歪在床上"，这可是宝玉的床，见宝玉回来也不起身。其开口更是连招呼也不打，连称呼也不用，直接称"你"。宝玉吻她的脖子，用手摩挲直至"扭股糖似的粘在身上"讨吃胭脂，她也不躲避，不着急，更无半点害怕，只是说风凉话般叫袭人来看看。我们初次领教了鸳鸯，其同宝玉之亲昵比金钏有过之而无不及。当然，也反映出她同袭人关系的铁硬，是知心姐妹，为后文伏笔。

宝玉正要外出，只见贾琏请安回来了，二人彼此问了两句话。贾芸在边上，宝玉笑道："你倒比先越发出挑了，倒象我的儿子。"贾琏笑道："好不害臊！人家比你大四五岁呢，就替你作儿子了？"贾芸连忙接口："只从我父亲没了，这几年也无人照管教导。如若宝叔不嫌侄儿蠢笨，认作儿子，就是我的造化了。"宝玉笑道："明儿你闲了，只管来找我，别和他们鬼鬼祟祟的。"说着扳鞍上马。宝玉与贾琏他们混在一起时，就是一标准的纨绔，人们不必把他说得太纯洁了。

宝玉去贾赦处请安，贾环、贾兰小叔侄两个也来了，请过安，邢夫人便叫他俩椅子上坐了。"贾环见宝玉同邢夫人坐在一个坐褥上，邢夫人又百般摩挲抚弄他，早已心中不自在了，坐不多时，便和贾兰使眼色儿要走。贾兰只得依他，一同起身告辞。"作品点出贾环对宝玉的嫉妒和怨愤，这也是曹雪芹为即将展开的情节紧急铺垫。

下面作品写贾芸想谋个差事，自然是去找贾琏、凤姐，而贾琏和凤姐再次互相拆台脚。凤姐答应后面栽花木的工程出来就给贾芸。贾芸想着给凤姐送礼打点，于是又引出后面贾芸向舅舅借钱遭受羞辱，却碰到街坊地痞倪二发了侠义心肠，非但借给十五两多的银子还不要利息。这一段描写比较世俗化，写倪二的一段颇有《水浒传》的味道。曹公把贾芸舅舅命名为"卜世仁"，谐音"不是人"，这是《红楼梦》中最直白的骂人！书本中喷射的怒火，令我疑心曹雪芹遭遇过毫无人性的亲戚。外甥上门借钱不给也罢了，连饭也不给一口，还装穷还开涮人。街头混混倪二反而如此仗义，反衬舅舅的无情。贾芸借到钱买了很高级的香料冰片麝香去拜见凤姐。这次他学聪明了，专门等到贾琏出门后单独见凤姐。

　　正说着，只见一群人簇着凤姐出来了。贾芸深知凤姐是喜奉承尚排场的，忙把手逼着，恭恭敬敬抢上来请安。凤姐连正眼也不看，仍往前走着，只问他母亲好，"怎么不来我们这里逛逛？"贾芸道："只是身上不大好，倒时常记挂着婶子，要来瞧瞧，又不能来。"凤姐笑道："可是会撒谎，不是我提起他来，你就不说他想了我。"贾芸笑道："侄儿不怕雷打了，就敢在长辈前撒谎。昨儿晚上还提起婶子来，说婶子身子生的单弱，事情又多，亏婶子好大精神，竟料理的周周全全，要是差一点儿的，早累的不知怎么样呢。"

贾芸送上礼物。

　　凤姐正是要办端阳的节礼，采买香料药饵的时节，忽见贾芸如此一来，听这一篇话，心下又是得意又是欢喜，便命丰儿："接过芸哥儿的来，送了家去，交给平儿。"因又说道："看着你这样知好歹，怪道你叔叔常提你，说你说话儿也明白，心里有见识。"贾芸听这话入了港，便打进一步来，故意问道："原来叔叔也曾提我的？"凤姐见问，才要告诉他与他管事情的那话，便忙又止住，心下想道："我如今要告诉他那话，倒叫他看着我见不得东西似的，为得了这点子香，就混许他管事了。今儿先别提起这事。"想毕，便把派他监种花木工程的事都隐瞒的一字不提，随口说了两句淡话，便往贾母那里去了。贾芸也不好提的，只得回来。

凤姐对待穷亲戚一如既往，大家还记得她见刘姥姥吗？贾芸深知凤姐，他一次次点中凤姐的要穴，凤姐满足了虚荣心又得了礼物，但最后关头她还要再装一次，就像要过足瘾。

贾芸没事，想到宝玉叫他去玩玩，便去了宝玉的书房。这里说明一下，宝玉的书房，是在大观园外面。宝玉不在，等半天却见到宝玉的一个丫鬟。焙茗（以前叫茗烟，为什么换了名字，不清楚）过来介绍：

"等了这一日，也没个人儿过来。这就是宝二爷房里的。好姑娘，你进去带个信儿，就说廊上的二爷来了。"

那丫头听说，方知是本家的爷们，便不似先前那等回避，下死眼把贾芸钉了两眼。听那贾芸说道："什么是廊上廊下的，你只说芸儿就是了。"半晌，那丫头冷笑了一笑："依我说，二爷竟请回家去，有什么话明儿再来。今儿晚上得空儿我回了他。"焙茗道："这是怎么说？"那丫头道："他今儿也没睡中觉，自然吃的晚饭早。晚上他又不下来。难道只是耍的二爷在这里等着挨饿不成！不如家去，明儿来是正经。便是回来有人带信，那都是不中用的。他不过口里应着，他倒给带呢！"贾芸听这丫头说话简便俏丽，待要问他的名字，因是宝玉房里的，又不便问，只得说道："这话倒是，我明儿再来。"说着便往外走。焙茗道："我倒茶去，二爷吃了茶再去。"贾芸一面走，一面回头说："不吃茶，我还有事呢！"口里说话，眼睛瞄那丫头还站在那里呢。

我们引文鉴赏这一对很次要的人物，因为脂批说贾芸和红玉两人在宝玉落难后有所援手，那么这里就是在"伏脉千里"，曹雪芹的初衷、原意我们理应重视。贾芸同红玉的初次见面，红玉是更为主动的一方。她先"下死眼盯"着贾芸，胆子很大很大。当然红玉如此下死眼，可知贾芸必是一表人材。再看贾芸的话也相当得体、优雅洒脱，既反映他的机敏，也可知他对女孩子很有一套。两人算是一见钟情。

这段描写的另一层意义是，十分具体地描写了一个公府丫头如何与府外的落魄公子搭上关系，即使在《红楼梦》中也是唯一的描写。作品写的十分细腻，与一般才子佳人作品的味道不同。我以为它来自曹雪芹寄居王府的观察体验。比较一下更明白其难得：贾雨村同娇杏，是贾雨村单方面看中，娇杏并无描写；秦钟与智能儿，贾蔷与龄官，都没写怎么相识的；茗烟与卐儿、司棋与王善保家的外甥，都属于丫鬟与小厮，也没交代是如何勾搭上的。所以贾芸与红玉的相识过程十分难得，曹公肯花这份力气，正是为了伏脉千里吧。

第二天贾芸又来候着凤姐，这一次，凤姐自己先招呼了。

凤姐往那边去请安，才上了车，见贾芸来，便命人唤住，隔窗子笑道："芸儿，你竟有胆子在我的跟前弄鬼。怪道你送东西给我，原来你有事求我。昨儿你叔叔才告诉说你求他。"贾芸笑道："求叔叔这事，婶子休提，我昨儿正后悔呢。早知这样，我竟一起头求婶子，这会子也早完了。谁承望叔叔竟不能的。"凤姐笑道："怪道你那里没成儿，昨儿又来寻我。"贾芸道："婶子辜负了我的孝心，我并没有这个意思。若有这个意思，昨儿还不求婶子。如今婶子既知道了，我倒要把叔叔丢下，少不得求婶子好歹疼我一点儿。"

凤姐冷笑道："你们要拣远路儿走，叫我也难说。早告诉我一声儿，有什么不成的，多大点子事，耽误到这会子。那园子里还要种花，我只想不出一个人来，你早来不早完了。"贾芸笑道："既这样，婶子明儿就派我罢。"凤姐半晌道："这个我看着不大好。等明年正月里烟火灯烛那个大宗儿下来，再派你罢。"贾芸道："好婶子，先把这个派了我罢。果然这个办的好，再派我那个。"凤姐笑道："你倒会拉长线儿。罢了，要不是你叔叔说，我不管你的事。我也不过吃了饭就过来，你到午错的时候来领银子，后儿就进去种树。"说毕，令人驾起香车，一径去了。

这一段与其关注贾芸的拍马功夫，倒不如关注凤姐的抖露家底。"你们要拣远路儿走，叫我也难说。"她把人们求贾琏当作拣远路儿走，如果作品不写明，我们必以为是别人在挑拨。常言道"夫妻同心其利断金"，夫妻不同心也就罢了，谁还赶着去告诉别人，尤其是告诉自己的手下，我们才明白曹雪芹为什么说凤姐"机关算尽太聪明，反算了卿卿性命"。如此一个女人她后面的路能走多远？当今社会，哪一位管理者不是严守家庭隐私，甚至离婚了都不让外界知道？

再看贾芸。

打听凤姐回来，便写个领票来领对牌。至院外，命人通报了，彩明走了出来，单要了领票进去，批了银数年月，一并连对牌交与了贾芸。贾芸接了，看那批上银数批了二百两，心中喜不自禁，翻身走到银库上，交与收牌票的，领了银子。回家告诉母亲，自是母子俱各欢喜。次日一个五鼓，贾芸先找了倪二，将前银按数还他。那倪二见贾芸有了银子，他便按数收回，不在话下。这里贾芸又拿了五十两，出西门找到花儿匠方椿家里去买树，不在话下。

贾芸同贾蔷不一样，贾蔷银子到手随手撩一块给库房上的人，贾芸没有，而且他还给倪二的也是原来数目，没有添加一分钱。他比贾蔷要稳重，也可以说小气。

上面写了宝玉说贾芸可以做儿子，下面又写宝玉认识红玉。曹公的针线很紧密。红玉以"玉"命名，将来必有故事。这天别的丫头都不在，宝玉要喝茶。

见没丫头们，只得自己下来，拿了碗向茶壶去倒茶。只听背后说道："二爷仔细烫了手，让我们来倒。"一面说，一面走上来，早接了碗过去。宝玉倒唬了一跳，问："你在那里的？忽然来了，唬我一跳。"那丫头一面递茶，一面回说："我在后院子里，才从里间的后门进来，难道二爷就没听见脚步响？"宝玉一面吃茶，一面仔细打量那丫头：穿着几件半新不旧的衣裳，倒是一头黑鬒鬒的头发，挽着个攒，容长脸面，细巧身材，却十分俏丽干净。

　　宝玉看了，便笑问道："你也是我这屋里的人么？"那丫头道："是的。"宝玉道："既是这屋里的，我怎么不认得？"那丫头听说，便冷笑了一声道："认不得的也多，岂只我一个。从来我又不递茶递水，拿东拿西，眼见的事一点儿不作，那里认得呢。"宝玉道："你为什么不作那眼见的事？"那丫头道："这话我也难说。只是有一句话回二爷：昨儿有个什么芸儿来找二爷。我想二爷不得空儿，便叫焙茗回他，叫他今日早起来，不想二爷又往北府里去了。"

这里有两个看点，一个是宝玉在怡红院中已经住了不是一日两日，居然没见过"十分俏丽干净"的红玉，可见他的丫鬟之多，可见贾府中规矩之大、分工之细之严格，几个月下来，红玉都不曾在宝玉跟前露过脸。第二个看点就是红玉的表演。宝玉说被她吓了一跳，她非但不惊不怕，更不道歉，还来个反问，后面不是不答就是冷笑，红玉为什么对宝玉这么强横？想来她料敌先机，知道宝玉是个犯贱的，你越横他越是上心还不生气。其次，她之所以一上来就下狠招，是她知道自己的时间有限，机会转瞬即逝，根本没有周旋、施展的余地，她必须速战速决，旋即撤离。正所谓知己知彼、对症下药。从实战效果来看，她的战术是正确的，宝玉果然对她不仅另眼相看，而且第二天一早就寻找她，宝玉动心了。其次，她急急忙忙告诉贾芸来过，是要为贾芸做帮衬，她知道贾芸很想、但又很难拉上宝玉的关系，虽然来拜访过但未必有人去转告，所以她挺身而出。有人要问了：这红玉要勾搭的究竟是宝玉？还是贾芸？我说红玉是"一颗红心两种准备"，她的首要目标当然是宝玉，凭着自己的相貌，她做着小小的美梦。但是她也知道那梦不牢靠，更有点难。然而叫她不试一试就丢掉，更难！十六岁的少女，是做梦的季节，是自己醒不过来的季节。但红玉不是糊涂人，她"留一半清醒留一半醉"，潜意识中知道贾芸更实际些，所以她今天一定抓住时间力助贾芸。红玉的缜密等会儿我们就明白。再还原一下情节："早接了碗过去。"曹公用一个"早"字，揭示出红玉一直伺机，她打的不是遭遇战，而是埋伏战。

　　可惜正所谓"人算不如天算"，红玉怎么也没算到秋纹、碧痕回来得这么快（或许是宝玉进入伏击圈太慢），更没有预料到秋纹、碧痕的警惕性如此高，她们并没有听到宝玉与红玉的对话，但是，她们就像身经百战的老兵，远远瞄一眼现场，就知道前面发生了什么战况。红玉的精心策划，毁于一旦。我们看作品。

　　刚说到这句话，只见秋纹、碧痕嘻嘻哈哈的说笑着进来，两个人共提着一桶水，一手撩着衣裳，趔趔趄趄，泼泼撒撒的。那丫头便忙迎去接。那秋纹、碧痕正对着抱怨，"你湿了我的裙子"，那个又说"你踹了我的鞋。"忽见走出一个人来接水，二人看时，不是别人，原来是小红。二人便都诧异，将水放下，忙进房来东瞧西望，并没个别人，只有宝玉，便心中大不自在。只得预备下洗澡之物，待宝玉脱了衣裳，二人便带上门出来，走到那边房内便找小红，问他方才在屋里说什么。小红道："我何曾在屋里的？只因我的手帕子不见了，往后头找手帕子去。不想二爷要茶吃，叫姐姐们一个没有，是我进去了，才倒了茶，姐姐们便来了。"

秋纹听了，兜脸啐了一口，骂道："没脸的下流东西！正经叫你催水去，你说有事故，倒叫我们去，你可等着做这个巧宗儿。一里一里的，这不上来了。难道我们倒跟不上你了？你也拿镜子照照，配递茶递水不配！"碧痕道："明儿我说给他们，凡要茶要水送东送西的事，咱们都别动，只叫他去便是了。"秋纹道："这么说，不如我们散了，单让他在这屋里呢。"二人你一句，我一句，正闹着，只见有个老嬷嬷进来传凤姐的话说："明日有人带花儿匠来种树，叫你们严禁些，衣服裙子别混晒混晾的。那土山上一溜都拦着帏幙呢，可别混跑。"秋纹便问："明儿不知是谁带进匠人来监工？"那婆子道："说什么后廊上的芸哥儿。"秋纹、碧痕听了都不知道，只管混问别的话。那小红听见了，心内却明白，就知是昨儿外书房所见那人了。

别的不用看了，仅此一句："你也拿镜子照照，配递茶递水不配！"原来如此！贾府中，有如世外桃源的大观园中，递茶递水丫鬟之间还有"配不配"，还会受到当面辱骂的羞辱！奴才之间的等级、权利划分居然如此壁垒森严，倾轧踩踏居然如此凶狠，递一碗茶简直罪该万死！这令我们不禁想起鲁迅先生《阿Q正传》中那句"你也配姓赵"！这种人间不平，让人难以想象，任何法律规章都没收入，连历史书籍中也很难看到，只有小说中才有真实的表现、深刻的揭露。这兜头一盆凉水，浇得红玉心灰意冷，她不由得痛定思痛。"正经叫你催水去，你说有事故，倒叫我们去，你可等着做这个巧宗儿。"原来红玉是精心策划的。到这时，曹公才介绍红玉的身世。

原来这小红本姓林，小名红玉，只因"玉"字犯了林黛玉、宝玉，便都把这个字隐起来，便都叫他"小红"。原是荣国府中世代的旧仆，他父母现在收管各处房田事务。这红玉年方十六岁，因分人在大观园的时节，把他便分在怡红院中，倒也清幽雅静。不想后来命人进来居住，偏生这一所儿又被宝玉占了。这红玉虽然是个不谙事的丫头，却因他有三分容貌，心内着实妄想痴心的往上攀高，每每的要在宝玉面前现弄现弄。只是宝玉身边一干人，都是伶牙利爪的，那里插的下手去。不想今儿才有些消息，又遭秋纹等一场恶意，心内早灰了一半。

这段介绍非同小可。红玉居然姓林，而且叫"林红玉"！同"林黛玉"，非但只有一字之差，而且含义近似：黛玉，黑色的玉；红玉，红色的玉，感觉就是一对姐妹。我们再三说过，曹雪芹对人物的名字用心极深，尤其是这个"玉"字的命名，更是用心良苦、非同寻常，宝玉、黛玉、妙玉，现在又有了红玉。曹公给红玉取这个名字，必有深意。脂批说红玉和贾芸将来有助于宝玉。根据本回描写，宝玉几乎同时认识贾芸和红玉，确实很像布局。很遗憾续作没有这么处理。现在红玉"心内早灰了一半"。曹公又巧妙地利用其心态，写她梦见贾芸招呼她，表明红玉的心彻底转向贾芸。

最后我们说说另一个细节。"只得预备下洗澡之物，待宝玉脱了衣裳，二人便带上门出来。"秋纹和碧痕回避了宝玉洗澡，不过打肥皂擦背之类宝玉是不会自己做的。后文晴雯说宝玉与麝月两人一个澡洗半天还水漫金山，与这里的描写略有不同。

第二十五回
魇魔法姊弟逢五鬼　红楼梦通灵遇双真

这一回先是叙述贾环对宝玉恶下毒手，差点把哥哥眼睛烫瞎，紧接着宝玉、凤姐又遭到赵姨娘、马道婆的魔法得病，几乎死去，人间所有的医生药物一概不济，最后是天上的那两位和尚道士前来救了他们的性命。赵姨娘和贾环母子相继对宝玉下毒手，如此凶险的情节在前八十回罕见。

这一回开头紧接着上一回，还是从红玉写起。

"话说红玉心神恍惚，情思缠绵，忽朦胧睡去，遇见贾芸要拉他，却回身一跑，被门槛绊了一跤，唬醒过来，方知是梦。因此翻来复去，一夜无眠。""谁知宝玉昨儿见了红玉，也就留了心。若要直点名唤他来使用，一则怕袭人等寒心；二则又不知红玉是何等行为，若好还罢了，若不好起来，那时倒不好退送的。"他装模作样去外面晃一圈，远远看见红玉，"待要迎上去，又不好去的。正想着，忽见碧痕来催他洗脸，只得进去了。"宝玉有他的无奈。

> 却说红玉正自出神，忽见袭人招手叫他，只得走上前来。袭人笑道："我们这里的喷壶还没有收拾了来呢，你到林姑娘那里去，把他们的借来使使。"红玉答应了，便走出来往潇湘馆去。正走上翠烟桥，抬头一望，只见山坡上高处都是拦着帷幕，方想起今儿有匠役在里头种树。因转身一望，只见那边远远一簇人在那里掘土，贾芸正坐在那山子石上。红玉待要过去，又不敢过去，只得闷闷的向潇湘馆取了喷壶回来，无精打彩自向房内倒着。众人只说他一时身上不爽快，都不理论。

从情节的角度来说，这里是继续写红玉同贾芸的故事，这个故事拖得比较长，曹雪芹花了很多的笔墨，这里我们暂且不说。值得留意的是，袭人对待红玉的态度和善亲切，红玉对她也没有任何的对立情绪。我想提醒的是，后面不久红玉就要离开怡红院，这是红玉作为袭人部下的最后描写。这个细节作者完全可以不写，因为就当下来说它没有什么用处，何必把袭人去调动出来呢？曹雪芹既然劳师动众烦请袭人出场，很可能就是为将来着想。

接着作品的情节开始转换到本回的主要情节。

可巧王夫人见贾环下了学，便命他来抄个《金刚咒》唪诵唪诵。那贾环正在王夫人炕上坐着，命人点灯，拿腔作势的抄写。一时又叫彩云倒杯茶来，一时又叫玉钏儿来剪剪蜡花，一时又说金钏儿挡了灯影。众丫鬟们素日厌恶他，都不答理。只有彩霞还和他合的来，倒了一钟茶来递与他。因见王夫人和人说话儿，他便悄悄的向贾环说道："你安些分罢，何苦讨这个厌那个厌的。"贾环道："我也知道了，你别哄我。如今你和宝玉好，把我不理，我也看出来了。"彩霞咬着嘴唇，向贾环头上戳了一指头，说道："没良心的！狗咬吕洞宾，不识好人心。"

曹雪芹第二次给了贾环特写镜头，前一次是写他同莺儿玩钱输了赖皮。这次写他抄写经书"拿腔作势"，从这里的描写来看，贾环很要显摆自己的公子身份，对丫头们又是支使又是指责，但丫头们都不理他，厌恶他。很显然，厌恶他的还有曹雪芹，字里行间都透着厌恶。我们可以比较一下，到现在为止的出场人物哪怕是对那位想吃天鹅肉的贾瑞，曹公都没有如此厌恶。所以我们怀疑在曹雪芹本人的亲人当中，有类似贾环、赵姨娘这样的原型。更让人鄙夷的是，唯一真心真意为贾环好，甚至可能还爱着他的彩霞，也被他一通埋汰。宝玉进来以后，情况更是急转直下。

说了不多几句话，宝玉也来了，进门见了王夫人，不过规规矩矩说了几句，便命人除去抹额，脱了袍服，拉了靴子，便一头滚在王夫人怀里。王夫人便用手满身满脸摩挲抚弄他，宝玉也搬着王夫人的脖子说长道短的。王夫人道："我的儿，你又吃多了酒，脸上滚热。你还只是揉搓，一会闹上酒来。还不在那里静静的倒一会子呢。"说着，便叫人拿个枕头来。宝玉听说便下来，在王夫人身后倒下，又叫彩霞来替他拍着。宝玉便和彩霞说笑，只见彩霞淡淡的，不大答理，两眼睛只向贾环处看。宝玉便拉他的手笑道："好姐姐，你也理我理儿呢。"一面说，一面拉他的手，彩霞夺手不肯，便说："再闹，我就嚷了。"

二人正闹着，原来贾环听的见，素日原恨宝玉，如今又见他和彩霞闹，心中越发按不下这口毒气。虽不敢明言，却每每暗中算计，只是不得下手，今见相离甚近，便要用热油烫瞎他的眼睛。因而故意装作失手，把那一盏油汪汪的蜡灯向宝玉脸上只一推。只听宝玉"嗳哟"了一声，满屋里众人都唬了一跳。连忙将地下的戳灯挪过来，又将里外间屋的灯拿了三四盏看时，只见宝玉满脸满头都是油。

贾环同宝玉是同父异母兄弟，他居然要烫瞎宝玉的眼睛，而且蓄谋已久。他的恨，并不仅仅因为宝玉拉了彩霞的手，而是多年以来受歧视的积怨。当然，他的积怨并非由宝玉造成，而是由整个家族造成的。首先是王夫人，她对赵姨娘的鄙视也好，埋怨也好，嫉妒也好，都煮成了一锅粥，我们没法分辨，不过我们看到贾政大多数时间住在赵姨娘的房里，由不得王夫人不恨。其次是凤姐，她对赵姨娘和贾环的鄙视、歧视，把歧视升格为践踏，比王夫人有过之而无不及，这就令赵姨娘和贾环特别地怨恨。其三是贾母，她对儿子贾政的这个小妾，没一件看得顺眼的。其四是整个贾府的人，上自赵姨娘自己的亲生女儿探春，下到管家仆人甚至小丫头，统统看不起赵姨娘和贾环，这或许是由于赵姨娘和贾环的为人不当，更可能是由于这些人要跟着上风走，看贾母、王夫人、凤姐的眼色行事待人。长此以往，贾环小小的心灵中，被点燃了积怨的怒火，而且随着时间的褪去，年龄的增长，这股怒火越烧越旺，这当中自然还有她的母亲赵姨娘的煽风点火、火上浇油。一颗幼小的心灵就这么被扭曲了，被毒化了，以至于贾环对宝玉这样一个善心的哥哥，忍心下这么大的毒手。从曹公的笔调看，他把贾环当作一个宵小之辈的典型、标杆。曹雪芹特别看不起这种人，可以对比一下，被人们称为"呆霸王"的薛蟠，在曹雪芹的笔下要可爱得多；上一回写到的倪二，也有一股血性，令人有时候不得不钦佩。贾环的做法极其恶劣，可以说是泯灭天良，往亲哥哥脸上泼蜡烛油毁容，在这个世界上任何时代、任何地方都属于卑劣。

回到作品中去。王夫人急得大骂贾环，凤姐悄悄点拨说这事该怪赵姨娘，于是王夫人又把赵姨娘找来一顿骂。再看宝玉，"左边脸上烫了一溜燎泡出来，幸而眼睛竟没动。"那么宝玉是什么态度呢？"宝玉道：'有些疼，还不妨事。明儿老太太问，就说是我自己烫的罢了。'"宝玉是没有觉察弟弟存心毒手？凭宝玉的机灵，他可能不至于傻到这地步。曹公本可以不写宝玉的话，他特地写出来，我想，他不是要表明宝玉的傻笨，而是要突出宝玉宽大的心胸。宝玉应该看出几分，但是他为了维护这个可怜的弟弟，为了维护这个已经同床异梦的家庭，他故意掩护贾环，把这桩恶性事件就地化解，再大的亏自己来吃。这就是宝玉的胸怀和心地，同贾环形成截然的对比。我们敢于肯定，到了明天，宝玉会把这事抛到脑后，他对贾环依然不会有一丝戒心。这就是宝玉，一块晶莹而又透彻的玉！曹公如此塑造宝玉，想来是他受到明代以来有关"赤子"学说的影响。

问题是，贾环、赵姨娘是否会领宝玉的这份情意？宝玉自己傻傻的，不会去想这个俗气的问题，但我们作为芸芸众生却难免会这么思量。曹公好像也知道我们在想这问题，于是他简单交代几句黛玉前来探望之后，就接着前面的情节继续组织。

> 过了一日，就有宝玉寄名的干娘马道婆进荣国府来请安。见了宝玉，唬一大跳，问起原由，说是烫的，便点头叹息一回，向宝玉脸上用指头画了一画，口内嘟嘟囔囔的又持诵了一回，说道："管保就好了，这不过是一时飞灾。"又向贾母道："祖宗老菩萨那里知道，那经典佛法上说的利害，大凡那王公卿相人家的子弟，只一生长下来，暗里便有许多促狭鬼跟着他，得空便拧他一下，或掐他一下，或吃饭时打下他的饭碗来，或走

着推他一跌，所以往往的那些大家子孙多有长不大的。"贾母听如此说，便赶着问："这有什么佛法解释没有呢？"马道婆道："这个容易，只是替他多作些因果善事也就罢了。再那经上还说，西方有位大光明普照菩萨，专管照耀阴暗邪祟，若有善男子善女子虔心供奉者，可以永佑儿孙康宁安静，再无惊恐邪祟撞客之灾。"贾母道："倒不知怎么个供奉这位菩萨？"马道婆道："也不值些什么，不过除香烛供养之外，一天多添几斤香油，点上个大海灯。这海灯，便是菩萨现身法像，昼夜不敢息的。"贾母道："一天一夜也得多少油？明白告诉我，我也好作这件功德的。"马道婆听如此说，便笑道："这也不拘，随施主菩萨们随心愿舍罢了。象我们庙里，就有好几处的王妃诰命供奉的：南安郡王府里的太妃，他许的多，愿心大，一天是四十八斤油，一斤灯草，那海灯也只比缸略小些；锦田侯的诰命次一等，一天不过二十四斤油；再还有几家也有五斤的、三斤的、一斤的，都不拘数。那小家子穷人家舍不起这些，就是四两半斤，也少不得替他点。"贾母听了，点头思忖。马道婆又道："还有一件，若是为父母尊亲长上的，多舍些不妨；若是象老祖宗如今为宝玉，若舍多了倒不好，还怕哥儿禁不起，倒折了福。也不当家花花的，要舍，大则七斤，小则五斤，也就是了。"贾母说："既是这样说，你便一日五斤合准了，每月打夏来关了去。"马道婆念了一声"阿弥陀佛慈悲大菩萨"。贾母又命人来吩咐："以后大凡宝玉出门的日子，拿几串钱交给他的小子们带着，遇见僧道穷苦人好舍。"

这段对话，曹雪芹不是随便写的。首先，马道婆所言"那经典佛法上说的利害""再那经上还说"，都是骗人的，佛经没有这些说法，曹公是故意向我们表明，这些佛教的败类把佛教搞成了迷信，是在欺世盗名，谋取暴利。其次，曹公写了这么一大段，他写了贾母与马道婆交锋的全过程，我想说的是，实际上这个过程不可能存在。这里把贾母写得太嫩了，对佛事的一套、对灯油费等几乎一无所知。这可能吗？贾母这把年纪，像马道婆之类的道婆、尼姑，这辈子不知道接待过多少人，她能什么都不懂吗？她能这么弱智吗？当然不可能。——曹公这里用的是鲁迅所谓的"曲笔"，他为了展现佛教败类怎么欺诈俗人，他委屈自己写了这么个对话的全过程，以便读者看清那些披着宗教外衣的骗子的嘴脸。但他还要照顾到贾母形象的统一性，所以他到底让贾母选择了"最低价"五斤。贾母不虚荣，以贾府的声望和实力，十斤、二十斤也不是问题，但贾母就选"最低价"，反映出她的持重务实。那么五斤油是个什么概念？现在的年轻人不一定能理解，但五十五岁以上的朋友都懂的，我们当年炒菜，放一小勺油手都要抖两下的，全国供应最充足的上海，每人每月也就半斤油。《红楼梦》所反映的年代，全国绝大多数人除了过年过节，是没有"炒菜""煎饼"这回事的，一个家庭一年恐怕也吃不上五斤油。马道婆每天要提走五斤油，一年就是一千八百多斤，简直骇人听闻！《红楼梦》中这样的具体数据，当代经济、历史、文化方面的研究者都要借重。

读者万万想不到，这位刚刚替宝玉祝福、又拿到大笔香油费的马道婆，接下来会做出那种丧心病狂的事情。曹雪芹似乎要把这第25回当作恶人传来写，写完贾环，接着又写更加邪恶的赵姨娘、马道婆。先说马道婆，在作者笔下她不仅天良丧尽，而且贪得无厌，连一块衣料零头布也不放过；不仅可恶，更是可嫌可厌至极。大家注意，这已经是作品中第二位邪恶的女性宗教人物，前面写过水月庵的尼姑静虚，也是干的黑幕官司、草菅人命的勾当。而且智能儿对秦钟说："除非等我出了这牢坑，离了这些人，才依你。"可见那水月庵中是何等的肮脏和恐怖。这就产生了一个奇怪的现象：曹雪芹笔下的尼姑、道婆都极其可恶，和尚、道士则比较可爱，除了天上的一僧一道，还有将要出场的黄道士，以及第2回智通寺那位老和尚，还有后面荣国公替身张道士，都是正面形象。这其中有什么玄机？曹雪芹为什么会划出这么一条性别界限，爱憎分明？很值得探讨。

下面再看赵姨娘。她也算得歹毒，不过她还算有理由，一是怕凤姐"这一分家私要不都叫他搬送到娘家去，二怕眼睁睁的看人家来摆布死了我们娘儿两个"，赵姨娘的担忧有其夸大成分，但也表明凤姐的贪污和损公肥私都被人家看得一清二楚，她做得一点都不高明；更重要的是，赵姨娘怀着这样的心思，贾环也仇恨王夫人、凤姐、宝玉，将来这荣国府中，必有一场风暴。马道婆这笔谋害人命的交易，把赵姨娘一生的积蓄全拿走之外，还让赵姨娘写下五百两的欠条，可以说两个人都病态到疯狂的程度。

在作品即将进入本回标题的情节高潮之前，曹雪芹来了个忙里偷闲，镶嵌进一段离题三千里、但十分重要的小情节。黛玉去探望宝玉，凤姐、李纨、宝钗等都在。凤姐说起给黛玉的茶叶，如果味道还好的话：

> "我打发人送来就是了。我明儿还有一件事求你，一同打发人送来。"林黛玉听了笑道："你们听听，这是吃了他们家一点子茶叶，就来使唤人了。"凤姐笑道："倒求你，你倒说这些闲话，吃茶吃水的。你既吃了我们家的茶，怎么还不给我们家作媳妇？"众人听了一齐都笑起来。林黛玉红了脸，一声儿不言语，便回过头去了。李宫裁笑向宝钗道："真真我们二婶子的诙谐是好的。"林黛玉道："什么诙谐，不过是贫嘴贱舌讨人厌恶罢了。"说着便啐了一口。凤姐笑道："你别作梦！你给我们家作了媳妇，少什么？"指宝玉道："你瞧瞧，人物儿、门第配不上？根基配不上？家私配不上？那一点还玷辱了谁呢？"林黛玉抬身就走。宝钗便叫："颦儿急了，还不回来坐着。走了倒没意思。"说着便站起来拉住。

这一段小情节的重要性体现在，第一，这是贾府中第一次公开谈论宝玉同黛玉的婚姻，把两人的私下爱情公开化，而且上升到婚姻关系。作品从第1回的"还泪"

故事开始，到现在用去整整二十五回，真可谓好事多磨。但不管怎么说，宝玉和黛玉的爱情和婚姻这个作品核心情节，终于挑明了，读者难免嘘出一口长气。第二，这是小说第一次描写李纨、凤姐、黛玉、宝钗、宝玉在一起拉家常说笑的场面，我们由此得知他们妯娌、姑嫂、姐妹之间的关系，尤其是那种气氛，没有具体的描写我们永远不知道的。我们现在知道，这家子的年轻人之间，相处很和睦，交流很轻松随意，气氛很好。黛玉可以骂凤姐"贫嘴贱舌讨人厌恶"，还啐了一口。凤姐可以嘲笑黛玉："你别作梦！"这种家庭氛围，生活其中真是莫大的幸福。第三，黛玉害羞要逃走，"宝钗便叫：'颦儿急了，还不回来坐着。走了倒没意思。'说着便站起来拉住。"这里很自然地表现出宝钗对宝玉和黛玉恋爱的态度，看不出一点妒忌，而是为他们高兴、欣慰。这也是宝钗第一次正面的表态。对比第8回"探宝钗黛玉半含酸"，那时宝钗递过面孔去找打，然后还一头雾水，现在，她已经弄明白宝玉同黛玉的关系，也摆正了自己的位置。第四，到这里我们可以回答一个人们始终没有闹明白的问题——曹雪芹为什么花那么多笔墨来写凤姐？这个场面揭示出一点：凤姐是"两个世界"之间的联系人，只有她，既是贾府管理者，与贾母、王夫人为伍，属于"大世界"中的人物；但同时，她又同宝玉、黛玉、宝钗同一个辈分，只稍微大几岁，她经常进入大观园这个"小世界"与姐妹们插科打诨。她在"两个世界"之间，起到上通下达的作用。对这样一位人物，作者的笔墨自然少不了。何况，她本身就是十二钗之一，又是那种自作聪明的典型女人。因此，曹雪芹花在她身上的笔墨仅略少于黛玉，而远远超过了宝钗。这一段描写，价值很高。

　　由于赵姨娘等人也来探望宝玉，凤姐、李纨等人就离去。宝玉叫道：

　　　　"林妹妹，你先略站一站，我说一句话。"凤姐听了，回头向林黛玉笑道："有人叫你说话呢。"说着便把林黛玉往里一推，和李纨一同去了。这里宝玉拉着林黛玉的袖子，只是嘻嘻的笑，心里有话，只是口里说不出来。此时林黛玉只是禁不住把脸红涨了，挣着要走。宝玉忽然"嗳哟"了一声，说："好头疼！"林黛玉道："该，阿弥陀佛！"只见宝玉大叫一声："我要死！"将身一纵，离地跳有三四尺高，口内乱嚷乱叫，说起胡话来了。林黛玉并丫头们都唬慌了，忙去报知王夫人、贾母等。此时王子腾的夫人也在这里，都一齐来时，宝玉益发拿刀弄杖、寻死觅活的，闹得天翻地覆。贾母、王夫人见了，唬的抖衣而颤，且"儿"一声"肉"一声放声恸哭。于是惊动诸人，连贾赦、邢夫人、贾珍、贾政、贾琏、贾蓉、贾芸、贾萍、薛姨妈、薛蟠并周瑞家的一干家中上上下下里里外外众媳妇丫头等，都来园内看视。登时园内乱麻一般。正没个主见，只见凤姐手持一把明晃晃钢刀砍进园来，见鸡杀鸡，见狗杀狗，见人就要杀人。众人越发慌了。周瑞媳妇忙带着几个有力量的胆壮的婆娘上去抱住，夺下刀来，抬回房去。平儿、丰儿等哭的泪天泪地。贾政等心中也有些烦难，顾了这里，丢不下那里。

这段是描写混乱场面的一个经典：风云突变、狼奔豕突、乱象丛生、天翻地覆，没有高超深厚的艺术功力很难把握。先说说宝玉的发作时间，十分奇特。从大的方面看，第一次谈论宝玉黛玉的婚姻，话音未落宝玉就疯了。从小的方面看，宝玉拉住黛玉的手，正要说出什么关键的话来，忽然就头痛异常一蹦几尺高，疯了。曹雪芹似乎在暗示：宝玉的发疯，似乎同刚才那个婚姻的话题之间有什么暗中联系；同样，这话题是凤姐捅破的，而她也立即疯了。这个话题，冥冥之中有所禁忌。

这个场景描写的成功在于曹雪芹的层次处理：第一层，宝玉突然发疯，又叫又跳又胡言乱语，写得惊心动魄。第二层，他人的烘托，贾母、王夫人"唬的抖衣而颤，且'儿'一声'肉'一声放声恸哭"。其中"抖衣而颤"一词是曹雪芹的独创，太形象太生动太精彩了，比现成成语"呆若木鸡"之类更能表现她们的惶恐和惊怵。除了这两位最亲的人，又写了全家上上下下都一齐赶来，场面很大。第三层，更加意外，"正没个主见，只见凤姐手持一把明晃晃钢刀砍进园来，见鸡杀鸡，见狗杀狗，见人就要杀人"。姐弟俩简直在演双雄会了！"众人越发慌了。"岂止是慌，实际场面恐怕是乱窜乱逃。第四层，再写众人的反应，"平儿、丰儿等哭的泪天泪地。贾政等心中也有些烦难，顾了这里，丢不下那里"。到这里，贾府乱成一锅粥、吓得胆战心惊，一层一层表现得如电影一般，读者有如身临其境。

不过客观说，这样的描写其他作品中也见过。曹雪芹最最让人意外、几乎哗然的是，笔头一转他居然去大写特写一位我们怎么也想不到的人物——薛蟠！

　　别人慌张自不必讲，独有薛蟠更比诸人忙到十分去：又恐薛姨妈被人挤倒，又恐薛宝钗被人瞧见，又恐香菱被人臊皮，——知道贾珍等是在女人身上做功夫的，因此忙的不堪。忽一眼瞥见了林黛玉风流婉转，已酥倒在那里。

这段文字真真堪称是天上飞下来的，任何作家都想不到这么个角度、这么个写法。我们想想，当时怡红院内外几十上百人，他们同发病的宝玉、凤姐之间关系紧密的，怎么排都排不到那位呆霸王薛蟠，但曹雪芹偏偏找这位谁都想不起的呆子，来作侧面烘托。呆霸王的脑子里还有一些相当不呆，甚至很精的部分。"又恐薛姨妈被人挤倒"，千钧一发之际，首先想到母亲的安危，薛蟠怎么说也算个孝子；"又恐薛宝钗被人瞧见"，也算宝钗不枉有这么个哥哥，第一时间顾虑到妹妹的荣辱；"又恐香菱被人臊皮"，这句话有点意思，因为许多评论家都认为薛蟠把香菱当奴隶，或者当"出火"的工具，但是从曹雪芹的描写来看，好像不是那么回事，薛蟠满在乎香菱的；"知道贾珍等是在女人身上做功夫的，因此忙的不堪"，这一句话，就把贾珍、贾琏、贾蓉，甚至包括贾赦等人的行径全部交代了，薛蟠在这宅子里混了几年，谁谁的脾性他不了解？当然在这里不能写到贾赦，那是位长辈，不能信口指责；最后一句"忽一眼瞥见了林黛玉风流婉转，已酥倒在那里"，薛蟠本是来当护花使者或怒目金刚的，但"一眼瞥见了林黛玉"，自己酥倒，回归色鬼！这里侧面写出黛玉风流绝顶，薛蟠什么漂亮的女孩子没见过？但是一见到黛玉立马"酥倒在那里"，你可以想象黛玉有多迷人。总之，这一段插叙，是只有曹雪芹这种怪才，才会从上百人中挑出这么个不相干的霸王，又写出一瞬间他弯来绕去的痴呆念头。

与此相反，宝玉的舅妈王子腾的夫人也在场，她还是凤姐的妯娌，但曹雪芹对她没有一个字的描写，只在叙述中带过一笔，一个镜头也不给。我们之所以要指出这一点，是《红楼梦》有个奇怪地方：尽管王家也在京城，王家同贾府常来常往，但是曹雪芹一律封杀，坚决不写。宝玉、宝钗、探春他们常去舅舅家，作品也只有一两句话点一点，坚决不让他们出现在王家的画面中。曹雪芹这种处理，肯定有他的道理。

宝玉、凤姐二人是中邪，这邪说到就到，一附身就半死不活，没人能医，无药可治，三四天就奄奄一息，眼看呜呼哀哉。

（宝玉）睁开眼说道："从今以后，我可不在你家了！快收拾了，打发我走罢。"贾母听了这话，如同摘心去肝一般。赵姨娘在旁劝道："老太太也不必过于悲痛。哥儿已是不中用了，不如把哥儿的衣服穿好，让他早些回去，也免些苦；只管舍不得他，这口气不断，他在那世里也受罪不安生。"

管事人更是连棺材都准备好了。贾母急得要把做棺材的人打死，赵姨娘、贾环则称心如意，只等他们咽气。——宝玉、凤姐到了最危急的时刻。谁来拯救？曹公当然有办法，他从万里之外调来两位拯救者——癞头和尚和跛足道人。

正闹的天翻地覆，没个开交，只闻得隐隐的木鱼声响，念了一句："南无解冤孽菩萨。有那人口不利，家宅颠倾，或逢凶险，或中邪祟者，我们善能医治。"贾母、王夫人听见这些话，那里还耐得住，便命人去快请进来。贾政虽不在，奈贾母之言如何违拗；想如此深宅，何得听的这样真切，心中亦希罕，命人请了进来。众人举目看时，原来是一个癞头和尚与一个跛足道人。……贾政问道："你道友二人在那庙焚修？"那僧笑道："长官不须多话。因闻得府上人口不利，故特来医治。"贾政道："倒有两个人中邪，不知你们有何符水？"那道人笑道："你家现有希世奇珍，如何还问我们有符水？"贾政听这话有意思，心中便动了，因说道："小儿落草时虽带了一块宝玉下来，上面说能除邪祟，谁知竟不灵验。"那僧道："长官你那里知道那物的妙用。只因他如今被声色货利所迷，故不灵验了。你今且取他出来，待我们持颂持颂，只怕就好了。"

贾政听说，便向宝玉项上取下那玉来递与他二人。那和尚接了过来，擎在掌上，长叹一声道："青埂峰一别，展眼已过十三载矣！"

就这样，轻而易举，曹雪芹缝合了十三年的裂缝，把今日的宝玉同当年大荒山青埂峰无稽崖下的那块石头合二为一，人间的闹剧同天上的安排融为一体。我们也借此确定，宝玉现年是十三岁，比宝钗小了两三岁。癞头和尚摩挲着通灵宝玉，说了几句疯话，贾母和贾政还要送礼吃茶，一僧一道却一晃就踪影全无。当晚宝玉和凤姐就醒来，说肚子饿了，吃完米汤精神就见长。

别人未开口，林黛玉先就念了一声"阿弥陀佛"。薛宝钗便回头看了他半日，嗤的一声笑。众人都不会意，贾惜春道："宝姐姐，好好的笑什么？"宝钗笑道："我笑如来佛比人还忙：又要讲经说法，又要普渡众生，这如今宝玉、凤姐姐病了，又烧香还愿，赐福消灾；今才好些，又管林姑娘的姻缘了。你说忙的可笑不可笑？"林黛玉不觉的红了脸，啐了一口道："你们这起人不是好人，不知怎么死！再不跟着好人学，只跟着凤姐贫嘴烂舌的学。"一面说，一面摔帘子出去了。

黛玉是兴奋失态，口里自然就"阿弥陀佛"，忘了禁忌；宝钗"嗤的一声笑"，她是个细人，抓住了黛玉的尾巴。有趣的是曹雪芹安排惜春来问宝钗笑什么，平时惜春很少主动开口，现在让她来问，合情合理，因为问的是佛教方面的事情。宝钗说如来佛"今才好些，又管林姑娘的姻缘了"，是标准的闺阁玩笑，但也反映出宝钗对黛玉并无什么妒意；对如来佛也敢于调侃，又展现出宝钗对神鬼的超然态度，有自己的境界。而黛玉也明白这只是个善意的玩笑，所以"不觉的红了脸，啐了一口道"，黛玉语气很凶，但同样没有恶意，她接受宝钗的玩笑，心底里可能还暖洋洋的呢。

本回始于邪恶凶险，终于轻松调侃。宝玉和黛玉的爱情来自先天，本就离奇，作者又在后天加上神秘：本回凤姐就一句"怎么还不给我们家作媳妇"，话音刚落，宝玉、凤姐一齐疯了。这爱情似乎说不得，言则生变，曹雪芹显然是要在这场美得令人惊叹而又注定失败的爱情中，再增添些磨难，使其更加神秘莫测摇曳多姿。和尚道士的登场，作用妙不可言：两位始作俑者寥寥数语便将故事的先天背景和人间实况一下子打通，不但大大增添了故事的厚度和神秘感，而且再次重复了悲剧性主题。贾政感受到的冥冥之中的某些神秘也传导给读者，引起遐想。这样奇特而精致的构思在中外的小说中极为罕见，我们真是大饱眼福。

第二十六回
蜂腰桥设言传心事　潇湘馆春困发幽情

回目中"传心事"的是红玉，我们将听到小丫头会说出如何让人吃惊的话语；"发幽情"的是黛玉，那是《西厢记》《牡丹亭》引发的情愫。这一回把两位"玉"姑娘放在一起写，连回目也均分，再次显示了红玉的重要性。不过实际上本回的内容比较丰富，如黛玉被堵在怡红院外面伤心欲绝，这属于重要情节，回目就没有覆盖；而薛蟠请宝玉尝鲜更是跑出题目千里之外。

这一回的开头，先补述了前一回内容："话说宝玉养过了三十三天之后，不但身体强壮，亦且连脸上疮痕平服，仍回大观园内去。这也不在话下。"宝玉脸上的疮痕居然也好了，真所谓"道高一尺魔高一丈"，马道婆那点魔法遇到正宗高人，失效了。只是不知道赵姨娘那一辈子的积蓄是不是讨得回来。

作品接着转入正题。

且说近日宝玉病的时节，贾芸带着家下小厮坐更看守，昼夜在这里，那红玉同众丫鬟也在这里守着宝玉，彼此相见多日，都渐渐混熟了。那红玉见贾芸手里拿的手帕子，倒象是自己从前掉的，待要问他，又不好问的。不料那和尚道士来过，用不着一切男人，贾芸仍种树去了。这件事待要放下，心内又放不下，待要问去，又怕人猜疑，正是犹豫不决神魂不定之际，忽听窗外问道："姐姐在屋里没有？"红玉闻听，在窗眼内望外一看，原来是本院的个小丫头名叫佳蕙的，因答说："在家里，你进来罢。"佳蕙听了跑进来，就坐在床上，笑道："我好造化！才刚在院子里洗东西，宝玉叫往林姑娘那里送茶叶，花大姐姐交给我送去。可巧老太太那里给林姑娘送钱来，正分给他们的丫头们呢。见我去了，林姑娘就抓了两把给我，也不知多少。你替我收着。"便把手帕子打开，把钱倒了出来，红玉替他一五一十的数了收起。

红玉同贾芸非但一见钟情，偏巧贾芸又进来守门，他们有一段相互了解的过程。我们算算，曹雪芹为他们这桩恋情，真可谓下了不少本钱，后面会生出多大的利息，确实值得期待。黛玉给小丫头的小费是随手"抓了两把"，少说也有十几个铜钱，作品极少写到黛玉对金钱的态度，现在我们亲眼见到她非常大方，下一回我们会看到探春比较节约，懂得储蓄，黛玉恐怕没有积攒的习惯。

佳蕙接着问红玉为什么总是无精打采。

红玉道："你那里知道我心里的事！"佳蕙点头想了一会，道："可也怨不得，这个地方难站。就象昨儿老太太因宝玉病了这些日子，说跟着伏侍的这些人都辛苦了，如今身上好了，各处还完了愿，叫把跟着的人都按着等儿赏他们。我们算年纪小，上不去，我也不抱怨；象你怎么也不算在里头？我心里就不服。袭人那怕他得十分儿，也不恼他，原该的。说良心话，谁还敢比他呢？别说他素日殷勤小心，便是不殷勤小心，也拼不得。可气晴雯、绮霰他们这几个，都算在上等里去，仗着老子娘的脸面，众人倒捧着他去。你说可气不可气？"红玉道："也不犯着气他们。俗语说的好，'千里搭长棚，没有个不散的筵席'，谁守谁一辈子呢？不过三年五载，各人干各人的去了。那时谁还管谁呢？"这两句话不觉感动了佳蕙的心肠，由不得眼睛红了，又不好意思好端端的哭，只得勉强笑道："你这话说的却是。昨儿宝玉还说，明儿怎么样收拾房子，怎么样做衣裳，倒象有几百年的熬煎。"

两个小丫头片子这几句对话，几乎可用"石破天惊"来形容。其中第一层，她们感受到丫头也分三六九等，她们认命；但分配不公平，令她们气愤。第二层，这不公平来自"仗着老子娘的脸面"，更加可气。这两层倒也罢了，来自生活的直接感受，不算稀奇。但第三层就稀奇了，红玉运用谚语来概括和自我排遣，意思陡然深远，令我们心中一惊。"三年五载"，你能说无所谓吗？在我们的生命中，我们觉得非常漫长、终生缅怀的小学时期，不就是五年吗？所谓青春年华、豆蔻年华的初中、高中加起来，不就是三年五载吗？我们最享受、最灿烂的大学生涯，才不过四年啊！但也确实，当我们回过头去看，那"三年五载"中发生的种种，都过去了，展眼一看，都"各人干各人的去了"。红玉才十六岁，就这么豁达，就这么颓丧，就这么老气横秋，就这么看空生命，叫人倒吸一口冷气。好景不长、生命短暂，这是《红楼梦》主题之一。红玉这句话覆盖的不仅仅是她，不仅是晴雯那帮人，还包括了宝玉、黛玉、宝钗、探春他们，三年五载以后，他们各自在哪里？"那时谁还管谁呢？"到那时，宝玉、黛玉、宝钗，还有袭人等，他们能管得了谁？第四层，佳蕙似乎受了红玉的启迪，居然也口吐莲花："昨儿宝玉还说，明儿怎么样收拾房子，怎么样做衣裳，倒象有几百年的熬煎。"此语简直吓人，这小丫头怎么想得出来！"倒象有几百年的熬煎"，她怎么会思绪直飞几百年？她才活了几年？她怎么会甩出"熬煎"这一个词？这些，已经足够骇人听闻，但这还只是个语言问题；更加绝妙的，是她把宝玉拉了进来，"倒象有几百年的熬煎"，直接说的是宝玉，这就把话语的内涵加实了，不再是丫头们的倾轧，而是对公子以及他们家族的质问和怀疑，问题陡然深化了。佳蕙小丫头把所有的读者都问蒙了，或者说问醒了。这两人都口吐莲花，不用说是曹雪芹借她们嘴巴说的。这种技术上的越位犯规，在《红楼梦》中出现不止一次，其功过只能各人自己评价。

作品接下来的一段，交代红玉为什么去宝钗那里，这段文字似乎有点累赘。再下面一段，宝玉怎么会叫李嬷嬷去做这种跑路的差事？李嬷嬷是退休老人。所以曹公的这个设计也有点牵强，弄巧成拙了。我个人认为，写这两段的时候曹公有点走神，同写红玉与佳蕙对话，像是两个作者。

贾芸千辛万苦，总算见到宝玉了。但几句话后宝玉便有些懒懒的，这里有点意思，一会儿我们就看到，他同薛蟠在一起，倒是浑身很自然，谈笑自如。这到底是性格问题呢，还是身份关系的问题呢？值得揣摩。

其实宝玉这里的出场还是作为结构人物，替贾芸做招揽、引介，作品描写的重点是贾芸。他出来以后，搞了个偷梁换柱，欺骗小丫头把他的手帕带给红玉，完成了定情物的悄悄递送。曹公对他们相思相恋的描写，称得上尽心尽力。

然后作品进入宝玉与黛玉的描写。宝玉去到潇湘馆。

> 走至窗前，觉得一缕幽香从碧纱窗中暗暗透出。宝玉便将脸贴在纱窗上，往里看时，耳内忽听得细细的长叹了一声道："'每日家情思睡昏昏。'"宝玉听了，不觉心内痒将起来，再看时，只见黛玉在床上伸懒腰。宝玉在窗外笑道："为甚么'每日家情思睡昏昏'？"一面说，一面掀帘子进来了。

"每日家情思睡昏昏"，是《西厢记》中崔莺莺的唱词，表达她对张生的思念，从黛玉口中听到这样的话，宝玉自然是神魂都飞了，黛玉怎么好意思承认？紫鹃进来倒茶。

> 宝玉笑道："好丫头，'若共你多情小姐同鸳帐，怎舍得叠被铺床？'"林黛玉登时撂下脸来，说道："二哥哥，你说什么？"宝玉笑道："我何尝说什么。"黛玉便哭道："如今新兴的，外头听了村话来，也说给我听，看了混帐书，也来拿我取笑儿。我成了爷们解闷的。"一面哭着，一面下床来往外就走。宝玉不知要怎样，心下慌了，忙赶上来，"好妹妹，我一时该死，你别告诉去。我再要敢，嘴上就长个疔，烂了舌头。"

黛玉的内心非常矛盾和纠结，她前面自比崔莺莺，可当宝玉表露一句后，她非但不是高兴，反而哭了。她之所以哭，自然是受到礼教的禁锢，但更重要的恐怕是她对自己身世的自卑。能够顷刻之间就哭出来，这不是理性思索的结果，而是纯感性的反应。显然，在她的内心深处存在一种深深的担忧，怕被人欺负了，哪怕面对宝玉她也不能释怀，哪怕根本不是欺负，她都会伤心地哭。她太敏感太脆弱了，多年的小心提防已经渐渐演变为心理疾病。加上她身子本身很弱，气血两亏，她的身心两方面都让人担忧。

　　正说着，只见袭人走来说道："快回去穿衣服，老爷叫你呢。"宝玉听了，不觉打了个雷的一般，也顾不得别的，疾忙回来穿衣服。出园来，只见焙茗在二门前等着，宝玉便问道："你可知道叫我是为什么？"焙茗道："爷快出来罢，横竖是见去的，到那里就知道了。"一面说，一面催着宝玉。

　　转过大厅，宝玉心里还自狐疑，只听墙角边一阵呵呵大笑，回头只见薛蟠拍着手笑了出来，笑道："要不说姨夫叫你，你那里出来的这么快。"焙茗也笑道："爷别怪我。"忙跪下了。宝玉怔了半天，方解过来了，是薛蟠哄他出来。薛蟠连忙打恭作揖陪不是，又求"不要难为了小子，都是我逼他去的。"宝玉也无法了，只好笑问道："你哄我也罢了，怎么说我父亲呢？我告诉姨娘去，评评这个理，可使得么？"薛蟠忙道："好兄弟，我原为求你快些出来，就忘了忌讳这句话。改日你也哄我，说我的父亲就完了。"宝玉道："嗳，嗳，越发该死了。"又向焙茗道："反叛肏的，还跪着作什么！"焙茗连忙叩头起来。

　　《红楼梦》中一号呆霸王薛蟠隆重登场，其实早在第 4 回对他有过侧面的介绍，又交代他进了京城遇见贾珍和贾琏等人以后变得更坏，然后直到上一回说在探望宝玉时他怕人见到宝钗、香菱。现在我们知道了，上一回突然写薛蟠，实际上是为这一回做热场，不然他这么突然请宝玉，读者都记不起薛蟠是何人。但很显然，曹公对薛蟠这个人物是成竹在胸，一提笔这个人物就跃然纸上，同贾蓉、贾蔷、贾芸、贾芹等人完全不一样，写他们再怎么都很干瘪，而写薛蟠只要三言两语就活灵活现。很可能曹公年轻伙伴中就有薛蟠这号人物。此处薛蟠不需现形，就知道必定是这位老兄——谁会想到假冒贾政去骗出宝玉来？不过这才是薛大爷身上的第一层色彩。曹雪芹在薛蟠现身的同时，又敷上第二层色彩："只听墙角边一阵呵呵大笑，回头只见薛蟠拍着手笑了出来，笑道：'要不说姨夫叫你，你那里出来的这么快。'"瞧，他还很大气，还很得意！在薛蟠心中，能想出这么个主意是多么了不起，简直是大智慧！紧接着是第三层：他实实在在地先道歉，他也想到替焙茗求情。光明磊落、知错认错，不算稀奇，他能替仆人着想、求情，这就是另一番气度了，算是一个男人。第四层，让人难免捧腹的，才是薛大爷真正的底色："改日你也哄我，说我的父亲就完了。"——这样的话，《红楼梦》中芸芸众生，没有第二位说得出来。在薛蟠心目中，我打你一拳，你照样还我一拳，不就扯平了？薛蟠的脑子就这么一根筋！他没想想，自己的老子都死了多少年，叫宝玉去装他老子，那不是咒人？好在宝玉是理解他的，更能够包容他，所以他们兄弟才能走近，才能混到一起。但此时宝玉心里也窝火，"向焙茗道：'反叛肏的，还跪着作什么！'"宝玉很难得地动粗口，或者说宝玉混到薛蟠他们一起就会粗口。值得一说的是"反叛肏的"一词，其他小说中很少见到，很有特点，不知道是不是满族人的专用语。对这种有特色的粗口、詈语的研究，也是解开《红楼梦》某些密码的钥匙。继续看作品。

> 薛蟠道："要不是我也不敢惊动，只因明儿五月初三日是我的生日，谁知古董行的程日兴，他不知那里寻了来的这么粗这么长粉脆的鲜藕，这么大的大西瓜，这么长一尾新鲜的鲟鱼，这么大的一个暹罗国进贡的灵柏香熏的暹猪。你说，他这四样礼可难得不难得？那鱼、猪不过贵而难得，这藕和瓜亏他怎么种出来的。我连忙孝敬了母亲，赶着给你们老太太、姨父、姨母送了些去。如今留了些，我要自己吃，恐怕折福，左思右想，除我之外，惟有你还配吃，所以特请你来。可巧唱曲儿的小么儿又才来了，我同你乐一天何如？"

薛蟠对宝玉，说不上深情厚谊的话，那也算得有情有义。有了新鲜的好东西，他孝敬了母亲和贾母、贾政、王夫人，说明他还是有心肝、讲人伦的。接下来的话就属于薛蟠式的语言，有点不伦不类，"我要自己吃，恐怕折福，左思右想，除我之外，惟有你还配吃，所以特请你来"。这种话宝玉说不出来，贾琏和贾珍等人恐怕也说不出来，不过虽然言语粗鄙，他的感情都是真的，心也是诚的，有这样的表哥或者朋友，你可以不怎么喜爱，但很难拒绝。当然薛蟠不会单纯为吃点东西就把宝玉找过来，他必然还有点别的节目。"可巧唱曲儿的小么儿又才来了，我同你乐一天何如？"除了吃，还有点色，薛蟠觉得这才拿得出手；当然我们也由此知道，同薛蟠在一起，宝玉也喜欢再加一点节目的。前面曹雪芹写过宝玉"整日在外鬼混"，现在我们知道，就是这么混的。

这场面上还有什么人呢？书上写出来的名单，让我们未免惊讶，"一面说，一面来至他书房里。只见詹光、程日兴、胡斯来、单聘仁等并唱曲儿的都在这里"。薛蟠居然也有书房，哈哈，这让我们跌了眼镜。但让我们大跌眼镜的是，詹光等人怎么会同薛蟠混在一起？他们可是贾政的门客、管家啊，这真是谁跟谁呢？贾政还天天骂儿子打儿子，他自己的朋友就同薛蟠、宝玉在一起鬼混。

> 宝玉果见瓜藕新异，因笑道："我的寿礼还未送来，倒先扰了。"薛蟠道："可是呢，明儿你送我什么？"宝玉道："我可有什么可送的？若论银钱吃的穿的东西，究竟还不是我的，惟有我写一张字，画一张画，才算是我的。"

宝玉的这番话，道出了他的实情。但这是人人知道的，无需他来说明。我怀疑曹公又在借题发挥，借宝玉的口吐出自己的窘境。在序言中我们说到过，曹雪芹经常"卖画钱来付酒家"。他的状况某种意义上同宝玉此处的话语吻合。接着曹公让薛蟠出了个洋相，他把著名画家唐寅闹成了"庚黄"，宝玉指出以后，薛蟠自觉没意思，笑道："谁知他'糖银''果银'的。"薛蟠并不死皮赖脸，对自己的无知一笑了之，比较大气。

薛蟠这个人物，人们一般都给予很负面的评价，我的看法略有不同。在第4回的时候，他为了争夺香菱打死过人，还不当回事，由是他有了"呆霸王"的名称，那个时候他给我们的感觉确实很坏。但那以后，作品所描写的薛蟠，似乎有所收敛，有所改善。进贾府以后对他的第一次具体刻画，就是秦可卿死后他送棺材板，"贾珍笑问：'价值几何？'薛蟠笑道：'拿一千两银子来，只怕也没处买去。什么价不价，赏他们几两工钱就是了。'"表现得大方豪爽；这次请宝玉尝鲜，是对他的第二次刻画，给人的感觉，虽然傻乎乎，还是有情有义的，与第4回所描写的薛蟠，已经貌似神异。这位呆霸王，呆而不奸，霸而不恶，在他身上有单纯可爱的一面。联系后面的描写，曹公笔下的薛蟠比贾环可爱一百倍。曹公对薛蟠的定位，有点类似《三国演义》中的张飞、《水浒传》中的李逵，鲁莽无知，滑稽可笑。我国古代小说、戏剧中，通常都有这样的人物，老百姓喜闻乐见。中国人喜欢热闹、有趣和滑稽，当代的相声、小品受欢迎，就是这个道理。《红楼梦》也需要这样一位人物，第4回的薛蟠渐渐消失，作品后面呈现出来的薛蟠，反映出曹公对薛蟠的构思有所调整。

宝玉回到房间里，同袭人说着话。

> 只见宝钗走进来笑道："偏了我们新鲜东西了。"宝玉笑道："姐姐家的东西，自然先偏了我们了。"宝钗摇头笑道："昨儿哥哥倒特特的请我吃，我不吃，叫他留着请人送人罢。我知道我的命小福薄，不配吃那个。"说着，丫鬟倒了茶来，吃茶说闲话儿，不在话下。

这个描写有点意思，宝玉刚回家宝钗就来了，也知道宝玉去她家吃东西，显然哥哥的安排她早都知道；更有意思的是，"我知道我的命小福薄，不配吃那个"，言下之意是只有你宝玉配吃。此话有点撒娇黏人的味道，类似的话语在凤姐为贾琏接风的时候我们听到过。宝钗平时同宝玉没有这一类言语，今天她怎么会说出这样的话来呢？有两种解释，一种是，宝钗对宝玉实际上怀着好感，但自从在她家被黛玉赶来一顿敲打之后，她明白了黛玉对宝玉的感情，此后她就一直收敛压抑着；但今天宝玉同她哥哥把酒言欢，让她着实高兴，兴奋之余，她的好感就不由自主地流露了出来。再刻薄一点，可以疑心是不是宝钗让薛蟠请的宝玉？这都是从内容来揣摩。另一种解释是从艺术上鉴赏，宝钗的这点好心情，用来反衬被堵在门外的黛玉的悲伤，造成对比效应；为了加浓门内宝玉同宝钗的气氛，曹公特意让宝钗说出这番特别亲近的话。

下面看看可怜的黛玉。

却说那林黛玉听见贾政叫了宝玉去了，一日不回来，心中也替他忧虑。至晚饭后，闻听宝玉来了，心里要找他问问是怎么样了。一步行来，见宝钗进宝玉的院内去了，自己也便随后走了来。刚到了沁芳桥，只见各色水禽都在池中浴水，也认不出名色来，但见一个个文彩炫耀，好看异常，因而站住看了一会。再往怡红院来，只见院门关着，黛玉便以手扣门。

谁知晴雯和碧痕正拌了嘴，没好气，忽见宝钗来了，那晴雯正把气移在宝钗身上，正在院内抱怨说："有事没事跑了来坐着，叫我们三更半夜的不得睡觉！"忽听又有人叫门，晴雯越发动了气，也并不问是谁，便说道："都睡下了，明儿再来罢！"林黛玉素知丫头们的情性，他们彼此顽耍惯了，恐怕院内的丫头没听真是他的声音，只当是别的丫头们来了，所以不开门，因而又高声说道："是我，还不开么？"晴雯偏生还没听出来，便使性子说道："凭你是谁，二爷吩咐的，一概不许放人进来呢！"林黛玉听了，不觉气怔在门外，待要高声问他，逗起气来，自己又回思一番："虽说是舅母家如同自己家一样，到底是客边。如今父母双亡，无依无靠，现在他家依栖。如今认真淘气，也觉没趣。"一面想，一面又滚下泪珠来。正是回去不是，站着不是。正没主意，只听里面一阵笑语之声，细听一听，竟是宝玉、宝钗二人。林黛玉心中益发动了气，左思右想，忽然想起了早起的事来："必竟是宝玉恼我要告他的原故。但只我何尝告你了，你也打听打听，就恼我到这步田地。你今儿不叫我进来，难道明儿就不见面了！"越想越伤感起来，也不顾苍苔露冷，花径风寒，独立墙角边花阴之下，悲悲戚戚呜咽起来。

这一段描写是标标准准的情景交融，情景、动作、心理三者融为一体，描写的文字很精简，但非常深情，犹如一篇优美的动人心魄的散文，是整部《红楼梦》中最美的段落之一。来到怡红院院门之前，作者就开始加料了，写明黛玉为宝玉担忧而来，其中一个词语，从字面看是再简单不过，"一步步行来"，五个字，曹公用在这里，比五百字还沉重：虚弱、艰难、缓慢、孤独，黛玉夜行。我们不由得又想起第 8 回中，黛玉"摇摇的走了进来"，两者一样的精妙。

黛玉真是运气不好，偏偏宝钗先她一步进了怡红院，偏偏碰到晴雯在生气，偏偏没听出是黛玉，还偏偏说谎："凭你是谁，二爷吩咐的，一概不许放人进来呢！"这一针戳到了黛玉最伤心、最痛的地方。"林黛玉听了，不觉气怔在门外。""气怔"两字，把黛玉的气愤、绝望和无助、无语，刻画得入木三分。这场重叠了几个"偏偏"的误会，让黛玉想到自己，"到底是客边。如今父母双亡，无依无靠，现在他家依栖"。"依栖"这个词，没有亲身经历过的人，很难体会它的意义。宝玉、宝钗的欢笑真如伤口撒盐，黛玉的伤感本就已经无边无岸，更被曹雪芹以景物映衬——"也不顾苍苔露冷，花径风寒，独立墙角边花阴之下，悲悲戚戚呜咽起来。"这里使用的已经不是小说语言，而是诗化语言，可见曹雪芹动了真情，花了大力，再让黛玉"独立墙角边花阴之下"，那就是一幅典型的中国仕女画，最后一句"悲悲戚戚呜咽起来"，又将静止无声的画面转变为有声的动态视频。"呜咽"，无力，断断续续，伤心绝望，还不能出声！

第二十七回

滴翠亭杨妃戏彩蝶　埋香冢飞燕泣残红

回目中的杨妃和飞燕，大家都知道指杨贵妃和赵飞燕，历史上著名的美人，杨贵妃偏胖，赵飞燕特瘦，史称"燕瘦环肥"。这里杨妃代指宝钗，飞燕暗喻黛玉。从回目来看，宝钗"戏彩蝶"，追逐蝴蝶，很高兴；黛玉"泣残红"，埋葬落花，很悲凉；似乎宝钗同黛玉是一喜一悲，形成对比。不过仔细想想，曹雪芹写这两人都是悲，宝钗追蝶遇见红玉，竟然要逃避，还要设一个计策来逃避，所以宝钗也很悲哀。

本回开头还是紧接着上回写黛玉。

> 话说林黛玉正自悲泣，忽听院门响处，只见宝钗出来了，宝玉袭人一群人送了出来。待要上去问着宝玉，又恐当着众人问羞了宝玉不便，因而闪过一旁，让宝钗去了，宝玉等进去关了门，方转过来，犹望着门洒了几点泪。自觉无味，方转身回来，无精打彩的卸了残妆。

> 紫鹃雪雁素日知道林黛玉的情性：无事闷坐，不是愁眉，便是长叹，且好端端的不知为了什么，常常的便自泪道不干的。先时还有人解劝，怕他思父母，想家乡，受了委曲，只得用话宽慰解劝。谁知后来一年一月的竟常常的如此，把这个样儿看惯，也都不理论了。所以也没人理，由他去闷坐，只管睡觉去了。那林黛玉倚着床栏杆，两手抱着膝，眼睛含着泪，好似木雕泥塑的一般，直坐到二更多天方才睡了。一宿无话。

这两个小段文字不多，却把黛玉写得非常透彻，也让我们对黛玉有了新的了解。她正被关在门外哭泣，宝玉和袭人等一群人送宝钗出来，黛玉犹恐"问羞了宝玉"，可见她对宝玉的爱。她"闪过一旁"，注意这个"闪"字，黛玉身体那么弱，小脚的，又在风里哭了半天，她居然还能够"闪"，可见她用足了力气，因为她实在太尴尬。宝钗走了，宝玉进去了，门也关了，黛玉也应该回去了吧？如果就这么走了，那她就不是黛玉了。黛玉是个情绪一旦产生就会沉湎进去的人，曹公把握极准，他写黛玉"转过来，犹望着门洒了几点泪"，她才离开。

后面一段把黛玉的情况叙述明白：她常常无缘无故地愁眉长叹，时间一长，身边最贴心的人都不管她了。我们知道了她"常常的便自泪道不干"。最后是一座木雕："那林黛玉倚着床栏杆，两手抱着膝，眼睛含着泪，好似木雕泥塑的一般，直坐到二更多天方才睡了。"我们第一次看到，黛玉的夜晚是这么过的。"木雕泥塑"的黛玉，凝聚着曹雪芹对黛玉的怜爱和心疼，也引发读者强烈的共鸣，令人无限哀怜。不过，随着黛玉性情的变化，曹雪芹对她的态度是不是也会产生变化？这个问题，要到第 63 回才有答案。

时间来到了芒种节，四月底，众多的花儿都凋谢了，女孩子都像送别亲友一样，为落花践行。

> 大观园中之人都早起来了。那些女孩子们，或用花瓣柳枝编成轿马的，或用绫锦纱罗叠成干旄旌幢的，都用彩线系了。每一颗树上，每一枝花上，都系了这些物事。满园里绣带飘飘，花枝招展，更兼这些人打扮得桃羞杏让，燕妒莺惭，一时也道不尽。

短短数语，作者就描绘出一派欢欣的节日气氛。"打扮得桃羞杏让，燕妒莺惭"的，不止是那些小姐们，还有那些丫头们，以及文官等女孩子。

> 且说宝钗、迎春、探春、惜春、李纨、凤姐等并巧姐、大姐、香菱与众丫鬟们在园内玩耍，独不见林黛玉。迎春因说道："林妹妹怎么不见？好个懒丫头！这会子还睡觉不成？"宝钗道："你们等着，我去闹了他来。"说着便丢下了众人，一直往潇湘馆来。……忽然抬头见宝玉进去了，宝钗便站住低头想了想：宝玉和林黛玉是从小儿一处长大，他兄妹间多有不避嫌疑之处，嘲笑喜怒无常；况且林黛玉素习猜忌，好弄小性儿的。此刻自己也跟了进去，一则宝玉不便，二则黛玉嫌疑。罢了，倒是回来的妙。想毕抽身回来。

这段文字颇有讲究。一是交代了宝钗为什么会离众独行，为后文做了铺垫；二是宝钗自告奋勇去叫林黛玉，可见她对黛玉心无芥蒂；第三则是最重要的，曹雪芹非常罕见地写了宝钗对宝玉和黛玉关系的内心感想，"宝玉和林黛玉是从小儿一处长大，他兄妹间多有不避嫌疑之处，嘲笑喜怒无常；况且林黛玉素习猜忌，好弄小性儿的。此刻自己也跟了进去，一则宝玉不便，二则黛玉嫌疑。罢了，倒是回来的妙。"这段话非常重要，是曹雪芹对宝钗内心的描写，这就比宝钗自己的言语、行动、表态更加真实，由此我们知道了宝钗的确切态度，那就是不嫉妒，不介入，更不搅局，总之不让宝玉不便，不让黛玉嫌疑。——当然，这是宝钗目前的心态，将来随着各方态势的变化，宝钗的心态是不是也会发生变化？我们等到元春送礼以后再讨论。

宝钗"想毕抽身回来。刚要寻别的姊妹去，忽见前面一双玉色蝴蝶，大如团扇，一上一下迎风翩跹，十分有趣"。于是她就去追那对蝴蝶，追到滴翠亭边，听到里面红玉同另一个丫头在讲私房话，就是红玉同贾芸交换手帕的事，相当于私定终生。这在当时非常忌讳。

　　宝钗在外面听见这话，心中吃惊，想道："怪道从古至今那些奸淫狗盗的人，心机都不错。这一开了，见我在这里，他们岂不燥了。况才说话的语音，大似宝玉房里的红儿的言语。他素昔眼空心大，是个头等刁钻古怪东西。今儿我听了他的短儿，一时人急造反，狗急跳墙，不但生事，而且我还没趣。如今便赶着躲了，料也躲不及，少不得要使个'金蝉脱壳'的法子。"犹未想完，只听"咯吱"一声，宝钗便故意放重了脚步，笑着叫道："颦儿，我看你往那里藏！"一面说，一面故意往前赶。那亭内的红玉坠儿刚一推窗，只听宝钗如此说着往前赶，两个人都唬怔了。宝钗反向他二人笑道："你们把林姑娘藏在那里了？"坠儿道："何曾见林姑娘了。"宝钗道："我才在河那边看着林姑娘在这里蹲着弄水儿的。我要悄悄的唬他一跳，还没有走到跟前，他倒看见我了，朝东一绕就不见了。别是藏在这里头了。"一面说一面故意进去寻了一寻，抽身就走，口内说道："一定是又钻在山子洞里去了。遇见蛇，咬一口也罢了。"一面说一面走，心中又好笑：这件事算遮过去了，不知他二人是怎样。

　　关于这个细节，过去有很多评论，说宝钗故意栽赃、祸害林黛玉，这种观点偏激过甚，我们不讨论。我以为值得思考的是：曹雪芹为什么要这样来写宝钗？这种描写对刻画宝钗有什么作用？带给读者什么样的启示？我以为这是曹公非常重要的一笔，是对宝钗身份地位的形象而又深刻的揭示，前面黛玉想到自己在贾府"依栖"，这里曹雪芹则以含蓄的手法刻画出宝钗在贾府的"依栖"，一明一暗，将黛玉与宝钗做了对比。宝钗名义上是小姐，但她听到了丫鬟违背贾府规矩的话，她非但不能指责丫鬟，反而担心自己会闹个"没趣"，需要"赶着躲"，还怕躲不干净，"少不得要使个'金蝉脱壳'的法子"。为什么呢？因为她不是贾家的正宗主子，连黛玉那样的半个主子都不是。她住在贾府，自知名不正言不顺，所以一贯低调，遇事回避，但求无过，绝不惹事，上下左右相安无事就好。"赶着躲"红玉，曹公真是写尽了宝钗在贾府的尴尬和无奈。红玉也很理解宝钗和黛玉，她说："若是宝姑娘听见，还倒罢了。林姑娘嘴里又爱刻薄人，心里又细，他一听见了，倘或走露了风声，怎么样呢？"可见宝钗的为人，已经路人皆知。曹公通过这一系列描写，把宝钗在贾府的微妙地位，表达得一清二楚。假如读者不能理解他的苦心，那真是相当遗憾；至于那种说宝钗是在陷害黛玉的说法，曹公恐怕不会理睬。

　　接着是红玉走出来以后，碰巧，"只见凤姐儿站在山坡上招手叫，红玉连忙弃了众人，跑至凤姐跟前，堆着笑问：'奶奶使唤作什么事？'"红玉凭着她的伶牙俐齿，当场赢得凤姐的赏识，便要红玉以后就跟着她去，这样，红玉的身份和命运都发生了变化。曹公这段描写应是对后面的情节做了很大的伏笔。此后直至八十回没有看到红玉，八十回以后，她或许有重要表演。

作品接着是对林黛玉的叙述。

> 如今且说林黛玉因夜间失寐，次日起来迟了，闻得众姊妹都在园中作饯花会，恐人笑他痴懒，连忙梳洗了出来。刚到了院中，只见宝玉进门来了，笑道："好妹妹，你昨儿可告我了不曾？教我悬了一夜心。"林黛玉便回头叫紫鹃道："把屋子收拾了，撂下一扇纱屉；看那大燕子回来，把帘子放下来，拿狮子倚住；烧了香就把炉罩上。"一面说一面又往外走。宝玉见他这样，还认作是昨日中晌的事，那知晚间的这段公案，还打恭作揖的。林黛玉正眼也不看，各自出了院门，一直找别的姊妹去了。宝玉心中纳闷，自己猜疑：看起这个光景来，不象是为昨日的事；但只昨日我回来的晚了，又没有见他，再没有冲撞了他的去处了。一面想，一面由不得随后追了来。

这里曹公写的比较简洁，没有写一句林黛玉的内心，但读者当然知道黛玉在干什么，唯独宝玉闷在鼓里，越看越不明白，只能尾随着黛玉前行。

> 只见宝钗探春正在那边看鹤舞，见黛玉去了，三个一同站着说话儿。又见宝玉来了，探春便笑道："宝哥哥，身上好？我整整的三天没见你了。"宝玉笑道："妹妹身上好？我前儿还在大嫂子跟前问你呢。"探春道："宝哥哥，你往这里来，我和你说话。"宝玉听说，便跟了他，离了钗、玉两个，到了一棵石榴树下。探春因说道："这几天老爷可曾叫你？"宝玉笑道："没有叫。"探春说："昨儿我恍惚听见说老爷叫你出去的。"宝玉笑道："那想是别人听错了，并没叫的。"探春又笑道："这几个月，我又攒下有十来吊钱了，你还拿了去，明儿出门逛去的时候，或是好字画，好轻巧顽意儿，替我带些来。"宝玉道："我这么城里城外，大廊小庙的逛，也没见个新奇精致东西，左不过是那些金玉铜磁没处撂的古董，再就是绸缎吃食衣服了。"探春道："谁要这些。怎么象你上回买的那柳枝儿编的小篮子，整竹子根抠的香盒儿，胶泥垛的风炉儿，这就好了。我喜欢的什么似的，谁知他们都爱上了，都当宝贝似的抢了去了。"宝玉笑道："原来要这个。这不值什么，拿五百钱出去给小子们，管拉一车来。"探春道："小厮们知道什么。你拣那朴而不俗，直而不拙者，这些东西，你多多的替我带了来。我还象上回的鞋作一双你穿，比那一双还加工夫，如何呢？"

作品第一次给了探春大特写的镜头。几句话以后，探春的性格就飞了出来。我们不妨做些赏析。"宝哥哥，身上好？我整整的三天没见你了。"探春也是个人精，在黛玉和宝钗面前，她说的是标准的客套话；宝玉同样回了一句客套。"探春道：'宝哥哥，你往这里来，我和你说话。'宝玉听说，便跟了他，离了钗、玉两个，到了一棵石榴树下。"就这么一句平平常常的话，显出了探春的特殊身份。特殊在哪里呢？特殊在，只有探春会把宝玉从众人当中叫开去说悄悄话；只有探春能让宝玉毫不顾忌地丢下黛玉和宝钗两个，到一边说悄悄话去；只有探春，能让黛玉和宝钗在一边干瞪眼，远远地看着她同宝玉说长道短。比一比，大家在一起，黛玉都不好意思把宝玉叫到一边去，宝钗更不可能干这样的事，迎春和惜春也不会，只有探春会，这不仅因为她同宝玉是同父异母的亲兄妹，也出于她性格的泼辣，我们以后会看到，连凤姐都避让三分。不仅如此，探春的追求爱好也与别人不同，她喜欢"那朴而不俗，直而不拙者"，这口味有点接近宝钗，但显然比宝钗幼稚一些。

接着宝玉说道，探春替宝玉做鞋子的事。

> "赵姨娘气的抱怨的了不得：'正经兄弟，鞋搭拉袜搭拉的没人看的见，且作这些东西！'"探春听说，登时沉下脸来，道："这话糊涂到什么田地！怎么我是该作鞋的人么？环儿难道没有分例的，没有人的？一般的衣裳是衣裳，鞋袜是鞋袜，丫头老婆一屋子，怎么抱怨这些话！给谁听呢！我不过是闲着没事儿，作一双半双，爱给那个哥哥兄弟，随我的心。谁敢管我不成！这也是白气。"宝玉听了，点头笑道："你不知道，他心里自然又有个想头了。"探春听说，益发动了气，将头一扭，说道："连你也糊涂了！他那想头自然是有的，不过是那阴微鄙贱的见识。他只管这么想，我只管认得老爷、太太两个人，别人我一概不管。就是姊妹弟兄跟前，谁和我好，我就和谁好，什么偏的庶的，我也不知道。论理我不该说他，但忒昏愦的不象了！"

这一番话让我们初次见识了三小姐探春的脾气，她才不过十一二岁的年龄，说声翻脸，就连嫡亲母亲赵姨娘都可以不认，周围这群表姐妹、堂姐妹、堂嫂子，谁敢惹她？曹公也是不写则已，稍一动笔，就把探春写的神采飞扬，让我们只能叹服。兄妹两个嘀嘀咕咕说了半天，"只见宝钗那边笑道：'说完了，来罢。显见的是哥哥妹妹了，丢下别人，且说梯己去。我们听一句儿就使不得了！'"说着，探春和宝玉二人方笑着来了。宝钗比较大度，算把他们叫过来了，其他人可能都不好意思叫，黛玉更不会叫。

> 宝玉因不见了林黛玉，便知他躲了别处去了，想了一想，索性迟两日，等他的气消一消再去也罢了。因低头看见许多凤仙石榴等各色落花，锦重重的落了一地，因叹道："这是他心里生了气，也不收拾这花儿来了。待我送了去，明儿再问着他。"说着，只见宝钗约着他们往外头去。宝玉道："我就来。"说毕，等他二人去远了，便把那花兜了起来，登山渡水，过树穿花，一直奔了那日同林黛玉葬桃花的去处来。将已到了花冢，犹未转过山坡，只听山坡那边有呜咽之声，一行数落着，哭的好不伤感。宝玉心下想道："这不知是那房里的丫头，受了委曲，跑到这个地方来哭。"

曹公这里的处理有点讲究。一则他写出了宝玉对黛玉的放不下，所以他打发了探春和宝钗，私下行动；二则他要让宝玉同黛玉单独相处，让宝玉一个人听到黛玉的《葬花吟》；三则为了吊起读者的兴趣，他故意丢了个包袱，让宝玉将黛玉误作某个小丫头，其实黛玉的声音，尤其是她的哭声，宝玉是天底下最熟悉的那一个，怎么会误作他人？

黛玉的《葬花吟》，是《红楼梦》中的名篇，也是这部小说中第一篇个人抒情诗，更是黛玉内心思想感情的集中表露，具有很高的艺术性，长期以来受到人们的关注，评论更是多如牛毛。这里谈谈我的看法。第一，受到脂批的影响，有的评论家把《葬花吟》看作是谶语性质的诗词，并据此推论小说后面的情节内容。对此我有疑问。《红楼梦》有它不成文的规则，所有暗示人物命运、小说情节的词、曲、令等，都是"外派"的，而不是人物自己的抒情之作。比如第5回的诗词曲子，以及后面的酒令花签，都不是书中人物自己写的诗；人物自己写的诗词，只反映人物的个性气质，不涉及具体命运，这是小说中对于诗与词、曲主题的分工。唯一的例外是灯谜诗，不过那似乎可以归结为曹雪芹假借人物的手去写的，去做与外物相吻合的谜语，而非人物自己的抒发胸臆。所以我不认为《葬花吟》有谶语性质，所以没必要到里面去探求人物命运和情节安排。

第二，几十年来，影响比较大的一种观点，认为《葬花吟》中黛玉将花拟人，以花喻人，把花的命运与人的命运紧相联系，有力地控诉了那些摧残她、迫害她的现实环境，尤其是那句"一年三百六十日，风刀霜剑严相逼"。对此我也有疑问。黛玉所处的现实环境，无非是贾府，然而我们看作品，在所有描写中，贾府中谁曾欺负她、亏待她了？至少作品没有描写过、暗示过这样的事情。所以我认为，对"一年三百六十日，风刀霜剑严相逼"，用下面两种理解比较妥当。一种是诗句指的是纯自然现象，指春花总是受到风雨的摧残，如此美丽可爱的花朵终因风吹雨打而凋零，令同是花样年华的黛玉无限感伤。另一种理解，把"风刀霜剑"理解为现实环境。这种理解，从全诗的角度来看更加妥当一些。但是正如我们刚才所讲，它同实际情况，同黛玉在贾府的实际遭遇，有所违背。那么黛玉为什么会这么写呢？这又有两种解释，一种是纯粹的艺术夸张，诗人兴之所至，为把诗句写的感人而不讲究字面的真实，这种情况在中国古代诗歌中俯拾皆是，是诗歌创作的常情，不难理解。另一种解释是，由于昨晚被关在怡红院的门外受到强烈的刺激，她感受到在贾府"到底是客边。如今父母双亡，无依无靠，现在他家依栖"，因而写下这样过激的言辞。但对此，黛玉本人也未必认真，我们读者更不必太较真，那只是一时的赌气而已；写完，黛玉自己都忘了，我们只要看看她后面的一系列表现就不难理解。尤其是我们等会儿就看到，第28回上来就写明，"林黛玉只因昨夜晴雯不开门一事，错疑在宝玉身上。至次日又可巧遇见饯花之期，正是一腔无明正未发泄，又勾起伤春愁思，因把些残花落瓣去掩埋，由不得感花伤己，哭了几声，便随口念了几句"。注意这里的用词，黛玉仅仅为了发泄"一腔无明"，"便随口念了几句"。我相信曹公的行文是严谨的，在这一回，他是为创作而创作，但到了下一回他就安排了说明、解释，读者把这两回连起来看，就不会把《葬花吟》太当真了。所以我们说这几句诗并非真心的控诉，而是一时的赌气。相反，如果黛玉真心认为一年三百六十日都有人在欺负她、迫害她，按照她的性格脾气，她真的可能，"质本洁来还洁去"，出家为尼，甚至"一抔净土掩风流"，了断自己的生命。

　　另外，我们的眼界也可以放得再广阔一点，跳出情节、跳过林黛玉来理解这首诗，把它看作是作者曹雪芹的一种诗词竞赛，他就是为了同唐代张若虚的《春江花月夜》进行媲美，而刻意创作的，其语句就未必与小说内容完全吻合，未必同林黛玉的身份完全吻合，曹雪芹只要诗词本身的艺术达到杰出水平、能够流传千古就满意了。同样的道理，后面宝玉悼念晴雯的《芙蓉女儿诔》也不须死扣字眼。不过在那里曹雪芹写明回目"痴公子杜撰芙蓉诔"，说了是"杜撰"的。这里没有写明是"杜撰"，但他写的是"飞燕泣残红"，说的是赵飞燕啊，比喻暗示、半真半假的，我们能全信吗？中国顶级文人有这种与古人一较高低的习惯，李白为崔颢的一首《黄鹤楼》一直耿耿于怀，憋了多年的劲，直到写出那首《凤凰台》，才算了却心愿。曹雪芹没有机会、没有平台来充分展现自己多方面的才华，只能借《红楼梦》来发表，于是作品中时常会有"超越小说"的内容，我们理应多一份理解，多一份包涵，同时感到这是一种阅读的幸运和福分。

　　最后，这首长诗虽然写的很优秀，但因为它同情节内容都没有太大的关系，理解上也没有什么难度，而且鉴赏文章有许多，感兴趣的读者自己去看看，我们就不详细解释了。

第二十八回

蒋玉菡情赠茜香罗　薛宝钗羞笼红麝串

本回写三个内容：宝玉、黛玉和解，宝玉赴冯紫英的酒会，元春的端午礼物。这一回的情节没有疾风暴雨，没有刀光剑影，但是曹雪芹在里面设了两个很深的圈套，通俗的话说是埋了两个雷。其中一个是埋在黛玉脚下，他悄悄地埋下，还打了许多掩护，结果是很少有人发现并探讨这个问题。另一个是元春所送的礼物，多年来研究者们像解谜语一样拆解，却始终没有一个令大家比较信服的说法。对这两个问题，我们都要重点探讨。

本回的第一段，曹雪芹是杀了个回马枪，对上一回留下的一些要害问题，进行了补充和解释，这个我们在上一回已经有所涉及。但文学作品有时候就是如此，作者当时怎么写的，人物当场怎么说的，读者就往往把它当作真的，而且按字按句去理解，谁想到曹雪芹这么促狭，他在上一回写的那么认真，煞有介事，甚至饱含感情，但到了这一回又来个几乎是全盘推翻，说黛玉的那个《葬花吟》，不过是"随口念了几句"，为的是发泄"一腔无明"，黛玉本人并不那么认真呢！可惜有多少读者，乃至专家，在那边较真，为黛玉打抱不平，吵得面红耳赤。当然严格来讲，这怪不得曹公，谁叫我们顾前不顾后，顾头不顾尾，不把这两回连起来看呢？确实，对文学作品的内容，既要考虑到它的现场性，也要考虑它的背景，还要联系前前后后的描写，甚至要考虑到人们说这句话、做这件事的特殊原因。实际上，不仅对黛玉的这首诗，包括对黛玉这个人物，对《红楼梦》，对其他小说，都需要全面的理解，这样，许多争论就可以消弭了。

曹雪芹一面替前文做着解释，一面继续捉弄我们。

宝玉在山坡上听见，先不过点头感叹；次后听到"侬今葬花人笑痴，他年葬侬知是谁"，"一朝春尽红颜老，花落人亡两不知"等句，不觉恸倒山坡之上，怀里兜的落花撒了一地。试想林黛玉的花颜月貌，将来亦到无可寻觅之时，宁不心碎肠断！既黛玉终归无可寻觅之时，推之于他人，如宝钗、香菱、袭人等，亦可到无可寻觅之时矣。宝钗等终归无可寻觅之时，则自己又安在哉？且自身尚不知何在何往，则斯处、斯园、斯花、斯柳，又不知当属谁姓矣！——因此一而二，二而三，反复推求了去，真不知此时此际欲为何等蠢物，杳无所知，逃大造，出尘网，使可解释这段悲伤。

我们说曹公在玩人，因为他写得太好了，不仅写出了宝玉的感想和悲伤，突出了宝玉的个性，而且他那种魔鬼般的吸引力没几个读者能挣脱。顺着他的描写，顺着宝玉的思路，读者一路想下去，一路悲伤下去；别说那些年轻的读者会一根筋到底，边阅读边流泪，即使是成年读者，又有几个能够逃大造、出尘网？我们陶醉，我们沉湎，我们根本无法独立思考，更别说什么验证、反思了。曹雪芹刚刚写完林黛玉不过是一时的无名火，那《葬花吟》也不过是随口念的，但接着他又一百八十度转弯了：宝玉恸倒在山坡上悲伤，"林黛玉看见，便道：'啐！我道是谁，原来是这个狠心短命的……'刚说到'短命'二字，又把口掩住，长叹了一声，自己抽身便走了。"如果不是白纸黑字，我们怎么也不会相信，黛玉会对宝玉出此毒口；我们怎么也想不到，曹雪芹会让黛玉吐出这般恶言："狠心短命的"。这个词，可不是一般恋人小小争吵中能够出口的；即使感情破裂，如果不到相互仇恨的地步，这个词也不会出口；即使相互仇恨，但一个有相当修养、有一定道德情操的人，也不会诅咒对方死。我们且不说宝玉是遭误会被冤枉的，即使昨晚发生的一切都是事实，是宝玉为了接待宝钗关照下面的丫头"一概不许放人进来"，也算不得什么穷凶极恶。而黛玉同他青梅竹马，已经多少年温柔恩爱，如此深的感情，就这一桩事情，黛玉就说"狠心短命"这种字眼？我们都谈过恋爱，在恋爱中难免都有口角，有误会，甚至有第三者插足。我们争执过，吵闹过，甚至谩骂过，但是，"短命"这个词通常不会出口，哪怕分手以后都不会出口。所以我们不禁要问，这是曹雪芹在玩我们吗？刚才他已经让我们找到"北"，现在我们连"南"也找不到了。怎么办？我们无法去问他，我们只能思考，必须思考，自己静下心来，平心静气破除成见地思考。

我们要思考的第一个问题：是不是曹公一时走神，没有把握住黛玉的性格或当下的心态，把人物写偏了？思前想后，我以为曹公没有走神，相反，他前面做了深厚的铺垫，交代了前一夜黛玉的整个心理和表现，到这里正可谓水到渠成，写的非常自然，把黛玉的心理捕捉得非常精准。更何况，后面有这样的文字："刚说到'短命'二字，又把口掩住，长叹了一声，自己抽身便走了。"黛玉怨恨的瞬间爆发、即时压制、无奈丢开，这个心理过程具有很强的逻辑性，可以想象，为了写出这个过程，曹公是深思熟虑，谋定而动，并且花了力气。所以结论是，曹公正是要这样塑造黛玉，正是要表现黛玉的这个心理过程。

我们要思考的第二个问题是：黛玉怎么会说出这样的话？我这样理解，这是黛玉的一时失控、失态，她对宝玉当然没任何仇恨，即使说怨恨恐怕都有些过了，说她有"怨气"，甚至满怀怨气，比较贴切。她正怨气满怀，突然看到宝玉在旁边，那股怨气就突然喷发了，她不是纯心诅咒宝玉死，所以话一出口，"又把口掩住"，她也知道自己失控失态了，所以她赶忙掩口，"长叹了一声"。这声长叹，是她自我心理调节、心理转折的一个步骤，这口气叹出，她的怨气就平息了许多，心态恢复正常。如果我们用数据来说明她的心态——她当下的心态，她对宝玉的爱至少占八成，她的怨恐怕不到两成，因此说她是失控、失态。不过，现实生活的无数案例和经验教训告诉我们，失控具有很大的危害性。人人都难免有失控的时候，但失控也必须有底线，比如你失控的时候可以骂人，甚至推搡拍打，但不能骂出短命早死这样绝情的话，不能下狠手、动刀动棍，不然，朋友、恋人甚至夫妻之间，一秒钟的失控，往往会造成分手、离婚；生活中一个饭碗飞出去，一脚油门踩下去，往往会跌入无底深渊，家破人亡，后悔莫及。一个有修为、有底线的人，即使他失控的时候也不会走极端。从这个意义上来说，林黛玉的修为还不够，还没有为自己设定做人的底线，不够成熟，不够沉稳。说到这里再请大家注意一个细节，曹公要了一个小小的滑头，他既让黛玉骂出"短命"这样的话，却又不让任何人听到，宝玉也没听到。如果别人听到了呢？别说贾母、王夫人、凤姐，即使一个小丫头听到后传了出去，那么不是黛玉同宝玉的爱情婚姻立即灰飞烟灭，甚至黛玉在外祖母家也难待下去。曹公就靠这样的瞒天过海，他让我们读者看到了这话，读者虽然无法向贾府传递任何消息，但读者却可以想象，这种恶毒的话黛玉这一生只说这一次吗？假如她说第二次的时候，谁来保证依然没有任何人听到呢？所以我们说曹公在这里要了个滑头，艺术性的滑头，因为毕竟，文学作品不完全等同于生活，小说家手中的那支笔，可以决定一切，那是他的特权。

第三个问题：曹雪芹为什么要设计这个情节，这样塑造林黛玉？我用最简单的话来说，曹雪芹是在如实地描写林黛玉，这就是他笔下、他心中真实的林黛玉。为什么我们有点觉得不可思议呢？这是因为几十年来，甚至上百年来，人们对林黛玉过度地偏爱和袒护，把林妹妹看作美丽、聪明、可怜和爱的象征，尤其是那些通俗文艺，如电视剧、戏剧、说书和美术作品，无不从这方面去塑造林黛玉。他们错了吗？可以说没错，因为曹雪芹笔下的林黛玉，确实具有这些特征；然而，可以肯定地说他们是不够全面、不够准确，因为曹雪芹笔下的林黛玉还有另一面，比如我们现在看到的这一面，往往被人们忽视的一面。曹雪芹对林黛玉无疑充满了爱，但作为一个伟大的作家，曹雪芹塑造的是一个有血有肉的、丰满的、多面的、立体的林黛玉，比如黛玉骂"短命"这个情节，曹公是认真细致准确地描绘的。对此我们不能视而不见，不然，到了第 63 回，我们就根本无法理解黛玉的那支花签，无法体会曹雪芹的警告。这里是为第 63 回做铺垫的，第 63 回又是为后文做铺垫的。千里伏脉，曹公名不虚传。

我们回到作品。还好，宝玉进行了一场忆苦思甜和赌咒发誓，终于让黛玉明白昨夜是一场误会，于是两人冰释前嫌重归于好。不过在这里我还是要引用一下曹公的原文，我怀疑许多读者都忽略了其中一个微妙之处——称呼。不管在中国还是外国，在当今还是古代，人与人之间的称呼往往鲜明地反映出他们内在的关系。曹公非常巧妙地、隐蔽地变换着宝玉对黛玉的称呼，里面含着机巧。

> （宝玉）见林黛玉在前头走，连忙赶上去，说道："你且站住。我知你不理我，我只说一句话，从今后撂开手。"林黛玉回头看见是宝玉，待要不理他，听他说"只说一句话，从此撂开手"，这话里有文章，少不得站住说道："有一句话，请说来。"宝玉笑道："两句话，说了你听不听？"黛玉听说，回头就走。宝玉在身后面叹道："既有今日，何必当初！"

大家注意这里的称呼，宝玉采用的是不带感情、不表示关系的"你"字。为什么？因为宝玉只知道黛玉在生气，但不知她气什么，气到什么程度，所以这个称呼是试探性的，他要看看黛玉的反应。结果黛玉的反应不卑不亢，"有一句话，请说来"。尤其那个"请"字，礼貌又疏远，带有外交色彩。大家还要注意，黛玉在这里连一个"你"字都没有，不称呼，实际上就是不表态。但这对于宝玉已经足够了，他得寸进尺，做出笑脸，再次试探性地问道："两句话，说了你听不听？"没想到黛玉掉头就走，宝玉明白，黛玉的气生得很大很深。冰雪聪明的宝玉知道再次直接对话已经不可能，于是他不向对方说话，而是自己感叹，"既有今日，何必当初！"黛玉偏偏经不住这感叹。

> 林黛玉听见这话，由不得站住，回头道："当初怎么样？今日怎么样？"宝玉叹道："当初姑娘来了，那不是我陪着顽笑？凭我心爱的，姑娘要，就拿去；我爱吃的，听见姑娘也爱吃，连忙干干净净收着等姑娘吃。一桌子吃饭，一床上睡觉。丫头们想不到的，我怕姑娘生气，我替丫头们想到了。我心里想着：姊妹们从小儿长大，亲也罢，热也罢，和气到了儿，才见得比人好。如今谁承望姑娘人大心大，不把我放在眼睛里，倒把外四路的什么宝姐姐凤姐姐的放在心坎儿上，倒把我三日不理四日不见的。

宝玉的这番说辞，采用忆往昔思甜蜜的方法，动之以情晓之以理，非常感人，这且不去说它。我们单单讨论这里的称呼，宝玉以"当初姑娘来了"开头，一连称呼了六次"姑娘"。"姑娘"是一种很疏远的称呼，比如不认识的人都可以这么称。

从前面称"你"改为"姑娘"，宝玉后退了，他被迫同黛玉拉开了一点距离。但是他用如此疏远、见外的称呼，叙述的却是那么亲密那么稠密的感情故事，表面上显得颇为别扭，他正是用这种别扭，来感动、感化黛玉。黛玉何等机敏、伶俐，眼见宝玉如此别扭，听着如此稠密的故事，怎能不心动？故事讲得差不多，应该是看到黛玉表情渐渐发生了变化，宝玉又把称呼改了过来，改回到"你"。"'我又没个亲兄弟亲姊妹。——虽然有两个，你难道不知道是和我隔母的？我也和你似的独出，只怕同我的心一样。谁知我是白操了这个心，弄的有冤无处诉！'说着不觉滴下眼泪来。"宝玉如此诚挚，如此委屈，而且声泪俱下，黛玉被深深感动："黛玉耳内听了这话，眼内见了这形景，心内不觉灰了大半，也不觉滴下泪来，低头不语。"演说见效，宝玉立马又改了称呼，他不用"你"了，而是用上了平时的称呼"妹妹"：

> 宝玉见他这般形景，遂又说道："我也知道我如今不好了，但只凭着怎么不好，万不敢在妹妹跟前有错处。便有一二分错处，你倒是或教导我，戒我下次，或骂我两句，打我两下，我都不灰心。谁知你总不理我，叫我摸不着头脑，少魂失魄，不知怎么样才好。就便死了，也是个屈死鬼，任凭高僧高道忏悔也不能超生，还得你申明了缘故，我才得托生呢！"

接下去自然是两人解除误会，重归于好。

我们为什么要详细讲解称呼这么小的事情呢？通过如上的解读和鉴赏，宝玉对黛玉的三种称呼"姑娘、你、妹妹"，大家已经体会到了其中的奥妙。这种奥妙隐藏在很细微的地方，却又是《红楼梦》的一大特色。仅仅通过称呼的改变，就将宝玉、黛玉两人的神态、心态及其变化，委婉而又清晰地表现了出来。能够欣赏到这种微妙之处，是阅读《红楼梦》的一大乐趣，更是见识曹雪芹艺术天才的美妙途径。曹公的细腻、优美、深奥、情感，往往渗透在这些看似平平常常的字里行间。

有朋友同我交流，说我们这样把小说的人物、情节、艺术，同曹雪芹联系起来讲，蛮有意思。其实这正是我的目标，一面把作品讲清楚，一面让文字背后的作者凸显出来，让大家不仅理解《红楼梦》，同时一步步认识、理解，甚至熟悉曹雪芹。将深不可测的、处处都有密码和机关的作品，同没有留下什么直接资料的作者打通，融为一体，这是我的愿望、目标，说得夸大一点，也是我们这本书的特色和风格。我不知道能不能成功，但我一直向这个方向努力。

宝玉同黛玉和好以后，两人往前面去吃饭，这里有一段作品中很少见的王夫人同黛玉的对话，值得我们关注。

> 王夫人见了林黛玉，因问道："大姑娘，你吃那鲍太医的药可好些？"林黛玉道："也不过这么着。老太太还叫我吃王大夫的药呢。"宝玉道："太太不知道，林妹妹是内

症，先天生的弱，所以禁不住一点风寒，不过吃两剂煎药就好了，散了风寒，还是吃丸药的好。"王夫人道："前儿大夫说了个丸药的名字，我也忘了。"宝玉道："我知道那些丸药，不过叫他吃什么人参养荣丸。"王夫人道："不是。"宝玉又道："八珍益母丸？左归？右归？再不，就是麦味地黄丸。"王夫人道："都不是。我只记得有个'金刚'两个字的。"

王夫人把药名记错了，宝玉于是大大发挥了一通。

忽一回身，只见林黛玉坐在宝钗身后抿着嘴笑，用手指头在脸上画着羞他……宝玉向林黛玉说道："你听见了没有，难道二姐姐也跟着我撒谎不成？"脸望着黛玉说话，却拿眼睛瞟着宝钗。黛玉便拉王夫人道："舅母听听，宝姐姐不替他圆谎，他支吾着我。"王夫人也道："宝玉很会欺负你妹妹。"

王夫人同黛玉是天天见面、天天说话的，但作品极少描写。两人究竟相处得怎么样呢？通过这一段我们才知道，王夫人还是相当关心黛玉的身体和生活，她知道哪位医生在给黛玉治病，两人的交流也比较随意、亲和，黛玉没有什么拘束，显得轻松活泼，还带点撒娇地拉着王夫人的手，整个气氛显得亲密、融洽。——我们之所以要指出这一点，因为这对于黛玉非常重要，她想要从外甥女转变为媳妇的话，必须赢得王夫人的喜欢。另外，过去有一种论调，说王夫人为了在贾府建立更强大的王家势力，她包庇薛宝钗，排挤林黛玉，那么至少到这里为止，我们没有看到这种情形，至于后面有没有，我们到时候再讨论。

正说着，只见贾母房里的丫头找宝玉林黛玉去吃饭。林黛玉也不叫宝玉，便起身拉了那丫头就走。那丫头说等着宝玉一块儿走。林黛玉道："他不吃饭了，咱们走。我先走了。"说着便出去了。宝玉道："我今儿还跟着太太吃罢。"王夫人："罢，罢，我今儿吃斋，你正经吃你的去罢。"宝玉道："我也跟着吃斋。"说着便叫那丫头"去罢"，自己先跑到桌子上坐了。王夫人向宝钗等笑道："你们只管吃你们的，由他去罢。"宝钗因笑道："你正经去罢。吃不吃，陪着林姑娘走一趟，他心里打紧的不自在呢。"宝玉道："理他呢，过一会子就好了。"

这一段两个看点，不显眼，却并非不重要。第一个看点，黛玉又有点耍小性子了，而且是当着王夫人的面，一点也不遮掩。这既说明她有点任性、直率，但也表明她同王夫人的关系很随便，无拘无束。第二个看点，宝钗不仅没有吃黛玉的醋，而且像个大姐姐一样，在旁边关心、撮合，劝宝玉去陪黛玉，以打消黛玉的不自在。当然，这是我对文本的理解。至于有的人理解为，宝钗实际上是在提醒王夫人注意黛玉的小性子，是一种挑拨，我只能说我无法赞同。对同一个文本出现不同的解读，这很正常。我坚持自己的观点，比如这里曹公写宝钗的这个举动，我把它理解为，曹公再一次交代宝钗迄今为止对宝玉持什么态度，而这种态度与前面是一贯的，连通的；曹雪芹之所以要写这一次，因为马上，元春的礼物就将到来。元春的礼物可以说是全书的一道分水岭，突然之间它把宝玉同宝钗连在了一起，而把黛玉搁在了一边，这可以说是一种对现状的颠覆。别人的反应暂且不说，宝玉、黛玉、宝钗这三个当事人都立即作出了反应，尽管或明或暗，或强或弱，但都很明确。对此我们后面再说。

下面一段描写是更好的印证。宝玉赶到贾母那里，一进门就问林妹妹在哪里？得知在里间。

> 宝玉进来，只见地下一个丫头吹熨斗，炕上两个丫头打粉线，黛玉弯着腰拿着剪子裁什么呢。宝玉走进来笑道："哦，这是作什么呢？才吃了饭，这么空着头，一会子又头疼了。"黛玉并不理，只管裁他的。有一个丫头说道："那块绸子角儿还不好呢，再熨他一熨。"黛玉便把剪子一撂，说道："理他呢，过一会子就好了。"宝玉听了，只是纳闷。只见宝钗探春等也来了，和贾母说了一回话。宝钗也进来问："林妹妹作什么呢？"因见林黛玉裁剪，因笑道："妹妹越发能干了，连裁剪都会了。"黛玉笑道："这也不过是撒谎哄人罢了。"宝钗笑道："我告诉你个笑话儿，才刚为那个药，我说了个不知道，宝兄弟心里不受用了。"林黛玉道："理他呢，过会子就好了。"宝玉向宝钗道："老太太要抹骨牌，正没人呢，你抹骨牌去罢。"宝钗听说，便笑道："我是为抹骨牌才来了？"说着便走了。林黛玉道："你倒是去罢，这里有老虎，看吃了你！"说着又裁。

这段描写简直称不上有什么情节，曹雪芹为什么要如此详细地描写呢？尤其他特意安排宝钗也进来转一圈，其用意无非是让宝玉、黛玉、宝钗的三人关系，在元春的礼物到来之前再次亮相，从而给读者一个清晰的印象。前面宝钗已经叫宝玉去陪陪黛玉，消除她的不自在；现在宝钗自己进来同黛玉说笑话，很显然，她也是来替黛玉消除不自在的。但是宝玉为了单独同黛玉在一起，也为即将进行的赔礼道歉不那么丢人，他居然直接把宝钗赶走。宝钗也理解宝玉的用意和难处，"便笑道：'我是为抹骨牌才来了？'说着便走了。"宝钗的这种体贴、包容和大度，在女孩子中是非常少见的。不过黛玉似乎并不领情，她还送上一句含有讽刺意味的话："你倒是去罢，这里有老虎，看吃了你！"这最后一幕把三人关系展现得非常清楚：宝玉和黛玉都认为他们俩的恋人关系是"已然"的，而且他们还认为别人也应该这么看待、承认他们，所以宝玉可以随便把宝钗赶走，黛玉则认为被赶走是理所当然，她非但不觉得宝玉失礼，还认为是宝钗不知趣，自讨的。

接着作品转移了场景，宝玉去冯紫英家赴宴。"只见薛蟠早已在那里久候，还有许多唱曲儿的小厮并唱小旦的蒋玉菡、锦香院的妓女云儿。"短时间内曹雪芹再一次描写宝玉的社交生活。"那薛蟠三杯下肚，不觉忘了情，拉着云儿的手笑道：'你把那梯己新样儿的曲子唱个我听，我吃一坛如何？'云儿……唱毕笑道：'你喝一坛子罢了。'"这里没有写云儿多少年龄，不过她待客接物已经相当老道，不像那种刚人妓院的雏儿。接着他们开始行酒令喝酒，其中薛潘的那几句歪词，足以令人喷饭；宝玉的唱词十分优美，但它不关涉到作品的情节人物，我们也不讲解了；云儿的唱词十分下流，那是她妓女的本色；蒋玉菡的唱词，隐含着他同袭人将来会结合，比较特殊。蒋玉菡最后的席上生风说了"花气袭人知昼暖"，薛蟠跳起来说这句话触犯了宝玉，连冯紫英都不知道是什么原故，但是"云儿便告诉了出来"。狡猾的曹雪芹就用这么一个小小的细节，曲折地告诉我们，云儿同宝玉之间是非常熟悉，非常了解的。用这种曲径通幽的方法，曹雪芹可以避免、可以节省直接写宝玉去妓院的场面，从而维护宝玉的正面形象。正如他只写了宝玉同袭人的一次云雨交欢，后面不仅没写，连这话头都不再提。同样，他只写了袭人一个，不等于宝玉云雨过的丫鬟就只有一个袭人。曹雪芹非常照顾宝玉的脸面。不过他像对待黛玉一样，爱管爱，照顾管照顾，该反映的，或者说该暴露的，他照样暴露，只不过写得比较隐晦含蓄，点到即止，不像他暴露王熙凤那样直接和充分，不留一点颜面。

接着宝玉又重演当年在私塾的一幕，在厕所里同蒋玉菡偷偷地互换礼物，这在宝玉眼里不算什么，早就习以为常，但在袭人眼里属于偷鸡摸狗一类，"我就知道又干这些事！"当晚，宝玉趁袭人睡着悄悄地把蒋玉菡所送的汗巾，系在了袭人的身上，第二天袭人发现，就把它解下扔到空箱子里。后四十回中高鹗就是据此移花接木，袭人嫁给蒋玉菡以后，凭这条汗巾才知道他们早年有过这段往事。

这天袭人又告诉宝玉两件事，一是凤姐将红玉要了去，从此以后红玉就是凤姐手下的人了。另一件事，元春派人送来端午节的礼物。

　　说着命小丫头子来，将昨日所赐之物取了出来，只见上等官扇两柄，红麝香珠二串，凤尾罗二端，芙蓉簟一领。宝玉见了，喜不自胜，问"别人的也都是这个？"

袭人告诉他，就他同宝钗的礼物一样，其他人的礼物都不同。

　　宝玉听了，笑道："这是怎么个原故？怎么林姑娘的倒不同我的一样，倒是宝姐姐的同我一样！别是传错了罢？"袭人道："昨儿拿出来，都是一份一份的写着签子，怎么就错了！你的是在老太太屋里的，我去拿了来了。老太太说了，明儿叫你一个五更天进去谢恩呢。"宝玉道："自然要走一趟。"说着便叫紫绡来："拿了这个到林姑娘那里去，就说是昨儿我得的，爱什么留下什么。"紫绡答应了，拿了去，不一时回来说："林姑娘说了，昨儿也得了，二爷留着罢。"

这几句话中，曹雪芹写出三层意思。一层是宝玉想不通为什么他同宝钗的礼物

是一样的，他认为应该他同林黛玉一样。这里反映出宝玉比较幼稚单纯，有点想当然；不过确认是事实以后，他也没有往深里想：元春为什么要这样分配？第二层，通过宝玉同袭人的对话，曹公让我们知道，元春对礼物的分配很细心，每个人的礼物都专门贴了封签，可见元春给每人的礼物都有她的思考，不是随手的，随意的。不过让我们大伤脑筋的是，曹雪芹又玩了我们一把，他只暗示那是元春精心准备的礼物，却不告诉我们元春为什么这么分配，让我们去想破头。第三层，黛玉立马做出了反应，她拒绝了宝玉的转赠，"二爷留着罢"，这话语不冷不热不卑不亢。这还只是她初步的、带着外交色彩的反应。我们可以猜想，元春这礼物，就像钉子一样钉在黛玉的心头，她不知道又有多少个夜晚会像泥塑木雕一般。

　　元春为什么要送出这样的礼物，不同的人可以做不同的猜测，我也会表明我的解读，不过我们要放在稍后一会儿。这份小小的礼物，对于宝玉、黛玉、宝钗，有千斤之重；对于整个贾府，也不是一件小事。曹公看似无意扔出的，实际上是一枚重磅炸弹。他巧妙地采用侧写、暗写的手法，不交代元春的用意，但任何一位解读者、研究者，都无法绕过。假如有谁认为，曹公或许并没有什么深意，他可能就是随便写写，那恐怕他还需要再读读《红楼梦》，需要再贴近曹雪芹一点。我们刚才说曹公用的是暗写手法，但如果你一直对他"追踪蹑迹"，对他比较了解，甚至有点熟悉，那么你就知道他的假动作是怎么做的，他的真实意图究竟何在，犹如看懂足球、篮球中那些高手的虚招。曹公的写作艺术同样有它的特征，他心中重点的东西，如果是暗写，就不会一晃而过，而是东面写一笔，西面再写一笔，甚至南面、北面都会补上，这一来就把中心、重心都显影了。元春这份礼物刚到，他就写了宝玉和黛玉的反应，以此告诉我们它不是一件小事；实际上曹公也怕我们不重视，因而他下面就一而再再而三地写，其用意真是够明显的。

　　我们看作品。

　　　　要往贾母那里请安去，只见林黛玉顶头来了。宝玉赶上去笑道："我的东西叫你拣，你怎么不拣？"林黛玉昨日所恼宝玉的心事早又丢开，又顾今日的事了，因说道："我没这么大福禁受，比不得宝姑娘，什么金什么玉的，我们不过是草木之人！"宝玉听他提出"金玉"二字来，不觉心动疑猜，便说道："除了别人说什么金什么玉，我心里要有这个想头，天诛地灭，万世不得人身！"林黛玉听他这话，便知他心里动了疑，忙又笑道："好没意思，白白的说什么誓？管你什么金什么玉的呢！"

　　这里正面描写黛玉的反应，从她的话语里我们不难听出，元春的礼物激发了她的怀疑、不安和不满，前面一句"什么金什么玉的"，可以说是脱口而出。第二遍说"管你什么金什么玉的呢"，她本意是要安慰宝玉的，却说出这样的话来，恐怕是她自己都想不到的，可见她受到的创伤之深。对此我们也能够理解，一个十二三岁的女孩子，同宝玉已经耳鬓厮磨了好几年，两心相印两情相爱，而且贾府中人都几乎公认了，凤姐更是说过"怎么还不给我们家做媳妇"，黛玉自己满以为即将水到渠成了，现在冷不丁元春给了这么一重锤，叫黛玉如何转得过弯来？接下来的情景我们可想而知，宝玉再一次发誓赌咒，黛玉的心情渐渐好转。但就在这个时候，那位得饶人处却不饶人的作者曹雪芹，又给我们来了下面这一段。

> 正说着，只见宝钗从那边来了，二人便走开了。宝钗分明看见，只装看不见，低着头过去了，到了王夫人那里，坐了一回，然后到了贾母这边，只见宝玉在这里呢。薛宝钗因往日母亲对王夫人等曾提过"金锁是个和尚给的，等日后有玉的方可结为婚姻"等语，所以总远着宝玉。昨儿见元春所赐的东西，独他与宝玉一样，心里越发没意思起来。幸亏宝玉被一个林黛玉缠绵住了，心心念念只记挂着林黛玉，并不理论这事。此刻忽见宝玉笑问道："宝姐姐，我瞧瞧你的红麝串子？"可巧宝钗左腕上笼着一串，见宝玉问他，少不得褪了下来。宝钗生的肌肤丰泽，容易褪不下来。宝玉在旁看着雪白一段酥臂，不觉动了羡慕之心，暗暗想道："这个膀子要长在林妹妹身上，或者还得摸一摸，偏生长在他身上。"正是恨没福得摸，忽然想起"金玉"一事来再看看宝钗形容，只见脸若银盘，眼似水杏，唇不点而红，眉不画而翠，比林黛玉另具一种妩媚风流，不觉就呆了，宝钗褪了串子来递与他也忘了接。宝钗见他怔了，自己倒不好意思的，丢下串子，回身才要走，只见林黛玉蹬着门槛子，嘴里咬着手帕子笑呢。宝钗道："你又禁不得风吹，怎么又站在那风口里？"林黛玉笑道："何曾不是在屋里的。只因听见天上一声叫唤，出来瞧了瞧，原来是个呆雁。"薛宝钗道："呆雁在那里呢？我也瞧一瞧。"林黛玉道："我才出来，他就'忒儿'一声飞了。"口里说着，将手里的帕子一甩，向宝玉脸上甩来。宝玉不防，正打在眼上，"嗳哟"了一声。

这段描述连标点符号一起才五百多字，但是要彻底解读即使三千字恐怕都不够，里面大有玄机。先看第一句，"正说着，只见宝钗从那边来了，二人便走开了。宝钗分明看见，只装看不见，低着头过去了"，宝钗今天有些异乎寻常，大家注意，从描述来看，是宝玉、黛玉先看见宝钗从那边来了，他们便走开了，他们之所以回避是因为正为宝钗而争执，所以一见宝钗他们自然尴尬须要回避。宝钗见到他们的回避，知道他们不愿见自己，所以她也只装看不见，这也正常。但是，她下面那个动作似乎有点多余，"低着头过去了"，这，就有点异常。为什么要把头低下？这可不像她的举动。宝钗一向比较大气，神态举动向来自若，前一回探春叫宝玉离开她们到一边去说悄悄话，她根本无所谓，然后还开玩笑，多么大气。再看前日，宝玉为了同黛玉说私房话，当着众人的面赶宝钗走，"宝钗听说，便笑道：'我是为抹骨牌才来了？'说着便走了。"何其潇洒，那才是宝钗的本色。现在，宝玉、黛玉已经回避她走开了，她还有什么必要"低着头过去"？我们该明白，曹雪芹又在葫芦里卖药了。

往下看。宝钗心里究竟怎么看待她同宝玉、黛玉的关系？对这个问题的描写就像挖曹雪芹心头的肉，他怎么也不肯写。好在当下他终于有一次比较像样的描述，这在书中属于凤毛麟角，特别难能可贵。大家一定要特别关注，仔细解读，后面就没有这样的机会了。

> 薛宝钗因往日母亲对王夫人等曾提过"金锁是个和尚给的，等日后有玉的方可结为婚姻"等语，所以总远着宝玉。昨儿见元春所赐的东西，独他与宝玉一样，心里越发没意思起来。幸亏宝玉被一个林黛玉缠绵住了，心心念念只记挂着林黛玉，并不理论这事。

这里面好几层意思绕在一起，我们一层一层来分剥。第一层，所谓金玉良缘，在这里第一次解说其来源，据说是和尚发明的。有的评论家认为这是薛家制造的谣言，目的是为把宝钗嫁给宝玉制造舆论。不少读者受到影响，心存疑惑。我个人认为这确实是和尚的言论，只要一条理由就够了：薛姨妈说，这是和尚给的金锁，而那时这位大和尚还没有来到过贾府，薛姨妈凭什么去杜撰出这个和尚来？更何况从全书来看，宝玉、黛玉、宝钗三个人这场爱情婚姻大戏，背后的总策划总导演就是这位大和尚。

再解第二层，薛姨妈为什么要将这话告诉王夫人等？这算不算暗中求亲？我的看法，这很寻常，用不着寻幽探微。薛姨妈同王夫人是亲姐妹，女儿身上有这么一桩怪异的事情，老姐妹俩随便谈心就会说到，何况她们聊这事情的时候，两个孩子还小着呢，双方的前途谁都不知道，薛姨妈并不是诸葛亮，她算不到若干年后的种种状况，也就不存在暗中求亲，未雨绸缪。

第三层，宝钗由于上述原因，"所以总远着宝玉"。这究竟是退而避嫌，还是以退为进？我想首先宝钗不存在以退为进的思虑，因为从前面的种种描写来看，宝玉在宝钗眼里并不算什么稀奇可贵、倾心仰慕的偶像，恰恰相反，宝玉在她眼里不过是一个不那么调皮、诚实可信、孺子可教的小弟弟而已。既然有和尚的那番话，她自然要远离宝玉，避嫌自保，不然怎么称为"山中高士晶莹雪"？

第四层，是这一段，甚至是全书的关键所在。"昨儿见元春所赐的东西，独他与宝玉一样，心里越发没意思起来。"宝钗她也第一时间就发现她同宝玉的礼物一样，元春这分配暗含着某种意思，于是宝钗害羞。由此可见，元春的意思比较显露，而且影响很大。其中"越发"两字，是联想到和尚所说的金玉良缘。

第五层，宝钗的手上已经戴上了红麝串，她这个戴手串的行为，就属于美学理论中所谓"有意味的动作"。宝钗是个喜欢素雅的姑娘，从来不爱花儿粉儿的，后面我们还会看到，她也不带贵重的首饰，房间里的摆设更是非常简朴。但是今天，元春的红麝串刚刚送到，她就戴上了手腕。人们不禁要问，宝钗这是出于何种考虑？有的评论家认为，宝钗是喜不自禁，她急急忙忙地带上这个手串，是为了炫耀元春对她的选择，是一种谄媚，甚至还含有对黛玉的打压意味。我认为这种评论不符合小说对宝钗的塑造，是对宝钗的庸俗化，有背于曹雪芹"山中高士晶莹雪"的定性。我坚持，对人物形象的理解，要照顾到她的基本个性；对人物的言语举动，要考虑其背景和场合。宝钗如此快就戴上了手串，我这么理解，一是出于礼貌和尊重。佩戴、使用别人所送的礼物，是对对方的一种尊重、一种礼貌，中国外国都是一样。元春的身份不仅是皇帝的妃子，也是贾府最尊贵的人物，还是宝钗的表姐，不管从哪个身份来说，元春都值得宝钗尊重，元春端午节好端端送来礼物，宝钗戴上这个手串，是理所当然，称不上是谄媚。第二，这礼物独她与宝玉一样，令宝钗"心里越发没意思起来"。她这个"没意思"，是含羞，她未必特别兴奋，但也没有理由不愉快。像宝玉这样的男孩，在宝钗眼里算不得偶像，但也是一个不错的对象，这一点在第 8 回"比通灵金莺微露意"的时候，我们已经见识了。所以现在元春既有认可她同宝玉的意思，她带上这手串，确实也具有呼应的意味，表示愿意和接受。第三，"幸亏宝玉被一个林黛玉缠绵住了，心心念念只记挂着林黛玉，并不理论这事"。这里曹雪芹用了"幸亏"一词，表示宝钗觉得是桩好事情。这话似乎有点不好理解，那是因为我们没有对宝钗设身处地地着想，对她的气质还把握不够。按照当时的风俗，一对年轻人如果认了亲，他们就不宜再见面，尤其像宝钗和宝玉这样接近谈婚论嫁的年龄。宝钗同宝玉并没有定亲，但元春的礼物又近乎定亲的意思；假如宝玉也同宝钗亲亲爱爱、纠缠不清的话，宝钗就会更加羞涩。如果宝钗可以选择，她宁愿回避，宁愿离开贾府，但是薛家又一时离不开贾府，所以宝玉被林黛玉缠绵住，对她是某种解脱，使得她在贾府少了一层麻烦，所以她觉得"幸亏"。

说到这里，我们才可以解答上面所写的，宝钗为什么"低着头过去"。原因就在于她今天手上戴着红麝串。本来元春送她的礼物，她可以冠冕堂皇带着，但正因为有"金玉良缘"一说，而元春的这份礼物又似有意似无意，更何况黛玉难免会心里发酸，宝钗自己也觉得有点"没意思"，现在又看见宝玉和黛玉在回避她，所以她的动作就不那么自然了，"低着头过去"，正是这种微妙心理的自然流露。

以上的描写，曹公觉得意犹未尽，他又让宝玉、宝钗、黛玉三个人发生直接的碰撞，擦出意味深长的火花。

宝玉在旁看着雪白一段酥臂，不觉动了羡慕之心，暗暗想道："这个膀子要长在林妹妹身上，或者还得摸一摸，偏生长在他身上。"正是恨没福得摸，忽然想起"金玉"一事来再看看宝钗形容，只见脸若银盘，眼似水杏，唇不点而红，眉不画而翠，比林黛玉另具一种妩媚风流，不觉就呆了，宝钗褪了串子来递与他也忘了接。

这是作品中第二次描写宝玉对宝钗的羡慕和动情，比第8回在宝钗家里那次更加忘情。他们住在一个宅院里，天天见面，为什么今天宝玉见了宝钗的手臂会动情？为什么今日的宝钗在宝玉眼里，会"比林黛玉另有一种妩媚风流"？曹公是告诉我们，元春的礼物在宝玉的心中同样激起了涟漪，现在他或许是下意识地开始重新审视宝钗，下意识地将宝钗同林黛玉进行着对比，发现宝钗"比林黛玉另具一种妩媚风流"。宝玉发呆了，动情了，忘情了。可以说，假如没有林妹妹，宝玉很可能会爱上这位宝姐姐的。这也正是林黛玉的担忧之处。"宝钗见他怔了，自己倒不好意思的，丢下串子，回身才要走。"宝钗有点狼狈，失去了往日的风采，把控不了尴尬的场面，只能丢下手串逃走。她毕竟是个少女，不曾经历过这种场面，一时心慌意乱，本能地逃走为妙。

可惜曹公偏偏不让她逃走，宝钗一转身：

> 只见林黛玉蹬着门槛子，嘴里咬着手帕子笑呢。宝钗道："你又禁不得风吹，怎么又站在那风口里？"林黛玉笑道："何曾不是在屋里的。只因听见天上一声叫唤，出来瞧了瞧，原来是个呆雁。"薛宝钗道："呆雁在那里呢？我也瞧一瞧。"林黛玉道："我才出来，他就'忒儿'一声飞了。"口里说着，将手里的帕子一甩，向宝玉脸上甩来。宝玉不防，正打在眼上，"嗳哟"了一声。要知端的，且听下回分解。

这个场景我们真是似曾相识，不由得想起第8回。当然，只是相似，却又大不相同了。第一个相似之处，是在这关键时刻林黛玉恰好赶到，像个消防员一样进行灭火。第二个相似之处，是宝钗似乎还沉浸在刚才的情境之中，一时回不过神来，或者也可以说她忽然见到林黛玉，有点尴尬和慌乱，不由得接连问了两个傻乎乎的问题。第三个相似之处，林黛玉有备而来，像逮住了什么把柄一样在那里得意洋洋，含沙射影，指桑骂槐。不过与第8回不同的是，她仅仅用手帕砸了宝玉的眼睛一下，算是抱怨和惩罚；不像上次那样，对宝钗大肆打压。今天，在元春礼物的威力之下，林黛玉似乎少了一份底气和霸气。

到了这里，一个严肃的又有点可笑的问题，就直接摆到我们面前：宝钗到底有没有资格爱宝玉、追求宝玉？有没有资格嫁给宝玉？之所以要提出这个问题，是因为过去普遍认为，如果宝钗爱上宝玉，或者有嫁给宝玉的念头，就属于第三者插足，是抢夺宝二奶奶的座椅，是不道德的，甚至是罪恶的。对这个问题有两个层面需要探讨。第一个是法律层面，宝玉同黛玉并没有订婚，所以宝钗在法律层面是可以追求宝玉的。当然这个层面是次要的，人们探讨的实际上是另一个层面，即道德层面。那么我们就来理一理这个层面的问题。第一，黛玉同宝钗几乎是前后脚来到贾府，最多几个月以后，宝钗也就来到了贾府。不管黛玉是七八岁，还是十来岁，宝玉大一岁，这样的年龄即使两小无猜，却不能说已经确立了恋爱关系。宝钗大宝玉一两岁，当时最多也就十二三岁，如果那时宝钗也喜欢并追求宝玉的话，我想在道德层面是没有任何问题的。不过宝钗并没有这种追求，也没有爱上宝玉。第二，此后随着岁月的推移，他们三人的年龄都一点一点大了，宝玉同黛玉逐渐产生了爱情，但他们谁都没有表白过。在这段时间，黛玉是一直提防着宝钗的。那么宝钗是什么态度呢？我们看到她对黛玉一直是退让。当然，最最关键的是宝钗究竟爱不爱宝玉？这个问题，曹雪芹从头到尾都没有明确地描述过。不过他在第8回中写了宝钗看通灵宝玉，算是委婉的交代。接着黛玉赶到，一阵打压后领走了宝玉。风波过后，曹公却没有写宝钗是否遗憾、难受。最近几回描写宝钗非但没有进行争夺，反而认同宝玉同黛玉的爱情，而且还乐见其成。有人说宝钗是在以退为进，在王夫人那里争取更多的分数。但我以为曹公是在表现宝钗的高风亮节，她眼见宝玉同黛玉恩恩爱爱，便希望他们能够成功，哪怕自己对宝玉确实有好感，但既然宝玉爱的是黛玉，她就不去插足，正所谓的"山中高士晶莹雪"。第三，宝钗难道就没有考虑自己的未来吗？她当然要考虑，不考虑的话，那就不叫山中高士，而是山中傻丫头。我们先说一个事实，虽然宝玉同黛玉是相爱着，但是贾母、王夫人还没有表过态，更遑论定亲。那么现在，忽然元春有所表态了，假如后面元春的态度不变的话，那么很显然，贾母和王夫人就会按照元春的意思去办。不过元春不会独断专行，尤其黛玉是贾母唯一的外孙女，也是元春的表妹，比宝钗还要更亲一层，所以元春不会轻易否决黛玉，她一定会尊重贾母的态度。今日的这份端午礼物，并不是决定性的，更确切的说是一种投石问路。假如元春事先与贾母和王夫人有所沟通，那么今日的礼物完全是另一回事了。我们先不做猜测。我们这里注重的是宝钗的态度。从作品后面的描写来看，宝钗奉行的宗旨是：黛玉优先，听天由命。尽管有了元春这个礼物，宝钗依然没有同黛玉争夺，她依然同情黛玉，善待黛玉。至于她自己，后面对宝玉有所走近，但听到宝玉"我偏要木石姻缘"，她又悄悄拉开距离，似乎是听天由命。从她自幼就喜爱"赤条条来去无牵挂"那样的曲子，可见她对人生怀有悲观、徒劳的心态。宝钗占有优势却依然退让、听天由命，正是曹雪芹看重的，是他对"山中高士"这类人物在社会中的遭遇和结局的探讨和展现，其中或许还有曹公自己的一点影子。这些我们后面再说。

　　需要补充的是，这一回中曹雪芹虽然大写特写宝玉、黛玉、宝钗三人对元春礼物的反应，但是他却一个字也没写贾母和王夫人的反应，按照我们的理解，既然宝玉、黛玉、宝钗三个人反应如此强烈，那么贾母和王夫人不会看不出这份礼物的特殊意味，应该也会做出反应。当然，曹雪芹在这里，包括后面都没有正面写过她们的反应，却并不等于贾母和王夫人就真的没有反应。她们会不会以其他方式间接地做出反应呢？我们后面再看。

第二十九回
享福人福深还祷福 痴情女情重愈斟情

从回目字面看，似乎含有一点讽刺的意味，元春已经位至皇妃了，还要追求更大的福分。当然中国人做道场，常常是为了辟邪消灾，或者祈求雨调风顺。不过，从作品描写的内容来看，对打醮的法事情况一句也没写，写的全是贾府在道观中的所作所为，其中最重要的就是张道士替宝玉提亲。下半回的情节，实际上也是由提亲引发，"痴情女"林黛玉和宝玉两人内心都不舒服，导致两人大闹一场。从作品的脉络来看，近几回大写特写宝玉、黛玉、宝钗三人的爱情婚姻问题，上一回刚刚写了元春的礼物似乎偏向于宝钗，这一回紧接着又出现了提亲，而且贾母宣布了她心中的两个标准。这一系列现象表明，宝玉的婚姻问题开始提上曹雪芹的写作日程。

本回的第一段依然是为上一回结尾。黛玉的手帕甩在宝玉的眼睛上，宝玉吓了一跳，问是谁？

> 林黛玉摇着头儿笑道："不敢，是我失了手。因为宝姐姐要看呆雁，我比给他看，不想失了手。"宝玉揉着眼睛，待要说什么，又不好说的。

接着作品转到打醮。打醮是元春要求的，凤姐想趁此高兴一天，她来约宝玉、黛玉、宝钗他们，宝钗说怕热不想去，贾母说她也陪凤姐去，并要求宝钗、薛姨妈一起去。王夫人于是开恩让所有的丫鬟老婆子都去。作品中有一句"奶子抱着大姐儿带着巧姐儿另在一车"，似乎凤姐有两个女儿，作品中有的地方称"巧姐"，有的地方称"大姐"，这些细枝末节都显示曹雪芹没有最终改定稿子。

> 将至观前，只听钟鸣鼓响，早有张法官执香披衣，带领众道士在路旁迎接。贾母的轿刚至山门以内，贾母在轿内因看见有守门大帅并千里眼、顺风耳、当方土地、本境城隍各位泥胎圣像，便命住轿。贾珍带领众子弟上来迎接。凤姐儿知道鸳鸯等在后面，赶不上来搀贾母，自己下了轿，忙要上来搀。可巧有个十二三岁的小道士儿，拿着剪筒，照管剪各处蜡花，正欲得便且藏出去，不想一头撞在凤姐儿怀里。凤姐便一扬手，照脸一下，把那小孩子打了一个筋斗，骂道："野牛肏的，胡朝那里跑！"那小道士也不顾拾烛剪，爬起来往外还要跑。正值宝钗等下车，众婆娘媳妇正围随的风雨不透，但见一个小道士滚了出来，都喝声叫"拿，拿，拿！打，打，打！"

　　贾母听了忙问："是怎么了？"贾珍忙出来问。凤姐上去揽住贾母，就回说："一个小道士儿，剪灯花的，没躲出去，这会子混钻呢。"贾母听说，忙道："快带了那孩子来，别唬着他。小门小户的孩子，都是娇生惯养的，那里见的这个势派。倘或唬着他，倒怪可怜见的，他老子娘岂不疼的慌？"说着，便叫贾珍去好生带了来。贾珍只得去拉了那孩子来。那孩子还一手拿着蜡剪，跪在地下乱战。贾母命贾珍拉起来，叫他别怕。问他几岁了。那孩子通说不出话来。贾母还说"可怜见的"，又向贾珍道："珍哥儿，带他去罢。给他些钱买果子吃，别叫人难为了他。"贾珍答应，领他去了。这里贾母带着众人，一层一层的瞻拜观玩。外面小厮们见贾母等进入二层山门，忽见贾珍领了一个小道士出来，叫人来带去，给他几百钱，不要难为了他。家人听说，忙上来领了下去。

　　曹家来打醮，原意是虔诚敬神祈福消灾，不知道曹雪芹是有意还是无意，他让贾家真的"打"，大打出手。不过他将贾母同凤姐形成了鲜明的对比。贾母一见到泥塑的神像，立即下轿子，虔诚恭敬；而凤姐被个十二三岁小道士撞了一下，就大打出手，还骂道："野牛肏的，胡朝那里跑！"众婆娘都喝声叫："拿，拿，拿！打，打，打！"贾府的长孙贾珍也比凤姐好不了多少，所幸贾母严令，他"只得"领着小道士出来命人给钱，但他内心也是顿生无名，出来就训管家骂儿子，还叫人往贾蓉脸上吐口水。曹公设计出这么一个情节，分明告诉读者贾府一代不如一代，这孙子一辈，亵渎神明骄横跋扈，元春这个道场非但不能积攒功德，恐怕还会惹发天怒，带来报应。

　　下面，本回的重要人物张道士出场了。这个人物全书仅有这一次描写，却非常生动。

　　且说贾珍方要抽身进去，只见张道士站在旁边陪笑说道："论理我不比别人，应该里头伺候。只因天气炎热，众位千金都出来了，法官不敢擅入，请爷的示下。恐老太太问，或要随喜那里，我只在这里伺候罢了。"贾珍知道这张道士虽然是当日荣国府国公的替身，曾经先皇御口亲呼为"大幻仙人"，如今现掌"道录司"印，又是当今封为"终了真人"，现今王公藩镇都称他为"神仙"，所以不敢轻慢。二则他又常往两个府里去，凡夫人小姐都是见的。今见他如此说，便笑道："咱们自己，你又说起这话来。再多说，我把你这胡子还撾了呢！还不跟我进来。"那张道士呵呵大笑，跟了贾珍进来。

　　张道士是袭了爵的荣国公贾代善的替身，那么从辈分来说他与贾母平辈，其身份又是道教的全国领导人，连皇帝都叫他仙人。他又经常在贾府进出，不过他还是比较谨慎，或许是记着自己是贾府仆人出身，所以对贾珍半开玩笑，说他就在门外伺候。贾珍什么场面没见过？应付张道士这小小把戏还是游刃有余："咱们自己，你又说起这话来。再多说，我把你这胡子还撾了呢！还不跟我进来。"回答得多漂亮，小小的玩笑话既体现出亲密，又不失自己身份。两人可谓棋逢对手。

　　贾珍到贾母跟前，控身陪笑说："这张爷爷进来请安。"贾母听了，忙道："搀他
来。"贾珍忙去搀了过来。那张道士先哈哈笑道："无量寿佛！老祖宗一向福寿安康？众
位奶奶小姐纳福？一向没到府里请安，老太太气色越发好了。"贾母笑道："老神仙，你
好？"张道士笑道："托老太太万福万寿，小道也还康健。别的倒罢，只记挂着哥儿，
一向身上好？前日四月二十六日，我这里做遮天大王的圣诞，人也来的少，东西也很干
净，我说请哥儿来逛逛，怎么说不在家？"贾母说道："果真不在家。"一面回头叫宝
玉。谁知宝玉解手去了才来，忙上前问："张爷爷好？"张道士忙抱住问了好，又向贾
母笑道："哥儿越发发福了。"贾母道："他外头好，里头弱。又搭着他老子逼着他念书，
生生的把个孩子逼出病来了。"张道士道："前日我在好几处看见哥儿写的字，作的诗，
都好的了不得，怎么老爷还抱怨说哥儿不大喜欢念书呢？依小道看来，也就罢了。"又
叹道："我看见哥儿的这个形容身段，言谈举动，怎么就同当日国公爷一个稿子！"说
着两眼流下泪来。贾母听说，也由不得满脸泪痕，说道："正是呢，我养这些儿子孙子，
也没一个像他爷爷的，就只这玉儿像他爷爷。"

　　在贾母面前未请安就哈哈大笑的人我们很少见，张道士显示了他的辈分和身份。
至于他接着就专门问宝玉，一般的评论认为显示了他的世故，说他想赢得贾母的喜
欢从而得到更多的布施。我倒不这么认为，张道士是荣国公的替身，这几十年来，
可能他自己也好还是外人也罢，都已经把他看作是荣国府的一份子，荣国府的盛衰
哀乐同他密不可分，他是真心真意盼望荣府子孙发达，现在荣府的三个孙子贾琏、
宝玉、贾环，他更钟情于宝玉也是情有可原，尤其像他所说，宝玉长得"就同当日
国公爷一个稿子"，不禁令他更加喜欢宝玉，而且深深怀念过世多年的荣国公，"说
着两眼流下泪来"。这是真情流露，而不是演戏，他这把年纪，这样的身份，已经没
有演戏讨好的必要。后面他弟子们所送的三五十件金银珠玉，表明金钱对他已经不
重要了，贾府门下出身的面子，在他更加看重。曹雪芹在这里塑造的是一位有情有
义、潇洒练达的老道士。只是我们很难理解，为什么曹雪芹笔下的男性出家人都是
正面人物，而几位女性出家人一个个既贪婪又阴险？

　　当然，张道士对作品的最大贡献在于，他为宝玉提亲，推动了核心情节。

　　"前日在一个人家看见一位小姐，今年十五岁了，生的倒也好个模样儿。我想着哥
儿也该寻亲事了。若论这个小姐模样儿，聪明智慧，根基家当，倒也配的过。但不知老
太太怎么样，小道也不敢造次。等请了老太太的示下，才敢向人去说。"贾母道："上回
有和尚说了，这孩子命里不该早娶，等再大一大儿再定罢。你可如今打听着，不管他根
基富贵，只要模样配的上就好，来告诉我。便是那家子穷，不过给他几两银子罢了。只

是模样性格儿难得好的。"

曹雪芹很轻松地描写着,却悄悄砸下两块巨石:宝玉开始提亲了!贾母抛出了婆亲的明确标准!

张道士介绍那个女孩三个优点:一,"好个模样儿";二,"聪明智慧";三,"根基家当,倒也配的过"。不过贾母立即纠正了他,把他的三条标准改掉了两条,"不管他根基富贵",贾母不在乎对方的出身、地位和财富,哪怕是个穷人家女孩儿都可以,贾母明确了标准两条:"只是模样性格儿难得好的"。贾母同张道士的境界不一样,贾母的标准更加脱俗,更加优雅。我们不能不钦佩这位老太太。正是由于贾母的这份优雅、这份大气,才让贾府的门第保持辉煌,才让大观园成为不同于人世的另一个世界,才有了宝玉的雍容和金钗们的高雅。我们不能想象,假如贾府中没有贾母,那么黛玉,尤其是宝钗,如何能够在贾府长期寄居。没有贾母,贾府的品味肯定降级。

到这里我们从小说构思设计的角度来谈谈贾母。曹雪芹是把贾母作为一个标杆、顶梁柱,是贾母决定着贾府的高度,是贾母决定着贾府的宽容和雍容,在整部小说中,其他人比如贾政、王夫人、王熙凤都可以撤换,唯独贾母是不能动的。为了突出贾母的一人独高、独大地位,曹雪芹不惜进行艺术的简单化,甚至粗暴化的处理,他让宁国府、荣国府所有贾母一辈的人物统统死光,更有甚者,他让宁国府中的第二代也消失,独苗贾敬入了道观还不算数,连个夫人哪怕姨太太都不留,可见曹雪芹的彻底和极端,也可见贾母在《红楼梦》中的重要性。

回到贾母的婆亲标准。按照她"模样性格儿难得好的"这两项标准,意味着林黛玉已经岌岌可危,而薛宝钗简直就是标准人选。但是,贾母说要过两年再谈婆亲的事,意味着她还要等待、观察再做决定,而且很明确,她不排除黛玉、宝钗之外的人选,所以她托张道士"再打听"。贾母是当着一家子人的面宣布这个标准的,她一点不忌讳、不含糊。可恨曹雪芹并无透露贾母是否照顾到黛玉和宝钗,这是不是一种策略:放出风声,兼做示警。曹雪芹也不写贾母同元春、王夫人是否通过消息。不过从上一回元春的礼物可见贾母同元春的心意是暗通的。之所以说是"暗通",因为我推测,元春同贾母还没有正面交流过这个问题,元春可能也仅仅是投石问路。但我们也可以想象,随着宝玉越来越接近婚娶的年龄,贾母同元春的交流也势在必行。元春那么爱自己的弟弟,所以贾母不同元春沟通就决定宝玉的妻子,自然不可能,贾母不是那种缺心眼的老太太。说她们"暗通"的另一层意思是,元春比较中意的宝钗,恰恰是"模样性格儿难得好的"。既然贾府的两位首脑人物观点一致,那么宝钗是不是被相中虽然还未确定，但黛玉的落选则已经近乎确定。后面就看黛玉自己了。她的"性格儿"是否改善？

接着，曹雪芹不去写正事——做法事的场面，却详细道出贾母想看戏的三个戏名。

> 贾珍一时来回："神前拈了戏，头一本《白蛇记》。"贾母问《白蛇记》是什么故事？"贾珍道："是汉高祖斩蛇方起首的故事。第二本是《满床笏》。"贾母笑道："这倒是第二本上？也罢了。神佛要这样，也只得罢了。"又问第三本，贾珍道："第三本是《南柯梦》。"贾母听了便不言语。

贾母同绝大多数人一样，相信神佛。这三出戏是神像前拈的，相当于抽签，前两出很吉祥，贾母自然高兴；《南柯梦》这戏名一报出来，"贾母听了便不言语"。因为不吉祥，神像前拈的，又不好改。而曹雪芹突出描写贾母的一系列反应，最终目的是要提醒、感染读者，因为这三个戏名连起来，象征着兴旺发达、富贵荣华、黄粱一梦。而这，也正是曹雪芹安排贾府的方向和历程。曹雪芹时不时地提醒读者，时不时地播撒一些悲凉的气氛，这是《红楼梦》特有的节奏，也可以称之为曹雪芹式的交响旋律。这次三个戏名出现在道观这样的神圣场合，具有冥冥之中的色彩，它的象征预示倾向就愈加浓烈，它的指向性愈加无可逃避。大家再回想一下元春省亲时的戏名。

接下去曹雪芹挑选了一个非常小的细节作细腻描写，《红楼梦》的许多重要情节往往都是在细微末节之处蔓延出来。

> 且说宝玉在楼上，坐在贾母旁边，因叫个小丫头子捧着方才那一盘子贺物，将自己的玉带上，用手翻弄寻拨，一件一件的挑与贾母看。贾母因看见有个赤金点翠的麒麟，便伸手拿了起来，笑道："这件东西好象我看见谁家的孩子也带着这么一个的。"宝钗笑道："史大妹妹有一个，比这个小些。"贾母道："是云儿有这个。"宝玉道："他这么往我们家去住着，我也没看见。"探春笑道："宝姐姐有心，不管什么他都记得。"林黛玉冷笑道："他在别的上还有限，惟有这些人带的东西上越发留心。"宝钗听说，便回头装没听见。宝玉听见史湘云有这件东西，自己便将那麒麟忙拿起来揣在怀里。一面心里又想到怕人看见他听见史湘云有了，他就留这件，因此手里揣着，却拿眼睛瞟人。只见众人都倒不大理论，惟有林黛玉瞅着他点头儿，似有赞叹之意。宝玉不觉心里没好意思起来，又掏了出来，向黛玉笑道："这个东西倒好顽，我替你留着，到了家穿上你带。"林黛玉将头一扭，说道："我不希罕。"宝玉笑道："你果然不希罕，我少不得就拿着。"说着又揣了起来。

看了这个情节我们未免好笑，堂堂贾府一号公子贾宝玉会为了一个小小的金麒麟扭捏、为难好半天，而刚才他还要把这几十件珠宝一起施舍给穷人呢。不过曹雪芹用这小小金麒麟不仅在这里就一石三鸟，折射出几位人物的不同为人和心态，更为后面的情节打下了埋伏。贾母年纪大了，这样的挂件不知见过多少，但她一见就想起有哪个孩子身上也有，反映出贾母依然思维敏捷。当然经贾母这么一说，这个金麒麟的重要性也提升了。宝钗立即想起这是史湘云身上的，还说湘云那件要略小一些，表明宝钗对生活观察得细心。相反，宝玉说他怎么就没见过，表明这位公子生活优裕大大咧咧，什么金银珠宝在他眼里一概不见。"探春笑道：'宝姐姐有心，不管什么他都记得。'"表明这位三小姐对宝钗了解较深，也不无佩服。探春像她的二哥一样对这些金银珠宝根本不在意，三小姐喜欢的是柳枝编的花篮之类新奇玩意。"林黛玉冷笑道：'他在别的上还有限，惟有这些人带的东西上越发留心。'"显然黛玉是有感而发，借机敲打。也难怪黛玉气不打一处来，原先宝钗就有"金玉之说"，如今元春又再送上红麝串，"这些人带的东西"领先黛玉两大截；最要命的是今日张道士替宝玉提亲，而且，贾母非但没有回绝还提出两条简直就是否决黛玉的"标准"。然而"宝钗听说，便回头装没听见"。黛玉当着这么多人无端进行冷嘲热讽，要隐忍而不回击，放在一般人身上难以做到，这不仅需要气量，可能还需要宝钗对黛玉的理解和同情。迎春没说话，她不关心这些人事，更不在意各人话语中的机锋。惜春也没声音，她可能不屑于这些俗物琐事，不愿插话。但是现在宝玉变了，他很想把这金麒麟带回去送给湘云，又怕黛玉多心，所以像做贼一样拿起又放下，紧张地拿眼睛四处瞄，却偏偏被黛玉盯着，宝玉只能讪着脸揣进怀里。

下面描写宝玉、黛玉吵架。因为对张道士提亲生气，宝玉发誓这辈子不再见他。当然更要紧的是知道黛玉会生疑，却又很难向黛玉解释剖白，所以宝玉很是郁闷。

且说宝玉因见林黛玉又病了，心里放不下，饭也懒去吃，不时来问。林黛玉又怕他有个好歹，因说道："你只管看你的戏去，在家里作什么？"宝玉因昨日张道士提亲，心中大不受用，今听见林黛玉如此说，心里因想道："别人不知道我的心还可恕，连他也奚落起我来。"因此心中更比往日的烦恼加了百倍。若是别人跟前，断不能动这肝火，只是林黛玉说了这话，倒比往日别人说这话不同，由不得立刻沉下脸来，说道："我白认得了你。罢了，罢了！"林黛玉听说，便冷笑了两声，"我也知道白认得了我，那里象人家有什么配的上呢。"宝玉听了，便向前来直问到脸上："你这么说，是安心咒我天诛地灭？"林黛玉一时解不过这个话来。宝玉又道："昨儿还为这个赌了几回咒，今儿你到底又准我一句。我便天诛地灭，你又有什么益处？"林黛玉一闻此言，方想起上日的话来。今日原是自己说错了，又是着急，又是羞愧，便颤颤兢兢的说道："我要安心咒你，我也天诛地灭。何苦来！我知道，昨日张道士说亲，你怕阻了你的好姻缘，你心里生气，来拿我煞性子。"

曹雪芹究竟是有心还是无意？他刚刚写完贾母当众宣布婆亲标准是"模样性格儿难得好的"，时间仅仅过去一日，言犹在耳，这里黛玉又同宝玉吵起来了，我们真不知道曹雪芹为什么这样安排。虽然今天是宝玉先发急，但黛玉的态度不仅没有好转，反而更加糟糕。确确实实，贾母当众公布的两条标准对黛玉极其不利，元春的礼物更有"弃黛取钗"意味，这两个打击接踵而至，黛玉很难承受得起。不过贾母也明说婆亲的事还要过两年，那么作为黛玉来说，还有两年的时间，是努力改善自己的"性格儿"，洗心革面，适应贾母的标准，还是怒火攻心，破罐子破摔？十二三岁的少女，只能自己抉择，自己承当，这确实是一项相当艰难的任务。从今天的表现来看，黛玉似乎选择了后一项，至少没有选择洗心革面。

趁着这个话题，我们作一点拓展，讨论一下贾府的教育问题。这里指的是为人处世的教育，今天称之为"德育"。古代的私塾老师以四书五经为主，把文化教育和道德处世教育融为一体了。但是古代的女孩子一般进不了私塾，通常是由父母自己或者延聘家庭教师来教育，但是我国古代的教材都是针对男子的，对女子的教育即使有也是如李纨所受的限于女人的孝和守节之类。尤其，对于恋爱方面的知识、对于性方面的知识，家庭教师或者父母亲都不好涉及，特别是一个没有母亲、姐姐言传身教的姑娘家，只能无师自通了。黛玉失去了母亲，然后投奔外婆，那么许多教育要靠外婆了。现在黛玉没有家庭教师，她靠的是自学，其文化知识很有根底，但是为人处世方面确实不够成熟，孩子气很严重。这方面，谁来帮助她呢？从作品描写的内容看，王夫人虽然对黛玉的身体健康比较关心，但是没看到她在这方面同黛玉有过交流，或许她觉得有贾母在，她不便操这份心。凤姐，比黛玉大许多，关系也不错，但凤姐除了插科打诨开开玩笑，这类正儿八经的话从来不说，不像同秦可卿那样贴心。其他人如邢夫人李纨等更是只顾自己，不求多事。而最应该管这事的贾母，尽管在物质上、在其他方面对黛玉关怀备至，但对黛玉的脾气从来连一句劝劝的话都没有，更没有批评引导，是由于太宠爱了，还是觉得黛玉太可怜，舍不得批评？再舍不得，正面的疏导总该有吧？但作品没写过，我们不能乱猜。作品中的黛玉始终觉得孤独、无人理解和关怀，说明整个贾府中确实没人与她谈心，除了宝玉，这就使得黛玉在为人处世方面没有外援，一味任性。我们看作品。

　　原来那宝玉自幼生成有一种下流痴病，况从幼时和黛玉耳鬓厮磨，心情相对，及如今稍明时事，又看了那些邪书僻传，凡远亲近友之家所见的那些闺英闱秀，皆未有稍及林黛玉者，所以早存了一段心事，只不好说出来，故每每或喜或怒，变尽法子暗中试探。那林黛玉偏生也是个有些痴病的，也每用假情试探。因你也将真心真意瞒了起来，只用假意，我也将真心真意瞒了起来，只用假意，如此两假相逢，终有一真。其间琐琐碎碎，难保不有口角之争。即如此刻，宝玉的心内想的是："别人不知我的心，还有可恕，难道你就不想我的心里眼里只有你！你不能为我烦恼，反来以这话奚落堵我。可见我心里一时一刻白有你，你竟心里没有。"心里这意思，只是口里说不出来。那林黛玉心里想着："你心里自然有我，虽有'金玉相对'之说，你岂是重这邪说不重我的。我便时常提这'金玉'，你只管了然自若无闻的，方见得是待我重，而毫无此心了。如何我只一提'金玉'的事，你就着急，可知你心里时时有'金玉'，见我一提，你又怕我多心，故意着急，安心哄我。"

看来两个人原本是一个心，但都多生了枝叶，反弄成两个心了。那宝玉心中又想着："我不管怎么样都好，只要你随意，我便立刻因你死了也情愿。你知也罢，不知也罢，只由我的心，可见你方和我近，不和我远。"那林黛玉心里又想着："你只管你，你好我自好，你何必为我而自失。殊不知你失我自失。可见是你不叫我近你，有意叫我远你了。"如此看来，却都是求近之心，反弄成疏远之意。如此之话，皆他二人素习所存私心，也难备述。

以上两段是心理描写的杰作，具有划时代意义，不仅划中国的时代，而且是世界心理描写新记录的诞生，它领先西方小说达半个多世纪。我们还要指出，曹雪芹这里运用的不仅是心理活动，而且是"心理对话"，宝玉的心思同黛玉的想法就像对话一样相互对接、层层推进，这种独有的心理描写，更是十九世纪西方小说中没有的，直到今天全世界有没有，我们都很难说。此外，从艺术水平来看，这段心理描写将宝玉、黛玉两人既内心相爱、又假意伪饰造成的误会和错位状况，写的缤纷多姿又丝丝入扣，较之十九，甚至二十世纪的心理描写大师们，也毫不逊色。

讲到这里，一个有趣的问题自然涌起：曹雪芹是怎么会想出这种奇特的、世界"孤品"级别的心理描写？我个人认为，曹雪芹也是人，他不可能一步登天，他本人是、也只能是当时社会的产物。我们把眼界放宽一点，超越小说连带戏剧一起思考，这个问题就迎刃而解。——曹雪芹实际上并不完全是独创，而是巧妙的借鉴、转化。——他借鉴戏剧中表现心理冲突的、由两个人物对唱的唱段，"改编"为散文形式的文字，转化成小说的心理描写。就这么简单。曹雪芹敢于、善于"偷天换日"，其他人不敢而已。

曹公利用心理描写，非常直白化地告诉读者，宝玉和黛玉的心是往一处想，情也是往一处用，只可惜他们无法正面剖白，无法彻底沟通，造成两人"都是求近之心，反弄成疏远之意"，由是误会、误解、冲突也就难免了。当然，这只是一说，是描写两人心理时候的一种解释，它固然没错，但不能解释两人冲突的全部，甚至连主要原因都不是。最关键的，我们说过是两人不能自主，而决定他们关系的贾母、王夫人并没有表态，这就让黛玉的噩梦永远都无法解除。现在元春又有意无意地来一招，张道士又来提亲，这真把黛玉逼急了。

那宝玉又听见他说"好姻缘"三个字，越发逆了己意，心里干噎，口里说不出话来，便赌气向颈上抓下通灵宝玉，咬牙恨命往地下一摔，道："什么捞什骨子，我砸了你完事！"偏生那玉坚硬非常，摔了一下，竟文风没动。宝玉见没摔碎，便回身找东西来砸。林黛玉见他如此，早已哭起来，说道："何苦来，你摔砸那哑吧物件。有砸他的，不如来砸我。"二人闹着，紫鹃雪雁等忙来解劝。后来见宝玉下死力砸玉，忙上来夺，又夺不下来，见比往日闹的大了，少不得去叫袭人。袭人忙赶了来，才夺了下来。宝玉冷笑道："我砸我的东西，与你们什么相干！"

袭人见他脸都气黄了，眼眉都变了；从来没气的这样，便拉着他的手，笑道："你同妹妹拌嘴，不犯着砸他，倘或砸坏了，叫他心里脸上怎么过的去？"林黛玉一行哭着，一行听了这话说到自己心坎儿上来，可见宝玉连袭人不如，越发伤心大哭起来。心里一烦恼，方才吃的香薷饮解暑汤便承受不住，"哇"的一声都吐了出来。紫鹃忙上来用手帕子接住，登时一口口的把一块手帕子吐湿。雪雁忙上来捶。紫鹃道："虽然生气，姑娘到底也该保重些。才吃了药好些，这会子因和宝二爷拌嘴，又吐出来。倘或犯了病，宝二爷怎么过的去呢？"宝玉听了这话说到自己心坎儿上来，可见黛玉不如一紫鹃。又见林黛玉脸红头胀，一行啼哭，一行气凑，一行是泪，一行是汗，不胜怯弱。宝玉见了这般，又自己后悔方才不该同他较证，这会子他这样光景，我又替不了他。心里想着，也由不的滴下泪来了。袭人见他两个哭，由不得守着宝玉也心酸起来，又摸着宝玉的手冰凉，待要劝宝玉不哭罢，一则又恐宝玉有什么委曲闷在心里，二则又恐薄了林黛玉。不如大家一哭，就丢开手了，因此也流下泪来。紫鹃一面收拾了吐的药，一面拿扇子替林黛玉轻轻的扇着，见三个人都鸦雀无声，各人哭各人的，也由不得伤心起来，也拿手帕子擦泪。四个人都无言对泣。

一时，袭人勉强笑向宝玉道："你不看别的，你看看这玉上穿的穗子，也不该同林姑娘拌嘴。"林黛玉听了，也不顾病，赶来夺过去，顺手抓起一把剪子来要剪。袭人紫鹃刚要夺，已经剪了几段。林黛玉哭道："我也是白效力。他也不希罕，自有别人替他再穿好的去。"袭人忙接了玉道："何苦来，这是我才多嘴的不是了。"宝玉向林黛玉道："你只管剪，我横竖不带他，也没什么。"

这里的出场人物配备——公子小姐各自加带一个丫鬟（虽然雪雁也在场，但她没什么表现），大家应该很熟悉；同样，这里的描写形式和套路——其中任何一人说出一句话或做出一个动作，都会引发连锁反应，大家也很熟悉，这都是借鉴了戏剧。但是，从元代直到清代，有哪一部戏曲的人物描写达到如此细腻而又浑厚的程度？

四个人物每一句话、每一个动作都精准到不能增一分也不能减一分。宝玉、黛玉我们讲得太多，现在看看袭人的刻画："袭人见他两个哭，由不得守着宝玉也心酸起来，又摸着宝玉的手冰凉，待要劝宝玉不哭罢，一则又恐宝玉有什么委曲闷在心里，二则又恐薄了林黛玉。不如大家一哭，就丢开手了，因此也流下泪来。"袭人的心理何其曲折、何其丰满而又何其准确！袭人是被紫鹃紧急请来救火的，她进来后自然是批评宝玉，结果招来黛玉更大的伤心；紫鹃也批评黛玉一句，宝玉也反而伤心。这个情状令袭人不敢再劝，但"见他两个哭，由不得守着宝玉也心酸起来"，这一句写出袭人之所以是袭人。袭人对宝玉的爱无需去说，袭人对黛玉也很有感情，尽管黛玉经常同宝玉吵架，袭人还是很尊敬黛玉，这是一方面；另一方面，因为黛玉是宝玉最爱的人，袭人也爱屋及乌，心疼黛玉。所以"见他两个哭"，袭人也心酸。但她毕竟是宝玉的人，更爱宝玉，"由不得守着宝玉也心酸起来"。这里表现出袭人对宝玉和黛玉毕竟有区别。"又摸着宝玉的手冰凉，待要劝宝玉不哭罢，一则又恐宝玉有什么委曲闷在心里，二则又恐薄了林黛玉。不如大家一哭，就丢开手了，因此也流下泪来。"大家注意袭人的细心，又摸着宝玉的手冰凉，在那样混乱的情境中她依然能够注意宝玉手心的温度，体现了她的温柔细心。"宝玉的手冰凉"，袭人的心有多疼不必说了，但就是在这种时刻，她的理智一点也没有降低，既体会到宝玉委屈闷在心里后果更加不好，又想到薄了黛玉会引发更深的矛盾。——这份理智非常不易，但愈加不易的是拿出应对措施，立即实施的不容思考的措施和解决难题的方法。好个袭人，居然能够想到"不如大家一哭，就丢开手了"。这是一个既便于实施又结果可以预期的、不损害任何一方的脱困办法。能想到这一点，可以称得上"急中生智"，把哭作为一种解除困局的方法，一般人很难想到。袭人不仅想到，而且立即"也流下泪来"。袭人是个高级演员吗？想要流泪就能把泪水流下来？了解一点演员情况的朋友都知道，多少大牌明星在拍片现场就是流不出眼泪，常常会因此整个片场干等几个小时。袭人难道水平那么高，想要眼泪泪水就哗哗而来？当然不是的。曹雪芹这里面有文章。从表面看，他仅仅要制造一个房间里所有人都在哭的场面；但背后，又含有袭人的某种不满和哀怨。前面说了，袭人是来劝架的，但她刚一劝，黛玉反而更加悲伤；袭人当然更心疼宝玉，但她知道绝对不能表现出来，那样黛玉会不高兴。既然左也不是右也不是，她于是采取和稀泥的方法——不劝了，我也跟着一起哭吧！有点消极怠工的意思。我们数一下，就上面几句话，曹雪芹刻画出袭人多少层心意，虽然称不上百转千回，但相当复杂，相当丰富，相当有回味。

袭人一哭，紫鹃也跟着哭，房间里"四个人都无言对泣"。过了一会，袭人大约觉得宝玉、黛玉的气都消得差不多了，她自己继续怠工也不像话，所以她又劝宝玉一句："你不看别的，你看看这玉上穿的穗子，也不该同林姑娘拌嘴。"袭人这也是见物起兴，以为这个挂通灵宝玉的网带子可以让宝玉睹物思情，言归于好。没料到她想错了，"林黛玉听了，也不顾病，赶来夺过去，顺手抓起一把剪子来要剪。袭人紫鹃刚要夺，已经剪了几段。林黛玉哭道：'我也是白效力。他也不希罕，自有别人替他再穿好的去。'"本来只是拌嘴，等过去了也就过去了，现在网兜剪碎，产生实实在在的后果，态势就升级了，日后要挽回就增加了难度。

谁知那些老婆子们见林黛玉大哭大吐，宝玉又砸玉，不知道要闹到什么田地，倘或连累了他们，便一齐往前头回贾母王夫人知道，好不干连了他们。那贾母王夫人见他们忙忙的作一件正经事来告诉，也都不知有了什么大祸，便一齐进园来瞧他兄妹。急的袭人抱怨紫鹃为什么惊动了老太太、太太；紫鹃又只当是袭人去告诉的，也抱怨袭人。那贾母、王夫人进来，见宝玉也无言，林黛玉也无话，问起来又没为什么事，便将这祸移到袭人紫鹃两个人身上，说"为什么你们不小心伏侍，这会子闹起来都不管了！"因此将他二人连骂带说教训了一顿。二人都没话，只得听着。还是贾母带出宝玉去了，方才平服。

大家注意作品的描述，它只写贾母如何如何，却一字不提王夫人。可是又写得明明白白，王夫人是同贾母一起来的。王夫人究竟是何感想？曹雪芹留给读者去思考。还有贾母，昨天她刚刚宣布要"性格儿难得好的"，今日黛玉就表现出这样的"性格儿"，假如贾母内心一直是倾向于外孙女黛玉的，那么今天黛玉就是打了外祖母的脸，叫贾母如何向王夫人开口提亲？这前后两天的事情有如此明显的内在联系，曹雪芹把它们放在一起写得详详细细，他老先生又是何居心？这一连串问题，值得我们思考。

初三是薛蟠生日，家里摆酒唱戏，自然来请贾府一众人。宝玉因得罪了黛玉，哪里还有心情，推病不去；黛玉见宝玉不去，自然也不去。

那贾母见他两个都生了气，只说趁今儿那边看戏，他两个见了也就完了，不想又都不去。老人家急的抱怨说："我这老冤家是那世里的孽障，偏生遇见了这么两个不省事的小冤家，没有一天不叫我操心。真是俗语说的，'不是冤家不聚头'。几时我闭了这眼，断了这口气，凭着这两个冤家闹上天去，我眼不见心不烦，也就罢了。偏又不咽这口气。"自己抱怨着也哭了。

曹雪芹把贾母这么细小的抱怨都捕捉得牢牢的，却就是不写贾母下一步的思考：这对小冤家是不是适合做长久的夫妻？曹雪芹偏偏不写！依据曹雪芹的这种写法，我们也可以提出一条崭新的思路——贾母或许从来就不曾期许，甚至没有思考过要让宝玉、黛玉结为夫妻。正因为贾母没有这念头，所以曹雪芹才不写，而并非什么故意卖个破绽，让读者去思量。长期以来人们一直在寻思贾母到底怎么处理宝玉与黛玉的爱情婚姻问题，说得再明确点，贾母是赞成还是不赞成，似乎贾母必须要表态。没人做过这样的设想：贾母想都没想过这回事！当然，我这里仅仅是提出一种思路，一种并不违背作品描写的，却大大违背绝大多数人已经固有的思路，供大家参考。

　　这里还有一个很隐秘的看点：黛玉剪碎通灵宝玉上面的网兜穗子。袭人首先提起看这穗子的情分，是第一遍。黛玉抢过来剪碎，是第二遍，初三这天黛玉自己懊悔："只是昨儿千不该万不该剪了那玉上的穗子。管定他再不带了，还得我穿了他才带。"第三遍。下回一开头紫鹃劝黛玉："好好的，为什么又剪了那穗子？岂不是宝玉只有三分不是，姑娘倒有七分不是。"第四遍。后面第 35 回还有宝钗为重新编这网兜，单单为用什么颜色的线就考虑再三，是第五遍。正是宝钗最后决定用金线和黑珠儿线掺和在一起编，才让我看出这网兜的奥妙：金线暗喻宝钗，黑珠儿线暗喻黛玉！所以这网兜不是一件小物品那么简单，而是一种象征，一个意象。这小网兜，是兜住、缠住通灵宝玉的，象征着它同宝玉亲密的、"不弃不离"的特殊关系。曹雪芹用这个象征物告诉读者：与宝玉真正亲密的、有爱情婚姻关系的，是、并且只是黛玉和宝钗，没有别人。起先这网兜是黛玉编的，现在她亲手剪碎了，自己也懊悔不已。但她很自信，"管定他再不带了，还得我穿了他才带"。但不知什么原因，黛玉一直没有亲手做这活；一直到第 35 回，是由宝钗设计、宝钗的丫鬟莺儿编的。这似乎象征着，黛玉自己放弃、毁坏了她同宝玉的关系，宝钗则成为接替者。中间的过程怎么发生的，我们到第 35 回再细说。

　　本回的结尾一段是袭人劝宝玉去向黛玉赔个不是求得和好，那样一家人才得安宁。宝玉自然言听计从，借驴下坡。有袭人这样的姑娘在身边，哪怕她只是个丫鬟，也是宝玉的福分。

第三十回
宝钗借扇机带双敲　龄官划蔷痴及局外

　　宝钗"机带双敲",是全书中她唯一的一次对宝玉和黛玉的讥笑嘲讽进行回击,这是塑造宝钗形象非常重要的一笔,没有这一笔,宝钗只有半个面,即宽仁大度的一面,"山中高士"的定性就不全面。具体理由我们下面会再说。回目后一句"龄官划蔷痴及局外",是说唱戏班女孩子龄官同贾蔷相恋的故事。实际上本回一个更重要的情节没有在回目中反映出来,那就是宝玉调戏金钏儿,这是宝玉形象的另一面,很糟糕很丢人、很没有担当没有气概的一面,曹雪芹写得非常具体,可惜评论家们都视而不见,或者说见而不言,不发声不批评,不实事求是地议论。我们后面详说。

　　本回开头还是接着上一回写。
　　　话说林黛玉与宝玉角口后,也自后悔,但又无去就他之理,因此日夜闷闷,如有所失。紫鹃度其意,乃劝道:"若论前日之事,竟是姑娘太浮躁了些。别人不知宝玉那脾气,难道咱们也不知道的。为那玉也不是闹了一遭两遭了。"黛玉啐道:"你倒来替人派我的不是。我怎么浮躁了?"紫鹃笑道:"好好的,为什么又剪了那穗子?岂不是宝玉只有三分不是,姑娘倒有七分不是。我看他素日在姑娘身上就好,皆因姑娘小性儿,常要歪派他,才这样。"

　　这里的描写有意思,黛玉知道自己错了,并且也后悔,但她绝不会先去理睬宝玉,更不可能有她主动道歉之理。紫鹃相劝,她还要啐紫鹃。她的心态是,哪怕是她错,也必须宝玉来道歉,她决不能主动示好。显而易见,黛玉一是被贾母宠坏了,二是被宝玉惯坏了。另外我们看,紫鹃在这里又提了一次剪坏穗子的事情,作者是牢牢地捏住这小东西不放,因为他要在里面大做文章。不过黛玉也没算错,她算准了宝玉要来道歉,这不,紫娟的话音未落,宝玉已经来了。老套路,宝玉先认错,然后叫了无数声妹妹。
　　　黛玉因又撑不住哭道:"你也不用哄我。从今以后,我也不敢亲近二爷,二爷也全当我去了。"宝玉听了笑道:"你往那去呢?"林黛玉道:"我回家去。"宝玉笑道:"我跟了你去。"林黛玉道:"我死了。"宝玉道:"你死了,我做和尚!"林黛玉一闻此言,登时将脸放下来,问道:"想是你要死了,胡说的是什么!你家倒有几个亲姐姐亲妹妹呢，明儿都死了，你几个身子去作和尚？明儿我倒把这话告诉别人去评评。"宝玉自知这话说的造次了，后悔不来，登时脸上红胀起来，低着头不敢则一声。

小男女之间是没有道理可说的，这里明明是黛玉自己说"我死了"，宝玉跟了一句，黛玉就"登时将脸放下来"，这还不算，她还要说"你家倒有几个亲姐姐亲妹妹呢，明儿都死了"云云。她这么说没事，宝玉却"低着头不敢则一声"。我一直在想一个问题，曹雪芹一而再再而三地写这些，他是不是在逼着我们思考：黛玉这种蛮横行为终有一天会传到贾母、贾政、王夫人耳朵里，那么贾政、王夫人很难会把黛玉作为儿媳妇候选人，而贾母对孙媳妇的标准又说得那么明白，"要性格儿难得的好"，再加上元春的端午礼物，这中间隐隐约约似乎有某种默契的影子。所以黛玉真是在向自己的目标背道而驰，而且是一往无前。所谓旁观者清，看到这些描写，我们不能不为黛玉感到忧心，感到悲哀。

我们回到作品。黛玉"见宝玉憋的脸上紫胀"，可怜分分，便同情他，原谅他了，于是两个人又面对面哭了一阵子和好了。这个场面被凤姐看到，又拿他们到贾母和众人跟前取笑了一番。

> "我说他们不用人费心，自己就会好的。老祖宗不信，一定叫我去说合。我及至到那里要说合，谁知两个人倒在一处对赔不是了。对笑对诉，倒象'黄鹰抓住了鹞子的脚'，两个都扣了环了，那里还要人去说合。"说的满屋里都笑起来。

大家一定要注意这个细节，凤姐的这次取笑，让宝玉在短时间内接连两次受憋屈，刚才好半天他"憋的脸上紫胀"，现在又当着这么多人被嘲笑，接连的打击，让宝玉一时间心理失衡。这是他今天接下去一错再错的心理原因。至于宝玉今天要错几次，我们等会儿不妨数一数。现在就来看他的第一错。

> 此时宝钗正在这里。那林黛玉只一言不发，挨着贾母坐下。宝玉没甚说的，便向宝钗笑道："大哥哥好日子，偏生我又不好了，没别的礼送，连个头也不得磕去。大哥哥不知我病，倒象我懒，推故不去的。倘或明儿恼了，姐姐替我分辨分辨。"宝钗笑道："这也多事。你便要去也不敢惊动，何况身上不好，弟兄们日日一处，要存这个心倒生分了。"宝玉又笑道："姐姐知道体谅我就好了。"

宝玉同宝钗搭话是没话找话，为了消除尴尬，但他说没去参加生日宴会是因为身体不好，这是谎言；而这个谎言又会加重他自己的心理负担，因为他毕竟是个老实人，说了谎言自己会难受。好在宝钗体谅他，宝钗可能看出他在说谎，但眼看宝玉刚刚被凤姐取笑过，宝钗就维护了他一把。人的心理是很微妙的，或许正是因为宝钗的这个维护，让宝玉心生感激，他觉得应该说点什么向宝钗致谢。"又道：'姐姐怎么不看戏去？'宝钗道：'我怕热，看了两出，热的很。要走，客又不散。我少不得推身上不好,就来了。'"宝钗说的应当是实情、实话,因为她一向是怕热好清静的,何况薛蟠的那群狐朋狗友,她更愿意离得远一点。然而自己哥哥生日她却要离场,也不得不找一个托词,"少不得推身上不好",这比较自然,所以宝钗并不是在故意讽刺宝玉,然而,她却无意间戳到了宝玉的神经。"宝玉听说,自己由不得脸上没意思,只得又搭讪笑道:'怪不得他们拿姐姐比杨妃,原来也体丰怯热。'"大家注意曹雪芹的描写和用词,他写的是宝玉"自己由不得脸上没意思",因为宝玉自己刚刚也谎称"身上不好",所以宝玉觉得羞愧;而他后面那句真正得罪宝钗的话,也并非故意侮辱,而是一种"搭讪",为自己摆脱困境而随便找一句话来说,我们大都有这样的经验和经历,这个时候所找的话是很欠斟酌的,只要连得上前面一句就可以了。但是宝玉说出来的话连他自己都不敢相信,他居然把宝钗比作杨贵妃,还用了"体丰"这个词!——"丰"这个字,在我们汉语中说人体时,有"丰满""丰腴"两个解释。"丰满",本来是个褒义词,说身子匀称好看;"丰腴",则有肥嘟嘟的意思了。关键的不是具体肥瘦的问题,而是一个时代一个社会的美学美感问题。我国清代对于美女的定义是清秀,就是比较瘦的人才好看,大家去看看当年的图画和雕塑就明白了。但是在我国的唐代,美女的概念就超越了丰腴,简单说就是肥胖,以胖为美,越肥越美。这在唐代的仕女图和仕女陶俑中有充分的表现。唐代美女的那种"丰",在清代就是丑死了的胖女人。更要命的是,宝玉还把宝钗直接比作杨贵妃,那就远远不止是身体的肥或瘦的问题了。杨贵妃在历史上除了是四大美女之一,还有两个特征,一个是淫荡,另一个是祸国。在人们的印象中,杨贵妃的淫荡迷惑了唐玄宗,杨贵妃一家人更是骄纵跋扈,她的哥哥杨国忠是臭名昭著的奸臣,杨家的种种劣迹招致了安史之乱,毁掉了大唐盛世。所以杨贵妃在民间是超级反面人物,是一个贬义词。因而——

　　宝钗听说,不由的大怒,待要怎样,又不好怎样。回思了一回,脸红起来,便冷笑了两声,说道:"我倒象杨妃,只是没一个好哥哥好兄弟可以作得杨国忠的!"二人正说着,可巧小丫头靛儿因不见了扇子,和宝钗笑道:"必是宝姑娘藏了我的。好姑娘,赏我罢。"宝钗指他道:"你要仔细!我和你顽过,你再疑我。和你素日嘻皮笑脸的那些姑娘们跟前,你该问他们去。"说的个靛儿跑了。宝玉自知又把话说造次了,当着许多人,更比才在林黛玉跟前更不好意思,便急回身又同别人搭讪去了。

　　在这里,我们一定要细细地品味,因为这里是塑造宝钗非常重要的一笔,而且十分难能可贵。曹雪芹很少描写宝钗的心理起伏和变化,但这里却一波三折,写的非常细腻。"宝钗听说,不由的大怒。"这第一笔就非常罕见,"大怒"这个词是《三国演义》《水浒传》的常用词,但在《红楼梦》很少出现,《红楼梦》中写小儿女,通常是温文尔雅，偶尔闹点小别扭，都用不上这个词。我们怎么也没想到，曹雪芹会把它用在最温和大气的宝钗身上，我怀疑写这段的时候，曹公自己都有点激动。宝钗怎么会突然"大怒"？显然是宝玉践踏了她的底线，她最后的防线。宝玉说宝钗肥胖，已经是对宝钗人格很大的侮辱；说她像杨贵妃，那是对她道德品格的莫大践踏。在过往的描写中，别人对宝钗做出其他伤害，宝钗都能一笑置之；但是，现在关系到她的人格和品质，她不仅不能宽恕，而是"大怒"，勃然而起。这是她心理的第一步。下面是第二步，"待要怎样，又不好怎样"这句话写得比较含蓄，什么叫"怎样"？我的理解是，所谓"怎样"就是当场反击，正面反击。这是一种非常直接的心理反应，本能的原始的心理反应。为什么"又不好怎样"呢？因为宝钗也明白，宝玉这属于误伤，是"搭讪"之中说错了话，而不是故意伤害她。但虽然是误伤，却伤得厉害，令宝钗深感羞辱，所以就有了第三步："回思了一回，脸红起来，便冷笑了两声，说道：'我倒象杨妃，只是没一个好哥哥好兄弟可以作得杨国忠的！'"前面的第一步和第二步，加在一起大概不过几秒钟，这点时间引发的只是脸红。而第三步的时间比较长，她先是压抑住自己，"又不好怎样"，但在"回思"当中，她更深切地体会了自己被比喻的角色，居然是杨贵妃，那是多么羞耻的一个人，所以她"脸红起来"，深深的耻辱令她不能不反击，"便冷笑了两声"，这两声冷笑，表明她已经从突发事件中清醒过来，比较从容，比较理智了。所以她说出的话，很策略很机智，也很刻薄很理性，可以说势大力沉，让人难以接招。说她很策略很机智，是指她不抗辩不反驳，顺着对方的话来反击，"我倒象杨妃"，承认自己胖，承认自己像杨贵妃；但下面这句转折，这句借力打力，恐怕连黛玉都想不到，更没这么沉重："只是没一个好哥哥好兄弟可以作得杨国忠的！"这句话妙就妙在"好哥哥好兄弟"连在一起说。所谓"好哥哥"，是完全顺着杨贵妃话题来的，因为杨贵妃的哥哥杨国忠是大奸臣，当年安史之乱就是以讨伐杨国忠为名起兵的；宝钗说只是没有这样一个好哥哥，是因为她自己有薛蟠这么个哥哥，言下之意是薛蟠可没有杨国忠那么奸佞狡诈那么祸国殃民。奇妙的是，宝钗在"好哥哥"后面再顺势跟出来"好兄弟"三个字，那就是直指宝玉了，杨国忠是杨贵妃的堂哥，宝玉是宝钗的表兄弟，把宝玉这么连带出来，逻辑上非常严密非常自然，其内含的意思是：我要做得了杨贵妃，那么请兄弟你先去做一回杨国忠！你做得了吗?! 这一句话虽然厉害，但意思更多的还是防守性的，宝钗既然大怒，就这么一句话自然不够解气，所以接下来她又加了个借题发挥。"和你素日嘻皮笑脸的那些姑娘们跟前，你该问他们去。"这句话才是进攻型的，不过也只属于有限进攻，她仅仅是警告宝玉：你要搭讪要胡言，去找黛玉，别来惹我。说这是有限进攻，因为她并没有攻击宝玉的什么缺陷，更没有对等的人身侮辱。那么我们自然要看看，宝玉对此又是什么反应呢？"宝玉自知又把话说造次了，当着许多人，更比才在林黛玉跟前更不好意思，便急回身又同别人搭讪去了。"宝玉的态度还是不错的，他明白自己误伤了宝钗，他有点抱歉和愧疚，面对宝钗的反击，他不再出招，"急回身又同别人搭讪去了"，也就是灰溜溜地退出了战场。到这里为止，这段过节只能说是误打误撞，宝玉误打了宝钗，宝钗非常硬朗地撞了宝玉一下，两人基本扯平，本来可以结束了。然而，林黛玉介入了进来，这过节就越演越深了。而我们看戏的，越看越有味了。

> 林黛玉听见宝玉奚落宝钗，心中着实得意，才要搭言也趁势儿取个笑，不想靓儿因找扇子，宝钗又发了两句话，他便改口笑道："宝姐姐，你听了两出什么戏？"宝钗因见林黛玉面上有得意之态，一定是听了宝玉方才奚落之言，遂了他的心愿，忽又见问他这话，便笑道："我看的是李逵骂了宋江，后来又赔不是。"宝玉便笑道："姐姐通今博古，色色都知道，怎么连这一出戏的名字也不知道，就说了这么一串子。这叫《负荆请罪》。"宝钗笑道："原来这叫作《负荆请罪》！你们通今博古，才知道'负荆请罪'，我不知道什么是'负荆请罪'！"一句话还未说完，宝玉林黛玉二人心里有病，听了这话早把脸羞红了。

作品写明，林黛玉的心态同宝玉完全不一样，宝玉无缘无故地奚落了宝钗，黛玉非但不阻止不劝解，反而"心中着实得意，才要搭言也趁势儿取个笑"。如果说前头宝玉是无意误伤，那黛玉现在就是要刻意伤害了。这就不是一般的性格问题了。因为刚才宝玉是侮辱了宝钗的人格和品质，作为女孩子，黛玉理应明白这个伤害是很重的；假如谁故意这么做的话，那就是品性有问题了。所以在这个时候黛玉绝对不应该落井下石，再加取笑。可惜黛玉还是得意洋洋地出手了。宝钗观颜察色，知道了黛玉的用意，也就毫不客气地予以反击，"李逵骂了宋江，后来又赔不是"，那是讥笑宝玉和黛玉两人莫名其妙地胡闹。更糟糕的是，偏偏宝玉也加入了进来，他现在脑子里大约一片空白，说出来的话恐怕连自己都不知道是什么，结果等于是递了一把刀给宝钗，宝钗也就不客气，挥刀斩乱麻。最终是黛玉和宝玉两人自取其辱，大败而归。

不过，看到如此有趣的一幕，凤姐自然不肯省事。

> 见他三人形景，便知其意，便也笑着问人道："你们大暑天，谁还吃生姜呢？"众人不解其意，便说道："没有吃生姜。"凤姐故意用手摸着腮，诧异道："既没人吃生姜，怎么这么辣辣的？"宝玉黛玉二人听见这话，越发不好过了。宝钗再要说话，见宝玉十分讨愧，形景改变，也就不好再说，只得一笑收住。

从曹公补写的这几句我们才知道，原来宝钗的枪膛里还有子弹没有打完，"见宝玉十分讨愧"，她才"一笑收住"，宝钗的这种得饶人处且饶人的姿态，同黛玉形成鲜明的反差。

以上这段情节，是曹雪芹塑造宝钗形象非常重要、极其难得的一笔。他笔下的宝钗平日里总是温良恭俭让，这可以说是传统的"山中高士"风范；但真正的高士还有另一面——士可杀不可辱的一面，曹公在这里写了宝钗的这一面。长期以来宝钗始终保持很高的涵养，不管黛玉如何嘲讽挑衅，她都"抱愚守拙"，不予置理；本回实因宝玉亵渎了她的人格，尽管宝玉不是故意，但黛玉心中着实得意，还要伤口撒盐；若此时再不还击，那就不是"山中高士"，而成了"软骨懦夫"。值得注意，曹公特地把宝钗的反击安排在贾母和众人的当面，这就更加难能可贵，因为一旦闹大了，贾母和王夫人的不高兴，会导致宝钗在贾府待不下去。所以宝钗可谓义无反顾，颇有"宁为玉碎不为瓦全"的高士气概。另外，尽管宝钗并没有发全力，已打得宝玉和黛玉面红耳赤"形景改变"，根本无力还手；但宝钗却不往死里整，也是高士风度的体现。总之，经过这么一描写，"山中高士晶莹雪"就见深了，完整了。当然严格说来，宝钗这个"山中高士"，是有硬伤的，既然是"山中高士"，她怎么长期寄居在贾府呢？她为什么不去"山中"？这个问题问得很实际，也击中要害。我这么理解，关于宝钗长期借住在贾府，前面我们说过，主要是因为他哥哥离开贾府就可能闯祸。现在我用借助这个词，是为了将她同林黛玉区别开来。薛家在贾府的生活费用全部自理，这是刚到贾府时薛姨妈就同王夫人谈好的，所以宝钗并没有吃贾府的、用贾府的，不能算是真正的寄居，同林黛玉是有所不同的。其次，曹雪芹让宝钗寄居在贾府，却依然称她为"山中高士"，可能有曹雪芹本人的因素在内，因为他自己就有寄居历史。所以这里写宝钗宁为玉碎的大反击，有可能就是他自己早年的经历，也有可能是他对外界质疑的一个回应。还记得吗？朋友写他的诗，就有"残羹冷炙有德色"，劝他离开王府、保持独立高傲的气性。

以上我们着重分析了作者对宝钗的刻画，而实际上，这整整一回，曹雪芹的笔都是跟着宝玉的行踪，"追踪蹑迹"展开的。同宝钗的这个冲突，只是宝玉一日行程中间的一段，所以，曹公用的是连环套写法，这一段着重刻画宝钗的情节，又是用来描写宝玉的一部分。前面我们说了，宝玉早晨起来就在黛玉那边受了半天的气，以至于于为了搭讪，他又无意间伤害了宝钗，而且伤害得很深，造成了他的第一个错处。我们看下去。

一时宝钗凤姐去了，林黛玉笑向宝玉道："你也试着比我利害的人了。谁都象我心拙口笨的，由着人说呢。"宝玉正因宝钗多了心，自己没趣，又见林黛玉来问着他，越发没好气起来。待要说两句，又恐林黛玉多心，说不得忍着气，无精打采一直出来。

大家注意，现在宝玉又受了黛玉的气，再加上刚才被宝钗讽刺的尴尬和羞愧，他一天受了三遭的气，而且他又不得不忍着气，所以他的心态更加失衡了，结果造成了他的第二个错，更大的错。

来到王夫人上房内。只见几个丫头子手里拿着针线，却打盹儿呢。王夫人在里间凉榻上睡着，金钏儿坐在旁边捶腿，也乜斜着眼乱忱。

宝玉轻轻的走到跟前，把他耳上带的坠子一摘，金钏儿睁开眼，见是宝玉。宝玉悄悄的笑道："就困的这么着？"金钏抿嘴一笑，摆手令他出去，仍合上眼，宝玉见了他，就有些恋恋不舍的，悄悄的探头瞧瞧王夫人合着眼，便自己向身边荷包里带的香雪润津丹掏了出来，便向金钏儿口里一送。金钏儿并不睁眼，只管嚓了。宝玉上来便拉着手，悄悄的笑道："我明日和太太讨你，咱们在一处罢。"金钏儿不答。宝玉又道："不然，等太太醒了我就讨。"金钏儿睁开眼，将宝玉一推，笑道："你忙什么！'金簪子掉在井里头，有你的只是有你的'，连这句话语难道也不明白？我倒告诉你个巧宗儿，你往东小院子里拿环哥儿同彩云去。"宝玉笑道："凭他怎么去罢，我只守着你。"只见王夫人翻身起来，照金钏儿脸上就打了个嘴巴子，指着骂道："下作小娼妇，好好的爷们，都叫你教坏了。"宝玉见王夫人起来，早一溜烟去了。

我们很难想象，平日的宝玉会不会、敢不敢当着王夫人的面，这样调戏金钏儿，但是今天他却这么做了，我怀疑是那三包气让他有点魂不守舍，降低了他的理性，所以才特别地胆大妄为，见了金钏儿"就有些恋恋不舍的"。王夫人那一个响亮的巴掌，虽然打在金钏儿的脸上，也应该能够把宝玉震醒。但是，我们很难说宝玉是更清醒了？还是更糊涂了？他居然"早一溜烟去了"，扔下金钏儿去独自面对王夫人。这"一溜烟"的宝玉，是全书中最糟糕的宝玉，或者说是最无耻的宝玉。宝玉做过一些让人不齿的事，比如他同秦钟的同性恋关系，以及他冲进现场抓获秦钟同智能儿，以此要挟秦钟就范。常言"朋友妻不可欺"，秦钟是他兄弟，哪有这么对待弟弟、弟媳妇的！简直可以说是恶劣。但还是无法同今天的"一溜烟"同日而语，"一溜烟"，已经不是品行道德的层面，而是连气质都丢得干干净净，把男孩子的脸皮也撕得一丝不剩。这是宝玉一生中的最大污点和劣迹。不过奇怪的是，在我读过的几十本红学专著中，似乎没人提到过这事情。

这里我们插几句话，聊聊金钏儿。这真是个胆大包天的丫头，上次她就在贾政和王夫人门外，拦住宝玉叫他舔自己嘴上的胭脂。今天虽然是宝玉先挑逗，但金钏儿竟然敢当着王夫人的面说出那番话，也确实有些张狂和放肆。或者我们也可以反过来说，正因为王夫人平时比较宽厚仁慈，才纵容得金钏儿、彩云等丫鬟特别大胆特别活跃。刚才王夫人只是在打瞌睡，金钏儿在捶腿，贴着身子的距离，金钏儿敢于说出"有你的只是有你的"这种王夫人听来大逆不道的话，还要宝玉"往东小院子里拿环哥儿同彩云去"，等于说丫鬟一个个都在勾结公子，这种话背着王夫人都要小心，而她居然当着王夫人的面说出来，她实在太不小心，太不考虑后果了。宝玉敢于当着母亲的面调戏丫鬟，他有这胆子，最坏结果不过是王夫人骂几句，还未必会告诉贾政；但金钏儿是个丫鬟，一旦闹穿，后果必然是她无法承受的。她唯一能够指望的，只有、仅仅只有宝玉来为她挡子弹，或者苦苦哀求，或者以死抗争，哪怕依旧被王夫人撵出去，那么金钏儿精神上有了依托，心理上大感宽慰，面子上洒满光彩。那样的话，我想，金钏儿未必会自杀。可是，宝玉"早一溜烟去了"。这一刻，我估计金钏儿立马崩溃了。我们看看作品怎么写吧。

> 这里金钏儿半边脸火热，一声不敢言语。登时众丫头听见王夫人醒了，都忙进来。王夫人便叫玉钏儿："把你妈叫来，带出你姐姐去。"金钏儿听说，忙跪下哭道："我再不敢了。太太要打骂，只管发落，别叫我出去就是天恩了。我跟了太太十来年，这会子撵出去，我还见人不见人呢！"王夫人固然是个宽仁慈厚的人，从来不曾打过丫头们一下，今忽见金钏儿行此无耻之事，此乃平生最恨者，故气忿不过，打了一下，骂了几句。虽金钏儿苦求，亦不肯收留，到底唤了金钏儿之母白老媳妇来领了下去。那金钏儿含羞忍辱的出去，不在话下。

这里曹雪芹把细节基本交代了，对我们很有用，因为人命关天，这里基本交代了金钏儿之所以死的原因。过去有些评论都说金钏儿是被王夫人迫害死的，不过这里的描写很清楚，王夫人"打了一下，骂了几句"，让金钏儿的母亲来领走，这时候金钏儿根本就没有死的念头，她只是想留在贾府，"太太要打骂，只管发落，别叫我出去就是天恩了。我跟了太太十来年，这会子撵出去，我还见人不见人呢！"她的话很明白，打和骂她都可以忍受，但是"撵出去"，她就无法见人。最后她母亲来领走了，"那金钏儿含羞忍辱的出去"。她最后投井自尽，很显然是受不了被撵出去的羞辱。以上就是基本事实，我们的评价，应该放在这个基本事实上进行。对金钏儿的死，王夫人当然有一份责任，不过即使放在今日的法庭上，王夫人也没有逼死人命的罪。说到底，她是雇主，她有权解雇金钏儿；再说得现实些，在当今社会中一位母亲看到了儿子同女仆之间发生这样的事，她也完全可能解雇女仆。所以王夫人绝对不能算是杀害金钏儿的凶手，而且曹雪芹写道，"王夫人固然是个宽仁慈厚的人，从来不曾打过丫头们一下"。这样的雇主，在当时是属于比较开明的。

其实，金钏儿完全可以不死，如果宝玉勇敢地站出来的话；即使宝玉"一溜烟去了"，她绝望之余，也可以选择活着，即使不能再进豪门，即使背负着不良的名声，她依然可以活下去，"山不转水转"，后面的命运谁知道呢？可惜她太年轻了，她看不见生活的远方；十年贾府的优裕生活，在她脖子上套了豪门的黄金枷锁，似乎豪门之外就没有春雨和阳光；长期养成的娇惯，风化了她的韧性，一个未必致命的打击就令她做出撕碎生命的举措。这么年轻这么活泼的一条生命，让人深深惋惜。曹雪芹写金钏儿的死，是不是含有这些意思？在曹雪芹看来，金钏儿自己是否也有一份责任？以前的评论都是从外部找原因，外部固然有原因，但曹雪芹未必仅仅指向外部吧？金钏儿给我们的启迪，或许来自她本人更多些吧？古往今来年轻人的自杀，大多含有自己脆弱的成分。

好了，我们来看看，在金钏儿如此危难的时刻，肇事者宝玉公子在干什么？

且说那宝玉见王夫人醒来，自己没趣，忙进大观园来。只见赤日当空，树阴合地，满耳蝉声，静无人语。刚到了蔷薇花架，只听有人哽噎之声。宝玉心中疑惑，便站住细听，果然架下那边有人。如今五月之际，那蔷薇正是花叶茂盛之际，宝玉便悄悄的隔着篱笆洞儿一看，只见一个女孩子蹲在花下，手里拿着根绾头的簪子在地下抠土，一面悄悄的流泪。宝玉心中想道："难道这也是个痴丫头，又象颦儿来葬花不成？"因又自叹道："若真也葬花，可谓'东施效颦'，不但不为新特，且更可厌了。"想毕，便要叫那女子，说："你不用跟着那林姑娘学了。"话未出口，幸而再看时，这女孩子面生，不是个侍儿，倒象是那十二个学戏的女孩子之内的，却辨不出他是生旦净丑那一个角色来。宝玉忙把舌头一伸，将口掩住，自己想道："幸而不曾造次。上两次皆因造次了，颦儿也生气，宝儿也多心，如今再得罪了他们，越发没意思了。"

我们看到，曹雪芹的笔牢牢地跟踪着这位肇事者，没有放松。宝玉回到了大观园，"只见赤日当空，树阴合地，满耳蝉声，静无人语"。他看看赤日，赏赏树荫，听着蝉鸣，一派悠然；接着听到了女孩子的哽咽声，然后隔着篱笆观看女孩子抠土，然后想到黛玉，然后想到东施效颦，觉得不够新鲜，然后想要告诉对方，然后想到："上两次皆因造次了，颦儿也生气，宝儿也多心，如今再得罪了他们，越发没意思了。"宝玉想了这么多，曹雪芹将它一一记录在案，可惜，就是没有想到过金钏儿！这几分钟前发生的重大事件，在宝玉公子的心中脑中居然已经归零！

然后宝玉看着那个女孩子，在地上画了几千个"蔷"字，宝玉早已看得痴了，一场暴雨浇下来，他提醒女孩子"你看下大雨，身上都湿了。"却不知道自己同样淋在雨里。这样宝玉就犯下了今天的第三个错处，虽然就其本身来说没有什么严重的后果，比起前两个错就显得很小了，不过正由于这个错导致他后面的第四错；同时，一个人被大雨浇得透湿了自己还不知道，难道还不算错吗？这段"龄官划蔷痴及局外"，也是《红楼梦》中著名片段，对这一段的评论文字也是堆积如山，可惜，我所看到的评论，都是就事论事，只讲到宝玉看着女孩子忘了自己被雨淋。在我看来这样的评论不太可取，因为它割断了作品前后的联系，把它作为一个孤立的情节来讨论，这或许违背了曹雪芹的初衷。我主张把这个情节同前后文联系在一起，就像曹雪芹表现的那样，把这仅仅看作是宝玉这一天行踪中的一段，在领会这一段的时候既要考虑到前面的金钏儿，也要联系到后面的袭人，把视野放得更高更广，才能更深刻地领会这一段的意义。从这个意义上来说，这一段又具有某种过渡性，从金钏儿过渡到袭人。说得更彻底些，金钏儿、袭人，包括本回写的黛玉、宝钗，在这一回中统统都是配角，她们都是宝玉这一天中的所见、所遇、所发生的故事，她们加起来，更确切地说她们所综合起来，构成了宝玉的一天，或者说今天的宝玉。这个宝玉可不像我们感觉中，也不像评论家们描述中那么厚道，那么有情有义，那么高尚。

我们看本回最后一个情节。宝玉淋着大雨跑回怡红院，偏偏因为明天是端午节，学唱戏的十二个女孩子都放假，一起来到怡红院玩耍。

> 宝玉见关着门，便以手扣门，里面诸人只顾笑，那里听见。叫了半日，拍的门山响，里面方听见了，估谅着宝玉这会子再不回来的。袭人笑道："谁这会子叫门，没人开去。"宝玉道："是我。"麝月道："是宝姑娘的声音。"晴雯道："胡说！宝姑娘这会子做什么来。"袭人道："让我隔着门缝儿瞧瞧，可开就开，要不可开，叫他淋着去。"说着，便顺着游廊到门前，往外一瞧，只见宝玉淋的雨打鸡一般。袭人见了又是着忙又是可笑，忙开了门，笑的弯着腰拍手道："这么大雨地里跑什么？那里知道爷回来了。"
>
> 宝玉一肚子没好气，满心里要把开门的踢几脚，及开了门，并不看真是谁，还只当是那些小丫头子们，便抬腿踢在肋上。袭人"嗳哟"了一声。宝玉还骂道："下流东西们！我素日担待你们得了意，一点儿也不怕，越发拿我取笑儿了。"口里说着，一低头见是袭人哭了，方知踢错了，忙笑道："嗳哟，是你来了！踢在那里了？"袭人从来不曾受过大话的，今儿忽见宝玉生气踢他一下，又当着许多人，又是羞，又是气，又是疼，真一时置身无地。待要怎么样，料着宝玉未必是安心踢他，少不得忍着说道："没有踢着。还不换衣裳去。"

就这样，宝玉犯下了今天的第四个错。而且同他冒犯宝钗一样，他并非故意要踢袭人，却偏偏踢到了，而且踢得很重，当晚袭人就吐血。说实在话，宝玉踢袭人这个情节，除了描述宝玉这一天的行为之外，对于袭人这个形象，究竟意味着什么？从前面所有的描写来看，曹雪芹对袭人是相当爱惜，对她的刻画几乎全部是正面的，她同宝玉两人的关系，几乎可以说是主仆关系的典范，公子和丫鬟的典范。但是第5回的诗词中预定，"枉自温柔和顺，谁知公子无缘"，袭人同宝玉最终是无缘分的，造成他们没有缘分的原因，不知道有没有这一脚踢的？但不管怎么说，曹雪芹是刻意要让袭人挨这一脚，他设计了好几个巧合，比如偏巧那十二个小戏子来玩，大家兴致都很高，偏巧连袭人也顽皮了起来，偏巧门被栓上了，偏巧宝玉淋雨回来，偏巧是袭人去开门，偏巧宝玉窝了一天的火。因为要让宝玉打袭人踢袭人，连万分之一的可能都没有，曹雪芹排除万难，偏偏让宝玉踢她了。让曹雪芹花这么多精力总应该有动力，那动力究竟何在？他为什么一定要让宝玉这么踢袭人一脚？我疑心这是一个伏笔，在后面两人的关系中会起作用，可惜曹雪芹没有写完。我们假设将来袭人旧病复发，经常咳血，那么她非但当不了宝玉的屋里人，出于安全原因贾母和王夫人就可能劝她出去，袭人自己都可能主动要求离开。当然这仅仅是一种可能，在曹雪芹的笔下，会有许多种可能。此外，我们也注意一下曹雪芹写人用词的精确。当时宝玉"一低头见是袭人哭了，方知踢错了，忙笑道：'嗳哟，是你来了！踢在那里了？'"请看，袭人都痛得哭了，宝玉还是"忙笑道"，他依然笑得出来，这就是公子与丫鬟了。虽然下一回写道，宝玉看到袭人流泪，也有点心酸，但是感情还是不一样。如果是踢到黛玉，黛玉哭了，宝玉绝对是笑不出来的。就这么微小的细节，曹雪芹都极其认真仔细，将人物刻画得入木三分。

我们回到宝玉。这一天，到底是老天同他过不去？还是他自己同自己过不去？反正曹雪芹辛辛苦苦"追踪蹑迹"一天，把所见到所知道的全部如实记录。对于这份详实的情报，如何分析，如何取舍，如何结论，这就是我们读者的事情了。我们可以从心理学角度来分析，来享受。宝玉今天一早的时候心情是不错的，他去向黛玉赔礼，紫鹃说还以为宝二爷再也不进这个门了。

> 宝玉笑道："你们把极小的事倒说大了。好好的，为什么不来？我便死了，魂也要一日来一百遭。妹妹可大好了？"紫鹃道："身上病好了，只是心里气不大好。"宝玉笑道："我晓得有什么气。"一面说着，一面进来。

宝玉言语从容，心理稳定，态度大气。只是接下来在黛玉那里受了一顿闷气，导致他后面心态扭曲，动辄出错，一错再错，甚至一错到底。这一整天，宝玉的心理态势，其起伏变化都被曹雪芹捕捉得非常精准。这是一个了不起的成就。在西方，心理学是十九世纪才诞生的学科；文学作品的心理描写也要到十九世纪才比较成熟，曹雪芹大大领先了。宝玉当天的每一个心理变化都足够我们从心理学角度一遍又一遍欣赏，甚或写一篇论文。我们也可以从人物的多层次多角度刻画方面来领会、赏析这一回，还可以从其他方面欣赏。但是这一回的最大看点，我认为还是宝钗的回击和宝玉抛下金钏儿"一溜烟去了"这两个看点，对我们理解这两位主人公，提供了全新的视角。如果我们忽视了这两个看点，就有可能辜负了曹雪芹的良苦用心。

第三十一回
撕扇子作千金一笑　因麒麟伏白首双星

回目上联"撕扇子"的是晴雯。人们大多解释千金一笑这典故，是用了周幽王点烽火博取褒姒一笑，最后因此而葬送了生命和西周王朝。不过我以为晴雯撕扇子与夏桀宠妃喜妹更接近，我们后面再说。回目的下联，说因为一个金麒麟的缘故，造就一对男女的婚姻。其中的女子大家公认是史湘云，造就的对象或说是宝玉，或说是卫若兰。我认为宝玉不可能同湘云结为夫妻，宝玉只同黛玉、宝钗有恋爱婚姻关系，其中原因我们讲了多次。

我们看这一回开头的描写，还是紧接上一回。

> 话说袭人见了自己吐的鲜血在地，也就冷了半截，想着往日常听人说："少年吐血，年月不保，纵然命长，终是废人了。"想起此言，不觉将素日想着后来争荣夸耀之心尽皆灰了，眼中不觉滴下泪来。宝玉见他哭了，也不觉心酸起来，因问道："你心里觉的怎么样？"袭人勉强笑道："好好的，觉怎么呢！"宝玉的意思即刻便要叫人烫黄酒，要山羊血黎洞丸来。袭人拉了他的手，笑道："你这一闹不打紧，闹起多少人来，倒抱怨我轻狂。分明人不知道，倒闹的人知道了，你也不好，我也不好。正经明儿你打发小子问问王太医去，弄点子药吃吃就好了。人不知鬼不觉的可不好？"宝玉听了有理，也只得罢了。

此处曹雪芹有意无意地点了袭人"不觉将素日想着后来争荣夸耀之心尽皆灰了"。原来袭人还是有点雄心，有点抱负的。但是袭人的梦到今天就破灭了，破得有点早。同样这一段也写出了袭人的低调和稳重，虽然吐血了她也不让宝玉张扬，一来她毕竟只是个丫头，二来如果大家问起来，那么宝玉被淋成落汤鸡的事情就要露馅，贾母和王夫人就会问责，所以袭人的隐忍有她的道理和考量。当晚，宝玉亲自倒茶服侍袭人睡觉，算是对那踹一脚的弥补。不过我们还是要插一句，这一整夜，宝玉依然没有想到过金钏儿，第二天也没想起过。

第二天是端午节。

> 午间，王夫人治了酒席，请薛家母女等赏午。宝玉见宝钗淡淡的，也不和他说话，自知是昨儿的原故。王夫人见宝玉没精打彩，也只当是金钏儿昨日之事，他没好意思的，越发不理他。林黛玉见宝玉懒懒的，只当是他因为得罪了宝钗的原故，心中不自

在，形容也就懒懒的。凤姐昨日晚间王夫人就告诉了他宝玉金钏的事，知道王夫人不自在，自己如何敢说笑，也就随着王夫人的气色行事，更觉淡淡的。贾迎春姊妹见众人无意思，也都无意思了。因此，大家坐了一坐就散了。

引这一段原文，是让大家看看曹雪芹刻画人物心态、造就场面气氛的魔力，就这么短短几句话，却将这么多人"懒懒的""淡淡的"情状，从不同的角度刻画出来，每个人都有一本自己难念的经，而这本经又完全契合各人的身份和心态；一场家庭节日的欢聚宴席，被他轻轻松松就摧毁了。

接着描写了宝玉的失落。

> 那宝玉的情性只愿常聚，生怕一时散了添悲；那花只愿常开，生怕一时谢了没趣；只到筵散花谢，虽有万种悲伤，也就无可如何了。因此，今日之筵，大家无兴散了，林黛玉倒不觉得，倒是宝玉心中闷闷不乐，回至自己房中长吁短叹。

这段描写是一个过渡和铺垫，要从公子小姐太太们过渡到公子和丫鬟们，正是宝玉的这股郁闷和指责，引发了晴雯的抗议。我们看具体描写。

> 偏生晴雯上来换衣服，不防又把扇子失了手跌在地下，将股子跌折。宝玉因叹道："蠢才，蠢才！将来怎么样？明日你自己当家立事，难道也是这么顾前不顾后的？"晴雯冷笑道："二爷近来气大的很，行动就给脸子瞧。前儿连袭人都打了，今儿又来寻我们的不是。要踢要打凭爷去。就是跌了扇子，也是平常的事。先时连那么样的玻璃缸、玛瑙碗不知弄坏了多少，也没见个大气儿，这会子一把扇子就这么着了。何苦来！要嫌我们就打发我们，再挑好的使。好离好散的，倒不好？"宝玉听了这些话，气的浑身乱战，因说道："你不用忙，将来有散的日子！"

宝玉一上来就说，"蠢才蠢才"，实际上并非真心骂人，属于亲昵的玩笑而已，当然他心情不好，可能语气中缺乏平时那份亲善。至于晴雯为什么这样出言不逊？我在想，宝玉昨晚那一脚虽然踢在袭人身上，兔死狐悲，晴雯等人看了也不是滋味，再加上宝玉的言辞或者还有面色都有点冲人，晴雯也就老实不客气反唇相讥了。当然更精彩的是下面，当袭人也参与进来以后，其话语戳到了晴雯的某根神经，令晴雯更加肆无忌惮，根本不分轻重不讲分寸不顾后果。

> 袭人在那边早已听见，忙赶过来向宝玉道："好好的，又怎么了？可是我说的'一时我不到，就有事故儿'。"晴雯听了冷笑道："姐姐既会说，就该早来，也省了爷生气。自古以来，就是你一个人伏待爷的，我们原没伏待过。因为你伏待的好，昨日才挨窝心脚；我们不会伏待的，到明儿还不知是个什么罪呢！"袭人听了这话，又是恼，又是愧，待要说几句话，又见宝玉已经气的黄了脸，少不得自己忍了性子，推晴雯道："好妹妹，你出去逛逛，原是我们的不是。"晴雯听他说"我们"两个字，自然是他和宝玉了，不觉又添了酸意，冷笑几声，道："我倒不知道你们是谁，别教我替你们害臊了！

便是你们鬼鬼祟祟干的那事儿，也瞒不过我去，那里就称起'我们'来了。明公正道，连个姑娘还没挣上去呢，也不过和我似的，那里就称上'我们'了！"袭人羞的脸紫胀起来，想一想，原来是自己把话说错了。宝玉一面说："你们气不忿，我明儿偏抬举他。"袭人忙拉了宝玉的手道："他一个糊涂人，你和他分证什么？况且你素日又是有担待的，比这大的过去了多少，今儿是怎么了？"晴雯冷笑道："我原是糊涂人，那里配和我说话呢！"袭人听说道："姑娘倒是和我拌嘴呢，是和二爷拌嘴呢？要是心里恼我，你只和我说，不犯着当着二爷吵；要是恼二爷，不该这们吵的万人知道。我才也不过为了事，进来劝开了，大家保重。姑娘倒寻上我的晦气。又不象是恼我，又不象是恼二爷，夹枪带棒，终久是个什么主意？我就不多说，让你说去。"说着便往外走。

实际上就这么几句，把晴雯和袭人都画了出来。红学界一向认为，晴雯像黛玉，袭人像宝钗，从这里来看，确实如此。晴雯是只要抓住任何一个小把柄，就全力攻击，根本不管对方的死活，实际上也把自己豁出去了，冒着很大的风险；袭人是能忍则忍，但到了真正忍不住的地步，她的反击也是非常有力而严密的。我们看她这番话一层一层，有理有据，临危不乱，义正词严，确实有点宝钗的影子。两人真要对起嘴来，袭人未必处于下风。下面的描写就更深入了，远远超过了一般抬杠的深度。

> 宝玉向晴雯道："你也不用生气，我也猜着你的心事了。我回太太去，你也大了，打发你出去好不好？"晴雯听了这话，不觉又伤心起来，含泪说道："为什么我出去？要嫌我，变着法儿打发我出去，也不能够。"宝玉道："我何曾经过这个吵闹？一定是你要出去了。不如回太太，打发你去吧。"说着，站起来就要走。袭人忙回身拦住，笑道："往那里去？"宝玉道："回太太去。"袭人笑道："好没意思！真个的去回，你也不怕臊了？便是他认真的要去，也等把这气下去了，等无事中说话儿回了太太也不迟。这会子急急的当作一件正经事去回，岂不叫太太犯疑？"宝玉道："太太必不犯疑，我只明说是他闹着要去的。"晴雯哭道："我多早晚闹着要去了？饶生了气，还拿话压派我。只管去回，我一头碰死了也不出这门儿。"宝玉道："这也奇了。你又不去，你又闹些什么？我经不起这吵，不如去了倒干净。"说着一定要去回。袭人见拦不住，只得跪下了。碧痕、秋纹、麝月等众丫鬟见吵闹，都鸦雀无闻的在外头听消息，这会子听见袭人跪下央求，便一齐进来都跪下了。宝玉忙把袭人扶起来，叹了一声，在床上坐下，叫众人起去，向袭人道："叫我怎么样才好！这个心使碎了也没人知道。"说着不觉滴下泪来。袭人见宝玉流下泪来，自己也就哭了。

我们看，晴雯实际上有自己的软肋，而且很软，她宁死也不肯离开怡红院；但既然如此，她又不肯好好珍惜，无缘无故就对宝玉说出那么重的话，所以晴雯并不是个很理智的人，更是毫无城府。袭人就不一样了，她虽然刚刚还在同晴雯争吵，但宝玉真的要把晴雯赶走，她立马赶回来劝；劝不住，甚至跪下。说到这里，我们前面讲金钏儿的问题又来了：晴雯宁可"一头碰死了也不出这门儿"，为什么？也是为了面子吗？如果是为面子，为什么在贾府当丫头就这么有面子？至少是她们认为这么有面子呢？所以说到底，在贾府当差本来就是很体面的差事，这份体面，金钏儿和晴雯可能说不全面，但我们应该知道。我个人看法，归根到底是她们在贾府过得比较开心，相对有人格，收入相当高，待遇也很好。袭人、金钏儿分别属于贾母、王夫人的丫鬟，她们每月的例钱是一两银子，这还是吃穿住用之外的纯收入；晴雯等大丫鬟是每月一吊钱即一千个铜钱，大约是八钱银子，小丫头是五百铜钱。除此之外她们还有赏赐，相当于我们今天的小费。按照当时的生活水平，大丫鬟一个人的收入可以养活一家三口。所谓的体面，我想靠的就是这基础。所以那些管家和婆子们都拼命想把自己的女儿、孙女儿塞进来。除了收入之外，这些大丫头们在贾府过得相当优裕，吃的用的都比一般的小家碧玉还要好些，后面我们看了司棋闹厨房就知道了。离开了贾府，金钏儿、晴雯是很难再找到这样理想的差事。也正因为如此，袭人才跪下来求宝玉。事情过后，宝玉和袭人都哭了，他们的内心都有酸痛。

晴雯同宝玉、袭人的拌嘴，让我们再次看到怡红院丫鬟的争吵，上次是红玉遭秋纹、碧痕蹂躏。曹雪芹这么接连着写，自然有他的用意。我们揣摩，他是想展现底层人物最真实的生活，丫鬟之间天天都有明争暗斗。怡红院风气开明，主人宝玉和主管丫鬟袭人都善良厚道，于是丫鬟们的争执就敢于公开化，甚至直接与宝玉拌嘴，弄得大家都伤心；但是过一会儿他们又和好如初。这就是怡红院的风气。我们比较一下，凤姐那里是最严厉的，简直是白色恐怖，丫鬟们都胆战心惊。其次是探春屋里，虽然作品没怎么正面描写，估计也安安静静的。再次是黛玉的潇湘馆，没有丫鬟会高声说话，黛玉也没精神与她们聊天。再次是宝钗的蘅芜苑，我们看到莺儿比较活泼，宝钗与宝玉说话她会插嘴，后面她替宝玉打玉兜子时也会聊她家小姐怎么好，她还会赌气把婆子们包管的柳枝折断了往河里扔。同样香菱住进蘅芜苑会闹得宝钗无法睡觉。再次是史湘云，她与袭人、鸳鸯几个几乎就是姐妹，连袭人这么个老实人都会故意逗她生气，她与翠缕大谈阴阳的模样口气近似宝玉。最后是迎春，善良老实加上无能，竟然被婆子欺负。主人与仆人，仆人与仆人究竟该以什么样的关系相处呢？曹公给了我们一组间次相差的模式，引发我们思考。不同的读者可能会有不同的选择吧？依此类推，人与人，兄弟姐妹、父母儿女、亲戚朋友等，该怎么相处，《红楼梦》几乎都有反映。

下面的一段，黛玉进来，称袭人为"好嫂子"，问两口子为什么拌嘴，这当然是开玩笑。但这个玩笑反映出，黛玉像晴雯一样不顾轻重，不问后果；同时也表明在黛玉的内心深处，对袭人与宝玉的关系是有所顾忌的。曹雪芹插上这一笔，是觉得有趣的即兴之作，还是作为后文的一个伏笔？

随后宝玉到薛蟠家喝酒去了，晚上回来略带醉意，可以想象一顿酒喝下来，宝玉的心情已经好多了。晴雯睡在院子里的卧榻上乘凉，宝玉将她拉到身边坐下，两人言归于好。晴雯要去洗澡。

> 宝玉笑道："我才又吃了好些酒，还得洗一洗。你既没有洗，拿了水来咱们两个洗。"晴雯摇手笑道："罢，罢，我不敢惹爷。还记得碧痕打发你洗澡，足有两三个时辰，也不知道作什么呢。我们也不好进去的。后来洗完了，进去瞧瞧，地下的水淹着床腿，连席子上都汪着水，也不知是怎么洗了，笑了几天。我也没那工夫收拾，也不用同我洗去。今儿也凉快，那会子洗了，可以不用再洗。我倒舀一盆水来，你洗洗脸通通头。才刚鸳鸯送了好些果子来，都湃在那水晶缸里呢，叫他们打发你吃。"宝玉笑道："既这么着，你也不许洗去，只洗洗手来拿果子来吃罢。"

晴雯的话语很明白地告诉我们，碧痕打发宝玉洗澡的时候，两人有别的故事，而晴雯从来没干过、也不愿意干这活，这就为后面晴雯的清白打下了伏笔，而曹雪芹通过这一笔则告诉我们，宝玉同丫头有许多不清不白，绝不仅仅是袭人一个。接着他们讲到了上午扇子跌坏的事情，宝玉说扇子撕了都可以，只是别拿它来出气。

> 晴雯听了，笑道："既这么说，你就拿了扇子来我撕。我最喜欢撕的。"宝玉听了，便笑着递与他。晴雯果然接过来，嗤的一声，撕了两半，接着嗤嗤又听几声。宝玉在旁笑着说："响的好，再撕响些！"正说着，只见麝月走过来，笑道："少作些孽罢。"宝玉赶上来，一把将他手里的扇子也夺了递与晴雯。晴雯接了，也撕了几半子，二人都大笑。麝月道："这是怎么说，拿我的东西开心儿？"宝玉笑道："打开扇子匣子你拣去，什么好东西！"麝月道："既这么说，就把匣子搬了出来，让他尽力的撕，岂不好？"宝玉笑道："你就搬去。"麝月道："我可不造这孽。他也没折了手，叫他自己搬去。"晴雯笑着，倚在床上说道："我也乏了，明儿再撕罢。"宝玉笑道："古人云，'千金难买一笑'，几把扇子能值几何！"

曹雪芹的这个构思显然来自历史典故，夏朝末代暴君夏桀的宠妃妹喜，她有个很恶劣的癖好，喜欢听撕碎丝绸的嗤嗤声，听了就笑，于是夏桀就让人撕碎无数的丝绸以博得美人一笑。夏朝最后就葬送在夏桀的手中。那么晴雯是为什么要撕扇子呢？我理解她是在发泄，上午宝玉要驱逐她的那份羞辱和怨愤，多少还有点淤积在心中，把好好的扇子撕碎，就是她的一种发泄与解恨。据说现在有专门的心理发泄场所，让顾客进去摔东西砸东西，还每天都有生意。不过晴雯不是王妃，她只是个丫鬟，她这一时的任性，在麝月眼里就是造孽，所以这里的描写，就为王夫人后面驱逐晴雯埋下了伏笔。宝玉此时或许也享受了夏桀的那种得意，但他同样也会付出惨重的代价。

　　第二天史湘云来了。不知道什么原因，这次她的派头很大，"带领众多丫鬟媳妇走进院来"。曹雪芹借宝钗和黛玉的嘴，补叙了史湘云以往喜欢女扮男装，但仅仅几句话后，曹雪芹就拨响一个低沉的颤音。——王夫人道："只怕如今好了。前日有人家来相看，眼见有婆婆家了，还是那们着。"曹雪芹就喜欢把这种沉闷的颤音夹杂在一片欢乐的旋律中。刚刚看到宝玉开始进入婚亲阶段，现在史湘云又要嫁人了，大观园开张不久，少男少女们的青春梦、诗歌梦尚未开始，散场结束的红灯已经在一边闪烁。不仅如此，史湘云问了一句"宝哥哥在家么"，贾母就在一边提醒，"如今你们大了，别提小名儿了"。他们不能再无拘无束、任性自由了。

　　宝玉进来以后，湘云笑道："袭人姐姐好？"宝玉道："多谢你记挂。"湘云道："我给他带了好东西来了。"说着，拿出手帕子来，挽着一个疙瘩。然后她一件一件地展示了她带给袭人、鸳鸯、金钏儿、平儿等人的绛纹石的戒指，并长篇阔论地说了一大篇缘由。就这么简单的笔墨，史湘云的形象大大深化、独特化了。在贾母和王夫人为中心的，太太奶奶小姐们的场合中，大谈特谈几个丫头们的事情，别说宝钗不可能，连黛玉、宝玉都不会，这话题同场合、气氛明显不相符，只有史湘云才不管这些，自顾自高谈阔论。

　　下面的一段描写，过往的评论都不怎么理会，但我觉得这是典型的曹雪芹笔调，内涵太丰富了，值得鉴赏一番。

　　　　宝玉笑道："还是这么会说话，不让人。"林黛玉听了，冷笑道："他不会说话，他的金麒麟会说话。"一面说着，便起身走了。幸而诸人都不曾听见，只有薛宝钗抿嘴一笑。宝玉听见了，倒自己后悔又说错了话，忽见宝钗一笑，由不得也笑了。宝钗见宝玉笑了，忙起身走开，找了林黛玉去说话。

　　宝玉随便夸奖湘云一句，说湘云会说话，严格来讲，这也算不得什么夸赞，但黛玉已经不乐意了，冷笑道："他不会说话，他的金麒麟会说话。"这话听上去有点穿越，不好理解，到底什么意思呢？我们"翻译"一下：即使湘云不会说话，有她的金麒麟帮着，她也会说话了！黛玉这是在讽刺宝玉，讽刺的焦点就在那个金麒麟，所以她的意思是：即使湘云讲出来的话不好听，但在你宝玉的耳朵里，因为有了个金麒麟，什么话都是好听的！"一面说着，便起身走了"。黛玉离去是表示抗议，表示气愤。因为那天宝玉在庙里取出这个金麒麟的时候，黛玉早就瞧在眼里。黛玉，包括宝玉，为什么会对这个金麒麟这么敏感？因为这牵涉到"金玉良缘"。说到这里，大家才明白黛玉为什么生气。但为什么黛玉说出来的话我们听上去有点莫名奇妙？从文学的角度说，恰恰，妙就妙在这莫名奇妙！"他不会说话，他的金麒麟会说话。"——这是黛玉愤激之情的突然喷发，前面史湘云与宝玉说了那么多，黛玉早就看不下去了，她忍半天了，末后，宝玉还赞一句史湘云"还是这么会说话"，黛玉忍无可忍，话语喷口而出；正因为是喷出来的，只顾感情的发泄，只顾着给宝玉当头一棒，话语未曾经过组织，才显得这么突兀，有所跳跃，前后连不上。写过对话的人知道，慢条斯理的对话容易写，心灵中突然喷发的话语非常难写。曹雪芹要写出黛玉这穿越式的话语，靠构思、靠想象恐怕都不行，曹公此时必须化身为林黛玉，把自己也像黛玉一样地闭闷半天，像黛玉一样感受、一样气愤、一样发泄，才能喷出这种丢三落四的话语。接下来文字好戏连台有："幸而诸人都不曾听见，只有薛宝钗抿嘴一笑。"黛玉说的不是悄悄话，其他人应该都听得见，这里"不曾听见"四个字，或许指大家没有领会黛玉的意思；但宝钗是个有心人，而且也是"金玉良缘"的相关者，所以她一听就懂，再看到黛玉气急败坏地走了，觉得很可笑，不由得"抿嘴一笑"。"宝玉听见了，倒自己后悔又说错了话，忽见宝钗一笑，由不得也笑了。宝钗见宝玉笑了，忙起身走开，找了林黛玉去说话。"这一连串的反应相互勾连，写得极简单又极生动。宝玉这个笑是会心的、无奈的笑，他知道宝钗是看出了黛玉的奥妙才笑，而且是连宝玉一起笑进去的，笑他们的孩子气。所以宝玉这个笑等于承认自己孩子气，是自我解嘲。宝钗见到宝玉笑了，为什么连忙起身离开呢？那是因为宝玉读懂了她，既然读懂了，宝钗作为"金玉良缘"的一方，面对着对方，自然也是难为情；她还害怕宝玉再做出些什么更加暧昧的表示，当着这么多人的面，叫宝钗脸往哪儿搁？所以她三十六计走为上计。我统计了一下，以上曹雪芹的描写总共才一百零九个字，就把黛玉非常含蓄的话语，和黛玉、宝玉、宝钗三人极其微妙的心态和互动，借由一个"笑"字，刻画得如此生动、如此传情、如此有趣，还为后文留下了很大的空间。

我们顺便说说曹雪芹笔下的"笑"和"笑道"两个词，这是《红楼梦》中用得最多的动词，打开书本每一页都会出现若干次。而且曹雪芹就用这么简单的动词，不像当今作品在动词前面有一大堆修饰语。但是，他笔下这个"笑"，可以有十种二十种笑法，体现出人物多种多样的内心活动和表达意思。我们读《红楼梦》，看到这"笑"字，不妨体会一下它在这里究竟是什么意思，当我们体会到这"笑"字底下的丰富内涵，就像上面这一段，那么读《红楼梦》的味道就增添无数。

这一回的后半部分，先写史湘云同丫头翠缕的对话，内容是关于正邪阴阳等，作者的目的是为那个金麒麟做铺垫。她们捡到了那个金麒麟，正是宝玉心心意意要给史湘云的那个，宝玉居然把它弄丢了！我们看最后这段，湘云要瞧那金麒麟。

> 翠缕只管不放手，笑道："是件宝贝，姑娘瞧不得。这是从那里来的？好奇怪！我从来在这里没见有人有这个。"湘云道："拿来我看。"翠缕将手一撒，笑道："请看。"湘云举目一验，却是文彩辉煌的一个金麒麟，比自己佩的又大又有文彩。湘云伸手擎在掌上，只是默默不语，正自出神，忽见宝玉从那边来了，笑问道："你两个在这日头底下作什么呢？怎么不找袭人去？"湘云连忙将那麒麟藏起道："正要去呢。咱们一处走。"说着，大家进入怡红院来。

曹雪芹把这里的描写故意弄得神神道道的，像是拼命在做文章。其一，宝玉好不容易捡来的金麒麟居然会弄丢，而且刚巧被史湘云见到。其二，捡了东西小姐要看，哪有丫鬟不让看的？翠缕说："是件宝贝，姑娘瞧不得。这是从那里来的？好奇怪！"一个金麒麟，有什么史湘云瞧不得的？有什么大惊小怪的？其三，为湘云看这金麒麟做足铺垫，湘云再三要看，翠缕还来个"请看"，极尽渲染。其四，湘云看着麒麟，不是一般的看，而是"举目一验"，如此郑重其事，简直像是在看生死状！其五，"湘云伸手擎在掌上，只是默默不语，正自出神"，她似乎有所感悟（大家对比一下第8回宝钗将通灵宝玉"托于掌上"，都是郑重其事，应有布线）。曹公写的如此细致，再加暗示、渲染，按照他一贯的风格，后面必然对应着比较重大的事件，回目"因麒麟伏白首双星"也是为此张目。但"白首双星"究竟是怎么个故事，从前八十回实在无法猜测。我个人以为，曹雪芹这么故弄玄虚后面必有故事，但可能于宝玉没有什么直接的结果。说得明白些，我以为将来史湘云会因为这个金麒麟得到一个意外的结果。曹雪芹的描写或许有某种平衡性，宝玉以金麒麟促成湘云同卫若兰或其他人的"白首双星"，与宝玉以汗巾促成袭人同蒋玉菡的"优伶有福"，两段意外之事恰好形成对比。

不过从情节内容来看，宝玉把金麒麟弄丢了这个细节，多多少少也意味着宝玉对史湘云到底不用心，如果是要给林黛玉的，我估计他绝对不会弄丢。而且从作品好几次描写来看，宝玉把史湘云就当个亲妹妹一样，没有任何性欲的成分；今天他同湘云的对话，也是如此。前面曾经写过，有一天湘云睡着时一段雪白手臂放在被子外，宝玉看到了，就像亲哥哥一样帮她放进被子，口里说着"睡觉还这样不老实"，没有任何性欲的冲动；而他见了宝钗的手臂就发呆，就想着摸一摸，可见宝玉对两位少女的感觉是完全不一样的。

第三十二回
诉肺腑心迷活宝玉　含耻辱情烈死金钏

　　"诉肺腑"的是宝玉，他终于鼓起胆子第一次向黛玉明确表达了自己的爱情；"死金钏"，金钏儿因为耻辱而跳井自杀，这是本回的两个情节。但在叙述这两个情节的过程中，曹雪芹的笔墨更侧重于描写黛玉和宝钗在贾府的人缘，通过几个侧面的鲜明对比，曹雪芹让我们看到：虽然宝玉是钟情于黛玉，但宝玉的婚姻天平，却日益向宝钗一侧倾斜。

　　作品依然接着上一回展开。湘云和宝玉一起来到怡红院。

　　袭人斟了茶来与史湘云吃，一面笑道："大姑娘，听见前儿你大喜了。"史湘云红了脸，吃茶不答。袭人道："这会子又害臊了。你还记得十年前，咱们在西边暖阁住着，晚上你同我说的话儿？那会子不害臊，这会子怎么又害臊了？"史湘云笑道："你还说呢。那会子咱们那么好。后来我们太太没了，我家去住了一程子，怎么就把你派了跟二哥哥，我来了你就不象先待我了。"袭人笑道："你还说呢。先姐姐长姐姐短哄着我替你梳头洗脸，作这个弄那个，如今大了，就拿出小姐的款来。你既拿小姐的款，我怎敢亲近呢？"史湘云道："阿弥陀佛，冤枉冤哉！我要这样，就立刻死了。你瞧瞧，这么大热天，我来了，必定赶来先瞧瞧你。不信你问问缕儿，我在家时时刻刻那一回不念你几声。"话未了，忙的袭人和宝玉都劝道："顽话你又认真了。还是这么性急。"史湘云道："你不说你的话嗑人，倒说人性急。"一面说，一面打开手帕子，将戒指递与袭人。袭人感谢不尽，因笑道："你前儿送你姐姐们的，我已得了；今儿你亲自又送来，可见是没忘了我。只这个就试出你来了。戒指儿能值多少，可见你的心真。"

　　大家看，曹雪芹已经连续两回写史湘云同丫鬟们的交谈，我想这不是随便写的，这是曹公塑造史湘云的重要方面，她对丫鬟们的这份真情和亲热，自然而淳朴，完全不把自己当小姐看，同黛玉、宝钗和贾府的姑娘们，有明显的区别。袭人同她可以随便开玩笑，还说"只这个就试出你来了"，其言语、态度、语气，几乎就像袭人在同平儿、鸳鸯说话一样。我想，这或许就是曹雪芹理想中的小姐与丫鬟的关系。不过，毕竟湘云还没有出嫁，等她和袭人都嫁了男人以后，恐怕她们再也不能这样不分贵贱、无拘无束交流。鲁迅先生的小说《故乡》中，闰土那句"老爷"，就像高墙一样把主人公"我"和闰土永远隔离了。

接着，曹公又刻画史湘云性格的另一面。

> 史湘云道："是谁给你的？"袭人道："是宝姑娘给我的。"湘云笑道："我只当是林姐姐给你的，原来是宝钗姐姐给了你。我天天在家里想着，这些姐姐们再没一个比宝姐姐好的。可惜我们不是一个娘养的。我但凡有这么个亲姐姐，就是没了父母，也是没妨碍的。"说着，眼睛圈儿就红了。宝玉道："罢，罢，罢！不用提这个话。"史湘云道："提这个便怎么？我知道你的心病，恐怕你的林妹妹听见，又怪嗔我赞了宝姐姐。可是为这个不是？"袭人在旁嗤的一笑，说道："云姑娘，你如今大了，越发心直口快了。"宝玉笑道："我说你们这几个人难说话，果然不错。"史湘云道："好哥哥，你不必说话教我恶心。只会在我们跟前说话，见了你林妹妹，又不知怎么了。"

湘云不仅当着宝玉，还当着丫头袭人的面，公开褒贬宝钗和黛玉，连袭人都说她过于"心直口快"。作品前面没有描写过湘云与宝钗的私密交往，但湘云对宝钗心仪到如此的程度，可知一定有宝钗让她深深感动的事情。我们所知道的宝钗赞助湘云开诗社吃螃蟹，远在第38回，我们据此反推，类似的事情以前宝钗做过多次。湘云赞美宝钗两句也就算了，没想到她还当着宝玉的面狠批黛玉，很显然她的话说到了袭人的心里，这些话袭人是不能说的，"袭人在旁嗤的一笑，说道：'云姑娘，你如今大了，越发心直口快了。'"袭人只能以这种方式来表达"英雄所见略同"。这两人一唱一和褒钗贬黛，宝玉虽然不能翻脸但滋味到底不好受，他只能打哈哈，"我说你们这几个人难说话，果然不错。"大家注意，宝玉这话透露出他的感受已经不是一日两日，至于他说的"你们这几个人"，肯定不止于湘云和袭人两个，宝玉周围赫然已经有一个"拥钗损黛"的小群体！至于究竟有些什么人，我们无从得知，但一点可以确定，她们是自然而然形成的，并没有沟通串联。可是心里容不下一粒尘埃的湘云，立马砸出落地有声的"好哥哥，你不必说话教我恶心"！由此可见，湘云对黛玉的成见，或者说对宝玉在黛玉面前唯唯诺诺的不忿之情由来已久。我们替宝玉想一想也真够委屈的，他好心好意地把那个金麒麟拣来留着送给湘云，却非但没有得到一句感激之言，还让他心爱的林妹妹被贬了个底朝天。当然，湘云也不是傻子，如果她不知道宝玉是这么一个宽宏大量的人，如果不是她同宝玉从小在一起建立起这份铁杆的兄妹情，她也不至于这么口无遮拦。

接着袭人请史湘云帮忙替宝玉做鞋子，没想到史湘云又扯上了黛玉。

> 史湘云道："论理，你的东西也不知烦我做了多少了，今儿我倒不做了的原故，你必定也知道。"袭人道："倒也不知道。"史湘云冷笑道："前儿我听见把我做的扇套子拿着和人家比，赌气又铰了。我早就听见了，你还瞒我。这会子又叫我做，我成了你们的

奴才了。"宝玉忙笑道："前儿的那事，本不知是你做的。"袭人也笑道："他本不知是你做的。是我哄他的话，说是新近外头有个会做活的女孩子，说扎的出奇的花，我叫他拿了一个扇套子试试看好不好。他就信了，拿出去给这个瞧给那个看的。不知怎么又惹恼了林姑娘，铰了两段。回来他还叫赶着做去，我说了是你作的，他后悔的什么似的。"史湘云道："越发奇了。林姑娘他也犯不上生气，他既会剪，就叫他做。"袭人道："他可不作呢。饶这么着，老太太还怕他劳碌着了。大夫又说好生静养才好，谁还烦他做？旧年好一年的工夫，做了个香袋儿；今年半年，还没拿针线呢。"

湘云确实有她埋怨的理由，她千针万线秀的花，黛玉把它剪了，"他既会剪，就叫他做"，这道理完全说得过去。后面袭人的话，一方面交代了黛玉的女红状况，另一方面也透露了她对黛玉的某种不满。所以总的来看，曹雪芹借助做鞋子这个话题，表达的主要内容却是湘云、袭人等对黛玉的某种不满，说得直白一点，就是描述黛玉在贾府的人缘，而且非常巧妙地将黛玉同宝钗做着某种对比。《红楼梦》中几乎没有写过贾府的姑娘、奶奶们对黛玉为人的看法，这几乎是唯一的一次，由史湘云来表达。中国美学讲究一叶知秋、见微知著，曹公写的只有史湘云一个，没写别人，但由此我们可想而知探春、凤姐她们的态度。狡猾的曹雪芹，一面写着宝玉的婚姻提上日程，山雨欲来，一面写着贾母的标准和众人的态度，那么前景是什么？结局又是什么？他并没写，但他给我们画了一幅隐隐约约的图：小荷才露尖尖角！

眼看着黛玉处处落下风，有些危险，曹公妙笔一抖，给黛玉加了一颗星。就在宝玉、湘云他们谈话的时候，下人报告贾雨村来了，贾政叫宝玉去会客，宝玉很不情愿。

> 湘云笑道："还是这个情性不改。如今大了，你就不愿读书去考举人进士的，也该常常的会会这些为官做宰的人们，谈谈讲讲些仕途经济的学问，也好将来应酬世务，日后也有个朋友。没见你成年家只在我们队里搅些什么！"宝玉听了道："姑娘请别的姊妹屋里坐坐，我这里仔细污了你知经济学问的。"袭人道："云姑娘快别说这话。上回也是宝姑娘也说过一回，他也不管人脸上过的去过不去，他就咳了一声，拿起脚来走了。这里宝姑娘的话也没说完，见他走了，登时羞的脸通红，说又不是，不说又不是。幸而是宝姑娘，那要是林姑娘，不知又闹到怎么样，哭的怎么样呢。提起这个话来，真真的宝姑娘叫人敬重，自己讪了一会子去了。我倒过不去，只当他恼了。谁知过后还是照旧一样，真真有涵养，心地宽大。谁知这一个反倒同他生分了。那林姑娘见你赌气不理他，你得赔多少不是呢。"宝玉道："林姑娘从来说过这些混帐话不曾？若他也说过这些混帐话，我早和他生分了。"袭人和湘云都点头笑道："这原是混帐话。"

这里写出了在宝玉的眼中，黛玉胜过宝钗、湘云她们的一大优点，就是她从来不劝宝玉去读书做官，尤其是借宝玉之口透露，"林姑娘从来说过这些混帐话不曾？"在这个终生大事上，黛玉同宝玉比较一致。我们不能说宝玉钟爱黛玉就因为这件事，但此事确实反映出他们气性相投。宝玉的脾气一向很好，但在这件事情上他特别牛性，宝钗曾经被他弄得很难堪，今天他对湘云甚至下了逐客令，但湘云对此根本无所谓，一笑而过，正如第5回写她的"英豪阔大宽宏量"。这里也反映出湘云同宝钗性格的区别，如果说宝钗是比较大度的话，那么湘云就相当大气、豪气，有大丈夫气概。

这里我们也顺便讨论一下宝玉的处世哲学，以及曹雪芹对此的态度。宝玉不喜欢读书，厌恶当官，他这个态度一向被评论家看作是一大优点，说带有反封建的性质。我认为这有点过誉了。一个男孩子不喜欢读书，这在古今中外都非常普遍，不算什么；当然，宝玉不喜欢走仕途去当官，认为"文死谏武死战"都是一群糊涂人，是"禄蠹"，这里确实显示了他的人生态度，表现出他对官场黑暗的批判和不合作。但这个也说不上是反封建，说到底，宝玉根本就不知道封建制度有哪些危害，他更不知道有什么新的制度可以代替封建制度，他拿什么来反封建？中国自古以来有一批知识分子，不愿进入黑暗的官场，宁可做老师或者别的，来保持自己的清誉；过激一点的，甚至遁入山林或者空门，这都是常有的事。但他们都算不上是反封建，这是个政治常识问题。至于宝玉本人，他同黛玉说过，只要他们两个有得吃，有得享受，哪怕天塌下来，家族败亡了，他都不管。这种人生态度，古代有，现在也多的是，我们能说他们具备多大的积极意义？更有什么先进意义？我还认为，曹雪芹塑造宝玉，只是告诉我们有这样的一种人生而已，他未必是把宝玉当作一种典范来向我们推荐；相反，他可能更倾向于让我们吸取宝玉的一些人生经验和教训。

我们继续看作品。

> 原来林黛玉知道史湘云在这里，宝玉又赶来，一定说麒麟的原故。因此心下忖度着，近日宝玉弄来的外传野史，多半才子佳人都因小巧玩物上撮合，或有鸳鸯，或有凤凰，或玉环金佩，或鲛帕鸾绦，皆由小物而遂终身。今忽见宝玉亦有麒麟，便恐借此生隙，同史湘云也做出那些风流佳事来。因而悄悄走来，见机行事，以察二人之意。不想刚走来，正听见史湘云说经济一事，宝玉又说："林妹妹不说这样混帐话，若说这话，我也和他生分了。"林黛玉听了这话，不觉又喜又惊，又悲又叹。

我们看黛玉非常小心，或者说对宝玉很不放心。曹雪芹的写法也很有意思，上一次宝玉去看宝钗的时候，他只写黛玉突然就来了，没有写她为什么来；而这一次他就把黛玉的内心活动详详细细地写了出来，这就是中国美学讲究的每一次描写都有不同的笔墨。在我们看来，宝玉和湘云都对对方没有任何儿女之情，在第5回的诗词里面，曹雪芹更是写湘云"从未将儿女私情略萦心上"，湘云在宝玉面前一向是大大咧咧的，照理黛玉不应该对她也提防。但是我们要理解黛玉，因为她太弱势，她没有父母姐妹可以商量帮忙，而且还是孤身一人寄居在外婆家，她实在没有法子可以绑定宝玉，只能靠自己时时留心、处处提防，她真的很无奈。现在她偷听到了宝玉的表白，不由得五味杂成。

> 所喜者，果然自己眼力不错，素日认他是个知己，果然是个知己。所惊者，他在人前一片私心称扬于我，其亲热厚密，竟不避嫌疑。所叹者，你既为我之知己，自然我亦可为你之知己矣；既你我为知己，则又何必有金玉之论哉；既有金玉之论，亦该你我有之，则又何必来一宝钗哉！所悲者，父母早逝，虽有铭心刻骨之言，无人为我主张。况近日每觉神思恍惚，病已渐成，医者更云气弱血亏，恐致劳怯之症，你我虽为知己，但恐自不能久待；你纵为我知己，奈我薄命何！想到此间，不禁滚下泪来。

这一段文字把黛玉心中突然涌起的种种情感，写出了"惊涛拍岸，卷起千堆雪"之动人景象，我相信曹公在写的时候也是以泪洗面，没有这份自我感动，是绝对写不出来的。不过感动归感动，曹公还是非常巧妙地向我们提供了一份新的材料：林黛玉"近日每觉神思恍惚，病已渐成，医者更云气弱血亏，恐致劳怯之症"，而且到了"恐自不能久待"，也就是活不长久的地步。不仅是心头压着千斤巨石，而且生理上也出现了难治的病症，黛玉遭受着身心两方面的折磨，所以她经常言语行动都很出格，也在情理之中。

宝玉出来，看见黛玉在前面哭，于是追上去安慰她。

> 宝玉瞅了半天，方说道"你放心"三个字。林黛玉听了，怔了半天，方说道："我有什么不放心的？我不明白这话。你倒说说怎么放心不放心？"宝玉叹了一口气，问道："你果不明白这话？难道我素日在你身上的心都用错了？连你的意思若体贴不着，就难怪你天天为我生气了。"林黛玉道："果然我不明白放心不放心的话。"宝玉点头叹道："好妹妹，你别哄我。果然不明白这话，不但我素日之意白用了，且连你素日待我之意也都辜负了。你皆因总是不放心的原故，才弄了一身病。但凡宽慰些，这病也不得一日重似一日。"林黛玉听了这话，如轰雷掣电，细细思之，竟比自己肺腑中掏出来的还觉恳切，竟有万句言语，满心要说，只是半个字也不能吐，却怔怔的望着他。此时宝玉心中也有万句言语，不知从那一句上说起，却也怔怔的望着黛玉。两个人怔了半天，林黛玉只咳了一声，两眼不觉滚下泪来，回身便要走。宝玉忙上前拉住，说道："好妹妹，且略站住，我说一句话再走。"林黛玉一面拭泪，一面将手推开，说道："有什么可说的。你的话我早知道了！"口里说着，却头也不回竟去了。

宝玉终于当面向黛玉表白了自己的爱，宝玉还要补充什么，黛玉觉得已经够了，无需再说。接下来的一段，宝玉错将袭人当黛玉，说了一通"我为你也弄了一身的病在这里"。——向爱人当面表白爱心,居然会弄错了人!别说严肃小说中没见过,即使是滑稽小品都不敢这么编。之所以写这一幕,我觉得那只是曹公要把戏演得跌宕起伏带点噱头,并没多大的艺术价值,现实生活中这种错搭更难见到。当然曹雪芹这么写有他构思的需要,他要在这里埋一个伏笔。

> 这里袭人见他去了,自思方才之言,一定是因黛玉而起,如此看来,将来难免不才之事,令人可惊可畏。想到此间,也不觉怔怔的滴下泪来,心下暗度如何处治方免此丑祸。

听了宝玉的那番话,袭人感到非常恐怖,她感觉要出大事,宝玉的名声可能毁于一旦,她都害怕得独自哭了。她想着要怎么样防止这种丑闻的出现。几天以后,她把自己的担忧很委婉地告诉了王夫人。关于这个情节,过去的评论都把袭人看作是告密者,似乎是故意陷害黛玉。但我们仔细看这里的原文,袭人完全是出于维护宝玉的好心,也并无陷害黛玉的坏意。我们的一切评论,一定要牢牢地依据、紧贴着作品的原文。还有一种说法,把袭人看作是一个伪装者,对她十分鄙视,理由是,明明袭人自己同宝玉早就云雨多时,却装得像个清白人物一样去向王夫人告密,她怎么不先坦白自己的那些丑事?这种评论,从道理上来看似乎完全有理,但是,它却脱离了历史环境,它放在今天社会或许是对的,但放在《红楼梦》的年代,就陷入刻舟求剑的错误。袭人是个丫头,而且在宝玉要同她云雨之时,她想到"贾母是将她与了宝玉的",这个"与了宝玉",就是有意让她当宝玉的小妾,她有不公开的名分。其次,在袭人她们看来,丫头同公子发生关系是寻常事情,都谈不上"失身",因为她们本来就是奴婢,本来就没身份,有什么"失身"不"失身"的。所以晴雯谈宝玉与袭人、碧痕的性关系,就当个笑话闲谈;后面贾琏与鲍二家的通奸,凤姐气急败坏告到贾母跟前,贾母笑道:"什么要紧的事!小孩子们年轻,馋嘴猫儿似的,那里保得住不这么着。从小儿世人都打这么过的。"相反,小姐同公子发生关系,那才是天大的丑闻!小姐才是人,丫头什么都不是。所以袭人自己同宝玉的那点事,连坦白的份儿都够不上。她不是去告密,而是真心实意去捍卫宝玉的名声。我们评价作品或人物,一定不能离开其历史环境和具体场合,不然就很容易造成误评误导。

袭人正在发呆,宝钗走来问她在出什么神呢,袭人掩饰说在看鸟儿打架。宝钗又问宝玉刚才穿了衣服出去什么事,袭人说去会客。"宝钗听了,忙道:'嗳哟!这么黄天暑热的,叫他做什么!别是想起什么来生了气,叫出去教训一场。'"大家看宝钗的态度和语气,同以前大不相同了。她"忙道",那是有点急;她担心宝玉被教训,急得叫出"嗳哟"。就这么一笔,曹雪芹告诉我们:宝钗悄悄地变了,变得对宝玉相当关心，甚至有点心疼！这个变化似乎是从元春的礼物以后一点点发生的。接下来的描写，值得大家关注："宝钗因而问道：'云丫头在你们家做什么呢？'"宝钗的意思可以从两方面猜测，一是她来找湘云玩，她们交情很深的；但也可以从另一个方向去猜：宝钗是否也像黛玉一样担心宝玉"借此生隙"？不过，我个人认为她是来找湘云聊天，不靠猜测，而是凭借下文做出的判断。

  袭人笑道："才说了一会子闲话。你瞧，我前儿粘的那双鞋，明儿叫他做去。"宝钗听见这话，便两边回头，看无人来往，便笑道："你这么个明白人，怎么一时半刻的就不会体谅人情。我近来看着云丫头神情，再风里言风里语的听起来，那云丫头在家里竟一点儿作不得主。他们家嫌费用大，竟不用那些针线上的人，差不多的东西多是他们娘儿们动手。为什么这几次他来了，他和我说话儿，见没人在跟前，他就说家里累的很。我再问他两句家常过日子的话，他就连眼圈儿都红了，口里含含糊糊待说不说的。想其形景来，自然从小儿没爹娘的苦。我看着他，也不觉的伤起心来。"袭人见说这话，将手一拍，说："是了，是了。怪道上月我烦他打十根蝴蝶结子，过了那些日子才打发人送来，还说'打的粗，且在别处能着使罢；要匀净的，等明儿来住着再好生打罢。'如今听宝姑娘这话，想来我们烦他他不好推辞，不知他在家里怎么三更半夜的做呢。可是我也糊涂了，早知是这样，我也不烦他了。"宝钗道："上次他就告诉我，在家里做活做到三更天，若是替别人做一点半点，他家的那些奶奶太太们还不受用呢。"

这段对话写出，史湘云与宝钗相交很深，把自己隐私的话都告诉了宝钗，比较起来，她同袭人是自幼一起长大有如姐妹，但中间毕竟隔了一层，那些家里的难处她就没有告诉袭人。宝钗对史湘云的隐衷也很注意保密以维护湘云的尊严，"两边回头，看无人来往"，才悄悄告诉袭人。不是她故意要泄露秘密，而是袭人要为难湘云了，宝钗不得不告诉。读完这一段，可以判定宝钗是来看望湘云，而不是怀疑盯梢。更有意思的在下面，我们继续读下去。

  袭人道："偏生我们那个牛心左性的小爷，凭着小的大的活计，一概不要家里这些活计上的人作。我又弄不开这些。"宝钗笑道："你理他呢！只管叫人做去，只说是你做的就是了。"袭人道："那里哄的信他，他才是认得出来呢。说不得我只好慢慢的累去罢了。"宝钗笑道："你不必忙，我替你作些如何？"袭人笑道："当真的这样，就是我的福了。晚上我亲自送过来。"

宝钗要袭人瞒骗宝玉，显出她的为人态度：一者宝钗不追求这类穿着，二者她认为对付这种"牛心左性的小爷"，何妨哄过去就算了。但恐怕连宝钗也想不到，宝玉"才是认得出来呢"，袭人也是迫于无奈才去求湘云。出乎袭人意料，恐怕更出乎我们意料，宝钗居然主动提出："你不必忙，我替你作些如何？"把这活儿揽到身上，不仅很辛苦，因为宝钗自己也每天做针线到深夜（作品后面写明的），而且一旦黛玉知道，很可能会吃醋发火。宝钗好像不顾这些，越来越深地介入到宝玉的生活中。虽然早在元春归省的时候，宝钗也悄悄替宝玉作弊，但那不过举手之劳；眼下替一个表弟做针线活，作为大家闺秀，很可能被人闲话。曹公不动声色地画出宝钗的心态日益朝着宝玉的方向倾斜。当然，这段对话也写出宝钗同袭人的亲近，达到说悄悄话的新深度；还有，交代了气量豪阔、嘻嘻哈哈的史湘云，原来生活得如此艰辛。

她们正交谈时——

忽见一个老婆子忙忙走来，说道："这是那里说起！金钏儿姑娘好好的投井死了！"袭人唬了一跳，忙问"那个金钏儿？"老婆子道："那里还有两个金钏儿呢？就是太太屋里的。前儿不知为什么撵他出去，在家里哭天哭地的，也都不理会他，谁知找他不见了。刚才打水的人在那东南角上井里打水，见一个尸首，赶着叫人打捞起来，谁知是他。他们家里还只管乱着要救活，那里中用了！"宝钗道："这也奇了。"袭人听说，点头赞叹，想素日同气之情，不觉流下泪来。宝钗听见这话，忙向王夫人处来道安慰。

听到这个突如其来的死讯，两人的反应是不同的，宝钗同金钏儿没什么交情，她首先想到的是背后的原因，她是个谨慎的人，又是客人，所以只说"奇了"；而袭人同金钏儿有"同气之情"，不觉流泪。宝钗第二反应是"向王夫人处来道安慰"，因为王夫人是她姨妈，金钏儿是王夫人的贴身丫鬟。

却说宝钗来至王夫人处，只见鸦雀无闻，独有王夫人在里间房内坐着垂泪。宝钗便不好提这事，只得一旁坐了。王夫人便问："你从那里来？"宝钗道："从园里来。"王夫人道："你从园里来，可见你宝兄弟？"宝钗道："才倒看见了。他穿了衣服出去了，不知那里去。"王夫人点头哭道："你可知道一桩奇事？金钏儿忽然投井死了！"宝钗见说，道："怎么好好的投井？这也奇了。"王夫人道："原是前儿他把我一件东西弄坏了，我一时生气，打了他几下，撵了他下去。我只说气他两天，还叫他上来，谁知他这么气性大，就投井死了。岂不是我的罪过。"

王夫人对宝钗有所隐瞒，她开口先把金钏儿投井之死说成一桩"奇事"，似乎她一点不知道端倪；接着她谎称是金钏儿把一件东西弄坏了，她打了几下撵下去，过两天还要叫她回来的；王夫人这么说，无非是为宝玉掩饰；但她也承认自己造成的罪过，边说边流泪。宝钗一开始就觉得这事儿"奇了"，因为她不知道缘由，现在姨妈向她做出这样的解释，那么她至少有一半相信，作为外甥女，她开始安慰姨妈。

宝钗叹道："姨娘是慈善人，固然这么想。据我看来，他并不是赌气投井。多半他下去住着，或是在井跟前憨顽，失了脚掉下去的。他在上头拘束惯了，这一出去，自然要到各处去顽顽逛逛，岂有这样大气的理！纵然有这样大气，也不过个糊涂人，也不为可惜。"王夫人点头叹道:"这话虽然如此说,到底我心不安。"宝钗叹道:"姨娘也不必念念于兹,十分过不去,不过多赏他几两银子发送他,也就尽主仆之情了。"

宝钗的这番话,历来受到严厉的批判,说她没有人性,没有同情心。我认为这样的评价过分了,其一是宝钗被蒙在鼓里,依据王夫人所说的经过来看,金钏儿未免气性过大;其二,这同宝钗的人生观有关联,她历来认为糊涂人不值得同情,一个人做下了事就要承担后果,比如后面她的哥哥薛蟠遭到柳湘莲一顿毒打,薛姨妈要去找贾府的人追究柳湘莲,宝钗就坚决阻止母亲,并说这是她哥哥该得的;其三,她劝王夫人可以给点抚恤金,以尽主仆之情,这对金钏儿属于相当开恩了。这里我们要理一理金钏儿同贾府的关系。金钏儿姐妹和母亲白老媳妇都在贾府当差,可知她们是贾府的"家生子",也就是世代奴才。她们同袭人这种买来的奴才不同,依照当时的法律,她们永远不可以赎身,奴才的子孙还是主人的奴才,要世世代代在主人家服役;奴才的一切大事,包括婚配,都由主人决定,而不是由他父母决定;奴才如果逃走,就是死罪,要受绞刑;奴才连控告主人都属于犯法,大清法律规定,"凡家仆告主,除谋反大逆、谋叛、隐匿奸细者许其首告,其余一切事情,家仆首告者,除首告事不准行,控告之人,系旗人,鞭一百;系民,责四十板"。这就是清代中期以前的现实。王夫人只是打了金钏儿几下,然后让她母亲来领走,这在当时已经属于开明、开恩。袭人说过,如果他们家来把袭人赎回,贾府同意的话都属于开恩,如果不要赎金,就是额外的开恩。所以即使金钏儿是买来的,她也必须在贾府当差一辈子;如今不要赎金就让她母亲领走,在当时就属于恩典。所以宝钗说,姨娘如果过意不去,"不过多赏他几两银子发送他,也就尽主仆之情了。"即使放在今天,人们处在宝钗的地位去劝自己的姨妈,或许也就是这么几句话吧?

后面的内容也很重要。

王夫人道:"刚才我赏了他娘五十两银子,原要还把你妹妹们的新衣服拿两套给他妆裹。谁知凤丫头说可巧都没什么新做的衣服,只有你林妹妹作生日的两套。我想你林妹妹那个孩子素日是个有心的,况且他也三灾八难的,既说了给他过生日,这会子又给人妆裹去,岂不忌讳。因为这样,我现叫裁缝赶两套给他。要是别的丫头,赏他几两银子就完了,只是金钏儿虽然是个丫头,素日在我跟前比我的女儿也差不多。"口里说着,不觉泪下。宝钗忙道:"姨娘这会子又何用叫裁缝赶去,我前儿倒做了两套,拿来给他岂不省事。况且他活着的时候也穿过我的旧衣服,身量又相对。"王夫人道:"虽然这样,难道你不忌讳?"宝钗笑道:"姨娘放心,我从来不计较这些。"一面说,一面起身就走。王夫人忙叫了两个人来跟宝姑娘去。

这里有几个要点。第一,王夫人给了五十两银子的抚恤金,相当于金钏儿四年的工资，或者说是五口之家两年半的生活费，这个金额是不小的。此外，下一回写王夫人又赏了金钏儿母亲几件簪环，贾府的首饰不会普通，这几件首饰恐怕也值几十两。有人会说，这对于贾府不过九牛一毛，不算什么。可是大家看看，当今再有钱的单位，抚恤金的金额有多少？曹雪芹给我们描写的是一个开明的贵族，所以下人都不愿意离开；但就是这么一个家族，却因为种种原因而倒在第三代手里，所以才是悲剧，所以曹雪芹才"一把辛酸泪"。如果连王夫人都是个恶人，那就不是真正的悲剧了。

第二，我们终于看到了王夫人对黛玉的一个评价，"我想你林妹妹那个孩子素日是个有心的"。大家注意，这是曹雪芹的一个精心策划。偏偏只有林黛玉有新衣服，他巧妙而又委婉地逼着王夫人对林黛玉下一个评判。所谓"有心的"，就是有事就记在心里，气量小。王夫人这个评判虽说比较中肯，但显然属于负面，而且这话是对着宝钗说的，留着情面；王夫人内心的真实评价，或许更加负面。在曹雪芹的笔下，王夫人对黛玉仅做出过这么一次评价，这在曹雪芹或许认为他已经完成任务了，所谓"窥一斑而知全豹"，但是我们读者如果不留心，完全可能忽视了这句话，还一直在埋怨曹雪芹：怎么就不写呢?! 曹公写了，白纸黑字。

第三，宝钗的通达。一个未出嫁的小姐，居然愿意将自己的新衣服给一个丫鬟去裹尸入葬，境界之高、胸襟之豁达，着实难能可贵，非一般俗人可比。扪心自问，破除迷信到今日，我们有几个真的不忌讳？从宝钗话语中我们还知道，平时她就有旧衣服送给金钏儿。所以这整个情节的描写，曹雪芹是在赞美和歌颂宝钗，而绝非是在责备贬损。在这里，曹雪芹展现了宝钗"山中高士晶莹雪"的又一境界。

顺便我们再说一下，这一回的末尾曹雪芹又补写了一笔。

> 一时宝钗取了衣服回来，只见宝玉在王夫人旁边坐着垂泪。王夫人正才说他，因宝钗来了，却掩了口不说了。宝钗见此光景，察言观色，早知觉了八分，于是将衣服交割明白。

曹公特意告诉我们，直到这个时候，宝钗才明白金钏儿的死同宝玉有关联，之前宝钗并不知道。作者写得这么明白了，人们不应该再有误会，更不应该再有曲解。

下面我们探讨一下这一段的艺术处理。曹雪芹在《红楼梦》中，把中国美学艺术的方方面面都融化进去，使之成为中国美学、中国文学的结晶。比如情节结构方式，怎么切入，怎么出来，中间怎么过渡；从场面来说，何处用正面描写，何处用侧面烘托，哪里用浓墨重彩，哪里用淡墨枯笔；诸如此类，曹雪芹都极其讲究，用尽心思，可以说他根本就不是在写小说，而是在作诗作画。作品最近这几回，从内容来说，主要围绕着宝玉的爱情和婚姻来展开；从风格来说，可谓风光旖旎，莺歌燕舞；从描写手法来看，都是正面描写，而且写得十分细腻。依据阴阳转化、月满则亏的道理，风和日丽将走向疾风暴雨，莺歌燕舞将转变为鸡飞狗跳，这是《红楼梦》的基本法则。果然，就在情色浓浓、纤纤细语之际，突然传来金钏儿跳井自杀的噩耗。这是警钟响起，声音低沉而又悲凉，预示着情节内容将发生较大的反转。不仅如此，在表现手法上，金钏儿事件也换了一副笔墨，曹雪芹不再用正面叙述和细描的方式，而是换用侧面叙述和勾勒大意的笔法。——让一个谁也不认识的、连名字也没有的老婆子出来转告噩耗，极其简单，只有结果不知原因；至于金钏儿是怎么想的、是怎么做出了断的决定、又是在什么时间、以怎么样的情状跳井的等，曹雪芹是一个字也不写。如果深究一番：曹雪芹为什么要采取侧写、简写的方式呢？我的理解有这么三个原因。其一，是造成"顿失"的震撼效应。金钏儿如此年轻，出场总共两次，说话不过几句，突然就死了。那么活泼、那么机灵、那么可爱的女孩子，夭折了。读者能不震撼、感叹？反之，正面描写她的死，则没有这种让人冷不丁打个激灵的效果。其二，是照顾到详略明暗的艺术。我们数一下，至此作品写了贾瑞、秦可卿、秦钟的死亡，其中贾瑞和秦钟是明写、详写，秦可卿是略写、侧写，现在第四位金钏儿，曹雪芹再次采用略写、侧写，这样，四次写死亡，正好形成梅花间竹、错落有致、明暗掩映的艺术效果。其三，金钏儿的死，在更大的范围内只是一个过渡，是更大的情节，即宝玉挨打的一个缘由。宝玉挨打将正面描写、大写特写，是主要战场，为了突出主要场面，次要场面只能略写，不喧宾夺主。正如为了突出秦可卿出殡，秦可卿的死亡就采取略写。所以，作品在这个地方突然蹦出金钏儿事件，从结构艺术来说属于过渡性情节，它在前后若干回的范围中起到一个过渡的作用。——到了下一回风暴就来了。

《红楼梦》的篇章结构太讲究、太精致，以至于全书最终没有完工，也就情有可原，个人的精力毕竟有限。我们知道，西方几座高度艺术化的教堂，都是几代大师、花了数百年才建成的。可惜的是，我国对《红楼梦》艺术研究的成果不多，成了红学研究最薄弱的环节。而我们的这本书，也是以情节内容为主，对于艺术鉴赏，只能挂一漏万。

第三十三回

手足耽耽小动唇舌　不肖种种大承笞挞

回目中"小动唇舌"，指贾环向贾政诬告宝玉强奸金钏儿造成金钏儿自杀；"大承笞挞"指宝玉遭父亲毒打。《红楼梦》大多描写小男女"娇羞花解语，温柔玉有香"（西厢记）、老年人的"一曲新词酒一杯，去年天气旧亭台"（晏殊），一派风和日丽。但是这一回却要写雷霆万钧、金戈铁马，风格完全不一样，让我们瞧瞧曹雪芹能够写到什么水平，是不是也有声有色。

作品从贾政的狮子吼"站住"正式开始。我们好好欣赏。

原来宝玉会过雨村回来听见了，便知金钏儿含着赌气自尽，心中早又五内摧伤，进来被王夫人数落教训，也无可回说。见宝钗进来，方得便出来，茫然不知何往，背着手，低头一面感叹，一面慢慢的走着，信步来至厅上。刚转过屏门，不想对面来了一人正往里走，可巧儿撞了个满怀。只听那人喝了一声"站住！"宝玉唬了一跳，抬头一看，不是别人，却是他父亲，不觉的倒抽了一口气，只得垂手一旁站了。贾政道："好端端的，你垂头丧气嗐些什么？方才雨村来了要见你，叫你那半天你才出来；既出来了，全无一点慷慨挥洒谈吐，仍是萎萎蕤蕤。我看你脸上一团思欲愁闷气色，这会子又咳声叹气。你那些还不足，还不自在？无故这样，却是为何？"宝玉素日虽是口角伶俐，只是此时一心总为金钏儿感伤，恨不得此时也身亡命殒，跟了金钏儿去。如今见了他父亲说这些话，究竟不曾听见，只是怔呵呵的站着。贾政见他惶悚，应对不似往日，原本无气的，这一来倒生了三分气。

这段描写的核心是贾政生气，宝玉是陪衬、是缘由。宝玉得知金钏儿的自尽，"心中早又五内摧伤"。直到这里几天过去了，直到听见死讯，宝玉才想到了金钏儿，才真正伤心了。简直是金钏儿的阴魂附体，宝玉开始一连串倒霉，他走出门，居然与贾政撞了个满怀！被儿子迎头撞一下老子大光其火，这种情况，现在的年轻人已经无法理解，但五十五岁以上的人都知道那是理所当然；贾政再一看，这不争气的儿子一脸茫然猥琐、唉声叹气，做老子的那个火气就像踩了油门的车一样直蹿。——"站住"！霹雳砸下，声震贾府。"你那些还不足，还不自在？"由这句话可知，贾政瞧宝玉不顺心不顺眼由来已久，被宝玉这一撞，犹如点燃了怒火；如果宝玉赶紧赔笑讨好，可能还好些；偏偏宝玉"究竟不曾听见，只是怔呵呵的站着"。贾政"原本无气的，这一来倒生了三分气"。做父母的恐怕都有这经历：原来只有一分火，现在平添三分气，何况是贾政、宝玉这样一对父子！到这里，曹雪芹就用一个身子相撞，写出平地惊雷，而其中感情的微妙变化，竟是如此真切。——当然，对于本回来说，它还只是一片厚重的乌云，还算不了狂风和电闪雷鸣，更不是倾盆大雨，这些都有待下一步。

情节需要添油加醋，雪上加霜，于是乎曹雪芹开始再一次霸道，为了给后文的暴打做足功夫，他有本事在这同一时刻，让王府来追讨戏子，紧接着还有贾环的诬告，还有老婆子的耳聋！——这在现实生活中难以解释，只能算作曹公的不讲理。我们看作品。"方欲说话，忽有回事人来回：'忠顺亲王府里有人来，要见老爷。'"原来是亲王府的一个戏子琪官逃跑了，王府依据线索找上门来，认为是宝玉窝藏着。"求老大人转谕令郎，请将琪官放回，一则可慰王爷谆谆奉恳，二则下官辈也可免操劳求觅之苦。"说毕，忙打一躬。

王府长史官的话，把贾政吓到了，他做梦都没想到儿子已经有这种神通！即使作为读者，我们前面看到过宝玉同琪官厮混，也想不到他们居然混到了这一步。贾政如何反应？

> 贾政听了这话，又惊又气，即命唤宝玉来。宝玉也不知是何原故，忙赶来时，贾政便问："该死的奴才！你在家不读书也罢了，怎么又做出这些无法无天的事来！那琪官现是忠顺王爷驾前承奉的人，你是何等草芥，无故引逗他出来，如今祸及于我。"

贾政自己年轻时未必是个省油的灯，但宝玉的所作所为，还是远远超出了他的思维范畴。他用上一个贴切的形容词："无法无天"！不过，这番话表明，贾政是一个没有担当、不懂尊严、不知护犊的父亲，他居然当着外人的面，说出"如今祸及于我"这等字眼。我们可以想象，他这话一出口，不仅那位长史官会投以鄙夷的目光；便是宝玉，从今以后，贾政这位老爸在他心目中，定然再也不会那么高大，那么威严！我们再看看宝玉的应对。

> 宝玉听了唬了一跳，忙回道："实在不知此事。究竟连'琪官'两个字不知为何物，岂更又加'引逗'二字！"说着便哭了。贾政未及开言，只见那长史官冷笑道："公子也不必掩饰。或隐藏在家，或知其下落，早说了出来，我们也少受些辛苦，岂不念公子之德？"宝玉连说不知，"恐是讹传，也未见得。"那长史官冷笑道："现有据证，何必还赖？必定当着老大人说了出来，公子岂不吃亏？既云不知此人，那红汗巾子怎么到了公子腰里？"宝玉听了这话，不觉轰去魂魄，目瞪口呆，心下自思："这话他如何得知！他既连这样机密事都知道了，大约别的瞒他不过，不如打发他去了，免的再说出别

的事来。"因说道："大人既知他的底细，如何连他置买房舍这样大事倒不晓得了？听得说他如今在东郊离城二十里有个什么紫檀堡，他在那里置了几亩田地几间房舍。想是在那里也未可知。"那长史官听了，笑道："这样说，一定是在那里。我且去找一回，若有了便罢，若没有，还要来请教。"说着，便忙忙的走了。

宝玉的第一反应就胜过乃父。他先谎称"究竟连'琪官'两个字不知为何物"，然后"说着便哭了"。这显然是假哭，他居然能演戏，可见其属于"大场面人物"，不像他老子见了王爷府就吓破了胆胡言乱语，毫无担当。不过，在对方扔出"红汗巾"这样铁的证据后，宝玉审时度势，立即调整应变措施，先把对方打发走，"免的再说出别的事来"。好家伙，他同琪官还有更见不得人的勾当！不过，他供出琪官新买的房子地址，恐怕还是把朋友出卖了。

贾政此时气得目瞪口歪，一面送那长史官，"一面回头命宝玉'不许动！回来有话问你！'一直送那官员去了"。"目瞪口歪"，写贾政的气急败坏，曹雪芹把固定的成语换了个字，居然比原来的"目瞪口呆"生动、形象一百倍！我当过汉语词典编辑，其原则之一是，成语不得改动。曹雪芹给了我一条更高的原则：成语改得好的、不产生歧义的，应该允许，必须采纳。回到贾政，他命令："不许动！"——狂风来了，怒号而来。

没有雷电的雨，不那么吓人。曹雪芹自然知道这一点，他手一招，雷电轰鸣。——就在他送客的几步路之间，贾环又来恶狠狠告上一状！贾环跑来告诉，有丫头掉井里死了。

> 贾政听了惊疑，问道："好端端的，谁去跳井？我家从无这样事情，自祖宗以来，皆是宽柔以待下人。——大约我近年于家务疏懒，自然执事人操克夺之权，致使生出这暴殄轻生的祸患。若外人知道，祖宗颜面何在！"

刚刚，王府让贾政脸面扫地，现在连祖宗的颜面丢尽！这时的贾政，已经半疯狂了。最要命的是，贾环告诉他，是宝玉"拉着太太的丫头金钏儿强奸不遂，打了一顿。那金钏儿便赌气投井死了"。又是宝玉！！！——贾政彻底疯了！

> 话未说完，把个贾政气的面如金纸，大喝"快拿宝玉来！"一面说，一面便往里边书房里去，喝令"今日再有人劝我，我把这冠带家私一应交与他与宝玉过去！我免不得做个罪人，把这几根烦恼鬓毛剃去，寻个干净去处自了，也免得上辱先人下生逆子之罪。"众门客仆从见贾政这个形景，便知又是为宝玉了，一个个都是咬指咬舌，连忙退出。那贾政端吁吁直挺挺坐在椅子上，满面泪痕，一叠声"拿宝玉！拿大棍！拿索子捆上！把各门都关上！有人传信往里头去，立刻打死！"

这一段，曹雪芹把个贾政写绝了。不过，看上去似乎场面很急很乱，实际上曹公写得极其有层次。第一层，写贾政的恨和急。"快拿宝玉来！"连一秒钟都等不及！贾政只恨此刻宝玉远在书房，不在身边。我们真不敢想象，如果宝玉就在他身边，尤其，身旁有刀棍之类的东西，会发生什么？第二层，打死宝玉的决心。大喝门客一个都不许劝，"冠带家私一样不要"，他宁与宝玉同归于尽！这真真叫气急败坏。但写的最好的是第三层，贾政的伤心。"那贾政喘吁吁直挺挺坐在椅子上，满面泪痕。"怎么突然流泪？对，流泪，这恰恰是曹雪芹体验人物最深的地方。因为贾政把自己的决心——"冠带家私一样不要"、与宝玉同归于尽——全部当真的来想！这一闪念，伤心了：上有老母、中有爱妻、下有亲子，而他即将打死这亲儿子，丢下这么大一个家，丢下祖宗的基业，这叫他怎能不伤心！贾政毕竟是贾政，他有自己的性格逻辑，"满面泪痕"，才是此刻必然的、真实的、正宗的贾政。如果他眼冒凶光，就不对了，就不是贾政，而变成武松打西门庆了。不过，如果没有前面那句"那贾政喘吁吁直挺挺坐在椅子上"，就没有"满面泪痕"；就因为"喘吁吁直挺挺坐在椅子上"，这片刻的停顿和安静，让他有了闪念的时间和条件，他才能悲从中来。——由此看来，曹公写得何其仔细、何其严密、何其准确！就这么坐到椅子上的一瞬间，人物心灵的火苗一闪，就被曹公"咔嚓"一下定格成像。此外，就文字而言，"喘吁吁直挺挺"，两个动词用得太生动，把贾政的气急、悲伤和绝望，刻画得活灵活现。——这一段，说它是电闪雷鸣，应该够格。

到这里，乌云、暴风、雷电都已齐集，按理接着该骤雨狂飙——开打。但曹公偏偏不"按理"出牌，他忽然去写那可怜的宝玉，还幽默了一把："宝玉急的如热锅上的蚂蚁，找到个老婆子叫她去里边传信，'要紧！要紧！'偏偏这婆子耳聋。"

> 把"要紧"二字只听作"跳井"二字，便笑道："跳井让他跳去，二爷怕什么？"宝玉见是个聋子，便着急道："你出去叫我的小厮来罢。"那婆子道："有什么不了的事？老早的完了。太太又赏了衣服，又赏了银子，怎么不了事的！"

曹雪芹插进这一段，既是告诉我们这一次暴打为什么贾母不来救；二是把宝玉也补上，让我们看到其焦急；而老婆子的那个幽默，既是曹公喜欢玩的，更是艺术搭配的需要：前面写了那么多紧张场面，后面还有暴烈血腥，连所有的话语音调都是急切刺耳的，所以从艺术上来说，插入一段舒缓平和的旋律，形成对比反差，能够取得艺术的平衡和协调。我们读《红楼梦》，理解这些艺术安排才更加有味。

暴雨终于砸下来了。

> 宝玉急的跺脚，正没抓寻处，只见贾政的小厮走来，逼着他出去了。贾政一见，眼都红紫了，也不暇问他在外流荡优伶，表赠私物，在家荒疏学业，淫辱母婢等语，只喝

令"堵起嘴来，着实打死！"

我们注意角度和视线，曹雪芹把整个事件都聚焦在贾政身上，由贾政的发火、生气、大怒、悲伤这根心理线，牵动整个暴打事件的气氛。所以这里先写他的表情"眼都红紫了"，——眼色发紫，我们还没见过。后面的"在外流荡优伶，表赠私物，在家荒疏学业，淫辱母婢等语"，是贾政的内心想法，也是宝玉的四条罪状，贾政不说不问，他根本不需要宝玉认罪服罪；这罪状闷在心里，形成他暴打的强大动力。不过我们看这两个句子却是严整的排比句，四条罪状则全是动宾式四字结构，读来朗朗上口，很有气势，与贾政的心情和描写的场面极其吻合。再加上后面的喝令："堵起嘴来，着实打死！"造成一个强烈的气场，板子还没落下，读者早已心惊肉跳。再看怎么写暴打。

小厮们不敢违拗，只得将宝玉按在凳上，举起大板打了十来下。贾政犹嫌打轻了，一脚踢开掌板的，自己夺过来，咬着牙狠命盖了三四十下。众门客见打的不祥了，忙上前夺劝。贾政那里肯听，说道："你们问问他干的勾当可饶不可饶！素日皆是你们这些人把他酿坏了，到这步田地还来解劝。明日酿到他弑君杀父，你们才不劝不成！"

这里写明打宝玉用的是"大板"，我们不知道贾府板子大小的标准，但古代公堂上用的板子，据说最轻的二十斤，重的达到四十斤以上；规定最多打一百板，估计再打就打死了；还规定击打部位限于腿部、臀部、背部。贾府的大板，估计在二十斤以上了。小厮那十来下自然手下留情，但贾政那三四十下，是下死力的，如果以宝玉的体质，打到背部的话就完蛋了，估计贾政还是打在腿部臀部。即使如此门客们看着已经"不祥了"。不过作者依然不写宝玉怎么个不祥，还是写贾政："素日皆是你们这些人把他酿坏了，到这步田地还来解劝。明日酿到他弑君杀父，你们才不劝不成！"他把责任怪到门客头上，已经够糊涂；又用到"弑君杀父"这词，门客就无法再劝。

好在王夫人赶了出来。

王夫人一进房来，贾政更如火上浇油一般，那板子越发下去的又狠又快。按宝玉的两个小厮忙松了手走开，宝玉早已动弹不得了。贾政还欲打时，早被王夫人抱住板子。贾政道："罢了，罢了！今日必定要气死我才罢！"王夫人哭道："宝玉虽然该打，老爷也要自重。况且炎天暑日的，老太太身上也不大好，打死宝玉事小，倘或老太太一时不自在了，岂不事大！"贾政冷笑道："倒休提这话。我养了这不肖的孽障，已不孝；教训他一番，又有众人护持；不如趁今日一发勒死了，以绝将来之患！"说着，便要绳索来勒死。王夫人连忙抱住哭道："老爷虽然应当管教儿子，也要看夫妻分上。我如今已将五十岁的人，只有这个孽障，必定苦苦的以他为法，我也不敢深劝。今日越发要他死，岂不是有意绝我。既要勒死他，快拿绳子来先勒死我，再勒死他。我们娘儿们不敢含怨，到底在阴司里得个依靠。"说毕，爬在宝玉身上大哭起来。贾政听了此话，不觉长叹一声，向椅上坐了，泪如雨下。

接着王夫人哭出贾珠，贾政听了，那泪珠更似滚瓜一般滚了下来。

这里的描写太感人，我自己读了上百次，依然热泪盈眶。我还坚信，曹雪芹写这一段时，也必定同贾政一样"泪如雨下"。这一段我们不作过细的讲解，最好的体会是自己读，里面没有难点，只需要用心体会。我只指出几点。第一点是，贾政见到王夫人来了竟然下手更狠更快，这种"反心理"的状况没有经历过的人是想象不出的。第二点是贾政寻绳子要勒死宝玉，他不是装样，有根绳子的话他真会干的，越是老实的人越会干出傻事，许多因此判刑的人都后悔已晚，贾政就属于这类不善机变容易冲动的人。曹公对贾政的把握太准了，曹公自己即使没经受过这毒打，也一定目睹过。第三点是王夫人哭出亡故的大儿子贾珠，这真真是情理之外，却又是至情至理，曹公此刻搬出这人物，堪称绝笔，因为书中几乎就没写过贾珠；但在王夫人，那是她永远的痛，在这绝望的时刻，她必然想起这位珠儿。第四点是，贾政先是长叹一声，泪如雨下；听到哭贾珠，"那泪珠更似滚瓜一般滚了下来"。贾政刚才还要勒死宝玉，心气刚强，现在却长叹流泪，短时间内如何跨越心理的两个极端，很值得我们细细体味。

如果说王夫人的到来，让贾政放下了手里的大板，现场氛围从暴烈降到了零度；那么，贾母的出场，则令贾政前功尽弃，而现场的氛围又陡然趋热。贾母说过王夫人是个"老实人"，确实，王夫人一派单纯，见到儿子被打她只会哭，贾政说什么她都是"顺向思维"，没有一点手段；贾母就不那么老实了，她处处抢占先机掌握主动权，甚至不惜耍一点无赖以征服儿子；我们看到雍容慈祥的贾母可以偶尔变得歇斯底里，然后她自己又一个华丽转身，打破尴尬，回归自我。这位老太太比演员更会变脸，还懂得政治家的谋术。曹雪芹对她刻画得很细致。

正没开交处，忽听丫鬟来说："老太太来了。"一句话未了，只听窗外颤巍巍的声气说道："先打死我，再打死他，岂不干净了！"贾政见他母亲来了，又急又痛，连忙迎接出来，只见贾母扶着丫头，喘吁吁的走来。贾政上前躬身陪笑道："大暑热天，母亲有何生气亲自走来？有话只该叫了儿子进去吩咐。"贾母听说，便止住步喘息一回，厉声说道："你原来是和我说话！我倒有话吩咐，只是可怜我一生没养个好儿子，却教我和谁说去！"贾政听这话不象，忙跪下……

我们看，贾母人未登场，曹公就先做两个铺垫："正没开交处，忽听丫鬟来说：'老太太来了。'"这里本来就乱成一团"没开交"，贾政、王夫人都不知道怎么收场；更关键的是，贾政打宝玉是瞒着老太太"私下用刑"，现在"老太太来了"，对贾政是一个震撼。第二个铺垫，"只听窗外颤巍巍的声气说道：'先打死我，再打死他，岂不干净了！'"曹雪芹写出两重意义上的先声夺人：第一重是写法上"未见其人先闻其声"，我们记得黛玉进贾府的时候，凤姐也是这样的；凤姐当时是故意摆架子，贾母现在则是开头就把话说死说绝，让贾政无法回旋应对，所以这是在大战开始之前的先声夺人；"颤巍巍"的声音，是急是累，还含着威严。贾政自然吃惊，硬着头皮去迎接，"只见贾母扶着丫头，喘吁吁的走来"。"喘吁吁"，前面写贾政用过这词，那是纯粹气出来的；贾母则在气和急之外，还加上累。这里是贾政的书房，距离贾母那里有一段路的，大暑热天，贾母来不及坐轿子就扶着丫头急急赶来，这把年纪怎能不"喘吁吁"。逼得老太太"喘吁吁"就是贾政的不孝，何况其他！贾政赶紧躬身赔笑："有话只该叫了儿子进去吩咐。"注意，贾政赔笑，他松弛了。下面，贾母的表演正式开始。整个这一回，曹公始终注重气氛和气势的营造，下面这一笔，在别的作家可能不写，但曹雪芹是必写，"贾母听说，便止住步喘息一回"，它写出贾母的老迈和焦急；同时，贾母也是在养精蓄锐，她不仅是要"说话"，而且要蓄足了气，然后"厉声"训斥："你原来是和我说话！"这位老太太不是善茬，她才不会正面对话，平铺直叙，而是先来个装痴作傻，用极度藐视对手的姿态，让对方一时失去方寸——哪怕那是自己的亲生儿子。然后，才进入正题："我倒有话吩咐，只是可怜我一生没养个好儿子，却教我和谁说去！"贾母等于大声宣告：你不配做我的儿子！这真叫贾政无地可容，中国古代讲究"孝顺"，一个不孝的儿子非但万人鄙视，官场也不容许的，历代官员不孝就要罢官问罪。而贾政以孝子自居、自豪的，母亲的这番话让他无地自容，跪倒认错。——双方交手至此，贾母已经让贾政投降了。在提到宝玉事情之前，先震慑住儿子，这是贾母高明之处。后面论到宝玉之事，她自然处处主动，不战而胜。

　　贾政听这话不象，忙跪下含泪说道："为儿的教训儿子，也为的是光宗耀祖。母亲这话，我做儿的如何禁得起？"贾母听说，便啐了一口，说道："我说一句话，你就禁不起，你那样下死手的板子，难道宝玉就禁得起了？你说教训儿子是光宗耀祖，当初你父亲怎么教训你来！"说着，不觉就滚下泪来。贾政又陪笑道："母亲也不必伤感，皆是作儿的一时性起，从此以后再不打他了。"贾母便冷笑道："你也不必和我使性子赌气的。你的儿子，我也不该管你打不打。我猜着你也厌烦我们娘儿们。不如我们赶早儿离了你，大家干净！"说着便令人去看轿马，"我和你太太宝玉立刻回南京去！"家下人只得干答应着。贾政又叫王夫人道："你也不必哭了。如今宝玉年纪小，你疼他，他将来长大成人，为官作宰的，也未必想着你是他母亲了。你如今倒不要疼他，只怕将来还少生一口气呢。"贾政听说，忙叩头哭道："母亲如此说，贾政无立足之地。"贾母冷笑道："你分明使我无立足之地，你反说起你来！只是我们回去了，你心里干净，看有谁来许你打。"一面说，一面只令快打点行李车轿回去。贾政苦苦叩求认罪。

这一段，我们还得说几句。贾母开口之前先"啐一口"，这个动作通常是表示厌恶、鄙视和责备，但是在贾母此时，却是一个示好，一种接纳。老人家审时度势，开始转变态度，从假装不认得转变为"认得"，尽管是训斥，但比拒人于千里之外的"你原来是和我说话"，在贾政听来就是慈祥之声了。"'你说教训儿子是光宗耀祖，当初你父亲怎么教训你来！'说着，不觉就滚下泪来。"请注意，贾母到这时候才滚下泪来，这同王夫人大不一样。这说明之前贾母虽有怒火但还未曾伤感，她保持着头脑的清醒，她以理智制服了贾政。她明白自己的权限，"你的儿子，我也不该管你打不打"。既然"不该管"，那又怎么管呢？好个贾母，她认准了贾政的软肋，略微要点无赖：叫王夫人带上宝玉，我们"回南京去"！——贾母真的能回南京吗？当然不可能，她这还是在耍手段，是标准的要挟。可惜贾政不懂，他急坏了，"苦苦叩求认罪"。贾母要的就是这效果。——我们凭什么这么说贾母呢？说穿了也很简单。贾母是来干吗的？是来救人的，是来探望孙子死活的。但是我们看，来到书房门口到现在，半天过去了，她在干什么？她在同贾政论战，她还没有看过宝玉！我这么理解：在赶过来的路上，贾母已经考虑过了，三天两头这么去救人，去扯皮，不是个法子；这次，她要来个了断，要让贾政彻底缴械，以后不敢再打。所以她首先抢占制高点，然后不惜使出种种手段，甚至是"盘外招"，一顿劈头劈脑的猛攻，把贾政彻底制服。正是为此，这老太太心一横，都不急着去看宝玉一眼，她一心一意先降服贾政，让他服服帖帖、死心塌地。现在，这场智斗彻底完胜，贾政承诺"从此以后再不打他了"，直到这时，贾母才抽身赶进去看宝玉。所以说，贾母是个了不得的老太太，她懂得、并且善于驾驭之术，为了达到战略目标，她不仅有多种战术，她还懂得隐忍之道。这套东西王夫人不懂，凤姐也差远了。贾母正是借助这套统治手段，才保持她那不可侵犯、不可动摇的家族首领地位。

贾母"忙进来看时，只见今日这顿打不比往日，又是心疼，又是生气，也抱着哭个不了"。她那个心疼！但贾母不是婆婆妈妈的人，她不再纠缠，不再理会贾政，"王夫人与凤姐等解劝了一会，方渐渐的止住"。于是把宝玉抬走，不是抬回怡红院，而是"送至贾母房中"。这种细节，曹公绝不会放过。王夫人就与贾母不一样了，到了贾母房中，她还是：

"儿"一声，"肉"一声，"你替珠儿早死了，留着珠儿，免你父亲生气，我也不白操这半世的心了。这会子你倘或有个好歹，丢下我，叫我靠那一个！"数落一场，又哭

"不争气的儿"。贾政听了，也就灰心，自悔不该下毒手打到如此地步。先劝贾母，贾母含泪说道："你不出去，还在这里做什么！难道于心不足，还要眼看着他死了才去不成！"贾政听说，方退了出来。

这里贾母、贾政、王夫人三个人就分出高下了：王夫人无知无识，一根筋，就不去说她了。贾政事后也懊悔，可见前面他的冲动和鲁莽，他对后果完全估计不足，到此时才担心害怕，也是个没章法的人，一介书生，不懂心计的书生。贾母的心疼不下于王夫人，但她疼而不乱，她不再指责贾政，也任凭王夫人发泄；见贾政那副熊样，她心里也不好受，贾政也够苦够累，一把年纪了；但贾母气可鼓而不可泄，非但不能露出心疼的马脚，更不能导致前功尽弃，所以她第一句是让贾政走，后一句"难道于心不足，还要眼看着他死了才去不成"，这是给贾政一个台阶，让贾政走得有理由；也是给自己的台阶，她实际上也很想让贾政去休息了，她毕竟是贾政的母亲！——贾母从出场之前的"先打死我，再打死他"，到"你原来是和我说话"，再到"回南京去"，最后是："还要眼看着他死了才去不成！"兜了一百八十度的弯子，这是一个充满感情、跌宕起伏的弯子，也是一个满含技术和权术的弯子。

这一回，曹雪芹把贾母的里里外外都写透了，把贾政的底子也亮了出来，其针线之严密、气氛之浓郁，在全书中也是顶尖的。但是大家可能没注意，这一回主题是打宝玉，然而，这被打的宝玉，在挨打的整个过程中，甚至连打完的收尾中，曹雪芹居然一字不写！这种豪迈到几乎不讲理的取舍手段，这种纯粹的单边主义，在其他小说中不曾见过。《水浒传》中鲁智深拳打镇关西，也是侧重写鲁智深，但也写了"打得眼棱缝裂，乌珠迸出"之类。写打人，只写打的一方，不见被打者，真是奇迹。

这一回最后一段写袭人问焙茗，贾政是怎么知道琪官的事情，焙茗扯到薛蟠头上，这是为后文宝钗错怪薛蟠情节埋设伏笔。

好了，热闹过后，我们用理性来分析一下这场打儿子。贾政同宝玉的冲突，是人生理念的冲突，贾政一心要宝玉读书上进，宝玉却天天耽迷于脂粉，甚至还玩变童，父子南辕北辙。贾政除了打，好像没有别招。可惜上面有个贾母，结果他彻底失败，此后再也没有打过；宝玉倒是塞翁失马，挺过这次便一了百了，后面一片莺歌燕舞，何其开心。贾政打得那么狠，因为他有追求有信仰：忠孝节义，家族名声，祖宗基业。这三样东西构成贾政，构成中国人几千年的人生宗旨。实际上，真的有这种信仰也蛮充实、蛮幸福的，作品后面写了宗祠祭祖，没有亲身经历过，你是无法感受和体验那种庄严肃穆和崇高神圣。笔者在童年时代参加过这种祭祖，古徽州村落中的祠堂不亚于贾府；这几十年还经常去祖坟祭祀，五代先人的墓碑一字排开，当香烛燃起，撒完酒请他们来享用的时候，我望着袅袅升入天空的烟雾，看看山下永远流淌的新安江水，就非常理解祖父临终时那份坦然、那种甚至有点迫切的"回归"心情。——身子永远躺在自己的父母和先辈身边，灵牌进入祠堂与无数先辈和同族厮守在一起，死得其所，心安理得，死，真的就像"回去"。贾政追求的就是这样一份人生，祖上的基业那么大，他的责任就更重大，他害怕宝玉辱没了祖宗；宝玉不理会他老子，有自己的一份追求："就便为这些人死了，也是情愿的！"不过，宝玉还年轻，过个三五十年，恐怕不需要人劝，他会自然而然回到他父亲的行列中去，如果家族不败落，如果没有太大的变故的话。正如贾母所说，贾政当年也被父亲揍过，年轻时也有一些小插曲。其实，作者曹雪芹自己又何尝不是如此呢？从这个高度来看，这场惊天动地的恶打，只不过是宝玉人生之树上一片小小的叶子。打，或者不打，都没有什么。但是，金钏儿则是宝玉的第一笔孽债，成为他永远的梦魇。

　　最后说一句那位亲王府长史。据黄一农先生考证，曹雪芹的上祖、曹家的奠基人曹振彦，刚好当过亲王府的长史，虽然他身为包衣奴才，而那位亲王是阿济格。（见黄一农《二重奏》）这么看来，《红楼梦》中让这位王府长史走一个过场，或许含有曹雪芹的某种隐衷。一个作家，尤其是一生只有一部小说的作家，对自己经历过的、家族曾经遭受过的某些特殊履历和经验，都有写入小说的愿望，何况，曹雪芹还有洗刷家族屈辱、发泄自身幽怨的心思。至于曹公想表达的是什么意思，各人自己体会。

第三十四回

情中情因情感妹妹　错里错以错劝哥哥

回目"因情感妹妹"，写宝玉送出定情的手帕，令黛玉深深感动；"以错劝哥哥"，写宝钗错怪哥哥薛蟠，在薛家造成一场风波。其实这一回还有三分之一的笔墨是写袭人同王夫人的交谈。这一切，都是贾政那板子打出来的余波。

第一段，终于描写了宝玉的受打后果。

> 袭人看时，只见腿上半段青紫，都有四指宽的僵痕高了起来。袭人咬着牙说道："我的娘，怎么下这般的狠手！你但凡听我一句话，也不得到这步地位。幸而没动筋骨，倘或打出个残疾来，可叫人怎么样呢！"

不明白到底是曹雪芹顾忌宝玉伤太重会影响后面情节发展，还是贾政手无缚鸡之力，按理，"贾政咬着牙狠命盖了三四十下"，宝玉的大腿和屁股都稀烂了，皮肤肯定破碎，而不是什么"四指宽的僵痕高了起来"。袭人的担心符合她的身份口吻："倘或打出个残疾来，可叫人怎么样呢！"不过，第一个来探望的让我们有点意外，居然是宝钗。"只见宝钗手里托着一丸药走进来"，这个"托"的动作我们也有点眼熟，第8回宝钗看通灵宝玉的时候，是"托于掌上"，那可以理解，是小心珍重并且要凑近了细看；"托着一丸药"，她当然不会是显摆，莫非也是珍重？难解。"晚上把这药用酒研开，替他敷上，把那淤血的热毒散开，可以就好了。"一向谨慎的宝钗夸这海口，要么是内廷用药，要么是独家丹丸，所以她这么急急地送来。后来证明宝钗此言不虚，宝玉第二天就好多了。但这都不重要，我们看重要的。

> 说毕，递与袭人，又问道："这会子可好些？"宝玉一面道谢说："好了。"又让坐。宝钗见他睁开眼说话，不象先时，心中也宽慰了好些，便点头叹道："早听人一句话，也不至今日。别说老太太、太太心疼，就是我们看着，心里也——。"刚说了半句又忙咽住，自悔说的话急了，不觉的就红了脸，低下头来。宝玉听得这话如此亲切稠密，大有深意，忽见他又咽住不往下说，红了脸，低下头只管弄衣带，那一种娇羞怯怯，非可形容得出者。

宝钗原是同袭人说话，她好像以为宝玉是昏睡过去的，没想到宝玉能够开口说话，还会让座，情况远远没有她想象得严重，所以作品写："宝钗见他睁开眼说话，不象先时，心中也宽慰了好些。"我们为什么要先说明这些呢？为的是让大家明白，宝钗后面的话，是在毫无准备、事出意外、有所惊喜的情况下脱口而出，属于含金量很高的真心话。于是，一向老成持重的宝钗，被曹雪芹抓拍到了第三次脸红，还都是为了这个宝玉！第一次是宝玉说她像杨贵妃，第二次是宝玉盯着她雪白的膀子发呆，今天是第三次。前两次都是被动的，宝玉惹的，今天则是主动的，自己话说急了，露出了对宝玉的心疼之情，还是当宝玉面说的，真是情何以堪！"宝玉听得这话如此亲切稠密，大有深意，忽见他又咽住不往下说，红了脸，低下头只管弄衣带，那一种娇羞怯怯，非可形容得出者。"这种少女情态，全书之中宝钗也只有这一次。但这一次，却是如此动人，整部《红楼梦》中，不管写哪个女孩子，哪怕黛玉，都没出现过这种"娇羞怯怯"。我印象中，"娇羞怯怯"这个词全书也就使用过这么一次。宝钗这是怎么了？

面对宝钗偶然、难得流露的这份真情，宝玉怎么反应？

> 不觉心中大畅，将疼痛早丢在九霄云外，心中自思："我不过捱了几下打，他们一个个就有这些怜惜悲感之态露出，令人可玩可观，可怜可敬。假若我一时竟遭殃横死，他们还不知是何等悲感呢！既是他们这样，我便一时死了，得他们如此，一生事业纵然尽付东流，亦无足叹惜，冥冥之中若不怡然自得，亦可谓糊涂鬼崇矣。"

宝玉也很感动，感动到可以为"她们"去死也无足惜。注意，宝玉想的是"她们"，而不是"她"。聪明一世、在女孩子身上用了一辈子心的宝玉，这一次，把宝钗的这份情，与袭人、晴雯之类等同看待。是他不懂宝钗的心？还是他自己的心已经交给了黛玉，他已经盛不下宝钗这份情感？好在宝玉沉湎在自己的想象中，双方没有造成更大的尴尬。

> 想着，只听宝钗问袭人道："怎么好好的动了气，就打起来了？"袭人便把焙茗的话说了出来。宝玉原来还不知道贾环的话，见袭人说出方才知道。因又拉上薛蟠，惟恐宝钗沉心，忙又止住袭人道："薛大哥哥从来不这样的，你们不可混猜度。"宝钗听说，便知道是怕他多心，用话相拦袭人，因心中暗暗想道："打的这个形象，疼还顾不过来，还是这样细心，怕得罪了人，可见在我们身上也算是用心了。你既这样用心，何不在外头大事上做工夫，老爷也喜欢了，也不能吃这样亏。但你固然怕我沉心，所以拦袭人的话，难道我就不知我的哥哥素日恣心纵欲，毫无防范的那种心性。当日为一个秦钟，还闹的天翻地覆，自然如今比先又更利害了。"

这也是书中少有的宝钗的内心描写，可见她对宝玉相当欣赏，不单是心疼。但"何不在外头大事上做工夫"，两人分歧依旧。这一段还透露秦钟的事情宝钗也知道，那么她对宝玉真是要求不高啊，对同性恋也能容忍。不过毕竟是宝钗，下面一番堂堂正正的话，只能从她嘴里出来。

> 想毕，因笑道："你们也不必怨这个，怨那个。据我想，到底宝兄弟素日不正，肯和那些人来往，老爷才生气。就是我哥哥说话不防头，一时说出宝兄弟来，也不是有心调唆：一则也是本来的实话，二则他原不理论这些防嫌小事。袭姑娘从小儿只见宝兄弟这么样细心的人，你何尝见过天不怕地不怕，心里有什么口里就说什么的人。"袭人因说出薛蟠来，见宝玉拦他的话，早已明白自己说造次了，恐宝钗没意思，听宝钗如此说，更觉羞愧无言。宝玉又听宝钗这番话，一半是堂皇正大，一半是去已疑心，更觉比先畅快了。方欲说话时，只见宝钗起身说道："明儿再来看你，你好生养着罢。方才我拿了药来交给袭人，晚上敷上管就好了。"说着便走出门去。

宝钗当面指责"到底宝兄弟素日不正"，宝玉非但没有不快，"反而更觉比先畅快了"，毕竟两人有很大的默契，有相通的操守。至于袭人，更是对宝钗感激不尽。

接着是黛玉的探望，它同宝钗形成鲜明的对比。我们看。

> 忽又觉有人推他，恍恍忽忽听得有人悲戚之声。宝玉从梦中惊醒，睁眼一看，不是别人，却是林黛玉。宝玉犹恐是梦，忙又将身子欠起来，向脸上细细一认，只见两个眼睛肿的桃儿一般，满面泪光，不是黛玉，却是那个？宝玉还欲看时，怎奈下半截疼痛难忍，支持不住，便"嗳哟"一声，仍就倒下，叹了一声，说道："你又做什么跑来！虽说太阳落下去，那地上的余气未散，走两趟又要受了暑。我虽然捱了打，并不觉疼痛。我这个样儿，只装出来哄他们，好在外头布散与老爷听，其实是假的。你不可认真。"此时林黛玉虽不是嚎啕大哭，然越是这等无声之泣，气噎喉堵，更觉得利害。听了宝玉这番话，心中虽然有万句言词，只是不能说得，半日，方抽抽噎噎的说道："你从此可都改了罢！"宝玉听说，便长叹一声，道："你放心，别说这样话。就便为这些人死了，也是情愿的！"

宝钗是托着一丸药来的，黛玉则肿着两个桃儿一般的眼睛；宝钗治病为先，比较务实，黛玉表达关怀，比较务虚；宝钗进来是同袭人说话，黛玉则是推着宝玉哭泣。就宝玉而言，对宝钗，他"一面道谢说：'好了'"又让坐；对黛玉他首先担心"虽说太阳落下去，那地上的余气未散，走两趟又要受了暑"，接着怕黛玉心疼，就说自己是故意装出疼痛的样子；最后直言不讳："就便为这些人死了，也是情愿的！"宝钗、黛玉两场探望，气氛、感情、态度、言语完全不一样。写到这里，曹雪芹把他作为作者的任务都完成了。

接着作品很长的篇幅写王夫人叫袭人去问话。许多人认为作品此处写的是"袭人向王夫人打小报告"，甚至有人认为袭人是在王夫人面前"中伤黛玉"。要解答袭人"打报告"的问题，首先，我们要弄清楚袭人与王夫人谈话的来龙去脉。许多评论把这次谈话看作是情报汇报，他们搞错了。请大家细看文本，曹雪芹交代得很清楚，并不是袭人收集了什么"情报"主动去向王夫人"告密"，也不是王夫人事先安排袭人监视什么人，现在叫她去汇报。在王夫人与袭人之间并没有建立"情报网"。实际上，王夫人本来是叫个丫头问问宝玉的伤势怎么样，袭人看宝玉睡着了，又"恐怕太太有什么话吩咐，打发他们来，一时听不明白，倒耽误了"，便亲自去。王夫人"见他来了，说：'不管叫个谁来也罢了。你又丢下他来了，谁伏侍他呢？'"可见王夫人与袭人的这次谈话本就是阴差阳错造成的，而不是一场有安排、走程序的"情报汇报"。起先王夫人问了宝玉的情况以及"吃了什么没有"，袭人一一回答，然后王夫人给了两瓶花露水。

> 袭人答应着，方要走时，王夫人又叫："站着，我想起一句话来问你。"袭人忙又回来。王夫人见房内无人，便问道："我恍惚听见宝玉今儿挨打，是环儿在老爷跟前说了什么话。你可听见这个了？你要听见，告诉我听听，我也不吵出来教人知道是你说的。"袭人道："我倒没听见这话，为二爷霸占着戏子，人家来和老爷要，为这个打的。"王夫人摇头说道："也为这个，还有别的原故。"袭人道："别的原故实在不知道了。我今儿在太太跟前大胆说句不知好歹的话。论理……"

这里写明几点。第一，王夫人是临时想到才问袭人的；第二，她的目的是证实贾环的诬告，以便收拾贾环；第三，袭人说只听说为霸占戏子而打的，坚决否定贾环告状。到这里，曹雪芹已经把袭人的品行交代得很清楚了：她明明听焙茗说贾环向贾政报告了金钏儿的事情，但袭人就是不肯对王夫人说。为什么呢？显然袭人不愿意宝玉同贾环兄弟之间结仇，不愿意王夫人因此而把兄弟二人的矛盾闹大。作为一个女孩、一个丫鬟，这是非常不容易的。换一个丫鬟，可能把这看作巴结王夫人的好机会，也会看作是报复贾环的好机会，抢着告诉都来不及。但是哪怕王夫人许诺保密，袭人还是否认。袭人这么做，是在追求宝玉的最大利益，是在很高的层次上保护宝玉，说得过分点，她站得比王夫人更高。前一次贾环泼蜡烛油把宝玉脸烫成那样，宝玉非但不责怪贾环，还骗贾母说是他自己不小心烫的。宝玉的心，袭人知道，所以她坚决按照宝玉的意志和利益处理这事。人们常说女孩子"头发长见识短"，但袭人颇有见识。第四，最重要的，是王夫人扯到宝玉挨打的原因这个话题，袭人才乘势说到，最好让宝玉搬出大观园去住。这个话题是扯出来的，不是预先安排的，王夫人、袭人都没有安排。

下面讨论"中伤黛玉"的问题。第一，刚才已经有结论，袭人没有监视黛玉的任务，王夫人也没有这么要求过。所以，袭人不是探子，她不是以探子的身份和视角来看待黛玉的。这一点先要澄清，不然带着有色眼镜看待袭人，就很难客观讨论。

第二，我们看作品原文。

> 袭人道："论理，我们二爷也须得老爷教训两顿。若老爷再不管，将来不知做出什么事来呢。"

这句话戳到了王夫人内心深处，王夫人说起正因为大儿子没了，才放松了宝玉。"'若打坏了，将来我靠谁呢！'说着，由不得滚下泪来。袭人见王夫人这般悲感，自己也不觉伤了心，陪着落泪。"正是在这主子奴才一起感伤、感情亲近、目标一致的情境中，袭人提出：

> "我只想着讨太太一个示下，怎么变个法儿，以后竟还教二爷搬出园外来住就好了。"王夫人听了，吃一大惊，忙拉了袭人的手问道："宝玉难道和谁作怪了不成？"袭人连忙回道："太太别多心，并没有这话。这不过是我的小见识。如今二爷也大了，里头姑娘们也大了，况且林姑娘宝姑娘又是两姨姑表姊妹，虽说是姊妹们，到底是男女之分，日夜一处起坐不方便，由不得叫人悬心，便是外人看着也不象。一家子的事，俗语说的'没事常思有事'，世上多少无头脑的人，多半因为无心中做出，有心人看见，当作有心事，反说坏了。只是预先不防着，断然不好。二爷素日性格，太太是知道的。他又偏好在我们队里闹，倘或不防，前后错了一点半点，不论真假，人多口杂，那起小人的嘴有什么避讳，心顺了，说的比菩萨还好，心不顺，就贬的连畜牲不如。二爷将来倘或有人说好，不过大家直过没事；若要叫人说出一个不好字来，我们不用说，粉身碎骨，罪有万重，都是平常小事，但后来二爷一生的声名品行岂不完了，二则太太也难见老爷。俗语又说'君子防不然'，不如这会子防避的为是。太太事情多，一时固然想不到。我们想不到则可，既想到了，若不回明太太，罪越重了。近来我为这事日夜悬心，又不好说与人，惟有灯知道罢了。"王夫人听了这话，如雷轰电掣的一般，正触了金钏儿之事，心内越发感爱袭人不尽，忙笑道："我的儿，你竟有这个心胸，想的这样周全！我何曾又不想到这里，只是这几次有事就忘了。你今儿这一番话提醒了我。难为你成全我娘儿两个声名体面，真真我竟不知道你这样好。罢了，你且去罢，我自有道理。只是还有一句话：你今既说了这样的话，我就把他交给你了，好歹留心，保全了他，就是保全了我。我自然不辜负你。"

引了近七百字，是让大家看明白曹雪芹的原文。一般都说袭人"中伤黛玉"，不过至少字面上她是说"林姑娘宝姑娘又是两姨姑表姊妹"，完全并称，并没有单指黛玉；而且王夫人也没有理解为林黛玉一个人的意思。所以不能单说袭人"中伤黛玉"。其次，袭人说这话的真正用意，究竟是什么？各人的理解不同，我的理解是，她主要是防贾环和赵姨娘之流。袭人通篇讲的就是怕哪天宝玉"叫人说出一个不好字来"，尤其是"那起小人的嘴有什么避讳，心顺了，说的比菩萨还好，心不顺，就贬的连畜牲不如"。袭人怎么突然想起说这话？就因为宝玉刚刚被打，袭人才知道是遭到贾环诬告，正是此事触动了袭人，让她担着很大的风险——尤其是宝玉的怀疑。好，反过来我们检讨一下，袭人心目中是不是真的担心宝玉会同黛玉还有宝钗"作怪"吗？她显然不担心，她很知道黛玉、宝钗守身如玉，宝玉对她们连"作怪"的脑筋都不敢动！但是，宝玉与她们的亲热程度确确实实已经远远超过了礼教的规定，足够别人制造任何谣言，而且你洗不干净漂不白！正是有鉴于此袭人才"冒死直谏"。也正是因为袭人的担忧完全正确，所以王夫人"心内越发感爱袭人不尽"。从袭人的出发点来分析，事情就这么简单，她为的是宝玉好，防的是贾环和赵姨娘等小人，她没有"中伤黛玉"的理由。

有人以为袭人是对黛玉含酸吃醋，这种说法若不算太抬举袭人，就是太小看她了，外加对当时社会不了解。黛玉同宝玉是走正夫人的道路，袭人则撑死当个小妾，两人走的是两股道，根本轮不到袭人吃黛玉的醋。从这个角度，说袭人吃醋岂非太抬举她？袭人没有过分的野心，她很知道自己的身份；袭人也是个明白人，她知道什么是该做的、该说的，如果说她会去同黛玉争风吃醋，那也太小看她，把她当个糊涂虫子。

还有人说，即使袭人不是故意，但其结果是中伤了黛玉，造成王夫人对黛玉的疑心。持这种观点的人很多，它反映了某些人对是非判断的一个典型特征：不论是非，而论人情。首先，"中伤"这个词被普遍用错了地方，所谓"中伤"，是指主观上故意伤害别人，或者还加上无中生有的造谣，令对方蒙受损失。袭人有吗？主观上有吗？说话中添加过不实之词吗？都没有。那就不存在"中伤"。至于"王夫人听了这话，如雷轰电掣的一般，正触了金钏儿之事，心内越发感爱袭人不尽"，可见金钏儿事件令王夫人检讨自己，尤其是宝玉同姐妹们在院子里厮混。至于她是否听了袭人的话而增加了对黛玉的疑心，作品始终没有写过，我们不该胡猜，更不该"中伤"袭人。退一步，即使王夫人增加了防范，恐怕不单单防黛玉一个，连宝钗、湘云一起防，而且那主要是宝玉、黛玉、宝钗自己的行为招致的。真正要不落人口舌，只有他们自己收敛保持一定的距离。不然，他们只有超脱些任人去猜疑。袭人在这中间没有什么错，她坚守自己的职责，不让宝玉背上污名。而且她不是两面派，当面鼓励宝玉，背后去告状；她当面也是这么劝宝玉的，苦口婆心却毫无效果，无奈，她只能出此下策。人，都是社会的人，历史的人；一个人在社会中处于什么位置担负什么责任。袭人处于这个位置，能这么忠于职守，应该称道；反之，一个不忠于职守的人，应该受到谴责。

还有一种说法：袭人同宝玉早早云雨了，自己做了丑事却还要摆出贞女的模样来指责黛玉，真真下流无耻。说这话的人对清代的奴隶制度不了解。袭人是贾府花钱买来的丫鬟，按清代法律她就是奴才，她的身子和一切都属于主子。所以宝玉与她发生过性关系，就同宝玉玩弄一件瓷器一样根本不算一件事，袭人连羞耻的资格都没有。晴雯说宝玉同好几个丫鬟都有性关系，这几乎就是公开的，不算事儿，丫鬟本身就隶属于主子。何况贾母本有把袭人给宝玉做妾的意思，所以袭人与宝玉发生过关系，既算不上丑事也谈不上喜事，丫头身份更没有"贞女"一说。所谓守"贞洁"，那是对于自由民身份的女子而言的，奴才身份的婢女在男主子面前，只许顺从。鸳鸯不愿意当贾赦的小妾，她自己明白只有自杀，她逃不出贾赦手心，她也没有去官府起诉贾赦的资格，这就是清代的现实。我们一再说过，清代在允许并坚守奴隶制度方面，是在中国大地上出现的历史倒退。宋代以后，在女性的社会地位、男女相互关系方面，我国总体上出现了历史性倒退，"贞女""守节"这些严重束缚女性手脚和心灵的观念和制度桎梏，不仅剥夺了女性的权利、制约了女性的发展，也荼毒了社会文明，制约了社会的发展，直到"五四运动"才开始砸碎这些妇女身上的枷锁。

最后讨论袭人有没有"害了晴雯"。首先，大家看看前面那么长的引文中，有没有"晴雯"二字？没有，不可能有。为什么？很简单，袭人今天要讲的是防止宝玉与小姐们发生丑闻，这中间连袭人自己放进去都不够格，就更别说晴雯了。其次，袭人在王夫人面前，总不能自己毁自己吧？晴雯算老几？袭人居然去向王夫人汇报？那不是说，袭人自己毫无魅力，连一个未成年的晴雯都不如？其三，袭人的终极目标是当宝玉的小妾。一个妾，需要具备的不单单是美色、生育后代，还需要管理下人、处理家务。宝玉身边除了李嬷嬷那位半退休的老人，袭人是主管人，晴雯是她的属下。今天是袭人第一次与王夫人深谈，她不至于傻到告诉王夫人，我对手下的一个丫头都应付不了，您看她怎么怎么的。假如袭人把自己塑造得如此无能，王夫人凭什么还要她做宝玉的屋里人？其四，贾府那么大个府邸，自有它的一套管理制度和程序，不许乱套的。凤姐代理宁国府时有生动描写。就袭人而言，她若对晴雯有什么不满，小事她就有权处置，比较大的事情她只能向主管人平儿或者林之孝家的汇报，由她们决定自己处置还是报告凤姐。如果袭人越过几个台阶直接向王夫人打报告，那么贾府那几百号人就乱套了。其五，晴雯本身没有犯什么错，而且还有意远着宝玉洗澡之类的事情，她也没有什么值得袭人嫉妒的，唯一一次与袭人拌嘴，宝玉全部站在袭人一边。晴雯既没有把柄，又没什么威胁到袭人，袭人能够向王夫人说什么呢？何况大家不久会看到，袭人与晴雯相处得很和谐的。所以，人们要疑心袭人"害了晴雯"，也要到一两年后，一则宝玉越来越信任晴雯、对袭人则有所警惕，二则袭人在王夫人那里日益走红成为心腹，那时袭人才有向王夫人张口的前提。我的意思是说，目前这次袭人对晴雯提都没有提到；至于晴雯被赶出大观园，是不是拜袭人所赐，我们到时候再说。

　　袭人回来后，宝玉"因心下记挂着黛玉，满心里要打发人去，只是怕袭人，便设一法，先使袭人往宝钗那里去借书"。宝玉为什么不早一点派晴雯去？这无非是曹雪芹找一个事例来告诉我们：宝玉开始忌讳袭人了。虽然袭人刚刚建议王夫人注意防范，但机敏的宝玉已经有所感觉，他怕袭人唠叨。曾经贴得那么紧的两颗心慢慢出现分离，现实人生就这么无奈。

　　宝玉让晴雯送去两条半旧的手帕。

　　　　黛玉已睡在床上，问是谁。晴雯忙答道："晴雯。"黛玉道："做什么？"晴雯道："二爷送手帕子来给姑娘。"黛玉听了，心中发闷："做什么送手帕子来给我？"因问："这帕子是谁送他的？必是上好的，叫他留着送别人罢，我这会子不用这个。"晴雯笑道："不是新的，就是家常旧的。"林黛玉听见，越发闷住，着实细心搜求，思忖一时，方大悟过来，连忙说："放下，去罢。"晴雯听了，只得放下，抽身回去，一路盘算，不解何意。

　　　　这里林黛玉体贴出手帕子的意思来，不觉神魂驰荡：宝玉这番苦心，能领会我这番苦意，又令我可喜；我这番苦意，不知将来如何，又令我可悲；忽然好好的送两块旧帕子来，若不是领我深意，单看了这帕子，又令我可笑；再想令人私相传递与我，又可惧；我自己每每好哭，想来也无味，又令我可愧。如此左思右想，一时五内沸然炙起。

　　黛玉明白宝玉的意思了，这两条手帕就是定情物，就是他们在西厢记等戏剧中经常看到的意思。一方面，黛玉情感汹涌，需要写诗抒发；另一方面，既然是定情物，黛玉也要留个标志，于是她在上面题写了三首诗。

　　　　眼空蓄泪泪空垂，暗洒闲抛却为谁？
　　　　尺幅鲛绡劳解赠，叫人焉得不伤悲！

此诗的意思是，自己的眼泪常为宝玉抛洒，今得赠帕，感慨万千。

　　　　抛珠滚玉只偷潸，镇日无心镇日闲；
　　　　枕上袖边难拂拭，任他点点与斑斑。

这首的意思，为宝玉万事无心，珠泪长流，自己也任凭它。

彩线难收面上珠，湘江旧迹已模糊；

窗前亦有千竿竹，不识香痕渍也无？

这首意思，娥皇、女英两人为舜痛哭而致湘竹成斑，我哭宝玉的眼泪也该令窗前竹林染上斑痕了吧。三首诗表示对宝玉一往情深，虽死不悔。不过三首全部围着眼泪来写，有点过于集中。有学者认为这在呼应着还泪故事。

> 林黛玉还要往下写时，觉得浑身火热，面上作烧，走至镜台揭起锦袱一照，只见腮上通红，自羡压倒桃花，却不知病由此萌。一时方上床睡去，犹拿着那帕子思索，不在话下。

这里的照镜子"自羡压倒桃花，却不知病由此萌"，似乎有点告诫意味，但交代了一桩事情：从此，黛玉患上了疾病。她向来就很虚弱，前面自己也觉得病已上身，而这里从作者的角度明确，黛玉得病了。究竟什么病，我们说不清楚，但有一点比较明确，她是精神和身体两方面都失去了协调。中医理论中，身心本来就是息息相关、想通的。黛玉这样神经绷紧感情忧伤，日日以泪洗面，夜夜睡不安稳，这身体必然走下坡路。

问题是，她的身心往下走，谁能帮到她、拉她一把呢？

作品最后部分写宝钗错怪哥哥，引发风波。薛家来到贾府几年了，曹雪芹还没正面描写过这家人是怎么相处的，借着宝玉挨打的余波，他把那支魔笔伸进了薛家。

> 原来宝钗素知薛蟠情性，心中已有一半疑是薛蟠调唆了人来告宝玉的，谁知又听袭人说出来，越发信了。究竟袭人是听焙茗说的，那焙茗也是私心窥度，并未据实，竟认准是他说的。那薛蟠都因素日有这个名声，其实这一次却不是他干的，被人生生的一口咬死是他，有口难分。这日正从外头吃了酒回来，见过母亲，只见宝钗在这里，说了几句闲话，因问："听见宝兄弟吃了亏，是为什么？"薛姨妈正为这个不自在，见他问时，便咬着牙道："不知好歹的东西，都是你闹的，你还有脸来问！"

曹公真是会写，本来薛家母女就想责问薛蟠的，偏偏写成薛蟠自己问到宝玉，而且是酒后；薛姨妈显然是听了宝钗的话，劈头盖脸一顿冤。仅仅这几句，薛家的格局基本出来了：当哥哥的不被母亲看重，而宝钗虽然是女儿，还比薛蟠小，但薛姨妈对宝钗是言听计从。至于兄妹两人怎么处的，一会儿我们就明白。

> 薛蟠见说，便怔了，忙问道："我何尝闹什么？"薛姨妈道："你还装憨呢！人人都知道是你说的，还赖呢。"薛蟠道："人人说我杀了人，也就信了罢？"薛姨妈道："连你妹妹都知道是你说的，难道他也赖你不成？"宝钗忙劝道："妈和哥哥且别叫喊，消消停停的，就有个青红皂白了。"因向薛蟠道："是你说的也罢，不是你说的也罢，事情

也过去了，不必较证，倒把小事儿弄大了。我只劝你从此以后在外头少去胡闹，少管别人的事。天天一处大家胡逛，你是个不防头的人，过后儿没事就罢了，倘或有事，不是你干的，人人都也疑惑是你干的，不用说别人，我就先疑惑。"

　　薛姨妈和薛蟠一个叫得比一个响，可见这母亲并不高明，这儿子就更别说了。宝钗看出态势不对，立即阻止，她对薛蟠那番话，如果我们事先不知还以为她是大姐姐在教育小弟弟呢。"不必较证，倒把小事儿弄大了。我只劝你从此以后在外头少去胡闹，少管别人的事。"她与母亲不同，不就事论事，而是从根本上着眼劝说薛蟠。薛蟠操起门闩要去同宝玉拼命。

　　　慌的薛姨妈一把抓住，骂道："作死的孽障，你打谁去？你先打我来！"薛蟠急的眼似铜铃一般，嚷道："何苦来！又不叫我去，又好好的赖我。将来宝玉活一日，我担一日的口舌，不如大家死了清净。"宝钗忙也上前劝道："你忍耐些儿罢。妈急的这个样儿，你不说来劝妈，你还反闹的这样。别说是妈，便是旁人来劝你，也为你好，倒把你的性子劝上来了。"薛蟠道："这会子又说这话。都是你说的！"宝钗道："你只怨我说，再不怨你顾前不顾后的形景。"薛蟠道："你只会怨我顾前不顾后，你怎么不怨宝玉外头招风惹草的那个样子！别说多的，只拿前儿琪官的事比给你们听：那琪官，我们见过十来次的，我并未和他说一句亲热话；怎么前儿他见了，连姓名还不知道，就把汗巾儿给他了？难道这也是我说的不成？"

　　薛姨妈还是不会劝，宝钗则换了角度，用为母分忧来劝，后面一句更是让薛蟠无法接嘴："别说是妈，便是旁人来劝你，也为你好，倒把你的性子劝上来了。"薛蟠也明白妹妹处处在理、无从抗辩，于是他急中生智，剑走偏锋扯出宝玉，那宝玉不仅自己有很大问题，他还是宝钗的软档和累赘，薛蟠用宝玉来堵宝钗嘴巴，却是妙招。"薛姨妈和宝钗急的说道：'还提这个！可不是为这个打他呢。可见是你说的了。'"——这母女俩再次冤枉薛蟠，错上加错，却还理直气壮。生活中有时就是这样，同一个问题你已经对了九十九次，足足的十拿九稳，但偏偏会在关键时刻和地点，错上那么一次。她们这样一而再地冤枉薛蟠，那么薛蟠就会拔剑乱刺，不管会否伤到谁、伤到要害。

　　　薛蟠道："真真的气死人了！赖我说的我不恼，我只为一个宝玉闹的这样天翻地覆的。"宝钗道："谁闹了？你先持刀动杖的闹起来，倒说别人闹。"薛蟠见宝钗说的话句句有理，难以驳正，比母亲的话反难回答，因此便要设法拿话堵回他去，就无人敢拦自己的话了，也因正在气头上，未曾想话之轻重，便说道："好妹妹，你不用和我闹，我早知道你的心了。从先妈和我说，你这金要拣有玉的才可正配，你留了心。见宝玉有那劳什骨子，你自然如今行动护着他。"话未说了，把个宝钗气怔了，拉着薛姨妈哭道："妈妈你听，哥哥说的是什么话！"薛蟠见妹妹哭了，便知自己冒撞了，便赌气走到自己房里安歇不提。

　　这里薛姨妈气的乱战，一面又劝宝钗道："你素日知那孽障说话没道理，明儿我叫他给你陪不是。"宝钗满心委屈气忿，待要怎样，又怕他母亲不安，少不得含泪别了母亲，各自回来，到房里整哭了一夜。

　　薛蟠的撒手铜见效了，他刺中了宝钗的心脏，没有铠甲保护的心脏。——他说宝钗为了要嫁给宝玉就偏袒宝玉，这话，叫宝钗如何答言？她能说自己不愿嫁宝玉吗？她又能说自己虽愿嫁宝玉却没有偏袒宝玉吗？她什么都不能说，什么都说不出，只有"满心委屈气忿"。不过，除了为自己辩解不能说，她要痛斥薛蟠一番，她完全有这实力，但是她是个孝顺的女儿，"待要怎样，又怕他母亲不安，少不得含泪别了母亲"。我们再读一遍这句话"少不得含泪别了母亲"，体会体会，曹公写此句的时候，含着何等深情。

　　不过，曹雪芹处理最深沉的悲怆，是突然地停止不写，把写不尽的东西掩住，让读者去想象、去思考、去体会。曹公对宝钗这样写："少不得含泪别了母亲，各自回来，到房里整哭了一夜。"哭了整整一夜，到底是什么令宝钗如此伤心？哥哥不过说了一句话，现在早已酣睡如猪，这妹妹怎么能伤心到如此地步？整整一夜，让宝钗持续哭下去的悲伤心绪到底有哪些成分？曹公都不写，他只写一个时间长度——一夜。一夜的时间，要回首多少委屈的往事？要滚过多少情感的波涛？

　　到这里，曹雪芹写出了宝钗的脆弱。是的，回到自己家里，宝钗不再是贾府中那个永远谈笑自若波澜不惊的宝钗，她也会哭，而且哭了整整一夜，比黛玉哭的时间还要长。到这里，我们重新理解曹雪芹给宝钗的按语"山中高士晶莹雪"，以前我们着重于"山中高士"，现在我们着重领会"晶莹雪"：雪，晶莹剔透；但它不那么坚实，遇到寒冷，它会凝结为坚冰；但是，遇到温热，它会融化为柔水。宝钗在贾府通常保持她坚冰的一面，回到自己家有了温暖，这雪融化了：她一个人待在房间里哭，哭了一整夜。这世界上虽然有斗士，但哪个斗士没有他的脆弱呢？

　　就宝钗而言，她毕竟只是个十六七岁的少女；她早早没了父亲，哥哥又这么不争气爱闯祸，令她不得不寄居在姨妈的屋檐下面；她满怀学问，但她一个女孩子无从施展；她命中须嫁怀玉的男孩，但这男孩已有了倾心的对象；她经常受到林黛玉的尖锐攻击，只能委屈忍受，黛玉是贾府的外孙女，她不便得罪，更不能竞争；那宝玉虽不怎么高明，但比薛蟠之流高出百倍，他对宝钗时有心动，宝钗对他也不无好感，但黛玉在前；薛家虽然曾经殷实富有，但现在被薛蟠败得差不多了，一位老母亲，一位呆哥哥，今后如何是好；她以届婚嫁之年，却还寄居在外，没有如意的郎君，也没有来对八字的人家，莫非真的"虽是半天风雨过，何曾闻得梵铃声"？宝钗虽然早有"赤条条来去无牵挂"的情怀，难道还真的要"焦首朝朝还暮暮，煎心日日复年年"？

这一节描写还有一个重要处，它是曹雪芹笔下宝钗处理家庭矛盾、与亲人发生争执的版本，它是一个牢靠的模版。八十回以后，宝钗同宝玉必有争执，这在高鹗的笔下写得非常好。不过在写宝钗处理与嫂子金桂的矛盾时，把宝钗写的过于无能和软弱，与现在这个模版对不上号。

本回的末尾，曹雪芹设计得别有意味。难得哭一次的宝钗恰好被天天抹眼泪的黛玉逮着。我们看宝钗。

> 次日早起来，也无心梳洗，胡乱整理整理，便出来瞧母亲。可巧遇见林黛玉独立在花阴之下，问他那里去。薛宝钗因说"家去"，口里说着，便只管走。黛玉见他无精打采的去了，又见眼上有哭泣之状，大非往日可比，便在后面笑道："姐姐也自保重些儿。就是哭出两缸眼泪来，也医不好棒疮。"不知宝钗如何答对，且听下回分解。

黛玉误以为宝钗是心疼宝玉而哭，情有可原，因为宝玉"大非往日可比"，黛玉有点醋意也属正常。但是她说出那么刻薄的话语依然出乎我们意料，宝玉昨夜刚刚送来定情手帕，黛玉应该正处于幸福甜蜜之中，她应该有了底气，增大气量了。用另一个视角看，黛玉得到宝玉的定情物后，信心大增，有恃无恐，她这番话带有挑衅、示威色彩。但下一回的文字告诉我们不是这回事，她一会儿之后，"又想起有父母的人的好处来，早又泪珠满面"。可见她没那么甜蜜，没那么自信。所以我们只能理解为，黛玉还是没有信心，甚至有种危机感。她这种危机感究竟来自哪里？她为什么要死死缠住宝钗？如果说就因为和尚那句"金玉良缘"，那么黛玉也十分迷信这个传言，其实她并没有见到过宝钗引诱宝玉，在她的背后也没有，至少文本中没有；那么黛玉紧盯宝钗其实没什么效果，有点徒劳。如果说黛玉到这地步仍没信心，那么宝玉也就无法令她安心，宝玉已经做到了他所能做的。如果说黛玉担心的是元春的礼物、贾母的标准、王夫人的沉默，那么她应该改改脾气、改进健康。如果她是对自己没信心，那就麻烦了，很难有人帮得了她。套用"贫病交加"这个成语，黛玉是"忧病交加"，她担忧她怀疑，她对上面举出的这一切都担心；而且，她可能无法控制、调节这种担忧，长期的忧虑损坏了她的心理控制机制，所以哪怕宝玉那里刚刚送来特大"利好"，也无法平衡、扭转她的心态；而这种不健康的心态又扩大、加深了她的忧虑。简单说，黛玉的身心处于恶性循环之中，难以自拔。

曹公也真有意思，类似的场面他已经写过多次，但他似乎乐此不疲，只要有机会就让黛玉和宝钗"同框"。他屡屡这么写黛玉和宝钗，究竟什么用意呢？大家不妨思索一番。

第三十五回

白玉钏亲尝莲叶羹　黄金莺巧结梅花络

"白玉钏亲尝莲叶羹"是讲宝玉讨好金钏儿的妹妹玉钏儿以表忏悔,"黄金莺巧结梅花络"写宝钗的丫鬟莺儿来替宝玉打网兜。"白玉钏""黄金莺"不是她们的姓名,而是形容词。不过这一回的主题却不在玉钏儿和莺儿,而是另有所托,曹雪芹在玩弄障眼法,搞暗度陈仓,这个我们后面再说。

第一个情节写的是黛玉的感伤和孤独。我们看。

> 话说宝钗分明听见林黛玉刻薄他,因记挂着母亲哥哥,并不回头,一径去了。这里林黛玉还自立于花阴之下,远远的却向怡红院内望着,只见李宫裁、迎春、探春、惜春并各项人等都向怡红院内去过之后,一起一起的散尽了,只不见凤姐儿来,心里自己盘算道:"如何他不来瞧宝玉?便是有事缠住了,他必定也是要来打个花胡哨,讨老太太和太太的好儿才是。今儿这早晚不来,必有原故。"一面猜疑,一面抬头再看时,只见花花簇簇一群人又向怡红院内来了。定眼看时,只见贾母搭着凤姐儿的手,后头邢夫人王夫人跟着周姨娘并丫鬟媳妇等人都进院去了。黛玉看了不觉点头,想起有父母的人的好处来,早又泪珠满面。少顷,只见宝钗薛姨妈等也进入去了。忽见紫鹃从背后走来,说道:"姑娘吃药去罢,开水又冷了。"黛玉道:"你到底要怎么样?只是催,我吃不吃,管你什么相干!"紫鹃笑道:"咳嗽的才好了些,又不吃药了。如今虽然是五月里,天气热,到底也该还小心些。大清早起,在这个潮地方站了半日,也该回去歇息歇息了。"一句话提醒了黛玉,方觉得有点腿酸,呆了半日,方慢慢的扶着紫鹃,回潇湘馆来。

此处第一层接着上回写宝钗。虽然黛玉的话很刻薄,但是宝钗像以往一样,采取忍让的态度,没理会自行去了。人们难免设想,宝钗哭了一夜,此时的心情或许比黛玉更加糟糕,假如她控制不住情绪狠狠地回击黛玉几下——她绝对有这个战力——不知黛玉如何收场?

接下去曹公告诉我们,黛玉是来蹲点、来侦查的,她昨天眼睛肿得像桃子,这一晚肯定也没睡好,但她拖着身子来察看所有的人是怎么前去探望宝玉的。这项侦查工作花去好半天,连紫鹃都无法理解黛玉为什么花这么大力自讨苦吃。实际上,连我们也难解释,除了蹲守宝钗的动态,其他人谁来谁不来、谁先来谁后到,黛玉有必要花这份心思去掌握吗？掌握了又怎么样？然而她一直蹲守到腿酸，落得"泪珠满面"，这就是黛玉。回到潇湘馆，"只见满地下竹影参差，苔痕浓淡"，迎接她的只有那只鹦鹉，于是吃了药，"黛玉无可释闷，便隔着纱窗调逗鹦哥作戏，又将素日所喜的诗词也教与他念"。大家注意，曹公特意刻画了两个场景：怡红院中，人们"一起一起的"来了又去；潇湘馆内，是黛玉独自陪伴鹦鹉，找鹦鹉说话；宝玉那边是红红火火，黛玉这里是冷冷清清。两者的对比如此强烈，但是偏偏，黛玉的最终目标是将她同宝玉合二为一，所以红红火火的怡红院对黛玉构成强大的压力，砸下浓郁的阴影。现实摆在那里，怎么办？黛玉以什么态度、用什么方法来面对？曹雪芹写得明明白白，林黛玉辛辛苦苦找个地方来监视怡红院，她把自己同那些"一起一起的"人们隔离开来，她偷偷地窥探、偷偷地流泪，然后悄悄地离开、悄悄地面对鹦鹉。本来，她自己是可以加入那"一起一起的"中间，但是她不愿。是的，她有权不加入，她可以独处，可以流泪，也可以傲然。然而，当她还发现有另一个尚未加入的人——薛宝钗，她却立即鼓起劲儿来，对那脸挂泪痕、踽踽独行的同命人，狠狠地挖苦了一番。——写到这里，恐怕曹公都无语了，恐怕曹公都要问：黛玉啊，你究竟要什么？黛玉真的知道她要什么吗？

下一个情节是宝钗回家后那宝贝哥哥薛蟠向她赔礼道歉，薛蟠在曹雪芹笔下焕然一新。

> 且说薛宝钗来至家中，只见母亲正自梳头呢。一见他来了，便说道："你大清早起跑来作什么？"宝钗道："我瞧瞧妈身上好不好。昨儿我去了，不知他可又过来闹了没有？"一面说，一面在他母亲身旁坐了，由不得哭将起来。薛姨妈见他一哭，自己撑不住，也就哭了一场，一面又劝他："我的儿，你别委曲了，你等我处分他。你要有个好歹，我指望那一个来！"

读者或许没想到，宝钗一夜还没哭够，刚进家门，她又大哭起来。薛姨妈说她来替宝钗抱不平，处分薛蟠。可是，这母亲了解女儿吗？她知道女儿的委屈有几层？她知道女儿最大的委屈是什么吗？她知道女儿刚刚又遭到林黛玉刻薄吗？或许她知道一点，或许她真的不知道。但是，她是母亲，有母亲的安慰，宝钗就足够了。这是宝钗的幸运，也是黛玉最大的不幸。我们看：

> 薛蟠在外边听见，连忙跑了过来，对着宝钗，左一个揖，右一个揖，只说："好妹妹，恕我这一次罢！原是我昨儿吃了酒，回来的晚了，路上撞客着了，来家未醒，不知胡说了什么，连自己也不知道，怨不得你生气。"宝钗原是掩面哭的，听如此说，由不得又好笑了，遂抬头向地下啐了一口，说道："你不用做这些像生儿。我知道你的心里

多嫌我们娘儿两个，是要变着法儿叫我们离了你，你就心净了。"

　　薛蟠这个哥哥，给宝钗带来无数麻烦和苦难，但宝钗有这个哥哥，可以破涕为笑，这也是林黛玉没有的。不过这里最让我们吃惊的还不是薛蟠，而是宝钗。"你不用做这些像生儿。我知道你的心里多嫌我们娘儿两个，是要变着法儿叫我们离了你，你就心净了。"这话是如此耳熟！曾几何时，宝钗把贾母的话几乎全盘照搬！是她久居贾府耳濡目染的缘故吗？不对啊，贾母这话是对儿子贾政说的，现在宝钗是对哥哥说，不能这么"拷贝"吧？说不通啊。那么，抑或是，曹雪芹曾经亲耳听长辈说过这话，此话有特殊的亲人意味，他太想搬用了，以至于对得上景就用上，竟然也不顾刚刚在贾母那边用过，这里又给宝钗用上了。除此，我想不出曹雪芹怎么会把同样的话，让不同的人连说两遍。

　　接着，是薛蟠"狗嘴里吐出象牙来了"：

　　　　"何苦来，为我一个人，娘儿两个天天操心！妈为我生气还有可恕，若只管叫妹妹为我操心，我更不是人了。如今父亲没了，我不能多孝顺妈多疼妹妹，反教娘生气妹妹烦恼，真连个畜生也不如了。"口里说着，眼睛里禁不起也滚下泪来。薛姨妈本不哭了，听他一说又勾起伤心来。宝钗勉强笑道："你闹够了，这会子又招着妈哭起来了。"薛蟠听说，忙收了泪，笑道："我何曾招妈哭来！罢，罢，罢，丢下这个别提了。叫香菱来倒茶妹妹吃。"宝钗道："我也不吃茶，等妈洗了手，我们就过去了。"薛蟠道："妹妹的项圈我瞧瞧，只怕该炸一炸去了。"宝钗道："黄澄澄的又炸他作什么？"薛蟠又道："妹妹如今也该添补些衣裳了。要什么颜色花样，告诉我。"宝钗道："连那些衣服我还没穿遍了，又做什么？"一时薛姨妈换了衣裳，拉着宝钗进去，薛蟠方出去了。

　　薛蟠这番话，真让我们刮目相看。能说出这番话，能留下真诚的热泪，薛蟠这个混蛋，就不是十足的混蛋。大家注意，似乎曹雪芹对薛蟠的态度和处理，悄然发生转变，原来那个杀了人都不当回事的呆霸王，变为送出千两银子的棺木眼睛也不眨，有了个新奇瓜果必定拉亲戚一起尝鲜，现在又知道心疼妹妹。后面他会走向何方？我们拭目以待。

　　从稍大的角度，我们或许应该这样理解曹雪芹的构思：他把宝玉那红红火火的怡红院，同黛玉冷冷清清的潇湘馆，和宝钗这虽然痛苦却有母兄安慰的家庭，三个场景组合成对比。其中的冷暖苦甜，让读者体味。

　　薛蟠这么一闹，宝钗和薛姨妈都宽了心，于是来瞧宝玉。原来贾母等人都在，问宝玉想吃什么，宝玉说"那小荷叶儿小莲蓬儿的汤还好些"。原来这个汤要好几只鸡做主料，还要动用四副银器模子，连薛姨妈都没见过。曹雪芹趁机对此大肆渲染了一番。他这么写，除了作品的需要之外，我想，也有他本人的需要。一个落难的、经历过富贵的人，总免不了要回忆、显摆当年的阔绰，尤其是那些美味佳肴，它们的色香味会时不时冲击一下他的器官；那些人所不识的、再也见不到的高级器具也会伴随而来，鲜明再现。当这位旧主人拿起笔写作的时候，他很难跳开、摆脱这些汤汤水水、坛坛罐罐，哪怕他已经泪眼模糊。有些老人临死前还会唠叨他曾经吃过的美妙菜肴。凤姐说，这汤难得做的，既然做了就多做些。

"单做给他吃，老太太、姑妈、太太都不吃，似乎不大好。不如借势儿弄些大家吃，托赖连我也上个俊儿。"贾母听了，笑道："猴儿，把你乖的！拿着官中的钱你做人。"说的大家笑了。凤姐也忙笑道："这不相干。这个小东道我还孝敬的起。"便回头吩咐妇人，"说给厨房里，只管好生添补着做了，在我的帐上来领银子。"妇人答应着去了。

宝钗一旁笑道："我来了这么几年，留神看起来，凤丫头凭他怎么巧，再巧不过老太太去。"贾母听说，便答道："我如今老了，那里还巧什么。当日我象凤哥儿这么大年纪，比他还来得呢。他如今虽说不如我们，也就算好了，比你姨娘强远了。你姨娘可怜见的，不大说话，和木头似的，在公婆跟前就不大显身。凤儿嘴乖，怎么怨得人疼他。"

前面写的是莲蓬汤的用料工具，写着写着，曹雪芹塞进了"私货"，而且是干货、硬货，关涉到主要人物的品性。宝钗夸贾母："我来了这么几年，留神看起来，凤丫头凭他怎么巧，再巧不过老太太去。"这是不是当面拍马？算不算阿谀？看到这里，人们这么问是很正常的，不这么问才是没有用心。要回答这个问题，我以为至少要从三方面考虑。第一这话是否符合实际，第二说话现场的对象、内容、气氛，第三是宝钗有没有拍马的意图和必要。我们先说符合不符合实际。前面我们已经评价过，凤姐确实很会说笑话，但与前天贾母舌战贾政相比，相差不是一个档次。而作品写明，贾母教训贾政的时候，"此时薛姨妈同宝钗、香菱、袭人、史湘云也都在这里"。所以宝钗刚刚有幸领教了贾母的说话艺术，她一定是由衷的钦佩，今天这话或许正是这种钦佩之情的流露。第二，关于现场情况，作品写着，在场的除了薛家母女都是贾府家人，先是凤姐耍嘴皮，贾母又打趣这"猴儿"，场面风趣活泼，祖孙开着玩笑。宝钗正是在这样的气氛中说凤姐巧不过贾母，与其说这是一种评判，倒不如说是凑趣，活跃气氛。现在的年轻人可能不明白，当贾母和凤姐打擂台的时候，邢夫人、王夫人、李纨，是根本不许插嘴的，其余迎春、探春、惜春姐妹，包括假如林黛玉在场，都不大好插嘴，更别说褒贬；只有薛姨妈和宝钗可以接嘴凑趣，因为她们是客人。通常这种场合都是薛姨妈接嘴，今天宝钗开口了，她确确实实是在恭维贾母，因为就言语的"巧"来说，凤姐胜过贾母，但宝钗这个奉承并非违心的阿谀，因这话是中国人最基本最正常的人情，任何一位客人都不可能说老太太不如凤姐，除非那是有意砸场子、煞风景。何况，依照宝钗的眼界，确实是凤姐远不如贾母。第三，宝钗似乎没必要阿谀拍马，贾母岂是几句马屁能够哄倒的人；宝钗在贾府几年，她的为人在贾母那双眼睛中有清晰的判断，如果她耍手段玩心计，可能恰得其反，宝钗哪有那么傻？何况，即使她有心同黛玉竞争，那也是一场马拉松（下一回王夫人说"再过二三年"），靠硬实力。所以宝钗没有阿谀拍马的理由。

我们看下去，下面贾母称赞宝钗了，这更加重要。

　　宝玉笑道："若这么说，不大说话的就不疼了？"贾母道："不大说话的又有不大说话的可疼之处，嘴乖的也有一宗可嫌的，倒不如不说话的好。"宝玉笑道："这就是了。我说大嫂子倒不大说话呢，老太太也是和凤姐姐的一样看待。若是单是会说话的可疼，这些姊妹里头也只是凤姐姐和林妹妹可疼了。"贾母道："提起姊妹，不是我当着姨太太的面奉承，千真万真，从我们家四个女孩儿算起，全不如宝丫头。"薛姨妈听说，忙笑道："这话是老太太说偏了。"王夫人忙又笑道："老太太时常背地里和我说宝丫头好，这倒不是假话。"宝玉勾着贾母原为赞林黛玉的，不想反赞起宝钗来，倒也意出望外，便看着宝钗一笑。宝钗早扭过头去和袭人说话去了。

如果说前面宝钗奉承贾母是见到凤姐与贾母斗嘴而趁机凑趣，那么贾母称赞宝钗，则是扭转当时的话题而特意赞美。宝玉说的是不会说话的李纨受贾母偏爱，那么会说话的凤姐和黛玉更应得贾母的喜欢，这话头与宝钗几乎风马牛不相干，没想到贾母却把自己的几个孙女儿、包括外孙女黛玉一起做陪衬，说"全不如宝丫头"，老实人王夫人则证实"老太太时常背地里和我说宝丫头好"，可知贾母确实背地里时常称赞宝钗。那么今日贾母当着宝钗、薛姨妈和众人的面公开称赞，是因为刚刚受了宝钗奉承而投桃报李？如果这么想，那是太小看贾母了。应该倒过来，贾母时常背地里说好而当面不说，那是她自重身份不随便褒贬人，她说一句那就是一句；何况要灭自家威风的话，贾母岂肯轻易出口？几年观察下来，宝钗十五岁时贾母因"喜她稳重和平"而替宝钗大做生日，不久前说到宝玉的婆妻标准，又是"要那模样性格儿难得好的"，可见贾母的原则始终如一，那就是"稳重和平"，现在说自家的孩子"全不如宝丫头"，应该就是这一点比不上宝钗。假如还要找一点贾母今日说出这话的理由，那么林黛玉不在场或许也是一个小因素，贾母知道这外孙女的脾性，不会让她难堪。

不过，从曹雪芹的工作来说，他把一份很重要的活儿干完了。最近这段时期，又是元春的礼物，又是张道士的说亲，又是贾母公布标准，又是王夫人说黛玉"有心"，一直到这里的贾母赞宝钗，看上去写得零零碎碎，互不相干，但把它们串联起来就不难发现，曹雪芹把宝玉婚姻的各种外部因素几乎写遍，可以说该做的他都做完了。下一回的"梦兆绛芸轩"则把宝玉、黛玉、宝钗三人的内部关系也交代完毕，那时距离宝玉结婚还有两三年。这么大把的时间，曹公可以优哉游哉地开疆扩土，可以去写结诗社赛诗词，写刘姥姥的来来去去，写呆霸王遭遇冷郎君，写妙玉的"傲慢与偏见"，写鸳鸯的誓死不从，写探春的整顿大观园，写尤二姐尤三姐的双双自尽、小丫头争夺花露水、媳妇们抢占小厨房、老爷们豪夺香妃扇，等等，海阔凭鱼跃天高任鸟飞。总之，自此以后，宝玉、黛玉、宝钗的恩怨情仇可以暂时放一放冷一冷，《红楼梦》将在别的土地上去耕耘去收获，去开拓去生发。直到暮色四合，地动山摇，大厦将倾。那是后话。

贾母她们要走了，袭人提请宝钗烦莺儿来打几根络子，宝钗答应。莲蓬汤做好，王夫人命金钏儿的妹妹玉钏儿送去，宝钗让莺儿一块去。

> 莺儿答应，同着玉钏儿出来。莺儿道："这么远，怪热的，怎么端了去？"玉钏笑道："你放心，我自有道理。"说着，便令一个婆子来，将汤饭等物放在一个捧盒里，令他端了跟着，他两个却空着手走。一直到了怡红院门内，玉钏儿方接了过来，同莺儿进入宝玉房中。

这一幕，让我们见识贾府的丫头与薛家的不一样，当然玉钏儿与莺儿身份地位也不一样，玉钏儿是一个月一两银子的大丫头，她有资格命令地位低的媳妇、婆子，奴才内部还有等级。"你放心，我自有道理。"言语何其自信，这脾性恐怕与她姐姐相去也不远。

> 这里麝月等预备了碗箸来伺候吃饭。宝玉只是不吃，问玉钏儿道："你母亲身子好？"玉钏儿满脸怒色，正眼也不看宝玉，半日，方说了一个"好"字。宝玉便觉没趣，半日，只得又陪笑问道："谁叫你给我送来的？"玉钏儿道："不过是奶奶太太们！"宝玉见他还是这样哭丧，便知他是为金钏儿的原故；待要虚心下气磨转他，又见人多，不好下气的，因而变尽方法，将人都支出去，然后又陪笑问长问短。那玉钏儿先虽不悦，只管见宝玉一些性子没有，凭他怎么丧谤，他还是温存和气，自己倒不好意思的了，脸上方有三分喜色。宝玉便笑求他："好姐姐，你把那汤拿了来我尝尝。"玉钏儿道："我从不会喂人东西，等他们来了再吃。"宝玉笑道："我不是要你喂我。我因为走不动，你递给我吃了，你好赶早儿回去交代了，你好吃饭的。我只管耽误时候，你岂不饿坏了。你要懒待动，我少不了忍了疼下去取来。"说着便要下床来，扎挣起来，禁不住嗳哟之声。玉钏儿见他这般，忍不住起身说道："躺下罢！那世里造了来的业，这会子现世现报。教我那一个眼睛看的上！"一面说，一面哧的一声又笑了，端过汤来。

好个玉钏儿，不愧是金钏儿的妹妹！"教我那一个眼睛看的上！"这等话，只怕与晴雯、鸳鸯有一拼。宝玉又骗她说这汤不好喝。

玉钏儿道："阿弥陀佛！这还不好吃，什么好吃。"宝玉道："一点味儿也没有，你不信，尝一尝就知道了。"玉钏儿真就赌气尝了一尝。宝玉笑道："这可好吃了。"玉钏儿听说，方解过意来，原是宝玉哄他吃一口，便说道："你既说不好吃，这会子说好吃也不给你吃了。"宝玉只管央求陪笑要吃，玉钏儿又不给他，一面又叫人打发吃饭。

以玉钏儿的做派，如果给她个小姐身份，恐怕又是一位探春。宝玉以这样委屈讨好的方法，弥补自己的过错，求得暂时的心宁。但是，金钏儿的死是扎在宝玉心头的针，是一份年轻的罪孽，伤痛永远无法消除；随着年龄的增长，忏悔会日益加深。如果宝玉最后是人生幻灭而步入空门，就像后四十回写的那样，那么金钏儿是他幻灭的因素之一。

为了强化宝玉的个性，趁着这机会曹雪芹又加了一款料。贾政的学生通判傅试家派了两个嬷嬷来请安。大家听见这姓名的声音，比阅读文字敏感：傅试，趋炎附势也！贾政的得意门生，曹公又给这么个姓名，与清客们一个德行。曹公对贾政的抹黑一以贯之，腹诽深沉。玉钏儿不小心打翻了汤，烫到宝玉的手，于是两个傅家婆子大发感慨：

这一个笑道："怪道有人说他家宝玉是外像好里头糊涂，中看不中吃的，果然有些呆气。他自己烫了手，倒问人疼不疼，这可不是个呆子？"那一个又笑道："我前一回来，听见他家里许多人抱怨，千真万真的有些呆气。大雨淋的水鸡似的，他反告诉别人'下雨了，快避雨去罢。'你说可笑不可笑？时常没人在跟前，就自哭自笑；看见燕子，就和燕子说话；河里看见了鱼，就和鱼说话；见了星星月亮，不是长吁短叹，就是咕咕哝哝的。且是连一点刚性也没有，连那些毛丫头的气都受的。爱惜东西，连个线头儿都是好的，糟踏起来，那怕值千值万的都不管了。"两个人一面说，一面走出园来。

这里，宝玉的有些气性，曹公巧妙地借两个婆子的对话介绍给我们了。

下面是本回另一个情节，无风无浪，却有深刻寓意。客人都走了。

（袭人）便携了莺儿过来，问宝玉打什么络子。宝玉笑向莺儿道："才只顾说话，就忘了你。烦你来不为别的，却为替我打几根络子。"莺儿道："装什么的络子？"宝玉见问，便笑道："不管装什么的，你都每样打几个罢。"莺儿拍手笑道："这还了得！要这样，十年也打不完了。"宝玉笑道："好姐姐，你闲着也没事，都替我打了罢。"袭人笑道："那里一时都打得完，如今先拣要紧的打两个罢。"莺儿道："什么要紧，不过是扇子、香坠儿、汗巾子。"宝玉道："汗巾子就好。"莺儿道："汗巾子是什么颜色的？"宝玉道："大红的。"莺儿道："大红的须是黑络子才好看的，或是石青的才压的住颜色。"宝玉道："松花色配什么？"莺儿道："松花配桃红。"宝玉笑道："这才娇艳。再要雅淡之中带些娇艳。"莺儿道："葱绿柳黄是我最爱的。"宝玉道："也罢了，也打一条桃红，再打一条葱绿。"莺儿道："什么花样呢？"宝玉道："共有几样花样？"莺儿道："一炷香、朝天凳、象眼块、方胜、连环、梅花、柳叶。"宝玉道："前儿你替三姑娘打的那花样是什么？"莺儿道："那是攒心梅花。"宝玉道："就是那样好。"一面说，一面叫袭人刚拿了线来，窗外婆子说："姑娘们的饭都有了。"宝玉道："你们吃饭去，快吃了来罢。"袭人笑道："有客在这里，我们怎好去的！"莺儿一面理线，一面笑道："这话又打那里说起，正经快吃了来罢。"袭人等听说方去了，只留下两个小丫头听呼唤。

宝玉一面看莺儿打络子，一面说闲话，因问他："十几岁了？"莺儿手里打着，一面答话说："十六岁了。"宝玉道："你本姓什么？"莺儿道："姓黄。"宝玉笑道："这个名姓倒对了，果然是个黄莺儿。"莺儿笑道："我的名字本来是两个字，叫作金莺。姑娘嫌拗口，就单叫莺儿，如今就叫开了。"宝玉道："宝姐姐也算疼你了。明儿宝姐姐出阁，少不得是你跟了去。"莺儿抿嘴一笑。宝玉笑道："我常常和袭人说，明儿不知那一个有福的消受你们主子奴才两个呢。"莺儿笑道："你还不知道我们姑娘有几样世人都没有的好处呢，模样儿还在次。"宝玉见莺儿娇憨婉转，语笑如痴，早不胜其情了，那更提起宝钗来！便问他道："好处在那里？好姐姐，细细告诉我听。"莺儿笑道："我告诉你，你可不许又告诉他去。"宝玉笑道："这个自然的。"

刚刚消受了玉钏儿的浓情，又消受天真活泼的莺儿，比起来宝玉可能以为被老子打一顿很值得。不过曹雪芹却是在玩抛砖引玉，莺儿已经让宝玉这么着迷，但莺儿还要说："我们姑娘有几样世人都没有的好处呢，模样儿还在次。"莺儿自然不是撒谎，她一定有许多事可说；宝玉当然急不可待，连我们也一样。宝钗到底还有哪些好处？可恨的曹雪芹，居然就到这儿打住了，他再一次玩起"留白"，让读者去畅想。好在宝钗亲自给我们提供了硬货，让我们不虚此行。

正说着，只听外头说道："怎么这样静悄悄的！"二人回头看时，不是别人，正是宝钗来了。宝玉忙让坐。宝钗坐了，因问莺儿"打什么呢？"一面问，一面向他手里去瞧，才打了半截。宝钗笑道："这有什么趣儿，倒不如打个络子把玉络上呢。"一句话提醒了宝玉，便拍手笑道："倒是姐姐说得是，我就忘了。只是配个什么颜色才好？"宝钗道："若用杂色断然使不得，大红又犯了色，黄的又不起眼，黑的又过暗。等我想个法儿：把那金线拿来，配着黑珠儿线，一根一根的拈上，打成络子，这才好看。"宝玉听说，喜之不尽，一叠声便叫袭人来取金线。

这段描写不过两百来字，但其抛出的意思却极其重要。有这么几层。其一，宝钗最近跑宝玉房间的次数明显多了，仅这两天跑几次了？其二，宝钗进来就问"打什么呢"，看到打的是扇套之类，立即说："这有什么趣儿，倒不如打个络子把玉络上呢。"可见她是有备而来，她惦念着通灵宝玉至今还少一个络子。她为什么惦念呢？我只想出一个答案比较靠谱：她怕通灵宝玉有个意外。她的这个想法，也就隐隐约约在维护"金玉良缘"。至于说她是想主导通灵宝玉，或者说她想以此排斥黛玉，都不那么靠谱，一个络子就能主导？就能排斥？在这里，曹公用很弯曲的"曲笔"，勾勒出宝钗隐秘而又微妙的心态。其三，她说线的颜色云云，那虽然是她的色彩学显现，但背后的含义——金色线同黑珠儿线，金象征宝钗，黑珠儿，不就是"黛玉"吗？金色线同黑珠儿线搭配，正所谓"钗黛合一"——却是作者曹雪芹附加的，宝钗本人自然没这意思。其四，金色线同黑珠儿线共同网络住通灵宝玉，宝玉非常赞同，"喜之不尽"，这又是曹雪芹的暗喻，表示宝玉认可一辈子只同黛玉、宝钗有婚恋关系，而宝玉此时却也不知道这有"谶语"性质。所以这个连情节也称不上的细节，曹公却在里面大展神通、肆意贩卖私货，他把中国文学、美学的规则用到了极限，甚至都打起了擦边球：只要能够把意思传递给读者，他可不管绕了多少弯，不管是否践踏了美学的边界。

　　说到这里，我们探讨这段情节的几个构思问题。第一，袭人怎么会没想到为通灵宝玉做络子，而是宝钗提出来？袭人是很细心的，她对通灵宝玉的关爱更是不下于自己的眼睛，她提出请莺儿来打络子，她还提醒宝玉"先拣要紧的打两个罢"，她怎么会遗忘了通灵宝玉？我想，袭人不会遗忘，绝对不会。那么，袭人不提出来，就是曹雪芹"不让"袭人提，他存心把机会留给宝钗。第二，曹雪芹让宝钗跑怡红院似乎过于密集了，她最近来的次数可能都赶得上林黛玉。如果说下一回"绣鸳鸯梦兆绛芸轩"是宝钗必须到场的，那么今天她可以不来，吃饭前她刚刚从这儿离开呢，饭碗放下又赶来！照理说莺儿的色彩美学几乎得了宝钗的真传，就让莺儿来配色应该没大问题。于是只有一个解释：为通灵宝玉配色事关重大，曹公执意要宝钗亲自出场，一来显出事情的重要性，二来可以引起读者的注意和思考。第三，既然执意要让宝钗出场，那么何必又让莺儿也来，还先出场？我想曹雪芹可能出于这么几层考虑。首先是层次的需要，先有莺儿，后加宝钗，层层叠叠，更显出通灵宝玉络子的重要。其次是对比，莺儿那些色彩学概念，无疑来自宝钗的教导，但那是侧写宝钗的知识，而宝钗本人的话语，更见出师傅的高明。其三是刻画莺儿的需要。莺儿是《红楼梦》中最单纯可爱的形象，前面"比通灵金莺微露意"有所刻画，贾环去薛家玩骰子也有描写，但这里是刻画得最鲜明最动人的。当然莺儿是宝钗一手调教的，写莺儿也是在写宝钗，"宝玉见莺儿娇憨婉转，语笑如痴，早不胜其情了，那更提起宝钗来！"

　　以上几个有关构思的问题，有点偏，也许是我想多了，也许，是曹雪芹想得很多。

　　作品最后一段，写袭人得到王夫人额外的赏赐，意味着半公开的"开脸"，她自然高兴，宝钗也表示祝贺。但是人生的路谁能够预测？袭人已经走到了这一步，居然还会"堪羡优伶有福，谁知公子无缘"，有谁能想到？更有甚者，宝钗与宝玉都已经结婚有孕，但最终是"金簪雪里埋"。不过曹雪芹就是这么一幅笔墨，《红楼梦》就有本事写出人生那些不可想象的悲剧和怅惘。

第三十六回

绣鸳鸯梦兆绛芸轩　识分定情悟梨香院

"梦兆绛芸轩"，是宝玉在梦中说他就要"木石姻缘"，偏偏宝钗在旁边听见了。"兆"，预兆。按照这个写法，宝玉在将来对"金玉姻缘"有一番抗争。"情悟梨香院"，是写宝玉看到龄官同贾蔷的爱情，感悟到天下很大，人各有爱，他自己不过芸芸之一罢了。

这一回，有点第一乐章结束的味道，曹雪芹进行了几个阶段性的收尾动作，显得急急忙忙的。

有必要说说回目是不是有错。"梦兆绛芸轩"，宝玉当下究竟住在哪里？"绛芸轩"初现于第 8 回，是宝玉给自己屋子取的名字；搬进大观园是第 23 回，离开绛云轩了。33 回贾母从贾政手里救出宝玉是"送至贾母房中"，但是，34 回写黛玉是交代清楚的："远远的却向怡红院内望着"一波波的人去探望宝玉，那么宝玉是住回怡红院了。可是回目又大书"梦兆绛芸轩"，宝玉的这个梦又在绛云轩做，读者难免糊涂了。实际上不止这里糊涂，第 59 回的回目"绛芸轩里召将飞符"；第 44 回也有脂批："忽使平儿在绛芸轩中梳妆"。怎么解释？我个人倾向两者选一：或者是，宝玉又把怡红院中的卧室也命名为"绛云轩"，这当然不大可能，古人命名轩亭室房，都是根据当地当时的情况命名，也没有搬迁后把以前的名称又用到新居的。又或者是，曹公笔误了。我倾向于选后项。这个小瑕疵再次证明曹雪芹改稿远未完成。

本回第一段交代宝玉恢复健康以后的情况。

话说贾母自王夫人处回来，见宝玉一日好似一日，心中自是欢喜。因怕将来贾政又叫他，遂命人将贾政的亲随小厮头儿唤来，吩咐他"以后倘有会人待客诸样的事，你老爷要叫宝玉，你不用上来传话，就回他说我说了：一则打重了，得着实将养几个月才走得；二则他的星宿不利，祭了星不见外人，过了八月才许出二门。"那小厮头儿听了，领命而去。贾母又命李嬷嬷袭人等来，将此话说与宝玉，使他放心。那宝玉本就懒与士大夫诸男人接谈，又最厌峨冠礼服贺吊往还等事，今日得了这句话，越发得了意，不但将亲戚朋友一概杜绝了，而且连家庭中晨昏定省亦发都随他的便了，日日只在园中游卧，不过每日一清早到贾母王夫人处走走就回来了，却每每甘心为诸丫鬟充役，竟也得十分闲消日月。或如宝钗辈有时见机导劝，反生起气来，只说"好好的一个清净洁白女儿，也学的钓名沽誉，入了国贼禄鬼之流。这总是前人无故生事，立言竖辞，原为导后世的须眉浊物。不想我生不幸，亦且琼闺绣阁中亦染此风，真真有负天地钟灵毓秀之德！"因此祸延古人，除四书外，竟将别的书焚了。众人见他如此疯颠，也都不向他说这些正经话了。独有林黛玉自幼不曾劝他去立身扬名等语，所以深敬黛玉。

贾母的纵容让宝玉因祸得福，贾政多年的努力统统作废。中国老人隔代的爱，往往就是如此不可思议，当今社会像贾母这样的老奶奶老爷子，依然是这社会的大多数。实际上贾母当年对待贾政，远没有如此放纵。人老了为什么就变化这么大，这是个复杂的社会学问题，我们暂且不论。

贾政、王夫人都放弃不管了，宝钗似乎很不识时务，她时常还要劝宝玉，她以前就碰过一鼻子灰，现在，她也应该料到劝了也没用，但她还是劝了，哪怕惹得宝玉生气。宝钗为什么要明知不可为而为之呢？说到底，她是不愿意看到宝玉这样"在园中游卧"，虚度青春荒废光阴，这里面当然也包含着她对宝玉的某种期望，或者说是指望；她应该有所预感，自己可能会嫁给这个男人，她自然不希望这男人只会"为诸丫鬟充役"。所以哪怕知道宝玉会讽刺嘲笑，她还是出口劝了，这大约就是她的"一半尽人力，一半听天命罢了"。

"林黛玉自幼不曾劝他去立身扬名。"黛玉为什么接受宝玉这份慵懒？是黛玉觉得这么做很不错吗？我想不会，任何一个女孩都不希望自己的男友像宝玉这样厮混。黛玉之所以不劝，我想是因为她太了解宝玉，她知道劝了毫无用处，徒增烦恼，还不如随他去。黛玉采取的是明知不可为就不为，这是她同宝钗的区别之处。黛玉不是个糊涂姑娘，她冷眼观察着贾府的经济状况，她对宝玉说过："咱们家里也太花费了。我虽不管事，心里每常闲了，替你们一算计，出的多进的少，如今若不省俭，必致后手不接。"宝玉笑道："凭他怎么后手不接，也短不了咱们两个人的。"（62回）可见她同宝玉说这些有如对牛弹琴，所以她不说，不劝。但是，一旦她真同宝玉结了婚，那时黛玉可能就不一样了。

宝玉这里说的话常常被引用，有经典语录的性质，我们也做一点讨论。先说他对宝钗的严厉嘲讽。凡是说到读书科举，宝玉就会气急败坏，以前他对宝钗、湘云都是这样，宝钗不汲取前车之鉴，在宝玉如此得意之时还要来劝，惹得宝玉恼羞成怒，骂出"国贼禄鬼"这样恶狠狠的话，这在宝玉的一生中都是很少有的，尤其是对女孩子。曹雪芹这么写，也是在为后面的"梦兆绛芸轩"做铺垫，宝钗动了宝玉最心爱的奶酪，要改变他的人生之路，宝玉怎么可能接受？所以他自然不要"金玉姻缘"。确实，宝玉同宝钗在人生观上存在重大分歧。我们只是不知道，将来导致他们从"举案齐眉"到最后分离，曹雪芹给出的究竟是什么原因。

　　与宝钗相反，"独有林黛玉自幼不曾劝他去立身扬名等语，所以深敬黛玉"。大家注意这里的"独有"两字，言下之意，恐怕连李纨、凤姐、探春等人都劝过，所以黛玉能够不劝，也确实难能可贵。宝玉在梦中喊："我偏说是木石姻缘！"也就不足为奇。曹雪芹的构思是非常严谨的，要让宝玉在梦中喊出那样的话来，除了远方的呼应之外，就在本回他还做了就近的铺垫。

　　不过我这里想说的是，曹公此处塑造的是"原生态"的贾宝玉，曹公依据人物的性格轨迹，刻画得非常成功，一个"潦倒不通世务，愚顽怕读文章。行为偏僻性乖张，那管世人诽谤"的贾宝玉已经跳出了书本，拍打着我们的肩膀，这一点毫无问题。有问题的是：这样的一个贾宝玉，是不是曹雪芹所欣赏、所赞美的呢？我们不妨再读读曹雪芹那首诗的下阕："富贵不知乐业，贫穷难耐凄凉。可怜辜负好韶光，于国于家无望。天下无能第一，古今不肖无双。寄言纨绔与膏粱：莫效此儿形状！"许多人往往不把这半首诗当回事，似乎曹雪芹是在开玩笑，在游戏笔墨。我认为曹雪芹这不是在游戏笔墨，而是很沉重、很郑重的一个告诫，它不仅同《红楼梦》整个悲剧情节高度吻合，而且与"作者自云"中那段肺腑之言，"将已往所赖天恩祖德，锦衣纨绔之时，饫甘餍肥之日，背父兄教育之恩，负师友规谈之德，以至于今日一技无成，半生潦倒"，完全一致。所以对宝玉今日之情状，曹公只是客观地描写，而未必等于赞同；等到他后面把悲剧全部展开的时候，再回头来看今日之宝玉，可能就一片满腔怅惘，无语凝噎。

　　下面一段情节主要是交代贾府的月例，也就是各人每月的收入情况，它的好处是向我们揭示了当时贵族家庭的分配状况，这是其他小说，包括《金瓶梅》都没有写得这么清楚的；但是我要说，作为《红楼梦》，它在这里是一个比较大的败笔。曹雪芹太想要介绍这些月例分布的情况了，但是这一次他找的机缘不好，他让王夫人来问凤姐："如今赵姨娘和周姨娘的月例多少？"这显然属于莫名其妙。王夫人当家已经有不少年份了，贾府的分配情况应该也没有怎么变动，她可以记不得丫头们，比如袭人的月例，但是赵姨娘周姨娘，她不可能不清楚。所以曹雪芹让王夫人来问，不仅不自然，而且根本不合理。王夫人又问了一句："前儿我恍惚听见有人抱怨，说短了一吊钱，是什么原故？"引得凤姐倒出一大箩筐的话来，很显然，凤姐做贼心虚，又要说谎，又要圆谎，她开始管不住自己的嘴，滴滴答答得没个完。心虚的人常常就是这样掩饰自己。我们更关心我们感兴趣的内容，王夫人下令："把我每月的月例二十两银子里，拿出二两银子一吊钱来给袭人。以后凡事有赵姨娘周姨娘的，也有袭人的，只是袭人的这一分都从我的分例上匀出来，不必动官中的就是了。"从此以后，袭人每月的收入就是将近四两银子，这是一笔相当高的收入，与一个高级管家，也就是我们现在所说的经理人差不多。

> 凤姐一一的答应了，笑推薛姨妈道："姑妈听见了，我素日说的话如何？今儿果然应了我的话。"薛姨妈道："早就该如此。模样儿自然不用说的，他的那一种行事大方，说话见人和气里头带着刚硬要强，这个实在难得。"王夫人含泪说道："你们那里知道袭人那孩子的好处？比我的宝玉强十倍！宝玉果然是有造化的，能够得他长长远远的伏侍他一辈子，也就罢了。"凤姐道："既这么样，就开了脸，明放他在屋里岂不好？"王夫人道："那就不好了，一则都年轻，二则老爷也不许，三则那宝玉见袭人是个丫头，纵有放纵的事，倒能听他的劝，如今作了跟前人，那袭人该劝的也不敢十分劝了。如今且浑着，等再过二三年再说。"

凤姐还是比较嫩，只知其一不知其二，王夫人更懂得怎么使用袭人这样的人物。当然，这对于我们都是次要的，更重要的是我们由此知道，更准确的说是曹雪芹由此告知，宝玉的婚姻要到两三年以后。黛玉也好宝钗也罢，她们可以休养生息几年了；同时作者曹雪芹先生，也可以轻松几年，信笔由缰，跳出宝玉、黛玉、宝钗三人爱情婚姻的小天地，好好写一下那个更大、更复杂、更有趣，也更诡秘的大世界。

下面，是《红楼梦》中最奇异的一幕。曹雪芹大概也知道这一幕过于奇异，看上去是气定神闲，实际上有点手忙脚乱的，他列出了一大串"缘由"。我们看看他的行文。

> 却说王夫人等这里吃毕西瓜，又说了一回闲话，各自方散去。宝钗与黛玉等回至园中，宝玉因约黛玉往藕香榭去，黛玉回说立刻要洗澡，便各自散了。宝钗独自行来，顺路进了怡红院，意欲寻宝玉谈讲以解午倦。不想一入院来，鸦雀无闻，一并连两只仙鹤在芭蕉下都睡着了。宝玉便顺着游廊来至房中，只见外间床上横三竖四，都是丫头们睡觉。转过十锦槅子，来至宝玉的房内。宝玉在床上睡着了，袭人坐在身旁，手里做针线，旁边放着一柄白犀麈。宝钗走近前来，悄悄的笑道："你也过于小心了，这个屋里那里还有苍蝇蚊子，还拿蝇帚子赶什么？"袭人不防，猛抬头见是宝钗，忙放下针线，起身悄悄笑道："姑娘来了，我倒也不防，唬了一跳。姑娘不知道，虽然没有苍蝇蚊子，谁知有一种小虫子，从这纱眼里钻进来，人也看不见，只睡着了，咬一口，就象蚂蚁夹的。"

大家看这短短几行字中，曹公自己预先打了三个补丁。宝钗在午睡的时候直闯宝玉的卧室，大不合于闺阁操守，但曹公不管，还是让宝钗进去了，而且又借故让袭人走开，于是宝钗单独坐在宝玉卧榻边。

这里宝钗只刚做了两三个花瓣，忽见宝玉在梦中喊骂说："和尚道士的话如何信得？什么是金玉姻缘，我偏说是木石姻缘！"薛宝钗听了这话，不觉怔了。

宝玉这话虽然不足为奇，但当着宝钗的面这么喊出来，依然惊心动魄。宝玉是睡着的，喊完他不管事了。关键是宝钗，听到这么明确而又坚定的拒绝，她将何以应对？所有读者都瞪大眼睛在瞧。可惜大家忘记了，我们碰到的是曹雪芹，有时候他会耍点滑头，不能以为该有的东西他就会给你。这种关键地方，换了任何其他作家都会把宝钗的反应写得非常详细，因为这非但是宝钗的关键点，也是读者的热点，作者的卖点。但曹公就给了我们四个字"不觉怔了"，去掉那个没用处的修饰语"不觉"，就剩两个字："怔了"。看到曹雪芹这种写法，读者也"怔了"，只能"怔了"。前面说了，对曹公这种"留白"艺术，没有人好好研究过。这种"留白"不仅只针对宝钗，包括贾母、王夫人这三位关键人物，在宝玉婚姻问题上一律不表态，真的是"三缄其口"！特别是宝钗，当问题明明白白、冰冷无情地摆到她面前，她依然是沉静如水，不予表态。尽管宝钗沉静如水，但宝玉的梦话对她无疑是当头一棒。从此以后，她跑怡红院再也不会这么勤快了。

为什么曹雪芹要刻意制造这个情节，造成那么个结果？他是怎么构思的？我本人"怔了"几十年后，渐渐悟出一点体会。曹公设计宝钗听梦话，似乎是要做一个了断，对宝玉、黛玉、宝钗三人关系的一个阶段性的了断。打远处说起，自从黛玉、宝钗前后脚进入贾府以后，三人就形成一个微妙的三角关系，为此曹雪芹花了不少笔墨来展现，写得极其动人。但是，《红楼梦》不仅仅是爱情小说，相反，爱情、婚姻是表达宏大丰富的悲剧主题的一部分，尽管它是最吸引眼球的一部分。现在作品已经写了三十六回，曹雪芹大约觉得已经赚够了眼球，三人关系也大致描述清楚了，所以到这里他需要一个了断，带有标志性的醒目的了断，于是他设计了这场迎头一棒，让宝钗知难而退；借此也让读者看得清清楚楚：三人关系出现了新的格局，宝玉已经做出决断，宝钗受到沉重打击，黛玉不再有威胁感。

曹雪芹做出这个了断，从宏观结构上来说，他要开辟新的天地，翻开新的篇章，有关这个大构思我们上回已经谈过。下一回，探春将举起诗社的大旗吹响集结号，大观园中的青年男女们从各自的小屋子里奔跑到大旗之下，集结、欢跳，他们找到了生存的崭新方式，他们的生命突然变得流光溢彩，美不胜收。从此他们不再零零散散各自孤独和无聊，他们聚集一起挥洒青春，舞动美丽，他们握着屈原、李白、李清照等巨人们的手，载歌载舞，竞争比赛，他们在大观园中展开一场历时数年的文学奥林匹克大会，把自己的聪明和才智，把自己的热血和梦想，镌刻在大观园的山石上，沉淀到大观园的湖水里，凝结在大观园的树枝、草叶上。——由此，作品的格调和气象也将为之一变，将由缠绵悱恻变得清新明朗乃至靓丽。正因为此，曹雪芹已经顾不得刀痕斧迹、牵强生硬，他硬是把宝钗拖到宝玉的床头，来个一刀了断。

回到作品。曹雪芹这么连接：

> 薛宝钗听了这话，不觉怔了。忽见袭人走过来，笑道："还没有醒呢。"宝钗摇头。袭人又笑道："我才碰见林姑娘史大姑娘，他们可曾进来？"宝钗道："没见他们进来。"因向袭人笑道："他们没告诉你什么话？"袭人笑道："左不过是他们那些玩话，有什么正经的。"宝钗笑道："他们说的可不是玩话，我正要告诉你呢，你又忙忙的出去了。"

大家注意宝钗的动态，第一时间袭人问她话，"宝钗摇头"，宝钗还沉浸在"怔了"之中，她一个字也没有回答，只是"摇头"。袭人第二次问黛玉和湘云可曾进来，宝钗已经能够顺着问题回答，"没见他们进来"。后面她自己接着说话，理应时间上是隔了一会儿，她"怔"完后意识到自己的迟钝，怕袭人看出端倪，所以她接着主动问话。如果计算时间的话，她"怔了"也就一两分钟。曹公塑造的宝钗就是这么一位可怜而又顽强的姑娘。重击之下，宝钗没有倒下，没有失态，没有走形。"高士"原来是这么炼成的。

写完这段情节，曹公将宝钗与宝玉的情感心态，告一段落。

作品后面转到宝玉同袭人对话，诞生了经典的"贾宝玉语录"。这同一回的范围里面，出现宝玉两段"语录"，可见曹公刻意"编纂"，又为了避免操纵的嫌疑，把这两段"语录"分散开来，但蛛丝马迹依然还在。说这段语录更加经典，因为引用来说明宝玉性格的文章更多，论证的更加"权威"。所以我们也略加讨论。

> 宝玉谈至浓快时，见他不说了，便笑道："人谁不死，只要死的好。那些个须眉浊物，只知道文死谏，武死战，这二死是大丈夫死名死节。竟何如不死的好！必定有昏君他方谏，他只顾邀名，猛拼一死，将来弃君于何地！必定有刀兵他方战，猛拼一死，他只顾图汗马之名，将来弃国于何地！所以这皆非正死。"袭人道："忠臣良将，出于不得已他才死。"宝玉道："那武将不过仗血气之勇，疏谋少略，他自己无能，送了性命，这难道也是不得已！那文官更不可比武官了，他念两句书汗在心里，若朝廷少有疵瑕，他就胡谈乱劝，只顾他邀忠烈之名，浊气一涌，即时拼死，这难道也是不得已！还要知

道，那朝廷是受命于天，他不圣不仁，那天地断不把这万几重任与他了。可知那些死的都是沽名，并不知大义。比如我此时若果有造化，该死于此时的，趁你们在，我就死了，再能够你们哭我的眼泪流成大河，把我的尸首漂起来，送到那鸦雀不到的幽僻之处，随风化了，自此再不要托生为人，就是我死的得时了。"袭人忽见说出这些疯话来，忙说困了，不理他。那宝玉方合眼睡着，至次日也就丢开了。

这一段的主题是"文死谏武死战"。话是宝玉说的，但显然宝玉只是传声筒。宽泛一点说，他是时代的传声筒，明代以来，对儒家，尤其是宋儒的那套学说就有一股反对的思潮，多有批判乃至声讨的，宝玉这话就是这种声讨的极致化表达。说细小一点，宝玉是曹雪芹的传声筒。曹雪芹对儒家学说有没有这么仇视，难说；但他抑郁不得志是可以肯定的，作为罪犯的儿子他没资格科考，自然当不了文臣武将；不过这样的局外人身份，既可以让他跳出儒家的条框，更客观更理性地看待历史和现实；也可能使得他发出酸言，吃不到葡萄就说葡萄酸，把文官武将们狠狠刻薄一下。究竟怎么评判，读者自行取决。

本回前后分两次让宝玉大谈"好好的一个清净洁白女儿，也学的钓名沽誉，入了国贼禄鬼之流"，以及"文死谏武死战"，分别表达宝玉对女孩子的喜好标准，和他对读书科考人生道路的否定、厌恶，以及对文臣武将的讽刺。一回内容当中让宝玉发两次人生之道的大议论，已经过于密集过于沉重，完全不像《红楼梦》从容不迫、娓娓道来的风格。曹雪芹这样写，也是因为到下一回，新的一页将被掀开，新的气象将要出现，舞台将被放大，登台人物将大大增加，新的事件将成为演出的主戏，宝玉、黛玉、宝钗的关系不再占据舞台的中心。所以，曹雪芹要关闭幕布，要重新布置背景和道具，新的大戏要开场了。

如果作品到此为止属于第一个大板块，或者称之为第一乐章，作品的所有基础、框架到这里都已经搭建完毕，那么从第 37 到 72 回就是第二乐章，因为第 73 回"痴丫头误拾绣春囊"是一个警示性标志，此后大观园开始分崩离析，贾府内部、外部的种种矛盾都将迸发，豪华的大厦开始倾颓。

回到作品。最后一段情节是宝玉眼见龄官与贾蔷的爱情。虽然龄官只是个小戏子，贾蔷不过是贾府手下的包工头，但他们的爱情一样有姿有色，爱得海枯石烂。当然，最触动宝玉的，是龄官对宝玉的冷淡和厌弃，以及这对恋人中女方掌握绝对主动甚至有点霸道，一如林黛玉。他对袭人长叹：

> "我昨晚上的话竟说错了，怪道老爷说我是'管窥蠡测'。昨夜说你们的眼泪单葬我，这就错了。我竟不能全得了。从此后只是各人各得眼泪罢了。"自此深悟人生情缘，各有分定。

结尾补写宝玉对宝钗的抱歉，曹雪芹或别有意思。第二天是薛姨妈生日，宝玉说不去了。

> 黛玉便先笑道："你看着人家赶蚊子分上，也该去走走。"宝玉不解，忙问："怎么赶蚊子？"袭人便将昨日睡觉无人作伴，宝姑娘坐了一坐的话说了出来。宝玉听了，忙说："不该。我怎么睡着了，亵渎了他。"一面又说："明日必去。"

宝玉表示对宝钗抱歉，没有什么稀奇的，倒是曹雪芹特特补出宝玉的抱歉，至少有冲淡他梦话的意味。另一个看点是，林黛玉笑嘻嘻地谈宝钗替宝玉赶蚊子，没有讽刺；而且宝玉深感亵渎了宝钗，追悔之情溢于言表，黛玉竟然也没有一点酸意，这是此前不可能的。曹雪芹用一切的一切表明，老的一页已经翻了过去。

第三十七回

秋爽斋偶结海棠社　蘅芜苑夜拟菊花题

从回目来看，都是关于结诗社和酝酿诗题的内容，实际上在这两段之间，曹雪芹又写了一段丫头们的活动，正是这场活动把有关写诗的前后两个内容衔接了起来，手段巧妙，意境独居。

本回开头第一段，看似同后面内容没有关系。"这年贾政又点了学差，择于八月二十日起身。是日拜过宗祠及贾母起身，宝玉诸子弟等送至洒泪亭。"显然在曹雪芹的心目中，不仅有关系而且关系重大。大观园里就要开启诗社，那是宝玉和众钗们放飞生命、展现才华、宣泄情感的重要方式，它需要自由的空气，轻松的氛围。而贾政就是压在他们头上的一座大山，这位二老爷在家里，别说宝玉不得自由，探春也生发不出豪情，李纨更不可能活跃，所以曹公开篇就把这座大山移除。然而令人不解的是，曹公安排贾政去当"学差"，相当于今日的省教育厅长。可是贾政自己却没有文凭——他不是进士出身，根本没资格担当此任。清代官员出任学政的，起码条件是进士出生，还往往是相当有声望的学者；从官阶来说，在二品侍郎到五品郎中。贾政身为工部员外郎官衔从五品，其资格资历都不符合。所以，不知道曹公是故意戏弄贾政呢？还是暗示所谓受重用外放纯属子虚乌有？

贾政走后，"宝玉每日在园中任意纵性的逛荡，真把光阴虚度，岁月空添"。曹雪芹的这些用语，恐怕不都是虚话，他对宝玉的态度，也显然没有那些热心的评论家说得那么肯定。好在三妹妹探春解救了他。"这日正无聊之际，只见翠墨进来，手里拿着一副花笺送与他。"宝玉打开看时，原来是一份倡议书兼邀请函。探春感叹古人，"或竖词坛，或开吟社，虽一时之偶兴，遂成千古之佳谈"。联想到自己，虽然身为女子，"孰谓莲社之雄才，独许须眉；直以东山之雅会，让余脂粉。若蒙棹雪而来，娣则扫花以待。此谨奉"。探春突然有此豪兴，无疑是其老爸的离开，让其心灵豁然开朗所致。"孰谓莲社之雄才，独许须眉；直以东山之雅会，让余脂粉。"则让我们初次见识了三小姐的气度。宝玉看了，喜得拍手笑道："倒是三妹妹的高雅，我如今就去商议。"一面说，一面就走。宝玉的举动同探春是个鲜明的对比，这位哥哥

显然没有妹妹那么沉得住气，遇事就急。不仅如此，他刚走到半路，就遭到曹雪芹
不轻不重地一记敲打。因为婆子送上一份帖子，是那位年纪比宝玉还大的干儿子贾
芸送来的。这么一篇嘴脸猥琐狗屁不通的文字，曹雪芹全文照录，显然是要同上面
探春那份气度非凡的文字作对比。结交这样的人，还认他做干儿子，曹雪芹已经是
在打宝玉的脸；宝玉看完信，笑眯眯的心情大好，可谓同流合污。两封信札几乎同
时来到宝玉手里，似乎是一个象征：两种风气同时吹到宝玉身上，宝玉何去何从？
好在他身边这群清雅的女孩子力量更大一些，才挽救了他。曹雪芹是不是有这个
意思？

下面我们读读原著，领会一下新气象。

> 宝玉来到秋爽斋，只见宝钗、黛玉、迎春、惜春已都在那里了。
>
> 众人见他进来，都笑说："又来了一个。"探春笑道："我不算俗，偶然起个念头，
> 写了几个帖儿试一试，谁知一招皆到。"宝玉笑道："可惜迟了，早该起个社的。"黛玉
> 道："你们只管起社，可别算上我，我是不敢的。"迎春笑道："你不敢谁还敢呢。"宝玉
> 道："这是一件正经大事，大家鼓舞起来，不要你谦我让的。各有主意自管说出来大家
> 平章。宝姐姐也出个主意，林妹妹也说个话儿。"宝钗道："你忙什么，人还不全呢。"
> 一语未了，李纨也来了，进门笑道："雅的紧！要起诗社，我自荐我掌坛。前儿春天我
> 原有这个意思的。我想了一想，我又不会作诗，瞎乱些什么，因而也忘了，就没有说
> 得。既是三妹妹高兴，我就帮你作兴起来。"

仅仅这一段文字，就让我们眼睛一亮。首先，连病恹恹的林黛玉都早一步到了，
可见其积极和兴奋。当然，黛玉少不得做作一番，说她不敢当。但大家看，跳出来
反驳她的是谁？居然是迎春！这位二小姐是从来不大开口的，更别说驳斥别人。今
天她第一个跳出来，驳斥的是最会生气的黛玉，可知迎春的心也热乎乎的。再看看
我们的宝二爷，生平第一次，他发出一本正经、鼓舞人心的"正能量"声音："早该
起个社的。"还颇有点领导者的心气。而最让人吃惊的是李纨，这位槁木死灰的寡妇
嫂子，居然一进门就毛遂自荐抢着当掌门人！——这群人，听到"诗社"二字，一
个个如闻纶音，欢呼雀跃。我们继续欣赏。

> 黛玉道："既然定要起诗社，咱们都是诗翁了，先把这些姐妹叔嫂的字样改了才不
> 俗。"李纨道："极是，何不大家起个别号，彼此称呼则雅。我是定了'稻香老农'，再
> 无人占的。"探春笑道："我就是'秋爽居士'罢。"宝玉道："居士、主人到底不恰，且
> 又累赘。这里梧桐芭蕉尽有，或指梧桐芭蕉起个倒好。"探春笑道："有了，我最喜芭
> 蕉，就称'蕉下客'罢。"众人都道别致有趣。黛玉笑道："你们快牵了他去，炖了脯子
> 吃酒。"众人不解。黛玉笑道："古人曾云'蕉叶覆鹿'。他自称'蕉下客'，可不是一只
> 鹿了？快做了鹿脯来。"众人听了都笑起来。探春因笑道："你别忙中使巧话来骂人，我

已替你想了个极当的美号了。"又向众人道："当日娥皇女英洒泪在竹上成斑，故今斑竹又名湘妃竹。如今他住的是潇湘馆，他又爱哭，将来他想林姐夫，那些竹子也是要变成斑竹的。以后都叫他作'潇湘妃子'就完了。"大家听说，都拍手叫妙。林黛玉低了头方不言语。李纨笑道："我替薛大妹妹也早已想了个好的，也只三个字。"惜春迎春都问是什么。李纨道："我是封他'蘅芜君'了，不知你们如何。"探春笑道："这个封号极好。"宝玉道："我呢？你们也替我想一个。"宝钗笑道："你的号早有了，'无事忙'三字恰当的很。"李纨道："你还是你的旧号'绛洞花主'就好。"宝玉笑道："小时候干的营生，还提他作什么。"探春道："你的号多的很，又起什么。我们爱叫你什么，你就答应着就是了。"宝钗道："还得我送你个号罢。有最俗的一个号，却于你最当。天下难得的是富贵，又难得的是闲散，这两样再不能兼有，不想你兼有了，就叫你'富贵闲人'也罢了。"宝玉笑道："当不起，当不起，倒是随你们混叫去罢。"李纨道："二姑娘四姑娘起个什么号？"迎春道："我们又不大会诗，白起个号作什么？"探春道："虽如此，也起个才是。"宝钗道："他住的是紫菱洲，就叫他'菱洲'，四丫头在藕香榭，就叫他'藕榭'就完了。"

这里描述的只是各人起个名号，却写的妙趣横生，性格分明，一派青春热气。黛玉先打趣探春，探春反唇相讥说黛玉又爱哭，以后要想姐夫，故名"潇湘妃子"，"林黛玉低了头方不言语"。就这么个善意的玩笑当中，曹雪芹也写出了两人的地位身份，对探春这位正宗的贾府小姐，半客居的林黛玉也只能礼让三分。宝玉则充当了这群小姐奶奶的"开心果"角色，别人有了名号他就急，却不会从从容容地自己想一个，求人家替他起，于是宝钗老实不客气地给个"无事忙"，这真真太恰当了，也反映出宝玉在宝钗心目中的分量和地位。他的亲妹妹探春更加不客气，"你的号多的很，又起什么。我们爱叫你什么，你就答应着就是了。"虽然大家都打趣宝玉，却也显示了宝玉众星捧月的核心地位。诗社就这么成立了，李纨行使她的社长职能，给予她自己和迎春、惜春写作豁免权，还安排了迎春、惜春的职位。

迎春惜春本性懒于诗词，又有薛林在前，听了这话便深合己意，二人皆说："极是"。探春等也知此意，见他二人悦服，也不好强，只得依了。因笑道："这话也罢了，只是自想好笑，好好的我起了个主意，反叫你们三个来管起我来了。"宝玉道："既这样，咱们就往稻香村去。"李纨道："都是你忙，今日不过商议了，等我再请。"宝钗道："也要议定几日一会才好。"探春道："若只管会的多，又没趣了。一月之中，只可两三次才好。"宝钗点头道："一月只要两次就够了。拟定日期，风雨无阻。除这两日外，倘有高兴的，他情愿加一社的，或情愿到他那里去，或附就了来，亦可使得，岂不活泼有趣。"众人都道："这个主意更好。"

探春的一声叹息，"好好的我起了个主意，反叫你们三个来管起我来了"。虽然是玩笑话，却显示了她对权力和把控的某种内心欲望。宝钗则体现她理性务实的风格，她提出的会期时间，是制度建设的重要方面。总之，这群青年男女兴高采烈，群策群力，搭建了一个他们独享的新世界。新的一天，不，他们的新纪元开始了！

当天他们就开始享受自己的成果，"海棠诗"诞生了。写作过程中，曹雪芹的镜头再次对准林黛玉。

> 待书一样预备下四份纸笔，便都悄然各自思索起来。独黛玉或抚梧桐，或看秋色，或又和丫鬟们嘲笑。迎春又令丫鬟炷了一支"梦甜香"。原来这"梦甜香"只有三寸来长，有灯草粗细，以其易烬，故以此烬为限，如香烬未成便要罚。一时探春便先有了，自提笔写出，又改抹了一回，递与迎春。因问宝钗："蘅芜君，你可有了？"宝钗道："有却有了，只是不好。"宝玉背着手，在回廊上踱来踱去，因向黛玉说道："你听，他们都有了。"黛玉道："你别管我。"宝玉又见宝钗已誊写出来，因说道："了不得！香只剩了一寸了，我才有了四句。"又向黛玉道："香就完了，只管蹲在那潮地下作什么？"黛玉也不理。宝玉道："可顾不得你了，好歹也写出来罢。"说着也走在案前写了。李纨道："我们要看诗了，若看完了还不交卷是必罚的。"宝玉道："稻香老农虽不善作却善看，又最公道，你就评阅优劣，我们都服的。"大家看了，宝玉说探春的好，李纨才要推宝钗这诗有身分，因又催黛玉。黛玉道："你们都有了？"说着提笔一挥而就，掷与众人。

实际上大家用的时间都差不多，但黛玉就是要表现她的优哉游哉和与众不同，等大家催她了，才"提笔一挥而就，掷与众人"，尤其这个"掷"字，写出黛玉的睥睨众人、自命不凡。真是可笑又可爱。探春比较踏实、认真，写完又改，不以为这有什么坍台。宝钗显得从容、谦虚，自称"只是不好"。宝玉则永远是咋咋呼呼，大惊小怪。就这么一个写诗的过程，曹雪芹把各人的心态、性格展露无遗。其中还有一个小小的物品可能没人注意，就是那越燃越短、限定时间的香，曹雪芹取名为"梦甜香"，这显然是个暗喻：这群年轻的诗人们，他们正在享受着诗词的甜美，可惜这种甜美不会长久，就如梦境一样很快就会结束。《红楼梦》就是这样，但凡有一个甜美的旋律响起，必有一个低沉的颤音伴随、搅和。

宝玉他们的四首海棠诗，我们不做具体的赏析了，我们一再说过，人物自己的诗词只表现其个性，而外界派到他们名下的诗词曲令，则暗示他们的命运，相对更加重要。探春诗中"芳心一点娇无力"，似乎与其心性不甚相称；宝钗的"珍重芳姿""淡极始知花更艳"则吟出其凝重素朴的气质；宝玉的"出浴太真"再次流露出他对杨贵妃的欣赏，而"清砧怨笛送黄昏"难得苍凉；黛玉的"偷来梨蕊三分白，借得梅花一缕魂"，则反映了她构思的奇特精巧。脂评以及现代学者，有认为宝钗与黛玉的诗互有攻讦，宝玉的诗句则在护着黛玉。我却体会不到这些意思，一者他们第一次开诗社，人人都喜气洋洋，丝毫没有勾心斗角的氛围；二者诗词是他们神圣的灵魂，他们不会去亵渎自己的最爱；三者宝钗平时都委屈忍让，她怎么可能用诗词去讽刺黛玉？诗词由暗示、比喻、象征堆砌而成，各人的体会、解读不一样，这也正常。

诗社具有竞赛性质，每做一诗要评比排名，这是它有趣之处。奥运会如果不排名不设冠军奖杯，它的吸引力恐怕会减去大半。不过诗词的评判没有数据之类的客观指标，所以容易扯皮。宝玉第一个发言，说探春的好，这时只有三首，黛玉的还没写好。我疑心宝玉是故意胡说以便压住宝钗，为黛玉取胜留余地。果然，看完黛玉的，李纨这位主裁判左右摇摆了："若论风流别致，自是这首；若论含蓄浑厚，终让蘅稿。"两位助理裁判迎春、惜春不置可否，还是探春站了出来："这评的有理，潇湘妃子当居第二。"探春虽然自己也是参赛者，但一来她无偏心，二来她是真主人，是贾府的公主，其他人自然无语。李纨这主裁判底气不足，只能找软柿子捏："怡红公子是压尾，你服不服？"宝玉哪有不服的，其实他这首不在探春之下，但李纨卖了人情分，宝玉并不计较。初次大赛，他的林妹妹未能夺冠，他怕黛玉不高兴，尤其先前黛玉表现得那么自负，现在脸往哪儿放？于是宝玉厚着脸皮说："'我的那首原不好了，这评的最公。'又笑道：'只是蘅潇二首还要斟酌。'"宝玉敢于当面这么说，也是他吃准宝钗不会计较这些。但是李纨有了探春"挺腰子"，这下来了底气："'原是依我评论，不与你们相干，再有多说者必罚。'宝玉听说，只得罢了。"李纨好意思说这话，前面探春大胆"干政"，她可没说"不与你们相干"。最后探春定名为"海棠社"，于是大家散了。曹雪芹写这么一场小小诗会，也能写尽人情世故、各人脾性，我们不得不叹服。

曹雪芹笔锋一转，从这"雅世界"进入隔壁的"俗世界"，刻画同一束阳光下丫鬟们在如何度过她们的生命。袭人收到那两盆海棠花，"自己走到自己房内秤了六钱银子封好，又拿了三百钱走来，都递与那两个婆子道：'这银子赏那抬花来的小子们，这钱你们打酒吃罢。'"这里一个句子有点拗口和难解，袭人"自己走到自己房内秤了六钱银子封好"，似乎特意写明，这银子是袭人私人的月例钱？第51回袭人不在，宝玉与麝月取银子付诊费，写明银子放在"宝玉堆东西的房子"里。所以袭人这句不好理解，提请各位思考。但袭人出手实在是大，算是两个小子抬着海棠花进来的（不可能派四个人抬，没这么安排作业的），就抬这么几步路每人得三钱银子，大约是小子们一个月的工资，大丫头也要干十天呢！难怪那两个婆子"千恩万谢的不肯受"那三百钱。接着袭人又雇车叫人给史湘云送鲜果和粉糕，假如真是用袭人自己的月例，那么她恐怕每个月都积攒不下什么钱。我这里说的是"假如"。

下面一段略微长了一点，但我觉得还是摘引下来，曹雪芹在里面安排了许多意思。

> 袭人回至房中，拿碟子盛东西与史湘云送去，却见橱子上碟槽空着。因回头见晴雯、秋纹、麝月等都在一处做针黹，袭人问道："这一个缠丝白玛瑙碟子那去了？"众人见问，都你看我我看你，都想不起来。半日，晴雯笑道："给三姑娘送荔枝去的，还没送来呢。"袭人道："家常送东西的家伙也多，巴巴的拿这个去。"晴雯道："我何尝不也这样说。他说这个碟子配上鲜荔枝才好看。我送去，三姑娘见了也说好看，叫连碟子放着，就没带来。你再瞧，那橱子尽上头的一对联珠瓶还没收来呢。"秋纹笑道："提起瓶来，我又想起笑话。我们宝二爷说声孝心一动，也孝敬到二十分。因那日见园里桂花，折了两枝，原是自己要插瓶的，忽然想起来说，这是自己园里的才开的新鲜花，不敢自己先顽，巴巴的把那一对瓶拿下来，亲自灌水插好了，叫个人拿着，亲自送一瓶进老太太，又进一瓶与太太。谁知他孝心一动，连跟的人都得了福。可巧那日是我拿去的。老太太见了这样，喜的无可无不可，见人就说：'到底是宝玉孝顺我，连一枝花儿也想的到。别人还只抱怨我疼他。'你们知道，老太太素日不大同我说话的，有些不入他老人家的眼的。那日竟叫人拿几百钱给我，说我可怜见的，生的单柔。这可是再想不到的福气。几百钱是小事，难得这个脸面。及至到了太太那里，太太正和二奶奶、赵姨奶奶、周姨奶奶好些人翻箱子，找太太当日年轻的颜色衣裳，不知给那一个。一见了，连衣裳也不找了，且看花儿。又有二奶奶在旁边凑趣儿，夸宝玉又是怎么孝敬，又是怎样知好歹，有的没的说了两车话。当着众人，太太自为又增了光，堵了众人的嘴。太太越发喜欢了，现成的衣裳就赏了我两件。衣裳也是小事，年年横竖也得，却不象这个彩头。"晴雯笑道："呸！没见世面的小蹄子！那是把好的给了人，挑剩下的才给你，你还充有脸呢。"秋纹道："凭他给谁剩的，到底是太太的恩典。"晴雯道："要是我，我就不要。若是给别人剩下的给我，也罢了。一样这屋里的人，难道谁又比谁高贵些？把好的给他，剩下的才我，我宁可不要，冲撞了太太，我也不受这口软气。"秋纹忙问："给这屋里谁的？我因为前儿病了几天，家去了，不知是给谁的。好姐姐，你告诉我知道知道。"晴雯道："我告诉了你，难道你这会退还太太去不成？"秋纹笑道："胡说，我白听了喜欢喜欢。那怕给这屋里的狗剩下的，我只领太太的恩典，也不犯管别的事。"众人听了都笑道："骂的巧，可不是给了那西洋花点子哈巴儿了。"袭人笑道："你们这起烂了嘴的！得了空就拿我取笑打牙儿。一个个不知怎么死呢。"秋纹笑道："原来姐姐得了，我实在不知道。我陪个不是罢。"袭人笑道："少轻狂罢。你们谁取了碟子来是正经。"麝月道："那瓶得空儿也该收来了。老太太屋里还罢了，太太屋里人多手杂。别人还可以，赵姨奶奶一伙的人见是这屋里的东西，又该使黑心弄坏了才罢。太太也不大管这些，不如早些收来正经。"晴雯听说，便掷下针黹道："这话倒是，等我取去。"秋纹

道："还是我取去罢，你取你的碟子去。"晴雯笑道："我偏取一遭儿去。是巧宗儿你们都得了，难道不许我得一遭儿？"麝月笑道："通共秋丫头得了一遭儿衣裳，那里今儿又巧，你也遇见找衣裳不成。"晴雯冷笑道："虽然碰不见衣裳，或者太太看见我勤谨，一个月也把太太的公费里分出二两银子来给我，也定不得。"说着，又笑道："你们别和我装神弄鬼的，什么事我不知道。"一面说，一面往外跑了。秋纹也同他出来，自去探春那里取了碟子来。

这里第一层，"晴雯、秋纹、麝月等都在一处做针黹"，曹公这么写，似乎是让我们看到，公子小姐们吟诗填词的时候丫鬟们正在辛勤干活，"几家欢乐几家愁"，两个世界对比鲜明。本来从结构上说，本回两段写诗词内容完全可以连在一起，曹公硬是在其中插入这段丫鬟情景，于是形成三幅画面互为映照。这种美学构思颇有点意思。第二层写了宝玉独特的孝顺，这也是作品未曾正面描写过的，却借用丫鬟们的聊天侧面补叙出来，使得贾母对宝玉的宠爱有了很充分的理由。这个侧写构想特别，真是难为了作者。第三层写了贾母和王夫人的赏赐，这就更有味道了。贾母对秋纹一直不待见，而秋纹得赏"几百钱是小事，难得这个脸面"。而且可能从此以后贾母就待见她了。此外还得到王夫人赏赐衣服，秋纹心满意足。晴雯却大为不屑："呸！没见世面的小蹄子！"她讥笑秋纹那是给别人剩下的。但秋纹一点不生气，问给谁剩下的，"我白听了喜欢喜欢。那怕给这屋里的狗剩下的，我只领太太的恩典，也不犯管别的事。"瞧，同样是丫鬟，人与人大不一样。更有趣的在于，"众人听了都笑道：'骂的巧，可不是给了那西洋花点子哈巴儿了。'"手下人当面讥笑袭人，但袭人也并不生气，任凭她们打趣照样安排工作。这群丫鬟就这样消磨着她们的日子。第四层，又是借她们的嘴写出赵姨娘一房的虎视眈眈，逮着机会就下黑手。这就是两个集团的斗争了，不仅是上层人物，底层也一并卷入，水火不相容。曹公又在埋雷了，后面正妻庶妾之间的火拼绝对惊心动魄。第五层，公子小姐与底下丫鬟两幅不同的画面，曹公到底还是把她们打通了——袭人派去送东西的宋妈妈向史湘云透露了这边结诗社的消息，湘云"急的了不的"，宝玉一听立即要求贾母把史湘云接来，于是有了后文的史湘云补做海棠诗。

所以，以上这段写丫鬟们的工作、打趣和揭底，写得非常之扎实，内容厚重，最后在结构方面也曲径通幽，是一段值得细细把玩的好文字。

后面一段写史湘云跑步入社。"你们忘了请我，我还要罚你们呢。就拿韵来，我虽不能，只得勉强出丑。容我入社，扫地焚香我也情愿。"这就是史湘云，人家起诗社，压根儿没想到她，她不气不恼，还自动跑来加入，"容我入社，扫地焚香我也情愿"。细数十二金钗，黛玉、宝钗、探春、李纨，谁肯？更别说凤姐、妙玉了。湘云的气概胸怀，并不是靠啃啖鹿肉、醉眠芍药展现的，最能展现的是这里。至于湘云那两首海棠诗，"却喜诗人吟不倦""也宜墙角也宜盆"两句，很好地表达了她特有的气质和怀抱。

再后面，就是"蘅芜苑夜拟菊花题"。这一部分，显然不是写湘云，而是写宝钗，湘云成为听客或者叫陪聊，大发议论的主讲人是宝钗。起因是湘云当着众人豪性大发："明日先罚我个东道，就让我先邀一社可使得？"众人道："这更妙了。"湘云却忘了：自己拿什么来做东？于是有了下面一段。

> 至晚，宝钗将湘云邀往蘅芜苑安歇去。湘云灯下计议如何设东拟题。宝钗听他说了半日，皆不妥当，因向他说道："既开社，便要作东。虽然是顽意儿，也要瞻前顾后，又要自己便宜，又要不得罪了人，然后方大家有趣。你家里又作不得主，一个月通共那几串钱，你还不够盘缠呢。这会子又干这没要紧的事，你婶子听见了，越发抱怨你了。况且你就都拿出来，做这个东道也是不够。难道为这个家去要不成？还是往这里要呢？"一席话提醒了湘云，倒踌躇起来。

宝钗先是"听他说了半日，皆不妥当"，这个"不妥当"，就是不切实际，办不成事。接着宝钗分析了史湘云的实际处境，开导湘云，"一席话提醒了湘云，倒踌躇起来"。这本来都很好，但是有评论家们抓住"虽然是顽意儿，也要瞻前顾后，又要自己便宜，又要不得罪了人，然后方大家有趣"，说宝钗是俗气，是市侩。这种说法恐怕欠考虑。

宝钗下面一句话，受到了更多的批判乃至谴责。我们将原话完整引用如下：

> 宝钗又向湘云道："诗题也不要过于新巧了。你看古人诗中那些刁钻古怪的题目和那极险的韵了，若题过于新巧，韵过于险，再不得有好诗，终是小家气。诗固然怕说熟话，更不可过于求生，只要头一件立意清新，自然措词就不俗了。究竟这也算不得什么，还是纺绩针黹是你我的本等。一时闲了，倒是于你我深有益的书看几章是正经。"

这段话主要是讲诗词的构思和技术，宝钗的观点与她的思想性格是完全一致的，她反对"刁钻古怪的题目"，和"那极险的韵"，认为最重要的是"立意清新"，要大气，反对"小家子气"。这些观点，从整部《红楼梦》以及里面的诗词来看，实际上反映的正是曹雪芹的观点，曹雪芹让薛宝钗作为代言人，可见宝钗在他心目中的地位和分量。但是接下来宝钗话题一转，"究竟这也算不得什么，还是纺绩针黹是你我的本等。一时闲了，倒是于你我深有益的书看几章是正经"。这一转是有点奇怪的，与前面的话题完全不相干，与后面的话题更加对不上，属于非常突兀的插入话题。

宝钗为什么会突然扯到这个话题上呢？我以前也觉得没法理解，许多年不理解。确实，单看这一段话是看不明白的，但联系到她们几分钟前的话，才能看明白，宝钗这是在安抚史湘云。前面宝钗说了："你家里你又作不得主，一个月通共那几串钱，你还不够盘缠呢。"今天湘云兴致这么高，然而她的现实处境又令她难堪，是以宝钗才说"纺绩针黹是你我的本等"，来开导、安抚湘云。这里说的是宝钗怎么会引到这个话题。

宝钗安抚完了湘云，两人开始策划明天的诗会，动尽脑筋拟出十二个别出心裁的题目，"二人商议妥帖，方才息灯安寝"。曹雪芹没有交代是几更，他或许是暗示湘云和宝钗根本就不去关心是半夜还是凌晨，她们只是兴奋、甜蜜、陶醉。这种"秋风沉醉的晚上"，在她们的生命中，是很少的。

第三十八回

林潇湘魁夺菊花诗　薛蘅芜讽和螃蟹咏

本回两方面内容，一个是贾母领着一大家子人吃螃蟹，另一个是公子小姐们写诗。

作品写大型的家宴已有两次，元妃省亲一次，作者没写什么具体的吃饭场景，而是侧重元春对弟弟妹妹的考试，气氛是隆重严肃而略带紧张，是宝钗、黛玉帮着宝玉作弊的细节才带来一些轻松；宝钗生日那次，作品着重表现看戏的场景，尤其是宝玉听《寄生草》的感悟和黛玉的吃醋，情节引人入胜。我们看看这次大型家宴，曹雪芹又从哪个角度描写？给我们带来什么？

> 话说宝钗湘云二人计议已妥，一宿无话。湘云次日便请贾母等赏桂花。贾母等都说道："是他有兴头，须要扰他这雅兴。"至午，果然贾母带了王夫人凤姐兼请薛姨妈等进园来。

这场螃蟹宴名义上是湘云做东，但螃蟹、其他食材和酒，全部来自宝钗的暗中资助。以湘云的名义去请，贾母当然高兴，史家能够在贾府做东机会是很少的。也不知道贾母想没想过，这侄孙女的开销来自哪里？反正她把薛姨妈也请了过来，高兴，有脸。后面的描写就以贾母为中心，史湘云则几乎退隐，曹雪芹要营造欢快的气氛，就抓住贾母这个快乐的老龙头，举纲张目。要哄老太太开心，凤姐自然是少不了的。凤姐虽然没什么文化，但毕竟是豪门出身，她说"看着水眼也清亮"，很有点审美的意思。

> 一时进入榭中，只见栏杆外另放着两张竹案，一个上面设着杯箸酒具，一个上头设着茶筅茶盂各色茶具。那边有两三个丫头煽风炉煮茶，这一边另外几个丫头也煽风炉烫酒呢。贾母喜的忙问："这茶想的到，且是地方，东西都干净。"湘云笑道："这是宝姐姐帮着我预备的。"贾母道："我说这个孩子细致，凡事想的妥当。"

贾母又一次赞美宝钗。

开始吃螃蟹了，虽说今天是客人，三代婆媳在一起，凤姐和李纨都不敢怎么坐下，气氛难以活跃，于是曹雪芹的笔一挪，去写下人们，别开生面。

> 史湘云陪着吃了一个，就下座来让人，又出至外头，令人盛两盘子与赵姨娘周姨娘

送去。又见凤姐走来道："你不惯张罗，你吃你的去。我先替你张罗，等散了我再吃。"湘云不肯，又令人在那边廊上摆了两桌，让鸳鸯、琥珀、彩霞、彩云、平儿去坐。鸳鸯因向凤姐笑道："二奶奶在这里伺候，我们可吃去了。"凤姐儿道："你们只管去，都交给我就是了。"说着，史湘云仍入了席。凤姐和李纨也胡乱应个景儿。凤姐仍是下来张罗，一时出至廊上，鸳鸯等正吃的高兴，见他来了，鸳鸯等站起来道："奶奶又出来作什么？让我们也受用一会儿。"凤姐笑道："鸳鸯小蹄子越发坏了，我替你当差，倒不领情，还抱怨我。还不快斟一钟酒来我喝呢。"鸳鸯笑着忙斟了一杯酒，送至凤姐唇边，凤姐一扬脖子吃了。琥珀彩霞二人也斟上一杯，送至凤姐唇边，那凤姐也吃了。平儿早剔了一壳黄子送来，凤姐道："多倒些姜醋。"一面也吃了，笑道："你们坐着吃罢，我可去了。"鸳鸯笑道："好没脸，吃我们的东西。"凤姐儿笑道："你和我少作怪。你知道你琏二爷爱上了你，要和老太太讨了你作小老婆呢。"鸳鸯道："啐，这也是作奶奶说出来的话！我不拿腥手抹你一脸算不得。"说着赶来就要抹。凤姐儿央道："好姐姐，饶我这一遭儿罢。"琥珀笑道："鸳丫头要去了，平丫头还饶他？你们看看他，没有吃了两个螃蟹，倒喝了一碟子醋，他也算不会揽酸了。"平儿手里正辦了个满黄的螃蟹，听如此奚落他，便拿着螃蟹照着琥珀脸上抹来，口内笑骂"我把你这嚼舌根的小蹄子！"琥珀也笑着往旁边一躲，平儿使空了，往前一撞，正恰恰的抹在凤姐儿腮上。凤姐儿正和鸳鸯嘲笑，不防唬了一跳，嗳哟了一声。众人撑不住都哈哈的大笑起来。凤姐也禁不住笑骂道："死娼妇！吃离了眼了，混抹你娘的。"平儿忙赶过来替他擦了，亲自去端水。鸳鸯道："阿弥陀佛！这是个报应。"贾母那边听见，一叠声问："见了什么这样乐，告诉我们也笑笑。"鸳鸯等忙高声笑回道："二奶奶来抢螃蟹吃，平儿恼了，抹他主子一脸的螃蟹黄子。主子奴才打架呢。"贾母和王夫人等听了也笑起来。贾母笑道："你们看他可怜见的，把那小腿子脐子给他点子吃也就完了。"鸳鸯等笑着答应了，高声又说道："这满桌子的腿子，二奶奶只管吃就是了。"凤姐洗了脸走来，又伏侍贾母等吃了一回。黛玉独不敢多吃，只吃了一点儿夹子肉就下来了。

写的是史湘云"令人在那边廊上摆了两桌，让鸳鸯、琥珀、彩霞、彩云、平儿去坐"，但这显然也是贾府的风俗，当主人们大摆筵席的时候，丫鬟们也可以在边上摆桌子吃，贾府的这种开明在当时社会是极其少见的。鸳鸯同凤姐的斗嘴玩笑，让我们见识了鸳鸯在贾府的独特地位，当然也为她同凤姐联手戏弄刘姥姥，埋下了伏笔。整个场面远远不止是歌舞欢笑，而是达到动手动脚，几乎要突破主子与奴才的极限。字里行间都透露出曹雪芹对人间平等、和谐的向往。不过最后一句"黛玉独不敢多吃，只吃了一点儿夹子肉就下来了"，让我们心里咯噔一下，深深感佩曹雪芹心思的周密、行文的细腻。

贾母吃完了，也很识趣：

"我怕你们高兴，我走了又怕扫了你们的兴。既这么说，咱们就都去罢。"回头又嘱咐湘云："别让你宝哥哥林姐姐多吃了。"湘云答应着。又嘱咐湘云宝钗二人说："你两个也别多吃。那东西虽好吃，不是什么好的，吃多了肚子疼。"

贾母到底算偏心还是客套？ 她吩咐了这几个别多吃，对自己亲孙女却不闻不问，这老太太真做得出。贾母她们一走，宴会的格局和气氛立马发生了变化。湘云打算将残席收拾了另摆。

宝玉道："也不用摆，咱们且作诗。把那大团圆桌就放在当中，酒菜都放着。也不必拘定坐位，有爱吃的大家去吃，散坐岂不便宜。"宝钗道："这话极是。"湘云道："虽如此说，还有别人。"因又命另摆一桌，拣了热螃蟹来，请袭人、紫鹃、司棋、待书、入画、莺儿、翠墨等一处共食。山坡桂树底下铺下两条花毡，命答应的婆子并小丫头等也都坐了，只管随意吃喝，等使唤再来。

宝玉最反对规规矩矩喜欢自由散漫，提出"散坐"，宝钗第一个赞同。所谓"散坐"，正是文人雅士气质的体现，《竹林七贤图》《兰亭修禊图》就是代表。湘云又请了袭人以及低一级的丫鬟，这让我们联想起她送戒指的往事，湘云的心目中，人与人比较平等。

随后就进入写诗情节。那十二首菊花诗并无重大关涉，我们就不多作讲解，感兴趣的朋友可以阅览专门的鉴赏著作。值得关注的倒是他们的评比。

李纨笑道："等我从公评来。通篇看来，各有各人的警句。今日公评：《咏菊》第一，《问菊》第二，《菊梦》第三，题目新，诗也新，立意更新，恼不得要推潇湘妃子为魁；然后《簪菊》《对菊》《供菊》《画菊》《忆菊》次之。"宝玉听说，喜的拍手叫"极是，极公道"。黛玉道："我那首也不好，到底伤于纤巧些。"李纨道："巧的却好，不露堆砌生硬。"黛玉道："据我看来，头一句好的是'圃冷斜阳忆旧游'，这句背面傅粉。'抛书人对一枝秋'已经妙绝，将供菊说完，没处再说，故翻回来想到未拆未供之先，意思深透。"李纨笑道："固如此说，你的'口齿噙香'句也敌的过了。"探春又道："到底要算蘅芜君沉着，'秋无迹'，'梦有知'，把个忆字竟烘染出来了。"宝钗笑道："你的'短鬓冷沾'，'葛巾香染'，也就把簪菊形容的一个缝儿也没了。"湘云道："'偕谁隐'，'为底迟'，真个把个菊花问的无言可对。"李纨笑道："你的'科头坐'，'抱膝吟'，竟一时也不能别开，菊花有知，也必腻烦了。"说的大家都笑了。宝玉笑道："我又落第。难道'谁家种'，'何处秋'，'蜡屐远来'，'冷吟不尽'，都不是访，'昨夜雨'，'今朝霜'，都不是种不成？但恨敌不上'口齿噙香对月吟'、'清冷香中抱膝吟'、'短鬓'、'葛巾'、'金淡泊'、'翠离披'、'秋无迹'、'梦有知'这几句罢了。"又道："明儿闲了，我一个人作出十二首来。"李纨道："你的也好，只是不及这几句新巧就是了。"

这次李纨把黛玉的三首全部列为最好，宝玉高兴得拍手，黛玉道："我那首也不好，到底伤于纤巧些。"大家注意，这是我们第一次看见黛玉的谦虚。忽然之间，黛玉变了，变得谦逊起来。这种改变是怎么发生的曹雪芹没写，或者说没明写，不过他写了诗社和诗歌。我认为，黛玉不是故作谦逊，而是思想境界升华了。诗社这个集体性组织和它在活动中产生的亲和力、向心力，姐妹们共同的精神追求和生命寄托，相互之间的艺术商榷和同台竞技，温暖了黛玉的心房，她看到兄妹们在一起可以有很重要的事情做，她感受到了幸福——这种幸福和甜蜜驱逐了她原有的种种计较和私心，使得她整个的灵魂升华了。她感受到生命的意义！本质上黛玉是个诗人，她有诗人的特质和功底，有诗人的激情和冲动，也有诗人的好胜和嫉妒，当然，她还有诗人的单纯和优雅。当她一个人写诗时，她写的全是情感的另一面，比较私心的一面，比较伤感的一面。那时，诗歌让她发泄，让她忧伤，让她流泪，让她无眠，结果造成的心理积淀是负面为主。现在，与姐妹们一起，她的海棠诗和菊花诗，再也不是《葬花吟》那种格调，她不再专注于万物那必然的死亡，不再把自己仅仅与落花联系在一起，甚至等同视之，"风刀霜剑严相逼""花落人亡两不知"；而是看到万物的美丽和生命的庄严，看到人与自然和谐相处的美妙和乐趣，所以她"口齿噙香对月吟""喃喃负手叩东篱"，她"千古高风说到今"。诗言志，黛玉用最真实的诗的语言告诉我们，她的灵魂蜕变了。如果说我们不太能够理解林黛玉的这种蜕变，她离我们远了一点；那么，我们大多有切身的体会，都玩过扑克牌或麻将，当你一个人拿着一副牌，你怎么玩也玩不出味儿；但三五牌友一起时，你会立即精神大振，吆五喝六，忘记时间忘记周围。游戏，会让人感受到生命的全然不一样。更何况，黛玉、宝钗、宝玉他们玩的是他们视为生命的游戏！——尤其是，年轻女子的生命中，除了诗词，还有什么？这些被囚禁在院子里的少女，除了诗词还有什么可以展现她们的生命力？可以证明她们的修养和才华？

　　不过宝玉还在肆无忌惮地偏袒黛玉，他只要黛玉夺魁而根本不管诗词内容，他不明白黛玉已经升华，已经不那么在意胜负了。而李纨则在小心翼翼地维护黛玉。探春的态度一如海棠诗那次，再次指出到底是宝钗的沉着。而宝钗投桃报李，赞扬探春的诗句。大家既竞争，又一团和气，正如我们熟悉的口号"友谊第一，比赛第二"。只有宝玉还在那里自嘲，为这优美的仕女图添上一份滑稽和幽默。

　　下面的螃蟹诗，是"计划外"的产品，由于宝玉啃着螃蟹一时兴起而引发。当然，这是湘云和宝钗的菊花诗"计划"之外，却是曹雪芹"计划内"的。海棠诗是临时起意，菊花诗是精心策划，但这两者都是歌咏类的。曹雪芹对这世界怀有爱心，但对这社会难免满腹怨气，歌物咏志的诗词已经十多首，够了，他要换换口味，让这群年轻人来几首讽时骂世的。于是他玩弄一点雕虫小技就让他们砸出螃蟹诗。宝玉那首虽说不怎么高明，但其"横行公子却无肠"一句，却首开讽刺嘲笑的调子。黛玉随手应付了一篇。

> 宝玉看了正喝彩，黛玉便一把撕了，令人烧去，因笑道："我的不及你的，我烧了他。你那个很好，比方才的菊花诗还好，你留着他给人看。"宝钗接着笑道："我也勉强了一首，未必好，写出来取笑儿罢。"说着也写了出来。

看上去宝钗是被动的，为了响应宝玉和黛玉，实际上曹公又在"项庄舞剑"，宝玉、黛玉这两首不过是引子，为了引出宝钗这首重磅炸弹。

> 桂霭桐阴坐举觞，长安涎口盼重阳。
> 眼前道路无经纬，皮里春秋空黑黄。
> 酒未敌腥还用菊，性防积冷定须姜。
> 于今落釜成何益，月浦空余禾黍香。

此诗运用了双重讽刺。第一联"长安涎口盼重阳"，是讽刺京城中的王孙公子们，为吃这口螃蟹，不知多少日子前就流着口水盼望螃蟹快快长大长肥，这是对吃客们的俗不可耐的辛辣嘲讽。天子脚下那些有钱人养尊处优无所事事，天天只盼着好吃的，可能还自封"吃客""美食家"，但宝钗（也是曹雪芹）却给他们一个活灵活现的雅号"涎口"！"涎口"这个词，连收词最多的《汉语大词典》中都没有，可见是曹雪芹的孤明先发，为这批京城馋嘴独家定制。讽刺吃客是一重，而主要的讽刺对象则是螃蟹。无数的"涎口"们早就等着螃蟹的出现，这预示着螃蟹们大告不妙的结局。然而螃蟹们却不知悲剧正等着自己，他们兀自在那里横行霸道，洋洋自得；腹中没有文化没有见识，连心肠都没有，唯有那一肚子膏黄则恰是"涎口"们的最爱，但螃蟹却在那里装腔作势，忙得不亦乐乎。转眼它们就落到锅子里被蒸煮，其膏其肉被"涎口"们大饱口福，却还要嫌螃蟹有腥味和寒性。一切完事，螃蟹生长的水边地头，月色依旧，禾黍飘香，这世界，谁还记得它们！——"众人看毕，都说这是食螃蟹绝唱，这些小题目，原要寓大意才算是大才，只是讽刺世人太毒了些。"确实，此诗把世间那些横行霸道的小人骂到骨子里。两百多年过去了，不知道还有没有人再写讽刺螃蟹的诗词，或许真的"眼前有景道不得，曹公题诗在上头"。

最后我们说一句，曹雪芹为什么把这首诗让宝钗来写呢？是否在他的眼里，只有宝钗才对现实社会认知最深刻，只有宝钗才具有如此强劲的批判能力？在第70回安排柳絮词的时候，曹公再次选择了宝钗。诗社几年来最有分量的两首诗词，都出自宝钗。

第三十九回
村姥姥是信口开合　情哥哥偏寻根究底

这回写刘姥姥来到贾府，随口讲了一些乡村故事，贾府的太太奶奶们却听得津津有味，贾宝玉更是信以为真。刘姥姥这个乡村走来的老婆婆，今天她占领了贾府。

本回紧接着上一回从平儿写起，平儿是凤姐派来取螃蟹的，但李纨偏拉着她一起吃，不许走。

李纨揽着他笑道："可惜这么个好体面模样儿，命却平常，只落得屋里使唤。不知道的人，谁不拿你当作奶奶太太看。"

平儿一面和宝钗湘云等吃喝，一面回头笑道："奶奶，别只摸的我怪痒的。"李氏道："嗳哟！这硬的是什么？"平儿道："钥匙。"李氏道："什么钥匙？要紧梯己东西怕人偷了去，却带在身上。我成日家和人说笑，有个唐僧取经，就有个白马来驮他；刘智远打天下，就有个瓜精来送盔甲；有个凤丫头，就有个你。你就是你奶奶的一把总钥匙，还要这钥匙作什么。"平儿笑道："奶奶吃了酒，又拿了我来打趣着取笑儿了。"宝钗笑道："这倒是真话。我们没事评论起人来，你这几个都是百个里头挑不出一个来，妙在各人有各人的好处。"李纨道："大小都有个天理。比如老太太屋里，要没那个鸳鸯如何使得。从太太起，那一个敢驳老太太的回，现在他敢驳回。偏老太太只听他一个人的话。老太太那些穿戴的，别人不记得，他都记得，要不是他经管着，不知叫人诓骗了多少去呢。那孩子心也公道，虽然这样，倒常替人说好话儿，还倒不依势欺人的。"惜春笑道："老太太昨儿还说呢，他比我们还强呢。"平儿道："那原是个好的，我们那里比的上他。"宝玉道："太太屋里的彩霞，是个老实人。"探春道："可不是，外头老实，心里有数儿。太太是那么佛爷似的，事情上不留心，他都知道。凡百一应事都是他提着太太行。连老爷在家出外去的一应大小事，他都知道。太太忘了，他背地里告诉太太。"李纨道："那也罢了。"指着宝玉道："这一个小爷屋里要不是袭人，你们度量到个什么田地！凤丫头就是楚霸王，也得这两只膀子好举千斤鼎。他不是这丫头，就得这么周到了！"平儿笑道："先时陪了四个丫头，死的死，去的去，只剩下我一个孤鬼了。"李纨道："你倒是有造化的。凤丫头也是有造化的。想当初你珠大爷在日，何曾也没两个人。你们看我还是那容不下人的？天天只见他两个不自在。所以你珠大爷一没了，趁年轻我都打发了。若有一个守得住，我倒有个膀臂。"说着滴下泪来。众人都道："又何必伤心，不如散了倒好。"说着便都洗了手，大家约往贾母王夫人处问安。

曹雪芹在这里抖起了包袱，他借众人的嘴"煮酒论英雄"，把贾府中主要丫鬟做了描述，这样写比作者直接介绍更加生动有趣。确实，平儿、袭人、鸳鸯等，论能力比李纨、迎春、惜春、宝玉强过许多；论品格胸襟，更是远在凤姐、贾琏、贾珍、贾蓉、贾环之上。此外，这些丫头都已经各管一摊，有些身份，通常"权利使人争"，会有争宠夺利的事发生，甚至勾心斗角，可是她们的友情却是如此深厚，相互推心置腹，十几年如一日，多么难能可贵。第1回作者自云"念及当日所有之女子……皆出于我之上"，我们不可把"女子"仅仅理解为小姐奶奶，作者对这些丫鬟们怀着崇高的敬意。本回又借平儿和李纨的嘴，写出许多丫头已经"死的死，去的去"，在深切怀念的同时，暗示着眼前这些女孩前途多舛。

> 众婆子丫头打扫亭子，收拾杯盘。袭人和平儿同往前去，让平儿到房里坐坐，再喝一杯茶。平儿说："不喝茶了，再来罢。"说着便要出去。袭人又叫住问道："这个月的月钱，连老太太和太太还没放呢，是为什么？"平儿见问，忙转身至袭人跟前，见方近无人，才悄悄说道："你快别问，横竖再迟几天就放了。"袭人笑道："这是为什么，唬得你这样？"平儿悄悄告诉他道："这个月的月钱，我们奶奶早已支了，放给人使呢。等别处的利钱收了来，凑齐了才放呢。因为是你，我才告诉你，你可不许告诉一个人去。"袭人道："难道他还短钱使，还没个足厌？何苦还操这心。"平儿笑道："何曾不是呢。这几年拿着这一项银子，翻出有几百来了。他的公费月例又使不着，十两八两零碎攒了放出去，只他这梯己利钱，一年不到，上千的银子呢。"袭人笑道："拿着我们的钱，你们主子奴才赚利钱，哄的我们呆呆的等着。"平儿道："你又说没良心的话。你难道还少钱使？"袭人道："我虽不少，只是我也没地方使去，就只预备我们那一个。"平儿道："你倘若有要紧的事用钱使时，我那里还有几两银子，你先拿来使，明儿我扣下你的就是了。"袭人道："此时也用不着，怕一时要用起来不够了，我打发人去取就是了。"

曹雪芹这一笔非常突兀，突然就扯到凤姐营私放利钱。大家还记得黛玉进贾府那天，王夫人也突然问到月钱的事，曹公十分用心。"一年不到，上千的银子呢。"我们不知道凤姐放的利率是多少，但依据凤姐的性格我们可以推测，连贾母和王夫人的月钱她都敢扣住，那一定是利率能多高就有多高。《大清律例》规定，民间借贷月利不得超过三分，总利钱不得超过本金。而在后四十回抄家时候贾府最确凿、最严重的罪证，就是凤姐房中抄出一箱重利盘剥的借据，连北静王都不敢有所维护，可见凤姐出借的利率远远超过法律规定。曹雪芹在这里就已经给凤姐规定了归宿。

接着刘姥姥出场了。

> 平儿答应着，一径出了园门，来至家内，只见凤姐儿不在房里。忽见上回来打抽丰的那刘姥姥和板儿又来了，坐在那边屋里，还有张材家的周瑞家的陪着，又有两三个丫

头在地下倒口袋里的枣子倭瓜并些野菜。

我们留心一下曹雪芹的写法，刘姥姥第一次来，曹雪芹是从刘姥姥的家里写起，然后非常详细地描写了她费尽周折才进入贾府。而这一次曹雪芹就调换笔墨了，他不再写刘姥姥是怎么进来的，而是写她已然在平儿的房间里。两副笔墨完全不同，曹公就这么用心，这么讲究。

众人见他进来，都忙站起来了。刘姥姥因上次来过，知道平儿的身分，忙跳下地来问"姑娘好"，又说："家里都问好。早要来请奶奶的安看姑娘来的，因为庄家忙。好容易今年多打了两石粮食，瓜果菜蔬也丰盛。这是头一起摘下来的，并没敢卖呢，留的尖儿孝敬姑奶奶姑娘们尝尝。姑娘们天天山珍海味的也吃腻了，这个吃个野意儿，也算是我们的穷心。"平儿忙道："多谢费心。"又让坐，自己也坐了。又让"张婶子周大娘坐"，由令小丫头子倒茶去。

刘姥姥已经今非昔比，她相当懂得贾府的人情，见到平儿进来，她"忙跳下地来问'姑娘好'"，要知道她已经七十五岁，从炕上跳下来！但也正是这份不容易和恭敬，让平儿觉得可笑而又可怜，何况平儿本是个善良的姑娘，她当然善待刘姥姥。刘姥姥这次来还有一个变化，她不再是空手来了，她带来自己地里的新鲜蔬果，这样从理论上到形式上，她都是来走亲戚，不再是纯粹来打秋风。周瑞家的前来告诉好消息：

"二奶奶在老太太的跟前呢。我原是悄悄的告诉二奶奶，'刘姥姥要家去呢，怕晚了赶不出城去。'二奶奶说：'大远的，难为他扛了那些沉东西来，晚了就住一夜明儿再去。'这可不是投上二奶奶的缘了。这也罢了，偏生老太太又听见了，问刘姥姥是谁。二奶奶便回明白了。老太太说：'我正想个积古的老人家说话儿，请了来我见一见。'这可不是想不到天上缘分了。"说着，催刘姥姥下来前去。刘姥姥道："我这生像儿怎好见的。好嫂子，你就说我去了罢。"平儿忙道："你快去罢，不相干的。我们老太太最是惜老怜贫，比不得那个狂三诈四的那些人。想是你怯上，我和周大娘送你去。"说着，同周瑞家的引了刘姥姥往贾母这边来。

贾母想找个同龄人聊聊天，这个我们可以想象；倒是凤姐体谅刘姥姥，"大远的，难为他扛了那些沉东西来，晚了就住一夜明儿再去"。有点出乎我们预料，只能说凤姐毕竟天良未灭。

下面请大家关注贾母同刘姥姥的对话。

平儿等来至贾母房中，彼时大观园中姊妹们都在贾母前承奉。刘姥姥进去，只见满屋里珠围翠绕，花枝招展，并不知都系何人。只见一张榻上歪着一位老婆婆，身后坐着一个纱罗裹的美人一般的一个丫鬟在那里捶腿，凤姐儿站着正说笑。刘姥姥便知是贾母了，忙上来陪着笑，福了几福，口里说："请老寿星安。"贾母亦欠身问好，又命周瑞家的端过椅子来坐着。那板儿仍是怯人，不知问候。贾母道："老亲家，你今年多大年纪了？"刘姥姥忙立身答道："我今年七十五了。"贾母向众人道："这么大年纪了，还这么健朗。比我大好几岁呢。我要到这么大年纪，还不知怎么动不得呢。"刘姥姥笑道："我们生来是受苦的人，老太太生来是享福的。若我们也这样，那些庄家活也没人作了。"贾母道："眼睛牙齿都还好？"刘姥姥道："都还好，就是今年左边的槽牙活动了。"贾母道："我老了，都不中用了，眼也花，耳也聋，记性也没了。你们这些老亲戚，我都不记得了。亲戚们来了，我怕人笑我，我都不会，不过嚼的动的吃两口，睡一觉，闷了时和这些孙子孙女儿顽笑一回就完了。"刘姥姥笑道："这正是老太太的福了。我们想这么着也不能。"贾母道："什么福，不过是个老废物罢了。"说的大家都笑了。

　　首先注意的是称呼。虽然认了亲，但刘姥姥却不敢以亲戚名义称呼，她选了个很妙的称呼"老寿星"，中国人讲究多福多寿，像贾母这样的富贵老太太，其他什么都有，盼望的就是长寿。所以贾母一上来就乐了，反过来，贾母却称刘姥姥为老亲家，她认这个亲。这也是贾母不同于凤姐、王夫人的地方，贾母有这个气度，有这份人情。接着看，是贾母首先打开话题，她很懂得刘姥姥的拘谨，所以她先问"你今年多大年纪了"，这个问话不会让刘姥姥为难，正如《触龙说赵太后》中先问太后的饮食，于是两人很自然地进入老年人特有的话题。其实贾母很想要一个刘姥姥这样的对话者，既可以知道外面的一些新鲜事，又可以像照镜子一样见到自己的老来福气。后面她说"不过嚼的动的吃两口，睡一觉，闷了时和这些孙子孙女儿顽笑一回就完了"，这是实话，却也含着显摆。而刘姥姥也抓住机会凑趣，更让贾母有满足感。于是贾母调转了话题："我才听见凤哥儿说，你带了好些瓜菜来，叫他快收拾去了，我正想个地里现撷的瓜儿菜儿吃。外头买的，不象你们田地里的好吃。"这是贾母领刘姥姥的人情，或者说是一种奖赏。不过贾母这话依然令我感到意外。我们知道现在菜农的菜有两种，一小部分是自己吃的，其用肥用药绝对安全，而那大部分出售的，则只求菜长得好看，其生长速度和卫生程度完全不一样。但是按照贾母这个说法，早在几百年前市场上的菜就没有菜农自己的菜好吃，这里面恐怕不仅仅是一个新鲜程度的问题。刘姥姥后面的话就有技术含量了，"这是野意儿，不过吃个新鲜。依我们想鱼肉吃，只是吃不起"。她非常自然地把话题扯到自己穷困上面来，而不像前一次来对着凤姐直接哭穷。这是刘姥姥的主题，显然也是她前来的主要目的。贾母今天高兴，投了缘，便说："今儿既认着了亲，别空空儿的就去。不嫌我这里，就住一两天再去。我们也有个园子，园子里头也有果子，你明日也尝尝，带些家去，你也算看亲戚一趟。"贾母很明白刘姥姥的意思，所以第一句话就是给刘姥姥定心丸：别空空儿地就去。这就是贾母，同上一次凤姐的装腔作势完全不一样；后一句则现出贾母的好胜心——老人其实就是个孩子——她吃了刘姥姥地里的蔬果，她也要让刘姥姥尝尝咱家园子里的果子，"顺便"也让她看看咱家的园子。或许潜意识中贾母也有让穷亲戚开开眼的善意，但她的意识却是争光。而凤姐就不同了，故意的做作里面带着看不起："我们这里虽不比你们的场院大，空屋子还有两间。你住两天罢，把你们那里的新闻故事儿说些与我们老太太听听。"贾母觉得凤姐过分了，至少人家这把年纪就应该可怜乃至尊重："凤丫头别拿他取笑儿。他是乡屯里的人，老实，那里搁的住你打趣他。"说着，又命人去抓果子与板儿吃。曹公把贾母和凤姐祖孙俩做鲜明的对比。"刘姥姥吃了茶，便把些乡村中所见所闻的事情说与贾母，贾母益发得了趣味。正说着，凤姐儿便令人来请刘姥姥吃晚饭。贾母又将自己的菜拣了几样，命人送过去与刘姥姥吃。"曹公又专门交代一笔："鸳鸯忙令老婆子带了刘姥姥去洗了澡，自己挑了两件随常的衣服令给刘姥姥换上。"干净、服饰，是两种生活、两类人生之间的一座小桥，过了这座桥，许多东西才变得模糊了，交流起来才容易。

　　那刘姥姥那里见过这般行事，忙换了衣裳出来，坐在贾母榻前，又搜寻些话出来说。彼时宝玉姊妹们也都在这里坐着，他们何曾听见过这些话，自觉比那些瞽目先生说的书还好听。那刘姥姥虽是个村野人，却生来的有些见识，况且年纪老了，世情上经历过的，见头一个贾母高兴，第二见这些哥儿姐儿们都爱听，便没了说的也编出些话来讲。

有点奇怪的是，刘姥姥讲着故事，刚说到抽取柴火，贾府南院起火了，"贾母唬的口内念佛，忙命人去火神跟前烧香"。这又是曹公在干"草蛇灰线，千里伏脉"的营生，刘姥姥的口出即应，或许暗示着将来正好刘姥姥来贾府探望时，贾府遭灾，她救走凤姐的女儿巧姐儿，所谓"留余庆，忽遇恩人"。

柴火的故事不能再讲，刘姥姥便讲一个虔心供佛的故事：

　　原来这老奶奶只有一个儿子，这儿子也只一个儿子，好容易养到十七八岁上死了，哭的什么似的。后果然又养了一个，今年才十三四岁，生的雪团儿一般，聪明伶俐非常。可见这些神佛是有的。"这一夕话，实合了贾母王夫人的心事，连王夫人也都听住了。

好个刘姥姥，这故事明显是模拟贾珠、贾宝玉的，所以王夫人也深深入迷。

由于抽柴火的故事主角是个漂亮姑娘，宝玉耿耿于怀。当大家聊起雪下吟诗话头时，"林黛玉忙笑道：'咱们雪下吟诗？依我说，还不如弄一捆柴火，雪下抽柴，还更有趣儿呢。'说着，宝钗等都笑了。宝玉瞅了他一眼，也不答话。"黛玉又一次忍不住讥讽宝玉的花花肚肠，不过她还是有改进，她只不过笑着嘲讽一句，没有闹没有哭，就这么过去了。

本回后半部分写"情哥哥偏寻根究底"。刘姥姥胡诌一句那抽柴火的姑娘被塑了像供在一个庙里。

　　宝玉信以为真，回至房中，盘算了一夜。次日一早，便出来给了茗烟几百钱，按着刘姥姥说的方向地名，着茗烟去先踏看明白，回来再做主意。那茗烟去后，宝玉左等也不来，右等也不来，急的热锅上的蚂蚁一般。好容易等到日落，方见茗烟兴兴头头的回来。宝玉忙道："可有庙了？"茗烟笑道："爷听的不明白，叫我好找。那地名座落不似爷说的一样，所以找了一日，找到东北上田埂子上才有一个破庙。"宝玉听说，喜的眉开眼笑，忙说道："刘姥姥有年纪的人，一时错记了也是有的。你且说你见的。"茗烟道："那庙门却倒是朝南开，也是稀破的。我找的正没好气，一见这个，我说'可好了'，连忙进去。一看泥胎，唬的我跑出来了，活似真的一般。"宝玉喜的笑道："他能变化人了，自然有些生气。"茗烟拍手道："那里有什么女孩儿，竟是一位青脸红发的瘟神爷。"宝玉听了，啐了一口，骂道："真是一个无用的杀才！这点子事也干不来。"茗烟道："二爷又不知看了什么书，或者听了谁的混话，信真了，把这件没头脑的事派我去碰头，怎么说我没用呢？"

　　曹公借着宝玉的糊涂愚昧，狠狠捉弄他一把，其用意，恐怕更在对中国古代普遍存在的迷信思想和活动，来个点破。这本来不是《红楼梦》的主题，可以说不关曹雪芹的事情，但作为一个伟大的人类灵魂工程师，曹雪芹却不能不出手，因为这恰好是人类灵魂问题。

第四十回

史太君两宴大观园　金鸳鸯三宣牙牌令

这一回主要描述刘姥姥在贾府的参观和吃饭，整回都回荡着小姐奶奶太太以及丫鬟们的欢笑声，堪称此起彼伏不绝于耳，刘姥姥似乎也是兴高采烈。不过，亲身体验过阶级差异和人生坎坷的读者，也许在这欢笑声中听到一些别的什么，而不仅仅是快乐。

贾母和王夫人等商议给史湘云还席——到底是史家的脸面——地点就设在大观园中。大观园是交李纨管的，所以她很早起来忙着准备桌椅茶几酒具器皿，见刘姥姥进园子来，李纨让她专门爬到阁楼上去见识一番：

> 进里面，只见乌压压的堆些围屏、桌椅、大小花灯之类，虽不大认得，只见五彩炫耀，各有奇妙。念了几声佛，便下来了。
>
> 正乱着安排，只见贾母已带了一群人进来了。李纨忙迎上去，笑道："老太太高兴，倒进来了。我只当还没梳头呢，才撷了菊花要送去。"一面说，一面碧月早捧过一个大荷叶式的翡翠盘子来，里面盛着各色的折枝菊花。贾母便拣了一朵大红的簪于鬓上。因回头看见了刘姥姥，忙笑道："过来带花儿。"一语未完，凤姐便拉过刘姥姥来，笑道："让我打扮你。"说着，将一盘子花横三竖四的插了一头。贾母和众人笑的了不得。刘姥姥笑道："我这头也不知修了什么福，今儿这样体面起来。"众人笑道："你还不拔下来摔到他脸上呢，把你扮的成了个老妖精了。"刘姥姥笑道："我虽老了，年轻时也风流，爱个花儿粉儿的，今儿老风流才好。"

第一个情节，贾母、凤姐、刘姥姥三位今天的主要角色基本定型：贾母想让刘姥姥开开眼界，怀着善意；凤姐觉得捉弄人的机会来了，使劲玩弄刘姥姥；而刘姥姥看出凤姐的用意，就地装疯卖傻以博得大家高兴。

> 到了潇湘馆。一进门，只见两边翠竹夹路，土地下苍苔布满，中间羊肠一条石子漫的路。刘姥姥让出路来与贾母众人走，自己却赶走土地。琥珀拉着他说道："姥姥，你上来走，仔细苍苔滑了。"刘姥姥道："不相干的，我们走熟了的，姑娘们只管走罢。可惜你们的那绣鞋，别沾脏了。"他只顾上头和人说话，不防底下果踏滑了，咕咚一跤跌倒。众人拍手都哈哈的笑起来。贾母笑骂道："小蹄子们，还不搀起来，只站着笑。"说话时，刘姥姥已爬了起来，自己也笑了，说道："才说嘴就打了嘴。"贾母问他："可扭

了腰了不曾？叫丫头们捶一捶。"刘姥姥道："那里说的我这么娇嫩了。那一天不跌两下子，都要捶起来，还了得呢。"

刘姥姥满口乡土话，不过曹公捕捉到的乡土话里面总含着农民的辛苦，"那一天不跌两下子，都要捶起来，还了得呢。"七十五岁的刘姥姥每天还在土地里滚爬，同贾府的生活完全是两个世界。贾母因见窗纱的颜色旧了，吩咐给黛玉换新的窗纱。因提到"软烟罗"这种高级织物，作品一顿渲染卖弄，最后贾母说"如今上用的府纱也没有这样软厚轻密的了"。凤姐急忙让大家看她的棉袄，贾母和薛姨妈看了都说："这也是上好的了，这是如今的上用内造的，竟比不上这个。"不少人没有认清曹雪芹的面目，着了他的道，以为这些描写是真实的，还据此来谈历史。其实，清代是从康熙年开始回复明代文明，经济跨入快速发展时期，乾隆年达到顶峰。曹雪芹这里写的背景最晚不过乾隆中期，因为那是他仙逝的时期。所以，不管作品背景是康熙后期，还是雍正朝、乾隆前期，"上用""内造"的绫罗比不上前朝的民用、官用品，都是假话。这无疑是曹雪芹借用其祖上四代织造的知识经验，玩弄纺织品专业知识，指鹿为马，"误导"读者。不过能说他在误导吗？他写的是小说，有权"颠倒历史"，谁叫你们把它当正史、真事来读？我们真正需要弄明白的，是曹雪芹为什么要指鹿为马？这才是我们欣赏《红楼梦》的正经事。我这么理解：作品仅仅是借用朝廷衰弱来强调今不如昔，这与朝代无关，但可以借势，目的是烘托贾府的一代不如一代，和整部作品的没落情调。

离开潇湘馆，人问在哪里吃饭，贾母说探春那里好。好在哪？后面她说了，探春不那么嫌弃刘姥姥这种人。大家摆桌子。

鸳鸯笑道："天天咱们说外头老爷们吃酒吃饭都有一个篾片相公，拿他取笑儿。咱们今儿也得了一个女篾片了。"李纨是个厚道人，听了不解。凤姐儿却知是说的是刘姥姥了，也笑说道："咱们今儿就拿他取个笑儿。"二人便如此这般的商议。李纨笑劝道："你们一点好事也不做，又不是个小孩儿，还这么淘气，仔细老太太说。"鸳鸯笑道："很不与你相干，有我呢。"

以前的评论只说凤姐捉弄刘姥姥，但文本上写的是鸳鸯起的头，是第一主谋。我更感兴趣的是鸳鸯对李纨这句话："很不与你相干，有我呢。"李纨是贾母派到大观园管理照顾小叔子小姑子的，是大观园实际主管人，今天贾母在大观园请客，李纨是第一责任人；鸳鸯是谁？是贾母的一个丫头，她今天的责任是服侍好贾母，其他事情与她无关。但是她却说出这样的话。想来与鸳鸯的身份还是有关系，除了服侍贾母，她还传达指令，并向贾母提供各种意见，这种上传下达的特殊身份，连凤姐都有意笼络她。古代的宦官是这样，当代社会有些领导的秘书乃至司机也会趾高气扬。但是，鸳鸯同他们有实质性区别：宦官可以弄权，可以培植自己的势力，直至操控朝廷；秘书、哪怕司机也可以一级级跃升，前途难以限量。鸳鸯呢？她一旦到年龄就必须嫁人，离开贾母，离开权力中心；抑或，贾母一闭眼，邢夫人和王夫人当家，鸳鸯就什么都不是了；简单说，鸳鸯没有前途。但那句"很不与你相干，有我呢"，似乎她的权势远在李纨之上，她的眼里简直没有李纨！鸳鸯实实在在狂妄了。前面李纨、宝钗她们评点几个难得的丫鬟，说到了鸳鸯、平儿、袭人等，现在曹公又大写特写鸳鸯，实际上预示着鸳鸯的麻烦已经不远了，这是《红楼梦》特有的程序。上桌子之前——

　　凤姐一面递眼色与鸳鸯，鸳鸯便拉了刘姥姥出去，悄悄的嘱咐了刘姥姥一席话，又说："这是我们家的规矩，若错了我们就笑话呢。"调停已毕，然后归坐。……丫鬟们知道他要撮弄刘姥姥，便躲开让他。鸳鸯一面侍立，一面悄向刘姥姥说道："别忘了。"刘姥姥道："姑娘放心。"那刘姥姥入了坐，拿起箸来，沉甸甸的不伏手。原是凤姐和鸳鸯商议定了，单拿一双老年四楞象牙镶金的筷子与刘姥姥。刘姥姥见了，说道："这又爬子比俺那里铁锹还沉，那里瞿的过他。"说的众人都笑起来。

　　只见一个媳妇端了一个盒子站在当地，一个丫鬟上来揭去盒盖，里面盛着两碗菜。李纨端了一碗放在贾母桌上。凤姐儿偏拣了一碗鸽子蛋放在刘姥姥桌上。贾母这边说声"请"，刘姥姥便站起身来，高声说道："老刘，老刘，食量大似牛，吃一个老母猪不抬头。"自己却鼓着腮不语。众人先是发怔，后来一听，上上下下都哈哈的大笑起来。史湘云撑不住，一口饭都喷了出来；林黛玉笑岔了气，伏着桌子嗳哟；宝玉早滚到贾母怀里，贾母笑的搂着宝玉叫"心肝"；王夫人笑的用手指着凤姐儿，只说不出话来；薛姨妈也撑不住，口里茶喷了探春一裙子；探春手里的饭碗都合在迎春身上；惜春离了坐位，拉着他奶母叫揉一揉肠子。地下的无一个不弯腰屈背，也有躲出去蹲着笑去的，也有忍着笑上来替他姊妹换衣裳的，独有凤姐鸳鸯二人撑着，还只管让刘姥姥。刘姥姥拿起箸来，只觉不听使，又说道："这里的鸡儿也俊，下的这蛋也小巧，怪俊的。我且肏攮一个。"众人方住了笑，听见这话又笑起来。贾母笑的眼泪出来，琥珀在后捶着。贾母笑道："这定是凤丫头促狭鬼儿闹的，快别信他的话了。"那刘姥姥正夸鸡蛋小巧，要肏攮一个，凤姐儿笑道："一两银子一个呢，你快尝尝罢，那冷了就不好吃了。"刘姥姥便伸箸子要夹，那里夹的起来，满碗里闹了一阵好的，好容易撮起一个来，才伸着脖子要吃，偏又滑下来滚在地下，忙放下箸子要亲自去捡，早有地下的人捡了出去了。刘姥姥叹道："一两银子，也没听见响声儿就没了。"众人已没心吃饭，都看着他笑。

刘姥姥给小姐奶奶太太们带来了欢笑，准确说是鸳鸯、凤姐要弄着刘姥姥让大家一顿大笑，而且曹雪芹写出每个人不同的笑状，都非常符合人物身份，这是高难度写法，可以说古今中外没有一部作品写笑写到这个高度的，评论家对此的赞美文章也很多。不过，中国现代作家沈从文说过：你们看见我作品中的欢笑，却看不见这欢笑背后的泪水和忧伤。沈从文这里说的"泪水和忧伤",既指作品隐含的,也指作者写作时的痛楚。我的意思是说,当曹公写下千姿百态的"笑"的时候,他自己未必也在笑,他甚至可能在流泪。另外,大家去文本中找一下,曹雪芹写了史湘云、林黛玉、宝玉、贾母、王夫人、薛姨妈、探春、迎春、惜春,还说"独有凤姐鸳鸯二人撑着"。但还是少写了两个人,一个是李纨,她预先就知道鸳鸯和凤姐的计划,情绪可能打了折扣,没笑得那么失态。另外还有一个人没写,那就是薛宝钗。是曹公漏写了?还是宝钗没有大笑?我疑心是后者。一位七十五岁的老婆婆被人捉弄着出丑卖疯,这一幕戏在宝钗的眼里也许未必觉得有多么好笑。或许我们可以这样理解:曹公在悄悄告诉我们,这种地方就是宝钗同其他人的分野。她可以大肆嘲讽"长安涎口",却不愿嘲笑村妪刘姥姥。

　　贾母又带着刘姥姥参观探春的房子。前面对潇湘馆的室内陈设没有展开具体描写,作者把笔墨省出来用于探春书房。

> 探春素喜阔朗,这三间屋子并不曾隔断。当地放着一张花梨大理石大案,案上磊着各种名人法帖,并数十方宝砚,各色笔筒,笔海内插的笔如树林一般。那一边设着斗大的一个汝窑花囊,插着满满的一囊水晶球儿的白菊。西墙上当中挂着一大幅米襄阳《烟雨图》,左右挂着一副对联,乃是颜鲁公墨迹,其词云:
>
> 烟霞闲骨格　　泉石野生涯
>
> 案上设着大鼎。左边紫檀架上放着一个大观窑的大盘,盘内盛着数十个娇黄玲珑大佛手。右边洋漆架上悬着一个白玉比目磬,旁边挂着小锤。

　　探春喜欢阔朗,陈设品又大又多,体现出探春的胸襟视野,自然,还体现着她的身份和气势。这是探春追求的,她是本府小姐。其实探春是"庶出",或许正因为是庶出,她才更要这个气派,她需要人们的尊重和承认,"数十方宝砚,各色笔筒,笔海内插的笔如树林一般",至少这三种文房用品远远超过了可能使用的数量,它们堆在那里用力替主人驱赶某种自卑——庶出。"那一边设着斗大的一个汝窑花囊",这一笔不知道是不是曹雪芹存心开探春的玩笑,汝窑瓷器只有小尺寸器物,绝无"斗大的花囊"。假如把这看作曹雪芹一时笔误,那么他后面又来一句"紫檀架上放着一个大观窑的大盘",从古至今中国外国都没有出现过"大观窑",可见这两处曹雪芹都不是笔误,而是在生造。这无中生有的"花囊"和"大观窑",明显属于夹枪带棒,是不是曹雪芹在调侃探春一面显摆阔朗奢华,一面又表示向往"泉石野生涯"?看到探春书房的摆设,我们觉得三小姐变了,或者说长大成人了,她不再是当年那个喜欢"柳枝儿编的小篮子"的清纯小姑娘。

　　正说话，忽一阵风过，隐隐听得鼓乐之声。贾母问"是谁家娶亲呢？这里临街倒近。"王夫人等笑回道："街上的那里听的见，这是咱们的那十几个女孩子们演习吹打呢。"贾母便笑道："既是他们演，何不叫他们进来演习。他们也逛一逛，咱们可又乐了。"凤姐听说，忙命人出去叫来，又一面吩咐摆下条桌，铺上红毡子。贾母道："就铺排在藕香榭的水亭子上，借着水音更好听。回来咱们就在缀锦阁底下吃酒，又宽阔，又听的近。"

曹公这几行字，又有几个看点。一个是再次强调贾府的"侯门深似海"。笛子的声音可传几百上千米，街头的音乐居然传不到大观园！当然这是曹雪芹的艺术夸张，我们见过北京现存的亲王府，根本达不到这样规模。第二个是"唤醒"了那十二个小演员，自从元春省亲之后她们被遗忘了，这里重新把她们作为演出团体来叙述，也为后面芳官等人的故事伏笔。第三个是贾母随口一句"借着水音更好听"，我等常人听来却如雷贯耳，其中包涵多少音乐知识和见解。当代水上音乐会走红，不过是近一二十年的事。贾母的、或者说曹雪芹的这种见识，或许来自金陵秦淮河上吧。

离开秋爽斋是坐船的，沿湖慢慢观赏着秋景秋情。

　　贾母因见岸上的清厦旷朗，便问"这是你薛姑娘的屋子不是？"众人道："是。"贾母忙命拢岸，顺着云步石梯上去，一同进了蘅芜苑，只觉异香扑鼻。那些奇草仙藤愈冷逾苍翠，都结了实，似珊瑚豆子一般，累垂可爱。及进了房屋，雪洞一般，一色玩器全无，案上只有一个土定瓶中供着数枝菊花，并两部书，茶奁茶杯而已。床上只吊着青纱帐幔，衾褥也十分朴素。贾母叹道："这孩子太老实了。你没有陈设，何妨和你姨娘要些。我也不理论，也没想到，你们的东西自然在家里没带了来。"说着，命鸳鸯去取些古董来，又嗔着凤姐儿："不送些玩器来与你妹妹，这样小器。"王夫人凤姐儿等都笑回说："他自己不要的。我们原送了来，他都退回去了。"薛姨妈也笑说："他在家里也不大弄这些东西的。"贾母摇头说："使不得。虽然他省事，倘或来一个亲戚，看着不象；二则年轻的姑娘们，房里这样素净，也忌讳。"

这是书中第二次描写蘅芜院，前一次描写还是宝钗入住之前贾政带着宝玉题写牌匾。现在宝钗入住了，蘅芜苑烙上鲜明的宝钗性格标志。从外部看，"清厦旷朗"，整座建筑没有什么外装饰，庭院中也没有什么高大树木，显得自然和简单。"进了蘅芜苑，只觉异香扑鼻。那些奇草仙藤愈冷逾苍翠，都结了实，似珊瑚豆子一般，累垂可爱。"这一句照应了上次贾政的感受，园子里各种奇花异草，当时贾政就说他都不认识。现在曹公依然不写这些花草的名称，只突出两点，一个是气味"异香扑鼻"，另一个是色彩，"奇草仙藤愈冷逾苍翠"，加上"珊瑚豆子一般"的小果子，珊瑚红和苍翠的绿色配在一起，沉稳而不鲜艳。这种庭院趣味可不像少女型的，倒像是住着一位中老年的文人高士。至于房间里面的陈设，贾母的评论很是中肯。我想说的是，曹雪芹明显地把蘅芜苑同秋爽斋进行了对比描写，探春的书房追求气派，宝钗的卧室向往素雅。两人都插了菊花，探春是"斗大的一个汝窑花囊，插着满满的一囊水晶球儿的白菊"，宝钗则是"案上只有一个土定瓶中供着数枝菊花"。土定瓶子的价值是汝窑零头的零头，但"供着数枝菊花"有清供的意趣，探春"插着满满的一囊水晶球儿的白菊"，则不由得让人想起早晨刘姥姥满头菊花的模样。三小姐的修为同宝钗毕竟不是一个深度。这里我问过自己一个问题，为什么曹公不把黛玉的潇湘馆同蘅芜苑作对比？想了一想，黛玉的潇湘馆是他经常写到的，所以他这次对潇湘馆的摆设一件都不写，而秋爽斋是难得写的；更要紧的是，探春是贾府小姐，同宝钗的比较可以见出正宗小姐同客居姑娘的区分，而黛玉同宝钗则"同是天涯沦落人"，比不出大的名堂，所以曹公这次选择探春。当然，宝钗再三推辞凤姐送来的用品，显然也是她以经济独立来维持人格独立的重要步骤，"嗟来之食"则必然要牺牲自己的人格。至于贾母所说的"年轻的姑娘们，房里这样素净，也忌讳"，宝钗或许早已超脱这层世俗之见。不过她不会同老太太争辩。

> 贾母说，"若很爱素净，少几样倒使得。我最会收拾屋子的，如今老了，没有这些闲心了。他们姊妹们也还学着收拾的好，只怕俗气，有好东西也摆坏了。我看他们还不俗。如今让我替你收拾，包管又大方又素净。我的梯己两件，收到如今，没给宝玉看见过，若经了他的眼，也没了。"说着叫过鸳鸯来，亲吩咐道："你把那石头盆景儿和那架纱桌屏，还有个墨烟冻石鼎，这三样摆在这案上就够了。再把那水墨字画白绫帐子拿来，把这帐子也换了。"

贾母到底出身侯门，她配置的这几样东西非但不俗气，而且都像是老夫子的雅玩。不过"水墨字画白绫帐子"似乎过于素洁，挂在一个姑娘房里比起原来的"青纱帐幔"，是否更加犯忌？是贾母的粗心？还是曹公的有意？暂且存疑。

从蘅芜苑出来就开酒宴，贾母兴致高，要行酒令，自然是鸳鸯配合。作品很详细描写了桌椅餐具的式样纹饰，以及各人座位。席间比较值得注意的是酒令的含义。至今，对这些酒令还缺少有深度的、令人信服的解读。我提一个看法，由于这次的酒令是应对骨牌上的点数而凑句子，每人四句；由于骨牌的点数是随意抽取的，所以四句酒令并非上下连贯，甚至相互间完全独立，有的句子很难说它在这里表达什么意思。但是细读可以体会，每人的酒令中，都有一句是切合人物身世身份的，因而我想不必四句都关注，曹公或许在玩"一语成谶"，我们只要关注那句关键话就行了。据此，贾母的关键句是"头上有青天"，她是第一个行令的，需要来个"总起"，其身份又是贾府的"青天"，此句意谓有她在，贾府整个面貌是一片清明。薛姨妈的关键句是"世人不及神仙乐"，薛姨妈是接着贾母说的，贾母过的是神仙般的日子，薛姨妈表面看上去与贾母差不多，每天悠闲地品茶喝酒谈天取乐，但实际是寄人篱下，哪有贾母那种"神仙乐"。但她不能说自己不及贾母乐，那就煞风景，只能放大、笼统地说"世人"。至于湘云的关键句，一般都选"御园却被鸟衔出"，不过我以为此句意思过于玄乎，另外，"日边红杏倚云栽"在第5回用到了惜春身上，那么不该再用到湘云身上，所以"闲花落地听无声"比较妥帖，暗指湘云来到这世上父母双亡无人关心，有如一朵闲花自生自灭。宝钗的关键句比较明显，自然是"处处风波处处愁"。比较奇特的是，鸳鸯报骨牌的言语也凑成一句意象鲜明的"铁锁练孤舟"，与宝钗"处处风波处处愁"叠加起来，则宝钗不仅一路风波和愁苦，更是"孤舟"一叶独自担当，其情状同她以前的灯谜诗"焦首朝朝还暮暮，煎心日日复年年"如出一辙。鸳鸯对其他人报骨牌点数的言语，则都不成严整的句子，所以比较奇特。黛玉的关键句自然是"良辰美景奈何天"，她来贾府比宝钗早，得了天时，岂非"良辰"？她与宝玉爱得海枯石烂，岂非"美景"？但父母早亡无人做主，性格和健康不合贾府口味，恋爱多年，最后"心事终虚化"，岂非天意？至于刘姥姥的关键句，她说的全是庄稼人随口土话，曹雪芹因缘际会对刘姥姥把握很深，可惜我们对刘姥姥的精神世界非常陌生，只能猜个大概。"花儿落了结个大倭瓜"，或许暗喻巧姐儿从豪门跌到寻常人家，却得了个儿子，反倒过上一份平平实实的生活。

本回末尾是"众人大笑起来。只听外面乱嚷"，但下一回却没有接应文字。有一种说法，说是四十回装订的最后一页被损毁导致的。但不像，真的损毁最后一页应该是造成"空档"，而不是多出个"尾巴"。不过影响不大，我们不加深究。

第四十一回

栊翠庵茶品梅花雪　怡红院劫遇母蝗虫

"栊翠庵茶品"，本来是贾母带着刘姥姥去栊翠庵观赏，但到了那里以后，作品却重点描写妙玉招待宝玉、黛玉、宝钗三人。"怡红院劫遇"写刘姥姥酒醉后睡到宝玉的大床上。十二正钗的最后一位妙玉登场，非常自然。曹雪芹真是不心急，或者说艺高人胆大，居然到了四十多回才让妙玉登场。一般作家恐怕没有这份耐心。

作品还是接着上一回写酒宴，凤姐、鸳鸯再次戏弄刘姥姥，找出十个一套的大酒杯来灌她，虽然贾母、王夫人劝着，到底还是把刘姥姥灌醉了。其中花了较多笔墨写"茄鲞"这道菜，曹雪芹借用凤姐的嘴，把用材用料、制作过程完整说了一遍。可能不仅是作品内容表达的需要，曹公还有菜谱传世的意思。不过有当今的美食家在不同城市吃过这道菜，说味道实在不怎么样，于是认为此处王熙凤在胡说，是在蒙刘姥姥。但我还是相信这是一道美味，因为这道菜是贾母让刘姥姥尝的，应该是他们家的招牌菜。

"对酒当歌，人生几何？"曹操的著名诗句，也是中国人几千年的信条，曹雪芹在这里演绎了一番。贾母领着大家喝着酒。

> 不一时，只听得箫管悠扬，笙笛并发。正值风清气爽之时，那乐声穿林度水而来，自然使人神怡心旷。宝玉先禁不住，拿起壶来斟了一杯，一口饮尽。复又斟上，才要饮，只见王夫人也要饮，命人换暖酒，宝玉连忙将自己的杯捧了过来，送到王夫人口边，王夫人便就他手内吃了两口。

王夫人是一个缺少点艺术细胞和生活情趣的人，那"穿林度水而来"的乐声，竟然令她也难以自持唯欲饮酒。

> 贾母笑道："大家吃上两杯，今日着实有趣。"说着攀杯让薛姨妈，又向湘云宝钗道："你姐妹两个也吃一杯。你妹妹虽不大会吃，也别饶他。"说着自己已干了。湘云、宝钗、黛玉也都干了。当下刘姥姥听见这般音乐，且又有了酒，越发喜的手舞足蹈起来。宝玉因下席过来向黛玉笑道："你瞧刘姥姥的样子。"黛玉笑道："当日圣乐一奏，百兽率舞，如今才一牛耳。"众姐妹都笑了。

曹公很有分寸，他让宝玉还称呼一声"刘姥姥"，黛玉则连这三个字都不肯出口，直接称"牛"。最不容易的是贾母，"贾母因要带着刘姥姥散闷，遂携了刘姥姥至山前树下盘桓了半晌，又说与他这是什么树，这是什么石，这是什么花。刘姥姥一一的领会"。贾母对刘姥姥是真正的怜悯，抱着一份体贴。说实在话，在当今社会，两位身份地位相差如此悬殊的老太太，恐怕很难做到贾母这个地步。

下面是妙玉登场。

当下贾母等吃过茶，又带了刘姥姥至栊翠庵来。妙玉忙接了进去。至院中见花木繁盛，贾母笑道："到底是他们修行的人，没事常常修理，比别处越发好看。"一面说，一面便往东禅堂来。妙玉笑往里让，贾母道："我们才都吃了酒肉，你这里头有菩萨，冲了罪过。我们这里坐坐，把你的好茶拿来，我们吃一杯就去了。"妙玉听了，忙去烹了茶来。宝玉留神看他是怎么行事。只见妙玉亲自捧了一个海棠花式雕漆填金云龙献寿的小茶盘，里面放一个成窑五彩小盖钟，捧与贾母。贾母道："我不吃六安茶。"妙玉笑说："知道。这是老君眉。"贾母接了，又问是什么水。妙玉笑回"是旧年蠲的雨水。"贾母便吃了半盏，便笑着递与刘姥姥说："你尝尝这个茶。"刘姥姥便一口吃尽，笑道："好是好，就是淡些，再熬浓些更好了。"贾母众人都笑起来。然后众人都是一色官窑脱胎填白盖碗。

我们看写妙玉的第一句话："贾母等吃过茶，又带了刘姥姥至栊翠庵来。妙玉忙接了进去。"曹雪芹同别的作家就是不一样，他根本不屑于介绍新人物出场，就好像所有人物都是读者该认识的、早已认识的。贾母老于世故，也知道带刘姥姥这么一位客人来，妙玉未必欢迎，所以先恭维一句："到底是他们修行的人，没事常常修理，比别处越发好看。"尽管如此，妙玉只是"笑往里让"，却没有一句欢迎的话。我们想想也是的，栊翠庵名义上妙玉是主人，但真正的主人却是贾母。她带个脏婆子来，妙玉不能不接待。反过来说，也只有贾母才能够把刘姥姥带进栊翠庵。当然，曹雪芹为什么一定要让刘姥姥进栊翠庵，这个问题没人问过，等一会儿我们讨论。妙玉不能拒绝刘姥姥，但她可以消极对待：贾母赞她这里花木养得好，她没接话；贾母又说他们都吃了酒肉不进正厅了，她也不说什么。

妙玉听了，忙去烹了茶来。宝玉留神看他是怎么行事……那妙玉便把宝钗和黛玉的衣襟一拉，二人随他出去，宝玉悄悄的随后跟了来。

妙玉居然把贾母撂下自己走开，大大违反待客之道，想来是对贾母把那"成窑五彩小盖钟"给刘姥姥用而实在觉得恶心，忍无可忍了；当然这也显出她的特别怪癖。

其实这里有一笔十分奇特的描述，即使在《红楼梦》中也很罕见："宝玉留神看他是怎么行事"。这一句奇特在哪里呢？奇特在它非常生硬，又非常惊艳。说它生硬，大家去读读作品，前面始终在写贾母、刘姥姥；进了栊翠庵，则开始写妙玉，很自然的。但这句"宝玉留神看他是怎么行事"，却硬是把镜头夺过来放到宝玉眼前，后面的场景都由他的眼睛摄入，如此生硬的视角转换，《红楼梦》中十分罕见。说这一笔惊艳，是说就这么一个"乾坤大挪移"后，曹公为我们展现出一个全新的境界。说的明白点，前面写了好半天刘姥姥，虽然热闹、滑稽、好笑、有趣，但没有特别的"意味"，或者说没什么可回味的。现在，宝玉接手后，作品立马进入高雅的、让人回味无穷的、典型的"《红楼梦》境界"。曹公突然给我们挖了个坑，很大很深，我们能不能解读这坑里的一切？很难，就像秦始皇兵马俑坑，我们挖开了，见到了，但能不能理解当年挖这坑、埋进那么多东西的全部意义？很难说。妙玉之所以成为金陵十二钗之一，不是由于她出身在金陵，而是因为她同宝玉的特殊关系。我们查一下十二正钗，除了宝玉的姐妹、嫂子之外，黛玉、宝钗同宝玉有婚恋关系；秦可卿是关系远一点的侄媳妇，但有梦中云雨，所以也入选；只有湘云作为青梅竹马的亲戚，明显没有同宝玉有婚恋关系。那么，妙玉凭什么进入十二钗这个群组呢？显然她与宝玉有特殊关系。其判词有"云空未必空"，是说妙玉心系红尘；曲子有"王孙公子叹无缘"，所谓"无缘"，是说已经走得很近，近乎有缘但最后无缘，所以才"叹"。整部小说写妙玉，只与宝玉一个男子有交集，那么"王孙公子"自然就是宝玉。正因为他们近乎有缘，妙玉才有资格入选十二正钗，甚至曹公赐予"玉"字为名。

现在曹公总算让妙玉登场了。有趣的是，宝玉睁大了眼睛在注视她，可是"那妙玉便把宝钗和黛玉的衣襟一拉，二人随他出去"，她好像并不在意宝玉。不过"宝玉悄悄地随后跟了来"。尽管是绕了个弯，到底妙玉和宝玉走到了一起。而且，依据后面两人的默契程度，妙玉悄悄的拉宝钗和黛玉到耳房去，实际上是"项庄舞剑，意在沛公"，她要的就是宝玉跟来，显然她不能单独约见宝玉，所以宝钗和黛玉都当了一回"电灯泡"。

> 只见妙玉让他二人在耳房内，宝钗坐在榻上，黛玉便坐在妙玉的蒲团上。妙玉自向风炉上扇滚了水，另泡一壶茶。宝玉便走了进来，笑道："偏你们吃梯己茶呢。"二人都笑道："你又赶了来蹭茶吃。这里并没你的。"妙玉刚要去取杯，只见道婆收了上面的茶盏来。妙玉忙命："将那成窑的茶杯别收了，搁在外头去罢。"宝玉会意，知为刘姥姥吃了，他嫌脏不要了。又见妙玉另拿出两只杯来。一个旁边有一耳，杯上镌着"觚瓟斝"三个隶字，后有一行小真字是"晋王恺珍玩"，又有"宋元丰五年四月眉山苏轼见于秘府"一行小字。妙玉便斟了一斝，递与宝钗。那一只形似钵而小，也有三个垂珠篆字，

镌着"点犀盉"。妙玉斟了一盉与黛玉。仍将前番自己常日吃茶的那只绿玉斗来斟与宝玉。宝玉笑道："常言'世法平等'，他两个就用那样古玩奇珍，我就是个俗器了。"妙玉道："这是俗器？不是我说狂话，只怕你家里未必找的出这么一个俗器来呢。"宝玉笑道："俗说'随乡入乡'，到了你这里，自然把那金玉珠宝一概贬为俗器了。"妙玉听如此说，十分欢喜，遂又寻出一只九曲十环一百二十节蟠虬整雕竹根的一个大盉出来，笑道："就剩了这一个，你可吃的了这一海？"宝玉喜的忙道："吃的了。"妙玉笑道："你虽吃的了，也没这些茶糟踏。岂不闻'一杯为品，二杯即是解渴的蠢物，三杯便是饮牛饮骡了'。你吃这一海便成什么？"说的宝钗、黛玉、宝玉都笑了。妙玉执壶，只向海内斟了约有一杯。宝玉细细吃了，果觉轻浮无比，赏赞不绝。妙玉正色道："你这遭吃的茶是托他两个福，独你来了，我是不给你吃的。"宝玉笑道："我深知道的，我也不领你的情，只谢他二人便是了。"妙玉听了，方说："这话明白。"黛玉因问："这也是旧年的雨水？"妙玉冷笑道："你这么个人，竟是大俗人，连水也尝不出来。这是五年前我在玄墓蟠香寺住着，收的梅花上的雪，共得了那一鬼脸青的花瓮一瓮，总舍不得吃，埋在地下，今年夏天才开了。我只吃过一回，这是第二回了。你怎么尝不出来？隔年蠲的雨水那有这样轻浮，如何吃得。"黛玉知他天性怪僻，不好多话，亦不好多坐，吃完茶，便约着宝钗走了出来。

宝玉和妙玉陪笑道："那茶杯虽然脏了，白撂了岂不可惜？依我说，不如就给那贫婆子罢，他卖了也可以度日。你道可使得。"妙玉听了，想了一想，点头说道："这也罢了。幸而那杯子是我没吃过的，若我使过，我就砸碎了也不能给他。你要给他，我也不管你，只交给你，快拿了去罢。"宝玉笑道："自然如此，你那里和他说话授受去，越发连你也脏了。只交与我就是了。"妙玉便命人拿来递与宝玉。宝玉接了，又道："等我们出去了，我叫几个小幺儿来河里打几桶水来洗地如何？"妙玉笑道："这更好了，只是你嘱咐他们，抬了水只搁在山门外头墙根下，别进门来。"宝玉道："这是自然的。"说着，便袖着那杯，递与贾母房中小丫头拿着，说："明日刘姥姥家去，给他带去罢。"交代明白，贾母已经出来要回去。妙玉亦不甚留，送出山门，回身便将门闭了。不在话下。

我们刚才说作品转为大有"意味"。第一层，很关键的。原来一直是宝玉、黛玉、宝钗三人之间的纠缠关系，现在这妙玉穿插进来，那么她是像史湘云那样丝毫不介入他们的"三角关系"？还是也介入，从而形成更加复杂的四人关系？这真是大是大非的问题，含糊不得。只是，谁也想不到，这最后登场的妙玉，居然是凌驾于黛玉、宝钗两位极品仙女之上！妙玉同宝玉说话，根本就不顾及有黛玉、宝钗两人在场，自说自话天马行空，黛玉问了一句茶水是哪年的，被妙玉一顿砍，黛玉也不生气。黛玉好像很服妙玉，宝玉同妙玉话来语去的，黛玉一点不吃醋；自己被她这么一顿冲，依然没有一点脾气，乖乖地领受，老老实实地走人。同样，宝钗也没插什么话来打压一下妙玉的气焰，好像也默认妙玉的嚣张。妙玉算何方神圣？我们先不管那么多，反正知道四人之间是这么层关系，够了。第二层，我们不得不先说说妙玉的身份。她是个出家的少女，现年二十来岁，到贾府是来修行的。这样的年龄，又是出家人，按理她应该不认识贾宝玉；即使知道这位东家二公子，也应该没怎么见面，没什么交谈，更没有交情。——无法想象，他们凭什么会有交情？妙玉来到贾府才两三年，她踏进贾府时宝玉已经是个发育成熟的少年，按照习俗他们是不能直接交往的。然而，曹雪芹向我们演示的，这对青年男女非但很熟稔，而且颇有渊源。就说吃茶，妙玉给黛玉、宝钗喝茶的杯子可谓奇珍异宝，不过那是把她们当客人，隆重、客气，再加上一份显摆；但她给宝玉用的是什么？"将前番自己常日吃茶的那只绿玉斗来斟与宝玉"，这简直是外星人的举动！一个少女尼姑，庵中有无数的官窑茶碗不用，偏偏把自己专用的杯子给一位贵公子喝茶，这算哪门子的事儿？谁想得到，谁看得懂？尤其是这位宝二爷，特别好吃女孩子口上的胭脂。曹公似乎还怕读者不解这其中的奥妙，特意又来个"背面傅粉"：那个成窑五彩的杯子，因为刘姥姥的嘴碰过了，妙玉就把它扔了，虽然这并不是她自己用的。曹公以此告诉我们，妙玉对杯子被谁用过极其讲究。这么一追究，谜底也就出来了：妙玉把自己的绿玉斗给宝玉吃，说是"隔空接吻"也不为过！第三层，宝玉与妙玉，不仅是一起喝了午茶，还私赠宝物——那个"成窑五彩小盖钟"，用今天的术语叫成化斗彩盖盅。成化斗彩，是中国瓷器的皇冠，其小杯子，更是皇冠上的明珠，明代后期已经价值百金；经过战乱之后到清代，哪怕皇帝都很难征集到，那时一件成化斗彩可以换康熙、雍正、乾隆的官窑器至少几十件，具体价值很难说清楚。不过从流传的实物看，都是没有盖子的杯子，曹雪芹特特写明是"盖钟"，或许是故意卖个破绽表示虚拟吧。但不管怎么说这个盖盅足足可以让刘姥姥养老终生。总之，妙玉是把这盖盅送给了宝玉。两人还不止于此，妙玉还打趣宝玉，喝茶超过三杯比牛饮更可笑。——哪有尼姑这么同贵公子说话的？宝玉要派人打水来洗地板，妙玉也欣然接受。总之，两人知根知底心有灵犀，一切的一切都很默契。第四层，被拉来做"电灯泡"的宝钗、黛玉，这一次被曹雪芹彻底牺牲。她们明明只是可怜的障眼物，还得意洋洋地对宝玉说："你又赶了来蹭茶吃。这里并没你的。"这正应了当今一句流行语：被人卖了还替人数钱！曹公似乎也太狠心，要利用人、牺牲人的时候，哪怕自己心血堆起来的女一号、女二号，他都可以"觑着那，侯门艳质同蒲柳，作践的，公府千金似下流"！今天为了突出妙玉，曹公不管不顾了。第五层，妙玉究竟是什么人家出身，我们都有些怀疑自己的眼睛了。成化五彩，随随便便就扔了；给宝钗、黛玉用的茶杯，居然是唐朝以前的晋代大玩家把玩的；她自己用的绿玉斗，她敢说贾府未必拿得出来。贾府是一等公府邸，再往上攀，只有王爷的王府了。但妙玉祖上只是"读书仕宦人家"，远远达不到王爷级别。那么，只能这么理解：曹雪芹以不存在的虚幻家世来表示妙玉为人处事的夸张做作，从而预设她那"太高人愈妒，过洁世同嫌"的不妙下场。

现在，我们已经不难回答，曹雪芹为什么让刘姥姥入侵栊翠庵。——就因为妙玉有洁癖怪癖，曹雪芹就偏偏让最肮脏最俗气的刘姥姥去破破她这个癖！刘姥姥入侵栊翠庵还有象征意义：妙玉"欲洁何曾洁"，她出场第一天就被佛头浇粪，其怪癖遭到践踏，后面她的人生，更可能跌入最肮脏的世界。

十二钗全部登场了。现在我们该问问：为什么是十二个女孩子？曹雪芹为什么要写这么一大群？有这必要吗？十二个人，说明什么问题呢？需要讨论一下。先说"十二"这个数字，我们中国对数字的概念，大家知道通常"九"代表最大，"九州"指地面上所有土地，"九天"指天空所有空间。但是，实用性的数字、编排事物的数字，我国传统却多用"十二"来编排，像十二地支、十二时辰、十二生肖、十二个月，时间、空间、动物都以"十二"来编组。所以曹雪芹用"十二"来编排女孩子也就很自然。十二金钗，代表各种各样的女孩子，各种各样性格脾气的女孩子，按照性格"强力指数"可以编成一个有序的梯队，一个雁行梯队。领衔的当然是元春，她代表完美；其右边依次是探春、黛玉、惜春、妙玉、凤姐，这一组脾气越来越大、性格越来越怪；元春左面依次是宝钗、湘云、秦可卿、李纨、迎春、巧姐，这一组脾气越来越小，但能力也越来越差。十二钗总体是善良的，唯一有恶行，甚至有血案的是凤姐；唯一没成年的是她女儿巧姐。妙玉则是性格最怪的，排在凤姐边上。曹雪芹设计的这样一个女性群，把几乎所有的性格都涵盖了。这些不同性格的女孩子几乎无一幸免于生活车轮的碾压，这就是作者想要的。

曹雪芹写十二钗，各人所费笔墨多少相差非常大，用墨最少的是巧姐，那是个小孩，没什么可写；其次就是妙玉。妙玉出场太晚，必须一出场就见个性。今日妙玉出场，曹雪芹让她面对两个极端：一个脏婆子和一个美公子，而且只写一桩事情，吃茶；写到茶具茶水，加上五六句对话，人物就活灵活现了。过后，许多读者在回味、议论妙玉的怪癖，但我想得更多的是，妙玉的怪癖仅仅是件外衣，外衣里面跳动的是一颗少女之心。她师父说京城会有她的"结果"，宝玉是不是那结果呢？还有，很难想象，妙玉在栊翠庵的日子，这一年三百六十日，可怎么打发？

作品接着转入对刘姥姥的再次描写。她喝高了，指着省亲别墅说是玉皇宝殿。

> 众人笑的拍手打脚，还要拿他取笑。刘姥姥觉得腹内一阵乱响，忙的拉着一个小丫头，要了两张纸就解衣。众人又是笑，又忙喝他"这里使不得！"忙命一个婆子带了东北上去了。那婆子指与地方，便乐得走开去歇息。那刘姥姥因喝了些酒，他脾气不与黄酒相宜，且吃了许多油腻饮食，发渴多喝了几碗茶，不免通泻起来，蹲了半日方完。及出厕来，酒被风禁，且年迈之人，蹲了半天，忽一起身，只觉得眼花头眩，辨不出路径。

我国有灌醉同桌的习惯，哪怕是亲朋好友，放倒对方最开心，还美其名曰是"尊重客人"。刘姥姥这样的人被放倒是自然的，而且她自己还愿意舍命卖乖讨好；后面得到那么多财物，别说叫她这么醉一场，醉十次都愿意。

这段描写可以廓清两个小疑问，第一个是贾母等人喝的到底是什么酒，这里终于明文写下"黄酒"二字。虽然那年代在北方很少有人喝黄酒，但贾府从南京过去的，保留了喝黄酒的习惯。我国直到二十世纪七十年代，在北方，甚至在北京都很少有黄酒供应，可知北方人喝黄酒的主要是南方移居者。另一个疑问有点好笑，大观园究竟有没有厕所？作品多次描写宝玉、司棋、鸳鸯等或在树木山石后面、或在山洞里解手，引发读者好奇：规格那么高的大观园里，莫非没有厕所？全书唯一能够答疑的也在这里，写明婆子指给刘姥姥去东北角上厕所，还有"出厕来"这样确定无疑的字眼。

刘姥姥出来后晕晕乎乎地摸进怡红院，倒在宝玉的大床上睡着了。众人找不到她，袭人度其方位，疑心她进了怡红院，便搜索过去。

> 袭人一直进了房门，转过集锦槅子，就听的鼾齁如雷。忙进来，只闻见酒屁臭气，满屋一瞧，只见刘姥姥扎手舞脚的仰卧在床上。袭人这一惊不小，慌忙赶上来将他没死活的推醒。那刘姥姥惊醒，睁眼见了袭人，连忙爬起来道："姑娘，我失错了！并没弄脏了床帐。"一面说一面用手去掸。袭人恐惊动了人，被宝玉知道了，只向他摇手，不叫他说话。忙将鼎内贮了三四把百合香，仍用罩子罩上。些须收拾收拾，所喜不曾呕吐，忙悄悄的笑道："不相干，有我呢。你随我出来。"刘姥姥跟了袭人，出至小丫头们房中，命他坐了，向他说道："你就说醉倒在山子石上打了个盹儿。"刘姥姥答应知道。又与他两碗茶吃，方觉酒醒了，因问道："这是那个小姐的绣房，这样精致？我就象到了天宫里的一样。"袭人微微笑道："这个么，是宝二爷的卧室。"那刘姥姥吓的不敢作声。袭人带他从前面出去，见了众人，只说他在草地下睡着了，带了他来的。众人都不理会，也就罢了。

曹雪芹写了这么多人怎么对待刘姥姥，同时是用刘姥姥作为一把尺子来丈量各人。袭人对刘姥姥很亲和，既不吓唬她，也不欺骗她，老老实实告诉这是宝玉的卧室，这是对刘姥姥的相信和尊重，然后该收拾的收拾了，让刘姥姥安安心心离开。

贾府大丫鬟中，袭人同平儿比较相近，善良温和，尊老爱幼。

刘姥姥莫名其妙地撞进怡红院，还不知不觉进入栊翠庵，我有点疑心，恐怕曹雪芹不仅仅是为了让她开开眼界，或借她的游览来描写一番各个院子，从情节的角度来看刘姥姥这么兜一圈几乎毫无道理。很可能，在八十回以后，刘姥姥同妙玉、宝玉还会发生瓜葛，今日不过是千里伏脉而已。

第四十二回

蘅芜君兰言解疑癖　潇湘子雅谑补余香

这个回目只讲了本回的一半内容，另一半篇幅写的是刘姥姥打点回家，以及贾母看病。"兰言解疑癖"指宝钗同黛玉推心置腹，解除了黛玉对她的怀疑，从此两人成为好姐妹；"雅谑补余香"指黛玉打趣刘姥姥，把她比作母蝗虫。

作品先写刘姥姥打算回去了，来向凤姐告辞，凤姐说女儿昨天在园子里玩，现在发烧了，刘姥姥说别是在园子里中的什么邪，凤姐叫人拿一本祟书——俗称算命书，一查，说是在园子里冲撞的花神，凤姐十分相信，也就佩服刘姥姥。

> 凤姐儿道："这也有理。我想起来，他还没个名字，你就给他起个名字。一则借借你的寿，二则你们是庄家人，不怕你恼，到底贫苦些，你贫苦人起个名字，只怕压的住他。"

刘姥姥问起孩子出生日子。

> 凤姐儿道："正是生日的日子不好呢，可巧是七月初七日。"刘姥姥忙笑道："这个正好，就叫他是巧哥儿。这叫作'以毒攻毒，以火攻火'的法子。姑奶奶定要依我这名字，他必长命百岁。日后大了，各人成家立业，或一时有不遂心的事，必然是遇难成祥，逢凶化吉，却从这'巧'字上来。"凤姐儿听了，自是欢喜，忙道谢，又笑道："只保佑他应了你的话就好了。"

我们知道凤姐是个没文化的人，很迷信，貌似强横的凤姐对自己、对子女都有一种无以言状又挥之不去的忧虑，村姥姥的一席话就能成为她精神的支柱而大感欣慰踏实，其精神之空虚由此可知。刘姥姥凭借自己的阅历和机智，赢得了凤姐的钦佩。凤姐送了刘姥姥许多东西，还有八两银子；王夫人更是送了一百两银子，"是太太给的叫你拿去或者作个小本买卖，或者置几亩地，以后再别求亲靠友的"。贾母送了两个锞子，是银的吧，还有妙玉的那个成化五彩盖盅更加值钱（我插一句，很可能这个盖盅没有卖掉，因为一般人家根本不知道成化斗彩珍贵到什么程度，那么它就这么放在刘姥姥家里，将来或许还可以从它上面生出新的情节）。此外平儿和鸳鸯也都送了衣服之类的，刘姥姥真是满载而归，从此可以脱离贫困。

在第6回刘姥姥出场之前，曹雪芹就说明对于贾府来说刘姥姥是"千里之外，芥荳之微"的一个所谓远亲，但两次进入荣国府，这一次还受到了特殊的接待。我于是想，曹雪芹干吗下这么大血本连写三回？《红楼梦》中可没几个人物有这样的待遇，或许他在埋一个很大的雷？曹公写这么长的篇幅，除了我们看到的捉弄取乐，以及为后文张目之外，还有没有其他意思？比如，虽然是被凤姐、鸳鸯捉弄着，但贾母确实是当她老亲戚接待，还陪她走了一天的路，可以说刘姥姥太风光了。这里面究竟在透露什么讯息？是不是在王夫人与邢夫人之间布什么局？因为刘姥姥并不是贾家的亲戚，她只是王夫人的所谓远亲，居然横扫荣国府，甚至连栊翠庵都兜到了，用今天的话说，叫刮起了一股刘姥姥旋风，凭什么？曹雪芹又凭什么要巨细靡遗地描写？这里应该有藏掖。凭她的身份，我们不能不疑心邢夫人。我们回过头来看，刘姥姥来了，贾母带着她玩，薛姨妈、王夫人一路陪着，接连几天刘姥姥几乎把荣国府闹了个底朝天，但就是没见到邢夫人身影。最后送礼，也没见有邢夫人的。说得简单点吧，王家的一个破亲戚把荣国府闹得天翻地覆，作为长门媳妇邢夫人似乎不是味儿，而且她连场面上的礼节也没照顾一下。因而可以这么理解，刘姥姥的大受待见，实际上反映了王夫人、凤姐的得势；再说远点大点，薛姨妈一家一住几年不走，也是王家势力的反映；反过来，反映了邢夫人的不得势。整部《红楼梦》中，就没见有邢夫人的亲戚这么大事声张过，只见到邢夫人被贾母当众责罚不止一次。所以，曹雪芹写刘姥姥几进贾府，可能牵涉到贾府的最大矛盾——长房与二房、邢夫人与王夫人之间的矛盾。这是我的一点思考，后四十回没了，就成为猜测。

　　贾母也受了风寒，请了王太医来治。这位王太医身着六品官服，进了贾府居然"不敢走甬路，只走旁阶"，就是走路都不敢走路中间。进了屋子更是头也不敢抬，给他凳子坐，"王太医便屈一膝坐下"。贾母没什么病本不值得书写，作品突出的是贾母见太医官的威风和气势。这不禁让我想起曹雪芹的父亲和伯父，正是六品官员，曹家同贾府真是差距太远了。

　　接着作品转到描写"兰言解疑癖"。由于红学界对这一段争议很大，我们先看原文。

　　　　且说宝钗等吃过早饭，又往贾母处问过安，回园至分路之处，宝钗便叫黛玉道："颦儿跟我来，有一句话问你。"黛玉便同了宝钗，来至蘅芜苑中。进了房，宝钗便坐了笑道："你跪下，我要审你。"黛玉不解何故，因笑道："你瞧宝丫头疯了！审问我什么？"宝钗冷笑道："好个千金小姐！好个不出闺门的女孩儿！满嘴说的是什么？你只实说便罢。"黛玉不解，只管发笑，心里也不免疑惑起来，口里只说："我何曾说什么？

你不过要捏我的错儿罢了。你倒说出来我听听。"宝钗笑道:"你还装憨儿。昨儿行酒令你说的是什么?我竟不知那里来的。"黛玉一想,方想起来昨儿失于检点,那《牡丹亭》《西厢记》说了两句,不觉红了脸,便上来搂着宝钗,笑道:"好姐姐,原是我不知道随口说的。你教给我,再不说了。"宝钗笑道:"我也不知道,听你说的怪生的,所以请教你。"黛玉道:"好姐姐,你别说与别人,我以后再不说了。"宝钗见他羞得满脸飞红,满口央告,便不肯再往下追问,因拉他坐下吃茶,款款的告诉他道:"你当我是谁,我也是个淘气的。从小七八岁上也够个人缠的。我们家也算是个读书人家,祖父手里也爱藏书。先时人口多,姊妹弟兄都在一处,都怕看正经书。弟兄们也有爱诗的,也有爱词的,诸如这些‘西厢’‘琵琶’以及‘元人百种’,无所不有。他们是偷背着我们看,我们却也偷背着他们看。后来大人知道了,打的打,骂的骂,烧的烧,才丢开了。所以咱们女孩儿家不认得字的倒好。男人们读书不明理,尚且不如不读书的好,何况你我。就连作诗写字等事,原不是你我分内之事,究竟也不是男人分内之事。男人们读书明理,辅国治民,这便好了。只是如今并不听见有这样的人,读了书倒更坏了。这是书误了他,可惜他也把书糟踏了,所以竟不如耕种买卖,倒没有什么大害处。你我只该做些针黹纺织的事才是,偏又认得了字,既认得了字,不过拣那正经的看也罢了,最怕见了些杂书,移了性情,就不可救了。"一席话,说的黛玉垂头吃茶,心下暗伏,只有答应"是"的一字。

我们一步步来。先说她们谈话的缘起,过去有人说是宝钗抓住黛玉的一个小把柄"要挟"黛玉。我们先分析"把柄",确实,黛玉在酒席中朗诵《西厢记》《牡丹亭》唱词,这在当时是一个把柄,如果宝钗想害黛玉,她完全可以放风给贾母、王夫人,对黛玉造成实质性伤害。现在宝钗不过是拿着这"把柄"来开玩笑、求谅解,何曾"要挟"黛玉了?

其次,黛玉自己感觉鲁莽了、害羞了,她求宝钗不要告诉别人。这也是黛玉一种亲善的表现。前面我们一再指出,诗社成立后,对黛玉的冲击最大,她切身感受到姐妹们一起游戏、切磋、竞赛的巨大乐趣,她整个身心都焕然一新。对于宝钗也一样,深入的交流消除了隔膜和戒心,因为这么多年黛玉并没抓到宝钗的小辫子,而最近宝玉的定情手帕更是让黛玉吃了颗定心丸。再说今日,宝钗分明是借个缘由来求亲近的,黛玉冰雪聪明哪会不懂?所以两人是心有灵犀一拍即合。

再说说宝钗那头,不久前宝钗听到宝玉的梦话,有如当头一棒,将宝钗自从收到元春礼物之后心中隐隐约约泛起的幻想打消掉了。——我一直认为,宝玉并不是宝钗心中的男神,不是她刻意追求的偶像,但也是个可以接受的伴侣,如此而已。如今宝玉的态度那么决绝,黛玉又是天天在一起的姐妹,而且父母双亡疾病在身,宝钗对黛玉有同情有怜悯,所以她一直对黛玉取忍让姿态。诗社成立以后整个大观园的氛围大为改变，黛玉的态度也明显好转，宝钗今日借个由头主动向黛玉示好，争取和睦相处甚至相濡以沫，携手度过彼此进入婚姻市场之前最后的好时光。正因为这样，曹雪芹的回目用了"蘅芜君兰言解疑癖"，他不写薛宝钗而用"蘅芜君"，正是突出其君子品格；"兰言"者，一番好心、一片美意也。由此可见，那些所谓"把柄""要挟"论者，都背离了曹雪芹的初衷。

其三，黛玉刚一讨饶，宝钗立即推心置腹，将自己七八岁时候的淘气和盘托出，这也证明她本身就不是来问罪，而是来"和亲"的。当然我们也借此知道薛家当年的一些状况。按照宝钗所说，"弟兄们也有爱诗的，也有爱词的"，我们肯定知道薛蟠对这些一件不爱，那么除了后面出场的薛蝌，宝钗至少还有两三位堂兄弟，薛家当年子孙繁盛，这就比较靠谱了，像中国人的大家庭；而《红楼梦》中的家庭，除了贾政这一门，几乎都是独苗孤儿。但不管怎么说，宝钗对黛玉说出这些童年秘事，虽然称不上"兰言"，但属于闺房私语，释放了浓浓的善意，拉近彼此的距离。

其四，至于"你我只该做些针黹纺织的事才是，偏又认得了字，既认得了字，不过拣那正经的看也罢了，最怕见了些杂书，移了性情，就不可救了"这个话，宝钗对史湘云也说过，似乎成了宝钗的口头禅。但这句话放在宝钗整个一段话中间，总有点硬装榫头的样子，不顺溜不圆滑，艺术上有瑕疵。不过有人说宝钗这是在用封建伦理毒害黛玉，那也有些离谱，且不说黛玉不过小宝钗两三岁，哪里那么没头脑，听这几句言语就中毒了？更有"男人们读书明理，辅国治民，这便好了。只是如今并不听见有这样的人，读了书倒更坏了"这话可以看作很是"反封建"的：读了圣贤们的书，居然变得更坏了，岂不是连圣贤们一起玷污了？当然这只是闲话，《红楼梦》既不可能反封建，也不存在维护封建，曹雪芹没那么大的心。我们争论这个话题更是不值得。

李纨派人来请黛玉和宝钗，原来是惜春为了要画大观园想请假一年。于是大家说到绘画。

黛玉笑道："别的草虫不画罢了，昨儿'母蝗虫'不画上，岂不缺了典！"众人听了，又都笑起来。黛玉一面笑的两手捧着胸口，一面说道："你快画罢，我连题跋都有了，起个名字，就叫作《携蝗大嚼图》。"众人听了，越发哄然大笑，前仰后合。

黛玉说的"母蝗虫"就是刘姥姥，这一次连宝钗也附和说："这'母蝗虫'三字，把昨儿那些形景都现出来了。亏他想的倒也快。"宝钗也嘲笑一个可怜人，这在全书中很罕见，是不是为了讨好黛玉、加固刚刚建立的新型关系？

接下去，不知道到底是曹雪芹还是宝钗要卖弄绘画知识，宝钗足足给大家上了一堂绘画课，从纸张颜料说起，仅仅画笔就罗列了十三种，直至生姜二两、酱半斤。难怪黛玉讥笑说："你要生姜和酱这些作料，我替你要铁锅来，好炒颜色吃的。"虽然有卖弄之嫌疑，但我们还是要注意，曹雪芹又一次让宝钗充当了绘画博士，几天前他刚刚让宝钗出演了一回诗词评论家。照理来说应该让别人充当这个绘画博士，以示均衡，况且绘画明明是惜春的专长，但曹雪芹却让宝钗担当起惜春的指导老师，这可以说有点过分。不过书里面的实际情况是，人情世故，宝钗最懂；综合知识，宝钗冠军；诗词，她是有独立见解的专家；绘画，她又是如数家珍。曹公真有点"万千宠爱在一身"。

还有一个细节值得注意。宝钗说宝玉该当惜春的助手，绘画过程中有什么疑难，让宝玉去问问外面的清客。宝玉一听立马就要去问。

> 宝钗道："我说你是无事忙，说了一声你就问去。等着商议定了再去。如今且拿什么画？"宝玉道："家里有雪浪纸，又大又托墨。"宝钗冷笑道："我说你不中用！那雪浪纸写字、画写意画儿，或是会山水的画南宗山水，托墨，禁得皴搜。拿了画这个，又不托色，又难渲，画也不好，纸也可惜。我教你一个法子。原先盖这园子，就有一张细致图样，虽是匠人描的，那地步方向是不错的。你和太太要了出来，也比着那纸大小，和凤丫头要一块重绢，叫相公矾了，叫他照着这图样删补着立了稿子，添了人物就是了。"

这个细节有两个看点。第一个是宝玉在宝钗心目中的角色分量，我们一再说，宝玉不是宝钗的男神，只是一个不太懂事但也不太恶劣的小弟弟，这里是宝钗最自然的流露，对宝玉实在只当个无能的弟弟，"无事忙""不中用"，不很看重的。第二，这个细节透露了曹雪芹设计大观园的来由——找到一张原先的图纸，"照着这图样删补着立了稿子"。我们讲过，曹雪芹的祖父曹寅负责建造过北京的皇家园林"西园"，其规模究竟多大不清楚，不过可以参考颐和园。用颐和园比照大观园，应该能够说得过去。所以我相信曹雪芹构思大观园，很可能是参照祖父所建西园的图纸，照着样儿"删补着立了稿子"。没有高级别园林的建造经验，再大的天才也写不出大观园。

不过总体而言，这回写得不算怎么成功。前面宝钗和黛玉之间的"兰言解疑癖"，让黛玉来了个一百八十度的拐弯，而之前的铺垫工作做得并不够，所以显得不太自然。其次，后面宝钗谈论绘画，总体显得过于激动，过于卖弄和夸张，这同宝钗一贯的性格为人，有相当的距离。这两个地方，都不是在艺术上有什么高难度，令曹雪芹为难而造成的；可以说艺术上没有难度，至于曹雪芹为什么会露出这样的破绽，很难解释。或许是写这一回时，状况不佳吧？

方沪鸣 著

红楼梦

破解与鉴赏

中

上海文艺出版社
Shanghai Literature & Art Publishing House

第四十三回

闲取乐偶攒金庆寿　　不了情暂撮土为香

　　"攒金庆寿"是说贾母提出全家人每人出一份银子替凤姐做生日，"撮土为香"是说宝玉偷偷去郊外给金钏儿做阴寿。金钏儿与凤姐同一天生日，一个阴寿一个阳寿，看不出曹雪芹有什么特别的用意，唯一纠缠在一起的是宝玉，他扔下凤姐生日的大场面于不顾，一个人悄悄去祭拜金钏儿。

　　这一回从王夫人写起。

　　话说王夫人因见贾母那日在大观园不过着了些风寒，不是什么大病，请医生吃了两剂药也就好了，便放了心，因命凤姐来吩咐他预备给贾政带送东西。正商议着，只见贾母打发人来请，王夫人忙引着凤姐儿过来。王夫人又请问"这会子可又觉大安些？"贾母道："今日可大好了。方才你们送来野鸡崽子汤，我尝了一尝，倒有味儿，又吃了两块肉，心里很受用。"王夫人笑道："这是凤丫头孝敬老太太的。算他的孝心虔，不枉了素日老太太疼他。"贾母点头笑道："难为他想着。若是还有生的，再炸上两块，咸浸浸的，吃粥有味儿。那汤虽好，就只不对稀饭。"凤姐听了，连忙答应，命人去厨房传话。

　　这第一段虽然由王夫人写起，内容却是以凤姐为中心。想想凤姐确实辛苦，王夫人给贾政带送东西，也要拉上凤姐来预备，这纯粹是"职务外"的活儿，但凤姐能说她不管吗？贾母不舒服，她又要考虑专门做什么菜，这一家子上上下下几十口人，真够她操心的。好在贾母是个明君圣主，她看到凤姐的操劳，想要好好慰问一番。

　　这里贾母又向王夫人笑道："我打发人请你来，不为别的。初二是凤丫头的生日，上两年我原早想替他做生日，偏到跟前有大事，就混过去了。今年人又齐全，料着又没事，咱们大家好生乐一日。"王夫人笑道："我也想着呢。既是老太太高兴，何不就商议定了？"贾母笑道："我想往年不拘谁作生日，都是各自送各自的礼，这个也俗了，也觉生分的似的。今儿我出个新法子，又不生分，又可取笑。"王夫人忙道："老太太怎么想着好，就是怎么样行。"贾母笑道："我想着，咱们也学那小家子大家凑分子，多少尽着这钱去办，你道好顽不好顽？"王夫人笑道："这个很好，但不知怎么凑法？"贾母听说，益发高兴起来，忙遣人去请薛姨妈邢夫人等，又叫请姑娘们并宝玉，那府里珍儿媳妇并赖大家的等有头脸管事的媳妇也都叫了来。

贾母这位老太太真不简单，她不仅事事想得到，而且还善于创新。当年薛宝钗的十五岁生日是她给做的，今天凤姐小生日她也想到了，而且要弄点新意出来，全府上下各人凑份子，就是按名分出钱、集资。本来，贾母只是觉得这样比较好玩而已，但她哪里想得到一旦涉及银子，下面这些人会生出多少花头。

贾母先道："我出二十两。"薛姨妈笑道："我随着老太太，也是二十两了。"邢夫人王夫人道："我们不敢和老太太并肩，自然矮一等，每人十六两罢了。"尤氏李纨也笑道："我们自然又矮一等，每人十二两罢。"贾母忙和李纨道："你寡妇失业的，那里还拉你出这个钱，我替你出了罢。"凤姐忙笑道："老太太别高兴，且算一算帐再揽事。老太太身上已有两分呢，这会子又替大嫂子出十二两，说着高兴，一会子回想又心疼了。过后儿又说'都是为凤丫头花了钱'，使个巧法子，哄着我拿出三四分子来暗里补上，我还做梦呢。"说的众人都笑了。贾母笑道："依你怎么样呢？"凤姐笑道："生日没到，我这会子已经折受的不受用了。我一个钱饶不出，惊动这些人实在不安，不如大嫂子这一分我替他出了罢了。我到了那一日多吃些东西，就享了福了。"邢夫人等听了，都说"很是"。贾母方允了。凤姐儿又笑道："我还有一句话呢。我想老祖宗自己二十两，又有林妹妹宝兄弟的两分子。姨妈自己二十两，又有宝妹妹的一分子，这倒也公道。只是二位太太每位十六两，自己又少，又不替人出，这有些不公道。老祖宗吃了亏了！"贾母听了，忙笑道："倒是我的凤姐儿向着我，这说的很是。要不是你，我叫他们又哄了去了。"凤姐笑道："老祖宗只把他姐儿两个交给两位太太，一位占一个，派多派少，每位替出一分就是了。"贾母忙说："这很公道，就是这样。"赖大的母亲忙站起来笑说道："这可反了！我替二位太太生气。在那边是儿子媳妇，在这边是内侄女儿，倒不向着婆婆姑娘，倒向着别人。这儿媳妇成了陌路人，内侄女儿竟成了个外侄女儿了。"说的贾母与众人都大笑起来了。

这个情节里，就闹出两起风波。第一起，凤姐话说得很漂亮，李纨的十二两她来出，但第二天她就要赖一两也不出；凤姐是自己过生日，却自己领头耍赖舞弊，这种恶劣作风或许也是曹雪芹策划下一回"变生不测"的原因之一；更何况，凤姐的品牌太差，管生日银子的尤氏早就料到她会耍这一手，一查，果然逮个正着。于是尤氏也大做人情，甚至可以说是借机会结党营私，特意不受凤姐的死敌赵姨娘等人的银子。这么一来一场生日大庆变成一场大舞弊，将这庆祝会的上半场搅和了，下半场则被贾琏彻底掀翻。上面这段描写的另一个风波，则是由凤姐自己挑起，她去挑邢夫人、王夫人得了便宜，由是引得赖大的母亲说："这儿媳妇成了陌路人，内侄女儿竟成了个外侄女儿了。"我们知道王夫人与凤姐的关系，她不会理会什么"内侄女儿""外侄女儿"，但邢夫人本来就看不惯凤姐，贾母宠着凤姐让邢夫人没办法，凑份子替凤姐过生日恐怕邢夫人原本就不高兴，赖大母亲的"这儿媳妇成了陌路人"，邢夫人听了可能更是窝火。如果说上面两起风波还是引而未发的，那么尤氏对凤姐的警告、诋毁乃至诅咒，就更是不加隐藏、不予修饰地当面表达。早在商讨凑份子时，尤氏因悄骂凤姐道："我把你这没足厌的小蹄子！这么些婆婆婶子来凑银子给你过生日，你还不足，又拉上两个苦瓠子作什么？"当天议论完毕，眼瞧着凤姐飞扬跋扈的样子，尤氏道："你瞧他兴的这样儿！我劝你收着些儿好。太满了就泼出来了。"第二天验收银子，当场逮住凤姐作弊，尤氏当着凤姐、平儿的面说："我看着你主子这么细致，弄这些钱那里使去！使不了，明儿带了棺材里使去。"做生日的钱，尤氏这样说凤姐，按照我国古时的习惯理解，那简直是不折不扣的诅咒，而且很容易应验。暗地里尤氏又还了鸳鸯、彩云、周姨娘、赵姨娘的银子。这份名单让人思量：鸳鸯是贾母身边第一要人，目前有点权势；彩云是与贾环相好的；周、赵都是凤姐的冤家对头。尤氏还她们银子，周、赵"他两个还不敢收。尤氏道：'你们可怜见的，那里有这些闲钱？凤丫头便知道了，有我应着呢。'二人听说，千恩万谢的方收了"。她们千恩万谢感激尤氏，那么尤氏到底是行侠仗义扶弱抑强，还是有点拉帮结派以图后事的意味？后面她的妹妹尤二姐被凤姐生生逼死，虽然不是亲妹妹，但怎么说也是家仇，可惜尤二姐死的时候是第 69 回，距离第 80 回已经不远，我猜测 80 回后面曹雪芹会写到尤氏的报复。今日放恩情于周、赵两位姨娘，或许就是一个伏线。

　　这里还有一个人物没人讨论过，我倒觉得值得一说，那位赖大母亲。这位人物是第一次登场，她振臂高呼："这可反了！"这话从一个老家奴嘴里出来，仔细想想岂不令人讶异，尤其是这奴才说主子凤姐"反了"，除了曹雪芹，其他人恐怕不敢这么写。仅凭这一句话，赖大母亲在贾府的身份地位全部出来了；再说大点儿，贾府的家风也跃然纸上——只有贾府这种开明人家，才有奴才敢于大庭广众喊出这样的话。她后面还有一句更妙的话："我替二位太太生气。"这种话，赵姨娘三辈子也说不出来。凭这一句话，她熬到今日的地位也就不奇怪了。另外，从场面描写角度说，赖大母亲的一席话，让讨论"凑份子"的温度一下子爆表，气氛则浓到黏稠。以前从来没有过，一个奴才参与讨论家务的高层会议，而且还敢于提出独立见解。不过，如果赖大母亲就起这点作用，我可能不会在这里讨论她。我的意思是，曹雪芹在这里主要是替赖大母亲进行热身，这位老奴才身上有很深的文章不久就要与大家见面。曹雪芹很快要借这位老奴才的嘴，痛说血泪斑斑的、难以言表的"奴才史"，如果把奴才两字回译为满族语言，那就叫"包衣人史"。这样一解释，大家可以感觉到曹雪芹为什么要替赖大母亲热身了吧？

"凑份子",表面看是贾母想出来的,图的是新鲜有趣;实质上这"凑份子"更是曹雪芹设想出来的,而且他紧紧围绕着这"份子"展开情节——曹雪芹要用硬梆梆的银子来敲击出人物心灵深处的回音,用银子敲测到贾府堂皇外表里面许多结构的裂缝,为后文它的轰然倒塌做出"建筑学""物理学"方面的解释。我们这样理解"凑份子"以及曹雪芹精心设计的各种各样小玩意,诸如写诗、看戏、房间的布置、身上的佩饰等,便能够发现许多情节之外的情节,和无数看似没意思中间的意思。

九月初二凤姐生日这天,全家热闹非凡,却怎么也找不到宝玉的人影,贾母焦急。原来这一天也是金钏儿的生日,宝玉瞒着家人悄悄去郊外祭奠金钏儿。金钏遭他挑逗而死,他却没为金钏做过哪怕一点抗争。长期以来这块巨石压在心头,相信醒时梦里他都在忏悔,这便是他暗中计划生日祭吊的真正原因。目前他能做的,也仅此而已。这是一笔血债,永远无法清偿的血债,永远记在宝玉的心灵深处。我们发现宝玉变了。当年他调戏金钏儿被王夫人发现,他一溜烟跑了,而且几分钟以后就去关注别的女孩子,把可怜的金钏儿抛到脑后,当晚都没想起这事。现在,事情过去这么久了,在没人提起金钏儿的日子里,他却默默地记着金钏儿的生日,而且哪怕是凤姐的生日宴会他也不管,一个人偷偷地去郊外祭奠。这表明,宝玉一直在反思,他内心一直在默默纪念这因自己而牺牲的年轻生命,今日正是赎罪的最好日子,他显然筹备、期盼很久了。曹公没有让他上坟祭吊,那太俗气,宝玉选择了一尊洛神。"宝玉进去,也不拜洛神之像,却只管赏鉴。虽是泥塑的,却真有'翩若惊鸿,婉若游龙'之态,'荷出绿波,日映朝霞'之姿。宝玉不觉滴下泪来。"然后来到后院中,安放好香炉,"宝玉掏出香来焚上,含泪施了半礼"。通过这样的描写,金钏儿在宝玉心中的地位升华到女神的高度。既然如此,那么宝玉对自己的母亲、间接害死金钏儿的王夫人的感情,恐怕就五味杂陈了。这种内心深处永远不说的积怨,滋生着积累着,最后他"悬崖撒手"也就不奇怪。经过这番梳理,我们发现对宝玉这些深层的、暗藏的心理活动,曹公却一笔也没写。这表明,曹公对宝玉内心深处的某些东西不一定全部明写,我们没看到的,不等于没发生、没酝酿、不存在。曹公的笔墨真是越来越隐蔽、玄乎了,他不仅仅对宝钗实行"零心理描写",而且对心理活动写得很丰富的宝玉,也开始明暗两线并进!我们必须打起十二分精神来,密切关注。

宝玉祭奠金钏儿的另一个小看点,就是曹公对老尼姑的一贯嫌恶。宝玉带着茗烟来到郊外的水仙庵,这家的尼姑也常去贾府的。"那老姑子见宝玉来了,事出意外，竟象天上掉下个活龙来的一般，忙上来问好，命老道来接马。"就写了这么一句话来刻画老尼姑，但足够了，所有的厌恶和鄙视都包含其中。"天上掉下个活龙来"，一位修行多年，执掌一方的出家人，居然会产生这种心理，那是描写无良奸商、妓院的老鸨等才会用到的词语。从馒头庵的净虚、马道婆，到这位老姑子，真是如出一辙。显然，曹公对老年女僧人的成见非常深，但对年轻的尼姑妙玉、智能儿则充满同情和赞赏，何况还有跛足道人和顶替荣国公的张道士。那么，曹雪芹的态度就不是来自宗教批判，而是纯粹地对某一类宗教人物的厌恶。不过，在这段描写中，他又借一个与金钏儿无关的话题，对迷信活动进行一番鞭挞。

> 宝玉道："我素日因恨俗人不知原故，混供神混盖庙，这都是当日有钱的老公们和那些有钱的愚妇们听见有个神，就盖起庙来供着，也不知那神是何人，因听些野史小说，便信真了。比如这水仙庵里面因供的是洛神，故名水仙庵，殊不知古来并没有个洛神，那原是曹子建的谎话，谁知这起愚人就塑了像供着。今儿却合我的心事，故借他一用。"

话是宝玉说的，也不妨看作是曹公的意思。所以《红楼梦》就有趣了，曹公既明显地反对迷信，却又偏偏以带有迷信色彩的神话来结构故事，又是一僧一道，又是转世投胎，又是还泪报应。所以曹雪芹的精神世界很复杂，很难把握，就目前的研究现状来说，还远远不够。

宝玉总算回去。

> 进了城，仍从后门进去，忙忙来至怡红院中。袭人等都不在房里，只有几个老婆子看屋子，见他来了，都喜的眉开眼笑，说："阿弥陀佛，可来了！把花姑娘急疯了！上头正坐席呢，二爷快去罢。"宝玉听说忙将素服脱了，自去寻了华服换上，问在什么地方坐席，老婆子回说在新盖的大花厅上。

> 宝玉听说，一径往花厅来，耳内早已隐隐闻得歌管之声。刚至穿堂那边，只见玉钏儿独坐在廊檐下垂泪，一见他来，便收泪说道："凤凰来了，快进去罢。再一会子不来，都反了。"宝玉陪笑道："你猜我往那里去了？"玉钏儿不答，只管擦泪。宝玉忙进厅里，见了贾母王夫人等，众人真如得了凤凰一般。……贾母先不放心，自然发狠，如今见他来了，喜且有余，那里还恨，也就不提了，还怕他不受用，或者别处没吃饱，路上着了惊怕，反百般的哄他。袭人早过来伏侍。大家仍旧看戏。当日演的是《荆钗记》。贾母薛姨妈等都看的心酸落泪，也有叹的，也有骂的。要知端的，下回分解。

《荆钗记》故事与宝玉祭吊金钏儿有某种关联，下一回黛玉对这戏有批评，我们到时候再说。全回的结尾围绕着全家人的焦急写，急的是找不见宝玉。怡红院的婆子们喊出了"阿弥陀佛"，"把花姑娘急疯了"，这不仅侧面写出袭人心急如焚，背后也传导出宝玉是瞒着袭人的，似乎他同袭人之间的缝隙在扩大。其实他明白告诉袭人去祭奠金钏儿，袭人也未必就不高兴，袭人同金钏儿多年姐妹，听到金钏的死讯她就哭了。问题是，宝玉现在不愿意告诉袭人，自从王夫人给予袭人"准姨娘待遇"之后，宝玉就在两人之间拉起了一条警戒线。

曹公选的另一个细节是玉钏儿。

> 只见玉钏儿独坐在廊檐下垂泪，一见他来，便收泪说道："凤凰来了，快进去罢。再一会子不来，都反了。"宝玉陪笑道："你猜我往那里去了？"玉钏儿不答，只管擦泪。宝玉忙进厅里。

这也是《红楼梦》特有的笔法：玉钏儿为什么哭，不写；宝玉为什么问她这话，也不写；玉钏儿为什么不回答？还是不写；而且后面也没补写。曹雪芹越是不写，读者越想知道，所以你自己仔细看后文，自己去体会，才能搞明白。作者不主动交代，逼着读者动脑筋前后对比联想，这是曹雪芹的拿手活。这里的一句"凤凰来了"，写出玉钏儿像她姐姐一样是个活泼调皮的女孩。其实这第43回写的是一对"凤凰"，贾母特别宠爱的凤姐和宝玉，读完叫人对贾母有些疑心。我们一直说贾母精明能干相当开明并富于同情心，但她对宝玉和凤姐的宠幸却成为一个命门。宝玉无能且对家族毫无责任心，凤姐贪婪自私且相当狠心；宠爱宝玉令其他子孙寒心，偏爱凤姐令她营私舞弊更加放手大胆，这两条都对家族造成严重的破坏。如果说对凤姐是贾母失察，那对宝玉就是顽固——贾母应该知道贾赦、贾珍、贾琏、贾环的感受，但贾母就是不改变，她的年龄使她变得固执，也让她更多地考虑眼前，较少理睬将来，正如她自己说的过一日是一日，单求晚年快乐。

这里我们又要对作品的大结构做一点探讨，因为我们又来到一个转折点上。自第33回宝玉挨打后，至此整整十回都是谈爱情、结诗社、庆生日、吃戏酒，到处欢声笑语、歌舞升平，一片风和日丽景象，作品走了一波"大牛市"。但作者一开始就声明："好事多魔……瞬息间则又乐极悲生，人非物换，究竟是到头一梦，万境归空。"作品至此已"乐极"，后面就要"悲生"了。看看回目，第44回凤姐生日"变生不测凤姐泼醋"，第46回"鸳鸯女誓绝鸳鸯偶"，第47回"呆霸王调情遭苦打"。《红楼梦》剧情开始暴跌，再后面就是漫漫"熊市"直到"白茫茫一片大地真干净"。我们善待这短暂的"牛市"吧。

第四十四回

变生不测凤姐泼醋　喜出望外平儿理妆

本回紧接上回写，整个第一段有点古怪，摘录如下：

> 话说众人看演《荆钗记》，宝玉和姐妹一处坐着。林黛玉因看到《男祭》这一出上，便和宝钗说道："这王十朋也不通的很，不管在那里祭一祭罢了，必定跑到江边子上来作什么！俗语说，'睹物思人'，天下的水总归一源，不拘那里的水舀一碗看着哭去，也就尽情了。"宝钗不答。宝玉回头要热酒敬凤姐儿。

说它古怪，它写了黛玉一句话，宝钗不答，宝玉去敬凤姐酒，真所谓"三不搭"。下面一段则另起炉灶。这样的文章，如果是高考作文，老师肯定给一个不及格。曹雪芹却就这么写了，难道他不懂作文？自然不是。他要的就是这效果。黛玉的评论，看似在评说戏剧，但我们把前面宝玉对洛神的进香联系起来，就是若有所指了。其实最妙的是下一句："宝钗不答"。黛玉当众说的，为什么单单挑出个宝钗来，说她"不答"？很值得体味一番。如果说这一句太突兀让人不好理解，那么下面写一句宝玉，我们便能够理解了：这是他们三人圈子的事情，黛玉是说给宝玉听的，虽然她并不知道宝玉前头刚做了这样的事，但宝玉一贯喜欢这样神神道道；宝玉做贼心虚，赶紧打马虎眼去给凤姐敬酒；宝钗似乎听出了什么，但没有接话。——曹雪芹写的，正所谓"于无声处听惊雷"，他很得意地玩了一把，就像京戏票友吼了一嗓子。这种行文的妙处很值得回味。

下面一段写贾母要大家多敬敬凤姐。

> "让凤丫头坐在上面，你们好生替我待东，难为他一年到头辛苦。"尤氏答应了，又笑回说道："他坐不惯首席，坐在上头横不是竖不是的，酒也不肯吃。"贾母听了，笑道："你不会，等我亲自让他去。"凤姐儿忙也进来笑说："老祖宗别信他们的话，我吃了好几钟了。"贾母笑着，命尤氏："快拉他出去，按在椅子上，你们都轮流敬他。他再不吃，我当真的就亲自去了。"

贾母如此抬举，凤姐撑足脸面，真是风光无限好。然而接着曹公又偏偏抓住一个反对派来写，她就是尤氏，她唱反调很久了。

> 尤氏听说，忙笑着又拉他出来坐下，命人拿了台盏斟了酒，笑道："一年到头难为

你孝顺老太太、太太和我。我今儿没什么疼你的，亲自斟杯酒，乖乖儿的在我手里喝一口。"凤姐儿笑道："你要安心孝敬我，跪下我就喝。"尤氏笑道："说的你不知是谁！我告诉你说，好容易今儿这一遭，过了后儿，知道还得象今儿这样不得了？趁着尽力灌丧两钟罢。"

尤氏的话非但难听，而且像谶语一样应验。接着大家一顿猛灌，凤姐已经招架不住，鸳鸯——这位前两天同她一起灌刘姥姥的搭档——来了。

凤姐儿真不能了，忙央告道："好姐姐们，饶了我罢，我明儿再喝罢。"鸳鸯笑道："真个的，我们是没脸的了？就是我们在太太跟前，太太还赏个脸儿呢。往常倒有些体面，今儿当着这些人，倒拿起主子的款儿来了。我原不该来。不喝，我们就走。"说着真个回去了。凤姐儿忙赶上拉住，笑道："好姐姐，我喝就是了。"说着拿过酒来，满满的斟了一杯喝干。

凤姐觉得心突突地往上撞，知道不行了，趁人不防溜回家去，"平儿留心，也忙跟了来，凤姐儿便扶着他"。平儿真是太忠心耿耿，不然后面不会丢丑；当然曹公这次不放过她，她逃不了。家门口、院子居然有丫头站岗，凤姐一审，原来是贾琏把鲍二媳妇招来了。凤姐——

扬手一下打的那丫头一个趔趄，便摄手摄脚的走至窗前。往里听时，只听里头说笑。那妇人笑道："多早晚你阎王老婆死了就好了。"贾琏道："他死了，再娶一个也是这样，又怎么样呢？"那妇人道："他死了，你倒是把平儿扶了正，只怕还好些。"贾琏道："如今连平儿他也不叫我沾一沾了。平儿也是一肚子委曲不敢说。我命里怎么就该犯了'夜叉星'。"

凤姐听了，气的浑身乱战，又听他俩都赞平儿，便疑平儿素日背地里自然也有愤怨语了，那酒越发涌了上来，也并不忖夺，回身把平儿先打了两下，一脚踢开门进去，也不容分说，抓着鲍二家的撕打一顿。又怕贾琏走出去，便堵着门站着骂道："好淫妇！你偷主子汉子，还要治死主子老婆！平儿过来！你们淫妇忘八一条藤儿，多嫌着我，外面儿你哄我！"说着又把平儿打几下，打的平儿有冤无处诉，只气得干哭，骂道："你们做这些没脸的事，好好的又拉上我做什么！"说着也把鲍二家的撕起来。贾琏也因吃多了酒，进来高兴，未曾作的机密，一见凤姐来了，已没了主意，又见平儿也闹起来，把酒也气上来了。凤姐儿打鲍二家的，他已又气又愧，只不好说的，今见平儿也打，便上来踢骂道："好娼妇！你也动手打人！"平儿气怯，忙住了手，哭道："你们背地里说话，为什么拉我呢？"凤姐见平儿怕贾琏，越发气了，又赶上来打着平儿，偏叫打鲍二家的。平儿急了，便跑出来找刀子要寻死。外面众婆子丫头忙拦住解劝。这里凤姐见平儿寻死去，便一头撞在贾琏怀里，叫道："你们一条藤儿害我，被我听见了，倒都唬起我来。你也勒死我！"贾琏气的墙上拔出剑来，说道："不用寻死，我也急了，一齐杀了，我偿了命，大家干净。"正闹的不开交，只见尤氏等一群人来了，说："这是怎么说，才好好的，就闹起来。"贾琏见了人，越发"倚酒三分醉"，逞起威风来，故意要杀凤姐儿。凤姐儿见人来了，便不似先前那般泼了，丢下众人，便哭着往贾母那边跑。

全部被尤氏说中，甚至比其预料的还要快！凤姐在风光的顶峰突然摔了下来，就像飞机失事一样。刚刚她还要别人跪下才喝酒，现在她哭着逃跑，背后是丈夫提剑追杀，简直就是剧情片。要说丢脸，凤姐丢到无法再丢。曹公的题目是"变生不测"，这还是帮着凤姐的，如果用"咎由自取"，也许更加贴切。在诺大的贾府，自从秦可卿死后，凤姐没有一个可以交心的朋友，但死敌倒有不少。她贪污克扣，损害了所有人的利益；她对赵姨娘等人肆意蹂躏，令被蹂躏者仇恨刻骨；她原有几个陪房助手，因不能容人走得只剩一个平儿；这平儿她也日夜盯着不许贾琏沾手；她不仅与贾琏离心离德而且张扬得无人不知；她虽然得宠于贾母和王夫人，但贾母年迈，一旦百年，她那位婆婆邢夫人会扎扎实实修理她；她虽为女流之辈却手上沾染好几条人命的鲜血……所以连尤氏都看得清清楚楚，凤姐的好日子将要到头。只是，凤姐本人却没有危机意识，更不要说防备措施了。一句话，凤姐栽跟头是必然的早晚的，她躲过霉运只是一时的。以今日之事而言，如果凤姐不那么撒泼与鲍二家的撕打，尤其她不冤枉打平儿的话，再加上标准的泼妇动作"一头撞在贾琏怀里"，贾琏也不会拔剑追杀，凤姐何至于丢这么大的脸。不仅如此，到贾母那里凤姐又开始说谎编造：

> 凤姐儿哭道："我才家去换衣裳，不防琏二爷在家和人说话，我只当是有客来了，唬得我不敢进去。在窗户外头听了一听，原来是和鲍二家的媳妇商议，说我利害，要拿毒药给我吃了治死我，把平儿扶了正。我原气了，又不敢和他吵，原打了平儿两下，问他为什么要害我。他臊了，就要杀我。"

第一，凤姐造谣说贾琏和鲍儿媳妇要拿毒药毒死她；第二，她把事情的来龙去脉全部颠倒，不说自己冲进去打人，还说不敢和贾琏争吵，装得像个可怜兮兮小媳妇模样。可见一，凤姐知道自己做得很过分，别说"厚道"两字，就连"妇道"她也做得很差；二，她很没有担当，自己做的事不敢承认再加造谣掩盖，不过她也太没心计了，她在房里大吵大闹的，丫鬟老婆子都亲眼见的，她这样说谎，别说贾琏愤怒、看不起，也别说邢夫人、王夫人和姐妹们了，就是那些下人，谁不在心里鄙视她？可惜凤姐就喜欢要这种小聪明！

这么说都还是小事，放在更高的层面看，凤姐不是坍了她一个人的台，她把整个贾府的台都坍光了。前面我们看了那么多贾府的雍容高贵，印象如此好，这样的贵族人家，不仅让人钦佩，而且相信它可以巍然屹立千年不倒。但凤姐、贾琏的这段洋相一出，令我们怀疑，这百年国公府，可能说倒就倒。所以凤姐贾琏在这里有名誉上放倒贾府的作用，而对读者则几乎可以说颠覆了三观。此前只有焦大骂过一通，什么"每日家偷狗戏鸡，爬灰的爬灰，养小叔子的养小叔子"，不过这些我们没见到，今日则是眼见为实，贾府雍容华贵的印象倾翻了。

现在事情闹到贾母那里，考验贾母的治家能力了。前面我们见识过她怎么摆平贾政，可以说摆得服服帖帖。但贾政本来孝顺，比较好办，这孙子贾琏可没那么孝顺，我们看看贾母怎么应付。

> 贾母等听了，都信以为真，说："这还了得！快拿了那下流种子来！"一语未完，只见贾琏拿着剑赶来，后面许多人跟着。贾琏明仗着贾母素习疼他们，连母亲婶母也无碍，故逞强闹了来。邢夫人王夫人见了，气的忙拦住骂道："这下流种子！你越发反了，老太太在这里呢！"贾琏乜斜着眼，道："都是老太太惯的他，他才这样，连我也骂起来了！"邢夫人气的夺下剑来，只管喝他"快出去！"那贾琏撒娇撒痴，涎言涎语的还只乱说。贾母气的说道："我知道你也不把我们放在眼睛里，叫人把他老子叫来！"贾琏听见这话，方趔趄着脚儿出去了，赌气也不往家去，便往外书房来。

贾琏借酒装疯，在贾母面前居然还提着剑，这已经不是大不敬的问题，而是要在祖母面前当场行凶，如果是贾政的儿子真要被贾政打死，至于贾赦估计也会严惩。这里我们扯几句家法。我国明清时期家族的管理是由族长管辖，族长拥有祭祀（相当于政治、宗教）、经济、人事的处罚和调解权力，可以下令族中子弟对不法、不孝者进行拷打、关押；祠堂具有某种法庭、公堂的性质；不牵涉到别的家庭的家庭内部事物，则由家长管理，凡有不服，可以上告族长。一般来说族长由辈分较高、年纪较大者担任。所以像贾府中由第三代的贾珍担任族长，十分罕见。至于贾母，她虽然是一家之长，但属于道义方面的，实际上她不掌握实权，她不能直接下令，她要通过贾赦、贾政间接发生影响。比如现在，贾琏不听话，贾母实际上对他没有办法，她叫声"来人"，没人应的。所以，贾母只能说："叫人把他老子叫来！"——说到这里，大家明白了，贾母只有道义力量，现代语言叫软实力，没有硬实力的，这就是现状，是贾母的软肋，她只能求助于贾赦才能摆平贾琏。处于如此为难状态的贾母，她没有退路，她如果摆不平凤姐、贾琏这点事情，那么以后她在贾府的日子就难了。

所以贾琏出去以后，贾母突然变脸。

> 这里邢夫人王夫人也说凤姐儿。贾母笑道："什么要紧的事！小孩子们年轻，馋嘴猫儿似的，那里保得住不这么着。从小儿世人都打这么过的。都是我的不是，他多吃了两口酒，又吃起醋来。"说的众人都笑了。

这就是贾母的老于世故，善于应变，她能够在那么紧张的气氛中突然笑起来，一来冲淡气氛，二来给自己个台阶下。这种"变脸"，邢夫人、王夫人就做不出。我们再次看到贾母的应变能力，上次贾政打宝玉的时候我们见识过的。所以贾母要坐稳她那个位置也不容易，她要会变通，甚至和稀泥妥协。贾母今日之所以如此放下身段，第一，贾琏有点醉了，一时同他没道理可讲；第二，贾琏说凤姐"连我也骂起来了"，凤姐也有错。当时是三从四德的时代，妻子必须绝对服从丈夫。还记得贾政要拿绳子勒死宝玉的时候，王夫人怎么劝的？那是标准范本，妻子不能顶撞丈夫，更别说凤姐骂贾琏、一头撞到贾琏怀里撒泼。但贾母是要维护凤姐，她不会当着贾琏的面说凤姐也不对，那就更助长贾琏的威风了。总之，贾母需要缓冲的时间和空间，来恢复她的威信和声望。果然，第二天贾琏就来负荆请罪了，贾母不仅让贾琏向凤姐道歉，还要他向平儿道歉，这样完美解决了凤姐与贾琏的冲突，也维护住了自己的威信，度过一次个人声望的危机。

不过，这"变生不测"的情节曹雪芹还要继续利用，来个"节外生枝"，又敷衍出一段极有味道的情节来。在这场"变生不测"中，虽然受损害最大的是凤姐，但最冤枉的却是平儿。我们说过，《红楼梦》中最会做人的小姐是宝钗，最会做人的丫鬟却是平儿，对于宝钗在贾府的种种为难我们有多次分析，但平儿的为难恐怕比宝钗更甚。她夹在醋罐子凤姐和不知体恤脂粉的贾琏之间，贾琏恨不能拉着她上床，凤姐却不许贾琏沾一沾，每一天平儿都在走钢丝。她算智商情商都非常高，总算在凤姐的几个陪房中一枝独秀，不，应该叫"一枝独存"。凤姐把她留在身边，而且至今没有打过她一下，几乎可以算奇迹。尤其是上上下下的人，丫鬟老妈子小丫头们无不信服她，可见她做人的水平。可是上次我们见过，她救了贾琏但事情一过贾琏就翻脸无情，甚至说出"哪天叫你们都死在我手里"那种恶毒话。今日，先是凤姐打她，贾琏又跟着打，逼得平儿要找刀子寻死，平儿多年小心翼翼积攒起来的脸面丢得一干二净。然后凤姐逃跑，贾琏追杀，把平儿撂在一边，好在老好人李纨出来拉着平儿进大观园去了。我们想想也是，凤姐与贾琏为玩女人干仗，其他人还真不好出来管平儿的事儿，鸳鸯、袭人没那身份资格，迎春、探春都是没出阁的姑娘，不方便出头，还真只有李纨出面。不过大家可曾知道，为现在能够让李纨出面，前面曹雪芹就打下埋伏，让李纨同平儿有一番亲近，说什么"你就是你奶奶的一把总钥匙"。不然的话，我们就不知道她俩关系如何，如果她俩从来没说过一句话，李纨拉着平儿走，就显得没那么自然。所以曹雪芹这针线是像纳鞋底一样密实。

好，把平儿劝走了，但平儿丢了那么大的脸，谁来劝解她、安慰她，替她找补回来一点呢？本来李纨是当仁不让的，但她未必说得到点子上；大观园中最会说话的黛玉，叫她打趣别人那本事是一流，但叫她去劝慰别人，我们还从来没见过，而且平儿只是个丫鬟，黛玉未必有那份心思；贾氏三姐妹中，迎春不会说话也不愿意管别人的事，惜春同黛玉接近，探春也是讲究身份、自重羽毛的人，与丫鬟话语不多的；所以这几个这会子会不会来见平儿，都难说。我们相信宝钗会来，因为她特别能够体谅平儿此时的委屈，她也愿意站出来劝慰（尽管有人认为这是宝钗喜欢讨好别人，我不能苟同，在此暂不争辩），这是一；其二，宝钗与丫鬟们一向交好，她进贾府不久的第 5 回，曹雪芹就写了便是那些小丫头们，也喜欢同她玩；其三，她与凤姐是姑表姐妹，与平儿关系近一层；其四，最重要的是，她会劝慰人，能把话说到人心里。所以即使黛玉、探春都来了，也说了几句不痛不痒的劝慰话，但是曹雪芹只写了、或者说只保存了宝钗的劝慰。

接下来才是重点，为什么这么说？因为它是曹雪芹要描写、表述的重点，也是平儿这一生的重点，也可算宝玉一生的重点。我们先看文本。宝钗等人劝慰着平儿。

> 正说着，只见琥珀走来，说了贾母的话。平儿自觉面上有了光辉，方才渐渐的好了，也不往前头来。宝钗等歇息了一回，方来看贾母凤姐。

我们先把细节闹清楚。贾母的圣旨一到，平儿觉得脸上有光，已经不需别人劝了，所以"宝钗等歇息了一回，方来看贾母凤姐"。她们当然很现实的，把平儿劝完，便要去看望贾母、凤姐，那里也是风起云涌，她们必须去道安慰的。但是，还有一个也应该去、或者说更应该去的人，却没去，单独留下来陪平儿了！这人就是我们的一号主人公，贾宝玉公子。对，只有他，贾母的心头肉，敢于在这时候抛下贾母，忙他自己的要事。——亲近平儿！千载难逢的机会出现了，宝玉怎么能够放弃？他还管什么老太太贾母、表姐凤姐，他要抓住机会亲近平儿！李纨、宝钗她们要走，"宝玉便让平儿到怡红院中来"。平时没这机会，不是说平儿不来怡红院，而是说平儿来了宝玉也只能干瞪眼——堂兄的爱妾，心术堂堂正正，对宝玉这小叔子恭恭敬敬的，宝玉想要说一句什么自己都不好意思。但今天不一样了，平儿受尽贾琏的侮辱，满心怨恨，正是"久旱逢甘霖"的时刻，宝玉乘机充当一次"甘霖"。当然，宝玉不便一个人接待平儿，好在他有个袭人，同平儿是生死姐妹，因此他让平儿去怡红院，他说得出口，平儿也无需思考就很自然地接受了。到怡红院，袭人对平儿说："我先原要让你的，只因大奶奶和姑娘们都让你，我就不好让的了。"袭人这话，或许是她知道她家爷儿宝玉的心思，替宝玉圆场，让平儿放心；也或许她并没想到宝玉的用意，却在无意中帮了宝玉一把，让平儿宾至如归。不管怎样，平儿确实放松了心情，我们看："平儿也陪笑说'多谢'。因又说道：'好好儿的从那里说起，无缘无故白受了一场气。'"大家注意，平儿到了怡红院才发出抱怨的声音，对凤姐和贾琏的双重抱怨。李纨、宝钗她们在的时候，平儿不会吐露这样的心声。换句话说，宝玉，这位凤姐的表弟兼贾琏的堂弟，对平儿来说原本应该是有所顾忌的男人，如今平儿一点都不顾忌，至少此时此刻她不再顾忌。袭人劝了一句，平儿的委屈便更加汹涌："'二奶奶倒没说的，只是那淫妇治的我，他又偏拿我凑趣，况还有我们那糊涂爷倒打我。'说着便又委曲，禁不住落泪。"或许，平儿只是对着袭人在倾诉，暂时没有意识到旁边有一位需要顾忌的宝玉；或许，在此时此刻，她明明意识到宝玉在旁边，但贾琏的无耻和无情，让她再也不管不顾！我们看下去。

> 宝玉忙劝道："好姐姐，别伤心，我替他两个赔不是罢。"平儿笑道："与你什么相干？"宝玉笑道："我们弟兄姊妹都一样。他们得罪了人，我替他赔个不是也是应该的。"

这里请大家注意平儿的反应，宝玉刚说了一句话，平儿就笑了，她很放松。按照人情关系来说，宝玉完全是贾琏、凤姐的人；按照礼法来说，平儿都不该这样同宝玉接触；按照情绪来说，平儿把个脸一放，冷眼相看也正常。但是平儿没有，相反她立即破涕为笑："与你什么相干？"这是同宝玉逗趣呢！聪明伶俐的平儿显然看出宝玉在套近乎，她非但不拒绝，反而很温馨，很愿意继续下去。宝玉更是心领神会，于是宝玉也笑了，说出"我们弟兄姊妹都一样"这种可笑的话来，这时平儿一定笑得像朵花。宝玉便得寸进尺，"又道：'可惜这新衣裳也沾了，这里有你花妹妹的衣裳，何不换了下来，拿些烧酒喷了熨一熨。把头也另梳一梳，洗洗脸。'一面说，一面便吩咐了小丫头子们舀洗脸水，烧熨斗来"。大家瞧，宝玉这话里面包括换衣服、熨衣服、梳头、洗脸一系列事情，说完还直接吩咐"小丫头子们舀洗脸水，烧熨斗来"，他不曾征询平儿的意见，似乎吃定平儿一切皆可。更妙的是曹公一笔不写平儿的反应，显然他认为不用写了，那边平儿一直笑眯眯地以表情和肢体语言答应着，甚至享受着。现代的读者可能也不觉得怎么样，但在当时，这位堂嫂子与小叔子之间的这一切，是大大违背礼法的，贾琏知道了会同宝玉干架的！想想当初宝玉同彩云说了一句亲热话，贾环就把蜡烛油泼到这位亲哥哥的脸上。宝玉自己又何尝不知道他在干些什么，大家看：

> 平儿素习只闻人说宝玉专能和女孩儿们接交，宝玉素日因平儿是贾琏的爱妾，又是凤姐儿的心腹，故不肯和他厮近，因不能尽心，也常为恨事。

宝玉非常清楚自己在做什么！那么平儿呢？曹公终于给我们写上一笔：

> 平儿今见他这般，心中也暗暗的戒羡：果然话不虚传，色色想的周到。又见袭人特特的开了箱子，拿出两件不大穿的衣裳来与他换，便赶忙的脱下自己的衣服，忙去洗了脸。

平儿对宝玉是满意极了。不过曹公有一笔又故意写得含糊，"便赶忙的脱下自己的衣服"，平儿是当着宝玉的面就脱的衣服吗？从后面一句"忙去洗了脸"，这里有个"去"字，但写她脱衣服，却没有这个"去"字，只有"赶忙的"三字，我们只能理解为平儿没有"去"，而是就在原地，也就是当着宝玉的面脱的。虽然，那只是件外衣，但按理是绝对不能当着宝玉的面脱的，连解纽扣都不行，更别说脱了。那么我们估摸，平儿之所以没有回避，她或许是不肯太扫宝玉的兴致，不愿意把如此亲近的距离一下子拉大吧？假如有人对此有所怀疑，说我们在夸大其实，那么请看下去。

> 平儿听了有理，便去找粉，只不见粉。宝玉忙走至妆台前，将一个宣窑瓷盒揭开，里面盛着一排十根玉簪花棒，拈了一根递与平儿。又笑向他道："这不是铅粉，这是紫茉莉花种，研碎了兑上香料制的。"平儿倒在掌上看时，果见轻白红香，四样俱美，摊在面上也容易匀净，且能润泽肌肤，不似别的粉青重涩滞。然后看见胭脂也不是成张的，却是一个小小的白玉盒子，里面盛着一盒，如玫瑰膏子一样。宝玉笑道："那市卖的胭脂都不干净，颜色也薄。这是上好的胭脂拧出汁子来，淘澄净了渣滓，配了花露蒸叠成的。只用细簪子挑一点儿抹在手心里，用一点水化开抹在唇上，手心里就够打颊腮了。"平儿依言妆饰，果见鲜艳异常，且又甜香满颊。

一个堂弟弟替堂兄的姜单独化妆，这类场面在哪怕当代题材的影视剧中也是引发吃醋打架的镜头，何况当年？如果大家对此还觉得无所谓，那么曹公最后来了个画龙点睛：

> 宝玉又将盆内的一枝并蒂秋蕙用竹剪刀撷了下来，与他簪在鬓上。忽见李纨打发丫头来唤他，方忙忙的去了。

还能写得更露骨吗？花，是"并蒂秋蕙"；插到平儿鬓上的，是宝玉的手！宝玉找出这么一支"并蒂秋蕙"，其意识不用再解释，问题是平儿非但欣然接受，而且还让宝玉替她簪在鬓上。如果说这是平儿对宝玉"色色想的周到"的一个奖励，恐怕都不够，或可理解为平儿潜意识中对狠心的贾琏的一个惩罚、一个报复！不过，平儿毕竟是平儿，她还是个比较规矩的姑娘；至于宝玉，也不是个滥淫之人，能为平儿尽上这么一份心，他也心满意足了。所以描写到这里，曹雪芹紧急刹车，让李纨把个平儿叫走了。

平儿走了，但宝玉今日这份温柔和体贴会留在平儿心中很久很久，造成的影响会很远很远。到第 61 回"判冤决平儿行权"，如果说平儿偏袒的是宝玉和探春兄妹，那么第 62 回平儿"打扮的花枝招展的"来给宝玉拜寿，那份打扮似乎就是给宝玉看的。至于八十回以后，当宁府中长房与二房矛盾大爆发时，身为长房儿子之妾的平儿，是保持其"平"，还是倾向于二房，没有原作了，却值得人们思考和想象。

平儿走后，宝玉一个人在房间里继续缅怀、过瘾。这是非常奇妙的一段描写。

> 宝玉因自来从未在平儿前尽过心，——且平儿又是个极聪明极清俊的上等女孩儿，比不得那起俗蠢拙物——深为恨怨。今日是金钏儿的生日，故一日不乐。不想落后闹出这件事来，竟得在平儿前稍尽片心，亦今生意中不想之乐也。因歪在床上，心内怡然自得。忽又思及贾琏惟知以淫乐悦己，并不知作养脂粉。又思平儿并无父母兄弟姊妹，独自一人，供应贾琏夫妇二人。贾琏之俗，凤姐之威，他竟能周全妥帖，今儿还遭荼毒，想来此人薄命，比黛玉犹甚。想到此间，便又伤感起来，不觉洒然泪下。因见袭人等不在房内，尽力落了几点痛泪。复起身，又见方才的衣裳上喷的酒已半干，便拿熨斗熨了叠好，见他的手帕子忘去，上面犹有泪渍，又拿至脸盆中洗了晾上。又喜又悲，闷了一回，也往稻香村来，说一回闲话，掌灯后方散。

这是标准的"意淫"，是宝玉同大多数男孩不同的地方。另一个奇妙之处，就是"因见袭人等不在房内，尽力落了几点痛泪"。落眼泪，人之常情，我们经常看到文学作品中写情不自禁地落泪，写的好的、写的妙的，令人击节称赞；但好像没见过描写"尽力落了几点痛泪"，这只属于《红楼梦》，只属于贾宝玉。此外还有熨衣服、洗手帕，这一段描写将宝玉的形象又丰富了若干。

然而，宝玉会洗手帕，这也罢了；可是熨衣服，那可是个技术活，那是要依据不同的衣服材料，将熨斗烧到恰当的温度，以恰当的分量、恰当的时间、恰当的手势才能将衣服熨烫得恰到好处的，越是薄的衣料越是讲究火候，差一点点就烫焦烫破了。宝玉居然有这份手艺，我们只好乍舌。写到这里，有个疑问就带了出来：袭人、晴雯等人都哪去了？熨衣服可不是如今的蒸汽熨斗，那要烧火、要安放架子、铺垫烫的毡子等，都宝玉一个人弄？我们尤其要问：袭人前面可是在场的，但宝玉替平儿化妆、插花的时候，她去哪了？她本来就要去接平儿的，总不能平儿来了她反倒跑了吧？那么，她是在一边做帮手？还是默默地看着他俩？宝玉好意思当着自己爱妾的面把"并蒂秋蕙"插到堂兄爱妾的鬓发上？还有，晴雯、麝月一伙人，跑得一个不剩？还是在一边围观？曹雪芹似乎缺少一点交代。

曹雪芹的纰漏不止一个。在前面一段引文中，宝玉一再向平儿推介他家的搽脸粉和胭脂怎么出色，还教平儿怎么用，平儿用了"果见鲜艳异常，且又甜香满颊"，这个描述也有点问题的。平儿跟了凤姐多年，凤姐的化妆品无疑都是顶级的，当年贾芸花十五两银子买来麝香孝敬，凤姐也不过等闲视之。想宝玉房中的化妆品是丫鬟们用的，她们能有几个钱，买来让平儿觉得"新鲜异常"这样的宝贝？这显然不可能。只能说，曹雪芹太刻意地要写出平儿领受宝玉的一番美意，就暂时顾不得生活的逻辑，在某些方面肆意。不过虽然看上去成功了，却付出艺术破绽的代价。这样的情况《红楼梦》中出现不止一两次，该怎么评价呢？各人自己心中一杆秤吧。

最后我们还要说说"并蒂秋蕙"。因为宝玉不止玩了这一次，后面第 62 回他同香菱也玩过一样的节目，那是香菱与芳官等人玩斗草，香菱有一支"夫妻蕙"，宝玉便也去找了一支来，对香菱说："你有夫妻蕙，我这里倒有一枝并蒂菱。"也是趁香菱裙子弄脏了，他讨好一番，让香菱还拉了他的手，让他又陶醉了半天。香菱还专门解释什么叫"夫妻蕙"："一箭一花为兰，一箭数花为蕙。"由此可知平儿戴上的"并蒂秋蕙"，就是并蒂兰花，与"夫妻蕙"很近似。曹雪芹不知道是不是故意通过同一种花，把前后两个情节串联了起来，而一旦串联起来，就形成了这样的意味：一位堂兄的爱妾，一位表兄的爱妾，宝玉都乘人之危讨好一番；替平儿簪上"并蒂秋蕙"，向拿着"夫妻蕙"的香菱出示"并蒂菱"；平儿他摸了头，香菱他拉了手，都有了肌肤之亲！且慢，我们把眼光再放远一点，前面还有一位，那是他隔堂的侄儿媳妇秦可卿，宝玉与她有梦中云雨。这么一算，贾府中的年轻媳妇，不管堂的表的，宝玉都这样那样地亲热遍了！好一个贾宝玉！还有，好一个曹雪芹，他写了宝玉这么些事儿，到底想告诉我们什么呢？

我们回到本回的结尾。鲍二的媳妇当天就上吊自尽了。凤姐吃了一惊，然后故作镇静。管家的告诉她，鲍二媳妇娘家的人要告官呢。

> 凤姐道："我没一个钱！有钱也不给，只管叫他告去。也不许劝他，也不用震吓他，只管让他告去。告不成倒问他个'以尸讹诈'！"……贾琏一径出来，和林之孝来商议，着人去作好作歹，许了二百两发送才罢。贾琏生恐有变，又命人去和王子腾说，将番役仵作人等叫了几名来，帮着办丧事。那些人见了如此，纵要复辨亦不敢辨，只得忍气吞声罢了。贾琏又命林之孝将那二百银子入在流年帐上，分别添补开销过去。又梯己给鲍二些银两，安慰他说："另日再挑个好媳妇给你。"鲍二又有体面，又有银子，有何不依，便仍然奉承贾琏，不在话下。

关于这一段，有如下五个看点。第一个是，又出了一条人命！《红楼梦》写的是人性和命运，但曹雪芹看似不经意地写着人命，到此为止，他已经写了六条横死的人命！第二个看点是，鲍二夫妇应该不是奴才身份，鲍二媳妇娘家也不在贾府做事，所以她家可以告官，而贾琏也有所顾忌。对比一下，几乎是同样的事情，金钏儿家就没有上告官府的念头，因为金钏儿的母亲也是贾府的奴才，没有告官的资格。同样的，后面鸳鸯不愿当贾赦的小妾，她也只有两条路，要么自杀，要么出家做尼姑。所以《红楼梦》里面的人事有身份的区别，其命运发展就有不同的方向和模式。第三个看点，就是王家的势力。我们看，明明是贾琏得罪凤姐引发的祸事，照理贾琏要瞒着王家、回避王家的，但是没办法，贾琏不得不"去和王子腾说，将番役仵作人等叫了几名来，帮着办丧事"，借着王家的势力压制鲍二媳妇娘家忍气吞声。贾府虽然是国公府世家，贾赦还袭着爵位，但贾府没有实权，从这里侧写出凤姐为什么在贾府如此趾高气扬。如果我们顺着贾琏借重王家势力这条线推算，那么曹雪芹自己家，当的是江宁织造官，虽然是皇帝亲信，有内务府背景，但这个职务毕竟没有什么政治、军事、人事、司法方面的权力，在地方上要办事或打官司，也是只能托人。常言"县官不如现管"，中国人讲究"实权"，像曹家那样的家族，在地方上没有实权，也就没有势力。贾琏拜托王家这个细节，有没有一点当年曹家的影子？提请大家思考。第四个看点，贾琏花二百两银子摆平一条人命的案子。这个情节显示，当时一条人命的理赔价格，在二百两银子上下。按照一家人一年生活费二十两银子计算，相当于一家人十年的生活费。在中国历史上，这个赔偿价格相对而言算比较高的。第五个看点，就是贾府的经济管理，尤其是怎么走账。二百两银子，贾琏与林之孝说一句，就"在流年帐上，分别添补开销过去"，显然贾琏在这方面经常的，也显示在贾府贪污挪用，非常容易。而贾赦、贾政都不勤于、更不善于严格查账、盘账，再大的家伙，百年以内败光也很正常。

　　"变生不测"，狡狯的曹雪芹让它发生在凤姐生日这天，无疑具有"水满则溢""乐极悲生"的意味，贾琏仗剑追杀凤姐的场面惊心动魄，在整部作品中有如一道分水岭，很像股市疯狂顶部的一根巨量大阴线，宣告一轮牛市的结束。贾府从此步入"下降通道"，进入多事之秋，祸患相连，往后再也不能恢复以前的歌舞升平气象。虽然还有些喜事，虽然贾母还是引着一家人安享清福，虽然宝玉同姐妹们还在吟诗作词，那也不过是熊市中的盘整和反弹，完了还是下跌，一直跌到家破人亡。从这个意义上说，"变生不测"可以看作是一个标志性事件。

第四十五回

金兰契互剖金兰语　风雨夕闷制风雨词

　　"互剖金兰语"是黛玉与宝钗两人推心置腹，结下姐妹深情；"闷制风雨词"是黛玉虽然几乎事事如意，但她的内心依然感到凄凉，尤其是"想宝玉虽素习和睦，终有嫌疑"，令她无眠。关于这一回的回目，我们要讲两个话题。第一，回目"金兰契互剖金兰语"，连用两个"金兰"，而且第42回已经有过"兰言解疑癖"，所以是用上三次了，曹雪芹不怕重复和啰唆，进行强调、突出，可以说达到极限。"金兰"，是我国形容友情的最高级词语，出自《周易》："二人同心，其利断金；同心之言，其臭如兰。"在我国传统的使用习惯中，"金兰"不仅表示友谊深厚纯真，而且还有高雅神圣的含义。这个词，明确无误地表达了作者对黛玉和宝钗两人以及她们情谊的构思与观点。很可惜，多年来有不少研究者对宝钗持否定乃至攻击的态度，甚至连本回和第42回的"蘅芜君兰言解疑癖"，都认为是宝钗在藏奸。这已经不是对作品、人物的理解或见仁见智的问题，而是对作者和文本缺乏尊重，已经偏离了学术范畴。很遗憾。

　　关于回目的第二个话题是，本回的回目把一大半内容忽略了。曹雪芹这么写有他的用意，但是读者应该细心阅读、把握全部内容。如果只关心回目列出的情节，不仅可惜，而且辜负了曹雪芹。因为实际上，这一回作者真正用心的、分量更重价值更大的，却不是黛玉、宝钗、宝玉的情节，而是赖嬷嬷的痛说家史。《红楼梦》中有时会出现这种情况，更重要的内容不上标题，这当然不是曹雪芹不会写标题，而是里面有他的隐衷，实在不便于上标题。这是《红楼梦》与其他章回体小说的一大区别，也是通往《红楼梦》特殊世界的一条看不见的小道。

　　本回三分之一的篇幅写李纨领着姐妹们找凤姐要绘画材料，还叫她参予诗社的事务，当一个"监社御史"。这看似姐妹们日常的玩笑，却被曹雪芹夹入一票私货，读者不细心根本分辨不出。请看：

　　　　凤姐儿笑道："你们别哄我，我猜着了，那里是请我作监社御史！分明是叫我作个进钱的铜商。你们弄什么社，必是要轮流作东道的。你们的月钱不够花了，想出这个法子来拗了我去，好和我要钱。可是这个主意？"一席话说的众人都笑起来了。

我们知道，凤姐没什么文化，她这里同姐妹们开玩笑所说的更应该是通常话、常用词。但是，凤姐在这里却用了一个字典上都不容易查到的词：铜商！这个词为什么字典上几乎没有？因为中国古代历史上几乎没有铜商。铜，几千年来都是货币金属，铜矿基本上都是由官方控制，炼出来的铜主要用来铸造钱币。我国古代的货币主要由白银承担，大面额的货币以白银计价，极少数用黄金计价。但小面额的货币，即秦代以来市场流通最广泛的铜币，它由官方铸造，对应着白银的价值。铜材较少用来打做器皿，即使做成器皿那也相当昂贵，非一般人家用得起。所以历史上有少量的铜匠、铜器经销商，也不是专卖铜器的，而是各种贵重材料都有的高级器皿商店。因此，历史上就没有专门经营铜材的铜商。这么一说就奇怪了，历史和现实中都没有"铜商"这个行当、对象，也没有"铜商"这个专门的词语，那么凤姐这个"铜商"是怎么说出来的？还说得这么顺溜？前面我们说了，曹雪芹善于夹带私货，很重要的私货！曹雪芹这次私货，只要我们对曹家的家世有所了解，就可以轻松验证。曹雪芹的祖父曹寅，我们介绍多次了，他几十年不变的基本职务是江宁织造官，但康熙也经常派他做些临时兼职，大家比较熟悉的是两淮盐务巡视官、《全唐诗》刊刻事物总管等，其实他还主管经营过专供造币的铜筋，也就是铜材事物。全国十四个铜关，曹寅分管五个关，即国库造币铜的三分之一还多。（事见《曹家档案·康熙四十年内务府题请本》）当时约定领取内帑银子十万两，分三块经营八年，归还本金和利润一百十二万两，曹寅经营其中的三分之一。那么曹寅领取内帑银子是三万多两，八年后要上交三十多万两。曹寅后来欠下内帑几十万两，也有可能就是这笔钱，虽然我个人认为还是经营盐务欠债的可能更大。但这么一说，我们找到了凤姐"铜商"一词的出典。不过，凤姐在"铜商"前面加了个词，她说的是"送钱的铜商"。这句话就很有意思了，做了铜商就成为送钱的人。曹家历史上，我们明确知道曹寅主持刊刻《全唐诗》，但我们不知道朝廷有没有专项拨款；如果没有，那么就与凤姐所称的"铜商"情景颇相似。曹雪芹专门设计这么一句台词，点出曹寅的特殊经历，我们很难解释其确切用意，但有一点可以肯定：写作这一回时，曹雪芹勾起了深深的回忆，甚至直接动用了曹家的材料。这就与后面赖嬷嬷的痛说家史具有内在的贯通。

回到作品。这段描写，还有很精彩的内容。

李纨笑道："真真你是个水晶心肝玻璃人。"凤姐儿笑道："亏你是个大嫂子呢！把姑娘们原交给你带着念书学规矩针线的，他们不好，你要劝。这会子他们起诗社，能用几个钱，你就不管了？老太太、太太罢了，原是老封君。你一个月十两银子的月钱，比我们多两倍银子。老太太、太太还说你寡妇失业的，可怜，不够用，又有个小子，足的又添了十两，和老太太、太太平等。又给你园子地，各人取租子。年终分年例，你又是上上分儿。你娘儿们，主子奴才共总没十个人，吃的穿的仍旧是官中的。一年通共算起来，也有四五百银子。这会子你就每年拿出一二百两银子来陪他们顽顽，能几年的限？他们各人出了阁，难道还要你赔不成？这会子你怕花钱，调唆他们来闹我，我乐得去吃一个河枯海干，我还通不知道呢！"

先说一下"水晶心肝玻璃人"，意思是指人冰雪聪明，一点就透，李纨实际上是在夸赞凤姐。但凤姐的话，却暴露了她对李纨某种程度的不满乃至妒忌。她随口就把李纨各种各样的收益全部倒了出来，虽然是开玩笑，但可见这本账在她心里已经不知算了多少遍，她内心的醋意也喷薄而出。当然由于李纨的低调和无争，她对李纨也没太深的成见。换句话说，李纨如果在意一点，她自己就把贾政这二房的家管起来，哪里还轮得到凤姐？凤姐的贪污挪用也就没有平台、没有渠道了，所以她内心深处是感激李纨的，不会同李纨冲突，所以凤姐说这些只是开玩笑，逞能干。上面我们是从凤姐、李纨妯娌之间的关系进行讨论的。但曹雪芹写这些，还有更大的价值。他把李纨那样身份的人一年的所有收益都做了交代，如果没有这一笔，我们就不知道李纨的具体收益，也就搞不清楚贾府各人的多寡得失，然后对人物做出许多误读误判。别说一般读者，即使是清代贵族研究者、土地研究者、经济研究者等各门各类的研究者，都要感激曹雪芹，感谢《红楼梦》，让他们取得如此清晰而又专门的研究资料。

接下来还有让我们眼睛一亮的描写。

李纨笑道："你们听听，我说了一句，他就疯了，说了两车的无赖泥腿市俗专会打细算盘分斤拨两的话出来。这东西亏他托生在诗书大宦名门之家做小姐，出了嫁又是这样，他还是这么着，若是生在贫寒小户人家，作个小子，还不知怎么下作贫嘴恶舌的呢！天下人都被你算计了去！昨儿还打平儿呢，亏你伸的出手来！那黄汤难道灌丧了狗肚子里去了？气的我只要给平儿打报不平儿。忖夺了半日，好容易'狗长尾巴尖儿'的好日子，又怕老太太心里不受用，因此没来，究竟气还未平。你今儿又招我来了。给平儿拾鞋也不要，你们两个只该换一个过子才是。"说的众人都笑了。

说实话，如果不是原著上面的白纸黑字，我绝对想不到李纨这么会说话，会说出这么连贯而又生动、大气而又到位、嬉笑着而又有分量的话，从反驳到自卫、从自卫到反击，中间连贯得如此天衣无缝恰到好处！没仔细体味过这段话的读者，可能一直以为李纨是个老实而不善言辞的寡妇，可怜巴巴的。但是，我们来细细品尝一下。"你们听听，我说了一句，他就疯了，说了两车的无赖泥腿市俗专会打细算盘分斤拨两的话出来。"这一句是接口话，接得多么自然随意，"你们听听"，这是提请大家注意，也是争取民意；"我说了一句，他就疯了"，这是总括、总评，说凤姐"疯了"，两个字做出判断，也把凤姐对她的评估一口否认掉，讲得多么精辟！后面更加精彩：

> "这东西亏他托生在诗书大宦名门之家做小姐，出了嫁又是这样，他还是这么着，若是生在贫寒小户人家，作个小子，还不知怎么下作贫嘴恶舌的呢！天下人都被你算计了去！"

先看称呼："这东西"，凤姐可称她为"大嫂子"呢，她倚老卖老，把凤姐这一贬就贬到不入流位置去了，后面她无论如何随意挥洒，都在正义、高尚一方。接着她用了一个让步从句，先捧一捧，说凤姐"亏他托生在诗书大宦名门之家做小姐，出了嫁又是这样"，后面的踩踏鄙弃，也就水到渠成："若是生在贫寒小户人家，作个小子，还不知怎么下作贫嘴恶舌的呢！天下人都被你算计了去！"这里稍作注解，一，李纨自己是贫寒小户人家出身；二，"天下人都被你算计了去"，她针对凤姐的算计，以毒攻毒，这就抹杀了凤姐"算计"的真实和正确与否，反正凤姐在算计人，属于"下作贫嘴恶舌"，当然是凤姐的错；哪怕她李纨得了再大的实惠，你凤姐都不该"算计"，这是多妙的逻辑啊！如果李纨的话仅到这里，那还一般，还只是为自己辩护，仅仅自卫而已。但这只是她的前半段，她后面还有呢！

> "昨儿还打平儿呢，亏你伸的出手来！那黄汤难道灌丧了狗肚子里去了？气的我只要给平儿打报不平儿。忖夺了半日，好容易'狗长尾巴尖儿'的好日子，又怕老太太心里不受用，因此没来，究竟气还未平。你今儿又招我来了。给平儿拾鞋也不要，你们两个只该换一个过子才是。"

李纨非常巧妙地进行话题的转换，她抓住凤姐昨天一个明显的错误进行攻击，让凤姐根本无法辩解，也无法绕开，而且平儿就在当场，人证物证俱在，凤姐除了认输别无对策。关键就在李纨这个转折，前面凤姐抓住的是李纨的少劳而又多得，那是千真万确的事实，但李纨不予正面回答，她抓住凤姐的"算计"来开刀，来自救；自救成功，立即转守为攻，而且攻其必救，多么高明的战术啊。最后，果然凤姐当众向平儿道歉，李纨大获全胜。不看作品的实际描写，谁会想到凤姐与李纨一场斗嘴，会是凤姐完败？但我们看到了，确实如此，而且没有漏洞非常可信，我们只能承认曹雪芹高明，承认自己对《红楼梦》还未曾甚解。

凤姐捐资五十两给诗社，也答应赶紧找绘画用具，李纨带着姐妹们正要回去。

> 只见一个小丫头扶了赖嬷嬷进来。凤姐儿等忙站起来，笑道："大娘坐。"又都向他

道喜。赖嬷嬷向炕沿上坐了，笑道："我也喜，主子们也喜。若不是主子们的恩典，我们这喜从何来？昨儿奶奶又打发彩哥儿赏东西，我孙子在门上朝上磕了头了。"李纨笑道："多早晚上任去？"

我们先插一句，这位赖嬷嬷就是前面所称的"赖大母亲"。凤姐、李纨等人一齐向赖嬷嬷道喜，等赖嬷嬷说"我孙子在门上朝上磕了头了"，我们方知是她孙子有喜事；接着李纨笑道："多早晚上任去？"我们才明白赖家的孙子当官了。这是典型的补叙写法，事先不透露一点消息，虽然这是《红楼梦》常用的手段，但是在这一回中，曹雪芹一而再再而三地使用，比较奇特。比如前面就补叙了李纨的年收入，贾府的分配方式。赖嬷嬷今天是来请客的，但孙子被任命为州府老爷的大好消息，却令她深深感慨，她一下子说出如下一大段自白。

赖嬷嬷叹道："我那里管他们，由他们去罢！前儿在家里给我磕头，我没好话，我说：'哥哥儿，你别说你是官儿了，横行霸道的！你今年活了三十岁，虽然是人家的奴才，一落娘胎胞，主子恩典，放你出来，上托着主子的洪福，下托着你老子娘，也是公子哥儿似的读书认字，也是丫头、老婆、奶子捧凤凰似的，长了这么大。你那里知道那'奴才'两字是怎么写的！只知道享福，也不知道你爷爷和你老子受的那苦恼，熬了两三辈子，好容易挣出你这么个东西来。从小儿三灾八难，花的银子也照样打出你这么个银人儿来了。到二十岁上，又蒙主子的恩典，许你捐个前程在身上。你看那正根正苗的忍饥挨饿的要多少？你一个奴才秧子，仔细折了福！如今乐了十年，不知怎么弄神弄鬼的，求了主子，又选了出来。州县官儿虽小，事情却大，为那一州的州官就是那一方的父母。你不安分守己，尽忠报国，孝敬主子，只怕天也不容你。"

这一大篇话，紧扣"奴才"二字，发自老人家的心底。从她的话中可知，赖家是贾府的家奴，而且是世代为奴的那类，按照规矩，她孙子只能在贾府服役终生，没资格上学更没资格当官。但贾府开明，主动破了规矩，放她孙子赖尚荣出去读书；"到二十岁上，又蒙主子的恩典，许你捐个前程在身上"。赖尚荣不是科举出身，是花钱买的身份，不过这必须主子家出具许可证书。不仅如此，贾府又第三重恩典，"求了主子，又选了出来"。可知赖尚荣这州官又是贾赦贾政在官场活动帮助，才取得的。从奴才一变而为州府大老爷，这种从完全不可能变为既成事实，让为奴几辈子的赖嬷嬷无限感慨，我们用心、用情去读读这段话，尤其是那句"你那里知道那'奴才'两字是怎么写的"！虽然这话好像不太符合赖嬷嬷的身份，她肯定不识字，她自己也不知道怎么写，但其中的感慨是如此深沉真切，不是个中人根本说不出。

下面我们转换一下思路：曹雪芹为什么要如此浓墨重彩、深情厚意写赖嬷嬷？仅仅是为了突出贾府的恩重如山？还是仅仅为发出人事变化沧海桑田的感慨？我的看法，前面两种说法都没错，作品有这种意思和味道，并且正因为如此，深化了小说的内涵，增强了作品的感染力。但是我还有一句：这样理解或许还不够全面，还没有听到曹雪芹的心声。曹雪芹写的如此动情，是由于他在宣泄——宣泄他身世的屈辱，宣泄曹家百余年、几代人闷闷在心头的难言之隐！曹家的祖先自从被满清俘虏以后就成了奴才，到曹雪芹出生已经一百多年。自从转到正白旗成为皇帝的奴才，也就是内务府包衣，曹家就成为清朝最高级的奴才。虽然他祖先"从龙入关"立下功劳，清代建立后他的太祖当上了知府；他的曾祖母当过康熙的保姆，这才有了他祖父曹寅同康熙的私交，有了他伯父和父亲小小年纪接连被康熙擢拔为江宁织造官。但是，再怎么荣耀，曹家总归是奴才，永远是奴才。曹家世代为包衣奴才，依据《大清律》，包衣人哪怕当了官而且官位高于主子，也依然是主子的奴才，见到主子依然要下跪，依然要口称奴才，永生永世不得改变。虽然曹雪芹是汉人血统，又崇尚我国传统的士人文化，崇尚文人的人格，但现实是他无力改变的，这种包衣奴才的屈辱日日夜夜啃嚼着他的心。近年走红的黄一农先生，甚至推测曹雪芹很可能不愿意见到敦敏、敦诚两兄弟——我们对曹雪芹最多的了解正是他们的诗词描写和记录——因为他们是阿济格的后代，是曹家的主子，曹雪芹见了他们必须下跪磕头。当然这只是黄一农先生的推测。大家应该去读读《曹家档案》，曹寅的奏折中往往开篇就是："臣系家奴，自幼荷蒙圣恩豢养"（《曹家档案》第64页），所有奏折，"奴才"两字都不离口，还用上"豢养"这种字眼。我们想想，曹寅是个饱读诗书、在儒家文化的土壤中长大的文人，他说出这种自认猪狗、感激主子"豢养"的话，内心是火在烤？还是冰在冻？曹家子孙一代又一代在内务府当差，奴才特有的凄凉和委屈，曹家领教了好几辈子。赖嬷嬷的话，"也不知道你爷爷和你老子受的那苦恼，熬了两三辈子，好容易挣出你这么个东西来"中曹雪芹用了"熬"和"挣"两字，我们好好读几遍，里面的苦楚辛酸，让人饱含眼泪却浓得掉不下来。

可惜到今天为止，不少研究者说到曹家，尤其是说到曹寅、曹玺，字里行间把他们说得那么荣耀，那么得意，甚至那么自豪，我以为人们至少在情感上对曹家理解得很不全面。而作为他们的后代，曹雪芹自己是亲炙亲受的，他在这里借赖嬷嬷表达的，才是曹家真正的感受。我甚至相信，这是他父辈、祖辈的原话被照搬进入小说，所以才出现那个细微的不妥："奴才两字是怎么写的"。这话是硬让不识字的赖嬷嬷说的，不识字的赖嬷嬷应不是这个说法。或许是曹雪芹故意留下这么个破绽，让有心人明白这显然不是赖嬷嬷的话。当奴才是人生最大的耻辱，通常人们认为当用人也是蒙羞。直到今天，那些当保姆人家的儿女，往往说自己的母亲是清洁工，或者索性说是农民，也不愿告以实情说是保姆。曹雪芹对此中酸苦味之甚深，但他一生之中恐怕都没什么机遇可以发泄，唯有写到这里，借赖嬷嬷的嘴宣泄一番。——这，就是曹雪芹为什么要浓墨重彩写赖嬷嬷的缘故。为了这场宣泄，他在写"凑份子"时就做足了铺垫，可见其用意之深。

好了，到这里，我们至少抓住了曹雪芹的两种宣泄，除了世代为奴的屈辱，还有寄居之苦。这两股情绪，可以说正是他创作《红楼梦》的原始动力，也是他认识社会、感受人生最深切的地方。当然，也是我们理解《红楼梦》、会意曹雪芹的两条秘密通道。我说这些，如果朋友们还觉得难以理解，那么请你把全书开头的"作者自云"再读两遍，细细体味，其"气息"与赖嬷嬷的痛说，和曹寅的自贬，是不是一体贯通。

回到作品。曹雪芹写赖嬷嬷有他的私货，表面上赖嬷嬷是向年轻的主子们报喜并邀请参加宴会，当然还表达一层忠心，说她告诫孙子"尽忠报国，孝敬主子"。李纨和凤姐都笑道："你也多虑。我们看他也就好了。"对话到这里，就为后文留下一片天地；而后四十回也没有忘记这个口子，不过写的却是赖尚荣恩将仇报。这么写是否妥当，我们到时候再说。然后赖嬷嬷说到宝玉，忽然又是一通爆料。

> 因又指宝玉道："不怕你嫌我，如今老爷不过这么管你一管，老太太护在头里。当日老爷小时挨你爷爷的打，谁没看见的。老爷小时，何曾象你这么天不怕地不怕的了。还有那大老爷，虽然淘气，也没象你这扎窝子的样儿，也是天天打。还有东府里你珍哥儿的爷爷，那才是火上浇油的性子，说声恼了，什么儿子，竟是审贼！如今我眼里看着，耳朵里听着，那珍大爷管儿子倒也象当日老祖宗的规矩，只是管的到三不着两的。他自己也不管一管自己，这些兄弟侄儿怎么怨的不怕他？你心里明白，喜欢我说；不明白，嘴里不好意思，心里不知怎么骂我呢。"

这一笔真可谓天外飞来的，贾政等人小时候的情况，贾府再上一代的代善等人管教儿子的状况，作品几乎没有涉及，只有赖嬷嬷这一通话，实在珍贵。看来曹雪芹赋予赖嬷嬷的任务真是够繁重的，他要在这位老家奴的骨子里榨出油来。最后赖嬷嬷当着贾珍这批弟弟妹妹的面公开责备贾珍，那真是大大不合习惯的，堪称倚老卖老。这里插一句，赖嬷嬷究竟多老，在奴才中是什么辈分呢？按照她孙子三十岁来算，她的年龄在七十岁以上，与贾母年岁相仿；按辈分说，她曾经眼见贾珍的爷爷打儿子，那么她应该是贾赦或者贾政的保姆，是贾府中辈分最老的奴才，所以她可以"闲了坐个轿子进来，和老太太斗一日牌，说一天话儿，谁好意思的委屈了你"。

说了半天的话，还是儿媳妇走来提醒，赖嬷嬷才想起今天本是来请客的。她的脸真大，贾母、王夫人以及下一辈都答应去。其中值得注意的是赖家连摆三天宴席，而第三天专门请"两府里的伴儿",也就是那些下人们。这种人情世故,别的小说戏剧里面看不到,不看《红楼梦》我们也无从知晓,那么多的《清代笔记》里面很可能也找不到这种奴才之间的人情世故。最后,赖嬷嬷又干了一件超出她身份的事情,凤姐要撵走周瑞的儿子,这小子有点无法无天。赖嬷嬷听了劝凤姐收回成命:"奶奶听我说:他有不是,打他骂他,使他改过,撵了去断乎使不得。他又比不得是咱们家的家生子儿,他现是太太的陪房。奶奶只顾撵了他,太太脸上不好看。依我说,奶奶教导他几板子,以戒下次,仍旧留着才是。不看他娘,也看太太。"凤姐果然依了她。可见赖嬷嬷脸面之大,对贾府人事关系了解之透彻。赖嬷嬷出场很少,但对贾府主仆关系的历史演变,尤其是贾府陈年往事的钩沉,起到很独特的作用。曹雪芹特别善于利用这些老古董,前面他也用赵嬷嬷回顾了贾府的接驾。

本回的另一部分写的是黛玉与宝钗结下姐妹之情,回目标为"金兰契互剖金兰语"。作品从宝钗入手,看得出曹雪芹有所安排:

> 宝钗因见天气凉爽,夜复渐长,遂至母亲房中商议打点些针线来。日间至贾母处王夫人处省候两次,不免又承色陪坐闲话半时,园中姊妹处也要度时闲话一回,故日间不大得闲,每夜灯下女工必至三更方寝。

这看似平平常常一句叙述,却不仅写出宝钗的日常起居,也写出其不为人知的辛苦,"每夜灯下女工必至三更方寝",其辛苦不下于史湘云,甚至与那些丫鬟们相仿佛。可惜,在我读到的无数论述薛家和宝钗的论文中,都只说"丰年好大雪,珍珠如土金如铁",说薛家如何富有,宝钗如何悠闲;只看到宝钗一会儿资助史湘云,一会儿帮助邢岫烟,至于她暗助黛玉燕窝,则说她是拉拢或是骗取黛玉的信任。这些评论,与曹雪芹的文本好像不相符。还记得吗?曹雪芹给宝钗的第一个镜头,第7回"送宫花"中周瑞家的看见宝钗,就是"伏在小炕桌上同丫鬟莺儿正描花样子呢",第二个镜头,第8回"比通灵"中宝玉见到"薛宝钗坐在炕上作针线",现在又写"每夜灯下女工必至三更方寝",如此清楚的一以贯之,曹公对这个人物的刻画,为什么到了评论家那里会变得面目全非呢?我们回到作品吧。本回曹公这样写宝钗,我以为是为了衬托下文:宝钗如此辛苦,她晚上还抽时间去陪伴黛玉,这份心意就更加珍贵,才配得上"金兰契"。所以我说曹公是有意安排的。他先叙述宝钗,然后才写黛玉。

> 黛玉每岁至春分秋分之后,必犯嗽疾,今秋又遇贾母高兴,多游玩了两次,未免过劳了神,近日又复嗽起来,觉得比往常又重,所以总不出门,只在自己房中将养。有时

闷了，又盼个姊妹来说些闲话排遣，及至宝钗等来望候他，说不得三五句话又厌烦了。众人都体谅他病中，且素日形体娇弱，禁不得一些委屈，所以他接待不周，礼数粗忽，也都不苛责。

黛玉也有所转变，自从结了诗社，她感受到群体的温暖和乐趣，她不再只寄情于宝玉一个人，她开始盼望姐妹情，"盼个姊妹来说些闲话排遣"，以前没有这样的描写。写完两人的概况，也就是背景，再展开具体情节。宝钗提出换个医生以求断掉病根，黛玉说换医生没用，这病不能好了，宝钗又提出少吃人参肉桂多吃燕窝粥，比药强。她的真诚感动了黛玉。

黛玉叹道："你素日待人，固然是极好的，然我最是个多心的人，只当你心里藏奸。从前日你说看杂书不好，又劝我那些好话，竟大感激你。往日竟是我错了，实在误到如今。细细算来，我母亲去世的早，又无姊妹兄弟，我长了今年十五岁，竟没一个人象你前日的话教导我。怨不得云丫头说你好，我往日见他赞你，我还不受用，昨儿我亲自经过，才知道了。比如若是你说了那个，我再不轻放过你的，你竟不介意，反劝我那些话，可知我竟自误了。若不是从前日看出来，今日这话，再不对你说。你方才说叫我吃燕窝粥的话，虽然燕窝易得，但只我因身上不好了，每年犯这个病，也没什么要紧的去处。请大夫，熬药，人参肉桂，已经闹了个天翻地覆，这会子我又兴出新文来熬什么燕窝粥，老太太、太太、凤姐姐这三个人便没话说，那些底下的婆子丫头们，未免不嫌我太多事了。你看这里这些人，因见老太太多疼了宝玉和凤丫头两个，他们尚虎视眈眈，背地里言三语四的，何况于我？况我又不是他们这里正经主子，原是无依无靠投奔了来的，他们已经多嫌着我了。如今我还不知进退，何苦叫他们咒我？"宝钗道："这样说，我也是和你一样。"黛玉道："你如何比我？你又有母亲，又有哥哥，这里又有买卖地土，家里又仍旧有房有地。你不过是亲戚的情分，白住了这里，一应大小事情，又不沾他们一文半个，要走就走了。我是一无所有，吃穿用度，一草一纸，皆是和他们家的姑娘一样，那起小人岂有不多嫌的。"宝钗笑道："将来也不过多费得一副嫁妆罢了，如今也愁不到这里。"黛玉听了，不觉红了脸，笑道："人家才拿你当个正经人，把心里的烦难告诉你听，你反拿我取笑儿。"宝钗笑道："虽是取笑儿，却也是真话。你放心，我在这里一日，我与你消遣一日。你有什么委屈烦难，只管告诉我，我能解的，自然替你解一日。我虽有个哥哥，你也是知道的，只有个母亲比你略强些。咱们也算同病相怜。你也是个明白人，何必作'司马牛之叹'？你才说的也是，多一事不如省一事。我明日家去和妈妈说了，只怕我们家里还有，与你送几两，每日叫丫头们就熬了，又便宜，又不惊师动众的。"黛玉忙笑道："东西事小，难得你多情如此。"宝钗道："这有什么放在口里的！只愁我人人跟前失于应候罢了。只怕你烦了，我且去了。"黛玉道："晚上再来和我说句话儿。"宝钗答应着便去了，不在话下。

本回的回目叫"互剖"金兰语，两个人都说出真诚的话，林黛玉非但敞开了心扉，还当面认错，对于黛玉这么高傲的姑娘何等不易。所以黛玉也是高风亮节，她让我们不仅看到其美丽可爱，更看到其可敬可佩。其实曹公笔下这两人"同是天涯沦落人"，本该携手互勉相濡以沫，只是由于黛玉的多心，她们走了一段小小的弯路，但42回"兰言解疑癖"以后，她们就成了好姐妹，后面她们还有一段风景不错的路程一起走过。正因为她们成了"金兰契"，所以最后宝玉同宝钗成婚才造成三人共同的悲剧；假如黛玉和宝钗互不相识或者是冤家对头，那么至少她们两人之间互不欠账，悲剧的深度就减少了一半。曹公写的，是那种让人欲哭无泪、"无语凝噎"的悲剧。

当晚大雨，但宝玉还是蓑衣笠帽赶来探视。刚进门，"忙一手举起灯来，一手遮住灯光，向黛玉脸上照了一照，觑着眼细瞧了一瞧，笑道：'气色好了些。'"这举动很像是已婚的夫妻之间，很随意很自然，已经十五岁的黛玉也没有一点异议，两人关系进入了一个新阶段。两人亲亲热热说了一会儿话就到了亥时，也就是晚上九点，黛玉说："我也好了许多，谢你一天来几次瞧我，下雨还来。这会子夜深了，我也要歇着，你且请回去，明儿再来。"宝玉走出门口，又翻身进来问道："你想什么吃，告诉我，我明儿一早回老太太，岂不比老婆子们说的明白？"黛玉笑道："等我夜里想着了，明儿早起告诉你。"两人一派风和日丽。一会儿宝钗又差人送来燕窝。

> 黛玉自在枕上感念宝钗，一时又羡他有母兄，一面又想宝玉虽素习和睦，终有嫌疑。又听见窗外竹梢焦叶之上，雨声淅沥，清寒透幕，不觉又滴下泪来。直到四更将阑，方渐渐的睡了。

四更将阑是半夜近三点，到这时候才睡着的黛玉的健康必然恶化，吃什么也没用。按照常理，目前一切很好黛玉应该睡得着。但是黛玉已经产生了忧郁病症，曹雪芹进行了刻画：宝玉对黛玉已经好到不能再好，黛玉在理智上也深知这一点；但是一旦一个人独处，她的心绪就无法平静，会不由自主地生疑，其实唯一可疑的宝钗已经同宝玉走得很远，无可再疑。黛玉的"嫌疑"没有证据，也不需要证据和逻辑推理，它只需要一种感觉，一种上了瘾的感觉。这种感觉对于文学创作却有帮助，正是在这种感受下，黛玉创作了长诗《秋窗风雨夕》。这首诗从小说作者曹雪芹的角度，显然是欲与《春江花月夜》一比高低的产物，但整首诗确确实实反映了黛玉感伤悲凉的心境。

本回内容就这些。在艺术方面本回连续多次使用补叙，形成浓厚的特色。第一次是凤姐说李纨的收入，第二次凤姐与赖嬷嬷对话中补叙赖尚荣出任州官，第三次是赖嬷嬷痛说家史，第四次是赖嬷嬷回忆贾府上代人管教孩子，第五次是凤姐补叙周瑞儿子的犯浑，第六次是补叙宝钗每夜做女红到三更。这么多补叙出现在短短一回的篇幅中，从作者写作心态的角度看出，写这一回的时候曹雪芹时常沉浸在曹家过往的生活之中，几辈子"包衣奴才"的艰辛和屈辱所形成的感情洪流，让他几乎不能自已。"进钱的铜商"这个临时创造的名词，则可能是针对曹家的历史污点——曹寅欠下的几十万银子公帑——而专设。大概曹雪芹认为并非祖父无能或奢靡浪费造成，而是"进钱"的必然结果。仅就我们能够找到的资料《曹家档案》显示，曹寅经营铜筋是康熙四十年，任巡盐官是康熙四十三年，当年曹寅就同李煦各捐银二万修建行宫，康熙为此下旨给以"通政使"虚衔作为褒奖；四十四年刊刻《全唐诗》，工程浩大费钱，但只见康熙催着出书，从未见到资金何来字样，我猜疑曹寅为此花费巨额银子。还有修庙宇、勒碑刻等事情，曹寅干了不少，他花出去的钱，恐怕无处报销。当然最大的费用是几次接驾。由此看来，"进钱的铜商"，是曹雪芹的点睛之笔，是他对曹家历史污点的一次洗刷。

第四十六回

尴尬人难免尴尬事　鸳鸯女誓绝鸳鸯偶

"尴尬人"是邢夫人，这是全书第一次重点描述邢夫人，也是一个信号——贾府最重要的不和谐因素开始登场，邢夫人是能够影响到贾府兴衰荣辱的一个人物，这个我们后面再说。"鸳鸯女"就是丫鬟鸳鸯，本回核心情节就是鸳鸯拒绝贾赦，誓死不做他的小妾。从本回的回目和核心情节，就知道前面的"变生不测凤姐泼醋"不是一个偶然的、穿插型的情节，因为后面开始事故不断，所以我们判断："变生不测"是一个转折，且不是一般的转折，而是贾府的转折、全书的转折，在凤姐庆生的欢庆气氛中，在"你跪下我就喝"的高调放肆中突然就转折了。这是由兴盛的最高点开始下滑，当然，真正的大衰退要到第74回抄检大观园后才出现，但"变生不测"以后，不幸事件就逐渐增多，贾府的上上下下心情有所变化，有某种隐隐约约的担忧，作品的调子开始有所改变。

本回一开始就写凤姐被邢夫人叫去，邢夫人开门见山，说贾赦要鸳鸯做屋里人，但怕老太太不给，问凤姐有什么法子。

> 凤姐儿听了，忙道："依我说，竟别碰这个钉子去。老太太离了鸳鸯，饭也吃不下去的，那里就舍得了？况且平日说起闲话来，老太太常说，老爷如今上了年纪，作什么左一个小老婆右一个小老婆放在屋里，没的耽误了人家。放着身子不保养，官儿也不好生作去，成日家和小老婆喝酒。太太听这话，很喜欢老爷呢？这会子回避还恐回避不及，倒拿草棍儿戳老虎的鼻子眼儿去了！太太别恼，我是不敢去的。明放着不中用，而且反招出没意思来。老爷如今上了年纪，行事不妥，太太该劝才是。比不得年轻，作这些事无碍。如今兄弟、侄儿、儿子、孙子一大群，还这么闹起来，怎样见人呢？"

凤姐这个人曹雪芹对她那么用心、偏心，他笔下凤姐的本质还是善良的，但受到外界诱惑，她又会干下糊涂事、缺德事。今日她这一番倒是真心话，还把贾母私下的言语报告给婆婆，只是说得有点直，婆媳之间本该如此啊。可惜邢夫人不干了。

> 邢夫人冷笑道："大家子三房四妾的也多，偏咱们就使不得？我劝了也未必依。就是老太太心爱的丫头，这么胡子苍白了又作了官的一个大儿子，要了作房里人，也未必好驳回的。我叫了你来，不过商议商议，你先派上了一篇不是。也有叫你要去的理？自

然是我说去。你倒说我不劝，你还不知道那性子的，劝不成，先和我恼了。"

可见，邢夫人虽然知道劝不动贾赦，但她真心以为丈夫三房四妾合情合理，甚至判断贾母未必好意思驳回。一对比就明白，邢夫人居然一点不了解贾母，情商太低，在知人方面比凤姐差远了。由于前面没有刻画过邢夫人心性，作者便借凤姐的寻思做一个补叙：

> 凤姐儿知道邢夫人禀性愚犟，只知承顺贾赦以自保，次则婪取财货为自得，家下一应大小事务，俱由贾赦摆布。凡出入银钱事务，一经他手，便克啬异常，以贾赦浪费为名，"须得我就中俭省，方可偿补"，儿女奴仆，一人不靠，一言不听的。

这里叙述了三点，邢夫人一是怕丈夫，一味顺从；二是贪婪吝啬，有守财奴禀性；三是愚犟，"儿女奴仆，一人不靠"，比起赵姨娘来恐怕是有过之而无不及。我们不免奇怪，这贾赦、贾政兄弟俩怎么都喜欢这样的女人？好，既然邢夫人听不进真话，那么，说假话奉迎本就是凤姐强项。

> "太太这话说的极是。我能活了多大，知道什么轻重？想来父母跟前，别说一个丫头，就是那么大的活宝贝，不给老爷给谁？背地里的话那里信得？我竟是个呆子。"邢夫人见他这般说，便又喜欢起来。

凤姐变起脸来连道具都不需要，还鬼话连篇。邢夫人立即"又喜欢起来"，可知，她确实连赵姨娘都不如。邢夫人比较危险，旁边有个人挑拨一下，那么她什么惊天动地、耸人听闻的事情都干得出来，她没有价值标准，没有信念，没有底线，没有判断力，更不知道事情后果，所以一旦贾母过世她成为贾府内室老大，贾府就危险了。

邢夫人劝说鸳鸯一段，曹公连写鸳鸯五次"不语"，"低头不语"，"只是不语"，大约一者害羞，二者她很明白邢夫人，同她说什么都没用。邢夫人走后鸳鸯去大观园散心，并同铁杆姐妹平儿、袭人商议对策。她与平儿、袭人等多年来结成生死姐妹，无话不谈。但平儿、袭人或许也是实在没话劝她，只能以开玩笑的方式替她解忧，这两个平时很少玩笑俏皮的人，一个说你索性嫁给贾琏，就可以避开贾赦老爷了，一个说你还不如来当宝玉的屋里人，惹得鸳鸯急道：

> "两个蹄子不得好死的！人家有为难的事，拿着你们当正经人，告诉你们与我排解排解，你们倒替换着取笑儿。你们自为都有了结果了，将来都是做姨娘的。据我看，天下的事未必都遂心如意。你们且收着些儿，别忒乐过了头儿！"

这是鸳鸯比平儿、袭人的清醒处。人都是这样，居安就不知思危，鸳鸯没有倚靠，冷眼看世界，却比梦中人平儿、袭人看得深刻。三人商量半天，总觉得逃不出贾赦的掌心，于是鸳鸯表态：

"老太太在一日，我一日不离这里，若是老太太归西去了，他横竖还有三年的孝呢，没个娘才死了他先纳小老婆的！等过三年，知道又是怎么个光景，那时再说。纵到了至急为难，我剪了头发作姑子去，不然，还有一死。一辈子不嫁男人，又怎么样？乐得干净呢！""你们不信，慢慢的看着就是了。"

鸳鸯的决断能力超出袭人、平儿，她已经把贾赦三年守孝都考虑到了，真可以说是深思熟虑，吾意已决。平儿提醒，你是家生女儿，你的父母哥嫂都是这府里的人，贾赦可以找他们下手。鸳鸯道："家生女儿怎么样？'牛不吃水强按头'？我不愿意，难道杀我的老子娘不成？"已然有点"风萧萧兮易水寒"的气概。

这时她嫂子来了，作品的格调由此陡然变化，从一贯的慢声细语变为疾风暴雨甚至破口大骂。远远地见到她嫂子，鸳鸯就红了眼说"这个娼妇专管是个'九国贩骆驼的'"，然后就像点了火药一般爆发了。虽然有许多不雅詈词，却是值得欣赏的好文章，将鸳鸯的个性和此时的怒火刻画得淋漓尽致。鉴于鸳鸯在贾母身边的身份，她嫂子不敢回嘴，只能赌气离开。我想提醒大家去做一个对比，同样是嫂子，后面晴雯的嫂子是怎么对待晴雯的，这个对比可以让我们得到许多感想。

鸳鸯嫂子走后，曹公把宝玉也圈进来。宝玉加入的理由十分牵强，说明是曹公是硬把宝玉推进来的。其原因大概是第一，情节勾连的需要。因为贾赦后面说鸳鸯不肯从他或许是看中了宝玉，逼得鸳鸯在贾母面前表态绝对不嫁宝玉，从此鸳鸯开始远着宝玉。第二是"艺术平衡"的需要，平儿、香菱的艰难时刻都得到核心人物宝玉的怜惜，现在鸳鸯也"有权"得到这份怜惜。宝玉拉起鸳鸯请她到怡红院，"心中自然不快，只默默的歪在床上，任他三人在外间说笑"。这个镜头与宝玉为平儿狠狠掉眼泪何其相似，与他为"呆香菱情解石榴裙"也遥相呼应。脂批，"通部情案，皆必从石兄挂号"，道出了情节结构规律。第三，让宝玉直接呼吸体会这家族的腐朽。金钏儿、晴雯、鸳鸯一个个横死冤死，对宝玉灵魂的触动特别深切，是他最后离家的重要因素。

邢夫人只能回去告诉贾赦，贾赦立即要贾琏把鸳鸯父亲从南京叫来，偏生那一位已经病得奄奄一息无法上路；贾赦又逼着鸳鸯哥哥再去说，鸳鸯"咬定牙不答应"。贾赦恼羞成怒，对鸳鸯哥哥说：

"我这话告诉你，叫你女人向他说去，就说我的话：'自古嫦娥爱少年'，他必定嫌我老了，大约他恋着少爷们，多半是看上了宝玉，只怕也有贾琏。果有此心，叫他早早歇了心，我要他不来，此后谁还敢收？此是一件。第二件，想着老太太疼他，将来自然往外聘作正头夫妻去。叫他细想，凭他嫁到谁家去，也难出我的手心。除非他死了，或是终身不嫁男人，我就伏了他！若不然时，叫他趁早回心转意，有多少好处。"

贾赦不顾任何脸面说出如此不堪的话。到这里，贾赦的形象也比较充分地展现出来，他与邢夫人倒是天造地设的一对，早在第2回冷子兴就说贾府危险了，现在得到印证。

鸳鸯是个很有头脑的姑娘。她不与贾赦、邢夫人正面交锋，对兄嫂之流更是理都不理，想骂就骂，但她深知贾赦的权势和自己的处境，她选择了贾母这个唯一可靠的靠山，采取当众直面陈词的方式，逼贾母表态。

> 鸳鸯喜之不尽，拉了他嫂子，到贾母跟前跪下，一行哭，一行说，把邢夫人怎么来说，园子里他嫂子又如何说，今儿他哥哥又如何说，"因为不依，方才大老爷越性说我恋着宝玉，不然要等着往外聘，我到天上，这一辈子也跳不出他的手心去，终久要报仇。我是横了心的，当着众人在这里，我这一辈子莫说是'宝玉'，便是'宝金''宝银''宝天王''宝皇帝'，横竖不嫁人就完了！就是老太太逼着我，我一刀抹死了，也不能从命！若有造化，我死在老太太之先，若没造化，该讨吃的命，伏侍老太太归了西，我也不跟着我老子娘哥哥去，我或是寻死，或是剪了头发当尼姑去！若说我不是真心，暂且拿话来支吾，日后再图别的，天地鬼神，日头月亮照着嗓子，从嗓子里头长疔烂了出来，烂化成酱在这里！"原来他一进来时，便袖了一把剪子，一面说着，一面左手打开头发，右手便铰。众婆娘丫鬟忙来拉住，已剪下半绺来了。

在所有人面前，在舞台中心的聚光灯下，鸳鸯痛哭表白，发誓剪发，这一幕虽然没有鲜血，却是以鲜血以生命为抵押，成为整部小说最夺目的画面之一。现在要看关键人物贾母什么态度。

> 贾母听了，气的浑身乱战，口内只说："我通共剩了这么一个可靠的人，他们还要来算计！"因见王夫人在旁，便向王夫人道："你们原来都是哄我的！外头孝敬，暗地里盘算我。有好东西也来要，有好人也要，剩了这么个毛丫头，见我待他好了，你们自然气不过，弄开了他，好摆弄我！"王夫人忙站起来，不敢还一言。薛姨妈见连王夫人怪上，反不好劝的了。李纨一听见鸳鸯的话，早带了姊妹们出去。

这段描写有讲究。贾母气坏了，居然把王夫人胡骂一通，这倒不稀奇，稀奇的是贾母内心最深处、最秘密的东西一不小心暴露出来：贾母非常担忧被架空、被夺权，"弄开了他，好摆弄我！"——这就是机心、权术，当权力受到威胁的时刻，什么亲人婆媳，什么为人仪表，什么庄重典雅，统统滚蛋！贾母露出了獠牙，王夫人、薛姨妈、李纨，当然还有平时貌似无法无天的凤姐，一个个噤若寒蝉，做声不得。

正所谓时势造英雄，在这种僵死的场面、这种结冰的气氛中，谁敢站出来发声？谁敢同贾母对着干？谁敢当众指出贾母的不是？一位英雄大气凛然登场了！没看作品，谁也想不到她是三小姐探春。曹公先写探春知人知心：

> 探春有心的人，想王夫人虽有委曲，如何敢辩，薛姨妈也是亲姊妹，自然也不好辩

的，宝钗也不便为姨母辩，李纨、凤姐、宝玉一概不敢辩，这正用着女孩儿之时，迎春老实，惜春小。

探春把每个人都看透了。有的读者想象宝玉可能进谏。实际情况却是当年在最需要他站出来的时候，他扔下金钏儿一溜烟跑了；如果说那是因为年纪尚小不懂事，那么今天他十六七岁了，应该有思想有个性了，但他依然没有站出来；不仅今天，在很久以后抄检大观园、撵走晴雯的日子，他依然默不作声，别说反抗，连愤怒都没有，连求情都不敢。回到探春。

> 便走进来陪笑向贾母道："这事与太太什么相干？老太太想一想，也有大伯子要收屋里的人，小婶子如何知道？便知道，也推不知道。"

探春真有魄力，贾母盛怒之下，她连一句委婉的过渡性话都不说，张口就单刀直入，质问贾母："这事与太太什么相干？"贾母做了多年家长，恐怕还没人敢这么和她说话，更何况还是个孙女儿！贾母的老脸往哪儿放？她将如何处置这个大胆的丫头？我们人人都担心、紧张、焦急。我们看作品的描写：

> 犹未说完，贾母笑道："可是我老糊涂了！姨太太别笑话我。你这个姐姐他极孝顺我，不象我那大太太一味怕老爷，婆婆跟前不过应景儿。可是委屈了他。"

真是石破天惊！有谁想到贾母会说出这样的话？但这才是曹公笔下真实的贾母，就像刚才偶然暴露机心权术的那位老太太一样，这位幡然变脸的老婆婆就是真实的贾母。愤激之下暴露心术，恐怕她真有些后悔；眼下孙女儿的当众直谏，这位祖母可以把孙女也骂一通，把所有人都压制下去，这个她做得到。但最根本的，她真那样做，两个儿子不理她，她往何处去？她真的回南京去？贾母不傻！何况那不是贾母要的生活，也不是她的品格。贾母不等探春说完就抢着认错，甚至要宝玉代替她向王夫人道歉，这种变脸在《史记》《三国演义》等书中有个专门术语，叫"奸雄"。贾母不是曹操，但具备那种气质和手段。这种气质，基于宏大的格局和超脱的精神，一般人，比如贾政、王夫人学也学不会，他们格局小，遇到不顺的事情就堵在心头，缺乏决断力。贾母这种气质在宝玉挨打那一回就有过表现，只是没这一次突出而已。经过这一遭，我们又领教了一次贾母。贾母问宝玉：

> "我错怪了你娘，你怎么也不提我，看着你娘受委屈？"宝玉笑道："我偏着娘说大爷大娘不成？通共一个不是，我娘在这里不认，却推谁去？我倒要认是我的不是，老太太又不信。"

宝玉很会找借口，还显得包容大气。凤姐就不同了，她胡绕圈子："谁教老太太会调理人，调理的水葱儿似的，怎么怨得人要？我幸亏是孙子媳妇，若是孙子，我早要了，还等到这会子呢。"这话人们都说回答得巧妙，充满智慧；但与宝玉的回答比一下就看得出，凤姐是满怀无奈，她既不敢说老太太有错又不能说邢夫人不是，她也没资格代替王夫人忍受贾母的错怪，她只能避实就虚；她既不能像探春那样向贾母开炮，也不能像宝玉那样实话实说不管其他，她的尴尬自己知道。还好她的嘴巴伶俐，虚晃一枪逃出重围。贾母不知趣，还将凤姐一军，说让凤姐把鸳鸯带回去给贾琏算了。这个玩笑闹大了！这话让贾赦、邢夫人听到，凤姐别活了。想必凤姐吓坏了，她再也不敢伶牙利嘴乱开玩笑，老老实实地说："琏儿不配，就只配我和平儿这一对烧煳了的卷子和他混罢。"显然她只想赶紧结束这场对话。可惜，到了下一章回，不知道是凤姐又一次变傻了，还是曹公为情节需要而牺牲凤姐性格的完整性，邢夫人被贾母罚站一边，凤姐却当着邢夫人的面坐在麻将桌上嘻嘻哈哈谈笑风生。难道她不知道这等于在戏弄邢夫人吗？

　　第46回的结尾，就是专门为47回写的。大家正说着话，"丫鬟回说：'大太太来了。'王夫人忙迎了出去。要知端的——"，没下文了。这是标准的说书稿子的结构，卖关子吊住听众的胃口，以维持下一场的上座率。

　　本回对全书的最大贡献是展开了贾赦、邢夫人夫妇的塑造。说实话，我觉得曹公对荣府长房的描写有点迟，或许早一点展开更好。尤其是他对宁府的描写几乎一开始就展开，而贾珍一房的重要性显然不如贾赦这一房。贾府设计为荣府、宁府两房是非常英明的，别的小说没有这种结构。贾府一分为二，非常有利于作品的空间转换、对比描写，这让曹雪芹可以转换着场子表演，在这里打太极拳路，在那里玩少林武功，作者的施展空间增加了不止一倍，节目的变化更可以让人眼花缭乱。荣府内部的设计也非常巧妙，贾母喜爱的贾政偏偏是次子，长子贾赦则如此不肖，爵位偏偏是他承袭的，荣府危险。贾政虽然比贾赦好许多，但羼人一个，自己没能耐，还找了一帮子混蛋清客来管家，显然也没指望。宁府那边贾珍独大，父亲出家求长生去了，既没有母亲，妻子又是续弦，没人管没人帮。所以贾府这三房子弟一个都靠不住。但老大是贾赦，贾母一旦"百年"就是贾赦的天下，他对贾府的走向作用最大。但直到第46回曹雪芹才让贾赦登场亮相，好像迟了一点。然而不管怎么说，贾赦登场后，贾府的局势就比较清晰了。这就是本回的贡献。

第四十七回
呆霸王调情遭苦打　冷郎君惧祸走他乡

回目说薛蟠企图调戏柳湘莲遭到痛打，柳湘莲逃离京城。不过这一回的前半回写的是贾母惩罚邢夫人，而且写得很细致、很精彩、很有回味，不明白为什么不上回目。

本回从邢夫人人手。

> 话说王夫人听见邢夫人来了，连忙迎了出去。邢夫人犹不知贾母已知鸳鸯之事，正还要来打听信息，进了院门，早有几个婆子悄悄的回了他，他方知道。待要回去，里面已知，又见王夫人接了出来，少不得进来，先与贾母请安，贾母一声儿不言语，自己也觉得愧悔。凤姐儿早指一事回避了。鸳鸯也自回房去生气。薛姨妈王夫人等恐碍着邢夫人的脸面，也都渐渐的退了。邢夫人且不敢出去。

从这个描写看，邢夫人这位大媳妇在贾府中没有自己的情报系统，贾母这边闹得天翻地覆她一点不知道，直到进了院子才有老婆子告诉她。反过来设想一下，假如贾母是为贾政、王夫人发怒，恐怕王夫人早知道了，不会来撞这枪口。邢夫人一来，所有人都悄悄溜了，气氛陡然紧张，"邢夫人且不敢出去"，她成了真正的"尴尬人"。人走光了贾母开始训斥：

> "我听见你替你老爷说媒来了。你倒也三从四德，只是这贤慧也太过了！你们如今也是孙子儿子满眼了，你还怕他，劝两句都使不得，还由着你老爷性儿闹。"邢夫人满面通红，回道："我劝过几次不依。老太太还有什么不知道呢，我也是不得已儿。"贾母道："他逼着你杀人，你也杀去？"

贾母言语锋利，将邢夫人压倒，彻底没气了，然后开始层层开导，主要是讲自己为什么离不开鸳鸯，她先说王夫人、凤姐辛苦，暗含着对邢夫人不管贾母事务的批评。贾母是个谈判高手，说完苦衷，最后是让步，给对方一条路走：

> "我正要打发人和你老爷说去，他要什么人，我这里有钱，叫他只管一万八千的买，就只这个丫头不能。留下他伏侍我几年，就比他日夜伏侍我尽了孝的一般。你来的也巧，你就去说，更妥当了。"

你能说贾母不喜欢大儿子吗？能说她不体贴吗？能说她小气吗？都说不上，她显得那么冠冕堂皇、通情达理，道理、义气都在她这边。她背后还有个特别能写的曹雪芹，贾母讲完了，该写写邢夫人的反应吧，但曹雪芹不写，而贾母更加厉害：

> 说毕，命人来："请了姨太太你姑娘们来说个话儿，才高兴，怎么又都散了！"

这是什么意思？这就是"作威作福"！贾母要把邢夫人出丑示众，其做法是邢夫人罚站在一边，眼看着众人寻欢作乐。最丢脸的是，这些寻欢作乐的伙伴地位都比邢夫人低，其中有她的媳妇，甚至还有丫头！邢夫人这脸真是丢到了家！俗语有个词，比"丢脸"的意思还进一层，叫"现世"，就是这意思。

当众罚站，本是很尴尬很难堪很严峻的事情，曹雪芹却偏偏反着写，只写活泼，写乐子。先写了一个不知名的小丫鬟。

> 丫头们忙答应着去了。众人忙赶的又来。只有薛姨妈向丫鬟道："我才来了，又作什么去？你就说我睡了觉了。"那丫头道："好亲亲的姨太太，姨祖宗！我们老太太生气呢，你老人家不去，没个开交了，只当疼我们罢。你老人家嫌乏，我背了你老人家去。"

别人不能来，薛姨妈知道尴尬想躲，却被个不知名的小丫头逼着，寄居之人身不由己。

打麻将，坐在桌子上的是贾母、王夫人、薛姨妈、凤姐、鸳鸯五个，站在一边连坐下的资格都没有的是邢夫人。大家明白，这场麻将可不是娱乐消遣，这是一场整人运动，不点名的批斗大会。贾母是要出气，要立威。其他人该以怎样的态度参与？我们且来欣赏。鸳鸯还没入座，凤姐首先开始表演。

> 凤姐儿叹了一声，向探春道："你们识书识字的，倒不学算命！"探春道："这又奇了。这会子你倒不打点精神赢老太太几个钱，又想算命。"凤姐儿道："我正要算算命今儿该输多少呢，我还想赢呢！你瞧瞧，场子没上，左右都埋伏下了。"说的贾母薛姨妈都笑起来。

曹公看似轻描淡写，把握文字却非常严格。凤姐为了讨好贾母故意开逗，被她点名的探春也是个胆大的，装傻凑趣，但是大家看清楚，被逗笑的只有贾母和薛姨妈。薛姨妈自然懂这场面，她必须要陪着贾母笑。于是凤姐继续表演。

> 斗了一回，鸳鸯见贾母的牌已十严，只等一张二饼，便递了暗号与凤姐儿。凤姐儿正该发牌，便故意踌躇了半晌，笑道："我这一张牌定在姨妈手里扣着呢。我若不发这一张，再顶不下来的。"薛姨妈道："我手里并没有你的牌。"凤姐儿道："我回来是要查的。"薛姨妈道："你只管查。你且发下来，我瞧瞧是张什么。"凤姐儿便送在薛姨妈跟前。薛姨妈一看是个二饼，便笑道："我倒不稀罕他，只怕老太太满了。"凤姐儿听了，忙笑道："我发错了。"贾母笑的已掷下牌来，说："你敢拿回去！谁叫你错的不成？"

鸳鸯、凤姐除了故意逗贾母，或许还有报复邢夫人的成分。薛姨妈只能帮着凑趣，贾母则真的像小孩子一样大乐起来。本来这场麻将要的就是这效果，可以适可而止了，收着点。但是凤姐却好像兴致大发，继续大演特演，把一场小逗趣演成了大闹剧。

　　　凤姐儿道："可是我要算一算命呢。这是自己发的，也怨埋伏！"贾母笑道："可是呢，你自己该打着你那嘴，问着你自己才是。"又向薛姨妈笑道："我不是小器爱赢钱，原是个彩头儿。"薛姨妈笑道："可不是这样，那里有那样糊涂人说老太太爱钱呢？"凤姐儿正数着钱，听了这话，忙又把钱穿上了，向众人笑道："够了我的了。竟不为赢钱，单为赢彩头儿。我到底小器，输了就数钱，快收起来罢。"贾母规矩是鸳鸯代洗牌，因和薛姨妈说笑，不见鸳鸯动手，贾母道："你怎么恼了，连牌也不替我洗。"鸳鸯拿起牌来，笑道："二奶奶不给钱。"贾母道："他不给钱，那是他交运了。"便命小丫头子："把他那一吊钱都拿过来。"小丫头子真就拿了，搁在贾母旁边。凤姐儿笑道："赏我罢，我照数儿给就是了。"薛姨妈笑道："果然是凤丫头小器，不过是顽儿罢了。"凤姐听说，便站起来，拉着薛姨妈，回头指着贾母素日放钱的一个小木匣子笑道："姨妈瞧瞧，那个里头不知顽了我多少去了。这一吊钱顽不了半个时辰，那里头的钱就招手儿叫他了。只等把这一吊也叫进去了，牌也不用斗了，老祖宗的气也平了，又有正经事差我办去了。"话说未完，引的贾母众人笑个不住。偏有平儿怕钱不够，又送了一吊来。凤姐儿道："不用放在我跟前，也放在老太太的那一处罢。一齐叫进去倒省事，不用做两次，叫箱子里的钱费事。"贾母笑的手里的牌撒了一桌子，推着鸳鸯，叫："快撕他的嘴！"

　　凤姐这么玩，本来完全可以，但是，常言瞻前顾后、投鼠忌器，一个人在群体中的言行，尤其是过于张狂的举动需要照顾到周围人，这是做人的基本原则。凤姐到底是不懂呢？还是故意践踏？邢夫人在罚站，凤姐如此嚣张，她难道忘了尤氏的警告："你瞧他兴的这样儿！我劝你收着些儿好。太满了就泼出来了。"根据"艺术对位法则"，曹雪芹必定在将来安排着后报，那时不知道邢夫人会怎么样往死里整凤姐。只不过现在曹公一点不动声色，甚至一笔都没写邢夫人眼里心头的怒火。贾母很自私，她应该明白她在葬送凤姐，还会加深邢王妯娌的矛盾。贾母可不管这些身后事了！——这是年迈家长的通病，也是他们谢世后常常引发"地震"的原因之一。我们可以设想贾母闭眼后贾府将会如何。

　　虽然最后众人被凤姐逗得"笑个不住"，但从文本上依然可以看出，鸳鸯没笑，她再也不是当初整刘姥姥的那个鸳鸯了；王夫人也不动声色；估计宝玉、黛玉、宝钗、探春等人也笑不出。作者笔墨集中在凤姐身上，估计也是为秋后算账的方便吧。

　　接着，曹雪芹很有意思地把镜头对准了凤姐的丈夫贾琏，他们这回倒是"有难同当"。是贾赦派贾琏来请邢夫人的，平儿劝贾琏别去蹚浑水，贾琏不信，结果遭贾母一顿臭骂：

> 贾琏到了堂屋里，便把脚步放轻了，往里间探头，只见邢夫人站在那里。凤姐儿眼尖，先瞧见了，使眼色儿不命他进来，又使眼色与邢夫人。邢夫人不便就走，只得倒了一碗茶来，放在贾母跟前。贾母一回身，贾琏不防，便没躲伶俐。贾母便问："外头是谁？倒象个小子一伸头。"凤姐儿忙起身说："我也恍惚看见一个人影儿，让我瞧瞧去。"一面说，一面起身出来。贾琏忙进去，陪笑道："打听老太太十四可出门？好预备轿子。"贾母道："既这么样，怎么不进来？又作鬼作神的。"贾琏陪笑道："见老太太顽牌，不敢惊动，不过叫媳妇出来问问。"贾母道："就忙到这一时，等他家去，你问多少问不得？那一遭儿你这么小心来着！又不知是来作耳报神的，也不知是来作探子的，鬼鬼祟祟的，倒唬我一跳。什么好下流种子！你媳妇和我顽牌呢，还有半日的空儿，你家去再和那赵二家的商量治你媳妇去罢。"

这里终于借着贾琏的眼睛描写了邢夫人："只见邢夫人站在那里。"她已经站了多久？我们还真的不知道，但苦日子难熬，她自然是度日如年。最后她刚被释放出来，就是对贾琏一阵骂：

> "我把你没孝心雷打的下流种子！人家还替老子死呢，白说了几句，你就抱怨了。你还不好好的呢，这几日生气，仔细他捶你。"

她只能在贾琏身上先出一口恶气，其他的账，来日方长。在我国各种家人关系中，最扭曲的是婆媳关系，婆婆恶待媳妇是普遍现象。"千年媳妇熬成婆"，往往后一代的婆婆比上代更狠心——"熬"了几十年，心理难免变态。权术家贾母有意无意增加了下一辈的矛盾，激化了家族的紧张局势。我们等着瞧吧。

邢夫人回去将事情告诉丈夫。

> 贾赦无法，又含愧，自此便告病，且不敢见贾母，只打发邢夫人及贾琏每日过去请安。只得又各处遣人购求寻觅，终久费了八百两银子买了一个十七岁的女孩子来，名唤嫣红，收在屋内。不在话下。

贾赦终究买了一个丫鬟，是因为闹了这么一场遮遮脸面？还是他实在需要？我们无从得知。但八百两买一个上等丫鬟，相当于普通人家四十年的生活费用，或者赔偿四条人命的价值。

前面我们说到，贾府几房子弟，贾赦、贾政、贾珍、贾琏，没一个真正的善者，宝玉就生活在他们身边。《红楼梦》即使不是一部自传色彩很浓郁的小说，也是一部汇聚了曹雪芹全部人生经历和体验的作品。曹雪芹与西方经典作家不一样，西方作家通常有多部作品，他们可以把自己的人生体验分别注入不同的作品中。而曹雪芹只有一部小说，不，准确地说他一生只有半部作品，他的生命不允许他对自己的生活经验挑选分配，他连修改作品的时间都不够！想到与死神竞赛中的曹雪芹，我对他有了新的认识和体验。我更加相信，《红楼梦》中宝玉身边的这些长辈、长者，很可能就是曹雪芹身边的长辈和长者的变形。由此推想，曹雪芹的父辈兄辈，大概也没几个善茬，雍正皇帝骂曹頫"你们一向混账惯了"，恐怕不是完全胡说和诬蔑。雍正自小了解曹家，可能曹頫等人确实有如贾赦、贾珍、薛蟠。曹雪芹的姨夫纳尔苏，这个唯一有较翔实资料的长辈，在他已经被雍正革职后，还敢于向绥赫德强行敲诈，真所谓目无法纪、肆意妄为。可知曹家的长辈、亲戚，行事不端绝非一日两日。或许正因为如此，曹雪芹才设计出贾赦、贾珍、贾琏、薛蟠等这么一干角色。

作品接下来写赖大家的喜庆宴席。

> 展眼到了十四日，黑早，赖大的媳妇又进来请。贾母高兴，便带了王夫人薛姨妈及宝玉姊妹等，到赖大花园中坐了半日。那花园虽不及大观园，却也十分齐整宽阔，泉石林木，楼阁亭轩，也有好几处惊人骇目的。外面厅上，薛蟠、贾珍、贾琏、贾蓉并几个近族的，很远的也没来，贾赦也没来。赖大家内也请了几个现任的官长并几个世家子弟作陪。

对于赖大家的建筑摆设只是一笔带过，显然此处不是曹雪芹要用力的地方，我认为这老奴才的家与曹雪芹生活过的地方没什么瓜葛，显然它既不是曹家在北京的住所，也不是江宁织造局。之所以这么说，因为我始终把贾府看作是曹雪芹姨夫家郡王府的变形，当然大观园是远远超出郡王府规模的，那是为了在空间上创造一个"清静小世界"而把西花园之类的皇家园林强行塞进贾府的。我一直在寻找空间意义上的"曹家"，可惜小说中除了甄士隐家，别的人家都对不上号。尽管如此，作者对赖大家轻描淡写的一笔，显示出奴才家在迅疾上升，而主子贾府却在下滑，世事变化令人唏嘘。

作品开始围绕柳湘莲来写。

> 因其中有柳湘莲，薛蟠自上次会过一次，已念念不忘。又打听他最喜串戏，且串的都是生旦风月戏文，不免错会了意，误认他作了风月子弟，正要与他相交，恨没有个引进，这日可巧遇见，竟觉无可无不可。且贾珍等也慕他的名，酒盖住了脸，就求他串了两出戏。下来，移席和他一处坐着，问长问短，说此说彼。那柳湘莲原是世家子弟，读书不成，父母早丧，素性爽侠，不拘细事，酷好耍枪舞剑，赌博吃酒，以至于眠花卧柳，吹笛弹筝，无所不为。因他年纪又轻，生得又美，不知他身分的人，却误认作优伶一类。那赖大之子赖尚荣与他素习交好，故他今日请来作陪。不想酒后别人犹可，独薛蟠

又犯了旧病。他心中早已不快，得便意欲走开完事，无奈赖尚荣死也不放。

这么一写，就形成了情节的焦点。接着补写了柳湘莲与宝玉、秦钟等人的交情。然后柳湘莲明确告诉宝玉："你那令姨表兄还是那样，再坐着未免有事，不如我回避了倒好。"事情有些麻烦了。而既然碰上的是薛蟠这样的货色，麻烦就免不了。

> （柳湘莲）一面说，一面出了书房。刚至大门前，早遇见薛蟠在那里乱嚷乱叫说："谁放了小柳儿走了！"柳湘莲听了，火星乱迸，恨不得一拳打死，复思酒后挥拳，又碍着赖尚荣的脸面，只得忍了又忍。薛蟠忽见他走出来，如得了珍宝，忙趔趄着上来一把拉住，笑道："我的兄弟，你往那里去了？"湘莲道："走走就来。"薛蟠笑道："好兄弟，你一去都没兴了，好歹坐一坐，你就疼我了。凭你有什么要紧的事，交给哥，你只别忙，有你这个哥，你要做官发财都容易。"湘莲见他如此不堪，心中又恨又愧，早生一计，便拉他到避人之处，笑道："你真心和我好，假心和我好呢？"薛蟠听这话，喜的心痒难挠，乜斜着眼忙笑道："好兄弟，你怎么问起我这话来？我要是假心，立刻死在眼前！"湘莲道："既如此，这里不便。等坐一坐，我先走，你随后出来，跟到我下处，咱们替另喝一夜酒。我那里还有两个绝好的孩子，从没出门。你可连一个跟的人也不用带，到了那里，伏侍的人都是现成的。"

为了照顾宝玉和赖尚荣的脸面，柳湘莲强压怒火略施小计，要到没人的地方去惩罚薛蟠，而这位薛呆子的智商几乎就是零，中计上当是再自然不过的。后面的描写本来可以不引用，但它是《红楼梦》中一个异类写法，而且同《水浒传》《西游记》既有类似之处，又有《红楼梦》自己的色彩，我们还是引用一番。

> 湘莲便起身出来瞅人不防去了，至门外，命小厮杏奴："先家去罢，我到城外就来。"说毕，已跨马直出北门，桥上等候薛蟠。没顿饭时工夫，只见薛蟠骑着一匹大马，远远的赶了来，张着嘴，瞪着眼，头似拨浪鼓一般不住往左右乱瞧，及至从湘莲马前过去，只顾望远处瞧，不曾留心近处，反踩过去了。湘莲又是笑，又是恨，便也撒马随后赶来。薛蟠往前看时，渐渐人烟稀少，便又圈马回来再找，不想一回头见了湘莲，如获奇珍，忙笑道："我说你是个再不失信的。"湘莲笑道："快往前走，仔细人看见跟了来，就不便了。"说着，先就撒马前去，薛蟠也紧紧的跟来。

大家比较一下，薛蟠同《西游记》中的猪八戒是不是有点像？对薛蟠的描写，曹雪芹显然在朝着滑稽幽默方向用力，他的目标可能就是要超越《西游记》。而薛蟠"张着嘴，瞪着眼，头似拨浪鼓一般不住往左右乱瞧"，比猪八戒更急躁无知，更下流邪门。同样，柳湘莲对薛蟠的捉弄，比孙悟空多一分细腻，多一分嘲笑，更多一分厌恶，当然还有孙悟空不具备的那份侠客的洒脱。另外，薛蟠可不是他的什么同门师弟。

> 湘莲见前面人迹已稀，且有一带苇塘，便下马，将马拴在树上，向薛蟠笑道："你

下来，咱们先设个誓，日后要变了心，告诉人去的，便应了誓。"薛蟠笑道："这话有理。"连忙下了马，也拴在树上，便跪下说道："我要日久变心，告诉人去的，天诛地灭！"一语未了，只听"噎"的一声，颈后好似铁锤砸下来，只觉得一阵黑，满眼金星乱迸，身不由己，便倒下来。湘莲走上来瞧瞧，知道他是个笨家，不惯捱打，只使了三分气力，向他脸上拍了几下，登时便开了果子铺。薛蟠先还要挣挫起来，又被湘莲用脚尖点了两点，仍旧跌倒，口内说道："原是两家情愿，你不依，只好说，为什么哄出我来打我？"一面说，一面乱骂。湘莲道："我把你瞎了眼的，你认认柳大爷是谁！你不说哀求，你还伤我！我打死你也无益，只给你个利害罢。"说着，便取了马鞭过来，从背至胫，打了三四十下。薛蟠酒已醒了大半，觉得疼痛难禁，不禁有"嗳哟"之声。湘莲冷笑道："也只如此！我只当你是不怕打的。"一面说，一面又把薛蟠的左腿拉起来，朝苇中淤泥处拉了几步，滚的满身泥水，又问道："你可认得我了？"薛蟠不应，只伏着哼哼。湘莲又掷下鞭子，用拳头向他身上擂了几下。薛蟠便乱喊乱叫，说："肋条折了。我知道你是正经人，因为我错听了旁人的话了。"湘莲道："不用拉别人，你只说现在的。"薛蟠道："现在没什么说的。不过你是个正经人，我错了。"湘莲道："还要说软些才饶你。"薛蟠哼哼着道："好兄弟。"湘莲便又一拳。薛蟠"嗳哟"了一声道："好哥哥。"湘莲又连两拳。薛蟠忙"嗳哟"叫道："好爷爷，饶了我这没眼睛的瞎子罢！从今以后我敬你怕你了。"湘莲道："你把那水喝两口。"薛蟠一面听了，一面皱眉道："那水脏得很，怎么喝得下去！"湘莲举拳就打。薛蟠忙道："我喝，喝。"说着说着，只得俯头向苇根下喝了一口，犹未咽下去，只听"哇"的一声，把方才吃的东西都吐了出来。湘莲道："好脏东西，你快吃尽了饶你。"薛蟠听了叩头不迭道："好歹积阴功饶我罢！这至死不能吃的。"湘莲道："这样气息，倒熏坏了我。"说着丢下薛蟠，便牵马认镫去了。这里薛蟠见他已去，心内方放下心来，后悔自己不该误认了人。待要挣挫起来，无奈遍身疼痛难禁。

这一段，显然是参考过《水浒传》中"鲁提辖拳打镇关西"。为便于对比，我们把《水浒传》的那一段引一下：

扑的只一拳，正打在鼻子上，打得鲜血迸流，鼻子歪在半边，却便似开了个油酱铺，咸的、酸的、辣的，一发都滚出来。郑屠挣不起来，那把尖刀，也丢在一边，口里只叫："打得好！"鲁达骂道："直娘贼，还敢应口！"提起拳头来，就眼眶际眉梢只一拳，打得眼棱缝裂，乌珠迸出，也似开了个彩帛铺的，红的、黑的、绛的，都绽将出来。两边看的人，惧怕鲁提辖，谁敢向前来劝。郑屠当不过，讨饶。鲁达喝道："咄！你是个破落户，若是和俺硬到底，洒家倒饶了你；你如何对俺讨饶，洒家偏不饶你。"又只一拳，太阳上正着，却似做了一个全堂水陆的道场，磬儿、钹儿、铙儿一齐响。鲁达看时，只见郑屠挺在地上，口里只有出的气，没了入的气，动弹不得。鲁提辖假意道："你这厮诈死，洒家再打！"只见面皮渐渐的变了。鲁达寻思道："俺只指望打这厮一顿，不想三拳真个打死了他。洒家须吃官司，又没人送饭，不如及早撒开。"拔步便走，回头指着郑屠尸道："你诈死！洒家和你慢慢理会！"一头骂，一头大踏步去了。

对比中看出，两番描写颇类似。第一，每打一次，都做一次具体描写，特别是挨揍者的反应写得特别吸引人；第二，那描述鼻青脸肿鲜血直流的比喻，"登时便开了果子铺"，同《水浒传》的"油酱铺""彩帛铺"有如一个作者写的；第三，打完，就主动撤离现场，两部小说就像约好了一般。可见，曹雪芹对传统文学的借鉴之深。不过，我们一直强调，《红楼梦》与中国古代任何一部小说都不一样，很不一样。那么，在这种描写打打杀杀的"非《红楼梦》"文字中，它有没有突破？有没有开创自己的特色？这也是考量《红楼梦》水平、地位的一个小小指标。我们看到有很鲜明的特色，有很大的超越。比如一，作为小说，《红楼梦》就关注到"环境"，它的描写扣着环境，像"人迹已稀""苇塘""树上""泥水"，还有薛蟠呕吐的"脏东西"，情节的每一步发展都同环境、背景紧密相连。说简单点，曹雪芹展开的情节都是环境背景的产物，又是环境背景的点缀，达到情景交融，而我国其他经典小说，对两者的照应没那么讲究；有时虽然照应了（像《三国演义》中的"煮酒论英雄"），却没那么细腻，那么丝丝入扣。二，场上人物的互动交流，柳湘莲与薛蟠的交流，就比鲁达与镇关西来得生动真切。镇关西统共只一句话三个字："打得好！"后面就没有描写只有叙述，简单两个字：讨饶。而《红楼梦》对薛蟠的描写则多得多。《水浒传》注重打的输赢，突出"事"，《红楼梦》注重人物的表现和感受，突出"人"。三，《水浒传》注重写实，注重力量和功夫，《红楼梦》较多虚写，注重格调，突出轻巧和空灵。鲁达的三拳，写得实实在在，而且都是一样写法，显得雷同；而柳湘莲的第一下，则究竟是用手还是用脚、用拳还是用掌，都没写，"只听'噎'的一声，颈后好似铁锤砸下来"，后面，"又被湘莲用脚尖点了两点，仍旧跌倒"，不写重力而写"脚尖点了两点"，突出柳湘莲的轻松和优雅，着重表现人的气质，这就是《红楼梦》了。四，同样写打打杀杀，《水浒传》的着重点就是打打杀杀的结果，但曹雪芹的笔墨意趣却远在结果以外，他这里写柳湘莲，他不关注薛蟠被打得怎么样，更注重柳湘莲的意趣和感受。同样是远离是非之地，鲁达是因为打死人而考虑到怎么逃走，"洒家须吃官司，又没人送饭，不如及早撤开。"柳湘莲考虑的不是官司缠身，而是"这样气息，倒熏坏了我"，因洁身自好而丢开薛蟠。两种离去，一被动一主动，一为吃饭过日子，一求干净怡人，其情、趣、意，高下相去甚远。你若说身份，柳湘莲浪荡子一个，同鲁提辖相比才叫草芥、草根，但情趣却是这浪荡子更高一筹。他这份自重与自高，就有一点中国"士人"的味道，有一份雅趣，这个是鲁达和《水浒传》都不具备的。所以写着写着，曹雪芹又回到了自己的套路上，又显示出自己的风格了。我们把《红楼梦》与《西游记》《水浒传》这样联系对比，或许更容易领会《红楼梦》的特色。

接着作品写贾珍、贾蓉寻找薛蟠，着实令人发噱。

谁知贾珍等席上忽不见了他两个，各处寻找不见。有人说："恍惚出北门去了。"薛蟠的小厮们素日是惧他的，他吩咐不许跟去，谁还敢找去？后来还是贾珍不放心，命贾蓉带着小厮们寻踪问迹的直找出北门，下桥二里多路，忽见苇坑边薛蟠的马拴在那里。众人都道："可好了！有马必有人。"一齐来至马前，只听苇中有人呻吟。大家忙走来一看，只见薛蟠衣衫零碎，面目肿破，没头没脸，遍身内外，滚的似个泥猪一般。贾蓉心内已猜着九分了，忙下马令人挽了出来，笑道："薛大叔天天调情，今儿调到苇子坑里来了。必定是龙王爷也爱上你风流，要你招驸马去，你就碰到龙犄角上了。"薛蟠羞的恨没地缝儿钻不进去，那里爬的上马去？贾蓉只得命人赶到关厢里雇了一乘小轿子，薛蟠坐了，一齐进城。贾蓉还要抬往赖家去赴席，薛蟠百般央告，又命他不要告诉人，贾蓉方依允了，让他各自回家。贾蓉仍往赖家回复贾珍，并说方才形景。贾珍也知为湘莲所打，也笑道："他须得吃个亏才好。"至晚散了，便来问候。薛蟠自在卧房将养，推病不见。

这一节对薛蟠的描写，又让我们想起《西游记》中的猪八戒，而且作品的调子是一样的，极尽嘲笑和讽刺。"只听苇中有人呻吟。大家忙走来一看，只见薛蟠衣衫零碎，面目肿破，没头没脸，遍身内外，滚的似个泥猪一般。"这个写法同孙悟空去找猪八戒如出一辙，而薛蟠这个泥猪，同猪八戒简直就是双胞胎。这丢人早就丢到家了，偏生贾蓉还要恶作剧，"贾蓉还要抬往赖家去赴席，薛蟠百般央告"，原来薛蟠也还要面子呢！这个情景，不禁让我们回想起当年贾蓉、贾蔷把一桶粪当头浇了贾瑞一身，还要把贾瑞送到贾母那里讨说法，最后敲了一百两银子的竹杠。如今没有诈钱，毕竟薛家还是有头有脸的人物，不同于贾瑞。但前后几乎一样的笔调告诉我们，曹雪芹是个喜欢打趣别人的人，估计现实生活中哪位朋友落到他手里，一样不会好受。贾珍前去薛家探望，薛蟠却推病不见，可知他也知道要爱惜他那一身邋遢的羽毛，作品不写的话，我们还真不知道。薛蟠是曹雪芹手中的"王牌"丑角，时不时要牵出来耍一下，这次耍得特别尽兴。无疑，薛蟠是自讨苦吃，他挨这一顿一点不冤，但作者也写出他坏而不阴、霸而老实，即所谓"呆"。这"呆"里含着单纯与幼稚：相信别人，受骗上当，叩头讨饶，甚至"提醒"对手"肋条折了"！在忍俊不禁的同时我们可怜他也同情他。曹公对薛蟠有几分像吴承恩对猪八戒，恨中又带点喜欢。不过后面薛蟠的变化令我们吃惊。曹公对薛蟠的态度变化很大，薛蟠不再是第4回里那个薛霸王。

如果说上面这些内容只是有趣好玩，无关大雅，那么下面一段描写则牵涉到三号主人公宝钗的基本品性，牵涉到整部作品的主旨，需要仔细鉴赏。

> 贾母等回来各自归家时，薛姨妈与宝钗见香菱哭得眼睛肿了。问其原故，忙赶来瞧薛蟠时，脸上身上虽有伤痕，并未伤筋动骨。薛姨妈又是心疼，又是发恨，骂一回薛蟠，又骂一回柳湘莲，意欲告诉王夫人，遣人寻拿柳湘莲。宝钗忙劝道："这不是什么大事，不过他们一处吃酒，酒后反脸常情。谁醉了，多挨几下子打，也是有的。况且咱们家无法无天，也是人所共知的。妈不过是心疼的缘故。要出气也容易，等三五天哥哥养好了出的去时，那边珍大爷琏二爷这干人也未必白丢开了，自然备个东道，叫了那个人来，当着众人替哥哥赔不是认罪就是了。如今妈先当件大事告诉众人，倒显得妈偏心溺爱，纵容他生事招人，今儿偶然吃了一次亏，妈就这样兴师动众，倚着亲戚之势欺压常人。"薛姨妈听了道："我的儿，到底是你想的到，我一时气糊涂了。"宝钗笑道："这才好呢。他又不怕妈，又不听人劝，一天纵似一天，吃过两三个亏，他倒罢了。"薛蟠睡在炕上痛骂柳湘莲，又命小厮们去拆他的房子，打死他，和他打官司。薛姨妈禁住小厮们，只说柳湘莲一时酒后放肆，如今酒醒，后悔不及，惧罪逃走了。薛蟠听见如此说了，要知端的——

注意这一段，正如戚蓼生序言指出的，曹雪芹惯用"注彼而写此，目送而手挥"的手法，他表面写着薛蟠的事情，但着意点却已经转到宝钗。对薛蟠只剩下简单叙述，他命令小厮们去找柳湘莲、去拆房子、打官司的原话一个字也没有，而对宝钗的话则洋洋洒洒一字不漏。曹公的笔墨转换多么干脆，其他小说家通常没这么彻底。曹公为什么这样做？很简单，薛蟠是个次要人物，他表演了一段泥猪打滚出丑戏，情节大致完成，形象塑造告一段落；现在，曹公要借这个情节来干"正事"——对尚未触及的宝钗的某一性格层面进行开拓。前面写宝钗，除了儿女私情就是吃饭睡觉、读书写诗、待人接物等家庭生活场景，没机会写她的社会、法制层面的观点和态度。现在机会来了，曹公紧抓不放，写出了宝钗晓明大义、坚持社会公正、绝不仗势欺人的信念和品格。正因她的坚持，薛姨妈也改变了态度，让薛蟠的邪念不能得逞。不仅如此，宝钗还展现了她对人事相当清醒、成熟的一面。通常，一个十七八岁的女孩，哥哥被人狠揍了，都是心疼、气愤、想着报复，宝钗却说："这才好呢。他又不怕妈，又不听人劝，一天纵似一天，吃过两三个亏，他倒罢了。"此话如果是个长辈说的，不稀奇，但宝钗是个十几岁的妹妹。哥哥受伤躺在床上，香菱哭肿了眼睛，母亲在发狠，作为妹妹说"这才好呢"，需要魄力和担当，更需要对人事的看透和豁达。当然宝钗说话从来就很有分寸，"他又不怕妈，又不听人劝，一天纵似一天，吃过两三个亏，他倒罢了"。层层推进，薛蟠听妹妹这么说他，会不会跳起来？下一回的开头说："薛蟠听见如此说了，气方渐平。"他很服气这个妹妹呢。我认为曹雪芹对宝钗的这一笔刻画非常重要，它是"山中高士晶莹雪"的脊梁，没有这一笔，宝钗只是个聪明贤惠的女子，有了这一笔，她的"高士"色彩才闪出光亮。

第四十八回

滥情人情误思游艺　　慕雅女雅集苦吟诗

"滥情人"指薛蟠，他被柳湘莲打得鼻青脸肿无颜待在京城，想出去躲躲，找的借口是出去进货经商，回目所谓"游艺"；"慕雅女"指香菱，她要学着写诗，就拜林黛玉为师，还加入诗社，所以回目用"雅集"。回目很有意思，全写薛蟠、香菱这对夫妇。在《红楼梦》中，集中笔墨写年轻夫妇的，除了凤姐、贾琏，就是薛蟠、香菱了。可知他们在《红楼梦》中占有一定的地位。如果说凤姐、贾琏本是贾府主人，而且是管家的人，写他们理所当然；那么薛蟠、香菱可不是中心人物，曹雪芹花不小精力写他们，则因他们沾着宝钗的光；当然，曹雪芹很注意平衡，他让薛蟠，甚至香菱也与宝玉发生一些关系，等于是分担了宝钗的负重，让作品不至于太向薛家倾斜，以免黛玉、宝钗二人之间失去轻重平衡。这本来也怪曹公自己，谁让他那么绝情，把黛玉的所有亲戚弄得一个不留，再想写点林家的人和事来衬托黛玉的背景和分量，都不能了。说到香菱学诗，几乎所有评论只关注黛玉而无一句提到宝钗，或有失片面，实际上促成者是宝钗，她还一直悄悄地、欣喜地推动着这桩雅事。

作品开头写薛蟠出游的缘起。

　　且说薛蟠听见如此说了，气方渐平。三五日后，疼痛虽愈，伤痕未平，只装病在家，愧见亲友。

　　展眼已到十月，因有各铺面伙计内有算年帐要回家的，少不得家内治酒饯行。内有一个张德辉，年过六十，自幼在薛家当铺内揽总，家内也有二三千金的过活，今岁也要回家，明春方来。因说起"今年纸札香料短少，明年必是贵的。明年先打发大小儿上来当铺内照管，赶端阳前我顺路贩些纸札香扇来卖。除去关税花销，亦可以剩得几倍利息。"薛蟠听了，心中忖度："我如今挨了打，正难见人，想着要躲个一年半载，又没处去躲。天天装病，也不是事。况且我长了这么大，文又不文，武又不武，虽说做买卖，究竟戥子算盘从没拿过，地土风俗远近道路又不知道，不如也打点几个本钱，和张德辉逛一年来。赚钱也罢，不赚钱也罢，且躲躲羞去。二则逛逛山水也是好的。"心内主意已定，至酒席散后，便和张德辉说知，命他等一二日一同前往。

　　晚间薛蟠告诉了他母亲。薛姨妈听了虽是欢喜，但又恐他在外生事，花了本钱倒是末事，因此不命他去。只说"好歹你守着我，我还能放心些。况且也不用做这买卖，也不等着这几百银子来用。你在家里安分守己的，就强似这几百银子了。"薛蟠主意已定，那里肯依。只说："天天又说我不知世事，这个也不知，那个也不学。如今我发狠把那些没要紧的都断了，如今要成人立事，学习着做买卖，又不准我了，叫我怎么样呢？我又不是个丫头，把我关在家里，何日是个了日？况且那张德辉又是个年高有德的，咱们和他世交，我同他去，怎么得有舛错？我就一时半刻有不好的去处，他自然说我劝我。就是东西贵贱行情，他是知道的，自然色色问他，何等顺利，倒不叫我去。过两日我不告诉家里，私自打点了一走，明年发了财回家，那时才知道我呢。"说毕，赌气睡觉去了。

这里有几层可说，先说外头。张德辉是多年总管，他现在十月回家要明年端阳才回来，这要半年多，店铺谁来经营？其次，张德辉说"明年先打发大小儿上来当铺内照管"，这又奇了，薛家的店铺已经没人能管，必须靠他张家。那么，这薛家铺子变成张家铺子恐怕为时不久了。再说薛蟠，父亲死了至少三五年了，薛蟠"究竟戥子算盘从没拿过，地土风俗远近道路又不知道"，他从来不管货物的进价与售价，也不知道进货渠道和销售客户，一个企业所有者做到这个地步，除了破产没有别路。但薛家有个懂行的、具备经营潜能的女儿薛宝钗，但社会不允许她参与经营。说深一点，薛姨妈就未必同意让宝钗来经营，她只允许儿子经营，赚了是薛家的福分，亏了是薛家倒霉；哪怕真的由宝钗幕后指挥，最后这薛家的家产，也只传儿子，宝钗最多是多得一点嫁妆，其他的与她没关系。说得再深一点，即使宝钗自己也可能不屑于当一个薛老板，尽管她眼看着薛家的产业年年亏损缩小，她依然活她的，陪陪母亲和贾母，与宝玉之流讲谈讲谈写写诗歌，而没有管理薛家产业的冲动。至于薛蟠既知道自己"究竟戥子算盘从没拿过，地土风俗远近道路又不知道"，他却没有任何焦急和不安，他对家产的盈亏消长一点不关心。我国企业极少有百年老店，与欧洲完全不同，薛家可以给我们许多启示。

薛姨妈自然不敢放这闯祸坏儿子出去，但薛蟠一番威胁，薛姨妈没谱了，只能来问宝钗。

宝钗笑道："哥哥果然要经历正事，正是好的了。只是他在家时说着好听，到了外头旧病复犯，越发难拘束他了。但也愁不得许多。他若是真改了，是他一生的福。若不改，妈也不能又有别的法子。一半尽人力，一半听天命罢了。这么大人了，若只管怕他不知世路，出不得门，干不得事，今年关在家里，明年还是这个样儿。他既说的名正言顺，妈就打谅着丢了八百一千银子，竟交与他试一试。横竖有伙计们帮着，也未必好意思哄骗他的。二则他出去了，左右没有助兴的人，又没了倚仗的人，到了外头，谁还怕谁，有了的吃，没了的饿着，举眼无靠，他见这样，只怕比在家里省了事也未可知。"薛姨妈听了，思忖半晌说道："倒是你说的是。花两个钱，叫他学些乖来也值了。"商议已定，一宿无话。

宝钗的话从高的方面说，她运用了最普遍的人生哲理；从大的说，她把哥哥的为人看透说透了；从小的说，薛蟠既然一定要走，宝钗的应对是最合理的。曹公笔下的宝钗又丰满了一圈。这是宝钗最基本的人生信条。薛姨妈也算开明人，她全听女儿的。第二天这母女俩就日夜打点准备。

> 至十四日一早，薛姨妈宝钗等直同薛蟠出了仪门，母女两个四只泪眼看他去了，方回来。

"母女两个四只泪眼看他去了"，写出薛家母女无限的记挂和伤心。宝钗话说得很硬朗，但她的心到底是软的，这毕竟是她唯一的哥哥，是薛家的当家人，是薛家的未来。

读《红楼梦》许多人只关注薛蟠外出这情节，那是不够的，曹雪芹在这里用意要远的多。曹公的用意不在情节而在人。"一半尽人力，一半听天命罢了。"指的是薛蟠，说的又何尝不是宝钗自己！宝钗已经十七八岁了，与她年龄仿佛的迎春、比黛玉还小的史湘云都已经在谈婚论嫁，可她至今还漂泊在姨妈家里，没人说过她的未来。和尚的金锁挂在脖子上，元春也依稀表达了某种意思，她自己也还中意宝玉，但宝玉爱的是黛玉，而黛玉又是那么可怜。还有，该当家做主的哥哥又是这么个人……宝钗啊宝钗，她该怎么尽自己的人力？她的天命又将如何？而她的内心，则回荡着"赤条条来去无牵挂，一任俺芒鞋破钵随缘化"。我们一直说，曹雪芹始终不写宝钗对婚姻的想法，用的是"留白"手法。"留白"不是空白，而是在已经有笔墨的画面上供人想象、填补的。宝钗这里的"一半尽人力，一半听天命罢了"，就是笔墨，就是线条和图形。这是曹雪芹的手法，我们要读懂它领会它。

曹雪芹有时候未免粗暴。为了探春他们建诗社，他毫不客气把贾政赶出京城；想要让香菱学诗，又一次赶跑了薛蟠。虽然效果很明显，把贾政、薛蟠都赶出去，换来一时的清静，但贾府的人气大跌，这代价也着实不小。更主要的，这种人造的、暂时的清静，只能让大观园中的人们呼吸几口新鲜空气，享受最后的好时光，仅此而已。贾政、薛蟠终究是要回来的，那时金钗们的年龄又长大了几岁，她们都到了必须离开的时刻。所以这"最后的好时光"有如久病之人的回光返照，它带给读者短暂的欣喜，却令最后的毁灭更加痛心。

下面作品开始写香菱学诗。薛蟠走了，薛姨妈原要香菱锁了门同自己住，宝钗提出不如让香菱进大观园与自己做伴。宝钗是想让香菱过得幸福一点，她知道香菱的梦想。请看她们的对话。

> 香菱道："我原要和奶奶说的，大爷去了，我和姑娘作伴儿去。又恐怕奶奶多心，说我贪着园里来顽，谁知你竟说了。"宝钗笑道："我知道你心里羡慕这园子不是一日两日了，只是没个空儿。就每日来一趟，慌慌张张的，也没趣儿。所以趁着机会，越性住上一年，我也多个作伴的，你也遂了心。"香菱笑道："好姑娘，你趁着这个工夫，教给我作诗罢。"宝钗笑道："我说你'得陇望蜀'呢。我劝你今儿头一日进来，先出园东角门，从老太太起，各处各人你都瞧瞧，问候一声儿，也不必特意告诉他们说搬进园来。若有提起因由，你只带口说我带了你进来作伴儿就完了。回来进了园，再到各姑娘房里走走。"

这段对话的价值，至今没有得到应有的看待，曹公一定遗憾。翻翻评论，谈香菱学诗的多了去了；论黛玉教香菱学诗的，更是汗牛充栋，赞美漫天；但是好像没人注意到，最最关心香菱的、带香菱出道的始作俑者，其实是宝钗。宝钗知道香菱"心里羡慕这园子不是一日两日了"，她想成全，要让香菱"越性住上一年"。这就是宝钗对她家买来的丫头的真实关切。一些评论者不关注宝钗的美意也就罢了，还说宝钗关照香菱的话多么市侩，是叫香菱去拜码头讨好各方，把个单纯朴素的香菱给带庸俗了。我不能不说一句，那些评论不懂薛宝钗，也不懂曹公。宝钗关照香菱先去各处问候一声，"若有提起因由，你只带口说我带了你进来作伴儿就完了"。此话包含着宝钗多少无奈和苦衷！宝钗本人在贾府就是客居，一住几年已经相当尴尬了，她入住更为封闭的大观园虽然是一种特殊待遇，但对宝钗来说就多一层顾虑多一层约束，那是人家的后花园，是禁地。宝钗是大观园中唯一的外人，但她不便对香菱点破，给香菱负担，所以她含糊其辞地叫香菱到贾母和各处管事人那里去亮个相，实质上就是报案留底、登记入住的手续和程序。说白了，宝钗是担着领外人入住禁地的风险。"也不必特意告诉他们说搬进园来"，是怕说得太明确会引起那些管家婆子们的风言风语；所以宝钗只向主管人打招呼，其余人不予理睬，以后他们爱说什么随他们说去。宝钗这份考虑和抉择，这种难言的苦衷，我很怀疑是曹雪芹自己当年客居时曾经经历过的。

对平儿，宝钗就挑明了。

> 宝钗因向平儿笑道："我今儿带了他来作伴儿，正要去回你奶奶一声儿。"平儿笑道："姑娘说的是那里话？我竟没话答言了。"宝钗道："这才是正理。店房也有个主人，庙里也有个住持，虽不是大事，到底告诉一声，便是园里坐更上夜的人知道添了他两个，也好关门候户的了。你回去告诉一声罢，我不打发人去了。"平儿答应着。

很显然，平儿是认可这道手续的。做个对比，假如换作是李纨、探春、宝玉等人，他们从大观园外要个丫鬟进来，根本就没这麻烦。宝钗是个客人，她房里多进一个人就需向主人家通报。曹雪芹写得如此明白，评论家们还不能理解，还误导了普通读者，真让人遗憾。

平儿是来求药的，曹公很巧妙地借平儿的嘴，告诉我们一段有关贾赦勾结贾雨村迫害百姓的情节。贾赦附庸风雅喜欢字画扇子，藏家石呆子就是不卖，贾雨村就以拖欠官银为名把他抓进衙门，变卖其家产，将扇子弄来献给贾赦。贾雨村是作品开头的导入者，自从送林黛玉来贾府后，小说只是偶然提一笔他常到贾府拜访。这里借平儿的嘴做了补叙："都是那贾雨村什么风村，半路途中那里来的饿不死的野杂种！认了不到十年，生了多少事出来！"就这么一句话，写出贾雨村与贾府狼狈勾结沆瀣一气做下许多恶事。这为将来贾府吃官司埋下了种子。贾赦问贾琏，怎么贾雨村能弄来你弄不来，贾琏回了一句："为这点子小事，弄得人坑家败业，也不算什么能为！"贾赦气急败坏地把贾琏打伤，所以平儿来向宝钗求药。由此可知贾琏还算良知未泯，而贾赦则穷凶极恶。作者似乎对贾赦不屑于正面描写，就这么侧叙带过。不过贾府的毒瘤已经清清楚楚。

回到作品。

> 且说香菱见过众人之后，吃过晚饭，宝钗等都往贾母处去了，自己便往潇湘馆中来。此时黛玉已好了大半，见香菱也进园来住，自是欢喜。香菱因笑道："我这一进来了，也得了空儿，好歹教给我作诗，就是我的造化了！"黛玉笑道："既要作诗，你就拜我作师。我虽不通，大略也还教得起你。"香菱笑道："果然这样，我就拜你作师。你可不许腻烦的。"

这一段简单描写，你若随便看过去，那么就过去了；但对于真正的红迷来说，其实很有点玩味之处。其一，香菱怎么自说自话就往潇湘馆跑？其二，黛玉见了香菱干吗"自是欢喜"？其三，香菱怎么一见面就提出要黛玉"好歹教给我作诗"？其四，黛玉怎么这么好兴致愿意当老师？其五，香菱怎么敲定黛玉"你可不许腻烦的"？我觉得曹公不厌其烦写这么细有他的意图。黛玉一贯小气怕烦而且很难缠，连探春、宝钗都不敢纠缠她，而此处曹公实际上要告诉我们，黛玉和宝钗已经成为最要好最亲密的姐妹，所以香菱可以直捣潇湘馆龙门，可以提出一系列无理要求！香菱同宝钗名义上是姑嫂，实际上如姐妹。宝钗同黛玉的关系，香菱恐怕最早明白，薛家送来的燕窝，应该就是经她的手发出的。所以她根本不用思考，到了晚上就直奔潇湘馆！香菱作为薛蟠的屋里人，林黛玉不可能与她有多少接触，更别说走近、亲近了。她们之所以这么随和，全是因为宝钗。故而曹公明的在写香菱和黛玉，暗中交代的其实是宝钗和黛玉。我们看透这一层才算领会了曹公。

其实作者后面也写了：

> 香菱拿了诗，回至蘅芜苑中，诸事不顾，只向灯下一首一首的读起来。宝钗连催他数次睡觉，他也不睡。宝钗见他这般苦心，只得随他去了。

经过黛玉一番指导，香菱更加好学。

> 茶饭无心，坐卧不定。宝钗道："何苦自寻烦恼。都是颦儿引的你，我和他算帐去。你本来呆头呆脑的，再添上这个，越发弄成个呆子了。"香菱笑道："好姑娘，别混我。"

再到后面，香菱几乎整夜不睡。

> 宝钗笑道："这个人定要疯了！昨夜嘟嘟哝哝直闹到五更天才睡下，没一顿饭的工夫天就亮了。我就听见他起来了，忙忙碌碌梳了头就找颦儿去。一回来了，呆了一日，作了一首又不好，这会子自然另作呢。"

不用说，宝钗这些日子被香菱弄得别想睡觉，她付出了很大牺牲，但她却是如此欣喜。显然这正是她所要的，她要香菱有追求，她要香菱幸福而雅致。

以上我们讨论的是读者不容易关注、评论也忽略的部分，不免多说了几句。而大家都看明白的是，林黛玉善为人师，因势利导、诲人不倦地教导香菱写诗。可以说，这是整部作品中对黛玉最"正面"的描写。黛玉一洗原来的小心眼、爱挑剔、比较自我的毛病，对香菱是有求必应不厌其烦，表现出乐于助人、好为人师的品性。这对于一个病魔缠身的女孩，是一个了不起的自我超越，对她身心两方面的健康都有极大的帮助。而且黛玉的教学方法也十分老道，简直像一个老教师。她对香菱欣赏的陆游诗直截了当进行否定，认为那种专研字眼、追求技巧的诗词不能一开始就学，建议从自然、大气、有韵味的诗词学起。在她的教导下香菱很快就突飞猛进，写出了可以进入诗社的作品。由此黛玉的形象上升了一大截。说实话，如果不是曹公这样开掘，我们真想不到林黛玉性格中还有如此宝贵的一层。

当然，通过这段描写曹雪芹也阐发了自己的诗学观点，尤其是"词句究竟还是末事，第一立意要紧。若意趣真了，连词句不用修饰，自是好的，这叫作'不以词害意'"，非常鲜明。回顾一下，前面曹雪芹借宝钗等人的嘴谈了绘画，再前面通过贾政、宝玉对大观园的评价，他道出了自己的建筑美学，还有作品一开始就评判了小说戏剧，现在诗论也有了，曹雪芹把自己对传统美学的观点都有了一个大概的表达。不仅如此，他在《红楼梦》中还有大量的诗、词、曲令，后面还特地让宝玉写了一篇赋，很明显他要展现自己各种文学样式的才华，与历史上各路高手一见高低。当然，他更要让《红楼梦》成为小说绝唱。曹雪芹这份野心或者叫雄心，昭然若揭。

还有一个略显偏门的问题：宝钗为什么自己不教香菱学诗，而把她扔给黛玉去教？宝钗的能力不会比黛玉差，而林黛玉身子又不好，宝钗这么做似乎不通情不达理啊。她究竟为什么，曹公并没有提示。我这么理解：宝钗是故意让黛玉去当这个教师的。一方面，她知道黛玉有这个能力，她也看出黛玉潜意识中愿意展现这方面的才能，愿意贡献出她的心血。如果不是看到这一点，那么宝钗就是不通世故，给黛玉找麻烦。宝钗连袭人要史湘云做针线都加以阻止，她绝对不会去给黛玉添麻烦。重要的是另一方面，宝钗可能在暗助林黛玉。黛玉患着两个毛病，一个是身体虚弱精神不济，另一个则是心理上的明显的忧郁症。忧郁症的最好治疗方法就是让病人有愉快的事情干。宝钗世事洞明人情练达，她看出诗社成立以后，黛玉的改变是很明显的。香菱要学诗，交到黛玉手里对两人都是好事。让香菱去缠着黛玉，既省了姐妹们天天去陪黛玉说话，又让黛玉看到自己的才能和成就，对黛玉身心都有好处。后来看到黛玉的兴致那么高，香菱做了诗，"先与宝钗看。宝钗看了笑道：'这个不好，不是这个作法。你别怕臊，只管拿了给他瞧去，看他是怎么说。'香菱听了，便拿了诗找黛玉"。宝钗是故意要让黛玉体现价值。我们这么讲并不是说宝钗有多深的心理学学问，中医对抑郁症很早就是这么治疗的，也是民间的常用方法，宝钗懂这点毫不稀奇。也正因为她看到效果良好，她才只管同姐妹们一起兴高采烈地围观。

关于香菱学诗，最后我们还有一个话题。没人问一句曹雪芹：为什么那么多丫鬟，就只有香菱一个人学诗？为什么不比她笨的鸳鸯、平儿、晴雯、紫鹃，还有那比她沉得住气的袭人、麝月等，都没有要学诗？如果说是家学渊源，那么香菱三岁就被拐子拐走，还没识字。说到底，在曹雪芹的心灵深处，还是有等级观念、阶级观念。说白了，香菱是小姐出身，她天生就是学诗的命！我们不知道香菱是从哪里读书识字的，可她脑子里就有学诗的念头！曹雪芹可以这么写，但这一写，他就掉进了某种俗套。曹雪芹的身高超过了几百年后的作家，但他的双脚毕竟站在几百年前的土地上。

本回在内容上并没有什么特别之处，但作者就在风轻云淡中大大深化了几位人物的性格。薛蟠挨了一顿打，倒没做出杀人放火之事，反而明白些事理，想到要学些"戥子算盘""地土风俗"，虽不知后效如何，也算是"天龙下蛋"了。作者没把他写扁，二十来岁的人躺在床上多天痛定思痛，会有些变化。林黛玉的变化则特别喜人，她第一次不是为宝玉而活着、忙着，也是第一次如此长时间的心情愉快。是什么改变了她？是诗，是同宝钗的友情，是担任教师的"工作"。教香菱写诗更是黛玉善良品性的典型体现。宝钗的性格没见变化，但她对香菱、黛玉的那份暗暗的体贴，将她的"仁爱"更加丰富充实；与此同时，对哥哥薛蟠的"无情"，认为"由他去""有了的吃，没了的饿着"，不必心疼，"一半尽人力，一半听天命罢了"，可见宝钗对人生抱着一切由命的消极态度，有道家"无为"的思想。在《红楼梦》中，儒佛道合而为一，宝钗就是个典型。香菱是本回一道亮丽的风景，一位单纯可爱的小姑娘变为刻苦学诗的诗魔呆子，中间的过程写得非常扎实而又动人，给读者带来很大的享受和启发。其实把镜头拉远来看，香菱学诗也是小说情节的一个艺术冲淡，一种平衡的需要。前几回凤姐变生不测、鸳鸯突遇强娶、薛蟠情遭苦打、柳湘莲祸走他乡，接连几回变故迭起，画面冷峻。曹雪芹需要一个调节品来冲淡一点灰暗，于是就有了皆大欢喜的香菱学诗。或许正是这个对香菱学诗的"急需"，让他行笔不能像往常那么严谨，比如我们已经指出的香菱什么时候识字我们都有疑问。我们还要说一句，香菱说王维的诗句"渡头余落日，墟里上孤烟"令她产生联想：

> "我们那年上京来，那日下晚便湾住船，岸上又没有人，只有几棵树，远远的几家人家作晚饭，那个烟竟是碧青，连云直上。谁知我昨日晚上读了这两句，倒象我又到了那个地方去了。"

此话很值得推敲。因为这是用了一个很直接的经历和感慨，"那年上京来，那日下晚便湾住船"，十分具体，不是亲历很难这么写。香菱当年可能没有对那样宏大景色的鉴赏能力和那种苍凉的感慨。我判断，那正是曹雪芹自己的！那是他从江宁北上进京，走大运河，他十来岁，刚刚家破人亡，父亲还在监狱里，"那日下晚便湾住船，岸上又没有人，只有几棵树，远远的几家人家作晚饭，那个烟竟是碧青，连云直上"。这里补充一句，曹雪芹北上京城的时候，他的父亲曹頫究竟身在何处，史料并无记载。有人说曹頫是带着家人一起北上的，我没见到证据。而《曹家档案》中新任织造官纳尔苏于雍正六年所上《细查曹頫房地产及家人情形》奏折，末尾写得明明白白：

> "再，曹頫所有田产房屋人口等项，奴才荷蒙皇上浩荡天恩特价赏赉，宠荣以极。曹頫家属蒙恩谕少留房屋以资养赡，今其家不久回京，奴才应将在京房屋人口酌量拨给。"

这个奏折是刚刚抄没曹家之后写的，曹頫刚刚入狱，应该尚未审查定案，不可能就放出来；而且这里写明是"曹頫家属蒙恩谕少留房屋以资养赡"，指的是未被逮捕的家属。另有档案写明曹寅遗孀回京城养老。所以我推定是曹雪芹随着祖母、母亲等人北上，作为十来岁的落魄少年，他读过不少诗文，他有那样的观察力，那样的感慨。第一次北上的经历，在曹雪芹心底刻下深刻的痛楚记忆，早在第3回借黛玉北上抒发过一次，现在又借香菱再次抒发，写得更明白更详细。

第四十九回

琉璃世界白雪红梅　脂粉香娃割腥啖膻

回目的上联是景物描写，只有景色没有人物和事件，由此可知，这一回并没有什么称得上"故事"的情节，而是侧重于虚的方面，即气氛的营造。这一回为什么要搞气氛营造？请听下文解说。至于"割腥啖膻"，是说湘云、宝玉带头吃烤鹿肉。吃烤肉，在今天的中国遍地都是，但在当时却属于比较少见的饮食方法；哪怕在三十年前，大半个中国也不太见得着这烧烤吃法。

作品开头，众人正在看香菱的新诗，"只见几个小丫头并老婆子忙忙的走来，都笑道：'来了好些姑娘奶奶们，我们都不认得，奶奶姑娘们快认亲去。'"就这么一句话，把前面香菱学诗的情节彻底了结，作品进入全新的内容。

原来邢夫人之兄嫂带了女儿岫烟进京来投邢夫人的，可巧凤姐之兄王仁也正进京，两亲家一处打帮来了。走至半路泊船时，正遇见李纨之寡婶带着两个女儿——大名李纹，次名李绮——也上京。大家叙起来又是亲戚，因此三家一路同行。后有薛蟠之从弟薛蝌，因当年父亲在京时已将胞妹薛宝琴许配都中梅翰林之子为婚，正欲进京发嫁，闻得王仁进京，他也带了妹子随后赶来。所以今日会齐了来访投各人亲戚。

真正是"无巧不成书"，四家亲戚在半路上一一相遇，然后十来号人同时涌进贾府，《红楼梦》中出现这样大的巧事，绝无仅有！几路人马撞到一起原来都是自家人，这种巧合是《水浒传》等情节型小说中常有的，为什么曹雪芹也用上这一招？它究竟是妙招还是庸招？这是个不小的艺术问题。这四路人马事先都不向主人家预报一声就突然来了，很不符合我国传统的人之常情；四路人马不约而同一齐杀到，巧到天上去了，这显然是曹雪芹的刻意安排。所以其起因和成败得失很值得讨论。

我们先讨论曹雪芹为什么要来这么一招。从主动的理想化的角度说，诗社成立了，统共八个人，李纨、迎春、惜春三个又不大会写，只剩五个，其中宝玉是个陪太子读书的，探春虽然是发起人但才华略输一筹，于是只剩下林黛玉、薛宝钗和史湘云的三国比拼。或许曹雪芹觉得诗社不够热闹，或许他觉得整个小说的容量还不够大，以他的才情还可以刻画出更多的人物，于是进行大扩容。从被动的迫于无奈的角度看，一来，贾政、薛蟠被调走，虽然成就了一批女孩子写诗，但令作品中人气出现下降，为挽回人气曹雪芹似乎是要引一股新泉水来激活。二来，宝玉、黛玉、宝钗的三角暗战硝烟散去，作品失去了核心亮点，而平民百姓喜闻乐见的豪门人家饮食起居也写得差不多了，作品的趣味性、新奇性渐弱，吸引力有所减低，曹雪芹有点急，于是追加投入，希望有更高的产出。假如我们做更加消极的猜想，那么这批新人的加入，可能是曹雪芹一时的心血来潮，或是修改稿子的时候添加上去的。为什么如此怀疑？因为通盘来看，他这一次的投入很大，但效果差强人意。从全书的角度看，除了邢岫烟有点产出，其他人，尤其是投入最大的薛宝琴，最终什么也没留下。

回到作品看具体的。邢夫人的兄嫂、李纨之寡婶、凤姐之兄王仁以及薛蟠之从弟薛蝌这几个我们就不去理会，曹雪芹用力较多的四位姑娘宝琴、邢岫烟、李纹、李绮这四个，都是加入诗社的，本回以侧面烘托的写法，几乎是仰视她们四个。宝玉叹道：

> "你们还不快看人去！谁知宝姐姐的亲哥哥是那个样子，他这叔伯兄弟形容举止另是一样了，倒象是宝姐姐的同胞弟兄似的。更奇在你们成日家只说宝姐姐是绝色的人物，你们如今瞧瞧他这妹子，更有大嫂嫂这两个妹子，我竟形容不出了。老天，老天，你有多少精华灵秀，生出这些人上之人来！可知我井底之蛙，成日家自说现在的这几个人是有一无二的，谁知不必远寻，就是本地风光，一个赛似一个，如今我又长了一层学问了。除了这几个，难道还有几个不成？"一面说，一面自笑自叹。袭人见他又有了魔意，便不肯去瞧。晴雯等早去瞧了一遍回来，嗤嗤笑向袭人道："你快瞧瞧去！大太太的一个侄女儿，宝姑娘一个妹妹，大奶奶两个妹妹，倒象一把子四根水葱儿。"

宝玉和晴雯都像见了仙人一般，甚至把黛玉、宝钗等都比下去了，还有贾母那份冲动。但是读者放下小说想一想，这四位有哪一位是形象鲜明血肉丰满的？好像一个都没有。尤其是这几回极力渲染的宝琴，曹雪芹在她身上花了不少力气，到头来却是一个不怎么丰满的形象，客观说，还不如只出场两三回的丫鬟小红丰满。其余三位邢岫烟、李纹、李绮，只有邢岫烟给读者留下一点印象，李家两姐妹几乎只有个名字而已。在这几位的塑造上，曹雪芹的水平可以说跌下好几个等级，简直就不像他的手笔。发生了什么问题呢？我怀疑，这几位都不是曹雪芹"半世亲睹亲闻的这几个女子"，或者是他生活中不太熟悉的人物，或者就是他凭想象虚构的人物，不是他烂熟于胸、呼之欲出、挥之不去的形象。因而写着写着就失去了活力，直到宝琴离开贾府也没留下什么让人无法忘却的印记，最后曹公也听之任之、悄悄放弃了。这是我对曹雪芹这次中途发力、批量投入的总体评价。

几家客人到了，贾母也"老妇聊发少年狂"，逼着王夫人认薛宝琴为干女儿。

贾母欢喜非常，连园中也不命住，晚上跟着贾母一处安寝。薛蝌自向薛蟠书房中住下。贾母便和邢夫人说："你侄女儿也不必家去了，园里住几天，逛逛再去。"邢夫人兄嫂家中原艰难，这一上京，原仗的是邢夫人与他们治房舍，帮盘缠，听如此说，岂不愿意。邢夫人便将岫烟交与凤姐儿。凤姐儿筹算得园中姊妹多，性情不一，且又不便另设一处，莫若送到迎春一处去，倘日后邢岫烟有些不遂意的事，纵然邢夫人知道了，与自己无干。从此后若邢岫烟家去住的日期不算，若在大观园住到一个月上，凤姐儿亦照迎春的分例送一分与岫烟。凤姐儿冷眼敤敠岫烟心性为人，竟不象邢夫人及他的父母一样，却是温厚可疼的人。因此凤姐儿又怜他家贫命苦，比别的姊妹多疼他些，邢夫人倒不大理论了。

贾母王夫人因素喜李纨贤惠，且年轻守节，令人敬伏，今见他寡婶来了，便不肯令他外头去住。那李婶虽十分不肯，无奈贾母执意不从，只得带着李纹李绮在稻香村住下来。

曹公强行发力的另一个证据是，他把原来三天两头来小住的游击队员史湘云，也急令调入大观园，成为贾府的正规军。

当下安插既定，谁知保龄侯史鼐又迁委了外省大员，不日要带了家眷去上任。贾母因舍不得湘云，便留下他了，接到家中，原要命凤姐儿另设一处与他住。史湘云执意不肯，只要与宝钗一处住，因此就罢了。

这里有一个小小的变化，从前史湘云来曾和黛玉住在一起，还记得宝玉大清早赶去把湘云的玉臂放进被子吗？现在另设一处与她住她也不要，而执意要与宝钗一处住。曹雪芹用这个小小的变化表明，宝钗越来越得到拥戴，她虽然自身也是客居，但俨然成了大观园的领袖人物。

注意下面这段叙述：

此时大观园中比先更热闹了多少。李纨为首，余者迎春、探春、惜春、宝钗、黛玉、湘云、李纹、李绮、宝琴、邢岫烟，再添上凤姐儿和宝玉，一共十三个。叙起年庚，除李纨年纪最长，他十二个人皆不过十五六七岁，或有这三个同年，或有那五个共岁，或有这两个同月同日，那两个同刻同时，所差者大半是时刻月分而已。连他们自己也不能细细分晰，不过是"弟""兄""姊""妹"四个字随便乱叫。

这段的第一句是"大观园中比先更热闹了多少"，很显然这句是曹雪芹要的结果，是他大动干戈从四面八方聚拢金钗们的主要用意。大观园，也从皇妃落脚的宫殿变成名副其实的收容所。凤姐并不住在里面，其实还有一位妙玉，一共十二个人，倒有宝钗、黛玉、湘云、妙玉、李纹、李绮、宝琴、邢岫烟八个是外来寄居的，即使不算黛玉，外来人口也占一大半。世界名著中写贵族生活的很多，但我们没见过这种"寄居阵"的阵势。曹雪芹刻意把《红楼梦》打造成绝无仅有的"寄居小说"，他的心思，有谁知道？

为了衬托大观园中一团和气的氛围，曹公想出一个再简单不过、一点力气不用花的法子：园中人年龄相近，大家不去细分年龄岁月，不过是"弟""兄""姊""妹"四个字随便乱叫。无拘无束，多么自由、多么亲切、多么随和，这就是大观园！

接着曹雪芹与其说是在写作，不如说是在绘画，他非常细腻地描绘了一幅"琉璃世界白雪红梅"为背景的仕女图，不知道他是否要与历代"仕女图"一较高下。

曹雪芹侧重描写了一个细节，黛玉与宝钗的关系。先是口无遮拦的史湘云当众说贾母喜欢宝琴会招致黛玉嫉妒，黛玉却出乎意料地没反应；然后连宝玉在一边看了也纳闷黛玉怎么同宝钗那么亲密，于是专门去找黛玉。

> 笑道："我虽看了《西厢记》，也曾有明白的几句，说了取笑，你曾恼过。如今想来，竟有一句不解，我念出来你讲讲我听。"黛玉听了，便知有文章，因笑道："你念出来我听听。"宝玉笑道："那《闹简》上有一句说得最好，'是几时孟光接了梁鸿案？'这句最妙。'孟光接了梁鸿案'这五个字，不过是现成的典，难为他这'是几时'三个虚字问的有趣。是几时接了？你说说我听听。"黛玉听了，禁不住也笑起来，因笑道："这原问的好。他也问的好，你也问的好。"宝玉道："先时你只疑我，如今你也没的说，我反落了单。"黛玉笑道："谁知他竟真是个好人，我素日只当他藏奸。"因把说错了酒令起，连送燕窝病中所谈之事，细细告诉了宝玉。宝玉方知缘故，因笑道："我说呢，正纳闷'是几时孟光接了梁鸿案'，原来是从'小孩儿口没遮拦'就接了案了。"

细心的曹公以这么几句打趣对话，了结了宝玉、黛玉、宝钗三人之间多年的公案。自此以后，作品中就再没有他们的恋爱风波与纠缠。

本回下半回"脂粉香娃割腥啖膻"，所谓"腥膻"就是吃烤肉，鹿肉生烤。当天贾母说有新鲜鹿肉给大家吃。

> 史湘云便悄和宝玉计较道："有新鲜鹿肉，不如咱们要一块，自己拿了园里弄着，又顽又吃。"宝玉听了，巴不得一声儿，便真和凤姐要了一块，命婆子送入园去。
>
> 一时大家散后，进园齐往芦雪庵来，听李纨出题限韵，独不见湘云宝玉二人。黛玉道："他两个再到不了一处，若到一处，生出多少故事来。这会子一定算计那块鹿肉去了。"正说着，只见李婶也走来看热闹，因问李纨道："怎么一个带玉的哥儿和那一个挂金麒麟的姐儿，那样干净清秀，又不少吃的，他两个在那里商议着要吃生肉呢，说的有来有去的。我只不信肉也生吃得的。"

史湘云尽管父母双亡家境很惨，但她对生活满怀乐趣，凡有新奇有趣的东西她都要尝一尝，这是她与黛玉、宝钗、探春等人不同之处；然而她也不糊涂，她想把新鲜鹿肉拿去野外烧烤，凭她的身份未免冒失，所以她就挑动宝玉，宝玉自然不肯错过。今日的读者不一定知道，当年鲜肉烧烤令人侧目，所以李婶大为稀罕："怎么一个带玉的哥儿和那一个挂金麒麟的姐儿，那样干净清秀，又不少吃的，他两个在那里商议着要吃生肉呢，说的有来有去的。我只不信肉也生吃得的。"但是，对于元代的蒙古人、清代的满族人，狩猎后直接将动物烧烤而食，那是太自然、太日常了。《红楼梦》在这里展示了汉人同满人的文化差异。史湘云要的就是满族人那种习俗和乐趣，新奇好玩，而李婶、李纨为代表的则是中原大地上汉人的习俗和修养，两种文化激烈碰撞。接着，平儿、凤姐和宝钗怂恿宝琴加入烧烤，多少也反映出满、汉习俗、文化的融合。

回末，又发生平儿手镯不见了的怪事。曹公是有心还是无意？这两回他使足力气将将把气氛调节得欢乐一点，偏偏又出事了。甜美的旋律尚在奏鸣，烦心的低音鼓就"咚"一声敲下。

第五十回
芦雪庵争联即景诗　暖香坞雅制春灯谜

这一回主要写年轻男女们赛诗，主要参赛选手是林黛玉、史湘云和薛宝琴。比赛没有名次也没有奖品，作品要突出的是年轻人的热闹、逞才和好胜，真有点"友谊第一，比赛第二"。那些诗词的文学价值很一般，背后有什么隐喻也不清楚，曹雪芹要的仅仅是气氛，是他征集多名选手以后带来的新气象。但我们不能被他迷惑了，因为在歌舞升平中，他参和进去一个全书最核心的问题：贾母心中的孙媳妇模型，也就是宝玉妻子的理想个性。这是前八十回中唯一的一次，值得重视。

作品接着上一回自然展开。大家想着大雪中作诗，没想到凤姐站了出来说：

"既是这样说，我也说一句在上头。"众人都笑说道："更妙了！"宝钗便将稻香老农之上补了一个"凤"字，李纨又将题目讲与他听。凤姐儿想了半日，笑道："你们别笑话我。我只有一句粗话，下剩的我就不知道了。"众人都笑道："越是粗话越好，你说了只管干正事去罢。"凤姐儿笑道："我想下雪必刮北风。昨夜听见了一夜的北风，我有了一句，就是'一夜北风紧'，可使得？"众人听了，都相视笑道："这句虽粗，不见底下的，这正是会作诗的起法。不但好，而且留了多少地步与后人。就是这句为首，稻香老农快写上续下去。"凤姐和李婶平儿又吃了两杯酒，自去了。

凤姐会站出来我们没想到。我们自以为对凤姐等人很熟稔了，对作者也大致了解了，然而曹雪芹一出牌，我们立即发傻。想想也是，凤姐虽然没什么文化，但有胆识；她虽然不懂平仄押韵和起承转合，但来兴致了说出一两句平仄分明的话，也不是难事；毕竟她听得多，见得更多。"一夜北风紧"，自然大气，也恰好符合声律，更符合凤姐的身份个性。后面是各人接着联句。"联句"具有"斗诗"性质，尤其是我出上句你联下句的形式，是比较激烈的竞赛，谁接不上就输了。清代文人很喜欢这项活动。斗得厉害的诚如湘云所言："也不是作诗，竟是抢命呢。"由于黛玉、湘云、宝琴三人抢得厉害，别人也就渐渐退出让她们去竞争。曹公注重的正是这种群体活动中表露的人物性格。起先大家是坐着抢答的，抢着抢着，史湘云情不自禁站了起来，接着宝琴也站起来了；黛玉推着宝玉赶紧联，宝玉联完，湘云不客气了："你快下去，你不中用，倒耽搁了我。"这位逞能而又霸气的姑娘，她自己是参赛选手，却对隔壁赛道的宝玉亮出红牌将他罚下了，史湘云的性格真是独特。不过这也是对宝玉的最佳刻画，"宝玉正看宝钗、宝琴、黛玉三人共战湘云，十分有趣，那里还顾得联诗"。对于宝玉来说，被责备几句、埋怨一番，或被罚扫地或者停赛他都乐意，他本就是来当女孩子的开心果的，现在看着她们兴高采烈眉飞色舞，就是他最大的幸福。这是一段描写，除了女孩子们的欢欣之外，也是对宝玉的一个实实在在的刻画，一如他被罚去栊翠庵讨红梅一样。宝玉虽然单身一人，但他同这群女孩子也正是"双峰对峙"，各现风流。不用再说的是，这整个团队几乎都进入了疯狂状态。这是曹公借调薛宝琴、邢岫烟等外部力量加入大观园后一次最大的盛宴。但也仅仅这一次，而且主力部队还是大观园的旧部，至于后事，那就用得上本回史湘云自己的灯谜诗："名利犹虚，后事终难继。"这以后虽然还有第70回的"柳絮词"算一个群体性诗会高潮，但参与的人数和总体气氛与本回已经无法相提并论。换言之，曹公花了那么大力气调集外部力量进驻大观园，这笔很大的投入对于推动情节、充实主题，究竟起到多大作用？这是值得探讨的。

这首多人合作的长诗本身是赞美雪景，对人物性格和小说情节、旨意关涉都不大；且里面大量堆砌典故而忘却了少女们的清纯和各人性格，许多政治性话题则脱离了她们的身份，可以说这首诗是全书中艺术质量最低的之一。当然我们不是说曹公水平低，而是联诗这种形式决定了它很难有什么质量。

似乎为了弥补这首即景诗的平庸，接下来曹公大展神功。住在这大观园中还有一位姑娘妙玉，她是十二正钗，可是大观园中这场豪华聚会却没有她。我们读者可能并没注意这个缺憾，但曹雪芹没有忘却，我们看：

> 李纨笑道："逐句评去都还一气，只是宝玉又落了第了。"宝玉笑道："我原不会联句，只好担待我罢。"李纨笑道："也没有社社担待你的。又说韵险了，又整误了，又不会联句了，今日必罚你。我才看见栊翠庵的红梅有趣，我要折一枝来插瓶。可厌妙玉为人，我不理他。如今罚你去取一枝来。"众人都道这罚的又雅又有趣。宝玉也乐为……李纨命人好好跟着。黛玉忙拦说："不必，有了人反不得了。"李纨点头说："是。"

曹公要让妙玉虽然缺席却也参与其事，就想出这么个妙招，让妙玉出作诗的材料红梅！如此一来远在栊翠庵的妙玉就与这里诗词大会的姐妹们遥相呼应。如果说这个技法已经够妙，那么曹公的胃口要大得多：他不仅借此写出妙玉同宝玉的独特关系，还借用李纨一句话就道出妙玉的为人和口碑，又以黛玉一句话写出妙玉怪僻的惊人程度，和黛玉对宝玉与妙玉关系的包容。天啊！这是一石几鸟？至今为止，妙玉仅仅露过一面，具体算来，妙玉的出场时间不过一个时辰，但这里一笔侧写却凸显出她这么多层面，这种写法，其他作家是没有的。这一笔写妙玉从更大的方面说又是一个伏笔，为将来妙玉给宝玉写生日贺卡做下铺垫。

曹雪芹显然对梅花有特殊的偏爱，本回除了远镜头的白雪红梅、红梅美人，还有特写镜头的细描：

> 一面说一面大家看梅花。原来这枝梅花只有二尺来高，旁有一横枝纵横而出，约有五六尺长，其间小枝分歧，或如蟠螭，或如僵蚓，或孤削如笔，或密聚如林，花吐胭脂，香欺兰蕙，各各称赏。

这是一幅典型的红梅国画，其中的美学意味中国人一看就懂，西方的美学专家则未必能够领会。然后大家作"咏红梅花诗"，其中有趣的是所有的女性一致对外，逗弄宝玉，带头的是大嫂李纨。

> 李纨又问宝玉："你可有了？"宝玉忙道："我倒有了，才一看见那三首，又吓忘了，等我再想。"湘云听了，便拿了一支铜火箸击着手炉，笑道："我击鼓了，若鼓绝不成，又要罚的。"宝玉笑道："我已有了。"黛玉提起笔来，说道："你念，我写。"湘云便击了一下笑道："一鼓绝。"宝玉笑道："有了，你写吧。"众人听他念道，"酒未开樽句未裁"，黛玉写了，摇头笑道："起的平平。"湘云又道："快着！"宝玉笑道："寻春问腊到蓬莱。"黛玉湘云都点头笑道："有些意思了。"宝玉又道："不求大士瓶中露，为乞嫦娥槛外梅。"黛玉写了，又摇头道："凑巧而已。"湘云忙催二鼓，宝玉又笑道："入世冷挑红雪去，离尘香割紫云来。槎枒谁惜诗肩瘦，衣上犹沾佛院苔。"

很显然，对这唯一异性的捉弄和取笑，成为少女少妇们一种特别的乐趣；而宝玉则更是大大地享受这"众星捧月"的欢畅。此处还有一个小看点，宝玉把妙玉比作"嫦娥"，黛玉非但没有生气，反而认为写得出色，摇头道："凑巧而已。"当然，妙玉是个尼姑，黛玉不用吃醋，但也可见黛玉现今的心情很平稳。真是时移势变，宝玉、黛玉、宝钗都换了一份心肠。

> 大家才评论时，只见几个小丫鬟跑进来道："老太太来了。"众人忙迎出来。大家又笑道："怎么这等高兴！"说着，远远见贾母围了大斗篷，带着灰鼠暖兜，坐着小竹轿，打着青绸油伞，鸳鸯琥珀等五六个丫鬟，每个人都是打着伞，拥轿而来。李纨等忙往上迎，贾母命人止住说："只在那里就是了。"来至跟前，贾母笑道："我瞒着你太太和凤丫头来了。大雪地下坐着这个无妨，没的叫他们来踩雪。"众人忙一面上前接斗篷，搀扶着，一面答应着。贾母来至室中，先笑道："好俊梅花！你们也会乐，我来着了。"

这个时候安排贾母出场，一方面是表现贾母对孙辈风雅之事的肯定和支持，同时写出她对美和对生活的热情高出王夫人、凤姐许多；另一方面是还有更重要的情节需要贾母出面。贾母带着大家去惜春的"暖香坞"看她的大观园画得怎么样了，作者借机将惜春的房屋做了一次描写，这在艺术上是必要的。得知贾母进大观园，凤姐立即赶了过来，贾母自然高兴；凤姐又是一阵奉承，贾母乐开了花。对这一段，大多数评论都说凤姐如何会奉迎，此话虽然不错，但我们也应该体会她的辛苦。一两个小时之前她刚陪着姑嫂小叔子玩过，还口吐莲花说出"一夜北风紧"，然后赶着去料理琐事，新年将至有多少事情等着她去筹备。但贾母一高兴进了大观园，凤姐手头的事情再多也只能放下赶进来，这可是大雪天，凤姐是个年轻的母亲，想想她一天能有多少时间陪伴孩子？她还要侍奉丈夫、公婆，还有王夫人。曹公写凤姐赶进园子侍奉贾母，也有几许同情和体谅吧。我们看待和理解人物，怀抱宽泛和包容的态度更好些，尤其是凤姐这种特别圆满而又多色调、多层次的人物。

又一幅远景白雪红梅仕女图出现了。

> 凤姐儿也不等贾母说话，便命人抬过轿子来。贾母笑着，搀了凤姐的手，仍旧上轿，带着众人，说笑出了夹道东门。一看四面粉妆银砌，忽见宝琴披着凫靥裘站在山坡上遥等，身后一个丫鬟抱着一瓶红梅。众人都笑道："少了两个人，他却在这里等着，也弄梅花去了。"贾母喜的忙笑道："你们瞧，这山坡上配上他的这个人品，又是这件衣裳，后头又是这梅花，象个什么？"众人都笑道："就象老太太屋里挂的仇十洲画的《双艳图》。"贾母摇头笑道："那画的那里有这件衣裳？人也不能这样好！"一语未了，只见宝琴背后转出一个披大红猩毡的人来。贾母道："那又是那个女孩儿？"众人笑道："我们都在这里，那是宝玉。"贾母笑道："我的眼越发花了。"

一般认为，这幅画是《红楼梦》中最美的图画，至少是最美之一，虽然用的文字不多。所以仅仅从图画美学的角度就值得注意，然而这幅画引出的话题的分量，是怎么说都不算过分的。它让贾母心中一颤。当然老太太的心理不会随意就外露，她先让大家猜，自然大家猜到贾母屋里仇十洲的《双艳图》，这让贾母大为骄傲："那画的那里有这件衣裳？人也不能这样好！"凫靥裘，野鸭颊部毛皮制作的衣服，据现代专家们说做一件衣服要几百上千只野鸭，她史老太君也仅此一件，那个什么画家仇十洲到哪里去画？老太太傲气十足。后面一句"人也不能这样好"，更是把仇十洲贬得要钻地缝。然而真正让老太太动心的是那幅画面的组合：美得惊人的宝琴后面，站着披大红猩毡的宝玉，那才是天下第一搭配！是老太太眼中的最美！所以不一会儿，她就向薛姨妈细问宝琴年庚八字并家内景况。

> 薛姨妈度其意思，大约是要与宝玉求配。薛姨妈心中固也遂意，只是已许过梅家了，因贾母尚未明说，自己也不好拟定，遂半吐半露告诉贾母道："可惜这孩子没福，前年他父亲就没了。他从小儿见的世面倒多，跟他父母四山五岳都走遍了。他父亲是好乐的，各处因有买卖，带着家眷，这一省逛一年，明年又往那一省逛半年，所以天下十

停走了有五六停了。那年在这里，把他许了梅翰林的儿子，偏第二年他父亲就辞世了，他母亲又是痨症。"凤姐也不等说完，便嗐声跺脚的说："偏不巧，我正要作个媒呢，又已经许了人家。"贾母笑道："你要给谁说媒？"凤姐儿说道："老祖宗别管，我心里看准了他们两个是一对。如今已许了人，说也无益，不如不说罢了。"贾母也知凤姐儿之意，听见已有了人家，也就不提了。

　　请大家高度关注，这是书中唯一的一次贾母的委婉提亲，她当着众人的面，当着黛玉、宝钗的面为宝玉提亲，对象却是宝琴。只不过曹雪芹又耍了一次狡猾，他没让贾母说出宝琴的名字，而是以薛姨妈和凤姐的忖度，玩了一个大家心知肚明的把戏。更为"恶劣"的是，他没写黛玉、宝钗的反应，不仅没写当时的反应，过后也像这事情没发生过一样。不过够了，对于我们来说这已经足够，我们终于知道，其实贾母并不中意、至少是不完全中意黛玉和宝钗，她真正中意的是宝琴！这就是最重大的谜底，它今日揭开了！

　　说到这里，我们不能不把宝琴同黛玉、宝钗做一番比较，看看宝琴究竟凭什么胜出，她哪些地方打动了、赢得了贾母的心？先讨论最简单的，年龄。宝琴管黛玉叫姐姐，那么她比黛玉还略小一点，所以宝琴、黛玉都比宝玉小一两岁，而宝钗则比宝玉大一两岁。中国人传统的婚姻观念是男大女小，所以在年龄方面，宝钗是丢分的，黛玉和宝琴都是得分的，或许宝琴还稍稍高出黛玉一点。第二，体质健康方面。这方面黛玉丢分很大，宝钗体质一般，也需要常服冷香丸，而宝琴的体质作品没怎么细述，但从她的活泼状态、走过许多省份、大雪天特别活跃等来看，她的健康状况应该最好。贾母对张道士虽然只提了"模样、性格儿要特别的好"两项，但作为阅世无数的老人，作为一位特别注意保养的老祖母，对孙媳妇的体质健康要求根本无需言说。第三，外貌。这是贾母的首要条件。在普通读者心目中，尤其是社会舆论中林黛玉已经与历史上四大美女并列，知名度至少与西施并列第一位。不过在曹雪芹笔下，宝钗与黛玉是各有千秋，我们前面已经说过了。至于宝琴，她一踏进贾府就引起轰动，连看遍京华美女的贾母也激动异常，宝玉也是跌足慨叹。那么是不是宝琴的美丽大大超越了黛玉、宝钗？我以为未必。她之所以引起轰动，恐怕一来是新鲜，毕竟黛玉、宝钗大家看了多年，有点审美疲劳，而宝琴是新鲜出炉，冲击力更强，所以这方面宝琴也占有一点优势。第四，性格。这方面黛玉绝对劣势。值得推敲的是宝琴与宝钗，这两姐妹有得一拼。喜欢老练持重的，投宝钗的票；喜欢清新活泼的，投宝琴。现在的现实是，贾母把票投给了宝琴，为什么？她不是很喜欢宝钗吗，还当着全家人说宝钗比自己几个孙女儿都好？那么贾母对宝钗还有什么不满的呢？或者说，在贾母看来宝琴哪一点比宝钗更加中意呢？我认为，还是传统观念起的作用。中国人的观念是，丈夫应该比妻子强，虽然有"男主外女主内"一说，但几乎所有的男方家长，都希望自己的儿子、孙子能够内外都做主，妻子只要贤惠，听丈夫的，那才是美满家庭，所谓"男尊女卑"。贾母可能找不出宝钗什么毛病，但是她更知道自己宝贝孙子有几斤几两，宝玉如果娶了宝钗，别说内外齐主，恐怕内外都做不了主，宝钗太强了，宝玉跟不上，他连贾琏这样的角色都当不了，而宝钗比凤姐能干多了。尽管贾母知道宝钗不会欺负宝玉，但是她知道一旦娶了宝钗，将来在小家庭中宝玉是没有多大话语权了。作为家长，作为老祖母，她怎么也不愿意自己的孙子被人做主、支使，她不甘愿。至于林黛玉，那可能若干年前就被贾母排除在外了，黛玉非但身子太差，脾气更差。但黛玉是自己最心爱的外孙女，是心头肉，贾母不愿意损害黛玉，所以每每黛玉同宝玉怄气，贾母哪怕伤心得哭了，也不肯责备黛玉一句，她要尽自己所能保护黛玉。但黛玉嫁给宝玉，她也不肯，她怕害了自己的一对宝贝。所以黛玉同宝玉再怎么相爱，老太太看在眼里，就是不表态。更何况，贾母清楚，王夫人绝对喜欢宝钗，不可能同意娶黛玉，所以贾母也需要避嫌，她不能把个病恹恹的外孙女硬塞给王夫人要她同意。毕竟婚姻是"父母之命"，贾母要强行做主在法理上站不住，她不会去讨那个没趣。现在她选择宝琴，就没有任何嫌疑了，宝琴是你王夫人家的亲戚，即使牺牲了宝钗，那也是你王家内部的牺牲，贾母绝对站得正说得响。当然最重要的是宝琴兼有黛玉和宝钗的优点，又没有她们两人的缺点或者叫不足。宝琴开朗乐观充满活力，性情也温和，心胸较开阔，这就比黛玉强了；同时宝琴没有那么深沉世故，她不可能处处拿捏住宝玉，让宝玉被人管，这是男方家长非常注重的。虽然从公正的角度来说如果妻子比丈夫强，家里的事情她拿主意，只要她为人正道不欺压丈夫，也没什么不好，古往今来这样的家庭多的是也过得好好的。但是要一位老祖母也这么思考这么抉择，那未免强人所难。相对而言，宝琴与宝玉，大致是对等的，从性格来说宝琴不是个要强的女孩，宝玉与这样的妻子在一起，起码有对等话语权，甚至可以说宝玉即使做错了宝琴也不会大发脾气，她可能会一笑了之。这一点，也是宝琴优于史湘云等人的地方。（至于贾母为什么不选择史湘云，我们就不讨论了，但有一点可以想到，贾母可能在避嫌。）第五，学问才华。虽然这两回极尽渲染宝琴的才华，但宝琴的那些诗词，不知道是曹雪芹不卖力去写，还是毕竟宝琴是后来补上去的人物，曹雪芹自己也力不从心，反正那些诗词都不能让读者走心，尤其是那十首怀古绝句，连意之所指我们都不明白。至于宝琴平时的谈吐，更看不出有何高明。相反，黛玉、宝钗的学问和才华都是一流的，宝钗更可称为超一流。所以这方面宝琴略逊一筹。但是对于贾母来说，她的指标中本就没有学问才华这一条，何况"女子无才便是德"，宝琴的才华不盖过宝玉，贾母反而安心，这样的家庭才"男尊女卑"，所以贾母反而因此选择宝琴，弃取宝钗。宝琴还是得分！第六，出身、家境。根据作品的透露，宝琴的家境与宝钗相近，她父亲是行商，估计也是内务府的买办，那么在经济上胜过黛玉。不过黛玉的父亲是进士出身，在贾母眼里可能不怎么看重，但在贾政心中一定景仰。贾母早就对张道士说过，给宝玉找对象不用考虑家境，那么这个我们今天很看重的婚姻条件，在贾母那里不算什么。

综上所述，宝琴在贾母看来就是最理想的孙媳妇。而作为作者，曹雪芹也算给了读者一个交代：为什么黛玉、宝钗近在眼前相处多年，贾母都没有看中。有这么一段情节，曹公就算基本完成任务了，贾母的理想人物我们见识了。至于王夫人的态度，通过她对宝钗说"你林妹妹是个有心的"，则王夫人显然不中意黛玉；而她当着宝钗的面说这话，可见她对宝钗的信任和贴心。但王夫人也要避嫌，贾母不表态，她也不会先提出自己的外甥女，何况黛玉是贾母的亲外孙女。此外，还有一位重要人物——元春，她用礼物的区别已经暗示了她的意思；但元春对父母、祖母非但孝顺，而且感情深厚，她也不会先于贾母、王夫人做出明确的表态，那会给母亲和祖母很大的压力；何况她毕竟入宫多年，对黛玉、宝钗不甚熟悉只有间接的了解，所以只能表示一点意向。她把最后选择权留给祖母和父母。最后一位决定性人物贾政，他以孝为先，宝玉自幼是贾母带的，他会首先听取贾母的意见，凡贾母不愿意的贾政大概不会勉强。这样，对宝玉娶亲最有发言权、也有一半决定权的便是贾母，所以她没同王夫人商量就先问宝琴的生辰八字并家内景况，如果一切合意，贾母才同贾政和王夫人商量。以上是我的理解。当然，《红楼梦》毕竟是小说，不能完全以现实生活的逻辑去推论。按照现实生活早就有人来说亲，不管是宝玉，还是黛玉、宝钗，都到谈婚论嫁的年龄了。但曹公可以不写，不管有没有人提亲。他大权独掌，他想怎么写就怎么写，他可以吊足读者的胃口，也可以抛几根线索，比如元春的礼物、贾母的标准以及宝琴的差点儿中奖，然后曹公就优哉游哉没了下文，任凭读者去想破脑袋，甚至挥老拳斗殴。这是作者的权利，是他给作品的悬念和魅力。

后面写猜谜。同样的游戏，尤其是灯谜诗，为什么曹雪芹要一而再地写？不说其他原因，至少有一点是肯定的，这些灯谜诗对于人物有相当的作用，不然曹公不会重复写。而最最奇怪的，偏偏是三位核心人物宝钗、宝玉、黛玉的灯谜诗都念了出来，上了小说正文，却没让人猜，这一回就结束了，后面也再无回音。似乎莫名奇妙。于是无数的研究者纷纷去猜，可惜直到今天也没有公认的答案。——这曹公不是在耍人吗？我个人认为，情况或许相反，曹公并不是在耍我们，他既然没让作品中的人物来猜，说明这些诗词不是简单的、猜着玩的灯谜，而是用来塑造人物、象征命运、暗喻性格的。再细看，他在前面已经用李纨的谜语让黛玉说清楚了："'观音未有世家传'——'虽善无征'。""虽善无征"，就是不要去求证、猜测了。李纨领头作诗，全书也仅此一次，曹公这么硬性令老好人李纨打头阵，大约就是要让这个灯谜统摄后面所有诗词："虽善无征"。各人的诗词没有谜底，不要去求证了。若是再扩大一点，也可以包括贾府这个小说编造的烈火烹油人家，也是"虽善无征"，谁一定要去考证，要搞对号入座，那是自寻烦恼，没什么结果的。当然，这不妨碍我们探讨贾府的取材来源，那同对号入座、把"贾"当真是两回事。

关于本回的灯谜，太奇怪了。我提醒大家注意一下曹雪芹的写法和排序，很奇特的，在《红楼梦》中独此一次，在中外小说中可能也是仅此一家。先说谜语本身的形式，李纨是以一句自编诗来猜《四书》中一个句子；而李玟是以一句自编诗来猜一位古人的名字；李琦说的却是以一个字去猜出另一个字。这三姐妹出的题目在形式上就相去甚远，她们还是昨晚在一起商量着出的灯谜，不该如此五花八门吧？此外，史湘云的《点绛唇》，是既写出来又让大家猜出谜底的；宝钗、宝玉、黛玉的三首灯谜诗，是只写出来却没让人猜；探春的更有意思，刚要念出来却被宝琴打断，结果是没有在文本中出现；而宝琴的怀古诗一下子出来十首，但曹公把它们放到了下一回，这就从时间和空间上进行了分离。这么分离的目的，或许是表示那些诗与湘云、宝钗、宝玉、黛玉的诗词不是一回事；也或许有不让宝琴那么多的诗太过突出而削弱了主要人物的诗词，毕竟宝琴自己就属于"后事终难继"的次要人物，她本人后面没什么重要的故事，她的诗也就挪后去了。不管怎么说，曹雪芹这种或写或不写、或猜或不猜、这一回放一部分另一部分却放到后一回去的写法是全书唯一一次。这种表现方式告诉我们，曹雪芹是很有讲究、进行了严格区分的，他以奇特的表达方式暗示我们这一组诗词之间有很大的区别，所以我们应该按照他的表达方式的不同，对其包含的意义进行区别对待。说明白些，就是不同表达方式的诗词，用不同的理解方式去解读。这样才不至于搞混了，闹错了。这是我个人的理解。

史湘云的《点绛唇》："溪壑分离，红尘游戏，真何趣？名利犹虚，后事终难继。"其谜底是不是耍了尾巴的猴子，已经不重要，重要的是这几句词的明面含义。谁敢说这仅仅指耍把戏的猴子？人世间，又何尝不是"名利犹虚，后事终难继"？

即使贾府这样的一等公府人家，其后事又有谁来继承？所以我把这个短曲看作一种调子、一种气氛，它未必是指史湘云本人后事如何，而是为整部作品、或者是最近这一段情节，散布悲凉的气氛，图上灰冷的色调。

至于宝钗、宝玉、黛玉的三首灯谜诗，从排版上就与其他人区分了，而且清一色是七绝，我理解为对这三首诗要另外对待。怎么对待呢？三位核心人物的诗词居然没人去猜，更准确地说是曹公没安排人去猜，那么就意味着不需要猜它们的谜底，它们的要害不是谜底，而在其字面意义。宝钗的那首："镂檀锲梓一层层，岂系良工堆砌成？虽是半天风雨过，何曾闻得梵铃声？"或可看作她的自况。前两句说其人品高贵乃其本性，不需雕镂无需做作；后两句说她虽然经历了人生的风风雨雨而并未向佛，未曾出家，进一步理解就是我行我素，不改变自己，不向现实屈服。这是符合宝钗这个形象的，她有那股刚性，有那份韧性，宝钗的内心很强大很壮实，外部的变化很难让她屈从。

宝玉的那首："天上人间两渺茫，琅玕节过谨隄防。鸾音鹤信须凝睇，好把唏嘘答上苍。"这首诗很有意境，仅从其字面看意思就够深刻，够苍凉的。但是其中有些词语很难确解，如"琅玕节"和"鸾音鹤信"，到底指什么不清楚。研究者都把它当作一首诗来解释，这没错；但是，他们疏忽了它是小说中的诗词，是小说中人物的诗词，我以为，更要紧的是把它放进小说的情境中来理解才更加恰当，尤其是它的字面直接扣住了小说的情节背景，那么我们更应该依据其背景来理解了。我对其第一句有个人独特的理解。"天上人间两渺茫"，其中"渺茫"两字，人们都以一般意义理解，即"遥远、模糊""无法把握"的意思，我认为把"两渺茫"三字合在一起，意思就比较显明了。"两渺茫"者，"渺渺真人"与"茫茫大士"也，癞头和尚与跛足道人也，他们是宝玉来到这尘世间的始作俑者，是把宝玉从天上送到人间、又在人间散布"金玉良缘"谣言，还时不时出现在宝玉危难之际的一僧一道也！宝玉在尘世一生之经历，不仅拜他们所赐，而且遭他们左右，准确地说是被他们摆布、暗中操作。按照这样的理解，那么这首诗的末句也就简单了：我宝玉的一生都是你们和尚道士两位操纵的，我所有的悲欢离合全拜你们所赐，我除了"唏嘘"之外还有什么可说的？不过，中间两句还不能确解。"琅玕节"，许多人解释为竹子的节，依此则应该暗指黛玉，但放到全句中"琅玕节过谨隄防"，则又不通。"琅玕节过"，应该是指一个时点、一个节点，或一个情节、一场故事，才说得通。还有那"鸾音鹤信"四字，大多数研究者解释为祥瑞禽鸟，说是瑞禽来接黛玉归天。单独来看这没问题，但放进"鸾音鹤信须凝睇，好把唏嘘答上苍"中间，又不够妥帖了，因为

"好把唏嘘答上苍"，我们理解是宝玉一生的慨叹、一世的总结，而黛玉归天之后宝玉却还有一段生涯，作品还未结束，所以这两句难以接合。好在首句和末句我们能够连得上，那么总的意思就有个大概，中间两句所指的过程或情节我们虽然还解释不了，但全诗大意有了。

黛玉的诗："騄駬何劳缚紫绳？驰城逐堑势狰狞。主人指示风雷动，鳌背三山独立名。"这首诗意思更难理解，一些研究者把前两句理解为元宵灯节，那么我以为后两句指灯节中由纸灯引发一场"风雷"、一场灾害，那是主人（警幻仙姑？）指使的；此后，黛玉将远赴蓬莱仙山，与俗世永不相见。

总的来说，宝钗、宝玉和黛玉三人的灯谜诗，虽然没有前面的联句诗那么长、那么热闹，但它们的意义更加重大；虽然对一些词句还无法确解，但它们所预示的都是不祥事件，都是悲剧倾向，这是可以肯定的。所以整体看，刚刚在联句狂欢的同时，悲凉之雾已经远远地涌来。喜中必然含悲，这是《红楼梦》的总基调。

这一回的结尾是薛宝琴说，她作了十首怀古诗，一来纪念十个地方的古迹，二来隐含十个物件。《红楼梦》开篇以来，单个人物一气作十首诗，未曾有过；又隐含十件物品，更没见过。我们见到的只有第5回有成批量的诗词而又隐含人物命运，但那是天上的神仙写的。所以薛宝琴几乎可以说是在翻天。如果真的如此，那么小说中的核心人物都将被她压倒，那就是捅娄子的事情。曹雪芹会这样自找麻烦、惹火上身、破坏全局吗？估计他也掂过这分量，所以他终于还是把薛宝琴的诗词全部挪到后一回去了，不让这十首诗形成对核心人物的冲击，而且在后一回中对这十首诗进行淡化处理了。至于他为什么让薛宝琴这样一位次要人物作十首之多的诗词，我以为还是出于借题发挥。曹雪芹要把自己的一些怀古诗借此"发表"出来，大约如此。但正因为如此，这些诗与作品的人物和情节都隔了好多层，可以说对作品没什么影响，我们也就忽略不论。

第五十一回

薛小妹新编怀古诗　胡庸医乱用虎狼药

这一回的主要内容，其实都没有被回目揭示，这在《红楼梦》中也是很少见的。本回核心情节一个是凤姐怎么打扮袭人，让她回家像个"屋里人"的样子；另一个是晴雯如何得病，以及宝玉、麝月都看不懂称银子的秤，相当于今日不会数钱，于是多付了许多医疗费。

本回一上来就罗列了薛宝琴的十首所谓怀古诗，还兼着灯谜。其中有些涉及《牡丹亭》等内容，当时属于女孩子不宜的。所以宝钗做了说明。

> 宝钗先说道："前八首都是史鉴上有据的，后二首却无考，我们也不大懂得，不如另作两首为是。"黛玉忙拦道："这宝姐姐也忒'胶柱鼓瑟'，矫揉造作了。这两首虽于史鉴上无考，咱们虽不曾看这些外传，不知底里，难道咱们连两本戏也没有见过不成？那三岁孩子也知道，何况咱们？"探春便道："这话正是了。"李纨又道："况且他原是到过这个地方的。这两件事虽无考，古往今来，以讹传讹，好事者竟故意的弄出这古迹来以愚人。比如那年上京的时节，单是关夫子的坟，倒见了三四处。关夫子一生事业，皆是有据的，如何又有许多的坟？自然是后来人敬爱他生前为人，只怕从这敬爱上穿凿出来，也是有的。及至看《广舆记》上，不止关夫子的坟多，自古来有些名望的人，坟就不少，无考的古迹更多。如今这两首虽无考，凡说书唱戏，甚至求的签上皆有注批，老小男女，俗语口头，人人皆知皆说的。况且又并不是看了'西厢''牡丹'的词曲，怕看了邪书。这竟无妨，只管留着。"宝钗听说，方罢了。

就为几句《西厢记》《牡丹亭》，花这么多笔墨，似乎有些不值。细究一下，真的是为《西厢记》《牡丹亭》吗？当然不是的，一下子抛出十首诗，曹雪芹总要给一点理由、弄一点情节、做一点交代吧？从四个人的对话看，宝钗、黛玉、探春、李纨都看过《西厢记》《牡丹亭》，曹雪芹无非让她们说几句台词，算有个交代了。到这里，这个情节后面只剩一句话，统共九个字："大家猜了一回，皆不是。"然后就换一段另起炉灶，写袭人母亲生病的事。这是很奇特的写法，宝钗、黛玉、探春、李纨四个人发着议论，作者宝琴却一言不答，不管不问，竟有点不像小说了。我前面说了，估计就是曹雪芹要"发表"他的原有作品。他活得不舒坦，是个没机会发表作品的作家。他统共才《红楼梦》这一部著作，那么在其中有些夹带，抛出几篇旧作，也在情理之中。

其实这倒是一个很好的证据，证明《红楼梦》正是曹雪芹这样一位时至中年却"一技无成，半生潦倒"、既缺财物又无名望的作家写的。当今有人认为《红楼梦》是洪升、吴梅村、冒辟疆之类大作家、大名人写的，若真是他们中某人所著，那就不会出现这种"夹带"货物，他们的文章诗词剧本，发表、出版都太容易了，何必要搞这种"夹带"？

下一段作家掉转笔头叙述袭人母亲病故。毫无疑问，作者的笔墨不会用在袭人母亲身上，那么用在谁身上呢？应该用在袭人身上吧？如果让读者都猜得到会写些什么，那还叫曹雪芹？果然，作者把笔墨用在凤姐怎么打扮袭人上面。回过神来想想，对啊，写袭人怎么见母亲，有什么意义？写怎么让袭人回家显出她的身份、显出贾府的大气、显出当家人凤姐的谱子，那才有意思。看看凤姐怎么个摆谱。

吩咐周瑞家的："再将跟着出门的媳妇传一个，你两个人，再带两个小丫头子，跟了袭人去。外头派四个有年纪跟车的。要一辆大车，你们带着坐，要一辆小车，给丫头们坐。"周瑞家的答应了，才要去，凤姐儿道："那袭人是个省事的，你告诉他说我的话：叫他穿几件颜色好衣服，大大的包一包袱衣裳拿着，包袱也要好好的，手炉也要拿好的。临走时，叫他先来我瞧瞧。"周瑞家的答应去了。

半日，果见袭人穿戴来了，两个丫头与周瑞家的拿着手炉与衣包。凤姐儿看袭人头上戴着几枝金钗珠钏，倒华丽，又看身上穿着桃红百子刻丝银鼠袄子，葱绿盘金彩绣绵裙，外面穿着青缎灰鼠褂。凤姐儿笑道："这三件衣裳都是太太的，赏了你倒是好的，但只这褂子太素了些，如今穿着也冷，你该穿一件大毛的。"袭人笑道："太太就只给了这灰鼠的，还有一件银鼠的。说赶年下再给大毛的，还没有得呢。"凤姐儿笑道："我倒有一件大毛的，我嫌风毛儿出不好了，正要改去。也罢，先给你穿去罢。等年下太太给作的时节我再作罢，只当你还我一样。"众人都笑道："奶奶惯会说这话。成年家大手大脚的替太太不知背地里赔垫了多少东西，真真的赔的是说不出来，那里又和太太算去？偏这会子又说这小气话取笑儿。"凤姐儿笑道："太太那里想的到这些？究竟这又不是正经事，再不照管，也是大家的体面。说不得我自己吃些亏，把众人打扮体统了，宁可我得个好名也罢了。一个一个象'烧煳了的卷子'似的，人先笑话我当家倒把人弄出个花子来。"众人听了，都叹说："谁似奶奶这样圣明！在上体贴太太，在下又疼顾下人。"一面说，一面只见凤姐儿命平儿将昨日那件石青刻丝八团天马皮褂子拿出来，与了袭人。又看包袱，只得一个弹墨花绫水红绸里的夹包袱，里面只包着两件半旧棉袄与皮褂。凤姐儿又命平儿把一个玉色绸里的哆罗呢的包袱拿出来，又命包上一件雪褂子。

　　　　平儿走去拿了出来，一件是半旧大红猩猩毡的，一件是大红羽纱的。袭人道："一件就当不起了。"平儿笑道："你拿这猩猩毡的。把这件顺手拿将出来，叫人给邢大姑娘送去。昨儿那么大雪，人人都是有的，不是猩猩毡就是羽缎羽纱的，十来件大红衣裳，映着大雪好不齐整。就只他穿着那件旧毡斗篷，越发显的拱肩缩背，好不可怜见的。如今把这件给他罢。"凤姐儿笑道："我的东西，他私自就要给人。我一个还花不够，再添上你提着，更好了！"众人笑道："这都是奶奶素日孝敬太太，疼爱下人。若是奶奶素日是小气的，只以东西为事，不顾下人的，姑娘那里还敢这样了。"凤姐儿笑道："所以知道我的心的，也就是他还知三分罢了。"说着，又嘱咐袭人道："你妈若好了就罢，若不中用了，只管住下，打发人来回我，我再另打发人给你送铺盖去。可别使人家的铺盖和梳头的家伙。"又吩咐周瑞家的道："你们自然也知道这里的规矩的，也不用我嘱咐了。"周瑞家的答应："都知道。我们这去到那里，总叫他们的人回避。若住下，必是另要一两间内房的。"说着，跟了袭人出去，又吩咐预备灯笼，遂坐车往花自芳家来，不在话下。

　　大家看到了，借着袭人回娘家，曹雪芹写出多少东西！袭人的厚道与俭省，凤姐的摆谱与夸张，平儿的体贴与敢为，众人的阿谀和吹捧，还有王夫人的暗中维护袭人，等等，可以说整个贾府的格调，都出来了。曹雪芹的选材料、选角度、选镜头，真是让我们不得不服。

　　然后，袭人不在了，宝玉那里会发生一些什么呢？作品很自然地开始描写怡红院中的故事。我们留意曹公是怎么自然天成地转换情节的。

　　　　这里凤姐又将怡红院的嬷嬷唤了两个来，吩咐道："袭人只怕不来家，你们素日知道那大丫头们，那两个知好歹，派出来在宝玉屋里上夜。你们也好生照管着，别由着宝玉胡闹。"两个嬷嬷去了，一时来回说："派了晴雯和麝月在屋里，我们四个人原是轮流着带管上夜的。"凤姐儿听了，点头道："晚上催他早睡，早上催他早起。"老嬷嬷们答应了，自回园去。一时果有周瑞家的带了信回凤姐儿说："袭人之母业已停床，不能回来。"凤姐儿回明了王夫人，一面着人往大观园去取他的铺盖妆奁。

　　　　宝玉看着晴雯麝月二人打点妥当，送去之后，晴雯麝月皆卸罢残妆，脱换过裙袄。

　　看到吗？镜头就这样从凤姐房间里摇进怡红院，中间没有断掉过，后面就是怡红院里的故事了，多么自然顺当。怡红院的主管袭人今晚不在，有没有影响？大家看。

　　　　晴雯只在熏笼上围坐。麝月笑道："你今儿别装小姐了，我劝你也动一动儿。"晴雯道："等你们都去尽了我再动不迟。有你们一日，我且受用一日。"麝月笑道："好姐姐，我铺床，你把那穿衣镜的套子放下来，上头的划子划上，你的身量比我高些。"说着，便去与宝玉铺床。晴雯嗐了一声，笑道："人家才坐暖和了，你就来闹。"此时宝玉正坐着纳闷，想袭人之母不知是死是活，忽听见晴雯如此说，便自己起身出去，放下镜套，划上消息。

曹公为什么写这些？是表现晴雯偷懒？还是袭人不在她放肆了？抑或她一贯如此？作品都没交代。需要读者想一想才能明白。原来是宝玉的卧室中间有个围屏之类将卧室有所分隔，宝玉睡的半间，他的炕很大，他的床铺外边另有一个床铺，是袭人睡的，贴近了方便照顾。今日袭人不在就产生两个关联性的问题：一，要不要有人睡到宝玉边上去？二，如果要的话，谁去？我以为，晴雯正是预先考虑到这两个问题，她在思考在琢磨。"只在熏笼上围坐"，一者是她也有所纠结，二者她先占住地盘，表示一种态度：她不改变地方。最后果然还是麝月过去了。所以晴雯今日的异动，倒不是她要偷懒，而是内心纠结的一种外在表现。或有人问：是不是我们把晴雯想复杂了、把宝玉想下流了？我只能说就看各人的理解了，文学是含蓄的，又是开放的。我个人以为，晴雯是个冰雪聪明的人，袭人出门了，她自然就意识到"睡觉"这个很现实的问题；晴雯又是个洁身自好的丫鬟，她说过袭人、麝月等人都与宝玉不干不净，她全知道，但她就是坚守自己的清白。今晚睡不睡到宝玉那边去，晴雯有自己的考虑。其实曹公想得很远，他写这些是在为日后晴雯的蒙冤做清白证明。

后面是写麝月解手。这里引发了一个略带滑稽的话题：如此豪华的大观园、如此精致的怡红院，莫非没有室内厕所？这个问题看上去有点可笑，但作品实实在在这么描写了：寒冬半夜，麝月是出到户外在山石后面解手的。为什么是这样？有待解释。虽然现存的古董拔步床已经可以上溯至康熙年代，那是床外带透风围屏、中间放马桶，睡觉与如厕的组合家具，面积可达十来个平方，贾府这种人家应当有。（在北方把床前隔屏称"开关罩"，参见图片《永和宫开关罩》《符望阁开关罩》，源自"红迷会"2018-07-17网讯，张淑娴主讲。）不过麝月还是到户外去解手，这里只有一种解释：虽然室内有马桶，但那是供宝玉专用的，往日袭人如果不避讳的话她也用；但麝月难得值夜，而且当着晴雯的面，她忌讳，她就出去了。不过外室为什么没有马桶？难道值夜的丫鬟都要去室外解手？对此我也无法回答，文本没有给出解释。

作品中对于晴雯的描述我们还得引用。

> 麝月便开了后门，揭起毡帘一看，果然好月色。晴雯等他出去，便欲唬他玩耍。仗着素日比别人气壮，不畏寒冷，也不披衣，只穿着小袄，便蹑手蹑脚的下了熏笼，随后出来。宝玉笑劝道："看冻着，不是顽的。"晴雯只摆手，随后出了房门。只见月光如水，忽然一阵微风，只觉侵肌透骨，不禁毛骨森然。心下自思道："怪道人说热身子

不可被风吹，这一冷果然利害。"一面正要唬麝月，只听宝玉高声在内道："晴雯出去了！"晴雯忙回身进来，笑道："那里就唬死了他？偏你惯会这蝎蝎螫螫老婆汉像的！"宝玉笑道："倒不为唬坏了他，头一则你冻着也不好，二则他不防，不免一喊，倘或唬醒了别人，不说咱们是顽意，倒反说袭人才去了一夜，你们就见神见鬼的。你来把我的这边被掖一掖。"晴雯听说，便上来掖了掖，伸手进去渥一渥时，宝玉笑道："好冷手！我说看冻着。"一面又见晴雯两腮如胭脂一般，用手摸了一摸，也觉冰冷。宝玉道："快进被来渥渥罢。"一语未了，只听咯噔的一声门响，麝月慌慌张张的笑了进来，说道："吓了我一跳好的。黑影子里，山子石后头，只见一个人蹲着。我才要叫喊，原来是那个大锦鸡，见了人一飞，飞到亮处来，我才看真了。若冒冒失失一嚷，倒闹起人来。"一面说，一面洗手，又笑道："晴雯出去我怎么不见？一定是要唬我去了。"宝玉笑道："这不是他，在这里渥呢！我若不叫的快，可是倒唬一跳。"晴雯笑道："也不用我唬去，这小蹄子已经自怪自惊的了。"一面说，一面仍回自己被中去了。麝月道："你就这么'跑解马'似的打扮得伶伶俐俐的出去了不成？"宝玉笑道："可不就这么去了。"麝月道："你死不拣好日子！你出去站一站，把皮不冻破了你的。"说着，又将火盆上的铜罩揭起，拿灰锹重将熟炭埋了一埋，拈了两块素香放上，仍旧罩了，至屏后重剔了灯，方才睡下。

晴雯因方才一冷，如今又一暖，不觉打了两个喷嚏。宝玉叹道："如何？到底伤了风了。"麝月笑道："他早起就嚷不受用，一日也没吃饭。他这会还不保养些，还要捉弄人。明儿病了，叫他自作自受。"宝玉问："头上可热？"晴雯嗽了两声，说道："不相干，那里这么娇嫩起来了。"说着，只听外间房中十锦格上的自鸣钟当当两声，外间值宿的老嬷嬷嗽了两声，因说道："姑娘们睡罢，明儿再说罢。"宝玉方悄悄的笑道："咱们别说话了，又惹他们说话。"说着，方大家睡了。

曹公把过程中所有的细节都描述了，他老人家可不会做无用功。这里至少有三个要点。一个是晴雯怎么被冻着的，以麝月的话来说，"明儿病了，叫他自作自受"。麝月的这个话语和口气，不禁让我们想起前面凤姐生日的时候尤氏对凤姐的警告，全然就是谶语。另一个要点，晴雯受冻，宝玉叫她进来焐一焐，晴雯也进去了，就是进了宝玉的被窝两人同床共枕，但那只是一会儿，大约也就刚刚焐热吧，麝月进屋来，晴雯就"一面说，一面仍回自己被中去了"。关键之处，曹公用笔就这么细腻，因为这对后文大有关涉。第三个要点，袭人不在，到底闹得外面的老嬷嬷发出警告，宝玉房间里才安息下来，侧面表明袭人的作用。不过，袭人不在的故事到此还没有结束，下面还有更大的笑话。

先说晴雯。宝玉让李纨悄悄请个医生来给晴雯看病，不要告诉王夫人，李纨回话：

"两剂药吃好了便罢，若不好时，还是出去为是。如今时气不好，恐沾带了别人事小，姑娘们的身子要紧的。"晴雯睡在暖阁里，只管咳嗽，听了这话，气的喊道："我那里就害瘟病了，只怕过了人！我离了这里，看你们这一辈子都别头疼脑热的。"说着，便真要起来。宝玉忙按他，笑道："别生气，这原是他的责任，唯恐太太知道了说他不是，白说一句。你素习好生气，如今肝火自然盛了。"

我们都知道李纨是个老好人，能不说的不开口，能少说的就意思意思，从来不说重话的。但今天这话至少多说了一句，而且很重，"恐沾带了别人事小，姑娘们的身子要紧的"。她完全可以不说的，难怪晴雯要跳起来。由此我想，李纨本来就不待见晴雯吧，她可能对晴雯的所作所为看不惯，甚至厌嫌。远的不说，就今天医生见到晴雯"这只手上有两根指甲，足有三寸长，尚有金凤花染的通红的痕迹"，医生依此判定这是贾府的小姐，赶紧挪开眼光。当今的女士也有养指甲的，但养到三寸长也极其罕见，电视剧中见过慈禧太后大约有这么长。然而晴雯是什么身份？养过指甲的人都知道，养着这么两根指甲，恐怕什么活都很难做了。晴雯还把指甲染得通红，那更加引人注目。不是曹雪芹在这里特特写明，我们无法想象，绝对难以置信。李纨看不惯晴雯也算情有可原。晴雯今日大声抗议、指责李纨，其火爆性格难免加深矛盾。

下面是怡红院的笑话，也是贾府的大笑话。医生看完病要付出诊费。

宝玉道："给他多少？"婆子道："少了不好看，也得一两银子，才是我们这门户的礼。"宝玉道："王太医来了给他多少？"婆子笑道："王太医和张太医每常来了，也并没个给钱的，不过每年四节大趸送礼，那是一定的年例。这人新来了一次，须得给他一两银子去。"宝玉听说，便命麝月去取银子。麝月道："花大奶奶还不知搁在那里呢？"宝玉道："我常见他在螺甸小柜子里取钱，我和你找去。"说着，二人来至宝玉堆东西的房子，开了螺甸柜子，上一格子都是些笔墨、扇子、香饼、各色荷包、汗巾等物，下一格却是几串钱。于是开了抽屉，才看见一个小簸箩内放着几块银子，倒也有一把戥子。麝月便拿了一块银子，提起戥子来问宝玉："那是一两的星儿？"宝玉笑道："你问我？有趣，你倒成了才来的了。"麝月也笑了，又要去问人。宝玉道："拣那大的给他一块就是了。又不作买卖，算这些做什么！"麝月听了，便放下戥子，拣了一块掂了一掂，笑道："这一块只怕是一两了。宁可多些好，别少了，叫那穷小子笑话，不说咱们不识戥子，倒说咱们有心小器似的。"那婆子站在外头台矶上，笑道："那是五两的锭子夹了半边，这一块至少还有二两呢！这会子又没夹剪，姑娘收了这块，再拣一块小些的罢。"麝月早掩了柜子出来，笑道："谁又找去！多了些你拿了去罢。"宝玉道："你只快叫茗烟再请王大夫去就是了。"婆子接了银子，自去料理。

曹雪芹再次详细写明当时的生活费用，大户人家请医生上门一次是一两，大约是普通人三个月的生活费。但令人发噱的是，麝月居然看不懂称银子的秤，也认不得银子的大小，这就相当于今天的人分不清纸币的面值，也看不懂存折上的数字。麝月对金钱的漠视令人难以想象。她是袭人的要好姐妹，袭人几乎天天要开钱柜，她居然不知道钱柜在哪里。多给人的银子数量达到她父母至少几个月的收入（假如她有父母的话），她居然笑道："谁又找去！多了些你拿了去罢。"贾府风气熏陶使然，麝月居然学得有点像宝玉！对此，我们究竟该赞赏？还是责备？

宝玉重新请王太医来瞧了，果然开的药力度减低许多，这才给晴雯吃了。曹公写晴雯这场病，始终与宝玉有关，得病他也是参与者，医生是他请的，看病时他就隔一层屏风注视着，他还亲自核对药方，又再请王太医。所以与其说这一段写的是晴雯得病，还不如说写宝玉如何照料晴雯。这样的描写，显示了晴雯在宝玉心中的地位，为后面他偷偷去晴雯家探视、两人交换信物、晴雯死后宝玉的悲痛，打下牢固的基础。

讲到这里，我们略微谈几句麝月，很少有讨论她的专门文章，而讨论袭人、晴雯的文章却相当多，麝月属于被忽视乃至被遗忘的人。与晴雯相比麝月是另一路人，如果说袭人的忠诚背后是有目标的，而且已经是半个屋里人，也得着姨娘的薪水和待遇；麝月则似乎一无所求，她没奢望过什么名分，也没想要趁着年轻、趁着怡红院的大方赶紧积攒下几个钱来，她只是勤勤恳恳踏踏实实做好自己的工作，对生活认真而乐观，为人则较豁达，不知道曹雪芹是存心还是无意，怡红院中罕见发生的那庄欺压排挤小丫头小红的案子，也没有麝月的一份，那是秋纹、碧痕干的。麝月虽然从容却又不失锐气，晴雯敢于欺负袭人，对麝月却没有，麝月说晴雯"你死不拣好日子"，晴雯也没生气回嘴。晴雯心情不好，一口气撕毁好多扇子，麝月走来见了劝道："少作些孽罢。"宝玉要麝月再去搬一箱扇子来让晴雯撕，麝月道："我可不造这孽。他也没折了手，叫他自己搬去。"晴雯也就罢了。麝月平和、乐观、勤劳、包容，但有自己的骨气，与晴雯、袭人有所不同。生活中永远有袭人，也永远有晴雯，所以她们的悲喜剧永远在上演，人们从中各得所悟；但是，生活中更少不了麝月们，社会正是靠这些人支撑的。一个家族、一个企业，如果多数人都像麝月这样，就有希望。在人人都心浮气躁的时代，麝月这样的人更显重要。曹雪芹写了袭人、晴雯，也写了麝月，他老人家很公平很全面，只是评论者对麝月视若无睹、漠不关心，或许是她太安分了，没有出彩的故事吧。

本回的末尾，突然冒出来凤姐向王夫人、贾母商议，在大观园中另建一个厨房，让园中人省得来回奔忙，并可以吃上刚开锅的热菜热饭。这一来，大观园就更加独立，成为名副其实的"小世界"。我们把凤姐往好里想，是她关怀体贴这群小姑子小叔子；往坏里想，则是巧立名目，多派人手，又多得一份进贡的贿赂。不过贾母则是真心关怀，她说："正是这话了。上次我要说这话，我见你们的大事太多了，如今又添出这些事来。"贾母是两头体谅，既想到大观园中孙子孙女的不方便，也体谅王夫人、凤姐的操心烦劳。如今凤姐提出来，正是一拍即合。所谓"成也萧何败也萧何"，为了建立这么个小小的"清静世界"，曹雪芹不惜破墙动土，竖起围墙让大观园在空间上独立，紧接着又赶走贾政，让它空气自由，然后成立诗社，引进人才，直至凤姐赶进来吃烤肉、贾母冒雪前来观赏诗意化的景色，现在更是连厨房也造进来，增加园内设施配套，一切的一切，就是让它与外界隔离，愈加独立，愈加清新。然而曹公忙乎这一切，却是建立高楼后再推倒这高楼，这楼造得越高越厚重，让它轰然倒塌时就愈加震天动地、尘土遮天。

第五十二回
俏平儿情掩虾须镯　　勇晴雯病补雀金裘

这个回目上下句各出一个丫鬟名字，而且前面用了不同的修饰语。"俏平儿情掩虾须镯"是说平儿掩饰小丫鬟偷手镯的事，保全宝玉的脸面很机智，所以称"俏平儿"。"勇晴雯病补雀金裘"讲的是晴雯重病之中还替宝玉织补孔雀毛做的大衣，很勇敢，故称"勇晴雯"。本回说的主要就是这两件事，但平儿只出场了一会儿，而晴雯则是两桩事情的主要成员，所以本回几乎都在写晴雯，她是主角。

本回开头，宝玉在贾母那里。

因记挂着晴雯袭人等事，便先回园里来。到房中，药香满屋，一人不见，只见晴雯独卧于炕上，脸面烧的飞红，又摸了一摸，只觉烫手。忙又向炉上将手烘暖，伸进被去摸了一摸身上，也是火烧。因说道："别人去了也罢，麝月秋纹也这样无情，各自去了？"晴雯道："秋纹是我撺了他去吃饭的，麝月是方才平儿来找他出去了。两人鬼鬼祟祟的，不知说什么。必是说我病了不出去。"宝玉道："平儿不是那样人。况且他并不知你病特来瞧你，想来一定是找麝月来说话，偶然见你病了，随口说特瞧你的病，这也是人情乖觉取和的常事。便不出去，有不是，与他何干？你们素日又好，断不肯为这无干的事伤和气。"晴雯道："这话也是，只是疑他为什么忽然间瞒起我来。"

看来晴雯的聪明有限，而宝玉对平儿了解之深恐怕不下于贾琏。宝玉出去偷听，原来是怡红院中的宋妈发现小丫鬟坠儿偷了平儿的手镯，上报平儿；平儿怕此事令宝玉丢脸，便要求宋妈不做声，对外只说自己找到了。平儿特地嘱咐麝月：

"晴雯那蹄子是块爆炭，要告诉他，他是忍不住的。一时气了，或打或骂，依旧嚷出来不好，所以单告诉你留心就是了。"说着便作辞而去。宝玉听了，又喜又气又叹。喜的是平儿竟能体贴自己，气的是坠儿小窃，叹的是坠儿那样一个伶俐人，作出这丑事来。

宝玉确实值得欣喜，当初自己真诚相助，今日平儿处事首先想到宝玉的面子，也算心心相印了。

回至房中，把平儿之话一长一短告诉了晴雯。又说："他说你是个要强的，如今病着，听了这话越发要添病，等好了再告诉你。"晴雯听了，果然气的蛾眉倒蹙，凤眼圆睁，即时就叫坠儿。宝玉忙劝道："你这一喊出来，岂不辜负了平儿待你我之心了。不如领他这个情，过后打发他就完了。"晴雯道："虽如此说，只是这口气如何忍得！"

晴雯确实暴躁。当晚服药后晴雯退烧了，宝玉又让她嗅了点鼻烟打几个嚏喷，鼻子也通了。宝玉笑道："越性尽用西洋药治一治，只怕就好了。"说着，便命麝月去凤姐那里要"那西洋贴头疼的膏子药，叫作'依弗哪'"。这里出现了几样外国货物，鼻烟是明代后期才进入中国的；鼻烟壶上"有西洋珐琅的黄发赤身女子，两肋又有肉翅"，西洋珐琅，也是明末左右进来的，后称作粉彩；而西药进入中国，是康熙年才较多。这就证明了《红楼梦》描写的内容是康熙以后，不可能是更早的作品。书中这样的物证很多。

（麝月）又向宝玉道："二奶奶说了：明日是舅老爷生日，太太说了叫你去呢。明儿穿什么衣裳？今儿晚上好打点齐备了，省得明儿早起费手。"宝玉道："什么顺手就是什么罢了。一年闹生日也闹不清。"

宝玉对这位亲舅舅有些厌烦，比对大伯贾赦还疏远；宝钗、探春这两位外甥女则干脆不去。按理，王夫人、薛姨妈与娘家关系很和睦，这些外甥、外甥女不应该讨厌去舅舅家。我的感觉是作者有点讨厌王家，非但他的笔从来不进入王家，王家来人，他也只是应付般地附带一笔，不展开描写。其原因究竟是曹公情感方面的，还是艺术处理方面的，还需研究。

晴雯病情好转了，宝玉便去黛玉那里。

不但宝钗姊妹在此，且连邢岫烟也在那里，四人围坐在熏笼上叙家常。紫鹃倒坐在暖阁里，临窗作针黹。一见他来，都笑说："又来了一个！可没了你的坐处了。"宝玉笑道："好一幅'冬闺集艳图'！可惜我迟来了一步。横竖这屋子比各屋子暖，这椅子坐着并不冷。"说着，便坐在黛玉常坐的搭着灰鼠椅搭的一张椅上。因见暖阁之中有一玉石条盆，里面攒三聚五栽着一盆单瓣水仙，点着宣石，便极口赞："好花！这屋子越发暖，这花香的越清香。昨日未见。"黛玉因说道："这是你家的大总管赖大婶子送薛二姑娘的，两盆腊梅，两盆水仙。他送了我一盆水仙，他送了蕉丫头一盆腊梅。我原不要的，又恐辜负了他的心。你若要，我转送你如何？"宝玉道："我屋里却有两盆，只是不及这个。琴妹妹送你的，如何又转送人，这个断使不得。"黛玉道："我一日药吊子不离火，我竟是药培着呢，那里还搁的住花香来熏？越发弱了。况且这屋子里一股药香，反把这花香搅坏了。不如你抬了去，这花也清净了，没杂味来搅他。"

这段描写，读者一般看了没什么感觉，不过我说这是《红楼梦》，它的味道往往就在这云淡风轻之中，曹公撒了不少食料呢。宝钗实践着她的诺言，时常过来陪黛玉，应该是在她的带动下，宝琴、邢岫烟也时常来，"四人围坐在熏笼上叙家常"，多么和煦安宁的场面，这在以前比较少见。也显出黛玉心情和悦。通常，其他作家写到这里也就止笔了，气氛足够。但曹公不够，"紫鹃倒坐在暖阁里，临窗作针黹"，用紫鹃安详地做针黹一烘托，气氛浓郁了何止一倍！这是我国传统画家的经典画法，借宝玉道明"好一幅'冬闺集艳图'"！宝玉的欣慰也借此而出。这还不够，黛玉说到宝琴送她水仙花事，与当年薛姨妈让周瑞家的给黛玉送宫花事构成对比，真是换了人间。

他们又聊起作诗，宝琴谈起她当年跟着父亲"到西海沿子上买洋货，谁知有个真真国的女孩子，才十五岁，那脸面就和那西洋画上的美人一样，也披着黄头发，打着联垂，满头带的都是珊瑚、猫儿眼、祖母绿这些宝石，身上穿着金丝织的锁子甲洋锦袄袖，带着倭刀，也是镶金嵌宝的，实在画儿上的也没他好看"。宝琴还背诵了这位外国女孩子作的五言诗。我们不讨论"西海沿子""真真国"究竟是哪里，我倒是觉得，曹公今天怎么了？通篇的洋人洋货？也不怕犯了重复的忌讳。我想有两种可能，一个是曹雪芹对西洋人、西洋货有自己的认识和态度，他很想在作品中有所表现。说得大一点，他对世界文化的交流有所思考；说得差一点，他是在炫耀自己的见识，因为那时候西洋钟表、药物总体来说还是非常稀罕的。在这同一回中一写再写，那可能是在他写作本回的时候，有某件西洋事物刚好触动到他，比如刚巧见到一个鼻烟壶、一把倭刀、一首外国人写的中文诗，触发了他的写作动机，令他一发而不能收。

大家回去了。

> 宝玉因让诸姊妹先行，自己落后。黛玉便又叫住他问道："袭人到底多早晚回来。"宝玉道："自然等送了殡才来呢。"觉心里有许多话，只是口里不知要说什么，想了一想，也笑道："明儿再说罢。"一面下了阶矶，低头正欲迈步，复又忙回身问道："如今的夜越发长了，你一夜咳嗽几遍？醒几次？"黛玉道："昨儿夜里好了，只嗽了两遍，却只睡了四更一个更次，就再不能睡了。"

这很短的描写，让我们看到宝玉与黛玉的关系、感情已经深不可测，同时交代黛玉一晚上只睡一个时辰，也就是两小时。这非常糟糕，哪怕是身强力壮的人要不了半年一年也会垮掉。

各位留心，曹公这一笔含有宿命，黛玉现在心态调整好了，可惜为时晚矣，每天只睡两小时，其生理的下行力度超过心理的上行力度，她的健康无法恢复。仅仅身体这一条就会敲碎她的理想她的梦。早知今日何必当初？但这世界上有谁能够预知今日？又有谁能够改变当初？时间无法倒转，人生不能重新来过，这就是宿命。

回到作品。宝玉刚要劝慰几句，冷不防赵姨娘走了进来。

　　黛玉忙陪笑让坐，说："难得姨娘想着，怪冷的，亲身走来。"又忙命倒茶，一面又使眼色与宝玉。宝玉会意，便走了出来。

为什么忽然写一笔赵姨娘呢？ 黛玉的眼色明白无误地告诉我们，她深知这样与宝玉亲密相处是犯嫌疑的，赵姨娘很可能会借题发挥。唉，曹雪芹呀曹雪芹，他刚刚画了一幅佳人安宁图让我们享受片刻，就唤来一朵乌云！

　　宝玉回来，看晴雯吃了药。此夕宝玉便不命晴雯挪出暖阁来，自己便在晴雯外边。又命将熏笼抬至暖阁前，麝月便在熏笼上。一宿无话。至次日，天未明时，晴雯便叫醒麝月道："你也该醒了，只是睡不够！你出去叫人给他预备茶水，我叫醒他就是了。"麝月忙披衣起来道："咱们叫起他来，穿好衣裳，抬过这火箱去，再叫他们进来。老嬷嬷们已经说过，不叫他在这屋里，怕过了病气。如今他们见咱们挤在一处，又该唠叨了。"晴雯道："我也是这么说呢。"

这两回作品突出描写宝玉对晴雯的关怀，吃药他也盯着，睡觉安排晴雯到里面暖和的炕上，但这样做又是违规的，晴雯很警觉，早早叫醒麝月乘老嬷嬷们没起来就赶紧把床铺搬回原处。宝玉要去给舅舅拜寿，先来给贾母请安。

　　贾母便命鸳鸯来："把昨儿那一件乌云豹的氅衣给他罢。"鸳鸯答应了，走去果取了一件来。宝玉看时，金翠辉煌，碧彩闪灼，又不似宝琴所披之凫靥裘。只听贾母笑道："这叫作'雀金呢'，这是哦啰斯国拿孔雀毛拈了线织的。前儿把那一件野鸭子的给了你小妹妹，这件给你罢。"宝玉磕了一个头，便披在身上。贾母笑道："你先给你娘瞧瞧去再去。"宝玉答应了，便出来，只见鸳鸯站在地下揉眼睛。因自那日鸳鸯发誓决绝之后，他总不和宝玉讲话。宝玉正自日夜不安，此时见他又要回避，宝玉便上来笑道："好姐姐，你瞧瞧，我穿着这个好不好。"鸳鸯一摔手，便进贾母房中来了。宝玉只得到了王夫人房中，与王夫人看了，然后又回至园中，与晴雯麝月看过后，至贾母房中回说："太太看了，只说可惜了的，叫我仔细穿，别遭踏了他。"贾母道："就剩下了这一件，你遭踏了也再没了。这会子特给你做这个也是没有的事。"

一件外衣作者大写特写，为后面做足铺垫；同时写出贾母这把年纪还争强好胜，必要宝玉先去给王夫人看看；还带出鸳鸯对宝玉的态度。曹公真是节约，一颗白菜都要三吃！

宝玉去拜寿的场面，作者一字不写。镜头聚焦晴雯。

　　这里晴雯吃了药，仍不见病退，急的乱骂大夫，说："只会骗人的钱，一剂好药也不给人吃。"麝月笑劝他道："你太性急了，俗语说：'病来如山倒，病去如抽丝。'又不是老君的仙丹，那有这样灵药！你只静养几天，自然好了。你越急越着手。"晴雯又骂小丫头子们："那里钻沙去了！瞅我病了，都大胆子走了。明儿我好了，一个一个的才揭你们的皮呢！"唬的小丫头子篆儿忙进来问："姑娘作什么。"晴雯道："别人都死绝了，就剩了你不成？"说着，只见坠儿也蹭了进来。晴雯道："你瞧瞧这小蹄子，不问他还不来呢。这里又放月钱了，又散果子了，你该跑在头里了。你往前些，我不是老虎吃了你！"坠儿只得前凑。晴雯便冷不防欠身一把将他的手抓住，向枕边取了一丈青，向他手上乱戳，口内骂道："要这爪子作什么？拈不得针，拿不动线，只会偷嘴吃。眼皮子又浅，爪子又轻，打嘴现世的，不如戳烂了！"坠儿疼的乱哭乱喊。麝月忙拉开坠儿，按晴雯睡下，笑道："才出了汗，又作死。等你好了，要打多少打不的？这会子闹什么！"晴雯便命人叫宋嬷嬷进来，说道："宝二爷才告诉了我，叫我告诉你们，坠儿很懒，宝二爷当面使他，他拨嘴儿不动，连袭人使他，他背后骂他。今儿务必打发他出去，明儿宝二爷亲自回太太就是了。"宋嬷嬷听了，心下便知镯子事发，因笑道："虽如此说，也等花姑娘回来知道了，再打发他。"晴雯道："宝二爷今儿千叮咛万嘱咐的，什么'花姑娘''草姑娘'，我们自然有道理。你只依我的话，快叫他家的人来领他出去。"麝月道："这也罢了，早也去，晚也去，带了去早清静一日。"

晴雯的脾气正如平儿形容的"是块爆炭"。她先从医生骂起，"一剂好药也不给人吃"，骂得可笑；然后骂小丫头们，要揭了她们的皮；见到坠儿，她把宝玉的嘱咐、平儿的善意统统丢到九天云外，彻底爆发。拿簪子向坠儿手上乱戳的场景，与凤姐戳小丫头简直如出一辙。人们难免想：如果晴雯与凤姐身份互换，这两人会是怎么一副模样？下面的对话越发精彩。坠儿母亲问：

"姑娘们怎么了，你侄女儿不好，你们教导他，怎么撵出去？也到底给我们留个脸儿。"晴雯道："你这话只等宝玉来问他，与我们无干。"那媳妇冷笑道："我有胆子问他去！他那一件事不是听姑娘们的调停？他纵依了，姑娘们不依，也未必中用。比如方才说话，虽是背地里，姑娘就直叫他的名字。在姑娘们就使得，在我们就成了野人了。"晴雯听说，一发急红了脸，说道："我叫了他的名字了，你在老太太跟前告我去，说我撒野，也撵出我去。"

贾府真是出人才的地方，坠儿的母亲，一个世代为奴的媳妇，真是好声口，晴雯只说了一句话，立即给她抓住把柄，一通发挥攻守易位，"野人"两字打得晴雯脸红心虚，只能乱嚷"也撵出我去"，竟要同归于尽。可知这块"爆炭"只会发火却不善争执，不懂攻守之道。眼看晴雯要败下阵来，好在高人就在身边。吵架怎么吵，我们真该跟这位高手学学。

麝月忙道："嫂子，你只管带了人出去，有话再说。这个地方岂有你叫喊讲礼的？你见谁和我们讲过礼？别说嫂子你，就是赖奶奶林大娘，也得担待我们三分。便是叫名字，从小儿直到如今，都是老太太吩咐过的，你们也知道的，恐怕难养活，巴巴的写了他的小名儿，各处贴着叫万人叫去，为的是好养活。连挑水挑粪花子都叫得，何况我们！连昨儿林大娘叫了一声'爷'，老太太还说他呢，此是一件。二则，我们这些人常回老太太的话去，可不叫着名字回话，难道也称'爷'？那一日不把宝玉两个字念二百遍，偏嫂子又来挑这个了！过一日嫂子闲了，在老太太、太太跟前，听听我们当着面儿叫他就知道了。嫂子原也不得在老太太、太太跟前当些体统差事，成年家只在三门外头混，怪不得不知我们里头的规矩。这里不是嫂子久站的，再一会，不用我们说话，就有人来问你了。有什么分证话，且带了他去，你回了林大娘，叫他来找二爷说话。家里上千的人，你也跑来，我也跑来，我们认人问姓，还认不清呢！"说着，便叫小丫头子："拿了擦地的布来擦地！"那媳妇听了，无言可对，亦不敢久立，赌气带了坠儿就走。宋妈妈忙道："怪道你这嫂子不知规矩，你女儿在这里一场，临去时，也给姑娘们磕个头。没有别的谢礼，——便有谢礼，他们也不希罕，——不过磕个头，尽了心。怎么说走就走？"坠儿听了，只得翻身进来，给他两个磕了两个头，又找秋纹等。他们也不睬他。那媳妇嗐声叹气，口不敢言，抱恨而去。

这麝月哪是妇人吵架，简直是诸葛亮在打仗，其中言语之精确、逻辑之严密、气势之霸道、手段之凶狠，都令人叹为观止。这是《红楼梦》中的吵架绝作，值得我们鉴赏一番。麝月开口第一句就开宗明义，解决主要问题，"嫂子，你只管带了人出去，有话再说。"这是第一层，也是主题。但先称一声"嫂子"，先礼后兵，不像晴雯开口就是"你"，人家坠儿母亲张口也先称呼"姑娘们"，麝月这是对等的外交礼仪。然而后面就公然与对方划清界限，突出等级高低内外区别，言语霸道。"这个地方岂有你叫喊讲礼的？你见谁和我们讲过礼？别说嫂子你，就是赖奶奶林大娘，也得担待我们三分。"论点虽然霸道但论据给力！第三层才说到主题直呼"宝玉"，一番旁征博引，长篇大论，论述不但直呼不犯规矩，还应该直呼，必须直呼。这一通胡搅蛮缠，估计坠儿母亲已经听到云里雾里去了，她根本无从判断其中的是非曲直，根本不知道哪句是真哪句又是假。到这里，是非已经"辩明"，对手早已垂头丧气。于是麝月从精神上彻底摧毁对方："过一日嫂子闲了，在老太太、太太跟前，听听我们当着面儿叫他就知道了。嫂子原也不得在老太太、太太跟前当些体统差事，成年家只在三门外头混，怪不得不知我们里头的规矩。"坠儿母亲估计恨不得找个地缝钻进去。通常的吵架、争论，说到这里应该结束了。然而麝月还有第四层："这里不是嫂子久站的，再一会，不用我们说话，就有人来问你了。有什么分证话，且带了他去，你回了林大娘，叫他来找二爷说话。家里上千的人，你也跑来，我也跑来，我们认人问姓，还认不清呢！"再厉害的吵架角色，到这里足可鸣金收兵了，谁想到麝月还有一手："说着，便叫小丫头子：'拿了擦地的布来擦地！'"赶尽杀绝，还要鞭尸侮辱。这第五层，简直太狠毒，到这时我们才知道麝月是谁！

"有比较才能有鉴别"，为了更彻底地了解这位麝月姑娘，我们需要做些比较。

首先对比晴雯，晴雯在我们印象中也算个厉害角色，曾经把袭人逼得大败投降，还是宝玉出手救人。然而今天这一仗打下来才知道晴雯比麝月差了多少个级别。晴雯与麝月地位身份都一样，麝月轰出的那些炮弹晴雯一样可以用，同样的武器装备晴雯居然一点不会用，被对手一个冲锋就崩溃了，真所谓一触即溃。而麝月一出手，却是招招致命，坠儿母亲从头至尾无从还手，一个字都说不出。麝月一边狠击一边戏弄，游刃有余，与武打小说中那些高手一模一样。第二位，与凤姐做个比较。论斗嘴，凤姐是《红楼梦》中"名嘴"。除了三天两头在贾母跟前露一手奉承绝活，她最经典的作品是后面戏弄尤二姐，至于吵架骂人，凤姐最有名的一出是骂贾珍和尤氏，也是在写尤二姐那段。但凤姐往往是撒泼，虽然厉害却带着一股邪气，说谎诬赖，让人看了有点作呕。更何况凤姐椅仗自己的尊贵身份管家地位，以势压人虽胜不武。麝月则是丫鬟一个，她其实没什么武器，无非是扬长避短借力打力，是在双方力量接近的情况下，完全靠言语的逻辑性打败对手，不骂人不耍赖，赢得堂堂正正。让人信服的是她没有谎言没有脏话，口里还时不时称一句"嫂子"，温文尔雅客客气气，真所谓"谈笑间，樯橹灰飞烟灭"。第三位要比较的是备受称赞的三小姐探春，特别是探春打过著名的"大观园反抄家战役"，打得王善保家的就差自杀了，凤姐在一边看得心惊肉跳，自愧弗如。这一仗回肠荡气，威名远扬，几乎没有一个红学家不吹捧，我本人也脱帽致敬。不过，我以为探春这一仗不如麝月漂亮。就战果而言，这两仗差不多，都是击溃对手大获全胜；而且都是挽狂澜于既倒，从很不利的战场态势中孤身进击，一战而胜，扭转战局。不过这两位战将的身份不一样，敌我战力的对比不一样，武器装备更是相去甚远。探春可以直接扇耳光，对手是下人，既不能还手，也不能还嘴，犹如坦克对付长矛，以强打弱，无需考虑战法、时机、地形之类，更无需防守，所以称不上多少高明。麝月这仗就不一样了，兄弟部队晴雯一触即溃，可见对手的威力，麝月是仓促上阵。最重要的是她与坠儿母亲身份地位相去不大，对手既能一招就将晴雯挑于马下，可知麝月没有装备优势。麝月的赢，赢在智慧，赢在战法，在敌我力量相差不大的情况下，发挥本方的长处，攻击对方最薄弱环节，一招致命。麝月用的是嘴，是语言道理和逻辑，这些武器对方也有，但在麝月凶猛的攻势下，对方连施展武器的信心都丧失了，稀里糊涂中就缴械投降。所以麝月的胜利与探春具有质的区别。

　　讲了这么多麝月吵架，然后我们探讨一下作者。《红楼梦》中甜言细语占多数，这是《红楼梦》言语表达的特色。但是其中写吵架的也不少，而这些吵架放进中国小说史中，都算绝对的经典。另一部写吵架、尤其是女人吵架的经典是《金瓶梅》，不过我个人更欣赏《红楼梦》，这里面的吵架更有水平，更有韵味，更有文化。像《金瓶梅》那种吵架，《红楼梦》中也有，比如鸳鸯骂她嫂子的那番话，就极具野性，不逊色于《金瓶梅》。然而《金瓶梅》中，却没有麝月这种高级的斯文的争吵，更没有探春那种站得很高，眼见家族危亡、挺身而出，吵得惊天动地而又荡气回肠的场面。《金瓶梅》中的吵架，我们街头巷尾都能见到，而《红楼梦》中的吵架却让我们叹为观止；尤其难能可贵的，是这些吵架都大大深化了作品的主题，丰富了人物的个性，而且引起读者深深的思考和无限的感慨。我想说的是，曹雪芹写出这么多吵架，而且类型特别多，场面都不一样，尤其是这些吵架完全是女人的口吻，带有女性特征。那么我们可以肯定地说，曹雪芹一定见过无数的女性吵架，也见识过几位女性吵架高手的现场表演。如果说鸳鸯、晴雯、麝月的吵架，作为男性的曹雪芹不难见到，但探春这种吵架，还有凤姐的，这种小姐少妇在深墙后院中比较私密的吵架，一般的男性是听不到、看不见的。据此，我们可以判定，曹雪芹必定在贵妇云集、高手林立的环境中居住过，而且居住的时间很长。所谓"居住"，他就不是作为外来人，因为外来人员是很难听到这种贵妇人的争吵。而即使是居住在妇人云集的场所中，居住时间不够长的话也很难见到那么多的吵架。还有年龄问题，能亲眼所见、亲耳所闻那些贵妇、小姐们的吵架，除非自己是这家的男人，如果是外人就只能是男孩。按照现在学界公认的说法，曹雪芹十来岁曹家就被抄了，那么即使曹家有几位妇女吵架专家，她们当年的语句曹雪芹未必能够记得这么清楚；如果加上"贵妇小姐"这个条件，那么曹家就可能落选，曹家的上代即使有"贵妇"，到了曹雪芹这一代已经没有"小姐"了。所以《红楼梦》中这些吵架证实着我的观点：曹雪芹回到北京后被姑妈接进郡王府，在那里，他见识了这类吵架。那时他才十来岁，女人都不避讳他，于是隔三岔五的一幕一幕好戏他看在眼里，记在心头，最后化为《红楼梦》中的情节。背离了这个时间段，即使像某些研究者说的，曹雪芹进入贵族家庭当私塾先生，那么他至少二十岁，他就进不了后院，见不到这些精彩绝伦的贵妇吵架了。

　　我们回到作品。麝月击溃了坠儿母亲，但是——

　　　　晴雯方才又闪了风，着了气，反觉更不好了，翻腾至掌灯，刚安静了些。只见宝玉回来，进门就嗐声跺脚。麝月忙问原故，宝玉道："今儿老太太喜喜欢欢的给了这个褂子，谁知不防后襟子上烧了一块，幸而天晚了，老太太、太太都不理论。"一面说，一面脱下来。麝月瞧时，果见有指顶大的烧眼，说："这必定是手炉里的火进上了。这不值什么，赶着叫人悄悄的拿出去，叫个能干织补匠人织上就是了。"说着便用包袱包了，交与一个妈妈送出去。说："赶天亮就有才好。千万别给老太太、太太知道。"婆子去了半日，仍旧拿回来，说："不但能干织补匠人，就连裁缝绣匠并作女工的问了，都不认得这是什么，都不敢揽。"麝月道："这怎么样呢！明儿不穿也罢了。"宝玉道："明儿是正日子，老太太、太太说了，还叫穿这个去呢。偏头一日烧了，岂不扫兴。"

　　作品写到这里都是为晴雯做铺垫。作品竭力突出这衣服的珍贵，偌大的京城居然没有一个织补匠和裁缝认得，然而明天又必须穿，这就从时间、空间、物件三维强调补这个小洞的艰难性、紧迫性、必要性，给晴雯的出台撑足场面。"拿来我瞧瞧罢。没个福气穿就罢了。这会子又着急。"这才是晴雯，一出场必先抱怨一句。

　　　　说着，便递与晴雯，又移过灯来，细看了一会。晴雯道："这是孔雀金线织的，如今咱们也拿孔雀金线就象界线似的界密了，只怕还可混得过去。"麝月笑道："孔雀线现成的，但这里除了你，还有谁会界线？"晴雯道："说不得，我挣命罢了。"宝玉忙道："这如何使得！才好了些，如何做得活。"

　　后面的人物描写，对话写得好，纯粹的晴雯语言；形态描写更妙，写出了晴雯的强忍重病"挣命"补衣服。

　　　　晴雯道："不用你蝎蝎螫螫的，我自知道。"一面说，一面坐起来，挽了一挽头发，披了衣裳，只觉头重身轻，满眼金星乱迸，实实撑不住。若不做，又怕宝玉着急，少不得恨命咬牙捱着。便命麝月只帮着拈线。晴雯先拿了一根比一比，笑道："这虽不很象，若补上，也不很显。"宝玉道："这就很好，那里又找哦啰嘶国的裁缝去。"晴雯先将里子拆开，用茶杯口大的一个竹弓钉牢在背面，再将破口四边用金刀刮的散松松的，然后用针绒了两条，分出经纬，亦如界线之法，先界出地子后，依本衣之纹来回织补。补两针，又看看，织补两针，又端详端详。无奈头晕眼黑，气喘神虚，补不上三五针，伏在枕上歇一会。宝玉在旁，一时又问："吃些滚水不吃？"一时又命："歇一歇。"一时又拿一件灰鼠斗篷替他披在背上，一时又命拿个拐枕与他靠着。急的晴雯央道："小祖宗！你只管睡罢。再熬上半夜，明儿把眼睛抠搂了，怎么处！"宝玉见他着急，只得胡乱睡下，仍睡不着。一时只听自鸣钟已敲了四下，刚刚补完，又用小牙刷慢慢的剔出绒毛来。麝月道："这就很好，若不留心，再看不出的。"宝玉忙要了瞧瞧，说道："真真一样了。"晴雯已嗽了几阵，好容易补完了，说了一声："补虽补了，到底不象，我也再不能了！"嗳哟了一声，便身不由主倒下。要知端的，且听下回分解。

　　其实最见功力的是对织补过程的描写，一般书斋文人学问虽好却不懂得这种手工活，只有织造世家出生的曹雪芹才写得出。自鸣钟敲四下是早晨四点，哪怕晴雯从晚上十点开始补，那也足足有六个小时，一个发着高烧的病人干这种细致活是很要命的。晴雯真的是在"挣命"，回目名为"勇晴雯"并非夸张。

　　我们还要明白，这织补工作并非晴雯的分内事，宝玉烧破衣服也没有晴雯的责任，她完全可以不揽这个活儿，何况还病重。再说到底，即使贾母、王夫人发现衣服烧破了，那是发生在舅舅家的事，也怪不到袭人、晴雯。晴雯为了宝玉不受责备，豁出命来整夜修补，是她对宝玉的满腔爱护。曹雪芹浓墨重彩的描绘也是为后面晴雯遭遇的不公正做铺垫。这连续两回描写宝玉同晴雯的种种细节，正是要写明他们两人之间感情的纯洁、关系的亲密，让后面的悲剧显得更加沉重，更显冤孽。

第五十三回

宁国府除夕祭宗祠　荣国府元宵开夜宴

回目显示本回写了两个地方，宁国府和荣国府。很长时间没写宁国府了，需要写一写以求平衡。宁国公是长子，贾府的宗祠设在宁国府。实际上本回除了这两件事，还写了贾珍接收乌庄头的田租，这件事在《红楼梦》研究中的价值更大，信息更多。

本回起首晴雯渐渐康愈，袭人送母亲归葬后也回来了，最后补叙一句："王子腾升了九省都检点，贾雨村补授了大司马，协理军机参赞朝政。"九省都检点，暗指提督九门步军，京城的禁军统帅，官阶从一品；大司马，相当于兵部尚书，也是从一品。可见贾雨村升得特别快，与王子腾都平级了。他从当年不善当官，一个知府都做不了两年，来到京城后依靠贾府的提携，现在如鱼得水，步步高升。曹雪芹点明这一笔，后面必有用处。

本回的第一个大情节是乌庄头到宁府向贾珍交租。临近过年，"且说贾珍那边，开了宗祠，着人打扫，收拾供器，请神主，又打扫上房，以备悬供遗真影像。此时荣宁二府内外上下，皆是忙忙碌碌"。六十岁以上的读者明白，中国人过年是怎么一个气氛，怎么一番景象，怎么一种心情。现在只有春节放假，但在城市里已经没有年味了。清代朝廷过年还发"春祭恩赏"，对功勋世袭的官员发给祭祀费用。贾珍同妻子说："咱们家虽不等这几两银子使，多少是皇上天恩。……除咱们这样一二家之外，那些世袭穷官儿家，若不仗着这银子，拿什么上供过年？真正皇恩浩大，想的周到。"贾珍的话既是得意和荣耀，也揭示出绝大多数世袭人家，已经连过年的费用都难凑出来。我们不知道这是不是当年世袭人家的真实状况，但不久以后，我们就会看到贾府自己倒是真的落到这地步。中国人有个词语叫"年关"，过年如过关卡，那真叫伤心。

年前，是交租的最后期限。小厮回禀：

"黑山村的乌庄头来了。"贾珍道："这个老砍头的今儿才来。"说着，贾蓉接过禀帖

509

和帐目，忙展开捧着，贾珍倒背着两手，向贾蓉手内只看红禀帖上写着："门下庄头乌进孝叩请爷、奶奶万福金安，并公子小姐金安。新春大喜大福，荣贵平安，加官进禄，万事如意。"贾珍笑道："庄家人有些意思。"

作品特意把乌庄头的名字写明，"乌进孝"，"乌"，子虚乌有，虚有也，假的进孝也；也可以是"无进孝"，所以贾珍称"老砍头的"，表明这个对手难缠，多年交手贾珍都不占便宜。如果贾珍所说"那些世袭穷官儿家"的窘迫属实，那么无数的"乌庄头"都在承包管理中发大财了。因为清代前期的农业、畜牧业都恢复、发展得很快，应该跟得上"那些世袭穷官儿家"家族人口的速度，不至于年都没法过，很可能就是田庄管理人中饱私囊，财富被他们截留了。到这里，我们有必要介绍一下贾府的田庄是怎么回事。

我们知道，满清入关后在中华大地上进行过多次圈地运动，圈来的土地分发给满清的八旗官兵，贾府在南方的大量土地应该就是这么来的。除此之外，关外的大片土地，则是分给入关之前的八旗官兵。贾府是一等公开国功臣，那么早在入关之前，宁、荣二公已经是高级将领，所以他家在关外有十多个田庄。江山打完功成名就，贾府进住京城，北方的田庄只能委托乌进孝这样的庄头，每人管一个庄子。一年收获的农副产品，上交一部分够得上贾府消费品味的实物，其他的由庄头变卖成银子上交。这些庄子远在千里之外，贾府恐怕难得有人去实地了解情况，于是乎收成怎么样只能听庄头们的一面之词，他们或许凭着良心，或许昧着良心。贾珍等人也只能同他们打几下口头"擂台"，除非另找庄头。今年的账单上除了实物，现金是二千五百两。贾珍似乎不太满意，我们看看他们的对话，里面有不少信息。

只见乌进孝进来，只在院内磕头请安。贾珍命人拉他起来，笑说："你还硬朗。"乌进孝笑回："托爷的福，还能走得动。"贾珍道："你儿子也大了，该叫他走走也罢了。"乌进孝笑道："不瞒爷说，小的们走惯了，不来也闷的慌。他们可不是都愿意来见见天子脚下世面？他们到底年轻，怕路上有闪失，再过几年就可放心了。"贾珍道："你走了几日？"乌进孝道："回爷的话，今年雪大，外头都是四五尺深的雪，前日忽然一暖一化，路上竟难走的很，耽搁了几日。虽走了一个月零两日，因日子有限了，怕爷心焦，可不赶着来了。"贾珍道："我说呢，怎么今儿才来。我才看那单子上，今年你这老货又来打擂台来了。"乌进孝忙进前了两步，回道："回爷说，今年年成实在不好。从三月下雨起，接接连连直到八月，竟没有一连晴过五日。九月里一场碗大的雹子，方近一千三百里地，连人带房并牲口粮食，打伤了上千上万的，所以才这样。小的并不敢说谎。"贾珍皱眉道："我算定了你至少也有五千两银子来，这够作什么的！如今你们一共只剩了八九个庄子，今年倒有两处报了旱涝，你又打擂台，真真是又教别过年了。"

看得出贾珍同他交往多年了，还关心他让他儿子跑这趟。那么乌庄头的儿子也有二十来岁了，乌庄头自己大约与贾珍仿佛，四五十岁。这里透出，如果乌庄头老了，将由他儿子接班，不知道他们的契约中是不是写的世代承包。第二个信息，乌庄头是"赶着来"的，路上走了一个月零两天；从哪里来呢？"今年雪大，外头都是四五尺深的雪"，对于京城北京来说，"外头"雪特别大，积到四五尺深，这个"外头"，自然是关外，东北地区。按照路程来算，关外的运输方式以牲畜拉车为主，"赶着来"，以一天六十里算，三十二天，两千里左右，一千公里，正可到达东北腹地以远。曹雪芹这里很写实的。第三个信息，贾珍算定"至少也有五千两银子来"，可见往年有五千两左右，今年却打了对折。乌庄头说是冰雹灾害所致，贾珍也就不再追究，可见贾珍心里没底，只好迁就。实际上贾珍并不十分在乎，他没办法在乎，他手里没有材料，除了听信对方，你叫他专门去关外调查一次，花三个月的时间，他是绝对不肯的。想必贾赦、贾琏也是这样，其他贵族也差不多。所以我推测，像乌庄头这样的一批承包人、管理者，他们虽然不是土地所有者，但是凭借信息隔绝、监督缺位，他们每一年都包赚不赔，甚至可以大赚大发，几十年以后，他们成了新的财富所有者，而"那些世袭穷官儿家"则一步步走向没落。中国俗语"富不过三代"，就这么来的。

第四，贾珍之所以不那么着急，因为"八九个庄子，今年倒有两处报了旱涝"，还有六七个庄子保障着往年的收成，生活水平不至于太大下降。或许，那六七个庄头没有乌庄头这么狡猾，这么抠刻；或许，乌庄头那边确实气候不好，影响收成。

说完这些，我们再来关注一下乌庄头那张账单。如此有确切数据的清单，我国历史书都罕见，更遑论小说。我国古代文人历来轻视经济，更不屑于具体数据。曹雪芹反"传统"真正到家。不过这个账单对于今日的红学研究者，或者清史研究专家，都是一道难题，因为谁都估不准它的实际价值，当年这些东西究竟相当于多少银子？很难估算。它应该对应多大的田庄？也不知道。但是它对于红学争执的核心问题，却是一把解锁的钥匙。这张账单带有浓厚的满洲风味，东北风味。且不说其中大多都是北方动植物，其中的狍子，就是东北、内蒙、西北居多，但其中的海参、对虾，就排除了内蒙和西北，就剩临海的东北一个选项；而鲟鳇鱼，则只出产于黑龙江和乌苏里江，这就明白无误地告诉我们，乌庄头来自东北，"黑山村"在东北。所以这张账单揭示了，贾府就是满清一代的贵族，是清代贵族中的汉人。《红楼梦》自己就排除了近年所谓明代文豪所著的种种说法。此外，其中"御田胭脂米"，更是产生于康熙年代，据说是康熙皇帝亲自发现、并在皇家御田中栽培成功的。这在故宫博物馆所编的《曹家档案》中多有记载。《红楼梦》自己开口说话了：它只可能产生于清朝康熙年代以后，贾府是"从龙入关"的汉人。而这一切都更加有力地证明，《红楼梦》是曹雪芹所著。

回到作品。后面的情节就渐渐从宁国府过渡到荣国府中。

乌进孝道："爷的这地方还算好呢！我兄弟离我那里只一百多里，谁知竟大差了。他现管着那府里八处庄地，比爷这边多着几倍，今年也只这些东西，不过多二三千两银子，也是有饥荒打呢。"贾珍道："正是呢，我这边都可，已没有什么外项大事，不过是一年的费用费些。我受些委屈就省些。再者年例送人请人，我把脸皮厚些。可省些也就完了。比不得那府里，这几年添了许多花钱的事，一定不可免是要花的，却又不添些银子产业。这一二年倒赔了许多，不和你们要，找谁去！"乌进孝笑道："那府里如今虽添了事，有去有来，娘娘和万岁爷岂不赏的！"贾珍听了，笑向贾蓉等道："你们听，他这话可笑不可笑？"贾蓉等忙笑道："你们山坳海沿子上的人，那里知道这道理。娘娘难道把皇上的库给了我们不成！他心里纵有这心，他也不能做主。岂有不赏之理，按时到节不过是些彩缎古董顽意儿。纵赏银子，不过一百两金子，才值了一千两银子，够一年的什么？这二年那一年不多赔出几千银子来！头一年省亲连盖花园子，你算算那一注共花了多少，就知道了。再两年再一回省亲，只怕就精穷了。"贾珍笑道："所以他们庄家老实人，外明不知里暗的事。黄柏木作磬槌子，——外头体面里头苦。"贾蓉又笑向贾珍道："果真那府里穷了。前儿我听见凤姑娘和鸳鸯悄悄商议，要偷出老太太的东西去当银子呢。"贾珍笑道："那又是你凤姑娘的鬼，那里就穷到如此。他必定是见去路太多了，实在赔的狠了，不知又要省那一项的钱，先设此法使人知道，说穷到如此了。我心里却有一个算盘，还不至如此田地。"说着，命人带了乌进孝出去，好生待他，不在话下。

大家比照一下，这里贾珍等人说荣国府，是不是很有点冷子兴演说荣国府的味道？作品天天写荣国府，但都写的是具体事情，荣国府总体的经济状况没有写过，现在借贾珍、贾蓉的嘴巴道出。曹公就是喜欢这种侧写，侧面的大写，侧面的总体概述。他很了解普通老百姓看事情的角度，人们往往以为谁家出了贵妃娘娘就发财了，人们根本不知道贵妃的娘家反而会增加费用。虽然省亲是虚构的情节，但曹雪芹偏偏把它往实处写，甚至说"再两年再一回省亲，只怕就精穷了"，并再次提到造大观园花费惊人，只是不写明究竟多少万银子。红学家多认为写省亲就是隐写曹家接驾，我以为不无道理，曹雪芹多半是在为曹家接驾费用巨大，导致挪用公帑欠下巨债开脱责任。后面还写道，一个太监向贾府开口就是几千两，而且这样的敲诈不是偶然一次两次，而是经常性的。曹家在内务府当差，受敲诈可能是常事，曹雪芹于是写进作品中。

　　虽然凤姐传言要拿贾母的东西变卖来过日子，但贾珍认为这是凤姐在放空气造舆论，荣国府目前还不至于此。或许一家不知一家的难处，不久作品真的写到凤姐、贾琏这么做了。现在我们知道曹公写交租之所以选择在宁国府的用意，目的是借贾珍父子的嘴来概说荣国府的经济，为读者提个醒，荣国府即将进入经济危机。曹公这又是在为后面的皴染打底色。当然，让贾珍出来应付乌庄头，他们年纪相近，交手多年，他们的对话，肯定比荣国府中贾琏与庄头的对话更有历史内涵，带给读者更多的回味，这是曹公的第二层考虑。他的第三层考虑则更实际，贾珍是族长，他还要把田租分配给族中子弟，作品也就展现出超越贾府之外的现实内容。

　　　　这里贾珍吩咐将方才各物，留出供祖的来，将各样取了些，命贾蓉送过荣府里。然后自己留了家中所用的，余者派出等例来，一分一分的堆在月台下，命人将族中的子侄唤来与他们。接着荣国府也送了许多供祖之物及与贾珍之物。贾珍看着收拾完备供器，靸着鞋，披着猞猁狲大裘，命人在厅柱下石矶上太阳中铺了一个大狼皮褥子，负暄闲看各子弟们来领取年物。

　　贾府一族没收益的子弟，恐怕就等这点食物来过年，甚至过日子。"负暄闲看各子弟们来领取年物"，而且是"靸着鞋，披着猞猁狲大裘"，写出贾珍作为一个族长的怡悦和享受。但见到贾芸也来领取货物，被贾珍一顿臭骂：

　　　　"我这东西，原是给你那些闲着无事的无进益的小叔叔兄弟们的。那二年你闲着，我也给过你的。你如今在那府里管事，家庙里管和尚道士们，一月又有你的分例外，这些和尚的分例银子都从你手里过，你还来取这个，太也贪了！你自己瞧瞧，你穿的象个手里使钱办事的？先前说你没进益，如今又怎么了？比先倒不象了。"

　　可见这位族长还是比较公道的。

　　乌庄头交租这个情节，再次说明曹雪芹对经济状况的重视。中国文化绵延几千年，各种书籍的记载保存是很重要的因素，然而各类书籍，尤其是经典著作中，都较少涉及经济，尤其缺乏经济数据，儒家典籍缺乏，连历史记载中都缺乏，小说作品中更缺乏。《三国演义》根本不讲经济，《水浒传》写逼上梁山，但绝大多数人是被政治黑暗逼的，因经济穷困无法生活而上梁山的很少，全书引爆点生辰纲，也只有笼统的"价值十万贯的金珠宝贝"一句，没有具体的货物清单。尤其是整部作品看完，我们对当时的物价、社会经济状况，还是迷迷糊糊，很不清楚。只有写日常起居的《金瓶梅》，倒是有过一张清单，那是西门庆送京城宰相蔡京的礼品单："大红蟒袍一套，官绿龙袍一套；汉锦二十匹，蜀锦二十匹，火浣布二十匹，西洋布二十匹，其余花素尺头共四十匹；狮蛮玉带一围，金镶奇南香带一围；玉杯、犀杯各十对，赤金攒花爵杯八只；明珠十颗。又梯己黄金二百。"不过研究者认为，这份礼单过分夸张了，西门庆只是山东省清河县的商人，巴结不到宰相蔡京；即使要巴结，也拿不出如此巨额的礼品；何况这礼品换来的只是一个小小的副千总职位，根本不对等。所以这张礼单没有历史参考价值。相反，《红楼梦》中的这张田租单子，非常真实贴切，道出了贾府的主要经济来源。曹公从清单入手，再借贾珍等人的对话，把贾府经济拮据、每况愈下的经济状况如同绘画一般形象地表现出来，让读者看到贾府的必然崩溃。这在中国古典小说中可谓绝无仅有。

下面是本回第二个情节，除夕夜贾府祭祖。这是《红楼梦》中几个大场面之一，第一个是秦可卿出殡写得隆重热闹，第二个是元春探亲，写出皇家气派，这是第三个，写得庄严肃穆。

> 已到了腊月二十九日了，各色齐备，两府中都换了门神、联对、挂牌，新油了桃符，焕然一新。宁国府从大门、仪门、大厅、暖阁、内厅、内三门、内仪门并内塞门，直到正堂，一路正门大开，两边阶下一色朱红大高照，点的两条金龙一般。次日，由贾母有诰封者，皆按品级着朝服，先坐八人大轿，带领着众人进宫朝贺，行礼领宴毕回来，便到宁国府暖阁下轿。诸子弟有未随入朝者，皆在宁府门前排班伺候，然后引入宗祠。且说宝琴是初次，一面细细留神打谅这宗祠，原来宁府西边另一个院子，黑油栅栏内五间大门，上悬一块匾，写着是"贾氏宗祠"四个字，旁书"衍圣公孔继宗书"。

先说一个问题，曹雪芹为了找到一个新人，从她新鲜好奇的眼睛里描写整个场面的全部过程，他选择薛宝琴。但是宝琴作为一个族外女子，而且不是小孩子，按照礼仪风俗她是不可以踏进宗祠大门的，更别说是祭祖的日子，这个问题早在清代就有人指出。曹公似乎犯了一个低级错误，更奇怪的是他的亲友畸笏叟、脂砚斋等人怎么会没有提他做修改？这个问题很难解释。我猜测曹雪芹的初衷，因为贾府祭祖的头号人物是贾母，后面也有许多女眷们的场面描写，找一双女性的眼睛，便于跟踪描写。当然，他如果借探春、李纨，或宗族中其他女性的眼睛，那么就没问题了。曹公太讲究，一定要找初次进入贾氏宗祠的女性，于是比较随意地找到宝琴。像贾府这样的豪族，其宗祠规模、祭祀用具等都是罕见的；而对祭祀仪式的完整描写，不仅为作品增添了宏大的气势，为贾府的衰亡增加了悲剧的力量，也为我国古代的祭祀仪式，留下完整的文字版本。

这里我们有必要说说祭祖问题。我国在夏商时期，祖先崇拜在葬礼制度中成为宗教与伦理的结合。在殷周时期，祖先崇拜的仪式和内容已有记载，《礼记》中记载："祭者，所以追养继孝也。"此后，慎终追远、缅怀祖先的恩德成为祭祀的主题，其中又有祈求祖先保佑的意思。总之，祭祀带上了相当浓郁的宗教色彩，我们看贾府的祭祀，其仪式之严谨肃穆，一点也不下于宗教仪式。现代著名学者梁漱溟先生就提出，中国缺乏宗教，祭祖祀天或可代替之。确实，我国传统的祭祖活动具有确立道德规范、维护人伦关系、凝聚氏族力量、弘扬传统观念的作用，祭祖的仪式带有宣誓的意味，成为做人立本的约束力量。祠堂的大门平时是锁闭的，开祠堂是族中有了大事，除了过年过节，平时需要祭祖的有丧葬、结婚、考取功名、获得国家嘉奖等重大事项。所以祭祖也成为一项重要的励志仪式，人们从中获取光宗耀祖的信念和力量。与外国不同，中国人的人生信条中，光宗耀祖成为最基本的一条，无数杰出人物，在他们一生的奋斗中，"光宗耀祖"有如一盏明灯，指引着、激励着他们前行。国人非常看重自己在宗祠中的牌位，希望子孙后代在祭祀中能够讲到这位祖先的荣光；同样，作恶犯法，则会被开除宗籍、死后不得在宗祠中安放牌位，那是国人最大的耻辱，连儿孙都抬不起头来。只有了解这些内涵，我们才明白祭祀祖先的意义。

　　我国传统的祭祖活动和观念，出现在佛教、道教产生以前，甚至也在儒家诞生之前，此后不管哪个朝代、也不管佛教、道教如何得到朝廷的推崇，都从来不曾动摇过祭祖的信念和地位，它成为中华民族最隆重、最普遍的一种带有宗教色彩的活动。当然，儒教的盛行也推动着祭祖活动。在我本人的经历中，上世纪六十年代前期，在我故乡徽州，除夕夜也要开祠堂合族大祭，其仪式之隆重和庄严，一如《红楼梦》描写的那样。城市里，即使在动荡岁月，除夕、清明、七月半等家家户户也都悄悄地在家中祭拜祖先，民间这项活动始终未曾中断。不过，不知道什么时候开始，祖先和菩萨、神仙要同时叩拜，而且神仙、菩萨的地位更高。比如我故乡的祭祀顺序是，先敬天上的神仙，请求他们放祖先的灵魂从天上回来享受；次敬土地菩萨，请求他让祖先的灵魂进入家门；然后才按序祭拜三代祖先，请他们喝酒、吃菜、取钱——也就是锡箔黄纸烧完，其烟尘进入天空变成天上通用的货币。我之所以说这些，因为许多读者已经不太了解祭祖的意义，那样就难以理解贾府祭祀的意义和氛围，难以真正理解曹雪芹如此详细描写祭祖的意蕴。

　　最后一个小细节值得一说，除夕祭祖，贾府辈分最高的长子长孙贾敬也回来，并且由他主祭。这是值得探讨的事情。贾敬是出家多年的道士，连他的生日都不许子孙打扰，他要清修，他在炼丹，指望长命百岁羽化升天。但是，在这祭祖的日子，他还是回来了，还认认真真地当全家的主祭，一直待到"十七日祖祀已完，他便仍出城去修养"。很显然，贾敬这辈子最主要目标是炼丹成功、服丹成仙，但是即使在他炼丹的过程中，遇到祭祀祖先这样的活动，他都会把炼丹事物暂且放下，回家去主持。贾敬的这个权衡，就值得我们追思：究竟是修道炼丹第一，还是祭祀第一？贾敬的行为告诉我们，他终究还是把祭祀活动看得更为神圣，更为重要。曹公用这么一个细节告诉我们，中国人对于宗教是怎么个态度，对于祖宗又是怎么个态度。所以梁漱溟先生提出以祭祖代替宗教，不是无的放矢。

然后作品进入本回第三个情节内容，"元宵开夜宴"。这个情节虽然文字不少，但值得讲的情节却在下一回。既然如此，那么我们一并在下一回欣赏。

第五十四回

史太君破陈腐旧套　王熙凤效戏彩斑衣

这整个一回全部写元宵夜荣国府的下半场晚宴，笔墨的集中度特别高。对于这一回，我要提醒已经看过作品三遍以上的朋友，不能认为这一回没什么情节，也没什么大意思。如果这么理解，那么你还没把握《红楼梦》的真谛，还没看透曹雪芹。在这一回中，正可谓皮里阳秋绵里藏针，曹公把自己最隐秘的私心、最要紧的意旨，都悄悄揉进波澜不惊的场面之中，可以说大有深意，读者可要睁大眼睛。

这场夜宴从上一回就开始描述。

> 至十五日之夕，贾母便在大花厅上命摆几席酒，定一班小戏，满挂各色佳灯，带领荣宁二府各子侄孙男孙媳等家宴。贾敬素不茹酒，也不去请他，于后十七日祖祀已完，他便仍出城去修养。便这几日在家内，亦是净室默处，一概无听无闻，不在话下。贾赦略领了贾母之赐，也便告辞而去。贾母知他在此彼此不便，也就随他去了。贾赦自到家中与众门客赏灯吃酒，自然是笙歌聒耳，锦绣盈眸，其取便快乐另与这边不同的。

这第一段叙述，从笔法上说非常严谨，把时间、地点、人物、性质都交代得一清二楚。所谓家宴，就是不请外人，范围是"荣宁二府各子侄孙男孙媳等"，可是贾敬不碰酒，不请了；贾赦则到个场就走，他要回自己屋子"取便快乐"。我们刚才说这段叙述在逻辑上很严密，把概况该说的都说了。但是，我们更要强调，这段开头的概述，看似平白直叙之中，却给这场热热闹闹的家宴泼了一瓢冷水，不，是一桶、一大桶冷水。贾府是个家族，下面直系的是三家人，贾敬、贾赦、贾政三家，而这个家宴，三位家长一个都不参加，于是这家宴变成了"祖孙宴"。贾母真正疼爱的贾政不在，没有实力人物捧场了。不仅如此，曹雪芹还要戳一戳贾母的心经，写一些其他作家大概不写的东西。

> 贾母也曾差人去请众族中男女，奈他们或有年迈懒于热闹的，或有家内没有人不便来的，或有疾病淹缠，欲来竟不能来的，或有一等妒富愧贫不来的，甚至有一等憎畏凤姐之为人而赌气不来的，或有羞口羞脚、不惯见人，不敢来的：因此族虽多，女客来者只不过贾菌之母娄氏带了贾菌来了，男子只有贾芹、贾芸、贾菖、贾菱四个现是在凤姐麾下办事的来了。当下人虽不全，在家庭间小宴中，数来也算是热闹的了。

贾母喜欢热闹，或者说想显一显家族的强盛，她发出那么多请帖，却应者寥寥，其中更有不少"妒富愧贫""憎畏凤姐之为人"的。那么谁来了？大家可能会忽略："女客来者只不过贾菌之母娄氏带了贾菌来了"，女客居然只有一位来的，而她竟然是草字头一辈的母亲，那么这娄氏是贾母的孙子一辈。换言之，与贾母同辈的、比贾母小一辈的都没人来，这小两辈的娄氏，真不知道贾母是否认得！男子来的，也只有草字头辈，而且是"四个现是在凤姐麾下办事的来了"，换句话说不在他家打工的族人一个没来。曹公这是表示，贾府的声誉、名望、号召力几乎跌到零了，贾府的家族外交很不成功。三个当家的儿子、侄子不参加，绝大多数请柬也白发了，老太太有多失望、失落？后面贾母的兴致表现得那么高，或许正是强颜欢笑吧？这就是促狭的曹雪芹给这场颇为热闹的家宴设置的家内家外总背景。他为什么这么做，我们后面再说。

家宴没有突出的故事，却有一系列值得关注的细节，里面透露出作者这样那样的意思和寄托。我们按照作品顺序来探讨。第一个值得关注的细节，那是小得不能再小、恐怕百分之九十九的读者都忽略的。

> 贾母歪在榻上，与众人说笑一回，又自取眼镜向戏台上照一回，又向薛姨妈李婶笑说："恕我老了，骨头疼，放肆，容我歪着相陪罢。"因又命琥珀坐在榻上，拿着美人拳捶腿。榻下并不摆席面，只有一张高几，却设着璎珞花瓶香炉等物。外另设一精致小高桌，设着酒杯匙箸，将自己这一席设于榻旁，命宝琴、湘云、黛玉、宝玉四人坐着。每一馔一果来，先捧与贾母看了，喜则留在小桌上尝一尝，仍撤了放在他四人席上，只算他四人是跟着贾母坐。故下面方是邢夫人王夫人之位，再下便是尤氏、李纨、凤姐、贾蓉之妻。西边一路便是宝钗、李纹、李绮、岫烟、迎春姊妹等。

老太太年纪大了，内心也未必有多大的喜悦，一个年闹了将近一个月，还要几次起大早跑皇宫，她确实够累，今天既没有外客，族内也没一个像样的人，所以她就歪在榻上，半躺着，这完全可以谅解，她的兴致只能提到这么高了。但老太太还亲自安排座位。"将自己这一席设于榻旁，命宝琴、湘云、黛玉、宝玉四人坐着。"值得注意的细节出来了：贾母最得宠的一桌，宝琴取代了宝钗；宝钗呢，她被指派到下面，由她领衔与李纹、李绮、邢岫烟、迎春姊妹等一起。那么贾母为什么做出这个安排？简单说，是她老人家喜欢宝琴，住宿都在她一屋呢，吃饭这么安排很正常。说复杂点，宝琴与宝钗是一家子堂姊妹，宝琴新来年龄又小，让她取代宝钗也没什么不公平。不过同一天到的客人，李纹、李绮、邢岫烟为什么坐下面？还是那句话贾母喜欢宝琴。老太太不需要理由，她是老祖宗。对此，别人似乎也没什么反应。被降级的宝钗就没反应，她只是在宝琴刚来时说过一句："我就不信，我哪点就不如你了？"宝钗通情达理又个性豁达，她可不会去为此不高兴，何况贾母宠爱宝琴就是对薛家的赞赏，对宝钗的赞赏。但不管怎么说，现在宝钗退出贾母最宠爱的圈子，是一个事实。通常，在发生有意义的人物关系变化时，曹公都会描述当事人，但这次没有。我们也权当是细微变动。

第二个值得注意的细节是贾母敲打袭人。全家人吃着酒看着戏，宝玉要出去上厕所。

> 只有麝月秋纹并几个小丫头随着。贾母因说："袭人怎么不见？他如今也有些拿大了，单支使小女孩子出来。"王夫人忙起身笑回道："他妈前日没了，因有热孝，不便前头来。"贾母听了点头，又笑道："跟主子却讲不起这孝与不孝。若是他还跟我，难道这会子也不在这里不成？皆因我们太宽了，有人使，不查这些，竟成了例了。"

大家是否感觉，贾母今天火气有些大？袭人没跟来，不问缘由就说"他如今也有些拿大了"；王夫人解释的理由够充足，贾母还是不依不饶！但实际上这是很固定的风俗甚至是制度，有热孝的人不能进人家房屋，国人至今还守着这规矩。后面那句"皆因我们太宽了，有人使，不查这些，竟成了例了"。她的不满已不是针对袭人一个，而是针对所有下人和管理者王夫人。到这时候，王夫人都不便再说了。好在懂得贾母软肋的凤姐，将了贾母一军：到处点灯，袭人照应着安全许多，要不立即叫她来？贾母忙说："你这话很是，比我想的周到，快别叫他了。"接着贾母反而开始说一大堆袭人的好处。显然，贾母内心对袭人并没有埋怨。所以我们说这个细节有意思。我们也再次领教了什么是奴才。袭人没有做错任何事情，贾母却忽然变脸，居然说出"跟主子却讲不起这孝与不孝"。如果不是曹雪芹白纸黑字写在这里，我们怎么也不相信这话居然是贾母说的！可见奴才永远是奴才，再和善的主子，随时可能脸一翻，什么都不认。曹雪芹选在大节日里让贾府最高主子贾母说出如此蛮横的话，这不免让人想到他是故意找这个节点，强化奴才命运的险峻。我们难免猜测，曹雪芹这是在变相地痛述曹家近百年的艰辛。曹家服侍的是全国最高的主子皇帝，皇帝要变脸，那是连个劝解的人都没有的，谁敢呢？第三，贾母的这次蛮横，袭人算是逃过了，那属于幸运，晴雯没这么幸运，后面王夫人蛮横的时候，晴雯就遭了殃，一条青春性命白白夭折。

第三个看点是秋纹的霸道。宝玉抽空回去想安慰一下袭人，结果听到鸳鸯也在房里同袭人说私房话。

> 宝玉听了，忙转身悄向麝月等道："谁知他也来了。我这一进去，他又赌气走了，不如咱们回去罢，让他两个清清静静的说一回。袭人正一个闷着，他幸而来的好。"说着，仍悄悄的出来。

在回贾母那里的路边宝玉小便后，小丫头赶着去准备洗手的水，宝玉、麝月、秋纹等来至花厅后廊上——

只见那两个小丫头一个捧着小沐盆，一个搭着手巾，又拿着沤子壶在那里久等。秋纹先忙伸手向盆内试了一试，说道："你越大越粗心了，那里弄的这冷水。"小丫头笑道："姑娘瞧瞧这个天，我怕水冷，巴巴的倒的是滚水，这还冷了。"正说着，可巧见一个老婆子提着一壶滚水走来。小丫头便说："好奶奶，过来给我倒上些。"那婆子道："哥哥儿，这是老太太泡茶的，劝你走了舀去罢，那里就走大了脚。"秋纹道："凭你是谁的，你不给？我管把老太太茶吊子倒了洗手。"那婆子回头见是秋纹，忙提起壶来就倒。秋纹道："够了。你这么大年纪也没个见识，谁不知是老太太的水！要不着的人就敢要了。"婆子笑道："我眼花了，没认出这姑娘来。"

这短短一幕，充满生活情趣，也饱含世态炎凉。同样是下人，"梅香拜把子，都是奴儿"，却也分个三六九等。当然，秋纹的这份霸道，也活脱表现出怡红院中大丫头做人行事的一贯风格，她们在贾府中可有名气了。但这种张扬和霸道，却可能付出惨痛的代价。晴雯和司棋就是典型。另外，"那里就走大了脚"这句话侧面暗示我们，《红楼梦》中女性是小脚。《红楼梦》中女性是天足还是小脚一直存在争论，而作品中没有明写。但此题与作品的主旨没多大相干，我们不多论。

第四个值得关注的细节，女先生说书的故事中有人名叫"王熙凤"，与凤姐的名字一模一样，"女先生忙笑着站起来，说：'我们该死了，不知是奶奶的讳。'凤姐儿笑道：'怕什么，你们只管说罢，重名重姓的多呢。'"文艺作品中的人物姓名与现实生活中人物相同，这本没有什么奇怪。那么，曹雪芹为什么要设计这么一个情节，并细加说明呢？它既没有产生情节效果，甚至凤姐这么一说后就过去了，好像曹雪芹在做无用功。但是，曹公是这么个人吗？显然不是，他是个小题大做、微言大义的超级高手。那么他写"重名"的意义何在呢？纵观整部小说，其人物形象的名字与重大历史人物的名字只有一个重合，那就是"代善"！曹雪芹的用意，是不是在这里做一个小小的提示？我认为就是这意思。如果大家觉得离奇，那么稍等片刻，我们马上就会看到确定无疑的证据，证明在写作这段情节的时候，作者的思绪中飘漾着祖先的影子，作者显然处于手头虚拟形象与现实的、历史的情境相互纠缠的创作状态之中。在这种创作状态下，作者非常容易去触碰那些现实材料，可能情不自禁。所以我以为王熙凤名字相重这个细节就是在提醒"代善"这个名字的重名，是作者一声轻轻的、意味深长的呼唤。再提供一个材料：《曹家档案》记载，曹寅的妻舅李煦，他是早于曹家被雍正抄家下狱的，他的家人都被送进"辛者库"，即成为包衣奴隶，其中他儿子的小妾，就叫"凤姐"！这位"凤姐"，是曹雪芹的表姑妈。

（《曹家档案》中华书局 1975 年，214 页）大家体会所谓"重名"。

第五个重要细节，是贾母对文艺作品的强力批判，同时也是对孙儿孙女们的当面警告。女先生们开始讲《凤求鸾》的故事，刚开头说有一位公子、一位小姐。

> 贾母忙道："怪道叫作《凤求鸾》。不用说，我猜着了，自然是这王熙凤要求这雏鸾小姐为妻。"女先儿笑道："老祖宗原来听过这一回书。"众人都道："老太太什么没听过！便没听过，也猜着了。"贾母笑道："这些书都是一个套子，左不过是些佳人才子，最没趣儿。把人家女儿说的那样坏，还说是佳人，编的连影儿也没有了。开口都是书香门第，父亲不是尚书就是宰相，生一个小姐必是爱如珍宝。这小姐必是通文知礼，无所不晓，竟是个绝代佳人。只一见了一个清俊的男人，不管是亲是友，便想起终身大事来，父母也忘了，书礼也忘了，鬼不成鬼，贼不成贼，那一点儿是佳人？便是满腹文章，做出这些事来，也算不得是佳人了。比如男人满腹文章去作贼，难道那王法就说他是才子，就不入贼情一案不成？可知那编书的是自己塞了自己的嘴。再者，既说是世宦书香大家小姐都知礼读书，连夫人都知书识礼，便是告老还家，自然这样大家人口不少，奶母丫鬟伏侍小姐的人也不少，怎么这些书上，凡有这样的事，就只小姐和紧跟的一个丫鬟？你们白想想，那些人都是管什么的，可是前言不答后语？"众人听了，都笑说："老太太这一说，是谎都批出来了。"贾母笑道："这有个原故：编这样书的，有一等妒人家富贵，或有求不遂心，所以编出来污秽人家。再一等，他自己看了这些书看魔了，他也想一个佳人，所以编了出来取乐。何尝他知道那世宦读书家的道理！别说他那书上那些世宦书礼大家，如今眼下真的，拿我们这中等人家说起，也没有这样的事，别说是那些大家子。可知是诌掉了下巴的话。所以我们从不许说这些书，丫头们也不懂这些话。这几年我老了，他们姊妹们住的远，我偶然闷了，说几句听听，他们一来，就忙歇了。"李薛二人都笑说："这正是大家的规矩，连我们家也没这些杂话给孩子们听见。"

贾母对当时文艺作品千篇一律、陈词滥调的批判，与第 1 回中石头对空空道人所说如出一辙，这显然是曹雪芹借贾母发声，这也罢了。关键是贾母对自由恋爱的小姐所持态度："只一见了一个清俊的男人，不管是亲是友，便想起终身大事来，父母也忘了，书礼也忘了，鬼不成鬼，贼不成贼，那一点儿是佳人？"贾母已然破口大骂。大家知道，家里的人都在，宝玉、黛玉、宝钗就在边上，尤其是黛玉，听着贾母这番猛烈陈词，还吃得下饭吗？不仅如此，贾母还直接联系到自己家里，"所以我们从不许说这些书，丫头们也不懂这些话"。如果说贾母这是在警告、敲打孙儿孙女，恐怕没人有异议吧？这顿元宵晚宴，几乎变成了家族纪律重申大会。是的，多年来贾母从来没有对宝玉、黛玉、宝钗三人之间的恋情正面表态，但是今日，当着全家族的面，她宣告的态度，是如此鲜明，如此严正——坚决、彻底反对公子小姐的自由恋爱，私下生情。她歪在榻上，抿着小酒，看似漫不经心，话语却如雷贯耳，骇人听闻。

第六个看点是曹雪芹对祖父的纪念，对曹寅艺术修养的赞美。夜深了，看了几出戏，贾母道："那孩子们熬夜怪冷的，也罢，叫他们且歇歇，把咱们的女孩子们叫了来，就在这台上唱两出给他们瞧瞧。"贾母这是要打擂台呢，她要让人见识见识自家戏班子的功底。贾府自家的戏班子，作者没有介绍过是什么剧种，但在第16回写明是"下姑苏聘请教习，采买女孩子，置办乐器行头等事"，苏州府下辖的昆山是昆曲发源地，清初时期是兴旺期。而且她们日常演习的都是《西厢记》《牡丹亭》，那么她们应该是昆曲班子吧。昆曲以鼓、板控制演唱节奏，以曲笛、三弦等为主要伴奏乐器。但是今日，贾母要显示一下自己的艺术胆识，下令："叫芳官唱一出《寻梦》，只提琴至管箫合，笙笛一概不用。"意思是不用主要伴奏乐器笛子等，而以胡琴、箫管伴奏。这是非常大胆的戏剧改革。我们都知道，半个世纪前的那场"京剧改革"，其最显著的器乐变动就是伴奏乐器的改革，用上西方的管弦乐。然而，曹公这里展示的，是两百年多前这种改革就尝试过了，这在当年需要多大的勇气和多深的修养。薛姨妈就说："实在亏他，戏也看过几百班，从没见用箫管的。"这一说，贾母更来劲了。

> 贾母道："也有。只是象方才《西楼·楚江晴》一支，多有小生吹箫和的。这大套的实在少，这也在主人讲究不讲究罢了。这算什么出奇？"指湘云道："我象他这么大的时节，他爷爷有一班小戏，偏有一个弹琴的凑了来，即如《西厢记》的《听琴》，《玉簪记》的《琴挑》，《续琵琶》的《胡茄十八拍》，竟成了真的了，比这个更如何？"众人都道："这更难得了。"贾母便命个媳妇来，吩咐文官等叫他们吹一套《灯月圆》。媳妇领命而去。

贾母这是在介绍自己的艺术渊源，意思是，她靠的是家族的渊源。贾母这一说不打紧，要紧的是，她所说的"《续琵琶》的《胡茄十八拍》"，其作者正是曹雪芹的祖父曹寅！先说一句，这是"《红楼梦》作者是曹雪芹"最坚实的证据。其次，贾母指着史湘云说湘云祖父有个戏班，这在辈分、代次上，同曹雪芹与祖父曹寅也完全吻合。其三，贾母说的历史事实发生在"史"家，大有"历史"真实的意味。其四，作品说的是贾母的家族渊源，曹雪芹写进祖父曹寅的《续琵琶》，除了证明戏剧方面曹家的家族渊源，也是对祖父曹寅的致敬，暗示曹雪芹的文化、修养，以至于于思想、个性、情趣，都有家族渊源。最近我读到湖南师范大学教授刘上生先生刚刚发表的《曹雪芹为何改易〈赏花时〉词曲——《红楼梦》第六十三回研读札记》，刘先生写得非常好，建议各位拜读一下。刘先生说："曹雪芹对祖父是如此熟悉和崇敬，他熟读《楝亭集》，连一条诗注也铭记于心。""曹雪芹对祖父的崇敬，并不仅是，甚至也主要不是因为他和祖父的血亲关系，不仅是，甚至也主要不是因为祖父创造了家业的鼎盛，更重要的是祖父的崇高人格及其所代表的包衣曹家的精神传承。"读到刘先生此话，我就像宝玉听了《寄生草》曲子一样，"喜的拍膝画圈，称赏不已"。我特别钦服"包衣曹家的精神"一词，我私以为，这是曹雪芹创作《红楼梦》的最基本的精神和情怀。《红楼梦》的写作对象是高级贵族一等公贾府，主人公是贵公子贾宝玉，但是，曹雪芹通过第1回开始的真真假假，和"实愧则有余，悔又无益"的表白，或明或暗地告诉读者，作者的情怀，未必在贵公子一边；他描写了无数的寄居者，再加上一系列奴才形象的刻画，尤其是赖大母亲那番"你可知道奴才两字是怎么写的"！曹雪芹暗度陈仓，让我们明了看似富贵、实则凄然的"奴才"之尴尬。客观地说，曹雪芹的人格是分裂的，一方面他因为包衣出身而深感屈辱，曹家在满族人身边做牛做马已经百来年，这种屈辱感在《红楼梦》中表现得太多了；另一方面，他又觉得曹家虽然卑微，但却是可以骄傲的汉人，曹家有丰厚的文化积淀和汉族人世世代代磨炼出来的精神骨骼和气质，整部作品都展现出明确的倾向性，就是对汉族文明的尊崇和回归。然而现实的一切又让曹雪芹显得不那么自信，他还处于自证的阶段。作品中嵌入曹寅的《续琵琶》就是自证的一个证据。总之，既驯从主子、感恩主子，又深深地自怨自艾、心怀不忿、有所追求的矛盾心态，体现的正是曹雪芹的"包衣曹家的精神"。反过来说，正是这种"包衣曹家的精神"，刺痛着、激励着曹雪芹，上穷碧天也要把自己一生、曹家几代人的心声留于青史，"虽今日之茅椽蓬牖，瓦灶绳床，其晨夕风露，阶柳庭花，亦未有妨我之襟怀笔墨者"。《红楼梦》正是这么诞生的。

　　第54回的内容要点大致是这些。已经连续两回了，作品的描写中心都是贾母。我们谈谈原因。在人物众多的场面中选择哪些镜头来表现，这是对艺术家的考验。许多著名画家从来不画人物众多的画，因为那实在不好处理，"一笔不细，不是肿了手就是跛了腿"（宝钗语）。小说也一样，祭祀、夜宴，上百号的人物中写谁？让谁说话？让谁接话？真的很难。细心的读者已经发现，这两回，一号人物宝玉的镜头不多，二、三号的黛玉、宝钗虽然也在场，但镜头几乎没有，黛玉好歹还说了"多谢"两个字，宝钗则是零记录。曹雪芹做出非常大胆的割舍，他绝不为主角另增画面或台词，他把镜头牢牢锁定在贾母身上。

　　这是为什么？这是内容表现的需要，是作品意蕴的需要。这两回写过年，要表现整个家族完整的大场面，就需要一个能俯视整个场面的制高点，这个制高点就是贾母。宗祠祭祀她是首领，祝寿她是主人，宴请她是主角……所有的活动贾母都是中心，而这些活动所要表达的热闹欢庆气氛、子孙满堂景象，或者这些景象背后的某种意味，诸如后继无人矛盾倾轧、入不敷出内囊将尽等，也都离不开贾母这个中心。所以作品镜头始终对准贾母，完全正确。相反，宝玉、黛玉、宝钗等或者他们相加，都不能表现整个贾府，都不能表现这个家族的走向。他们体现的是另一些主题，另一些意蕴。《红楼梦》根据内容的需要和意蕴的寄寓，选取的视角和角色有所侧重，而未必按照角色的排名来安排。不过，像《红楼梦》这样一、二、三号人物在场却统统被抛在一边长达两个章回，中外小说中还是很罕见的。

另外，曹雪芹已经是第三次写元宵节，第1回中写甄士隐家那个元宵夜甄英莲丢失，接着家里一片大火烧尽，甄士隐家破人亡；第二次写元宵节是元春省亲，也是全家族整体性的场面，与本回遥相呼应。有研究者认为，曹雪芹原本设计将来贾府抄家也是元宵节，因为曹雪芹自己家被抄就是在元宵节，所以他对元宵节是刻骨铭心，"好防佳节元宵后，便是烟消火灭时"。如果作品是这么安排，那么他要四写元宵节，第一次与第四次呼应，第二次与第三次对照，二、三与一、四又形成反面对比，这个结构复杂而又富有节律。不过后四十回没这么安排。

第五十五回
辱亲女愚妾争闲气　欺幼主刁奴蓄险心

回目的褒贬分明，早期各个抄本都是一样，那么这就是作者曹雪芹的意思了。"辱亲女"是说赵姨娘与探春争吵；"欺幼主"指吴新登媳妇刁难代理家政的探春、李纨。题目的倾向性是如此鲜明，评论家的态度也很一致，都是严厉指责赵姨娘无耻不端。但作品透露出来的消息，可能值得讨论。

本回一开头，曹雪芹就打开冷空调，把作品的气氛一下子降了下来。

> 且说元宵已过，只因当今以孝治天下，目下宫中有一位太妃欠安，故各嫔妃皆为之减膳谢妆，不独不能省亲，亦且将宴乐俱免。故荣府今岁元宵亦无灯谜之集。

> 刚将年事忙过，凤姐儿便小月了，在家一月，不能理事，天天两三个太医用药。凤姐儿自恃强壮，虽不出门，然筹画计算，想起什么事来，便命平儿去回王夫人，任人谏劝，他只不听。王夫人便觉失了膀臂，一人能有许多的精神？凡有了大事，自己主张，将家中琐碎之事，一应都暂令李纨协理。李纨是个尚德不尚才的，未免逐纵了下人。王夫人便命探春合同李纨裁处，只说过了一月，凤姐将息好了，仍交与他。谁知凤姐禀赋气血不足，兼年幼不知保养，平生争强斗智，心力更亏，故虽系小月，竟着实亏虚下来，一月之后，复添了下红之症。他虽不肯说出来，众人看他面目黄瘦，便知失于调养。王夫人只令他好生服药调养，不令他操心。他自己也怕成了大症，遗笑于人，便想偷空调养，恨不得一时复旧如常。

"宫中有一位太妃欠安"，于是举国停止娱乐活动，已经够冷场了；凤姐又小产，争强好胜不好生调养小病弄成大病。她是主管人，病倒了就需要代理人，王夫人于是让李纨、探春两位来代理，而且只让她们管些小事，大事自己管，可是家里就有点乱套了。

> 探春与李纨暂难谢事，园中人多，又恐失于照管，因又特请了宝钗来，托他各处小心："老婆子们不中用，得空儿吃酒斗牌，白日里睡觉，夜里斗牌，我都知道的。凤丫头在外头，他们还有个惧怕，如今他们又该取便了。好孩子，你还是个妥当人，你兄弟姊妹们又小，我又没工夫，你替我辛苦两天，照看照看。凡有想不到的事，你来告诉我，别等老太太问出来，我没话回，那些人不好了，你只管说。他们不听，你来回我。别弄出大事来才好。"宝钗听说只得答应了。

常言道："三个臭皮匠合成一个诸葛亮。"是王夫人觉得真需要三个人上去顶一个凤姐，还是曹雪芹觉得"三个抵一个"才过瘾，我们无法分辨。但这三位厉行改革，确实营造出一片新气象，那是下一回的事。我们先说曹为什么没写王夫人嘱咐李纨、探春，单写她怎么"请"宝钗出山。从道理上说，这家本来就该李纨管，她是媳妇，可是她不愿管事，或者能力也不够，王夫人被迫找来侄媳妇兼侄女儿的凤姐管事，现在凤姐病了李纨顶上去，理所当然职责所在，所以王夫人对李纨说什么不重要。探春虽然是赵姨娘所生，但按照当时的制度习俗，她是王夫人的女儿，叫她出来挡一阵，吩咐一句就行了，所以也不需要叙述。至于请宝钗出来管事，那完全是名不正言不顺，下人也很难服从的。王夫人向宝钗开口也是实在无奈，所以她怎么说服宝钗，就值得写一番。王夫人先是叹苦经，又是下人散漫弟妹还小，又是老太太处难以交代，然后说宝钗是个妥当人，"你替我辛苦两天，照看照看"。也确实，王夫人把能用的人都用上了，宝钗是她最后一张牌。宝钗是"只得答应了"。她不是没能力，而是名不正言不顺，自己住在这里都说不响亮，怎么去管别人？姨妈算是求她了，她无法拒绝。曹公写清这一层，当然也是为后面"改革创新，承包到人"运动中宝钗的角色做好铺垫。可谓"无意插柳柳成荫"，这三人组合恰恰是最佳组合。李纨虽不善俗务但德高望重，举着她的旗帜没人会反感；探春性格果断敢作敢为，正好弥补了李纨的不足，但探春对于杂物、对于金钱都一无所知，对于人事关系也不甚了了，这作为一个小姐不是问题，但作为一个家务琐事的管理者，是巨大的缺陷；恰好，宝钗在这两方面都擅长，她恰好可以弥补探春的缺陷；非但如此，探春敢于杀伐决断，但对于事物内在的许多联系、对于政策实施中的步骤以及它引发的一系列后果，缺乏严密的思考和善后，宝钗在这方面更是擅长。通俗来说，探春做司令官，宝钗当参谋长，这是绝配。估计王夫人也是看到这一点才硬要宝钗出山，所谓"你还是个妥当人"。

接着曹雪芹换个角度，以下人的反应来写探春的管理效果。

> 众人先听见李纨独办，各各心中暗喜，以为李纨素日原是个厚道多恩无罚的，自然比凤姐儿好搪塞。便添了一个探春，也都想着不过是个未出闺阁的青年小姐，且素日也最平和恬淡，因此都不在意，比凤姐儿前更懈怠了许多。只三四日后，几件事过手，渐觉探春精细处不让凤姐，只不过是言语安静，性情和顺而已。

管理与被管理是矛盾对立的，常常"不是东风压倒西风，就是西风压倒东风"。"几件事过手"，交手几个回合后，知道探春不好糊弄。但仆人们更难受的是宝钗，原来凤姐管事，晚上从来不进园子，所以一到晚上就是她们的天下。现在难受了。

宝钗便一日在上房监察，至王夫人回方散。每于夜间针线暇时，临寝之先，坐了小轿带领园中上夜人等各处巡察一次。他三人如此一理，更觉比凤姐儿当差时倒更谨慎了些。因而里外下人都暗中抱怨说："刚刚的倒了一个'巡海夜叉'，又添了三个'镇山太岁'，越性连夜里偷着吃酒顽的工夫都没了。"

贾府的仆人确实舒服，收入也着实丰厚，一个老婆子的收入不仅足以喝酒，还能支撑她们赌博，怪不得人人羡慕贾府的岗位。宝钗堵死了他们的后路。她每晚临睡之前都要各处巡察一次，这种勤勉是凤姐不可能做到的。我们还要注意曹公的文字："每于夜间针线暇时，临寝之先，坐了小轿带领园中上夜人等各处巡察一次。"宝钗天天晚上都做针线。曹公为什么唠唠叨叨？为什么每次要强调宝钗的辛勤劳动？看来这是他塑造宝钗的重要方面。

回到作品。以上都写了背景铺叙，下面才是具体的情节描写。曹公选什么来写呢？

这日王夫人正是往锦乡侯府去赴席，李纨与探春早已梳洗，伺候出门去后，回至厅上坐了。刚吃茶时，只见吴新登的媳妇进来回说："赵姨娘的兄弟赵国基昨日死了。昨日回过太太，太太说知道了，叫回姑娘奶奶来。"说毕，便垂手旁侍，再不言语。彼时来回话者不少，都打听他二人办事如何：若办得妥当，大家则安个畏惧之心，若少有嫌隙不当之处，不但不畏伏，出二门还要编出许多笑话来取笑。吴新登的媳妇心中已有主意，若是凤姐前，他便早已献勤说出许多主意，又查出许多旧例来任凤姐儿拣择施行。如今他藐视李纨老实，探春是青年的姑娘，所以只说出这一句话来，试他二人有何主见。探春便问李纨。李纨想了一想，便道："前儿袭人的妈死了，听见说赏银四十两。这也赏他四十两罢了。"吴新登家的听了，忙答应了是，接了对牌就走。探春道："你且回来。"吴新登家的只得回来。

这是第一个回合。曹公首先挑选的是吴新登家的对李纨、探春进行刁难。吴新登家的是何许人？先说她丈夫吴新登，早在第8回作品就介绍此人是荣国府银库房总领，类似今天企业的财务总管，那可是个要职，在仆人中属于头面人物。他们家的地位在上一回就有揭示：过年，仆人请贾府主子吃年酒的通共只有五家，其中就有吴新登家。这吴新登家的，应该也是个领班之类的小头目，有身份有地位，掂新来的领导分量以至于出他们的洋相，通常都是这样的人出头。至于李纨和探春，平时看不出高低长短，现在她们管理实际事物，那么在处理具体事情时就泾渭分明了。李纨还"想了一想"，结果就出错了；探春年龄小得多又未出阁，从来不知家政，这方面经验远远不如李纨，但是她当即阻止吴新登家的。她怎么会意识到其中有诈？

下一回的回目称她"敏探春",可见她本来就机敏,此前我们只见识过一次,就是她向贾母分辩不该错怪王夫人。今天她的机敏可能还来自她的察言观色,"吴新登家的听了,忙答应了是,接了对牌就走"。可能其表情和动作流露出一丝匆忙和得意,引起探春的注意。另外,李纨以袭人的母亲为例,按例给银子,探春当时没说话,估计她在思考;李纨发出对牌,之前要写数据、签名,就这么短时间内探春的脑子已经转了几转,加上吴新登家的神态,更令她疑心。尤其让探春神经都绷紧的应该是死者的身份,赵国基是探春的嫡亲舅舅,这层关系让探春极为敏感,她知道在这上面有一丝差错就会被人揪住辫子,以后很难办事了。所以探春后面的话就有针对性。请看:

> 探春道:"你且别支银子。我且问你:那几年老太太屋里的几位老姨奶奶,也有家里的也有外头的这两个分别。家里的若死了人是赏多少,外头的死了人是赏多少,你且说两个我们听听。"一问,吴新登家的便都忘了,忙陪笑回说:"这也不是什么大事,赏多少,谁还敢争不成?"探春笑道:"这话胡闹。依我说,赏一百倒好。若不按例,别说你们笑话,明儿也难见你二奶奶。"吴新登家的笑道:"既这么说,我查旧帐去,此时却记不得。"探春笑道:"你办事办老了的,还记不得,倒来难我们。你素日回你二奶奶也现查去?若有这道理,凤姐姐还不算利害,也就是算宽厚了!还不快找了来我瞧。再迟一日,不说你们粗心,反象我们没主意了。"吴新登家的满面通红,忙转身出来。众媳妇们都伸舌头。这里又回别的事。

吴新登家的真是自讨其辱。第一,探春拦住她不让支银子,说明探春已有疑心,她该收敛了;第二,探春的问题那么直奔要害,可知今天的刁难没法玩下去,应见风使舵放弃企图。可惜,估计吴新登家的已经在外面夸下海口,今天她肯定让探春出尽洋相,这就倒逼她一条道走到底。最后,探春按照家里人的旧例,只给二十两,吴新登家的领着对牌去了。——第一个回合以探春完胜结束。但是事情是不是到此就完了呢?恐怕没这么简单。栽这么大筋斗,脸面全无,吴新登家的未必甘心认败,而且报复非常容易,探春压低一半丧葬费,赵姨娘自然恼恨,只要稍加挑拨,赵姨娘必定赤膊上阵与亲生女儿探春打个天昏地暗。

> 忽见赵姨娘进来,李纨探春忙让坐。赵姨娘开口便说道:"这屋里的人都踩下我的头去还罢了。姑娘你也想一想,该替我出气才是。"一面说,一面眼泪鼻涕哭起来。探春忙道:"姨娘这话说谁,我竟不解。谁踩姨娘的头?说出来我替姨娘出气。"赵姨娘道:"姑娘现踩我,我告诉谁!"探春听说,忙站起来,说道:"我并不敢。"李纨也站起来劝。赵姨娘道:"你们请坐下,听我说。我这屋里熬油似的熬了这么大年纪,又有你和你兄弟,这会子连袭人都不如了,我还有什么脸?连你也没脸面,别说我了!"

赵姨娘可不拐弯抹角,上来就一针见血。一个人看事情想问题,就看你站什么立场抱什么态度。站在赵姨娘的立场以她的思维模式，她真是太冤，女儿探春太无情，踩她的头。但是站在探春的立场，她有自己的人格追求，有自己的行为准则和理念标准，她坚持一切事情都不落人把柄，一切事情都要打上她探春的公正，即一个庶出的小姐对自己的母亲、舅舅不留情面的刻板公正，要所有人把她当一位堂堂正正的小姐！现在，她面对的不是别人而是亲生母亲的挑战，母亲认为你是奴婢的女儿，应该照顾奴才。母女俩尖锐对立。"姑娘现踩我，我告诉谁！"曹雪芹写奴才的感情，是那么的淋漓透彻、通达心底。中国古代、现代作家写奴才仆人都没有那份震撼人心的力量，外国的古典小说家中，一生践行农奴制改革的托尔斯泰，也有对农奴的描写，但与曹雪芹相比，那是隔膜太厚了。尽管曹雪芹始终是把赵姨娘作为反面人物刻画的，但一个亲生母亲说出这样的话，真让人无语凝噎。

　　探春笑道："原来为这个。我说我并不敢犯法违理。"一面便坐了，拿帐翻与赵姨娘看，又念与他听，又说道："这是祖宗手里旧规矩，人人都依着，偏我改不成？也不但袭人，将来环儿收了外头的，自然也是同袭人一样。这原不是什么争大争小的事，讲不到有脸没脸的话上。他是太太的奴才，我是按着旧规矩办。说办的好，领祖宗的恩典，太太的恩典，若说办的不均，那是他糊涂不知福，也只好凭他抱怨去。太太连房子赏了人，我有什么有脸之处，一文不赏，我也没什么没脸之处。依我说，太太不在家，姨娘安静些养神罢了，何苦只要操心。太太满心疼我，因姨娘每每生事，几次寒心。我但凡是个男人，可以出得去，我必早走了，立一番事业，那时自有我一番道理。偏我是女孩儿家，一句多话也没有我乱说的。太太满心里都知道。如今因看重我，才叫我照管家务，还没有做一件好事，姨娘倒先来作践我。倘或太太知道了，怕我为难不叫我管，那才正经没脸，连姨娘也真没脸！"一面说，一面不禁滚下泪来。

　　这一段话，我们明显感受到探春情绪的变化，可分四层。一开始她是笑着说的，"拿帐翻与赵姨娘看，又念与他听"，显然探春想好好说服母亲；但是说着说着，她的情绪激动起来。"太太连房子赏了人，我有什么有脸之处，一文不赏，我也没什么没脸之处。依我说，太太不在家，姨娘安静些养神罢了，何苦只要操心。"这是第二层，到这里，探春还是理性占上风，情绪还在可控之中，她要母亲省点事情。然而进入第三层，她自己就控制不住了："太太满心疼我，因姨娘每每生事，几次寒心。我但凡是个男人，可以出得去，我必早走了，立一番事业，那时自有我一番道理。偏我是女孩儿家，一句多话也没有我乱说的。"这是痛心的自怨自艾，眼泪涌上来，情绪渐渐失控。"太太满心里都知道。如今因看重我，才叫我照管家务，还没有做一件好事，姨娘倒先来作践我。倘或太太知道了，怕我为难不叫我管，那才正经没脸，连姨娘也真没脸！"一面说，一面不禁滚下泪来。这话就在对扛了，"姨娘倒先来作践我"，同赵姨娘所说的"姑娘现踩我"，如出一辙。吵架往往彼此一句狠似一句，最后专挑最绝情的说。

> 赵姨娘没了别话答对，便说道："太太疼你，你越发拉扯拉扯我们。你只顾讨太太的疼，就把我们忘了。"探春道："我怎么忘了？叫我怎么拉扯？这也问你们各人，那一个主子不疼出力得用的人？那一个好人用人拉扯的？"李纨在旁只管劝说："姨娘别生气。也怨不得姑娘，他满心里要拉扯，口里怎么说的出来。"探春忙道："这大嫂子也糊涂了。我拉扯谁？谁家姑娘们拉扯奴才了？他们的好歹，你们该知道，与我什么相干。"赵姨娘气的问道："谁叫你拉扯别人去了？你不当家我也不来问你。你如今现说一是一，说二是二。如今你舅舅死了，你多给了二三十两银子，难道太太就不依你？分明太太是好太太，都是你们尖酸刻薄，可惜太太有恩无处使。姑娘放心，这也使不着你的银子。明儿等出了阁，我还想你额外照看赵家呢。如今没有长羽毛，就忘了根本，只拣高枝儿飞去了！"探春没听完，已气的脸白气噎，抽抽咽咽的一面哭，一面问道："谁是我舅舅？我舅舅年下才升了九省检点，那里又跑出一个舅舅来？我倒素习按理尊敬，越发敬出这些亲戚来了。既这么说，环儿出去为什么赵国基又站起来，又跟他上学？为什么不拿出舅舅的款来？何苦来，谁不知道我是姨娘养的，必要过两三个月寻出由头来，彻底来翻腾一阵，生怕人不知道，故意的表白表白。也不知谁给谁没脸？幸亏我还明白，但凡糊涂不知理的，早急了。"李纨急的只管劝，赵姨娘只管还唠叨。

探春的性子真是够烈，李纨劝一句，她大声责备"这大嫂子也糊涂了"，这么重的话凤姐也未必说过。至于"那里又跑出一个舅舅来"，是千真万确的六亲不认。看到这里我在想，我们二十一世纪的读者，该抱什么态度呢？探春怨恨庶出身份，而她采取的应对方法，是不承认自己与生母的母女关系，认嫡母王夫人为母亲；不认赵国基这个亲舅舅，而认王子腾为舅舅。我们可以说探春这是被环境所逼，但我们作为二十一世纪的读者该怎么看待和评价？看看今天世界各国，不管是什么政治制度、民族种类、宗教派别，大概没有一个国家的法律不承认血亲的关系，不严格保护血亲之间的权利和义务。这说明人类进化、进步到今天，还是把血亲关系看作是人的最重要关系，把维护这层关系当作人的首要义务。所以站在人类迄今最高的高度，我们不能够认同探春的选择，我们认为探春的选择是违背基本人伦，是反人类的。我们不是在追究探春，也不追究作者曹雪芹所取立场的正确或错误，我们只是说，探春的做法，在今日看来是不当的。我们对这种人伦制度不予认可。探春的弟弟贾环也是认赵姨娘为母亲的。我们至多只能同情探春对母亲的态度，但绝对无法赞同，哪怕作者曹雪芹是站在探春的立场上。一个作家只要他写出的是揭示本质的生活现象，他的任务已经完成了，表态和评判是读者的权利。我的观点是，探春被严重扭曲了；她还年轻，但她的人伦观念被野蛮的现实制度彻底扭曲、变形了。探春是个有头脑有见解的姑娘，其实她也意识到自己被现实撕裂了，那也并非她所愿，所以她"抽抽咽咽的一面哭，一面问"。假如她真的不在乎母女情，假如她心甘情愿当王夫人的女儿，那么她面对赵姨娘就会像对付吴新登家的一样，摆出一副小姐面孔杀伐决断毫不留情，她哪里会如此伤心?!曹公先写探春羞辱吴新登家的，再写探春与赵姨娘的争执，是不是故意让我们有所比较，有所鉴别? 曹公确确实实写出了探春的两副心肠两种意气，值得我们深切体会。

探春、赵姨娘母女两个已经撕破了脸皮，再闹下去真不知怎么收场。好在曹雪芹手里有尚方宝剑，只需拿出来晃一晃，赵姨娘就会乖乖熄火。还记得赵姨娘为贾环输钱耍赖而大叫大嚷吗? 当时是怎么收场的? 是凤姐在外面把贾环叫出来一顿臭骂，贾环服服帖帖，赵姨娘更是闷不作声。今天凤姐生病出不来，怎么办?《三国演义》中敌军将领看见周仓就要逃跑，因为周仓扛着关羽那把要命的青龙偃月刀!曹雪芹也用这一招，他把凤姐的跟班平儿突然放出来：

　　忽听有人说："二奶奶打发平姑娘说话来了。"赵姨娘听说，方把口止住。

就这么一句话，赵姨娘和探春这场越烧越旺的争执之火一下子熄灭。赵姨娘立马老实，这没错；其实我们再想想，恐怕探春的休战之心比赵姨娘更急切。探春特别爱脸面，作为庶出的小姐她出奇地珍惜自己的羽毛，她比赵姨娘还不愿被平儿看见母女冲突。探春不是宝玉，她讲究"出身"看重身份，在她的眼里平儿只是凤姐的丫鬟、一个管点家务的仆人! 在这样一个下人面前同自己的生母吵架，探春感觉是羞耻。平儿是把双刃剑，赵姨娘怕受伤，探春更怕见血。

以上是探春今日交手的第二个回合。下面第三个回合看似没有动手，其实是同平儿以及她背后的凤姐交手，这个回合就不像前面两回那么一拳一脚直来直去，而是刀光剑影暗中过招，更加曲折复杂、充满心机。探春要"杀鸡儆猴"、擒贼擒王，以树立威风。

　　李纨见平儿进来，因问他来做什么。平儿笑道："奶奶说，赵姨奶奶的兄弟没了，恐怕奶奶和姑娘不知有旧例，若照常例，只得二十两。如今请姑娘裁夺着，再添些也使得。"探春早已拭去泪痕，忙说道："又好好的添什么，谁又是二十四个月养下来的? 不然也是那出兵放马背着主子逃出命来过的人不成? 你主子真个倒巧，叫我开了例，他做好人，拿着太太不心疼的钱，乐的做人情。你告诉他，我不敢擅减，混出主意。他添他施恩，等他好了出来，爱怎么添了去。"平儿一来时已明白了对半，今听这一番话，越发会意，见探春有怒色，便不敢以往日喜乐之时相待，只一边垂手默侍。

探春今日真叫发飙了，刚才开罪自己的亲嫂子李纨，现在更拿堂嫂子凤姐开刀，直言"他做好人，拿着太太不心疼的钱，乐的做人情"。这个话，即使王夫人、贾母都不好出口的，其他人非但半个字不敢说连听都不敢听，平儿"只一边垂手默侍"。为什么会闹到这么僵？说白了，是凤姐与探春的两种气质人格、两种处世态度和管理方式发生了冲突。从平儿的话可知，她和凤姐并不知道探春已经挑落吴新登家的和赵姨娘，平儿来传话实际上是来卖人情做好人。探春的亲舅舅没了多花点银子，凤姐不但理解而且支持。这是现成的人情，凤姐不会错过。像这种"因人施策"在凤姐和贾琏手里太平常，但探春却看作是对自己的亵渎和侮辱！在探春眼里，制度是神圣不可侵犯的，一切都要按照制度惯例办理，不得徇情，因情徇私是卑鄙的，有损自己的清誉和人格，有害家族的生存和发展。——这，就是探春发飙的根源。即使没生气她也会坚决拒绝，至多是口气好听一点。探春这话一出，整个议事厅的气氛顿时凝固。所有管事的都是凤姐手下，现在探春猛扇凤姐耳光连平儿都"垂手默侍"，别人谁敢出气？这气氛僵到什么时候是个头？曹公又来调度了，刚才把平儿调来，现在他故伎重演派宝钗上场。

> 时值宝钗也从上房中来，探春等忙起身让坐。未及开言，又有一个媳妇进来回事。因探春才哭了，便有三四个小丫鬟捧了沐盆、巾帕、靶镜等物来。此时探春因盘膝坐在矮板榻上，那捧盆的丫鬟走至跟前，便双膝跪下，高捧沐盆，那两个小丫鬟，也都在旁屈膝捧着巾帕并靶镜脂粉之饰。平儿见待书不在这里，便忙上来与探春挽袖卸镯，又接过一条大手巾来，将探春面前衣襟掩了。探春方伸手向面盆中盥沐。

与前面大段的对话形成对比，这里忽然一片沉静肃穆，换作细致的动作描写。曹公换了笔墨，用这一组动作呈现探春今日要好好摆一摆小姐架势！有的时候，架势就靠摆出来。贾府的小姐平时很好说话没什么架子，下人也比较随便。但今日不行，三小姐探春要让众人领教，吾身虽为庶出，吾之尊贵不容小觑！她开始"演礼"，用礼仪展出尊贵。所以探春坐着，一声不吭让人服侍，平儿上来侍候她非但不推辞不感谢，她连气都不吭一声，摆足架势让平儿服侍。这气度神态，上海话有个词"腔势"，即拿腔拿调、摆足架势。平时常见凤姐摆"腔势"，今日，探春摆得比凤姐更有型。不过凤姐有做作，她没有，正因为没有做作，更是不怒而威。曹公与探春"配合"得很好，一起又一起就好像是排练过的，他先用三四个小丫鬟"双膝跪下，高捧沐盆"来烘托，接着又一而再地用平儿来烘托。

> 那媳妇便回道："回奶奶姑娘，家学里支环爷和兰哥儿的一年公费。"平儿先道："你忙什么！你睁着眼看见姑娘洗脸，你不出去伺候着，先说话来。二奶奶跟前你也这么没眼色来着？姑娘虽然恩宽，我去回了二奶奶，只说你们眼里都没姑娘，你们都吃了亏，可别怨我。"唬的那个媳妇忙陪笑道："我粗心了。"一面说，一面忙退出去。

什么叫当面吹捧？这就是。平儿不仅是个好演员，还是个好导演，她不需要剧本不需要指点，临场发挥绝对一流。她能把凤姐都服侍好，探春这点脾气，在平儿眼里岂非小菜一碟？精彩的还在后面。

　　探春一面匀脸，一面向平儿冷笑道："你迟了一步，还有可笑的：连吴姐姐这么个办老了事的，也不查清楚了，就来混我们。幸亏我们问他，他竟有脸说忘了。我说他回你主子也忘了再找去？我料着你那主子未必有耐性儿等他去找。"平儿忙笑道："他有这一次，管包腿上的筋早折了两根。姑娘别信他们。那是他们瞅着大奶奶是个菩萨，姑娘又是个腼腆小姐，固然是托懒来混。"说着，又向门外说道："你们只管撒野，等奶奶大安了，咱们再说。"门外的众媳妇都笑道："姑娘，你是个最明白的人，俗语说，'一人作罪一人当'，我们并不敢欺蔽小姐。如今小姐是娇客，若认真惹恼了，死无葬身之地。"平儿冷笑道："你们明白就好了。"又陪笑向探春道："姑娘知道二奶奶本来事多，那里照看的这些，保不住不忽略。俗语说，'旁观者清'，这几年姑娘冷眼看着，或有该添该减的去处二奶奶没行到，姑娘竟一添减，头一件于太太的事有益，第二件也不枉姑娘待我们奶奶的情义了。"话未说完，宝钗李纨皆笑道："好丫头，真怨不得凤丫头偏疼他！本来无可添减的事，如今听你一说，倒要找出两件来斟酌斟酌，不辜负你这话。"探春笑道："我一肚子气，没人煞性子，正要拿他奶奶出气去，偏他碰了来，说了这些话，叫我也没了主意了。"

我们看曹公的牌艺有多高。常言一手好牌没用，只有高手才能打赢。这副牌的赢点是让探春息怒，让议事厅恢复正常气氛。曹公调来平儿，可是探春连平儿、凤姐一起开刷，闹得平儿也僵住了。要解开平儿这个结，先得用下人。贾府中那么多下人，今日这个场面派谁上场最管用？鸳鸯恐怕不行，袭人、晴雯、紫鹃都不行，于是曹公先选了一个跑腿媳妇，盘活了平儿，气氛松动。曹公又打出连环牌：用平儿松动探春，又用众媳妇烘托平儿，关键时刻用宝钗出面敲碎冰封的气氛，于是探春笑了。这场戏，你中有我我中有你，互为映衬戏里有戏，整场戏不仅活，而是火了！平儿、宝钗两张牌打得好，平儿再怎么演，她的身份放在那里，探春又是个讲究身份的人，那张脸怎么也不松开，宝钗起润滑作用，她善解人意又擅长解锁，关键时刻恰到好处一句："好丫头，真怨不得凤丫头偏疼他！"赞的是平儿，抚慰的是探春，探春忍不住笑了。曹公这副牌打得真是漂亮。

接着探春又做主把贾环、贾兰上学的零用钱免除了，贾兰是李纨的儿子而李纨就在边上，还是"主持工作"的，可是探春这助手却问都不问李纨一声，单独做主又吩咐："平儿，回去告诉你奶奶，我的话，把这一条务必免了。"真是大权独揽还颐指气使，平儿则少不得又帮衬一把。最后，丫鬟出去吩咐媳妇们把宝钗的饭也端到这里。一个细枝末节提醒注意：前面探春一直称"你主子"，现在改口"你奶奶"，一字之差，探春、曹公多少意思，如果我们忽略了，真成了"猪八戒吃长生果"。

> 探春听说，便高声说道："你别混支使人！那都是办大事的管家娘子们，你们支使他要饭要茶的，连个高低都不知道！平儿这里站着，你叫叫去。"

大家看看，这个话，如果不说名字，读者恐怕会以为是凤姐吧？本回对探春的正面刻画到此结束，后面还有侧面描写。但已经够了，探春让我们刮目再刮目，她不再是那个求哥哥给她买柳条篮子的小姑娘，甚至也不再是那个敢于纠正贾母的敏探春，这位三小姐现在叫人见了有点害怕。她如果是一位女政治家的话，必定是一位弄权的高手，是一位"铁娘子"。

平儿出来，那些办事的媳妇们一片迎奉。她们原来等着探春出错落下话柄好去四处取笑，现在却感到自身可能有麻烦甚至危险。人就是这样，好欺负的人被当马骑，不好欺负的便来抬轿子。平儿今日也是初次领教探春的厉害，恐怕也是心有余悸。她悄悄开导众媳妇：

> "你们太闹的不象了。他是个姑娘家，不肯发威动怒，这是他尊重，你们就藐视欺负他。果然招他动了大气，不过说他个粗糙就完了，你们就现吃不了的亏。他撒个娇儿，太太也得让他一二分，二奶奶也不敢怎样。你们就这么大胆子小看他，可是鸡蛋往石头上碰。"众人都忙道："我们何尝敢大胆了，都是赵姨奶奶闹的。"平儿也悄悄的说："罢了，好奶奶们。'墙倒众人推'，那赵姨奶奶原有些倒三不着两，有了事都就赖他。你们素日那眼里没人，心术利害，我这几年难道还不知道？二奶奶若是略差一点儿的，早被你们这些奶奶治倒了。饶这么着，得一点空儿，还要难他一难，好几次没落了你们的口声。众人都道他利害，你们都怕他，惟我知道他心里也就不算不怕你们呢。前儿我们还议论到这里，再不能依头顺尾，必有两场气生。那三姑娘虽是个姑娘，你们都横看了他。二奶奶这些大姑子小姑子里头，也就只单畏他五分。你们这会子倒不把他放在眼里了。"

这时秋纹来问哪天可以领月钱，平儿赶紧拦住。

> "正要找几件利害事与有体面的人开例作法子，镇压与众人作榜样呢。何苦你们先来碰在这钉子上。你这一去说了，他们若拿你们也作一二件榜样，又碍着老太太、太太，若不拿着你们作一二件，人家又说偏一个向一个，仗着老太太、太太威势的就怕，也不敢动，只拿着软的作鼻子头。你听听罢，二奶奶的事，他还要驳两件，才压的众人口声呢。"秋纹听了，伸舌笑道："幸而平姐姐在这里，没的臊一鼻子灰。我赶早知会他们去。"说着，便起身走了。

这一堆笔墨，都是侧面描写探春，妙就妙在作者将平儿作为抓手，镜头对准平儿来铺叙。探春今日一连斩吴新登家的、赵姨娘、平儿、凤姐甚至还有李纨，杀出了威风和血性，所有人都怕了。

我们不能不再次拜倒在曹雪芹面前。前面他打出平儿这张牌的时候，我们还以为仅仅是针对赵姨娘，但是平儿登场以后就不见了赵姨娘的身影，平儿却渐渐成为镜头的跟踪对象。她怎么被探春批驳，又怎么服侍探春，她出了议事厅，镜头也就抛弃了中心人物探春而跟着她摇到外面院子里，现在她与众媳妇悄悄沟通，要大家小心办事别再惹祸。到这里，平儿的事情该完了吧？不，她被曹雪芹揪住就不放了，直到这一回结束她都别想脱身。假如可能的话，平儿或许会对曹公提意见，因为她出演这么多，实际上都同她关系不大，她只是作为一个"结构人物"、一个跑龙套的被曹公差过来又差过去，曹公要写的其实是探春。现在曹公又差她了。

> 探春气方渐平，因向平儿道："我有一件大事，早要和你奶奶商议，如今可巧想起来。你吃了饭快来。宝姑娘也在这里，咱们四个人商议了，再细问你奶奶可行可止。"平儿答应回去。

这样让平儿带着任务回凤姐身边，平儿继续扮演陪客。后面是凤姐与平儿主仆二人的对话，既关系到对探春、凤姐等人物的塑造，更关系到贾府的经济状况，还有凤姐心中对宝玉婚姻的"一厢情愿"，实在是事关重大，我们还是摘引为好。

> 凤姐因问为何去这一日，平儿便笑着将方才的原故细细说与他听了。凤姐笑道："好，好，好，好个三姑娘！我说他不错。只可惜他命薄，没托生在太太肚里。"平儿笑道："奶奶也说糊涂话了。他便不是太太养的，难道谁敢小看他，不与别的一样看了？"凤姐叹道："你那里知道，虽然庶出一样，女儿却比不得男人，将来攀亲时，如今有一种轻狂人，先要打听姑娘是正出庶出，多有为庶出不要的。殊不知别说庶出，便是我们的丫头，比人家的小姐还强呢。将来不知那个没造化的挑庶正误了事呢，也不知那个有造化的不挑庶正的得了去。"

这是过渡段，但过渡途中并不闲着，凤姐一连三个叫"好"，可知凤姐观察、揣摩探春已经很久，口中叫着"好"时只怕内心别有一番滋味。同时，对社会风气中关于"正出""庶出"的介绍和批判，一方面写出凤姐的不俗，另一面——我又要说了——也是曹雪芹愤懑抑郁之情的再一次喷泄。"正出""庶出"是同一个父亲，仅仅母亲身份有别，子女的身份差别如此大，更何况曹雪芹家世代为奴！这种天生的、永远无法改变的身份之痛，令曹雪芹每次触及这个话题都要咬牙切齿悲愤难平。所以曹雪芹对主子奴才、正出庶出的揭露和批判，实际上是对中国传统制度、传统文化中最愚昧部分的批判，他挖到了丑恶的根底，他难免动气。其实即使在今天，在所谓的发达国家中，也依然存在种族歧视、民族歧视、宗教信仰歧视、阶级歧视。

人类远远没有我们想象的仁慈、公平、美好。

回到作品。

　　说着，又向平儿笑道："你知道，我这几年生了多少省俭的法子，一家子大约也没个不背地里恨我的。我如今也是骑上老虎了。虽然看破些，无奈一时也难宽放；二则家里出去的多，进来的少。凡百大小事仍是照着老祖宗手里的规矩，却一年进的产业又不及先时。多省俭了，外人又笑话，老太太、太太也受委屈，家里人也抱怨刻薄；若不趁早料理省俭之计，再几年就都赔尽了。"平儿道："可不是这话！将来还有三四位姑娘，还有两三个小爷，一位老太太，这几件大事未完呢。"凤姐儿笑道："我也虑到这里，倒也够了：宝玉和林妹妹他两个一娶一嫁，可以使不着官中的钱，老太太自有梯己拿出来。二姑娘是大老爷那边的，也不算。剩了三四个，满破着每人花上一万两银子。环哥娶亲有限，花上三千银子，不拘那里省一抿子也就够了。老太太事出来，一应都是全了的，不过零星杂项，便费也满破三五千两。如今再俭省些，陆续也就够了。只怕如今平空又生出一两件事来，可就不得了。——咱们且别虑后事，你吃了饭，快听他商议什么。这正碰了我的机会，我正愁没个膀臂。虽有个宝玉，他又不是这里头的货，纵收伏了他也不中用。大奶奶是个佛爷，也不中用。二姑娘更不中用，亦且不是这屋里的人。四姑娘小呢。兰小子更小。环儿更是个燎毛的小冻猫子，只等有热灶火炕让他钻去罢。真真一个娘肚子里跑出这个天悬地隔的两个人来，我想到这里就不伏。再者林丫头和宝姑娘他两个倒好，偏又都是亲戚，又不好管咱家务事。况且一个是美人灯，风吹吹就坏了；一个是拿定了主意，'不干己事不张口，一问摇头三不知'，也难十分去问他。倒只剩了三姑娘一个，心里嘴里都也来的，又是咱家的正人，太太又疼他，虽然面上淡淡的，皆因是赵姨娘那老东西闹的，心里却是和宝玉一样呢。比不得环儿，实在令人难疼，要依我的性早撵出去了。如今他既有这主意，正该和他协同，大家做个膀臂，我也不孤不独了。按正理，天理良心上论，咱们有他这个人帮着，咱们也省些心，于太太的事也有些益。若按私心藏奸上论，我也太行毒了，也该抽头退步。回头看了看，再要穷追苦克，人恨极了，暗地里笑里藏刀，咱们两个才四个眼睛，两个心，一时不防，倒弄坏了。趁着紧溜之中，他出头一料理，众人就把往日咱们的恨暂可解了。还有一件，我虽知你极明白，恐怕你心里挽不过来，如今嘱咐你：他虽是姑娘家，心里却事事明白，不过是言语谨慎；他又比我知书识字，更厉害一层了。如今俗语'擒贼先擒王'，他如今要作法开端，一定是先拿我开端。倘或他要驳我的事，你可别分辨，你只越恭敬，越说驳的是才好。千万别想着怕我没脸，和他一犟，就不好了。"

　　凤姐这段话，是《红楼梦》中少有的一口气不间断独白，有千把字。我们关注几点。第一，凤姐张口就谈荣国府的经济状况，几年来都是寅吃卯粮，难以为继。这自然也是曹公借凤姐向读者"爆料"，它是《红楼梦》核心情节之一。如果说冷子兴言"内囊也已近上来了"只是外人的传言，那么秦可卿托梦则是正式警钟，贾珍收租时说荣府属于"内部消息"，现在当家人凤姐自己承认，"只怕如今平空又生出一两件事来，可就不得了"。荣国府经不得任何风雨了。我们补上一句，宁国府也差不多。第二，凤姐开始收缩开支，但又要维护贾母、王夫人的脸面，还要遭别人的怨恨，她也有难处。当然凤姐不会说她还在中饱私囊。第三，她对贾府下一代成员一一予以评价：除了探春，后继无人。她也看出黛玉、宝钗有能力，但两个都是客人不会多管闲事。"一个是美人灯，风吹吹就坏了；一个是拿定了主意，'不干己事不张口，一问摇头三不知'"成为名句。第四，她认为"宝玉和林妹妹他两个一娶一嫁，可以使不着官中的钱，老太太自有梯己拿出来。""他两个一娶一嫁"，意思应当是宝玉娶黛玉。是贾母、王夫人私下向凤姐透露过要娶黛玉的想法？曹公从来不写。不久前贾母还在想要宝琴，凤姐自己也表示她想做这个媒。这真的很矛盾。而且贾母的两条娶亲标准，黛玉就有一条不符合；王夫人对黛玉，更是远不如宝钗。所以《红楼梦》很难解，它真的像玉石一样半透明看不透。曹公就是想要这种迷迷蒙蒙的效果，让读者去联想和思索。不过，从整部作品来看这是最明显的一次透露。第五，凤姐坚决支持探春的改革，这是难能可贵的。多少掌权人自己独揽惯了，凡有别人来管事都会暗中下绊子作梗，凤姐却暗助探春，有点境界。所以凤姐这个形象是多维度的，她是中国文学史上不曾有过的形象。

最后归纳一下。本回的气势场面不如前两回，内涵却丰富、深刻许多。首先，凤姐病倒就引发家庭管理危机，这反映出家族人才不济，制度缺陷，归根究底是王夫人的过错，她自己无能，拉侄女兼侄媳妇凤姐来管家就是败招，因为这明显激化了长房二房、邢夫人和凤姐婆媳两层矛盾，几年下来又不培养接班人，现在临时抱佛脚拉上李纨和探春，也非长久之计。从长远看荣府何以为继？王夫人好像就没思考过。

其次，探春与赵姨娘，演出了一场发人深思的人性冲突——人与人究竟是血缘第一，还是等级第一？当血缘与等级冲突时，该何去何从？不仅探春同赵姨娘尖锐对立，作者曹雪芹和许多红学家都站在探春一面，而我们却有所保留。我们认为探春被半奴隶半封建制度部分异化了，她连亲生母亲和舅舅都不承认，是人性的某种失落。——这个问题很难有统一的结论，但这个问题的提出，体现作者对人性的深切关怀。

其三，这一回写探春理事，有点像历史或文学中写"忠臣"，坚守规章制度、大义灭亲、忠于主人，不惜背负骂名。虽然没有让凤姐演"奸臣"，但对立面让吴新登家的和赵姨娘出任，写得颇为戏剧化。当然这一回还是开头，下一回探春要改革制度，建立良性循环机制。曹雪芹写这事情，不知道他是亲自见识过？抑或是出于对家族管理陋习长久思考后将结果化作一次"沙盘演练"？我们可以肯定的是，曹雪芹对家族管理有深刻的思考。

其四，凤姐、平儿的前瞻只管到几个公子小姐结婚，但将来宝玉、贾环、贾兰一个个结婚后，家大人多，这日子怎么过下去呢？凤姐可不管这个，她是"当一天和尚撞一天钟"。可是，荣府的日子不会随着凤姐的卸职而结束。如果依然是收进的少支出的多，经济崩溃只是早晚而已。仅仅这一回曹雪芹就让我们看到了那个将来。

第五十六回

敏探春兴利除宿弊　贤宝钗小惠全大体

这个回目，不同的抄本，有"贤宝钗"和"时宝钗"的不同，对人物的定性褒贬鲜明。我认为"贤宝钗"更符合作品实际，所以选它。本回主要写探春搞改革，将大观园分片承包给老妈子们，宝钗担任顾问，替探春出主意做动员，大观园中欢声雷动。不过本回有三分之一以上篇幅写真假"宝玉"，曹雪芹该有其深意的。

平儿回到议事厅，列席会议。探春提出第一个要改革的是零用钱，姑娘丫鬟的月例都托老妈子去买化妆品，本来她们就有专项费用，可惜买办们买来的都是劣等货。探春便毫不客气地说："因此我心中不自在。钱费两起，东西又白丢一半，通算起来，反费了两折子，不如竟把买办的每月蠲了为是。此是一件事。"她也没再问问李纨、平儿的意见，直接拍板了。这里看出探春的气概。为什么她不怕那些买办，而凤姐却睁只眼闭只眼？说到底凤姐放高利贷，也需要账房等部门的配合，说不客气点与他们同流合污。曹雪芹有点把探春作为"清官"来刻画，这是我国历史文化的特有传统。

　　紧接着探春说道：

　　"第二件，年里往赖大家去，你也去的，你看他那小园子比咱们这个如何？"平儿笑道："还没有咱们这一半大，树木花草也少多了。"探春道："我因和他家女儿说闲话儿，谁知那么个园子，除他们带的花，吃的笋菜鱼虾之外，一年还有人包了去，年终足有二百两银子剩。从那日我才知道，一个破荷叶，一根枯草根子，都是值钱的。"

　　宝钗笑道："真真膏粱纨绔之谈。虽是千金小姐，原不知这事。但你们都念过书识字的，竟没看见朱夫子有一篇《不自弃文》不成？"探春笑道："虽看过，那不过是勉人自励，虚比浮词，那里都真有的？"宝钗道："朱子都有虚比浮词？那句句都是有的。你才办了两天时事，就利欲熏心，把朱子看虚浮了。你再出去见了那些利弊大事，越发把孔子也看虚了！"探春道："你这样一个通人，竟没看见子书？当日《姬子》有云：'登利禄之场，处运筹之界者，窃尧舜之词，背孔孟之道。'"宝钗笑道："底下一句呢？"探春笑道："如今只断章取意，念出底下一句，我自己骂我自己不成？"宝钗道："天下没有不可用的东西，既可用，便值钱。难为你是个聪敏人，这些正事大节目事竟没经历，也可惜迟了。"李纨笑道："叫了人家来，不说正事，且你们对讲学问。"宝钗道："学问中便是正事。此刻于小事上用学问一提，那小事越发作高一层了。不拿学问提着，便都流入市俗去了。"

曹公这段描写，我们先说说人物关系。宝钗的年纪比探春也不过大三五岁，但是对生活、对世事的了解，简直像两代人。探春是养在深闺对外面的世界知之甚少，对眼前的事物都不太了解。宝钗家里没这么尊贵又是经商的，以及无奈的千里大迁移，更加上她对生活的留意观察，令宝钗小小年纪就世事洞明人情练达。另外还有一条，她阅读的广泛和理解的深度也超过探春，而最重要的一点恐怕在于她把书本知识与历史和现实都结合起来，令她成为一个通达的姑娘。她最后那句话不是玩笑，可以看作她自己的行为准则："学问中便是正事。此刻于小事上用学问一提，那小事越发作高一层了。不拿学问提着，便都流入市俗去了。"正因为如此，探春对这位表姐的敬重和倚重，远远超过两位嫂子。她与宝钗可以谈古论今，可以讨论家务，关系很融洽，所以可以随便开玩笑。至于探春说到赖大家的花园是承包到人，每年出产物品之外还有二百两银子的收入，自己受到启发。曹公这么写很有深意的：奴才家的管理制度和经验，让贵族主子大受启发，这么一件小事表明：底层出身的人在精打细算，制度创新；老贵族阶层则荒淫糜烂脑满肠肥，长此以往，可以想象将走向各自的反面；不过像探春这样比较清醒的贵族小姐，已经考虑要向奴才学习了。探春的反思应该是在赖大家的那天就开始了，那时还是凤姐当家，探春似乎没有把自己的思考同凤姐或者王夫人交流，或许她没有思考成熟，或许她觉得不便、不必同她们讲，因为一则自己人微言轻，这事情不是女孩子该管的；二则不在其位不谋其政，以免插手他人事物之嫌；三则这事情毕竟不能扭转贾府的整个经济，小打小闹，不闹也罢。但现在机缘凑巧，管理内务的权力落到她手上，她也就不放过尝试一把的机会。改革方案的出炉，曹公写得极其详细，而且在《红楼梦》中属于非常独特的情节，很值得鉴赏。

探春因又接说道："咱们这园子只算比他们的多一半，加一倍算，一年就有四百银子的利息。若此时也出脱生发银子，自然小器，不是咱们这样人家的事。若派出两个一定的人来，既有许多值钱之物，一味任人作践，也似乎暴殄天物。不如在园子里所有的老妈妈中，拣出几个本分老诚能知园圃的事，派准他们收拾料理，也不必要他们交租纳税，只问他们一年可以孝敬些什么。一则园子有专定之人修理，花木自有一年好似一年的，也不用临时忙乱；二则也不至作践，白辜负了东西；三则老妈妈们也可借此小补，不枉年日在园中辛苦；四则亦可以省了这些花儿匠山子匠打扫人等的工费。将此有余，以补不足，未为不可。"宝钗正在地下看壁上的字画，听如此说一则，便点一回头，说完，便笑道："善哉，三年之内无饥馑矣！"李纨笑道："好主意。这果一行，太太必喜欢。省钱事小，第一有人打扫，专司其职，又许他们去卖钱。使之以权，动之以利，再无不尽职的了。"平儿道："这件事须得姑娘说出来。我们奶奶虽有此心，也未必好出口。此刻姑娘们在园里住着，不能多弄些玩意儿去陪衬，反叫人去监管修理，图省钱，这话断不好出口。"宝钗忙走过来，摸着他的脸笑道："你张开嘴，我瞧瞧你的牙齿舌头是什么作的。从早起来到这会子，你说这些话，一套一个样子，也不奉承三姑娘，也没见你说奶奶才短想不到，也并没有三姑娘说一句，你就说一句是，横竖三姑娘一套话出，你就有一套话进去，总是三姑娘想的到的，你奶奶也想到了，只是必有个不可办的原故。这会子又是因姑娘住的园子，不好因省钱令人去监管。你们想想这话，若果真交与人弄钱去的，那人自然一枝花也不许掐，一个果子也不许动了，姑娘们分中自然不敢，天天与小姑娘们就吵不清。他这远愁近虑，不亢不卑。他奶奶便不是和咱们好，听他这一番话，也必要自愧的变好了，不和也变和了。"探春笑道："我早起一肚子气，听他来了，忽然想起他主子来，素日当家使出来的好撒野的人，我见了他便生了气。谁知他来了，避猫鼠儿似的站了半日，怪可怜的。接着又说了那么些话，不说他主子待我好，倒说'不枉姑娘待我们奶奶素日的情意了。'这一句，不但没了气，我倒愧了，又伤起心来。我细想，我一个女孩儿家，自己还闹得没人疼没人顾的，我那里还有好处去待人。"口内说到这里，不免又流下泪来。李纨等见他说的恳切，又想他素日赵姨娘每生诽谤，在王夫人跟前亦为赵姨娘所累，亦都不免流下泪来，都忙劝道："趁今日清净，大家商议两件兴利剔弊的事，也不枉太太委托一场。又提这没要紧的事做什么？"平儿忙道："我已明白了。姑娘竟说谁好，竟一派人就完了。"探春道："虽如此说，也须得回你奶奶一声。我们这里搜剔小遗，已经不当，皆因你奶奶是个明白人，我才这样行，若是糊涂多盘多妒的，我也不肯，倒象抓他乖一般。岂可不商议了行。"平儿笑道："既这样，我去告诉一声。"说着去了，半日方回来，笑说："我说是白走一趟，这样好事，奶奶岂有不依的。"

　　从探春的话可知她是深思熟虑想得很周到，这也罢了。曹公写得妙的是各人的反应。宝钗是不惊不变，气定神闲，最后开玩笑："善哉，三年之内无饥馑矣！"可见，探春的这点思路在宝钗眼里不过是小事一桩。李纨则显得有点激动："好主意。这果一行，太太必喜欢。"可见这大大超过李纨的想象。平儿则是机灵之中带点狡猾，说这主意只有你探春出，凤姐不能说的。怪不得宝钗要看她的牙齿舌头。其实平儿是有备而来，凤姐前面关照得很细致，探春有什么主意都支持。更动人的是探春自己："我一个女孩儿家，自己还闹得没人疼没人顾的，我那里还有好处去待人。"以至于伤心流泪。这一笔除了《红楼梦》是很难见的，明明在商议事情，怎么又去写伤心，一般作家不会去写。《红楼梦》是写人的，这一笔写出探春伤痕的深度。后面探春一定要平儿去告知凤姐，这不仅是办事手续问题，探春还要显示自己的风度和气度。

接着是主子和奴才共同商议责任承包事宜，用今日的话叫"大观园分片承包商讨会"。承包的婆子们群情激奋，热情高涨，都抢着要承包。"探春问宝钗如何。宝钗笑答道：'幸于始者怠于终，缮其辞者嗜其利。'探春听了点头称赞。"探春对自己没把握，她把宝钗当作顾问或者叫军师，决定之前请教宝钗。宝钗那话的意思是，开头侥幸获利的人最终是会懈怠的，嘴上说得好听的人特别爱占便宜，意思叫探春观察这些婆子们后面实际行动怎么样。各处的承包，作品侧重描写怡红院和蘅芜苑。

> 探春又笑道："可惜，蘅芜苑和怡红院这两处大地方竟没有出利息之物。"李纨忙笑道："蘅芜苑更利害。如今香料铺并大市大庙卖的各处香料香草儿，都不是这些东西？算起来比别的利息更大。怡红院别说别的，单只说春夏天一季玫瑰花，共下多少花？还有一带篱笆上蔷薇、月季、宝相、金银藤，单这没要紧的草花干了，卖到茶叶铺药铺去，也值几个钱。"探春笑道："原来如此。只是弄香草的没有在行的人。"平儿忙笑道："跟宝姑娘的莺儿他妈就是会弄这个的，上回他还采了些晒干了辫成花篮葫芦给我顽的，姑娘倒忘了不成？"宝钗笑道："我才赞你，你到来捉弄我了。"三人都诧异，都问这是为何。宝钗道："断断使不得！你们这里多少得用的人，一个一个闲着没事办，这会子我又弄个人来，叫那起人连我也看小了。我倒替你们想出一个人来：怡红院有个老叶妈，他就是茗烟的娘。那是个诚实老人家，他又和我们莺儿的娘极好，不如把这事交与叶妈。他有不知的，不必咱们说，他就找莺儿的娘去商议了。那怕叶妈全不管，竟交与那一个，那是他们私情儿，有人说闲话，也就怨不到咱们身上了。如此一行，你们办的又至公，于事又甚妥。"李纨平儿都道："是极。"

曹公好像故意出探春洋相，一连三次：前面她不知道花儿草儿也是值钱的，这里又说怡红院、蘅芜苑两个大地方没有出产，接着又不知道谁会弄香草，真是一问三不知啊。曹公又用别人对比探春，物料方面用李纨对比，李纨出身平常人家，知道香草比其他植物更值钱；用人方面以宝钗、平儿对比，宝钗知人甚深，她不仅知道茗烟母亲叶妈为人诚实，还知道她同莺儿的娘极好。不过这里更引我关注的是宝钗规避"瓜田李下之嫌"，认为莺儿娘承包蘅芜苑"断断使不得"，"叫那起人连我也看小了"，她害怕假公济私之嫌。宝钗是不是太多心，小家子气？我换位思考，假如我处于她的地位，也会这么想。为什么？毕竟自己是"外来妹"，一个寄人篱下的人，考虑问题处理事务难免与主人不一样。《红楼梦》中时不时就会出现这种"寄居心态"，可见曹雪芹多么在意，甚至可以说他自己始终沉缅在这股情绪之中。好在李纨、探春都理解宝钗的小心。

接着是落实承包制度。

> 探春与李纨明示诸人：某人管某处，按四季除家中定例用多少外，余者任凭你们采取了去取利，年终算帐。探春笑道："我又想起一件事：若年终算帐归钱时，自然归到

帐房，仍是上头又添一层管主，还在他们手心里，又剥一层皮。这如今我们兴出这事来派了你们，已是跨过他们的头去了，心里有气，只说不出来，你们年终去归帐，他们还不捉弄你们等什么？再者，这一年间管什么的，主子有一全分，他们就得半分。这是家里的旧例，人所共知的，别的偷着的在外。如今这园子里是我的新创，竟别入他们手，每年归帐，竟归到里头来才好。"

探春对外头的账房显然很了解很不以为然，她这番话的意思是，切断大观园里承包事项同外面账房的经济统属关系，跳过账房不受他们的盘剥，另立账户搞大观园独立核算，内部分配。这个主意只能由探春提出来，因为这对于账房，是名副其实的造反。大观园闹独立，别人谁敢说？凤姐、贾琏都不敢，他们同账房相互勾结的。但探春怕谁？只要王夫人不反对，她可不把什么"账房"放在眼里。其实王夫人都不好随便反对，王夫人可要顾虑到贾政，从探春在家里这个做派可以推定她是贾政的掌上明珠；何况，这位三小姐后面还有贾母呢，老太太对探丫头的欣赏王夫人是领教的。所以我们能不能深切理解这种牵涉到家族管理事情的背后意义，还得看我们对贾府复杂繁冗的人际关系了解多深，所谓"牵一发而动全身"，里面很奥妙的。对于这个闹独立，探春可能思考很久了，没想到这条颇让她得意的神机妙策一秒钟就被宝钗否定、或者说大大深化了！

　　宝钗笑道："依我说，里头也不用归帐，这个多了那个少了，倒多了事。不如问他们谁领这一分的，他就揽一宗事去。不过是园里的人的动用。我替你们算出来了，有限的几宗事：不过是头油、胭粉、香、纸，每一位姑娘几个丫头，都是有定例的，再者，各处笤帚、撮簸、掸子并大小禽鸟、鹿、兔吃的粮食。不过这几样，都是他们包了去，不用帐房去领钱。你算算，就省下多少来？"平儿笑道："这几宗虽小，一年通共算了，也省的下四百两银子。"

宝钗简直可称探春的诸葛军师，她这段话，大的方面是说大观园这个层面也不用立账户做账，承包人把事情做了不去账房领材料费，一年就省下四百两银子，能这么节流就行，不必再搞内部的开源，让承包人多得些利益。这就把探春的主意否定了，去除一层管理构架。更让我们吃惊的是她随口倒出来的那本细账，居然把纸张、笤帚、鸡毛掸子、鸟粮等所有杂物统统包括进去，我怀疑探春听了可能张大了嘴都合不拢。可想而知宝钗平时的观察和思考多么细致和深入！

　　宝钗笑道："却又来，一年四百，二年八百两，取租的房子也能看得了几间，薄地也可添几亩。虽然还有敷余的，但他们既辛苦闹一年，也要叫他们剩些，粘补粘补自家。虽是兴利节用为纲，然亦不可太啬。纵再省上二三百银子，失了大体统也不象。所以如此一行，外头帐房里一年少出四五百银子，也不觉得很艰啬了，他们里头却也得些小补。这些没营生的妈妈们也宽裕了，园子里花木，也可以每年滋长蕃盛，你们也得了可使之物。这庶几不失大体。若一味要玩意，那里不搜寻出几个钱来。凡有些余利的，一概入了官中，那时里外怨声载道，岂不失了你们这样人家的大体？如今这园里几十个老妈妈们，若只给了这个，那剩的也必抱怨不公。我才说的，他们只供给这个几样，也未免太宽裕了。一年竟除了这个之外，他每人不论有余无余，只叫他拿出若干贯钱来，大家凑齐，单散与园中这些妈妈们。他们虽不料理这些，却日夜也是在园中照看当差之人，关门闭户，起早睡晚，大雨大雪，姑娘们出入，抬轿子，撑船，拉冰床。一应粗糙活计，都是他们的差使一年在园里辛苦到头，这园内既有出息，也是分内该沾带的。还有一句至小的话，越发说破了：你们只管了自己宽裕，不分与他们些，他们虽不敢明怨，心里却都不服，只用假公济私的多摘你们几个果子，多掐几枝花儿，你们有冤还没处诉。他们也沾带了些利息，你们有照顾不到，他们就替你照顾了。"

　　众婆子听了这个议论，又去了帐房受辖治，又不与凤姐儿算帐，一年不过多拿出若干贯钱来，各各欢喜异常，都齐说："愿意。强如出去被他揉搓着，还得拿出钱来呢。"那不得管地的听了每年终又无故得分钱，也都喜欢起来，口内说："他们辛苦收拾，是该剩些钱粘补的。我们怎么好'稳坐吃三注'的？"宝钗笑道："妈妈们也别推辞了，这原是分内应当的。你们只要日夜辛苦些，别躲懒纵放人吃酒赌钱就是了。不然，我也不该管这事，你们一般听见，姨娘亲口嘱托我三五回，说大奶奶如今又不得闲儿，别的姑娘又小，托我照看照看。我若不依，分明是叫姨娘操心。你们奶奶又多病多痛，家务也忙。我原是个闲人，便是个街坊邻居，也要帮着些，何况是亲姨娘托我。我免不得去小就大，讲不起众人嫌我。倘或我只顾了小分沽名钓誉，那时酒醉赌博生出事来，我怎么见姨娘？你们那时后悔也迟了，就连你们素日的老脸也都丢了。这些姑娘小姐们，这么一所大花园，都是你们照看，皆因看得你们是三四代的老妈妈，最是循规遵矩的，原该大家齐心，顾些体统。你们反纵放别人任意吃酒赌博，姨娘听见了，教训一场犹可，倘若被那几个管家娘子听见了，他们也不用回姨娘，竟教导你们一番。你们这年老的反受了年小的教训，虽是他们是管家，管的着你们，何如自己存些体统，他们如何得来作践。所以我如今替你们想出这个额外的进益来，也为大家齐心把这园里周全的谨谨慎慎，使那些有权执事的看见这般严肃谨慎，且不用他们操心，他们心里岂不敬伏。也不枉替你们筹画进益，既能夺他们之权，生你们之利，岂不能行无为之治，分他们之忧。你们去细想想这话。"家人都欢声鼎沸说："姑娘说的很是。从此姑娘奶奶只管放心，姑娘奶奶这样疼顾我们，我们再要不体上情，天地也不容了。"

　　承包制大会，宝钗的演讲成为主戏。我们先不说演讲内容，而讨论一下为什么不是发起人探春做演讲，也不是主事人李纨，而是宝钗呢？好像没人细究过这个问题，但我觉得这里体现出曹公的一些思想和思路，值得探讨。实际上最应该做这番演讲的是李纨，她是真正的代理主事人，从身份说她是本房媳妇，凤姐的位置本该是她的，她出来讲述家务政事，正所谓名正言顺；从年龄说她最长，即使是抛头露面，也该是她。但是李纨不能做相对宏观的审视，更不擅长人数众多场合的演说，所以她没讲。探春，她是承包责任制的创设人，总体构思来自她，照理这个动员性质的演讲，理应由探春来讲。为什么不是探春呢？我们回头思考一下，曹雪芹刚刚就暗示过。——探春对下人，是要摆一点小姐威风的，她对这些下人有点不屑一顾的，所以她既不了解婆子们，也没有那份苦口婆心的心气，所以她没有讲。那么为什么是宝钗演讲？她名不正言不顺啊，她平时都是"一问摇头三不知"的，为什么她会发表这么长一个演讲？而且慷慨激昂？是不是有些不合理？如果我们这样问自己，那是成功的一半，如果我们把作品看得仔细一点，并且带着问题去看，边问边看，边看边思考，那么读《红楼梦》就很有趣、很有味了。其实曹公写得非常细致，他早把线索给我们留下了。远的不说，就说最近的，曹公写了一，当探春说出她的改革思路时，宝钗一点不惊讶，她眼睛看着墙上的书画，探春说一条她点一下头，最后还开探春的玩笑，这个描写告诉我们，探春那些措施全在宝钗意料之中，或者说这些改革方案，她早就在思索着，只不过她不在其位不谋其政。二，宝钗对下人一向有所关心，比较了解，刚刚写了，宝钗知道茗烟的母亲与莺儿娘很好，也知道她们各自的技术特长。宝钗凭什么知道？从哪里知道？很显然，她平时与那些婆子、下人说说话聊聊天，而且注意观察不断思考，她因而了解她们。早在第5回就写明，"宝钗行为豁达，随分从时，不比黛玉孤高自许，目无下尘，故比黛玉大得下人之心"。宝钗出身中等人家，本来就不像探春这样与下人隔膜，来到贾府更是寄居之人，再加上她的个性本就不愿摆架子端身份，一句话，她相比探春更容易同这些婆子们说得上话。三，她认为探春做的是件好事、有意义的事情，她愿意玉成其事。何况，她自己也担负王夫人所托，也有这个义务把大观园照顾好。四，她公而无私，有底气说得响，刚才她坚决拒绝让莺儿娘承包蘅芜苑，如果莺儿娘承包，婆子们就不爱听了——你把肥差给了自己人，然后来同我们讲大道理，这些婆子们谁信你？谁理你？从作品的描写看，宝钗至少有上面这四条理由来演讲。至于有的评论说宝钗这是在抢功劳，又是讨好下人，我不敢苟同。

　　讨论一下宝钗演讲的内容。第一层，强调承包者不用交地租（起先探春已经说过"也不必要她们交租纳税"），让利于下人。承包人只需要负担园子里的杂项，"他们既辛苦闹一年，也要叫他们剩些，粘补粘补自家"。改革就是要改善这些婆子们的生活。第二层，大观园的改革，要让所有大观园中婆子们都得利，承包人要每年分利给那些没有承包的婆子。这解决的是利益分配问题。结果所有的婆子都表态愿意分享。第三层，宝钗提出纪律问题，要求大家"别躲懒纵放人吃酒赌钱"，把园子照顾好大家高兴。她顺便说了这是她的本职工作，是王夫人再三托付的。最后她警告大家，不然，被管家娘子教训一顿，大家没脸。至于宝钗演讲的效果，曹雪芹写得很清楚：

> 家人都欢声鼎沸说："姑娘说的很是。从此姑娘奶奶只管放心，姑娘奶奶这样疼顾我们，我们再要不体上情，天地也不容了。"

现在我们知道，宝钗有大会演讲的能力，过去只见她在几个姐妹中发言。她的演讲很实在，让之以利，动之以情，晓之以理。说婆子们"关门闭户，起早睡晚，大雨大雪，姑娘们出入，抬轿子，撑船，拉冰床"，没有观察体会，没有理解和同情，恐怕说不出来。曹雪芹又给宝钗涂上一层明丽而又独特的色彩，让宝钗更加妩媚动人。一直有人说我是不是太赞赏薛宝钗了，对这一点我完全承认。但是，我是不是赞赏薛宝钗实在一点也不要紧，要紧的是：曹雪芹为什么要这么塑造薛宝钗？他为什么把这么多明丽的色彩堆到宝钗身上？大观园承包制的出笼，宝玉、黛玉连影子都没出现，却把最多笔墨用在宝钗身上？《红楼梦》中的宝钗究竟是怎么一个形象？曹雪芹塑造这一形象的目标是什么？他要让读者感悟、思考哪些问题？——这些，才是真正重要的，是每一位深度爱好《红楼梦》的读者不能不思索的。

说到这里，我们是否已经喧宾夺主了？大观园责任承包制的发起人、主持人、决策人，都是探春，这一点毫无疑问。在这件事情上，如果要论功劳，那么十分之中七分、八分属于探春，宝钗只是一个顾问、军师。"贤宝钗小惠全大体"，宝钗只去除大观园结账这个小问题，根本的制度改变是探春决策的。为了作比较我们说得绝对一点，没有探春，就没有大观园承包制度，十个宝钗也没用；反之，没有宝钗承包照样推行，最多没那么完善、周至；一句话，探春才是主将，宝钗只是帮手，不过她帮的比李纨还多。探春这个形象，被曹雪芹塑造得越来越鲜明、越来越丰满。

探春的成长轨迹、性格变化十分鲜明。我们追溯一下。探春第一次出场是第3回黛玉进贾府，探春没说话，只有形貌描写，"长挑身材，鸭蛋脸面，俊眼修眉，顾盼神飞，文彩精华"。当时黛玉六岁，探春大约五六岁，不过探春的神态已经为后文留下地步。第二次出场是第7回送宫花，更简略，"迎春探春二人正在窗下围棋。周瑞家的将花送上，说明缘故。二人忙住了棋，都欠身道谢，命丫鬟们收了"。这时的探春与迎春的表现没什么差异，她还小，还没有特别的主见。她第一次露出个性是第27回，她叫宝玉替她外头买柳枝儿编的小篮子，并且对赵姨娘埋怨她不替贾环做鞋子而严词驳斥，我们初次见识这位庶出的小姐对母亲、对亲弟弟极其讨厌，很是无情。她颇有点特立独行，性格轮廓已经渐渐清晰。探春第一次让我们刮目相看的，是第 37 回发起建立诗社，这个小姑娘有创意、有魄力。第 46 回她批驳贾母对王夫人的呵斥，更让人脱帽致敬，探春不过十四五岁，却敢于当众顶撞贾母，令贾母当场认错。这个女孩太厉害，敢作敢为，非同一般。到本回，探春已经担当起去除家族积弊的重任，改革创新，颇有改革家、政治家的风范。探春的性格成长史很鲜明，而且有趣的是，几乎小说每推进十回，探春的性格就有明显变化。

《红楼梦》十二金钗中其他人都没有这种明显的性格变化，作者着墨最多的黛玉、宝钗、凤姐，凤姐出场已经是个少妇，不论。黛玉出场六岁，其性格有两次断崖式的变化，进贾府以后一个质变，第 42 回以后又一个飞跃。但是黛玉缺乏"渐变"，在若干年中她是固定的。而宝钗，进贾府时十来岁，作者没正面描写她，她正式登台亮相是第 7 回送宫花，与周瑞家的交谈已经比较老到，第 8 回比通灵被黛玉拨打一顿显出还不够成熟，之后就完全成熟，没有明显变化了。所以我们崇拜曹雪芹、崇拜《红楼梦》，也还是得承认，作品有明显不足。其最大的缺陷就是人物性格缺少变化，包括一号人物宝玉，他真正的变化似乎必须等到最后，前八十回，这么长岁月、这么大篇幅，从童年到少年、青年，没多大变化，这是不可思议的。如果小说可以打分，其满分是 100 分，那么我给《红楼梦》打 130 分，而它原本可以达到 150 分的，其中失掉的 20 分就是人物性格的成长变化不够。

我们顺便讨论一下，造成这个大失误的原因何在？我想，不是曹雪芹的才气不逮，不是他的艺术造诣不深，不是他的构思不严。相当可能的是，我怀疑曹雪芹见到这群主人公原型的时候太晚了，当他见识他们的时候，他们大多已经十四五岁，有的已经十七八岁，他们的性格大致定型了。而且，曹雪芹与他们相处的时间不长，可能不到两年，他虽然熟悉了他们的音容笑貌，但真正观察到的时间就那么一段。而且与他们分离以后，就再也没有近距离接触过他们，甚至许多人永远没有再见。而曹雪芹进入的生活圈子与这段时期落差巨大，所见到的人物与他们完全不同，换句话说，此后的生活阅历与那段时期出现断层，令曹雪芹再也见不到这些人物的过去和未来，曹雪芹保存的原型就那么两年不到的一段。所以作品表现人物的过往，曹公只能依据"推想"来写，结果大多展现出来的面貌都比他们实际年龄大好几岁；按照作品的推移有十来年时间，但是人物看上去总没多大变化。因为曹公太执着，他坚持"追踪蹑迹，不敢稍加穿凿"，以保持原汁原味，造成的结果是这些人物始终是他"亲见亲闻"时期的样子。曹雪芹对贵族生活阅历的短缺无法弥补，局限了《红楼梦》人物性格的发展和变化。至于探春的性格能够一步一个脚印的变化，那是因为那段特别而短暂生涯中只有个别年龄较小的，曹雪芹观察到、见识到了那位小姑娘。这是我的推测，请方家指正。

首先，有一个结论是很自然的，即贾府的经济是它必然崩溃的根本，为写出这种必然性，就得探索贾府的出路和希望，只有这种希望彻底破灭，贾府才必然崩溃。探春的承包制度就是一种探索。可惜探春只是"临时内阁"的一员，而且不是家族的内阁，仅仅是大观园内部的迷你级的"临时内阁"，她即使成功，也没见贾母、王夫人说要在整个家族推广，何况凤姐的病好了，"临时内阁"自动归还管理权。一切归旧，显现贾府的不可救药。承包制改革仅仅是一种探索，属于作品主题表达的一部分。

其次，李纨、探春、宝钗"三驾马车"协同理家，实际上是作者有心试验"贤者当道"的一种局面。曹雪芹"为闺阁昭传"，写到这之前始终"传"的是"务虚"方面，是人品气质和文化品格，作者显然不满足，他还有心展现她们"务实"的能力，尽管她们所替代的凤姐也是十二金钗之一，但凤姐没有文化、品格中下，不是作者的理想人物。"三驾马车"中李纨也不是作者的理想人物，曹雪芹真正要突出的是探春和宝钗，这两位才是他心目中的理想人物。通过这个情节，这两位"闺阁"性格，尤其是探春，大大丰富、大为丰满。

此外，我还想，曹雪芹或许也是在"以小见大"，以大观园的改革寄寓整个社会的经济改革，反映出他对社会的某种思考吧。毕竟按照作品所说，贾府这样人家都在走下坡路，许多恩封的贵族已经连祭祀祖宗的钱都拿不出，过年都困难。不改革，因循守旧浑浑噩噩的，这些家族、这个阶层都将崩溃。赖大家的事例、探春的思路，想必也是曹雪芹为社会开出的一个药方吧。

本回后面的内容是写江南甄府来访以及宝玉梦见甄宝玉。《红楼梦》中的甄府，显然是贾府的某种对应，就像甄士隐同贾雨村一样。曹雪芹写甄家肯定有寓意，或许还是重要的寓意。然而可能受困于"主题先行"的限制，这甄府不仅后四十回写得呆板，前八十回也写得不够实在有点漂浮，也缺乏趣味和灵气。或许在曹雪芹构思中最后甄府会有意想不到的妙用，但现在文本中的情节几乎可以说是败笔。所以我们不做详细鉴赏，只说几个要点。一，甄府来京，是夫人带着小姐，而且"太太带了姑娘进宫请安去了"，这就有点意思了。甄府，我理解为曹雪芹自称的真的家，就是曹家，这也是人们关注甄府的原因。但现在甄府居然也进宫请安去，那不是同贾府一样也有女儿在宫中？这就不是曹家的情景，也就失去了让我们关注的价值。二，借着同甄府的谈话，贾母申明她为什么喜爱宝玉。"可知你我这样人家的孩子们，凭他们有什么刁钻古怪的毛病儿，见了外人，必是要还出正经礼数来的。若他不还正经礼数，也断不容他刁钻去了。就是大人溺爱的，是他一则生的得人意，二则见人礼数竟比大人行出来的不错，使人见了可爱可怜，背地里所以才纵他一点子。若一味他只管没里没外，不与大人争光，凭他生的怎样，也是该打死的。"这个说法证明，宝玉在大的方面还是很遵守礼法的，许多评论家认为宝玉如何如何反礼教，或许是把宝玉小的方面、性情方面的独特性，夸大化了，其实宝玉是很守规矩的。贾母的这个话，正好同上回说女孩儿不该人不人鬼不鬼地私自恋爱，形成互补，将贾母对孙子孙女的总体规矩都道出来了。贾母可不是慈眉善目的老好人，她的规矩可严着呢！三，宝玉梦见甄宝玉。奇巧的是宝玉梦见甄宝玉时，甄宝玉刚刚在说他梦见自己去到京城贾府见到贾宝玉，"好容易找到他房里头，偏他睡觉，空有皮囊，真性不知那里去了"。曹雪芹这里写得有点花俏，梦里套梦，把我们闹晕了，真不知啥意思，不知道为什么要这么花哨，也不知道说贾宝玉"空有皮囊"，究竟什么意思。虽然他老人家提醒过"假作真时真亦假"，我也知道这里很有深意，但我思来想去至今还是一头雾水。希望得到朋友们的点拨。

第五十七回
慧紫鹃情辞试忙玉　慈姨妈爱语慰痴颦

　　紫鹃为了试探宝玉的真心，杜撰说黛玉要回苏州去，急得宝玉发病将全家搅得地覆天翻。我们借用袭人的词语，"紫鹃姑奶奶"为什么要引发这场大剧？这么多年，紫鹃还看不透宝玉心思？也不知道这可能闹出人命？那么她也难称"慧紫鹃"。所以这个情节的逻辑有点问题。另一情节薛姨妈安慰黛玉，并认她为女儿。一直有评论说薛姨妈和宝钗母女在联手欺骗黛玉，这种说法与回目"慈姨妈爱语慰痴颦"中"慈""爱语""慰"三个词很不相合，也把黛玉看成了傻子，显然不足信。之所以在此一提，因为那些说法在半个世纪中影响很广。

　　作品已经很久不写宝玉、黛玉、宝钗之间的恋爱问题，即使是宝玉与黛玉的感情，也只有蜻蜓点水。不过这是全书情节的核心，是不能长时间置之不理的，所以到本回作者就写它个酣畅淋漓，掀起惊涛骇浪。不过谁也想不到曹雪芹会写得这么怪：他竟然没怎么写黛玉，整部戏是紫鹃挑起，由她同宝玉两人主演，演得惊天动地，偌大的贾府一片哗然，而林黛玉只有偶尔露一面，竟没见什么反应。这种近乎异想天开的场面设计，我们想来真是太困难了，但在曹雪芹手里却那么自然而然，不费任何手脚。他仅仅安排黛玉睡觉了而已，就这么简单！

　　这日宝玉因见湘云渐愈，然后去看黛玉。正值黛玉才歇午觉，宝玉不敢惊动，因紫鹃正在回廊上手里做针黹，便来问他："昨日夜里咳嗽可好了？"紫鹃道："好些了。"宝玉笑道："阿弥陀佛！宁可好了罢。"紫鹃笑道："你也念起佛来，真是新闻！"宝玉笑道："所谓'病笃乱投医'了。"一面说，一面见他穿着弹墨绫薄绵袄，外面只穿着青缎夹背心，宝玉便伸手向他身上摸了一摸，说："穿这样单薄，还在风口里坐着，看天风馋，时气又不好，你再病了，越发难了。"紫鹃便说道："从此咱们只可说话，别动手动脚的。一年大二年小的，叫人看着不尊重。打紧的那起混帐行子们背地里说你，你总不留心，还只管和小时一般行为，如何使得。姑娘常常吩咐我们，不叫和你说笑。你近来瞧他远着你还恐远不及呢。"说着便起身，携了针线进别房去了。宝玉见了这般景况，心中忽浇了一盆冷水一般，只瞅着竹子，发了一回呆。因祝妈正来挖笋修竿，便怔怔的走出来，一时魂魄失守，心无所知，随便坐在一块山石上出神，不觉滴下泪来。直呆了五六顿饭工夫，千思万想，总不知如何是可。偶值雪雁从王夫人房中取了人参来，从此经过，忽扭项看见桃花树下石上一人手托着腮颊出神，不是别人，却是宝玉。雪雁疑惑道："怪冷的，他一个人在这里作什么？春天凡有残疾的人都犯病，敢是他犯了呆病了？"一边想，一边便走过来蹲下笑道："你在这里作什么呢？"宝玉忽见了雪雁，便说道："你又作什么来找我？你难道不是女儿？他既防嫌，不许你们理我，你又来寻我，倘被人看见，岂不又生口舌？你快家去罢了。"雪雁听了，只当是他又受了黛玉的委屈，只得回至房中。

一场惊天大戏就这么轻轻易易开头了。雪雁回房，作者还不急着进入正戏，他优哉游哉地写了一段雪雁巧妙回绝赵姨娘借衣服的事情，然后才进入正戏。

雪雁道："姑娘还没醒呢，是谁给了宝玉气受，坐在那里哭呢。"紫鹃听了，忙问在那里。雪雁道："在沁芳亭后头桃花底下呢。"

紫鹃听说，忙放下针线，又嘱咐雪雁好生听叫："若问我，答应我就来。"说着，便出了潇湘馆，一径来寻宝玉，走至宝玉跟前，含笑说道："我不过说了那两句话，为的是大家好，你就赌气跑了这风地里来哭，作出病来唬我。"宝玉忙笑道："谁赌气了！我因为听你说的有理，我想你们既这样说，自然别人也是这样说，将来渐渐的都不理我了，我所以想着自己伤心。"紫鹃也便挨他坐着。宝玉笑道："方才对面说话你尚走开，这会子如何又来挨我坐着？"紫鹃道："你都忘了？几日前你们姊妹两个正说话，赵姨娘一头走了进来，——我才听见他不在家，所以我来问你。正是前日你和他才说了一句'燕窝'就歇住了，总没提起，我正想着问你。"宝玉道："也没什么要紧。不过我想着宝姐姐也是客中，既吃燕窝，又不可间断，若只管和他要，太也托实。虽不便和太太要，我已经在老太太跟前略露了个风声，只怕老太太和凤姐姐说了。我告诉他的，竟没告诉完了他。如今我听见一日给你们一两燕窝，这也就完了。"紫鹃道："原来是你说了，这又多谢你费心。我们正疑惑，老太太怎么忽然想起来叫人每一日送一两燕窝来呢？这就是了。"宝玉笑道："这要天天吃惯了，吃上三二年就好了。"紫鹃道："在这里吃惯了，明年家去，那里有这闲钱吃这个。"宝玉听了，吃了一惊，忙问："谁？往那个家去？"紫鹃道："你妹妹回苏州家去。"宝玉笑道："你又说白话。苏州虽是原籍，因没了姑父姑母，无人照看，才就了来的。明年回去找谁？可见是扯谎。"紫鹃冷笑道："你太看小了人。你们贾家独是大族人口多的，除了你，别人只得一父一母，房族中真个再无人了不成？我们姑娘来时，原是老太太心疼他年小，虽有叔伯，不如亲父母，故此接来住几年。大了该出阁时，自然要送还林家的。终不成林家的女儿在你贾家一世不成？林家虽贫到没饭吃，也是世代书宦之家，断不肯将他家的人丢在亲戚家，落人的耻笑。所以早则明年春天，迟则秋天。这里纵不送去，林家亦必有人来接的。前日夜里姑娘和我说了，叫我告诉你：将从前小时顽的东西，有他送你的，叫你都打点出来还他。他也将你送他的打叠了在那里呢。"宝玉听了，便如头顶上响了一个焦雷一般。紫鹃看他怎样回答，只不作声。忽见晴雯找来说："老太太叫你呢，谁知道在这里。"紫鹃笑道："他这里问姑娘的病症。我告诉了他半日，他只不信。你倒拉他去罢。"说着，自己便走回房去了。

紫鹃姑奶奶的胆子确实够大，她编出要回苏州的谎话，已经足够了，偏还加上"将从前小时顽的东西，有他送你的，叫你都打点出来还他。他也将你送他的打叠了在那里呢"。谎话圆到这地步，宝玉如何不信！"林家虽贫到没饭吃，也是世代书宦之家，断不肯将他家的人丢在亲戚家，落人的耻笑。"这样的慌话袭人、晴雯说不出，鸳鸯、平儿未必说得出。但是，紫鹃虽聪明却缺乏智慧，因为宝玉的心思她早该明白；再说，她试出"真"或"假"来，又有什么用？所以她有点像凤姐，使尽了聪明才智却没有实际目标和价值。更糟糕的是她没考虑这一招带来什么后果，这种后果她是否承担得起。她骗完，没事人一般走了，简直糊涂透顶。

紫鹃走后宝玉变得呆呆的，一头热汗，满脸紫胀，更觉两个眼珠儿直直地起来，口角边津液流出，皆不知觉。给他个枕头，他便睡下，扶他起来，他便坐着，倒了茶来，他便吃茶。掐他的人中竟也不觉疼。李嬷嬷放声大哭道："这可不中用了！我白操了一世心了！"袭人问晴雯是怎么回事。

晴雯便告诉袭人，方才如此这般。袭人听了，便忙到潇湘馆来，见紫鹃正伏侍黛玉吃药，也顾不得什么，便走上来问紫鹃道："你才和我们宝玉说了些什么？你瞧他去，你回老太太去，我也不管了！"说着，便坐在椅上。黛玉忽见袭人满面急怒，又有泪痕，举止大变，便不免也慌了，忙问怎么了。袭人定了一回，哭道："不知紫鹃姑奶奶说了些什么话，那个呆子眼也直了，手脚也冷了，话也不说了，李妈妈掐着也不疼了，已死了大半个了！连李妈妈都说不中用了，那里放声大哭。只怕这会子都死了！"黛玉一听此言，李妈妈乃是经过的老妪，说不中用了，可知必不中用。哇的一声，将腹中之药一概呛出，抖肠搜肺、炽胃扇肝的痛声大嗽了几阵，一时面红发乱，目肿筋浮，喘的抬不起头来。紫鹃忙上来捶背，黛玉伏枕喘息半晌，推紫鹃道："你不用捶，你竟拿绳子来勒死我是正经！"紫鹃哭道："我并没说什么，不过是说了几句顽话，他就认真了。"袭人道："你还不知道他，那傻子每每顽话认了真。"黛玉道："你说了什么话，趁早儿去解说，他只怕就醒过来了。"紫鹃听说，忙下了床，同袭人到了怡红院。

这里正面写到黛玉，黛玉所受刺激仅小于宝玉，她的呕吐作者写得很清楚，但后面曹雪芹的笔墨就非常狡黠：黛玉并不问紫鹃具体说了些什么，只说，"你说了什么话，趁早儿去解说"。黛玉何等聪明，她不问也知道大概说的是什么，问出来自己面上无光，何况有袭人在，所以她便含糊过去。紫鹃呢？自己也吓哭了，没了辙。她惹下这么大的祸会有什么下场，我们真替她捏把汗。她是个世代为奴的丫头，怎么惩治都有可能。但曹雪芹有本事起死回生。

　　谁知贾母王夫人等已都在那里了。贾母一见了紫鹃，眼内出火，骂道："你这小蹄子，和他说了什么？"紫鹃忙道："并没说什么，不过说几句顽话。"谁知宝玉见了紫鹃，方嗳呀了一声，哭出来了。众人一见，方都放下心来。贾母便拉住紫鹃，只当他得罪了宝玉，所以拉紫鹃命他打。谁知宝玉一把拉住紫鹃，死也不放，说："要去连我也带了去。"众人不解，细问起来，方知紫鹃说"要回苏州去"一句顽话引出来的。贾母流泪道："我当有什么要紧大事，原来是这句顽话。"又向紫鹃道："你这孩子素日最是个伶俐聪敏的，你又知道他有个呆根子，平白的哄他作什么？"薛姨妈劝道："宝玉本来心实，可巧林姑娘又是从小儿来的，他姊妹两个一处长了这么大，比别的姊妹更不同。这会子热剌剌的说一个去，别说他是个实心的傻孩子，便是冷心肠的大人也要伤心。这并不是什么大病，老太太和姨太太只管万安，吃一两剂药就好了。"

　　紫鹃福气很好，她在贾府，遇到了贾母。宝玉命悬一线，贾母只骂一句"小蹄子"；宝玉一苏醒，贾母就说"你这孩子"，危机就这么过去了。可以说贾母开明，也可以说贾母圆滑，她说是"一句顽话"，趁机下台，因为她也知道根本原因是宝玉和黛玉恋爱，但这话放不上桌面，闹开来有损宝玉和黛玉的名声和家族声誉，所以贾母借驴下坡。从这个意义上说，薛姨妈就是在帮助贾母遮掩。不过，如果贾母不那么开明，结果就非常严重；当然，如果没有贾府的开明气氛，恐怕紫鹃也不敢胆大妄为。

　　后面的描写更是卓杰。

　　正说着，人回林之孝家的单大良家的都来瞧哥儿来了。贾母道："难为他们想着，叫他们来瞧瞧。"宝玉听了一个"林"字，便满床闹起来说："了不得了，林家的人接他们来了，快打出去罢！"贾母听了，也忙说："打出去罢。"又忙安慰说："那不是林家的人。林家的人都死绝了，没人来接他的，你只放心罢。"宝玉哭道："凭他是谁，除了林妹妹，都不许姓林的！"贾母道："没姓林的来，凡姓林的我都打走了。"一面吩咐众人："以后别叫林之孝家的进园来，你们也别说'林'字。好孩子们，你们听我这句话罢！"众人忙答应，又不敢笑。一时宝玉又一眼看见了十锦格子上陈设的一只金西洋自行船，便指着乱叫说："那不是接他们来的船来了，湾在那里呢。"贾母忙命拿下来。袭人忙拿下来，宝玉伸手要，袭人递过，宝玉便掖在被中，笑道："可去不成了！"一面说，一面死拉着紫鹃不放。

　　我们大多见识过疯子，绝大多数疯子并不是意识全部丧失，而是部分丧失和杂乱。小说家要精确地把握杂乱的分寸，这还不是最难的，更难的是结合人物环境写出其"特有的"疯状，并且在"疯狂"中找回人物的本性。曹公实在杰出，他点出紫鹃、姓林的、船，宝玉的深层意识中这几个黛玉回苏州的"要素"，但在表层意识里又胡靠乱挂，当它们组合在一起时，便出现了一幕又一幕令人心酸的滑稽剧：

它们是那么滑稽可笑，它们又是那么撕心裂肺；它们显得霸道而无理（如"不许姓林"），它们又那么温柔而闪耀着人性的美丽光辉；它们是纯粹的疯言疯态，它们又是心灵深处最清醒最诚挚的呼唤。"那不是接他们来的船来了，湾在那里呢。"然后将船儿掖在被中，笑道："可去不成了！"妙到无法设想。比较一下，在读者熟悉的优秀小说中写疯状的，有鲁迅笔下的祥林嫂（《祥林嫂》）、阿Q（《阿Q正传》），张爱玲笔下的曹七巧（《金锁记》），陀思妥耶夫斯基的卡拉马佐夫（《卡拉马佐夫兄弟》），川端康成的叶子（《雪国》），等等，这些作品都晚于曹雪芹一两百年，是心理学、精神病理学已然诞生后的作品。但与他们相比，《红楼梦》并不逊色。

这里再说句题外话，我总在设想，《红楼梦》中这么多金钗最后一个个惨遭不幸，她们中"应该"有人是变成疯子，比如心理承受力较弱的迎春，心弦绷得太紧的妙玉，心绪过于绝对化的芳官，等等。如果有一个，《红楼梦》的悲剧将更加丰富而深刻；如果一个也没有，或许是曹雪芹实在不忍心毁坏她们美丽的形象。其实我国精神病人的比例，一直是比较高的。

一家人都围在宝玉身边，唯独黛玉没有去，她不能去，去不得。但作者自然不能把她落下。

> 黛玉不时遣雪雁来探消息，这边事务尽知，自己心中暗叹。幸喜众人都知宝玉原有些呆气，自幼是他二人亲密，如今紫鹃之戏语亦是常情，宝玉之病亦非罕事，因不疑到别事去。

这里的关键词是"不疑到别事去"，什么"别事"？无非就是恋爱。曹雪芹这里恐怕是一个"曲笔"吧？谁不知道他们俩相爱？谁不知道宝玉这疯病就因恋爱而发？《红楼梦》中有的文字就这么逗，想必读者都看得出。

宝玉病好之后，紫鹃告诉他那些谎话全是她编出来试探宝玉的。

> 宝玉笑道："原来是你愁这个，所以你是傻子。从此后再别愁了。我只告诉你一句趸话：活着，咱们一处活着，不活着，咱们一处化灰化烟，如何？"紫鹃听了，心下暗暗筹画。

宝玉这话就是海誓山盟，倒也罢了；问题是紫鹃又要"暗暗筹画"，这不知天高地厚的丫头又不知要出什么花样呢。下面一段描写没人注意，我倒是怀疑曹公又在设伏。紫鹃要回去了。

> 宝玉笑道："我看见你文具里头有三两面镜子，你把那面小菱花的给我留下罢。我搁在枕头旁边，睡着好照，明儿出门带着也轻巧。"紫鹃听说，只得与他留下，先命人将东西送过去，然后别了众人，自回潇湘馆来。

作者特地写出这面"小菱花"镜子，后面应该会有故事。镜子在现代电影中经常是镜头幻化的道具，而在曹公手里更是一件魔法之物，前面贾瑞就是死在镜子里的，更何况，第1回中写明，《红楼梦》的另一名称就叫作《风月宝鉴》。很可惜续作算得细致，但后四十回没有照应这面不起眼的"小菱花"镜子，遗憾。

一场大戏结束了，紫鹃很侥幸毫发无损，但这小蹄子真有点"春蚕到死丝方尽"的情怀，她掉过头又去动黛玉的脑筋，她这红娘比黛玉自己还急。

> 林黛玉近日闻得宝玉如此形景，未免又添些病症，多哭几场。今见紫鹃来了，问其原故，已知大愈，仍遣琥珀去伏侍贾母。夜间人定后，紫鹃已宽衣卧下之时，悄向黛玉笑道："宝玉的心倒实，听见咱们去就那样起来。"黛玉不答。紫鹃停了半晌，自言自语的说道："一动不如一静。我们这里就算好人家，别的都容易，最难得的是从小儿一处长大，脾气情性都彼此知道的了。"黛玉啐道："你这几天还不乏，趁这会子不歇一歇，还嚼什么蛆。"紫鹃笑道："倒不是白嚼蛆，我倒是一片真心为姑娘。替你愁了这几年了，无父母无兄弟，谁是知疼着热的人？趁早儿老太太还明白硬朗的时节，作定了大事要紧。俗语说，'老健春寒秋后热'，倘或老太太一时有个好歹，那时虽也完事，只怕耽误了时光，还不得趁心如意呢。公子王孙虽多，那一个不是三房五妾，今儿朝东，明儿朝西？要一个天仙来，也不过三夜五夕，也丢在脖子后头了，甚至为妾为丫头反目成仇的。若娘家有人有势的还好些，若是姑娘这样的人，有老太太一日还好一日，若没了老太太，也只是凭人去欺负了。所以说，拿主意要紧。姑娘是个明白人，岂不闻俗语说：'万两黄金容易得，知心一个也难求'。"黛玉听了，便说道："这丫头今儿疯了？怎么去了几日，忽然变了一个人。我明儿必回老太太退回去，我不敢要你了。"紫鹃笑道："我说的是好话，不过叫你心里留神，并没叫你去为非作歹，何苦回老太太，叫我吃了亏，又有何好处？"说着，竟自睡了。黛玉听了这话，口内虽如此说，心内未尝不伤感，待他睡了，便直泣了一夜，至天明方打了一个盹儿。次日勉强盥漱了，吃了些燕窝粥，便有贾母等亲来看视了，又嘱咐了许多话。

这里的描写最值得关注的是，终于有人正正规规地对黛玉谈与宝玉的婚姻问题，虽然只是自己身边的丫头，但我们可以看到黛玉的正面反应，机会难得。紫鹃所谓的"主意"，其实等于白说，她所说的黛玉已经不知道考虑过多少遍了，黛玉何尝不知宝玉人品难得？她何尝不想外婆早做安排？但是，中国古代的礼教制度确实这么惨无人道、毫无人性，作为婚姻当事人的姑娘，非但不能自己选择对象，而且连向家长表白都属于犯罪！所以宋明理学再怎么高明，凭它倡导的这么一套反人性的制度，让中国古代的人伦关系倒退了几百上千年。贾母正是依据这套制度，大声宣告，女孩子"只一见了一个清俊的男人，不管是亲是友，便想起终身大事来，父母也忘了，书礼也忘了，鬼不成鬼，贼不成贼，那一点儿是佳人？"这话是当着黛玉姐妹们说的，黛玉还能够向贾母去表明心迹吗？何况时至今日，紫鹃闹出这么大动静来，贾母依然是视若无睹，一字不吐；贾母还曾颁布过宝玉娶亲准则，不久前还选过宝琴！这些心里话，黛玉一句不肯同紫鹃说，黛玉自己也被礼教毒害得够深，她要维护礼教旗帜下小姐的身段，所以她只说紫鹃疯了。结果可想而知，紫鹃说完睡着了，黛玉又"直泣了一夜"。黛玉既不敢突破礼教，也没力量去突破，她被害惨了。《红楼梦》这种对礼教无言的控诉，只有中国人才有真切的体会，外国读者即使能够理解，但不会有切肤之痛。

不过，我们不能说贾母不关心这唯一的外孙女，她还是个很不错的外祖母。曹雪芹对这点把握得很好，瞧，"贾母等亲来看视了，又嘱咐了许多话"。发生了这么大的事，贾母没有改变对黛玉的关怀，她嘱咐的话我们可以想到，无非是"好好将养身子，要吃什么用什么只管告诉我"。贾母似乎铁了心：只关爱黛玉的身体，在这方面她可以做最好的外祖母；但绝不许诺婚姻，在这方面她金口不开，哪怕眼看着外孙女一天天憔悴。曹公没有明说，但他坚持塑造态度分裂的贾母。

风波过后一切照旧，黛玉必定更加焦急乃至绝望，她将迎来更多的彻夜无眠。形势就这么僵下去。其实打破僵局还是可能的，不过要冒风险。由谁来打破呢？宝玉！这个僵局，只有宝玉挺身而出，向父母、祖母大胆表明自己爱黛玉，非她不娶。关键是宝玉有没有这个勇气和魄力。当然，我要承认这已经溢出原作的情节之外，不过我们是在文本的基础上做一点探讨。这种探讨有助于我们进一步理解宝玉，有助于理解黛玉的处境，有助于理解曹雪芹的这个僵局为什么可以长久存在，从而领会这个悲剧的实质。

第一点，宝玉能够向家长剖白自己的爱情吗？我认为，他事实上有条件向家长摊牌。假如说以前他年龄还小，还没有话语权，那么到了今天，家长已经明确委托张道士物色妻子、贾母见到宝琴就走出提亲步骤，换句话说，宝玉已经到达提亲的年龄，他十六七岁。以贾府现成的例子来说，刘姥姥初次见到贾蓉是"十七八岁的少年"，已经结婚几年。

第二点，宝玉为什么不向家长摊牌？宝玉不敢公开违拗家长。正如贾母不久前说的：

> "若他不还正经礼数，也断不容他刁钻去了。就是大人溺爱的，是他一则生的得人意，二则见人礼数竟比大人行出来的不错，使人见了可爱可怜，背地里所以才纵他一点子。若一味他只管没里没外，不与大人争光，凭他生的怎样，也是该打死的。"

宝玉不敢公开忤逆，父亲恶打他，他没有任何怨言。对母亲和祖母，他更是只有敬爱和孝顺。金钏儿蒙羞自杀，宝玉没有埋怨过王夫人；后面抄检大观园，亲眼看着晴雯病中被撵走，宝玉一言不发；晴雯含冤而死，宝玉依然没有埋怨过母亲。"父母之命媒妁之言"的规矩，宝玉没有勇气去挑战。当然，这里也有林黛玉的羁绊，宝玉如果向家长宣布自己的爱情，黛玉是不是同意？会不会支持？这是一个很大的问号。还有更大的担忧：万一家长们反对，黛玉是不是能够承受得住公然决裂的压力，能不能忍受得了这种耻辱？这或许也是宝玉不敢冒险的因素——假如他想过冒险的话。宝玉不敢冒险，那么他采取的是什么策略呢？这就来到又一个话题。

第三，宝玉的策略——如果称得上是"策略"的话，他的策略就是等待、期盼。宝玉的心智并不低，他能够看出贾母、王夫人不赞成他的爱情，不把黛玉当作理想的孙媳妇、儿媳妇。但是，宝玉不是个勇敢的男人，他对贾母、王夫人的态度若有所知，却不愿意正视；他有所担忧，但他不敢积极争取，只是消极等待。宝玉的这种生活态度，有点类似于十九世纪俄罗斯文学中"多余的人"，但比那些俄罗斯年轻贵族还要"多余"，那些贵族是"思想上的巨人，行动上的矮子"，他们还有自己的思想，宝玉连思想都不敢有，他只是像鸵鸟一样埋头不看周围地等待着，说得尖锐些就是逃避。而且，他也不敢思考这逃避产生的结果。——比如贾母把林黛玉给别人，他怎么办？贾母、贾政给宝玉另说一门亲，他怎么办？这些问题太尖锐、太沉重、太刺心，宝玉不愿、不敢去想，不敢去面对，他采取的办法是"不想也罢"，先混着再说，用个比较确切的词，就是捱，捱一天是一天。

第四，我们还要讨论一下，假如宝玉向家长摊牌，会有什么结果，或者说他将付出哪些代价。可以想象，当宝玉一说出他的心思的时候，贾母、贾政都会情绪很激烈地反对，而王夫人则可能会默默地流泪。但是，如果宝玉坚持自己的要求，贾政可能会把宝玉赶出家门，而那时候贾母的态度则会开始松动妥协，王夫人则像当年扑在宝玉身上一样哀求贾政。有可能，宝玉会真的被赶出家门，但也未必会穷困潦倒；也有可能，则是贾政不管宝玉的事情，贾母拿出私房钱来让宝玉、黛玉另立门户单独度日。贾政不可能杀了宝玉，贾母更不可能真的像她所说"该打死的"。家长对子女下不了杀手，这也是古往今来无数家长最后同叛逆的子女妥协的原因所在。宝玉如果横下心来，至多是同父亲、同家族决裂。问题是宝玉横不下这个心，还有，前面说过了，黛玉未必会支持他横下这个心。——因而，我们为打破僵局所设想的"假如"，并没有出现，后面的几点探讨，也成为无源之水，成为空谈。

宝玉没有做出我们的"假如"，曹雪芹写得更真实，他把握住了宝玉的本质，宝玉就那么没什么希望地期待着，宝玉、黛玉的青春就在这没什么希望的期待中消耗着。那个时代，无数的贾宝玉、真宝玉、张宝玉、李宝玉都是这么做的，曹雪芹的描写因为真实，反而深刻。确实，这世上，有几个能横下心的？又有几个能看穿、看透的？曹公构思的宝玉、黛玉的爱情悲剧，包含着无数的时代内容，因而从宝玉、黛玉的个人悲剧而上升为特定时代的悲剧、民族的悲剧，也是中华文化的悲剧。《红楼梦》之所以这么震撼人心，正是因为这悲剧的深度，因为这悲剧的无解。宝玉那种忍受再忍受，黛玉那种无奈之余还是无奈，令读者的心始终被揪住，悲悯随着时间的推移和情节的发展而拉长、拓广、深化。

我们回到作品。后面半回是"慈姨妈爱语慰痴颦"。薛姨妈生日，好几天才忙完。

> 因薛姨妈看见邢岫烟生得端雅稳重，且家道贫寒，是个钗荆裙布的女儿。便欲说与薛蟠为妻。因薛蟠素习行止浮奢，又恐遭踏人家的女儿。正在踌躇之际，忽想起薛蝌未娶，看他二人恰是一对天生地设的夫妻。

这几句叙述，对于我们理解薛姨妈这个形象很重要。薛姨妈相中邢岫烟的是"端雅稳重，且家道贫寒"，这在当今的人们很难理解，"家道贫寒"怎么成了长处呢？细想想就不难理解，薛家已经在衰退，甚至要倚靠着贾府才能安全。这种情况下，做母亲的有两种选择，一种是高攀，并希望以此为踏步挤进上流社会；另一种是随遇而安，就过自己的一份日子，平安就好。薛姨妈选择后项，邢岫烟家道贫寒，娶进门没有压力和负担，正可以过一分安静日子。薛姨妈值得我们尊敬的是后面的境界："因薛蟠素习行止浮奢，又恐遭踏人家的女儿。"这种想法作为旁人说说容易，但作为母亲要这么思考，难能可贵。哪个母亲不偏私？有几个母亲会认为儿子糟蹋了人家女儿？所以薛姨妈有一定境界，令人钦佩。到这里，曹雪芹勾勒清楚薛姨妈的道德边界。

后面薛姨妈私下找凤姐的细节值得注意。

> 正在踌躇之际，忽想起薛蝌未娶，看他二人恰是一对天生地设的夫妻，因谋之于凤姐儿。凤姐儿叹道："姑妈素知我们太太有些左性的，这事等我慢谋。"因贾母去瞧凤姐儿时，凤姐儿便和贾母说："薛姑妈有件事求老祖宗，只是不好启齿的。"贾母忙问何事，凤姐儿便将求亲一事说了。贾母笑道："这有什么不好启齿？这是极好的事。等我和你婆婆说了，怕他不依？"因回房来，即刻就命人来请邢夫人过来，硬作保山。邢夫人想了一想：薛家根基不错，且现今大富，薛蝌生得又好，且贾母硬作保山，将机就计便应了。

我的意思是，曹雪芹向我们展现了一条套路：薛姨妈不去找王夫人，更没直接托贾母，而是由凤姐去找贾母，而贾母则豪情满怀做起保山，邢夫人自然答应。这个套路进展顺利，不由得让我们联想：假如薛姨妈真要把宝钗嫁给宝玉，那么，她要找的第一个人，应该就是凤姐，这姑侄俩可以私下商议，不惊动别人。不过，在前八十回中没有出现这样的描写，至于她们有没有进行过这方面的交流，只能各人去猜测了。

薛蝌与邢岫烟定亲了。作品叙述邢岫烟贫寒，宝钗早就"暗中每相体贴接济"，那时并不知道会成为弟媳妇，宝钗只是敬重邢岫烟为人雅重，这是宝钗一贯的做派；恐怕没人能说宝钗这也是为了讨好谁，因为曹公写得如此明确："也不敢与邢夫人知道"；反过来，"岫烟心中先取中宝钗，然后方取薛蝌"。姐妹群中，宝钗先后帮助接济过湘云、黛玉、邢岫烟，丫头中她送过金钏儿衣服，也替袭人做过针线，她还看出香菱的心思，把香菱带进大观园。宝钗的声望就这样一点一滴日积月累建立起来。

下面，曹雪芹再次写出寄居者难以想象的窘况，不看到这描写我们难以置信。

这日宝钗因来瞧黛玉，恰值岫烟也来瞧黛玉，二人在半路相遇。宝钗含笑唤他到跟前，二人同走至一块石壁后，宝钗笑问他："这天还冷的很，你怎么倒全换了夹的？"岫烟见问，低头不答。宝钗便知道又有了原故，因又笑问道："必定是这个月的月钱又没得。凤丫头如今也这样没心没计了。"岫烟道："他倒想着不错日子给，因姑妈打发人和我说，一个月用不了二两银子，叫我省一两给爹妈送出去，要使什么，横竖有二姐姐的东西，能着些儿搭着就使。姐姐想，二姐姐也是个老实人，也不大留心，我使他的东西，他虽不说什么，他那些妈妈丫头，那一个是省事的，那一个是嘴里不尖的？我虽在那屋里，却不敢很使他们，过三天五天，我倒得拿出钱来给他们打酒买点心吃才好。因一月二两银子还不够使，如今又去了一两。前儿我悄悄的把绵衣服叫人当了几吊钱盘缠。"宝钗听了，愁眉叹道："偏梅家又合家在任上，后年才进来。若是在这里，琴儿过去了，好再商议你这事。离了这里就完了。如今不先定了他妹妹的事，也断不敢先娶亲的。如今倒是一件难事。再迟两年，又怕你熬煎出病来，等我和妈再商议。有人欺负你，你只管耐些烦儿，千万别自己熬煎出病来。不如把那一两银子明儿也越性给了他们，倒都歇心。你以后也不用白给那些人东西吃，他尖剌让他们去尖剌，很听不过了，各人走开。倘或短了什么，你别存那小家儿女气，只管找我去。并不是作亲后方如此，你一来时咱们就好的。便怕人闲话，你打发小丫头悄悄的和我说去就是了。"

邢岫烟不说，曹雪芹不写，我们怎么会想到，一个寄居的小姐、堂堂邢夫人的侄女儿，对婆子丫头"不敢很使他们，过三天五天，我倒得拿出钱来给他们打酒买点心吃才好"；不是邢岫烟富裕，竟是逼得她把冬衣当了，穿着秋衣受寒！常言"人穷志短"，邢岫烟已然就是低声下气。面对这种环境该怎么办呢？宝钗反对邢岫烟这种做法，要求她把那一两银子一起给父母，没了银子那些婆子丫头反而没了贪心。"你以后也不用白给那些人东西吃，他尖利让他们去尖利，很听不过了，各人走开。"寄人篱下，难以同别人争论，但可以不理不睬。宝钗鼓励善良柔弱的邢岫烟，再穷也要保持自己的志气，不能低三下四。这里鲜明展现了宝钗"山中高士"的骨骼。写了这些，曹雪芹还嫌不够，他又抓住一个很小的细节再次刻画宝钗的品格。

> 岫烟低头答应了。宝钗又指他裙上一个碧玉珮问道："这是谁给你的？"岫烟道："这是三姐姐给的。"宝钗点头笑道："他见人人皆有，独你一个没有，怕人笑话，故此送你一个。这是他聪明细致之处。但还有一句话你也要知道，这些妆饰原出于大官富贵之家的小姐，你看我从头至脚可有这些富丽闲妆？然七八年之先，我也是这样来的，如今一时比不得一时了，所以我都自己该省的就省了。将来你这一到了我们家，这些没有用的东西，只怕还有一箱子。咱们如今比不得他们了，总要一色从实守分为主，不比他们才是。"岫烟笑道："姐姐既这样说，我回去摘了就是了。"宝钗忙笑道："你也太听说了。这是他好意送你，你不佩着，他岂不疑心。我不过是偶然提到这里，以后知道就是了。"岫烟忙又答应。

如果说前面劝邢岫烟不要屈服于婆子丫头，这话好说；但要邢岫烟放弃"大官富贵之家小姐"的"富丽闲妆"，作为一个未来的堂姑子，这话就不是一般人肯说的，因为很可能引发嫌疑和不满。宝钗这一番话，显示了她性格的强度，很敢担当。不过她虽然是在教训人，但没有一点逞强或要人难堪，而是推心置腹以身作则，令邢岫烟心服口服。这一幕告诉我们，一旦脱离贾府众人的视线，在亲人和姐妹面前，宝钗的性格是十分强有力的。平时寄居别人家里，宝钗的表现就收敛很多。有人把她看作虚伪，不过我以为，任何人寄居在别人家里，他的做派都会有所改变。从宝钗对邢岫烟说的话以及她的种种作为，我们可以说，宝钗始终保持着不卑不亢、礼貌谨慎的态度。寄人篱下能这样，已经是位高人。另外曹雪芹也乘机交代，宝钗父亲在世的时候，宝钗的穿戴也类似于探春姐妹，但现在家境变了，她"都自己该省的就省了"。哪个女孩不爱美？宝钗也爱，但这些年她一直都在节省。

曹雪芹还不失时机地开了个玩笑，他让邢岫烟把衣服恰好当在薛家开的当铺里，那当铺叫作"恒舒典"，我疑心又是一个谐音，"舒"谐"输"，"恒输典"意思这典当铺不会赢总是输；或者用"输送"的意思，说利润都输送到管家手里去了。确实，像薛蟠这样的仁兄做老板，这店怎么会赢呢？宝钗听说后对邢岫烟笑道："伙计们倘或知道了，好说'人没过来，衣裳先过来'了。"这个可笑的插曲，满含着人生的悲凉，邢岫烟红着脸一笑。

回目是"慈姨妈爱语慰痴颦"，但曹雪芹见缝插针，写下邢岫烟的婚事和她与宝钗的情谊，足足有两千多字。然后才进入"正题"。

　　宝钗就往潇湘馆来。正值他母亲也来瞧黛玉，正说闲话呢。宝钗笑道："妈多早晚来的？我竟不知道。"薛姨妈道："我这几天连日忙，总没来瞧瞧宝玉和他。所以今儿瞧他二个，都也好了。"黛玉忙让宝钗坐了，因向宝钗道："天下的事真是人想不到的，怎么想的到姨妈和大舅母又作一门亲家。"薛姨妈道："我的儿，你们女孩家那里知道，自古道：'千里姻缘一线牵'。管姻缘的有一位月下老人，预先注定，暗里只用一根红丝把这两个人的脚绊住，凭你两家隔着海，隔着国，有世仇的，也终久有机会作了夫妇。这一件事都是出人意料之外，凭父母本人都愿意了，或是年年在一处的，以为是定了的亲事，若月下老人不用红线拴的，再不能到一处。比如你姐妹两个的婚姻，此刻也不知在眼前，也不知在山南海北呢。"

　　宝钗刚坐下，黛玉就说"天下的事真是人想不到的，怎么想的到姨妈和大舅母又作一门亲家"。黛玉这是一种委婉的说法，她想说的或许不是"姨妈和大舅母"结成亲家，她同邢夫人都不怎么说话的，没那么关心；她真正想说的是邢岫烟同薛蝌定亲了，这对黛玉不无刺激，她与邢岫烟"同是天涯沦落人"，自然惺惺相惜，邢岫烟定亲，难免在黛玉心中荡起涟漪，所以她主动提起这个话题；但女孩子家又不好正面说这些事，所以她转了个弯说"姨妈和大舅母又作一门亲家"。她愿意向宝钗和薛姨妈说这话，是对她们的信任和亲近。薛家母女不约而同来看黛玉，可知她们都关心黛玉，故而黛玉也同她们说些私心话；其他场合，黛玉不会主动提起这样的话题。薛姨妈也是听懂了黛玉的话，所以她也不讲她同邢夫人怎么样，而是说婚姻有时就是缘分，所谓"月下老人"云云，这是民间很相信的传说，薛姨妈自然也有点信。大龄女儿的母亲很自然有些感慨产生联想，"比如你姐妹两个的婚姻，此刻也不知在眼前，也不知在山南海北呢"。过去有评论说薛姨妈这是对黛玉灌迷魂汤，企图让黛玉打消恋爱走向婚姻的念头，这个评论有点想当然，薛姨妈只是一个普通母亲，她不是谋略家，"也不知在眼前，也不知在山南海北呢"，这是一个母亲内心的感慨。

　　下面的描写内容很重要，是二、三号人物关系的一个质的升级，描写的艺术衔接又相当紧密，拆分开来欣赏的话味道就差远了，我们必须全部引用。

　　宝钗道："惟有妈，说动话就拉上我们。"一面说，一面伏在他母亲怀里笑说："咱们走罢。"黛玉笑道："你瞧，这么大了，离了姨妈他就是个最老道的，见了姨妈他就撒娇儿。"薛姨妈用手摩弄着宝钗，叹向黛玉道："你这姐姐就和凤哥儿在老太太跟前一样，有了正经事就和他商量，没了事幸亏他开我的心。我见了他这样，有多少愁不散的。"黛玉听说，流泪叹道："他偏在这里这样，分明是气我没娘的人，故意来刺我的眼。"宝钗笑道："妈瞧他轻狂，倒说我撒娇儿。"薛姨妈道："也怨不得他伤心，可怜没父母，到底没个亲人。"又摩娑黛玉笑道："好孩子别哭。你见我疼你姐姐你伤心了，你不知我心里更疼你呢。你姐姐虽没了父亲，到底有我，有亲哥哥，这就比你强了。我每每和你姐姐说，心里很疼你，只是外头不好带出来的。你这里人多口杂，说好话的人少，说歹话的人多，不说你无依无靠，为人作人配人疼，只说我们看老太太疼你了，我们也沾上水去了。"黛玉笑道："姨妈既这么说，我明日就认姨妈做娘，姨妈若是弃嫌不认，便是假意疼我了。"薛姨妈道："你不厌我，就认了才好。"宝钗忙道："认不得的。"黛玉道："怎么认不得？"宝钗笑问道："我且问你，我哥哥还没定亲事，为什么反将邢妹妹先说与我兄弟了，是什么道理？"黛玉道："他不在家，或是属相生日不对，所以先说与兄弟了。"宝钗笑道："非也。我哥哥已经相准了，只等来家就下定了，也不必提出人来，我方才说你认不得娘，你细想去。"说着，便和他母亲挤眼儿发笑。黛玉听了，便也一头伏在薛姨妈身上，说道："姨妈不打他我不依。"薛姨妈忙也搂他笑道："你别信你姐姐的话，他是顽你呢。"宝钗笑道："真个的，妈明儿和老太太求了他作媳妇，岂不比外头寻的好？"黛玉便够上来要抓他，口内笑说："你越发疯了。"薛姨妈忙也笑劝，用手分开方罢。因又向宝钗道："连邢女儿我还怕你哥哥遭踏了他，所以给你兄弟说了。别说这孩子，我也断不肯给他。前儿老太太因要把你妹妹说给宝玉，偏生又有了人家，不然倒是一门好亲。前儿我说定了邢女儿，老太太还取笑说：'我原要说他的人，谁知他的人没到手，倒被他说了我们的一个去了。'虽是顽话，细想来倒有些意思。我想宝琴虽有了人家，我虽没人可给，难道一句话也不说。我想着，你宝兄弟老太太那样疼他，他又生的那样，若要外头说去，断不中意。不如竟把你林妹妹定与他，岂不四角俱全？"林黛玉先还怔怔的，听后来见说到自己身上，便啐了宝钗一口，红了脸，拉着宝钗笑道："我只打你！你为什么招出姨妈这些老没正经的话来？"宝钗笑道："这可奇了！妈说你，为什么打我？"紫鹃忙也跑来笑道："姨太太既有这主意，为什么不和太太说去？"薛姨妈哈哈笑道："你这孩子，急什么，想必催着你姑娘出了阁，你也要早些寻一个小女婿去了。"紫鹃听了，也红了脸，笑道："姨太太真个倚老卖老的起来。"说着，便转身去了。黛玉先骂："又与你这蹄子什么相干？"后来见了这样，也笑起来说："阿弥陀佛！该，该，该！也臊了一鼻子灰去了！"薛姨妈母女及屋内婆子丫鬟都笑起来。婆子们因也笑道："姨太太虽是顽话，却倒也不差呢。到闲了时和老太太一商议，姨太太竟做媒保成这门亲事是千妥万妥的。"薛姨妈道："我一出这主意，老太太必喜欢的。"

这段描写，有评论家说是"重大关节"，此话不错，关键是怎么理解。我们就细细地说一说。

第一，宝钗一上来就"伏在他母亲怀里笑说：'咱们走罢。'"宝钗这种小儿女模样，我们很少见到。她为什么要逗黛玉？她又是凭什么逗黛玉？因为，宝钗毕竟只是个十七八岁的姑娘，处于青春时期；由于寄居的缘故，她收敛起她活泼的个性，平时总是披着一身铠甲，裹住她少女固有的活泼风貌，随时准备接受外部的打击和冲撞；但宝钗毕竟是个少女，在能够脱去那身沉重铠甲的时候，她当然会把它扔下。

现在，她是来探望黛玉，是来给黛玉解闷驱烦的，而且房间里只有她母亲，天时地利人和都让她放松。于是她就把黛玉当作开心的对象，故意逗黛玉玩。这应该是宝钗最放松、最"原生态"的画面，是与人们评说的宝钗持扇子扑蝶一样自然、一样本原的宝钗，整部小说中仅仅此处看得见。假如我们对此视而不见，那么就不能怪曹雪芹，他写过了。

第二，我们认识一下今日的黛玉。她说："你瞧，这么大了，离了姨妈他就是个最老道的，见了姨妈他就撒娇儿。"大家注意，黛玉的口吻同宝钗几乎一模一样，也是难得见的，用"亲密"来解释都不够，还带着"亲昵"。黛玉敞开了心扉，宝钗天性中活泼的一面也彻底展露，她居然挤眉弄眼，我们何曾见过。真的希望大家用心去体会，曹雪芹为我们描绘了如此动人的场面，《红楼梦》中两位女主角最最贴心的场面，水乳交融、如胶似漆的场面，多么感人。

说到这里，我们不能不谈谈曹雪芹的工作。作为作者，他在干什么？我以为，他在揭面纱，他把蒙在人物画面上的所有东西全部揭掉，让我们看看十二金钗两位头牌最本色的面目，未曾化妆的"素面"。本来就是他老人家给黛玉、宝钗描眉画目，也是他给人物蒙上一层层面纱，现在，又是他把这些东西全部去掉，让我们见识她们的真容。其实，刻薄小气也罢，老气横秋也罢，都是黛玉、宝钗在贾府"公开露脸"的面具，是她们寄人篱下的必须装备。当今流行一个词语，叫作"职场磨炼"，把一个个姑娘都磨炼得水泼不进、火烧不热；然而我们把"职场"同"寄人篱下"真正体验过就知道，职场，毕竟一天只有八小时，只有在单位那块空间，八小时过后离开了单位，就有自由；而"寄人篱下"是每天二十四小时，是长年累月在人家的屋檐下，它对人的磨砺，远远超过"职场"。可怜曹公犹恐我们不能体会他的良苦用心，到回末他再给我们一个反面提醒，真真难为他了。我们到回末再说。

第三，在这对姐妹花中间，薛姨妈到底是个什么角色呢？我们看到，薛姨妈一会儿"摩弄着宝钗"，一会儿"又摩娑黛玉"，她对两位可怜的姑娘都极尽安慰。曹雪芹这么描写，不至于说薛姨妈"摩弄着宝钗"是一片真心，"摩娑黛玉"是完全假意吧？当然我们肯定薛姨妈对自己的女儿更加心疼，但此时此刻她对黛玉的感情很难说不是真心。人皆有恻隐之心，薛姨妈如下的话语，谁能说不是真情实意？"也怨不得他伤心，可怜没父母，到底没个亲人。"假如还有人怀疑薛姨妈是在演戏，那么，她后面的剖白总可以让人相信了。"我每每和你姐姐说，心里很疼你，只是外头不好带出来的。你这里人多口杂，说好话的人少，说歹话的人多，不说你无依无靠，为人作人配人疼，只说我们看老太太疼你了，我们也沾上水去了。"此等推心置腹的话，整部作品中薛姨妈也仅此一次。毕竟，她自己也是寄人篱下，还拖家带口，贾府的人际关系那么复杂，仅仅邢夫人、赵姨娘就够她防的，何况还有那些管家们。她说的话轻了一点，怕人说不够尊敬；重了一点，又怕人说是"泐上水"溜须拍马。寄人篱下，难哪！薛姨妈把话说到这份上，也可谓肝胆相照了。

第四，黛玉要求认薛姨妈为母亲。前面我们说这一回牵涉到二、三号人物关系的巨大变化，便是指这个。在第42回中，黛玉与宝钗的关系发生本质变化，由竞争对手转化为亲情姐妹，这是她们关系的巨变；不过，那还缺少一点"法定手续"，没有"制度保障"。到今天，黛玉主动要认薛姨妈为娘，那就是办理了"法定手续"，她同宝钗成为外界一致认可的姐妹关系。以前有评论认为，这是薛家母女联手给黛玉上套，黛玉中了计，掉入薛家的圈套之中。我以为这似乎违背了曹雪芹的拳拳之心。这里关于薛姨妈的另一个看点，读者特别关切的无疑是：她到底做媒没有？她为什么不做媒？大家都很关切，所以我们讨论一番。我理解薛姨妈所说要做媒，仅仅是顺口一句话，我们注意这话的前言后语和环境。

> "连邢女儿我还怕你哥哥遭踏了他，所以给你兄弟说了。别说这孩子，我也断不肯给他。前儿老太太因要把你妹妹说给宝玉，偏生又有了人家，不然倒是一门好亲。前儿我说定了邢女儿，老太太还取笑说：'我原要说他的人，谁知他的人没到手，倒被他说了我们的一个去了。'虽是顽话，细想来倒有些意思。我想宝琴虽有了人家，我虽没人可给，难道一句话也不说。我想着，你宝兄弟老太太那样疼他，他又生的那样，若要外头说去，断不中意。不如竟把你林妹妹定与他，岂不四角俱全？"

薛姨妈的话语是从贾母说起，贾母是在开玩笑，薛姨妈顺着说下去，自然也是玩话的成分居多。本来，这场面就是大家闲聊，聊到哪里就是哪里。不过曹公他老人家估计是知道我们会较真，所以他就把紫鹃拿来代替我们开口；而薛姨妈取笑紫鹃的话，或许正是曹公拿来笑话读者的：薛姨妈开玩笑而已，别太当真！如果还有人较真，问："薛姨妈真的可以去向贾母开口的呀，干吗不去呢？"那么我要奉劝这位提问者，你该把小说再读两遍，你对作品中的人物基本地位和关系，还欠些把握。前面作品刚刚写了薛姨妈的委屈，她连对黛玉好一点都不敢明白表露，可见她在贾府过得何等艰难！既然如此，对于贾府的重大婚姻问题，她哪能去置喙？其次，如果是别人的婚姻，还有外人插嘴的可能，然而，宝玉和黛玉，一个是贾母的孙子，一个是外孙女儿，如果贾母愿意她们配婚，她自己完全可以决定，何须别人做媒？换句话说，别人去为宝玉、黛玉提亲，那不仅是插手贾府的内部事务，还简直是在打贾母的耳光，说她老昏聩了，连自己孙子、外孙女的大好姻缘都看不见。这种傻子，恐怕连邢夫人都不会去当，何况薛姨妈？反过来说，贾母自己都不愿意这门婚事，别人去说，岂非讨骂惹嫌？薛姨妈若是去干这冒昧莽撞事情，她还能在贾府住下去吗？再退一步，邢夫人的侄女邢岫烟生活那么可怜，邢夫人一概不管，薛姨妈尚且不肯冒昧询问，还要私下里谋之于凤姐，那么，对宝玉、黛玉这一龙一凤、这两个贾母的心肝宝贝，薛姨妈敢去沾手吗？至此大家就明白，薛姨妈"我一出这主意，老太太必喜欢的"，不过是一句应景话语，是喝喝茶聊聊天而已，岂可当真！至于有的评论说薛姨妈是在欺瞒黛玉，我们想想，薛姨妈欺瞒黛玉有什么作用呢？难道听了她的话，黛玉就放弃自己的恋爱、等着薛姨妈送聘帖上门？然后由于黛玉放弃追求宝玉，宝钗就乘机夺走宝玉？不成道理吧。曹雪芹是个喜欢捉弄人的作家，他恐怕在搞一个里外两重逗弄：书里面是薛姨妈逗紫鹃和婆子们，书外面则在逗那些性急老实的读者；或许他边写边想到读者焦急的嘴脸，他还暗自发笑呢。

薛姨妈的另一句话，似乎没什么文章提到，却也值得一说。"我想宝琴虽有了人家，我虽没人可给，难道一句话也不说。"薛姨妈明明有宝钗，而且那位大仙和尚嘱咐过，宝钗只能配有玉的男子，薛姨妈怎么说"我虽没人可给"？似乎自相矛盾。其实我们前面说过：宝钗在贾府这么多年，就在贾母眼皮底下，贾母也说过宝钗比她的几个孙女都强，但她始终没有选择宝钗，这也罢了；但是贾母很明显地要说宝琴，这等于告诉薛家母女，她老人家对宝钗不怎么中意。假如这之前薛姨妈还抱着希望在等待，那么到说宝琴的那天，靴子落地，薛姨妈也该放弃希望了。这就是薛姨妈说"我虽没人可给"的内心意识，也可以说是她的无奈。至于黛玉也是一样，她也看清宝钗已然出局，所以薛姨妈这句话她听过也就过了，不往心里去。当然，我们把薛姨妈想得再固执点，也可以说她未必死心，因为贾母年事已高，哪天贾母一过，王夫人当家做主，那么宝钗的机会就来了。但薛姨妈有那么固执吗？我难以相信，因为宝钗已经到了出阁的年龄，而贾母身子很健旺，就这么守株待兔，宝钗耗得起吗？当然，曹雪芹没有写完，究竟是什么原因宝玉最终娶了宝钗，我们根本无法猜测；但后四十回的"掉包计"相当俗气，略显牵强，不大可能是曹雪芹设计的。

这段描写还有更深的意义：在黛玉和宝钗之间，可以谈论宝玉了，可以谈论宝玉和黛玉婚姻的话题。这个话题在过去是绝对的禁区，她们要么避而远之、要么针尖对麦芒，甚至杀个天昏地暗，这话题不单属于敏感话题，简直就是要命的话题！但是今日，当薛姨妈提起这话题时，宝钗非但不回避，反而俏皮地开起黛玉的玩笑！——这说明什么？说明在黛玉和宝钗之间，宝玉已经不是一个利益攸关问题，而是一个可以拿来取笑的话题！说明黛玉和宝钗已经达成很深的默契，在有关宝玉的问题上，她们之间已经不存在竞争和比拼，那堵曾经的厚墙，已经如冰雪消融而再也没有了。所以我说，这才是本回，甚至整部小说的一个关键点，是两位女主人公之间关系的一个质的突破。正是那堵坚厚的冰墙完全消融，她们才能够如此亲密和亲昵，她们才成为一对真正意义上的姐妹花，正所谓"一个是阆苑仙葩，一个是美玉无瑕"。曹公在这里把她们写得鲜活生动情趣盎然，她们崭新的精气神都出来了，假如我们竟不能领会，那未免可惜了。

本回的最后一段没让人怎么重视，其实曹公用了很大的心思，他在回末还使出重手，造成一个相当冷峭的场面，表达了只有《红楼梦》才有的独特意蕴，而且如此刻意勾画的场面，即使在《红楼梦》中也仅此一次，具有独特的研究价值。

这一段情节是史湘云偷偷把邢岫烟的当票拿来让大家"奇货共欣赏"，这是前面刚刚叙述过的故事，所以读者、评论家都不当它回事儿。但是，曹公在这里大动手脚留下的可不是什么蛛丝马迹，而是斧劈刀斫的毛糙和不自然。很明显，曹公刻意要打造出某种东西。我们逐一分析。

第一，史湘云的出现就不那么自然。我们看作品：

> 一语未了，忽见湘云走来，手里拿着一张当票，口内笑道："这是个帐篇子？"黛玉瞧了，也不认得。地下婆子们都笑道："这可是一件奇货，这个乖可不是白教人的。"宝钗忙一把接了，看时，就是岫烟才说的当票，忙折了起来。

为什么说史湘云来得不自然呢？先透露一句，曹公是下了紧急调令把她调过来，参加一个派别分明的会议，曹公的目的等会儿就一目了然。说史湘云来得不自然，就是曹公自己也觉得把她调过来需要给出一个理由，于是就让她举着一张当票进来，让她来得有理由。这很像谍战剧中召开秘密会议，来参会的人为避免敌人怀疑而找个理由进入会场一样。问题是史湘云的所谓理由——当票，其获得当票的理由和过程本身都充满人为的、故意的痕迹。作者怎么解释这当票来到史湘云的手中？湘云笑着告诉宝钗：

> "我见你令弟媳的丫头篆儿悄悄的递与莺儿。莺儿便随手夹在书里，只当我没看见。我等他们出去了，我偷着看，竟不认得。知道你们都在这里，所以拿来大家认认。"

大家觉得这个过程自然吗？篆儿悄悄地递与莺儿，刚巧被史湘云看到，莺儿刚巧便随手夹在书里，史湘云刚巧对小丫头手中的一张小纸头发生强烈的兴趣，而且还偷看，她又刚巧看不懂，并且立马要找宝钗、黛玉一起看，她刚巧在这个时间点赶到黛玉房中。这一系列"刚巧"本来可以忽略，但等会儿我们揭开谜底的时候，大家就知道这些"刚巧"都是曹公刻意的痕迹。

第二，这张具有爆炸性的当票，经过四五个人的传递，终于奇迹般地"刚巧"来到宝钗手中，而且那么多人都看不懂，它上面本应有的邢岫烟或者邢岫烟丫头的名字，史湘云都没看见，而且宝钗连忙折起来捏在手心中，所以这当票安全了，没有任何泄露，没有引爆。好吧，我们承认它"刚巧"安全。

第三，一个秘密会议即将举行，薛姨妈"刚巧"要离开。作品是这么交代的：

> 一时人来回："那府里大奶奶过来请姨太太说话呢。"薛姨妈起身去了。

然后，秘密会议开始举行。"这里屋内无人时，宝钗方问湘云何处拾的。"湘云告诉了。

> 黛玉忙问："怎么他也当衣裳不成？既当了，怎么又给你去？"宝钗见问，不好隐瞒他两个，遂将方才之事都告诉了他二人。黛玉便说"兔死狐悲，物伤其类"，不免感叹起来。史湘云便动了气说："等我问着二姐姐去！我骂那起老婆子丫头一顿，给你们出气何如？"说着，便要走。宝钗忙一把拉住，笑道："你又发疯了，还不给我坐着呢。"黛玉笑道："你要是个男人，出去打一个报不平儿。你又充什么荆轲聂政，真真好笑。"湘云道："既不叫我问他去，明儿也把他接到咱们苑里一处住去，岂不好？"宝钗笑道："明日再商量。"

这里我们要扣住文本来欣赏。第一句："这里屋内无人时，宝钗方问湘云何处拾的。"所谓"屋内无人"，应该指婆子丫鬟都出去了，这时宝钗才追问当票的事情，其实这个话题已经过去，宝钗不用这么急着再提起，假如她不愿让黛玉知道的话，宝钗不是湘云那样沉不住气的人。她现在问，就是没想要瞒着黛玉，当然，她更没要瞒着湘云，若要瞒湘云，她可以不提这话题，或者坚守前面的口径，说"是一张死了没用的"。宝钗此时重提当票，显然就是要同黛玉、湘云分享邢岫烟的苦处，她要同这两位妹妹聊聊心事，散散愁闷。这三人，俨然是一个小团体，她们可以推心置腹，畅谈人生。所以后面那句"不好隐瞒他两个遂将方才之事都告诉了他二人"。我们千万不能认为宝钗是钢筋铁骨百毒不侵的怪物，曹公笔下的宝钗仅仅是个女孩子，相当成熟的女孩子，她也有七情六欲，她还会"哭了一夜"，第二天见到母亲又放声大哭。好了我们看下一句："黛玉便说'兔死狐悲，物伤其类'，不免感叹起来。"大家注意，这是点题之笔，曹公千方百计把我们引进这个圈子里，干什么？他开始吐露了，借林黛玉来吐露。从作品前前后后的描写看，林黛玉同邢岫烟并没有多少交集，她俩好像没多少交情。但是，黛玉听到邢岫烟当衣服便说"兔死狐悲，物伤其类"，不免感叹起来。黛玉之所以感叹，不是她对邢岫烟的感情有多少，而是"兔死狐悲，物伤其类"！虽然这同黛玉的性格有关，但更主要的是她们的境遇类似。假如性格不是这样，那么黛玉的反应可能就不一样。曹公似乎知道我们的心事，他马上写给我们看。下一句："史湘云便动了气说：'等我问着二姐姐去！我骂那起老婆子丫头一顿，给你们出气何如？'说着，便要走。"史湘云的处境其实远远不如林黛玉，假如她也是林黛玉的性格，她可能很难活下去。但她"幸生来，英豪阔大宽宏量"，比男人更男人，她不管自己算老几，要出去打抱不平，责备迎春，痛骂那些老婆子丫头。确实，史湘云若去责备迎春，估计迎春也是低头长叹唯唯诺诺，湘云大骂老婆子丫头，她们更没人敢吭声。曹公高明，他老人家把各种各样的寄居人物都搜集齐备，实际上是展现出各种寄居者可能有的所有心态和手段。不过，史湘云去发作一通，能不能改变邢岫烟的命运和处境？我想大家心里都有答案。"宝钗忙一把拉住，笑道：'你又发疯了，还不给我坐着呢。'"宝钗的话中两层意思很明朗，一层是认为史湘云的举动在"发疯"，毫无意义解决不了问题；另一层是叫她坐着别动，而且是"还不给我坐着呢"，发号施令的口吻。显然，她把史湘云当小妹，史湘云也认可她这位大姐。宝钗表现出来的是又一种态度，一种有别于林黛玉和史湘云的"寄居"态度，那就是她对邢岫烟说的，"他尖刺让他们去尖刺，很听不过了，各人走开"。不同那些老婆子丫鬟拌嘴，不正面冲突，自重身份，自保人格。宝钗是否妨碍了史湘云的斗志和激情？是否太保守、顽固？我们看看黛玉的反应："黛玉笑道：'你要是个男人，出去打一个报不平儿。你又充什么荆轲聂政，真真好笑。'"林黛玉也认为史湘云的路子行不通，她同宝钗的态度差不多。这里我们插一句，黛玉居然也说："你要是个男人，出去打一个报不平儿。"这话同前面探春所言"我但凡是个男人，可以出的去，我必早走了，立一番事业"，真是如出一辙。听了她们的话我难免好奇：她们真的认为男子就那么自由？天下的事业就那么容易建立？这话反应出她们在笼子里看天空便以为外面一切都美好的幼稚？还是鉴于她们对自己知识、能力的信念？再深一步，她们所说的"事业"究竟是什么？是考试做官？还是经商发财？或是搞科研发明？而她们的对面就站着宝玉，什么事业都不要，只要女孩子；贾珍、贾琏、薛蟠等，不是坐吃山空，就是家业破落。她们凭什么说自己一旦出去就能建立大业，相信"堂堂须眉，诚不若彼裙钗"？再追一步，作者曹雪芹本人也是半身潦倒、一事无成，从他的角度，是在描写探春她们的无知？还是在赞美她们的气度？这些问题，颇值得探讨。回到作品。秘密会议中三人表决，二比一，史湘云放弃去骂去出头的主张，湘云道："既不叫我问他去，明儿也把他接到咱们苑里一处住去，岂不好？"宝钗笑道："明日再商量。"宝钗再次表现出会议主持人的姿态，秘密会议就开到这里。

　　好了，到这里，我们大致明白曹雪芹为什么要十万火急地把史湘云也召集过来，原来，他是要召开一次秘密会议，出席者是除了妙玉以外的寄居贾府的三位正钗，会议的议题是关于邢岫烟的当票问题。曹公劳师动众安排这个会议，议题的实质又是什么呢？实质是：寄人篱下的委屈！三位出席者虽然态度有所不同，但基本观念是一致的，就是感叹寄居之苦，其决议是"兔死狐悲，物伤其类"，但不能盲动，暂且忍受。

然而，假如仅仅只有这些内涵，可能不值得曹公发出十万火急令，我们也不会花这么多精力来絮絮叨叨。我们讨论得这么细，因为以上所讲，还不是此段情节的精髓。这段情节真正的精髓，是看似无意的一笔，好像是随便拖带出来的一笔，是本回的收官之笔。这一笔就是：

> 说着，人报："三姑娘四姑娘来了。"三人听了，忙掩了口不提此事。要知端的，且听下回分解。

探春和惜春来了，她们来有什么事？本回已经结束，我们提前看看第58回，第一段是这么写的：

> 话说他三人因见探春等进来，忙将此话掩住不提。探春等问候过，大家说笑了一会方散。

再下面一段是另辟情节，与此不相干，这个情节到此结束。那么"精髓"在哪儿呢？精髓远在天边近在眼前！我们先还原一下。曹雪芹画了一幅图：宝钗、黛玉、湘云三人在悄悄开会，议题是邢岫烟的当票，实质是寄居之苦，为了主题突出画面完美，他调走了薛姨妈，赶走了所有的婆子丫鬟；这三位金钗，三位寄居贾府的金钗，占据画面的绝大部分，宝钗居中，黛玉、湘云分列左右，宝钗和黛玉安安稳稳坐着，湘云站着，情绪激动。这么一幅画，本身就很有意义，三位寄居的金钗共诉衷肠，无限感慨。可是！整幅画面表达的主要意蕴不在这里，因为这幅画还没画完。中国画的意蕴往往不是凭据所占画面的比例来决定的。我们所讲的这幅画，宝钗、黛玉、湘云所占画面的比例可能超过八成，可是曹雪芹还在继续运笔——忽然他加进来探春和惜春，这两位可能刚刚踏进院子、还没进屋，她们只有远远的、小小的两个影子，所占画面不到一成；她们踏进院子，画面就完成了，结束了。她们与宝钗、黛玉、湘云只相距几丈远，双方看得见笑容，听得清话音，她们是好姐妹，是朋友，是一起唱和的诗友，是坐在同一张桌子上吃饭、天天在一起谈笑的表姐妹，在画面中她们之间只隔着几竿竹子。可是——我必须再用一个"可是"——她们之间却有一道看不见的楚河汉界，有一座隐形的万里长城！画面要表达的基本意思就在这里，这幅画的珍贵就在这里，整部《红楼梦》中就画了这一幅。它意味深远。

这么鉴赏是不是故弄玄虚，甚或无中生有？让我们再看看文本：

> 说着，人报："三姑娘四姑娘来了。"三人听了，忙掩了口不提此事。

宝钗、黛玉、湘云三人，一听探春、惜春来了，就像听到警报一样，不约而同一齐掩口，包括那位粗犷的史湘云都不用人提醒，立即掩口。这是什么情况？这就是连史湘云都明白，她们与贾府的自家小姐之间，有一条楚河汉界，有一座万里长城！这边的秘密讨论，对于贾府的小姐就是绝密，是绝对不能让探春、惜春知道一丁点的。在整部《红楼梦》中，寄居的金钗同贾府自家小姐之间有楚河汉界万里长城，就写了这么一次。一次，一就是有，曹雪芹不需要写第二次。这个"一"写得出人意表，细加品味则大有深意。这个"一"放在整回的最后，就是压轴；曹雪芹似乎生怕我们不注意，又在下一回的开头重复一遍：

> 话说他三人因见探春等进来，忙将此话掩住不提。探春等问候过，大家说笑了一会方散。

而且不单单是重复，他还写明"探春等问候过，大家说笑了一会方散"。就是告诉我们，写探春、惜春前来没有任何情节内容，连一句对话一个动作一个表情都没有，就写她们来过而已；她们来了，作者的工作就完成了。这意思够明白的。此外我们可以想象，所谓的"大家说笑"，至少这边三个人是在逢场作戏心怀鬼胎，恨不得赶紧散了，尤其是史湘云，脸上的肌肉恐怕都有些僵硬！

现在我们该明白了，曹雪芹为什么要急急忙忙调来史湘云，为什么让她举着那张当票，为什么要让宝钗一把捏死那张当票，为什么要安排薛姨妈火速离场，为什么要让宝钗、黛玉、湘云三人密议，还有，为什么要让探春、惜春突然降临。

现在我们明白了，十二金钗中，还分为两个阵营，中间隔着楚河汉界、万里长城。虽然贾府姐妹也是结局不佳属于"薄命司"中人物，曹雪芹对她们也充满同情，但是，曹雪芹对寄居者和正宗小姐，"到底意难平"。作者更深的感情，显然投在寄居者身上。

至于分出阵营的意义，只能各人去体会，那很主观；但分不分阵营，则是作者的工作，是文本的表述，相当客观。

第五十八回

杏子阴假凤泣虚凰　茜纱窗真情揆痴理

所谓"假凤泣虚凰"，指由戏子转为丫鬟的藕官祭奠好伙伴药官；所谓"真情揆痴理"，指宝玉同芳官谈论此事。这一回从作品的题材和人物两方面，曹雪芹又在开疆拓土，继续增加新内容、新角色，其中芳官成为一个比较重要的角色，她后来居上，在后面二十来回中写她的篇幅超越袭人、晴雯、麝月一干人，成为宝玉的第一宠儿。不过，芳官的形象比上次拥进大观园的得宠人物宝琴要生动鲜活的多，从形象的系统性看，芳官占据《红楼梦》丫鬟系统中一个比较新的位置。

本回开头先布置了一个大背景，皇室死了一位老太妃，"凡诰命等皆入朝随班按爵守制。敕谕天下：凡有爵之家，一年内不得筵宴音乐，庶民皆三月不得婚嫁。贾母、邢、王、尤、许婆媳祖孙等皆每日入朝随祭，至未正以后方回"。这段叙述中最后那位姓许的，应该是贾蓉续娶的媳妇。全书一句也未交代这位新媳妇的来龙去脉，连何时娶进门也不写一句，可见曹雪芹对这位续弦的处理非常奇怪。我这样理解，曹公为了突出秦可卿，因为秦可卿与宝玉有故事，又是十二金钗之一；许氏没有这两项特权，就被彻底边缘化。曹公的处理方法非常独，在古今中外小说家中都很罕见，显示出曹公的杀伐决断，甚至可说无情。

老太妃的丧礼要花时个把月，陵墓又在外地，贾母等都要去那里送灵，要在那附近住一段时间，所以贾府的大人们几乎走空了。这是曹雪芹很重要的一次调虎离山，造成贾府的权力真空期。有了这段真空期，作品便可以生出许多事端，从上层贾珍、贾琏、贾蓉与尤二姐、尤三姐的乱伦到下层的婆子丫鬟叫骂打人，直至司棋砸厨房，闹出的事端都带有明显的混乱、胡闹性质，显示贾府从上到下整体性滑向败落，而且还在加速。作品描述这段时间的篇幅有好几回。所以本回的这段叙述有大背景的意味。

我建议大家把这段叙述再读一两遍，这里显示出曹雪芹高超的叙事能力。总共四五百字，从朝廷到家族，从贾母到丫鬟，家里所有人都交代到了，包括贾母再三托薛姨妈照看黛玉，薛姨妈怎么选择住处，还要回避赵姨娘的罗唣，黛玉直呼薛姨妈"妈妈"，贾母十分喜悦；而那些管事人，"或乘隙结党，与权暂执事者窃弄威福……或赚骗无节，或呈告无据，或举荐无因，种种不善，在在生事，也难备述"。复杂繁冗的局面四五百字就讲清楚了，非但条理清晰，而且富有趣味，文笔还那么优美那么从容，这真是叙述的大手笔。通常，人们重视描写轻视叙述，其实叙述是小说最基本的表现手段。描写如女人，化妆一番穿着一番，摆个姿态，很容易出彩；叙述像男人，不涂脂抹粉、描眉画目，要出落得自自然然堂堂正正，以至于器宇轩昂，必须靠本来面目，靠胸襟修为。所以叙述很见得出作者的功夫。我们对《红楼梦》的叙述介绍比其他评论要多一些，比如第1回的"作者自云"等，但总体上仍然讲解较少，所以在这里补一笔，希望大家重视叙述。

接着，作品叙述当年买来唱戏的那十二个小女孩。既然死了老太妃一年内不得"筵宴音乐"，尤氏等人便商议着怎么遣散这十二个小孩。然而出了意外，这些孩子大多不愿离去，铁了心要留在贾府。这里交代一下，每个孩子的遣散费有若干银子，而且怕别人冒领，王夫人规定要亲生父母来领，相当人道十分细致。但大多数孩子宁肯留下做丫头，可见她们对贾府的认可和依恋。

> 王夫人听了，只得留下。将去者四五人皆令其干娘领回家去，单等他亲父母来领，将不愿去者分散在园中使唤。贾母便留下文官自使，将正旦芳官指与宝玉，将小旦蕊官送了宝钗，将小生藕官指与了黛玉，将大花面葵官送了湘云，将小花面豆官送了宝琴，将老外艾官送了探春，尤氏便讨了老旦茄官去。当下各得其所，就如倦鸟出笼，每日园中游戏。众人皆知他们不能针黹，不惯使用，皆不大责备。其中或有一二个知事的，愁将来无应时之技，亦将本技丢开，便学起针黹纺绩女工诸务。

前面凤姐说要裁减下人，现在王夫人则在增加，凤姐是从经济管理、经费开支角度出发，王夫人则是人道为先，因为并不缺丫头；尤其是这里写明"他们不能针黹，不惯使用"，所以收留她们多少带有慈善性质。许多评论因为王夫人赶走金钏、晴雯便把她说成凶悍甚至残忍，显然有违作品的实际。再看这些孩子，"就如倦鸟出笼，每日园中游戏"，也无人责备她们，可知至少贾府的主人、主管都对她们比较宽容，后面描写的恰恰是那些认领她们的婆子，则是百般剥削、虐待她们，引起她们的反抗和争执。

本回第一个情节是，由小戏子留任充当丫头的藕官在大观园中烧纸祭奠亡友，这是违禁的，在大观园中是不许烧明火的。一个老婆子发现了告发后，正要带走藕官，被宝玉撞见，为保护藕官，宝玉便谎称是自己叫藕官烧纸求神保佑病愈的，那婆子只得放手去了。宝玉悄悄问藕官为谁烧纸，藕官哭道：

　　　"我也不便和你面说，你只回去背人悄问芳官就知道了。"说毕，佯常而去。

　　这个情节，一是再次展示宝玉对女孩子的庇护，只要丫头与老婆子发生冲突，宝玉不管情由，永远站在丫头一边。其次，它拉开了婆子们与这批戏子冲突的序幕，后面将接连上演。用婆子的话说："我说你们别太兴头过余了，如今还比你们在外头随心乱闹呢。"可知这批小演员当时身份特殊待遇优裕，婆子们早就看着妒忌，现在她们身为丫头，婆子们就可以收拾她们。

　　　（宝玉）只得踱到潇湘馆，瞧黛玉益发瘦的可怜，问起来，比往日已算大愈了。黛玉见他也比先大瘦了，想起往日之事，不免流下泪来，些微谈了谈，便催宝玉去歇息调养。宝玉只得回来。

　　这段叙述很奇特，是全书叙述宝玉、黛玉见面最短的一次，仅区区六十来字，写宝玉的只有一句"瞧黛玉益发瘦的可怜"。大约近乎皮包骨头。黛玉眼里的宝玉"也比先大瘦了"。两位情人只关心对方的身子，再无其他。但是黛玉到底"不免流下泪来"。估计自从紫鹃骗得宝玉发疯，他们俩可能没见过面，而且宝玉今天是拄着拐杖来的。至于黛玉为什么不去怡红院探视，我想她一则不好意思，因为紫鹃说了那些话，宝玉又暴露得那么露骨；其次黛玉可能也病得难以起床，她自然不肯像宝玉那样拄拐杖，太有损形象，两人近在咫尺一别经月，黛玉怎能不伤悲！或许是怕引发宝玉也伤悲吧，"些微谈了谈，便催宝玉去歇息调养，宝玉只得回来"。曹公写得很彻底，一来他就是要这么个悲悲戚戚的场面；二来，本回的重点是表现下人的冲突，所以两人"谈了谈"的内容一字不写。

　　宝玉回到家，"因记挂着要问芳官那原委，偏有湘云香菱来了，正和袭人芳官说笑，不好叫他，恐人又盘诘，只得耐着"。芳官理应是戏班的头牌，元宵夜贾母要显摆自家的戏班子，点名她第一个登场，现在她成了宝玉丫头之后的第一个镜头就这么自然而然，像已经在这几年了一样。这种出场方式其他小说中很难见。它表明芳官在这里怡然自得，与宝玉、袭人的关系非常融洽，当然还有史湘云一贯的毫无小姐模样，湘云、香菱、袭人、芳官这四个身份级差鲜明的人之间没有一点隙缝，这屋子的主人宝玉来了她们也视若无睹，不闻不问，这就是怡红院特有的氛围。假如探春、黛玉在，哪怕宝钗在，这气氛就会有所不同，丫鬟们会注意规矩，所以曹公派湘云来。当然，这幅安详仕女图也是要反衬后面的乱象。

　　第二个情节是芳官与她干娘的争执吵闹。干娘收着芳官的月钱却连洗头发都让芳官用她女儿洗过的水，芳官嚷出来，娘儿两个便大吵起来，晴雯、袭人，甚至宝玉都劝不住，还是麝月出马才镇住。袭人拿出自己的洗发水、香水之类，晴雯替芳官洗完还挽了一个慵妆髻。晴雯能够这样服侍一个小丫头，很出乎人们意外，但这才是晴雯，愿意时她什么都可以做，不高兴的话连宝玉都不理会。

风波暂时平息。

> 盥漱已毕，袭人等出去吃饭。宝玉使个眼色与芳官，芳官本自伶俐，又学几年戏，何事不知？便装说头疼不吃饭了。袭人道："既不吃饭，你就在屋里作伴儿，把这粥给你留着，一时饿了再吃。"说着，都去了。

> 这里宝玉和他只二人，宝玉便将方才从火光发起，如何见了藕官，又如何谎言护庇，又如何藕官叫我问你，从头至尾，细细的告诉他一遍，又问他祭的果系何人。芳官听了，满面含笑，又叹一口气，说道："这事说来可笑又可叹。"宝玉听了，忙问如何。

这是第一次描述宝玉与芳官的私下交往，两人的关系此前我们一点不知，作者根本就不交代。但这里一笔就把两人关系和盘托出：芳官见宝玉的眼色即装头疼，十分默契；"芳官听了，满面含笑，又叹一口气，说道：'这事说来可笑又可叹。'"了不得！芳官能有几岁？与宝玉单独相处，含笑叹气，其口气模样比当年的袭人还要笃定。想当年小红惨遭蹂躏，而芳官进怡红院能有几日，居然与宝玉平起平坐坦然相对！是由于她的情商特别高，搞定了晴雯、秋纹、碧痕一干人？还是反过来，晴雯她们随着年龄增长而开通了？曹公一概不交代，只把芳官与宝玉两人私下的言谈举止，画给我们看了。

芳官告诉宝玉，藕官祭祀的是菂官，藕官与菂官的关系以我们今日的标准语言叫同性恋。宝玉听了又悲又叹，然后支招："随便有清茶便供一钟茶，有新水就供一盏水，或有鲜花，或有鲜果，甚至荤羹腥菜，只要心诚意洁，便是佛也都可来享，所以说，只在敬不在虚名。以后快命他不可再烧纸。"

本回到这里戛然而止。宝玉这番话，便是回目"茜纱窗真情揆痴理"的由来。作者给了个名称"痴理"，实际上也是曹公的"痴理"。作品这里反映的不是祭祀问题，而是明代以来对礼教的反叛、对自然的回归、对繁琐礼仪的鄙视，一股回归自然人性的思潮。很明显曹雪芹不仅是这股思潮的赞同者，还想成为一个推动者。由于缺乏宣传阵地和工具，曹公只能借助《红楼梦》这块宝地。

本回的内容并不厚重，但从作品结构角度却值得重视。《红楼梦》的原稿到底多少回不清楚，有说一百回的，有说一百零八回、一百一十回的，但最多也就一百二十回。现在是第 58 回，怎么算都到了全书的一半，然而作者却还在推出新人物新内容，真不知后面还有多少。优伶生活，历来受小说家关注，也与文人骚客有不解之缘，曹雪芹自不能例外。前面写了蒋玉菡，此处写女戏子。不久前作者用"联合空降"法一下子投入邢、李、薛三支大后方部队，这次又调动其他阵地的部队——演戏的女孩——入园，大观园中几乎人满为患。写了近六十回，作品还处于"展开"状态，或者说《红楼梦》的内容始终是"开放"的。曹公真是"韩信将兵多多益善"。

通常的小说安排，有"戏"的人物在小说三分之一内都登场了，因为要让他们同已有人物发生联系，再塑造他们的性格直到完成，需要很大的时间和空间，有时候他们往往半路就"下车"了，如果出场太晚，无法达成任务。细心的读者可以去比较，像《红楼梦》这样写了四十万字以后还在推出新人物的小说不多见。曹雪芹这么做，不单由于他能够驾驭这些迟来者，更重要的是他愿意小说的内容像生活本身那样行云流水自然生发，不可规定也无法预见。从这个意义上说，曹雪芹更加尊重生活、尊重人物，他不是让人物、情节来适应小说，而是以小说去适应人物，适应生活。真乃大手笔，大气派。

芳官们刚刚进入大观园，她们后面还有许多戏；尤二姐、尤三姐等人也会登台。

第五十九回

柳叶渚边嗔莺咤燕　绛云轩里召将飞符

　　回目"嗔莺咤燕、召将飞符",都是作者夸张的说法,指小丫鬟们招呼着抱团反抗老婆子们的欺压。本回主要写下人,写小丫鬟们对老婆子的反抗。像这样的内容,在二十世纪以前的小说,尤其是以贵族人物为主人公的小说中是不写的,她们的地位太低身份卑微,小说家们以为在她们身上写不出重要内容,都不屑于去描写刻画,即使镜头扫到她们身上也是把她们作为贵族人物的陪衬,作为边缘人物而已。只有《红楼梦》,虽然核心人物是贵族,但作品时不时会刻画这些下人,不是当作贵族的陪衬,而是作为某段情节的主人公来精心刻画;情节是独立的,人物也是独立的而不是依附的,镜头是一连串的特写镜头。鲁迅先生说"自有《红楼梦》出来以后,传统的思想和写法都打破了",说得极有见地,这里就是一种打破。不过,曹雪芹最妙的是让这些小人物同宝玉、黛玉、宝钗们血脉相连,共同构成一幅宏伟的《红楼梦》画卷,世界上独一无二。

　　为了替这些小人物让出空间、制造背景,贾母、王夫人都暂时地边缘化,只有叙述没有描写。"话说宝玉听说贾母等回来,随多添了一件衣服,挂杖前边来,都见过了。贾母等因每日辛苦,都要早些歇息,一宿无话。次日五鼓,又往朝中去。"这是本回的第一段,贾母只有个影子。后面交代:"每日林之孝之妻进来,带领十来个婆子上夜,穿堂内又添了许多小厮们坐更打梆子,已安插得十分妥当。"看似流水账,实际上在安排背景、制造气氛。一派严防死守的架势,贾府,甚至大观园中素有的欢乐祥和气氛一扫而空。这便是曹雪芹的厉害之处,随手几笔叙述,紧张肃杀的气氛便滚滚而来。后面一连串小故事都是发生在这样的背景气氛之中,于是形成某种讽刺意味:主人不在家,那些不肯安分的下人就开始不守规矩,争吵打斗,大哭小叫;贾母、贾赦、王夫人不在家,贾珍、贾琏、贾蓉则更加胡作非为,无法无天。正所谓"树欲静而风不止"。

　　本回的主要情节,作者用了一种非常琐碎啰唆的笔法,也可以说是这几回的写作特点。我们不妨见识一番。

　　一日清晓，宝钗春困已醒，搴帷下榻，微觉轻寒，启户视之，见园中土润苔青，原来五更时落了几点微雨。于是唤起湘云等人来，一面梳洗，湘云因说两腮作痒，恐又犯了杏癍癣，因问宝钗要些蔷薇硝来。宝钗道："前儿剩的都给了妹子。"因说："颦儿配了许多，我正要和他要些，因今年竟没发痒，就忘了。"因命莺儿去取些来。莺儿应了才去时，蕊官便说："我同你去，顺便瞧瞧藕官。"说着，一径同莺儿出了蘅芜苑。

　　为什么说这里有点啰唆呢？因为后面情节的主人是莺儿等小丫头，但作者却从宝钗写起，次湘云，再莺儿再蕊官，拉扯一大帮子，无非是交代情节的起因，其中并无内容，显得拖泥带水。唯一算得上"信息"的，就是大观园中女孩每年春天都会生癣，"今年竟没发痒"居然成为宝钗的意外之喜。也因此，花露水、消炎粉成为人人必备的药品，并成为纠纷的导火索。

　　莺儿和蕊官去潇湘馆讨蔷薇硝，半路上"因见柳叶才吐浅碧，丝若垂金"，心灵手巧的莺儿便摘取柳叶来编花篮送黛玉，黛玉见了很欢喜，非常难得地夸赞："怪道人赞你的手巧，这顽意儿却也别致。"莺儿顺便向黛玉讨蔷薇硝。

　　黛玉忙命紫鹃包了一包，递与莺儿。黛玉又道："我好了，今日要出去逛逛。你回去说与姐姐，不用过来问候了，也不敢劳他来瞧我，梳了头同妈都往你那里去，连饭也端了那里去吃，大家热闹些。"

　　这段描写有点意思，黛玉第一次显出如此亲热，呼姐喊妈，一派自然，她同宝钗的亲密度已然超过湘云、探春等人，情敌化为闺蜜。

　　莺儿与蕊官、藕官离开潇湘馆，"一径顺着柳堤走来。莺儿便又采些柳条，越性坐在山石上编起来"。上一回写了，大观园中已经实行个人承包制，一花一草现在都物有其主。小丫头春燕跑来见了，立即提醒：

　　你这会子又跑来弄这个。这一带地上的东西都是我姑娘管着，一得了这地方，比得了永远基业还利害，每日早起晚睡，自己辛苦了还不算，每日逼着我们来照看，生恐有人遭踏，又怕误了我的差使。如今进来了，老姑嫂两个照看得谨谨慎慎，一根草也不许人动。你还掐这些花儿，又折他的嫩树，他们即刻就来，仔细他们抱怨。"莺儿道："别人乱折乱掐使不得，独我使得。自从分了地基之后，每日里各房皆有分例，吃的不用算，单管花草顽意儿。谁管什么，每日谁就把各房里姑娘丫头戴的，必要各色送些折枝的去，还有插瓶的。惟有我们说了：'一概不用送，等要什么再和你们要。'究竟没有要过一次。我今便掐些，他们也不好意思说的。"

　　这里补叙两条重要信息，一条是承包土地的婆子们"比得了永远基业还利害"，"一根草也不许人动"！曹雪芹真是把任性写绝了。这些婆子，可能祖祖辈辈都没有过一分土地，几辈人的欲望形成一股地火，一旦喷发就会毁掉一切，包括自己的脑子和心智。第二条信息是，人人都享用承包人的进贡花果，只有宝钗彻底谢绝。这种洁身自好守身如玉几乎达到妙玉洁癖的程度。宝钗前面说过，承包制是她参与设计、推行的，所以她特别要规避其中的利益，所以婆子们送的花果她一概谢绝。大观园中人人都收，但她就不收，可见在她认为是原则性的问题。那么，宝钗是不是过于消极保守，把人心看得太坏了？连莺儿也有这意思，所以她颇得意地说："别人乱折乱掐使不得，独我使得。"意思是那些婆子们欠着我们家许多人情呢，摘几朵花折几根柳枝算什么！然而现实是出乎意料的丑陋，宝钗的避嫌有先见之明，她对人情的了解、对人性的认识比莺儿深刻多了。

春燕的母亲和姑妈见莺儿摘花掐柳心疼得肝肠寸断，因为莺儿是宝钗的贴身丫头不便指责，于是指桑骂槐对春燕又打又骂，骂得极其下流难听。莺儿先解释几句，结果是热脸贴了冷屁股，自己都下不了台，难免又气又恨。春燕的母亲和姑妈，也给我们扎扎实实上了一课，令我沉思：她们身上的人性之恶，是时代造成的吗？是缺乏教育造成的吗？实际上即使到了现代社会，即使人们都受过一定教育，依然没用。大观园中承包土地的婆子们，对承包地的守望是疯狂的、不顾一切的。莺儿非常气恼，"便赌气将花柳皆掷于河中，自回房去"。宝钗有先见之明。

春燕被她母亲打，被她姑妈骂，便一路逃向怡红院去。

> 却说春燕一直跑入院中，顶头遇见袭人往黛玉处去问安。春燕便一把抱住袭人，说："姑娘救我！我娘又打我呢。"袭人见他娘来了，不免生气，便说道："三日两头儿打了干的打亲的，还是卖弄你女儿多，还是认真不知王法？"这婆子来了几日，见袭人不言不语是好性的，便说道："姑娘你不知道，别管我们闲事！都是你们纵的，这会子还管什么？"说着，便又赶着打。袭人气的转身进来，见麝月正在海棠下晾手巾，听得如此喊闹，便说："姐姐别管，看他怎样。"一面使眼色与春燕，春燕会意，便直奔了宝玉去。众人都笑说："这可是没有的事都闹出来了。"麝月向婆子道："你再略煞一煞气儿，难道这些人的脸面，和你讨一个情还讨不下来不成？"那婆子见他女儿奔到宝玉身边去，又见宝玉拉了春燕的手说："别怕，有我呢。"春燕又一行哭，又一行说，把方才莺儿等事都说出来。宝玉越发急起来，说："你只在这里闹也罢了，怎么连亲戚也都得罪起来？"

我们说过曹雪芹是非常会"小转大"的，一滴水珠他可以展现大千世界。宝玉这位毫无心机的老好人，居然立即警觉，"连亲戚也都得罪起来"，一场母女、姑侄之间的小争执，被宝玉上纲上线看出大问题。然而，这恰恰是曹公的神来之笔，就这么一句话让我们明白，原来在宝玉的心目中，宝钗、薛家始终是"亲戚"，是外来人，是寄居者，需要客客气气；也就是说，薛宝钗与林黛玉的身份，有着本质的区别，同林黛玉可以吵架，同薛宝钗则绝对不可以，此所谓内外有别。从而，也间接证明，宝钗自始至终坚守着一位寄居者应有的态度和礼仪，是明智的。这就是曹雪芹的画龙点睛之笔，虽然有点突兀，看似无头无尾，但他还是写了，说明在作者心中这句话是有头有尾、有因有果的。

作品的情节依然扣着春燕母亲继续发展。袭人对她有点没办法，就去找麝月。麝月则再次展露拿手好戏，她一个眼神就救下春燕，真是高手。接着，与袭人不同，她并不正面与春燕母亲交手，而是先退一步，向对方求情。麝月是强势一方，但她并不倚强欺弱，而想息事宁人，这既表现出她为人的和善与大度，也展现了她性格的淡定和从容。她与袭人不一样，与晴雯更是两路人。可惜事与愿违，春燕的母亲属于那种不撞南墙不回头的人，麝月很低调地求情，在她看来是无力和软弱的表现，她更加来劲了。她是在外层干粗活的婆子，哪里知道自己这样直闯怡红院侵犯宝玉是绝对不允许的，连宝玉直接发话她都当耳边风。到这一步，麝月就必须摆平事态、保障宝玉的安宁。不过她还是心平气和、不慌不忙，想以吓唬的方式让对方知难而退，先礼后兵，仁至义尽。

> 麝月又向婆子及众人道："怨不得这嫂子说我们管不着他们的事，我们虽无知错管了，如今请出一个管得着的人来管一管，嫂子就心伏口伏，也知道规矩了。"便回头叫小丫头子："去把平儿给我叫来！平儿不得闲就把林大娘叫了来。"

看看麝月的语气语调，心平气和到近乎优雅，当然优雅中含着讥讽的。麝月之所以这么做，当中有个拿捏轻重，因为毕竟对方是春燕母亲，麝月要留一份情面给春燕。情面留完，麝月出手了。明明是报案，麝月却像在下请帖一样温文尔雅："如今请出一个管得着的人来管一管，嫂子就心伏口伏，也知道规矩了。"这里的用词是"请出"，多么客气；后面也不说让你吃不了兜着走，而是说"嫂子就心伏口伏，也知道规矩了"。客客气气，面带微笑。可是她使出的杀招却非常缜密，不留一点缝隙："去把平儿给我叫来！平儿不得闲就把林大娘叫了来。"连平儿可能不在或者不得闲，她都算计好了，预备方案是叫更无情的林之孝家。麝月要整你，不会给你回手的余地，也不会留下让你逃跑的后路，这是她的高明之处，也是可怕之处。不像袭人，不讲方法和策略，一上来就与对方正面冲突，对方不买账，说不用你管，袭人就没了后手；她又放不下脸面，直接向平儿、林之孝家的报案。麝月更不像晴雯，慌慌忙忙就出手，却留下一连串破绽，被对方揪住一个反击，闹得鱼死网破同归于尽。麝月就像个太极武功高手，出手缓慢却非常稳当；未必求一招而制敌于死命，但每一招都绝对不会留下破绽，危及自己；见招拆招，而又招招相连，不急不慢地制敌于死地。

接下来的描写，大家看看曹公是不是有点过分了。

> 那小丫头子应了就走。众媳妇上来笑说："嫂子，快求姑娘们叫回那孩子罢。平姑娘来了，可就不好了。"那婆子说道："凭你那个平姑娘来也凭个理，没有娘管女儿大家管着娘的。"众人笑道："你当是那个平姑娘？是二奶奶屋里的平姑娘。他有情呢，说你两句，他一翻脸，嫂子你吃不了兜着走！"

曹雪芹为了追求戏剧性效果，让春燕母亲连平儿是谁都不知道。这可能吗？常言"不怕县官，只怕现管"，平儿正是这些下人们的现管，而春燕母亲在贾府不是一天两天，她岂能不知道"平姑娘"是谁、是干什么的？何况，平儿不是那种有职无权的摆设，她开出来的罚单足以让你后悔终生："既这样，且撵他出去，告诉了林大娘在角门外打他四十板子就是了。"果然，春燕母亲吓得泪流满面，向袭人等央告求饶。袭人心软了，晴雯道："理他呢，打发去了是正经。谁和他去对嘴对舌的。"那婆子只得再求女儿春燕，宝玉见她可怜，只得留下，吩咐她不可再闹。那婆子走来一一地谢过了下去。

这一场小打小闹，写得趣味横生，也让我们见识了一番人性。春燕母亲这种人过去有，现在有，将来依然有。不过，这样的人能够闹进大观园，尤其是宝玉的怡红院，则是很难得的，曹公也是动足脑筋，让情节转了几个弯才出现如此一幕。那么，这婆子走后，大观园应该再次归入安宁了吧？曹雪芹却说："不。"本回的末尾，他很巧妙地告诉我们，大观园，乃至贾府，正进入多事之秋。

> 只见平儿走来，问系何事。袭人等忙说："已完了，不必再提。"平儿笑道："'得饶人处且饶人'，得省的将就些事也罢了。能去了几日，只听各处大小人儿都作起反来了，一处不了又一处，叫我不知管那一处的是。"袭人笑道："我只说我们这里反了，原来还有几处。"平儿笑道："这算什么。正和珍大奶奶算呢，这三四日的工夫，一共大小出来了八九件。你这里是极小的，算不起数儿来，还有大的可气可笑之事。"不知袭人问他果系何事，且听下回分解。

这段对话让我们明白，虽然现在李纨、探春、宝钗这三驾马车在管事，甚至还有议事厅，但那只是个临时机构，所管的是一般日常事务；凤姐儿并没有正式离职，她另有一套班子在管另一些事情，尤其是男盗女娼、偷鸡摸狗，不适宜探春、宝钗这样的小姐们听闻的事情。李纨、探春、宝钗三人只管行政，治安等事务依然由凤姐、平儿在管理；议事厅设在大观园，但是"派出所"依然在凤姐的办公楼里，情报、治安系统还是掌握在凤姐手里。

　　当然，这段对话更重要的价值是间接告诉读者，由于家长们全部离家，而且时间有个把月，管理失位，大观园、贾府进入了案件频发期。很自然，作品后面几回的描述，少不了这些案件的缘起和过程，所以后面几回的色彩和调子，会与作品的前面不一样，甚至作者的描写手段都会发生较明显的变化。

　　本回的立意，饱含《红楼梦》特有的哲理和曹雪芹对生活的辩证观念。基本情节是莺儿折柳条采花朵编了两个篮子引发与婆子们的冲突，有意思的是，造成这场冲突的根本原因是承包制，而冲突双方，一方是承包制策划人的丫鬟，另一方是承包制的受益者承包人。这真有点"大水冲了龙王庙"的意味！不是探春、宝钗策划、推行承包制，就没有这场冲突。通过这个情节，曹雪芹似乎在盘问、在讽刺：什么叫好事？什么又叫人情？大好的事情却引发怨愤和纠纷；明明是施恩者，其再大的恩情遇上最小的利益，就变得一文不值。正如第1回中跛足道士所言："可知世上万般，好便是了，了便是好。若不了，便不好，若要好，须是了。"莺儿不懂这道理，年纪太小看不穿，所以气愤非常。然而，婆子那么一把年纪也看不穿，聪明如晴雯、麝月，精明如平儿、凤姐，洒脱如宝玉者，谁懂这道理了？谁又能够看穿了？《红楼梦》写的都是日常生活、平凡事物，但它能够给人不平凡的启示。

第六十回

茉莉粉替去蔷薇硝　玫瑰露引来茯苓霜

回目一共十六个字，十二个用来写了四个名词，茉莉粉、蔷薇硝、玫瑰露、茯苓霜，而且上下句形成对仗，有一种工整的美。然而我想说的是，曹雪芹有时候会耍孩子气，去追求一些没必要的华美，结果却因小失大，反而对作品造成损害。本回的茉莉粉、蔷薇硝、玫瑰露、茯苓霜，都属于护肤用品，以它们作回目确实吸引眼球，但是作品的情节也以它们做成连环套一个套一个，则未免太纤细，甚至有点离奇。本回以及这几回的主题无非是主人不在风气松弛，上上下下纠纷四起冲突不断，这样的主题有的是内容，何必一定要套着几个护肤品来写？我甚至怀疑，本回曹雪芹以小说去服从诗词，正是为了回目的工整对仗，才硬把护肤品凑成四种，为了这个回目而去硬凑情节内容，所谓削足适履本末倒置；而造成的结果是，套中套的情节令读者晕头转向，闹不清楚这四种东西究竟是什么，搞不明白究竟发生了哪些事。本回的艺术质量相对较低。

本回的开头写得还是蛮有味道的。李纨的丫头赶来催促平儿，说：

"平姐姐可在这里，奶奶等你，你怎么不去了？"平儿忙转身出来，口内笑说："来了，来了。"袭人等笑道："他奶奶病了，他又成了香饽饽了，都抢不到手。"平儿去了不提。

先说李纨这丫头连名字也没有，那么她不是素云、银蝶，是个身份很低的丫头，但她开口就指责平儿。平儿什么身份，小丫头居然这么说话，可见是找人找急了；平儿自己也承认耽误了，再加上袭人说大家都在抢平儿，这两三句话，就把贾府一片忙乱的状况烘托出来

宝玉便叫春燕："你跟了你妈去，到宝姑娘房里给莺儿几句好话听听，也不可白得罪了他。"春燕答应了，和他妈出去。宝玉又隔窗说道："不可当着宝姑娘说，仔细反教莺儿受教导。"

宝玉在女孩子身上真够用心，不过这句话更大的价值在于透露了宝钗的治家、处世态度：对外小心、谨慎、收敛，避免一切麻烦；对内严格管理，要求绝对低调，

不许家人与外界发生任何纠纷，更不得冲突。所以宝玉怕莺儿受教导。

接着写春燕母女一路对话，也颇有人情味，毕竟是嫡亲母女，刚才还在打闹，现在又说又笑，母女情长。

> 春燕便和他妈一径到莺儿前，陪笑说："方才言语冒撞了，姑娘莫嗔莫怪，特来陪罪"等语。莺儿忙笑让坐，又倒茶。他娘儿两个说有事，便作辞回来。

她们道歉真诚，莺儿也是笑着又让坐又倒茶，前面的不快烟消云散。莺儿毕竟是跟着宝钗长大的，通情达理心胸开朗，何况她与春燕是朋友。

道歉完了母女俩就要回去。

> 忽见蕊官赶出叫："妈妈姐姐，略站一站。"一面走上来，递了一个纸包给他们，说是蔷薇硝，带与芳官去擦脸。春燕笑道："你们也太小气了，还怕那里没这个与他，巴巴的你又弄一包给他去。"蕊官道："他是他的，我送的是我的。好姐姐，千万带回去罢。"春燕只得接了。

作者很巧妙地借春燕的话说明，这"蔷薇硝"并非什么稀罕东西，仅仅是蕊官的小孩子情义而已。但就是这么一点面霜，却像发酵粉一样，引发一系列风波：春燕回去给芳官的时候，恰巧贾环见了便就讨，芳官心中因是蕊官所赠，不肯给贾环，而回去找自己用的，却不见了，只得将些茉莉粉包了一包拿来。贾环兴兴头头回去送给彩云，彩云打开一看说这不是蔷薇硝而是茉莉粉，赵姨娘便认为这是芳官故意在戏弄贾环，要贾环去责问。贾环不敢，赵姨娘便亲自吵上门去。刚进园子，又受到藕官的干娘夏婆子一顿挑拨和撺掇，赵姨娘觉得更加理直气壮。看她们对话的内容、称呼、语气，那么亲近，几乎平起平坐，想来当年赵姨娘成为姨娘之前，她与夏婆子等人，也就是现在的袭人同晴雯、麝月、秋纹等人的关系一样，所谓"梅香拜把子，都是奴儿"。这么联想着，对现在丫鬟们的关系，尤其是晴雯对袭人的嘲讽，我们会体会得更深一层。

接着赵姨娘与春燕冲突的一幕，描写得很逗人。宝玉自然被作者调离怡红院。

> 芳官正与袭人等吃饭，见赵姨娘来了，便都起身笑让："姨奶奶吃饭，有什么事这么忙？"赵姨娘也不答话，走上来便将粉照着芳官脸上撒来，指着芳官骂道："小淫妇！你是我银子钱买来学戏的，不过娼妇粉头之流！我家里下三等奴才也比你高贵些的，你都会看人下菜碟儿。宝玉要给东西，你拦在头里，莫不是要了你的了？拿这个哄他，你只当他不认得呢！好不好，他们是手足，都是一样的主子，那里有你小看他的！"

先说说赵姨娘这样兴师问罪合适不合适。其实真正有问罪权的是贾环，他才是正宗主子；而赵姨娘只有半个主子的身份，加上贾母、王夫人的合力打压，王熙凤的一味踩踏，赵姨娘"半个主子"的身份几乎被剥夺殆尽，所以她本人不适宜出面的。赵姨娘原本也是叫贾环出面的，无奈：

> 贾环摔手说道："你这么会说，你又不敢去，指使了我去闹。倘或往学里告去挺了打，你敢自不疼呢？遭遭儿调唆了我闹去，闹出了事来，我挺了打骂，你一般也低了头。这会子又调唆我和毛丫头们去闹。你不怕三姐姐，你敢去，我就伏你。"只这一句话，便戳了他娘的肺，便喊说："我肠子爬出来的，我再怕不成！这屋里越发有的说了。"一面说，一面拿了那包子，便飞也似往园中去。彩云死劝不住，只得躲入别房。贾环便也躲出仪门，自去顽要。

这么回头一看，赵姨娘是孤身出战，不但没有援军，恐怕连个敲边鼓的都没有，难免出师不利。第二，赵姨娘不仅问罪的方式有疑问，而且问罪的内容也不妥当。她一上来"便将粉照着芳官脸上撒来，指着芳官骂道：'小淫妇！你是我银子钱买来学戏的，不过娼妇粉头之流！我家里下三等奴才也比你高贵些。'"前一回我们已经知道，赵姨娘和她弟弟都是贾府的老奴才，这个身份贾府中人所共知，所以赵姨娘这话是自讨没趣。当然，如果这话是骂袭人，袭人是不敢回嘴的；但芳官年幼，刚刚从戏子下降为丫头，其"奴性"还没怎么养成，还有点不管天高地厚的野性，于是一场闹剧暴发。

> 芳官那里禁得住这话，一行哭，一行说："没了硝我才把这个给他的。若说没了，又恐他不信，难道这不是好的？我便学戏，也没往外头去唱。我一个女孩儿家，知道什么是粉头面头的！姨奶奶犯不着来骂我，我又不是姨奶奶家买的。'梅香拜把子——都是奴几'呢！"袭人忙拉他说："休胡说！"赵姨娘气的便上来打了两个耳刮子。袭人等忙上来拉劝，说："姨奶奶别和他小孩子一般见识，等我们说他。"芳官挺了两下打，那里肯依，便抬头打滚，泼哭泼闹起来。口内便说："你打得起我么？你照照那模样儿再动手！我叫你打了去，我还活着！"便撞在怀里叫他打。

这场面已经够热闹了，但曹公是个写场面、起高潮的专家，这场面在他眼里仍嫌单调、不够味儿，于是他镜头一拉，把周围人圈了进去：

> 众人一面劝，一面拉他。晴雯悄拉袭人说："别管他们，让他们闹去，看怎么开交！如今乱为王了，什么你也来打，我也来打，都这样起来还了得呢！"外面跟着赵姨娘来的一干的人听见如此，心中各各称愿，都念佛说："也有今日！"又有一干怀怨的老婆子见打了芳官，也都称愿。

仅仅旁观、议论还不够劲道，曹公令旗一挥，芳官的友军冲进来，于是单打独斗升级为五打一。

> 当下藕官蕊官等正在一处作要，湘云的大花面葵官，宝琴的豆官，两个闻了此信，慌忙找着他两个说："芳官被人欺侮，咱们也没趣，须得大家破着大闹一场，方争过气来。"四人终是小孩子心性，只顾他们情分上的义愤，便不顾别的，一齐跑入怡红院

中。豆官先便一头，几乎不曾将赵姨娘撞了一跌。那三个也便拥上来，放声大哭，手撕头撞，把个赵姨娘裹住。晴雯等一面笑，一面假意去拉。急的袭人拉起这个，又跑了那个，口内只说："你们要死！有委曲只好说，这没理的事如何使得！"赵姨娘反没了主意，只好乱骂。蕊官藕官两个一边一个，抱住左右手，葵官豆官前后头顶住。四人只说："你只打死我们四个就罢！"芳官直挺挺躺在地下，哭得死过去。

写武打场面，几乎是《三国演义》《水浒传》《西游记》的专利，那打的是惊天动地鬼哭狼嚎，但是曹公好像不买账，套用探春给宝玉信笺所言："孰谓武打之雄才，独许须眉；直以怡红之擂台，让余脂粉。"为了让画面精彩绝伦，他调来藕官等四个，将赵姨娘左右拉住前后顶住，再加芳官在地上打滚，这"五英战赵姨"的场面比《三国演义》中"三英战吕布"绝不逊色。可惜我们没办法问问曹公：刘备、关羽、张飞三兄弟是训练有素的，藕官她们四个的战术动作如此统一、如此高明，莫非她们平时也练过这一手？曹雪芹不时地露一手武打描写，前面写过私塾中小孩子群殴，堪称精彩绝伦；柳湘莲踢打薛蟠也是令人发噱；后面还有尤三姐挥剑自刎，那寒光一闪，真叫光彩夺目。

这次出乎我们意料，派人报告探春的居然是晴雯，她刚才还跟袭人说看她们怎么闹呢，大约闹得连晴雯也觉得过分了过瘾了，这才报告探春，毕竟探春现在是当家做主的，毕竟赵姨娘是探春的亲生母亲。

当下尤氏、李纨、探春三人带着平儿与众媳妇走来，将四个喝住。问起原故，赵姨娘便气的瞪着眼粗了筋，一五一十说个不清。尤李两个不答言，只喝禁他四人。探春便叹气说："这是什么大事，姨娘也太肯动气了！我正有一句话要请姨娘商议，怪道丫头说不知在那里，原来在这里生气呢，快同我来。"尤氏李氏都笑说："姨娘请到厅上来，咱们商量。"

这里有点微妙。首先，"尤李两个不答言，只喝禁他四人"。尤氏、李纨不答言，是不对赵姨娘表态，而对芳官、藕官几个是喝令她们停止打闹。她们对赵姨娘不答言很好理解，这事儿留给探春自己处理；但是她们也不判个对错，不责罚芳官几个，这态度就有点耐人寻味，似乎表达出是赵姨娘的不是的意思。当然，再说的深一点，李纨本是个老好人不大责骂下人的；尤氏则是宁府的媳妇，她来这里也就充充样子，能够少管、不管的事情她都含糊过去，不像凤姐跑到宁府要大摆威风。只是，尤李两人这么个态度，等于将了探春一军，三位法官两位弃权，叫探春如何处理是好？好在她是"敏探春"，见到这么个局面，她不会僵在那里，更不会表现得有失公允，她将计就计顺驴下坡，先把事件性质降低："这是什么大事，姨娘也太肯动气了！"这个说话风格已经有点像凤姐，连语气都像。探春变圆活了，不再是那个在议事厅上边说边哭的三姑娘。后面的言语则完全像从凤姐对待李嬷嬷那里学来的："我正有一句话要请姨娘商议，怪道丫头说不知在那里，原来在这里生气呢，快同我来。"自己指个理由把母亲拉走了。我们前面说过，探春如果像凤姐一样嫁到类似贾府的人家，她的许多方面会变成另一个王熙凤，虽然她清丽的本质不会变。

离开怡红院，私下里了，探春才表达出真实的态度：

> "那些小丫头子们原是些顽意儿，喜欢呢，和他们说说笑笑，不喜欢便可以不理他。便他不好了，也如同猫儿狗儿抓咬了一下子，可恕就恕，不恕时也只该叫了管家媳妇们去说给他去责罚，何苦自己不尊重，大吆小喝失了体统。你瞧周姨娘，怎不见人欺他，他也不寻人去。我劝姨娘且回房去煞煞性儿，别听那些混帐人的调唆，没的惹人笑话，自己呆白给人作粗活。心里有二十分的气，也忍耐这几天，等太太回来自然料理。"一席话说得赵姨娘闭口无言，只得回房去了。

说探春在这里表达出真实态度，一是对丫头的态度，在三小姐眼里，丫头们"如同猫儿狗儿"，"原是些顽意儿"；万一被抓咬了，能饶恕就饶恕，这一点探春的格局还是比较大的，与王熙凤绝然不同；不饶恕也无需自己去同丫头对嘴，那是自降身份。探春的这种态度，作为一个贵族小姐，自然无可指责。比较起来，这方面与探春最接近的是宝钗，前不久宝钗对邢岫烟说的也就是这话。但是毕竟探春是贾府的正小姐，与宝钗不一样，她有发作不忿，甚至作威作福的本钱，她知道母亲是被人利用了。

> 越想越气，因命人查是谁调唆的。媳妇们只得答应着，出来相视而笑，都说是"大海里那里寻针去？"只得将赵姨娘的人并园中唤来盘诘，都说不知道。众人没法，只得回探春："一时难查，慢慢访查，凡有口舌不妥的，一总来回了责罚。"探春气渐渐平服方罢。

探春也知道查不出什么，水太深，她又不掌握贾府的情报系统，她也就是撒撒骄气。这方面她比宝钗嫩一点，宝钗是谋定而动，不会做这种无用功。

后面的情节便是回目所言的"玫瑰露引来茯苓霜"。大致情节是这样：芳官送了小半瓶玫瑰露给厨房做饭的柳嫂女儿柳五儿，这柳五儿长得很美丽，盼望能够到宝玉房里当丫头，母女俩便托芳官引荐，而宝玉也确实已经暗中答应，只等机会。因这玫瑰露极其难得且药效极好，柳家的便倒了半盏送去给她侄儿，她嫂子回赠了一包茯苓霜。之前柳五儿就告诫她母亲："依我说，竟不给他也罢了。倘或有人盘问起来，倒又是一场事了。"柳家的不信，硬是拿去给侄子，引出后面一连串事情，这些我们下一回再说。我们欣赏一些有意义的，先说芳官的自我感觉。芳官被派到怡红院，受到宝玉的宠爱，她的日子比其他伙伴好过许多，而她的自我感觉更是超好。一个刚入门的三流丫头，本应该是低三下四的，但因为她是宝玉的红人，居然就成了有话语权的举足轻重的人物，柳家母女拜托她举荐柳五儿进怡红院，她有点不知天高地厚。柳五儿进了大观园不敢多行一步。

> 芳官听了，笑道："怕什么，有我呢。"柳家的忙道："嗳哟哟，我的姑娘，我们的头皮儿薄，比不得你们。"说着，又倒了茶来。芳官那里吃这茶，只漱了一口就走了。

芳官这话语，我们是如此耳熟！记得吗？第 40 回，当李纨奉劝凤姐、鸳鸯别捉弄刘姥姥时，当时大红大紫的鸳鸯豪迈道："很不与你想干，有我呢！"仅仅到第 46 回，她就遭遇贾赦逼婚，从此一落千丈。而芳官的身份地位比起鸳鸯简直相去十万八千里，前两天还遭干妈虐待，现在却如此趾高气扬。马上她就会体验她的身份岂止保护不了柳五儿，还差点害得人家家破人亡。曹公就喜欢捉弄那些豪言壮语的人。

其次，我们说说芳官的机灵和作者描述的严密。柳五儿着急得恨不能明天就进怡红院。

> 因见无人，又拉着芳官说道："我的话倒底说了没有？"芳官笑道："难道哄你不成？我听见屋里正经还少两个人的窝儿，并没补上。一个是红玉的，琏二奶奶要去还没给人来，一个是坠儿的，也还没补。如今要你一个也不算过分。皆因平儿每每的和袭人说，凡有动人动钱的事，得挨的且挨一日更好。如今三姑娘正要拿人扎筏子呢，连他屋里的事都驳了两三件，如今正要寻我们屋里的事没寻着，何苦来往网里碰去。倘或说些话驳了，那时老了，倒难回转。不如等冷一冷，老太太、太太心闲了，凭是天大的事先和老的一说，没有不成的。"五儿道："虽如此说，我却性急等不得了。趁如今挑上来了，一则给我妈争口气，也不枉养我一场，二则添上月钱，家里又从容些，三则我的心开一开，只怕这病就好了。——便是请大夫吃药，也省了家里的钱。"芳官道："我都知道了，你只放心。"

芳官才几岁，不仅对怡红院的人事状况了如指掌，而且对管理者的人事安排之难处和步骤也洞若观火，更兼她对老太太的心理掌握得恰到好处，她简直就是个小人精。而作者也借力打力，他借芳官的话语把这一两年的人事动态进行了补叙，小红离开怡红院多少时候了，大多数读者恐怕都忘了这事，曹公却还惦记着她走后的空缺，这个补充交代对写作的严密性非常给力。此外，通过柳五儿的自道，再次揭示贾府丫头收入的丰厚，那份月钱就可以让一个家庭过得从容些，再加上吃穿用度全包，难怪人人向往。

第六十一回
投鼠忌器宝玉瞒赃　判冤决狱平儿行权

本回内容以下层人物的生活为主，主要事件是护肤品引出的纠葛，作品侧重表现下层帮派之间的小冲突，以及平儿对几伙人的妥善处置。

本回紧接上回。柳家的回到自己的工作场所厨房，几个老婆子已经急着在叫，上面点菜呢。作者特特写了一句"将茯苓霜搁起，且按着房头分派菜馔"，这茯苓霜必须铺垫一笔，后面情节要用到的。柳家的想按部就班分派菜馔，别人却有额外的要求，于是矛盾产生。本来这情节不值得我们细说，但这里反映的物产和物价十分珍贵，所以我们还是引原文。

> 忽见迎春房里小丫头莲花儿走来说："司棋姐姐说了，要碗鸡蛋，炖的嫩嫩的。"柳家的道："就是这样尊贵。不知怎的，今年这鸡蛋短的很，十个钱一个还找不出来。昨儿上头给亲戚家送粥米去，四五个买办出去，好容易才凑了二千个来。我那里找去？你说给他，改日吃罢。"莲花儿道："前儿要吃豆腐，你弄了些馊的，叫他说了我一顿。今儿要鸡蛋又没有了。什么好东西，我就不信连鸡蛋都没有了，别叫我翻出来。"一面说，一面真个走来，揭起菜箱一看，只见里面果有十来个鸡蛋，说道："这不是？你就这么利害！吃的是主子的，我们的分例，你为什么心疼？又不是你下的蛋，怕人吃了。"

不读到这一段，我们绝不知道当年买个鸡蛋会很难，也不知道鸡蛋什么价格。现在明白，古代有些年份哪怕是在京畿拿着银子去买鸡蛋，也未必能买到多少，也知道了当时鸡蛋可以贵到"十个钱一个还找不出来"。十个钱，不管怎么算也接近一两黄铜，居然只能换一个鸡蛋。我相信这是信史，我相信曹雪芹。鸡蛋这么贵柳家的自然看重些。柳家的本职是为大观园中各房烹制饮食，很可能是每天规定菜肴，谁要另外点菜需另付菜金。但制度并不严格，这菜金可付可不付、可收可不收，因人而异。显然司棋同柳家的不是一根线上的蚂蚱，何况只是个大丫头，不属于特殊服务的对象，所以柳家的推辞了。但小丫头莲花儿揭底说，前儿晴雯要吃芦蒿，柳家的屁颠屁颠地做了。于是回去报告司棋。

> 司棋听了，不免心头起火。此刻伺候迎春饭罢，带了小丫头们走来，见了许多人正吃饭，见他来的势头不好，都忙起身陪笑让坐。司棋便喝命小丫头子动手，"凡箱柜所

有的菜蔬，只管丢出来喂狗，大家赚不成！"小丫头子们巴不得一声，七手八脚抢上去，一顿乱翻乱掷的。众人一面拉劝，一面央告司棋说："姑娘别误听了小孩子的话。柳嫂子有八个头，也不敢得罪姑娘。说鸡蛋难买是真。我们才也说他不知好歹，凭是什么东西，也少不得变法儿去。他已经悟过来了，连忙蒸上了。姑娘不信瞧那火上。"

　　司棋被众人一顿好言，方将气劝的渐平。小丫头们也没得摔完东西，便拉开了。司棋连说带骂，闹了一回，方被众人劝去。柳家的只好摔碗丢盘自己咕嘟了一回，蒸了一碗蛋令人送去。司棋全泼了地下了。那人回来也不敢说，恐又生事。

有个现代词语叫"打砸抢"，什么叫"砸"？这一段就是教科书。柳家的不仅自认倒霉，还乖乖地送上蒸蛋。我们算是见识了司琪的蛮横，也可见迎春的懦弱，她身边的丫头胆大妄为无法无天。同样地，宝玉放纵，则有晴雯、秋纹的凶狠。规矩较重的探春、宝钗身边的丫头比较收敛。但是大家知道，曹雪芹让某人特别高调的时候，往往也是他距离霉运不远了。金钏儿、鸳鸯是这样，司琪也难逃。在这之前没怎么见识司琪，突然如此高光，意味着霉运不远了。她是在第74回被收监的，距离现在不过十三回。比较一下，当鸳鸯对李纨说："很不关你的事，有我呢！"到贾赦逼婚只相隔六回！金钏儿逗宝玉："我这嘴上是才擦的香浸胭脂，你这会子，可吃不吃了？"到她跳井身亡只相隔九回。曹公把"月满则亏，水满则溢""登高必跌重"转为人物命运的艺术定律。当然，这种讽刺幽默是我国小说艺术的传统，在《三国演义》中曹操在逃跑路上每说一次"若此处设下伏兵，吾命休矣"，话音未落就一声炮响，伏兵杀出。但是显然，《红楼梦》中的命运悲剧要深刻的多。

　　与司琪砸菜相比柳家的霉运才刚刚开始。赵姨娘央告彩云偷了柜子里的玫瑰露给贾环用，玉钏儿发现少了东西报告凤姐，凤姐下令严查。莲花儿报告柳家的厨房里就有，林之孝家的一搜查，非但有玫瑰露，还有茯苓霜，于是关押了柳家母女二人，来报告李纨、探春。李纨因贾兰病了，不理事务，探春回说知道了，叫林之孝家的找平儿回二奶奶去。由此可见，李纨、探春、宝钗的三人行政小组，非但是临时的而且没有人事权，实质性的人事处罚，必须交还凤姐处置。凤姐下令："将他娘打四十板子，撵出去，永不许进二门。把五儿打四十板子，立刻交给庄子上，或卖或配人。"这是凤姐一贯风格，简单粗暴严刑峻法。不过曹公要让我们看到在大观园、在贾府，还是有人情、有希望的。凤姐身边有个平儿，平儿是"清官"，回目"判冤决狱平儿行权"。平儿早就知道王夫人房里的玫瑰露是彩云拿去给了贾环，但是她不愿意直接抓出来，她有更深的思考。第一，她说：

　　"如今便从赵姨娘屋里起了赃来也容易，我只怕又伤着一个好人的体面。别人都别管，这一个人岂不又生气。我可怜的是他，不肯为打老鼠伤了玉瓶。"说着，把三个指头一伸。袭人等听说，便知他说的是探春。大家都忙说："可是这话，竟是我们这里应了起来的为是。"

第二，

平儿又笑道："也须得把彩云和玉钏儿两个业障叫了来，问准了他方好。不然他们得了益，不说为这个，倒象我没了本事问不出来，烦出这里来完事，他们以后越发偷的偷，不管的不管了。"

平儿毕竟不是袭人、晴雯，她属于"管理层"，便有了管理人员特有的心思，她要树立自己的形象、自己的威望。这也无可厚非。看下去。

平儿便命人叫了他两个来，说道："不用慌，贼已有了。"玉钏儿先问贼在那里，平儿道："现在二奶奶屋里，你问他什么应什么。我心里明知不是他偷的，可怜他害怕都承认。这里宝二爷不过意，要替他认一半。我待要说出来，但只这做贼的素日又是和我好的一个姐妹，窝主却是平常，里面又伤着一个好人的体面，因此为难，少不得央求宝二爷应了，大家无事。如今反要问你们两个，还是怎样？若从此以后大家小心存体面，这便求宝二爷应了，若不然，我就回了二奶奶，别冤屈了好人。"彩云听了，不觉红了脸，一时羞恶之心感发，便说道："姐姐放心，也别冤了好人，也别带累了无辜之人伤体面。偷东西原是赵姨奶奶央告我再三，我拿了些与环哥是情真。连太太在家我们还拿过，各人去送人，也是常事。我原说壤过两天就罢了。如今既冤屈了好人，我心也不忍。姐姐竟带了我回奶奶去，我一概应了完事。"众人听了这话，一个个都诧异，他竟这样有肝胆。宝玉忙笑道："彩云姐姐果然是个正经人。如今也不用你应，我只说是我悄悄的偷的唬你们顽，如今闹出事来，我原该承认。只求姐姐们以后省些事，大家就好了。"彩云道："我干的事为什么叫你应，死活我该去受。"平儿袭人忙道："不是这样说，你一应了，未免又叨登出赵姨奶奶来，那时三姑娘听了，岂不生气。竟不如宝二爷应了，大家无事，且除这几个人皆不得知道这事，何等的干净。但只以后千万大家小心些就是了。要拿什么，好歹奈到太太到家，那怕连这房子给了人，我们就没干系。"彩云听了，低头想了一想，方依允。

（按：作品中"彩霞"和"彩云"究竟是一个人还是两个，一直存在争议，但我理解即使前面是两个，到后面作者把她们归一了。因为很难想象，贾环这么一个人物会有这一对姐妹同时与其相好。我们的取决以内容为准。当然也有可能是曹雪芹笔误？或抄书人笔误？无法弄明白。另，繁体字的"雲"同"霞"有点近似。我们也不深究了，特在此说明。）

我们引文这么长，里面有看头。第一，平儿真会说，把谎话编得比真心话还真，这个水平就不是麝月等人达得到的，更别说晴雯、袭人了。我们自以为很了解平儿了，但这番话我们根本想不到，曹公笔下人物随时随地都会给我们新的发现，令我们惊喜。第二，平儿既掌握着别人的把柄，又手握裁决大权，但是，她说得那么诚恳，言语都是从心底流淌出来，满满的善意和好心，叫人如何不感动！常言"一朝权在手便把令来行"，有权的人很难不骄狂、不做作，就不说凤姐了，探春当道后，她的语气语调神色姿态都变了，平儿能当半个家了，她对姐妹们的情意始终不变，这份保持，非常不易。第三，果然，彩云被感动了，她的那份担当又大出我们意料："如今既冤屈了好人，我心也不忍。姐姐竟带了我回奶奶去，我一概应了完事。"彩云不是在敷衍，她是一片真心；到了凤姐手里是什么后果彩云也是心知肚明，但她毅然决然赴汤蹈火，毫无惧色，一个小丫头的胆气胜过无数须眉好汉。大家比较一下柳五儿的表现就更能理解彩云。曹公就是能够平地起惊雷，小事一件就透出英雄本色，人性光彩。第四，袭人、平儿搬出探春的面子来，"彩云听了，低头想了一想，方依允"。这简单一句叙述，也有扎扎实实的内涵。彩云虽然有气概敢担当，毕竟她跟的是贾环，探春是贾环的嫡亲姐姐，是她愿意维护，甚至做出某种牺牲的，这才是彩云；假如连袭人、平儿都知道维护探春，她却孽着不管不顾，那她也不是彩云了。彩云懂得大局，她承认是自己偷的，愿意担当，是为了大局；现在她看到探春的荣誉、面子，她想明白这是更大的局面，便依允了，知情达理。

　　说实在的，"玫瑰露事件"真是很小很小的事情，但是我们站得高一点、远一点，以俯视纵览的角度，就很有意思，就现出深意，就能够弄明白什么叫中国式的人情世故、处世方法。先从平儿说起。平儿一开始就知道是彩云偷给贾环的，这事情在我们看来不是很好处置吗？拿彩云一问就得了，该怎么罚就怎么罚，不就完了？然而平儿的思路与我们相去十万八千里，她知道首先是赵姨娘唆使彩云干的，其次赃物现在就在赵姨娘房里，光天化日之下堂而皇之地从赵姨娘屋里起出赃物，等于打了三小姐探春一记耳光；何况探春现在正管事，这一记耳光下去，探春别说管事，连做人都难了几分！尽管探春公然不认这个娘，但她内心那道伤口却始终在滴血，是说不出言不明的那种痛，平儿很尊重很欣赏探春，不肯伤口撒盐，所以她不愿意对彩云开刀，她要隐瞒，要转移对象，要找人顶缸。从管理学角度，从法理的角度，平儿显然是在破坏规则徇情枉法，错得一塌糊涂。然而，有谁认为她错了？宝玉感激她，袭人帮助她，连被红学家称作"眼里容不下一颗沙子"的晴雯都支持她！那么，到底是法规大？还是人情大？什么叫人情世故？什么叫变通？什么叫不拘成规？什么叫同光和尘？平儿给我们好好上了一课。

　　我们也说说赵姨娘吧，她虽然始终未露面，但她才是整个事件的始作俑者，所以也应该给予关注。赵姨娘在曹雪芹笔下是个"糟姨娘"，人活到这份上真是糟糕透顶！遍观各路《红楼梦》评论，就没人替她抱不平的，全是贬责，用赵姨娘自己的话，都是"踩我的头"。我们如果真能换位思考，那么赵姨娘即使糟糕透了，却也是有她糟糕的理由。赵姨娘为什么指使彩云去偷？因为王夫人把玫瑰露只给宝玉用，剩下的储藏着，就是不愿意给贾环。赵姨娘有理由认为：贾环也是儿子，既然你王夫人不给，那么你不在家，我就叫彩云去拿！你王夫人欺人太甚，我不平我反抗！这官司等老爷贾政回来咱慢慢打，我错哪了？如此一说，你依然以为赵姨娘很糟糕、很无耻吗？

我们再回到彩云吧。她的话题需要往前挪一挪，因为曹公太忙，没顾得上介绍彩云。彩云应该是很小就同贾环在一起了，天长日久混混沌沌两小无猜中产生了感情。这女孩有个性，因为整个贾府的女孩子几乎人人钟情于宝玉，她却能自出心裁爱上贾环，想想周围的目光和压力，想想她毕竟是王夫人的丫头，要如此独立门户，谈何容易！仅仅金钏儿那张嘴一定够她受的，更何况有王夫人、凤姐的目光。但她一路坚持到今天，称得上坚强、顽强。宝玉曾经想亲近她，她却冷眼相对，表现出对贾环的忠诚不二。这一次，赵姨娘指使她去拿玫瑰露，她自然知道这是严重犯规的，但她还是拿了。玉钏儿报案后，她也是赖账之外反指玉钏儿，可以推想，她心目中这次拿玫瑰露不仅是要让贾环也享受一下，而且似乎还有以此对宝玉、玉钏儿这一派的泄愤和报复。所以她这次的举动带有派别性质、政治性质。正因为有这层底蕴，当平儿说要赖一个好人来顶缸，她"不觉红了脸，一时羞恶之心感发"。正因为有这层底蕴，她能够大义凛然说出："姐姐竟带了我回奶奶去，我一概应了完事。"也正因为有这层底蕴，她一脸冷峻地拒绝宝玉："我干的事为什么叫你应，死活我该去受。"在她的心底，拿玫瑰露并不是偷，不是丢脸的事，而是对赵姨娘、贾环这个门派的忠心，甚至有一种伸张道义的意思。可惜这一派在众人眼里都太微小，太不入流，没人想到也可以为这门派干出点动静，甚至做出牺牲。所以平儿、袭人、宝玉都对她目瞪口呆，觉得不可思议。不过至少，曹公理解彩云，他是怀着尊重赞佩的心情来刻画这个小丫头的。再说高一点，从艺术层面来讲，彩云实际上在《红楼梦》中是不可或缺的一位，她是秤杆上那个小小的秤砣，有了她，整部《红楼梦》才是平衡的。人们常常说贾宝玉是所有女孩追梦的星星，诺大的贾府，似乎所有丫头都钟情于宝玉，但曹公并不是这么写的。他写了梦醒以后另找他人的红玉，写了痴心划"蔷"字的龄官，等等，但这些都不够，因为红玉、龄官等人构不成宝玉的"对立面"，她们没有对宝玉的明明白白的厌弃。万紫千红中，唯有彩云堪当此大任。——彩云的出现，打破了贾宝玉人见人爱的"规律"；彩云的出现，道出了贾府的真情实况，写出了人间的多面性。历史上有伟大如文王、周公者，但也有不食周黍的伯夷、叔齐。从这个意义上说，彩云这个卑微的丫头，代表着世界的另一极，她让贾府、让《红楼梦》回归真实，她是艺术的必须。

本回最后的情节是对柳家的处置，其中显示出荣国府中长房、二房两个集团的对立，是作品首次描写，值得重视。

平儿带他们来至自己这边，已见林之孝家的带领了几个媳妇，押解着柳家的等够多时。林之孝家的又向平儿说："今儿一早押了他来，恐园里没人伺候姑娘们的饭，我暂且将秦显的女人派了去伺候。姑娘一并回明奶奶，他倒干净谨慎，以后就派他常伺候罢。"平儿道："秦显的女人是谁？我不大相熟。"林之孝家的道："他是园里南角子上夜的，白日里没什么事，所以姑娘不大相识。高高孤拐，大大的眼睛，最干净爽利的。"玉钏儿道："是了。姐姐，你怎么忘了？他是跟二姑娘的司棋的婶娘。司棋的父母虽是大老爷那边的人，他这叔叔却是咱们这边的。"平儿听了，方想起来，笑道："哦，你早说是他，我就明白了。"又笑道："也太派急了些。如今这事八下里水落石出了，连前儿太太屋里丢的也有了主儿。是宝玉那日过来和这两个业障要什么的，偏这两个业障怄他顽，说太太不在家不敢拿。宝玉便瞅他两个不隄防的时节，自己进去拿了些什么出来。这两个业障不知道，就唬慌了。如今宝玉听见带累了别人，方细细的告诉了我，拿出东西来我瞧，一件不差。那茯苓霜是宝玉外头得了的，也曾赏过许多人，不独园内人有，连妈妈子们讨了出去给亲戚们吃，又转送人，袭人也曾给过芳官之流的人。他们私情各相来往，也是常事。前儿那两篓还摆在议事厅上，好好的原封没动，什么就混赖起人来。等我回了奶奶再说。"说毕，抽身进了卧房，将此事照前言回了凤姐儿一遍。

这一段看上去全是就事论事的对话，但大家注意一下平儿的态度和语气，与前面在怡红院的那个平儿，判若两人。看她的处理：先，林之孝家的已经把一切都处置好了，连新厨师都上任了，她先斩后奏，在这等半天，等平儿来回凤姐一句话就万事大吉。但平儿怎么表态？仔细看，她并没有表态，而是问新厨师是什么人。这里面有蹊跷。表面看她是在问人物，但实际上她是在捉弄人。以平儿的细心，她显然是知道秦显的女人是谁，她明知故问，就是要让这女人的某种身份暴露出来。更何况，平儿根本没有换厨师的打算，她直接说不需要换人不就得了？不换厨师还问新厨师是谁，有意思吗？但平儿有她的用意，她故意借玉钏儿的话，让这里面的帮派体系浮出水面：新厨师是司棋的婶娘，后面我们会明白，司棋是王善保家的外孙女，而王善保家的则是邢夫人的陪房。林之孝家的秒选这位新厨师，显然是邢夫人那派的人在作怪，所以平儿的言语态度变得罕见的寒冷，她先挖苦林之孝家的一句："哦，你早说是他，我就明白了。"意思是你躲躲闪闪拐弯抹角点什么呀！这已经不是平儿往日的风采；更厉害的是紧接着又当众嘲笑林之孝家的："也太派急了些。"这是直截了当否定了林之孝家的所做的一切。这哪里像是平儿的话？往日，对一般的婆子丫头，平儿说话都很平和委婉；现在，对这位管家头子，当着那么多人的面又是挖苦又是嘲笑；非但如此，我们看，她说了一通她的调查结果，结论是什么？是"什么就混赖起人来"！这就不是在谈论事件，而是在训斥主事人了。再看，平儿"说毕，抽身进了卧房"。连一句回话的机会都不留给林之孝家的！可以想象，被扔下的林之孝家的是个什么脸色！到这里，我们第一次领教平儿的泼辣无情杀伐决断。为什么这么说？因为她还没向凤姐汇报，就做出了决断。好一个平儿，她比鸳鸯更厉害，不，比鸳鸯更可怕！

回末，是平儿与凤姐的对话，看点依然在平儿身上。凤姐的意思，不能太放纵下人。

> "把太太屋里的丫头都拿来，虽不便擅加拷打，只叫他们垫着磁瓦子跪在太阳地下，茶饭也别给吃。一日不说跪一日，便是铁打的，一日也管招了。"平儿道："何苦来操这心！'得放手时须放手'，什么大不了的事，乐得不施恩呢。依我说，纵在这屋里操上一百分的心，终久咱们是那边屋里去的。没的结些小人仇恨，使人含怨。况且自己又三灾八难的，好容易怀了一个哥儿，到了六七个月还掉了，焉知不是素日操劳太过，气恼伤着的。如今乘早儿见一半不见一半的，也倒罢了。"一席话，说的凤姐儿倒笑了，说道："凭你这小蹄子发放去罢。我才精爽些了，没的淘气。"平儿笑道："这不是正经！"说毕，转身出来，一一发放。要知端的，且听下回分解。

从这段对话看，正如李纨评价过的，凤姐只配给平儿提鞋子，平儿看得更高更透。她三层道理：一，乐得施恩；二，"终久咱们是那边屋里去的"；三，操劳过度造成小产，保养身子要紧。凤姐除了笑还能说什么？所以这次是"小蹄子"平儿说了算，一切由她掌控。为了把平儿的这一段说完，我们"透支"一番，提前使用下一回的开头。

> 话说平儿出来吩咐林之孝家的道："大事化为小事，小事化为没事，方是兴旺之家。若得不了一点子小事，便扬铃打鼓的乱折腾起来，不成道理。如今将他母女带回，照旧去当差。将秦显家的仍旧退回。再不必提此事。只是每日小心巡察要紧。"说毕，起身走了。柳家的母女忙向上磕头，林家的带回园中，回了李纨探春，二人皆说："知道了，能可无事，很好。"

很有趣，平儿宣布处理意见的时候还不忘先用个"理论指导"："大事化为小事，小事化为没事，方是兴旺之家。"这话看上去四平八稳，有理有据，其实是"扯大旗作虎皮"，是为了掩盖自己的霸道，要找些依据。但是，对林之孝家的打压却继续加码：不要"扬铃打鼓的乱折腾起来"！而且最后是严重警告："再不必提此事。只是每日小心巡察要紧。"她不仅这么说而且是这么做："说毕，起身走了。"再一次不留一点"申辩"的余地，做得非常绝！这"小蹄子"，偶尔会变成一只铁蹄！

那么，我们不免要问：曹雪芹为什么忽然在这里浓笔重彩地写平儿？他是为了塑造平儿形象吗？简单讨论一下。我以为，这里的描写，曹雪芹并不是专门为刻画平儿这个形象，他谋划的重点或许不在这个女孩身上，而是在更大的、荣国府长房二房的矛盾方面。这么说的理由基于，已经看得很清楚，平儿对林之孝家的这次行事十分恼火，无情打压，其实以平儿一贯的为人看她同林之孝家的未必有什么龃龉，这次大出意料的无情、粗暴的打压，关键可能在于"站队"问题。回想一下，从平儿介入玫瑰露事件开始，她考虑的、注重的，就是探春的面子，她维护探春，就是维护二房，维护宝玉（不妨回想一下她与宝玉一起策划如何处理彩霞，那时的平儿多么和颜悦色），维护王夫人这一房的利益，而林之孝家的却是主动、快速地站到长房邢夫人一方。说平儿是为长房二房矛盾而动气，是她本人透露"终久咱们是那边屋里去的"，可见，她在处理这件事情的时候，想着"这边"和"那边"，也就是长房和二房的问题。正因为林之孝家的先斩后奏把邢夫人一边的人提拔上来，令平儿意识到这是长房二房的站边问题，令她火不打一处来。好了，绕这么大一圈，我想说的是：这次"玫瑰露事件"，这次平儿与林之孝家的公开决裂，是长房二房决裂的种子。这里是第61回，再过十三回"抄检大观园"的时候，曹公就把这个矛盾公开化：非但让探春狠抽王善保家的耳光，凤姐还盯住司琪搜出暗通表弟的证据，凤姐带头嘲笑，逼得王善保家的几乎上吊。很可惜，这个家族内部矛盾揭开不久，小说就中断了。按照我的猜测，后面很可能有邢、王妯娌，甚至赦、政兄弟翻脸，探春那句话是个提示："这样大族人家，必须先从家里自杀自灭起来，才能一败涂地！"假如真是这样发展，那么这个情节的种子，在本回已经发芽，平儿这个"身在曹营心在汉"的跨界丫头还浇了水。

从迎春的小丫头莲花儿指责柳家的讨好晴雯开始，司棋大闹厨房、柳家母女被关押、林之孝家的受贿、司琪的婶娘争得厨房，最后平儿介入、判决，这背后都是两大派别的争斗。可知，在荣国府中虽然邢夫人、王夫人并没翻脸，但她们下面两个阵营相当分明，你争我夺难以调和。荣国府"风起于青萍之末"，不久的将来会形成风暴，这就是"玫瑰露事件"的含义。

第六十二回
憨湘云醉眠芍药裀　呆香菱情解石榴裙

前面连续四回写的是家长不在，荣国府中从赵姨娘到芳官、司棋等人的胡搅乱闹，贾府下层的矛盾暴露得相当充分。但《红楼梦》真正的主角毕竟是上层公子小姐奶奶，本回又回到上层，写宝玉过生日。"憨湘云醉眠芍药裀　呆香菱情解石榴裙"，是一派欢快场景中的两个特写镜头。显然，曹雪芹又只手回天要给作品抹上一层欢乐的色彩。本回的篇幅是通常的一倍以上，白天情节就占满本回，晚上的内容则用了下一回的大半回。

本回开头还是接叙上一回。平儿发落完，林之孝家的有一百个不满也不敢发作，还得再觍着个老脸去回李纨、探春。二人回说："知道了，能可无事，很好。"作品只写这一句，但依据我们前面分析，所谓的"能可无事"实际上是被平儿大事化小小事化了，假如探春知道这来龙去脉，她的心里会很感激平儿。今日的探春已经变了，从之前的积极进取、改革制度，到今天但求"能可无事"。管了一段时间的家，三小姐明显"退步"了。若是管上个两三年，她会不会变得很像王熙凤？

接着作品揭露，那秦显家的"打点送林之孝家的礼，悄悄的备了一篓炭，五百斤木柴，一担粳米"，现在秦显家的打了水漂，还闹个灰头土脸走人。"连司棋都气了个倒仰，无计挽回，只得罢了。"而更丢脸的恐怕是林之孝家的。这些人，是事件相关人员的一头，另外还有一头。请看。

> 赵姨娘正因彩云私赠了许多东西，被玉钏儿吵出，生恐查诘出来，每日捏一把汗打听信儿。忽见彩云来告诉说："都是宝玉应了，从此无事。"赵姨娘方把心放下来。谁知贾环听如此说，便起了疑心，将彩云凡私赠之物都拿了出来，照着彩云的脸摔了去，说："这两面三刀的东西！我不稀罕。你不和宝玉好，他如何肯替你应。你既有担当给了我，原该不与一个人知道。如今你既然告诉他，如今我再要这个，也没趣儿。"彩云见如此，急的发身赌誓，至于哭了。百般解说，贾环执意不信，说："不看你素日之情，去告诉二嫂子，就说你偷来给我，我不敢要。你细想去。"说毕，摔手出去了。急的赵姨娘骂："没造化的种子，蛆心孽障。"气的彩云哭个泪干肠断。赵姨娘百般的安慰他："好孩子，他辜负了你的心，我看的真。让我收起来，过两日他自然回转过来了。"说

着，便要收东西。彩云赌气一顿包起来，乘人不见时，来至园中，都撒在河内，顺水沉的沉漂的漂了。自己气的在被内暗哭。

我们注意赵姨娘的担心：彩云私赠了许多东西。显然，彩云拿的远远不止一瓶玫瑰露。其实我们想想，这些东西带给赵姨娘和贾环的享受和快乐，可能远远抵不过为它们每日捏一把汗的担忧！更值得我们关注的是各人的态度：赵姨娘是石头落地的宽慰；彩云说"从此无事"，则不仅是解脱，里面还隐含着一份对宝玉的感激；而贾环的发作，除了标准的公子哥儿脾性，更有一个没心没肺男人的糟糕透顶和卑劣无耻，终于把彩云的心都踩碎了。这颗破碎的心还能不能粘合起来，哪怕留下裂纹，曹雪芹没有写下去，但他的文字已经带有悼亡怀旧的色彩。在真实的历史和虚拟的文学中，彩云这样的人物命运具有普遍意义，古今中外太常见了，大家熟悉的现代话剧《雷雨》，也就差不多。而在《红楼梦》里面，香菱、平儿最后都是这命，只有袭人属于幸运的极少数。

接着作品进入主要情节，宝玉过生日。大家更高兴的是，宝琴也是这一天生日。于是贾府与薛家少不了一套人情往来：宝玉去薛家喝酒吃面，当然还有送礼，然后薛家又送礼过来，忙得不亦乐乎。还是宝钗对薛蝌说："家里的酒也不用送过那边去，这虚套竟可收了。你只请伙计们吃罢。我们和宝兄弟进去还要待人去呢，也不能陪你了。"这番话止住了客套，不然两家忙一天也没个完。同时我们看出这是宝钗一贯的务实作风：不讲究客套。

不过，曹雪芹顺势写下了更重要的一笔。进了大观园角门。

（宝钗）便命婆子将门锁上，把钥匙要了自己拿着。宝玉忙说："这一道门何必关，又没多的人走。况且姨娘、姐姐、妹妹都在里头，倘或家去取什么，岂不费事。"宝钗笑道："小心没过逾的。你瞧你们那边，这几日七事八事，竟没有我们这边的人，可知是这门关的有功效了。若是开着，保不住那起人图顺脚，抄近路从这里走，拦谁的是？不如锁了，连妈和我也禁着些，大家别走。纵有了事，就赖不着这边的人了。"宝玉笑道："原来姐姐也知道我们那边近日丢了东西？"宝钗笑道："你只知道玫瑰露和茯苓霜两件，乃因人而及物。若非因人，你连这两件还不知道呢。殊不知还有几件比这两件大的呢。若以后叼登不出来，是大家的造化，若叼登出来，不知里头连累多少人呢。你也是不管事的人，我才告诉你。平儿是个明白人，我前儿也告诉了他，皆因他奶奶不在外头，所以使他明白了。若不出来，大家乐得丢开手。若犯出来，他心里已有稿子，自有头绪，就冤屈不着平人了。你只听我说，以后留神小心就是了，这话也不可对第二个人讲。"

　　这番对话很有意思了。第一，宝钗对贾府的麻烦事一清二楚，她对案件最新动态的掌握甚至不亚于平儿；至于她的情报来源，作者没写。不过我以为，除了正常的接受报案，宝钗可能还从下层丫头、老婆子那里得到一些细节和内幕，在这方面，她比探春还用心。第二，宝钗已经进入防备状态，她把薛家同贾府做了尽可能的切断，以免牵扯；手法之干脆彻底，不仅令宝玉诧异，连我们都对她重新认识。但再细想想，一个借居者，对主人家的失窃案件有可能不敏感吗？"瓜田李下"的嫌疑谁不回避？第三，宝钗对宝玉的看法和态度。她又一次公然告知宝玉，你就一个糊涂公子，连自己身边事一概不知；不过她对宝玉又极其信任，把最秘密的心里话都向他交底，然后又不得不嘱咐这位糊涂爷："这话也不可对第二个人讲。"第四，她还对宝玉进行指挥、指导："你只听我说，以后留神小心就是了。"这话哪像个客居的表姐，连亲妹妹探春恐怕都不肯如此直白坦率。这段对话几乎是前八十回宝玉与宝钗最后一次私下交谈，曹公对他们两人关系的正面描写到此为止。所以我们又需要归纳一番。宝钗退出与黛玉的爱情竞争已经很久，宝玉与黛玉的恋爱关系也只欠家长的认可；宝玉对宝钗依然敬重有加，宝钗怎么说宝玉就怎么应；宝钗对宝玉也极其信任，两人几乎可以无话不说，除了爱情；而宝钗同黛玉形同姐妹，亲密无比。这就是他们三角关系在前八十回的最后定型。所以，八十回以后，当宝玉与黛玉的婚姻最终无法结成，那么宝钗替补出场与宝玉终成眷属，就宝玉和宝钗而论，是有着十分坚实的感情基础和思想基础的。我们甚至可以猜想：当黛玉确信自己同宝玉彻底不可能结成夫妻之后，甚至黛玉被贾母许给别的人家时，黛玉会不会希望宝玉娶宝钗为妻，认为这对宝玉是件好事呢？

　　这一回的一号主人毫无疑问是宝玉，但对平儿的描写分量，却超过了上回目的湘云和香菱。作者安排得很有章法，先写宝玉。

　　　宁府中宗祠祖先堂两处行毕礼，出至月台上，又朝上遥拜过贾母、贾政、王夫人等。一顺到尤氏上房，行过礼，坐了一回，方回荣府。先至薛姨妈处，薛姨妈再三拉着，然后又遇见薛蝌，让一回，方进园来。晴雯麝月二人跟随，小丫头夹着毡子，从李氏起，一一挨着，长的房中到过。复出二门，至李、赵、张、王四个奶妈家让了一回。……歇一时，贾环贾兰等来了，袭人连忙拉住，坐了一坐，便去了。宝玉笑说走乏了，便歪在床上。方吃了半盏茶，只听外面咭咭呱呱，一群丫头笑进来，原来是翠墨、小螺、翠缕、入画、邢岫烟的丫头篆儿，并奶子抱巧姐儿，彩鸾、绣鸾八九个人，都抱着红毡笑着走来，说："拜寿的挤破了门了，快拿面来我们吃。"刚进来时，探春、湘云、宝琴、岫烟、惜春也都来了。宝玉忙迎出来，笑说："不敢起动，快预备好茶。"进入房中，不免推让一回，大家归坐。

大家注意，这一系列描写都是略写，没有写任何人的具体穿着和语言动作，直到平儿出场，才换作详写。从艺术上考较起来，前面这些简略描写，起到一定的映衬作用，它们突出了平儿出场的不寻常。大家看作者的写法变化：

> 袭人等捧过茶来，才吃了一口，平儿也打扮的花枝招展的来了。宝玉忙迎出来，笑说："我方才到凤姐姐门上，回了进去，不能见，我又打发人进去让姐姐的。"平儿笑道："我正打发你姐姐梳头，不得出来回你。后来听见又说让我，我那里禁当的起，所以特赶来磕头。"宝玉笑道："我也禁当不起。"袭人早在外间安了坐，让他坐。平儿便福下去，宝玉作揖不迭。平儿便跪下去，宝玉也忙还跪下，袭人连忙搀起来。又下了一福，宝玉又还了一揖。

大家看是不是？"平儿也打扮的花枝招展的来了"，平儿一出场就写了她的穿着打扮，然后每一句话每一个动作都像视频跟踪一般详细完备。因为作者有包袱要抖。包袱怎么抖开呢？曹雪芹用了一个非常巧妙但又有点疑问的方式，他让袭人来抖。

> 袭人笑推宝玉："你再作揖。"宝玉道："已经完了，怎么又作揖？"袭人笑道："这是他来给你拜寿。今儿也是他的生日，你也该给他拜寿。"宝玉听了，喜的忙作下揖去，说："原来今儿也是姐姐的芳诞。"平儿还万福不迭。

这里我们难免疑问：平儿进入贾府五年不止吧？她与宝玉同一天生日，宝玉居然不知道？即使如后面平儿说的"我们是那牌儿名上的人，生日也没拜寿的福，又没受礼职分，可吵闹什么，可不悄悄的过去"，但这么多年，凤姐、贾琏能一次也不给平儿庆祝一下？贾琏不傻，他能这么不给平儿脸面？凤姐能够允许自己的心腹这么没脸？很难置信。假如他们做了生庆，当天宝玉那头也在做，这么巧合的场面，怎么可能彻底封锁消息？袭人又怎么可能守口如瓶许多年？曹公大概自己也知道这包袱有问题，所以他让袭人来抖，多少可以掩饰一些，其含义是袭人向来知道平儿是今天生日，她们姐妹之间一直在"悄悄的过"，宝玉不知道而已。好，我们暂且装傻，就让曹公把我们蒙过去吧。但是，一个更加重要的问题又诞生了：既然平儿好不容易瞒着大家到今朝，那么，她为什么今天要亲自来个"花枝招展"的大声宣告呢？尤其，贾琏不在家，凤姐也病卧床头，似乎是平儿自己在给自己做庆生。这是怎么回事？我觉得，曹雪芹不惜带着破绽也一定要这么设计，必然是有某些特殊的、更深刻的意思要表达。表面上，让平儿也在今日生日，包括后面又推出的邢岫烟，是为了让场面更加热闹，四个人同一天生日，真是老天作成，岂能不喜庆！然而这喜庆的过程中，又有别的内涵。先说平儿，当她自我暴露之后，探春跳了起来：

> "也不敢惊动。只是今儿倒要替你过个生日，我心才过得去。"宝玉湘云等一齐都

说："很是。"探春便吩咐了丫头："去告诉他奶奶，就说我们大家说了，今儿一日不放平儿出去，我们也大家凑了分子过生日呢。"

不仅如此，探春提议："如今我们私下又凑了分子，单为平姑娘预备两桌请他。"然后大家热热闹闹过起生日，喝酒喝到平儿脸通红。我之所以觉得可议，就是：为什么是探春跳出来为平儿做生日，而且搞得热热闹闹、轰轰烈烈的？这可有些异乎寻常！究竟是怎么回事？大家回忆一下，起先是平儿强压彩云，并通过一系列手段保住探春的脸面。非但如此，平儿还坚定地站在二房——王夫人一边，甚至严厉打击自己所属的长房邢夫人的势力。她的所作所为，探春有没有耳闻？再往前推，探春要实行大观园承包制，平儿忙前忙后代表凤姐坚决支持，低声下气服侍探春，然后对管家们吹风做工作，以树立探春的威望。因而，作品写探春跳出来做主张，或许正是表达她对平儿的欣赏和感谢，是探春作为二房代表人物，对平儿的高度肯定。而且大家对比一下，同样是得知邢岫烟也是今天生日，探春的反应就没那么强烈：

"原来邢妹妹也是今儿？我怎么就忘了。"忙命丫头："去告诉二奶奶，赶着补了一分礼，与琴姑娘的一样，送到二姑娘屋里去。"

这不过是公事公办，而为平儿是特事特办，大肆宣扬、办得轰轰烈烈。从这个意义上理解，把前前后后的情节串联起来，才能解释高傲的三小姐如此抬举一个陪房丫头的内在原因；这样理解，才能弄明白曹雪芹为什么设计这个情节。探春如此抬举，别人自然凑热闹：

平儿出去，有赖林诸家送了礼来，连三接四，上中下三等家人来拜寿送礼的不少，平儿忙着打发赏钱道谢，一面又色色的回明凤姐儿，不过留下几样，也有不收的，也有收下即刻赏与人的。

平儿这生日，过得有头有脸，风光无限。

关于邢岫烟的生日也不是白写的，其中也有些意思。首先，邢岫烟的身份与薛宝琴大致相当，但是，宝琴的生日人人知道，从一开始就与宝玉两人大张旗鼓双双合做，喜气洋洋。然而，邢岫烟的生日却无人理会，甚至没人知道，不是那大大咧咧的史湘云嚷出来，可能就悄悄地、默默地过了。贾府算得十分开明，但对待两位亲戚就这么不同，就这么个现状。所谓人情冷暖，我们领略了。其次，或许更加刺激人的是，同样知道邢岫烟和平儿也都是这一天生日，但是当家的探春显然更看重平儿的生日，这个前面已经谈到了。这么一排列，四个同一天生日的公子小姐和丫头，其中寄居的小姐、堂堂邢夫人的侄女，居然落在丫头后面。这虽然称不上残酷但多少是让人心酸的事实，曹公写得如此详细，简直就是在做专门的对比，我们实在应当好好理解他这份心。其三，作者还写明，虽然"终久让宝琴岫烟二人在上，平儿面西坐，宝玉面东坐"，但后面长时间的活动，邢岫烟扮演的并不是"寿婆"中心人物，反而是个坐在主桌上面的陪客，别说有多少欢乐，只怕还颇别扭、难受。曹公让四个人同一天生日，一起庆生，但味道却那么的不一样。在这些你很不留意的地方，《红楼梦》往往留有浓郁的意味。

大家一起喝酒，各人的兴味举止却不一样，尤其，这是难得的没有长辈、家长在座的生日盛宴，没了拘束，各人的个性直接表露。宝玉首先喊道："雅坐无趣，须要行令才好。"他喊出了大家的心声，连林黛玉都来了劲，提出抓阄选择酒令，香菱也兴致勃勃自告奋勇提笔书写，探春却要平儿来抓阄，实际是让她行使主寿星的权利。平儿抓了个"射覆"令，是个需要文化修养才玩得起来的，于是探春又让袭人再抓个阄。（这有点让人不懂，照理该是另一位寿星抓阄，为什么让袭人抓？）但袭人抓出的却是"拇战"，史湘云一见乐了："这个简断爽利，合了我的脾气。我不行这个'射覆'，没的垂头丧气闷人，我只划拳去了。"一会儿她和宝玉"三""五"乱叫，划起拳来。宝玉输了，一时想不起酒面语，黛玉代替他说："落霞与孤鹜齐飞，风急江天过雁哀，却是一只折足雁，叫的人九回肠，这是鸿雁来宾。"这酒面理该算是黛玉的，虽然是各篇诗文选句凑合起来，意思有点零乱，但从画面到声音都颇凄凉，是黛玉归宿的象征。曹雪芹的这种"非逻辑性组合"，显然不是炫技，而是别有意味。接着，宝琴用了"请君入瓮"的典故，大家笑起来，说"这个典用的当"。对于这个细节，很少有人关注，但我疑心曹公又在捣鬼，在设局。因为"请君入瓮"堪称历史上最残酷的典故，曹公为什么在庆生宴会上用它？而且与现场的场景毫不相干，为什么要用呢？如此残酷的典故就这么不知不觉登场，曹公绝不会无的放矢。然而在场的人没一个有警觉，大家还赞"用的当"，还笑！我在想，真不知道在座者未来谁将"入瓮"？假如允许缩小范围，"请君入瓮"的对象应该是四位寿星之一，从今日风光的程度看，平儿的可能性大一些。当然，也可以是针对今日所有的与会者。因为"请君入瓮"的意思太重，我们提出来希望有人研究。

接下来是史湘云的酒面："奔腾而砰湃，江间波浪兼天涌，须要铁锁缆孤舟，既遇着一江风，不宜出行。"这个酒面也是一组颇有意象的画面，只是我们一向"理性"惯了，觉得它似乎"缺乏逻辑性"。就像著名的华裔法国画家赵无极的油画作品，尽管我们受到它的强大冲击，却一时无法解释它、归纳它。不过最后一句"不宜出行"意思相当明白，而前面的画面十分凶险，与第5回史湘云的判词也颇为契合。可知这是对史湘云的一个警语。将来她若出行可能会翻船。史湘云毕竟粗心，她的酒底打趣说："这鸭头不是那丫头，头上那讨桂花油。"引来晴雯、莺儿的声讨："怎见得我们就该擦桂花油的？倒得每人给一瓶子桂花油擦擦。"没想到林黛玉更粗心。

> 黛玉笑道："他倒有心给你们一瓶子油，又怕挂误着打盗窃的官司。"众人不理论，宝玉却明白，忙低了头。彩云有心病，不觉的红了脸。宝钗忙暗暗的瞅了黛玉一眼。黛玉自悔失言，原是趣宝玉的，就忘了趣着彩云，自悔不及，忙一顿行令划拳岔开了。

看似随随便便的叙述，曹公却永远不会忘了在一言一行一举一动中展现人物性格。宝玉有心病，更怕黛玉，知道黛玉是打趣他只能低头不语；"宝钗忙暗暗的瞅了黛玉一眼。"这分明是责备。其实在座的别人也知道黛玉不该说这话，为什么别人不责备？解释很简单，宝钗与黛玉的关系最铁，她把黛玉当亲妹妹，所以她出面责备，而黛玉非但不生气，还乖乖地接受。不妨对比一下，从前黛玉随口说出《牡丹亭》的"良晨美景奈何天"，宝钗并没有当场表示什么，而是过后私下找黛玉"算账"。现在的关系明显不一样了。

如果说上面这些酒令也好，打趣也罢，都是比较浅显的，我们一看就懂，那么，接下来宝玉与宝钗的游戏，就很艰深。这是作者明白揭示宝玉、宝钗两个名字之间的联系，及"宝钗"名字的寓意，实际上也提示注意宝玉、黛玉、宝钗三人名字的微妙关系，因而值得特别重视和探讨。但分歧和对立也在这里难以消除，可能再过一百年也无法消除。

> 底下宝玉可巧和宝钗对了点子。宝钗覆了一个"宝"字，宝玉想了一想，便知是宝钗作戏指自己所佩通灵玉而言，便笑道："姐姐拿我作雅谑，我却射着了。说出来姐姐别恼，就是姐姐的讳'钗'字就是了。"众人道："怎么解？"宝玉道："他说'宝'，底下自然是'玉'了。我射'钗'字，旧诗曾有'敲断玉钗红烛冷'，岂不射着了。"湘云说道："这用时事却使不得，两个人都该罚。"香菱忙道："不止时事，这也有出处。"湘云道："'宝玉'二字并无出处，不过是春联上或有之，诗书纪载并无，算不得。"香菱道："前日我读岑嘉州五言律，现有一句说'此乡多宝玉'，怎么你倒忘了？后来又读李义山七言绝句，又有一句'宝钗无日不生尘'，我还笑说他两个名字都原来在唐诗上呢。"众人笑说："这可问住了，快罚一杯。"湘云无语，只得饮了。大家又该对点的对点，划拳的划拳。

曹公郑重其事地介绍了一番"宝玉""宝钗"两个名字的特殊关系，只不过托辞于典故。可惜许多人不懂"宝玉""宝钗"两个名字关系这个空谷足音，丢弃一扇深化研究《红楼梦》的大好窗户，却着眼于"宝钗"这个名字不吉祥，意味着宝玉最终要抛弃她。我的观点大家已经很明瞭，对宝玉、黛玉、宝钗三人的名字，前文已经详细探讨过，认为这是曹雪芹利用中文特有的文字涵义，把三个人组成一个"命运共同体"；并且也强调过，三个名字是个整体，具有共同的意义和倾向，所以三个人中间也不可能存在"一半是海水一半是火焰"的对立，不可能有善恶、忠奸之分。我明白我不可能说服所有人，所以我们对此不再讨论。我只重申一句：对人物的任何抽象、象征性的解释，都应该服从于人物的整体形象塑造。

除了正面描述酒宴场面，作者又调动侧写手段。一是林之孝家的来问候，顺带劝大家少喝，于是平儿第一个不好意思，她摸到自己脸上发热了；但是探春不予理睬，要大家继续吃喝。林之孝家的出现是侧写酒宴时间够长；接下来"憨湘云醉眠芍药裀"则是侧写饮酒之多。作者写得很美。

> 湘云卧于山石僻处一个石凳子上，业经香梦沉酣，四面芍药花飞了一身，满头脸衣襟上皆是红香散乱，手中的扇子在地下，也半被落花埋了，一群蜂蝶闹穰穰的围着他，又用鲛帕包了一包芍药花瓣枕着。众人看了，又是爱，又是笑，忙上来推唤挽扶。湘云口内犹作睡语说酒令，唧唧嘟嘟说："泉香而酒冽，玉盆盛来琥珀光，直饮到梅梢月上，醉扶归，却为宜会亲友。"

这是一幅经典的美女图，还配了诗，真真是诗情画意。两百年来也不知道多少画家画过此图，可惜正如王安石说王昭君"意态由来画不成"，迄今为止还没有一幅湘云醉眠图让人觉得如意的。画完这幅单人图，曹雪芹又画了一幅群体图：

> 宝钗等吃过点心，大家也有坐的，也有立的，也有在外观花的，也有扶栏观鱼的，各自取便说笑不一。探春便和宝琴下棋，宝钗岫烟观局。林黛玉和宝玉在一簇花下唧唧哝哝不知说些什么。

一切都是那么美好，泥土都像是用糖做的。然而，月满则亏，在如此姣好的时刻，突然林之孝家的领来一个媳妇请求发落。我们看看探春的表演。

> 探春因一块棋受了敌，算来算去总得了两个眼，便折了官着，两眼只瞅着棋枰，一只手却伸在盒内，只管抓弄棋子作想，林之孝家的站了半天，因回头要茶时才看见，问："什么事？"林之孝家的便指那媳妇说："这是四姑娘屋里的小丫头彩儿的娘，现是园内伺候的人。嘴很不好，才是我听见了问着他，他说的话也不敢回姑娘，竟要撵出去才是。"探春道："怎么不回大奶奶？"林之孝家的道："方才大奶奶都往厅上姨太太处去了，顶头看见，我已回明白了，叫回姑娘来。"探春道："怎么不回二奶奶？"平儿道："不回去也罢，我回去说一声就是了。"探春点点头，道："既这么着，就撵出他去，等太太来了，再回定夺。"说毕仍又下棋。这林之孝家的带了那人去不提。

看看探春的姿态，是不是觉得有点眼熟？装模作样，爱理不理，态度冷到嘴唇像结了冰。类似情景我们见过吗？见过，当年二奶奶王熙凤初见刘姥姥，不就这模样吗？只不过二奶奶的手炉换成了三姑娘的围棋。说到这里，一个问题自然摆到我们面前：探春怎么变得这么快？才多久以前，那个意气风发、豪情满怀、大手笔搞改革的三姑娘，怎么会变成这样？如果说是"一朝权在手便把令来行"，身份变了就必然摆这个架子，但王夫人却没变成这样子，尤氏也没有。那么只能说是探春自己在追求这种"风度"，在摆这个威风。再听听探春的话："怎么不回大奶奶？""怎么不回二奶奶？"她不是问："回过大奶奶了吗？""回过二奶奶了吗？"而是问"怎么不回"，都是责问！进一步分析，探春这两问似乎颇为尊重李纨和凤姐，但我们已经见识过她怎么对待大嫂子；而她对凤姐，曹雪芹在后面专门用宝玉与黛玉的议论来侧叙：

> "你不知道呢。你病着时，他干了好几件事。这园子也分了人管，如今多掐一草也不能了。又蠲了几件事，单拿我和凤姐姐作筏子禁别人。最是心里有算计的人，岂只乖而已。"

了不得！连亲哥哥宝玉都看出，探春"最是心里有算计的人"！我们一直注意到探春的变化，但变得如此快，只怕到了凤姐那年纪，她比凤姐更可怕。

黛玉见到探春的做派，同宝玉悄悄议论起来。但曹公来个移花接木见缝插针，将议论转向他们两人对今后的态度。

> 黛玉道："要这样才好，咱们家里也太花费了。我虽不管事，心里每常闲了，替你们一算计，出的多进的少，如今若不省俭，必致后手不接。"宝玉笑道："凭他怎么后手不接，也短不了咱们两个人的。"黛玉听了，转身就往厅上寻宝钗说笑去了。

这短短两句对话，珍贵程度堪称吉光片羽。黛玉一向不谈经济，更不问理家，所以她在这方面的观点是个空白，今天终于补上了。"咱们家里也太花费了"，表达出黛玉对贾府奢侈的不满，以黛玉的清高，认为有些俗务完全可以免除，这是一。第二，黛玉暗自计算贾府"出的多进的少"，她当然没看过账本，但以她的智慧和精明，做出了正确的预判。第三，黛玉还提出建议："如今若不省俭，必致后手不接。"至此，我们才知道，看似一尘不染清高无比的林妹妹，其实对尘世对俗务对经济都有所关心。从这个意义上说，黛玉同宝钗、探春、秦可卿是一路人，我们不能小看她。

最后我们说说语态语气。第一句黛玉用的是"咱们家"，这口气就是把自己看作贾府一分子的，是脱口而出。黛玉这么说一点没错，她本就是贾母外孙女，她从六七岁进入贾府，在这里生活的时间已经多于在林家，经济上也是贾府负担，所有待遇一如贾府小姐，所以她以贾府为家十分自然。与她相反，宝钗就不可能说"咱们家"，宝钗在这里只是客，她的经济开销由薛家支付，何况薛家母亲、哥哥都在边上住着，她是有自己家的。可是，黛玉第二句又改为"你们"，"替你们一算计"，这里又是以局外人的口气，与宝钗近似的口气。这口气也很自然。当林黛玉以考察未来的丈夫家的角度看待贾府，自然是以"你们"相称，不然岂不闹出笑话！体会出"咱们家"与"你们"一字之差的区别、意趣，庶几不辜负了作者的一番心意。可是宝玉以为"凭他怎么后手不接，也短不了咱们两个人的"。不过黛玉并没要求宝玉也改变。

接着，曹雪芹用极其神奇的笔墨来表现黛玉与宝钗亲密到什么程度。袭人送茶来，偏偏只有一杯，面对黛玉与宝钗两人，袭人非常为难，不知道给谁好。

> 宝钗笑道："我却不渴，只要一口漱一漱就够了。"说着先拿起来喝了一口，剩下半杯递在黛玉手内。袭人笑道："我再倒去。"黛玉笑道："你知道我这病，大夫不许我多吃茶，这半钟尽够了，难为你想的到。"说毕，饮干，将杯放下。

这么微小的细节，为什么要写？《红楼梦》告诉我们细枝末节最能说明问题。大家想想，即使社会发展到今日，有谁肯喝别人喝过的茶水？更何况当时！但是，宝钗却先拿茶喝一口漱嘴，又把茶递到黛玉手里，黛玉也无任何犹豫饮干了，还安慰袭人一通。我们知道要说洁癖，《红楼梦》中除了妙玉就数黛玉了，她能把宝钗喝过的茶一口饮干，她此时的心理障碍为零。同样，宝钗不是个粗心人，她把喝过的茶递到黛玉手里，她显然有把握黛玉不嫌脏。我国有个典故叫"二桃杀三士"，曹雪芹在这里则是"一茶明二心"。喝茶，这个极其细微的细节，却是极其艺术的艺术。

接着作品转到宝玉与芳官的话题。

> 宝玉因问："这半日没见芳官，他在那里呢？"袭人四顾一瞧说："才在这里几个人斗草的，这会子不见了。"宝玉听说，便忙回至房中，果见芳官面向里睡在床上。宝玉推他说道："快别睡觉，咱们外头顽去，一回儿好吃饭的。"芳官道："你们吃酒不理我，教我闷了半日，可不来睡觉罢了。"宝玉拉了他起来，笑道："咱们晚上家里再吃，回来我叫袭人姐姐带了你桌上吃饭，何如？"芳官道："藕官蕊官都不上去，单我在那里也不好。我也不惯吃那个面条子，早起也没好生吃。才刚饿了，我已告诉了柳嫂子，先给我做一碗汤盛半碗粳米饭送来，我这里吃了就完事。若是晚上吃酒，不许教人管着我，我要尽力吃够了才罢。我先在家里，吃二三斤好惠泉酒呢。如今学了这劳什子，他们说怕坏嗓子，这几年也没闻见。乘今儿我是要开斋了。"宝玉道："这个容易。"

作品这么描写是告诉我们，宝玉近来对芳官特别感兴趣、特别关心，芳官在他心中的地位，已经不亚于袭人、晴雯、麝月，甚至都超过了。原因何在？大概有两个。一个是新鲜，芳官初来乍到，让宝玉有"尝鲜"的念头，这正如我们吃菜喝茶一样。第二个是对上了性子。芳官年龄小，无所顾忌一派天真，再加上一点点撒娇，正合宝玉的口味。宝玉"忙回至房中，果见芳官面向里睡在床上"，我有点怀疑，芳官是看见宝玉来了故意躺倒，还面向里面。她知道宝玉是来找她的，便做出这个若有委屈的姿态。这姿态，林黛玉常摆的，袭人、晴雯偶尔也摆一次，现在轮到芳官。然后是直数委屈："你们吃酒不理我，教我闷了半日，可不来睡觉罢了。"依照她这说法，宝玉在吃酒的时候，也须要搭理上她！这个要求合理吗？只有宝玉能够回答。宝玉赔笑说："咱们晚上家里再吃，回来我叫袭人姐姐带了你桌上吃饭，何如？"特特说明"带了你桌上吃饭"，这是大大破格的，芳官吃饭理应在另室，与宝玉一起"桌上吃饭"，那是何等抬举。然而，芳官一点也不满足，她又一连提了几个条件，尤其是"吃酒，不许教人管着我，我要尽力吃够了才罢。我先在家里，吃二三斤好惠泉酒呢"。好个芳官！她能几岁了？算她十三岁吧，在家时至多七八岁，居然一顿喝"二三斤好惠泉酒"，是天生的酒仙？父母能够让她一顿喝二三斤好惠泉酒，那么她家非但十分殷实，而且父母极其纵容，这样家庭的女儿怎么会流落戏班子，不知道八十回以后曹雪芹会不会披露。芳官的撒娇还不止于此，请看：

> 说着，只见柳家的果遣了人送了一个盒子来。小燕接着揭开，里面是一碗虾丸鸡皮汤，又是一碗酒酿清蒸鸭子，一碟腌的胭脂鹅脯，还有一碟四个奶油松瓤卷酥，并一大碗热腾腾碧荧荧蒸的绿畦香稻粳米饭。小燕放在案上，走去拿了小菜并碗箸过来，拨了一碗饭。芳官便说："油腻腻的，谁吃这些东西。"只将汤泡饭吃了一碗，拣了两块腌鹅就不吃了。

芳官的特制菜看上去不下于贾府的小姐了，柳家的这后门开得够大，难怪司棋砸屋。"油腻腻的，谁吃这些东西。"这种话连林黛玉都不曾说过。问题是：曹雪芹为什么要写这些细节？他老人家绝不会无的放矢。请看，来意思了：芳官吃完——

> 宝玉闻着，倒觉比往常之味有胜些似的，遂吃了一个卷酥，又命小燕也拨了半碗饭，泡汤一吃，十分香甜可口。小燕和芳官都笑了。

她们笑什么？笑外面整桌的好菜宝玉不吃，偏要吃芳官的剩饭。这与当年用黛玉、湘云的洗脸水洗脸，也相仿佛。这岂不是很有意思？我们再注意一下艺术方面，宝玉吃芳官的剩饭，刚巧同黛玉喝宝钗的剩茶互为呼应，却不露痕迹，十分巧妙。只有《红楼梦》才有这份精致。

一会儿后，晴雯听说芳官、宝玉吃饭的事。

> 晴雯用手指戳在芳官额上，说道："你就是个狐媚子，什么空儿跑了去吃饭，两个人怎么就约下了，也不告诉我一声儿。"袭人笑道："不过是误打误撞的遇见了，说约下

了可是没有的事。"晴雯道："既这么着，要我们无用。明儿我们都走了，让芳官一个人就够使了。"袭人笑道："倘或那孔雀褂子再烧个窟窿，你去了谁可会补呢。你倒别和我拿三撒四的，我烦你做个什么，把你懒的横针不拈，竖线不动。一般也不是我的私活烦你，横竖都是他的，你就都不肯做。怎么我去了几天，你病的七死八活，一夜连命也不顾给他做了出来，这又是什么原故？你到底说话，别只伴愚，和我笑，也当不了什么。"

可见，写芳官也在写宝玉，写着芳官与宝玉的特殊关系。难得的是，晴雯对芳官并不嫉妒，而袭人同晴雯更是和好无芥蒂。再扩大些，黛玉与宝钗也是亲密无间。——宝玉周围，真可谓晴空万里。这样的好时光能有多久？

小燕也喜欢喝酒，开口就要两碗，宝玉大为高兴，笑道："你也爱吃酒？等着咱们晚上痛喝一阵。你袭人姐姐和晴雯姐姐量也好，也要喝，只是每日不好意思。"不得了，《红楼梦》中的女孩子都这么爱喝酒，简直是天上的酒星成群结队下凡来了。假如说芳官这么能喝是可能出生于殷实人家，可是袭人和晴雯则写明都来自社会底层，一个是买来的丫头，一个是家生子，她们是怎么会好上这一口的？她们的酒量是怎么练出来的？我百思不得其解。若说曹公仅仅为了造就晚宴上觥筹交错、杯盘狼藉的场面，那似乎代价大了点。

接着，作品换了个镜头，寻找香菱。

外面小螺和香菱、芳官、蕊官、藕官、荳官等四五个人，都满园中顽了一回，大家采了些花草来兜着，坐在花草堆中斗草。

香菱说她有一支夫妻蕙。

荳官说："你汉子去了大半年，你想夫妻了？便扯上蕙也有夫妻，好不害羞！"香菱听了，红了脸，忙要起身拧他……两个人滚在草地下。众人拍手笑说："了不得了，那是一洼子水，可惜污了他的新裙子了。"荳官回头看了一看，果见旁边有一汪积雨，香菱的半扇裙子都污湿了，自己不好意思，忙夺了手跑了。众人笑个不住，怕香菱拿他们出气，也都哄笑一散。

这段描写十分生动，我们见识了女孩子们的可爱，反映出家长们不在家后丫鬟们的自由活泼，当然也是烘托宝玉生日这天的欢快气氛，然而更主要的还是充当后面情节的一个引子。

香菱起身低头一瞧，那裙上犹滴滴点点流下绿水来。正恨骂不绝，可巧宝玉见他们斗草，也寻了些花草来凑戏，忽见众人跑了，只剩了香菱一个低头弄裙，因问："怎么散了？"香菱便说："我有一枝夫妻蕙，他们不知道，反说我诌，因此闹起来，把我的新裙子也脏了。"宝玉笑道："你有夫妻蕙，我这里倒有一枝并蒂菱。"口内说，手内却真个拈着一枝并蒂菱花，又拈了那枝夫妻蕙在手内。香菱道："什么夫妻不夫妻，并蒂不并蒂，你瞧瞧这裙子。"宝玉方低头一瞧，便嗳呀了一声，说："怎么就拖在泥里了？可惜这石榴红绫最不经染。"香菱道："这是前儿琴姑娘带了来的。姑娘做了一条，我做了一条，今儿才上身。"宝玉跌脚叹道："若你们家，一日遭踏这一百件也不值什么。只是头一件既系琴姑娘带来的，你和宝姐姐每人才一件，他的尚好，你的先脏了，岂不辜负他的心。二则姨妈老人家嘴碎，饶这么样，我还听见常说你们不知过日子，只会遭踏东西，不知惜福呢。这叫姨妈看见了，又说一个不清。"香菱听了这话，却碰在心坎儿上，反倒喜欢起来了，因笑道："就是这话了。我虽有几条新裙子，都不和这一样的，若有一样的，赶着换了，也就好了。过后再说。"宝玉道："你快休动，只站着方好，不然连小衣儿膝裤鞋面都要拖脏。我有个主意：袭人上月做了一条和这个一模一样的，他因有孝，如今也不穿。竟送了你换下这个来，如何？"香菱笑着摇头说："不好，他们倘或听见了倒不好。"宝玉道："这怕什么。等他们孝满了，他爱什么难道不许你送他别的不成。你若这样，还是你素日为人了！况且不是瞒人的事，只管告诉宝姐姐也可，只不过怕姨妈老人家生气罢了。"香菱想了一想有理，便点头笑道："就是这样罢了，别辜负了你的心。我等着你，千万叫他亲自送来才好。"

这一段有点奥妙，我们分析一下。宝玉出现时手里握着一支并蒂菱，香菱向他陈述裙子弄脏的事情，宝玉笑道："'你有夫妻蕙，我这里倒有一枝并蒂菱。'口内说，手内却真个拈着一枝并蒂菱花，又拈了那枝夫妻蕙在手内。"他非但没听裙子脏了，反而把香菱的夫妻蕙拈来，不久前他曾替平儿簪过并蒂蕙，今日这两支具有特殊意义的花草令他浮想联翩。需要注意的是，此时他们单独相处，第1回中写了香菱比宝玉大三岁，二十左右了，他们本应互相回避的。香菱没意识到吗？等会儿我们就明白。香菱再次叫宝玉看裙子时，他才醒过来。香菱又告诉他很担心这裙子，宝玉正中下怀，计由心生。为何这么说？我们看曹公怎么写："宝玉跌脚叹道……"这个动作很夸张，他跌什么脚？再听他后面的话，不是安慰香菱，而是吓唬，与"跌脚"动作配合起来，就是夸大其实。当他说这话时，显然已经想到袭人的裙子，他说这些话，一是逼迫香菱接受，二是加重这份人情的分量。"就是这样罢了，别辜负了你的心。"香菱听懂了，愿意领这份情。宝玉如愿以偿。宝玉的愿望是什么呢？作者直接描写：

> 宝玉听了，喜欢非常，答应了忙忙的回来。一壁里低头心下暗算："可惜这么一个人，没父母，连自己本姓都忘了，被人拐出来，偏又卖与了这个霸王。"因又想起上日平儿也是意外想不到的，今日更是意外之意外的事了。一壁胡思乱想，来至房中，拉了袭人，细细告诉了他原故。

宝玉同情香菱的同时把平儿与香菱联系起来，感到意外之喜，让他"胡思乱想"的是竟能亲近两位小嫂。袭人自然是高高兴兴地助人为乐，随宝玉送去裙子，香菱谢过。

又命宝玉背过脸去，自己又手向内解下来，将这条系上。

曹公把这种细枝末节都写出来；这正是他要表达的重点所在。我们先把最后一段一起看一遍再说他要表达什么。袭人拿着脏裙子走了。

香菱见宝玉蹲在地下，将方才的夫妻蕙与并蒂菱用树枝儿抠了一个坑，先抓些落花来铺垫了，将这菱蕙安放好，又将些落花来掩了，方撮土掩埋平服。香菱拉他的手，笑道："这又叫作什么？怪道人人说你惯会鬼鬼祟祟使人肉麻的事。你瞧瞧，你这手弄的泥乌苔滑的，还不快洗去。"宝玉笑着，方起身走了去洗手，香菱也自走开。二人已走远了数步，香菱复转身回来叫住宝玉。宝玉不知有何话，扎着两只泥手，笑嘻嘻的转来问："什么？"香菱只顾笑。因那边他的小丫头臻儿走来说："二姑娘等你说话呢。"香菱方向宝玉道："裙子的事可别向你哥哥说才好。"说毕，即转身走了。宝玉笑道："可不我疯了，往虎口里探头儿去呢。"说着，也回去洗手去了。不知端详，且听下回分解。

曹雪芹以这么个场景收尾，可谓浓笔重彩。我们先说香菱，她的所作所为。她当着宝玉的面换裙子，她主动去拉宝玉的手，她指出宝玉在做"鬼鬼祟祟使人肉麻的事"，她嘱咐宝玉"裙子的事可别向你哥哥说才好"。把这四点联系起来，很明显，香菱知道自己同宝玉之间这些事儿，是不该的，她在明知故犯。香菱单纯厚道，但并不傻笨，她完全知道他们应该如何相处，但她又情不自禁地亲近宝玉，这完全可以理解：同薛蟠相比，宝玉实在太高尚、太典雅、太可爱、太美丽了，香菱不能不被吸引，她不仅对宝玉高度地信赖，也有爱慕之情。我们再说宝玉。香菱的身世令他满怀同情，香菱又长得像秦可卿，又那么淳朴，宝玉怎能不喜欢？但香菱是薛蟠的屋里人，宝玉想给一点帮助都没机会，更不能亲近，今日能如此尽一番心意，让他喜出望外。他不由得做下"鬼鬼祟祟使人肉麻的事"。这算不算警幻仙姑对宝玉的用词，即所谓"意淫"？读者自判。

本回堪称"大观园狂欢节"。宝玉、平儿的生日作者以最热情的笔调描写，因为这次完全没有家长的操纵，年轻人以自己的方式来欢庆，小姐丫鬟们人人那么兴奋那么投入直至喝醉；林之孝家的前来煞风景，探春下令继续喝酒，他们要尽情狂欢，他们被压抑得太久太久。下一回还有好戏。不过，他们内心深处还是明白欢乐是短暂的，未来充满凶险，他们用心血做成的酒令中非常明确地透露出这点。

宝玉的胸怀更为宽阔，杯觥交错之余他还记挂着上不了桌面的小丫鬟芳官们，他要让最下层的女孩子也加入到狂欢的队伍中，这是连探春也没有的思量。接着他又去找小丫鬟们斗草，真是皇天不负有心人，天然的机会让他在香菱身上大献殷勤，而香菱也投桃报李，其亲昵足以让宝玉三月不知肉味。回目"呆香菱情解石榴裙"，"呆"字显然是个掩护，"情解"二字意味深长。作者在同一回中大写宝玉与两位小嫂的亲热，字里行间似乎有所寄寓，读者可自品。

本回是狂欢的上半部，但这是最后的狂欢，此后的《红楼梦》再也没有这样的气氛了，读者也要好好享受和珍惜，然后准备迎接秋风秋雨和严寒冰冻。

本回的取舍调度也很值得注意。寿星有四位，但作者的侧重完全不顾寿星的名分，薛宝琴、邢岫烟两位寿星几乎彻底消失。邢岫烟本非主流人物，可以不论；薛宝琴这位曾经叱咤风云的超级美人，本回的笔墨非但不像寿星，连芳官都比不上，没有一个特写镜头。这样的写法人们怎么也想不到。但是，本回的描写又非常出色。——它的美学奥妙何在？还是那句话，我们不必局限于"生日"二字，而把这天看作"大观园节"，并跳出寿庆的圈子，看作一次"大观园狂欢"，而狂欢的根基是年轻人难得的自由。既然如此，薛宝琴的淡出也就不难理解，她来到大观园时间不久，同"大观园精神"并无血肉关联，相反，她是贾母一手硬捧出来的"明星"。所以，虽然宝琴是寿星，但作者的笔墨却大篇幅地落在探春、芳官、湘云、香菱这些非寿星身上。一句话，作者意不在"生日"，他写的是自由狂欢，他正确地选择了最能体现这种精神的人物和材料。回目"憨湘云醉眠芍药裀　呆香菱情解石榴裙"，已经体现出作者的取舍艺术，虽然总体来说史湘云称不上是本回的主角。

第六十三回

寿怡红群芳开夜宴　死金丹独艳理亲丧

看到这个刺眼的回目，读者应当想到曹雪芹又要做大动作了。中国人的寿诞日很忌讳不吉祥的事物，作者却用"寿"与"死"对仗，必有他的用意。"寿怡红群芳开夜宴"，是接着上一回写宝玉的生日晚宴，敏感的读者见到"群芳"会联想到第5回太虚幻境的"群芳髓"（群芳碎），确实下一回就要开始尤二姐和尤三姐的故事，这两朵鲜花不久就会破碎，接着是晴雯；所谓"死金丹独艳理亲丧"，则说贾敬服用金丹而死，尤氏一个人担当起料理丧事的事务。好个曹雪芹，一面写着全书最自由最欢快的生日喜庆，一面又写贾府最高男性家长的死亡。这就是我们一直提请大家注意的《红楼梦》旋律：生死相依，悲喜共存，但凡他写了一段喜剧，千万小心，后面必有悲情相衬。

本回开头宝玉与袭人商议晚间吃酒之事，袭人告诉他众人早就凑了三两多银子，说得有情有义的。但是，宝玉转身就假装解手，避开袭人同小燕悄悄谈柳五儿进来的事，还特地问了："这事袭人知道不知道？"很显然，宝玉对袭人有所提防，两人之间有了裂纹。但作者点到即止，并不交代由来。我们理应予以关注。掌灯时分，林之孝家的带人来巡查，关照早点睡，听见宝玉叫"袭人倒茶来"，林之孝家的又数落不该直呼其名。她们走后，晴雯关了门说："这位奶奶那里吃了一杯来了，唠三叨四的，又排场了我们一顿去了。"晴雯挑头不满，也是为后文布局。接着怡红院里摆桌子抬酒缸，大家卸妆宽衣，划拳喝酒。作者又单表：

> 芳官满口嚷热，只穿着一件玉色红青酡织三色缎子斗的水田小夹袄，束着一条柳绿汗巾，底下水红撒花夹裤，也散着裤腿。头上眉额编着一圈小辫，总归至顶心，结一根鹅卵粗细的总辫，拖在脑后。右耳眼内只塞着米粒大小的一个小玉塞子，左耳上单带着一个白果大小的硬红镶金大坠子，越显的面如满月犹白，眼如秋水还清。引的众人笑说："他两个倒象是双生的弟兄两个。"

明明是宝玉生日，明明有许多大牌丫鬟袭人、晴雯、麝月等在，作者却只给芳官特写镜头，其意图大家自己领会。麝月提议拿骰子抢红。

袭人道："这个顽意虽好，人少了没趣。"小燕笑道："依我说，咱们竟悄悄的把宝姑娘林姑娘请了来顽一回子，到二更天再睡不迟。"袭人道："又开门喝户的闹，倘或遇见巡夜的问呢？"宝玉道："怕什么，咱们三姑娘也吃酒，再请他一声才好。还有琴姑娘。"……于是袭人晴雯忙又命老婆子打个灯笼，二人又去。果然宝钗说夜深了，黛玉说身上不好，他二人再三央求说："好歹给我们一点体面，略坐坐再来。"探春听了却也欢喜。因想："不请李纨，倘或被他知道了倒不好。"便命翠墨同了小燕也再三的请了李纨和宝琴二人，会齐，先后都到了怡红院中。袭人又死活拉了香菱来。炕上又并了一张桌子，方坐开了。

我们看，宝钗、黛玉先都推辞，探春则非但不推辞，还很高兴，这不是性格问题，而是身份决定。夜晚喝酒是犯规的，何况家长不在，宝钗、黛玉未必不喜欢，但她们毕竟是客居身份，虽然黛玉是半个主人，却也不肯遭人褒贬；反之，三小姐探春根本不怕，她怕什么林之孝家的！不过她也是个乖巧之人，她把大嫂李纨一起拉来，这不是要李纨来一起承担责任，而是不愿让李纨产生隔阂。这么一闹，晚宴的规模比白天小不了多少，成为大型晚会。

他们玩起抽花签的游戏，花签上的词语，代表苍天暗示各人的性格命运。虽然早在第 5 回有过判词和曲子把各人命运揭示过了，但现在行文过半（按照一百二十回计算），角色们自己表演得已经相当充分，这时再来一个暗示，也有必要。所以这些花签我们需要仔细鉴赏。第一个轮到宝钗。

宝钗便笑道："我先抓，不知抓出个什么来。"说着，将筒摇了一摇，伸手掣出一根，大家一看，只见签上画着一支牡丹，题着"艳冠群芳"四字，下面又有镌的小字一句唐诗，道是：

任是无情也动人。

又注着："在席共贺一杯，此为群芳之冠，随意命人，不拘诗词雅谑，道一则以侑酒。"众人看了，都笑说："巧的很，你也原配牡丹花。"说着，大家共贺了一杯。

宝钗是个通达不迷信的人，但她也难免有点想法，不过心态依然轻松。曹公给她的是牡丹花，牡丹花在国人眼里是花王，雍容富贵，故其签题为"艳冠群芳"。这题词与宝钗的身份、性格、地位是很相称的，在大观园中，虽然李纨身份最高，但宝钗是精神领袖，因而众人看了都笑说："巧的很，你也原配牡丹花。"当然牡丹花象征的不仅是现在，更重要的是未来。那么，是不是象征着宝钗今后还要成为这屋子的主人，成为宝玉的夫人？接着曹雪芹来了个意味深长的描写：大家在起哄，然后芳官唱了一曲《牡丹亭》，唯独宝玉别有所思。

宝玉却只管拿着那签，口内颠来倒去念"任是无情也动人"，听了这曲子，眼看着芳官不语。

至于宝玉如此失态的原因，以及这句"任是无情也动人"的真正寓意，我们在第1回的最后部分已有详细说明，请回看。这句诗与第1回的谶语诗"玉在椟中求善价，钗于奁内待时飞"，以及第5回的谶语诗词、第70回的柳絮词《临江仙》等，都互为呼应。请相互参照。

第二个抽签的是探春，这位泼辣的三小姐抽签时也有点忐忑：

"我还不知得个什么呢。"伸手掣了一根出来，自己一瞧，便掷在地下，红了脸，笑道："这东西不好，不该行这令。这原是外头男人们行的令，许多混话在上头。"众人不解，袭人等忙拾了起来，众人看上面是一枝杏花，那红字写着"瑶池仙品"四字，诗云：

日边红杏倚云栽。

注云："得此签者，必得贵婿，大家恭贺一杯，共同饮一杯。"众人笑道："我说是什么呢。这签原是闺阁中取戏的，除了这两三根有这话的，并无杂话，这有何妨。我们家已有了个王妃，难道你也是王妃不成。大喜，大喜。"

花签上注的是"必得贵婿"，但是众人的话是"我们家已有了个王妃，难道你也是王妃不成"。此话有些微妙，如果探春果然成了王妃，那么同曹雪芹另一个姑母当了蒙古王的王妃，就吻合了。第5回探春的判词"清明涕送江边望，千里东风一梦遥"，说探春嫁到千里以外，蒙古距离江宁有好几千里，距离北京也有千里之遥。我们这么理解，就是说曹雪芹确实把曹家的一些家世，那些他能够用上的，荣光的、苍凉的、凄迷的、悲切的家史，都注入《红楼梦》中。我们不能想象，没有"乐极悲生，人非物换，究竟是到头一梦，万境归空"的切实经历，怎么可能写得出这伤神动魄、人鬼共悲的《红楼梦》。

第三个抽签的是李纨。

李氏摇了一摇，掣出一根来一看，笑道："好极。你们瞧瞧，这劳什子竟有些意思。"众人瞧那签上，画着一枝老梅，是写着"霜晓寒姿"四字，那一面旧诗是：

竹篱茅舍自甘心。

注云："自饮一杯，下家掷骰。"李纨笑道："真有趣，你们掷去罢。我只自吃一杯，不问你们的废与兴。"

李纨这支签，与她所住的"稻香村"颇为相应，但与她在第5回的判词"如冰水好空相妒，枉与他人作笑谈"，以及曲子"气昂昂头戴簪缨，光灿灿胸悬金印"，略有出入。太虚幻境上说她培养儿子是为了功名，最后儿子得到功名她自己却早早死了，所谓"枉与他人作笑谈"，略带嘲讽。而在这里，花签上画着一枝老梅，题词"竹篱茅舍自甘心"，幽静恬淡，带着钦敬庆幸，与第5回意味颇为不同。由此可见，作者最初的构思随着作品情节进展、人物形成过程，有可能发生一定的改变，即使是天才曹雪芹也概莫能外。

第四个抽签的是史湘云。

> 湘云笑着，揎拳掳袖的伸手掣了一根出来。大家看时，一面画着一枝海棠，题着"香梦沉酣"四字，那面诗道是：
>
> 只恐夜深花睡去。
>
> 黛玉笑道："'夜深'两个字，改'石凉'两个字。"众人便知他趣白日间湘云醉卧的事，都笑了。湘云笑指那自行船与黛玉看，又说"快坐上那船家去罢，别多话了。"众人都笑了。因看注云："既云'香梦沉酣'，掣此签者不便饮酒，只令上下二家各饮一杯。"湘云拍手笑道："阿弥陀佛，真真好签！"恰好黛玉是上家，宝玉是下家。

史湘云这个签，似乎重点不在命运，而在切合当前事件方面。这里可见曹雪芹是个非常幽默的人，为了幽默，他宁可给湘云一个好玩为主、烘托气氛的花签。当然，这个花签也并不与太虚幻境的相冲突，没有做出什么改变。但最后那句话或许有点意思："'阿弥陀佛，真真好签！'恰好黛玉是上家，宝玉是下家。"表面意思是黛玉调笑湘云，湘云让黛玉喝了一杯有所报复；但是，喝酒的并非黛玉一家，而是黛玉与宝玉共饮一杯，牵出了宝玉和黛玉的关系。这就有点意思了。

第五个抽签的是麝月。

> 麝月便掣了一根出来。大家看时，这面上一枝荼蘼花，题着"韶华胜极"四字，那边写着一句旧诗，道是：
>
> 开到荼蘼花事了。
>
> 注云："在席各饮三杯送春。"麝月问怎么讲，宝玉愁眉忙将签藏了说："咱们且喝酒。"说着大家吃了三口，以充三杯之数。

在太虚幻境的判词中没有写麝月，此处是初次暗示。为什么安排麝月抽签？与第5回相比麝月替换了晴雯，或许是因为晴雯不久夭折，后半部中麝月有些故事。荼蘼花，在我国传统文化中没有赋予什么品格；"韶华胜极"四字，我们也有点讶异，麝月一个丫头，她能有多大前途？了不得像甄士隐家的娇杏当个小妾然后转为正夫人。另一种理解，麝月本来在太虚幻境就没写，所以这里的"韶华胜极"，不是暗示麝月本人，而是说贾府出了元春当上皇妃。"开到荼蘼花事了。注云：'在席各饮三杯送春。'"表示春天结束了，贾府的好运到头了。因此，"宝玉愁眉忙将签藏了"。抽签到这里，其走势越来越像太虚幻境所暗示的，这只有过来人宝玉看得懂，所以只有他一个人"愁眉"。而他的这个反应，再次证明今晚的花签让宝玉联想到太虚幻境，印证着他前面"只管拿着那签，口内颠来倒去念'任是无情也动人'"，他是被触动了往事，其他人再敏慧如宝钗、黛玉者，一概在毂中。

第六个抽签的是林黛玉。

> 黛玉默默的想道："不知还有什么好的被我掣着方好。"一面伸手取了一根，只见上面画着一枝芙蓉，题着"风露清愁"四字，那面一句旧诗，道是：
> 莫怨东风当自嗟。
> 注云："自饮一杯，牡丹陪饮一杯。"众人笑说："这个好极。除了他，别人不配作芙蓉。"黛玉也自笑了。

此处要紧，大家注意！连后面的袭人在内统共七人抽签，只有林黛玉一人对花签十分在意："不知还有什么好的被我掣着方好。"黛玉期盼上天能够为她加持，反映她对现实实在没把握。但是，老天却给她当头一棒。"画着一枝芙蓉，题着'风露清愁'四字。"芙蓉花，象征着清雅高洁，符合黛玉的品性；"风露清愁"，在风里愁在雾中愁，始终愁，愁得清雅而不俗，也是黛玉情状的写照。然而，后面那句题词"莫怨东风当自嗟"，这句话分量很重，绝对出乎我们意料。这句"莫怨东风当自嗟"的真正寓意，我们在第1回的最后部分已有详细说明，请回看。这句诗与第1回的谶语诗"玉在椟中求善价，钗于奁内待时飞"，第5回的谶语诗词，以及第64回《五美吟》、第70回的柳絮词《唐多令》等，都互为呼应。请相互参照。

第七个抽签的是袭人。

> 袭人便伸手取了一支出来，却是一枝桃花，题着"武陵别景"四字，那一面旧诗写着道是：
> 桃红又是一年春。
> 注云："杏花陪一盏，坐中同庚者陪一盏，同辰者陪一盏，同姓者陪一盏。"

"武陵别景"，用的是陶渊明的桃花源典故，加上"桃红又是一年春"的题词，意味着袭人将离开这喧嚣的贾府豪门，自己另有一段平静安详的日子。她与宝玉终究无缘。

> 袭人才要掷，只听有人叫门。老婆子忙出去问时，原来是薛姨妈打发人来了接黛玉的。众人因问几更了，人回："二更以后了，钟打过十一下了。"宝玉犹不信，要过表来瞧了一瞧，已是子初初刻十分了。黛玉便起身说："我可撑不住了，回去还要吃药呢。"众人说："也都该散了。"袭人宝玉等还要留着众人。李纨宝钗等都说："夜太深了不象，这已是破格了。"

众人还是走了。但怡红院中的人却继续狂欢，宝玉要让下人们狂欢，要与她们一起享受另一种狂欢。

> 关了门，大家复又行起令来。袭人等又用大钟斟了几钟，用盘攒了各样果菜与地下的老嬷嬷们吃。彼此有了三分酒，便猜拳赢唱小曲儿。那天已四更时分，老嬷嬷们一面明吃，一面暗偷，酒坛已罄，众人听了纳罕，方收拾盥漱睡觉。芳官吃的两腮胭脂一般，眉稍眼角越添了许多丰韵，身子困不得，便睡在袭人身上，"好姐姐，心跳的很。"袭人笑道："谁许你尽力灌起来。"小燕四儿也图不得，早睡了。晴雯还只管叫。宝玉道："不用叫了，咱们且胡乱歇一歇罢。"自己便枕了那红香枕，身子一歪，便也睡着了。袭人见芳官醉的很，恐闹他唾酒，只得轻轻起来，就将芳官扶在宝玉之侧，由他睡了。自己却在对面榻上倒下。

除了袭人，恐怕其他人都已半醉。比较有意思的是曹雪芹还是抓住芳官的特写镜头，"两腮胭脂一般，眉稍眼角越添了许多丰韵"，而且当晚她与宝玉同床共卧。

> 大家黑甜一觉，不知所之。及至天明，袭人睁眼一看，只见天色晶明，忙说："可迟了。"向对面床上瞧了一瞧，只见芳官头枕着炕沿上，睡犹未醒，连忙起来叫他。宝玉已翻身醒了，笑道："可迟了！"因又推芳官起身。那芳官坐起来，犹发怔揉眼睛。袭人笑道："不害羞，你吃醉了，怎么也不拣地方儿乱挺下了。"芳官听了，瞧了一瞧，方知道和宝玉同榻，忙笑的下地来，说："我怎么吃的不知道了。"宝玉笑道："我竟也不知道了。若知道，给你脸上抹些黑墨。"

曹公专门挑出这个细节描写，也是为后面芳官被王夫人驱逐做铺垫。

大家正在互相嘲笑昨晚的失态。

> 忽见平儿笑嘻嘻的走来，说亲自来请昨日在席的人："今儿我还东，短一个也使不得。"众人忙让坐吃茶。晴雯笑道："可惜昨夜没他。"平儿忙问："你们夜里做什么来？"袭人便说："告诉不得。昨儿夜里热闹非常，连往日老太太、太太带着众人顽也不及昨儿这一顽。一坛酒我们都鼓捣光了，一个个吃的把臊都丢了，三不知的又都唱起来。四更多天才横三竖四的打了一个盹儿。"平儿笑道："好，白和我要了酒来。也不请我，还说着给我听，气我。"晴雯道："今儿他还席，必来请你的，等着罢。"平儿笑问道："他是谁，谁是他？"晴雯听了赶着笑打，说着："偏你这耳朵尖，听得真。"平儿笑道："这会子有事不和你说，我干事去了。一回再打发人来请，一个不到，我是打上门来的。"宝玉等忙留，他已经去了。

大家注意到没有，自从上次宝玉为她换妆以后，平儿跑怡红院的次数明显增多了，她同宝玉的关系明显拉近了。不过，虽然平儿想要红红火火地庆贺一番，但作品却没有展开，反倒是写贾敬的忽然暴死。有点可惜。

下一个情节真可谓石破天惊。谁也没想到，妙玉送来一份贺帖！

妙玉这个人物已经很久不见，读者几乎忘却了，但经天纬地的曹雪芹自然不会忘记，在这么一个特殊的时刻也让妙玉表现一番。昨天妙玉派人送来的帖子上书："槛外人妙玉恭肃遥叩芳辰。"妙玉确实是个怪人，通常人们发帖子，自己都以谦称署名，妙玉却以自己的号"槛外人"署名，本来这号是别人称呼的。"槛外人"，即超脱于世俗门槛之外的人。妙玉为什么这么自称？这才是关键。本来，宝玉与妙玉并无多少瓜葛，而且一男一女、一俗一尼，宝玉的生日，妙玉如何知道？又如何记得？即使知道，她又何必凑这个趣？或许正是要洗刷这层嫌疑，妙玉才在帖子上起首就写下"槛外人"这个号，表示自己已经忘却尘世。但如果妙玉是这个用意，那么真真成为此地无银三百两："槛外人"尼姑对一位公子哥的生日，何必"恭肃遥叩"？所以，妙玉的出世入世、有情无情的矛盾心结，对宝玉若即若离、若有所思、若有所诉的复杂心态，曹雪芹用这么十一个字的小帖子，表现得淋漓酣畅，余味无穷。接着邢岫烟的介绍让妙玉形象大为丰富。不过我更关注其中"畸人"的说法，因为脂批系统中"畸笏叟"是主要批注者，而"畸笏叟"这个名号十分奇特。这位奇怪的老叟年轻时无疑就是一位"畸人"。假如他确实是曹雪芹的长辈，那么这"畸人"的说法，或许与"畸笏叟"有某种关系。

其后，作品又再次转向对宝玉和芳官故事的描写。宝玉又是为芳官改名字，又是要她改发型，甚至把她打扮成少数民族的男孩子，而芳官无不依允，甚至兴头比宝玉还高，两人的投机程度大大超过宝玉与袭人、晴雯、麝月，可谓情投意合。我们要关心的是，为什么曹公在近几回中，大量描写芳官，对她描写的笔墨，甚至超过了林黛玉、薛宝钗加起来的总和。究竟为什么？是有所安排，还是一时兴起信笔成文？

再后面，突然出现贾敬归天。

　　正顽笑不绝，忽见东府中几个人慌慌张张跑来说："老爷宾天了。"众人听了，唬了一大跳，忙都说："好好的并无疾病，怎么就没了？"家下人说："老爷天天修炼，定是功行圆满，升仙去了。"尤氏一闻此言，又见贾珍父子并贾琏等皆不在家，一时竟没个着己的男子来，未免忙了。只得忙卸了妆饰，命人先到玄真观将所有的道士都锁了起来，等大爷来家审问。一面忙忙坐车带了赖升一干家人媳妇出城。又请太医看视到底系何病。大夫们见人已死，何处诊脉来，素知贾敬导气之术总属虚诞，更至参星礼斗，守庚申，服灵砂，妄作虚为，过于劳神费力，反因此伤了性命的。如今虽死，肚中坚硬似铁，面皮嘴唇烧的紫绛皱裂。便向媳妇回说："系玄教中吞金服砂，烧胀而殁。"众道士慌的回说："原是老爷秘法新制的丹砂吃坏事，小道们也曾劝说'功行未到且服不得'，不承望老爷于今夜守庚申时悄悄的服了下去，便升仙了。这恐是虔心得道，已出苦海，脱去皮囊，自了去也。"尤氏也不听，只命锁着，等贾珍来发放，且命人去飞马报信。

说实话，我们谁也没想到作品会出现这个情节，但曹公想到了。在宝玉生日狂欢的时刻让贾敬归天，曹公就是要搅局，盛极而衰是《红楼梦》的主题，也是节奏，他就是要突然转调，给读者以震撼。当然，从较广的层面说，作者依然在叙述着家长们离家以后，贾府会发生什么状况。目前，在展开头绪方面，曹公是抓住尤氏为纲来描述。我们首次见识，尤氏还是颇有能耐的，她第一步卸了妆饰举丧，第二步就是封锁死亡发生地，把玄真观所有道士都锁起来，第三步，请太医来验尸，第四步命人向贾珍飞马报信；一步步有条不紊，道士们的解释也一概不理会，显得很有主见。

尤氏要忙里忙外，家中无人照应，便把她母亲和两个妹子接来宁府。这样，尤二姐和尤三姐姐妹顺理成章地进入宁府，为后面的情节展开打开了大门。贾珍收到丧报，向朝廷请假，天子非但准假还恩赐贾敬五品之职。有点意思，又是一个"五品"，恰好与曹雪芹家世暗合，也不知曹雪芹是有意还是无意。贾珍贾蓉连夜飞马赶回。半路上遇见家人报告丈母娘和两个姨娘也来家中，"贾蓉当下也下了马，听见两个姨娘来了，便和贾珍一笑"。父子这一笑的诡异读者可以想象。到铁槛寺后贾珍派贾蓉赶回家料理停灵之事。于是好戏开场。

　　贾蓉得不得一声儿，先骑马飞来至家，忙命前厅收桌椅，下槅扇，挂孝幔子，门前起鼓手棚牌楼等事。又忙着进来看外祖母两个姨娘。原来尤老安人年高喜睡，常歪着，他二姨娘三姨娘都和丫头们作活计，他来了都道烦恼。贾蓉且嘻嘻的望他二姨娘笑说："二姨娘，你又来了，我们父亲正想你呢。"尤二姐便红了脸，骂道："蓉小子，我过两日不骂你几句，你就过不得了。越发连个体统都没了。还亏你是大家公子哥儿，每日念书学礼的，越发连那小家子瓢坎的也跟不上。"说着顺手拿起一个熨斗来，搂头就打，吓的贾蓉抱着头滚到怀里告饶。尤三姐便上来撕嘴，又说："等姐姐来家，咱们告诉他。"贾蓉忙笑着跪在炕上求饶，他两个又笑了。贾蓉又和二姨抢砂仁吃，尤二姐嚼了一嘴渣子，吐了他一脸。贾蓉用舌头都舔着吃了。众丫头看不过，都笑说："热孝在身上，老娘才睡了觉，他两个虽小，到底是姨娘家，你太眼里没有奶奶了。回来告诉爷，你吃不了兜着走。"贾蓉撇下他姨娘，便抱着丫头们亲嘴："我的心肝，你说的是，咱们谄他两个。"丫头们忙推他，恨的骂："短命鬼儿，你一般有老婆丫头，只和我们闹，知道的说是顽，不知道的人，再遇见那脏心烂肺的爱多管闲事嚼舌头的人，吵嚷的那府里谁不知道，谁不背地里嚼舌说咱们这边乱帐。"贾蓉笑道："各门另户，谁管谁的事。都够使的了。从古至今，连汉朝和唐朝，人还说脏唐臭汉，何况咱们这宗人家。谁家没风流事，别讨我说出来。连那边大老爷这么利害，琏叔还和那小姨娘不干净呢。凤姑娘那样刚强，瑞叔还想他的帐。那一件瞒了我！"

贾蓉的表演如此不堪，在国孝家孝之中，而且是与姨娘，是与他父亲有瓜葛的姨娘！小丫头们的话道出了一切，我们已经无需再说。我要指出的是，小丫头们提醒："吵嚷的那府里谁不知道，谁不背地里嚼舌说咱们这边乱帐。"这是作品第一次提到宁府与荣府的抵牾，贾蓉则揭露荣府与宁府也不过是五十步与百步。八十回以后，理当会有两府之间矛盾的大爆发。

本回在贾蓉与两位姨娘的调笑中结束。纵观本回，真可谓"一半是海水一半是火焰"。本回的晚宴是紧接着上一回白天的庆典继续，虽然没有元春省亲和"宁国府除夕祭宗祠　荣国府元宵开夜宴"那份隆重，但热烈和欢快的程度有过之而无不及。宝玉的这个生日肯定是他一生中最畅快、最难忘的日子。不过，这也成为"最后的晚餐"，贾敬的升天是一个标志，贾府从此将一步步走向衰败。大家去翻翻回目，虽然还有第70回"林黛玉重建桃花社　史湘云偶填柳絮词"，但在这前前后后是"冷二郎一冷入空门""酸凤姐大闹宁国府""觉大限吞生金自逝""来旺妇倚势霸成亲""惑奸谗抄检大观园""开夜宴异兆发悲音""俏丫鬟抱屈夭风流"、"贾迎春误嫁中山狼"，直到第80回"美香菱屈受贪夫棒"，作品展现的是一派凄风苦雨，即使贾母硬要弄点子欢快，结果却是"开夜宴异兆发悲音"，气氛凄苍。所以，宝玉的这个生日不仅是他个人最后的欢乐，也是整个贾府最后的高潮。美妙绮丽的春天过去了，一去不复返。我相信，即使八十回以后有曹雪芹的亲著，哪怕那里还有一丝阳光，也是回光返照。一百二十回的小说，到第63回所有的高潮都写完了，剩下的就是一步步下坡路，直至"白茫茫一片大地真干净"。总体上，《红楼梦》是一部典型的悲剧作品。

第六十四回

幽淑女悲题五美吟　浪荡子情遗九龙珮

回目说的是林黛玉歌咏传统五位美女，和贾琏赠尤二姐九龙珮玉雕以表情意。

接着上回，写贾蓉连夜赶回铁槛寺报告贾珍。然后简略交代贾敬的丧仪。"是日，丧仪焜耀，宾客如云，自铁槛寺至宁府，夹路看的何止数万人。内中有嗟叹的，也有羡慕的，又有一等半瓶醋的读书人，说是'丧礼与其奢易莫若俭戚'的，一路纷纷议论不一。"尽管这次丧礼已经大不如秦可卿那次，连支付一千两现银都有困难，但作者还是借路人的嘴讥刺贾府奢侈，使得小说保持一贯的基调。

不过关于这次丧礼，作品只交代了一句："至未申时方到，将灵柩停放在正堂之内。供奠举哀已毕，亲友渐次散回，只剩族中人分理迎宾送客等事。近亲只有邢大舅相伴未去。"贾敬是整个贾府的长子，他的丧礼怎么说也比秦可卿重要的多，但作者不铺开描写。我想大约三个原因，一是前面写过秦可卿丧礼，避免重复；二是作者要写贾府的衰落了，不再给予隆重热烈的气氛；三是曹公很厌嫌甚至痛恨贾敬："箕裘颓堕皆从敬，家事消亡首罪宁。"看看他让贾敬怎么死的？吃自己炼的丹，完全是自作自受自寻死路。曹公让他死得"轻于鸿毛"，更不愿意为他的葬礼多费笔墨。何况，嫡子嫡孙贾珍和贾蓉的心思早已飞去尤氏姐妹身上，曹雪芹认为这更值得描写。于是文笔一转，写下"贾珍贾蓉此时为礼法所拘，不免在灵旁籍草枕块，恨苦居丧。人散后，仍乘空寻他小姨子们厮混"。作者的感情一展无遗。中国古人对孝道的讲究、对丧事的重视，恐怕现代年轻人很难理解，因为中国古代在这方面很特别。对长辈亲人的死亡，全世界都有各种哀悼习俗，但是以制度形式强制守丧，不知道西方国家有没有。我国自汉代就形成法律规定，守丧期间不得参加考试、不得婚嫁；在职官员，父母祖父母过世，都要离职回家守丧，此所谓"丁忧"；而且守丧时间长达三年，其间不得进行任何庆典。汉宣帝更规定，服徭役者也给予假期回家办理丧事。这个制度后面历朝历代大体不变，可谓根深蒂固。我国民间习俗也大致相近，把丧事看作一生最大、最重要的事情，"红白二事"把丧事与婚事并列。曹雪芹处在这样的社会环境中，他对贾珍、贾蓉的厌恶和鄙视，我们完全可以理解。

　　然后，作品写道："宝玉亦每日在宁府穿孝，至晚人散，方回园里。"就势将叙述转向宝玉。某日宝玉见无客人来，就回家看视黛玉。进了潇湘馆院门看时，只见香炉还在冒烟，紫鹃正看着人往里搬桌子，收陈设。

　　　　走入屋内，只见黛玉面向里歪着，病体恹恹，大有不胜之态。紫鹃连忙说道："宝二爷来了。"黛玉方慢慢的起来，含笑让坐。宝玉道："妹妹这两天可大好些了？气色倒觉静些，只是为何又伤心了？"黛玉道："可是你没的说了，好好的我多早晚又伤心了？"宝玉笑道"妹妹脸上现有泪痕，如何还哄我呢。只是我想妹妹素日本来多病，凡事当各自宽解，不可过作无益之悲。若作践坏了身子，使我……"说到这里，觉得以下的话有些难说，连忙咽住。只因他虽说和黛玉一处长大，情投意合，又愿同生死，却只是心中领会，从来未曾当面说出。况兼黛玉心多，每每说话造次，得罪了他。今日原为的是来劝解，不想把话又说造次了，接不下去，心中一急，又怕黛玉恼他。又想一想自己的心实在的是为好，因而转急为悲，早已滚下泪来。黛玉起先原恼宝玉说话不论轻重，如今见此光景，心有所感，本来素昔爱哭，此时亦不免无言对泣。

　　这里我们关注两点，一是黛玉"病体恹恹，大有不胜之态"，几乎不行了。作品再三地描述黛玉的病状，这种状况很难让贾母和王夫人选择她为宝玉的妻子，她未必会像续作所写在宝玉娶亲之前就泪尽而亡，但也不像福寿之辈。另一个注意的是宝玉和黛玉又一次相对而泣，这次垂泪并非由于争执或不快，而是互相体谅，他们流的是心灵相通、惺惺相惜的泪水。

　　后面几乎有点"程式化"，宝玉看见黛玉写的诗抢着要看，黛玉说不行，"一语未了，只见宝钗走来，笑道：'宝兄弟要看什么？'"作者再次强行让他们三人聚在一起。黛玉的诗是歌咏、感慨历史上著名的五位美女：西施、虞姬、明妃、绿珠、红拂。

　　《五美吟》，林黛玉为什么要写它们？曹雪芹又为何要让林黛玉去写它们？它们与林黛玉究竟有什么关系？它们与整部小说又形成什么关系？各种注解都说明得不够，尤其没有把它们作为一个整体加以解读。我们在第1回最后部分有分析探讨，请回看。《五美吟》与第1回的谶语诗"玉在椟中求善价，钗于奁内待时飞"，第5回的谶语诗词，以及第63回的花签、第70回的柳絮词《唐多令》等，都互为呼应。请相互参照。

　　宝玉对《五美吟》自然是五体投地，宝钗也称赞道："今日林妹妹这五首诗，亦可谓命意新奇，别开生面了。"不过黛玉很忌讳，说就怕宝玉传出去。

　　　　宝玉忙道："我多早晚给人看来呢。昨日那把扇子，原是我爱那几首白海棠的诗，所以我自己用小楷写了，不过为的是拿在手中看着便易。我岂不知闺阁中诗词字迹是轻易往外传诵不得的。自从你说了，我总没拿出园子去。"宝钗道："林妹妹这虑的也是。你既写在扇子上，偶然忘记了，拿在书房里去被相公们看见了，岂有不问是谁做的呢。倘或传扬开了，反为不美。自古道：'女子无才便是德'，总以贞静为主，女工还是第二件。其余诗词，不过是闺中游戏，原可以会可以不会。咱们这样人家的姑娘，倒不要这些才华的名誉。"

宝钗再次说出"女子无才便是德"，说明她确实不敢公然翻越礼教的藩篱。但如果因此就说她是对林黛玉在说教，我们难以苟同。礼教在当时社会有它的威力，它有法律的严格保障，还有家规的一整套具体体现，没有新思想新理念的武装，很难突破它的。明代开始一直有一些文人向它挑战，但几百年过去了，礼教几乎没有任何动摇，更不要说推翻。即以刚才所说，闺阁中的文字不可外传，宝玉、黛玉、宝钗都一致认可，也正是顺着这个话题宝钗说了"女子无才便是德"云云，这不过是些面子语言而已，其实他们都心照不宣。他们一次次开诗社，用心血写诗词，比高低，不就在争谁的才干更高吗？那才是他们真实的心灵。

接着作品叙述贾母和王夫人等归来，在荣府中稍作休息，贾母便领着众人来宁府贾敬灵前痛哭一场。

> 又过了数日，乃贾敬送殡之期，贾母犹未大愈，遂留宝玉在家侍奉。凤姐因未曾甚好，亦未去。其余贾赦、贾琏、邢夫人、王夫人等率领家人仆妇，都送至铁槛寺，至晚方回。贾珍尤氏并贾蓉仍在寺中守灵，等过百日后，方扶柩回籍。家中仍托尤老娘并二姐三姐照管。

这段叙述十分简单，却有两点值得说说。第一点，贾敬出殡之日，宝玉居然不去，曹雪芹这个安排似乎有点独特。贾敬是宝玉的伯父，是贾府中身份最高的男性，其出殡是家族最大最重要的仪式，宝玉作为侄子，即使在现代社会，在今日中国，宝玉也是必须去拜送的，哪怕在外地都要赶去，但曹公写为了陪伴贾母，宝玉就不去了，这个借口太勉强。与之形成强烈对比，秦可卿病故的当夜，宝玉喷了血，还坚持要去宁府哭一场；出殡那天更不用说，一直送到铁槛寺，还在那过夜。秦可卿仅仅是宝玉的侄媳妇，按照礼仪他完全可以不去的。曹公硬找个理由告诉我们，宝玉没去为贾敬送殡，他似乎觉得宝玉去送殡，对他的整个构思布局，有所违碍。到底有什么违碍呢？宝玉同贾敬没什么交集，唯一有可能的，恐怕落在秦可卿身上。第5回《红楼梦曲·好事终》写秦可卿："画梁春尽落香尘。擅风情，秉月貌，便是败家的根本。箕裘颓堕皆从敬，家事消亡首罪宁。宿孽总因情。"这首曲子，把贾敬同秦可卿联系在了一起，按照现在的本子来看是很奇怪的，不可思议的；但脂批指出原稿中秦可卿的故事在旁人的要求下曹公做了很大的改动；我们也说过，"箕裘颓堕皆从敬"，是说贾府家风的败坏是贾敬带的头。那么，很可能"爬灰"也是贾敬带的头，曲子中"宿孽总因情"，指的是贾敬同秦可卿的"宿孽"，或许原稿中两人的辈分不是祖孙关系，或许贾敬真的干下与孙媳妇的丑事。偏偏，在定稿中宝玉同秦可卿也有梦中的云雨之情，于是宝玉同贾敬便有了这层"违碍"，曹公因此才不让宝玉去为贾敬送殡？我们这是依据文本进行推测，无奈的推测。仅供参考。

　　另一个要说明的是："等过百日后，方扶柩回籍。"贾敬是要落叶归根安葬到祖籍江宁去。由此，我们顺带说一下对于曹雪芹家族的考证问题，这个问题对于红学爱好者是绕不过去的关卡。对于一个过去几百年的家族的考证途径，一个是文史档案材料，还有一个是坟墓葬物。曹家的族谱，考证者已经考到曹操，似乎没解决什么问题。关于曹家坟墓的考证曾经大动干戈，知道的人很少。在我国历史上，对坟墓的重视可能世界罕见。再穷苦的人家，哪怕吃不上饭，举债也要为先人修造坟墓，而且只要有可能，会把祖先的坟墓安排在同一个地点，每一座墓前都有墓碑，刻写或者书写姓名、辈分等字；有身份的人家则会写上人物的大概生平，再好一点的人家则会有相当的随葬品。我国大量的考古发现就是从坟墓入手获得的。《红楼梦》的研究，苦于曹雪芹本人的物品虽然时有耳闻，但还没有一件有说服力、有价值的文物被发现。于是对曹家坟墓的寻找就成为大家共同的希望。2014 年 2 月 1 日陈徒手先生在学汇乐网站上披露了一段秘闻，题目为《1962 年曹雪芹祖坟北京密寻记》，是罕见的寻找曹家祖坟的资料。据其介绍，1962 年是京城生活供应匮乏的年头，高层提出"物资困难，文化要丰富起来"的想法，于是，掀起一股"文化名人纪念热"。主管文化的北京市副市长王昆仑是研究《红楼梦》的专家，他想到大规模寻找曹雪芹祖坟。1962 年 1 月 3 日，市文化局奉令组织一个小型调查组，他们先遍访郊区有碑无碑的大小坟茔，调查组查到的坟茔有一千二百多处，没有找到线索。北京市公安局提供了全市四百多户满族曹姓户口册，调查组就此分头访问了其中二三百户满族曹姓后裔，也无头绪。从当年李煦的奏折中可知曹家在城外确有祖茔，民间传说曹雪芹祖坟在通县，而且这座坟茔规模较大，占地面高，尚有虎皮墙、山字墙等建筑样式，与曹家地位相称。王昆仑等市领导听了汇报后，有了发掘之意。但中央文化部在同年 7 月 5 日刚刚发布了禁止挖掘古墓的通知，王昆仑和市文化局官员为此特发请示报告。文化部于 9 月 3 日批复同意，但强调："在发掘期中，希望勿作任何宣传及消息报道。"王昆仑接到批复后指示："保密，非最必要关系不可通知。"待农民庄稼收割后，9 月 21 日调查组才悄悄地进驻司幸庄，请来了一百四十位壮工参与挖掘。但在挖掘中没有发现任何带文字的东西，只是出土一些康熙至乾隆年间的铜钱，而且墓地已经多次被盗，已无值钱的陪葬品。最终调查组苦于找不到墓主的确凿材料，始终不能确定为曹家祖坟。看坟人又来说墓主为正蓝旗满人，一下子否定了原先的判断，更给调查组带来莫大的失望和扫兴。这段不为人所知的秘密发掘工作由此结束。主事人王昆仑心存遗憾，他只能指示施工工地恢复原状，参与的工作人员对外一律守口如瓶。

我们援引这段资料，是想让大家知道，历代《红楼梦》研究者为了探寻一点曹家的资料，是如何的苦心孤诣，甚至承担着极大的政治风险。可惜，至今为止曹家的坟墓依然没有找到。当今中国的基本建设几乎把有建筑的地表都翻开过了，将来再要找到曹家的坟墓，可能性大大降低。所以作品写到贾敬将归葬江宁，借此让大家了解一点有关曹家坟墓的情况。

下文开始写贾琏。

> 却说贾琏素日既闻尤氏姐妹之名，恨无缘得见。近因贾敬停灵在家，每日与二姐三姐相认已熟，不禁动了垂涎之意。况知与贾珍贾蓉等素有聚麀之诮，因而乘机百般撩拨，眉目传情。那三姐却只是淡淡相对，只有二姐也十分有意。但只是眼目众多，无从下手。贾琏又怕贾珍吃醋，不敢轻动，只好二人心领神会而已。此时出殡以后，贾珍家下人少，除尤老娘带领二姐三姐并几个粗使的丫鬟老婆子在正室居住外，其余婢妾，都随在寺中。外面仆妇，不过晚间巡更，日间看守门户。白日无事，亦不进里面去。所以贾琏便欲趁此下手。遂托相伴贾珍为名，亦在寺中住宿，又时常借着替贾珍料理家务，不时至宁府中来勾搭二姐。

贾琏之好色、之下流，前面作品已经有过描写。现在他见到尤二姐、尤三姐便是"百般撩拨"，对姐妹俩一起撩拨，如果姐妹俩都动心便两人打包一起要。当时只有尤二姐动心，但是他也知道，要将尤二姐弄到手，前面有贾珍、贾蓉父子两道坎，这对父子都与尤二姐不干净。尤其是贾珍，名分上是自己的堂兄，更是尤二姐的姐夫，自己要夺贾珍口中食，不仅困难而且心虚理亏。贾琏对贾珍父子有担心，却一点没想过对凤姐怎么交代。这便是贾琏，一旦色迷心窍就顾前不顾后，所以回目用"浪荡子"。

家人向贾珍报告，抬棺材的一笔费用六百两银子，库中已经无银支付，贾珍想了一会儿，说江南甄家送来的打祭银五百两在尤老娘那里，叫贾蓉去拿来支付。贾蓉回说那五百两已经用掉二百两，贾珍说那么别处去借几百两吧。作品非常巧妙地用这个小细节告诉读者，这次丧事把宁国府弄得左支右绌，至少是现金流已经断绝。

真是时过境迁今非昔比，想当年秦可卿的丧事，贾珍随便一掷就是几千两。如今贾府的经济危机不是即将到来，而是已经临头。贾琏听到要借银子，赶紧说："这有多大事，何必向人借去。昨日我方得了一项银子还没有使呢，莫若给他添上，岂不省事。"贾琏很想讨好贾珍，借此又可以堂而皇之进入宁府找尤二姐厮混。于是贾琏、贾蓉一起回宁府。

路上贾琏有心聊起尤二姐，不承想贾蓉会送出一份大礼，让贾琏喜出望外。

贾蓉揣知其意，便笑道："叔叔既这么爱他，我给叔叔作媒，说了做二房，何如？"贾琏笑道："你这是顽话还是正经话？"贾蓉道："我说的是当真的话。"

贾琏又笑道："我听见说你二姨儿已有了人家了。"贾蓉说这事儿好办，尤二姐许配的张家遭了官司败落了，尤老娘早就想退婚，如今给张家十几两银子，写上一张退婚的字儿就完了。

贾琏听到这里，心花都开了，那里还有什么话说，只是一味呆笑而已。贾蓉又想了一想，笑道："叔叔若有胆量，依我的主意管保无妨，不过多花上几个钱。"贾琏忙道："有何主意，快些说来，我没有不依的。"贾蓉道："叔叔回家，一点声色也别露，等我回明了我父亲，向我老娘说妥，然后在咱们府后方近左右买上一所房子及应用家伙，再拨两窝子家人过去伏侍。择了日子，人不知鬼不觉娶了过去，嘱咐家人不许走漏风声。婶子在里面住着，深宅大院，那里就得知道了。叔叔两下里住着，过个一年半载，即或闹出来，不过挨上老爷一顿骂。叔叔只说婶子总不生育，原是为子嗣起见，所以私自在外面作成此事。就是婶子，见生米做成熟饭，也只得罢了。再求一求老太太，没有不完的事。"自古道"欲令智昏"，贾琏只顾贪图二姐美色，听了贾蓉一篇话，遂计出万全，将现今身上有服，并停妻再娶，严父妒妻种种不妥之处，皆置之度外了。却不知贾蓉亦非好意，素日因同他姨娘有情，只因贾珍在内，不能畅意。如今若是贾琏娶了，少不得在外居住，趁贾琏不在时，好去鬼混之意。贾琏那里思想及此，遂向贾蓉致谢道："好侄儿，你果然能够说成了，我买两个绝色的丫头谢你。"

这里交代了贾琏利令智昏，而贾蓉似乎很有计谋，但实际上贾蓉一样脑子进水，他根本不知道自己担着多大的风险，为了女色，他糊涂到办着糊涂事还自以为高明。还有，糊涂的不单是贾琏、贾蓉，连贾珍这样有了年纪、阅历丰富的当家人，也脑子被屎塞住，同意贾蓉的妙计，倒是尤氏还算清醒："知此事不妥，因而极力劝止。无奈贾珍主意已定，素日又是顺从惯了的，况且他与二姐本非一母，不便深管，因而也只得由他们闹去了。"如果在平时，他们这么闹倒也罢了，但曹公偏偏给他们个国丧家丧的时期，他们这么做犯下双重重罪，足以导致家破人亡。

贾琏进宁府见尤二姐。

此时伺候的丫鬟因倒茶去，无人在跟前，贾琏不住的拿眼瞟着二姐。二姐低了头，只含笑不理。贾琏又不敢造次动手动脚，因见二姐手中拿着一条拴着荷包的绢子摆弄，便搭讪着往腰里摸了摸，说道："槟榔荷包也忘记了带了来，妹妹有槟榔，赏我一口吃。"二姐道："槟榔倒有，就只是我的槟榔从来不给人吃。"贾琏便笑着欲近身来拿。二姐怕人看见不雅，便连忙一笑，撂了过来。贾琏接在手中，都倒了出来，拣了半块吃剩下的撂在口中吃了，又将剩下的揣了起来。刚要把荷包亲身送过去，只见两个丫鬟倒了茶来。贾琏一面接了茶吃茶，一面暗将自己带的一个汉玉九龙珮解了下来，拴在手绢上，趁丫鬟回头时，仍撂了过去。二姐亦不去拿，只装看不见，坐着吃茶。只听后面一阵帘子响，却是尤老娘三姐带着两个小丫鬟自后面走来。贾琏送目与二姐，令其拾取，这尤二姐亦只是不理。贾琏不知二姐何意，甚是着急，只得迎上来与尤老娘三姐相见。一面又回头看二姐时，只见二姐笑着，没事人似的，再又看一看绢子，已不知那里去了，贾琏方放了心。

这段描写，见出贾琏与尤二姐已经你情我愿，也见出尤二姐乃情场老手，其胆量和手段，更在贾琏之上。

贾珍命贾蓉去向尤老娘说亲。

至次日一早，果然贾蓉复进城来见他老娘，将他父亲之意说了。又添上许多话，说贾琏做人如何好，目今凤姐身子有病，已是不能好的了，暂且买了房子在外面住着，过个一年半载，只等凤姐一死，便接了二姨进去做正室。又说他父亲此时如何聘，贾琏那边如何娶，如何接了你老人家养老，往后三姨也是那边应了替聘，说得天花乱坠，不由得尤老娘不肯。况且素日全亏贾珍周济，此时又是贾珍做主替聘，而且妆奁不用自己置买，贾琏又是青年公子，比张华胜强十倍，遂连忙过来与二姐商议。二姐又是水性的人，在先已和姐夫不妥，又常怨恨当时错许张华，致使后来终身失所，今见贾琏有情，况是姐夫将他聘嫁，有何不肯，也便点头依允。当下回复了贾蓉，贾蓉回了他父亲。

次日命人请了贾琏到寺中来，贾珍当面告诉了他尤老娘应允之事。贾琏自是喜出望外，感谢贾珍贾蓉父子不尽。于是二人商量着，使人看房子打首饰，给二姐置买妆奁及新房中应用床帐等物。不过几日，早将诸事办妥。已于宁荣街后二里远近小花枝巷内买定一所房子，共二十余间。又买了两个小丫鬟。

至于有婚约的张家，也被打理。

被贾府家人唤至，逼他与二姐退婚，心中虽不愿意，无奈惧怕贾珍等势焰，不敢不依，只得写了一张退婚文约。尤老娘与了二十两银子，两家退亲不提。这里贾琏等见诸事已妥，遂择了初三黄道吉日，以便迎娶二姐过门。

一桩婚事，就这么顶着重罪，瞒着家人，瞒着凤姐，暗中落定。其参与者的态度几乎都交代了，唯独没写贾珍为什么会将握在手心里的尤二姐送给贾琏，莫非他是为了兄弟情义而割爱相让？这个疑问到下一回自有答案，我们暂且不表。

本回的回目"幽淑女悲题五美吟　浪荡子情遗九龙珮"，林黛玉同贾琏成为回目的上下联，"幽淑女"同"浪荡子"还形成对仗。这样的标题似乎不是曹雪芹的风格。我们一直说，曹雪芹对众钗的保护达到"洁癖"的程度。大家回忆一下，当年贾琏护送黛玉回江南奔丧，贾琏同林黛玉在一道几个月，他们自然几乎天天要接触，要对话；然而，曹雪芹有本事将他们的接触和对话统统抹去，一个字也不写！这种一刀两断的舍弃，早在作品开头就出现过，那便是贾雨村同林黛玉这对师生，还是一对一的教学，无疑老师与学生天天要见面，但曹公就是不给一个两人同框的画面，更别说对话交流了。后来贾雨村护送黛玉上京城，作者也是如此处理。尽管采取如此严格的"隔离"措施，第 3 回的回目毕竟还是贾雨村与林黛玉对仗，看来"洁癖"曹雪芹也只能权衡利弊取大放小。同样，本回回目让贾琏与黛玉形成对仗，恐怕也是出于内容方面的考虑而令曹雪芹做出一定程度的牺牲。这种情非得已的情况，还有一处是第 28 回，"蒋玉菡情赠茜香罗　薛宝钗羞笼红麝串"，似乎也有点亵渎佳人，但蒋玉菡是宝玉的挚友，也是个情种，较贾琏、贾雨村好的多。

本回的内容紧接上回写宁府丧事中贾珍、贾蓉与尤氏姐妹关系，发展到贾琏与尤二姐婚事，可谓一脉相连。但是作者硬生生插进黛玉、宝玉的故事，就结构而言不是很完美。《五美吟》的出现有些突兀，诗作本身也无亮点，但作者却花了几千字来交代，黛玉又焚香又祭祀，郑重而庄严。作者如此处理，或许是要借着贾敬归天的死亡气氛，表现黛玉对生命和死亡的某种思考。一个少女对历史上美女的生死郑重思考感慨良多，似乎表明她预感自己的生命之路不长了，作者强调"病体恹恹，大有不胜之态"，算得是一种注解。《五美吟》中唯一一首对冲破藩篱获得自由婚姻的红拂的礼赞，并非是林黛玉有学习红拂的意思，相反，它含有明知自己不可能做出此等举动并担忧同宝玉虽有爱情但婚姻却可能成为泡影而对自己产生的某种悲悯。林黛玉对生命和死亡的思考，赢得了同道贾宝玉和薛宝钗的认同和赞赏。

贾琏是本回主角，明知尤二姐"与贾珍贾蓉等素有聚麀之诮"，他依然横插一杠，可见他已经不止是"成日家偷鸡摸狗，脏的臭的，都拉了你屋里去"（贾母语）。而他的好大哥好侄子也同他一样，帮他娶亲的心思都是为了让尤二姐、尤三姐留在附近便于揩油。他们置国孝家孝于不顾，加上逼迫张华退婚，色令智昏，他们为自己设置了一连串要命的隐患，后果可想而知。如果说上一回贾敬的死是上天的一个暗示和警告，那么这一回，贾珍、贾琏、贾蓉完全是"自作孽"，他们只图自我的快乐、一时的快活，不顾别人的死活，对生命缺乏基本的尊重，其结果不但是他们自己"不可活"，而且这个罪恶的雪球经凤姐的手越滚越大，最终将击断家族的几根立柱，加速贾府的倾覆。

第六十五回
贾二舍偷娶尤二姨　尤三姐思嫁柳二郎

这个回目的特点是连用了四个数字，而且是两两对仗，为了不雷同，弄出个"贾二舍"以区别于"柳二郎"，"尤二姨"区别于"尤三姐"，可见曹雪芹对回目的讲究。不过，第15回和第16回，它们的下联分别是"秦鲸卿得趣馒头庵""秦鲸卿夭逝黄泉路"，而且各个版本都这么写，可见是曹雪芹的技术性失误。

本回开头就叙述贾琏将尤二姐偷偷娶进一所距贾府二里地的房屋。不过尤二姐到底不敢坐红色的喜轿，而是"一乘素轿，将二姐抬来。各色香烛纸马，并铺盖以及酒饭，早已备得十分妥当。一时，贾琏素服坐了小轿而来，拜过天地，焚了纸马。那尤老见二姐身上头上焕然一新不是在家模样，十分得意。搀入洞房"。自然，锣鼓乐队和炮竹之类都没有。但夫妇二人倒也心满意得。

> 那贾琏越看越爱，越瞧越喜，不知怎生奉承这二姐，乃命鲍二等人不许提三说二的，直以奶奶称之，自己也称奶奶，竟将凤姐一笔勾倒。有时回家中，只说在东府有事羁绊，凤姐辈因知他和贾珍相得，自然是或有事商议，也不疑心。再家下人虽多，都不管这些事。便有那游手好闲专打听小事的人，也都去奉承贾琏，乘机讨些便宜，谁肯去露风。于是贾琏深感贾珍不尽。贾琏一月出五两银子做天天的供给。若不来时，他母女三人一处吃饭，若贾琏来了，他夫妻二人一处吃，他母女便回房自吃。贾琏又将自己积年所有的梯己，一并搬了与二姐收着，又将凤姐素日之为人行事，枕边衾内尽情告诉了他，只等一死，便接他进去。二姐听了，自是愿意。当下十来个人，倒也过起日子来，十分丰足。

贾琏是个没什么城府的人，他觉得尤二姐不错，便将积年所有的私房钱搬来给尤二姐，不留一点后路，显得很单纯。但是另一方面则反映出他同凤姐各自积攒自己的私房钱，夫妻二人离心离德，这对夫妻各怀小聪明，却都没有大智慧。凤姐并没有大病，贾琏却在"只等一死"，心肠又未免狠了些。贾琏又单纯又狠心，似乎有些矛盾，但古今中外这样的男人确实不少，看着贾琏我们觉得很熟悉，对他的一举一动毫不意外。贾琏这个人物，是整部小说宝玉之外着墨最多的男人。宝玉的举动常常让我们觉得出奇，贾琏的行为则就像我们的身边人。如果说作者对宝玉有时是仰起头来刻画，那么对贾琏作者始终采取平视的角度，大致是如实刻画，人物显得特别的自然。

伺候尤二姐的主要是鲍二夫妇。作品前面写鲍二媳妇早已上吊自尽，而本回交代："这鲍二原因妻子发迹的，今日越发亏他。"鲍二媳妇死而复活，作品这里又出现一个漏洞，想来也是改稿不彻底造成的。

然而，贾珍心里始终惦记着尤氏姐妹。

> 眼见已是两个月光景。这日贾珍在铁槛寺作完佛事，晚间回家时，因与他姨妹久别，竟要去探望探望。先命小厮去打听贾琏在与不在，小厮回来说不在。贾珍欢喜，将左右一概先遣回去，只留两个心腹小童牵马。一时，到了新房，已是掌灯时分，悄悄入去。两个小厮将马拴在圈内，自往下房去听候。

> 贾珍进来，屋内才点灯，先看过了尤氏母女，然后二姐出见，贾珍仍唤二姨。大家吃茶，说了一回闲话……当下四人一处吃酒。尤二姐知局，便邀他母亲说："我怪怕的，妈同我到那边走走来。"尤老也会意，便真个同他出来只剩小丫头们。贾珍便和三姐挨肩擦脸，百般轻薄起来。小丫头子们看不过，也都躲了出去，凭他两个自在取乐，不知作些什么勾当。

先前贾珍是尤二姐和尤三姐通吃的，现在尤二姐避开他，贾珍便主攻尤三姐。他等候贾琏不在的时候才来，还是忌讳贾琏。但他心里还是有一定分寸，是他一手把尤二姐拱手相让，贾琏该心存感激；这尤三姐不该也归贾琏，贾琏若知好歹，尤三姐理应归他。这是他们兄弟之间的游戏规则，无需面上说破。不过曹雪芹偏偏爱捣蛋，贾珍这第一次过来，他就让贾琏去撞上。

> 四人正吃的高兴，忽听扣门之声，鲍二家的忙出来开门，看见是贾琏下马，问有事无事。鲍二女人便悄悄告他说："大爷在这里西院里呢。"贾琏听了便回至卧房。只见尤二姐和他母亲都在房中，见他来了，二人面上便有些讪讪的。贾琏反推不知，只命："快拿酒来，咱们吃两杯好睡觉。我今日很乏了。"尤二姐忙上来陪笑接衣奉茶，问长问短。贾琏喜的心痒难受。一时鲍二家的端上酒来，二人对饮。他丈母不吃，自回房中睡去了。两个小丫头分了一个过来伏侍。

按照我们传统的、"普世化"的待人标准来看，贾琏也够仗义。不管怎么说，尤三姐现在在他的屋檐下，贾珍多少有点动了贾琏的奶酪；但贾琏心怀感恩，而不是过河拆桥，你贾珍来见尤三姐，我视若不见，给予方便。所以我们一再说，贾琏这个人算不得多坏，他是一个典型的中国男人，就像我们常见的邻居、熟人，只不过他生在贵族人家而已。然而曹公岂肯就此作罢，他写了一个非常小的细节：贾琏愿意息事宁人，但他的马却不肯，与贾珍的马"二马同槽，不能相容，互相蹶踢起来"。这是很刻薄的比拟：两个男人可以共享一个女人、一对姐妹，两匹马居然不能答应！究竟是人比马大度、通情达理？还是马比人纯洁、懂得节操？这是曹公留给读者思考的，也是对贾珍、贾琏的一个鞭挞。我们之所以这么说，因为"二马同槽"这个细节有点疑问，贾珍、贾琏兄弟的两匹马三五天就要见一面的，它们同槽多少年了，偏偏今日陌生了？闹了？即使其中有一匹是新买的，贾琏的小厮不会把它们分开拴，而让它们蹶踢？何况，"贾琏的心腹小童隆儿拴马去，见已有了一匹马，细瞧一瞧，知是贾珍的，心下会意"。他已经会意，还让两匹马拴一道，莫非故意捅娄子？所以说这个细节不太牢靠，是曹公故意起事。

尤二姐原指望贾琏没发现贾珍在隔壁。

> 听见马闹，心下便不自安，只管用言语混乱贾琏。那贾琏吃了几杯，春兴发作，便命收了酒果，掩门宽衣。尤二姐只穿着大红小袄，散挽乌云，满脸春色，比白日更增了颜色。贾琏搂他笑道："人人都说我们那夜叉婆齐整，如今我看来，给你拾鞋也不要。"尤二姐道："我虽标致，却无品行。看来到底是不标致的好。"贾琏忙问道："这话如何说？我却不解。"尤二姐滴泪说道："你们拿我作愚人待，什么事我不知。我如今和你作了两个月夫妻，日子虽浅，我也知你不是愚人。我生是你的人，死是你的鬼，如今既作了夫妻，我终身靠你，岂敢瞒藏一字。我算是有靠，将我妹子却如何结果？据我看来，这个形景恐非长策，要作长久之计方可。"贾琏听了，笑道："你且放心，我不是拈酸吃醋之辈。前事我已尽知，你也不必惊慌。你因妹夫倒是作兄的，自然不好意思，不如我去破了这例。"说着走了，便至西院中来，只见窗内灯烛辉煌，二人正吃酒取乐。

大家注意曹公的笔调有所改变。从这里开始尤二姐变成了一个颇守规矩、懂得廉耻的女人，前面那个与贾蓉胡闹时那么不堪的尤二姐开始脱胎换骨。一个女人能不能在短时间内改头换面，不是我们要讨论的，我们关注的是，为了后面与凤姐的凶狠毒辣形成对立面，曹公开始把尤二姐塑造成为一个善良、老实、体贴、可靠的女人。而贾琏，或许是一时兴起，他要去当着贾珍和尤三姐的面，捅破窗户纸。这本来意味着情节将向积极方面发展，但尤三姐一个暴力式的急转弯，让事情变得完全出乎人们意料。下面的场面绝对是《红楼梦》最精彩、最惊心动魄的描写。我们完整欣赏一下。

> 贾琏便推门进去，笑说："大爷在这里，兄弟来请安。"贾珍羞的无话，只得起身让坐。贾琏忙笑道："何必又作如此景象，咱们弟兄从前是如何样来！大哥为我操心，我今日粉身碎骨，感激不尽。大哥若多心，我意何安。从此以后，还求大哥如昔方好，不然，兄弟能可绝后，再不敢到此处来了。"说着，便要跪下。慌的贾珍连忙搀起，只说："兄弟怎么说，我无不领命。"贾琏忙命人："看酒来，我和大哥吃两杯。"又拉尤三姐说："你过来，陪小叔子一杯。"贾珍笑着说："老二，到底是你，哥哥必要吃干这钟。"说着，一扬脖。尤三姐站在炕上，指贾琏笑道："你不用和我花马吊嘴的，清水下杂面，

你吃我看见。见提着影戏人子上场，好歹别戳破这层纸儿。你别油蒙了心，打谅我们不知道你府上的事。这会子花了几个臭钱，你们哥儿俩拿着我们姐儿两个权当粉头来取乐儿，你们就打错了算盘了。我也知道你那老婆太难缠，如今把我姐姐拐了来做二房，偷的锣儿敲不得。我也要会会那凤奶奶去，看他是几个脑袋几只手。若大家好取和便罢，倘若有一点叫人过不去，我有本事先把你两个的牛黄狗宝掏了出来，再和那泼妇拼了这命，也不算是尤三姑奶奶！喝酒怕什么，咱们就喝！"说着，自己绰起壶来斟了一杯，自己先喝了半杯，搂过贾琏的脖子来就灌，说："我和你哥哥已经吃过了，咱们来亲香亲香。"唬的贾琏酒都醒了。贾珍也不承望尤三姐这等无耻老辣。弟兄两个本是风月场中耍惯的，不想今日反被这闺女一席话说住。尤三姐一叠声又叫："将姐姐请来，要乐咱们四个一处同乐。俗语说'便宜不过当家'，他们是弟兄，咱们是姊妹，又不是外人，只管上来。"尤二姐反不好意思起来。贾珍得便就要一溜，三姐那里肯放。贾珍此时方后悔，不承望他是这种为人，与贾琏反不好轻薄起来。

细看曹公描写的节奏。主要是对话描写，以对话揭示人物间关系、心思、愿景。贾琏与贾珍的对话，若不看后面尤三姐，则显得颇为豪迈。贾琏开宗明义，大爷在这里，兄弟来请安，我是感激大哥的，希望大哥别有他想，我们兄弟一如从前。"看酒来，我和大哥吃两杯。"这两杯酒是立誓。贾珍也好不拘泥，"老二，到底是你，哥哥必要吃干这钟。"充满豪气。杯酒释前嫌，这本来很好，这兄弟俩一个施恩一个图报，在受到传统文化熏陶的人看来，好一幅兄弟恩情图！但没想到这幅洋溢着豪气的图卷，被尤三姐一把撕了个稀烂！听完尤三姐的话，我们不由得怔了，原来豪气掩盖着糟蹋女人："这会子花了几个臭钱，你们哥儿俩拿着我们姐儿两个权当粉头来取乐儿，你们就打错了算盘了。"贾珍、贾琏的豪气难道是假的吗？不，全是真的。但他们的豪气无视女性的人格，是把女人当玩物。尤三姐戳穿了他们的把戏，还原出自己的角色命运，愿意将计就计，与这兄弟俩和凤姐儿，拼个鱼死网破，她不但主动与这哥俩"亲香亲香"，更要姐姐一起来，"他们是弟兄，咱们是姊妹，又不是外人，只管上来"。这大胆泼辣、闻所未闻的举动，把贾珍、贾琏的酒都吓醒了，贾珍立马要溜，却被尤三姐一把拦住。贾珍、贾琏豪气顿灭，战战兢兢，望着尤三姐发呆。写到这里，人物的个性气质格局跃然纸上，其实曹公没用多少笔墨。

而下面一段，先是细致的人物形态描写，后是精简的叙述，连标点符号才三百字，却风云激荡。

这尤三姐松松挽着头发，大红袄子半掩半开，露着葱绿抹胸，一痕雪脯。底下绿裤红鞋，一对金莲或翘或并，没半刻斯文。两个坠子却似打秋千一般，灯光之下，越显得柳眉笼翠雾，檀口点丹砂。本是一双秋水眼，再吃了酒，又添了饧涩淫浪，不独将他二姐压倒，据珍琏评去，所见过的上下贵贱若干女子，皆未有此绰约风流者。二人已酥麻如醉，不禁去招他一招，他那淫态风情，反将二人禁住。那尤三姐放出手眼来略试了一试，他弟兄两个竟全然无一点别识别见，连口中一句响亮话都没了，不过是酒色二字而已。自己高谈阔论，任意挥霍撒落一阵，拿他弟兄二人嘲笑取乐，竟真是他嫖了男人，并非男人淫了他。一时他的酒足兴尽，也不容他弟兄多坐，撵了出去，自己关门睡去了。

　　把这一段再加细分，第一句："这尤三姐松松挽着头发，大红袄子半掩半开，露着葱绿抹胸，一痕雪脯。"这是静态的，对尤三姐的总体描写。接着三句是动态描写，抓住一双金莲、两个坠子、一双眼睛。其中最妙的是写脚："一对金莲或翘或并，没半刻斯文。"作者没加任何形容词，只是实写"或翘或并"，这本没什么动人之处，但那句附加说明"没半刻斯文"一加上去，就让尤三姐的卖弄挑逗和风骚淫浪，腾空而起。女人的脚，在我国封建时代成为女性的性特征，古代男子对于"三寸金莲"的迷恋，是今人绝对难以想象的。脚越小，代表着整个人越美，一如今人欣赏"苗条"一样，达到病态地步。现在问题是，尤三姐的脚不但一直在动，而且不是一般的动，是动得"没半刻斯文"，叫贾珍贾琏情何以堪！此外，这一句描写在《红楼梦》研究中具有判断性价值——在整部《红楼梦》中，仅有这一句是明明白白写清楚：贾府中有裹小脚的女人。其他文字都是含含糊糊，比如斥责女孩子"哪里就走大你的脚了"。人们之所以关注裹足问题，是为了判断《红楼梦》描写的是满族人，还是汉族人。满族人，尤其贵族是不裹脚的，皇太极在入关前就规定："有效他国衣冠、束发裹足者，治重罪。"后来清廷曾发布放足令，但在民间未能收效。现在我们知道尤三姐是裹脚的，但黛玉、宝钗、探春等人究竟裹不裹脚，书中没有明确交代。我们回到尤三姐。她先以饧涩淫浪来挑逗贾珍、贾琏，然后，"放出手眼来略试了一试，他弟兄两个竟全然无一点别识别见，连口中一句响亮话都没了，不过是酒色二字而已"。尤三姐到底以什么"手眼"来考试，我们并不清楚，反正考试结果令尤三姐大失所望，于是她狠狠嘲笑一顿这对难兄难弟，"一时他的酒足兴尽，也不容他弟兄多坐，撵了出去，自己关门睡去了"。从此，她彻底反客为主，时常把贾珍、贾琏叫来或玩弄，或数落，或责骂，随心所欲，恣意汪洋，一派狂人模样。

　　看着尤三姐这样子，尤二姐很难过，她知道妹子这是破罐子破摔，是看不到希望的岁月荒度，装出狂人模样无非自欺欺人。然而一个姑娘的青春岁月能有多久？她这么"狂"上两三年，婚姻就晚了。可是尤二姐自己没有能力解救妹妹，她只能求贾琏。

　　"你和珍大哥商议商议，拣个熟的人，把三丫头聘了罢。留着他不是常法子，终久要生出事来，怎么处？"贾琏道："前日我曾回过大哥的，他只是舍不得。我说'是块肥羊肉，只是烫的慌，玫瑰花儿可爱，刺大扎手。咱们未必降的住，正经拣个人聘了罢。'他只意意思思，就丢开手了。你叫我有何法。"二姐道："你放心。咱们明日先劝三丫头，他肯了，叫他自己闹去。闹的无法，少不得聘他。"贾琏听了说："这话极是。"

曹雪芹的本事，是把中国各地方言最美的谚语熟词用得恰到好处。"是块肥羊肉，只是烫的慌"，用在这里简直是天造地设。贾琏只能把话说到这份上，但贾珍却不死心，他怎么放得下这块"肥羊肉"！

于是贾琏和尤二姐特地备好酒菜来劝尤三姐。尤三姐一目了然。

> 不用姐姐开口，先便滴泪泣道："姐姐今日请我，自有一番大礼要说。但妹子不是那愚人，也不用絮絮叨叨提那从前丑事，我已尽知，说也无益。既如今姐姐也得了好处安身，妈也有了安身之处，我也要自寻归结去，方是正理。"

尤三姐并非狂人而仅仅是闹性子，眼见姐姐姐夫郑重其事的样子，她立即明白这是要打发她走人了，一时悲情上涌，未言先泣，其张狂消失得无影无踪。她的话语变得十分感人："既如今姐姐也得了好处安身，妈也有了安身之处，我也要自寻归结去，方是正理。"现在的尤三姐非但不是个搅局者，而是个助人者，她首先想到的是母亲和姐姐有了安身之处，并为此欣慰，为了不打扰母亲和姐姐的安定生活，她愿意离开这里自寻归宿。闹了一段时间性子，内心却是如此体贴温暖，善解人意，令人热泪盈眶。尤三姐的眼泪中含着悔恨，她决心"改过守分"，她坦诚自己以前犯了过错，她很明白一个失足的女子将面临着什么。女子失足，再想回头，难了。这在全世界都一样，在中国古代则特别难。《红楼梦》中写失足的，除了尤氏姐妹，本来还有一位秦可卿。尽管后来曹雪芹接受亲友的意见，让秦可卿改头换面成为贤人，但她依然熬不过多少日子，就病恹恹死了。或许，在曹公的内心深处，秦可卿依然是个失足者，曹公过不去自己心里的坎。至于尤三姐是写明了失足，结果也就只能给她一个自抹脖子的下场。这样的处理不是由于曹雪芹观念狭隘、不够开放，而是中国古代社会给予女子的道德空间十分狭窄，而且一旦触碰到道德壁垒，非死即伤。曹雪芹的处理正是忠实地反映了这种残酷的现实。同样，尤三姐也是个明白人，她知道自己的前景已经非常不妙，所以才会未言先泣。

尤三姐之所以流泪，也由于她还有自己的追求，而且追求的目标非常单一，不容有一点修改。

> "但终身大事，一生至一死，非同儿戏。我如今改过守分，只要我拣一个素日可心如意的人方跟他去。若凭你们拣择，虽是富比石崇，才过子建，貌比潘安的，我心里进不去，也白过了一世。"

原来她早就有心上人了！贾琏一听，这事情简单，只要你愿意，一切彩礼操办都交给我。但尤三姐却不肯轻易说出那人的名字，尤三姐泣道："姐姐知道，不用我说。"尤二姐却想不起来是谁，大家猜了半天。

> 贾琏便道："定是此人无移了！"便拍手笑道："我知道了。这人原不差，果然好眼力。"二姐笑问是谁，贾琏笑道："别人他如何进得去，一定是宝玉。"二姐与尤老听了，亦以为然。尤三姐便啐了一口，道："我们有姊妹十个，也嫁你弟兄十个不成。难道除了你家，天下就没了好男子了不成！"众人听了都诧异："除去他，还有那一个？"

这里的描写很有意思，一方面，烘托出宝玉的出人头地，连贾琏自己也认为宝玉比自己与贾珍之流高出太多，连赞尤三姐好眼力。另一方面，也反映出贾琏简直有点傻，他居然认为尤三姐与宝玉也可能结合。尤三姐说："难道除了你家，天下就没了好男子了不成！"这话看似驳斥，实际上却等于承认宝玉在她心目中确实是个好男子。这话就为后文打下了埋伏，我们后面再说。总之贾琏与尤三姐这简单几句对话，不仅有趣，留下的意味也很丰富。不过说了半天，尤三姐的意中人到底还是没吐露，那么她干吗守口如瓶？今日的年轻人或许不一定理解，因为当时社会的礼仪风俗，女孩子自己私恋男人就属于丑事，尤三姐已经够泼辣爽快了，而且也失过脚，与贾珍、贾琏闹过风流，尽管如此，她还是羞于说出心中人的名字，可见当时风俗是何等封闭，也可见尤三姐心中人在她的心目中是何等尊崇、何其珍惜。那么，尤三姐在什么情境中，才肯吐露恋人的名字呢？这个细节读者可能不够注意，曹雪芹写得可是很有意味，但那已经是下一回的内容了。作品只交代一句尤三姐笑道："别只在眼前想，姐姐只在五年前想就是了。"然后就转移了话题。

忽然贾琏的小厮走来说贾赦那边等着叫贾琏，于是贾琏就走了。趁着这机会，尤二姐开始了解贾府的内部情况。当然，是曹公要借着尤二姐来描述贾府下人的眼里，公子小姐奶奶们究竟是怎么个模样。因为尤二姐不是初识贾府，她进进出出贾府若干年了，她当二奶奶也两个月有余，对贾府中人该了解的早就了解了。但曹公似乎觉得缺少一次由下人眼里看到的贾府公子小姐奶奶们的模样，他需要这么样一个视角来描写一次，这次选择贾琏的跟班兴儿。

> 尤二姐拿了两碟菜，命拿大杯斟了酒，就命兴儿在炕沿下蹲着吃，一长一短向他说话儿。问他家里奶奶多大年纪，怎个利害的样子，老太太多大年纪，太太多大年纪，姑娘几个，各样家常等语。

看到这里，我们不由得回想起第 2 回贾雨村向冷子兴打听贾府的情况。时隔多年，曹公要再来一个内部视角的交代，由于兴儿是贾琏的小厮，在贾府中长大，他的描述必然要比冷子兴细腻的多。而且，从艺术上来说，这也是整部作品最生动的一次人物描述。兴儿第一段长长的讲述，就讲王熙凤一个人，有一千二百多字。或许有的读者以为，作品已经对凤姐描写过无数遍了，我们对王熙凤已经完完全全了解，还有必要来这么长一段描述吗？那么我想说一句，你的想法错了，任何一个人，在不同的人眼中有不同的造型，何况，我们看到的都是画面中、舞台上的王熙凤，而兴儿描述的，是他印象中、帘幕后面的、下人心目中的王熙凤，或许带着主观色彩，但却有许多我们见不到的身影。此外，从艺术上说，曹雪芹肯花这么多笔墨来刻画王熙凤，必然有其必要之处。我们仔细欣赏一遍。

> 兴儿笑嘻嘻的在炕沿下一头吃，一头将荣府之事备细告诉他母女。又说："我是二门上该班的人。我们共是两班，一班四个，共是八个。这八个人有几个是奶奶的心腹，有几个是爷的心腹。奶奶的心腹我们不敢惹，爷的心腹奶奶就敢惹。提起我们奶奶来，心里歹毒，口里尖快。我们二爷也算是个好的，那里见得他。倒是跟前的平姑娘为人很好，虽然和奶奶一气，他倒背着奶奶常作些好事。小的们凡有了不是，奶奶是容不过的，只求求他去就完了。如今合家大小除了老太太、太太两个人，没有不恨他的，只不过面子情儿怕他。皆因他一时看的人都不及他，只一味哄着老太太、太太两个人喜欢。他说一是一，说二是二，没人敢拦他。又恨不得把银子钱省下来堆成山，好叫老太太、太太说他会过日子，殊不知苦了下人，他讨好儿。估着有好事，他就不等别人去说，他先抓尖儿，或有了不好事或他自己错了，他便一缩头推到别人身上来，他还在旁边拨火儿。如今连他正经婆婆大太太都嫌了他，说他'雀儿拣着旺处飞，黑母鸡一窝儿，自家的事不管，倒替人家去瞎张罗'。若不是老太太在头里，早叫过他去了。"

这是兴儿说凤姐的第一层，但已经堪称"爆料"，爆出好几块"料"。第一块，在兴儿心目中，王熙凤"心里歹毒，口里尖快"。在这之前，读者或许都看出凤姐儿"口里尖快"，却未必认为她"心里歹毒"。"歹毒"是评判一个人的最高反面用辞，兴儿能对自己的主人做出如此断语，这主人大概也实在不像话吧。第二块，"如今合家大小除了老太太、太太两个人，没有不恨他的，只不过面子情儿怕他"。凤姐居然遭到这么多人怨恨，这恐怕大大超出读者的料想。我们只看到，凤姐要说笑话了，上上下下都伸长了脖子，似乎她很受欢迎呢！她与小姑子小叔子在一起，也是大家有说有笑似乎一团和气。即使是她到宁府大摆威风，好像也是整饰风纪理所应该。谁想到合家大小都在恨她？第三块，邢夫人与凤姐的婆媳关系，除了说鸳鸯的事她们从来没起过冲突，我们从来没听邢夫人说什么"自家的事不管，倒替人家去瞎张罗"。邢夫人这话，不仅恨死凤姐，还连带着王夫人一起恨，说王夫人是"旺处"，表明邢夫人对王夫人很不满，对自己的不得志牢骚满腹；那么荣府中长房与二房之间，至少长房已经对二房剑拔弩张，荣府内部形势相当紧张，一旦贾母归天，冲突必将爆发！到那时候凤姐何处立足？常言道"当局者迷旁观者清"，聪明无比的凤姐，对于大局面似乎远远没有身边小厮看得明白。

不过尤二姐认为兴儿未免危言耸听，她说：

> "我还要找了你奶奶去呢。"兴儿连忙摇手说："奶奶千万不要去。我告诉奶奶，一辈子别见他才好。嘴甜心苦，两面三刀，上头一脸笑，脚下使绊子，明是一盆火，暗是一把刀：都占全了。只怕三姨的这张嘴还说他不过。好，奶奶这样斯文良善人，那里是他的对手！"尤氏笑道："我只以礼待他，他敢怎么样！"兴儿道："不是小的吃了酒放肆胡说，奶奶便有礼让，他看见奶奶比他标致，又比他得人心，他怎肯干休善罢？人家是醋罐子，他是醋缸醋瓮。凡丫头们二爷多看一眼，他有本事当着爷打个烂羊头。虽然平姑娘在屋里，大约一年二年之间两个有一次到一处，他还要口里掂十个过子呢，气的平姑娘性子发了，哭闹一阵，说：'又不是我自己寻来的，你又浪着劝我，我原不依，你反说我反了，这会子又这样。'他一般的也罢了，倒央告平姑娘。"尤二姐笑道："可是扯谎？这样一个夜叉，怎么反怕屋里的人呢？"兴儿道："这就是俗语说的'天下逃不过一个理字去'了。这平儿是他自幼的丫头，陪了过来一共四个，嫁人的嫁人，死的死了，只剩这个心腹。他原为收了屋里，一则显他贤良名儿，二则又叫拴爷的心，好不外头走邪的。又还有一段因果：我们家的规矩，凡爷们大了，未娶亲之先都先放两个人伏侍的。二爷原有两个，谁知他来了没半年，都寻出不是来，都打发出去了。别人虽不好说，自己脸上过不去，所以强逼着平姑娘作了房里人。那平姑娘又是个正经人，从不把这一件事放在心上，也不会挑妻窝夫的，倒一味忠心赤胆伏侍他，才容下了。"

兴儿这一席话，又弥补了好几个未知点，信息量很密集。一，凤姐对待身边丫鬟极其凶恶；二，凤姐自己带来的丫鬟，现在四个只剩平儿一个，那三个全被凤姐赶走了；三，留下平儿，一为赢得名声，二为拴住贾琏的心；四，贾琏与平儿一年同房一次，凤姐必要寻事发泄；五，贾琏原有的两个丫鬟，也被凤姐寻由打发了。到这里我们才明白曹雪芹为什么要让兴儿说一遍凤姐，原来兴儿等人眼中的凤姐，与赵姨娘的人气差不多。那么凤姐究竟是怎么样个人呢？我以为，我们所见到的是凤姐，兴儿演说的也是凤姐，兴儿所说基本属实只不过稍加夸张，把这两个凤姐合起来才是完整的凤姐。凤姐的性格很丰富多彩，曹雪芹把她塑造得非常丰满，比林黛玉、薛宝钗更加丰满。（这个话题以后展开。）

尤二姐不信，说要会会凤姐，也就是武打书中说的要交交手。兴儿劝她千万不要去，尤二姐有点软。是的，有些人你没会过，是想象不到她能怎么样的。按照我们对凤姐的了解，我们也想象不出她能把尤二姐怎么样，毕竟有贾琏撑着，凤姐既然不能把贾琏怎么样，她又如何能把尤三姐怎么样？显然我们还不真正了解凤姐，也不知道曹雪芹有什么样的手段，不知道《红楼梦》虽然写的是一个家族怎么过日子，但它可以平地起风雷，可以展现出人类本性中有如此大的魔鬼性，可以让你生不如死！不过那是后几回的故事，我们到时候再说。

兴儿对凤姐的演说非常精彩，不过，曹公自然把最精辟的话留给形容林黛玉和薛宝钗。尤二姐问到李纨和几位小姐，

> 兴儿拍手笑道："原来奶奶不知道。我们家这位寡妇奶奶，他的浑名叫作'大菩萨'，第一个善德人。我们家的规矩又大，寡妇奶奶们不管事，只宜清净守节。妙在姑娘又多，只把姑娘们交给他，看书写字，学针线，学道理，这是他的责任。除此问事不知，说事不管。只因这一向他病了，事多，这大奶奶暂管几日。究竟也无可管，不过是按例而行，不象他多事逞才。我们大姑娘不用说，但凡不好也没这段大福了。二姑娘的浑名是'二木头'，戳一针也不知嗳哟一声。三姑娘的浑名是'玫瑰花'。"尤氏姊妹忙笑问何意。兴儿笑道："玫瑰花又红又香，无人不爱的，只是刺戳手。也是一位神道，可惜不是太太养的，'老鸹窝里出凤凰'。四姑娘小，他正经是珍大爷亲妹子，因自幼无母，老太太命太太抱过来养这么大，也是一位不管事的。奶奶不知道，我们家的姑娘不算，另外有两个姑娘，真是天上少有，地下无双。一个是咱们姑太太的女儿，姓林，小名儿叫什么黛玉，面庞身段和三姨不差什么，一肚子文章，只是一身多病，这样的天，还穿夹的，出来风儿一吹就倒了。我们这起没王法的嘴都悄悄的叫他'多病西施'。还有一位姨太太的女儿，姓薛，叫什么宝钗，竟是雪堆出来的。每常出门或上车，或一时院子里瞥见一眼，我们鬼使神差，见了他两个，不敢出气儿。"尤二姐笑道："你们大家规矩，虽然你们小孩子进的去，然遇见小姐们，原该远远藏开。"兴儿摇手道："不是，不是。那正经大礼，自然远远的藏开，自不必说。就藏开了，自己不敢出气，是生怕这气大了，吹倒了姓林的，气暖了，吹化了姓薛的。"说的满屋里都笑起来了。

曹雪芹借兴儿的嘴巴，把贾府的奶奶小姐做了个全面的描述，或者说画出这些奶奶小姐们在家人心中的倒影。有趣的是几乎每一位都有绰号，"大菩萨""二木头""玫瑰花""多病西施"，形容得非常贴切，尤其是最后两句压轴戏："生怕这气大了，吹倒了姓林的；气暖了，吹化了姓薛的。"更是把黛玉、宝钗的美丽惊魂形容到极致，比"闭月羞花、沉鱼落雁"更加精妙。兴儿也知道自己说这些是"没王法的嘴"，但他还是说得如此兴高采烈，可见贾府的风气毕竟比较开明。兴儿的比喻，当然不是他独创的，而是家人们经常背后议论、相互交流得出的精华。下人敢于这么议论，可见家人们有一定的议论空间；兴儿敢于在尤氏姐妹面前徐徐道来，与其说他是在巴结她们，毋宁说他是一肚子好货要表现一下、卖弄一番。当然他年纪太小，他不知道后面的恶果会如此严重，他还很幼稚，一面说着凤姐如何毒辣，一面又在冒犯凤姐。

我们刚才说的都是兴儿演说的趣味方面，曹公是个很风趣的人，有这些趣味事儿他是一定要表现一番的；但曹公是在写小说，作品的功能结构他当然更为关注。

兴儿演说的功能性，除了刻画奶奶小姐的"倒影"之外，更主要的是让尤二姐从另一侧面了解贾府的人事关系，让她有比较充分的心理准备，更是她进贾府"赶考"一败涂地的一个反衬：她明知山有虎偏向虎山行，她不相信"老虎"真能吃人，她根本不知道自己的功夫、手段属于什么级别，不相信别人的警告，糊里糊涂就进了大观园，未曾还手一招就送了命。不过，进一步探讨的话，兴儿的这番介绍还有一个功能，或者说正好有针对性：兴儿介绍的李纨、探春、黛玉、宝钗，还有宝玉等人，恰好是尤二姐进住贾府后的邻居、伙伴和姐妹兄弟，他们都住在大观园中，鸡犬之声相闻。可以说，凤姐对尤二姐的种种作践、残害，每一拳每一脚、每一棍每一刀，他们多少都看到听到一些的，他们有谁给予了尤二姐安慰和救助？他们伸出过侠义之手吗？我们到时候再讨论。

第六十六回
情小妹耻情归地府　冷二郎一冷入空门

回目把本回的基本内容揭示了。上一回尤三姐还活得那么有张力，自称"尤三姑奶奶"，以一敌二，将贾珍、贾琏极尽玩耍了一把。尤三姐是整部《红楼梦》中最刚烈、最泼辣、最有反抗精神的女孩。然而到这一回，她就魂归地府了。曹雪芹写女孩子有个规律：大凡灿烂、高调一番，不久即大难临头，金钏儿、鸳鸯、尤三姐、晴雯，莫不如此。

第一段有个值得注意的地方。此前一直是尤二姐在与兴儿交谈，但曹公让尤三姐插了一句："忽见尤三姐笑问道：'可是你们家那宝玉，除了上学，他作些什么？'"与尤二姐明显不同，尤三姐在意宝玉。而且，当兴儿说宝玉疯疯癫癫、不懂人事，尤二姐附和道："我们看他倒好，原来这样。可惜了一个好胎子。"尤三姐立即反驳：

> "姐姐信他胡说，咱们也不是见一面两面的，行事言谈吃喝，原有些女儿气，那是只在里头惯了的。若说糊涂，那些儿糊涂？姐姐记得，穿孝时咱们同在一处，那日正是和尚们进来绕棺，咱们都在那里站着，他只站在头里挡着人。人说他不知礼，又没眼色。过后他没悄悄的告诉咱们说：'姐姐不知道，我并不是没眼色。想和尚们脏，恐怕气味熏了姐姐们。'接着他吃茶，姐姐又要茶，那个老婆子就拿了他的碗倒。他赶忙说：'我吃脏了的，另洗了再拿来。'这两件上，我冷眼看去，原来他在女孩子们前不管怎样都过的去，只不大合外人的式，所以他们不知道。"尤二姐听说，笑道："依你说，你两个已是情投意合了。竟把你许了他，岂不好？"三姐见有兴儿，不便说话，只低头磕瓜子。

对话揭示，尤三姐关注宝玉不是三天两月了，有自己的判断，而且有明显的好感。这也就为后文打下了底子，因为后面将揭开她的恋人就是柳湘莲，而柳湘莲的好朋友是宝玉，那么尤三姐爱上柳湘莲就有内在逻辑。

不过，对于尤三姐吐露柳湘莲这个名字，作者用了一个非常委婉隐蔽的方法，甚至专门设计了情境。不仔细阅读我们肯定感觉不到曹雪芹的良苦用心。请看：

> 这里尤二姐命掩了门早睡，盘问他妹子一夜。至次日午后，贾琏方来了。尤二姐因

　　劝他说:"既有正事,何必忙忙又来,千万别为我误事。"贾琏道:"也没甚事,只是偏偏的又出来了一件远差。出了月就起身,得半月工夫才来。"尤二姐道:"既如此,你只管放心前去,这里一应不用你记挂。三妹子他从不会朝更暮改的。他已说了改悔,必是改悔的。他已择定了人,你只要依他就是了。"贾琏问是谁,尤二姐笑道:"这人此刻不在这里,不知多早才来,也难为他眼力。自己说了,这人一年不来,他等一年,十年不来,等十年,若这人死了再不来了,他情愿剃了头当姑子去,吃长斋念佛,以了今生。"贾琏问:"到底是谁,这样动他的心?"二姐笑道:"说来话长。五年前我们老娘家里做生日,妈和我们到那里与老娘拜寿。他家请了一起串客,里头有个作小生的叫作柳湘莲,他看上了,如今要是他才嫁。旧年我们闻得柳湘莲惹了一个祸逃走了,不知可有来了不曾?"

　　我们说特别委婉隐蔽,大家看,第一,作者设计了一个床聊的情境:夜里上了床(我猜测还吹了灯),在夜色中姊妹俩轻声细语,不知道从天边水边哪里聊起,做姐姐的十分耐心,从琐碎事情问起,由远至近,由外向内,最后"盘问他妹子一夜",终于让妹子松了金口,吐露出那潜藏心底五年的珍贵名字。第二,正是这撩人的夜色,既让人遥想,又令人惆怅,更替人遮羞。只有在这样的夜色中,尤三姐才好意思说出"柳湘莲"三个字。第三,想必,黑暗中,尤三姐两眼放光,边说边浮现柳湘莲的音容笑貌、一言一行,边说边红着脸儿编织她甜蜜的梦想;然而她心里又十分忐忑:毕竟自己已有过"丑事",那梦境,还有几分可能? 第四,这一切,全是我们的猜想,可恶的曹雪芹,他可是一个字也不写,他仅仅写了一句"这里尤二姐命掩了门早睡,盘问他妹子一夜",第二句就是次日午后贾琏来家,然后是夫妻对话中,才转述柳湘莲的故事。真是云遮雾盖。

　　对于柳湘莲,贾琏可是有些了解的。他说柳湘莲长得虽好,却是个特别冷的人,"冷面冷心"。这已经是贾琏的某种担忧了。再加上柳湘莲向来是萍踪浪迹,不知道几年才来,岂不白耽搁了?

　　二人正说之间,只见尤三姐走来说道:"姐夫,你只放心。我们不是那心口两样的人,说什么是什么。若有了姓柳的来,我便嫁他。从今日起,我吃斋念佛,只伏侍母亲,等他来了,嫁他去,若一百年不来,我自己修行去了。"说着,将一根玉簪,击作两段,"一句不真,就如这簪子!"说着,回房去了,真个竟非礼不动,非礼不言起来。

　　短短两天之内,尤三姐为柳湘莲发了三次誓言,一次比一次决绝,这一次还击断簪子,是以生死做证。尤三姐的生命之弦越绷越紧,她把自己逼向绝路。从此以后,尤三姐"竟又换了一个人"。

　　贾琏出差去,在平安州大道上遇见薛蟠与柳湘莲这对冤家结伴而来。贾琏大为吃惊,忙问怎么回事。

薛蟠笑道："天下竟有这样奇事。我同伙计贩了货物，自春天起身，往回里走，一路平安。谁知前日到了平安州界，遇一伙强盗，已将东西劫去。不想柳二弟从那边来了，方把贼人赶散，夺回货物，还救了我们的性命。我谢他又不受，所以我们结拜了生死弟兄，如今一路进京。从此后我们是亲弟亲兄一般。到前面岔口上分路，他就分路往南二百里有他一个姑妈，他去望候望候。我先进京去安置了我的事，然后给他寻一所宅子，寻一门好亲事，大家过起来。"

薛蟠的故事好惊险，又好熟悉：强盗拦路抢劫，富家公子落难，侠客自天而降，一举击溃强人，两人结拜兄弟。——这是我国传统小说戏剧的老套路。曹雪芹怎么玩起了这一手？这既有趣，又简单：贾琏正担心不知哪年才能见到柳湘莲，这柳湘莲就奔过来了；薛蟠与柳湘莲这对冤家，一分钟之内就转为生死兄弟；这贾琏好好地去出差，半路上就做成了媒人。这一切，是否老天开眼，见到尤三姐如此刚烈又如此岌岌可危，便大发慈悲，奖励她一份好姻缘？如果故事都这么写，那么宝玉与黛玉、宝钗的故事不是太简单了吗？三下五除二，一回、两回，最多三回、五回也就交代完了，曹雪芹磨磨叽叽写了几十万字，岂非是在磨洋工、拖时间？事情显然不是这样子。《红楼梦》不是《水浒传》，它不是以故事性作为结构小说的原则，正好相反，故事在《红楼梦》中是次要的，《红楼梦》要表现人性人情，要探讨心灵的奥秘，要揭示生活的真谛，它还要展现社会的经度和纬度，把我们中国人、中国社会骨子里的东西细腻地刻划出来，把中国文化的表象和本质一起映现出来。所以他不能像施耐庵那样竖起屋架子就一层一层砌砖上瓦，他要在每一根梁柱上、每一块砖瓦上都精雕细刻，在每一片窗帘上绣上花朵，所以他写得很慢、很苦、很累，他耗尽全身的心血，都没能最后完工。但是人就是人，人的精力有限，总有贪图方便的时候。贾琏路遇薛蟠柳湘莲、薛蟠与柳湘莲仇人变兄弟、贾琏说亲当即拍板，就是曹雪芹少有的粗线条，显然他是在赶时间，让尤三姐的故事早早收场，于是他就套用一下《水浒传》之类的套路。毕竟尤三姐不是主要人物。

贾琏自然不肯放过这样的好机会。

又忙说道："我正有一门好亲事堪配二弟。"说着，便将自己娶尤氏，如今又要发嫁小姨一节说了出来，只不说尤三姐自择之语。又嘱薛蟠且不可告诉家里，等生了儿子，自然是知道的。薛蟠听了大喜，说："早该如此，这都是舍表妹之过。"湘莲忙笑说："你又忘情了，还不住口。"薛蟠忙止住不语，便说："既是这等，这门亲事定要做的。"湘莲道："我本有愿，定要一个绝色的女子。如今既是贵昆仲高谊，顾不得许多了，任凭裁夺，我无不从命。"

这短短几句，三个人的性格都出来了。贾琏毕竟是一直在管家办事的，虽无能却懂得事情的办理窍门，他不说是尤三姐自己选中柳湘莲，这就免去了柳湘莲的猜疑，因为一个女子只见过这男人一面就爱上，轻浮不牢靠，更别说有违礼仪。何况还有尤三姐失足的事情，所以能隐藏的就都隐藏起来，贾琏只说是他自己看中柳湘莲。他又特地叮嘱薛蟠不可将尤二姐的事情说出去，也见出他的仔细和知人，薛蟠是个粗汉，不加关照的话明天不单凤姐、恐怕满世界的人都知道了。薛蟠所言"这都是舍表妹之过"，是指责凤姐不够体贴贾琏，他完全被贾琏的花言巧语糊弄了。而柳湘莲赶紧止住薛蟠，则反映出他的谨慎小心的一面。然而，他对自己的终身大事却显得过于大度或者说粗心。柳湘莲同宝玉是密友，现在与薛蟠又是兄弟，他因而也把贾琏当兄弟，相信贾琏不会欺骗他，这是江湖义气、为人豪迈的表现；反之，他以为对贾琏刨根问底仔细打听，那就是信不过兄弟朋友，不够义气。这是一。第二，宝玉和薛蟠这两位都是不肯说谎的，柳湘莲以为贾琏应该与这两位兄弟一样诚实待人，婚姻这么大的事怎么可以欺骗呢？所以他说："如今既是贵昆仲高谊，顾不得许多了，任凭裁夺，我无不从命。"在根本不清楚女方状态的情况下，就一口应诺下来。当然，我们以包容的态度、全面的角度来看这桩事情，那么贾琏也不是存心要欺骗柳湘莲，他也是被尤三姐逼上梁山。如果要说最后悲剧的责任，那么尤三姐自己就先有一份。她对柳湘莲并不怎么了解，仅仅看了柳湘莲串演的一出戏，就非他不嫁，说到底也是以貌取人，偏爱戏子，一见钟情。她当然有权利这么爱，就像当今的追星族一样，但这份单相思谈不上高尚，更不见得高明。其次，她既然非柳湘莲不嫁，却依然与贾珍、贾蓉胡闹，即使情有可原但并非被霸占，那么是她自己背叛了自己，种下了恶果，最后自食了，她自己有很大的责任。其三，贾琏已经告知她柳湘莲是个"冷面冷心"之人，那么尤三姐应该知道自己坚持非此人不嫁，有着巨大的危险，她甘冒此风险，那么就要承担后果。柳湘莲的要求只有一条，"定要一个绝色的女子"，贾琏笑道："如今口说无凭，等柳兄一见，便知我这内娣的品貌是古今有一无二的了。"所以贾琏确实是知情不报，但也没有恶意作假，而柳湘莲只要绝色女子也有责任。

　　贾琏办事经验丰富，他见柳湘莲已经答应婚事，生怕日后有变就紧逼一步，一定要柳湘莲给出信物，就是定亲的礼物，将这事情敲钉转角。偏偏，柳湘莲身无长物，只有一把祖传的鸳鸯宝剑，于是便以这对宝剑作为订婚物品交给贾琏。当然，这是曹公故意设计的"信物"。宝剑者，杀人凶器也，他们并非军人，此物如何可作婚姻信物？何况我国素来讲究吉兆凶兆。以杀人凶器为订婚物，可谓不能再凶的凶兆，生活中定不能出现这样的事情。但曹公为了情节的快速发展，就来个快刀斩乱麻，如象棋一步"将"死，以便结束故事；又隐含寓意，鸳鸯者，相伴终身的动物也，而尤三姐与柳湘莲，通共只有见两面的缘分，然后一自尽一出家，实在是一对苦命鸳鸯。

好了，有了这一对双刃剑，后面的情节就飞流直下。我们欣赏一下。贾琏出差后回家。

> 大家叙些寒温之后，贾琏便将路上相遇湘莲一事说了出来，又将鸳鸯剑取出，递与三姐。三姐看时，上面龙吞夔护，珠宝晶莹，将靶一掣，里面却是两把合体的。一把上面錾着一"鸳"字，一把上面錾着一"鸯"字，冷飕飕，明亮亮，如两痕秋水一般。三姐喜出望外，连忙收了，挂在自己绣房床上，每日望着剑，自笑终身有靠。

这一段很短，几句简单叙述之中，却夹了两句细致的描写，不写人只写剑，"冷飕飕，明亮亮，如两痕秋水一般"。这个描写是必要的，这一对鸳鸯剑后面马上要用到；这描写也弥漫着暗示，"冷飕飕，明亮亮"，毫无喜庆吉祥之兆，却有让人发寒之色，与它们那位"冷面冷心"的男主人倒是绝配。然而尤三姐躺在床上望着这寒剑，却笑得那么舒心，以为终身有靠。也确实，尤三姐还有其他什么能够暖心、可以倚靠的呢？不过，她的姐夫贾琏还算不错，热心地准备嫁妆；贾珍也非禽兽之人，他头上有爵位，家里是族长，做事也还有点样子，他怕贾琏拮据，赞助了三十两银子。然而，这些统统不重要，重要的是柳湘莲，柳湘莲要上门来，要来娶亲，娶尤三姐。柳湘莲什么时候前来呢？

曹雪芹没让我们久等，下面一段就写柳湘莲来了；其实，柳湘莲却是让尤三姐等了很久很久。具体等多少日子我们不清楚，作品是这么写的：

> 谁知八月内湘莲方进了京，先来拜见薛姨妈，又遇见薛蝌，方知薛蟠不惯风霜，不服水土，一进京时便病倒在家，请医调治。听见湘莲来了，请入卧室相见。薛姨妈也不念旧事，只感新恩，母子们十分称谢。又说起亲事一节，凡一应东西皆已妥当，只等择日。柳湘莲也感激不尽。

柳湘莲第一个拜访的是薛家，这也应当，他与薛蟠结为兄弟，薛姨妈就是他义母，理应先探望。这第一天柳湘莲过得很高兴，尽是好消息：他的结婚用品，薛家已经替他准备齐整，所以柳湘莲感激不尽。想必薛蟠还告诉他，尤三姐的嫁妆贾琏也都准备好了。真是万事俱备，只等喜轿去迎得美人归。——说明一下，第58回说："那位老太妃已薨，凡诰命等皆入朝随班按爵守制。敕谕天下：凡有爵之家，一年内不得筵宴音乐，庶民皆三月不得婚嫁。"三个月期限早过了，柳湘莲和尤三姐也非官员诰命，所以可以婚嫁。

不过，这一天的晚上，柳湘莲似乎不是在甜蜜中度过的，而且，订婚以后，柳湘莲已经意识到自己太过匆忙，并且回想起来觉得贾琏这位介绍人似乎太过热心、好心得过了头。人往往是这样，轻松答应别人了，过后才觉得或许失误，尤其是爽快人，要面子的人。所以大家看，柳湘莲第二天不是去拜访贾琏，而是先去会宝玉，这位他最信得过的挚友，他要从宝玉那里获取可靠的信息。请看这段很短、却造成决定性后果的描写。

> 次日又来见宝玉，二人相会，如鱼得水。湘莲因问贾琏偷娶二房之事，宝玉笑道："我听见茗烟一干人说，我却未见，我也不敢多管。我又听见茗烟说，琏二哥哥着实问你，不知有何话说？"湘莲就将路上所有之事一概告诉宝玉，宝玉笑道："大喜，大喜！难得这个标致人，果然是个古今绝色，堪配你之为人。"湘莲道："既是这样，他那里少了人物，如何只想到我。况且我又素日不甚和他厚，也关切不至此。路上工夫忙忙的就那样再三要来定，难道女家反赶着男家不成。我自己疑惑起来，后悔不该留下这剑作定。所以后来想起你来，可以细细问个底里才好。"

我们先听听宝玉的话。"大喜，大喜！难得这个标致人，果然是个古今绝色，堪配你之为人。"这是诚心诚意的道喜、为朋友高兴，还是有调侃、带讥讽的成分？我是疑心他带着调侃的，因为宝玉深知尤三姐与贾珍之间的事情，但柳湘莲已经定了亲，何况贾珍、贾琏都是堂哥，你叫宝玉主动去说家里的丑事，他可不是那么个人。宝玉虽然不骗人，但他几乎不说人坏话，更不肯轻易说自己家兄弟的坏话，何况他自己与贾珍、贾琏、薛蟠也要出去混的，难免同流合污，你叫他怎么开口说贾珍与尤三姐不干净？然而，宝玉与柳湘莲的亲密远远超过与两位堂兄，还记得当初柳湘莲说要出游，宝玉曾难过得流泪？所以宝玉也不能不给一点暗示，所以他只说尤三姐"标致""绝色"，而对人品不加一字，根据他与柳湘莲的默契，对方应该能有所感觉。柳湘莲本来就是爽快人，对宝玉更是无话不说，他把自己多日以来的疑惑和盘托出，向宝玉"细细问个底里才好"。这么一来，有趣了，柳湘莲把球踢到宝玉脚下，接下来，就看宝玉怎么出脚了。究竟是朋友要紧、友谊第一？还是亲情要紧、家族名分第一？这就考验到宝玉的人品、智慧和为人的技巧了。历来有许多评论，都把宝玉看作一个非常纯粹的、怀着一颗赤子之心的清纯少年，认为他身上几乎一点没沾染那个时代纨绔子弟的烟火味，所以他才与林黛玉那么般配；也有不少论者以为宝玉是个不谙人情世故、不善言谈、心实口拙的老实孩子，除了整天在女儿堆里"无事忙"，让他面对社会便一点也不会应酬的无能男孩。果真是这样吗？我们读读下面的描写，就会发现宝玉绝不是那么无能、拙讷，平时我们看到的宝玉，是出入于裙钗之间、游离于姐妹左右的宝玉，那些环境中，他永远是那么无能，连诗词比赛也永远落后于那些没受过多少正规教育的姐妹。其实，那时的宝玉才真正是"藏愚守拙"，他要的只是姐妹们的高兴，自己垫底也好、末位也罢，他根本无所谓，或者说他看到黛玉、宝钗、湘云们你争我夺、豪气干云，那就是他最大的快乐，所以你们说他"无事忙""痴人""傻子"，他非但不恼，心下还着实欢喜，因为他的目标就是让女孩子们高兴。然而，一旦走出大观园女儿堆，尤其是步入他的朋友圈，宝玉的言谈智慧就完全变了一个人。还记得他为了蒋玉菡怎么应付忠顺亲王府的长史官吗？那时他才几岁，就轻轻松松把那位来势汹汹的长史官打发走？所以我们不能以女儿堆中的宝玉说，这就是宝玉。不信我们听听他怎么应对柳湘莲吧。

　　宝玉道："你原是个精细人，如何既许了定礼又疑惑起来？你原说只要一个绝色的，如今既得了个绝色便罢了。何必再疑？"

　　听听，这宝玉说得多么狡猾、多么机智！他并不回答柳湘莲的疑问，而是反守为攻，发出反问。他的话，不管从哪个角度都挑不出毛病。他没说尤三姐一个字的不好，他话语中反而是在责怪柳湘莲自己不够细致，只是一味要求绝色。实际上他是以最婉转的方式暗示柳湘莲，你已经吃进去了，货物好不好你自己负责！柳湘莲毕竟也是聪明人，一听这话，就抛弃幻想，往坏处追问："你既不知他娶，如何又知是绝色？"这话问得，现在年轻人可能不懂它的含义。柳湘莲的话翻译为现代语言，就是：贾琏娶尤二姐你都不知道，那么你怎么可能见过尤三姐的面，从而知道她生得标致绝色？因为当时的礼教，已经成熟的未婚男女是不能见面的。柳湘莲的话，已经问得很不礼貌，直接怀疑到尤三姐的人品了。话都到了这份上，宝玉不能再藏头露尾推三阻四。宝玉道："他是珍大嫂子的继母带来的两位小姨。我在那里和他们混了一个月，怎么不知？真真一对尤物，他又姓尤。"大家仔细品味品味，最最关键的话，宝玉也算是和盘托出了，但他讲得多么有水平，有技巧！总共三句话，第一句："他是珍大嫂子的继母带来的两位小姨。"这话在我们听来实在没有什么"信息价值"，然而对于柳湘莲却有"重大价值"，价值在于"继母"二字。这就是说，尤氏与她的两个妹妹，并非血亲。什么含义？含义在于尤二姐、尤三姐来到宁国府，一如外人，她们没有任何保护！如果她们是尤氏的亲姐妹，那么贾珍多少有一层顾虑；即使贾珍不顾虑，尤氏会给予照顾，她们的母亲尤老娘也会给予保护。现在尤氏与她们没有血亲关系，那么贾珍这位无法无天的好色大爷，就没有任何禁忌了。所以宝玉这第一句话，就把最重要的"背景"揭示出来，柳湘莲一听，恐怕就在心里暗叫"不好"。宝玉的第二句话，就不是背景而是实际材料了："我在那里和他们混了一个月，怎么不知？"这句话的关键词，混！青年男女之间、远房表亲之间，用到"混"这个词，宝玉也就算坦白交代了，承认他们之间的关系是打破常规、不守礼教的。所以宝玉这话技巧性非常高，他不说贾珍、贾琏一个字，守住了兄弟情谊的底线，他只做自我暴露、自我批判；至于柳湘莲会不会联想到贾珍、贾琏，那可是柳湘莲的悟性了。但是，如果话只说到这里，那么全部都是暗示，对柳湘莲不够义气，最后来一句实话："真真一对尤物，他又姓尤。""一对尤物"，双关语，既指美艳绝伦，也可理解为"一对宝贝""一对活宝"；"他又姓尤"，透露出言语的轻浮色调，显然宝玉的语义侧重"一对宝贝"。这是向柳湘莲交底了。柳湘莲可不糊涂。

> 湘莲听了，跌足道："这事不好，断乎做不得了。你们东府里除了那两个石头狮子干净，只怕连猫儿狗儿都不干净。我不做这剩忘八。"宝玉听说，红了脸。湘莲自惭失言，连忙作揖说："我该死胡说。你好歹告诉我，他品行如何？"宝玉笑道："你既深知，又来问我作甚么？连我也未必干净了。"湘莲笑道："原是我自己一时忘情，好歹别多心。"宝玉笑道："何必再提，这倒是有心了。"

两位贴心朋友的对话，写得非常到位。柳湘莲直性子，又是好友之间，说话一时忘了分寸，说出："你们东府里除了那两个石头狮子干净，只怕连猫儿狗儿都不干净。"由此得知，他对宁府贾珍父子的做派是深深了解的，再加宝玉刚才的暗示，以至于他斩钉截铁地说："我不做这剩忘八。"但人只要没淹死总要做挣扎，明知没指望还是求哪怕一丝希望。柳湘莲刚说不做王八，立马又问"她品行如何"，他要宝玉给一个明明白白的回答，也好死心。这也是人之常情。然而，宝玉给出的则是标准的外交辞令："你既深知，又来问我作甚么？"宝玉的嘴里，是不肯说一句女孩子的坏话的，这几乎是他做人的第一原则，整部小说他都谨守这条原则。所以他只用一句反问来回答，而最后那句"连我也未必干净了"，既表达了他的不快，也算是一句"正面回答"，让柳湘莲死心。纵观两人之间的对话，大家是否发现，同外人打交道，宝玉非但不痴痴颠颠，也不那么温柔退让，他不仅很会说话，言谈中你找不到任何毛病，而且该含蓄则含蓄，该强力的时候甚至语带机锋，颇具杀伤力。所以我们评论宝玉，绝不能单单依据他在大观园中、在贾府里与家人相处的表现，也要看到走出家门后那个颇为机智的宝玉。就柳湘莲和尤三姐一事而言，宝玉虽然没说尤三姐一句坏话，然而他究竟算不算"出卖"了尤三姐呢？当最知心的朋友找上门来打听尤三姐的消息时，宝玉究竟该怎么应付最好呢？这些问题每个人有自己的看法，或许还有人会替宝玉设计出一个比较周全完善的方案，但这些方案只能留在我们心间，毕竟笔在曹公手中，他笔下的宝玉就是这么说这么做的，如果说留下了遗憾，那也是曹公需要的具有美学意味的遗憾。

柳湘莲的后续情节曹公写得非常简洁，加进标点符号只有六百多字符，少到不可思议。

　　湘莲作揖告辞出来，若去找薛蟠，一则他现卧病，二则他又浮躁，不如去索回定礼。主意已定，便一径来找贾琏。

　　贾琏正在新房中，闻得湘莲来了，喜之不禁，忙迎了出来，让到内室与尤老相见。湘莲只作揖称老伯母，自称晚生，贾琏听了诧异。吃茶之间，湘莲便说："客中偶然忙促，谁知家姑母于四月间订了弟妇，使弟无言可回。若从了老兄背了姑母，似非合理。若系金帛之订，弟不敢索取，但此剑系祖父所遗，请仍赐回为幸。"贾琏听了，便不自在，还说："定者，定也。原怕反悔所以为定。岂有婚姻之事，出入随意的？还要斟酌。"湘莲笑道："虽如此说，弟愿领责领罚，然此事断不敢从命。"贾琏还要饶舌，湘莲便起身说："请兄外坐一叙，此处不便。"那尤三姐在房明明听见。好容易等了他来，今忽见反悔，便知他在贾府中得了消息，自然是嫌自己淫奔无耻之流，不屑为妻。今若容他出去和贾琏说退亲，料那贾琏必无法可处，自己岂不无趣。一听贾琏要同他出去，连忙摘下剑来，将一股雌锋隐在肘内，出来便说："你们不必出去再议，还你的定礼。"一面泪如雨下，左手将剑并鞘送与湘莲，右手回肘只往项上一横。可怜"揉碎桃花红满地，玉山倾倒再难扶"，芳灵蕙性，渺渺冥冥，不知那边去了。当下唬得众人急救不迭。尤老一面嚎哭，一面又骂湘莲。贾琏忙揪住湘莲，命人捆了送官。尤二姐忙止泪反劝贾琏："你太多事，人家并没威逼他死，是他自寻短见。你便送他到官，又有何益，反觉生事出丑。不如放他去罢，岂不省事。"贾琏此时也没了主意，便放了手命湘莲快去。湘莲反不动身，泣道："我并不知是这等刚烈贤妻，可敬，可敬。"湘莲反扶尸大哭一场。等买了棺木，眼见入殓，又俯棺大哭一场，方告辞而去。

柳湘莲一开始想用谎言搪塞，其实大家心知肚明，只是他江湖仗义之人，不愿彼此撕开脸皮，更不愿损害女方的名声，只求好合好散，彼此方便。这是一种气度一种做派。有些人遇到此事，或吵或闹，那就不是行侠仗义的风格。贾琏似乎对此毫无准备，说明他不够老道，但他说的话也不失体面，先从道理说起，最后是"还要斟酌"。从贾琏的角度，除了这么讲，我们也很难找到更合适的语言。他是受小姨子所托，也是介绍人，又为婚事忙了好一阵子，他自然想婚事能够成功；更何况，尤三姐说过非柳湘莲不嫁的狠话，一旦失败，后患无穷。见贾琏坚持不允，柳湘莲提出："请兄外坐一叙，此处不便。"柳湘莲不是个巧言善辩之人，所谓的到外面说话，显然他是要摊牌。大家注意，以上描写的地点是在客厅里，所谓吃茶之间的谈话，作者并没写尤三姐人在哪里，到这时忽然插进一句："那尤三姐在房明明听见。"于是转写尤三姐的心思、动作。这种插入式描写简洁明快，与这段电闪雷鸣般的情节风格十分吻合。从她的心理反应可以知道，她是带着原罪观念等了这么多日子，

"嫌自己淫奔无耻之流，不屑为妻"的担忧始终在她心里翻滚，并且早有不成则死的打算。一听到要外面去谈，她立即解剑、出门、还剑、自刎，四个动作一气呵成，前后不过十来秒的时间，可见她不仅早有准备，连这些动作可能都预习过。

对于尤三姐的自杀，现在的女孩子可能认为不值，没必要，干吗为一个都不认识你的男人自杀呢？世界上男人多了，更何况，没男人又怎么样？但是，在尤三姐那个时代，一个女人不嫁男人是没办法生活的。女人没有财产、没有房屋、没有土地，怎么生活呢？这一切全部在男人手中，女人只有嫁给男人，才能间接地获得基本生活资料。所以那个时代是没有单身女子的，你想单身也不行，父母、兄弟握有女子的婚嫁权，他们随便找个什么人就把你赶出家门。当然尤三姐的自杀，则有其性格因素。她早已失足，又非柳湘莲不嫁，还不能受委屈，又不与柳湘莲沟通取得他的谅解，宁可自尽。而古今中外像这样的事情经常在发生，只能说有某种必然性。值不值？各人自判。

回到柳湘莲。眼见尤三姐这样倒在自己身边，柳湘莲极大地震撼、感化了，他称尤三姐为"刚烈贤妻"，认可了他与尤三姐的夫妻关系，"扶尸大哭一场。等买了棺木，眼见入殓，又俯棺大哭一场，方告辞而去"。他是以丈夫身份行了丧礼。或许有人会问柳湘莲怎么不等到入葬就走了？岂非薄情薄义？曹公要表现柳湘莲侠客风骨和狂态：他自己接受尤三姐为妻，并行过丈夫之礼，也就足够，他可不管世俗的一套琐琐碎碎的礼仪。柳湘莲并不是一个特立独行的思想家，他不可能像庄子那样"鼓盆而歌"，他尽了大礼，便不拘小节。他只是一位侠客。

至于后面一段写柳湘莲昏昏沉沉似梦非梦中与尤三姐会面，这显然是曹公对传统小说戏剧、对读者的一个让步，历来中国文学多有这种死后灵魂再现的尾巴，杰出如曹雪芹者也终究不能完全摆脱。当然他这笔描写也可以说是照应了整部小说的构思：尤三姐本属于太虚幻境中薄命司的一员，她投入红尘的"一段风流公案"就此了结。但不管怎么说，从美学的角度鉴赏，"忽听环珮叮当，尤三姐从外而入，一手捧着鸳鸯剑，一手捧着一卷册子"，这么一幅画面，我觉得不够自然，不够大气，况且与尤三姐总体形象有点格格不入。

本回最后一段：

> 湘莲警觉，似梦非梦，睁眼看时，那里有薛家小童，也非新室，竟是一座破庙，旁

边坐着一个跏腿道士捕虱。湘莲便起身稽首相问："此系何方？仙师仙名法号？"道士笑道："连我也不知道此系何方，我系何人，不过暂来歇足而已。"柳湘莲听了，不觉冷然如寒冰侵骨，掣出那股雄剑，将万根烦恼丝一挥而尽，便随那道士，不知往那里去了。

　　类似的场面、类似的情节我们至少见过两次，第1回中，甄士隐街头遇见跛足道人，疯癫落脱，麻屣鹑衣，口中唱着《好了歌》，甄士隐上前几句对话，便同了疯道人飘飘而去；第2回贾雨村步入智通寺，见一龙钟老僧在那里煮粥，既聋且昏，齿落舌钝，贾雨村心生嫌弃不予理睬。大家都知道，这两位怪人便是茫茫大士和渺渺真人。现在这位渺渺真人又来点化柳湘莲，只有一句话："连我也不知道此系何方，我系何人，不过暂来歇足而已。"这一句话包含着中国佛道两家的精粹：万物皆空，人生如梦。柳湘莲有点慧根一点即悟，斩断万根烦恼丝随之出家。那么这一僧一道至今三次下凡来度人，从结果来看，道士的成绩是两次出手两次成功，而和尚出场一次，却失败了。除此之外，这一僧一道还两次下凡救命，一次是两人联袂出手救宝玉和凤姐成功了；另一次是道士单独去救贾瑞，但贾瑞违背教诲结果一命呜呼，道士的工作失败。总的评估起来，和尚与道士的成绩大致扯平。所以总体来看，曹雪芹心中笔下佛道相若，难分高低。这是颇有意思值得回味的。而后四十回中，续作者很好地照应了一僧一道的线索，而且他们出场的情境和言谈举止，与原作的描写丝丝入扣，甚至还发扬光大了；结尾一段他们领着宝玉踏歌而去，那画面，尤其那首"归彼大荒"的《离尘歌》，令读者热泪盈眶，永世难忘，成为不朽的经典。

　　或许有些人觉得奇怪：为什么一僧一道，在第1回首次出场时，"生得骨格不凡，丰神迥异"，其后出场就面目全非，和尚癞痢头，道士跛子脚，且衣缕破烂满身肮脏，作者为什么要这么刻画呢？大致有这么几个原因。第一个是为了造成强烈的对比，作者用夸张化的描写，令人物前后改头换面，给读者一种全新的感觉，引发读者的猜想，这是作者所要的效果。第二，佛教也好道教也罢，作为宗教都不追求物质享乐，佛教更有苦修之说，即使道教，也一贯提倡"守常安分"，贬斥"人皆知持物之乐而不知不持物之乐"。我国的名刹大庙多建在崇山峻岭之上，就是要远离繁华，安心修身。所以茫茫大士和渺渺真人衣衫不整符合教义。第三，曹公很喜欢捉弄人的。让他们以老态龙钟、衣衫破烂的形象出现，是对别人的一种考验，看对方是不是以貌取人、以势利眼看人。贾雨村经不起这种考验，虽然见到"身后有余忘缩手，眼前无路想回头"的对联，意识到"我也曾游过些名山大刹，倒不曾见过这话头，其中想必有个翻过筋斗来的亦未可知，何不进去试试"，但见到老和尚"既聋且昏，齿落舌钝"的模样立即不耐烦，可见他既无同情心，也无大智慧，长的是两只势利眼。甄士隐则不然，贾政也不然，当"破衲芒鞋无住迹，腌臜更有满头疮"的和尚和"一足高来一足低，浑身带水又拖泥"的道士闯入贾府深宅大院，贾政并没有皱眉头，他口称"道友"，虚心下问。本回渺渺真人化作跏腿道士坐着捕虱子，这几乎是最恶心的动作，但柳湘莲毫不嫌恶，敬称"仙师"，得到点醒，进而了悟。后四十回对一僧一道的描写延续了曹雪芹的笔法，虽然没写他们的穿着，而是抓住他们疯疯癫癫大非常人的特征，可以说与原作一脉相承，保持了作品的原汁原味，难能可贵。

最后，本回的艺术特征值得说一说。《红楼梦》的描写细腻舒缓从容不迫，由此而形成鲜明独特的叙事风格。但是我们提到过，曹雪芹不管是人物形象、情节内容、主题意蕴或是表现手法，都追求多样化，从而形成美学的"泱泱大国"，一部《红楼梦》几乎无所不有，无所不能，无所不达各方面、各领域之巅峰。本回就出现叙述风格的"变调"——明快利落，快刀斩乱麻，决不拖泥带水。最突出的就是尤三姐之死。从镜头切换至尤三姐，到玉山倾倒芳魂西归，居然只有短短的一百来字！然而，细读这百来字，一大半描写心理，然后有动作描写，有语言描写，有作为第三方出现的作者叙述，甚至还引用诗歌进行强烈抒情。这么多内容仅用百来字，作者为何如此惜墨如金、如此匆匆忙忙？答案在前面的讲述中：由于湘莲形象带"侠客"色彩，三姐又是刚烈之女，所以这整个一回作者就写成"侠客小说"风格，刚劲明快，充满张力，悲惨场面以"快镜头"方式一挥而就，震撼之余，给读者长久的回味。三姐的死是如此，湘莲的出家亦复如此。当然，一个快闪镜头要令读者深深感动并久久回味，功在前面的铺垫扎实。本回，甚至前一回，三姐的表白和二姐的介绍，以及贾琏的观察和感受，尤其是三姐击断玉簪的发誓等，做了多层埋伏，最后的结局已是水到渠成，无需更多的笔墨了。

第六十七回

见土仪颦卿思故里　闻秘事凤姐讯家童

回目说林黛玉见到故乡的特产而思念故里，凤姐听说贾琏的私密后审讯小厮。

本回开头另开一路，专门挑了尤三姐的死讯传到薛家的情况。先从薛姨妈写起，听到消息，"薛姨妈不知为何，心甚叹息"。老年人是这样，心比较软，虽然她可能未见过尤三姐的面，但她已经替柳湘莲操劳好一切婚事预备，马上要迎新人了，突然传来噩耗，怎能不叹息。接着，写宝钗的反应。

> 正在猜疑，宝钗从园里过来，薛姨妈便对宝钗说道："我的儿，你听见了没有？你珍大嫂子的妹妹三姑娘，他不是已经许定给你哥哥的义弟柳湘莲了么，不知为什么自刎了。那柳湘莲也不知往那里去了。真正奇怪的事，叫人意想不到。"宝钗听了，并不在意，便说道："俗话说的好，'天有不测风云，人有旦夕祸福'。这也是他们前生命定。前日妈妈为他救了哥哥，商量着替他料理，如今已经死的死了，走的走了，依我说，也只好由他罢了。妈妈也不必为他们伤感了。倒是自从哥哥打江南回来了一二十日，贩了来的货物，想来也该发完了，那同伴去的伙计们辛辛苦苦的，回来几个月了，妈妈和哥哥商议商议，也该请一请，酬谢酬谢才是。别叫人家看着无理似的。"

宝钗的这个反应，招致不少抨击，认为她麻木不仁没有人性，还不如她哥哥薛蟠。确实，宝钗的反应很冷淡，对尤三姐竟然一字不提，作为一名少女，似乎太缺乏同情心。然而我说，要说宝钗有没有同情心，作品中描写得太多了，她对史湘云、林黛玉、邢岫烟、香菱等，早已说明一切。如果真正了解宝钗的为人、真正了解当时的社会状况和社会习俗，就知道今天宝钗这个反应，对尤三姐避而不谈不仅正常，而且还是必须。第一，宝钗很可能是在大观园中听到尤三姐和柳湘莲的消息，才赶过来的；她来就是为了劝慰母亲和哥哥。前面我们已经看到，对贾府的事情，尤其是那些不妙的丑事，宝钗有时候比平儿还早知道。所以在这个微妙的时刻宝钗出现在母亲面前，可能就是专门赶过来劝慰母亲的，她知道母亲已经为柳湘莲的婚事准备了很久，她知道母亲会是怎么个心情。所以，当薛姨妈告诉她尤三姐和柳湘莲的事情，她"并不在意"，更不惊讶。宝钗既然是来劝慰母亲的，她自然要把事情说得轻淡些，所以她劝母亲别再难过，还是务实些，该请请伙计们了。以此岔开母亲的思路，改变母亲的情绪。第二，我们要明白，尤三姐毕竟是因为失足而死，尤三姐思忖自己属于"淫奔无耻"，这样龌龊的事情，对于阁闺中的女孩子，是不能去打听，更不能议论，这是闺阁女子最基本的守则。第三，宝钗可能没见过尤三姐，她们不认识没交情。所以，当薛姨妈讲到尤三姐"不知为什么自刎了"，宝钗必须回避话题，必须拐弯而过，她不便谈论具体细节，只能做一个大而概之的回答。第四，连尤三姐自己都不能原谅自己，连尤二姐都觉得"人家并没威逼她死，是她自寻短见"，怪不到别人，连尤老娘也没觉得冤枉。既然如此，我们能够要宝钗给予什么样的同情呢？她哥哥刚刚结拜的兄弟打算要娶的女子，即使她表现出同情，也不过虚言几句而已，那不是宝钗的风格。宝钗对自己认识的姐妹，对那些情投意合的女子尽到自己最大的努力给予帮助和鼓励，这已经很高尚，甚至有僭越嫌疑。——在大观园中，真正的主人是李纨、探春，她们更有能力、更有义务帮助和安慰林黛玉、史湘云、邢岫烟，但李纨、探春并没有做过什么，奇怪的是，我没见过有哪位评论家因此指责李纨、探春，但无数评论家对宝钗这里的"并不在意"大肆攻击。同时，对于宝钗帮助林黛玉、史湘云、邢岫烟，又说她是以小恩小惠拉拢她们。对这种没有原则的评论，我们不赞赏。第五，宝钗的"并不在意"，不是她对尤三姐特别冷淡，相反，这是她一贯的人生态度，"天有不测风云，人有旦夕祸福"是她处世的教条。她对哥哥是如此态度，对自己的命运也是这态度。基于以上五方面，对于宝钗的"并不在意"，我以为非但不必责备，反而应当理解；我们不单是理解宝钗，更要理解作者曹公这么刻画宝钗的用心。

再看看薛蟠的反应。

> "母女正说话间，见薛蟠自外而入，眼中尚有泪痕。一进门来，便向他母亲拍手说道：'妈妈可知道柳二哥尤三姐的事么？'"

薛蟠伤心流泪，这自然是真感情。我们前面说过，随着作品的一步步展开，曹公对薛蟠的态度，起了很大的变化，今日的薛蟠，再也不是作品开头那位打死人不眨眼的呆霸王，而是越来越富有人情味，对母亲和妹妹懂得了体贴照顾，对宝玉也是情真意切，现在对柳湘莲更是兄弟情深。薛蟠是怎么改变的？曹公没有正面描写，但我们看到，几次他可能滑向深渊时，比如他要小厮们去拆了柳湘莲家屋子，宝钗把他拉了回来；当他要上进去学习经营之道，宝钗就大力支持。曹公并不是那种一根筋到底的作家，他没有信奉"好有好报"这样的简单信条，让薛蟠一帆风顺，而是在不久的将来让薛蟠娶了"河东狮"夏金桂，从此走上有家难归的苦恼之路。或许曹公有让薛蟠偿还孽债的意思，毕竟薛蟠不仅身负血债，还对香菱作了孽；他更要保持全书的基本走势，不仅要写出贾府灭亡，而且贾史王薛统统破败，所以薛蟠自然要倒霉。

回到当下。薛姨妈依照宝钗的说法，要薛蟠放下别的心思，"你如今也该张罗张罗买卖，二则把你自己娶媳妇应办的事情，倒早些料理料理。咱们家没人，俗语说的'夯雀儿先飞'，省得临时丢三落四的不齐全，令人笑话"。这是第一次提起薛蟠娶媳妇的事情，是为后面的情节开始预热。

话犹未了，外面小厮进来回说："管总的张大爷差人送了两箱子东西来，说这是爷各自买的，不在货帐里面。本要早送来，因货物箱子压着，没得拿，昨儿货物发完了，所以今日才送来了。"一面说，一面又见两个小厮搬进了两个夹板夹的大棕箱。薛蟠一见，说："嗳哟，可是我怎么就糊涂到这步田地了！特特的给妈和妹妹带来的东西，都忘了没拿了家里来，还是伙计送了来了。"宝钗说："亏你说，还是特特的带来的才放了一二十天，若不是特特的带来，大约要放到年底下才送来呢。我看你也诸事太不留心了。"薛蟠笑道："想是在路上叫人把魂吓掉了，还没归窍呢。"说着大家笑了一回。

曹雪芹再次展现薛家的家庭氛围：做哥哥的倒像是弟弟，做妹妹的倒像是姐姐，一次又一次，都是宝钗在开导乃至教训薛蟠，而薛蟠则不能不服。类似的场面已经出现多次，曹公的用意比较清楚。

薛蟠笑着道："那一箱是给妹妹带的。"亲自来开。母女二人看时，却是些笔、墨、纸、砚，各色笺纸、香袋、香珠、扇子、扇坠、花粉、胭脂等物，外有虎丘带来的自行人、酒令儿、水银灌的打筋斗小小子、沙子灯、一出一出的泥人儿的戏，用青纱罩的匣子装着，又有在虎丘山上泥捏的薛蟠的小像，与薛蟠毫无相差。宝钗见了，别的都不理论，倒是薛蟠的小像，拿着细细看了一看，又看看他哥哥，不禁笑起来了。

这么多礼物，最打动宝钗的是哪些呢？如果是探春，她可能最喜欢一出一出的泥人儿的戏，这个确实有趣，也有较高的技术含量，很难得。然而宝钗却是别的都不理论，她注目的是哥哥的泥人像，这位宝贝哥哥究竟长什么模样，作品并没有交代过，然而我们想来是一副又憨又呆的样子，要把一团泥巴捏出这副神情，不容易的。宝钗看了发笑，可见苏州泥人师傅把个薛蟠捏得惟妙惟肖。宝钗在欣赏艺术的同时，或许也在思索着她这位哥哥将来路在何方。

宝钗到了自己房中，将那些玩意儿一件一件的过了目，除了自己留用之外，一分一分配合妥当，也有送笔墨纸砚的，也有送香袋扇子香坠的，也有送脂粉头油的，有单送顽意儿的。只有黛玉的比别人不同，且又加厚一倍。一一打点完毕，使莺儿同着一个老婆子，跟着送往各处。

宝钗素来对物质并不讲究，更无奢华的追求。薛蟠也理应知道妹妹的习性，他带这么一整箱子东西来，自然是知道妹妹要送人，所以这位哥哥并非没心没肺，他挑这些物品正是宝钗需要的礼物。薛家的家底虽然日益见薄，但送姐妹们这些小礼品还是小事一件。宝钗在这方面还是沾着家族的光，让她能够该接济的接济，该帮助的帮助。这次的礼品，作者没写其他人分别得到什么，却专门写明："只有黛玉的比别人不同，且又加厚一倍。"曹公真会用词语，"加厚"，用得太有味道。若用"增加"、"翻倍"，都不够味，如果用"多给"，更不对劲，有施舍的意思了。用"加厚"，则把宝钗对黛玉的深情厚谊，表达得恰到好处。然后作品很自然地转向林黛玉。

　　宝钗毕竟不是曹雪芹，她对黛玉还是少想了一步，她只想到"加厚一倍"，忘了林黛玉会睹物思情，怀旧伤感。

> 这边姊妹诸人都收了东西，赏赐来使，说见面再谢。惟有林黛玉看见他家乡之物，反自触物伤情，想起父母双亡，又无兄弟，寄居亲戚家中，那里有人也给我带些土物？想到这里，不觉的又伤起心来了。

　　大家留心，此处曹公写了林黛玉三层感慨。一层是"触物伤情"，就是回目所标的"思故里"。一个离乡多年的人，尤其是童年离乡的人，是最容易"触物伤情"的。搬过家的人有体会，他一生所认可的故里，一定是度过童年的那个家；至于离家千里的游子，那就更不用说了。第二层，"父母双亡，又无兄弟"，这是从失去亲人、孑然一身的角度感叹。尤其，父亲死的时候黛玉远在千里之外，这种遗恨必然贯穿终生。第三层，是"寄居亲戚家中"，这里用了"寄居"一词。虽然生活在直系亲属外祖母家里，又有两个舅舅，但黛玉依然认为是"寄居"。黛玉见到家乡的土物即涌上这么三层情感，非过来之人很难写出。我的意思是，曹公在这里又调用他本人的生活经验。我们多次说过，曹雪芹十来岁就"抛父"北上，此后可能经常居住在姑妈家。在那些年中，他一定见过江南的土物，以曹雪芹那颗敏感的心，必定每一次都会"触物伤情"，会想到家世的不幸，更会触动"寄居"的那份身不由己。所以作品这里在写林黛玉的感慨，同时也是曹雪芹借情节抒发胸中块垒。此时《红楼梦》成了一面镜子，书里的林黛玉书外的曹雪芹形影相吊，四泪对流。也不知过了多少时候，曹雪芹才挣扎着提起笔来继续这肝肠寸断的书写。

　　黛玉睹物伤情，紫鹃再三解劝，正好宝玉也来了，又东拉西扯一场劝慰，黛玉感动。

> 便说："你不用在这里混搅了。咱们到宝姐姐那边去罢。"宝玉巴不得黛玉出去散散闷，解了悲痛，便道："宝姐姐送咱们东西，咱们原该谢谢去。"黛玉道："自家姊妹，这倒不必。只是到他那边，薛大哥回来了，必然告诉他些南边的古迹儿，我去听听，只当回了家乡一趟的。"说着，眼圈儿又红了。

林黛玉最后两句话，前一句"自家姊妹，这倒不必"，透露出她与宝钗情真意笃；后一句，"薛大哥回来了，必然告诉他些南边的古迹儿，我去听听，只当回了家乡一趟的"。这话，痴情到极点，只有曹雪芹想得到，写的出。不过仔细回味黛玉这话，倒不像是离开故乡几年，而像是几十年。实际情况是黛玉回乡奔丧没几年，所以，这感慨发自作者曹雪芹本人，可能更为妥当。我们不知道曹雪芹自从北上后，多少年才回过江南。来回一次要几个月，还需一笔不小的开销。贾雨村就因为没有钱而滞留苏州，不能上京赶考。

两人来到蘅芜苑。

> 三个人又闲话了一回，因提起黛玉的病来。宝钗劝了一回，因说道："妹妹若觉着身子不爽快，倒要自己勉强扎挣着出来走走逛逛，散散心，比在屋里闷坐着到底好些。我那两日不是觉着发懒，浑身发热，只是要歪着，也因为时气不好，怕病，因此寻些事情自己混着。这两日才觉着好些了。"黛玉道："姐姐说的何尝不是。我也是这么想着呢。"

宝钗的提议，可能是治疗黛玉病症的好方法。曾经有人说："林黛玉那病，让她去上班，一天忙上八小时就痊愈了。"话糙理不糙。相思病与抑郁症双重结合者，参与群体活动，增加活动量，有一份每天必须完成的工作，心里充实环境活泼，就能打断她相思的念头，她的病可以大大减轻。

曹公不知哪来的灵感，忽然把镜头切到赵姨娘。

> 且说赵姨娘因见宝钗送了贾环些东西，心中甚是喜欢，想道："怨不得别人都说那宝丫头好，会做人，很大方，如今看起来果然不错。他哥哥能带了多少东西来，他挨门儿送到，并不遗漏一处，也不露出谁薄谁厚，连我们这样没时运的，他都想到了。若是那林丫头，他把我们娘儿们正眼也不瞧，那里还肯送我们东西？"

赵姨娘大约知道探春收到的礼物与贾环差不多，作为贾府中遭排挤的人儿，她对宝钗心生感激之余，忽然又对照到林黛玉，"那林丫头，他把我们娘儿们正眼也不瞧，那里还肯送我们东西？"下面的描写，也只有曹公想得出。

> 忽然想到宝钗系王夫人的亲戚，为何不到王夫人跟前卖个好儿呢。自己便蝎蝎螫螫的拿着东西，走至王夫人房中，站在旁边，陪笑说道："这是宝姑娘才刚给环哥儿的。难为宝姑娘这么年轻的人，想的这么周到，真是大户人家的姑娘，又展样，又大方，怎么叫人不敬服呢。怪不得老太太和太太成日家都夸他疼他。我也不敢自专就收起来，特拿来给太太瞧瞧，太太也喜欢喜欢。"王夫人听了，早知道来意了，又见他说的不伦不类，也不便不理他，说道："你自管收了去给环哥顽罢。"赵姨娘来时兴兴头头，谁知抹了一鼻子灰，满心生气，又不敢露出来，只得讪讪的出来了。到了自己房中，将东西丢在一边，嘴里咕咕哝哝自言自语道："这个又算了个什么儿呢？"一面坐着，各自生了一回闷气。

说这一笔只有曹公想得出，因为中间有很大的跳跃：赵姨娘收到宝钗的礼物，她联想到林黛玉的不屑一顾，这还比较自然，但让她想到要去讨好王夫人，这中间就没有直接关系了，属于赵姨娘的跳跃性思维。赵姨娘的跳跃性思维，当然要靠曹雪芹给她。这种凭空跳跃在其他小说中很少见的，只有在特别优秀的小说，比如《阿Q正传》等中才有。赵姨娘与王夫人本来形同水火，她甚至请马道婆来施魔法生生害死宝玉和凤姐，但迫于王夫人的势力她今日要去讨好一番。而对于赵姨娘这一举动，曹公显然看不上眼，他在行文中用了"蝎蝎螫螫的拿着东西"，蝎蝎螫螫，畏畏缩缩不大气不入调的样子。而王夫人对赵姨娘根本看不入眼，说了一句"你自管收了去给环哥顽罢"，言下之意是你何必搬到这里来啰唆。王夫人一向是比较忠厚的，才说得这么温和，若是换了邢夫人或凤姐，真不知说出什么来。赵姨娘抹了一鼻子灰回家生闷气。按照曹公的叙述，赵姨娘若是不搞此类讨好，该硬的时候天塌下来也硬扛，该省事的时候自己省事，或许不至于遭王夫人如此看不起。赵姨娘确实缺乏她女儿追求的"烟霞闲骨格"。不过，我想曹公突然抽出时间来写上这么一笔，不会是单纯的灵机一动，而是谋篇布局的一部分。赵姨娘受了这份闲气，她对王夫人以及凤姐、宝玉，会更加痛恨，或许八十回以后会有照应情节。

作品接下来要转到凤姐那边去了，但这个弯转得巧妙。

却说莺儿带着老婆子们送东西回来，回复了宝钗，将众人道谢的话并赏赐的银钱都回完了，那老婆子便出去了。莺儿走近前来一步，挨着宝钗悄悄的说道："刚才我到琏二奶奶那边，看见二奶奶一脸的怒气。我送下东西出来时，悄悄的问小红，说刚才二奶奶从老太太屋里回来，不似往日欢天喜地的，叫了平儿去，唧唧咕咕的不知了说些什么。看那个光景，倒象有什么大事的似的。姑娘没听见那边老太太有什么事？"宝钗听了，也自己纳闷，想不出凤姐是为什么有气，便道："各人家有各人的事，咱们那里管得。你去倒茶去罢。"莺儿于是出来，自去倒茶不提。

说这过渡值得细看，是说莺儿很会察言观色，收集信息。她看见凤姐满脸怒色，当然不能直接问凤姐，但她还是悄悄问了小红，得知凤姐是从老太太屋里出来就不高兴，然后与平儿叽叽咕咕一阵，莺儿觉得有什么大事，故来报告宝钗。宝钗似乎对这类情报兴趣不大，非但没要求莺儿再去打听，反而说："各人家有各人的事，咱们那里管得。你去倒茶去罢。"少管他人闲事，并认为各人家有各人的事，这正是宝钗一贯的处世态度，是一个客居者固有的态度。同样她的手下人也一直是竖着两个耳朵，保持警惕。这是情节转到凤姐那边的第一个弯。

另一个弯是宝玉那边的袭人，作品从宝玉回家与麝月交谈写起，又写到晴雯回来，才知道袭人去了凤姐那边。然后再起一段写袭人。她在去凤姐那里的半路，还与老祝妈有一段交谈，袭人教老祝妈一个保护葡萄不被虫咬的方法——用粗纱布袋把整串葡萄套起来。我们由此知道当今在水果树上给水果套上纸袋子，是古已有之的。再往后才写到袭人步入凤姐的院门。作者花这么多笔墨来拐这个大弯子，用意是造成紧张的气氛，因为事关重大，事关人命。

　　一到院里，只听凤姐说道："天理良心，我在这屋里熬的越发成了贼了。"袭人听见这话，知道有原故了，又不好回来，又不好进去，遂把脚步放重些，隔着窗子问道："平姐姐在家里呢么？"平儿忙答应着迎出来。袭人便问："二奶奶也在家里呢么，身上可大安了？"说着，已走进来。凤姐装着在床上歪着呢，见袭人进来，也笑着站起来，说："好些了，叫你惦着。怎么这几日不过我们这边坐坐？"袭人道："奶奶身上欠安，本该天天过来请安才是。但只怕奶奶身上不爽快，倒要静静儿的歇歇儿，我们来了，倒吵的奶奶烦。"凤姐笑道："烦是没的话。倒是宝兄弟屋里虽然人多，也就靠着你一个照看他，也实在的离不开。我常听见平儿告诉我，说你背地里还惦着我，常常问我。这就是你尽心了。"一面说着，叫平儿挪了张杌子放在床旁边，让袭人坐下。丰儿端进茶来，袭人欠身道："妹妹坐着罢。"一面说闲话儿。只见一个小丫头子在外间屋里悄悄的和平儿说："旺儿来了。在二门上伺候着呢。"又听见平儿也悄悄的道："知道了。叫他先去，回来再来，别在门口儿站着。"袭人知他们有事，又说了两句话，便起身要走。凤姐道："闲来坐坐，说说话儿，我倒开心。"因命平儿："送送你妹妹。"平儿答应着送出来。只见两三个小丫头子，都在那里屏声息气齐齐的伺候着。袭人不知何事，便自去了。

　　到这里，我们算弄明白，凤姐简直像个演员一样会演戏。凤姐明明刚从贾母那儿回来，正在大发雷霆，听见袭人进来，却装着躺在床上似乎一直没起身；然后压住火气像没事人一般与袭人唠家常。要知道，凤姐刚刚得到一个天大的噩耗——贾琏在外面有了"新二奶奶"，她正要审讯小厮呢！在这种时刻她还能装模作样与一个丫鬟聊天，这份强压怒火的本事，非同一般。作者借助袭人的观察和感受，把一场雷霆万钧的审问，一直铺垫到闪电耀眼。曹公造足了势，才进入正题"讯家童"。

　　只见一个小丫头进来回说："旺儿在外头伺候着呢。"凤姐听了，冷笑了一声说："叫他进来。"那小丫头出来说："奶奶叫呢。"旺儿连忙答应着进来。旺儿请了安，在外间门口垂手侍立。凤姐儿道："你过来，我问你话。"旺儿才走到里间门旁站着。凤姐儿道："你二爷在外头弄了人，你知道不知道？"旺儿又打着千儿回道："奴才天天在二门上听差事，如何能知道二爷外头的事呢。"凤姐冷笑道："你自然不知道。你要知道，你怎么拦人呢。"旺儿见这话，知道刚才的话已经走了风了，料着瞒不过，便又跪回道："奴才实在不知。就是头里兴儿和喜儿两个人在那里混说，奴才吆喝了他们两句。内中深情底里奴才不知道，不敢妄回。求奶奶问兴儿，他是长跟二爷出门的。"凤姐听了，下死劲啐了一口，骂道："你们这一起没良心的混帐忘八崽子！都是一条藤儿，打量我不知道呢。先去给我把兴儿那个忘八崽子叫了来，你也不许走。问明白了他，回来再问你。好，好，好，这才是我使出来的好人呢！"那旺儿只得连声答应几个是，磕了个头爬起来出去，去叫兴儿。

作品显然在追求层次感，让凤姐先审旺儿，炸一个小雷，为大雷的爆炸打头阵。旺儿或许真的没掌握多少资料，他往兴儿头上推。凤姐让旺儿出去传兴儿，一点不怕他们串供，非常自信。这位兴儿，上一回在尤二姐面前表现出高超的演说技巧，今天到凤姐面前，他将如何发挥呢？值得一看。

却说兴儿正在帐房儿里和小厮们玩呢，听见说二奶奶叫，先唬了一跳，却也想不到是这件事发作了，连忙跟着旺儿进来。旺儿先进去，回说："兴儿来了。"凤姐儿厉声道："叫他！"那兴儿听见这个声音儿，早已没了主意了，只得乍着胆子进来。凤姐儿一见，便说："好小子啊！你和你爷办的好事啊！你只实说罢！"兴儿一闻此言，又看见凤姐儿气色及两边丫头们的光景，早唬软了，不觉跪下，只是磕头。凤姐儿道："论起这事来，我也听见说不与你相干。但只你不早来回我知道，这就是你的不是了。你要实说了，我还饶你，再有一字虚言，你先摸摸你腔子上几个脑袋瓜子！"兴儿战兢兢的朝上磕头道："奶奶问的是什么事，奴才同爷办坏了？"凤姐听了，一腔火都发作起来，喝命："打嘴巴！"旺儿过来才要打时，凤姐儿骂道："什么糊涂忘八崽子！叫他自己打，用你打吗！一会子你再各人打你那嘴巴子还不迟呢。"那兴儿真个自己左右开弓打了自己十几个嘴巴。凤姐儿喝声"站住"，问道："你二爷外头娶了什么新奶奶旧奶奶的事，你大概不知道啊？"兴儿见说出这件事来，越发着了慌，连忙把帽子抓下来在砖地上咕咚咕咚碰的头山响，口里说道："只求奶奶超生，奴才再不敢撒一个字儿的谎。"凤姐道："快说！"

这一段描写，作者侧重写势，也就是凤姐的威风，这是平时积累起来的，小厮们深深了解。所以兴儿听见凤姐叫他，先就吓了一跳。从这第一笔写兴儿，我们大致可以猜到结果了。兴儿显然胆子很小，好像能说会道的人一般胆子都比较小。但他毕竟不知道发生了什么事，所以尽管听见凤姐的吆喝他感觉大事不妙，但他不可能主动交代，他毕竟是跟贾琏的，贾琏那头他还要吃饭呢。而凤姐似乎要见证自己的威风究竟有多大，她就是不点破，要把兴儿吓死，让兴儿自己交代。其实凤姐完全可以直接破题，因为她只要了解事情的真相，兴儿的态度并不重要。但凤姐的性格决定她的审讯方式，借着这审讯她要大摆一次威风，她特别享受这过程。从人性的角度看，凤姐属于凶狠残忍一类，她最喜欢别人看见她就发抖，至于伤害别人，她非但不怜悯，反而觉得痛快，觉得享受。不过这一次凤姐还算比较"文明"，我们对比一下，上次贾琏与鲍二家的偷情时候审丫鬟，她亲自动刑，又是扇巴掌，又拿簪子戳丫鬟的嘴，还叫人烧红了烙铁来烫；这一次，或许因为是审小厮，她不便亲手打男孩，或许情形没上次那么紧迫，她只让兴儿自己掌嘴。兴儿接下来一股脑儿把所有知道的情况全倒出来，也免了凤姐动大刑。不过凤姐对于案情要害点的追问十分关键，这对于她后面的张网布局很重要。

兴儿回道："后来就是蓉哥儿给二爷找了房子。"凤姐忙问道："如今房子在那里？"兴儿道："就在府后头。"凤姐儿道："哦。"回头瞅着平儿道："咱们都是死人哪。你听听！"平儿也不敢作声。兴儿又回道："珍大爷那边给了张家不知多少银子，那张家就不问了。"凤姐道："这里头怎么又扯拉上什么张家李家咧呢？"兴儿回道："奶奶不知道，这二奶奶……"刚说到这里，又自己打了个嘴巴，把凤姐儿倒怄笑了。两边的丫头也都抿嘴儿笑。兴儿想了想，说道："那珍大奶奶的妹子……"凤姐儿接着道："怎么样？快说呀！"兴儿道："那珍大奶奶的妹子原来从小儿有人家的，姓张，叫什么张华，如今穷的待好讨饭。珍大爷许了他银子，他就退了亲了。"凤姐儿听到这里，点了点头儿，回头便望丫头们说道："你们都听见了？小忘八崽子，头里他还说不知道呢！"兴儿又回道："后来二爷才叫人裱糊了房子，娶过来了。"凤姐道："打那里娶过来的？"兴儿回道："就在他老娘家抬过来的。"凤姐道："好罢咧。"又问："没人送亲么？"兴儿道："就是蓉哥儿。还有几个丫头老婆们，没别人。"凤姐道："你大奶奶没来吗？"兴儿道："过了两天，大奶奶才拿了些东西来瞧的。"凤姐儿笑了一笑，回头向平儿道："怪道那两天二爷称赞大奶奶不离嘴呢。"掉过脸来又问兴儿，"谁服侍呢？自然是你了？"兴儿赶着碰头不言语。凤姐又问，"前头那些日子说给那府里办事，想来办的就是这个了。"兴儿回道："也有办事的时候，也有往新房子里去的时候。"凤姐又问道："谁和他住着呢？"兴儿道："他母亲和他妹子。昨儿他妹子各人抹了脖子了。"凤姐道："这又为什么？"兴儿随将柳湘莲的事说了一遍。凤姐道："这个人还算造化高，省了当那出名儿的忘八。"因又问道："没了别的事了么？"兴儿道："别的事奴才不知道。奴才刚才说的字字是实话，一字虚假，奶奶问出来只管打死奴才，奴才也无怨的。"凤姐低了一回头，

我们分析一下凤姐的追问。第一个问清了尤二姐新房的具体地址，后面凤姐要打仗，敌人的具体地点必须掌握。第二个问出对方一个薄弱环节：原配张华是刚被贾珍收买的，这里面大有文章可做！第三个她再三追问有哪些人送亲，她一定要搞清楚案件的参与者、对方的同情人都有哪些，这些人，她一个不会放过！第四个问题是谁与尤二姐住一起，这与凤姐后面怎么攻打堡垒大有关系。问完这些，凤姐低了一回头，那是她在脑子里过电影，确认还有没有重大遗漏问题。她知道自己这时很激动，她在控制自己，调节自己。等到确认完毕，她后面的一系列言行就显得很有理性。

便又指着兴儿说道："你这个猴儿崽子就该打死。这有什么瞒着我的？你想着瞒了我，就在你那糊涂爷跟前讨了好儿了，你新奶奶好疼你。我不看你刚才还有点怕惧儿，

不敢撒谎，我把你的腿不给你砸折了呢。"说着喝声："起去。"兴儿磕了个头，才爬起来，退到外间门口，不敢就走。凤姐道："过来，我还有话呢。"兴儿赶忙垂手敬听。凤姐道："你忙什么，新奶奶等着赏你什么呢？"兴儿也不敢抬头。凤姐道："你从今日不许过去。我什么时候叫你，你什么时候到。迟一步儿，你试试！出去罢。"兴儿忙答应几个"是"，退出门来。凤姐又叫道："兴儿！"兴儿赶忙答应回来。凤姐道："快出去告诉你二爷去，是不是啊？"兴儿回道："奴才不敢。"凤姐道："你出去提一个字儿，隄防你的皮！"兴儿连忙答应着才出去了。

这是故意折磨人，三次叫人出去，三次又叫回来，是凤姐想起什么新的问题？不是，没提任何问题，只有胡搅蛮缠式的。"你忙什么，新奶奶等着赏你什么呢？"这是典型的凤姐语言，毫无道理，胡缠讽刺，背后是严重警告：新奶奶她什么都不是，你别昏了头。让兴儿三出三进，无非是心理折磨：我就是这么没道理，我就这么玩弄你，你在我的手心，你没任何自由！"快出去告诉你二爷去，是不是啊？"这层警告实际上也有胡缠成分，因为贾琏远在平安州，兴儿要告密也做不到；何况，兴儿已经把贾琏和尤二姐彻底出卖了，身为叛徒，他连告密的本钱都没有。凤姐这纯粹在胡搅，在恐吓。

折磨完兴儿，轮到旺儿了。

> 凤姐又叫："旺儿呢？"

这又是凤姐式套路，凤姐明明看见他在那里站着，却要明知故问。这也是心理折磨，是告诉旺儿：你站在边上，没用，我的眼里就是没你！我就是王，我就是天，我想怎么摆布就怎么摆布！

> 旺儿连忙答应着过来。凤姐把眼直瞪瞪的瞅了两三句话的工夫，才说道："好旺儿，很好，去罢！外头有人提一个字儿，全在你身上。"旺儿答应着也出去了。

"凤姐把眼直瞪瞪的瞅了两三句话的工夫"，瞅什么？瞅得旺儿吓破胆。我们前面说了，今天凤姐算文明的，兴儿说过，贾琏多看一眼哪个丫头，凤姐就当着贾琏的面把她打成个烂羊头，今天她没动棍棒，没打小厮的皮肉，她打的是小厮们的心头，她要摧毁他们的心理、心智。

那么，说到这里，读者有没有想过，今天凤姐为什么不动刑呢？这可不是她的风格啊。我以为，这正是凤姐脑子清醒的地方，是她"聪明反被聪明误"的前一个聪明。记得当年贾琏与鲍二家的偷情，凤姐是直接破门而入捉奸捉双，然后又打又哭，闹得全家无人不知。这一次凤姐似乎知道点利害关系，因为贾琏婚娶是在国丧家丧期间，一旦闹出去贾琏身家难保，凤姐可不想要这个结局。所以，她这一次必须避免弄到家喻户晓的局面，她的报复计划要在暗中实施，要焖锅煮鱼，杀敌于悄无声息之中。今天对小厮不上刑具，并一再威胁不许走漏一点风生，大约也是出于这个全盘考虑。

小厮们走了。

　　凤姐便叫倒茶。小丫头子们会意，都出去了。这里凤姐才和平儿说："你都听见了？这才好呢。"平儿也不敢答言，只好陪笑儿。凤姐越想越气，歪在枕上只是出神，忽然眉头一皱，计上心来，便叫："平儿来。"平儿连忙答应过来。凤姐道："我想这件事竟该这么着才好。也不必等你二爷回来再商量了。"未知凤姐如何办理，下回分解。

我们不能不佩服凤姐的机敏和才华，刚刚遭遇人生最沉重的打击才过不多久，她已经能够放下悲伤，处心积虑谋划报复方案。不过可想而知，在气极恨极之中出炉的"作战计划"，其阴狠毒辣恐怕达到疯狂的、惨无人道的地步。凤姐说过，她不怕什么伤阴骘、遭报应、进地狱。前面兴儿对尤二姐的演说中，我们知道凤姐已经人心失尽，上自邢夫人下至丫鬟小厮都恨她，贾琏也盼她早死，哪天贾母倒下她就连退路都没有。这么聪明的人，她就是看不见自己的必然下场。如今，她还要继续作孽，制造血案，在贾琏、在尤氏、在贾蓉心中播下仇恨的种子。我们很难想象曹雪芹设计的"一从二令三人木"是怎么样的结局，但我想一定比现在后四十回中的凤姐更加悲惨。

第六十八回

苦尤娘赚入大观园　酸凤姐大闹宁国府

本回写凤姐把尤二姐骗入大观园，然后又去宁府耍泼。第一段的叙述，可能有误。

> 话说贾琏起身去后，偏值平安节度巡边在外，约一个月方回。贾琏未得确信，只得住在下处等候。及至回来相见，将事办妥，回程已是将两个月的限了。

按照这个说法，凤姐发现贾琏娶尤二姐的时候，贾琏在家。但上一回写得很明确，此时贾琏已经去了平安州。上一回薛蟠请伙计吃饭时：

> 内中一个道："今日这席上短两个好朋友。"众人齐问是谁，那人道："还有谁，就是贾府上的琏二爷和大爷的盟弟柳二爷。"大家果然都想起来，问着薛蟠道："怎么不请琏二爷和柳二爷来？"薛蟠闻言，把眉一皱，叹口气道："琏二爷又往平安州去了，头两天就起了身的。那柳二爷竟别提起，真是天下头一件奇事。什么是柳二爷，如今不知那里作柳道爷去了。"

按此说法，薛家伙计还不知道柳湘莲出家的信息时，贾琏已经出发了；而按照本回的写法，一直到凤姐得知尤二姐的事情，贾琏还没离家；而且，上一回的回末也是说贾琏已经不在家：凤姐道："我想这件事竟该这么着才好。也不必等你二爷回来再商量了。"看来，在第 67 和 68 回之间，作者有过修改，但未能完善、圆满。

我们很难想到，凤姐的计策是把尤二姐迎接进贾府，通常办法是阻止尤二姐进贾府，凤姐这是标准的逆向思维，典型的请君入瓮、关门打狗。先看看凤姐事先的安排。

> 谁知凤姐心下早已算定，只待贾琏前脚走了，回来便传各色匠役，收拾东厢房三间，照依自己正室一样装饰陈设。至十四日便回明贾母王夫人，说十五日一早要到姑子庙进香去。只带了平儿、丰儿、周瑞媳妇、旺儿媳妇四人，未曾上车，便将原故告诉了众人。又吩咐众男人，素衣素盖，一径前来。

凤姐像个打仗的将军一样，很懂得作战时机的选择，她选择贾琏离家以后的时机，这是一。其二，她选择了保密方案，不是对一般人，而是对贾母和王夫人——她的顶头上司进行保密，佯称是去庙里敬香，实际是杀到尤二姐住处。其三，她装模作样派工匠收拾好东厢房，而且装饰很考究，同自己屋里一样。这一招或者是为了迷惑对手，不过她后来改主意直接让尤二姐去了大观园，一个对外更加封闭的场所。其四，凤姐采取的是人偃旗马衔枚那种悄悄的进军方式，只带四个人——当然是死党，而且一律素衣素盖，既不惹人注目也不违背丧礼的穿着。简单说，凤姐就是要搞一次偷袭，她不仅要迷惑宁府中的尤氏以免走漏消息，甚至连贾母、王夫人一起欺瞒。应该说，凤姐是有相当的智慧的，她很善于策划布局，迷惑敌人乃至友军，不过她有没有大智慧，我们后面再说。先看她的突袭过程。

> 兴儿引路，一直到了二姐门前扣门。鲍二家的开了。兴儿笑说："快回二奶奶去，大奶奶来了。"鲍二家的听了这句，顶梁骨走了真魂，忙飞进报与尤二姐。尤二姐虽也一惊，但已来了，只得以礼相见，于是忙整衣迎了出来。至门前，凤姐方下车进来。

突然袭击的效果完全达到。从三个人物的表现看出，一个是兴儿，他显然已经改换门庭成为凤姐偷袭尤二姐的尖兵，从他笑着对鲍二家的说话的形状，可见兴儿对自己的角色很得意，一副叛徒嘴脸。第二个是鲍二家的，"顶梁骨走了真魂，忙飞进报与尤二姐"，这就是偷袭的明显效果。第三个是尤二姐，她毫无准备仓促应敌，导致了后面一系列败招。至于凤姐本人，她把自己隐藏得最深，到了尤二姐的门前她都躲在车中不露面，一直到尤二姐迎出门来。

偷袭成功，为后面的横扫敌军打开成功之门。当然，后面的主攻战役凤姐策划得十分严密，包括先示好、示弱以麻痹对手，几乎就是凤姐一个人的表演，尤二姐被她玩弄于股掌之中。

> 周瑞旺儿二女人捧入院来。尤二姐陪笑忙迎上来万福，张口便叫："姐姐下降，不曾远接，望恕仓促之罪。"说着便福了下来。凤姐忙陪笑还礼不迭。二人携手同入室中。
>
> 凤姐上座，尤二姐命丫鬟拿褥子来便行礼，说："奴家年轻，一从到了这里之事，皆系家母和家姐商议主张。今日有幸相会，若姐姐不弃奴家寒微，凡事求姐姐的指示教训。奴亦倾心吐胆，只伏侍姐姐。"说着，便行下礼去。

尤二姐这番话是不是真心呢？我们不能肯定，因为之前她对兴儿说过，她不信凤姐是什么三头六臂，她要会会。现在她说这番话，是凤姐突然到来，她毫无准备，她更不知道凤姐的来意，只能按照尊卑贵贱的身份说一番场面话，作为试探吧。

> 凤姐儿忙下座以礼相还，口内忙说："皆因奴家妇人之见，一味劝夫慎重，不可在外眠花卧柳，恐惹父母担忧。此皆是你我之痴心，怎奈二爷错会奴意。眠花宿柳之事瞒奴或可，今娶姐姐二房之大事亦人家大礼，亦不曾对奴说。奴亦曾劝二爷早行此礼，以备生育。不想二爷反以奴为那等嫉妒之妇，私自行此大事，并不说知。使奴有冤难诉，惟天地可表。前于十日之先奴已风闻，恐二爷不乐，遂不敢先说。今可巧远行在外，故奴家亲自拜见过，还求姐姐下体奴心，起动大驾，挪至家中。你我姊妹同居同处，彼此合心谏劝二爷，慎重世务，保养身体，方是大礼。若姐姐在外，奴在内，虽愚贱不堪

相伴，奴心又何安。再者，使外人闻知，亦甚不雅观。二爷之名也要紧，倒是谈论奴家，奴亦不怨。所以今生今世奴之名节全在姐姐身上。那起下人小人之言，未免见我素日持家太严，背后加减些言语，自是常情。姐姐乃何等样人物，岂可信真。若我实有不好之处，上头三层公婆，中有无数姊妹妯娌，况贾府世代名家，岂容我到今日。今日二爷私娶姐姐在外，若别人则怒，我则以为幸。正是天地神佛不忍我被小人们诽谤，故生此事。我今来求姐姐进去和我一样同居同处，同分同例，同侍公婆，同谏丈夫。喜则同喜，悲则同悲，情似亲妹，和比骨肉。不但那起小人见了，自悔从前错认了我，就是二爷来家一见，他作丈夫之人，心中也未免暗悔。所以姐姐竟是我的大恩人，使我从前之名一洗无余了。若姐姐不随奴去，奴亦情愿在此相陪。奴愿作妹子，每日伏侍姐姐梳头洗面。只求姐姐在二爷跟前替我好言方便方便，容我一席之地安身，奴死也愿意。"说着，便呜呜咽咽哭将起来。尤二姐见了这般，也不免滴下泪来。

好一个凤姐！她口若悬河，一番精心准备的鬼话滔滔而出，说得多么感人。她放低身份，讲了一百个自己不好，还叫尤二姐"姐姐"，自己愿作妹子。她的关键词是什么呢？就是请尤二姐可怜她，同她一起进贾府去住。更让我们咋舌的是，她竟然能够"呜呜咽咽哭将起来"！真是个天才演员，普通人碰到凤姐，很难不被她征服，很难逃出她的圈套。不过，尤二姐应该有点警惕，兴儿曾经那么详细地描写过凤姐"嘴甜心苦，两面三刀，上头一脸笑，脚下使绊子，明是一盆火，暗是一把刀"，超级危险。可惜人们往往会被眼前的情景所迷惑，何况尤二姐这种没见过世面的妇人，她被凤姐感动得"不免滴下泪来"，她这是真泪水，尤二姐实在不是对手。再看凤姐。

又命周家的从包袱里取出四匹上色尺头，四对金珠簪环为拜礼。尤二姐忙拜受了。二人吃茶，对诉已往之事。凤姐口内全是自怨自错，"怨不得别人，如今只求姐姐疼我"等语。尤二姐见了这般，便认他作是个极好的人，小人不遂心诽谤主子亦是常理，故倾心吐胆，叙了一回，竟把凤姐认为知己。

到这里，尤二姐彻底解除了武装。接下来可想而知，尤二姐像一头羔羊一样乖乖地被凤姐装进车里，糊里糊涂中车轮滚向她憧憬已久的贾府。凤姐的突然袭击大获全胜，仅仅一顿饭的工夫，对手已经被俘。不能不说凤姐是个战术专家。至于她的战略眼光，我们过一会儿就要讲到。先看看尤二姐进入贾府后的情状。

下了车，赶散众人。凤姐便带尤氏进了大观园的后门，来到李纨处相见了。彼时大观园中十停人已有九停人知道了，今忽见凤姐带了进来，引动多人来看问。尤二姐一一见过。众人见他标致和悦，无不称扬。凤姐一一的吩咐了众人："都不许在外走了风声，若老太太、太太知道，我先叫你们死。"园中婆子丫鬟都素惧凤姐的，又系贾琏国孝家孝中所行之事，知道关系非常，都不管这事。凤姐悄悄的求李纨收养几日，"等回明了，我们自然过去的。"李纨见凤姐那边已收拾房屋，况在服中，不好倡扬，自是正理，只得收下权住。凤姐又变法将他的丫头一概退出，又将自己的一个丫头送他使唤。暗暗吩咐园中媳妇们："好生照看着他。若有走失逃亡，一概和你们算帐。"自己又去暗中行事。合家之人都暗暗纳罕的说："看他如何这等贤惠起来了。"

不用说，尤二姐被软禁了。但这么个大人被关在大观园，虽然凤姐严禁走漏消息，时间一长，贾母和王夫人总会知道。凤姐怎么安排后面的路，我们到时候再说。我们特别关心的是，大观园是"另一个世界"，里面住着那么多品格高贵的人物，他们将如何对待尤二姐呢？狡猾的曹雪芹偏偏不写，他只写了李纨接收尤二姐，却不让宝玉、黛玉、宝钗、探春等人露面，更不写他们的态度，只有一句含糊的"众人见他标致和悦，无不称扬"。笔在曹公手里，我们奈何？

尤二姐被关进大观园，一个特别封闭的地方，再被单独关进一幢小屋子，别说更是天高皇帝远，连个人影儿都难得一见。三天以后，尤二姐开始遭到犯人一般的虐待，折磨她的是凤姐指派的一个丫头善姐，这个反讽性质的名字意味着她什么恶劣的事情都能做得出。

> 那善姐渐渐连饭也怕端来与他吃，或早一顿，或晚一顿，所拿来之物，皆是剩的。尤二姐说过两次，他反先乱叫起来。尤二姐又怕人笑他不安分，少不得忍着。隔上五日八日见凤姐一面，那凤姐却是和容悦色，满嘴里姐姐不离口。又说："倘有下人不到之处，你降不住他们，只管告诉我，我打他们。"又骂丫头媳妇说："我深知你们，软的欺，硬的怕，背开我的眼，还怕谁。倘或二奶奶告诉我一个不字，我要你们的命。"尤氏见他这般的好心，思想"既有他，何必我又多事。下人不知好歹，也是常情。我若告了，他们受了委屈，反叫人说我不贤良。"因此反替他们遮掩。

凤姐从此变得与赵姨娘、马道婆很相似，她人性中恶魔的一面像开闸的洪水一样喷涌而出，再也收不住。而尤二姐则变得软弱无力逆来顺受。不过，作品描写尤二姐一直识不破凤姐的伪装，还以为凤姐待她好的，只是下人不知好歹，可能把尤二姐说得太无知。我以为，尤二姐逆来顺受是可能的，一方面从一个平民进入侯门公府，难免胆怯和自卑；第二方面自己有历史污点，抬不起头；第三方面她等于说被关了单人牢房，见不到一个亲友，贾琏也不在，孤立无援，她或许想熬到贾琏回来就好了；第四方面她不同于尤三姐敢于拼个鱼死网破，她幻想留个善名，想做回良家妇女，她还没见过婆婆邢夫人以及贾母，她要保持温文尔雅，像个好媳妇。可能是这些原因令尤二姐保持克制、忍让，直至低声下气。

凤姐的战术图上可不止尤二姐一个敌人。审讯兴儿得知，贾珍、贾蓉和尤氏都是"幕后黑手"，他们都参与到尤二姐的婚事之中，他们都欠下凤姐一笔苦债。凤姐是有恩未必要还，有仇则非报不可的人。不过，她这次可不是简单打上门去，她花了心思和时间，策划了一个充满危险性的局，要等到布局完成才迎头痛击她的仇人。这个"局"或者火药桶，便是张华。

> 凤姐都一一尽知原委，便封了二十两银子与旺儿，悄悄命他将张华勾来养活，着他写一张状子，只管往有司衙门中告去，就告琏二爷"国孝家孝之中，背旨瞒亲，仗财依势，强逼退亲，停妻再娶"等语。这张华也深知利害，先不敢造次。旺儿回了凤姐，凤姐气的骂："癞狗扶不上墙的种子。你细细的说给他，便告我们家谋反也没事的。不过是借他一闹，大家没脸。若告大了，我这里自然能够平息的。"旺儿领命，只得细说与张华。凤姐又吩咐旺儿："他若告了你，你就和他对词去。"如此如此，这般这般，"我自有道理。"旺儿听了有他做主，便又命张华状子上添上自己，说："你只告我来往过付，一应调唆二爷做的。"张华便得了主意，和旺儿商议定了，写了一纸状子，次日便往都察院喊了冤。

我们说这是个火药桶，因为既然张华去都察院起诉，那就是对社会公开的案子，这时候再要保密概率很小，而案情是毁灭性的，一旦泄露，"国孝家孝之中，背旨瞒亲，仗财依势，强逼退亲，停妻再娶"，不是贾琏人头难保，整个贾府都会毁于一旦。凤姐不仅提着这个火药桶出马，而且还点燃引信，她的计划是在引信烧完之前再掐灭它不让爆炸。我们想象一下，这是在京城，是都察院，任何案情都可能传遍天下，甚至都察院主官都包藏不住。所以凤姐是无知无识，胆大包天，她把整个贾府几十号人、包括她自己和女儿的生家性命都放在火药桶上面玩火，还洋洋自得。虽然，作品给了凤姐以胜利结束，但这种冒险只有彻底的无知者和疯狂的赌徒才会干。所以从整个作战部署来说，凤姐的战术是相当高明的，超出了一般男人，然而，凤姐至多只是一个战术专家，她对战略是一窍不通，而且，她的一系列战术上的胜利，反而导致她战略上的必然失败。然而凤姐自己对此毫无意识。

凤姐的作战目标有两个。第一个是借机到宁国府中去大闹一场，狠狠搓揉尤氏、贾蓉一场。这个意图十分强烈，也十分明确。与此相比，她的第二个目标并不那么明确，似乎是要让张华把尤二姐娶回去，似乎又不是那么回事——因为凤姐自己带着尤二姐去见贾母，这便等于关了门上了锁，贾母、贾赦、邢夫人，当然还有贾珍，是不可能再让尤二姐回嫁给张华的；况且后来凤姐自己认为"还是二姐不去，自己相伴着还妥当，且再作道理"，可见凤姐并没有考虑成熟。

都察院审案一节，比当年贾雨村审判葫芦案更加黑暗，贾雨村虽然也徇私枉法，但并没有收受贿赂，不受人左右，而都察院非但收了贿赂，还一再听任凤姐的摆布，"法律"二字连影子都没有。这种官司在我国几千年来大行其道，读者不陌生。

接着是凤姐大闹宁国府，作品写得十分细腻，精彩至极。凤姐全身心投入角色，成为一个标标准准的泼妇。她准备了那么多的台词，委婉曲折八面玲珑，说得眼泪一把鼻涕一把，她自以为演得非常逼真，其实在贾蓉等人眼里全是假话一文不值，一个字也不信。凤姐不管别人根本不信她的鬼话，她就是要演这么一出，她自己满意就行！凤姐的表演就她自己看来是非常成功，她把眼泪鼻涕弄了尤氏一身，她让贾蓉自己打耳刮子还叩头求饶，她敲诈到五百两银子，除去打点都察院和给张华的，她净到手一百多两，她让贾蓉去告诉张华娶回尤二姐，最后，她还让尤氏求着她一起去带尤二姐见贾母。凤姐苦心策划、暗中排练多日的节目圆满收场，心满意足，洗去眼泪鼻涕在宁府得意地喝起小酒。我们暂且不管后面，即使到这里为止，我们替凤姐算算账，其实她非但谈不上胜利反而是失去得更多。她最大的胜利就是搓揉了尤氏和贾蓉一顿出掉心头一口恶气，其他的她都失利的。第一，她的形象跌了几个档次。想当初她来宁国府代理家政的时候，她是非常注意自己形象的，起早摸黑以身作则，把宁府管理得有条有理。那时她图什么？她在那里没有贪污一分钱，她做那一切无非要在宁府显示自己的能耐，赢得人家的赞誉和尊重。然而今日到宁府一闹，非但把她当年的积威销毁一尽，还把作为一个贵妇的人格也丧失殆尽，宁府所有人眼中，凤姐就是个泼妇甚至无赖，从今往后她还有什么脸面走进宁府？这绝对不是一百多两银子可以买来的。第二，凤姐的心腹之患尤二姐，并没有去除。她或许是一时性起，居然愿意带着尤二姐去见贾母，这一步走出后尤二姐就很难再弄出贾府去，这与凤姐的主要目标显然南辕北辙，她自己同自己扛上了。第三，凤姐算是结下仇人了。凤姐本没有什么心腹朋友，唯一的朋友秦可卿早早死了。从作品前面的描写看，她与宁府的关系是不错的。贾珍请她料理宁府之后他们的关系更贴近了，凤姐与尤氏的对话很随便，而贾蓉更是当年整治贾瑞的心腹干将。现在贾珍、尤氏、贾蓉都成为凤姐的仇人，我们很难想象八十回以后，他们会对凤姐怎么下手。不过，我们现在所说的凤姐的失利，仅仅对应她最近的活动所造成的后果，这些讨论属于"战术"层面，至于战略层面的后果，我们下一回再说。

我们可以先说说凤姐的战略构思。本回的核心内容，是凤姐怎么对付尤二姐，这属于战略选择。按照我们的事后诸葛亮的眼光看，凤姐的战略选择已经错了。依据贾琏的个性以及他同凤姐的关系推测，贾琏娶妾是早晚的事，凤姐阻止不了。既如此，尤二姐这样一个老实人，完全威胁不到凤姐的地位和利益，何不顺水推舟做个人情，就让尤二姐当个名正言顺的二奶奶，借以拴住贾琏的心，不是很好吗？干吗一定要置之死地呢？所以我们一再说，凤姐虽然是个高明的战术家，但她绝对是个愚蠢的战略家。曹雪芹用"聪明反被聪明误"，说的就是这意思。

第六十九回

弄小巧用借剑杀人　觉大限吞生金自逝

回目说凤姐借用秋桐打压尤二姐，逼得尤二姐无法活了而吞金自尽。尤氏姐妹，从第 64 回出场，第 66 回尤三姐吻剑，本回尤二姐吞金，一共才六回，时间也不过几个月，这对闯荡侯门公府的平民姐妹相继自杀，真是惨不忍睹。

本回一开始就大写尤二姐拜见贾母的场景，只不过一切皆在凤姐的操控之中。

　　正值贾母和园中姊妹们说笑解闷，忽见凤姐带了一个标致小媳妇进来，忙觑着眼看，说："这是谁家的孩子！好可怜见的。"凤姐上来笑道："老祖宗倒细细的看看，好不好？"说着，忙拉二姐说："这是太婆婆，快磕头。"二姐忙行了大礼，展拜起来。又指着众姊妹说："这是某人某人，你先认了，太太瞧过了再见礼。"二姐听了，一一又从新故意的问过，垂头站在旁边。贾母上下瞧了一遍，因又笑问："你姓什么？今年十几了？"凤姐忙又笑说："老祖宗且别问，只说比我俊不俊。"贾母又戴了眼镜，命鸳鸯琥珀："把那孩子拉过来，我瞧瞧肉皮儿。"众人都抿嘴儿笑着，只得推他上去。贾母细瞧了一遍，又命琥珀："拿出手来我瞧瞧。"鸳鸯又揭起裙子来。贾母瞧毕，摘下眼镜来，笑说道："更是个齐全孩子，我看比你俊些。"凤姐听说，笑着忙跪下，将尤氏那边所编之话，一五一十细细的说了一遍，"少不得老祖宗发慈心，先许他进来，住一年后再圆房。"贾母听了道："这有什么不是。既你这样贤良，很好。只是一年后方可圆得房。"

大家看到了，凤姐事先根本没请示贾母，甚至都没通气，这么大事情，就搞先斩后奏；贾母非但不生气，还夸赞凤姐贤良。当然凤姐表面文章做足的，跪下认错，实际上她摸准贾母脾气，贾母完全按着她的思路行事。至于尤氏、尤二姐姊妹更是唯凤姐马首是瞻。凤姐把控着局势，这时候考验凤姐的战略眼光了，她最终把局势引向何方？她能不能因势利导，把局势引向对自己有利，甚至对家族有利，获得皆大欢喜的结果？气量决定方向，这桩事情如果凤姐懂得"风物长宜放眼量"，她完全可能获得皆大欢喜、对自己也无坏处的结局。然而凤姐的肚量，只能用"小鸡肚肠"来形容，她的狭隘、她的短视、她的狠毒，加上她的聪明和机智，把一局好棋下得稀烂。在整个事件中，贾母始终被蒙在鼓里，她的耳目鸳鸯肯定知道底细，或许是鸳鸯已经对贾府彻底绝望再加她与凤姐的私交，令鸳鸯也瞒着贾母。还有始终关心着凤姐希望凤姐好的王夫人，也被瞒过，"王夫人正因他风声不雅，深为忧虑，见他今行此事，岂有不乐之理。于是尤二姐自此见了天日，挪到厢房住居"。作品后面的描写都是凤姐一个人大权独揽，挥东击西，一手制造出人命惨案。

尤二姐住进凤姐的屋子了，凤姐暗中又挑唆张华打官司，让察院判决张华婆回尤二姐。

> 凤姐儿一面吓的来回贾母，说如此这般，都是珍大嫂子干事不明，并没和那家退准，惹人告了，如此官断。贾母听了，忙唤了尤氏过来，说他作事不妥，"既是你妹子从小曾与人指腹为婚，又没退断，使人混告了。"尤氏听了，只得说："他连银子都收了，怎么没准。"凤姐在旁又说："张华的口供上现说不曾见银子，也没见人去。他老子说：'原是亲家母说过一次，并没应准。亲家母死了，你们就接进去作二房。'如此没有对证，只好由他去混说。幸而琏二爷不在家，没曾圆房，这还无妨。只是人已来了，怎好送回去，岂不伤脸。"贾母道："又没圆房，没的强占人家有夫之人，名声也不好，不如送给他去。那里寻不出好人来。"尤二姐听了，又回贾母说："我母亲实于某年月日给了他十两银子退准的。他因穷急了告，又翻了口。我姐姐原没错办。"贾母听了，便说："可见刁民难惹。既这样，凤丫头去料理料理。"凤姐听了无法，只得应着。回来只命人去找贾蓉。贾蓉深知凤姐之意，若要使张华领回，成何体统，便回了贾珍，暗暗遣人去说张华："你如今既有许多银子，何必定要原人。若只管执定主意，岂不怕爷们一怒，寻出个由头，你死无葬身之地。你有了银子，回家去什么好人寻不出来。你若走时，还赏你些路费。"张华听了，心中想了一想，这倒是好主意，和父亲商议已定，约共也得了有百金，父子次日起个五更，回原籍去了。

贾府的拍板人是贾母，凤姐之所以这么绕大圈子的目的，就是要贾母拍板把尤二姐赶出去。此事必须在贾琏回来之前办定，一旦贾琏回来，贾母也难奈何他。贾母作为一家之主，她虽然偏爱凤姐，但家族的利益和名声毕竟在凤姐之上，所以尽管她受到凤姐的欺骗，有所摇摆，但最终她还是维护家族利益，让凤姐的企图落了空。凤姐自作聪明把尤二姐迎进贾府，搬起石头砸了自己的脚。实际上凤姐如果不是过于陶醉在自己的奇妙计策之中，不是过于意气用事，用她自己的话"猪油蒙了心"，稍微清醒一点思考一下，她完全能够明白，进来容易出去难，一旦尤二姐踏进贾府的大门，再要让她出去，那要牵扯到多少层面！可惜，凤姐的表现欲望太强烈了，她幻想着自己怎么去把尤二姐骗进来，怎么又蹂躏一番尤氏、贾蓉后再让他们求着自己，最后又能在贾母面前要弄把戏，她太兴奋、太陶醉了，以至于都不能看到明显的要自己命的后果。另一方面，作者曹雪芹也非常喜欢写凤姐的表现欲，从林黛玉进贾府时凤姐出场就是装模作样，然后刘姥姥来也是这样，凤姐特别迷恋自己的表现才能，以为她在玩弄全世界，殊不知其实人人都知道她在作假卖弄，别人只是假装被她迷惑了。从凤姐身上我们再次体悟到"皇帝的新衣"道出了人性深刻的一面，西方人是这样，东方人也是如此。

凤姐想方设法、使尽手段要把尤二姐赶出去，对此我们还可以理解甚至谅解，人都是自私的，现实生活中诸如此类的事情多了；但是，她后面对付张华的手段，则无论如何我们不能理解，更不能原谅。

> 贾蓉打听得真了，来回了贾母凤姐，说："张华父子妄告不实，惧罪逃走，官府亦知此情，也不追究，大事完毕。"凤姐听了，心中一想：若必定着张华带回二姐去，未免贾琏回来再花几个钱包占住，不怕张华不依。还是二姐不去，自己相伴着还妥当，且再作道理。只是张华此去不知何往，他俩或再将此事告诉了别人，或日后再寻出这由头来翻案，岂不是自己害了自己。原先不该如此将刀靶付与外人去的。因此悔之不迭，复又想了一条主意出来，悄命旺儿遣人寻着了他，或说他作贼，和他打官司将他治死，或暗中使人算计，务将张华治死，方剪草除根，保住自己的名誉。旺儿领命出来，回家细想：人已走了完事，何必如此大作，人命关天，非同儿戏，我且哄过他去，再作道理。因此在外躲了几日，回来告诉凤姐，只说张华是有了几两银子在身上，逃走第三日在京口地界五更天已被截路人打闷棍打死了。他老子唬死在店房，在那里验尸掩埋。凤姐听了不信，说："你要扯谎，我再使人打听出来敲你的牙！"自此方丢过不究。凤姐和尤二姐和美非常，更比亲姊亲妹还胜十倍。

张华父子已经远走他乡，凤姐竟然要人去暗杀，要夺走两条生命，这已经彻底丧失人性，变成一个狠心的恶人。而且她的恶行还在发展中。

贾琏终于忙完差事回来了。关于他到平安州究竟干些什么勾当作品一字未提，这种写法在《红楼梦》中很罕见，但贾赦派他去找平安州节度使应该没有什么好事，贾赦高兴地赏给贾琏一个丫鬟，可见这功劳不小。或许这里又是一个伏笔，八十回以后会有照应。不过平生第一次赏给丫鬟则是作者的一个"结构性需要"，为了将故事写得色彩更加丰富，特意在凤姐和尤二姐之间再添个秋桐，三个女人一台戏。

> 贾琏将秋桐之事说了，未免脸上有些得意之色，骄矜之容。凤姐听了，忙命两个媳妇坐车在那边接了来。心中一刺未除，又平空添了一刺，说不得且吞声忍气，将好颜面换出来遮掩。一面又命摆酒接风，一面带了秋桐来见贾母与王夫人等。贾琏心中也暗暗的纳罕。

这里写的就是夫妻二人之间的斗气斗勇。贾琏因为父亲赏他一个丫鬟就得意洋洋，然后看到凤姐的行事态度又"暗暗的纳罕"。贾琏是个只知道虚荣不懂得鬼计的纨绔少爷，凤姐摆酒接风善待秋桐，贾琏只觉得不对劲，但他却不深思接下来又将会怎么样。这些问题贾琏一概不考虑，他既不懂得凤姐，更不知道怎么对付。夫妻之间凤姐已然胜了一招。就凤姐而言，能够不声不响接受秋桐已经非常不容易，还能"摆酒接风，一面带了秋桐来见贾母与王夫人等"，这需要极大的隐忍力，凤姐忍住了，还满面春风地接纳秋桐，这只有大贤人或者大阴谋家才能做到的，凤姐当然属于阴谋家。在阴谋家这个层面，凤姐得心应手绝对善任，可惜她不是一个政治家、战略家。

写到这里，作者宕开一笔，交代大背景。

> 那日已是腊月十二日，贾珍起身，先拜了宗祠，然后过来辞拜贾母等人。和族中人直送到洒泪亭方回，独贾琏贾蓉二人送出三日三夜方回。一路上贾珍命他好生收心治家等语，二人口内答应，也说些大礼套话，不必烦叙。

作品交代，"独贾琏贾蓉二人送出三日三夜方回"，宝玉却没有送送他大伯。当年秦可卿出殡，宝玉可是送出去过夜的，这个礼数就大大不对了，假如宝玉送贾敬三日三夜，而不送秦可卿，按礼节是说得过去的，现在却彻底倒了过来。这就是所谓的"春秋笔法"吧。作为二十一世纪的读者，可能对此没有感觉，然而在两百多年以前，就是个巨大的礼仪错乱，读者必然追究。这么一桩咄咄怪事，我觉得曹雪芹一再地让宝玉回避贾敬，这里面有些讲究。

接着作品描写本回的核心情节。

> 且说凤姐在家，外面待尤二姐自不必说得，只是心中又怀别意。无人处只和尤二姐说："妹妹的声名很不好听，连老太太、太太们都知道了，说妹妹在家做女孩儿就不干净，又和姐夫有些首尾，'没人要的了你拣了来，还不休了再寻好的。'我听见这话，气得倒仰，查是谁说的，又查不出来。这日久天长，这些个奴才们跟前，怎么说嘴。我反弄了个鱼头来拆。"说了两遍，自己又气病了，茶饭也不吃，除了平儿，众丫头媳妇无不言三语四，指桑说槐，暗相讥刺。秋桐自为系贾赦之赐，无人僭他的，连凤姐平儿皆不放在眼里，岂肯容他。张口是"先奸后娶没汉子要的娼妇，也来要我的强。"凤姐听了暗乐，尤二姐听了暗愧暗怒暗气。凤姐既装病，便不和尤二姐吃饭了。每日只命人端了菜饭到他房中去吃，那茶饭都系不堪之物。平儿看不过，自拿了钱出来弄与他吃，或是有时只说和他园中去顽，在园中厨内另做了汤水与他吃，也无人敢回凤姐。只有秋桐一时撞见了，便去说舌告诉凤姐说："奶奶的名声，生是平儿弄坏了的。这样好菜好饭浪着不吃，却往园里去偷吃。"凤姐听了，骂平儿说："人家养猫拿耗子，我的猫只倒咬鸡。"平儿不敢多说，自此也要远着了。又暗恨秋桐，难以出口。

这一段描述大致把故事的格局讲清楚了。凤姐是既要假装好人，又给尤二姐上药，托词说尤二姐"在家做女孩儿就不干净，又和姐夫有些首尾"，并威胁现在老太太、太太们都知道了，把一块无法承受的大石头压到尤二姐心头，让尤二姐非但抬不起头，而且有冤不敢申；秋桐则是一门大炮，天天对着尤二姐轰；还有所有的下人，除了平儿都言三语四指桑骂槐，不用说这都是按凤姐的指令做的。不过黑夜之中有一点火光，那便是平儿。这一回中，凤姐和秋桐坏事做尽属于阴暗面，与她们对立的是平儿，这位地位最低的第四夫人，她一个人撑起半边天；这位凤姐的助手，却与凤姐对着干，坚守着善良和人性。这多少有点讽刺。

在开明的贾府，在另一个清净世界大观园中，有没有人站出来？这是我们特别关心的。曹雪芹似乎知道我们的愿望，紧接着就做了交代。"园中姊妹和李纨迎春惜春等人，皆为凤姐是好意，然宝黛一干人暗为二姐担心。虽都不便多事，惟见二姐可怜，常来了，倒还都悯恤他。"大观园中的态度，作品就这么一句，不过对我们也算很珍贵。大观园中一些人被凤姐骗过的，以为凤姐是好意。其中李纨向来本分，她不大把人往坏的方面去看待，迎春智力不够，看不出凤姐的鬼计，惜春向来不管别人的事，她可能没怎么思考。"然宝黛一干人暗为二姐担心。"这里的"宝黛"指宝钗、黛玉，另外探春、史湘云，或许还有薛宝琴、邢岫烟，这批人看出凤姐用心不良，"暗为二姐担心"，可惜除了探春别人自己都是寄居之人，"不便多事"，除了"悯恤"，连安慰话都不好说。这些人中除了李纨，都是未出阁的小姐，不能听闻男女之间的风流事，听到了也只能装作没听见更不得谈论，何况又是凤姐在使坏，她们就更加"不便多事"。剩下还有一个宝玉，作品没有提到他的态度，但后面尤二姐死后他赶来陪贾琏哭了一场，由此可以想见宝玉深深同情尤二姐。但宝玉从来缺乏与人对立的勇气，何况凤姐素来待宝玉不薄，他也就这么眼看着尤二姐受折磨。实际上作为兄弟他是可以早早提醒贾琏关心尤二姐，但宝玉却没有这么做，这符合他一贯隐忍的性格。不过正如鲁迅先生的名言"沉默啊沉默，不在沉默中爆发，就在沉默中灭亡"，宝玉是在无数的沉默之后，最终爆发——离家出走；也只是出走，而不是反抗或变革。

秋桐这个人物的出现，一方面让情节更丰富了，另一面我在想，曹雪芹或许想让凤姐的手上少沾点鲜血，或者说让秋桐的恶行盖过凤姐，分担掉一些凤姐的罪责。这个局里面布局的是凤姐，但冲杀在前、一刀刀砍到尤二姐身上的主要是秋桐。贾府中那么多清流派的小姐，没有一个人站出来；最疼惜女孩儿的宝玉，也无影无踪；曹雪芹不愿意让整个贾府显得一片黑暗，他让平儿勇敢地站出来，挥舞着正义的旗帜，总算贾府没有全部沦陷。但是平儿的地位决定她的能力有限，在凤姐责骂"人家养猫拿耗子，我的猫只倒咬鸡"之后，平儿自此也远着尤二姐。开明的贾府近乎彻底沦陷，成为吃人的地狱。贾府的神灯贾母，则被凤姐和秋桐蒙蔽：

"人太生娇俏了，可知心就嫉妒。凤丫头倒好意待他，他倒这样争锋吃醋的。可是个贱骨头。"因此渐次便不大喜欢。众人见贾母不喜，不免又往下踏践起来，弄得这尤二姐要死不能，要生不得。还是亏了平儿，时常背着凤姐，看他这般，与他排解排解。

平儿已经不敢再带着尤二姐去大观园改善伙食，只能用空洞的言语排解。苦难的尤二姐对贾府唯一的报复——假如能够称得上报复的话，是她怀了一个男孩子的胎，竟然被庸医打掉。凤姐乘机在秋桐面前一顿挑拨，说算命的讲是秋桐命中犯冲致使胎儿不保。

秋桐便气的哭骂道："理那起瞎肏的混咬舌根！我和他'井水不犯河水'，怎么就冲了他！好个爱八哥儿，在外头什么人不见，偏来了就有人冲了。白眉赤脸，那里来的孩子？他不过指着哄我们那个棉花耳朵的爷罢了。纵有孩子，也不知姓张姓王。奶奶希罕那杂种羔子，我不喜欢！老了谁不成？谁不会养！一年半载养一个，倒还是一点挽杂没有的呢！"骂的众人又要笑，又不敢笑。可巧邢夫人过来请安，秋桐便哭告邢夫人说："二爷奶奶要撵我回去，我没了安身之处，太太好歹开恩。"邢夫人听说，慌的数落凤姐儿一阵，又骂贾琏："不知好歹的种子，凭他怎不好，是你父亲给的。为个外头来的撵他，连老子都没了。你要撵他，你不如还你父亲去倒好。"说着，赌气去了。秋桐更又得意，越性走到他窗户根底下大哭大骂起来。尤二姐听了，不免更添烦恼。

尤二姐头上已经承压着好几座大山，现在婆婆邢夫人也压了上来，她如何承受得了。这时天使一般的平儿再次前来。

凤姐已睡，平儿过来瞧他，又悄悄劝他："好生养病，不要理那畜生。"尤二姐拉他哭道："姐姐，我从到了这里，多亏姐姐照应。为我，姐姐也不知受了多少闲气。我若逃的出命来，我必答报姐姐的恩德，只怕我逃不出命来，也只好等来生罢。"平儿也不禁滴泪说道："想来都是我坑了你。我原是一片痴心，从没瞒他的话。既听见你在外头，岂有不告诉他的。谁知生出这些个事来。"尤二姐忙道："姐姐这话错了。若姐姐便不告诉他，他岂有打听不出来的，不过是姐姐说的在先。况且我也要一心进来，方成个体统，与姐姐何干。"二人哭了一回，平儿又嘱咐了几句，夜已深了，方去安息。

平儿的安慰没能拯救尤二姐，但作者一再突出平儿对凤姐的背叛，让我们不免猜测：不久的将来，平儿也可能彻底离开这失去人性的凤姐，凤姐最后可能真的是孤家寡人一个，"哭向金陵事更哀"。

这里尤二姐心下自思："病已成势，日无所养，反有所伤，料定必不能好。况胎已打下，无可悬心，何必受这些零气，不如一死，倒还干净。常听见人说，生金子可以坠死，岂不比上吊自刎又干净。"想毕，挣挫起来，打开箱子，找出一块生金，也不知多重，恨命含泪便吞入口中，几次狠命直脖，方咽了下去。于是赶忙将衣服首饰穿戴齐整，上炕躺下了。当下人不知，鬼不觉。到第二日早晨，丫鬟媳妇们见他不叫人，乐得且自己去梳洗。凤姐便和秋桐都上去了。平儿看不过，说丫头们："你们就只配没人心的打着骂着使也罢了，一个病人，也不知可怜可怜。他虽好性儿，你们也该拿出个样儿来，别太过逾了，墙倒众人推。"丫鬟听了，急推房门进来看时，却穿戴的齐齐整整，死在炕上。于是方吓慌了，喊叫起来。平儿进来看了，不禁大哭。众人虽素习惧怕凤姐，然想尤二姐实在温和怜下，比凤姐原强，如今死去，谁不伤心落泪，只不敢与凤姐看见。

尤二姐这个死，作者不仅写了全过程，而且交代了后果，不仅平儿大哭，那些婆子丫鬟也终于伤心落泪，尽管她们"只不敢与凤姐看见"，但她们的眼泪是真的。这一笔作者不外乎告诉我们：这些被凤姐指令作践尤二姐的人，都伤心了，应该也都后悔了。

但是从今天起凤姐就有了个真正的仇家，一个她摆脱不了的、能够要她命的仇人，那便是贾琏。

> 贾琏进来，搂尸大哭不止。凤姐也假意哭："狠心的妹妹！你怎么丢下我去了，辜负了我的心！"尤氏贾蓉等也来哭了一场，劝住贾琏。贾琏便回了王夫人，讨了梨香院停放五日，挪到铁槛寺去，王夫人依允。贾琏忙命人去开了梨香院的门，收拾出正房来停灵。贾琏嫌后门出灵不象，便对着梨香院的墙上通街现开了一个大门。两边搭棚，安坛场做佛事。用软榻铺了锦缎衾褥，将二姐抬上榻去，用衾单盖了。八个小厮和几个媳妇围随，从内子墙一带抬往梨香院来。那里已请下天文生预备，揭起衾单一看，只见这尤二姐面色如生，比活着还美貌。贾琏又搂着大哭，只叫"奶奶，你死的不明，都是我坑了你！"贾蓉忙上来劝："叔叔解着些儿，我这个姨娘自己没福。"说着，又向南指大观园的界墙，贾琏会意，只悄悄跌脚说："我忽略了，终久对出来，我替你报仇。"

"尤二姐原是个花为肠肚雪作肌肤的人"，根本不是铁石心肠凤姐的对手，她被凤姐轻而易举地摁死了，但尤二姐却未必真正输了全局，她虽然吞金自尽倒下了，但她让贾琏成为凤姐的仇人，发誓要为尤二姐报仇；她让凤姐唯一的贴心人平儿对凤姐寒了心；她还让众多的婆子丫鬟对凤姐冷眼相看；她还让这家族中唯一对凤姐亲善的男子、将来有可能救凤姐一把的宝玉，也心存埋怨。这一切最后都会汇聚起来，让凤姐如数偿还。当然我说的这些曹雪芹都没有明写，但读者细细回味一番，不难理会。"宝玉已早过来陪哭一场。众族中人也都来了。"这一笔，曹雪芹本来可以不写的，写这一笔，就是让读者看到贾府的人心所向。不但写了这些，作品还细细交代贾琏事事亲力亲为，见到尤二姐的衣物就"伤心哭了起来"，凤姐则连棺材钱都不给，平儿又一次出手解难。

> 将二百两一包的碎银子偷了出来，到厢房拉住贾琏，悄递与他说："你只别作声才好，你要哭，外头多少哭不得，又跑了这里来点眼。"贾琏听说，便说："你说的是。"接了银子，又将一条裙子递与平儿，说："这是他家常穿的，你好生替我收着，作个念

心儿。"平儿只得掩了，自己收去。贾琏拿了银子与众人，走来命人先去买板。好的又贵，中的又不要。贾琏骑马自去要瞧，至晚间果抬了一副好板进来，价银五百两赊着，连夜赶造。一面分派了人口穿孝守灵，晚来也不进去，只在这里伴宿。

这一夜，无疑贾蓉会过来陪伴，隔墙无耳，这叔侄俩会发泄多少对凤姐的怨恨？

尤二姐和尤三姐的故事，作品连续写了整整五回，一口气写完，姐妹二人在几个月的时间里相继自杀，这是贾府中最密集的血案。曹雪芹设置这个大情节，在全书中究竟起什么作用？这个问题值得我们讨论。

首先，我以为，尤氏姊妹的情节不像曹雪芹早有构思的，而是"计划外"的产品。对比一下，虽然作品对宁国府的描写较少，但是秦可卿之死是写得非常细腻的。在秦可卿很长的生病期间，没见到尤二姐和尤三姐前来探病；在秦可卿那么隆重的葬礼上，也没有提到尤老娘。假如曹雪芹早有尤氏姊妹情节的构思，想必他会在那时就布下草蛇灰线，但实际情形是没有。所以我推测在那时曹雪芹的心里可能还没有二尤的影子。

二尤的出现，迟迟待到几十回以后的第 64 回。那么她们为什么会突然冒出来？这需要推敲。通常，是作家写到一定的时候，他觉得需要某个情节来推动整体故事的发展，比如，曹雪芹在这时觉得要给贾府的崩溃、或者对人物塑造如凤姐、贾琏、贾珍，加一点材料，这时候曹雪芹最想要的是一个连带荣府和宁府的共同犯罪，这中间的结合点，他选择了凤姐，凤姐有可能做出令人发指的恶事。另外，凤姐与宁府也可能勾连起来，于是从凤姐推演出去，囊括了贾珍、贾琏、贾蓉这些"罪犯"，然后设计出"被害人"尤氏姐妹。于是，就有了这么一番情节。另外，从无数作家的创作实践中，存在另一种可能，就是在写作过程中，现实生活发生了二尤这样的非常罕见的事例，令作家深思，并且加以适当的改造之后，将她们搬进了作品。我之所以如此推测是以整部小说的情节为基础的，因为不仅前面秦可卿病死的过程中尤氏姐妹没有出现，本回过后，她们的死亡也没有影响到后面的情节，甚至所有人都像"失忆"一般再无印象。正如李商隐的诗句：此情可待成追忆，只是"后文"已惘然。这可不像曹雪芹的风格。所以我判断，二尤的故事不仅是插进去的，还是后面的书稿写好后插进去的，因而没有在后文中留有任何印迹。同贾瑞的故事一样。

考虑到二尤故事与贾瑞故事都属于"风月"故事，那么我们推断，它们确确实实来自《风月宝鉴》。由此再作推定：曹雪芹确确实实写过一部《风月宝鉴》，其写作时间在《石头记》之前，是青年曹雪芹的作品。它可能没有向外流传，是一部纯粹的书稿。它可能是曹雪芹的处女作而倍加珍爱，在写作《石头记》过程中始终不忘这部处女作，尽可能地将其内容"移植"进来使之重生。它们虽然进入了《红楼梦》，但其"排异"效应造成《红楼梦》中有些情节与作品的隔膜、不融洽。

其次，尤氏姐妹的故事，情节上是这对姐妹先后自尽，但作者刀锋所指，却是凤姐，甚至是整个贾府。尤三姐之死，自然有贾珍、贾蓉的罪孽成分，但严格来讲他们不是凶手，尤三姐并非必须要死、或者她只能死，她的自杀其本人有很大的责任。而且关于尤三姐的故事虽然写得干脆利落，但回味一般，换句话说深度一般。尤氏姊妹中真正打动读者的是尤二姐的故事，作者所用的功夫也深的多。尤二姐死亡的主凶是凤姐，但贾珍又是始作俑者，贾琏也负有不加体恤的责任，再加上秋桐和直接虐待的丫鬟，这么一来，尤二姐之死是宁荣两府共同造成，整个贾府罪责难逃。不仅如此，尤二姐毕竟是尤氏的妹妹，尽管没有血缘关系，她的死却使得贾珍、尤氏、贾蓉与凤姐之间结下了仇恨，更在贾琏与凤姐之间相隔着一个冤魂，这就为后面的情节埋下了重大线索。所以尤二姐之死很显然将推动后面情节的发展，既可能引发法律官司，也可能引发宁荣二府的矛盾斗争，更可能促使凤姐与贾琏的分崩离析。曹雪芹花了很大的力气在贾府埋下一颗炸弹，可惜八十回以后的续作者没有将它引爆。

最后我们再说几句大观园中的人物。讨论《红楼梦》历来都少不了谈论那个有围墙隔离的府中王国大观园，自从余英时先生提出"《红楼梦》的两个世界"的观点，认为大观园自成一个"清静世界"，这个具有区分、判断意义的观点为红学界普遍接受。但是尤二姐的故事却让大观园蒙羞。曹雪芹似乎是故意要玷污他自己千辛万苦建立起来的"清净世界"。

第七十回

林黛玉重建桃花社　　史湘云偶填柳絮词

从回目就看出，作品的内容要重新回到原来的主要情节，写大观园中的清雅之事。确实，杂七杂八的事情已经写得够多的，从茉莉粉之类的暗斗到尤氏姐妹的自尽，贾府足够乱的，尤其是前面连续几回都是"淫奔无耻"、奸险歹毒，弄得书卷中弥漫着乌烟瘴气。或许，曹雪芹觉得需要打扫一下卫生，替作品输送一点清新空气。这股清新空气便是林黛玉重建桃花社，让作品回到典雅的人和优美的诗词中去。然而时过境迁，贾府与大观园即将结束它们的高光时刻，我们往后面看一下回目，第71回"嫌隙人有心生嫌隙　鸳鸯女无意遇鸳鸯"，72回"王熙凤恃强羞说病　来旺妇倚势霸成亲"，73回"痴丫头误拾绣春囊　懦小姐不问累金凤"，情节是急转直下，而到74回就是抄检大观园，从此以后《红楼梦》再也响不起那优美醉人的旋律。所以这第70回，是大观园最后的春天，也是《红楼梦》最后一抹彩霞。从结构方面说，这是狂涛骇浪前面一个短暂的安宁，曹雪芹有意再为我们描绘一片回光返照。好好珍惜这最后一缕好时光吧。

本回开头作者偏偏还要写一段尤二姐落葬的事情，像是给明亮的本回抹上一痕暗色，让我们明白大背景是什么。

> 话说贾琏自在梨香院伴宿七日夜，天天僧道不断做佛事。贾母唤了他去，吩咐不许送往家庙中。贾琏无法，只得又和时觉说了，就在尤三姐之上点了一个穴，破土埋葬。那日送殡，只不过族中人与王信夫妇，尤氏婆媳而已。凤姐一应不管，只凭他自去办理。

贾母发声不许尤二姐入家庙，无疑背后是凤姐在捣鬼。而梨香院，原本是薛家住宿之地，现在却作为停尸的地方，曹雪芹这样点名，里面有没有讲究我弄不明白，暂且提出存疑。到了送殡的日子凤姐自然不会去，但宝玉应该去的吧。

接下来一段文字，历来的评论文章都不在意，但这段文字为什么要写？我觉得曹雪芹不仅是在"背面傅粉"，通观全书可以说是擂响了"战鼓"。

> 因又年近岁逼，诸务猬集不算外，又有林之孝开了一个人名单子来，共有八个二十五岁的单身小厮应该娶妻成房，等里面有该放的丫头们好求指配。凤姐看了，先来问贾母和王夫人。大家商议，虽有几个应该发配的，奈各人皆有原故：第一个鸳鸯发誓

不去。自那日之后，一向未和宝玉说话，也不盛妆浓饰。众人见他志坚，也不好相强。第二个琥珀，又有病，这次不能了。彩云因近日和贾环分崩，也染了无医之症。只有凤姐儿和李纨房中粗使的大丫鬟出去了，其余年纪未足。令他们外头自娶去了。

先谈明眼上的，贾府对下人，也确实像一个大家庭，小厮到了二十五岁，便给他们配亲，我估计还会资助一定数额的娶亲费用。尽管是奴才，在他们生活的重要当口，贾府都会给予关照。这是一。第二，我们由此知晓在贾府中高级丫头如鸳鸯、琥珀、彩云之流的最后归宿，只不过是配个小厮。所谓配个小厮，几年后就流落成为"鲍二家的""旺儿媳妇"之类，这一辈子，就别想有什么好日子，哪怕你之前是贾母面前第一红人，你的下半辈子也就湮灭了。到这里，大家才明白像赵姨娘、平儿以及袭人等，能够混到这份上，是多么的幸运！第三，作品借此交代了鸳鸯、彩云的现状，两人都是隔日黄花，再无什么生命力，苟且地活着而已。她们一个被大老爷贾赦摧毁，另一个则拜三爷贾环所赐，那样旺盛鲜艳的花朵一下子就蔫了。

以上三点都是明面上的东西，但我体会这一段，除了明面上的意思，还有暗递秋波的一面。回顾一下，这一段主要的意思是说小厮们年龄到了，贾府给予配丫鬟成婚。这个内容很突兀的，作品描写的生活有好多年了，从来没写过这档子事，为什么到这里突然提起这事？大家想一想，是不是曹雪芹又要布置什么新花样了？碰到这种关口，如果我们能停下来，依据曹公的写作轨迹思考一番，他的用意或许我们就能理解。我是这么理解的，曹公在这里是像戚蓼生在《红楼梦》序言中所说，是"一喉二声"，一个喉咙发出两种声音。他明面上说的是小厮们到了娶亲的年龄，鸳鸯、琥珀、彩云也到了配男人的年纪，实际上他暗示我们：同样的，那些公子小姐们，尤其是薛宝钗、贾迎春、林黛玉、史湘云、贾探春等一干人，也已经到了婚配的年纪！我凭什么这么判断呢？因为前面说了，以前若干年，曹公可没提过小厮配亲这档子事，偏偏到今年他提了，必有原因。更明显的理由是，作品在这里只是说有八个小厮二十五岁了，然后说鸳鸯、琥珀、彩云一个都没出嫁。这岂不奇怪？我们想想，这八个小厮何须曹公动用笔墨来告诉我们？他们连名字都没有，读者更是一个都不认识，为什么写他们？如果说作者的用意是借此交代鸳鸯、琥珀、彩云的现状，他似乎没必要写"又有林之孝开了一个人名单子来，共有八个二十五岁的单身小厮应该娶妻成房"，这个弯拐得太大，作者完全可以直接交代鸳鸯、琥珀、彩云怎么样。曹公这么写，尤其是他运用最硬实的数据——二十五岁——来说话，这数据无非说明"男大当婚女大当嫁"，他这里写的是小厮的年纪，但他"隔山打牛"的是：宝钗、迎春、黛玉、湘云、探春等一干人，与鸳鸯、彩云等年龄相近，她们已经达到婚姻年龄。用一位学者的说法，她们都应该"被送往封建婚姻市场"去了。曹公在暗示我们，"婚姻市场"即将展开大观园女子的批量交易，宝钗、迎春、黛玉、湘云、探春等人不久都将出嫁，大观园的末日即将来临。——我们在这个背景上来解读"林黛玉重建桃花社　史湘云偶填柳絮词"，是不是别有意味？是不是有某种反讽的意思？这就是我所说的本回第二段的奥妙所在，曹雪芹不单单在"隔山打牛"，他更是在"敲山震虎"！这一段与接下来的一个重要时间数据有呼应关系，下面我们会详细说明。

接下来作品概述诗社的情况。

> 原来这一向因凤姐病了，李纨探春料理家务不得闲暇，接着过年过节，出来许多杂事，竟将诗社搁起。如今仲春天气，虽得了工夫，争奈宝玉因冷遁了柳湘莲，剑刎了尤小妹，金逝了尤二姐，气病了柳五儿，连连接接，闲愁胡恨，一重不了一重添。弄得情色若痴，语言常乱，似染怔忡之疾。慌的袭人等又不敢回贾母，只百般逗他顽笑。

这里写的是诗社重建的背景，贾府，乃至大观园都是一片混乱和颓败气象。年轻的诗人们重建诗社，似乎也是为了在颓败的气氛中制造一点新鲜空气来自我调节。对比一下诗社初建时期的背景，探春所言："风庭月树，惜未宴集诗人，帘杏溪桃，或可醉飞吟盏。孰谓莲社之雄才，独许须眉；直以东山之雅会，让余脂粉。"真是豪言壮语，一派指点江山的气度。才几年，大观园今非昔比。我们再看细节，作者非常注意反复而不重复。初建诗社是探春来请宝玉写起，这次也是别人来请宝玉去参加，但上次是探春以信笺的方式，这次则由史湘云派人来请，人员方式都不同；上次是探春提议，接着大家商议怎么开诗社，这次则由黛玉的一首诗直接击发。这种微小的区别，就是所谓"《红楼梦》笔墨"，是曹公很花功夫的地方。

黛玉这次写的又是桃花诗，红学界通常把它称作《桃花行》。大家都记得，她在第27回有过一首很长的《葬花吟》写桃花，通常曹公是不会让同一个人对同一个题材连续写两遍的，这里却硬生生出现了，其中必有奥妙。诗词的原文我们不一句句讲了，我们用对比的方式来鉴赏。两首桃花诗都充满忧伤之情，面对满眼的桃花，林黛玉深深感慨自己的命运，这是它们的共同点；而较为明显的不同是，《葬花吟》游荡着一股委屈不满之气，它埋怨外部环境，其点睛之笔是"一年三百六十日，风刀霜剑严相逼"；面对这样的环境怎么应对呢？《葬花吟》中写到"质本洁来还洁去""一抔净土掩风流"。——不同流合污，只求洁身自好。写《葬花吟》的时候，黛玉与宝玉之间的爱情尚未确定下来，黛玉十分焦虑，难免有过激之言。简单说，《葬花吟》是把未知的爱情拿来比桃花，假如得不到爱情的话自己宁肯牺牲，所以说那时的黛玉尚有桀骜之气。而今日的《桃花行》，则更侧重于感慨自己的健康状况，诗词前面写到"帘中人比桃花瘦"，突出了健康不佳；后面写到"若将人泪比桃花，泪自长流花自媚。泪眼观花泪易干，泪干春尽花憔悴"，"泪自长流"是黛玉的日常写照，"泪干春尽花憔悴"，实际上已经隐含着诗人自己的憔悴；最后两句"憔悴花遮憔悴人，花飞人倦易黄昏。一声杜宇春归尽，寂寞帘栊空月痕"，这里隐隐约约在担忧"憔悴人"能不能熬过"一声杜宇春归尽"的时候，反映出诗人的生命之忧。是的，现在黛玉与宝玉的恋爱已经固定下来，黛玉已经不担忧宝玉，但她深知自己的健康状况已经相当糟糕，面对满眼盛开但不久就要凋谢的桃花，她由衷地联想到自己的生命力是不是能够扛得过时间这个对手。在许多解释这首诗词的文章中都说此诗具有谶语的作用，说它象征着林黛玉的夭亡。对此，我倒有点不同看法。我同意这首诗有象征黛玉夭亡的意味，但我以为，既然作者让林黛玉连续两次作桃花诗，如此地犯忌讳，如此地不寻常，那么，很可能还有第三次。过二不过三，这是中国人的习惯。所以我以为曹公依据国人的习惯，他会让林黛玉第三次写桃花诗，那一次才是绝命诗。我的理由是，此诗作完以后曹公还留下十回的篇章，从时间跨度来说有两三年，而且直到第 80 回，也没写黛玉行将就木；也就是说，林黛玉非但能够看到桃花再次盛开，而且她的精力还足以写出另一首桃花诗。所以，《桃花行》只是林黛玉预感到身子熬不到结婚那一天，但并不意味着她今年就病逝。另外，还有一个遥远的凭据，第 5 回黛玉的判词中有"玉带林中挂"一句，这"林中"，是"桃林之中"？

宝玉是最懂黛玉，所以"宝玉看了并不称赞，却滚下泪来。便知出自黛玉"。宝玉与黛玉心有灵犀，《桃花行》那几乎绝望的情调令宝玉深感悲伤，他似乎也预感到了什么。很有趣的是，为了印证宝玉的知己之心，姐妹们还同他开了个玩笑。宝玉因问：

> "你们怎么得来？"宝琴笑道："你猜是谁做的？"宝玉笑道："自然是潇湘子稿。"宝琴笑道："现是我作的呢。"宝玉笑道："我不信。这声调口气，迥乎不像蘅芜之体，所以不信。"宝钗笑道："所以你不通。难道杜工部首首只作'丛菊两开他日泪'之句不成！一般的也有'红绽雨肥梅''水荇牵风翠带长'之媚语。"宝玉笑道："固然如此说。但我知道姐姐断不许妹妹有此伤悼语句，妹妹虽有此才，是断不肯作的。比不得林妹妹曾经离丧，作此哀音。"众人听说，都笑了。

作者非常巧妙地告诉我们，这样的诗必然出自林黛玉，其他诸如宝钗、宝琴辈是无论如何写不出如此哀伤的句子，而宝玉对此非常自信；尤其，最后"众人听说，都笑了"，表明众人都承认宝玉、黛玉心灵相通。在这里，作者以谈笑的笔墨，写出宝玉与黛玉爱情的深度和硬度。

回到作品。

> 已至稻香村中，将诗与李纨看了，自不必说称赏不已。说起诗社，大家议定：明日乃三月初二日，就起社，便改"海棠社"为"桃花社"，林黛玉就为社主。明日饭后，齐集潇湘馆。因又大家拟题。黛玉便说："大家就要桃花诗一百韵。"宝钗道："使不得。从来桃花诗最多，纵作了必落套，比不得你这一首古风。须得再拟。"正说着，人回："舅太太来了。姑娘出去请安。"因此大家都往前头来见王子腾的夫人，陪着说话。吃饭毕，又陪入园中来，各处游顽一遍。至晚饭后掌灯方去。

这一段的叙述有点奇怪。大家好好地在商议明日重启诗社，以林黛玉为社主，也就是要到潇湘馆开社，作品却很不懂风情地把这雅事冲断了，说"舅太太来了。姑娘出去请安"。王子腾夫人什么时候不能来，作者偏偏安排她这时刻来！回想当年探春起诗社的时候，可没这种打断。曹公是不是以此暗示，大观园的风清月明已经难以继续？不仅如此，第二天诗社依然开不成，也是被不得不应付的俗事给耽误了：

> 次日乃是探春的寿日，元春早打发了两个小太监送了几件顽器。合家皆有寿仪，自不必说。饭后，探春换了礼服，各处行礼。黛玉笑向众人道："我这一社开的又不巧了，偏忘了这两日是他的生日。虽不摆酒唱戏的，少不得都要陪他在老太太、太太跟前顽笑一日，如何能得闲空儿。"因此改至初五。

这个玩笑开得更大，简直就是打诗社的脸：这天是探春的生日，大家居然忘了，连探春本人都忘了！然而记得的人是元春，元春一送礼，哪怕探春本人不想做这个生日都不成，于是这一天又在忙忙碌碌的俗事中过去了。看来，要开一次诗社真的不容易。谚语说，一不过二，二不过三。到了初五，又黄了！不仅黄了，还迎头浇了一盆冷水。

> 这日众姊妹皆在房中侍早膳毕，便有贾政书信到了。宝玉请安，将请贾母的安禀拆开念与贾母听，上面不过是请安的话，说六月中准进京等语。其余家信事务之帖，自有贾琏和王夫人开读。众人听说六七月回京，都喜之不尽。偏生近日王子腾之女许与保宁侯之子为妻，择日于五月初十日过门，凤姐儿又忙着张罗，常三五日不在家。这日王子腾的夫人又来接凤姐儿，一并请众甥男甥女闲乐一日。贾母和王夫人命宝玉、探春、林黛玉、宝钗四人同凤姐去。众人不敢违拗，只得回房去另妆饰了起来。五人作辞，去了一日，掌灯方回。

就为了开一次诗社，曹雪芹设置了重重困难：王子腾夫人光临、探春生日、王子腾女儿出嫁，还有贾政来信，尤其是贾政即将回家。我们前面说了，诗社是在贾政外出以后、家庭氛围轻松活跃的状况下成立的，现在贾政即将回来，那么诗社也将关门大吉。今日之大观园，开一次诗社竟然如此艰难，曹公究竟想表明什么呢？我理解为，在曹公的构思中这是最后一次诗社，是大观园的最后一次雅会，所以中间才会出现这么多挫折。曹公的意思是：贾府气数将尽，诗社这个大观园中清流们联络友谊、寄托情思、抒发生命感慨，甚至表达豪情壮志的小小论坛，即将垮塌。

　　再次提醒注意，王子腾夫人接连两次登门贾府，曹公还是不予描述，更不用说去王子腾家拜寿，自然是一字不写。从舅舅家回来，宝玉犯难了。

　　　　宝玉进入怡红院，歇了半刻，袭人便乘机见景劝他收一收心，闲时把书理一理预备着。宝玉屈指算一算说："还早呢。"袭人道："书是第一件，字是第二件。到那时你纵有了书，你的字写的在那里呢？"宝玉笑道："我时常也有写的好些，难道都没收着？"袭人道："何曾没收着。你昨儿不在家，我就拿出来共算，数了一数，才有五六十篇。这三四年的工夫，难道只有这几张字不成。依我说，从明日起，把别的心全收了起来，天天快临几张字补上。虽不能按日都有，也要大概看得过去。"宝玉听了，忙的自己又亲检了一遍，实在搪塞不去，便说："明日为始，一天写一百字才好。"说话时大家安下。

这一段文字虽然很短，一般的读者也不会认真看，但对于《红楼梦》的研究或鉴赏，则必须予以高度重视。我们先从简单的说起。这一段取的镜头很小，就宝玉和袭人两个，也没什么景物，就两人的对话。袭人先说话，直接要求宝玉赶紧收心，准备好功课以备贾政回家检查。袭人也真不容易，白天听到贾政六七月要回家，她比宝玉还在意，她已经翻点了宝玉所写的字，觉得连应付都远远不够，她急了，比宝玉还急。这就是袭人。宝玉平时与那么多姐妹丫鬟玩乐，谁管这事情了？最近一段时间，宝玉的心思除了黛玉，都在芳官身上。但芳官才不管这些事，别人也不相干，上心的、着急的还是袭人。有趣的是小少爷宝玉觉得没事，他说"还早呢"，因为距离父亲到家还有几个月呢。这让我想起一个寓言《蚂蚁和蟋蟀》，还是我小学低年级的课文。说的是秋天到了，蚂蚁忙忙碌碌地往洞穴搬运粮食，而蟋蟀一面唱歌玩耍，一面嘲笑蚂蚁："蚂蚁弟弟，冬天还早呢，跟我一起来唱歌吧。"蚂蚁不理它，继续忙碌着。冬天到了，蟋蟀没有粮食，便来到蚂蚁的门前，可怜兮兮地哀求："蚂蚁弟弟，借给我一点粮食吧。"现在，充当蚂蚁的是袭人，宝玉则是那位唱歌玩耍的蟋蟀。其次，袭人懂得功课的轻重。读书虽然是第一重要，但在检查功课的时候，写字是个更加直接硬朗的指标。宝玉三四年的工夫只写了五六十页，摊下来一个月才一页，仅有正常功课的二三十分之一！可以说宝玉比那位偷懒的蟋蟀一点不差。更加可笑的是宝玉还不相信字会写得那么少，于是亲自检点一遍，才真着急了。人的青少年时期能有几个三四年？宝玉此情此景同小说第1回中作者自云"已往所赖天恩祖德，锦衣纨绔之时，饫甘餍肥之日，背父兄教育之恩，负师友规谈之德，以至于今日一技无成，半生潦倒"，两者的情形何其相似乃尔！

接着我们说说这段描写最大的价值：它明明白白地交代了贾政离家的时间，是"三四年"。这个时间数据对于整部小说非常重要。《红楼梦》很大的艺术特点是"影约"，人物的内心，比如贾母、王夫人对宝玉、黛玉爱情的态度，就是不写。再比如，本回写了"这日王子腾的夫人又来接凤姐儿"，王子腾的夫人与凤姐究竟是母女关系？还是婶娘与侄女儿的关系？作者自始至终没交代，弄得读者不知道凤姐的父母到底是谁，还在不在世。其次，《红楼梦》的时间也很模糊，它没有年份，也不明确交代主人公的年龄，只有偶然写一次某人几岁，或某事相隔几年，致使一些人花若干年去编写《红楼梦》的纪年表，结果非但各人编出来的年份不一，宝玉的年龄也上下相差好几岁，而且至今没有一个统一的说法。现在，感谢曹雪芹，他终于给出一个时间数字："三四年"！这个时间数字，对于小说的情节至关重要，因为作品核心情节是大观园中少男少女的婚姻，男大当婚，尤其是女大当嫁，宝玉、黛玉、宝钗、湘云、探春的婚姻，本身就是重大情节，更会决定其后的情节。所以，他们是不是来到婚姻的大门口，十分重要。现在作品交代了"三四年"这个权威数据，我们就可以反推。以作品明确交代的年龄来算一算：当年宝钗做十五岁生日，那还是大观园刚造好的第22回；贾政当学差离京，已经是第37回。一些《红楼梦》纪年表认为第22回与第37回是同一年，而且这一年的内容包括从第18回直到第53回，将近占去前八十回的一半。我以为这一年未免太长了。根据我的"感受"，从第22回到第37回发生了那么多事情，至少已经相隔两年。那么宝钗十七岁，宝玉十五岁，黛玉十四岁，探春小于黛玉，十三或十四岁。那年探春发起诗社，自称"孰谓莲社之雄才，独许须眉；直以东山之雅会，让余脂粉"。诗社不是玩家家，与"须眉"对称的"脂粉"，应该也不是小孩子，探春的年龄应该不止十三四岁了，我们姑且这么算吧。现在，加上三四年，宝钗该是二十或二十一岁，宝玉十八或十九岁，黛玉十七或十八岁。此前一两年，史湘云已经在说亲了，湘云小于黛玉，一两年前她十六岁左右。既然湘云已经在说亲，比她大的林黛玉、薛宝钗更是应该说亲了，尤其是薛宝钗，她已然是位大龄姑娘。在她这年龄，凤姐已经有孩子了。（注：下一回曹雪芹写明贾母八十岁了，假如按此推算，年轻的主人公们还要大好几岁。这确实是个难解的问题。）所以曹雪芹这不经意间的"三四年"三个字，对于作品的核心情节，犹如"渔阳鼙鼓动地来"，它表明女主人公们的婚嫁，不说迫在眉睫，也已经余时无几。到这里，我们更加能够体会，本回开头作者为什么要写八个小厮到了结婚的最后年限，以及鸳鸯、琥珀、彩云由于这样那样的原因而没有配人。——她们今年没配，明年呢？同样，女主人公们今年不嫁，明年呢?!

下面一段文字，本身并无什么特点，但放在贾府，却是值得说一说的。

　　至次日起来梳洗了，便在窗下研墨，恭楷临帖。贾母因不见他，只当病了，忙使人来问。宝玉方去请安，便说写字之故，先将早起清晨的工夫尽了出来，再作别的，因此出来迟了。贾母听了，便十分欢喜，吩咐他："以后只管写字念书，不用出来也使得。你去回你太太知道。"宝玉听说，便往王夫人房中来说明。王夫人便说："临阵磨枪，也不中用。有这会子着急，天天写写念念，有多少完不了的。这一赶，又赶出病来才罢。"宝玉回说不妨事。这里贾母也说怕急出病来。探春宝钗等都笑说："老太太不用急。书虽替他不得，字却替得的。我们每人每日临一篇给他，搪塞过这一步就完了。一则老爷到家不生气，二则他也急不出病来。"贾母听说，喜之不尽。

这里所说的，其实就是一场大规模作弊的来龙去脉。首先是宝玉的功课脱下了，没法向父亲交差。好一个宝玉，他什么时间挤不出来，偏偏就不去贾母那里请安，逼得贾母急了，问是怎么回事，然后他说为了应付老爸，忙得没时间来给祖母请安。很显然贾母会着急，然后就会替他回护；有了贾母的庇护，他何愁应付不了老爸！——当年那顿打，不就让贾政再三道歉。所以宝玉显然是要引出贾母这个保护伞。这也罢了，到母亲王夫人那里再一说，王夫人直言这可要弄出病来的。后面就有意思了，一群"枪手"跳了出来，直言不讳告诉王夫人，我们大家会替他写的，你大可放心。值得注意的是"枪手"们的排名："探春宝钗等"。这个名单有趣，第一，里面居然没有黛玉，当然后面我们马上知道为什么没黛玉。第二，探春领衔，宝钗次之。想想也对，探春是宝玉亲妹妹，虽然不是王夫人所生，但她们情同母女，探春跳出来王夫人不会有什么意见；宝钗次之，也情有可原，没有探春领头，宝钗怎么能够跳到前台呢？她性格本就内敛，何况为宝玉作弊，男女有妨，她当然不会带头。然而她这次居然冲在林黛玉、史湘云的前头，除了勇气可嘉之外，似乎也透露出她的着急；她敢于冲在黛玉前头，也因为她与黛玉已经心心相印不至于引发黛玉的醋意。这么一体会，我们才能真正领会曹雪芹写这个排名的内在意义。第三，贾母、王夫人对于探春等人自告奋勇的作弊案情，非但不反对，而且"喜之不尽"，由此我们也就明白宝玉为什么敢于荒废作业，他是有恃无恐，上下左右全是支持者。说白了有一个作弊集团、作弊体系，有组织有后台，区区一个贾政单枪匹马，能奈他何？宝玉之所以成为今日之宝玉，是那个小环境哺育的。回看曹雪芹上面这些似乎不经意的随随便便的文字，包含着多少内容！

曹公很会调度，前面他只写探春领衔，没交代黛玉，任凭读者去焦急，实际上他把重点笔墨留给了黛玉，下面才写。

> 原来林黛玉闻得贾政回家，必问宝玉的功课，宝玉肯分心，恐临期吃了亏。因此自己只装作不耐烦，把诗社便不起，也不以外事去勾引他。探春宝钗二人每日也临一篇楷书字与宝玉，宝玉自己每日也加工，或写二百三百不拘。至三月下旬，便将字又集凑出许多来。这日正算，再得五十篇，也就混的过了。谁知紫鹃走来，送了一卷东西与宝玉，拆开看时，却是一色老油竹纸上临的钟王蝇头小楷，字迹且与自己十分相似。喜的宝玉和紫鹃作了一个揖，又亲自来道谢。

这段文字，有过恋爱经历的朋友都能体会，这才叫爱情！这一次，林黛玉一反常态，在探春、宝钗表白的时候她默默不语，原来她早已开始暗中用功，她写的不是宝玉那种一页没几个字的大楷，而是"钟王蝇头小楷"！喜欢书画的朋友都知道，你要求一幅名人字画，得到的书法通常都是大楷，甚至草体字。为什么？未必是这位书法家擅长大楷或草体，而是因为那不吃功夫可以一挥而就。只有真正的好朋友，开口就求小楷字，那才实实在在吃功夫花精力的。林黛玉替宝玉作弊的是整整一卷"钟王蝇头小楷"，这是一点一横都偷懒不得的。以黛玉目前的健康状况，那简直是在搏命！黛玉这一次的表现，堪称爱情火焰的喷发。两百年来，林黛玉与贾宝玉已经成为爱情、特别是清纯爱情的代名词，如果说宝玉见到漂亮的女孩都会爱慕，那么黛玉则对其他男人绝不会看一眼。不过，虽然黛玉爱得这么纯、这么深，但我们很少看见她为宝玉做些什么，比如针线活。反倒写了袭人说黛玉一个荷包半年都做不完，还写了她铰烂宝玉的玉套子之类。或许有人以为要求林黛玉做点什么有些俗气，但一个热恋的爱人总会千方百计替对方做点什么，实际的事物哪怕再小都可以充实和增厚爱情。这一次，曹公总算写了一卷蝇头小楷。黛玉这么低调行事，可是第一次。我们不由得联想：是不是那支花签"莫怨东风当自嗟"的告诫起了作用？这一次黛玉有点"重新做人"的味道，她不事声张，停办诗社，抱病书写，默默奉献。曹公这么一写就把黛玉同探春、宝钗、湘云等人做出明显的区别，拉开了一个档次。然而，我们更关心的是，黛玉的改弦更张能不能感动贾母和王夫人，改变她们对黛玉的看法？我们知道，真正的悲剧在于黛玉立志重新做人奉献了她的全部，却不能挽回贾母和王夫人原有的印象，这比黛玉我行我素娇纵到底更加令人痛心。结局究竟怎么样？可惜我们看不到八十回以后的原著，但曹雪芹笔下的宝玉肯定没有娶黛玉，这是板上钉钉的。

回到作品。

> 史湘云宝琴二人亦皆临了几篇相送。凑成虽不足功课，亦足搪塞了。宝玉放了心，

于是将所应读之书，又温理过几遍。正是天天用功，可巧近海一带海啸，又遭踏了几处生民。地方官题本奏闻，奉旨就着贾政顺路查看赈济回来。如此算去，至冬底方回。宝玉听了，便把书字又搁过一边，仍是照旧游荡。

这可真是亲不亲，字上见。湘云、宝琴也临了几篇相送，多少篇呢？估计不多，更不能与黛玉整卷的蝇头小楷同日而语。不过她们的意思到了。而邢岫烟、李玟姐妹就没有一篇，倒未必是她们不肯帮忙，或许她们觉得情分还够不上，怕唐突了。而宝玉，则比那位秋天还到处玩耍唱歌的蟋蟀更胜一筹，刚刚害怕完了，听说老爹要推迟回来，"便把书字又搁过一边，仍是照旧游荡"。或许，宝玉也是预感到后面的好日子不多了，赶紧享受，混一天是一天。

诗社的集合令，最终是由史湘云吹响的。

> 时值暮春之际，史湘云无聊，因见柳花飘舞，便偶成一小令，调寄《如梦令》，其词曰：
>
> 岂是绣绒残吐，卷起半帘香雾。
> 纤手自拈来，空使鹃啼燕妒。
> 且住，且住！莫使春光别去。
>
> 自己作了，心中得意，便用一条纸儿写好，与宝钗看了，又来找黛玉。黛玉看毕，笑道："好，也新鲜有趣。我却不能。"湘云笑道："咱们这几社总没有填词。你明日何不起社填词，改个样儿，岂不新鲜些。"黛玉听了，偶然兴动，便说："这话说的极是。我如今便请他们去。"说着，一面吩咐预备了几色果点之类，一面就打发人分头去请众人。这里他二人便拟了柳絮之题，又限出几个调来，写了绾在壁上。

史湘云的脾性似乎也有所改变，当年她大声吆喝自己开社做东道，却忘了自己一无所有这东道如何做。这次她谦虚了，请黛玉出来主持。暮春之际，想来天气转暖，黛玉的身子也有所好转，她虽然谦虚说"我却不能"，但兴致却上来了。这次她们觉得要改变体裁，换作填词。依我看，与其说是湘云、黛玉要改为填词，还不如说是曹雪芹要改。因为我们一再说过，《红楼梦》中各人所作的诗通常只反映人物情感和性格，而词，则有反映人物命运的特点。所以曹雪芹这次要让他们改为填词，借填词再次暗示他们的命运与归宿。因为这也是曹雪芹最后的机会，大观园中人跟着他一路迤递来到第70回，他们即将各奔东西，这是最后一社。

下面我们分析各人诗词中的寓意。先说史湘云的《如梦令》，该词暗示史湘云有一段"鹃啼燕妒"的前期婚姻，但是"且住，且住！莫使春光别去"，则显然是一厢情愿，春光怎么可能留得住？所以又暗示史湘云的婚姻仅仅有一段好时光，后面则是无可奈何花落去的长长的黯淡岁月。

下面一段叙述我们需要说明一下。

> 宝玉笑道："这词上我们平常，少不得也要胡诌起来。"于是大家拈阄，宝钗便拈得了《临江仙》，宝琴拈得《西江月》，探春拈得了《南柯子》，黛玉拈得了《唐多令》，宝玉拈得了《蝶恋花》。紫鹃炷了一支梦甜香，大家思索起来。

大家注意，是宝玉呼吁大家拈阄，但拈到阄的却只有五个人：宝钗、宝琴、探春、黛玉、宝玉。这里没有李纨，也没有迎春和惜春。从作品描述情形看，后面并没有迎春和惜春出现，我们不知道她们究竟在场不在场，但李纨却是在场的。大家抓阄，必然根据在场人数来放阄，李纨既然在场，那么必然有六个阄，怎么可能会没有李纨呢？这是一。其次，突然出现个宝琴，她可是十二金钗以外的人物。为什么让宝琴取代李纨？这是需要一个理由的，我思考很久，也只能给出半个答案：这些人写的词，都暗示她们的婚姻以及其后的命运，李纨是已婚而且有子之人，所以曹公就将李纨排除在外。但是为什么让宝琴掺和进来，难以解释。其三，虽然宝玉也抓到一个阄，但大家心里一定要明白，宝玉是必定不会写这首《蝶恋花》的。理由何在呢？在于这里是再次展现众钗的婚姻和命运，这些词写完，众钗并不知道自作谶语；而这些词除了让读者了解众钗的命运之外，也是写给宝玉看的。虽然宝玉现在也不明白这里的暗示，但将来某一天，他会回想起今日的诗词，从中明白那些宿命。我们凭什么做出这个推断？因为这是《红楼梦》的一个规矩，早在第5回就订下这个规矩：宝玉在太虚幻境就曾经两次阅读众钗的命运，警幻见宝玉无趣模样，因叹："痴儿竟尚未悟！"同样，今日众钗自己把命运演示一遍，宝玉依然"未悟"。顺便说一句，后四十回的续作者具有非凡的艺术敏感，他让宝玉在开悟的时候，联想到太虚幻境里面的暗示，这就把全书从头到尾打通了，造就了令人震撼的艺术效应。归纳一句：今日宝玉是不可能填词的，他的身份，只是个看客。

按照抓阄的顺序，第一个要展示的应该是宝钗。

> 互相看时，宝钗便笑道："我先瞧完了你们的，再看我的。"

这属于打破习惯，宝钗向来大度，不是扭捏之人，她今日这么说有她的道理，我们后面就知道了。

> 探春笑道："嗳呀，今儿这香怎么这样快，已剩了三分了。我才有了半首。"因又问宝玉可有了。宝玉虽作了些，只是自己嫌不好，又都抹了，要另作，回头看香，已将烬了。李纨笑道："这算输了。蕉丫头的半首且写出来。"探春听说，忙写了出来。众人看时，上面却只半首《南柯子》，写道：
>
> 空挂纤纤缕，徒垂络络丝。

也难绾系也难羁，一任东西南北各分离。

探春这词满是无奈，所谓"空挂""徒垂"，而后面更是破罐子破摔，"一任东西南北各分离"。这半阕词，与太虚幻境说探春的判词"千里东风一梦遥"，以及《红楼梦曲子》"一帆风雨路三千，把骨肉家园齐来抛闪"高度契合。不过，探春只作了半阕，这种情况怎么解释呢？我的理解是，曹公要了一个滑头，要让宝玉看似也参与填词，所以使出这么个怪招，让探春只写一半，下半阕让宝玉替探春续上。当然曹公会给出一个由头：

宝玉见香没了，情愿认负，不肯勉强塞责，将笔搁下，来瞧这半首。见没完时，反倒动了兴开了机，乃提笔续道：

落去君休惜，飞来我自知。

莺愁蝶倦晚芳时，纵是明春再见隔年期！

不过这么一闹，就闹出个著作权问题：这下半阕，究竟算探春的？还是宝玉的？先看看大观园中人的判决：

众人笑道："正经你分内的又不能，这却偏有了。纵然好，也不算得。"

她们是把著作权判给探春的。可是大多数研究者都把这下半阕判给宝玉，并且认为"落去"指黛玉逝去，"飞来"指宝玉思念或者梦境中与黛玉相见，而"隔年期"是说宝玉将来避祸出走流亡在外之后，某日重回物是人非的大观园，而黛玉已经过世。不过我以为下半阕也应归于探春。理由一，大观园中人的判断应该比我们后人、读者要准确，我们应当相信她们的判断力。理由二，一首词暗示两个人的命运，本身就有点牵强，何况宝玉所续的下半阕与探春的上半阕意思贯通融为一体，是依照探春的前半阕意思写的，所以只能算宝玉执笔代写探春的意思。理由三，这里要展示的是众钗的命运，是展示给宝玉看的，一如太虚幻境上那样；而不是宝玉写出自己的未来给众钗看。理由四，整部《石头记》是宝玉红尘经历的记载，所以始终是他阅读众钗，后面，小说会追随宝玉直到结束，今日的这些词将成为他将来的回味，并令他开悟；反之，作品写众钗只会写她们如何随风凋零，而不会让她们日后来回顾今日宝玉的谶语。简单说，宝玉暗示自己的未来没有意义，不符合小说的叙述方式，曹公从作品开头就不是这样构思的。最后，我们看看这下半阕同探春的命运身份非常契合。"落去君休惜，飞来我自知。"这里只要理解一个关键字"君"。"君"指谁？指宝玉，宝玉是探春的哥哥，又是众钗的护花使者，这里是模拟探春口吻向哥哥作预告。而且这首词与第5回恰好形成不同层次。第5回"告爹娘，休把儿悬念"，是劝父母的口吻，而这次是向哥哥告别。这一句解释通了，其他的都不难，"飞来我自知"，说探春远嫁以后还有回家探亲的一天；深味"我自知"三字，或许探春回来那日未必见得到哥哥宝玉了。"莺愁蝶倦晚芳时，纵是明春再见隔年期！"这是强化悲剧性：即使是明年再见，也已经物是人非，何况要若干年甚至许多年以后？探春对赵姨娘和贾环都没什么感情，若干年后她回到京城，贾政、王夫人未必还健在，而让她深深思念的哥哥宝玉，届时是在贾府之中？还是天涯海角？这对关系亲密的兄妹还能不能见上一面？我们无法知道。——根据以上分析，下半阕词完全符合探春的身份和命运，然而却是宝玉鬼使神差般一挥而就的。把下半阕还给探春，方方面面都解释的通；反之，把它推给宝玉，说是宝玉与黛玉的某种诀别，非但意思牵强，而且宝玉当着这么多亲人却单独对黛玉表达某种意思，与环境也不甚相配。

　　林黛玉的《唐多令》无疑是最凄婉悲凉的。

粉堕百花洲，香残燕子楼。

一团团逐对成毬。

飘泊亦如人命薄，空缱绻，说风流。

草木也知愁，韶华竟白头！

叹今生谁舍谁收？

嫁与东风春不管，凭尔去，忍淹留。

　　前两句描述性的还好，尤其是"一团团逐对成毬"，似乎还有欢快嬉戏的味道。但到了下一句变为评说感慨的语句，"飘泊亦如人命薄，空缱绻，说风流"，一把将诗词推向薄命的主题。下半阕继续深化，直接感叹："叹今生谁舍谁收？嫁与东风春不管，凭尔去，忍淹留。"对黛玉这首词，评论者多认为它暗示黛玉预感到爱情理想行将破灭，甚至说"粉堕百花洲，香残燕子楼"，隐喻女子的死亡，歇拍六字"凭尔去，忍淹留"，暗示宝玉出走不归、黛玉泪尽而逝。这是最通行的说法，也获得普遍的认同。《唐多令》的意义，我们在第 1 回的最后部分探讨过了。请回看。它与第 1 回的谶语诗"玉在椟中求善价，钗于奁内待时飞"，第 5 回的谶语诗词，以及第 63 回的花签等，都互为呼应。请相互参照。

　　薛宝琴的《西江月》：

汉苑零星有限，隋堤点缀无穷。

三春事业付东风，明月梅花一梦。

几处落红庭院，谁家香雪帘栊？

江南江北一般同，偏是离人恨重！

　　宝琴这词，汉苑隋隄、江南江北，气象壮阔，与黛玉大异。众人都笑说："到底是他的声调壮。'几处''谁家'两句最妙。"不过，"梅花一梦""离人恨重"，似乎寄寓着宝琴同"梅"翰林之子长期分离的意思。这首词意思不怎么难懂，但让人纠结的是，为什么这一次暗示命运的词社，竟让宝琴插进来，她既不是十二金钗中人，又不是贾府中人物，脂批也说："后宝琴、岫烟、李纹、李绮，皆陪客也。"所以让宝琴作这首词的意图令人费解。

　　再看宝钗的。

　　宝钗笑道："终不免过于丧败。我想，柳絮原是一件轻薄无根无绊的东西，然依我的主意，偏要把他说好了，才不落套。所以我诌了一首来，未必合你们的意思。"众人笑道："不要太谦。我们且赏鉴，自然是好的。"因看这一首《临江仙》道是：

　　白玉堂前春解舞，东风卷得均匀。

　　湘云先笑道："好一个'东风卷得均匀'！这一句就出人之上了。"又看底下道：

　　蜂团蝶阵乱纷纷。

　　几曾随逝水，岂必委芳尘。

　　万缕千丝终不改，任他随聚随分。

　　韶华休笑本无根。

　　好风频借力，送我上青云！

　　众人拍案叫绝，都说："果然翻得好气力，自然是这首为尊。缠绵悲戚，让潇湘妃子，情致妩媚，却是枕霞，小薛与蕉客今日落第，要受罚的。"宝琴笑道："我们自然受罚，但不知付白卷子的又怎么罚？"李纨道："不要忙，这定要重重罚他。下次为例。"

　　以上是宝钗《临江仙》出笼的前后过程。宝钗这首词，虽然书中人物都拍案叫绝，但是近百年来的主流学派却是拍案叫骂。究竟该如何评价呢？我们需要好好辨析一番。

　　首先讲一讲一些专家为何要抨击宝钗的这首词。他们抨击的要害是词的歇拍："好风频借力，送我上青云！"认为"好风频借力"是宝钗在贾府中四处讨好赢得贾母、王夫人的好感，借她们的力量，挤占掉黛玉，坐上宝二奶奶的位置，即所谓"送我上青云"。说该词流露了宝钗的野心。对这一句的评价也是人们贬斥宝钗最主要的依据。"好风频借力，送我上青云！"该不该这样解释呢？我们先回顾一下宝钗作这首词的用意，以文本为依据。"宝钗笑道：'终不免过于丧败。我想，柳絮原是一件轻薄无根无绊的东西，然依我的主意，偏要把他说好了，才不落套。所以我诌了一首来，未必合你们的意思。'"前面好几个人都从丧败、哀伤的角度写柳絮，所以宝钗认为不必再写同类调子的东西，她想翻新一下，唱个反调，"偏要把他说好了，才不落套"。现在的问题是，宝钗这话是不是真话？我们该不该信她？换个说法，宝钗是不是在蒙骗姐妹们和宝玉？我认为宝钗说的是真话，她没必要欺骗，欺骗对她没什么实际价值；反过来说，她今日兴致较好，她要在众人面前表现一番、独出心裁，这倒像是她的真心。出于这样的心理，她把柳絮词的主题先定了调：不悲哀、不丧败，要写出柳絮发奋、上进、积极的一面。请大家注意，宝钗的本意并不是要写她宝钗本人怎么样，而是要写柳絮怎么样。假如大家认可这个前提，那么诗词本身并不难解释。

"白玉堂前春解舞，东风卷得均匀。"宝钗首句的落点就与黛玉等人不一样，黛玉是"百花洲""燕子楼"，湘云、探春选择的是树枝上，宝琴选的是"汉苑""隋堤"，这些地点不是表现柳絮无奈坠落，就是古远而沧桑的"汉苑""隋堤"，在那些地方柳絮除了感叹自己的没根没底，只能轻吟时光的流逝。一句话，它掌握不了自己。宝钗却把柳絮放在富贵人家的白玉堂前，而且东风也在配合它、助力它，让它"卷得均匀"。这一句我们不用看作者名字就知道必出于宝钗之手。轻而无根的柳絮在富贵的白玉堂前不失体态、舒卷自如，正是宝钗处世为人的形象写照。在贾府如此庞大如此复杂的人物关系中，宝钗既不巴结谁也不冷落谁，相反对于困苦中的人能帮一把就帮一把，始终坚守自己的节操，"行为豁达，随分从时"，若干年来赢得贾府上下、包括赵姨娘那样的人交口称誉。实际上在贾府、在《红楼梦》中，上下数百号人物，像这样"卷得均匀"的，也只有薛宝钗。"几曾随逝水，岂必委芳尘。"既不随风逐流，更不同流合污，保持自己的气骨，这是宝钗的原则，也是儒家主张的为人之道。这一句与第 5 回太虚幻境给她的评价"山中高士晶莹雪"一脉贯通。整个上半阕，一反众人对柳絮"也难绾系也难羁"的吟唱，以柳絮虽然纤细轻微却要自我把持，来象征人物的处世操守。

《临江仙》的下半阕实际上不如上半阕那么积极那么自信，可惜人们把它理解反了。宝钗是个相当现实的姑娘，她的特点就是务实，她不是个好高骛远、把梦幻当理想的脱离实际的人。上半阕已经力气使尽，近乎强词夺理，所以下半阕回到现实中来。这自然界的现实是：柳絮毕竟是被风吹得远离其原生处，它毕竟没有自己的动力，更谈不上驾驭自己的命运。因而下半阕一上来就退了一步："万缕千丝终不改，任他随聚随分。"承认柳絮的聚也好分也罢，都不是自己能把握、能改变的，现实的力量远远大于自我。不过宝钗借柳絮展现不消极不颓废的精神，从两个方面反映：一方面"任他随聚随分"，聚也好分也罢，她看淡她接受，她不沮丧不哀鸣更不哭泣，实际上就是作品一直说的宝钗"随分从时"，这是道家的精神；另一方面，"万缕千丝终不改，任他随聚随分"，环境、命运可以将她击倒，可以将她撕扯为"万缕千丝"，但她永远坚持自己的操守，永远保持自己的品格。其实这两句很明显是化用于谦《咏石灰》诗，"粉身碎骨全不怕，要留清白在人间。"只是评论家们没有、或不愿朝这方面去联系。于谦的诗到这里结束了，但《临江仙》却又在这么绝望的现实中再次翻转，所谓一波三折，一叹三咏。"韶华休笑本无根。好风频借力，送我上青云！"这个翻腾太出乎想象，用得上近年流行的一个词语：洪荒之力。这洪荒之力实际上是曹雪芹的，但曹公却赋力薛宝钗，这是曹公的选择，是他对宝钗的塑造。"韶华休笑本无根"，堪称胆大妄为：细于发丝、草芥不如的柳絮，竟然敢于藐视、嘲笑笼罩大地的、轰轰烈烈的春光！不过从诗词创作的角度，这一句也给诗人造成很大的风险，后句的力量跟不上的话，整首诗就写砸了。然而，该词的最后一句却石破天惊："好风频借力，送我上青云！"整首诗词如爆炸的蘑菇云，轰一下升腾到难以想象的高度。这说的是该词的艺术性。

　　下面谈谈更重要的内容评价。毫无疑问，这里的关键词是："青云"。说到青云，人们都能说出"平步青云""青云直上"，这两个成语意思相近，历来都指官场的快速升级，因而"青云"成为显贵、腾达的代名词。不过，我们这里要厘清一下："青云"的最基本意义，是天空；"平步青云""青云直上"，都是对"青云"基本意义的引申和比喻。那么，宝钗这里的"青云"是指天空？还是指显贵腾达？我理解宝钗的用意是"天空"，这句的"上青云"，对标前面的"随逝水""委芳尘"，意思十分明显，说柳絮未必一定就飘进河流、坠落尘土，它也可以一再地借助风力直上天空。这就是宝钗要把前面几位姐妹的诗意"翻过来"，"偏要把他说好了"。

　　再讨论宝钗的"上青云"有什么意义，以及它带来的结果。宝钗的"上青云"，从诗意本身说，就是摆脱"随逝水""委芳尘"的命运。然而，摆脱"随逝水""委芳尘"的命运，"上青云"以后又怎么样？了解中国现代文学史，或者熟悉鲁迅先生的朋友都知道，鲁迅有一篇非常深刻的演讲《娜拉走后怎样？》。鲁迅讲的是易卜生的戏剧《娜拉》，当娜拉意识到自己只是丈夫的傀儡，她便冲出了家门，戏剧到此就闭幕。鲁迅先生提出，娜拉走出家门不是结束，而是人生下一步的开始，他分析出走的娜拉只有两条出路："不是堕落，就是回来。"仿照鲁迅先生的提问，我们也可以发问："送我上青云"以后，柳絮怎样？我们都知道，柳絮不可能飞出大气层进入太空，它尽管"上青云"了，终究还要回到大地上，最终不是"随逝水"就是"委芳尘"。正如易卜生没顾及娜拉出走以后怎样，宝钗也无需在意柳絮"上青云"以后又怎样，那不是这首词要考虑的。但宝钗不缺乏常识，她当然知道柳絮最后还是要落回大地。只是，宝钗填词的时候，她并不做这些考虑，填完了，她可能依然不做这些考虑。

是不是所有人都不考虑呢？不，有一个人在考虑，在精心策划。他就是始作俑者曹雪芹！曹公的游戏规则是这样的：这批年轻的诗人自觉地、清醒地进行创作，但她们的作品却不知不觉、稀里糊涂地变成她们自己的谶语，而她们自己一点不知道！宝钗写下"好风频借力，送我上青云"，但宝钗并不知道这是自己的写照。她本来只是同姐妹们好玩，要对她们的诗意来一个颠覆，由是诗性激发，写下这样的句子。但她背后的曹雪芹，不但点拨宝钗写下这句子，还要让宝钗的命运变成这句话。因为曹公早已安排宝钗最终成为宝玉的妻子。这是他构思已久的，最终须对号入座；但对于今天的宝钗来说，则是稀里糊涂完全无知。这是解读小说的基本逻辑。人们说宝钗填词反映她觊觎"宝二奶奶"宝座，这个说法是违背艺术逻辑的，不可取的。

再退一步说，相对宝钗这么多年的寄居日子，当上宝二奶奶确实可用"上青云"来形容。但是，宝钗成为宝二奶奶后又怎样？我们虽然不知道曹雪芹在八十回以后写些什么，但对于宝钗，第5回有明确的安排："金簪雪里埋""纵然是齐眉举案，到底意难平"。所以"上青云"的宝钗，未必就是人生完美，甚至是很不完美。曹雪芹把这写成一场人生悲剧，不是他愿意看到的悲剧。这才是我们理解这首《临江仙》的根本点，也是理解《红楼梦》的根本点，千万不可颠倒了。

对于"好凭风借力，送我上青云"更深的寓意，我们在第1回的最后部分有详细讨论。这"凭风借力"，似乎与第1回"钗于奁内待时飞"的谶语相呼应；大大出乎我们意料的是，这"风力"竟然是贾雨村！请回看。

好了，我们总结一下：大观园的最后一次诗社，宝钗的《临江仙》夺冠，这是众人评的，也是作者曹雪芹写的。我想，我们对《临江仙》的评论、对"送我上青云"的评论，都应该与此相适应才对。

写完漂泊的柳絮，曹雪芹又写飘摇的风筝，都是身不由己之物。我国放风筝的习俗至今犹在，此处放风筝的用意、目的是什么？看看这段描写。

> 一语未了，只听窗外竹子上一声响，恰似窗屉子倒了一般，众人唬了一跳。丫鬟们出去瞧时，帘外丫鬟嚷道："一个大蝴蝶风筝挂在竹梢上了。"众丫鬟笑道："好一个齐整风筝！不知是谁家放断了绳，拿下他来。"宝玉等听了，也都出来看时，宝玉笑道："我认得这风筝。这是大老爷那院里娇红姑娘放的，拿下来给他送过去罢。"紫鹃笑道：

"难道天下没有一样的风筝，单他有这个不成？我不管，我且拿起来。"探春道："紫鹃也学小气了。你们一般的也有，这会子拾人走了的，也不怕忌讳。"黛玉笑道："可是呢，知道是谁放晦气的，快掉出去罢。把咱们的拿出来，咱们也放晦气。"紫鹃听了，赶着命小丫头们将这风筝送出与园门上值日的婆子去了，倘有人来找，好与他们去的。

作者就这样交代清楚，后半回描写的放风筝，这些主人们是什么用意，就是放掉家里的、身上的晦气。不过这一段又戳点了一个新材料，"大老爷那院里娇红姑娘"，宝玉确实神通广大，连贾赦身边女人的风筝，他都认得！真不知道他还有什么不认得的。

对放风筝的描写，有几点值得关注。第一，前面的柳絮词具有谶语性质，这里的放风筝，同样具有象征意味。第二个关注点是人员。同前面填词一样，放风筝的人们中依然不见有迎春和惜春。这一社是黛玉做东，还准备了水果和点心，黛玉必然邀请过她们，但填词没她们，放风筝也没她们的踪影，曹雪芹也没写一笔她们生病或者有事，就这么撇开她们，显然对她们不太在意。而在场众人，李纨没放，但宝玉放了，这与填词有所不同。第三个关注点，各人的放法不一样。先看黛玉和宝玉。较少参与户外活动的黛玉，这次放了风筝，是个大美人风筝。宝玉几经周折，最后放的也是个大美人。黛玉舍不得剪断线索。

黛玉笑道："这一放虽有趣，只是不忍。"李纨道："放风筝图的是这一乐，所以又说放晦气，你更该多放些，把你这病根儿都带了去就好了。"紫鹃笑道："我们姑娘越发小气了。那一年不放几个子，今忽然又心疼了。姑娘不放，等我放。"说着便向雪雁手中接过一把西洋小银剪子来，齐蓦子根下寸丝不留，咯登一声铰断，笑道："这一去把病根儿可都带了去了。"那风筝飘飘摇摇，只管往后退了去，一时只有鸡蛋大小，展眼只剩了一点黑星，再展眼便不见了。众人皆仰面睃眼说："有趣，有趣。"宝玉道："可惜不知落在那里去了。若落在有人烟处，被小孩子得了还好，若落在荒郊野外无人烟处，我替他寂寞。想起来把我这个放去，教他两个作伴儿罢。"于是也用剪子剪断，照先放去。

黛玉不忍心剪线，是紫鹃代替的；黛玉不主动让美人离去，宝玉则是主动的。作者把过程写得很详细，如果把前面探春词不曾填完是宝玉代替之事放一起看，两趟代替，不知曹雪芹葫芦里卖的什么药。接着作品写"那风筝飘飘摇摇，只管往后退了去，一时只有鸡蛋大小，展眼只剩了一点黑星，再展眼便不见了"。动态的画面具有强烈的叙事性质。众人看了都道有趣，似乎暗示众人还在梦中。宝玉怕黛玉的美人风筝一个人寂寞，让自己的前去陪伴，也耐人寻思。还有宝玉的话："可惜不知落在那里去了。若落在有人烟处，被小孩子得了还好，若落在荒郊野外无人烟处，我替他寂寞。"此话也让人产生联想。读到这里，我更加感觉，最终黛玉是活着离开贾府的，她离开的时候，宝玉还没有离家。

再看宝琴和宝钗。

> 宝琴也命人将自己的一个大红蝙蝠也取来。宝钗也高兴，也取了一个来，却是一连七个大雁的，都放起来。

宝琴的大红蝙蝠，这是由谐音而形成的一种寓意，所以我国许多美术作品都以蝙蝠来象征福气、福祉。不过蝙蝠做成风筝，最后是要放弃的，所以大红蝙蝠可能象征宝琴起初很有福气，但之后福分离她而去。至于宝钗的这七个大雁，作品就这么一句简单交代，这七个大雁的飞去象征什么呢？我想，大雁的飞行阵式，或"一"字或"人"字，这是否象征着宝钗婚后夫妻中有一个人离去？又，雁鸣声总让人想到离别，七个大雁总体还是象征宝钗有离别之苦。

再看探春的。

> 探春正要剪自己的凤凰，见天上也有一个凤凰，因道："这也不知是谁家的。"众人皆笑说："且别剪你的，看他倒象要来绞的样儿。"说着，只见那凤凰渐逼近来，遂与这凤凰绞在一处。众人方要往下收线，那一家也要收线，正不开交，又见一个门扇大的玲珑喜字带响鞭，在半天如钟鸣一般，也逼近来。众人笑道："这一个也来绞了。且别收，让他三个绞在一处倒有趣呢。"说着，那喜字果然与这两个凤凰绞在一处。三下齐收乱顿，谁知线都断了，那三个风筝飘飘摇摇都去了。众人拍手哄然一笑，说："倒有趣，可不知那喜字是谁家的，忒促狭了些。"

描写探春放风筝最细腻，恐怕其中的象征未必就是探春远嫁那么简单。天上出现两个凤凰风筝已经少有；另一个凤凰要来绞探春这个，更是稀奇；两个凤凰正绞的时候，再来一个带响鞭的玲珑喜字也绞进来，最后三个一齐断线，颇有情节味道。我们知道凤凰是雄为凤雌为凰，假如说两个凤凰象征夫妻双方，那么这个带响鞭的玲珑喜字应该属于婚姻的第三方，它插进来后三线齐断，似乎寓意婚姻被搅和，最后三方都不幸。我之所以这样推测，曹雪芹此前已经暗示多次探春将远嫁一如风筝远去，因而写放风筝的文字别人可以多些，写探春反可以较简单的；然而曹雪芹却写得如此详细，还把探春放风筝作为收尾，所以我猜测这里面不止探春远嫁一层寓意。

本回描写的两个主要情节填写柳絮词和放风筝，大观园的主人们玩得很有兴致甚至十分快乐，然而柳絮和风筝都是沦落和逝去的东西，诗人们的柳絮词弥漫着伤感乃至绝望，而她们并不知道这些颓败的句子竟然是她们将来命运的自我写照；紧接着的放风筝更是即将风流云散的象征。他们玩得那么兴高采烈，连林黛玉都那么尽兴，人生有的时候简直就是一场自我讽刺。不仅如此，作者还非常隐蔽地借袭人的嘴告诉我们，不知不觉中诗人们的青春岁月又流逝了"三四年"。一直以来作者似乎故意模糊时间的节点，连主人公的年龄都含糊其辞，以至于读者觉得主人公们的青春还有很久很久。这里冷不丁冒出的"三四年"，犹如"当当当"的钟声，令我们一下意识到时光流去了那么多。回想本回开头有点突兀地告诉我们有八个二十五岁小厮以及鸳鸯、彩云等都要配人，显然作品在告诉我们，这群女诗人已经悄然无声地来到"婚姻市场"大门口，"凭尔去，忍淹留"的场景行将出现。这就是第 70 回的主题。

　　我们花了不少工夫鉴赏薛宝钗的柳絮词，因为要做一番纠正偏见和误解的工作。其实这首词本身没有什么，如果作者名字换成别人可能就不会受到这么多年的围攻。这结果恐怕是曹雪芹始料不及的，他让宝钗来承担这份"翻转"柳絮气格的工作，是他认为只有宝钗才有这份气度和能量。曹雪芹不是第一次让宝钗承担此类重任，当年讽刺"长安涎口""皮里春秋空黑黄"的螃蟹诗，也是让宝钗写的。那是大观园总共几十首诗词中唯一具有社会意义的一首，其他的不是吟花诵月就是抒发个人情感，几乎不触及社会。我们希望对《临江仙》的重新解读，能够消除对薛宝钗长期、广泛、严重的误解，从而更深刻地理解《红楼梦》。

第七十一回
嫌隙人有心生嫌隙　鸳鸯女无意遇鸳鸯

回目中"嫌隙人"指周姨娘，这一回开始正面描写邢夫人与王夫人的矛盾，从周姨娘等两边的下人写起，发展到凤姐、王夫人、邢夫人。"鸳鸯女"即鸳鸯姑娘，后面的"鸳鸯"一词指一对野鸳鸯司棋和她的男友。就这一回内容看，"鸳鸯女无意遇鸳鸯"好像是一段独立的情节，但看到第74回，我们就明白它也是长房二房矛盾的一部分。所以这一整回都在写长房与二房的矛盾，还附带一点凤姐与尤氏、荣国府与宁国府的矛盾。贾母的生日，只是这个矛盾对抗、公开化的场合。曹雪芹开始收网了。

本回开头先写贾政回家，文字很少。

> 话说贾政回京之后，诸事完毕，赐假一月在家歇息。因年景渐老，事重身衰，又近因在外几年，骨肉离异，今得晏然复聚于庭室，自觉喜幸不尽。一应大小事务一概益发付于度外，只是看书，闷了便与清客们下棋吃酒，或日间在里面母子夫妻共叙天伦庭闱之乐。

这么短短几句话，曹雪芹告诉我们，"三四年"的力量。当年贾政放外任的时候，不说豪情满怀，至少也是颇为兴奋、跃跃欲试吧？仅仅"三四年"下来，他就"因年景渐老，事重身衰"，心情大灰。其实贾政的年纪不过五十多岁，如果他有兴致，正是为官从政的大好年华，还有十多年的奔头呢！所谓"年景渐老"，无非是他的心态老了，所谓"事重身衰"，也是心态问题，一个外任学政，主管一省的教育和考试，从公务本身来说，并不是一个十分辛苦繁忙的职位。贾政之所以如此消极，想来一者当惯了京官，轻松舒适惯了，当了学政独挡一面，到底有些累；二者以他方方正正不知变通的为人，在外省的官场倾轧中受一些气，懂得了为官不易；三者由于他自幼生活优裕，就像今日的宝玉一样，何其舒坦，到了外省生活水平下降不止一两个档次，令他怀念起京城的繁华富裕；四者贾政的本性就是书生一枚，爱好清静闲适，读书饮茶，闲来与清客吟两句诗词，而官场里满眼都是尔虞我诈，让他很不适应。他不仅看透官场，也看穿人生。"今得晏然复聚于庭室，自觉喜幸不尽。"

贾政这个人生观的转变，自然也会影响到他对宝玉的态度，我们后面会见到。贾政的变化，呼应着上一回的"三四年"三个字，可以说正是拜这"三四年"所赐。常言"时间是一把杀人的刀"，《红楼梦》展示生活的厚重力量，曹雪芹也注重时间那无形的力量。

作品第二段首句就是"因今岁八月初三日乃贾母八旬之庆"，贾母八十大寿，自然要隆重庆贺。不过我们先来核对一下时间。第 40 回贾母问刘姥姥多大年纪，刘姥姥说七十五岁，贾母说："这么大年纪了，还这么健朗。比我大好几岁呢。我要到这么大年纪，还不知怎么动不得呢。"按照贾母的口气，她至少小刘姥姥四五岁，假如贾母当时七十一岁，那么整整九年过去了。曹雪芹写下这个精确的数字，代表着作品的时间进度，而一些专家精心制作的"《红楼梦》纪年表"，从第 40 回到 71 回的跨度只有三年，作品的进度比《纪年表》快六年，三倍。假如真的相隔九年，那么林黛玉都二十出头了。究竟该怎么算呢？这个问题先搁这里，将来再说。

接着写贺礼。

> 礼部奉旨：钦赐金玉如意一柄，彩缎四端，金玉环四个，帑银五百两。元春又命太监送出金寿星一尊，沉香拐一只，伽南珠一串，福寿香一盒，金锭一对，银锭四对，彩缎十二匹，玉杯四只。余者自亲王驸马以及大小文武官员之家凡所来往者，莫不有礼，不能胜记。

皇帝都要赐礼，不知道是否每个诰命夫人的生日都赐礼，如果都赐，不说国库是否吃得消，礼部官员就忙死了。元春的礼物不用说是有的。皇亲国戚文武官员全部有礼，这就是中国几千年不变的习俗，比制度还牢靠。宾客的名单则大致与秦可卿出殡的范围差不多。通常来说这些人庆贺贾母的寿辰是正常的，但当年连亲王都亲自去路祭秦可卿，从社交礼仪来说则属于出格。也正是这份出格，让一些索隐派人士以为秦可卿出身皇室，等等。

贾母的寿宴，作品镜头对准女宾场面，着重描绘位于首席的南安郡王太妃，她的年纪应该与贾母相仿佛，郡王太妃的身份则高出贾母一头。

> 南安太妃因问宝玉，贾母笑道："今日几处庙里念'保安延寿经'，他跪经去了。"又问众小姐们，贾母笑道："他们姊妹们病的病，弱的弱，见人腼腆，所以叫他们给我看屋子去了。有的是小戏子，传了一班在那边厅上陪着他姨娘家姊妹们也看戏呢。"南安太妃笑道："既这样，叫人请来。"贾母回头命凤姐儿去把史、薛、林带来，"再只叫你三妹妹陪着来罢。"凤姐答应了，来至贾母这边，只见他姊妹们正吃果子看戏，宝玉也才从庙里跪经回来。凤姐儿说了话。宝钗姊妹与黛玉探春湘云五人来至园中，大家见

了，不过请安问好让坐等事。众人中也有见过的，还有一两家不曾见过的，都齐声夸赞不绝。其中湘云最熟，南安太妃因笑道："你在这里，听见我来了还不出来，还只等请去。我明儿和你叔叔算帐。"因一手拉着探春，一手拉着宝钗，问几岁了，又连声夸赞。因又松了他两个，又拉着黛玉宝琴，也着实细看，极夸一回。又笑道："都是好的，你不知叫我夸那一个的是。"早有人将备用礼物打点出五分来：金玉戒指各五个，腕香珠五串。南安太妃笑道："你们姊妹们别笑话，留着赏丫头们罢。"五人忙拜谢过。北静王妃也有五样礼物，余者不必细说。

　　吃了茶，园中略逛了一逛，贾母等因又让入席。南安太妃便告辞，说身上不快，"今日若不来，实在使不得，因此恕我竟先要告别了。"贾母等听说，也不便强留，大家又让了一回，送至园门，坐轿而去。接着北静王妃略坐一坐也就告辞了。余者也有终席的，也有不终席的。

以上这段描写，在历来的《红楼梦》评论中都缺席，我觉得非常不可思议。因为此处描写的南安太妃那优雅迷人的社交风度，不仅是《红楼梦》中独一无二，而且整个中国古代文学中也没有类似的形象；不仅中国古代文学中没有，甚至小说最兴旺的民国时代还是没有！在文学作品中，在小说中，我们只看到西方的贵夫人才有这种风度和气质。说实话，没有曹雪芹这段杰出的描绘，我们还以为中国古代社会压根就没有这样的人！南安太妃，简直就像"考古出土"的一个重大发现！我们仔细鉴赏一番。南安太妃第一个要见的是宝玉，显然她知道宝玉是贾母的心头肉，而且她应该以前见过，知道宝玉的英俊乖巧讨人爱，这个要求非但得体，而且让主人感到舒心、骄傲。果然贾母笑眯了眼，说宝玉跪经去了。南安太妃又要见众小姐，她深知贾母爱显摆，也知道贾母以几个孙女而自豪，果然，贾母一副奇货可居的样子："他们姊妹们病的病，弱的弱，见人腼腆，所以叫他们给我看屋子去了。"这岂止是自豪，简直就是在卖弄。南安太妃岂有不懂的，笑道："既这样，叫人请来。"这话听上去像是在强求在下令，其实是投贾母所好，也表现出两位老人的亲密。贾母虚荣心强，叫探春、湘云、黛玉、宝钗、宝琴五个出场，特意关照不带迎春和惜春。这是典型的作弊作假，她只挑好的展示也罢了，竟然把与贾府毫不相干的宝琴也打包进来，岂非狸猫换太子。贾府有四位小姐，南安太妃恐怕应该知道，现在二、四两位不出来，反而夹带私货，贾母自然明白南安太妃不会追根究底。瞧，南安太妃正兴高采烈地同史湘云打招呼呢！——真是有趣，你一招我一招，两位老太太的斗法，究竟谁更高一筹呢？

　　南安太妃高超的社交技法，到这里才开始展现。"其中湘云最熟，南安太妃因笑道：'你在这里，听见我来了还不出来，还只等请去。我明儿和你叔叔算帐。'"这样的语言，真是空谷足音！一个辈分高两辈的贵族夫人与史湘云开玩笑，语言何等亲密，甚至亲昵！先说称呼，不称"云丫头""侄孙女儿"，更不称"云姑娘"，而是直呼"你"，好像两人是同辈。我国历来尊崇君君臣臣父父子子，讲究老幼有序贵贱有别。以南安太妃同史湘云的关系来说，在今日这样正规的社交场合，史湘云见到南安太妃必须恭恭敬敬，南安太妃则可以表现出一点慈爱，但绝不能失了尊贵。我们看，贾母就是这样的，在儿孙辈面前永远保持她的尊贵，保持那份矜持；我们还相信，即使贾母到了南安郡王府，她依然会保持这个派头。但是南安太妃对史湘云却"你""我"相称，看不出老幼贵贱。其实，她是王府的王妃，还是高一辈的老太妃；而史湘云，其祖上也只是侯门，而她本人则是孤儿一个，依托叔父过日子，是标准的平民，而且才十几岁一个小丫头。所以不管是身份、地位、辈分、年纪，她都比南安太妃差好几圈。而南安太妃不仅与史湘云你我相称，还说："听见我来了还不出来，还只等请去。我明儿和你叔叔算帐。"前面一句"听见我来了还不出来，还只等请去"，显得她如此亲近，不知道的还以为她们是闺蜜呢。"还只等请去"，简直湘云的架子比老太妃还大，南安太妃受着偌大委屈呢。老太妃降尊纡贵以至于此。后面一句"我明儿和你叔叔算帐"，这句话才透露她比史湘云的辈分要高，有事情她不同史湘云计较，而是找湘云的叔叔算账。然而南安太妃在这里使用了一个妙词：算账。算账这个词在汉语里面可以很冷峻甚至冷酷，也可以很亲热乃至亲昵，宝玉对秦钟用过，南安太妃表达的显然是亲昵。听话听音，南安太妃这话，似乎她时常要同湘云的叔叔"算账"，而且常常就是算湘云的账。按照年纪和辈分，南安太妃比史湘云的叔叔还高一辈，她同湘云叔叔这么密切，那么，南安郡王府与史侯家，关系密切到水泼不进！听到如此亲密的言语，史湘云恐怕已经沉醉了，而所有在场人物，谁能不觉得如坐春风呢？这种迷人的社交风度，中国古代小说中有吗？民国小说中出现过吗？

　　出场的有五位小姐，南安太妃自然不能厚此薄彼，她把探春、宝钗、黛玉、宝琴一个个拉着手细看，极夸一回，又笑道："都是好的，你不知叫我夸那一个的是。"态度优雅，言语得体，我想即使挑剔如林黛玉，大概也挑不出老太妃什么毛病。至于史老太君，无疑志满意得，春风拂面。再听听老太妃的告别语：吃了茶，园中略逛了一逛，贾母等因又让人席。南安太妃便告辞，说身上不快，"今日若不来，实在使不得，因此恕我竟先要告别了"。其中"实在使不得"，显示对女主人的无比敬重，真真言简意赅。后面"因此恕我竟先要告别了"更是充满抱歉之情。——而其实，她抱病前来贺寿，而且酒也喝了茶也吃了戏也看了园也游了，主要礼节都尽到了，其"功"远远大于"过"。她这么说纯粹是礼节性的。假如再细究，她实际上是在体贴主人家呢：贾母年迈，应酬这么大场面，必然劳累，但又得撑着；客人中谁第一个退场，要担当"逃宴"的责任；南安太妃辈分最高年龄大约也最大，她还在席，别人怎么好退场？所以她来承担这个不是，来解脱贾母的困境。不是吗？她一走别人都走了，贾母也累得再不接客了。南安太妃何等善解人意。她的一言一语，都是外交语言的典范。《红楼梦》中贵人不少，但具有贵人气质的不多，至于具有迷人风度的，恐怕只有北静王，但他比起南安太妃，还有一段距离，其对主人"雏凤清于老凤声"的恭维较之南安太妃就未免直露了许多，如果说北静王是一枚刚出水的仔玉，老太妃则全身裹着一层浓厚的包浆。而贵夫人当中距离相对近一点的，只有贾母，贾母大度、慈爱、善良，但缺乏那种迷人的个人魅力。所以南安太妃是《红楼梦》中那个"唯一"，她的优雅和魅力，不仅丰富了《红楼梦》的性格类型，而且打通了中西贵族的精神通道——闪耀着贵族特有的人性光泽。假如有人对西方小说中的沙龙觉得着迷而对中国小说感觉欠缺，那么你读了这一段就无所缺憾了。

寿宴的描写几乎全部给了南安太妃，接下来，镜头对准了尤氏，描写春风沉醉的夜晚之另一面。

下面整整半回的文字，我们简单叙述一下。尤氏进园子时看见角门未关，各色灯火都点着，她便叫丫头去传管家女人来，丫头来到管事的房间却不见管事人，只有两个婆子，丫头便叫婆子去传管事的来。言语不投机，婆子回答"各家门，另家户"，你们管这里的事还早些呢。丫头回去把这话报告尤氏，尤氏冷笑道："这是两个什么人？"旁边袭人、湘云、宝琴等赶忙劝解。尤氏道："不为老太太的千秋，我断不依。且放着就是了。"这时周瑞家的来了，一听这话，赶紧去汇报凤姐。

> 凤姐道："既这么着，记上两个人的名字，等过了这几日，捆了送到那府里凭大嫂子开发，或是打几下子，或是开恩饶了他们，随他去就是了，什么大事。"周瑞家的听了，巴不得一声儿，素日因与这几个人不睦，出来了便命一个小厮到林之孝家传凤姐的话，立刻叫林之孝家的进来见大奶奶，一面又传人立刻捆起这两个婆子来，交到马圈里派人看守。

林之孝家的已经点灯准备休息，听到凤姐的话只得坐车赶进园子来，尤氏告诉林之孝家的："家去歇着罢，没有什么大事。"林之孝家的只得回来，半路上赵姨娘乘机挑拨："我的嫂子，事虽不大，可见他们太张狂了些。巴巴的传进你来，明明戏弄你，顽算你。"林之孝家的一口气闷着往回走，又被两个婆子的女儿上来哭着求情。林之孝家的告诉她们，何必求我，某婆子的亲家是邢夫人的陪房费大娘，去求费大娘和大太太说一声，不就完事了？很有意思，作品兜了这么一圈，从尤氏到凤姐，又从王夫人的陪房到邢夫人的陪房，中间夹着赵姨娘、林之孝家的，一件极小极小的事情圈进来这么一批人，于是成为情节成为事件，其矛头所指，我们下面就明白了。这种"风起于青萍之末"的形象化场面我们经历过多次，像玫瑰露茯苓霜之类我们都领教过，所以不怕这里的纠缠和葛蔓。更感谢的是，曹雪芹不为难我们，他把自己兜圈子的用意和盘托出。

> 这一个小丫头果然过来告诉了他姐姐，和费婆子说了。这费婆子原是邢夫人的陪房，起先也曾兴过时，只因贾母近来不大作兴邢夫人，所以连这边的人也减了威势。凡贾政这边有些体面的人，那边各各皆虎视眈眈。这费婆子常倚老卖老，仗着邢夫人，常吃些酒，嘴里胡骂乱怨的出气。如今贾母庆寿这样大事，干看着人家逞才卖技办事，呼幺喝六弄手脚，心中早已不自在，指鸡骂狗，闲言闲语的乱闹。这边的人也不和他较量。如今听了周瑞家的捆了他亲家，越发火上浇油，仗着酒兴，指着隔断的墙大骂了一阵，便走上来求邢夫人，说他亲家并没什么不是，"不过和那府里的大奶奶的小丫头白斗了两句话，周瑞家的便调唆了咱家二奶奶捆到马圈里，等过了这两日还要打。求太太——我那亲家娘也是七八十岁的老婆子——和二奶奶说声，饶他这一次罢。"邢夫人自为要鸳鸯之后讨了没意思，后来见贾母越发冷淡了他，凤姐的体面反胜自己，且前日南安太妃来了，要见他姊妹，贾母又只令探春出来，迎春竟似有如无，自己心内早已怨怨不乐，只是使不出来。又值这一干小人在侧，他们心内嫉妒挟怨之事不敢施展，便背地里造言生事，调拨主人。先不过是告那边的奴才，后来渐次告到凤姐"只哄着老太太喜欢了他好就中作威作福，辖治着琏二爷，调唆二太太，把这边的正经太太倒不放在心上。"后来又告到王夫人，说："老太太不喜欢太太，都是二太太和琏二奶奶调唆的。"邢夫人纵是铁心铜胆的人，妇女家终不免生些嫌隙之心，近日因此着实恶绝凤姐。今听了如此一篇话，也不说长短。

作品第一次写得如此明白，邢夫人与王夫人这两个集团早已"虎视眈眈"，到今天，这集团的最高层邢夫人自己也"心内早已怨怨不乐"，她既怨贾母，也怨王夫人，更怨凤姐，只等发作的机会。我们都知道，战争就怕打响第一枪，这一枪打响，后面的局势谁都难以控制。第二天白天陪着贾母一天，战事晚上发动。

> 邢夫人直至晚间散时，当着许多人陪笑和凤姐求情说："我听见昨儿晚上二奶奶生气，打发周管家的娘子捆了两个老婆子，可也不知犯了什么罪。论理我不该讨情，我想老太太好日子，发狠的还舍钱舍米，周贫济老，咱们家先倒折磨起人家来了。不看我的脸，权且看老太太，竟放了他们罢。"说毕，上车去了。凤姐听了这话，又当着许多人，又羞又气，一时抓寻不着头脑，憋得脸紫涨，回头向赖大家的等笑道："这是那里的话。

昨儿因为这里的人得罪了那府里的大嫂子，我怕大嫂子多心，所以尽让他发放，并不为得罪了我。这又是谁的耳报神这么快。"王夫人因问为什么事，凤姐儿笑将昨日的事说了。尤氏也笑道："连我并不知道。你原也太多事了。"凤姐儿道："我为你脸上过不去，所以等你开发，不过是个礼。就如我在你那里有人得罪了我，你自然送了来尽我。凭他是什么好奴才，到底错不过这个礼去。这又不知谁过去没的献勤儿，这也当一件事情去说。"王夫人道："你太太说的是。就是珍哥儿媳妇也不是外人，也不用这些虚礼。老太太的千秋要紧，放了他们为是。"说着，回头便命人去放了那两个婆子。凤姐由不得越想越气越愧，不觉的灰心转悲，滚下泪来。因赌气回房哭泣，又不使人知觉。

我们先说"邢夫人直至晚间散时，当着许多人陪笑和凤姐求情说"，可见邢夫人憋了一整天，因为从贾母回房到大家"散时"，没多少时间，她就是要抓住中间这个时刻，当众羞辱凤姐，实际上也是公开挑衅王夫人。一通话发完，立即上车走人，不给任何解释的时间。凤姐"憋得脸紫涨"，又不能抱怨，只能向赖大家的苦笑。不解风情的王夫人偏偏还当着众人问凤姐怎么回事，尤氏则幸灾乐祸："连我并不知道。你原也太多事了。"尤其是王夫人，责备凤姐便命人去放了那两个婆子。凤姐遭受邢夫人和王夫人左右打脸，情何以堪！她只能哭泣，还要偷偷地回房去哭泣，不使人知道！真是此一时彼一时也，不久以前，凤姐迫害尤二姐时是何其得心应手、穷追猛打，很快，她也有今日！不过我们更应当注意两点，第一，凤姐虽然背弃她自己的婆婆，死心塌地地为王夫人服务、效忠，但今日表明，在最最关键的时刻，王夫人非但没有保护凤姐，还莫名奇妙地踩上一脚。这是不是预示着将来更重要的时刻，凤姐会成为一个无人理睬的牺牲品？第二，这是否预示着，将来贾母过世，邢夫人发威逞狠、争夺贾府地盘的时候，王夫人实行绥靖政策，一退再退？假如那时赵姨娘率领贾环并鼓动林之孝家的等人一起反水，则王夫人，包括宝玉，如何过日子？真是很难想象。曹雪芹开始了某种预演。

凤姐很想躲进自己的屋子痛痛快快哭一场，还偏偏不行，贾母打发琥珀来叫，琥珀见到凤姐满脸泪痕，很是诧异。凤姐忙擦干了泪洗面另施了脂粉，方同琥珀过来。到了贾母那里，机灵的鸳鸯一眼就看出不对，故意告诉贾母凤姐的眼睛肿肿的，

> 贾母听说，便叫进前来，也觑着眼看。凤姐笑道："才觉的一阵痒痒，揉肿了些。"鸳鸯笑道："别又是受了谁的气了不成？"凤姐道："谁敢给我气受，便受了气，老太太好日子，我也不敢哭的。"

打碎牙齿往肚子里咽，曹雪芹带着怜惜的笔调。凤姐走后，鸳鸯还是悄悄告诉贾母是邢夫人让凤姐没脸。

> 贾母道："这才是凤丫头知礼处，难道为我的生日由着奴才们把一族中的主子都得

罪了也不管罢。这是太太素日没好气，不敢发作，所以今儿拿着这个作法子，明是当着众人给凤儿没脸罢了。"

大家比较一下，贾母同王夫人的区别有多大：第一，贾母认为即使是过生日，该处置的仍然要处置，王夫人则以为老太太的生日要紧；第二，贾母一眼看出邢夫人是素日没好气不敢发作，今日是借题发挥，而王夫人则不明白邢夫人是"项庄舞剑意在沛公"，不知道邢夫人对她怀有敌意；第三，贾母看出邢夫人是故意给凤姐没脸，而王夫人非但看不懂邢夫人的用意，还为虎作伥，帮着打击凤姐。我们有理由相信，如果王夫人有贾母一半的智慧和魄力，邢夫人未必敢如此公开挑衅，邢夫人并非有勇有谋之辈，这种人的特点就是柿子捡软的捏，碰到刚硬的就躲。写到这里曹雪芹还没收手，又写鸳鸯去探春处，园中人都在那里。李纨说到自己不如凤姐聪明。

> 鸳鸯道："罢哟，还提凤丫头虎丫头呢，他也可怜见儿的。虽然这几年没有在老太太、太太跟前有个错缝儿，暗里也不知得罪了多少人。总而言之，为人是难作的：若太老实了没有个机变，公婆又嫌太老实了，家里人也不怕，若有些机变，未免又治一经损一经。如今咱们家里更好，新出来的这些底下奴字号的奶奶们，一个个心满意足，都不知要怎么样才好，少有不得意，不是背地里咬舌根，就是挑三窝四的。我怕老太太生气，一点儿也不肯说。不然我告诉出来，大家别过太平日子。这不是我当着三姑娘说，老太太偏疼宝玉，有人背地里怨言还罢了，算是偏心。如今老太太偏疼你，我听着也是不好。这可笑不可笑？"探春笑道："糊涂人多，那里较量得许多。我说倒不如小人家人少，虽然寒素些，倒是欢天喜地，大家快乐。我们这样人家人多，外头看着我们不知千金万金小姐，何等快乐，殊不知我们这里说不出来的烦难，更利害。"宝玉道："谁都象三妹妹好多心。事事我常劝你，总别听那些俗语，想那俗事，只管安富尊荣才是。比不得我们没这清福，该应浊闹的。"尤氏道："谁都象你，真是一心无挂碍，只知道和姊妹们顽笑，饿了吃，困了睡，再过几年，不过还是这样，一点后事也不虑。"

写到这里，曹雪芹把贾府的局势益发挑明了，长房与二房，即邢夫人与王夫人之间的矛盾已经日益紧张，许多人的站队也日益明显，比如鸳鸯是坚定的二房派，而大管家林之孝家的似乎选择了长房。目前的形势完全由贾母制造，她是支持王夫人，打压邢夫人的，邢夫人很不得志。但贾母一倒下，形势就会扭转过来，凤姐必然被邢夫人叫过去，鸳鸯则难以自保，二房中具有战斗精神的只剩探春，但探春是要出嫁的；其余王夫人、李纨、宝玉都不喜欢也不善于战斗，贾环、赵姨娘则可能跳出来窝里斗，如此此消彼长，二房的日子就难过了。而下人们现在已经"不是背地里咬舌根，就是挑三窝四的"，将来更是难说。这是作品提供的迄今为止贾府的形势。虽然我们这里评述的只是邢夫人与王夫人的矛盾，至于贾赦与贾政的关系作品还未深入描写，但三个基本事实摆在那里，一是荣府的爵位是贾赦袭的，他是长子有这特权，哪怕他过世了，除非发生特殊情况，爵位也只在长房世袭，即贾琏袭任，而不会让二房沾边。第二是，贾赦与贾政性情大不相同，兄弟俩虽然同住荣国府，却不怎么往来交流，除了一起侍候贾母，没见过这哥俩单独喝一杯，甚至连茶都没一起吃过。第三，贾赦为人贪婪粗暴霸道，从鸳鸯一事可知他什么都做得出；贾政是弟弟，按照家族制度礼仪规矩，他得服从兄长，何况贾政老好人一个，将来只要贾赦开口，贾政通常不会不从。最后我们不能忘记更大的现实：元春的身份压倒一切。只要元春在一天，贾府就掀不起大浪。关键就看曹雪芹打算让元春存在多久。可惜，八十回以内这些问题还没有明确的答案。

接着作品描写本回的下半场。鸳鸯出大观园来到树下小解（似乎又没有厕所），无意撞见一对野鸳鸯——司棋与她的表兄正在干好事。两人吓得一齐磕头，司棋哭道："我们的性命，都在姐姐身上，只求姐姐超生要紧！"鸳鸯道："你放心，我横竖不告诉一个人就是了。"本回就此结束。不过正如我们前面谈到的，这个偶然情节看似独立，到了抄检大观园的时候就知道它出现在这里并不偶然，而是长房与二房斗法的一个筹码，所以曹雪芹才把它安插到这里。我们看得更宽阔一点，这个男女行欢的细节，也与近几回的大背景——大观园中的少男少女们都已到男婚女嫁的年龄——相一致，只不过前面写的是小厮配人，这里是丫头与小厮的偷欢。至少近几回，曹雪芹的思绪落在年龄上，总在这个事实上面打转，结果是什么，我们后面再说。

第七十二回

王熙凤恃强羞说病　　来旺妇倚势霸成亲

回目说的是王熙凤得了病却不叫人知道，更不许人谈论。至于她得的什么病，一会儿后我们就明白。又说来旺的儿子求亲彩霞遭拒，王熙凤和贾琏再亲自出马说亲，彩霞的母亲只能屈从。其实本回写了好几件事，来旺儿子的亲事属于次要的，贾府的经济拮据写得更多。

本回接着写司棋的事，鸳鸯是吓得"从此凡晚间便不大往园中来。因思园中尚有这样奇事，何况别处，因此连别处也不大轻走动了"。鸳鸯的胆子变得这么小，有点出乎我们意料，自从拒绝贾赦以后，她的心志渐渐丧失，精神状态今非昔比。接着作品转向司棋。

因从小儿和他姑表兄弟在一处顽笑起住时，小儿戏言，便都订下将来不娶不嫁。近年大了，彼此又出落的品貌风流，常时司棋回家时，二人眉来眼去，旧情不忘，只不能入手。又彼此生怕父母不从，二人便设法彼此里外买嘱园内老婆子们留门看道，今日趁乱方初次入港。虽未成双，却也海誓山盟，私传表记，已有无限风情了。忽被鸳鸯惊散，那小厮早穿花度柳，从角门出去了。一夜不曾睡着，又后悔不来。至次日见了鸳鸯，自是脸上一红一白，百般过不去。心内怀着鬼胎，茶饭无心，起坐恍惚。挨了两日，竟不听见有动静，方略放下了心。这日晚间，忽有个婆子来悄告诉他道："你兄弟竟逃走了，三四天没归家。如今打发人四处找他呢。"司棋听了，气个倒仰，因思道："纵是闹了出来，也该死在一处。他自为是男人，先就走了，可见是个没情意的。"因此又添了一层气。次日便觉心内不快，百般支持不住，一头睡倒，恹恹的成了大病。

前一回写小厮配人的时候，"琥珀又有病，这次不能了。彩云因近日和贾环分崩，也染了无医之症"。现在司棋也倒下了，到了婚龄的大丫头一个个患病，曹雪芹这安排颇有意思。不过司棋这病很难痊愈，那是绝望，是遭遗弃和背叛，如何痊愈？一样的姑表兄弟，一样的青梅竹马，司棋相比林黛玉可就悲惨多了。鸳鸯是个很细心有情的姑娘，她关注着司棋。

鸳鸯闻知那边无故走了一个小厮，园内司棋又病重，要往外揶，心下料定是二人惧罪之故，"生怕我说出来，方吓到这样。"因此自己反过意不去，指着来望候司棋，支出人去，反自己立身发誓，与司棋说："我告诉一个人，立刻现死现报！你只管放心养病，别白糟踏了小命儿。"司棋一把拉住，哭道："我的姐姐，咱们从小儿耳鬓厮磨，你不曾拿我当外人待，我也不敢待慢了你。如今我虽一着走错，你若果然不告诉一个人，你就是我的亲娘一样。从此后我活一日是你给我一日，我的病好之后，把你立个长生牌位，我天天焚香礼拜，保佑你一生福寿双全。我若死了时，变驴变狗报答你。再俗语说，'千里搭长棚，没有不散的筵席。'再过三二年，咱们都是要离这里的。俗语又说，'浮萍尚有相逢日，人岂全无见面时。'倘或日后咱们遇见了，那时我又怎么报你的德行。"一面说，一面哭。这一席话反把鸳鸯说的心酸，也哭起来了。因点头道："正是这话。我又不是管事的人，何苦我坏你的声名，我白去献勤。况且这事我自己也不便开口向人说。你只放心。从此养好了，可要安分守己，再不许胡行乱作了。"司棋在枕上点首不绝。鸳鸯又安慰了他一番，方出来。

这一幕也可见丫鬟之间情深。不过同样的姐妹关系还是不一样，司棋这么担心，鸳鸯这样发誓，说到底是她们之间关系还没铁到那个程度。我们对比一下贾赦逼迫鸳鸯的日子她同袭人、平儿交心时是怎么一副模样，就明白她与司棋其实不那么贴心。换句话说，司棋的事情若是换了袭人、平儿，就没这么担心。鸳鸯需要赌咒发誓才能宽慰司棋的心，作为姐妹，鸳鸯尽心尽意了，至于后事如何，那是天意。

作品继续写鸳鸯。

因知贾琏不在家中，又因这两日凤姐儿声色怠惰了些，不似往日一样，因顺路也来望候。因进入凤姐院门，二门上的人见是他来，便立身待他过去。鸳鸯刚至堂屋中，只见平儿从里间出来，见了他来，忙上来悄声笑道："才吃了一口饭歇了午睡，你且这屋里略坐坐。"鸳鸯听了，只得同平儿到东边房里来。小丫头倒了茶来。鸳鸯因悄问："你奶奶这两日是怎么了？我看他懒懒的。"平儿见问，因房内无人，便叹道："他这懒懒的也不止今日了，这有一月之前便是这样。又兼这几日忙乱了几天，又受了些闲气，从新又勾起来。这两日比先又添了些病，所以支持不住，便露出马脚来了。"鸳鸯忙道："既这样，怎么不早请大夫来治？"平儿叹道："我的姐姐，你还不知道他的脾气的。别说请大夫来吃药。我看不过，白问了一声身上觉怎么样，他就动了气，反说我咒他病了。饶这样，天天还是察三访四，自己再不肯看破些且养身子。"鸳鸯道："虽然如此，到底该请大夫来瞧瞧是什么病，也都好放心。"平儿道："我的姐姐，说起病来，据我看也不是什么小症候。"鸳鸯忙道："是什么病呢？"平儿见问，又往前凑了一凑，向耳边说道："只从上月行了经之后，这一个月竟沥沥淅淅的没有止住。这可是大病不是？"鸳鸯听了，忙答道："嗳哟！依你这话，这可不成了血山崩了。"平儿忙啐了一口，又悄笑道："你女孩儿家，这是怎么说的，倒会咒人呢。"鸳鸯见说，不禁红了脸，又悄笑道："究竟我也不知什么是崩不崩的，你倒忘了不成，先我姐姐不是害这病死了。我也不知是什么病，因无心听见妈和亲家妈说，我还纳闷，后来也是听见妈细说原故，才明白了一二分。"平儿笑道："你该知道的，我竟也忘了。"

大家看，鸳鸯与平儿的对话，完全不似鸳鸯与司棋，她与平儿畅所欲言无所顾忌，想问最隐私的话就问，想说女孩子不得出口的言语照样出口。当然这段对话要交代的是凤姐。我们再次看到凤姐如此讳疾忌医。凤姐的格局怎么会变得如此狭小？她以前似乎不是这样的。这么一思索，我们或许会发现凤姐的讳病忌医有她深层的、无奈的一面。凤姐患的"血山崩"，迸发期是最近开始的，但作品前面写了，自从上次小产后，凤姐就病倒了，时间很长，导致王夫人不得不叫李纨、探春、宝钗三人出来代理家政。在这么长的时间内，凤姐的性生活比较困难，正是在这时期，贾琏粘上尤二姐。现在回头看，就明白凤姐为什么那么残酷绝情对待尤二姐。一个病人，一个不能过愉快性生活的少妇，当她得知丈夫在这时候爱上别的女人，这少妇是很难不疯狂的。凤姐不能过性生活更加致命，因为她没有儿子，意味着一切都可能失去。凤姐深深知道没儿子的致命性，所以她才必须瞒住自己的病，连唯一的知心人平儿问一声，凤姐都要大动肝火。这不是一般的讳疾忌医，这是一位少妇的致命隐私。了解了这些内情，我们方能领会尤二姐的胎儿被生生整死，凤姐非但不会有一丝怜悯，而且觉得除去了心头大患。所以说曹雪芹写的并非只是个人性格的残忍，他暴露的还有背后更加深刻的社会、家族、制度等方面的因素，我们不能不体察。

以上已经写了两桩事情，司棋和凤姐。后面贾琏就要进来了，作者抓住其进来前几分钟，又塞进一桩大事。

二人正说着，只见小丫头进来向平儿道："方才朱大娘又来了。我们回了他奶奶才歇午觉，他往太太上头去了。"平儿听了点头。鸳鸯问："那一个朱大娘？"平儿道："就是官媒婆那朱嫂子。因有什么孙大人家来和咱们求亲，所以他这两日天天弄个帖子来赖死赖活。"一语未了，小丫头跑来说："二爷进来了。"

争分夺秒的几句话，却发动了迎春说亲的重大消息。如此重大的事情就用两个丫头的随聊来表现，曹雪芹对迎春的描写本来就不多，近几十回更是很少提及，此处依然不想花太多笔墨。对比一下，他花在薛宝琴等人身上的笔墨却多的多，不过直到第80回，宝琴这个形象并不怎么出彩，邢岫烟也一样。所以我个人以为不如把笔墨多给迎春、惜春一点，把她们塑造得更丰满些或许更有意义。比如作品自始至终就没写过迎春、惜春对贾母、邢夫人、王夫人，以及迎春对父亲贾赦、惜春对长兄贾珍等人的具体态度，贾母连会客的机会都把她们剥夺了，她们内心是什么反应？黛玉、宝钗、湘云等人在贾府中反客为主，她们的心里有什么涟漪？宝玉与黛玉如火如荼的爱情，她们怎么感受？诸如此类我们一无所知，直到惜春对尤氏爆出恶狠狠的话语并要同宁府一刀两断，我们还不知道惜春究竟怎么回事，她的心路历程一片空白。这些，我觉得曹公处理得不够充分，不够完美。

贾琏是偶然撞见鸳鸯的，他赶紧抓住这机会。

> 说话之间，贾琏已走至堂屋门，口内唤平儿。平儿答应着才迎出去，贾琏已找至这间房内来。至门前，忽见鸳鸯坐在炕上，便煞住脚，笑道："鸳鸯姐姐，今儿贵脚踏贱地。"鸳鸯只坐着，笑道："来请爷奶奶的安，偏又不在家的不在家，睡觉的睡觉。"

这个细节曹雪芹给得蛮有意思。贾琏见到鸳鸯在自己家，谦恭地笑道："鸳鸯姐姐，今儿贵脚踏贱地。"这不像二爷对丫鬟说话。而鸳鸯只坐着笑道："来请爷奶奶的安，偏又不在家的不在家，睡觉的睡觉。"这更不像丫鬟见少爷，无论如何鸳鸯得站起来行礼的，她却只坐着说话，而且表面上说来请安，言语却是在抱怨。鸳鸯为什么这样？几种解释：一种是她同凤姐太亲密，所以见了贾琏也就很随便；第二种是凤姐不在屋子里，鸳鸯故意表现得疏远些，以免凤姐猜疑；第三种，正因为贾琏一上来就那么客气，让鸳鸯心生警觉，知道贾琏有事情求自己，便故意保持距离以便后面好回绝；第四种，因为有了贾赦要娶自己为妾的事情，鸳鸯见到贾琏也不得不保持距离，自重身份以免闲言。贾琏见鸳鸯只坐着不行礼，非但不见怪，反而大加恭维。

> 贾琏笑道："姐姐一年到头辛苦伏侍老太太，我还没看你去，那里还敢劳动来看我们。正是巧的很，我才要找姐姐去。因为穿着这袍子热，先来换了夹袍子再过去找姐姐，不想天可怜，省我走这一趟，姐姐先在这里等我了。"一面说，一面在椅上坐下。鸳鸯因问："又有什么说的？"

贾琏显然不太会说恭维话，第一句就有点不着调："姐姐一年到头辛苦伏侍老太太，我还没看你去，那里还敢劳动来看我们。"这话说得好像鸳鸯住在百里之外。至于第二句，估计他再想不出什么奉迎的话，便只能露了底，说本来就想找鸳鸯。第三句的借口找得更蹩脚，什么"先来换了夹袍子再过去找姐姐"，恐怕连他自己都觉得这谎言编得太没水平。贾琏如此语无伦次，鸳鸯一看就知道没好事，所以她的问话语气傲慢，单刀直入："又有什么说的？"显然贾琏求鸳鸯不是一次两次了。贾琏不好意思直接开口，便问了一个什么蜡油冻的佛手，平儿看不下去，责怪贾琏"又来叨登这些没要紧的事"，贾琏拍手道："我如今竟糊涂了！丢三忘四，惹人抱怨，竟大不象先了。"鸳鸯笑道："也怨不得。你再喝上两杯酒，那里清楚的许多。"鸳鸯这种嘲笑所透露的亲近，以前我们只看到都是针对宝玉的。到这里，我们也回答了贾琏进来时鸳鸯"只坐着"不还礼的原因，现在明白是第一种，由于鸳鸯与凤姐一直很默契，加上她处的位置与凤姐、贾琏管家务有直接联系，使得鸳鸯对贾琏比较随便，双方都不拘礼节。鸳鸯起身要走，贾琏急了。

> 忙也立身说道："好姐姐，再坐一坐，兄弟还有事相求。"说着便骂小丫头："怎么不沏好茶来！快拿干净盖碗，把昨儿进上的新茶沏一碗来。"说着向鸳鸯道："这两日因老太太的千秋，所有的几千两银子都使了。几处房租地税通在九月才得，这会子竟接不上。明儿又要送南安府里的礼，又要预备娘娘的重阳节礼，还有几家红白大礼，至少还得三二千两银子用，一时难去支借。俗语说，'求人不如求己'。说不得，姐姐担个不是，暂且把老太太查不着的金银家伙偷着运出一箱子来，暂押千数两银子支腾过去。不上半年的光景，银子来了，我就赎了交还，断不能叫姐姐落不是。"鸳鸯听了，笑道："你倒会变法儿，亏你怎么想来。"贾琏笑道："不是我扯谎，若论除了姐姐，也还有人手里管的起千数两银子的，只是他们为人都不如你明白有胆量。我若和他们一说，反吓住了他们。所以我'宁撞金钟一下，不打破鼓三千'。"一语未了，忽有贾母那边的小丫头子忙忙走来找鸳鸯，说："老太太找姐姐半日，我们那里没找到，却在这里。"鸳鸯听说，忙的且去见贾母。

贾琏骂小丫头不沏好茶来，完全是场面话，太过虚套，这种套话宝玉就不曾说过。但鸳鸯似乎经不起贾琏的吹捧，贾琏提出如此非分之想，鸳鸯非但没有严词拒绝，反而笑道："你倒会变法儿，亏你怎么想来。"贾琏后面的"宁撞金钟一下，不打破鼓三千"，估计鸳鸯听了更加受用。然而鸳鸯答应的话，她就担下天大的责任，尽管鸳鸯没要一分钱，但她作为贾母财产的管理人，一旦败露她的罪名就是私下挪用，假如贾琏到时候不能赎还，鸳鸯就是盗窃罪的合伙人。即使是在今天，鸳鸯这么做照样要入罪的，有多少人被判刑入狱就因挪用公款。所以鸳鸯的胆子太大了，除非贾母早就暗中允诺。

贾琏要借当这个情节表明贾府已经在寅吃卯粮，走到山穷水尽的边上了。贾母过一个生日，把后面几个月的家族生活费全用光了。但老太太好像对此一点不知道，还只管问凤姐，哪家送来的屏风最考究，留着她要欣赏。贾政好像也不问这号事情，王夫人则一切扔给凤姐，自己省心。后面眼看揭不开锅了，贾琏也不敢向贾政、王夫人汇报，只能动歪脑经求鸳鸯做偷偷摸摸的勾当。偌大一个家族，没有人操心家族的收入和支出，大家就这么混日子。腐朽和颓败，我们真见识了。问题还不止于此，曹公好像要把所有问题都在这一回揭示出来，马上还有大窟窿。

贾琏要凤姐同鸳鸯打招呼，自然，凤姐要敲一笔竹杠，二百两，百分之十以上。

可见这个贾府哪怕是座金山，也会被搬空。

> 贾琏笑道"你们太也狠了。你们这会子别说一千两的当头，就是现银子要三五千，只怕也难不倒。我不和你们借就罢了。这会子烦你说一句话，还要个利钱，真真了不得。"凤姐听了，翻身起来说："我有三千五万，不是赚的你的。如今里里外外上上下下背着我嚼说我的不少，就差你来说了，可知没家亲引不出外鬼来。我们王家可那里来的钱，都是你们贾家赚的。别叫我恶心了。你们看着你家什么石崇邓通。把我王家的地缝子扫一扫，就够你们过一辈子呢。说出来的话也不怕臊！现有对证：把太太和我的嫁妆细看看，比一比你们的，那一样是配不上你们的。"贾琏笑道："说句顽话就急了。这有什么这样的，要使一二百两银子值什么，多的没有，这还有，先拿进来，你使了再说，如何？"

这段对话不能忽视。第一，侧面道出凤姐的私房，现银就有三五千，总数呢？至少几万吧。凤姐哪来的？自然是贪污加上放高利贷。第二，凤姐跳起来了，搬出王家来压贾府，可见做贼心虚。她也知道"如今里里外外上上下下背着我嚼说我的不少"，所以要堵上贾琏的嘴。第三，凤姐与贾琏究竟算一对什么夫妻？贾琏明知凤姐有那么多私房，却宁可冒着很大风险去打鸳鸯那面破鼓，也不愿来撞凤姐这座金钟，有如此舍近求远的夫妻吗？当然，对于凤姐的敲诈贪污贾琏严守秘密，这点上还像夫妻。第四，凤姐这随手一撸就是几百两，这肯定不能上账本，但贾府是设有管账房的，那么管账房的做假账也是很随意轻松的。由此可见那管账房不过是骗骗贾政的，做假账之外贪污挪用必然俱全，难怪曹雪芹给银库房总领取名吴新登（无星戥）。

> 一语未了，只见旺儿媳妇走进来。凤姐便问："可成了没有？"旺儿媳妇道："竟不中用。我说须得奶奶做主就成了。"贾琏便问："又是什么事？"凤姐儿见问，便说道："不是什么大事。旺儿有个小子，今年十七岁了，还没得女人，因要求太太房里的彩霞，不知太太心里怎么样，就没有计较得。前日太太见彩霞大了，二则又多病多灾的，因此开恩打发他出去了，给他老子娘随便自己拣女婿去罢。因此旺儿媳妇来求我。我想他两家也就算门当户对的，一说去自然成的，谁知他这会子来了，说不中用。"……贾琏心中有事，那里把这点子事放在心里。待要不管，只是看着他是凤姐儿的陪房，且又素日出过力的，脸上实在过不去，因说道："什么大事，只管咕咕唧唧的。你放心且去，我明儿作媒打发两个有体面的人，一面说，一面带着定礼去，就说我的主意。他十分不依，叫他来见我。"旺儿家的看着凤姐，凤姐便扭嘴儿。旺儿家的会意，忙爬下就给贾琏磕头谢恩。贾琏忙道："你只给你姑娘磕头。"

这里写明旺儿媳妇是凤姐的陪房，儿子都十七岁了，那么她与旺儿应该原是王家的奴仆，夫妻两人带着儿子一起随凤姐来到贾府；而之前给人感觉旺儿是个小厮，而且属于贾琏的手下，尤其是凤姐审问兴儿和旺儿那段描写，似乎旺儿只比兴儿大几岁。现在旺儿的辈分年龄有突然升级的感觉。另外一点说明，这里所谓的"彩霞"，按照推断应该就是作品前面所写的"彩云"，究竟是不是"彩云"误写、误抄为"彩霞"（"云"与"霞"的繁体字较相近）我们在此不深究，但依此交代我们知道她已经被王夫人开恩打发出去，而且贾环也并不怎么在意，最后彩云被迫嫁给旺儿的儿子。彩云的故事到此结束。彩云的归宿也是大多数高级丫鬟的归宿，她们曾经辉煌或热烈过，最后却成为"旺儿小子家的"之流。

接着作品写了一出打秋风的故事，让我们对贾府的对外支出有了新的认识。

> 一语未了，人回："夏太府打发了一个小内监来说话。"贾琏听了，忙皱眉道："又是什么话，一年他们也搬够了。"凤姐道："你藏起来，等我见他，若是小事罢了，若是大事，我自有话回他。"贾琏便躲入内套间去。这里凤姐命人带进小太监来，让他椅子上坐了吃茶，因问何事。那小太监便说："夏爷爷因今儿偶见一所房子，如今竟短二百两银子，打发我来问舅奶奶家里，有现成的银子暂借一二百，过一两日就送过来。"凤姐儿听了，笑道："什么是送过来，有的是银子，只管先兑了去。改日等我们短了，再借去也是一样。"小太监道："夏爷爷还说了，上两回还有一千二百两银子没送来，等今年年底下，自然一齐都送过来。"凤姐笑道："你夏爷爷好小气，这也值得提在心上。我说一句话，不怕他多心，若都这样记清了还我们，不知还了多少了。只怕没有，若有，只管拿去。"

后文又有：

> 贾琏道："昨儿周太监来，张口一千两。我略应慢了些，他就不自在。将来得罪人之处不少。这会子再发个三二百万的财就好了。"

曹雪芹写得很讥诮，两个太监一个姓夏一个姓周，是不是还有"秦汉唐宋元明"？这留给读者去想象了。两个太监就敲诈几千两，宫中所有太监加起来的数字，恐怕就是个无底洞。贾府遇到的这个官场毒瘤，是中国官场几千年来一直存在的，进入官场就逃无可逃：你要生存就必须孝敬上司，而你的俸禄远远不够，所以你又去敲诈下级，如此循环。

刚写到官场，作品又插进一个官场消息：

> 这里贾琏出来，刚至外书房，忽见林之孝走来。贾琏因问何事。林之孝说道："方才听得雨村降了，却不知因何事，只怕未必真。"贾琏道："真不真，他那官儿也未必保得长。将来有事，只怕未必不连累咱们，宁可疏远着他好。"林之孝道："何尝不是，只是一时难以疏远。如今东府大爷和他更好，老爷又喜欢他，时常来往，那个不知。"

作者插入贾雨村这一笔，恐怕又是一个消息的发动。贾琏都知道"他那官儿也未必保得长。将来有事，只怕未必不连累咱们"。贾政喜欢贾雨村，但现在贾珍与贾雨村更好，此前作品没有正面描写过。我国古代官场历来分门派讲系统，"一荣俱荣一损俱损"，贾雨村被降级处分，很可能是他所在的门派被别的门派打败了，贾府将受多大牵连恐怕不久就有反应。可惜八十回以后遗失了。但作品一路写来已经把贾府内部矛盾的方方面面都写到了，假如外部的官场斗争再有所挤压，那么贾府的崩溃是"忽喇喇"一下很干脆的。

林之孝这个人物一向写得很虚，几乎没有对话描写。今天他讲了几句贾雨村的事情，算是真正露面了。但今天曹公似乎对林之孝特别青睐，一连让他发出几个很有见地的意见。

> 贾琏道："横竖不和他谋事，也不相干。你去再打听真了，是为什么。"林之孝答应了，却不动身，坐在下面椅子上，且说些闲话。因又说起家道艰难，便趁势又说："人口太重了。不如拣个空日回明老太太老爷，把这些出过力的老家人用不着的，开恩放几家出去。一则他们各有营运，二则家里一年也省些口粮月钱。再者里头的姑娘也太多。俗语说，'一时比不得一时'，如今说不得先时的例了，少不得大家委屈些，该使八个的使六个，该使四个的便使两个。若各房算起来，一年也可以省得许多月米月钱。况且里头的女孩子们一半都太大了，也该配人的配人。成了房，岂不又孳生出人来。"贾琏道："我也这样想着，只是老爷才回家来，多少大事未回，那里议到这个上头。前儿官媒拿了个庚帖来求亲，太太还说老爷才来家，每日欢天喜地的说骨肉完聚，忽然就提起这事，恐老爷又伤心，所以且不叫提这事。"林之孝道："这也是正理，太太想的周到。"

关于贾府摊子铺得太大，人浮于事、后手不接这种基本人事框架的大事，原本不是一个管家考虑的问题，林之孝家的向贾琏发出建言，想来这问题已经困扰他很久，但因为他的身份有限，他不便于向贾母、贾政直接说，所以才要贾琏向他们说。提出这样的建议，不仅可能惹得贾母不快，更要打碎许多下人的饭碗，所以林之孝也是因为忠诚而担着风险，发出一个终生老仆人的肺腑之言。仅就这一点，他至少比贾琏、凤姐更有担当。还不止于此，贾琏说到旺儿小子的婚事。

> 林之孝听了，只得应着，半晌笑道："依我说，二爷竟别管这件事。旺儿的那小儿子虽然年轻，在外头吃酒赌钱，无所不至。虽说都是奴才们，到底是一辈子的事。彩霞那孩子这几年我虽没见，听得越发出挑的好了，何苦来白糟踏一个人。"贾琏道："他小儿子原会吃酒，不成人？"林之孝冷笑道："岂只吃酒赌钱，在外头无所不为。我们看他是奶奶的人，也只见一半不见一半罢了。"贾琏道："我竟不知道这些事。既这样，那里还给他老婆，且给他一顿棍，锁起来，再问他老子娘。"林之孝笑道："何必在这一时。那是错也等他再生事，我们自然回爷处治。如今且恕他。"贾琏不语，一时林之孝出去。

林之孝在这里划出两条界限，一条是人品方面的，按照他的界限，旺儿的儿子属于劣等，彩霞则是优等，彩霞配旺儿儿子属于糟蹋生命，所以他劝贾琏别做这门亲。林之孝这条界限也是中国人一贯遵守的界限，相信到今日依然有效。不过在人品之外，林之孝又划了一条派系的界限，这条线中有一段叫"凤姐段"，或者用他的话叫"二奶奶段"，在这一段越界的事情他就不大好管了，所谓"也只见一半不见一半罢了"。这里反应的并不是林之孝的门派观念，而是王熙凤对自己陪嫁来的人包庇有加，不许别人批评，唯恐损害了二奶奶的势力。而贾琏也有所让步，所以别人轻易不去触碰凤姐的小山头。但林之孝还是劝贾琏不要撮合旺儿儿子的婚事，算是老仆人尽忠。看到林之孝一再为贾府谋划尽力，这种老仆人与主子的关系，难免让我猜想，曹雪芹这是不是把自己的先祖曹寅等人对主子的忠心，进行艺术再现？赖嬷嬷、赖大、赖二、林之孝这些群像，有没有曹家先人的影子？值得思考。

本回叙述的事情已经足够多，但曹雪芹仍不肯收手，结尾一段又放入一颗炸弹。

> 且说彩霞因前日出去，等父母择人，心中虽是与贾环有旧，尚未作准。今日又见旺儿每每来求亲，早闻得旺儿之子酗酒赌博，而且容颜丑陋，一技不知，自此心中越发懊恼。生恐旺儿仗凤姐之势，一时作成，终身为患，不免心中急躁。遂至晚间悄命他妹子小霞进二门来找赵姨娘，问了端的。赵姨娘素日深与彩霞契合，巴不得与了贾环，方有个膀臂，不承望王夫人又放了出去。每唆贾环去讨，一则贾环羞口难开，二则贾环也不大甚在意，不过是个丫头，他去了，将来自然还有，遂迁延住不说，意思便丢开。无奈赵姨娘又不舍，又见他妹子来问，是晚得空，便先求了贾政。贾政因说道："且忙什么，等他们再念一二年书再放人不迟。我已经看中了两个丫头，一个与宝玉，一个给环儿。只是年纪还小，又怕他们误了书，所以再等一二年。"赵姨娘道："宝玉已有了二年了，老爷还不知道？"贾政听了忙问道："谁给的？"赵姨娘方欲说话，只听外面一声响，不知何物，大家吃了一惊不小。要知端的，且听下回分解。

这一段的前半部分还是讲彩霞，补充侧叙贾环的态度，这位三爷所行每一件事都叫人不敢恭维。到此为止，曹雪芹对贾环和赵姨娘全部都是否定的态度，很明显。至于作者为什么采取这样的态度，是出于作品的美学考虑，还是与他自身的经历有关，值得研究。不过贾政的话语却很重要，他认为给宝玉找个屋里人都还早，要"再等一二年"，那么，按照贾府的正常顺序，宝玉成婚至少还要等三年！确实，宝玉的年龄也还等得起，但黛玉、宝钗的年龄如何等得。曹公葫芦里到底又卖什么药？一方面他在这几回发出阵阵鼓声，大写金钗们来到结婚的年龄；另一方面，他却让贾政表这么个态。如此一来，不管是宝玉与黛玉或宝玉与宝钗的婚姻，都将被严重耽误。我们设想一下，这两三年，替黛玉、宝钗说媒的人会有多少？有的评论就以为上一回贾母做寿时让探春、黛玉、宝钗出场见客，那位南安太妃把她们一个个拉着手"着实细看"，就具有相亲做媒的倾向。确实，黛玉、宝钗、探春到了这个年龄居然没有人上门做媒，是很奇怪的。我们只能理解为作者在蓄势，到了后面则可能一发而不收。

　　另外我们再讨论比较次要的。贾政听说宝玉早已有了屋里人，忙问道："谁给的？"按这个口气，是大大出乎他意料，简直要追究责任的。然而曹公非常狡猾，偏偏到这里结束了，没有下文。读者要怎么想怎么猜，海阔任鸟飞，他老人家不管。但这么一写，至少表明贾政的个人态度：宝玉不该收屋里人。那么后面就麻烦了。可惜直到第80回，作品都没给出答案。如果说维纳斯的断臂也是一种美，那么《红楼梦》八十回以后的断缺，就是美得让人难以想象，不可思议！

　　最后要说一句，贾政这一次又出现在赵姨娘的卧室。他好像与赵姨娘一起起卧的日子要比王夫人多，但凡赵姨娘想吹枕头风的时候，都不必等候不必焦虑。我们刚刚说过，赵姨娘在作者笔下一无是处，但贾政却就是喜欢往这屋子钻。毕竟赵姨娘比王夫人年轻十来岁。

　　这一回的内容十分繁多，我们回顾一下。写了一，司棋的私情；二，凤姐的病；三，贾琏向鸳鸯要求抵押贾母的私房，贾府近乎揭不开锅；四，凤姐舞弊贪污；五，来旺妇倚势霸成亲；六，迎春说亲；七，彩霞的归宿；八，太监敲贾府的竹杠；九，贾雨村被降级处分；十，林之孝建言压缩编制减少开支；十一，贾政表态宝玉的婚姻还早。在一个章回里塞进这么多内容，全书都罕见，曹雪芹简直有点"急吼吼"，他一边抛材料一边在赶路。为什么我们说作者在"抛材料"呢？第一，这十来件事情大多互不相关，它们往往不是前一情节发展演变的自然产物，而是在这一情节的开展过程中从旁边"外插"进来的"新头绪"。第二，为此，作者本回用了三个"一语未了"等词语作为铰链来硬性连接，作品连词重复、结构生硬、细节芜杂这些美学忌讳都顾不得了，他一心往前赶。第三，在时间、空间方面都形成了事件过于密集，甚至造成"拥挤"感，这种情况，同以前情节自然如行云流水、从容推进、有时甚至有些拖沓，事件布局开阔疏朗、有时略显空泛的情形相比，是非常明显的变化。似乎在写作本回的时候，作者下决心要抓紧"赶路"。

　　"赶路"，未必离终点就很近。我们判断曹雪芹准备"结构封顶"，依据是这些材料的性质。其中借当头、太监勒索、裁人等都指向贾府经济岌岌可危行将崩溃；而贾雨村降职必有犯事，也是连累贾府的伏笔；迎春说媒表明大观园女儿出嫁高潮即将到来（她们年龄相近），不久将风流云散，大观园将趋于空巢化，"闺阁"故事眼看完结；凤姐则从她身体、行为两方面说明其病入膏肓无可救药，这位《红楼梦》中笔墨仅少于宝玉的人物走到了舞台的尽头，即将谢幕。——而一旦贾府倒塌，众钗流散，凤姐遭殃，小说不也就结束了吗？由此可见，这些材料具有"封顶"性质。

不过与以上赶路节奏相拮抗的是贾政对于宝玉婚姻的态度，他认为还早呢。作品似乎在表明贾政的迂腐和误判，他好像一点不知道贾府江河日下经济局促，还在按老黄历打算盘，把宝玉的婚姻往后推，至于那些姑娘们却该嫁不嫁，则可能导致后患——到想要嫁出她们的时候，恐怕已经难以找到合适的人家了。本回彩霞被贾环耽误了，将来又有谁被谁耽误掉？真的难说。所以我对本回的总体感觉是：为后面开了一个很宽的喇叭口，整个剧情将从"震荡态势"走向"单边下跌"，将来，一切都有可能！

第七十三回

痴丫头误拾绣春囊　懦小姐不问累金凤

　　回目上联说贾母的丫鬟傻大姐在大观园中拾到一只绣着男女性事的香囊，下联说迎春的奶妈偷走首饰，迎春不予追究。其实回目交代的是事情的结果，其起因却是宝玉害怕父亲追问作业，晴雯想出点子说有盗贼进大观园吓得宝玉害病以躲过贾政的检查，结果却引出贾母下令整顿整个荣国府，迎春奶妈偷盗首饰便是这场整顿的结果之一，而最终的结果则是抄检大观园，晴雯被赶出园子。某种程度上，晴雯正应了宝玉生日那天写到的"请君入瓮"典故。

　　本回开头一段只是简单交代"外面一声响"，是窗子没销好砸下来，赵姨娘骂了丫头几句，打发贾政睡觉。两人在床上聊了什么，作品没写，但第二段却侧面补上了，这是《红楼梦》一贯的笔法。

　　　　却说怡红院中宝玉正才睡下，丫鬟们正欲各散安歇，忽听有人击院门。老婆子开了门，见是赵姨娘房内的丫鬟名唤小鹊的。问他什么事，小鹊不答，直往房内来找宝玉。只见宝玉才睡下，晴雯等犹在床边坐着，大家顽笑，见他来了，都问："什么事，这时候又跑了来作什么？"小鹊笑向宝玉道："我来告诉你一个信儿。方才我们奶奶这般如此在老爷前说了。你仔细明儿老爷问你话。"说着回身就去了。袭人命留他吃茶，因怕关门，遂一直去了。

　　赵姨娘没想到身边还有这么一号间谍，而且很敬业，第一时间就送出情报。"这里宝玉听了，便如孙大圣听见了紧箍咒一般，登时四肢五内一齐皆不自在起来。"忙披衣起来要读书。翻一翻书，更是五内如焚，贾政布置的功课，十之八九都没看过，几年的功课一个晚上补得了什么？

　　　　因此越添了焦燥。自己读书不致紧要，却带累着一房丫鬟们皆不能睡。袭人麝月晴雯等几个大的是不用说，在旁剪烛斟茶，那些小的，都困眼朦胧，前仰后合起来。晴雯因骂道："什么蹄子们，一个个黑日白夜挺尸挺不够，偶然一次睡迟了些，就装出这腔调来了。再这样，我拿针戳给你们两下子！"

　　晴雯依然是忠诚热烈而又火爆凶狠。

　　　　话犹未了，只听金星玻璃从后房门跑进来，口内喊说："不好了，一个人从墙上跳下来了！"众人听说，忙问在那里，即喝起人来，各处寻找。

金星玻璃就是芳官，是宝玉给她取的众多别名中的一个。芳官这么一叫，晴雯将计就计。

向宝玉道："趁这个机会快装病，只说唬着了。"此话正中宝玉心怀，因而遂传起上夜人等来，打着灯笼，各处搜寻，并无踪迹，都说："小姑娘们想是睡花了眼出去，风摇的树枝儿，错认作人了。"晴雯便道："别放诡屁！你们查的不严，怕得不是，还拿这话来支吾。才刚并不是一个人见的，宝玉和我们出去有事，大家亲见的。如今宝玉唬的颜色都变了，满身发热，我如今还要上房里取安魂丸药去。太太问起来，是要回明白的，难道依你说就罢了不成。"众人听了，吓的不敢则声，只得又各处去找。晴雯和玻璃二人果出去要药，故意闹的众人皆知宝玉吓着了。王夫人听了，忙命人来看视给药，又吩咐各上夜人仔细搜查，又一面叫查二门外邻园墙上夜的小厮们。于是园内灯笼火把，直闹了一夜。至五更天，就传管家男女，命仔细查一查，拷问内外上夜男女等人。

我很疑心芳官"发现"有人从墙上跳下，也是谎报军情，这小丫头是个机灵鬼，不知她事先是否与晴雯合谋，反正晴雯将计就计。然而，这两个好心的女孩子毕竟不是军事家，她们急中生智分别运用了三十六计，但她们没有想到"星星之火可以燎原"，她们不懂得事态需要控制得恰到好处，她们只想把火儿烧得旺一点，把声势造得越大越好，不懂得过犹不及，她们怎么会想到，这大火会烧毁自己呢？

声势确实如她们所愿闹得很大，不仅王夫人急了，整个贾府都惊到了，而且，还拨动了贾母心底一根敏感的神经。

贾母闻知宝玉被吓，细问原由，不敢再隐，只得回明。贾母道："我必料到有此事。如今各处上夜都不小心，还是小事，只怕他们就是贼也未可知。"

贾母第一句话是"我必料到有此事"。可知，在她心底一直有一层隐忧：大观园那么大，自成一体，几位千金小姐住在里面，出不得任何纰漏，此事非同小可！各项防备、安全措施跟得上吗？管理跟得上吗？当然，她的心头肉宝玉也住在那里，与姑娘们日夜相处，那里成了她的一块心病。由于心病严重，她的推理就不讲什么逻辑："只怕他们就是贼也未可知。"她不相信那些下人，她怀疑他们本身就是贼。

当下邢夫人并尤氏等都过来请安，凤姐及李纨姊妹等皆陪侍，听贾母如此说，都默无所答。独探春出位笑道："近因凤姐姐身子不好，几日园内的人比先放肆了许多。先前不过是大家偷着一时半刻，或夜里坐更时，三四个人聚在一处，或掷骰或斗牌，小小的顽意，不过为熬困。近来渐次放诞，竟开了赌局，甚至有头家局主，或三十吊五十吊三百吊的大输赢。半月前竟有争斗相打之事。"贾母听了，忙说："你既知道，为何不早回我们来？"探春道："我因想着太太事多，且连日不自在，所以没回。只告诉了大嫂子和管事的人们，戒饬过几次，近日好些。"贾母忙道："你姑娘家，如何知道这里头的利害。你自为要钱常事，不过怕起争端。殊不知夜间既要钱，就保不住不吃酒，既吃酒，就免不得门户任意开锁。或买东西，寻张觅李，其中夜静人稀，趁便藏贼引奸引盗，何等事作不出来。况且园内的姊妹们起居所伴者皆系丫头媳妇们，贤愚混杂，贼盗事小，再有别事，倘略沾带些，关系不小。这事岂可轻恕。"探春听说，便默然归坐。凤姐虽未大愈，精神因此比常稍减，今见贾母如此说，便忙道："偏生我又病了。"遂回头命人速传林之孝家的等总理家事四个媳妇到来，当着贾母申饬了一顿。贾母命即刻查了头家赌家来，有人出首者赏，隐情不告者罚。

贾母与探春祖孙二人的对话，显出贾母的经验和老到，她多活这六十来年积聚了多少经验教训，对于下人们的举动窥一斑而知全身。贾母亲自下令荣国府开展一场全府性的检举整治运动，从赌博入手，重整秩序。王夫人、凤姐、林之孝家的等只得照办。很快查出三个赌博庄家。

一个就是林之孝家的两姨亲家，一个就是园内厨房内柳家媳妇之妹，一个就是迎春之乳母。这是三个为首的，余者不能多记。贾母便命将骰子牌一并烧毁，所有的钱入官分散与众人，将为首者每人四十大板，撵出，总不许再入，从者每人二十大板，革去三月月钱，拨入圊厕行内。又将林之孝家的申饬了一番。林之孝家的见他的亲戚又与他打嘴，自己也觉没趣。迎春在坐，也觉没意思。黛玉、宝钗、探春等见迎春之乳母如此，也是物伤其类的意思，遂都起身笑向贾母讨情说："这个妈妈素日原不顽的，不知怎么也偶然高兴。求看二姐姐面上，饶他这次罢。"贾母道："你们不知。大约这些奶子们，一个个仗着奶过哥儿姐儿，原比别人有些体面，他们就生事，比别人更可恶，专管调唆主子护短偏向。我都是经过的。况且要拿一个作法，恰好果然就遇见了一个。你们别管，我自有道理。"宝钗等听说，只得罢了。

贾母这次不仅是急了，动怒了，而且是动真格的，六亲不认。前面探春刚刚碰一鼻子灰，这一次从来不插嘴家务事的黛玉、宝钗出来求情，贾母也不理会，"你们别管，我自有道理。"不留一点情面。今天，贾母让我们领教了她的杀伐决断和铁血手段，平时那么通情达理的贾母脸一翻，九头牛都拉不回。是贾母犯了老年人的通病，固执了、偏颇了？从她所说的"大约这些奶子们，一个个仗着奶过哥儿姐儿，原比别人有些体面，他们就生事，比别人更可恶，专管调唆主子护短偏向"，可知不是贾母在执拗，而是她深明事理，洞察要害。这正是她之所以能够震慑全家的原因，是她作为家族的舵手眼见激流险滩立即转舵的应变能力和操控技术的一次体现。贾府确实到了必须严加整饬的时刻。

不过我们换个角度，从作者谋篇布局的角度看，贾母的震怒也是让贾府生变的一个妙招，是作品向另一面转换的一个转折点。贾母突然震怒，突然变了一张面孔一副心肠，直接导致整个贾府气氛为之一变。原来我们一直说贾府的气氛比较开明、宽松、活泼、祥和，其主要原因就是贾母的开明、随和，她含饴弄孙、观花赏月，善待穷亲戚刘姥姥，看见小道士被吓着了赶紧吩咐人照应，下雪了带着年轻人一起踏雪，过节时歪在榻上边捶腿边与子孙们说笑，来了兴致还亲自指导乐团如何演奏。但是今天，她变脸了！贾母脸色一变，整个家族的气氛立即随之改变，从此贾府进入多事之秋，变得鸡犬不宁，它快速滑向作者指定的衰亡方位。

　　这里出现一个很小的细节问题，但对于理解人物却颇有价值，即黛玉、宝钗、探春等向贾母求情的事。作者写得很简单，"黛玉、宝钗、探春等见迎春的乳母如此，也是物伤其类的意思，遂都起身笑向贾母讨情说"。按照字面的理解，似乎是"黛玉、宝钗、探春等"一齐讨情，但我们知道实际不可能是这么回事，三五个人联合求情，必有预先的沟通商量，而且有一个最先的发起者。这里发起动议的人是谁呢？第二，对于研究者更加重要的是：黛玉、宝钗从来就没有向贾母求过情，这一次，她们为什么会出面呢？她们是主动倡议者？还是附和者？大家想一想，这个问题是不是有点意思？对我们理解人物是不是有点意义？先讨论第一个动议者可能是谁。作品有一个先后的排名"黛玉、宝钗、探春等"，这么个排名曹雪芹不会随手写下，更不会前后颠倒。按照这个名单顺序，有一点可以明确，求情的领衔人物是黛玉，或者说第一个向贾母开口的是黛玉。为什么这次是黛玉领衔？读者是否有点意外？林黛玉自己不久前刚说过，她在贾府是"寄居"，她一贯的行事风格也是不参和贾府事务的，她但求不失礼、不多事。今天，是她动议，鼓动姐妹一起向贾母求情吗？我思来想去，觉得林黛玉不会动议，除了上面讲的理由，从黛玉的喜好说，她对于迎春的奶妈之流不会有什么好感，她不太会为一个下人去向贾母开口；如果说是为迎春，黛玉与迎春的关系也很一般，我们没见过她与迎春有过单独的交往。当然最关键的还是黛玉只求独善其身，她向来不是一个公众关系的调和者。说到这里，便自然联想到宝钗，她是比较注意姐妹关系、公众关系的，而且也善于解劝、平衡。那么会不会是宝钗动议的？我以为有这可能，宝钗在姐妹群中居于领袖地位，经常为姐妹们解难纾困，现在她看到迎春处于难堪之中，姐妹们都没脸，她是可能动议姐妹们一起求情解救的。她有这种心思，也有这声望，所以我认为可能是宝钗动议。但宝钗深谙人事关系，她明白自己在贾府是标准的客人，以她的身份不便领衔，因为有"干涉内政"之嫌，所以她不可能动议，只可能附和。还有一位的可能性更大，那就是探春。第一，探春与迎春是真正的姐妹，迎春出丑唇亡齿寒，探春很难受；第二，探春一向有敢于直谏的气魄，刚才就是她直接揭露下人们赌钱成风，现在迎春难堪，她觉得必须解救；第三，若在平时，探春有可能单枪匹马就向贾母开口了，但她刚刚被贾母一顿教训而"默然归坐",此时她不便于再次挺身而出,那有冒犯贾母之嫌,所以她鼓动黛玉、宝钗一起联合求情。以她的想法,黛玉、宝钗从来不曾求过情,贾母或许会赏脸;即使贾母驳回,也不至于生气。所以她这次不便领衔,而推出黛玉、宝钗。而黛玉、宝钗即使本来不想插手,但探春一说也无法回绝,由是形成了"黛玉、宝钗、探春等"这么个排名。由黛玉先开口,宝钗、探春附和。最后提醒一下,这份求情名单中并没有宝玉。我们花这些功夫来探究这份名单及其背后的奥妙,我想是值得的,《红楼梦》最微妙的东西往往都在文字的背后,领会这种奥妙和精致是一种绝好的享受。

接着,作品急转直下,写了邢夫人往大观园中来散心,却碰到贾母身边的丫鬟傻大姐在园中捡了一个香囊,邢夫人一看吓一大跳,这香囊上绣着一男一女赤条条地盘踞相抱!这个东西在未婚男女居住的大观园简直就是毒品、炸药!

> 连忙死紧攥住,忙问"你是那里得的?"傻大姐道:"我掏促织儿在山石上拣的。"邢夫人道:"快休告诉一人。这不是好东西,连你也要打死。皆因你素日是傻子,以后再别提起了。"这傻大姐听了,反吓的黄了脸,说:"再不敢了。"磕了个头,呆呆而去。邢夫人回头看时,都是些女孩儿,不便递与,自己便塞在袖内,心内十分罕异,揣摩此物从何而至,且不形于声色,且来至迎春室中。

大家看,作品已经连续好几回写了贾府中的龌龊事情,好不容易在第 70 回写了重建诗社,但贾府却已经回不到过去了。现在,大观园中已然开始强力整顿,却又出现比老婆子赌博吃酒危害百倍的事情,正是贾母最担忧的"贼盗事小,再有别事,倘略沾带些,关系不小",眼下偏偏就出现了这桩"别事"。那么后面更加猛烈的疾风暴雨不可避免。

我们第一次看见邢夫人单独来到迎春房中,曹雪芹这么写,肯定有料要爆。

> 迎春正因他乳母获罪,自觉无趣,心中不自在,忽报母亲来了,遂接入内室。奉茶毕,邢夫人因说道:"你这么大了,你那奶妈子行此事,你也不说说他。如今别人都好好的,偏咱们的人做出这事来,什么意思。"迎春低着头弄衣带,半晌答道:"我说他两次,他不听也无法。况且他是妈妈,只有他说我的,没有我说他的。"邢夫人道:"胡说!你不好了他原该说,如今他犯了法,你就该拿出小姐的身分来。他敢不从,你就回我去才是。如今直等外人共知,是什么意思。再者,只他去放头儿,还恐怕他巧言花语的和你借贷些簪环衣履作本钱,你这心活面软,未必不周接他些。若被他骗去,我是一个钱没有的,看你明日怎么过节。"迎春不语,只低头弄衣带。邢夫人见他这般,因冷笑道:"总是你那好哥哥好嫂子,一对儿赫赫扬扬,琏二爷凤奶奶,两口子遮天盖日,

百事周到，竟通共这一个妹子，全不在意。但凡是我身上掉下来的，又有一话说，——只好凭他们罢了。况且你又不是我养的，你虽然不是同他一娘所生，到底是同出一父，也该彼此瞻顾些，也免别人笑话。我想天下的事也难较定，你是大老爷跟前人养的，这里探丫头也是二老爷跟前人养的，出身一样。如今你娘死了，从前看来你两个的娘，只有你娘比如今赵姨娘强十倍的，你该比探丫头强才是。怎么反不及他一半！谁知竟不然，这可不是异事。倒是我一生无儿无女的，一生干净，也不能惹人笑话议论为高。"

　　邢夫人是来发牢骚，甚至来挑拨的。她的牢骚不是别的，而是"如今别人都好好的，偏咱们的人做出这事来，什么意思"。她耿耿于怀的，是二房王夫人那边"好好的"，偏偏长房出了事情，让她丢脸。她怨的还不仅是她与王夫人这一辈的层面，还带进了下一代，怨贾琏、凤姐"赫赫扬扬""遮天盖日"，却没照顾好同父异母的妹妹迎春；还怨探春，同样是庶出，迎春还是长房孙女，"怎么反不及他一半"！第一次，至少我们是第一次看到，邢夫人在子女面前、在下人面前，公开她与王夫人、与整个二房、与儿子儿媳之间的矛盾。邢夫人如此公开表态，下人自然再加把火。

　　　　旁边伺侯的媳妇们便趁机道："我们的姑娘老实仁德，那里象他们三姑娘伶牙俐齿，会要姊妹们的强。他们明知姐姐这样，他竟不顾恤一点儿。"邢夫人道："连他哥哥嫂子还如是，别人又作什么呢。"一言未了，人回："琏二奶奶来了。"邢夫人听了，冷笑两声，命人出去说："请他自去养病，我这里不用他伺候。"接着又有探春的小丫头来报说："老太太醒了。"邢夫人方起身前边来。迎春送至院外方回。

　　我们看到矛头的指向不一致，媳妇们把矛头指向探春，她们或许更埋怨凤姐，但一则慑于凤姐的威势，二则从名义上说凤姐毕竟也属于长房，是邢夫人的媳妇，她们尚不敢公开抱怨凤姐。然而在邢夫人心头，对凤姐、贾琏的怨恨超过探春远甚，所以她接过话来再次斥责凤姐、贾琏。曹公很会安排，偏在这当口让凤姐来请安，邢夫人则一不做二不休，直接赶走凤姐。这个行动比上一回在公开场合给凤姐没脸，又升了一级。

　　从作品描写邢夫人的全部笔调，以及邢夫人至今为止的所作所为，邢夫人给读者的印象很不佳，尤其与王夫人相比较，邢夫人更显得孤僻乖戾。但是曹公给出了邢夫人之所以如此的某些原因，让这个形象令人信服。邢夫人出身平民，与王夫人一比更显得低微；她来到贾府很不受贾母待见，甚至当众给这个长房媳妇难堪、羞辱；贾赦是那么好色暴戾而不知体恤，让邢夫人无依无靠；贾琏名义上是自己的儿子，却跟着凤姐与王夫人更加亲近；自己又没有一个儿女，对将来一无指望；所谓"倒是我一生无儿无女的，一生干净"，是真真切切的绝望和心死。就这么孤家寡人在贾府多年，即使是一个心性平和之人恐怕也会日渐演变而面目全非。体会一下邢夫人的这段对话，我们就明白邢夫人之所以成为邢夫人。

本回后面的描写，是全书第一次让迎春走上舞台的正面作为主角，我们也由此才看清迎春的性格。丫鬟绣桔提醒迎春，一个金丝凤凰可能被奶妈拿去做了赌资，赶紧追问。

> 迎春道："何用问，自然是他拿去暂时借一肩儿。我只说他悄悄的拿了出去，不过一时半晌，仍旧悄悄的送来就完了，谁知他就忘了。今日偏又闹出来，问他想也无益。"绣桔道："何曾是忘记！他是试准了姑娘的性格，所以才这样。如今我有个主意：我竟走到二奶奶房里将此事回了他，或他着人去要，或他省事拿几吊钱来替他赔补。如何？"迎春忙道："罢，罢，罢，省些事罢。宁可没有了，又何必生事。"绣桔道："姑娘怎么这样软弱。都要省起事来，将来连姑娘还骗了去呢，我竟去的是。"说着便走。迎春便不言语，只好由他。

仅仅这么几句对话，迎春的软弱和怕事性格就出来了。她与探春真有云泥之别。更没想到，迎春不去追究，奶妈的媳妇王住儿家的反倒来要求迎春去向贾母说情。

> 迎春先便说道："好嫂子，你趁早儿打了这妄想，要等我去说情儿，等到明年也不中用的。方才连宝姐姐林妹妹大伙儿说情，老太太还不依，何况是我一个人。我自己愧还愧不来，反去讨臊去。"

这话表明迎春并不糊涂，她深知自己在贾母那里没多大脸面，远不如宝钗、黛玉，凭她自己去说"等到明年也不中用的"，"反去讨臊去"。可见兴儿他们说迎春是个"'二木头'，戳一针也不知嗳哟一声"，言过其实，迎春心里还是明白的，只是一味忍让而已。绣桔在一边看不下去，逼着王住儿家的先去取回金丝凤凰。王住儿家的也明欺迎春素日好性儿。

> 乃向绣桔发话道："姑娘，你别太仗势了。你满家子算一算，谁的妈妈奶子不仗着主子哥儿多得些益，偏咱们就这样了是丁卯是卯的，只许你们偷偷摸摸的哄骗了去。自从邢姑娘来了，太太吩咐一个月俭省出一两银子来与舅太太去，这里饶添了邢姑娘的使费，反少了一两银子。常时短了这个，少了那个，那不是我们供给？谁又要去？不过大家将就些罢了。算到今日，少说些也有三十两了。我们这一向的钱，岂不白填了限呢。"绣桔不待说完，便啐了一口，道："作什么的白填了三十两，我且和你算算帐，姑娘要了些什么东西？"迎春听见这媳妇发邢夫人之私意，忙止道："罢，罢，罢。你不能拿了金凤来，不必牵三扯四乱嚷。我也不要那凤了。便是太太们问时，我只说丢了，也妨碍不着你什么的，出去歇息歇息倒好。"一面叫绣桔倒茶来。绣桔又气又急，因说道："姑娘虽不怕，我们是作什么的，把姑娘的东西丢了。他倒赖说姑娘使了他们的钱，这如今竟要准折起来。倘或太太问姑娘为什么使了这些钱，敢是我们就中取势了？这还了

得！"一行说，一行就哭了。司棋听不过，只得勉强过来，帮着绣桔问着那媳妇。迎春劝止不住，自拿了一本《太上感应篇》来看。

　　这段描写，最绝的是最后一句，两个下人在吵架，这位主子"劝止不住，自拿了一本《太上感应篇》来看"，你说她是懦弱，还是认命，还是超脱？不管怎么说，即使性子最好的宝玉也做不到这份上。

　　本来这出戏到这里已经够好看，可曹公不过瘾，他又加进一个探春，顿时火星四溅。探春是与宝钗、黛玉、宝琴一起来安慰迎春的，她在院子里听见了王住儿家的话。

　　探春坐下，便问："才刚谁在这里说话？倒象拌嘴似的。"迎春笑道："没有说什么，左不过是他们小题大作罢了。何必问他。"

　　我们看这姐妹俩的对手戏。以探春管理家务一段时间的经历，她自然早就听出前面是王住儿家的在说话，但这位三小姐，怎么可能一上来就去与这种下人对话，因而她装模作样一番："才刚谁在这里说话？"这种腔势，越来越像王熙凤。然而探春这种腔势对下人却十分管用，比迎春的腔势管用一百倍。我们说迎春并非"二木头"，她几乎就是冰雪肚肠，一见探春的腔调，就明白探春要找事儿了，她赶紧堵漏，说没有什么，不必小题大作。我们读《红楼梦》到现在，都明白探春是绝对不可能省事的，更何况她刚刚在贾母那里丢了脸，一肚子火正要找地方发呢！下面就是这位三小姐的发泄。

　　探春笑道："我才听见什么'金凤'，又是什么'没有钱只和我们奴才要'，谁和奴才要了？难道姐姐和奴才要钱了不成？难道姐姐不是和我们一样有月钱的，一样有用度不成？"司棋绣桔道："姑娘说的是了。姑娘们都是一样的，那一位姑娘的钱不是由着奶奶妈妈们使，连我们也不知道怎么是算帐，不过要东西只说得一声儿。如今他偏要说姑娘使过了头儿，他赔出许多来了。究竟姑娘何曾和他要什么了。"探春笑道："姐姐既没有和他要，必定是我们或者和他们要了不成！你叫他进来，我倒要问问他。"迎春笑道："这话又可笑。你们又无沾碍，何得带累于他。"探春笑道："这倒不然。我和姐姐一样，姐姐的事和我的也是一般，他说姐姐就是说我。我那边的人有怨我的，姐姐听见也即同怨姐姐一理。咱们是主子，自然不理论那些钱财小事，只知想起什么要什么，也是有的事。但不知金累丝凤因何又夹在里头？"

　　大家一定要关注探春说话的口气和对象。她开口就是两个"难道"，语气非常严峻，非常霸道，以她半个管家的身份说这话，就是要严查了。司棋、绣桔都是明白人，一听探春的语气，就知道这一关肯定含糊不了，她们马上附和探春的话，说了一大通。可惜她们根本不懂探春，三小姐何曾要同她们说话！作品前面的描述，探春也就被平儿的低声下气弄得不好意思，对平儿有所示爱，其余连鸳鸯、袭人她都不怎么答理。现在，她会去理睬司棋、绣桔之流吗？借用贾政说宝玉要去上学无非是一种"精致的淘气"，探春现在则是在玩"精致的权术"，她比凤姐有文化有根底，她更加不会自降身份去接司棋、绣桔的话！所以大家看，她听了司棋、绣桔的话，却只同迎春说话；而她的主题是，"咱们是主子"，一切都要在这个原则下谈论。这就是探春，是经过一段时间管理家务之后的探春，是今日的探春。今日的探春，已经把权术玩得超越了王熙凤。且看：

> 那王住儿媳妇生恐绣桔等告出他来，遂忙进来用话掩饰。探春深知其意，因笑道："你们所以糊涂。如今你奶奶已得了不是，趁此求求二奶奶，把方才的钱尚未散人的拿出些来赎取了就完了。比不得没闹出来，大家都藏着留脸面，如今既是没了脸，趁此时纵有十个罪，也只一人受罚，没有砍两颗头的理。你依我，竟是和二奶奶说说。在这里大声小气，如何使得。"这媳妇被探春说出真病，也无可赖了，只不敢往凤姐处自首。探春笑道："我不听见便罢，既听见，少不得替你们分解分解。"谁知探春早使个眼色与待书出去了。

这里显出探春与凤姐的不一样。以凤姐的脾性该发飙时早就发飙了，然而探春既要发飙，又要保持她未出阁小姐的风采，因而她一面以虚言周旋，一面使眼色给待书——毕竟现在探春已经交出权柄，这类事情的处置权在凤姐手里，探春玩的是借他山之石来攻玉。

> 这里正说话，忽见平儿进来。宝琴拍手笑说道："三姐姐敢是有驱神召将的符术？"黛玉笑道："这倒不是道家玄术，倒是用兵最精的，所谓'守如处女，脱如狡兔'，出其不备之妙策也。"二人取笑。宝钗便使眼色与二人，令其不可，遂以别话岔开。

这几句简单描写非常精彩，它写出了三个层次：宝琴算是个聪明人，她看出这事最好由凤姐及其代理人平儿来处置，所以见到平儿出现，她认为竟是巧合，她毕竟年轻；黛玉比宝琴老道，她看出这是探春在使"妙策"，并且很得意地教训宝琴；而宝钗则更高一层，她什么都看明白了，更看到在这生死杀伐的严肃时刻，宝琴、黛玉的插科打诨很不合时宜，"便使眼色与二人，令其不可，遂以别话岔开"。三个人，三重境界，非常清晰。

平儿一来，探春的火力便可以全力发挥了，以前她同平儿的搭档就十分默契，现在这两人联手更妙。

> 探春见平儿来了，遂问："你奶奶可好些了？真是病糊涂了，事事都不在心上，叫我们受这样的委曲。"

好一个三小姐探春，她第一句话算是客气问候凤姐，还是作为一个把柄来攻击凤姐？不管怎么说，她后面的话，完全是责怪凤姐："真是病糊涂了，事事都不在心上，叫我们受这样的委曲。"在这偌大的贾府中，公开责备凤姐的，除了邢夫人，也只有三小姐探春！贾母被凤姐蒙蔽了双眼，王夫人也要照顾到凤姐的脸面，她们即使要责备凤姐，也会找一个私下的场合；但这位三小姐，似乎反过来，专门找下人都在的公开场合发飙。好在平儿深知探春，我怀疑在赶来的路上她已经向待书摸清了情况，于是配合探春演对手戏。

　　平儿忙道："姑娘怎么委曲？谁敢给姑娘气受，姑娘快吩咐我。"当时住儿媳妇儿方慌了手脚，遂上来赶着平儿叫"姑娘坐下，让我说原故请听。"平儿正色道："姑娘这里说话，也有你我混插口的礼！你但凡知礼，只该在外头伺候。不叫你进不来的地方，几曾有外头的媳妇子们无故到姑娘们房里来的例。"绣桔道："你不知我们这屋里是没礼的，谁爱来就来。"平儿道："都是你们的不是。姑娘好性儿，你们就该打出去，然后再回太太去才是。"王住儿媳妇见平儿出了言，红了脸方退出去。

　　平儿真是一流演员，进门两句话，多么给探春长脸，搭配得还能更好吗？当年探春给平儿做生日，真没白做。平儿演得如此出色，探春岂能掉链子？

　　探春接着道："我且告诉你，若是别人得罪了我，倒还罢了。如今那住儿媳妇和他婆婆仗着是妈妈，又瞅着二姐姐好性儿，如此这般私自拿了首饰去赌钱，而且还捏造假帐妙算，威逼着还要去讨情，和这两个丫头在卧房里大嚷大叫，二姐姐竟不能辖治，所以我看不过，才请你来问一声：还是他原是天外的人，不知道理？还是谁主使他如此，先把二姐姐制伏，然后就要治我和四姑娘了？"平儿忙陪笑道："姑娘怎么今日说这话出来？我们奶奶如何当得起！"探春冷笑道："俗语说的，'物伤其类'，'齿竭唇亡'，我自然有些惊心。"

　　探春最妙的话是："还是谁主使他如此，先把二姐姐制伏，然后就要治我和四姑娘了？"这样信口雌黄之词，这贾府中原来只有凤姐会说，现在探春说得更妙。不过现在探春正是剑指凤姐，她要杀鸡儆猴，借打压凤姐的余威来震慑下人。平儿自然理解探春的用意，其中的得失窍门她堪称专家，其手段恐怕比凤姐还圆滑高明。但今日毕竟要处置的不是探春房里的人，而是迎春的。所以平儿把球踢到迎春面前。

　　平儿道："若论此事，还不是大事，极好处置。但他现是姑娘的奶嫂，据姑娘怎么样为是？"

　　聪明的平儿，不擅权，不越权，还体贴主子到极点。她很懂得眼前的一切是探春在作梗，她更懂得识大体，不能为了迎奉探春而忽视迎春；她既给足探春脸面，也为迎春考虑，更给自己留下后路。平儿真叫临危不乱、四平八稳、滴水不漏。球到了迎春脚下，这位二小姐的回答把自己画得相当饱满。

　　当下迎春只和宝钗阅"感应篇"故事，究竟连探春之语亦不曾闻得，忽见平儿如此说，乃笑道："问我，我也没什么法子。他们的不是，自作自受，我也不能讨情，我也不去苛责就是了。至于私自拿去的东西，送来我收下，不送来我也不要了。太太们要问，我可以隐瞒遮饰过去，是他的造化，若瞒不住，我也没法，没有个为他们反欺枉太太们的理，少不得直说。你们若说我好性儿，没个决断，竟有好主意可以八面周全，不使太太们生气，任凭你们处治，我总不知道。"众人听了，都好笑起来。黛玉笑道："真是'虎狼屯于阶陛尚谈因果'。若使二姐姐是个男人，这一家上下若许人，又如何裁治他们。"迎春笑道："正是。多少男人尚如此，何况我哉。"一语未了，只见又有一个人进来。正不知道是那个，且听下回分解。

我们或许可以说迎春是真超脱，探春在替她理论，打抱不平，她自己居然"不曾闻得"，自顾自与宝钗阅读"太上感应篇"，这样的姐姐这世上恐怕很难找。而且她好像真的被《太上感应篇》感化了，一切统统不管，别人想怎么样就怎么样；不过她也有自知之明，知道别人会说她没决断，她任凭别人去说，她一概不理会。

迎春这么一说，探春简直就是吃饱了多管闲事。但从作品构思角度，探春正好成为迎春的一个映衬。确实，探春的形象早已相当丰满，而迎春则是第一次浓墨重彩进行描绘，姐妹两人一个向东一个朝西地并列，总体还是以迎春为主，探春是烘托，连黛玉、宝钗等人统统也都是陪衬。在众人的映衬下，迎春的身形姿态更显得别出一格。其实，作者这次刻画迎春也是在赶着交差，因为很快迎春就要出嫁了，作者还没把迎春的眉目画出来，现在迫在眉睫。好在作者有鬼斧神工，就这么半回的篇幅，借着一个奶妈、一只金凤凰构成一个情节，就把迎春的个性活活画了出来。

本回虽然都是在写事件，但最大的事件——绣春囊——却被暂时搁置起来，作品先写些没要紧的，也算是为下一回酝酿发酵。暴风雨就要来了。

第七十四回

惑奸谗抄检大观园　矢孤介杜绝宁国府

　　大观园，贾府中一个相对独立的"清静世界"，宝玉和金钗们的乐园，读者心目中最迷人的乐土，被粗暴践踏，遭到抄检。但回目用了"惑奸谗"一词，即受惑于奸险人物的谗言而抄检大观园。不知道这个回目是不是出于曹雪芹之手，我总觉得这样写有点失之轻飘，给人感觉抄检大观园是一个偶然事件，或者说仅仅是一个失误。但是作品丰厚的内容却形成非常强大的逻辑：贾府的一切都变了，回不去了，大观园已经失去它"独立"的所有基础，它必然人去楼空、花落叶黄。"惑奸谗"与大势不合。不过，它与表面情节还是符合的，抄检大观园的主意是王善保家的出的。"矢孤介杜绝宁国府"，说惜春秉持她的孤僻宣布，断绝与哥哥嫂子、与整个宁国府的来往。上一回作品完成了对迎春的形象塑造，这一回又写出惜春难以置信的性格。接连两回，曹雪芹把两位贾府的本府小姐塑造出来，拖拉多年的工程突然加速完成，作品显露出"赶工期"的节奏。本回无疑是《红楼梦》的一道分水岭，其内容的重要性人人明白；但是，人们把注意力都放到抄检队伍身上，放在最耀眼的探春和晴雯身上。其实曹雪芹对大观园主人们的种种精心安排，以及他们各个不同反应的描写，更应该得到重视；烈火考验中，各人的性格难得地暴露出来。

　　本回第一段以叙述为主，交代宝玉想为柳家的求情，来约迎春一起去，可见宝玉对贾府的形势何等隔膜，他的思维何等幼稚。而平儿处置王住儿媳妇的事情再次留有余地，反映出平儿与凤姐、探春鲜明的区别。很久以来红学界有个公认的观点："晴为黛影，袭为钗副"，在我看来，最接近宝钗的不是袭人，而是平儿，袭人过于柔弱，其对人世的认知以及精明程度和处事能力，比平儿差一大截。

　　第二段则描写凤姐又一次想要抽身退步。她同平儿说：

　　　　有人来告柳二媳妇和他妹子通同开局，凡妹子所为，都是他做主。我想，你素日肯劝我'多一事不如省一事'，就可闲一时心，自己保养保养也是好的。我因听不进去，果然应了些，先把太太得罪了，而且自己反赚了一场病。如今我也看破了，随他们闹去罢，横竖还有许多人呢。我白操一会子心，倒惹的万人咒骂。我且养病要紧，便是好了，我也作个好好先生，得乐且乐，得笑且笑，一概是非都凭他们去罢。所以我只答应着知道了，白不在我心上。"平儿笑道："奶奶果然如此，便是我们的造化。"

凤姐现在也想"作个好好先生"，她是不是当的成呢？常言道：人在江湖身不由己。看了本回，我们对这句谚语会有更深的体会。这主仆二人正在深聊，贾琏进来，拍手道邢夫人忽然要挪用二百两银子，他回说手头正紧，邢夫人便说："我白和你商量，你就搪塞我，你就说没地方，前儿一千银子的当是那里的？连老太太的东西你都有神通弄出来，这会子二百银子，你就这样。幸亏我没和别人说去。"贾琏气的是："我想太太分明不短，何苦来要寻事奈何人。"邢夫人为什么突然要为难贾琏，作品没交代，但我们刚刚见识邢夫人在迎春那里对贾琏、凤姐恨得咬牙，她可能没事找茬，也有可能她自以为手里捏着贾琏、凤姐的一个沉甸甸的把柄——那个画面极其下流的绣春囊，在抛出这个炸弹之前她最后考验贾琏一次。这次凤姐倒是十分爽气，拿出一个金项圈让平儿去押了二百银子给贾琏。贾琏走后，凤姐展现出她人道义气的一面。

> 这里凤姐和平儿猜疑，终是谁人走的风声，竟拟不出人来。凤姐儿又道："知道这事还是小事，怕的是小人趁便又造非言，生出别的事来。当紧那边正和鸳鸯结下仇了，如今听得他私自借给琏二爷东西，那起小人眼馋肚饱，连没缝儿的鸡蛋还要下蛆呢，如今有了这个因由，恐怕又造出些没天理的话来也定不得。在你琏二爷还无妨，只是鸳鸯正经女儿，带累了他受屈，岂不是咱们的过失。"

凤姐对鸳鸯这份体贴和担忧不包含利害得失，纯粹出于良心。我们一再说曹雪芹对凤姐抱有很深的同情和遗憾，凤姐有心狠手辣甚至凶残的一面，但她究竟天良未泯。曹公此时写上这么一笔，可能也是为了反衬，因为后面凤姐不但要受委屈，还会经历一连串身不由己，直到累得"下面淋血不止"，也是可怜。

> 一语未了，人报："太太来了。"凤姐听了诧异，不知为何事亲来，与平儿等忙迎出来。只见王夫人气色更变，只带一个贴己的小丫头走来，一语不发，走至里间坐下。凤姐忙奉茶，因陪笑问道："太太今日高兴，到这里逛逛。"王夫人喝命："平儿出去！"平儿见了这般，着慌不知怎么样了，忙应了一声，带着众小丫头一齐出去，在房门外站住，越性将房门掩了，自己坐在台矶上，所有的人，一个不许进去。凤姐也着了慌，不知有何等事。只见王夫人含着泪，从袖内掷出一个香袋子来，说："你瞧。"凤姐忙拾起一看，见是十锦春意香袋，也吓了一跳，忙问："太太从那里得来？"王夫人见问，越发泪如雨下，颤声说道："我从那里得来！我天天坐在井里，拿你当个细心人，所以我才偷个空儿。谁知你也和我一样。这样的东西大天白日明摆在园里山石上，被老太太的丫头拾着，不亏你婆婆遇见，早已送到老太太跟前去了。我且问你，这个东西如何遗在那里来？"

这是我们第二次见到王夫人发火，前一次是金钏儿与宝玉调笑，两次都是为男女之事，在王夫人眼里经济吃紧、儿子不长进等都是小事，唯男女事大。中国社会自宋代以来，一直把"风化"作为天大的事，皇帝表彰臣民的重大奖赏——牌坊，竟有很大比例是"贞节牌坊"，对社会做贡献和善事再多，竟不如一个人守贞节，简直畸形。王夫人是这种社会思潮的坚定守望者，她不是故作姿态而是急得老泪直流。她一口咬定这绣春囊就是凤姐的，很可能是受了邢夫人的影响。

　　凤姐听得，也更了颜色，忙问："太太怎知是我的？"王夫人又哭又叹说道："你反问我！你想，一家子除了你们小夫小妻，余者老婆子们，要这个何用？再女孩子们是从那里得来？自然是那琏儿不长进下流种子那里弄来。你们又和气当作一件顽意儿，年轻人儿女闺房私意是有的，你还和我赖！幸而园内上下人还不解事，尚未拣得。倘或丫头们拣着，你姊妹看见，这还了得。不然有那小丫头们拣着，出去说是园内拣着的，外人知道，这性命脸面要也不要？"凤姐听说，又急又愧，登时紫涨了面皮，便依炕沿双膝跪下，也含泪诉道。

王夫人把此事看作"性命脸面"，凤姐似乎也认同，她"又急又愧，登时紫涨了面皮"，凤姐脸皮虽厚，但男女之事在她眼里也是大事。王夫人说的"性命脸面"正是当时的舆情，多少人上吊跳河，多少户家破人亡，就是因为"有伤风化"。不过凤姐虽然着急却并不慌乱，她随即有根有据条分缕析地讲了五条理由，证明绣春囊不是她的。王夫人并不愚顽，听了凤姐的申诉立即认同，然后才说出是邢夫人封好绣春囊打发人给她的，"把我气了个死"。王夫人的反应可能正是邢夫人料到的、希望的。后面的描写很关键，大家看。

　　凤姐道："太太快别生气。若被众人觉察了，保不定老太太不知道。且平心静气暗暗访察，才得确实，纵然访不着，外人也不能知道。这叫作'胳膊折在袖内'。如今惟有趁着赌钱的因由革了许多的人这空儿，把周瑞媳妇旺儿媳妇等四五个贴近不能走话的人安插在园里，以查赌为由。再如今他们的丫头也太多了，保不住人大心大，生事作耗，等闹出事来，反悔之不及。如今若无故裁革，不但姑娘们委屈烦恼，就连太太和我也过不去。不如趁此机会，以后凡年纪大些的，或有些咬牙难缠的，拿个错儿撵出去配了人。一则保得住没有别的事，二则也可省些用度。太太想我这话如何？"

凤姐此话两个要点，第一个是"平心静气暗暗访察"，而不是像后来那样的公开"抄检"。若依此行事，则大观园不至于闹得天翻地覆。其二，她乘此机会提出裁剪丫鬟，想来这也是贾琏把林之孝的提议与凤姐商议后，凤姐一直在寻找建言的机会。趁着今日之事她提出"丫头也太多了，保不住人大心大，生事作耗，等闹出事来，反悔之不及"。应该说凤姐这个建议是合理的，也相当及时，贾府再这么耗下去经济就要崩溃了。然而王夫人不同意，她考虑的是另一个层面。

　　王夫人叹道："你说的何尝不是，但从公细想，你这几个姊妹也甚可怜了。也不用远比，只说如今你林妹妹的母亲，未出阁时，是何等的娇生惯养，是何等的金尊玉贵，那才象个千金小姐的体统。如今这几个姊妹，不过比人家的丫头略强些罢了。通共每人只有两三个丫头象个人样，余者纵有四五个小丫头子，竟是庙里的小鬼。如今还要裁革了去，不但于我心不忍，只怕老太太未必就依。虽然艰难，难不至此。我虽没受过大荣华富贵，比你们是强的。如今我宁可省些，别委屈了他们。以后要省俭先从我来倒使的。如今且叫人传了周瑞家的等人进来，就吩咐他们快快暗地访拿这事要紧。"凤姐听了，即唤平儿进来吩咐出去。

　　王夫人同意凤姐的理由，但她认为小姐就应该"金尊玉贵"，丫鬟满堂，宁肯她自己省俭也要维护小姐们的"体统"，她无法接受凤姐的建议。不能不说这是"人生观"的冲突，王夫人是要贵族到底，不惜代价。曹雪芹写出两位贵夫人的不同人生观，想来这也是他观察思考一生的问题。王夫人与凤姐观念不一样，而且从"道义"的角度看，她们谁都没错。但贾府也好，无数的贵族也罢，确确实实就是倒在"金尊玉贵"四个字上，曹公是亲眼目睹的。一部《红楼梦》给读者的最大启示，大约也是这一点。"金尊玉贵"的"体统"和标志，王夫人坚守它，贾母信奉它，贾珍在秦可卿的葬礼中更是将它拼命高举。不过小说早在第1回就让甄士隐唱过"金满箱，银满箱，展眼乞丐人皆谤"；到了元春回家省亲，又一再写元春"默默叹息奢华过费"，她回皇宫之前又谆谆告诫"万不可如此奢华靡费了"；前不久林之孝也提过类似的建议。可以看出甄士隐和元春他们的观点也是曹雪芹的态度，曹公自己经历过繁荣富贵，又对中国的历史和他所处的社会有深入研究，他形成了自己的见解；不过他也深深理解贾母、王夫人、贾珍他们的观念，所以在他的笔下，对贾母、王夫人等并不持批判谴责的态度，而是写出她们之所以那样、她们必然那样的种种理由，对她们抱着同情和哀婉。即使对于贾珍在丧事上的大肆铺张，作者也没有把他写成煮鹤焚琴、暴殄天物式的恶搞，而是写贾珍以这种方式对逝者表达深沉的悲痛和由衷的祝福。而我们读者站在理性的、智者的立场上看来，觉得贾母、王夫人、贾珍都不够理性，欠缺明智。然而，谁又是始终理性的呢？

　　王夫人同意凤姐的方案，对绣春囊搞暗地查寻，然而一个很小的意外让她改变了方案。

　　一时，周瑞家的与吴兴家的、郑华家的、来旺家的、来喜家的现在五家陪房进来，余者皆在南方各有执事。王夫人正嫌人少不能勘察，忽见邢夫人的陪房王善保家的走来，方才正是他送香囊来的。王夫人向来看视邢夫人之得力心腹人等原无二意，今见他来打听此事，十分关切，便向他说："你去回了太太，也进园内照管照管，不比别人又强些。"

大家注意，原来安排的人选都是王夫人和凤姐的陪房，属于嫡系私密，连林之孝家的这样正式的管家都不选。然而因正巧看见王善保家的，王夫人临时起意要她也参加。可是，就因为王善保家的加入，令后面的一切完全变味了。王夫人为什么会有这一念之差呢？我们无需猜测，作品对此有明确的交代，"王夫人向来看视邢夫人之得力心腹人等原无二意"，王夫人对邢夫人毫无戒备，所以让王善保家的加入。对王夫人这一举动，你可以说她是善良公道，你也可以说是无知幼稚。不过从道理上说，大观园虽然是为元春省亲建造的，但它是荣府的财产，而不是二房的私产，其管理本该是邢夫人、王夫人共同参与；之所以邢夫人没参与，是贾母不待见她，剥夺了她应有的权利，所以王夫人让王善保家的参与，从公理来说是应该的。

> 这王善保家正因素日进园去那些丫鬟们不大趋奉他，他心里大不自在，要寻他们的故事又寻不着，恰好生出这事来，以为得了把柄。又听王夫人委托，正撞在心坎上，说："这个容易。不是奴才多话，论理这事该早严紧的。太太也不大往园里去，这些女孩子们一个个倒象受了封诰似的。他们就成了千金小姐了。闹下天来，谁敢哼一声儿。不然，就调唆姑娘的丫头们，说欺负了姑娘们了，谁还耽得起。"王夫人道："这也有的常情，跟姑娘的丫头原比别的娇贵些。你们该劝他们。连主子们的姑娘不教导尚且不堪，何况他们。"王善保家的道："别的都还罢了。太太不知道，一个宝玉屋里的晴雯，那丫头仗着他生的模样儿比别人标致些，又生了一张巧嘴，天天打扮的象个西施的样子，在人跟前能说惯道，掐尖要强。一句话不投机，他就立起两个骚眼睛来骂人，妖妖趫趫，大不成个体统。"王夫人听了这话，猛然触动往事，便问凤姐道："上次我们跟了老太太进园逛去，有一个水蛇腰，削肩膀，眉眼又有些象你林妹妹的，正在那里骂小丫头。我的心里很看不上那狂样子，因同老太太走，我不曾说得。后来要问是谁，又偏忘了。今日对了坎儿，这丫头想必就是他了。"

这里我们需要讨论几个层面。一，王善保家的因为是邢夫人陪房，邢夫人不得势，下面的人自然更加不得意，大观园变成王夫人、凤姐的势力范围，王善保家的进入大观园受到冷遇是可以肯定的。当然她可以淡然处之，也可以积怨在心伺机报复，她偏偏是后一种，这就要添事了。二，她单独点名晴雯，或许她们之间是有个人恩怨，不过晴雯的性格很张扬，待人难免有刻薄之处，对小丫鬟更是十分凶狠，前面刚写过她又要打小丫鬟，所以王善保家的也并非无中生有。她说晴雯"天天打扮的象个西施的样子"，作品写过晴雯的手指甲有三寸长，还染得通红。如此长的指甲大多数活都不能做了。三，王善保家的点到的晴雯刚好是宝玉房中的，这一下子触痛了王夫人的神经，情节因此而注满张力。四，王夫人因而回想起她看到晴雯"正在那里骂小丫头。我的心里很看不上那狂样子"。两者对上号了，那么晴雯的形象就在王夫人心中定格：妖妖趫趫的，一个很"狂"的女孩。五，这些细节表明王夫人驱逐晴雯，并非袭人告的密。

> "好好的宝玉，倘或叫这蹄子勾引坏了，那还了得。"因叫自己的丫头来，吩咐他到园里去，"只说我说有话问他们，留下袭人麝月伏侍宝玉不必来，有一个晴雯最伶俐，叫他即刻快来。你不许和他说什么。"

当前流行一个词语，"躺着也中枪"，意思是什么也没做却遭到攻击。从晴雯来说，她这次可是什么也没做，还真的病倒在床上。王夫人的丫头来叫，她从床上爬起来就走，没怎么梳妆。

> 素日这些丫鬟皆知王夫人最嫌趫妆艳饰语薄言轻者，故晴雯不敢出头。今因连日不自在，并没十分妆饰，自为无碍。及到了凤姐房中，王夫人一见他钗軃鬓松，衫垂带褪，有春睡捧心之遗风，而且形容面貌恰是上月的那人，不觉勾起方才的火来。王夫人原是天真烂漫之人，喜怒出于心臆，不比那些饰词掩意之人，今既真怒攻心，又勾起往事，便冷笑道："好个美人！真象个病西施了。你天天作这轻狂样儿给谁看？你干的事，打量我不知道呢！我且放着你，自然明儿揭你的皮！宝玉今日可好些？"晴雯一听如此说，心内大异，便知有人暗算了他。虽然着恼，只不敢作声。他本是个聪敏过顶的人，见问宝玉可好些，他便不肯以实话对，只说："我不大到宝玉房里去，又不常和宝玉在一处，好歹我不能知道，只问袭人麝月两个。"

我们常用"倒霉"一词，晴雯今日真是倒霉，平日她不打扮见王夫人是对的，偏生今日不梳妆竟让王夫人看作"春睡捧腹之遗风"，真所谓倒起霉来喝凉水都塞牙。好在晴雯十分机敏，一听王夫人口气便谎言"不大到宝玉房里去，又不常和宝玉在一处"，并且强调是贾母派她去宝玉屋里干粗活的。

> 王夫人信以为实了，忙说："阿弥陀佛！你不近宝玉是我的造化，竟不劳你费心。既是老太太给宝玉的，我明儿回了老太太，再撵你。"因向王善保家的道："你们进去，好生防他几日，不许他在宝玉房里睡觉。等我回过老太太，再处治他。"喝声"去！站在这里，我看不上这浪样儿！谁许你这样花红柳绿的妆扮！"晴雯只得出来，这气非同小可，一出门便拿手帕子握着脸，一头走，一头哭，直哭到园门内去。

曹雪芹的同情和怜悯都在最后一句描写中，望着晴雯哭耷的背影，读者的情感取向不必多说。倔强如晴雯者，哪怕遭到冤枉，也不敢分辩，因为没有她分辩的资格，甚至连哭泣都要出了门才能哭！

> 这里王夫人向凤姐等自怨道："这几年我越发精神短了，照顾不到。这样妖精似的东西竟没看见。只怕这样的还有，明日倒得查查。"凤姐见王夫人盛怒之际，又因王善保家的是邢夫人的耳目，常调唆着邢夫人生事，纵有千百样言词，此刻也不敢说，只低头答应着。

这几句描写十分重要，因为它让一个红学中长期争论的话题变得毫无意义。这个论题是：究竟袭人有没有向王夫人暗中告密晴雯。许多红学爱好者大多相信袭人是告密者，晴雯被袭人暗算了。然而作品的这一段表明，袭人肯定没有打过晴雯的小报告。为什么这么说呢？因为王夫人到今日刚刚知道有晴雯这号人！假如袭人暗中告密，那王夫人早就知道这个晴雯了。为了更严谨些，我们再探讨王夫人有没有可能为了保护告密者而假装第一次听说晴雯。作品对这个疑问也是彻底否定的。我们回顾一下，当王善保家的首次提到晴雯：

> 王夫人听了这话，猛然触动往事，便问凤姐道："上次我们跟了老太太进园逛去，有一个水蛇腰，削肩膀，眉眼又有些象你林妹妹的，正在那里骂小丫头。我的心里很看不上那狂样子，因同老太太走，我不曾说得。后来要问是谁，又偏忘了。今日对了坎儿，这丫头想必就是他了。"

而晴雯到来之后，王夫人发现"形容面貌恰是上月的那人，不觉勾起方才的火来"。大家注意，这一句的叙述用的是第三方的口吻，也就是作者的口吻，作者写得如此清楚，王夫人看明白晴雯就是"上月那人"，于是大发作。假如此前袭人向王夫人说过晴雯如何如何，那么王夫人绝对不是这种反应。红学界之所以怀疑袭人不是没来由，因为后面宝玉对袭人有怀疑；但评论家们忽视了曹雪芹的实际描写，须知，作者以第三者立场写下的内容，比宝玉的怀疑更加重要，具有客观性。只要仔细看看本回描写的细节，怀疑应该立即打消。假如还有怀疑，那就是相信不相信文本，和对作者是不是尊重的基本问题。争论已经毫无意义。

这一段还有另一个重要看点：凤姐想要回护晴雯，但因为王善保家的在场，王善保家的"常调唆着邢夫人生事"，凤姐生怕自己替晴雯开脱的话，再被王善保家的搬弄到邢夫人那里又生出事来，所以"纵有千百样言词，此刻也不敢说，只低头答应着"。此处的描写，包括本回后面的抄检描写，表明凤姐是属于被迫的、委屈的、受裹挟的，她对大观园各房主子奴才都尽量回护，唯独对王善保家的外孙女司棋紧抓不放。作品从大观园开张至今的内容都表明，大观园能够成为一个"清净世界"，里面有凤姐的一份功劳。所以作者和读者眼看着凤姐做了好几件坏事，上升到法律层面的话凤姐是十足的罪犯，但是作者和读者却不恨凤姐，也不讨厌她，而是对她充满兴趣甚至同情，这就是凤姐的魅力所在。

接着，王善保家的提出了一个新动议。

> 王善保家的道："太太请养息身体要紧，这些小事只交与奴才。如今要查这个主儿也极容易，等到晚上园门关了的时节，内外不通风，我们竟给他们个猛不防，带着人到

各处丫头们房里搜寻。想来谁有这个，断不单只有这个，自然还有别的东西。那时翻出别的来，自然这个也是他的。"王夫人道："这话倒是。若不如此，断不能清的清白的白。"因问凤姐如何。凤姐只得答应说："太太说的是，就行罢了。"王夫人道："这主意很是，不然一年也查不出来。"于是大家商议已定。

特别注意，王善保家的提出的措施，同原先王夫人与凤姐商议好的截然不同，原先计划的只是悄悄"暗访"，不惊动，就不会对大观园伤筋动骨，以前平儿就多次通过暗访找到偷东西的人，个别处理，没造成总体性伤害。但王善保家的提出公开抄家，户户抄检人人过关，相当于"搞运动"，这是大观园中从未有过的。王夫人不知轻重，当即同意，并问凤姐怎么说，我们细看作品的表述，凤姐只得答应说："太太说的是，就行罢了。"显然凤姐心里是反对的，但当着王善保家的面，而且王夫人已经先赞成了，凤姐只能附和。凤姐掂得出这次行动的影响，但她不便公然反对。于是，大观园经受一次浩劫。

抄检大观园是曹雪芹满含悲痛的杰作，深得《离骚》《史记》的壶奥，成为《红楼梦》最精彩最感人的篇章。不过以往的评论大都注重抄检的过程和结果，却几乎没人谈及曹雪芹此中安排的一系列奥妙，我们将换一种眼光来细细鉴赏，特别关注各屋主人的举止。

　　至晚饭后，待贾母安寝了，宝钗等入园时，王善保家的便请了凤姐一并入园，喝命将角门皆上锁，便从上夜的婆子处抄检起，不过抄检出些多余攒下蜡烛灯油等物。王善保家的道："这也是赃，不许动，等明儿回过太太再动。"

曹雪芹这个写法就有点奇特，"王善保家的便请了凤姐一并入园，喝命将角门皆上锁，便从上夜的婆子处抄检起"，不熟悉贾府的人，还以为王善保家的是大太太、大奶奶呢！我想，曹公这样写无非是要表现凤姐参与抄检是被迫执行、态度消极，而王善保家的则不知天高地厚，以为有邢夫人、王夫人的圣旨，她就是钦差大臣，当着凤姐的面，她居然发出"喝命"，可见她狗仗人势，甚至对凤姐有某种要挟。两人的这种态势，一直延续到最后王善保家的自己打自己耳光才结束。

　　于是先就到怡红院中，喝命关门。当下宝玉正因晴雯不自在，忽见这一干人来，不知为何直扑了丫头们的房门去，因迎出凤姐来，问是何故。凤姐道："丢了一件要紧的东西，因大家混赖，恐怕有丫头们偷了，所以大家都查一查去疑。"一面说，一面坐下吃茶。王善保家的等搜了一回，又细问这几个箱子是谁的，都叫本人来亲自打开。袭人因见晴雯这样，知道必有异事，又见这番抄检，只得自己先出来打开了箱子并匣子，任其搜检一番，不过是平常动用之物。随放下又搜别人的，挨次都一一搜过。到了晴雯的箱子，因问："是谁的，怎不开了让搜？"袭人等方欲代晴雯开时，只见晴雯挽着头发闯进来，豁一声将箱子掀开，两手捉着底子，朝天往地下尽情一倒，将所有之物尽都倒出。王善保家的也觉没趣，看了一看，也无甚私弊之物。回了凤姐，要往别处去。凤姐儿道："你们可细细的查，若这一番查不出来，难回话的。"众人都道："都细翻看了，没什么差错东西。虽有几样男人物件，都是小孩子的东西，想是宝玉的旧物件，没甚关系的。"凤姐听了，笑道："既如此咱们就走，再瞧别处去。"

为什么第一处先抄怡红院，曹雪芹写得很含糊："于是先就到怡红院中。"是因为路途最近？还是因为里面有晴雯？是凤姐的主意？还是王善保家的主意？作者都没写。再看看宝玉的态度，"不知为何直扑了丫头们的房门去，因迎出凤姐来，问是何故"，就这么一句，注意，宝玉没有抗议没有反对，更没有对丫头们的任何保护。宝玉延续了他一贯的态度，对于父母之命他从来不反抗。他也不像探春那样上升到家族命运、自己脸面的高度来看待这事件，唯有逆来顺受。而袭人，看到晴雯的遭遇觉得不对劲，便带头打开箱子接受检查。她是怡红院最大丫头，而且已是半个屋里人，这屋子出任何差错她都负有责任，自然是老老实实接受检查，尽量洗刷嫌疑。作品写宝玉和袭人的另一个用意就是衬托晴雯，两位屋子里的顶梁柱都唯唯诺诺，而晴雯这个已经被判了罪的丫头，却揭竿而起，"咣当"一声将东西倒个满地，让王善保家的"也觉没趣"。白天在凤姐房里，在王夫人的威风下，晴雯不敢有所反抗；现在，当着凤姐和王善保家的面，晴雯以掀翻箱底来证明自己的清白，发泄满腔的愤恨，抗议主子的迫害。作为一个几代为奴的丫头，晴雯把自己所有的权利都用上了——她就这么点权利。作品描写的微妙之处在于，晴雯如此砸场子，"王善保家的也觉没趣"，却没见凤姐觉得没趣。而且，没找出"私弊之物"，凤姐却笑眯眯，她像是在一旁看白戏的，有点幸灾乐祸。这里透露出凤姐维护晴雯、维护大观园的心态。最后说一句，这第一处就抄出了火花，有晴雯的反抗，大家记住这点，以便与后面各处进行对比。

说着，一径出来，因向王善保家的道："我有一句话，不知是不是。要抄检只抄检咱们家的人，薛大姑娘屋里，断乎检抄不得的。"王善保家的笑道："这个自然。岂有抄起亲戚家来。"凤姐点头道："我也这样说呢。"一头说，一头到了潇湘馆内。

曹雪芹特意安排这个对话，明确地把薛宝钗和林黛玉做出严格的切分，也是全书最明确的一次身份甄别。宝钗是客人，不能抄；黛玉是自家人，可以抄。不看到这里而让大家猜，恐怕许多读者会猜宝钗、黛玉都不会抄，或者都抄。只有读了这一段我们才知道宝钗和黛玉在贾府的身份有本质的区别。理解这一层，我们对于两人平时的一举一动才有正确、深切的体谅。

至于抄完怡红院就去潇湘馆，这个安排可以理解，因为这两处是紧挨着的。我们再注意看过程。

> 黛玉已睡了，忽报这些人来，也不知为甚事。才要起来，只见凤姐已走进来，忙按住他不许起来，只说："睡罢，我们就走。"这边且说些闲话。那个王善保家的带了众人到丫鬟房中，也一一开箱倒笼抄检了一番。因从紫鹃房中抄出两副宝玉常换下来的寄名符儿，一副束带上的披带，两个荷包并扇套，套内有扇子。打开看时皆是宝玉往年往日手内曾拿过的。王善保家的自为得了意，遂忙请凤姐过来验视，又说："这些东西从那里来的？"凤姐笑道："宝玉和他们从小儿在一处混了几年，这自然是宝玉的旧东西。这也不算什么罕事，撂下再往别处去是正经。"紫鹃笑道："直到如今，我们两下里的东西也算不清。要问这一个，连我也忘了是那年月日有的了。"王善保家的听凤姐如此说，也只得罢了。

特别关注黛玉的反应。黛玉睡下了但并没睡着，她要起来，凤姐按住没让她起身，两人"且说些闲话"。注意文本的叙述，黛玉没有像宝玉那样"问是何故"，她不便问，不能问。黛玉是半个客人，主人来抄检，那是非常没脸的，是耻辱，但主人家有这个权利，黛玉非但不能阻止，还不便多问，哪怕满怀怨言却不能出口，只能忍受，还得装出不在意的样子，陪凤姐聊天。查出男人用的荷包扇子，只有凤姐和紫鹃进行解释，黛玉自己都不好说话。这就是半客居身份的黛玉的无奈。但是这一切曹雪芹不着一字，他用了留白手法，留给读者自己去思考，去补白，去还原。

接着，最悲壮的一幕来了。

> 又到探春院内，谁知早有人报与探春了。探春也就猜着必有原故，所以引出这等丑态来，遂命众丫鬟秉烛开门而待。

探春与宝玉、黛玉的态度截然相反。第一，她认为这是"丑态"，是她本人、更是家族的奇耻大辱。她的这个反应，黛玉想有也不能，因为黛玉不认为自己是这家族的一分子；黛玉也有耻辱感，但她只认为是自己的、个人的耻辱，她不会认为是家族的耻辱，不会上升到这个高度去思考。探春是贾府的三小姐，她把家族的耻辱比她个人的耻辱看得更重，她悲痛。第二，探春决心洗刷这耻辱，要反抗这种丑事，所以，"遂命众丫鬟秉烛开门而待"，这是拉开了架势准备拼搏一场。这又是探春同宝玉的不同之处，宝玉实际上也不满，但是他不会看作是家族的耻辱，他更不会反抗，不会同母亲对着干。实际上更有本钱同王夫人大干一场的是宝玉，他是亲生儿子，是未来荣府二房的掌门人，他即使撕破了脸皮，王夫人也不能把他怎么样。相反，探春不是王夫人所生，她一旦同王夫人撕开脸皮，是没办法收拾下场的。然而事实却是，宝玉诺诺无声，探春却揭竿而起。两人的性格反差之大，读者自己去比较。

> 众人来了。探春故问何事。凤姐笑道："因丢了一件东西，连日访察不出人来，恐怕旁人赖这些女孩子们，所以越性大家搜一搜，使人去疑，倒是洗净他们的好法子。"探春冷笑道："我们的丫头自然都是些贼。我就是头一个窝主。既如此，先来搜我的箱柜，他们所有偷了来的都交给我藏着呢。"说着便命丫头们把箱柜一齐打开，将镜奁、妆盒、衾袱、衣包若大若小之物一齐打开，请凤姐去抄阅。凤姐陪笑道："我不过是奉太太的命，妹妹别错怪我。何必生气。"因命丫鬟们快快关上。平儿丰儿等忙着替待书等关的关，收的收。探春道："我的东西倒许你们搜阅，要想搜我的丫头，这却不能。我原比众人歹毒，凡丫头所有的东西我都知道，都在我这里间收着，一针一线他们也没的收藏，要搜所以只来搜我。你们不依，只管去回太太，只说我违背了太太，该怎么处治，我去自领。你们别忙，自然连你们抄的日子有呢！你们今日早起不曾议论甄家，自己家里好好的抄家，果然今日真抄了。咱们也渐渐的来了。可知这样大族人家，若从外头杀来，一时是杀不死的，这是古人曾说的'百足之虫，死而不僵'，必须先从家里自杀自灭起来，才能一败涂地！"说着，不觉流下泪来。

探春在这里扮演着家族的守望者，其实她大可不必如此，因为要不了一两年她就要出嫁，用功利的话来说，这家族怎么样与她关系并不大，远远没有宝玉那么大。但是探春绝不功利。抄家的人一进门，探春就明知故问；凤姐很忌惮这位三小姐，用一摞子话来解释，但探春根本不理会，横刀一拦，"要想搜我的丫头，这却不能"。这份气势，不亚于《三国演义》中关云长的横刀立马。在探春的眼睛里，搜查丫头的房间，等于是搜查她的房间，两者只有形式上的差别，都是奇耻大辱，她坚决不能同意。当然她也有牺牲，就是要搜就搜我的东西，她以自己的躯体来保护丫头，实际上是保护贾府家族。探春的这份保护，不仅来自她个人的自觉性，她还有理论，还有案例：

> "你们今日早起不曾议论甄家，自己家里好好的抄家，果然今日真抄了。咱们也渐渐的来了。可知这样大族人家，若从外头杀来，一时是杀不死的，这是古人曾说的'百足之虫，死而不僵'，必须先从家里自杀自灭起来，才能一败涂地！"说着，不觉流下泪来。

可见探春非常理性，她从当前的行动联系到家族的命运，她的眼泪是为家族流下的。以前有很多文章，都是赞美探春的，但那些文章都是从探春个人的角度进行赞美，赞美她的人格。其实要赞美探春的话，首先应该赞美她以家族之喜而喜、以家族之忧而忧这种家族观、大局观。"从家里自杀自灭起来，才能一败涂地！"这话，显然也道出了曹雪芹的心声，是对《红楼梦》主题的一次宣示。探春的这席话，是对着凤姐说的，我们可以想象一下，假如我们是凤姐的话，会是怎么样的尴尬。

> 凤姐只看着众媳妇们。周瑞家的便道："既是女孩子的东西全在这里，奶奶且请到别处去罢，也让姑娘好安寝。"凤姐便起身告辞。探春道："可细细的搜明白了？若明日再来，我就不依了。"凤姐笑道："既然丫头们的东西都在这里，就不必搜了。"探春冷笑道："你果然倒乖。连我的包袱都打开了，还说没翻。明日敢说我护着丫头们，不许你们翻了。你趁早说明，若还要翻，不妨再翻一遍。"凤姐知道探春素日与众不同的，只得陪笑道："我已经连你的东西都搜查明白了。"探春又问众人："你们也都搜明白了不曾？"周瑞家的等都陪笑说："都翻明白了。"

这里的描写非常有趣味性，或者说戏剧性：探春是一副拼命的架势，凤姐则避不接招，王顾左右；好在凤姐那批手下周瑞家的等都非常解风情，凤姐一个眼色她们就明白了，立即表示要撤退；但探春却步步紧逼，不依不饶，凤姐只能一再示好，退避三舍，明明不敢动探春的东西，还陪笑道："我已经连你的东西都搜查明白了。"哪想到探春太精明，她不留一点后路，不留一个漏洞，又问众人："你们也都搜明白了不曾？"明明没搜过，却要对方承认搜过，周瑞家的等都陪笑说："都翻明白了。"探春要的就是这份霸道，她要用这种霸道来发泄心中的怨愤，来捍卫贾府的家族利益。凤姐和周瑞家的也都明白探春的用意，她们的内心恐怕与探春也相去不远，她们一唱一和。本来这出戏到这里已经够精彩的，可以完美收场；然而，今天凤姐带来的队伍不纯，里面夹了个"空降者"王善保家的，她今天就是找茬来的，何况这一生中难得奉了邢夫人和王夫人两道圣旨，不闹出点名堂她觉得对不起自己，对不起这个机遇。于是有了下面的高潮。

> 那王善保家的本是个心内没成算的人，素日虽闻探春的名，那是为众人没眼力没胆量罢了，那里一个姑娘家就这样起来，况且又是庶出，他敢怎么。他自恃是邢夫人陪房，连王夫人尚另眼相看，何况别个。今见探春如此，他只当是探春认真单恼凤姐，与他们无干。他便要趁势作脸献好，因越众向前拉起探春的衣襟，故意一掀，嘻嘻笑道："连姑娘身上我都翻了，果然没有什么。"凤姐见他这样，忙说："妈妈走罢，别疯疯颠颠的。"一语未了，只听"拍"的一声，王家的脸上早着了探春一掌。探春登时大怒，指着王家的问道："你是什么东西，敢来拉扯我的衣裳！我不过看着太太的面上，你又有年纪，叫你一声妈妈，你就狗仗人势，天天作耗，专管生事。如今越性了不得了。你打谅我是同你们姑娘那样好性儿，由着你们欺负他，就错了主意！你搜检东西我不恼，你不该拿我取笑。"说着，便亲自解衣卸裙，拉着凤姐儿细细的翻。又说："省得叫奴才来翻我身上。"凤姐平儿等忙与探春束裙整袄，口内喝着王善保家的说："妈妈吃两口酒就疯疯颠颠起来。前儿把太太也冲撞了。快出去，不要提起了。"又劝探春休得生气。探春冷笑道："我但凡有气性，早一头碰死了！不然岂许奴才来我身上翻贼赃了。明儿

一早，我先回过老太太太太，然后过去给大娘陪礼，该怎么，我就领。"那王善保家的讨了个没意思，在窗外只说："罢了，罢了，这也是头一遭挨打。我明儿回了太太，仍回老娘家去罢。这个老命还要他做什么！"探春喝命丫鬟道："你们听他说的这话，还等我和他对嘴去不成。"待书等听说，便出去说道："你果然回老娘家去，倒是我们的造化了。只怕舍不得去。"凤姐笑道："好丫头，真是有其主必有其仆。"探春冷笑道："我们作贼的人，嘴里都有三言两语的。这还算笨的，背地里就只不会调唆主子。"平儿忙也陪笑解劝，一面又拉了待书进来。周瑞家的等人劝了一番。凤姐直待伏侍探春睡下，方带着人往对过暖香坞来。

以上这段描写也不知道有多少文章评论过了。不过我们还是要说一说，探春究竟为什么愤怒？为什么发威？需要区别一下。探春愤怒的第一层，她是为了家族，她实在痛心这种家族的窝里斗，这种抄家。第二层，她是守望大观园，她真心不愿意看到清静的大观园被闹得如此鸡飞狗跳，她非常悲愤自己所居住的清静世界就这么崩塌了。不过还有第三层，探春非常看重的家族制度、家族秩序，今天被颠倒了，这是她尤其不能容忍的："岂许奴才来我身上翻贼赃了！"这是探春非常鲜明的阶级意识、主人意识，她要维护的是君君臣臣，贵族就是贵族，奴才就是奴才，绝对不许颠倒。确实，从作者曹雪芹描写的笔调来看，他也是赞许探春的。但是我们今天的读者，二十一世纪的评论者，采取什么立场呢？我觉得这个问题需要提出来，让读者自己思考，理性判断。至于曹雪芹的用意，他显然是要把探春塑造成"女丈夫"形象，这从林黛玉的《红拂》诗中已经有所反映，曹雪芹设想贾府中能够诞生一位这样的"女丈夫"。贾府中有亮点，有高人，但这个高人又偏偏无法治理这个家，这样，贾府的悲剧又多了一层色彩。

从"艺术角度"来说，探春这一巴掌也十分需要。作者前面一直在蓄势，写王善保家的出馊主意公开抄检大观园，写她狐假虎威，僭越到凤姐前面指手画脚，写她在晴雯那里没趣，写她在黛玉房中挑刺，总之，她太猖狂、太无礼，欠收拾；她造次去翻探春的衣襟，是自己讨打，在艺术上则是一再蓄势后的一个完美爆发。反过来说，如果没有这一巴掌，艺术上就不平衡、不完美。

不过，探春这一巴掌下去，就把她更加拉向凤姐的方向了。贾府之中，一共四位小姐，元春在家的时候会不会打下人巴掌？我想不会，迎春已经不用说，惜春也不会。往上一代去，荣府中只有林黛玉的母亲贾敏一位小姐，依照作品中很少涉及的一点线索推测，贾母早把女儿的一切安排得妥妥当当，贾敏不会、也不必亲手打下人。所以探春这一巴掌，创下了贾府至少两代人的记录。但是探春肯定没有打破凤姐的记录，凤姐当小姐时，打人可能是家常便饭。所以探春这一巴掌凤姐并不吃惊，她很了解探春，今天她验证了自己的眼光；而且这巴掌也替她解气，她今日受够王善保家的了，还没找到出气的机会呢。所以她一味宽慰探春，"直待伏侍探春睡下，方带着人往对过暖香坞来"。凤姐对这些小姑子小叔子，真的也算够担待、够尽心的。

下面到李纨这边，就风平浪静了，叙述更是十分简单：

> 彼时李纨犹病在床上，他与惜春是紧邻，又与探春相近，故顺路先到这两处。因李纨才吃了药睡着，不好惊动，只到丫鬟们房中一一的搜了一遍，也没有什么东西，遂到惜春房中来。

这里交代了路径关系，解释为什么先到李纨房里，再到惜春屋里。但开头第一处直冲宝玉屋里，作者却没做类似的交代。那么为什么这里要交代呢？我们等会儿再分析。

惜春，作品还没有展开描写，大家如果有印象的话，那是第 7 回周瑞家的送宫花去，惜春笑道："我这里正和智能儿说，我明儿也剃了头同他作姑子去呢，可巧又送了花儿来，若剃了头，可把这花儿戴在那里呢？"那时惜春应该不过十来岁，竟然已经有做尼姑的念头，曹雪芹真可谓"伏脉千里"。这以后只写到贾母命惜春绘一幅大观园图画，她因忙于作画就较少参加诗社活动，此外就没怎么写到她。可以说曹雪芹欠惜春一次尽兴的表演。在第 73 回，曹雪芹把欠迎春的债还了，本回则大笔偿还惜春的债。

> 因惜春年少，尚未识事，吓的不知当有什么事，故凤姐也少不得安慰他。谁知竟在入画箱中寻出一大包金银锞子来，约共三四十个，又有一副玉带板子并一包男人的靴袜等物。入画也黄了脸。因问是那里来的，入画只得跪下哭诉真情，说："这是珍大爷赏我哥哥的。因我们老子娘都在南方，如今只跟着叔叔过日子。我叔叔婶子只要吃酒赌钱，我哥哥怕交给他们又花了，所以每常得了，悄悄的烦了老妈妈带进来叫我收着的。"惜春胆小，见了这个也害怕，说："我竟不知道。这还了得！二嫂子，你要打他，好歹带他出去打罢，我听不惯的。"凤姐笑道："这话若果真呢，也倒可恕，只是不该私自传送进来。这个可以传递，什么不可以传递。这倒是传递人的不是了。若这话不真，倘是偷来的，你可就别想活了。"入画跪着哭道："我不敢扯谎。奶奶只管明日问我们奶奶和大爷去，若说不是赏的，就拿我和我哥哥一同打死无怨。"凤姐道："这个自然要问的，只是真赏的也有不是。谁许你私自传送东西！你且说是谁作接应，我便饶你。下次万万不可。"惜春道："嫂子别饶他这次方可。这里人多，若不拿一个人作法，那些大的听见了，又不知怎样呢。嫂子若饶他，我也不依。"凤姐道："素日我看他还好。谁没一个错，只这一次。二次犯下，二罪俱罚。但不知传递是谁。"惜春道："若说传递，再

无别个，必是后门上的张妈。他常肯和这些丫头们鬼鬼祟祟的，这些丫头们也都肯照顾他。"凤姐听说，便命人记下，将东西且交给周瑞家的暂拿着，等明日对明再议。于是别了惜春，方往迎春房内来。

惜春的表现出乎预料，她与探春恰恰相反。探春站在家族的高度认为这抄检是贾府的丑闻而悲痛欲绝，挺身而出独力反抗，连一个丫头的东西都不许抄，宁肯牺牲自己也要捍卫家族的利益。而惜春则根本不考虑家族的名声，只求自保，反而把丫头推上绝境；不仅如此，还主动检举老妈子，连凤姐都看不下去，想帮上一把却被惜春拒绝。同样是贾府的小姐，惜春和探春竟有天壤之别。不过从作者的表现艺术来说，确实写的非常精简，就这么一桩小事，把惜春这位四小姐写通透了。当然后面还有一笔，则把惜春写的圆润而又饱满。

我们先顺着作品，看怎么抄检迎春的屋子。

迎春已经睡着了，丫鬟们也才要睡，众人叩门半日才开。凤姐吩咐："不必惊动小姐。"遂往丫鬟们房里来。因司棋是王善保的外孙女儿，凤姐倒要看看王家的可藏私不藏，遂留神看他搜检。先从别人箱子搜起，皆无别物。及到了司棋箱子中搜了一回，王善保家的说："也没有什么东西。"才要盖箱时，周瑞家的道："且住，这是什么？"说着，便伸手掣出一双男子的锦带袜并一双缎鞋来。又有一个小包袱，打开看时，里面有一个同心如意并一个字帖儿。一总递与凤姐。凤姐因当家理事，每每看开帖并帐目，也颇识得几个字了。便看那帖子是大红双喜笺帖，上面写道："上月你来家后，父母已觉察你我之意。但姑娘未出阁，尚不能完你我之心愿。若园内可以相见，你可托张妈给一信息。若得在园内一见，倒比来家得说话。千万，千万。再，所赐香袋二个，今已查收外，特寄香珠一串，略表我心。千万收好。表弟潘又安拜具。"凤姐看罢，不怒而反乐。别人并不识字。王家的素日并不知道他姑表姊弟有这一节风流故事，见了这鞋袜，心内已是有些毛病，又见有一红帖，凤姐又看着笑，他便说道："必是他们胡写的帐目，不成个字，所以奶奶见笑。"凤姐笑道："正是这个帐竟算不过来。你是司棋的老娘，他的表弟也该姓王，怎么又姓潘呢？"王善保家的见问的奇怪，只得勉强告道："司棋的姑妈给了潘家，所以他姑表兄弟姓潘。上次逃走了的潘又安就是他表弟。"凤姐笑道："这就是了。"因道："我念给你听听。"说着从头念了一遍，大家都唬了一跳。这王家的一心只要拿人的错儿，不想反拿住了他外孙女儿，又气又臊。周瑞家的四人又都问着他："你老可听见？明明白白，再没的话说了。如今据你老人家，该怎么样？"这王家的只恨没地缝儿钻进去。凤姐只瞅着他嘻嘻的笑，向周瑞家的笑道："这倒也好。不用你们作老娘的操一点儿心，他鸦雀不闻的给你们弄了一个好女婿来，大家倒省心。"周瑞家的也笑着凑趣儿。王家的气无处泄，便自己回手打着自己的脸，骂道："老不死的娼妇，怎么造下孽了！说嘴打嘴，现世现报在人眼里。"众人见这般，俱笑个不住，又半劝半讽的。凤姐见司棋低头不语，也并无畏惧惭愧之意，倒觉可异。料此时夜深，且不必盘问，只怕他夜间自愧去寻拙志，遂唤两个婆子监守起他来。带了人，拿了赃证回来，且自安歇，等待明日料理。

曹雪芹这一段的描写，真用得上"戏剧性"三个字，情节的变化真是出人意料，有点滑稽幽默，这是我国读者最喜欢看的，所谓报应。抄家队伍的派别很分明，王善保家的拼命要抄别人，而凤姐、周瑞家的一班人则盯住了王善保家的外孙女司棋，而司棋的箱子里偏偏有赃物：男人的鞋子袜子。这东西与惜春房里入画的类似，但妙在还有一封信件，等于是犯罪过程的交代书，凤姐先问明潘又安与司棋的关系，然后当众大声念出来。这信公之于众，"这王家的只恨没地缝儿钻进去"，到这里戏剧性已经够强烈了，凤姐再又取笑一番，逼得"王家的气无处泄，便自己回手打着自己的脸，骂道：'老不死的娼妇，怎么造下孽了！说嘴打嘴，现世现报在人眼里。'众人见这般，俱笑个不住，又半劝半讽的"。情节达到最高潮。我相信读者无不一面看一面咧着嘴笑，曹雪芹很追求这种煽情效果。不过，如果舞台上的演员都是一个精神倒又不稀奇，演员之一的司棋独独不理会凤姐她们，她"低头不语，并无畏惧惭愧之意"，也就是任凭处理，敢作敢当。司棋在舞台的另一边构成一个独特的气场，一道另样的风景线。读者可能会觉得奇怪，不久之前司棋与潘又安幽会被鸳鸯撞见，司棋是那么害怕，对着鸳鸯磕头下拜求爷爷告奶奶，现在却变得毫无惧意，司棋的变化怎么如此快、如此彻底？我们细细看作品就明白，其实不是司棋自己在变，而是环境变了，尤其是她的恋人变了——更可气的不是潘又安变了，而是逃走了，畏罪潜逃，抛下司棋一个人连招呼都不打。司棋是性情中人，恋人的这副嘴脸，令她彻底绝望。一个绝望的人是无所畏惧的。司棋前面怕鸳鸯，求鸳鸯，因为她在热恋中，她对今后的幸福充满向往，那时她是害怕的，害怕有变故；而现在她不仅梦想幻灭，更有凤姐一帮人正在大肆地取笑她，并侮辱她的外婆，她满怀义愤，虽然不能公然反抗，但她以"低头不语"来表达自己的义愤。

至于凤姐这个人，虽然没有什么情怀，但还是有一定的情义的，看到司棋这样大意凛然，"倒觉可异"，实际上是有点钦佩，心生怜惜，所以她对司棋不再侮辱，只是防范她寻短见。因而，凤姐这个人读者可以怨她，但很少有人恨她。曹雪芹对她的同情，从最后一句可以看出，"谁知到夜里又连起来几次，下面淋血不止"。凤姐的身子一直没好透，她是带病工作，像今天的抄检更是她不愿意的、额外多出来的劳作，曹公这一笔并非说鞠躬尽瘁死而后已，但她确实抱病上岗、尽职尽责了。"至次日，便觉身体十分软弱，起来发晕，遂撑不住。"凤姐再次倒下了。这以后直到第80回，凤姐就再也没有什么演出，只有第78回同王夫人谈论了几句。我有点私意：曹公是不是存心在保护王熙凤？因为在后面这几回文字中，对大观园还有一场大扫荡，有驱逐晴雯、司棋、四儿、芳官等一干人，由于凤姐病倒了，这些事情才没有让她沾上；不然的话，凤姐身上罪行更多。前面我们说了，大观园的建立和维持，有凤姐的一份心血；而最后一场扫荡、摧残大观园的行动，凤姐没有参与。至少客观上来讲，这一次病倒让凤姐得以免除大观园刽子手的名分。

本回的最后一段，曹雪芹再次描绘惜春。惜春身上凝聚着曹雪芹的创作思想和人生认知，值得我们认真欣赏。不过惜春的表现让我们再次大跌眼镜。

> 可巧这日尤氏来看凤姐，坐了一回，到园中去又看过李纨。才要望候众姊妹们去，忽见惜春遣人来请，尤氏遂到了他房中来。

这里我们先暂停一下，说一说尤氏和凤姐。尤氏来看凤姐，两人关系如前。前面我们说了，凤姐活活地弄死了尤二姐，她同尤氏结下了实际仇恨，但直到第80回，两人交往中好像尤二姐的事情没发生过。所以我判断尤二姐、尤三姐的故事是后插入的。

我们回到惜春。上面写清楚了，是惜春派人来请尤氏，惜春是主动的、特意的。下面这场对话我们必须全文引用，无法转述。

> 惜春便将昨晚之事细细告诉与尤氏，又命将入画的东西一概要来与尤氏过目。尤氏道："实是你哥哥赏他哥哥的，只不该私自传送，如今官盐竟成了私盐了。"因骂入画"糊涂脂油蒙了心的。"惜春道："你们管教不严，反骂丫头。这些姊妹，独我的丫头这样没脸，我如何去见人。昨儿我立逼着凤姐姐带了他去，他只不肯。我想，他原是那边的人，凤姐姐不带他去，也原有理。我今日正要送过去，嫂子来的恰好，快带了他去。或打，或杀，或卖，我一概不管。"入画听说，又跪下哭求，说："再不敢了。只求姑娘看从小儿的情常，好歹生死在一处罢。"尤氏和奶娘等人也都十分分解，说他"不过一时糊涂了，下次再不敢的。他从小儿伏侍你一场，到底留着他为是。"谁知惜春虽然年幼，却天生成一种百折不回的廉介孤独僻性，任人怎说，他只以为丢了他的体面，咬定牙断乎不肯。更又说的好："不但不要入画，如今我也大了，连我也不便往你们那边去了。况且近日我每每风闻得有人背地里议论什么多少不堪的闲话，我若再去，连我也编派上了。"尤氏道："谁议论什么？又有什么可议论的！姑娘是谁，我们是谁。姑娘既听见人议论我们，就该问他才是。"惜春冷笑道："你这话问着我倒好。我一个姑娘家，只有躲是非的，我反去寻是非，成个什么人了！还有一句话：我不怕你恼，好歹自有公论，又何必去问人。古人说得好，'善恶生死，父子不能有所勖助'，何况你我二人之间。我只知道保得住我就够了，不管你们。从此以后，你们有事别累我。"尤氏听了，又气又好笑，因向地下众人道："怪道人人都说这四丫头年轻糊涂，我只不信。你

们听才一篇话，无原无故，又不知好歹，又没个轻重。虽然是小孩子的话，却又能寒人的心。"众嬷嬷笑道："姑娘年轻，奶奶自然要吃些亏的。"惜春冷笑道："我虽年轻，这话却不年轻。你们不看书不识几个字，所以都是些呆子，看着明白人，倒说我年轻糊涂。"尤氏道："你是状元榜眼探花，古今第一个才子。我们是糊涂人，不如你明白，何如？"惜春道："状元榜眼难道就没有糊涂的不成。可知他们也有不能了悟的。"尤氏笑道："你倒好。才是才子，这会子又作大和尚了，又讲起了悟来了。"惜春道："我不了悟，我也舍不得入画。"尤氏道："可知你是个心冷口冷心狠意狠的人。"惜春道："古人曾也说的，'不作狠心人，难得自了汉。'我清清白白的一个人，为什么教你们带累坏了我！"尤氏心内原有病，怕说这些话。听说有人议论，已是心中羞恼激射，只是在惜春分上不好发作，忍耐了大半。今见惜春又说这句，因按捺不住，因问惜春道："怎么就带累了你了？你的丫头的不是，无故说我，我倒忍了这半日，你倒越发得了意，只管说这些话。你是千金万金的小姐，我们以后就不亲近，仔细带累了小姐的美名。即刻就叫人将入画带了过去！"说着，便赌气起身去了。惜春道："若果然不来，倒也省了口舌是非，大家倒还清净。"尤氏也不答话，一径往前边去了。

这段描写必须全文引用，因为其中的来龙去脉、言语争锋，尤其是口气氛围，一转述就失去了味道，更模糊了人物性格。惜春的性格、思想、格局，全仗这一段描写。曹雪芹把惜春概括为"一种百折不回的廉介孤独僻性"，恐怕也只有曹雪芹才能这么这一句话概括出来。我们来理一理惜春的性格形象，所谓"廉介孤独僻性"，廉介，清廉耿介，极力保持自己清廉的声誉，为此我行我素，想怎么说就怎么说，想怎么做就怎么做，不怕得罪任何人；孤独僻性，不追求、不需要什么朋友圈、社交圈，不考虑、不在意别人对自己怎么看待、怎么评价。用我们通俗的语言来说，就是一根筋到底，不回顾、不思考，更不改变，一条道走到黑。这样的性格要在一回小说中，以一件小事两场对话，就展露无遗，而且写的有声有色，令读者不但全盘接受而且深信不疑，写作难度极高。然而曹雪芹轻松做到了。我们需要好好回顾一番，奇迹是怎么创造的。

尤氏证实入画的东西是贾珍赏的，只是不该私自传送，骂入画糊涂。站在公允的立场或者世俗的角度，我们以为尤氏的话没有错；而且她的话，并没有攻击或打压惜春，她的谈吐风格很符合贾府的开明随和风格，通常来说不应造成对立或冲突。然而令我们想不到的是，惜春一上来就开火了："你们管教不严，反骂丫头。"第一枪就直接打向了贾珍和尤氏，中间没有任何过渡、任何含糊，惜春把入画的不守规则，一股脑儿归到贾珍和尤氏的头上。这话很刺激人，如果我们是尤氏，我们受得了吗？而且惜春这话并不一定符合事实，大家想想入画才多少年纪，她跟着惜春至少五年以上了，换句话说，入画十来岁就离开贾珍和尤氏来到了惜春身边，即使入画犯错，也很难说是贾珍和尤氏的管教不严。那时对奴仆的管理并不严谨，把他们拨到某人房里就完事了，不像现代社会许多企业天天都有早训晚训，再加定期的培训和评审考核。所以惜春这第一枪就开得很唐突。"这些姊妹，独我的丫头这样没脸，我如何去见人。"从惜春的这句话来看，她还是要脸的，并不像她所说的已经了悟；同时还表明，惜春并非真正的"廉介孤独僻性"，她最重要的操守无非还是家规礼仪。我们不是说她守规矩有错，而是说她还没有"廉介孤独僻性"那种超脱，那种高渺，那种放达。简单说，她还是俗人一个。"昨儿我立逼着凤姐姐带了他去，他只不肯。我想，他原是那边的人，凤姐姐不带他去，也原有理。我今日正要送过去，嫂子来的恰好，快带了他去。或打，或杀，或卖，我一概不管。"这里体现出惜春的两面性、矛盾性。她很能够体谅凤姐不肯带走入画的原因，说明惜春并不笨，情商不低，懂得人情世故；但是"或打，或杀，或卖，我一概不管"，则又显得十分绝情。可知惜春不是不懂人情，而是只顾惜自己的脸面和清誉，对服侍自己多年的贴身丫鬟无情无义，对其生死存亡不管不顾。入画听说，又跪下哭求，说："再不敢了。只求姑娘看从小儿的情常，好歹生死在一处罢。"尤氏和奶娘等人也都讨情，但是惜春"任人怎说，他只以为丢了他的体面，咬定牙断乎不肯"。惜春的人生态度，已经背离"廉介"，相当自私了。

到上面为止，还仅仅是谈论丫头入画如何处置，虽然惜春已经责怪到贾珍和尤氏，但那仅仅是"管教不严"，小小失责而已。谁知道对入画的处置还只是个开始，惜春还有惊人的"重磅表态"。

> （惜春）更又说的好："不但不要入画，如今我也大了，连我也不便往你们那边去了。况且近日我每每风闻得有人背地里议论什么多少不堪的闲话，我若再去，连我也编派上了。"尤氏道："谁议论什么？又有什么可议论的！姑娘是谁，我们是谁。姑娘既听见人议论我们，就该问着他才是。"惜春冷笑道："你这话问着我倒好。我一个姑娘家，只有躲是非的，我反去寻是非，成个什么人了！还有一句话：我不怕你恼，好歹自有公论，又何必去问人。古人说得好，'善恶生死，父子不能有所勖助'，何况你我二人之间。我只知道保得住我就够了，不管你们。从此以后，你们有事别累我。"

什么叫口无遮拦？与惜春相比，连薛蟠都不算什么了。一个小姑子，并没有发生吵架也没有不快，却当众揭哥哥嫂嫂的短，还明言"从此以后，你们有事别累我"，这样的女孩子我们一辈子未必遇得到一个。

至于惜春这样性格的形成原因，作品做了解释或者叫弥补，惜春自称是了悟了，"我不了悟，我也舍不得入画了"。不过了悟的人，是不是都如此绝情呢？在文学作品中，在《红楼梦》中，出家人都是"看破红尘"，像甄士隐、柳湘莲这样抛弃家族、抛弃世界。但佛教的本意，以及现实生活中有佛教信仰的人，对他人、对世界，是不是这种态度呢？这话题超出了作品鉴赏，我们仅仅提请各位思考，不再深入。尤氏以及老嬷嬷都说惜春还小，是孩子气。但尤氏已经被气急了，带着入画走人。曹雪芹并不是把惜春写成小孩子，因为到这里惜春的形象就基本定型了；而且惜春的性格是一向如此，从当年收到宫花时她就说将来做姑子，今天她又说到了了悟，而她的最后归宿是"可怜绣户侯门女，独卧青灯古佛旁"，所以她的性格是连贯的一致的。她并不是小孩子气不懂事，而是禀性如此。

对惜春的性格塑造完以后，《红楼梦》中金陵十二钗或者说主要的女子的性格，就基本完成了。我们把这幅群像放到一定距离来看，很有意思。贾府的四位小姐元春迎春探春惜春，性格相差竟是那么大，简直就是东南西北四个方向。大小姐元春是那么雍容典雅，身为皇妃，却一再关照家人不能奢靡浪费，对弟弟妹妹也是满怀爱护，更不用说对父母和祖母了。二小姐迎春却是那么懦弱，连身边的仆人几乎都要欺负她，而她对这些一概置之度外，她不要结交朋友，连姐妹们的关系也都比较疏远；然而她对家族是尊敬的，她说过绝不能为了丫头而欺骗太太，但她也不为家族做任何事情；简单说，她是不求有功，但求无过，毫无追求，得过且过。三小姐探春与迎春相反，性子刚烈，把家族利益看得比什么都重要；她积极参与家族的管理和事务，敢于提出不同意见，甚至不惜牺牲自己的利益和名誉；同时她也很重视与兄弟姐妹的关系，不过她受儒家的尊卑观念影响很深，甚至不认自己的亲生母亲，尽管她其实一直维护着母亲和弟弟的利益，只是觉得他们扶不上台面。惜春则又是另一种性格，在不管别人方面她走得比迎春还远，她甚至不顾侍女的死活；但她又非常注重自己的声誉，把这看得高于一切，这让她与探春形成了巨大的反差；但有一点她又与探春接近，就是不怕得罪人，然而探春的得罪人往往是为了维护家族的利益，或者叫出于公心，而惜春只为她个人的名誉，别说家族的其他人，连唯一的亲哥哥她都不放在心上，父亲贾敬的死亡，我们也没看到她有多悲伤。如果说探春是积极入世，恨不得自己变个男人，去把这世界把这家族改造成儒家的理想模样。那么迎春就是消极避世，她无心去管别人，但愿别人也不要烦到她，《太上感应篇》就是她的名片。而惜春自以为了悟了，但她那样对人处世的态度，恐怕未必合乎佛教的教义，鉴于她余生是独伴青灯古佛，那么我们还是把她看作佛教徒。这么一比较就有意思了，贾府的四位小姐，一位代表皇室，另三位分别信奉道家、儒家、佛家，曹雪芹这么设计安排，究竟什么意思呢？如果说四位小姐的身世属于"原应叹息"，按照作品的走势，代表皇家的元春灰飞烟灭（"虎兕相逢大梦归"），然后信奉儒佛道三家的也都没什么好结局，那么，贾府不用说是没有出路了。

刚才鉴赏的是贾府的四位小姐。当我们把曹雪芹的"十二金钗图"再放远一点，赫然发现，图画最中间的三位金钗居然都不是贾府的小姐，而是林黛玉、薛宝钗、王熙凤。所以曹雪芹给她们的统称不是"贾府十二钗"，而是"金陵十二钗"。对十二钗的排名顺序，我们也要再谈一谈。在第5回中，不管是命运册子或后面的《红楼梦曲子》，顺序都是一样的：黛玉和宝钗并列第一位，第三位是元春，第四位探春，第五位是湘云，第六位妙玉，然后是迎春、惜春、凤姐、巧姐、李纨、秦可卿。由于到第80回为止这些金钗们都没有新的重大故事，所以现在我们可以对曹雪芹的排名顺序进行一番探讨。黛玉、宝钗并列第一，在第5回中我们已经详细说明了原因，并且指出这是曹雪芹颇费心思的绝妙安排，西方有并列冠军，我国历史上任何领域都没有并列第一的情形，永远都要分出一二三四、甲乙丙丁，可见曹雪芹这番独创前无古人。元春排第三名，显然是根据她的身份地位。再后面的顺序应该是依据人物的重要性。那么前五名的排位我们没有异议，但是，把妙玉排第六名，凤姐排第九名，我们觉得有点不可思议。假如说凤姐排在比较后面，是根据身份来排的，因为凤姐、李纨、秦可卿都属于孙媳妇类而不是小姐，还算有个解释；然而妙玉排第六位，排在迎春和惜春的前面，就很难解释了；如果说是为了呼应黛玉和宝钗排在最前面，体现出先客后主的秩序，那么湘云排在探春的后面，也就讲不通。除非还有一种解释，就是八十回以后妙玉会有相当重要的情节发生，大大提高了她在作品中的重要性，从而让她僭越了迎春和惜春等人。对十二金钗的排名顺序，还有一种说法是根据她们同宝玉的关系来排列的，这个解释也有问题，比如湘云和妙玉为什么排在迎春和惜春的前面？又比如，为什么凤姐排在李纨的前面？综合以上的讨论，我认为，曹雪芹主要根据人物的重要性来排列十二金钗的：但他并非只用这一条原则，他同时考虑到身份、血缘等关系进行了个别调整，最后才出现这样的顺序。

本回的内容我们就讨论到这里，下面谈谈安排抄检大观园的艺术性。先谈谈抄检的顺序。有一种说法，抄检似乎是按照地理位置和路径进行，但我们前面已经说过了，凭什么第一个抄检的是宝玉的屋子呢？作品没有解释。按照我的理解，第一户直奔怡红院来，并非依据位置和路径，而是情节决定的。王善保家的主打对象是晴雯，是怡红院。另外，宝玉是大观园事实上的核心人物，是大观园中的月亮，众女子则处于众星捧月的地位；怡红院也是大观园中的乐园，是快乐的源泉，也是最开明、最开放的门户，怡红院的丫头是最自由、最幸福的。所以第一刀砍向怡红院理所当然，所谓擒贼先擒王，打蛇打七寸。其二，抄检的第一户就碰出火花——晴雯以摔箱子表达强烈的抗议，为后面跌宕多姿的场面做了预热。第二户抄的是潇湘馆，作品是这么写的：出了怡红院，凤姐提出宝钗那里不能抄，王善保家的依允，"一头说，一头到了潇湘馆内"。写她们很自然地，顺着脚就进了潇湘馆。这自然是路径关系了，潇湘馆离怡红院最近。不过从内容节奏上也有点讲究。怡红院碰出点火花，潇湘馆也没抄出什么东西，这是在铺垫，属于低潮，为了烘托后面的探春。第三处抄检探春，探春可不等着人家来抄，她早就盘马弯弓摆好阵势，"命众丫鬟秉烛开门而待"。然后就是电闪雷鸣狂风暴雨，三小姐亲手打了王善保家的耳光，又狠狠作践凤姐一通，其对付凤姐的方法与凤姐作践尤氏是一样霸道，恰是"以其人之道还治其人之身"。探春这里是抄检情节的一个高潮，含有悲剧性的高潮，与迎春房里的戏剧性高潮双峰对峙，遥相呼应。一个高潮刚刚结束，不能紧接着就写另一个高潮，中间必须有低潮有过渡，狂风暴雨以后需要一刻安宁。所以，下一处是李纨那里。李纨为人谨慎，丫头也少，与外界接触更少，所谓"稻香村"是也。所以抄检不过是走过场，风轻云淡波浪不起，正是抄检探春、迎春两座高峰之间的一片峡谷，安宁而又平和。接着到惜春房里，引发一场小小的风波。作者很懂得能量积蓄，他把能量积蓄起来到迎春房里去引爆。迎春是最后抄检的，戏剧表演上称之为"压轴戏"，通常是名剧名段，是名家保留节目。果然，不仅抄出男人的鞋袜这样的赃物，竟然还有情书，情书里面还交代犯罪的具体过程。凤姐等着出气等半天了，这些道具到手让凤姐这位天才演员大大过了把瘾，而王善保家的也十分配合，自掌耳光，自骂"老不死的娼妇"，周瑞家的等人则一同起哄，把一台压轴戏推向顶峰。经过这番鉴赏，大家是不是看明白这场抄家戏的前后顺序，有曹雪芹看似自然实则刻意的安排？我们只觉得一户一户抄过去跌宕起伏煞是好看，却不知道他老人家在幕后提着线索暗中操纵！

　　再深入一步，人们就会发现更厉害的操纵远远不是抄检的先后顺序，而是人物的"实时状况"。曹雪芹是作者，作者有权设定人物的"实时状况"，只要不违背生活的基本逻辑；而曹公则不留余地地行使他写作的自由权利，他又行使得那么自然滑溜，就像一个超级驾驶员，明明有一连串换挡、加速、减速、左拐、右弯，但乘客们却觉得四平八稳轻松舒适。现在我们来揭示曹雪芹是怎么操控人物的"实时状况"。我们按着顺序说。抄检第一处是宝玉的屋子。宝玉是个什么样的"实时状况"

呢？回顾一下，"当下宝玉正因晴雯不自在，忽见这一干人来，不知为何直扑了丫头们的房门去，因迎出凤姐来，问是何故"。曹雪芹让宝玉没睡觉，他"迎出凤姐来"，这就是宝玉的"实时状况"，这个"实时状况"是作者需要的。作者需要展现在这重大关头，宝二爷对家庭抄检是怎么个态度。这样一写，我们明白了，宝玉既没有像探春那样的愤怒，也没有像黛玉那样默默地忍受，他"迎出凤姐来，问是何故"。他是宝玉，是贾母的命根子，荣府的二少爷，大观园的实际主人，遇到搜查他要问个缘由；不问，就不是二少爷，不像命根子，更没个主人的样子，所以宝玉必须问，必然问。但是，宝玉毕竟是宝玉，他问了，凤姐随便找个理由一搪塞，宝玉就再不做声，只坐着喝茶，成为一个看客；袭人的顺从、晴雯的愤怒，宝玉只看在眼里，一言不发，连从丫头房间里抄出的男人物件，他也不作解释，还是凤姐的手下人出来圆场。抄完，抄家队伍走了，宝玉也没有任何表示，至少作品没写。所以，曹雪芹让宝玉醒着没睡觉，让他问凤姐，让他坐着喝茶，让他作为一个看客看着抄家的全过程，这就是曹雪芹要塑造的宝玉，让读者看明白宝玉是个什么态度。可知当抄家队伍进来的时候主人处于什么"实时状况"，很重要。"实时状况"统统被曹雪芹一手操纵。弄明白宝玉的"实时状况"，后面其他人就迎刃而解了。黛玉，同样没睡着，她也不能睡着，曹雪芹要黛玉醒着，醒着才能写出味道。黛玉就不能像宝玉那样迎出去问凤姐何故前来抄家，她不是贾府的正小姐，是来投靠来寄居的，主人家派来抄家别动队，寄居者没资格问"何故"；问，那就是没眼色，黛玉何其机敏，她自然不问。但是让她也像宝玉一样陪着凤姐喝茶做看客，黛玉没那份心情，而且情节也重叠。怎么处置好呢？曹雪芹给黛玉的"实时状况"是："黛玉已睡了，忽报这些人来，也不知为甚事。才要起来，只见凤姐已走进来，忙按住他不许起来，只说：'睡罢，我们就走。'这边且说些闲话。"这个设计多么自然。黛玉本来在屋子里也是躺着居多，现在夜色已深，她"已睡了"，完全切合她的生活规律。但黛玉三更之前很少睡着，现在遇见这种突发事件，她更不能假装睡着，所以她"要起来"。凤姐何许人，"'睡罢，我们就走。'这边且说些闲话"。作者写得很轻松的样子，但是我们想想，别人深夜来抄家，黛玉却不能问一句什么事；而凤姐也不解释怎么回事，黛玉只能陪凤姐"说些闲话"，这是何等尴尬何其别扭！——曹雪芹要的，就是黛玉这份尴尬，寄居人的情境。第三位探春的"实时状况"我们已经说过了，曹雪芹当然不会让她已经睡了或上床，而是要她带着手下开门迎战。诺大的大观园中只有探春摆得出这个架势，有这份厮杀的勇气和决战的魄力，曹雪芹怎么舍得让探春睡下？所以，抄怡红院、潇湘馆，作品只在一开始写宝玉、黛玉的状况，后面的过程、结束，都不再写他们两人一个字；而探春这里，镜头自始至终都对准探春，整个过程不换镜头，纤毫毕现巨细无遗，甚至事情过去了，还要写"凤姐直待伏侍探春睡下，方带着人往对过暖香坞来"，这就是所谓"余威未尽"。如果说写宝玉、黛玉是白描，有露白，是作者有意让读者自己去体会，那么写探春则是典型的细描，是让读者动态地欣赏整个过程，既享受，又悲痛。宝玉、黛玉、探春三位鉴赏完，下面李纨、迎春、惜春三人的"实时状况"，大家自己能够品尝了。曹雪芹为什么让李纨、迎春都睡着，而不让惜春睡着，想必大家能够了然于心。

写抄检大观园，《红楼梦》中最沉痛的场面，曹雪芹千辛万苦搭建的"清净小世界"，现在要自己放火烧毁，他的笔一定在颤抖，蘸着泪水书写。构思酝酿这庄严悲壮的场面，他更不知花费多少心血。抄家别动队如何组建，她们又如何杀进大观园，其行进线路、各院子主人处于什么"实时状态"，他们各自以什么姿态接受抄家，抄家的过程结果，各处各人谁先谁后，哪里高潮何处低潮，处处都有艺术玄妙。我们做了尽可能的探讨，读者自己发心去探索的话，一定还会有许多收获。《红楼梦》是海洋，探索不尽。

第七十五回

开夜宴异兆发悲音　赏中秋新词得佳谶

回目中"开夜宴"的是贾珍，原本在守孝期内不得开宴会赏歌舞的，所以半夜祠堂里发出老人的叹息声。"新词"，贾政命宝玉作一首中秋即时诗，贾政看后"低头不语"。贾兰也作了一首，贾政看了"喜不自胜"。不过这两首诗作品都没有呈现。脂批有："乾隆二十一年五月初七对清。缺中秋诗，俟雪芹。"但是六年以后曹雪芹过世时这两首诗依然没有补上。究竟是原稿中曾经写出，曹雪芹觉得不好，删除后没补上，还是当时就没有写过，认为不必写出来，我们至今不清楚。"新词得佳谶"看上去喜气洋洋，实际上这一回与后面几回都笼罩在压抑、伤感、不祥的气氛中。

本回一半的内容在回目中没有揭示，写了两桩事情。一件是宝钗主动搬出大观园，作品借着尤氏的行踪来写。

　　话说尤氏从惜春处赌气出来，正欲往王夫人处去。跟从的老嬷嬷们因悄悄的回道："奶奶且别往上房去。才有甄家的几个人来，还有些东西，不知是作什么机密事。奶奶这一去恐不便。"尤氏听了道："昨日听见你爷说，看邸报甄家犯了罪，现今抄没家私，调取进京治罪。怎么又有人来？"老嬷嬷道："正是呢。才来了几个女人，气色不成气色，慌慌张张的，想必有什么瞒人的事情也是有的。"

这个开头锁定了整回压抑紧张的气氛，而且如此凑巧，贾府刚刚自己抄检，江南的甄家就被官府"抄没家私，调取进京治罪"。贾府与甄家关系极深，即使不受到牵连，也是唇亡齿寒。尤氏只能去李纨那儿，李纨见她"出神无语"，也不便多问，只是应付着。小丫头服侍不到位，李纨责备："怎么这样没规矩。"

　　尤氏笑道："我们家下大小的人只会讲外面假礼假体面，究竟作出来的事都够使的了。"李纨听如此说，便知他已知道昨夜的事，因笑道："你这话有因，谁作事究竟够使了？"尤氏道："你倒问我！你敢是病着死过去了！"

尤氏终于揭开了心中的鬼，叫李纨不能再装糊涂。

　　一语未了，只见人报："宝姑娘来了。"忙说快请时，宝钗已走进来。尤氏忙擦脸起身让坐，因问："怎么一个人忽然走来，别的姊妹都怎么不见？"宝钗道："正是我也没有见他们。只因今日我们奶奶身上不自在，家里两个女人也都因时症未起炕，别的靠不得，我今儿要出去伴着老人家夜里作伴儿。要去回老太太、太太，我想又不是什么大事，且不用提，等好了我横竖进来的，所以来告诉大嫂子一声。"李纨听说，只看着尤氏笑。尤氏也只看着李纨笑。一时尤氏盥沐已毕，大家吃面茶。李纨因笑道："既这样，且打发人去请姨娘的安，问是何病。我也病着，不能亲自来的。好妹妹，你去只管去，我自打发人到你那里去看屋子。你好歹住一两天还进来，别叫我落不是。"宝钗笑道："落什么不是呢，这也是通共常情，你又不曾卖放了贼。依我的主意，也不必添人过去，竟把云丫头请了来，你和他住一两日，岂不省事。"尤氏道："可是史大妹妹往那里去了？"宝钗道："我才打发他们找你们探丫头去了，叫他同到这里来，我也明白告诉他。"

宝钗开门见山说明是来告辞的，她要回家去住了，虽然找了个母亲身体欠佳需要陪伴的托辞。这托辞人人懂的，昨夜抄检，今日宝钗就离开。但宝钗似乎顾不得这些，她就这么告辞。这是宝钗一贯的风格：小事她一概担待，大事她当机立断。抄检大观园非同小可，虽然宝钗不知道具体的原因，但她判定暴风雨已经来了。昨夜单单不抄蘅芜苑，那是人家给脸，但也是一种忠告，自己不能不要脸。不抄检蘅芜苑，不是说蘅芜苑肯定干净，而是碍于脸面不好抄；反过来，别人都抄了，等于洗过澡，蘅芜苑没抄反而显得不干净。宝钗作为一个寄居者，已经没有理由再住这里。大事不拘小节，她今日就退出大观园，顾不得"陪伴母亲"这个托辞是否圆满。她很坚决，只告诉一声李纨——李纨是名义上的大观园照顾者；对王夫人、贾母她连招呼都不打——严格来说这是失礼的，请她进来住的是贾母、王夫人，但宝钗顾不上了，是非之地不可留，她撤离得干脆迅疾；非但自己退出蘅芜苑，她甚至叫史湘云也撤出，而且是兵分两路同时行动，她来辞别李纨，湘云去告诉探春，兵贵神速。李纨是个不担肩膀的人，自然劝："你好歹住一两天还进来，别叫我落不是。"

还好，担肩膀的人来了。

正说着，果然报："云姑娘和三姑娘来了。"大家让坐已毕，宝钗便说要出去一事，探春道："很好。不但姨妈好了还来的，就便好了不来也使得。"尤氏笑道："这话奇怪，怎么撵起亲戚来了？"探春冷笑道："正是呢，有叫人撵的，不如我先撵。亲戚们好，也不在必要死住着才好。咱们倒是一家子亲骨肉呢，一个个不象乌眼鸡，恨不得你吃了我，我吃了你！"

与李纨的畏首畏尾对比鲜明，探春非但不婉言相留，反而赶宝钗走。她与宝钗关系厚密出言无忌。当然探春的立意更高些，她不是从宝钗个人的离去就事论事，而是痛心于家族的倾轧："咱们倒是一家子亲骨肉呢，一个个不象乌眼鸡，恨不得你吃了我，我吃了你！"她揭穿了抄检大观园的实质。尤氏装糊涂问探春怎么火气如此大，探春回道："实告诉你罢，我昨日把王善保家那老婆子打了，我还顶着个罪呢。"下面一句描写需要说一说，"宝钗忙问因何又打他"。对于宝钗这样的追问，或许又有人说她精明世故，乘机打探消息。不过在我看来，发生这么大事情，作为一个尴尬的寄居者，宝钗既不知道也不能问抄检的原因，她更想不到探春会出手打人，事情严重到超乎预想，所以她特别需要了解情势，以便做出进一步的判断和决定。李纨、尤氏可以不问、不管，她们与事无关；但宝钗需要做出对应的行动，她不得不问，她须要全身而退。曹雪芹抓住了宝钗"命运的咽喉"，写的是宝钗的紧张和无奈，而不是宝钗的圆滑和世故。关于寄居心理，上世纪八九十年代我国大城市有一批"回城知青子女"，现在四十来岁，他们最有体会，对宝钗可能有真切的理解，当年他们回城后只能寄居亲戚家，那寄居的滋味铭刻心底。

探春无所畏惧，她把打王善保家的事情兜底说了一遍。

> "今日一早不见动静，打听凤辣子又病了。我就打发我妈妈出去打听王善保家的是怎样。回来告诉我说，王善保家的挨了一顿打，大太太嗔着他多事。"尤氏李纨道："这倒也是正理。"探春冷笑道："这种掩饰谁不会作，且再瞧就是了。"尤氏李纨皆默无所答。一时估着前头用饭，湘云和宝钗回房打点衣衫，不在话下。

这几句描述，细细品味里面很有味道的。探春虽然大胆泼辣却绝不粗心，她也在密切追踪动态。得到的消息令探春更加鼓舞，大家看她的语气，不称"凤姐姐"，而称"凤辣子"，一个称呼的变化透出探春气概的上升，但同时也泄露她有点虚张声势，为自己提气壮胆。曹公这种笔调变化之妙你体会到了，才算是"会心"。邢夫人把王善保家的打了一顿，尤氏和李纨道："这倒也是正理。"她们这也是在讨好探春。但是，宝钗就不能说这话，这是贾府内部事务，即使胆小怕事如李纨都可以说，宝钗却说不得，所谓"不干涉内政"，所谓"藏愚守拙"是也。但是三小姐今日意气风发，一并把邢夫人的老底也揭露出来："这种掩饰谁不会作，且再瞧就是了。"小说到这里，第一次暴露荣府中二房的主人对长房的厌恶乃至敌意，此前只写过邢夫人及其手下对二房的羡慕嫉妒恨。探春如此直接、公开讽刺邢夫人，令"尤氏李纨皆默无所答"，她们可不敢犯上，更何况，尤氏的立场究竟偏向长房还是二房，都不好说。宝钗不接话很正常，而让我们稍感意外的是快人快嘴的史湘云居然也闭住了嘴巴，想来是宝钗已经警告过她现在形势诡谲不要多问多说。大家都沉默，局面僵住了，需要摆脱，所以"一时估着前头用饭，湘云和宝钗回房打点衣衫，不在话下"。尤氏和探春去贾母那边，宝钗和湘云则"回房打点衣衫，不在话下"，宝钗撤出大观园的具体镜头不给了，到此就算交代完毕。

至此我们又要起一个话题：曹雪芹在这里写得清清楚楚，抄检大观园后，宝钗第一个搬出大观园，"黄鹤一去不复返"，她再也没有进来住过。所以事实是，宝钗成为抄检大观园的第一个牺牲品。尽管是主动撤离，但其中的尴尬和无奈，我们不难想象。一个大姑娘，住在大观园好几年了，突然就卷铺盖走人，尽管宝钗看上去依然淡定，但在所有人眼里，不管是探春、宝玉、黛玉，还是那些婆子丫头们的眼里，宝钗走得灰溜溜，落花流水春去也。作品没写宝钗是否与宝玉、黛玉告别，我估计，同黛玉告别是必然的，她同黛玉最亲密，不可能一走了之；或许黛玉还会捧上伤心之泪，宝钗反过来宽慰黛玉。同宝玉就不一定告别了，一来宝钗愿意悄悄地走，不招人眼目，二来她一直不知道抄检的原因，只能尽量避嫌。回想当初，宝钗告诉宝玉，为免嫌疑她锁死了大观园去薛家的小门，自以为可保万无一失，没想到，现在第一个走人的还是她宝钗。人算不如天算。

本回写的另一桩没进入回目的事情，是写吃饭。事情的开头也用甄家被抄的乌云遮盖着。

> 尤氏等遂辞了李纨，往贾母这边来。贾母歪在榻上，王夫人说甄家因何获罪，如今抄没了家产，回京治罪等语。贾母听了正不自在，恰好见他姊妹来了，因问："从那里来的？可知凤姐妯娌两个的病今日怎样？"尤氏等忙回道："今日都好些。"贾母点头叹道："咱们别管人家的事，且商量咱们八月十五日赏月是正经。"

抄检大观园以及绣春囊都是瞒着贾母的，故而哪怕一家人都处于压抑中，贾母本该高高兴兴的；但甄府抄家治罪的消息令贾母也不自在，整个贾府气氛凝重。正是为了去除这种压抑，贾母硬要找点子快乐，才有本回的中心情节赏中秋。贾母想让大家高兴点，但现实却处处掣肘，先是这顿饭就吃得不高兴。临近节日，贾赦、贾政都专门做菜来孝敬，贾母让鸳鸯、琥珀陪着尤氏一起吃，结果米饭就用上了下人吃的米。

> 贾母问道："你怎么昏了，盛这个饭来给你奶奶。"那人道："老太太的饭吃完了。今日添了一位姑娘，所以短些。"鸳鸯道："如今都是可着头做帽子了，要一点儿富余也不能的。"王夫人忙回道："这一二年旱涝不定，田上的米都不能按数交的。这几样细米更艰难了，所以都可着吃的多少关去，生恐一时短了，买的不顺口。"贾母笑道："这正是'巧媳妇做不出没米的粥'来。"

吃饭吃出这份尴尬来，也是为后天中秋晚宴做了个铺垫。

尤氏回到宁府，贾珍正在开局赌博。由于还在守丧期不能公然娱乐，贾珍便以习武射箭为名。

请了各世家弟兄及诸富贵亲友来较射。因说："白白的只管乱射，终无裨益，不但不能长进，而且坏了式样，必须立个罚约，赌个利物，大家才有勉力之心。"因此在天香楼下箭道内立了鹄子，皆约定每日早饭后来射鹄子。贾珍不肯出名，便令贾蓉作局家。这些来的皆系世袭公子，人人家道丰富，且都在少年，正是斗鸡走狗，问柳评花的一干游荡纨裤。因此大家议定，每日轮流作晚饭之主，每日来射，不便独扰贾蓉一人之意。于是天天宰猪割羊，屠鹅戮鸭，好似临潼斗宝一般，都要卖弄自己家的好厨役好烹炮。不到半月工夫，贾赦贾政听见这般，不知就里，反说这才是正理，文既误矣，武事当亦该习，况在武荫之属。两处遂也命贾环、贾琮、宝玉、贾兰等四人于饭后过来，跟着贾珍习射一回，方许回去。贾珍之志不在此，再过一二日便渐次以歇臂养力为由，晚间或抹抹骨牌，赌个酒东而已，至后渐次至钱。如今三四月的光景，竟一日一日赌胜于射了，公然斗叶掷骰，放头开局，夜赌起来。

不仅赌博，还有娈童侍候。这种场面自然少不了薛蟠，还有邢夫人的弟弟邢大舅，一派乌烟瘴气。第二天是八月十四日，因为丧家不能过节，贾珍就请尤氏这晚喝酒吃瓜赏月。

就在会芳园丛绿堂中，屏开孔雀，褥设芙蓉，带领妻子姬妾，先饭后酒，开怀赏月作乐。将一更时分，真是风清月朗，上下如银。贾珍因要行令，尤氏便叫佩凤等四个人也都入席，下面一溜坐下，猜枚划拳，饮了一回。贾珍有了几分酒，益发高兴，便命取了一竿紫竹箫来，命佩凤吹箫，文花唱曲，喉清嗓嫩，真令人魄醉魂飞。唱罢复又行令。那天将有三更时分，贾珍酒已八分。大家正添衣饮茶，换盏更酌之际，忽听那边墙下有人长叹之声。大家明明听见，都悚然疑畏起来。贾珍忙厉声叱咤，问："谁在那里？"连问几声，没有人答应。尤氏道："必是墙外边家里人也未可知。"贾珍道："胡说。这墙四面皆无下人的房子，况且那边又紧靠着祠堂，焉得有人。"一语未了，只听得一阵风声，竟过墙去了。恍惚闻得祠堂内槅扇开阖之声。只觉得风气森森，比先更觉凉飒起来，月色惨淡，也不似先明朗。众人都觉毛发倒竖。贾珍酒已醒了一半，只比别人撑持得住些，心下也十分疑畏，便大没兴头起来。勉强又坐了一会子，就归房安歇去了。次日一早起来，乃是十五日，带领众子侄开祠堂行朔望之礼，细查祠内，都仍是照旧好好的，并无怪异之迹。贾珍自为醉后自怪，也不提此事。礼毕，仍闭上门，看着锁禁起来。

曹雪芹再次运用曲笔，以祖宗显灵叹息，刻画对贾珍"只一味高乐不了，把宁国府竟翻了过来"的不满和绝望。贾珍虽然也害怕了，但他不会改变，那么，宁府的衰亡也就不可避免。曹雪芹胸怀全局，他的主要笔墨用在荣国府，但对宁国府也不曾落下，他时不时地刻画几笔，两府主次分明齐头并进。现在，荣国府已经抄检了大观园，宁国府的气象是不是好一点呢？他特意给了一组镜头，让我们看到宁国府比荣国府有过之而无不及。整个贾府彻底无望。而且根据贾珍的所作所为，以及不久前特意提到贾珍与贾雨村走得特别近，我疑心，首先出事情的可能是宁府。从曹雪芹紧锣密鼓的"收尾"动作来看，贾府的抄家可能不需要等到续书所写的第105回，可能来得更早些。

中秋这天。

> 贾珍夫妻至晚饭后方过荣府来。只见贾赦贾政都在贾母房内坐着说闲话，与贾母取笑。贾琏、宝玉、贾环、贾兰皆在地下侍立。贾珍来了，都一一见过。说了两句话后，贾母命坐，贾珍方在近门小杌子上告了坐，警身侧坐。贾母笑问道："这两日你宝兄弟的箭如何了？"贾珍忙起身笑道："大长进了，不但样式好，而且弓也长了一个力气。"贾母道："这也够了，且别贪力，仔细努伤。"贾珍忙答应几个"是"。贾母又道："你昨日送来的月饼好，西瓜看着好，打开却也罢了。"贾珍笑道："月饼是新来的一个专做点心的厨子，我试了试果然好，才敢做了孝敬。西瓜往年都还可以，不知今年怎么就不好了。"贾政道："大约今年雨水太勤之故。"贾母笑道："此时月已上了，咱们且去上香。"说着，便起身扶着宝玉的肩，带领众人齐往园中来。

这一段描述气氛还是不错的，子孙满堂谈论家常，大家都还是比较愉快的。尤其是贾母听说宝玉射箭进步了，那份欢喜不必说了。但是，宝玉会真的认真练习吗？读者心里有数。再者，贾母只问宝玉，且不说贾环，连唯一的嫡重孙贾兰都不问，这份偏心恐怕在场的两位小伙子都不高兴。再仔细看，贾珍孝敬的月饼还好，但西瓜就不行了。这个微小的细节写它干吗？曹雪芹写它，就是给节日的喜庆气氛浇凉水，更是为后面的气氛大转折开个头。

前面说了，大观园抄检让全家都寒心，江南甄家的获罪更让贾母担忧。她像照镜子一样看到贾府在镜子外边，甄府在镜子里边。为了减轻、排遣内心的担忧，今晚贾母要搞点活动，找点乐子。老人的特点就是固执，而今晚的贾母何止固执，她显得十分顽固：夜深了，她居然提出去登山，王夫人等劝说，夜黑路滑，坐竹椅子上去吧，贾母偏不，说今晚就想疏散疏散筋骨。贾母自己都不知道她今晚失去了往日的雍容和大度。

爬了一百多步，来得山顶专为赏月建造的凸碧山庄。

> 于厅前平台上列下桌椅，又用一架大围屏隔作两间。凡桌椅形式皆是圆的，特取团圆之意。上面居中贾母坐下，左垂首贾赦、贾珍、贾琏、贾蓉，右垂首贾政、宝玉、贾环、贾兰，团团围坐。只坐了半壁，下面还有半壁余空。贾母笑道："常日倒还不觉人少，今日看来，还是咱们的人也甚少，算不得甚么。想当年过的日子，到今夜男女三四十个，何等热闹。今日就这样，太少了。待要再叫几个来，他们都是有父母的，家里去应景，不好来的。如今叫女孩们来坐那边罢。"于是令人向围屏后邢夫人等席上将迎春、探春、惜春三个请出来。贾琏宝玉等一齐出坐，先尽他姊妹坐了，然后在下方依

次坐定。贾母便命折一枝桂花来，命一媳妇在屏后击鼓传花。若花到谁手中，饮酒一杯，罚说笑话一个。

桌椅都是圆的，偏偏凤姐、李纨病倒了；想要亲人满座，却只坐有半圈；贾母一面慨叹今不如昔，一面硬撑场面，把三位小姐请出来凑数；大家都闷闷的，贾母便命玩击鼓传花，大家讲笑话。总之，现实是处处都不顺心，贾母却处处与之抗争，她要想尽办法弄出点欢乐来。第一个说笑话的是贾政，讲一个怕老婆的故事。某男人在外喝醉，第二天回家向老婆赔罪。

> 他老婆正洗脚，说：'既是这样，你替我舔舔就饶你。'这男人只得给他舔，未免恶心要吐。他老婆便恼了，要打，说：'你这样轻狂！'唬得他男人忙跪下求说：'并不是奶奶的脚脏。只因昨晚吃多了黄酒，又吃了几块月饼馅子，所以今日有些作酸呢。'"说的贾母与众人都笑了。贾政忙斟了一杯，送与贾母。贾母笑道："既这样，快叫人取烧酒来，别叫你们受累。"众人又都笑起来。

我们怎么也没想到，饱读诗书、整日家道貌岸然一副正人君子面孔的贾政，会说出如此低俗恶心的笑话，比薛蟠的"一个苍蝇嗡嗡嗡"更令人恶心。曹雪芹为什么让贾政来说这种低级笑话？他已经让贾政喜欢赵姨娘，又让贾政结交的都是一群垃圾小人，现在还让贾政说出如此不堪的笑话，他要把贾政置于何地？发人思考。从贾母心理来说，她拼着老命夜里爬山，请大家喝黄酒，贾政这第一个笑话却说，吃了黄酒要呕吐！贾政可是她的大孝子，你叫老人家说什么好呢？贾母虽然没有放下脸，但那话语是够心酸的："既这样，快叫人取烧酒来，别叫你们受累。"

下一轮击鼓，偏巧花传到宝玉手里。

> 宝玉因贾政在坐，自是踧踖不安，花偏又在他手内，因想："说笑话倘或不发笑，又说没口才，连一笑话不能说，何况是别的，这有不是。若说好了，又说正经的不会，只惯油嘴贫舌，更有不是。不如不说的好。"乃起身辞道："我不能说笑话，求再限别的罢了。"贾政道："既这样，限一个'秋'字，就即景作一首诗。若好，便赏你，若不好，明日仔细。"贾母忙道："好好的行令，如何又要作诗？"贾政道："他能的。"贾母听说，"既这样就作。"命人取了纸笔来，贾政道："只不许用那些冰玉晶银彩光明素等样堆砌字眼，要另出己见，试试你这几年的情思。"宝玉听了，碰在心坎上，遂立想了四句，向纸上写了，呈与贾政看，道是……贾政看了，点头不语。

宝玉与贾政的父子关系，曹雪芹一直拿捏得特别精准，细加揣摩很有趣。我们先说宝玉一头，人们谈到的往往是宝玉害怕父亲，实际上他是敬畏，他对父亲的尊敬是第一位的，他有时候一点不怕父亲，在贾政面前洋洋洒洒畅所欲言，比如题写大观园匾额那次；但他对父亲的尊敬却从来不打折扣，即使差点被父亲活活打死，也没有一点埋怨，这同贾琏大不一样，贾琏经常背后抱怨贾赦。我们小时候都被父亲打过，心里都很气愤的，而宝玉却不然。即使贾政不在家，宝玉路过贾政的书房也要下马规规矩矩走路，过了书房才一溜烟跑走，那不是做给别人看，而是他自己的真心。就说眼前，刚才贾政的笑话那么低级那么庸俗，但宝玉一点没有小瞧父亲的意思，轮到自己说笑话，心里直打鼓，内心的想法依然满是敬畏，而不是："老爷自己说的不过如此，我说的比他好就行了。"宝玉一点不敢与父亲计较，哪怕在心里。同样，贾政对宝玉的感情也是很微妙的。人们往往只关注他对宝玉的严厉和凶狠，其实他还有喜欢和欣赏乃至骄傲的一面。现在贾政表面说得很严厉："若不好，明日仔细。"实际上他深知宝玉擅长诗歌便故意给予这一体裁，他要让宝玉露一手，让老太太高兴，也让自己得意。只是贾母不知就里，犹在担心。所以这一对父子在某个层面是心心相印的。

下一轮到了贾赦。他说的笑话是：

"一家子一个儿子最孝顺。偏生母亲病了，各处求医不得，便请了一个针灸的婆子来。婆子原不知道脉理，只说是心火，如今用针灸之法，针灸针灸就好了。这儿子慌了，便问：'心见铁即死，如何针得？'婆子道：'不用针心，只针肋条就是了。'儿子道，'肋条离心甚远，怎么就好？'婆子道：'不妨事。你不知天下父母心偏的多呢。'"众人听说，都笑起来。贾母也只得吃半杯酒，半日笑道："我也得这个婆子针一针就好了。"贾赦听说，便知自己出言冒撞，贾母疑心，忙起身笑与贾母把盏，以别言解释。贾母亦不好再提，且行起令来。

如果说前面贾政的笑话是恶心，那么贾赦的笑话就是刺心了，它分明挖苦贾母偏心疼爱小儿子贾政。当然贾赦未必是故意刺激贾母，或许是酒喝多了失去了把控，存在心里的这个笑话就自然而然地说了出来。大家可以想象，贾母这时的脸色有多么难看，她的内心可能经过一番斗争，也可能在斟酌言语，所以半日笑道："我也得这个婆子针一针就好了。"此话一出口，这个中秋团圆的家族喜庆宴席，一定是人人如坐针毡。至于贾母，她好心好意把一家子聚到一起过节日，却听到儿子酒后吐真言，老太太还要撑着坐在那里，真是难为她了。

不料这次花却在贾环手里。贾环近日读书稍进，其脾味中不好务正也与宝玉一样，故每常也好看些诗词，专好奇诡仙鬼一格。今见宝玉作诗受奖，他便技痒，只当着贾政不敢造次。如今可巧花在手中，便也索纸笔来立挥一绝与贾政。贾政看了，亦觉罕异，只是词句终带着不乐读书之意，遂不悦道："可见是弟兄了。发言吐气总属邪派，将来都是不由规矩准绳，一起下流货。妙在古人中有'二难'，你两个也可以称'二难'了。只是你两个的'难'字，却是作难以教训之'难'字讲才好。哥哥是公然以温飞卿自居，如今兄弟又自为曹唐再世了。"说的贾赦等都笑了。贾赦乃要诗瞧了一遍，连声赞好，道："这诗据我看甚是有骨气。想来咱们这样人家，原不比那起寒酸，定要'雪窗荧火’，一日蟾宫折桂，方得扬眉吐气。咱们的子弟都原该读些书，不过别人略明白些，可以做得官时就跑不了一个官的。何必多费了工夫，反弄出书呆子来。所以我爱他这诗，竟不失咱们侯门的气概。”因回头吩咐人去取了自己的许多玩物来赏赐与他。因又拍着贾环的头，笑道：“以后就这么做去，方是咱们的口气，将来这世袭的前程定跑不了你袭呢。”贾政听说，忙劝说：“不过他胡诌如此，那里就论到后事了。”

曹雪芹今天的描写真是够意思。往日他很少提及贾赦和贾环，今天他不仅写了贾赦，也写了贾环；他不仅写了贾赦和贾环，而且还第一次让这对伯父和侄子气味相投，联起手来。贾政赞赏贾兰，讽刺贾环，贾赦却偏偏吹捧贾环，认为贾环这样才代表了侯门气派，甚至要把世袭的前程也让给贾环。显然，这里已经不是宝玉、贾环、贾兰三人诗词高低的问题，而是贾政与贾赦见解分歧，贾赦插手侄子侄孙之间拉一个打一个。隐隐然一幅“兄弟阋于墙”画卷。问题是，这是贾赦和贾环第一次联手，它是否暗示着后面这大伯和侄子两人会干出一番让人乍舌的事情来？

贾母受了儿子的闷气，或许觉得母子相聚不过如此，于是劝他们退场：“你们去罢。自然外头还有相公们候着，也不可轻忽了他们。况且二更多了，你们散了，再让我和姑娘们多乐一回，好歇着了。”贾赦等听了，方止了令，又大家公进了一杯酒，方带着子侄们出去了。要知端详，再听下回。

本回到这里结束了，但贾母的赏月才刚刚开了个头。她一番兴致将子孙们聚到一起赏月喝酒，却听儿子说了一曲“天下父母心偏的多呢”；老太太两天前就因甄家获罪而不自在，今日凤姐、李纨病倒她更加不自在，现在被大儿子“父母偏心”的笑话刺激，令老太太心头更堵得慌。她颇有一醉方休的心意。是的，就这么让她回去睡觉，她能入睡吗？

下一回作品继续写这场中秋夜宴。让两个儿子离开，贾母与儿媳和孙辈在一起反而更加自如自在，她的意志也可以更方便地实现。

写小说的人知道，作品要写欢喜的情节也好、悲伤的情节也罢，那个难度都还可以；真正为难的，是要写出明明心情悲伤却要强作欢喜，写出一种既喜且悲，浮在表面的是喜，承托这喜的却是深沉的悲伤；或者反过来，明明欢喜的心情却要忍住欢喜而进入悲伤的场面；这种两头兼顾、悲喜并存的场面就颇难把握，任何一头的分寸稍微偏一点点都会导致失衡，所谓两头不讨好。本回和下一回，曹雪芹就在这两面是悬崖的山尖上跳舞。他跳得怎么样？至少这一回相当可以，氛围情调都很浓郁，悲喜的掌握一点不走调。只是还没有收尾，可能功亏一篑，也可能惊险成功。我们且看下一回再说。

第七十六回
凸碧堂品笛感凄清　凹晶馆联诗悲寂寞

回目"凸碧堂品笛"写的是贾母带着大家半夜赏月的情景，"凹晶馆联诗"写黛玉和湘云两人月夜比拼联句。回目的取向很明白：凄清和寂寞。

> 且说贾母这里命将围屏撤去，两席并而为一。众媳妇另行擦桌整果，更杯洗箸，陈设一番。贾母等都添了衣，盥漱吃茶，方又入坐，团团围绕。贾母看时，宝钗姊妹二人不在坐内，知他们家去圆月去了，且李纨凤姐二人又病着，少了四个人，便觉冷清了好些。贾母因笑道："往年你老爷们不在家，咱们越性请过姨太太来，大家赏月，却十分闹热。忽一时想起你老爷来，又不免想到母子夫妻儿女不能一处，也都没兴。及至今年你老爷来了，正该大家团圆取乐，又不便请他们娘儿们来说说笑笑。况且他们今年又添了两口人，也难丢了他们跑到这里来。偏又把凤丫头病了，有他一人来说说笑笑，还抵得十个人的空儿。可见天下事总难十全。"说毕，不觉长叹一声，遂命拿大杯来斟热酒。

老人家显然不是借酒助兴，而是借酒浇愁。但她说的何尝不是，贾政不在的时候就想着在的好，贾政回来了才知道，得到的同时也会失去别的，天下事总难十全。

> 王夫人笑道："今日得母子团圆，自比往年有趣。往年娘儿们虽多，终不似今年自己骨肉齐全的好。"贾母笑道："正是为此，所以才高兴拿大杯来吃酒。你们也换大杯才是。"邢夫人等只得换上大杯来。因夜深体乏，且不能胜酒，未免都有些倦意，无奈贾母兴犹未阑，只得陪饮。

明明是借酒浇愁，贾母却硬要说成是高兴，还要逼着别人也大杯吃酒，可是夜已经很深，大家都有倦意，只是被迫陪饮。今日贾母似乎很不解风情，她还要增加节目。

> 贾母又命将毡毡铺于阶上，命将月饼西瓜果品等类都叫撤下去，令丫头媳妇们也都团团围坐赏月。贾母因见月至中天，比先越发精彩可爱，因说："如此好月，不可不闻笛。"因命人将十番上女孩子传来。贾母道："音乐多了，反失雅致，只用吹笛的远远的吹起来就够了。"

贾母非但很有艺术情怀，还有独特的艺术造诣，她调配、指导乐队不是第一次。然而今天就是让她不顺心，音乐还没奏起，却已经有人来报贾赦崴了腿，贾母一面急着派人去瞧，一面自叹道："我也太操心。打紧说我偏心，我反这样。"老太太内

心惨淡，却还要挣扎，必然举杯浇愁愁更愁。

　　贾母仍带众人赏了一回桂花，又入席换暖酒来。正说着闲话，猛不防只听那壁厢桂花树下，呜呜咽咽，悠悠扬扬，吹出笛声来。趁着这明月清风，天空地净，真令人烦心顿解，万虑齐除，都肃然危坐，默默相赏。听约两盏茶时，方才止住，大家称赞不已。于是遂又斟上暖酒来。贾母笑道："果然可听么？"众人笑道："实在可听。我们也想不到这样，须得老太太带领着，我们也得开些心胸。"

贾母就像个小孩子一样，一定要人表扬她两句，我们想象她已经微醺了。

　　只见鸳鸯拿了软巾兜与大斗篷来，说："夜深了，恐露水下来，风吹了头，须要添了这个。坐坐也该歇了。"贾母道："偏今儿高兴，你又来催。难道我醉了不成，偏到天亮！"因命再斟酒来。一面戴上兜巾，披上斗篷，大家陪着又饮，说些笑话。只听桂花阴里，呜呜咽咽，袅袅悠悠，又发出一缕笛音来，果真比先越发凄凉。大家都寂然而坐。夜静月明，且笛声悲怨，贾母年老带酒之人，听此声音，不免有触于心，禁不住堕下泪来。众人彼此都不禁有凄凉寂寞之意，半日，方知贾母伤感，才忙转身陪笑，发语解释。又命暖酒，且住了笛。

终于熬出两滴老泪，读来令人心酸。就这样一直熬到四更，老太太昏昏欲睡，王夫人劝她去歇了。

　　贾母道："那里就四更了？"王夫人笑道："实已四更，他们姊妹们熬不过，都去睡了。"贾母听说，细看了一看，果然都散了，只有探春在此。贾母笑道："也罢。你们也熬不惯，况且弱的弱，病的病，去了倒省心。只是三丫头可怜见的，尚还等着。你也去罢，我们散了。"说着，便起身，吃了一口清茶，便有预备下的竹椅小轿，便围着斗篷坐上，两个婆子搭起，众人围随出园去了。不在话下。

这里两个看点，一个是孙女儿们都散了，只有探春陪着。这句交代真是神来之笔，它一下子把探春同其他人区别开来，三小姐的孝心、责任感、使命感凸显。另一个看点是，贾母终于坐着竹椅小轿下山，她没有犟着说要自己走下去，她已经丧失了先前那份倔强和挣扎。

　　这一回和上一回，我们引用了大量小说原文，大家应该发现，曹雪芹忽然又围绕着贾母来行文和结构，其他人统统成了配角，宝玉只说了一句话，黛玉连一个字都没有写到。曹公为什么这样行文？他想要表达什么呢？我这样理解，贾母是贾府的最高统治者，贾母的感受代表整个贾府的感受。今天贾母最大的感受是今不如昔，贾府人口减少，家庭聚会大不如以前那么兴旺；其次是世事难以两全，得到了这个却失去了那个，人生真是无可奈何。再加上贾母心情本来就不好，又被贾赦"父母心偏"呛着一口，对月感人，夜深闻笛，不由得潸然泪下。作品抓住贾母心态变化

的过程，尤其是贾母几次执拗想要振兴一番，强颜欢笑，结果只有老人踽踽独舞，没人喝彩没人配合，连最钟爱的宝玉、黛玉都丢下她走了，最终在老人半醉半昏睡中凄然收场。真是"举杯浇愁愁更愁"，中秋聚会，惨淡收场。这位老家长、老祖母，再也不能呼风唤雨，上千人的贾府，失去了凝聚力。作品这连续两回都在写贾府的家运和气数，上一回是宁府中贾珍在丧期聚众赌博，祖先灵魂哀叹；本回是荣府中一家人怎么也想不到一起，贾母独舞一番黯然收场。整个贾府的气数眼看将尽。

但从表现方法看，作品始终没写贾母心里怎么想，只写她怎么说、怎么做，这样的写法很得当，因为实际上许多都是潜意识层面的东西，连贾母本人未必清楚意识到，何况还有半醉的懵懂。贾母自己不清楚，但作者却非常准确地把握着，并一步步将老人各层次的心理展现得非常细腻和完整，真可谓不着一字尽得风流，实在是小说心理描写的最高典范，值得再三玩味。

依据我自己对曹雪芹的把握，这一次大写贾母，将老人的心境写尽，意味着老人不久将退出舞台，或许会一病不起，或许会溘然仙逝，八十多岁的人有如风中残烛，说走就走。从曹雪芹的步骤看，贾府不久就有大变故，也需要贾母退出舞台了。贾母是贾府的支柱、保险带，一旦她走了贾府立马分崩离析，后面的情节大有天地，宁府与荣府、长房与二房的矛盾将随即爆发，凤姐与黛玉的地位将一落千丈，情节的发展会比现有的后四十回更为复杂多姿。续作贪图方便，抱住贾母的大腿不放，让老太太直到第110回才过世，这样一来，主要情节的展开都在贾府原有的格局之内，阻止了情节的龙腾虎跃、风云激荡。当然，续作太难，续作者这样处理可以理解，只可惜《红楼梦》失去了应有的排山倒海、地覆天翻。

写完贾母，作品才回过头去交代她那一大群孙子孙女们都去哪了。

> 原来黛玉和湘云二人并未去睡觉。只因黛玉见贾府中许多人赏月，贾母犹叹人少，不似当年热闹，又提宝钗姊妹家去母女弟兄自去赏月等语，不觉对景感怀，自去俯栏垂泪。宝玉近因晴雯病势甚重，诸务无心，王夫人再四遣他去睡，他也便去了。探春又因近日家事着恼，无暇游玩。虽有迎春惜春二人，偏又素日不大甚合。所以只剩了湘云一人宽慰他，因说："你是个明白人，何必作此形像自苦。我也和你一样，我就不似你这样心窄。何况你又多病，还不自己保养。可恨宝姐姐，姊妹天天说亲道热，早已说今年中秋要大家一处赏月，必要起社，大家联句，到今日便弃了咱们，自己赏月去了。社也散了，诗也不作了。倒是他们父子叔侄纵横起来。你可知宋太祖说的好：'卧榻之侧，岂许他人酣睡。'他们不作，咱们两个竟联起句来，明日羞他们一羞。"

这一段前写黛玉后写湘云。借黛玉为何"自去俯栏垂泪"把众人的行踪做了交代。我们不能不感叹贾母真是白疼了这些孙子孙女。宝玉是第一个回去睡的，这位贾母的心头肉，在老人偶然需要家人安抚的关键时刻掉了链子，没有给老太太一点安慰。黛玉、湘云也是一样。往日都是凤姐宽慰老太太，这些孙子孙女自顾自惯了。惯儿不孝，老太太那样疼他们，有什么用？古往今来，一代又一代重复着："痴心父母古来多，孝顺儿孙谁见了？"唯有探春坚守到四更，如果宝钗还在大观园她可能也会陪在老人身边。作品还难得交代金钗们的关系："虽有迎春惜春二人，偏又素日不大甚合。"黛玉与她们颇为隔膜，所以前面替迎春求情，我分析黛玉不可能挑头。史湘云也真是快人快语，哪有这么劝人的？"我就不似你这样心窄"，简直就是责备人；接着又说宝姐姐无情丢下他们走人了，这分明是给黛玉添堵嘛！还记得上次宝钗、黛玉、湘云三人的"秘密会议"吗？三位寄居者现在只剩两位了。史湘云这话反映出她还是稚嫩，对宝钗的难处不够体谅，宝钗走得"急急如丧家之犬"，湘云却以为是"弃了咱们，自己赏月去了"。以湘云的处世态度，她还可以说宝钗也是"这样心窄"，你跑什么跑？我史湘云就没跑，我就住在这儿，怎么了？没怎么嘛！但我们应该知道，湘云的住在贾府同宝钗是不一样的，湘云是临时住几天，并无固定处所，属于客串；而宝钗是长住蘅芜苑，是该屋子的主人，她"守土有责"，对蘅芜苑发生的一切都要负责任的。所以不同性格的人有不同的选择、不同的生活和福分，很难说谁对谁不对。好在今日的黛玉已经不那么小性子，她对湘云和宝钗都没有涌起不满的情绪。

湘云的好胜心，当然更重要的是对诗词的热爱，令她对贾环、贾兰"叔侄纵横起来"有所嫉妒和不屑，提出"咱们两个竟联起句来，明日羞他们一羞"。"黛玉见他这般劝慰，不肯负他的豪兴"，提出去临水的凹晶馆。黛玉顺便告诉湘云，这凹晶馆的名字还是她取的。

> "实和你说罢，这两个字还是我拟的呢。因那年试宝玉，因他拟了几处，也有存的，也有删改的，也有尚未拟的。这是后来我们大家把这没有名色的也都拟出来了，注了出处，写了这房屋的坐落，一并带进去与大姐姐瞧了。他又带出来，命给舅舅瞧过。谁知舅舅倒喜欢起来，又说：'早知这样，那日该就叫他姊妹一并拟了，岂不有趣。'所以凡我拟的，一字不改都用了。如今就往凹晶馆去看看。"

黛玉的话语有难得的自豪感和她对舅舅贾政的亲热。曹雪芹还非常巧妙地写出贾政对黛玉、宝钗的赞赏性评价，几乎是小说中唯一的一次。此前只有第22回，贾政看着她们的灯谜诗，"心内自忖道：'此物还倒有限。只是小小之人作此词句，更觉不祥，皆非永远福寿之辈。'想到此处，愈觉烦闷，大有悲戚之状"。这位舅舅、姨夫，对黛玉、宝钗始终是关怀爱护和同情的。

联诗之前，还有一个小地方值得关注。两人在凹晶馆临水坐下。

> 只见天上一轮皓月，池中一轮水月，上下争辉，如置身于晶宫鲛室之内。微风一过，粼粼然池面皱碧铺纹，真令人神清气净。湘云笑道："怎得这会子坐上船吃酒倒好。这要是我家里这样，我就立刻坐船了。"黛玉笑道："正是古人常说的好，'事若求全何所乐'。据我说，这也罢了，偏要坐船起来。"湘云笑道："得陇望蜀，人之常情。可知那些老人家说的不错。说贫穷之家自为富贵之家事事趁心，告诉他说竟不能遂心，他们不肯信的；必得亲历其境，他方知觉了。就如咱们两个，虽父母不在，然却也忝在富贵之乡，只你我竟有许多不遂心的事。"黛玉笑道："不但你我不能趁心，就连老太太、太太以至于宝玉探丫头等人，无论事大事小，有理无理，其不能各遂其心者，同一理也，何况你我旅居客寄之人哉！"湘云听说，恐怕黛玉又伤感起来，忙道："休说这些闲话，咱们且联诗。"

大家想过没有，曹雪芹为什么要写上这么一段呢？这一段很像古人诗词前面的说明性小序，交代了两位诗人吟诗之前的环境和心情，决定了诗词的内容和情调。史湘云豪情逸飞，想到"怎得这会子坐上船吃酒倒好"，但她并没失去理性忘记现实，知道自己身在贾府，不得如此任性，"这要是我家里这样，我就立刻坐船了"。随便一句就透露寄居情怀，这在湘云是极其罕见的。然后，两人所说的竟同贾母的感叹一样，缠绕她们心头的是万事不能遂心。黛玉更进一层："不但你我不能趁心，就连老太太、太太以至于宝玉探丫头等人，无论事大事小，有理无理，其不能各遂其心者，同一理也，何况你我旅居客寄之人哉！"注意，黛玉已经不像以前只认为自己可怜无奈，现在她开始明白各人有各人的难处和无奈，她的境界有所提升。是不是那句"莫怨东风当自嗟"令她警醒呢？另外，两人渐渐都说到"客寄之人"的身世。就黛玉而言，最近已经是再次感悟自己"寄居""客居"，可见寄居成为她近期的主流情怀。抱着这种情怀，下面的联句情调也就注定。

不过这两位姑娘起调的时候还是想写出一点明快欢乐的气象，所谓："三五中秋夕，清游拟上元。撒天箕斗灿，匝地管弦繁。""蜡烛辉琼宴，觥筹乱绮园。"但是这种不带自我情感的颂歌是唱不长的，唱着唱着，就转到悲凉的道路上去了，变为"虚盈轮莫定，晦朔魄空存。壶漏声将涸，窗灯焰已昏"。最后的结句"寒塘渡鹤影，冷月葬花魂"，更是一片凄凉颓丧。凄凉情调才是她们此时内心的真实情感。所以把这三十五韵七十句诗总体来看，艺术价值并不怎么高，前半部分纯粹是应景之作；不过前半与后半的变化，倒是同作品的整个走势，与大观园、与贾府的趋势相一致的；与贾母今日的抗争要强却最后惨淡收场也是一致的。也就是说，她们的诗词同样起到了渲染黯淡气氛、预示不祥未来的作用。

妙玉的忽然出现是我们想不到的。此时已是四更时分，她是一个人赏月到此时？还是被乐队的演奏干扰而不得入睡？不得而知。她现身的目的是要扭转黛玉、湘云的调子：

"方才我听见这一首中，有几句虽好，只是过于颓败凄楚。此亦关人之气数而有，所以我出来止住。如今老太太都已早散了，满园的人想俱已睡熟了，你两个的丫头还不知在那里找你们呢。你们也不怕冷了？快同我来，到我那里去吃杯茶，只怕就天亮了。"黛玉笑道："谁知道就这个时候了。"

然后，妙玉续上一个尾巴：

钟鸣栊翠寺，鸡唱稻香村。有兴悲何继，无愁意岂烦。芳情只自遣，雅趣向谁言。彻旦休云倦，烹茶更细论。

将全诗的格调拉回娴雅而平和。

黛玉、湘云的联诗有几点可关注。一，它是前八十回的闺阁绝唱，或许还是曹雪芹闺阁诗的最后手笔，特别值得珍视。二，原先七八个年轻人结社赛诗，到此处只剩两个，诗社"皮之不存"，她们两个的联诗有点像回光返照。三，整个贾府包括大观园笼罩在哀伤气氛中，她俩想吸一口新鲜空气，但结果却写出"寒塘渡鹤影，冷月葬花魂"这样不祥的谶语。——如果这是谶语的话，湘云是"寒塘渡鹤影"，即孤身、静静离开贾府，离开史家；黛玉是"冷月葬花魂"，芳魂回归灵河岸边。问题是这样的结局几时到来呢？从前两回小说急着把迎春、惜春塑造完整，本回则让贾赦和妙玉都走上舞台亮相，一派即将变盘的景象，似乎可以推测湘云、黛玉，尤其湘云的结局很快就会到来。

本回妙玉猛然出现，从情节来说是借用她"半仙"的嘴对黛玉、湘云的诗作出"亦关人之气数"的注释，把本来仅仅是诗歌的格调颓丧，上升为冥冥之中的气数注定。另一方面，妙玉毕竟是十二正钗之一，在这变盘阶段，连贾赦都快塑造成型，当然也要把她拉出来加以丰满。她所续的诗，虽然黛玉客气恭维，但据我们看，文字虽老到，但表达的内涵无奇，感情更是平平，总体也一般。与她的诗词相比，我们更关注她自身性格的变化。这回我们见到的妙玉，既看不出尼姑身份，也不见了一向的怪僻：她追随而来，主动招呼，热情招待，潇洒续诗，最后"妙玉送至门外，看他们去远，方掩门进来"，简直满怀深情恋恋不舍。妙玉的这种洗心革面，我们往好里解释是她也像黛玉一样有所了悟，心胸开阔了；往不好里说，是宝玉不在，她"心中无鬼"而回归自然。回顾一下，至此为止，除了作品开头对妙玉身世的侧面介绍，对她的描写一共三次，第一次是贾母带刘姥姥参观栊翠庵，妙玉招待宝玉、黛玉、宝钗喝茶，她与宝玉有一段奇奇怪怪的对话；第二次是宝玉生日她送来贺帖，非但我们意外，连宝玉都吃了一惊；今日是第三次描写。今日宝玉不在让她出现，换句话说妙玉今日的出现与宝玉没什么关系。那么为什么要让妙玉出现呢？曹雪芹的用意和构思让人难以捉摸。

最后，我们要整体评价一下史湘云，因为曹雪芹对史湘云的描写到这一回后就再也没有了。这位在十二金钗中位列第五，而位列第三的元春的笔墨很少，就出场过一次，所以史湘云实际地位是第四，仅排在黛玉、宝钗、探春之后，可见她在曹雪芹心目中地位很高，颇重要。对于这样一位人物，评论界写的文章也十分多，连画家都画过很多肖像。我们承认，史湘云被塑造得不错，在读者心中也留下了不可磨灭的印象，尤其是她的醉卧芍药花。对史湘云的赞美我们听得足够多了。如果是其他作品，把一位姑娘塑造到这个水平，确实应该得到赞赏。不过，史湘云是《红楼梦》中的重要人物，而且是曹雪芹十分喜欢、十分欣赏的人物，虽然她出场很晚，但此后几乎每个重要场景她都参与，所以我们对史湘云的要求、或者说对曹雪芹的要求——应该用"索求"——就特别高。在这样高的索求下，尤其是当我们把史湘云与林黛玉、薛宝钗、探春、凤姐、贾母，还有袭人、晴雯、平儿、鸳鸯等角色放在一起比较的时候，我们觉得史湘云这个形象，还是稍显单薄、层次感不够，尤其，史湘云的生命意义，她作为一个形象所具有的"特殊意义"，似乎不够明显；假如只是把她作为四大家族中史家的代表，那么她所展现的史家的意味，也不够浓厚。

那么，曹雪芹到底是从哪个方面去塑造史湘云的？在十二金钗系列形象中，史湘云以什么特质与其他金钗互映互补？今天，我们的探讨要深一点，广一点了。我们已经讲了七十多回，已经打好深入探索的基础；曹雪芹的原作眼看就要讲完了，我们也该对他的构思有一点总结性的观点了。

先说说《红楼梦》人物形象的总体设计和构思。《红楼梦》的第一主人公是贾宝玉，这一点没人怀疑。然后，第二主人公是林黛玉，这一点也不会有多少异议。第三号主人公是薛宝钗，大家也能同意。我这么说的意思是，《红楼梦》是贾宝玉的独唱吗？或者是贾宝玉、林黛玉的男女双重唱？抑或是贾宝玉、林黛玉、薛宝钗的男女三重唱？显然不是的。有些小说名著确实只写一个人，比如《老人与海》，至于只写两三个人的作品就多了。但《红楼梦》不是这种小说，不是这种写法。《红楼梦》是以贾宝玉为中心，他周围是十二金钗，他与十二金钗的背后是贾府，我们不往更广的角度去瞭望，至少《红楼梦》的核心舞台是贾府，而贾府有几百号人物，够了。回到史湘云。史湘云是十二金钗之一，曹雪芹把金钗、也就是贵族小姐和奶奶一口气写了十二位，什么意图？我这么认为，十二金钗从性格来说，可以排成一个雁型，两边比较对称。也就是说，一边的性格呈偏强、偏凶乃至偏恶，另一边则偏软、偏仁、偏善；还可以换一种编排，一边的智商、能力越来越低，低到有点糊涂，另一边则相反，越来越高，高到简直就是高人。当然《红楼梦》不仅写贵族，还有平民，还有奴婢，也就是所谓十二副钗、又副钗，这么一算就有三十六位女子。曹雪芹是以这么几幅群钗图，以几个板块的女子作为对象来反映那个时代、那个社会、那些阶层的生活风貌、人生沉浮。他要把女人写尽，写完。这一点我们需要认识明白，因为大多数小说不是这样写法，尤其是没有十二金钗这么一幅参差无几、排列有序的群像图。好了，说明了这一点以后，我们再到十二金钗图中去找史湘云的位置和坐标。

　　十二金钗怎么分类怎么评价可能众说纷纭难以统一，但有些客观的"硬指标"还是可以加以分析从而得到大家的公认。十二金钗中，大多数父母不能双全，我们说过书中夫妻健在的仅有贾政和王夫人，那么父母双全的金钗只有元春、探春，以及小一辈的巧姐儿，一共三位。其中探春则不认自己的母亲而认王夫人，而探春生母赵姨娘非但不能给予探春母爱，反而经常添乱添堵，让探春里外难做人。这么一来探春只能算有半个母亲，于是父母双全的只有两位半。相反，父母双亡的倒有五位：林黛玉、史湘云、妙玉、王熙凤、李纨，她们是十二钗中比例最大的群体，比父母双全的几乎翻了一倍。其余单亲的四位：宝钗、秦可卿、迎春、惜春，三位丧母，一位丧父。这样把曹雪芹亲自给的"硬指标"分析一番，恐怕没人有异议；但这样分析以后却是颇有用处的。

　　回到史湘云。史湘云属于五位父母双亡中的一位，在这五位之中，史湘云又处于什么位置呢？大家再回味一下，五位父母双亡的，曹雪芹只突出两位。凤姐、李纨两位结了婚有自己的后代，作品只写她们如何关爱儿女，并无笔墨触及她们思念父母；妙玉，也没有触及。剩下就是林黛玉和史湘云了。这两位姑娘，作者几乎是作为对比来刻画她们的孤儿情怀。林黛玉，我们讲得太多了，对着风，对着雨，对着鲜花，对着月亮，对着故乡的土仪，都会强烈地感伤自己父母双亡，孤苦一人，寄人篱下。其实，黛玉还有嫡亲外祖母对她宠爱无比，有舅舅舅妈的照顾关怀，更有宝玉的多年挚爱、温柔体贴。要说不幸，湘云比黛玉不幸的多，她是襁褓中父母双亡，不像黛玉是享受过父爱和母爱的，湘云则几乎没有享受过，脑子里连父母的影子都没有。而且湘云没有一个直系亲属，贾母仅仅是一位姑婆，而她的婶娘对她非但谈不上关怀，还一味榨取，逼得湘云每晚手工做到半夜，稍不如意即给脸色。湘云更没有一位宝玉那样的爱人。经济上史湘云更加窘迫，一个月的零用钱只有几串钱，连贾府的丫头都不如，用来支付往来贾府的车钱都不够。仅仅就经济上的困窘，我们真不知道史湘云是如何应付的。所以假如黛玉的苦有五分，湘云则有七分、八分。然而黛玉整日哭哭啼啼善感多疑，湘云则乐观洒脱襟怀开朗，正如本回湘云对黛玉说的："你是个明白人，何必作此形像自苦。我也和你一样，我就不似你这样心窄。"显然，曹雪芹塑造黛玉、湘云两位孤儿并加以对比，意在展现两种不同的人生态度，两人相似的命运却活出截然相反的人生趣味。历史和现实生活中，到处都有林黛玉，同时到处都有史湘云，她们的区别就在于自己的心态。但是人很难改变自己，那些命运艰涩的人们，即使是熟读《红楼梦》的林、史的粉丝们，也很难把自己改变成林黛玉或史湘云。史湘云为读者提供了一种孤儿或命运艰涩的年轻人的性格典型，一种内心取向。不少读者欣赏史湘云，就是赞赏她生于不幸却能超脱悲伤。世界名著《简·爱》中的简·爱之所以受到读者高度的喜爱，并不是她同罗切斯特的爱情故事，而是她对重重不幸和迫害的顽强不懈的反抗和斗争。在中国古代，由于女子缺乏基本的人生权利，她们没有任何的抗争手段，所以不可能产生简·爱这样的女孩，而古代中国的大地上有无数的林黛玉，却很少有史湘云。曹雪芹塑造出史湘云，他就是要提供这样一种人生范式。

史湘云放在十二钗中，还有一个明显的特点，她相比于那十一位，显出另一种特质，她很有点大丈夫气概，具有中国传统的名士风流，那份倜傥，那份不羁，那份率直。黛玉开玩笑说她在雪地里烤鹿肉像个叫花子，她说："你知道什么！'是真名士自风流'，你们都是假清高，最可厌的。我们这会子腥膻大吃大嚼，回来却是锦心绣口。"她向往名士。还有，史湘云的醉卧山边石凳子上，依稀有王羲之高卧东床的影子，只不过王羲之是坦腹而卧，曹雪芹则给史湘云身上洒满芍药花，突出女子的绰约迷人。史湘云这副气度风韵，十二金钗中谁有呢？黛玉已经在说湘云是叫花子，黛玉是绝对不肯丢这个脸的；宝钗虽然认可湘云的做派，但宝钗自己绝不会这样放肆；探春，她最大的遗恨是出生在赵姨娘的肚子，她热切追求的是"正宗小姐"的模样，她只要尊严，其他的潇洒、放任，她不屑一顾；至于迎春、惜春、妙玉，就不必谈了。

史湘云有名士风度，却没有那种名士的高傲、孤寡。相反，她对这个世界充满情趣，对于地位低下的婢女，她也像姐妹一样，如她对袭人和翠缕，你不仔细分辨还真看不出她们有主仆之分，这显然也是作者所向往的人文情怀，是曹雪芹的一种深切向往和追求。有的评论家说《红楼梦》是从《金瓶梅》脱胎的，我难以认同，其中很重要的一点就是《金瓶梅》缺乏人文情怀，它深刻揭示出人性的兽性层面，对另一个层面，即善良、慈悲、仁爱的层面，表现得太少。曹雪芹也写了人的自私、残酷、兽性，十二金钗中的凤姐就有，写得十分透彻；但曹雪芹也看到人与野兽截然不同的一面，包括凤姐也有人性的一面，比如她对秦可卿，对刘姥姥，对小叔子小姑子都闪耀着人性的光辉。当然，体现人文情怀的最主要人物是贾宝玉，我们不用多说。另一位人物是贾母，我们一直说她具有较高的人文情怀，并且是她决定着整个贾府的人文水准高出社会水准一大截。还有一位是薛宝钗，人们对她的评价可能与曹雪芹的初衷背道而驰，曹雪芹在宝钗身上注入了巨大的人文意味，宝钗关照史湘云、邢岫烟，体贴香菱，是一个方面，她对自己的哥哥薛蟠，也是一种高士式的情怀，即薛蟠不争气、不改好的话，该吃苦、该挨打，都不必太多同情。此外，她对赵姨娘、贾环也不歧视。想一想，宝钗是王夫人的外甥女，王夫人与赵姨娘水火不容，宝钗这样做是需要很超脱、很坚定的观念支撑的。贾母对下人、对弱者的关怀有居高临下的姿态，属于怜悯；宝钗在贾府很在意自己的寄居身份，她的一举一动都由理性支配，寻找某种平衡，所以她的言行多受掣肘，不能放达；只有史湘云无所顾忌放任自达。袭人开玩笑说你年龄大了，端起小姐的样子了，史湘云急得跳脚，赌咒发誓，她完全不理会自己是位主子小姐。在这方面她比宝钗跳脱，她没有一点主子的威风和架子。用一句比较理性的话说，史湘云不理会现有的社会构成，能够突破自己的社会角色；或者说她本来就无视现实社会设定的角色身份，在她的心目中人与人之间有比约定俗成的社会角色更高级、更理想的准则，她向往、遵循那种准则。

　　史湘云还有一个讨人喜欢的点是她的率真、坦诚、真性情。说到率真，林黛玉也算一个，黛玉也是有话直说，有脾气就发的。但两人有着明显的区别。林黛玉的率真还是看场合、看对象、有保留的。在下人面前，林黛玉不是率真，而是不理不屑，除了宝玉房中人，她几乎就不搭理，我们甚至没见到她与平儿、鸳鸯有什么交流交往，而对于好心好意来送宫花的周瑞家的，她一顿奚落，令周瑞家的满腹怨愤，沉默不语；在姐妹群中，黛玉也时常保持着警惕和怀疑，她的率真也经常表现为挑剔和讥讽，直到她与宝钗成为心腹姐妹之后，才流露出真正的信赖；黛玉毫无保留的率真，主要表现在与宝玉的交往中，这份率真里面还掺杂着耍性子，比如她可以高谈阔论《西厢记》，但宝玉说一句，她就气哭了，还说宝玉欺负她。如果说这是黛玉的真性情，那么里面包含着矫情。当然，小儿女，这很普遍。然而，史湘云的率真却不是这样的。史湘云不怎么区分贵贱等级，她非常叹服宝钗，却也很重视袭人；她不加思考就广撒英雄帖请大家聚会，却没考虑她拿什么来设局招待；她不假思索说出某戏子像林黛玉，黛玉着恼，宝玉着急，她当面把宝玉一顿臭骂；她当众告诫宝琴，王夫人周边有赵姨娘一伙人专门害人；她喜欢吃的，不顾吃相，割腥啖膻大快朵颐，酒兴上来，她不端架子，挥拳拇战，嗷嗷乱叫。在史湘云的词典里似乎没有"回避""忌惮"这些词眼，只有百无禁忌、我行我素，这有点现代社会"自由表达"的味道。以上这些素质和特点令史湘云受到所有读者和专家的一致赞赏，不像林黛玉和薛宝钗各有支持派和反对派。

不过，我个人以为史湘云这个形象虽然很完美，但缺乏深度和厚度，其形象的深刻性不仅不能与林黛玉、薛宝钗相比，与凤姐、探春相比，也显得比较单薄。我们举出两个最直接的理由。第一个理由，作品自始至终没有用力描写属于史湘云的独立而完整的情节，一个也没有。史湘云的出场、言语、行为，都是其他情节的一个分支或者附属，她没有属于自己的有重量、有意味、完整的情节，因而无法深入地展现自己，结果就是史湘云这个形象失去自己的"独立性"，或者称之为独立的观照性。作品比较集中描写史湘云的情节有这么三次。一次是第31回，大家回头去看看，对湘云的穿着、习性都做了不少铺垫，然后写了她给袭人等带来绛纹石戒指，接着是她同丫鬟翠缕谈论阴阳，这里一方面展现湘云的知识面，另一方面是曹雪芹在表达他自己的阴阳观。真正属于史湘云的有深度的描写是在回末，翠缕捡到金麒麟。

> 湘云举目一验，却是文彩辉煌的一个金麒麟，比自己佩的又大又有文彩。湘云伸手擎在掌上，只是默默不语，正自出神，忽见宝玉从那边来了，笑问道："你两个在这日头底下作什么呢？怎么不找袭人去？"湘云连忙将那麒麟藏起道："正要去呢。咱们一处走。"

湘云默默出神，而且金麒麟的主人宝玉也赶到场，眼看着属于史湘云的"有意味的情节"就要展开，可惜作品却又戛然而止，原来这只是作者的一个伏笔。而这个伏笔直到第80回也没有回应。

第二次集中描写史湘云是第37回她张罗着要开诗社，然后是宝钗替她补漏，出主意怎么用薛家的螃蟹来应付，然后两人拟诗题直到半夜。可惜这些描写中渐渐地宝钗反客为主，成为展现宝钗关怀体贴的情节，湘云反而退居其次，作品又一次错失史湘云的有意味的情节。第三次是本回湘云与黛玉联诗，她谈道："说贫穷之家自为富贵之家事事趁心，告诉他说竟不能遂心，他们不肯信的；必得亲历其境，他方知觉了。就如咱们两个，虽父母不在，然却也忝在富贵之乡，只你我竟有许多不遂心的事。"这是史湘云少有的谈人生、谈身世，非常难得珍贵，然而却浅尝辄止，未能深发，史湘云的人生观未能充分、完整地展现。总之，缺乏有意味的完整情节，也缺乏人物之间关系的厚重搭建，比如史湘云与贾母、与宝玉的关系，本来可以写得更深入、更厚重的，但没有，作品甚至没写过史湘云与贾母有一次深入的谈话，所以她与贾母的关系也只流于表象。

史湘云形象塑造单薄的另一个原因是，缺乏对她的心理描写，一般的心理描写都没有，更别说深层次的开发。我们只看到史湘云怎么说怎么笑，怎么来怎么去，都是外在层面的。偶尔有两次触及史湘云内心的，如宝钗问起她家里的情况，她吞吞吐吐地泪水就上来了；还有她离开贾府时一步三回头，走出去又回头来悄悄对宝玉说："记得提醒老太太派人来接我。"这种场合通常是小说进入人物心理描写的契机，但曹雪芹都放弃了。史湘云对贾母——这个拯救她的唯一亲人，这个大大改变她的生活的姑婆——究竟怀着什么样的感情和心态？作品都始终没有描写。比较一下，同样是对姑婆，英国作家狄更斯笔下大卫·科波菲尔对他的姑婆的心理层面是何等丰富而又复杂。前八十回中史湘云的心理开掘几乎等于零。所以，诸如她对自己的未来怀着怎样的期望，她对这现实社会究竟抱什么心态，她对人的生命究竟持什么态度，等等，这些作为长篇小说人物形象的基本要素，在史湘云身上是朦胧的、不够明确的。尤其是在《红楼梦》这样一部深刻无比的作品中，尤其相比较林黛玉、薛宝钗、王熙凤、贾探春、贾母以及袭人、平儿等形象，史湘云作为十二金钗的五号人物，我们觉得理应更浑厚更饱满更深刻。或许，八十回以后曹雪芹会有一次"快速深加工"，将史湘云一下子深化，就像他前两回对迎春、惜春的突击加工，只是我们没看见，所以我们只能论到八十回内的史湘云。

史湘云像一幅画，画得极美，而黛玉、宝钗、探春则是雕塑，比较起来，史湘云毕竟不及她们重实。

第七十七回

俏丫鬟抱屈夭风流　　美优伶斩情归水月

"抱屈夭风流"，写晴雯被冤屈而死；"斩情归水月"写芳官等几个小戏子出家为尼。这是十分沉重的一回，写下这一回对曹雪芹身心的摧折可以想象。

本回第一段情节是找人参。凤姐的药方子里面要用二两人参，没想到这二两人参竟难倒了王夫人。她先是自己找了半天，没有像样的，于是叫彩云去仔细找，彩云把所有的药材翻遍了也没有找到一支；于是去问凤姐那里还有没有，凤姐也没有；又去问邢夫人要，邢夫人说正因为自己没了上次才来向王夫人要的；实在没办法，只得去向贾母开口，贾母叫鸳鸯找出来一包都有指头粗细，给了两支；但医生一看说这人参虽好，却已经年代陈久没有药性了，不能用。

> 王夫人听了，低头不语，半日才说："这可没法了，只好去买二两来罢。"也无心看那些，只命："都收了罢。"因向周瑞家的说："你就去说给外头人们，拣好的换二两来。倘一时老太太问，你们只说用的是老太太的，不必多说。"周瑞家的方要去时，宝钗因在坐，乃笑道："姨娘且住。如今外头卖的人参都没好的。虽有一枝全的，他们也必截做两三段，镶嵌上芦泡须枝，掺匀了好卖，看不得粗细。我们铺子里常和参行交易，如今我去和妈说了，叫哥哥去托个伙计过去和参行商议说明，叫他把未作的原枝好参兑二两来。不妨咱们多使几两银子，也得了好的。"王夫人笑道："倒是你明白。就难为你亲自走一趟更好。"于是宝钗去了，半日回来说："已遣人去，赶晚就有回信的。明日一早去配也不迟。"王夫人自是喜悦，因说道："'卖油的娘子水梳头'，自来家里有好的，不知给了人多少。这会子轮到自己用，反倒各处求人去了。"说毕长叹。

看完这一段，各位想必已经明白曹雪芹为什么要在这个时候写这情节。他确实很会运用材料，就这么一件小事，区区六十两银子可以买到的东西竟然让王夫人伤透脑筋，折射出贾府已经败落到其主人自己都不敢相信的地步。这是符合近几回的总体思路的。

这里说明两点。一是彩云又出现了，她帮着王夫人找人参。到底彩云和彩霞是一个人还是两个人，很难分辩，只有读者自判。第二点是宝钗对人参行业作假舞弊的揭露，这里既反映出宝钗"世事洞明人情练达"，也反衬出王夫人对世事的无知。

这大姨妈同外甥女几次过招都处下风。她们马上还有一次重要交手，我们届时再细说。而曹雪芹写人参作假，恐怕很大原因是为了鞭笞时事，表现人心不古世风日下。不过大家不能把它坐实为曹雪芹所处的时代。我们说过小说中所写的当下应该是康熙后期，清朝在康熙治下，社会的经济政治文化科学都获得很大发展，而不是今不如昔。曹雪芹所生活的康熙后期到乾隆中期，史称"康雍乾三朝盛世"。小说不是史书，《红楼梦》也并未点明是某个时代，小说家具有虚拟权，作者可以根据主题思想的需要，让作品的情节、情调往设定的方向发展，可以与作者所处时代的状况相龃龉。他传导给读者的世界、社会是经过他过滤、改造、虚拟的。读者一定要明了小说与历史的本质区别。

　　接下来作品进入第二个情节。王夫人问周瑞家的抄检大观园的结果，周瑞家的如实汇报。

> 　　王夫人听了，虽惊且怒，却又作难，因思司棋系迎春之人，皆系那边的人，只得令人去回邢夫人。周瑞家的回道："前日那边太太嗔着王善保家的多事，打了几个嘴巴子，如今他也装病在家，不肯出头了。况且又是他外孙女儿，自己打了嘴，他只好装个忘了，日久平服了再说。如今我们过去回时，恐怕又多心，倒象似咱们多事似的。不如直把司棋带过去，一并连赃证与那边太太瞧了，不过打一顿配了人，再指个丫头来，岂不省事。如今白告诉去，那边太太再推三阻四的，又说'既这样你太太就该料理，又来说什么'，岂不反耽搁了。倘那丫头瞅空寻了死，反不好了。如今看了两三天，人都有个偷懒的时候，倘一时不到，岂不倒弄出事来。"王夫人想了一想，说："这也倒是。快办了这一件，再办咱们家的那些妖精。"

大家注意作者的用力方向：司棋的事情到王夫人这儿一转就变成迎春的、更上升为长房的事情，作品再一次突出长房与二房的关系，尤其是邢夫人的难伺候。作品已经连续几回朝这个方向用力，那么我们有理由设想，长房与二房的矛盾很快就有强烈的暴发。很遗憾我们看不到曹雪芹的原作，而续作对这方面几乎没有衔接。

　　接下来是驱逐司棋的情节。司棋不过是个大丫头，而且作品真正描写她也就两次，一次是大闹柳家的厨房，把所有的菜都扔了；另一次是她与情人相会被鸳鸯发现后苦苦哀求。现在看来，写她大闹厨房，就是为眼下做铺垫。——我们再三说过，曹雪芹写某人特别高调，那么这人就危险了。

> 　　周瑞家的听说，会齐了那几个媳妇，先到迎春房里，回迎春道："太太们说了，司棋大了，连日他娘求了太太，太太已赏了他娘配人，今日叫他出去，另挑好的与姑娘

使。"说着，便命司棋打点走路。迎春听了，含泪似有不舍之意，因前夜已闻得别的丫鬟悄悄的说了原故，虽数年之情难舍，但事关风化，亦无可如何了。那司棋也曾求了迎春，实指望迎春能死保赦下的，只是迎春语言迟慢，耳软心活，是不能做主的。司棋见了这般，知不能免，因哭道："姑娘好狠心！哄了我这两日，如今怎么连一句话也没有？"周瑞家的等说道："你还要姑娘留你不成？便留下，你也难见园里的人了。依我们的好话，快快收了这样子，倒是人不知鬼不觉的去罢，大家体面些。"迎春含泪道："我知道你干了什么大不是，我还十分说情留下，岂不连我也完了。你瞧入画也是几年的人，怎么说去就去了。自然不止你两个，想这园里凡大的都要去呢。依我说，将来终有一散，不如你各人去罢。"周瑞家的道："所以到底是姑娘明白。明儿还有打发的人呢，你放心罢。"司棋无法，只得含泪与迎春磕头，和众姊妹告别，又向迎春耳根说："好歹打听我要受罪，替我说个情儿，就是主仆一场！"迎春亦含泪答应："放心。"

于是周瑞家的人等带了司棋出了院门，又命两个婆子将司棋所有的东西都与他拿着。走了没几步，后头只见绣桔赶来，一面也擦着泪，一面递与司棋一个绢包说："这是姑娘给你的。主仆一场，如今一旦分离，这个与你作个想念罢。"司棋接了，不觉更哭起来了，又和绣桔哭了一回。周瑞家的不耐烦，只管催促，二人只得散了。司棋因又哭道："婶子大娘们，好歹略徇个情儿，如今且歇一歇，让我到相好的姊妹跟前辞一辞，也是我们这几年好了一场。"周瑞家的等人皆各有事务，作这些事便是不得已了，况且又深恨他们素日大样，如今那里有工夫听他的话，因冷笑道："我劝你走罢，别拉拉扯扯的了。我们还有正经事呢。谁是你一个衣包里爬出来的，辞他们作什么，他们看你的笑声还看不了呢。你不过是挨一会是一会罢了，难道就算了不成！依我说快走罢。"一面说，一面总不住脚，直带着往后角门出去了。司棋无奈，又不敢再说，只得跟了出来。

可巧正值宝玉从外而入，一见带了司棋出去，又见后面抱着些东西，料着此去再不能来了。因闻得上夜之事，又兼晴雯之病亦因那日加重，细问晴雯，又不说是为何。上日又见入画已去，今又见司棋亦走，不觉如丧魂魄一般，因忙拦住问道："那里去？"周瑞家的等皆知宝玉素日行为，又恐劳叨误事，因笑道："不干你事，快念书去罢。"宝玉笑道："好姐姐们，且站一站，我有道理。"周瑞家的便道："太太不许少捱一刻，又有什么道理。我们只知遵太太的话，管不得许多。"司棋见了宝玉，因拉住哭道："他们做不得主，你好歹求求太太去。"宝玉不禁也伤心，含泪说道："我不知你作了什么大事，晴雯也病了，如今你又去。都要去了，这却怎么的好。"周瑞家的发躁向司棋道："你如今不是副小姐了，若不听话，我就打得你。别想着往日姑娘护着，任你们作耗。越说着，还不好走。如今和小爷们拉拉扯扯，成个什么体统！"那几个媳妇不由分说，拉着司棋便出去了。

宝玉又恐他们去告舌，恨的只瞪着他们，看已去远，方指着恨道："奇怪，奇怪，怎么这些人只一嫁了汉子，染了男人的气味，就这样混帐起来，比男人更可杀了！"守园门的婆子听了，也不禁好笑起来，因问道："这样说，凡女儿个个是好的了，女人个个是坏的了？"宝玉点头道："不错，不错！"

曹雪芹在司棋身上花如此多笔墨，这与后面写晴雯不太一样，写晴雯的效果一大半是为了塑造这个形象，而写司棋主要不是塑造形象，而是表现扫荡大观园的残酷程度，顺带着让宝玉也接受一次灵魂的洗礼。曹雪芹特意安排宝玉出来撞见，让他说出："奇怪，奇怪，怎么这些人只一嫁了汉子，染了男人的气味，就这样混帐起来，比男人更可杀了！"宝玉如此咬牙切齿是很罕见的，他的人生开启了另一种磨砺。曹雪芹不会让黛玉或者探春、李纨来撞见的，这是小说家的权利。提醒一下，司棋的情节不在回目的范围，这只是本回的一个开场，一个铺垫。

从司棋到晴雯的情节怎么过渡呢？作者轻松自如就地取材，让宝玉当渡船。

宝玉一闻得王夫人进来清查，便料定晴雯也保不住了，早飞也似的赶了去。

就这么一句话，把场景从大观园角门外移到怡红院，从司棋转到晴雯。以下描述需边看边思考。

宝玉及到了怡红院，只见一群人在那里，王夫人在屋里坐着，一脸怒色，见宝玉也不理。晴雯四五日水米不曾沾牙，恹恹弱息，如今现从炕上拉了下来，蓬头垢面，两个女人才架起来去了。王夫人吩咐，只许把他贴身衣服撂出去，余者好衣服留下好丫头们穿。又命把这里所有的丫头们都叫来一一过目。原来王夫人自那日着恼之后，王善保家的去趁势告倒了晴雯，本处有人和园中不睦的，也就随机趁便下了些话。王夫人皆记在心中。因节间有事，故忍了两日，今日特来亲自阅人。一则为晴雯犹可，二则因竟有人指宝玉为由，说他大了，已解人事，都由屋里的丫头们不长进教习坏了。因这事更比晴雯一人较甚，乃从袭人起以至于极小作粗活的小丫头们，个个亲自看了一遍。因问："谁是和宝玉一日的生日？"本人不敢答应，老嬷嬷指道："这一个蕙香，又叫作四儿的，是同宝玉一日生日的。"王夫人细看了一看，虽比不上晴雯一半，却有几分水秀。视其行止，聪明皆露在外面，且也打扮的不同。王夫人冷笑道："这也是个不怕臊的。他背地里说的，同日生日就是夫妻。这可是你说的？打谅我隔的远，都不知道呢。可知道我身子虽不大来，我的心耳神意时时都在这里。难道我通共一个宝玉，就白放心凭你们勾引坏了不成！"这个四儿见王夫人说着他素日和宝玉的私语，不禁红了脸，低头垂泪。王夫人即命也快把他家的人叫来领出去配人。又问，"谁是耶律雄奴？"老嬷嬷们便将芳官指出。王夫人道："唱戏的女孩子，自然是狐狸精了！上次放你们，你们又懒待出去，可就该安分守己才是。你就成精鼓捣起来，调唆着宝玉无所不为。"芳官笑辩道："并不敢调唆什么。"王夫人笑道："你还强嘴。我且问你，前年我们往皇陵上去，是谁调唆宝玉要柳家的丫头五儿了？幸而那丫头短命死了，不然进来了，你们又连伙聚党遭害这园子呢。你连你干娘都欺倒了。岂止别人！"因喝命："唤他干娘来领去，就赏他外头自寻个女婿去吧。把他的东西一概给他。"又吩咐上年凡有姑娘们分的唱戏的女孩子们，一概不许留在园里，都令其各人干娘带出，自行聘嫁。一语传出，这些干娘皆感恩趁愿不尽，都约齐与王夫人磕头领去。王夫人又满屋里搜检宝玉之物。凡略有眼生之物，一并命收的收，卷的卷，着人拿到自己房内去了。因说："这才干净，省得旁人口舌。"因又吩咐袭人麝月等人："你们小心！往后再有一点分外之事，我一概不饶。因叫人查看了，今年不宜迁挪，暂且挨过今年，明年一并给我仍旧搬出去心净。"说毕，茶也不吃，遂带领众人又往别处去阅人。暂且说不到后文。

曹雪芹这人太讲究规则，追求一粗一细一明一暗，为了留下笔墨在后面详写宝玉探望时候的晴雯，在这里他就不肯正面描写晴雯哪怕一个字，只给了一个宝玉眼中晴雯动态的影子："晴雯四五日水米不曾沾牙，恹恹弱息，如今现从炕上拉了下来，蓬头垢面，两个女人才架起来去了。"从艺术哲学来说曹雪芹非常规范，但读者却觉得很不够劲，大家想看看晴雯有什么反应，有什么抗争。据我的理解，晴雯在这时候还不可能有抗争，王夫人在她眼里太尊贵太强大，她缺乏当面抗争王夫人的勇气。回顾一下就相信了：前几天王夫人毫无理由地骂她："好个美人！真象个病西施了。你天天作这轻狂样儿给谁看？你干的事，打量我不知道呢！我且放着你，自然明儿揭你的皮！"当时晴雯非但不敢顶嘴，只是一味逃避；末了，连痛哭都挨到出门以后。可见她对王夫人畏惧的程度。凤姐、王善保家的来抄检，她就有所反抗，但也不是正面硬顶，而是倒箱子发泄；今日王夫人亲自坐镇，晴雯没胆量反抗叫板。许多评论都说晴雯怎么勇敢，如何具有反抗精神。人们说过了头，不符合文本描写的实际。其实晴雯不敢反抗王夫人，并不损害她的形象，她毕竟只是个十几岁的丫头、奴才，如果敢于反抗王夫人，她早不在这大观园中了。我们看看，宝玉都一点不敢违抗，晴雯哪来的勇气和胆量？曹雪芹深知再写一遍晴雯的屈服毫无意思，他以回避的方式，就写一个被架出去的身影，保留了晴雯下一步悔恨的余地；当然，也以这个动态表达出对王夫人亲率大军镇压大观园的艾怨。

让我们意外的是芳官。王夫人的火力不可谓不猛："唱戏的女孩子，自然是狐狸精了！上次放你们，你们又懒待出去，可就该安分守己才是。你就成精鼓捣起来，调唆着宝玉无所不为。""狐狸精""你就成精鼓捣起来，调唆着宝玉无所不为"，这简直就是判罪，无需审判直接定罪，判词严厉，比晴雯的凶猛的多。但是，年纪比晴雯小许多的芳官却处惊不变，居然笑辩道："并不敢调唆什么。"对比一下：晴雯无声无息地去了，四儿"不禁红了脸，低头垂泪"，也被押走，白色恐怖达到极点，芳官居然毫不畏惧，坦然"笑辩"，不夸张地说，芳官一出手就盖过了王夫人的气场，这需要多大的勇气。虽然芳官最终也被驱逐，但宝玉大可欣慰，他没有看走眼，慧眼识英雄。

然而我们更要说的是，宝玉本人！宝玉着实令我们失望！在这疾风暴雨中，宝玉本来可以振臂一呼大举抗击一番的，可惜没有，整个镇压过程中，宝玉只是一个一声不响的看客！过后，曹雪芹拖出宝玉给了一个大特写镜头，还有"旁白"：

> 如今且说宝玉只当王夫人不过来搜检搜检，无甚大事，谁知竟这样雷嗔电怒的来了。所责之事皆系平日之语，一字不爽，料必不能挽回的。虽心下恨不能一死，但王夫人盛怒之际，自不敢多言一句，多动一步，一直跟送王夫人到沁芳亭。王夫人命："回去好生念念那书，仔细明儿问你。才已发下狠了。"宝玉听如此说，方回来。

曹雪芹对宝玉的这番描写，尤其是其心理活动，究竟是为其开脱？还是进行指责？恐怕不同的读者有不同的观点。我想说的是，曹雪芹写得非常精准，"不敢多言一句，多动一步"，言简意赅，纲举目张。宝玉小心翼翼恭恭敬敬地把母亲送出怡红院，直到王夫人命他回去，他方回来。我们为什么对宝玉失望呢？至少，王夫人对晴雯是天大的冤枉，看过前后文我们知道，晴雯与宝玉实在没有做过什么越轨之事，这一点王夫人不清楚，但宝玉自己最清楚！眼看晴雯遭此齐天大冤，别人没资格说话，宝玉非但有资格、而且有必要站出来证明和抗争。然而宝玉做了缩头乌龟！人人都说晴雯暴烈，但作品告诉我们，晴雯实际上十分体贴，甚至可称温柔。宝玉没有挺身而出为她说一句话，但在后面，她依然对宝玉一往情深，以身相许！我们想想，有几个女子能做到这样子？我甚至怀疑，如果宝玉这样对待袭人，袭人会不会无怨无恨？如果说当年金钏儿事件，宝玉还小，而且事发突然，仅仅那么一秒钟宝玉已经落荒而逃，他来不及思考来不及做出理性的反应；那么今日，宝玉已经是个可以成家立业的青年，而且晴雯自从被王夫人招去训斥到今天，宝玉有足够的思考时间，今日从他进入怡红院到晴雯被架出去，至少也有几分钟的时间。宝玉眼看着，不作为，不是他来不及反应，而是他怯懦，他自私，他不敢表达出同情，更不敢伸张正义。如果有人说我的这个评判有点超越时代，错怪了、冤屈了宝玉，那么我们看看曹雪芹同一时代的续作者所写的第 92 回，司棋的爱人潘又安，在司棋自杀后他也徇情而亡。可能有的读者说那是为爱人而死，宝玉的爱人是黛玉。那么我说，宝玉站出来为晴雯洗刷冤屈，绝对没有送命的风险，至多，不过是遭一顿打。晴雯是愿意以身相许的，宝玉难道连一顿打都不能承担？这还不叫自私？这还不是懦夫？

好了，我的观点并不重要，重要的是我们找到作者曹雪芹这样写宝玉究竟什么意图。我们前后对照着看，觉得曹公还是把握住了宝玉的性格脉络，让他在自己的范畴内行走徘徊。此时的贾宝玉就是这么个人，他还不具有反对父母的勇气，还没有反对父母的思想基础。在他的思维中父母所做的一切都是为他好，这是他的基本观念，既然如此，即使父母有些事做过头、做错了，他也只得承受。当然，宝玉之所以不敢反对，不敢申辩，还有一个强大的理念支配着他，那就是孝道。在我国古代，儒家的思想一直被称为"儒教"，捧到宗教的高度，"君君臣臣父父子子"、孝道等基本观念还形成法律条款，违反者刑法处置。知道这些我们才能真正理解贾宝玉。过去许多人说宝玉是个封建反抗者，但我认为，宝玉依然是封建社会的普通一员，他远远称不上反抗者。宝玉不懂、也不理会政治，而在人伦观念方面，他是个绝对的孝子。别说对贾母、王夫人的孝敬了，贾政再怎么打他，他依然对父亲恭恭敬敬。宝玉在思想上、感情上都不愿伤害母亲，更不要说公然对抗。宝玉对晴雯有真情，但晴雯在他心中的分量完全不能与王夫人相比。实情是，即使彻底牺牲晴雯，宝玉也没有挑战王夫人，连私下埋怨都只针对袭人等。这就是曹雪芹所把握的宝玉心态，把握得很精准，保证了形象的完整性。在此我多说一句，《红楼梦》的续作对宝玉性格同样把握得非常好，尤其是宝玉同宝钗、同王夫人的感情后续怎么样一点一点地、逐渐逐渐地疏远，但直到他出走，也没有彻底破裂，他临别时对母亲磕头，满眼流泪。续作者这些描写，让宝玉的性格保持了高度的统一性，把宝玉塑造完满了。

那么，我们为什么说，对宝玉很失望呢？首先我们是为晴雯，我们从晴雯的眼睛里望出去，在这生死关头，宝玉赶回来了，她一定感到很幸运；然而，宝玉在一边站着，就这么眼看着自己被拉走，晴雯是多么失望，多么伤心！以晴雯的性格，她与宝玉换个位置，她一定大声对母亲喊出："不！不能这样！"然而宝玉却一言不发，没有任何救助。晴雯是了解宝玉的，她没有任何埋怨。但我们很难不替晴雯感到失望。另一个原因实际上与这一个相关联，那是我们作为读者，我们结识宝玉这么久了，我们都爱他，我们对他充满期望，我们认为这样的时刻，他应该站出来，为了正义，为了道德，他必须挺身而出，因为只有他清楚，晴雯没有勾引过他，没有与他有什么不当，他应该大声宣告！即使不能阻止晴雯被撵走，也应该对母亲发出抗议，替晴雯讨回清白。尤其，在我们看来，他这么做，也没有什么不孝，澄清事实、纠正错误，能算背逆不孝吗？孔子的学生也能提出不同意见的。即使不以道义和道德论，我们就从性格来说，宝玉一向懦弱，今天"王夫人盛怒之际，自不敢多言一句，多动一步"。我们需要打破砂锅问到底：宝玉究竟怕什么呢？他即使出面申辩，甚至顶撞母亲几句，王夫人会把他怎么样？能把他怎么样？宝玉能失去什么呢？我思来想去，他并不会有什么严重后果。然而，他就是什么都没做。其实王夫人能够做出多大反应前面已经有例子：周瑞家的告诉王夫人抄检大观园的整个过程和结果，说到王善保家的那事情，王夫人并没有对探春抽王善保家的耳光有什么指责。探春的举动宝玉应该已经听说。然而，宝玉依然唯唯诺诺。——这，就是曹雪芹笔下的宝玉，是曹公精心塑造的宝玉，曹公没有意思让宝玉学探春，没有意思要宝玉顶撞母亲，他塑造的就是一个乖孩子宝玉，一个很顺从的听话的宝玉。曹公要的就是这样一个宝玉；最终，连如此孝顺、如此听话、如此乖的宝玉到底还是与家庭、与亲人决裂了，出走了。曹公写的就是这样的悲剧。

宝玉对母亲不敢说"不"，但是，对下层人员，对仆人，他开始严重怀疑。他的心思一点没用来对付母亲，他的心思全部用来对付下人。这一点，没仔细读文本的人，绝对难以相信。曹公对宝玉的这个描写，这种变化，这种转折，在文本上清清楚楚、明明白白。我们必须留意。

宝玉听如此说，方回来，一路打算："谁这样犯舌？况这里事也无人知道，如何就都说着了。"一面想，一面进来，只见袭人在那里垂泪。且去了第一等的人，岂不伤心，便倒在床上也哭起来。袭人知他心内别的还犹可，独有晴雯是第一件大事，乃推他劝道："哭也不中用了。你起来我告诉你，晴雯已经好了，他这一家去，倒心净养几天。你果然舍不得他，等太太气消了，你再求老太太，慢慢的叫进来也不难。不过太太偶然信了人的诽言，一时气头上如此罢了。"宝玉哭道："我究竟不知晴雯犯了何等滔天大罪！"袭人道："太太只嫌他生的太好了，未免轻佻些。在太太是深知这样美人似的人必不安静，所以恨嫌他，象我们这粗粗笨笨的倒好。"宝玉道："这也罢了。咱们私自顽话怎么也知道了？又没外人走风的，这可奇怪。"袭人道："你有甚忌讳的，一时高兴了，你就不管有人无人了。我也曾使过眼色，也曾递过暗号，倒被那别人已知道了，你反不觉。"宝玉道："怎么人人的不是太太都知道，单不挑出你和麝月秋纹来？"袭人听了这话，心内一动，低头半日，无可回答，因便笑道："正是呢。若论我们也有顽笑不留心的孟浪去处，怎么太太竟忘了？想是还有别的事，等完了再发放我们，也未可知。"宝玉笑道："你是头一个出了名的至善至贤之人，他两个又是你陶冶教育的，焉得还有孟浪该罚之处！只是芳官尚小，过于伶俐些，未免倚强压倒了人，惹人厌。四儿是我误了他，还是那年我和你拌嘴的那日起，叫上来作些细活，未免夺占了地位，故有今日。只是晴雯也是和你一样，从小儿在老太太屋里过来的，虽然他生得比人强，也没甚妨碍去处。就是他的性情爽利，口角锋芒些，究竟也不曾得罪你们。想是他过于生得好了，反被这好所误。"说毕，复又哭起来。袭人细揣此话，好似宝玉有疑他之意，竟不好再劝，因叹道："天知道罢了。此时也查不出人来了，白哭一会子也无益。倒是养着精神，等老太太喜欢时，回明白了再要他是正理。"宝玉冷笑道："你不必虚宽我的心。等到太太平服了再瞧势头去要时，知他的病等得等不得。他自幼上来娇生惯养，何尝受过一日委屈。连我知道他的性格，还时常冲撞了他。他这一下去，就如同一盆才抽出嫩箭来的兰花送到猪窝里去一般。况又是一身重病，里头一肚子的闷气。他又没有亲爷热娘，只有一个醉泥鳅姑舅哥哥。他这一去，一时也不惯的，那里还等得几日。知道还能见他一面两面不能了！"说着又越发伤心起来。袭人笑道："可是你'只许州官放火，不许百姓点灯'。我们偶然说一句略妨碍些的话，就说是不利之谈，你如今好好的咒他，是该的了！他便比别人娇些，也不至这样来。"宝玉道："不是我妄口咒他，今年春天已有兆头的。"袭人忙问何兆。宝玉道："这阶下好好的一株海棠花，竟无故死了半边，我就知有异事，果然应在他身上。"袭人听了，又笑起来，因说道："我待不说，又撑不住，你太也婆婆妈妈的了。这样的话，岂是你读书的男人说的。草木怎又关系起人来？若不婆婆妈妈的，真也成了个呆子了。"宝玉叹道："你们那里知道，不但草木，凡天下之物，皆是有情有理的，也和人一样，得了知己，便极有灵验的。若用大题目比，就有孔子庙前之桧，坟前之蓍，诸葛祠前之柏，岳武穆坟前之松。这都是堂堂正大随人之正气，千古不磨之物。世乱则萎，世治则荣，几千百年了，枯而复生者几次。这岂不是兆应？小题目比，就有杨太真沉香亭之木芍药，端正楼之相思树，王昭君冢上之草，岂不也有灵验。所以这海棠亦应其人欲亡，故先就死了半边。"袭人听了这篇痴话，又可笑，又可叹，因笑道："真真的这话越发说上我的气来了。那晴雯是个什么东西，就费这样心思，比出这些正经人来！还有一说，他纵好，也灭不过我的次序去。便是这海棠，也该先来比我，也还轮不到他。想是我要死了。"宝玉听说，忙握他的嘴，劝道："这是何苦！一个未清，你又这样起来。罢了，再别提这事，别弄的去了三个，又饶上一个。"袭人听说，心下暗喜道："若不如此，你也不能了局。"宝玉乃道："从此休提起，全当他们三个死了，不过如此。况且死了的也曾有过，也没有见我怎么样，此一理也。如今且说现在的，倒是把他的东西，作瞒上不瞒下，悄悄的打发人送出去与了他。再或有咱们常时积攒下的钱，拿几吊出去给他养病，也是你姊妹好了一场。"袭人听了，笑道："你太把我们看的又小器又没人心了。这话还等你说，我才已将他素日所有的衣裳以至于各什各物总打点下了，都放在那里。如今白日里人多眼杂，又恐生事，且等到晚上，悄悄的叫宋妈给他拿出去。我还有攒下的几吊钱也给他罢。"宝玉听了，感谢不尽。袭人笑道："我原是久已出了名的贤人，连这一点子好名儿还不会买来不成！"宝玉听他方才的话，忙陪笑抚慰一时。晚间果密遣宋妈送去。

这一段对话很长，我们必须全部引用，因为它关系太大，太重要，也因为它写得太妙。我们必须分几个层次来讨论。第一层，我们看看宝玉的心思是怎么拐弯的。曹雪芹笔下，宝玉的心思拐弯没有任何阻力，不需任何思考，非常直接，远没有我们想象得那么复杂：

> 宝玉听如此说，方回来，一路打算："谁这样犯舌？况这里事也无人知道，如何就都说着了。"一面想，一面进来。

大家看清楚了，他送完王夫人一个转身，心思即用到怀疑下人身上。自然，在这之前，当王夫人还在屋里时；再往前推，当晴雯被架走的时候，恐怕宝玉就在这么想，而不是想着："怎么救晴雯？我需要怎么做？我该与母亲摊牌吗？"宝玉的心思与我们想象的很不一样。往深一层说，宝玉被孝道洗脑洗心，他对母亲没有丝毫疑问，更谈不上质疑、提问、争辩、抗争，"擀面杖吹火"，只通一头，就是下人这一头。这就是宝玉的心态。谈得再深一点、远一点，宝玉的这个反应是我国的一种"国民性"，不仅古代是这样，现代也依然。人们被家长、老师、上级批评责备的时候，往往不是展开针对性、评判性思维：他们的责备正确吗？我该抗辩吗？不是这么思维的。而是在第一时间展开边缘性、搜索性思维：他们是怎么知道的？谁向他们泄露、报告的？追查告密者成为第一的、最重要的事情。我以为曹雪芹在这里塑造着宝玉形象很重要的一层，但人们往往忽视了。严格来讲，这种紧要关头，是人物表现的高光时刻，是作者塑造人物的大好时机，人物怎么想怎么做，是他性格的重要展示。曹雪芹抓住了宝玉，文本上写得清清楚楚，可惜许多评论偏离了文本而一味拔高宝玉，这不单误会了贾宝玉，也误会了《红楼梦》，误会了曹雪芹。《红楼梦》最深刻的地方，理应引发思考、引起反思的内容，常常被忽视；而受到重视的，往往是一些表皮。这是红学研究需要改进的地方。

　　第二层，这个描写造成人们对袭人的怀疑，甚至厌恶。人们对袭人的恶感主要依据于此，所以我们从头看起，仔细辨别。宝玉"一面想着，一面进来，只见袭人在那里垂泪"。这是袭人的第一个镜头，在那里垂泪。贬斥袭人的说，那是袭人故意假装的，是猫哭老鼠；不过，文本上没写是假装，只说袭人在那里垂泪。我们暂且不判断是不是假装，我们认为至少需要把这一段看完，辨别清楚了，才可以下判断。我以为这样分析比较好，一个是考察袭人与晴雯的关系，她们这两年越来越亲密，有没有可能晴雯是被蒙蔽呢？不少人有这样的疑虑。我以为，以晴雯的智商不至于。前面晴雯说过，袭人的小动作、与宝玉的暗中关系，以及所得到王夫人的银子等，她全清楚。这说明晴雯对袭人了解得很透，她一直在观察在打听，明的暗的她都了解。如此聪明的一个晴雯，自己被袭人蒙在鼓里一点不知道？这恐怕不大可能。何况，即使以前蒙蔽了，但自从她被王夫人叫去大骂一顿，晴雯这些天也会反思，王夫人怎么会如此恨她，又是谁在陷害她、出卖她。如果袭人有嫌疑，晴雯应该能够觉察。晴雯对袭人不疑心，那么我们来疑心似乎就不在理。其次，作品在前前后后写得比较明白，陷害晴雯的是王善保家的、春燕母亲等一批老妈子，却没有一处暗示是袭人。再回看前面一段，作品明明白白写了："原来王夫人自那日着恼之后，王善保家的去趁势告倒了晴雯，本处有人和园中不睦的，也就随机趁便下了些话。王夫人皆记在心中。"很清楚，一些同大观园有矛盾的人对王夫人告了状，告状者非但不是袭人，甚至不一定是怡红院中人。其三，就这一段描写，我们先看能不能从对话中找出袭人的破绽，如果找不出，那么要结合袭人的神态表情以及肢体语言来综合分析，看看袭人是否保持坦然，以及这种坦然的一贯性。袭人不是高级间谍，她没受过这方面专门训练，如果有伪装、有隐瞒，在晴雯突然被带走、宝玉又突如其来的一顿审讯时，袭人即使不崩溃、不惊慌，也多多少少会有蛛丝马迹。我们看看有没有呢？回顾一下，袭人第一个镜头是在垂泪，很自然；然后宝玉哭了，她劝了几句，也很正常。接着，宝玉是以审问嫌疑犯的口气，直截了当地一顿询问，一般的人是绝对挡不住的。袭人怎么样呢？我们再回顾一遍。宝玉道："怎么人人的不是太太都知道，单不挑出你和麝月秋纹来？"说实话，这里宝玉的审问，已经不止是疑心，简直怀有敌意了。袭人假如真的心虚，恐怕马上乱了阵脚。因为袭人没有准备，王夫人是突然闯进来的，即使袭人是内应，王夫人也没通知过她，情势突变，再加宝玉的突击审讯，即使是经过训练的人，也难免慌乱。但是，袭人慌了没有？看作品：

> 袭人听了这话，心内一动，低头半日，无可回答，因便笑道："正是呢。若论我们也有顽笑不留心的孟浪去处，怎么太太竟忘了？想是还有别的事，等完了再发放我们，也未可知。"

这里的心理描写有点含蓄，袭人"心内一动"，她想点什么，曹公不写。为什么不写？我以为这就是艺术，是含蓄，是微妙，它可以引发读者强烈的兴趣和丰富的联想，可以把读者拖进来一起参与，与作者一起来塑造袭人，充实形象。后面的神态描写"低头半日，无可回答，因便笑道"，写得意味深长，同样微妙。"低头半日，无可回答"与"心内一动"连写，那是袭人意识到宝玉对自己有了疑心，而且疑心不小，她想着应该如何回答，如何释疑。"无可回答"，与后面她笑着说的话连起来看，有这么几个意思：一个是不回答，不正面回答"怎么人人的不是太太都知道"；另一个是不解释，因为她没有证据可以解释为什么"太太都知道"，越解释宝玉越疑心；或许还有第三个意思，没必要解释，自己没做亏心事，何必去解释。这几个意思我们不是胡猜，而是因为后面袭人——

> 因便笑道，"正是呢。若论我们也有顽笑不留心的孟浪去处，怎么太太竟忘了？想是还有别的事，等完了再发放我们，也未可知。"

袭人的态度很坦然，既不紧张，也不激动，"正是呢"，语调也很平和。她只回答宝玉第二个疑问："单不挑出你和麝月秋纹来？"她回答得那么轻松，还带着开玩笑的口气，可以用泰然自若来形容。曹公不写袭人"心内一动"想的是什么，而是写出袭人神态、动作、言语、语气，这些东西形成一个系统：从容不迫，坦坦荡荡。有这样的系统，就不必写袭人内心是怎么"动"，没必要。我想，我们分析到这里已经够了，后面两人的对话、交锋，曹雪芹究竟要表达什么含义，读者应该能得出自己的结论。如果说中间有什么关键点，那就是宝玉略带讽刺地说"你是头一个出了名的至善至贤之人"，甚至冷笑，袭人依然平静如水，因叹道："天知道罢了。"连"可是你'只许州官放火，不许百姓点灯'"，也是微笑着、平静地说的。最后，宝玉与袭人重归于好。我认为，审讯证明了她的清白。

人们指证袭人陷害晴雯，是个阴谋者，最重要的证据就来自这一段，其他证据都不足道。人们这么想："连宝玉都怀疑了，难道还有假吗？"然而，根据我们对文本仔细地研究，我们的结论恰好相反：曹雪芹这一段描写，不是暴露出袭人的阴暗，而是表明了袭人的清白。人们需要反思：过去的一些批评意见是不是偏离了文本？

或许是袭人的坦荡令宝玉释怀，或许是宝玉本不过是寻由发泄，发泄完了也就释怀。当袭人说海棠花的枯萎还轮不到晴雯，可能预兆袭人的死亡。

> 宝玉听说，忙握他的嘴，劝道："这是何苦！一个未清，你又这样起来。罢了，再别提这事……全当他们三个死了，不过如此。"

大家看到，宝玉对袭人的感情，绝不在晴雯之下。最后宝玉提出把晴雯的用品打点一下，被袭人笑道："你太把我们看的又小器又没人心了。"她早把一切打点好了。宝玉连忙"陪笑抚慰"，用大白话来说就是表示道歉，承认自己错怪袭人。至此，两人重归于好。

下文是宝玉探晴雯，《红楼梦》中最感人的场面之一。

> 宝玉将一切人稳住，便独自得便出了后角门，央一个老婆子带他到晴雯家去瞧瞧。先是这婆子百般不肯，只说怕人知道，"回了太太，我还吃饭不吃饭！"无奈宝玉死活央告，又许他些钱，那婆子方带了他来。这晴雯当日系赖大家用银子买的，那时晴雯才得十岁，尚未留头。因常跟赖嬷嬷进来，贾母见他生得伶俐标致，十分喜爱。故此赖嬷嬷就孝敬了贾母使唤，后来所以到了宝玉房里。这晴雯进来时，也不记得家乡父母。只知有个姑舅哥哥，专能庖宰，也沦落在外，故又求了赖家的收买进来吃工食。赖家的见晴雯虽到贾母跟前，千伶百俐，嘴尖性大，却倒还不忘旧，故又将他姑舅哥哥收买进来，把家里一个女孩子配了他。成了房后，谁知他姑舅哥哥一朝身安泰，就忘却当年流落时，任意吃死酒，家小也不顾。偏又娶了个多情美色之妻，见他不顾身命，不知风月，一味死吃酒，便不免有兼葭倚玉之叹，红颜寂寞之悲。又见他器量宽宏，并无嫉妒

炉枕之意，这媳妇遂恣情纵欲，满宅内便延揽英雄，收纳材俊，上上下下竟有一半是他考试过的。若问他夫妻姓甚名谁，便是上回贾琏所接见的多浑虫灯姑娘儿的便是了。目今晴雯只有这一门亲戚，所以出来就在他家。

先说宝玉。"宝玉将一切人稳住，便独自得便出了后角门，央一个老婆子带他到晴雯家去瞧瞧。"这句描写也容易让人产生联想。"将一切人稳住"，稳住谁？我们自然想到他主要是稳住袭人。宝玉要溜出去，没什么别人管他，真正管的是袭人；袭人这一关通过，所有人都通过。疑心袭人是告密者的人，在这里看到宝玉对袭人采取了保密、防范措施。尊重文本的读者自然应当承认，宝玉这里确实是在瞒袭人。不过宝玉究竟瞒袭人什么，这需要区分。我认为，前面通过两人的沟通，或者说是面对面的交流、交锋，已经解除了所谓告密者的嫌疑，这一点前面说得很详细了。可是，消除告密者的嫌疑，不等于宝玉什么事都愿意让袭人知道，包括眼下他要去看晴雯，袭人就可能劝阻唠叨，说些太太正在火头上等，为避免这些麻烦，宝玉"将一切人稳住"，而不是仅对袭人一个。简单举例就明白了，这次他连茗烟都不带，难道因此就说他也怀疑茗烟了？显然不是，他只想悄悄地去，立马就去。如此而已。

接着，曹雪芹开始补叙晴雯的身世，一方面是欠晴雯的，毕竟晴雯在太虚幻境十二金钗副册上位列头牌，但作品近十来回写晴雯的文字远远不如芳官，所以现在是还晴雯的债；其次也是再不写就没机会了，这是晴雯最后一次亮相，后面她的死亡只有侧面叙述，没有正面描写。晴雯的身世大大不如袭人，只与鸳鸯近似，她虽然不是家生子，但她比鸳鸯还要惨：鸳鸯尚有父母在南京，身边还有哥哥嫂子，晴雯却是自幼被卖给赖嬷嬷家，又由赖嬷嬷转送给贾母，晴雯连父母的模样都不知道；在贾府，她也只有一个姑舅哥哥，可谓一个亲人也没有。还偏偏，她的表兄表嫂，就是最不成器的多浑虫和灯姑娘。晴雯与多浑虫和灯姑娘有这么一层亲戚关系，作品前面并没有交代；到这里才突然交代，我疑心，恐怕是曹雪芹写到这里临时要把晴雯的身世写悲惨，又不愿多花笔墨，所以就在前面已经写到的烂人当中随便找一个最烂的，于是让多浑虫和灯姑娘当上晴雯的表兄表嫂。而且很显然，行笔至此，曹公很想戏弄一下这位多姑娘，其所用的文字我们看看："这媳妇遂恣情纵欲，满宅内便延揽英雄，收纳材俊，上上下下竟有一半是他考试过的。"这里的语调满是戏谑，而且所用的词语"延揽英雄""收纳材俊""考试"都不像小说原本的用语，完全是说书的用辞，可以推测曹公刚刚一杯酒下肚，酒性上涌文笔跑调，在他写下全书最沉痛的文字前面几分钟，居然抖出如此谐谑的笔调。而晴雯摊上这样的亲戚，真是糟糕透顶。

此时多浑虫外头去了，那灯姑娘吃了饭去串门子，只剩下晴雯一人，在外间房内爬着。宝玉命那婆子在院门瞭哨，他独自掀起草帘进来，一眼就看见晴雯睡在芦席土炕上，幸而衾褥还是旧日铺的。心内不知自己怎么才好，因上来含泪伸手轻轻拉他，悄唤两声。当下晴雯又因着了风，又受了他哥嫂的歹话，病上加病，嗽了一日，才朦胧睡了。忽闻有人唤他，强展星眸，一见是宝玉，又惊又喜，又悲又痛，忙一把死攥住他的手，哽咽了半日，方说出半句话来："我只当不得见你了。"接着便嗽个不住。宝玉也只有哽咽之分。晴雯道："阿弥陀佛，你来的好，且把那茶倒半碗我喝。渴了这半日，叫半个人也叫不着。"宝玉听说，忙拭泪问："茶在那里？"晴雯道："那炉台上就是。"宝玉看时，虽有个黑沙吊子，却不象个茶壶。只得桌上去拿了一个碗，也甚大甚粗，不象个茶碗，未到手内，先就闻得油膻之气。宝玉只得拿了来，先拿些水洗了两次，复又用水汕过，方提起沙壶斟了半碗。看时，绛红的，也太不成茶。晴雯扶枕道："快给我喝一口罢！这就是茶了。那里比得咱们的茶！"宝玉听说，先自己尝一尝，并无清香，且无茶味，只一味苦涩，略有茶意而已。尝毕，方递与晴雯。只见晴雯如得了甘露一般，一气都灌下去了。宝玉心下暗道："往常那样好茶，他尚有不如意之处，今日这样。看来，可知古人说的'饱饫烹宰，饥餍糟糠'，又道是'饭饱弄粥'，可见都不错了。"

宝玉与晴雯相见的第一段描写，写什么？我们谁也不会想到，写的是喝茶！生死诀别，我们总以为会写重要的诀别言语，但曹公却不急，他先花上好几百字去写喝茶。许多人想不通，为什么要写喝茶呢？因为曹公虽然想象极其丰富甚至浪漫，但他毕竟是个现实主义作家，他喜欢以细节——生活的细节来结构情节、表达意味。常言"一花一世界"，对于晴雯和宝玉，这时候的一杯茶，就是一个世界；这一碗茶，告诉我们晴雯现在所处的环境同她曾经的生活有多远。写完这碗茶，晴雯的处境全部明朗了；同时，一天之间晴雯的变化我们也看到了，平时那么难侍候的人，现在散发着油膻味的茶她当甘露般一气灌了下去。

不过，晴雯灌下这碗茶并不是为了求生，而是生出点精神来同宝玉诀别。

晴雯呜咽道："有什么可说的！不过挨一刻是一刻，挨一日是一日。我已知横竖不过三五日的光景，就好回去了。只是一件，我死也不甘心的：我虽生的比别人略好些，并没有私情密意勾引你怎样，如何一口死咬定了我是个狐狸精！我太不服。今日既已担了虚名，而且临死，不是我说一句后悔的话，早知如此，我当日也另有个道理。不料痴心傻意，只说大家横竖是在一处。不想平空里生出这一节话来，有冤无处诉。"说毕又哭。宝玉拉着他的手，只觉瘦如枯柴，腕上犹戴着四个银镯，因泣道："且卸下这个来，等好了再戴上罢。"因与他卸下来，塞在枕下。又说："可惜这两个指甲，好容易长了二寸长，这一病好了，又损好些。"晴雯拭泪，就伸手取了剪刀，将左手上两根葱管一般的指甲齐根铰下，又伸手向被内将贴身穿着的一件旧红绫袄脱下，并指甲都与宝玉道："这个你收了，以后就如见我一般。快把你的袄儿脱下来我穿。我将来在棺材内独自躺着，也就象还在怡红院的一样了。论理不该如此，只是担了虚名，我可也是无可如何了。"宝玉听说，忙宽衣换上，藏了指甲。晴雯又哭道："回去他们看见了要问，不必撒谎，就说是我的。既担了虚名，越性如此，也不过这样了。"

晴雯这一袭话值得鉴赏。第一，她深知自己挺不过这场病，也就三五日光景，所以她是以永别的心态同宝玉说话的。抱这种心态，她的话句句直接，字字是真，她不再有任何顾虑。第二，她最愤恨的是王夫人等错怪了她，她并没有做过狐狸精的事情，现在有怨无处申。前面我们讨论过，两次当着王夫人的面，她为什么不申诉？我们说面对王夫人多年的积威，她还没有那个胆子；因为她还想在贾府待下去，还想留在宝玉身边；假如晴雯知道结局是今日这样，她会不会大声向王夫人喊冤？我们只能说，依据晴雯的性格，有这个可能。贾府中面对主子大声说"不"的，只有鸳鸯强硬拒绝贾赦和邢夫人，但是鸳鸯有贾母做后台。晴雯没有后台，但如果知道即将死去，有死亡这么个后台，晴雯应该也没什么可怕了。或许，晴雯还有一层顾虑，那就是为了宝玉，她一旦申辩，则会影响到王夫人的面子，影响到宝玉与王夫人的关系。为了维护宝玉，晴雯是愿意牺牲自己的。晴雯虽然脾气暴躁，但她对宝玉的感情相当深厚，作品写过她抱病织补孔雀裘。所以我说晴雯的隐忍应该含有体谅、维护宝玉的苦衷。第三，大家注意晴雯的自信和底气，"回去他们看见了要问，不必撒谎，就说是我的"。听她说的，宝玉实际上一直在她的掌控之中，他们之间之所以至于今无染，仅仅因为她"痴心傻意，只说大家横竖是在一处"，不然，"当日也另有个道理"。有个什么道理？大家都明白。晴雯这话表明，她与宝玉之所以至于今还是清白的，完全是由于她的坚守；至于宝玉，何尝不想上手？公子和丫头都到这个年龄，天天吃饭睡觉在一起，有几个是互不相干的呢？问题在于，晴雯为什么不让宝玉上手？她守住自身的目标是什么？按照她的话，"只说大家横竖是在一处"，她以为不用着急，等到宝玉结婚那天，她与宝玉也是"在一处"的，宝玉会带着她；正由于她坚信这一点，她才坚守清白，她要以清白身子去当屋里人、姨太太。她或许并不为此而让宝玉高看她一眼，而是对她自己有个交代，让自己高看自己。有些人是有这么一种追求，这么一种自律的，尽管外人看来未必有多么崇高，但他们就这么坚持、坚守。前面晴雯说过，宝玉与袭人、麝月的事情她全知道，但她不屑于做这样的事，她"要留清白在人间"。在这一点上，晴雯确实很像林黛玉。只是人算不如天算，造化往往弄人，今日王夫人把晴雯多年的坚守毁于一旦，让她的梦想变为空想。晴雯所说的是不是事实？我们看看宝玉的反应就可明白。宝玉痛不欲生，显然也是深深明白晴雯这份深意，他对晴雯言听计从，也是他们一路走来，他最懂得晴雯的心思。晴雯的心到现在还是痴，痴得厉害，"我将来在棺材内独自躺着，也就象还在怡红院的一样了"。——"还在怡红院"，这就是晴雯一生最大的梦想，最美的愿望。一个没有人生自由的丫头，一个很少见到男人的小女孩，有幸遇见宝玉这样一位多情公子，已经是非常非常难得，晴雯把他作为今后的寄托，其成功概率是很小的，她不可能有比这更高的目标了。第四，晴雯在临死之前能同自己的心上人交换定情物，并酣畅淋漓地说出自己的心思和意愿，她以这样坦荡的方式对王夫人的冤枉做出有力的报复，可以说她闭眼的时候内心绝不空虚，尽管四周一片凄凉。

　　晴雯这个形象，实际上是到这里才真正展现出来，光彩耀人。晴雯的人格力量前面写得都远远不如这里，看上去只是任性而已，但到了这里晴雯的气势才突然飞奔而出，"回去他们看见了要问，不必撒谎，就说是我的"。这不仅表现她对宝玉有绝对的信心，更表现出她跳出俗世、蔑视环境的豪迈气势。这里的"他们"，不仅指袭人麝月等人，还包括所有人。如果要说反叛，那么晴雯的这个反叛力度超过了鸳鸯，鸳鸯只说最多自杀，或者不嫁男人；晴雯则是要把自己的私心，把她与宝玉的男女私情公诸于天下！所以我们觉得晴雯在今天一下子长高了，有点伟岸。我觉得，这段文字是《红楼梦》中最悲壮、最高光的，描写非常直接，用绘画语言叫"白描"，没有任何烘托渲染，直接见功夫。而且我还要说一句，这个场面描写可以称作曹雪芹的"绝笔"，后面几回都再也没有如此见精神的文字。就像高峰过后的低谷，曹雪芹的最后几回文字比起前面有所降落，对此我们后面再说。如果一定要找找这段文字有什么欠缺，那我要说面对晴雯的高光，宝玉的对手戏显得有点黯淡，他不仅没有一句男子汉的响亮言语，而且始终都是唯唯诺诺，除了流泪、顺从再无其他。我们没有看到"霸王别姬"那种男女双方珠联璧合的演出。

　　接下来一段描写，似乎是专门替宝玉洗刷名声的。宝玉与晴雯正说着话，晴雯的嫂子灯姑娘忽然冲进来把宝玉拽进里面房间，要当场"考试"宝玉一番，宝玉吓傻了。好在灯姑娘算是有良心，说看在宝玉与晴雯的清白分上，放过了宝玉。作者插进这么一笔，除了表扬宝玉之外，更重要的恐怕还是反衬晴雯的冤枉，让灯姑娘成为一个重要证人，她亲眼见证了晴雯与宝玉的清白。当然通过这个场面，作者也让我们见识了外面的世界有多复杂和凶险，反衬出大观园是多么清朗、多么难得。

　　宝玉回到怡红院后的两个细节描写，让我们见识曹雪芹的细腻。一个是宝玉回来瞒骗袭人说自己是去薛姨妈家，可见宝玉内心深处到底把自己与晴雯，同袭人之间划开了一条界线，在他的心底留下了一道裂痕。另一个是，袭人问宝玉今晚怎么睡。这句问话让我们心里"咯噔"一下：这两人怎么见外到这地步？晴雯不在了，袭人该进来就进来罢了，这房里本来就是她做主，可她偏偏要这么问宝玉，无疑，袭人自己心里也有了一道坎，她不那么自信。半夜宝玉要喝茶依然叫着晴雯，然后宝玉向袭人抱歉，两人的对话客客气气的，有些生分。这两位曾经那么亲密的人，还能不能彻底重修旧好？恐怕难了，到了第 77 回出现这样的裂痕，后面的空间理应是留给"堪羡优伶有福，谁知公子无缘"。后四十回的续书也是按照这个方向描写的，至于艺术处理是否到位，我们届时再说。

到五更，晴雯前来梦中告别，宝玉大哭大叫："晴雯死了。"这一描写加重了晴雯在宝玉心中的分量。对比一下，金钏儿的死就没有这种心灵感应，秦可卿则是托梦给凤姐。宝玉恨不得天明立即派人去打探消息。然而，曹雪芹却安排天刚亮，王夫人就派人来传宝玉：立刻起身跟父亲出外做客。宝玉自然奉命。就这样，硬生生把晴雯的丧情撂下了——宝玉和晴雯有过命的交情，但是，晴雯是不是死了这样的天大问题，却被撂到一边，宝玉出去做客了！曹雪芹这么安排显然是逼着我们唏嘘。他或许是要我们的思绪停一会儿，思考一会儿。就我而言，我的思路回到不久以前：也是忽然接到贾政要考宝玉功课的消息，宝玉急得半夜读书；这时，晴雯想出一个点子，说是有盗贼上了屋顶，宝玉吓着了生病了，借此躲过那场考试。然而，恰恰由于这个"盗贼上了屋顶"的谣言，引发贾母的警觉，于是开始整顿大观园，并发展到抄检大观园，最后把晴雯自己卷进去，赶走了，甚至牺牲了。风波过后，同样的难题再次摆到宝玉面前：现在贾政又要考他，却再也没有人给他出主意躲难关了，当初那个给他出主意的人，可能刚刚断气死了！宝玉经历了一个小小的循环或者叫轮回，在这循环中已然物是人非！晴雯的死，宝玉的尴尬，让我们体验了一番人生。而至于宝玉，他终究还是丢下了晴雯，不得不跟着贾政访客去了，这就是文本交代的基本事实，很骨感很艰涩。当年金钏儿被王夫人一巴掌，处于极端危急极其无助的时刻，曹雪芹写道"宝玉一溜烟逃走了"；当晴雯被架出怡红院的时候，宝玉眼睁睁看着，一声不吭；现在，他得到晴雯可能刚刚咽气的消息，他却不去看一眼，跟着老子当贵宾去了。——曹雪芹为什么一次次这么安排，这么设计，这么中伤宝玉呢？如此鲜明而尖锐的问题，在浩如烟海的《红楼梦》评论中，很少涉及。今天，我们提了出来，也给了某些回答。希望今后有许多人来关注，来研究，来解答。我们在这里补充一句：宝玉虽然无奈地丢下晴雯跟着贾政走了，但从此以后，宝玉再也不是原先的宝玉，他的半个心被晴雯带走了。

　　宝玉去见贾政，很奇怪贾政忽然夸赞宝玉诗词题联很有一套，听得王夫人欢喜不已。宝玉是不是也颇得意？作品没写。宝玉跟着贾政出门后，作品转入回目"美优伶斩情归水月"的内容。这十二个小女孩都来自千里之外的苏州，这些年下来死的死走的走，芳官、藕官、蕊官三人是刚刚被王夫人撵出大观园的，她们的年龄应该有十三四岁，懂事了。她们原来是学戏唱戏，并不会做什么家务，剧团解散后她们进入大观园，虽然名义上是丫头，但并没有受过苦。把她们交给干娘，那可不是供养她们的地方，从前面芳官的洗发水事件我们可以知道这几位干娘有多刻薄，芳官那个脾性怎么受得了虐待，所以她挑头要出家；而按照前面的描写芳官与藕官、蕊官颇有结义姐妹的气象，所以一拍即合，有福同享有难同当。于是几个小女孩一起造反，要出家当尼姑。只可惜她们毕竟年轻，哪里知道水月庵等地方有多么黑暗，真是逃出虎口又入狼窝，其后面的人生可想而知。比较有意思的是，芳官、藕官、蕊官刚好是宝玉、黛玉、宝钗的丫头，这三位小优伶的下场，是否在某个方面暗示着宝玉、黛玉、宝钗的最终结局？没了八十回以后的文字，我们不好说。

　　这段文字的其他看点，一个是王夫人毕竟比较善良，这三个小孩子是她赶走的，但她并不愿她们过得不幸。两个尼姑一顿噱头她就信以为真，但她还是很认真，把三个孩子叫来当面再三确认，"见他们意皆决断，知不可强了，反倒伤心可怜，忙命人取了些东西来赏赐了他们，又送了两个姑子些礼物"，这才把她们交出去。另一方面，我们也看到王夫人城府很浅，被两个尼姑随手就给骗了。我们不妨比较一下，作品写第一个与尼姑交手的是凤姐，那还是第15回，水月庵的老尼姑净虚要凤姐动用官府势力干涉婚姻官司，两人一番交手，达成协议，老尼姑并不敢欺骗凤姐，而凤姐所要的银子也一文不少到手，可以说两人打成平手。第二个写贾母与马道婆交手，那是第25回，马道婆狮子大开口，说南安太妃供养菩萨一天用四十八斤油，侯爵家是二十四斤，想蒙骗贾母上当，可是贾母思忖不语；马道婆赶紧说比较小的可以七斤、五斤，贾母选择了五斤。可见马道婆骗不了贾母，贾母胜出。第三个写的是赵姨娘，一生积蓄被马道婆骗光还倒欠许多银子，赵姨娘完败。比较一番，王夫人比贾母、凤姐差很远，仅略好于赵姨娘。所以有的评论把王夫人说得很有心机，说她与薛姨妈、凤姐暗中商定娶薛宝钗为儿媳妇，她始终在把贾母引着、逼着往这条道上走。依照我对全书的理解，王夫人既没有这心计，也没有这能力，她是一个比较厚道、老实的夫人。当然，她对晴雯非但冤枉而且狠心，冤枉晴雯说明她的情商不高，把人看错了；狠心，我们是说因为晴雯正病着而且因此一病夭亡，至于王夫人她只不过撵走了晴雯而已，并没有其他迫害行为。从当时的法律环境来说，晴雯是贾府的奴隶，是贾府的"财产"，王夫人可以任意处置她，可以把她卖到妓院，也可以把她送给亲戚朋友继续为奴；王夫人把晴雯撵走，等于给了晴雯自由，如果晴雯有父母，她父母就会很高兴，有如天上掉馅饼。所以我们不能对王夫人指责过头。她冤枉晴雯，赶走晴雯，只能说表现出她的无知和偏仄，而不能说王夫人有多狠毒。

另一个看点是对于尼姑的描写。曹雪芹一以贯之地对女僧人十分厌恶，在他的笔下尼姑道婆都是骗子恶人，这里则直接称呼"这两个拐子"。如果我们再细心些，会发现水月庵的尼姑名叫智通，那么她是"智"字辈，与智能儿同一个辈分，现在她继承了师父净虚的衣钵，其骗人的鬼话则比师父高出一筹。我们听听她对王夫人的一番劝说，满口菩萨佛心、度人修善，说得多么仁慈，讲得有理有据冠冕堂皇。换句话说，水月庵是江山代有才人出，成为培养恶魔的摇篮。而新冒出来的地藏庵的圆心，则与智通一唱一和，一路货。曹雪芹厌恶女僧人已经无需再证明，但他究竟为什么对女僧人如此厌恶，这倒是一个值得研究的问题。不过我相信，这肯定不是他的理性的思想和观念，而是同他个人的某个经历造成的心结有关。还有一个更细小的说明，水月庵的尼姑名"智通"，与作品第2回的"智通寺"重了名，我猜测是曹雪芹无意间、疏忽造成的，他不会让两者发生勾连。智通寺的门联"身后有余忘缩手，眼前无路想回头"，是足以同"假作真时真亦假，无为有处有还无"相拮抗的经典，是《红楼梦》中对人世最通透的解读，曹雪芹是不可能让女尼智通亵渎神圣的智通寺的。

第三个看点是，探春的婚姻也被提上议事日程，如此重要的消息曹雪芹只是借王夫人的心事一笔带出，不仔细的读者恐怕都没注意。曹公的安排真有意思，大观园中住着五位小姐，迎春、探春、惜春、黛玉、宝钗，其中惜春或许还小些，其余四位探春是最小的，现在官媒婆上门提亲来了，迎春的提亲更早，现今已进入相亲阶段。我们说过，黛玉比探春大，宝钗则比宝玉还大，可是作品就不写宝钗、黛玉有人提亲，更不写为什么没人提亲。前面我们看到，贾母八十大寿的筵席上贾母曾派出探春、黛玉、宝钗、湘云和宝琴五位花旦。我们不说贾母有"热烈推出、隆重展销"的意思，但至少是让小姐们走向社会，面对外人。而南安太妃那样一个个牵着手看，那可比贾母看尤二姐还要细致，她的赞叹应该也代表着筵席上无数贵夫人的心情。说明白点，看得中黛玉、宝钗的贵夫人多了去了，为什么至今为止没有一个人来提亲？曹公就是不写，而他的八十回马上要没了，叫我们说什么是好？只能理解为曹雪芹故意不写。所以我们也只能用脂批中经常出现的词语：叹叹！

　　最后我们还要回过头来评估芳官等人的抉择。之所以放到最后来说，因为其意义非同寻常，不适宜放进就事论事的情节分析中，怕被湮没了、冲淡了。芳官等人的抉择非同寻常，因为这是一次决裂，同贾府的决裂，是挣脱贾府的控制，摆脱贾府的安排，走自己的路，自己来安排自己的命运。这在作品中还是第一次，可以称得上是贾府的"首义"。我们看看过往，看到贾府的下人，不管是婆子、女人或者小丫头，都是以进入贾府为荣，在外面的拼命要钻进来，一旦进到贾府里面则宁死也不出去，如金钏儿、鸳鸯、晴雯。晴雯的所谓病亡，不过得了几天感冒，不至于死，如果想要治病，袭人送去的银子也应够她看病；她的死，恐怕一半是自绝。这三位，虽然有抱怨有反抗，但是他们都没有与贾府"决裂"的意识，在思想上意识上情感上，他们还都是贾府的人，甚至以此为荣耀。而现在，芳官等人却不是这样了，她们决定不再听命于贾府，她们非但不以贾府的奴仆而自豪，且不再甘心受贾府的支配和安排，她们要跳出贾府，自己选择道路，自己安排命运。曹雪芹的这个描写，不仅写出了贾府下人终于有人"起义"，也揭示了贾府不再有那么大的吸引力、凝聚力，它不再高贵，不再神圣。如果说一个家族走向灭亡是一步一步的，如果说忽喇喇大厦的倾塌是从某个基础部分开始的、引发的，那么，贾府最基础的部分，它柱础下面的沙土开始流失了。这就是芳官等人自我抉择的意义。在整部作品的结构中，此事件之前是一回事，它之后可能是另一回事了。我们能够看到的原著部分就安排了这种分野，这对我们读者真是一种幸运。

　　如果说第 74 回的"惑奸谗抄检大观园"写出了贾府外在的、人事方面的大转折、大坠落，那么本回的"美优伶斩情归水月"，则表现出内在的、精神方面的大决裂、大回归。

　　虽然，芳官等人毕竟年龄小，她们看不出智通与圆心的欺骗和坏意，她们意想不到自己心心念念选择的是一个虎口狼窝，但我想以芳官她们的叛逆精神，她们绝不会任人蹂躏，她们会做出新的反抗和叛逆，哪怕亡命天涯。

第七十八回

老学士闲征姽婳词　痴公子杜撰芙蓉诔

"老学士闲征姽婳词"，说贾政闲了没事让清客和宝玉、贾环、贾兰替莫须有的美女将军杜撰颂词。姽婳，这个词十分僻，战国时楚国辞赋作家宋玉的《神女赋》用过，曹雪芹搜索出这么一个词来，恐怕就是为了谐音"鬼话"，来讽刺贾政和清客们的无聊。这是曹雪芹又一次辛辣讽刺贾政，而宝玉也跟着胡诌一通，显然宝玉也被幽了一默，尤其在晴雯刚刚咽气的当天。"痴公子杜撰芙蓉诔"，说宝玉写了一篇赋悼念晴雯。回目上下两联放一起，宝玉白天写鬼话应付，晚上写真诚的悼念辞赋，对比中显出宝玉的无奈和尴尬，或多或少也包含着对宝玉的某种嘲讽。

本回第一个情节是王夫人向贾母汇报晴雯、芳官等人的事情。里面看似什么都没有，一番家常话而已，但细细品味，里面包含的东西多了，其中反映的人物关系甚至让我们微微吃惊，简直想不到。先看原文。

> 话说两个尼姑领了芳官等去后，王夫人便往贾母处来省晨，见贾母喜欢，便趁便回道："宝玉屋里有个晴雯，那个丫头也大了，而且一年之间，病不离身，我常见他比别人分外淘气，也懒，前日又病倒了十几天，叫大夫瞧，说是女儿痨，所以我就赶着叫他下去了。若养好了也不用叫他进来，就赏他家配人去也罢了。再那几个学戏的女孩子，我也做主放出去了。一则他们都会戏，口里没轻没重，只会混说，女孩儿们听了如何使得？二则他们既唱了会子戏，白放了他们，也是应该的。况丫头们也太多，若说不够使，再挑上几个来也是一样。"贾母听了，点头道："这倒是正理，我也正想着如此呢。但晴雯那丫头我看他甚好，怎么就这样起来。我的意思这些丫头的模样爽利言谈针线多不及他，将来只他还可以给宝玉使唤得。谁知变了。"

王夫人是典型的先斩后奏。我们先讨论一个问题：王夫人有权力这么做吗？这个问题，不是我们主观判断可以判定的，而是要了解当时的家族制度，以及作品中已经展示的内容。贾母是家族的女性长者，年事已高，下面已经有三代人，按照宗族制度，在家族事务管理方面她手中没有任何"法定"权力；不过，由于辈分最高，在祭祀祖先等的仪式中，她是最高尊者；而儒家倡导的孝道，也让她具有道义方面的权威，因为中国人的"孝"与"顺"又紧密相连，有"孝顺"一词，更有"千孝不如一顺"的谚语。这种谚语的力量非常大，几乎就是格言，具备穿透时空的能量，人们一代又一代遵从它、信仰它。对待贾母，如果只讲"孝"，那很容易，给她吃好的穿好的住好的，行了；但要讲到"顺"，那就意味着贾母怎么说、怎么想，下一辈的都得顺从。"顺从"与"遵从"在家庭日常中区别不大，长辈贾母从应当被人供着不说话的菩萨，变成一个你必须听从、顺从的发号施令者。就清代而言，朝廷强调的是"孝"，这"孝"主要有两个方面。一个是不能亏待长辈，但没有量化标准；另一个是守孝，那是有比较明确的量化标准的，对什么人，你必须守孝多少年、多少月，违反了刑法伺候。所以对待"孝"，王夫人比较容易把握；但对于"顺"，王夫人就比较难。现在对于晴雯的处理，晴雯原本是贾母的丫头，虽然给了宝玉，但王夫人不能把晴雯当一般丫头对待，各种处置必须照顾到贾母的颜面，所以怎么处置理当对贾母有个交代。然而，因为对贾母的交代仅仅只是"道义"上的、而不是"制度"上的，所以王夫人很随意就处置完了；等到过后，才给贾母一个交代，这就是"道义"。这个时候，就看贾母怎么对待、怎么反应了。闹得好，皆大欢喜；闹得不好，指的是贾母要托大的话，那可能就不欢而散，但已经于事无补，因为王夫人早就处置完毕，贾母即使不乐意，也翻不了案。

　　另一层，就是作品已经展现的实际关系。我们前面说过，贾母看上去颐指气使、决定一切，但实际上这一切都是虚的。这里面的关键点，还是在贾政。贾政要做出一副孝子的模样，那么贾母就是无上的权威；贾政如果不想要大孝的名声，就像贾赦那样，那么贾母除了乖乖地养老，其他什么也不是。还记得贾政恶打宝玉的情节吗？贾母极其心疼宝玉，但是贾政打了她能怎么样？她一点没办法，只能呛气："只是可怜我一生没养个好儿子，却教我和谁说去！"她的对策左不过是带着宝玉回老家去，她一点不能把贾政怎么着。即使孙子贾琏要杀凤姐，贾母眼看着也束手无策。所以，贾母在贾府的地位和威风，是贾政捧出来的；如果贾政像贾赦一样，那么贾母只能像绝大多数家族的老人一样，只求能够过清闲的日子，哪里有资格去过问家政。

　　说到这里，我们也想理一理贾母与曹雪芹的关系。我没写错，我说"贾母与曹雪芹的关系"。固然，贾母是一个虚拟的作品中人物，但是，虚拟，不可能拟地如此丰厚生动；依我的判断，贾母这样的形象必然在曹雪芹的生活中有实实在在的原型。那么，贾母是谁？谁又是贾母？这个问题很大、很复杂，我撇开其他说法，说说我的理解。在曹雪芹的实际生活中，够得上贾母规格的有两位，一位是他的祖母，另一位是他的姑妈。先说他的姑妈，也就是郡王府的福晋曹佳氏。老福晋在某些方面可以撑起贾母的衣衫，贾母是公爵的媳妇，曹氏是王妃，论辈分低于贾母一辈，论身份要高于贾母两个级别。我们想象一下，当十来岁的曹雪芹落难到北京，然后进入郡王府见到他姑妈、福晋曹佳氏的时候，郡王府这位老福晋的气度规格，在五品织造府走出来的小孩曹雪芹眼里，其高贵有如泰山北斗，所以曹佳氏堪当贾母的原型。不过我们再具体一点，贾母是已经没了丈夫的老妇人，她在贾府一人独大，所以她可以颐指气使威风八面；但是，曹佳氏的丈夫、也就是曹雪芹的姑父平郡王健在，他不仅健在，而且从他替丈人家复仇的事件中看得出，这位老王爷非常任性，甚至有点胆大妄为。他在雍正四年，就是曹家被抄的前一年已经因罪革去王位，但到了雍正十一年，他还敢于敲诈绥赫德，那可不是一般的胆子大。所以有这么一位丈夫在，我判断曹氏福晋在王府的地位，是大大不如贾母在贾府的。（老王爷很可能就是贾赦的原型，这里我们不展开。）所以贾母的原型，就落在曹雪芹的祖母身上。前面我们说过，曹雪芹的祖母，即曹寅之妻，在曹家抄家之后仍健在，内务府给雍正的奏折中就提到，因曹寅妻子北上需要留出几间北京的曹家房屋供住。这位老祖母与独苗孙子相依为命，她女儿则是福晋，所以老太太在曹家有话语权、有威望，她可以给曹雪芹塑造贾母的源泉。不过曹家的规模格局不能与贾府同日而语，所以很可能曹雪芹又把他姑妈老福晋与自己的祖母——这两位自己亲历亲见的前辈——相糅合，从而创作出贾母的形象。

贾母听了王夫人的先斩后奏，什么反应？她会不会与王夫人起争执？这是我们的看点。如果贾母心胸窄一点、经验逊色一点、智慧差一点，比如她像邢夫人那样，她是完全可能与王夫人闹翻的。但贾母是何等人，她可不会把自己逼到绝境中去。晴雯已经被撵出去了，芳官等更是已经入了尼姑庵，所谓木已成舟，要翻案都不可能，现在尽管是先斩后奏，但王夫人尊重自己，来好声好气地汇报，贾母自然就顺驴下坡。她非但表示赞同王夫人，而且说她本人也正想这么做呢！就一句话，给了自己一个黄金台阶，让她一点不丢脸。不过，她可不能完全认同王夫人，毕竟晴雯是她挑的，是她送到宝玉房里的，她可不能说自己瞎了眼吧？所以第二句话就是回护她自己。"但晴雯那丫头我看他甚好，怎么就这样起来。我的意思这些丫头的模样爽利言谈针线多不及他，将来只他还可以给宝玉使唤得。谁知变了。"贾母真会说话，前一句说自己不会看错人，后一句说晴雯变了，这既不是自己错看，也不怪王夫人撵逐——她和王夫人都没错，错的是晴雯！贾母这态度一出来，王夫人更放心，于是把袭人的事也告诉了。贾母依然表示赞同。不过，她对宝玉，却格外下功夫。

"别的淘气都是应该的，只他这种和丫头们好却是难懂。我为此也耽心，每每的冷眼查看他。只和丫头们闹，必是人大心大，知道男女的事了，所以爱亲近他们。既细细查试，究竟不是为此。岂不奇怪。想必原是个丫头错投了胎不成。"

贾母对宝玉这么下功夫，那么她对黛玉有没有下过同样的功夫呢？曹雪芹没写！

以上情节的描写，给我们上了一课。我们看到王夫人与贾母之间婆媳关系的一些本质：在人事处理方面，王夫人握有全权，她事先可以不告知贾母，只需事后告知一声；而贾母对于这些事基本不插手、不反对，反而一味附和，包括她看中的晴雯突然被撵走，包括袭人成为宝玉屋里人这样的大事。她们婆媳之间这层关系，是前面没有出现过的。我们非常幸运，曹雪芹在八十回行将结束的时候揭示出来，这对于我们理解贾府的运行实质、尤其是对于王夫人在宝玉婚姻这个全书关键事件上的话语权，心里有了底。这非常重要，下面我们马上就会说到。

本回第二个情节虽然没有一点点火药味，但我把它看成一次交手、一次谈判。谈判的一方是王夫人和凤姐，另一方是宝钗，二对一。这次交手的意义，是《红楼梦》研究者不可忽视的。

> 王夫人便唤了凤姐，问他丸药可曾配来。凤姐儿道："还不曾呢，如今还是吃汤药。太太只管放心，我已大好了。"王夫人见他精神复初，也就信了。因告诉撵逐晴雯等事，又说："怎么宝丫头私自回家睡了，你们都不知道？我前儿顺路都查了一查。谁知兰小子这一个新进来的奶子也十分的妖乔，我也不喜欢他。我也说与你嫂子了，好不好叫他各自去罢。况且兰小子也大了，用不着奶子了。我因问你大嫂子：'宝丫头出去难道你也不知道不成？'他说是告诉了他的，不过住两三日，等你姨妈好了就进来。姨妈究竟没甚大病，不过还是咳嗽腰疼，年年是如此的。他这去必有原故，敢是有人得罪了他不成？那孩子心重，亲戚们住一场，别得罪了人，反不好了。"凤姐笑道："谁可好好的得罪着他？况且他天天在园里，左不过是他们姊妹那一群人。"王夫人道："别是宝玉有嘴无心，傻子似的从没个忌讳，高兴了信嘴胡说也是有的。"凤姐笑道："这可是太太过于操心了。若说他出去于正经事说正经话去，却象个傻子；若只叫进来在这些姊妹跟前以至于于大小的丫头们跟前，他最有尽让，又恐怕得罪了人，那是再不得有人恼他的。我想薛妹妹此去，想必为着前时搜检众丫头的东西的原故。他自然为信不及园里的人才搜检，他又是亲戚，现也有丫头老婆在内，我们又不好去搜检，恐我们疑他，所以多了这个心，自己回避了。也是应该避嫌疑的。"

刚刚，王夫人与贾母的一场对话，王夫人是占上风的，我们看到她对付贾母的脑子很好使。然而到这里与凤姐一对嘴，又显出王夫人的脑子不怎么好使。第一，她对宝钗为什么出去茫然无知，想不出原因；第二，她对自己的宝贝儿子的基本性情都闹反了。相反，凤姐不仅深懂宝玉，而且对宝钗出去的原因一下子就点出要害。可见王夫人不如凤姐甚。此外，我们可以关注两点，一个是王夫人见贾兰身边的奶妈长得妖乔，她立即行使祖母的权力将奶妈赶走，可见她就是见不得这样的女子，根本无需什么罪状。由此反推，她对晴雯也不需什么过错的证据，所以未必需要什么人告了晴雯的实状，只是晴雯的长相、性格、为人，王夫人都不喜欢，因而撵了出去。这就告诉我们，追究谁告的状本身就没有多大意义，怀疑袭人就更加不值得。另一个值得关注的点，王夫人为什么追问宝钗的事情，注意她的原话："那孩子心重，亲戚们住一场，别得罪了人，反不好了。"可知，王夫人至今为止还是把宝钗当亲戚看待，想的是别得罪了亲戚。我们说这话什么意思？我的意思是王夫人没有把宝钗当作未来媳妇的意思，这对于我们理解宝玉、黛玉、宝钗的关系，以及贾母、王夫人对宝玉婚姻的态度，是十分难得的一个材料。尤其是她那句"那孩子心重"，与她当年对宝钗说"你林妹妹那个孩子素日是个有心的"，两个评价几乎一样。可见王夫人对宝钗也并非百分百中意。小说中人物不经意间的口吻，往往最容易反映人物的真实心思。从王夫人对黛玉、宝钗的评价看，两人在王夫人心里并没有根本的区别，还都属于亲戚关系、亲戚情分。凤姐是王夫人的第一嫡系，对凤姐她不必隐瞒什么，她在凤姐面前表露出来对宝钗的态度，想必就是她的真实态度。可见迄今为止，王夫人没有肯定要宝钗做媳妇的心思。这种私下里、细节中、不经意间透露的人物关系和态度，是最值得我们重视和把握的，它的准确性远远大于人物在公开场合的言语。——不用说，人物在公开场合的言语会经过某些思考和过滤，那些话倒未必反映人物最真实的心意。等一会儿我们就要从主观方面说说王夫人为什么不一定看好宝钗。

　　王夫人听了这话不错，自己遂低头想了一想，便命人请了宝钗来分晰前日的事以解他疑心，又仍命他进来照旧居住。宝钗陪笑道："我原要早出去的，只是姨娘有许多的大事，所以不便来说。可巧前日妈又不好了，家里两个靠得的女人也病着，我所以趁便出去了。姨娘今日既已知道了，我正好明讲出情理来，就从今日辞了好搬东西的。"王夫人凤姐都笑着："你太固执了。正经再搬进来为是，休为没要紧的事反疏远了亲戚。"宝钗笑道："这话说的太不解了，并没为什么事我出去。我为的是妈近来神思比先大减，而且夜间晚上没有得靠的人，通共只我一个。二则如今我哥哥眼看要娶嫂子，多少针线活计并家里一切动用的器皿，尚有未齐备的，我也得帮着妈去料理料理。姨妈和凤姐姐都知道我们家的事，不是我撒谎。三则自我在园里，东南上小角门子就常开着，原是为我走的，保不住出入的人就图省路也从那里走，又没人盘查，设若从那里生出一件事来，岂不两碍脸面。而且我进园里来住原不是什么大事，因前几年年纪皆小，且家里没事，有在外头的，不如进来姊妹相共，或作针线，或顽笑，皆比在外头闷坐着好，如今彼此都大了，也彼此皆有事。况姨妈这边历年皆遇不遂心的事故，那园子也太大，一时照顾不到，皆有关系，惟有少几个人，就可以少操些心。所以今日不但我执意辞去，之外还要劝姨娘如今该减些的就减些，也不为失了大家的体统。据我看，园里这一项费用也竟可以免的，说不得当日的话。姨娘深知我家的，难道我们当日也是这样冷落不成。"凤姐听了这篇话，便向王夫人笑道："这话竟是，不必强了。"王夫人点头道："我也无可回答，只好随你便罢了。"

到这里，我们也要分析一下宝钗对王夫人的态度了。宝钗一家住在贾府这么多年，完全是由于王夫人，这些年下来，宝钗与王夫人也够亲密的。但在关键时刻，这位外甥女却特立独行地走了，对姨妈招呼都不打一个。这一方面反映了宝钗大事为上、该断则断的果决个性，同时也暴露了她与王夫人甥姨之间还是有一定距离。她深知如果打招呼，王夫人一定要挽留，而她去意已决，那会造成扯皮；与其那样，不如一走了之。想来这些年中，寄人篱下的滋味宝钗也尝够了，或许，她早生去意，早就在等待某个时机。评论者一直有个说法，宝钗长期赖在贾府不走，就是在争取宝玉的心，争取贾母、王夫人的心。而根据我们一路评阅鉴赏下来，大家都看到，即使从前宝钗对宝玉怀有念想，那么在第 36 回听到宝玉的梦话"什么是金玉姻缘，我偏说是木石姻缘"时，她也就断了念头死了心，从此以后怡红院就少有宝钗的身影。42 回她与黛玉交心以后，连黛玉都不再疑心，我们读者还要猜疑，那不仅太小瞧宝钗，也太看低黛玉的智商了。我们再回顾一下，贾母、王夫人外出守国丧的时候，宝钗就开始锁死大观园的角门，实际上就是进行避嫌，用半隔离的方式。可知她住在大观园已经很不是滋味，但那时她还不能走。现在，人家已经抄检大观园，她与大观园可谓情缘已尽。所以她主动撤离，是谋之已久的。

今天，王夫人特地把她叫来，而宝钗早就等着这一天。理解到这些，她们的对话看起来更有滋味。我们看宝钗张口第一句就把话说死，以免王夫人过多纠缠，彼此难堪。

> 宝钗陪笑道："我原要早出去的，只是姨娘有许多的大事，所以不便来说。可巧前日妈又不好了，家里两个靠得的女人也病着，我所以趁便出去了。"

大家仔细斟酌"我原要早出去的"，宝钗明白告知，开门见山，一言定调，这就堵死了王夫人的嘴。但是她态度很好，"宝钗陪笑道"，这就让王夫人连气恼都不成，而且还有补充句："只是姨娘有许多的大事，所以不便来说。"外甥女处处为姨妈考虑呢，姨妈得领情吧？紧接着却又加码："可巧前日妈又不好了，家里两个靠得的女人也病着，我所以趁便出去了。"母亲需要照料，这理由至少理论上十分有力。不等王夫人接话，宝钗又转守为攻："姨娘今日既已知道了，我正好明讲出情理来，就从今日辞了好搬东西的。"她不跟王夫人再多分辩，她今日就要走下一步：搬东西！王夫人和凤姐特地把人请来挽留的，当然还要表达一次，于是都笑着："你太固执了。正经再搬进来为是，休为没要紧的事反疏远了亲戚。"大家注意王夫人挽留的理由："休为没要紧的事反疏远了亲戚。"什么是"没要紧的事"？这是一个含糊词语，这个词语，反映出王夫人的实质性态度，就是遮着掩着，不肯打破天窗说亮话。同样，王夫人亮出的底线是："疏远了亲戚"。她的态度和底线都出来了：这是一场亲戚之间的谈判。王夫人为什么抱这个态度，我们等会儿再细说。先说她这底牌一亮，宝钗更加心知肚明，于是，大家打太极，玩功夫，说面子上的话。宝钗说："这话说的太不解了，并没为什么事我出去。"宝钗先抱怨一句：你们的话让人无法理解，然后开始开列她出去的理由。最要紧的是，宝钗的理由条条都在道上，让人无可反驳：一，母亲身子欠佳要人照料；二，哥哥要娶嫂子了，事务一大堆；三，她走了后大观园的角门可以关闭，省去一桩麻烦。完了，宝钗一下子上升到管理整个贾府的高度，奉劝王夫人："所以今日不但我执意辞去，之外还要劝姨娘如今该减些的就减些，也不为失了大家的体统。据我看，园里这一项费用也竟可以免的，说不得当日的话。姨娘深知我家的，难道我们当日也是这样冷落不成。"如果说前面的话，"就从今日辞了好搬东西的"，是一种转被动为主动的转手反攻，那么此处奉劝王夫人该省的就省、大观园都可以关了，则是宝钗的战略性反击。——她变被劝诫者，成为劝诫者！而且，她完全是一番好意，是作为大观园中过来人，又是参与过管理工作的人的深切体会。话说到这一层，早已让王夫人哑口无言。但是，宝钗毕竟是在对自己的亲姨妈、有恩于自己的姨妈说话，即使姨妈摆出外交辞令不肯兜出心底，宝钗还是主动把真正的底子亮了出来："如今彼此都大了，也彼此皆有事"。这，才是关键的关键，才是王夫人真正的心病！自然，宝钗讲得十分艺术，并不突出它，而是一言带过，既相信王夫人会砰然入耳，也给王夫人留下体面。这算是宝钗对王夫人的最后交代，一种对王夫人恩情的回报。宝钗知道，这个话只有她可以说，像凤姐，哪怕心里有，却不好对王夫人说的。曹雪芹这个写法，不知道是不是参考了《三国演义》中徐庶挥泪别刘备时献出一计，即推荐了诸葛亮。宝钗这一席话说完，想来王夫人是一愣一愣的，无言以答。曹雪芹没这么写，他写的是：

> 凤姐听了这篇话，便向王夫人笑道："这话竟是，不必强了。"王夫人点头道："我也无可回答，只好随你便罢了。"

我很怀疑空气凝固了半分钟，凤姐一看不对，才出面解围。

一场谈判就此结束。我们为什么把这对话称为一次谈判呢？这要从一开始说起，要从这次对话的形式说起了。这次对话，是王夫人与凤姐先谈，接着派人去把宝钗叫来，地点是王夫人房中。宝钗来后，一看便知，这是"三头六面"形式的对话；王夫人开口后，宝钗又得知这是一场亲戚关系处理，属于家务处理形式的谈话。我的意思是，从一开始，王夫人就不是采取推心置腹的私聊形式，不是一对一的谈心，而是公事公办、处理家务事的方式。至于宝钗，她是并不知道王夫人会以什么方式与她谈，她只能预备好几个预案，王夫人出什么牌，她对应什么方案。从她今日的话语看，她不假思索，而且言语是连成一气的、成套的，合乎情理、却又逻辑严密、无可反驳，我猜测是她预案中现成的一套。换句话说，宝钗预估到王夫人可能采取这种挽留亲戚、公事公办的方式。于是，一个决意要走，一个有所挽留，造就了一场亲戚间的谈判。从宝钗第一句话看，她还算实话实说。不过，接着王夫人说出挽留的主要理由是，"休为没要紧的事反疏远了亲戚"，她既不肯开诚布公说出是什么事让宝钗难以留在大观园，又透露出她的底线和目标：不要疏远了亲戚。可见，王夫人的挽留并不那么真切，就是说只要不伤了亲戚感情，你宝钗留不留不那么要紧。听了这话，宝钗明白这无非是亲戚之间的一次小小谈判，不要伤了王夫人的脸面就行。这种谈判对于宝钗太轻松了，她也就恰到好处地维护了王夫人的脸面。

那么，我们为什么要花这么多笔墨来鉴赏这个小小的谈判呢？因为我以为，这次对话价值连城，它非常妥当地透露了我们始终在探寻、却一直没有真材实料的问题——王夫人对于宝钗的基本心态，我说的是王夫人有没有要宝钗做媳妇的私心——这个关乎全书基本情节的重要问题，在这里暗藏着答案！

经过我们这么一层层细致的分析，大家看清楚了，王夫人至少是迄今为止没有想着宝钗做媳妇的念头，所以这场谈话简直就像一场谈判。而宝钗也很明白王夫人的心思，她在整个交谈过程中，虽然身居外甥女的身份，但对长辈姨妈可是一点不含糊：该亮出态度时干干脆脆，该说明理由时有条不紊，该奉劝姨妈时光明正大。最后，这次一对二的谈判，以宝钗的完胜收场。

说到这里，我们要回过头来说一下，假如王夫人私心已要定宝钗为媳妇，那么整个谈话可能完全是另一种模样。首先，形式就不一样，王夫人不一定让凤姐参与，而是私下与宝钗一对一的密谈，那么气氛就彻底不一样，娘儿两个可以交心。其次，更重要的是，如果王夫人真的有意，她可以某种程度向宝钗交底——你不久就会成为这里的主人，那么可以想象宝钗的态度和谈话的结果都会大不一样。当然那结果究竟会怎么样我们也不知道，也不愿再深究。但看以前，王夫人对袭人交了底，对那场谈话的过程和结果我们是知道的。而现在这个过程和结果，都是标准的"亲戚模式"。从今以后宝钗彻底住回自己家，虽然还是在贾府的范围之内，但结束了她多年在贾府的寄居生涯。王夫人的挽留仅止于不伤亲戚情分，没有半句未来婆婆式的言语，没有一点"我们还会相聚"的意思，连凤姐都没有类似的玩笑语，大家就这么分别了。

　　现在我们再深入一步，探讨一下王夫人为什么没有那层私心，这才是重点。有必要先探讨一下王夫人在选择媳妇方面有多大话语权。以前我们一直说"贾母王夫人的态度"，我们把贾母放在前面，是不是我们就认为贾母的话语权比王夫人大？倒也未必。其实真正的话语权是在贾政手里，就看贾母和王夫人谁更能说服、影响贾政。出现这种情况的前提是，贾母和王夫人各有自己的中意人选，而且各不相让。问题是这种情况会不会出现？我认为不太会出现。贾母是个聪明人，她很明白自己到了这把年纪，能够见到宝玉成亲以后再闭眼就算了却心愿；孙媳妇与自己没多少关系，有关系的是王夫人，贾母何必去同王夫人争执？何况，以贾母与王夫人的关系，她们面对这件大事，会从一开始就有商有量，不会等到两个人都各有中意者那一天才去争执。何况，两个人选人的标准也不会差太远，所以她们商量着选择才是比较实际的。而在商量中，王夫人会尊重老太太，老太太也会顾及王夫人。从本回王夫人对晴雯、芳官以及袭人等的先斩后奏，贾母非但没任何意见，反而一味附和，可见贾母把自己的位置放在适当的地方。而下一回贾赦将迎春的未婚婿回明贾母，贾母很不称意，但想到她是亲父主张，何必出头多事，于是点头说"知道了"。由此可知，如果王夫人真的相中什么人，贾母也会点头赞成；而她们达成一致后，贾政反对的可能性也很小。所以选择媳妇这事王夫人有很大话语权。我们绕这么大个圈子，要说明的是，假如王夫人并没有中意宝钗，那么主要的不是由于贾母、贾政的关系，而是她自己并没有中意。

　　这里我们要插一句：我们真的非常庆幸，在原作只剩下两回的最后时刻，曹雪芹替我们解开了一个谜团：宝玉的婚姻究竟是贾母，还是王夫人的话语权大。为什么庆幸呢？因为在前面的描写中，似乎是贾母的话语权比王夫人大多了，以至于迄今几乎所有的研究者都认为贾母权力大，王夫人只是个傀儡。假如不是曹雪芹这么白纸黑字写明白，而是到第81回以后作品才这么写，那么高鹗将被骂得狗血喷头，说他根本不懂贾府的游戏。我想，经过我们此番详细分析，大家应该能够明白，其实在宝玉的婚姻大事上，贾母的权力甚不如王夫人。这是花了七十八回才闹明白的重要问题。

　　下面我们进入真正的核心问题：王夫人为什么没有中意宝钗？这个问题作品并没有直接地描写，连间接地透露也没有；相反，作品提供的内容让无数的评论家都一口咬定，王夫人就是要宝钗做媳妇的。同样，就我本人而言，不到本回这场谈判出现，我也没把握说王夫人不中意宝钗。现在我们大致看到了王夫人的态度，应该看得比较清楚了。接着，我们的工作就是探索王夫人这个态度形成的原因。先从反面看看，王夫人选择宝钗的理由确实有一大把：宝钗美丽，温柔，大方，学识丰富，待人得体，年龄合适，身体也好，家境也还可以，而且勤俭又不奢华；是自己嫡亲外甥女，与宝玉相处得很好，贾母也赞许她，贾政更是欣赏她，进入贾府这么多年，大家知根知底，所有的下人也都拥戴宝钗，甚至赵姨娘都说她好话。总之，如果宝钗成为媳妇，全家上上下下都可以安安稳稳、温温馨馨地过日子。何况，宝钗都已经这个年龄了，再不动手说不定哪天被别人家聘走了。放着这么优秀的人选不取，究竟是什么原因呢？而且显然，这个原因不是一点点大，至少在王夫人眼里，会带来宝玉的不幸福、大家庭的不如意。

　　根据作品已经展示的，能让王夫人忧虑的大约如下几方面。一个是宝玉，这是最大的忧虑。宝玉与黛玉深深相爱，贾府人人都看得一清二楚，这么多年了，王夫人并不瞎眼，她自然心知肚明。况且宝玉非常专注，为黛玉，宝玉已经几次闹得死去活来，尤其紫鹃那个试探，宝玉的命几乎是侥幸捡了回来，这就是一次预演、一声警钟：假如失去黛玉，宝玉可能连命都保不住！作为母亲，一个将儿子当命根子的母亲，王夫人不敢挑战儿子生命的底线。所以，宝钗再好，王夫人不敢提这门亲事。当然反过来说，王夫人，包括贾母，明明知道宝玉与黛玉爱得海枯石烂，但她们就是不松口，不提黛玉，也可见她们对黛玉的否定有多坚决。第二个让王夫人纠结的是黛玉。黛玉对宝玉，同宝玉对待黛玉一样，也是死心塌地绝不变心。王夫人如果提出娶宝钗，那么黛玉的性命难保。黛玉一旦有个好歹，宝玉同样危险。还有，贾母那边如何交代？贾政那里又如何交代？贾母对黛玉的心大家都知道，不用说了；贾政对黛玉，作品描写很少，但那也是贾政唯一的外甥女，万里之外前来投奔，却硬生生给王夫人逼死，贾政会怎么样？王夫人的第三个心病，恐怕是她也觉得宝钗虽好，但太能干了，宝玉恐怕不是对手。这个顾虑与贾母心心相连，但作为母亲，她自然更为宝玉考虑，你要王夫人眼看着宝玉被媳妇辖制着，即使媳妇没任何错，但婆婆绝对不舒服。宝钗很贤惠，这是王夫人喜欢的；但宝钗的主张太大、能力太强，这又是王夫人忌惮的。袭人是宝钗的影子，但在王夫人眼里，宝钗超出袭人"影子"的那部分，却是她不喜欢的，她最合意的大约就是袭人那样的女孩。——不仅儿子好做丈夫，她王夫人也好做婆婆。像宝钗这样的媳妇，王夫人自知很难驾驭，今日这场谈判就是明证。以上王夫人的三方面顾虑，也是贾母的顾虑，只是贾母对黛玉顾及更多。那么贾母、王夫人心同此意，宝钗也就被搁置，至少是暂时被搁置。如果林黛玉先有了着落，宝钗才有重启的可能。王夫人自然比贾母更中意宝钗，如果说王夫人因为宝钗是自己亲戚不便先提出，怕贾母说她偏私；那么同样，其实在贾母眼里最适合宝玉的是史湘云，贾母为什么不提湘云呢？因为贾母也怕王夫人说她偏私。于是大家都耗着，看岁月流逝。《红楼梦》的人设就这样微妙，牵丝攀藤相互制约。

曹雪芹的原作，或者说比较公认的原作前八十回即将结束，好在本回不仅意外暴露贾母与王夫人的实质关系，也透露出王夫人对宝钗实际的心态。这让我们把握了曹雪芹的原意。它帮助我们更准确地理解前八十回，也给了我们评价后四十回的一个指针。所以我说，我们很幸运。

本回的第三个情节说宝玉了解晴雯临死的心意。此前写了一个细节，宝玉回家后王夫人问今天可丢丑了，宝玉拿出几件礼品向母亲说："这是梅翰林送的，那是杨侍郎送的，这是李员外送的，每人一分。"为得到奖励颇为得意。曹雪芹为什么要写这个细节呢？我们等会儿一起说。辞了贾母出来，麝月、秋纹已带了两个丫头来等候。半路上，宝玉说要小便，麝月、秋纹便先走了。宝玉却并没小便，而是追问小丫头：

> "自我去了，你袭人姐姐打发人瞧晴雯姐姐去了不曾？"这一个答道："打发宋妈妈瞧去了。"宝玉道："回来说什么？"小丫头道："回来说晴雯姐姐直着脖子叫了一夜，今日早起就闭了眼，住了口，世事不知，也出不得一声儿，只有倒气的分儿了。"宝玉忙道："一夜叫的是谁？"小丫头子说："一夜叫的是娘。"宝玉拭泪道："还叫谁？"小丫头子道："没有听见叫别人了。"宝玉道："你糊涂，想必没有听真。"

这个情节可见，宝玉不仅规避袭人，连麝月、秋纹也规避，宝玉这行止是不是怀疑她们出卖晴雯，下面作品就有答案，我们稍等。而宝玉打听晴雯的重点，是晴雯临死时惦记着谁。这个小丫头如实以告，让宝玉心念落空，他便说小丫头糊涂。另一个小丫头见宝玉如此说，便迎合说，晴雯第一句就问："宝玉哪去了？"宝玉大为感动。然后两人一起胡诌，说晴雯归天是当了芙蓉花神。后面又有一个细节，晴雯的兄嫂把晴雯火化后，"剩的衣履簪环，约有三四百金之数，他兄嫂自收了为后日之计。"曹雪芹补上这么一笔该是有意思的，三四百两银子，相当于普通人家十五到二十年的生活费用，可谓巨额财产。一个被撵出门的丫鬟居然有这么一笔财富，我们不难理解为什么女孩子都盼望进贾府当丫鬟，而把离开贾府看作落难。

接着是一个小情节，却值得一说。宝玉去看黛玉，丫鬟回说黛玉去宝钗处了。

> 宝玉又至蘅芜苑中，只见寂静无人，房内搬的空空落落的，不觉吃一大惊。忽见个老婆子走来，宝玉忙问这是什么原故。老婆子道："宝姑娘出去了。这里交我们看着，还没有搬清楚。我们帮着送了些东西去，这也就完了。你老人家请出去罢，让我们扫扫灰尘也好，从此你老人家省跑这一处的腿子了。"宝玉听了，怔了半天，因看着那院中的香藤异蔓，仍是翠翠青青，忽比昨日好似改作凄凉了一般，更又添了伤感。

宝玉大吃一惊，可知宝钗走的时候没同宝玉打过招呼。作品写过，宝钗向李纨打招呼的，探春、湘云也在场，而且可以肯定她同黛玉打过招呼。宝钗不向宝玉打招呼，是心里没宝玉吗？还是认为不值得、不必要告诉？还是免得彼此感伤？还是怕别人说嘴而避嫌？值得我们回味。宝玉则从大吃一惊到睹物怀人，心情大悲。而曹雪芹似乎唯恐击不倒宝玉，又让老婆子添上一番风凉话。宝玉用什么来止痛疗伤呢？作品写了他的一番寻思。

> 大约园中之人不久都要散的了。纵生烦恼，也无济于事。不如还是找黛玉去相伴一日，回来还是和袭人厮混，只这两三个人，只怕还是同死同归的。

宝玉的这种思维在现代被称之为"鸵鸟思维"，但鸵鸟思维也是动物的一种本能反应，惨不忍睹就不看，属于一种自我保护。不过宝玉这里却把袭人和黛玉放在一起，以为"只这两三个人，只怕还是同死同归的"，可知他并没怀疑袭人陷害晴雯，他只是不愿让自己对晴雯的特殊感情让袭人她们看到；他追求私密，或许是免得袭人、麝月有厚此薄彼之感，或许，他以为这样更纯真，可以令晴雯倍感安慰。作品写到这里，把袭人是不是告密者、宝玉是不是怀疑甚至记恨袭人，表达得够清楚了。

宝玉还在深沉的悲哀之中，丫鬟报说："老爷回来了，找你呢，又得了好题目来了。快走，快走。"于是宝玉去见贾政，作品进入本回第四个情节，作姽嫿词。情节的起源是，贾政忽然来了灵感，想到历史上某好色之君自己莽撞出战被敌寇杀死，其所喜之女色林四娘随后也冲入敌阵身亡，贾政觉得要作诗纪念，清客们一阵忽悠，于是把宝玉、贾环、贾兰一起叫来作诗。宝玉或许得力于晴雯刚刚过世，所作之诗有真情实感而得到贾政赞许。关于这个情节，不少评论认为是曹雪芹借古讽今，具有政治意义。而我不这么看，我反倒以为是曹雪芹在讽刺贾政，所谓"鬼话"是也！同时捎带脚也把宝玉嘲弄了一番：在晴雯死亡的当天，宝玉居然去作诗纪念什么林四娘——虽然他身不由己。

　　本回第五个情节是宝玉作文悼念晴雯，悼文是一篇长赋。这篇赋估计百分之九十九的读者是看不下去的，那么曹雪芹为什么要写呢？我个人认为，这篇赋与其说是宝玉写的，还不如说是曹雪芹要写。理由是，依照宝玉的学识才情，肯定写不出这么一篇长赋；而且这赋是对晴雯说话，可惜晴雯哪里听得懂！所以显然宝玉不可能作这么一篇长赋。相反，对于曹雪芹却十分需要。在《红楼梦》中，汉语各种各样的文体都齐备了，就少"赋"这一种，曹雪芹是无论如何也要写一篇的，由此把汉语的文体包圆了。才高八斗的曹雪芹有这个雄心、有这个愿望，他不仅要把汉语的文体包圆了，还要显示他每一种文体都达到一流或超一流的水平。只是"赋"这个玩意到了清代已经很少有人玩它，曹雪芹在《红楼梦》中实在找不到"作者"，于是只好勉强宝玉一番。虽然在艺术上这篇赋也算不错，只是放在这里实在不很搭配。在赋中，宝玉对晴雯极尽赞誉，甚至把她比作汉代著名政论家、文学家贾谊和大禹的父亲鲧，着实不伦不类，或许是曹雪芹在抒发自己的情怀，只是宝玉背锅了。由于此赋太长，而对于作品的意义并不大，我们不加讲解，有兴趣的朋友可以去看看各种评注文章。我只想说一句，文中宝玉对各种可能伤害到晴雯的人进行了猛烈的抨击，但对于第一责任人王夫人却没有置一词。这里反映了宝玉思想的局限。

　　有点意外的是，宝玉祭奠完了，黛玉现身出来与宝玉议论一番。而从脂批开始就一直有评论家认为这篇《芙蓉女儿诔》，其实是悼念黛玉的。对此我一点也不能同意，这里就不展开了。

第七十九回

薛文龙悔娶河东狮　贾迎春误嫁中山狼

"薛文龙悔娶河东狮"，说的是薛蟠娶夏金桂为妻后过得鸡犬不宁，把夏金桂比喻为河东狮，曹雪芹也是忍无可忍。"贾迎春误嫁中山狼"，是说迎春嫁给孙绍祖，中山狼是恩将仇报的代名词。在一回之中同时解决两位人物的婚姻大事，这很有点"赶紧完成项目"的态势，与前几回接连完成迎春、惜春两人性格的塑造一样。而贾府、薛家这两桩婚姻都糟糕透顶，也为贾、薛两家的前景抹上灰暗的色彩。

本回还是用"顶针修辞"方式，紧接着上一回的末尾写。

话说宝玉祭完了晴雯，只听花影中有人声，倒唬了一跳。走出来细看，不是别人，却是林黛玉，满面含笑，口内说道："好新奇的祭文！可与曹娥碑并传的了。"宝玉听了，不觉红了脸，笑答道："我想着世上这些祭文都蹈于熟滥了，所以改个新样，原不过是我一时的顽意，谁知又被你听见了。有什么大使不得的，何不改削改削。"黛玉道："原稿在那里？倒要细细一读。长篇大论，不知说的是什么，只听见中间两句，什么'红绡帐里，公子多情，黄土垄中，女儿薄命。'这一联意思却好，只是'红绡帐里'未免熟滥些。放着现成真事，为什么不用？"宝玉忙问："什么现成的真事？"黛玉笑道："咱们如今都系霞影纱糊的窗槅，何不说'茜纱窗下，公子多情'呢？"宝玉听了，不禁跌足笑道："好极，是极！到底是你想的出，说的出。可知天下古今现成的好景妙事尽多，只是愚人蠢子说不出想不出罢了。但只一件：虽然这一改新妙之极，但你居此则可，在我实不敢当。"说着，又接连说了一二十句"不敢"。黛玉笑道："何妨。我的窗即可为你之窗，何必分晰得如此生疏。古人异姓陌路，尚然同肥马，衣轻裘，敝之而无憾，何况咱们。"宝玉笑道："论交之道，不在肥马轻裘，即黄金白璧，亦不当锱铢较量。倒是这唐突闺阁，万万使不得的。如今我越性将'公子''女儿'改去，竟算是你诔他的倒妙。况且素日你又待他甚厚，故今宁可弃此一篇大文，万不可弃此'茜纱'新句。竟莫若改作'茜纱窗下，小姐多情，黄土垄中，丫鬟薄命。'如此一改，虽于我无涉，我也惬怀的。"黛玉笑道："他又不是我的丫头，何用作此语。况且小姐丫鬟亦不典雅，等我的紫鹃死了，我再如此说，还不算迟。"宝玉听了，忙笑道："这是何苦又咒他。"黛玉笑道："是你要咒的，并不是我说的。"宝玉道："我又有了，这一改可妥当了。莫若说'茜纱窗下，我本无缘，黄土垄中，卿何薄命。'"黛玉听了，怔然变色，心中虽有无限的狐疑乱拟，外面却不肯露出，反连忙含笑点头称妙，说："果然改的好。再不必乱改了，快去干正经事罢。才刚太太打发人叫你明儿一早快过大舅母那边去。你二姐姐已有人家求准了，想是明儿那家人来拜允，所以叫你们过去呢。"宝玉拍手道："何必如此忙？我身上也不大好，明儿还未必能去呢。"黛玉道："又来了，我劝你把脾气改改罢。一年大二年小，……"一面说话，一面咳嗽起来。宝玉忙道："这里风冷，咱们只顾呆站在这里，快回去罢。"黛玉道："我也家去歇息了，明儿再见罢。"说着，便自取路去了。

　　这是前八十回黛玉最后一次出场，我们也可以看作是曹雪芹写黛玉的绝笔。我们要再次感谢曹公，他的绝笔之中透露了一种新的色彩。黛玉出场，"满面含笑"。我们有点讶异，大家翻翻这八十回中，黛玉有几次"满面含笑"？她为什么"满面含笑"？首先，晴雯今日刚死，宝玉含泪祭祀，黛玉即使不满脸悲伤，也该面色凝重；晴雯服侍宝玉五六年，与黛玉的交情也差不多五六年，宝玉与黛玉之间最私密的送旧手帕，宝玉就专门遣晴雯去送的；还有，人人都说晴雯长得像黛玉，而且个性也是黛玉的影子；宝玉这里也说"素日你又待他甚厚"，可见黛玉对晴雯算是另眼相看的。现在晴雯病故，黛玉怎么会"满面含笑"呢？这不奇怪吗？即使是她觉得宝玉的祭文写的好，但这毕竟是一篇祭文，在这样的场合，也绝不该"满面含笑"。显然，这里面颇有文章。再仔细看文本："林黛玉满面含笑，口内说道：'好新奇的祭文！可与曹娥碑并传的了。'宝玉听了，不觉红了脸。"听听林黛玉这话，"满面含笑"显然是有问题的。曹娥碑是千年经典，说"可与曹娥碑并传的了"，即便不是讽刺，至少也是打趣，所以宝玉立马红了脸。我们刚说了，这本该是悲伤肃穆的时刻，黛玉却满面含笑，还来开玩笑，可见黛玉的心态很不正常。然后，黛玉含糊地说了一句"长篇大论，不知说的是什么"，此话虽然含糊，已经说明黛玉并没有觉得此文有什么好，那么，她的"满面含笑"就更值得推敲了。接着，黛玉就挑了文中的两句来议论，"只听见中间两句，什么'红绡帐里，公子多情，黄土垄中，女儿薄命。'这一联意思却好"。几百句长的文章，黛玉只听清楚这两句，我们局外人都明白，这两句最可能引发黛玉怀疑的。但宝玉似乎有点犯晕，他非但没警醒反而还得意洋洋。

　　后面黛玉笑道："何妨。我的窗即可为你之窗，何必分晰得如此生疏。古人异姓陌路，尚然同肥马，衣轻裘，敝之而无憾，何况咱们。"这话，黛玉是笑着说的。黛玉又在笑什么？读了黛玉这句话，我是一点笑不出；非但笑不出，而且心里微微发凉！"古人异姓陌路，尚然同肥马，衣轻裘，敝之而无憾，何况咱们。"这本来是一句好话，没错，历来表示朋友相助；但是，这话不该在黛玉和宝玉之间说的。为什么？这话是一般朋友，甚至是并非朋友的人们之间说的，表示互相帮助。但是，黛玉与宝玉是什么关系？他们不仅是生死之交，更是海枯石烂、地老天荒永不变心的生死恋人，是从七八岁一路走来历经无数风雨的青梅竹马，是天天在一起、一个锅吃饭、曾经一张床睡觉的亲昵伙伴，在他们之间，用"同肥马，衣轻裘"来表示两人的关系，这要倒退多少层次、消减多少情分？这话竟然从黛玉嘴里出来了，还是笑着说的，而半醉半痴的宝玉还是笑并快乐着。稀里糊涂、莫名奇妙要把那两句改为"茜纱窗下，小姐多情，黄土垄中，丫鬟薄命"，这真是不知所云了：你自己在祭奠晴雯，竟然变为"小姐多情"，不但宝玉本人痴了，我们读着也是醉了！再看，黛玉笑道："他又不是我的丫头，何用作此语。况且小姐丫鬟亦不典雅，等我的紫鹃死了，我再如此说，还不算迟。"注意，黛玉还是笑着说，但是，"等我的紫鹃死了"，黛玉的心火终究蹿了出来，而她的脸上依然挂着笑！宝玉似乎也醒了一成，忙笑道："这是何苦又咒他。"黛玉笑道："是你要咒的，并不是我说的。"黛玉这话已经很直白，不再掩饰了，唯独脸上还是笑着。或许正是这笑脸让宝玉以为天下太平，他又一个机灵，竟然修改为：

　　"茜纱窗下，我本无缘，黄土垄中，卿何薄命。"黛玉听了，怵然变色，心中虽有无限的狐疑乱拟，外面却不肯露出，反连忙含笑点头称妙，说："果然改的好。再不必乱改了，快去干正经事罢。"

　　到这里，一切都清楚了。我们先说说曹雪芹的笔法，或者叫写作角度。这场对话，直到最后曹雪芹才用上"作者全知"的正常笔法，写出黛玉的心理感受；而前面他只写神态和对话，不写心态。这么写的用意，我猜想是为了突出前后对比，造成爆炸效应。其次，我们要讨论一下黛玉"狐疑乱拟"些什么。本来这是比较明白、无需赘言的，但是有的评注依托脂批而理解为：黛玉不悦的是宝玉的话太不吉利。这个解释本身令人费解：莫非黛玉怀疑宝玉当面咒她死吗？从文辞看，毫无疑问，"卿何薄命"的"卿"指晴雯，怎么可能会让黛玉想到是自己？从黛玉与宝玉的关系说，黛玉也应该绝对自信，宝玉宁可自己死一百次，也不会愿意黛玉有意外。所以我认为"不吉利说"没有文本依据。作品写得并不含糊，让黛玉"怵然变色"的，是宝玉把晴雯上升到了类似黛玉的地位，她"狐疑乱拟"的是宝玉爱情的专一性、坚定性。"茜纱窗下，我本无缘，黄土垄中，卿何薄命。"就是说如果晴雯不薄命，宝玉与她将有特殊的缘分。当着黛玉的面宝玉说出如此明白而又危险的话来，原因何在？我理解，都是因为黛玉从一开始就"满面含笑"。说白了，今日黛玉摆出了一副假面具，宝玉不知就里，误导如是！今日的黛玉与以前很不一样，她不再直接声讨，不吵，不哭，不闹，而是"心中虽有无限的狐疑乱拟，外面却不肯露出，反连忙含笑点头称妙"！曹雪芹写得如此明白，黛玉对宝玉戴上了假面具。

也不知黛玉什么时候来的，从哪里听起；但"公子多情，女儿薄命"之后还有两大部分，读一下也得一段时间。我们设想，听到"公子多情，女儿薄命"，黛玉想必怦然心动，但她忍到宝玉读完才出来。这段时间她五内沸然，她思虑再三，最后她决定有话好好说，不争吵，和为上。正因为决定了这样的策略，所以，当她从山石后走出来时，"满面含笑"！这笑容，是堆上去的，是为了有话好好说。

从某种意义上可以说，黛玉与宝玉有点生分了。曹雪芹写黛玉的笔墨到此为止。有意思的是，曹雪芹最后的笔墨中，黛玉变了。我们不知道他笔下的黛玉后面会不会一直沿着这条路走下去。假如真是这样，那么后面的黛玉需要我们刮目相看，后面的情节也会大有变动。然而，我们只能做这样的猜测了，我们能够看到的是续作。而后四十回续作中的黛玉已经深入人心，只要没有原作重见天日，那么黛玉焚稿而终的形象就不可能改变，没有新的续作能写出更加动人的黛玉，也不会有读者接受新的续作。

本回的下一个情节是陈述迎春所嫁的对象。

> 原来贾赦已将迎春许与孙家了。这孙家乃是大同府人氏，祖上系军官出身，乃当日宁荣府中之门生，算来亦系世交。如今孙家只有一人在京，现袭指挥之职，此人名唤孙绍祖，生得相貌魁梧，体格健壮，弓马娴熟，应酬权变，年纪未满三十，且又家资饶富，现在兵部候缺题升。因未有室，贾赦见是世交之孙，且人品家当都相称合，遂青目择为东床娇婿。亦曾回明贾母。贾母心中却不十分称意，想来拦阻亦恐不听，儿女之事自有天意前因，况且他是亲父主张，何必出头多事，为此只说"知道了"三字，余不多及。贾政又深恶孙家，虽是世交，当年不过是彼祖希慕荣宁之势，有不能了结之事才拜在门下的，并非诗礼名族之裔，因此倒劝谏过两次，无奈贾赦不听，也只得罢了。

这里的几个小细节值得说说。一个是这里写明，"贾赦见是世交之孙，且人品家当都相称合，遂青目择为东床娇婿"。照此，则是贾赦抬举孙绍祖；而到了下一回，迎春说孙绍祖看不起她的理由是："你老子使了我五千银子，把你准折卖给我的。"两者究竟谁是虚谁是实，值得考量。不过一般的评论都是以孙绍祖所说作为依据，那么就不是贾赦看走了眼、所择非人，而是迫不得已地折卖女儿。读者可以自行判断。第二个值得说的细节是，贾母在迎春嫁人这件大事上，没有话语权，作品写明了。由此我们推想到宝玉的婚姻，实际上不是由贾母做主的。前面王夫人把袭人定为宝玉屋里人而时隔几年都没告诉贾母，也是一个证明。所以人们一直认为宝玉的婚姻由贾母做主，恐怕不符合曹雪芹的描写。第三个细节是，贾政的择人标准在这里有所表露。贾政深恶孙家，理由两条：一是孙家乃势利小人，第二，不是诗礼名族。贾政对男方这么要求，对女方的要求应该也差不多。按照这标准来看，仅就黛玉与宝钗而言，林黛玉祖上曾为列侯，父亲林如海探花出身，而林如海请贾政照顾贾雨村，贾政十分卖力，可见贾政对林如海颇敬重，郎舅关系很好。贾政对黛玉的出身是绝对满意。而宝钗家祖上紫薇舍人，正是诗书名门，宝钗对黛玉说"我们家也算是个读书人家，祖父手里也爱藏书"。贾政对薛家自然也满意。（我们前面说过，林如海出任扬州盐政，那正是曹雪芹祖父曹寅担任过的职务；而薛家"现任内府帑银行商"，更是曹家几代人的实际身份。曹雪芹把自家的家世巧妙分配给林、薛两家，非常有意思，也很值得探索。）由此可知，在家庭出身方面，贾政对黛玉和宝钗难分轩轾，无可计较。但宝钗有一点胜出，后面香菱说的："我们姑娘的学问连我们姨老爷时常还夸呢。"由此，贾政的态度我们大致心中有数了。

接下来的情节是宝玉遇上香菱。宝玉正为迎春出嫁而难过，天天到紫菱洲一带地方徘徊瞻顾。这天还吟了一首诗。

　　宝玉方才吟罢，忽闻背后有人笑道："你又发什么呆呢？"宝玉回头忙看是谁，原来是香菱。宝玉便转身笑问道："我的姐姐，你这会子跑到这里来做什么？许多日子也不进来逛逛。"香菱拍手笑嘻嘻的说道："我何曾不来。如今你哥哥回来了，那里比先时自由自在的了。才刚我们奶奶使人找你凤姐姐的，竟没找着，说往园子里来了。我听见了这信，我就讨了这件差进来找他。遇见他的丫头，说在稻香村呢。如今我往稻香村去，谁知又遇见了你。我且问你，袭人姐姐这几日可好？怎么忽然把个晴雯姐姐也没了，到底是什么病？二姑娘搬出去的好快，你瞧瞧这地方好空落落的。"宝玉应之不迭，又让他同到怡红院去吃茶。香菱道："此刻竟不能，等找着琏二奶奶，说完了正经事再来。"宝玉道："什么正经事这么忙？"香菱道："为你哥哥娶嫂子的事，所以要紧。"

注意作品的描写，是香菱主动过来与宝玉说话的，两人交谈的气氛也很亲切。这跟后面的变故有关系。我们继续看作品。

　　宝玉忙问："定了谁家的？"香菱道："因你哥哥上次出门贸易时，在顺路到了个亲戚家去。这门亲原是老亲，且又和我们是同在户部挂名行商，也是数一数二的大门户。前日说起来，你们两府都也知道的。合长安城中，上至王侯，下至买卖人，都称他家是'桂花夏家。'"宝玉笑问道："如何又称为'桂花夏家'？"香菱道："他家本姓夏，非常的富贵。其余田地不用说，单有几十顷地独种桂花，凡这长安城里城外桂花局俱是他家的，连宫里一应陈设盆景亦是他家贡奉，因此才有这个浑号。如今大爷也没了，只有老奶奶带着一个亲生的姑娘过活，也并没有哥儿兄弟，可惜他竟一门尽绝了。"宝玉忙道："咱们也别管他绝后不绝后，只是这姑娘可好？你们大爷怎么就中意了？"香菱笑道:"一则是天缘,二则是'情人眼里出西施'。当年又是通家来往,从小儿都一处厮混过。叙起亲是姑舅兄妹,又没嫌疑。虽离开了这几年,前儿一到他家,夏奶奶又是没儿子的,一见了你哥哥出落的这样,又是哭,又是笑,竟比见了儿子的还胜。又令他兄妹相见,谁知这姑娘出落得花朵似的了,在家里也读书写字,所以你哥哥当时就一心看准了。连当铺里老朝奉伙计们一群人扰了人家三四日,他们还留多住几日,好容易苦辞才放回家。你哥哥一进门,就咕咕唧唧求我们奶奶去求亲。我们奶奶原也是见过这姑娘的,且又门当户对,也就依了。和这里姨太太凤姑娘商议了,打发人去一说就成了。只是娶的日子太急,所以我们忙乱的很。我也巴不得早些过来,又添一个作诗的人了。"宝玉冷笑道:"虽如此说,但只我听这话不知怎么倒替你耽心虑后呢。"香菱听了,不觉红了脸,正色道:"这是什么话!素日咱们都是厮抬厮敬的,今日忽然提起这些事来,是什么意思!怪不得人人都说你是个亲近不得的人。"一面说,一面转身走了。

我们先说说今日的宝玉,似乎特别在状态,他今日说的都不是莫名奇妙的痴话,而是特别实在、特别世俗的。我们看他问的几个问题:"定了谁家的?""如何又称为'桂花夏家'?""咱们也别管他绝后不绝后,只是这姑娘可好?你们大爷怎么就中意了?"这几个问题都是一语中的问到要害上。宝玉与香菱谈话,怎么会这么实在?我们想不出原因,如果说是迎春出嫁的刺激所致,好像也搭不上。反之宝玉今日特别清醒,特别入世,不似往日的宝玉。再看香菱,她也是有问必答,而且解答详细。换句话说,香菱面对宝玉,也是欢欣愉快,谈兴甚浓,尽管她忙着要去找琏二奶奶传话。而宝玉最后一句话,与这几个问题发自同一种思绪,特别世俗,特别看重结果和效应,却又闹出严重后果。

> 宝玉冷笑道:"虽如此说,但只我听这话不知怎么倒替你耽心虑后呢。"

宝玉这话,沿袭了他前面的犀利,一针见血直指要害,不太像他一贯的风格。不过,这话有调戏香菱的成分吗?我可看不出。唐突了香菱吗?"替你耽心虑后",确实属于介入了香菱的私生活;但是,以他们俩的关系,以今日的谈话氛围,这也不算什么唐突;尤其是早在第62回中,两人大谈"夫妻蕙""并蒂菱",以及香菱叫宝玉转过脸去就换裙子,甚至还在只有两个人的场合:

> 香菱拉他的手,笑道:"这又叫作什么?怪道人人说你惯会鬼鬼祟祟使人肉麻的事。你瞧瞧,你这手弄的泥乌苔滑的,还不快洗去。"

如果说换裙子、拉手,以及这些话算越轨一百步的话,今日的话不过越轨五十步。所以不算唐突。但是香菱的反应如此激烈,不仅宝玉呆了,也大大出乎我们的意料。如果香菱是一时气急,倒也罢了;实际是事情过后更甚。

> 香菱自那日抢白了宝玉之后,心中自为宝玉有意唐突他,"怨不得我们宝姑娘不敢亲近,可见我不如宝姑娘远矣,怨不得林姑娘时常和他角口气的痛哭,自然唐突他也是

有的了。从此倒要远避他才好。"因此，以后连大观园也不轻易进来。

香菱这是与宝玉彻底割裂，不再有任何来往。

至此，我们先停住，探讨一下曹雪芹为什么这么写香菱。前面说了，这么写令我们很是意外，从情节上说也是一个急停急刹，显得不够圆润稳当。说句实话，好在它是在第 79 回，如果在八十回以后，必将迎来无数指责，说续作者胡写；包括我本人，可能也口诛笔伐一番，然后说它反衬出原作多么高明。对后四十回我们正要干这档子事，所以好在有这个教训，让我们记住在评价后四十回的时候，不要太过自信，更不要太过指责和贬低。至于曹雪芹这么写，我的看法是，他还是在"赶工程"，他要把许多头绪了结掉。今天，他就算是把宝玉与香菱的关系了结了，后面可以不再有他们的故事。而正因为赶着写，有些环节难免会有点生硬，作者顾不过来。当然也会有赞成曹雪芹这写法的，说这是干脆利落不同凡响。也可以从另一个角度去往好的方面想，认为此处仅仅是个伏笔，后面可能有宝玉与香菱的更大的故事，因为两人的故事仅在第 62 回第一次写，现在是第二次；第一次是扬，这次是抑，后面可能还有第三次的扬，一波三折才完美。可惜第 5 回薄命司中的册子上画着"莲枯藕败"，写明："自从两地生孤木，致使香魂返故乡。"表明夏金桂出现后，香菱的生命就将终结。所以人们美好的愿望可能属于空想。

香菱的绝情对宝玉是意外一棒。

> 宝玉见他这样，便怅然如有所失，呆呆的站了半天，思前想后，不觉滴下泪来，只得没精打彩，还入怡红院来。一夜不曾安稳，睡梦之中犹唤晴雯，或魇魔惊怖，种种不宁。次日便懒进饮食，身体作热。此皆近日抄检大观园，逐司棋，别迎春，悲晴雯等羞辱惊恐悲凄之所致，兼以风寒外感，故酿成一疾，卧床不起。

确实，经过这么一连串的惊怖不宁，宝玉很难抵挡。不过后面的叙述似乎与以前的描写过于雷同，哪怕作品所用的文字都那么眼熟：贾母命宝玉百日内不许出院门，宝玉"少不得潜心忍耐，暂同这些丫鬟们厮闹释闷，幸免贾政责备逼迫读书之难。这百日内，只不曾拆毁了怡红院，和这些丫头们无法无天，凡世上所无之事，都顽要出来。如今且不消细说"。这段叙述不仅眼熟，而且与今日大观园的环境不太和洽，更别说经历了这么几年这么多事，宝玉似乎还是那个宝玉。我有些怀疑这些文字是不是曹雪芹的笔墨。

本回最后的情节是正面描写夏金桂，薛蟠反成了陪衬。

> 原来这夏家小姐今年方十七岁，生得亦颇有姿色，亦颇识得几个字。若论心中的邱

鳌经纬，颇步熙凤之后尘。只吃亏了一件，从小时父亲去世的早，又无同胞弟兄，寡母独守此女，娇养溺爱，不啻珍宝，凡女儿一举一动，彼母皆百依百随，因此未免娇养太过，竟酿成个盗跖的性气。爱自己尊若菩萨，窥他人秽如粪土，外具花柳之姿，内秉风雷之性。在家中时常就和丫鬟们使性弄气，轻骂重打的。今日出了阁，自为要作当家的奶奶，比不得作女儿时腼腆温柔，须要拿出这威风来，才钤压得住人；况且见薛蟠气质刚硬，举止骄奢，若不趁热灶一气炮制熟烂，将来必不能自竖旗帜矣；又见有香菱这等一个才貌俱全的爱妾在室，越发添了"宋太祖灭南唐"之意，"卧榻之侧岂容他人酣睡"之心。因他家多桂花，他小名就唤做金桂。（夏金桂，"瞎金贵"！）他在家时不许人口中带出金桂二字来，凡有不留心误道一字者，他便定要苦打重罚才罢。他因想桂花二字是禁止不住的，须另唤一名，因想桂花曾有广寒嫦娥之说，便将桂花改为嫦娥花，又寓自己身分如此。

薛蟠本是个怜新弃旧的人，且是有酒胆无饭力的，如今得了这样一个妻子，正在新鲜兴头上，凡事未免尽让他些。那夏金桂见了这般形景，便也试着一步紧似一步。一月之中，二人气概还都相平，至两月之后，便觉薛蟠的气概渐次低矮了下去。一日薛蟠酒后，不知要行何事，先与金桂商议，金桂执意不从。薛蟠忍不住便发了几句话，赌气自行了，这金桂便气的哭如醉人一般，茶汤不进，装起病来。请医疗治，医生又说"气血相逆，当进宽胸顺气之剂。"薛姨娘恨的骂了薛蟠一顿，说："如今娶了亲，眼前抱儿子了，还是这样胡闹。人家凤凰蛋似的，好容易养了一个女儿，比花朵儿还轻巧，原看的你是个人物，才给你作老婆。你不说收了心安分守己，一心一计和气气的过日子，还是这样胡闹，嗓了黄汤，折磨人家。这会子花钱吃药白遭心。"一席话说的薛蟠后悔不迭，反来安慰金桂。金桂见婆婆如此说丈夫，越发得了意，便装出些张致来，总不理薛蟠。薛蟠没了主意，惟自怨而已，好容易十天半月之后，才渐渐的哄转过金桂的心来，自此便加一倍小心，不免气概又矮了半截下来。那金桂见丈夫旗纛渐倒，婆婆良善，也就渐渐的持戈试马起来。先时不过挟制薛蟠，后来倚娇作媚，将及薛姨妈，又将至薛宝钗。宝钗久察其不轨之心，每随机应变，暗以言语弹压其志。金桂知其不可犯，每欲寻隙，又无隙可乘，只得曲意附就。

我们不得不佩服曹雪芹的叙事技术，就这么不到一千字把薛家的态势，包括夏金桂的出身习性，都交代得清清楚楚，而且言语有味，还附上插曲。夏金桂，似乎也是个谐音"瞎金贵"，把破铜烂铁当金贵。既可以理解为这位姑娘自以为金贵，也可以看作薛蟠瞎了眼，错把一条母狼当宝贝。作品对夏金桂的心态以及与薛蟠之间的较量，用上一些说书中深受听众喜爱的言语，却又经过艺术加工提炼为小说语言。诸如"竟酿成个盗跖的性气。爱自己尊若菩萨，窥他人秽如粪土，外具花柳之姿，内秉风雷之性""若不趁热灶一气炮制熟烂，将来必不能自竖旗帜矣""越发添了'宋太祖灭南唐'之意，'卧榻之侧岂容他人酣睡'之心""是有酒胆无饭力的"，"一月之中，二人气概还都相平，至两月之后，便觉薛蟠的气概渐次低矮了下去""见丈夫旗纛渐倒，婆婆良善，也就渐渐的持戈试马起来"。这些语言活泼有趣，表现力非凡而概括力极强，三言两语就把人物的心态和事件的过程以及结果都展现出来。言语生动在曹雪芹手里太简单了，真正大师级的是他对人物个性把握的准度和深度，一句话一个词就把人物性格的真核表现出来，比如说薛蟠"是有酒胆无饭力的"，把薛蟠外强中干、粗暴胡闹、缺乏主见、容易折服的特点统统概括了。"外具花柳之姿，内秉风雷之性"，点出夏金桂总体特性，"渐渐的持戈试马起来"，则把夏金桂好寻事、有征服欲，但又细心、谨慎的特点有如画出。"宝钗久察其不轨之心，每随机应变，暗以言语弹压其志。金桂知其不可犯，每欲寻隙，又无隙可乘，只得曲意附就。"几十个字，写出多次暗中较量以及双方心态。顺便说一句，曹雪芹笔下的宝钗具有很大的张力，她对付夏金桂只需动动手指对方就知道遇见高手而"曲意附就"；但到了续作之中宝钗则失去了张力和刚性，变成陪着母亲一味洒泪。宝钗这个形象受损走形。依我的理解，以宝钗的能耐不说制服夏金桂，至少可以遏制其进犯。比如她稍微调教哥哥几句，鼓舞起母亲，再联合香菱，组成一道联合战线，不至于让夏金桂为所欲为。我的意思不是主张宝钗去打家庭内战，但夏金桂欺负人过头了，尤其是欺负到母亲和自己头上，作为"山中高士"，她岂能忍辱受侮？

夏金桂折磨香菱的内容横跨两回，我们放进下一回一起说。

第八十回

美香菱屈受贪夫棒　王道士胡诌妒妇方

"屈受贪夫棒"说的是香菱被夏金桂陷害而遭薛蟠殴打；"胡诌妒妇方"说的是宝玉请教老道士有没有医治像夏金桂那种妒忌成疾的药方。回目表明这一回是围绕薛家展开的，宝玉也在为薛家而苦恼。

本回开头是接着上一回展开的。夏金桂已经摸透薛蟠的脾性，并看见薛姨妈善良好对付，又尝试过欺压宝钗，结果知道宝钗不可侵犯，于是采取隔山打牛方法，先集中火力对香菱下手。她先设了个陷阱，把宝钗取的名字"香菱"改成"秋菱"。

一日金桂无事，因和香菱闲谈，问香菱家乡父母。香菱皆答忘记，金桂便不悦，说有意欺瞒了他。回问他"香菱"二字是谁起的名字，香菱便答："姑娘起的。"金桂冷笑道："人人都说姑娘通，只这一个名字就不通。"香菱忙笑道："嗳哟，奶奶不知道，我们姑娘的学问连我们姨老爷时常还夸呢。"金桂听了，将脖项一扭，嘴唇一撇，鼻孔里哧了两声，拍着掌冷笑道："菱角花谁闻见香来着？若说菱角香了，正经那些香花放在那里？可是不通之极！"香菱道："不独菱角花，就连荷叶莲蓬，都是有一股清香的。但他那原不是花香可比，若静日静夜或清早半夜细领略了去，那一股香比是花儿都好闻呢。就连菱角、鸡头、苇叶、芦根得了风露，那一股清香，就令人心神爽快的。"金桂道："依你说，那兰花桂花倒香的不好了？"香菱说到热闹头上，忘了忌讳，便接口道："兰花桂花的香，又非别花之香可比。"一句未完，金桂的丫鬟名唤宝蟾者，忙指着香菱的脸儿说道："要死，要死！你怎么真叫起姑娘的名字来！"香菱猛省了，反不好意思，忙陪笑赔罪说："一时说顺了嘴，奶奶别计较。"金桂笑道："这有什么，你也太小心了。但只是我想这个'香'字到底不妥，意思要换一个字，不知你服不服？"香菱忙笑道："奶奶说那里话，此刻连我一身一体俱属奶奶，何得换一名字反问我服不服，叫我如何当得起。奶奶说那一个字好，就用那一个。"金桂笑道："你虽说的是，只怕姑娘多心，说'我起的名字，反不如你？你能来了几日，就驳我的回了。'"香菱笑道："奶奶有所不知，当日买了我来时，原是老奶奶使唤的，故此姑娘起得名字。后来我自伏侍了爷，就与姑娘无涉了。如今又有了奶奶，益发不与姑娘相干。况且姑娘又是极明白的人，如何恼得这些呢。"金桂道："既这样说，'香'字竟不如'秋'字妥当。菱角菱花皆盛于秋，岂不比'香'字有来历些。"香菱道："就依奶奶这样罢了。"自此后遂改了秋字，宝钗亦不在意。

　　整个看，夏金桂显然是有备而来，提出"香菱"这名字不妥，是设计好的，旁边的打手宝蟾也是专门埋伏的。而香菱话语一派天真，还当作与宝钗对话一样"知无不言，言无不尽"，掉进陷阱被等候的打手猛击一棍，还以为是自己"一时说顺了嘴"，连自己名字被改了还高高兴兴，她根本不知道后面等着她的是什么结果。夏金桂此招，其意不在香菱而在宝钗，香菱叫什么姓名恐怕夏金桂根本懒得较劲。只是在与宝钗的正面较量中不能得手，甚至"只得屈意附就"，可知她当时败得很狼狈。她自知不是对手却又不甘失败，于是隔山打牛，改掉宝钗起的名字作为报复和泄愤。本段描写的最后一句"宝钗亦不在意"，是非常好的照应。宝钗怎么会"不在意"呢？她应当看穿了夏金桂是在找回上次丢失的脸面，对这种小手段宝钗不予理睬。何况毕竟香菱已经属于夏金桂，她一个小姑子确实不便插手，且宝钗本非好斗之人，哪里愿意同夏金桂之流交手？能忍能让的，她自然忍让。

　　而夏金桂却是没有底线的。世界上有这号人，把欺压、蹂躏别人当作人生的乐趣。在对待竞争对手方面她与王熙凤属于同类，王熙凤把贾琏身边的人弄得只剩一个平儿，而夏金桂更无底线，除了竞争对手，她连婆婆、小姑子以及其他人都一概不放过。

　　作品接下来的情节在古代小说中比较常见，就是薛蟠喝着碗里看着锅里，要把夏金桂的陪房宝蟾弄到手，而夏金桂为了除掉香菱就把宝蟾顺手相让，与前面王熙凤借秋桐之手除掉尤二姐异曲同工。稍微不同的是薛蟠比贾琏傻，被利用而恶打香菱。这个情节的文字很像《金瓶梅》而与本书的风格差异明显。而夏金桂栽赃香菱的伎俩又是枕头里抖出纸人儿，与马道婆如出一辙。薛姨妈看不下去出来干涉。

　　　　赌气喝骂薛蟠说："不争气的孽障！骚狗也比你体面些！谁知你三不知的把陪房丫头也摸索上了，叫老婆说嘴霸占了丫头，什么脸出去见人！也不知谁使的法子，也不问青红皂白，好歹就打人。我知道你是个得新弃旧的东西，白辜负了我当日的心。他既不好，你也不许打，我立即叫人牙子来卖了他，你就心净了。"说着，命香菱"收拾了东西跟我来"，一面叫人去，"快叫个人牙子来，多少卖几两银子，拔去肉中刺，眼中钉，大家过太平日子。"薛蟠见母亲动了气，早也低下头了。金桂听了这话，便隔着窗子往外哭道："你老人家只管卖人，不必说着一个扯着一个的。我们很是那吃醋拈酸容不下人的不成，怎么'拔出肉中刺，眼中钉'？是谁的钉，谁的刺？但凡多嫌着他，也不肯把我的丫头也收在房里了。"薛姨妈听说，气的身战气咽道："这是谁家的规矩？婆婆这里说话，媳妇隔着窗子拌嘴。亏你是旧家人家的女儿！满嘴里大呼小喊，说的是些什么！"薛蟠急的跺脚说："罢哟，罢哟！看人听见笑话。"金桂意谓一不作，二不休，越发发泼喊起来了，说："我不怕人笑话！你的小老婆治我害我，我倒怕人笑话了！再不然，留下他，就卖了我。谁还不知道你薛家有钱，行动拿钱垫人，又有好亲戚挟制着别人。你不趁早施为，还等什么？嫌我不好，谁叫你们瞎了眼，三求四告的跑了我们家作什么去了！这会子人也来了，金的银的也赔了，略有个眼睛鼻子的也霸占去了，该挤发我了！"一面哭喊，一面滚揉，自己拍打。薛蟠急的说又不好，劝又不好，打又不好，央告又不好，只是出入咳声叹气，抱怨说运气不好。当下薛姨妈早被薛宝钗劝进去了，只命人来卖香菱。宝钗笑道："咱们家从来只知买人，并不知卖人之说。妈可是气的胡涂了，倘或叫人听见，岂不笑话。哥哥嫂子嫌他不好，留下我使唤，我正也没人使呢。"薛姨妈道："留着他还是淘气，不如打发了他倒干净。"宝钗笑道："他跟着我也是一样，横竖不叫他到前头去。从此断绝了他那里，也如卖了一般。"香菱早已跑到薛姨妈跟前痛哭哀求，只不愿出去，情愿跟着姑娘，薛姨妈也只得罢了。

自此以后，香菱果跟随宝钗去了，把前面路径竟一心断绝。虽然如此，终不免对月伤悲，挑灯自叹。本来怯弱，虽在薛蟠房中几年，皆由血分中有病，是以并无胎孕。今复加以气怒伤感，内外折挫不堪，竟酿成干血之症，日渐赢瘦作烧，饮食懒进，请医诊视服药亦不效验。那时金桂又吵闹了数次，气的薛姨妈母女惟暗自垂泪，怨命而已。薛蟠虽曾仗着酒胆挺撞过两三次，持棍欲打，那金桂便递与他身子随意叫打，这里持刀欲杀时，便伸与他脖项。薛蟠也实不能下手，只得乱闹了一阵罢了。如今习惯成自然，反使金桂越发长了威风，薛蟠越发软了气骨。

薛家到底不是贾府，夏金桂对婆婆当面顶撞；而在贾府中，邢夫人是个填房，又遭贾母冷遇，但王熙凤对邢夫人还是毕恭毕敬，不敢有一句重话。依据作品的描写，香菱病得很深，有点像当年的秦可卿，恐怕命不长久，与第5回的判词完全吻合。作品对薛蟠娶亲的描写十足用去一个章回，这既是写薛家，也是造就全书主角宝钗的新背景，对后面宝钗的婚姻以及薛家的走势都至关重要。而我们自然更加关注宝钗的表现。薛家如此鸡飞狗跳，薛姨妈也气糊涂，大叫卖掉香菱，这时候唯有宝钗保持她惯有的冷静。

宝钗笑道："咱们家从来只知买人，并不知卖人之说。妈可是气的胡涂了，倘或叫人听见，岂不笑话。哥哥嫂子嫌他不好，留下我使唤，我正也没人使呢。"

宝钗又一次成为薛家的顶梁柱。第一，在全家乱成一锅粥的时候，宝钗依然镇定而微笑；第二，其说话依然从容不迫，有条有理；第三，坚决纠正母亲的糊涂，不卖香菱，也堵死了夏金桂的念想；第四，不单是劝慰母亲，而且有应对措施，让香菱跟着自己，这一招别说薛蟠不会反对，连夏金桂也无话可说，家庭的死结轻松解开。这个描写也让我们想起薛蟠遭柳湘莲猛打后要派人去拆了柳湘莲的屋子，薛姨妈则嚷嚷要告诉贾府去抓人，当时也是宝钗压住了火焰，劝母亲千万不可借亲戚权势欺压人，还说哥哥也需要讨点教训。曹雪芹对宝钗的描写前后完全一致，形象鲜明而又稳定。而后面一笔："那时金桂又吵闹了数次，气的薛姨妈母女惟暗自垂泪，怨命而已。"这里的"薛家母女"只指薛母一人，这是《红楼梦》一贯的行文套路，宝钗怎么会被夏金桂逼得唯有垂泪？本回写薛家的最后文字，说夏金桂又纠聚人来斗纸牌，掷骰子作乐，薛蟠躲到外面去了，"薛家母女总不去理他"。这个写法才符合宝钗、薛姨妈的个性。

　　薛家闹得如此地覆天翻，尤其是薛蟠结婚娶亲还是住在贾府，非常奇特而不符合中国人的习俗，我们稍加讨论。

　　薛家虽然在京城中有当铺等不少店面，但就"宅第"而言，似乎一座房子都没有。这个现象非常奇特。如果说刚刚进京的时候，薛姨妈执意不在外面住，是要让薛蟠有姨夫照应着、镇压着，那么一两年以后，尤其是贾政外放后，借居在贾府的理由已经基本消失，薛家应该自立门户搬出去过日子了。

　　我们有必要讨论一下，薛家为什么不住出去。我想从两个角度来探讨。一个是依据作品情节来讨论，薛家为什么不搬出去。而另一个角度，则与作品的情节关系很少，而是与曹雪芹的家世和心思有关。

　　作品的描述很有意思的，只有一开始薛蟠想出点子要外出居住，而薛姨妈则使劲坚持要住在贾府，甚至说："你既如此，你自去挑所宅子去住……我带了你妹子投你姨娘家去，你道好不好？"薛蟠只得罢了。母子分歧如此，但后来薛蟠却未再提要搬出去。是他很适应贾府的氛围，与贾珍、贾琏一伙打得火热而"乐不思蜀"了？还是长了年龄，懂得体贴母亲了？而特别让人不可思议的是，他娶亲也娶进贾府借居的屋子！这样的事情，我们不说整个薛家都该感到别扭，也不说夏金桂这么挑剔的女人怎么肯嫁进借居的屋子来，单单就礼法这一条，就无法越过。亲戚带着未成年儿女在贾府借居是可以的，但亲戚的下一代在主人的屋子里结婚，那就不是借居，而是在这里扎根了。这个做法在宗法上是过不了关的。贾府的宁荣二府中，大家去看看连贾家的宗亲都没一个，怎么可能让外戚在此结婚生子呢？对此莫说贾母、贾赦不会接受，即使王夫人自己也难以同意；更别说薛姨妈没这个脸，薛蟠再糊涂也不肯，最后还有宝钗，她不能让薛家变成无赖。关于这个不算小的问题，没见到其他评论家的解释，我个人觉得它需要有个解释。假如说是曹雪芹疏忽了，然而作品表明他非但没有疏忽，似乎还是故意这么安排的，因为他最后写了贾府的反应："于是宁荣二宅之人，上上下下，无有不知，无有不叹者。"不过，我虽然思考再三，至今为止还是找不到薛蟠在贾府里面成亲的理由。大家有兴趣可以探索。

对于薛家长期借居贾府，一个普遍说法是因为薛家图谋宝二奶奶的宝座。这个观点也并非全无道理，薛家寄居的时间太长、超长，而他们家那么多店铺开在京城，并非没有另立门户的能力，所以多年住在贾府不走，一定有什么特殊原因。是什么原因呢？政治上托庇算得上一个原因，薛蟠闯祸是随时随地的，与柳湘莲闹事就是案例。但即使不住在贾府一样可以借贾府的光，所以理由并不充分。薛姨妈与王夫人姊妹情深，在一起久了较难分开；或者一时要搬走，贾母年纪大容易伤感，也算理由，但也不充分。真正算得上理由的，确实还是宝钗的婚姻，因为和尚说了，必须嫁有玉石的男人，此事关系宝钗终生，如果找理由的话，这称得上一个很大的理由，可以说服大众。不过，假如就为这婚姻，薛家一大家子人进了贾府就不走了，赖在那里求婚姻，那么贾府的人岂不反感，以至于讨厌？薛家的追求岂非适得其反？我们见过赖在人家里讨债，有成功的，因为把他打发完了主人可以过清静日子。但我们没见过赖在人家里求婚有成功的，因为娶进这样的媳妇可能终生不得安宁。何况宝钗与宝玉的缘分在听到"什么金石姻缘，我偏说是木石姻缘"的时候就断了。宝钗是什么人？她蠢到那种程度，竟然不懂得赖在人家里是讨嫌的？从另一方面说，贾母又是什么人？如果薛家待在贾府就为金石姻缘，贾母会看不出？而一旦看穿，她会那么好对付？她还同薛姨妈、宝钗那么亲热？这么一分析，大家是不是觉得，说薛家住在贾府就是为了宝二奶奶的宝座，也比较牵强？也不是那么可取？好了，分析到这里，我们真有点山穷水尽疑无路的感受。那么，能不能另辟途径呢？

我们换一个角度，不依据作品的情节，而是从曹雪芹的家世和创作思路出发，看看能不能找到一点理由，来说明薛家为什么住在贾府不走。

薛家长年居住在贾府，这种现象在古代的社会生活中很难找到案例，而曹雪芹偏偏就这么写。想来，曹雪芹或是粗心大意闹错了。在找不到其他解释的情况下，我们环顾左右，却发现有类似的情况：自己有家，完完整整的家，老婆孩子都有，也有能力另立门户，但就是一直依附于主人家。这是谁家呢？——是曹家，曹雪芹的祖上，就是这么过来的。我们知道，曹家是包衣人，满族旗下汉人归属者，其最早的属性是俘虏、奴隶，后来渐渐成为家仆，甚至亲信。曹雪芹的先人，如其父亲曹頫、伯父曹颙、祖父曹寅，都是自幼在内务府当差行走，在内务府成长，即使他们外放到金陵，他们的隶属关系还是在内务府门下，他们的"户籍"也依然是内务府管属的正白旗包衣人。用我们比较熟悉的"族谱"来表示，曹家依旧、并永远是皇族的奴隶。就居住问题而言，曹家尽管在北京自己买了宅院，但我们不清楚他家在北京如何居住，因为康熙说眼看着曹颙长大，而雍正说曹頫"你们向来混账惯了"，则雍正对曹頫的童年、少年情况也较了解，可以想见曹颙曹頫依然是自幼在内务府行走，这是他们作为包衣人的法定使命，也是皇帝、皇子之所以看得见他们的原因。据史景迁的研究，曹寅在五岁时随父亲曹玺赴江宁，十四五岁回京城到内务府当差。至于曹颙、曹頫的童年没有史料记载，但按照常理他们一旦懂事就必须在内务府当差。由此大致可以得出结论：曹雪芹的祖辈、父辈自童年起就经常居住在内务府，行走在皇帝和皇子的身边，虽然曹家在北京有房屋，却是有家难回。曹家这种与寻常人家不同的状况，倒是与薛家类似的。

　　我们举出曹家非同寻常的生活状况，还只能说明薛家长期居住在贾府，至少在曹雪芹的人生视野中是有所本的，我们还没有证明曹雪芹为什么要这样安排薛家。这个问题等会儿再说。

　　我们还要探讨一下曹家另一个状况，也可以为薛家所本。我们在说到曹家历史，以及曹雪芹的姑父老平郡王替曹家报复继任织造官绥赫德的时候，我们强调过：曹家的主要房产在扬州，在江宁曹家没有房产，举家居住在织造府府邸之中，曹寅的几次接驾也是在织造府中。这是曹家除了居住在北京皇宫之中以外，在江宁也不是住自家房屋，属于借居状况。曹家在北京几代人，在江宁又是三四代，但是曹家硬是没有安安稳稳居住在属于自家私产的房屋之中，而始终处于寄居、借居的状况。中国之大无奇不有，但像曹家这种居住状况，这种有家难回、无家可归，更是古今中外特殊中的特殊、稀罕中的稀罕。曹雪芹这样的性情中人，面对曹家这种奇特的寄居历史，他这一辈子，真不知要如何感慨，如何排遣！而写入《红楼梦》，是最大的排遣。

　　在叹息之余，我们还要清醒一下：我们只是找到了薛家寄居贾府的现实版本，我们还没能说明曹雪芹凭什么这样写薛家。凭什么这样写呢？当我们提出这个问题的时候，通常我们是站在"现实主义"的立场，并且也是以"现实主义"来要求曹雪芹和《红楼梦》的。其实我们前面所提出的许多问题都是基于这样的前提。但是我们无法找到符合"现实"的答案。现在我们被逼到了绝路上，被曹雪芹和《红楼梦》逼的，也是被我们自己的"现实主义"逼的。无路可走了，我们可不可以开辟一条别的路？一条"现实主义"以外的道路来探索《红楼梦》？说到这里，我们首先退一步看看，《红楼梦》到底是不是"现实主义"作品？或者说它是很纯粹的"现实主义"作品吗？这么一问，我们回想起来，《红楼梦》从一开始就不是"现实主义"作品，它的头部就是"浪漫主义"或"魔幻主义"，贯穿作品始终的"金玉姻缘""木石姻缘"，都是"非现实主义"的。而且曹雪芹老人家写作的时候，"现实主义"理论还没出世。因而我们如果以"现实主义"来解释作品，本身就是缘木求鱼。跳出"现实主义"的樊笼，跳出任何"主义"的大樊笼再来寻找答案，可能就有了。

曹家几代人都有家难回，再加上我们一直说的曹雪芹自己可能有多年的寄居史。也就是，几代人，几十上百年，曹家几乎都没有生活在我们所理解的"家"中，曹家人始终没有享受"家"带来的安全、私密、温馨，这是哪怕再穷苦的人家都享受到的、家庭的基本的、长久的滋味。骂人话中最刻薄、最刺激神经的一个词是"丧家犬"，而曹雪芹自幼就处于这种处境之中。我们不难想象这样的家史和亲身经历是如何刺激、忧扰着曹雪芹，他这一辈子可能都在想着如何排遣、往哪里排遣这股难言的抑郁之气。古代中国的文人往往是以诗词来排遣这种心底深处的、难言的情绪的，我们不知道曹雪芹是否写过这类的诗词，不过，我们看到了小说《红楼梦》，看到了《红楼梦》中多得出奇的寄居人物，还看到了薛家这种离奇的阖家寄居甚至在别人家里娶妻结婚。对薛家这种违反宗族制度和人文习俗的行为我们找不到正常的、有说服力的解释，那么我们可不可以就接受一种非正常的、不那么有说服力的"解释"：曹雪芹就是要反映一种奇特的、扭曲的、无法置信的家庭生活，就如他们曹家的那种有家难回、无家可归！

最后说几句薛家的香菱。香菱的状况不幸被宝玉言中，她受尽折磨之后总算被宝钗收留，但她的生活已经彻底毁了，那个单纯的、可爱的、言语活泼、行动有如春鸟的香菱，已经死了，余下的是"酿成干血之症，日渐羸瘦作烧，饮食懒进，请医诊视服药亦不效验"的躺在床上的香菱，其身子的状况很像当年的秦可卿，但其内心的状况却近乎尤二姐，正如一朵绚丽的鲜花零落后快速枯萎。香菱写过诗词，有诗人的情怀与敏悟，现在现实又让她添加了诗人的忧伤。她"跟随宝钗去了，把前面路径竟一心断绝。虽然如此，终不免对月伤悲，挑灯自叹"。香菱认识的人不多，能对她说心里话的人这世界上没几个，她"对月伤悲，挑灯自叹"的时候，宝玉的身影一定会浮现出来。宝玉是第一个"吹哨人"，只有亲近的人才会"吹哨"；宝玉那句"但只我听这话不知怎么倒替你耽心虑后呢"，难免时时在香菱耳边响起！当日听了这"哨音"，香菱勃然变色，抽身而去。这以后，她还自以为得计，认为怪不得宝钗远着宝玉、黛玉气恼宝玉，她从此再也不见宝玉。现在香菱懂得了，知我者，宝玉也！但是，思维不同，规范不一，阴差阳错，无法挽回。这，就是悲剧；这，才叫《红楼梦》。

本回的第二个情节，是宝玉进庙还愿，也就是回目所书的"王道士胡诌妒妇方"。贾母叫宝玉去还愿，庙里当家的王道士被称作"王一贴"，言他的膏药灵验，只一贴百病皆除。宝玉于是同王道士聊天。

> 宝玉道："我不信一张膏药就治这些病。我且问你，倒有一种病可也贴的好么？"王一贴道："百病千灾，无不立效。若不见效，哥儿只管揪着胡子打我这老脸，拆我这庙何如？只说出病源来。"宝玉笑道："你猜，若你猜的着，便贴的好了。"王一贴听了，寻思一会，笑道："这倒难猜，只怕膏药有些不灵了。"宝玉命李贵等："你们且出去散散。这屋里人多，越发蒸臭了。"李贵等听说，且都出去自便，只留下茗烟一人。这茗烟手内点着一枝梦甜香，宝玉命他坐在身旁，却倚在他身上。王一贴心有所动，便笑嘻嘻走近前来，悄悄的说道："我可猜着了。想是哥儿如今有了房中的事情，要滋助的药，可是不是？"话犹未完，茗烟先喝道："该死，打嘴！"宝玉犹未解，忙问："他说什么？"茗烟道："信他胡说。"唬的王一贴不敢再问，只说："哥儿明说了罢。"宝玉道："我问你，可有贴女人的妒病方子没有？"王一贴听说，拍手笑道："这可罢了。不但说没有方子，就是听也没有听见过。"宝玉笑道："这样还算不得什么。"王一贴又忙道："贴妒的膏药倒没经过，倒有一种汤药或者可医，只是慢些儿，不能立竿见影的效验。"宝玉道："什么汤药，怎么吃法？"王一贴道："这叫作'疗妒汤'：用极好的秋梨一个，二钱冰糖，一钱陈皮，水三碗，梨熟为度，每日清早吃这么一个梨，吃来吃去就好了。"宝玉道："这也不值什么，只怕未必见效。"王一贴道："一剂不效吃十剂，今日不效明日再吃，今年不效吃到明年。横竖这三味药都是润肺开胃不伤人的，甜丝丝的，又止咳嗽，又好吃。吃过一百岁，人横竖是要死的，死了还妒什么！那时就见效了。"说着，宝玉茗烟都大笑不止，骂"油嘴的牛头"。王一贴笑道："不过是闲着解午盹罢了，有什么关系。说笑了你们就值钱。实告你们说，连膏药也是假的。我有真药，我还吃了作神仙呢。有真的，跑到这里来混？"正说着，吉时已到，请宝玉出去焚化钱粮散福。功课完毕，方进城回家。

作品已经连续好几个章回，都是紧张而又压抑的，曹雪芹大约是想调节一下气氛，来了这么一个开心段子。但细察，整个描写却十分细腻，还颇具艺术性。前面王道士胡吹了一通，说他的膏药包治百病，于是宝玉开始犯傻，想到了医治妇女的妒忌病。这个开头就极好，只有宝玉这样的痴人才会想到治疗"妒妇病"，完全符合宝玉的性格；同时，宝玉动起此念想，可见他对薛家事务关切之深，对夏金桂这个刚刚从"女孩子"变成"少妇"的女人百思不得其解，还见出他对宝钗的担忧与关怀，对香菱、薛蟠的可怜，尽管他不久前刚遭到香菱的抢白与断交。然而，宝玉自己也知道这念头过于荒唐，所以他叫李贵等人都出去，只留下茗烟一人，这是"防扩散"措施。这里反映出宝玉傻中有慧，粗中有细，自以为聪明而到底是痴儿，很有趣。虽然摆布停当，宝玉到底还是不好意思出口，于是叫王道士猜他要治什么病。这又是迹近无赖，但这正是他的身份所允许，刻画出宝玉到底是个公子哥儿。王道士见宝玉如此小心忌讳，不由得猜到春药上头去。于是宝玉只能明说："我问你，可有贴女人的妒病方子没有？"王一贴听说，拍手笑道："这可罢了。不但说没有方子，就是听也没有听见过。"就此一笔，刻画出一个有良心有底线的道士形象。本来像宝玉这么个傻子，完全可以哄骗的，弄不好还是一笔不小的钱财，但王道士却坦承根本没有这方子。可惜宝玉这呆子不懂人家的诚心，反说王道士不够高明。王道士非但不生气，也不丢手走开，他反而好心好气说了一个秋梨冰糖陈皮方，哪想到宝玉却信以为真，还说"只怕未必见效"。面对这样实心的主儿，王道士服了，于是饶有风趣地兜了个大圈子，告诉宝玉那纯粹是玩笑。整个来看，王道士还是比较真诚的，尤其十分风趣、可亲，给人印象很好。这是曹雪芹笔下又一位男性出家人，与他笔下的女性出家人形成强烈的反差，这也成为《红楼梦》一个鲜明的"现象"。

我们应该想到，写宝玉求药方不单单是写宝玉，宝玉原本就是在代替夏金桂求药；由于妒忌病无药可救，也就表明夏金桂无可救药，那么，薛家的烦恼也就无可穷尽。所以写宝玉这一笔是这两回的一个自然延伸，在艺术上是完整的。

顺便说一下，"疗妒汤"并非曹雪芹纯粹的笑谈，而是有着沉重的历史积淀。早在《山海经》中就记载鹆鹕（即黄鹂）能疗妒，《南史》中记载梁武帝曾以鹆鹕做成疗妒羹给自己的皇后吃。明末清初著名文人傅山著《傅青主女科》中有"解妒饮"药方，明清时期有不少小说戏剧反映疗妒题材，更有戏曲就名《疗妒羹》。贾宝玉和王道士在笑谈，曹雪芹却不是的，他在写沉重的历史和现实。

本回最后一个情节，也是前八十回最后的笔墨，写的是迎春回娘家诉苦。

那时迎春已来家好半日，孙家的婆娘媳妇等人已待过晚饭，打发回家去了。迎春方哭哭啼啼的在王夫人房中诉委曲，说孙绍祖"一味好色，好赌酗酒，家中所有的媳妇丫头将及淫遍。略劝过两三次，便骂我是'醋汁子老婆拧出来的'。又说老爷曾收着他五千银子，不该使了他的。如今他来要了两三次不得，他便指着我的脸说道：'你别和我充夫人娘子，你老子使了我五千银子，把你准折卖给我的。好不好，打一顿撵在下房里睡去。当日有你爷爷在时，希图上我们的富贵，赶着相与的。论理我和你父亲是一辈，如今强压我的头，卖了一辈。又不该作了这门亲，倒没的叫人看着赶势利似的。'"一行说，一行哭的呜呜咽咽，连王夫人并众姊妹无不落泪。王夫人只得用言语解劝说：

"已是遇见这不晓事的人，可怎么样呢。想当日你叔叔也曾劝过大老爷，不叫作这门亲的。大老爷执意不听，一心情愿，到底作不好了。我的儿，这也是你的命。"迎春哭道："我不信我的命就这么不好！从小儿没了娘，幸而过婶子这边过了几年心净日子，如今偏又是这么个结果！"王夫人一面劝解，一面问他随意要在那里安歇。迎春道："乍乍的离了姊妹们，只是眠思梦想。二则还记挂着我的屋子，还得在园里旧房子里住得三五天，死也甘心了。不知下次还可能得住不得住了呢！"王夫人忙劝道："快休乱说。不过年轻的夫妻们，闲牙斗齿，亦是万万人之常事，何必说这丧话。"仍命人忙忙的收拾紫菱洲房屋，命姊妹们陪伴着解释，又吩咐宝玉："不许在老太太跟前走漏一些风声，倘或老太太知道了这些事，都是你说的。"宝玉唯唯的听命。迎春是夕仍在旧馆安歇。众姊妹等更加亲热异常。一连住了三日，才往邢夫人那边去。先辞过贾母及王夫人，然后与众姊妹分别，更皆悲伤不舍。还是王夫人薛姨妈等安慰劝释，方止住了过那边去。又在邢夫人处住了两日，就有孙绍祖的人来接去。迎春虽不愿去，无奈惧孙绍祖之恶，只得勉强忍情作辞了。邢夫人本不在意，也不问其夫妻和睦，家务烦难，只面情塞责而已。终不知端的，且听下回分解。

早在第 1 回我们就说了，贾府四位小姐元春、迎春、探春、惜春的名字暗含"原应叹息"之意。现在四人中第一位走向"叹息"的是迎春，这位小姐在作品中的笔墨其实很少，直到第 73 回才刚刚把她的性格交代出来，或者说读者刚刚认清迎春的面目，之后也没再写她，现在仅仅相隔几回，她的厄运已然降临，情节发展之快出乎人们意料。本回的描写令我们有点陌生，因为之前我们没见过迎春与王夫人有过什么交流和对话，到今日忽然见到侄女与婶娘如此亲密，我们多少有些意外，不得不说前文缺乏应有的铺垫。而现在这样的写法也明显映衬出王夫人与邢夫人的矛盾：我们看到不是两位夫人一起迎接迎春，而是迎春单独见王夫人，向王夫人哭诉；尽管邢夫人不是亲生母亲，毕竟迎春不对母亲而对婶娘哭诉，显得邢夫人失责，而王夫人则多少有点越俎代庖。对比一下，在林黛玉来到贾府的时候邢夫人一样显出舅母的面貌。时过境迁，现在的贾府，现在的长房与二房，与当年大不一样了。这是曹雪芹最后笔墨的意义。

而迎春的性格却与第 73 回中展现的略有不同，那时她很是听天由命任凭摆布，现在她却喊出："我不信我的命就这么不好！"我们暂且看不到她将如何与命运抗争，而她同时又说："还得在园里旧房子里住得三五天，死也甘心了。"如果真像孙绍祖所说贾赦是卖女抵债，那么孙绍祖就会无法无天，而贾赦则忍气吞声，迎春真无日子可过。至于王夫人以及姐妹们，除了给几句安慰话，她们真的无能为力。迎春的前景非常堪忧。

孙绍祖这个人物，曹雪芹是厌恶到极点，于是运用他作者的特权——封杀，绝对不让孙绍祖登场出面，就像对待贾雨村那样。孙绍祖第一次登贾府之门，作者做了交代，甚至写了宝玉与其相见，但也仅仅叙述一句，不作描写。其后的婚礼等也是一笔不写，婚后状况则只让迎春转述，我怀疑曹雪芹在后文也不会让孙绍祖露面。这是曹雪芹一贯的手法。相比较，夏金桂却被允许出场而且镜头很大，可见曹雪芹对孙绍祖的厌恶更甚。确实，在孙绍祖面前，连薛蟠都成了"好男人"。"一味好色，好赌酗酒，家中所有的媳妇丫头将及淫遍。"对迎春这么个老实人，别说体恤，动不动就指着鼻子骂，甚至要"好不好，打一顿撵在下房里睡去"。而薛蟠为一个宝蟾还要去哀求夏金桂，得手了还要感激不尽；对夏金桂也还客气甚至惧怕。两相比较孙绍祖几乎就是个魔头。似乎曹雪芹不仅把贾府与薛家两家、两桩婚姻存心对比，还将薛蟠与孙绍祖进行着对比，显出"山外有山，恶外有恶"，为此这两回是将两桩婚姻安排在接近的时间，并且进行交叉描写。透过作品的结构与内容，我们可以看见曹雪芹的心思。

至于孙绍祖为什么是如此德性，作品并未展开描述，不过有一点是透露了：孙绍祖对贾府有刻骨之恨。至少两方面，一方面是贾赦借债不还，另一方面则是几辈子的积怨。贾政也"深恶孙家，虽是世交，当年不过是彼祖希慕荣宁之势，有不能了结之事才拜在门下的，并非诗礼名族之裔"。在贾政眼里，孙家上祖就是势利之徒，遇事才拜倒在贾府门下；但是在孙绍祖心头，"当日有你爷爷在时，希图上我们的富贵，赶着相与的。论理我和你父亲是一辈，如今强压我的头，卖了一辈。又不该作了这门亲，倒没的叫人看着赶势利似的"。两家对当年结交的看法尖锐对立，我们自然相信贾政说的为实。

本回最后，也是前八十回的最后，我们探讨一个现象：在描写夏金桂的时候，不知是有意还是无心，作品描写的调子有点类似《金瓶梅》，就连夏金桂这名字也与潘金莲有点相似。这让我想到，文学、文化，再怎么变化，怎么升华，怎么突飞猛进，终究离不开它的土地。曹雪芹够伟大了，他的《红楼梦》与其他古典名著确实不可同日而语，但毕竟他本人是中国文化哺育的，《红楼梦》只能是中国文学的结晶。所以要比较贴切地了解曹雪芹，还是要对中国的历史文化有一定修养，要读懂《红楼梦》，还是要有四书五经、史记汉书、唐诗宋词的积累。当然，要在更广阔的世界中评价《红楼梦》，那就需要世界文学和文化的营养，至少是全世界小说名著的广泛阅读。

　　曹雪芹的八十回我们讲完了。我们这八十回作品鉴赏与所有别的鉴赏书籍的最大区别是始终把作者曹雪芹绕在里面。从第 1 回开始，直到这第 80 回，我们仍然从薛家寄居在贾府婆亲这一奇特现象，追根溯源，判断与曹家历史和曹雪芹个人经历有关。我们这样的鉴赏，在文学理论中属于"作家创作过程"或者"作家创作心理"探索。我以为这在《红楼梦》鉴赏中特别需要。原因一，《红楼梦》太美了，又太高雅了，在已经成为术语的"四大名著"，或者再加上《金瓶梅》的五大古典名著中，它高出其他几部名著很远，的的确确一骑绝尘；并且，它还有宏大的皇家气派，有十分细腻真切的、其他作品所没有的皇室描写。这样的气格和派头令无数读者、包括研究者目眩神迷、难以思议。如果说别的小说我们即使不了解作者照样可以鉴赏，那么对《红楼梦》我们如果不了解作者，就很难消化。所以要揭开这个谜底——《红楼梦》到底是凭什么写出来的？就必须要"找到"这位作家，要"见到"、见识这位作家，甚至要"跟踪"、要"窥视"他。原因二，偏偏，作者曹雪芹连"神龙见首不见尾"都称不上，现有他的资料全部是间接的，而且少得可怜，这就造成《红楼梦》研究的巨大困难。还好，文艺创作理论告诉我们，任何一个作家，哪怕他故意要"隐身"，他依然会在作品中暴露他的点点滴滴甚至方方面面，而这点点滴滴或方方面面都由同样的基因构成，假如我们能够把它们有机、合理地整合起来，那么我们可以看到作者的种种心态，甚至可以看见作者的内心深处。我们可以从《红楼梦》中某种程度地"还原"作者，让读者对曹雪芹有所了解。原因三，确确实实，我们看到《红楼梦》中不时会出现曹雪芹本人和曹家影影绰绰的投影，有些地方投影还相当浓郁。这不仅是我们还原曹雪芹的"现实基础"，是我们的入手之处，也是我萌生发掘、打捞念头的主要诱饵。说实话，如果不是作品中时时闪现的影子，我不会有"发现曹雪芹"的初心。原因之四，《红楼梦》或者叫《石头记》的早期抄本中有大量的脂批，其实是最早的还原工作，披露了一些作者的创作和修改过程，以及作者家族状况与作品内容的吻合之处；不过脂批还没有揭示出作者的家族是曹家，对作者的姓名也只披露一个"雪芹"；是现代红学家胡适、俞平伯、周汝昌等前辈的研究，确认作者是曹雪芹，并挖出曹家的大量史料。所以我从作品内容中观照曹雪芹，又以曹雪芹的家世、经历来解释作品，实际上是步前人的后尘，只不过我们有意识地在整部作品的鉴赏中始终这样坚持、这样实践。

　　我之所以做这个说明，因为一直有读者反响强烈，而其中又判然有别：一派说不能捕风作影，破坏曹雪芹的形象和名誉；另一派则说我这样的鉴赏独辟蹊径，见所未见，获益匪浅。现在大家知道，这样鉴赏并不是我的发明，早在曹雪芹写作过程中，脂砚斋们就这么做了。

　　大家公认的曹雪芹原作我们已经鉴赏完了，万分惋惜之后，怎么办？我认为我们必须接受事实，就像我们在生活中总会遇到不如意一样。现在，让我们静下心来讨论两个问题。第一个问题：几乎所有人都认为，《红楼梦》后四十回写得不如前八十回，我也基本同意，续作的总体艺术水准不如原作。不过我不赞同说后四十回的情节写得不好，相反，我认为情节已经写得相当好，已经达到真假难辨的程度。但是，《红楼梦》这部小说不是以情节见长的，它是以卓越的艺术性见长，以对人性、对人生、对生活的深刻性见长，以人物塑造的完美性见长。在这些方面续作确实不如原作。不过，我们不能因此而责备续作者水平不够，不能这么判断，因为前提条件不一样。续作者接着别人的作品写，能达到这个水准已属万难。即使是曹雪芹去续写别人的作品，也肯定大大不如《红楼梦》。曹雪芹自己为什么没有完成整部作品？恐怕也是后面的写作和修改太困难了，等会儿我们在第二个问题中再讨论。我们先看看事实，我国古代鸿篇巨制的长篇小说，都未能始终保持高水准。四大名著都存在这个现象，《三国演义》《水浒传》《西游记》的后三分之一或四分之一，都远远不如前面的水准，在读者看来都很不理想，现在加上《红楼梦》的未完成，形成四大名著后不如前的"普遍现象"。既然我国古典名著都有这"普遍现象"，那么必然有其深刻的原因。什么原因？再讨论下去就超出我们这本书的范畴了，我在这里只是指出这个现象，有志者可以去研究。我们关心的是《红楼梦》，我想说的是，与其他几部经典相比较，《红楼梦》的后四十回比前八十回水平下降的幅度要小一些，所以是不幸中的万幸，我们要深深感谢续作者（不管是高鹗或其他人），而不是去责备他，更不该把他当罪人看待。没有续作，《红楼梦》真不知命运如何，它很可能夭折了，消失了，我们很可能无从享受如此高级的艺术圣典。所以我对续作者一直怀着感恩之情。我认为，续作是一个开放的学术课题，属于重要的不可多得的小说艺术完美性的研究课题，而不是一个"正确与否"的带有政治色彩的问题。

　　同样的，"脂批"也是这样属性的课题。持续百年地，对续作进行批判甚至声讨，对"脂批"一味感激赞美，是一种不正常的学术倾向。我认为"脂批"固然功不可没，但或许它也有"罪"，它一方面帮助了曹雪芹，另一方面它可能过多地干涉了曹雪芹，干扰了曹雪芹创作的一贯性和连续性，滞延了曹雪芹的创作进程，给曹雪芹的创作和修改添加了麻烦，对《红楼梦》最终未能完成负有一定的责任。最典型的就是对秦可卿"淫丧天香楼"的干涉，它强烈要求曹雪芹删除秦可卿"淫丧天香楼"，结果"删去天香楼一节，少去四五页也"。有可能，曹雪芹保留原有情节《红楼梦》会更加完美，删除这"四五页"，一则造成秦可卿形象的空洞干瘪，令其完全失去正钗第六位应有的风姿。另一方面，这一改动让曹雪芹付出大量的精力去修改前后文以便与之相适。但最终的结果是，秦可卿的形象遭到严重损毁，文本也前后龃龉。

第二个问题：曹雪芹到底写完没有？为什么各个抄本只到八十回？这个问题红学界已经讨论了整整一百年，但似乎越讨论越糊涂了，目前为止没有结论。这个问题其实应该分两个层次来讨论：一，曹雪芹写完没有？二，如果写完了，为什么所有的抄本只到八十回？

我们先讨论问题的第一层。历来绝大多数研究者认为《红楼梦》是写完的，而他们最主要的证据是脂批。不过，脂批实际上没有透露过八十回以后的比较完整的情节，而是只有点点滴滴、浮光掠影的提点。其中被认为最有力的证据如"寒冬噎酸齑雪夜围破毡""狱神庙慰宝玉"，被认为是指贾府落败后宝玉的生活，而"警幻情榜"，则被认为是全书结尾的内容。许多研究者认为，这些"内容"都出现了，那么意味着作品是写完的。其实，这样的推论是不够严谨的。写过小说的，哪怕写过文章的人都知道，写作前往往会列个提纲，有的提纲标题下还会标上内容大意；而小说家更有个习惯，灵感上来时立即笔录下来，而这所录的内容可能在小说的很后面，甚至是结尾部分。所以，即使曹雪芹有"寒冬噎酸齑雪夜围破毡""狱神庙慰宝玉""警幻情榜"这类文字，未必等同整部小说写完的确切证明。其实研究者也明白这道理，只是"追求完成"的心太切，就不管其他的，甚至反面的可能性，只朝着一个目标去做出判断。我们这么说当然不能证明"没有写完"，而是证明"可能没写完"。我本人的观点是："很可能没写完，至少没修改定稿"。因为据我反反复复地阅读，我看到许多矛盾之处，这些我们在本书中都讲了，比如秦可卿的判词与内容完全相反，比如凤姐的女儿怎么十来年没长大，比如在第 21 回中写，是父母替多混虫娶的多姑娘，到 77 回写成是赖家的把家里女子配给多混虫的，而且多混虫、多姑娘突然成了晴雯的哥嫂，等等，都证明即使前八十回也还处于修改之中。其次，脂批有那么多条，就是没有一条明确地说，整部小说已经写完。所以我的判断是：曹雪芹很可能还没写完，肯定还没有定稿。

现在我们讨论第二层：为什么原作只留下八十回。这里又要分两个话题，一个是留下的，另一个是"迷失"的。先说留下的，为什么是八十回，而不是八十一回、八十三回，或者七十五回、七十六回？这个答案比较简单，这同装订有关，曹雪芹的原稿自然有一定的装订，可能十回或二十回装订为一册，保存下来的是整册的，所以是八十回。下一个话题就很困难："迷失"的究竟有多少回？是怎么会"迷失"的？先说说"迷失"一词，这个词很妙，它来自脂批："余只见有一次誊清时，与'狱神庙慰宝玉'等五六稿，被借阅者迷失。叹叹！丁亥夏，畸笏叟。"这句话有头有尾、来龙去脉、年岁季度、批注人名号，都很清楚，属于脂批中值得采信的批语，因而所有的研究者都对它极其珍视，坚信不疑，成为判断《红楼梦》有没有八十回以后内容的最重要证据。但是，该批语的关键词却用了一个意思再模糊不过的"迷失"。"迷失"一词，比书画类弄丢了最常用的"佚失"，以及"散失""丢失""遗失"都含糊，意思就是莫名奇妙地没了。于是研究者都把《红楼梦》八十回以后缺失的原因算到"借阅者""迷失"的头上。当然这有可能，不过，今天，我们却要探讨一下，可不可能，"迷失"未必是八十回以后没有任何稿子保存下来的主要原因。

我们先探讨"迷失"最大能造成什么损害。历来的观点是："借阅者"把曹雪芹的原稿借走，然后被他们"迷失"，造成《红楼梦》原作只剩下八十回的遗憾结局。可是我们想想，曹雪芹写的那么辛苦，花了至少十年，并反复修改，他手中的原稿理当不止一份，应当有原始稿，初次修改稿、二次修改稿、定稿，乃至更多。小说第1回中就明写"增删五次"，脂批也谈到过反复修改的情况。因而即使"借阅者"借走的是最后一稿的八十回以后部分，是誊清稿，那么曹雪芹也应该存有初稿、修改稿，他可以在此基础上补写。他不至于把未誊清的稿子扔掉吧？作为比生命还宝贵的原稿，他无论如何也会保留着，以防万一，曹雪芹不是个那么粗心大意的人。何况，前八十回完完整整存在，被借走的，仅"五六稿"，我理解这"五六稿"，是五六个章回，这点篇什丢失了，曹雪芹在原稿的基础上再重写，难度不是那么大。即使他来不及、或伤心得无力补写，那么未誊清的修改稿、底稿还在，脂砚斋等人可以代为整理、誊清。所以，"迷失"不是八十回以后作品空缺的根本原因。我要说的是，没有写完的结局是一系列原因叠加造成的，不单单是原稿"迷失"。我认为，曹雪芹没有写完全部内容，至少没有修改完，或许是他自己的健康原因，或许是儿子生病的原因，或许是别的原因，令他的写作、修改工作很难进行，再加上稿子"迷失"的打击，可能让曹雪芹产生"天意如此"的念头，从而彻底摧毁了他的写作意志，甚至摧毁了他的生命。这是一种猜想，一种从客观方面所做的猜想。

　　我还想说出我的另一个猜想，从曹雪芹主观原因方面去猜想，供大家参考。我们知道，曹雪芹的心志非常高，在第1回中他就说了，要写出一部让人耳目一新的作品。而且他确实具备这份才气和艺术功力，还具备他人难以具备的人生经历和奇特的家世，形成非常难得的创作素材，从作品前八十回看确实足以感天地泣鬼神。那么，以曹雪芹的性格，他对后面的内容要求一定是更高，决不允许前高后低，决不允许后面的水平出现下降。然而，我们来看看他后面要干些什么。最后十来回，尤其是第74回以后，大观园开始走向荒废，接着就是贾府走向毁灭，十二金钗以及她们所围绕的月亮贾宝玉，都要走向死亡或其他悲惨结局。换句话说，这后面作为作者的曹雪芹，将充当"刽子手"的身份，对自己笔下那么多心爱的人物，痛下杀手，赶尽杀绝！这，对于一位作家，尤其是像曹雪芹这种敏感而富有同情心的作家，绝对不是一桩简单的事。对自己作品人物痛下杀手而又留下写作感想的法国作家福楼拜先生说过，在写包法利夫人服毒自杀的过程中，感觉自己"满嘴砒霜的味道"，仿佛中了毒。我们很难想象福楼拜这段时间怎么吃得下饭睡得着觉。福楼拜之所以有这样的生理反应，因为他是根据真人真事创作的，这与虚构的作品写起来感受大不相同。而《包法利夫人》的创作过程只有四年，不能想象，写了十年《红楼梦》的曹雪芹要对自己一手哺育长大的笔下人物赶尽杀绝，他的痛苦足以摧残他的健康。现在我们读另一段脂批："壬午除夕，书未成，芹为泪尽而逝。"这段脂批写的十分明确："书未成，芹为泪尽而逝。"曹雪芹是哭死的，不是死于其他原因！福楼拜写包法利夫人一人自杀，就已经"满嘴砒霜的味道"，写三个、五个，会是什么结果？俄罗斯大作家托尔斯泰如果不单让安娜自杀、沃伦斯基自我流放，还要让卡列宁、列文和吉提等所有人物一律或死或悲，恐怕托尔斯泰自己的健康也要大受影响。而曹雪芹笔下的十二钗等人，都是"我半世亲睹亲闻的这几个女子"，应该都是他的堂姐妹表姐妹，以及与他感情深厚的情人、朋友以及丫鬟，要把他们一个个全部推下深渊，曹雪芹真是情何以堪！所以曹雪芹一边写一边哭，一边哭一边写，最终"为泪尽而逝"，但还是"书未成"！所以曹雪芹是至少没修改完，实际上很可能没写完，他就泪尽而仙逝了。细细体味脂批"书未成"三字，应该还没达到内容写完、进而修改的阶段，我理解是至少还有若干回没有完成，更没有全书修改定稿。至于脂批中出现的"寒冬噎酸齑雪夜围破毡""狱神庙慰宝玉""警幻情榜"等，可能只是曹雪芹列出的标题、提纲或提要，而不是这些内容都已经写好。

　　下面还有一个悬案是免不了的：曹雪芹虽然逝世，他的稿子哪里去了呢？脂砚斋、畸笏叟等亲友，如此热爱《红楼梦》，他们中间合该有人挺身而出保护曹雪芹的原稿吧？为什么八十回以后的稿子统统不见踪影了呢？曹雪芹的草稿、修改稿到底去哪了？有谁，能让曹雪芹所有稿件统统消失？

我有一个大胆的猜想：会不会，是曹雪芹眼见无法完成全书，无奈之下，他做出一个让后人遗憾的举动——他亲手毁掉自己手中的所有稿件。不能完璧归赵，不如破釜沉舟！会不会，是他亲手将所有稿件付之一炬？曹雪芹是个完美主义者，曹雪芹又是个性格偏鄄的人，友人敦敏说他："傲骨如君世已奇，嶙峋更见此支离。""司业青钱留客醉，步兵白眼向人斜。"可见，曹雪芹是个狂傲不拘之人。像他这样的人，做出"不能生毋宁死"的举动绝不奇怪，他觉得留下一部残缺不全的稿子，还不如付之一炬，宁缺毋滥，有这可能。当然他不是轻易做出这个决定的，但《红楼梦》写到后来越来越难，除了前面说到的把所有人物都推下悬崖的痛苦之外，他的身子已经越来越差，眼泪即将流尽，继续写作和修改都极其困难。作品太长、头绪太多、内部的纠葛太繁复、牵一发而动全身，以至于很难修改。改着改着，也有越改越乱的（比如秦可卿），随着身体每况愈下难以支持，此时，老天又不作美，他四十来岁才得到的宝贝儿子不幸夭折，令曹雪芹彻底绝望。他在临死之前，将另一个宝贝儿子——《红楼梦》一起毁掉了，他不愿意把一个半成品留在人间。至于前八十回，由于早已流入亲友手中，从现存各个脂批本看，许多文字都不一样，可见出自不同原稿的抄本，因而它们得以留存。

为了让大家了解一下古代小说原稿的保存、流传情况，我们介绍一下《聊斋志异》原稿，它是我国古典小说中唯一保存下来的原稿。蒲松龄也是清代人物，早于曹雪芹大约七八十年，《聊斋志异》成书于康熙十八年，即1679年，但因没有刊刻印刷的资金，蒲松龄只能把手稿珍藏在家。该书刊刻面世是1766年，距离完稿已经八九十年，蒲松龄本人逝世也已经半个世纪。蒲松龄非常珍视自己的手稿，轻易不示人，至亲好友要借阅，他也恪守一条规矩：不借全稿。他还立下遗训：身后永远由长子长孙一门传存。1863年山东暴发农民起义，蒲松龄八世孙为避战火，携带手稿远赴关东沈阳。1894年保存手稿的蒲英灏供职于盛京将军手下，将军强行借阅，蒲英灏只好借给半部，将军未能如约归还，后来病死，借去的手稿佚失，从此《聊斋志异》手稿仅存半部。后来历经多年战乱，于1950蒲氏后人将手稿捐献辽东文化处，现存于辽宁省图书馆。

从《聊斋志异》手稿保存历史来看，小说原稿在私人手中保存几乎两百年。作为比《聊斋志异》稍后的《红楼梦》，如果真有人珍惜保管的话，不至于三十年不到

的时间就灭失，因为到了1791年程伟元高鹗就公开出版发行已经找不到八十回后的
稿件。值得说明的是程高本是在北京出版的，程伟元、高鹗当时都在北京，程伟元
在出版序言中写道"竭力搜罗，自藏书家甚至故纸堆中无不留心"，搜罗了好几年。
曹雪芹是在北京写作并在北京逝世，如果他的八十回以后手稿还保存着，不管是哪
位亲友，大概率也在北京。何况这三十年国泰民安，保存的社会条件不错。为什么
程伟元就搜罗不到？我想程伟元理当在城门口贴过征求原稿的告示，手稿保存人应
该能够知晓。退一步说，程甲本出版以后，此书已经大红大紫，手稿保存人即使在
外省，也理应知道，他们为什么不联系程伟元呢？从这些迹象推论，很可能在1791
年的时候，八十回以后的稿子已经不复存在，而能够把全部手稿统统毁掉的人之中，
最容易达成的，就是曹雪芹自己。所以我大胆猜测，八十回以后的《红楼梦》原稿，
也有可能是曹雪芹自己毁掉的。这是八十回以后原稿"迷失"的一种可能性，提出
来供研究者参考。

　　最后，讲一下本书后面的内容。我们即将进入后四十回的鉴赏，很显然续作与
原作有所不同，那么我们的鉴赏方式也会有所改变。比如我们既然认为它是续作，
那么我们很自然地会把它与前八十回作某种切割；但同时，我们又不可避免地会把
它同前八十回作种种比较，这是任何一位评论者都无法超脱的。而我个人的鉴赏前
提是，我十分认可续作，甚至把它看作是"红楼梦"不可分割的一部分，是挽救了
前八十回的功臣。基于这样的前提，我们将鉴赏续作哪些是继承了原作的构思，而
哪些又是违背的；哪里是失手，哪里是犯错，哪里是妙笔，哪里又是绝笔；哪些不
如原作，而哪些甚至比原作更上一层楼。总之，后四十回不仅绝对值得鉴赏，而且
是你必须鉴赏的中国小说的绝品。说透彻点，我认为，后四十回就是《红楼梦》。对
此，我们还可以从反面加以证明。自从程高本的一百二十回的《红楼梦》一炮打响
后，就开始有人在一百二十回后再加续作，各种续作名目不一，都抢着出版，仅仅
道光年间一次查禁书中，就有《续红楼梦》《后红楼梦》《补红楼梦》《红楼圆梦》
《红楼复梦》《绮楼重梦》等书，可见续作多种多样。几十年后的同治年间查禁小说
时，这些书依然还在。说明一百二十回《红楼梦》何等受市场欢迎。然而随着时间
的推移，这些续作都湮没消失了，唯独一百二十回本历久弥新。历史已然证明高鹗
续作的一百二十回本成为经典。自从1921年胡适、俞平伯先生发现后四十回不是曹
雪芹原作后，社会上又开始出现另一种续作，即希图替换掉后四十回的续作。一百
年来这样的"续作"不知有多少，然而至今无一成功。于是开始出现冒牌的"曹雪

芹原作一百二十回本",结果也是徒增笑话而已。所以我们归结一句:后四十回就是《红楼梦》,是《红楼梦》躯体上的一部分,已经不可分割。

我们对续作的鉴赏文字达四十万字左右,大约创下了字数、密度、细腻度等几项纪录。我们的探讨是"开放性"的,不拘泥于任何前人的观点,我们甚至判断后四十回中有曹雪芹原稿的成分。我们的鉴赏和判断水准,留待历史做出结论。

方沪鸣　著

红楼梦
破解与鉴赏

下

上海文艺出版社
Shanghai Literature & Art Publishing House

第八十一回

占旺相四美钓游鱼　奉严词两番入家塾

进入第 81 回，我们首先要讨论一个大问题：这里开始是不是续作？如果是，那么续作者又是谁？

我个人认为肯定是续作，因为作品的构思变了，人物形象的气韵更是变得厉害，即使从文字表达来看，大家马上看到本回开始叙述也好描写也罢，都变得孱弱无力，甚至啰唆，与前八十回的刀削斧劈妙趣横生、读来有如金石之音，完全是两种文字。但是，其中有些篇什则光彩照人，比如描写抄家的篇什，尤其是描写宝玉和宝钗大婚的场面，赫然有曹雪芹的风采。所以我比较相信程伟元、高鹗的序言所申明的，他们是寻觅到了曹雪芹的部分原稿，零零散散流失在外的一些稿件，经他们编写后保留在后四十回中。因而我的观点是，后四十回中包含着曹雪芹的一些遗稿。

至于续作者是谁，红学界在前八九十年比较一致认为是高鹗，近十来年又认为高鹗不是续作者，却并没有找到把高鹗踢出去的充足必要理由，而且还找不出是谁续作，现在权威的人民文学出版社把续作者改为"无名氏"。我个人对此也有多年的思考，认为最有资格成为续作者的还是高鹗，或者是高鹗、程伟元两人。理由如下：

一、程高本的出版，毫无疑问地说明，高鹗和程伟元至少是《红楼梦》的编辑，对前八十回他们做了一些无伤大旨的文字改动，而后四十回则完全有赖他们的精心劳动。

二、假如后四十回是某个无名氏所作，那么也经过程高两人的全面修改整理，而且最后是由程高定稿。按照现今团队合作著作的作者署名规则来说，他们两人也有资格署名。

三、假如有这么一位无名氏续作者，他的稿件卖给、或无偿提供程高修改出版，他的名字没有出现在作者栏；那么，程高本出版后《红楼梦》大红大紫，这位续作者为什么丝毫不透露他是续作者呢？即使他本人愿意保持沉默，但写作这四十回至少需要两年，他周边难免有人知道，他们会透露、会津津乐道，从而引起一定范围的轰动。那样，清人笔记中必定会有记录；但实际情况是没有记录。所以，无法确认必定有这么一位无名氏续作者。

四、程伟元来请高鹗，必有重要原因。高鹗是 1788 年秋考中举人，程伟元请他是 1791 年春，这正是高鹗准备会试的要紧时期，若非情不得已，程伟元不该去打搅。等于我们现今，谁会在别人报考研究生期间去打搅他？但程伟元居然去请了，而高鹗也跟着程伟元去修改《红楼梦》了，这中间必有大关键。我判断，程伟元之所以去请，是知道高鹗手里有东西，要出版《红楼梦》非高鹗莫属。那么，高鹗手里有什么呢？大约这三种情况：一，高鹗访得曹雪芹遗稿全部，或部分遗稿，程伟元必须求得高鹗的帮助才能出书；二，程伟元访得曹雪芹所有、或部分遗稿，只有高鹗能够对之整理修改并达到出版水准；三，高鹗和程伟元都没有访得任何曹雪芹遗稿，但是凭高鹗对《红楼梦》的研究，和他具有的创作才华，他能够凭一己之力续写全部后四十回，所以程伟元请他就是让他续写。以上三种可能，我比较倾向于第二种，即程伟元觅得部分遗稿，如他在程甲本序言中所说，"仅积有廿余卷"，即有二十余回，须请高鹗来补全书稿。之所以如此判断，因为后四十回的大部分肯定不是出于曹雪芹之手，但有部分却很有曹雪芹风格。我个人体会，写林黛玉的情节多为续作，因为文笔风格完全变了，而写宝玉、宝钗、贾母的一些情节，尤其是宝玉、宝钗大婚的内容写得特别好，大有曹雪芹遗稿之风味。因而我推测，程伟元确实访得曹雪芹部分遗稿，正由于有这样的基础，程高两人才有信心把《红楼梦》续全出版。

本回"四美钓游鱼"说的是探春等四女子钓鱼赌运气，"两番入家塾"说宝玉又一次被他父亲送进家塾读书。本回是续作者的开笔之作，必然凝聚着他多年的心血，当然也透露出他对后文的构思。所以我们的鉴赏要细致些。

前八十回留下那么多头绪和路径，从哪里开笔是很关键的，俗语"差之毫厘，相去千里"，续作者到底选择哪一处落笔？或者，他敢不敢用"飞来之笔"开局，给读者一个震撼？换言之，续作者走的是稳妥道路，还是惊险道路？我们先来看第一段吧。

> 且说迎春归去之后，邢夫人象没有这事，倒是王夫人抚养了一场，却甚实伤感，在房中自己叹息了一回。只见宝玉走来请安，看见王夫人脸上似有泪痕，也不敢坐，只在旁边站着。王夫人叫他坐下，宝玉才捱上炕来，就在王夫人身旁坐了。王夫人见他呆呆的瞅着，似有欲言不言的光景，便道："你又为什么这样呆呆的？"宝玉道："并不为什么，只是昨儿听见二姐姐这种光景，我实在替他受不得。虽不敢告诉老太太，却这两夜只是睡不着。我想咱们这样人家的姑娘，那里受得这样的委屈。况且二姐姐是个最懦弱

的人，向来不会和人拌嘴，偏偏儿的遇见这样没人心的东西，竟一点儿不知道女人的苦处。"说着，几乎滴下泪来。王夫人道："这也是没法儿的事。俗语说的，'嫁出去的女孩儿泼出去的水'，叫我能怎么样呢。"宝玉道："我昨儿夜里倒想了一个主意：咱们索性回明了老太太，把二姐姐接回来，还叫他紫菱洲住着，仍旧我们姐妹弟兄们一块儿吃，一块儿顽，省得受孙家那混帐行子的气。等他来接，咱们硬不叫他去。由他接一百回，咱们留一百回，只说是老太太的主意。这个岂不好呢！"王夫人听了，又好笑，又好恼，说道："你又发了呆气了，混说的是什么！大凡做了女孩儿，终久是要出门子的，嫁到人家去，娘家那里顾得，也只好看他自己的命运，碰得好就好，碰得不好也就没法儿。你难道没听见人说'嫁鸡随鸡，嫁狗随狗'，那里个个都象你大姐姐做娘娘呢。况且你二姐姐是新媳妇，孙姑爷也还是年轻的人，各人有各人的脾气，新来乍到，自然要有些扭别的。过几年大家摸着脾气儿，生儿长女以后，那就好了。你断断不许在老太太跟前说起半个字，我知道了是不依你的。快去干你的去罢，不要在这里混说。"说得宝玉也不敢作声，坐了一回，无精打彩的出来了。憋着一肚子闷气，无处可泄，走到园中，一径往潇湘馆来。

　　续作者还是选择了稳妥的道路，直接顺着第 80 回写，没出奇招。再看人物和情节，王夫人为迎春着实伤感，以及她对宝玉的一番话，都不失王夫人的性格和做派。然而宝玉似乎被写得有点过。续作者显然要延续宝玉的"呆气"，让他说出留住迎春不让孙家接走的傻话。然而续作者忘了，宝玉近来已经比较"通俗"，不再像以前那么傻了：凤姐和王善保家的带人闯进怡红院抄家，宝玉只说了该说的话，非但不傻还简直有点老练、世故；晴雯遭驱逐他自始至终没说过傻话；宝钗迁出园子他没说过；迎面撞见司棋被押走，司棋向他求救，他只说"都去了，这可怎么的好"，也并不傻；晴雯死后，宝玉更是成熟了一大截，他非但不再傻，而且开始说假话蒙骗麝月、秋纹，使小计暗中套小丫头的话；即便是迎春出嫁他十分难受，却也是默默忍受，没有傻话。现在续作者却让他说出如此低级的傻话，显然与宝玉这段时间的"进步"不很协调。所以，续书的第一个场面描写，只能勉强给个及格分。

　　我们看下一段，这是本回的第二个情节，宝玉去潇湘馆。

　　　　刚进了门，便放声大哭起来。黛玉正在梳洗才毕，见宝玉这个光景，倒吓了一跳，问："是怎么了？和谁怄了气了？"连问几声。宝玉低着头，伏在桌子上，呜呜咽咽，哭的说不出话来。黛玉便在椅子上怔怔的瞅着他，一会子问道："到底是别人和你怄了气了，还是我得罪了你呢？"宝玉摇手道："都不是，都不是。"黛玉道："那么着为什么这么伤起心来？"宝玉道："我只想着咱们大家越早些死的越好，活着真真没有趣儿！"黛玉听了这话，更觉惊讶，道："这是什么话，你真正发了疯了不成！"宝玉道：

"也并不是我发疯，我告诉你，你也不能不伤心。前儿二姐姐回来的样子和那些话，你
也都听见看见了。我想人到了大的时候，为什么要嫁？嫁出去受人家这般苦楚！还记得
咱们初结'海棠社'的时候，大家吟诗做东道，那时候何等热闹。如今宝姐姐家去了，
连香菱也不能过来，二姐姐又出了门子了，几个知心知意的人都不在一处，弄得这样光
景。我原打算去告诉老太太接二姐姐回来，谁知太太不依，倒说我呆，混说，我又不敢
言语。这不多几时，你瞧瞧，园中光景，已经大变了。若再过几年，又不知怎么样了。
故此越想不由人不心里难受起来。"黛玉听了这番言语，把头渐渐的低了下去，身子渐
渐的退至炕上，一言不发，叹了口气，便向里躺下去了。

　　说实在话，宝玉一进黛玉房间就放声大哭，不仅把林黛玉吓了一跳，连我们读
者也被吓糊涂。我们先理一理续作者高鹗先生的意图，他大约是要表现宝玉与黛玉
的亲密和知己，让宝玉把在王夫人那里受的闷气到黛玉这里来发泄，因为只有黛玉
最理解宝玉，而且在这里宝玉可以畅所欲言。高鹗这样理解宝玉没错，然而他为此
设计的细节却又一次失去分寸。第一，宝玉一向体贴黛玉，尤其这两年黛玉的身子
越来越差，宝玉更是小心谨慎不敢给黛玉任何压力，在生活的细枝末节都关怀备至。
今天这样一进门就把黛玉吓一大跳的事情，过去就甚少，近年早已绝迹。我们找不
到理由让宝玉这样冒失、鲁莽乃至疯狂。第二，从宝玉的脾性看，曹雪芹笔下的宝
玉已经悄然变化着，变得越来越具有抗压力、忍耐力。近来家中发生了那么多变故，
宝玉都没有做出过剧烈反应，只有晴雯托梦永别，令他哭醒过来，却也没大呼小叫，
只是悲痛道："晴雯死了。"他已经变得比较沉得住气。所以今日宝玉一进黛玉屋子
就放声大哭，这或许符合几年前的宝玉，却与当今的宝玉的脾性颇有差距。第三，
从宝玉与迎春的关系看，迎春是宝玉的堂姐，但她对宝玉却没什么特别亲近过，虽
然宝玉对姐妹都感情深厚，但比起黛玉、探春、宝钗，迎春恐怕要差一些。在曹雪
芹笔下，近来最让宝玉抑郁的，不是迎春的出嫁，而是晴雯的夭亡。所以虽然迎春
回来告诉了种种不幸，对宝玉的冲击力不至于大到让他如此疯狂。

　　下面再看看他把黛玉写得如何。

　　"黛玉正在梳洗才毕，见宝玉这个光景，倒吓了一跳，问：'是怎么了？和谁怄
了气了？'连问几声。宝玉低着头，伏在桌子上，呜呜咽咽，哭的说不出话来。黛
玉便在椅子上怔怔的瞅着他，一会子问道：'到底是别人和你怄了气了，还是我得罪
了你呢？'"这里的描写，虽然不怎么出色，但言语态度还算符合黛玉个性，然而后
面的描写就很不对劲。"黛玉听了这番言语，把头渐渐的低了下去，身子渐渐的退至
炕上，一言不发，叹了口气，便向里躺下去了。"先说表现力，描写虽然很细腻，连
续写出黛玉五六个动作，但一个加一个动作的叠加没有增添人物的亮色，反倒有越

来越黯淡、模糊的感觉。这种表现力与原作相去甚远。其次，动态描写的语言也十分啰唆。请读者仔细体会一下，"把头渐渐的低了下去，身子渐渐的退至炕上"，退至炕上，不是"身子"还能是什么？何必要写"身子"两字？第二个修饰词"渐渐的"，也显得多余、啰唆，"头渐渐的低下"，退至炕上不可能大步流星，所以也不需用这"渐渐的"来修饰。大家试着比较一下，删除"身子渐渐的"五个字，是不是好多了？可见"身子渐渐的"五字是绝对的累赘，一看就知道不是曹雪芹手笔。续作中这样的描述用语后面太多，我们不再一一指出，请读者自己辨析、体味。其次，对黛玉心态的把握似乎不够准确。宝玉那么痛哭悲伤，黛玉不加安抚，自管自上炕躺下，还向里躺，置宝玉于不顾。作者想要表现黛玉听到迎春消息的伤感，兔死狐悲，这点我们也同意；但这么描写却忽视了黛玉对宝玉的关爱。前面我们说过，近年来黛玉与宝玉的关系又上了一个台阶，他们心心相印，对对方的关爱都超过自我。所以黛玉置宝玉于不顾已然不妥，她还向里躺，不让宝玉看见自己的眼泪，写得他们太隔膜、黛玉太小气了。接着，袭人来说贾母在找宝玉。

> 黛玉听见是袭人，便欠身起来让坐。黛玉的两个眼圈儿已经哭的通红了。宝玉看见道："妹妹，我刚才说的不过是些呆话，你也不用伤心。你要想我的话时，身子更要保重才好。你歇歇儿罢，老太太那边叫我，我看看去就来。"说着，往外走了。袭人悄问黛玉道："你两个人又为什么？"黛玉道："他为他二姐姐伤心，我是刚才眼睛发痒揉的，并不为什么。"袭人也不言语，忙跟了宝玉出来，各自散了。

这里写宝玉比较中肯，回复了其本色。那么作者先前为什么要让宝玉出人意料地大哭呢？我想，大约作者想写出一点动静来，写出一点亮色来，毕竟他手里第一次写宝玉和黛玉相见，他有这个追求可以理解。可惜急于求成，笔墨把握得不够准。同样，黛玉也回复了近来该有的模样。所以要给续作者高鹗的这段情节打分的话，我们也是给个及格。我们要知道高鹗的难处，宝玉与黛玉的形象以及两人的关系，在中国文学史上是彻底的创新，而且其艺术高度达到云霄里，叫一个续作者去接着写，有如在天空修飞机。高鹗才初次上手，我们要宽容些，看看他后面是不是随着心理压力的降低，以及他自己与人物的熟悉，能够渐渐提高越写越好。

本回的第三个情节就是回目的"占旺相四美钓游鱼"。写的是宝玉午后来到湖边，听见人说话，是探春、邢岫烟、李纹、李琦四个在钓鱼，宝玉便恶作剧，躲在山石后往湖水中扔块小砖头，鱼儿自然四处逃窜。然后他走出来说大家今儿钓鱼占占谁的运气好。

> 探春便让李纹，李纹不肯。探春笑道："这样就是我先钓。"回头向宝玉说道："二

哥哥，你再赶走了我的鱼，我可不依了。"宝玉道："头里原是我要唬你们顽，这会子你只管钓罢。"探春把丝绳抛下，没十来句话的工夫，就有一个杨叶窜儿吞着钩子把漂儿坠下去，探春把竿一挑，往地下一撩，却活迸的。侍书在满地上乱抓，两手捧着，搁在小磁坛内清水养着。探春把钓竿递与李纹。李纹也把钓竿垂下，但觉丝儿一动，忙挑起来，却是个空钩子。又垂下去，半晌钩丝一动，又挑起来，还是空钩子。李纹把那钩子拿上来一瞧，原来往里钩了。李纹笑道："怪不得钓不着。"忙叫素云把钩子敲好了，换上新虫子，上边贴好了苇片儿。垂下去一会儿，见苇片直沉下去，急忙提起来，倒是一个二寸长的鲫瓜儿。李纹笑着道："宝哥哥钓罢。"宝玉道："索性三妹妹和邢妹妹钓了我再钓。"岫烟却不答言。只见李绮道："宝哥哥先钓罢。"说着水面上起了一个泡儿。探春道："不必尽着让了。你看那鱼都在三妹妹那边呢，还是三妹妹快着钓罢。"李绮笑着接了钓竿儿，果然沉下去就钓了一个。然后岫烟也钓着了一个，随将竿子仍旧递给探春，探春才递与宝玉。宝玉道："我是要做姜太公的。"便走下石矶，坐在池边钓起来，岂知那水里的鱼看见人影儿，都躲到别处去了。宝玉抢着钓竿等了半天，那钓丝儿动也不动。刚有一个鱼儿在水中吐沫，宝玉把竿子一幌，又唬走了。急的宝玉道："我最是个性儿急的人，他偏性儿慢，这可怎么样呢。好鱼儿，快来罢！你也成全成全我呢。"说得四人都笑了。一言未了，只见钓丝微微一动。宝玉喜得满怀，用力往上一兜，把钓竿往石上一碰，折作两段，丝也振断了，钩子也不知往那里去了。众人越发笑起来。探春道："再没见象你这样卤人。"

我们先说说这整个场面的设计。首先这场面不属于创新，大观园中几个女孩子钓鱼的场面以前有过，而且比这还复杂，有的钓鱼，有的闲谈，有的嗑瓜子，所以这算不得创新。一群人单做一件事，以前更多，别说写诗了，放风筝也时隔不久。其次我们看看虽然是类似的场面，有没有新的意蕴？好像也看不出。本回的回目起得漂亮"四美钓游鱼"，比较诱人，也一直有画家画这个题材。但是《红楼梦》爱好者恐怕很少有人记得这个场景，相反，记得放风筝、求蜡梅等情节的人很多，这已经从某个方面说明这次描写缺少特色了。现在我们不是浏览，而是睁大眼睛仔细寻找，也确实找不出什么意味来。其三，续作中新登场的人物，其他三位就不谈了，我们看看大家很熟悉很喜爱的探春，刻画得怎么样？我们感觉，探春也不太像当今的探春，反而似乎回到了当年要宝玉买树枝儿编的篮子的年代，与二哥哥很亲热，单纯可爱，但由来已久的一身泼辣、高傲，几乎洗尽铅华。所以我们不太满意。倒是邢岫烟，作者抓住她恪守礼仪，不敢与宝玉接触，连钓竿都要交由探春转手，展现出续作者对这位姑娘的某种把握。至于宝玉，其钓鱼的不用心、慌忙中碰断钓竿，虽然见出个性，但同前面放不起风筝，"宝玉恨的掷在地下，指着风筝道：'若不是个美人，我一顿脚跺个稀烂。'"比较一下，高低立判，而且难免有鹦鹉学舌、东施效颦之嫌。对这一段，我们觉得就没必要打分了。

本回第四段情节，是一个典型的钩沉。早在第 25 回就写赵姨娘与马道婆勾结陷害宝玉和凤姐，姐弟俩差点丧命。这事情已经过去好多年，后来直到八十回也没再提起过，或许曹雪芹认为这事已经结束了。但是，续作者认为这事没完，需要有个了结，于是他来钩沉。这样的写法在艺术上当然也是可以的，把前面的情节作为伏线来进一步展开，但关键是展开以后要有新的意味，对人物、主题有所深化。看看续作做到这一点没有。作品叙述比较长，剪切的话又难以辨别，只能引用大部分。

　　宝玉走到贾母房中，只见王夫人陪着贾母摸牌。宝玉看见无事，才把心放下了一半。贾母见他进来，便问道："你前年那一次大病的时候，后来亏了一个疯和尚和个癞道士治好了的。那会子病里，你觉得是怎么样？"宝玉想了一回，道："我记得得病的时候儿，好好的站着，倒象背地里有人把我拦头一棍，疼的眼睛前头漆黑，看见满屋子里都是些青面獠牙，拿刀举棒的恶鬼。躺在炕上，觉得脑袋上加了几个脑箍似的。以后便疼的任什么不知道了。到好的时候，又记得堂屋里一片金光直照到我房里来，那些鬼都跑着躲避，便不见了。我的头也不疼了，心上也就清楚了。"贾母告诉王夫人道："这个样儿也就差不多了。"

　　说着凤姐也进来了，见了贾母，又回身见过了王夫人，说道："老祖宗要问我什么？"贾母道："你前年害了邪病，你还记得怎么样？"凤姐儿笑道："我也不很记得了。但觉自己身子不由自主，倒象有些鬼怪拉拉扯扯要我杀人才好，有什么，拿什么，见什么，杀什么。自己原觉很乏，只是不能住手。"贾母道："好的时候还记么？"凤姐道："好的时候好象空中有人说了几句话似的，却不记得说什么来着。"贾母道："这么看起来竟是他了。他姐儿两个病中的光景和才说的一样。这老东西竟这样坏心，宝玉枉认了他做干妈。倒是这个和尚道人，阿弥陀佛，才是救宝玉性命的，只是没有报答他。"凤姐道："怎么老太太想起我们的病来呢？"贾母道："你问你太太去，我懒待说。"王夫人道："才刚老爷进来说起宝玉的干妈竟是个混帐东西，邪魔外道的。如今闹破了，被锦衣府拿住送入刑部监，要问死罪的了，前几天被人告发的。那个人叫作什么潘三保，有一所房子卖与斜对过当铺里。这房子加了几倍价钱，潘三保还要加，当铺里那里还肯。潘三保便买嘱了这老东西，因他常到当铺里去，那当铺里人的内眷都与他好的。他就使了个法儿，叫人家的内人便得了邪病，家翻宅乱起来。他又去说这个病他能治，就用些神马纸钱烧献了，果然见效。他又向人家内眷们要了十几两银子。岂知老佛爷有眼，应该败露。这一天急要回去，掉了一个绢包儿。当铺里人捡起来一看，里头有许多纸人，还有四丸子很香的香。正诧异着呢，那老东西倒回来找这绢包儿。这里的人就把他拿住，身边一搜，搜出一个匣子，里面有象牙刻的一男一女，不穿衣服，光着身子的两个魔王，还有七根朱红绣花针。立时送到锦衣府去，问出许多官员家大户太太姑娘们的隐情事来。所以知会了营里，把他家中一抄，抄出好些泥塑的煞神，几匣子闹香。炕背后空屋子里挂着一盏七星灯，灯下有几个草人，有头上戴着脑箍的，有胸前穿着钉子的，有项上拴着锁子的。柜子里无数纸人儿，底下几篇小帐，上面记着某家验过，应找银若干。得人家油钱香分也不计其数。"

看看这里的描写，把宝玉和凤姐当年病中所见所闻都补叙出来，所以我们说高鹗是在回探、钩沉。宝玉和凤姐分别讲了一堆牛鬼蛇神，把他们着魔的过程具体化了。这有没有意义呢？这要看《红楼梦》是一部什么作品了，如果是像《西游记》那样的神魔小说，那是必须具体化、形象化的，但《红楼梦》是一部现实小说，宝玉、凤姐被赵姨娘陷害是关键，借魔咒表达仅仅是手段，正因为如此，曹雪芹才将具体情形省略掉。当然，续作者认为形象化有必要，他可以写。但是他花了不少笔墨，却没有能够将情节深刻化，或者增添新的意趣，结果是白忙一场。或许在清代这样的细节可以吸引更多的读者，只是在更高的视野中，这些牛鬼蛇神反而扰乱了作品的严肃性、高雅性，而且让作品显得琐碎臃肿。曹雪芹用的是画龙点睛，把蛊惑的过程含糊过去，作品有仙气有余味；高鹗把鬼神坐实了，则有鬼气无余味，反而不佳。所以我认为不如不写。这也罢了。更糟糕的是，王夫人冗长的叙述严重损害了作品的艺术性。因为王夫人这里用的是转叙，这么长的故事细节，传到贾政耳朵里已经是几番转述，王夫人居然还能细叙，太牵强了；何况王夫人以前从来不说故事，她也不具备细细道来的口才，所以这样描写，不仅损害了王夫人这个形象的一致性，而且在细节方面硬性派加，又损害了小说细节的真实性，真可谓得不偿失。

本回最后一个情节是"奉严词两番入家塾"。贾政与王夫人闲谈之中，说起宝玉，贾政提出，还是要送宝玉进私塾，不能白耽误了，于是又把宝玉送进贾代儒门下。这是续作者高鹗对原作的一个大胆改变。在曹雪芹的笔下，贾政外任回来以后，整个精神面貌都变了，"名利大灰"，不仅自己再也没有进取之心，也不再要求宝玉读书取功名，听任自由，但愿骨肉团圆，安享晚年。这一晃，已经好长时间了，到第80回结束，再看不到贾政要求宝玉取功名的意思。现在高鹗上手的第一回，就让贾政心回意转，这可不是一般的改变，而是要改变宝玉的人生道路，改变作品的主要情节发展，以至于于改变作品的结局和主题。对于高鹗的这个改变，红学界众口一词，认为是篡改，评价当然都是负面的。对此我们该是什么态度呢？首先我们肯定不谴责高鹗，他既然是个续作者，他就有权进行独立的构思，包括他对情节走向的某些改动。我们只有艺术评判标准：他把续书写好了，不能违背曹雪芹的基本宗旨，努力达到《红楼梦》原有的艺术高度。我们今天之所以敢于这么说，因为已经有前车之鉴，不是一部两部"车"，而是所有的"车"都倾翻了——至今为止所有号称依据"原作精神"而重写的续作，统统失败、湮没。这就说明，完全按照原作的暗示未必就能写出好书。续书是一种创作活动，作家必须有他的自由，捆住手脚进行创作，就像闻一多先生所说的戴着手铐脚镣跳舞，毕竟难以跳出惊魂艳世的舞蹈。续作者需要一片天地，一片任由他驰骋的天地。此外，续作者只能、必须依据他自己的人生体验来进行创作，这就必然与原作者有不同的构思。常言道：条条大道通罗马。续作者只要能够到达罗马，他可以走自己最熟悉最擅长的道路。具体到这里的情节，宝玉可以参加科举，也可以不参加，我们最后评价的标准，看他是不是写出了宝玉沉郁悲凉的人生。这是我的看法。

　　此外，我们还要看看让贾政改变是不是符合人物的个性，这是从艺术角度进行考察。我个人认为，尽管这个改变有点突然，但贾政未必不能改弦易张。让宝玉在家里闲荡，本来就不是贾政的初衷，他也是迫不得已而顺其自然。所以哪一天贾政要改变主意，也不奇怪。毕竟在那个时代，作为一个男子，再也没有比读书做官更好的出路了。贾政作为父亲，重新要求宝玉走上读书取功名的道路，并非没有可能。所以高鹗这么改动，并不违背人物个性。

　　作品接下来就是描写贾政郑重其事亲自把宝玉送到贾代儒手里，这些内容比较平常，我们不多讲述。倒是最后一段，写宝玉进入教室，今日重来，物是人非，"忽然想起秦钟来，如今没有一个做得伴说句知心话儿的，心上凄然不乐，却不敢作声，只是闷着看书"。这个细节的描写，非常自然而出色，几乎赶得上原作。

　　这续作的第一回，我们可以感觉到续作者还比较手生，尤其是与他后面大量精彩的章回相比，显得比较稚拙。这是可以理解的，万事开头难，作为续作刚开始摸索，很难立即出彩。等到后面，续作者完全进入了《红楼梦》的世界，作品中的人物也开始自由地在他心中行走，那时他才可以进入另一境界。另一方面，就这一回当中我们也可以看出，续作者在非常努力地寻找前面的线索，并进行生发。重拾赵姨娘、马道婆的线索，就是他的一个尝试，虽然这个尝试在我们看来不太成功。那么这一回到底有没有成就呢？我认为还是有的，比如他就比较自然地让宝玉和黛玉这两位首要人物顺利登场了，还让贾母、王夫人、凤姐也都登场了，虽然他们的表现不怎么样，但这么多主要人物在第一回就统统出场亮相，这就是续作的成就。这些主要人物都"活过来",都手脚自如地行走,后面的事情就好办多了。没有写过小说的人,不知道让这么多重要人物出场是一件多么艰难的事情。我们还应该注意到,续作者的志量可不小,他一上手就改动宝玉的走向让他再入私塾,说明他勇于突破,敢于建立自己的情节系统。我们且走着瞧吧。

第八十二回

老学究讲义警顽心　病潇湘痴魂惊噩梦

　　"老学究讲义警顽心"说的是贾代儒给宝玉上课，"病潇湘痴魂惊噩梦"写林黛玉因忧思而做噩梦，梦中情景又加重了她的病和忧愁。

　　本回第一个情节是宝玉放学后到贾母那里打个照面，就立即赶去潇湘馆。我们看看续作第二次描写宝玉和黛玉相见。

　　（宝玉）恨不得一走就走到潇湘馆才好。刚进门口，便拍着手笑道："我依旧回来了！"猛可里倒唬了黛玉一跳。紫鹃打起帘子，宝玉进来坐下。黛玉道："我恍惚听见你念书去了。这么早就回来了？"宝玉道："嗳呀，了不得！我今儿不是被老爷叫了念书去了么，心上倒象没有和你们见面的日子了。好容易熬了一天，这会子瞧见你们，竟如死而复生的一样，真真古人说'一日三秋'，这话再不错的。"黛玉道："你上头去过了没有？"宝玉道："都去过了。"黛玉道："别处呢？"宝玉道："没有。"黛玉道："你也该瞧瞧他们去。"宝玉道："我这会子懒待动了，只和妹妹坐着说一会子话儿罢。老爷还叫早睡早起，只好明儿再瞧他们去了。"黛玉道："你坐坐儿，可是正该歇歇儿去了。"宝玉道："我那里是乏，只是闷得慌。这会子咱们坐着才把闷散了，你又催起我来。"黛玉微微的一笑，因叫紫鹃："把我的龙井茶给二爷沏一碗。二爷如今念书了，比不的头里。"

　　宝玉进门又吓黛玉一跳，两次进潇湘馆都如此鲁莽，显然是续作者要让宝玉显得"活"一些，怕写闷了，但笔却不听话。不过实话实说，这一次两人相见的气氛和对话，比第一次进步了。宝玉走进潇湘馆的言语动作，那份喜悦，那份放松，那份亲密无间，很像是宝玉了。黛玉的那份接受，那份自然，写得更好。宝玉大大咧咧说"一日不见如三秋兮"，黛玉既不惊喜也不见怪，而是很自然地接口："你上头去过了没有？"黛玉十分自然地转换话题，作者摸到了黛玉的脉搏，难能可贵，只是还不能一直搭准脉搏。宝玉抱怨八股文章。

　　黛玉道："我们女孩儿家虽然不要这个，但小时跟着你们雨村先生念书，也曾看过。内中也有近情近理的，也有清微淡远的。那时候虽不大懂，也觉得好，不可一概抹倒。况且你要取功名，这个也清贵些。"宝玉听到这里，觉得不甚入耳，因想黛玉从来不是这样人，怎么也这样势欲熏心起来？又不敢在他跟前驳回，只在鼻子眼里笑了一声。

续作者这里的描写显然不是驾驭不住林黛玉，而是故意这么"违和"。至于他为什么要让黛玉说出"你要取功名"这样的话，很难解释。如果说黛玉是在讽刺宝玉，却又不像。好在宝玉的反应很贴切，尤其是"又不敢在他跟前驳回，只在鼻子眼里笑了一声"。此处最大的破绽，是林黛玉主动说起"雨村先生"。高鹗先生一定没有意识到曹雪芹是在不惜一切代价严格切割林黛玉与贾雨村，连宝玉等人也从来没在黛玉面前提到过贾雨村，坚持了八十回。高鹗一上手就触犯了曹雪芹的禁忌。当然，高鹗有权利打破这个禁忌，林黛玉提到自己的老师有何不可？何况我国历来尊师重教，一日为师终生为师。只是，曹雪芹可是故意不让贾雨村与林黛玉出现在同一个画面中，不管是两年的教学，还是几个月的护送进京城，都不让两人出现交集。这些我们在第 3 回详细说过。

今天我们分析一下原因。有一个显而易见的问题：既然曹雪芹不许贾雨村与林黛玉一起出现，怕贾雨村亵渎了林黛玉，那么，曹雪芹又为什么要让贾雨村当林黛玉的老师呢？给林黛玉换个老师不就行了？曹雪芹既然不换，却又要强行将两人隔离，自己给自己找麻烦、找别扭，想必是有原因的。我们找不出别的原因，但我们看到曹雪芹故意让我们看到的别扭，那么，让人们看到有这么一种别扭，或许就是曹雪芹的目的。我的意思是，曹雪芹就是借贾雨村来暗示：这世界上有的老师是不值得尊敬的！他们心地肮脏，配不上老师这个受人尊敬的职业！我相信，会有听众提问：一部小说，花那么多精力去做这种暗示，值吗？我的看法是：这种做法通常是没什么意义的，不值得这么做，但可能对曹雪芹个人是有意义的。作品中许多不可思议的暗示，其实只是曹雪芹的某种宣泄，比如他写这么多寄居者来到贾府。所以我推测，曹雪芹若非亲身经历，也是有直接的亲友遭遇过那种肮脏的老师，曹雪芹就是要借小说来恶心这样的老师。现实生活中，确实有的人一辈子怨恨自己的老师。

小说的下一个情节宝玉在家预习功课，这次让袭人有一番表现。看看续作者塑造袭人是不是成功。

> 却说宝玉回到怡红院中，进了屋子，只见袭人从里间迎出来，便问："回来了么？"秋纹应道："二爷早来了，在林姑娘那边来着。"宝玉道："今日有事没有？"袭人道："事却没有。方才太太叫鸳鸯姐姐来吩咐我们：如今老爷发狠叫你念书，如有丫鬟们再敢和你顽笑，都要照着晴雯司棋的例办。我想，伏侍你一场，赚了这些言语，也没什么趣儿。"说着，便伤起心来。宝玉忙道："好姐姐，你放心。我只好生念书，太太再不说

你们了。我今儿晚上还要看书，明日师父叫我讲书呢。我要使唤，横竖有麝月秋纹呢，你歇歇去罢。"袭人道："你要真肯念书，我们伏侍你也是欢喜的。"

大家看到，袭人还是那么关心宝玉，但她不是个没头脑的，王夫人的警告或者叫威胁，令她反感悲哀，但她无法反抗只能伤心；袭人的真心并不为得到表扬赞许，她只要宝玉顺心快乐，哪怕自己做出再大的牺牲，任劳任怨。这就是袭人，我们所熟悉的袭人。此处续作对袭人把握得相当准确，不容易。到了半夜，宝玉的复习功课也没个头绪，自己反而急了。

袭人道："歇歇罢，做工夫也不在这一时的。"宝玉嘴里只管胡乱答应。麝月袭人才伏侍他睡下，两个才也睡了。及至睡醒一觉，听得宝玉炕上还是翻来复去。袭人道："你还醒着呢么？你倒别混想了，养养神明儿好念书。"宝玉道："我也是这样想，只是睡不着。你来给我揭去一层被。"袭人道："天气不热，别揭罢。"宝玉道："我心里烦躁的很。"自把被窝褪下来。袭人忙爬起来按住，把手去他头上一摸，觉得微微有些发烧。袭人道："你别动了，有些发烧了。"宝玉道："可不是。"袭人道："这是怎么说呢！"宝玉道："不怕，是我心烦的原故。你别吵嚷，省得老爷知道了，必说我装病逃学，不然怎么病的这样巧。明儿好了，原到学里去就完事了。"袭人也觉得可怜，说道："我靠着你睡罢。"便和宝玉捶了一回脊梁，不知不觉大家都睡着了。

宝玉第一天上学，自己着急，袭人比他更着急，这一夜就这么折腾。当然，挑剔的读者会说高鹗这里把握袭人还缺口气，按照曹雪芹的描写，袭人非常细心非常有责任心，在今夜这种关键时刻，袭人是不可能先于宝玉睡着的。不过我们宽泛点看，续作对袭人算把握住了。

由于折腾得太晚，宝玉竟然睡过头了，赶到学校被贾代儒一顿训斥。然后作品描写了一段讲课过程。这个描写我们今日读者觉得毫无味道，但在两百年以前，这可是"热门题材"。这个题材曹雪芹不愿意写，所以他笔下的宝玉进私塾，只写了一场小顽童打斗；而高鹗则写得津津有味，这就是作者的口味了。对我国古代上课的形式和内容感兴趣的，这可是一手材料，除了《红楼梦》，连《儒林外史》也没有如此具体的描写。

随后作品宕开一笔，写清净闲暇的袭人生出想法。

袭人倒可做些活计，拿着针线要绣个槟榔包儿，想着如今宝玉有了工课，丫头们可也没有饥荒了。早要如此，晴雯何至弄到没有结果？兔死狐悲，不觉滴下泪来。忽又想到自己终身本不是宝玉的正配，原是偏房。宝玉的为人，却还拿得住，只怕娶了一个利害的，自己便是尤二姐香菱的后身。素来看着贾母王夫人光景及凤姐儿往往露出话来，自然是黛玉无疑了。那黛玉就是个多心人。想到此际，脸红心热，拿着针不知戳到那里去了，便把活计放下，走到黛玉处去探探他的口气。

我们先说袭人想到晴雯，"兔死狐悲，不觉滴下泪来"，反映出高鹗对原作中袭人与晴雯关系的理解，非但不把袭人看作告密者，而且是好姐妹。我认为这个理解很正确。然而接下来的描写，与原作中的袭人稍微有点不同。袭人想到自己不是正配而是偏房，似乎有点担心，担心将来的正房是否贤良。袭人这样的身份有这担心很正常，但是原作中的袭人却没有过类似心思，她的心思只在宝玉身上，只要能终生陪伴在宝玉身边就心满意足。我们指出这个不同，未必就是说续作写得不对，而是说续作者对袭人的塑造有所不同。或许有人说现在袭人年龄大了，又眼见尤二姐与香菱的遭遇，她自然会变得复杂起来，我也同意。但我以为今日的袭人依然像原作中那么简单，不这么复杂，也是可能的，那样的袭人更加大气些，看得更明白些，不自寻烦恼。所以续作对袭人是做出某些调整的。但是，紧接着发生的事情，我觉得续作者的改动就过大了，与原来的袭人变得大不一样：袭人居然想出要到黛玉那边去探探口气！这就不像袭人了。其一，袭人是个言语不多内心明白的姑娘，她没有非分之想，且不缺少智慧，更不会做糊涂事；高鹗笔下的袭人则无知而又小心眼，去探黛玉的口气。什么口气？她想要黛玉说什么？即便是黛玉说了什么，对袭人有什么用？其二，袭人向来稳重，也沉得住气，而且与其多一事宁可少一事，绝不轻举妄动；而高鹗把袭人写得不仅想法太多而且毛手毛脚，心血来潮想到要探黛玉的口气，居然放下活计就去了，这样的袭人过于轻浮。假如袭人真是这样的人，别说贾母、王夫人不会委以重任，麝月、晴雯、秋纹一干人早把她吃了，她哪还有今天！像这种颠三倒四的举动只有赵姨娘才会有，比如她拿着宝钗送的礼物去王夫人那里讨好。所以我认为此处把袭人写歪了。设计歪了，后面的描述自然更歪。

黛玉正在那里看书，见是袭人，欠身让坐。袭人也连忙迎上来问："姑娘这几天身子可大好了？"黛玉道："那里能够，不过略硬朗些。你在家里做什么呢？"袭人道："如今宝二爷上了学，房中一点事儿没有，因此来瞧瞧姑娘，说说话儿。"说着，紫鹃拿茶来。袭人忙站起来道："妹妹坐着罢。"因又笑道："我前儿听见秋纹说，妹妹背地里说我们什么来着。"紫鹃也笑道："姐姐信他的话！我说宝二爷上了学，宝姑娘又隔断了，连香菱也不过来，自然是闷的。"袭人道："你还提香菱呢，这才苦呢，撞着这位太岁奶奶，难为他怎么过！"把手伸着两个指头道："说起来，比他还利害，连外头的脸面都不顾了。"黛玉接着道："他也够受了，尤二姑娘怎么死了！"袭人道："可不是。想来都是一个人，不过名分里头差些，何苦这样毒？外面名声也不好听。"黛玉从不闻袭人背地里说人，今听此话有因，便说道："这也难说。但凡家庭之事，不是东风压了西风，就是西风压了东风。"袭人道："做了旁边人，心里先怯了，那里倒敢去欺负人呢。"

我们看看这里歪到什么程度。第一条，袭人当着黛玉的面说紫鹃"妹妹背地里说我们什么来着"，紫鹃的话一定有点出格，袭人才会问罪。但紫鹃与袭人大家都是丫鬟，私下里的玩笑，她们永远不会当着主人说；袭人当着黛玉的面公开问，那是袭人一点不懂贾府的规矩和下人之间的游戏规则。第二条，袭人竟然在黛玉面前说凤姐歹毒，连黛玉都听晕了。前面原作中，袭人与宝钗说过一些较私密的话，同黛玉则从来没有私密过；相反，她倒说过黛玉一年都不做什么针线活还怕累着，显然有所不满；而某一天宝玉早晨去黛玉房间里梳洗，袭人还公然甩脸埋怨。袭人是比较硬的宝钗一党，她对黛玉有的是恭敬和客气，缺少的是私密。今天她的表现，假如还不够令黛玉害怕，至少让黛玉迷糊。第三条，她对黛玉说："做了旁边人，心里先怯了，那里倒敢去欺负人呢。"这算什么话？她不等于在为自己申辩吗？而她连"旁边人"的正式名分还没到手呢，这不等于向黛玉表示：我碗里还没吃，可我要先管着锅里。袭人会愚蠢到这地步吗？第四，再看看对黛玉的描写，她竟然当着紫鹃和袭人的面，公然说凤姐整死了尤二姐！这样的黛玉，岂不成了一个多舌妇女？在曹雪芹的笔下，黛玉是十分清高的，清高的表现之一，就是不介入贾府的事务，尤其是那些低级趣味的事情，绝不置喙。尤二姐被整死的过程中，黛玉对宝玉都没说过什么，平时，对紫鹃也不肯透露一点心底；若说她有尖刻、小性子，那也只对宝玉耍；对其他人其他事，黛玉只看不说，把自己封锁得很严密。她怎么肯对袭人去指责凤姐？更怎么可能去同袭人讨论东风西风——正房与偏房的勾心斗角？这么写是把黛玉庸俗化、低级化了。这几乎是续作最大的败笔。好在后面作者又回到正确的方向，如果这样一错再错，这后四十回就流传不了。

有趣的是作品插进一段宝钗派婆子送蜜饯荔枝来。

> 那婆子进来请了安，且不说送什么，只是觑着眼瞧黛玉，看的黛玉脸上倒不好意思起来……（婆子）又回头看看黛玉，因笑着向袭人道："怨不得我们太太说这林姑娘和你们宝二爷是一对儿，原来真是天仙似的。"……还只管嘴里咕咕哝哝的说："这样好模样儿，除了宝玉，什么人擎受的起。"

续作者本来大约是要凑热闹，多一个角度写黛玉与宝玉的恋情。但高鹗显然是忘记了，宝钗手下的婆子不可能不认识林黛玉，更不会如此没规矩。真是画蛇添足。所以这一段的描写，是无论如何也不及格。

但高鹗的续作能够巍然屹立两百多年，自有它的妙处。紧接着一段黛玉梦境的描写，尽管不怎么高明却特别受读者欢迎；而对她病况的描写，则可用优异来评价。

> 当此黄昏人静，千愁万绪，堆上心来。想起自己身上不牢，年纪又大了。看宝玉的光景，心里虽没别人，但是老太太贾母又不见有半点意思。深恨父母在时，何不早定了这头婚姻。又转念一想道："倘若父母在时，别处定了婚姻，怎能够似宝玉这般人材心地，不如此时尚有可图。"心内一上一下，辗转缠绵，竟象辘轳一般。叹了一回气，掉了几点泪，无情无绪，和衣倒下。

这一段黛玉入梦之前的心理描写，用字不多，却十分细腻，相当复杂，我们看看黛玉想到了哪些方面：先想到自己的体质、年纪，联想到宝玉的光景，再到贾母、王夫人的态度，又想到父母没有早定自己的婚姻，忽而反想到这样也好，真是百转千回。最后概括为"心内一上一下，辗转缠绵，竟象辘轳一般"。然后是神态动作描写："叹了一回气，掉了几点泪，无情无绪，和衣倒下。"——到这里，我们看出来，心理描写是续作者最大的特长，细腻、精准、传神，与原作相去不远。等我们读了二三十回，我们会发现他尤其擅长刻画林黛，写其他人的心理则较一般，这是续作比较特殊的现象。很值得研究。

这段描写为梦境的展开打好了基础。

> 不知不觉，只见小丫头走来说道："外面雨村贾老爷请姑娘。"黛玉道："我虽跟他读过书，却不比男学生，要见我作什么？况且他和舅舅往来，从未提起，我也不便见的。"因叫小丫头："回复'身上有病不能出来'，与我请安道谢就是了。"小丫头道："只怕要与姑娘道喜，南京还有人来接。"说着，又见凤姐同邢夫人、王夫人、宝钗等都来笑道："我们一来道喜，二来送行。"黛玉慌道："你们说什么话？"凤姐道："你还装什么呆。你难道不知道林姑爷升了湖北的粮道，娶了一位继母，十分合心合意。如今想着你撂在这里，不成事体，因托了贾雨村作媒，将你许了你继母的什么亲戚，还说是续弦，所以着人到这里来接你回去。大约一到家中就要过去的，都是你继母做主。怕的是道儿上没有照应，还叫你琏二哥哥送去。"说得黛玉一身冷汗。黛玉又恍惚父亲果在那里做官的样子，心上急着硬说道："没有的事，都是凤姐姐混闹。"只见邢夫人向王夫人使个眼色儿，"他还不信呢，咱们走罢。"黛玉含着泪道："二位舅母坐坐去。"众人不言语，都冷笑而去。黛玉此时心中干急，又说不出来，哽哽咽咽。恍惚又是和贾母在一处的似的，心中想道："此事惟求老太太，或还可救。"于是两腿跪下去，抱着贾母的腰说道："老太太救我！我南边是死也不去的！况且有了继母，又不是我的亲娘。我是情愿跟着老太太一块儿的。"但见老太太呆着脸儿笑道："这个不干我事。"黛玉哭道："老太太，这是什么事呢？"老太太道："续弦也好，倒多一副妆奁。"黛玉哭道："我若在老太太跟前，决不使这里分外的闲钱，只求老太太救我。"贾母道："不中用了。做了女人，终是要出嫁的，你孩子家，不知道，在此地终非了局。"黛玉道："我在这里情愿自己做个奴婢过活，自做自吃，也是愿意。只求老太太做主。"老太太总不言语。黛玉抱着

贾母的腰哭道："老太太，你向来最是慈悲的，又最疼我的，到了紧急的时候怎么全不管！不要说我是你的外孙女儿，是隔了一层了，我的娘是你的亲生女儿，看我娘分上，也该护庇些。"说着，撞在怀里痛哭，听见贾母道："鸳鸯，你来送姑娘出去歇歇。我倒被他闹乏了。"黛玉情知不是路了，求去无用，不如寻个自尽，站起来往外就走。深痛自己没有亲娘，便是外祖母与舅母姊妹们，平时何等待的好，可见都是假的。又一想："今日怎么独不见宝玉？或见一面，看他还有法儿？"便见宝玉站在面前，笑嘻嘻地说："妹妹大喜呀。"黛玉听了这一句话，越发急了，也顾不得什么了，把宝玉紧紧拉住说："好，宝玉，我今日才知道你是个无情无义的人了！"宝玉道："我怎么无情无义？你既有了人家儿，咱们各自干各自的了。"黛玉越听越气，越没了主意，只得拉着宝玉哭道："好哥哥，你叫我跟了谁去？"宝玉道："你要不去，就在这里住着。你原是许了我的，所以你才到我们这里来。我待你是怎么样的，你也想想。"黛玉恍惚又象果曾许过宝玉的，心内忽又转悲作喜，问宝玉道："我是死活打定主意的了。你到底叫我去不去？"宝玉道："我说叫你住下。你不信我的话，你就瞧瞧我的心。"说着，就拿着一把小刀子往胸口上一划，只见鲜血直流。黛玉吓得魂飞魄散，忙用手握着宝玉的心窝，哭道："你怎么做出这个事来，你先来杀了我罢！"宝玉道："不怕，我拿我的心给你瞧。"还把手在划开的地方儿乱抓。黛玉又颤又哭，又怕人撞破，抱住宝玉痛哭。宝玉道："不好了，我的心没有了，活不得了。"说着，眼睛往上一翻，咕咚就倒了。黛玉拼命放声大哭。只听见紫鹃叫道："姑娘，姑娘，怎么魇住了？快醒醒儿脱了衣服睡罢。"黛玉一翻身，却原来是一场噩梦。

在前八十回写过一些梦境，除了宝玉的几个，还有贾瑞的、凤姐的、尤二姐的，但他们的与其说是梦，不如说是一段段神话。八十回中没有林黛玉的梦，尽管经常写到黛玉半夜或整夜不眠，却没写她的梦境。实际上黛玉夜夜那么难眠，她的梦境一定会反映她的焦虑，续作者认为这是刻画人物的好方法，写了一个如此复杂、哀伤、绝望甚至恐怖的梦境。这是一个没有神仙没有天宫的比较纯粹的梦，进程也颇有梦的特点：人物忽然闪现忽然就消失，演变具有跳跃性；贾母"呆着脸儿笑道"，则抓住了梦中人物特有的变形失态；而宝玉要挖出自己的心来给黛玉瞧，更是震撼人心。而写得最好的是做媒、继母、续弦等细节，最最糟糕的情况都串连起来，让黛玉陷入绝境。梦境就是这样，你最担心的偏偏就发生了；白天不可能的，在梦中变为可能。此梦就像用了凹凸镜，以变异的形式折现出平时黛玉心底深处的忧虑。"我在这里情愿自己做个奴婢过活，自做自吃，也是愿意。只求老太太做主。"黛玉这个哀求令无数读者，尤其是女读者心酸泪奔。自然，梦境也不是没有缺点，比如贾雨村的再次出现，似乎他在林黛玉心中挥之不去似的；黛玉道："我虽跟他读过书，却不比男学生，要见我作什么？况且他和舅舅往来，从未提起，我也不便见的。"黛玉这话太理性，一层一层严密的逻辑，不像在梦中，更与后面人物、情节的恍惚迷离显得很不相称。而后面"升了湖北的粮道"，就更离谱，显然，"湖北的粮道"这个官职在黛玉心里可能根本没存在过，所以梦境不会有，这个职位显然是续作者硬塞进去的。不过总体而言，这段梦境描写的水平之高，即使放在现代优秀小说中也不逊色，让人很难想象这是两百多年前的作品。

而后面的两段描写，才见出高鹗的功力。先看梦醒之后的一段。

　　喉间犹是哽咽，心上还是乱跳，枕头上已经湿透，肩背身心，但觉冰冷。想了一回，"父亲死得久了，与宝玉尚未放定，这是从那里说起？"又想梦中光景，无倚无靠，再真把宝玉死了，那可怎么样好！一时痛定思痛，神魂俱乱。又哭了一回，遍身微微的出了一点儿汗，扎挣起来，把外罩大袄脱了，叫紫鹃盖好了被窝，又躺下去。翻来复去，那里睡得着。只听得外面淅淅飒飒，又象风声，又象雨声。又停了一会子，又听得远远的吆呼声儿，却是紫鹃已在那里睡着，鼻息出入之声。自己扎挣着爬起来，围着被坐了一会。觉得窗缝里透进一缕凉风来，吹得寒毛直竖，便又躺下。正要朦胧睡去，听得竹枝上不知有多少家雀儿的声儿，啾啾唧唧，叫个不住。那窗上的纸，隔着屉子，渐渐的透进清光来。

这是情境交融的一段。先看黛玉醒来后的感想："父亲死得久了，与宝玉尚未放定，这是从那里说起？"就这么简单一句，把梦境和现实、梦中的胡思与真实的黛玉，一下子区分清楚了。躺下以后的描写，紧紧抓住声音和光线两方面，都写得十分细腻和真切，显出续作者细节描写的高水平。这样的描写，在小说中除了《红楼梦》前八十回，不亚于任何作品。

接着写黛玉咳血，在《红楼梦》中都堪称经典。

　　紫鹃答应着，忙出来换了一个痰盒儿，将手里的这个盒儿放在桌上，开了套间门出来，仍旧带上门，放下撒花软帘，出来叫醒雪雁。开了屋门去倒那盒子时，只见满盒子痰，痰中好些血星，唬了紫鹃一跳，不觉失声道："嗳哟，这还了得！"黛玉里面接着问是什么，紫鹃自知失言，连忙改说道："手里一滑，几乎撂了痰盒子。"黛玉道："不是盒子里的痰有了什么？"紫鹃道："没有什么。"说着这句话时，心中一酸，那眼泪直流下来，声儿早已岔了。黛玉因为喉间有些甜腥，早自疑惑，方才听见紫鹃在外边诧异，这会子又听见紫鹃说话声音带着悲惨的光景，心中觉了八九分，便叫紫鹃："进来罢，外头看凉着。"紫鹃答应了一声，这一声更比头里凄惨，竟是鼻中酸楚之音。黛玉听了，凉了半截。看紫鹃推门进来时，尚拿手帕拭眼。黛玉道："大清早起，好好的为什么哭？"紫鹃勉强笑道："谁哭来，早起起来眼睛里有些不舒服。姑娘今夜大概比往常醒的时候更大罢，我听见咳嗽了大半夜。"黛玉道："可不是，越要睡，越睡不着。"紫鹃道："姑娘身上不大好，依我说，还得自己开解着些。身子是根本，俗语说的，'留得青山在，依旧有柴烧。'况这里自老太太、太太起，那个不疼姑娘。"只这一句话，又勾起黛玉的梦来。觉得心头一撞，眼中一黑，神色俱变，紫鹃连忙端着痰盒，雪雁捶着脊梁，半日才吐出一口痰来。痰中一缕紫血，簌簌乱跳。紫鹃雪雁脸都唬黄了。两个旁边守着，黛玉便昏昏躺下。紫鹃看着不好，连忙努嘴叫雪雁叫人去。

这段描写好在哪里呢？前半段好在对黛玉与紫鹃关系的把握。黛玉在这世界上最贴心的，大约就是紫鹃，当然她还有宝玉，但毕竟有所不同。可是她对紫鹃的保留和矜持，却就是不能放下。黛玉也知道紫鹃是忠心赤胆，但是她连自己痰里面有没有血，也不肯正面问一声，只是旁敲侧击，话说半句，宁肯自己暗中猜测也不愿说破。续作者对黛玉微妙的内心，把握得丝丝入扣。前半段人物写得好，后半段妙在事物描写，"痰中一缕紫血，簌簌乱跳"。这绝对是神来之笔，放在前八十回中也属顶尖。含血的痰，本是静物，但由于血的特殊颜色，特别是人类对血的特殊的敏感，作者写为"簌簌乱跳"，我们不能说是乱写，只能说是奇妙的夸张，因为含血的痰因其浓度，在痰盂中还会慢慢滚动、变形，在紧张恐惧的眼中，就好像那缕血在跳。这是绝对的传神之笔。还有一句，"黛玉此时已醒得双眸炯炯"，就一个形容词，画出黛玉从噩梦中醒来的惊惧状态。续作者高鹗的语言表现能力，我们初步领教。

本回最后一个情节是探春和史湘云一起探望黛玉。

> 雪雁才出屋门，只见翠缕翠墨两个人笑嘻嘻的走来。翠缕便道："林姑娘怎么这早晚还不出门？我们姑娘和三姑娘都在四姑娘屋里讲究四姑娘画的那张园子景儿呢。"

这里高鹗使了巧劲，一是他学会了曹雪芹借人物语言交代事情的写法，二是"补漏"惜春画大观园，这幅画很久以前只是稍为提及就再也没有下文，高鹗认为这个线索被曹雪芹遗忘了，该有个交代，于是进行"补漏"。我们看到续作是多么不容易，不仅要接续展开的情节，还要接通原作中断却的线索。

> 翠缕翠墨见黛玉盖着被躺在床上，见了他二人便说道："谁告诉你们了？你们这样大惊小怪的。"翠墨道："我们姑娘和云姑娘才都在四姑娘屋里讲究四姑娘画的那张园子图儿，叫我们来请姑娘来，不知姑娘身上又欠安了。"黛玉道："也不是什么大病，不过觉得身子略软些，躺躺儿就起来了。你们回去告诉三姑娘和云姑娘，饭后若无事，倒是请他们来这里坐坐罢。宝二爷没到你们那边去？"二人答道："没有。"翠墨又道："宝二爷这两天上了学了，老爷天天要查功课，那里还能象从前那么乱跑呢。"黛玉听了，默然不言。二人又略站了一回，都悄悄的退出来了。

黛玉对自己的病情极力淡化，她不愿意被别人当个病人，是她要强的本性，当然也是避免烦劳姐妹们来探望。而她探问宝玉的动向，则反映她对梦中情形的某种担忧。"黛玉听了，默然不言。"形象地揭示出她对梦境的将信将疑。

> 且说探春湘云正在惜春那边论评惜春所画大观园图，说这个多一点，那个少一点，这个太疏，那个太密。大家又议着题诗，着人去请黛玉商议。正说着，忽见翠缕翠墨二人回来，神色匆忙。

此处落笔到探春和湘云，依然以议论惜春的画开头，然而大家去看看，这已经第三次写这幅画了。高鹗似乎害怕读者忘了这画的事情而连写三遍，这是他作为续作者的小心和苦衷，可是在艺术上犯了重复啰唆的毛病，显出续作者不够自信和大气。翠缕、翠墨报告了黛玉的病况。

> 于是探春湘云扶了小丫头，都到潇湘馆来。进入房中，黛玉见他二人，不免又伤心起来。因又转念想起梦中，连老太太尚且如此，何况他们。况且我不请他们，他们还不来呢。心里虽是如此，脸上却碍不过去，只得勉强令紫鹃扶起，口中让坐。探春湘云都坐在床沿上，一头一个。看了黛玉这般光景，也自伤感。探春便道："姐姐怎么身上又不舒服了？"黛玉道："也没什么要紧，只是身子软得很。"紫鹃在黛玉身后偷偷的用手指那痰盒儿。湘云到底年轻，性情又兼直爽，伸手便把痰盒拿起来看。不看则已，看了唬的惊疑不止，说："这是姐姐吐的？这还了得！"初时黛玉昏昏沉沉，吐了也没细看，此时见湘云这么说，回头看时，自己早已灰了一半。探春见湘云冒失，连忙解说道："这不过是肺火上炎，带出一半点来，也是常事。偏是云丫头，不拘什么，就这样蝎蝎螫螫的！"湘云红了脸，自悔失言。探春见黛玉精神短少，似有烦倦之意，连忙起身说道："姐姐静静的养养神罢，我们回来再瞧你。"黛玉道："累你两位惦着。"探春又嘱咐紫鹃好生留神伏侍姑娘，紫鹃答应着。探春才要走，只听外面一个人嚷起来。未知是谁，下回分解。

续作者似乎陶醉在自己设计的梦中，一再让黛玉回想起梦境而心冷，这有点过分。黛玉是冰雪聪明的人，不至于被梦境主宰，何况因梦中贾母冷淡，竟牵连到探春湘云，那真是糊涂了。续作者的目标是让黛玉的心理转向孤独和封闭，但材料用得太单薄，让黛玉仅仅因为一场梦就产生很大的心理变化，甚至与湘云、探春都一下子生出隔膜，很是牵强。尽管写黛玉心理很细腻，但大方向不对。

探春、湘云也在续作中登场了，湘云的冒失符合原作，探春依然比较稳重，但两人也不见亮色，有形无神。本回描写的笔墨不多，且看下回对她们的塑造。

如果说第81回让宝玉重入私塾是对宝玉的重新规划，那么本回续作者又对林黛玉进行定向，他让黛玉的病况急转直下直至吐血。而且，生理的病与心理的病相互影响、一齐加重，续作者的构思意图露出端倪，他要用黛玉的健康因素来否决黛玉与宝玉的婚姻。黛玉病得如此重，既不能嫁给宝玉，也不可能另嫁他人，作品就少了悬念。虽然这也不违背原作，但属于一种比较方便、简单的处理方法。对作者的构思我们无可厚责，但是，用一个梦来大大恶化黛玉的心理和生理，我认为有欠妥当。前已述及，黛玉不至于糊涂到被一个梦境左右自己，何况梦境与现实是背反的，贾母并不曾冷淡她，黛玉却每每以梦境来衡量周围，以至于心态大坏，并招致吐血。黛玉这么傻、这么脆弱吗？我们还要看到，小时候的黛玉是比较多疑，也因为多疑带来许多烦恼。但第45回"金兰契互剖金兰语"以后，黛玉的性格好多了，近年她的心态变得比较平稳。当然曹雪芹笔下黛玉的健康依然不佳，如果续作者就顺着原作写其健康渐渐恶化，那就比较自然；但续作别出心裁以一个梦来摧残黛玉，已经很牵强，再让黛玉陷在梦境中走不出来，疑神疑鬼，这就不仅牵强，而且与近年来的黛玉是违背的。作者不能用"现实的力量"来改变黛玉，只能图方便走捷径，这与曹雪芹以宏大的生活来刻画人物设计情节，相去颇远。

第八十三回
省宫闱贾元妃染恙　闹闺阃薛宝钗吞声

"省宫闱贾元妃染恙"，说元春生病，贾府的人进宫探望；"闹闺阃薛宝钗吞声"，写夏金桂在家闹事，连宝钗也忍气吞声。从回目看出续作者还是站得比较高，有全局观念，他看到元春已经好久没登场，而贾府的命运是与元春息息相关的，需要交代一下元春的情况。他构思元春生病，这是为后面伏笔，并且符合第5回的判词。写宝钗，毕竟宝钗是三号人物，续书已经描写了一号宝玉、二号黛玉，现在要让宝钗尽快登场。所以，从全局角度看，续作者这个构思还是不错的，且看具体描写如何。

本回第一个情节是接续上一回，探春、湘云探望黛玉时。

> 话说探春湘云才要走时，忽听外面一个人嚷道："你这不成人的小蹄子！你是个什么东西，来这园子里头混搅！"黛玉听了，大叫一声道："这里住不得了。"一手指着窗外，两眼反插上去。原来黛玉住在大观园中，虽靠着贾母疼爱，然在别人身上，凡事终是寸步留心。听见窗外老婆子这样骂着，在别人呢，一句是贴不上的，竟象专骂着自己的。自思一个千金小姐，只因没了爹娘，不知何人指使这老婆子来这般辱骂，那里委屈得来，因此肝肠崩裂，哭晕去了。紫鹃只是哭叫："姑娘怎么样了，快醒转来罢。"探春也叫了一回。半晌，黛玉回过这口气，还说不出话来，那只手仍向窗外指着。

我们再次看到，续作者的细节描写是一流的。"黛玉听了，大叫一声道：'这里住不得了。'一手指着窗外，两眼反插上去。"和最后的："半晌，黛玉回过这口气，还说不出话来，那只手仍向窗外指着。"这样的动作描写、人物特写，熟悉西方文学的朋友知道，比《红楼梦》晚一百年的欧美小说中依然属于翘楚。尤其是"两眼反插上去"，特别精练传神，在古今中外小说的人物描写中绝无仅有。只可惜高鹗对林黛玉当前心态的把握有偏差，把黛玉写得太小气、太无主见，与人物形象不符，描写再别致也是枉然。这时候自然是探春出马喝退大声乱嚷的老婆子，然后安慰黛玉。

> 探春回来，看见湘云拉着黛玉的手只管哭，紫鹃一手抱着黛玉，一手给黛玉揉胸口，黛玉的眼睛方渐渐的转过来了。探春笑道："想是听见老婆子的话，你疑了心了么？"黛玉只摇摇头儿。探春道："他是骂他外孙女儿，我才刚也听见了。这种东西说

话再没有一点道理的，他们懂得什么避讳。"黛玉听了点点头儿，拉着探春的手道："妹妹……"叫了一声，又不言语了。探春又道："你别心烦。我来看你是姊妹们应该的，你又少人伏侍。只要你安心肯吃药，心上把喜欢事儿想想，能够一天一天的硬朗起来，大家依旧结社做诗，岂不好呢。"湘云道："可是三姐姐说的，那么着不乐？"黛玉哽咽道："你们只顾要我喜欢，可怜我那里赶得上这日子，只怕不能够了！"探春道："你这话说的太过了。谁没个病儿灾儿的，那里就想到这里来了。你好生歇歇儿罢，我们到老太太那边，回来再看你。你要什么东西，只管叫紫鹃告诉我。"黛玉流泪道："好妹妹，你到老太太那里只说我请安，身上略有点不好，不是什么大病，也不用老太太烦心的。"探春答应道："我知道，你只管养着罢。"说着，才同湘云出去了。

这一段作品着力刻画的是探春，总体还算可以；只是把湘云撂在一边不太可取，湘云与黛玉的关系亲密的多，但在这里毫无光彩，像个影子一样，令我们遗憾。更遗憾的是湘云在续作中始终只有身影游荡，没有亮色，形如槁木。

后面一段写紫鹃、雪雁服侍黛玉喝燕窝汤，连续写了十几个动作，虽可谓细致，却未免繁杂。接着袭人来访一段，有点看头。

静了一时，略觉安顿。只听窗外悄悄问道："紫鹃妹妹在家么？"雪雁连忙出来，见是袭人，因悄悄说道："姐姐屋里坐着。"袭人也便悄悄问道："姑娘怎么着？"一面走，一面雪雁告诉夜间及方才之事。袭人听了这话，也唬怔了，因说道："怪道刚才翠缕到我们那边，说你们姑娘病了，唬的宝二爷连忙打发我来看看是怎么样。"正说着，只见紫鹃从里间掀起帘子望外看，见袭人，点头儿叫他。袭人轻轻走过来问道："姑娘睡着了吗？"紫鹃点点头儿，问道："姐姐才听见说了？"袭人也点点头儿，蹙着眉道："终久怎么样好呢！那一位昨夜也把我唬了个半死儿。"紫鹃忙问怎么了，袭人道："昨日晚上睡觉还是好好儿的，谁知半夜里一叠连声的嚷起心疼来，嘴里胡说白道，只说好象刀子割了去的似的。直闹到打亮梆子以后才好些。你说唬人不唬人。今日不能上学，还要请大夫来吃药呢。"正说着，只听黛玉在帐子里又咳嗽起来。紫鹃连忙过来捧痰盒儿接痰。黛玉微微睁眼问道："你和谁说话呢？"紫鹃道："袭人姐姐来瞧姑娘来了。"说着，袭人已走到床前。黛玉命紫鹃扶起，一手指着床边，让袭人坐下。袭人侧身坐了，连忙陪着笑劝道："姑娘倒还是躺着罢。"黛玉道："不妨，你们快别这样大惊小怪的。刚才是说谁半夜里心疼起来？"袭人道："是宝二爷偶然魇住了，不是认真怎么样。"黛玉会意，知道是袭人怕自己又悬心的原故，又感激，又伤心。因趁势问道："既是魇住了，不听见他还说什么？"袭人道："也没说什么。"黛玉点点头儿，迟了半日，叹了一声，才说道："你们别告诉宝二爷说我不好，看耽搁了他的工夫，又叫老爷生气。"袭人答应了，又劝道："姑娘还是躺躺歇歇罢。"黛玉点头，命紫鹃扶着歪下。袭人不免坐在旁边，又宽慰了几句，然后告辞，回到怡红院，只说黛玉身上略觉不受用，也没什么大病。宝玉才放了心。

此处描写黛玉与袭人的对话，比上一次靠谱多了。黛玉急切想打听宝玉的情况，却不愿单枪直入留下痕迹，而是拐弯抹角问："说谁半夜里心疼起来？"她更想知道宝玉的梦与自己的梦是否重合，但说："既是魇住了，不听见他还说什么？"用"魇住了"打掩护，以免显得自己追根究底。——总之，她决不能在袭人、紫鹃面前暴露自己的心态，要与下人保持一定距离，似乎只有这样才能维护自己的清高。大家比较一下，前一次黛玉与袭人的对话是否有点偏颇。

不过我们又要指出续作者的急于求成而设计的一些小细节，还是与人物形象产生了龃龉。雪雁、紫鹃服侍黛玉多年，早该养成谨慎的习性，她们居然一次次冒昧交谈，让黛玉听到；这也罢了，袭人我们是深知的，向来细心谨慎，她来探病的，自然更加小心，居然也不注意，让黛玉听到不能听见的话。几个人连续失言，显然不是人物造就，而是续作者"有心插柳"造成。这种勉强手段是很不艺术的。

探春、湘云告知贾母林黛玉的病情，这时，贾母发出一个明显的信号。我们细看原文。

> 探春因提起黛玉的病来。贾母听了自是心烦，因说道："偏是这两个玉儿多病多灾的。林丫头一来二去的大了，他这个身子也要紧。我看那孩子太是个心细。"众人也不敢答言。贾母便向鸳鸯道："你告诉他们，明儿大夫来瞧了宝玉，就叫他到林姑娘那屋里去。"鸳鸯答应着，出来告诉了婆子们，婆子们自去传话。这里探春湘云就跟着贾母吃了晚饭，然后同回园中去。不提。

大家注意，贾母只说了两句话，却属于"密集表态"。先看她的态度："贾母听了自是心烦"。是怎么个心烦呢？从她后面的话语得知，这心烦不是担忧，而是不耐烦。这是我们第一次看到的，贾母似乎失去了耐心。"偏是这两个玉儿多病多灾的。"这第一句是把宝玉、黛玉并论，是贾母一贯的态度，不过今天这句话似乎成为一种过渡，借着这句话，贾母从过去过渡到今天，而今天她的态度发生了大转变。"林丫头一来二去的大了，他这个身子也要紧。我看那孩子太是个心细。"第一句，说黛玉的年龄已经大了，什么意思？好像是指黛玉也该出嫁了吧？第二句"他这个身子也要紧"，这句话本来是关爱心疼的意思，然而第三句："我看那孩子太是个心细。"此话带有明显的责备，"心细"指黛玉想得太多、自寻烦恼。"众人也不敢答言。"是最好的注释，因为贾母态度大变，而且语气沉重，意带责备，众人不敢接话，也不敢劝慰。最后她说："明儿大夫来瞧了宝玉，就叫他到林姑娘那屋里去。"大家再加留意，黛玉第一次吐血，病到如此严重，贾母不亲自去看看，连大夫来了她也不去，而大夫也是看完宝玉顺带去看黛玉。贾母的态度变化很大，不是一般的大，简直有点像黛玉梦中的贾母。——这就是续作者笔下的贾母。或许他认为是撕去蒙在贾母脸上面纱的时候了，认为贾母一直都在忍受，现在到头了，贾母终于失去耐心。当然，读者也可能认为这是续作者在改变贾母，把贾母领到另一条道路。读者可以这么想，但续作者是作者，他这么写，成了文本，人们再怎么质疑，也无济于事。文学作品、艺术品，一旦塑造完毕变为成品，它就是那样了。你可以喜欢，可以不喜欢，但都改变不了它的形式和内容。对于续作，我们只不过多出一个与原作比较的批评途径，却一样无法改变它。除非，有更好的续作取代它；但是这后四十回已经没人能够取代，这是两百多年来的事实。

　　第二天王大夫来看病，紫鹃要介绍病情，"王大夫道：'且慢说。等我诊了脉，听我说了看是对不对，若有不合的地方，姑娘们再告诉我。'"号脉之后他说了一堆病况病理，紫鹃连连点头道说的很是。这里与其说是王大夫要表现一番医术，倒不如说是续作者高鹗要亮亮自己的医学修养，不让曹雪芹独占鳌头。我国的医学理论确实与其他学术相互依存，基本原理可以说一脉相承。所以历史上的文人学者都懂一些医理，高鹗后来成为三甲头名的进士有这学问一点不奇怪。王大夫开了药方，但他没说吃了必定能好，只说"宝二爷倒没什么大病，大约再吃一剂就好了"。两相比较，王大夫似乎认为黛玉的病只是治疗，却难以治愈。

　　不知是看病需要额外的零花钱还是别的原因，紫鹃请周瑞家的向凤姐要求预支一两个月的月钱。这是从来没有的事，令凤姐为难。"凤姐低了半日头，说道：'竟这么着罢：我送他几两银子使罢，也不用告诉林姑娘。这月钱却是不好支的，一个人开了例，要是都支起来，那如何使得呢。'"凤姐多年来就靠延迟发放月钱以赚得利息，怎么能开预支月钱的头？但她还是送了黛玉几两银子。续作对凤姐算把握得不错，凤姐一方面视钱如命，但她对这批小叔子小姑子，一向颇有情意，她今日送钱倒未必是讨好谁，而是她对黛玉的姐妹情。这样刻画凤姐，与原作完全一致。周瑞家的又说到外人犹在说贾府如何富贵，还说到园子里还有金麒麟。

　　（凤姐）因说道："那都没要紧。只是这金麒麟的话从何而来？"周瑞家的笑道："就是那庙里的老道士送给宝二爷的小金麒麟儿。后来丢了几天，亏了史姑娘捡着还了他，外头就造出这个谣言来了。奶奶说这些人可笑不可笑？"凤姐道："这些话倒不是可笑，倒是可怕的。咱们一日难似一日，外面还是这么讲究。俗语儿说的，'人怕出名猪怕壮'，况且又是个虚名儿，终久还不知怎么样呢。"

两人的交流渐渐进入家境见底、后事难料的主题，在贾府前途方面继承了原作的思路，也就决定了全书的基本走向。这是续作能否成功的第一条件。

周瑞家的提到宝玉捡到史湘云的金麒麟，这也是续作重拾旧事。在《红楼梦》研究中关于这个金麒麟一直是个话题，之所以有人执着于此，可能也同这里的重拾旧事有关系。不过连高鹗都最后放弃了，哪怕曹雪芹本来设想在这里要弄出点名堂的，既然没有弄出来，这个话题也就失去了再追究的价值。

本回写了一大半，才终于进入回目的内容，真可谓姗姗来迟。自从第17、18回写了元春省亲，然后只有两次侧写，一次是第22回她命人送来灯谜，另一次是第28回遣人送来礼物，就再也没有元春的消息，至此相隔很久了。高鹗大约也是这么想，于是在他上手的第三回就写元春。但是写的不再是像原作那样的好事，而是写元春病了。高鹗要让贾府"烈火喷油"的日子早点结束，所以上手就让元春生病。这又是最简单最省力的方法。

> 且说贾琏走到外面，只见一个小厮迎上来回道："大老爷叫二爷说话呢。"贾琏急忙过来，见了贾赦。贾赦道："方才风闻宫里头传了一个太医院御医、两个吏目去看病，想来不是宫女儿下人了。这几天娘娘宫里有什么信儿没有？"贾琏道："没有。"贾赦道："你去问问二老爷和你珍大哥。不然，还该叫人去到太医院里打听打听才是。"

关于元春的信息是贾赦得到的，这个写法有点新奇。原作写元春很少与贾赦相干。一家人于是很紧张，立即派人去太医院等处打探消息。到了晌午，打听的尚未 回来。两位太监已上门宣旨：贵妃欠安，宣召亲丁四人进宫探问，准于明日辰巳时进去，申酉时出来。贾母决定由她与王夫人、邢夫人、凤姐四人入宫，其他人在宫外听信。全家人直忙到第二天黎明。

> 文字辈至草字辈各自登车骑马，跟着众家人，一齐去了。贾琏贾蓉在家中看家。且说贾家的车辆轿马俱在外西垣门口歇下等着。一回儿，有两个内监出来说："贾府省亲的太太奶奶们，着令入宫探问，爷们俱着令内宫门外请安，不得入见。"门上人叫快进去。贾府中四乘轿子跟着小内监前行，贾家爷们在轿后步行跟着，令众家人在外等候。走近宫门口，只见几个老公在门上坐着，见他们来了，便站起来说道："贾府爷们至此。"贾赦贾政便捱次立定。轿子抬至宫门口，便都出了轿。早有几个小内监引路，贾母等各有丫头扶着步行。走至元妃寝宫，只见奎壁辉煌，琉璃照耀。又有两个小宫女儿传谕道："只用请安，一概仪注都免。"贾母等谢了恩，来至床前请安毕，元妃都赐了坐。贾母等又告了坐。元妃便向贾母道："近日身上可好？"贾母扶着小丫头，颤颤巍巍站起来，答应道："托娘娘洪福，起居尚健。"元妃又向邢夫人王夫人问了好，邢王二夫人站着回了话。元妃又问凤姐家中过的日子若何，凤姐站起来回奏道："尚可支持。"元妃道："这几年来难为你操心。"凤姐正要站起来回奏，只见一个宫女传进许多职名，

请娘娘龙目。元妃看时，就是贾赦贾政等若干人。那元妃看了职名，眼圈儿一红，止不住流下泪来。宫女儿递过绢子，元妃一面拭泪，一面传谕道："今日稍安，令他们外面暂歇。"贾母等站起来，又谢了恩。元妃含泪道："父女弟兄，反不如小家子得以常常亲近。"贾母等都忍着泪道："娘娘不用悲伤，家中已托着娘娘的福多了。"元妃又问："宝玉近来若何？"贾母道："近来颇肯念书。因他父亲逼得严紧，如今文字也都做上来了。"元妃道："这样才好。"遂命外宫赐宴，便有两个宫女儿，四个小太监引了到一座宫里，已摆得齐整，各按坐次坐了。不必细述。一时吃完了饭，贾母带着他婆媳三人谢过宴，又耽搁了一回。看看已近酉初，不敢羁留，俱各辞了出来。元妃命宫女儿引道，送至内宫门，门外仍是四个小太监送出。贾母等依旧坐着轿子出来，贾赦接着，大伙儿一齐回去。到家又要安排明后日进宫，仍令照应齐集。不题。

元春这是第二次露面，可惜作品对元春的描写不够全面，仅有对话。这是贾母等去探病，多少该写一笔元春的神态，可惜没有。她们的对话虽然无什么差错，但都缺乏神气，与省亲时感人肺腑的描写相比差一大截。作品唯一一次描写皇宫，理当有一些景物描写，但只有干巴巴八个字："奎壁辉煌，琉璃照耀。"或许是续作者对内宫不熟悉，不敢描写吧。总之，这次兴师动众的入宫探亲，虽然有八百来字的描写，却不够生动，更不感人，读者恐怕留不下什么印象。

然后作品进入薛家。起笔对夏金桂与宝蟾关系的交代以及两人的争吵写得具体而厚实。这段描写基本符合原作。首先夏金桂是个永远不肯消停的主儿，拌嘴折腾对于她像吃饭喝水一样离不开；而宝蟾不是平儿，坐上屋里人的位子也就把夏金桂看轻了几分，两人这样的性格、这么种关系，岂能不闹？续作一上来就把两人变化了的关系拿捏准确，不容易。但难的是怎么让她们闹起来，怎么起头怎么展开，这需要小说家的想象能力、构思能力。作品写金桂先挑刺，第一句话就写出金桂的蛮横，毫不掩饰的惹事。"大爷前日出门，到底是到那里去？你自然是知道的了。"作者找到一句最妙的话："你自然是知道的了。"此话完全是金桂的身份和口气，意思是诬赖宝蟾与薛蟠串通一气，平白无故就将一根刺刺进宝蟾心头，但这话从夏金桂嘴里出来，却是那么的自然。这看似平常的话语，往往就是小说家功力高低的体现。有了这个开头，后面的戏必然轰轰烈烈。我们必须承认，续作的这一段写得有声有色，颇为扎实。但也应该想到，原作描写的凤姐与秋桐的关系处理，让续作者有所借鉴。

不过，这两人的大骂还只是序曲、引子，作者在敲山震虎，项庄舞剑，作者的用意可不在宝蟾身上。于是下文自然转向薛姨妈和宝钗。而对作者最大的考验实际上是宝钗。夏金桂、宝蟾这种人物其他小说中有类似的，写起来不难；而宝钗，是前无古人的创新形象，续作者能不能拿捏好呢？我们看文本。

> 岂知薛姨妈在宝钗房中听见如此吵嚷，叫香菱："你去瞧瞧，且劝劝他。"宝钗道："使不得，妈妈别叫他去。他去了岂能劝他，那更是火上浇了油了。"薛姨妈道："既这么样，我自己过去。"宝钗道："依我说妈妈也不用去，由着他们闹去罢。这也是没法儿的事了。"薛姨妈道："这那里还了得！"说着，自己扶了丫头，往金桂这边来。宝钗只得也跟着过去，又嘱咐香菱道："你在这里罢。"

薛姨妈确实有点老糊涂，她居然要香菱去劝金桂和宝蟾，正如宝钗说的是火上浇油，准确说是飞蛾扑火。按照宝钗的说法连薛姨妈也不必去劝，越劝恐怕金桂越来劲。金桂要寻事，眼前宝蟾是现成的，所以她找上宝蟾。但她心头最大的恨，则是薛家。我们站在金桂的立场上，她夏金桂也算是大家闺秀，嫁过来才多少日子，居然连老公都不见了，你叫她面子上、心理上、生理上，怎么过？在她的内心深处，是薛家毁了她的青春和未来，毁了她的幸福和人生。薛蟠不在，她没直接吵到薛姨妈的后院去也只是暂时的，现在薛姨妈自己送上来，夏金桂会不狠狠发泄吗？不过我们站在薛姨妈的立场想一想，她是这家里的长辈，是婆婆，按规矩你夏金桂该天天端茶端饭好生伺候；我这一切都不讲究了，你夏金桂还要打人掀桌子，这薛家的日子还过不过？还有一层也很关键，薛家虽然单门独过，但毕竟是借的贾府屋子，住在贾府之中。天天鸡飞狗跳的，薛姨妈这老脸往哪里放？中国人对面子十分看重，夏金桂这样闹事，不仅坏了薛家的脸面，而且损害贾府的声誉，这是薛姨妈更焦虑的。所以，她能够不去阻止吗？也正因为此，连宝钗也不能劝阻母亲，只得跟着过去。不过，宝钗依然保持着清醒，她特地嘱咐香菱一句："你在这里罢。"绝对不让香菱也去。到这里为止，续作者对宝钗的把握让人信服。我们说信服而不是赞赏，因为宝钗也没表现出特别的智慧，而她是具备这份智慧的。我们再看下面的描写。

> 母女同至金桂房门口，听见里头正还嚷哭不止。薛姨妈道："你们是怎么着，又这样家翻宅乱起来，这还象个人家儿！矮墙浅屋的，难道都不怕亲戚们听见笑话了么。"金桂屋里接声道："我倒怕人笑话呢！只是这里扫帚颠倒竖，也没有主子，也没有奴才，也没有妻，没有妾，是个混帐世界了。我们夏家门里没见过这样规矩，实在受不得你们家这样委屈了！"宝钗道："大嫂子，妈妈因听见闹得慌，才过来的。就是问的急了些，没有分清'奶奶''宝蟾'两字，也没有什么。如今且先把事情说开，大家和和气气的过日子，也省的妈妈天天为咱们操心。"那薛姨妈道："是啊，先把事情说开了，你再问我的不是还不迟呢。"金桂道："好姑娘，好姑娘，你是个大贤大德的。你日后必定有个好人家，好女婿，决不象我这样守活寡，举眼无亲，叫人家骑上头来欺负的。我是个没心眼儿的人，只求姑娘我说话别往死里挑捡，我从小儿到如今，没有爹娘教导。再

者我们屋里老婆汉子大女人小女人的事，姑娘也管不得！"宝钗听了这话，又是羞，又是气；见他母亲这样光景，又是疼不过。因忍了气说道："大嫂子，我劝你少说句儿罢。谁挑捡你？又是谁欺负你？不要说是嫂子，就是秋菱我也从来没有加他一点声气儿的。"金桂听了这几句话，更加拍着炕沿大哭起来，说："我那里比得秋菱，连他脚底下的泥我还跟不上呢！他是来久了的，知道姑娘的心事，又会献勤儿，我是新来的，又不会献勤儿，如何拿我比他。何苦来，天下有几个都是贵妃的命，行点好儿罢！别修的象我嫁个糊涂行子守活寡，那就是活活儿的现了眼了！"薛姨妈听到这里，万分气不过，便站起身来道："不是我护着自己的女孩儿，他句句劝你，你却句句怄他。你有什么过不去，不要寻他，勒死我倒也是希松的。"宝钗忙劝道："妈妈，你老人家不用动气。咱们既来劝他，自己生气，倒多了层气。不如且出去，等嫂子歇歇儿再说。"因吩咐宝蟾道："你可别再多嘴了。"跟了薛姨妈出得房来。

作者设计的场景，是一场隔着房门、两边听声不见人的对嘴，比较巧妙，因为情节都集中在对话，可省去人物外貌、神态、动作描写。薛姨妈一赶到就开口，也来不及选择语言，上来就把自己最焦心的事情说出来："难道都不怕亲戚们听见笑话了么。"这样处理符合薛姨妈的身份、心情。应该说高鹗构思得不错。但更好的在后面。夏金桂的接口全部是顺着薛姨妈来，"我倒怕人笑话呢！只是这里扫帚颠倒竖，也没有主子，也没有奴才，也没有妻，没有妾，是个混帐世界了。"一听就知道这是位打嘴仗的高手，她能够把对方的话接过来，立即甩出一大堆现象，证明更大的笑话在这里！夏金桂的话语太重薛姨妈可能受不了，所以宝钗赶紧把话接过去，而且修补母亲的主要缺陷，没把"奶奶"和"宝蟾"区分开，然后建议和和气气过日子。这一席话续作写得还可以。但夏金桂大耍无赖，以最恶毒的言语诅咒宝钗。宝钗第二次回话显得既无力，又欠考虑，居然拿出香菱来同夏金桂对比，结果落下话柄。这个刻画可不是原作中的宝钗，智慧、气度、魄力相去较大。或许高鹗是要表现宝钗被夏金桂气急了才说错话。但宝钗一向是谋定而动，对夏金桂不能算是遭遇战，宝钗应该早有估计、有预备、有对策，不该如此失策、如此狼狈。回想不久前王夫人请宝钗住回大观园去，她的应对何等圆润有力，不仅王夫人哑然无语，连凤姐也束手无策。所以这里的宝钗被写得走形失色了。当然，这里确实不好写，可以说宝钗遇到夏金桂是"秀才遇到兵"，很难缠的。但也就是在这种场合，才显出作者对宝钗这样的人物究竟是不是胸有成竹，能不能全盘把握。我们早就说过，宝钗这个形象极其难写。好在宝钗第三句话，劝母亲回去，还说"等嫂子歇歇儿再说"，显得临危不乱，也不与夏金桂纠缠，体现了宝钗应有的气度。

最后一段写刚巧贾母派丫头来请安，让薛姨妈深感羞愧，说："这如今我们家里闹得也不象个过日子的人家了，叫你们那边听见笑话。"这是为后文安下伏笔。但丫头的对答十分得体："姨太太说那里的话，谁家没个碟大碗小磕着碰着的呢。那是姨太太多心罢咧。"这一段续作写的有点原作味道。

到这里，我们已经鉴赏了三回续作。常言道："三岁看到老。"讲完三回，我们对高鹗的续作可以有个大致的判断了。第一，续作者对原作非常熟悉，下了苦功，对原有的线索整理得极为细致，甚至把曹雪芹自己都遗忘的线索也重新捡起来续接，比如惜春画大观园。他对原作熟稔到这地步，不知道他读了多少遍，而续作的写作时间也不知用了几年。曹雪芹自己花了至少十年都没能完成全书，而接续要花时间揣摩原作，花的心思更多。通常对于一个作家来说构思情节不难，难的是刻画细节。从这三回已经看得出续作者的细节刻画能力十分强大，有续写《红楼梦》的功力。第二，续作者有自己的构思，而且很有魄力，敢于出手，一上来就出手。我们前面分析了，他对宝玉、黛玉、贾母都动手了，果断地让宝玉进私塾、让黛玉病情加深、让贾母对黛玉改变了态度。我们纠缠于他该不该这么改动已经没有意义，因为他最终证明他是成功的，他把《红楼梦》续到无敌。续作者有自己的构思安排，他要把作品进程纳入自己的节奏。第三，他对人物的把握还略显生疏，对黛玉、宝钗、袭人都发生了一些偏差。但是他对这些主要人物的认识还是很深刻很细腻的，即使同原作略有偏差，但随着写作的深入、对人物驾驭的熟稔，还是有可能把人物刻画得大致保持原作的风貌。第四，续作者对人物心理活动有相当细致的研究，心理描写水平是一流的。我们看他对黛玉的描写已经可以确定。第五，续作者的语言表达能力参差不齐，刻画人物的语言特别有表现力，而俗语、谚语、口头语积累极其丰富，从夏金桂的口中我们领教了，贾母丫头那句"谁家没个碟大碗小磕着碰着的呢"，用得如行云流水般自然贴切，不输于原作中那些伶俐丫头。但他的叙述语言比较弱，与原作差了一大截。我们粗粗地从这五个方面评估一番，觉得续作者具备续好小说的基本条件，难能可贵。怪不得 1791 年一百二十回本刊行后《红楼梦》像风一样在中国大地上流传开，清代那么多文人学者，一时间达到"开讲不谈《红楼梦》，读尽诗书也枉然"的火热状态，其中"拥黛""拥钗"两派，更是争吵到"几挥老拳"的地步。他们花的功夫不可谓不深，然而就是没人看出来后四十回是续作。从某种角度说，续作者做出了巨大的牺牲：他为《红楼梦》做了那么多，他得到什么呢？名声，他彻底牺牲了，他非但不署名，还要编故事说那是曹雪芹自己的遗作，以至于人们深信一百二十回本就是完璧一块，后四十回是凤头豹尾，于是《红楼梦》一百多年来与高鹗没任何关系。高鹗是不是在经济上掘了一桶金？从他的一生看好像也没有，编辑完《红楼梦》，高鹗就埋头功课去了，三年后就金榜题名中了三甲进士的头名，没听说他因为《红楼梦》发了一笔财。何况，那年代并没什么著作权或知识产权，程高本一举成名，于是任何一个书商都可以堂而皇之地跟着出版，所以连程伟元都发不了大财，更别提高鹗。所以高鹗补写后四十回，名利双无收！而到了二十一世纪，胡适、俞平伯认出后四十回是高鹗写的，居然也没人说他一句好，反而是人人叫骂："狗尾续貂！"我们说这些，不为别的，只是要说明续作的困难和牺牲精神，以此让人们知道高鹗究竟做了什么事，他该受到怎样的待遇。我本人的态度是一贯的，高鹗没做错事，为《红楼梦》、为中国文学、为中华文明做了件大好事，可能不尽完美，但正如俞平伯先生最后说的，高鹗有功，他保全了《红楼梦》。我想加一句：高鹗连功劳都没想要，他没有署名，他只是因为爱《红楼梦》，而做出了自己的牺牲。

最后我们多说一句，小说名称《红楼梦》，也是高鹗、程伟元的功劳。我们知道，在程高本以前的抄本，都名《石头记》，虽然甲戌本上有"至吴玉峰题曰《红楼梦》"，其实它对小说的命名只有参考作用。从程高本开始命名为《红楼梦》以后，作品如春风普吹飞速普及，小说题名也就此不可更改地一槌定音。

第八十四回

试文字宝玉始提亲　探惊风贾环重结怨

"宝玉始提亲"，这个意思大家都理解，只是续作突然在三个方向同时提亲，处理得过于勉强。"贾环重结怨"，写贾环去探望巧姐儿的病，不小心弄翻了药罐子，遭到凤姐痛骂，于是两家的怨恨加深一层。

本回开头交代薛姨妈被夏金桂气得肝疼，好在宝钗懂得药理买来药吃了，过几天，肝气也渐渐平复了。宝钗便说道："妈妈，你这种闲气不要放在心上才好。过几天走的动了，乐得往那边老太太姨妈处去说说话儿散散闷也好。家里横竖有我和秋菱照看着，谅他也不敢怎么样。"薛姨妈点点头道："过两日看罢了。"宝钗劝母亲去贾府走走，有两种解释，一是字面上所说的让母亲散散心；另一种势利一点的，是宝钗在催促母亲多去贾母那里走走，别因为嫂子的事情而疏远了贾母。我们怎么想到这种势利的解释呢？因为正是这次薛姨妈去了，引得贾母对宝钗大加赞赏，那话语几乎近于求亲，让凤姐看在眼里，于是大胆提出宝钗为对象，贾母很高兴，于是宝玉与宝钗的婚事就这么定了。事情就这么凑巧，或者说续作者就写得这么巧合。

作品接着写元春病愈。

> 且说元妃疾愈之后，家中俱各喜欢。过了几日，有几个老公走来，带着东西银两，宣贵妃娘娘之命，因家中省问勤劳，俱有赏赐。把物件银两一一交代清楚。贾赦贾政等禀明了贾母，一齐谢恩毕，太监吃了茶去了。

写元春这次小恙，是为后文病逝做铺垫。这里的写法与原作明显不一样，原作中元春每次的礼物都详细开列清单，并一一注明某人得某物，其中的寓意引发弟妹们的猜想，给作品增添许多意蕴。续作则写得比较空洞，或许是续作者不熟悉宫中的礼物规矩，怕写具体了弄出差错来。

下面一段，是宝玉说亲的来龙去脉所在，请大家细读。

> 这里贾母忽然想起，和贾政笑道："娘娘心里却甚实惦记着宝玉，前儿还特特的问

他来着呢。"贾政陪笑道："只是宝玉不大肯念书，辜负了娘娘的美意。"贾母道："我倒给他上了个好儿，说他近日文章都做上来了。"贾政笑道："那里能象老太太的话呢。"贾母道："你们时常叫他出去作诗作文，难道他都作上来么。小孩子家慢慢的教导他，可是人家说的，'胖子也不是一口儿吃的'。"贾政听了这话，忙陪笑道："老太太说的是。"贾母又道："提起宝玉，我还有一件事和你商量。如今他也大了，你们也该留神看一个好孩子给他定下。这也是他终身的大事。也别论远近亲戚，什么穷啊富的，只要深知那姑娘的脾性儿好模样儿周正的就好。"贾政道："老太太吩咐的很是。但只一件，姑娘也要好，第一要他自己学好才好，不然不稂不莠的，反倒耽误了人家的女孩儿，岂不可惜。"贾母听了这话，心里却有些不喜欢，便说道："论起来，现放着你们作父母的，那里用我去张心。但只我想宝玉这孩子从小儿跟着我，未免多疼他一点儿，耽误了他成人的正事也是有的。只是我看他那生来的模样儿也还齐整，心性儿也还实在，未必一定是那种没出息的，必至遭踏了人家的女孩儿。也不知是我偏心，我看着横竖比环儿略好些，不知你们看着怎么样。"几句话说得贾政心中甚实不安，连忙陪笑道："老太太看的人也多了，既说他好有造化的，想来是不错。只是儿子望他成人性儿太急了一点，或者竟和古人的话相反，倒是'莫知其子之美'了。"一句话把贾母也怄笑了，众人也都陪着笑了。

我们细细品味，贾母提到宝玉的婚事，借了元春的力："娘娘心里却甚实惦记着宝玉，前儿还特特的问他来着呢。"然后话锋一转，说："如今他也大了，你们也该留神看一个好孩子给他定下。"虽然贾母没说元春问到宝玉的亲事，但在这样的语境中，你不能认为元春不关心宝玉的婚事，所以贾政无法回绝，只能说："老太太吩咐的很是。"回想一下前不久贾政同赵姨娘说宝玉还小，"等他们再念一两年书再放人不迟"。如今贾政俨然被逼着改口。我们平心静气想想，宝玉已经到了说亲的年龄，贾母也已经八十多岁，她余年最大的心愿无疑是看到宝玉大婚，而贾政自己对仕途灰心，只愿享受天伦之乐，所以从各方面说，宝玉都到了提亲的时刻。其实作者（曹雪芹？高鹗？）还是比较委婉的，他假如直接写元春问宝玉有没有开始提亲，也符合人物性格逻辑，毕竟宝玉是她亲自教导的最爱的弟弟，都到了这年龄，她能不挂念吗？贾琏、贾蓉这年龄都结婚了。作者这样处理，大约还是考虑到元春对父母、祖母的体贴，不愿增加他们的压力，让父母自由从容地处理宝玉的婚事；而贾母也体会到元春的爱意，她想早日给元春报喜。总之，作者处理得很有韵味。

其次，贾母强调择人标准："也别论远近亲戚，什么穷啊富的，只要深知那姑娘的脾性儿好模样儿周正的就好。"我们对比第29回贾母对张道士说的标准："不管他根基富贵，只要模样配的上就好，来告诉我。便是那家子穷，不过给他几两银子罢了。只是模样性格儿难得好的。"大家发现了吗？赫然，贾母多出一条："也别论远近亲戚！"即使是续作者所写，他现在是有职有权的作者，他写下的每一个字都成为"文本"，尽管我们可以批评，但我们只能接受，并且无法改变。所以我们是把续作的文字作为《红楼梦》的文本对待。在此说明一下，此后不再啰唆。"也别论远近亲戚"，此话听上去是"不排斥"远近亲戚，但与前一次的标准相比，实际上是增添了一个选项，就是亲戚也应该考虑。我想，这是贾母在给贾政提个醒，让他别"灯下黑"，忘了近在眼前的亲戚。

其三，贾母与儿子当众交锋一番，结果是贾政委曲求全。经过这个交锋，贾母把宝玉婚事的主导权拿到了手里。贾母自己也明白，"论起来，现放着你们作父母的，那里用我去张心"。宝玉的婚事贾母作为老祖母只有建议权，没有主导权、决定权。但凭着贾政的孝顺、再借一点元春的光，贾母把主导权拿了过来。正所谓"一朝权在手便把令来行"，当天她就向薛姨妈暗递秋波，第二天就与王夫人、凤姐一起做出决定。这些我们稍后再说。

这一段描写，说实话我已经无法判断是曹雪芹的还是高鹗的，人物的言语口气精神，包括叙述文字，完完全全是原作的味道，真可谓元气充沛。与描写黛玉，尤其是写探春、湘云的文字一比较，实在不像同一个作者的手笔。专门研究文字的学者是可以做比较研究的。

眼看宝玉要提亲，贾政有点焦急，为宝玉的功名担忧，于是当天把宝玉叫来，一边检查功课一边亲自指教，这也是前所未有的。贾政当过学政，主管一省的教育和考试，其学识教导宝玉绰绰有余，但他从来没有亲自授过课。今日显然是急了。当时的课程无非四书五经，宝玉才开始学四书，写文章也是刚开始。贾政看得仔细，讲得耐心，对宝玉的学习情况总体比较满意。父子俩正上着课，小厮一句"姨太太来了"，让宝玉忽然灵魂出窍。"谁知宝玉自从宝钗搬回家去，十分想念，听见薛姨妈来了，只当宝钗同来，心中早已忙了"，他随便应付几句后贾政让他走人。

> 宝玉答应了个"是"，只得拿捏着慢慢的退出，刚过穿廊月洞门的影屏，便一溜烟跑到老太太院门口。急得焙茗在后头赶着叫："看跌倒了！老爷来了。"宝玉那里听得见。

焙茗这一笔写得特别传神，宛然是原作。到了贾母那边。

> 宝玉因问众人道："宝姐姐在那里坐着呢？"薛姨妈笑道："你宝姐姐没来，家里和香菱作活呢。"宝玉听了，心中索然，又不好就走。

这是续作第一次写宝玉与宝钗的关系。我以为作品对宝玉的心理把握很准确。宝钗搬走没同宝玉打招呼，就宝钗而言一定是考虑过方方面面，认为不打招呼关系不大；但就宝玉而言，姊妹群中除了黛玉，他对宝钗是最上心最记挂的。这一别总有个把月了，常言"一日不见如三秋兮"，一月不见呢？我们可以想见宝玉的思念。现在忽然听说薛姨妈来了，他自然以为宝钗也来了；可是结果却不然，宝玉能不失望怅惘？

我们讨论这些，还只是就事论事，仅论宝钗搬出去的影响，然而作者布的局却要大许多：马上贾母就要向薛姨妈说亲了，而说亲以后，直到大婚，宝钗就再也不能进贾府了，那要多少日子？所以作者这里布的局也是针对他自己的：在接下来那么漫长的日子，要让宝玉同宝钗不再相见，需要在情节上面摆得平，那不是考验作者自己吗？就说宝玉，要让他几个月不能见宝钗，作者需要怎么调度？举例来说，哪天宝玉想见了，忽然就一个人跑到薛家去了呢？作者必须严防死守不让这事发生，且看他怎么操控吧。总之，续作接通宝玉与宝钗这条线，接得很自然，也很有情趣；然而他又要掐住这条线不让其枝蔓生发，这颇有难度，而对于读者则成为悬念。

下面是贾母向薛姨妈比较明白地暗示，作品写得步步推进，情节自然，细节扎实。

> 大家吃着酒。贾母便问道："可是才姨太太提香菱，我听见前儿丫头们说'秋菱'，不知是谁，问起来才知道是他。怎么那孩子好好的又改了名字呢？"薛姨妈满脸飞红，叹了一口气道："老太太再别提起。自从蟠儿娶了这个不知好歹的媳妇，成日家咕咕唧唧，如今闹的也不成个人家了。我也说过他几次，他牛心不听说，我也没那么大精神和他们尽着吵去，只好由他们去。可不是他嫌这丫头的名儿不好改的。"贾母道："名儿什么要紧的事呢？"薛姨妈道："说起来我也怪臊的，其实老太太这边有什么不知道的。他那里是为这名儿不好，听见说他因为是宝丫头起的，他才有心要改。"贾母道："这又是什么原故呢？"薛姨妈把手绢子不住的擦眼泪，未曾说，又叹了一口气，道："老太太还不知道呢，这如今媳妇子专和宝丫头恔气。前日老太太打发人看我去，我们家里正闹呢。"贾母连忙接着问道："可是前儿听见姨太太肝气疼，要打发人看去，后来听见说好了，所以没着人去。依我，劝姨太太竟把他们别放在心上。再者，他们也是新过门的小夫妻，过些时自然就好了。我看宝丫头性格儿温厚和平，虽然年轻，比大人还强几倍。前日那小丫头子回来说，我们这边还都赞叹了他一会子。都象宝丫头那样心胸儿脾气儿，真是百里挑一的。不是我说句冒失话，那给人家做了媳妇儿，怎么叫公婆不疼，家里上上下下的不宾服呢？"宝玉头里已经听烦了，推故要走，及听见这话，又坐了呆呆的往下听。薛姨妈道："不中用。他虽好，到底是女孩儿家。养了蟠儿这个糊涂孩子，真真叫我不放心，只怕在外头喝点子酒，闹出事来。幸亏老太太这里的大爷二爷常和他在一块儿，我还放点儿心。"

前面贾母向贾政提出宝玉该提亲了，事情来有点突然。后文即将向薛姨妈提亲，作者可不愿再冒失，此处贾母与薛姨妈的对话就属于未雨绸缪。谈话甚至是以痛苦羞愧开始，直到薛姨妈说夏金桂专门挑宝钗的刺，贾母才顺势说出："都象宝丫头那样心胸儿脾气儿，真是百里挑一的。不是我说句冒失话，那给人家做了媳妇儿，怎么叫公婆不疼，家里上上下下的不宾服呢。"过去贾母赞美过宝钗几次，但都仅仅止于赞美；今天，贾母增加了"给人家做了媳妇儿"这个延伸，这就不单单是赞美，而是话里有话，带有明显的暗示。只是薛姨妈似乎还沉浸于羞愧之中，没有接过绣球，还在继续说薛蟠。倒是宝玉，"头里已经听烦了，推故要走，及听见这话，又坐了呆呆的往下听"。见不到真神，听听神的故事也算解思念之苦。这一笔写宝玉，虽寥寥数字，却把他与宝钗的感情通道接合了，不仅符合他们多年的关系，更为后文的婚姻情节张目。所以这句插叙虽小却很关键。

以上的描写都很好，各人的话语都没什么可挑剔的。但是下面的一段却让人为难了：究竟该怎么评价？

> 这里薛姨妈又问了一回黛玉的病。贾母道："林丫头那孩子倒罢了，只是心重些，所以身子就不大很结实了。要赌灵性儿，也和宝丫头不差什么，要赌宽厚待人里头，却不济他宝姐姐有耽待，有尽让了。"薛姨妈又说了两句闲话儿，便道："老太太歇着罢。我也要到家里去看看，只剩下宝丫头和香菱了。打那么同着姨太太看看巧姐儿。"

对此描写我自己就有两个声音。左面说，看对话的语气、氛围都写得特别融洽，一派原作风光，其实这是最难达到的。前面贾母一再追问薛家的难堪，薛姨妈都如实回答了，大家十分融洽真诚。现在顺着薛姨妈问到黛玉的病，贾母也就很自然地谈出自己的观点：黛玉的身子也有她自己"心重"的原因。说贾母自然，因薛姨妈本来就是亲戚，可以说说心里话的，眼看要亲上加亲成为亲家，说话也就不怎么见外，带出"宽厚待人不济她宝姐姐"，实事求是地将黛玉与宝钗做一个比较。贾母委婉地表达自己为什么选择宝钗而不是黛玉，因为宝玉与黛玉的爱情薛姨妈也是深知的，让薛姨妈和其他人体谅她这外婆；贾母自己心理上也有表达的需要，她要过自己这道坎。说实话，如果这里是八十回以内，我就放心大胆这么说了。但是，这里是第84回，更大的可能是高鹗写的。于是我心里打鼓，右面又生出一个声音：贾母何许人，她怎么可能自己向外人抱怨黛玉？黛玉是她唯一的外孙女，她可以自己对林黛玉不满，但她不会向别人吐露出来。以她对薛姨妈的优势，她也没必要对薛姨妈说这些话，这有损尊严。贾母是个十分要强的贵族老太太，说句看中宝钗，就是抬举薛家，至少也是尊重薛家，她为什么要把外孙女一起倒掉？高鹗对贾母的把握似乎稍有偏差。——我自己听着两个声音，想到读者也必是这么两派对峙，不由得感慨，文学鉴赏还是免不了因人而异，看碟子吃菜。我再三斟酌左右两个声音，决定还是放弃因人而异，听从艺术的召唤。这一段即使是续作，写贾母真诚而又含蓄，把握得相当好，写得非常入味，我们该为作者喝彩。

大家正聊着，来人报巧姐儿不大好，凤姐先回去，王夫人与薛姨妈过会儿也去看望。

到这里情节开展得好好的，很自然，可是续作者却多插进一杠子。

却说贾政试了宝玉一番，心里却也喜欢，走向外面和那些门客闲谈。说起方才的话来，便有新进到来最善大棋的一个王尔调名作梅的说道："据我们看来，宝二爷的学问已是大进了。"贾政道："那有进益，不过略懂得些罢咧，'学问'两个字早得很呢。"詹光道："这是老世翁过谦的话。不但王大兄这般说，就是我们看，宝二爷必定要高发的。"贾政笑道："这也是诸位过爱的意思。"那王尔调又道："晚生还有一句话，不揣冒昧，和老世翁商议。"贾政道："什么事？"王尔调陪笑道："也是晚生的相与，做过南韶道的张大老爷家有一位小姐，说是生得德容功貌俱全，此时尚未受聘。他又没有儿子，家资巨万。但是要富贵双全的人家，女婿又要出众，才肯作亲。晚生来了两个月，瞧着宝二爷的人品学业，都是必要大成的。老世翁这样门楣，还有何说。若晚生过去，包管一说就成。"贾政道："宝玉说亲却也是年纪了，并且老太太常说起。但只张大老爷素来尚未深悉。"詹光道："王兄所提张家，晚生却也知道。况和大老爷那边是旧亲，老世翁一问便知。"贾政想了一回，道："大老爷那边不曾听得这门亲戚。"詹光道："老世翁原来不知，这张府上原和邢舅太爷那边有亲的。"贾政听了，方知是邢夫人的亲戚。

我们说续作这是多插一杠子，因为这属于"巧合"：贾母刚说声该给宝玉说亲了，话音未落那边门客就来提亲，而且是刚来两个月的门客王尔调，人头都没弄熟他就敢做媒？续作者搞这么一个巧合，实在没有什么意义。但王尔调，名作梅，显然是谐音"枉做媒"，续作者把曹雪芹谐音取名的招数算是学到手了，只是布局的沉着冷静还没学好，有点毛手毛脚。因为孙绍祖也托邢夫人说这门亲事，那么巧合不仅成双，还成了仨！续作者用力真是太过了。更可笑的是女方的要求是男方入赘当上门女婿，贾母听了自然跳起来。而贾政、王夫人连对方这个基本要求都没闹清楚就去同贾母说，真可谓不会办事太糊涂。相反，倒是邢夫人抓住了这个要点。向来都是邢夫人糊涂，这次她赢了。

接着是核心情节，贾母、王夫人、凤姐一起正式讨论宝玉的婚事。不知续作者为什么要放在探病的时候来谈这么重要的事情。写贾母、邢夫人、王夫人一起去看巧姐儿，"只见奶子抱着，用桃红绫子小绵被儿裹着，脸皮趣青，眉梢鼻翅微有动意"。巧姐儿时不时抽筋，可谓病重甚至病危。但就在这样的场合，居然凤姐有心思笑盈盈说亲。

　　只见一个小丫头回凤姐道："老爷打发人问姐儿怎么样。"凤姐道："替我回老爷，就说请大夫去了。一会儿开了方子，就过去回老爷。"贾母忽然想起张家的事来，向王夫人道："你该就去告诉你老爷，省得人家去说了回来又驳回。"又问邢夫人道："你们和张家如今为什么不走了？"邢夫人因又说："论起那张家行事，也难和咱们作亲，太啬克，没的玷辱了宝玉。"凤姐听了这话，已知八九，便问道："太太不是说宝兄弟的亲事？"邢夫人道："可不是么。"贾母接着因把刚才的话告诉凤姐。凤姐笑道："不是我当着老祖宗太太们跟前说句大胆的话，现放着天配的姻缘，何用别处去找。"贾母笑问道："在那里？"凤姐道："一个'宝玉'，一个'金锁'，老太太怎么忘了？"贾母笑了一笑，因说："昨日你姑妈在这里，你为什么不提？"凤姐道："老祖宗和太太们在前头，那里有我们小孩子家说话的地方儿。况且姨妈过来瞧老祖宗，怎么提这些个，这也得太太们过去求亲才是。"贾母笑了，邢王二夫人也都笑了。贾母因道："可是我背晦了。"

　　我想说，贾母确实有点背晦，而真正背晦的是高鹗。巧姐儿病重，贾母在旁边谈宝玉的婚事，岂非有点不知好歹？即使贾母有兴致谈婚嫁，凤姐却哪来这份心情？作者安排这场景来谈婚论嫁，岂非太不懂人情？当然这些都是属于细节问题。

　　回到主要情节。当凤姐说"现放着天配的姻缘，何用别处去找"，贾母听了一点也不惊讶，她笑问道："在那里？"明眼人都看得出，贾母已经知道凤姐的下文，所以才如此笃悠悠地问，其实是明知故问。而等到凤姐说出"金玉良缘"的典故，贾母仍然不动声色，只是笑问道："昨日你姑妈在这里，你为什么不提？"贾母这个态度，远远不止表示赞成，相反，倒是反问凤姐的不是，言下之意是大家早就达成一致！我们说这话，是基于小环境，大家看看旁边，王夫人、邢夫人都在，贾母也不同她们商议一句，连眼神都没交流一个！王夫人可是宝玉的母亲，她是有部分定夺权的，她都一声不发，然后跟着贾母笑。由此可见，对这桩大事她们早已有了默契。不然，凤姐也不敢提。我想，贾母虽然好强，有时还横行霸道，但她绝不妄为，她知道分寸。昨天她对薛姨妈大抛绣球的时候王夫人也在场，理当贾母事先已经与王夫人商议过，双方都中意宝钗，达成一致，才由贾母出面表达意思，王夫人只需在一边默许，一场双簧就这么成了。她们或许没有明确告知凤姐，但凤姐何许人，即使事先没有消息，昨天的双簧一出来她可就看懂了，因而今天就来献好。大约就这么回事。一般的小说，这些来龙去脉都会由作者交代明白，但曹雪芹一直是玩朦胧、玩晦涩，制造悬念、长久的悬念，让读者去猜测、去联想；高鹗继承了这一招（假如这里不是遗稿的话），写作中不尽确详，留给读者进行思考、想象、创作的余地。但是不管怎么说，作品到这里把最大的悬念解开了，宝玉的对象选择定当。其实《红楼梦》就两大悬念，除了这一个，就是贾府最终以什么形式败落。这里我要提前说明一下，人们都十分自然地认定贾府的败落标志是抄家，凭什么呢？因为一方面人们看了后四十回，人人都赞同抄没贾府这一情节；另一方面因为人们都知道曹家是以突然抄家的方式败落的。然而可曾想过，续作者高鹗大概率不知道有曹家抄家一事，他甚至不知道曹雪芹先生是何许人。所以人们不能在掌握资料的基础上反推贾府败家的标志必然是抄家，其实有多种可能，比如贾赦、贾珍犯法被抓，经过审讯上奏后被判刑流放，可能抄家，也可能不抄家，贾府那点家产为应付官司而变卖破产了。但高鹗的写法是突然抄家，然后拘捕人员，这正好与曹家的遭遇过程一致，所以人们渐渐把抄家作为必定方案，其实是未必的，第5回就没暗示过抄家。好了，现在宝玉的对象尘埃落定，后面的看点就是怎么处置林黛玉，这对续作者是个大考。不过生活经历丰富的人，可能更看重宝玉与宝钗的磨合，这比黛玉还要难以处置，因为对黛玉只是单向的处置，不管写她的怨和恨，或病或死，或离开贾府（不能排除这种可能），可以由着作者的构思一条道走下去。而宝玉和宝钗就不是一个人往哪个方向发展，而是要两股不同方向的势力磨合、结合，毕竟要让两人在一起过，这个过程本身就复杂，写起来更难。所以好戏在后面。

我们认为凤姐提亲情节写得很好，不仅符合逻辑而且很有韵味，贾母、凤姐、王夫人、邢夫人都自然自若，一如原作，高鹗显示出很高的艺术功力。唯有巧姐病重的场面生硬。

不过，这个细节的高明却被另一个细节打了折扣，那是所谓张家小姐的说亲，两个细节严重冲突：一方面写贾母、王夫人对宝钗早有默契，而且宝钗这么个完全符合选择标准的人选放在眼前好多年了，两人对宝钗的好感由来已久，到今天做出选择也是水到渠成。既然如此，还议论那位张小姐就是多此一举。难以置信的是，另一方面王夫人还郑重其事地向贾母提出张小姐，贾母也听得一本正经，似乎她们两人心中没有宝钗这个人，最后还是因为张家要男方做上门女婿，贾母才断然否决。我们看看，两头亲事放在同一时间里写，却又是矛盾冲突如此严重。这是怎么会造成的呢？我个人以为，这是续作者高鹗在多事，他想得太多，想写得热闹些丰富些，追求所谓"戏剧化"，却没闹清楚这两段旋律非但不和谐，而且相互冲突。由此可见，高鹗虽然善于细节构思、细节描写，但眼光太细，在统筹协调方面稍微欠缺；他过分追求复杂，弄巧成拙。当然也可能我们过于苛刻，高鹗或许由于赶着写，没时间仔细端详修改，而留下某些瑕疵。

我还有个偏门的想法：向薛家提亲这条情节线，可能是曹雪芹的遗稿，它写得自然大气和谐融洽，颇有原作气韵。而张家小姐这条线，是续作者添加的，其自身就毛病很大，居然要宝玉入赘，居然贾政、王夫人没拒绝；它与提亲宝钗更是不可能在同一时间发生。所以我说是高鹗在不适当地追求"戏剧性"。

本回最后以很少的篇幅交代回目的"探惊风贾环重结怨"。大夫为巧姐开的药方中有牛黄，并特意关照："如今的牛黄都是假的，要找真牛黄方用得。"于是王夫人辗转经过薛蟠向专门跑西部的马帮手里买到了真牛黄，凤姐自己用戥子按药方称了，熬在炉子上。贾环奉赵姨娘之命来看巧姐，听说药里面有牛黄。

> 便去伸手拿那锅子瞧时，岂知措手不及，沸的一声，锅子倒了，火已泼灭了一半。贾环见不是事，自觉没趣，连忙跑了。凤姐急的火星直爆，骂道："真真那一世的对头冤家！你何苦来还来使促狭！从前你妈要想害我，如今又来害妞儿。我和你几辈子的仇呢！"

那边赵姨娘听了此事，也骂贾环。

> "你这个下作种子！你为什么弄洒了人家的药，招的人家咒骂。我原叫你去问一声，不用进去。你偏进去，又不就走，还要虎头上捉虱子。你看我回了老爷，打你不打！"这里赵姨娘正说着，只听贾环在外间屋子里更说出些惊心动魄的话来。未知何言，下回分解。

这个结尾有点意思，它透露一半，贾环说出些惊心动魄的话来，什么话？放到下一回再说，很有说书人的风格，吸引听众下次再来。但就这半句，已经让我们感到，贾环长大了，他不再是赵姨娘一手操控的工具，他要独立表达自己的见识了。宝玉的这位弟弟，这位差点要了他命的弟弟，成人了，宝玉、王夫人后面的麻烦大了。

将本回回顾一下。前半部分写宝玉对宝钗的想念，这就把宝玉与宝钗这一路又接通了，小说的主要脉络都已经接上，只用了四回的篇幅。本来，一回的篇幅能完成这个工作已经足够，但高鹗追求更高效率，他直接把宝玉的婚姻对象也明确下来。将四回续作连起来看，可以说情节很丰富很充实，与曹雪芹相比，高鹗更加务实，每一回都有实打实的情节。这种写法能够赢得绝大多数读者的叫好，觉得实在。不过我以为，曹雪芹的那种务虚，那种着力于营造气氛的氤氲，那些看似不构成情节的细节，写作难度更高，从美学角度说更美，它构成《红楼梦》独有的风景，我倒是更欣赏那种风清月淡。看看后面高鹗能不能承继这种清雅的风格。

第八十五回

贾存周报升郎中任　薛文起复惹放流刑

回目上联说贾政被提升为五品郎中，下联说薛蟠又犯杀人罪被拘押。这个回目有点意思，贾府升官，薛家遭殃，几乎同时发生，相映成趣。

回目"薛文起"，第4回有"这薛公子学名薛蟠，表字文起"，但第79回回目是"薛文龙"，究竟哪里出的错难以追究。特说明。

开头一小段是专门留给前一回的，很短，却值得全文引用。

> 话说赵姨娘正在屋里抱怨贾环，只听贾环在外间屋里发话道："我不过弄倒了药锦子，洒了一点子药，那丫头子又没就死了，值的他也骂我，你也骂我，赖我心坏，把我往死里糟踏。等着我明儿还要那小丫头子的命呢，看你们怎么着！只叫他们隄防着就是了。"那赵姨娘赶忙从里间出来，握住他的嘴说道："你还只管信口胡嘤，还叫人家先要了我的命呢！"娘儿两个吵了一回。赵姨娘听见凤姐的话，越想越气，也不着人来安慰凤姐一声儿。过了几天，巧姐儿也好了。因此两边结怨比从前更加一层了。

大家回想一下在原作中，贾环一直是非常害怕凤姐的，但是今天不一样了。每次凤姐骂他他都不敢回话，但今日他怒火中烧，寻思报复。人天生是善还是恶我们不清楚，但我们知道环境可以把人变成鬼，变成恶魔。贾环庶出的身份，加上别人的歧视、赵姨娘的唆使，让贾环的人性层层脱落，他已经变得相当凶恶："等着我明儿还要那小丫头子的命呢，看你们怎么着！只叫他们隄防着就是了。"这一句步步深入：一层是要了巧姐儿的命，二层是看你们怎么着，三层是叫他们提防着。贾环曾经对哥哥宝玉恶下死手、对深爱他的彩云弃之如敝屣，到今天他还残存的几分人性可能被他自己统统扯掉。贾环长大了，即将成人，他的思想即将成熟，但令人忧虑的是，他在往人性最恶的一方成长和成熟，这不仅对他自己很危险，对他的哥哥宝玉、嫂子凤姐以及整个贾府都是个威胁，而且是个难以扭转无法避免的威胁。在曹雪芹原作的末尾，公开了、加深了贾府长房与二房的深刻矛盾，续作者高鹗刚上手，就深化了嫡出与庶出的矛盾，而且贾环要把它变成你死我活的斗争。这么一来，仅仅荣国府内部就有两条冲突线索，假如再加上宁府与荣府的矛盾，就是三条；假如各方各派再搞一些连横合纵，那就是一部非常复杂而又深刻的交响曲。平心而论，续作者对贾环的挖掘和深化工作，做得较为出色，也比较自然，堪称是原作的继承和发展。

然后作品开始叙述北静王生日宴会。北静王生日，贾府自然要去道贺。

> 贾赦贾政递了职名候谕。不多时，里面出来了一个太监，手里掐着数珠儿，见了贾赦贾政，笑嘻嘻的说道："二位老爷好？"贾赦贾政也都赶忙问好。他兄弟三人也过来问了好。那太监道："王爷叫请进去呢。"于是爷儿五个跟着那太监进入府中，过了两层门，转过一层殿去，里面方是内宫门。刚到门前，大家站住，那太监先进去回王爷去了。这里门上小太监都迎着问了好。一时那太监出来，说了个"请"字，爷儿五个肃敬跟入。只见北静郡王穿着礼服，已迎到殿门廊下。贾赦贾政先上来请安，挨次便是珍、琏、宝玉请安。那北静郡王单拉着宝玉道："我久不见你，很惦记你。"因又笑问道："你那块玉儿好？"宝玉躬着身打着一半千儿回道："蒙王爷福庇，都好。"北静王道："今日你来，没有什么好东西给你吃的，倒是大家说说话儿罢。"说着，几个老公打起帘子，北静王说"请"，自己却先进去，然后贾赦等都躬着身跟进去。先是贾赦请北静王受礼，北静王也说了两句谦辞，那贾赦早已跪下，次及贾政等挨次行礼，自不必说。

在原作中，北静王是比较特殊的一个，特殊在他地位奇高但对贾府另眼相看，尤其是对宝玉别有感情。续作者看到了这个矿藏，知道里面还可以挖，于是就来钻探，是聪明之举。这段描写，比较遗憾的是仍然没有景物描写。按照原作多少应该对王府景物有所描写，但是作品中没有，叙述很空洞，"跟着那太监进入府中，过了两层门，转过一层殿去，里面方是内宫门"。诸如此类，与上次进入皇宫一样，令人略感失望。可能是我们刻意地在同原作比较，换句话说是专门找茬，所以我们觉得对人物关系的描写似乎也有点问题，北静王居然丢下贾赦、贾政而只同宝玉闲聊，这多少有失体统。对照一下，第14回"贾宝玉路谒北静王"，北静王先同主人贾珍寒暄，然后与贾政交谈，恭维："令郎真乃龙驹凤雏，非小王在世翁前唐突，将来'雏凤清于老凤声'，未可量也。"最后才与宝玉闲聊，人物关系、前后轻重把握得非常娴熟妥帖。如今续书所写，贾赦、贾政带着子辈前来拜寿，这是很正规的礼仪场合，北静王却丢开长辈贾赦、贾政而只与小辈宝玉交谈，在绝对讲究辈分礼仪的中国古代，成何体统。续作者看到了原作中北静王与宝玉的特殊关系，想进一步发挥，这没错；但他少写了几句必须的场面话，操之过急，结果显得不伦不类，未免可惜。

与原作更不同的是，续作者写贾政的升迁消息首先是由北静王透露给宝玉的。

> 北静王甚加爱惜，又赏了茶，因说道："昨儿巡抚吴大人来陛见，说起令尊翁前任学政时，秉公办事，凡属生童，俱心服之至。他陛见时，万岁爷也曾问过，他也十分保举，可知是令尊翁的喜兆。"宝玉连忙站起，听毕这一段话，才回启道："此是王爷的恩

典，吴大人的盛情。"

在原作中，北静王与宝玉从来不谈功名方面，更别说官场。曹雪芹一直刻意不让宝玉沾染官场气息，但续作者有自己的考虑，他设计了这么一场对话，这是他的创作自由。不过这场话语偏巧有所违碍，北静王说"凡属生童，俱心服之至"，这里实际上触及一条官场的"组织纪律"：凡学政、主考官，必须自己是进士出身。贾政自己没有进士资格，严格来讲根本当不了学政；即使皇帝额外隆恩，贾政这个学政也必然遭到其他官员鄙视，这大概就是北静王之所以说"凡属生童，俱心服之至"，他不能说到同僚官员"心服"，他们肯定是不服气的。在曹雪芹，可能忽视这种官场气氛，但高鹗比较讲究官场的资质，所以要让贾政升迁，只能从学生方面做文章。此外，宝玉的答词："此是王爷的恩典，吴大人的盛情。"似乎太过圆滑了：北静王说的是巡抚吴大人举荐，并没说到自己帮了什么忙，这是官场的言语技巧，不用点明，听者自己去悟；然而宝玉根本不用思考即说"此是王爷的恩典"，我觉得宝玉是不是人情过于练达了？

回家后宝玉立即将此事告诉贾政，贾政道："这吴大人本来咱们相好，也是我辈中人，还倒是有骨气的。"贾政似乎是话里有话，吴大人包举贾政，为什么说"还倒是有骨气的"？按字面推论，贾政是没资格升迁的，或者其他官员认为贾政的学政做得至多是马马虎虎。贾政那几年学政做得并不顺利，致使回京以后对仕途大灰心。续作通过贾政这一句话，就把前文接续得很妥当。

具体贾政升到个什么职务呢？作品用侧叙的方法道出：

> 贾政出至廊檐下。林之孝进来回道："今日巡抚吴大人来拜，奴才回了去了。再奴才还听见说，现今工部出了一个郎中缺，外头人和部里都吵嚷是老爷拟正呢。"贾政道："瞧罢咧。"

郎中，相当于今日的司局级，属于正五品。对这个官级，我们前面讲得太多了，因为曹雪芹家三代四人所做的江宁织造官就属于五品郎中。小说中的贾政，他第一个职务是六品主事，由皇帝额外赏赐的，而不是一级一级升上去的；小说开始的时候他已经升到工部员外郎，是副司级，从五品；如今贾政将从副司级转正为郎中，正五品。一直有不少人，包括研究人员都认为，贾政外放过学政，那已经是三品以上的级别。其实这里面有点误会的，学政在清代是带自己原有品衔出任的，所以贾政仍然是从五品的品衔。续作者自己是乾隆年代的人，他对这些基本常识自然比我们熟的多，所以作品写得非常明确，贾政是"拟正"为郎中。所以各种批评家设想的贾政早就是"高官"，肯定不符合作品的实际。

　　这里有一个引发争议的问题。在曹雪芹的原作最后十来回，他是极力描写贾府的江河日下，各种内部外部的矛盾眼看就要暴发，贾府的败落即将到来。而续作者现在却让贾政升了官，贾府似乎要往上走，可能重新兴旺。于是批评声浪潮般涌来，认为续作构思不当。我认为，要评价续作必须全盘考察，看看续作是否继承了原作的基本精神和主旨意向。而从整体看，续作是做到的。至于这里让贾政升一个级别，并不决定全书的走向。续作可以一面倒地写贾府败落，也可以在有起有伏的表象中写贾府总体走向败落。历史常识告诉我们，升一级官在当时官场经常出现，但是升了一级未必等于将来总体向好，中国古代官员的起起伏伏太普遍了，不能说续作让贾政升了一级就违背《红楼梦》的精神。《红楼梦》中常说，"百足之虫死而不僵。"像贾府这样的大家族中某人升一级是常事，不能决定家族走势，何况这五品郎中距离其祖上的一等公还有十来个级别呢。再看续作，作者在很用功地展开贾府内外的矛盾，刚刚就在写贾环，在突出荣国府内部矛盾的加深。再看看本回的回目，在贾政升迁的同时薛家就发生可能招致极刑的人命大案，其内部还有夏金桂在大闹。所以目前为止作品总体在向衰败的方向发展，我们不能因为是续作就一味否定。

　　回到作品。北静王送了一块仿"通灵宝玉"的玉雕给宝玉，回家后贾母提醒别把真玉和仿玉搞混了，宝玉说不可能，他自己那块前儿晚上挂在帐子里竟放出光来，满帐子都是红的。

　　凤姐道："这是喜信发动了。"宝玉道："什么喜信？"贾母道："你不懂得。今儿个闹了一天，你去歇歇儿去罢，别在这里说呆话了。"宝玉又站了一回儿，才回园中去了。

　　这里贾母问道："正是。你们去看薛姨妈说起这事没有？"王夫人道："本来就要去看的，因凤丫头为巧姐儿病着，耽搁了两天，今日才去的。这事我们都告诉了，姨妈倒也十分愿意，只说蟠儿这时候不在家，目今他父亲没了，只得和他商量商量再办。"贾母道："这也是情理的话。既这么样，大家先别提起，等姨太太那边商量定了再说。"

　　这段话很关键。一，告诉我们薛姨妈同意了，但要等薛蟠回来才能操办，这么一来，这件婚事有得拖了，不是说办就办的。二，贾母要求大家暂时保密，于是连宝玉自己都不知道，林黛玉更加得不到消息，这就为后文留下一片猜想的天地。作者这么个写法是很吊读者胃口的，读者很焦急，盼望早日水落石出，而作者却可以盘马弯弓大做文章。宝玉成婚在第 97 回，还有十多回的文章可以作，续作者巧妙地留下一片很大的天地供自己回旋，他似乎很会布局。

　　不过在袭人那头，续作者似乎暂时走进了一条死胡同。不知道他怎么想的，上次让袭人去试探黛玉碰了一鼻子灰，这次作者不汲取教训，还要让袭人去试探。起因是宝玉回去告诉袭人：

> "老太太与凤姐姐方才说话含含糊糊，不知是什么意思。"袭人想了想，笑了一笑道："这个我也猜不着。但只刚才说这些话时，林姑娘在跟前没有？"宝玉道："林姑娘才病起来，这些时何曾到老太太那边去呢。"

袭人最近好像很不在状态，她一上来就错解了贾母、王夫人和凤姐，她以为"喜信"就是有关黛玉的，可见对上层的观察和揣摩错得厉害，她依然沉浸在上一次的想法之中，认为宝玉必配黛玉。而在原作中，袭人没这么糊涂，她对王夫人的心思洞若观火，对黛玉、宝钗也了解很深，何况她还有消息来源，她与鸳鸯、平儿可是铁关系，那边有点风吹草动她都知道。但续作者这两次写的袭人，都成了"一根筋"脑子。

> 却说袭人听了宝玉方才的话，也明知是给宝玉提亲的事。因恐宝玉每有痴想，这一提起不知又招出他多少呆话来，所以故作不知，自己心上却也是头一件关切的事。夜间躺着想了个主意，不如去见见紫鹃，看他有什么动静，自然就知道了。次日一早起来，打发宝玉上了学，自己梳洗了，便慢慢的去到潇湘馆来。只见紫鹃正在那里掐花儿呢，见袭人进来，便笑嘻嘻的道："姐姐屋里坐着。"袭人道："坐着，妹妹掐花儿呢吗？姑娘呢？"紫鹃道："姑娘才梳洗完了，等着温药呢。"紫鹃一面说着，一面同袭人进来。见了黛玉正在那里拿着一本书看。袭人陪着笑道："姑娘怨不得劳神，起来就看书。我们宝二爷念书若能象姑娘这样，岂不好了呢。"黛玉笑着把书放下。雪雁已拿着个小茶盘里托着一钟药，一钟水，小丫头在后面捧着痰盒漱盂进来。原来袭人来时要探探口气，坐了一回，无处入话，又想着黛玉最是心多，探不成消息再惹着了他倒是不好，又坐了坐，搭讪着辞了出来了。

我们说袭人变成"一根筋"，因为上次已经碰了灰，而又明知"黛玉最是心多"，这次还要去，结果只能自己搭讪着回来。短时间内，袭人连续两次失败在同一件事上，这种事前八十回中绝对没有。如果续作者不迷途知返，照这么写下去，我很担心袭人真要变成另一个赵姨娘。我们且看后面变不变。

后面一个情节，又是续作者找到原作中丢弃很久的一根线索——贾芸认宝玉作父亲。续作者为捡起这个线索花了不少笔墨，然后，又凑了一个热闹：贾芸写信给宝玉，要为宝玉介绍女朋友！这真叫是乱凑热闹！贾芸何等人？何德何能？他比宝玉还小一辈，他哪有资格替宝玉介绍？贾芸如此胡闹，被宝玉骂了一顿，真是自讨没趣。在原作中，贾芸是个比较细心有脑子的，没这么糊涂。续作者写这一笔是有长远安排的，是要让贾芸同宝玉结下怨恨，为最后贾府遭难时贾芸勾结贾环作乱埋下伏笔。但是这伏笔水平实在欠佳。与前一个布局，即宝玉成婚的悬念相比，两者水平差得很远。作家也像围棋运动员一样，不是每一次出手都是同一个水平，一步妙手之后，下一步很可能来一记昏招。我们鉴赏作品要了解这一层道理。当然，像曹雪芹那样的绝世高手能够保持长时间的高水平，高鹗显然还达不到。

贾政升迁，报喜的、祝贺的人不断，整个贾府一片喜气洋洋。在这股兴奋浪潮冲击下，人们往往会语无伦次，说出一些潜意识、下意识的话来，而这些话显得不伦不类，甚至可笑。作者非常精细地把握住几个说话人的微妙心态，写得趣味盎然。他抓住宝玉、黛玉和凤姐三人来写。

> 宝玉笑着进了房门，只见黛玉挨着贾母左边坐着呢，右边是湘云。地下邢王二夫人。探春、惜春、李纨、凤姐、李纹、李绮、邢岫烟一干姐妹，都在屋里，只不见宝钗、宝琴、迎春三人。宝玉此时喜的无话可说，忙给贾母道了喜，又给邢王二夫人道喜，一一见了众姐妹，便向黛玉笑道："妹妹身体可大好了？"黛玉也微笑道："大好了。听见说二哥哥身上也欠安，好了么？"宝玉道："可不是，我那日夜里忽然心里疼起来，这几天刚好些就上学去了，也没能过去看妹妹。"黛玉不等他说完，早扭过头和探春说话去了。凤姐在地下站着笑道："你两个那里象天天在一处的，倒象是客一般，有这些套话，可是人说的'相敬如宾'了。"说的大家一笑。林黛玉满脸飞红，又不好说，又不好不说，迟了一回儿，才说道："你懂得什么？"众人越发笑了。凤姐一时回过味来，才知道自己出言冒失，正要拿话岔时，只见宝玉忽然向黛玉道："林妹妹，你瞧芸儿这种冒失鬼。"说了一句，方想起来，便不言语了。招的大家又都笑起来，说："这从那里说起。"黛玉也摸不着头脑，也跟着讪讪的笑。宝玉无可搭讪，因又说道："可是刚才我听见有人要送戏，说是几儿？"大家都瞅着他笑。凤姐儿道："你在外头听见，你来告诉我们。你这会子问谁呢？"宝玉得便说道："我外头再去问问去。"贾母道："别跑到外头去，头一件看报喜的笑话，第二件你老子今日大喜，回来碰见你，又该生气了。"宝玉答应了个"是"，才出来了。

这一幕看上去带着轻喜剧色彩，其实作者写的是被蒙在鼓里的宝玉、黛玉的可怜。宝玉与黛玉多日不见，在众目睽睽之下表达问候令黛玉害羞。黛玉一定也感觉到这话题不妥，感觉到大家在看笑话，但她既不能不回答，也不能岔开话题，于是只能一本正经、官方照会式地回答："大好了。听见说二哥哥身上也欠安，好了么？"黛玉大约很盼望这么一问一答就赶紧结束这个话题，别在大众面前演戏似的。然而她遇到的是宝玉，这位仁兄既不知有所顾忌，还要话说得一竿子到底："可不是，我那日夜里忽然心里疼起来……"真是哪壶不开提哪壶，那个梦境是宝玉开膛剖腹把自己的心掏给黛玉，这种话，他就这么堂而皇之说了，叫黛玉脸往哪儿放？"黛玉不等他说完，早扭过头和探春说话去了。"黛玉是个很机敏的人，但在座的还有一位机敏之王——王熙凤！她察言观色后大约早发现黛玉的脸色不对，这种打趣人的机会来了，凤姐怎么舍得放过？于是凤姐笑道："你两个那里象天天在一处的，倒象是客一般，有这些套话，可是人说的'相敬如宾'了。"凤姐这话完全是潜意识的，是多年来的习惯，在这相应的场合自然而然就喷出来，果然，大家哄堂大笑，黛玉满脸绯红，效果满满的。凤姐指名道姓地当众取笑，却又是带着蜜的，"相敬如宾"，林黛玉尝到了甜味，又不能照单全收，情急之下，脱口而出："你懂得什么？"众人越发笑了。只是读者知道，林黛玉是被蒙在鼓中，她根本不知道她的爱情和命运已经到此完结，她兀自在喜欢，在陶醉！等到哪天黛玉知道其实今日之前她已经被贾府抛弃，而她自己还在幻想、还在得意，还在被人玩弄，她的愤恨和惭愧我们可以想象。所以这里作者实际上在写一场悲剧，只不过是以表面的喜剧在写悲剧，他把悲剧和喜剧高度糅合了。

更绝的是："宝玉忽然向黛玉道：'林妹妹，你瞧芸儿这种冒失鬼。'说了一句，方想起来，便不言语了。"这真是神来之笔，只有宝玉才会说出的话，作者很难构思的，除非长期沉入宝玉的心底。黛玉莫名奇妙，只能讪讪的。

这里要补一句，凤姐也不是存心欺骗、捉弄黛玉，她只是一时忘情；说出"相敬如宾"这话后，"凤姐一时回过味来，才知道自己出言冒失"，这是很传神的描写。这段描写颇有第 30 回"宝钗借扇机带双敲"的韵味。假如真有曹雪芹的遗稿，我判断这一段也是的。

黛玉不单收到凤姐的"美好祝福"，还收到一份厚重的生日礼物。

> 这里贾母因问凤姐谁说送戏的话，凤姐道："说是舅太爷那边说，后儿日子好，送一班新出的小戏儿给老太太、老爷、太太贺喜。"因又笑着说道："不但日子好，还是好日子呢。"说着这话，却瞅着黛玉笑。黛玉也微笑。王夫人因道："可是呢，后日还是外甥女儿的好日子呢。"贾母想了一想，也笑道："可见我如今老了，什么事都糊涂了。亏了有我这凤丫头是我个'给事中'。既这么着，很好，他舅舅家给他们贺喜，你舅舅家就给你做生日，岂不好呢。"说的大家都笑起来，说道："老祖宗说句话儿都是上篇上论的，怎么怨得有这么大福气呢。"说着，宝玉进来，听见这些话，越发乐的手舞足蹈了。

续作者真的是很仔细，原作中宝钗、凤姐、宝玉、老太太，甚至平儿等人都写过生日，居然黛玉没写过，续作者认为必须补写，这不无道理。但我所看重的不在这里，而是在于其中的整个过程之微妙。首先，是由凤姐当着贾母、王夫人提醒黛玉生日，黛玉本人则发出会心的微笑。接着王夫人马上反应过来，"可是呢，后日还是外甥女儿的好日子呢"。而贾母是在王夫人说明之后，想了一想才醒悟过来，说："很好，他舅舅家给他们贺喜，你舅舅家就给你做生日，岂不好呢。"这三位贾府的掌门人，也是几天前决定把黛玉排除出宝玉婚姻的人物，却决定给黛玉一场欢喜。如果说凤姐的起意是因为刚才冒失捉弄了黛玉而要找补回来，那么王夫人和贾母也是心同此意。不管怎么说，生日是真做的，黛玉的欢喜是真的。喜剧与悲剧的色彩都越变越浓烈。

这日一早，王子腾和亲戚家已送过一班戏来，就在贾母正厅前搭起行台。外头爷们都穿着公服陪侍，亲戚来贺的约有十余桌酒。里面为着是新戏，又见贾母高兴，便将琉璃戏屏隔在后厦，里面也摆下酒席。上首薛姨妈一桌，是王夫人宝琴陪着，对面老太太一桌，是邢夫人岫烟陪着，下面尚空两桌，贾母叫他们快来，一回儿，只见凤姐领着众丫头，都簇拥着林黛玉来了。黛玉略换了几件新鲜衣服，打扮得宛如嫦娥下界，含羞带笑的出来见了众人。湘云、李纹、李纨都让他上首座，黛玉只是不肯。贾母笑道："今日你坐了罢。"薛姨妈站起来问道："今日林姑娘也有喜事么？"贾母笑道："是他的生日。"薛姨妈道："咳，我倒忘了。"走过来说道："恕我健忘，回来叫宝琴过来拜姐姐的寿。"黛玉笑说"不敢"。大家坐了。那黛玉留神一看，独不见宝钗，便问道："宝姐姐可好么？为什么不过来？"薛姨妈道："他原该来的，只因无人看家，所以不来。"黛玉红着脸微笑道："姨妈那里又添了大嫂子，怎么倒用宝姐姐看起家来？大约是他怕人多热闹，懒待来罢。我倒怪想他的。"薛姨妈笑道："难得你惦记他。他也常想你们姊妹们，过一天我叫他来，大家叙叙。"

真是人逢喜事精神爽，今天黛玉的精神很好，心情更好，"略换了几件新鲜衣服，打扮得宛如嫦娥下界，含羞带笑的出来见了众人"。谦让一下兴高采烈地坐了首座，可见黛玉还是比较看重这场庆贺，很享受这份喜庆。——她更喜悦的是前天凤姐那句"相敬如宾"，让她怀着未来新媳妇的那份憧憬，她含羞带笑。不过她依然很细心，发现人丛中少了宝钗，便问道："宝姐姐可好么？为什么不过来？"她问得很直白："为什么不过来？"在她的设想中宝钗是必然来的。但这句话，作者未必要写的；特意写出来，就是要挑动那根碰不得的弦，制造场面的紧张气氛。薛姨妈被逼到墙角，只能说假话："他原该来的，只因无人看家，所以不来。"宝钗定亲已经大致确认，当时的习俗，在大婚之前她不能再进男方的家门。甜蜜的黛玉哪想得到背后的隐情？她红着脸微笑道："姨妈那里又添了大嫂子，怎么倒用宝姐姐看起家来？大约是他怕人多热闹，懒待来罢。我倒怪想他的。"她下意识地以未来主人的身份在邀请她的好姐妹，又感到这个身份还没确定，于是有点害羞。作者对黛玉内心深处的把握非常精致。同时把黛玉今日满满的香甜悄悄投影到来日无尽的苦海之中，这是很高妙的写作艺术。

今日是贾府的双重喜日子，王子腾等亲戚自然要送上隆庆的礼物——上门唱戏。对于演戏的描写续作绝对可以乱真：一样的在最欢庆的高潮，借用几出戏名和内容，来暗寓贾府未来的灰暗。我国古代的其他小说似乎都没有这个手法，曹雪芹发明了它，高鹗则完美地继承着（假如是续作的话）。

> 说着，丫头们下来斟酒上菜，外面已开戏了。出场自然是一两出吉庆戏文，乃至第三出，只见金童玉女，旗幡宝幢，引着一个霓裳羽衣的小旦，头上披着一条黑帕，唱了一回儿进去了。众皆不识，听见外面人说："这是新打的《蕊珠记》里的《冥升》。小旦扮的是嫦娥，前因堕落人寰，几乎给人为配，幸亏观音点化，他就未嫁而逝，此时升引月宫。不听见曲里头唱的'人间只道风情好，那知道秋月春花容易抛，几乎不把广寒宫忘却了！'"第四出是《吃糠》，第五出是达摩带着徒弟过江回去，正扮出些海市蜃楼，好不热闹。

《蕊珠记》里的《冥升》，不知道是作者特意编了个戏名，还是这出戏已经湮没，查不到这戏的出处，我怀疑是作者随手编的，清代还热门的戏曲现在通常能够找到出处；其次，贾府中人都不知道这戏，概率也是很低的；其三，作品借"外面人说"来介绍戏的内容，那就更说明是作者根据小说情节针对性炮制的。其实他专门描写的服饰就看得出是硬性特设，"一个霓裳羽衣的小旦，头上披着一条黑帕"，这条披在头上的黑帕，是唯一点出的颜色，花旦头上披黑帕，罕见、刺眼、很不协调。黑色在我国传统文化中是不吉利的，所以这条黑头帕是一个强烈的象征。作者觉得力度还不够，于是让人加一段解说："小旦扮的是嫦娥，前因堕落人寰，几乎给人为配，幸亏观音点化，他就未嫁而逝，此时升引月宫。"这简直是指名道姓在说林黛玉，前面刚写黛玉"打扮得宛如嫦娥下界"，现在就说戏中嫦娥未嫁而逝，再加上今日是黛玉生日，戏就是专门演给她看的，所以几乎是指着黛玉的鼻子在说。更兼戏名又叫《冥升》，从艺术上来说稍显直露，缺了点含蓄美；但高鹗也算老实，这里几乎就把他对黛玉的构思和结局全部抛了出来。第四出《吃糠》是《琵琶记》中一出，写赵五娘甘守贫困，侍奉公婆。这里似乎是隐射薛宝钗的，但今天宝钗不在场，显得不够着实。第五出达摩带着徒弟过江回去，是明代戏剧《祝发记》中的，达摩在渡江时遇徐孝客，点化其出家。这一出应该是隐射宝玉的。高鹗的笔调很活泼，这出戏他就不写戏名而是点出内容，以此避免一连串戏名的单调。解说词"正扮出些海市蜃楼，好不热闹"，则是直指眼前的欢乐有如海市蜃楼，都是虚幻。这种暗喻手法同曹雪芹的原作可谓一脉相承，如果不知道是他人续作，读者很难相信这不是曹雪芹的笔墨。

到这里为止高鹗已经写了黛玉的两场戏，做梦一场，生日喜宴一场，两种题材都是原作中不曾用到黛玉身上的。这两个情节都让人十分同情、可怜林黛玉。梦境虽然是幻觉，但黛玉被写得那么可怜："我在这里情愿自己做个奴婢过活，自做自吃，也是愿意。只求老太太做主。"真叫人痛彻心扉！写梦境，作者是正面写悲惨；而这场生日则是以喜剧形式写悲惨，黛玉如此兴奋和甜蜜，而她几天前就被牺牲了，她还一点不知道，还在做着美梦。续作者笔下的黛玉形象与原作者笔下已经悄然发生了变化，在原作中，黛玉虽然也自悲父母双亡寄人篱下，但她的气性还是很高的，受不得任何委屈，哪怕是"一抔净土掩风流"也绝不低头，坚守着文人固有的气节。但在续作者笔下，至少黛玉在梦中发出乞求，甚至是"两腿跪下去，抱着贾母的腰"哀求；从梦境中醒来，她也只是哭泣，而作品并没有写她为自己的哀求羞愧、气愤，造成林黛玉形象与原作产生了差异。从接受学角度说，读者被梦境深深感化，他们对林黛玉的态度，从原来的喜欢、赞赏、同情，渐渐转向可怜。读者对林黛玉的可怜与后四十回的单向的可怜化塑造有很大关系。

接下来作品写"薛文起复惹放流刑"。续作者太喜欢巧合，这里他又安排一个：贾府正在欢喜万分地喝酒看戏，薛姨妈、薛蝌、宝琴也在这庆贺。

> 忽见薛家的人满头汗闯进来，向薛蝌说道："二爷快回去，并里头回明太太也请速回去，家中有要事。"薛蝌道："什么事？"家人道："家去说罢。"薛蝌也不及告辞就走了。薛姨妈见里头丫头传进话去，更骇得面如土色，即忙起身，带着宝琴，别了一声，即刻上车回去了。弄得内外愕然。贾母道："咱们这里打发人跟过去听听，到底是什么事，大家都关切的。"众人答应了个"是"。

作者如此安排喜剧与悲剧的撞墙，是说书的常用套路，是读者、听众喜闻乐见的。生活中确确实实喜事和祸事同步在发生，但哪来这么凑巧，就赶在薛姨妈看戏的时刻来报告。案子的具体情况要到下一回才写，但我认为更重要的是本回，即薛家人，尤其是宝钗如何应对突发事件，这是我们更加关注的，是小说最主要人物在关键时刻的表现，是对全书更有价值的内容。我们看作品。

> 不说贾府依旧唱戏，单说薛姨妈回去，只见有两个衙役站在二门口，几个当铺里伙计陪着，说："太太回来自有道理。"正说着，薛姨妈已进来了。那衙役们见跟从着许多男妇簇拥着一位老太太，便知是薛蟠之母。看见这个势派，也不敢怎，只得垂手侍立，让薛姨妈进去了。
>
> 那薛姨妈走到厅房后面，早听见有人大哭，却是金桂。薛姨妈赶忙走来，只见宝钗迎出来，满面泪痕，见了薛姨妈，便道："妈妈听了先别着急，办事要紧。"薛姨妈同着宝钗进了屋子，因为头里进门时已经走着听见家人说了，吓的战战兢兢的了，一面哭着，因问："到底是和谁？"只见家人回道："太太此时且不必问那些底细，凭他是谁，打死了总是要偿命的，且商量怎么办才好。"薛姨妈哭着出来道："还有什么商议？"家人道："依小的们的主见，今夜打点银两同着二爷赶去和大爷见了面，就在那里访一个

有斟酌的刀笔先生，许他些银子，先把死罪撕掳开，回来再求贾府去上司衙门说情。还有外面的衙役，太太先拿出几两银子来打发了他们。我们好赶着办事。"薛姨妈道："你们找着那家子，许他发送银子，再给他些养济银子，原告不追，事情就缓了。"宝钗在帘内说道："妈妈，使不得。这些事越给钱越闹的凶，倒是刚才小厮说的话是。"薛姨妈又哭道："我也不要命了，赶到那里见他一面，同他死在一处就完了。"宝钗急的一面劝，一面在帘子里叫人"快同二爷办去罢。"丫头搀进薛姨妈来。薛蝌往外走，宝钗道："有什么信打发人即刻寄了来，你们只管在外头照料。"薛蝌答应着去了。

还好，这一段描写较详细，尤其是宝钗。薛姨妈回来，按正常程序是首先同媳妇夏金桂商议，但夏金桂并不把薛姨妈当婆婆，两人也就没第一时间答理上。第一个劝慰薛姨妈的是宝钗："妈妈听了先别着急，办事要紧。"虽然宝钗是满面泪痕，但这话十分冷静、十分务实，第一句劝母亲先别着急，第二句就是"办事要紧"，没有一句闲话，这正是宝钗的一贯作风，越是遇到大事，越是沉着应付，不慌不乱。相反，薛姨妈吓得战战兢兢，失了方寸，要私下多给被害方银子，"原告不追，事情就缓了"。宝钗在帘内说道："妈妈，使不得。这些事越给钱越闹的凶。倒是刚才小厮说的话是。"私下塞钱，有两个毛病，一个是对方可能贪得无厌无底洞，第二个是等于承认所有责任都在自己。现在案发当时的情况还不明了，先争取减轻法律方面的责任为要。但薛姨妈还是冷静不下来，于是宝钗果断"垂帘行政"，跳过母亲向薛蝌发出明确的指令。这一段把宝钗的气质、智慧和魄力都写得与原作比较一致。紧接着，贾府派人来打听，而夏金桂在大哭大闹，薛姨妈也气得发昏。

> 宝钗虽心知自己是贾府的人了，一则尚未提明，二则事急之时，只得向那大丫头道："此时事情头尾尚未明白，就只听见说我哥哥在外头打死了人被县里拿了去了，也不知怎么定罪呢。刚才二爷才去打听去了，一半日得了准信，赶着就给那边太太送信去。你先回去道谢太太惦记着，底下我们还有多少仰仗那边爷们的地方呢。"那丫头答应着去了。

宝钗事急从权、毫无扭捏，大大方方接待了贾府的来人，言语都很得体。不过，有人会怀疑，最后那句"底下我们还有多少仰仗那边爷们的地方呢"，是否过于俗气？放在曹雪芹笔下，宝钗会不会说？这值得探讨，因为在曹雪芹笔下，宝钗严格保持"高士"气格，当年薛蟠被柳湘莲打了，薛姨妈要去告诉贾府，被宝钗一把拦住说岂能仗着亲戚的势力欺压人，完全站在道德的高地上；如今说要"仰仗那边的爷们"，是否有借势欺人的意图？我个人觉得这话正符合宝钗说，她的话说得很明白，说"仰仗那边的爷们"，应该是指在外跑腿打交道，因为薛家没男人了，没人能做外面的事情。她没说要借贾府的权势，今天没说，后面也没说。当然后面薛姨妈还是去求了贾政，但贾政也只肯说情而不提及钱物，没有行贿。不过这不是宝钗去说的，我们还是要有所区分。作者显然珍惜宝钗的羽毛，我们也该珍惜。后面薛蝌来信，薛蟠确实是误伤人命，而非故意杀人，所以情节要轻的多，是可以免除死刑的。

最后我们要讨论一番薛蟠误伤人命这个情节在作品中是否妥当。薛蟠的犯罪之所以放在本回，"贾存周报升郎中任　薛文起复惹放流刑"，这种回目对仗，造成强烈的对比反衬，从"微观"的视角是很取巧的。但是，从宏观的角度，让薛蟠再次杀人，情节重复，意义何在？虽然现实生活中确实有人在同一块石头上绊倒两次，但作为艺术品的小说有没有这个设计的必要？我认为没必要，不仅是情节上的简单重复，而且与原作背反得比较厉害。在曹雪芹笔下，薛蟠总体上在向人性方向回归，这些年来他对母亲和妹妹越来越亲近、体贴，尤其是与柳湘莲重逢后薛蟠变得很有人情味，还一味替柳湘莲张罗娶妻。即使又写了他对香菱施暴，作品也是从他被夏金桂利用、逼迫的角度去写，而非主动故意。与此同时薛蟠被夏金桂逼得有家难回，这一方面显示他的无能，另一方面也正显示他不像从前那么凶狠霸道。如果薛蟠真的像西门庆那样霸道，他与夏金桂决不是今日的局面。薛蟠被逼得躲出家门，细细体味，曹雪芹对薛蟠不无可怜的成分，因为恰恰是薛蟠心肠软了，对妻子有一份敬重，有一份人情，才落得这么个下场。还是那句话，曹雪芹花了几十回的笔墨，将薛蟠一步步往人性方向拉了回来，所以我虽然不知道他最后给薛蟠什么结局，但应当不会让薛蟠再次去杀人。续作者高鹗似乎对曹雪芹这份心思缺乏体谅，让薛蟠突然再次杀人，而最后又获得皇帝特赦回到家中。这么兜一个大圈子，大家思考一下作者想干什么？他这么设计薛家，图什么？我的看法是：续作者图方便，抄近路，以这种最简单的方式让薛家破产。在小说中，要让一个人、一家人破败，最简单的方法就是让他去犯罪，其中更简便的是让他去杀人，再大的家族、再大的名头，立即倾覆、破败，这是写作者最轻便的路子。就像现代影视剧中，让人物出门忽然被汽车撞死，何其简单！再深一步，续作者为什么如此处理薛家，而不让贾赦、贾珍去杀人，那么贾府也在一夜之间就彻底破败了。他为什么不呢？我想，高鹗先生也明白，让人物随便杀人而招致家族的败亡，那是不经看的，是小说的末流。他只让薛家走这条道，而不让贾府走这条道，说明他想把作品往深处经营，写出家族、历史的某种内在必然性，不愿意以偶然性敷衍了事。换句话说，对薛家他认为不重要，可以用最简单的方法处理，而贾府毕竟是小说的核心，续作者愿意花一百二十分力气来写出它的衰败过程。我们曾经讲过：原作提到有贾、史、王、薛四大家族，但曹雪芹不愿意面面俱到，他只写贾府和薛家两家；而现在，续作者虽然也是写贾府和薛家两个家族，但他采取偷懒的、简易的方法来写薛家，直接让薛蟠去杀人，于是薛家立即倒下，省下精力集中描写贾府的衰败过程。续作者不惜与原来的情节撞车，再次让薛蟠杀人，连艺术忌讳都不顾了，他只图简单方便，于是也就没什么艺术性可谈。这是我对薛蟠再次杀人这个情节背后，续作者创作心态、创作意图的简单判断，供大家参考。

第八十六回

受私贿老官翻案牍　寄闲情淑女解琴书

"受私贿老官翻案牍"，说知县老爷收了薛家贿赂把薛蟠的案子翻了过来，"寄闲情淑女解琴书"，说的是林黛玉向宝玉解释琴谱。

本回大部分写的是薛蟠的案情，开头就交代了薛蟠误伤人命的过程。

> 话说薛姨妈听了薛蝌的来书，因叫进小厮问道："你听见你大爷说，到底是怎么就把人打死了呢？"小厮道："小的也没听真切。那一日大爷告诉二爷说。"说着回头看了一看，见无人，才说道："大爷说自从家里闹的特利害，大爷也没心肠了，所以要到南边置货去。这日想着约一个人同行，这人在咱们这城南二百多地住。大爷找他去了，遇见在先和大爷好的那个蒋玉菡带着些小戏子进城。大爷同他在个铺子里吃饭喝酒，因为这当槽儿的尽着拿眼瞟蒋玉菡，大爷就有了气了。后来蒋玉菡走了。第二天，大爷就请找的那个人喝酒，酒后想起头一天的事来，叫那当槽儿的换酒，那当槽儿的来迟了，大爷就骂起来了。那个人不依，大爷就拿起酒碗照他打去。谁知那个人也是个泼皮，便把头伸过来叫大爷打。大爷拿碗就砸他的脑袋一下，他就冒了血了，躺在地下，头里还骂，后头就不言语了。"薛姨妈道："怎么也没人劝劝吗？"那小厮道："这个没听见大爷说，小的不敢妄言。"薛姨妈道："你先去歇歇罢。"小厮答应出来。这里薛姨妈自来见王夫人，托王夫人转求贾政。贾政问了前后，也只好含糊应了，只说等薛蝌递了呈子，看他本县怎么批了再作道理。

这里我们关注几个点。一是被夏金桂逼得有家难回，所以就去南方进货。这个细节略嫌重复，上次薛蟠也是被柳湘莲打了，没脸待在京城便去南方进货，续作者有点讨便宜。二是出现了蒋玉菡，此人以前与薛蟠就是朋友，还记得吗，宝玉也在一起，一帮子人同妓女云儿喝酒作乐，蒋玉菡也在场的。但是这里仅仅提到蒋玉菡一句而并没有任何描写，作者没要求蒋玉菡参与到案件中，而是点一点这个人物做个预热。可见续作者的针线相当严密。三是薛蟠确实是误伤人命，并没有杀人的企图。四是贾政的态度，王夫人的嫡亲外甥不能说不管，但只是含糊答应，不肯公然违法。续作者对贾政的品格把握得较牢。后来薛姨妈"又到贾府与王夫人说明原故，恳求贾政。贾政只肯托人与知县说情，不肯提及银物。薛姨妈恐不中用，求凤姐与贾琏说了，花上几千银子，才把知县买通"。贾政也算洁身自守。不过我们更关心宝钗是否参与其中，可惜作品未作描写。根据宝钗多次对哥哥的态度，我猜测她不会主张拿钱贿赂官府，但母亲要救哥哥性命，她也阻止不了。续作者巧妙地回避正面叙述，我们只能做一点揣摩。

　　下一个情节是对簿公堂，知县审理薛蟠杀人案。小说至此两次描写审判场景，竟然都是为薛蟠一个人，而薛蟠连第十号角色都排不上，所以从艺术上衡量这属于不该出现的场景。我想原作者曹雪芹是不肯这么设计的。本次审判与别的小说一样，是完整的审判过程描写，而在第4回的审判则以虚写为主，只有寥寥数笔，侧重的是贾雨村与门子小沙弥的暗室密谈，所以还算没有完全重复。之前知县已经收了银子，连所有的证人也都被收买了，所以判决自然是妄判：薛蟠被判为无意误伤，连原来的验尸报告一并彻底改了过来，原告哭诉，被衙役撵出衙门。这种审判在我国历史上太多了，大家如果读过《官场现形记》和《二十年目睹之怪现状》，则更觉得平常。

　　下一段描写，续作者是什么用意不太清楚。写的是薛蝌料理完官司，忽然听到路人说有个贵妃娘娘死了，他便赶回家去。薛姨妈告诉他死的是周贵妃，不是元春。但是薛姨妈接着告诉他：

　　　　（元春）"上年原病过一次，也就好了。这回又没听见元妃有什么病。只闻那府里头几天老太太不大受用，合上眼便看见元妃娘娘。众人都不放心，直至打听起来，又没有什么事。到了大前儿晚上，老太太亲口说是'怎么元妃独自一个人到我这里？'众人只道是病中想的话，总不信。老太太又说：'你们不信，元妃还与我说是荣华易尽，须要退步抽身。'众人都说：'谁不想到？这是有年纪的人思前想后的心事。'所以也不当件事。恰好第二天早起，里头吵嚷出来说娘娘病重，宣各诰命进去请安。他们就惊疑的了不得，赶着进去。他们还没有出来，我们家里已听见周贵妃薨逝了。你想外头的讹言，家里的疑心，恰碰在一处，可奇不奇！"

　　这个情节让人匪夷所思。第一个看不懂，周贵妃死，怎么元春去给贾母托梦？第二个看不懂，元春活得好好的，她怎么会托梦？原作中也有托梦，那是秦可卿已经死了，她的灵魂给凤姐托梦，这符合中国古人的迷信。第三个看不懂，如果说不是托梦，贾母是醒着的，那么她见到的就是元春的灵魂，按照迷信，活人的灵魂是与躯体连在一起的，元春的灵魂怎么会跑回贾府来呢？如果说作者用的是"曲笔"，那应当是有非写不可的、特殊的内容，但元春并没什么特殊的话语交代，只是"荣华易尽，须要退步抽身"这种寻常话。这种话，她完全可以当面告诉家人，或者写信告诉，何必装神弄鬼呢？这也罢了，毕竟不是大关节，更糟糕的是下面，作品又大写宝钗谈算命。

> 宝钗道："不但是外头的讹言舛错，便在家里的，一听见'娘娘'两个字，也就都忙了，过后才明白。这两天那府里这些丫头婆子来说，他们早知道不是咱们家的娘娘。我说：'你们那里拿得定呢？'他说道：'前几年正月，外省荐了一个算命的，说是很准。那老太太叫人将元妃八字夹在丫头们八字里头，送出去叫他推算。他独说这正月初一日生日的那位姑娘只怕时辰错了，不然真是个贵人，也不能在这府中。老爷和众人说，不管他错不错，照八字算去。那先生便说，甲申年正月丙寅这四个字内有伤官败财，惟申字内有正官禄马，这就是家里养不住的，也不见什么好。这日子是乙卯，初春木旺，虽是比肩，那里知道愈比愈好，就象那个好木料，愈经斲削，才成大器。独喜得时上什么辛金为贵，什么巳中正官禄马独旺，这叫作飞天禄马格。又说什么日禄归时，贵重的很，天月二德坐本命，贵受椒房之宠。这位姑娘若是时辰准了，定是一位主子娘娘。这不是算准了么！我们还记得说，可惜荣华不久，只怕遇着寅年卯月，这就是比而又比，劫而又劫，譬如好木，太要做玲珑剔透，本质就不坚了。他们把这些话都忘记了，只管瞎忙。我才想起来告诉我们大奶奶，今年那里是寅年卯月呢。"

这里不仅让宝钗大讲算命，还用了一些命学的专用词语，如"飞天禄马格"之类。我们说写得糟糕，首先，宝钗是个十分豁达的人，整部作品中最不相信"命"的，大概就是她了。连和尚说的"金玉良缘"这关系她终身命运，且宝玉的"通灵宝玉"还是胎里带来的，她都不怎么当真；连自己的新衣服都可以拿出来给死人裹尸。如此境界的高士怎么会津津乐道市井算命言语？其次，即使确有其事，贾府中的老婆子丫鬟也转述不清楚那些专门术语，无疑作者是在自说自话。那么作者为什么要写这一段呢？细看对后面的情节也没什么作用，或许，作者是为了补曹雪芹的一个"漏"，显示一下续作者在命学方面的知识？假如真是为此，那么他造成的牺牲就太大了，因为他破坏了作品第三号人物薛宝钗的形象。我们一再说，薛宝钗是曹雪芹呕心沥血塑造的特有形象，其特殊程度、稀有程度，恐怕都不下于林黛玉。类似林黛玉的形象过去现在都有，只是比不上林黛玉而已；但薛宝钗这样的形象，在古典的中外小说中都没有。宝钗最主要的性格特点就是"山中高士晶莹雪"。曹雪芹把一个少女往"山中高士"方面去塑造，如果不是白纸黑字写下了，任何人这么说，我们都认为此人不是疯子就是傻子。但曹雪芹塑造成功了薛宝钗，如此鲜活，如此生动，如此丰满，这是曹雪芹对世界文学最独特的贡献。之所以这么说，因为贾宝玉这样的形象也属于"天人"，怎么评价都不算高。但是，当日本长篇小说《源氏物语》出了中文版以后，我们发现比贾宝玉早七百年就有了源氏这样的人物形象，因而贾宝玉的"独特性"就下降了许多。但是，薛宝钗这个形象，在《源氏物语》或任何其他欧美古典小说中，绝对没有。续作者高鹗先生自然没看过外国文学，他不可能知道薛宝钗"孤本"性质的价值，在这里，他糟蹋了薛宝钗，把薛宝钗写得比较庸俗，把宝钗的眼界拉低了几个档次。不过还算好，这只是一次"偶然事故"，在其后漫长的塑造中，续作者没有让薛宝钗再次降品掉价，尤其是身处"掉包计"那极其尴尬的处境中宝钗依然自守尊严，还有第 118 回宝钗与宝玉的那次大论战，以及宝玉出家前后对宝钗的描写，都守住了"山中高士"的底线。所以在这里我们还得"原谅"续作者高鹗一次。

因为周贵妃死了，贾府的人都要去参加丧葬活动，所以薛姨妈又赶去贾府照料。其中关于宝钗不去贾府而引发询问的描写值得一看。

> 李纨便道："请姨太太这里住几天更好。"薛姨妈点头道："我也要在这边给你们姐妹们作作伴儿，就只你宝妹妹冷静些。"惜春道："姨妈要惦着，为什么不把宝姐姐也请过来？"薛姨妈笑着说道："使不得。"惜春道："怎么使不得？他先怎么住着来呢？"李纨道："你不懂的，人家家里如今有事，怎么来呢。"惜春也信以为实，不便再问。

这段对话写得颇有意味。薛姨妈到底不是个口齿伶俐善言会辩的，她对惜春的回答很老实，说宝钗来贾府"使不得"，而惜春追问为什么使不得，这是作者存心在吊读者的胃口，也是写出贾府和薛家的尴尬。李纨的回答则更有意思，第一句"你不懂的"，似乎是阻止惜春再问，第二句则像是帮着薛姨妈在掩饰。那么李纨自己究竟知道不知道宝钗已经说亲的事情呢？我估计王夫人可能已经告诉她，她毕竟名义上在照管着大观园，又是大儿媳。我怀疑连探春也都知道，所以探春就没问，其实她更关心宝钗。惜春出面问，可见她是真的不知情，她毕竟不是宝玉的亲妹妹，王夫人没必要告诉她。续作者故意写得隐隐约约，若明若暗，读来饶有兴致，这是继承了原作的风格。不过只写惜春是不够的，还有关键人物宝玉，于是有下面一段。

> 正说着，贾母等回来。见了薛姨妈，也顾不得问好，便问薛蟠的事。薛姨妈细述了一遍。宝玉在旁听见什么蒋玉菡一段，当着众人不问，心里打量是"他既回了京，怎么不来瞧我？"又见宝钗也不过来，不知是怎么个原故。心内正自呆呆的想呢，恰好黛玉也来请安。宝玉稍觉心里喜欢，便把想宝钗来的念头打断，同着姊妹们在老太太那里吃了晚饭。

作者算是照顾到宝玉这头了，不过我想仅仅这么混时间是不够的，按照宝玉的脾气，他哪天就自己跑去薛家了，没几步路，他随时可以去的。那时，宝钗是见他还是不见呢？还不止宝玉，还有林黛玉呢，宝钗忽然断绝来大观园，连贾母这里也不来了，而黛玉倒是可能去看宝钗的。我们看看后面作者是怎么对付的。

本回的最后部分才是回目"寄闲情淑女解琴书"的具体内容。但作者又宕开一笔，先写的却是关于蒋玉菡的那条红汗巾，从文笔上是过渡，而内容却关系到袭人的归宿，也是比较重要的。

> 宝玉回到自己房中，换了衣服，忽然想起蒋玉菡给的汗巾，便向袭人道："你那一年没有系的那条红汗巾子还有没有？"袭人道："我搁着呢。问他做什么？"宝玉道："我白问问。"袭人道："你没有听见，薛大爷相与这些混帐人，所以闹到人命关天。你还提那些作什么？有这样白操心，倒不如静静儿的念念书，把这些个没要紧的事撂开了也好。"宝玉道："我并不闹什么，偶然想起，有也罢，没也罢，我白问一声，你们就有这些话。"袭人笑道："并不是我多话。一个人知书达理，就该往上巴结才是。就是心爱的人来了，也叫他瞧着喜欢尊敬啊。"宝玉被袭人一提，便说："了不得，方才我在老太太那边，看见人多，没有与林妹妹说话。他也不曾理我，散的时候他先走了，此时必在屋里。我去就来。"说着就走。袭人道："快些回来罢，这都是我提头儿，倒招起你的高兴来了。"

续作者很细心，先是在薛蟠的案子中写到蒋玉菡，算是把这枚很久以前扔在边角上的棋子激活了，现在又激活他那条红汗巾，并且让袭人说"我搁着呢"，这样一步一步把蒋玉菡与袭人接通了。如果说《红楼梦》是一块集成电路，现在把其千万条线路当中的袭人与蒋玉菡这一路接通了。假如把其他工作都停下来专门接这条线路，又不稀奇了，妙在作品是在写着其他一大堆事情的同时顺手接通，这才叫高超，高鹗真是不容易。

然后，作品十分自然地切换到黛玉那里。手段很巧妙，可惜内容不怎么样。

> 一径走到潇湘馆来。只见黛玉靠在桌上看书。宝玉走到跟前，笑说道："妹妹早回来了。"黛玉也笑道："你不理我，我还在那里做什么！"宝玉一面笑说："他们人多说话，我插不下嘴去，所以没有和你说话。"一面瞧着黛玉看的那本书。书上的字一个也不认得，有的象"芍"字，有的象"茫"字，也有一个"大"字旁边"九"字加上一勾，中间又添个"五"字，也有上头"五"字"六"字又添一个"木"字，底下又是一个"五"字，看着又奇怪，又纳闷，便说："妹妹近日愈发进了，看起天书来了。"黛玉嗤的一声笑道："好个念书的人，连个琴谱都没有见过。"宝玉道："琴谱怎么不知道，为什么上头的字一个也不认得。妹妹你认得么？"黛玉道："不认得瞧他做什么？"

作者这个写法，大约是要用宝玉的无知来烘托黛玉吧，可惜未必妥当。宝玉不识琴谱，这是可能的；但宝玉把琴谱当天书，则过分了。谚语："没吃过猪肉，还没见过猪跑吗？"贾府这样的人家，宝玉这样的身份，说他一辈子没见过琴谱，就好比说今日的知识分子一辈子没见英文一样，有点可笑。何况，作品马上写到他家里是有琴的，贾政还请高手弹琴；此外，妙玉也是弹琴高手，即使宝玉相好的妓女云儿，应该也有琴谱，更别说贾府有四个姑娘，不可能没有请琴师教授过一个。所以说高鹗写得不仅夸张，而且有点邪乎。是什么导致高鹗如此失手的呢？我想，一者高鹗大约有心为曹雪芹补上缺口，他或许认为"琴棋书画"中间曹雪芹缺少对琴的描写，他要补上。看看下面林黛玉的长篇大论，颇能证明。二者，高鹗很想丰富黛玉的形象，他总体上是用力把黛玉往更加正面的方向去丰满，让黛玉谈一番操琴，他大约觉得很不错的，以前黛玉教香菱写诗的时候，曾经有一番诗论，而宝钗也有过画论，高鹗可能想让黛玉显得更有知识和才华。我们看。

> 宝玉道："我不信，从没有听见你会抚琴。我们书房里挂着好几张，前年来了一个清客先生叫作什么嵇好古，老爷烦他抚了一曲。他取下琴来说，都使不得，还说：'老先生若高兴，改日携琴来请教。'想是我们老爷也不懂，他便不来了。怎么你有本事藏着？"黛玉道："我何尝真会呢。前日身上略觉舒服，在大书架上翻书，看有一套琴谱，甚有雅趣，上头讲的琴理甚通，手法说的也明白，真是古人静心养性的工夫。我在扬州也听得讲究过，也曾学过，只是不弄了，就没有了。这果真是'三日不弹，手生荆棘。'前日看这几篇没有曲文，只有操名。我又到别处找了一本有曲文的来看着，才有意思。究竟怎么弹得好，实在也难。书上说的师旷鼓琴能来风雷龙凤；孔圣人尚学琴于师襄，一操便知其为文王，高山流水，得遇知音。"说到这里，眼皮儿微微一动，慢慢的低下头去。宝玉正听得高兴，便道："好妹妹，你才说的实在有趣，只是我一见上头的字都不认得，你教我几个呢？"黛玉道："不用教的，一说便可以知道的。"宝玉道："我是个糊涂人，得教我那个'大'字加一勾，中间一个'五'字的。"黛玉笑道："这'大'字'九'字是用左手大拇指按琴上的九徽，这一勾加'五'字是右手钩五弦。并不是一个字，乃是一声，是极容易的。还有吟、揉、绰、注、撞、走、飞、推等法，是讲究手法的。"宝玉乐得手舞足蹈的说："好妹妹，你既明琴理，我们何不学起来。"黛玉道："琴者，禁也。古人制下，原以治身，涵养性情，抑其淫荡，去其奢侈。若要抚琴，必择静室高斋，或在层楼的上头，在林石的里面，或是山巅上，或是水涯上。再遇着那天地清和的时候，风清月朗，焚香静坐，心不外想，气血和平，才能与神合灵，与道合妙。所以古人说'知音难遇'。若无知音，宁可独对着那清风明月，苍松怪石，野猿老鹤，抚弄一番，以寄兴趣，方为不负了这琴。还有一层，又要指法好，取音好。若必要抚琴，先须衣冠整齐，或鹤氅，或深衣，要如古人的像表，那才能称圣人之器，然后盥了手，焚上香，方才将身就在榻边，把琴放在案上，坐在第五徽的地方儿，对着自己的当心，两手方从容抬起，这才心身俱正。还要知道轻重疾徐，卷舒自若，体态尊重方好。"宝玉道："我们学着顽，若这么讲究起来，那就难了。"

作品几乎像在写教科书，把弹琴的历史、理论、功能和操作的要旨、指法以及对抚琴的环境要求等，统统说一通，真真是面面俱到。

如此畅快地做了一会儿老师，黛玉的心情本来很好，她对宝玉说："说这些倒也开心，也没有什么劳神的。只是怕我只管说，你只管不懂呢。"听这语气，简直有点豪迈。作品如果写到这里收场，完全可以；但作者不愿意，高鹗更侧重表现黛玉内心的担忧和伤悲，哪怕没什么缘由的伤悲，都紧紧盯住。我们看回末。

> 于是走出门来，只见秋纹带着小丫头捧着一小盆兰花来说："太太那边有人送了四盆兰花来，因里头有事没有空儿顽他，叫给二爷一盆，林姑娘一盆。"黛玉看时，却有几枝双朵儿的，心中忽然一动，也不知是喜是悲，便呆呆的呆看。那宝玉此时却一心只在琴上，便说："妹妹有了兰花，就可以做《猗兰操》了。"黛玉听了，心里反不舒服。回到房中，看着花，想到"草木当春，花鲜叶茂，想我年纪尚小，便象三秋蒲柳。若是果能随愿，或者渐渐的好来，不然，只恐似那花柳残春，怎禁得风催雨送。"想到那里，不禁又滴下泪来。紫鹃在旁看见这般光景，却想不出原故来。方才宝玉在这里那么高兴，如今好好的看花，怎么又伤起心来。正愁着没法儿劝解，只见宝钗那边打发人来。未知何事，下回分解。

大家看，硬生生地，黛玉的情绪忽然由兴奋而转悲伤。这是黛玉的心情，也是作者要交代给读者的。这是他要表达的方向，但是表达得很生硬。

第八十七回
感深秋抚琴悲往事　坐禅寂走火入邪魔

"感深秋抚琴悲往事"，说林黛玉接到薛宝钗来信后深深感慨，写下情文并茂的词曲，弹琴歌咏；"坐禅寂走火入邪魔"，说妙玉与宝玉一番接触后坐禅时心旌摇荡，发生走火入魔的险情。

续作开始到现在已经七回了，我们看看全书的核心三角宝玉、黛玉与宝钗之间关系的展开情况。这个三角的第一路宝玉与黛玉已经写了两次，算是顺利开通，尽管将宝玉写得冒冒失失的两次吓到黛玉，人物有些走形，但黛玉的描写还算成功，黛玉生日一段则堪称出彩。第二路宝玉与宝钗的关系，他们没有见面，也没有交流，但是家长已经决定了他们的婚姻关系，而宝玉还被蒙在鼓里；他很想念宝钗，问了几次都不得要领，按宝玉的脾气早就直冲薛家了，只不过作者人为地控制住他不让往薛家跑，才避免场面的尴尬。至于这个三角的第三路，黛玉与宝钗这一路，这关系已经不止是复杂，而且相当棘手，如何接通这一路对续作者是个重大考验，弄不好要"触电"闹事故。我们看看续作者的手段。本回续作者开始着手这棘手的一路。

先梳理一下原作者曹雪芹的定位：林黛玉是"世外仙姝"非常高洁，薛宝钗是"山中高士"，既高洁又"晶莹"，不能俗气。而现在的题目偏偏是出给了薛宝钗，因为只有她是知情者，所以她的举动才具有决定性。自从第 42 回以后，宝钗与黛玉情同姐妹。现在，这位姐姐被推到了火山口上：家长们决定她与好妹妹的情人定亲！有读者会说：你宝钗既然是"山中高士"，就应该拒绝这门亲事，成全黛玉与宝玉。也难怪读者，这门亲事确确实实对宝钗造成伤害，有辱"山中高士"的名声。然而，我们还是要站在更高的立场来理解这桩亲事。这是曹雪芹设计的，他的目的不是要贬低宝钗，而是要写出封建制度下的不幸与悲剧，宝玉、黛玉、宝钗三人都是牺牲品。我们指责其中任何一个，都是对这场悲剧的开脱，都是对曹雪芹写《红楼梦》理解得不够。设想，我们应当去指责宝玉没有揭竿而起吗？应当指责黛玉不去声讨贾母吗？同样我们也不应当让宝钗成为替罪羊。我们无法知道曹雪芹做出什么样巧妙的具体安排，但续作者是根据原作的设计来构思的。他毫无意外就这么直截了当定亲了；根据后面的交代，宝钗也就毫无抗争地接受了，这确实不似"山中高士"所为。不过，若要指望宝钗成全黛玉和宝玉，那也不切实际。大家想想，贾母、王夫人既然选择宝钗，说明她们下了很大的决心牺牲林黛玉，即使宝钗或者薛家拒绝了，贾母、王夫人也不可能选择林黛玉。宝钗肯定也无力救助黛玉，但就这么"鸠占鹊巢"，宝钗内心绝对不安。续作者很聪明，他不直接描写宝钗的种种内心，而是设计了林黛玉接到宝钗的来信，以这样一种间接的方式来交代宝钗，这个"解题"路径很巧妙，它舍弃了所有的中间步奏，不写宝钗怎么会决定寄书黛玉，而直接给出答案，从写作的角度来说是相对省力的。以上是解构续作者的创作思路。

　　现在回到作品鉴赏。宝钗与黛玉以鸿雁寄书的形式，诗词唱和、交流情感，这非但是后四十回中她们之间唯一的交流与对话，也是曹雪芹原作中未曾有过的钗黛交流方式，所以即使从形式上就值得关注。更何况，她们此次交流的背景，在宝钗一方，她还不知道黛玉是否已经知情，不知道黛玉现在情况如何；她显然怀着歉疚、尴尬，还有思念与担忧；但她又无从辩解，也难以宽解黛玉。多种情感的冲突激荡、纠结混合，而又无法摆脱，她是在万般无奈之中给黛玉写下这张承受千钧压力的信笺！而在黛玉方面，她与宝玉的爱情种子多年来早已生根发芽壮大开花，只等结果；她等啊盼啊，然而贾母似乎熟视无睹，连年龄小于黛玉的探春、湘云都在议亲了，却不见贾母对黛玉有任何安排。——其实贾母已经做出了安排，把黛玉同宝玉彻底切断；贾母瞒着黛玉，前两天却还给黛玉大开庆生宴会，使黛玉美滋滋的。另外，黛玉对宝钗也颇挂念，曾经当面问薛姨妈怎么宝姐姐总不来，被薛姨妈搪塞过去。实际是，钗、黛两人相互思念，但宝钗已经与宝玉定亲！从此以后，钗黛两人将如何相处呢？读者早就翘首张望，心急如焚。终于，作者用宝钗这封来信，对两人目前的微妙处境进行了描写。由于这次以后，作品再也没有对钗黛两人交流的任何描写，所以这次交流是最后的交流，是钗黛搭档的"告别演出"，因而其价值和意义无以伦比。可惜这场关键描写，一直没有得到研究者的重视，也较少有评论。我们今日试试能否填补一点这个重大缺口。

　　先探讨作者的时机安排。其实，假如作者让宝钗的这封信，来得稍微早一点，在订婚之前，那么宝钗此信的意义就比较单纯，绝没有现在这般复杂、奥妙；显然作者是故意安排在这个时候，他让这封信显得如此关键，既是箭在弦上不得不发却又是"千钧一笔"极难落笔。如果作者安排后面黛玉和宝钗之间还有交集，那么她们两人这通诗文的价值也要打个折扣；但是她们此后再无交集。所以这也是她们交流的"绝笔"，意义重大。我们看信札原文。

　　妹生辰不偶，家运多艰，姊妹伶仃，萱亲衰迈。兼之猇声狺语，旦暮无休。更遭惨祸飞灾，不啻惊风密雨。夜深辗侧，愁绪何堪。属在同心，能不为之恻恻乎？回忆海棠结社，序属清秋，对菊持螯，同盟欢洽。犹记"孤标傲世偕谁隐，一样花开为底迟"之句，未尝不叹冷节遗芳，如吾两人也。感怀触绪，聊赋四章，匪曰无故呻吟，亦长歌当哭之意耳。

　　悲时序之递嬗兮，又属清秋。感遭家之不造兮，独处离愁。北堂有萱兮，何以忘忧？无以解忧兮，我心咻咻。一解。

　　云凭凭兮秋风酸，步中庭兮霜叶干。何去何从兮，失我故欢。静言思之兮恻肺肝！二解。

　　惟鲔有潭兮，惟鹤有梁。鳞甲潜伏兮，羽毛何长！搔首问兮茫茫，高天厚地兮，谁知余之永伤。三解。

　　银河耿耿兮寒气侵，月色横斜兮玉漏沉。忧心炳炳兮发我哀吟，吟复吟兮寄我知音。四解。

　　我们先看信件。宝钗首先叙述了自己家族的不幸，包括其兄薛蟠的入狱，其嫂夏金桂在家捣乱，令宝钗"夜深辗侧，愁绪何堪"。这是写自己的不幸，完全真实的状况。而向黛玉诉苦，一则是因为她与黛玉"同心"，她们命运相似，相互同情相互体谅；另一方面，也是让黛玉了解自己目前的现状，希望取得黛玉某种原谅吧。——她正是在这种家庭磨难中，接受了贾府的定亲，也是无可奈何。接着，宝钗很自然地过渡，回想当年姐妹一起度过的欢乐岁月，海棠结社，尤其是黛玉的诗句，然后由此生发开来，"未尝不叹冷节遗芳，如吾两人也。感怀触绪，聊赋四章，匪曰无故呻吟，亦长歌当哭之意耳"。这里注意两点，第一点，宝钗把自己与黛玉连同一体，"冷节遗芳，如吾两人也"。认为宝钗世俗机巧的读者，可能认为宝钗是耍手段绑架黛玉、蒙骗黛玉；而我的看法是，宝钗是真意实情，认为自己与黛玉都生不逢时，现实更是造成她们两人命运直接冲突，这不是她们的错误，而是她们的悲哀，她们只能像菊花一样，对抗不了大自然，只好保留自己的一点品味。第二点可注意的是最后点题句："匪曰无故呻吟，亦长歌当哭之意耳。"长歌当哭，哭什么呢？上文已经说得很清楚，宝钗哭的不仅是自己身遭不幸，也哭她与黛玉都命运多舛。这才是此信的主题，算是委婉解释了自己接受，或者说被迫、无奈接受了提亲的内因外因，望黛玉体谅。

　　宝钗此信的用意两层，除了希望黛玉能够谅解，可能的话，还希望能够维持她们的友谊；另一层，则是宽慰，甚至是挽救黛玉。宝钗深知，她同宝玉定亲，可能意味着黛玉的毁灭。这绝非她想看到的结果，也不是她能够左右的。她能够做的，就是再次重申她们的友谊，给黛玉送去一点温暖，相濡以沫，望黛玉能看开一点，自己珍重。我们的道德术语中有一个词，先人后己。在爱情这桩大事上，宝钗已经礼让多年，但生活的洪流不由她主宰。事至如此，她也只有这点微薄之力。

那么宝钗为什么会接受定亲？我们探讨一下她接受定亲的思想基础。人们一直把宝钗归入"礼教的追随者"，其实不妥。我的理解是从一开始，宝钗在本质上就是道家的信仰者，她的生活总则就是"顺其自然"，该乐则乐，该苦则苦，她不刻意追求什么，不管是幸运或不幸降落到头上，她都不惊乍，坦然接受。幸运眷顾她，比如她看到通灵宝玉上的镌文，她没有欢欣雀跃，当不幸降临时，比如她听到宝玉大叫"我偏说是木石姻缘"，或薛蟠出人命案，她也没有痛不欲生。宝钗早在十五岁时，就深深喜爱那支苍凉悲哀的《寄生草》曲子，这是她第一次流露人生观，此后，没看到她有什么改变。她的灯谜诗"光阴荏苒须当惜，风雨阴晴任变迁"，就是她的人生态度，不是积极进取的儒家，而是任其自然的道家。所以，当命运最后选择了她与宝玉定亲，她未必有多大惊喜，但也没理由一定要拒绝。然而中间夹着一个林黛玉，令宝钗不安，也就是我们前面说的歉疚与尴尬。宝钗是一个务实的人，既然有这份歉疚和尴尬，她就以自己的方式来表达，主动给黛玉写信，想来就是她的解决方案。她伤感自己，伤感林黛玉，伤感自己与黛玉的情谊，希望黛玉依旧是知音，希望黛玉安好。

宝钗、黛玉这最后的通信，是两位正直高雅的女士，在封建制度的汪洋大海中，最后一次相濡以沫。对续作者走钢丝一般的高难度艺术处理，我非常欣赏。我想象不出有更精妙的处理方法。

林黛玉接到宝钗的来信，是怎么个反应？我们看作品。

> 黛玉看了，不胜伤感。又想："宝姐姐不寄与别人，单寄与我，也是惺惺惜惺惺的意思。"正在沉吟，只听见外面有人说道："林姐姐在家里呢么？"黛玉一面把宝钗的书叠起，口内便答应道："是谁？"正问着，早见几个人进来，却是探春、湘云、李纹、李绮。

作品很狡猾，林黛玉刚看完宝钗来信，正在沉吟，探春、湘云她们来了，打断了黛玉的思绪。但是林黛玉的第一反应已经写明："黛玉看了，不胜伤感。又想：'宝姐姐不寄与别人，单寄与我，也是惺惺惜惺惺的意思。'"先说黛玉的伤感，这是十分必然的，接到宝钗一封如此浓情蜜意的信札，黛玉怎能不伤感。关键在于，黛玉往哪个方向去伤感？黛玉想到的是，"惺惺惜惺惺"。我很认同黛玉的感受，但是我又不能不说许多读者不同意，认为黛玉被欺骗、被蛊惑了，这是近百年来的主流思潮，不能不提及。确实，黛玉是在不知实情的状态中发出的感叹，但是能够说宝钗欺骗她吗？我们前面已经谈过了，宝钗也是被动的被选中的对象，所以她主观上没有欺骗的可能。她也是深深惋惜黛玉，才主动给黛玉写信以示抱歉；她也可以不写的，但不写就不是宝钗了；写这封信，是光明磊落，是相濡以沫。我们回顾一下，当她匆匆忙忙退出、或者说逃离大观园的时候，她何曾想到她要回来当宝二奶奶？好在这个情节是曹雪芹写的，是在前八十回，情节交代得清清楚楚，不然，有些评论者会说宝钗当时离开大观园就是以退为进、以此蒙骗黛玉和宝玉。诸如此类的指鹿为马在《红楼梦》评论中比比皆是。所以根据我们的理解，林黛玉以为宝钗"也是惺惺惜惺惺的意思"，并没有错，只是黛玉没体会到宝钗还有抱歉和无奈的意思。

作者显然不愿意在这个细节上过于纠缠，就以探春、湘云等人的到来打断了。作者不是粗暴地直截了当地打断，而是有个过渡，显出他的细腻。我们看。

> 彼此问了好，雪雁倒上茶来，大家喝了，说些闲话。因想起前年的菊花诗来，黛玉便道："宝姐姐自从挪出去，来了两遭，如今索性有事也不来了，真真奇怪。我看他终久还来我们这里不来。"探春微笑道："怎么不来，横竖要来的。如今是他们尊嫂有些脾气，姨妈上了年纪的人，又兼有薛大哥的事，自然得宝姐姐照料一切，那里还比得先前有工夫呢。"

黛玉与探春、湘云她们聊天，心里还没放下宝钗的来信，所以再次提到宝钗怎么不来了。探春微笑道"横竖要来的"，就是早晚得来的。探春的意思是不久宝钗就要来的，而且来了就不走了，她显然知道宝钗与宝玉订婚的事情，但不同黛玉说破。探春很老到，估计湘云还不知道，不然她可能说漏嘴。作者这么写，也是在撩拨读者的心弦。接下来一笔，则更有意思，等于把探春和湘云换了个位置，她们谈到南方的桂花，湘云说探春："等你明日到南边去的时候，你自然也就知道了。"探春笑道："我有什么事到南边去？"谁想到湘云一语成谶，探春不久就要远嫁南方。真所谓人算不如天算，刚才探春还在隐瞒黛玉，自以为周到，但老天马上就打她的脸。这些言语机锋，隐含哲理，把作品深化了。

探春、湘云她们走后，作品用了很长的篇幅描写黛玉的感伤，尤其是翻检到宝玉当年送的旧手帕，见到自己的题帕诗，还有她剪碎的宝玉的香囊和通灵宝玉上的穗子，更是泪如雨下。

> 回头看见案上宝钗的诗启尚未收好，又拿出来瞧了两遍，叹道："境遇不同，伤心则一。不免也赋四章，翻入琴谱，可弹可歌，明日写出来寄去，以当和作。"便叫雪雁

将外边桌上笔砚拿来，濡墨挥毫，赋成四叠。又将琴谱翻出，借他《猗兰》《思贤》两操，合成音韵，与自己做的配齐了，然后写出，以备送与宝钗。又即叫雪雁向箱中将自己带来的短琴拿出，调上弦，又操演了指法。黛玉本是个绝顶聪明人，又在南边学过几时，虽是手生，到底一理就熟。抚了一番，夜已深了，便叫紫鹃收拾睡觉。不题。

这里的不提，其实是作者的讲究，是故意的埋伏，他在追求某种精致。曹雪芹的原作中诗词、曲子、对联、匾额等都写遍了，甚至连长赋都有，但是不配琴谱的可弹可唱的小赋还没有，续作者对于自己的这一"创新"十分看重，他要在展现方式上别出心裁，庶几不输给原作。所以我们看，宝钗的小赋，作者没写宝钗的写作过程，只写黛玉的阅读感受；而黛玉的，作者专门描述写作过程，但却不透露内容，也不写宝钗收到的情景，而是让宝玉和妙玉隔墙听见。宝钗、黛玉双方的小赋被展现的过程完全相反，作者在这上面所花的心思可以想见。续作者此间所追求的多样化和艺术性，值得我们注目和敬佩。

下一段情节转到宝玉。由于贾代儒有事，临时放学一天。宝玉去看黛玉，他被雪雁拦住了："这时候打盹儿呢。二爷且到别处走走，回来再来罢。"宝玉无处可去，忽然想起惜春有好几天没见，便去看惜春。进入房内，惜春正同妙玉下围棋，没注意到他进来，宝玉也不惊动，驻脚观棋。

只见妙玉低着头问惜春道："你这个'畸角儿'不要了么？"惜春道："怎么不要。你那里头都是死子儿，我怕什么。"妙玉道："且别说满话，试试看。"惜春道："我便打了起来，看你怎么样。"妙玉却微微笑着，把边上子一接，却搭转一吃，把惜春的一个角儿都打起来了，笑着说道："这叫作'倒脱靴势'。"惜春尚未答言，宝玉在旁情不自禁，哈哈一笑，把两个人都唬了一大跳。惜春道："你这是怎么说，进来也不言语，这么使促狭唬人。你多早晚进来的？"宝玉道："我头里就进来了，看着你们两个争这个'畸角儿'。"说着，一面与妙玉施礼，一面又笑问道："妙公轻易不出禅关，今日何缘下凡一走？"妙玉听了，忽然把脸一红，也不答言，低了头自看那棋。宝玉自觉造次，连忙陪笑道："倒是出家人比不得我们在家的俗人，头一件心是静的。静则灵，灵则慧。"宝玉尚未说完，只见妙玉微微的把眼一抬，看了宝玉一眼，复又低下头去，那脸上的颜色渐渐的红晕起来。宝玉见他不理，只得讪讪的旁边坐了。惜春还要下子，妙玉半日说道："再下罢。"便起身理理衣裳，重新坐下，痴痴的问着宝玉道："你从何处来？"宝玉巴不得这一声，好解释前头的话，忽又想道："或是妙玉的机锋。"转红了脸答应不出来。妙玉微微一笑，自和惜春说话。惜春也笑道："二哥哥，这什么难答的，你没的听见人家常说的'从来处来'么。这也值得把脸红了，见了生人的似的。"妙玉听了这话，想起自家，心上一动，脸上一热，必然也是红的，倒觉不好意思起来。因站起来说道：

"我来得久了，要回庵里去了。"惜春知妙玉为人，也不深留，送出门口。妙玉笑道："久已不来这里，弯弯曲曲的，回去的路头都要迷住了。"宝玉道："这倒要我来指引指引何如？"妙玉道："不敢，二爷前请。"

看作品的侧重点，明显是以刻画妙玉为主，而把惜春放到了侧边。妙玉是十二正钗之一，而且排位第六，在迎春、惜春前面；她的名字中还有个"玉"字，更可知她的重要性非同一般。但作品八十多回了，妙玉在作品中的意义还是十分含糊。原作在第76回写到她一笔，也仅仅显示妙玉诗词的才华、见地超过黛玉和湘云，但这位金钗的形象意义依然揭示不足。续作开始着手显示。我们看到妙玉的棋艺明显高出惜春一头，对此我们不意外；但她似乎变得很害羞，连续三次脸红，这可大大出乎我们的意料。妙玉不是没见过宝玉，几年前贾母带着刘姥姥和一家人去栊翠庵，妙玉与宝玉的对话不仅十分大气，而且还有点傲气、霸气。所以续作这里的描写，与原作的妙玉形象走动很大。这是我们首先要弄清楚的。接下来要弄明白续作写妙玉脸红的缘由究竟是什么呢？我们分别来看，妙玉的第一次脸红，是宝玉说他进来有一会儿了，其间妙玉说她用了一招"倒脱靴势"，虽然是围棋术语，但"脱靴"，脱掉鞋子，在当时一个少女对公子说出来，是非常忌讳的，那时候女人的脚相当于我们今日所说的"三点"，是绝对不能暴露的，所以妙玉害羞。第二个是宝玉的问话有点唐突："妙公轻易不出禅关，今日何缘下凡一走？"这话如果平时说说也无妨，但在妙玉讲了自己"倒脱靴"的语境中，妙玉未免难堪。这一脸红，说明心里很虚、很脆弱，这个心态下经不起任何刺激，妙玉"低了头自看那棋"，正是在找一个躲避场所。然而宝玉的抱歉话却又一次触到妙玉的心经："倒是出家人比不得我们在家的俗人，头一件心是静的。静则灵，灵则慧。"这个话，宝玉是出于恭维，但妙玉心里有鬼，听着这话，竟像是看穿了她的心思而在讽刺她，所以她第二次脸红："宝玉尚未说完，只见妙玉微微的把眼一抬，看了宝玉一眼，复又低下头去，那脸上的颜色渐渐的红晕起来。"（按，这是很明显的续作者描写语言，与曹雪芹的笔墨相差很大。）这一眼意味深长。第三次脸红则换了一副笔墨，是实写其心理的。妙玉痴痴地问着宝玉道："你从何处来？"起身整理衣裳，重新坐下，这也是她在整理心绪、调整心态，她自己知道刚才失态了，现在心情整理好了，可以挽回了。"你从何处来？"语带机锋，她要好好考一考宝玉。作为出家人，她也只能用佛家的语言来表达，来交流，哪怕再深情的话语，也必须裹上佛家的衣袍传递出去。而结果呢，是宝玉转红了脸答应不出来。"妙玉微微一笑，自和惜春说话。"这一句写得也很微妙。妙玉笑什么呢？我的理解是第一，她自己从窘迫中解脱出来，现在对方陷入窘境，扳回一局自然欢喜。但这是次要的，重要的是第二层，宝玉如此窘迫以至于于脸红，可见宝玉也十分在乎妙玉！这就够了。如果宝玉答不出来也嘻笑自如言谈挥洒，那才让妙玉失望。"妙玉微微一笑，自和惜春说话。"她微微一笑是满意和得意，转向惜春说话则是一种怜惜和宽恕，是一个胜利者温和而高尚的姿态。另外，惜春的态度也值得一说。当妙玉几次尴尬的时候，惜春什么都没说；但当宝玉难堪的时候，则直接嘲讽二哥哥："这也值得把脸红了，见了生人的似的。"惜春的这种出击和不出击，既增添了现场的情趣，也刻画出她性格直爽而略带尖刻，很见个性。

　　如果作品只写到这里情节中断，妙玉的形象，或者说她与宝玉的关系依然有些模糊。下面的描写既让我们吃惊，也让我们明白。妙玉笑道："久已不来这里，弯弯曲曲的，回去的路头都要迷住了。"宝玉道："这倒要我来指引指引何如？"妙玉道："不敢，二爷前请。"妙玉是自己走来惜春处的，如果说她来的时候这路有点生疏，倒是可能的；现在说"回去的路头都要迷住了"，显然是个托辞，是委婉要宝玉送她。宝玉心有灵犀，当然乐意"指引指引"，妙玉一点不推辞。于是乎，公子陪着少女尼姑逛园子！妙玉居然不怕别人指指戳戳，这是我们之所以吃惊的。吃惊之余细想一番，也就释然：作品正是告诉我们，妙玉已经不管不顾，她就是要与宝玉一起走走。理解这一层我们也就明白，她见到宝玉为什么会再三脸红。

　　不过，明白了这一层，我们难免替作者担心：接下来怎么写？写什么？妙玉满腔热情、千言万语，她会表达吗？又怎么表达？毕竟，她是个尼姑，是个少女，又极其高傲，她能说什么？又能做什么？所以，到这一步，一切的难度都集中到作者身上，他这支笔，朝哪里去写？我们看下文。

　　　　于是二人别了惜春，离了蓼风轩，弯弯曲曲，走近潇湘馆，忽听得叮咚之声。妙玉道："那里的琴声？"宝玉道："想必是林妹妹那里抚琴呢。"妙玉道："原来他也会这个，怎么素日不听见提起？"宝玉悉把黛玉的事述了一遍，因说："咱们去看他。"妙玉道："从古只有听琴，再没有'看琴'的。"宝玉笑道："我原说我是个俗人。"说着，二人走至潇湘馆外，在山子石坐着静听，甚觉音调清切。

　　我不能不说，作者高明。妙玉与宝玉说了些什么？他一字不写，只写"弯弯曲曲，走近潇湘馆"，在那弯弯曲曲的路上，两人不可能沉默不语吧？为什么不写？读者应当可以猜到，两人只是说些没要紧的话，那些话写了反而不好，把妙玉写低了，写俗了，不如不写。作为妙玉，她这一生，大约也只能这么陪着宝玉走一段，不说满足，也是可慰平生。"从古只有听琴，再没有'看琴'的。"此话足见对话的随意，心情的放松，也可知其敏悟。——她是知道宝玉与黛玉的关系的，她带着宝玉去看黛玉，那么她就不是"妙玉"，而变成"傻玉"了。然后，只听林黛玉低吟道：

风萧萧兮秋气深，美人千里兮独沉吟。望故乡兮何处，倚栏杆兮涕沾襟。

歇了一回，听得又吟道：

山迢迢兮水长，照轩窗兮明月光。耿耿不寐兮银河渺茫，罗衫怯怯兮风露凉。

又歇了一歇。妙玉道："刚才'侵'字韵是第一叠，如今'阳'字韵是第二叠了。咱们再听。"里边又吟道：

子之遭兮不自由，予之遇兮多烦忧。之子与我兮心焉相投，思古人兮俾无尤。

妙玉道："这又是一拍。何忧思之深也！"宝玉道："我虽不懂得，但听他音调，也觉得过悲了。"里头又调了一回弦。妙玉道："君弦太高了，与无射律只怕不配呢。"里边又吟道：

人生斯世兮如轻尘，天上人间兮感夙因。感夙因兮不可惙，素心如何天上月。

妙玉听了，呀然失色道："如何忽作变徵之声？音韵可裂金石矣。只是太过。"宝玉道："太过便怎么？"妙玉道："恐不能持久。"正议论时，听得君弦蹦的一声断了。妙玉站起来连忙就走。宝玉道："怎么样？"妙玉道："日后自知，你也不必多说。"竟自走了。弄得宝玉满肚疑团，没精打彩的归至怡红院中，不表。

我们必须先说说画面和场景，因为画面非常奇妙，场景更加奇妙。奇妙一，这是全书唯一的"三玉相会"，宝玉、黛玉、妙玉三个"玉"。奇妙二，"三玉相会"，却又不是三人面对面，而是一个在屋里，两个在窗外，屋里的在弹唱，屋外的两个在评赏。画面分隔具有双重美感。奇妙三，按照我们想象，理应宝玉与黛玉在一处，妙玉在另一处；或者黛玉与妙玉在一处，宝玉在另一处，然而作者展现给我们的却恰恰相反，但又毫无违和之感。奇妙四，原作中写过宝玉、黛玉、宝钗一起去栊翠庵，妙玉以奇异的茶具茶水招待，那是四人小聚，现在形式上是四缺一，但实质上又不缺，因为黛玉吟唱的曲子是答复宝钗的回信，是对宝钗倾诉的，宝钗可谓形不至而神至矣，所以实质上还是四人相会。今与昔、有和无、虚与实、近与远，生出袅袅的美感和哲理。奇妙五，黛玉明明是在对宝钗倾诉衷肠，然而宝钗偏偏没听见，而听见的是宝玉和妙玉。这五个奇妙叠加起来，恐怕曹雪芹的原作中都找不出。这里显示出续作者极其巧妙的构思和难以置信的手段。戚蓼生形容《红楼梦》的话一直备受赞赏，他说《红楼梦》"一声也而两歌，一手也而二牍"，意思是一个喉咙同时唱出两首歌，一只手同时写出两页文字。小说这里的描写确实达到这种奇特境界。续作如此高明、令人叹为观止的表现手段，是不是仅有这一次？希望读者自己找一找。

妙玉与宝玉的谈话是突然终止的。听到黛玉的琴弦突然崩断，妙玉站起来连忙就走。"三玉相会"，却撞见凶兆，妙玉落荒而逃，宝玉满腹狐疑，黛玉却浑然不知。常言道：有的相会，还不如不会。世事往往就是如此。

回到栊翠庵，妙玉打坐到三更。

> 忽听房上两个猫儿一递一声厮叫。那妙玉忽想起日间宝玉之言，不觉一阵心跳耳热。自己连忙收慑心神，走进禅房，仍到禅床上坐了。怎奈神不守舍，一时如万马奔驰，觉得禅床便恍荡起来，身子已不在庵中。便有许多王孙公子要求娶他，又有些媒婆扯扯拽拽扶他上车，自己不肯去。一回儿又有盗贼劫他，持刀执棍的逼勒，只得哭喊求救。早惊醒了庵中女尼道婆等众，都拿火来照看。只见妙玉两手撒开，口中流沫。急叫醒时，只见眼睛直竖，两颧鲜红，骂道："我是有菩萨保佑，你们这些强徒敢要怎么样！"

妙玉不是普通的病倒，而是走火入魔。作品写得很清楚，这个"魔"就是宝玉！也写"忽听房上两个猫儿一递一声厮叫。那妙玉忽想起日间宝玉之言，不觉一阵心跳耳热"。"两个猫儿一递一声厮叫"是雌雄欢爱之声，原作第 5 回秦可卿话里的猫儿狗儿打架也是暗示性交，这里究竟是曹雪芹遗稿还是续作者学习原作？心情如此冲动，妙玉再打坐，"怎奈神不守舍，一时如万马奔驰，觉得禅床便恍荡起来"。白天与宝玉的邂逅让妙玉挥之不去，平日无所谓的猫儿嘶叫，今日却令她魂不守舍。到这里，续作者对妙玉的定位已经很清楚：妙玉对宝玉长期暗恋，至有今日。这样的构思与原作是不是接的上呢？我以为接的上。其一，名字中含"玉"字，这都是曹雪芹设计的与宝玉有恋情的人物，这个"玉"字有如皇族的族徽，曹雪芹绝不轻易封赐。但之前曹雪芹笔下的妙玉还没有清晰定位，现在续作者把她定位为宝玉的暗恋者，庶几不负这"玉"字。黛玉是明的恋爱，妙玉是暗的，一明一暗有对称之美。其二，这个定位和描写，也与原作接榫对口。原作写妙玉第一次出场就怪怪的，假装邀请黛玉、宝钗去喝体己茶，结果却把黛玉、宝钗扔在一边，而与宝玉交头接耳，相谈甚欢，甚至一面大表洁癖一面把自己日常用的茶杯给宝玉泡茶。第二次写妙玉是暗写，众人罚宝玉去栊翠庵求梅花，黛玉似乎明白妙玉与宝玉的关系，说有人跟着去反而不好，果然宝玉一个人去，求得一大捧红梅。第三次是侧写，宝玉生日妙玉送来拜帖，一个少女尼姑，却记得一位公子的生日，这何等不易？知道生日也罢了，一个尼姑为什么还要写拜帖？写拜帖也罢了，何必还要自称"槛外人"？把她的拜帖翻译过来，岂不是：我是槛外人，却依然记住你的生日！我实在不便前来恭贺，只能远远地磕头祝你长寿快乐！——怪不得宝玉一见便跳了起来，这是何等的深情！原作写到这个地步，续作把它解读为妙玉一直在暗恋，长期的暗恋，完全接的上。现在，续作写妙玉暗恋到癫狂的地步，这么个处理，不仅把妙玉彻底激活，而且把《红楼梦》的主题意旨大大深化了。因为这样的描写，把爱情写深了，把人性挖深了。通常我们大谈特谈林黛玉与宝玉的爱情，认为写得非常深刻；但是，当我们看到妙玉的爱情，再与林黛玉做一番比较，我们觉得别有风味，更加不易，另有深度！林黛玉爱上宝玉，虽说也冲破了礼教的藩篱，但这层"藩篱"与妙玉相比，简直比窗户纸还薄还脆。妙玉，作为一位女僧人，是天然地被剥夺、或者说自己放弃了恋爱的权利，然而，妙玉却依然恋爱，只是她不能像林黛玉那样明白显露，她只能偷偷地暗恋！她还知道宝玉有了林黛玉这样的恋人，她仍然暗恋！妙玉还比宝玉大好几岁，成熟的多，但她还是爱宝玉！这么一写，就把人类爱的力量大大强化了：爱情，不是礼教能够控制的，连宗教在爱情面前也无可奈何，一败涂地！归结一句，妙玉曾想用僧袍裹住爱情，但爱情的火焰烧破了僧袍！与此同时，贾宝玉的形象也借此得到提升，像宝玉这样善良真诚充满爱心善待女性而又聪明漂亮的男孩，博得不同身份、不同阶层、不同个性，甚至已经寄身寺庙的女孩发自内心的爱，男主人公的形象意义、小说的意义由此得到很大的提升。续作者这样的处理，让妙玉的十二正钗身份得以正名，也正是这样的处理，妙玉的"玉"字才得以体现价值。反之，如果缺少与宝玉的这层关系，妙玉以任何原因被强盗抢去也好，或因贾府败落而身陷花柳之地也罢，虽然符合太虚幻境"风尘肮脏违心愿""无瑕白玉遭泥陷"的设计，终究在意义方面差了一层。续作在这里给妙玉和作品增添了色彩和深意。不过，我们也得指出，这里有一个小细节属于败笔，那就是妙玉的幻觉或者说梦境："便有许多王孙公子要求娶他，又有些媒婆扯扯拽拽扶他上车，自己不肯去。一回儿又有盗贼劫他，持刀执棍的逼勒，只得哭喊求救。"这个幻觉无论从哪个角度看都是糟糕的。先说第一个幻觉：有许多王孙公子要求娶她，这就写得不好，似乎缺乏心理基础，假如她平日有这种意识，那就不是高洁孤僻、气质美如兰的妙玉了。如果幻觉是贾府来抢她、宝玉来抱她，都属于潜意识的抬头，可以接受。她第二个幻觉，"盗贼劫他，持刀执棍的逼勒"写得更糟。这是对太虚幻境"无瑕白玉遭泥陷"的简单解读，但续作者忘记了妙玉现在是凡身，她无从了解天上的安排，她怎么会有这个幻觉？作者的意图是在这里埋一个伏笔暗示妙玉的结局，但妙玉自己不可能有这种预感，从而形成幻觉。不过细节的瑕疵与总体形象处理的成功相比还是瑕不掩瑜，因而我依然给续作者对妙玉的刻画打高分。

　　接着作品一个华丽转身，从妙玉转到惜春。

　　　　一日惜春正坐着，彩屏忽然进来回道："姑娘知道妙玉师父的事吗？"惜春道："他
　　有什么事？"彩屏道："我昨日听见邢姑娘和大奶奶那里说呢。他自从那日和姑娘下棋
　　回去，夜间忽然中了邪，嘴里乱嚷说强盗来抢他来了，到如今还没好。姑娘你说这不是
　　奇事吗。"惜春听了，默默无语，因想："妙玉虽然洁净，毕竟尘缘未断。可惜我生在这

种人家不便出家。我若出了家时，那有邪魔缠扰，一念不生，万缘俱寂。"

作品这斜出一笔，以惜春反衬妙玉：妙玉修行那么多年，其道行竟然不如惜春。看来，修行不一定以时间长短计。当然，这一笔也写出惜春的绝情，为她的出家打下伏笔。

现在我们回到黛玉那里。黛玉很纯真，收到宝钗的来信，她的反应是："宝姐姐不寄与别人，单寄与我，也是惺惺惜惺惺的意思。"而没有任何的疑心。她花心思写成四首歌词，作为对宝钗的和作，犹觉不够尽意，又翻人琴谱，还专门练习操琴，待指法熟练后才弹琴歌咏。这份深情让我们感动，真是性情中人。歌词前两首写自己落魄孤独，第三首想到宝钗的种种"不自由"，表达彼此心相投，第四首表示命运的无奈。黛玉弹琴歌咏，是自抒情怀，然后她要寄给宝钗，自然还要写几句序言、说明之类的言语，但这些作品都不写了。这是十分奇特的写法：寄给对方的信，既不写她信的内容，也不交代信件发出，还不写收信人收到信件，只写作者歌咏信中的诗篇；更奇特的是听到歌咏的并非收信人！然后，作品就什么也不写，石沉大海！小说中似乎没见过这样的写法。我不得不说的是，我们今天还像重大发现一般大讲曹雪芹的留白手法，而续作者却早已继承了曹雪芹的衣钵，他的留白是那么大幅度，那么勇敢而坚决。

第八十八回
博庭欢宝玉赞孤儿　正家法贾珍鞭悍仆

回目中宝玉赞的是贾兰诗作得好以博取贾母欢心，"正家法"中贾珍打的是鲍二。

本回写了好多场面，镜头忽东忽西，没有主线。开头写的是鸳鸯来传达贾母意旨：因为贾母八十一岁，九九八十一，是个"暗九"的岁数，恐有凶事，所以许下一场九昼夜的功德，还发心要写三千六百五十零一部《金刚经》，已经发出让外面人写了，又因《心经》是更要紧的，所以要几个亲丁奶奶姑娘们写上三百六十五部，鸳鸯还送来素纸和藏香。抄写佛经，在印刷术发明以前各国都很普遍，但印刷术发明后，我国依然有抄经的传统，它被视作佛教修行和积德的一个法门。直到二十世纪三十年代，还有本焕老和尚用自己的血液书写了十九部佛经，共计二十余万字。至今，我国的佛教信众还有许多人抄经，大多还用毛笔写。外国佛教徒似乎没有这个传统。而这里贾母要求抄写的数字三千六百五十零一部，不知道什么讲究，或许是为了对应作品开头的女娲补天炼石三万六千五百零一块？如果是这意思，那么那"零一"部理当由宝玉亲笔抄写，但作品没交代。这个工程不小，《金刚经》八千余字，抄写还要字迹端正，即使一人一天抄一部，赶着要的话十天完成，就要三百多人。好在贾母有钱，让这么多人临时就业，也是积德。《心经》由亲丁抄写，是更加重视、更加虔诚，也是让子孙修福的意思。惜春说："别的我做不来，若要写经，我最信心的。"作品不写别人特写惜春，也很自然。

鸳鸯去回贾母，贾母正与李纨打双陆，一会儿宝玉也来了，于是展开"博庭欢宝玉赞孤儿"一节，这是本回第二个情节。

忽见宝玉进来，手中提了两个细篾丝的小笼子，笼内有几个蝈蝈儿，说道："我听说老太太夜里睡不着，我给老太太留下解解闷。"贾母笑道："你别瞅着你老子不在家，你只管淘气。"宝玉笑道："我没有淘气。"贾母道："你没淘气，不在学房里念书，为什么又弄这个东西呢。"宝玉道："不是我自己弄的。今儿因师父叫环儿和兰儿对对子，环儿对不来，我悄悄的告诉了他。他说了，师父喜欢，夸了他两句。他感激我的情，买了来孝敬我的。我才拿了来孝敬老太太的。"贾母道:"他没有天天念书么,为什么对不上来? 对不上来就叫你儒大爷爷打他的嘴巴子,看他臊不臊。你也够受了,不记得你老子在家时,一叫作诗做词,唬的倒象个小鬼儿似的,这会子又说嘴。那环儿小子更没出息,求人替做了,就变着方法儿打点人。这么点子孩子就闹鬼闹神的,也不害臊,赶大了还不知是个什么东西呢。"

宝玉确实够孝顺,几个蝈蝈儿也想到孝敬祖母解闷。而这位老太太则偏心得厉害,居然希望贾环被先生打嘴巴子;贾环买蝈蝈儿感谢宝玉,这算作品中唯一一次写贾环懂道理通人性,在我看来应予表扬的,但在贾母看来,"这么点子孩子就闹鬼闹神的,也不害臊,赶大了还不知是个什么东西呢"。一样的嫡亲孙子,老奶奶偏心太厉害,贾赦说的那个偏心的笑话其实十分中肯。不过人就是这样,越老越固执、越老越糊涂,尤其是八十岁以后。贾母的偏心还不止于此。

> 贾母又问道:"兰小子呢,做上来了没有? 这该环儿替他了,他又比他小了。是不是?"宝玉笑道:"他倒没有,却是自己对的。"贾母道:"我不信,不然就也是你闹了鬼了。如今你还了得,'羊群里跑出骆驼来了,就只你大。'你又会做文章了。"宝玉笑道:"实在是他作的。师父还夸他明儿一定有大出息呢。老太太不信,就打发人叫了他来亲自试试,老太太就知道了。"贾母道:"果然这么着我才喜欢。我不过怕你撒谎。既是他做的,这孩子明儿大概还有一点儿出息。"因看着李纨,又想起贾珠来,"这也不枉你大哥哥死了,你大嫂子拉扯他一场,日后也替你大哥哥顶门壮户。"说到这里,不禁流下泪来。

大家细看,刚才贾母在说贾环没出息,不会作诗;现在却又反过来责备,说贾环替贾兰作诗作弊。简单说,在贾母眼里,贾环不会作诗是不好,会作诗也不好,她就是这么个逻辑。而贾兰会作诗,贾母高兴得流泪。两个孙子一个重孙,贾母的态度就这样因人而异、泾渭分明。

> 却说贾母刚吃完了饭,盥漱了,歪在床上说闲话儿。只见小丫头子告诉琥珀,琥珀过来回贾母道:"东府大爷请晚安来了。"贾母道:"你们告诉他,如今他办理家务乏乏的,叫他歇着去罢。我知道了。"小丫头告诉老婆子们,老婆子才告诉贾珍。贾珍然后退出。

既然贾母不见贾珍,作品何必花功夫写这一段呢? 无非是要过渡一下,因为下面要转到"正家法贾珍鞭悍仆"。不过这样的过渡毫无必要,作者显得过于拘泥,放不开手脚。

我们看本回第三个情节。第二天贾珍到荣府来料理诸事。遇到庄头来送果子,贾珍要周瑞清点数量。

周瑞道："小的曾点过，也没有少，也不能多出来。大爷既留下底子，再叫送果子来的人问问，他这帐是真的假的。"贾珍道："这是怎么说，不过是几个果子罢咧，有什么要紧。我又没有疑你。"说着，只见鲍二走来，磕了一个头，说道："求大爷原旧放小的在外头伺候罢。"贾珍道："你们这又是怎么着？"鲍二道："奴才在这里又说不上话来。"贾珍道："谁叫你说话。"鲍二道："何苦来，在这里作眼睛珠儿。"周瑞接口道："奴才在这里经管地租庄子，银钱出入每年也有三五十万来往，老爷太太奶奶们从没有说过话的，何况这些零星东西。若照鲍二说起来，爷们家里的田地房产都被奴才们弄完了。"贾珍想道："必是鲍二在这里拌嘴，不如叫他出去。"因向鲍二说道："快滚罢。"又告诉周瑞说："你也不用说了，你干你的事罢。"二人各自散了。贾珍正在厢房里歇着，听见门上闹的翻江搅海。叫人去查问，回来说道："鲍二和周瑞的干儿子打架。"

鲍二怀疑周瑞贪污作弊，引发了周瑞的儿子与鲍二打架。贾珍、贾琏命令把三个涉事人捆起来。

贾琏便向周瑞道："你们前头的话也不要紧，大爷说开了，很是了。为什么外头又打架！你们打架已经使不得，又弄个野杂种什么何三来闹，你不压伏压伏他们，倒竟走了。"就把周瑞踢了几脚。贾珍道："单打周瑞不中用。"喝命人把鲍二和何三各人打了五十鞭子，撵了出去，方和贾琏两个商量正事。下人背地里便生出许多议论来：也有说贾珍护短的；也有说不会调停的；也有说他本不是好人，前儿尤家姊妹弄出许多丑事来，那鲍二不是他调停着二爷叫了来的吗，这会子又嫌鲍二不济事，必是鲍二的女人伏侍不到了。人多嘴杂，纷纷不一。

这是作品首次写到男仆之间打架，以前只有女仆吵闹撕打，尤其这次还生出许多议论，倒不是议论打架者，而是议论两位男主人。这几句概述很到位，写出贾府的主人失去道义力量，仆人们纷纷不满，已经离心离德。这段描写来得有点突兀，但显然是在为将来下人的背叛作伏笔。

第四个情节是写贾芸求凤姐谋工部的工程业务。

却说贾政自从在工部掌印，家人中尽有发财的。那贾芸听见了，也要插手弄一点事儿，便在外头说了几个工头，讲了成数，便买了些时新绣货，要走凤姐儿门子。

此处"家人中尽有发财的"写得很虚空，作品没交代过谁得到了工部的，也就是国家的工程业务，究竟是作品略写了，还是贾芸闻得虚报，我们无法判断。但是贾芸要得到贾政所管的国家工程，他贪财心切，又没别的通道，只有凤姐还算能够求得到，所以也不管凤姐能不能与贾政说得上话，死马当活马医，求了再说。结果很自然，凤姐拒绝了贾芸，不过凤姐这次倒没有装腔作势，而是开诚布公道出实情：

"若是别的我却可以做主。至于衙门里的事，上头呢，都是堂官司员定的；底下呢，都是那些书办衙役们办的。别人只怕插不上手。……我这是实在话，你自己回去想想就知道了。你的情意我已经领了，把东西快拿回去，是那里弄来的，仍旧给人家送了去罢。"

凤姐坚决要求贾芸把那些小礼物带回去。贾芸本来就灰溜溜的，又碰上巧姐儿见了他就大哭。

贾芸走着，一面心中想道："人说二奶奶利害，果然利害。一点儿都不漏缝，真正斩钉截铁，怪不得没有后世。这巧姐儿更怪，见了我好象前世的冤家似的。真正晦气，白闹了这么一天。"

贾芸非但没认识到自己鲁莽，反而把凤姐、巧姐儿恨得咬牙切齿。作品这么安排也是在为来日贾芸的报复埋下缘由。以我们的观点看来，这里凤姐一点也没亏待、鄙视贾芸的意思，完全是贾芸自讨没趣。但是现实生活中像贾芸这样不通情理，甚至恩将仇报的事情太普遍了，因而不能说作品写得过分。续作者还乘机接续上贾芸与红玉的故事，但后面却没有脂批所说的"狱神庙红玉、茜雪一大回文字"。我们不知道续作者是否见到过脂批本，但脂批所提到的一些后况，续作中没有出现。其实，我们并不清楚"狱神庙红玉、茜雪一大回文字"到底什么意思，只是一些研究者认为是红玉帮助她落魄的主人宝玉。

本回最后一个场面还是写凤姐，也带到水月庵的老尼姑静虚，她半夜吹灭灯火。

回到炕上，只见有两个人，一男一女，坐在炕上。他赶着问是谁，那里把一根绳子往他脖子上一套，他便叫起人来。众人听见，点上灯火一齐赶来，已经躺在地下，满口吐白沫子，幸亏救醒了。

这一笔是写静虚受到报应，那一男一女想来就是被静虚和凤姐联手害死的那对未婚夫妻，这是对第15回遥远的照应，体现续作者文笔的绵密。不过作者所用的手法——太多的神魔鬼怪，却让我们不敢恭维。这比起原作，是某种倒退。但我们或许不能把这笔账全算在续作者头上，他也是在迎合民意，迎合绝大多数读者的口味。由于静虚的那次作恶，她联手、或者说是靠了凤姐的出手才成功的，所以凤姐听到这事情，自己也压力山大，导致一夜无眠。

将近三更，凤姐似睡不睡，觉得身上寒毛一乍，自己惊醒了，越躺着越发起渗来，因叫平儿秋桐过来作伴。二人也不解何意。

平儿、秋桐哪里知道二奶奶的心思？而凤姐又怎么可能告诉她们缘由？凤姐是个敏感而聪明的人，静虚老尼姑的下场，叫她怎么睡得着觉？凤姐开始害怕，这是转变的开始；当年逼死尤二姐，她可没有怕过。

本回写了如上五个情节，每一个都是浅尝辄止，既没有写出情节的深度，也没有刻画出人物的深度，而且各个情节之间较少逻辑联系。表面上关系最紧密的第四和第五情节，凤姐听说静虚下场与自己的紧张，和前面的贾芸来求事之间，也没有逻辑关系。整回来看，不知道作者的构思是什么，似乎写到哪儿是哪儿。这是续作迄今为止最松散最缺乏艺术性的一个章回，更别说与前八十回相比较了。我估计，读者对这一回能够留下印象的凤毛麟角，更别说有好感了。所以我对这一回，给予不及格的评分。

第八十九回
人亡物在公子填词　　蛇影杯弓颦卿绝粒

　　"人亡物在公子填词"，写宝玉穿着晴雯修补的大衣感怀而填词纪念；"蛇影杯弓颦卿绝粒"，写宝玉定亲的案情发作，黛玉绝食自戕。这一回有令人击节赞叹的精彩描写。

　　开篇，写了一个小插曲、小背景：由于黄河决口造成水灾，贾政公务繁忙，很少在家。我理解这一笔的意思是：贾政不在家，家里的许多决策都是女人们做的。回想当年曹雪芹为了大观园的自由、为了起诗社，就把贾政调到外省三四年。续作者似乎在借用这一套路，其用意大约在替贾政摔锅。说到这里我们正好提出：宝玉说亲宝钗，这么大的事，至今作品都没交代贾政是否已经知道，更没写过他的表态。这似乎不够妥当，宝玉的婚姻毕竟还是要贾政拍板的，贾母、王夫人、凤姐几个只能作为参谋提出方案，这最后定夺还得由贾政来做出，因而作品理应有个交代，哪怕是侧面交代。

　　作品下面写的是天冷了，宝玉在学校添衣服时见到晴雯所补的那件孔雀裘，一时呆了。第二天他再一次瞒着袭人、麝月，一个人躲在以前晴雯所住的房间里，悄悄地焚香填词，纪念晴雯。作品写的细节环环相扣，没什么毛病，但我个人觉得有点多余。因为前面宝玉已经有过《芙蓉女儿诔》，对晴雯极其深切地哀悼过了，即使宝玉确有行文追思晴雯，作品也未必要写；如果写，要么是情节有深化，要么是悼文有新意。可是这里既没新的情节，悼念词更是写的很平板，"脉脉使人愁"这样的套语，远不足表达宝玉对晴雯的深情。所以这一节有画蛇添足之疑，我们不展开讲了。

　　完事后宝玉去了潇湘馆。
　　　　宝玉走到里间门口，看见新写的一付紫墨色泥金云龙笺的小对，上写着："绿窗明月在，青史古人空。"宝玉看了，笑了一笑，走入门去，笑问道："妹妹做什么呢？"黛玉站起来迎了两步,笑着让道:"请坐。我在这里写经,只剩得两行了,等写完了再说话儿。"因叫雪雁倒茶。宝玉道:"你别动,只管写。"说着,一面看见中间挂着一幅单条,上面画着一个嫦娥,带着一个侍者,又一个女仙,也有一个侍者,捧着一个长长儿的衣囊似的,二人身边略有些云护,别无点缀,全仿李龙眠白描笔意,上有"斗寒图"三字,用八分书写着。宝玉道:"妹妹这幅《斗寒图》可是新挂上的?"黛玉道:"可不是。昨日他们收拾屋子,我想起来,拿出来叫他们挂上的。"宝玉道:"是什么出处?"黛玉笑道:"眼前熟的很的,还要问人。"宝玉笑道:"我一时想不起,妹妹告诉我罢。"黛玉道:"岂不闻'青女素娥俱耐冷,月中霜里斗婵娟'。"宝玉道:"是啊。这个实在新奇雅致,却好此时拿出来挂。"说着,又东瞧瞧,西走走。

我们先说说房内摆设的描写。宝玉来潇湘馆是三天两头的事,室内本当没有什么新鲜东西,以往作品很少描写潇湘馆内的景物,今天是特意描写,是意在景中。"绿窗明月在,青史古人空",出自唐代著名诗人崔颢《题沈隐侯八咏楼》,黛玉挂它,应是欣赏其字句清丽,也寄托着淡泊高雅。不过,该诗原是崔颢吊念沈约的,有人去楼空的含义;续作者题在黛玉的房间里,隐隐有黛玉命不长久的寓意。同样地,墙上的画也是嫦娥,黛玉生日那天的戏已经点明嫦娥"未嫁而逝"。所以整个布景有一种不祥的意味,这恐怕就是作者环境描写的意图。再看看两人的闲聊。宝玉来了,黛玉迎了两步后继续写经,随随便便,看上去气氛很好。宝玉无拘无束,看到什么想问就问,黛玉也是随口回答。尤其是"眼前熟的很的,还要问人",话里透着很稠的亲昵。宝玉说着,又东瞧瞧,西走走。真可谓风和日丽,空气里都飘着香甜。但是,我们看过前文,知道宝玉的内心是紧张而焦虑的:家长们近来对他闪闪烁烁吞吞吐吐,似乎有什么重要事情瞒着他;而日前听完黛玉弹琴歌咏,妙玉变色道:"日后自知,你也不必多说。"俨然凶兆突现,林黛玉即将有所不测。所以宝玉的心头压着千斤重量,现在他的东走西瞧,问这问那,其实是要掩盖其内心的担忧,故意装得轻松自在。同样地,黛玉忧心到做那么可怕的噩梦,她很难从梦境中走出来的;她寄给宝钗的歌赋,那才是她的真心。但是面对宝玉,她也装得无忧无虑似的。可见,宝玉和黛玉两人都掩盖起自己的真实心情,不向对方透露半点,反而摆出一副轻松悠然的假面具,虚与委蛇。他们既不暴露自己的真心,也不敢去触碰对方的实意。我们看清楚这一点,才能理解怎么一会儿两人就僵住了,无言以对。

两人又聊到弹琴,再聊到黛玉的歌词。宝玉道:

"我正要问你:前路是平韵,到末了儿忽转了仄韵,是个什么意思?"黛玉道:"这是人心自然之音,做到那里就到那里,原没有一定的。"宝玉道:"原来如此。可惜我不知音,枉听了一会子。"黛玉道:"古来知音人能有几个?"宝玉听了。又觉得出言冒失了，又怕寒了黛玉的心，坐了一坐，心里象有许多话，却再无可讲的。黛玉因方才的话也是冲口而出，此时回想，觉得太冷淡些，也就无话。宝玉一发打量黛玉设疑，遂讪讪的站起来说道："妹妹坐着罢。我还要到三妹妹那里瞧瞧去呢。"黛玉道："你若是见了三妹妹，替我问候一声罢。"宝玉答应着便出来了。

两人又一次不欢而散，已经稳定了几年没有猜忌的关系终于再次打破。这一次，不是两人的幼稚闹情绪，而是现实生活撕裂了他们的信任。其实宝玉对黛玉没有任何猜忌，从来没有；仅仅是黛玉对宝玉有所怀疑；而宝玉怕黛玉多心，不敢解释，他一走，黛玉更加疑心。由于一会儿以后黛玉就听到了真实的恶讯，我们可以指责作者写这次猜忌和不欢而散安排得过于巧合，但是，我们不得不承认，作者对两人关系的大体趋势还是把握得正确的。风暴已经生成，并且正朝他们袭来，即将刮到他们头上。

宝玉告别后，作品写林黛玉的猜疑。

> 黛玉送至屋门口，自己回来闷闷的坐着，心里想道："宝玉近来说话半吐半吞，忽冷忽热，也不知他是什么意思。"

黛玉十分机敏，她感觉到宝玉态度的不自然，她正在疑忌，对周围自然高度警觉，而紫鹃和雪雁没想到她们的主人已进入高度戒备状态，她们的对话终于让黛玉获悉最最要命的恶讯，正是她日夜担忧的。

> 紫鹃答应着出来，只见雪雁一个人在那里发呆。紫鹃走到他跟前问道："你这会子也有了什么心事了么？"雪雁只顾发呆，倒被他唬了一跳，因说道："你别嚷，今日我听见了一句话，我告诉你听，奇不奇。你可别言语。"说着，往屋里努嘴儿。因自己先行，点着头儿叫紫鹃同他出来，到门外平台底下，悄悄儿的道："姐姐你听见了么？宝玉定了亲了！"紫鹃听见，唬了一跳，说道："这是那里来的话？只怕不真罢。"雪雁道："怎么不真，别人大概都知道，就只咱们没听见。"紫鹃道："你是那里听来的？"雪雁道："我听见侍书说的，是个什么知府家，家资也好，人才也好。"紫鹃正听时，只听得黛玉咳嗽了一声，似乎起来的光景。紫鹃恐怕他出来听见，便拉了雪雁摇摇手儿，往里望望，不见动静，才又悄悄儿的问道："他到底怎么说来？"雪雁道："前儿不是叫我到三姑娘那里去道谢吗，三姑娘不在屋里，只有侍书在那里。大家坐着，无意中说起宝二爷的淘气来，他说宝二爷怎么好，只会顽儿，全不象大人的样子，已经说亲了，还是这么呆头呆脑。我问他定了没有，他说是定了，是个什么王大爷做媒的。那王大爷是东府里的亲戚，所以也不用打听，一说就成了。"

雪雁已经算得小心，黛玉睡在里间，她们在外间，她把紫鹃拖到屋子大门外才说出这惊雷一般的消息。其实她得到的不是提亲宝钗，而是早就被贾母否决的"旧闻"，但因为贾母、王夫人等对潇湘馆一律屏蔽讯息，于是"旧闻"便成为"新闻"，但对于潇湘馆来说性质是一样的，具有爆炸性、毁灭性。林黛玉的警觉让她对丫头们鬼鬼祟祟的言语进行窃听，她来到外间探听到了，可怜的是她听到以后也不说破。我们看看下面的描述。

> 只见黛玉喘吁吁的刚坐在椅子上，紫鹃搭讪着问茶问水。黛玉问道："你们两个那里去了？再叫不出一个人来。"说着便走到炕边，将身子一歪，仍旧倒在炕上，往里躺下，叫把帐子撩下。紫鹃雪雁答应出去。他两个心里疑惑方才的话只怕被他听了去了，只好大家不提。谁知黛玉一腔心事，又窃听了紫鹃雪雁的话，虽不很明白，已听得了七八分，如同将身撂在大海里一般。思前想后，竟应了前日梦中之谶，千愁万恨，堆上心来。左右打算，不如早些死了，免得眼见了意外的事情，那时反倒无趣。又想到自己没了爹娘的苦，自今以后，把身子一天一天的糟踏起来，一年半载，少不得身登清净。打定了主意，被也不盖，衣也不添，竟是合眼装睡。

黛玉听到的只是一个大概，就是宝玉已经与人定亲，却并不清楚女方是谁。她自然认为是宝钗，宝钗久久不到这边来她早就已怀疑，现在她基本判定。我们注意黛玉的反应，她并不仔细打听，更不核实消息的真伪，便坚信不疑。至于她该怎么应对呢？她当场就决定糟踏自己的身子，以求"身登清净"，也就是慢性自杀，她这么快就做出抉择可知这个念头由来已久。

那么黛玉为什么要走这条路？有没有其他道路？我们来分析一下。我们首先要确定黛玉的身份或者叫角色：黛玉已经与宝玉半公开地恋爱了多年，两情相悦，众所周知，假如宝玉现在与别人定亲，那么，黛玉就是被遗弃了。黛玉无疑是这么想，我们也是这么看。被遗弃后，作为女子大致有以下几种应对：一，听天由命，割弃那段爱，保养好自己身子，等待嫁给别人，过好后面的日子；二，当即自杀以示抗议；三，慢性自杀，不露痕迹；四，与宝玉交心，怂恿宝玉悔亲；五，与宝玉私奔；六，同宝玉双双殉情；七，出家为尼。虽然有多项选择，但以黛玉的性格，她选择慢性自杀，是必然的。黛玉对爱情特别专一，而且把婚姻看作爱情的必然归宿。如果宝玉背叛她，或者家长不允许他们成婚，黛玉毋宁死，也不愿苟活，更谈不上再嫁他人。但是黛玉还没到像尤三姐那样勇于自刎，自刎等于承认自己为得不到宝玉而死，黛玉没有勇气做这样的担当。黛玉更不能像她歌咏过的红拂那样敢于私奔，当然宝玉也不是李靖。黛玉决心慢性自杀，说白了，有点自欺欺人的念头：她不愿被人看作因为得不到宝玉而死，她认为那会让人看低了、看贱了自己，她虽然死，还要保存一份"自尊自重"，所以她要悄悄地死，要被人当作是病死的。这就是黛玉要慢性自杀的根由。曾经宝玉当面说一句他们是恋人，黛玉就气得哭了，说宝玉是欺负她。黛玉这不是假话，而是确实以为宝玉这么说就是轻薄她、侮辱她。所以黛玉的恋爱观是有着明显的局限性，既有时代的局限，也有她个人的局限。许多评论说，黛玉是以死明志，我认为这话要分开了看。黛玉的以死明志，她只是向宝玉做表白，其中还包含着一份对宝玉的谴责；我不认为黛玉也是公然向贾母、王夫人等以死明志，黛玉对自己的这份"志"还是有保留的，她还不敢堂而皇之向家长表明，更不敢向社会表明。还有的评论认为黛玉是以死来抗议家长们与封建礼教，我也以为与作品描写的实际有距离，与黛玉形象不完全吻合。黛玉不是以死来抗议谁，她是绝望而死，为自己的忠贞不二的节操而死，殉情而死。她要保持自己的一份清白，所谓"质本洁来还洁去"，而不是以自己的死来影响周围的人或社会。所以她不用慷慨激昂的方式，不用张扬的、告知他人的方式自杀，而是以秘密的、悄悄的、让人不知不觉的方式自杀。我以为这样看待黛玉，一点也没有损贬她，而是忠实于作品创作的实际、黛玉形象的实际；反之，不够恰如其分地"抬高"黛玉，对于我们理解作品和人物，并没有真正的积极意义。

我们回到作品。本回对黛玉的一系列描写十分细致和妥当，除了黛玉那句责备："你们两个那里去了？再叫不出一个人来。"我们说这句写得不好，因为黛玉听到那个噩耗后"如同将身撂在大海里一般"，她不可能再这么淡定地装腔作势。

黛玉主意已定，但是这只写到黛玉个人，这是不够的，后面还有许多日子，黛玉的慢性自杀还会与环境起纠葛，尤其是与宝玉。假如没有这些方面的交代，作品就不够扎实。好在作者没有忽视这些方面，他很快就交代到了。

> 黛玉立定主意，自此已后，有意糟踏身子，茶饭无心，每日渐减下来。宝玉下学时，也常抽空问候，只是黛玉虽有万千言语，自知年纪已大，又不便似小时可以柔情挑逗，所以满腔心事，只是说不出来。宝玉欲将实言安慰，又恐黛玉生嗔，反添病症。两个人见了面，只得用浮言劝慰，真真是亲极反疏了。

作者这里写得较好，黛玉同宝玉，相互以"浮言劝慰"，他们再也回不到过去了。他们之间的爱情至今被看作天荒地老的象征，是那么纯真那么牢不可破，但某些事情一旦出现，这爱情就破裂了，无法修复。作品笔墨用得很少，但把两人的关系，那种虽然亲密却又隔阂、虽然同心却又无法交流的尴尬状态写得入木三分，令人信服。再看贾母、王夫人等。

> 那黛玉虽有贾母王夫人等怜恤，不过请医调治，只说黛玉常病，那里知他的心病。紫鹃等虽知其意，也不敢说。从此一天一天的减，到半月之后，肠胃日薄，一日果然粥都不能吃了。黛玉日间听见的话，都似宝玉娶亲的话，看见怡红院中的人，无论上下，也象宝玉娶亲的光景。薛姨妈来看，黛玉不见宝钗，越发起疑心，索性不要人来看望，

也不肯吃药，只要速死。睡梦之中，常听见有人叫宝二奶奶的。一片疑心，竟成蛇影。一日竟是绝粒，粥也不喝，恹恹一息，垂毙殆尽。未知黛玉性命如何，且看下回分解。

贾母是黛玉唯一的直系亲人，在黛玉眼里自己被贾母遗弃了；但贾母依然对黛玉好好的，依然在尽一份外祖母的责任，她并没有负罪感，因为她本来就没有答应过黛玉配宝玉，从来没有承诺过，所以她可能有一份抱歉，却并无负罪感。更糟糕的是贾母与黛玉并无任何沟通。古代中国人的礼仪和礼教横在亲人之间，令他们不能开诚布公。贾母与黛玉算得至亲，贾母对黛玉也可以说够慈爱，但是，她们之间从来就没有谈及过黛玉的爱情和婚姻，对于黛玉与宝玉的爱情贾母熟视无睹，尤其是在她亲手撕毁这片爱情花朵的当时和过后，都没有一句解释。礼教让贾母有口难开，礼教同样让黛玉难以启齿。于是，对这桩生死劫难双方没有任何交流。外祖母造成的不仅仅是黛玉的痛楚，更有不可言状的伤心和绝望。至于王夫人、凤姐等，也就不在话下，所以作品也不花力气去啰唆。

以黛玉的健康状况，连续半个多月的不吃饭，蹬被子，悲痛，流泪，失眠，再加上不求能生但求速死的意志，黛玉竟然能够熬过来，到后面还康复过几天，这真是不小的奇迹。我都有点怀疑是续作者不让黛玉死，他强制黛玉死而复生，因为他还有更多的苦难要黛玉去承担，有更大的悲剧要黛玉去上演，他不让黛玉现在就死去。

原作到七十多回，我们开始珍惜，因为曹公的文字快要没了。到这里，我们也该珍惜，因为宝黛的描写马上也要完结了。本回是宝玉、黛玉谈情说爱的倒数第二个场景，后面就只剩第91回两人打禅语，实际上就是黛玉要求宝玉表决心、做保证，他不会同宝钗成亲。那个篇幅不大，去掉标点符号不到一千字。那场面宝玉和黛玉笑语盈盈，宝玉海誓山盟以后黛玉很是满意，所以那是一个"喜"的场面，而这里的一个则是"悲"的。以作者挖空心思的态度看，这最后的一悲一喜，是他存心设计的场面的对比和呼应。续作者写爱情实在是一把好手，宝黛爱情这朵中国小说史上最美丽最凄惨的奇葩，在曹雪芹手里一点一点结蕊绽放，写得如此美艳，把读者的胃口吊得很高很高；到了高鹗手中，要写出这花朵受到秋风秋雨的不断摧残，最后凋谢。作者也可以写得比较简单，甚至粗暴，就写一阵狂风一下子就吹落了。然而那就不符合曹雪芹微风细雨、精雕细刻的风格，尤其是读者就无法尽情享受《红楼梦》这种特殊的、磨人的美。我们真要感谢高鹗先生，他殚精竭虑，把每一阵风打来时这花朵的震颤、每一滴雨砸下时这花瓣的抖动，都像是用高速摄影记录在案，然后给我们进行慢速回放，让我们尽兴享受，清清楚楚、明明白白、完完整整、悲悲切切地欣赏宝黛爱情的下半场。作者对于下半场的描写，大家仔细查看一下会发现，作者主要聚焦在林黛玉身上，而写宝玉的笔墨相对少许多。（关于作者为什么会聚焦林黛玉，为什么写林黛玉特别成功特别出色，我们放到宝黛最后一次相见后再说。这个问题值得研究，它还是一片研究空白区域。）

在续作前十八回的篇幅中（黛玉在第98回病故）黛玉的形象可谓一唱三叹，虽然总的基调是悲惨的、下行的，但围绕这个基调作者展开丰富多彩的旋律，编织出让人眼花缭乱的故事情节，把林黛玉写得十分饱满。虽然实际上写林黛玉的情节就那么几个，但是我敢说，不翻开作品一个一个点着记录的话，没人能够说出来这十八回中到底写了林黛玉多少个情节、哪些个场面。在读者印象里林黛玉几乎无处不在，有无数的故事！这就是作品的高妙之处，犹如一部复杂的"林黛玉交响曲"。确实，林黛玉满怀焦虑，她敏锐地嗅到了空气中不祥的味道，但是，也依然有她调琴学谱、专心致志的悠然场面；确实，续作第4回就判了林黛玉死刑——宝玉定亲了，林黛玉寻寻觅觅不可终日，但是，我们也看到她"打扮的宛如嫦娥下界，含羞带笑的出来"，还有满脸飞红的娇羞和甜蜜；确实，宝钗长期不露面，令林黛玉又是思念又是疑虑，但是，她依然有诚挚的姐妹交流，诗词唱和；确实，林黛玉亲耳听见宝玉与他人提亲的消息，怨恨得绝食，但几天后，她又笑问宝玉："宝姐姐和你好你怎么样？宝姐姐不和你好你怎么样？宝姐姐前儿和你好，如今不和你好你怎么样？今儿和你好，后来不和你好你怎么样？你和他好他偏不和你好你怎么样？你不和他好他偏要和你好你怎么样？"而且宝玉的回答让她甜甜地低下了头……明快与晦暗的场面层层交织，紧张、焦虑、绝望中又不时涌起欢快、甜蜜、幸福的浪花，续作者真是把林黛玉写绝了。如果不反复推敲仔细辨认，我们很难看出这不是曹雪芹的手笔。我们不能不承认，续作对于宝黛爱情的描写，尤其是对林黛玉的刻画，是丰富多彩的，跌宕起伏的，把准了脉搏的，感人肺腑的。续作者展现出高超的艺术功力。

第九十回

失绵衣贫女耐嗷嘈　送果品小郎惊叵测

"贫女耐嗷嘈"指的是邢岫烟被人偷了衣服还要受下人啰唆，"小郎惊叵测"说的是薛蝌受到夏金桂的勾引吓坏了。不过据我看来，这一回的重点并不在邢岫烟或薛蝌、夏金桂，因为本回有十分重要的内容，大大超过回目所表达的。

本回开头也是紧扣上一回。

> 却说黛玉自立意自戕之后，渐渐不支，一日竟至绝粒。从前十几天内，贾母等轮流看望，他有时还说几句话，这两日索性不大言语。心里虽有时昏晕，却也有时清楚。贾母等见他这病不似无因而起，也将紫鹃雪雁盘问过两次，两个那里敢说。便是紫鹃欲向侍书打听消息，又怕越闹越真，黛玉更死得快了，所以见了侍书，毫不提起。那雪雁是他传话弄出这样缘故来，此时恨不得长出百十个嘴来说"我没说"，自然更不敢提起。到了这一天黛玉绝粒之日，紫鹃料无指望了，守着哭了会子，因出来偷向雪雁道："你进屋里来好好儿的守着他。我去回老太太、太太和二奶奶去，今日这个光景大非往常可比了。"雪雁答应，紫鹃自去。

这一段，叙述的主题是黛玉病重，但着眼点、担当人却是她身边的丫鬟。作者这样转换笔墨是有道理的，因为后面情节发生的触发点，都在丫鬟身上。紫鹃、雪雁、侍书三位成为临时主角，这样的安排从结构情节的角度是比较简洁容易的，至于其艺术水准，我们后面再说。正所谓三个人一台戏，这三个丫头就弄出一个要命和还命的情节。之前，是侍书告诉雪雁有关宝玉成亲的消息，雪雁又转述给紫鹃时被林黛玉偷听到，闹出绝食寻死的事情，直到眼看黛玉就要气绝，紫鹃赶着去报告贾母的地步。现在，作者依然利用她们这些小人物来掀起大风暴，正所谓"风起于青萍之末"。

> 这里雪雁正在屋里伴着黛玉，见他昏昏沉沉，小孩子家那里见过这个样儿，只打谅如此便是死的光景了，心中又痛又怕，恨不得紫鹃一时回来才好。正怕着，只听窗外脚步走响，雪雁知是紫鹃回来，才放下心了，连忙站起来掀着里间帘子等他。只见外面帘子响处，进来了一个人，却是侍书。那侍书是探春打发来看黛玉的，见雪雁在那里掀着帘子，便问道："姑娘怎么样？"雪雁点点头儿叫他进来。侍书跟进来，见紫鹃不在屋

里，瞧了瞧黛玉，只剩得残喘微延，唬的惊疑不止，因问："紫鹃姐姐呢？"雪雁道："告诉上屋里去了。"那雪雁此时只谅黛玉心中一无所知了，又见紫鹃不在面前，因悄悄的拉了侍书的手问道："你前日告诉我说的什么王大爷给这里宝二爷说了亲，是真话么？"侍书道："怎么不真。"雪雁道："多早晚放定的？"侍书道："那里就放定了呢。那一天我告诉你时，是我听见小红说的。后来我到二奶奶那边去，二奶奶正和平姐姐说呢，说那都是门客们借着这个事讨老爷的喜欢，往后好拉拢的意思。别说大太太说不好，就是大太太愿意，说那姑娘好，那大太太眼里看的出什么人来！再者老太太心里早有了人了，就在咱们园子里的。大太太那里摸的着底呢。老太太不过因老爷的话，不得不问问罢咧。又听见二奶奶说，宝玉的事，老太太总是要亲上作亲的，凭谁来说亲，横竖不中用。"雪雁听到这里，也忘了神了，因说道："这是怎么说，白白的送了我们这一位的命了！"侍书道："这是从那里说起？"雪雁道："你还不知道呢。前日都是我和紫鹃姐姐说来着，这一位听见了，就弄到这步田地了。"侍书道："你悄悄儿的说罢，看仔细他听见了。"雪雁道："人事都不省了，瞧瞧罢，左不过在这一两天了。"正说着，只见紫鹃掀帘进来说："这还了得！你们有什么话，还不出去说，还在这里说。索性逼死他就完了。"侍书道："我不信有这样奇事。"紫鹃道："好姐姐，不是我说，你又该恼了。你懂得什么呢！懂得也不传这些舌了。"

作品这里玩巧合玩得厉害了。我们先说说人物调配，这个时段，刚好紫鹃不在，刚好来了侍书，所以有雪雁与侍书的一番关键对话，如果紫鹃在的话，她更为谨慎，拉着她们出去说，黛玉就听不见，也就没有后面的翻转故事。其次，雪雁与侍书刚好谈到宝玉的亲事，刚好带来一百八十度转弯的消息。其三，她们的对话，像有导演指导一样，其实她们闹错了，却刚好错成最有利于黛玉的剧本：老太太要亲上作亲的，人选就在大观园中！其四，黛玉刚好只剩一份听的力气，连问一句的力气也没有，但这足够了。这么一连串"刚好"叠加一道，凑成一个错误的、天大的喜讯，传导到黛玉耳朵里，比王一贴的膏药还灵，立马起死回生。于是情节出现大逆转。全凭几个"刚好"，大家都明白这是作者在使力气扭转情节，是作者在制造这个大逆转。值得注意的是，这已经不是第一次弄巧合。从大的方面看，不仅现在黛玉病情的好转是由这几个小丫头的悄悄话造成，她"生病"也是由她们的悄悄话引发；再往前一点，黛玉吐血也是她们大惊小怪才让黛玉知道了；再往后，黛玉听到的绝命消息也是偶然间来自丫头傻大姐。——续作者在丫头身上的用功实在达到透支的地步。他这么做的原因我们到傻大姐道出秘密以后再分析，我们现在评判作者这样结构情节，未免使得情节的扎实程度大打折扣，使得作品的艺术水准大打折扣。《红楼梦》不仅以惊天地泣鬼神的情节感人，也以它鬼斧神刀的构思刻画令人叹服。但从我们揭示的内容看，续作的表现虽然充满戏剧性，但也未免步入平凡乃至庸俗的泥沼，这些手法在通俗的戏剧和小说中太普遍、太常见。

前八十回中也有巧合，但那是偶然的，所以才成为巧合。我们不妨比较一下。原作中最大的巧合是第 36 回"绣鸳鸯梦兆绛芸轩"，宝玉睡梦中大叫"我只要木石同盟"，刚巧被薛宝钗听见。作品层层铺垫，写出宝钗听到宝玉梦话的"偶然性"。不过宝钗也仅此一次，相反，比较一下，紫鹃、雪雁等人一而再再而三犯同样的错误，又刚巧被最不该听见的黛玉听到，其手法的高低是不同的。

回到作品。紫鹃非常细心地服侍黛玉喝了一口水，黛玉鼓足气力对侍书说出："回去问你姑娘好罢。"写完这场面，作品开始一段林黛玉的心理刻画，这是续作者很擅长的。

> 原来那黛玉虽则病势沉重，心里却还明白。起先侍书雪雁说话时，他也模糊听见了一半句，却只作不知，也因实无精神答理。及听了雪雁侍书的话，才明白过前头的事情原是议而未成的，又兼侍书说是凤姐说的，老太太的主意亲上作亲，又是园中住着的，非自己而谁？因此一想，阴极阳生，心神顿觉清爽许多，所以才喝了两口水，又要想问侍书的话。恰好贾母、王夫人、李纨、凤姐听见紫鹃之言，都赶着来看。黛玉心中疑团已破，自然不似先前寻死之意了。虽身体软弱，精神短少，却也勉强答应一两句了。凤姐因叫过紫鹃问道："姑娘也不至这样，这是怎么说，你这样唬人。"紫鹃道："实在头里看着不好，才敢去告诉的，回来见姑娘竟好了许多，也就怪了。"贾母笑道："你也别怪他，他懂得什么。看见不好就言语，这倒是他明白的地方，小孩子家，不嘴懒脚懒就好。"说了一回，贾母等料着无妨，也就去了。

心理描写完成了黛玉思想上的大转弯，然后贾母的到来和对话，都写得很妥当，完全是贾母的气派和态度，老太太并没有彻底抛弃自己的外孙女，她还是尽着一位老外婆力所能及的责任，这对黛玉是很大的现实安慰，比她胡思乱想中的外婆可亲的多。王夫人和凤姐、李纨也都前来探望，黛玉忽然发现家人并没有多大改变，竟是自己在误判误会。如此一转念，她的病也很快好转。

大家应该注意到了，续作才写了十回，林黛玉却已经经历了两个生死轮回：先是一个噩梦让她焦虑到极点，以至于吐血，病情严重恶化；不久贾母替她做盛大的生日宴会，黛玉的心情也好到心里发甜，满脸荣光；听到误传的宝玉定亲消息决心自裁，绝食到奄奄一息，现在又阴雨转晴，如此这般生生死死两遭了。与此同时，我们看，作品写宝钗的笔墨几乎都是顺带的，笔墨很少，其他人物也是叙事过程中带过；即使是宝玉，也没有让人印象深刻的情节发生。这么一比较，大家明白，续作对黛玉确实是情有独钟，笔墨特别多。正因为后四十回特别注重对黛玉的描写，又特别地同情，情节更是特别哀婉，所以，读者对林黛玉印象那么深，不全是曹雪芹一个人的功劳，续作者有很大的贡献。

下面一段，是读者需要特别注意的。续作者大胆揭开了一个拧得很死的"盖子"——贾母、王夫人第一次公开评说宝玉、黛玉的爱情。我们用"大胆"两字，因为原作者曹雪芹一直不肯揭开这盖子，捂了八十回；续作者高鹗也"萧规曹从"，捂了十个章回。今天，他毅然决然揭盖子，我想他也是经过一番仔细斟酌的。只是他用了一点"借力打力"的方法，借紫鹃、雪雁的对话过渡到贾母，让揭盖子的动作尽量缓和一点。

> 不言黛玉病渐减退，且说雪雁紫鹃背地里都念佛。雪雁向紫鹃说道："亏他好了，只是病的奇怪，好的也奇怪。"紫鹃道："病的倒不怪，就只好的奇怪。想来宝玉和姑娘必是姻缘，人家说的'好事多磨'，又说道'是姻缘棒打不回'。这样看起来，人心天意，他们两个竟是天配的了。再者，你想那一年我说了林姑娘要回南去，把宝玉没急死了，闹得家翻宅乱。如今一句话，又把这一个弄得死去活来。可不说的三生石上百年前结下的么。"说着，两个悄悄的抿着嘴笑了一回。雪雁又道："幸亏好了。咱们明儿再别说了，就是宝玉娶了别的人家儿的姑娘，我亲见他在那里结亲，我也再不露一句话了。"紫鹃笑道："这就是了。"不但紫鹃和雪雁在私下里讲究，就是众人也都知道黛玉的病也病得奇怪，好也好得奇怪，三三两两，唧唧哝哝议论着。不多几时，连凤姐儿也知道了，邢王二夫人也有些疑惑，倒是贾母略猜着了八九。

这个过渡有多缓和？从紫鹃、雪雁的疑惑开始，到贾府众人，再传到凤姐，再到邢王二夫人，最后才写到贾母，绕了很大一个圈子；即使写到贾母，依然不用断然的语句，而说"贾母略猜着了八九"。贾母那么迟钝吗？凤姐那么迷糊吗？应该不至于，无非是作者要借个台阶一级一级上吧，作者十分小心谨慎。上完了台阶，他就开始"大白于天下"了。

> 那时正值邢王二夫人凤姐等在贾母房中说闲话，说起黛玉的病来。贾母道："我正要告诉你们，宝玉和林丫头是从小儿在一处的，我只说小孩子们，怕什么？以后时常听得林丫头忽然病，忽然好，都为有了些知觉了。所以我想他们若尽着搁在一块儿，毕竟不成体统。你们怎么说？"王夫人听了，便呆了一呆，只得答应道："林姑娘是个有心计儿的。至于宝玉，呆头呆恼，不避嫌疑是有的，看起外面，却还都是个小孩儿形象。此时若忽然或把那一个分出园外，不是倒露了什么痕迹了么。古来说的：'男大须婚，女大须嫁。'老太太想，倒是赶着把他们的事办办也罢了。"贾母皱了一皱眉，说道："林丫头的乖僻，虽也是他的好处，我的心里不把林丫头配他，也是为这点子。况且林丫头这样虚弱，恐不是有寿的。只有宝丫头最妥。"王夫人道："不但老太太这么想，我

们也是这样。但林姑娘也得给他说了人家儿才好，不然女孩儿家长大了，那个没有心事？倘或真与宝玉有些私心，若知道宝玉定了宝丫头，那倒不成事了。"贾母道："自然先给宝玉娶了亲，然后给林丫头说人家，再没有先是外人后是自己的。况且林丫头年纪到底比宝玉小两岁。依你们这样说，倒是宝玉定亲的话不许叫他知道倒罢了。"凤姐便吩咐众丫头们道："你们听见了，宝二爷定亲的话，不许混吵嚷。若有多嘴的，隄防着他的皮。"贾母又向凤姐道："凤哥儿，你如今自从身上不大好，也不大管园里的事了。我告诉你，须得经点儿心。不但这个，就象前年那些人喝酒耍钱，都不是事。你还精细些，少不得多分点心儿，严紧严紧他们才好。况且我看他们也就只还服你。"凤姐答应了。娘儿们又说了一回话，方各自散了。

这一段描写，作者拿捏得十分妥当。第一，揭盖子的还是贾母。这一笔就很妥帖，对于宝黛爱情和黛玉的心病其实人人心中有数，但大家碍于林黛玉是贾母的外孙女，而贾母非但很疼爱这位外孙女，而且贾母还十分自尊，她不允许别人插在她与外孙女之间有什么闲话，所以别人是绝对不会先出口的，只有贾母自己哪天决定捅破这层窗户纸，由她亲自来捅破。第二，贾母不愧一家之主，拿得起放得下，该说的时候绝不遮遮掩掩，而且一针见血，道出底里。贾母大大气气承认是自己警觉不够，判断有误，明明宝玉、黛玉"有了些知觉"却还让他们"尽着搁在一块儿"，处置不当。现在要改变安排，纠正错误，问大家怎么看。这确实是一个首脑人物的胸襟气派。何况林黛玉是她的外孙女，邢王二夫人是舅母，隔了一层，这种改变住所的决定只能由贾母做出，这种人情世故她自然懂得，现在她出手了。第三，王夫人的回答写得很精彩。她先是"呆了一呆"，贾母的话语可能是她等候好几年的，但贾母如此开门见山还是有点出乎她的意料，这呆一呆，是反应跟不上，也是话题重大需要斟酌。果然，王夫人斟酌后的话语简直滴水不漏，先听她的前两句。第一句对林黛玉下了个判断：是个有心计儿的。这里的有心计，并不含贬义，而是个褒义词，是说有头脑、有把握、有准绳的意思。联系说宝玉不避嫌疑、小孩儿形象，王夫人的意思是说黛玉与宝玉不会有出格的事情。这不仅是维护宝黛两人的清白，也是维护老太太的体面，当然也是王夫人的真心判断，并不是哄老太太。第三句则是策略考量："此时若忽然或把那一个分出园外，不是倒露了什么痕迹了么。"这是提醒老太太不能太急，一则怕刺激到宝玉、黛玉，万一出什么意外；二则现在舆论纷纷，这样做会授人以柄，招来更大的谣言。王夫人这样思考是明智的。王夫人的最后那句，才是她的核心意见："古来说的：'男大须婚，女大须嫁。'老太太想，倒是赶着把他们的事办办也罢了。"此话字面上把宝玉和黛玉的婚事一起提，实际上王夫人的重点、要害，是提醒贾母赶紧把林黛玉的婚事办掉。这话平日说不得，怕贾母生疑，但王夫人早就如鲠在喉，今日借这机会一吐为快。我们仔细分辨，贾母提出的是要替宝玉或黛玉变换住所，让两人离得远些；王夫人顺着贾母的话说着，但最后竟然变成：赶紧把林黛玉嫁出去！这区别可大了。然而王夫人说得顺理成章，还处处维护着老太太和林黛玉。这一通话语说得婉转动听，入情入理。我以为，王夫人讲得这么好，不是她谈话水平突然提高，而是她琢磨了若干年月，早就妥妥地打好腹稿，就等这么个吐出来的机会。大家话都说到这份上，贾母便来个兜底翻，吐露她深藏的秘密。

> 贾母皱了一皱眉，说道："林丫头的乖僻，虽也是他的好处，我的心里不把林丫头配他，也是为这点子。况且林丫头这样虚弱，恐不是有寿的。只有宝丫头最妥。"

第84回，这些家长们决定了宝玉与宝钗的终身大事，现在，她们又决定了林黛玉的前途。贾母向大家交了底——她为什么明知黛玉与宝玉的爱情，却还是排除了黛玉。她说出两个理由：一个是"乖僻"，另一个是"虚弱"，"乖僻"说的是性情，"虚弱"指体质。同第29回贾母对张道士所说的标准有较大改动，那时她提出两条，模样儿，性格儿，没讲到体质。这里能不能说是续作者高鹗对曹雪芹的原意出现了走动或者违背？我的看法，有所走动是必然的，但并不违背。在曹雪芹笔下，林黛玉的身子健康一直是个问题，从林黛玉还未出场的第2回，曹雪芹就从作者的角度写林黛玉"身体又极怯弱"。进了贾府以后，药罐子几乎就没离身，林妹妹就是病怏怏的代名词。不过，原作的最后部分林黛玉身体尚好，第76回她与史湘云联诗到四更以后，尽管她当夜几乎没合眼，并告诉湘云："我这睡不着也并非今日，大约一年之中，通共也只好睡十夜满足的。"第79回是曹雪芹写黛玉的最后一回，黛玉尚且夜深之时躲在山石背后静听宝玉的《芙蓉女儿诔》，尽管一会儿她就咳嗽了。但总体而言，曹雪芹"交到"高鹗手里的林黛玉，还是个行走自如的"正常人"，尽管很虚弱。而在高鹗笔下，几回以后林黛玉就成为卧榻不起的"病人"。这种情况下，贾母指出"林丫头这样虚弱，恐不是有寿的"，显得很在理。我们想说的就是，经过高鹗的描写，林黛玉的健康状况差到贾母可以理直气壮地排除她。我们并非指责高鹗写糟了，而是说高鹗专注于林黛玉的健康，加重了、突出了林黛玉的病情，虽然曹雪芹也可能这样写，但也可能不是这样。

再看王夫人，她是顺驴下坡，然后再次强调："但林姑娘也得给他说了人家儿才好。"贾母道："自然先给宝玉婚了亲，然后给林丫头说人家，再没有先是外人后是自己的。"贾母的这通话，展现了她的明显转变。在曹雪芹的笔下，贾母是竭力维护林黛玉的，每每黛玉小性子弄得宝玉大哭大病，贾母也只哭道"两个冤家"，而不单独责备黛玉一句。连紫鹃编造谎言而差点弄死宝玉，贾母都没处罚紫鹃，无非是投鼠忌器，她要维护林黛玉的脸面，要让这个孤儿在贾府受到绝对的尊重。现在贾母在选择孙媳妇时放弃了林黛玉，甚至当众宣告林黛玉是"外人"，无非是她自揭心底，揭她以前一直掩藏的。那个时代造成的实际，确实孙子才是"自己"，祖孙要共同生活直至生命结束；而外孙只是偶尔走动，甚至都不走动；至于外孙女，一旦嫁人就很少有关系了。贾母到这尘埃落定的时候才讲出一句大白话而已。

最后，贾母还宣布了一项纪律：宝玉与宝钗定亲的消息，严密封锁，不得走漏。就是对宝玉、黛玉进行封锁。这一下，前面一直不敢插嘴的凤姐来了机会，凤姐便吩咐众丫头们道："你们听见了，宝二爷定亲的话，不许混吵嚷。若有多嘴的，隄防着他的皮。"作者则借这一句，布下一道大坝，而傻大姐的打破悬念，相当于大坝决堤，造成情节洪流的急转直下。

总体上，这次贾府的高层会议描写得有章有法，并且一致通过了关于林黛玉的处理决定，具有纲领性质，同时决定着、制约着作品后面的情节。所以我们在本回一开始说，回目并没有触及本回的核心情节。

从各人的言语气度以及场面氛围衡量，这次家长会议很像曹雪芹的笔墨。在此提醒版本研究者注意。

接下来，作品才进入回目上半联"失绵衣贫女耐嗷嘈"。事情是这样的：邢岫烟的一件棉衣不见了，丫鬟问了一声看花果的婆子，婆子便大嚷起来。正好凤姐经过，训斥婆子无法无天，要惩罚婆子，邢岫烟再三替婆子求饶，才放过了。凤姐做一回有心人，便细看邢岫烟的穿着，都是些不能保暖的旧衣服，心中一阵可怜，回去就叫人送去皮袄棉衣。续作者对原作继承得比较好，凤姐虽然有其贪心、暴戾的一面，但内心深处依然不乏同情心，对邢岫烟这样本来应该由邢夫人照料的可怜人，她还是伸出了援助之手。不然，凤姐就难以在十二金钗中立足了。不过作者以这件事情作为回目，我依然以为有点小题大作。而后面一笔刻画，可能没有读者注意，但我觉得非常好。刚巧薛家差一个婆子过来办事，她见到平儿即道："方才听见说。真真的二奶奶和姑娘们的行事叫人感念。"然后婆子走了，"不在话下"。我觉得续作者这一笔很妙，是专门追着凤姐写的，就这么不起眼的一笔，刻画凤姐入木三分：凤姐刚做了件好事就四处嚷嚷，大肆标榜，她可不管邢岫烟的脸面。这就是凤姐。正好有个对比：宝钗照顾邢岫烟，则是尽量不让人知道，直到史湘云举着邢岫烟的当票大叫大嚷，她才悄悄告诉缘由。宝钗这事是曹雪芹写的，凤姐这事是高鹗写的，真可谓相得益彰。这种细节的处理，我们看到了高鹗的缜密与精致，领会到匠心与艺术。

然后作品进入"送果品小郎惊叵测"部分。我们刚刚说到高鹗的匠心与艺术，在这里进一步体现出来。"失绵衣贫女耐嗷嘈"同"送果品小郎惊叵测"两个情节，本来一东一西互不干涉，但是作者却巧妙地将它们联系起来。我们看。

> 且说薛姨妈家中被金桂搅得翻江倒海，看见婆子回来，述起岫烟的事，宝钗母女二人不免滴下泪来。

邢岫烟的故事作为桥梁，非常自然地把情节从贾府过渡到薛家。说起来容易写起来难，想到这么个构思，更是难上加难。顺道作品写了薛姨妈、宝钗、薛蝌的一番感叹与对话，薛姨妈表示不能早日娶来邢岫烟让她受苦了，薛蝌则说："琴妹妹还没有出门子，这倒是太太烦心的一件事。至于这个，可算什么呢。"这位侄子的话让薛姨妈暖心。下面一段描写有个奇特之处，我们说一说。

> 薛蝌回到自己房中，吃了晚饭，想起邢岫烟住在贾府园中，终是寄人篱下，况且又穷，日用起居，不想可知。况兼当初一路同来，模样儿性格儿都知道的。可知天意不均：如夏金桂这种人，偏教他有钱，娇养得这般泼辣；邢岫烟这种人，偏教他这样受苦。阎王判命的时候，不知如何判法的。想到闷来也想吟诗一首，写出来出出胸中的闷气。又苦自己没有工夫，只得混写道：
>
> 蛟龙失水似枯鱼，两地情怀感索居。
> 同在泥涂多受苦，不知何日向清虚。
> 写毕看了一回，意欲拿来粘在壁上，又不好意思。自己沉吟道："不要被人看见笑话。"又念了一遍，道："管他呢，左右粘上自己看着解闷儿罢。"又看了一回，到底不好，拿来夹在书里。又想自己年纪可也不小了，家中又碰见这样飞灾横祸，不知何日了局，致使幽闺弱质，弄得这般凄凉寂寞。

奇特在哪里呢？奇特在这首诗，但不在于诗的内容质量，而在于它出自薛蝌之手。《红楼梦》中不成文的规矩，除非特殊需要，男人是没有诗词的，尤其是形式最正规的诗，连贾政都没有呢！高鹗也算守规矩，后四十回中，除了宝玉、贾环、贾兰的《咏海棠》这三首咏物诗之外，男性人物的诗，就这一首，而且是咏怀诗。这未免奇怪！薛蝌何等人物？在整部小说中连三流都入不了，虽然高鹗给了他不少笔墨，但大多是叙述薛蟠的官司，薛蝌只当个"工具"，他的思想命运不在作者考虑之中。这样的人物让他写一首七绝，还是咏怀诗，似乎待遇大大超过规格，何况该诗普普通通毫无亮点。这就奇怪了，为什么要破规格？——我怀疑，这是高鹗挟私之作！挟什么私呢？挟的是他生命的痛点，畹君！高鹗与其妾畹君似乎是被迫分开，两人还有孩子，高鹗对畹君的痛切思念，有他留存至今的几首诗词为证。现在作品写到邢岫烟与薛蝌近在咫尺却不能见面，而且邢岫烟"是寄人篱下，况且又穷"，很可能触动高鹗自己的心弦，让他深感"天意不均"，薛蝌的感慨正是高鹗自己的情怀："这样飞灾横祸，不知何日了局，致使幽闺弱质，弄得这般凄凉寂寞。"他破格让薛蝌写诗，恐怕正是他本人以诗词寄情遣怀的写照。（吴世昌先生对高鹗生平的研究值得一读。）我们甚至有理由怀疑，作品之所以写"失绵衣贫女耐嗷嘈"，就是为了牵出薛蝌，牵出这首诗。因为曹雪芹已经写过邢岫烟典当棉衣的情节，这里又出现邢岫烟棉衣被窃，情节上有重复之嫌。高鹗不顾重复刻意插入这个情节，好像已经带着情绪了。假如我们的疑心是正确的，那么我们见到，高鹗与曹雪芹一样，他把自己的亲身经历，尤其是自己情感上的痛点，想方设法组成情节塞进了小说。这恐怕也是任何一个小说家的"通病"。当然，这也是续作的一个标贴。曹雪芹是绝不会让薛蝌的诗上版面的。

回到作品。薛蝌尚在忧思，新的麻烦又找来了。那是夏金桂差宝蟾来送酒菜，意在勾搭薛蝌。只是内容写得太一般，很像《水浒传》中潘金莲勾搭武松一幕，读者并无多深印象，对全书主题也没什么贡献，我们就不作鉴赏了。

第九十一回
纵淫心宝蟾工设计　布疑阵宝玉妄谈禅

"纵淫心宝蟾工设计"，是说夏金桂指使宝蟾去勾引薛蝌；"布疑阵宝玉妄谈禅"，是宝玉借"谈禅"向黛玉表示忠于宝黛爱情："任凭弱水三千，我只取一瓢饮。"

开头依然接着写宝蟾勾引薛蝌的情节。薛蝌到底不是武松，老实人，被吓得不敢回话，只能装睡。第二天刚刚天明宝蟾又穿着单薄地冲进来取走果碟。

> （薛蝌）于是把心放下，唤人舀水洗脸。自己打算在家里静坐两天，一则养养心神，二则出去怕人找他。原来和薛蟠好的那些人因见薛家无人，只有薛蝌在那里办事，年纪又轻，便生许多觊觎之心。也有想插在里头做跑腿的，也有能做状子的，认得一二个书役的，要给他上下打点的，甚至有叫他在内趁钱的，也有造作谣言恐吓的：种种不一。薛蝌见了这些人，远远躲避，又不敢面辞，恐怕激出意外之变，只好藏在家中，听候传详。不提。

我们略去不讲宝蟾，而讲薛蝌怕见外人，我觉得这一笔写得很好，因为描写夏金桂与宝蟾的笔墨比较普通，比清代一般的言情小说高明不了多少，但这一笔叙述，并非必要，属于"宕出一笔"，可见是作者特意加入，文字十分简洁，却道出世道人心。这种借题发挥，既有曹雪芹微言大义的风格，也接的上原作的笔力，值得鉴赏。

后面的剧情有点老套，丫头出主意打前站，奶奶夏金桂躲在幕后指使。宝蟾的计策是让夏金桂不断笼络施好，让薛蝌觉得需要还情，那时把薛蝌灌醉强行上手。若薛蝌不从则大闹起来说他调戏嫂子逼迫他就范。比一般剧情多出的一手是，宝蟾还夹着私心想先一步把薛蝌弄到手。这里描写夏金桂又是脸红又是一味听从宝蟾的计谋，好像没什么计算，这同原作描写她收服薛蟠的手段比较，夏金桂似乎小了一号。尤其糟糕是，眼看夏金桂一门心思都在薛蝌身上，却突然又冒出一个过继兄弟夏三，两人打得火热，情节有如出现杂音般的不协调。夏三，谐音下三滥、下三流，这是续作者再次继承原作手法。我不由得怀疑高鹗读懂了夏金桂为"瞎金贵"。

作品接着顺势接到宝钗身上。薛蟠来信，这封信倒值得一阅：

> 男在县里也不受苦，母亲放心。但昨日县里书办说，府里已经准详，想是我们的情

到了。岂知府里详上去，道里反驳下来。亏得县里主文相公好，即刻做了回文顶上去了。那道里却把知县申饬。现在道里要亲提，若一上去，又要吃苦。必是道里没有托到。母亲见字，快快托人求道爷去。还叫兄弟快来，不然就要解道。银子短不得。火速，火速。

此信值得一阅的道理就在于它是薛蟠的亲笔信，我们借此可以鉴赏一番这位老兄，但更重要的是，借此我们要看看续作者在薛蟠这个"活宝型"的人物身上，能不能接的上原作。瞧此信，通篇口语性质，没有一字文言腔，尤其是"若一上去，又要吃苦"，"还叫兄弟快来，不然就要解道。银子短不得。火速，火速"。活脱脱画出这位"有酒胆无饭力"的薛呆子。薛蟠怕的是什么？他倒不怕杀头，他知道凭他家的关系和银子，绝对不会杀头；他最怕的就是"吃苦"，一旦解递道府，一顿板子就逃不掉。还记得柳湘莲揍他的情景吗？还没使上三分力气，薛蟠已经叫得杀猪一般，柳湘莲恶心得连揍他的兴致都没了。现在听到要解道府，薛蟠急叫："银子短不得。火速，火速。"就怕挨打。我们想想，薛蟠自己打人的时候何等英武，打香菱的时候他哪里知道什么叫疼？砸死酒保的时候他哪里知道个"怕"字？现在为了不挨一顿板子，他真恨不得把薛家的家底卖光！娇生惯养的富家子弟，就是如此没有出息。中国人最讲究的"骨气"两字，在他们眼里就是空气！这一通亲笔信，将近抵得上"一个蚊子哼哼哼，两个苍蝇嗡嗡嗡"的妙笔。续作对薛蟠的把握，与原作榫卯相合，个性完全一致，几句书信即见个性，很不容易。

接到这封来信，薛姨妈自然是急坏了，立即打点薛蝌连夜启程。

那时手忙脚乱，虽有下人办理，宝钗又恐他们思想不到，亲来帮着，直闹至四更才歇。到底富家女子娇养惯的，心上又急，又苦劳了一会，晚上就发烧。到了明日，汤水都吃不下。莺儿去回了薛姨妈。薛姨妈急来看时，只见宝钗满面通红，身如燔灼，话都不说。薛姨妈慌了手脚，便哭得死去活来。宝琴扶着劝薛姨妈。秋菱也泪如泉涌，只管叫着。宝钗不能说话，手也不能摇动，眼干鼻塞。叫人请医调治，渐渐苏醒回来。薛姨妈等大家略略放心。早惊动荣宁两府的人，先是凤姐打发人送十香返魂丹来，随后王夫人又送至宝丹来。贾母邢王二夫人以及尤氏等都打发丫头来问候，却都不叫宝玉知道。一连治了七八天，终不见效，还是他自己想起冷香丸，吃了三丸，才得病好。后来宝玉也知道了，因病好了，没有瞧去。

这一段有几点值得注意。第一点是写宝钗急病，算是续作正面描写宝钗的第一桩事情。稍稍一想，那病等于今日一场急性感冒，算不得什么，几乎不值得一写。但是续作者写到了冷香丸，就变成一次遥远的照应，显出续作者的心思很深。想想，即使曹雪芹本人也只一次叙述到冷香丸，然后写过宝玉闻到过那特别的香气，此后隔了多少回都没提到。第二点是写宝玉没有去探病，为本回后文设定背景，也是针密线长的一笔。第三点是惊动了整个贾府，犹如弹琴一般，指尖一戳回音悠长，有的遣人问候，有的送药送丹，各人反应不一。第四点是提及宝琴，可惜这一次宝琴依然毫无表现，只有"宝琴扶着劝薛姨妈"一句，一点活人的气息都没有，很遗憾，曹雪芹曾经花了那么多笔墨的薛宝琴，在后四十回中有如消失。第五点是直接引出下面王夫人与贾政的关键对话。

> 王夫人又提起宝钗的事来，因说道："这孩子也苦了。既是我家的人了，也该早些娶了过来才是，别叫他糟蹋坏了身子。"贾政道："我也是这么想。但是他家乱忙，况且如今到了冬底，已经年近岁逼，不无各自要料理些家务。今冬且放了定，明春再过礼，过了老太太的生日，就定日子娶。你把这番话先告诉薛姨太太。"王夫人答应了。到了明日，王夫人将贾政的话向薛姨妈述了。薛姨妈想着也是。到了饭后，王夫人陪着来到贾母房中，大家让了坐。贾母道："姨太太才过来？"薛姨妈道："还是昨儿过来的。因为晚了，没得过来给老太太请安。"王夫人便把贾政昨夜所说的话向贾母述了一遍，贾母甚喜。

这里写得很清楚，对宝玉婚事拍板的还是贾政，非但由不得贾母，而且王夫人是先把大婚的安排向薛姨妈说了，然后当着薛姨妈的面告诉贾母；贾母非但不觉得没脸，反而"甚喜"，说明老太太很明白自己的位置和斤两。即使贾政本人，也没对王夫人说你先告知老太太，而是说"你把这番话先告诉薛姨太太"，告知贾母这个流程不说可有可无，也是可先可后的。我们强调这一点，是由于许多评论家把贾母看作决定者、拍板人。

这里我们插一句关于贾母的生日问题。贾政说过了老太太的生日再操办宝玉的婚事。可是，老太太的生日有两个说法，第 71 回明文写"因今岁八月初三乃贾母八旬之庆"，且大办寿宴；而第 62 回宝玉生日那天，因宝玉与平儿生日同一天，探春笑着历数各人的生日："大年初一日也不白过，大姐姐占了去。怨不得他福大，生日比别人就占先。又是太祖太爷的生日。过了灯节，就是老太太和宝姐姐，他们娘儿两个遇的巧。三月初一日是太太，初九日是琏二哥哥。二月没人。"第 22 回也写明宝钗生日是二十一日。按照探春这话，贾母的生日是正月二十一或前后一两日。两个叙述相差八个多月，我们采信哪一天呢？我以为应该采信八月初三，这一天曹雪芹大写特写，显然就是他安排的贾母生日。探春所说照理也不会错，生日是个重要日子，探春不是个糊涂人，绝对不会记错。怎么理解呢？或许作者写探春这话的时候，是想着让宝钗与贾母同一天，凑够几个同一天的，以示巧合；显然，在这么写的时候曹雪芹不怎么在意具体日子，而写贾母八十大寿时是郑重其事的。我们所以要注意贾母生日，是因为依照贾政的安排，宝玉的婚事还在八个月以后，作品还有足够的时间安排许多的情节。

有趣的是，正好这时候宝玉来了。大家见他进来都煞住话头，显然在回避他，这真叫不尴不尬，令宝玉十分疑惑。放学回来后他去潇湘馆，紫鹃告诉他黛玉去了上房给薛姨妈请安。看到这儿，相信读过几遍《红楼梦》、带着思考鉴赏态度的读者会产生一丝疑心：黛玉是真心去请安吗？或许，她更在意的是乘此机会去探探虚实吧？这么多日子，宝钗总是不过来，黛玉心中早已生出一百个问号。今日薛姨妈过来，正是黛玉进行"火力侦察"的大好机会，她怎能放过？这么思考着，再看下文。宝玉正要离去，黛玉回来了。

> 黛玉进来，走入里间屋内，便请宝玉里头坐。紫鹃拿了一件外罩换上，然后坐下，问道："你上去看见姨妈没有？"宝玉道："见过了。"黛玉道："姨妈说起我没有？"

大家是否觉得，黛玉的问题有些奇怪？坐下第一句话："你上去看见姨妈没有？"这问得也就罢了。第二句："姨妈说起我没有？"黛玉怎么会问出这话来？这问题很奇怪的，而黛玉偏偏张口就问，这显然不是闲聊，而是怀有某种目的的盘问。想来可能黛玉的亲自侦察依然不得要领，但是，宝钗再次不现身的事实，以及薛姨妈、贾母、王夫人对于宝钗为何不来的种种遮掩，更加重了黛玉的疑虑。现在，唯一的突破口只有宝玉（当然我们读者只能依据作者的设定来思考，假如按照我们自己的思路，黛玉还有一个突破口，她完全可以"深入敌后""直探虎穴"——直接去走访薛家，探望宝钗，就像第8回"探宝钗黛玉半含酸"那样。但是作者似乎堵死了黛玉的这条思路，我们无可奈何）。宝玉一番直肠子话语，不仅透露出黛玉亟需的"情报"，而且大大温暖了她的心。

> 宝玉道："不但没有说起你，连见了我也不象先时亲热。今日我问起宝姐姐病来，他不过笑了一笑，并不答言。难道怪我这两天没有去瞧他么。"黛玉笑了一笑道："你去瞧过没有？"宝玉道："头几天不知道，这两天知道了，也没有去。"黛玉道："可不是。"宝玉道："老太太不叫我去，太太也不叫我去，老爷又不叫我去，我如何敢去。若是象从前这扇小门走得通的时候，要我一天瞧他十趟也不难。如今把门堵了，要打前头过去，自然不便了。"黛玉道："他那里知道这个原故。"宝玉道："宝姐姐为人是最体谅我的。"黛玉道："你不要自己打错了主意。若论宝姐姐，更不体谅，又不是姨妈病，是宝姐姐病。向来在园中，做诗赏花饮酒，何等热闹，如今隔开了，你看见他家里有事了，他病到那步田地，你象没事人一般，他怎么不恼呢。"宝玉道："这样难道宝姐姐便

不和我好了不成？"黛玉道："他和你好不好我却不知，我也不过是照理而论。"宝玉听了，瞪着眼呆了半晌。黛玉看见宝玉这样光景，也不睬他，只是自己叫人添了香，又翻出书来细看了一会。只见宝玉把眉一皱，把脚一跺道："我想这个人生他做什么！天地间没有了我，倒也干净！"

先说明一下，宝玉说"老太太不叫我去，太太也不叫我去"，是不教、不让、不许的意思。我们看，黛玉既有穷追直问，也有旁敲侧击，更有引蛇出洞，最后却来个装聋作哑。这正是年轻恋人的心态：原来是针对第三方的对话，说着说着渐渐演变成彼此之间的口舌之辩、口角之争，一场比较理性的谈话演变成十分感性的争辩，甚至令宝玉感到烦恼。本来是黛玉自己招引宝玉的，"你象没事人一般，他怎么不恼呢"。宝玉说了句老实话"宝姐姐便不和我好了不成"，黛玉却着恼了。尤其，"宝玉听了，瞪着眼呆了半晌。黛玉看见宝玉这样光景，也不睬他，只是自己叫人添了香，又翻出书来细看了一会"，这是十分典型的林黛玉做派。林黛玉真是个性情人物，但这样做有风险，假如宝玉也赌气拔腿就走，这一夜黛玉可怎么合眼？好在后面黛玉及时挽回，她用一套佛家言语来过渡引申，然后又开导宝玉，使得谈话氛围由冷转暖，不仅黛玉自己态度变好，更令宝玉转恼为喜。

> 黛玉道："原是有了我，便有了人；有了人，便有无数的烦恼生出来，恐怖，颠倒，梦想，更有许多缠碍。——才刚我说的都是顽话，你不过是看见姨妈没精打彩，如何便疑到宝姐姐身上去？姨妈过来原为他的官司事情心绪不宁，那里还来应酬你？都是你自己心上胡思乱想，钻入魔道里去了。"宝玉豁然开朗，笑道："很是，很是。你的性灵比我竟强远了，怨不得前年我生气的时候，你和我说过几句禅语，我实在对不上来。我虽丈六金身，还借你一茎所化。"

黛玉扭转气氛这一招十分关键，"才刚我说的都是顽话"，她退了一步以缓和气氛。（但"有了人，便有无数的烦恼生出来，恐怖，颠倒，梦想，更有许多缠碍"。从语言角度看十分蹩脚，前八十回从来没有如此死板僵硬、枯燥乏味的对话。林黛玉会说出这种话？即使是讲理论的话题，看看她教香菱的对话。）接着，在宽松乃至怡悦的气氛中两人以打禅为幌子，一问一答，第一次公然表明相爱的心迹。这段对话也成为《红楼梦》的经典，读者难以忘却。

> 黛玉乘此机会说道："我便问你一句话，你如何回答？"宝玉盘着腿，合着手，闭着眼，嘘着嘴道："讲来。"黛玉道："宝姐姐和你好你怎么样？宝姐姐不和你好你怎么样？宝姐姐前儿和你好，如今不和你好你怎么样？今儿和你好，后来不和你好你怎么样？你和他好他偏不和你好你怎么样？你不和他好他偏要和你好你怎么样？"宝玉呆了半晌，忽然大笑道："任凭弱水三千，我只取一瓢饮。"黛玉道："瓢之漂水奈何？"宝玉道："非瓢漂水，水自流，瓢自漂耳！"黛玉道："水止珠沉，奈何？"宝玉道："禅

心已作沾泥絮，莫向春风舞鹧鸪。"黛玉道："禅门第一戒是不打诳语的。"宝玉道："有如三宝。"黛玉低头不语。

在此之前，宝玉与黛玉虽然热恋多年，但黛玉从来不肯直接与宝玉谈论爱情话题，要是宝玉稍微把话挑明一点，黛玉就会着恼乃至哭泣；礼教的禁锢令林黛玉禁忌"爱情"一词，明明爱得死去活来却不肯说一句"我爱你"，也不许宝玉对她说一句"我爱你"，这是大家闺秀的基本守则，也是所谓的清白清高、洁身自好。今日，到了生死存亡的危急关头（实际上已经大局注定，黛玉、宝玉不知道而已），林黛玉终于打破禁忌，点着宝钗的名字要求宝玉表态。这样的机会宝玉岂能放过！他的态度十分坚定而明确：这天底下美女再多，我只爱你一个人；即使宝钗姐姐对我有意，我心已经属于你，我不会有任何动摇。最后黛玉还要求宝玉发誓才算完了，对于宝玉她终于可以放心。但是她也明白，她与宝玉加在一起也并不能决定什么，他们的命运不在自己手中。"黛玉低头不语。"正是"才下眉头，却上心头"！

续作者对于情节的穿插很巧妙，一方面他早就告诉读者宝玉与宝钗的婚事已然定下，一方面他又大肆描写黛玉的争取、宝玉的誓言，两个方面如此冲突对立，既造成强烈的悬念与对比，又让读者对黛玉产生无限的同情，艺术效果相当显著。

不过下面的描写，或有商榷之处。

> 只听见檐外老鸹呱呱的叫了几声，便飞向东南上去，宝玉道："不知主何吉凶。"黛玉道："人有吉凶事，不在鸟音中。"

老鸹就是乌鸦，恐怕十岁孩子都知道乌鸦叫是不吉利的，宝玉连这点常识都不懂，岂非变成个傻瓜蛋？黛玉真的这么洒脱吗？大家记得，宝玉生日那天夜里抽取花签的时候，黛玉默默想到："不知还有什么好的被我掣着方好。"她可在乎冥冥之中的事情呢！所以她说"人有吉凶事，不在鸟音中"，正因为是乌鸦叫，她才说不理睬，无非是宽慰宝玉，也是在鼓舞自己。只可惜作者把宝玉写得太傻了。

本回最后一笔描写看似什么事也没有，却对宝黛爱情有如当头一棒。

> 忽见秋纹走来说道："请二爷回去。老爷叫人到园里来问过，说二爷打学里回来了没有。袭人姐姐只说已经来了。快去罢。"吓得宝玉站起身来往外忙走，黛玉也不敢相留。未知何事，下回分解。

这一笔不无讽刺色彩，刚刚两个人还在信誓旦旦，要自己把握自己的命运，但贾政只不过问一句宝玉回来了没有，还没说有什么事，"吓得宝玉站起身来往外忙走，黛玉也不敢相留"。宝玉、黛玉两人，对家长是如此害怕、顺从，他们敢为自己的爱情做出争取吗？

　　最后请大家留意，以上这段描写，是宝玉、黛玉两人最后一次单独相处，也是宝黛爱情最后一次直接描写，堪称宝黛爱情的"绝唱"。这以后，虽然他们还有过见面，但都是在家庭聚会场合，没有他们两人的直接对话，更不用说谈情说爱了。至于黛玉痰迷时去找宝玉，两人都神志不清，不能算正式交谈。所以本回可称宝黛爱情最后的闪耀。

　　从人物描写的层面看，打禅一段，林黛玉对宝玉的一连串发问，表现出她应有的智慧和气度，终于，续作写出了黛玉的灵气，摸索到黛玉的真魂，这是续作一个长足的进步。这么一写，林黛玉的精气神才真正复原。客观地说，续作一直没有写出黛玉的这个特质；它把黛玉写得很感人、很深入、很周到，黛玉的悲情和苦衷写得不亚于原作；但是我们总觉得黛玉缺了点什么，站在那里少一股神，一种林黛玉特有的精气神。续作前十回中的林黛玉太蔫、太灰暗，缺乏她原有的果敢和亮度。直到这里，黛玉的神和气终于补上了，虽然还不够完备，但像是曹雪芹笔下的林黛玉了。我们要恭喜高鹗先生，他用了十回的篇幅来摸索、磨合，总算磨合成功。但可惜湘云、探春等人始终未能真正融入作品。人们可以说是续作者才华不逮，也可以说他是有取有舍，因为他把全书的三位核心人物贾宝玉、林黛玉、薛宝钗都刻画得相当完满，他的功力已经放在那里，毋庸怀疑。

第九十二回

评女传巧姐慕贤良　玩母珠贾政参聚散

"评女传巧姐慕贤良"是说凤姐的女儿巧姐同宝玉谈论《女孝经》《烈女传》中的女子，"玩母珠贾政参聚散"，叙述贾政看到珍珠的子珠自然地拱起母珠，感慨母子之情。不过这一回的真正看点，还是在宝玉身上。

本回第一个情节是袭人对宝玉的规劝。出了潇湘馆秋纹才告诉宝玉并不是贾政找宝玉，而是袭人叫他回来。袭人劝他"都长了几岁年纪了，怎么好意思还象小孩子时候的样子"。袭人越来越不要宝玉往潇湘馆跑。

第二个情节是贾母举办消寒会，宝玉和巧姐先到，两人谈起巧姐读书的事情。巧姐说她已经认识三千多字，读过《女孝经》，正在读《烈女传》，贾母说宝玉做叔叔的该给侄女儿讲讲这些经书，于是宝玉借机发挥了一通，从文王后妃扯到西施、红拂。巧姐儿又告诉宝玉一个消息：凤姐打算把柳五儿给宝玉，算是顶替小红。这段情节没有什么可鉴赏的，更有人批评说宝玉怎么会去讲这些。倒是其中两个漏洞必须说说。一个是巧姐，第 88 回巧姐见到贾芸就哭，完全是个幼儿形象，现在则一变而成为少女，年龄断层太大。我们前面说过曹雪芹手中巧姐就有这个问题，为什么到了续作中这个问题依然存在？我百思不得其解。高鹗非常细心，连惜春画大观园这种被曹雪芹遗忘的细节都补上了，却在巧姐身上犯下低级错误。有一种观点认为这一段可能真有曹雪芹的遗稿，高鹗一时没注意沿用原稿造成的。但我不能被说服，因为高鹗只要把第 88 回中的巧姐形象改为少女、或者第 88 回中不写巧姐，都可以避免这个大漏洞的。还有一个漏洞是柳五儿，第 77 回王夫人在驱逐晴雯、四儿、芳官时，对芳官说："你还强嘴。我且问你，前年我们往皇陵上去，是谁调唆宝玉要柳家的丫头五儿了？幸而那丫头短命死了，不然进来了，你们又连伙聚党遭害这园子呢。"依此，柳五儿已经死了好久，续作者或许忽略了王夫人的话，让柳五儿起死回生，后面还有演出。我们再思考一下：续作有四十回之多，相当于全书的三分之一，笔下人物以百计，这么多内容、这么多人物，续作几乎没有任何明显的漏洞，为什么偏偏在这个小小的段落中，一连犯下两个错误？简直无法解释，只能存疑。

继续看作品。

> 贾母等着那些人，见这时候还不来，又叫丫头去请。回来李纨同着他妹子，探春、惜春、史湘云、黛玉都来了，大家请了贾母的安，众人厮见。独有薛姨妈未到，贾母又叫请去。果然姨妈带着宝琴过来。宝玉请了安，问了好。只不见宝钗、邢岫烟二人。黛玉便问起"宝姐姐为何不来？"薛姨妈假说身上不好。邢岫烟知道薛姨妈在坐，所以不来。宝玉虽见宝钗不来，心中纳闷，因黛玉来了，便把想宝钗的心暂且搁开。

我们难免为贾母难过，这么大年纪还兴兴头头举办消寒会，她老人家自己早就到场，再看宝玉与巧姐也聊了半天，居然绝大多数人还是没来，还要她去催。这看似无足轻重的一笔，写出了家族的气象。而黛玉，紧盯着询问："宝姐姐为何不来？"她真是焦急而又无奈。"宝玉虽见宝钗不来，心中纳闷，因黛玉来了，便把想宝钗的心暂且搁开。"这也只能说是宝玉的自我安慰。这场消寒会，作者不写食物酒水，突出大家心不在焉、各怀心事，处理得法。

接着，作品交代了司棋和恋人双双殉情而死。这个情节与尤三姐柳湘莲略有相似。不惜情节的某种重复，作者显然在强调大观园白色恐怖的可怕，以及强化贾府的悲剧氛围。不过我个人更关注这里对凤姐的塑造。本来，司棋就是被凤姐查处的，而且是作为对邢夫人一派进行打击。但现在司棋母亲派人来求情，听到司棋的故事，凤姐反而被感动了。

> 凤姐听了，诧异道："那有这样傻丫头，偏偏的就碰见这个傻小子！怪不得那一天翻出那些东西来，他心里没事人似的，敢只是这么个烈性孩子。论起来，我也没这么大工夫管他这些闲事，但只你才说的叫人听着怪可怜见儿的。也罢了，你回去告诉他，我和你二爷说，打发旺儿给他撕掳就是了。"

对司棋的同情这时上升为凤姐的主要情感，这里再次表现出凤姐具有某种侠义心肠，这与原作对凤姐的塑造完全一致。我们不能不赞扬续作者。续作之所以成功，就是它对最主要人物宝玉、黛玉、宝钗、贾母、凤姐等人的塑造相当成功。

接着作品掉转笔头写到贾政。冯紫英来见，说他的朋友从广西带来四种洋货，有二十四扇楠檀围屏，有三尺多高的童子报时钟；他拿来两样轻巧的让贾政过眼。一颗桂圆大的珍珠，将它与其他珍珠放在一起时，那些小珠子儿滴溜溜溜滚到大珠身边来，一会儿把这颗大珠子抬高了，别处的小珠子一颗也不剩，都粘在大珠上。冯紫英又出示一张非常轻薄的鲛绡帐，说：

> "这四件东西价儿也不很贵，两万银他就卖。母珠一万，鲛绡帐五千，《汉宫春晓》

与自鸣钟五千。"贾政道："那里买得起。"冯紫英道："你们是个国戚，难道宫里头用不着么？"贾政道："用得着的很多，只是那里有这些银子。等我叫人拿进去给老太太瞧瞧。"

贾政真是老老实实，一点不要面子，不怕说穷，与原作中的形象没有走动。而他既没钱买却又要拿进去让老太太瞧瞧，真不知道万一老太太说想要，贾政怎么办？好在，老太太并不糊涂，但是却有个糊涂二爷贾琏差点坏事。

贾政便着人叫贾琏把这两件东西送到老太太那边去，并叫人请了邢王二夫人凤姐儿都来瞧着，又把两件东西一一试过。贾琏道："他还有两件：一件是围屏，一件是乐钟。共总要卖二万银子呢。"凤姐儿接着道："东西自然是好的，但是那里有这些闲钱。咱们又不比外任督抚要办贡。我已经想了好些年了，象咱们这种人家，必得置些不动摇的根基才好，或是祭地，或是义庄，再置些坟屋。往后子孙遇见不得意的事，还是点儿底子，不到一败涂地。我的意思是这样，不知老太太、老爷、太太们怎么样。若是外头老爷们要买，只管买。"贾母与众人都说："这话说的倒也是。"贾琏道："还了他罢。原是老爷叫我送给老太太瞧，为的是宫里好进。谁说买来搁在家里？老太太还没开口，你便说了一大些丧气话！"说着，便把两件东西拿了出去，告诉了贾政，说老太太不要。

大家注意看，贾琏刚报出价格，凤姐立马踩刹车，强调家境困难，这东西不需要。贾琏恶狠狠回道："老太太还没开口，你便说了一大些丧气话！"贾琏话语中带着强烈的情绪。依我看，贾琏事先已经被冯紫英买通，买卖做成贾琏能够抽成。想想，二万两的买卖，抽一成就是两千两银子！如此大的诱惑，贾琏如何不急。可恨的是，拆台的偏偏是他的妻子，贾琏如何不恼？我们之所以认为这一段值得一说，就是贾琏、凤姐夫妻方面，续作完美地继承了原作的衣钵，这对夫妻永远是窝里斗。而我们之所以看重，倒不仅在于作品对某个人的态度如何，而是因为凤姐和贾琏是唯一的通贯全书的一对夫妻关系描写。《红楼梦》这么长，其实却没写多少夫妻关系，除了凤姐、贾琏，就只有贾政和王夫人，至于贾珍与尤氏则是片段式的描写，而薛蟠与夏金桂则更是短时间的一段。即使贾政与王夫人，作品都没写过他们坐下来一起喝一杯茶。所以凤姐与贾琏的夫妻关系是《红楼梦》比较完整揭示的唯一一对夫妻，实在是价值非常。

本回最后的情节是写贾雨村要升官，这可能是为后文做铺垫。只是冯紫英打听贾雨村与贾府是否本家，很有问题。他对贾府那么熟，几代世交，理当了然于胸；而贾政向冯紫英复述与贾雨村的关系，更是累赘。续作在这些方面有时显得特别低级，大约是束手束脚的关系吧。

　　总体看，本回结构显得支离破碎，东一榔头西一棒，让人唏嘘。或许是作者当时的写作状态不好吧？不过，本回写凤姐、贾琏虽然只几句对话，但神态性情有如原作，十分可喜。而到了第 94 回，作品好到让人怀疑：所有人物都像得了真魂、对准了焦距，一下子明亮清晰、活灵活现；连作品的叙述语言也如鱼虾游荡，一派灵气。——这究竟是曹雪芹写的？还是续作者写的？非常值得研究。我们到时再说。

第九十三回

甄家仆投靠贾家门　水月庵掀翻风月案

"甄家仆投靠贾家门"，说的是贾府世交甄府的仆人包勇投靠贾府；"水月庵掀翻风月案"，写贾芹在水月庵与女僧人胡闹被贾府开除。

本回第一段写了一个很少有人注意的细节。

> 只见两个管屯里地租子的家人走来，请了安，磕了头，旁边站着。贾政道："你们是郝家庄的？"两个答应了一声。贾政也不往下问，竟与贾赦各自说了一回话儿散了。

管屯子的人是来交地租的，这是关系家族经济命脉的大事，贾政、贾赦兄弟俩却根本不当回事，不闻不问，这里作者写出了贾府的"家风"，经济之类在老爷们眼里属于俗务，过问这些事情似乎便跌了身价。比较起来，他们还没有贾珍务实。由此我们可以想象荣府的经济状况。

作品紧接着叙述管租人述说连车带物被衙役抢劫，这是反映社会黑暗的一面，是作品较少触及的。第二天是临安伯请看戏，贾珍有公务，宝玉便跟着贾赦前往。看作品的描述："于是贾赦带着宝玉走入院内，只见宾客喧阗。贾赦宝玉见了临安伯，又与众宾客都见过了礼。大家坐着说笑了一回。"这里再次缺乏应有的景物描写。这几乎成为后四十回的通病。

我们看重的是蒋玉菡的出场。

> 只见一个掌班的拿着一本戏单，一个牙笏，向上打了一个千儿，说道："求各位老爷赏戏。"先从尊位点起，挨至贾赦，也点了一出。那人回头见了宝玉，便不向别处去，竟抢步上来打个千儿道："求二爷赏两出。"宝玉一见那人，面如傅粉，唇若涂朱，鲜润如出水芙蕖，飘扬似临风玉树。原来不是别人，就是蒋玉菡。前日听得他带了小戏儿进京，也没有到自己那里。此时见了，又不好站起来，只得笑道："你多早晚来的？"蒋玉菡把手在自己身子上一指，笑道："怎么二爷不知道么？"宝玉因众人在坐，也难说话，只得胡乱点了一出。蒋玉菡去了，便有几个议论道："此人是谁？"有的说："他向来是唱小旦的，如今不肯唱小旦，年纪也大了，就在府里掌班。头里也改过小生。他也攒了好几个钱，家里已经有两三个铺子，只是不肯放下本业，原旧领班。"有的说："想

必成了家了。"有的说："亲还没有定。他倒拿定一个主意，说是人生配偶关系一生一世的事，不是混闹得的，不论尊卑贵贱，总要配的上他的才能。所以到如今还并没娶亲。"宝玉暗忖度道："不知日后谁家的女孩儿嫁他。要嫁着这样的人材儿，也算是不辜负了。"那时开了戏，也有昆腔，也有高腔，也有弋腔梆子腔，做得热闹。

蒋玉菡很不容易地露了一面，同宝玉也只是打了个招呼，作品依然以侧叙的手法介绍他的近况，他不仅发了小财买下几家店铺，还自己开办剧团，应该已经过得不错了。关键是宝玉的想法："不知日后谁家的女孩儿嫁他。要嫁着这样的人材儿，也算是不辜负了。"宝玉的这个评价同人们历来的评论有较大的出入，大多数评论家认为袭人嫁给蒋玉菡属于落入下流，是作者对袭人的贬谪，是上苍对袭人的某种惩罚；但是宝玉认为能嫁给蒋玉菡是一种福分。实际上从宝玉与蒋玉菡（最早叫琪官，宝玉为他而遭父亲毒打）的关系说，别说蒋玉菡现在有钱了，即使身无分文，落得柳湘莲、秦钟那样，也是可亲可爱的。所以我认为作品替袭人安排的出路是比较幸福如意的，而不是当"一床破席子"扔掉。作品的处理态度同第5回"堪羡优伶有福，谁知公子无缘"的评价是一致的。为了暗喻袭人，作品还特地让蒋玉菡演了一出《占花魁》，花者，花袭人也。

下一个情节是南方甄家举荐家臣包勇来贾府，贾政只得收留。这个情节花了一千多字，显然是为后文做铺垫。

后一个情节占了整整半回的篇幅。贾芹在水月庵想招惹芳官等人，芳官不予理睬，他便勾搭上几个年轻的女尼女道士，以至于于大白天召集所有的女尼女道士喝酒行令，一派乌烟瘴气。不想被人张贴举报，门人将帖子抄来。

贾政看了，气得头昏目晕，赶着叫门上的人不许声张，悄悄叫人往宁荣两府靠近的夹道子墙壁上再去找寻。随即叫人去唤贾琏出来。

贾琏即忙赶至。贾政忙问道："水月庵中寄居的那些女尼女道，向来你也查考查考过没有？"贾琏道："没有。一向都是芹儿在那里照管。"贾政道："你知道芹儿照管得来照管不来？"贾琏道："老爷既这么说，想来芹儿必有不妥当的地方儿。"贾政叹道："你瞧瞧这个帖儿写的是什么。"贾琏一看，道："有这样事么？"正说着，只见贾蓉走来，拿着一封书子，写着"二老爷密启"。打开看时，也是无头榜一张，与门上所贴的话相同。贾政道："快叫赖大带了三四辆车子到水月庵里去，把那些女尼女道士一齐拉回来。不许泄漏，只说里头传唤。"赖大领命去了。

细心的读者不妨对比一下，贾政对地租的事情不闻不问，但对此事却急切处置。

可见他把名声看得何其重要。这大约也是他们那种身份地位的人的共性吧。

赖大立即赶往水月庵，当夜就把那些年轻的女尼女道装车押回，顺带把贾芹也带走。从这里开始，作品把重心落在凤姐、贾琏的关系上。我们得说，这对夫妻被写得很出彩。

　　贾琏抽空才要回到自己房中，一面走着，心里抱怨凤姐出的主意，欲要埋怨，因他病着，只得隐忍，慢慢的走着。且说那些下人一人传十传到里头。先是平儿知道，即忙告诉凤姐。凤姐因那一夜不好，恹恹的总没精神，正是惦记铁槛寺的事情。听说外头贴了匿名揭帖的一句话，吓了一跳，忙问贴的是什么。平儿随口答应，不留神就错说了道："没要紧，是馒头庵里的事情。"凤姐本是心虚，听见馒头庵的事情，这一唬直唬怔了，一句话没没说出来，急火上攻，眼前发晕，咳嗽了一阵，哇的一声，吐出一口血来。平儿慌了，说道："水月庵里不过是女沙弥女道士的事，奶奶着什么急。"凤姐听是水月庵，才定了定神，说道："呸，糊涂东西，到底是水月庵呢，是馒头庵？"平儿笑道："是我头里错听了是馒头庵，后来听见不是馒头庵，是水月庵。我刚才也就说溜了嘴，说成馒头庵了。"凤姐道："我就知道是水月庵，那馒头庵与我什么相干。原是这水月庵是我叫芹儿管的，大约克扣了月钱。"平儿道："我听着不象月钱的事，还有些腌臜话呢。"凤姐道："我更不管那个。你二爷那里去了？"平儿说："听见老爷生气，他不敢走开。我听见事情不好，我吩咐这些人不许吵嚷，不知太太们知道了么。但听见说老爷叫赖大拿这些女孩子去了。且叫个人前头打听打听。奶奶现在病着，依我竟先别管他们的闲事。"正说着，只见贾琏进来。凤姐欲待问他，见贾琏一脸的怒气，暂且装作不知。贾琏饭没吃完，旺儿来说："外头请爷呢，赖大回来了。"贾琏道："芹儿来了没有？"旺儿道："也来了。"贾琏便道："你去告诉赖大，说老爷上班儿去了。把这些个女孩子暂且收在园里，明日等老爷回来送进宫去。只叫芹儿在内书房等着我。"旺儿去了。

说写这对夫妻很出色，是抓准了人物性格本质和两人关系的实质。贾琏因为贾芹是凤姐推荐的，就想埋怨她，但凤姐本来就病着，只得隐忍，不过脸色还是非常难看；凤姐明知所以，也装作不知道。这对夫妻就是这么个不战不和状态，与薛蟠、夏金桂相比，两人的道行都要深些，都照顾一点脸面，但是始终互不信任、相互猜忌乃至相互拆台。这对算得聪明的人儿，从一开始就这样相处得很不聪明。我们没有古代中国人婚姻状况的统计资料，但现代所知所见，婚龄七八年以上的夫妻，倒有不少是这样仅仅是形式上的夫妻，下不了离婚的决心而已。

　　我们再说说凤姐。她聪明过头，当年害死人命得了三千两银子，成了当今一桩大大的心病，一场噩梦之后天天胆战心惊。但越是担忧却又要装出心里没事的样子。可是两条人命挂在头顶，听到"铁槛寺"三个字就吓得吐血，这日子怎么过？然而她既不会同贾琏商量，也不肯向忠心赤胆的平儿吐露半句。独自这样扛着，短则半年一年、长则三年之内，恐怕精神会崩溃。我一直说，十二金钗中间合该有一位是以发疯结局，如此则让十二金钗的悲剧丰富多彩。作品写到这里，发疯的最佳人选已经变成凤姐。本来从生理心理方面相比较，林黛玉有可能入选，但是第 5 回的命运安排中得知黛玉不会发疯，以中国传统美学铸就的《红楼梦》也不可能让头号女主人变成疯子，读者接受不了，作者也不可能有那个选项。而王熙凤就不一样了，太虚幻境给她的判词，"一从二令三人木，哭向金陵事更哀"，其中的"人木"，大多以合字的方法理解为"休"，休弃。假如我们以比喻的方法，也可以把"人木"理解为人如木头，也就是痴呆了，疯了。以凤姐目前的状况距离疯掉已经不算遥远。还有一个理由，凤姐是十二金钗中唯一有罪恶、有血债的，让她变疯子，堪称罪有应得，作者下得了手，读者也能接受。而让其他人变为疯子，似乎都难接受，都有损形象美。不过，作品最后并没让凤姐发疯。这就是文本。

本回最后一段写贾琏、赖大放过贾芹，其中言语做派很有原著的味道，由于是很次要的人物我们不展开，读者自己去欣赏。之所以提一句，是想说明，第 94 回所有人物满盘皆活的大复兴，是有上一回和本回凤姐、贾琏等人的"复活"为先手的。第 94 回开始，我们需要重新定义。

第九十四回

宴海棠贾母赏花妖　失宝玉通灵知奇祸

"宴海棠贾母赏花妖"，写怡红院本该春天开的海棠花却在冬季开放，引发全家人热议；"失宝玉通灵知奇祸"，写通灵宝玉再次遗失，预兆灾祸来临。本回的情节倒是一般，是在替后面的变故打底子；但所有人物——几乎一家人统统登场——的表现，简直像是把前八十回中的原班人马请回来演的，一举手一抬足都是原著的气韵。这是后四十回中非常奇异的现象，值得好好欣赏，更须深入研究，做出合理的解释。我也将给出我个人的见解。所以这一回讲得细致些，引用作品也特别多。

> 到了明日早起，贾政正要下班，因堂上发下两省城工估销册子立刻要查核，一时不能回家，便叫人回来告诉贾琏说："赖大回来，你务必查问明白。该如何办就如何办了，不必等我。"贾琏奉命，先替芹儿喜欢，又想道：若是办得一点影儿都没有，又恐贾政生疑，"不如回明二太太讨个主意办去，便是不合老爷的心，我也不至甚担干系。"主意定了，进内去见王夫人，陈说："昨日老爷见了揭帖生气，把芹儿和女尼女道等都叫进府来查办。今日老爷没空问这种不成体统的事，叫我来回太太，该怎么便怎么样。我所以来请示太太，这件事如何办理？"

贾琏摸准了贾政的脾性，他对付贾政也可谓"眉头一皱计上心头"，这一招移花接木假传圣旨误导王夫人，玩得一气呵成。贾琏称不上有才，但还是比较机灵的，当年他也曾这么对付过贾赦，谎报差事。那么王夫人是不是中招呢？王夫人听了，诧异道："这是怎么说！若是芹儿这么样起来，这还成咱们家的人了么！但只这个贴帖儿的也可恶，这些话可是混嚼说得的么。你到底问了芹儿有这件事没有呢？"王夫人猛然听到这事，反应不过来，话语有点颠三倒四。既埋怨贾芹，又去指责贴帖儿的，正是王夫人心性的真实流露。

> 贾琏道："刚才也问过了。太太想，别说他干了没有，就是干了，一个人干了混帐事也肯应承么？但只我想芹儿也不敢行此事，知道那些女孩子都是娘娘一时要叫的，倘或闹出事来，怎么样呢？依侄儿的主见，要问也不难，若问出来，太太怎么个办法呢？"

先从技术上说，贾琏这话几乎滴水不漏，他不说自己问贾芹的结果，而说太太想，贾芹肯应承吗？先推到贾芹头上，是贾芹不肯应承；然后带出自己的想法。大家注意，只是想法，贾琏给自己留着后路呢，万一贾政回来问出来，他贾琏也没责任。最后他再将王夫人一军："要问也不难，若问出来，太太怎么个办法呢？"贾琏可谓狡猾。再说性质，前面贾琏是谎说贾政叫王夫人处理，这性质还一般；这里则进行实质性的欺骗，隐瞒贾芹的劣迹；接着更是恐吓："若问出来，太太怎么个办法呢？"他深知王夫人把脸面当第一要务，所以就吓唬。贾琏对付贾政、王夫人真有一套！大家比较一下，凤姐对王夫人可不曾这么瞒哄欺骗，她倒不是手段比贾琏低，而是对姑妈还存着感恩之心，比较真心，一般不欺骗，除了迟发月钱去赚高利贷。所以我们一直说，曹雪芹刻画王熙凤还是抱着同情的。贾琏玩弄王夫人就严重多了，贾琏是摆明欺负王夫人对外事缺乏了解。我们继续看。王夫人道："如今那些女孩子在那里？"贾琏道："都在园里锁着呢。"王夫人道："姑娘们知道不知道？"问得极妙！我们说问得妙，指的是作者写得妙。读者应该看出，王夫人这一问是带有跳跃性的，刚才在说贾芹和女尼女道，突然王夫人一个跳跃，跳到了"姑娘们"身上。真真切切，王夫人的最大心事就在宝玉和姑娘们身上，她突然蹦出这话再自然不过。问题是：作者要让王夫人蹦出这话，就是千难万难了——他必须洞察王夫人的心底，明白底部最重要的心事；他还要掌握火候，什么时候让人物蹦出什么话语，而这个话语是别人根本想不到的。王夫人急如星火的"姑娘们知道不知道"，贾琏就根本没想到，甚至连王熙凤都没有顾及，更不要说贾政了。作者让王夫人问出此话，是一个很高的标杆，是神来之笔，证明作品对人物的把握到了出神入化的地步。当然，如果只是这一句话，那可能是偶然，是凑巧，但是后面的王夫人也写得步步到位。我们继续看。

> 贾琏道："大约姑娘们也都知道是预备官里头的话，外头并没提起别的来。"王夫人道："很是。这些东西一刻也是留不得的。头里我原要打发他们去来着，都是你们说留着好，如今不是弄出事来了么。你竟叫赖大那些人带去，细细的问他的本家有人没有，将文书查出，花上几十两银子，雇只船，派个妥当人送到本地，一概连文书发还了，也落得无事。若是为着一两个不好，个个都押着他们还俗，那又太造孽了。若在这里发给官媒，虽然我们不要身价，他们弄去卖钱，那里顾人的死活呢。芹儿呢，你便狠狠的说他一顿。除了祭祀喜庆，无事叫他不用到这里来，看仔细碰在老爷气头儿上，那可就吃不了兜着走了。并说与帐房儿里，把这一项钱粮档子销了。还打发个人到水月庵，说老爷的谕：除了上坟烧纸，若有本家爷们到他那里去，不许接待。若再有一点不好风声，连老姑子一并撵出去。"

大家看到，王夫人这一大通话语是一气呵成没有停顿的，这通话不是随便一个人说得出的，这是一连串的指令，而且环环相连，这一系列的指令映现出王夫人到底管家多年，到底并不糊涂；相反，她有见识、很果断、会处置，又不乏善良和慈悲。"这些东西一刻也是留不得的。"反映出她对那些年轻女孩子的看法、对她们可能危害贾府声誉的认识。也难怪，这些女孩子都已经发育成熟，她们来到了生理危险期，养着她们就是危险，她们周围可不止一个贾芹，贾蔷、贾芸、贾蓉、贾琏乃至宝玉等，随时都可能叮花采蜜，所以王夫人要立刻驱逐。但是，怎么个驱逐？驱逐到哪里去？这就考验管理者的能力和道德了。换个人，我们才可以体会到王夫人的主持，比如让贾琏或者凤姐来主持这事，他们会怎么处置？他们绝对不可能像王夫人这么细致周到和温情体贴！王夫人考虑的，我们细分一下：一，要由赖大来办理，赖大年纪大，办事又牢靠；二，要找到女孩子们的本家，这才叫物归原主，中间不会有闪失；三，每人都给几十两遣散费，不让她们穷困受苦；四，要派人护送到家；五，连文书发还了，就是还给她们卖身契，给她们自由身。王夫人还特别指出两点，一是不能让她们落到官媒的手里，那样的话她们会被卖掉，苦一辈子；二是不能因为个别人的违规而拖累一大群。此外，王夫人一口气下达了对贾芹的处理，以及对水月庵的警告。大家想想，除了王夫人，还有谁能够处置得如此合情合理而又有条不紊？我个人看法，或许只有宝钗了，连探春都难以如此体贴周到。作品这么一写，王夫人的见识、经验、能力、善良都出来了，她主要的性格面层层展露，既饱满又圆润，的的确确一派贾府二太太的风姿。我个人认为，这里的王夫人，一点不亚于前八十回。这样的王夫人，才有宝玉这样的儿子，才让宝玉满怀敬畏。

好了，我们一再说明王夫人写得好，贾琏也写得好。而本回出场的人物非常多，整个贾府中主要人物几乎倾巢而出。他们写得怎么样？如果每个人都写得十分好，那么我们是不是该有某种考量了？

下面一段没什么情节，通常我们不引用，但是，我觉得这里的描写笔法，甚至叙述语调，总体上都是如此的"曹雪芹化"，所以还是全部引用，让读者体味一番。

> 贾琏一一答应了，出去将王夫人的话告诉赖大，说："是太太主意，叫你这么办去。办完了，告诉我去回太太。你快办去罢。回来老爷来，你也按着太太的话回去。"赖大听说，便道："我们太太真正是个佛心。这班东西着人送回去。既是太太好心，不得不挑个好人。芹哥儿竟交给二爷开发了罢。那个贴帖儿的，奴才想法儿查出来，重重的收拾他才好。"贾琏点头说："是了。"即刻将贾芹发落。赖大也赶着把女尼等领出，按着主意办去了。晚上贾政回家，贾琏赖大回明贾政。贾政本是省事的人，听了也便撂开手了。独有那些无赖之徒，听得贾府发出二十四个女孩子出来，那个不想。究竟那些人能够回家不能，未知着落，亦难虚拟。

先看对话，贾琏的话就一点没有他人代笔的痕迹。不过，更让听了有"回到从前"感觉的是赖大的话，大家再听一遍："我们太太真正是个佛心。这班东西着人送回去。既是太太好心，不得不挑个好人。芹哥儿竟交给二爷开发了罢。那个贴帖儿的，奴才想法儿查出来，重重的收拾他才好。"大家是否觉得，用词口吻都是那么熟悉，那么亲切。赖大讲的是"我们太太"，而贾琏直接说"太太"，前面加上"我们"两字，那真真切切是老家人嘴里出来的。"真正是个佛心"，这种话，这种感情，这种语调、节奏，都是《红楼梦》特有、专有的。"佛心"，形容得何其贴切，赖大知道王夫人对佛的信奉，眼看着王夫人几十年的行事做人，这个形容词恐怕早就众口一词，说过无数遍，而不是赖大突然口吐莲花。对贾琏说这话，也听不出什么讨好奉承的意思，那是一个老奴才的心腹话。下一句"这班东西着人送回去"，也完全是赖大的口吻，将那些年轻尼姑、女道称作"那班东西"，赖大不管从辈分、身份，还是从做人的是非准则、以及他去水月庵亲眼目睹的现状，都让"那班东西"这词语从他的嘴里自然地跑出来。如果大家与王夫人所称的"那些东西"相互比较，是否别有一种滋味？"芹哥儿竟交给二爷开发了罢。"中间一个"竟"字，吐露出赖大此时特殊的心意。通常，这个"竟"字，既表示对贾芹的轻蔑，还含着"我懂了，您看着办"的意思，他看穿贾琏在糊弄贾政，等于是说，贾芹本来有应得的处分，现在因为您二爷的面子，我就什么也不管，任您处理。这一个字，浓缩着赖大复杂的情感和心态，既是对贾琏的顺从，又有对整个贾府管理模式的嘲弄。这样的说话，在赖大是很顺嘴的话，但是作者要写出来，就需要深入赖大的灵魂，听到赖大的呼吸，还要有对整个贾府气氛的准确把握。这简简单单两句主仆对话，大有趣味。再看后面叙述的几十个字，四层意思：一、贾琏、赖大联手欺瞒贾政；二、贾政信以为真，撒开手，他那套儒家的管理规范被扔到一边，贾府在"杂家"的轨道上运行；三、那二十四个女孩子被无赖之徒盯上；四、"究竟那些人能够回家不能，未知着落，亦难虚拟"，最终结果，天知道。这一段叙述十分简短，却意味无穷，尤其是最后一句，多么熟悉的笔调，那是曹雪芹惯用的叙述手法，但在这里毫无违和之感。我在想：这究竟是曹雪芹的手笔？还是续作者的临摹？真是值得思量。

接着作品调转笔头，写到紫鹃。其中又有"疑似曹雪芹文笔"，我们欣赏一番。

且说紫鹃因黛玉渐好，园中无事，听见女尼等预备宫内使唤，不知何事，便到贾母那边打听打听，恰遇着鸳鸯下来，闲着坐下说闲话儿，提起女尼的事。鸳鸯诧异道："我并没有听见，回来问问二奶奶就知道了。"正说着，只见傅试家两个女人过来请贾母的安，鸳鸯要陪了上去。那两个女人因贾母正睡晌觉，就与鸳鸯说了一声儿回去了。紫鹃问："这是谁家差来的？"鸳鸯道："好讨人嫌。家里有了一个女孩儿生得好些，便献宝的似的，常常在老太太面前夸他家姑娘长得怎么好，心地怎么好，礼貌上又能，说话儿又简绝，做活计儿手儿又巧，会写会算，尊长上头最孝敬的，就是待下人也是极和平的。来了就编这么一大套，常常说给老太太听。我听着很烦。这几个老婆子真讨人嫌。我们老太太偏爱听那些个话。老太太也罢了，还有宝玉，素常见了老婆子便很厌烦的，偏见了他们家的老婆子便不厌烦。你说奇不奇！前儿还来说，他们姑娘现有多少人家儿来求亲，他们老爷总不肯应，心里只要和咱们这种人家作亲才肯。一回夸奖，一回奉承，把老太太的心都说活了。"紫鹃听了一呆，便假意道："若老太太喜欢，为什么不就给宝玉定了呢？"鸳鸯正要说出原故，听见上头说："老太太醒了。"鸳鸯赶着上去。

先欣赏一下作品文笔的周密。"且说紫鹃因黛玉渐好，园中无事，听见女尼等预备宫内使唤，不知何事，便到贾母那边打听打听，恰遇着鸳鸯下来，闲着坐下说闲话儿，提起女尼的事。"紫鹃怎么会有闲心，为什么去贾母那里，怎么遇到鸳鸯、提起女尼的事，来龙去脉交代得十分细致，文笔连贯，很像前八十回的笔调。但令我一下子兴奋起来的，还是鸳鸯，她一开口，当年的那个鸳鸯回来了！紫鹃问那两个女人是谁家的，鸳鸯并不回答，先就发泄一通厌恶："好讨人嫌。家里有了一个女孩儿生得好些，便献宝的似的……我听着很烦。这几个老婆子真讨人嫌。"偌大的贾府，会如此直接表达自己厌恶之情的，大约也就鸳鸯、晴雯、探春几个。晴雯死了，探春在续作中失去了锋芒和光彩，鸳鸯也黯淡了好长时间，没想到她突然复活，大放光彩，真让人意外。不过更妙的是一通贬斥之后，鸳鸯又把宝玉也搭进去："还有宝玉，素常见了老婆子便很厌烦的，偏见了他们家的老婆子便不厌烦。你说奇不奇！"这话很有意思，透露出她讨厌傅家女人的某种潜意识：毕竟，宝玉是她这辈子最亲近的男人，虽然表过态此生永远不嫁宝玉，也不再理睬宝玉，但那到底是被迫的，鸳鸯对宝玉的好感绝不会因此而丧失。何况，在鸳鸯眼里，大约只有林黛玉、薛宝钗配得上宝玉，她最贴心的姐妹袭人则是当仁不让的姨娘，傅家想来抢夺宝玉，这才是鸳鸯讨厌她们的根本原因，她们触犯了鸳鸯的潜意识。（与第117回"阻超凡佳人双护玉"中不理宝玉多日的紫鹃，下意识冲出来死抱住宝玉不放，是一样的道理。）短短几句对话，就让鸳鸯彻底复活，这是后四十回最成功的描写之一。从81回开始我们一直在抱怨、在遗憾，许多光彩照人的人物都蔫蔫地失去了活力，现在，我们看到了鸳鸯的满血复活，真令人兴奋！还有，这一段的末尾，鸳鸯正要说出原故，听见上头说："老太太醒了。"鸳鸯赶着上去。十分刻意的中断情节，突然刹车，这样的写法，我们在前八十回中，见过多次了。读到这里，我们是不是又要怀疑，这里的作者究竟是谁？！顺便说一下，傅家的主人名叫"傅试"，显然是谐音"趋炎附势"，这也是曹雪芹的惯用手法。

我们刚才鉴赏的是鸳鸯，但本回中鸳鸯只是"过境"人物，属于插曲，这里主要写的还是紫鹃。下面一段是对紫鹃的心理描写，这是整部《红楼梦》除了袭人以外最细腻的丫头心理描写，写得相当好。

> 紫鹃只得起身出来，回到园里。一头走，一头想道："天下莫非只有一个宝玉，你也想他，我也想他。我们家的那一位越发痴心起来了，看他的那个神情儿，是一定在宝玉身上的了。三番五次的病，可不是为着这个是什么！这家里金的银的还闹不清，若添了一个什么傅姑娘，更了不得了。我看宝玉的心也在我们那一位的身上，听着鸳鸯的说话竟是见一个爱一个的。这不是我们姑娘白操了心了吗？"紫鹃本是想着黛玉，往下一想，连自己也不得主意了，不免掉下泪来。要想叫黛玉不用瞎操心呢，又恐怕他烦恼，若是看着他这样，又可怜见儿的。左思右想，一时烦躁起来，自己啐自己道："你替人耽什么忧！就是林姑娘真配了宝玉，他的那性情儿也是难伏侍的。宝玉性情虽好，又是贪多嚼不烂的。我倒劝人不必瞎操心，我自己才是瞎操心呢。从今以后，我尽我的心伏侍姑娘，其余的事全不管！"这么一想，心里倒觉清净。

这一段紫鹃的心理描写，变化起伏很大的，从担忧、烦恼、痛苦，到解脱放下，一个一百八十度的转弯。但在时间上大约不过几分钟，要圆满完成这个急转弯，是有较大难度的。不过作品写得真好，令人信服。紫鹃，一个又有脑子，又富有同情心，又在思想挣扎、矛盾中的丫头，写得入情入理，富有心理层次。读到这一段描写，真是舒心。还不能体会到这种舒心的读者，你去读读前面对紫鹃的描写，以及对袭人的描写，多方比照以后，你一定能够体会到这里的描写味道好极了。"宝玉性情虽好，又是贪多嚼不烂的。"紫鹃说出这样的评价，有些读者会觉得不平，但是我们回想前面，紫鹃下死手考验宝玉，无非证明她对宝玉的不信任；刚才听到鸳鸯这番话，令紫鹃更加觉得宝玉是个多情种子。——一个紫鹃这样年纪、见识的丫头，对别人的看法发生很大改变，是正常的。同样，后面的九十度拐弯——"我倒劝人不必瞎操心，我自己才是瞎操心呢。从今以后，我尽我的心伏侍姑娘，其余的事全不管！"——也是准确的，尽管可能只在一段时间内准确，过一段时间，紫鹃完全可能继续"瞎操心"！还要看到，紫鹃本来就是个聪慧、有主见、拿得起放得下的姑娘，第57回"慧紫鹃情辞试忙玉"，我们见识过她的魄力和胆量，因而她突然来一个九十度的拐弯合情合理。相反，袭人就不那么放得下，这个弯她就拐不过来。所以我认为，这整个一段，鸳鸯写得精彩，紫鹃也写得精彩，比前几回那个动辄犯错，甚至让黛玉听到要命的话的傻傻的紫鹃，脱胎换骨了。

而更加精彩、令人叫绝的在下面。

> 回到潇湘馆来，见黛玉独自一人坐在炕上，理从前做过的诗文词稿。抬头见紫鹃

来，便问："你到那里去了？"紫鹃道："我今儿瞧了瞧姐妹们去。"黛玉道："敢是找袭人姐姐去么？"紫鹃道："我找他做什么！"黛玉一想这话，怎么顺嘴说了出来，反觉不好意思，便啐道："你找谁与我什么相干！倒茶去罢。"紫鹃也心里暗笑，出来倒茶。

我们说这段描写令人叫绝，因为它非常短，但每一句下面都有潜台词，这种台词，简直比诗词还要难写、还要磨人。但作品在这里写得轻松自如。黛玉在整理过去的诗稿，应该很专注的，而紫鹃回来后她立即问："你到那里去了？"潜台词是黛玉更关注紫鹃的行踪。紫鹃道："我今儿瞧了瞧姐妹们去。"她回答得含含糊糊，偏偏不告诉她见了鸳鸯及其对黛玉有重大价值的消息。紫鹃不告诉，一则是让黛玉省心，二则是践行自己先前的诺言。黛玉道："敢是找袭人姐姐去么？"这真是不打自招、此地无银！黛玉随口一句，暴露了自己的多心、忧心。若在以前，紫鹃必当含笑解释，但是今日她刚刚受了气、刚刚发下誓言，再不管别的事，所以紫鹃一反常态，道："我找他做什么！"紫鹃这话原本是同自己怄气，但是在黛玉听来则是对黛玉的强烈讽刺。黛玉一想这话，怎么顺嘴说了出来，反觉不好意思，便啐道："你找谁与我什么相干！倒茶去罢。"紫鹃也心里暗笑，出来倒茶。黛玉的话正是心虚到顶，若是面对别人她要羞红满脸的，好在是在自己家、面对的是自己的丫头，所以反守为攻，啐道："你找谁与我什么相干！倒茶去罢。"此话明显色厉内荏，既然紫鹃去找谁与黛玉没什么相干，你干吗要问？问完还要盯一句："敢是找袭人姐姐去么？"黛玉的心虚和装腔作势紫鹃肚子里最清楚，但她是丫头，黛玉又好面子，不能再点破了，所以紫鹃也心里暗笑，出来倒茶。——这短短几句主仆对话，几乎就是一段最妙的相声段子，非但紫鹃心里暗笑，估计所有的读者都哑然失笑。如此浓油赤酱又满口生香的桥段，在全书中都很少见。另外，此处的黛玉，再次展现出她原有的单纯和率性："你找谁与我什么相干！倒茶去罢。"这话宝钗绝不会说，探春不会说，连湘云也不会对翠缕说。我们不能不疑心：这94回，到底是谁写的？！

下面转到本回中心情节，贾府的人物几乎全部出动。对作者的考验来了，如此大的场面，如此众多的人物，作品是否依然能够包圆了？甚至写得精彩？看作品。

只听见园里的一叠声乱嚷，不知何故，一面倒茶，一面叫人去打听。回来说道："怡红院里的海棠本来萎了几棵，也没人去浇灌他。昨日宝玉走过，瞧见枝头上好象有了骨朵儿似的。人都不信，没有理他。忽然今日开得很好的海棠花，众人诧异，都争着去看。连老太太、太太都哄动了来瞧花儿呢，所以大奶奶叫人收拾园里败叶枯枝，这些人在那里传唤。"黛玉也听见了，知道老太太来，便更了衣，叫雪雁去打听，"若是老太太来了，即来告诉我。"雪雁去不多时，便跑来说："老太太、太太好些人都来了，请姑娘就去罢。"黛玉略自照了一照镜子，掠了一掠鬓发，便扶着紫鹃到怡红院来。

这一段算是打前站的，交代缘由：海棠花通常是春季开放，现在冬季了，本已枯萎又忽然开花，引来一片惊奇。不过各人的想法不一样，甚至大相径庭。小丫头叙述得很有条理，而黛玉的照镜子、掠鬓发，显出她兴致很高，为后面的表现做了铺垫。

已见老太太坐在宝玉常卧的榻上，黛玉便说道："请老太太安。"退后，便见了邢王二夫人，回来与李纨、探春、惜春、邢岫烟彼此问了好。只有凤姐因病未来，史湘云因他叔叔调任回京，接了家去；薛宝琴跟他姐姐家去住了；李家姐妹因见园内多事，李婶娘带了在外居住：所以黛玉今日见的只有数人。

这段交代很有必要，也写出贾府的萧疏，定下一种格调。

大家说笑了一回，讲究这花开得古怪。贾母道："这花儿应在三月里开的，如今虽是十一月，因节气迟，还算十月，应着小阳春的天气，这花开因为和暖是有的。"王夫人道："老太太见的多，说得是。也不为奇。"邢夫人道："我听见这花已经萎了一年，怎么这回不应时候儿开了，必有个原故。"李纨笑道："老太太与太太说得都是。据我的糊涂想头，必是宝玉有喜事来了，此花先来报信。"探春虽不言语，心内想："此花必非好兆。大凡顺者昌，逆者亡。草木知运，不时而发，必是妖孽。"只不好说出来。独有黛玉听说是喜事，心里触动，便高兴说道："当初田家有荆树一棵，三个弟兄因分了家，那荆树便枯了。后来感动了他弟兄们仍旧在一处，那荆树也就荣了。可知草木也随人的。如今二哥哥认真念书，舅舅喜欢，那棵树也就发了。"贾母王夫人听了喜欢，便说："林姑娘比得有理，很有意思。"

各人的观点相差很大，贾母也深知违反节令，但她归结为今年天气暖。她是一家之主，需要她来定调，她把调子定位在中性。王夫人一向顺从，马上附和。但邢夫人唱起反调，这花是怡红院宝玉这里的，邢夫人似乎宁可认为是一个凶兆，应在宝玉和二房这一边。邢夫人真是牛性，她这话老太太能答应吗？眼看要起冲突了，李纨是大观园的主管人，她赶紧挺身而出，化凶为吉，说是宝玉有喜事来报信的。李纨居然如此会打圆场，真让我们刮目相看。不过回想有一次她大骂凤姐是个破落户，道理也是一套一套的，可见她并不是不会讲，而是不愿抛头露面。今日凤姐不在，李纨必须顶上凤姐的缺，着手维持场面和气氛。至于李纨是真心这么想，还是权宜之计把大家往高兴方面引，不好说。但这些人中有个探春，她是不会有"糊涂想头"的，如果贾母、王夫人不在，探春可能会驳斥嫂子糊涂，但贾母、王夫人已经定了调子，探春只好忍住"必是妖孽"的话。至于黛玉，本来她的见识不在探春之下，她的态度理当与探春接近，但是两人的身份不同、意向不一，所以黛玉的观点与探春唱了反调，还套用了一个典故。这个描写，披露黛玉的想往和可怜，因为她不知道宝玉的"喜事"早已落定，自己早已出局，所以她还往喜事方面扯，实际上是当众丢脸了，自己还不知道，越显得可怜。瞒着黛玉的贾母、王夫人的内心多少有点内疚，又感激黛玉说是宝玉读书好的感化，怎么回答黛玉呢？我们这么一思考，才明白王夫人回答得多么自然、合理。"林姑娘比方得有理，很有意思。""很有意思"，即很有道理。王夫人顺着黛玉的意思，含含糊糊，混了过去，其中洋溢着既愧疚又感激的心情。这个细节的抓取和描写，借用作品的原话，写得"很有意思"！

不过，这里刚刚熨平，那里却起了风波。

> 正说着，贾赦、贾政、贾环、贾兰都进来看花。贾赦便说："据我的主意，把他砍去，必是花妖作怪。"贾政道："见怪不怪，其怪自败。不用砍他，随他去就是了。"贾母听见，便说："谁在这里混说！人家有喜事好处，什么怪不怪的。若有好事，你们享去；若是不好，我一个人当去。你们不许混说。"贾政听了，不敢言语，讪讪的同贾赦等走了出来。

贾赦一点不顾忌讳，这是宝玉院子里，他一个大伯怎能开口就是"花妖作怪"？即使贾政不反感，王夫人呢？贾赦也不懂体贴，老母亲对宝玉的心肠他不是不懂，这么大年纪说出来的话竟是那么冲；当然我们要补一句，张口就这话，这才是贾赦，从人物塑造来说，这话写得很好。贾政是读书人，儒家向来不信鬼怪，他的话也用得极好；而且他是弟弟，说话自然顺着兄长一步。但是贾母怎么会允许说这话，这简直在诅咒宝玉！贾母顾不上两个儿子这么大年纪、这么个身份，当众训斥："谁在这里混说！"这位护犊子心切的老太太，不怕撕破脸皮子："若有好事，你们享去；若是不好，我一个人当去。你们不许混说。"几乎是拼命的架势！或许贾赦还会说什么，但贾政劝着兄长走了，一场风波硬生生给贾母压了下去。注意一下，贾母上来就是六亲不认的架势，借这股气势压倒儿子。我们回看一下第33回贾政恶打宝玉，贾母开口的第一句："你原来是和我说话！我到有话吩咐，只是可怜我一生没养个好儿子，却叫我和谁说去！"同这里何其相似！这是贾母对付儿子的底牌，关键时刻她就出手。之所以这么比较，是说明此处描写的贾母与前八十回一脉相承，是说明这第94回简直就像曹雪芹写的。贾母、王夫人、李纨、探春、黛玉、贾赦、贾政，不仅他们的个人表现，而且相互之间掩映出来的气氛、情调，都那么浓稠，我们能够分辨得出这是续作吗？

下面的情节更加"曹雪芹化"，为了彻底清除"花妖作怪"的流毒，突出、加强"喜事"的气氛，贾母下令预备酒席，还要宝玉、贾环、贾兰作诗庆贺。这才是贾母，她要展现自己的信念，哪怕她自己也未必认同，但既然驳斥了别人，她就更加要展现自己。未必是为"喜兆"庆贺，恐怕也是要冲冲喜、压压惊。贾母无非是故作镇定、自我演戏而已。

对于让谁作诗的安排，作品写得更是别具匠心，贾母的安排别有一番心意。贾母吩咐：

> "宝玉、环儿、兰儿各人做一首诗志喜。林姑娘的病才好，不要他费心，若高兴，给你们改改。"对着李纨道："你们都陪我喝酒。"

这个安排颇有文章。让宝玉、贾环、贾兰作诗志喜，可以理解，他们是贾府嫡系子孙，大观园、贾府的未来是他们的；但是下面一句，贾母为什么要专门豁免黛玉？如果是专为黛玉开后门，那么探春、惜春也作的情况下，才需要豁免，现在女孩子都不作，贾母这个豁免岂非多此一举？是贾母糊涂了吗？显然不是。我理解，贾母还是体贴外孙女，眼看黛玉当众丢脸，她自己心里也不好过，她不能允许这种现象再次出现。因此，贾母特特关照，黛玉不必写了。真是护犊心切！——领会贾母这层意思，我们才能领悟作品写这一笔的苦心和妙处。

至于三首诗，确实如贾母所言，还是贾兰的那首稍好。宝玉的一首非但没有他一贯的才气，反而写得有如"颂圣诗"，与宝玉一向的风格有点出人。不过宝玉十分孝敬贾母，写出"应是北堂增寿考"也可以谅解。但下面一段心理描写，则又完全是"贾宝玉化"的。

> 宝玉看见贾母喜欢，更是兴头。因想起："晴雯死的那年海棠死的，今日海棠复荣，我们院内这些人自然都好。但是晴雯不能象花的死而复生了。"顿觉转喜为悲。忽又想起前日巧姐提凤姐要把五儿补入，或此花为他而开，也未可知，却又转悲为喜，依旧说笑。

这里宝玉的思绪一波三折：由海棠花想到晴雯，然后是院内的人，再想到晴雯不能死而复生，最后跳到柳五儿。这个思维过程不过一瞬间，却全部是跳跃式样的思绪，一个大轮转，由喜而悲、由悲到喜倏忽间兜了一圈，典型的宝玉思维，天马行空，一厢情愿。

这次赏花凤姐缺席，但她的意思还是到了，而且意思很重。

> 贾母还坐了半天，然后扶着珍珠回去了。王夫人等跟着过来。只见平儿笑嘻嘻的迎上来说："我们奶奶知道老太太在这里赏花，自己不得来，叫奴才来伏侍老太太、太太们，还有两匹红送给宝二爷包裹这花，当作贺礼。"袭人过来接了，呈与贾母看。贾母笑道："偏是凤丫头行出点事儿来，叫人看着又体面，又新鲜，很有趣儿。"袭人笑着向平儿道："回去替宝二爷给二奶奶道谢。要有喜大家喜。"贾母听了笑道："嗳哟，我还

忘了呢，凤丫头虽病着，还是他想得到，送得也巧。"一面说着，众人就随着去了。平儿私与袭人道："奶奶说，这花开得奇怪，叫你铰块红绸子挂挂，便应在喜事上去了。以后也不必只管当作奇事混说。"袭人点头答应，送了平儿出去。不题。

以前每一次聚会凤姐总是咋咋呼呼抢尽风头，这次作者换了一个写法，聚会结束之后，她才派人送红绸来。明里一套话说给贾母、王夫人听，果然贾母被忽悠得欢喜非常，大赞"还是他想得到，送得也巧"；暗里凤姐却嘱咐袭人红绸子用来驱逐妖魔、转凶为吉。这才是凤姐，独此一家，两面三刀、欺上压下、两头讨好，她特别喜欢玩这一套，以此来显示自己的聪明！不过，由此也写出凤姐的迷信之深；但她既然如此迷信，那么她也相信报应，那么她日日夜夜背着几条人命的日子，是何等焦虑和惊怕。她把自己的日子，过得如此惨淡。——这，就是"聪明反被聪明误"。前前后后联系起来看，作品真可说写到了凤姐的灵魂深处。

自然界一次稍微反常的海棠花开，这么小的一件事，竟然折射出贾府每个人的心底世界、万种情感，把长房与二房、老人家与下一代、兄弟姐妹、叔嫂关系、情人关系的微妙之处，写得如此五彩斑斓而又有趣动人，我们不能不赞叹作者驾驭材料和刻画人物形象的非凡功力。这究竟是曹雪芹的遗稿？还是续作者的创造？这个问题不断敲击我的心房。

最后因为凑巧，补上一句。2021 年的秋天特别热特别长，十月中下旬江南一带的海棠花还真的开了，还有樱花等历来属于春天的花开了许多种，桂花则延迟两个月到十一月下旬才开，一直开到一月。这也是百年难得一遇。补这一笔的意思是，《红楼梦》写十一月海棠花开，并不是人为编造。

该来的事情躲不掉。庆贺宴刚刚办完，宝玉的通灵玉不见了。这玉是怎么遗失的，要到很后面才知道，我们先看找玉的过程描写。

袭人见宝玉脖子上没有挂着，便问："那块玉呢？"宝玉道："才刚忙乱换衣，摘下来放在炕桌上，我没有带。"袭人回看桌上并没有玉，便向各处找寻，踪影全无，吓得袭人满身冷汗。宝玉道："不用着急，少不得在屋里的。问他们就知道了。"袭人当作麝月等藏起吓他顽，便向麝月等笑着说道："小蹄子们，顽呢到底有个顽法。把这件东西藏在那里了？别真弄丢了，那可就大家活不成了。"麝月等都正色道："这是那里的话！顽是顽笑是笑，这个事非同儿戏，你可别混说。你自己昏了心了，想想罢，想想搁在那里了。这会子又混赖人了。"袭人见他这般光景，不象是顽话，便着急道："皇天菩萨小祖宗，到底你摆在那里去了？"宝玉道："我记得明明放在炕桌上的，你们到底找啊。"袭人、麝月、秋纹等也不敢叫人知道，大家偷偷儿的各处搜寻。闹了大半天，毫无影响，甚至翻箱倒笼，实在没处去找，便疑到方才这些人进来，不知谁捡了去了。袭人说道："进来的谁不知道这玉是性命似的东西呢，谁敢捡了去呢。你们好歹先别声张，快到各处问去。若有姐妹们捡着吓我们顽呢，你们给他磕头要了回来；若是小丫头偷了去，问出来也不回上头，不论把什么送他换了出来都使得的。这可不是小事，真要丢了这个，比丢了宝二爷的还利害呢。"麝月秋纹刚要往外走，袭人又赶出来嘱咐道："头里在这里吃饭的倒先别问去，找不成再惹出些风波来，更不好了。"麝月等依言分头各处追问，人人不晓，个个惊疑。麝月等回来，俱目瞪口呆，面面相窥。宝玉也吓怔了。袭人急的只是干哭。找是没处找，回又不敢回，怡红院里的人吓得个个象木雕泥塑一般。

以上是找玉的第一阶段，写得精彩极了，稍微几笔描写，焦急、紧张的气息就铺天盖地，而且那么真切那么实在，读者自己都像进了怡红院一样心怦怦跳，呼吸急促。其实仅仅写了袭人与宝玉、麝月的两三句对话而已。叙述语言、人物对话都像原作原味。

现在，我们暂时脱离现场，我们要换一种鉴赏方法。我们通常都用近距离的、现场点评的、相对微观的方法，现在换成比较宏观的、高空俯视的方法。我想说的是，通灵宝玉的遗失，不是组成一个细节，甚至不是组成一段情节，而是一个大手笔，是植入一根粗壮的主干，主导着作品后面许多情节。以后小说的许多情节几乎都是从这根主干上生发的：因为通灵宝玉的遗失，宝玉疯癫了；因为宝玉疯癫乃至病危，才有了调包结婚；因为这个调包，而极大地伤害到林黛玉，不仅逼得她夭亡，而且因为被利用而使得黛玉悲惨之外又平添一层悲哀；同样地，薛宝钗顶上一个冒名顶替的黑锅，令她的二奶奶身份蒙受污染，一辈子都难以洗刷；此外，由于和尚送来通灵宝玉而让贾宝玉猛然醒悟，明了自己的前世今生，暗暗决定要出家，然后以考试中举作为对父母养育的回报，之后一走了之，令贾府出现断档，后继无人；还因为和尚来送玉，与贾政再次见面，令贾政明白这儿子原来是一场空。这么一看，通灵宝玉的遗失几乎干涉到小说后面所有内容。所以我认为，失玉，是一个很大的变招，它改变或者说主导了作品之后的走向。作者对失玉这个关节的构思相当大胆，简直可称宏伟。说到这里，我们再联系宝玉的"衔玉而生"，其实那也是曹雪芹的一个大手笔，正因为贾宝玉带玉而生，造成（林黛玉）爱情最终是一场空。（"带玉"同"黛玉"之间的关系，是大有文章可做的，我们这里只能点到为止。）因为这块玉必须配金锁，因而又锁定了薛宝钗的一生。所以，从某种意义上可以这么划分，贾宝玉的一生，从带玉出生，到遗失这玉，为其前半生；从失玉开始，是他的后半生，他的气息变了，他的灵魂变了。而相应地，整个贾府，也在失玉的前后，判然有别。之前，是烈火喷油、富贵满堂、人气兴旺，虽然说后继无人，但总体气象还是祥和的、令人期待的，即使抄检大观园之后，家族的总体气氛、情调还保持着安宁和怡悦；但失玉之后，则一落千丈，乌云密布、祸事相连、死亡相继。可见，作者把"失玉"作为一个转折点，一个明显的隔断。如果说曹雪芹的"衔玉而生"是一个天才的创意，支撑起小说前八十回的天地，那么，"失玉"则支配着后面二十多回的走势，也是一个杰出的构思，庶几可以同"衔玉而生"相呼应。

回到现场。通灵宝玉不见了，自然是要找。而作品描写的寻找过程，我们觉得写得很自然，好像本来就该这么写一样。其实，怎么写、写谁、先写什么后写什么、哪里详写哪里略写、焦点放在哪、哪里起哪里伏、以什么来映衬，等等，都是需要相当的艺术构思的。我们得赞扬作品，把找玉写得层次丰富、跌宕起伏，十分精彩。作者第一个着墨点选得很自然，事发现场。但是焦点人物写谁呢？不是主人宝玉，而是选择袭人，第一个层次完全围绕袭人展开，宝玉则成为衬托，其他人更是起烘托作用。这个选择很妥当，因为最着急的就是袭人，责任最大的也是袭人。但是要把袭人写得栩栩如生跃然纸上不是件容易事，我们前面一直讲，续作的袭人写得不好，走形走调，与原作相差很大。不过到这一回作者突然搭准了袭人的脉搏，写的字字见性如有神助。见到宝玉脖子上没有挂玉，袭人立即就问，可见她的在意；宝玉说刚才放桌上了袭人一找没有，便吓得满身冷汗，写出袭人的责任心，和她对这劳什子的高度关注，她内心那根弦绷得有多紧。

> 袭人当作麝月等藏起吓他顽，便向麝月等笑着说道："小蹄子们，顽呢到底有个顽法。把这件东西藏在那里了？别真弄丢了，那可就大家活不成了。"

袭人是这房里的一号主管，但她从来不以势压人，碰到如此重大的事情，她反而先赔笑脸，这才是原作中的那个袭人。再听她的话："小蹄子们，顽呢到底有个顽法。把这件东西藏在那里了？别真弄丢了，那可就大家活不成了。"这种言语，既和和气气又点明重点。"小蹄子们"，看似老大姐，却透着亲切，完全是袭人的。尤其是那句"那可就大家活不成了"，说的是厉害程度，但表达方式是典型的袭人风格，并不是指责吓唬。换作晴雯的话，会厉声恐吓、叫骂，换作麝月可能会说，闹到二奶奶那里，你们自己想想。而袭人表达的是你我大家，同命运共患难，真真只有袭人是这么说。大家都说不敢开这玩笑，袭人没辙，对宝玉急道："皇天菩萨小祖宗，到底你摆在那里去了？"这更是典型的袭人，她不再逼问下属，而是半求半急地问宝玉。"皇天菩萨小祖宗"，这个称呼我们是那么熟悉，虽然略有变动，但的确是袭人口吻。她吩咐麝月、秋纹到各处去问，麝月、秋纹刚要往外走，袭人又赶出来嘱咐道："头里在这里吃饭的倒先别问去，找不成再惹出些风波来，更不好了。"多么仔细，何等小心，这才是袭人。不妨比较一下，续作前面写的那个毛毛糙糙去黛玉那里探口风的丫头，哪有一点袭人的影子。这个找玉的层次以袭人为焦点展开，然而不仅袭人写得呼之欲出，其他人，包括作者的叙述语言也写得风生水起。

> 麝月等依言分头各处追问，人人不晓，个个惊疑。麝月等回来，俱目瞪口呆，面面相窥。宝玉也吓怔了。袭人急的只是干哭。找是没处找，回又不敢回，怡红院里的人吓得个个象木雕泥塑一般。

前面用细描，这里用概述，两三句话，把怡红院中的紧张焦虑像照片一样定格了。虽然，这里的言语用词，或许有点重复，"人人不晓，个个惊疑"，与第12回中写秦可卿死后"彼时合家皆知，无不纳罕，都有些疑心"，用语接近；而"木雕泥塑一般"，则是写黛玉夜不能寐时用过。尽管如此，我依然觉得此处的叙述完全符合作品情境，即使是续作者化用原作，也用得很有味。

找玉的过程写得很详细，用的是由中心层层外延的手法，我称之为"荡漾法"。第一层写宝玉房里，第二层则是李纨、探春、平儿等管事人员介入。令我们十分高兴的是，原作中那个探春也恢复了神采，光彩照人，其他人物中贾环也熠熠生辉，李纨、平儿也都中规中矩。

> 大家正在发呆，只见各处知道的都来了。探春叫把园门关上，先命个老婆子带着两个丫头，再往各处去寻去；一面又叫告诉众人：若谁找出来，重重的赏银。大家头宗要脱干系，二宗听见重赏，不顾命的混找了一遍，甚至茅厕里都找到。谁知那块玉竟象绣花针儿一般，找了一天，总无影响。李纨急了，说："这件事不是顽的，我要说句无礼的话了。"众人道："什么呢？"李纨道："事情到了这里，也顾不得了。现在园里除了宝玉，都是女人，要求各位姐姐、妹妹、姑娘要叫跟来的丫头脱了衣服，大家搜一搜。若没有，再叫丫头们去搜那些老婆子并粗使的丫头。"大家说道："这话也说的有理。现在人多手乱，鱼龙混杂，倒是这么一来，你们也洗洗清。"探春独不言语。那些丫头们也都愿意洗净自己。先是平儿起，平儿说道："打我先搜起。"于是各人自己解怀，李纨一气儿混搜。探春嗔着李纨道："大嫂子，你也学那起不成材料的样子来了。那个人既偷了去，还肯藏在身上？况且这件东西在家里是宝，到了外头，不知道的是废物，偷他做什么？我想来必是有人使促狭。"众人听说，又见环儿不在这里，昨儿是他满屋里乱跑，都疑到他身上，只是不肯说出来。探春又道："使促狭的只有环儿。你们叫个人去悄悄的叫了他来，背地里哄着他，叫他拿出来，然后吓着他，叫他不要声张。这就完了。"大家点头称是。

探春一到就大刀阔斧发出命令锁上园门寻找，并开出赏金，其泼辣性格再现。还是找不到，李纨急了，提出所有人搜身。但李纨的风格与探春相去很远，她不是命令，而是打招呼、商量的言语、出主意的意思。其实她是大观园的总管理，她完全可以下死命令的，但那不是李纨的风格。注意作品下一句："探春独不言语。"探春显然不赞同李纨的建议，但她忍住没发话，毕竟李纨是她嫂子，更是名正言顺的主事人。与探春形成对比的是平儿："打我先搜起。"这是积极拥护李纨的主意。平儿这么做，完全符合她的性格，毕竟她是个仆人，虽然跟随凤姐管事有点实权，但她从来不任性自重；现在李纨这个主意有点令大家难堪，再加探春的"独不言语"，场面可能有点僵，这个时候平儿挑头拥护，是她的忠诚，也是她的机巧，她要帮助主子打破尴尬，切实扮演好她半个管家的角色。李纨于是真的开始混搜，探春实在看不下去，开始发炮："大嫂子，你也学那起不成材料的样子来了。"这是重磅炸弹，是当众开销，想一想，恐怕连贾母、王夫人都没对李纨说过如此重的话语。探春出语如此猛烈，并非她对大嫂李纨真有什么成见，而是这一幕，再次刺痛了她的心。曾几何时，王善保家的就为此而吃了她一巴掌。搜身，在探春眼里，非但是无能，而且是耻辱，是败落的先兆。她不能允许在她眼前重演，所以厉声叫停。不过，假如她只会叫停，而没有更好的主意和办法，那么她就成了"猛探春"，而不叫"敏探春"了。听听她的看法："那个人既偷了去，还肯藏在身上？况且这件东西在家里是宝，到了外头，不知道的是废物，偷他做什么？我想来必是有人使促狭。"果然见解高人一头。但在她提醒之前，众人都以为搜身、严查是第一法宝，被她一点破才醒悟：别人偷盗这劳什子有什么用？至于她最后引申到贾环身上，则更有大义灭亲的风范。这样的举动，偌大的贾府之中，也只有探春有这份气性。写到这里，我们熟悉的三小姐嫣然归来。之前我们一直抱憾，原作中那么生动逼人的三小姐，怎么总是蔫蔫的，缺乏真气？今天，三小姐生龙活虎地回来了。真是可喜可贺！此外，大家仔细看，这一段才多少文字，写得极其紧凑，极有氛围，各色人等全部写到却又无一相似，主要人物与"众人"相映成趣。多么熟悉的笔墨！

　　而下面一段，又把贾环写得活灵活现。

　　　　李纨便向平儿道："这件事还是得你去才弄得明白。"平儿答应，就赶着去了。不多时同了环儿来了。众人假意装出没事的样子，叫人沏了碗茶搁在里间屋里，众人故意搭讪走开。原叫平儿哄他，平儿便笑着向环儿道："你二哥哥的玉丢了，你瞧见了没有？"贾环便急得紫涨了脸，瞪着眼说道："人家丢了东西，你怎么又叫我来查问，疑我。我是犯过案的贼么？！"平儿见这样子，倒不敢再问，便又陪笑道："不是这么说，怕三爷要拿了去吓他们，所以自问问瞧见了没有，好叫他们找。"贾环道："他的玉在他身上，看见不看见该问他，怎么问我。捧着他的人多着咧！得了什么不来问我，丢了东西就来问我！"说着，起身就走。众人不好拦他。这里宝玉倒急了，说道："都是这劳什子闹事，我也不要他了。你们也不用闹了。环儿一去，必是嚷得满院里都知道了，这可不是闹事了么。"袭人等急得又哭道:"小祖宗,你看这玉丢了没要紧,若是上头知道了,我们这些人就要粉身碎骨了!"说着,便嚎啕大哭起来。

大家考虑一下,主意是探春出的,把贾环弄来这难当的差事却扔给平儿,是因为平儿仔细又会哄人,还是因为贾环比较信任她?反正平儿不辱使命把贾环弄来了,也不知道她是怎么哄贾环的。众人故意搭讪走开,把询问的事儿也一并交给平儿。我觉得这个写法值得斟酌。探春是贾环同胞姐姐,主意是她出的,贾环一向也怕探春,询问贾环似乎由探春出面效果更好。而且以探春敢于担当的性格,也不会撂挑子给平儿。所以这个安排不够妥帖。平儿是管事的,她出面就是公事公办的味道,难怪一问贾环就跳起来。贾环的反问写得极好:"人家丢了东西,你怎么又叫我来查问,疑我。我是犯过案的贼么?"他不把宝玉称"二爷""二哥",而是称之为"人家",这个称呼极妙,打心眼里揭示出贾环对宝玉的深深的不满、不敬乃至敌意。一群人再装模作样、平儿的问话再柔和,一点没用,贾环不笨,而且相当敏感,他开口就喊出实质:"叫我来查问,疑我。"最后一句彻底撕去面纱:"我是犯过案的贼么?!"平儿还想遮遮掩掩,贾环的话却一飞冲天:"他的玉在他身上,看见不看见该问他,怎么问我。捧着他的人多着咧!得了什么不来问我,丢了东西就来问我!"贾环多么理直气壮,多年的遭歧视、被打压,此时火山喷发似的爆发。我们可以不喜欢贾环,但这一次他是确确实实被冤枉,一家子人如此"查问",是对他的公开歧视和侮辱。贾环的每一个字每一句话都满含冤屈和愤恨,透出深厚的身世底蕴,写得很精彩。贾环甩手而去,宝玉受不了了,他宁可不要这玉,不愿闹得全家鸡犬不宁。宝玉的这个态度,正是鹤立鸡群,显示出他品格的高贵,连探春也比了下去。接下来,自然是赵姨娘登场。

> 众人正在胡思乱想,要装点撒谎,只听得赵姨娘的声儿哭着喊着走来说:"你们丢了东西自己不找,怎么叫人背地里拷问环儿。我把环儿带了来,索性交给你们这一起泧上水的,该杀该剐,随你们罢。"说着,将环儿一推说:"你是个贼,快快的招罢!"气得环儿也哭喊起来。

这是地地道道、嫡嫡亲亲的赵姨娘,原作中那个赵姨娘。大家看,贾环说的是"查问",到了赵姨娘嘴里变成了"拷问",还有"要杀要剐",全部是极限词,一派胡搅蛮缠、鱼死网破的架势。"你们这一起泧上水的",则把亲生闺女探春一起骂进去。不过,此处赵姨娘把贾环带来,又将环儿一推,以及气得环儿也哭喊起来的描写,似乎太像从前,贾环还是由着赵姨娘摆布。其实作品前面写过,贾环已经渐渐长大、自有主张,不由赵姨娘操纵。所以这个描写忘记了这个"时差",一切依旧,不够完美，还不如刚才贾环独自一人的表现，更接地气。

我们继续欣赏，本回真是遍地珍珠。赵姨娘这样闹，以前是由凤姐来制止的，现在凤姐病了，那么谁出马？只能是王夫人。

李纨正要劝解，丫头来说："太太来了。"袭人等此时无地可容，宝玉等赶忙出来迎接。赵姨娘暂且也不敢作声，跟了出来。王夫人见众人都有惊惶之色，才信方才听见的话，便道："那块玉真丢了么？"众人都不敢作声，王夫人走进屋里坐下，便叫袭人。慌得袭人连忙跪下，含泪要禀。王夫人道："你起来，快快叫人细细找去，一忙乱倒不好了。"袭人哽咽难言。宝玉生恐袭人真告诉出来，便说道："太太，这事不与袭人相干。是我前日到南安王府那里听戏，在路上丢了。"王夫人道："为什么那日不找？"宝玉道："我怕他们知道，没有告诉他们。我叫焙茗等在外头各处找过的。"王夫人道："胡说！如今脱换衣服不是袭人他们伏侍的么。大凡哥儿出门回来，手巾荷包短了，还要个明白，何况这块玉不见了，便不问的么！"宝玉无言可答。赵姨娘听见，便得意了，忙接过口道："外头丢了东西，也赖环儿！"话未说完，被王夫人喝道："这里说这个，你且说那些没要紧的话！"赵姨娘便不敢言语了。还是李纨探春从实的告诉了王夫人一遍，王夫人也急得泪如雨下，索性要回明贾母，去问邢夫人那边跟来的这些人去。

此处的场景描写特别有味道，在于作者一支笔处处恰到好处。王夫人来怡红院，作者赶紧先写一笔各人的反应："袭人等此时无地可容，宝玉等赶忙出来迎接。赵姨娘暂且也不敢作声，跟了出来。"袭人的心境彻底交代了，宝玉、李纨、探春等赶忙出来迎接，他们也急，出了这么大事，但心情与袭人、麝月还是两回事，而赵姨娘呢，写得很精到："暂且也不敢作声，跟了出来"。"不敢作声"，那是对比她先前的"哭着喊着"，但这里最好的就一个字"跟"，这个字把赵姨娘的心态腔调写绝了。王夫人到了，赵姨娘害怕，但是已经躲不掉；你叫她出来见王夫人，又心不甘情不愿，怎么办？只能"跟了出来"。这种描写，没有形容词没有副词的修饰，直接一个动词描写就点出要害，是真正的功夫。当然，这些人的描写总体上是铺垫，为王夫人的登台做衬托，关键看对王夫人的描写是否成功、精彩。"王夫人见众人都有惊惶之色，才信方才听见的话，便道：'那块玉真丢了么？'"王夫人进来没有发火，没有大呼小叫，也没有任何做作，而是询问。而如果是凤姐，就不一样。袭人跪下要禀报，王夫人也没有骂言："你起来，快快叫人细细找去，一忙乱倒不好了。"这就是王夫人，她虽然原谅袭人却不够细致体贴，她本该想到袭人早就上天入地找半天了。但宝玉想找托辞哄骗她，王夫人却一言点破，可见她对这儿子了解得很透彻。赵姨娘则一直在找机会，终于耐不住，结果被王夫人一顿喝斥。赵姨娘就是这么不知趣，还自讨没趣。王夫人对待赵姨娘又与她对袭人的态度形成对比。李纨、探春告诉实情，"王夫人也急得泪如雨下，索性要回明贾母，去问邢夫人那边跟来的这些人去"。泪如雨下，写出王夫人不是个真正有定力的人；另外奇怪的是，王夫人对邢夫人似乎永远没有戒心，在这方面她显得比探春、比平儿还要幼稚。在对不同人物的不同态度中，刻画出王夫人有其清醒甚至高明之处，但短板也是一样明显。与贾母的老辣周到相比，王夫人露出她的弱点。一个真实的王夫人就坐在我们面前有情有味地表演着。

这个混乱场面，作者最后还是留给凤姐来收拾。我们看，写得多么亲切。

> 凤姐病中也听见宝玉失玉，知道王夫人过来，料躲不住，便扶了丰儿来到园里。正值王夫人起身要走，凤姐娇怯怯的说："请太太安。"宝玉等过来问了凤姐好。王夫人因说道："你也听见了么，这可不是奇事吗？刚才眼错不见就丢了，再找不着。你去想想，打从老太太那边丫头起至你们平儿，谁的手不稳，谁的心促狭。我要回了老太太，认真的查出来才好。不然是断了宝玉的命根子了。"凤姐回道："咱们家人多手杂，自古说的，'知人知面不知心'，那里保得住谁是好的。但是一吵嚷已经都知道了，偷玉的人若叫太太查出来，明知是死无葬身之地，他着了急，反要毁坏了灭口，那时可怎么处呢。据我的糊涂想头，只说宝玉本不爱他，撂丢了，也没有什么要紧。只要大家严密些，别叫老太太老爷知道。这么说了，暗暗的派人去各处察访，哄骗出来，那时玉也可得，罪名也好定。不知太太心里怎么样？"王夫人迟了半日，才说道："你这话虽也有理，但只是老爷跟前怎么瞒的过呢。"便叫环儿过来道："你二哥哥的玉丢了，白问了你一句，怎么你就乱嚷。若是嚷破了，人家把那个毁坏了，我看你活得活不得！"贾环吓得哭道："我再不敢嚷了。"赵姨娘听了，那里还敢言语。王夫人便吩咐众人道："想来自然有没找到的地方儿，好端端的在家里的，还怕他飞到那里去不成。只是不许声张。限袭人三天内给我找出来，要是三天找不着，只怕也瞒不住，大家那就不用过安静日子了。"说着，便叫凤姐儿跟到邢夫人那边商议踪缉。不题。

多少次了，王夫人遇到难题交给凤姐，凤姐总是有棋高一着的建议，而王夫人每每言听计从，这对姑侄搭档得可真好。担心偷玉的人毁玉这一层，别说王夫人、李纨，即使是探春都不曾想到，要有点心机的人才想得到。至于凤姐眉头一皱计上心头，她自己就做的出这样的事，何况管家多年，处理过诸如此类的事情更丰富了她的经验。面对找玉这个难题，各个人物一个个表演，是那么的不一样，又都恰如其人。唯一的缺憾还是贾环，"贾环吓得哭道：'我再不敢嚷了。'"这与第85回那个发狠要巧姐的命、赵姨娘已经管不住的贾环很不般配。不过，也为我们后面的探讨，留下一个证据。

作品最后一段写道，林之孝家的献计说有个测字的刘铁嘴十分灵验，袭人一听央求林之孝去问问。邢岫烟又提出，妙玉会扶乩，黛玉等也都怂恿着岫烟速往栊翠庵去，真所谓"病急乱投医"。丢失玉就活活画出贾府的混乱状况。尤其是结尾，焙茗来报有天大的喜事，得到准信了，再次将众人的情绪推向高潮。直到本回结束，找玉的情节还只写了一半，下一回还有。很明显，作者愿意抓住这个材料将它情节化，甚至将它戏剧化、谐谑化。至于其艺术得失，我们留待下一回再说。

下面我们要讨论一个重大问题。

从以上的鉴赏中我们应该承认，本回写得非常出色，四处弥漫着浓郁的"曹雪芹气息"。我的意思是本回与前八十回的情调非常相似，而与续作的前十来回相比则是飞跃性的提高，如果这是高鹗的续作，那么简直像曹雪芹把着高鹗的手写的。在本回以前的续作中，我们一再说只有林黛玉写得比较好，但作品文笔完全不像本回这样充满"曹雪芹气息"，有许多拖沓无力甚至蹩脚的地方，因为分布得细碎零散，我们这本书无法细述，那是一个专题。除了林黛玉，续作中有个别片段写得极好，就是第91回黛玉宝玉以谈禅表达心意，还有第92、93回中的凤姐、贾琏，也写出了这种味道。这些例证表明，八十一回开始比前八十回是有明显的艺术断层，但是进入九十回以后，作品时而有闪光点出现，而到了本回则一片辉煌。而且，这辉煌要延续好几回，第95、96两回精彩依旧，那么至少连续的三回都很精彩。——我们进入核心话题：这一系列现象，让我们不能不怀疑，这是续作者写的吗？或者全部是续作者写的吗？因为写的太好，因为比前面十回出色太多，我怀疑这究竟是不是续作者写的。到这里，我开始认真思考高鹗、程伟元他们的话：他们是收集到原作残缺的遗稿，进行修补以后出版了一百二十回本《红楼梦》。我感觉，他们说的很可能是真实情况。他们可能收集到某些章回片段，再加某些人物的片段、某些场景的片段。许多小说家的写作程序是，并非按部就班按照时间的推进、作品前后的次序一回一回往后写，而是先分别写下某些他构思比较成熟、或灵感特别强烈的人物、情节和场景片段，会写到小说很后面甚至作品结束那里的一些场面，然后回到前面进行组合充实，修补完成作品。《红楼梦》这么大的工程，更有可能是这样先集中写某些材料，然后拼装组合。很可能，程伟元真的收集到一些片段，比如凤姐、贾琏的一些片段、宝玉、黛玉的一些片段，还收集到连续几回的遗稿，稍作修改，编入作品，比如像第94、95、96等回。

迄今为止，红学界基本认为后四十回是续作，只是对谁人续作有疑问，比如现在最权威的本子人民文学出版社版就将续作者标为"无名氏"。但对续作的评价，几乎依然是"狗尾续貂"。很少声音认为后四十回包含着部分曹雪芹遗稿作。我本人一直认为后四十回中的出色之处有曹公遗风，早在 1987 年就发表《红楼梦后四十回的奇光异彩》一文，当年《新华文摘》全文转载。那是个探索的时代。2010 年出版的拙著《红楼梦全评全赏》中，我已经提出后四十回有些场面很像原作。近年反复思考，我开始转变观念，认为有些篇章很可能就是曹雪芹遗墨，而不是高鹗写的像曹雪芹。一个作家的提高和转变没那么容易，没那么快；要写出曹雪芹的韵味，更是难上加难。第 94、95、96 三回很可能是比较完整的曹雪芹遗稿，第 97、98 两回中写贾母、宝玉的场面也应当是遗稿为主，而单独写黛玉的文字则风格明显不同，应是续作。如果从场面、细节、文字风格去确认需要很长的专论，我们以比较明显的人物描写来辨别，贾环是最典型的。这两回中的贾环与原作一脉相承，贾环还有较大的孩子气，一碰就哭，也由着赵姨娘差遣。我以为这是曹雪芹的描写。而第 85 回中，贾环已经几乎摆脱了赵姨娘，变得凶狠而坚定，具备成熟的气质。那个贾环与第 117、118 回中很有心计和手段，既能联合贾蔷、贾芸，又能蒙骗邢夫人的贾环则是另一种设计，这是高鹗写的。至于本回的贾环忽然又倒退回去变得幼稚无能，这正好说明由于这几回是完整的曹雪芹遗稿，高鹗未加改动，所以贾环又孩子气了。两位作者笔下的贾环显得性格不一致，完全可以理解。文本中这类矛盾之处，也是我疑心有曹雪芹遗作的触点。

尽管我坚持认为，后四十回的一些重大情节，绝对不可能是曹雪芹的设计，比如"沐皇恩贾家延世泽"，这是对原作框架设计的彻底颠覆，曹雪芹无论如何不会这么写。这是说大的情节，至于小的，包括宝玉婚姻的"掉包计"，曹雪芹也不可能这么写，因为这样儿戏一般的捉弄，亵渎了作品头两号女主人公黛玉和宝钗，这是曹雪芹难以容忍的；从艺术上来说虽然趣味浓郁，但比较庸俗。黛玉和宝钗在曹雪芹笔下可以有缺陷犯错误，但总体上是庄严的、高洁的，她们可以死可以悲，但不能忍受如此的污辱。据此，我的观点是，后四十回不可能全部是曹雪芹的遗稿，但有没有部分遗稿在其中，值得所有《红楼梦》爱好者仔细研究。

假如认为没有曹雪芹任何遗稿，那么就得承认，续作者经过十来回的练手，越写越有心得，对人物的把握、作品的表现力度和综合艺术水平，都有飞速的提高。自从第 94 回以后，绝大多数人物都称得上"满血复活"——从力度来说，"满血复活"这个词是最适合的；但从风格考虑，说贾宝玉、林黛玉、薛宝钗、王夫人"满血复活"，多少显得粗鲁，我们还是用"魂兮归来"这个词比较妥帖，能够与《红楼梦》这样典雅的作品相匹配。我的感受是，贾府的人物在近几回都得了真魂。

第九十五回
因讹成实元妃薨逝　以假混真宝玉疯颠

"因讹成实元妃薨逝"说的是元春忽然病故；"以假混真宝玉疯颠"，讲失去通灵宝玉后宝玉陷入疯癫状态。

本回的第一段，没什么深度，但人情世故、人物嘴脸都写得惟妙惟肖，我们不妨欣赏一下。

> 话说焙茗在门口和小丫头子说宝玉的玉有了，那小丫头急忙回来告诉宝玉。众人听了，都推着宝玉出去问他，众人在廊下听着。宝玉也觉放心，便走到门口问道："你那里得了？快拿来。"焙茗道："拿是拿不来的，还得托人做保去呢。"宝玉道："你快说是怎么得的，我好叫人取去。"焙茗道："我在外头知道林爷爷去测字，我就跟了去。我听见说在当铺里找，我没等他说完，便跑到几个当铺里去。我比给他们瞧，有一家便说有。我说给我罢，那铺子里要票子。我说当多少钱，他说三百钱的也有，五百钱的也有。前儿有一个人拿这么一块玉当了三百钱去，今儿又有人也拿了一块玉当了五百钱去。"宝玉不等说完，便道："你快拿三百五百钱去取了来，我们挑着看是不是。"里头袭人便啐道："二爷不用理他。我小时候儿听见我哥哥常说，有些人卖那些小玉儿，没钱用便去当。想来是家家当铺里有的。"众人正在听得诧异，被袭人一说，想了一想，倒大家笑起来，说："快叫二爷进来罢，不用理那糊涂东西了。他说的那些玉，想来不是正经东西。"

这里焙茗演反派，袭人演正派，相得益彰。焙茗（以前叫茗烟）一向是忠诚有余，脑子不够的。宝玉的通灵宝玉没了，他的着急恐怕仅次于袭人，他发挥自己的积极能动性，赶到当铺去，结果被人捉弄一番；而宝玉的智商在这方面与焙茗差不了多少；好在袭人不糊涂，及时啐骂阻止。在一片混乱中，袭人还能保持冷静，但作品写得精细，袭人是听她哥哥说的真正的生活阅历。这第一段，只算开胃菜，后面上的才是大菜、硬菜。

> 宝玉正笑着，只见岫烟来了。原来岫烟走到栊翠庵见了妙玉，不及闲话，便求妙玉扶乩。妙玉冷笑几声，说道："我与姑娘来往，为的是姑娘不是势利场中的人。今日怎么听了那里的谣言，过来缠我。况且我并不晓得什么叫扶乩。"说着，将要不理。岫烟懊悔此来，知他脾气是这么着的，"一时我已说出，不好白回去，又不好与他质证他会

扶乩的话。"只得陪着笑将袭人等性命关系的话说了一遍,见妙玉略有活动,便起身拜了几拜。妙玉叹道:"何必为人作嫁。但是我进京以来,素无人知,今日你来破例,恐将来缠绕不休。"岫烟道:"我也一时不忍,知你必是慈悲的。便是将来他人求你,愿不愿在你,谁敢相强。"

这里的妙玉明显高出第 87 回,她开口就是冷笑,然后是置多年友情于不顾,说邢岫烟入了势利场来缠自己,并且咬断铁钉说"我并不晓得什么叫扶乩",何其冷峻、怪癖,与第 41 回"栊翠庵茶品梅花雪"中的妙玉十分相似。不过,我们"透过现象看本质",妙玉的过于作态,或许也是一种遮盖,因为邢岫烟请她预测的是宝玉的未来,男女有别,妙玉作为一个年轻女尼,似乎需要一层回避的面纱,做个姿态。果然,邢岫烟再说上几句,就"见妙玉略有活动",然后就答允了。不过还是加了个帽子"何必为人作嫁",等于申明"我不是为宝玉才做的"。妙玉的乖僻和天真真令我们哭笑不得。后面一句,"但是我进京以来,素无人知,今日你来破例,恐将来缠绕不休",又写出妙玉知识无限、莫测高深。简短几句对话,妙玉的形象栩栩如生,她对得起"妙玉"这个名字。然后——

> 妙玉笑了一笑,叫道婆焚香,在箱子里找出沙盘乩架,书了符,命岫烟行礼,祝告毕,起来同妙玉扶着乩。不多时,只见那仙乩疾书道:
>
> 噫!来无迹,去无踪,青埂峰下倚古松。
>
> 欲追寻,山万重,入我门来一笑逢。
>
> 书毕,停了乩。岫烟便问请是何仙,妙玉道:"请的是拐仙。"岫烟录了出来,请教妙玉解识。妙玉道:"这个可不能,连我也不懂。你快拿去,他们的聪明人多着哩。"岫烟只得回来。

这段乩语,我认为写得非常好,通天贯地,既点明通灵宝玉的来历,又暗示着宝玉将来的出路,十分巧妙。从行文来看,这一支小曲子,仙机盎然,与原作的诗词曲子酒令浑然一体,属于后四十回的亮点之一。邢岫烟比较俗,还要请教解释,如果妙玉真的解释一番,那么作品的"仙机"就没了;妙玉说"连我也不懂",写得适可而止、充满玄机,作品散发着浓郁的神秘气息,读来很有味道。妙玉与邢岫烟的一仙一凡、妙玉自身的亦仙亦凡,写得烟雨朦胧,令人神往。不过我还看重一点,妙玉为宝玉扶乩,似乎预留了他们之间后面还有交集。这里妙玉的"复活",是不是曹公的遗稿?

看下去。邢岫烟拿来妙玉的乩语。

> 众姊妹及宝玉争看,都解的是:"一时要找是找不着的,然而丢是丢不了的,不知几时不找便出来了。但是青埂峰不知在那里?"李纨道:"这是仙机隐语。咱们家里那里跑出青埂峰来,必是谁怕查出,撂在有松树的山子石底下,也未可定。独是'入我门

来'这句，到底是入谁的门呢？"黛玉道："不知请的是谁！"岫烟道："拐仙。"探春道："若是仙家的门，便难入了。"

作者很会戳读者的神经，写出了"青埂峰"，读者本来就神会了，他再写一句"青埂峰不知在那里"，分明是挠读者的痒处；"入我门来一笑逢"，指的是宝玉自己归入佛门，作品却故意让大家错会为找玉的人进入什么门，以增加噱头，当然，也调动起读者的积极参与和思考。这一段虚中有实、实中见虚，写得很有深度。继续看作品。

> 袭人心里着忙，便捕风捉影的混找，没一块石底下不找到，只是没有。回到院中，宝玉也不问有无，只管傻笑。麝月着急道："小祖宗！你到底是那里丢的，说明了，我们就是受罪也在明处啊。"宝玉笑道："我说外头丢的，你们又不依。你如今问我，我知道么！"李纨探春道："今儿从早起闹起，已到三更来的天了。你瞧林妹妹已经掌不住，各自去了。我们也该歇歇儿了，明儿再闹罢。"说着，大家散去。宝玉即便睡下。可怜袭人等哭一回，想一回，一夜无眠。暂且不提。

袭人拼命找，宝玉没事人一般傻笑，麝月拜求，宝玉一点不急。时间已经半夜十一二点，黛玉先走了，李纨、探春也只得回去歇息。最后还是写袭人："可怜袭人等哭一回，想一回，一夜无眠。"算是对这一天"你方唱罢我登场"的乱哄哄找玉运动的一个照应，从袭人开始，至袭人结束。作品的叙述不仅趣味横生，而且层次分明、法度庄严，不能不说确实是大手笔。

这场找玉运动，林黛玉基本上全程参与，但作者很奇怪，对她的描写笔墨远远不如袭人、王夫人，甚至还不及李纨、探春。实际上通灵宝玉的遗失，黛玉才是最大的利害关系人，如果今日的情节就此结束，就失于艺术考量。果然后面有林黛玉的专门描写，显然作者前面写的少是为了留下笔墨，在后面大写特写。作品的构思正如下一盘大棋，走一步留三步。我们看看描写黛玉的水准如何。

> 且说黛玉先自回去，想起金石的旧话来，反自喜欢，心里说道："和尚道士的话真个信不得。果真金玉有缘，宝玉如何能把这玉丢了呢。或者因我之事，拆散他们的金玉，也未可知。"想了半天，更觉安心，把这一天的劳乏竟不理会，重新倒看起书来。紫鹃倒觉身倦，连催黛玉睡下。黛玉虽躺下，又想到海棠花上，说"这块玉原是胎里带来的，非比寻常之物，来去自有关系。若是这花主好事呢，不该失了这玉呀？看来此花开的不祥，莫非他有不吉之事？"不觉又伤起心来。又转想到喜事上头，此花又似应开，此玉又似应失，如此一悲一喜，直想到五更，方睡着。

果然，黛玉的想法与众不同，所有人都又急又哭，黛玉却"反自喜欢""一悲一喜"。作品也写出了她悲喜的充足理由，心理活动比较真切。不过，我想把宝玉拖进来做个对比：假如宝玉与黛玉对换一下，黛玉丢了玉，宝玉会不会"反自喜欢"、"一悲一喜"？我猜想，宝玉一定急得要命，一点也不能"反自喜欢""一悲一喜"。两个爱人之间爱的水平有点不同，黛玉的"反自喜欢""一悲一喜"，多少流露出黛玉相对自私、偏狭的一面，虽然丢了玉可能有利于自己的婚姻，但她同样知道，通灵玉是宝玉的命根子，丢了玉，宝玉的健康，甚至生命都有危险。是自己的婚姻第一？还是宝玉的健康、生命第一？黛玉的分寸有点乱。我们很同情黛玉的孤苦和无奈，但多年来贾母的宠爱，尤其是宝玉的一味自贬和怂恿，使黛玉在爱情中渐渐地把自己放在宝玉的前面，有错永远是宝玉的错，认错妥协永远是宝玉的事情，黛玉永远是正确的一方。双方长此以往，令黛玉滋生自我优先心理，这种心态的存在可能连她自己都不清楚，但她已经这么习惯了。我们现代生活中见得比较多，男女恋爱时女方有这种心态很普遍，但结果对他们的爱情、婚姻、婚后的生活，未必是好事。再深入一步，我们需要探讨作者如此写黛玉是不是妥当。黛玉的粉丝们、拥趸者，可能认为作者这样写有些贬低黛玉，不恰当。不过我个人认为，这个写法同前八十回，或者说同曹雪芹的写法是一致的，在前八十回中，黛玉经常有这种倾向，时不时地流露出来。每一次争执，最后必须宝玉赔罪认错才算完，而不管是不是宝玉有错。写到后来作者曹雪芹自己都觉得黛玉过分了，所以第 63 回给了她"莫怨东风当自嗟"的警告。黛玉此后有所收敛，但为时已晚，命运不理会她了。到了今日，黛玉的这种"自我优先感"再次流露，我觉得十分自然。作者写得非但没错，而且十分准确，写出了人物心底的秘密，属于高超的艺术展现。

假如说作者对林黛玉的内心世界层层挖掘、写尽写绝的话，那么与之相反，作者对薛宝钗的内心活动则讳莫如深，在最最紧要的关头，总是付诸阙如。尤其是结婚以前几次都眼看着来到宝钗心房的门口，作者就是不开启，令读者无缘一窥。作者似乎故意要让这两位女主人公形成一明一暗的对比。而大多数读者，则只欣赏到林黛玉的心理世界，他们看不懂作者对宝钗的留白，揣摩不到宝钗的内心世界，有些人就很简单地下了"内心阴暗"的判断。这是没理解小说笔法而造成的误解，就像欣赏书法中的草书作品时许多人读错字一样。确实，续作写了十五回，宝钗的笔墨偏少，除了给黛玉的信，没写宝钗任何有意义的情节，读者几乎没什么印象。等后面写到她我们再鉴赏。

下面，作者用一段很少的文字进行叙述，但却面面俱到，笔笔得当。

次日，王夫人等早派人到当铺里去查问，凤姐暗中设法找寻。一连闹了几天，总无下落。还喜贾母贾政未知。袭人等每日提心吊胆，宝玉也好几天不上学，只是怔怔的，不言不语，没心没绪的。王夫人只知他因失玉而起，也不大着意。那日正在纳闷，忽见贾琏进来请安，嘻嘻的笑道："今日听得军机贾雨村打发人来告诉二老爷说，舅太爷升了内阁大学士，奉旨来京，已定明年正月二十日宣麻。有三百里的文书去了，想舅太爷昼夜趱行，半个多月就要到了。侄儿特来回太太知道。"王夫人听说，便欢喜非常。正想娘家人少，薛姨妈家又衰败了，兄弟又在外任，照应不着。今日忽听兄弟拜相回京，王家荣耀，将来宝玉都有倚靠，便把失玉的心又略放开些了。天天专望兄弟来京。

王夫人直心肠，直接派人去当铺找玉，凤姐则相反，暗中寻找；袭人提心吊胆，宝玉不言不语，又是一组对比；"王夫人只知他因失玉而起，也不大着意"这一笔告诉我们，宝玉已经病了，精神方面出了问题。整个贾府处于闷闷的状态，却忽然来了个好消息：王子腾拜相回京，在一片乌云之中，突然透出一丝阳光，这不仅温暖了王夫人的心，也给作品带来一道亮色。只是，这道亮色究竟起到什么作用呢？下一段的描写让我们明白，它仅仅是一个慰籍、一个对比、一个反衬；而到了再下一回，我们更加明白，这个喜讯，突然竟变成了噩耗，是王家的瞬间败落。作者扔给我们的，是涂着蜜糖的苦果。

我们先看下一个情节。

忽一天，贾政进来，满脸泪痕，喘吁吁的说道："你快去禀知老太太，即刻进宫。不用多人的，是你伏侍进去。因娘娘忽得暴病，现在太监在外立等，他说太医院已经奏明痰厥，不能医治。"王夫人听说，便大哭起来。贾政道："这不是哭的时候，快快去请老太太，说得宽缓些，不要吓坏了老人家。"贾政说着，出来吩咐家人伺候。王夫人收了泪，去请贾母，只说元妃有病，进去请安。贾母念佛道："怎么又病了！前番吓的我了不得，后来又打听错了。这回情愿再错了也罢。"王夫人一面回答，一面催鸳鸯等开箱取衣饰穿戴起来。王夫人赶着回到自己房中，也穿戴好了，过来伺候。一时出厅上轿进宫。不题。

且说元春自选了凤藻宫后，圣眷隆重，身体发福，未免举动费力。每日起居劳乏，时发痰疾。因前日侍宴回宫，偶沾寒气，勾起旧病。不料此回甚属利害，竟至痰气壅塞，四肢厥冷。一面奏明，即召太医调治。岂知汤药不进，连用通关之剂，并不见效。内官忧虑，奏请预办后事。所以传旨命贾氏椒房进见。贾母王夫人遵旨进宫，见元妃痰塞口涎，不能言语，见了贾母，只有悲泣之状，却少眼泪。贾母进前请安，奏些宽慰的话。少时贾政等职名递进，宫嫔传奏，元妃目不能顾，渐渐脸色改变。内官太监即要奏闻，恐派各妃看视，椒房姻戚未便久羁，请在外宫伺候。贾母王夫人怎忍便离，无奈国家制度，只得下来，又不敢啼哭，惟有心内悲感。朝门内官员有信。不多时，只见太监出来，立传钦天监。贾母便知不好，尚未敢动。稍刻，小太监传谕出来说："贾娘娘薨逝。"是年甲寅年十二月十八日立春，元妃薨日是十二月十九日，已交卯年寅月，存年四十三岁。贾母含悲起身，只得出宫上轿回家。贾政等亦已得信，一路悲戚。到家中，邢夫人、李纨、凤姐、宝玉等出厅分东西迎着贾母请了安，并贾政王夫人请安，大家哭泣。不题。

元春忽然之间就病故，我们料想不到。而作者之前的"打招呼"也不够透明，曾经误传元春得病一次，这实在称不上是伏笔；通灵宝玉丢失，算一个征兆，但印证到元春身上，似乎有点牵强。当然，作者有权这样写，生活中许多不幸是毫无预兆就降临的。而作者安排元春此时过世，则关系到他对作品情节的整体进展，元春死后贾府失去靠山，很容易受到攻击而垮台。作品的具体描写，我觉得略显单薄。"元春自选了凤藻宫后，圣眷隆重，身体发福，未免举动费力。"我倒觉得，从元春省亲及后面的种种叙述，她是一个很细心、很会忧虑的女子，这种性格通常不会发福体胖。特别是元春一句遗言也没有就走了，似乎她对家族不在意似的，这与前面的描写不太符合，她并不是暴病猝死，在病重之际，她理应对家族有所交代，包括对宝玉的婚事和未来。与元春省亲的描写相比，与秦可卿的病死相比，这里的笔墨过于简单甚至草率，元春的形象塑造有点像中断，而不是完成。

特别奇特的是，写元春病亡的笔墨那么少，但作者却不忘详细交代具体的年份日期："是年甲寅年十二月十八日立春，元妃薨日是十二月十九日，已交卯年寅月"，这个交代在我看来似乎有什么意思。因为作品很少交代具体年份，在我的印象中，只有贾蓉的履历表上出现过："祖乙卯科进士贾敬。"而元春病故的年份，作者特别强调正正好好过了立春后一天，恰好踏进乙卯年。两次纪年都是"乙卯年"，第二次还强调正好踏进乙卯年的第一天，作者明显是在强调"乙卯年"这个年份。如果第二次纪年是来自曹雪芹遗稿，那么乙卯年就是曹雪芹铭记不忘的一个年份。我查了年历，曹雪芹在世的乙卯年，是 1735 年，也就是雍正十三年，这一年曹雪芹二十来岁，他应该在北京，不知道他是否遭遇什么大事。但这一年也是雍正皇帝暴毙的年份，具体日子是农历八月二十三。曹雪芹莫非是暗示雍正朝的结束？我们再上推一个甲子的乙卯年，是 1675 年，即康熙十四年，这一年应该是贾敬中了进士。1735年，不知道对曹雪芹有什么特别的意义。强调"乙卯年"，只有曹雪芹会有所寄托，造成作品的某种特殊意义；相反，对于续作者，不管是高鹗还是别人，都无法形成意义。我们说的意义是寄寓的重要的意义。

当然，有一个很简单的解释，说作品强调元春死于虎年与兔年相交的时候，这是把第 5 回中"虎兕相逢大梦归"，理解为"虎兔相逢"。这也是一种解释。

作品接着写了贾府忙着丧礼。其中有一笔值得一说。

> 贾府中男女天天进官，忙的了不得。幸喜凤姐儿近日身子好些，还得出来照应家事，又要预备王子腾进京接风贺喜。凤姐胞兄王仁知道叔叔入了内阁，仍带家眷来京。凤姐心里喜欢，便有些心病，有这些娘家的人，也便摆开，所以身子倒觉比前好些。王夫人看见凤姐照旧办事，又把担子卸了一半，又眼见兄弟来京，诸事放心，倒觉安静些。

请注意其中的称呼，"王仁知道叔叔入了内阁"、王夫人"眼见兄弟来京"，按照这个写法，王子腾不仅小于凤姐、王仁的父亲，也小于王夫人，而红学界通常认为王子腾长于王夫人。在前八十回中，王子腾的长幼排序始终没有明确的说法。

绕了一个圈子，家族的事情交代完，作品重新聚焦宝玉。

> 独有宝玉原是无职之人，又不念书，代儒学里知他家里有事，也不来管他；贾政正忙，自然没有空儿查他。想来宝玉趁此机会，竟可与姊妹们天天畅乐，不料他自失了玉后，终日懒怠走动，说话也糊涂了。并贾母等出门回来，有人叫他去请安，便去，没人叫他，他也不动。袭人等怀着鬼胎，又不敢去招惹他，恐他生气。每天茶饭，端到面前便吃，不来也不要。袭人看这光景不象是有气，竟象是有病的。袭人偷着空儿到潇湘馆告诉紫鹃，说是"二爷这么着，求姑娘给他开导开导。"紫鹃虽即告诉黛玉，只因黛玉想着亲事上头一定是自己了，如今见了他，反觉不好意思："若是他来呢，原是小时在一处的，也难不理他；若说我去找他，断断使不得。"所以黛玉不肯过来。袭人又背地里去告诉探春。那知探春心里明明知道海棠开得怪异，"宝玉"失的更奇，接连着元妃姐姐薨逝，谅家道不祥，日日愁闷，那又心肠去劝宝玉。况兄妹们男女有别，只好过来一两次。宝玉又终是懒懒的，所以也不大常来。

元春去世，这么大的事情，作品没交代宝玉的反应，我觉得有失周密。虽然宝玉对元春感觉一般，但元春对宝玉却很深情，这个弟弟是她自小把着手教导的，又是娘家的希望。所以我认为应该写一笔宝玉的反应，哪怕是写他无动于衷，这一笔也需要写。现在终于写到宝玉，却依然没有对嫡亲姐姐去世的感受，而是侧重于他的病情。这中间袭人那一笔与以前形成了对比，袭人虽然焦急万分期盼黛玉开导宝玉，但这次她没有直接找黛玉，而是求紫鹃转达，这才像袭人。而黛玉听到请求后自我感觉愈加好，以为自己马上与宝玉成亲了，反而不好去怡红院。这个心态恰好与宝钗一样，两人都因为亲事而回避宝玉。这是作品最容易的处理方法：宝玉与黛玉、宝钗都不见面，形同隔离，他们之间自然没什么事情可以发生，作品也就不需交代描写。袭人又去求探春，就不像求黛玉那样需要中间人。这里反映出袭人对黛玉多少有点隔膜，有所忌讳，正是前八十回中的袭人。探春也不愿多理会宝玉，但原因写得有点勉强。

终于，下一段写到了宝钗，作品已经很久没正面写过宝钗与贾府、与宝玉的过往，尤其是，提亲的事情，作品都没有写到宝钗本人。这一次怎么写呢？请看。

> 宝钗也知失玉。因薛姨妈那日应了宝玉的亲事，回去便告诉了宝钗。薛姨妈还说："虽是你姨妈说了，我还没有应准，说等你哥哥回来再定。你愿意不愿意？"宝钗反正色的对母亲道："妈妈这话说错了。女孩儿家的事情是父母做主的。如今我父亲没了，妈妈应该做主的，再不然问哥哥。怎么问起我来？"所以薛姨妈更爱惜他，说他虽是从小娇养惯的，却也生来的贞静，因此在他面前，反不提起宝玉了。

时隔多日，作品终于给了我们一个回放镜头，重现当日薛姨妈告知宝钗定亲的情景。虽姗姗来迟，也是难得。薛姨妈留了活口，还没正式答应贾府，问宝钗愿意不愿意。做母亲的已经足够开明、足够尊重女儿，尤其是在儿子入狱、一切要背靠贾府的沉重压力下。宝钗的回答："妈妈这话说错了。女孩儿家的事情是父母做主的。如今我父亲没了，妈妈应该做主的，再不然问哥哥。怎么问起我来？"这个回答，在我看来显得过于生硬，不太符合宝钗的性格。宝钗不反对礼教，但她也不怎么遵守礼教，她自己的行为，比如她与宝玉的交往，尤其是有一段时间有事没事就往怡红院跑，甚至宝玉午睡的时候她也坐在宝玉的炕边，这是严重违反礼教的，但她没觉得什么。从总体表现看，宝钗不是一个拘泥的人，尤其是重大问题上她更不会拘泥于某个规矩，她有自己的主见，也敢于破规矩。比如大观园承包制时她敢于做主，搬出大观园时她更是连王夫人也不告诉一声。至于在自己家，大事都是薛姨妈听她的。所以薛姨妈问宝钗愿意不愿意，写得很贴切，有事她一向与女儿商量，何况是女儿的终身大事。但是宝钗的这个回答却不像是她说的。宝钗的话不像母女之间的私下交谈，倒像是公开场合上的对手论辩。她不是和颜悦色，而是"正色"说道。第一句"妈妈这话说错了"就很生硬，母亲是问女儿愿不愿意，女儿却上来就做判断、定性质，指责母亲错了。母女之间哪有这样说话的？宝钗又哪是如此冲动的人？后面，"女孩儿家的事情是父母做主的。如今我父亲没了，妈妈应该做主的，再不然问哥哥。怎么问起我来"，前一句摆道理已经牵强，在薛家连哥哥薛蟠的事情常常都是宝钗拿主意，薛蟠在宝钗眼里几乎就是个不懂事的大男孩，自己的终身大事宝钗怎么会听薛蟠的？作者这么写宝钗无非是表示宝钗愿意，但后一句反诘母亲，给人的感觉是宝钗得了便宜还卖乖，更兼有洗白自己的意思。母女之间，私下交谈有这个必要吗？所以这通对话写得皮肉不相连，不成功。

我们再探讨一下实质问题：宝钗愿不愿意？宝钗需要拒绝吗？

我认为，宝钗是愿意的。宝玉是一位很正直很优秀很体贴人的男孩，多年相处，宝钗深深了解并且喜爱宝玉，而宝玉对她也满怀敬慕，一次又一次对她发痴发呆。少年男女能够结下这份情谊，在那个时代、那样的家族，是十分难得的，是一种缘分。宝钗怎么会不愿意呢？当然，宝钗也不无顾虑，就是宝玉与黛玉的爱情，是她亲见亲知的。那么她的答应是不是破坏了宝玉、黛玉的爱情？这个问题非常重要，我们必须加以厘清。第一，如果是薛家去向贾府提亲，那么薛家就得承担这个罪名，宝钗有过错。但作品写得明明白白，是贾府来向薛家提亲，薛姨妈也只说她本人愿意但还要同薛蟠商量，留了尾巴，怎么能把责任归加到薛家和宝钗头上？第二，贾母、王夫人以至于整个贾府无人不知宝玉与黛玉相爱，但他们最终却选择宝钗，那么事实很清楚，是贾府放弃了黛玉，是贾府的家长们不认可并且摧毁宝玉、黛玉的爱情，由此造成的责任，理应是他们承担。何况他们制定的对宝玉、黛玉封锁消息的措施，表明他们知道后果，他们愿意承担这种后果。第三，说明一下，他们封锁消息的措施，并没有告知薛家，宝钗也不知情。宝钗有什么责任？第四，退一步说，即使宝钗拒绝提亲，贾府就会选择林黛玉吗？我看照样不会，他们连封锁消息的措施都做得出，可见他们是铁了心抛弃林黛玉了；即使宝钗拒绝，他们也不过另择别人家的小姐而已，轮不到黛玉了。第五，再从林黛玉方面看，贾母、王夫人如此抛弃她、封锁她，即使宝钗拒绝，而贾母、王夫人愿意吃回头草，重新选择黛玉，黛玉成了泼出去的水再回收，以黛玉的性格，她会接受这种羞辱结果吗？肯定不会。所以，即使宝钗牺牲自己，也是白白牺牲，她救不了林黛玉。冰雪聪明、深谙人情世故的宝钗，比我们看得明白，这一切，她心里都如明镜一般。因而，贾府既然向薛家提亲，那么黛玉就被彻底牺牲，黛玉的悲剧就注定了。许多评论家把责任转嫁到薛宝钗头上，我认为是不够妥当的。我还想说一句：为什么薛宝钗就没有获得幸福的资格？为什么她必须被牺牲？她与宝玉也是青梅竹马两情相悦的，当她意识到宝玉坚定地选择黛玉后，她就牺牲了自己而尽量成全黛玉；几年以后，贾府抛弃了林黛玉而选择她，她为什么还要再次牺牲，而且是无谓的牺牲？在这些评论家的心底，似乎事先已经约定，宝钗应该被牺牲，薛宝钗的生死无足轻重，必须保证林黛玉的婚姻和幸福，但这种约定有什么基础？是不是人道、正义、公平呢？

最后，我们也说一下宝钗有没有私心，我认为也是有一点的。从家族的角度看，宝钗的哥哥锒铛入狱，甚至有杀头的危险，将来的官司很需要仰仗贾府，薛姨妈本人当场答应贾府，这也是因素之一；作为薛家的女儿，宝钗能够不考虑薛家唯一的继承人薛蟠的官司吗？有的读者以为这太俗气，甚至庸俗、无耻、卑鄙，但历史和现实告诉我们，除了我们不掌握资料的古代高人，从现代的高人、大师、文人的资料披露中，我们几乎就没看到毫无家族和个人私利的案例。高人也是人，不是神。人情世故，谁都无法规避。宝钗在不损害他人的条件下，顾虑到她哥哥的性命官司，应该被认为很正常。

作品接着叙述宝钗的最新情况。

> 宝钗自从听此一说，把"宝玉"两字自然更不提起了。如今虽然听见失了玉，心里也甚惊疑，倒不好问，只得听旁人说去，竟象不与自己相干的。只有薛姨妈打发丫头过来了好几次问信。因他自己的儿子薛蟠的事焦心，只等哥哥进京便好为他出脱罪名，又知元妃已薨，虽然贾府忙乱，却得凤姐好了，出来理家，也把贾家的事撂开了。只苦了袭人，虽然在宝玉跟前低声下气的伏侍劝慰，宝玉竟是不懂，袭人只有暗暗的着急而已。

定亲以后宝钗需要回避男方，这个习俗怎么形成的我不清楚，所以要回避，估计是怕流言说男女婚前有染吧。宝玉的玉丢了，宝钗也不能打听，"只得听旁人说去，竟象不与自己相干的"。封建时代这种习俗规矩，真是糟糕透顶。但这多少算是写了一笔宝钗的心理活动，只是在我看来，这一笔并不成功。失去通灵玉会关系到宝玉的健康乃至生死，在这重大关头，宝钗不会"竟象与自己不相干"，遇到重大事情，宝钗不会拘泥。收到贾府的定亲消息，除了那句对母亲说的话，宝钗的内心活动，竟是一个字也没有。可以想象，宝钗的内心绝对不会平静，别说涟漪荡漾，也可能波涛汹涌，只是作者把它统统归入留白，像前八十回一样。与之形成对比的是对林黛玉内心世界的描写是那么详细、周到。很显然，作者是有意识地追求这种一明一暗、一详一略的艺术对照效果。只可惜评论界对这种独特而又典型的艺术，一直没有引发应有的注意。

这一段写袭人那一句，从整段作品来看似乎有些跳跃、突兀，但这正是《红楼梦》的笔法，从叙述内容看，"只苦了袭人，虽然在宝玉跟前低声下气的伏侍劝慰，宝玉竟是不懂，袭人只有暗暗的着急而已"。写得很简要却很传神。

作品接着叙述元春的丧事，只是寥寥两笔："过了几日，元妃停灵寝庙，贾母等送殡去了几天。""直至元妃事毕"，这不禁让我们想起当年写秦可卿的葬礼花了多少篇幅，何等热闹。当然，元春的丧礼是由皇家主办而不是贾府。不过，就文学表现的必要性来看，秦可卿的死亡对贾府的影响是很小的，对宝玉的影响也并不大，之后并未见宝玉有思念的情节。而元春的病故对于贾府则是失去亲人、靠山倒塌，如此重要的事情本该多写一些，可是作品除了贾母、贾政、王夫人外，连探春这个亲妹妹都没写什么反应，宝玉则因失去理智，更是毫无知觉。这样的冷处理，与元春省亲的大肆渲染，对比太鲜明了。我个人以为略显马虎草率，很好的材料，我们却没品尝到应有的艺术味道。假如这是曹雪芹的遗稿，那说明这时候的曹雪芹已经虚弱到无力气描写；假如这是续作，那表明续作者对这样恢宏的场面进行了知趣的回避，正如李白回避崔颢题诗的黄鹤楼一样。

宝玉越来越失魂落魄，贾母产生疑心，王夫人只能告知通灵宝玉丢了，贾母听了急得眼泪直流，于是命人去各处贴寻物启事，有人送玉来，赏金一万两。又叫人："将宝玉动用之物都搬到我那里去，只派袭人秋纹跟过来，余者仍留园内看屋子。"宝玉听了，终不言语，只是傻笑。寻物启事的赏金太大，引起了轰动，以至于当晚贾政回家的路上就听说了。

> 贾政便叹气道："家道该衰，偏生养这么一个孽障！才养他的时候满街的谣言，隔了十几年略好了些，这会子又大张晓谕的找玉，成何道理！"说着，忙走进里头去问王夫人。王夫人便一五一十的告诉。贾政知是老太太的主意，又不敢违拗，只抱怨王夫人几句。又走出来，叫瞒着老太太，背地里揭了这个帖儿下来。岂知早有那些游手好闲的人揭了去了。

大家注意贾政的担忧，当年宝玉衔玉而生招来满街的谣言，这在那个时代是一件很可怕的事情，因为历史上造反的领袖多有托辞，或说胎里就有异兆，或有什么上天赐予的灵物，以此说服百姓跟随造反。所以衔玉而生是可能招来官府查办的，贾政作为朝廷官员对此甚为忌惮和谨慎。作品简单一笔写出为官不易，贾政的谨慎不是胆小，而是关系到家族几百条性命的生死。这一点，恐怕是年轻读者无法设想的。

本回最后一个情节是有人拿着块玉来求赏，这段描写不错，其中对凤姐、贾琏夫妻的刻画尤其精彩，我们不能不赏析。

> 众人回明，贾琏还细问真不真。门上人口称："亲眼见过，只是不给奴才，要见主子，一手交银，一手交玉。"贾琏却也喜欢，忙去禀知王夫人，即便回明贾母。把个袭人乐得合掌念佛。贾母并不改口，一叠连声："快叫琏儿请那人到书房内坐下，将玉取来一看，即便送银。"贾琏依言，请那人进来当客待他，用好言道谢："要借这玉送到里头，本人见了，谢银分厘不短。"那人只得将一个红绸子包儿送过去。贾琏打开一看，可不是那一块晶莹美玉吗。贾琏素昔原不理论，今日倒要看看，看了半日，上面的字也仿佛认得出来，什么"除邪祟"等字。贾琏看了，喜之不胜，便叫家人伺候，忙忙的送与贾母王夫人认去。
>
> 这会子惊动了合家的人，都等着争看。凤姐见贾琏进来，便劈手夺去，不敢先看，

送到贾母手里。贾琏笑道："你这么一点儿事还不叫我献功呢。"

先看写众人，"贾琏却也喜欢，忙去禀知王夫人，即便回明贾母"。验了货，"喜之不胜"。贾琏这位堂哥，其实是很不错的，贾母独宠宝玉，贾琏作为长子长孙，本该是家族明星，却从来不嫉妒、无怨言，还与宝玉相处得很好，我们想一下，有几人做得到？贾环与宝玉是嫡亲兄弟，却嫉妒得恨不能弄死宝玉。宝玉失玉，贾琏着急，现在人家送玉来，他又喜欢又激动，其心胸宽大磊落，令人尊重。"把个袭人乐得合掌念佛。"这一笔看似简单，但对氛围描写很起作用，作品找准了最激动、最高兴的袭人。贾母更不用说，"谢银分厘不短"，那可是一万两的巨款。不过真正的神来之笔还是写凤姐。"这会子惊动了合家的人，都等着争看。凤姐见贾琏进来，便劈手夺去，不敢先看，送到贾母手里。贾琏笑道：'你这么一点儿事还不叫我献功呢。'"凤姐劈手夺去送到贾母手里，这个动作是下意识的，是凤姐的本性。这个动作对凤姐有什么真正的意义吗？其实并没什么，至多让贾母、王夫人看到她对宝玉的关心，未必算得上什么功劳，但就连这么小一点殷勤她都要抢，抢的是她丈夫。当然，抢丈夫的，有时是炫耀夫妻和睦亲密的意思。他们夫妻亲密和睦吗？她自己很清楚的。这一抢，她的性格、脾性、修为，就像放到了显微镜下面一样，纤毫毕现。而贾琏呢？却笑着揭露她、嘲讽她，同时表达出一点委屈、一点大度。这对夫妻的联璧演出，真是精彩而又风趣极了。这种细节，是神来之笔，是《红楼梦》最大的特色。后四十回对凤姐、贾琏夫妇的刻画，连续出彩，真的不比前八十回逊色。

贾母打开看时，只见那玉比先前昏暗了好些。一面擦摸，鸳鸯拿上眼镜儿来，戴着一瞧，说："奇怪，这块玉倒是的，怎么把头里的宝色都没了呢？"王夫人看了一会子，也认不出，便叫凤姐过来看。凤姐看了道："象倒象，只是颜色不大对。不如叫宝兄弟自己一看就知道了。"袭人在旁也看着未必是那一块，只是盼得的心盛，也不敢说出不象来。凤姐于是从贾母手中接过来，同着袭人拿来给宝玉瞧。这时宝玉正睡着才醒。凤姐告诉道："你的玉有了。"宝玉睡眼朦胧，接在手里也没瞧，便往地上一撂道："你们又来哄我了。"说着只是冷笑。凤姐连忙拾起来，道："这也奇了，怎么你没瞧就知道呢。"宝玉也不答言，只管笑。

贾母看玉就比贾琏用心多了，看出宝色没了；凤姐也说颜色不对，一个说"宝色"，一个说的是"颜色"，一个字，显露两人的心意差别；还有一个看出不对的，那是袭人，但没有她插嘴的份。这三个人，一个是用眼睛看的，两个是用心看。只是这里没写王夫人，遗憾。作品终于写到宝玉本人："宝玉睡眼朦胧，接在手里也没瞧，便往地上一撂道：'你们又来哄我了。'说着只是冷笑。"只用了三十三个字，写出宝玉似睡似醒、既糊涂又清醒，尤其是"说着只是冷笑"六个字，把宝玉写神了，几乎可以望到金句"那不是接他们的船来了，湾在那里呢"的项背。而后面对于凤姐的话，宝玉都不搭理了，"宝玉也不答言，只管笑"。写得也很有味道。实事求是地说，这两回写宝玉的病状、疯态大大不如第 57 回，一味地写他傻傻的、闷闷的，连话都说不来，没有任何高光时刻。也难为作者，有了前面"慧紫鹃情辞试忙玉"的精彩绝伦，现在还要刻画宝玉的疯癫，真的没有了发挥的空间。但这里对宝玉的简短描写，总算是发出了光彩。

接下来是贾母的时刻。

> 王夫人也进屋里来了，见他这样，便道："这不用说了。他那玉原是胎里带来的一种古怪东西，自然他有道理。想来这个必是人见了帖儿照样做的。"大家此时恍然大悟。贾琏在外间屋里听见这话，便说道："既不是，快拿来给我问问他去，人家这样事，他敢来鬼混。"贾母喝住道："琏儿，拿了去给他，叫他去罢。那也是穷极了的人没法儿了，所以见我们家有这样事，他便想着赚几个钱也是有的。如今白白的花了钱弄了这个东西，又叫咱们认出来了。依着我不要难为他，把这玉还他，说不是我们的，赏给他几两银子。外头的人知道了，才肯有信儿就送来呢。若是难为了这一个人，就有真的，人家也不敢拿来了。"贾琏答应出去。

这个屋里，只有贾母依然保持着高贵和仁慈，受到蒙骗的贾琏、凤姐等人自然大怒，要狠命报复，但贾母阻止住，她想到"穷极了的人没法儿"。自己孙子命在旦夕、别人乘机来敲诈的时候，贾母这份心肠不是一年两年能够造就的，这让我们想到多年前她对那个小道士的原谅和关怀。至今，临危不乱，贾母坚守着自己的人格和道义，这非常不容易，这是读者对贾府抱着好感和惋惜的基础。

第九十六回

瞒消息凤姐设奇谋　泄机关颦儿迷本性

"瞒消息凤姐设奇谋"，说为哄骗宝玉结婚，凤姐出主意告诉宝玉娶的是黛玉，同时不让黛玉知道宝玉结婚的消息；"泄机关颦儿迷本性"，说黛玉得知宝玉同宝钗结婚的消息，重击之下一时神志迷糊。

宝玉娶亲，这场读者等待了很久的大戏彻底拉开帷幕，《红楼梦》最核心的情节终于有了结果，是痛彻心扉的悲剧。我们很早就说过，最大的悲剧是什么？不是坏人作恶好人受罪，因为那可以预防、可以阻止、可以抗争，哪怕付出牺牲。真正的悲剧，是一群好人，甚至是很聪明、很能干、很高尚的人，他们一起生活、一起走那人生的道路，谁都没想伤害别人；但走着走着，一个个甚至全体人员，最后都受到了伤害，他们想方设法避免悲剧，却怎么也避免不了。这是当时社会历史条件下各种力量的合力造成的悲剧，个人在这样的社会环境中没有用武之地，只能束手就擒。宝玉、黛玉、宝钗，这三个人青梅竹马，相互友爱、相互敬重，最后却形成了无解的死结，三个人都毁了终生，他们的亲人也都受伤。这就是《红楼梦》写的悲剧，无解的悲剧。

本回的第一段写贾琏威吓送假玉来的诈骗者，篇幅不长，却写得有声有色，很有趣味。

第二段则是平地起风雷，王子腾在回京的路上，距离京城只剩二百多里，却忽然病亡。王夫人听到恶讯，当场病倒。作品真是急转直下。这两回，上回元春突然病故，本回王子腾又一命呜呼，贾史王薛四大家族中最有权势的两位忽然相继死去，贾府失去了两座主要靠山。这样的情节设计有些简单，也不够从容。不难推测作者如此构思的用意——先解决外围力量，他不久就要直接对贾府动手。

经过以上两段过渡，第三段开始写核心情节，宝玉结婚的题材。

> 贾政即忙进去，看见王夫人带着病也在那里。便向贾母请了安。贾母叫他坐下，便说："你不日就要赴任，我有多少话与你说，不知你听不听？"说着，掉下泪来。贾政

忙站起来说道："老太太有话只管吩咐，儿子怎敢不遵命呢。"贾母哽咽着说道："我今年八十一岁的人了，你又要做外任去，偏有你大哥在家，你又不能告亲老。你这一去了，我所疼的只有宝玉，偏偏的又病得糊涂，还不知道怎么样呢。我昨日叫赖升媳妇出去叫人给宝玉算命，这先生算得好灵，说要娶了金命的人帮扶他，必要冲冲喜才好，不然只怕保不住。我知道你不信那些话，所以教你来商量。你的媳妇也在这里。你们两个也商量商量，还是要宝玉好呢，还是随他去呢？"

贾母这番话，从下文看得出应该没有同王夫人事先串通，所以按我们今日的眼光看，老太太完全是越俎代庖。她也明知道这事情不该自己管，需要"你们两个也商量商量"，但她依然忍不住挑了头。贾母是多管闲事吗？从她的角度说绝对不是，她是眼看儿子"不日就要赴任"，但贾政对病中的儿子却没一个交代，她急啊，她焦虑，她不是要插这一杠子，她是话一出口眼泪就下来了。我想贾母很明白王夫人也同她一样着急，但是王夫人不敢在贾政面前提这事，贾母是在帮着王夫人提。不过她也知道这事情有点为难贾政，所以添加了一个理由：算命先生也说需要娶一个金命的媳妇冲冲喜。有情、有义、有理，贾母打的是有准备之战。而贾政打的是一场遭遇战，面对母亲这样一番看似越俎代庖实则有情有理的进攻，他只能先退一步。

贾政陪笑说道："老太太当初疼儿子这么疼的，难道做儿子的就不疼自己的儿子不成。只为宝玉不上进，所以时常恨他，也不过是恨铁不成钢的意思。老太太既要给他成家，这也是该当的，岂有逆着老太太不疼他的理。如今宝玉病着，儿子也是不放心。因老太太不叫他见我，所以儿子也不敢言语。我到底瞧瞧宝玉是个什么病。"王夫人见贾政说着也有些眼圈儿红，知道心里是疼的，便叫袭人扶了宝玉来。宝玉见了他父亲，袭人叫他请安，他便请了个安。贾政见他脸面很瘦，目光无神，大有疯傻之状，便叫人扶了进去，便想到："自己也是望六的人了，如今又放外任，不知道几年回来。倘或这孩子果然不好，一则年老无嗣，虽说有孙子，到底隔了一层；二则老太太最疼的是宝玉，若有差错，可不是我的罪名更重了。"瞧瞧王夫人，一包眼泪，又想到他身上，复站起来说："老太太这么大年纪，想法儿疼孙子，做儿子的还敢违拗？老太太主意该怎么便怎么就是了。但只姨太太那边不知说明白了没有？"王夫人便道："姨太太是早应了的。只为蟠儿的事没有结案，所以这些时总没提起。"

遭遇战中的贾政并没慌乱，他冷静地察看了形势，先看宝玉，真的是病得不轻，然后想到自己，想到年老无嗣（按：贾政似乎忘记了还有一个儿子贾环），想到老母亲的处境，再瞧瞧王夫人，一包眼泪，又想到王夫人大儿子没了，这小儿子若有个意外，贾政只能投降了：老太太的主意该怎么便怎么就是了。但贾政不是贾赦，他比较细心，更知道体贴别人，所以他想到薛姨妈那边到底是个什么态度。贾政这一溃退，王夫人信心大增，贾政问的是贾母，但王夫人抢着回答了。所以大家看到，明明是贾母、王夫人两个联手攻打贾政一个，但是贾母却说"你们两个也商量商量"，这老太太真是个战略家、外交高手！听到薛家还没有彻底答应，墨守成规的老实人贾政不由为难了。

贾政又道："这就是第一层的难处。他哥哥在监里，妹子怎么出嫁。况且贵妃的事虽不禁婚嫁，（引者按：我不清楚，为什么老贵妃薨禁止婚嫁，元妃薨不禁？）宝玉应照已出嫁的姐姐有九个月的功服，此时也难娶亲。再者我的起身日期已经奏明，不敢耽搁，这几天怎么办呢？"贾母想了一想："说的果然不错。若是等这几件事过去，他父亲又走了。倘或这病一天重似一天，怎么好？只可越些礼办了才好。"想定主意，便说道："你若给他办呢，我自然有个道理，包管着碍不着。姨太太那边我和你媳妇亲自过去求他。蟠儿那里我央蝌儿去告诉他，说是要救宝玉的命，诸事将就，自然应的。若说服里娶亲，当真使不得。况且宝玉病着，也不可教他成亲，不过是冲冲喜，我们两家愿意，孩子们又有金玉的道理，婚是不用合的了。即挑了好日子，按着咱们家分儿过了礼。赶着挑个娶亲日子，一概鼓乐不用，倒按宫里的样子，用十二对提灯，一乘八人轿子抬了来，照南边规矩拜了堂，一样坐床撒帐，可不是算娶了亲么。宝丫头心地明白，是不用虑的。内中又有袭人，也还是个妥妥当当的孩子。再有个明白人常劝他更好，他又和宝丫头合的来。再者姨太太曾说，宝丫头的金锁也有个和尚说过，只等有玉的便是婚姻，焉知宝丫头过来，不因金锁倒招出他那块玉来，也定不得。从此一天好似一天，岂不是大家的造化。这会子只要立刻收拾屋子，铺排起来。这屋子是要你派的。一概亲友不请，也不排筵席，待宝玉好了，过了功服，然后再摆席请人。这么着都赶的上。你也看见了他们小两口的事，也好放心的去。"

大家听听，贾政只提出就几天的日子难以成亲，贾母却回答了这么一大通；如何应对薛家、如何下定礼、如何简办婚礼，包括用多少灯、抬什么轿、用什么乐队，还有如何摆席请人，以及宝钗会有什么想法，一股脑儿统统倒了出来，可见贾母事先思考了多久、谋划得何其周到！我们只提醒大家注意一点，贾母说："他又和宝丫头合的来。"这应该是贾母、王夫人决定选择宝钗的一个重要因素，她们亲眼目睹观察这么多年，她们不会看错。她们也不是随便塞一个姑娘给宝玉，只是她们认为，宝玉虽然与黛玉恋爱，但换上宝钗，应该也问题不大，一样是表姐妹，一样是青梅竹马，一样是合得来的姑娘，宝钗身体健康，又"心地明白"，能够体贴人，不是更好吗？

贾政听了，原不愿意，只是贾母做主，不敢违命，勉强陪笑说道："老太太想的极是，也很妥当。只是要吩咐家下众人，不许吵嚷得里外皆知，这要耽不是的。姨太太那边，只怕不肯，若是果真应了，也只好按着老太太的主意办去。"贾母道："姨太太那里有我呢。你去吧。"贾政答应出来，心中好不自在。因赴任事多，部里领凭，亲友们荐人，种种应酬不绝，竟把宝玉的事，听凭贾母交与王夫人凤姐儿了。惟将荣禧堂后身王夫人内屋旁边一大跨所二十余间房屋指与宝玉，余者一概不管。贾母定了主意叫人告诉他去，贾政只说很好，此是后话。

这是有关宝玉、宝钗婚姻的战略决策，就这么定了。至于后面凤姐的掉包计，只是战术问题。所以许多人都把这桩婚姻悲剧归罪于凤姐，恐怕有点过了；凤姐不无责任，但根本责任不在她，她不过提出一个执行决策的战术方案。当然，从贾母、贾政、王夫人三位最高决策者的决策过程，我们看到他们也是全心全意为小夫妻好，他们殚心竭虑地谋划，并没有什么私心，更绝无恶意。然而事情的最终结果，却是事与愿违，悲剧一桩。谁能想到呢？

上面有个很小很小的细节我们说一句："惟将荣禧堂后身王夫人内屋旁边一大跨所二十余间房屋指与宝玉。"这是贾政对宝玉婚房的指定，而从作家的写作来说是对贾府建筑分布的一个具体确定，这看似十分寻常的一笔，却需要对整个贾府建筑的分布成竹在胸，才能如此信手拈来。这种细节中的细节是最容易出纰漏的地方，假如是续作者写的，恐怕反而要做些房屋状况、前后环境等方面的解释。从如此随意的行文看，我怀疑是曹雪芹的原作。尽管我没有什么把握。假如说有什么佐证，那么我说这里三位人物的所有言谈气息氛围，与原作完全一致，续作者要写出圆融的文字是非常难的，所以我认为这里应是曹雪芹手泽。而作为反面证据，下一段袭人的想法就是把以前的事情罗列一遍，生怕读者不理解，那倒是续作者写法。

接下来作品叙述袭人的心事。看作品。

　　且说宝玉见过贾政，袭人扶回里间炕上。因贾政在外，无人敢与宝玉说话，宝玉便昏昏沉沉的睡去。贾母与贾政所说的话，宝玉一句也没有听见，袭人等却静静儿的听得明白。头里虽也听得些风声，到底影响，只不见宝钗过来，却也有些信真。今日听了这些话，心里方才水落归漕，倒也喜欢。心里想道："果然上头的眼力不错，这才配得是。我也造化。若他来了，我可以卸了好些担子。但是这一位的心理只有一个林姑娘，幸亏他没有听见，若知道了，又不知要闹到什么分儿了。"袭人想到这里，转喜为悲，心想："这件事怎么好？老太太、太太那里知道他们心里的事。一时高兴说给他知道，原想要他病好。若是他仍似前的心事：初见林姑娘便要摔玉砸玉；况且那年夏天在园里把我当作林姑娘，说了好些私心话；后来因为紫鹃说了句顽话儿，便哭得死去活来。若是如今和他说要娶宝姑娘，竟把林姑娘撂开，除非是他人事不知还可，若稍明白些，只怕不但不能冲喜，竟是催命了！我再不把话说明，那不是一害三个人了么。"袭人想定主意，待等贾政出去，叫秋纹照看着宝玉，便从里间出来，走到王夫人身旁，悄悄的请了王夫人到贾母后身屋里去说话。贾母只道是宝玉有话，也不理会，还在那里打算怎么过礼，怎么娶亲。

这一段的设计内容我们暂且不论，其前提条件就略欠妥帖。它的前提是：贾母、贾政、王夫人就在宝玉隔壁说话，刚好宝玉一进去就睡着了不曾听见，袭人等则听得清清楚楚。一个显然的问题是，宝玉几分钟前还出来见父亲，却立马睡着了，假如他没睡着呢？此外，贾府最高层商讨重大事情，能够让下面丫鬟都听到吗？我想应该有一个下人回避的保密制度吧？贾府该有几间专门的议事间吧？或者议事之前吩咐丫头必须回避。连下面袭人找王夫人说话还专门到里间贾母听不到的地方呢。所以这个前提条件是有明显漏洞的。细看其文字表现力度，都不像曹雪芹笔墨，与前一段有些差距。袭人的思考就是把前面宝玉的种种表现都罗列出来，表面看是作者替读者考虑，生怕读者记不起来，实际上是作者的不自信，生怕前后内容联系不上。这多少有点累赘，因为作者不自信。同前面贾母的长篇大论比较一番就明白，相形见绌。再看叙述句："便从里间出来，走到王夫人身旁，悄悄的请了王夫人到贾母后身屋里去说话。"这三句的前两句中有一句就够了，第三句则意思不合，袭人怎么可能当着贾母的面叫王夫人去里间说话？她那么粗心？何况完全可以稍等一会儿。所以这一段我判定是续作。像这样细致的分析我们不再写了，文字太多，请读者自己斟酌。

由于袭人对王夫人说出来自己的担忧，引出了凤姐的掉包计。作品写得很细致。

> 贾母正在那里和凤姐儿商议，见王夫人进来，便问道："袭人丫头说什么？这么鬼鬼祟祟的。"王夫人趁问，便将宝玉的心事，细细回明贾母。贾母听了，半日没言语。王夫人和凤姐也都不再说了。只见贾母叹道："别的事都好说。林丫头倒没有什么；若宝玉真是这样，这可叫人作了难了。"只见凤姐想了一想，因说道："难倒不难，只是我想了个主意，不知姑妈肯不肯。"王夫人道："你有主意只管说给老太太听，大家娘儿们商量着办罢了。"凤姐道："依我想，这件事只有一个掉包儿的法子。"贾母道："怎么掉包儿？"凤姐道："如今不管宝兄弟明白不明白，大家吵嚷起来，说是老爷做主，将林姑娘配了他了。瞧他的神情儿怎么样。要是他全不管，这个包儿也就不用掉了。若是他有些喜欢的意思，这事却要大费周折呢。"王夫人道："就算他喜欢，你怎么样办法呢？"凤姐走到王夫人耳边，如此这般的说了一遍。王夫人点了几点头儿，笑了一笑说道："也罢了。"贾母便问道："你娘儿两个捣鬼，到底告诉我是怎么着呀？"凤姐恐贾母不懂，露泄机关，便也向耳边轻轻的告诉了一遍。贾母果真一时不懂，凤姐笑着又说了几句。贾母笑道："这么着也好，可就只亏苦了宝丫头了。倘或吵嚷出来，林丫头又怎么样呢？"凤姐道："这个话原只说给宝玉听，外头一概不许提起，有谁知道呢。"

我们先说说在场人物。先前是没有凤姐的，王夫人回来则贾母身边多出了一个凤姐在同贾母商议。凤姐的出场作品没有交代，似乎是专门为下面的掉包计被作者紧急召唤入场的。后面的戏份就主要是凤姐的，贾母、王夫人都成了配角。而且，凤姐不像贾母、贾政、王夫人那般大模大样说话，而是只在王夫人、贾母耳边讲述她的调包计，旁人听不见，严格保密。但是，王夫人和贾母的反应是不一样的，王夫人点了几点头儿，笑了一笑说道："也罢了。"贾母的考虑就比王夫人深了一层，她既想到宝钗太委屈，更顾虑黛玉知道怎么办。这一笔把贾母同王夫人的不同深度写了出来。照理，贾母比王夫人多想到林黛玉一层那是自然，毕竟她是外婆；反过来，对宝丫头的体贴本该是王夫人考虑的，她是姨妈。这一笔，把贾母深谙人情世故、临阵不乱、处事老到而又大局观强的一面展现了，她不愧是贾府领袖，王夫人还差一截。只是写贾母"笑道"似乎不妥，调包计并不好玩，应该是"皱眉道""沉吟道"。

下面我们回到"两百年之罪人"凤姐身上。这里有两个问题需要讨论。首先，凤姐为什么要出这么个馊主意呢？这可是成功了功劳不大，出纰漏则担当不起的事情，凤姐完全可以不出主意，这不是她的职责。她去出这个主意显然不明智。然而，我说凤姐是必定要出的，不出她就不是凤姐了。只要她想到了这个主意，她会觉得这事情非常有趣，她这绝顶的聪明必须要展现出来，她不会去考虑深层的风险，她顾不得做利害衡量。这就是凤姐，一个浅层思维绝对灵活，深层思维几乎为零的凤姐。第二个问题，凤姐的罪过有多大。作品本身写清楚，在决定立即举行婚礼这个决策会议上，是没有凤姐的；也就是说，大政方针的决定，与凤姐无关。凤姐是在大计决策以后才加入的。凤姐究竟起了多大的作用呢？我们还是以文本为准。

> "王夫人趁问，便将宝玉的心事，细细回明贾母。贾母听了，半日没言语。王夫人和凤姐也都不再说了。只见贾母叹道：'别的事都好说。林丫头倒没有什么；若宝玉真是这样，这可叫人作了难了。'"

这个描写很清楚，听到袭人的担忧，大家都没了主意。然后，是贾母首先表明态度："林丫头倒没有什么；若宝玉真是这样，这可叫人作了难了。"贾母的态度摆明了：可以牺牲林黛玉，一切以宝玉为重！这个态度，只有贾母可以有，王夫人和凤姐都不能有，因为王夫人是黛玉的舅妈，凤姐更只是表嫂子；更何况，她们都是王家的人，与薛宝钗关系更近，所以她们不能在贾母面前有任何忽视林黛玉的意思。现在贾母表明了这个态度，然后凤姐才想出了调包计。所以我认为，凤姐的调包计即使有罪，其罪行也很小，性质也不算恶劣。人们对她讨伐过分了，她只不过是宝玉、宝钗婚姻的促使者、经办人，而不是决定者。我们还要看到，调包计真正的危害，除了伤害到宝玉、宝钗和黛玉，它也是贾府风气堕落的一个标志。娶媳妇这种家族最重大、庄严而隆重的事情，居然用欺骗的手段来实行，这是典型的歪风邪气、下三流，传出去让堂堂一等公府沦为社会的笑柄。我相信贾母这一生没干过这种事，因而她在贾府德高望重，现在却由着凤姐大搞下三流，败坏了贾府的门风。贾母也真是老糊涂了。

　　然后，作品开始下半回"泄机关颦儿迷本性"。大家先一起赏析这个"泄机关"设计得怎么样。

　　　　一日，黛玉早饭后带着紫鹃到贾母这边来，一则请安，二则也为自己散散闷。出了潇湘馆，走了几步，忽然想起忘了手绢子来，因叫紫鹃回去取来，自己却慢慢的走着等他。刚走到沁芳桥那边山石背后，当日同宝玉葬花之处，忽听一个人呜呜咽咽在那里哭。黛玉煞住脚听时，又听不出是谁的声音，也听不出哭着叨叨的是些什么话。心里甚是疑惑，便慢慢的走去。及到了跟前，却见一个浓眉大眼的丫头在那里哭呢。黛玉未见他时，还只疑府里这些大丫头有什么说不出的心事，所以来这里发泄发泄，及至见了这个丫头，却又好笑，因想到：这种蠢货有什么情种，自然是那屋里作粗活的丫头受了大女孩子的气。细瞧了一瞧，却不认得。那丫头见黛玉来了，便也不敢再哭，站起来拭眼泪。黛玉问道："你好好的为什么在这里伤心？"那丫头听了这话，又流泪道："林姑娘你评评这个理。他们说话我又不知道，我就说错了一句话，我姐姐也不犯就打我呀。"黛玉听了，不懂他说的是什么，因笑问道："你姐姐是那一个？"那丫头道："就是珍珠姐姐。"黛玉听了，才知道他是贾母屋里的，因又问："你叫什么？"那丫头道："我叫傻大姐儿。"黛玉笑了一笑，又问："你姐姐为什么打你？你说错了什么话了？"那丫头道："为什么呢，就是为我们宝二爷娶宝姑娘的事情。"黛玉听了这句话，如同一个疾雷，心头乱跳。略定了定神，便叫了这丫头"你跟了我这里来。"那丫头跟着黛玉到那畸角儿上葬桃花的去处，那里背静。黛玉因问道："宝二爷娶宝姑娘，他为什么打你呢？"傻大姐道："我们老太太和太太二奶奶商量了，因为我们老爷要起身，说就赶着往姨太太商量把宝姑娘娶过来罢。头一宗，给宝二爷冲什么喜，第二宗——"说到这里，又瞅着黛玉笑了一笑，才说道："赶着办了，还要给林姑娘说婆婆家呢。"黛玉已经听呆了。这丫头只管说道："我又不知道他们怎么商量的，不叫人吵嚷，怕宝姑娘听见害臊。我白和宝二爷屋里的袭人姐姐说了一句：'咱们明儿更热闹了，又是宝姑娘，又是宝二奶奶，这可怎么叫呢！'林姑娘，你说我这话害着珍珠姐姐什么了吗，他走过来就打了我一个嘴巴，说我混说，不遵上头的话，要撵出我去。我知道上头为什么不叫言语呢，你们又没告诉我，就打我。"说着，又哭起来。

　　大家细看，为了让林黛玉遇上傻大姐，作品做了很多的让步。傻大姐会找到黛玉与宝玉葬花的山石背后去哭，已经够奇，黛玉出来的时间、线路又正好碰上，这是作品的第一个让步。其二，黛玉刚好忘了手绢，叫紫鹃回去取。如果紫鹃在，黛玉不会自己摸到山石背后，会叫紫鹃去看看，那就得不到真信了。其三，如果黛玉坐着等紫鹃，便也错过了。其四，整个贾府几百个丫头老婆子都明白，宝玉、宝钗结婚的消息绝不能向黛玉泄露，唯独这傻大姐不懂得，而偏偏是她向黛玉泄露了。其五，凤姐早就关照丫头们一个不许走漏风声，既然如此，怎么又会让这个傻大姐知道？而且还知道得那么详细？其六，傻大姐知道也罢了，却刚刚被珍珠打了嘴巴，打完却没教训她不能再说，反而因为打了而原原本本来告诉林黛玉！虽然，文学作品"无巧不成书"，但这个情节扭了这么六道弯才达成，在我们看来设计得过于牵强，很不自然。如果说前面一节我很疑心是曹雪芹手泽，那么这个情节我敢肯定不是出于曹雪芹之手。同样是小姐听到丫头的话语，第27回"滴翠亭杨妃戏彩蝶"中宝钗听到小红私房话的情节，就比这里自然、大气多了。

　　这里还有一个重要细节，它一晃而过，却是绝对不能忽视的，它是《红楼梦》情节安排不可或缺的一部分。傻大姐还告诉黛玉："赶着办了，还要给林姑娘说婆婆家呢。"这是贾府对林黛玉婚事的重要安排，时间上大致定了，宝玉的婚事一了，立即为黛玉说婆家。这个非常重要的细节似乎无人关注，真是难以置信。先探讨一下此信的真实性。首先，傻大姐不会编谣言，她没那本事；其次，她前面说的是宝玉娶宝钗的事，顺带说到"赶着办了，还要给林姑娘说婆婆家呢"，可见她听到的消息是个完整版，是贾母为主的贾府做出的一揽子计划的一部分。因此可以判定，这确实是贾府上层的安排，而不是丫头们的胡猜。对于贾府的这个安排我们应该如何评价？我想，贾母自然是想早日找个好人家把黛玉嫁掉，老太太八十多岁了，黛玉是她接来的，她当然要在有生之年让黛玉找到归宿，不愿把婚姻大事留给两个舅舅去操心；而一旦失去了外祖母，黛玉便成了个彻底的孤儿，会更加哀伤，日子会更加难过，那会让贾母死不瞑目（其实我更希望作品是这么写，翻出新格局）。至于贾母为什么不早点替黛玉考虑、操办，而偏偏要挤在宝玉结婚后面？这个问题作品并无正面交代，根据现有的情节判定，贾母也是十分为难，黛玉与宝玉之间那么明摆着的爱情，贾母并不眼拙，她怎么会看不明白？她不成全这一对她最宠爱的人，至少有三个难处。第一是黛玉的健康和脾性，尤其是黛玉的健康状况，贾母可能一直在观察、在等待，看看黛玉的身子能不能好起来，但实际情形是每况愈下。贾母的第二个为难处，就是贾政和王夫人对黛玉有没有意思，毕竟宝玉的婚姻是由他们做主。贾母又不便直接问他们，那会显得她过于偏颇，何况王夫人身边就有一个性格、健康都好于黛玉的宝钗。贾母的第三个为难，就是黛玉与宝玉的恋爱。少男少女私自恋爱本来是最自然的事情，但在公府侯门却是丑闻，所以贾母，包括贾政、王夫人都有舆论压力。到了最后，所有的家长们还是选择了宝钗。这个决定一旦做出，贾母的另一个决定也就很容易做出：抓紧给黛玉找婆家。黛玉已经被伤害到了，如何善后呢？在贾母想来，让黛玉长痛不如短痛。或许找到新的男子，黛玉就可以放下宝玉，然后慢慢过自己的小日子。贾母可能想不到黛玉会宁死不嫁（我们只能根据高鹗版评论），这种人生观的冲突是《红楼梦》的主旨之一。探讨完贾母的安排，我们还必须讨论一番林黛玉。黛玉首次听到了贾母对她婚姻的安排，但是她却置若罔闻，对于黛玉来说，生命只有两个结果：与宝玉的爱情结出硕果成为夫妻，那就是生；或者爱情之花被摧毁凋零，那就是死。没有第三条道路。当听到宝玉与宝钗结婚的消息时，她就奔向了死亡，义无反顾。这就是林黛玉的爱情观、生命观。我以为，我们评论林黛玉，评论贾母和贾府，评论《红楼梦》，都不能忽略掉贾母对林黛玉的这个善后安排，从作品来说这是情节安排的一种完美。如果没有这个安排，那么贾母和贾府就显得缺心少肺；同样，忽视这个安排去评论林黛玉，也是不够完整的。

　　回到作品。作品对黛玉的描写相当出色，其心理的变化清晰动人，可以分几步鉴赏。第一步，傻大姐说到宝玉娶宝钗之事，"黛玉听了这句话，如同一个疾雷，心头乱跳"。但黛玉并没有立即晕倒，她是个细心的人，她还要进一步验证，并且很理智地叫傻大姐跟她去到背静无人的角落，细细询问。这时的黛玉还是很清醒的。听完傻大姐的叙述，事情确信无疑，黛玉内心波涛汹涌。

　　　　那黛玉此时心里竟是油儿酱儿糖儿醋儿倒在一处的一般，甜苦酸咸，竟说不上什么味儿来了。停了一会儿，颤巍巍的说道："你别混说了。你再混说，叫人听见又要打你了。你去罢。"说着，自己移身要回潇湘馆去。那身子竟有千百斤重的，两只脚却象踩着棉花一般，早已软了。只得一步一步慢慢的走将来。走了半天，还没到沁芳桥畔，原来脚下软了。走的慢，且又迷迷痴痴，信着脚从那边绕过来，更添了两箭地的路。这时刚到沁芳桥畔，却又不知不觉的顺着堤往回里走起来。

　　作品机智地以行为描写来反映黛玉的心理。打击是致命的，在崩溃之前，她硬撑着嘱咐傻大姐别再混说，这是作者对黛玉善良本性的一个展现。傻大姐一走，黛玉绷紧的神经一放松就陷入迷糊之中。以找不到自己家门来表现黛玉的迷糊，比单纯的心理描写更加形象，特别感人。不过，第三步才是真正的生花妙笔：紫鹃赶来。

　　　　只见黛玉颜色雪白，身子恍恍荡荡的，眼睛也直直的，在那里东转西转。又见一个丫头往前头走了，离的远，也看不出是那一个来。心中惊疑不定，只得赶过来轻轻的问道："姑娘怎么又回去？是要往那里去？"黛玉也只模糊听见，随口应道："我问问宝玉去！"

作者巧妙地借紫鹃的眼睛，刻画出黛玉的神态和动作，"只见黛玉颜色雪白，身子恍恍荡荡的，眼睛也直直的，在那里东转西转"。只一句话，动态地表现出黛玉的恍惚，那种痛楚到极点之后的麻木，已称得上点睛之笔。但是，后一笔更是令人叫绝——黛玉也只模糊听见，随口应道："我问问宝玉去！"这句话，写出黛玉既迷糊又清醒、既绝望又挣扎的混沌心态。她表层的心理框架已经坍塌，她迷糊了，但心底还有一丝清醒；她深知一切已经无可挽回，但毕竟不甘心啊！尽管多年来黛玉一直抱着警惕和怀疑，但是不久以前，宝玉还发过誓："任凭弱水三千，我只取一瓢饮！"而且贾母、王夫人、凤姐，还有薛姨妈在黛玉面前演的戏，都那么逼真，令黛玉感觉良好。这打击来得太突然，现在，贾母等人已经不在黛玉的考虑范围，她心里只有一个人——宝玉！宝玉究竟为什么背叛她？内心深处唯余的一丝疑问腾空而起，令她疯狂，令她不顾一切，要去问宝玉一个究竟！大家都清楚，黛玉是一个十分高傲的女子，碰到困难、产生疑问，她都只存于心里，哪怕受尽煎熬，哪怕连夜不眠，哪怕对宝玉，她也不肯敞开心扉。今日被人抛弃，她是宁死也不会向贾府的人张口的。然而现在她已经一半迷糊，所以才要去问宝玉。作者能够在黛玉坍塌的心理废墟底下发掘出这一丝清醒，表现得如此真切而又感人，作者的构思和技艺都是超一流的。

不过，最最令人叫绝、简直是天外飞仙写就的，还是第四步，黛玉跑去见宝玉，两人的最后一面。不得不说这个场景太难写：两个主人公，一个傻了，一个痴了；傻的不全傻，痴的也不全痴。这样两个人见面，自然有许多不正常，但是作者必须写出不正常里面的正常和正常背后的不正常，真是要命的难题。但难的不仅在此，这两个还是爱得死去活来的恋人，其中一个依然爱得海枯石烂，一个刚刚心上中箭、万念俱灰，作品还要在他们的见面中表现这一层。说实在的，下面的描写每一笔都在我们意料之外，但读完细思，惊叹之余，五体投地。我们细细欣赏。

　　紫鹃听了，摸不着头脑，只得搀着他到贾母这边来。黛玉走到贾母门口，心里微觉明晰，回头看见紫鹃搀着自己，便站住了问道："你作什么来的？"紫鹃陪笑道："我找了绢子来。头里见姑娘在桥那边呢，我赶着过来问姑娘，姑娘没理会。"黛玉笑道："我打量你来瞧宝二爷来了呢，不然怎么往这里走呢。"紫鹃见他心里迷惑，便知黛玉必是听见那一头什么话了，惟有点头微笑而已。只是心里怕他见了宝玉，那一个已经是疯疯傻傻，这一个又这样恍恍惚惚，一时说出些不大体统的话来，那时如何是好？心里虽如此想，却也不敢违拗，只得搀他进去。那黛玉却又奇怪了，这时不似先前那样软了，也不用紫鹃打帘子，自己掀起帘子进来，却是寂然无声。因贾母在屋里歇中觉，丫头们也有脱滑顽去的，也有打盹儿的，也有在那里伺候老太太的。倒是袭人听见帘子响，从屋里出来一看，见是黛玉，便让道："姑娘屋里坐罢。"黛玉笑着道："宝二爷在家么？"袭人不知底里，刚要答言，只见紫鹃在黛玉身后和他努嘴儿，指着黛玉，又摇摇手儿。袭人不解何意，也不敢言语。黛玉却也不理会，自己走进房来。看见宝玉在那里坐着，也不起来让坐，只瞅着嘻嘻的傻笑。黛玉自己坐下，却也瞅着宝玉笑。两个人也不问好，也不说话，也无推让，只管对着脸傻笑起来。袭人看见这番光景，心里大不得主意，只是没法儿。忽然听着黛玉说道："宝玉，你为什么病了？"宝玉笑道："我为林姑娘病了。"袭人紫鹃两个吓得面目改色，连忙用言语来岔。两个却又不答言，仍旧傻笑起来。袭人见了这样，知道黛玉此时心中迷惑不减于宝玉，因悄和紫鹃说道："姑娘才好了，我叫秋纹妹妹同着你搀回姑娘歇歇去罢。"因回头向秋纹道："你和紫鹃姐姐送林姑娘去罢，你可别混说话。"秋纹笑着，也不言语，便来同着紫鹃搀起黛玉。

那黛玉也就站起来，瞅着宝玉只管笑，只管点头儿。紫鹃又催道："姑娘回家去歇歇罢。"黛玉道："可不是，我这就是回去的时候儿了。"说着，便回身笑着出来了，仍旧不用丫头们搀扶，自己却走得比往常飞快。紫鹃秋纹后面赶忙跟着走。黛玉出了贾母院门，只管一直走去。

我们第一个想不到的，是到了贾母门口，黛玉心里微觉明晰，而且言语听上去那么正常。黛玉的理智忽然清醒几分，这可能吗？完全可能，因为黛玉只是受了强力刺激的迷糊，走一段路之后，尤其是某个她特别在意的人物或环境忽然出现，会反过来刺激她的神经。贾母的房子，是黛玉心头最痛、最不堪回首的地方，何况里面还住着宝玉，这个环境足以刺激黛玉心底尚余的那个清醒点，令她有所警醒。"回头看见紫鹃搀着自己，便站住了问道：'你作什么来的？'紫鹃陪笑道：'我找了绢子来了。头里见姑娘在桥那边呢，我赶着过来问姑娘，姑娘没理会。'黛玉笑道：'我打量你来瞧宝二爷来了呢，不然怎么往这里走呢。'"大家听听，不仅话语正常，用词也准确，到了贾母门口，不再称"宝玉"，而是"宝二爷"，真是好清醒；再看语调，不急不慢甚至心平气和，哪像个刚刚崩溃的人？不过黛玉的清醒只是部分的，暂时的，有条件的。她对袭人笑道："宝二爷在家么？"此刻她是清醒的。但是真的见到宝玉，又一层超强刺激，令她再次陷入迷糊之中。她的精神在正常与不正常之间来回跳动，这就是人们常说的"精神分裂"。"看见宝玉在那里坐着，也不起来让坐，只瞅着嘻嘻的傻笑。黛玉自己坐下，却也瞅着宝玉笑。两个人也不问好，也不说话，也无推让，只管对着脸傻笑起来。"这个镜头几乎可以成为心理学的经典教案。同样是"傻笑"，两个人表达的心理背景、情感含义完全不同，痴傻的程度也差别很大。宝玉见到黛玉还是高兴的，但他已经不能够组织一串词汇形成语言进行理智地表达，只是本能地傻笑，就像婴儿见到母亲一样；黛玉见到宝玉，这个她爱了十来年却抛弃了她的男人，冲击太大，犹如被人迎头打了一棍，刚才的那点清醒烟消云散，再次陷入迷糊之中，她的动作、言语、表情都失去了控制，宝玉笑，她也跟着笑，是完全被动的、条件反射的笑。构思出这组镜头，表明作者对笔下人物的心理把握达到炉火纯青的地步，对心理学的造诣也是大师级的。

不过，黛玉忽然说："宝玉，你为什么病了？"我认为这句对话写得不好，我们相信此时黛玉的心里有千头万绪，但这千头万绪中理当没有"宝玉为什么病了"这个头绪，所以黛玉不可能问出这话。作者这样刻画，或许认为黛玉心里怀疑宝玉是装病，是以卧病来掩盖自己同宝钗的婚事，所以这么问。或许作者认为这句没头没脑的话更能表现黛玉的迷糊？但我疑心作者是为了勾出宝玉下面那句"我为林姑娘病了"，以便造成局面的高度紧张；说简单点，作者追求更大的戏剧效果。但是，黛玉这句问话的前提不存在，反而削弱了场面的艺术性。尽管如此，我们也得承认，宝玉这句"我为林姑娘病了"，依然写得极好，如果黛玉这么问，那宝玉就可能这么答，现在他是真正的口无遮拦，心里有什么就说什么，他心里有没有这话？有的，几年前他就说过"我为你也弄了一身的病在这里"，作者正是照应第 32 回这句话才设计宝玉这个回答，可谓有凭有据。

黛玉的离别，是精彩的第五步。

> 那黛玉也就站起来，瞅着宝玉只管笑，只管点头儿。紫鹃又催道："姑娘回家去歇歇罢。"黛玉道："可不是，我这就是回去的时候儿了。"说着，便回身笑着出来了，仍旧不用丫头们搀扶，自己却走得比往常飞快。紫鹃秋纹后面赶忙跟着走。黛玉出了贾母院门，只管一直走去。紫鹃连忙搀住叫道："姑娘往这么来。"黛玉仍是笑着随了往潇湘馆来。离门口不远，紫鹃道："阿弥陀佛，可到了家了！"只这一句话没说完，只见黛玉身子往前一栽，哇的一声，一口血直吐出来。未知性命如何，且听下回分解。

第一句就写得十分传神："那黛玉也就站起来，瞅着宝玉只管笑，只管点头儿。"黛玉既然知道站起来，说明她始终有一份知觉；"瞅着宝玉只管笑，只管点头儿"，写得更加出色。"只管笑"，是傻笑的延续；但"只管点头儿"，则是知觉的某种回升，她意识到要离开宝玉了，其内心的感受大约就是永别，可是这种感觉既浓厚又模糊，刺激到她的神经，她一时无法用语言表达，也做不出其他动作。而"点头"，是人类最直接最本能的、也是最简单的动作，无需大脑的专门指挥和调度，条件反射般就做出来了。所以"只管点头"的动作比"只管笑"的意义又上升了一层。假如黛玉就这样走出房间，我觉得太好了。可惜作者加了两句话："紫鹃又催道：'姑娘回家去歇歇罢。'黛玉道：'可不是，我这就是回去的时候儿了。'"我认为这个设计牵强，画蛇添足。显然，作者是在造成"双关语"。"我这就是回去的时候儿了。"黛玉在暗示她即将回归西天，作者想以此造成余味无穷的艺术效果。确实，如果黛玉现在是清醒的，她说这话就很有余味；但是作品写明，此时的黛玉依然是迷糊的，一直要回到潇湘馆才清醒过来，而迷糊的黛玉恐怕说不出这种深刻的话。我认为这句对话设计不妥，还不如没有。不过，对黛玉走出宝玉房间以后的描写，又好到惊人。"说着，便回身笑着出来了，仍旧不用丫头们搀扶，自己却走得比往常飞快。紫鹃秋纹后面赶忙跟着走。黛玉出了贾母院门，只管一直走去。紫鹃连忙搀住叫道：'姑娘往这么来。'"黛玉仍是笑着随了往潇湘馆来。大家注意两个细节，一个是神态，黛玉一直笑着，出门是"笑着出来"，被紫鹃搀住，"黛玉仍是笑着随了往潇湘馆来"。黛玉的笑，并不是因为出了贾母院子产生的，而是延续着在屋子里的表情，这个表情延续了好久，这是她深深迷糊的反映，连离别宝玉都不能造成她表情的改变，她迷糊得厉害，反映出她受到打击的严重，反映出她对宝玉的生死之恋。所以这个细节特别好。另一个细节是动作描写，出了院子，黛玉不用丫头们搀扶，自己却走得比往常飞快。作品不这么写，我们怎么也想不到黛玉会走得飞快。按照我们的想象，黛玉出来后不是一头栽倒，就是浑身酥软。那么作者的写法依据何在呢？这牵涉到生理、心理方面的知识。据我所知，一个人受到超过承受能力的打击后，绝大多数人会瘫痪会崩溃，但在瘫痪之前，他也有可能会本能地调集其自身的所有潜力去完成一项他心底最在乎的事情，他会在短时间内变得特别有力量。黛玉的"走得飞快"，不是她的意志突然坚强起来支配自己的双腿，而是一种本能反应，是她潜意识中要"见宝玉"这个意念超级强烈，它自说自话调动起身体中所有潜在的力量的表现。"走得飞快"是在潜意识中完成的，一旦"见宝玉"这个意念有所松懈，她就会从超强一下子转为超弱。"走得飞快"这个行为展示的，是黛玉要"见宝玉"这个意念超乎寻常的强烈，是她的爱与怨对撞后造成的爆炸力。果然，"离门口不远，紫鹃道：'阿弥陀佛，可到了家了！'只这一句话没说完，只见黛玉身子往前一栽，哇的一声，一口血直吐出来"。从得知宝玉将要与宝钗结婚的消息到这里，总的时间长度大约一小时左右，作者的笔就盯在黛玉身上，运用所有的描写手段对她进行极其细腻的刻画，对话、行为、动作、神态俱全，将黛玉受到打击后的种种反应，包括意识、浅层意识和无意识都惟妙惟肖地刻画出来。总体说来非常饱满、非常成功，除了那两句对话。我们前面说过，作者对林黛玉的刻画可谓不遗余力，如果以拍照片来比喻，那么作者对林黛玉是跟踪式的拍摄，黛玉有任何举动他都按下快门，多多益善。相反，薛宝钗那边即使有了响动作者也只是拍一两张新闻照就完了，有时就一个背影。续作至此写了十六回，如果说黛玉的照片已经有上百张，那么宝钗的不到十张。这种比例大大超过原作。或许，续作者认为黛玉的时间已经不多，所以抓紧写，而宝钗来日方长。

黛玉与宝玉的最后诀别，确实是非常精彩。但我想说的是，这一面本来是见不到的，这个场景按理不存在。得知宝玉与宝钗婚事已定，按照黛玉的性格是绝对不会再见宝玉的，即使宝玉自己找上门来黛玉也绝不会见他，哪里可能黛玉自己找到贾母屋里去见宝玉！这是从个人性格情感方面说的。从礼仪制度方面说，本来以他们这个年龄已经不能再单独见面了，何况宝玉与别人定了亲，黛玉更加不能与之相见。他们这一面，可以说完全是作者的刻意撮合，他先是让黛玉也进入糊涂状态，然后生发这个"糊涂心思"；接着又在技术上大开绿灯，恰好贾母午睡了。其实这个绿灯也不可能存在，前面白纸黑字写的明明白白："黛玉早饭后带着紫鹃到贾母这边来，一则请安，二则也为自己散散闷。"早饭后去请安，大约不会超过上午九点；黛玉路上听傻大姐一番话，怎么也耽搁不掉一个小时，依此算来黛玉进贾母屋子的时间在十点钟之前；可是作者为了强行插入这段诀别，居然写出"贾母在屋里歇中觉"，因而一句也没听见！可见作者为了烹制这道他自己心仪的大菜，连时间都搞糊涂了。还好，这道菜确实非比寻常，所有的客人都忘情地品尝，大家一起忘记了时间。但是不能不提醒作者，他冒的险太大，按照常规贾母应该坐在房间里，那时，黛玉如何是好呢？

顺便还要说一句，黛玉得知宝玉、宝钗即将成婚的消息，如果换个渠道并不很难，但作者又一次让傻大姐来担当此任，因为傻大姐前面已经有过被邢夫人发现绣春囊的情节，所以显得重复而牵强。可见作者为了组织情节的方便而放弃了一些细节的推敲，结果是在短短的一段之中，就出现两个比较明显的瑕疵。

我们说过作品从第94回起进入了一个非常高的艺术水准，简直不亚于原作，令我怀疑这些内容中有曹雪芹的遗作。假如遗作只有片言只语，或一些零零碎碎的细节，那么它会湮没在续作之中。然而到这里为止，作品已经在高水准上维持了连续三个章回。在这三回中，我辨别出一些带有浓厚曹雪芹艺术特质的内容，同时也发现一些显然是续作者的手笔。假如我们把那些带有浓厚曹雪芹艺术特质的内容认作是曹雪芹的遗稿的话，这些不完整的遗稿已经支撑起作品的三个章回，那么这个现象就非常值得研究了，因为那不是三五页稿子，而是具有相当大的篇幅。大家知道，在珍贵的《红楼梦》脂批版本中，有一个郑振铎收藏的本子，只剩第23、24两回，现在北京图书馆珍藏。那两回并没有比其他版本有什么独特的内容，但它依然非常珍贵。那么，假如在后四十回中有连篇累牍的曹雪芹遗稿，那可就是红学的重大发现了。在此，我谨提出个人的判断。我们看看后面还能维持在超高的艺术水准上有多久，同时我们还会继续寻找曹雪芹的蛛丝马迹。这让我们的鉴赏更加有趣，更有意义。

第九十七回

林黛玉焚稿断痴情　薛宝钗出闺成大礼

"林黛玉焚稿断痴情"，说林黛玉烧掉与宝玉的情诗，断绝痴心的爱情；"薛宝钗出闺成大礼"，写宝钗与宝玉的婚礼。看到这个标题，我们就知道作者存心抓住两位女主人公一悲一喜的遭际，以造成强烈的对比效应。这种对比效应是通俗作品中特别追求的，我国的《红楼梦》电影、戏曲以及美术作品都非常突出这个对比。不过，在《红楼梦》文本中，林黛玉固然是悲到心死，但薛宝钗是否欢欣鼓舞呢？我们后面再看。

本回第一段写黛玉回到潇湘馆后醒悟过来，作品写她："此时反不伤心，惟求速死，以完此债。"这一笔大家要记住，因为按照医学来讲，刚才黛玉还能够急步走几百米，这样的身子五天十天不至于病故，后面医生来看了，也说尚不妨事，用药即可。但实际是她几天之内就病故了。可以想见，黛玉是不吃药不饮食，自求速死。当然作品没写她绝食绝药，但我认为可以不用写，因为前面写过她不吃饭不盖被子，这里又交代她"惟求速死"，所以不用再写也够明白。

秋纹吓坏了，回去向贾母报告了一切。

> 贾母大惊说："这还了得！"连忙着人叫了王夫人凤姐过来，告诉了他婆媳两个。凤姐道："我都嘱咐到了，这是什么人走了风呢。这不更是一件难事了吗。"贾母道："且别管那些，先瞧瞧去是怎么样了。"说着便起身带着王夫人凤姐等过来看视。见黛玉颜色如雪，并无一点血色，神气昏沉，气息微细。半日又咳嗽了一阵，丫头递了痰盒，吐出都是痰中带血的。大家都慌了。只见黛玉微微睁眼，看见贾母在他旁边，便喘吁吁的说道："老太太，你白疼了我了！"贾母一闻此言，十分难受，便道："好孩子，你养着罢，不怕的。"黛玉微微一笑，把眼又闭上了。外面丫头进来回凤姐道："大夫来了。"

贾母毕竟是外祖母，她还是疼黛玉的。黛玉说："老太太，你白疼了我了！"此话却是有点文章的。至少有两层意思，一层是自己不会好了，很抱歉，让老太太白养了十来年，以此向贾母抱歉、永别。黛玉不是个不知好歹的人，外婆养育她十多年，最后这个结果，她也觉得对不住老太太。另一层意思是你既然疼我，却又把我逼向死路，这不是白疼吗？隐含抗议和抱怨。黛玉是个直性子，这层抱怨明知没什么意义，但她不说出来死不瞑目。贾母又道："好孩子，你养着罢，不怕的。"黛玉微微一笑，把眼又闭上了。该说的、要说的她都说了，她不再接话，唯有微笑。这是表现平静和力量。她闭上眼，也是一种逐客令：她非但不想再说什么，也不想再见她们。大家留心，对舅妈王夫人、表嫂凤姐，黛玉是一句话没有。我们这么一对比，就知道她对贾母毕竟有特殊感情。我们看到现实生活中，许多自幼由外婆、奶奶带大的青少年，他们对外婆奶奶的感情甚于父母。黛玉也是敢抗议、够绝情的，对王夫人、凤姐，她视若无睹一句不理。对黛玉的这份胆气我们在比较中才能理解，一会儿我们就会看到宝玉，宝玉的态度就完全不同于黛玉，对比中明白两个人性格的差别。

林黛玉的微笑，在我看来具有"蒙娜丽莎的微笑"那一类意味。如果说"蒙娜丽莎的微笑"是西方世界从神性回到人性的一个标志，那么"黛玉的微笑"是林黛玉从追求、迷茫、焦虑、痛苦回归自我、坦然、平静的界标，今日的林黛玉与过往的林黛玉彻底决裂。一个人无所欲无所求才能够心地坦然、平和。林黛玉的一生是"求"的一生，追求爱情、生死相许的爱情，她汹涌猛烈的欲望压倒了她性格的其他方面：她敏感、她小性子、她爱哭、她尖刻，她对月不眠，她独自葬花，她凄惨的诗词，她狷傲的举动，所有的一切只是浪花，这些浪花都受底下那股汹涌暗流的主宰。这股欲望的暗流也有犹豫、缓慢的时刻，那是她在怀疑、在思考、在焦虑、在受伤，但即使在这样的时刻，这股暗流也不曾停顿过。直到她听到傻大姐的话，犹如打开了寒流的阀门，突然之间，寒流喷涌而出，令黛玉一下子失去知觉。她迷糊的那段时间也是她心灵中温度陡降的时刻，不一会儿，她心灵中那股涌动了十来年的暗流停止了涌动，结成巨大的冰山，冰山之上再也没有浪花。林黛玉的微笑有如凝固，微笑下面是冰山。林黛玉在生命的最后时刻超脱了，这是我对作品刻画"黛玉微微一笑，把眼又闭上了"的创作意图的解读。至于这个刻画是否能够成立或者说合理，那又深了一层，我们暂且不谈。

> 贾母看黛玉神气不好，便出来告诉凤姐等道："我看这孩子的病，不是我咒他，只怕难好。你们也该替他预备预备，冲一冲。或者好了，岂不是大家省心。就是怎么样，也不至临时忙乱。咱们家里这两天正有事呢。"凤姐儿答应了。贾母又问了紫鹃一回，到底不知是那个说的。贾母心里只是纳闷，因说："孩子们从小儿在一处儿顽，好些是有的。如今大了懂的人事，就该要分别些，才是做女孩儿的本分，我才心里疼他。若是他心里有别的想头，成了什么人了呢！我可是白疼了他了。你们说了，我倒有些不放心。"因回到房中，又叫袭人来问。袭人仍将前日回王夫人的话并方才黛玉的光景述了一遍。贾母道："我方才看他却还不至糊涂，这个理我就不明白了。咱们这种人家，别

的事自然没有的，这心病也是断断有不得的。林丫头若不是这个病呢，我凭着花多少钱都使得。若是这个病，不但治不好，我也没心肠了。"凤姐道："林妹妹的事老太太倒不必张心，横竖有他二哥哥天天同着大夫瞧看。倒是姑妈那边的事要紧。今日早起听见说，房子不差什么就妥当了，竟是老太太、太太到姑妈那边，我也跟了去，商量商量。就只一件，姑妈家里有宝妹妹在那里，难以说话，不如索性请姑妈晚上过来，咱们一夜都说结了，就好办了。"贾母王夫人都道："你说的是。今日晚了，明日饭后咱们娘儿们就过去。"说着，贾母用了晚饭。凤姐同王夫人各自归房。不提。

这一段的要点，是贾母公开谴责林黛玉，这是前所未有的，是一个转折点。贾母一边谴责一边表态："若是他心里有别的想头，成了什么人了呢！""若是这个病，不但治不好，我也没心肠了。"林黛玉在贾府就凭两个支撑，一个是贾母的关怀，一个是宝玉的爱情，其中更重要的实际是贾母的关怀，一旦贾母抛弃她，或者把她随便嫁出去，宝玉都无法阻挡，甚至不敢阻挡，那么宝玉的爱情也就落空。现在贾母公开表示要抛弃林黛玉。是不是贾母突然变卦了呢？不是的，很久以前贾母就借着评说文艺作品的机会公开表达过她的态度，说一个小姐如果私自恋爱，"人不像人鬼不像鬼"，是要被赶出家门的。这当然是对孙女儿们的敲打和警告。贾母的态度是一贯的，黛玉对宝玉有好感，可以允许；想私自恋爱而走向婚姻，不能答应！现在来到婚姻的决定性时刻，她对黛玉不再容忍。贾母这个表态一出来，凤姐第一个拥护："林妹妹的事老太太倒不必张心……倒是姑妈那边的事要紧。"不管凤姐有没有对黛玉刚才的冷漠进行报复的情绪，反正从此以后，林黛玉被冷落已经注定。

就我个人的鉴赏趣味而言，我更期望后面有比较长的时间和篇幅来表现林黛玉在贾府的处境，而不是像现在作品的处理，黛玉没几天就病故了。并不是我有什么"受虐"的偏爱，而是曹雪芹写了那么多姑娘来贾府投靠，应该对寄人篱下有一个比较完整的、全面的表现。但是我们看前来投靠的，薛宝钗和薛宝琴都受到款待，不过宝钗一直随分从时、步步谨慎，大观园一抄检宝钗就知趣地赶紧逃离，宝琴也回去了；史湘云算有始有终一直享受礼遇直到出嫁；妙玉在栊翠庵划地自守，她与贾府的交往很少；邢岫烟则从进大观园的第一天起就被邢夫人扔到一边；李玟、李琦是进来和出去都没什么声息。这些人的寄居状况，除了薛宝钗都没怎么详写。只有林黛玉，是曹雪芹写得最多、最细、最全的，她是第一个前来投靠的，也一直备受恩宠，现在贾母的态度发生了一百八十度的转变，正好可以写出黛玉怎么样渐渐受到冷遇，尝遍贾府上上下下的各种滋味，以拓展出《红楼梦》的另一块天地。可惜现在作品写贾母态度一变之后黛玉就死了，从寄居情节的发展来说有一种断裂感。如果是曹雪芹来写，或许会有一个受到冷遇的具体过程。唯有如此，众多的寄居者中终于有一位从备受恩宠到受尽冷遇的人物；唯有如此，才有一个寄居者由热捧到冷淡的全过程；唯有如此，才能写全寄居者的酸甜苦辣；唯有如此，才能吐尽曹雪芹胸中的郁闷。我们说过，曹雪芹很可能在姑妈家的王府中寄居过多年，他是曹家的独苗，与林黛玉很相似，他势必受到姑妈的宠爱，很可能就像贾母对黛玉一样。至于曹雪芹是怎么离开王府的我们不知道，但我们知道曹雪芹后期很长一段时间都生活得十分穷困直到死亡，而郡王府在他死后都没有败落。曹雪芹写作《红楼梦》的过程中，曹家的家世是他的隐痛，郡王府则有他挥之不去的酸楚，所以他才写了如此众多的寄居者。所以，我猜想林黛玉这位他笔下的一号寄居者，理当还有一段在贾府的酸痛历程。作品的实际内容让我感到遗憾。

　　接着，镜头转到宝玉。

　　　　且说次日凤姐吃了早饭过来，便要试试宝玉，走进里间说道："宝兄弟大喜，老爷已择了吉日要给你娶亲了。你喜欢不喜欢？"宝玉听了，只管瞅着凤姐笑，微微的点点头儿。凤姐笑道："给你娶林妹妹过来好不好？"宝玉却大笑起来。凤姐看着，也断不透他是明白是糊涂，因又问道："老爷说你好了才给你娶林妹妹呢，若还是这么傻，便不给你娶了。"宝玉忽然正色道："我不傻，你才傻呢。"说着，便站起来说："我去瞧瞧林妹妹，叫他放心。'凤姐忙扶住了，说："林妹妹早知道了。他如今要做新媳妇了，自然害羞，不肯见你的。"宝玉道："娶过来他到底是见我不见？"凤姐又好笑，又着忙，心里想："袭人的话不差。提了林妹妹，虽说仍旧说些疯话，却觉得明白些。若真明白了，将来不是林妹妹，打破了这个灯虎儿，那饥荒才难打呢。"便忍笑说道："你好好儿的便见你，若是疯疯颠颠的，他就不见你了。"宝玉说道："我有一个心，前儿已交给林妹妹了。他要过来，横竖给我带来，还放在我肚子里头。"凤姐听着竟是疯话，便出来看着贾母笑。贾母听了，又是笑，又是疼，便说道："我早听见了。如今且不用理他，叫袭人好好的安慰他。咱们走罢。"

　　自从失去通灵玉后，宝玉渐渐变得疯傻，作品对他的描写都是一笔带过，没有集中的镜头，上一回黛玉来见他，主要的镜头都在黛玉身上，宝玉是陪衬，而那些散落各处对宝玉零零散散的描写都不够精彩。今天，我们见到宝玉终于出彩了。他的两次笑都别有趣味，对话也一句比一句好。"我有一个心，前儿已交给林妹妹了。他要过来，横竖给我带来，还放在我肚子里头。"这话似疯似傻，却又傻得恰到好处，在疯傻的外表里面，透露出他很久以来的心事，他心底对林黛玉的那份情思依然是清醒而火热的。"娶过来他到底是见我不见？"这话不仅清醒，简直是冷峻的，问得凤姐语塞。但我们回味一下又傻得可以，娶过来，还能够不见吗？宝玉却偏偏这么问！这里没有描写宝玉的行为动作，连神态也只有简单一笔，但这短短几句对话，却足以同第 57 回"慧紫鹃情辞试忙玉"相媲美，是整部《红楼梦》中宝玉最出彩的片段之一。而凤姐的问话也写的很妥当。她直到此时方着忙，"那饥荒才难打呢"，难道之前她没顾虑到吗？续作到这里，黛玉、宝玉、探春、贾母、王夫人、凤姐等主要人物都已然魂兮归来、风采依旧，只缺少一个薛宝钗。续作迄今还没怎么写到宝钗，假如宝钗也能够焕发新生，那么后四十回的人物塑造就相当完美。我们拭目以待吧。

接着作品写到薛家。

> 说着王夫人也来。大家到了薛姨妈那里，只说惦记着这边的事来瞧瞧。薛姨妈感激不尽，说些薛蟠的话。喝了茶，薛姨妈才要人告诉宝钗，凤姐连忙拦住说："姑妈不必告诉宝妹妹。"又向薛姨妈陪笑说道："老太太此来，一则为瞧姑妈，二则也有句要紧的话特请姑妈到那边商议。"薛姨妈听了，点点头儿说："是了。"于是大家又说些闲话便回来了。

这个简短的叙述，需注意三个要点。一，明明是来说大事的，却声称："只说惦记着这边的事来瞧瞧。薛姨妈感激不尽，说些薛蟠的话。"王夫人、凤姐明显心虚、作假。凤姐拦住薛姨妈不让她告诉宝钗，因为凤姐觉得有把握糊弄住薛姨妈，但是对宝钗她没有把握；她的调包计毕竟是暗中操作，其最大的牺牲者就是宝钗。她生怕宝钗有异议令她的计谋竹篮打水一场空。所以她第一步隔离、封锁宝钗，而且要把薛姨妈弄到贾母、王夫人屋里来，逼迫薛姨妈点头答允。二，读者很可能没注意，凤姐为了计谋达成，她对薛姨妈的称呼突然改变了，不再称"姨妈"，而称作"姑妈"。她似乎以此来显示她是站在王家的立场，她做的一切是在替"姑妈"着想。现在聚首合计的，除了贾母，王夫人、薛姨妈、凤姐都是王家的人，是王家的女人们在合计，薛姨妈可以放一百个心，凤姐肯定是帮着"姑妈"的。这个称呼的改变，不仅让我们看穿凤姐堆在脸上的亲昵相，也可以想象到作者运笔的细腻和巧妙，真可以用"匠心独具"来形容。我们中国人很注重亲情，但亲情也是最容易被利用、最容易让人受伤的。三，薛姨妈听了，点点头儿说："是了。"其实薛姨妈是否明白为什么一定要到贾府去谈，而不能在薛家谈？她或许不明白；或许她很明白，但她也只能顺从。而进了贾府，一切都没有悬念了。

> 当晚薛姨妈果然过来，见过了贾母，到王夫人屋里来，不免说起王子腾来，大家落了一回泪。薛姨妈便问道："刚才我到老太太那里，宝哥儿出来请安还好好儿的，不过略瘦些，怎么你们说得很利害？"凤姐便道："其实也不怎么样，只是老太太悬心。目

今老爷又要起身外任去，不知几年才来。老太太的意思，头一件叫老爷看着宝兄弟成了家也放心，二则也给宝兄弟冲冲喜，借大妹妹的金琐压压邪气，只怕就好了。"薛姨妈心里也愿意，只虑着宝钗委屈，便道："也使得，只是大家还要从长计较计较才好。"王夫人便按着凤姐的话和薛姨妈说，只说："姨太太这会子家里没人，不如把装奁一概蠲免。明日就打发蝌儿去告诉蟠儿，一面这里过门，一面给他变法儿撕掳官事。"并不提宝玉的心事，又说："姨太太，既作了亲，娶过来早早好一天，大家早放一天心。"正说着，只见贾母差鸳鸯过来候信。薛姨妈虽恐宝钗委屈，然也没法儿，又见这般光景，只得满口应承。鸳鸯回去回了贾母。贾母也甚喜欢，又叫鸳鸯过来求薛姨妈和宝钗说明原故，不叫他受委屈。薛姨妈也答应了。便议定凤姐夫妇作媒人。大家散了。王夫人姊妹不免又叙了半夜话儿。

这一段的叙述写得既有味道，也见情势。薛姨妈见过贾母，又到王夫人屋里，先说了一会儿王子腾，大家一起落一回眼泪，这就是妇人见面、姐妹见面，大家还是亲情为先，而不是直奔主题。及至薛姨妈问到："宝哥儿出来请安还好好儿的，不过略瘦些，怎么你们说得很利害？"这是整场婚姻的要害问题，凤姐便抢着回答，她当面欺骗说"其实也不怎么样"，她把姑侄亲情暂且抛却了，完全是以一个外交使者、谈判者的姿态说事。然后，王夫人又做了一番解释，但是大家一定要注意后面一句叙述"并不提宝玉的心事"，这是要害。凤姐、王夫人连宝玉的心事都隐瞒起来，自然更不会说到林黛玉，不能透露"调包计"。凤姐的计谋是通吃三家：瞒住宝玉，瞒住黛玉，瞒住宝钗和薛家。所以"调包计"是标准的阴谋诡计。

薛姨妈心里也愿意，只虑着宝钗委屈，便道："也使得，只是大家还要从长计较计较才好。"薛姨妈虽然不清楚贾府的计谋，但她本能地觉得事情有点蹊跷，她担心宝钗会受委屈，希望不要急于操办，"大家还要从长计较计较才好"。这是薛姨妈一点微弱的挣扎，她想拖一拖，想弄弄明白。凤姐确实有一定的预见能力，她估计到薛姨妈会犯难，早就教好王夫人一套说辞，而王夫人也顾不得姐妹情，言语中间直接向薛姨妈施加压力："明日就打发蝌儿去告诉蟠儿，一面这里过门，一面给他变法儿撕掳官事。"把"过门"同"撕掳官事"直接联系起来，已经有点威逼的味道了：薛蟠的官司可是要靠贾府的。"正说着，只见贾母差鸳鸯过来候信。薛姨妈虽恐宝钗委屈，然也没法儿，又见这般光景，只得满口应承。"我很怀疑贾母这时候派鸳鸯来立刻要回信，也是凤姐事先安排好的，在关键的时候借助贾母再给薛姨妈一层压力。毕竟王夫人与薛姨妈是亲姐妹，将来又是亲家，不能逼人太甚，所以让贾母出面相逼，轮番进逼。凤姐一定要薛姨妈来王夫人屋里谈，就是要充分发挥"主场威力"。果然，薛姨妈顶不住，只得签了城下之盟。不能不承认，这一段姐妹姑侄的会谈，不乏阴谋、欺瞒和胁迫，是颇有点"鸿门宴"气息的，尽管没有刀光剑影。事情就这么定了，后面真正承受这一切的是宝玉和宝钗。虽然宝玉糊涂，宝钗却很清醒，落到调包计的尴尬境地中的宝钗将怎么表现，以及宝玉清醒以后如何对待宝钗、对待家长，才是后面最大的看点。

本段末尾贾母的一句话，让许多读者、包括评论家都产生了误解，以为薛姨妈和宝钗在婚礼之前就知道"调包计"，就知道宝玉病重，这是很大的误解，我们以文本来厘清。"贾母也甚喜欢，又叫鸳鸯过来求薛姨妈和宝钗说明原故，不叫他受委屈。薛姨妈也答应了。"贾母的所谓"原故"，无非还是凤姐、王夫人说的那一套，就是要薛姨妈把这些情况也告诉宝钗。但对宝钗真正的"委屈"，即嫁给一个重病人，贾府方面却隐瞒欺骗。至于宝玉的心事以及"调包计"，连薛姨妈自己都不知道，怎么可能告诉宝钗？到这里我们清楚了，宝钗和薛姨妈都受了凤姐、王夫人的蒙骗，被当作了牺牲品。弄明白这件事对于理解后面的情节、理解宝钗这个形象，都很要紧。

下一段，作品终于写到宝钗，还写到她对紧急成婚的态度。

> 次日，薛姨妈回家将这边的话细细的告诉了宝钗，还说："我已经应承了。"宝钗始则低头不语，后来便自垂泪。薛姨妈用好言劝慰解释了好些话。宝钗自回房内，宝琴随去解闷。

我们好不容易盼来薛宝钗的登场，没想到作者是如此吝啬，只给宝钗一个侧面的镜头，竟是一句对白都没有！"宝钗始则低头不语，后来便自垂泪。"真正的描写就这一句。不过这一句相当传神，宝钗的态度、性格都有了。"始则低头不语"，毕竟是谈婚论嫁，一个少女多少有点羞涩，她的低头不语有羞涩，还有她显然感觉不好，贾府如此急迫，以宝钗的智慧和她对贾府的了解，她能感觉到当中必有隐忧；但是母亲已经答允，生米煮成了熟饭，她再责备母亲也无益处，所以她不语，这是她的包容和孝顺；"后来便自垂泪"，自己的终身大事竟是如此不得已，宝钗怎能不伤感？毕竟父亲早没了，家道中落，多年来寄人篱下，现在哥哥还在监狱里，还要靠贾府搭救，薛家除了将就、迁就，还能怎么样？宝玉虽然不错，但现在竟要靠喜事来冲，其病情可想而知，自己要嫁的是一个重病人，宝钗怎能不垂泪？宝钗一句话也没说，黯然回房了。作品留了一大片空白，任凭读者去想象、去体味、去思考。这种余味无穷的写法，与第 34 回"错里错以错劝哥哥"中，宝钗"回到房里整哭了一夜"，一脉相承。所以，我依然疑心这里是曹雪芹的笔墨。简单几笔勾勒出一个我们熟悉的宝钗，那个深明事理、体贴母亲、委屈自己、寄人篱下、无从申诉的宝钗。与上一回塑造的宝钗对比一下，上一回薛姨妈问她愿不愿意同宝玉的婚姻，宝钗的回答居然那么激昂、那么响亮，还责备母亲，那个写法，实在不像是在写宝钗。假如我们能够把作者此处的留白补写出来，在完整的画面中去理解宝钗，那么，我们就会看到宝钗的痛楚比林黛玉也相去不了多少，我们就能体会脂批所说"黛玉宝钗实则一人"的含义，我们方才明了"拥黛""拥钗"两派的势不两立，没有意义。"拥黛反钗"或"拥钗反黛"，都没有理解《红楼梦》，没有理解曹雪芹。黛玉和宝钗，都是曹雪芹深深同情、用血泪塑造的苦命女子。

回到作品。

薛蝌去了四日，便回来回复薛姨妈道："哥哥的事上司已经准了误杀，一过堂就要题本了，叫咱们预备赎罪的银子。妹妹的事，说'妈妈做主很好的，赶着办又省了好些银子，叫妈妈不用等我，该怎么着就怎么办罢'"。薛姨妈听了，一则薛蟠可以回家，二则完了宝钗的事，心里安放了好些。便是看着宝钗心里好象不愿意似的，"虽是这样，他是女儿家，素来也孝顺守礼的人，知我应了，他也没得说的。"便叫薛蝌："办泥金庚帖，填上八字，即叫人送到琏二爷那边去。还问了过礼的日子来，你好预备。"

薛蟠在牢里求生心切，自然是满口赞同妹妹的婚事，"赶着办又省了好些银子"，令我们多少有点意外，薛大爷忽然知道省银子了，而且省的是妹妹大喜事的银子。作者这一笔令读者深省什么叫人情世故。薛姨妈则"看着宝钗心里好象不愿意似的"——这是一个侧面交代，宝钗并不愿意——但也顾不得了，下令薛蝌赶紧办婚事。但是这一笔，加上前面"宝钗始则低头不语，后来便自垂泪"，刻画出宝钗的某种隐忧，她暗觉不妙，这一方面写出宝钗和薛家的受蒙骗，另一方面则是一个伏笔，让我们知道在婚礼中受到宝玉的当众羞辱，宝钗为什么那样沉得住气。

贾政是个省事的人，他吩咐贾琏："你回老太太说，既不叫亲友们知道，诸事宁可简便些。若是东西上，请老太太瞧了就是了，不必告诉我。"

这里王夫人叫了凤姐命人将过礼的物件都送与贾母过目，并叫袭人告诉宝玉。那宝玉又嘻嘻的笑道："这里送到园里，回来园里又送到这里。咱们的人送，咱们的人收，何苦来呢。"贾母王夫人听了，都喜欢道："说他糊涂，他今日怎么这么明白呢。"鸳鸯等忍不住好笑，只得上来一件一件的点明给贾母瞧，说："这是金项圈，这是金珠首饰，共八十件。这是妆蟒四十四。这是各色绸缎一百二十四。这是四季的衣服共一百二十件。外面也没有预备羊酒，这是折羊酒的银子。"贾母看了，都说"好"，轻轻的与凤姐说道："你去告诉姨太太，说：不是虚礼，求姨太太等蟠儿出来慢慢的叫人给他妹妹做来就是了。那好日子的被褥还是咱们这里代办了罢。"凤姐答应了，出来叫贾琏先过去，又叫周瑞旺儿等，吩咐他们："不必走大门，只从园里从前开的便门内送去，我也就过去。这门离潇湘馆还远，倘别处的人见了，嘱咐他们不用在潇湘馆里提起。"众人答应着送礼而去。宝玉认以为真，心里大乐，精神便觉得好些，只是语言总有些疯傻。那过礼的回来都不提名说姓，因此上下人等虽都知道，只因凤姐吩咐，都不敢走漏风声。

宝玉的"何苦来呢"看似疯话，却更清醒更实在，既反映宝玉得意洋洋的心情，符合他半痴半醒的状态，也是作者对形式主义风俗的一种讽刺，堪称妙笔。凤姐则再次关照送礼的路线必须避开潇湘馆，而且不得说出新娘姓名，够谨慎的，也顺势为下面写林黛玉做了过渡。

婚礼的筹备一切就绪，作者把镜头切到潇湘馆。

> 且说黛玉虽然服药，这病日重一日。紫鹃等在旁苦劝，说道："事情到了这个分儿，不得不说了。姑娘的心事，我们也都知道。至于意外之事是再没有的。姑娘不信，只拿宝玉的身子说起，这样大病，怎么做得亲呢。姑娘别听瞎话，自己安心保重才好。"黛玉微笑一笑，也不答言，又咳嗽数声，吐出好些血来。紫鹃等看去，只有一息奄奄，明知劝不过来，惟有守着流泪，天天三四趟去告诉贾母。鸳鸯测度贾母近日比前疼黛玉的心差了些，所以不常去回。况贾母这几日的心都在宝钗宝玉身上，不见黛玉的信儿也不大提起，只请太医调治罢了。

> 黛玉向来病着，自贾母起，直到姊妹们的下人，常来问候。今见贾府中上下人等都不过来，连一个问的人都没有，睁开眼，只有紫鹃一人。自料万无生理。

先前医生很有把握地说黛玉的病情不严重，只需服药就能好转，但这里写虽然服药，病情却日重一日，我认为黛玉暗中把药吐掉了。大家看她的神情，紫鹃劝她，"黛玉微笑一笑，也不答言"，后面还有"自料万无生理"，显然，黛玉决心自尽，但她不想对紫鹃透露。黛玉是书香门第千金小姐，她既要自尽，却又不能被人看出因为嫁不了宝玉而自尽，她还背负不起殉情自尽的名声，害怕名誉丧尽成为丑闻，那是比死亡还要糟糕的。所以她不可能、也不敢像尤三姐那样公然自杀，她要死得体面，就像正常病故，所以只能不留痕迹地自杀。而贾府的人，上自贾母下到鸳鸯，都开始怠慢黛玉，心思全在婚礼上。这一外部环境因素更让黛玉"万无生理"。死亡之前，黛玉又比尤二姐、尤三姐多出一桩文人特有的、也特别重视的事情，就是毁掉爱情的结晶，比如宝玉送的手帕，自己写的爱情诗，她必须亲手处理掉，不留任何爱情的证据。所以下面就有烧毁爱情诗的描写。这个"林黛玉焚稿断痴情"的情节写得很动人，读者印象太深耳熟能详，我们就不详说了。我倒是觉得黛玉决定改变与紫鹃的关系，还值得一说。

因扎挣着向紫鹃说道:"妹妹,你是我最知心的,虽是老太太派你伏侍我这几年,我拿你就当我的亲妹妹。"说到这里,气又接不上来。紫鹃听了,一阵心酸,早哭得说不出话来。迟了半日,黛玉又一面喘一面说道:"紫鹃妹妹,我躺着不受用,你扶起我来靠着坐坐才好。"紫鹃道:"姑娘的身上不大好,起来又要抖搂着了。"黛玉听了,闭上眼不言语了。一时又要起来。紫鹃没法,只得同雪雁把他扶起,两边用软枕靠住,自己却倚在旁边。

这一段,我认为特别值得注意,因为黛玉突然决定放下自己的千金身份,而与紫鹃称姐道妹,这对于黛玉来说不是简单的事。黛玉一向孤傲,身边的紫鹃再怎么用心服侍、体贴,但是黛玉从来不把紫鹃当作体己,从来不向紫鹃吐露一点心声;相反,许多次她的心迹被紫鹃看透,她自己也知道被紫鹃看透了,但她永远是做出一副小姐面孔,与紫鹃割地三尺,不让紫鹃参与自己的心事。这一点与古代小说、戏剧中小姐把心事都告诉贴身丫头,主仆串联合谋的情景完全不同。但是今日黛玉变了,她主动认紫鹃为亲妹妹,开始向紫鹃打开(不是敞开)一点心扉。我以为,黛玉做出如此重大的身份改变,一来是紫鹃确实忠诚,值得信赖;二来也是事到临头,迫于无奈。到这个时候认紫鹃为妹妹,已经没有其他的事情,而是要托付自己的后事,黛玉认为是自己最大的事情、原则性的事情,她托付给紫鹃。这事我们下一回再说。

行文至此,作者想到要写一段贾府对林黛玉的疏远和放弃,怎么写呢?在潇湘馆是感受不足的,必须走出潇湘馆,去贾母屋里、去别人屋里感受一番,于是他派出了紫鹃进行实地考察。

到了次日早起,觉黛玉又缓过一点儿来。饭后,忽然又嗽又吐,又紧起来。紫鹃看着不祥了,连忙将雪雁等都叫进来看守,自己却来回贾母。那知到了贾母上房,静悄悄的,只有两三个老妈妈和几个做粗活的丫头在那里看屋子呢。紫鹃因问道:"老太太呢?"那些人都说不知道。紫鹃听这话诧异,遂到宝玉屋里去看,竟也无人。遂问屋里的丫头,也说不知。紫鹃已知八九,"但这些人怎么竟这样狠毒冷淡!"又想到黛玉这几天竟连一个人问的也没有,越想越悲,索性激起一腔闷气来,一扭身便出来了。自己想了一想,"今日倒要看看宝玉是何形状!看他见了我怎么样过的去!那一年我说了一句谎话他就急病了,今日竟公然做出这件事来!可知天下男子之心真真是冰寒雪冷,令人切齿的!"一面走,一面想,早已来到怡红院。只见院门虚掩,里面却又寂静的很。紫鹃忽然想到:"他要娶亲,自然是有新屋子的,但不知他这新屋子在何处?"

正在那里徘徊瞻顾,看见墨雨飞跑,紫鹃便叫住他。墨雨过来笑嘻嘻的道:"姐姐在这里做什么?"紫鹃道:"我听见宝二爷娶亲,我要来看看热闹儿。谁知不在这里,也不知是几儿。"墨雨悄悄的道:"我这话只告诉姐姐,你可别告诉雪雁他们。上头吩咐了，连你们都不叫知道呢。就是今日夜里娶，那里是在这里，老爷派琏二爷另收拾了房子了。"说着又问："姐姐有什么事么？"紫鹃道："没什么事，你去罢。"墨雨仍旧飞跑去了。紫鹃自己也发了一回呆，忽然想起黛玉来，这时候还不知是死是活。因两泪汪汪，咬着牙发狠道："宝玉，我看他明儿死了，你算是躲的过不见！你过了你那如心如意的事儿，拿什么脸来见我！"一面哭，一面走，呜呜咽咽的自回去了。

这一段外出探寻还是很起作用，各个房间都没人，问小丫头一概说不知道，终于碰到墨雨，紫鹃也自我伪装一番，只说是来看热闹的，终于骗出了真情。但是知道了真情又能怎么样呢？作品写得非常真切，紫鹃不过小孩子气，恨道："看宝玉拿什么脸来见我！"我们听了觉得可笑，宝玉需要拿脸来见你紫鹃吗？但这才是一个十几岁丫头的真实心态；而透过这个傻乎乎的心态，我们看到，紫鹃实际上对宝玉是何等信任！她很相信，宝玉会很把她当回事儿的！一石两鸟，这一笔不仅画出一个朴实的紫鹃，也写出一个敦厚的宝玉。真是妙笔。

回到潇湘馆，黛玉已经岌岌可危，紫鹃忽然想起李纨是个寡妇不会参加婚礼，于是请来李纨。

李纨听了，吓了一大跳，也来不及问了，连忙站起身来便走，素云碧月跟着，一头走着，一头落泪，想着："姐妹在一处一场，更兼他那容貌才情真是寡二少双，惟有青女素娥可以仿佛一二，竟这样小小的年纪，就作了北邙乡女！偏偏凤姐想出一条偷梁换柱之计，自己也不好过潇湘馆来，竟未能少尽姊妹之情。真真可怜可叹。"一头想着，已走到潇湘馆的门口。

借着李纨的心思，作品写出李纨的善良和懦弱，她对黛玉的赞美，以及对凤姐的抱怨。

看时，那黛玉已不能言。李纨轻轻叫了两声，黛玉却还微微的开眼，似有知识之状，但只眼皮嘴唇微有动意，口内尚有出入之息，却要一句话一点泪也没有了。李纨回身见紫鹃不在跟前，便问雪雁。雪雁道："他在外头屋里呢。"李纨连忙出来，只见紫鹃在外间空床上躺着，颜色青黄，闭了眼只管流泪，那鼻涕眼泪把一个砌花锦边的褥子已湿了碗大的一片。李纨连忙唤他，那紫鹃才慢慢的睁开眼欠起身来。李纨道："傻丫头，这是什么时候，且只顾哭你的！林姑娘的衣衾还不拿出来给他换上，还等多早晚呢。难道他个女孩儿家，你还叫他赤身露体精着来光着去吗！"紫鹃听了这句话，一发止不住痛哭起来。李纨一面也哭，一面着急，一面拭泪，一面拍着紫鹃的肩膀说："好孩子，你把我的心都哭乱了，快着收拾他的东西罢，再迟一会子就不得了。"

这些细节，都是表现林黛玉临死之前是何等凄惨、可怜。更可悲的还不止于此，黛玉咽气之前，凤姐还来要紫鹃前去。刚烈的紫鹃对着前来叫她的林之孝家的大喊：

"林奶奶，你先请罢。等着人死了我们自然是出去的，那里用这么……"说到这里却又不好说了，因又改说道："况且我们在这里守着病人，身上也不洁净。林姑娘还有气儿呢，不时的叫我。"李纨在旁解说道："当真这林姑娘和这丫头也是前世的缘法儿。倒是雪雁是他南边带来的，他倒不理会。惟有紫鹃，我看他两个一时也离不开。"林之孝家的头里听了紫鹃的话，未免不受用，被李纨这番一说，却也没的说，又见紫鹃哭得泪人一般，只好瞅着他微微的笑，因又说道："紫鹃姑娘这些闲话倒不要紧，只是他却说得，我可怎么回老太太呢。况且这话是告诉得二奶奶的吗！"

僵局出现，一个很大的僵局。谁来打破这僵局呢？现场最大的主人李纨没有这能力，还是机智的平儿想到个折中的办法，让雪雁前去。调用紫鹃去婚礼现场这个细节设计的前因后果都很周到，但其主要用意在于表现黛玉临死蒙羞，增添其屈辱性。不过这事情我们显然不能把责任全部归结到凤姐头上，从贾母算起，王夫人、李纨、平儿个个都有责任，但她们似乎一个也没过错，她们没有存心要损害谁，但她们组成的集体却犯下过错，造成悲剧。这种集体无意识的悲剧，才是最大的悲哀。

后半回描写宝玉、宝钗的婚礼。作品的第一个视角取得相当独特，从雪雁眼睛里看宝玉。

"宝玉一日家和我们姑娘好的蜜里调油，这时候总不见面了，也不知是真病假病。怕我们姑娘不依，他假说丢了玉，装出傻子样儿来，叫我们姑娘寒了心，他好娶宝姑娘的意思。我看看他去，看他见了我傻不傻。莫不成今儿还装傻么！"一面想着，已溜到里间屋子门口，偷偷儿的瞧。这时宝玉虽因失玉昏愦，但只听见娶了黛玉为妻，真乃是从古至今天上人间第一件畅心满意的事了，那身子顿觉健旺起来，——只不过不似从前那般灵透，所以凤姐的妙计百发百中——巴不得即见黛玉，盼到今日完姻，真乐得手舞足蹈，虽有几句傻话，却与病时光景大相悬绝了。雪雁看了，又是生气，又是伤心，他那里晓得宝玉的心事，便各自走开。

"乐得手舞足蹈"的宝玉在雪雁眼睛里很自然同病得奄奄一息的林黛玉形成对比，这个视角很有艺术性。而接下来的镜头几乎全部给了宝玉。

这里宝玉便叫袭人快快给他装新，坐在王夫人屋里。看见凤姐尤氏忙忙碌碌，再盼不到吉时，只管问袭人道："林妹妹打园里来，为什么这么费事，还不来？"袭人忍着笑道："等好时辰。"回来又听见凤姐与王夫人道："虽然有服，外头不用鼓乐，咱们南边规矩要拜堂的，冷清清使不得。我传了家内学过音乐管过戏子的那些女人来吹打，热闹些。"王夫人点头说："使得。"

一时大轿从大门进来，家里细乐迎出去，十二对宫灯，排着进来，倒也新鲜雅致。傧相请了新人出轿。宝玉见新人蒙着盖头，喜娘披着红扶着。下首扶新人的你道是谁，原来就是雪雁。宝玉看见雪雁，犹想："因何紫鹃不来，倒是他呢？"又想道："是了，雪雁原是他南边家里带来的，紫鹃仍是我们家的，自然不必带来。"因此见了雪雁竟如见了黛玉的一般欢喜。傧相赞礼，拜了天地。请出贾母受了四拜，后请贾政夫妇登堂，行礼毕，送入洞房。还有坐床撒帐等事，俱是按金陵旧例。贾政原为贾母做主，不敢违拗，不信冲喜之说。那知今日宝玉居然象个好人一般，贾政见了，倒也喜欢。那新人坐了床便要揭起盖头的，凤姐早已防备，故请贾母王夫人等进去照应。

新婚大礼就写这些，主次很分明，主线就是宝玉的所见所思，次线是贾政、凤姐、贾母和王夫人，而新娘薛宝钗几乎没写，这是十分罕见的镜头语言。新娘盖着头看不清，雪雁却看得清清楚楚。凤姐临时想到借用黛玉丫头的目的就是让婚礼的仪式——在当时属于法定手续——走完，让婚姻正式完成。所以雪雁的上场只需要几分钟。作品写宝玉见雪雁是必要的，这是宝玉按部就班完成仪式的一个诱因，是他被骗婚的最后一步。

宝玉此时到底有些傻气，便走到新人跟前说道："妹妹身上好了？好些天不见了，盖着这劳什子做什么！"欲待要揭去，反把贾母急出一身冷汗来。宝玉又转念一想道："林妹妹是爱生气的，不可造次。"又歇了一歇，仍是按捺不住，只得上前揭了。喜娘接去盖头，雪雁走开，莺儿等上来伺候。宝玉睁眼一看，好象宝钗，心里不信，自己一手持灯，一手擦眼，一看，可不是宝钗么！只见他盛妆艳服，丰肩㐄体，鬓低鬟軃，眼瞤息微，真是荷粉露垂，杏花烟润了。宝玉发了一回怔，又见莺儿立在旁边，不见了雪雁。宝玉此时心无主意，自己反以为是梦中了，呆呆的只管站着。众人接过灯去，扶了宝玉仍旧坐下，两眼直视，半语全无。贾母恐他病发，亲自扶他上床。凤姐尤氏请了宝钗进入里间床上坐下，宝钗此时自然是低头不语。宝玉定了一回神，见贾母王夫人坐在那边，便轻轻的叫袭人道："我是在那里呢？这不是做梦么？"袭人道："你今日好日子，什么梦不梦的混说。老爷可在外头呢。"宝玉悄悄儿的拿手指着道："坐在那里这一位美人儿是谁？"袭人握了自己的嘴，笑的说不出话来，歇了半日才说道："是新娶的二奶奶。"众人也都回过头去，忍不住的笑。宝玉又道："好糊涂，你说二奶奶到底是谁？"袭人道："宝姑娘。"宝玉道："林姑娘呢？"袭人道："老爷做主娶的是宝姑娘，怎么混说起林姑娘来。"宝玉道："我才刚看见林姑娘了么，还有雪雁呢，怎么说没有。你们这都是做什么顽呢？"凤姐便走上来轻轻的说道："宝姑娘在屋里坐着呢。别混说，回来得罪了他，老太太不依的。"宝玉听了，这会子糊涂更利害了。本来原有昏愦的病，加以今夜神出鬼没，更叫他不得主意，便也不顾别的了，口口声声只要找林妹妹去。贾母等上前安慰，无奈他只是不懂。又有宝钗在内，又不好明说。知宝玉旧病复发，也不讲明，只得满屋里点起安息香来，定住他的神魂，扶他睡下。众人鸦雀无闻，停了片时，宝玉便昏沉睡去。贾母等才得略略放心，只好坐以待旦，叫凤姐去请宝钗安歇。宝钗置若罔闻，也便和衣在内暂歇。贾政在外，未知内里原由，只就方才眼见的光景想来，心下倒宽了。恰是明日就是起程的吉日，略歇了一歇，众人贺喜送行。贾母见宝玉睡着，也回房去暂歇。

作品正面描写的是宝玉，从他的盼望到眼见轿子进来，然后是疑惑、糊涂，写新娘宝钗的只有几个字，宝钗完全被湮没在宝玉一个人的精彩表演里。这场婚姻是一场不折不扣的欺骗性婚姻，作品特别聚焦真相暴露的那一刻，很精准。宝玉对新娘的第一句话、第一个词就令人紧张到张大嘴巴："妹妹！"作者正是挑中最有刺激性的内容描写。揭开头盖以后，先不写宝玉，更不写宝钗，而是写"雪雁走开，莺儿等上来伺候"，我们不得不赞叹作品行文的从容和有序，这个变戏法一般的换人，正是宝玉最疏忽的时候，也是等会儿让他觉得神出鬼没的原因。当然，我们也不能不佩服凤姐设计得精准、导演得细腻。然后作品才写到骗局对宝玉的猛击，"宝玉睁眼一看，好象宝钗，心里不信"，这是写心理，作者刻画最震撼、最错愕的场面，反而用最随意、最轻淡的语言。宝玉不像我们预先知道有调包计，他只知道娶的是林黛玉，在他"睁眼一看"的时候，是他最初的、第一时间的反应，是还没来得及吃惊、怀疑之前一霎那的反应，那正是"好像宝钗，心里不信"，而我们设想的他应该大吃一惊，则是第二、第三时间的反应了。宝玉心理反应的顺序是"像宝钗——怀疑——吃惊"，作者领先我们一步。这一步领先，凭的是他的心理学比我们扎实，凭的是大师才有的那份淡定。考虑到宝玉此时精神不健康，他的心理反应要比常人慢一拍，"像宝钗"这个第一反应的时间要长一些，所以"睁眼一看，好象宝钗"，然后才是"心里不信"，整个过程扎实而合理。宝玉"心里不信"什么呢？作品以动作描写予以表现，"自己一手持灯，一手擦眼"，他不相信别人，不相信灯火，不相信自己的眼睛。"一看，可不是宝钗么！""可不是"三字写出他确认的过程。然后，写出宝玉眼中的宝钗："只见他盛妆艳服，丰肩悚体，鬟低鬓軃，眼瞤息微，真是荷粉露垂，杏花烟润了。"对宝钗是写神为主，一个大概的形象，突出的是气韵："荷粉露垂，杏花烟润"。我们很熟悉，这是曹雪芹的惯用手法，诗化的语言。不过这次倒是符合宝玉的观感，此时他的观察力很弱，只能有个大概。看清楚确实是宝钗，"宝玉发了一回怔，又见莺儿立在旁边，不见了雪雁。宝玉此时心无主意，自己反以为是梦中了，呆呆的只管站着"。凤姐的这套戏法变得，别说是宝玉，别说宝玉病着，任何人遇到都会傻眼。而作品这里用的依然是最朴素的语言，尤其是"不见了雪雁，宝玉此时心无主意"，质朴的语言很写实，把宝玉同读者拉得很近。

等到回过神来，宝玉悄悄儿地拿手指着问袭人："坐在那里这一位美人儿是谁？""坐在那里这一位美人儿"，这个指称妙极了。宝玉明明看见是宝钗，但他已经不敢眼见为实，他迷惘，或许也怕唐突了宝钗，所以不敢说出名字，只能指称

"美人儿"来问袭人；而"那里"与"这一位"两个词，显得宝玉与宝钗竟有些陌生。闹清楚"美人儿"确实是宝钗，宝玉以他自己的语言发出强烈抗议："你们这都是做什么顽呢？"痴呆的宝玉说这话时一点不痴呆，甚至令家长们无言以对。这是宝玉自出生以来，第一次对家长们进行抗议和责问，这是宝玉性格的根本性转折。今日，他被欺骗、被捉弄了，明日，他可能被好言抚慰，也可能被强力压制，宝玉可能不再发声，甚至显得顺从。但是，今日砸出的裂纹，让他与家族的关系永久性破裂，再也无法融合。宝玉最终出家为僧，与家族、与世俗社会决裂，而决裂的念头，是今日、是此时种下的。

　　这场婚礼，我们已经鉴赏宝玉半天了，其实新娘宝钗也是不能不好好鉴赏的。先要做个解释：按照凤姐"把欺骗进行到法订婚礼全部完成"的设计，可以推测，宝钗在拜完天地、父母之前，依然不知道她是顶着黛玉的名头的。必定是在盖上红盖头以后，才让雪雁悄无声息地换掉莺儿，宝钗并不知晓。所以，宝钗是直到听宝玉喊她"妹妹"的瞬间，才知道自己受了骗、中了计。但一切都已经结束，她这时已经是宝玉的正式的法律意义上的妻子。从某种程度说，宝钗比宝玉更加痛楚：在这大婚的日子，宝钗却受尽羞辱，"调包计"的羞辱，当众蒙羞。在这个前提下，我们再来鉴赏宝钗。

　　法定的婚礼完成，宝玉和宝钗成为正式夫妻，然后进入洞房。新娘的红头盖还没揭开，宝玉就上来问道："妹妹身上好了？好些天不见了，盖着这劳什子做什么！"新娘薛宝钗听到新郎的第一句话，是把她叫作林妹妹，这真是五雷轰顶！她此时才明白一切。宝钗蒙受天大的侮辱。读者不妨换位感受，如果你自己是薛宝钗，你是什么感受？你会怎么反应？我们也想看看宝钗是怎么反应的，可惜作品付诸"留白"。她没有出声，没做出任何引人注意的举动，作品也没写那红头盖是否一阵颤动。不过，即使宝钗大声抗议，也为时已晚，婚姻已经不可改变。宝钗能坐着没倒下，除了她惊人的定力，还由于她有一份心理准备吧，因为几天前母亲回来告诉她贾府要赶着办婚礼时，她就预感不祥，贾府似乎有什么事瞒着薛家，她当时已经哭过。

　　描写宝钗的第二笔是，掀开红盖头，宝玉见到是宝钗，一下子怔在那里发呆，贾母恐他发病，亲自扶他上床。"凤姐尤氏请了宝钗进入里间床上坐下，宝钗此时自然是低头不语。"实际上这才是真正的正面描述宝钗，很简单的描述："凤姐尤氏请了宝钗进入里间床上坐下，宝钗此时自然是低头不语。"宝钗之所以被请入里间，因为宝玉已经怔住发呆，后面他做出什么事来无法预料，为避免让宝钗目睹后面的乱局，凤姐尤氏把宝钗请入里间，进行空间隔离。此时的宝钗能比宝玉清醒多少我们无从知道，但我们推测她的内心正翻江倒海。此时她"低头不语"，或许还处于梦游之中，或许她正在回想这一切究竟怎么发生的。

描写宝钗的第三笔是，宝玉被安眠药迷魂香制服沉睡过去，"贾母等才得略略放心，只好坐以待旦，叫凤姐去请宝钗安歇。宝钗置若罔闻，也便和衣在内暂歇"。这一笔，总算有点宝钗的主动情态。"宝钗置若罔闻"，有两种解读，一种是宝钗六神无主心思全无，凤姐说的话她根本没听进去；另一种解读是，宝钗已经恢复了理智，凤姐的话她听到了，却不予理睬。我理解为后一种。我认为，宝钗今日受尽侮辱，她已经看清这是贾母为首、由凤姐策划的一个阴谋和骗局，欺骗她同宝玉进行一场"调包计"婚礼。但是，碍于今日新娘子的身份她不能有太大的发作。现在，凤姐还来劝她"安歇"，她便以"置若罔闻"、毫不理睬来表达自己的愤怒和抗议。先前在外间，在贾母、王夫人面前，宝钗作为孙媳妇、媳妇，又是踏进贾府的大喜日子，不便发作；现在到了里间，只有凤姐这个平辈堂嫂，更是阴谋诡计的策划者，宝钗无需再按耐自己的怒火，就以"置若罔闻"的姿态，给凤姐一个回击。可以想象，宝钗脸色冷峻，凤姐则很是没趣和尴尬。

总体而言，宝钗在婚礼上虽然受尽羞辱，她还是忍耐着、克制着，所谓忍常人难以忍受之屈辱。木已成舟，她即使大闹一场也并不能改变什么，却会加重宝玉的病情。她已经明白贾母、王夫人这样做的目的是抢救宝玉的生命，也不愿对两位老人再加伤害。当然，经过这么一场，她会懂得今后要自己拿主意，不能再被她们牵着鼻子走。

奇怪、混乱而糟糕的婚礼结束了，它留下的烙印永远抹不去。

最后我们探讨紧急结婚与调包计的实质。宝玉与宝钗已经订婚，紧急结婚无非将婚期提前，其目的是抢救宝玉的生命，所以它对已定的婚姻并无实质性的改变。而调包计是贾府为了一己利益实行欺骗，践踏宝玉、黛玉、宝钗三人的人格和意愿。对宝玉而言，调包计本身是为宝玉设计的，家长们的本意是救他，但实行欺骗和强加。对黛玉而言，调包计不是针对黛玉的，但盗用黛玉的名义让黛玉蒙污。不过实施中对黛玉进行消息封锁，这并没伤害到黛玉，如果不封锁，黛玉早得到消息，她可能死得更早。对宝钗而言，则除了欺骗之外更让她蒙受大婚的耻辱。从社会学角度说，贾府利用自己的强势地位侵害林黛玉的名誉，欺压薛家，这是调包计的本质和社会意义。贾府以及贾母的开明性质被抹上了一层灰。

　　然后，我们再看看"调包计"对贾府造成的伤害。这种伤害主要体现在宝玉与家长们的关系上。当然，这本来也可能造成薛宝钗对贾母、王夫人和凤姐的怨恨和报复，就像夏金桂那样闹得薛家鸡犬不宁，但宝钗不可能这么做。不过宝玉的心灵却受到极大的伤害，家长们合谋的这次欺骗事件令宝玉对贾母、王夫人再也不那么信任，再也没那么崇敬和爱戴，这条裂纹此后慢慢延长、加深，最后彻底破裂。所以，凤姐自以为得意的"调包计"，并没什么实质性的正面效应，负面的结果却十分严重。

　　本回最后一段写贾政远行。他临行嘱咐：明年乡试，宝玉务必要参加。作者再次调离贾政的目的恐怕与第一次一样：贾政不在家，让宝玉的行为自由些，便于情节的推进发展。至于要宝玉参加科举考试，也未必不合原作。曹雪芹笔下的贾政本来就对科举考试十分向往，贾府赫赫扬扬几代人，只有宁府的贾敬进士及第，荣府则空空如也。大家看看贾政对进士出身的林如海、贾雨村何等钦佩和赞赏，所以他对宝玉提出这个要求，完全符合他的性格。何况科举是男人的主要出息，一百个贾政这样的父亲，九十九个会对儿子提这要求。只是，曹雪芹笔下的宝玉对科举考试是嗤之以鼻的，关键是看后面写宝玉参加科考是不是具有合理性，甚至具有震撼人心的艺术性。这个问题我们届时再讨论。

　　最后我们说说大的情节安排。宝玉结婚这个情节从第94回海棠开妖花、宝玉失通灵开始，那是结婚的起因，然后作品着重写三方面。第一方面宝玉得病，需要救治，而贾母、王夫人认为结婚大喜或许可以冲一冲，救得宝玉性命。第二方面是对于结婚的筹备、实施，这里面包括贾政要外任、凤姐设调包、用雪雁蒙骗宝玉等。第三方面是写林黛玉由疑虑到证实，然后诀别宝玉以及病故。这三个着重点中，以写黛玉的文字最多、最密集；同样，最震撼读者心灵的也是黛玉的故事。相反，宝玉、宝钗成亲场面所用的文字，远远不如写黛玉的篇幅。尤其，直到新娘子做完，宝钗几乎没怎么上镜头，对她的心理世界更是没有触及。宝钗的真正演出要到第98回才正式开始。这种结构是非常大胆的、奇特的、倾斜式的，镜头主要对准林黛玉身上，巨细无遗，写黛玉的文字是宝钗的百倍以上。我们分析作者如此结构的动机大约有如下几个：一，作者对林黛玉另眼相看，把她作为超一号女主人公，而不仅仅是一号；二，抓紧把林黛玉塑造完毕，在这林黛玉的最后时刻，作者赶工时投大力；三，作者认为这是最吸引读者的情节，可以造成巨大的轰动效应，而结果也确实如此，直到今日，林黛玉的知名度、影响力是薛宝钗的许多倍。不过，我们总体来看，宝玉、宝钗结婚的大情节横跨四五个章回，始终保持很高的艺术水准，是后四十回从低点走向高点的明显标志，而且其中时时散发出曹雪芹特有的艺术气息。我们判断可能是在曹雪芹遗稿的基础上整理、创作的结果。

而就后四十回整体内容来看，作品主要叙述三大情节，第一个是宝玉、宝钗的结婚，同时因为这个刺激造成黛玉的病故。第二个大情节是锦衣卫抄没贾府，对贾府造成根本性打击，包括对宝玉的精神打击，令他看破尘世，不再留恋。第三个大情节是宝玉出家，这是宝玉人生的归宿，也是贾府最大希望的破灭，虽然作者后来又掉过笔头写了兰桂齐芳，"沐皇恩贾家延世泽"，但整个作品的气氛依然是贾府一落千丈，无法挽回。这三大情节主导着后四十回，也决定着续作的成功与否，决定着《红楼梦》作品的完成与否。后面两大情节我们先不做结论，但第一大情节宝玉与宝钗成婚，我们已经可以说写得相当好，好到很难分辨出这是续作。

第九十八回

苦绛珠魂归离恨天　病神瑛泪洒相思地

　　"苦绛珠魂归离恨天"，写苦命的林黛玉含恨归西；"病神瑛泪洒相思地"，写病中的宝玉到潇湘馆哭拜黛玉的灵柩。

　　有些读者，在林黛玉死后就跳着看作品，认为没什么情节了，对宝玉、宝钗结婚以后的生活内容都不甚关心，以为这些情节不再重要。然而一个认真的鉴赏者，会从作者创作构思和叙述的角度，意识到后面的写作才是真正考验作者的时候。因为写几个冲突、几个情节高潮对作家并不很难。但《红楼梦》并不以情节见长，它更多的是写那些没有什么情节的普通、家常而真实的生活现象，从中揭示生活和人生的本质。我们应该关注的，是在林黛玉病逝（准确说是自杀）这种夺眼球的高潮之后，作品如何去反映更漫长的普通生活、家常日子，主要是宝玉和宝钗的日子怎么过下去。这比写几天时间的黛玉之死，比写锦衣卫几个小时的抄家情节，难度要大许多倍。所以后文很值得关注。

　　本回开篇还是写宝玉。这也是读者十分关心的，他痴痴傻傻，结婚以后日子究竟怎么过？看作品。

　　　话说宝玉见了贾政，回至房中，更觉头昏脑闷，懒待动弹，连饭也没吃，便昏沉睡去。仍旧延医诊治，服药不效，索性连人也认不明白了。大家扶着他坐起来，还是象个好人。一连闹了几天，那日恰是回九之期，若不过去，薛姨妈脸上过不去，若说去呢，宝玉这般光景。贾母明知是为黛玉而起，欲要告诉明白，又恐气急生变。宝钗是新媳妇，又难劝慰，必得姨妈过来才好。若不回九，姨妈嗔怪。便与王夫人凤姐商议道："我看宝玉竟是魂不守舍，起动是不怕的。用两乘小轿叫人扶着从园里过去，应了回九的吉期，以后请姨妈过来安慰宝钗，咱们一心一计的调治宝玉，可不两全？"王夫人答应了，即刻预备。幸亏宝钗是新媳妇，宝玉是个疯傻的，由人掇弄过去了。宝钗也明知其事，心里只怨母亲办得糊涂，事已至此，不肯多言。独有薛姨妈看见宝玉这般光景，心里懊悔，只得草草完事。

　　这一段写的是新婚夫妻回门拜谢女方父母长辈。此处写回门是婚后第九日，但中国之大各地不同。回门除了礼物致谢之外，还表示男方对女家的认可与尊重，所以它属于婚仪的一部分，是绝对不能少的；不回门，那是对女家的轻视，会引发矛盾。所以贾母才着急，最后还是将就着办了。作品从这里才开始正面描写宝钗。"宝钗也明知其事，心里只怨母亲办得糊涂，事已至此，不肯多言。"这里所谓"母亲办得糊涂"，显然是指在宝玉病中就办婚礼，但宝钗体贴母亲，不肯多言，没责备母亲一句。薛姨妈也意识到自己的糊涂，"心里懊悔"。这对母女不用交流，她们的心是相通的。这是宝钗很大的福分，我们看看贾府之中有哪个女子有她这份福？大家去数一数，除了李纨、李琦，全是没母亲的。曹雪芹笔下父母健在的比例极低，黛玉、史湘云、妙玉、迎春、惜春、宝琴、凤姐都是没母亲的，有父亲的也极少。这个比例与社会统计数据相去甚远。

> 到家，宝玉越加沉重，次日连起坐都不能了。日重一日，甚至汤水不进。薛姨妈等忙了手脚，各处遍请名医，皆不识病源。只有城外破寺中住着个穷医，姓毕，别号知庵的，诊得病源是悲喜激射，冷暖失调，饮食失时，忧忿滞中，正气壅闭：此内伤外感之症。于是度量用药，至晚服了，二更后果然省些人事，便要水喝。贾母王夫人等才放了心，请了薛姨妈带了宝钗都到贾母那里暂且歇息。
>
> 宝玉片时清楚，自料难保，见诸人散后，房中只有袭人，因唤袭人至跟前，拉着手哭道："我问你，宝姐姐怎么来的？我记得老爷给我娶了林妹妹过来，怎么被宝姐姐赶了去了？他为什么霸占住在这里？我要说呢，又恐怕得罪了他。你们听见林妹妹哭得怎么样了？"袭人不敢明说，只得说道："林姑娘病着呢。"宝玉又道："我瞧瞧他去。"说着，要起来。岂知连日饮食不进，身子那能动转，便哭道："我要死了！我有一句心里的话，只求你回明老太太：横竖林妹妹也是要死的，我如今也不能保。两处两个病人都要死的，死了越发难张罗。不如腾一处空房子，趁早将我同林妹妹两个抬在那里，活着也好一处医治伏侍，死了也好一处停放。你依我这话，不枉了几年的情分。"袭人听了这些话，便哭的哽嗓气噎。

宝玉总算清醒过来，我们可以看到真正的宝玉了。宝玉说了一大串真心话，因为这里写明一个大前提，"宝玉片时清楚，自料难保"，他以为自己不久就要死去，他没什么可忌讳或隐瞒的，所以全是大实话。他做的第一桩事情，当然是闹清楚自己迷一样的结婚到底是怎么回事。宝玉这个问题关涉重大，需要做点讨论。第一，"我记得老爷给我娶了林妹妹过来"，这里有一个绝大多数人都非常容易忽视的关键点，我们有必要着重指出，即"老爷给我娶了"，这句话很重要的。宝玉不是说"我娶的"，而是说"老爷给我娶的"，这个无意中的话语反映出宝玉的思想意识：婚姻大事他认可父亲的权力、认可父亲的决断，他没说我要娶谁。由这个细枝末节我们对宝玉的婚姻观、人生观有了一个新的认识。第二，如果不仔细听宝玉的话，甚至断章取义，那么会以为他对宝钗很是厌恶乃至憎恨。因为宝玉说，宝钗"为什么霸占住在这里"？宝玉之所以这么说，是他确实被调包计迷惑了，他的前提是"我记得老爷给我娶了林妹妹过来"，在这层记忆之下，他以为是宝钗赶走了林妹妹。"霸占住在这里"，这仅仅是宝玉意思的第一层面，如果大家把语言环境稍微再扩大一点，就能更准确、完整地理解宝玉的话和宝玉的心。听他下一句："我要说呢，又恐怕得罪了他。"这句话透露，第一，宝玉对自己的感觉是有怀疑的，如果他坚信贾政给他娶了林黛玉，他就不怕得罪薛宝钗；第二，他对宝钗依然怀有敬畏之心，他怕得罪。这里面是否有点矛盾？宝玉那么爱林黛玉，甚至怀疑是宝钗赶走了黛玉，那么宝玉理应大兴问罪之师讨伐宝钗，为什么非但不敢问罪，反而害怕得罪宝钗呢？两个原因，一个是宝玉毕竟对自己的记忆没把握，知道自己可能搞错；另一个是，他对宝钗非但没有恶感，反而怀着敬意，因而他不敢得罪宝钗。宝玉与宝钗天天相处近十年，他对宝钗深深了解，宝钗的为人令他心服，他内心深处明白，宝姐姐不是那种赶走林妹妹的人，所以宝玉"又恐怕得罪了他"。这里表现出宝玉内心的矛盾，他连自己都不敢相信，他哪来勇气问罪薛宝钗。说到这里，宝玉最要害的问题才说出来："你们听见林妹妹哭得怎么样了？"到底是宝玉，他最关切的是"林妹妹哭得怎么样了"，他还想不到林妹妹是否亡故。袭人自然不敢告诉他黛玉的噩耗，骗他说黛玉病着。如果说前面宝玉的对话已经写得非常好，那么后面他那场哭喊，更是无与伦比："我要死了！……不枉了几年的情分。"这段话痛彻心扉，这种话只有贾宝玉才说得出来，古今中外的小说主人公、现实世界的千万男人，都说不出这段奇谈怪论，然而这每一句每一字对于宝玉是那么贴切，对于当时的场景又是如此的服帖。替一对病得半死的恋人腾一处空房子，"抬在那里，活着也好一处医治伏侍，死了也好一处停放"，宝玉的可怜和绝望，宝玉的无奈和悲苦，写得如此凄凄惨惨切切，让老天都要掉泪，令大地都要蜷缩。它不比著名的"女儿是水做的，男人是泥做的"逊色。我坚信作者也一定是蘸着泪水写下这段文字的。不过，作者没有失去他的理智，那句"你依我这话，不枉了几年的情分"贴在最后，又写出放情悲歌的宝玉，被作者牢牢按在当时的场景，没有跑调走音。其实这块补丁很难贴上去的，两块料子不搭，可是作者把这补丁补得天衣无缝。写到这里，宝玉的本色尽显，他完完全全就是前八十回中那个宝玉，只不过烙上了沧桑的印痕。说实在话，我不能想象这是出自另一位作者之手，我不知道其他读者什么感觉。

宝玉已经写神了，紧接着宝钗登场。宝钗恰好同了莺儿过来，也听见了。宝钗怎么办？如果我们自己是宝钗，我们又会怎么办？大家不妨先闭上眼睛想一想，你会如何应付这个场面？是和颜悦色好言相劝？还是扯开话题进行冷处理？或者板起面孔甩手走开？或者与宝玉大吵一场？最后是个什么结局？又如何收场？等等。想完了，我们再看宝钗的应付。

> 宝钗恰好同了莺儿过来，也听见了，便说道："你放着病不保养，何苦说这些不吉利的话。老太太安慰了些，你又生出事来。老太太一生疼你一个，如今八十多岁的人了，虽不图你的封诰，将来你成了人，老太太也看着乐一天，也不枉了老人家的苦心。太太更是不必说了，一生的心血精神，抚养你这一个儿子，若是半途死了，太太将来怎么样呢。我虽是命薄，也不至于此。据此三件看来，你便要死，那天也不容你死的，所以你是不得死的。只管安稳着，养个四五天后，风邪散了，太和正气一足，自然这些邪病都没有了。"

可以想象，宝钗并不是和颜悦色，也没有板起面孔，而是正色说道。这也是宝钗第一次以妻子身份同宝玉谈话，以前宝玉糊里糊涂的，谈不了。宝钗是接着宝玉前面的话说的，所以第一句是："你放着病不保养，何苦说这些不吉利的话。"一上来就持批评、责备的态度，并不是好言抚慰，而是正面交锋，但火力并不凶猛，刚好压住宝玉的气头，却没有一丝吵架的气息，这正是宝钗的风格气派。一位刚过门的新娘子，以这样的语气与丈夫交谈，需要很厚的底气，宝钗最不缺的就是这底气。批评完，是劝说，有情有理地劝说，从老太太、太太和自己三方面说宝玉不能死，其中对自己的评说，"我虽是命薄，也不至于此"，仅十个字，充满自信。这才是宝钗，面对困境和灾难时乐观、豁达、自信、沉静，这不是一般女子可以达到的境界，需要学识、阅历、信仰和胆气为依托，当然，还包括她对宝玉的了解，某种看到骨子里的、连宝玉自己都没意识到的气质禀赋。她知道宝玉的禀性，她也知道自己在宝玉心中的分量，她还相信自己对宝玉的影响和调教。宝钗不仅是自己怀有自信，她更要把这种自信和沉静传导给宝玉，传导给袭人等下人，扭转、重建家庭气氛，这是这位女主人近期的第一要务。我们看看宝玉怎么反应。

> 宝玉听了，竟是无言可答，半晌方才嘻嘻的笑道："你是好些时不和我说话了，这会子说这些大道理的话给谁听？"宝钗听了这话，便又说道："实告诉你说罢，那两日你不知人事的时候，林妹妹已经亡故了。"宝玉忽然坐起来，大声诧异道："果真死了吗？"宝钗道："果真死了。岂有红口白舌咒人死的呢。老太太、太太知道你姐妹和睦，你听见他死了自然你也要死，所以不肯告诉你。"宝玉听了，不禁放声大哭，倒在床上。

夫妻两人的话都大大出乎我们意料。讲道理，宝玉哪里是宝钗的对手，宝钗的阅历、眼界、论辩能力都要高出一截。"宝玉听了，竟是无言可答。"讲不过道理，宝玉也不甘心，他突然放出盘外招，带点无赖色彩："半晌方才嘻嘻的笑道：'你是好些时不和我说话了，这会子说这些大道理的话给谁听？'"宝玉嬉皮笑脸，言语更带着嘲讽，他避开正面、却从侧面对宝钗进行辛辣的反击。新婚夫妇交谈，宝玉的话其实很重，而且性质不同；宝钗虽然一上来就进行批评和责备，但态度是和善的，希望宝玉自我保重早日康健；而宝玉的话却有挑衅意味，"说这些大道理的话给谁听？"这话不是求和谐，竟是要决裂。宝玉为什么会说出如此难听的话语？说到底，是优越感作祟。薛家同贾府根本不在一个档次，薛家借居在这里多少年了？宝玉虽非势利之人，但现实给他的优越感无法抹杀。如果以前他对宝钗客客气气，那因为是表姐，是美人，他要客气要尊重；现在，宝钗是妻子了，是已经到手的美人，客气就自然消失。再加，宝钗是顶着黛玉的名头嫁过来的，一下子大跌身价，让宝玉看轻。再加上对黛玉的偏袒甚至出气、报复，让宝玉不由得说出这种怄气的话。这时，局面非常难堪，十有八九的夫妻难免要吵一架了。就看宝钗如何应对这个糟糕局面。她是像黛玉那样大哭一场来赢得宝玉的同情？还是像凤姐那样搬出"我们王家如何如何"？或者像王夫人、邢夫人、尤氏那样对丈夫逆来顺受？即使再好的妻子恐怕也会说："我好言相劝，听不听由你。"但那些都不是宝钗，不是"山中高士晶莹雪"，高人有高招，意外之招。宝钗根本不同宝玉纠缠细枝末节，根本不理会宝玉的优越感和要无赖，她采取避虚就实的方法，突然对着宝玉的脑门拍出一掌："实告诉你说罢，那两日你不知人事的时候，林妹妹已经亡故了。"此话着实让人们大吃一惊，人们搞不懂：宝钗这是怎么了？她怎么会突然扯到黛玉？这根本不是他们的话题啊。她是被宝玉激怒了？还是自己失去了控制？看看她后面平平稳稳、坦坦荡荡地叙述贾母、王夫人为什么不告诉宝玉的话，我们知道宝钗并没有怒，也没有急，她十分理性。细思，宝钗的话恰恰是见招出招。——宝玉说，黛玉要死了，自己也要死了，宝钗正是针对此话，告诉宝玉，黛玉已经亡故。用传统词语来说，这叫痛下针砭，一针刺破宝玉胸中的脓包，放出脓血。重症快治，长痛变短痛。当然，这种针砭具有很大的风险，功夫不到家稍有偏差，后果不堪设想。宝钗绝非鲁莽之人，胜负参半的事情宝钗是不会做的。下这样的重手，宝钗必定是思虑再三、成竹在胸、胜算在握的。

结果是，宝玉听到黛玉确已亡故，哭得死去活来，直至昏迷。宝钗害怕吗？我们看作品。

> 宝钗早知黛玉已死，因贾母等不许众人告诉宝玉知道，恐添病难治。自己却深知宝玉之病实因黛玉而起，失玉次之，故趁势说明，使其一痛决绝，神魂归一，庶可疗治。贾母王夫人等不知宝钗的用意，深怪他造次。后来见宝玉醒了过来，方才放心。

作品写宝钗痛下针砭，非但要承担宝玉生死的责任，而且她这刚刚进门的孙媳妇，还公然违背贾母、王夫人的命令，她这是把自己推上绝路：成功，她未必受表扬，甚至一样遭到长辈的埋怨；失败，她在贾府就别想过了。确实，真正的高人必定是孤立而寂寞的，"谁解其中味"？没人能解。作品没写贾母、王夫人是如何"深怪他造次"，但想来面色一定不好看，言语必定不好听。而且岂止是贾母、王夫人。

> 袭人起初深怨宝钗不该告诉，惟是口中不好说出。莺儿背地也说宝钗道："姑娘忒性急了。"宝钗道："你知道什么好歹，横竖有我呢。"那宝钗任人诽谤，并不介意，只窥察宝玉心病，暗下针砭。

连袭人也"深怨"宝钗，不是一般的怨；连自己的莺儿都责怪宝钗了，想来偌大的贾府，"黑云压城城欲摧"，宝钗的压力难以想象。可是，"那宝钗任人诽谤，并不介意，只窥察宝玉心病，暗下针砭"。我们初次见识"山中高士晶莹雪"的实际写照。如果以前只是在宝钗的诗词言谈中略有所见，那么这次是以行动、以对抗整个贾府的实际行动，展现出"高士"的风采。这是第一次，但不会是最后一次。

作品在这里写了宝玉的一个梦，梦游黄泉路上的阴司。

> 宝玉听了，不禁放声大哭，倒在床上。忽然眼前漆黑，辨不出方向，心中正自恍惚，只见眼前好象有人走来，宝玉茫然问道："借问此是何处？"那人道："此阴司泉路。你寿未终，何故至此？"宝玉道："适闻有一故人已死，遂寻访至此，不觉迷途。"那人道："故人是谁？"宝玉道："姑苏林黛玉。"那人冷笑道："林黛玉生不同人，死不同鬼，无魂无魄，何处寻访！凡人魂魄，聚而成形，散而为气，生前聚之，死则散焉。常人尚无可寻访，何况林黛玉呢。汝快回去罢。"宝玉听了，呆了半晌道："既云死者散也，又如何有这个阴司呢？"那人冷笑道："那阴司说有便有，说无就无。皆为世俗溺于生死之说，设言以警世，便道上天深怒愚人，或不守分安常，或生禄未终自行夭折，或嗜淫欲尚气逞凶无故自陨者，特设此地狱，囚其魂魄，受无边的苦，以偿生前之罪。汝寻黛玉，是无故自陷也。且黛玉已归太虚幻境，汝若有心寻访，潜心修养，自然有时相见。如不安生，即以自行夭折之罪囚禁阴司，除父母外，欲图一见黛玉，终不能矣。"那人说毕，袖中取出一石，向宝玉心口掷来。宝玉听了这话，又被这石子打着心窝，吓的即欲回家，只恨迷了道路。

> 正在踌躇，忽听那边有人唤他。回首看时，不是别人，正是贾母、王夫人、宝钗、袭人等围绕哭泣叫着。自己仍旧躺在床上。见案上红灯，窗前皓月，依然锦绣丛中，繁华世界。定神一想，原来竟是一场大梦。浑身冷汗，觉得心内清爽。仔细一想，真正无可奈何，不过长叹数声而已。

这样的梦前八十回写过，贾瑞、秦钟都做过。这里让宝玉也做一回，意思是让宝玉从天上得知林黛玉已经回归太虚幻境，让他自己安生。我私以为，这个梦境的设计没什么必要，因为它对宝玉没起什么作用；而且由于第116回"得通灵幻境悟仙缘"中宝玉还要梦里上天一次，而那次非常有用，令宝玉大彻大悟，所以这个梦反而显得多余，它挤压了艺术空间，成为累赘。

在宝钗的调理之下，宝玉的病情很快有了起色。

　　一日，宝玉渐觉神志安定，虽一时想起黛玉，尚有糊涂。更有袭人缓缓的将"老爷选定的宝姑娘为人和厚；嫌林姑娘秉性古怪，原恐早夭；老太太恐你不知好歹，病中着急，所以叫雪雁过来哄你"的话时常劝解。宝玉终是心酸落泪。欲待寻死，又想着梦中之言，又恐老太太、太太生气，又不能撩开。又想黛玉已死，宝钗又是第一等人物，方信金石姻缘有定，自己也解了好些。宝钗看来不妨大事，于是自己心也安了，只在贾母王夫人等前尽行过家庭之礼后，便设法以释宝玉之忧。宝玉虽不能时常坐起，亦常见宝钗坐在床前，禁不住生来旧病。宝钗每以正言劝解，以"养身要紧，你我既为夫妇，岂在一时"之语安慰他。那宝玉心里虽不顺遂，无奈日里贾母王夫人及薛姨妈等轮流相伴，夜间宝钗独去安寝，贾母又派人服侍，只得安心静养。又见宝钗举动温柔，也就渐渐的将爱慕黛玉的心肠略移在宝钗身上，此是后话。

这一段全部是叙述，只说个大概，不再进行描写，也没有具体场面。这段叙述写的是宝玉的转变、巨大的转变，但背后暗写的则是宝钗的高明，当然也有她"冷美人"的理性，宝玉禁不住生来旧病，宝钗则每以正言劝解，以"养身要紧，你我既为夫妇，岂在一时"，年轻夫妇天天在一起要这样克制也是不容易的。现在回过头来看，宝钗把黛玉亡故的事实及时告诉宝玉，看似风险重大，其实宝钗是深思熟虑之后才扔下的一个重磅炸弹，她要炸飞宝玉封闭自己的围墙，她要让宝玉直面阳光和空气，直面社会和人生，直面自己的家庭和妻子。这一招体现出宝钗的大智慧，是她对中医学、针灸理论，以及中国的人生哲学的深刻理解和融会贯通。当然，就像中医一样，针灸与药敷、与汤药完美搭配效果才奇佳，宝钗对宝玉的治疗也是一个系统工程，炸掉宝玉的围墙以后，始终细心窥察宝玉的心病，暗下针砭，动之以情晓之以理，一段时间的和风细雨，才让宝玉"渐渐的将爱慕黛玉的心肠略移在宝钗身上"。工程完美收工。

到这里我们要回过头来说说贾母、王夫人与宝钗的关系。很早我们就说过，宝钗一直在她们身边，但贾母、王夫人为什么就是迟迟不选她，除了黛玉与宝玉的爱情是一个难题，还有一点，恐怕她们觉得宝钗过于聪慧能干，她们担心成婚以后宝玉会被宝钗牵着鼻子走。现在我们看到事实了，想必贾母、王夫人更是深深感受到了，真不知道她们作何感想。在我看来，今日的宝钗才是真正的宝钗。为什么如此说？因为这十来年，宝钗都是寄居在贾府，她还与林黛玉不同，她是个外人。一个外人寄人篱下，只能"寡言罕语""藏愚守拙"，对主人家的事不便多嘴。现在她已经是贾府的孙媳妇，她没必要再忌讳、再压抑自己，也不需要客气，她要行使正当权利了。今天，她就拿出自己的魄力，公然违背贾母、王夫人的指令，大胆告诉宝玉真相。宝钗果然不是那么听话的一个媳妇，她自有主见，重大事情自行决断，既不请示也不汇报。宝钗以这种方式揭开她贾府生涯的新一页，在家庭事物中打上一个大大的"钗"字印记。后面，哪怕作品没有描写，但我们可以想象，小事宝钗会听随贾母、王夫人的，大事她绝不会任人摆布，她会不由分说地行使自决权。"穷则独善其身，达则兼济天下。"孟子这句话早已成为格言，宝钗的前后对照，似乎是在印证。

下面作品进入"苦绛珠魂归离恨天，病神瑛泪洒相思地"。我们上面鉴赏的内容都没有进回目，非但如此，我们讲的那些内容，也很少有评论文章做深入的分析。是我们离题万里了吗？没有，因为以上内容占了文本全回将近一半的篇幅。我们回到作品，黛玉魂归写得非常动人。

> 却说宝玉成家的那一日，黛玉白日已昏晕过去，却心头口中一丝微气不断，把个李纨和紫鹃哭的死去活来。到了晚间，黛玉却又缓过来了，微微睁开眼，似有要水要汤的光景。此时雪雁已去，只有紫鹃和李纨在旁。紫鹃便端了一盏桂圆汤和的梨汁，用小银匙灌了两三匙。黛玉闭着眼静养了一会子，觉得心里似明似暗的。此时李纨见黛玉略缓，明知是回光返照的光景，却料着还有半天耐头，自己回到稻香村料理了一回事情。
>
> 这里黛玉睁开眼一看，只有紫鹃和奶妈并几个小丫头在那里，便一手攥了紫鹃的手，使着劲说道："我是不中用的人了。你伏侍我几年，我原指望咱们两个总在一处。不想我……"说着，又喘了一会子，闭了眼歇着。紫鹃见他攥着不肯松手，自己也不敢挪动，看他的光景比早半天好些，只当还可以回转，听了这话，又寒了半截。半天，黛玉又说道："妹妹，我这里并没亲人。我的身子是干净的，你好歹叫他们送我回去。"说到这里，又闭了眼不言语了。那手却渐渐紧了，喘成一处，只是出气大入气小，已经促疾的很了。
>
> 紫鹃忙了，连忙叫人请李纨，可巧探春来了。紫鹃见了，忙悄悄的说道："三姑娘，瞧瞧林姑娘罢。"说着，泪如雨下。探春过来，摸了摸黛玉的手已经凉了，连目光也都散了。探春紫鹃正哭着叫人端水来给黛玉擦洗，李纨赶忙进来了。三个人才见了，不及说话。刚擦着，猛听黛玉直声叫道："宝玉，宝玉，你好……"说到"好"字，便浑身冷汗，不作声了。紫鹃等急忙扶住，那汗愈出，身子便渐渐的冷了。探春李纨叫人乱着拢头穿衣，只见黛玉两眼一翻，呜呼，香魂一缕随风散，愁绪三更入梦遥！

这段临终刻画，有几个要点。要点一，黛玉托付紫鹃："妹妹，我这里并没亲人。我的身子是干净的，你好歹叫他们送我回去。"此话哀伤至极，感人至深。感伤之余我们细细体会，这两句话有三个意思。第一个意思："我这里并没亲人。"黛玉说得十分确定，这无疑是她多日以来痛定思痛的结论，她表明与贾府彻底划清界限，自守一边。黛玉用了一个含糊而又明确的范围词：这里。这个"这里"，包括潇湘馆、大观园、贾府，乃至整个京城，都没有亲人。她用这个范围词把外祖母贾母也排除出亲人范围，这是委婉地断绝祖孙关系，更不用说两个嫡亲舅舅了。这份沉痛非亲历之人难以体会。其实除了"这里"，她哪里还有亲人呢？也没有。黛玉的意思大概是，只有入土多年的父母才是她的亲人，而活在世上、近在身边、抚养了她十来年的外祖母，不是。为这一个认定，黛玉要流多少眼泪？要点二，"我的身子是干净的"，这句话其实大可不必对紫鹃说的，但此事在于黛玉，则是一件特等大事，一向注重。早在《桃花吟》中她就一咏三叹"质本洁来还洁去"，虽然诗中的"洁"包括人格，但最根本的还是指身子的干净。如此在意、而且时时在意自己身子的干净与否，是林黛玉特有的性意识，在十二金钗中独此一家。这种意识是如此强烈，以至于成为临终遗言，其内涵十分复杂，足可写一篇大论文。我们在这里只能点到为止，我以为，黛玉对紫鹃说这种隐私，是表示自己的骄傲，她保持了女儿身，所以她可以昂着头回到故里。深一步说，黛玉的这种性意识、这份骄傲，其实是建立在这样一种思维逻辑之中：恋爱中的男女有性关系发生，那就是女子失去了贞操，而男子是获得的。简单说，双方之中是一输一赢，而女方注定是输的一方。这种思维是一种社会共识，成为中华文化最固有的部分之一，绵延千年。另外，《红楼梦》中被评论界称为黛玉影子的晴雯，其临终之前的态度与黛玉恰恰相反，她当面向宝玉表明为他们两不相干而深抱遗憾。对黛玉的性意识、恋爱观、人生观，每个人可以有自己的见解。要点三，"你好歹叫他们送我回去。"此话看上去寻常，但黛玉的意思不寻常。"好歹"者，无论如何，黛玉似乎担心贾府不送她的遗体回去，故此强烈要求。后面说"叫他们"，黛玉不说"请"，更不说"求"。"他们"，显得陌生而疏远，她似乎连"老太太""舅舅"都不愿指称一声。黛玉的态度绝情而惨烈。这些话黛玉不肯向李纨说，所以直等到李纨离开再单独对紫鹃说。黛玉选择遗嘱的对象颇费苦心。

　　探春毕竟与别人不同，她抛开哥哥的婚礼赶来了，与李纨一起哭着替黛玉擦洗送终。"宝玉，宝玉，你好……"是黛玉吐给人间的最后六个字，是作者塑造黛玉的最后一笔，定格、隽永的一笔。小说戏剧都特别注重角色的最后一笔，中外作品有许多经典，不过《红楼梦》中林黛玉这六个字是经典中的经典。林黛玉为贾宝玉而生，为贾宝玉而死，在她咽气的一刻，心中依然只有宝玉，至于是爱还是恨，各人自有理解。黛玉只剩一口气，吐一个字都难，但她连叫两声宝玉，四个字。最后两个字是"你好"，在原始文本中"你好"两字后面是没有省略号的，这种符号当时还没有产生，省略号是现代出版物上添加的。不管有没有省略号，"你好"两字都凝聚着黛玉强烈的感情、最后的感情，给宝玉的；她最后一口气，是吐给宝玉的，也不管是爱还是恨。即使是恨，那不过是爱得太深。回头再看作者的描写："猛听黛玉直声叫道。""猛听"，这两字用得意料之外情理之中，黛玉再怎么叫，那声音都不会大，她发不出；之所以"猛"，是探春、李纨绝对没想到黛玉还能发生，再小的声音都令她们一惊，所以是"猛听"。但更好的是后面两个字："直声"。"直声"的意思比较含糊，很难界定哪个声音是、或不是"直声"，黛玉的"直声"只能意会。我领会她的"直声"，声音不大，语气坚毅，尤其是，这声音无视周围的人和一切、直接冲着远方、冲着宝玉发出。

继续看作品。

> 当时黛玉气绝，正是宝玉娶宝钗的这个时辰。紫鹃等都大哭起来。李纨探春想他素日的可疼，今日更加可怜，也便伤心痛哭。因潇湘馆离新房子甚远，所以那边并没听见。一时大家痛哭了一阵，只听得远远一阵音乐之声，侧耳一听，却又没有了。探春李纨走出院外再听时，惟有竹梢风动，月影移墙，好不凄凉冷淡！一时叫了林之孝家的过来，将黛玉停放毕，派人看守，等明早去回凤姐。

黛玉气绝正是宝玉娶宝钗的这个时辰，这种巧合在通俗作品中比较多见，作品这样安排我只能说无可厚非，算不得精妙。倒是那音乐之声写得有点意思，可以理解为宝玉婚礼上的奏乐，也可设想为仙界迎接绛珠仙子的迎宾曲。而更佳的是，"出院外再听时，惟有竹梢风动，月影移墙，好不凄凉冷淡"！景物烘托恰到好处，作者行文简约有致，是对林黛玉最后的致敬。

到这里，作品将林黛玉塑造完毕。对于林黛玉这个形象我们的鉴赏足够多的，这里就不做总体评价了，将来有机会的话，在全书鉴赏完，或许再做一些人物形象鉴赏的专题。现在我们要评说一下续作对林黛玉的塑造。

第一，我们一再说了，续作对林黛玉的塑造特别用心，特别用力。这种用心用力在文本中最直接的反应就是，这十八回中对林黛玉一个人的描写篇幅，大大超过贾宝玉，甚至可能是其他人的总和。有如一场酒会，作者频频向林黛玉敬酒，时不时与林黛玉交谈，把桌面上其他客人都怠慢了，尤其是薛宝钗、史湘云、贾探春等都被摞在一边，大受冷落。之所以指出来，因为前八十回可不是这样的情景，黛玉所占笔墨虽多却还比不上宝玉，而宝钗、湘云、探春等的笔墨相对续作则要多的多。续作者如此分配，除了赶着写完黛玉的戏份的原因，他的选择和偏爱可能是主要因素，因为直到全书结束，探春的笔墨依然较少，而史湘云则近乎被放弃，更不要说在原作中生气勃勃的香菱、麝月等人了。因而，即使说不上"万千宠爱在一身"，但宠爱林黛玉是确确实实的，文字描写的数字是可以统计的，不会有错。这是与原作明显的区别，透露了续作者鲜明的倾向。

　　第二，续作往哪个方向去塑造林黛玉。续做主要从两个方向去塑造。第一个方向，坦白说，我以为续作者是尽可能把林黛玉往好的方向、往高尚的方向去塑造。我的意思不是说林黛玉原来不好、不高尚，而是说，同前八十回相比较后面这十几回更加往这方向使力气。尤其，从前黛玉只是怀疑薛宝钗，就发生许多争执；现在，宝钗同宝玉订婚、结婚成真，黛玉居然没有任何对宝钗的怨气，至少作品没有对此有任何交代和描述。相反，作品只交代黛玉与宝钗两方面的交集，一方面是无数次发问："宝姐姐怎么没来？"仅仅发问，为了去疑。另一方面是她回了宝钗一封信，满怀诚挚的姐妹之情。即使是问宝玉"宝姐姐和你好怎么样？宝姐姐不和你好你怎么样"这样性命交关的话，黛玉也是心平气和，有如入定的老僧。简单说，林黛玉始终呈现一片真心、诚心，她再也不对人发火，哪怕得悉精心策划的调包计欺瞒她，她也没有发过火，没有指责、攻击、怨恨过任何人。续作者第二个方向是突出黛玉的不幸和可怜。这与第一个方向有正关联效应，那么好、那么高尚的林黛玉，读者自然更加希望她过得幸福，她遭遇的不幸就倍加引发读者的同情。为了突出黛玉的不幸，续作者让黛玉做了那么可怕而又可怜的噩梦，甚至梦见父亲娶了妾，甚至让贾雨村都出现在梦中，而黛玉则跪在贾母脚下哀求，愿意留在贾府当奴婢。这样的梦自然赚足读者的眼泪。为了突出黛玉的可怜，作者还用上了"蒙眼摸瞎"的手法：明明宝玉早就定亲了，黛玉却不知道，一次一次地猜，一遍又一遍地问："宝姐姐怎么不来？"甚至几次以为贾母确定自己是宝玉的未婚妻，为此而含羞、而欢欣。黛玉是如此无助，如此柔弱，如此可怜。而最后安排黛玉亡故与宝玉结婚同一个时辰，依然是用对比突出黛玉的凄惨。大家与前八十回比较一番，会发现黛玉的刚性和弹力不知不觉地消失了，她变得很柔弱，弱到发软，换句话说，林黛玉失去了，至少是减弱了中国传统文化最推崇的风骨。不止如此，黛玉的灵气在续作中几乎很难看到，全家观看海棠妖花的时候她动过一次灵机，说了一个典故来做比喻，但是说得我们都不大听得明白，当场听的人大约更难理解。而当年她向香菱讲解写诗的要诀，那么难以言说的话题，她说得那么生动透彻，还全不费力；更不用说在薛家用伶牙俐齿杀得薛宝钗晕头转向。但在续作中黛玉的言语失去了锋芒（唯一的例外是第91回与宝玉谈禅）。所以总体上林黛玉的形象特征与原作是有相当差距的。

第三，续作塑造林黛玉形象的成就与影响。毫无疑问，续作对林黛玉的塑造是十分成功的，或者说完美达成了续作者的审美目标。在第二点中我们说了，作者尽可能地将林黛玉向崇高、不幸、可怜的方向塑造，这方面他取得了极大的成功。两百年来，林妹妹在中国无人不知，她是爱情的圣女，还是不幸少女的代名词，是中国知名度最高的小说女主人公，也是博得同情度第一的女主人公。据查，当今网络上的林黛玉粉丝是薛宝钗的好多倍。必须承认，这是曹雪芹的功劳，也是高鹗的功劳。不过，如前所说，林黛玉的美学价值主要集中在她对爱情的海枯石烂永不变心，以及她十年的追求最后被家长们舍弃的不幸，黛玉的眼泪几乎就是她的缩影或标志，虽然黛玉的聪颖和诗词同样广受好评，但我依然认为，林黛玉形象的文化价值的维度，似乎还是不够多样和丰富，尤其在原作中黛玉的价值维度较为丰富，包括她的尖刻、她的抗争、她对薛宝钗的紧追猛打在内，但在续作中这些维度渐渐消失了。因而我认为续作并没有丰富林黛玉的美学价值，而是相反。如果说续作取得了巨大的成功，那么是在普及化、大众化方面的成功，而不是在文学审美价值的提高和丰富上。

第四，续作中塑造林黛玉的作者是谁？第92回，特别是第94回开始，我认为作品中有曹雪芹的遗稿，不过，我认为遗稿更多集中在宝玉、宝钗的婚事中。至于林黛玉的刻画，大家翻一翻文本，会发现一个明显现象：写林黛玉的篇幅都是相对独立的，与描写婚事的内容都是分开、另起一段的，许多地方还专门空了一行，没有交叉。这样的行文格式表明，两部分内容可以是两个来源，也就是说，如果宝玉、宝钗婚事的内容大多取自曹雪芹遗稿的话，写林黛玉的内容完全可以是高鹗补写的。我比较倾向于，第81回以后林黛玉的塑造大多是高鹗做的。主要理由：一，上面说了林黛玉形象的部分坍塌、变形，与原作的差别较明显；二，从第81回开始作品写林黛玉的篇幅特别多，其原因可能是曹雪芹遗稿中有关林黛玉的部分相当少，逼得续作者拼命写；三，第81到91回的文字表现力明显不足；四，写黛玉的篇幅与写宝玉、宝钗婚事的内容，在文本中分隔鲜明，几乎没有交叉。当然，我的判断前提是，写得出色的、有曹雪芹风味的，我判断为遗稿部分，而把写得不那么好的，判断为高鹗补续。这个前提是不是科学、严谨，都不好说。假如高鹗在补写过程中渐渐领悟曹雪芹的真谛，水平突飞猛进，那么我的判断就错了，就不存在遗稿问题。但到目前为止，根据我自己的水平和鉴别能力，我还是判断有曹雪芹的遗稿；而林黛玉这样的核心人物，曹雪芹不可能放下不管，黛玉的情节曹雪芹理应大致写完的，可惜这部分内容遗失了。

回到作品，本回还有"病神瑛泪洒相思地"。凤姐得知黛玉病故，因贾母、王夫人正为宝玉焦急，不便告诉，就自己跑到潇湘馆"也不免哭了一场"，只是作品没写凤姐的心里感受，她只是责备探春、李纨怎么不早点告诉她。从凤姐不多的表现看，她并不认为自己有罪，没想过调包计对林黛玉的伤害。

> 凤姐到了宝玉那里，听见大夫说不妨事，贾母王夫人略觉放心，凤姐便背了宝玉，缓缓的将黛玉的事回明了。贾母王夫人听得都唬了一大跳。贾母眼泪交流说道："是我弄坏了他了。但只是这个丫头也忒傻气！"说着，便要到园里去哭他一场，又惦记着宝玉，两头难顾。王夫人等含悲共劝贾母不必过去，"老太太身子要紧。"贾母无奈，只得叫王夫人自去。又说："你替我告诉他的阴灵：'并不是我忍心不来送你，只为有个亲疏。你是我的外孙女儿，是亲的了，若与宝玉比起来，可是宝玉比你更亲些。倘宝玉有些不好，我怎么见他父亲呢。'"说着，又哭起来。王夫人劝道："林姑娘是老太太最疼的，但只寿夭有定。如今已经死了，无可尽心，只是葬礼上要上等的发送。一则可以少尽咱们的心，二则就是姑太太和外甥女儿的阴灵儿，也可以少安了。"贾母听到这里，越发痛哭起来。凤姐恐怕老人家伤感太过，明仗着宝玉心中不甚明白，便偷偷的使人来撒个谎儿哄老太太道："宝玉那里找老太太呢。"贾母听见，才止住泪问道："不是又有什么缘故？"凤姐陪笑道："没什么缘故，他大约是想老太太的意思。"贾母连忙扶了珍珠儿，凤姐也跟着过来。

贾母、王夫人听到噩耗都吓了一跳，说明她们毫无思想准备，她们没料到黛玉会这么突然就走了。"贾母眼泪交流说道：'是我弄坏了他了。但只是这个丫头也忒傻气！'说着，便要到园里去哭他一场，又惦记着宝玉，两头难顾。""眼泪交流"和贾母的话语，都写出了贾母真诚的悲痛，"是我弄坏了他了"，此话非常简单，她毫不掩饰自己的错误。后面"倘宝玉有些不好，我怎么见他父亲呢"，此话更是只有贾母说得出，道出贾母承受的压力。这些内容，我依然判断是曹雪芹的遗稿，很难想象别人能写出这样悲彻而贴切的话语。贾母的话，用词语气，风格鲜明。

> 贾母才过宝玉这边来，见了宝玉，因问："你做什么找我？"宝玉笑道："我昨日晚上看见林妹妹来了，他说要回南去。我想没人留的住，还得老太太给我留一留他。"贾母听着，说："使得，只管放心罢。"袭人因扶宝玉躺下。
>
> 贾母出来到宝钗这边来。那时宝钗尚未回九，所以每每见了人倒有些含羞之意。这一天见贾母满面泪痕，递了茶，贾母叫他坐下。宝钗侧身陪着坐了，才问："听得林妹妹病了，不知他可好些了？"贾母听了这话，那眼泪止不住流下来，因说道："我的儿，我告诉你，你可别告诉宝玉。都是因你林妹妹，才叫你受了多少委屈。你如今作媳

妇了，我才告诉你。这如今你林妹妹没了两三天了，就是娶你的那个时辰死的。如今宝玉这一番病还是为着这个，你们先都在园子里，自然也都是明白的。"宝钗把脸飞红了，想到黛玉之死，又不免落下泪来。贾母又说了一回话去了。自此宝钗千回万转，想了一个主意，只不肯造次，所以过了回九才想出这个法子来。如今果然好些，然后大家说话才不至似前留神。

　　宝钗主动问起林黛玉的情况，可知她心里也一直惦记着黛玉，她知道黛玉的尴尬，也料想到黛玉会有强烈的反应。见贾母满面泪痕她预感到黛玉会有什么事，所以发问。贾母的话语依然是典型的贾母声口："我的儿，我告诉你，你可别告诉宝玉。"话语中透出特别的亲切、诚恳和哀伤，这是贾母的风格。类似的态度和语气在王夫人只有一次，那就是与袭人的长谈，而王熙凤就没有过。之前，贾母对宝钗也没这么亲近坦诚，现在宝钗的身份变了，而当下又正好触到了贾母内心的痛处，老人家就特别的真诚。"这如今你林妹妹没了两三天了，就是娶你的那个时辰死的。如今宝玉这一番病还是为着这个，你们先都在园子里，自然也都是明白的。"贾母的意思应当指宝钗明白黛玉与宝玉的感情，但是"宝钗把脸飞红了"，之所以脸红，或许不单是因为她明白黛玉与宝玉的私情，而是贾母无意间也刺到了宝钗的隐秘和私情。宝钗当年私慕宝玉也有一段时间，言者无心听者有意，宝钗再老到毕竟才不过二十岁，又是新娘子，猛然间听到贾母的话飞红了脸。这"飞红"两字用得真好，是下意识的、来不及思考和控制的羞涩。然后"想到黛玉之死，又不免落下泪来"。宝钗与黛玉也是多年的姐妹，同是寄居人，感情比别人又深一层，听到黛玉的死讯怎能不伤悲；何况，黛玉的死还与自己有一份牵连，更有一种惭愧和无奈。作品在此处是一笔倒叙，说的还是尚未回门之前的事情。"自此宝钗千回万转，想了一个主意，只不肯造次，所以过了回九才想出这个法子来。如今果然好些，然后大家说话才不至似前留神。"此处千回万转想出的法子，就是把黛玉的死讯直接告诉宝玉。这一段补叙有如粘贴纸把前后情节联系起来，它所连接的是不是曹雪芹的遗稿与续作呢？有待进一步研究。

　　下面才真正写到宝玉泪洒相思地。

　　　　独是宝玉虽然病势一天好似一天，他的痴心总不能解，必要亲去哭他一场。贾母等知他病未除根，不许他胡思乱想，怎奈他郁闷难堪，病多反复。倒是大夫看出心病，索性叫他开散了，再用药调理，倒可好得快些。宝玉听说，立刻要往潇湘馆来。贾母等只得叫人抬了竹椅子过来，扶宝玉坐上。贾母王夫人即便先行。到了潇湘馆内，一见黛玉灵柩，贾母已哭得泪干气绝。凤姐等再三劝住。王夫人也哭了一场。李纨便请贾母王夫人在里间歇着，犹自落泪。

　　宝玉一到，想起未病之先来到这里，今日屋在人亡，不禁嚎啕大哭。想起从前何等亲密，今日死别，怎不更加伤感。众人原恐宝玉病后过哀，都来解劝，宝玉已经哭得死去活来，大家搀扶歇息。其余随来的，如宝钗，俱极痛哭。独是宝玉必要叫紫鹃来见，问明姑娘临死有何话说。紫鹃本来深恨宝玉，见如此，心里已回过来些，又见贾母王夫人都在这里，不敢洒落宝玉，便将林姑娘怎么复病，怎么烧毁帕子，焚化诗稿，并将临死说的话，一一的都告诉了。宝玉又哭得气噎喉干。探春趁便又将黛玉临终嘱咐带柩回南的话也说了一遍。贾母王夫人又哭起来。多亏凤姐能言劝慰，略略止些，便请贾母等回去。宝玉那里肯舍，无奈贾母逼着，只得勉强回房。

　　这一段交代的层次可谓面面俱到。宝玉要去哭黛玉，贾母、王夫人拦住，"倒是大夫看出心病，索性叫他开散了，再用药调理，倒可好得快些"。作品是这么写的，但我怀疑还是宝钗授意医生的，因为让宝玉去痛哭一场，与宝钗直接告诉黛玉的死讯在思路上一脉相承。"宝玉一到，想起未病之先来到这里，今日屋在人亡，不禁嚎啕大哭。想起从前何等亲密，今日死别，怎不更加伤感。众人原恐宝玉病后过哀，都来解劝，宝玉已经哭得死去活来，大家搀扶歇息。"这个写法过于简单，我在想，宝玉进了潇湘馆，是不是就号啕大哭？他或有所思，或有所言，或有所为，可能更真实、更丰富些。比如越剧《红楼梦》中宝玉走进灵堂，痛呼："林妹妹，我来迟了！我来迟了！"这个创作更真切，很感人。好在作品加了一段叙述，宝玉一定要紫鹃来问明姑娘临死时有何话说，算是找补回来一些。后面一句叙述更出彩："探春趁便又将黛玉临终嘱咐带柩回南的话也说了一遍。贾母王夫人又哭起来。"我们前面看到带柩回南的话，黛玉是单独托付紫鹃的，照理，紫鹃要么直接报告贾母，或者报告凤姐、李纨，她们才是大观园的管理者。但是现在出来说明的却是探春，这就令我们猜想了：这是怎么回事呢？想来想去，答案是，黛玉的话有决裂的意思，要引得贾母不高兴，甚至恼怒的，因而李纨不敢转告，凤姐也推三阻四，最后还是探春，趁今日这个贾母悲痛之际，站出来直面禀告。作品中"趁便"两字是有意思的，想想，黛玉都亡故多少天了，今日才说出她的心愿，此前大家都不敢说。此外还有作者一笔带过、我们却需要留心的："其余随来的，如宝钗，俱极痛哭。"宝钗到底也痛哭了一场，我相信读者一直在盯着宝钗如何悼念黛玉。宝钗已经很久没来潇湘馆，飞雁传书也有段日子了，今日重来竟然人已装在棺材中，十来年的姐妹情就这样收场，宝钗怎能不痛哭。续作对这个关键点总算有所交代。

　　后面真正重要的是宝玉与宝钗夫妻二人今后如何相处。

　　前面说了，凤姐的调包计，宝玉和宝钗事先都不知晓，两人都是受害者。但是，造成的结果对于宝玉和宝钗不一样。宝钗莫名奇妙地成了顶替者、冒牌货，宝玉会如何看待她？这个时候不仅需要宝玉的智慧和豁达，也要看宝钗如何处理夫妻关系，如何扭转这个要命的劣势。通常处于宝钗的尴尬地位，许多女子会拼命地解释和洗白，或者以泪洗面，或者赌咒发誓，力证自己的清白。那么宝钗会如何行事？这是很重要的看点。宝钗一步走错，将从此抬不起头来。好，让我们看看宝钗的应对。

> 贾母有了年纪的人，打从宝玉病起，日夜不宁，今又大痛一阵，已觉头晕身热。虽是不放心惦着宝玉，却也挣扎不住，回到自己房中睡下。王夫人更加心痛难禁，也便回去，派了彩云帮着袭人照应，并说："宝玉若再悲戚，速来告诉我们。"宝钗是知宝玉一时必不能舍，也不相劝，只用讽刺的话说他。宝玉倒恐宝钗多心，也便饮泣收心。歇了一夜，倒也安稳。明日一早，众人都来瞧他，但觉气虚身弱，心病倒觉去了几分。于是加意调养，渐渐的好起来。贾母幸不成病，惟是王夫人心痛未痊。那日薛姨妈过来探望，看见宝玉精神略好，也就放心，暂且住下。

作品写得很妙，贾母、王夫人都顶不住，纷纷病倒，实际上是把宝玉交给宝钗一个人料理。好在宝钗年轻，身子也健康，她顶住了。然后，出乎人们意料的，宝钗并不是虚心下气地劝慰宝玉，更不是解释自己也是受害者；相反，她根本不理会自己的弱势地位，腾身而起，反守为攻："宝钗是知宝玉一时必不能舍，也不相劝，只用讽刺的话说他。"宝钗不劝也罢了，居然还"只用讽刺的话说他"。宝钗这样做，首先是她有过人的超脱。她不把自己放在弱势地位，根本不理睬什么"冒名顶替"，不理会别人的眼光，她堂而皇之把自己放到妻子的地位，心中没有阴影，不存芥蒂，堂堂正正行事。宝钗这么做，人们不设身处地思考，似乎她本来就该如此，没什么可说的。但是想一想，宝钗非但是顶着黛玉的名字走进婚场，宝玉甚至说："宝姐姐为什么霸占住在这里？"还当面讥刺："你这会子说这些大道理的话给谁听？"宝玉几乎怀着敌意。而客观事实更加严峻：林黛玉为此气恨亡故，后果惨重。面临如此大山一般的压力，中间还夹着人命，一个二十岁的新娘子要扛过来，真是谈何容易？现实生活中我们看到多少新婚夫妇，就为一点草芥小事而闹得不可开交，甚至分崩离析。所以宝钗的泰然自若绝非易事，需要胸中自有雄兵，对俗世有着挟泰山以超北海的超脱。而宝钗对宝玉的反守为攻，也是妙策。她深知"宝玉一时必不能舍"，就顺势而为，任宝玉去思念、去悲伤；她更了解宝玉的品性，知道宝玉听了讽刺的话非但不会恼怒，反而会有所醒悟。当然我们可以相信宝钗的讽刺话不会轻、但也不会太重，分量拿捏得恰到好处。还有一点也不可忽视，宝钗对自己满怀信心，她知道自己在宝玉心中的分量，相信自己的能力和魅力。总之，宝钗是知己知彼、对症下药。果然，"宝玉倒恐宝钗多心，也便饮泣收心"，第二天心病倒觉去了几分。于是加意调养，渐渐地好起来。宝钗的攻心治疗法立竿见影，成效显著，这也为他们的夫妻生活开了一个好头，还在贾府中创建了一个先例：从此以后，宝玉、宝钗这个小家庭不会完全听命于贾母、王夫人，对重大事情他们将独立处置，贾母、王夫人包管宝玉的时代成了历史。

宝玉的身体逐渐康复，贾母与薛姨妈商量要再办酒席，请亲友们吃杯喜酒。贾母对薛姨妈说："我看宝丫头也不是多心的人，不比的我那外孙女儿的脾气，所以他不得长寿。"贾母第一次将宝钗与黛玉做对比，说出了她心中对黛玉的意见，这是她多年来放在心里不肯出口的。看来，宝钗的抗命独行，并没有引发老太太的不快，她认可宝钗的成功。

从整部小说的情节内容说，本回是一个分水岭：全书三位主人公，宝玉与黛玉十来年的爱情结果，是宝玉与宝钗结了婚，黛玉伤心绝望而死，宝钗则与宝玉一道开启了新生活。作为小说核心情节、也是作品最迷人的爱情描写，至此结束了。从主人公塑造来说，黛玉已经终结，宝玉和宝钗将以崭新的面貌进入下半场。将续作单独出来考察的话，作品这十多回最用心、篇幅最多的是描写林黛玉，与此形成反比的是对薛宝钗几乎就没写，直到本回才正式地、正面地刻画宝钗。细心看，写宝钗的笔墨并不多，但整个形象却昂然屹立，神采斐然。再细看，写宝钗的文笔、风格与写黛玉也很不一样，写黛玉是巨细无遗，写宝钗则是点到即止，这两副笔墨很像出自两位不同的作者。我个人判断，写宝钗的文字来自曹雪芹遗稿。如果本回宝玉、宝钗的婚后生活是曹雪芹写的，那么是他定下了基调，指定了方向。续作者只要顺着曹雪芹开拓的路子走下去，创作难度大大减低。反之，如果是续作者写的，那么他功力了得，他一下笔就画出了宝玉和宝钗的神韵，尤其是宝钗，她一直没有正面表演，这次一露脸就气象一新，我们该恭喜续作者。

第九十九回

守官箴恶奴同破例　阅邸报老舅自担惊

"守官箴恶奴同破例"，说贾政想要遵守官方纪律但他带领的随从们却一同破坏；"阅邸报老舅自担惊"，写贾政阅读邸报知悉节度使上疏应以斗杀罪重审薛蟠案件，贾政因薛蟠案托过知县，深怕受到牵连。很奇怪回目怎么会用"老舅"一词？贾政是薛蟠的姨夫，怎么能称"老舅"？贾政只有一个外甥女林黛玉，没有外甥，连表外甥都没有，作品中没有人可以叫他"舅舅"的，不知这"老舅"称呼从何而来？即使宝钗嫁过去当了贾政的儿媳，贾政也当不了薛蟠的"老舅"，或许某些地区有称呼妹妹的公公为"老舅"的？查看多种《红楼梦》版本，没有一本对"老舅"有注释。只能在此存疑。

其实这一回有将近三分之一的篇幅继续写宝玉、宝钗的婚后生活，回目不够周到。第一段是承接上回写到一半的宝玉、宝钗的笑话，值得一说。

话说凤姐见贾母和薛姨妈为黛玉伤心，便说："有个笑话儿说给老太太和姑妈听"，未从开口，先自笑了，因说道："老太太和姑妈打谅是那里的笑话儿？就是咱们家的那二位新姑爷新媳妇啊。"贾母道："怎么了？"凤姐拿手比着道："一个这么坐着，一个这么站着。一个这么扭过去，一个这么转过来。一个又……"说到这里，贾母已经大笑起来，说道："你好生说罢，倒不是他们两口儿，你倒把人恼的受不得了。"薛姨妈也笑道："你往下直说罢，不用比了。"凤姐才说道："刚才我到宝兄弟屋里，我看见好几个人笑。我只道是谁，巴着窗户眼儿一瞧，原来宝妹妹坐在炕沿上，宝兄弟站在地下。宝兄弟拉着宝妹妹的袖子，口口声声只叫：'宝姐姐，你为什么不会说话了？你这么说一句话，我的病包管全好。'宝妹妹却扭着头只管躲。宝兄弟却作了一个揖，上前又拉宝妹妹的衣服。宝妹妹急得一扯，宝兄弟自然病后是脚软的，索性一扑，扑在宝妹妹身上了。宝妹妹急得红了脸，说道：'你越发比先不尊重了。'"说到这里，贾母和薛姨妈都笑起来。凤姐又道："宝兄弟便立起身来笑道：'亏了跌了这一交，好容易才跌出你的话来了。'"薛姨妈笑道："这是宝丫头古怪。这有什么的，既作了两口儿，说说笑笑的怕什么。他没见他琏二哥和你。"凤姐儿笑道："这是怎么说呢，我饶说笑话给姑妈解闷儿，姑妈反倒拿我打起卦来了。"贾母也笑道："要这么着才好。夫妻固然要和气，也得有个分寸儿。我爱宝丫头就在这尊重上头。只是我愁着宝玉还是那么傻头傻脑的，这么说起来，比头里竟明白多了。你再说说，还有什么笑话儿没有？"凤姐道："明儿宝玉圆了房，亲家太太抱了外孙子，那时侯不更是笑话儿了么。"

这段对话描写，真是绘声绘色，凤姐说笑话的水平不亚于前八十回，十分难得。贾母和薛姨妈的对话、用辞都很像曹雪芹手笔。但是我们关注的焦点不在这，而在宝玉、宝钗的夫妻关系。从凤姐的转述中可以看得清清楚楚，宝玉与宝钗的关系发生了本质性的转变，宝玉开始依恋宝钗，两人是如此亲热。宝玉与宝钗，我们前面一再说过，他们俩也是青梅竹马两情相悦的，只是宝玉恋爱的是黛玉。现在黛玉已经没了，宝玉与宝钗成为夫妻，他们感情的升温十分自然。现实生活中类似的例子我们见得太多了，婚后实实在在的日子、切切实实的家庭，会改变一切。而贾母再次重申"我爱宝丫头就在这尊重上头"，实际上是再次否定黛玉，表明自己选择的正确。后面还有一句玩笑话也值得一说。

> 贾母笑道："猴儿，我在这里同着姨太太想你林妹妹，你来怄个笑儿还罢了，怎么臊起皮来了。你不叫我们想你林妹妹，你不用太高兴了，你林妹妹恨你，将来不要独自一个到园里去，隄防他拉着你不依。"凤姐笑道："他倒不怨我。他临死咬牙切齿倒恨着宝玉呢。"贾母薛姨妈听着，还道是顽话儿，也不理会，便道："你别胡拉扯了。你去叫外头挑个很好的日子给你宝兄弟圆了房儿罢。"凤姐去了，择了吉日，重新摆酒唱戏请亲友。这不在话下。

贾母要凤姐提防黛玉的阴魂，凤姐说宝玉更要小心，虽然是闲扯，也委婉反映她们内心都有负罪感。另外，作品以"择了吉日，重新摆酒唱戏请亲友。这不在话下"，一笔悄悄带过宝玉、宝钗的婚庆大宴，再次看得出续作不愿意进行大场面描写，与元春的丧礼一样。是续作者不擅长这种大场面而故意回避？还是为作品走向低潮而割爱舍弃？值得探讨。

下一段是概述，内容较丰富。

> 却说宝玉虽然病好复原，宝钗有时高兴翻书观看，谈论起来，宝玉所有眼前常见的尚可记忆，若论灵机，大不似从前活变了，连他自己也不解，宝钗明知是通灵失去，所以如此。倒是袭人时常说他："你何故把从前的灵机都忘了？那些旧毛病忘了才好，为什么你的脾气还觉照旧，在道理上更糊涂了呢？"宝玉听了并不生气，反是嘻嘻的笑。有时宝玉顺性胡闹，多亏宝钗劝说，诸事略觉收敛些。袭人倒可少费些唇舌，惟知悉心伏侍。别的丫头素仰宝钗贞静和平，各人心服，无不安静。只有宝玉到底是爱动不爱静的，时常要到园里去逛。贾母等一则怕他招受寒暑，二则恐他睹景伤情，虽黛玉之柩已寄放城外古庵中，然而潇湘馆依然人亡屋在，不免勾起旧病来，所以也不使他去。况且亲戚姊妹们，薛宝琴已回到薛姨妈那边去了；史湘云因史侯回京，也接了家去了，又有了出嫁的日子，所以不大常来，只有宝玉娶亲那一日与吃喜酒这天来过两次，也只在贾母

那边住下，为着宝玉已经娶过亲的人，又想自己就要出嫁的，也不肯如从前的诙谐谈笑，就是有时过来，也只和宝钗说话，见了宝玉不过问好而已；那邢岫烟却是因迎春出嫁之后便随着邢夫人过去；李家姊妹也另住在外，即同着李婶娘过来，亦不过到太太们与姐妹们处请安问好，即回到李纨那里略住一两天就去了：所以园内的只有李纨、探春、惜春了。贾母还要将李纨等挪进来，为着元妃薨后，家中事情接二连三，也无暇及此。现今天气一天热似一天，园里尚可住得，等到秋天再挪。此是后话，暂且不提。

这段交代了三方面事情。一个是宝玉、宝钗夫妻和睦，下人在宝钗的管理下安静妥帖。第二个是交代了史湘云、宝琴、邢岫烟、李纹、李绮等人的下落，由此我们知道史湘云快要出嫁了。第三个是贾母要将李纨、探春、惜春尽数挪出大观园，这个曾经热闹而清净的"小世界"，完成了它的历史使命，要闭门歇业了。真是人去园空，青春和欢乐不再。

至此，宝玉、宝钗结婚这个大情节写完。我们重申一句，这个大情节写的非常出色，我认为有曹雪芹的遗稿做底子。

作品接着调过镜头，叙述贾政的外任情况。这个写法有别于原作，在原作中贾政外任学差的具体情况是不写的。从作品质量来看，此处描写的官场与吏治内容未必超过清代后期的官场黑暗小说，而李十儿与贾政的交谈则远远不如第4回小沙弥与贾雨村的那么精彩。此处内容没有深度难度，也不精彩，我们就不作详细鉴赏了。

值得说的是探春的说亲。贾政相识的一位总督来信求亲。

> 贾政看了，心想："儿女姻缘果然有一定的。旧年因见他就了京职，又是同乡的人，素来相好，又见那孩子长得好，在席间原提起这件事。因未说定，也没有与他们说起。后来他调了海疆，大家也不说了。不料我今升任至此，他写书来问。我看起门户却也相当，与探春到也相配。但是我并未带家眷，只可写字与他商议。"

探春的夫婿究竟是个什么样人，作品自始至终没有介绍，只写其门户。这样简慢，有点对不起探春。同样，作品对史湘云的婚姻也是一笔带过。续作者这样的写法或许是为了避免内容过于分散、情节过于枝蔓。不过我个人以为这样的处理令探春和湘云的形象有所缺失，甚至有虎头蛇尾的感受。对比一下曹雪芹原作中，对迎春的丈夫以及婚后生活是花了一番笔墨的，对薛蟠的妻子夏金桂更是用上浓笔重彩，其结果是迎春和薛蟠两个形象都大大深化、丰厚了。探春和湘云的重要性，远远超越迎春，所以对探春、湘云婚姻的"空洞化"处理，使得这两个原本饱满圆润的形象，最后有点凹瘪、虚化。当然，对她们不单是婚姻描写很虚化，实际上对她们其他生活也写得少之又少，许多该出现的场景她们没出现，即使出现也是浮光掠影，特别是史湘云，在续作中几乎蒸发。续作者对十二钗的功夫，在第 97 回以前，几乎全部用在林黛玉一人身上，薛宝钗也是直到第 98 回才"回归"。这样厚此薄彼的处理，与原作大相径庭。不管续作者出于什么考虑，我认为其实际的艺术效果是不理想的。探春，尤其是史湘云黯然失色，成了续作的牺牲品，她们本不该这样的。原本群星闪耀的舞台变成月明星稀，多大的损失。其实从续作者塑造林黛玉和薛宝钗的水平看，他并不是功力不及，那么他为什么要牺牲探春和湘云等人呢？比较合理的解释是，续作者在赶时间，赶小说出版的日子。或许有读者说：续作者为什么不把别的内容，比如本回的吏治弊端情节少写一些，省出笔墨和时间来写探春和湘云等人？对此我又要回护高鹗一番了：每一位作家都有自己的构思和设计，很难硬性要求他的。何况，探春、湘云实在不好写，探春的性格最接近于宝钗，或者说探春的左边是宝钗右边是湘云，三人性格相递次。三个接近的形象放到一起又要写出不同的神韵，不管是小说还是绘画都非常困难。高鹗或许为了一心写好宝钗，不得不牺牲探春和湘云。——高鹗毕竟不是曹雪芹，他毕竟没有曹雪芹那种与"当日所有之女子"朝夕相处的经历，他把握不好，只能放弃。相反，林黛玉的性格与宝钗相去较远，故事性又强，倒比探春、湘云容易塑造一些。

　　我们回到作品。在同一页中居然有两段书信抄录，一封是总督来信，一段是邸报摘抄，两者全无关系。这样一种版面内容，在前八十回的原作中绝对没有。原作中也有连篇累牍的引文，那都是同一个主题下的，比如第 5 回各人命运的判词和《红楼梦曲子》，还有大观园诗会中各人的诗词，对表现人物性格命运有特殊作用，但像这里两段不相干的引文出现在同一个版面，甚至占据页面的一大部分，而对人物塑造并没有什么作用。据此，已经可以判断这不是曹雪芹原作，再从行文气息方面细看，尤其是邸报再次细述薛蟠的行凶过程，真可谓"炒冷饭"，多此一举，与第 81 回复述马道婆招鬼一样。综合判断，这些明显是高鹗的文字。

第一百回

破好事香菱结深恨　悲远嫁宝玉感离情

"破好事香菱结深恨"，是说香菱破坏了夏金桂图谋薛蝌的事情，惹夏金桂怨恨；"悲远嫁宝玉感离情"，是说宝玉听到探春要远嫁而悲伤。

本回开头交代，贾政的顶头上司节度使与那位提亲的总督大人是亲戚，总督来信请节度使照应贾政，令贾政安心不少。真所谓官场勾结、官官相护。一心要当清官的贾政，到底卷入了官场腐败之中。

接着作品回归京城叙事。镜头选中薛家。

且说薛姨妈为着薛蟠这件人命官司，各衙门内不知花了多少银钱，才定了误杀具题。原打量将当铺折变给人，备银赎罪。不想刑部驳审，又托人花了好些钱，总不中用，依旧定了个死罪，监着守候秋天大审。薛姨妈又气又疼，日夜啼哭。宝钗虽时常过来劝解，说是："哥哥本来没造化。承受了祖父这些家业，就该安安顿顿的守着过日子。在南边已经闹的不象样，便是香菱那件事情就了不得，因为仗着亲戚们的势力，花了些银钱，这算白打死了一个公子。哥哥就该改过做起正经人来，也该奉养母亲才是，不想进了京仍是这样。妈妈为他不知受了多少气，哭掉了多少眼泪。给他娶了亲，原想大家安安逸逸的过日子，不想命该如此，偏偏娶的嫂子又是一个不安静的，所以哥哥躲出门的。真正俗语说的'冤家路儿狭'，不多几天就闹出人命来了。妈妈和二哥哥也算不得不尽心的了，花了银钱不算，自己还求三拜四的谋干。无奈命里应该，也算自作自受。大凡养儿女是为着老来有靠，便是小户人家还要挣一碗饭养活母亲，那里有将现成的闹光了反害的老人家哭的死去活来的？不是我说，哥哥的这样行为，不是儿子，竟是个冤家对头。妈妈再不明白，明哭到夜，夜哭到明，又受嫂子的气。我呢，又不能常在这里劝解，我看见妈妈这样，那里放得下心？他虽说是傻，也不肯叫我回去。前儿老爷打发人回来说，看见京报吓的了不得，所以才叫人来打点。我想哥哥闹了事，担心的人也不少。幸亏我还是在跟前的一样，若是离乡调远听见了这个信，只怕我想妈妈也就想杀了。我求妈妈暂且养养神，趁哥哥的活口现在，问问各处的帐目。人家该咱们的，咱们该人家的，亦该请个旧伙计来算一算，看看还有几个钱没有。"薛姨妈哭着说道："这几天为闹你哥哥的事，你来了，不是你劝我，便是我告诉你衙门的事。你还不知道，京里的官商名字已经退了，两个当铺已经给了人家，银子早拿来使完了。还有一个当铺，管事的逃了，亏空了好几千两银子，也夹在里头打官司。你二哥哥天天在外头要帐，料着京里的帐已经去了几万银子，只好拿南边公分里银子并住房折变才够。前两天还听见一个荒信，说是南边的公当铺也因为折了本儿收了。若是这么着，你娘的命可就活不成的了。"说着，又大哭起来。宝钗也哭着劝道："银钱的事，妈妈操心也不中用，还有二哥哥给我们料理。单可恨这些伙计们，见咱们的势头儿败了，各自奔各自的去也罢了，我还听见说帮着人家来挤我们的讹头。可见我哥哥活了这么大，交的人总不过是些个酒肉弟兄，急难中是一个没有的。妈妈若是疼我，听我的话，有年纪的人，自己保重些。妈妈这一辈子。想来还不致挨冻受饿。家里这点子衣裳家伙，只好听凭嫂子去，那是没法儿了的了。所有的家人婆子，瞧他们也没心在这里，该去的叫他们去。就可怜香菱苦了一辈子，只好跟着妈妈过去。实在短什么，我要是有的，还可以拿些个来，料我们那个也没有不依的。就是袭姑娘也是心术正道的，他听见我哥哥的事，他倒提起妈妈来就哭。我们那一个还道是没事的，所以不大着急，若听见了也是要唬个半死儿的。"薛姨妈不等说完，便说："好姑娘，你可别告诉他。他为一个林姑娘几乎没要了命，如今才好了些。要是他急出个原故来，不但你添一层烦恼，我越发没了依靠了。"宝钗道："我也是这么想，所以总没告诉他。"

薛家母女的对话透露，为这桩官司，薛家已经倾家荡产，薛姨妈的将来只能靠女儿，薛家彻底倒塌了。续作在四大家族的侧重方面与原作完全一致，对王家没有描写，只有简单的叙述，对史家则几乎连叙述都没有，只是写到史湘云的时候作为背景插上一句，而对薛家则有详细描写，对薛家的败落原因、过程、影响，都写得十分细致。所以我们前面说了，《红楼梦》没有描写四大家族，只写了贾、薛两家。以前一直有个说法，说《红楼梦》描写四大家族的兴亡，文本表明这个说法不正确。这里说明一句，薛姨妈说的"京里的官商名字已经退了"，指的是薛家被内务府开除了皇商的资格，取消了"特许经营"执照。由此我们知道皇商是由内务府指定的，需要一定的资格，不是一般商人可以涉足的。因而皇商具有垄断性利润，薛家的财富来得相对较快。

我们关注的重点并非薛家，而是从薛宝钗的话语中透露的宝钗人格个性，以及她与宝玉的关系、他们的新生活。面对伤心欲绝的母亲，宝钗是怎么劝慰母亲的？她例举薛蟠一向的作为，说哥哥"命里应该，也算自作自受"。像这样以怪罪哥哥来劝慰母亲，言语很直白，甚至是尖锐、刺耳，这完全是原作中那个宝钗，是非分明，尊重法律，看淡人情，是死罪就认罪、认命。这样的描写与薛蟠挨柳湘莲痛揍后，宝钗劝母亲哥哥是该挨打、该得点教训、不能动用亲戚家的权力加害柳湘莲，以及劝母亲让哥哥出门，在外面有得吃就吃，没得吃让他去饿等，一脉相承。"家里这点子衣裳家伙，只好听凭嫂子去，那是没法儿的了。"所有家中的财物，统统给夏金桂，这不仅体现宝钗一贯的大方，也是她对待不幸人物一向所抱的同情和体谅。夏金桂的实际处境也够可怜的，如果薛蟠真的被处决，我推测宝钗会劝薛姨妈让夏金桂改嫁。

我们还注意到，宝玉与宝钗相对亲密，他已经粘住宝钗，一时也舍不得分开。"他虽说是傻，也不肯叫我回去。"宝钗到母亲那里走走，至多不过半天，宝玉也觉得难受。至于经济上宝钗要贴补娘家一点，"实在短什么，我要是有的，还可以拿些个来，料我们那个也没有不依的。就是袭姑娘也是心术正道的，他听见我哥哥的事，他倒提起妈妈来就哭"。不仅宝玉根本不会小气，而且袭人也毫无意见，可见宝钗把个小家庭治理得和气安宁，相互体谅。他们的夫妻关系、妻妾关系在《红楼梦》中树立了典范，我想贾珍夫妇、贾琏夫妇、贾蓉夫妇，以及所有人都怀抱羡慕吧？假如没有曹雪芹预先设定的结局和主题，假如外部环境不太恶劣，宝玉和宝钗的"举案齐眉"可能成为一种常态，夫妻俩就这么和和睦睦过一生。只是，树欲静而风不止。

> 正说着，只听见金桂跑来外间屋里哭喊道："我的命是不要了的！男人呢，已经是没有活的分儿了。咱们如今索性闹一闹，大伙儿到法场上去拼一拼。"说着。便将头往隔断板上乱撞，撞的披头散发。气得薛姨妈白瞪着两只眼，一句话也说不出来。还亏得宝钗嫂子长、嫂子短，好一句，歹一句的劝他。金桂道："姑奶奶，如今你是比不得头里的了。你两口儿好好的过日子，我是个单身人儿，要脸做什么！"说着，便要跑到街上回娘家去，亏得人还多，扯住了，又劝了半天方住。把个宝琴唬的再不敢见他。

夏金桂确实不像样，但我们替她想一想，她也是个苦命人，婚后才多少日子，丈夫成了死囚，她要闹也是情有可原。"还亏得宝钗嫂子长、嫂子短，好一句，歹一句的劝他。"宝钗这样劝嫂子，也因为是自己哥哥造孽；另一方面薛家住在贾府，夏金桂这样闹弄得人家贾府不安宁，宝钗的脸没处放。不过如果夏金桂长期不安分，闹着回娘家，我估计宝钗会劝薛姨妈就让夏金桂去闹，因为你越劝她闹得越来劲，宝钗是个拿得起放得下的人，不会一味屈意哄着夏金桂。此处写的宝钗已经太软，不太妥当。

接着作品又大写夏金桂追求薛蝌的情节。此一情节我以为写得过多了，毕竟夏金桂和薛蝌都是四五等角色，已经三番四次地写，篇幅大大超过探春和湘云，主次颠倒了。所以我们不展开欣赏。

作品留了三分之一来写"悲远嫁宝玉感离情"，取了一个巧妙的视角："宝钗在贾母屋里听得王夫人告诉老太太要聘探春一事。"贾母、王夫人自然是顺从贾政的。

> 贾母道："你们愿意更好。只是三丫头这一去了，不知三年两年那边可能回家？若再迟了，恐怕我赶不上再见他一面了。"说着，掉下泪来。

老太太对孙女们真是全心全意了。何况中国老人喜爱子孙满堂，爱热闹，近几个月，贾府进门的只有一个宝钗，还是原来就在身边的，而离开的，有迎春、黛玉、湘云、宝琴、邢岫烟、李纹、李琦一大伙，叫老人如何不悲伤。有的读者说，贾母这样难过，却不见王夫人怎么难过，毕竟不是亲生的。这样看待王夫人可能不正确。这里贾母在悲伤，王夫人只有劝着，她不能也跟着流泪。以王夫人对探春的感情，她肯定比贾母还难受。下面我们看到作者取角度的妙处了：

> 宝钗听得明白，也不敢则声，只是心里叫苦："我们家里姑娘们就算他是个尖儿，如今又要远嫁，眼看着这里的人一天少似一天了。"见王夫人起身告辞出去，他也送了出来，一径回到自己房中，并不与宝玉说话。见袭人独自一个做活，便将听见的话说了。袭人也很不受用。

这个描写角度，非常自然地过渡到宝钗的感受，并且还带出了宝玉。作品很少表现宝钗的内心，这一笔算是难能可贵。宝钗与贾府三姐妹中以探春最为融洽，两人在对人处事方面颇为一致，还一起管理过大观园，宝钗甚至经常拿探春开玩笑，两人算得知交。所以探春远嫁，不知还能不能见面，让宝钗心中叫苦。但又不好告诉宝玉，只能与袭人交流解闷。由此可见，宝钗与袭人相处很好，能够交流感情。这在宝钗十分自然，但正妻与姜室能如此相处的，实在不多见。

下面一笔，让我们不能不为续作喝彩。作者忽然写到赵姨娘，真所谓"意料之外情理之中"。

> 却说赵姨娘听见探春这事，反欢喜起来，心里说道："我这个丫头在家忒瞧不起我，我何从还是个娘，比他的丫头还不济。况且泧上水护着别人。他挡在头里，连环儿也不得出头。如今老爷接了去，我倒干净。想要他孝敬我，不能够。只愿意他象迎丫头似的，我也称称愿。"一面想着，一面跑到探春那边与他道喜说："姑娘，你是要高飞的人了，到了姑爷那边自然比家里好。想来你也是愿意的。便是养了你一场，并没有借你的光儿。就是我有七分不好，也有三分的好，总不要一去了把我搁在脑杓子后头。"探春听着毫无道理，只低头作活，一句也不言语。赵姨娘见他不理，气忿忿的自己去了。

赵姨娘的所作所为，哪像个亲妈，是典型的"赵姨娘做派"，作者捕捉得非常精准。她不同女儿这么闹一闹就不是赵姨娘了。但是作者写得十分令人信服，在赵姨娘想来，"我这个丫头在家忒瞧不起我，我何从还是个娘，比他的丫头还不济。况且泧上水护着别人"。既然如此，她怎么可能不来羞辱探春一番？再听听她的话，也是标准的"赵姨娘语言"。续作者对赵姨娘把握得太准了，音容笑貌全部不走样。作者不仅想到了赵姨娘，而且把个赵姨娘刻画得入木三分，更加饱满。精彩！

如果为别的事，探春可能回击赵姨娘几句，但现在的话题是自己的谈婚论嫁，在当年的环境中女孩子是不能说什么的，何况赵姨娘是来送"祝福"，并请女儿不要忘了母亲，表面上没什么不当之处，叫探春说什么好？受了这包闷气，"探春又气又笑，又伤心，也不过自己掉泪而已。坐了一回，闷闷的走到宝玉这边来"。或许探春是来同哥哥聊聊天解解闷，甚或诉诉苦。但是宝玉哪里知道？他心心念念还在林黛玉临死的心事。

> 宝玉因问道："三妹妹，我听见林妹妹死的时候你在那里来着。我还听见说，林妹妹死的时候远远的有音乐之声。或者他是有来历的也未可知。"探春笑道："那是你心里想着罢了。只是那夜却怪，不似人家鼓乐之音。你的话或者也是。"宝玉听了，更以为实。又想前日自己神魂飘荡之时，曾见一人，说是黛玉生不同人，死不同鬼，必是那里的仙子临凡。忽又想起那年唱戏做的嫦娥，飘飘艳艳，何等风致。过了一回，探春去了。

与宝玉聊了这么一通，探春的郁闷多少排遣掉一些。而宝玉则更加相信林黛玉是成仙去了，也算得了一份安慰。下面是一段补叙。

> 因必要紫鹃过来，立刻回了贾母去叫他。无奈紫鹃心里不愿意，虽经贾母王夫人派了过来，也就没法，只是在宝玉跟前，不是唉声，就是叹气的。宝玉背地里拉着他，低声下气要问黛玉的话，紫鹃从没好话回答。宝玉倒背底里夸他有忠心，并不嗔怪他。那雪雁虽是宝玉娶亲这夜出过力的，宝钗见他心地不甚明白，便回了贾母王夫人，将他配了一个小厮，各自过活去了。王奶妈养着他，将来好送黛玉的灵柩回南。鹦哥等小丫头仍伏侍了老太太。宝玉本想念黛玉，因此及彼，又想跟黛玉的人已经云散，更加纳闷。闷到无可如何，忽又想起黛玉死得这样清楚，必是离凡返仙去了，反又喜欢。

这段补叙，写出紫鹃的志气，也写出宝钗的用人。有志气、忠诚原主人的紫鹃，宝钗留下了，雪雁"心地不甚明白"，也就是不像紫鹃那样忠心有志气，宝钗就让她嫁人了。这个家里显然是宝钗当家，宝玉只是一味地想自己的心事，忽喜忽悲，不管家务。下面作品返回当时。

> 忽然听见袭人和宝钗那里讲究探春出嫁之事，宝玉听了，啊呀的一声，哭倒在炕上。唬得宝钗袭人都来扶起说："怎么了？"宝玉早哭的说不出来，定了一回子神，说道："这日子过不得了！我姊妹们都一个一个的散了！林妹妹是成了仙去。大姐姐呢已经死了，这也罢了，没天天在一块。二姐姐呢，碰着了一个混帐不堪的东西。三妹妹又要远嫁，总不得见的了。史妹妹又不知要到那里去。薛妹妹是有了人家的。这些姐姐妹妹，难道一个都不留在家里，单留我做什么！"袭人忙又拿话解劝。宝钗摆着手说："你不用劝他，让我来问他。"因问着宝玉道："据你的心里，要这些姐妹都在家

里陪到你老了，都不要为终身的事吗？若说别人，或者还有别的想头。你自己的姐姐妹妹，不用说没有远嫁的，就是有，老爷做主，你有什么法儿！打量天下独是你一个人爱姐姐妹妹呢，若是都象你，就连我也不能陪你了。大凡人念书，原为的是明理，怎么你益发糊涂了。这么说起来，我同袭姑娘各自一边儿去，让你把姐姐妹妹们都邀了来守着你。"宝玉听了，两只手拉住宝钗袭人道："我也知道。为什么散的这么早呢？等我化了灰的时候再散也不迟。"袭人掩着他的嘴道："又胡说。可这两天身上好些，二奶奶才吃些饭。若是你又闹翻了，我也不管了。"宝玉慢慢的听他两个人说话都有道理，只是心上不知道怎么才好，只得强说道："我却明白，但只是心里闹的慌。"宝钗也不理他，暗叫袭人快把定心丸给他吃了，慢慢的开导他。袭人便欲告诉探春说临行不必来辞，宝钗道："这怕什么。等消停几日，待他心里明白，还要叫他们多说句话儿呢。况且三姑娘是极明白的人，不象那些假惺惺的人，少不得有一番箴谏。他以后便不是这样了。"正说着，贾母那边打发过鸳鸯来说，知道宝玉旧病又发，叫袭人劝说安慰，叫他不要胡思乱想。袭人等应了。鸳鸯坐了一会子去了。

　　首先说明一下，"忽然听见袭人和宝钗那里讲究探春出嫁之事，宝玉听了，啊呀的一声，哭倒在炕上"。宝玉这种表现一看就是续作者的笔墨，已经不是第一次出现，前面宝玉对着黛玉也有过；假如之前这样子还有一点情有可原，那么现在就更加不合时宜了。宝玉刚刚经历过黛玉之死，他已经在炼狱走过一趟，他能活下来，能扛过去，是经过一场艰难的人生历练。这是一场生死历练，任何人经过这样的历练，他的心智必然大为成熟，就像一下子长了几岁年纪，原有的孩子气会陡然消失。但是我们看看宝玉，"啊呀的一声，哭倒在炕上"，简直像小孩子。何况，探春的远嫁与黛玉的病故、迎春的受难相比，应该算不得特别可怕的事情，宝玉何至于此？与宝玉相比，宝钗的描写就出色多了。宝钗再一次显示出她的定力和气概，她对症下药，毫不客气地对宝玉进行针砭。如果说前面一次直接告诉宝玉黛玉死讯的时候宝玉还在病中，那么这是第一次对恢复正常的宝玉进行正面交锋。宝钗看出宝玉在撒娇任性，她觉得不能再由着他，所以宝钗拦住袭人不要劝慰，她出面进行抨击。她直指要害：宝玉这样任性是不懂事理，是胡闹；岂能要求姐妹们都不出嫁在家陪着你宝玉？既然都不要出嫁，那么我就回家去！一下子就教训得宝玉乖乖认错。这里有一句话应该提一提。"大凡人念书，原为的是明理，怎么你益发糊涂了。"这是把宝玉作为文人学士来要求，宝钗之所以喜爱宝玉，很重要的一点，是彼此都是知识分子，都有相当的学识，是同流，是清流，不是无知无识的人，不是薛蟠、贾琏、贾蓉之流，所以不该糊涂。这是替宝玉立规矩了，宝钗不会像贾母王夫人或袭人那样对待宝玉，她要求宝玉有男人气概，不允许撒泼耍赖。她阻止袭人，主张让探春来向宝玉当面告别，就是要让宝玉直面现实，直面人生，在痛苦和艰难中成长、坚强，像个成熟的男人。当了妻子，进了贾府成为真正的媳妇，宝钗抛弃了原来作为客人的客气与谦和，日益显露出她的刚毅和胆气，显露她"山中高士晶莹雪"的本来面目。续作者对宝钗的塑造完全遵循了曹雪芹的设计思路，写得生机勃勃，气概轩昂。顺便说一说，刚才我们讲宝钗的变化是因为她身份变了、地位变了；同样的道理，设想一番，假如林黛玉成为宝玉的正式妻子，黛玉的行为气度也会发生巨大的改观，黛玉自己不会再哭哭啼啼，她会拿出她的刚性，成为贾府一个很有尊严的媳妇；她对宝玉的要求，恐怕与宝钗是一样的。黛玉也绝对不会允许宝玉一味的孩子气，会要求他成为一个真正的男人，一个像样的丈夫。只不过方式上稍微与宝钗不同而已，毕竟，"世外仙姝"与"山中高士"是同一路人物。所以大家不能以为林妹妹永远是那个孤苦伶仃、长年哭泣、对月伤感的林妹妹，黛玉的身份一旦改变，她的性格会随之改变。

　　读者是否注意到，这两回比前几回质量下降了一个档次。写贾政外任的内容很平淡，哪怕读过两三遍《红楼梦》的人对此都留不下什么印象。同样，写夏金桂与薛蟠用掉许多篇幅，读者也不会有多大记忆。从合理性来说，写贾政外任还有一点合理，毕竟可以拓宽作品的题材和视野，只是作者写得不够好而已。而夏金桂与薛蟠的情节有点喧宾夺主，而且没有多大意义，我们不明白续作者为什么要花这么大力气。庆幸的是，作品写贾府、写主要人物还是保持了较高的水准，贾母、王夫人、凤姐、袭人都还不错；难能可贵的是把薛宝钗写的非常出色，身段十分挺拔，与原作很难分辨。续作把主要人物、关键情节写得娓娓动人就算成功，那些不够精彩的部分，甚至一些瑕疵和败笔，我们也能原谅，总体上可以接受。何况，续作把林黛玉塑造得光彩照人，而且第94到98回连续五回都运行在与原作差不多的高度，平均下来，迄今为止的续作就是写的相当好了。这是我们对半部续作的一个小结，我们刚好鉴赏完第100回。

第一零一回

大观园月夜感幽魂　散花寺神签惊异兆

"大观园月夜感幽魂"，说凤姐夜去大观园撞上秦可卿的鬼魂，"散花寺神签惊异兆"，说凤姐去寺庙抽签，居然是"王熙凤衣锦还故乡"。这一回和下一回，大家仅看回目已经知道迷信色彩相当浓厚。

入夜了，凤姐想起去看看探春，进入大观园。

> 凤姐刚举步走了不远，只觉身后咈咈哧哧，似有闻嗅之声，不觉头发森然竖了起来。由不得回头一看，只见黑油油一个东西在后面伸着鼻子闻他呢，那两只眼睛恰似灯光一般。凤姐吓的魂不附体，不觉失声的咳了一声。却是一只大狗。那狗抽头回身，拖着一个扫帚尾巴，一气跑上大土山上方站住了，回身犹向凤姐拱爪儿。凤姐儿此时心跳神移，急急的向秋爽斋来。已将来至门口，方转过山子，只见迎面有一个人影儿一恍。凤姐心中疑惑，心里想着必是那一房里的丫头，便问："是谁？"问了两声，并没有人出来，已经吓得神魂飘荡。恍恍忽忽的似乎背后有人说道："婶娘连我也不认得了！"凤姐忙回头一看，只见这人形容俊俏，衣履风流，十分眼熟，只是想不起是那房那屋里的媳妇来。只听那人又说道："婶娘只管享荣华受富贵的心盛，把我那年说的立万年永远之基都付于东洋大海了。"凤姐听说，低头寻思，总想不起。那人冷笑道："婶娘那时怎样疼我了，如今就忘在九霄云外了。"凤姐听了，此时方想起来是贾蓉的先妻秦氏，便说道："嗳呀，你是死了的人哪，怎么跑到这里来了呢！"啐了一口，方转回身，脚下不防一块石头绊了一跤，犹如梦醒一般，浑身汗如雨下。

不知道作者出于什么考虑，本回开始他明显增加鬼神妖怪的描写，弄得小说笼罩在黑色恐怖之中。如果说前面那条狗"一气跑上大土山上方站住了，回身犹向凤姐拱爪儿"，虽然吓人，却不过只是一条狗；那么秦可卿的鬼魂飘晃，就完全是另一回事情了。而且我们不明白秦可卿的鬼魂来找凤姐，到底是何用意。她既不是来问候，也不是来提建议，既不是来警告，也不是来索命，那么她来干吗呢？好像就是为了来吓唬凤姐的，但这么做又不符合两人当年的交情。而从作品的实际效果看，秦可卿阴魂的出现，似乎就是让大观园开始闹鬼，后面尤氏也中招，连贾珍、贾蓉也接连中招，甚至求签得到的结论也符合，那么作者的意图就比较明显了。然后我们看，凤姐对秦可卿居然会不认识、想不起，这真让人觉得莫名奇妙，凤姐这一辈子就这么一个好朋友、贴心人，她怎么会记不起呢？作者写凤姐记不起的用意何在？我想不明白。而后面的描写则抓住了凤姐的性格特征，作品的艺术水准立即有所提高。

> 虽然毛发悚然，心中却也明白，只见小红丰儿影影绰绰的来了。凤姐恐怕落人的褒贬，连忙爬起来说道："你们做什么呢，去了这半天？快拿来我穿上罢。"一面丰儿走至跟前伏侍穿上，小红过来挽扶。凤姐道："我才到那里，他们都睡了。咱们回去罢。"一面说，一面带了两个丫头急急忙忙回到家中。贾琏已回来了，只是见他脸上神色更变，不似往常，待要问他，又知他素日性格，不敢突然相问，只得睡了。

"恐怕落人的褒贬"，这是凤姐重要的性格特征之一。为什么要"恐怕落人的褒贬"？这个问题恐怕凤姐自己都没有真正思考过，只不过是她习惯性思维心理。中国女人大多都怀着这种心理。原因何在？并不是中国男人的思维更高明更超脱，而是中国女性的社会地位、家族地位太低造成。这也罢了，回到家里，贾琏分明看到凤姐脸色不对，"待要问他，又知他素日性格，不敢突然相问，只得睡了"。这一笔把凤姐、贾琏的夫妻关系写透了，夫妻不能沟通，这造成凤姐更大的心病。通常这种事如果夫妻交流一下，妻子心情会宽松许多。但是琏凤夫妻做不到。假如要论两人的责任，恐怕是凤姐大一些。

后面的情节是贾琏看邸报，其中人犯有"镇国公贾化家人""世袭三等职衔贾范家人"，"贾琏看见这两件，心中早又不自在起来"。贾琏之所以不自在，大约是同宗的人犯法了。但是我们看见这叙述也很不自在，因为这里居然出现了"镇国公贾化"，镇国公也是一等公，一个朝代居然有这么多姓贾的一等公，似乎还是贾府的同宗，令人难以相信。历朝历代，极少一个家族有这么多人封公的；贾氏如果掌握那么多军队，皇帝、皇族如何吃得下饭、睡得着觉？历史上似乎没有这样的事情。续作者如此信手拈来随意炮制，有点不严谨，而且毫无必要。真不明白作者为什么要如此写。

下面一段虽然有明显错误，但对凤姐性格、结局颇有关系，值得一看。

> 那凤姐刚有要睡之意，只听那边大姐儿哭了。凤姐又将眼睁开，平儿连向那边叫道："李妈，你到底是怎么着？姐儿哭了。你到底拍着他些。你也忒好睡了。"那边李妈从梦中惊醒，听得平儿如此说，心中没好气，只得狠命拍了几下，口里嘟嘟哝哝的骂道："真真的小短命鬼儿，放着尸不挺，三更半夜嚎你娘的丧！"一面说，一面咬牙便向那孩子身上拧了一把。那孩子哇的一声大哭起来了。凤姐听见，说"了不得！你听

听，他该挫磨孩子了。你过去把那黑心的养汉老婆下死劲的打他几下子，把妞妞抱过来。"平儿笑道："奶奶别生气，他那里敢挫磨姐儿，只怕是不隄防错碰了一下子也是有的。这会子打他几下子没要紧，明儿叫他们背地里嚼舌根，倒说三更半夜打人。"凤姐听了，半日不言语，长叹一声说道："你瞧瞧，这会子不是我十旺八旺的呢！明儿我要是死了，剩下这小孽障，还不知怎么样呢！"平儿笑道："奶奶这怎么说！大五更的，何苦来呢！"凤姐冷笑道："你那里知道，我是早已明白了。我也不久了。虽然活了二十五岁，人家没见的也见了，没吃的也吃了，也算全了。所有世上有的也都有了。气也算赌尽了，强也算争足了，就是寿字儿上头缺一点儿，也罢了。"平儿听说，由不的滚下泪来。凤姐笑道："你这会子不用假慈悲，我死了你们只有欢喜的。你们一心一计和和气气的，省得我是你们眼里的刺似的。只有一件，你们知好歹只疼我那孩子就是了。"平儿听说这话，越发哭的泪人似的。凤姐笑道："别扯你娘的臊了，那里就死了呢。哭的那么痛！我不死还叫你哭死了呢。"平儿听说，连忙止住哭，道："奶奶说得这么伤心。"一面说，一面又捶，半日不言语，凤姐又朦胧睡去。

我们说的明显错误，大家理应看出来了，就是凤姐的女儿大姐儿，现在突然又一次成了婴幼儿，而且凤姐说"你们知好歹只疼我那孩子就是了"，可知凤姐只有这一个女儿。但第92回中巧姐已经是个念了几部书的姑娘。这真是乱了套！按理，续作者是不可能犯这么明显的错的。难道是把曹雪芹的遗稿插错了地方？无法解释，只可存疑了。

我们说这一段对凤姐的性格结局有关系，凤姐自己说："你那里知道，我是早已明白了。我也不久了。虽然活了二十五岁，人家没见的也见了，没吃的也吃了，也算全了。所有世上有的也都有了。气也算赌尽了，强也算争足了，就是寿字儿上头缺一点儿，也罢了。"此话一方面表明，凤姐或许命不长久，至今只活了二十五岁，比起贾母那真是太短寿了；作品的描写深刻揭示了凤姐自己的性格、自己的所作所为决定了她的寿命。凤姐的戏可能会较早地拉上帷幕，我们总觉得有点遗憾。另一方面，凤姐这话也展现了她的人生观，她觉得自己够幸运，"人家没见的也见了，没吃的也吃了，也算全了。所有世上有的也都有了。气也算赌尽了，强也算争足了"，这也是绝大多数中国人的人生观，至今还是。我们能说这错吗？我们只能说站在高一点的层面，这种格局还是略显狭隘。最后凤姐笑道："别扯你娘的臊了，那里就死了呢。哭的那么痛！我不死还叫你哭死了呢。"这话在偌大的贾府中只有凤姐会说，带点无赖味道。凤姐的性格脾气全在其中。

作品接着写的关于王子胜和王仁假借吊念和做寿的名义收取亲友的银子，情节很啰唆，其中的称呼更让人摸不着头脑，有点混乱。如果称呼王子腾为"大舅太爷"，为什么称呼王子胜"二叔"？这个乱乎乎的情节估计没有读者会当回子事，我们也不细说了。然而，其中有一个细节却令我大吃一惊，不能不说上几句的。贾琏告诉凤姐："这如今因海疆的事情御史参了一本，说是大舅太爷的亏空，本员已故，应着落其弟王子胜、侄王仁赔补。"基于对古代官员的经济状况不够了解，像王子腾那样"九省统制"（相当于当代的大军区司令）的高级武官，并不经营经济事务，怎么会有经济上的"亏空"？我更不明白王子腾为什么会举债，又是向谁举债？为什么由弟弟、侄儿"赔补"？这些情况都超出了通常的社会实际。作品既然写了如此出格的事情，令我不由得想到：这是不是在影射曹家的事情？因为曹家是曹寅在任上欠下巨债、由儿子曹颙和继子曹頫"赔补"的。这么一思考，问题又来了：如果这是曹雪芹的遗稿，那还可以解释；但是，如果这是续作者的续作，难道续作者高鹗也知道曹寅的事迹？高鹗也了解曹家的家世？因为从红学史来看，是直到1921年才由胡适先生考证出曹雪芹是《红楼梦》作者，在清代还没人闹清楚作者是谁，更别说曹寅亏空官帑的事了。莫非早在乾隆年高鹗已经知道作者是曹雪芹？不然，他怎么会想出一段"超历史"的高级武官"亏空"故事？这真叫我百思不得其解。《红楼梦》中有些细节，是红学研究者从来不碰的，碰了就湿手沾面粉，自讨苦吃。我们的探讨则恰恰相反，对于那些有意义的难题都想做一些探索，但有的时候还是找不到结论，只好存疑。王子腾"亏空"情节的设计意图，是又一个存疑。

自己家里是这样有苦说不出，可是凤姐还不得清静，王夫人还要凤姐陪着宝钗去王子仁家拜寿。而宝钗与宝玉的柔情蜜意又着实地刺激着凤姐。看作品。

且说凤姐梳了头，换了衣服，想了想，虽然自己不去，也该带个信儿。再者，宝钗还是新媳妇，出门子自然要过去照应照应的。于是见过王夫人，支吾了一件事，便过来到宝玉房中。只见宝玉穿着衣服歪在炕上，两个眼睛呆呆的看宝钗梳头。凤姐站在门口，还是宝钗一回头看见了，连忙起身让坐。宝玉也爬起来，凤姐才笑嘻嘻的坐下。宝钗因说麝月道："你们瞧着二奶奶进来也不言语声儿。"麝月笑着道："二奶奶头里进来就摆手儿不叫言语么。"凤姐因向宝玉道："你还不走，等什么呢。没见这么大人了还是这么小孩子气的。人家各自梳头，你爬在旁边看什么？成日家一块子在屋里还看不够？也不怕丫头们笑话。"说着，哧的一笑，又瞅着他咂嘴儿。宝玉虽也有些不好意思，还不理会，把个宝钗直臊的满脸飞红，又不好听着，又不好说什么，只见袭人端过茶来，只得搭讪着自己递了一袋烟。

凤姐儿笑着站起来接了，道："二妹妹，你别管我们的事，你快穿衣服罢。"宝玉一面也搭讪着找这个，弄那个。凤姐道："你先去罢，那里有个爷们等着奶奶们一块儿走的理呢。"……这里宝钗穿衣服。凤姐儿看他两口儿这般恩爱缠绵，想起贾琏方才那种光景，好不伤心，坐不住，便起身向宝钗笑道："我和你向老太太屋里去罢。"笑着出了房门，一同来见贾母。

这段描写，我们见出了作者的用心。宝玉、宝钗新婚之中就为黛玉而发生过一场争执，虽然第99回中已经由凤姐对贾母、薛姨妈的转述中看到这对新婚夫妇有了亲昵，但作品还没有正面描写过他们的婚后生活，读者早就望眼欲穿，想知道他们究竟过得怎么样。可是作者并不愿意平铺直叙，他拐了个弯，先写贾琏为替王家办事而数落凤姐一阵，凤姐气得落泪；现在，却偏偏由凤姐眼中来写宝玉、宝钗的柔情蜜意，真是一箭双雕。宝玉与宝钗现在已经"这般恩爱缠绵"，我们即使不意外，也依然有点讶异。宝玉口口声声"娶的是林妹妹"，甚至讽刺宝钗"这会子说这些大道理的话给谁听"，现在只相隔没几天，宝玉这个感情弯子是怎么转过来的？仔细想想，还是那句话，毕竟，宝玉同宝钗也是青梅竹马，他对宝钗一向怀着羡慕之情，现在黛玉已经归西，这天底下宝玉最想娶的无疑就是宝钗。作品在第98回写过宝玉的心思："又想黛玉已死，宝钗又是第一等人物。""又见宝钗举动温柔，也就渐渐的将爱慕黛玉的心肠略移在宝钗身上，此是后话。"现在，宝玉的举动将98回的心思坐实了。不过作者很促狭，他是透过凤姐的眼睛来写宝玉、宝钗的恩爱，这让凤姐情何以堪！凤姐实在坐不住，先是赶走了宝玉，又催着宝钗起身，免得自己遭罪。但是，掉进蜜糖里的宝玉一点不解风情，又狠狠刺了凤姐几下，而作品就抓住这镜头写。

不过前面有个细微末节我们先指出一下，宝钗向凤姐递了一袋烟，那么凤姐是抽烟的！这个细节好生突兀，因为以前非但没写过凤姐抽烟，而且就从未出现过抽烟这个情景、这个概念，贾琏、贾珍、贾赦，甚至呆霸王薛蟠、醉金刚倪二此类斗鸡走狗之徒都没见过抽烟。在第52回倒是出现过鼻烟，宝玉拿鼻烟让晴雯闻，那是把鼻烟当药用，没见过其他人有吸鼻烟的。这个细节我判断是续作者的笔墨，他或许是要增强一点作品的现实感，因为烟在明代就进入中国，到清朝中期已经相当普遍。不过，我依然认为这个细节不够妥帖，因为在贾府中没有抽烟的人，凤姐作为孙媳妇辈，不大可能独树一帜背着个烟袋到处抽。回到作品。

宝玉正在那里回贾母往舅舅家去。贾母点头说道："去罢，只是少吃酒，早些回来。你身子才好些。"宝玉答应着出来，刚走到院内，又转身回来向宝钗耳边说了几句不知什么。宝钗笑道："是了，你快去罢。"将宝玉催着去了。这贾母和凤姐宝钗说了没三句话，只见秋纹进来传说："二爷打发焙茗转来，说请二奶奶。"宝钗说道："他又忘了什么，又叫他回来？"秋纹道："我叫小丫头问了，焙茗说是'二爷忘了一句话，二爷叫我回来告诉二奶奶：若是去呢，快些来罢；若不去呢，别在风地里站着。'"说的贾母凤姐并地下站着的众老婆子丫头都笑了。宝钗飞红了脸，把秋纹啐了一口，说道："好个糊涂东西！这也值得这样慌慌张张跑了来说。"秋纹也笑着回去叫小丫头去骂焙茗。那焙茗一面跑着，一面回头说道："二爷把我巴巴的叫下马来，叫回来说的。我若不说，回来对出来又骂我了。这会子说了，他们又骂我。"那丫头笑着跑回来说了。贾母向宝钗道："你去罢，省得他这么记挂。"说的宝钗站不住，又被凤姐怄他顽笑，没好意思，才走了。

我们不得不说，作者很会调用材料，宝玉、宝钗的婚后生活，他并没有怎么展开笔墨，就是借用这么一个宝玉去舅舅家的难舍难分，一个再普通不过的生活场景，就把这对新婚夫妻的恩爱黏稠刻画得入木三分。而且，人物的性格一点不走样，宝玉的黏黏糊糊完全是宝玉的性格，原汁原味原产地；宝钗的几次脸上飞红、站不住，以及嗔怪秋纹的对话，也是地地道道的宝钗，一个沉浸在幸福之中的新媳妇。作者写这一段，我们刚才说了，刺激凤姐是一个目的，但主要目的还是表现宝玉、宝钗夫妻生活的和美。那么，我们读者读了又是什么感受呢？我本人的感受是，作品以事实证明贾政、贾母、王夫人的眼光不错，他们选择的宝钗是很符合宝玉的；说得远一点，也是符合家族的意愿和利益的。假如不是作者曹雪芹的设计，在现实生活中像宝玉、宝钗这样的夫妻完全可以和和美美地过上一辈子，他们的性格正好互补，对他们的家庭，甚至包括对子女的教育，都可以相辅相成。其实，我同样认为，假如宝玉与黛玉结合，两人也会过得很和美，两人的性格也很般配，只不过黛玉的身子可能病恹恹的，家长们无法接受。放眼看看，宝玉、黛玉、宝钗这样的爱情婚姻故事，在现实生活中很常见，古代现代、中国外国、年年天天都在发生。但是曹雪芹将这个故事提炼成很深很深的主题，形成人生最大的悲剧，其中又有无限的人生况味，使得《红楼梦》成为经典和不朽，那是作者的本事，依赖曹雪芹自己特殊的经历和人生认知。然而，曹雪芹并未写完，现在宝玉、宝钗处于温柔乡中，如何从温柔乡跌进寒冰窟，还要写的惊天地泣鬼神，这就要看续作者的手段了。

后面作品写散花寺的姑子来给贾母请安，说起某大人做四十九天的水陆道场。凤姐自己心虚，第二天去寺中抽签，签题竟然是"王熙凤衣锦还乡"，注云："去国离乡二十年，于今衣锦返家园。蜂采百花成蜜后，为谁辛苦为谁甜！行人至，音信迟，讼宜和，婚再议。"凤姐半信半疑，回家后她请宝钗等人看了求解。这在凤姐是属于非常出格的表现了。凤姐历来是个要强的人，连正常的生病都不让别人知道，更别说让人议论了。现在她的自信力已然崩溃，求到这么一支古里古怪、令人生疑的签，竟然出示给众人看，求大家的解释，说明她对自己的前途和能力都丧失了信心，她不再保密，她宁可公开了！这个细节作品处理得很好，写出凤姐性格的一个标志性的转折点。凤姐虽然聪明，但她毕竟没有什么文化学识，没有自己坚固的、由理性组成的人生观、世界观，她仅仅凭着个性的要强，是没有多少深度厚度的，她的人生观很脆弱，一旦碰到重大的打击和挫折，她就会丧失自己，彻底绝望。

宝钗看了签语回来对宝玉说："家中人人都说好的。据我看，这'衣锦还乡'四字里头还有原故，后来再瞧罢了。"宝玉道："你又多疑了。"这签语显然是不吉利的，宝玉理应也看得出；他不肯相信，无非是他内心希望凤姐好。宝钗则认为不吉祥，作品这个写法与前面的海棠妖花很相似，宝钗的这个看法与探春对海棠花的质疑如出一辙，所以我们一直说探春与宝钗性格有点近似。但是我们要说，作品这样写法未必妥当，因为这样写就把宝钗和探春完全混同了。可是在曹雪芹的设计中，十二钗是一个系列，又有着间次的区别，其中，探春一头连着凤姐，另一头连着宝钗。凤姐是"聪明反被聪明误"，探春是"才自精明志自高"，一个聪明一个精明，是相似点；一个自误一个志高，是区别处。我们以前说过了，开始担任管理职务的探春，越来越像凤姐，其实就是她们性格有共同之处，而且那是前八十回曹雪芹写的，没什么争议。探春在有些方面又与宝钗相似，宝钗也是个既聪明又精明的人物，但是，曹雪芹设定的"山中高士晶莹雪"同"才自精明志自高"，是不同的境界，宝钗的境界比探春又高出一层。别的不说，就以对待赵姨娘和贾环来说，宝钗与探春是有明显区别的。探春是亲生女儿，却一直看不起赵姨娘，深深遗憾自己出生于这么一个妾的肚子，宁可认王夫人为母亲；同样，她对亲弟弟贾环也缺少关心甚至心生嫌弃，探春对于"正庶""贵贱"还是比较讲究、比较看重的，结果闹得母女之间、姐弟之间关系十分恶劣。与探春不同，宝钗把出生、贵贱、名利看得比较淡，她对赵姨娘和贾环不抱歧视、厌嫌的态度，所以贾环愿意到她屋子来玩；薛蟠从南方带来的特产、玩意，她所给贾环的与别的姊妹一样，令赵姨娘大为赞叹。同样，对自己的哥哥薛蟠，她也是能劝则劝，没有嫌弃心态，兄妹俩相处得很亲和。在宝钗那里，更讲究"世法平等"，看淡贵贱高低，体现出浓厚的传统文人色彩。因而，对于凤姐抽到的签，宝钗可能不会当回子事。在她的思想中，对"抽签"本身就不认可，对于签语她可能一笑置之。大家回忆一下，原作中宝玉生日那天各人抽花签，宝钗抽到牡丹花，她不过一笑而已，并没上心。曹雪芹笔下的宝钗确实出人头地，配得上"山中高士"的判语。所以，我认为在这里写宝钗说"据我看，这'衣锦还乡'四字里头还有原故，后来再瞧罢了"，让她对一条签语深以为意，这不够妥当，这样的写法降低了宝钗的境界，过于俗气，与原作有些距离。我一直说，真正考验续作者的，是对宝玉、宝钗两个人物的刻画，能不能保持原作的韵味，这非常难。

　　本回与第 94 至 98 回相比，艺术上下了一个档次，还出现大姐儿的年龄问题、邸报的"贾化"，以及凤姐抽烟等明显瑕疵；此外，这一回与下一回笼罩在鬼神迷信之中。这令我们不能不质疑续作水平的稳定性。

第一零二回

宁国府骨肉病灾褐　大观园符水驱妖孽

"宁国府骨肉病灾褐"，是说宁国府中尤氏、贾珍、贾蓉一家接连中邪生病；"大观园符水驱妖孽"，是说贾赦请来道士大做法场，驱赶妖魔。我们在上一回就说了，这两回迷信色彩浓重。

本回的开头值得一说。

话说王夫人打发人来唤宝钗，宝钗连忙过来，请了安。王夫人道："你三妹妹如今要出嫁了，只得你们作嫂子的大家开导开导他，也是你们姊妹之情。况且他也是个明白孩子，我看你们两个也很合的来。只是我听见说宝玉听见他三妹妹出门子，哭的了不的，你也该劝劝他。如今我的身子是十病九痛的，你二嫂子也是三日好两日不好。你还心地明白些，诸事也别说只管吞着不肯得罪人，将来这一番家事，都是你的担子。"宝钗答应着。王夫人又说道："还有一件事，你二嫂子昨儿带了柳家媳妇的丫头来，说补在你们屋里。"宝钗道："今日平儿才带过来，说是太太和二奶奶的主意。"王夫人道："是呦，你二嫂子和我说，我想也没要紧，不便驳他的回。只是一件，我见那孩子眉眼儿上头也不是个很安顿的。起先为宝玉房里的丫头狐狸似的，我撵了几个，那时候你也知道，不然你怎么搬回家去了呢。如今有你，自然不比先前了。我告诉你，不过留点神儿就是了。你们屋里就是袭人那孩子还可以使得。"宝钗答应了，又说了几句话，便过来了。

这是宝钗嫁过来后第一次婆媳交谈，透露出不少内容。第一，婆媳关系很融洽，婆媳之间的交谈很开放，王夫人说话没有什么保留的，该讲的话很随意地说了，宝钗也没什么拘束。第二，王夫人对探春还是很关心，一个女孩子远嫁千里，心情自然不好，王夫人要求宝钗去宽慰，并且说"我看你们两个也很合的来"，可见王夫人都看在眼里。大家知道，探春这位小姐可是个明白人，她是很会识人的。十来年下来她与宝钗合得来，可知她们惺惺惜惺惺，探春是真的佩服宝钗的为人；探春是贾府正宗小姐，她想数落凤姐、李纨，都是当面不客气的，所以凤姐都怕她。宝钗作为一个寄居在贾府的客人，要赢得探春的尊重可是既作不来假，也不能没有探春更看重的格局和境界。我们一直说探春与宝钗性格接近，现在我们要说探春很钦佩宝钗。其实这不是我在做判断，而是曹雪芹在第5回都写明白的，宝钗、黛玉是一个档次，探春、湘云是下一个档次。说到这里我们往横里联系一下：探春与黛玉似乎没有那么"合得来"，这能否说黛玉就不够档次呢？我不这么认为，黛玉与宝钗在《红楼梦》中是"双峰对峙"，没有人比她们更高，包括元春和妙玉。但是，黛玉有性格缺陷，而这个缺陷在探春那里不太容易接受，因为探春是宝玉的妹妹，每每见到自己的哥哥被黛玉弄得又哭又病的，心里自然不会舒服。不过探春很乖巧，她从来不正面表示什么，不像史湘云那样指着宝玉骂黛玉，但探春与黛玉却始终没有很亲热的场面，这是性格差异。而探春与宝钗就有说有笑，还有大观园承包改革的大合作，两人关系要近一些。所以王夫人要宝钗去宽慰探春，也算知人善用。其实，除了宝钗，能够劝慰探春的也没什么人了。嫡亲生母赵姨娘，前面已经讽刺过探春，她说不出什么好话；大嫂李纨与探春虽然接近，但在探春眼中李纨的分量不够；堂嫂凤姐对探春是敬而远之的；惜春自己还是个姑娘，更加上性情冷僻，无法指望。所以王夫人要宝钗去宽慰。其实不需要王夫人要求，宝钗与探春自会交流。第三，王夫人有转交担子的意思："如今我的身子是十病九痛的，你二嫂子也是三日好两日不好。你还心地明白些，诸事也别说只管吞着不肯得罪人，将来这一番家事，都是你的担子。"王夫人说得很直白，语气不可谓不重。我们想想也是，元春过世是四十三岁，王夫人应该六十左右了。古人六十岁算高寿，王夫人想撂挑子很正常，她自己有心脏病，又信佛，很不愿管理家务琐事；以前她把凤姐硬捉过来管理二房，那毕竟名不正言不顺，只能算是短期救急，是因为李纨不肯担责任；现在宝钗进门，王夫人不再有理由捉住凤姐不放，何况凤姐身体已经不行。但是王夫人把话挑明："诸事也别说只管吞着不肯得罪人。"这是又一层要求，要宝钗别只想着不得罪人。当然这是王夫人不够了解宝钗，宝钗怕得罪人，那是这十来年的过往，宝钗只是个寄居客，她怎么可以得罪人？现在她是贾府孙媳妇了，宝钗会怕得罪人吗？刚结婚时她就把黛玉过世的消息直接告诉宝玉，连得罪贾母、王夫人都不怕，她还怕得罪谁？所以这话只是王夫人说，她与宝钗的境界差远了。探春就绝对不会这么说，凤姐也不会说，她们更了解宝钗。但是王夫人并不是怪罪宝钗的意思，她的意思是要宝钗勇敢一些担当起家庭管理的责任，实际上是信任，是愿意交班。第四，王夫人依然不放心宝玉，实际上是不放心那些"眉眼儿上头也不是个很安顿的"丫头，她认为都是"狐狸似的"，怕宝玉经不起勾引。作为母亲有这种担心很正常，但是联系整部作品来看，王夫人或许内心有切身之痛，有可能当年姑娘时候的赵姨娘就是这样"狐狸似的"，迷得贾政向赵姨娘倾倒，而把王夫人抛一边了。她很怕历史在下一代重演。不过以我们对宝钗的了解，王夫人真是多虑了，宝钗要对付一个漂亮丫头恐怕是轻轻松松的事情，王夫人倒是反过来帮着儿子才是呢。不过，我们看看宝钗是如何接受柳五儿的："今日平儿才带过来，说是太太和二奶奶的主意。"这话有点意思，宝钗说"是太太和二奶奶的主意"，是表示她因为顺从王夫人和凤姐才接受的？还是为以后她另作处理留下伏笔？我以为宝钗只是顺口说说，当场让王夫人觉得舒心一点而已。要应付柳五儿，宝钗自有办法，一个柳五儿在家里绝对作不了怪，宝钗比王夫人放心的多。第五，王夫人点将："你们屋里就是袭人那孩子还可以使得。"这有点要宝钗善待、重用袭人的意思。这一点，依然说明王夫人不了解宝钗，宝钗与袭人相处得比王夫人要求的更好呢，王夫人不知道吗？说了这么多，其实就一句话，宝钗对宝玉和自己的小家庭胸有成竹，毫不担心。

其实，按照宝钗的性格和修为，她应该在小家庭之外，可以另有所为，别有天地。直白说，她足以相夫教子，在相夫教子之外，她还可以发挥。比如说贾母过世之后，宝钗应该有能力应对长房邢夫人的企图和压力，她还能够在经济上管理好家庭，通过一系列改革步入正轨，为家族力挽狂澜，就像她在大观园承包制改革中那样有方向、有思路、有措施。只是，作者曹雪芹设计的不是那样的宝钗，而是一个具有所有这些才华和素质的宝钗，必须随着贾府一起破败、一起灭亡，以表现悲剧的彻底。比如，以宝钗的务实性格，她明知薛家在薛蟠手里必然一败涂地，她也看得出薛家的伙计们都在拆主人家的房屋化为私有，宝钗怎么可能听之任之，不闻不问，自己在大观园中吟诗作词呢？以她的精明，只需查查账目，就能够粉碎许多阴谋诡计，保住薛家的家产。她连哥哥回来应该请伙计们吃酒了都提出来，她怎么可能对于经济账目一概不管呢？这无非因为曹雪芹不让宝钗去管这些"俗务"，以此让宝钗显得高雅，像个"山中高士晶莹雪"，其实是作者的想当然了。这里面，说得深一点，就牵涉到作者自己的胸襟和世界观、人生观了，曹雪芹虽然是不世出的文学天才，但他毕竟是一个中国十八世纪的人物，而中国古代文化中，一直是瞧不起经济俗务的，曹雪芹认为让宝钗脱离世俗才是真正的高士，他对宝钗正是往这个方向塑造的，所以不让宝钗沾手薛家的经营事务。只要曹雪芹松一松手，薛宝钗完全可能与母亲薛姨妈联手掌管薛家的经营大权，把薛家经营得有声有色，让薛蟠只落个掌柜的虚名。大家回忆一下，宝钗知道当时的房地产价格，对人参的作假理解得那么透彻，对当铺当票全都懂，对什么人如何使用（比如大观园承包的时候）十分得当。换句话说她既懂经济，还懂管理，如果她替薛家把把关、查查账，那些伙计们是很难把薛家侵吞掉的，我国历史上有的是这样的女强人。但是曹雪芹很矛盾，他既赋予薛宝钗那么多知识和才华，却又不让宝钗沾手家族的经营管理。非但如此，曹雪芹还让宝钗成为一个贾府的寄居者，处处受人制肘，只能"一问三摇头"。大家想一想，如果宝钗是贾府的小姐，诗社还需要探春来发起吗？诗社还会有经费问题，甚至弄得史湘云差点下不来台吗？邢岫烟还会当棉衣受冻吗？我看都不会。

继续看作品。

> 宝钗饭后到了探春那边，自有一番殷勤劝慰之言，不必细说。
>
> 次日，探春将要起身，又来辞宝玉。宝玉自然难割难分。探春便将纲常大体的话，说的宝玉始而低头不语，后来转悲作喜，似有醒悟之意。于是探春放心，辞别众人，竟上轿登程，水舟车陆而去。

这算是对探春远嫁的叙述，没有具体描写。倒不是哥哥宽慰妹妹，反而是远嫁的探春开导宝玉。由此看来，探春非但没有哭哭啼啼，反而是豪情满怀地离家。续作者愿意把探春停格在一个很高的层面上，比元春还高，元春回家还哭哭啼啼呢。当然，这么写也符合"才自精明志自高"这个曹雪芹定下的调子，只是写得太抽象太空洞。显然，续作者不愿多花笔墨，我们也无奈，唯有遗憾而已。

我们只能换个角度，把关注点移到宝玉身上。虽然宝玉"似有醒悟之意"，但是探春的离开对宝玉是又一个实实在在的打击、一个剥离，剥掉了宝玉对这个家的一层依恋，对这人世间的一层关怀。不长的时间之中，迎春离开了他的身边，元春告别了人间，他最关爱的黛玉、晴雯也永远地离开了，马上湘云也要出嫁，他很难见到了，还有芳官、香菱等那么多人都这样那样地离开了他。大观园变得凄凄凉凉，宝玉的"家园"变得空空荡荡，宝玉的心也变得空癯，宝玉的感情像断了源头的河流日渐干枯，甚至对贾母、王夫人都再也没有往日的亲昵。现在只剩宝钗和袭人，因而他特别地珍惜，珍惜到黏黏糊糊、一步也不肯分离。他害怕，害怕再次失去。然而，这只是宝玉目前的心态。随着时间的推移，随着悲凉的日积月累、情感的积淀、思考的理智和深入，随着新婚蜜月成为过去、家常日子成为现实，宝玉会生出什么样的人生感悟呢？他又会发出什么举动呢？这才是我们更加期待的，也是续作写得成功与否、《红楼梦》能否成为绝代之作的关键。我们看下去吧。

作品接着才写到回目"宁国府骨肉病灾禩　大观园符水驱妖孽"的内容。尤氏从大观园走过一趟，回到家中就发热，几位医生看了不见好，就请来一位"毛半仙"算卦，结果说是因为在大观园撞着"伏尸白虎"；贾珍又想起凤姐也是园里走一趟后被一个毛烘烘的东西吓出一场病来。于是贾珍买来纸钱到园里烧化，果然夜里尤氏出了汗，第二天便好些。

> 由是一人传十，十人传百，都说大观园中有了妖怪。唬得那些看园的人也不修花补树，灌溉果蔬。起先晚上不敢行走，以致鸟兽逼人，甚至日里也是约伴持械而行。过了些时，果然贾珍患病。竟不请医调治，轻则到园化纸许愿，重则详星拜斗。贾珍方好，贾蓉等相继而病。如此接连数月，闹得两府俱怕。从此风声鹤唳，草木皆妖。……于是老太太着急的了不得，替另派了好些人将宝玉的住房围住，巡逻打更。这些小丫头们还说，有的看见红脸的，有的看见很俊的女人的，吵嚷不休。唬得宝玉天天害怕。亏得宝钗有把持的，听得丫头们混说，便唬吓着要打，所以那些谣言略好些。

大家看到，闹鬼传说是从宁府起来的，对于贾珍、贾蓉我们不多评论了，我们关注主要人物。"唬得宝玉天天害怕。亏得宝钗有把持的"，这个写法把宝玉刻画得似乎太无能，但再三思考斟酌，我认为作者写得还是有道理的，宝玉一向胆小，对什么神和鬼都很相信，婚后不过几个月，他的基本思想和理念还没有发生太大改变，所以他的害怕是存在的。再说宝钗。"亏得宝钗有把持的"，"有把持"，就是有定力、有控制力，根本不信大观园闹鬼那一套。续作这一笔写得好，写出了宝钗的与众不同、独具一格。其实在原作中写得很清楚，宝钗饱读诗书，对儒佛道三家都通。说得透彻点，什么叫鬼，什么叫神，鬼神是怎么回事，恐怕宝钗懂得更多。有了这样深厚的学识和思想，宝钗怎么可能相信有鬼？更怎么可能相信那么美丽清净、自己居住多年的大观园中有鬼？所以尽管贾府中闹得人仰马翻，宝钗独自"有把持"，一点不奇怪。但是自己"有把持"只是思想心态，作为贾府的二奶奶她还必须有行动、有措施，来稳定局面，安抚宝玉。"听得丫头们混说，便唬吓着要打，所以那些谣言略好些。"作为措施，"唬吓着要打"，似乎简单、粗俗了些，不太符合宝钗的性格。当然，如果她想做出表率以破除谣言，亲自去大观园睡一晚，甚至几晚，宝玉是不是同意？贾母、王夫人是不是允许？这都难说。而且那似乎在打贾珍的脸，宝钗也不是这么张扬冲动的人。我国的人生格言"穷则独善其身，达则兼济天下"，恐怕正是宝钗的写照。此时的宝钗还没有名分、没有能力去管到全家，只能管好自己的小家，能够镇住身边人令"谣言略好些"，安安稳稳过自己的小日子，这样的塑造还是符合宝钗性格的。

宝钗不能做的事情，贾赦出来做了，但是结果呢？我们看。

> 独有贾赦不大很信，说："好好园子，那里有什么鬼怪！"挑了个风清日暖的日子，带了好几个家人，手内持着器械，到园踏看动静。众人劝他不依。到了园中，果然阴气逼人。贾赦还扎挣前走，跟的人都探头缩脑。内中有个年轻的家人，心内已经害怕，只

听呼的一声，回过头来，只见五色灿烂的一件东西跳过去了，唬得嗳哟一声，腿子发软，便躺倒了。贾赦回身查问，那小子喘嘘嘘的回道："亲眼看见一个黄脸红须绿衣青裳一个妖怪走到树林子后头山窟窿旦去了。"贾赦听了，便也有些胆怯，问道："你们都看见么？"有几个推顺水船儿的回说："怎么没瞧见，因老爷在头里，不敢惊动罢了。奴才们还撑得住。"说得贾赦害怕，也不敢再走，急急的回来，吩咐小子们："不要提及，只说看遍了，没有什么东西。"心里实也相信，要到真人府里请法官驱邪。岂知那些家人无事还要生事，今见贾赦怕了，不但不瞒着，反添些穿凿，说得人人吐舌。贾赦没法，只得请道士到园作法事驱邪逐妖。

贾赦自己还是相信鬼妖的，所以闹出这么个结果一点不奇怪。有些东西信则有，不信则无。但在一个人人都信的社会环境中，你要不信，必须有自己的思想理念才行。

我们探讨作品中人物迷信不迷信，这是一个层面；另一个层面要讨论的，是作者本身信不信鬼？我们说了，这两个章回中充满迷信色彩，那么，到底是作品中人物在迷信？还是作者在传播迷信？这是我们鉴赏小说的时候必须加以区别的。续作者似乎也很在意这一点，他在大写两回鬼神迷信之后，明确地为自己撇清了干系。一伙道士在大观园中大作法事。

众人将信将疑，且等不见响动再说。那些下人只知妖怪被擒，疑心去了，便不大惊小怪，往后果然没人提起了。贾珍等病愈复原，都道法师神力。独有一个小子笑说道："头里那些响动我也不知道，就是跟着大老爷进园这一日，明明是个大公野鸡飞过去了，拾儿吓离了眼，说得活象。我们都替他圆了个谎，大老爷就认真起来。倒瞧了个很热闹的坛场。"众人虽然听见，那里肯信，究无人住。

作者写明，什么妖魔鬼怪全是小子们撒谎捏造出来的。显然，续作者也不相信有什么魔鬼。这一笔补写很重要，它不但保全了续作者自己的名声，也保全了《红楼梦》。因为在原作中曹雪芹写了马道婆作法令宝玉、凤姐姐弟差点丧命，这个情节与太虚幻境、大荒山青埂峰以及茫茫大士渺渺真人那些明显的浪漫色彩不同，属于十足的迷信，令《红楼梦》丢分。现在我们看到所谓道士们捉鬼镇妖全是戏说，这就替整部《红楼梦》挽回了脸面。所以我们要感谢续作者。

那么作者又是为什么要把大观园写得如此妖魔鬼气呢？他的构思我们细想想就明白了，他是要表现大观园的衰败，算是对大观园这个小世界做一个交代和了断。这也体现了续作者的细心和思绪，他也知道大观园在读者心目中的地位，他对大观园就像对作品中一位重要人物一样，给出一个最后的结果。只可惜他用了最简单最粗俗的方法。

回末，突然生变，节度使上本参革贾政"失察属员"。

> 亏得皇上的恩典，没有交部，便下旨意，说是失察属员，重征粮米，苛虐百姓，本应革职，姑念初膺外任，不谙吏治，被属员蒙蔽，着降三级，加恩仍以工部员外上行走，并令即日回京。

作品这么安排，从主要情节看，是要让贾政回家，亲身参与到贾府即将发生的重大变故之中。从作者另一意图看，就是反映吏治腐败与皇权治理的关系，作者一方面反映了吏治的黑暗，同时褒扬了皇帝的仁义，这个立场与原作者曹雪芹还是近似的。所谓贾政的降三级的处罚，他担任粮道，是正四品，"仍以工部员外上行走"，即回任员外郎，是从五品。我想指出的是，不知是巧合，还是续作者知道曹家的历史，贾政的这个官场经历，几乎就是曹家百年历史的一个缩影。曹雪芹的太祖父，曹寅的祖父曹振彦曾经当过山西的知府，那正是正四品的级别；现在贾政被降三级，回到从五品的级别，同曹寅两个儿子曹颙、曹頫类似了。曹家的家世与作品的故事，何其相似。这是巧合吗？有待探索。我本人以为，真正令曹雪芹印象深刻、并让他产生深深的家世感慨的，应该是从他的祖父曹寅开始的曹家。曹寅的母亲当了康熙的保姆，曹寅与康熙成为奶兄弟，自幼一起长大，比较亲密；曹家直接与皇上联系上了。康熙对曹家一直很照顾，但是曹寅毕竟是包衣人，是个标准的奴才；最后雍正上台，灭了曹家。这样的家世，让曹雪芹既骄傲，又卑贱；既兴奋，又悲凉。成也皇上，败也皇上，皇帝直接决定曹家的命运。这种奇特的家世，这种矛盾的情怀，左右着曹雪芹，孕育了《红楼梦》。

第一零三回

施毒计金桂自焚身　昧真禅雨村空遇旧

"施毒计金桂自焚身"，讲夏金桂买来砒霜想毒死香菱，却误打误撞把自己毒死了；"昧真禅雨村空遇旧"，讲贾雨村遇见得道的甄士隐，一番试探后还是各走各的，白白相遇。

本回开头还是说贾政被处罚的事。

话说贾琏到了王夫人那边，一一的说了。次日到了部里打点停妥，回来又到王夫人那边，将打点吏部之事告知。王夫人便道："打听准么？果然这样，老爷也愿意，合家也放心。那外任是何尝做得的！若不是那样的参回来，只怕叫那些混帐东西把老爷的性命都坑了呢！"贾琏道："太太那里知道？"王夫人道："自从你二叔放了外任，并没有一个钱拿回来，把家里的倒掏摸了好些去了。你瞧那些跟老爷去的人，他男人在外头不多几时，那些小老婆子们便金头银面的妆扮起来了，可不是在外头瞒着老爷弄钱？你叔叔便由着他们闹去，若弄出事来，不但自己的官做不成，只怕连祖上的官也要抹掉了呢。"贾琏道："婶子说得很是。方才我听见参了，吓的了不得，直等打听明白才放心。也愿意老爷做个京官，安安逸逸的做几年，才保得住一辈子的声名。就是老太太知道了，倒也是放心的，只要太太说得宽缓些。"王夫人道："我知道。你到底再去打听打听。"贾琏答应了。

贾政在外做官的事情很少写进贾府的日常生活，听王夫人这么一说，原来她早就心中暗暗叫苦。而且王夫人很会观察，自己家里的钱哗哗地往外流，那些贾政带去的人家里小老婆却突然间披金戴银，王夫人就知道那些人在外面贪污搜刮，王夫人也算"在家不出门，乃知天下事"。一个女人对周围女人穿着打扮的观察，比男人之间留意的多。贾琏也是够了解他二叔的，知道叔叔在外面根本混不开，不如安安逸逸在京城待着，别指望升官发财，"保得住一辈子的声名"也就不错了。确确实实，不管古代现代，也不管中国外国，有些人适于做官，有些人不适合，强求的话往往惹来祸害，要有自知之明。

贾琏刚要再去打听，薛家来报：夏金桂死了，请这里立即派爷们去料理。王夫人便叫贾琏先去薛家。我们替贾琏算一算，王家的事情，他打理；叔叔的事，他打理；现在薛家的事，还是他打理。而且王夫人安排贾琏非常随意，贾琏则忙得脚不沾地，所以我们应该替贾琏说句公道话，他还是比较厚道的，除了恨王仁过于混账，贾琏几乎从不抱怨，这很不容易。换个人可能早就怨了：宝玉也快二十岁了，他天天养尊处优，贾琏却整日家替婶娘跑腿子，这算什么？顺着这话，我们也谈论几句宝玉。宝玉很淳朴，不受世俗的影响，因而受到所有评论家的赞赏，这没错。不过，宝玉已经是个成年男子，是个已婚男人，是个步入社会的人，他整日养尊处优、游手好闲，没有一点料理生活的能力，比如父亲的事情他也不去打听，岳母家的事情也不闻不问，这在现实生活中，家常日子怎么过？相反，薛宝钗世事洞明人情练达，又被许多人批为庸俗。显然，有些评论本身的立场和标准都未必正确。一个人要自立于社会，当然应该了解社会，还有能够处理日常生活问题的基本能力。我以为，曹雪芹塑造贾宝玉这个形象，实际上寄托着作者的思考与疑问，甚至有批判，而不尽是赞美。从家长来说，贾母、王夫人包管一切，十多岁了还抱在手里含在嘴里，培养出来的子女能够自立吗？能够终生幸福吗？从子女本身来说，不从事任何劳动，坐享祖上的基业，饭来张口茶来伸手，一切靠别人打理，一切要别人服侍，岂不是寄生虫？作者开篇自云："自欲将已往所赖天恩祖德，锦衣纨绔之时，饫甘餍肥之日，背父兄教育之恩，负师友规谈之德，以至于今日一技无成，半生潦倒之罪"，"实愧则有余，悔又无益"。作者曹雪芹很明显对纨绔生涯持批判的态度。假如作者所刻画的宝玉形象是极个别的，没有代表性，那么《红楼梦》就不可能打动两百多年来的无数读者；恰恰相反，类似宝玉的现象有相当的普遍性，不仅当时有，今日依然有；不仅中国存在，外国也存在，尤其是东方国家。当今东方国家出现的"啃老"现象，产生这一现象的原因有多方面，其中家长与子女的个人责任，同贾母、王夫人和宝玉是类似的。记得吗？当黛玉替贾府算账说进的少出的多，长此以往终将不济，宝玉回答："管他呢，有你我吃用的就行了。"正是典型的坐享其成、坐吃山空的"啃老"态度。不过现在宝玉成婚了，贾母、王夫人不能再抱着宝玉不放，宝钗将接过照顾宝玉的担子，同时还负有改造宝玉的重任，这不单是为宝玉，也是为自己、为将来的子女，都是必须完成的工作。以宝钗的能力，要改造宝玉应当可以达到。只是，曹雪芹早就让《红楼梦》"主题先行"了，早在第 5 回就写定："纵然是举案齐眉，到底意难平。"毕竟林黛玉是为宝玉而死，毕竟身边那么多女孩子风流云散，毕竟贾府"呼啦啦似大厦倾"，毕竟整个社会让宝玉感到绝望。宝玉没有按照宝钗期望的方向发展，而是走上了一条绝对的道路。宝玉，《红楼梦》，让我们永久地唏嘘。

接着是本回主要情节"施毒计金桂自焚身"。我把这一段称之为"闹剧"，因为在这个事件中没有一个人物的形象得到深化，对全书主题也毫无贡献，尤其是，这个情节的前提不存在。夏金桂为什么要毒死香菱？理由不充分。香菱对她没有任何威胁，反之倒可以供她取乐发泄，夏金桂为什么要冒杀头的风险去干这种毫无意义的蠢事？叫干兄弟去买砒霜来毒死香菱，只要稍微一审查必然败露，夏金桂那么愚蠢吗？我们思索续作者为什么要这么写？我想他无非是来个简单化处理，把夏金桂这个头绪结束掉。之所以设计成砒霜毒死而不顾理性，或许是《水浒传》的情节在他心中生了根，或许是正好作者周围发生了类似事件，一时冲动而搬进作品。对此，我们不多作讨论了。

下一个情节是"味真禅雨村空遇旧"。作品大开大合，忽然跳到贾雨村，这个人物已经很久很久都没有正面描写过了，只有偶尔随带过几次。现在作品从薛家夏金桂之死跳到贾雨村，中间是没有任何关联的，是凭空跳跃。做出如此大的跳跃，说明作者有特别的需要，归结全书的需要。作品描写人世间是从甄士隐与贾雨村开始的，续作者似乎也想以他们来结束，以此作为对开头的照应，让全书的结构显得完美。我们不能不称赞续作者的视野和构思，非常开阔又极其仔细，堪称大手笔。

贾雨村降任京城长官，"一日出都查勘开垦地亩，路过知机县，到了急流津。正要渡过彼岸，因待人夫，暂且停轿。只见村旁有一座小庙，墙壁坍颓，露出几株古松，倒也苍老"。已经得道成仙的甄士隐便在庙中。"知机县""急流津""彼岸"等几个词语，暗喻甄士隐是来点化贾雨村的。两位故人一番对话，贾雨村提出，"倘荷不弃，京寓甚近，学生当得供奉，得以朝夕聆教。"这是对恩公的报答，所以他还是有点良心的，不是纯粹的"虎狼之辈"，这就是《红楼梦》写人物，合情合理，不搞绝对化、脸谱化。甄士隐回礼道："我于蒲团之外，不知天地间尚有何物。适才尊官所言，贫道一概不解。"甄士隐明白点化不了，让贾雨村走人。所谓"道不同不相为谋"，两位故人分道扬镳。

这段描写虽然很短，也仅有几句对话，但是我想，真正的《红楼梦》爱好者都不会忘记这个场景。我个人以为，这一段写得很有意境，配得上《红楼梦》的开头，让人回味无穷。当然这可能是我们身处我国的传统语境多年，对这种"暗号"性质的语言有特殊的接受性；或者因为我们是《红楼梦》的迷恋者，对这种照应开头的艺术处理，具有特殊的满足感。这一甄（真）一贾（假）两位在开头出现，《红楼梦》的凡尘世界是由他们导入的；现在，他们在即将结束时再次出现，令我们不由自主地回顾整部作品，然后得到一种完满的感觉，一种沧海桑田的感觉。不过遗憾的是，两人的对话与宝玉、与贾府无涉，使得他们仅仅成为一种外在的结构照应，而与作品内容失之交臂，更谈不上深化。其实甄士隐一开始就参与进"一干风流孽鬼下世"的事项，最后的了却工作本该有他一份。这就是我对续作者这一段飞来之作的总体评价。

第一零四回

醉金刚小鳅生大浪　痴公子余痛触前情

"醉金刚小鳅生大浪"，写泼皮倪二因记恨贾芸，进而及至贾府，要告发贾琏强夺并逼死尤二姐；"痴公子余痛触前情"，写贾政回家问起怎么不见林黛玉，触动宝玉伤痛，他要查清楚黛玉究竟怎么死的。

本回开头还写贾雨村与甄士隐。

话说贾雨村刚欲过渡，见有人飞奔而来，跑到跟前，口称："老爷，方才进的那庙火起了！"雨村回首看时，只见烈炎烧天，飞灰蔽目。雨村心想，"这也奇怪，我才出来，走不多远，这火从何而来？莫非士隐遭劫于此？"欲待回去，又恐误了过河；若不回去，心下又不安。想了一想，便问道："你方才见这老道士出来了没有？"那人道："小的原随老爷出来，因腹内疼痛，略走了一走。回头看见一片火光，原来就是那庙中火起，特赶来禀知老爷。并没有见有人出来。"雨村虽则心里狐疑，究竟是名利关心的人，那肯回去看视，便叫那人："你在这里等火灭了进去瞧那老道在与不在，即来回禀。"那人只得答应了伺候。

这场火来得突然，也意味深长。文艺作品中喜欢写大火，具有突然性、震撼性，电影、电视更爱，熊熊大火具有画面感。而作为甄士隐，其生活的变故和转折是起于葫芦庙的大火，现在又是以一场大火告终，可谓前后照应。这场火，验证出贾雨村的良心成分，"雨村虽则心里狐疑，究竟是名利关心的人，那肯回去看视。"不过他还是派人回去查看，算是良心未泯。

接着是用很长的篇幅描写"醉金刚小鳅生大浪"，说的是曾经借钱给贾芸的倪二喝醉了躺在大道上，贾雨村路过把他抓进大牢，他家托贾芸去求情，贾芸办不了，倪二怀恨，打算把贾府的犯法之事揭发告状。这是为后文贾府抄家做埋伏。但情节写得比较枝蔓，而且靠这样的底层人物寻事扳倒贾府似乎不太合理，小人物至多是被利用者，公侯之家通常都是上层权势斗争导致倒台，几千年都是这样。所以续作者用心埋这么一条线索，力气用得不是地方。而且这一段写得不够生动。

　　然后，出乎我们意料的，作品写了一段朝廷中的场景，连前八十回都没正面描写过，续作者似乎要露一手，表现庙堂之上的内容。镜头是跟着贾雨村进入皇宫的。

　　忽有家人传报说："内廷传旨，交看事件。"雨村疾忙上轿进内，只听见人说："今日贾存周江西粮道被参回来，在朝内谢罪。"雨村忙到了内阁，见了各大人，将海疆办理不善的旨意看了，出来即忙找着贾政，先说了些为他抱屈的话，后又道喜，问："一路可好？"贾政也将违别以后的话细细的说了一遍。雨村道："谢罪的本上了去没有？"贾政道："已上去了，等膳后下来看旨意罢。"正说着，只听里头传出旨来叫贾政，贾政即忙进去。各大人有与贾政关切的，都在里头等着。等了好一回方见贾政出来，看见他带着满头的汗。众人迎上去接着，问："有什么旨意？"贾政吐舌道："吓死人，吓死人！倒蒙各位大人关切，幸喜没有什么事。"众人道："旨意问了些什么？"贾政道："旨意问的是云南私带神枪一案。本上奏明是原任太师贾化的家人。主上一直记着我们先祖的名字，便问起来。我忙着磕头奏明先祖的名字是'代化'，主上便笑了，还降旨意说：'前放兵部后降府尹的不是也叫贾化么？'"那时雨村也在傍边，倒吓了一跳，便问贾政道："老先生怎么奏的？"贾政道："我便慢慢奏道：'原任太师贾化是云南人；现任府尹贾某是浙江湖州人。'主上又问：'苏州刺史奏的贾范是你一家了？'我又磕头奏道：'是。'主上便变色道：'纵使家奴强占良民妻女，还成事么？'我一句不敢奏。主上又问道：'贾范是你什么人？'我忙奏道：'是远族。'主上哼了一声，降旨叫出来了。可不是诧事！"众人道："本来也巧。怎么一连有这两件事？"贾政道："事倒不奇，倒是都姓贾的不好。算来我们寒族人多，年代久了，各族都有。现在虽没有事，究竟主上记着一个'贾'字就不好。"众人说："真是真，假是假，怕什么？"贾政道："我心里巴不得不做官，只是不敢告老。现在我们家里两个世袭，这也无可奈何的。"雨村道："如今老先生仍是工部，想来京官是没有事的。"贾政道："京官虽然无事，我究竟做过两次外任，也就说不齐了。"众人道："二老爷的人品行事我们都佩服的。就是令兄大老爷，也是个好人。只要在令侄辈身上严紧些就是了。"贾政道："我因在家的日子少，舍侄的事情不大查考，我心里也不甚放心。诸位今日提起，都是至相好，或者听见东宅的侄儿家有什么不奉规矩的事么？"众人道："没听见别的，只是几位侍郎心里不大和睦，内监里头也有些。想来不怕什么，只要嘱咐那边令侄诸事留神就是了。"众人说毕，举手而散。

　　我们先看一看，这里有没有环境描写？没有，一句都没有，皇宫内廷是什么样子我们一点不知道，包括这里写了一连串"里头"，究竟"里头"与"外头"有什么区别，我们只能意会。这是续作的缺憾。其次，这里闹了个弯弯绕，"贾化"这名字，便有前任太师和贾雨村都是这名字，再加贾政的伯父"贾代化"，绕在一起，连皇帝也闹不清谁是谁。再加上一个"贾范"，把人物关系闹得一塌糊涂。我们要说明一句，这是续作者自编的，曹雪芹的原作可没有前任太师也叫"贾化"，以及什么

"贾范"的，没有这种绕口令。其三，我们真正关注的是贾政，他被怎么处理。好在皇帝只是哼了一声，叫他出去了。作品这样写似乎没有大问题，但是贾政是元春的父亲，皇帝连自己宠爱的妃子的父亲是谁都弄不清楚，我们也只能一笑了之。总之，这里算是直接写到了皇帝本人，对皇帝特别感兴趣的我国老百姓，算是大大满足了一番，读到了对皇上的描写，但从艺术水平来说，这里的描写实在太一般，恐怕大多数读者都没留下印象。最后，这段描写的最大作用就是，连朝中高级官员都在说贾珍已经让御史和内监都有不满，可知朝廷中已经对贾府议论纷纷。这就为后面的抄家做了铺垫。但是，由于抄家在下一回中就到来，让我们觉得本回写倪二来得有点仓促，因为从时间上来说太紧促，倪二这里刚刚打算告状，几天后就抄家，似乎不合程序。即使倪二立马搜集证据、鼓动姓张的去告，也需要时间；即使状子当场被接纳，也还有一个调查取证的过程，然后层层上报，直到皇帝批准，下旨查办，这个过程不止三五天。但从作品叙述来看，雨村回家第二天就在朝中碰到贾政回京谢罪，接着写当天贾政回家的情形，下一回写贾政在家请客吃饭时，锦衣卫就进门。贾政请客，是对亲友们照应的答谢，理应在回家的几天之内，所以这么快就抄家，时间上不甚匹配。倪二"小鳅生大浪"，这风浪生得太快。

最后作品描写"痴公子余痛触前情"。连续几回情节在外面绕了一大圈，先是写薛家夏金桂，又是混混儿倪二，又是贾雨村和甄士隐，一直写到皇宫朝廷，展开了较广阔的背景，现在终于回到贾府，回到宝玉、宝钗这对主角身上。

> 只说宝玉因昨贾政问起黛玉，王夫人答以有病，他便暗里伤心，直待贾政命他回去，一路上已滴了好些眼泪。回到房中，见宝钗和袭人等说话，他便独坐外间纳闷。宝钗叫袭人送过茶去，知他必是怕老爷查问工课，所以如此，只得过来安慰。宝玉便借此说："你们今夜先睡一回，我要定定神。这时更不如从前，三言可忘两语，老爷瞧着不好。你们睡罢，叫袭人陪着我。"宝钗听去有理，便自己到房先睡。

这里宝钗没有领会宝玉的心思，以为宝玉郁闷是怕贾政查功课，哪知道宝玉是在思念黛玉。可看的是，宝玉并不告知宝钗，反而骗她说是："这时更不如从前，三言可忘两语，老爷瞧着不好。你们睡罢，叫袭人陪着我。"宝玉说得很像，贾政刚回来要查功课他要应付，很正常。这里的问题是：宝玉为什么要欺骗宝钗呢？这才是值得思考的地方，是作品的要害，也是下文的精彩之处。

我们细细读一遍原文。

> 宝玉轻轻的叫袭人坐着，央他把紫鹃叫来，有话问他。"但紫鹃见了我，脸上嘴里

总是有气似的，须得你去解释开了他来才好。"袭人道："你说要定神，我倒喜欢，怎么又定到这上头了？有话你明儿问不得？"宝玉道："我就是今晚得闲，明日倘或老爷叫干什么便没空了。好姐姐，你快去叫他来。"袭人道："他不是二奶奶叫是不来的。"宝玉道："我所以央你得说明白了才好。"袭人道："叫我说什么？"宝玉道："你还不知道我的心，也不知道他的心么？都为的是林姑娘。你说我并不是负心的，我如今叫你们弄成了一个负心人了！"说着这话，便瞧瞧里头，用手一指说："他是我本不愿意的，都是老太太他们捉弄的，好端端把一个林妹妹弄死了。就是他死，也该叫我见见，说个明白，他自己死了也不抱怨我。你是听见三姑娘他们说的，临死恨怨我。那紫鹃为他姑娘，也恨得我了不得。你想我是无情的人么？晴雯到底是个丫头，也没有什么大好处，他死了，我老实告诉你罢，我还做个祭文去祭他。那时林姑娘还亲眼见的。如今林姑娘死了，莫非倒不如晴雯么，我连祭都不能祭一祭。林姑娘死了还有知的，他想起来不要更怨我么！"袭人道："你要祭便祭去，要我们做什么？"宝玉道："我自从好了起来就想要做一首祭文的，不知道我如今一点灵机都没有了。要祭别人呢胡乱却使得；若是他断断俗俚不得一点儿的。所以叫紫鹃来问他姑娘这条心。他们打从那样上看出来的。我没病的头里还想得出来，一病以后都记不得。你说林姑娘已经好了，怎么忽然死的？他好的时候我不去，他怎么说？我病时候他不来，他也怎么说？所以他的东西，我诓了过来，你二奶奶总不叫我动，不知什么意思。"袭人道："二奶奶惟恐你伤心罢了，还有什么呢！"宝玉道："我不信。既是他这么念我，为什么临死都把诗稿烧了，不留给我作个纪念？又听见说天上有音乐响，必是他成了神或是登了仙去。我虽见过了棺材，到底不知道棺材里有他没有。"袭人道："你这话益发糊涂了，怎么一个人不死就搁上一个空棺材当死了人呢！"宝玉道："不是嗄！大凡成仙的人，或是肉身去的，或是脱胎去的。好姐姐，你倒底叫紫鹃来。"袭人道："如今等我细细的说明了你的心，他若肯来还好，若不肯来，还得费多少话。就是来了，见你也不肯细说。据我主意，明日等二奶奶上去了，我慢慢的问他，或是倒可仔细。遇着闲空儿我再慢慢的告诉你。"宝玉道："你说得也是。你不知道我心里的着急。"正说着，麝月出来说："二奶奶说，天已四更了，请二爷进去睡罢。袭人姐姐必是说高了兴了，忘了时候儿了。"袭人听了道："可不是该睡了，有话明儿再说罢。"宝玉无奈，只得含愁进去，又向袭人耳边道："明儿不要忘了。"袭人笑说："知道了。"……那夜宝玉无眠，到了明日，还思这事。

这一段的重要性，倒不在当天，而在于揭示了宝玉心头永久的痛、无解的怨，这将影响他的今后、他的道路、他的归宿，影响到贾府的结局，影响到《红楼梦》的结局。前面作品写了，新婚以后宝玉对宝钗十分依恋，恋得黏黏糊糊，一时也离不开。怎么现在又变了？是作品前面写得不对？还是这里不对？我的体会，作品前面写得很对，这里写得更对。此话怎么说呢？前面宝玉的黏黏糊糊，因为"新婚燕尔"，宝玉从单身相思十来年，到忽然结婚天天妻子相伴，这个变化太大，大到让他心头酥软，天地一新。环境的天翻地覆引发他心情、心态的焕然一新，这完全符合心理逻辑，更有无数的现实生活事例可作佐证。但是，眼前生活的突然变化所引发的心理变化，是有一定层次、一定限制的。当新婚也成为日常以后，心底的积淀会一阵阵翻涌上来。宝玉的婚姻太奇特、太悲凉，不仅有"调包计"，眼见林妹妹忽然变成了宝姐姐，而且，林黛玉为此而弃世、含恨抛弃人间，还恰恰是同一个时辰！这一笔情、一笔债、一笔血债，沉到宝玉的心底，永远无法消除。我们读者中间有经历过，或眼见过一些宿情、宿怨、宿债的，恐怕都没有贾宝玉这样深沉、这样奇特的，但我们见过那些债主们，无不以这样那样的方式偿债，有的一次偿清，有的一直在偿，却终其一生也未能偿清，未能安生。结婚与黛玉气死让宝玉受了沉重的内伤，日常并不怎么显眼，但发作起来是要命的。现在，贾政回家问起林黛玉，触发了宝玉的隐痛，他当夜就要见紫鹃，他要了解情况，他要表白自己，他需要向林黛玉解释、忏悔，哪怕不现实。

不能不说，续作对一号人物宝玉的把握准确，把宝玉的诉求写得如此中肯、如此感人。他写出了宝玉情感中最深刻、最隐秘的东西，以及他与宝钗的分歧。作家要找准作品人物的这些隐秘，不是容易的，一部作品的高低，往往在这里见分晓。宝玉要骗过宝钗单独在外房，这是他的无奈，也是夫妻关系中存在裂痕：林黛玉就是那个碰不得的裂纹。虽然宝钗明白告诉宝玉，黛玉已经亡故；虽然宝玉也去潇湘馆祭拜过亡灵；但是，黛玉毕竟为宝玉、为宝玉的婚姻而死，而且烧掉两人的爱情结晶、喊着宝玉咽气的；还有紫鹃等人的怨恨厌弃，让宝玉情何以堪。宝玉要洗刷冤情："我并不是负心的，我如今叫你们弄成了一个负心人了！"宝玉这里所谓的"你们"，很显然，他是指贾母、王夫人、凤姐，还包括宝钗、袭人。也确实，自己在病中，被别人糊里糊涂弄成个"负心人"，宝玉如何甘心？现在他第一个要找紫鹃。本来，紫鹃丫头一个，宝玉何必要向她表白？在宝玉方面大约有这么三个理由：一，林黛玉没有亲人，紫鹃是黛玉最亲密的人，求得紫鹃的谅解，仅次于黛玉本人的谅解；二，紫鹃掌握着黛玉的秘密，尤其是宝玉病后、黛玉临死的情况，这是宝玉亟须了解的，了解这些，虽然对黛玉已经做不出什么，但对宝玉的今后、将来，是有意义的；三，宝玉眼里阶级概念不是很浓厚，紫鹃虽是丫头，但在宝玉眼里是一个人、一个女孩子，他不能被紫鹃看作负心人。所以他急着要找紫鹃解释，明知道宝钗会不高兴，他背着宝钗也要干。与前几回相比，蜜月效应渐渐淡去，生活的力量开始展现。宝玉开始从感性变得理性，从一味的悲痛转向负罪，进而调查黛玉的死因，后面的变数增大了。

　　这场对话的另一个要点，是宝玉点名贾母。他悄悄指着里间的宝钗说："他是我本不愿意的，都是老太太他们捉弄的，好端端把一个林妹妹弄死了。"宝玉说的"他们"，无疑也包含了贾政、王夫人和凤姐，只不过宝玉很重孝道，不肯点出父母的名字而已。宝玉这是同袭人说悄悄话，吐露了心声。但是，这话十分严重，"好端端把一个林妹妹弄死了"，他把林黛玉这笔血债记在了家长头上，为此，他将来做出任何举动都不奇怪。只是他现在刚刚结婚不久，身子也才恢复，他目前还没有什么举动而已。之所以说这话严重，因为宝玉十分孝敬，他从来不肯说家长的不是，他知道贾母、王夫人、贾政所做的一切都是为他好，所以他十分恭敬家长，连贾政不在家他都不肯骑着马走过贾政的书房；对于贾母、王夫人他更是情浓意密，他知道贾母、王夫人是如何爱着他宠着他，他从来不怀疑、不思考贾母、王夫人的举动，即使是王夫人那么狠心而无理地赶走晴雯，他也认，即使晴雯死了他也没一句怨言。但是，这一次完全不一样，彻底不一样，宝玉明确指出："都是老太太他们捉弄的，好端端把一个林妹妹弄死了。"宝玉还没有开始恨，但他已经开始怨了，而且他指出了一个不容置疑的事实，这个事实是无法消除的，永远沉淀在他心底，随时可能翻起波澜。说了这么多，归纳一句：宝玉变了，他彻底断奶了，他开始独立判断，他成熟了。这是一个崭新的宝玉，我们要有所认知。

　　然后，我们看看宝钗的情况。从这一段的描写来看，宝钗具有很高的统治性，不仅袭人、麝月绝对服从，连宝玉也唯命是从。黛玉的东西被宝玉要了来，但宝钗不让他动，宝玉不敢动，他服从并有点畏惧宝钗。而紫鹃，"他不是二奶奶叫是不来的"。可以说，宝钗作为一位新奶奶，她达到了一位"奶奶"可能达到的最高极限。一位新奶奶，可能很难比她再上一层楼，除非她是皇亲国戚，有非凡的背景，有掌控整个贾府命运的力量。但是宝钗没有，她出身的薛家地位比贾府低的多，她没有娘家的背景可以利用，她只能做到这样了。然后，我们要对不太了解古代中国传统习惯、风土人情的读者说一下，在那个时代，女人是弱势者，甚至可以说是无势者，女人的所有权威和力量，都必须借助于男人。就宝钗而言，她的威望和地位，都取决于她的男人，或者说夫家。一个女人再有能力，她必须、只能，借助于自己的男人，男人是她的天，天塌下来便什么都没了。宝钗现有的一切，要借助于宝玉，或者借助于宝玉的父母、奶奶。我们仔细比较一下贾府中的太太、奶奶们，比如邢夫人、王夫人、尤氏、凤姐、李纨、秦可卿以及贾蓉的新夫人，就不难明白。就以我们最了解的凤姐来说，她在贾府威风八面，从根本上讲，还是依靠、借助着贾琏，以及贾琏的家长贾母、邢夫人、王夫人，还有就是她王家的势力。如果没有贾琏的认可和支持，凤姐在贾府就很难立足。我们也看到，凤姐在私下是如何屈从、服侍贾琏的，贾琏出差回来，凤姐整办好酒席接风，自己都不敢喝一口，而是说上一大堆恭维话。凤姐第一次做坏事赚到三千两，也是偷偷借用贾琏的名义。她那么风光，当场抓到了贾琏偷女人，却被贾琏提着剑追杀。贾琏哪天坚持休了凤姐，或者即使不休，而把凤姐打入冷宫另外扶持一个姜，那么凤姐就什么都不是。这就是封建社会的实际形态。同样地，宝钗要在贾府立足，必须借助宝玉，她必须笼络住宝玉，然后才有"二奶奶"的名分，然后才可以借助这个名分统治、管辖别人。宝钗现在做得非常好，威望很高。可惜的是，宝钗依然是女人，是宝玉的夫人，现在我们看到，宝玉十分清醒地说："他是我本不愿意的。"宝玉要娶的是林黛玉而不是宝钗，现在只是"生米煮成熟饭"，无奈接受既成事实；但是，哪一天，他想推翻，他是能够推翻这桩婚姻的。目前他觉得生活暖呼呼的，暂且享受；然而，这暖呼呼的下面却有一丝冷气，冰冷冰冷的，时不时喷出来，让他冷得发抖！——那就是林黛玉。哪一天，这股冷气让他受不了，那个时候，宝钗的冬天也就到来。这就是作品眼前这一段的威力，或者叫威胁。这样一番解读之后，大家明白宝钗的日子其实很不好过，而且她是个明白人，有远见，有预见，她明白这种威胁。关键是，她尽管可以推迟、降低这种威胁，却无法彻底消除。因为她是个女人，生活在那个时代的中国。所以，作品的后面很值得看。

我们一再说，续作能不能写好，关键在于对宝玉和宝钗的塑造。现在大家是不是更清楚一点？总之，续作很有张力，就看它后面怎么写了。

第一零五回

锦衣军查抄宁国府　骢马使弹劾平安州

"锦衣军查抄宁国府"，说的是贾府被朝廷查抄，标题写"查抄宁国府"，实际上是整个贾府，只不过荣国府中贾政这一片被保存下来，确切说是贾府被抄了四分之三。"骢马使弹劾平安州"，指御史弹劾贾赦身为京官勾结地方官平安州，骢马使就是监察御史，相当于现代最高检察院检察官。为什么弹劾呢？清代《钦定吏部则例》规定："如外官赴任时，谒见在京各官或至任所差人来往交结者革职。其在京各官与之接见及差人至外官任所往来者亦革职。"这是中国历史上最独特的法律条文，其意图就是避免官员的内外勾结，给朝廷统治带来威胁。但规定到如此严厉、苛刻，简直匪夷所思。我们这里不解释一下，大家就不懂下文的"交通外官"是什么罪名。

本回开头，不仅是贾政措手不及，我们读者也几乎惊呆了。前一回的结尾是宝玉在思念黛玉，还在儿女情长，本回一上来就是锦衣卫冲进贾府，太突然了。小说气氛、格局为之一变。

话说贾政正在那里设宴请酒，忽见赖大急忙走上荣禧堂来回贾政道："有锦衣府堂官赵老爷带领好几位司官说来拜望。奴才要取职名来回，赵老爷说：'我们至好，不用的。'一面就下车来走进来了。请老爷同爷们快接去。"贾政听了，心想："赵老爷并无来往，怎么也来？现在有客，留他不便，不留又不好。"正自思想，贾琏说："叔叔快去罢，再想一回，人都进来了。"正说着，只见二门上家人又报进来说："赵老爷已进二门了。"贾政等抢步接去，只见赵堂官满脸笑容，并不说什么，一径走上厅来。后面跟着五六位司官，也有认得的，也有不认得的，但是总不答话。贾政等心里不得主意，只得跟了上来让坐。众亲友也有认得赵堂官的，见他仰着脸不大理人，只拉着贾政的手，笑着说了几句寒温的话。众人看见来头不好，也有躲进里间屋里的，也有垂手侍立的。

贾政正要带笑叙话，只见家人慌张报道："西平王爷到了。"贾政慌忙去接，已见王爷进来。赵堂官抢上去请了安，便说："王爷已到，随来各位老爷就该带领府役把守前后门。"众官应了出去。贾政等知事不好，连忙跪接。西平郡王用两手扶起，笑嘻嘻的说道："无事不敢轻造，有奉旨交办事件，要赦老接旨。如今满堂中筵席未散，想有亲友在此未便，且请众位府上亲友各散，独留本宅的人听候。"赵堂官回说："王爷虽是恩典，但东边的事，这位王爷办事认真，想是早已封门。"众人知是两府干系，恨不能脱身。只见王爷笑道："众位只管就请，叫人来给我送出去，告诉锦衣府的官员说，这都是亲友，不必盘查，快快放出。"那些亲友听见，就一溜烟如飞的出去了。独有贾赦贾政一干人唬得面如土色，满身发颤。

贾政在那里设宴请酒，他这人好读书爱清闲不喜宴请，大宴宾客，理应是外任归来不得不请的，这么一推算应在回家后没几天，时间紧接上一回的。他刚刚觐见过皇帝，君臣一番对话，虽然让他觉得"吓死人"，但皇帝承认搞错人了，对贾政并没什么责备。现在忽然派锦衣卫来抄家，至少贾政本人和我们读者都觉得突如其来。锦衣卫，明代皇帝侍卫的军事机构，也是最高特务机构，主要职能为"掌直驾侍卫、巡查缉捕"，它直接向皇帝负责，可以逮捕任何人，包括皇亲国戚，并进行不公开的拷问审讯等活动，刑部、大理寺、都察院这些司法机关无权过问。锦衣卫突如其来，被写得很有层次和悬念，尤其与赵堂官的表现息息相连。贾政起先以为赵堂官是私人拜访，还在那里左思右想如何接待，但赵堂官不等人家报告就直闯荣禧堂，虽然"满脸笑容"，但身后五六位司官亦步亦趋，面对人们的打招呼赵堂官也不理不睬，这可不是拜客礼仪，让贾政和所有客人着慌。赵堂官为什么"满脸笑容"？对付一般官员，锦衣卫可以直接下手，但贾府是一等公之后，是有封爵的，锦衣卫还要等王爷宣读圣旨、下令，可见查抄贾府这样的人家还是要经过皇帝亲自批准，需有王爷到场，这与明代的锦衣卫直接抓人制度有别。作品很有趣地将赵堂官与西平王作为对比来描写：赵堂官是恨不得立即下手，一网打尽；而西平王则尽量维护贾府，能放就放，两人的心态相映成趣。西平王，我们不清楚他与贾府原来的关系，在第14回秦可卿出殡前来路祭的四位王爷都与贾府关系很好，其中有"西宁郡王"，简称应该是"西宁王"，这"西平王"与"西宁王"是不是一家人，不清楚。不过，查封宁府的王爷显然与贾府关系不怎么样，赵堂官回说："王爷虽是恩典，但东边的事，这位王爷办事认真，想是早已封门。"赵堂官这话是委婉指出西平王过于照顾贾府，抄宁国府的王爷可不像你这么照顾，早就公事公办了！我们知道，中国几千年来，法律与人情相互纠葛，在特定情况下，是法律大还是人情大，还真不好说。西平王虽然被赵堂官将了一军，却依然维护着贾府的体面，他只说"有奉旨交办事件，要赦老接旨"，并不说破圣旨内容；然后他让所以客人不经盘查就离开，既放客人一码，也给贾府留点体面。可以设想，如果让赵堂官做主，这批客人很难轻易就脱身，而贾府则将在亲友面前大大出丑。

不多一回，只见进来无数番役，各门把守。本宅上下人等，一步不能乱走。赵堂官便转过一付脸来回王爷道："请爷宣旨意，就好动手。"这些番役却撩衣勒臂，专等旨意。西平王慢慢的说道："小王奉旨带领锦衣府赵全来查看贾赦家产。"贾赦等听见，俱俯伏在地。王爷便站在上头说："有旨意：'贾赦交通外官，依势凌弱，辜负朕恩，有忝祖德，着革去世职。钦此。'"赵堂官一叠声叫："拿下贾赦，其余皆看守。"维时贾赦、贾政、贾琏、贾珍、贾蓉、贾蔷、贾芝、贾兰俱在，惟宝玉假说有病，在贾母那边打闹，贾环本来不大见人的，所以就将现在几人看住。赵堂官即叫他的家人："传齐司员，带同番役，分头按房抄查登帐。"这一言不打紧，唬得贾政上下人等面面相看，喜得番役家人摩拳擦掌，就要往各处动手。西平王道："闻得赦老与政老同房各爨的，理应遵旨查看贾赦的家资，其余且按房封锁，我们复旨去再候定夺。"赵堂官站起来说："回王爷：贾赦贾政并未分家，闻得他侄儿贾琏现在承总管家，不能不尽行查抄。"西平王听了，也不言语。赵堂官便说："贾琏贾赦两处须得奴才带领去查抄才好。"西平王便说："不必忙，先传信后宅，且请内眷回避，再查不迟。"一言未了，老赵家奴番役已经拉着本宅家人领路，分头查抄去了。王爷喝命："不许罗唣！待本爵自行查看。"说着，便慢慢的站起来要走，又吩咐说："跟我的人一个不许动，都给我站在这里候着，回来一齐瞧着登数。"正说着，只见锦衣司官跪禀说："在内查出御用衣裙并多少禁用之物，不敢擅动，回来请示王爷。"一回儿又有一起人来拦住王爷，就回说："东跨下抄出两箱房地契又一箱借票，却都是违例取利的。"老赵便说："好个重利盘剥！很该全抄！请王爷就此坐下，叫奴才去全抄来再候定夺罢。"说着，只见王府长史来禀说："守门军传进来说，主上特命北静王到这里宣旨，请爷接去。"赵堂官听了心里喜欢说："我好晦气，碰着这个酸王。如今那位来了，我就好施威。"一面想着，也迎出来。

　　这里的描写十分精彩，头绪也多，西平王与赵堂官的举动却处处对立。"赵堂官便转过一付脸来回王爷道：'请爷宣旨意，就好动手。'"这些番役即撩衣勒臂，专等旨意。赵堂官突然变脸，那是要大动干戈，往死里整。所以，我们必须先弄清楚皇帝的旨意究竟是什么。据西平王宣布："小王奉旨带领锦衣府赵全来查看贾赦家产。"注意圣旨用的是"查看"二字，而不是"查封"，更不是"查没"，其中区别很大；而且范围限于贾赦，而不是贾府。"查看"，看看贾赦究竟有哪些家产，实际上是检查有没有不法所得的家产家资；"查封"，封禁家产不许动用；"查没"，所有家产一律没收。所以圣旨本身并不十分严厉、严重。再看正式旨意，也就是贾赦的罪名是："贾赦交通外官，依势凌弱，辜负朕恩，有忝祖德，着革去世职。钦此。"据此，贾赦已经被认作罪犯，罪名是"贾赦交通外官，依势凌弱"，这个罪名也不大，"交通外官"是罪名，但究竟做了什么事，如果是谋反、夺权，或干预朝政，那就是大罪，而贾赦不过是"依势凌弱"，这个罪在朝廷、国家层面简直就是稍有过错而已。皇帝的处罚是"革去世职"，也没说要禁闭、逮捕。但是赵堂官的执行方式是："拿下贾赦，其余皆看守。"这个处理已经与圣旨差别不小，我国历史上对罪犯的执法向来会

"自升一级",现在叫"过度执法",这是常规,所以非但贾府中没人抗议,西平王也无异议,连我们读者也大致认同"拿下贾赦,其余皆看守"。不过赵堂官要抄整座荣国府,西平王则指出只该抄贾赦一房;赵堂官抗议道贾赦、贾政并没分家,必须一起抄,西平王不作声了。不过,随着凤姐的违法房契借票被抄出来,罪名增加、罪行加重了,采取的措施据以升级。至于赵堂官为什么如此积极,我想读者都心知肚明,他无非为名为利:抄出罪证他可立功得赏,而抄家的过程也就是发财的过程,多少金银细软进了锦衣卫的腰包。所以他暗骂碰到西平王这么个"酸王",是指西平王酸腐固执,拘泥规则,挡住了他立功发财之路。而西平王是不是一向公平执法我们不知道,但知道他故意维护贾府,因为他与贾府是世交,与贾政一向交好,所以这是"人情"执法。他与赵堂官撞到一起,两人一张一弛,便有了故事,作品有了看头。

这里请大家注意作者的一个"技术性处理",贾府的男人全部被看守,"惟宝玉假说有病,在贾母那边打闹",逃过一劫。按理,父亲回京宴请宾客,宝玉作为大儿子理应出席,他还必须向宾客们敬酒,感谢大家的照顾。但作者找了个理由让宝玉躲在内室,作者的这个维护,似乎是不愿让宝玉过早地遭受苦难,是让宝玉暂时逍遥法外,让他晚一点醒悟,以便作品有进一步展开的时间和空间。这显然是一个曲笔。

> 只见北静王已到大厅,就向外站着,说:"有旨意,锦衣府赵全听宣。"说:"奉旨意:'着锦衣官惟提贾赦质审,余交西平王遵旨查办。钦此。'"西平王领了,好不喜欢,便与北静王坐下,着赵堂官提取贾赦回衙。里头那些查抄的人听得北静王到,俱一齐出来,及闻赵堂官走了,大家没趣,只得侍立听候。北静王便挑选两个诚实司官并十来个老年番役,余者一概逐出。西平王便说:"我正与老赵生气。幸得王爷到来降旨,不然这里很吃大亏。"北静王说:"我在朝内听见王爷奉旨查抄贾宅,我甚放心,谅这里不致荼毒。不料老赵这么混帐。但不知现在政老及宝玉在那里,里面不知闹到怎么样了。"众人回禀:"贾政等在下房看守着,里面已抄得乱腾腾的了。"西平王便吩咐司员:"快将贾政带来问话。"众人命带了上来。贾政跪了请安,不免含泪扣恩。北静王便起身拉着,说:"政老放心。"便将旨意说了。贾政感激涕零,望北又谢了恩,仍上来听候。王爷道:"政老,方才老赵在这里的时候,番役呈禀有禁用之物并重利欠票,我们也难掩过。这禁用之物原办进贵妃用的,我们声明,也无碍。独是借券想个什么法儿才好。如今政老且带司员实在将赦老家产呈出,也就了事,切不可再有隐匿,自干罪戾。"贾政答应道:"犯官再不敢。但犯官祖父遗产并未分过,惟各人所住的房屋有的东西便为己有。"两王便说:"这也无妨,惟将赦老那一边所有的交出就是了。"又吩咐司员等依命行去,不许胡混乱动。司员领命去了。

根据作品描写，我猜测是西平王领旨去办以后，北静王知道不好，赶紧面奏皇帝，说了一堆贾政的好话，所以皇帝接着下旨，造成贾府这么一点小事接连派出三位王爷去处理。如果家家都这样办，京城的王爷肯定不够用。我的意思是，作品这么描述确实好看；但这恐怕属于"纯粹的虚构"，是作者为了作品好看，为了增添趣味而想象出来的情节。因为后一道旨意与前一道，没有本质差别，皇帝没理由下后一道旨意，更不可能为此再派出一位地位更高的王爷。

这里最有趣的是，北静王道："政老，方才老赵在这里的时候，番役呈禀有禁用之物并重利欠票，我们也难掩过。这禁用之物原办进贵妃用的，我们声明，也无碍。独是借券想个什么法儿才好。"北静王的意思，如果不是赵堂官在这里，"重利欠票"这样确凿铁硬的罪证，他们就会遮掩过去；现在既然遮掩不了，那么"想个什么法儿才好"，明白教唆贾政推诿作弊。人情与王法，成为执法的玩物，就看执法者怎么玩了。至于贾赦、贾政并未分家，抄不抄贾政的家，那更是凭执法者的兴趣。抄家这个情节，给我们上了一堂生动的古代法律课。从所谓"公正"的立场来看，赵堂官与两位王爷，哪一方违法、枉法更严重，还真不好说。

还有一个很小的细节，作品照顾得很周到。赵堂官一走，北静王急忙问："但不知现在政老及宝玉在那里，里面不知闹到怎么样了。"就这一句，把北静王与贾政、特别是与宝玉的关系做了照应。不能不佩服作者的周密。

抄家是整部小说最重要的情节，前面写了这么多，都是围绕贾政写的，小说的最重要角色宝玉在这个紧要关头应该要有表现，毕竟贾府的整个变化衰败都是主人公的外部环境，作品更核心的塑造点是人物。好在作品很及时地调转了镜头。

　　且说贾母那边女眷也摆家宴，王夫人正在那边说："宝玉不到外头，恐他老子生气。"凤姐带病哼哼唧唧的说："我看宝玉也不是怕人，他见前头陪客的人也不少了，所以在这里照应也是有的。倘或老爷想起里头少个人在那里照应，太太便把宝兄弟献出去，可不是好？"贾母笑道："凤丫头病到这地位，这张嘴还是那么尖巧。"正说到高兴，只听见邢夫人那边的人一直声的嚷进来说："老太太、太太，不……不好了！多多少少的穿靴带帽的强……强盗来了，翻箱倒笼的来拿东西。"贾母等听着发呆。又见平儿披头散发拉着巧姐哭啼啼的来说："不好了，我正与姐儿吃饭，只见来旺被人拴着进来说：'姑娘快快传进去，请太太们回避，外面王爷就进来查抄家产。'我听了着忙，正要进房拿要紧东西，被一伙人浑推浑赶出来的。咱们这里该穿该带的快快收拾。"王邢二夫人等听得，俱魂飞天外，不知怎样才好。独见凤姐先前圆睁两眼听着，后来便一仰身栽到地下死了。贾母没有听完，便吓得涕泪交流，连话也说不出来。那时一屋子人拉那个，扯那个，正闹得翻天覆地，又听见一叠声嚷说："叫里面女眷们回避，王爷进来了！"

作者构思得非常细心，抄家的恶讯传来之前，先写宝玉为什么没出去，这是给读者的交代，必不可少的；但顺便交代凤姐已经病快快了还在那里谋划、讨好，令贾母十分高兴。眼前的凤姐已经可怜兮兮，同时也为后面贾母特别体恤凤姐埋下一笔。恶讯由两个人物前来报告，先是邢夫人那边的人，既说不清楚话语，还把官吏说成强盗，足见邢夫人手下尽是些窝囊废。平儿的出场就够吓人的，"披头散发拉着巧姐哭啼啼"，她哭着把事情说明白了。接着作品描写三个镜头，是贾府女性的最高层："王邢二夫人等听得，俱魂飞天外，不知怎样才好。独见凤姐先前圆睁两眼听着，后来便一仰身栽到地下死了。贾母没有听完，便吓得涕泪交流，连话也说不出来。"不用说，对凤姐的刻画最为精彩。"一仰身栽到地下死了"，这个"死"字可以说是过于夸张，也可以说精彩至极，用上这个"死"字，才能刻画出凤姐的与众不同，才能刻画出她心中有鬼，这个鬼已经折磨她不少日子。凤姐自己知道，她的房间里埋着炸弹——那几箱子高利贷房契借票，一旦抄家就会引爆，不仅会炸得自己血肉横飞，也会炸毁整座巍峨的贾府。《大清律例》中"违禁取利"写明："凡私放钱债及典当财物，每月取利，并不得过三分，年月虽多，不过一本一利，违者笞四十，以余利计赃。重者，计赃论罪，止杖一百。"这个条例已经放得很宽，允许最高每年百分之三十的利率，但利息总额限制在百分之一百，即与本金相当，不管借期多长。凤姐的利率肯定远远超过这个限制，所以听得"抄家"两字，即使她身子没死，她的心也一下子死了，死透了。凤姐这种所谓的"聪明人"，算计别人是拿手好戏，对于一条条人命，包括身边的尤二姐被她逼得吞金而死，她都可以无动于衷，甚至得意洋洋；但让她被别人抽几十鞭子，甚至拷打一百板子，不用打，听见要打就自己吓死了。应该说续作者把凤姐的性格掌握得很准，刻画得相当生动。我们再往下看。

可怜宝钗宝玉等正在没法，只见地下这些丫头婆子乱抬乱扯的时候，贾琏喘吁吁的跑进来说："好了，好了，幸亏王爷救了我们了！"众人正要问他，贾琏见凤姐死在地下，哭着乱叫，又怕老太太吓坏了，急得死去活来。还亏平儿将凤姐叫醒，令人扶着，老太太也回过气来，哭得气短神昏，躺在炕上。李纨再三宽慰。然后贾琏定神将两王恩典说明，惟恐贾母邢夫人知道贾赦被拿，又要唬死，暂且不敢明说，只得出来照料自己屋内。一进屋门，只见箱开柜破，物件抢得半空。此时急得两眼直竖，淌泪发呆。听见外头叫，只得出来。

对这一段我们先说说我们的遗憾。我们非常想知道，在抄家过程中，主人公宝玉、宝钗是怎么个表现，可惜作者的主要精力不在他们身上，而是在贾政、贾琏身上。我们理解这样的写法，确实抄家的主要对象是贾赦、贾政、贾琏，应付的也是他们，但我们依然期待着作者也写写宝玉、宝钗，可惜作者只有一句"可怜宝钗宝玉等正在没法，只见地下这些丫头婆子乱抬乱扯"，就这么简简单单、含含糊糊地一笔带过，连他们一句话、一个动作都没有，更别说他们的内心感受。我们期待后面吧。作品这一段是以贾琏为主，"贾琏见凤姐死在地下，哭着乱叫，又怕老太太吓坏了，急得死去活来"。毕竟夫妻多年，他对凤姐还是关切的。虽然尤二姐死后贾琏曾经咬牙切齿道要报仇，但看到妻子真要死了，他还是痛心。贾琏既非大善大德，也非大奸大恶，他就是一个很平常的男人。贾琏赶着去自己屋子，"一进屋门，只见箱开柜破，物件抢得半空。此时急得两眼直竖，淌泪发呆"。将近中年，突然人财两空，这种感受没有经历过的人很难体会。"淌泪发呆"四字，比较传神。《红楼梦》中大多数人个性很突出，女子就不用说了，男子有宝玉、薛蟠、柳湘莲、贾环，与他们相比，贾琏算是很平常、很没有特点的男人，但这个男人很受读者相信与接受，他不像舞台上、画面、镜头中的人物，而像一位多年的邻居。

　　接着，作品开出一张抄家物资清单。说实在话，清单虽然具体，但我们隔了两百多年的历史云烟看过去，却难以准确地估计其实际价值。比如说，清单中名列第一的是赤金首饰，第二位是珍珠，而开列最多的是各种裘皮和绸缎，但是当代社会珍珠、裘皮和绸缎已经退出最贵重物品的行列；以当代现实的、拍卖行的价格来估算，别说珍珠、裘皮、绸缎不算什么，连黄金器物都一般，真正值钱的是字画古董，一副字画要超过许多件赤金器物。当然我们不能以今论古，我说的只是我们很难估量这张单子的实际价值。不过有一样东西是无可争辩的："潮银五千二百两，赤金五十两，钱七千吊。"这是贾赦房里的现金数字，这个数字并不太大，凤姐倒腾个三五天，可以变现成倍的银子。但我们还是要感谢续作者，他让我们知道，两百多年前的富豪家里囤积的究竟是些什么。据史学家和红学家说，这张清单在历史文档和文学作品中都极其罕见。换句话说，由此我们知道了，两百多年前的中国，除了地产和房产，什么叫富有，什么是中国人心目中的财富。所以它具有重大的文献价值。在《水浒传》中有"生辰纲"，在《红楼梦》中，前面有乌庄头的地租清单，现在续作者又为我们列出一张家庭财富清单，我们算对古代中国的贵族有一点具体的了解了。不过小说不是文献，它虽然可以具有文献价值，但它的真正价值在于塑造人物，反映人性。下面来了，我们看。

　　　一切动用家伙攒钉登记，以及荣国赐第，俱一一开列，其房地契纸，家人文书，亦俱封裹。贾琏在旁边窃听，只不听见报他的东西，心里正在疑惑。只闻两家王爷问贾政道："所抄家资内有借券，实系盘剥，究是谁行的？政老据实才好。"贾政听了，跪在地下碰头说："实在犯官不理家务，这些事全不知道。问犯官侄儿贾琏才知。"贾琏连忙走上跪下，禀说："这一箱文书既在奴才屋内抄出来的，敢说不知道么。只求王爷开恩，奴才叔叔并不知道的。"两王道："你父已经获罪，只可并案办理。你今认了也是正理。如此叫人将贾琏看守，余俱散收宅内。政老，你须小心候旨。我们进内复旨去了，这里有官役看守。"说着，上轿出门。贾政等就在二门跪送。北静王把手一伸，说："请放心。"觉得脸上大有不忍之色。

这一段写出了人性和人品。两位王爷具体问到借券，贾政磕头道："实在犯官不理家务，这些事全不知道。问犯官侄儿贾琏才知。"贾政这么说是实话，我们可以说他老实；但是，从另一个角度，从为人、气度的角度，我们很难欣赏他。贾政是长辈，贾琏是为他管家的，辛苦十年并无薪酬，平时没有功劳只有苦劳，现在危急时刻贾政推个一干二净，并直指要问贾琏。至少，这位叔叔缺乏一份担当，一份对下一辈的保护。换一个人，比如是探春的话，可能会说："不用问他人，既在犯官家里抄出，概由犯官一人担当。"现在情况恰恰相反，实际上贾琏也没见过这些借券，但是他却挺身而出承担罪责，为贾政开脱。其实贾琏也可以推到凤姐身上的，但他却没有。我们一直看到，贾琏与凤姐两人感情早就破裂，在经济上是各管各的，凤姐暗中操作的私房钱始终瞒着贾琏，尽管已经累积数万，贾琏是一个子儿都见不到、摸不着。但在这性命交关的时刻，贾琏却挺身保护凤姐。这种男人的本色、丈夫的担当，在这一刻真的令我们由衷钦佩。没必要把他与贾政做比较了，我们与宝玉比一比吧。也是在这种生死关头，宝玉曾经抛下金钏儿一个人，自己一溜烟逃跑了；在忠顺王府长史官追到贾府询问琪官（蒋玉菡）的时刻，宝玉供出："听得说他如今在东郊离城二十里有个什么紫檀堡，他在那里置了几亩田地几间房舍。想是在那里也未可知。"实际上就是出卖了琪官。假如说那时宝玉年纪还小不够成熟，可以原谅，那么当他眼看着被冤枉的晴雯"四五日水米不曾沾牙，恹恹弱息，如今现从炕上拉了下来，蓬头垢面，两个女人才架起来去了"，却眼睁睁看着不发一言。这个时候宝玉已经是个成熟的男子，可以同现在的贾琏做对比了。宝玉的担当实在是差劲，比贾琏差远了！然而，在所有的《红楼梦》评论中，我们很少看见有说贾琏好的；所有的好话、赞美，几乎都集中在宝玉身上。这似乎不符合作品的描写。前面我们说了，贾琏是一个很普通的男人，普通的男人就一定容易塑造吗？未必。但《红楼梦》却把一个普通男人的个性品质，写得完完整整、满满当当。这是一种艺术，是作家的担当。在无数的《红楼梦》评论中，对贾琏的评论很少，比薛蟠少得多，不过我个人认为，与薛蟠相比，贾琏塑造得更扎实，他仅仅是缺少那种与众不同的个性而已。而读者，甚至评论家的目光，更容易停留在那种个性极端化的、显山露水的人物身上。我们继续看作品。

> 此时贾政魂魄方定，犹是发怔。贾兰便说："请爷爷进内瞧老太太，再想法儿打听东府里的事。"贾政疾忙起身进内。只见各门上妇女乱糟糟的，不知要怎样。贾政无心查问，一直到贾母房中，只见人人泪痕满面，王夫人宝玉等围着贾母，寂静无言，各各掉泪。惟有邢夫人哭作一团。因见贾政进来，都说："好了，好了！"便告诉老太太说："老爷仍旧好好的进来，请老太太安心罢。"贾母奄奄一息的，微开双目说："我的儿，不想还见得着你！"一声未了，便嚎啕的哭起来。于是满屋里人俱哭个不住。贾政恐哭坏老母，即收泪说："老太太放心罢。本来事情原不小，蒙主上天恩，两位王爷的恩典，万般矜恤。就是大老爷暂时拘质，等问明白了，主上还有恩典。如今家里一些也不动了。"贾母见贾赦不在，又伤心起来，贾政再三安慰方止。

这一段令我们眼睛一亮的是贾兰，他提醒贾政："请爷爷进内瞧老太太，再想法儿打听东府里的事。"贾兰长大了，贾府中又一个孙辈开始担当了。贾珍、贾琏从来都对贾政唯唯诺诺，更别说宝玉、贾环，而现在贾兰居然指点爷爷该去干什么。这一笔描写，很像当年探春当众指出贾母的不是。杰出的作品往往有这种飞来之笔，当中不需要任何铺垫说明，令读者眼睛一亮，然后明白乃意料之外情理之中。贾兰多年前与宝玉一起读私塾，现在至少十三四岁了，他开始发出自己的声音，比较有独立性。这或许也是续作者在照应第5回中的"气昂昂头戴簪缨，光灿灿胸悬金印；威赫赫爵禄高登"。这一段，作者交代的是整个内宅的状况。接下来，他的取材角度特别的好，他选择了邢夫人。

> 众人俱不敢走散，独邢夫人回至自己那边，见门总封锁，丫头婆子亦锁在几间屋内。邢夫人无处可走，放声大哭起来，只得往凤姐那边去。见二门旁舍亦上封条，惟有屋门开着，里头呜咽不绝。邢夫人进去，见凤姐面如纸灰，合眼躺着，平儿在旁暗哭。邢夫人打谅凤姐死了，又哭起来。平儿迎上来说："太太不要哭。奶奶抬回来觉着象是死的了，幸得歇息一回苏过来，哭了几声，如今痰息气定，略安一安神。太太也请定定神罢。但不知老太太怎样了？"邢夫人也不答言，仍走到贾母那边。见眼前俱是贾政的人，自己丈夫被拘，媳妇病危，女儿受苦，现在身无所归，那里禁得住。众人劝慰，李纨等令人收拾房屋请邢夫人暂住，王夫人拨人服侍。

我们说作者取材特别好，因为抄家造成的最大苦果，是由邢夫人来咽下，贾赦被抓进去了，贾琏也被抓进去了，自己非但无依无靠，连吃饭睡觉都没了着落，你叫她如何是好？作者要反映抄家的凄凉，选择邢夫人是最合适不过。但是仅仅反映凄凉，那不是名家巨制的胸怀，真正的大作家，在这同时要反映出人性和人物个性，作品恰恰做到了。"邢夫人无处可走，放声大哭起来，只得往凤姐那边去。"向来，邢夫人是恨凤姐的，因为凤姐帮着王夫人去管家。但到了这穷途末路，她也只得往凤姐家里来。见凤姐躺着不动，"邢夫人打谅凤姐死了，又哭起来"。这阵哭，几成是为凤姐？几成是为自己？我们无法分辨。但是，当平儿告诉她凤姐并没有死，请邢夫人定定神，并问老太太怎么样了？邢夫人却理也不理，抬腿走了。邢夫人为什么先哭后走人？我的理解是，她找到凤姐门上来，是来求帮助的；见到凤姐死了，她哭，是得不到帮助，同时也是兔死狐悲；但凤姐没死，她却不理不睬地走人，那是她看到即使凤姐不死，对她也没有什么帮助了，所以她又去贾母那里，她还是为自己去求生路。眼看自己儿媳妇性命垂危，邢夫人根本不予理睬。这里写出邢夫人的极端自私和狭隘。但是，贾母、王夫人倒对她关爱有加，而贾母、王夫人的财产并没有受到什么损失，哪天她们关照凤姐一点，那么邢夫人也可以从中分得一杯羹，至少活命是毫无问题的。可是绝对自私的邢夫人连这一步也看不到，所以说她狭隘浅薄。如果说作品在这之前也写了一些邢夫人的个性，但是，我以为前面加起来都不如这里彻底。到这里，我们可以把邢夫人看透了。她这种人，比起凤姐差得远了。续作的这一段文字不多，堪称言简意赅。不过，邢夫人命比较好，碰到的是王夫人、李纨，收拾出屋子来让她住下。这么一看，她抛下凤姐，来到贾母这里，也算是对的。

后面一段，构思非常巧妙，写焦大冲出宁国府骂街，由此交代宁国府被抄家的惨况："所有的都抄出来搁着，木器钉得破烂，磁器打得粉碎。"回目用的是"锦衣军查抄宁国府"，圣旨是对宁国府查抄，而对荣国府，只是"查看贾赦家产"，两道圣旨的严厉程度不同，荣国府只是带到一点而已，所以有人说"锦衣军查抄宁国府"这个回目用得不妥当，我以为可以这么用，虽然作品正面描写的是荣国府，因为这才是小说的核心和关键；而回目，可以写最严重的。作者并没有顾此失彼，而是根据小说艺术的表现需要，做出详略选择。不过后面的补叙做得也算用心，原来御史参奏的源头就是"两位御史风闻得珍大爷引诱世家子弟赌博，这款还轻；还有一大款是强占良民妻女为妾，因其女不从，凌逼致死"。强占民妻、凌逼致死，就是尤二姐事件。下一回告诉我们，本来事情没这么急，因为贾赦逼死石呆子是经过贾雨村之手的，贾雨村为了出脱自己，反而急着对贾赦下手了。但是这一些补叙很不精彩，甚至丢三落四，让人看得云里雾里。不过这属于次要部分，从主要内容来看，整个抄家过程写得惊心动魄，各个材料的运用都很到位，主要人物贾政、凤姐、贾琏更是表现得淋漓尽致，我们应该感到很满意了。续作者交出了一份精彩而又恢宏的画卷，他让《红楼梦》成为《红楼梦》，我们谢谢他。

最后，我们概括一下本回的描写艺术。把我自己十二年前由上海文艺出版社出版的《红楼梦全评全赏》第105回的回评中，一篇小文章"抄家的描写艺术"，完整地转过来。一来是觉得对于本回需要有个艺术小结，二来是让大家看到我的一贯观点。

抄家的描写艺术：

多数红学家都对后四十回另眼相看，认为其内容和艺术很糟，与原作不仅无法比拟，而且是"狗尾续貂"，糟蹋了《红楼梦》。本文在此不讨论内涵，仅以抄家的描写艺术做一点探讨，看看续作的艺术究竟在一个什么层次。

抄家描写的艺术，笔者以为有如下几方面。

一、突如其来，雷霆万钧，给人以极大的艺术震撼。

本回开卷：

"话说贾政正在那里设宴请酒，忽见赖大急忙走上荣禧堂来回贾政道：'有锦衣府堂官赵老爷带领好几位司官说来拜望。'"

如果是初读《红楼梦》的读者，一定以为又是哪位官员前来赴宴，有谁想到这竟是抄家队伍开进来了？此后的描写更是惊心动魄，王爷宣布："有旨意：'贾赦交通外官，依势凌弱，辜负朕恩，有忝祖德，着革去世职。钦此。'"平地风波席卷而来，百年大族贾府哗啦啦将倾。

艺术的平地风波能够震撼人心，但它决不能凭空跳跃，而是要建立在原有情节的基础之上，即我们常说的"意料之外情理之中"。而抄家的描写正是如此。小说中早就描写贾赦、贾珍、凤姐等人作恶多端，从艺术上说已经草蛇灰线伏脉千里，如果在抄家之前再做过多预示，那就达不到震撼效果，从艺术上说那是画蛇添足，反而会剥夺了读者的阅读乐趣。当然，也可以做一点小小的提示，比如上一回作品描写了倪二扬言要找到被凤姐弄得家破人亡的小张，怂恿他去告状。但读者怎么也没想到风暴会来得这么快速、这么猛烈。震惊之余，却不能不承认，作者还是有过提示，一切都在情理之中。

二、视点奇特，舍主求次，表现出作者独辟蹊径的艺术果敢。

上面引文已经写明，抄家的原因是"贾赦交通外官，依势凌弱"，并立即"革去世职"。按照通常写法，贾赦是风暴中心，也应该是描写的中心或重心，至少，他会占相当的笔墨。然而打开小说，这整整一回五千多字，居然没有一笔对贾赦的描写，仅有三句简单得不能再简单的叙述：

"独有贾赦贾政一干人唬得面如土色，满身发颤。"

"贾赦等听见，俱俯伏在地。"

"赵堂官提取贾赦回衙。"

这样的处理在中外小说中闻所未闻，但通篇看下来，效果奇好。第一，贾政是家族真正的核心人物，虽然承袭爵位的是贾赦，但贾赦很不成器，根本不关心家族盛衰，一味管自己寻欢作乐，家族的实际支柱是贾政，关心家族利益的是贾政。在这存亡关头，通过贾政的见闻感受，才能表达深深的沉痛和绝望。——而这，正是《红楼梦》主要内涵之一。第二，贾政是全书的主要角色之一，是原作者和续作者倾心刻画的家长和仕宦形象，他寄托着作者的某种希望，又凝聚着他们深深的失望和无奈，作者的心与他相通，在抄家的关键时刻，这纠缠复杂的微妙心态是绝佳的表达机会；相反，贾赦只是一个简单的反面形象，是作者比较厌恶、不愿过多着墨的，全书写的少，在这里则更是弃如敝屣。简单说，作者的情感和寄寓，能够在贾政身上表现，与贾赦则没有共同语言。第三，贾政上头心系老母，下面关怀子孙，以他为视点，可以写出全家的状况，刻画家破人亡的浓厚氛围，给读者猛烈而又悠长的心理冲击，贾赦则承担不起这个任务。可见，作者的剑走偏锋，有他独特的思考，并且在艺术上取得巨大成功。

三、主次分明，构思精密，营造出疏而不漏的艺术效果。

刚刚说过，抄家围绕着贾政写，但抄家是大场面，它彻底改变贾府上下所有人的生活境况，所以仅取贾政一个视点是不够的，必须有对其他人的适当反映。而在这方面，作品处理得恰到好处。它首先给了个群体镜头——贾母等女眷听到抄家消息的震悚场面：

"王邢二夫人等听得，俱魂飞天外，不知怎样才好。独见凤姐先前圆睁两眼听着，后来便一仰身栽到地下死了。贾母没有听完，便吓得涕泪交流，连话也说不出来。那时一屋子人拉那个，扯那个，正闹得翻天覆地……"

其后又取邢夫人的视点：

"独邢夫人回至自己那边，见门总封锁，丫头婆子亦锁在几间屋内。邢夫人无处可走，放声大哭起来……仍走到贾母那边。见眼前俱是贾政的人，自己夫子被拘，媳妇病危，女儿受苦，现在身无所归，那里禁得住。"

这个视点找得太好了，一者邢夫人向来是个心硬情薄之人，不到万分伤心是不会哭的，抄家剥夺了她所有的生活基础，终于令她"放声大哭起来"，写出了抄家的残酷性；更妙的是，通过写她把作者不愿写的贾赦暗中补写了，可谓一箭双雕。

不过最令人叫绝的还是焦大这个视点。全书焦大通共两次出场，前一次出场是第7回，距今已经十来年，读者都快把他忘了。在这生死存亡的关键时刻，他又出现了。年纪大了许多，却还是那个敢哭敢说甚至敢骂的、独一无二的焦大。说他妙，一是彻底道破——没人敢公开道出的——抄家的根源"这些不长进的爷们"，所谓多行不义必自毙；二是借他侧述了宁府被抄的情况，此前所有描写都在荣府，我们还不知道宁府被抄的情况，如果也作描写将花多少笔墨，而焦大短短几句，就把宁府状况补足了；三是他的大哭大叫，给一片死气的画面闪出一道亮色，艺术效果奇好；四是"我活了八九十岁，只有跟着太爷捆人的，那里倒叫人捆起来"，他个人的鲜明对比，道出贾府今非昔比、一落千丈的惨淡处境。

总之，抄家描写以贾政所见所闻所感为主镜头，以贾琏、邢夫人、焦大等人为分镜头，有主有次上下并举，将一个大场面写的层次分明淋漓尽致，而又感人至深，是真正的大场面、大手笔。

一部小说的艺术水准，大场面的描写是一根重要的准绳，它要求作者具备一览众山小的大局观，又需要多个细小的视点集腋成裘；必须有缜密的构思，又要有多种色彩综合运用的表现力；要有磅礴的气势，又要达到艺术的综合平衡。在《红楼梦》中，大场面主要有黛玉进贾府、秦可卿出殡、元春探亲、刘姥姥游园、宝玉挨打等，这些都是原作部分，确确实实，这些描写都达到了几乎至高无上的境界，足以成为教科书的重点章节。续作中最大的场面描写就是抄家。有心的读者可以从各方面同原作的大场面做一番比较，看看它究竟是"狗尾续貂"，还是珠联璧合，不辱《红楼梦》的美名。

以上是我十多年前著作中的内容，现在有一点要补充，就是将抄家这个大场面与原作对比一番。我们不难发现，抄家的描写欠缺一些最直接的、锦衣卫番役的行为描写，作品所写的都是赵堂官和王爷在厅堂之上的场面，没有抄家行为的细节。比如番役进入凤姐房间的具体行为动作，比如他们如何吆喝、如何抢掠妇女们的首饰、如何砸开箱柜，等等，一个镜头也没有，这令我们遗憾。我想假如曹雪芹来写的话，至少会描写一个抄家的具体场面。在原作中黛玉进贾府、秦可卿出殡、元春省亲这些大场面中，都有非常细致的"落地的"描写，而续作差了这么一口气，令一个大场面缺乏某种必要的细节，最终失之于虚浮，造成一种艺术缺憾。由此可见续作与原作在艺术层面上，到底还是差了一层。我们为什么要做这番对比呢？因为我们想弄清楚续作同原作的区别，尤其是它的艺术水准与原作相比究竟怎么样。由于一百年来的《红楼梦》评论都把续作打入另册，所以实际上对续作都没有人去做深入的探讨。严格来讲这已经偏离了文学评论的基本宗旨。至于原作与续作的差别究竟在哪里，也没有人深入系统地进行分析比较。正因为如此，我们讲到这里，正是一个切入点，这里是续作最大的场面描写，正好可以同原作进行对比，从而得到言之有物的结论。

第一零六回

王熙凤致祸抱羞惭　贾太君祷天消祸患

"王熙凤致祸抱羞惭"，说王熙凤因为高利贷契约带给家族灾祸而感觉惭愧，"贾太君祷天消祸患"，说贾母向苍天祷告所有的惩罚由她一人承当，请天神放过子孙。这一回与前一回是一体的，写朝廷对贾府的处理，以及贾府的种种反应，是抄家的余波。

先看第一段。

话说贾政闻知贾母危急，即忙进去看视。见贾母惊吓气逆，王夫人鸳鸯等唤醒回来，即用疏气安神的丸药服了，渐渐的好些，只是伤心落泪。贾政在旁劝慰，总说是"儿子们不肖，招了祸来累老太太受惊。若老太太宽慰些，儿子们尚可在外料理；若是老太太有什么不自在，儿子们的罪孽更重了。"贾母道："我活了八十多岁，自作女孩儿起到你父亲手里，都托着祖宗的福，从没有听见过那些事。如今到老了，见你们倘或受罪，叫我心里过得去么！倒不如合上眼随你们去罢了。"说着，又哭。

这母子两人对话，贾政很诚恳，是心里话，但是，这时候说这话来劝慰母亲其实不太得当。贾政的意思是要贾母放宽些，但说话的技巧是不够的，要母亲宽慰是一回事，怎么使得母亲宽慰是另一回事，贾政说的是您不宽慰些，我们的罪责就更重。凭这话，能够让一个八十多岁的老太太宽慰吗？好像不行，反而让老太太压力更大。这就是贾政的说话水平，难怪贾母喜欢王熙凤，凤姐绝对不会这么说话。我们指出贾政的话语水平不高，不等于说作品的描写水平不高，正好相反，作品写出了一个的的确确的贾政，这看似容易，真正要这么写出来并不容易。

下面开始，是贾府的山回路转、柳暗花明。这是非常重要的内容，是一百年来红学界万炮齐轰、千夫所指的范围。来到这里，读者特别需要保持自己的定力，平心静气，客观公允，就像苏轼的父亲苏洵所说的"泰山崩于前而色不变"，老老实实、一字一句地依据文本来进行分析和判断，然后得出自己的意见，而不管前人怎么说。先看文本。

贾政此时着急异常，又听外面说："请老爷，内廷有信。"贾政急忙出来，见是北静王府长史，一见面便说"大喜。"贾政谢了，请长史坐下，"请问王爷有何谕旨？"那长史道："我们王爷同西平郡王进内复奏，将大人的惧怕的心、感激天恩之话都代奏了。主上甚是悯恤，并念及贵妃薨逝未久，不忍加罪，着加恩仍在工部员外上行走。所封家产，惟将贾赦的入官，余俱给还。并传旨令尽心供职。惟抄出借券令我们王爷查核，如有违禁重利的一概照例入官，其在定例生息的同房地文书尽行给还。贾琏着革去职衔，免罪释放。"贾政听毕，即起身叩谢天恩，又拜谢王爷恩典。"先请长史大人代为禀谢，明晨到阙谢恩，并到府里磕头。"那长史去了。少停，传出旨来。承办官遵旨一一查清，入官者入官，给还者给还，将贾琏放出，所有贾赦名下男妇人等造册入官。

我们说这里的内容重要，因为这里才是真正的生死关头，这里如果将贾府往死里整，贾府就完蛋；反之，这里放生，后面的"沐皇恩贾家延世泽"也就不算意外，因为放生原因是一致的。一，皇帝念及贵妃的情谊；二，贾政为人清白，办事认真。当然，两位王爷说了一堆好话也有作用，但最关键的是这两条。我们要讨论的其实就是这两条理由是否存在，是否合理，是否充分。先说贵妃元春，她被皇帝宠幸、加封，已经十来年了，这十年足以让皇帝产生较深的感情，他对元春的父母祖母有所怜悯、有所偏护，正是人之常情。然后，我们看看贾赦、贾珍所犯的罪行到底有多大，是否足以刺痛皇帝。根据作品描写的，尤其是大家更加相信的前八十回来看，贾赦、贾珍所犯的罪行，对于他们的身份来说是很微小的，是那种贵族人家几乎家家都有的通病，这点子罪行不足以让皇帝动怒。更何况，贾政这位皇帝的"老丈人"本身，是兢兢业业老老实实的，皇帝稍微眷顾一点，实在也是人之常情。何况元妃刚死，对元妃家人略施恩情，我们翻翻中国的史书，太普遍，太常见了。这就是我的看法，续作写得没有毛病。当然，我们是站在现有文本的基础上就事论事。假如曹雪芹构思中在八十回以后，贾府犯下十恶不赦的罪行，那就是另一回事，在那种情况下贾赦、贾政、贾珍锒铛入狱，宝玉流浪街头，贾府轰然倒塌，此后一败涂地，"白茫茫一片真干净"，也是入情入理。但是，现在的文本不是那么写，作家的构思变了，贾府和宝玉的归宿都走上了另一条道路。既然如此，我们只有、而且应当以现有文本为对象，以小说艺术为准绳来衡量作品的水准。续作与原作构思不同，这是我的解读，后面不再每到一处都加说明。

贾赦、贾珍都是有世袭爵位的，每年都有俸禄，虽然没有行政职务还是属于国家养着的官员，革除他们的职位本身就是严重的处罚。贾琏虽然是贵族子弟但无爵位无职务，实际上就是百姓一个了，圣旨"贾琏着革去职衔，免罪释放"，革除的无非是捐得的"同知"虚衔（第2回冷子兴所言）；对他的免罪释放，也是一种照顾，凤姐搞了那么多高利贷，贾琏既然顶罪而又给予免罪释放，大概是照顾到贾赦、贾琏是父子，父子两个放掉一个可以照顾家庭吧。当然，也可以看作是小说作者故意这么安排，以便情节的发展。我们看，下面马上就用到贾琏了。

可怜贾琏屋内东西除将按例放出的文书发给外，其余虽未尽入官的，早被查抄的人尽行抢去，所存者只有家伙物件。贾琏始则惧罪，后蒙释放已是大幸，及想起历年积聚的东西并凤姐的体己不下七八万金，一朝而尽，怎得不痛。且他父亲现禁在锦衣府，凤姐病在垂危，一时悲痛。又见贾政含泪叫他，问道："我因官事在身，不大理家，故叫你们夫妇总理家事。你父亲所为固难劝谏，那重利盘剥究竟是谁干的？况且非咱们这样人家所为。如今入了官，在银钱是不打紧的，这种声名出去还了得吗！"贾琏跪下说道："侄儿办家事，并不敢存一点私心。所有出入的帐目，自有赖大、吴新登、戴良等登记，老爷只管叫他们来查问。现在这几年，库内的银子出多入少，虽没贴补在内，已在各处做了好些空头，求老爷问太太就知道了。这些放出去的帐，连侄儿也不知道那里的银子，要问周瑞旺儿才知道。"贾政道："据你说来，连你自己屋里的事还不知道，那些家中上下的事更不知道了。我这回也不来查问你，现今你无事的人，你父亲的事和你珍大哥的事还不快去打听打听。"贾琏一心委屈，含着眼泪答应了出去。贾政叹气连连的想道："我祖父勤劳王事，立下功勋，得了两个世职，如今两房犯事都革去了。我瞧这些子侄没一个长进的。老天啊，老天啊！我贾家何至一败如此！我虽蒙圣恩格外垂慈，给还家产，那两处食用自应归并一处，叫我一人那里支撑的住。方才琏儿所说更加诧异，说不但库上无银，而且尚有亏空，这几年竟是虚名在外。只恨我自己为什么糊涂若此。倘或我珠儿在世，尚有膀臂；宝玉虽大，更是无用之物。"想到那里，不觉泪满衣襟。又想："老太太偌大年纪，儿子们并没有自能奉养一日，反累他吓得死去活来。种种罪孽，叫我委之何人！"

这一段以贾政为主，但少了贾琏也不行。刚刚我们说了，这一回与上一回是一体的，抄家的结果本回才写明白。这里借贾琏写出，单单他与凤姐的直接损失就达七八万两银子，贾赦的损失我们不清楚，而贾珍的损失应该不会小于这个数字，毕竟他独撑宁府。记得乌庄头来缴地租后，贾珍与贾蓉探讨过荣府的经济状况，从他那种得意心态可知，他认为自己比荣府富裕。然后描写贾政的感叹，他刚刚明白"不但库上无银，而且尚有亏空"，作品这种写法显然暗含对贾政的讥讽，家里的钱用完了几年，他自己居然不知道，可知他多年来从来不看看家底，他雇用的那帮管家，曹雪芹给取的名字已经说明一切，真正失责的是他自己。更说明问题的，曹雪芹早就写了，赖大的家里已经富裕到其花园几乎有大观园的一半。赖大一个做管家的奴才怎么会如此富裕？钱从哪来的？探春参观以后尚且想到学习赖家的园林管理方法，贾政为什么没想到赖家的银子可能就是从贾府流出去的？我国古代没有经理人制度，无数富豪创立的家业到了第二、三代，其资产往往都转移到管家的腰包里去了，然后许多企业都变成了管家、经理人的企业，这其中很大责任就是第二、三代的游手好闲不理家产，像贾政这样多年不问家庭经济逍遥自在的，相当典型，其结果也是自然、必然。赖大以外，吴新登、戴良等人想必也已经家产丰厚，宅第巍峨。如此说来，三十年河东三十年河西，也属于正常。我们再细看贾政的思维，先是要问明放高利贷的是谁，结果没闹清楚就转话题了；然后想到贾赦、贾珍的事情要办，接着是贾赦、贾珍与自己三个家此后都要独自承担，以及子侄无出息，最后是愧对老太太。这么一圈下来，全是虚叹，没有任何实际措施。这是典型的"文人思维"，回避现实，什么问题都没解决。就说宝玉吧，宝玉不是他自己教育出来的？他何曾要宝玉学习家庭俗务、经济管理？他培养的本就是这么个"无用之物"，可谓种瓜得瓜。当然，这不是贾政一个人的问题，而是我国古代教育方向、教育内容的问题，几千年来，对经济知识、管理方式、理财方法都不重视。所以贾府的落败是典型的文化、教育的失败。我们看下去。

> 那时天已点灯时候，贾政进去请贾母的安，见贾母略略好些。回到自己房中，埋怨贾琏夫妇不知好歹，如今闹出放账取利的事情，大家不好。方见凤姐所为，心里很不受用。凤姐现在病重，知他所有什物尽被抄抢一光，心内郁结，一时未便埋怨，暂且隐忍不言。一夜无话。次早贾政进内谢恩，并到北静王府西平王府两处叩谢，求两位王爷照应他哥哥侄儿。两位应许。贾政又在同寅相好处托情。

> 且说贾琏打听得父兄之事不很妥，无法可施，只得回到家中。平儿守着凤姐哭泣，秋桐在耳房中抱怨凤姐。贾琏走近旁边，见凤姐奄奄一息，就有多少怨言，一时也说不出来。平儿哭道："如今事已如此，东西已去不能复来。奶奶这样，还得再请个大夫调治调治才好。"贾琏啐道："我的性命还不保，我还管他么！"凤姐听见，睁眼一瞧，虽不言语，那眼泪流个不尽，见贾琏出去，便与平儿道："你别不达事务了，到了这样田地，你还顾我做什么。我巴不得今儿就死才好。只要你能够眼里有我，我死之后，你扶养大了巧姐儿，我在阴司里也感激你的。"平儿听了，放声大哭。凤姐道："你也是聪明人。他们虽没有来说我，他必抱怨我。虽说事是外头闹的，我若不贪财，如今也没有我的事，不但是枉费心计，挣了一辈子的强，如今落在人后头。我只恨用人不当，恍惚听得那边珍大爷的事说是强占良民妻子为妾，不从逼死，有个姓张的在里头，你想想还有谁，若是这件事审出来，咱们二爷是脱不了的，我那时怎样见人。我要即时就死，又耽不起吞金服毒的。你到还要请大夫，可不是你为顾我反倒害了我了么。"平儿愈听愈惨，想来实在难处，恐凤姐自寻短见，只得紧紧守着。

这两段描写，极尽人情，前面一段写贾政怨恨凤姐，但是贾政还算懂得人情，"凤姐现在病重，知他所有什物尽被抄抢一光，心内郁结，一时未便埋怨，暂且隐忍不言"。贾政是长辈，他若出言那就是定性，整个贾府将以凤姐为敝帚，人人践踏；

何况，凤姐本无管理二房的责任，是王夫人拖着凤姐来管的，贾政要怨，那该去怨王夫人。第二段写贾琏，他的境况又与贾政不同，父亲贾赦、堂兄贾珍都进去了，后面怎么判还不知道，心事何其重；秋桐又在耳边抱怨凤姐，他更加烦；但是，"见凤姐奄奄一息，就有多少怨言，一时也说不出来"。贾琏到底还是个有点良心、有着人性的丈夫。可是平儿不解风情，还嚷着要贾琏去请大夫，这一下惹毛了贾琏，贾琏啐道："我的性命还不保，我还管他么！"贾琏说自己性命不保，那是气话；但叫他去请大夫，这确实超出了他的能力范围，他现在身无分文，吃饭都无着落，请大夫的钱哪里来？贾琏的话虽然很绝情，但我倒是觉得情有可原，因为造成今日局面、让他身无分文的，就是凤姐啊！我们说平儿不解风情，那是平儿没有站在贾琏的立场去思考、去说话，不过，这样说话，才是平儿。平儿对凤姐是"死忠"，救凤姐的性命是她的全部思考，别的她一概不管。若在平时，思虑周严的平儿会考虑到贾琏现在的处境，她很可能不会去求贾琏，免得讨嫌；她可能去求袭人、宝钗，或者李纨，甚至贾母、王夫人，她们才有现金，才叫得动大夫。但是，平儿也是生平第一遭，所有的一切全部破坏了，她早已六神无主，她的脑子一片混乱，她哪还分得清什么轻重缓急？平儿毕竟是个丫鬟，她不是探春，不是宝钗，她就那点眼界。所以这里写出的是"当下"的平儿，是真正的平儿。我们不能不为续作者构思的严密、下笔的分寸叫好。还是凤姐保持着清醒，她到底站得高一些，她劝平儿，"你别不达事务了"，别纠缠贾琏，这是第一层。第二层，"他们虽没有来说我，他必抱怨我"，这话的意思更加周全，更加深入。"他们虽没有来说我"，所说的他们，包括了贾政、贾母、王夫人，当然还有邢夫人、贾琏，凤姐知道自己的罪行和连累到的范围，以她的胸襟、思路，她认为所有的家长必然恨死她、抛弃她；在这么严酷的环境中，"他必抱怨我"。凤姐知道贾琏有多大的担待，贾琏不可能冲破家长们的怨气而独树一帜、特立独行，贾琏就是个普通男人。凤姐是万念俱灰，唯一的挂念和希望都在女儿巧姐儿身上。第三层，凤姐最明白自己的所作所为及其后果，"恍惚听得那边珍大爷的事说是强占良民妻子为妾，不从逼死，有个姓张的在里头，你想想还有谁，若是这件事审出来，咱们二爷是脱不了的，我那时怎样见人"。对于逼死尤二姐，凤姐清楚自己的恶行，她虽然并无悔过之意，但她明白事情抖露的后果，"我那时怎样见人"？那时是千夫所指，活着比死了还难受。然而第四层，凤姐虽然清楚那时自己活着比死了还难受，但是她依然不肯死，"我要即时就死，又耽不起吞金服毒的"。这是绝妙的自白，堪称《红楼梦》中的金句。我们一直说，曹雪芹对凤姐满怀同情，但是，他又极其客观地写出凤姐逼死了一条条人命。从收了老尼的三千两银子，凤姐指使官府逼死张金哥及其未婚夫一对人命，然后是贾瑞，接着是鲍二媳妇，然后是尤二姐及其腹中的孩子，还有尤二姐的定亲男人张华，凤姐也命令手下将其务必杀死剪草除根，尽管张华没死，但凤姐得到的报告是死了。凤姐自己算来至少七条人命，当初她都无动于衷，尤其是尤二姐被她逼得吞金而死，连下葬她还万般阻止。但是现在，尽管她承认自己恶贯满盈，但要她自杀，她"又耽不起吞金服毒的"。这真是绝大的讽刺！人类社会确实如此，那些对别人下死手的时候脸不红心不跳的人，堪称心狠手辣；但是，最后到了连他自己都认为该死的时候，要他自尽，他却怎么也下不了手。凤姐就是这一类人。我们说作者写得好，因为他恰到好处地让人物自己来说出"又耽不起吞金服毒的"，对比效应是那么突出，不免让人拍案叫绝。从凤姐身上，我们可以得到多少感悟，多少启示！第五层，凤姐说："你到还要请大夫，可不是你为顾我反倒害了我了么。"这表明她真的愿意死，只不过想死得不那么难受。这个描写是不是有些照应，甚或报应的意思？林黛玉的死，凤姐其实也有责任，黛玉要掩饰自己的自尽痕迹，追求"病死"；现在时不多久，凤姐也来寻求"病死"。两相对照，令人掩卷而思。

我们看下去。

> 幸贾母不知底细，因近日身子好些，又见贾政无事，宝玉宝钗在旁天天不离左右，略觉放心。素来最疼凤姐，便叫鸳鸯"将我体己东西拿些给凤丫头，再拿些银钱交给平儿，好好的伏侍好了凤丫头，我再慢慢的分派。"又命王夫人照看了邢夫人。又加了宁国府第入官，所有财产房地等并家奴等俱造册收尽，这里贾母命人将车接了尤氏婆媳等过来。可怜赫赫宁府只剩得他们婆媳两个并佩凤偕鸳二人，连一个下人没有。贾母指出房子一所居住，就在惜春所住的间壁。又派了婆子四人丫头两个伏侍。一应饭食起居在大厨房内分送，衣裙什物又是贾母送去，零星需用亦在帐房内开销，俱照荣府每人月例之数。那贾赦贾珍贾蓉在锦衣府使用，帐房内实在无项可支。如今凤姐一无所有，贾琏况又多债务满身，贾政不知家务，只说已经托人，自有照应。贾琏无计可施，想到那亲戚里头薛姨妈家已败，王子腾已死，会者亲戚虽有，俱是不能照应，只得暗暗差人下屯将地亩暂卖了数千金作为监中使费。贾琏如此一行，那些家奴见主家势败，也便趁此弄鬼，并将东庄租税也就指名借用些。此是后话，暂且不提。

这一段我们关注几点。一是"宝玉宝钗在旁天天不离左右"，这算是写到了作品最重要的两位，但也只是一笔带过，让我们难以满足。二是贾母不知道凤姐犯罪之事，还是一味照顾凤姐。三是贾母对邢夫人的照顾。我们心里在问，王夫人为什么不能先一步提出照顾呢？二房再怎么紧手，较之邢夫人的分文不留要好到天上了。

所以贾母是真正的家族领袖，只配她当。四是，贾琏开始悄悄卖掉屯子的田地，也就是乌庄头他们管理的、贾府的命根子。而家奴们则"趁此弄鬼"，他们侵吞掉多少田地，只有天知道了。以前他们还有畏惧之心，现在眼看贾府要倒了，再无忌惮，"墙倒众人推"，趁此捞一把。

然后作品进入"贾太君祷天消祸患"。贾母眼看家族倒霉，她便向天祈祷，但愿一切灾祸由她来承担，免去子孙的受苦。

> 默默说到此，不禁伤心，呜呜咽咽的哭泣起来。鸳鸯珍珠一面解劝，一面扶进房去。只见王夫人带了宝玉宝钗过来请晚安，见贾母悲伤，三人也大哭起来。宝钗更有一层苦楚：想哥哥也在外监，将来要处决，不知可减缓否，翁姑虽然无事，眼见家业萧条，宝玉依然疯傻，毫无志气。想到后来终身，更比贾母王夫人哭得更痛。宝玉见宝钗如此大恸，他亦有一番悲戚。想的是老太太年老不得安，老爷太太见此光景不免悲伤，众姐妹风流云散，一日少似一日。追想在园中吟诗起社，何等热闹，自从林妹妹一死，我郁闷到今，又有宝姐姐过来，未便时常悲切。见他忧兄思母，日夜难得笑容，今见他悲哀欲绝，心里更加不忍，竟嚎啕大哭。鸳鸯、彩云、莺儿、袭人见他们如此，也各有所思，便也呜咽起来。余者丫头们看得伤心，也便陪哭，竟无人解慰。满屋中哭声惊天动地，将外头上夜婆子吓慌，急报与贾政知道。那贾政正在书房纳闷，听见贾母的人来报，心中着忙，飞奔进内。远远听得哭声甚众，打谅老太太不好，急得魂魄俱丧，疾忙进来，只见坐着悲啼，神魂方定。说是"老太太伤心，你们该劝解，怎么的齐打伙儿哭起来了。"众人听得贾政声气，急忙止哭，大家对面发怔。贾政上前安慰了老太太，又说了众人几句。各自心想道："我们原恐老太太悲伤，故来劝解，怎么忘情大家痛哭起来。"

这一段描写，或许是作者要渲染一番贾府的悲哀气氛，但却是有失考虑的。这么一家子人"哭声惊天动地"，虽然雄浑悲壮却没有现实可能。贾母悲哀，王夫人带了宝玉、宝钗进来，王夫人必然是解劝，怎么可能跟着号哭？即使王夫人暂时失去头脑，宝钗绝然不会趁此大哭一场，她是媳妇加孙媳妇，她怎么可能不劝，反而跟着婆婆、太婆婆一起放声痛哭？这里把宝钗写变形了。其次，虽然作者写了一段宝钗、宝玉的内心，但是，两个人内心所思，居然都没想到抄家这个晴天霹雳，我们想想，哪怕是个木头人也不能不考虑眼前的天降大祸，所以两人的心理描写属于失败。

后面写史家来报知史湘云不日就要出嫁，在这尴尬的时刻贾母的一番回复很见她的气格，写得不错。但是作品把史湘云的结婚就这样打发了，依然流于粗疏，令我们不满，尽管下一回对湘云的描写不错。至此，除了林黛玉、薛宝钗之外最靓丽的两位金钗，都被作者轻易打发掉了。

本回最后的情节还是写贾府的经济状况，写得比较详细。

> 一时贾政不放心，又进来瞧瞧老太太，见是好些，便出来传了赖大，叫他将合府里管事家人的花名册子拿来，一齐点了一点，除去贾赦入官的人，尚有三十余家，共男女二百十二名。贾政叫现在府内当差的男人共二十一名进来，问起历年居家用度，共有若干进来，该用若干出去。那管总的家人将近来支用簿子呈上。贾政看时，所入不敷所出，又加连年官里花用，帐上有在外浮借的也不少。再查东省地租，近年所交不及祖上一半，如今用度比祖上更加十倍。贾政不看则已，看了急得跺脚道："这了不得！我打量虽是琏儿管事，在家自有把持，岂知好几年头里已就寅年用了卯年的，还是这样装好看，竟把世职俸禄当作不打紧的事情，为什么不败呢！我如今要就省俭起来，已是迟了。"想到那里，背着手踱来踱去，竟无方法。……想去一时不能清理，只得喝退众人，早打了主意在心里了，且听贾赦等事审得怎样再定。

这里写出明确的数据，除去贾赦名下，还有下人二百一十二名，如此庞大的人口需要开销，贾政能有什么好办法呢？我们且看后文。

这里出现一个新词：东省。"再查东省地租"，这显然是指乌庄头等管理的庄子所出产地租。在乌庄头缴租那一回我们依据地租清单分析得出结论，那些庄子在东北。续作者显然也是这么认为，所以他所用的"东省"，即指东北地区。

连续两回写抄家及其结果，算得比较完满。但是，我们等了半天，还是没有看到宝玉的抄家感受。这两回中宝玉都像道具一样摆出来就完事，没写他对抄家的具体反应，抄家这么大的事情竟然好像与一号主人公无关，作品不加表现，这不能不说是很大的缺漏。必须指出，续作在关键点的构思方面，还是略有欠缺。

第一零七回

散余资贾母明大义　　复世职政老沐天恩

"散余资贾母明大义"，说贾母把自己的私房积蓄包括衣物，分给子孙们，其一番慷慨激昂的话语更是深明大义；"复世职政老沐天恩"，写皇帝开恩让贾政承袭荣府勋爵。

本回开头，贾政入朝听旨，皇帝亲自下旨从宽发落，贾赦"发往台站效力赎罪"。所谓台站，就是驿站，不过贾赦发配的是北方边疆地区的驿站。贾珍"派往海疆效力赎罪"。所以从宽发落，还是念他们祖上的功劳。以我们看来这个处罚并不算宽，清代对于官员的处罚确实够严厉。这也罢了，贾政却请求将家产一并交官，类似于自我惩罚，被众官劝止了。也不知道贾政是真的感觉罪孽深重，还是做一种悔罪姿态。

> 上下男女人等不知传进贾政是何吉凶，都在外头打听，一见贾政回家，都略略的放心，也不敢问。只见贾政忙忙的走到贾母跟前，将蒙圣恩宽免的事，细细告诉了一遍。贾母虽则放心，只是两个世职革去，贾赦又往台站效力，贾珍又往海疆，不免又悲伤起来。邢夫人尤氏听见那话，更哭起来。贾政便道："老太太放心。大哥虽则台站效力，也是为国家办事，不致受苦，只要办得妥当，就可复职。珍儿正是年轻，很该出力。若不是这样，便是祖父的余德，亦不能久享。"说了些宽慰的话。贾母素来本不大喜欢贾赦，那边东府贾珍究竟隔了一层。只有邢夫人尤氏痛哭不已。邢夫人想着"家产一空，丈夫年老远出，膝下虽有琏儿，又是素来顺他二叔的，如今是都靠着二叔，他两口子更是顺着那边去了。独我一人孤苦伶仃，怎么好。"那尤氏本来独掌宁府的家计，除了贾珍也算是惟他为尊，又与贾珍夫妇相和，"如今犯事远出，家财抄尽，依住荣府，虽则老太太疼爱，终是依人门下。又带了偕鸾佩凤，蓉儿夫妇又是不能兴家立业的人。"又想着"二妹妹三妹妹俱是琏二叔闹的，如今他们倒安然无事，依旧夫妇完聚。只留我们几人，怎生度日！"想到这里，痛哭起来。

作品抓住苦主邢夫人、尤氏的心理进行描写，写得很贴切。邢夫人不管怎么还是贾母的儿媳妇，而尤氏则的的确确成了"依人门下"，她要尝到林黛玉的滋味了。

贾母先问还能不能见到贾赦、贾珍一面，贾政说本来不能，他求了人才答应回家见一面，贾母又问明白贾政所有家产后，急得眼泪直流。正说着贾赦、贾珍进来了，自然是全家痛哭。

却说贾母叫邢王二夫人同了鸳鸯等，开箱倒笼，将做媳妇到如今积攒的东西都拿出来，又叫贾赦、贾政、贾珍等，一一的分派说："这里现有的银子，"交贾赦三千两，"你拿二千两去做你的盘费使用，留一千给大太太另用。这三千给珍儿，你只许拿一千去，留下二千交你媳妇过日子。仍旧各自度日，房子是在一处，饭食各自吃罢。四丫头将来的亲事还是我的事。只可怜凤丫头操心了一辈子，如今弄得精光，也给他三千两，叫他自己收着，不许叫琏儿用。如今他还病得神昏气丧，叫平儿来拿去。这是你祖父留下来的衣服，还有我少年穿的衣服首饰，如今我用不着。男的呢，叫大老爷、珍儿、琏儿、蓉儿拿去分了，女的呢，叫大太太、珍儿媳妇、凤丫头拿了分去。这五百两银子交给琏儿，明年将林丫头的棺材送回南去。"分派定了，又叫贾政道："你说现在还该着人的使用，这是少不得的。你叫拿这金子变卖偿还。这是他们闹掉了我的，你也是我的儿子，我并不偏向。宝玉已经成了家，我剩下这些金银等物，大约还值几千两银子，这是都给宝玉的了。珠儿媳妇向来孝顺我，兰儿也好，我也分给他们些。这便是我的事情完了。"贾政见母亲如此明断分晰，俱跪下哭着说："老太太这么大年纪，儿孙们没点孝顺，承受老祖宗这样恩典，叫儿孙们更无地自容了！"贾母道："别瞎说，若不闹出这个乱儿，我还收着呢。只是现在家人过多，只有二老爷是当差的，留几个人就够了。你就吩咐管事的，将人叫齐了，他分派妥当。各家有人便就罢了。譬如一抄尽了，怎么样呢？我们里头的，也要叫人分派，该配人的配人，赏去的赏去。如今虽说咱们这房子不入官，你到底把这园子交了才好。那些田地原交琏儿清理，该卖的卖，该留的留，断不要支架子做空头。我索性说了罢，江南甄家还有几两银子，二太太那里收着，该叫人就送去罢。倘或再有点事出来，可不是他们躲过了风暴又遇了雨了么。"

贾母的大气、公正和明断，别说贾政等子孙五体投地，我们读者也无不钦佩。前面她分配了三个三千两，贾赦、贾珍、凤姐，贾珍与贾赦一样是三千两，体现出老太太的大家风范。贾赦是她儿子，贾珍是隔房的侄孙，照理两人相差太远了，为什么是同等待遇？老太太这时候是把整个贾府承担起来，以老祖宗的身份行事，她就是要显出公平、某种程度的公平，因为贾赦、贾珍都有一家人，又都是发配远方，所以她给的是同样的钱。但是贾母明令：贾赦带走两千，留一千给邢夫人，而贾珍只能带走一千。为什么？她没说。但我们一想就明白了，其一是贾赦年纪大了，在外难以自立且可能生病，需要多花钱；其二是儿子与侄孙，其中的亲疏、长幼必须有所区分；其三是贾珍还有儿子儿媳，家里负担重，所以要多留一千。那么，凤姐也是三千，凭什么？贾母的理由是："只可怜凤丫头操心了一辈子，如今弄得精光，也给他三千两。"意思是凤姐管家有功，其实这只是表面理由，真正的理由是：贾琏是她的孙子，分到的当然也不该少于侄孙贾珍，所以也是三千，只不过贾母让凤姐收着，让凤姐体面，因为凤姐病着，虚荣心又重，贾母把钱交到凤姐手里以示偏爱和关怀。贾母对贾政说："你也是我的儿子，我并不偏向。宝玉已经成了家，我剩下这些金银等物，大约还值几千两银子，这是都给宝玉的了。珠儿媳妇向来孝顺我，兰儿也好，我也分给他们些。"这意思是，长房的贾赦、贾琏分得六千，给宝玉和贾兰的也差不多这个数，不过宝玉已有家室，多分些，贾兰是重孙，少得些。总体上长房与二房差不多，所以贾母说"我并不偏向"。作为一个八十多岁的老太太，我们认为贾母已经很了不起，她把自家与隔房、大儿子与小儿子、儿子与孙子，甚至他们夫妻之间的事情，都考虑到位，也很公平。我们这是站在大多数人的立场说话，觉得贾母既有牺牲精神，又有管理的魄力，老太太了不起！但是，我们如果换个角度，就可能叫苦连天，甚至咒骂贾母。贾母连林黛玉的丧葬费都付了，却把贾环彻底丢到脑后，一分不给，贾环能不恨吗？他可是嫡亲孙子！当然，站在贾母的角度她可以不管，这是她的私房钱，她公平地分给了两个儿子，便是"我并不偏向"，贾环则可以由贾政去管，贾政有俸禄、有家产，贾环有饭吃。所以，看任何事情都有个立场、角度的问题。

　　贾母最后的话，令我很难相信是续作者写的。"我索性说了罢，江南甄家还有几两银子，二太太那里收着，该叫人就送去罢。倘或再有点事出来，可不是他们躲过了风暴又遇了雨了么。"这样琐细的事情更应该是原作者曹雪芹的笔墨，说的是甄家有一笔银子存放在贾府，所谓"躲过了风暴"，指甄家被抄没，这笔银子没有被抄走。续作者很难，甚至不可能想得出这种细节。另一方面，这个细节很可能来自实际的家史。我指的是曹雪芹的家史，曹家被雍正皇帝训斥打压有四五年，曹頫对于灾难临头应该有所预计，他很可能转移了一笔银子到京城的姐姐家，也就是郡王府中。一个家族眼看会有危险到来都会进行某种资产转移。假如我们这些推测成立的话，那么另一个问题也就迎刃而解：由此可知，"江南甄家"，就是江南的真实自己家，就是金陵的曹家，住在织造署的曹家，那才是作者真实的家；而北京的"贾府"，则是郡王府，是曹雪芹寄身的姑妈家。如此理解，那么对于《红楼梦》的题材来源就更加分明，更加确定，更加合乎逻辑，也完全符合小说文本的走势。我们在第 1 回"甄士隐梦幻识通灵"中鉴赏甄士隐这个人物形象的时候就说过，"甄士隐"就是真实的事情隐藏着。谁的真事？作者曹雪芹家的。

　　贾母又道："我所剩的东西也有限，等我死了做结果我的使用。余的都给我伏侍的丫头。"贾政等听到这里，更加伤感。大家跪下："请老太太宽怀，只愿儿子们托老太太的福，过了些时都邀了恩眷。那时兢兢业业的治起家来，以赎前愆，奉养老太太到一百岁的时候。"贾母道："但愿这样才好，我死了也好见祖宗。你们别打谅我是享得富贵受不得贫穷的人哪，不过这几年看看你们轰轰烈烈，我落得都不管，说说笑笑养身子罢了，那知道家运一败直到这样！若说外头好看里头空虚，是我早知道的了。只是'居移气，养移体'，一时下不得台来。如今借此正好收敛，守住这个门头，不然叫人笑话你。你还不知，只打谅我知道穷了便着急的要死，我心里是想着祖宗莫大的功勋，无一日不指望你们比祖宗还强，能够守住也就罢了。谁知他们爷儿两个做些什么勾当！"

贾母最后一席话，何止回目写的"明大义"，那份洒脱，那份看穿，以及对"居移气，养移体"的领会，出入于儒道两家，其境界远在贾政等人之上。这番话不禁让我们想起宝钗对邢岫烟的一番教导。如此看来，宝钗的气质与贾母类似，只是她更有学识，更有教养和思想。我们扯开一句说，假如宝钗是贾母，她肯定早早就管好这份家产，尤其是，她教育的孩子，绝对不可能是贾赦这么愚顽、贾政那样迂腐。古今中外许多思想家，尤其是文学家，多是受到母亲的重大影响而成长起来。我还想说一句，本回贾母的塑造，尤其是带出江南甄府的一笔，我怎么看都更像是曹雪芹的笔墨。莫非曹雪芹的遗稿真有这么多吗？我们是不是应当对程伟元、高鹗的话更相信一些？有待将来的研究。

下面一段写凤姐，也是入木三分。丫头来报凤姐不好了，贾政劝贾母很累了不必过去。

　　贾母道："你们各自出去，等一会子再进来。我还有话说。"贾政不敢多言，只得出来料理兄侄起身的事，又叫贾琏挑人跟去。这里贾母才叫鸳鸯等派人拿了给凤姐的东西跟着过来。凤姐正在气厥。平儿哭得眼红，听见贾母带着王夫人、宝玉、宝钗过来，疾忙出来迎接。贾母便问："这会子怎么样了？"平儿恐惊了贾母，便说："这会子好些。老太太既来了，请进去瞧瞧。"他先跑进去轻轻的揭开帐子。凤姐开眼瞧着，只见贾母进来，满心惭愧。先前原打算贾母等恼他，不疼的了，是死活由他的，不料贾母亲自来瞧，心里一宽，觉那拥塞的气略松动些，便要扎挣坐起。贾母叫平儿按着，"不要动，你好些么？"凤姐含泪道："我从小儿过来，老太太、太太怎么样疼我。那知我福气薄，叫神鬼支使的失魂落魄，不但不能够在老太太跟前尽点孝心，公婆前讨个好，还是这样把我当人，叫我帮着料理家务，被我闹的七颠八倒，我还有什么脸儿见老太太、太太呢！今日老太太、太太亲自过来，我更当不起了，恐怕该活三天的又折上了两天去了。"说着，悲咽。贾母道："那些事原是外头闹起来的，与你什么相干。就是你的东西被人拿去，这也算不了什么呀。我带了好些东西给你，任你自便。"说着，叫人拿上来给他瞧瞧。凤姐本是贪得无厌的人，如今被抄尽净，本是愁苦，又恐人埋怨，正是几不欲生的时候，今儿贾母仍旧疼他，王夫人也没嗔怪，过来安慰他，又想贾琏无事，心下安放好些，便在枕上与贾母磕头，说道："请老太太放心。若是我的病托着老太太的福好了些，我情愿自己当个粗使丫头，尽心竭力的伏侍老太太、太太罢。"贾母听他说得伤心，不免掉下泪来。宝玉是从来没有经过这大风浪的，心下只知安乐，不知忧患的人，如今碰来碰去都是哭泣的事，所以他竟比傻子尤甚，见人哭他就哭。凤姐看见众人忧闷，反倒勉强说几句宽慰贾母的话，求着"请老太太、太太回去，我略好些过来磕头。"说着，将头仰起。贾母叫平儿"好生服侍，短什么到我那里要去。"说着，带了王夫人将要回到自己房中。只听见两三处哭声。贾母实在不忍闻见，便叫王夫人散去，叫宝玉"去见你大爷大哥，送一送就回来。"自己躺在榻上下泪。幸喜鸳鸯等能用百样言语劝解，贾母暂且安歇。

很久很久以来，凤姐"在枕上与贾母磕头"的画面一直印在我的心头。作者前前后后的描写都太好了，使得凤姐在枕头上磕头这个画面像雕塑一般扎实而又动人，她说："若是我的病托着老太太的福好了些，我情愿自己当个粗使丫头，尽心竭力的伏侍老太太、太太罢。"我深信凤姐这话出于真心，但是，凤姐身体若好了，将来天长日久，凤姐真的能够脱胎换骨吗？

这里总算写了一笔宝玉。"宝玉是从来没有经过这大风浪的，心下只知安乐，不知忧患的人，如今碰来碰去都是哭泣的事，所以他竟比傻子尤甚，见人哭他就哭。""只知安乐不知忧患"八个字用在宝玉身上很是贴切，他目前处于迷茫之中，"见人哭他就哭"，他暂时地失去了自我，但这种时间不会太长。苦难是最能够磨炼人的，甚至还能彻底改变一个人。近来宝玉经历的苦难够多了，他正在消化，等到他消化完了，他必将改变。我们后面再看。

> 不言贾赦等分离悲痛。那些跟去的人谁是愿意的？不免心中抱怨，叫苦连天。正是生离果胜死别，看者比受者更加伤心。好好的一个荣国府，闹到人喗鬼哭。贾政最循规矩，在伦常上也讲究的，执手分别后，自己先骑马赶至城外举酒送行，又叮咛了好些国家轸恤勋臣，力图报称的话。贾赦等挥泪分头而别。

贾赦、贾珍踏上发配远行的路程，宝玉也去送行，再次受到现实的教育，贾府抄家这个情节基本结束。但是从小说来看，宁国府以及贾赦的屋子只是封禁，即门上贴上封条不得进入，然后没有做进一步的处理，一直到第119回"沐皇恩贾家延世泽"，贾赦、贾珍都免了罪，"所抄家产，全行赏还"。但是，我们看到的历史档案中，官员的家产被查抄后通常很快做出处理。比如曹家抄没后，没几天就有旨意，连人带家产全部赏给接任织造官绥赫德。我们正好做个比较。曹寅的妻舅、与曹家关系极深的苏州织造李煦，比曹家早三年就被抄了家，不久雍正下旨："李煦亏空官帑，着将其家物估价，抵偿欠银，并将其房屋赏给年羹尧。"（故宫明清档案部《关于江宁织造曹家档案史料》第 206 页，中华书局，1975 年版）李煦的总资产估价是十二万八千两，雍正仅仅把房屋赏给年羹尧。年羹尧是什么身份？雍正元年上谕："若有调遣军兵、动用粮饷之处，著边防办饷大臣及川陕、云南督抚提镇等，俱照年羹尧办理。"可见年羹尧比江宁织造绥赫德显赫不知多少，他也不能得到李煦十二万八千的全部家产；反过来说，曹家的总家产应该远远低于十二万。所以我认为曹家不是大富大贵，当不了《红楼梦》中贾府的原版。回到作品，贾府被查封而几年不没收、不变卖，搁在那里，这不太符合清代当时的司法实际，可以看作是作者为了情节需要而做出的一种回护。

贾政送别兄侄回来，家门口已经有人报喜，皇上把荣国府的世袭封爵给了贾政，一家子自然欢喜，"独有邢夫人尤氏心下悲苦，只不好露出来"。这一笔写得好，但不好的是没写宝玉的反应。当年贾政升官宝玉也曾兴奋过，现在风云突变以后，宝玉对父亲袭爵究竟是个什么态度，我们很想看一看的；还包括宝钗这个儿媳、这位"山中高士"的态度，我们也想看看，可惜作者都没写。

不过作者的细心体现在最后一段。来自江宁甄家的包勇，在路上听见两人议论贾府的祸事。

> "别人犹可，独是那个贾大人更了不得！我常见他在两府来往，前儿御史虽参了，主子还叫府尹查明实迹再办。你道他怎么样？他本沾过两府的好处，怕人说他回护一家，他便狠狠的踢了一脚，所以两府里才到底抄了。你道如今的世情还了得吗！"两人无心说闲话，岂知旁边有人跟着听的明白。包勇心下暗想："天下有这样负恩的人！但不知是我老爷的什么人。我若见了他，便打他一个死，闹出事来我承当去。"那包勇正在酒后胡思乱想，忽听那边喝道而来。包勇远远站着。只见那两人轻轻的说道："这来的就是那个贾大人了。"包勇听了，心里怀恨，趁了酒兴，便大声的道："没良心的男女！怎么忘了我们贾家的恩了。"雨村在轿内，听得一个"贾"字，便留神观看，见是一个醉汉，便不理会过去了。

任京城府尹的贾雨村，他为了撇清自己，对贾府踹了一脚，所以抄家来得这么迅速、突然。作品补上这一笔，既是对贾雨村的刻画交代，也是对我国古代官场套路的一个揭露。从构思来说可谓细腻。包勇热血沸腾，忠心报主，但贾政知道这事后，生怕包勇惹事，很是生气，将包勇骂了一顿派去看守大观园，轻易出不来了。这一笔又将贾政的小心怕事、忍辱负重的气性刻画出来。他非但没想报复贾雨村，连愤恨都没有，只是低头、躲避。

　　本回情节可谓一波三折：一家人没法度日了，贾母的私房钱救了急；贾府眼看一败涂地，皇帝又赏还世袭；凤姐拼着一死，贾母却恩宠依旧，让她活了过来。作品这样安排从其内在逻辑看都不成问题，只是许多评论认为这违背了原作的精神。究竟如何看待，读者自定。

　　这连续三回的重要情节是贾赦、贾珍犯罪，遭流放，但在这三回的漫长篇幅中，作品对他们几乎没有任何描写，作者似乎很不愿让他们着墨，而让贾政作为描写的中心。这种描写在其他小说中很少见。显然，这不仅是贾赦、贾珍的角色地位问题，恐怕作者对他们很有些厌烦，故意"边缘化"。相反，对贾母的描写是不厌其烦，并且写的极其出色；对凤姐也是不惜笔墨，她的点点滴滴都不遗漏。这种倾向同前八十回颇相似，那里写贾赦的笔墨也少得屈指可数。曹雪芹对贾赦怀有偏颇，我们很能理解，贾赦的原型可能是他某位长辈，曹雪芹十分讨厌他。按理，续作者与贾赦、贾珍非亲非故，他不至于如此厌恶他们，以至于于一笔都不愿写。那么，这几回的许多内容，是不是也出自曹雪芹的遗稿呢？

第一零八回

强欢笑蘅芜庆生辰　死缠绵潇湘闻鬼哭

"强欢笑蘅芜庆生辰"，说贾母为了找回欢乐而给宝钗做生日，结果是大家强颜欢笑并无快乐；"死缠绵潇湘闻鬼哭"，说宝玉深深想念林黛玉，夜里入园到潇湘馆缅怀，还听说这里经常有哭声传出。

回目开首是"强欢笑"，那么我们很想看看这一回是不是把"强欢笑"那种尴尬而微妙的氛围传导出来，这倒是需要相当的功力的。本回第一段交代贾府概况。

> 此时贾政理家，又奉了贾母之命将人口渐次减少，诸凡省俭，尚且不能支持。幸喜凤姐为贾母疼惜，王夫人等虽则不大喜欢，若说治家办事尚能出力，所以将内事仍交凤姐办理。但近来因被抄以后，诸事运用不来，也是每形拮据。那些房头上下人等原是宽裕惯的，如今较之往日，十去其七，怎能周到，不免怨言不绝。凤姐也不敢推迟，扶病承欢贾母。过了些时，贾赦贾珍各到当差地方，恃有用度，暂且自安，写书回家，都言安逸，家中不必挂念。于是贾母放心，邢夫人尤氏也略略宽怀。

短短一段，把里里外外都交代清楚了，作者的概述很精炼。这里说的"此时贾政理家"，指家族总账由他亲自管，贾琏被削职了，至于那批管家清客，不是自谋高就就是被辞退。至于家族内务，还是交给凤姐管，而王夫人已经"不大喜欢"，这很自然，凤姐的放债一事败露，王夫人肯定明白她至少挪用公款，还会信任她吗？何况宝钗是理家的好手，大约还是因为贾母的关系，王夫人才勉强交给凤姐。而凤姐带罪之人威信全无，再加身体有病，经济又拮据，她也只能任凭抱怨，勉强支撑，做一天和尚撞一天钟。凤姐现在真的是在干苦差事。

下一段写史湘云出嫁后来看贾母，两人交谈很长，聊起家常。这个描写很新鲜，因为前面这十来年，作品从来没有写过贾母与史湘云交谈，实际上贾母也没同林黛玉、薛宝钗有过任何交谈，更别说深入的交谈。前八十回不写，后四十回将近三分之二也没写。当然我们相信实际上贾母经常会与她们交谈的，只不过作者始终不写，到今天却大写特写，很是新奇。据此我们做出判断：作者的思路有所改变。两人谈得很广泛，从湘云自己说起，黛玉、迎春都聊到，而对薛家则谈得很详细，然后是邢岫烟等，一直聊到江南甄家。作者的意图是借贾母的嘴转述各家概况。贾母甚至说："二太太的娘家舅太爷一死，凤丫头的哥哥也不成人，那二舅太爷也是个小气的，又是官项不清，也是打饥荒。"对一个孙辈这样褒贬王夫人的兄弟和侄儿，可见两人几乎无话不说。

　　湘云道："我从小儿在这里长大的，这里那些人的脾气我都知道的。这一回来了，竟都改了样子了。我打量我隔了好些时没来，他们生疏我。我细想起来，竟不是的，就是见了我，瞧他们的意思原要象先前一样的热闹，不知道怎么，说说就伤心起来了。我所以坐坐就到老太太这里来了。"贾母道："如今这样日子在我也罢了，你们年轻轻儿的人还了得！我正要想个法儿叫他们还热闹一天才好，只是打不起这个精神来。"湘云道："我想起来了，宝姐姐不是后儿的生日吗，我多住一天，给他拜过寿，大家热闹一天。不知老太太怎么样？"贾母道："我真正气糊涂了。你不提我竟忘了，后日可不是他的生日！我明日拿出钱来，给他办个生日。他没有定亲的时候倒做过好几次，如今他过了门，倒没有做。宝玉这孩子头里很伶俐很淘气，如今为着家里的事不好，把这孩子越发弄的话都没有了。倒是珠儿媳妇还好，他有的时候是这么着，没的时候他也是这么着，带着兰儿静静儿的过日子，倒难为他。"湘云道："别人还不离，独有琏二嫂子连模样儿都改了，说话也不伶俐了。明日等我来引导他们，看他们怎么样。但是他们嘴里不说，心里要抱怨我，说我有了——"湘云说到那里，却把脸飞红了。贾母会意，道："这怕什么。原来姊妹们都是在一处乐惯了的，说说笑笑，再别要留这些心。大凡一个人，有也罢没也罢，总要受得富贵耐得贫贱才好。你宝姐姐生来是个大方的人，头里他家这样好，他也一点儿不骄傲，后来他家坏了事，他也是舒舒坦坦的。如今在我家里，宝玉待他好，他也是那样安顿，一时待他不好，不见他有什么烦恼。我看这孩子倒是个有福气的。你林姐姐那是个最小性儿又多心的，所以到底不长命。凤丫头也见过些事，很不该略见些风波就改了样子，他若这样没见识，也就是小器了。后儿宝丫头的生日，我替另拿出银子来，热热闹闹给他做个生日，也叫他欢喜这一天。"湘云答应道："老太太说得很是。索性把那些姐妹们都请来了，大家叙一叙。"贾母道："自然要请的。"一时高兴道："叫鸳鸯拿出一百银子来交给外头，叫他明日起预备两天的酒饭。"

　　替宝钗做生日的事情定下了，是贾母有心，湘云提议。作者让湘云来提议，选择得当，一者湘云性格向来乐观，二者是她对贾府感情深厚，三者可知她的婚姻比较幸福，所以她说到一半不好意思，她目前很甜蜜。贾母的话语终于带到宝玉和宝钗，这是我们一直想知道的。宝玉是"越发弄的话都没有了"，原来宝玉的表现是这样的，他显然非常郁闷，对于抄家他可能还是不解，他还没有头绪，所以话语很少。贾母赞扬了宝钗："你宝姐姐生来是个大方的人，头里他家这样好，他也一点儿不骄傲，后来他家坏了事，他也是舒舒坦坦的。如今在我家里，宝玉待他好，他也是那样安顿，一时待他不好，不见他有什么烦恼。我看这孩子倒是个有福气的。"我们前面说了，宝钗的性格接近于贾母，尤其是达观方面，胜不骄败不馁，所以贾母喜欢。她与宝玉之间的关系我们也看见了，宝玉对她好也罢恼也罢，她都安顿不烦恼，保持着自己的安静与超脱。在如此乱局中，宝钗依然保有自我，显出她的根基。贾母还说到林黛玉："最小性儿又多心的，所以到底不长命。"不知道以前贾母是不是私下里也与湘云这么说，或者反过来湘云对贾母说黛玉太多心，依湘云的性格会对贾母说的。至于凤姐，按照作品的意思大家都瞒着贾母凤姐放高利贷的事，但我想这事儿瞒一时可以，不可能一直瞒着。

> 次日传话出去，打发人去接迎春，又请了薛姨妈宝琴，叫带了香菱来。又请李婶娘。不多半日，李纹李绮都来了。宝钗本没有知道，听见老太太的丫头来请，说："薛姨太太来了，请二奶奶过去呢。"宝钗心里喜欢，便是随身衣服过去，要见他母亲。只见他妹子宝琴并香菱都在这里，又见李婶娘等人也都来了。心想："那些人必是知道我们家的事情完了，所以来问候的。"便去问了李婶娘好，见了贾母，然后与他母亲说了几句话，便与李家姐妹们问好。湘云在旁说道："太太们请都坐下，让我们姐妹们给姐姐拜寿。"宝钗听了倒呆了一呆，回来一想："可不是明日是我的生日吗！"便说："妹妹们过来瞧老太太是该的，若说为我的生日，是断断不敢的。"正推让着，宝玉也来请薛姨妈李婶娘的安。听见宝钗自己推让，他心里本早打算过宝钗生日，因家中闹得七颠八倒，也不敢在贾母处提起，今见湘云等众人要拜寿，便喜欢道："明日才是生日，我正要告诉老太太来。"湘云笑道："扯臊，老太太还等你告诉。你打量这些人为什么来？是老太太请的！"宝钗听了，心下未信。只听贾母合他母亲道："可怜宝丫头做了一年新媳妇，家里接二连三的有事，总没有给他做过生日。今日我给他做个生日，请姨太太、太太们来大家说说话儿。"薛姨妈道："老太太这些时心里才安，他小人儿家还没有孝敬老太太，倒要老太太操心。"湘云道："老太太最疼的孙子是二哥哥，难道二嫂子就不疼了么！况且宝姐姐也配老太太给他做生日。"宝钗低头不语。宝玉心里想道："我只说史妹妹出了阁是换了一个人了，我所以不敢亲近他，他也不来理我。如今听他的话，原是和先前一样的。为什么我们那个过了门更觉得腼腆了，话都说不出来了呢？"

这一段总算写出湘云的风采，尤其是与宝钗和凤姐的对比，显得乐观、豁达、爽朗。由此可知续作者真要写的话他是能够把握住湘云性格的，前面这么多章回，作者是不愿写吧。不过，宝钗至于忘记自己的生日吗？我想如果是曹雪芹不会写宝钗忘记生日，他笔下的宝钗外表沉静，但心有明镜；她处世淡泊，对庆贺生日之类不太在意，何况目下贾府一片哀痛，她更不可能张扬；但是她那样细心周到的人，不太可能忘记自己的生日；况且袭人等则一定记得并有所表示。所以我认为续作者为求场面"刺激"，把宝钗写过了头。至于宝玉感觉宝钗"过了门更觉得腼腆了，话都说不出来了"，那或许是宝玉的错觉，因为邢夫人、凤姐那么倒霉，薛宝钗自然越加收敛。不过，宝玉对史湘云的感觉写的很准确，且饶有趣味。

接着迎春出场，当着一家人大倒苦水，扫了大家的兴。看来迎春真是个"木头人"，她不懂、或不顾大家的心情。而凤姐也失去了灵气，还追着迎春问。贾母受不了了。

> 贾母道："我原为气得慌，今日接你们来给孙子媳妇过生日，说说笑笑解个闷儿。你们又提起这些烦事来，又招起我的烦恼来了。"迎春等都不敢作声了。凤姐虽勉强说了几句有兴的话，终不似先前爽利，招人发笑。贾母心里要宝钗喜欢，故意的呕凤姐儿说话。凤姐也知贾母之意，便竭力张罗，说道："今儿老太太喜欢些了。你看这些人好几时没有聚在一处，今儿齐全。"说着回过头去，看见婆婆尤氏不在这里，又缩住了口。贾母为着"齐全"两字，也想邢夫人等，叫人请去。邢夫人、尤氏、惜春等听见老太太叫，不敢不来，心内也十分不愿意，想着家业零败，偏又高兴给宝钗做生日，到底老太太偏心，便来了也是无精打采的。贾母问起岫烟来，邢夫人假说病着不来。贾母会意，知薛姨妈在这里有些不便，也不提了。

的确，邢夫人、尤氏满怀痛楚，哪有心情替宝钗庆贺？反而感到"到底老太太偏心"，心里怨愤，笑脸都装不像。坐下喝酒，大家装模作样。

> 见他们都不是往常的样子，贾母着急道："你们到底是怎么着？大家高兴些才好。"湘云道："我们又吃又喝，还要怎样！"凤姐道："他们小的时候儿都高兴，如今都碍着脸不敢混说，所以老太太瞧着冷净了。"宝玉轻轻的告诉贾母道："话是没有什么说的，再说就说到不好的上头来了。不如老太太出个主意，叫他们行个令儿罢。"

宝玉忽然机灵起来，让人颇感意外。如果说这一笔写得好，那就不是一般的好；如果认为写得不好，那就是败笔。值得争议的一笔。

然后开始行令，第一个薛姨妈就说："我哪里说得上来。"贾母道："不说到底寂寞，还是说一句的好。"老太太简直是在哀求，于是众人勉强行令。

> 轮到李纨，便掷了一下儿。鸳鸯道："大奶奶掷的是'十二金钗'。"宝玉听了，赶到李纨身旁看时，只见红绿对开，便说："这一个好看得很。"忽然想起十二钗的梦来，便呆呆的退到自己座上，心里想，"这十二钗说是金陵的，怎么家里这些人如今七大八小的就剩了这几个。"复又看看湘云宝钗，虽说都在，只是不见了黛玉，一时按捺不住，眼泪便要下来。恐人看见，便说身上躁的很，脱脱衣服去，挂了筹出席去了。

这里又一个非常关键的飞跃，大家一定要注意，宝玉开始"觉醒"！他忽然记起了多年前的那个梦，还是在第 5 回中，这么多年宝玉一直没有回忆过这个梦，不然他早就开悟了。作者早早埋下这个"雷"却一直没有动用，到了了今日，续作者开始动用这个"雷"。宝玉为什么直到今日才想起这个梦，我们无法追究，这是作者的权利；我们只能从情节的发展、布局的完成角度去加以理解。宝玉一路走来，荣华富贵享受尽了，他也经历了许多死亡，秦可卿、秦钟、金钏儿、晴雯、司棋、元春，特别是林黛玉；他也经历不少生离，柳湘莲、芳官、迎春、探春、贾赦、贾珍；他还经历了亲密的人变成陌生人，鸳鸯、香菱；现在，他的爱情被剥夺了，自己糊里糊涂结了婚，刚刚又经历抄家这样的灾难，各种历练都全了，作者认为时机已经成熟，该让他觉醒了，就借"十二金钗"这个酒令，给他来个提醒。相信所有的读者也都认同作者的构思，认同这个飞跃，该是水到渠成瓜熟蒂落了。作者显然以为宝玉开悟的催化剂就是痛苦、悲伤和绝望，所以想到那个梦后，宝玉心里最大的痛再次爆发。他再也没有心思陪伴这一大堆亲人，他去找林妹妹、哭林妹妹。

> 且说宝玉一时伤心，走了出来，正无主意，只见袭人赶来，问是怎么了。宝玉道："不怎么，只是心里烦得慌。何不趁他们喝酒咱们两个到珍大奶奶那里逛逛去。"袭人道："珍大奶奶在这里，去找谁？"宝玉道："不找谁，瞧瞧他现在这里住的房屋怎么样。"袭人只得跟着，一面走，一面说。

在妻子的生日宴会上逃出来去祭奠以前的恋人，宝玉觉得说不出口。这里写出了宝玉觉醒的初步心态，他还没有那么坚决、那么从容，更没有那么决绝。这是作品的高明之处，宝玉的飞跃太大了，落地会不稳，难免踉跄几步。

> 不料宝玉的心惟在潇湘馆内。袭人见他往前急走，只得赶上，见宝玉站着，似有所见，如有所闻，便道："你听什么？"宝玉道："潇湘馆倒有人住着么？"袭人道："大约没有人罢。"宝玉道："我明明听见有人在内啼哭，怎么没人！"袭人道："你是疑心。素常你到这里，常听见林姑娘伤心，所以如今还是那样。"宝玉不信，还要听去。婆子们赶上说道："二爷快回去罢。天已晚了，别处我们还敢走走，只是这里路又隐僻，又听得人说这里林姑娘死后常听见有哭声，所以人都不敢走的。"宝玉袭人听说，都吃了一惊。宝玉道："可不是。"说着，便滴下泪来，说："林妹妹，林妹妹，好好儿的是我害了你了！你别怨我，只是父母做主，并不是我负心。"愈说愈痛，便大哭起来。袭人正在没法，只见秋纹带着些人赶来对袭人道："你好大胆，怎么领了二爷到这里来！老太太、太太他们打发人各处都找到了，刚才腰门上有人说是你同二爷到这里来了，唬得老太太、太太们了不得，骂着我，叫我带人赶来，还不快回去么！"宝玉犹自痛哭。袭人也不顾他哭，两个人拉着就走，一面替他拭眼泪，告诉他老太太着急。宝玉没法，只得回来。

"林妹妹，好好儿的是我害了你了！你别怨我，只是父母做主，并不是我负心。"这一句是宝玉的真心话，两层意思，一层是认为黛玉死于宝玉的婚姻，是"我害了你"，宝玉承担罪责。第二层是"只是父母做主，并不是我负心"。这是宝玉明确而理智的判定"父母"害死了林黛玉，我们说这是宝玉理智的判定，因为黛玉已经死了一年，这一年中宝玉一直在追悔、在思考、在判断，今日做出的判定绝非一时冲动或意气用事。这实在非同小可。因为宝玉这一辈子，从来没有抱怨过父母。王夫人直接逼死金钏儿、晴雯两条活生生的人命，宝玉一个字也没说。现在他终于认定一切悲剧来自"父母做主"。这个判断的直接后果，必然是他对父母的某种追究，最后造成什么结果目前还不知道。但其性质的严重，令我们侧目。不过当时的情况是"告诉他老太太着急。宝玉没法，只得回来"。他暂时还是屈从的。继续看作品。

> 袭人知老太太不放心，将宝玉仍送到贾母那边。众人都等着未散。贾母便说："袭人，我素常知你明白，才把宝玉交给你，怎么今儿带他园里去！他的病才好，倘或撞着什么，又闹起来，这便怎么处？"袭人也不敢分辩，只得低头不语。宝钗看宝玉颜色不好，心里着实的吃惊。倒还是宝玉恐袭人受委屈，说道："青天白日怕什么。我因为好些时没到园里逛逛，今儿趁着酒兴走走。那里就撞着什么了呢！"凤姐在园里吃过大亏的，听到那里寒毛倒竖，说："宝兄弟胆子忒大了。"湘云道："不是胆大，倒是心实。不知是会芙蓉神去了，还是寻什么仙去了。"宝玉听着，也不答言。独有王夫人急的一言不发。贾母问道："你到园里可曾唬着么？这回不用说了，以后要逛，到底多带几个人才好。不然大家早散了。回去好好的睡一夜，明日一早过来，我还要找补，叫你们再乐一天呢。不要为他又闹出什么原故来。"众人听说，辞了贾母出来。薛姨妈便到王夫人那里住下。史湘云仍在贾母房中。迎春便往惜春那里去了。余者各自回去。不题。独有宝玉回到房中，嗳声叹气。宝钗明知其故，也不理他，只是怕他忧闷，勾出旧病来，便进里间叫袭人来细问他宝玉到园怎么的光景。未知袭人怎生回说，下回分解。

其他人的反应都是意料之中，而史湘云则再次显露她直爽而又照顾不周的个性："不是胆大，倒是心实。不知是会芙蓉神去了，还是寻什么仙去了。"以前她可以这么说，现在、尤其是当下的场合，这话是很犯忌的。首先这话急死王夫人和贾母，其次要气死宝钗，宝钗的生日宴会，宝玉去会晴雯、黛玉，这日子还能过下去吗？史湘云也是打抱不平，她气愤，刻薄宝玉，她替宝钗出气。然而，这明明是为宝钗添堵啊。史湘云可管不了这么多。我们再看宝钗，宝玉从园子里回来时，"宝钗看宝玉颜色不好，心里着实的吃惊"。这是在公开场合，她仅仅吃惊，没说什么、做什么。"宝玉回到房中，嗳声叹气。宝钗明知其故，也不理他，只是怕他忧闷，勾出旧病来，便进里间叫袭人来细问他宝玉到园怎么的光景。"宝钗后面怎么对待宝玉，这是下一回的内容。仅本回来说，宝钗再次受到宝玉的当众羞辱，亲朋好友，包括自己的母亲和娘家人香菱等都在，宝玉丢下新婚不久的妻子去哭已故的恋人，这不是打宝钗的脸吗？如果说有"奇耻大辱"一词的话，这不就是了？我想，任何一个新婚少妇，都很难容忍，即使到了当今，社会如此开放，风气如此文明，哪一位做妻子的能够不当场发作？即使不像夏金桂、凤姐那样闹个天翻地覆，但借此东风狠狠打压宝玉一番，在王夫人、贾母面前有所发泄，挣回一点自己的脸面，在所难免吧？别说是女性，即使是颇有涵养的男性，也很难善罢甘休。这是人性，人都有脾气，都要脸面，社会再发展两百年，恐怕还是这样。但是，薛宝钗却一言未发，忍辱负重，就这么过去了。而贾母、王夫人、凤姐等人，也以为理所当然似的，只是围着宝玉哄，没一个人来劝慰宝钗一句，这更是此可忍孰不可忍，难怪史湘云跳出来打抱不平。不过更加遗憾的是，两百年来，尤其是近一百年来的社会已经逐步实现男女平等，也少见有评论家站到男女平等的地位来评判这场风波。

最后指出，本回的构思设计与第75、76回写中秋晚宴有点雷同，那一次贾母也是强作欢喜，明明看见家人比过去少了一大半，长叹"天下事总难十全"，强行饮酒直到四更。我们鉴赏中说了，写得十分苍凉。本回虽然内容接近，也写出了"强欢笑"的效果，但意境方面，差了一个艺术等级。大家不妨对比着再读一遍。续作与原作到底还是有区别。

第一零九回

候芳魂五儿承错爱　还孽债迎女返真元

"候芳魂五儿承错爱"，写宝玉挪到外间去睡，本来想梦见林黛玉，结果却与柳五儿进行了一番纠缠；"还孽债迎女返真元"，说迎春结婚一年左右就被丈夫折磨致死。

本回开头接着上一回写，展现宝玉、宝钗的夫妻关系。

　　话说宝钗叫袭人问出原故，恐宝玉悲伤成疾，便将黛玉临死的话与袭人假作闲谈，说是："人生在世，有意有情，到了死后各自干各自的去了，并不是生前那样个人死后还是这样。活人虽有痴心，死的竟不知道。况且林姑娘既说仙去，他看凡人是个不堪的浊物，那里还肯混在世上。只是人自己疑心，所以招些邪魔外祟来缠扰了。"宝钗虽是与袭人说话，原说给宝玉听的。袭人会意，也说是"没有的事。若说林姑娘的魂灵儿还在园里，我们也算好的，怎么不曾梦见了一次。"宝玉在外闻听得，细细的想道："果然也奇。我知道林妹妹死了，那一日不想几遍，怎么从没梦过。想是他到天上去了，瞧我这凡夫俗子不能交通神明，所以梦都没有一个儿。我就在外间睡着，或者我从园里回来，他知道我的实心，肯与我梦里一见。我必要问他实在那里去了，我也时常祭奠。若是果然不理我这浊物，竟无一梦，我便不想他了。"主意已定，便说："我今夜就在外间睡了，你们也不用管我。"

一个过门才一年的妻子被丈夫当众羞辱之后，回到自己房间还能这样平心静气、满怀善意地奉劝丈夫，宝钗的气量和性格真是没话可说。宝钗这话也体现了她的世界观：人死了就没了，与活着的人没什么关系了，她显然属于无神论者。而宝玉的世界观似乎还没有确定，他未必真以为有鬼魂，但又想着黛玉的魂灵能够来梦中一会，可见宝玉还是有点幼稚。好心规劝也不听，宝钗生气了吗？我们看下去。

　　宝钗也不强他，只说："你不要胡思乱想。你不瞧瞧，太太因你园里去了急得话都说不出来。若是知道还不保养身子，倘或老太太知道了，又说我们不用心。"宝玉道："白这么说罢咧，我坐一会子就进来。你也乏了，先睡罢。"宝钗知他必进来的，假意说道："我睡了，叫袭姑娘伺候你罢。"宝玉听了，正合机宜。候宝钗睡了，他便叫袭人麝月另铺设下一副被褥，常叫人进来瞧二奶奶睡着了没有。宝钗故意装睡，也是一夜不宁。那宝玉知是宝钗睡着，便与袭人道："你们各自睡罢，我又不伤感。你若不信，你就伏侍我睡了再进去，只要不惊动我就是了。"袭人果然伏侍他睡下，便预备下了茶水，关好了门，进里间去照应一回，各自假寐，宝玉若有动静，再为出来。宝玉见袭人等进来，便将坐更的两个婆子支到外头，他轻轻的坐起来，暗暗的祝了几句，便睡下了，欲与神交。起初再睡不着，以后把心一静，便睡去了。岂知一夜安眠，直到天亮。宝玉醒来，拭眼坐起来想了一回，并无有梦，便叹口气道："正是'悠悠生死别经年，魂魄不曾来入梦'。"宝钗却一夜反没有睡着，听宝玉在外边念这两句，便接口道："这句又说莽撞了，如若林妹妹在时，又该生气了。"宝玉听了，反不好意思，只得起来搭讪着往里间走来，说："我原要进来的，不觉得一个盹儿就打着了。"宝钗道："你进来不进来与我什么相干。"袭人等本没有睡，眼见他们两个说话，即忙倒上茶来。

大家看，为了宝玉一个梦，宝钗、袭人都一夜未睡。宝玉感叹那两句诗，宝钗才明白宝玉为什么要一个人睡出去，她依然没有埋怨，但宝钗并非懦弱之辈，她适时送上一个软钉子："你进来不进来与我什么相干。"弄得宝玉自己不好意思了。做妻子做到这份上，也是罕见。不过事情到此还未结束。

却说宝玉晚间归房，因想昨夜黛玉竟不入梦，"或者他已经成仙，所以不肯来见我这种浊人也是有的，不然就是我的性儿太急了，也未可知。"便想了个主意，向宝钗说道："我昨夜偶然在外间睡着，似乎比在屋里睡的安稳些，今日起来心里也觉清静些。我的意思还要在外间睡两夜，只怕你们又来拦我。"宝钗听了，明知早晨他嘴里念诗是为着黛玉的事了。想来他那个呆性是不能劝的，倒好叫他睡两夜，索性自己死了心也罢了，况兼昨夜听他睡的倒也安静，便道："好没来由，你只管睡去，我们拦你作什么！但只不要胡思乱想，招出些邪魔外祟来。"宝玉笑道："谁想什么！"袭人道："依我劝二爷竟还是屋里睡罢，外边一时照应不到，着了风倒不好。"宝玉未及答言，宝钗却向袭人使了个眼色。袭人会意，便道："也罢，叫个人跟着你罢，夜里好倒茶倒水的。"宝玉便笑道："这么说，你就跟了我来。"袭人听了倒没意思起来，登时飞红了脸，一声也不言语。宝钗素知袭人稳重，便说道："他是跟惯了我的，还叫他跟着我罢。叫麝月五儿照料着也罢了。况且今日他跟着我闹了一天也乏了，该叫他歇歇了。"宝玉只得笑着出来。宝钗因命麝月五儿给宝玉仍在外间铺设了，又嘱咐两个人醒睡些，要茶要水都留点神儿。

这段描写有点意思，首先，宝钗雅量，今天她知道宝玉睡出去是为梦见黛玉，她不吃醋不阻止，还成全他，"倒好叫他睡两夜，索性自己死了心也罢了，况兼昨夜听他睡的倒也安静"。其次，我们看到袭人显然是站在宝钗一边，而通常，谁的丫头都帮谁的。其三，宝钗有点"大意失荆州"，王夫人已经提醒过，小心柳五儿这小狐狸，宝钗还偏偏让她去陪夜。于是，果然闹出下面一曲。

那知宝玉要睡越睡不着，见他两个人在那里打铺，忽然想起那年袭人不在家时晴雯麝月两个人伏侍，夜间麝月出去，晴雯要唬他，因为没穿衣服着了凉，后来还是从这个病上死的。想到这里，一心移在晴雯身上去了。忽又想起凤姐说五儿给晴雯脱了个影儿，因又将想晴雯的心肠移在五儿身上。自己假装睡着，偷偷的看那五儿，越瞧越象晴雯，不觉呆性复发。

这一段将宝玉的心思转换写得很明白：原来想要梦见黛玉的，但见到麝月、五儿两个睡在对面，就把黛玉忘记，于是想到晴雯，"又将想晴雯的心肠移在五儿身上"。心理过程很清晰，也很现实。宝钗再妩媚，已经结婚一年，袭人、麝月，更是上手多年了，这位柳五儿又美丽、又年轻、又没上过手，现在就睡在同一个房间里，叫宝玉如何不发呆性。此后宝玉的一再调戏，甚至直言晴雯当初所说："早知担了个虚名，也就打正经主意了。"可惜，宝钗就睡在隔壁，柳五儿可不敢"打正经主意"，两人闹了半天，不了了之。这段描写明显是打宝玉的脸，所谓对黛玉的思念转变为打五儿的主意，宝玉、黛玉的爱情在此受到亵渎。作品不把轻薄五儿的场景放到别的时候，偏偏直接放在"候芳魂"过程中，讥诮宝玉的意味不言自明。

及宝玉醒来，见众人都起来了，自己连忙爬起，揉着眼睛，细想昨夜又不曾梦见，可是仙凡路隔了。慢慢的下了床，又想昨夜五儿说的宝钗袭人都是天仙一般，这话却也不错，便怔怔的瞅着宝钗。宝钗见他发怔，虽知他为黛玉之事，却也定不得梦不梦，只是瞅的自己倒不好意思，便道："二爷昨夜可真遇见仙了么？"宝玉听了，只道昨晚的话宝钗听见了，笑着勉强说道："这是那里的话！"那五儿听了这一句，越发心虚起来，又不好说的，只得且看宝钗的光景。只见宝钗又笑着问五儿道："你听见二爷睡梦中和人说话来着么？"宝玉听了，自己坐不住，搭讪着走开了。五儿把脸飞红，只得含糊道："前半夜倒说了几句，我也没听真。什么'担了虚名'，又什么'没打正经主意'，我也不懂，劝着二爷睡了，后来我也睡了，不知二爷还说来着没有。"宝钗低头一想："这话明是为黛玉了。但尽着叫他在外头，恐怕心邪了招出些花妖月姊来。况兼他的旧病原在姊妹上情重，只好设法将他的心意挪移过来，然后能免无事。"想到这里，不免面红耳热起来，也就讪讪的进房梳洗去了。

这一段很短，但内容非常重要，甚至可以说沉重。大家关注几点。第一，是宝玉对黛玉终于绝望，他为自己找到一个理由：黛玉既然不来入梦，是与他做出了"神仙"与"凡人"的切割，从此他可以从追悔与思念中解脱出来。现在，他开始对着宝钗发呆，这是宝玉思想、情感方面的重要转变。这是宝玉的第二次转变了，第一次是结婚以后粘住宝钗，现在又从思念黛玉中走了出来。作品写得很真实，宝玉不是个很有定力的人，他在不同环境、不同时期产生变化，这就是人性，这是自然而然的转变。作品写得令人信服。第二，是宝钗误打误撞问柳五儿宝玉可说了梦话，柳五儿飞红了脸急得不知说什么好，这时，宝玉没有自己承担什么，更不救五儿一把，"自己坐不住，搭讪着走开了"。宝玉还是这个德性！金钏儿、晴雯的危急时刻他是这样，今日，他还是这样，自己开溜，让五儿一个人去承担！我们翻一翻《红楼梦》的评论文章和著作，都说宝玉如何钟爱、呵护女孩子，这些评论与小说文本的实际，中间隔着多少路程？文本确实写了宝玉对女孩子的喜爱和尊重，但是，也写了每一次需要宝玉挺身而出的时候，他不是一溜烟逃走，就是眼看着她们受苦遭罪而不发一声。小说中的宝玉不是扁的，是圆的；他是个善良却缺乏担当、温柔却没有气概的男人。人们为什么一定要把他拔高呢？拔高他，会令他失真。第三，宝钗察言观色，然后开始反思："尽着叫他在外头，恐怕心邪了招出些花妖月姊来。况兼他的旧病原在姊妹上情重，只好设法将他的心意挪移过来，然后能免无事。"想到这里，不免面红耳热起来。宝玉的花心，宝钗是深知的。宝钗这里的反思非常重要，想到将宝玉的心思挪移过来，宝钗就面红耳赤，很显然，这是想到了夫妻的性生活。由此推测，宝钗知道在夫妻性生活中自己没有放开，没有让宝玉获得满足，她想到要改变自己，不由得面红耳赤。

这里揭示出的问题，可能不是宝钗的个人问题，而是像她这样有学问、有修养的女性的共同问题，是中国古代女性的问题。在中国古代的文化层面，从来没有关于女性的性满足方面的观念，连词语都没有，只有对女性"放荡""淫荡"的斥责。至少是宋代理学占领伦理道德高地以后这上千年，在国家层面、家族层面的任何制度和理念中，都没有女性的性需求方面的正面表述。如果说道德层面还允许女性有性生活的话，那完全是为了生孩子传宗接代，就像社会需要母鸡生蛋一样；除此之外，就是满足男人的性需求。宝钗生活在中国的封建社会，她学养很高，但所有的学说都是禁锢女性的，所以像她这样的知识女性在性生活中对自己的制约更大，她们唯恐被丈夫看作"放荡"的"浪女"，而失去了白天一直保持的"淑女"形象。现在，宝钗要自我"解放"一步，也仅仅是为了取悦丈夫，这么想一想就面红耳热，她还根本没想过要满足自己的性欲望。别说宝钗了，连作者笔下属于放浪的凤姐，贾琏要"改个样儿"，凤姐就"扭手扭脚的"，可见禁锢之严重。不过，对宝钗的这段简单的描写于我们十分重要，它告诉了我们中国古代知识女性的性生活的具体态度和大概的状况，这在其他古典小说中很少见。所以我们说这短短一段内容很重要、很实在的。

我们看下去。当晚，宝钗问宝玉还睡外间吗，宝玉已经不好意思回答，袭人抢着睡到外间去了。

> 宝玉自己惭愧不来，那里还有强嘴的分儿，便依着搬进里间来。一则宝玉负愧，欲安慰宝钗之心；二则宝钗恐宝玉思郁成疾，不如假以词色，使得稍觉亲近，以为移花接

木之计。于是当晚袭人果然挪出去。宝玉因心中愧悔，宝钗欲拢络宝玉之心，自过门至今日，方才如鱼得水，恩爱缠绵，所谓二五之精妙合而凝的了。此是后话。

这一段写得很明确，夫妻两人结婚一年今日才如鱼得水，恩爱缠绵。不过这一段也成为许多人攻击宝钗的材料，说宝钗无耻，"移花接木"笼络宝玉。能如此说吗？宝钗是宝玉的妻子，法律层面、风俗层面，宝钗都是唯一的妻子；而且宝钗没有任何欺骗宝玉的事情，宝钗也没爱过别的男人，更没有与别的男人勾搭。她哪里无耻了？

贾母已经连续几天不舒服了。这天她叫鸳鸯在某个箱子里取出一块古汉玉，然后把宝玉叫来。

> 贾母道："你爱么？这是我祖爷爷给我的，我传了你罢。"宝玉笑着请了个安谢了，又拿了要送给他母亲瞧。贾母道："你太太瞧了告诉你老子，又说疼儿子不如疼孙子了。他们从没见过。"

看得出，贾母这是在做临终传宝，老太太预感自己快到生命的终点了。贾政请来几位医生，吃了药都不见好转。全家人自然天天守着，连妙玉都来探望。作者这一笔很细腻，让妙玉隔了若干回再次亮相。

贾母的病日重一日。偏偏这时迎春的婆子来报迎春病危，贾母耳朵尖正好听到。贾母便悲伤起来，说是："我三个孙女儿，一个享尽了福死了，三丫头远嫁不得见面，迎丫头虽苦，或者熬出来，不打量他年轻轻儿的就要死了。留着我这么大年纪的人活着做什么！"贾母这是真心话，在中国古代，在土葬时代，老人们对死亡并不那么恐惧，他们信奉入土为安，并以为死后可以与先人们重逢，真有点"视死如归"。我见过、听说过我的先辈们最后时刻如何安心而去。实行火葬以后，一段时间内老人们非常怕死，他们认为烧成骨灰那就什么也没了。我们这一代见证到中国人对于死亡观念的历史性改变。回到作品。一会儿来人报迎春死了，王夫人等也不让贾母知道。"金陵十二金钗"又折损一支，只剩下八支，这对宝玉又是个打击。

> 贾母病势日增，只想这些好女儿。一时想起湘云，便打发人去瞧他。回来的人悄悄的找鸳鸯，因鸳鸯在老太太身旁，王夫人等都在那里，不便上去，到了后头找了琥珀，告诉他道："老太太想史姑娘，叫我们去打听。那里知道史姑娘哭得了不得，说是姑爷得了暴病，大夫都瞧了，说这病只怕不能好，若变了个痨病，还可捱过四五年。所以史姑娘心里着急。又知道老太太病，只是不能过来请安，还叫我不要在老太太面前提起。倘或老太太问起来，务必托你们变个法儿回老太太才好。"琥珀听了，咳了一声，就也

不言语了，半日说道："你去罢。"琥珀也不便回，心里打算告诉鸳鸯，叫他撒谎去，所以来到贾母床前，只见贾母神色大变，地下站着一屋子的人，喊喊的说"瞧着是不好了"，也不敢言语了。这里贾政悄悄的叫贾琏到身旁，向耳边说了几句话。贾琏轻轻的答应出去了，便传齐了现在家的一干家人说："老太太的事待好出来了，你们快快分头派人办去。头一件先请出板来瞧瞧，好挂里子。快到各处将各人的衣服量了尺寸，都开明了，便叫裁缝去做孝衣。那棚杠执事都去讲定。厨房里还该多派几个人。"赖大等回道："二爷，这些事不用爷费心，我们早打算好了。只是这项银子在那里打算？"贾琏道："这种银子不用打算了，老太太自己早留下了。刚才老爷的主意只要办的好，我想外面也要好看。"赖大等答应，派人分头办去。

此处的叙述确有"一喉而两声"的效果。叙述贾母病重，忽然带出史湘云丈夫暴病，同时赖大发问："只是这项银子在那里打算？"这两个头绪都是作者想要交代的。前一回写婚后的史湘云心情豪爽，此处她的丈夫突然得了暴病，可能近日即死。情节的突然变化是照应第 5 回的预言"云散高唐，水涸湘江"。顺便说一下，史湘云的丈夫究竟是谁，作品没写，人们据脂批认为是卫若兰，但原作中仅在秦可卿出殡时提到一笔卫若兰是王孙公子，续作则没提到过，或许续作者认为湘云丈夫是谁并不重要。我们也只能顺从续作，不做考证。只是，迎春刚死，贾母马上要病故，湘云的丈夫偏偏也在这时候暴病，从时间上说似乎噩耗来得过于密集。至于赖大问到贾母丧事的银子从哪里来，这一问正是近两回的一个主要话题，作者安排赖大问起，是恰到好处。前一回，贾母分配她的私房钱时说过，她自己的后事所需要的钱她已经准备好了，所以贾政、贾琏都很放心，我们读者也觉得银子不会成为问题。但恰恰是在一片无忧中，丧事的银子竟然很不好使，非但逼得凤姐吐血，后面棺材运回南方的费用都不够。续作在这个环节上平地起雷，显出他构思得变幻莫测，让作品很有看头。

本回结束之后，我们的感觉是贾府真的已经实实在在一落千丈，完全不是那个贾府了。说说续作开始后贾府的走势。在曹雪芹笔下，贾府经济方面早已寅吃卯粮，甚至贾母的私房物品也被贾琏、凤姐、鸳鸯合伙偷偷拿出去抵押，但不管怎样，外面的架子还没有倒；政治势力方面，贾府一如既往，元春是皇妃，宁府荣府袭着两个世勋，王家的势力则日益兴旺；人气方面，抄检大观园是一个转折点，宝钗搬出了大观园，然后迎春误嫁中山狼，人气受到打击，大观园中秋风萧瑟，不过贾府的主要人员没什么变化，所以从外头是看不出衰败的；核心人物和主要情节，也是"涛声依旧"，贾宝玉还是那样混日子，宝玉、黛玉的爱情也是地老天荒，宝钗确实住出去了，但她与贾府、与宝玉、与黛玉的关系，也没实质性的变化。然而，这一切，在续作将近三十回时，全部发生了本质性的重大变化。经济上贾府一落千丈，连吃饭都成问题；政治势力更是一泻千里，元春死了，王子腾暴毙，贾府被抄了家，宁荣两府的一号主人都被发配充军，四分之三的房舍都被贴上锦衣府的封条，贾府的人走到外面恐怕都恨不得弄顶帽子遮住脸面；人气方面，死的死、抓的抓、嫁的嫁，偌大的贾府凄凄惨惨切切；核心人物黛玉气死，宝玉绝望，宝钗在重压下苦心支撑。简单说，原作对贾府衰败埋下条条线索、种种暗示，而续作将暗示转化为实际，线索都照应落实。似乎没有什么人对续作和续作者予以赞赏，除了绝大部分的批判、批评声外，还有一种说法，即哪怕后四十回写得还可以，那也是靠了曹雪芹的提纲和暗示。对此，我的看法是，续作者功莫大焉，即使有曹雪芹的提纲和暗示，但要把它们全部转化为有血有肉、声情并茂的人物和情节，那是艺术家付出了巨大的心血，取得的傲人成果。小说不是论文，提纲对于一篇议论文来说很重要，它决定了论点、论据和论证深度；但对小说，提纲和暗示只能起到微小的作用，作品的展开、形象化，完全要靠作者的才华和对人生的认知。所以到目前为止，我觉得续作写得相当好，至于最后十来回，我们看下去再说。

第一一零回

史太君寿终归地府　王凤姐力诎失人心

"史太君寿终归地府"，写贾母寿终正寝，这里称"史太君"，显示出对贾母的钦敬；"王凤姐力诎失人心"，写王熙凤既生病又失去贾母的支持，尤其是银子不在手中，办丧事力不从心遭人讥诮。从回目的构思和内容的选择看，作者抓住贾母逝世后凤姐的失落来刻画贾府的混乱，选材恰当。

本回开头直接写贾母，一句过渡话也没有，真可谓开门见山。

却说贾母坐起说道："我到你们家已经六十多年了。从年轻的时候到老来，福也享尽了。自你们老爷起，儿子孙子也都算是好的了。就是宝玉呢，我疼了他一场。"说到那里，拿眼满地下瞅着。王夫人便推宝玉走到床前。贾母从被窝里伸出手来拉着宝玉道："我的儿，你要争气才好！"宝玉嘴里答应，心里一酸，那眼泪便要流下来，又不敢哭，只得站着，听贾母说道："我想再见一个重孙子我就安心了。我的兰儿在那里呢？"李纨也推贾兰上去。贾母放了宝玉，拉着贾兰道："你母亲是要孝顺的，将来你成了人，也叫你母亲风光风光。凤丫头呢？"凤姐本来站在贾母旁边，赶忙走到眼前说："在这里呢。"贾母道："我的儿，你是太聪明了，将来修修福罢。我也没有修什么，不过心实吃亏，那些吃斋念佛的事我也不大干，就是旧年叫人写了些《金刚经》送送人，不知送完了没有？"凤姐道："没有呢。"贾母道："早该施舍完了才好。我们大老爷和珍儿是在外头乐了，最可恶的是史丫头没良心，怎么总不来瞧我。"鸳鸯等明知其故，都不言语。贾母又瞧了一瞧宝钗，叹了口气，只见脸上发红。贾政知是回光返照，即忙进上参汤。贾母的牙关已经紧了，合了一回眼，又睁着满屋里瞧了一瞧。王夫人宝钗上去轻轻扶着，邢夫人凤姐等便忙穿衣，地下婆子们已将床安设停当，铺了被褥，听见贾母喉间略一响动，脸变笑容，竟是去了，享年八十三岁。众婆子疾忙停床。

这一段描写很细腻，作者下了一番功夫，有不少看点。老太太开口是自足的："我到你们家已经六十多年了。从年轻的时候到老来，福也享尽了。自你们老爷起，儿子孙子也都算是好的了。"此话听来一般，但是，放在刚刚抄家、儿孙发配充军的背景中去听，就可见贾母的超脱精神，这不是一般老太太能达到的境界。然后，老太太直接转向宝玉，这是她心态的必然，临死，她第一个考虑的是宝玉。"我的儿，你要争气才好！"常言，人之将死其言也善，贾母从来没有鼓励过宝玉上进，倒是一再跟他说，别怕你老子查功课，有我呢。贾母一向只关心宝玉的健康和快乐，难得宝玉有两句歪诗，贾母就高兴得不得了。然而临终了，她却要宝玉"争气才好"，这个"争气"有几方面含义，其中最重要的自然是读好书考个功名。贾母说的是她一直不肯说的、压在心底的话，在这最后的机会，她说了。有道是"一句顶一万句"，这句大概就是吧。贾母再也不能关照宝玉的饮食起居，她也说不动更多的话语，她就说了这么一句。接着她要见一个重孙，说这样就安心了。中国人一辈子最大的心愿不是金玉满堂，而是子孙满堂；一个成功的老人临终前不一定会清点他的财产，却一定会数一数他有多少子孙。了解中国人的人生观才能理解贾母："我想再见一个重孙子我就安心了。"很可惜贾琏、凤姐没有儿子，不然贾母会更抬举他们。贾母对贾兰的遗嘱就比宝玉要求高一层，"叫你母亲风光风光"。贾母似乎更确信贾兰的出息。最后见一面孙子和重孙，这是贾母临终的规定程序；但是这个规定程序贾母走得有点问题，她见的是宝玉和贾兰，却没见贾琏；严格来讲她第一个见的应该是贾琏，贾琏可是长房长孙，是荣府将来的掌门人。贾母可以在孙子中偏爱宝玉，但贾琏的宗法地位是不可动摇的。就像贾母再怎么喜爱贾政，厌嫌贾赦，但即使荣府的勋位由贾母来决定，她也必定选择长子贾赦，这就是中国古代的宗法制度和习俗的力量，挑战宗法制度无异于发动家族政变，会引发家族动乱。因而，贾母最后见的是凤姐，我个人看法，她似乎是为了纠正自己的偏差，她是以长孙媳妇凤姐来代表贾琏。所以贾母要见凤姐，不单是于情，而且于理也说得通，这是一种变通。"我的儿，你是太聪明了，将来修修福罢。"这是委婉的批评和告诫，可谓语重心长。这话表明贾母不再假装不知道凤姐挪用公款放高利贷的事，她只是不点穿而已。贾母嘱咐凤姐多读读经书，修善积德，也是对症下药。只是，这对于凤姐恐怕为时已晚。最后，"贾母又瞧了一瞧宝钗，叹了口气"。这笔描写堪称神来之笔，给人无尽的想象。贾母看着宝钗叹了一口气，为什么是叹气呢？她又叹的是什么呢？杰出的作品就这么简单几个字却有许多意味。你可以认为，贾母是对宝钗的一种抱歉，是她为首的家长实施欺骗宝钗的"调包计"把宝钗弄来的，临终，她向宝钗表达一点歉意。你也可以理解为，以贾母的经验她模糊预见到宝钗会有某种不幸，这一声叹气是表达同情和可怜。你甚至可以认为，贾母临终了想到要去见自己的女儿，如何向女儿交代黛玉的死呢？她见了宝钗叹气，因为正是娶了宝钗而换掉了黛玉。你还可以有别的理解。但是，贾母毕竟是叹气，表达的不是正面情绪，这一点可以肯定。还有一点可以肯定的，她对宝玉、贾兰、凤姐都有所嘱咐，但她对宝钗却一句也没有。是她不想说？还是她对宝钗太了解，认为不需说？读者自己体会吧。

我们再换个角度，贾母见了四个孙辈重孙辈，但四人中间只有凤姐有对话，不过只是无关紧要的应答；四人中间只写了宝玉一个人的反应："宝玉嘴里答应，心里一酸，那眼泪便要流下来，又不敢哭，只得站着。"这里写的宝玉很真切，宝玉对祖母的感情不下于对母亲，他自幼是跟着老太太过的，贾母对他的慈爱他更是体会莫深，现在老太太要走了，他如何不悲痛。但是，宝玉却一句话也没说。或许他太悲伤了，或许是贾政在边上他有压力，但如果说一句"老太太你放心吧"，应该没有难度，可是宝玉却一个字也没有。我想提醒大家的是，其实宝玉很久没有同祖母说什么话了，自从林黛玉死后，作品中就没见宝玉同祖母主动说过什么，更没有从前那种亲热的表示，对王夫人也一样。一年多没什么交流，到现在这生死关头，宝玉自然更难吐露什么情愫。这是我对宝玉不说一句话的理解。其实早在婚礼上宝玉哀绝地问道"你们这都是做什么玩呢"时，我们已经指出，后果会很严重。之后，宝玉一再表示是老太太她们把个好好的林妹妹弄死了。有了这样的观念，宝玉与贾母、王夫人的感情就有一道看不见底的深渊，再加宝玉是个诚实的人，他不会像凤姐那般演戏，所以他与贾母、王夫人很难再有什么真正的沟通。正是这种厚重的隔膜，让宝玉面对临终的祖母，说不出话。而此时无话就永远没机会再交流了。所以，作品在这里必须写宝玉的反应，这是宝玉与贾母关系、感情的最后写照，具有终极性。它是宝玉内心深处的写照，这内心，还将决定宝玉的未来。从这个意义上说，这简单一笔写得非常好，气象隽永。

贾母过世了，脸带笑容，八十三岁的老人堪称寿终正寝，小说史上最杰出的贵族老妇人形象就此完成。对于贾母，我们的鉴赏文字够多的，散落在各个章回中的文字迄今为止以万计吧。但在这最后时刻我们依然要说上几句，做一点概括性的评价。先说说贾母的个人品质。贾母出身侯门，嫁到贾府是门当户对。贾母没受过正规的文化教育，但是她从生活中积累的知识，尤其是经验，足以弥补她的文化缺陷，比如她对传统乐队的另类调配，还有把乐队安排在较远的位置让乐声穿林渡水而来，这些都体现了她对音乐的独特理解。又如她对家庭装饰的格调可以随人的性格而定，她对宝钗房间摆设的设计既高雅又简单。这些都是文化修养，王夫人、凤姐同样出身贵族，就是没有这份雅致。贾母十分开明，我们讲到多次了，她将我国传统文化中的优秀部分都化为她的为人处世。作品专门表现她敬老爱幼、不歧视穷人、帮助穷人，如她对待刘姥姥、小道士等，这些都与王熙凤形成鲜明对比。还有她的心胸开阔、豁达乐观都给人以鼓舞。就贾母在作品中的作用来说，非但必不可少，而且不可替换。我把她看作贾府家族的真正守望者。以宁荣二府关系来说，她是老祖宗，是一根绑带，将宁荣两府绑得紧密扎实。我们看到，宁府贾珍独挡一面，他与两位堂叔贾赦、贾政，既隔着辈分，兴趣爱好也不投缘，除了礼节性拜访平时并没有多少交往；真正让两府来来往往的，是贾母这位老祖宗，她对待堂侄孙颇有家长风范，她对秦可卿这位堂重孙媳妇都那么关怀爱护。此外，贾珍的妹妹惜春从小就跟着贾母，一如迎春、探春。贾母的高风亮节让贾珍、尤氏深感就像自己的祖母一样，平时或看戏、或赏花、或有新奇果饼等，他们都要请老太太过去，或孝敬过来，两府的纽带就这么拉紧了。而贾赦、贾政对于宁府，并没见有多少感召力。就荣府内部贾赦与贾政两房而言，更是靠贾母在维系。贾赦与贾政兄弟不对劲，邢夫人对二房乃至对凤姐更是满怀怨恨，只因贾母压制着而没有冲突。就十二钗而言，是贾母让她们成为一个"合成体"，如史湘云和林黛玉不是贾母召唤她们两个是不会来贾府的。再说大观园和诗社，贾母就像太阳一样给予阳光和温暖，还给予自由的空气，使大观园成为"另一个世界"，宝玉和多位金钗在这里享受他们美丽的青春。至于宝玉、黛玉、宝钗在贾府中的地位，也是贾母一手造就。还是她，造就了宝玉和黛玉的耳鬓厮磨、两小无猜。毫不夸张地说，贾母是《红楼梦》的关键人物。没有她，宝玉就不是这样一个宝玉，更没有黛玉和湘云，《红楼梦》的故事情节就失去了土壤和空气。是贾母造就了贾府的态势和氛围，从而生发出无尽的缠绵悱恻、温柔美丽。反之，没有王夫人，《红楼梦》不过是少了一点故事；没有王熙凤，《红楼梦》不过是少了一层风趣，基本故事照样生发上演；但没了贾母，就没有《红楼梦》。

　　当然，贾母的形象主要是曹雪芹设计刻画的，他定下并塑造出贾母的基本气质；但是我们不能不感谢续作者，《红楼梦》最重大的情节宝玉与宝钗的婚姻，是贾母一手制造的，在这个过程中续作者笔下的贾母写得相当完满，任凭人们怎么评价贾母的功过，但贾母形象的塑造艺术和功劳，无法质疑。当然，还有贾母拯救家族、分配私房钱那个情节，更是把贾母的情怀推向一个崭新的高度，不仅让子孙们伏地磕头、感恩戴德，也令书外的读者高山仰止、掩卷慨叹。最后对于贾母临终的刻画也是大气磅礴，给这位文学作品中独一无二的老太太画上一个亮丽的、令人永记不忘的句号。实实在在地说，续作的贾母虽然只写了三十回，但它展露出原作中尚未展现的贾母的胸怀气质，把贾母形象大大深化了。即使以我们的推测，如宝玉大婚的许多文字来自曹雪芹的原稿，但续作者能够把遗作与续作完美地无缝对接，他一样是功德无量。

　　在中外文学经典中，有不少贵族夫人形象。西方十八、十九世纪作家笔下有一些气质优雅、在沙龙中大受钦仰的贵族夫人。不过在我看来，她们的风度或许更加迷人，她们的修养、谈吐也足以征服无数读者，但是，就形象而言，她们每一位的形象饱和度、色调的丰富性，尤其她们的气场之大、格局之高，都无法与贾母相媲美。

讲了贾母许多正面意义，作为鉴赏，对贾母这样的家族首长、精神领袖，我们也需要探讨：贾母有没有负面作用？毕竟，贾府是在她手里走向崩溃的。她有没有领导责任、教育责任？不妨做一些比较。我国历史上著名的"孟母三迁""岳母刺字"，大家都很熟悉，是母亲教导、鼓励儿子的典范；另外，作为官员的母亲教育儿子的，陶母"封坛退鲊"，让陶侃震撼羞愧，激励着他一生做官廉洁奉公；欧阳修的母亲除"画荻教子"外，在欧阳修为官后，欧母又经常以欧父为官事迹告诫欧阳修廉洁奉公。与这些杰出的母亲相比，贾母实在乏善可陈。而她安享富贵、锦衣玉食的作风对贾府的奢靡风气不无影响，儿孙们天天跟着她喝喝酒打打牌说说笑话，一家人慵懒无为、坐吃山空，宝玉更是只图享受女儿、一事无成。假如贾母倡导自强不息、励精图治，那么贾府或许是另一番气象了。曹雪芹对贾母只是如实描写，并怀着敬仰，但他又在第5回写了"箕裘颓堕皆从敬，家事消亡首罪宁"。是这样吗？贾母作为精神领袖，对贾府的败落她没责任吗？请各位思考。

继续看作品。"贾政报了丁忧。礼部奏闻，主上深仁厚泽，念及世代功勋，又系元妃祖母，赏银一千两，谕礼部主祭。"皇帝毕竟念着两层旧情，世代功勋一层，那是替皇家打下江山的情分，另一份则是元春的情分。刚刚抄过家、判过罪的人家，皇帝亲赐一千两祭礼，这份政治上的荣光比什么都要紧，凭这份祭礼，贾府就可以昂首挺胸出入朝野了。自然，许多评论者都认为这是续作者的胡写，违背了曹雪芹的原意。不过我们再三说了，我们尊重文本。

贾母的丧事，外事贾政自己管，内事还是交给凤姐办。丢尽脸面的凤姐认为机会来了，她要好好干一场，让人们见识她的才干，她要办得比当年秦可卿的丧事更加利索，以此挣回几分脸面。凤姐不像有些女子只要银子不顾脸面，相反，凤姐把脸面看得非常重，我们见识过，连生病都要瞒着人家，也不许人提起，她特别要强。但是凤姐忘记了审时度势，或许由于她太需要这个机会了，她没料到中间出了几个枝节。一是贾母的有些物品早被贾琏偷偷拿出去当掉了，这就在资金上有了缺口，凤姐再能干也巧媳妇难为无米之炊，而不知道的人却认为凤姐事情办得不好。二是邢夫人以长房媳妇的身份，插手资金调用，她现在是没有收入的人，自然希望扣住一分钱是一分，而王夫人当老好人不管事，所以每每凤姐要用钱的时候邢夫人就作梗，下人叫苦埋怨，邢夫人还责备凤姐办事不周。凤姐两头受挤压，又不敢与邢夫人说明、争论，既受气又害病，十分挣扎。三是，贾政从来不管实事的人，他可不懂"兵马未动粮草先行"，不懂得明天的事情今天就要先付银子，凤姐自己气短又不敢先要银子，事情自然不顺。四是原来那些管家们看着贾府油水不足了，而自己多年来已经囊中鼓鼓，他们拍拍身子走人，凤姐没了"中层干部"，指挥不灵，只能赤膊上阵，管得了东管不了西，丢三落四。由是上上下下一片埋怨。

　　明日是坐夜之期，更加热闹。凤姐这日竟支撑不住，也无方法，只得用尽心力，甚至咽喉嚷破敷衍过了半日。到了下半天，人客更多了，事情也更繁了，瞻前不能顾后。正在着急，只见一个小丫头跑来说："二奶奶在这里呢，怪不得大太太说，里头人多照应不过来，二奶奶是躲着受用去了。"凤姐听了这话，一口气撞上来，往下一咽，眼泪直流，只觉得眼前一黑，嗓子里一甜，便喷出鲜红的血来，身子站不住，就蹲倒在地。幸亏平儿急忙过来扶住。只见凤姐的血吐个不住。未知性命如何，下回分解。

　　凤姐没想到自己会落到这个下场。她虽然聪明，却不懂大局。《刻舟求剑》中说过："舟已行矣，而剑不行，求剑若此，不亦惑乎？"面对改变的时势凤姐捉襟见肘，最后身败名裂。其实形势的变化那么显著，凤姐怎么就看不明白呢？贾琏整箱子抱走贾母的家私去典当，还是凤姐自己帮着在鸳鸯那里说好话的，她怎就忘记了？邢夫人的刁难吝啬她也应该预料得到，她好像应该与王夫人结成统一战线，让王夫人帮着周旋。贾政不懂管理，凤姐在接下差事之前应该与贾政约法三章，获取资金预支的权力，就像当年她对贾珍要求的。人手不够，她更可以请求让尤氏、李纨、宝钗帮着办理，然后让她们各自分管一块，责任到人，她自己不就省力得多？说到这里我要为凤姐鸣一声不平：同样是孙媳妇，李纨和宝钗，还有富有当家经验的尤氏，她们帮了凤姐什么？凤姐忙得四脚朝天，她们一个个坐享清福。所以我们前面一再说，凤姐很聪明，却缺乏智慧；她能够办事，甚至也会指挥，却不懂得管理，尤其是在缺乏强权、不可以打人罚款的状况下，如何在平等的地位中与人协作、调动发挥各方面人员的作用，她非但没有这方面的能力，甚至也没有这样的意识。在这方面探春就比她强，探春管理大观园的权限要复杂多了：正式主管是凤姐，虽说病着，可许多实质性的事情还是要她点头的；临时主管实际上是李纨，李纨还是专门照顾园中弟妹的大嫂；探春名义上只是协助李纨的助手，却要负临时责任拍板处理实际事务；旁边还有个辅助管理的宝钗，年纪又比探春大，脑子还比探春好使。处于这样错综复杂的位置，真是有点难办事。可是探春却坐在中军帐中借风使舵，该用到凤姐的力量则用之，该与李纨商量则商量，该请教宝钗的不耻下问，该自己拍板的果断决定，将四五个人的力量融合起来，甚至把个平儿用得比凤姐还好使。今日凤姐家道衰败虎落平阳，此时更是需要依靠、借助妯娌们的力量，可惜她一辈子单打独斗惯了，依旧独木强支。

最具讽刺意味的是，这么多年来凤姐的好帮手、连捉弄刘姥姥都串通一气的鸳鸯，这次居然也同凤姐作对，这是凤姐怎么也想不到的。事情还没开始办，鸳鸯就将凤姐一军。

> 正在思算，只见一个小丫头过来说："鸳鸯姐姐请奶奶。"凤姐只得过去。只见鸳鸯哭得泪人一般，一把拉着凤姐儿说道："二奶奶请坐，我给二奶奶磕个头。虽说服中不行礼，这个头是要磕的。"鸳鸯说着跪下。慌的凤姐赶忙拉住，说道："这是什么礼，有话好好的说。"鸳鸯跪着，凤姐便拉起来。鸳鸯说道："老太太的事一应内外都是二爷和二奶奶办，这种银子是老太太留下的。老太太这一辈子也没有糟踏过什么银钱，如今临了这件大事，必得求二奶奶体体面面的办一办才好。我方才听见老爷说什么诗云子曰，我不懂，又说什么'丧与其易，宁戚'，我听了不明白。我问宝二奶奶，说是老爷的意思老太太的丧事只要悲切才是真孝，不必糜费图好看的念头。我想老太太这样一个人，怎么不该体面些！我虽是奴才丫头，敢说什么，只是老太太疼二奶奶和我这一场，临死了还不叫他风光风光！我想二奶奶是能办大事的，故此我请二奶奶来求作个主。我生是跟老太太的人，老太太死了我也是跟老太太的，若是瞧不见老太太的事怎么办，将来怎么见老太太呢！"凤姐听了这话来的古怪，便说："你放心，要体面是不难的。况且老爷虽说要省，那势派也错不得。便拿这项银子都花在老太太身上，也是该当的。"鸳鸯道："老太太的遗言说，所有剩下的东西是给我们的，二奶奶倘或用着不够，只管拿这个去折变补上。就是老爷说什么，我也不好违老太太的遗言。那日老太太分派的时候不是老爷在这里听见的么。"凤姐道："你素来最明白的，怎么这会子那样的着急起来了。"鸳鸯道："不是我着急，为的是大太太是不管事的，老爷是怕招摇的，若是二奶奶心里也是老爷的想头，说抄过家的人家丧事还是这么好，将来又要抄起来，也就不顾起老太太来，怎么处！在我呢是个丫头，好歹碍不着，到底是这里的声名。"凤姐道："我知道了，你只管放心，有我呢！"鸳鸯千恩万谢的托了凤姐。

鸳鸯的话语十分直白，其实她已经僭越。她提醒凤姐：贾母的丧事必须办得风风光光！鸳鸯只是一个丫头，贾母的丧事怎么办，哪有她插嘴的份？鸳鸯自己也知道这一点，她自然不敢找贾政、邢夫人、王夫人去说，凭着老交情她来找凤姐；她也明知属于越权，所以跪着求凤姐，有强求的意思、死乞白赖的意思。多年来鸳鸯受宠于贾母，她一直是"有身份"的，连王夫人都不好得罪她；狐假虎威的日子久了，现在那老虎已死，这狐狸却还要强出头一下。我们站在鸳鸯的立场，她一点没有错。但是，从世界观的角度，从实际处世的角度，我们不能为她叫好。因为我们不认为丧事一定要风光，因为我们认为丧事办得再风光对贾母没什么意义；我们还认为把足以让许多人生活一辈子的费用花在丧事上，是不道德的、不文明的。但是，鸳鸯不是这么看，她是站在她的立场、以她的世界观看问题。作者之所以选择鸳鸯来发难，因为鸳鸯与邢夫人的心思完全不一样，但她们都成为凤姐的压力。多重压力之下，凤姐顶不住，吐血了。凤姐虽有可恶，不无可怜。

第一一一回

鸳鸯女殉主登太虚　狗彘奴欺天招伙盗

"鸳鸯女殉主登太虚"，指鸳鸯自尽跟随贾母而去；"狗彘奴欺天招伙盗"，指周瑞的干儿子勾结盗贼偷走贾母的财物，令贾府雪上加霜。

本回开头写邢夫人不相信凤姐真的病了。

> 邢夫人打谅凤姐推病藏躲，因这时女亲在内不少，也不好说别的，心里却不全信，只说："叫他歇着去罢。"众人也并无言语。

作品以前很少写邢夫人的，现在变了，这两回动不动就会写到邢夫人。贾母过世后邢夫人成为贾府的女掌门，地位不一样了。作者这么悄然变化很有道理，他还为后面更大的风波进行蓄势。随后写辞灵。

> 到二更多天远客去后，便预备辞灵。孝幕内的女眷大家都哭了一阵。只见鸳鸯已哭的昏晕过去了，大家扶住捶闹了一阵才醒过来，便说"老太太疼我一场我跟了去"的话。众人都打谅人到悲哭俱有这些言语，也不理会。到了辞灵之时，上上下下也有百十余人，只鸳鸯不在。众人忙乱之时，谁去捡点。到了琥珀等一干的人哭奠之时，却不见鸳鸯，想来是他哭乏了，暂在别处歇着，也不言语。

这里专门写鸳鸯，敏感的读者都会感觉不寻常，照理该写贾府的子孙。接着写安排人看家，因为绝大多数人都要送殡在外过夜。结果安排的还是凤姐、林之孝等守家。这一笔为后文做了铺垫。然后作品再写鸳鸯。鸳鸯算是作品中最出挑的丫头之一，人们也喜闻乐见，所以如下关键文字我们还是摘引。

> 谁知此时鸳鸯哭了一场，想到"自己跟着老太太一辈子，身子也没有着落。如今大老爷虽不在家，大太太的这样行为我也瞧不上。老爷是不管事的人，以后便乱世为王起来了，我们这些人不是要叫他们掇弄了么。谁收在屋子里，谁配小子，我是受不得这样折磨的，倒不如死了干净。但是一时怎么样的个死法呢？"一面想，一面走回老太太的套间屋内。刚跨进门，只见灯光惨淡，隐隐有个女人拿着汗巾子好似要上吊的样子。鸳鸯也不惊怕，心里想道："这一个是谁？和我的心事一样，倒比我走在头里了。"便问道："你是谁？咱们两个人是一样的心，要死一块儿死。"那个人也不答言。鸳鸯走到跟前一看，并不是这屋子的丫头，仔细一看，觉得冷气侵人时就不见了。鸳鸯呆了一呆，退出在炕沿上坐下，细细一想道："哦，是了，这是东府里的小蓉大奶奶啊！他早死了

的了，怎么到这里来？必是来叫我来了。他怎么又上吊呢？"想了一想道："是了，必是教给我死的法儿。"鸳鸯这么一想，邪侵入骨，便站起来，一面哭，一面开了妆匣，取出那年绞的一缕头发，揣在怀里，就在身上解下一条汗巾，按着秦氏方才比的地方拴上。自己又哭了一回，听见外头人客散去，恐有人进来，急忙关上屋门，然后端了一个脚凳自己站上，把汗巾拴上扣儿套在咽喉，便把脚凳蹬开。可怜咽喉气绝，香魂出窍。

　　鸳鸯突然决定自尽，让人有点意外。虽然她当年表过态，老太太过世后贾赦如果强逼，她对袭人、平儿说了三种选择：或作姑子，或一死，或不嫁男人。但是现在贾赦流放去了，她却选择走最极端的道路，理由是："谁收在屋子里，谁配小子，我是受不得这样折磨的，倒不如死了干净。"这个理由虽然不无道理，但丫头们本来、历来都是这么个命，假如鸳鸯誓死不能接受，那么她早就应该自打主意，比如请贾母替她找一门好一点的亲事。既然没有，那么她早该料到今日。至于秦可卿的出现我认为完全是累赘，不必要她来指导自尽的方法；而且鬼神的接连出现，让作品蒙上一股妖气，降低了作品的艺术魅力。不过秦可卿的表演，对于《红楼梦》研究倒是提供了一条线索，它坐实了秦可卿的悬梁自尽。更严重的是，它劈头劈脸对红学界撂下一个问题：续作者怎么会想到秦可卿是上吊自尽的？曹雪芹不是已经改动了初稿，写秦可卿是病死的？如果说续作者是仅仅凭第5回的图画和诗词就这么判定似乎过于武断，那么有没有可能，他见过曹雪芹的原始初稿？由于秦可卿的灵魂引导鸳鸯的情节过于奇特、不可思议，引诱我们不由得浮想联翩、左思右想。

　　我们刚刚批评秦可卿鬼魂的出现是个累赘，但是作品后面的一个细节，却是绝对的妙笔生花。鸳鸯决定自尽，"便站起来，一面哭，一面开了妆匣，取出那年绞的一缕头发，揣在怀里，就在身上解下一条汗巾，按着秦氏方才比的地方拴上"。一个人临死之前往往会想到自己最宝贵的物品，或作为遗物交付亲人，或随身带上以赴黄泉。鸳鸯作为贾母的首席丫头，她自然有一些金银珠宝，至少比晴雯多，然而这些珍贵的东西在鸳鸯心里连影子都没有，她那么自然地取出这一缕头发，显然这缕秀发在她心头一直占据最重要位置。头发是她身体的一部分，也是生命的一部分，又是她命运转折的象征物。以前，她或许对命运有某种期望，或许也有对宝玉的盼头。剪下这缕秀发，实际上剪去了她的梦想和前景。可以想象，这位美丽倔强的少女，一定有多少个夜晚，都是捧着这缕秀发彻夜无眠，长泪不干！作品写这个动作只有短短一句话，但是，要构思出这个动作，作者需要深入人物内心多少回，体味她的酸楚多少次，才能"听到"人物心弦中这个最重要的颤音，才能写出这个小小的动作。我们不能不击节赞赏。

接着作品花了大量笔墨写鸳鸯自尽激起的波澜，从琥珀到紫鹃，从宝玉到宝钗，直到贾政、邢夫人，其篇幅之大远远超过金钏、晴雯之死。作者理当有所寄托。

> 大家嚷着报与邢王二夫人知道。王夫人宝钗等听了，都哭着去瞧。邢夫人道："我不料鸳鸯倒有这样志气，快叫人去告诉老爷。"只有宝玉听见此信，便唬的双眼直竖。袭人等慌忙扶着，说道："你要哭就哭，别憋着气。"宝玉死命的才哭出来了，心想"鸳鸯这样一个人偏又这样死法，"又想"实在天地间的灵气独钟在这些女子身上了。他算得了死所，我们究竟是一件浊物，还是老太太的儿孙，谁能赶得上他。"复又喜欢起来。那时宝钗听见宝玉大哭，也出来了，及到跟前，见他又笑。袭人等忙说："不好了，又要疯了。"宝钗道："不妨事，他有他的意思。"宝玉听了，更喜欢宝钗的话，"倒是他还知道我的心，别人那里知道。"正在胡思乱想，贾政等进来，着实的嗟叹着，说道："好孩子，不枉老太太疼他一场！"即命贾琏出去吩咐人连夜买棺盛殓，"明日便跟着老太太的殡送出，也停在老太太棺后，全了他的心志。"贾琏答应出去。这里命人将鸳鸯放下，停放里间屋内。平儿也知道了，过来同袭人莺儿等一干人都哭的哀哀欲绝。内中紫鹃也想起自己终身一无着落，"恨不跟了林姑娘去，又全了主仆的恩义，又得了死所。如今空悬在宝玉屋内，虽说宝玉仍是柔情蜜意，究竟算不得什么？"于是更哭得哀切。

其中两个地方值得我们关注。一个是宝玉与宝钗，宝玉的又哭又笑写的很好，写出了宝玉特有的情感；而宝钗劝阻袭人说："不妨事，他有他的意思。"到底宝钗比袭人高出一头，宝玉对宝钗不由得赞赏。只是，宝钗堪称宝玉的知音，但宝玉是不是宝钗的知音呢？我们后面再看。另一个值得关注的是对紫鹃的描写。自从黛玉谢世后作品很少直接描写紫鹃，我们只是从宝玉和袭人的对话中知道一点，现在由紫鹃的自语我们才真正了解她的状况："如今空悬在宝玉屋内，虽说宝玉仍是柔情蜜意，究竟算不得什么？"其中"空悬"两字有点意思，表达出紫鹃的某种不满、失望。但是，不"空悬"的话，又怎么"落地"呢？如果黛玉嫁了宝玉，那么紫鹃在这屋里名正言顺，而如今她算什么身份？实在尴尬。续作者这一笔写紫鹃真是飞来之笔，与鸳鸯取出秀发异曲同工。

王夫人赏了鸳鸯嫂子一百两。

> 贾政因他为贾母而死，要了香来上了三炷，作了一个揖，说："他是殉葬的人，不可作丫头论。你们小一辈都该行个礼。"宝玉听了，喜不自胜，走上来恭恭敬敬磕了几个头。贾琏想他素日的好处，也要上来行礼，被邢夫人说道："有了一个爷们便罢了，不要折受他不得超生。"贾琏就不便过来了。宝钗听了，心中好不自在，便说道："我原不该给他行礼，但只老太太去世，咱们都有未了之事，不敢胡为，他肯替咱们尽孝，咱们也该托托他好好的替咱们伏侍老太太西去，也少尽一点子心哪。"说着扶了莺儿走到灵前，一面奠酒，那眼泪早扑簌簌流下来了，奠毕拜了几拜，狠狠的哭了他一场。众人也有说宝玉的两口子都是傻子，也有说他两个心肠儿好的，也有说他知礼的。贾政反倒合了意。

这里越写越有意思，甚至有了火药味：贾政说要拜，邢夫人说不必；宝玉恭恭敬敬磕了头，贾琏欲进还退，宝钗则狠狠地哭了一场。面对一个丫头，贾府的核心层几乎公开分裂。贾政的意思比较单一，其他人都是假公济私、借机发挥。宝玉恭恭敬敬磕头，恐怕主要不在于鸳鸯的殉葬，而因为她是个女儿。大家想一想，如果是个小厮，宝玉会这么恭恭敬敬吗？邢夫人阻止贾琏，表面上是说鸳鸯地位太低，不值；内心恐怕还是记着当年那笔旧账，鸳鸯公然拒绝贾赦的纳妾，让贾母把邢夫人当众骂得狗血喷头，脸面丢尽。贾琏要给鸳鸯磕头，大约也是记着与鸳鸯的多年合作，尤其是拿贾母的家当给贾琏救了急。可惜贾琏毕竟少了点骨气，被邢夫人一说，就后退了。那么，宝钗"狠狠的哭"又是为了哪般？宝钗向来与鸳鸯没什么交情，她今日挺身而出，着实令我们意想不到。究竟为什么呢？我们细看作品："宝钗听了，心中好不自在。"她"不自在"什么？"不自在"她听到的话，就是邢夫人的话！因为邢夫人与贾政对着干，因为邢夫人的骄横跋扈，令宝钗感到"不自在"。贾政说："他是殉葬的人，不可作丫头论。你们小一辈都该行个礼。"此话于情于理都无可挑剔，也是一向迂腐的贾政难得务实一次，放下主人的尊贵祭奠一个丫头。但是邢夫人就是不给脸，甚至可以称之为打脸。按照宗族规矩，现在贾政才是贾府掌门人，如何行礼是贾政说了算；但是邢夫人挟私愤而坏规矩，这就不仅是报复鸳鸯，而且有僭越夺权的倾向。贾政是老好人，男不与女斗，且尊重邢夫人是嫂子，现在又很可怜，也就不再发话。假如探春在家，恐怕她早就跳出来了，连邢夫人心腹她都敢打，今日这个局面她绝不会容忍。但是探春出嫁了，谁挺身而出？王夫人比贾政还忍让，李纨更懦弱无法指望，宝钗是新媳妇本该退后的，但她毅然站了出来。不过宝钗不是探春，想出手就毫不客气出手；宝钗行事稳重，她先发一段声明，为自己搬出道理，也在道义上压倒邢夫人：

　　"我原不该给他行礼，但只老太太去世，咱们都有未了之事，不敢胡为，他肯替咱们尽孝，咱们也该托托他好好的替咱们伏侍老太太西去，也少尽一点子心哪。"说着扶了莺儿走到灵前，一面奠酒，那眼泪早扑簌簌流下来了，奠毕拜了几拜，狠狠的哭了他一场。

作者的文字非常到位，"狠狠的哭了他一场"，显然这不仅是哭鸳鸯，更是向邢夫人抗议、示威。在整部作品中，宝钗很少出手，像这样在大庭广众面前公开向邢夫人出击，我们还是第一次看见。我们不得不赞赏，续作者这次对宝钗的把握十分精准，他展现了宝钗的气魄，完全是曹雪芹笔下的那个宝钗。只是，续作者不能始终把持得这么好，有时候他会偏离宝钗的性格。作者显然把这个情节当作长房与二房的斗争来写，所以他接着就写到斗争产生的结果和影响："众人也有说宝玉的两口子都是傻子，也有说他两个心肠儿好的，也有说他知礼的。贾政反倒合了意。"这里写到了贾政的感受，很可惜，缺少了一笔对邢夫人的描写，当然我们不难想象邢夫人的感受。在这里，长房与二房的冲突表面化了，而且第二代也参与进来。如果不是长房被抄了家且贾赦被流放、邢夫人依附二房，那么可以想象邢夫人会如何横行霸道，两房的斗争会达到什么程度。这两回写邢夫人总的笔墨不算多，但所占分量越来越大，她的影响力也越来越大。她先是刁难凤姐，又参与经济决策，开始作威作福。当然这也要归功于贾政、王夫人，邢夫人本是犯官之妻，无钱无势本该靠边站，是贾政夫妇的畏缩退让成全了她。第二次世界大战的爆发成就了一个词语"绥靖政策"，说的是英法两国对希特勒德国的容忍退让助长了德国的侵略野心。虽然事情完全没有可比性，但贾政、王夫人的态度却令我们想起"绥靖政策"。本回邢夫人又发泄了对鸳鸯的气恨，不许贾琏祭奠，却遭到宝钗的反抗，估计她对宝钗从此记恨。随着权力渐渐增大，邢夫人的破坏力会愈演愈烈。她将登上舞台中心，代替赵姨娘，狠狠出彩。

接下来，作品交代整个一家人都护送贾母的灵柩去了铁槛寺，并在那里过夜。然后，掉过头来写这一夜之间发生在贾府的盗窃事件。

整个盗窃事件是这样的，周瑞的干儿子何三，在赌场里说，贾母的房间里藏有千金万宝，于是有人要他做内应，谋划去贾府盗窃。盗贼的计划是偷到金银财宝以后，下海到海岛上去享受后福。就在贾府出殡的这夜晚，盗贼们翻墙上瓦，把贾母房间里的财物偷盗一空。贾府的守夜人发现了盗贼，却吓得两腿走不动路，只有包勇一个人上屋顶追赶，并把何三打到地上，死了。在介绍回目的时候我们就说过，盗贼偷走贾母的财物，令贾府雪上加霜。不过我们依然认为，这种突遭横祸的写法，令情节干脆利落一刀两断，它适用于《水浒传》，宋江、武松、林冲等人，都因一时祸起最后走向了梁山。但是这种写法不适合《红楼梦》，《红楼梦》的风格是慢工细活，它以家族门风、日常生活、为人品性的角度开展情节，所描写的人与人、事与事、情节与情节之间是你中有我我中有你、千丝万缕、藕断丝连的，它写的是涓涓细流，而不是大开大合、大起大落。所以这种因为失窃而令家族一夜之间贫穷的写法，不符合《红楼梦》。因而我认为这一回的情节在构思上是欠妥的。

不过我们还是得说，作者在一些细节的构思和表现方法上还是有特色的。或许续作者也要展现一下他对武打的表现能力，他写了一段包勇独战群盗。

　　正在没法，只听园门腰门一声大响，打进门来，见一个梢长大汉，手执木棍。众人唬得藏躲不及，听得那人喊说道："不要跑了他们一个！你们都跟我来。"这些家人听了这话，越发唬得骨软筋酥，连跑也跑不动了。只见这人站在当地只管乱喊，家人中有一个眼尖些的看出来了，你道是谁，正是甄家荐来的包勇。这些家人不觉胆壮起来，便颤巍巍的说道："有一个走了，有的在房上呢。"包勇便向地下一扑，耸身上房追赶那贼。这些贼人明知贾家无人，先在院内偷看惜春房内，见有个绝色女尼，便顿起淫心，又欺上屋俱是女人，且又畏惧，正要踹进门去，因听外面有人进来追赶，所以贼众上房。见人不多，还想抵挡，猛见一人上房赶来，那些贼见是一人，越发不理论了，便用短兵抵住。那经得包勇用力一棍打去，将贼打下房来。那些贼飞奔而逃，从园墙过去，包勇也在房上追捕。岂知园内早藏下了几个在那里接赃，已经接过好些，见贼伙跑回，大家举械保护，见追的只有一人，明欺寡不敌众，反倒迎上来。包勇一见，生气道："这些毛贼！敢来和我斗斗！"那伙贼便说："我们有一个伙计被他们打倒了，不知死活，咱们索性抢了他出来。"这里包勇闻声即打，那伙贼便抢起器械，四五个人围住包勇乱打起来。外头上夜的人也都仗着胆子，只顾赶了来。众贼见斗他不过，只得跑了。包勇还要赶时，被一个箱子一绊，立定看时，心想东西未丢，众贼远逃，也不追赶。

　　这是《红楼梦》中仅有的两次武打描写，第一次大家记得是柳湘莲打薛蟠，当然那严格意义上说不叫武打叫挨揍，而这里就是真正的武打了。或许这正是续作者想要表现的材料。我们知道，绝大多数的作家、艺术家，都希望自己的表现题材能够宽泛一点，场面能够丰富一些。当然，这对于我们这些读过金庸、古龙武打小说的读者，实在算不上精彩的武打场面，但是在两百多年前，这场武打描写，毕竟与《三国演义》《水浒传》《七侠五义》，还是有所不同。

第一一二回

活冤孽妙尼遭大劫　死雠仇赵妾赴冥曹

"活冤孽妙尼遭大劫"，写妙玉被强盗劫持；"死雠仇赵妾赴冥曹"，写赵姨娘遭冤鬼索命而亡。

本回首先写的是惜春。贾政和邢王二夫人把内院交给凤姐和惜春照管，凤姐病重，那么理应是惜春要多出点力。但是我们看到，整个夜里她和妙玉聊天下棋，确实没有尽到一点管理的责任。比较一下，当初探春管理大观园是非常尽心尽力的，宝钗更是每天夜里巡视一周，每一扇门都要检查。而这一次老太太出殡，家里留下的人十分少，惜春本应加强巡逻，从这个意义上说，惜春确实是玩忽职守。现在出了这么大的事，她本人是个什么态度呢？

> 惜春一句话也没有，只是哭道："这些事我从来没有听见过，为什么偏偏碰在咱们两个人身上！明儿老爷太太回来，叫我怎么见人！说把家里交给咱们，如今闹到这个分儿，还想活着么！"凤姐道："咱们愿意吗！现在有上夜的人在那里。"惜春道："你还能说，况且你又病着。我是没有说的。这都是我大嫂子害了我的，他撺掇着太太派我看家的。如今我的脸搁在那里呢！"说着，又痛哭起来。

惜春把脸面放在第一位，觉得没脸了是最要紧的，而并没有做任何实际的事情，比如检查家里被偷的东西有多少，更没有反省自己如何失责的。

> 惜春愈想愈怕，站起来要走。凤姐虽说坐不住，又怕惜春害怕弄出事来，只得叫他先别走。"且看着人把偷剩下的东西收起来，再派了人看着才好走呢。"平儿道："咱们不敢收，等衙门里来了踏看了才好收呢。咱们只好看着。但只不知老爷那里有人去了没有？"凤姐道："你叫老婆子问去。"一回进来说："林之孝是走不开，家下人要伺候查验的，再有的是说不清楚的，已经芸二爷去了。"凤姐点头，同惜春坐着发愁。

现在惜春成了凤姐的一桩心事，她担心惜春要自杀，于是劝慰之外，还要陪着她、守着她。

家里遭窃的消息传到贾政那里，"贾政听了发怔。邢王二夫人等在里头也听见了，都唬得魂不附体，并无一言，只有啼哭"。贾政之所以发怔，除了财产损失之外，还有一层政治考虑：贾府刚刚抄过家，被盗的贵重物品太多的话，朝廷可能会怀疑，这一层是邢夫人、王夫人考虑不到的。历史常常有惊人的相似之处，最近这些年，我们不时看到有这样的报道，因为窃贼被捕，他们供出的偷窃人家和实物，令一些贪官污吏遭到逮捕；不少官员失窃失盗不敢报案，因为被盗的那些财产已经远远超过他们正常的收入。所以贾政的这一份担忧是很实在的。最后贾府报上去的失窃单子，也只能含含糊糊，不敢按实际损失上报。让贾政着急的还有一层迫在眉睫："老太太遗下的东西咱们都没动，你说要银子，我想老太太死得几天，谁忍得动他那一项银子。原打谅完了事算了帐还人家，再有的在这里和南边置坟产的，再有东西也没见数儿。"这意思是，办丧事的所有费用，他还一项都没有支付，更别说家乡的买坟地钱。这真叫如何是好！人倒起霉来，有的时候是你根本无法想象的。

再说那伙盗贼。他们这次偷盗所得足够他们吃喝玩乐一辈子，但何三被打死，这是在现场留下的重大线索，所以按理他们应该赶紧逃跑。可是，其中有一个在屋外见过妙玉一眼，他说："我就只舍不得那个姑子，长的实在好看……咱们今日躲一天，叫咱们大哥借钱置办些买卖行头，明儿亮钟时候陆续出关。你们在关外二十里坡等我。"果然是色胆包天！接着作者非常详细地描写了他劫持妙玉的过程。

且说伙贼一心想着妙玉，知是孤庵女众，不难欺负。到了三更夜静，便拿了短兵器，带了些闷香，跳上高墙。远远瞧见栊翠庵内灯光犹亮，便潜身溜下，藏在房头僻处。等到四更，见里头只有一盏海灯，妙玉一人在蒲团上打坐。歇了一会，便唉声叹气的说道："我自元墓到京，原想传个名的，为这里请来，不能又栖他处。昨儿好心去瞧四姑娘，反受了这蠢人的气，夜里又受了大惊。今日回来，那蒲团再坐不稳，只觉肉跳心惊。"因素常一个打坐的，今日又不肯叫人相伴。岂知到了五更，寒颤起来。正要叫人，只听见窗外一响，想起昨晚的事，更加害怕，不免叫人。岂知那些婆子都不答应。自己坐着，觉得一股香气透入卤门，便手足麻木，不能动弹，口里也说不出话来，心中更自着急。只见一个人拿着明晃晃的刀进来。此时妙玉心中却是明白，只不能动，想是要杀自己，索性横了心，倒也不怕。那知那个人把刀插在背后，腾出手来将妙玉轻轻的抱起，轻薄了一会子，便拖起背在身上。此时妙玉心中只是如醉如痴。可怜一个极洁极净的女儿，被这强盗的闷香熏住，由着他掇弄了去了。

却说这贼背了妙玉来到园后墙边，搭了软梯，爬上墙跳出去了。外边早有伙计弄了车辆在园外等着，那人将妙玉放倒在车上，反打起官衔灯笼，叫开栅栏，急急行到城门，正是开门之时。门官只知是有公干出城的，也不及查诘。赶出城去，那伙贼加鞭赶到二十里坡和众强徒打了照面，各自分头奔南海而去。不知妙玉被劫或是甘受污辱，还是不屈而死，不知下落，也难妄拟。

续作"不知下落，也难妄拟"的写法，与原作一脉相承。不过作者的描写颇为暧昧："腾出手来将妙玉轻轻的抱起，轻薄了一会子，便拖起背在身上。此时妙玉心中只是如醉如痴。可怜一个极洁极净的女儿，被这强盗的闷香熏住，由着他掇弄了去了。"妙玉被闷香熏住无力反抗，由着他掇弄，这是一个问题；妙玉的态度则是另一个问题，被轻薄以后，"此时妙玉心中只是如醉如痴"，这就不像一个洁净女儿的心态，真正的洁净女儿，通常是抱着必死的信念。正因为妙玉没有必死的信念，为作品最后那一句留下了回旋的余地："不知妙玉被劫或是甘受污辱，还是不屈而死，不知下落，也难妄拟。"显然，续作者是紧扣着第5回"欲洁何曾洁""终陷淖泥中"来写妙玉的结局，从这个意义上来说，我们对续作的这一安排无可厚非。不过从艺术形象的完美性角度来看，续作对妙玉的处理似乎不够完美，至少在读者的层面，我们没有看到有谁对妙玉的结局表示满意。妙玉身居十二金钗中的前六，可知她在曹雪芹心中的分量。在曹公笔下，这个人物即使与黛玉、宝钗、探春、湘云在一道也卓然不群，个性非常鲜明独特，在古典小说中没有比肩对象。但在续作中妙玉的几次出场，性格色彩越来越模糊，当年的风采风流云散，变得平平庸庸。读者可以认为是续作者笔力不济，也可以认为是人物本身的棱角被岁月磨得所剩无几。我本人还是倾向于前者，结尾虽照着画册写，但毫无动人之处。可惜。

作者借着妙玉而写到惜春。

惜春正是愁闷，惦着"妙玉清早去后不知听见我们姓包的话了没有，只怕又得罪了他，以后总不肯来。我的知己是没有了。况我现在实难见人。父母早死，嫂子嫌我，头里有老太太，到底还疼我些，如今也死了，留下我孤苦伶仃，如何了局！"想到："迎春姐姐磨折死了，史姐姐守着病人，三姐姐远去，这都是命里所招，不能自由。独有妙玉如闲云野鹤，无拘无束。我能学他，就造化不小了。但我是世家之女，怎能遂意。这回看家已大担不是，还有何颜在这里。又恐太太们不知我的心事，将来的后事如何呢？"想到其间，便要把自己的青丝绞去，要想出家。彩屏等听见，急忙来劝，岂知已将一半头发绞去。彩屏愈加着忙，说道："一事不了又出一事，这可怎么好呢！"正在吵闹，只见妙玉的道婆来找妙玉。彩屏问起来由，先唬了一跳，说是昨日一早去了没来。里面惜春听见，急忙问道："那里去了？"道婆们将昨夜听见的响动，被煤气熏着，今早不见有妙玉，庵内软梯刀鞘的话说了一遍。惜春惊疑不定，想起昨日包勇的话来，必是那些强盗看见了他，昨晚抢去了也未可知。但是他素来孤洁的很，岂肯惜命？……惜春于是更加苦楚，无奈彩屏等再三以礼相劝，仍旧将一半青丝笔起。大家商议不必声张，就是妙玉被抢也当作不知，且等老爷太太回来再说。惜春心里的死定下一个出家的念头，暂且不提。

这里写出了人物命运的相互影响。惜春前面还在羡慕妙玉如闲云野鹤，正在这时一棍子打下来，妙玉被抢走了，闲云野鹤的结局也不过如此，令惜春更加绝望，她下定决心要出家了。此处情节安排或许有些问题，妙玉是出家人落得如此下场，惜春怎么会追随？

我们一直在期盼，贾府经历了一番凄风苦雨之后，对宝玉造成什么影响，却没想到，第一个影响到的是惜春。

贾政到底不放心，带领家人回家。

　　都起来正要走时，只见赵姨娘还爬在地下不起。周姨娘打谅他还哭，便去拉他。岂知赵姨娘满嘴白沫，眼睛直竖，把舌头吐出，反把家人唬了一大跳。贾环过来乱嚷。赵姨娘醒来说道："我是不回去的，跟着老太太回南去。"众人道："老太太那用你来！"赵姨娘道："我跟了一辈子老太太，大老爷还不依，弄神弄鬼的来算计我。——我想仗着马道婆要出出我的气，银子白花了好些，也没有弄死了一个。如今我回去了，又不知谁来算计我。"众人听见，早知是鸳鸯附在他身上。

赵姨娘中邪了，后面还有一大串邪魔描写。前后连起来看，作品的迷信色彩真的越来越浓厚，续作者似乎也中了邪，在邪魔的道路上越走越远，给后四十回蒙上了一层阴影。我们感到遗憾，这是毫无必要的损失。

　　贾政邢夫人等先后到家，到了上房哭了一场。林之孝带了家下众人请了安，跪着。贾政喝道："去罢！明日问你！"凤姐那日发晕了几次，竟不能出接，只有惜春见了，觉得满面惭愧。邢夫人也不理他，王夫人仍是照常，李纨宝钗拉着手说了几句话。独有尤氏说道："姑娘，你操心了，倒照应了好几天！"惜春一言不答，只紫涨了脸。宝钗将尤氏一拉，使了个眼色，尤氏等各自归房去了。贾政略略的看了一看，叹了口气，并不言语，到书房席地坐下，叫了贾琏、贾蓉、贾芸吩咐了几句话。宝玉要在书房来陪贾政，贾政道："不必。"兰儿仍跟他母亲，一宿无话。

这就是贾府的最新状况。

第一一三回
忏宿冤凤姐托村妪　释旧憾情婢感痴郎

"忏宿冤凤姐托村妪"，说的是凤姐对自己过去有所忏悔，她把女儿巧姐托付给刘姥姥；"释旧憾情婢感痴郎"，又一次描写宝玉想求得紫鹃的原谅，结果两人都很伤感。

回首先交代赵姨娘疯魔而死，情状非常不堪。在《红楼梦》中，赵姨娘是一个非常另类的人物。《红楼梦》中的人物绝大多数都是典雅悠闲、从容自在的，包括那么多的小丫头，而赵姨娘则与所有的人相反，带着她的儿子贾环，形成一个阴暗的小小角落。曹雪芹之所以要设计这样一位人物，或许有他的私人渊源，但我认为他更重要的是出于社会考虑、艺术考虑。毫无疑问，赵姨娘是一位人性被扭曲的人物，而扭曲的力量主要不来自她自己，不来自她的个性，而来自她的社会角色、社会定位。在当时的中国，"妾"这样一个社会身份，天生就是尴尬和窘迫的，没有平和的心态或者强大的内心，是很容易被扭曲的。曹雪芹将这一现象典型化人格化，不无意义。续作的前期也写出有板有眼的赵姨娘，但最后以怪力鬼神为结果，几乎前功尽弃。

作品又顺着赵姨娘写到凤姐。

这里一人传十，十人传百，都知道赵姨娘使了毒心害人被阴司里拷打死了。又说是"琏二奶奶只怕也好不了，怎么说琏二奶奶告的呢。"这些话传到平儿耳内，甚是着急，看着凤姐的样子实在是不能好的了，看着贾琏近日并不似先前的恩爱，本来事也多，竟象不与他相干的。平儿在凤姐跟前只管劝慰，又想着邢王二夫人回家几日，只打发人来问问，并不亲身来看。凤姐心里更加悲苦。贾琏回来也没有一句贴心的话。凤姐此时只求速死，心里一想，邪魔悉至。只见尤二姐从房后走来，渐近床前说："姐姐，许久的不见了。做妹妹的想念的很，要见不能，如今好容易进来见见姐姐。姐姐的心机也用尽了，咱们的二爷糊涂，也不领姐姐的情，反倒怨姐姐做事过于苛刻，把他的前程去了，叫他如今见不得人。我替姐姐气不平。"凤姐恍惚说道："我如今也后悔我的心忒窄了，妹妹不念旧恶，还来瞧我。"平儿在旁听见，说道："奶奶说什么？"凤姐一时苏醒，想起尤二姐已死，必是他来索命。被平儿叫醒，心里害怕，又不肯说出，只得勉强说道："我神魂不定，想是说梦话。给我捶捶。"平儿上去捶着，见个小丫头子进来，说是"刘姥姥来了，婆子们带着来请奶奶的安。"平儿急忙下来说："在那里呢？"小丫头子说："他不敢就进来，还听奶奶的示下。"平儿听了点头，想凤姐病里必是懒待见人，便说道："奶奶现在养神呢，暂且叫他等着。你问他来有什么事么？"小丫头子说道："他们问过了，没有事。说知道老太太去世了，因没有报才来迟了。"小丫头子说着，凤姐听见，便叫："平儿，你来，人家好心来瞧，不要冷淡人家。你去请了刘姥姥进来，我和他说说话儿。"平儿只得出来请刘姥姥这里坐。

同样写鬼神，凤姐见到尤二姐倒是可能的，因为她自己心里有鬼。凤姐到底也有了忏悔之心，但她的性格还是改不了。她的话都被平儿听见了，还要抵赖，"给我捶捶"四字写的尤其传神，一来装作无事，二来转移平儿的注意力，凤姐的机灵还在，要小聪明更是积习难改。续作者对凤姐的把握也深入到骨髓，不能不赞。更见精神的是写出凤姐一百八十度转弯，她主动要见刘姥姥！要捕捉到凤姐这种内心深处的巨大变化，需要作者巨大的智慧和高超的艺术见解。想一想，当年刘姥姥第一次来到贾府，凤姐是何等的傲慢和张狂，现在她居然主动要见刘姥姥，作者要写出其中的因为所以、种种缘由，这可不是简单的事情。凤姐之所以回头，作品是有充足的描写的，简单说就是她的经济和地位都发生了巨大的变化，好几万的银子被抄家了，最疼她的贾母过世了，一力支撑她的王夫人现在则跟着邢夫人走，丈夫贾琏也弃之如敝屣，凤姐的精、气、神彻底没了，她周围的世界崩溃了。而刘姥姥则来自另一个世界，凤姐本能地觉得可以与刘姥姥聊聊天。

只见平儿同刘姥姥带了一个小女孩儿进来，说："我们姑奶奶在那里？"平儿引到炕边，刘姥姥便说："请姑奶奶安。"凤姐睁眼一看，不觉一阵伤心，说："姥姥你好？怎么这时候才来？你瞧你外孙女儿也长的这么大了。"刘姥姥看着凤姐骨瘦如柴，神情恍惚，心里也就悲惨起来。

凤姐"不觉一阵伤心"，这一次凤姐的感情是由衷的真实的，刘姥姥的悲伤也一样是真情实意，两个人都动了真情，她们果然聊得不错。最后凤姐竟然把女儿托付给刘姥姥，愿意把女儿嫁到乡下去。

到这里，我们不能不赞赏续作者对凤姐的刻画达到完满的程度。所谓完满，就是把这个形象内在的所有意义都揭示了出来，并达到非常深刻的、令读者掩卷长叹、不由得思考人生的地步。曾经，凤姐是那么富贵、那么得宠、那么嚣张的女子，生活一步步的磨砺，居然让她变成如此不堪的一个人，而中间经历的每一步都非常扎实，令人信服。由是，凤姐成为《红楼梦》中唯一的沧海桑田式的女性，其经历的曲折和完满、其给人的启迪超过十二钗中任何一位金钗。我甚至认为她也超越了宝玉，因为宝玉的变化来得有点快速、轻易，其心路历程没有凤姐丰富复杂。凤姐早在探春改革大观园时就想到抽身退步，此后一步三回头反反复复，才终于完成蜕变。而宝玉则是从再次梦见太虚幻境及面见和尚，一下子"觉悟"了，其心路历程不及凤姐丰富。至于林黛玉、薛宝钗这两位并列一号的女主角，她们的经历则比较单一。林黛玉是始终在愁苦之中，最后所愁成真，愤然离世。薛宝钗则一路安安静静走来，她一直有不幸的预感，最后不幸成真，寡居一生。外界的，社会的风雨，几乎都没怎么浇湿这两位女一号。这是略微让人遗憾的。

回到作品。

　　贾琏进来，向炕上一瞧，也不言语，走到里间气哼哼的坐下。只有秋桐跟了进去，倒了茶，殷勤一回，不知喊喊喳喳的说些什么。回来贾琏叫平儿来问道："奶奶不吃药么？"平儿道："不吃药。怎么样呢？"贾琏道："我知道么！你拿柜子上的钥匙来罢。"平儿见贾琏有气，又不敢问，只得出来凤姐耳边说了一声。凤姐不言语，平儿便将一个匣子搁在贾琏那里就走。贾琏道："有鬼叫你吗！你搁着叫谁拿呢？"平儿忍气打开，取了钥匙开了柜子，便问道："拿什么？"贾琏道："咱们有什么吗？"平儿气得哭道："有话明白说，人死了也愿意！"贾琏道："还要说么！头里的事是你们闹的。如今老太太的还短了四五千银子，老爷叫我拿公中的地帐弄银子，你说有么？外头拉的帐不开发使得么？谁叫我应这个名儿！只好把老太太给我的东西折变去罢了。你不依么？"平儿听了，一句不言语，将柜子东西搬出。只见小红过来说："平姐姐快走，奶奶不好呢。"平儿也顾不得贾琏，急忙过来，见凤姐用手空抓，平儿用手攥着哭叫。贾琏也过来一瞧，把脚一跺道："若是这样，是要我的命了。"说着，掉下泪来。丰儿进来说："外头找二爷呢。"贾琏只得出去。

这里我们要关注的，一是由于贾母的私存资金被盗，眼前的丧葬费用就没出处，贾琏不得不拿贾母给他的那三千两银子来付账。另一个是非常非常小的细节，"见凤姐用手空抓"，凤姐在抓什么？我的理解是她要把那三千银子抓在手里。这个细节同经典小说的描写是何其相似！与《红楼梦》同一时代的《儒林外史》中，严贡生临死前，他看到煤油灯燃的是两根灯芯，所以迟迟不能咽气，伸出两根手指，希望家人能把另一根灯芯给挑出来，那样就不会浪费油。十九世纪法国作家巴尔扎克笔下的吝啬鬼葛朗台临终前，神甫把镀金的十字架送到他唇边给他亲吻基督的圣像，这是为他做临终法事，但是，葛朗台看到金色，竟做了一个骇人的姿势，他伸出手来要把金十字架抓过去，这最后的用力送了他的命。严贡生和葛朗台都是讽刺性人物，那么《红楼梦》续作者对凤姐的这个手势，是不是一种讽刺呢？

　　下面一段描写人们一般不太注意，但我觉得有必要讲一讲。

今日妙玉被劫，那女尼呈报到官，一则候官府缉盗的下落，二则是妙玉基业不便离散，依旧住下。不过回明了贾府。那时贾府的人虽都知道，只为贾政新丧，且又心事不宁，也不敢将这些没要紧的事回禀。只有惜春知道此事，日夜不安。渐渐传到宝玉耳边，说妙玉被贼劫去，又有的说妙玉凡心动了跟人而走。宝玉听得十分纳闷，想来必是被强徒抢去，这个人必不肯受，一定不屈而死。但是一无下落，心下甚不放心，每日长嘘短叹。还说："这样一个人自称为'槛外人'，怎么遭此结局！"又想到："当日园中何等热闹，自从二姐姐出阁以来，死的死，嫁的嫁，我想他一尘不染是保得住的了，岂知风波顿起，比林妹妹死的更奇！"由是一而二，二而三，追思起来，想到《庄子》上的话，虚无缥缈，人生在世，难免风流云散，不禁的大哭起来。袭人等又道是他的疯病发作，百般的温柔解劝。宝钗初时不知何故，也用话箴规。怎奈宝玉抑郁不解，又觉精神恍惚。宝钗想不出道理，再三打听，方知妙玉被劫不知去向，也是伤感，只为宝玉愁烦，便用正言解释。因提起"兰儿自送殡回来，虽不上学，闻得日夜攻苦。他是老太太的重孙，老太太素来望你成人，老爷为你日夜焦心，你为闲情痴意糟蹋自己，我们守着你如何是个结果！"说得宝玉无言可答，过了一回才说道："我那管人家的闲事，只可叹咱们家的运气衰颓。"宝钗道："可又来，老爷太太原为是要你成人，接续祖宗遗绪。你只是执迷不悟，如何是好。"宝玉听来，话不投机，便靠在桌上睡去。宝钗也不理他，叫麝月等伺候着，自己却去睡了。

我们一直期盼着，贾府最近的动乱对宝玉产生什么影响，我们很想看一看。这里终于对宝玉展开了内心描写。宝玉果然是宝玉，抄家，贾赦、贾珍被发配，元春之死，贾母病故，在我们看来这些贾府中发生的最大事情，宝玉倒没有感慨，相反，妙玉被劫持，却令他感慨不已，渐渐消极。而最终，他的思想观念快速地向道家的理念靠拢。宝钗一番规劝，却引发夫妻两人严重的思想冲突。这是两人思想观念的一次交锋，是夫妻之间对于人生道路的理念冲突。这是第一次思想分野，所以特别值得我们重视。宝玉、宝钗结婚已经一年多，又经过一次突然的抄家，再加前天的强盗抢劫，家庭状况已经发生巨大的变化。即使原来宝玉最不愁的经济，认为可以坐吃一辈子的，现在也已经失去了财产来源、经济支持。在这样的状况下，宝钗认为不能再无所事事、坐吃山空，她要求宝玉做出一些改变："你为闲情痴意糟蹋自己，我们守着你如何是个结果！"大家要注意，在眼下宝钗说这个话的时候，她已经不是想着要宝玉去飞黄腾达，更上一层楼，而仅仅是，一家人今后怎么过下去、活下去。应该说这是任何一个正常的妻子，都会提出来的问题。宝玉从来就是游手好闲，虚度光阴，当年他曾经对黛玉说过，反正他们俩坐吃一辈子都够了，所以什么都不用费心。相反，宝钗是个很务实的人，她并不奢望荣华富贵，但她看重长远，注重未来，她看到像宝玉这样长此以往，日子是没办法过的。之所以直到今天她才同宝玉交流，因为之前宝玉的身子一直不好。

显然她的话打中了宝玉的要害，"说得宝玉无言可答，过了一回才说道：'我那管人家的闲事，只可叹咱们家的运气衰颓。'"宝玉明显是强词夺理，他说我哪管人家的闲事，这里的"人家"指的是哪一家呢？应该指的就是妙玉，所以这是在抵赖。宝钗看穿宝玉的心事。一席指责，宝玉装睡。两人的思想观念、人生理念完全不一样，最终闹得不欢而散。看上去两人并没有发生什么大的争执，更没有吵嘴。但是，这里展现了这对夫妻人生理念的根本分野，这是很难抹平、很难撮合的。两人后面会走到什么地步已经不难想象，关键看作者能不能具体而又扎实地写出他们后面一步步的路程，给读者以启示。

说到这里我们插一句。有许多评论文章，都认为宝钗过于世故，她劝宝玉去读书考试，以求今后的荣华富贵。我们且不说宝钗这么做是不是为了荣华富贵，我们倒想在这里做一个对比：假如现在宝玉的妻子不是宝钗而是黛玉的话，黛玉会怎么做？她有没有可能也会为今后的家庭生计着想？她会不会要求宝玉"成人，接续祖宗遗绪"呢？我个人看法，人都是环境的产物，他们在不同的境遇中，想法观念都会发生改变。就以黛玉来说，刚刚踏入贾府的时候，她是非常小心谨慎、自我控制的，她叮嘱自己不可多说一句话、多走一步路。刚进贾府的时候，她也确实是这么做的。然而随着贾母的万般宠爱、宝玉的低声下气，黛玉渐渐地就变了，她变得孤高自傲，目无下尘，动不动就耍小性子发脾气。可见黛玉的性格也是随着境遇变化的。所以假如是黛玉同宝玉结婚、来到今天这样的处境，我猜测黛玉也不会这样糊里糊涂地一直过下去，她必然也会为今后的生计着想。黛玉不是一个糊涂人，也不是一个不顾经济来源的人，记得吗？很久以前她就对宝玉说过，凭她的估算，贾府是进的少出的多，经济很不乐观。这说明黛玉同宝玉不一样，她关心经济收入，而且有经济天分。这样的一位林黛玉，眼看着家里家产大多被抄，已经寅吃卯粮，卖田卖地，还有一大堆亏空，甚至连贾母的丧葬费都付不出，林黛玉作为贾府的媳妇，绝不会不闻不问。当然黛玉同宝钗一样是个女人，自己不可能创造财富，想要改变家里的现状，只有要求宝玉担当起来。所以我认为即使是林黛玉作为妻子，也会要求宝玉振奋精神，把家族的事务担当起来，开源节流，以便把日子安稳地过下去。常言"到什么山上唱什么歌"，来到当下的境遇林黛玉会改变，薛宝钗也一样。

最后描写的是"释旧憾情婢感痴郎"。宝玉多次想要找紫鹃解释以求得谅解，今夜与宝钗闹僵，旧情复发。

　　因又一想："今晚他们睡的睡，做活的做活，不如趁着这个空儿我找他去，看他有什么话。倘或我还有得罪之处，便陪个不是也使得。"想定主意，轻轻的走出了房门，来找紫鹃。

　　那紫鹃的下房也就在西厢里间。宝玉悄悄的走到窗下，只见里面尚有灯光，便用舌头舔破窗纸往里一瞧，见紫鹃独自挑灯，又不是做什么，呆呆的坐着。宝玉便轻轻的叫道："紫鹃姐姐还没有睡么？"紫鹃听了唬了一跳，怔怔的半日才说："是谁？"宝玉道："是我。"紫鹃听着，似乎是宝玉的声音，便问："是宝二爷么？"宝玉在外轻轻的答应了一声。紫鹃问道："你来做什么？"宝玉道："我有一句心里的话要和你说说，你开了门，我到你屋里坐坐。"紫鹃停了一会儿说道："二爷有什么话，天晚了，请回罢，明日再说罢。"宝玉听了，寒了半截。自己还要进去，恐紫鹃未必开门，欲要回去，这一肚子的隐情，越发被紫鹃这一句话勾起。无奈，说道："我也没有多余的话，只问你一句。"紫鹃道："既是一句，就请说。"宝玉半日反不言语。紫鹃在屋里不见宝玉言语，知他素有痴病，恐怕一时实在抢白了他，勾起他的旧病倒也不好了，因站起来细听了一听，又问道："是走了，还是傻站着？有什么又不说，尽着在这里怄人。已经怄死了一个，难道还要怄死一个！这是何苦来呢！"说着，也从宝玉舔破之处往外一张，见宝玉在那里呆听。紫鹃不便再说，回身剪了剪烛花。忽听宝玉叹了一声道："紫鹃姐姐，你从来不是这样铁心石肠，怎么近来连一句好好儿的话都不和我说了？我固然是个浊物，不配你们理我，但只我有什么不是，只望姐姐说明了，那怕姐姐一辈子不理我，我死了倒作个明白鬼呀！"紫鹃听了，冷笑道："二爷就是这个话呀，还有什么？若就是这个话呢，我们姑娘在时我也跟着听俗了！若是我们有什么不好处呢，我是太太派来的，二爷倒是回太太去，左右我们丫头们更算不得什么了。"说到这里，那声儿便哽咽起来，说着又醒鼻涕，宝玉在外知他伤心哭了，便急的跺脚道："这是怎么说，我的事情你在这里几个月还有什么不知道的。就便别人不肯替我告诉你，难道你还不叫我说，叫我憋死了不成！"说着，也呜咽起来了。

这一段描写大家是不是觉得很眼熟？确实，这几乎就是当年宝玉与黛玉闹情绪的翻版。所以虽然我们不能说它写得多么糟糕，但把宝玉同紫鹃的关系写得近似于宝玉同黛玉，至少这是不高明的。还好，下面一段描写，隐隐约约透露一种新的消息，值得我们一读。

　　宝玉正在这里伤心，忽听背后一个人接言道："你叫谁替你说呢？谁是谁的什么？自己得罪了人自己央及呀，人家赏脸不赏在人家，何苦来拿我们这些没要紧的垫喘儿呢。"这一句话把里外两个人都吓了一跳。你道是谁，原来却是麝月。宝玉自觉脸上没趣。只见麝月又说道："到底是怎么着？一个陪不是，一个人又不理。你倒是快快的央及呀。嗳，我们紫鹃姐姐也就太狠心了，外头这么怪冷的，人家央及了这半天，总连个活动气儿也没有。"又向宝玉道："刚才二奶奶说了，多早晚了，打量你在那里呢，你却一个人站在这房檐底下做什么！"紫鹃里面接着说道："这可是什么意思呢？早就请二爷进去，有话明日说罢。这是何苦来！"宝玉还要说话，因见麝月在那里，不好再说别的，只得一面同麝月走回，一面说道："罢了，罢了！我今生今世也难剖白这个心了！惟有老天知道罢了！"说到这里，那眼泪也不知从何处来的，滔滔不断。麝月道："二爷，依我劝你死了心罢，白陪眼泪也可惜了儿的。"宝玉也不答言，遂进了屋子。只见宝钗睡了，宝玉也知宝钗装睡。却是袭人说了一句道："有什么话明日说不得，巴巴儿的跑那里去闹，闹出——"说到这里也就不肯说，迟了一迟才接着道："身上不觉怎么样？"宝玉也不言语，只摇摇头儿。袭人一面打发睡下。一夜无眠，自不必说。

麝月很会说话，尤其擅长吵架，讲话非常注重策略，对此我们前面领教过。这样一位人物，对着宝玉，尤其是对着紫鹃，会说出如此重的话语，令我们很是意外。尤其一开口就是重话："你叫谁替你说呢？谁是谁的什么？自己得罪了人自己央及呀，人家赏脸不赏在人家，何苦来拿我们这些没要紧的垫喘儿呢。"这里把紫鹃称为"人家"，满含讽刺挖苦，哪有一点姐妹情？之前，我们较少看见麝月与紫鹃对话，多的是袭人与紫鹃，宝玉要送黛玉手绢，也是专门避开袭人、麝月，悄悄叫晴雯送去。袭人很早就是只佩服宝钗，对黛玉有所抱怨的，但她同紫鹃的关系很好，有如姐妹。麝月是个很有头脑的人，她自然知道自己话语的分量，所以她似乎存心要给紫鹃难堪。如果说这里还只是暗讽，那么后面她就指名道姓了："嗳，我们紫鹃姐姐也就太狠心了，外头这么怪冷的，人家央及了这半天，总连个活动气儿也没有。"此处麝月又巧妙地把宝玉称之为"人家"，故意把紫鹃同宝玉放在同等地位，好像是"一对儿"，这是严重的损人了。最后，她亮出招牌："刚才二奶奶说了，多早晚了，打量你在那里呢，你却一个人站在这房檐底下做什么！"这分明就是表示，她受宝钗指派过来的，她代表宝钗发话。麝月等于是划了一条界线，她把紫鹃划在界外。麝月的所作所为，作品没写是否经过宝钗的授权，以宝钗一贯的为人来看，她不会向麝月发出这样的指令，甚至连暗示都不会。所以我个人的看法，麝月不仅对紫鹃有醋意，而且还有点帮派意识，她在排挤紫鹃。我们万没想到，在宝玉的后院会燃起战火，而且麝月是当着他的面举枪向紫鹃扣动扳机。而宝玉，像每次面对绝望的丫头一样，他没有给紫鹃任何一点支援，他自己也像个俘虏一般被麝月押了回去。由此可见，不管麝月是否受到宝钗的授权，在宝玉的屋子里，阴盛阳衰已然成了气候，宝钗大权独揽，宝玉的丫头们也都唯宝钗之命是从。从宝玉被控制、架空这个意义上说，多年来贾母、王夫人一直没有接纳宝钗，不无她们的道理。

当着宝玉的面受到如此打击，紫鹃在宝玉的屋子里无疑是待不下去了，在贾府也难待。其实林黛玉过世后紫鹃来到宝玉屋里，就有点勉强，作品写的是宝钗认为紫鹃比雪雁有志气，就把她收留在身边。意思很明显，宝钗是欣赏紫鹃的。当然，认为宝钗很阴暗的人，会理解为宝钗是故意把紫鹃捏在手心里，就像凤姐把尤二姐接入贾府一样。不同的读者有不同的解读。那么紫鹃在宝玉屋里是个什么姿态呢？我们看看这句话："有什么又不说，尽着在这里怄人。已经怄死了一个，难道还要怄死一个么！这是何苦来呢！"此话把自己与黛玉相提并论，俨然以黛玉的影子自居。这或许是她一时说走了嘴，但这话掉进麝月的耳朵里，其刺耳程度不难想象。麝月的话来得那么重那么难听，也算有原因了。

第一一四回

王熙凤历幻返金陵　甄应嘉蒙恩还玉阙

"王熙凤历幻返金陵"，写王熙凤病死，不过病得有点古怪；"甄应嘉蒙恩还玉阙"，写江南的甄家老爷甄应嘉被皇帝重新启用。"甄应嘉"这个名字在原作中没有出现过，现在续作者用了这个名字，应该还是一种谐音"真应假"，意思是甄府这一脉，是假的，是虚构的。那么反过来说，贾府这一脉，就是真实的。但是这种谐音、暗喻，在作品的情节人物本身已经具有强大生命力的情况下，意义已经不大；何况甄贾两家命运相近，分辨孰真孰假失去意义，没必要深究。这是我个人的看法。

我们看作品。

> 却说宝玉宝钗听说凤姐病的危急，赶忙起来。丫头秉烛伺候。正要出院，只见王夫人那边打发人来说："琏二奶奶不好了，还没有咽气，二爷二奶奶且慢些过去罢。琏二奶奶的病有些古怪，从三更天起到四更时候，琏二奶奶没有住嘴说些胡话，要船要轿的，说到金陵归入册子去。众人不懂，他只是哭哭喊喊的。琏二爷没有法儿，只得去糊了船轿，还没拿来，琏二奶奶喘着气等呢。叫我们过来说，等琏二奶奶去了再过去罢。"宝玉道："这也奇，他到金陵做什么？"袭人轻轻的和宝玉说道："你不是那年做梦，我还记得说有多少册子，不是琏二奶奶也到那里去么？"宝玉听了点头道："是呀，可惜我都不记得那上头的话了。这么说起来，人都有个定数的了。但不知林妹妹又到那里去了？我如今被你一说，我有些懂得了。若再做这个梦时，我得细细的瞧一瞧，便有未卜先知的分儿了。"袭人道："你这样的人可是不可和你说的，偶然提了一句，你便认起真来了吗？就算你能先知了，你有什么法儿！"宝玉道："只怕不能先知，若是能了，我也犯不着为你们瞎操心了。"

续作者对原作相当尊重，十分依赖，几乎每个人物每个情节的发展，都依据原作中的线索，尤其是第5回的暗示。这里写出，凤姐的灵魂已经知道她是要回太虚幻境去了，她是十二正钗之一。这一段中更值得注意的是，作品描写宝玉开始回忆他梦游太虚幻境，比较巧妙的是，这个回忆是由袭人指点的。这样写法比较合理，因为在第5回宝玉梦中醒来之后是同袭人交代过的。我们说这段描写的重要性，就在于，一旦宝玉彻底回想起来那个梦境，那么他距开悟就不远了，他游历红尘的经历也就快要结束了。

这里有个问题值得讨论一下。看续作者的这个安排，是要让宝玉回想起太虚幻境的事情，从而斩断情根。这样的构思有没有必要？是不是合理？我们提出这个问题的前题是，有的读者认为，宝玉的斩断情根、抛却红尘，更合理的写法，应该是他经历了人间的种种磨难以后，开始回头。也就是说，应该是现实世界令宝玉无比悲伤、彻底绝望，之后，他离开了贾府。支持这种说法的重要根据，就是脂批中透露宝玉似乎进过监狱，还有一段流浪生活。按照这种说法，宝玉是在人世间几乎生活不下去了，才了却红尘。所以问题就来了，续作的这种写法是不是具有合理性？是不是削弱了作品应有的逻辑力量？值得我们讨论。我这么认为，假如脂批所透露的情节确实是曹雪芹所写，而且是写的完整的，那么它才是原汁原味的《红楼梦》，那当然是我们最愿意看到的，最愿意接受的。但是脂批毕竟语焉不祥，或许，曹雪芹有那样的构思，甚至有那样的提纲。但是我判断，曹雪芹并没有完整地写出来，他或许拟过一些回目，或许有一些零零散散的初稿，但情节内容并不完整，并且可以肯定的是他没有定稿。如果曹雪芹把后面的四十回或者三十回已经基本写完，而且脂砚斋、畸笏叟等人都读过，那么我们所看到的脂批，就不会这样点点滴滴、语焉不祥。还有，即使曹雪芹写过完整的情节，但原稿遗失了。这种情况下，续作者也只能根据自己对作品的理解来写作。何况，续作者可能连脂批都没见过。所以我认为，续作者按照自己的理解来创作，没问题。至于这样的写法是否削弱了作品的思想深度，也未必。宝玉并没到达吃饭穿衣都成问题的地步，但他意识到这样活着没有意义、没有前途，他步入佛门，完全说得通。现实世界中，许多人走向佛门，尤其是知识分子，并不是由于现实的经济问题，而是思想观念转变的原因。至于让宝玉回想起太虚幻境，借此而看破红尘，无非是一个契机。续作者这样处理，绝大多数读者非但没意见，而且还深深感动。所以从艺术效果看，续作者的处理也是合适的。

为了强调宝玉的态度是认真的，作品又加上了他同宝钗的一段对话。

> 两个正说着，宝钗走来问道："你们说什么？"宝玉恐他盘诘，只说："我们谈论凤姐姐。"宝钗道："人要死了，你们还只管议论人。旧年你还说我咒人，那个签不是应了么？"宝玉又想了一想，拍手道："是的，是的。这么说起来，你倒能先知了。我索性问问你，你知道我将来怎么样？"

看上去宝玉不过是随便一问，实际上反映的是，宝玉对"先知"，对自己的未来已经产生了猜想，对尘世间的人生产生了疑问。宝玉的思想有了新的萌芽。读者的心中也难免咯噔一下。

宝钗显然也有这感觉，她故意把话题扯开，讲了一大堆邢岫烟和薛蝌的情况，本来在这个时刻她是不应该有这些话的，因为他们在等待凤姐咽气，即使他们没有那么紧张和悲痛，也不是一个家长里短谈天说地的时刻，宝钗不是那么一个糊涂人。为了转移宝玉的念头，她还故意刺激了宝玉一下。

> "我听见说城里有几处房子已经典去，还剩了一所在那里，打算着搬去住。"宝玉道："为什么要搬？住在这里你来去也便宜些，若搬远了，你去就要一天了。"宝钗道："虽说是亲戚，倒底各自的稳便些。那里有个一辈子住在亲戚家的呢。"

作者这么写也是一举两得，因为确确实实，薛蟠在贾府结婚度日已经十分的不妥当，薛蝌取邢岫烟依然住在贾府，更是一点道理都没有了，他连贾府的亲戚都算不上。

凤姐神神道道了半天终于咽气。贾琏想到凤姐往日的好处，痛哭了一场。一个人死了，会给亲友们带来悲伤，但往往更长期的后果却是亲人们对财产的纷争。凤姐的哥哥王仁没有争到家产，便来挑唆外甥女巧姐，巧姐没理会他，从此王仁也嫌了巧姐儿了。这是为后面的描写做伏笔，其依据是第5回巧姐的曲子中有"俺那爱银钱忘骨肉的狠舅奸兄"。

前面说到，贾母的丧葬费用都已经发生了困难，凤姐的丧葬费更令贾琏无从着手。好在有个平儿。

> 平儿道："二爷也不用着急，若说没钱使唤，我还有些东西旧年幸亏没有抄去，在里头。二爷要就拿去当着使唤罢。"贾琏听了，心想难得这样，便笑道："这样更好，省得我各处张罗。等我银子弄到手了还你。"

贾琏真不会哄女人，别说同宝玉比，连贾蔷都不如。

后半回描写贾政会见江南的甄老爷。有关江南甄府的情节，以及宝玉同甄宝玉的见面，可以说是续作的最大败笔之一，因为它既没有深度又不感人，读者看半天什么也没有得到，几乎就是累赘。至于甄府的蒙皇恩重新启用，我们猜测续作者的意思，大概就是要强调重新启用的真实性，因为甄贾两府都启用了。

其中有一处描写，不知道是贾政的口误还是作者的笔误。贾政道："弟那年在江西粮道任时，将小女许配与统制少君，结缡已经三载。"探春出嫁已经三年了吗？肯定没有。

最后一段转到宝玉，也是为下一回做铺垫。

宝玉回到自己房中，告诉了宝钗，说是："常提的甄宝玉，我想一见不能，今日倒先见了他父亲了。我还听得说宝玉也不日要到京了，要来拜望我老爷呢。又人人说和我一模一样的，我只不信。若是他后儿到了咱们这里来，你们都去瞧去，看他果然和我象不象。"宝钗听了道："嗳，你说话怎么越发不留神了，什么男人同你一样都说出来了，还叫我们瞧去吗！"宝玉听了，知是失言，脸上一红，连忙的还要解说。不知何话，下回分解。

世界上有一个人长得跟自己一模一样，家庭背景、性格爱好等也都同自己一模一样，这确实很让人动心。但是，作为《红楼梦》这样的旷世经典，却写出一甄一贾两个宝玉，却未免落入俗套。这里也偶然反映出，续作者的品味还不够高雅。续作者大约也是为情所累，这个"情"就是原作的线索，他要把每一条线索都捡起来，很机械地续接上去，有时就未免吃力不讨好。艺术作品还是需要自由地、真心地创作。

第一一五回

惑偏私惜春矢素志　证同类宝玉失相知

"惑偏私惜春矢素志"，说惜春受私心的迷惑，一定要出家当尼姑；"证同类宝玉失相知"，说贾宝玉同甄宝玉见面之后，觉得对方是个俗人，很是失望。

看第一段。

话说宝玉为自己失言被宝钗问住，想要掩饰过去，只见秋纹进来说："外头老爷叫二爷呢。"宝玉巴不得一声，便走了。去到贾政那里，贾政道："我叫你来不为别的，现在你穿着孝，不便到学里去，你在家里，必要将你念过的文章温习温习。我这几天倒也闲着，隔两三日要做几篇文章我瞧瞧，看你这些时进益了没有。"宝玉只得答应着。贾政又道："你环兄弟兰侄儿我也叫他们温习去了。倘若你作的文章不好，反倒不及他们，那可就不成事了。"宝玉不敢言语，答应了个"是"，站着不动。贾政道："去罢。"宝玉退了出来。

贾政再一次催促宝玉要好好读书，准备应考。想来这也是势所必然，贾政作为父亲，总不能眼看着儿子这样耽误下去，如何是个了局呢？所以有的评论者批评宝钗要宝玉读书，实际上宝钗的要求并没有多少力道，贾政的要求则是不可抗拒的，宝钗不过是吹吹耳边风，起一点辅助的作用。当然现在宝玉已经成家，所以贾政的口气也不像以前那么严厉，从小心皮肉的威胁，改成了鼓励、劝导："你环兄弟兰侄儿我也叫他们温习去了。倘若你作的文章不好，反倒不及他们，那可就不成事了。"宝玉，则依然恭恭敬敬答应着，他非但没有反对，自己也知道找不出反对的理由。这样，宝玉最后将踏入考场已经成为定局。

作品接着写两个地藏庵的尼姑来看宝钗。

宝钗待理不理的说："你们好？"因叫人来："倒茶给师父们喝。"宝玉原要和那姑子说话，见宝钗似乎厌恶这些，也不好兜搭。那姑子知道宝钗是个冷人，也不久坐，辞了要去。宝钗道："再坐坐去罢。"那姑子道："我们因在铁槛寺做了功德，好些时没来请太太奶奶们的安，今日来了，见过了奶奶太太们，还要看四姑娘呢。"宝钗点头，由他去了。

宝钗对待人从来没有这么冷淡过，而宝玉却很想同她们搭讪，两位主人公到底谁对谁错、谁的眼光更深邃呢？后面尼姑们同惜春的一段对话揭示了一切。

两位尼姑来到惜春那边，有一番详细的交谈。她们先是竭力地攻击妙玉，然后又勾引惜春出家，却又不敢担负这个责任，且说且走退了出去。这个描写总体上不够成功，因为她们的说辞太低劣，她们主要说的是如今有个观世音菩萨，能够救人险难，女人修行后来世可以转为男身，而惜春听了似乎很激动。这就把惜春写得太没知识没文化了，惜春多年来相信佛教，而她的文化底蕴不错，又一直同妙玉交往，我们可以确信她对佛教、对佛学的修养，是有相当根底的。而像现在作品所写的，惜春显然太稚嫩了，哪里有贾府四小姐的风范。我们且不管这里的艺术水准，只是知道，惜春出家修行的决心已经定了。

这里一个有趣的现象我们还是要说一说。在曹雪芹的原作中我们再三说过，曹雪芹对僧人有一个奇怪的描写，就是男僧人基本上都是正面的形象，而女僧人则一律都是负面的形象。有趣的是续作完全继承了曹雪芹的观念，在这里把两位尼姑塑造成女骗子。这样的塑造意念，也不知道是续作者同曹雪芹有相同的观念，还是他很明了曹雪芹的心意，顺着曹雪芹的意思描写。假如续作者也同曹雪芹有相同的观念，鄙视女僧人，那么可能就有一些社会历史原因了，或许在那个时代，女僧人在社会上的口碑十分糟糕。

接着作品以相当长的篇幅，描写江南甄家太太带着甄宝玉前来贾府拜访。

> 只听外头传进来说："甄家的太太带了他们家的宝玉来了。"众人急忙接出，便在王夫人处坐下。众人行礼，叙些温寒，不必细述。只言王夫人提起甄宝玉与自己的宝玉无二，要请甄宝玉进来一见。传话出去，回来说道："甄少爷在外书房同老爷说话，说的投了机了，打发人来请我们二爷三爷，还叫兰哥儿，在外头吃饭。吃了饭进来。"说毕，里头也便摆饭。不题。
>
> 且说贾政见甄宝玉相貌果与宝玉一样，试探他的文才，竟应对如流，甚是心敬，故叫宝玉等三人出来警励他们。再者倒底叫宝玉来比一比。宝玉听命，穿了素服，带了兄弟侄儿出来，见了甄宝玉，竟是旧相识一般。那甄宝玉也象那里见过的，两人行了礼，然后贾环贾兰相见。

作品这里的写法，确实比较特殊。曹雪芹在原作中已交代，贾宝玉与甄宝玉两个人，非但名字一样，相貌也一样，禀性也一样，家庭背景也一样。这种写法在中外古今的小说中从来没见过，作者为什么要这样设计呢？连红学泰斗俞平伯都想不出所以然。但是原作中甄贾俩宝玉却没见过面，第56回宝玉在梦中见到了甄宝玉，两人手拉着手，却没来得及交谈就醒了。我认为，依据曹雪芹真与假、虚与实、隐与现的美学逻辑，这里两个宝玉梦里见过，就算完了，在其后的情节中这两人是不会再见面了。尽管甲戌本第2回脂批"甄家之宝玉乃上半部不写者"，意思似乎是到下半部甄宝玉将登场。但是，现在续作者不仅让他登场，还让两人见面，我想续作者有他自己的用意。什么用意呢？我们只能揣摩。从比较低级的层面来推测，这是为了标新立异，以勾引读者的兴趣；如果是这样的话，那就成为庸俗。如果我们把它往好里去想，作者如此冒天下之大不韪，应该有他的深意。一种可能，他是为了把贾宝玉世俗化、真实化、人间化，因为原作文本中贾宝玉是来自天上，是大荒山青埂峰上的那块石头投胎来到人间；又是西天赤霞宫神瑛侍者转世成为凡人。不管怎么说贾宝玉的背景都是一位神仙，所以他的故事再怎么感人，只是神仙人物故事。现在金陵来的这位甄宝玉，与贾宝玉一模一样，就好像一个是镜子里一个是镜子外的。而甄宝玉并不是天上的神仙，而是实实在在的一位凡人。这意味着，贾宝玉虽然号称来自天上，实际上是人间的一个真实的人物。续作者以甄宝玉的尘世身份，来对冲掉贾宝玉身上的那些神仙色彩和符号，从而增强作品的现实力量。重申一遍，这只是我的揣测。

两个宝玉见面之后，宝玉绝望到发痴发呆，甚至勾起旧病。尤其是这一场病，还招来癞头和尚的再次出场，由此导致宝玉最终知道了自己的前生前世而看破红尘，这么一推究，同甄宝玉的见面就变成一个重要的情节，简直可以说是点燃了导火索。我们重复一遍，贾宝玉因为见到了甄宝玉而得病，因病见到癞头和尚，因见到和尚而得知自己的真实身世，因得知身世而了却尘缘。这么一个艺术逻辑，似乎太简单了，实在见不出高明。所以从两人见面场面的描写看，很不自然，特别是场面不能吸引人；而从结果来看，更是有点信手拈来，由一个细小的情节推动宝玉人生的急转直下，可以说结果被无限夸大了。所以两个宝玉见面的情节，在艺术上是不成功的，作者花了几千字，在大多数读者的脑海中，甚至都没留下什么印象。

我们看下去。

> 过了几天，宝玉更糊涂了，甚至饭食不进，大家着急起来。恰又忙着脱孝，家中无人，又叫了贾芸来照应大夫。贾琏家下无人，请了王仁来在外帮着料理。那巧姐儿是日夜哭母，也是病了。所以荣府中又闹得马仰人翻。

这寥寥几笔的叙述，能够照应到方方面面，写出贾府的总体混乱。而后面和尚来还通灵宝玉那一段，更是写的惊心动魄，也饶有趣味，令人永远铭记。

　　一日又当脱孝来家，王夫人亲身又看宝玉，见宝玉人事不醒，急得众人手足无措。一面哭着，一面告诉贾政说："大夫回了，不肯下药，只好预备后事。"贾政叹气连连，只得亲自看视，见其光景果然不好，便又叫贾琏办去。贾琏不敢违拗，只得叫人料理。手头又短，正在为难，只见一个人跑进来说："二爷，不好了，又有饥荒来了。"贾琏不知何事，这一唬非同小可，瞪着眼说道："什么事？"那小厮道："门上来了一个和尚，手里拿着二爷的这块丢的玉，说要一万赏银。"贾琏照脸啐道："我打量什么事，这样慌张。前番那假的你不知道么！就是真的，现在人要死了，要这玉做什么！"小厮道："奴才也说了，那和尚说给他银子就好了。"又听着外头嚷进来说："这和尚撒野，各自跑进来了，众人拦他拦不住。"贾琏道："那里有这样怪事，你们还不快打出去呢。"正闹着，贾政听见了，也没了　　主意了。里头又哭出来说："宝二爷不好了！"贾政益发着急。只见那和尚嚷道："要命拿银子来！"贾政忽然想起，头里宝玉的病是和尚治好的，这会子和尚来，或者有救星。但是这玉倘或是真，他要起银子来怎么样呢？想了一想，姑且不管他，果真人好了再说。

　　和尚，也就是茫茫大士再次前来贾府，作品挑动读者心中那根敏感的神经，相信有许多人都是屏住呼吸一口气读完的，而这段情节也确实写的跌宕起伏，精彩备至。宝玉病到医生不肯用药，贾政只能叫贾琏去准备后事。恰恰在这个节骨眼上，和尚送玉来了。作者偏从贾琏写起，故意急人，因为贾琏已经上过一次当，所以他非但不信，还叫人打出去。和尚却似乎比贾琏还着急，他冲破阻拦直闯进来。这样，造成贾琏与和尚一方阻拦一方硬闯的对比冲突；而贾政因为想到前一次和尚来得古怪，心中大动，但偏偏和尚要一万两银子，又造成贾政与和尚要银子和没银子的冲突。很明显，作者为了增加趣味，引发冲突，故意让和尚要一万两银子。我们想想，神仙要银子何用？但是，如果他客客气气地送上通灵宝玉而分文不取，那么非但情节上显得平淡无奇波澜不惊，而且显不出通灵宝玉回归的事关重大，同时对读者的吸引力、震撼力失去大半。我们且看下去。

　　贾政叫人去请，那和尚已进来了，也不施礼，也不答话，便往里就跑。贾琏拉着道："里头都是内眷，你这野东西混跑什么！"那和尚道："迟了就不能救了。"贾琏急得一面走一面乱嚷道："里头的人不要哭了，和尚进来了。"王夫人等只顾着哭，那里理会。贾琏走近来又嚷，王夫人等回过头来，见一个长大的和尚，唬了一跳，躲避不及。那和尚直走到宝玉炕前，宝钗避过一边，袭人见王夫人站着，不敢走开。只见那和尚道："施主们，我是送玉来的。"说着，把那块玉擎着道："快把银子拿出来，我好救他。"王夫人等惊惶无措，也不择真假，便说道："若是救活了人，银子是有的。"那和尚笑道："拿来。"王夫人道："你放心，横竖折变的出来。"和尚哈哈大笑，手拿着玉在宝玉耳边叫道："宝玉，宝玉，你的宝玉回来了。"说了这一句，王夫人等见宝玉把眼一睁。袭人说道："好了。"只见宝玉便问道："在那里呢？"那和尚把玉递给他手里。宝玉先前紧紧的攥着，后来慢慢的得过手来，放在自己眼前细细的一看说："嗳呀，久违了！"里外众人都喜欢的念佛，连宝钗也顾不得有和尚了。贾琏也走过来一看，果见宝玉回过来了，心里一喜，疾忙躲出去了。

　　这里开始是整个续作的转折部分，十分关键，所以我们鉴赏得细一点。前面做了铺垫，就是贾琏和贾政与和尚的冲突，但我们并没有看到和尚，现在才开始正面描写。和尚有点莽撞，不像我们想象的神仙那样，把握一切从容不迫，但符合读者的期待，因为宝玉生死存亡的关头，这莽撞在读者看来不仅非常需要，而且十分合理，作者可谓投其所好。这种不顾人间礼仪礼貌的举动，有点世外仙人的味道。但是后面一句把他自己全部出卖了："只见那和尚道：'施主们，我是送玉来的。'"这句自我说明，实在有点糟糕，掉了自己的身价。天上的茫茫大士，哪里会有这种低声下气的说明！但是后面一句又赚了回来："说着，把那块玉擎着道：'快把银子拿出来，我好救他。'"这分明是在戏弄贾府的人。当然更妙的是后面的描写："和尚哈哈大笑，手拿着玉在宝玉耳边叫道：'宝玉，宝玉，你的宝玉回来了。'"他一共说了十一个字，却说了三遍"宝玉"，六个字，但这三个"宝玉"放在一起，形成了再三重复的奥妙，人物的名字、他的佩件和他的灵魂，都是同一个词语"宝玉"。这句话简直像诗词一样富有内涵，发人深省。果然比符咒还灵："说了这一句，王夫人等见宝玉把眼一睁。袭人说道：'好了。'只见宝玉便问道：'在那里呢？'那和尚把玉递给他手里。宝玉先前紧紧的攥着，后来慢慢的得过手来，放在自己眼前细细的一看说：'嗳呀，久违了！'里外众人都喜欢的念佛，连宝钗也顾不得有和尚了。"这里就像电影镜头一样，特写镜头是宝玉的手攥着玉，然后镜头推到他整个人，再推到周围，甚至包括了不能见男人的宝钗，由此形成一个激动人心而又欢乐的高潮。但是认真起来，宝玉的那句对话却是不怎么合适："嗳呀，久违了！"这句话说得太平凡，非但毫无灵气，反而有点俗气，有碍观瞻。"嗳呀，久违了！"似乎宝玉天天在寻找，天天在期盼，这就把宝玉的格局写小了，也不符合他的实际情况，他何曾找过玉！

　　我们再看最后一段。

　　贾政果然进去，也不及告诉便走到宝玉炕前。宝玉见是父亲来，欲要爬起，因身子虚弱起不来。王夫人按着说道："不要动。"宝玉笑着拿这玉给贾政瞧道："宝玉来了。"贾政略略一看，知道此事有些根源，也不细看，便和王夫人道："宝玉好过来了。这赏银怎么样？"王夫人道："尽着我所有的折变了给他就是了。"宝玉道："只怕这和尚不是要银子的罢。"贾政点头道："我也看来古怪，但是他口口声声的要银子。"王夫人道："老爷出去先款留着他再说。"贾政出来，宝玉便嚷饿了，喝了一碗粥，还说要饭。婆子们果然取了饭来，王夫人还不敢给他吃。宝玉说："不妨的，我已经好了。"便爬着吃了一碗，渐渐的神气果然好过来了，便要坐起来。麝月上去轻轻的扶起，因心里喜欢，忘了情说道："真是宝贝，才看见了一会儿就好了。亏的当初没有砸破。"宝玉听了这话，神色一变，把玉一撂，身子往后一仰。未知死活，下回分解。

　　这一段有两个看点，一个是宝玉和贾政都看出来，和尚不是为了银子，这就很耐人寻味，吊足了读者的胃口。另一个看点是，宝玉忽然又昏死过去，让读者吓了一跳。到下一回我们才知道，其实是他的灵魂跟了和尚出去，他的身体并没有出什么毛病。我们觉得续作者有点故弄玄虚，宝玉的灵魂可以出窍，但他的身子何必昏死过去？

　　这一回在全书中都有其特殊地位，因为它要让宝玉开始觉悟，不是一般的觉悟，而是发生质变。宝玉已经松散惯了，他的性格、形象几乎已经定型，如何让他发生重大的质变？这是个天大的难题。续作者借用和尚前来点化，还是比较巧妙的，他借助曹雪芹原有的力量，令读者比较信服。不过本回当中，艺术性忽高忽低，相差悬殊，表明续作者对有些题材、有些方面的驾驭能力还是不够，尽管他的综合艺术水平已经相当高了。同样，他对和尚的描写和刻画，有些地方写得很高超，有些设计则显得很糟糕，我们下一回再说。

第一一六回

得通灵幻境悟仙缘　送慈枢故乡全孝道

"得通灵幻境悟仙缘"，写宝玉得到通灵玉后，又随着和尚再一次游历太虚幻境，从而明白了人生的缘分；"送慈枢故乡全孝道"，写贾政护送贾母的灵枢回南方故乡。

我们看作品。

　　那知那宝玉的魂魄早已出了窍了。你道死了不成？却原来恍恍惚惚赶到前厅，见那送玉的和尚坐着，便施了礼。那知和尚站起身来，拉着宝玉就走。宝玉跟了和尚，觉得身轻如叶，飘飘摇摇，也没出大门，不知从那里走了出来。行了一程，到了个荒野地方，远远的望见一座牌楼，好象曾到的。正要问那和尚时，只见恍恍惚惚来了一个女人。宝玉心里想道："这样旷野地方，那得有如此的丽人，必是神仙下界了。"宝玉想着，走近前来细细一看，竟有些认得的，只是一时想不起来。见那女人和和尚打了一个照面就不见了。宝玉一想，竟是尤三姐的样子，越发纳闷："怎么他也在这里？"又要问时，那和尚拉着宝玉过了那牌楼，只见牌上写着"真如福地"四个大字，两边一幅对联，乃是：

　　假去真来真胜假，无原有是有非无。

　　转过牌坊，便是一座宫门。门上横书四个大字道"福善祸淫"。又有一副对子，大书云：

　　过去未来，莫谓智贤能打破；

　　前因后果，须知亲近不相逢。

　　宝玉看了，心下想道："原来如此。我倒要问问因果来去的事了。"这么一想，只见鸳鸯站在那里招手儿叫他。宝玉想道："我走了半日，原来不曾出园子，怎么改了样子了呢？"赶着要和鸳鸯说话，岂知一转眼便不见了，心里不免疑惑起来。走到鸳鸯站的地方儿，乃是一溜配殿，各处都有匾额。宝玉无心去看，只向鸳鸯立的所在奔去。见那一间配殿的门半掩半开，宝玉也不敢造次进去，心里正要问那和尚一声，回过头来，和尚早已不见了。宝玉恍惚，见那殿宇巍峨，绝非大观园景象。便立住脚，抬头看那匾额上写道："引觉情痴"。两边写的对联道：

　　喜笑悲哀都是假，贪求思慕总因痴。

　　宝玉看了，便点头叹息。想要进去找鸳鸯问他是什么所在，细细想来甚是熟识，便仗着胆子推门进去。满屋一瞧，并不见鸳鸯，里头只是黑漆漆的，心下害怕。正要退出，见有十数个大橱，橱门半掩。

　　宝玉忽然想起："我少时做梦曾到过这个地方。如今能够亲身到此，也是大幸。"恍惚间，把找鸳鸯的念头忘了。便壮着胆把上首的大橱开了橱门一瞧，见有好几本册子，心里更觉喜欢，想道："大凡人做梦，说是假的，岂知有这梦便有这事。我常说还要做这个梦再不能的，不料今儿被我找着了。但不知那册子是那个见过的不是？"伸手在上头取了一本，册上写着"金陵十二钗正册"。宝玉拿着一想道："我恍惚记得是那个，只恨记不得清楚。"便打开头一页看去，见上头有画，但是画迹模糊，再瞧不出来。后面有几行字迹也不清楚，尚可摹拟，便细细的看去，见有什么"玉带"，上头有个好象"林"字，心里想道："不要是说林妹妹罢？"便认真看去，底下又有"金簪雪里"四字，诧异道"怎么又象他的名字呢。"

　　下面还有许多描写，我们就不摘引了，因为到这里大家已经看得很明白，这里就是太虚幻境，宝玉再次走进了"薄命司"。宝玉前来的方式也与第5回很相似，那次是秦可卿导引，这次是和尚带路。但是令我们惊讶，甚至迷惑，是太虚幻境的匾额和对联都改掉了。作者为什么要改掉呢？恐怕没人能够回答这问题。我们换个角度思考：或许第5回的时候宝玉是从正门进的，而这一次是从后门进的，所以看到的匾额和对联是不一样的。但是深入思考，觉得不对。因为中国的庭园建筑，是没有后门的，从皇家宫殿到私人庭院，主要的牌坊、大厅、正殿，都是坐北向南依次建造，即使北面有后门进来，那么你首先看到的就不是牌坊，所以不存在宝玉这次是从后面进去的理由。当这些设想都被推倒以后，那么只留下一个理由，就是，续作者虽然所写的是太虚幻境，但是他不愿用原作的材料，他要来一番改头换面、自出机抒，他要同原作者一争高下，所以才出现了这样的匾额和对联。可惜在我们看来，他是弄巧成拙。他的构思，比如秦可卿与鸳鸯，一个是十二正钗，一个是副钗，在天上应该都有点身份，却依然干着使女的差使，同样的正钗，黛玉则成了妃子。正钗如此分化，没有道理。我们看下去。

　　一面叹息，一面又取那《金陵又副册》一看，看到"堪羡优伶有福，谁知公子无缘"，先前不懂，见上面尚有花席的影子，便大惊痛哭起来。

　　待要往后再看，听见有人说道："你又发呆了！林妹妹请你呢。"好似鸳鸯的声气，回头却不见人。心中正自惊疑，忽鸳鸯在门外招手。宝玉一见，喜得赶出来。

　　看到袭人的册子，宝玉"便大惊痛哭起来"。宝玉的这份情感，也让我们有点不解。前面他看到林黛玉和薛宝钗的册子，也不过点一点头，而看到袭人的册子居然痛哭起来，难道袭人在他心中的分量超过黛玉和宝钗吗？所以这个描写显然不妥。后面鸳鸯的话，则不止是不妥。"你又发呆了！林妹妹请你呢。"笑话，到了天上，林黛玉怎么还是宝玉的林妹妹呢？尤其是看后文的描写，林黛玉被称作"潇湘

妃子"，其身份规格则完全是娘娘一类的，鸳鸯怎么还能称她"林妹妹"呢？应该称
"林娘娘"了吧？只是我们很不明白，林黛玉的身份是妃子，那么她的丈夫、她的君
主究竟是谁呢？大家不妨想一想。

我们再看看林黛玉居住的地方吧。

> 宝玉无奈，尽力赶去，忽见别有一洞天，楼阁高耸，殿角玲珑，且有好些宫女隐约
> 其间。宝玉贪看景致，竟将鸳鸯忘了。宝玉顺步走入一座宫门，内有奇花异卉，都也认
> 不明白。惟有白石花阑围着一颗青草，叶头上略有红色，但不知是何名草，这样矜贵。
> 只见微风动处，那青草已摇摆不休，虽说是一枝小草，又无花朵，其妩媚之态，不禁
> 心动神怡，魂消魄丧。宝玉只管呆呆的看着，只听见旁边有一人说道："你是那里来的
> 蠢物，在此窥探仙草！"宝玉听了，吃了一惊，回头看时，却是一位仙女，便施礼道：
> "我找鸳鸯姐姐，误入仙境，恕我冒昧之罪。请问神仙姐姐，这里是何地方？怎么我鸳
> 鸯姐姐到此还说是林妹妹叫我？望乞明示。"那人道："谁知你的姐姐妹妹，我是看管仙
> 草的，不许凡人在此逗留。"宝玉欲待要出来，又舍不得，只得央告道："神仙姐姐既是
> 那管理仙草的，必然是花神姐姐了。但不知这草有何好处？"那仙女道："你要知道这
> 草，说起来话长着呢。那草本在灵河岸上，名曰绛珠草。因那时萎败，幸得一个神瑛侍
> 者日以甘露灌溉，得以长生。后来降凡历劫，还报了灌溉之恩，今返归真境。所以警幻
> 仙子命我看管，不令蜂缠蝶恋。"宝玉听了不解，一心疑定必是遇见了花神了，今日断
> 不可当面错过，便问："管这草的是神仙姐姐了。还有无数名花必有专管的，我也不敢
> 烦问，只有看管芙蓉花的是那位神仙？"那仙女道："我却不知，除是我主人方晓。"宝
> 玉便问道："姐姐的主人是谁？"那仙女道："我主人是潇湘妃子。"宝玉听道："是了，
> 你不知道这位妃子就是我的表妹林黛玉。"那仙女道："胡说。此地乃上界神女之所，虽
> 号为潇湘妃子，并不是娥皇女英之辈，何得与凡人有亲。你少来混说，瞧着叫力士打你
> 出去。"……正想着，不多时到了一个所在。只见殿宇精致，彩色辉煌，庭中一丛翠竹，
> 户外数本苍松。廊檐下立着几个侍女，都是宫妆打扮，见了宝玉进来，便悄悄的说道：
> "这就是神瑛侍者么？"引着宝玉的说道："就是。你快进去通报罢。"有一侍女笑着招
> 手，宝玉便跟着进去。过了几层房舍，见一正房，珠帘高挂。那侍女说："站着候旨。"
> 宝玉听了，也不敢则声，只得在外等着。那侍女进去不多时，出来说："请侍者参见。"
> 又有一人卷起珠帘。只见一女子，头戴花冠，身穿绣服，端坐在内。宝玉略一抬头，见
> 是黛玉的形容，便不禁的说道："妹妹在这里！叫我好想。"那帘外的侍女悄咤道："这
> 侍者无礼，快快出去。"说犹未了，又见一个侍儿将珠帘放下。宝玉此时欲待进去又不
> 敢，要走又不舍，待要问明，见那些侍女并不认得，又被驱逐，无奈出来。心想要问晴
> 雯，回头四顾，并不见有晴雯。心下狐疑，只得快快出来，又无人引着，正欲找原路而
> 去，却又找不出旧路了。

读到这里我们不能不感叹，续作者真的有点想多了。在原作中，潇湘妃子不过
是一个名号，不含任何贵妃的暗示；可是到了此处，续作者居然把潇湘妃子坐实，

让林黛玉登堂入宫，成为仙界的一名妃子。这样的想法，虽然好看、热闹、富丽，只可惜这么一来，林黛玉的爱情悲剧、她为爱情而献出自己的生命，甚至《红楼梦》的悲剧故事统统变得没有意义了。这不仅是打了续作者自己的嘴巴，还打了原作者曹雪芹的脸。如果要说人物归宿的最大失败，那么我认为林黛玉变成潇湘妃子就是。在红学界，鲁迅先生对续作的一条指责是人人皆知的："僧人却不过是爱人者的败亡的逃路，与宝玉之终于出家，同一小器，但在作《红楼梦》时的思想，大约也止能如此；即使出于续作，想来未必与作者本意大相悬殊。惟披了大红猩猩毡斗篷来拜他的父亲，却令人觉得诧异。"（鲁迅《集外集拾遗补编》）在这里，鲁迅对续作构思的主题思想，基本认可；而对宝玉披大红猩猩毡斗篷这个细节，大不认同。但是作品此处的描写，林黛玉居然在仙宫里面发出懿旨，这事情与宝玉的大红猩猩毡斗篷相比，真是大巫见小巫了。再看那棵绛珠草，"有白石花阑围着"，已然成了一棵圣草，还用汉白玉栏板围着。而在原作中，这棵绛珠草不过是灵河岸上三生石畔一株野草，若不是神瑛侍者施恩浇灌，就枯死了；好不容易修成个女体人形，也不过是西天上普普通通的一位仙女；即使她到人间走了一遭，那也不算什么功德，怎么能回到西天就进入皇宫成为妃子？鲁迅先生指责续作者，"和尚多矣，但披这样阔斗篷的能有几个"。以鲁迅先生的标准衡量林黛玉变成潇湘妃子，那续作者就更加无地自容。"候旨""参见"等规矩，让黛玉与宝玉成了君臣关系，这就将宝玉与黛玉青梅竹马亲密无间的情侣恩爱，破坏殆尽。而后面和尚又说："我奉元妃娘娘旨意，特来救你。"那么在天上，元春还是娘娘，黛玉成为妃子，那么她们两人是侍奉同一个男人了！这简直不成文字，太煞风景！续作者落笔写下这些文字的时候，恐怕他自己都没有理清楚这几层关系。本来他想抄个近路讨个方便，让宝玉重游太虚幻境，但由于他不愿完全依附原作，想搞出点自己的名堂，写出点新意，却由于思维不够严谨，下笔太过随意，结果弄出个四不像。在我看来，续作中最大的人物关系和情节逻辑的混乱，就出在这里。我的意思是，他把众多的人物关系和无数的情节都续接得很好，但在这个小而又小的细节上栽了个跟头。这是不折不扣的败笔。

　　既然我们认为这是续作最大的败笔，那么我们就需要分析一下原因何在。我个人认为，最根本的原因还是续作者有媚俗的心态。因为普通读者一是喜欢宝玉与黛玉能够再见一面，二是盼望黛玉变得越高贵越好，黛玉在人间受尽了孤苦，他们希望黛玉在天上能够享尽富贵荣华，算作补偿。我国古代的通俗小说和戏剧通常都是这么设计。但是续作者显然忘了，这是林黛玉，是《红楼梦》，被他这么一描写，对黛玉形象、对整部《红楼梦》会造成多大的伤害！至于让宝玉同黛玉再见一面，倒也未尝不可，可是又安排尤三姐、鸳鸯、晴雯、凤姐、秦可卿、迎春等依次出场，就有点莫名奇妙了；因为假如说已经归天的都要见一面的话，却又少了元春、金钏、尤二姐，这算什么道理？此外，假如说有人要报复宝玉，那也不应该是尤三姐，宝玉同她没有瓜葛，倒应该是金钏儿，她因宝玉而死，宝玉却逃之夭夭。可见，整个情节和场面设计得一片混乱，其中没有逻辑，续作者明显驾驭不住。更有，续作者一向有自知之明地规避环境描写，到这里却忘了，他每个景物都写上一两笔，似乎想要重塑太虚幻境。可惜原作中那么优美神圣的太虚幻境，被他写的乱七八糟，堪称涂炭。总之，续作者为了媚俗，以及与原作者一争高低的野心，有点忘乎所以信马由缰，结果是一败涂地，造成续作的最大硬伤。反过来看，凡是他遵循原作、小心翼翼、亦步亦趋地创作，都比较成功。所以，续作的成功，归根到底，是原作的杰出，是曹雪芹的卓越。

游完了太虚幻境，宝玉又将如何？我们看下去。

王夫人等正在哭泣，听见宝玉苏来，连忙叫唤。宝玉睁眼看时，仍躺在炕上，见王夫人宝钗等哭的眼泡红肿。定神一想，心里说道："是了，我是死去过来的。"遂把神魂所历的事呆呆的细想，幸喜多还记得，便哈哈的笑道："是了，是了。"王夫人只道旧病复发，便好延医调治，即命丫头婆子快去告诉贾政，说是"宝玉回过来了，头里原是心迷住了，如今说出话来，不用备办后事了。"贾政听了，即忙进来看视，果见宝玉苏来，便道："没的痴儿你要唬死谁么！"说着，眼泪也不知不觉流下来了。又叹了几口气，仍出去叫人请医生诊脉服药。这里麝月正思自尽，见宝玉一过来，也放了心。只见王夫人叫人端了桂圆汤叫他喝了几口，渐渐的定了神。王夫人等放心，也没有说麝月，只叫人仍把那玉交给宝钗给他带上，"想起那和尚来，这玉不知那里找来的，也是古怪。怎么一时要银一时又不见了，莫非是神仙不成？"宝钗道："说起那和尚来的踪迹去的影响，那玉并不是找来的。头里丢的时候，必是那和尚取去的。"王夫人道："玉在家里怎么能取的了去？"宝钗道："既可送来，就可取去。"袭人麝月道："那年丢了玉，林大爷测了个字，后来二奶奶过了门，我还告诉过二奶奶，说测的那字是什么'赏'字。二奶奶还记得么？"宝钗想道："是了。你们说测的是当铺里找去，如今才明白了，竟是个和尚的'尚'字在上头，可不是和尚取了去的么。"王夫人道："那和尚本来古怪。那年宝玉病的时候，那和尚来说是我们家有宝贝可解，说的就是这块玉了。他既知道，自然这块玉到底有些来历。况且你女婿养下来就嘴里含着的。古往今来，你们听见过这么第二个么。只是不知终久这块玉到底是怎么着，就连咱们这一个也还不知是怎么着。病也是这块玉，好也是这块玉，生也是这块玉——"说到这里忽然住了，不免又流下泪来。宝玉听了，心里却也明白，更想死去的事愈加有因，只不言语，心里细细的记忆。那时惜春便说道："那年失玉，还请妙玉请过仙，说是'青埂峰下倚古松'，还有什么'入我门来一笑逢'的话，想起来'入我门'三字大有讲究。佛教的法门最大，只怕二哥不能入得去。"宝玉听了，又冷笑几声。宝钗听了，不觉的把眉头儿肐揪着发起怔来。尤氏道："偏你一说又是佛了。你出家的念头还没有歇么？"惜春笑道："不瞒嫂子说，我早已断了荤了。"王夫人道："好孩子，阿弥陀佛，这个念头是起不得的。"惜春听了，也不言语。宝玉想"青灯古佛前"的诗句，不禁连叹几声。忽又想起一床席一枝花的诗句来，拿眼睛看着袭人，不觉又流下泪来。众人都见他忽笑忽悲，也不解是何意，只道是他的旧病。岂知宝玉触处机来，竟能把偷看册上诗句俱牢牢记住了，只是不说出来，心中早有一个成见在那里了。暂且不题。

这一段写宝玉相当成功。所谓成功就是宝玉的性格发生一百八十度的转变，却令我们信服。作者写得很有层次。第一层，宝玉睁开眼，"见王夫人宝钗等哭的眼泡红肿"，这在过去宝玉是会非常难受的，现在宝玉却无动于衷，为什么？因为他急着要先回忆梦中的情景。他为什么特别珍惜梦中的情景？表面看来，是因为那里面有许多亲人和家人的秘密，他急于回忆并记住。但如果真是这么回事的话，《红楼梦》就成了类似《搜神记》的志怪小说。《搜神记》古往今来有多少读者？又有几个读者被它深深感动，潸然泪下？而《红楼梦》到今天还能迷倒千千万万的中国人，人们读一遍哭一遍，说明它打动人的不是靠神仙，而是它的现实力量，它的人性力量。这种力量当然首先体现在作品的一号人物宝玉身上。宝玉见到王夫人和宝钗为他哭得眼睛红肿，他非但不伤感，反而哈哈笑道："是了，是了。"读者为什么不对宝玉发生反感和谴责，反而一掬同情之泪？道理在于，读者深深了解宝玉的心路历程，都知道他的结婚、尤其是林黛玉的病亡，在他的心里打下了一个死结，让他对人生、对美好、对将来，都不再有什么向往；相反，他有好几次都说了，自己是被家长们骗婚的，而林黛玉是被贾母、王夫人等弄死的。宝玉不是一个爱复仇的男子，但他是一个有情必报的实心人，黛玉的死让他心碎，他郁闷着，痛苦着，煎熬着，但他一直没有明确地做出什么。正如鲁迅先生所形容的，"沉默啊沉默，不在沉默中死亡，就在沉默中爆发"。宝玉没有死亡，他终将有爆发的一天。现在，这一天即将到来。这是作品描写的第一层，他如何对待母亲和妻子宝钗。第二层是写他与父亲的关系。贾政对宝玉一向是以严父的面貌出现，大家记忆最深刻的就是他差点把宝玉打死；但是今日，他面对宝玉却流下了眼泪，严父变成了慈父。可是我们看作品，宝玉对此也没有任何反应。从原作到续作，我们一直说，宝玉对他父亲的感情是很深的，虽然他很怕父亲，却也很尊敬。照理父亲第一次为他流下热泪，他应该十分感动；但是他却什么也没有。第三层，是王夫人同宝钗等议论起通灵玉，实际上她们谈的是宝玉的命运，说到最后王夫人"不免又流下泪来"。宝玉听她们议论自己的命运，"心里却也明白，更想死去的事愈加有因，只不言语，心里细细的记忆"。他对自己尘世的命运已经置之度外，因为他所了解的比王夫人和宝钗都要广泛和深刻的多。第四层，惜春也加入进来，谈到当年妙玉替宝玉扶乩，说："佛教的法门最大，只怕二哥不能入得去。"这一层说的是宝玉的最后归宿，听到这话，宝玉发出了强烈的反应："宝玉听了，又冷笑几声。"他笑惜春太浅薄，他笑对于佛门的事，世人都在隔靴搔痒，他为自己是打破樊笼第一人而暗自得意。对宝玉的冷笑别人可能都不在意，或者是不明白、不理解，然而，对宝玉深深了解的宝钗，却意识到大事不妙！"宝钗听了，不觉的把眉头儿肐揪着发起怔来。"只有她知道，宝玉的这个冷笑意味着什么。她"发起怔来"，怔的是接下来会发生什么，最终又会是怎么个结局。宝钗不寒而栗。第五层是对于惜春，他的四个姐妹中唯一还在身边的一位，"宝玉想'青灯古佛前'的诗句，不禁连叹几声"。宝玉虽然开始觉悟，但他的兄妹之情还不能一挥了断，他替惜春"青灯古佛前"的未来感到难过。这是十分矛盾的描写，一方面他为自己将走向佛门而踌躇满志，另一方面，他又替惜春将终身面对青灯而感到难过，这种矛盾的描写非常真实，因为宝玉才刚刚开始觉悟，他还未达到一了百了的境界。第六层，他对袭人感到哀伤。"忽又想起一床席一枝花的诗句来，拿眼睛看着袭人，不觉又流下泪来。"袭人虽然是他的丫头，但却是陪伴他一生最长的人，也是他初试云雨的女人，曾经给了他无限的关照，又将他视为终生的倚靠。知道这个女人也将离他而去，宝玉还是留下了热泪。以上六个层次或者说六个方面，是宝玉在这人世间最大的挂念也是他最大的割舍，作者描写的时候未必有这样甲乙丙丁的排序，但是他追随宝玉的内心，这些内容就这么自然而然却颇有层次地涌到他的笔尖。而最后的归纳更是震撼人心：宝玉"只是不说出来，心中早有一个成见在那里了"。宝玉的人生之路、红尘之路已经决定。

我们说这里把宝玉写得非常好，可能作者的心思全部用在了宝玉身上。我的意思是，续作者在这里对宝钗把握得不够好，宝钗同王夫人，同袭人、麝月的对话，写的过于轻松，几乎像谈笑一般，大家想想此时的宝钗哪有这个心情？宝钗又哪会相信测字？好在后面作者的心思集中了起来，他探到了宝钗的心脉：听到宝玉的冷笑，宝钗突然机警、清醒，"把眉头儿肐揪着发起怔来"。这才是宝钗应有的心态。顺便说一句，近来作者的用词让我们很陌生并不习惯，比如此处的"肐揪"，还有连用两次的宝玉"苏来"，都是前文中未见的。不知道作者是怎么回事。

以上的分析让我们看到，本回像上一回一样，艺术曲线高低起伏。我们对续作者做了不少批评，或许是一种苛求，续作者毕竟不是原作者，他不是曹雪芹。

　　本回最后写贾政送贾母的灵柩回南方，还有林黛玉、凤姐、秦可卿好几口棺材。贾政把家事托付给贾琏，然后嘱咐宝玉、贾兰务必参加今年的考试。贾政这第三次离家，又给宝玉性格的发展、贾府故事的爆发留出了空间。贾政如果在家里，那么对宝玉还是一个很大的约束，贾政去了外地，天高老子远，宝玉就可以为所欲为。

　　　　宝玉因贾政命他赴考，王夫人便不时催逼查考起他的工课来。那宝钗袭人时常劝
　　勉，自不必说。那知宝玉病后虽精神日长，他的念头一发更奇僻了，竟换了一种。不但
　　厌弃功名仕进，竟把那儿女情缘也看淡了好些。只是众人不大理会，宝玉也并不说出来。

　　作者很巧妙地以紫鹃和柳五儿来反衬宝玉的脱胎换骨。紫鹃见宝玉眼看黛玉的灵柩回南竟无动于衷，不免暗怨；而柳五儿也来告诉紫鹃："岂知我进来了，尽心竭力的伏侍了几次病，如今病好了，连一句好话也没有剩出来，如今索性连眼儿也都不瞧了。"惹得紫鹃一顿讥笑："呸，你这小蹄子，你心里要宝玉怎么个样儿待你才好？女孩儿家也不害臊，连名公正气的屋里人瞧着他还没事人一大堆呢，有功夫理你去！"紫鹃早就看见，宝玉连袭人、麝月都不理会了。正所谓"哀莫大于心死"，宝玉一生最在意的只是女孩子，现在，他的心似乎已经死了。

　　本回结尾，突然和尚又上门来讨银子，这真让我们意外，甚至有点厌烦：续作者真有点没完没了。

第一一七回

阻超凡佳人双护玉　　欣聚党恶子独承家

"阻超凡佳人双护玉"，说袭人和紫鹃联手阻止宝玉把通灵玉还给和尚；"欣聚党恶子独承家"，说贾琏去探他父亲的病，把家里托付贾蔷、贾芸照应，而贾蔷、贾芸聚众赌博，十分不肖。

作品开始描写宝玉的彻底转变，走向大彻大悟。我们还是密切关注文本，看看这个紧要关头写得是否入情入理，对人物的把握是否恰如其分。

  话说王夫人打发人来叫宝钗过去商量，宝玉听见说是和尚在外头，赶忙的独自一人走到前头，嘴里乱嚷道："我的师父在那里？"叫了半天，并不见有和尚，只得走到外面。见李贵将和尚拦住，不放他进来。宝玉便说道："太太叫我请师父进去。"李贵听了松了手，那和尚便摇摇摆摆的进去。宝玉看见那僧的形状与他死去时所见的一般，心里早有些明白了，便上前施礼，连叫："师父，弟子迎候来迟。"那僧说："我不要你们接待，只要银子，拿了来我就走。"宝玉听来又不象有道行的话，看他满头癞疮，混身腌臜破烂，心里想道："自古说'真人不露相，露相不真人'，也不可当面错过，我且应了他谢银，并探探他的口气。"便说道："师父不必性急，现在家母料理，请师父坐下略等片刻。弟子请问，师父可是从'太虚幻境'而来？"那和尚道："什么幻境，不过是来处来去处去罢了！我是送还你的玉来的。我且问你，那玉是从那里来的？"宝玉一时对答不来。那僧笑道："你自己的来路还不知，便来问我！"宝玉本来颖悟，又经点化，早把红尘看破，只是自己的底里未知，一闻那僧问起玉来，好象当头一棒，便说道："你也不用银子了，我把那玉还你罢。"那僧笑道："也该还我了。"

先说说和尚的再次到来，我个人认为，和尚刚刚走又再来，似乎有点多余，有点累赘。从和尚的角度来说，他刚刚带着宝玉上天走了一圈，如果还不能点化宝玉，那说明他没本事；从宝玉的角度来说，早在少年时的第 5 回他就去过太虚幻境，这一次又跟着和尚再去，假如还不能看破红尘，那说明他太没有慧根。所以这一次和尚马上又来，写得不够艺术性。

不过宝玉这里的变化，别说他的亲人会大吃一惊，连我们这些跟着他又一次游历太虚幻境的读者都有突如其来的感觉。在上一回，他再次游历了太虚幻境，对十二钗的前生后世已经都明白，也知道自己同她们就那点缘分，但他在家里的态度是秘而不宣，不泄露、不告诉，哪怕众人在他面前说起算卦测字的事情，他也是冷眼相看，"只不言语"；有时实在情不自禁，忍不住暗暗流泪，但他绝不说破真相。然后到了本回，他突然变了。"宝玉听见说是和尚在外头，赶忙的独自一人走到前头，嘴里乱嚷道：'我的师父在那里？'叫了半天。"大家注意，他乱嚷的是："我的师父在那里？"而不是说："那位师父在哪里？""我的师父"，这个称呼如此突兀，如此直白，如此确定，这不止是宝玉态度的一百八十度转弯，更是宝玉思想灵魂的彻底改变！这四个字一出口，宝玉就再也不是从前那个宝玉了。这是作者设立的关键点、转折点，这一步转过去以后，宝玉就什么事都做得出来。所以我们必须要停下来讨论一下，这个转折点设置得合理吗？宝玉的突变合理吗？

　　谈谈我本人的感受。这个场面我读了无数遍，但每一次都依然受到巨大的心理冲击，简直像是第一次读到。相信对其他读者的冲击也近似。所以作品的艺术震撼力已经不用怀疑，值得讨论的是：这种震撼力究竟是怎么产生的？这才是我们作为《红楼梦》爱好者，值得关注、值得思考的地方。宝玉的陡然转变，确实令人吃惊，但是如果我们细细地追踪蹑迹，就会觉得并不意外。从太虚幻境梦游回来，宝玉采取的是保密的态度，这种态度其实也有其必然性，因为宝玉虽然看明白了别人的人生命运，但他对自己却还是颇为茫然，他既不知道自己从哪来，也不知道自己今后会向哪儿去，或许正是这一层茫然，才令他对外面很收敛，碰到事情"只不言语"，他还没有底气。现在突然之间，带着他梦游太虚幻境的和尚又来了，他以为这是来度他的，领他脱离尘世回归仙界的，他以为他马上就要走了，离开这红尘世界了。这陡然而生的冲动，令他再也没有任何顾虑，既然马上就要走了，他就没有任何的顾虑和忌讳，因而公然嚷出："我的师父在那里？"这是明白告诉大家，和尚是我的师父，我要跟他走了，我同你们即将没有任何关系。这是我对宝玉的心理反拨，拨开他心理深层的、可能连他自己都未必意识到的内容。现在他喊出："我的师父在那里？"好在宝钗没听到这话，不然她难免崩溃。

　　很有趣的是，接下来的事实让宝玉纳闷，他自以为和尚是来度他回归。但是现实生活同他开了个玩笑，和尚说："我不要你们接待，只要银子，拿了来我就走。"这不啻于一盆冷水浇在宝玉头上，"宝玉听来又不象有道行的话"。好在宝玉毕竟刚刚跟着他从太虚幻境回来，"看他满头癞疮，混身腌臜破烂，心里想道：'自古说真人不露相，露相不真人，也不可当面错过，我且应了他谢银，并探探他的口气。'便说道：'师父不必性急，现在家母料理，请师父坐下略等片刻。弟子请问，师父可是从太虚幻境而来？'"大家觉得有趣吗？一分钟前宝玉毫不含糊地喊"我的师父"，现在却变得犹犹豫豫，怀着试探和怀疑。我们先不说结果，这个过程就属于横出一笔；在艺术上堪谓摇曳生姿。不难看出，作者可不像宝玉，他十分笃定、十分悠闲，在逗着我们玩，也让作品更有趣味性。这同时也反衬出，宝玉到底是个老实人，有点一根筋，直来直去的。然而生活却是变幻莫测的，它又给宝玉上了一课。而在这过程中读者则确确实实体验到了情节的紧张刺激、趣味横生。从另一方面看，中国的神仙也很有人情味，他们来到这红尘世界，也并不是一本正经地公事公办，而是要同凡人们逗逗趣，为此甚至要化妆成癞痢头、跛子，以遮人眼目；还要假装成只要银子的势利鬼，让凡人们干着急。所以中国的神仙尽管不食人间烟火，但他们也在乎人间的趣味。

然后的对话，才有了玄机，有了佛性。

> 那和尚道："我且问你，那玉是从那里来的？"宝玉一时对答不来。那僧笑道："你自己的来路还不知，便来问我！"宝玉本来颖悟，又经点化，早把红尘看破，只是自己的底里未知，一闻那僧问起玉来，好象当头一棒，便说道："你也不用银子了，我把那玉还你罢。"那僧笑道："也该还我了。"

宝玉虽然被问得有点尴尬，但他已经明白，和尚绝不是来要银子的，灵机一动，说把玉还给和尚，那僧笑道："也该还我了。"这句话满含玄机。连读者都明白，和尚的意思是，你宝玉的俗缘已经将尽，你该想想自己的后路了。

他们的这番对话虽然只有寥寥几句，却事关重大，所以在哪里讲，旁边有谁听见，都大有讲究。作者安排他们是在外面讲的，旁边大概只有李贵一个人，所以对贾府的惊动并不大。但是接下来就不一样了。

> 宝玉也不答言，往里就跑，走到自己院内，见宝钗袭人等都到王夫人那里去了，忙向自己床边取了那玉便走出来。迎面碰见了袭人，撞了一个满怀，把袭人唬了一跳，说道："太太说，你陪着和尚坐着很好，太太在那里打算送他些银两。你又回来做什么？"宝玉道："你快去回太太，说不用张罗银两了，我把这玉还他就是了。"袭人听说，即忙拉住宝玉道："这断使不得的！那玉就是你的命，若是他拿去了，你又要病着了。"宝玉道："如今不再病的了，我已经有了心了，要那玉何用！"摔脱袭人，便要想走。袭人急得赶着嚷道："你回来，我告诉你一句话。"宝玉回过头来道："没有什么说的了。"袭人顾不得什么，一面赶着跑，一面嚷道："上回丢了玉，几乎没有把我的命要了！刚刚儿的有了，你拿了去，你也活不成，我也活不成了！你要还他，除非是叫我死了！"说着，赶上一把拉住。宝玉急了道："你死也要还，你不死也要还！"狠命的把袭人一推，抽身要走。怎奈袭人两只手绕着宝玉的带子不放松，哭喊着坐在地下。里面的丫头听见连忙起来，瞧见他两个人的神情不好，只听见袭人哭道："快告诉太太去，宝二爷

要把那玉去还和尚呢！"丫头赶忙飞报王夫人。那宝玉更加生气，用手来掰开了袭人的手，幸亏袭人忍痛不放。紫鹃在屋里听见宝玉要把玉给人，这一急比别人更甚，把素日冷淡宝玉的主意都忘在九霄云外了，连忙跑出来帮着抱住宝玉。那宝玉虽是个男人，用力摔打，怎奈两个人死命的抱住不放，也难脱身，叹口气道："为一块玉这样死命的不放，若是我一个人走了，又待怎么样呢？"袭人紫鹃听到那里，不禁嚎啕大哭起来。

这个情节就是回目所谓"佳人双护玉"，我认为这个情节的设计很成功。它将宝玉的思想改变立即兑现为同亲人们的现实冲突，中间省却了许多过渡，而情节的推动又比较合理。刚刚我们说过，宝玉的思想观念根本转变以后，他什么事都做得出来。自幼以来，宝玉就是以爱惜女儿为人生宗旨，贾宝玉之所以成为贾宝玉，他的这种爱、这种痴、这种呆，是其鲜明的标志。但是今天，他却狠命摔打袭人和紫鹃，还恶狠狠道："你死也要还，你不死也要还！"为了还玉，可以让袭人去死；这种话，如果不是作品上白纸黑字写着宝玉，我们还以为是贾环说的呢。所谓还玉，至多至大不过是一个象征性的动作，象征着宝玉皈依佛家。为了这个象征性的动作，不惜让袭人去死，大家客观地冷静地想一想，宝玉已经变得多么的疯狂、多么的凶狠。为了突出，作者特地加上了一个紫鹃。宝玉对紫鹃的凶狠一点不亚于对袭人。这紫鹃，可是林黛玉的贴身丫鬟，在林黛玉过世以后，她等于林黛玉的影子，这一两年来宝玉一直想求得紫鹃的原谅。可是今天，宝玉"用力摔打"，毫不留情。最后紫鹃与袭人"不禁嚎啕大哭起来。"在这里我要赞赏续作者，他写出了宝玉的真实和本质，也写出了人性的真实和本质。宝玉素来溺爱或者宠爱女儿，实际上还是有一个很自私的前提的，那就是供他欢乐。凡是不能供他欢乐的女儿，宝玉对她们一样不客气。很早以前他受了闷气回到怡红院，开门的女儿慢了一点，他进去就是一脚，踹的正是袭人。今天他为了自己的自由，为了进入佛门，他也根本不管袭人紫鹃等女儿的生死。我必须说，续作者在这里写得非常非常深刻，他把宝玉写深了，他把人性写深了，宝玉并不那么端庄，人性也并不那么美丽，真实的世界就在这里，我们看看宝玉就知道了。曾经人们都把宝玉看作至善至美的化身，可惜文本中的宝玉、作品中的宝玉，根本不是那么一个至善至美的形象，他仅仅只是宝玉耳！

我们必须说，作者忽然让紫鹃出场，真是匪夷所思，高人一筹。紫鹃，本来是宝玉心心念念要笼络，而她却一直是冷冷的不理不睬，读者感觉紫鹃似乎很是嫌恶宝玉，她非但同宝玉保持着距离，甚至好像是越远越好。但是电光火石之间，"紫鹃在屋里听见宝玉要把玉给人，这一急比别人更甚，把素日冷淡宝玉的主意都忘在九霄云外了，连忙跑出来帮着抱住宝玉"。这真是飞来之笔，把个紫鹃一下子写得活灵活现！——原来，她的冷淡、她的规避、她的拒绝通通是假的，是装模作样，在她的内心深处，宝玉才是她最亲爱的人，她可以抱住挨打，她可以为之付出生命！作者简简单单的一笔，让人物真魂飞现！这样的细节，我们不能不拍案叫绝。与此同时，我们不能不赞赏宝玉的情商，只有他早早就看透了紫鹃的心海，一再受紫鹃冷落、讥诮、白眼，他依然一次次苦苦表明心迹，他知道紫鹃对他的情有多深。袭人的阻拦本在意料之中，但是，突然跳出个紫鹃来，令人大吃一惊；稍一回思，不得不佩服作者的谋划之深。这一笔，也是对紫鹃的当头一棒，因为这之前紫鹃一直是犹犹豫豫、迷迷茫茫，不知道自己的归宿在哪里，今天宝玉的绝情，打醒了紫鹃，为她最后的归宿做了铺垫。不过当时紫鹃还没有醒，她哭得跟袭人一样，不是一般的哭，而是号啕大哭。

当然这段描写透露出的最重要、最震撼人的消息，是宝玉已经决心离开这个家了。我们一路鉴赏下来能够理解宝玉，没有人会认为他仅因为做了个梦就决定抛开尘世；相反，是这两年的生活，令他心灰意冷，尤其是家长们强制他与宝钗结婚，"把个林妹妹活活给弄死了"。宝玉是一个温柔的人，他一直都做乖孩子，他对家长从来不反抗，连抱怨都没有一句，他把不满、失望全部淤积在心里，淤积的失望已经太多太久，早在金钏儿死后就开始了。失望、心痛、绝望，导致他一次次变成痴儿、呆子，他的心灵受尽摧残。终于，他的心死了，他要离开这个家了。

接着的一段描写，可用"别开生面"这个词。我们看到宝玉同母亲王夫人的关系彻底变了。

> 正在难分难解，王夫人宝钗急忙赶来，见是这样形景，便哭着喝道："宝玉，你又疯了吗！"宝玉见王夫人来了，明知不能脱身，只得陪笑说道："这当什么，又叫太太着急。他们总是这样大惊小怪的，我说那和尚不近人情，他必要一万银子，少一个不能。我生气进来拿这玉还他，就说是假的，要这玉干什么。他见得我们不希罕那玉，便随意给他些就过去了。"

大家看看，宝玉对王夫人是什么态度？标准的欺瞒哄骗，欺骗得那么自然、那么随意，内心没有任何负担和歉疚，根本不像母子之间，而像是在社交场合、职场中的应对。曾经母子之间的亲密无间、对母亲的尊敬和爱戴，几乎荡然无存。老实的王夫人被儿子轻松骗过去了。

> 王夫人道："我打谅真要还他，这也罢了。为什么不告诉明白了他们，叫他们哭哭喊喊的象什么。"宝钗道："这么说呢倒还使得。要是真拿那玉给他，那和尚有些古怪，倘或一给了他，又闹到家口不宁，岂不是不成事了么？至于银钱呢，就把我的头面折变了，也还够了呢。"王夫人听了道："也罢了，且就这么办罢。"宝玉也不回答。只见宝

钗走上来在宝玉手里拿了这玉，说道："你也不用出去，我合太太给他钱就是了。"

到底是宝钗老练，她对宝玉是将信将疑，她说话管说话，行动管行动，老实不客气地将通灵宝玉取走，掌握在自己手里。当然，夫妻之间需要采取这样的防备措施，也是够心寒的。后面的日子还很长，天天这样防备着吗？

宝玉道："玉不还他也使得，只是我还得当面见他一见才好。"袭人等仍不肯放手，到底宝钗明决，说："放了手由他去就是了。"袭人只得放手。宝玉笑道："你们这些人原来重玉不重人哪。你们既放了我，我便跟着他走了，看你们就守着那块玉怎么样！"袭人心里又着急起来，仍要拉他，又碍着王夫人和宝钗的面前，又不好太露轻薄。恰好宝玉一撒手就走了。袭人忙叫小丫头在三门口传了焙茗等，"告诉外头照应着二爷，他有些疯了。"小丫头答应了出去。

宝玉的话肯定让宝钗的内心一阵颤抖，她怎么会料到，宝玉已经瞬间彻头彻尾变了。但她是个自重的人，刚说过由他去就是了，现在真的只能由他了，好在有个袭人关照了外头。

宝玉出去同和尚的对话，作品不做正面描写，而是由小厮转述给王夫人和宝钗。

王夫人便问道："和尚和二爷的话你们不懂，难道学也学不来吗？"那小厮回道："我们只听见说什么'大荒山'，什么'青埂峰'，又说什么'太虚境'，'斩断尘缘'这些话。"王夫人听了也不懂。宝钗听了，唬得两眼直瞪，半句话都没有了。

因为之前妙玉扶乩"青根峰下倚古松，入我门来一笑逢"，当时大家都不解是何意，现在宝玉居然同和尚说出同样的话语，宝钗明白，万事休矣！还有什么打击比这个更大？对于一个女人，一个才结婚两年、刚刚怀有身孕的少妇！惊心动魄、令人窒息、让人绝望的情节，就这样展现在了我们面前。接着是宝玉同王夫人、宝钗的当面对话。

正要叫人出去拉宝玉进来，只见宝玉笑嘻嘻的进来说："好了，好了。"宝钗仍是发怔。王夫人道："你疯疯颠颠的说的是什么？"宝玉道："正经话又说我疯颠。那和尚与我原是认得的，他不过也是要来见我一见。他何尝是真要银子呢，也只当化个善缘就是了。所以说明了他自己就飘然而去了。这可不是好了么！"王夫人不信，又隔着窗户问那小厮。那小厮连忙出去问了门上的人，进来回说："果然和尚走了。说请太太们放心，我原不要银子，只要宝二爷时常到他那里去去就是了。诸事只要随缘，自有一定的道理。"王夫人道："原来是个好和尚，你们曾问住在那里？"门上道："奴才也问来着，他说我们二爷是知道的。"王夫人问宝玉道："他到底住在那里？"宝玉笑道："这个地方说远就远，说近就近。"宝钗不待说完，便道："你醒醒儿罢，别尽着迷在里头。现在老爷太太就疼你一个人，老爷还吩咐叫你干功名长进呢。"宝玉道："我说的不是功名么！你们不知道，'一子出家，七祖升天'呢。"王夫人听到那里，不觉伤心起来，说："我们的家运怎么好，一个四丫头口口声声要出家，如今又添出一个来了。我这样个日子过他做什么！"说着，大哭起来。宝钗见王夫人伤心，只得上前苦劝。宝玉笑道："我说了这一句顽话，太太又认起真来了。"王夫人止住哭声道："这些话也是混说的么！"

从艺术上来说，这段对话写得不如前面好，宝玉的话有点啰唆，但宝玉的态度却写的十分生动，王夫人已经在大声痛哭，他依然在旁边嘻嘻哈哈；宝钗劝他醒一醒，马上就要考试干功名了，他却讥笑说"一子出家，七祖升天"，不是功名么！母子、夫妻，已经离心离德。常言，人生如梦。看着现在的宝玉，回想当年的林黛玉、十二钗、大观园、诗社，真的就是一场梦。"红楼梦"这个书名，反映出作品的主题，它比"石头记"来得深刻典雅、浪漫迷人，也更贴近作品现实。

正闹着，贾琏急急忙忙进来回说，接到他父亲来信，贾赦病危，他要立即赶去见父亲。作者真会调度，偌大的贾府中管家的主人，贾赦、贾政、贾珍都被他调到外地去了，能够遮遮门面的就剩贾琏一人，现在又要把他也调走，贾府成了真正的空城，后面任何不可能的故事都可以上演了。贾琏委托贾蔷和贾芸来照应外面事物。临行前，贾琏特地把女儿的婚事请王夫人做主，不用等他回来，并暗示这事不能听邢夫人的。贾琏确实是个比较成熟的男人，思虑还算周全。当然，这一句也是为后文伏笔。

下面是作品概述贾府状况。我们引述一两段，不展开了。

　　且说贾芸贾蔷送了贾琏，便进来见了邢王二夫人。他两个倒替着在外书房住下，日间便与家人厮闹，有时找了几个朋友吃个车箍辘会，甚至聚赌，里头那里知道。一日邢大舅王仁来，瞧见了贾芸贾蔷住在这里，知他热闹，也就借着照看的名儿时常在外书房设局赌钱喝酒。所有几个正经的家人，贾政带了几个去，贾琏又跟去了几个，只有那赖林诸家的儿子侄儿。那些少年托着老子娘的福吃喝惯了的，那知当家立计的道理。况且他们长辈都不在家，便是没笼头的马了，又有两个旁主人怂恿，无不乐为。这一闹，把个荣国府闹得没上没下，没里没外。

　　那贾环为他父亲不在家，赵姨娘已死，王夫人不大理会他，便入了贾蔷一路。倒是彩云时常规劝，反被贾环辱骂。玉钏儿见宝玉疯颠更甚，早和他娘说了要求着出去。如今宝玉贾环他哥儿两个各有一种脾气，闹得人人不理。独有贾兰跟着他母亲上紧攻书，作了文字送到学里请教代儒。因近来代儒老病在床，只得自己刻苦。李纨是素来沉静，除了请王夫人的安，会会宝钗，余者一步不走，只有看着贾兰攻书。所以荣府住的人虽不少，竟是各自过各的，谁也不肯做谁的主。贾环贾蔷等愈闹的不象事了，甚至偷典偷卖，不一而足。贾环更加宿娼滥赌，无所不为。

贾府从峥嵘轩昂、富贵庄严跌到蝇营狗苟、群魔乱舞。从贾母过世算起，才几天？

最后一段涉及惜春，我们看看。

> 赌到三更多天，只听见里头乱嚷，说是四姑娘合珍大奶奶拌嘴，把头发都绞掉了，赶到邢夫人王夫人那里去磕了头，说是要求容他做尼姑呢，送他一个地方，若不容他他就死在眼前。那邢王两位太太没主意，叫请蔷大爷芸二爷进去。贾芸听了，便知是那回看家的时候起的念头，想来是劝不过来的了，便合贾蔷商议道："太太叫我们进去，我们是做不得主的。况且也不好做主，只好劝去。若劝不住，只好由他们罢。咱们商量了写封书给琏二叔，便卸了我们的干系了。"两人商量定了主意，进去见了邢王两位太太，便假意的劝了一回。无奈惜春立意必要出家，就不放他出去，只求一两间净屋子给他诵经拜佛。尤氏见他两个不肯做主，又怕惜春寻死，自己便硬做主张，说是："这个不是索性我耽了罢。说我做嫂子的容不下小姑子，逼他出了家了就完了。若说到外头去呢，断断使不得。若在家里呢，太太们都在这里，算我的主意罢。叫蔷哥儿写封书子给你珍大爷琏二叔就是了。"贾蔷等答应了。不知邢王二夫人依与不依，下回分解。

对这里的描写我们觉得毫无道理。惜春要出家，是闺阁内务，邢王二夫人怎么会去请教贾蔷、贾芸？完全该由邢王二夫人同尤氏商量解决，轮不到贾蔷、贾芸去插嘴的。贾蔷、贾芸是侄孙一辈，他们的辈分比惜春还小，他们哪有资格来管这事？即使邢王二夫人不愿插手宁府，也该是与尤氏商量决定，怎么也推不到贾蔷、贾芸的头上。作者写得情理甚不合。唯有尤氏一笔颇见笔力。

本回让贾蔷、贾芸出场，作者的意图是要展示贾府不仅上层无能、核心层庸碌，而且外层更邪恶。作品花了整整半回的笔墨描写这批纨绔，可惜写的很雷同，从言语动作上我们简直无法区分谁是谁，比起第 28 回宝玉、薛蟠、冯紫英、芸儿他们的聚会，艺术上差得太远。

第一一八回
记微嫌舅兄欺弱女　惊谜语妻妾谏痴人

"记微嫌舅兄欺弱女"，说贾环、王仁等为报复凤姐而伤害巧姐，计划把她卖到蒙古去；"惊谜语妻妾谏痴人"，说宝钗、袭人劝宝玉不要沉湎于佛道之中，好好复习准备赶考，却引发了夫妻之间一场思想论战，很值得欣赏。

　　大家最后决定让惜春回自己的房子修持，这样不走出贾府，算是维护住家族的一点面子。然后作者把描写重心落到宝玉身上。

　　袭人立在宝玉身后，想来宝玉必要大哭，防着他的旧病。岂知宝玉叹道："真真难得。"袭人心里更自伤悲。宝钗虽不言语，遇事试探，见是执迷不醒，只得暗中落泪。王夫人才要叫了众丫头来问。忽见紫鹃走上前去，在王夫人面前跪下，回道："刚才太太问跟四姑娘的姐姐，太太看着怎么样？"王夫人道："这个如何强派得人的，谁愿意他自然就说出来了。"紫鹃道："姑娘修行自然姑娘愿意，并不是别的姐姐们的意思。我有句话回太太，我也并不是拆开姐姐们，各人有各人的心。我服侍林姑娘一场，林姑娘待我也是太太们知道的，实在恩重如山，无以可报。他死了，我恨不得跟了他去。但是他不是这里的人，我又受主子家的恩典，难以从死。如今四姑娘既要修行，我就求太太们将我派了跟着姑娘，服侍姑娘一辈子。不知太太们准不准。若准了，就是我的造化了。"邢王二夫人尚未答言，只见宝玉听到那里，想起黛玉一阵心酸，眼泪早下来了。众人才要问他时，他又哈哈的大笑，走上来道："我不该说的。这紫鹃蒙太太派给我屋里，我才敢说。求太太准了他罢，全了他的好心。"王夫人道："你头里姊妹出了嫁，还哭得死去活来；如今看见四妹妹要出家，不但不劝，倒说好事，你如今到底是怎么个意思，我索性不明白了。"宝玉道："四妹妹修行是已经准的了，四妹妹也是一定主意了。若是真的，我有一句话告诉太太；若是不定的，我就不敢混说了。"惜春道："二哥哥说话也好笑，一个人主意不定便扭得过太太们来了？我也是象紫鹃的话，容我呢，是我的造化，不容我呢，还有一个死呢。那怕什么！二哥哥既有话，只管说。"宝玉道："我这也不算什么泄露了，这也是一定的。我念一首诗给你们听听罢！"众人道："人家苦得很的时候，你倒来做诗。怄人！"宝玉道："不是做诗，我到一个地方儿看了来的。你们听听罢。"众人道："使得。你就念念，别顺着嘴儿胡诌。"宝玉也不分辩，便说道：

勘破三春景不长，缁衣顿改昔年妆。

可怜绣户侯门女，独卧青灯古佛旁！

　　李纨宝钗听了，诧异道："不好了，这人入了迷了。"王夫人听了这话，点头叹息，便问宝玉："你到底是那里看来的？"宝玉不便说出来，回道："太太也不必问，我自有见的地方。"王夫人回过味来，细细一想，便更哭起来道："你说前儿是顽话，怎么忽然有这首诗？罢了，我知道了，你们叫我怎么样呢！我也没有法儿了，也只得由着你们去罢！但是要等我合上了眼，各自干各自的就完了！"宝钗一面劝着，这个心比刀绞更甚，也掌不住便放声大哭起来。袭人已经哭的死去活来，幸亏秋纹扶着。宝玉也不啼哭，也不相劝，只不言语。

　　这一段看上去主要是写惜春的事情，其实作者已经偷梁换柱，改成写宝玉为主了。我们不得不赞叹，这里对宝玉的描写非常高明，将宝玉此时复杂的心情及思想和盘托出：经历翻天覆地变化，满怀悲哀，深苦与这个世界、与亲人格格不入，急欲脱离苦海的宝玉，跃然纸上。由于对家族、对人生的深深失望，宝玉恨不得现在就愤然出离；但宝玉是一个多情善感的人，面对如此善解人意的妻子、爱护倍加的母亲，以及结下十多年深情厚谊的袭人、麝月、紫鹃等人，他又哪里放得下？抛得开？心灵的过于纠结，让宝玉的表现变得怪怪的，其最主要的特征就是忽然大哭忽然大笑，令旁人根本摸不着头脑。忽然哭忽然笑，是作品最后几回宝玉最主要的特征，如果我们不能做出正确的理解，那么我们就不能很好地理解宝玉，就不能理解《红楼梦》的最后结局。在我看来，这最后几回，宝玉其实一直都想痛哭，但是他又必须抑制住自己不许痛哭。因为一旦痛哭，他就会原形毕露，他就会崩溃，他就无法按照自己的计划，走出贾府这个家门。为了抑制住自己的痛哭，他只能假装大笑，正所谓"以笑当哭"，他把笑作为一种掩饰、一种面具，紧紧遮住自己的脸，既不让旁人看到，又鼓舞起自己的信心，哪怕他也知道这是对自己的一种欺骗，但是他需要这种欺骗。宝玉是一个性情中人，他很淳朴，不善于掩饰自己，他是很容易哭的，用现代的话说，他的泪点很低。以眼下的处境，换作以前的宝玉，他会成天哭哭啼啼，就像林黛玉那样。但是今日的宝玉，他已经立下了志向，他有了自己的目标，为了实现这个目标，他绝对不能哭哭啼啼。不哭，那么怎么办呢？怎么来抑制住自己的泪水呢？只能戴上一副假面具，这个面具就是大笑、狂笑，笑到人们都不敢正视他，笑得人们看不清他的真正面目。这就是宝玉当今的策略。作品没有这样解释过，但是我们连续看这几回的话，宝玉的这个策略是相当明显的。所以此处对宝玉的刻画是极其精当的。所谓的哈哈大笑，是宝玉噙着满眼的泪水，以大笑筑成一道堤坝，拦住了眼泪的滚滚奔流。

宝玉装得很像，他骗过了别人，却到底没有骗过自己，他那善良、淳朴的天性，令他毫无必要地泄露了天机，主动说出惜春的判词。他并非为了卖弄，他是眼看着亲人们如此纠结痛苦，他受不了，他想给出一个解释，以减轻亲人们的痛苦。作者这一笔刻画得十分精当，它告诉我们宝玉虽然在急剧变化当中，但他还没有完全变过去，那个从前的宝玉，还未彻底消失。

我们在鉴赏中要注意，作者不单是写宝玉一个人，还同时写到了王夫人、宝钗、袭人等人。她们不仅是烘托宝玉，同时也是宝玉在刺激着、改变着她们。这些重要人物的心理内涵，一一呈现得十分鲜明。王夫人越听宝玉的话越加不对，她绝望道："但是要等我合上了眼，各自干各自的就完了！"王夫人有年纪了，奶奶也当了十多年，作为一个老年人她有一条界限，就是她闭眼的那一天，那以后她就一切不管了。可是宝钗还年轻，她离那条界线还太遥远，她是宝玉的妻子，他们的夫妻生活才刚刚开始，后面还有长长的未来，所以她的心态与王夫人是不一样的。袭人也是一样。所以我们看作品："宝钗一面劝着，这个心比刀绞更甚，也掌不住便放声大哭起来。袭人已经哭的死去活来，幸亏秋纹扶着。"母亲、妻子、屋里人都哭成这样，若是放在以前，宝玉早就泪人一个了。然而今日："宝玉也不啼哭，也不相劝，只不言语。"虽然如此，他的内心一定也在翻江倒海。然而他必须撑住，不然就会前功尽弃。

王夫人答应了紫鹃。

> 紫鹃听了磕头。惜春又谢了王夫人。紫鹃又给宝玉宝钗磕了头。宝玉念声"阿弥陀佛！难得，难得。不料你倒先好了！"宝钗虽然有把持，也难掌住。只有袭人，也顾不得王夫人在上，便痛哭不止，说："我也愿意跟了四姑娘去修行。"宝玉笑道："你也是好心，但是你不能享这个清福的。"袭人哭道："这么说，我是要死的了！"宝玉听到那里，倒觉伤心，只是说不出来。因时已五更，宝玉请王夫人安歇，李纨等各自散去。彩屏等暂且伏侍惜春回去，后来指配了人家。紫鹃终身伏侍，毫不改初。此是后话。

作者对宝玉的描写，真可谓一曲三环又恰到好处。宝玉自以为看到了太虚幻境的判词，明白了种种浮世幻象就可以对人世轻松摆脱了。但是，"袭人哭道：'这么说，我是要死的了！'宝玉听到那里，倒觉伤心，只是说不出来"。他到底还是伤心的，只不过在那里挣扎而已。作品把此时此刻宝玉的心态，描写得真是淋漓尽致、入木三分，恐怕比宝玉自己感觉到的还要深刻、还要真实。这真是大手笔，不容易。宝玉的这种情怀实际上主宰着最后这几回，直至作品完结。这个我们后面还要说到。

宝玉对紫鹃和袭人的不同态度，也值得我们赏析一下。紫鹃这后半生将跟着惜春与青灯古佛做伴，在我们看来这也是很凄凉的，但在宝玉的眼里似乎是一种解脱，他说"难得，难得"，似乎觉得很欣慰。我认为，紫鹃虽然同宝玉没有什么实际的关系，但她在宝玉的心中还是有一定分量的。前面我们说过，黛玉辞世以后，在宝玉的眼里紫鹃就是黛玉的影子；何况她后来进入了宝玉的门里，所以她的后半生怎么过，宝玉自然认为自己是有义务、有责任要管的。既然宝玉自己决定出家为僧，紫鹃的后事难免成为他的一层顾虑。如果王夫人将紫鹃随便配一个小子，毫无疑问宝玉将引为憾事。现在紫鹃跟着惜春去了，虽然一生清苦，但在宝玉的眼里，紫鹃的身子是干净的，也不受别的男人的摆弄，这让宝玉感到欣慰。而对于袭人，宝玉的感情就比较复杂。太虚幻境薄命司册子里写的"堪羡优伶有福，谁知公子无缘"，这样的结果让宝玉看了，心里多少有点不是滋味。袭人同他日夜相处多年了，两人有肌肤之亲云雨之爱，袭人实际上就是他的人，仅仅少了一个名分而已。但是判词告诉他了，袭人最终与他无缘，还要归属为一位优伶，宝玉的心里绝对不好过。所以他前面揶揄袭人："你也是好心，但是你不能享这个清福的。"他把去服侍惜春那样的苦差事看作是享清福，本来就不合道理。其实这反映他的一种内心，他很不甘心袭人最后与"优伶有福"，他内心深处认为，袭人跟了别人就是背叛自己，是一种罪孽，这种心情在语言上反映出来，就是把袭人去服侍惜春认为是享清福。这是宝玉的一种私心，人非圣贤，谁能无私？但毕竟这十多年来，他与袭人结下了深厚的感情，所以当袭人哭道"这么说，我是要死的了"，宝玉听到那里，倒觉伤心，只是说不出来。宝玉的这种伤心伤得很深，但在这样的场合，他已经不能再说什么。他说什么呢？让袭人死心，还是让袭人留一份期盼？只怕都不好，何况还有宝钗在身边，他更是什么都不便说。所以我们不能认为宝玉对袭人已经没有感情；相反，他对袭人的感情还是超过紫鹃的，这层感情特别复杂，又与周围的人有所牵连，令宝玉既不想表达，也无从表达。这种尴尬与无解，正是《红楼梦》所特有的境界，是小说和文学作品的最高境界。能够领会这层境界，才能真正理解宝玉同袭人。

最后要说一下，这里实际上是宝玉与袭人之间关系的最后描写。如果我们从统计学的角度来分析，在整部《红楼梦》中，描写宝玉与袭人关系的文字，可能仅次于宝玉与黛玉，几乎不亚于宝玉与宝钗，而远远多于宝玉与探春、湘云，以及与晴雯之间的文字。从这个意义上说，袭人是《红楼梦》中一位很重要的女主角。可是近百年来红学界对袭人的评论，在数量上要比对晴雯的评论少得多，而且分析的深度和广度也远远不够，更不要说最后的评价。假如曹雪芹看到这样的状况，恐怕会很失望。

下面一段，作者笔锋一转写到贾政。

> 且言贾政扶了贾母灵柩一路南行，因遇着班师的兵将船只过境，河道拥挤，不能速行，在道实在心焦。幸喜遇见了海疆的官员，闻得镇海统制钦召回京，想来探春一定回家，略略解些烦心。只打听不出起程的日期，心里又烦躁。想到盘费算来不敷，不得已写书一封，差人到赖尚荣任上借银五百，叫人沿途迎上来应需用。那人去了几日，贾政的船才行得十数里。那家人回来，迎上船只，将赖尚荣的禀启呈上。书内告了多少苦处，备上白银五十两。贾政看了生气，即命家人立刻送还，将原书发回，叫他不必费心。那家人无奈，只得回到赖尚荣任所。

> 赖尚荣接到原书银两，心中烦闷，知事办得不周到，又添了一百，央求来人带回，帮着说些好话。岂知那人不肯带回，撂下就走了。赖尚荣心下不安，立刻修书到家，回明他父亲，叫他设法告假赎出身来。于是赖家托了贾蔷贾芸等在王夫人面前乞恩放出。贾蔷明知不能，过了一日，假说王夫人不依的话回复了。赖家一面告假，一面差人到赖尚荣任上，叫他告病辞官。王夫人并不知道。

这一段可谓奇出一笔，也是对世代家奴的一种讽刺。不过这一笔虽然写的奇特，但在道理上似乎有点说不过去。赖尚荣为了区区五百两银子，就与老主子闹翻，且不说名誉的损失，以及他父母职业的丢失——这也罢了，贾府穷到要向他来借五百两银子，他父母的油水也不多了——问题是，他把这个县官也丢了，这顶乌纱帽可能连五千银子都买不到，赖尚荣似乎不太会算账。也可能，作者正是要表现赖尚荣无信无义，又没有眼光，过于吝啬，结果害了他自己。不过这个写法，这样刻画一个世代奴才，似乎与原作者曹雪芹的思路是不一样的。在曹雪芹的笔下，贾府的主子们对奴才仁义厚道，赖大、赖二对主子也是忠心耿耿，赖嬷嬷更是感恩戴德，对孙子赖尚荣有谆谆教诲；而续作者想要表现的恰恰相反，是下一代奴才的忘恩负义。此外，在曹雪芹的笔下，赖尚荣同宝玉、柳湘莲是朋友，他们的性格应该是一路的，属于性情中人，轻钱财重义气，不至于做出如此令人不齿的事情。我们只能说，不同的作者有不同的思路。

我们跳脱作品实际，再来探讨一下原作与续作。曹雪芹笔下的贾府，主子对下人比一般贵族仁厚开明，下人都对主子忠心耿耿，以终身在贾府作为目标，老家人们更是感恩图报。这样的主仆关系可能与曹雪芹家世有关，与康熙皇帝对曹家的特殊照顾特别开恩大有关系。还记得吗？康熙亲自接见曹寅母亲，称"此吾家老人"，并书匾以赐；曹寅向康熙讨要金鸡纳霜治疟疾，康熙在回复中详细写明服用方法，最后连写四个"万嘱"，焦急之情一泄无余；曹寅死后康熙压制内务府的反对，连续提拔毫无经验的曹颙、曹頫。康熙与曹家有半个世纪的恩情。同样，曹家几代人对康熙感恩戴德。因而，曹雪芹笔下很难出现高级仆人主动背叛。续作者就不然了，他不是曹雪芹，与主子的关系没那么深，所以他笔下的赖尚荣负恩叛主也很自然。

下一个情节是"记微嫌舅兄欺弱女"，这里的舅舅指王仁，兄指贾蔷、贾芸，而实际上主犯是堂叔贾环。贾环是要报复凤姐，王仁也是对凤姐不满，还有邢大舅、贾蔷、贾芸则主要是为了钱，他们勾结起来组成一个小集团来陷害凤姐的女儿巧姐。这种有组织的作乱，在贾府中是第一次出现。他们的阴谋是，听说外藩蒙古王爷要买个偏房，他们瞒住外藩这个要害，只说是王爷，向邢王二夫人提亲。可是，前来相亲的人的举止动作，让平儿觉得不对劲（平儿的这种经验是袭人、晴雯、紫鹃不能有的），她向王夫人说出了自己的担忧，希望王夫人阻止这门亲事；可是邢夫人坚决要嫁，说巧姐是她的孙女，她做主，王夫人听了生气却没办法。

> 宝玉劝道："太太别烦恼，这件事我看来是不成的。这又是巧姐儿命里所招，只求太太不管就是了。"王夫人道："你一开口就是疯话。人家说定了就要接过去。若依平儿的话，你琏二哥可不抱怨我么。别说自己的侄孙女儿，就是亲戚家的，也是要好才好。邢姑娘是我们作媒的，配了你二大舅子，如今和和顺顺的过日子不好么。那琴姑娘梅家娶了去，听见说是丰衣足食的很好。就是史姑娘是他叔叔的主意，头里原好，如今姑爷痨病死了，你史妹妹立志守寡，也就苦了。若是巧姐儿错给了人家儿，可不是我的心坏？"

作品很巧妙地借王夫人的话，把邢岫烟、薛宝琴和史湘云的归宿都做了批量性的了结。史湘云的丈夫这么快就死了，正所谓"云散高唐，水涸湘江"。不过这里留了一丝亮色，邢岫烟、薛宝琴都过得不错，这与曹雪芹那种所有金钗皆进入薄命司的设计，是有差别的。

王夫人一阵心痛躺下了，贾兰送来贾政的书信。

> 王夫人听了，想起来还是前次给甄宝玉说了李绮，后来放定下茶，想来此时甄家要娶过门，所以李婶娘来商量这件事情，便点点头儿。一面拆开书信，见上面写着道：

> "近因沿途俱系海疆凯旋船只，不能迅速前行。闻探姐随翁婿来都，不知曾有信否？前接到琏侄手禀，知大老爷身体欠安，亦不知已有确信否？宝玉兰哥场期已近，务须实心用功，不可怠惰。老太太灵柩抵家，尚需日时。我身体平善，不必挂念。此谕宝玉等知道。月日手书。蓉儿另禀。"

> 王夫人看了，仍旧递给贾兰，说："你拿去给你二叔叔瞧瞧，还交给你母亲罢。"

这一段我们完全按照文本下载，然后发现一个奇怪的问题：王夫人是自己看书信，她忽然变得识字了！这是一个明显的败笔，造成这一败笔的原因可能是续作者太着急，忘记王夫人是不识字的。作者的心思恐怕全在内容上，因为这封书信的内容关系到宝玉、贾兰的考试，作者可能忽略了形式，于是造成了疏忽。当然在一般人看来，这种疏忽简直就等于零，因为贾政要宝玉和贾兰下考场的指示，大于一切，是直接促成最后两回情节的基本动因。但作为鉴赏者的我们，由于始终关注于作品的艺术水平，就认为这个败笔实在不应该。然后贾兰依据王夫人的指示来找宝玉。由此，我们看到了宝玉和宝钗之间的一场论战，一场真正的论战，理论性、系统性非常强的辩论，这是其他小说中少见的。请大家仔细品赏。

却说宝玉送了王夫人去后，正拿着《秋水》一篇在那里细玩。宝钗从里间走出，见他看的得意忘言，便走过来一看，见是这个，心里着实烦闷。细想他只顾把这些出世离群的话当作一件正经事，终久不妥。看他这种光景，料劝不过来，便坐在宝玉旁边怔怔的坐着。宝玉见他这般，便道："你这又是为什么？"宝钗道："我想你我既为夫妇，便是我终身的倚靠，却不在情欲之私。论起荣华富贵，原不过是过眼烟云，但自古圣贤，以人品根柢为重。"宝玉也没听完，把那书本搁在旁边，微微的笑道："据你说人品根柢，又是什么古圣贤，你可知古圣贤说过'不失其赤子之心'。那赤子有什么好处，不过是无知无识无贪无忌。我们生来已陷溺在贪嗔痴爱中，犹如污泥一般，怎么能跳出这般尘网。如今才晓得'聚散浮生'四字，古人说了，不曾提醒一个。既要讲到人品根柢，谁是到那太初一步地位的！"宝钗道："你既说'赤子之心'，古圣贤原以忠孝为赤子之心，并不是遁世离群无关无系为赤子之心。尧舜禹汤周孔时刻以救民济世为心，所谓赤子之心，原不过是'不忍'二字。若你方才所说的，忍于抛弃天伦，还成什么道理？"宝玉点头笑道："尧舜不强巢许，武周不强夷齐。"宝钗不等他说完，便道："你这个话益发不是了。古来若都是巢许夷齐，为什么如今人又把尧舜周孔称为圣贤呢！况且你自比夷齐，更不成话，伯夷叔齐原是生在商末世，有许多难处之事，所以才有托而逃。当此圣世，咱们世受国恩，祖父锦衣玉食；况你自有生以来，自去世的老太太以及老爷太太视如珍宝。你方才所说，自己想一想是与不是。"宝玉听了也不答言，只有仰头微笑。宝钗因又劝道："你既理屈词穷，我劝你从此把心收一收，好好的用功。但能搏得一第，便是从此而止，也不枉天恩祖德了。"宝玉点了点头，叹了口气说道："一第呢，其实也不是什么难事，倒是你这个'从此而止，不枉天恩祖德'却还不离其宗。"宝钗未及答言，袭人过来说道："刚才二奶奶说的古圣先贤，我们也不懂。我只想着我们这些人从小儿辛辛苦苦跟着二爷，不知陪了多少小心，论起理来原该当的，但只二爷也该体谅体谅。况二奶奶替二爷在老爷太太跟前行了多少孝道，就是二爷不以夫妻为事，也不可太辜负了人心。至于神仙那一层更是谎话，谁见过有走到凡间来的神仙呢！那里来的这么个和尚，说了些混话，二爷就信了真。二爷是读书的人，难道他的话比老爷太太还重么！"宝玉听了，低头不语。

以上这段对话，便是回目"惊谜语妻妾谏痴人"，当然是以宝玉、宝钗二人的论战为主，袭人只是帮上宝钗一句。夫妻间的这场论战可谓酝酿已久，这样的论战在一般的夫妻中很难看到，在中国古典小说中更是难得一见。这是因为第一，绝大多数的夫妻都没有他们这样的文化学术修养，很难有这样的深入交战。第二，有修养有文化的夫妻之间，则很少有这样大的思想差距，所以也很难有这样的论战。第三，中国古典小说史上，几乎没有作品去反映夫妻之间这种深刻的思想分野，说得直白一点，是中国古典小说中很少有这样思想见解深刻的女主人公，所以也就不存在夫妻之间如此尖锐的思想交锋。仅仅从这个意义上说，宝玉与宝钗的这场论战就非常珍贵。更何况，夫妻交战之后的各持己见，两人的人生观可谓南辕北辙，他们已经很难共存于一个屋檐下，所以直接导致了作品的最后结局、宝玉的最后归宿。因而这场论战值得我们细细地品味，好好地鉴赏。

表面看来，这场论战是由宝钗挑起，而实质上，却是由宝玉惹发。宝玉自从见了和尚以后，他的人生观彻底变了，他的生活方式也完全变了，而正是因为他的这种改变，才引发了夫妻之间的这场论战。仅就当场的引发因素来看，也是因为宝玉完全投入庄子的著作、理念之中，而没有多少天他就要去参加考试了，宝钗不能不着急。我们想一想，假如你的亲人马上就要参加高考、考研，却整天沉溺于武打书或者游戏，你会不着急吗？道理是一样的。宝钗算是很沉得住气，她并没有急于开口。作品是这样写的："看他这种光景，料劝不过来，便坐在宝玉旁边怔怔的坐着。"作品的这个描写十分符合宝钗的个性，她预备打仗，却不轻易出手，而是先构筑好工事等对方出手，显然她料定，她只要这么坐着，宝玉就会先开口。果然宝玉出手了："宝玉见他这般，便道：'你这又是为什么？'"宝玉虽然只是一句问话，但却来者不善。"你这又是为什么"这句话问得很重的，宝玉显然也意识到宝钗这么坐下来，是一种明确的姿态，具有讨伐性质。宝钗也是出手不凡，她没有就事论事，而是从大道理上说起，从夫妻关系的性质，从为人之道说起。宝钗道："我想你我既为夫妇，你便是我终身的倚靠，却不在情欲之私。论起荣华富贵，原不过是过眼烟云，但自古圣贤，以人品根柢为重。"宝钗的第一句话似乎有点离谱，她说夫妻之间"不在情欲之私"，此话在我们看来有点突兀，但宝钗绝对不是个不着边际的人，她郑重其事、开门见山就指出这个问题，必有所本，必有所据。她依据的是什么呢？作品前面已经多次写到，自从见了和尚以后，宝玉对宝钗、袭人等就十分冷淡，可以想见，宝玉、宝钗夫妻之间大约已经多日没有行夫妻之事了。这种事情别人不知道，他们夫妻两人是心知肚明的，所以宝玉一定听得懂。这是宝钗的第一层意思，话语够沉重的，态度更是十分坦率。在当时让一个妻子公然说出这样的话，是需要相当的勇气和胆量的。两三百年前的中国可不是今天，一般的女性，尤其是知识女性，绝对羞于说出这样的话。作者敢于这样刻画宝钗，堪称他抓住了宝钗的灵魂实质。宝钗的第二层意思，"论起荣华富贵，原不过是过眼烟云"。就是说我跟着你并不指望有什么荣华富贵。这应该是宝钗的心里话，嫁给宝玉，她指望宝玉能够做大官吗？能够发大财吗？她根本不指望。在宝钗的人生观中，本来荣华富贵就是过眼烟云，她本来就不贪求，当了宝玉的妻子，她更加不指望了，更不要说贾府刚刚被抄过家，宝钗这样现实的明白人，更加不会去做那种虚幻的梦。作为一个妻子，既不指望丈夫的温柔体贴，也不指望荣华富贵，那么她追求什么呢？这便是宝钗的第三层意思："但自古圣贤，以人品根柢为重。"这意思是说，只要你为人正派，走在人生的正道上，那么我跟着你过平平淡淡的日子，就满意了。宝钗委婉指责宝玉现在走的路子不正，指责他这样沉缅于庄子，令她失望。宝钗说得比较巧妙，也比较踏实，她的目标只是夫妻俩能过上正常的平静的生活。

受到指责的宝玉是什么反应呢？"宝玉也没听完，把那书本搁在旁边，微微的笑道：'据你说人品根柢，又是什么古圣贤，你可知古圣贤说过不失其赤子之心。'"宝玉表现得十分从容，不慌不忙，这完全不像是从前的宝玉了。宝玉的底气来自哪里？首先是来自他思想的坚定，一个选定了自己人生道路的人，不管别人怎样盘诘指责，都不会紧张慌忙；何况，宝玉还有了理论的武装，儒家的那一套他自然懂得，现在他又掌握了道家佛家的理论，心中有底自然是从容不迫了。宝钗举到古圣贤，他就把亚圣孟子的"赤子之心"拿来说话。关于赤子之心，明代就有过大讨论，已经被赋予某种道家色彩，宝玉的这番话，就是运用了明代以来的一些观点，然后把赤子之心完全佛教化了，说要保存赤子之心，就要跳出尘网。宝钗自然不能同意，她把赤子之心归纳到儒教的范围："所谓赤子之心，原不过是'不忍'二字。若你方才所说的，忍于抛弃天伦，还成什么道理？"两人对赤子之心的解释完全相反，各执一词。宝钗解释为"入世"，宝玉则解释为"出世"。这正是明代以来中国思想界对何谓"赤子"的两种不同理论、不同观点，了解中国思想史的人都知道。但是在小说中把这对立的两种观点反映出来，而且是夫妻两人成为对立派，进行激烈的思想交锋，绝无仅有。《红楼梦》的续作者有意反映社会的不同思想，这是值得赞许的。而他又反映得如此恰到好处，既成为刻画人物的手段，又成为推动情节发展的推手，把思想争论化成纯粹的艺术品，非常难能可贵。宝玉与宝钗针锋相对，谁也说服不了谁，于是宝玉点头笑道："尧舜不强巢许，武周不强夷齐。"这一说又引来宝钗的反驳，认为宝玉用错了时代，把乱世的人物用在盛世根本不妥："当此圣世，咱们世受国恩，祖父锦衣玉食；况你自有生以来，自去世的老太太以及老爷太太视如珍宝。你方才所说，自己想一想是与不是。"宝玉听了也不答言，只有仰头微笑。宝玉显然不接受，但他已经不愿再争论，争论赤子之心可以，他能够大发谬论；但牵涉到盛世乱世这种政治问题，或者老太太以及老爷太太这类直接的亲人问题，宝玉就不大好随口乱说了，所以他仰头微笑。这神情，显然不表示理屈认输，而是一种带有尊严，甚至傲慢的休战。也不知道宝钗是一时性急看不懂宝玉的表情，还是她故意地顺驴下坡，她说宝玉既然理屈词穷，就该从此收心认真复习，"但能搏得一第，便是从此而止，也不枉天恩祖德了"。宝钗这最后一句，是她这番谈话的宗旨，也是她对宝玉的最主要的要求。过去，宝钗每次提到读书科举，宝玉必然反目，早在十年前，他们还只是一般姐弟的时候，宝钗说过一句劝他读书上进，宝玉放下脸来就走人了。那么今天他会不会也跺脚走人呢？本来是完全可能出现这种结果的，所以宝钗都不大敢劝，目前实在是考期逼近，而公公贾政临走之前一再关照，今年必须下场，而宝玉偏偏对着《秋水》出神，宝钗也是担着闹破脸的风险做最后的劝告，也算尽了她做妻子的责任。

　　到这里特别说明一下，作品的描写至此为止都很正常。但是，后面的描写，就属于飞来之笔、天外之音，属于艺术家天才的结晶。因为它完全出乎我们的意料，但又的的确确是人物内心最深刻、最神秘、最有独到性、独此一家的思想内容。我指的是宝玉接下来的反应，他的那番话。

　　　　宝玉点了点头，叹了口气说道："一第呢，其实也不是什么难事，倒是你这个'从此而止，不枉天恩祖德'却还不离其宗。"

　　宝玉的话让我们大为惊叹。惊叹一，是他居然答应去"搏得一第"，这真是天大的改变，是脱胎换骨。我们刚刚说过，以前谁同他说起读书考试，他就要翻脸，今天他居然轻松答应要去考试，这变化真是太大了。惊叹二，是宝玉的口气之大，"一第呢，其实也不是什么难事"。宝玉这里说的"一第"，就是考中举人。清代的科举考试分三级，乡试、会试、殿试。第一级是乡试，实际上乡试就需要资格，通常都要先过预考。宝玉别说从来没参加过任何考试，他连正规学校也没进过，只断断续续读过几年私塾。他不是"生员"，所以他本来没资格参加乡试，是贾政出钱买了一个乡试的资格。因而宝玉没有任何考试经验，想要考取举人是非常困难的。我们在中学里都读过《范进中举》，知道中个举人是多么不容易，范进考了几十年，到五十四岁才中举。便是续作者高鹗本人，算得上才华出众，也是到三十岁才考中举人。但是在宝玉的口里，却认为考个举人易如反掌。他凭什么如此自信、如此骄狂？令我们惊愕的第三点，是宝玉一个激灵，忽然就意识到"条件交换"，再次细听他的话："一第呢，其实也不是什么难事，倒是你这个'从此而止，不枉天恩祖德'却还不离其宗。"大家注意，宝玉一把就抓住了宝钗话中"从此而止，不枉天恩祖德"，他的意思是，我去搏个一第，用来报答、或者说"交换"自己所享受的"天恩祖德"。这纯粹是条件交换，有如商业交易。天真淳朴的宝玉，何时变成了一个商人？最可怕的是，宝玉并不像一时冲动，而是如此平静、如此沉着，连语调都如此舒缓，可见他是心定志坚，从内心深处决定要走这一步。作品对这些细节的处理非常精细、合理，而又耐人寻味。宝钗的想法和话语都没错："我劝你从此把心收一收，好好的用用功。但能搏得一第，便是从此而止，也不枉天恩祖德了。"她所说的"从此而止"，是说哪怕你以后不再做什么了；但是天意弄人，她怎么会想到，"从此而止"会触动宝玉那根条件交换的神经，会让宝玉想到，以搏得一第做个交换，竟是一个契机，凭此自己可以心安理得地走人！夫妻之间一场劝说变成论战，而论战的结果却是把宝玉推到了真正的彼岸。宝钗怎么想得到呢？作品把人世间难以避免的那种无奈、那种阴差阳错，刻画得如此让人慨叹。

从作品的情节结构方面来说，这场论战也是十分必要的。它从正面表现出宝玉、宝钗夫妻双方严重的思想分野，这种分野是如此鲜明如此对立，这对知识分子夫妻，真的是很难生活在一个屋檐下了。这里写出了宝玉离家的某种必然性，为后面的结局彻底铺平了道路。

顺便讲一个红学中常见的话题。半个多世纪以来，无数的《红楼梦》评论者一直在指责宝钗劝宝玉读书考试、"搏得一第"，认为宝钗在思想上精神上污染了宝玉，把宝玉推上了错误的道路。这里有些基本认识值得思考。首先，中国古代自从有了科举考试以后这一千多年，我们所敬仰的杰出的思想家、政治家、文学家、历史名人，有几位没有"搏得一第"、金榜题名？其次，读书科举，该怎么看待？科举考试，在中国历史上究竟是起积极作用？还是负面作用？其三，中国古代的年轻人该不该学习？该不该读书？以四书五经、经史子集、儒家文化为核心的中国传统文化和思想，该不该学习、继承、发扬？这些最根本的、常识性的问题都搞清楚以后，我们的评论才会更有深度，才会更加准确和恰当。

作品接着写到，贾兰过来同宝玉说起考试的事情，两人又谈了一会儿文章，令宝钗感到一点欣慰。

> 那宝玉拿着书子，笑嘻嘻走进来递给麝月收了，便出来将那本《庄子》收了，把几部向来最得意的，如《参同契》《元命苞》《五灯会元》之类，叫出麝月秋纹莺儿等都搬了搁在一边。宝钗见他这番举动，甚为罕异，因欲试探他，便笑问道："不看他倒是正经，但又何必搬开呢。"宝玉道："如今才明白过来了。这些书都算不得什么，我还要一火焚之，方为干净。"宝钗听了更欣喜异常。只听宝玉口中微吟道："内典语中无佛性，金丹法外有仙舟。"宝钗也没很听真，只听得"无佛性""有仙舟"几个字，心中转又狐疑，且看他作何光景。宝玉便命麝月秋纹等收拾一间静室，把那些语录名稿及应制诗之类都找出来搁在静室中，自己却当真静静的用起功来。宝钗这才放了心。

作品的镜头盯着宝玉进行刻画，因为宝玉在短时间内的变化太大了，而且他马上就要离开了，这是最后的描写机会。对话的中心是宝玉，宝钗某种程度上是作为陪衬，来烘托宝玉的种种变化。当然在烘托的同时，也对宝钗进行刻画，宝玉的变化太快，常常出乎宝钗意料之外，这对宝钗的心灵产生重大的冲击。不久之前宝钗还想占据主动地位，对宝玉进行劝说诱导，但是现在，她对宝玉完全失控，甚至可以说是料所未料、防不胜防。宝玉忽然把道教佛教的书籍都搁到一边去了，宝钗虽然高兴，但她看到宝玉的这个拐弯太大了，她又想不出是什么原因，所以她一边罕异一边试探。宝玉说要一把烧掉佛道书籍，她还欣喜异常。宝钗现在别说控制宝玉，连理解、把握都做不到。我们回想一下，两人交往十来年，包括结婚以后，宝玉的一举一动宝钗都能看透，但是现在一切都变了，我们不难想象宝钗心中的惶恐和惊诧。

宝玉决心出家，要设计这个情节不难，《水浒传》中也有鲁智深等人出家；难的是写出宝玉的心路历程，《水浒传》中鲁智深就没有这个心路过程。从宝玉见到和尚开始，作者就紧紧抓住宝玉的思想、情感、言语、动作进行多方面刻画，宝玉既有欢喜又有不舍，既绝情又伤感，既想着早日离开又不无留恋和遗憾，既想痛哭又做出狂笑——一个分裂的宝玉，一个完整的宝玉，被作者写得极其丰满。他对待宝钗、王夫人、袭人、紫鹃、惜春的态度多种多样错综复杂；反过来，大家对他的态度也是吃惊、狐疑、悲哀。作者把这些细节写的非常出色，让宝玉成功"转型"，让读者得到巨大的艺术享受。我们必须指出，这是续作者的巨大成功。

宝玉一心向佛，他经受住了宝钗、袭人的无数劝解，然而，他能不能经受得了女孩子的侧面引诱呢？作品为我们专门写了一个很有意思的片段，作为本回的结尾。

> 那宝玉却也不出房门，天天只差人去给王夫人请安。王夫人听见他这番光景，那一种欣慰之情，更不待言了。到了八月初三，这一日正是贾母的冥寿。宝玉早晨过来磕了头，便回去，仍到静室中去了。饭后，宝钗袭人等都和姊妹们跟着邢王二夫人在前面屋里说闲话儿。宝玉自在静室冥心危坐，忽见莺儿端了一盘瓜果进来说："太太叫人送来给二爷吃的。这是老太太的克什。"宝玉站起来答应了，复又坐下，便道："搁在那里罢。"莺儿一面放下瓜果一面悄悄向宝玉道："太太那里夸二爷呢。"宝玉微笑。莺儿又道："太太说了，二爷这一用功，明儿进场中了出来，明年再中了进士，作了官，老爷太太可就不枉了盼二爷了。"宝玉也只点头微笑。莺儿忽然想起那年给宝玉打络子的时候宝玉说的话来，便道："真要二爷中了，那可是我们姑奶奶的造化了。二爷还记得那一年在园子里，不是二爷叫我打梅花络子时说的，我们姑奶奶后来带着我不知到那一个有造化的人家儿去呢。如今二爷可是有造化的罢咧。"宝玉听到这里，又觉尘心一动，连忙敛神定息，微微的笑道："据你说来，我是有造化的，你们姑娘也是有造化的，你呢？"莺儿把脸飞红了，勉强道："我们不过当丫头一辈子罢咧，有什么造化呢！"宝玉笑道："果然能够一辈子是丫头，你这个造化比我们还大呢！"莺儿听见这话似乎又是疯话了，恐怕自己招出宝玉的病根来，打算着要走。只见宝玉笑着说道："傻丫头，我告诉你罢。"未知宝玉又说出什么话来，且听下回分解。

莺儿，通常被认为是《红楼梦》中最单纯、最守规矩的女孩，她安安静静行事，本本分分做人。然而人都在长大，少女的心都会荡漾。现在莺儿也有十五六岁了吧，她渐懂人事，自然也要考虑自己的未来。眼看宝玉就要考试然后做官了，她于是就要试探一下宝玉，看看自己在这位未来官人心中是个什么位置。前面两次试探宝玉都不为所动，好个莺儿，她搬出当年宝玉勾引自己的话来反扔给宝玉，可知当年她完全听懂了宝玉的话，还牢记在心呢！"宝玉听到这里，又觉尘心一动，连忙敛神定息，微微的笑道：'据你说来，我是有造化的，你们姑娘也是有造化的，你呢？'"宝玉毕竟是宝玉，他虽然"连忙敛神定息"，但说出来的话，依然言外有意，意味深长；不敛神定息，真不知说出什么来。莺儿把脸飞红了，勉强道："我们不过当丫头一辈子罢咧，有什么造化呢！"羞涩的莺儿，绕着圈子让宝玉做出明确的承诺。这神态，这场景，有几个男人不当即做出承诺，夸下海口！可惜，今日的宝玉已经心有所悟。宝玉笑道："果然能够一辈子是丫头，你这个造化比我们还大呢！"这话，别说莺儿以为是疯话，连我们都是一头雾水：当一辈子丫头算什么造化？有什么幸福？如果说当丫头是大造化，那么宝玉去做别人的小厮，不是很幸福吗？当然，这是我们俗人的看法。而我们认为作者的高明之处，就在于他对宝玉的这种半疯状态把握得恰到好处，在外人看上去他是疯的，但在他自己却是有条有理，而且很有信念、很有底气的。作者完整而准确地把握到宝玉的这种精神状态，展现出一个从旧宝玉到新宝玉的演变过程。这种表现能力是大师级的。《红楼梦》后四十回的成功，第一功劳就是对宝玉的塑造非常成功，几乎完美。我的意思是，宝玉形象所达到的艺术水准不下于原作。有这样一位宝玉立于书中，所有想重写续作的人，都可以休矣。

下一回的宝玉离家，和最终一回的宝玉拜别贾政，让宝玉这个形象彻底完美。

第一一九回

中乡魁宝玉却尘缘　　沐皇恩贾家延世泽

"中乡魁宝玉却尘缘"，说宝玉去参加乡试，他考中了举人，却没有再回家，悄悄地做和尚去了。"沐皇恩贾家延世泽"，说皇帝大赦天下，还特别照顾到贾府，赦罪之外发还了抄没的资产，恢复世袭勋位。

我们的主人公贾宝玉就要与我们告别了，他举行了一场让人肝肠寸断的诀别仪式，宝玉的表现和场面描写都达到《红楼梦》的最高水平，续作者展现出难以置信的艺术创造力。这是全书的倒数第二回，所以我们倍加珍惜。同时，"沐皇恩贾家延世泽"的结局多年来又深受诟病，对此我有不同的看法要表述，所以本回的鉴赏篇幅较长。

第一段还是接着上一回写。

话说莺儿见宝玉说话摸不着头脑，正自要走，只听宝玉又说道："傻丫头，我告诉你罢。你姑娘既是有造化的，你跟着他自然也是有造化的了。你袭人姐姐是靠不住的。只要往后你尽心伏侍他就是了。日后或有好处，也不枉你跟着他熬了一场。"莺儿听了前头象话，后头说的又有些不象了，便道："我知道了。姑娘还等我呢。二爷要吃果子时，打发小丫头叫我就是了。"宝玉点头，莺儿才去了。一时宝钗袭人回来，各自房中去了。不题。

在这里宝玉等于是在向莺儿交代后事，也是作者借此向读者交代后事。宝玉说："傻丫头，我告诉你罢。"口气十分肯定，他像先知一样把后事说出来，这应该也就是作者心目中的后事，是确定的，无可怀疑。"你姑娘既是有造化的，你跟着他自然也是有造化的了。你袭人姐姐是靠不住的。只要往后你尽心伏侍他就是了。日后或有好处，也不枉你跟着他熬了一场。"这就算把宝钗最终的结局告诉了我们，也展示了宝玉对宝钗的态度。他认为宝钗今后是"有造化的"，并嘱咐莺儿要跟着宝钗，这似乎是宝玉作为丈夫的最后安排，他希望宝钗有人照顾，他希望宝钗后半生过得好，而不是不管死活，所以不是抛弃，更不是厌弃。简单说，宝玉是因为自己的原因，因为黛玉的原因，因为对家族、对人生的失望而出走，并不是因为对宝钗不满而出走。至于宝钗是如何"有造化的"，这个我们不清楚，也不必去猜。根据作品的描述，像宝钗这样一个女子，丈夫出家以后，别说贾府还有这样一份家业，即使没有，宝钗凭着自己的知识和能力，在当时社会中她要糊口还是可以做到的。所以作品写宝钗最后有这样的归宿，我认为是没有问题的。

至于宝玉所说"你袭人姐姐是靠不住的"，有的人对此理解为一种贬义的描述，我认为未必。这里的"靠不住"，无非是说袭人会另外嫁人，不与宝钗长相厮守。

接着，作品就要进入惊天地泣鬼神的场面：宝玉诀别。

　　且说过了几天便是场期，别人只知盼望他爷儿两个作了好文章便可以高中的了，只有宝钗见宝玉的功课虽好，只是那有意无意之间，却别有一种冷静的光景。知他要进场了，头一件，叔侄两个都是初次赴考，恐人马拥挤有什么失闪；第二件，宝玉自和尚去后总不出门，虽然见他用功喜欢，只是改的太速太好了，反倒有些信不及，只怕又有什么变故。所以进场的头一天，一面派了袭人带了小丫头们同着素云等给他爷儿两个收拾妥当，自己又都过了目，好好的搁起预备着；一面过来同李纨回了王夫人，拣家里的老成管事的多派了几个，只说怕人马拥挤碰了。

大家发现没有？作品的主要内容是写宝玉诀别，但偏偏，作品不写宝玉如何怎样，反而大写宝钗的担忧和安排。这是该情节描写的第一个奇特之处。宝钗担忧的第一层，"恐人马拥挤有什么失闪"，这很寻常，丈夫第一次出门过夜，做妻子的都会有所担忧。但第二层就写的非常深刻了，这种担忧只有宝钗才会有，只有对宝玉这样的丈夫才会有。宝玉一反常态用功读书，别人都觉得是好事、大好事，换个别的女人做妻子可能也会欢欢喜喜。但宝钗是什么人？她是个文史哲都通达的女子，她又是个世事洞明、人情练达的女子，她更是与宝玉青梅竹马、近来对宝玉时时关注、了如指掌的妻子，她深明"过犹不及"的道理，觉得宝玉一下子洗心革面脱胎换骨，背后必有隐衷。她特别害怕会有什么变故，所以暗中使劲，"拣家里的老成管事的多派了几个，只说怕人马拥挤碰了"。她还不能说破，怕王夫人着急，怕别人笑话；当然，她更怕宝玉知道她这份安排，反而多出什么事情来。宝钗真的很难，她预感到可能有变故发生，却又不能叫宝玉别去赶考，也不能亲自跟着去照应，她能做的还真不多！——作品大写宝钗内心不祥的预感，以及暗中调度，为宝玉出场生生造成浓郁的不祥气氛。宝玉离家是本回主旋律，情节如泰山般重大，内容则令人肝肠寸断。作者的描写顺序正如一部交响乐，在主旋律奏出之前，先写序曲和引子，作为气氛渲染和背景烘托。我们一直强调，整部作品很少写宝钗的内心，而对宝玉的心理描写则常常是洋洋洒洒下笔就是几百上千文字，但这最后的离家，作品却反其道而行之，大写宝钗的内心，对宝玉则只有白描。这种写作手段的对换，细细体味，其中充满了艺术性。

下面我们好好欣赏宝玉诀别的场面描写。这个铭刻读者心底的、《红楼梦》中最隽永的场面描写，去掉标点符号只有千把字，我们先完整地欣赏一遍。

次日宝玉贾兰换了半新不旧的衣服，欣然过来见了王夫人。王夫人嘱咐道："你们爷儿两个都是初次下场，但是你们活了这么大，并不曾离开我一天。就是不在我眼前，也是丫鬟媳妇们围着，何曾自己孤身睡过一夜。今日各自进去，孤孤凄凄，举目无亲，须要自己保重。早些作完了文章出来，找着家人早些回来，也叫你母亲媳妇们放心。"王夫人说着不免伤心起来。贾兰听一句答应一句。只见宝玉一声不哼，待王夫人说完了，走过来给王夫人跪下，满眼流泪，磕了三个头，说道："母亲生我一世，我也无可答报，只有这一入场用心作了文章，好好的中个举人出来。那时太太喜欢喜欢，便是儿子一辈子的事也完了，一辈子的不好也都遮过去了。"王夫人听了，更觉伤心起来，便道："你有这个心自然是好的，可惜你老太太不能见你的面了！"一面说，一面拉他起来。那宝玉只管跪着不肯起来，便说道："老太太见与不见，总是知道的，喜欢的，既能知道了，喜欢了，便不见也和见的一样。只不过隔了形质，并非隔了神气啊。"李纨见王夫人和他如此，一则怕勾起宝玉的病来，二则也觉得光景不大吉祥，连忙过来说道："太太，这是大喜的事，为什么这样伤心？况且宝兄弟近来很知好歹，很孝顺，又肯用功，只要带了侄儿进去好好的作文章，早早的回来，写出来请咱们的世交老先生们看了，等着爷儿两个都报了喜就完了。"一面叫人搀起宝玉来。宝玉却转过身来给李纨作了个揖，说："嫂子放心。我们爷儿两个都是必中的。日后兰哥还有大出息，大嫂子还要带凤冠穿霞帔呢。"李纨笑道："但愿应了叔叔的话，也不枉——"说到这里，恐怕又惹起王夫人的伤心来，连忙咽住了。宝玉笑道："只要有了个好儿子能够接续祖基，就是大哥哥不能见，也算他的后事完了。"李纨见天气不早了，也不肯尽着和他说话，只好点点头儿。此时宝钗听得早已呆了，这些话不但宝玉，便是王夫人李纨所说，句句都是不祥之兆，却又不敢认真，只得忍泪无言。那宝玉走到跟前，深深的作了一个揖。众人见他行事古怪，也摸不着是怎么样，又不敢笑他。只见宝钗的眼泪直流下来。众人更是纳罕。又听宝玉说道："姐姐，我要走了，你好生跟着太太听我的喜信儿罢。"宝钗道："是时候了，你不必说这些唠叨话了。"宝玉道："你倒催的我紧，我自己也知道该走了。"回头见众人都在这里，只没惜春紫鹃，便说道："四妹妹和紫鹃姐姐跟前替我说一句罢，横竖是再见就完了。"众人见他的话又象有理，又象疯话。大家只说他从没出过门，都是太太的一套话招出来的，不如早早催他去了就完了事了，便说道："外面有人等你呢，你再闹就误了时辰了。"宝玉仰面大笑道："走了，走了！不用胡闹了，完了事了！"众人也都笑道："快走罢。"独有王夫人和宝钗娘儿两个倒象生离死别的一般，那眼泪也不知从那里来的，直流下来，几乎失声哭出。但见宝玉嘻天哈地，大有疯傻之状，遂从此出门走了。正是：走求名利无双地，打出樊笼第一关。

我们先顺序欣赏。这一段的第一句："次日宝玉贾兰换了半新不旧的衣服，欣然过来见了王夫人。"宝玉和贾兰都换了半新不旧的衣服，这显然不是宝玉、贾兰的主意，应该是宝钗同李纨商量的，宝钗一直担忧要出事，落实的实际措施之一便是让他们穿半旧衣服。那时候抢劫绑架的事情常有，光鲜华丽的衣服太惹眼，往往会招来匪徒的注意。由此可见宝钗已经担忧到什么层面、什么地步了。所以这一笔明面上写宝玉，实际上是暗写宝钗。宝钗担忧到这个地步，不过她显然没有告诉宝玉，所以叔侄二人"欣然过来见了王夫人"。从"欣然"来说，宝玉是早就等着这一天、期盼着离开这个家；贾兰则正好用得上一个成语，跃跃欲试。所以这一句表面上很简单的交代，其中却蕴含着很复杂的内容，不能不说作者写得真好。下面一句。

> 王夫人嘱咐道："你们爷儿两个都是初次下场，但是你们活了这么大，并不曾离开我一天。就是不在我眼前，也是丫鬟媳妇们围着，何曾自己孤身睡过一夜。今日各自进去，孤孤凄凄，举目无亲，须要自己保重。早些作完了文章出来，找着家人早些回来，也叫你母亲媳妇们放心。"王夫人说着不免伤心起来。

王夫人这番话，假如我们不知道宝玉和宝钗的各自心态，那么这段话也就一般，无非是作为母亲和祖母的关心和爱护；但是这番话落在宝玉和宝钗的耳朵里，意思分量就完全不一样了。宝玉已经打定主意，趁着出门考试就离开这家庭，所以他听到"你们活了这么大，并不曾离开我一天"，"早些作完了文章出来，找着家人早些回来"，肯定是产生了生离死别的意味，他心中的激荡可想而知。在宝钗听来，非但这两句讲得不好，"孤孤凄凄，举目无亲"这些词简直刺耳，王夫人说着不免伤心起来，更是不吉祥。宝玉参加的是乡试，在各省城和京城举行，贾府在京城的市中心，宝玉去考场不过几里路，不像农村的、山里的考生要赶千里路程，耗时多日；就考试时间而言，总共也就九天。所以本来不至于如此伤心，王夫人之所以伤心，大的方面是家道中落，当家人贾政又远在南方，王夫人难免心里空虚；直接的原因是对宝玉太溺爱，一天也离不开，而宝玉最近的态度更令她心里发慌，在这离别之际，她由不得就伤心了。只有当了父母的人，才能理解王夫人的这份心情。

王夫人如此，宝玉怎么样？"只见宝玉一声不哼，待王夫人说完了，走过来给王夫人跪下，满眼流泪，磕了三个头。"前面作者写宝玉是"欣然"出场，到这里我们就看出来，他前面的"欣然"，是强颜欢笑故作姿态，他是强忍住悲伤和眼泪出场的，不然他会崩溃，整场好戏就无法上演。设想，假如宝玉是流着眼泪出场，王夫人还说得出话吗？宝玉又如何走出这个家门？然而人的忍耐都是有限度的，王夫人的一番慈母话语和感伤的神情，让宝玉再也假装不下去。他"一声不哼"，正是强忍住眼泪以便让王夫人说完；等到王夫人说完，宝玉已经崩溃了，此刻要他说话，他恐怕一个字都说不出来，他需要有所抒发，有所发泄。"走过来给王夫人跪下，满眼流泪，磕了三个头"，这就是抒发，这个过程大约有一分钟吧，流泪、磕头，让他把直冲脑门的热血平抑了一部分，然后他才能说得出话。这里我们要说一说磕头这个事，古人出门远行，是要向父母、祖父母磕头告别的，这是一种规定的礼仪，所以常见"拜别""拜辞"这样的词语，这个动作本身就包含着不忍、不舍、抱歉、请长辈多多保重等含义。我们之所以说这些，是说明磕头这个动作不是宝玉临时想出来的，而是规定动作。我们推测，宝玉对磕头的时候说些什么话，已纠结、斟酌多日。回顾一下："母亲生我一世，我也无可答报，只有这一入场用心作了文章，好好的中个举人出来。那时太太喜欢喜欢，便是儿子一辈的事也完了，一辈子的不好也都遮过去了。"首先注意，宝玉对王夫人用了两个称呼。他开口的第一个词语就是"母亲"，这个称呼从来没见他用过，我们推测，这是他斟酌多日的用词。这是诀别，是永别，宝玉决定郑重其辞，所以他选了"母亲"。哪怕他自己都觉得拗口，但今天他必须用；哪怕只用一次，他的心意留下了。王夫人当时可能没在意，但过后她会回想起来，她会懂得、体会到儿子的这份深情厚意，并且永远地回响。"母亲生我一世，我也无可答报"，宝玉说得何其郑重、何其悲凉、何其沉痛。"一世"这个词，是打下埋伏的，深深的埋伏，要等到他走了以后，王夫人才能领会这个词的用意。

"母亲生我一世，我也无可答报"，说得坦白、真挚、深沉、醇厚。宝玉厮混了十八年（以后面贾政的话为准），逍遥了十八年，除了偶然摘一枝梅花献给王夫人，他真的没为母亲付出过多少东西；而王夫人对这个"混世魔王"儿子，真是用尽了心、费尽了心。在这永别的时刻，宝玉表达了自己无限的歉意。实际情况是到今天为止，宝玉可以说一无所有，他所有的一切都是父母给的。"我也无可答报"，说得实实在在。"只有这一入场用心作了文章，好好的中个举人出来。那时太太喜欢喜欢，便是儿子一辈的事也完了，一辈子的不好也都遮过去了。"王夫人将来会懂，宝玉"用心作了文章"，他的心不是为自己，更不是为文章，而纯粹是为了父母，为了他们的需要、他们的心愿、他们的荣耀。"中个举人"，算作对十八年抚养的报答，作为他摆脱家庭的筹码。一个虚空的举人头衔，在我们今天看来似乎意义不大，但在当时，那确实可以光宗耀祖、辉煌门庭，是一种巨大的荣誉。即使宝玉人走了，这个举人头衔还是可以给家族带来实实在在的利益。"便是儿子一辈的事也完了，一辈子的不好也都遮过去了。"这是宝玉的挥泪告别，他连续用了两个"一辈子"，是极其强烈的暗示，又是强调。"一辈的事也完了"，表面上说过去的不好，都抵得上了，另一层意思是，我与你的母子关系到此为止。宝玉一共才说了两句话，其中有多少埋伏、暗示和强调？他已经泪流满面，以最恭敬、也是最卑微的磕头大礼，向母亲做出沉痛的宣告。为了不当场击垮王夫人，他只能极尽委婉曲折。

只是，这番肝肠寸断的永别，王夫人当时并未完全理解；不过宝玉的神情还是深深感动了她，王夫人更加伤心，说到可惜老太太不能见面了。说到贾母，宝玉的情感就平静多了，毕竟是祖母，比母亲远了一层，何况已经过世多时。但是王夫人要拉他起来，他还是不肯起来，在母亲面前多跪一分钟一秒钟，对宝玉都无限宝贵，他要尽这最后的孝道。他跪着说："老太太见与不见，总是知道的，喜欢的，既能知道了，喜欢了，便不见也和见了的一样。只不过隔了形质，并非隔了神气啊。"他的言语已经不那么沉重，渐渐趋于平和，甚至他的心思又重新回到了佛道之中。

这情景令李纨都觉得不对劲，她出来劝解，缓和气氛，并叫人搀起宝玉。之所以李纨出面，因为她也是直接当事人，宝玉跪着不肯起来，那么贾兰必然也是跪着不能起来，所以李纨出面是理所当然。这时候，宝玉的心大体平静了，他先透露贾兰是必中的。"李纨笑道：'但愿应了叔叔的话，也不枉——'说到这里，恐怕又惹起王夫人的伤心来，连忙咽住了。宝玉笑道：'只要有了个好儿子能够接续祖基，就是大哥哥不能见，也算他的后事完了。'"此时，宝玉至少表面上已经能够笑出来了，他也知道气氛凝重到快要窒息，他也做出改变。不过他说的"只要有了个好儿子能够接续祖基，就是大哥哥不能见，也算他的后事完了"是不是一语双关？他这话是不是同时说给宝钗听的？套过来说，我宝玉留下个好儿子能够接续祖基，我的后世也就完了。

宝钗有没有听懂这弦外之音？作品的镜头终于给到了宝钗："此时宝钗听得早已呆了，这些话不但宝玉，便是王夫人李纨所说，句句都是不祥之兆，却又不敢认真，只得忍泪无言。"作者此时有如神助，每一字每一句都像是刀刻下的，表现力极强。我们仿佛看到了一尊雕塑，宝钗目瞪口呆，有如泥塑木雕。宝钗"早已呆了"，什么时候呆的呢？至少在宝玉给王夫人磕头时，她已呆了；甚至更早，"只见宝玉一声不哼"，她就呆了。对宝玉，宝钗即使算不得真正的知音，也堪称第一解人。这些天来，她一直担心考试会闹出变故，今日宝玉的一举一动，她自然全收眼底。"宝玉一声不哼"这种奇怪的神情落在宝钗的眼睛里，等于在她那紧绷的心弦上重重地一击，她能不呆吗？宝玉对王夫人说的话语更是字字刺耳、句句断肠，宝钗怎么可能不呆?! 我们一直说，宝钗的观察能力、理解能力，尤其是综合的洞察力，在《红楼梦》中没人出其右。宝玉的一连串表情、动作、语言出来以后，他真正的心思，恐怕宝钗已经洞若观火。可是宝钗的为难之处在于，她虽然知道一切，却做不了什么，也挽救不了什么。这才是宝钗的可悲之处。因而，她只能呆在那里。下一句"却又不敢认真，只得忍泪无言"，写出了宝钗的苦状。国外有句哲言，"人有多大的智慧，就有多大的悲哀"，说的正是宝钗这种状况。如果宝钗无智无慧、无知无识，她反而没有这么苦这么累；恰恰因为她文化修养太深、智慧太高，世事洞明人情练达，才让她陷入如此痛苦的深渊。

宝玉也终于想到了宝钗。

> 那宝玉走到跟前，深深的作了一个揖。众人见他行事古怪，也摸不着是怎么样，又不敢笑他。只见宝钗的眼泪直流下来。众人更是纳罕。又听宝玉说道："姐姐，我要走了，你好生跟着太太听我的喜信儿罢。"宝钗道："是时候了，你不必说这些唠叨话了。"宝玉道："你倒催的我紧，我自己也知道该走了。"

这是他们夫妻之间最后的对话、最后的诀别。"那宝玉走到跟前，深深的作了一个揖。"大家注意作品的描写语言，"那宝玉走到跟前"，这是一种远镜头语言，在镜头里宝玉所占方位是很小的，所以叫"那宝玉"。"深深的作了一个揖"，宝玉的这个动作，我们的眼光是看不出名堂的。好在作者补上一句，"众人见他行事古怪，也摸不着是怎么样，又不敢笑他"，我们才知道，夫妻之间的作别，不应该是这样的礼仪。不过我们需要明白，宝玉为什么要行出这古里古怪的礼仪？我们更需要关注的是，"只见宝钗的眼泪直流下来"。别人再怎么猜想，再怎么好笑，都是次要的；真正能够感受和理解宝玉这种古怪的，只有宝钗；她"眼泪直流下来"，说明了一切。"又听宝玉说道：'姐姐，我要走了，你好生跟着太太听我的喜信儿罢。'"整场诀别，宝玉对宝钗只有这一句话。说实话，此时宝玉该不该称"姐姐"，我不懂，但这么叫着似乎比"二奶奶"亲近些。"我要走了"是核心，是正式诀别。"你好生跟着太太"，似乎要宝钗终身守寡，犹如李纨，外加侍奉王夫人的请求。"听我的喜信儿罢"，含着一点讽刺。

我们再看宝钗。先前，她觉得"这些话不但宝玉，便是王夫人李纨所说，句句都是不祥之兆"，于是我们想她自己一定不会重蹈覆辙，说出不吉利的话来。然而，宝钗说出来的话，竟然比王夫人、李纨有过之而无不及。"是时候了，你不必说这些唠叨话了。"难怪宝玉叹道："你倒催的我紧，我自己也知道该走了。"宝钗怎么会说出那话？怎么回事？是作者写得不对吗？过去我本人也有这样的疑虑。随着年龄和阅历的增长，我越来越觉得作者写得好。在《红楼梦》中，最沉得住气的、最有定力、说话最周到圆满的就是宝钗，别人乱，宝钗不会乱；别人说话会哗变，宝钗不会。然而，宝钗今日说出来的话，比李纨、王夫人还不像样，更糟糕！只怕宝钗自己都不知道她说的是什么——她已经处于半崩溃状态，她的心乱了，乱成碎片。宝钗能够不彻底崩溃已经不容易，因为她早就察觉宝玉的动向，她的担忧由来已久，她的精神一直处于忧虑状态。刚才宝玉、王夫人、李纨的一番表演，令宝钗"早已呆了"，最后，宝玉对她的行礼和话语令她彻底崩溃。"是时候了，你不必说这些唠叨话了。"这句话就是在宝钗失控的时候溜了出来。这话，是在催宝玉出门，赶宝玉出门。宝钗自己处于迷乱中，没有意识到；遗憾的是，她的丈夫宝玉，却明确意识到宝钗在赶自己出门："你倒催的我紧，我自己也知道该走了。"或许，本来即使宝玉还有一些话要说的，也被宝钗的话统统都堵住了。结果是，夫妻之间，就这么完了。人生中、人世间，有的时候就是这么残酷、这么无情、这么无补，一句话出口，就永远无法追回，成为终身终世的遗憾！——续作者在这里达到的艺术高度、作品深度，可能都超出他自己的预估。一个作者在落下一串文字的时候，他未必知道这串文字有那么隽永的力量。而当下的这段文字，就有隽永的艺术效果。

宝玉说："我自己也知道该走了。"然而，他还不肯走，不愿走，他还有留恋，还有未了之事，未了之人。"回头见众人都在这里，只没惜春紫鹃，便说道：'四妹妹和紫鹃姐姐跟前替我说一句罢，横竖是再见就完了。'"宝玉真够清醒、镇定的，他一眼就看出还少了什么人。这里是续作的高光时刻（另一个是下一回的宝玉拜别贾政），这里开发出来的宝玉，显然已经不是曹雪芹"遗稿"中的宝玉，从曹雪芹"白茫茫一片大地真干净"的预设，或脂批所说宝玉"寒冬噎酸齑，雪夜围破毡"的情状看，这里的宝玉肯定不是曹雪芹的设计，而是续作者对原作中宝玉的升华和创造。回到当下。宝玉对宝钗只有那么简单的两句话，对就在身边的袭人、麝月则是一词不置，却偏偏想到了惜春、紫鹃，我说这是一种清醒的表现。因为糊涂者往往是见到什么说什么，视线以外的根本不知道。这位保持着清醒的宝玉最后怎么样呢？作品还有很高超的动人描写。

众人见他的话又象有理，又象疯话。大家只说他从没出过门，都是太太的一套话招出来的，不如早早催他去了就完了事了，便说道："外面有人等你呢，你再闹就误了时辰了。"宝玉仰面大笑道："走了，走了！不用胡闹了，完了事了！"众人也都笑道："快走罢。"独有王夫人和宝钗娘儿两个倒象生离死别的一般，那眼泪也不知从那里来的，直流下来，几乎失声哭出。但见宝玉嘻天哈地，大有疯傻之状，遂从此出门走了。正是：走求名利无双地，打出樊笼第一关。

这段描写，仔细区分一下有三个方面。一个是宝玉，一个是众人，还有一个是宝钗和王夫人。作者这样区分开来描写，十分得当。所谓"众人"，是自李纨以下所有人，或是除了袭人等之外的人，他们对宝玉毕竟没有那么关心、那么贴心。他们的话也很正常，宝玉不是要去赶考吗？话说了这一大堆，半天了，够了，所以他们催宝玉赶紧走吧。宝玉呢，早就打定主意，今日是有去无回，该交代的都交代了，既然众人劝他赶紧走，他也就无需再闹，走吧。然而我们看他的表情："宝玉仰面大笑道：'走了，走了！不用胡闹了，完了事了！'"我特别关注"仰面大笑"四字，宝玉向来不是如此表情夸张的人，今日也并没有"仰面大笑"的理由，他怎么会表现得如此夸张、如此变态呢？其实这"仰面大笑"，正是他的一种逃避、一种掩饰，因为不"仰面"的话，他可能会被人看到真面目，那可能是泪如雨下。他必须"仰面"，才能避人耳目；他必须"大笑"，才有力量跨出这扇门！——设想一下，如果是"大哭"着，他还抬得起腿来吗？所以他哪怕是干笑，也必须笑！因而，"仰面大笑"四字，写尽了宝玉的伤感矫饰，更有痛心和无奈。不如此伪装和矫饰，如何"打出樊笼第一关"呢？我特别能够体谅宝玉的"仰面大笑"；同样我也认为，续作者不用一句心理描写，却把宝玉的内心写的如此苍凉，这"仰面大笑"四字，功莫大焉。这是白描的最高境界，再配上声音："走了，走了！不用胡闹了，完了事了！"一幅画面，便成为隽永，成为不朽。假如说作者的高明还不止于此的话，那么请看，作品又配上了王夫人和宝钗的画面："独有王夫人和宝钗娘儿两个倒象生离死别的一般，那眼泪也不知从那里来的，直流下来，几乎失声哭出。"这娘儿两个哗哗的泪水，与宝玉的"仰面大笑"，成为绝配。王夫人与宝玉，母子连心，她隐隐感觉这事儿有点不对劲，但说不出所以然，无法抑制，眼泪直流；而宝钗，似乎早就明白前因后果，她的眼泪如何抑制得住？如果说宝玉的"仰面大笑"配上王夫人和宝钗的眼泪只管流下，成为一幅立体的画面。然而作者并未罢休，他还加上一句："但见宝玉嘻天哈地，大有疯傻之状，遂从此出门走了。"画龙点睛。作者真会切换镜头，就这短短一段，镜头从宝玉切到众人，从众人切回宝玉，然后又切到王夫人、宝钗，最后再切回宝玉，定格，结束。宝玉是真的"嘻天哈地"吗？作者写的是众人"但见"，他们见到的是不是真实，作者不管。"嘻天哈地"，是很虚化的用词，如果把它转实了，大约是手舞足蹈的样子。宝玉真有那么兴奋吗？"嘻天哈地"非但不是兴奋，而是宝玉借助、假装"嘻天哈地"，给自己减压，给自己加油，来跨出这个家门。这一步跨出去，就永远不回来了！宝玉是个多情善感的人，动不动就会流泪、痛哭；他也是个诚实的人，不善于伪装，正因为如此，他的伪装显得如此古怪、夸张、变形，"嘻天哈地"四字，在这里用得恰到好处，表明他装得完全不像，"大有疯傻之状"，他是在装疯卖傻，以此屏住眼泪，以此抬起他那沉重的双腿。作者活活画出了宝玉。或许正因为要让宝玉如此装疯卖傻，作者早早调离了贾政，不然，宝玉无法如此恣意、如此放肆。

以上，我们是把人物、情景分隔开来欣赏的，我们看到作者把各个人物、各个情景都处理得非常好，场面具有极大的张力和震撼力。其实作者最大的成功，是他对这个场景的总体设计，令人叫绝；其次是人物的调动、搭配，详略、明暗，都处理得恰到好处。可惜我们不是专题讲座，不能再展开鉴赏了。总之，我认为"宝玉诀别"不仅是续作中的杰出篇章，也是整部《红楼梦》中最精彩、最感人、艺术含量最高的三四个场景之一，尤其是写得干净，一点不啰唆。

下面一大段情节是回目上没有的，是上一回"记微嫌舅兄欺弱女"的延续，关于巧姐儿婚事的描写。

> 不言宝玉贾兰出门赴考。且说贾环见他们考去，自己又气又恨，便大为王说："我可要给母亲报仇了。家里一个男人没有，上头大太太依了我，还怕谁！"想定了主意，跑到邢夫人那边请了安，说了些奉承的话。那邢夫人自然喜欢，便说道："你这才是明理的孩子呢。象那巧姐儿的事，原该我做主的，你琏二哥糊涂，放着亲奶奶，倒托别人去！"贾环道："人家那头儿也说了，只认得这一门子。现在定了，还要备一分大礼来送太太呢。如今太太有了这样的藩王孙女婿儿，还怕大老爷没大官做！不是我说自己的太太，他们有了元妃姐姐，便欺压的人难受。将来巧姐儿别也是这样没良心，等我去问问他。"邢夫人道："你也该告诉他，他才知道你的好处。只怕他父亲在家也找不出这么门子好亲事来！但只平儿那个糊涂东西，他倒说这件事不好，说是你太太也不愿意。想来恐怕我们得了意。若迟了你二哥回来，又听人家的话，就办不成了。"贾环道："那边都定了，只等太太出了八字。王府的规矩，三天就要来娶的。但是一件，只怕太太不愿意，那边说是不该娶犯官的孙女，只好悄悄的抬了去，等大老爷免了罪做了官，再大家热闹起来。"邢夫人道："这有什么不愿意，也是礼上应该的。"贾环道："既这么着，这帖子太太出了就是了。"邢夫人道："这孩子又糊涂了，里头都是女人，你叫芸哥儿写了一个就是了。"贾环听说，喜欢的了不得，连忙答应了出来，赶着和贾芸说了，邀着王仁到那外藩公馆立文书兑银子去了。

此处写明贾环是为报仇，邢夫人是为银子；贾环是故意陷害，邢夫人是受了蒙蔽。我们不多说了。只说一件，贾环突然变得如此机灵，甚至能说会道，这与以前的描写稍有不符。以前的贾环是闷坏，却不大会说话的，对赵姨娘、对彩云或者彩霞，都只会顶牛、傻愣，现在却忽然变得伶俐起来，令人难以置信。

贾环与邢夫人的计谋，被邢夫人的小丫头出卖给平儿，引起平儿的警惕。正好王夫人来了，我们看作品。

> 回来又见王夫人过来，巧姐儿一把抱住，哭得倒在怀里。王夫人也哭道："妞儿不

用着急，我为你吃了大太太好些话，看来是扭不过来的。我们只好应着缓下去，即刻差个家人赶到你父亲那里去告诉。"平儿道："太太还不知道么？早起三爷在大太太跟前说了，什么外藩规矩三日就要过去的。如今大太太已叫芸哥儿写了名字年庚去了，还等得二爷么？"王夫人听说是"三爷"，便气得说不出话来，呆了半天，一叠声叫人找贾环。找了半日，人回："今早同蔷哥儿王舅爷出去了。"王夫人问："芸哥呢？"众人回说不知道。巧姐屋内人人瞪眼，一无方法。王夫人也难和邢夫人争论，只有大家抱头大哭。

有个婆子进来，回说："后门上的人说，那个刘姥姥又来了。"王夫人道："咱们家遭着这样事，那有工夫接待人。不拘怎么回了他去罢。"平儿道："太太该叫他进来，他是姐儿的干妈，也得告诉告诉他。"王夫人不言语，那婆子便带刘姥姥进来。各人见了问好。刘姥姥见众人的眼圈儿都是红的，也摸不着头脑，迟了一会子，便问道："怎么了？太太姑娘们必是想二姑奶奶了。"巧姐儿听见提起他母亲，越发大哭起来。平儿道："姥姥别说闲话，你既是姑娘的干妈，也该知道的。"便一五一十的告诉了。把个刘姥姥也唬怔了，等了半天，忽然笑道："你这样一个伶俐姑娘，没听见过鼓儿词么，这上头的方法多着呢。这有什么难的。"平儿赶忙问道："姥姥你有什么法儿快说罢。"刘姥姥道："这有什么难的呢，一个人也不叫他们知道，扔崩一走，就完了事了。"平儿道："这可是混了。我们这样人家的人，走到那里去！"刘姥姥道："只怕你们不走，你们要走，就到我屯里去。我就把姑娘藏起来，即刻叫我女婿弄了人，叫姑娘亲笔写个字儿，赶到姑老爷那里，少不得他就来了。可不好么？"平儿道："大太太知道呢？"刘姥姥道："我来他们知道么？"平儿道："大太太住在后头，他待人刻薄，有什么信没有送给他的。你若前门走来就知道了，如今是后门来的，不妨事。"刘姥姥道："咱们说定了几时，我叫女婿打了车来接了去。"平儿道："这还等得几时呢，你坐着罢。"急忙进去，将刘姥姥的话避了旁人告诉了。王夫人想了半天不妥当。平儿道："只有这样。为的是太太才敢说明，太太就装不知道，回来倒问大太太。我们那里就有人去，想二爷回来也快。"王夫人不言语，叹了一口气。巧姐儿听见，便和王夫人道："只求太太救我，横竖父亲回来只有感激的。"平儿道："不用说了，太太回去罢。回来只要太太派人看屋子。"王夫人道："掩密些。你们两个人的衣服铺盖是要的。"平儿道："要快走了才中用呢，若是他们定了，回来就有了饥荒了。"一句话提醒了王夫人，便道："是了，你们快办去罢，有我呢。"于是王夫人回去，倒过去找邢夫人说闲话儿，把邢夫人先绊住了。平儿这里便遣人料理去了，嘱咐道："倒别避人，有人进来看见，就说是大太太吩咐的，要一辆车子送刘姥姥去。"这里又买嘱了看后门的人雇了车来。平儿便将巧姐装做青儿模样，急急的去了。后来平儿只当送人，眼错不见，也跨上车去了。原来近日贾府后门虽开，只有一两个人看着，余外虽有几个家下人，因房大人少，空落落的，谁能照应。且邢夫人又是个不怜下人的，众人明知此事不好，又都感念平儿的好处，所以通同一气放走了巧姐。邢夫人还自和王夫人说话，那里理会。只有王夫人甚不放心，说了一回话，悄悄的走到宝钗那里坐下，心里还是惦记着。宝钗见王夫人神色恍惚，便问：

"太太的心里有什么事？"王夫人将这事背地里和宝钗说了。宝钗道："险得很！如今得快快儿的叫芸哥儿止住那里才妥当。"王夫人道："我找不着环儿呢。"宝钗道："太太总要装作不知，等我想个人去叫大太太知道才好。"王夫人点头，一任宝钗想人。暂且不言。

这里的整个情调，不太像《红楼梦》，而有点像《三国演义》了，全是斗智斗勇。平儿明显比王夫人接地气，也有魄力；但是同刘姥姥一比，平儿就显得循规蹈矩不懂变通，刘姥姥更实际，更会应对。当然刘姥姥来得这么巧、这么是时候，完全是"情节小说"的节奏，我们也不多说了。最后，转到宝钗这里，宝钗也加入战阵，她的应对又是另一番气象。她首先想到堵住源头，阻止贾芸下生辰八字婚约；然后要同邢夫人说明，她一上手就判断邢夫人受了蒙蔽，可以争取，也明白邢夫人是决定性环节。这种大局观、当机立断和行动策略，又非平儿可比。后面王夫人大演苦肉计逼迫邢夫人，显然有宝钗在做幕后导演。这么写，完全符合宝钗的性格，也写出了宝钗处理家事的能力，让人物形象发出应有的光彩。继续看作品。

且说外藩原是要买几个使唤的女人，据媒人一面之辞，所以派人相看。相看的人回去禀明了藩王。藩王问起人家，众人不敢隐瞒，只得实说。那外藩听了，知是世代勋戚，便说："了不得！这是有干例禁的，几乎误了大事！况我朝觐已过，便要择日起程，倘有人来再说，快快打发出去。"这日恰好贾芸王仁等递送年庚，只见府门里头的人便说："奉王爷的命，再敢拿贾府的人来冒充民女者，要拿住究治的。如今太平时候，谁敢这样大胆！"这一嚷，唬得王仁等抱头鼠窜的出来，埋怨那说事的人，大家扫兴而散。

这个一百八十度的拐弯，虽事出有因，但时机方面十分牵强。藩王偏偏到这一刻才知道贾府是世代勋戚，起先为什么都不知道？这里需要解释一下他所害怕的"有干例禁"。所谓"有干例禁"就是触犯朝廷禁令。清代的《大清律》明文规定："强夺良人妻女，卖与他人为妻妾及投献王府并勋戚豪势之家者……绞罪。"绞罪即绞刑，极刑。强占和买卖勋戚之家妻女，罪行更大。所以这位藩王急着反悔。后面贾环、王仁、贾蔷、贾芹以及邢夫人，自然是相互怪罪，闹成一锅粥，不多说了。我们更关注的是作品对贾府骨肉相残、内部斗争的描写是否得当、是否精彩，这才是作品的主要方面。请看作品。

贾环在家候信，又闻王夫人传唤，急得烦燥起来。见贾芸一人回来，赶着问道："定了么？"贾芸慌忙跺足道："了不得，了不得！不知谁露了风了！"还把吃亏的话说了一遍。贾环气得发怔说："我早起在大太太跟前说的这样好，如今怎么样处呢？这都是你们众人坑了我了！"正没主意，听见里头乱嚷，叫着贾环等的名字说："大太太二太太叫呢。"两个人只得蹭进去。只见王夫人怒容满面说："你们干的好事！如今逼死了巧姐和平儿了，快快的给我找还尸首来完事！"两个人跪下。贾环不敢言语，贾芸低头说道："孙子不敢干什么，为的是邢舅太爷和王舅爷说给巧妹妹作媒，我们才回太太们的。大太太愿意，才叫孙子写帖儿去的。人家还不要呢。怎么我们逼死了妹妹呢！"王夫人道:"环儿在大太太那里说的,三日内便要抬了走。说亲作媒有这样的么!我也不问你们,快把巧姐儿还了我们,等老爷回来再说。"邢夫人如今也是一句话儿说不出了,只有落泪。王夫人便骂贾环说:"赵姨娘这样混帐的东西,留的种子也是这混帐的!"说着,叫丫头扶了回到自己房中。

那贾环贾芸邢夫人三个人互相埋怨,说道:"如今且不用埋怨,想来死是不死的,必是平儿带了他到那什么亲戚家躲着去了。"邢夫人叫了前后的门人来骂着,问巧姐儿和平儿知道那里去了。岂知下人一口同音说道:"大太太不必问我们,问当家的爷们就知道了。在大太太也不用闹,等我们太太问起来我们有话说。要打大家打,要发大家都发。自从琏二爷出了门,外头闹的还了得!我们的月钱月米是不给的,赌钱喝酒闹小旦,还接了外头的媳妇儿到宅里来。这不是爷吗。"说得贾芸等顿口无言。王夫人那边又打发人来催说:"叫爷们快找来。"那贾环等急得恨无地缝可钻,又不敢盘问巧姐那边的人。明知众人深恨,是必藏起来了。但是这句话怎敢在王夫人面前说。只得各处亲戚家打听,毫无踪迹。里头一个邢夫人,外头环儿等,这几天闹的昼夜不宁。

应该说,作品的描写比较精彩。贾环一干人不用说了,邢夫人到底是邢夫人,没有头脑不懂策略,变得如此狼狈。其实她坚定一点,有凤姐那点智慧,只需把看门人打一顿就能找到巧姐和平儿,予以问罪,化被动为主动。但她不是这样的人。何况,她与宝钗对战,哪里是对手?所以这段情节,我们不止要看到表面的热闹,也要看到两派的阵营,尤其是落笔不多的宝钗,实际在暗中摇扇子指挥。宝钗是个省事的人,她不会主动挑战,但她一旦应战,周围真的没有对手。实际上,邢夫人是落难之人,吃饭睡觉全靠二房的,王夫人稍有主心骨,邢夫人岂能发难。形势明摆在那里,邢夫人一味冒进,王夫人丢失主权。这种情况下,以宝钗的才能,要制住邢夫人真是"治大国如烹小鲜"。

接着作品描写宝玉走失。请欣赏原文。

看看到了出场日期,王夫人只盼着宝玉贾兰回来。等到晌午,不见回来,王夫人李纨宝钗着忙,打发人去下处打听。去了一起,又无消息,连去的人也不来了。回来又打发一起人去,又不见回来。三个人心里如热油熬煎,等到傍晚有人进来,见是贾兰。众人喜欢问道:"宝二叔呢?"贾兰也不及请安,便哭道:"二叔丢了。"王夫人听了这话便怔了,半天也不言语,便直挺挺的躺倒床上。亏得彩云等在后面扶着,下死的叫醒转来哭着。见宝钗也是白瞪两眼,袭人等已哭得泪人一般,只有哭着骂贾兰道:"糊涂东西,你同二叔在一处,怎么他就丢了?"贾兰道:"我和二叔在下处,是一处吃一处睡。进了场,相离也不远,刻刻在一处的。今儿一早,二叔的卷子早完了,还等我呢。我们两个人一起去交了卷子,一同出来,在龙门口一挤,回头就不见了。我们家接场的人都问我,李贵还说看见的,相离不过数步,怎么一挤就不见了。现叫李贵等分头的找去，我也带了人各处号里都找遍了，没有，我所以这时候才回来。"王夫人是哭的一句话也说不出来，宝钗心里已知八九，袭人痛哭不已。贾蔷等不等吩咐，也是分头而去。可怜荣府的人个个死多活少，空备了接场的酒饭。贾兰也忘却了辛苦，还要自己找去。倒是王夫人拦住道："我的儿，你叔叔丢了，还禁得再丢了你么。好孩子，你歇歇去罢。"贾兰那里肯走。尤氏等苦劝不止。众人中只有惜春心里却明白了，只不好说出来，便问宝钗道："二哥哥带了玉去了没有？"宝钗道："这是随身的东西，怎么不带！"惜春听了便不言语。袭人想起那日抢玉的事来，也是料着那和尚作怪，柔肠几断，珠泪交流，呜呜咽咽哭个不住。追想当年宝玉相待的情分，有时怄他，他便恼了，也有一种令人回心的好处，那温存体贴是不用说了。若怄急了他，便赌誓说做和尚。那知道今日却应了这句话！看看那天已觉是四更天气，并没有个信儿。李纨又怕王夫人苦坏了，极力的劝着回房。众人都跟着伺候，只有邢夫人回去。贾环躲着不敢出来。王夫人叫贾兰去了，一夜无眠。次日天明，虽有家人回来，都说没有一处不寻到，实在没有影儿。于是薛姨妈、薛蝌、史湘云、宝琴、李婶等，连二连三的过来请安问信。

这一段叙述，头绪很清楚，作者的用笔值得细赏。开笔是只写王夫人。"看看到了出场日期，王夫人只盼着宝玉贾兰回来。"第二笔则把王夫人、李纨、宝钗合写："等到晌午，不见回来，王夫人李纨宝钗着忙，打发人去到下处打听。……三个人心里如热油熬煎"。作者的描写颇有功力。其一，这是最后的重大场面，在这个场面中，不仅要展现情节，还要给重要人物最后定格，这已经非常难了。其二，作为宝玉走失这样的决定性情节，还必须写得感人，还要层次分明条理清晰，这对于作者是难上加难。其三，假如再加上一个要求，场面既要震撼隽永，还要余味无穷，那么，写作的难度大家可以想象。在没有读到这段描写之前，假如让你来构思一下，你才会感到有多难。基于这样的思考，我们从描写对象的角度，从落笔的分寸、详略的角度，来进行鉴赏。贾兰回来报信以后，作品依然着重描写王夫人："王夫人听了这话便怔了，半天也不言语，便直挺挺的躺倒床上。亏得彩云等在后面扶着，下死的叫醒转来哭着。"之后，才写到宝钗、袭人："见宝钗也是白瞪两眼，袭人等已哭得泪人一般。"作者选择的描写重点是王夫人，读者可能认为重点应该写宝钗，因为这个打击对宝钗更沉重更久远，那么，作者为什么不这样选择呢？等会儿我们再分析。先说宝钗与袭人的表现，"宝钗也是白瞪两眼，袭人等已哭得泪人一般"，宝钗与袭人不一样，没有哭。她怎么不哭呢？我这样理解：哭是一种情绪宣泄，袭人等是受到了意外的打击，她们突发的情绪以哭的形式宣泄出来。宝钗则不一样，因为她早有预感，现在只是预感被证实，所以她受到的打击虽然最重，但却少了那种突发性的冲击；另外，宝钗的承受能力、忍受能力也要比袭人她们强；更重要的是，宝钗的痛苦无法发泄，哭这种方式已经不能宣泄她内心巨大的痛苦，"白瞪两眼"，是她遭受了痛苦却无法发泄的表现。作者以这种神态将宝钗同别人区别了开来，反映出宝钗特有的个性。对宝钗这样处理，完全符合原作。大家还记得吗？第40回中凤姐和鸳鸯联手捉弄刘姥姥，逗得满屋子的人全部笑倒了，包括贾母和王夫人，却唯独没写宝钗也笑，曹雪芹捕捉到众人欢乐那一刻宝钗的与众不同。续作者也敏锐地捕捉到了这一刻宝钗感受痛苦的与众不同。第三笔写贾兰，由他告知宝玉走失的具体情况。然后再次写王夫人、宝钗、袭人的不同表现："王夫人是哭的一句话也说不出来，宝钗心里已知八九，袭人痛哭不已。"很显然，王夫人与袭人只听到宝玉走失的情形，而宝钗则听出，宝玉这不是什么走失、丢失，而是主动隐身，存心出走；这一走，不用找了，是永远不会回来了。宝钗并不把心事告诉王夫人等，她选择一个人闷在心里默默承受。不过，惜春也有所察觉。"众人中只有惜春心里却明白了，只不好说出来，便问宝钗道：'二哥哥带了玉去了没有？'宝钗道：'这是随身的东西，怎么不带！'惜春听了便不言语。"惜春也不说破，她不愿意刺激王夫人，或许还包括宝钗。姑嫂二人打着哑语，宝钗自然明白惜春猜到了事情的实质，只是也不明言。最后，作品描写了众人的不同反应，落笔还是围绕王夫人作归结："王夫人叫贾兰去了，一夜无眠。次日天明，虽有家人回来，都说没有一处不寻到，实在没有影儿。于是薛姨妈、薛蟠、史湘云、宝琴、李婶等，连二连三的过来请安问信。"宝玉走失的第一个场面到此结束。我们必须承认，续作者将这个场面写得十分精彩和动人。这一段是围绕着王夫人展开的，写宝钗的笔墨要少得多。后面我们将分析原因。

接着一段，写探春回来。

> 如此一连数日，王夫人哭得饮食不进，命在垂危。忽有家人回道："海疆来了一人，口称统制大人那里来的，说我们家的三姑奶奶明日到京了。"王夫人听说探春回京，虽不能解宝玉之愁，那个心略放了些。到了明日，果然探春回来。众人远远接着，见探春出跳得比先前更好了，服采鲜明。见了王夫人形容枯槁，众人眼肿腮红，便也大哭起来，哭了一会，然后行礼。看见惜春道姑打扮，心里很不舒服。又听见宝玉心迷走失，家中多少不顺的事，大家又哭起来。还亏得探春能言，见解亦高，把话来慢慢儿的劝解了好些时，王夫人等略觉好些。再明儿，三姑爷也来了。知有这样的事，探春住下劝解。跟探春的丫头老婆也与众姐妹们相聚，各诉别后的事。从此上上下下的人，竟是无昼无夜专等宝玉的信。

这一段面上的情节是探春回家，但作品依然围绕宝玉走失来展开，描写的重点依然是王夫人的愁苦。整个家庭沉浸在忧心、煎熬之中，几乎让人透不过气来。不过大家发现没有？这一段对宝钗一个字都没涉及。

然后作品写了宝玉中举。

　　那一夜五更多天，外头几个家人进来到二门口报喜。几个小丫头乱跑进来，也不及告诉大丫头了，进了屋子便说："太太奶奶们大喜。"王夫人打谅宝玉找着了，便喜欢的站起身来说："在那里找着的，快叫他进来。"那人道："中了第七名举人。"王夫人道："宝玉呢？"家人不言语，王夫人仍旧坐下。探春便问："第七名中的是谁？"家人回说"是宝二爷。"正说着，外头又嚷道："兰哥儿中了。"那家人赶忙出去接了报单回禀，见贾兰中了一百三十名。李纨心下喜欢，因王夫人不见了宝玉，不敢喜形于色。王夫人见贾兰中了，心下也是喜欢，只想："若是宝玉一回来，咱们这些人不知怎样乐呢！"独有宝钗心下悲苦，又不好掉泪。众人道喜，说是"宝玉既有中的命，自然再不会丢的。况天下那有迷失了的举人。"王夫人等想来不错，略有笑容。众人便趁势劝王夫人等多进了些饮食。只见三门外头焙茗乱嚷说："我们二爷中了举人，是丢不了的了。"众人问道："怎见得呢？"焙茗道："一举成名天下闻，如今二爷走到那里，那里就知道的。谁敢不送来！"里头的众人都说："这小子虽是没规矩，这句话是不错的。"惜春道："这样大了，那里有走失的。只怕他勘破世情，入了空门，这就难找着他了。"这句话又招得王夫人等又大哭起来。李纨道："古来成佛作祖成神仙的，果然把爵位富贵都抛了也多得很。"王夫人哭道："他若抛了父母，这就是不孝，怎能成佛作祖。"探春道："大凡一个人不可有奇处。二哥哥生来带块玉来，都道是好事，这么说起来，都是有了这块玉的不好。若是再有几天不见，我不是叫太太生气，就有些原故了，只好譬如没有生这位哥哥罢了。果然有来头成了正果，也是太太几辈子的修积。"宝钗听了不言语，袭人那里忍得住，心里一疼，头上一晕，便栽倒了。王夫人见了可怜，命人扶他回去。贾环见哥哥侄儿中了，又为巧姐的事大不好意思，只报怨蔷芸两个，知道探春回来，此事不肯干休，又不敢躲开，这几天竟是如在荆棘之中。

　　这一段的核心人物依旧是王夫人。宝玉与贾兰都中举，本来是贾府的大喜事，但与失去宝玉相比，实在算不得喜事。王夫人从喜欢地站起来，到失望地坐下，正是贾府的晴雨表。"李纨心下喜欢，因王夫人不见了宝玉，不敢喜形于色。王夫人见贾兰中了，心下也是喜欢，只想：'若是宝玉一回来，咱们这些人不知怎样乐呢！'独有宝钗心下悲苦，又不好掉泪。"三位当事人，写得真是够味：李纨心下欢喜，毕竟是儿子中了举人，十多年的辛苦哺育开花结果；至于小叔子走失，对她到底事小。王夫人呢，儿子孙子同时中举，这对一个家族来说是百年一遇的巨大荣耀，怎能不欢喜？但是宝玉不见了，让王夫人如何喜欢得起来？大家留心，王夫人还不确定找不着宝玉，所以她且忧且喜。而宝钗呢，她为什么要掉泪？她本就深知宝玉是不会回来了，现在忽然传来宝玉中举的喜讯，这真是在伤口上撒了一把糖，令她更加悲苦；可是一则她还要瞒着王夫人，二则侄儿贾兰中举了，李纨那么兴奋，她怎么能掉泪呢？所以"宝钗心下悲苦，又不好掉泪"。有泪不能掉，那份克制与煎熬，大家不难想象。作者把三位当事人复杂难缠的内心，刻画得很是周到。

　　旁人还在苦劝王夫人，不太体谅人的惜春熬不住了，挑明宝玉可能已经出家，找不着了。这句话招得王夫人等又大哭起来。李纨道："古来成佛作祖成神仙的，果然把爵位富贵都抛了也多得很。"从这句话来看，李纨也有疑心，只是她从来不愿干刺破脓包的事情，能够打马虎眼她就一直装下去。这时候，探春又一次站了出来，她虽然刚刚回家，但以她的智慧已经看出宝玉的端倪；她是个干脆人，不愿意王夫人一直处于且忧且喜、半明半暗的状态之中，长痛不如短痛。她直言，宝玉带玉而生本来就有缘故，劝王夫人"只好譬如没有生这位哥哥罢了"。只有探春肯把话说得这么死，叫王夫人死心。"宝钗听了不言语，袭人那里忍得住，心里一疼，头上一晕，便栽倒了。"宝钗"不言语"，也是一种态度。其一，宝钗并没有像袭人那样受到冲击，她早有预感，听到宝玉"走失"的故事她就"已知八九"，可能探春的判断就是受了她的影响，她们姑嫂俩私下交流过。其次，宝钗也没有做出一副很难过、受不了的样子给王夫人看。其三，宝钗也不公然支持探春的观点，因为说带玉而生本来就有缘故这话，似乎责任在于王夫人了，相当于我们今日所说孩子带有某种疾病的遗传基因，那岂非间接指责王夫人给宝钗造成不幸？宝钗不奉承、不讨好王夫人，但她能体谅人，她绝不会给王夫人增加痛苦。其四，宝钗不言语，或许她事先已经与探春暗中达成默契，给王夫人透透底，省得一家人白白地长时间地忙乱。宝钗是个务实的人，遭受再大的不幸，她也不会做那些无谓的徒劳，也不希望别人是这样。而"袭人那里忍得住，心里一疼，头上一晕，便栽倒了"，不仅写出袭人与宝钗的不同，也侧面暗示宝钗始终没有向袭人透露自己的判断，她是一个人在煎熬。至于她为什么不向袭人透露，或许她认为时机还不成熟吧。

　　下面探讨为什么作品写宝钗的笔墨如此少，这属于作家创作研究的层面了。我想，续作者如此处理，是经过一番深思熟虑的。宝玉走了，宝钗就是一号人物，就是作者最在意、最用心的人物，按理说，作者应当浓墨重彩、集中笔墨于宝钗身上。然而他写出来的作品，宝钗简直就是配角。这是怎么回事呢？说说我个人的体会。第一，这有关作者的总体构思，他想把宝钗塑造成一个什么样的人。简单说，他是想把宝钗写成曹雪芹笔下的那个宝钗。在原作中，宝钗话语不太多，尤其是在人多口杂的场合，个别例外是大观园改革时，那是为了动员、鼓励个人承包。宝钗活跃的场合，要么是在自己家，要么是几个知心姐妹和宝玉之间，除此，她都是寡言少语。当下这个场合，各色人等杂处，宝钗自然不多话。这正是续作者把握了原作的精神。第二，还是宝钗的个性。遭遇特殊不幸，有的女人会表现得特别夸张，比如夏金桂；也有鸳鸯、尤三姐、金钏等人的决绝；还有尤二姐那种低调的，和迎春那种诉苦求得同情的。但宝钗与她们都不一样。她有痛苦，不愿在众人面前表露，她也不需要别人的同情，她宁肯自己一个人在冷僻处默默舔自己的伤口；只有在独处的深夜，她才会宣泄。如原作第34回宝钗"整哭了一夜"，但第二天，宝钗又装作没事人去安慰母亲。据此，宝钗今日在王夫人这里自然是以忍耐为主。这一来，续作者就为难了：宝钗没"亮点"供他描写，所以只能以王夫人为主要描写对象，宝钗为次。宝钗写的少，从某种角度说是作者无奈的选择。不过虽然这两段描写宝钗的笔墨不多，但用心的读者能够领会宝钗心中复杂而深厚的内涵。

后面，进入下半回"沐皇恩贾家延世泽"。这是续作大遭诉病、批判乃至讨伐的部分。我们看看究竟怎么回事。

> 明日贾兰只得先去谢恩，知道甄宝玉也中了，大家序了同年。提起贾宝玉心迷走失，甄宝玉叹息劝慰。知贡举的将考中的卷子奏闻，皇上一一的披阅，看取中的文章俱是平正通达的。见第七名贾宝玉是金陵籍贯，第一百三十名又是金陵贾兰，皇上传旨询问，两个姓贾的是金陵人氏，是否贾妃一族。大臣领命出来，传贾宝玉贾兰问话，贾兰将宝玉场后迷失的话并将三代陈明，大臣代为转奏。皇上最是圣明仁德，想起贾氏功勋，命大臣查复，大臣便细细的奏明。皇上甚是悯恤，命有司将贾赦犯罪情由查案呈奏。皇上又看到海疆靖寇班师善后事宜一本，奏的是海宴河清，万民乐业的事。皇上圣心大悦，命九卿叙功议赏，并大赦天下。贾兰等朝臣散后拜了座师，并听见朝内有大赦的信，便回了王夫人等。合家略有喜色，只盼宝玉回来。薛姨妈更加喜欢，便要打算赎罪。

> 一日，人报甄老爷同三姑爷来道喜，王夫人便命贾兰出去接待。不多一回，贾兰进来笑嘻嘻的回王夫人道："太太们大喜了。甄老伯在朝内听见有旨意，说是大老爷的罪名免了，珍大爷不但免了罪，仍袭了宁国三等世职。荣国世职仍是老爷袭了，侯丁忧服满，仍升工部郎中。所抄家产，全行赏还。二叔的文章，皇上看了甚喜，问知元妃兄弟，北静王还奏说人品亦好，皇上传旨召见，众大臣奏称据伊侄贾兰回称出场时迷失，现在各处寻访，皇上降旨着五营各衙门用心寻访。这旨意一下，请太太们放心，皇上这样圣恩，再没有找不着了。"王夫人等这才大家称贺，喜欢起来。只有贾环等心下着急，四处找寻巧姐。

这段描写中，贾府之所以得到赦免罪行，两个原因，一个是皇上悯恤宝玉、贾兰是元春家属，有网开一面之意；另一个则是海疆靖寇班师，万民乐业，圣心大喜，于是大赦天下，贾赦、贾珍包括薛蟠都得到赦免。这样写，可以不可以？

我个人以为，评价小说的标准大致有三个。第一，作品内容符合历史状况、社会背景吗？第二，续作者有重新构思与再创造的权利吗？第三，续作符合原作的总体风格吗？续作的艺术水准有多高？以这样的标准来评价续作，应该比较公允吧。我们依次进行讨论。首先，了解一下我国大赦的历史。大赦是我国古代绵延千年的司法传统。据研究，大赦在汉朝出现，一直绵延两千年。在唐朝和宋朝，大赦常有，平均十八个月就实施一次，所以唐代的有期徒刑最高只有三年，实际上判三年坐牢意义不大，因为不到三年都被赦免了。到了元朝，大赦平均两三年实行一次；到了明朝，平均五年多一次；然后到清朝，大赦明显减少，平均十四年才有一次。而且清朝一般采取的大赦是打折扣的，不是把罪犯的罪行全部赦免，而是给予普遍的减刑。了解了我国古代大赦的总体情况，我们对续作中描写的大赦，应该没有什么疑问了。至于起复，即恢复品衔官职，历史上十分普遍，人们熟悉的历史名人大多都有这种经历。所以作品的描写大致符合历史，没有背景性错误。第二，这样的情节确实违背了曹雪芹对于贾府的构思设计，曹雪芹是要让贾府家破人亡，直至"白茫茫一片大地真干净"。然而曹雪芹却没有写出来这些内容，或者他写完但稿子却迷失了。假如有曹雪芹的稿子存在，续作者把它改掉，那是篡改，是妄为，必须遭到谴责。但是关键在于：没有资料证实曹雪芹"白茫茫一片大地真干净"的稿子到达续作者手中。现在绝大多数研究者认为是续作者续写完成了全书。因而我们就面对一个问题：续作者能不能按照自己对作品的理解，进行文学创作？我的答案是肯定的。我们当然希望续作者能够按照曹雪芹的设计完成作品，但是我们也要承认，小说本质上是作家根据自己的生活经验、人生感悟和艺术趣味而进行的艺术创作，同样的生活背景在不同的作家笔下展现的是截然不同的艺术画面，同一个作家在其不同的作品中展现的生活色彩也迥然有别。所以，一个作家续写另一个作家未完成的作品，会与原作者的构思有所不同，是必然的。承认了这一点，我们对续作的评价就可以宽泛一些。为什么呢？因为原作者曹雪芹的家世、个人经历特别不寻常，所以他对《红楼梦》的设计也特别不寻常，我们早就说过，贾府之中，除了贾政一支，所有家庭全部都是残缺不全的，即使是贾政一脉，其长子贾珠也是年纪轻轻就死了。他还设计了贾府一败涂地，"白茫茫一片大地真干净"。这样的设计，可以说很极端，续作者未必全盘认可，即使认可也未必写得好，因为续作者自己的经历可能很寻常，他对作品的结局也不会要求那么极端。就续作者高鹗的经历来看，他唯一比较特殊的经历就是他的小妾，令他对人生有较深的感触，其他方面他比较顺利，之前已经中了举人。要求他写出旷世的、震撼的内容，大约非其所能。因而，他以历史上常见的大赦、家道复苏（只能说是"复苏"，而不能用"复兴"一词，贾府根本就没有复兴）的情节来结束作品，并不奇怪，也难以苛责。这是我们要回答的第二点。第三，续作者所写的贾府，究竟是一种悲剧性结局？还是喜剧性结局？我个人认为是悲剧性的，而且悲得很苍凉。宝玉离家出走，十二钗也"千红一哭""群芳碎"，作品总体格调与曹雪芹的原作是很吻合的。客观来说，有哪一位读者读完《红楼梦》，是轻松愉快的？恐怕一个都没有，每个读者都很难过、很沉重、很悲凉。因而，在胡适、俞平伯先生考证出是高鹗续作之前，将近一个半世纪中，清代那么多文人学者，竟然没人觉得后四十回是续作，没人认为后四十回有偏差。从另一个角度来说，自从被考证出后四十回是续作，一百年过去了，又有多少人自认高明，纷纷另写续作，然而没有一部"新续作"能够赢得人们的青睐，绝大多数读者读几页就扔掉了。这恰恰从反面证明原有的续作水平很高，高到不可企及。所以我们都不需要再论证了。

　　我只想说几个具体评价。一，续作虽然让贾府赦罪复职，但这只是一个粗线条的情节，只是情节之一，读者更加关注的人物，无一不是走向悲剧性结果，贾府再也没有兴旺的气氛，更看不到繁荣的希望，贾府的衰败是每一个读者实实在在的感受。二，最重要的，也是续作赖以成功、赖以赢得读者的，是他对主要人物的杰出刻画，诸如宝玉、黛玉、宝钗、贾母、凤姐、王夫人、贾政，乃至袭人、贾琏、贾环、邢夫人等的刻画，几乎都与原作丝丝入扣、原汁原味，如此众多的人物栩栩如生，安然自在地演出他们的生命故事；而读者则如痴如醉，拍膝画圈，泪流满面。——《红楼梦》不是情节小说、故事小说，而是人物小说、生命小说，得人物者得天下，阐发生命哲理者才是《红楼梦》。高鹗的续作尽得原作人物之壸奥，它可能不是十全十美，但它就是"红楼梦"，已经无可动摇。三，续作非常细腻，十分精微，曹雪芹原作中的所有"草蛇灰线"、暗中埋伏，几乎全部被一个个接续了，甚至曹雪芹自己都忘记、落下的线索，如惜春画大观园，也被续作者重新捡起，补叙完满。可以说原作续作已然合璧，织造成一部完整的、卓越的《红楼梦》。这本来是一桩幸事，但却被许多人看作是不幸。相信历史会做出最后的判定。

　　本回最后还用了很长的篇幅交代巧姐儿的事情和贾琏的态度，这篇幅比宝玉诀别还长，我们简要说一说。刘姥姥替巧姐儿在农村说了亲，男方是当地富户，贾琏欣然接受。他感激平儿，打算扶平儿为正夫人。当然他也怨恨邢夫人。

　　只见巧姐同着刘姥姥带了平儿，王夫人在后头跟着进来，先把头里的话都说在贾芸王仁身上，说："大太太原是听见人说，为的是好事，那里知道外头的鬼。"邢夫人听了，自觉羞惭。想起王夫人主意不差，心里也服。于是邢王夫人彼此心下相安。

平儿回了王夫人，带了巧姐到宝钗那里来请安，各自提各自的苦处。又说到"皇上隆恩，咱们家该兴旺起来了。想来宝二爷必回来的。"正说到这话，只见秋纹急忙来说："袭人不好了！"不知何事，且听下回分解。

这里作品告诉我们邢王二夫人彼此心下相安，这与作品这几十回辛辛苦苦的描述恰好相反。作者这算怎么回事呢？我的理解，作者是想立即结束整部作品，于是就来个简单化处理。作者有这个权利，别人对他毫无办法，接受也好，怀疑也罢，都无补于事，反正作品就这么结束了。这就是文本的力量和权利。而我们评论者所依赖的无非是两条，一条是文本，一条是历史和现实生活。当文本就这么结束的时候，评论可以批判，可以反对，但无法逆转和改变。

本回终于结束了，它的篇幅很大，包括标点符号在内将近九千五百字；其内容跨度也很大，有宝玉诀别、家人思念、宝玉和贾兰中举、皇上恩典贾府复职、巧姐说亲五个板块。如果作者要铺开来写，那么至少可以写两回，也可以写三回。但是作者在赶一百二十回结束这个大考场，所以归结为一回。不过我们的鉴赏，一半文字用在宝玉诀别这个场合，而宝玉诀别在作品中的文字不到一千，连前面的铺垫在内不过一千多字。为什么我们如此专注呢？因为在我看来，整部小说最具有决定性的情节是宝玉出家，本回最重要的情节是宝玉诀别，本回作品写得最好、特别感人的，还是宝玉诀别。

现在我们鉴赏完本回内容，可以再回顾一下宝玉诀别的总体艺术了。还是要先复述一下宝玉为何要出家。最大的因素无疑是林黛玉被逼死，这既是无可补偿的血债，还葬送了宝玉、黛玉十来年的深挚爱情，也关闭了宝玉对未来所有的希望。宝玉觉得活着的意义已经不大了。不过宝钗成为妻子后，宝钗的关怀体贴又温暖了宝玉的心，有一段时间，他是那么依恋宝钗，几乎一步都离不开。就在这时，一个霹雳砸下来，锦衣军查抄贾府，天变了，宝玉眼中所有的人都变得那么可怜，所有的美丽都变成凄楚，一家人哆哆嗦嗦胆战心惊，日哭夜啼，不可终日。再加姐妹们风流云散，伯父和堂兄的流放，迎春的惨死。生活突然露出它真实残忍的一面，令宝玉一下子迷失，浑浑噩噩好一段时间；醒来之后，他痛定思痛，看破红尘。至于他重游太虚幻境，无非是让他站到更高的高度去看清人间的所谓温柔之乡与悲惨世界的关系和转换，理解现实世界的一些真相而已，或者说是在宝玉思想剧变的心理过程中抹上一层淡淡的神话色彩，并不值得过多地探讨。现实生活、真实世界才是宝玉出家的决定因素。这是续作展现得相当深刻而不容怀疑的真正力量。到这里，我们弄清楚了宝玉想到出家的真实原因。

　　宝玉有了念想，但如何实施呢？这在别人或许不是问题，但在宝玉依然是个很大的问题。宝玉是个多情种子，要他走出绝情的一步，他还需要一个理由，一个对他自己能够交代的理由。换句话说，他还要再迈过一个心理槛：他怎么向亲人们做出交代？面对这个难题，续作者替宝玉找到了一个"不情之情"——以考中举人来还情，以一个空有的举人名头，来换取他的出家！这是续作者最大的设计，可能是与曹雪芹迥然不同的设计，但却是续作决定性的设计。这个设计稍有偏差就可能造成全部续作的总体失败。作者设计最憨厚、最老实的宝玉，想到了一条最离奇、最决绝的计策：交易！世界上最奇特的交易！用自己屈就于世俗的考试，来迎合全家的心意，来换取自己的出家。作者找到一个转捩点，一个杠杆中两端比例十分悬殊的支撑点。宝玉用这种"不对等交换"，来抛弃家庭，了却红尘。宝玉怎么会想到这种绝情的计策呢？这是一个人们探索不足的重大问题，但是可以说，整个续作的成败，就是能否找到宝玉出家的"交换物"，刻画出一个最终的"情不情"宝玉。我个人认为，续作者找对了关键，巧妙完成了整部作品的重大转折。为什么这样说呢？宝玉出家，必须以"贾宝玉的方式"来实施，来完成从"多情善感"到"情不情"的蜕变。宝玉不是薛蟠那种说走就走不顾家的男人，也不是贾琏那种可以不顾妻子死活的丈夫，更不是贾环那种别人越痛苦他越开心的宵小之辈。宝玉对母亲有深深的孺子之情，对宝钗有举案齐眉的夫妻之情，对袭人有主仆、情人、姐弟等说不清道不明的感情，对整个家族更有与身俱来的深情厚意。恩重如山、情深似海、柔肠百转，他怎么可能想走就走？那可不是贾宝玉。然而忽然之间，宝玉看到了一线希望，一丝强烈的光照：你们不都要求我去考试吗？贾政谆谆嘱咐，王夫人殷切期望，宝钗也天天督促。好吧，一人中举满门光彩，我只要拿一个举人，就可以遮住你们所有人的目光，那么，我们就来个"等价交换"吧！淳厚老实的贾宝玉，想到的是货真价实的、以货易货的筹码交换，没有半点欺诈。

　　我们说了半天，意思是宝玉要找到这条对策，是何等不容易；其实我们更要说明，续作者要替宝玉找到这个对策，那是需要钻进宝玉的肠子里面体悟多少日子、斟酌多少方案、抿落多少胡须！我们见过各种抛弃家庭的人，有绝命自杀的，有放浪落魄的，有一走了之的，也有出家为僧的，但我们真的没见过、没听过以考试中举为交换的。这是续作者的一个创意、一个创举，一个替贾宝玉量身定制的出家方式。这个世界上，大约只有宝玉这种肚肠笔直的人，才想得出以举人来换取出家这种天方夜谭，还那么真挚地说："好好的中个举人出来。那时太太喜欢喜欢，便是儿子一辈的事也完了，一辈子的不好也都遮过去了。"

然而，宝玉虽然痴，痴得一塌糊涂，但他内心深处到底也明白，这桩"交易"是他单方面的一厢情愿，是强加于人，他的母亲哪里会同意、会接受、会认可！别说一个举人，便是十个进士，他母亲也绝不愿意！因而，他才长跪不起，满眼流泪，他知道他会给母亲造成何等惨烈的悲痛；他也知道自己会给妻子宝钗以及袭人等造成怎样的后果，所以他狂笑当哭，嘻天哈地，大有疯傻之状，才终于走出家门。宝玉以"贾宝玉的方式"完成蜕变，作者终于解决了"多情种子"与"情不情"的尖锐对立。续作是成功的。

以上我们是从宝玉个人的角度，或者说是单个形象塑造的角度分析宝玉出家与诀别的艺术内涵。现在我们从更大的角度和范畴，从宝玉、黛玉、宝钗三足鼎立的角度，再从续作是否照应了原作构思的角度，来探讨宝玉出家。我们先重读一遍第5回的《枉凝眉》：

> 一个是阆苑仙葩，一个是美玉无瑕。
> 若说没奇缘，今生偏又遇着他，
> 若说有奇缘，如何心事终虚化？
> 一个枉自嗟呀，一个空劳牵挂。
> 一个是水中月，一个是镜中花。
> 想眼中能有多少泪珠儿，
> 怎经得秋流到冬尽，春流到夏！

现在大家都能看明白了，这首曲子写的正是宝玉这一两年的纠结心态：忧伤，痛苦，无奈，无解。其中的"阆苑仙葩""美玉无瑕"，指的是宝钗和黛玉；"一个枉自嗟呀，一个空劳牵挂。一个是水中月，一个是镜中花"，依然指的是黛玉和宝钗，明白无误。回想前面我们讲第5回的时候，曾花费多少口舌来证明"阆苑仙葩""美玉无瑕"不是指黛玉和宝玉。其实我想说的是，我们这"明白无误"的解读是从哪来的？毫无疑问是从宝玉这一两年的苦恼和困惑中来的，再进一步说，是从续作中来的。续作虽然没有从正面描写宝玉的这些心路历程，但是却从侧面、从整个作品的描写中，让宝玉的心态油然而出。"想眼中能有多少泪珠儿，怎经得秋流到冬尽，春流到夏！"这一两年，宝玉始终是一方面伤悼黛玉之死，另一方面他又感受着宝钗的"举案齐眉"，让他难以决断。他对宝钗实在挑不出什么差错。所以最后，虽然诀别场面描写最多的是王夫人，但宝玉最奇怪、最别扭的表现却是他对宝钗的表演。

> 那宝玉走到跟前，深深的作了一个揖。众人见他行事古怪，也摸不着是怎么样，又

不敢笑他。只见宝钗的眼泪直流下来。众人更是纳罕。又听宝玉说道："姐姐，我要走了，你好生跟着太太听我的喜信儿罢。"

可能我们当今的读者，时隔两百多年，我们判断不了宝玉的举止有哪些古怪，但是我们可以从贾府大多数人的感受来做出判断："众人见他行事古怪，也摸不着是怎么样，又不敢笑他。只见宝钗的眼泪直流下来。众人更是纳罕。"贾府的众人，应该是最了解当时情状的，他们的两个反映，一个是对宝玉，他们觉得古怪，想笑又不敢笑出来；而见到宝钗眼泪直流下来，他们难以理解，只是纳罕。这里出现了明显的不一样：对宝玉，他们可以感觉到古怪，他们觉得好笑，只是在这样的场合不敢笑出来，那么至少，他们对宝玉是了解的、理解的、能够做出判断的；但是，对于宝钗的眼泪直流下来，他们只觉得稀罕，而稀罕，除了少见之外另一个含义就是不解，他们对宝钗的举动就无法像对待宝玉那样有把握了。这里作者非常巧妙地借用众人的感受来区分宝玉和宝钗两个形象：宝玉再古怪，众人可以读懂，可以好笑；但是对于宝钗的表现，他们只有纳罕，他们理解不了。这就从一个侧面写出了"山中高士晶莹雪"，山中高士，不是一般人能够解读的。这是续作者做出的形象区分，借用众人眼光达成的不同形象，很不一样。这也是续作的又一个成功。按照我们的这些解读，续作对原作最重要的设计与提示，做出了应对和落实。特别是宝玉、黛玉、宝钗这个金三角，这组核心人物，续作基本上是按照曹雪芹的设计来描写，来落实的。这正是续作成为不二之选的重中之重，是关键的关键。

第一二零回

甄士隐详说太虚情　贾雨村归结红楼梦

这是最后一回，读者难免猜想：作者究竟写些什么？又在什么样的高度、以什么样的内容来结束全书呢？因为小说的开头是非常奇特，站在很高很高的层次上开始的。看看第1回的回目，"甄士隐梦幻识通灵　贾雨村风尘怀闺秀"，本回的回目倒是完全对等的、吻合的，但内容、气势、深度方面究竟是否达到对等呼应？我们还是以文本说话。

本回前两段组成第一部分内容，是紧接上一回说的"袭人不好了"，她昏过去了。

> 原来袭人模糊听见说宝玉若不回来，便要打发屋里的人都出去，一急越发不好了。到大夫瞧后，秋纹给他煎药。他各自一人躺着，神魂未定，好象宝玉在他面前，恍惚又象是见个和尚，手里拿着一本册子揭着看，还说道："你别错了主意，我是不认得你们的了。"袭人似要和他说话，秋纹走来说："药好了，姐姐吃罢。"袭人睁眼一瞧，知是个梦，也不告诉人。吃了药，便自己细细的想："宝玉必是跟了和尚去。上回他要拿玉出去，便是要脱身的样子，被我揪住，看他竟不象往常，把我混推混搡的，一点情意都没有。后来待二奶奶更生厌烦。在别的姊妹跟前，也是没有一点情意。这就是悟道的样子。但是你悟了道，抛了二奶奶怎么好！我是太太派我服侍你，虽是月钱照着那样的分例，其实我究竟没有在老爷太太跟前回明就算了你的屋里人。若是老爷太太打发我出去，我若死守着，又叫人笑话，若是我出去，心想宝玉待我的情分，实在不忍。"左思右想，实在难处。想到刚才的梦"好象和我无缘"的话，"倒不如死了干净。"岂知吃药以后，心痛减了好些，也难躺着，只好勉强支持。过了几日，起来服侍宝钗。宝钗想念宝玉，暗中垂泪，自叹命苦。又知他母亲打算给哥哥赎罪，很费张罗，不能不帮着打算。暂且不表。

这里让袭人也梦见宝玉，已经不够高明；宝玉成了和尚模样，手里拿着一本册子念给袭人听，这真叫莫名其妙；宝玉还说"你别错了主意，我是不认得你们的了"，则更是造次。真不明白作者为什么要设计这么一个情节，难道没有这个梦，后面的情节就无法展开吗？后面袭人的心思："我若死守着，又叫人笑话，若是我出去，心想宝玉待我的情分，实在不忍。"袭人的尴尬无非在此，解决这个尴尬，很不必有这么一个梦!

我更加留心的，是写袭人用了四百多字，而写宝钗，只有四十余字："宝钗想念宝玉，暗中垂泪，自叹命苦。又知他母亲打算给哥哥赎罪，很费张罗，不能不帮着打算。"如果我们认可宝钗"暗中垂泪，自叹命苦"，本来也可以，但是似乎与后面的描写有点相抵牾，不和谐。此事我们后面再说。

下一个场面是本回的核心，也是整部《红楼梦》最精湛的艺术篇章，是永远留在读者心中的《红楼梦》结尾。我很怀疑任何鉴赏文字能全部揭示它的精美与苍凉。我们先读原文再分层赏析。

> 且说贾政扶贾母灵柩，贾蓉送了秦氏凤姐鸳鸯的棺木，到了金陵，先安了葬。贾蓉自送黛玉的灵也去安葬。贾政料理坟基的事。一日接到家书，一行一行的看到宝玉贾兰得中，心里自是喜欢。后来看到宝玉走失，复又烦恼，只得赶忙回来。在道儿上又闻得有恩赦的旨意，又接家书，果然赦罪复职，更是喜欢，便日夜趱行。
>
> 一日，行到毗陵驿地方，那天乍寒下雪，泊在一个清静去处。贾政打发众人上岸投帖辞谢朋友，总说即刻开船，都不敢劳动。船中只留一个小厮伺候，自己在船中写家书，先要打发人起早到家。写到宝玉的事，便停笔。抬头忽见船头上微微的雪影里面一个人，光着头，赤着脚，身上披着一领大红猩猩毡的斗篷，向贾政倒身下拜。贾政尚未认清，急忙出船，欲待扶住问他是谁。那人已拜了四拜，站起来打了个问讯。贾政才要还揖，迎面一看，不是别人，却是宝玉。贾政吃一大惊，忙问道："可是宝玉么?"那人只不言语，似喜似悲。贾政又问道："你若是宝玉，如何这样打扮，跑到这里?"宝玉未及回言，只见舡头上来了两人，一僧一道，夹住宝玉说道："俗缘已毕，还不快走。"说着，三个人飘然登岸而去。贾政不顾地滑，疾忙来赶。见那三人在前，那里赶得上。只听见他们三人口中不知是那个作歌曰：
>
> 我所居兮，青埂之峰。
>
> 我所游兮，鸿蒙太空。
>
> 谁与我游兮，吾谁与从。
>
> 渺渺茫茫兮，归彼大荒。
>
> 贾政一面听着，一面赶去，转过一小坡，倏然不见。贾政已赶得心虚气喘，惊疑不定，回过头来，见自己的小厮也是随后赶来。贾政问道："你看见方才那三个人么?"小厮道："看见的。奴才为老爷追赶，故也赶来。后来只见老爷，不见那三个人了。"贾政还欲前走，只见白茫茫一片旷野，并无一人。贾政知是古怪，只得回来。

首先，我忍不住先说一句，与其说这是一段文字，不如说这是一幅满含诗意的图画《雪江拜父》；与其说这是一幅图，不如说这是一段富有禅意的动画，美丽到没有人间烟火，悲怆到三月不知人事!读完这段描写之后很长一段时间里，柳宗元的《江雪》等唐诗宋词、荆浩的《雪景山水图》等经典国画，都会来到我的心头、眼前。不知道读者是否也有这种通感或联想？

很显然，作者的构思不单出于情节交代，而是有心追逐诗情画意。一叶扁舟泊在毗陵驿一个清静无人的河边，大雪飞舞，船中只留一个小厮，贾政自己在船中写家书。这时间、地点、气象，人物、环境、景色，无不精心挑选，特意设计。但是，这一切，都还仅仅是一个背景，一个父子相见的背景。这是我们要鉴赏的第一层。

对作者来说更难的是，宝玉如何登场？父子如何见面？这最后的绝唱如何写的深情而又隽永？如何让宝玉的形象再次升华、定格？这才是作家须斟酌、费思量的事情。我们看作品是如何处理的：贾政"写到宝玉的事，便停笔"。这笔停得很自然，触及如此刺心的事，怎么可能不停笔？笔停下，往往就会抬头；刺痛心的时候，抬头是一种下意识的逃避、一种本能的缓解。但是，"抬头忽见船头上微微的雪影里面一个人，光着头，赤着脚，身上披着一领大红猩猩毡的斗篷，向贾政倒身下拜"。中国有句谚语："说到曹操，曹操就到。"我们每个人都有这样的经验。作者非常巧妙地利用我们的经验，让宝玉的出现变得既凑巧又自然。我国还有句格言，"心有灵犀一点通"，父与子的心意会有某种连通，外国也有类似的说法。所以贾政写到宝玉，抬头就见到宝玉，这个修辞中最简单的连缀手段，用绝了！大家看，根本无需劳驾作者去"让宝玉登场"，宝玉已然就在眼前。本来，仙凡相隔、人神异界，父子见面难免突兀，现在就这么直接、这么自然地相见了。真是"采菊东篱下，悠然见南山"！一个本来有些勉强、有点赖皮的构思，竟然自带合理性、说服力。这就叫巧妙，这才是艺术。这是我们要鉴赏的第二层。

第三层，我们要探讨一下描写宝玉拜父的艺术性。宝玉从仙界特地下凡来拜别父亲，但整个仪式中却未有一言，他的心意、感情全部是用动作来表达的。我们再回顾作品。

> 贾政尚未认清，急忙出船，欲待扶住问他是谁。那人已拜了四拜，站起来打了个问讯。贾政才要还揖，迎面一看，不是别人，却是宝玉。贾政吃一大惊，忙问道："可是宝玉么？"那人只不言语，似喜似悲。贾政又问道："你若是宝玉，如何这样打扮，跑到这里？"宝玉未及回言，只见舡头上来了两人，一僧一道，夹住宝玉说道："俗缘已毕，还不快走。"说着，三个人飘然登岸而去。

这便是拜别的全过程。我们细数宝玉的行为动作。一，拜了四拜；二，只不言语，似喜似悲。三,三个人飘然登岸而去。宝玉没说一个字。这里我们先探讨几个细节。细节一，拜了四拜。我国传统的拜人礼节通常是三拜最大，这里宝玉拜了四拜，或许是在最高礼仪上再加一拜，因为这不是一般的拜父母，而是以此断绝关系，所以多出一拜。这个多出一拜，与宝玉拜王夫人时满眼流泪，王夫人扶他起来他"只管跪着不肯起来"，一脉相承，这是宝玉对父母特别的心意。另外，"打了个问讯"，读者不可理解为开口问候，佛教的"问讯"是一种礼敬请安的方式，是双手合掌，弯腰作揖，是不开口说话的。

细节二，贾政问："可是宝玉么？""那人只不言语，似喜似悲。"粗看，宝玉有些不合，他既然专程来拜别父亲，为何对父亲不理不睬？但是细思，宝玉只是来还这个俗缘，他本不用说话；何况，他说什么好？他"可是宝玉么"？他曾经是，但今日已经不是，他要这么回答父亲吗？已经不必。所以他"只不言语"。至于其表情的"似喜似悲"，写得更好。在出走的时候，他对母亲"满眼流泪"，一则他与母亲一向是真情流露的，二则他毕竟还没出家，三则在跨出家门这一步时，他自己早就情不自已。但现在，面对的是他一向不敢流露情感的父亲，他再有悲情，也只能抑制；何况他已经进入佛门一段日子，他不再那么激动。还有一点，中国人对佛像造型的最高追求，就是"似喜似悲"，作者用这四个字讨了个便宜，任凭读者去想象。

细节三，三个人飘然登岸而去。这一句话细细斟酌是最有讲究的。我的体会是，宝玉他们是徒步登岸，所以贾政追了上去。这里一定要区分：宝玉不肯以仙人的步法飘然升空，而是用徒步行走的方式登岸、转过山坡；他们是一面走一面唱，是在地面上。这大有讲究。我们设想一下，假如宝玉是腾空而起，凌驾于贾政头上，一面飞一面唱，那不仅会吓着贾政，而且贾政在地面上仰望、聆听，那个画面与现在相去多少！宝玉的步行，是一种尊敬，一种屈就，一份深深的情。总之，宝玉出家当了和尚，成了神仙，然而，仙则仙矣，还要赶来四拜，还是恭恭敬敬。——宝玉，还是那个宝玉啊！

第四层，宝玉作歌交底。宝玉拜父这个片段，之所以成为整部《红楼梦》真正的绝唱，少不了最后的作歌交底，我们先不说它在艺术上的永恒魅力，在情节内容上它也是画龙点睛、锦上添花的一笔。宝玉是来向父亲永别的，但明显和他与母亲王夫人的诀别有所不同。宝玉对母亲感情最深，泪流满面，但是他对母亲的话语却依然打着埋伏，他只说："母亲生我一世，我也无可答报，只有这一入场用心作了文章，好好的中个举人出来。那时太太喜欢喜欢，便是儿子一辈的事也完了，一辈子的不好也都遮过去了。"他既不明说我这一去就不回来了，更不说自己的来龙去脉。但是对父亲贾政，宝玉是和盘托出："我所居兮，青埂之峰。我所游兮，鸿蒙太空。谁与我游兮，吾谁与从。渺渺茫茫兮，归彼大荒。"我来自天上，现在回去了。为什么他对母亲不说，却要对父亲说？我想，除了当时为方便离家不能说白，还有一个原因，在宝玉的心目中，父亲才是真正的家长。实际情况也是如此，这是我国古代的男权社会决定的。宝玉还是那个老实男孩，还是那个对父母尊敬体贴的儿子，他既然走了，绝不忍心年老父母长时间地心焦盼望、牵肠挂肚，他无论如何也得说明白了才走，千山万水、仙凡两界，他还是要来走一趟，说个明白。这是此段篇章的核心内涵，是作品之所以让人感慨万千的真正原因。作品写了："宝玉未及回言，只见舡头上来了两人，一僧一道，夹住宝玉说道：'俗缘已毕，还不快走。'说着，三个人飘然登岸而去。"作者不惜让一僧一道暂时充当押送公差一般的角色，来反衬宝玉的身不由己和情深意长。宝玉，还是那个痴情的宝玉！

第五层，贾政的踏雪追赶。贾政在原作中一直是以严父的面貌出现，他不止是严格严肃，甚至有点严厉严酷。将宝玉差点打残废我们就不说了，即使在第17、18回"大观园试才题对额"中对宝玉满心得意，嘴里依然叫"畜生"，实在有点过分。可以说他一向没给宝玉好脸色。直到他外任回家，心灰意冷，才对宝玉不那么凶狠，但也难见和颜悦色。不过今日，宝玉踏歌而去，他没有猛拍桌子大声喝道："畜生，回来！"而是可怜兮兮地一路追赶，在大雪中"不顾地滑，疾忙来赶"，直赶到转过山坡不见人影，"赶得心虚气喘，惊疑不定"，这才死心。我们难免要想，假如宝玉依然在前头，贾政恐怕会一直赶下去，直到跌倒不起。这就是父亲。其实贾政何尝不明白宝玉是再也不会回到他身边了，然而此时多看儿子一眼就是他最大的本能和心愿！此时的贾政，又何尝不是一个呆子，一个痴人？说到父亲对儿子的爱，我们都会想到朱自清的散文《背影》，这是人人必读的中学课文，是我们了解父爱的启蒙和经典。我们不妨把贾政与朱自清的父亲做一番比较，看看哪个父亲更痴？我们不得不承认，贾政这一追赶，把他"一辈子的不好都遮过去了"，把他对宝玉那遮遮掩掩的父爱，暴露无遗。从此我们越发理解，什么叫"舐犊情深"。回过头来，我们再看看贾政这位父亲，虽然舐犊情深，但终究不怎么高明。抬眼见到宝玉，"贾政吃一大惊，忙问道：'可是宝玉么？'那人只不言语，似喜似悲。贾政又问道：'你若是宝玉，如何这样打扮，跑到这里？'"对于第一问"可是宝玉么"，我们能够理解，思念之中赫然见到，吃惊之余，连自己的儿子都闹不清了，还问是不是。但是，第二问就显得有点低能："你若是宝玉，如何这样打扮，跑到这里？"我们之所以这么说，因为在这第二问之前，有了一小段时间缓冲；更关键的，是宝玉"只不言语，似喜似悲"。假如贾政的修为高一点，假如贾政有点悟性，假如贾政有点机敏，那么见到宝玉的反应，见到那"似喜似悲"的表情，就能明白那已经是宝玉非常明确的回答了。可见贾政发出的第二问，非但显得多余，几乎近于无知。不过，大家想一想，作者这样写的当不得当？我以为，写得不仅得当，而且相当精准。大家想，贾政是什么样个人？他正是这样一个不怎么聪明，尤其不伶俐的人。他喜欢读书，办事认真，但是他连个举人都考不取，职务上的事情也是办得一塌糊涂，家里的事务更是糟糕透顶。至于情商、知人善任方面，他特别笨拙，他收留的门客、选择的管家，无一善辈；他唯一的一次即兴之作，那个说给贾母听的笑话，岂止不得体，简直令人作呕。曹雪芹笔下的贾政就是这么一个有点笨拙的人。这里对宝玉的第二问，问出了贾政自己的本性。所以我认为续作处理得相当好。贾政虽然笨拙，但他还是比较直性子的，脑子不大会转弯，所以宝玉的歌词那么明白地说清楚了一切，他依然一头雾水，气急慌忙地赶了半天，直到宝玉隐去身影，他才气喘吁吁止住脚步。续作者不仅把个呆呆的贾政写活了，甚至可以说写神了。总之，宝玉与贾政这对父子，一仙一凡，一僧一俗，一个追问一个沉默，一个飘然踏歌而行，一个雪中喘气跌撞追赶，两人处处相反，对比鲜明，但他们的感情却相互映照，同样炽烈。

　　第六层，不能不说说宝玉的歌词。此歌红学界通常称之为《离尘歌》，我给取名为《归大荒》。我一直记得，自从第一遍读《红楼梦》，这首《离尘歌》便走进了我的心灵。五十年过去了，我心依旧。然而至今，想要道明《离尘歌》好在哪里，还是觉得难以道透，正如陶渊明说的："此中有真意，欲辨已忘言。"《红楼梦》中的诗歌总体不算深奥，而这一首更是朗朗上口，一无难处，它只是说明宝玉的来源和去处，没有宏大意旨。但它同李白的《静夜思》一样，虽然通俗易懂，但它们造就的意境却无边无际，很难说清道明，甚至摸不着边角。就歌的内容而言，宝玉是老老实实告诉父亲：我出生的地方是西天的青埂峰下，我遨游的是鸿蒙的太空世界，你可知我的同伴是谁吗？他们是渺渺真人、茫茫大士，现在我就同他们一起，回到我的出生地大荒山去。这么一翻译，索然无味。诗歌之所以成为诗歌，就在于它造就的意境、韵味和节奏感。

　　此歌最大的艺术特点，就是几乎全盘借用原作名词，"青埂峰""大荒山""渺渺""茫茫"，出自第1回，"鸿蒙"出自第5回。如果说前面四个名词主要关乎宝玉一个人，那么"鸿蒙"就关系到全书了。我们回顾一下《红楼梦引子》："开辟鸿蒙，谁为情种？都只为风月情浓。趁着这奈何天，伤怀日，寂寥时，试遣愚衷。因此上，演出这怀金悼玉的《红楼梦》。"可见"鸿蒙"大大拓宽了歌曲的意境。而续作者加入的，仅仅只有一个新名词"太空"，与"鸿蒙"组合成"鸿蒙太空"，它与原有的"青埂峰""大荒山""渺渺""茫茫"如出一辙，把原有的独立名词捏合成一个融会贯通的整体，打造出宏阔的意境，弥漫着无尽的悲怆氛围。有趣的是，整首歌中几乎全是名词，没有一个形容词和副词，而且主要靠五个名词，就谱写出一首浑然天成的曲子。我国有个成语"巧夺天工"，续作者巧取原作之功真是令人叹为观止。不过，如果这诗歌意境一般，那么续作者也不过是个高明的工匠而已，一来我国传统文人本来就有"和诗"的传统，其"步韵"，就是借用对方原词的功夫；二来，用名词作诗句历史上也有的是佳作，如耳熟能详的马致远《天净沙》，"枯藤老树昏鸦，小桥流水人家，古道西风瘦马。夕阳西下，断肠人在天涯"，其他如温庭筠那首脍炙人口的"鸡声茅店月，人迹板桥霜"，等等。我们要探讨的是《离尘歌》有没有同样的，甚至更广更深的意境，它凭什么让我们一见钟情，永不变心。

首先，作者以他特具的艺术禀赋，意识到只要抓取原作开头那几个富有意蕴的名词，就可以构造成小说的结尾，首尾呼应，而且是以"原配"的身份来呼应，令作品首尾贯通，浑然一体，元气澎湃。这个构思，恐怕曹雪芹知道了都要拍案叫绝，拱手作揖！"大荒山""青埂峰"，那是女娲炼石的地方、顽石遭弃的所在，它们是那么荒凉孤寂，又是如此亲切迷人，宝玉亲口唱出这两个地名，对读者犹如电击，浑身发颤。"鸿蒙"，本意为宇宙开发之前的浑沌世界，"鸿蒙太空"，多么遥远而寥廓，何其古老而迷蒙。"渺渺""茫茫"，则正是这"历尽离合悲欢炎凉世态一段故事"的始作俑者，现在收场的还是他们，面对这一僧一道，我们真是百感交集。但我们必须特别指出，作者在这里来了一招偷天换日，把"渺渺""茫茫"这两个人名、两个名词，赋予了形容词的色彩，把"我同渺渺茫茫一起回归大荒山"，悄悄偷换成"我回归那渺渺茫茫的大荒山"，由此大大强化了歌曲荒远、渺茫、混沌、苍凉的意境，读者跌进去，就很难出得来。

其次，歌词中句式的变化极尽微妙，既符合内容需要，又开辟出崭新的内容。"我所居兮，青埂之峰。我所游兮，鸿蒙太空。"这是两句简单的陈述句，打造出平实而悠远的意境。但"文如看山不喜平"，诗歌更是如此。所以第三句变成设问句："谁与我游兮，吾谁与从？"这一句式的改变不但让歌曲狂飙突起，由平实悠远而高亢强劲，形成强大的冲击力；更重要的是，"谁与我一起云游？我又会同谁一道"？宝玉这两句设问，带着孤傲，含有冷僻。由下句得知，渺渺真人、茫茫大士才够得上他的同伴。由此，宝玉一下变得高迈雄奇，实有仙人风范，不再是当年那个女儿堆里窝囊的宝玉了。宝玉形象为之一变，大大升华并最终定格。最后一句："渺渺茫茫兮，归彼大荒！"这是感叹句式，歌曲从高亢激亮转为无限悠长。回归缥缈混沌孤寂苍凉的大荒山，既是宝玉的自愿，也是他的无奈，更是他的宿命。我们读者既不能劝他，也不能留他，更无法追随，除了唏嘘，还是唏嘘！

最后，我们对"宝玉拜父"做个总体的艺术鉴赏。"宝玉拜父"可分为三个部分，第一部分是背景设置，作者设计了一个清净、荒僻、大雪飘飘、寒气逼人的河边作为背景地点。第二部分：拜父。这部分最大的特色在于对话的失败。贾政两次急问，然而宝玉"只不言语，似喜似悲"，作品刻画了宝玉的"心理留白"。宝玉为什么不答话？他此时内心究竟怎么样？读者可以自由想象，可以有千百个答案，真所谓"意味无穷"！我们一直赞赏曹雪芹独创的"心理留白"手法，不成想这么快就有了杰出的接班人！此外，宝玉这里的沉默，为后面的踏歌留下了天地；正是这里的一字不吐，才让《离尘歌》显得如此珍贵，成为真正的绝唱，成为彻底的"空谷足音"！大家反过来想一想，假如宝玉回答了贾政的问题，父子俩还继续对话一番，那么，《离尘歌》就成为多余。那个效果有现在这样好吗？我难以想象。再说第三部分：踏歌。宝玉踏歌前行，贾政喘气追赶，整个画面完全处于动态之中，还飘荡着歌声。这与第一部分的安静、清冷完全相反，映照明显，作者的艺术构思和调度，真可谓张弛有度。而歌声的出现则扭转了整个场景，宝玉是踏歌而行，直至踏歌而隐，歌声把读者从清净的河边引入山林，从人间尘寰引升到鸿蒙太空，歌声渐渐消失，宝玉也渐渐远去、消失，留下的是无边无际的天地裹着大雪，一派苍凉。《红楼梦》中踏歌而行，第1回中出现过一次，是跛足道士唱《好了歌》，本回的意境不下于第1回。小说其实很应该就在这里止笔，让"渺渺茫茫兮归彼大荒"在读者心头永久回荡。

总结一句："宝玉拜父"打动我们的并不是"佛性"，而是"人性"，父子之间的深情；它营造出一种不世出的大美，美而隽永，足以成为全书的结尾。

说完作品，我们谈一下鲁迅先生的著名评论。鲁迅先生认为宝玉披大红猩猩毡斗篷太阔气，与此时的情境不合。"大红猩猩毡斗篷"在前面的第49回中探春、宝玉等人都穿戴过，可知相当贵重。按照严格的现实主义写法，宝玉确实不太可能穿得如此阔气；不过，如果换一个思维，从小说表现、人物关系角度考虑，宝玉来见父亲，他不愿改变得面目全非以至于贾政不认得，因此他穿一件贾政认得的旧衣服，以便贾政能认出他来，也未尝不可。他已经赤着脚在雪地行走，够得上"苦行"的标准，一袭毛毡斗篷并不损害宝玉作为僧人的形象，却体现出他对父亲贾政最后的情意。如此理解，这件"大红猩猩毡斗篷"作为父与子、仙界与尘世的一个沟通件，白雪山水图中的一抹红艳，有它存在的理由。

作品后面的内容我们就讲得简单些。贾政看明白,"宝玉是下凡历劫,竟哄了老太太十九年"!那么,宝玉出家时是十九或二十岁。贾政把所见所思写信告诉家人。收到贾政的信,王夫人、宝钗、袭人等都一番痛哭。王夫人知道宝钗已经怀了胎,更加感伤。

> 那日薛姨妈并未回家,因恐宝钗痛哭,所以在宝钗房中解劝。那宝钗却是极明理,思前想后,"宝玉原是一种奇异的人。夙世前因,自有一定,原无可怨天尤人。"更将大道理的话告诉她母亲了。薛姨妈心里反倒安了,便到王夫人那里先把宝钗的话说了。王夫人点头叹道:"若说我无德,不该有这样好媳妇了。"

王夫人考虑把袭人嫁出去,薛姨妈出面去劝袭人。

> 袭人本来老实,不是伶牙利齿的人,薛姨妈说一句,他应一句,回来说道:"我是做下人的人,姨太太瞧得起我,才和我说这些话,我是从不敢违拗太太的。"薛姨妈听他的话,"好一个柔顺的孩子!"心里更加喜欢。宝钗又将大义的话说了一遍,大家各自相安。

大家注意,这就是有关宝钗的最后文字。不细读文本我们很难相信,在这最后一回中写袭人的篇幅居然比宝钗大许多;特别是,对于宝钗并无专门的段落做交代,而是在写到他人时顺带几笔,就算将宝钗了结了。我以为,作品的主次详略有些颠倒,至少是描写角度不够正确。因为宝玉出走,受冲击最大、打击最大的是宝钗,造成宝玉、黛玉、宝钗三人的最后归宿,这是全书的核心情节,必须有个专门的交代。曹雪芹在第5回特地写了《终身误》《枉凝眉》两支曲子来归纳,"终身误""枉凝眉"这两个曲名,虽然是归纳三人结局,但我们说了,两支曲子都是从宝玉的视角写的,表达宝玉对黛玉和宝钗的无限惋惜。黛玉和宝玉都离开了,作品最后应该对宝钗有浓墨重彩的描绘,可惜续作有点轻描淡写。好在,续作对宝钗的把握方向完全准确,宝钗不会无日无夜哭哭啼啼,她的世界观本来就有悲观色彩,她有坚韧的意志,遭遇再大的悲剧,她也能够依靠自己的力量慢慢走出来。"宝玉原是一种奇异的人。夙世前因,自有一定,原无可怨天尤人。"这段内心话准确表现了宝钗的无奈和达观,与曹雪芹设计的"光阴荏苒须当惜,风雨阴晴任变迁"的宝钗形象完全一致。只是,续作者写得过于"碎片化"。最后,我们想象中,宝钗的将来虽然境遇同李纨有些类似,但已然没有李纨那份优裕和悠闲;她要抚育孤儿,还要像凤姐那样管理家务;她可能还要参与一些劳动,甚至比较辛苦,但她不会艾怨,她会保持她的坚韧、达观和堂堂正正,即使做不成"山中高士",但依旧是"晶莹雪"。

宝钗的故事结束了。我还要强调一句,这是个特殊的人物。十二金钗中,黛玉、湘云、探春、凤姐、迎春、惜春、李纨、尤氏等人物，我们在自己的生活中都见过，但是宝钗，人们都说没见过，太成熟、太恬淡，与年龄不符。所以无数评论都说宝钗"伪"，作假。有没有"伪"？我也承认有一点，但那不是"伪"，是生活环境的造就。大家看，回到薛家，宝钗就变得像邻家女孩一样自然可亲，该哭哭，该笑笑。为什么？因为宝钗出场的时候，已经来到贾府，她已然是客居、寄居的身份。林黛玉入贾府时关照自己："步步留心，时时在意，不肯轻易多说一句话，多行一步路，唯恐被人耻笑了他去。"曹雪芹写了林黛玉的心思，便不肯在薛宝钗身上重复一遍，但我想其心思是一样的，或者说更重，因为她的身份又远了两层。"随分从时、藏愚守拙"不是薛宝钗想要的，而是无奈的、只能的。穷人的孩子早当家，如此而已。——好了，对宝钗的鉴赏，我们也到此结束。

我们看后文。交了赎罪银两后薛蟠被放回家，他表示要重新做人，薛姨妈说该将香菱扶正，薛蟠愿意。至此，续作者好歹为薛家完篇，这也是原作的一个重要内容。

> 过了几日，贾政回家，众人迎接。贾政见贾赦贾珍已都回家，弟兄叔侄相见，大家历叙别来的景况。然后内眷们见了，不免想起宝玉来，又大家伤了一会子心。贾政喝住道："这是一定的道理。如今只要我们在外把持家事，你们在内相助，断不可仍是从前这样的散慢。别房的事，各有各家料理，也不用承总。我们本房的事，里头全归于你，都要按理而行。"王夫人便将宝钗有孕的话也告诉了，将来丫头们都放出去。贾政听了，点头无语。

贾政入宫觐见皇帝，皇上听了宝玉的故事，赏了一个"文妙真人"的道号。

贾琏则答应了刘姥姥的提亲，巧姐当了村姑。第5回"偶因济刘氏，巧得遇恩人"就这样被落实。我总觉得有点勉强和别扭，因为按照"偶因济刘氏，巧得遇恩人"的理解，"刘氏"与"恩人"似乎不是同一个人，而续作的写法刘氏就是恩人，恩人就是刘氏。同样，《留余庆》曲子中"留余庆，留余庆，忽遇恩人"，续作写的是刘姥姥来到贾府，巧姐在自己家，与"忽遇"一词含义略有出入。

然后作者花了近千字写袭人嫁给蒋玉菡。

> （袭人）便哭得咽哽难鸣，又被薛姨妈宝钗等苦劝，回过念头想道："我若是死在这里，倒把太太的好心弄坏了。我该死在家里才是。"（回到自己家里）住了两天，细想起来："哥哥办事不错，若是死在哥哥家里，岂不又害了哥哥呢。"千思万想，左右为难，真是一缕柔肠，几乎牵断，只得忍住。那日已是迎娶吉期，袭人本不是那一种泼辣人，委委屈屈的上轿而去，心里另想到那里再作打算。岂知过了门，见那蒋家办事极其认真，全都按着正配的规矩。一进了门，丫头仆妇都称奶奶。袭人此时欲要死在这里，

又恐害了人家，辜负了一番好意。那夜原是哭着不肯俯就的，那姑爷却极柔情曲意的承顺。到了第二天开箱，这姑爷看见一条猩红汗巾，方知是宝玉的丫头。原来当初只知是贾母的侍儿，益想不到是袭人。此时蒋玉菡念着宝玉待他的旧情，倒觉满心惶愧，更加周旋，又故意将宝玉所换那条松花绿的汗巾拿出来。袭人看了，方知这姓蒋的原来就是蒋玉菡，始信姻缘前定。袭人才将心事说出，蒋玉菡也深为叹息敬服，不敢勉强，并越发温柔体贴，弄得个袭人真无死所了。

我们所以引用这么多原文，因为作者把袭人的心理写的非常完满周到，而那条松花绿的汗巾，这么小的一个线索，也被续作者从遥远的 28 回捡来接合上，真有点"绣像"的功夫。当然，续作者更大的功劳是绕一个大圈子，总算把"堪羡优伶有福"化为比较真切的情节。我们前面说续作者的笔墨分配不当，给袭人的过多，现在想来，续作者的这份痴心也令我们动容。

最后，作品转向"甄士隐详说太虚情　贾雨村归结《红楼梦》"。

且说那贾雨村犯了婪索的案件，审明定罪，今遇大赦，褫籍为民。雨村因叫家眷先行，自己带了一个小厮，一车行李，来到急流津觉迷渡口。只见一个道者从那渡头草棚里出来，执手相迎。

雨村认得是甄士隐，两人一番深谈，甄士隐说了贾宝玉的来历。

雨村听到这里，不觉扭须长叹，因又问道："请教老仙翁，那荣宁两府，尚可如前否？"士隐道："福善祸淫，古今定理。现今荣宁两府，善者修缘，恶者悔祸，将来兰桂齐芳，家道复初，也是自然的道理。"

作品对贾府的叙述也到此结束。"将来兰桂齐芳，家道复初"，是续作被攻击的主要目标，我们前面讨论过了，不再述评。

唯甄士隐又急急忙忙去接引香菱归天，让人讶异。父亲亲自接女儿归天，不知道其他小说、故事、传说中有没有。续作者总算全面呼应了第 1 回。第 1 回中的顽石、渺渺、茫茫、甄士隐、贾雨村都登场了，就少甄英莲（香菱），续作者强行把香菱也纳入。所有这些人物，他们的行动方向，都与第 1 回是反向的。这样，摄影中的"倒影效果"完全达到，用小说语言则是"全面的逆向呼应"。显然，在续作者的心目中这是一种完美的艺术形态，他不惜苦心孤诣地追求。作为小说，结尾与开头作呼应，古今中外都很常见；但对应到如此完备，简直像"对仗"一般，只有《红楼梦》。

小说最后的结尾，是交代天上顽石的记录怎么传播到人间，写得有点啰唆，但却牵涉到著作权这个重大问题，我们还得说一说。首先说明一下，空空道人和曹雪芹在第 1 回也出现过，但这两位不曾进入过小说场景，属于局外人，所以他们不需要"倒影"。

　　这一日空空道人又从青埂峰前经过，见那补天未用之石仍在那里，上面字迹依然如旧，又从头的细细看了一遍，见后面偈文后又历叙了多少收缘结果的话头，便点头叹道："我从前见石兄这段奇文，原说可以闻世传奇，所以曾经抄录，但未见返本还原。不知何时复有此一佳话，方知石兄下凡一次，磨出光明，修成圆觉，也可谓无复遗憾了。只怕年深日久，字迹模糊，反有舛错，不如我再抄录一番，寻个世上清闲无事的人，托他传遍，知道奇而不奇，俗而不俗，真而不真，假而不假。或者尘梦劳人，聊倩鸟呼归去，山灵好客，更从石化飞来，亦未可知。"

　　这一段与第 1 回略有不同，第 1 回说"其中家庭闺阁琐事，以及闲情诗词倒还全备"，但是这里说："只怕年深日久，字迹模糊，反有舛错，不如我再抄录一番，寻个世上清闲无事的人，托他传遍。"这个说法，恰好与《红楼梦》的续作情况有点类似。程伟元与高鹗都说后四十回是零零散散收集来的，原稿文字"漶漫不可收拾。乃同友人细加厘剔，截长补短，抄成全部"。（程伟元《红楼梦·序》）文本写到这里就关键了：那个"清闲无事的人"，是谁呢？假如写成是程伟元，或者高鹗，那也是一种写法。但是，文本却把"著作权"交给了曹雪芹。

　　想毕，便又抄了，仍袖至那繁华昌盛的地方，遍寻了一番，不是建功立业之人，即系饶口谋衣之辈，那有闲情更去和石头饶舌。直寻到急流津觉迷渡口，草庵中睡着一个人，因想他必是闲人，便要将这抄录的《石头记》给他看看。那知那人再叫不醒。空空道人复又使劲拉他，才慢慢的开眼坐起，便接来草草一看，仍旧掷下道："这事我已亲见尽知。你这抄录的尚无舛错，我只指与你一个人，托他传去，便可归结这一新鲜公案了。"空空道人忙问何人，那人道："你须待某年某月某日某时到一个悼红轩中，有个曹雪芹先生，只说贾雨村言托他如此如此。"说毕，仍旧睡下了。

　　那空空道人牢牢记着此言，又不知过了几世几劫，果然有个悼红轩，见那曹雪芹先生正在那里翻阅历来的古史。空空道人便将贾雨村言了，方把这《石头记》示看。那雪芹先生笑道："果然是'贾雨村言'了！"空空道人便问："先生何以认得此人，便肯替他传述？"曹雪芹先生笑道："说你空，原来你肚里果然空空。既是假语村言，但无鲁鱼亥豕以及背谬矛盾之处，乐得与二三同志，酒余饭饱，雨夕灯窗之下，同消寂寞，又不必大人先生品题传世。似你这样寻根究底，便是刻舟求剑，胶柱鼓瑟了。"那空空道人听了，仰天大笑，掷下抄本，飘然而去。一面走着，口中说道："果然是敷衍荒唐！不但作者不知，抄者不知，并阅者也不知。不过游戏笔墨，陶情适性而已！"后人见了这本奇传，亦曾题过四句为作者缘起之言更转一竿头云：

　　　　说到辛酸处，荒唐愈可悲。

　　　　由来同一梦，休笑世人痴！

　　文本交代清楚，空空道人是把文本交给曹雪芹的，小说传抄天下之功是曹雪芹的，小说的著作权自然也是曹雪芹。我们之所以要做这番说明，意在告诉大家，续作者并不贪功。但他实实在在付出了心血，是《红楼梦》的功臣，是中国文学的功臣。

　　同时我们看看作品对曹雪芹的描写，很智慧，很风趣，他对空空道人的嘲笑，与第1回中石头所言"我师何太痴耶"如出一辙。作者对曹雪芹性情的把握恰是我们心目中的。

　　我们最后再说一遍：感谢续作者！

　　漫长的小说全文鉴赏到此结束。最后，我们对后四十回做一点归纳总结。可能有人问：怎么不是对全书的归纳，而是对后四十回的归纳？原因在于，还没见过对后四十回的平平实实的归纳总结，我们补个缺吧。不展开了，简单归纳几点。

　　一，后四十回确实是续作，第81回开始的语言文字与原作完全不是一种风格，尤其是不再遒劲，有的地方甚至拖沓啰唆，语言表现力降低许多，风趣幽默也不见了。俞平伯先生判为续作的重要证据就是语言文字。

　　二，后四十回中很可能融入了曹雪芹的遗稿，尤其是宝玉与宝钗大婚的篇章。我非常怀疑有曹雪芹的遗稿，我指的是叙述宝玉大婚的那条线。而与此齐头并进的叙述林黛玉的那条线，文字风格很不一致。我判断，宝玉那条线含有遗稿，黛玉那条线则是纯粹的续作。

　　三，续作对最主要人物的刻画非常成功，如宝玉、黛玉、宝钗、凤姐、贾母、贾政、王夫人等，他们的血脉都与原作接通了。但原作中十分出彩的探春、湘云、妙玉等人则写得干瘪甚至走形。我认为，其中有续作者力所不逮、照顾不全的原因，也有他放弃努力的因素，续作者似乎赶着完成主要人物主要情节，大功告成就"完了事了"，他或许认为探春等人已经不那么重要。

　　四，对原作的态度。续作者显然十分喜爱原作，对原作者曹雪芹更是敬仰有加，他的续写已经相当忠于原作，情节、人物大致按照原作的头绪、色彩进行续写，甚至补上了曹雪芹自己都遗忘的小细节。但是，对于贾府的最终结局，续作没有按照原作的既定方向发展，而是改换成"沐皇恩贾家延世泽"。他为什么要改变？我认为是他的创作理念决定的，他不认为落得个"白茫茫一片真干净"是最佳结局。对此我们自然十分遗憾。但我要说，续作依然是悲剧式的结尾，它与原作的总体风格还是一致的。我赞同俞平伯先生晚年的结论："程伟元、高鹗是保全《红楼梦》的，有功。"

五，从艺术表现上说，续作的情节设计还是不错的，尤其是宝玉成亲、黛玉之死、贾母明大义散余资以及宝玉出家，都成为《红楼梦》靓丽的篇章。续作占整部小说三分之一，并没有空洞感。续作的细节构思更让人赞叹，黛玉焚稿、心迷和临终，宝玉诀别和拜父，写的非常缜密而出彩。续作的心理描写与原作有明显的区别，更加接近现代小说的模式，大段大段而又十分细腻，特别是描写黛玉心理。续作的景物描写相当缺乏，尤其是宫廷、室内和服饰等描写几乎空空如也，显然续作者并不擅长。但续作的对话描写十分出色，主要人物的对话都蕴含着角色的个性特点。续作的叙述语言与原作差距较大，表现力大为减弱，有些地方显得琐碎，更不要说如曹雪芹那种挥洒自如、既有气势又富有节奏。

以上是我的认知，供大家参考。

至此，《红楼梦》鉴赏完毕。我们享受了文学作品的大美、至美，我们领略了一个时代，我们见识了无数人生。"文学是人学。"没有一部小说像《红楼梦》那样激发读者感悟"人"，沉思人生。

本书的最后，笔者谈一点对宝玉、宝钗的感想。

宝玉，小说中他的"神仙人生"结束得十分完美，他回到大荒山青埂峰下仍为废弃的石头。不过，他经历了如此荡气回肠的凡尘十九年，他还会"自怨自叹，日夜悲号惭愧"吗？又或者，他会不会"静极思动"，凡心又炽？至于宝玉的"现实人生"，其实未必结束。他只有十九岁，后面的路依然很长。我胡思：他能把这十九年中的一切，悉数"放下"？他会不会时而"怀金悼玉"，泪珠儿"秋流到冬尽，春流到夏"？

如果说宝玉既已出家为僧，是不用去胡想了，那么，对宝钗的思索则不可避免。宝钗只有二十一二岁，她还要生活下去。曹雪芹设计她为"山中高士晶莹雪"，最后落得如此寂寞荒凉的下场！那么，曹公是凭什么设计？又为何要如此设计？我有两点思索。第一，宝钗形象的原型，很可能是一位曹雪芹十分熟悉，却未曾深入交谈的裙钗。原型的年龄可能大曹公几岁。我的依据之一便是文本中对宝钗内心描写的大片"留白"。我疑心因交流太少，对原型内心的把握不足，曹公被迫留白。第二，如果曹雪芹是以某种"愿景"来塑造宝钗，那么对标人物有可能是汉代的班婕妤，两位女性有某种相似。点滴感想，仅供读者参考。

结束语：如果生命可以重来，《红楼梦》中这些主人公们，会如何选择？而两百多年后的我们，能够给他们什么建议？

附录一 《红楼梦》人物表

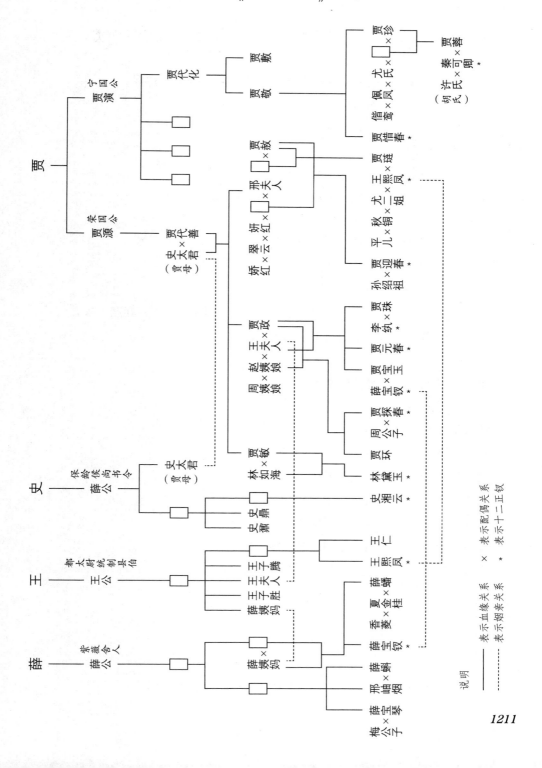

主要仆人表

荣府管家：（男）赖大（赖嬷嬷之子，赖尚荣之父）、林之孝、周瑞
　　　　　（女）赖大家的、林之孝家的、周瑞家的
宁府管家：（男）赖升（又作来升、赖二，赖大之弟）、俞禄
　　　　　（女）赖升家的
贾母丫鬟：　鸳鸯、琥珀、傻大姐
贾赦邢夫人丫鬟：秋桐
　　　陪房：王善保家的、费婆子
贾政王夫人丫鬟：金钏、玉钏（金钏之妹）、彩云、彩霞
　　　陪房：周瑞家的、来旺家的
贾琏王熙凤丫鬟：平儿、丰儿、小红
　　　男仆：兴儿、旺儿、隆儿
　　　奶妈：赵嬷嬷
宝玉丫鬟：　袭人、晴雯、麝月、秋纹、四儿、芳官、春燕、柳五儿
　　男仆：　李贵、茗烟（也叫焙茗）
　　奶妈：　李嬷嬷
黛玉丫鬟：　紫鹃、雪雁、鹦哥
宝钗丫鬟：　莺儿
湘云丫鬟：　翠缕
李纨丫鬟：　素云、碧月
迎春丫鬟：　司棋、绣橘
探春丫鬟：　侍书、翠墨
惜春丫鬟：　入画、彩屏
大观园女仆：柳家媳妇、老祝妈、老叶妈
宁府老仆：　焦大

其他人物

妙玉：十二正钗之一；尼姑，被王夫人请来，住栊翠庵

刘姥姥：王夫人的远房亲戚，京郊农妇

尤二姐：尤老娘再嫁带到尤家，与尤氏无血缘关系

尤三姐：尤二姐亲妹妹

柳湘莲：世家子弟，家道败落后成无业游民

贾雨村：书生，中进士后任知府

甄士隐：苏州乡绅，香菱的父亲

秦钟：秦可卿的弟弟

蒋玉菡：戏班演员，后娶袭人

贾瑞：贾府远房"玉"字辈子弟，父母双亡，由祖父贾代儒教养

甄宝玉：贾府世交江南甄府的公子

包勇：甄府仆人

附录二　时辰、更点与现行钟点对照表

一、时辰

子时	23 ～ 1 点
丑时	1 ～ 3 点
寅时	3 ～ 5 点
卯时	5 ～ 7 点
辰时	7 ～ 9 点
巳时	9 ～ 11 点
午时	11 ～ 13 点
未时	13 ～ 15 点
申时	15 ～ 17 点
酉时	17 ～ 19 点
戌时	19 ～ 21 点
亥时	21 ～ 23 点

每一时辰相当于现代的两个小时。

每个时辰分为八个刻度。

每一时辰又可分为"初"和"正",如23点为子初,夜半24点为子正。

二、更点

夜间时点,敲击更鼓、梆子报时。

一更:	戌时	19 ～ 21 点
二更:	亥时	21 ～ 23 点
三更:	子时	23 ～ 1 点
四更:	丑时	1 ～ 3 点
五更:	寅时	3 ～ 5 点

图书在版编目（ＣＩＰ）数据

红楼梦破解与鉴赏：上中下 / 方沪鸣著 . -- 上海：上海文艺出版社，2023
ISBN 978-7-5321-8513-9

Ⅰ．①红… Ⅱ．①方… Ⅲ．①《红楼梦》研究 Ⅳ．① I207.411

中国版本图书馆 CIP 数据核字（2022）第 187591 号

发 行 人：毕胜
责任编辑：陈蔡
装帧设计：孙玥华

书　　名：**红楼梦破解与鉴赏（上中下）**
作　　者：方沪鸣
出　　版：上海世纪出版集团　　上海文艺出版社
地　　址：上海市闵行区号景路 159 弄 A 座 2 楼　201101
发　　行：上海文艺出版社发行中心
　　　　　上海市闵行区号景路 159 弄 A 座 206 室　201101 www.ewen.co
印　　刷：河北环京美印刷有限公司
开　　本：710×1000　1/16
印　　张：77
字　　数：1,400,000
印　　次：2023 年 1 月第 1 版　2023 年 1 月第 1 次印刷
Ｉ Ｓ Ｂ Ｎ：978-7-5321-8513-9/I · 6712
定　　价：268.00 元
告 读 者：如发现本书有质量问题请与印刷厂质量科联系　T:13261901885